教育部人文社會科學重點研究基地
復旦大學中國古代文學研究中心
叢刊

杜詩彙評

叁

黄霖 陳維昭 周興陸 主編
曾紹皇 輯著

鳳凰出版社

卷　八

建都十二韻

方拱乾評：寶應元年建五都，以京兆府爲上都，河南府爲東都，鳳翔府爲西都，江陵府爲南都，太原府爲北都。上元元年，初建五都，二年停，是年復建也。

奚禄詒甲本眉：提起蒼生受胡之慘，正見宜急於北伐也。“東人”二句指東西二都，謂建南都必失東都之望，况西都又是帝京之尊，何諸臣不思克復兩都以雪恥，而輕議建五都？因嘆己不在朝，未能諫止耳，故末聯“照北原”謂當取幽薊爲急。衆説皆非也。

盧見曾紅旁：仇兆鰲曰：當時房琯分建之策與吕諲建都之請，前後事勢迥不相同。安史首亂時，陷中原，破兩京，剪宗室，逼乘輿，唐室孤危極矣，故分建子弟之議，足使賊子膽寒。其後長安既復，兵勢復張，[惟河北]未平，故須專意北向，以除禍本。若建都荆門，虚張國勢，迂疏甚矣。且東南本無事，而勞民動衆，恐反生意外之虞，此作詩本意也。錢箋附會兩事，致詩意反晦，今辯正之。

王士禛評：公意謂建都非本意也。

陳治墨眉：凡讀一詩，必先觀作者命意所在，如此篇大段謂分建五都非當時之急務，自歎身離闕下，不得上疏諫止也。

翁方綱評：杜五排到此篇純是血淚，所謂浩然之氣塞乎天地之間者，豈得以字句音節之平仄求之？然即以一三五字乘除翕闢之理言，亦極正變起伏、出没神化之能矣。

嚴復墨眉：上元初，荆州刺史吕諲請以荆州置南都，從之，號江陵府，諲爲尹。

吴廣霈墨眉：大旨公不以分建五都爲然，故有此詩。

蒼生未蘇息，胡馬半乾坤。（**奚禄詒甲本旁**）總言不宜建爲都。（**秦應逵墨眉**）公意謂建都非計也。議在雲臺上，（**奚禄詒甲本旁**）桓譚拜議郎，詔令議雲臺。誰扶黄屋尊？（**奚禄詒乙本墨眉**）即建都之議。建都分魏闕，下詔闢荆門。（**嚴復墨眉**）安史始亂，房琯亦有分建子弟之議，禄山皆以爲□然，此非所議於長安既復之後，故詩意譏之。恐失東人望，其如西極存。（**奚禄詒甲本眉**）此不宜建五都之故。（**奚禄詒乙本墨眉**）此正不宜建五都之故。“東人”二句指東西二都也，謂建南都恐失東人之望，况西都本是帝京之尊乎？何諸臣之不克思復以雪恥，而輕論建都乎？故歎己不立朝，未能諫止也，故末聯“照北原”當北取幽薊爲急。諸説皆非。時危當雪恥，計大豈輕論？雖倚三階正，（**汪琬甲本紅眉**）三階。（**奚禄詒甲本旁**）上階主天子，中階主諸侯、卿大夫，下階主庶人，三階平曰太平。終愁萬國翻。牽裾恨不死，（**奚禄詒甲本旁**）魏文帝欲徙十萬户實河南，辛毗諫，帝起，毗牽裾。（**奚禄詒甲本眉**）以下雖序己因諫而詘，實是恨己不在朝，未諫止五都也。漏網辱殊恩。（**方拱乾評**）房琯曾議建都忤旨，公以救琯而謫。（**奚禄詒乙本墨眉**）“牽裾”雖追己因諫而黜，實是言己不在朝，不得諫止五都，不重房琯。永負漢庭哭，（**奚禄詒甲本旁、乙本墨旁**）賈誼。遥憐湘水魂。（**奚禄詒甲本旁、乙本墨旁**）屈原。窮冬客江劍，隨事有田園。風斷青蒲節，霜埋翠竹根。（**嚴復墨眉**）“斷節”“埋根”，義兼興比。衣冠空穰穰，關輔久昏昏。（**奚禄詒乙本墨旁**）衣冠可愧。願枉長安日，光暉照北原。（**方拱乾評)看緒法。(**方拱乾評**)北原,中原也。(**奚禄詒甲本旁**)賦也。○樸老無疵。(**翁方綱評**)曰"北",曰"東",曰"西",曰"分",曰"半",終篇不曾吐一"南"字。

【彙評】

沈巖眉批"箋曰,此詩因建南都"處:因此一箋,詩意晦蝕,全不見警策處。

村　夜

錢陸燦丁本評:思兄弟而作,寫得凄清,流離之意,自在言外。

李念慈紅眉:二三景物真,"寄此生"情悲。

紀曉嵐評:三句非寫春聲,乃寫人静,四句有情有景。

王鄰德墨眉:江頭之暮色蕭蕭,而人不行矣,惟聞雨外之村舂,見夜深之鄰火,乃歎胡羯之構禍,致我於此,漁樵而旅寓,因以懷兄弟之在中原而不能已也。

王鄰德紅眉:前四句村夜之景,後四句村夜之情。

沈巖眉:全首平調,不應獨拗,首句樊本是。

蕭蕭風色暮,江頭人不行。(**奚禄詒甲本旁、乙本墨眉**)起二句常語,意味自凄。村舂雨外急,鄰火夜深明。(**方拱乾評**)景幽細,五六句實生於此。(**俞瑒甲本評**)夜景。(**嚴復墨眉**)耳聞目見,全境畢呈。胡羯何多難,(**奚禄詒甲本旁**)"何"字無力。○以"何"對"寄",覺虚。(**奚禄詒乙本墨旁**)"何"字不穩。樵漁寄此生。(**俞瑒甲本評**)感懷。(**徐松紅旁**)提筆作大開。(**嚴復墨尾**)"胡羯",指安史,故注家以此爲上元元年作,前數首皆二年作也。中原有兄弟,萬里正含情。(**方拱乾評**)"有"字重。(**奚禄詒甲本旁**)賦也。○前半言景,後半言懷,與《西閣》同體。

【彙評】

佚名丁墨尾:江秋夜雨,亂難遠客之悲。

寄楊五桂州譚因州參軍段子之任

題鮮于樞評:言桂州獨無炎瘴,故聞此而寬吾相憶之心。且爲邦多有好音,今因段參軍之行,乃寄此詩。賦也。次聯承首句,三聯則結上以起下耳。

奚禄詒甲本旁:桂廣三詩雖不大佳,尚老成。

王士禛評:句靈妙。

朱方藹紅眉:佳句又兼王、孟,第五句緊抱上文轉,第六句至"爲政[邦]",結又出注段子自叙,寄懷只末一語便足,篇法絶妙。

五嶺皆炎熱,(**奚禄詒甲本眉**)五嶺中大庾嶺即梅嶺。宜人獨桂林。(**佚名己紅眉**)嶺南無雪,獨桂林有之。梅花萬里外,雪片一冬深。(**申頲墨眉**)"雪片一冬深"可稱佳句。(**嚴復墨眉**)三四注釋第二句,於五句轉,六句進一層,章法如此。聞此寬相憶,爲邦復好音。江邊送孫楚,(**奚禄詒甲本旁**)段參軍。遠附白頭吟。(**李念慈紅眉**)用"孫楚",未解何義。(**奚禄詒甲本眉**)公好用"白頭吟",止自言其老耳。

【彙評】

佚名丁墨尾:清空一氣如話。

和裴迪登蜀州東亭送客逢早梅相憶見寄

方拱乾評：體貼題乃見詩之妙。○看其周扢題處。

錢陸燦丁本評：蜀州與成都相去百里，裴詩必邀公往者，故後半云云。

汪琬甲本紅眉：六朝皆以□□爲□□□□□□□□□只有下垂，無仰并者，“垂垂”二字佳甚。

李念慈紅眉：五六曲折盡題，仍暗用驛使故實入化，其妙真不可跂矣。

吕留良紅眉：意外象外，飄脱老成，自是梅花詩第一。彼“孤山”佳句，直覺兒女小態，何以見稱？

王士禛評：前寫全題，後和裴對雪，寫早梅也。

屈復評：寄詩不寄梅，幸甚。若寄梅，則看雲適足亂我鄉愁耳。然此間自有此物催人白頭，己之憶裴，猶裴之憶己也。○題甚長，詩不覺其長，法妙。①

題商盤紅眉：酬答詩。人己分明，步武不亂，所謂律者如此。

奚禄詒甲本眉：上半如題，下半言懷，却甚頓挫溜利。○末句承“鄉愁”，然如此等詩真自然生動，才非犯做。

奚禄詒乙本紅眉：上半如題，下半言懷，却頓挫流利，自然生動，又不犯做。

盧見曾紅旁：幽情婉調，别有風神。○黄生曰：此詩直而實曲，樸而實秀，其暗映早梅，婉折如意，往復盡情，筆力横絶千古。○楊德周曰：必如頷聯，方不墮咏物劫。王元美以爲古今咏梅第一。

---

① 校注：“催”，杭本作“摧”。

吴錫麒紅眉:前半和詩,後半自寫,做題而不爲題縛,真詩家之聖手也。

題張問陶墨眉:題凡四層,看他只用四句了却題面,下四仍有餘閑在題後繚繞,此爲會家不忙。

陳治墨眉:通首跌宕自如。

秦應逵紅旁:題甚長,詩不覺其長,法妙。

吴廣霈墨眉:題是和人,逢梅相憶,故通首並不詠梅,却無一句不是梅,並將逢梅相憶虚神一一寫出,真所謂思通造化,精爽不隔者矣。似此等奇作,後人絶不能步其後塵。

沈巖眉:頷聯以下婉麗流暢,爲梅花絶調。

嚴復墨眉:"可自由"三字當時怎下?裴既云"送客",其尚須問其自由否耶?〇頸聯注者以爲必如此方不墮詠物劫,王元美以爲古今詠梅第一,吾亦未解。〇又"若爲"二字,唐人往往作"何當"用,或作"如何"用,少作"假使"用者。注家盡作"若使"説,恐未必是也。今案,"亂鄉愁"猶趙邠卿所謂"亂思","若爲看去亂以愁"者,言何當一看亂我以愁,或中止也。

東閣官梅動詩興,(**俞瑒甲本評**)東亭梅是客。(**題商盤紅旁**)彼。(**奚禄詒乙本紅眉**)東閣即裴迪之東亭。(**奚禄詒乙本紅旁**)此指迪詩。(**許蔆聚紅旁**)用意曲折。(**沈巖旁**)東亭梅是客。還如何遜在揚州。何遜集有《早梅》詩。(**方拱乾評**)"何遜"句不過以何遜爲廣陵建安王記室時在揚州賦梅花耳,不必曲解。(**丁耀亢紅眉**)幻化。(**嚴虞惇紅旁**)以何遜在揚州比迪之在蜀州。(**題商盤紅旁**)彼。(**陳治墨眉**)林君復、陸務觀梅花詩,連篇累牘,争新出奇。看先生澹澹寫來,自然高出一格。(**秦應逵墨眉**)淡然。初不著題,的是早梅,後人何由可到?此時對雪(**俞瑒甲本評**)指裴。遥相憶,(**俞瑒甲本評**)和"憶寄"。(**題商盤紅旁**)己。(**秦應逵紅旁**)

指裴。(沈巖旁)指裴。送客逢春可自由。(俞瑒甲本評)和"送客"。(題商盤紅旁)彼。(朱方藹紅眉)曲折盡致。幸不折來傷歲暮,(方拱乾評)"幸不折來",若曰幸只寄書不寄梅,倘並花折來,則傷我歲暮之情。(俞瑒甲本評)東亭。(嚴虞惇紅旁)用意曲折。(題商盤紅旁)彼。(沈巖旁)東亭梅。若爲看去亂鄉愁。(俞瑒甲本評)江邊。(題商盤紅旁)己。(秦應逵紅旁)蜀州與成都近,裴必邀公往看,故云。江邊一樹垂垂發,(俞瑒甲本評)江邊梅是主。(嚴虞惇紅旁)自言。(題商盤紅旁)己。(沈巖旁)江邊梅是主。朝夕催人自白頭。(方拱乾評)"一"字有意應"亂"字。此詩似中唐,然亦非錢、劉所可及。(俞瑒甲本評)黄生曰:兩"自"字有自己、自然之别。(題商盤紅旁)己。

【彙評】

俞瑒甲本評:以己爲主,以裴爲客,東亭、江邊,賓主歷歷。

張學仁參定:題中多少層折,曲而能達,筆力横絶,不是徒作詠梅詩。

厲鶚評:字字清硬,脱盡詠梅恒徑。

西 郊

題鮮于樞評:言"時出碧雞坊",則"官柳細""野梅香"爲可愛,"向草堂"則"齊書帙""减藥囊"爲可樂。且此幽僻,無人相來往,而疏懶之意何其長邪? 此公自述西郊草堂之樂而得其所也。賦也。

方拱乾評:中四句乃坊間景事、西郊路上事,映"覺"字妙。

丁耀亢紅眉:秀。

錢陸燦丙本評:鐵牛云:看其藥無用則减去其囊。

屈復評:出城中之坊,向郊外草堂,二聯途中景,三聯草堂事,七句總結上六句,八句反得遂幽意也。①

題商盤紅眉:一二點明,領起三四,承西郊寫景,五六承草堂紀事,七八結出作詩本意。○七"來"字與一二"出"字"向"字應。

奚禄詒甲本旁:此必郭英乂尹成都時。

奚禄詒甲本眉:三四郊外,五六堂中。車馬之客,則人皆物色之矣。

奚禄詒甲本尾:此工部不用沉著處。

奚禄詒乙本墨眉:此必作於郭英乂尹成都時。○此工部不用沉著處,三四郊外,五六堂中。

盧見曾紅旁:王安石曰:老杜之"無人覺來往",下得"覺"字大好;"暝色赴春愁",下得"赴"字大好。若下"見"字、"起"字,即是小兒言語。足見吟詩要一字兩字工夫。

朱方藹紅眉:"蟬噪林逾静,鳥鳴山更幽",領略殊深。公此詩本寫幽興,其作用處正其疏懶處。

吴士模墨眉:"蟬噪林逾静,鳥鳴山更幽",領略殊深。公此詩本寫幽興,其作用處正其疏懶處。

嚴復墨眉:此首字法如"減"字,如"覺"字,皆老杜用字異人處。今案:"藥囊"之所以多而紛者,以新舊雜厠標題,重複故也。一經整理,則同者從同,故曰"減"也。○"覺"字乃荆公所定,自是言己獨往來,無人□覺之意。仇滄柱以此爲曲而解作"不見人迹來往",真是淺人。

佚名丁墨眉:獨步皈來,蕭然無俚,觸興而得。

---

① 校注:"七句總結上六句",杭本作"七句總結,明上六句"。

時出碧雞坊，西郊向草堂。（陳治紅眉）“向”一作“近”。市橋官柳細，（題商盤紅旁）折腰句。江路野梅香。（王鄰德紅旁）風韻閑淡。傍架齊書帙，看題減藥囊。（方拱乾評）看有無，减去無用。作“檢”字淺近。（厲鶚評）“檢”字一作“減”字，“減”者增減之意。（王鄰德紅旁）閑情幽事，細入無間。（王鄰德墨眉）題，藥名。看題而撿囊中之藥，孰有孰無。一作“減”，謂減去無用之藥，似非。無人覺來往，（佚名己紅眉）荆公云：老杜“無人覺來往”，下得“覺”字大好。疏懶意何長。（方拱乾評）起句應“時出”。（李念慈紅眉）幽事歷歷。（佚名丁墨旁）竺云：蓋此時公潛身草堂，故有七八句。

【彙評】

張雝敬墨旁：頭聯是承西郊説，是一路所見；腹聯承草堂説，是到家檢點；結應起處，收拾完密，章法井然。

王鄰德墨尾：此公自言從錦官城而出，又從碧雞坊向西郊而歸草堂，途次因見柳細梅香，及到堂中，齊書撿藥，自適己意而已。無人看我之來往，故得遂其疏懶之意。

奉酬李都督表丈早春作

題鮮于樞評：首四句言奉酬李丈早春作，而自歎“添愁”“覺老”。三聯言早春景物，末言懷鄉，而亂猶未定，且應第二聯。賦也。

李念慈紅眉：題詩奉酬，“來時”，“時”字明是“詩”字之誤，作“時”及注中兩擬，何爲其然？

奚禄詒甲本眉：一氣而下。

王鄰德墨眉：首四句言奉酬李丈早春作，而自歎“添愁”“覺老”。三聯言早春景物，末言懷鄉而亂，且應第三聯。

嚴復墨眉:"早春",喜氣也,少象也。顧轉流愁而更覺老,用意分外警動。○三聯詮解"早"字。

力疾坐清曉,(**方拱乾評**)五字三意。**來時悲早春。**(**張雝敬墨旁**)中二聯分寫此三字。(**李以峙墨眉**)(來詩)按作"采",明是形近之誤。**轉添愁伴客,**(**沈巖旁**)承"悲"字。**更覺老隨人。**(**奚禄詒甲本眉**)"轉添""更覺"四字正自搏動。(**王鄰德藍旁**)心緒不開,見及景轉添愁。(**李以峙墨眉**)(隨人)按"身"不如"人"。**紅入桃花嫩,**(**沈巖旁**)早春。**青歸柳葉新。**(**申涵紅眉**)俗。(**朱方藹紅眉**)中二聯一反一正,照出早春。"入"字、"歸"字,乃煉句法,前賢論之矣。**望鄉應未已,**(**奚禄詒甲本旁**)人歸不似春歸也。**四海尚風塵。**(**方拱乾評**)謂李。

【彙評】

佚名丁墨尾:因來詩而翻出己愁,筆勢跳脱。三四即作轉。《杜臆》云,來詩但悲早春,我則有轉添而更甚者。愚按:"愁伴我"猶可言也,"伴客"則蕭條甚也。"老隨身"猶可言也,"隨人"則俯仰難也。已透下"望鄉""未已"意。桃嫩柳新,歲序則轉矣。而歸期無日,不見風塵猶是乎?仇謂下截申明上截是也。悲因來詩而添,亦因早春添,鎔化入妙。

題新津北橋樓得郊字

奚禄詒甲本旁:題中常有主人設酒。

王士禛評:淡遠妙句。

朱方藹紅眉:開筵美主人,只於詩中叙出,而首尾仍合度。

望極春城上,開筵近鳥巢。白花檐外朵,(**奚禄詒甲本旁**、乙本紅旁)尖,稺。青柳檻前梢。(方拱乾評)前四句言樓之高。(嚴復墨眉)"白花"二語又是一種句法。池水觀爲政,厨煙覺遠庖。(丁耀亢紅眉)腐。(奚禄詒甲本旁、乙本紅眉)五句何必周旋主人。(嚴復墨眉)池水爲政,或解以喻其清,此既重語意,"池"是邑令新開也。西川供客眼,唯有此江郊。(奚禄詒甲本尾批)賦也。

暮登四安寺鐘樓寄裴十迪

錢陸燦戊本評:兩重格。

王鳴盛墨眉:《蜀志》:新津縣南二里有四安寺。

暮倚高樓對雪峰,僧來不語自鳴鐘。(奚禄詒甲本眉)第二句寫俗僧,見客如畫,沉著中有爽朗。(奚禄詒乙本墨眉)次句寫俗僧,見客之狀如畫,亦爽朗,鄭云無味,不切。(嚴復墨眉)新津四安寺,神秀所建。(王伯沆紅眉)冷態。孤城返照紅將斂,(嚴虞惇紅旁)暮。近市浮煙翠且重。(嚴復墨眉)"翠且重",下語樸重,如此句法,後人學之者少。(吴廣霈墨眉)且擬爲易更字。多病獨愁常闃寂,故人相見未從容。(嚴虞惇紅旁)寄裴。(奚禄詒乙本墨旁)指迪。知君苦思緣詩瘦,大向交遊萬事慵。(方拱乾評)有言末句是公自道,終説不去。(奚禄詒甲本尾批)末詰其少書劄。○賦也。(奚禄詒乙本墨旁)詰其少書劄。(倪象占藍眉)七八郭云淺耳。(錢載評)極平常,是收追,却極力開拓。

遊修覺寺前遊

題鮮于樞評:言遊寺而"江天豁""花竹幽",况吾得及春而來,故詩成似有神助焉。且徑石川雲之縈帶,去留悉合自然,而禅枝之宿衆鳥,亦各得其所,奈何我獨漂轉,暮歸無所,爲何傷乎？賦也。

吴士模墨眉:"詩應有神助",後人混極語也。五六亦時調。

野寺江天豁，山扉花竹幽。詩應有神助，(**奚禄詒甲本旁**)無味。吾得及春遊。(**吕留良紅旁**)豪放稱情。(**屈復評**)"得及"二字,包無限意。(**嚴復墨眉**)二詩次連皆名句,與前《江亭》之"水流雲在"皆一字千金者也。(**奚禄詒乙本紅眉**)無味。徑石相縈帶，川雲自去留。(**厲鶚評**)一於用虚字。禪枝宿衆鳥，漂轉暮歸愁。(**方拱乾評**)已生後遊。(**奚禄詒甲本旁**)賦也。○寫己之漂泊轉不如宿鳥耳。

【彙評】

嚴復墨眉:"徑石"是固定物,何能縈帶?"飄轉暮歸愁"亦不成語。

佚名丁墨尾:江豁、花幽,觸句之本,故三四一直趕出"及春遊"三字,管攝上下。石似有情,雲如無意,皆景從情得者。蓋當遊而已動,偶依難戀之本懷矣。故結借宿鳥興出"漂轉"字。○睹此等詩,生事因人之感,都從有意無意中流露出來,蓋新津、青城之行,皆所謂"老隨人"者也。

後　遊

題鮮于樞評:言後遊則"江山如有待",而"花柳更無私",且"沙暄""野潤",而日色烟光之可愛,則客愁爲之全減,捨此復何之乎?賦也。

方拱乾評:字字是後遊。

錢陸燦丁本評:三四虚虚寫來,妙在已含後遊意。

汪琬乙本評:日色只在煙光之内,對亦稍礙。

俞瑒乙本評:句句是舊遊,開合盡致。

屈復評：三四再遊之神，“如有待”，如待我之再遊，“更無私”，如任我之再賞，“全爲減”，客愁終在也。○一二後遊，三四順承，五六景，七八情。

奚禄詒甲本眉：即再遊修覺寺。

盧見曾紅旁：頷聯忽然而來，渾然而就，妙處只在眼前。

盧見曾墨旁：此重遊修覺寺而作也，當是一春兩游。“江山”“花柳”，足上“曾遊”。“煙光”“日色”，起下“滅愁”。末聯與前章互應，蓋思家則生愁，睹景則銷愁也。

厲鶚評：處處見“後”字意。○即修覺寺。

吴士模墨眉：日色只在煙光之内，對亦稍礙。

寺憶新遊處，（**俞瑒甲本評**）從“遊”字起。（**題商盤紅旁**）交互對起。（**李以峙墨眉**）（曾遊）按，“重”字亦可，獨“新”字做作，定是後人妄改。橋憐再渡時。（**吕留良紅旁**）切“後遊”。（**俞瑒甲本評**）是第二次。（**奚禄詒甲本旁**）穩稱。（**沈巖眉**）題是“後遊”，“新”字費解，亦不妥。江山如有待，（**題商盤紅旁**）分裝對。（**王鄰德紅眉**）“有待”謂候己之來，“無私”謂正己之來，是重遊之神。花柳更無私。（**吕留良紅旁**）稍放意外，著題更妙。（**奚禄詒甲本眉、乙本紅眉**）三四雖體“後游”，其實寄寓極遠。（**沈巖旁**）“如有待”猶是慧眼，“更無私”天眼矣。野潤煙光薄，（**俞瑒甲本評**）轉出減愁。沙暄日色遲。（**李念慈紅眉**）“遲”字妙境。（**俞瑒甲本評**）開。（**題商盤紅旁**）明暗句。（**題商盤紅眉**）“潤”字即指煙光，“暄”字即指日色，上暗説，下明説，名明暗句。（**奚禄詒甲本眉**）五六皆上因乎下之體。（**吴騫墨眉**）日色只在煙光之内，對亦稍礙。（**嚴復墨眉**）此真“意愜閒飛動”語。客愁全爲減，（**俞瑒甲本評**）合。捨此復何之。（**方拱乾評**）末句纔形容復遊之妙。（**方拱乾評**）當是時情景如此，不是有心。（**俞瑒甲本評**）收“遊”字。（**奚禄詒甲本旁**）賦也。○無僧氣，可取。（**奚禄詒乙本紅眉**）無僧氣,可取。(**張雒敬墨旁**)乾坤度量,容易説出。

【彙評】

張學仁參定:《江亭》詩"欣欣物自私",此詩"花柳更無私",寫出此老與物皆春襟懷。

王鄰德墨尾:言後游則"江山如有待",而"花柳更無私",且"沙暄""野潤",而日色煙光之可愛,則客愁爲之全減,捨此復何之乎?

佚名丁墨尾:與前首作意迥然各别,而衷懷只是一副。〇"憶"字、"憐"字全提,"客愁""爲減"全束,格整而意流。〇三四脱口而成,要其中有性情在,七八之神已攝。

春夜喜雨

題鮮于樞評:言知時好雨,當春以助發生,是以隨風潤物,"潛入夜""細無聲",蓋喜雨不驟而助發生之深也。若野徑雲黑、江船火明,乃形容其入夜耳。末言其助發生之意云。賦也。

方拱乾評:八句好雨。

吕留良紅眉:不必有所託,不可無此意。

王士禛評:錢本乃作反是也。

俞瑒乙本評:極得春夜神理,通首寫喜意,有含蓄。〇絶不露一喜,却無句不是"喜雨",無句不是"春夜喜雨"。

屈復評:通首寫"喜"字,前四是萬物並育胸襟,結句是詩人幽興。〇雨及時,可喜。大雨未免傷物,細又可喜。驟易晴,雲黑則久,又可喜。禾稼固潤,即草木亦堪賞玩,亦可喜。"喜"字全以神行,無迹相。①

① 校注:"禾稼"杭本作"諸禾稼";"草木"杭本作"花木"。

方貞觀墨眉：氣體深厚，音聲清越，義意精切，顔色古雅，真四十個賢人，不曾著一個屠沽。

題商盤紅眉：及時而雨，其喜固宜。然非“知時節”三字，則寫喜意亦不透。○雨細而不驟，纔能潤物，又不遽停，纔見好雨。○五六寫雨景妙矣，尤妙在能見喜意。蓋雲黑則雨濃可知。六襯五，五襯三，三襯四，加倍寫潤物無聲，五字即是加倍寫“喜”字。

奚禄詒甲本旁：風神獨老，較《微雨》詩更藴藉。

盧見曾紅旁：近人評此詩云：寫得脉脉綿綿，於造化發生之機，最爲密切。是矣，然非有意爲之。蓋其胸次自然流出，而意已潛會。所謂不涉理路、不落言筌者如此。若有意效之，即訓詁語耳。《江亭》詩亦同此意，尤爲活潑潑地。

申頲墨眉：刻畫。

厲鶚評：少陵浣花、草堂諸作，真如化工肖物，窮盡巧妙。

朱方藹紅眉：詩非讀書窮理不到絶頂，然一墮理障書魔，帶水拖泥，宋人轉遜晋人矣。公深入其中，掉臂而出，飛行自在，獨有千古。

朱方藹紅旁：此詩妙處有疏疏樸樸之致，非其人不知。

吴錫麒紅眉：“喜”字不用描形畫角，自然透徹。

題張問陶墨眉：“潛入夜”者，淪肌浹髓，直入人之飲食寤寐也。“細無聲”者，不大聲色，使物受之而不知也。只此便是皞皞氣象。

秦應逵紅眉：不露“喜”字，而無一字非喜。

吴廣霈墨眉：詠物小品傑作。

王鄰德紅眉：有善歌詩者，以此爲相業，亦有味乎？其言之至也。造次敷露，與“雨露之所濡，甘苦齊結實”兩句同真，有德者氣象。

沈巖旁：血脈津津，渾合造化，所謂“大者含元氣，小者入無間”。

好雨知時節，(**俞瑒甲本評**)全爲"喜"字著筆。(**題商盤紅旁**)對起。呼應起。(**王伯沆紅眉**)"知時節"寫"喜"字透骨。(**王鄰德紅旁**)五字可作《衛風》"靈雨"注脚。**當春乃發生。**(**嚴復墨眉**)"乃"當作"及"始通，以言"發生"非"好雨"，"發生"乃萬物之"發生"也。**隨風潛入夜，**(**題商盤紅旁**)流水對。**潤物細無聲。**(**陳治墨眉**)此種景，畫家不能繪，唯詩足以發之。(**奚禄詒乙本墨眉**)三四劉以爲相業，知言哉！造次敷陳，與"雨露之所濡，甘苦齊結實"真有德之言。**野徑雲俱黑，**(**俞瑒甲本評**)是春夜。(**題商盤紅旁**)寫開二句，足"夜"字。**江船火獨明。**(**奚禄詒甲本旁**)"江船火獨明"只管不説雨却宕警。○此等便不可及。(**奚禄詒乙本墨眉**)"江船火獨明"只管不説雨，却警策。(**王鄰德紅旁**)雨境。**曉看紅濕處，**(**俞瑒甲本評**)應"夜"字。(**嚴虞惇紅旁**)題四字，字意圓足。(**題商盤紅旁**)綰合二句，足"春"字。**花重錦官城。**(**奚禄詒甲本旁**)賦也。○句句是"夜"，句句是"喜"。(**奚禄詒乙本墨旁**)挽得好。(**王鄰德紅旁**)"紅濕"字已妙於説雨矣。"重"字尤妙，不濕不重。(**嚴復墨眉**)結語宋人得之，乃有"小樓深巷"一聯。○或謂杜不詠海棠，然恐二語非海棠不足當之。

【彙評】

吕留良紅眉：雋秀。

俞瑒甲本評：絶不露一筆"喜雨"，而無一句不是"喜雨"，無一筆不是"春夜喜雨"。結句更寫盡題中四字之神。

張學仁參定："野徑"一聯，恰是春夜雨景，與"樓雪融城濕，春帆細雨來"等句皆是筆端具有化工。

題商盤尾：結語處有風味，春雨萬物無所不潤，花其一耳。此詩四句概言發生之功，七八拖筆，獨愜幽居之趣。三四是詩人胸襟，七八是詩人興趣。本領深厚而下筆又饒風韻者，杜公一人而已。

吴士模墨眉：眼前景物一意不浮。○結語俊宕。

張雖敬墨旁:題目四字,逐一寫到。

佚名丁墨尾:全首起有悟境,從次聯得來。於"隨風""潤物"悟出"發生",於"發生"悟出"知時節"也。五六拓開,自是定法。結語亦從悟得,乃是意其然也。通身下字藹藹咀含而出喜意,都從罅縫裏迸透。○上四俱流對。○仇曰"潜",曰"細",脈脈緜緜,寫得造化發生之機,最爲密切。○寫雨切"夜"易,切"春"難,此處着眼。

客　至喜崔明府相過

方拱乾評:一筆寫來。是元白,元白却不能望。

丁耀亢紅眉:渾逸天到。

錢陸燦戊本評:興兼賦格。

汪琬乙本評:氣□而語真,淡然有餘味。

屈復評:一二無客,三四客至。五六款客,結賓主盡歡。

奚禄詒甲本眉:俊致清標。

奚禄詒甲本旁:與前首同局。

盧見曾墨旁:黄生曰:上四客至,有空谷足音之喜;下四留客,見村家真率之情。前藉鷗鳥引端,後藉鄰翁陪結,一時賓主忘機,亦可見矣。

錢載評:三句伴一句,則五六更不可欹側矣。

吴錫麒紅眉:不言喜,而喜之情自溢於言表。

題張問陶墨眉:詞意款洽,與前《賓至》詩另是一副面孔。

陳治墨眉:俞云:《賓至》者爲貴介之賓,《客至》者爲相知之客,二詩筆法略見用意。○蟬聯不斷,有掉臂遊行之樂。

秦應逵墨眉:先極寫無客至,則喜客意溢紙上矣。

秦應逵旁批:《賓至》,貴介之賓也;《客至》,相知之客也。二詩下筆有分。

吴廣霈墨眉:瀏亮渾脱,如公孫大娘之舞劍,縱横四至,無不如意。

倪象占藍眉:郭云:清空一氣如話。〇起陡絶。〇劉云:又是一體。

沈巖眉:超脱有真趣。

舍南舍北皆春水,(**俞瑒甲本評**)興起。(**奚禄詒甲本眉**)開口即"幽棲地僻經過少"之意。(**張裕釗眉批**)此首發端尤勝。(**秦應逵旁批**)反筆。但見群鷗日日來。(**盧見曾紅旁**)朱瀚曰:首句用"在水一方"詩,次句用海翁狎鷗故事。(**嚴復墨眉**)前四語騰躍而出,故佳。(**奚禄詒乙本紅眉**)開口四句即"幽棲地僻經過少"之意,二詩之風流亦相匹。花徑不曾緣客掃,(**俞瑒甲本評**)上四客至。(**題商盤紅旁**)交互對。背面對。蓬門今始爲君開。(**李念慈紅眉**)總是一真便妙。盤飧市遠無兼味,(**俞瑒甲本評**)下四留客。(**題商盤紅旁**)串因句。横插句。樽酒家貧只舊醅。肯與鄰翁相對飲,(**俞瑒甲本評**)應首句。隔籬呼取盡餘杯。

【彙評】

俞瑒甲本評:前《賓至》爲貴介之賓,此《客至》爲相知之客,二詩筆法,略見用意。

張學仁參定:起用"群鷗"引來,收用"鄰翁"結住,前後映帶,俱見章法。

王伯沆紅眉:富貴人必驕傲,先與商量,然後招陪客,公可謂老於世法者矣。

遣意二首

屈復評：三四深得陶之神妙，此自然之極致，杜詩中所貴者。前四景，五六事，結情。○物物自適，春光易邁，惟有"釀黍""移橙"送老而已。我昔以友朋爲性命，今則棄我如遺，反言之以見此道如土也。①

題商盤紅眉：一二上二字暗言其用，下三字明言其體。○"一徑"即滿徑，用"一"字始老。○"釀黍""移橙"皆爲藉以送老，然飲酒尚恐惟日不足，種樹又安能待其長成？自悲自笑，婉轉曲盡。

奚禄詒甲本眉：適然之景。○詩甚閑遠，惟"漸喜"二句却帶憤，胸中多哀故耳。

朱方藹紅眉：感興俱在言外，頷聯所□達中古意也。其古處乃於骨氣得之，在杜集中尤不概見。

秦應逵墨旁：二詩雨後之景，一晝一夜。

嚴復墨眉：《遣意》二首可謂義發無憾。

沈巖眉：幽。

其　一

題鮮于樞評：言"一徑野花落"則知"囀枝黄鳥近"，"孤村春水生"則知"泛渚白鷗輕"，皆言物各得其所之妙。今我衰年惟催釀黍以□老，細雨更宜移橙以適情，且交游漸喜其疏絶，而幽居何用其名哉？興而賦也。

盧見曾紅旁：申涵光曰："一徑""孤村"二語，高、岑秀句也。

吴廣霈墨眉：天然俊秀。

---

① 校注："三四深得陶之神妙，此自然之極致，杜詩中所貴者。前四景，五六事，結情"，杭本作"三四深得陶之神妙，結言升有不然之意"；"物物"，杭本作"物之"。

王鄰德紅眉:自然知是好語,"釀酒""移橙",不無點檢,幽興亦稱。

王嗚盛旁:此幽居草堂,春日遣意也。

囀枝黄鳥近,(**題商盤紅旁**)對起,明暗句。泛渚白鷗輕。(**宋犖紅眉**)中唐妙境。(**俞瑒甲本評**)幽居之景。(**陳治墨眉**)查浦云:二首比"雨後"作,一晝一夜,分觀之,乃見其妙。(**嚴復墨眉**)"囀枝"二字獨造。(**王伯沆紅眉**)天然佳句。(**奚禄詒乙本墨眉**)適然之景,寫得閑遠,只"幽居"二字,結盡上六句,又起下首。一徑野花落,(**俞瑒甲本評**)承"囀枝"。(**題商盤紅旁**)順承一二。孤村春水生。(**方拱乾評**)王、岑嘔心之句。(**方拱乾評**)"生"字妙。(**吕留良紅旁**)天然佳處,不用點染。(**俞瑒甲本評**)承"泛渚"。(**沈巖旁**)分承起二句寫幽居。衰年催釀黍,細雨更移橙。(**李念慈紅眉**)二三恬適自在,"衰年"句難作解。(**俞瑒甲本評**)幽居之事。(**嚴復墨眉**)"釀黍""移橙",羌無故實。(**李以峙墨眉**)(更)按"夜"形近而誤。漸喜交遊絶,(**題商盤紅旁**)反言見意。(**王鄰德紅旁**)怨調。幽居不用名。(**奚禄詒甲本旁**)只"幽居"二字,結盡上六句。(**奚禄詒甲本尾批**)賦也。〇前六句皆幽景。(**奚禄詒乙本墨旁**)亦善自遣。(**奚禄詒乙本墨眉**)"漸喜"句却帶憤悶。(**佚名丁墨旁**)竺云:七八言既無交遊往來,則不用復表識姓名,混入村民野氓中了。注以名累解之,非。

【彙評】

錢陸燦丁本評:三四分頂上二句,如此接法,真情景相生。

題商盤尾:結反言見意,交遊延譽,本非公所不屑,特反藉以寓炎凉之感耳。

佚名丁墨尾:首章,仇云草堂春日之景。

其　二

題鮮于樞評：此言村居日夕景物，而民俗淳厚。賦也。題曰“遣意”，有以也夫！

盧見曾紅旁：浦起龍曰：二詩輕圓明秀，集中另是一種。

王鳴盛旁：此春夜遣意也。

王鳴盛墨眉：《杜臆》：蓋因“建子月”詩句同而兩誤也。春來則雁北嚮，白露降則鷺飛去，其兩誤無疑。

檐影微微落，（**俞瑒甲本評**）將夜。津流脈脈斜。（**方拱乾評**）疊字每異每妙。（**丁耀亢紅眉**）中晚開徑。（**奚禄詒甲本旁**）日暮。（**奚禄詒乙本墨旁**）暮也。（**陳治墨眉**）静中微會，方得其神理。（**嚴復墨眉**）“脈脈”字當從目，從𠂢，作“䀎䀎”。古詩“䀎䀎不得語”同此。野船明細火，（**俞瑒甲本評**）入夜。（**李以峙墨眉**）（野船）按“松”字大謬。宿雁取圓沙。（**呂留良紅眉**）“沙”“火”上著“圓”“細”二字，於野船、宿雁有情。（**朱方藹紅眉**）幽細矣，視諸家氣魄終不同。（**奚禄詒乙本墨旁**）三四承“津流”。雲掩初弦月，（**俞瑒甲本評**）久夜。香傳小樹花。（**呂留良紅旁**）初弦、小樹，亦自著意。（**奚禄詒乙本墨旁**）五六承“檐影”。鄰人有美酒，稚子夜能賒。（**俞瑒甲本評**）點明“夜”字。（**吴廣霈墨尾**）結率。（**奚禄詒甲本尾**）賦也。（**奚禄詒乙本墨眉**）放翁以“也”字作“夜”音。“也”字作“夜”音，取意味之樸，此竟改爲“夜”字，大不通，此人何必評詩。（**張雒敬墨旁**）真堪遣意，末句五個字有三疊意思在内。（**李以峙墨眉**）（夜）按“也”音近而誤。

【彙評】

方拱乾評：放翁以“也”字作“夜”字。“也”字少一層，轉趣些。“夜”字多一層，轉遜些。此中可思。畢竟“也”字勝，“夜”字硬些，轉淺些，

“夜”字應“船火”,“弦月”亦是。

張學仁參定:前首春日之景,後首春夜之景,寫遣意固足。即一徑野船,兩聯秀句天成,亦非中晚[唐]人所能到。

嚴復墨眉:二首所寫諸景,惟静觀曠覽,胸無俗滓,而後得之,此詩人所爲可貴。

佚名丁墨尾:次章,仇云草堂春夜之景。○二詩輕圓明秀,集中另是一種。

漫成二首

吴士模墨眉:二詩漸近自然,寫出高人簡易,俗物可厭。亦人人所欲言,微公却寫不暢。○“難字過”即不求甚解意。

沈巖眉:疊字襯得入情。

其　一

題鮮于樞評:言江皋村居而景物幽雅,起居自適,故雖多病而體力亦自輕快。賦也。

屈復評:四如畫,人所不寫,亦人所不甚寫者。由村徑向酒家所見之景,倒叙法也。○黄云:“漉酒生”,酒家保也;“從”者,就之沽也。①

徐昂發評:張有《復古編》:浯,古“活”字,“浯浯”當是“活活”,如“北流活活”之義。

奚禄詒乙本墨眉:起二句皆傷心,“荒荒”“浯浯”尤傷。三四盡鄰曲幽静横斜之態。首四句言村景,後半與下章言懷。

① 校注:“甚”,杭本作“知”;“倒叙法”,杭本作“倒叙景”。

盧見曾紅旁:仇兆鰲曰:頸聯寫出應接不暇之意,朱子引爲心不在焉之證,亦斷章取義耳。

野日荒荒白,(**沈巖旁**)四句景。春流泯泯清。(**傅山紅旁**)興語。(**李念慈紅眉**)"泯"字自有仄聲,如"艇"字之有平聲,人自未知,亦不可定。(**奚禄詒甲本眉**)首四句言村景,後半及下篇言懷。(**奚禄詒甲本旁**)傷心在"荒荒""泯泯"二字。三四盡鄰曲幽静横斜之態。首四句言村景,後半與下章言懷。(**奚禄詒乙本墨旁**)無聲也。(**厲鶚評**)真村景。(**王鄰德紅眉**)每疊字皆用得不解,妙。(**王鄰德紅旁**)兩語皆傷心,而"荒"尤警。渚蒲隨地有,村徑逐門成。(**俞瑒甲本評**)四句景。(**王鄰德紅旁**)無緊要語,亦盡鄰曲横斜之態。只作披衣慣,(**沈巖旁**)四句情。常從漉酒生。(**俞瑒甲本評**)"生"作生涯解。(**奚禄詒甲本眉**)"漉酒生"指斛斯融也。(**奚禄詒乙本墨旁**)指斛斯融。(**王鳴盛墨眉**)言"只作披衣",非此不慣;"常從漉酒",非此不生。"生",即生活意也。上四字下一字□□,而又隱用兩隱居之士以自况,巧甚。(**方拱乾評**)"慣"字、"生"字如言非此不慣、非此不生解,俱穿鑿,只尋常"看""生"亦得。(**嚴復墨眉**)試問"漉酒生""生"字當作何解?爲實字乎?抑動字乎?以對"慣"字,自作動字爲是,詩意可謂以漉酒度生耳,然不强耶?眼前無俗物,(**俞瑒甲本評**)主意。(**沈巖旁**)主意。多病也身輕。(**方拱乾評**)有言"披衣"是人名,"生"字虛用。(**錢陸燦丙本評**)"也"字,陸放翁改作"夜"字更深。(**俞瑒甲本評**)四句情。(**奚禄詒甲本尾批**)賦也。(**王鄰德紅旁**)俗物敗興,甚於多病實事。(**沈巖眉**)俗物之可厭如是,爲之啞然。(**佚名己紅旁**)結句少露狂態。

【彙評】

俞瑒甲本評:疊字襯得入情。

張學仁參定:前首避俗,後首習懶,只是隨手繡成。

題張問陶墨眉：全首總歸到“無俗物”。

吴廣霈墨眉：俗物之累，甚於病耶？公之嫉俗如此，何怪爲世俗之所棄也！

佚名丁墨尾：全首總皈到“無俗物”。〇洪注：“荒荒”，不甚白，“泯泯”，不甚清。按“生”字作生涯之“生”解，與“慣”字對。

其　二

題鮮于樞評：此公自寫仲春江皋花下疏懶自適之意，惟峨嵋老子雖云近識，而能知我。賦也。

屈復評：三四寫無心疏懶，正是妙處。朱晦翁極賞之，思佳佳。宋調何妨不佳，雖唐調亦可笑也。〇“難字”即五柳先生“不求甚解”意；“滿壺頻”即五柳先生“杯盡壺自傾”意；“仰面”二句即中散“目送飛鴻”二句意。①

題張問陶墨眉：三四句偶然景事，一經拈出，便千古常新。乃宋儒引爲心不在則視不見之證，殊腐。全首總見得懶是真。

沈巖眉：偶然佳事，説出自有生趣。

江皋已仲春，（**方拱乾評**）“已”字重。**花下復清晨。**（**丁耀亢紅眉**）妙不可解。（**奚禄詒甲本眉**）三四雖偶然語，然唐人無此等，可以生悲，可以起悟。（**王瀣德墨眉**）此自寫仲春江皋、花下疏懶自適之意。**仰面貪看鳥，**（**沈巖旁**）疏曠意可知。**回頭錯應人。**（**方拱乾評**）合看乃佳。（**錢陸燦丁本評**）“仰面”二語側下，惟貪看鳥，所以錯應人也，亦是寫景最真處。五六自言懶之至“難字過”，即陶公不求甚解意。非真讀書人説不出。

---

① 校注：“正是”，杭本作“正得”；“思佳佳。宋調何妨不佳，雖唐調亦可笑也”，杭本作“詩果佳。宋調亦何妨不佳，不佳，雖唐調亦可笑也”；“五柳先生”，杭本作“五柳”。

（**奚禄詒甲本旁**）有所貪必有所錯。（**奚禄詒乙本墨眉**）三四人可超悟，有所貪必有所錯。（**王鄰德紅旁**）偶然語，偶然道之耳。（**王伯沆紅眉**）入妙。**讀書難字過，對酒滿壺頻。**（**方拱乾評**）“對”字有作“貰”字。（**李念慈紅眉**）老來清况。（**俞瑒甲本評**）懶意可知。（**朱方藹紅眉**）“難字過”即不求甚解意。（**陳治墨眉**）“難字過”即淵明不求甚解之意。（**嚴復墨眉**）前首之“披衣慣”“漉酒生”，後首之“難字過”“滿壺頻”，皆戛戛。（**王鄰德紅眉**）直率有味，亦真讀書人乃爾。**近識峨眉老，知余懶是真。**東山隱者，又作陳山。（**方拱乾評**）真是天真。（**俞瑒甲本評**）主意。（**奚禄詒甲本尾批**）賦也。（**王鄰德紅旁**）古今真懶幾人？

【彙評】

方拱乾評：中四句乃心緒無聊賴，無心痛飲，眼前景却説來有意趣，不是一味直率。

俞瑒甲本評：偶然佳事，筆能寫出，自有生趣。

張學仁參定：舊注謂難識之字，任其讀過，不似讀破萬卷之杜公。仇注謂讀書難於“字過”，語亦未醒。愚謂“難字”既對“滿壺”，不必拆開，止謂“難字”業已讀過，較爽。

陳訏紅眉批仇注“往來自如”處：村野向無路徑，今因所居之門介然用之而成路，無“往來自如”意。

陳訏紅眉批仇注“讀書難字過，老年眼鈍也”處：“字過”幾不成語，蓋過字有如掃落葉，無疑義，其多，正不輕易放過也。總評謂老年眼鈍，俚甚。

吴廣霈墨尾：時人知其懶耳，不知其懶正是其真也，故不得不推許峨嵋老也。

張雝敬墨旁：想此翁於行處坐處，一見一聞，無非詩者，武侯之“觀其大略”，靖節之“不求甚解”，工部之“難字過”，千古來最善讀書者，唯此三人耳。蓋武侯得意而忘言者也,靖節不死在言下者也,工部不私智[自]穿鑿者也,所以皆成第一流人物。

王鄰德墨尾:合觀二首,錯落之中,自成一篇,一首之中,却不可逐句求解,何也?以題曰"漫成",正難强識公意之所在耳。

佚名丁墨尾:全首總見得"懶是真"。〇"難字過"正見懶趣。五柳先生不求甚解意亦猶是。夏客云:經眼之字,難於經過。仇云:難於字過,老年眼鈍也,謂恐以粗心涉獵,拄屈少陵。愚謂如此回護,都成死句矣。"峨嵋老"當是隱者自號,非定是峨嵋人。〇二詩似啓宋調。

春水生二絶

朱方藹紅眉:杜絶在三唐中爲别調,然所取者亦正以其别調,非諸家可及。〇此二絶活潑潑地,誦之足陶寫性情。

倪象占藍眉:杜工部絶句即黄山谷一部詩格也。

沈巖眉:絶句别致自老。

其　一

二月六夜春水生,門前小灘渾欲平。(**李以峙墨眉**)(小灘)按江漲及籬亦尋常事,然在本句當從"灘"字,不得援下首"籬旁"爲解。鸕鷀鸂鶒莫漫喜,吾與汝曹俱眼明。(**方拱乾評**)恁分明。(**嚴復墨眉**)"莫漫喜"三字終費解,作喜解耶?作勿喜解耶?若作勿喜解,其下筆亦癡重矣。

其　二

一夜水高二尺强,(**李以峙墨眉**)(二尺)按二丈亦太甚,當從"尺"字。數日不可更禁當。南市津頭有船賣,無錢即買繫籬旁。

江上值水如海勢，聊短述

方拱乾評：此言生平耽佳句，老來於詩大有所得而不屑屑求佳句也。老自不向句覓生活。○高岸。○可見佳句之能爲詩病矣。○真可衙官千古矣。○唐人多重佳句，惟公不重佳句，佳句病詩，詩不在句，此最上乘語也。若以爲詩不必句而一味以鄙率爲極，則不若着力於句之爲愈也。○未得句必琢句，既得句却不在句，此禪家堂奥，文章、字畫皆然，不獨詩也。○然一毫凌替不得，要在以詩爲一大道而步步求之。

錢陸燦甲本眉：只叙"短述"意，不寫水勢。

吕留良紅眉：自言漫興，不失奇態。

俞瑒乙本評：題甚奇偉，而詩中不甚寫水勢者，以偶無氣句，不復作驚人語，故"聊短述"耳。

屈復評：一二性耽佳句，三四竟無佳句，五六水勢略述，結安得古人佳句，應首句，二句只是一之注脚。古云"潘江陸海"，以水比文章，上下千古，陶謝之才，其大如海，故藉以短述也。①

奚禄詒甲本眉：題似過細，詩則疏略。"短述"是主意，詩却不好。

奚禄詒甲本旁：止做"聊短述"耳。

錢載評：因水如海勢，而胸次曠然，述其平生，六句言詩不復，而不妄，然已目空一切矣。

題張問陶墨眉：通首俱發所以"短述"之故，詩與題俱奇，不驚人而愈驚人矣。○花鳥深愁，此正所謂"真宰上訴天應泣"者也。

沈巖眉：題曰"短述"，詩意亦易明，本非難解，近見中州一老生

---

① 校注："五六水勢"，杭本作"五六亦水勢"；"首句"，杭本作"起句"；"短述"，杭本作"述作"。

解此詩穿鑿，真在牛角中覓生活，而老生自負頗堅，不覺爲之捧腹。

嚴復墨眉：題於江水意極浩漫，而詩中第三聯乃輕描淡寫，轉於詩功，以全力寫之。題詩不相應如此，試問讀者有可味不?

王伯沆紅眉：詩與題似不相涉，實則觀水如海，悟詩學也，讀末二句可見。

爲人性僻耽佳句，（**奚祿詒甲本旁**）人皆取此，吾謂不然。**語不驚人死不休。**（**俞瑒甲本評**）謂少年苦吟。（**吴廣霈墨眉**）一起陡然，頗得勢。（**奚祿詒乙本墨眉**）人皆贊首二句，予謂不佳。題似過細，詩則疏略，止做“短述”，“水如海勢”何故略之? **老去詩篇渾漫興，**（**俞瑒甲本評**）老則隨意付與。（**厲鶚評**）“漫興”當作“漫與”。（**秦應逵紅旁**）猶言没要緊，不論佳否。（**李以峙墨眉**）（漫與）按，“漫與”“漫興”説者幾等聚訟，竊謂“興”字自然，作“漫與”便費注解。“興”之作“與”，直爲近似而訛。王、蘇詩皆去公後，不得引以爲證。○又按，“漫興”慣用“漫與”，僅見王、蘇之用，“漫與”正以其字新，故從之耳。**春來花鳥莫深愁。**（**方拱乾評**）不刻畫也。（**奚祿詒甲本旁**）無干夢想。（**奚祿詒乙本墨旁**）言不作花鳥之詩矣。（**錢載評下**）第一要知此非另一手。（**秦應逵紅旁**）猶言不必愁，如往日之刻意也。**新添水檻供垂釣，**（**俞瑒甲本評**）值水。**故著浮槎替入舟。**（**李念慈紅眉**）絶不及水勢，真不可强解。（**錢載評**）略將“浮槎”了却，然已恰好，蓋多不得也。俗子乃寫水，不知此非另一首也，蓋偶然應如此耳。（**嚴復墨眉**）即“浮槎替入舟”，吾亦不甚了了。（**吴廣霈墨眉**）五六亦新，而尤妙。**焉得思如陶謝手，**（**方拱乾評**）通篇爲論詩。（**俞瑒甲本評**）思，去聲；陶、謝，淵明、惠連也。應“驚人”語。（**奚祿詒甲本旁**）“聊短述”。（**厲鶚評**）“聊短述”。（**曹炎眉**）陶謝，淵明、玄暉也。**令渠述作與同遊。**（**奚祿詒甲本旁**）賦也。（**錢載評**）如此乃是“聊短述”。（**秦應逵紅尾**）只寫“短述”意，不寫水勢。（**吴廣霈墨眉**）收句鬆懈未稱。

【彙評】

張學仁參定：玩題重在“聊短述”三字，前四句歎其句不驚人，結語冀其思如陶、謝，止五六略點水勝，知古人制題自有輕重之别。

吴廣霈墨旁批“吴云”：此説非是，後五六一聯正拍合題旨也。

水檻遣心二首

奚禄詒甲本眉：此種惟老杜有之。〇五言風味，只合如此做。

朱方藹紅眉：語語體勘入微，真無一字直寫，然渾自却妙。

其　一

題鮮于樞評：此詩首二句起下六句，末二句結上六句。然水檻所見景物如此瀟灑，足以遣心，豈不快哉？賦也。

盧見曾紅眉：葉夢得曰：詩語忌過巧，然緣事體物，自有天然之妙。如老杜“細雨魚兒出，微風燕子斜”，此十字殆無一字虚設。細雨着水面爲漚，魚嘗上浮而淰。若大雨，則伏而不出矣。燕體輕弱，風猛則不勝，惟微風則受以爲勢，故又有“輕燕受風斜”之句。

題張問陶墨眉：“無村”，檻外即江也，恰接第三。江岸有樹，恰接第四。五六接江邊寫，七八應轉一二。

去郭軒楹敞，無村眺望賒。（**方拱乾評**）畫。（**李以峙墨眉**）（無村）按，結語云云，正應“無村”。作“林”字非，亦以形近而訛。澄江平少岸，幽樹晚多花。（**吴廣霈墨旁**）雋秀可餐。細雨魚兒出，微風燕子斜。（**方拱乾評**）明明合掌，却不見其合掌，何以故？（**錢陸燦甲本眉批**）雨急則魚不出，風狂則燕不飛。（**錢陸燦丙本評**）急雨則魚不出，狂風則燕不飛,體物之至。(**奚禄詒甲本眉**)雅緻堪挹。(**奚禄詒甲本旁、乙本墨旁**)物情入細。(**奚禄詒乙本墨眉**)風韻可人。城中十萬户,此地兩三家。(**方拱乾評**)如此結,非公不能。(**吕留良紅眉**)閑澹自然。(**奚禄詒甲本旁**)賦也。(**奚禄詒乙本墨旁**)以下正是"無村眺望"。(**吴廣霈墨尾**)結惜欠工。(**嚴復墨眉**)"城中"二語的非老手大家不□,蓋詩人貴直寫事實而情境表現,此唐詩三昧也。

【彙評】

沈巖尾:"十萬户""兩三家"各適其適,猶燕子、魚兒自樂也。然則幽樹、澄江僅足以樂先生也。

佚名丁墨尾:前章横寫,從檻外之景空闊縱目也。○一二從置檻處起,是首章體。"無村",檻外即江也,恰接第三。江岸有樹恰接第四。五六接江邊寫,七八應轉一二。偏説有家,正使"無村"益顯。

其　二

題鮮于樞評:首四句言夜雨朝晴,而第三句應首句,第四句應次句,且其間景物清美可愛,若是言水檻也,特我不堪老病耳,豈尚浮名哉?惟把酒以送此生足矣。此言遣心。賦也。

盧見曾墨旁:此章詠雨後晚景,情在景中。中四皆水檻前所眺望者,末聯遥應郭村,以見郊居之清曠。八句排對,各含遣心。

朱方藹紅眉:此首方寫遣心。

蜀天常夜雨,江檻已朝晴。葉潤林塘密,(**方拱乾評**)分頂。(**奚禄詒甲本旁**)夜雨。(**嚴虞惇紅旁**)夜雨。衣乾枕席清。(**奚禄詒甲本旁**)朝晴。(**嚴虞惇紅旁**)朝晴。不堪祇老病,何得尚浮名。(**奚禄詒甲本眉**)五六雖寫懷,與上文不洽,末句可傷。(**倪象占藍眉**)二字亦頓。

(李以峙墨眉)(尚)按,“衹老病”“尚浮名”正對,作“向”亦形似之誤。**淺把涓涓酒,深憑送此生。** **(方拱乾評)**“淺把”“深憑”,自然應合,豈屬有心?**(奚禄詒甲本旁)**“淺”“深”二字下得斟酌而情苦。**(奚禄詒甲本旁)**賦也。**(奚禄詒乙本墨眉)**“淺深”二字下得斟酌,情苦可傷。**(王鄰德藍旁)**結句故自有理,然亦無可如何云□耳。**(王鄰德紅眉)**一結細潤有味。**(王伯沆紅眉)**“送”字與“野店山橋送馬蹄”同妙。

【彙評】

王鄰德墨尾:首四句言夜雨朝晴,而第三句應首句,第四句應次句,且其間景物清美可愛,若是言水檻也,特我不堪老病耳,豈尚浮名哉?惟托酒以送此生則足矣。

春　水

題鮮于樞評:言春水漲而色動柴門,雖云可以接縷垂餌,連筒灌園,然已添水鳥争浴而故意相喧,爲可厭耳。賦也。

方拱乾評:景色如見。

奚禄詒甲本旁:在草堂時。

題張問陶墨眉:四句“動”字好,東野詩云“水草色相洗,碧色動軒檻”藍濫於此。

嚴復墨眉:只第一句點清,餘皆不言春,而以云他時水不得,真是傳神之作。

三月桃花浪, **(奚禄詒甲本眉)**“浪”一作水,“浪”字與下文句句不合。**(奚禄詒乙本墨眉)**“浪”字之不通者,與下文句句不合。**江流復舊痕。** **(屈復評)**“復舊痕”寫春漲,妙絶。**(朱方藹紅眉)**眼前景物,一語不浮,結語俊宕。(**吴廣霈墨眉**)起佳。(**奚禄詒乙本墨眉**)“復舊痕”即不用“浪”字。**朝來没沙尾,碧色動柴門。接縷垂芳餌,連筒灌小園。**(**厲鶚評**)“接縷”言其深,“連筒”言其遠,想見春水之盛。**已添無數鳥,争浴故相喧。**(**汪琬甲本紅眉**)“寄語故林無數鳥”,古詩。(**奚禄詒甲本尾批**)賦也。○結不住。

【彙評】

佚名丁墨尾:寫春雨後水漲,能一字不混入雨,能字字切春,斷非他手能辦。通首生趣盎然,活潑潑地。○前四走馬、偷春而下,流活之極,人事偏置。五六物情偏置,七八倒拈更别。

江　亭

題鮮于樞評:言客居江亭,野望之時,觀水流而心不競,瞻雲在而意俱遲,且寂寂而“春將晚”,欣欣而“物自私”,然我於故山則歸未得,反不如物之得遂其生,是以排悶而强裁詩以自遣耳。賦也。

李念慈紅眉:公此詩蓋入悟後詩,昔結率意耳。

吕留良紅眉:幽玄自得。

俞瑒甲本評:《别裁》云:不著理語,自足理趣。

屈復評:《江亭》“望”字起,中四總承,三四自己之閑適,五六萬物之閑適,一片天機,結忽陟轉一境,總應上六句,言當春光明媚時,而猶離兵革之苦也。①

朱方藹紅眉:縱横理窟,矯若游龍,昔賢謂公見道過昌黎,於斯益信。

① 校注:“總”,杭本作“綂”,疑“總”字之訛;“猶離兵革之苦”,杭本作“猶未得歸”。

奚禄詒甲本眉：花柳無私是“甘苦齊結實”之意，與此不同。“物自私”是蔡中郎“枯桑知天風，海水知天寒。出門各自媚，誰肯相爲言”之意。正與“水流雲在”二句、下文“排悶”二句相貫注。

奚禄詒乙本墨眉：三四，劉云，閑言閑語非吃緊不能道，余謂不然，正是公無入而不得處。○花柳無私，是“甘苦齊結實”意，與此不同。“物自私”是蔡中郎“枯桑知天風，海水知天寒。出門各自媚，誰肯相與言”之意，正與“水流雲在”二句及下結句相貫注。

盧見曾墨旁：上四江亭之景，下乃對景感懷。水流不滯，心亦從此無競；閒雲自在，意亦與之俱遲。二句有淡然物外、優游觀化意。

盧見曾紅旁：薛瑄曰：“水流”二句從容自在，可以形容有道者之氣象；“寂寂”二句，可以形容物各有物之氣象。“江山如有待，花柳更無私”，唐詩皆不及此氣象。

吴錫麒紅眉：淡遠之筆□純自然，此是詩家上乘。

題張問陶墨眉：中四居然有道之言，覺雲溪風輕，無此深趣。○陶云“木欣欣而向榮”，又加“自私”二句，殊能盡物之性。

王鄰德紅眉：陶淵明云：“雲無心而出岫，鳥倦飛而知還。”杜子美云：“水流心不競，雲在意俱遲。”若淵明與子美相易其語，則識者以爲子美不及淵明矣。觀集中“雲無心”“鳥倦飛”，則可知其本意。至於“水流心不競，雲在意俱遲”，則與物初無間斷，氣更混淪。

坦腹江亭暖，（**題商盤紅旁**）對起。**長吟野望時。**（**陳治墨眉**）右丞“行到水窮處，坐看雲起時”同一悟境。**水流心不競，**（**奚禄詒甲本旁**）無入而不自得矣。（**嚴虞惇紅旁**）目擊道存。**雲在意俱遲。**（**吕留良紅旁**）玄意可禪可道，稍過則宋矣。當著法。（**汪琬甲本紅旁**）禪。（**方拱乾評**）禪語。（**俞瑒甲本評**）江亭之景。（**申頲墨眉**）不見精警。（**題商盤紅旁**）

背面對。(**陳治墨旁**)妙處只可意會。(**秦應逵墨旁**)一"在"字,人不能到。(**吴廣霈墨旁**)二句有理想無理解,妙在可解不可解之間。**寂寂春將晚,欣欣物自私。**(**方拱乾評**)生結。(**嚴復墨眉**)此是陶語,宋儒極賞此種語。(**張雝敬墨旁**)此等句可以神契,斷不可下一注脚。(**王鄰德紅旁**)自私、無私,各有其妙傳不出。**故林歸未得,排悶强裁詩。**(**俞瑒甲本評**)應次句。(**奚禄詒甲本尾批**)賦也。○中四句宋人斷乎不能學。(**奚禄詒乙本墨旁**)不怨不尤矣。

【彙評】

俞瑒甲本評:結語自爲"長吟"照應,不得以無聊藉口。

張學仁參定:三四極力追琢,説理入妙,絶不露斧斫痕迹。詩中化境,至宋人學之便成腐語。

陳訏紅眉:此詩通首皆排悶意。末句點出作詩之旨□。江亭吟望,玩水觀雲,皆無聊自遣。"心不兢""意俱遲",正是描寫悶意,與躁怒愁苦不同。下言春暮,物各自私,而己獨故林未歸,所以成悶,所以排悶而裁詩也。○有物各得所,春水[風]沂水景象。如此,則浩然曠然,何云排悶?

題商盤尾:三四望雲臨水,心下真有此段光景,只是口中苦説不出,若説得出,豈非好手?然亦心眼相凑,偶然寫成,非刻畫之所能及也。

王鄰德墨尾:言客居江亭野望之時,觀流水而心不競,瞻雲在而意俱遲,且寂寂而春將晚,欣欣而物自私,獨我於故山則歸未得,反不如物之得遂其生,是以"排悶强裁詩"以自遣耳。

沈巖尾:少陵何嘗無道學詩?但不陳腐耳。

佚名丁墨尾:發端極優緩,故次聯透出胸襟,便極閑適。至三聯通之化象,漸已逼到身家,故結語直吐心事。須知七八離鄉之感,從"物自私"三字帶出,非硬裝也。○中四饒有"點也"氣象。○通觀三首,時時流露道機，知此老天資高妙，從性分中來，非從道學中來也，帶道學氣則腐矣。

早　起

題鮮于樞評：言幽事相關，而"春來常早起"，下六句皆相關之幽事。賦也。

方拱乾評：趣。

屈復評：中四皆幽事，五六流水對，蓋躋攀即在一丘也。無酒不暢，"得"字有幸喜意在。①

奚禄詒甲本眉：不屑屑追琢，正自風味。

奚禄詒乙本墨眉：不屑屑鎚鍊，正爾風味。

盧見曾紅旁：方回曰：杜此等詩，乃晚唐之祖，千鍛百鍊，似此者極多。尾句别换意，亦晚唐所必然者。

朱方藹紅眉：總是胸無掛礙，亦正於作用，見幽情。

朱方藹紅旁：杜□襄陽詩中每有拙意，拙意正是生意，非老手不能，非二公亦未易能。

題張問陶墨眉："得"字好，一則見其難得，一則喜其助幽興也。

王鄰德墨眉：言幽事相關，而春常早起。下六句皆相關之幽事。

春來常早起，幽事頗相關。（**俞瑒甲本評**）"幽事"二字領通首。（**奚禄詒甲本旁**）申"早起"。○次句以下皆幽事也。（**奚禄詒乙本墨旁**）申上句。（**奚禄詒乙本墨眉**）次句以下皆幽事，一氣而下。（**嚴復墨眉**）從第二句起，中二聯結尾乃别□意。帖石防隤岸，開林出遠山。（**方拱乾評**）幽事。（**李念慈紅眉**）"出"字妙。（**俞瑒甲本評**）在外幽事。（**厲鶚評**）"開

---

① 校注："酒"，杭本作"得"；"幸喜"，杭本作"喜幸"。

林”，伐開林木也。**一丘藏曲折，**（**厲鶚評**）承“帖石”。**緩步有躋攀。**（**方拱乾評**）“有”字重。（**俞瑒甲本評**）在内幽事。（**奚禄詒甲本旁**）本古詩“緩步以當車”來。（**厲鶚評**）承“開林”。**童僕來城市，瓶中得酒還。**（**俞瑒甲本評**）更遂幽興。（**奚禄詒甲本旁**）賦也。〇五六一氣直下。

【彙評】

張學仁參定：方虚谷謂，杜此等詩千鍛百煉，乃晚唐之祖。

秦應逵紅旁：除却沽酒，更無一事與城市相關，正足“幽”字。

佚名丁墨尾：“幽事”二字，全提事幽，故興亦幽。

落　日

題鮮于樞評：首二句起中四句，真所謂有聲畫者也。末以酒解愁，結之灑落不羈，古今莫及。賦也。

汪琬乙本評：本是鬱鬱無聊，寫來更饒興象。

留良紅眉：是真景。“遊”字亦得其狀，但不如“墜”字秀拔耳。

屈復評：即景起，中四幽事。樵舟依花圃而爨，啅雀争飛蟲而墜，流水對。究竟無酒不能解憂，若深感愁者。①

盧見曾紅旁：起語天然工妙。〇謝榛曰：五律首句用韻，宜突然而起，如“落日在簾鈎”是也。

盧見曾墨旁：此詠春日暮景。“春事幽”領起中四。“芳菲”“樵爨”，溪前幽事；“啄雀”“飛蟲”，堂前幽事，皆承“落日”言。公情與景會，而歸功於酒，故以散憂結之。

申頲紅眉：杜詩每首必有佳句，多以結語不稱，令人敗意。

---

① 校注：“花圃”，杭本作“老圃”；“若深感愁者”，杭本作“詎造汝若深憾然者”。

厲鶚評:即事作題最佳。

題商盤紅眉:偶然得首一句,遂以起興,起得佳,接句亦不弱,如此起法最患處無力,不圖七句復爾矯健,誠五律上構也。

朱方藹紅眉:本自鬱鬱無聊,寫來更饒興象。

吴士模墨眉:本是鬱鬱無聊,寫來更饒興象。

嚴復墨眉:謝茂秦謂,五律起句用韻宜突然而起,□似此句,顧此亦非甚難之詣。

王鄰德紅眉:且樵且爨,真倚灘之景。"稍知花改岸,始驗鳥隨舟","青惜峰巒過,黄知橘柚來",此舟行幽境,二語是舟泊幽境,非老於舟楫不知。

落日在簾鉤,(**方拱乾評**)"在"字妙。(**俞瑒甲本評**)起得超忽。(**奚禄詒甲本旁**)舊以首句爲佳,甚謬。○不穩。(**奚禄詒甲本眉**)"在"字易,"簾鉤"亦不穩。溪邊春事幽。(**吕留良紅旁**)起清逸。(**俞瑒甲本評**)領下。(**吴廣霈墨眉**)劈空直起,脱盡恒蹊。○細體物情,非有内心人不能臻此。(**奚禄詒乙本墨眉**)"在"字易,"在簾鉤"亦不妥。舊以爲佳,予不敢奉承。芳菲緣岸圃,(**題商盤紅旁**)分疏句。(**奚禄詒甲本旁**)下皆幽事。樵爨倚灘舟。(**汪琬甲本紅旁**)如見。(**方拱乾評**)好景。(**俞瑒甲本評**)溪前幽事。啅雀争枝墜,(**吕留良紅旁**)畫意。飛蟲滿院遊。(**俞瑒甲本評**)堂前幽事。(**陳治墨眉**)《酒頌》一篇,真覺詞費矣。濁醪誰造汝,一酌散千憂。(**方拱乾評**)與"盗賊爾猶存"同一呼。呼"濁醪",愛也;呼"盗賊",怪也。(**吕留良紅尾**)發一句意,稱酒説愁,便有奇致。(**奚禄詒甲本旁**)賦也。(**奚禄詒甲本眉**)閒適時猶借酒遣愁,無日不愁可知。(**奚禄詒乙本墨眉**)遯叟云:下一"汝"字覺此酒甚味。○全首自放蕩得□。(**王鄰德墨尾**)灑落不羈,古今莫及。(**王鄰德紅旁**)語自放蕩。(**李以峙墨眉**)(一酌)按"一酌"與"千愁"呼應。"酌罷"便不是,至"一酌罷人憂"則句更無力矣。(**沈巖眉**)結近頹唐。

【彙評】

錢陸燦丁本評:中四句皆落日時景也。"遊"字亦得其狀,但不如"墜"字秀拔耳。

張學仁參定:通首句句皆煉,字字皆煉,斷非率爾操觚者所能道。《提要》云:首句筆力已勁,第七句没爾矯舉,總是要提得筆起。

吴廣霈墨尾:或讀此末句,訝曰:杜老乃不知杜康造酒之典。則斯人真盲人,不可與之論詩也已。

張雖敬墨旁:歸功讚歎聲在言外,勝一篇《酒德頌》多矣。

佚名丁墨尾:亦與前詩一類。○"緣岸""倚灘"略讀。結比前詩稍作意。《杜臆》云:皈[歸]功於酒。

題商盤紅眉:酌酒解憂最是常事,突説"誰造汝",並其憂之萬難排遣,言外俱見,然實翻魏武語耳。明知杜康造酒,偏説不知誰造,本非虎頭畫壁,硬説是渠所畫,纔見詩癡趣。

獨　酌

題鮮于樞評:詩言步屧之晚、獨酌之遲者,何哉?爲觀粘落絮之仰蜂,上枯梨之行蟻故也。第自顧薄劣,而慚夫真隱。草堂幽僻,而得以自怡。本無軒冕之意而然,非是傲世。賦也。

錢陸燦甲本眉:蜂房懸於枝上,群蜂自下而上,故曰"仰"。蜂偶有柳絮粘於其足也,凡蟻得食以入穴必倒耳,故曰"倒蟻"。枯梨,乃蟻穴之所在也。

屈復評:即景即事起,三四承首句步屧之景,五六承次句獨酌之懷,七句承五句"慚真隱",八句承六句,聊自怡而已。蜂因絮落而仰，蟻爲梨枯而上，物自適也。①

朱方藹紅眉：生造處有開物之能。〇五六用意深苦，非其人不知其高。

吴士模墨眉：生造處有開物之能。五六用意深苦，非其人不知其高。

沈巖眉："仰蜂""行蟻""花蕊""芹泥"，杜集中此種句法不必效颦，學之易墮小家數。

步屧深林晚，（**李以峙墨眉**）（步屧）按"步履""倚仗"均可。**開樽獨酌遲。仰蜂黏落絮，**（**俞瑒甲本評**）獨酌所見。（**嚴虞惇紅旁**）體物。（**題商盤紅旁**）語含比興，實眼句。三四承首句。（**李以峙墨眉**）（絮）按"絮""蕊"形相近，均説得去，而蜂粘蕊，似較有情。**行蟻上枯梨。**（**方拱乾評**）蜂蟻之自怡。（**方拱乾評**）二句不是寫景，乃獨酌時眼與意所到。（**錢陸燦丁本評**）行蟻，行列之蟻也。細景幽致，真獨酌時風色。（**吕留良紅旁**）款款幽致，真獨酌時風色。（**俞瑒甲本評**）行，户郎反，謂行列也，即"塞柳行疏翠"之意。（**奚禄詒甲本旁**）三四小景，却寫得多情。（**奚禄詒乙本墨眉**）三四小景，却寫得多情。〇"蕊"字不通，若用落蕊則蜂不得仰，亦不得粘，惟柳絮飄飄纔可云"仰粘"。（**吴廣霈墨旁**）心入微芒，珠穿九曲。（**李以峙墨旁**）（行蟻）按"行""倒"亦形相近，均可從。（**沈巖旁**）獨酌時所見。（**嚴復墨眉**）似宜作"蕊"，蜂不集柳。〇"行"亦不必讀破。（**王伯沆紅眉**）静觀。**薄劣慚真隱，**（**題商盤紅旁**）五六承次句。**幽偏得自怡。**（**吕留良紅旁**）二句可榜春門。**本無軒冕意，**（**俞瑒甲本評**）獨酌之情。（**題商盤紅旁**）

---

① 校注："步屧"，杭本作"步履"；此批語外，杭本另有"步深林所見，蜂蟻微物，喻己薄罷官，蜂蟻自適喻自怡。無方罷官，自今以後，本無赤希軒冕之意，豈敢傲當時耶"數句。

反言見意。七承五,八承六。**不是傲當時。**(**屈復評**)少陵自許稷契,忽作如是謙遜語,滿肚皮不平,姑委婉寫出耳。①(**奚禄詒甲本眉**)軒冕不及,只好付之無心。○賦也。(**奚禄詒乙本墨眉**)軒冕不及,只好付之意外。○末句正存厚道。(**沈巖旁**)獨酌之情。

【彙評】

錢陸燦丙本評:錢云:蜂房懸於枝上,群蜂自下而上,故曰"仰"。"枯梨",蟻穴所在。

吕留良紅眉:忽得四句有道之言,詞家正合如此,見風人態。

題商盤尾:三四步屧之景,後半獨酌之懷。

題商盤紅眉:蜂觸物墜,故見其仰而在地;枯梨蟻穴,故見其上而成行。蜂蟻微物而能各適其適。以微物自比,故曰"薄劣",亦如其各適,故曰"自怡"。○五六皆酩酊之意,故接云言己有何才,謬取人忌,客醉後昏盹失禮,主臣有之耳。

吴廣霈墨尾:麋鹿之性終棄於長林豐草間,非功名中人所可知也。"吾亦澹蕩人,拂衣可同調",奈何境累之而時厄之耶?

佚名丁墨尾:一種幽微之景,悉領之於恬退之時,律體正宗。

可　惜

題鮮于樞評:首言日月逝而歲不我與,故深惜歡娱之地而非少壯之時,然寬心遣興,莫過詩酒,此意惟靖節知之,奈我落其後耳。賦也。

方拱乾評:唐人"底"字多作"何"字解。

---

① 校注:此批語杭本闕。

吕留良紅旁:往往提出二字爲題,奇簡有詩態,信不草草。

王士禛評:一起奇。

奚禄詒甲本墨眉:開口四句凄其不可讀。此等起句,律詩難得,却是做律之式。

奚禄詒甲本旁:一氣而下,却句句轉。

奚禄詒乙本墨眉:首四句老人不堪讀。○樸得妙,句句轉。

盧見曾紅旁:"烈士暮年,壯心不已",不如次句之有包含。

朱方藹紅眉:杜大家能備衆體,然一篇中正須看其渾成。○"烈士暮年,壯心未已",一片牢騷,感慨當於言外得之。

嚴復墨眉:起四句極逸宕之致,三聯申鳧盟以爲淺率不錯,即結語亦嫌凑泊。

王鄰德藍眉:古人秉燭夜遊,良有以也。

花飛有底急,(**奚禄詒乙本墨眉**)"底"者,恁的之意,猶云如此之急。(**王鄰德紅旁**)好。老去願春遲。(**汪琬甲本紅眉**)花嫌春去早。(**方拱乾評**)悲在"願"字。(**陳治墨眉**)開口一句,何人道得?(**秦應逵墨眉**)起句奇。(**吴廣霈墨眉**)一起斗絶,接句更妙,三四白描佳絶。(**吴廣霈墨旁**)此句人罕知其妙,劍叟獨賞之,以吾亦老去爾。可惜歡娱地,(**俞瑒甲本評**)承"願春遲"説。都非少壯時。(**方拱乾評**)少不得此二句。(**吴廣霈墨眉**)五六太率意,以"詩酒"二字未免落套耳。(**王鄰德紅眉**)四句情景蕭然。寬心應是酒,遣興莫過詩。(**吕留良紅旁**)隨口語。(**紅尾**)五六俚俗可恨。(**陳治墨眉**)一片牢騷,當於言外得之。五六見詩酒猶非本懷。元亮是子房一流人,公是陶公千載知己。(**吴廣霈墨眉下**)二句接得緊勁。此意陶潜解,(**俞瑒甲本評**)雙收詩、酒。吾生後汝期。(**方拱乾評**)"汝"指陶潜。(**奚禄詒甲本尾批**)賦也。○末句是孔子後死者之旨。(**奚禄詒乙本墨眉**)末句是孔子後死意。

【彙評】

張學仁參定：語皆支對，氣自流走，集中疏宕之作。

朱方藹紅旁：五六正有深意，見詩、酒猶非本懷，因自託於柴桑。即此語，陶公千載知己。元亮是子房一流人，公正自具眼。

王鄰德墨尾：首言日月逝而歲不我與，故深惜歡娱之地而非少壯之時，然寛心遣興，莫過詩酒，此意唯靖節知之，奈我落其後耳。

佚名丁墨尾：三四即作轉語。上言年老還藉春光，是欲留春也；此言雖留得春住，而嬉春之興已盡索矣，故須以詩酒遣之。五六反是順承，破盡常格，獨嫌詩酒出筆太滑耳。結亦有味。

徐　步

題鮮于樞評：言日將暮時，徐步郊行，見芹泥、花蕊之上，蜂鬚而隨燕觜，言物之得所也。次言把酒吟詩，不敢論才之見忌，“實有醉如愚”以避之。賦也。

方拱乾評：此首緣起實是七句，蓋有所不得於胸中而徐步自爲耳。○畫出。

錢陸燦甲本眉：白傅詩“袖中吴郡新”詩本“衣上杭州舊酒痕”。彼流麗，此渾淪。

錢陸燦丙本評：白傅詩“袖中吴郡新”本“衣上杭州舊酒痕”。彼流麗，此渾淪。

汪琬丙本評：《徐步》《獨酌》二詩，如“芹泥”“花蕊”“仰蜂”“行蟻”，此種句法，不必效顰，易墮小家數也。

奚禄詒甲本眉：以醉處忌情，亦舒徐。

盧見曾墨旁：上四徐步景物，下四徐步情事，此庭内徐步也。“燕銜泥”，“蜂採蕊”，皆在日晡以後。步把酒故傾衣，步吟詩故攜杖。“才見忌”承“詩”,“醉如愚”承“酒”。

朱方藹紅眉:“徐步”,無限徘徊,正寫得“徐”字出。

整履步青蕪,(**俞瑒甲本評**)切“徐步”。**荒庭日欲晡。 芹泥隨燕觜,**(**題商盤紅旁**)實眼句。**花蕊上蜂鬚。**(**俞瑒甲本評**)徐步所見。(**奚禄詒甲本墨旁**)中四句字字是“徐步”。(**奚禄詒甲本旁、乙本墨旁**)“隨”“上”二字有力。(**奚禄詒乙本墨旁**)中四句字字是“徐步”。○此《楚辭·漁父》之旨。(**李以峙墨眉**)(蕊粉)按,“花蕊”亦可,然句本細膩,用“蕊粉”正不嫌其纖。(**嚴復墨眉**)次聯精細,徐步故見。**把酒從衣濕,吟詩信杖扶。 敢論才見忌,**(**方拱乾評**)有觸。頂六。(**題商盤紅旁**)跟六句對收。**實有醉如愚。**(**方拱乾評**)六句生七句,可想。(**俞瑒甲本評**)徐步所感。(**俞瑒甲本評**)“才”跟“詩”説,“醉”跟“酒”説。(**題商盤紅旁**)跟五句。(**奚禄詒甲本尾批**)賦也。○《楚詞·漁父》之意。(**奚禄詒乙本墨眉**)以醉處忌情,亦舒徐。(**佚名丁墨尾**)李于鱗曰:“敢論”之言,又見淳厚;“醉如愚”,又知自守。蓋爲世道梗阻之慨,蹊徑與《獨酌》詩相類。○仇注:以結聯分承“詩”“酒”,太□。○公晚年此等詩猶見《何將軍山林》風味。

【彙評】

題商盤尾:前半徐步之景,後半徐步之懷。○按:以上二作,絮絮自剖,似亦對俗物而言。

秦應逵紅尾:樂天詩“袖中吴郡新”詩本“衣上杭州舊酒痕”,彼流麗,此渾淪。

寒　食

題鮮于樞評:首四句言江村寒食之景物,次言當時田父鄰家之要我皆去而不辭者,蓋地偏而相知已盡,且雞犬亦將志歸,况我其可不從俗乎?賦也。

方拱乾評:詩者,有同題成詩者,看其點題處,自然天然;有以詩應題者,定要周旋題;有詩成而安題者,只論詩不論題,只用開手二字。

屈復評:前四寒食之景,後四寒食之事。"要皆去",今事;"問不違",平日事。結承五,雞犬忘歸,人在内矣。然雞亦帶説,犬能隨人,而雞否也。①

厲鶚評:虚字、重字下得工絶,地偏人少,田父鄰家,俱通往來,相識盡矣。

題商盤紅眉:此寒食日赴人要飲之作,題却只是"寒食"二字。詩中説得留連款洽,見公居草野,混俗和光如此。○次句寫景精細,出語又復老成。三四與"野潤煙光薄,沙暄日色遲"同妙,覺融和之景在目。○五言平日,六言今日,此陪説法,故七八只承五説下,而"相識"字則亦未嘗不該其中。

奚禄詒甲本旁、乙本墨眉:情景灑落。

盧見曾紅旁:浦起龍曰:風致何减《桃花源》。

朱方藹紅眉:佳興與人同,却自寫得渾妙。

題張問陶墨眉:史稱公在浣花溪,與田夫野老相狎蕩,五六句可證。

寒食江村路,(**李以峙墨眉**)(路)按"樹"字不如"路"活相。風花高下飛。汀煙輕冉冉,竹日淨暉暉。(**方拱乾評**)複字都下得不同。(**吴廣霈墨旁**)一句獨佳,昆山片玉,桂林一枝也。田父要皆去,(**題商盤

① 校注:"雞",杭本作"雞犬"。

紅旁)折腰句。(李以峙墨眉)(田父)按當從"父","田舍"則與"鄰家"複。**鄰家鬧不違。**(錢陸燦甲本眉批)"問",問遺也,何等平易近人。"要"字、"問"字皆一讀。(錢陸燦丙本評)錢云:"問",問遺也,何等平易近人。"要"字、"問"字皆一讀。"問"或作"鬧",非。(李念慈紅眉)此便是真隱。(李以峙墨眉)(問)按"鬧"字,形近而訛。**地偏相識盡,**(厲鶚評)承五六作結。(李以峙墨眉)按"失"字,音同而訛。**雞犬亦忘歸。**(方拱乾評)細心體會,如見當日落筆時。(張雝敬墨旁)"問不違","問"字是饋遺之解,《詩》"雜佩以問之"是也。

【彙評】

題商盤尾:八句之妙,又非一語可盡。"亦"字連人在内,一也;説人忘歸則庸,説物忘歸便趣,二也;本只有犬相隨,徑説雞犬,纔見老筆,三也。

佚名丁墨尾:風致何減《桃花源》,不作玩世語,故厚。

江畔獨步尋花七絶句

李念慈紅眉:音節滯重之中,意思潦倒,高興淋漓,讀之百遍,使人不厭。

奚禄詒甲本眉:七絶句格調絶人,擬議庶幾乎漢魏之間矣。○眼空一世。

奚禄詒乙本墨眉:劉云:每誦數過,可歌可舞。

奚禄詒乙本紅眉:眼空一世。

申頲紅眉:老杜七絶自爲一調,頗嫌其放肆無法,然有老杜全集,七絶不妨如此作也。學杜者必欲處處效之,乃極可厭。

厲鶚評:老杜七絶,跌宕磊落,不用婉弱之音。

陳治墨眉:杜老七絶有意别開蹊徑,他人學之,非俗則混矣。

嚴復墨眉:七絶句極遒峭生新之致,真老杜獨步。後人學而似者,惟山谷、後山耳。

嚴復墨眉:數詩用字極排奡,如"告訴""料理""報答"諸字面,他手均不能用也。

其　一

屈復評:一二非酒不可,三四獨飲不可,覓伴不得,非愛獨也。首章獨尋之由。①

秦應逵紅眉:看七絶,此老是何等風致。

沈巖眉:題是"尋花"詩,却云惱花,若花之未開即恨其早,及其已開即恨其易盡,惱之深於愛之,應知此際非酒伴誰與□應?酒伴既不在家,於是乎了然成獨步矣。以下到處一首,步步轉出計校,首首獨出行徑。

江上被花惱不徹,(**俞瑒甲本評**)尋花之由。無處告訴只顛狂。(**俞瑒甲本評**)"顛狂"二字七首之綱。走覓南鄰愛酒伴,經旬出飲獨空牀。斛斯融,吾酒徒。(**方拱乾評**)總是無處告訴。(**俞瑒甲本評**)是"獨步"。(**奚禄詒甲本旁**)以下數首皆有比興。(**奚禄詒乙本紅眉**)又言苦訴矣。(**嚴虞惇紅旁**)洗出"獨步"意。(**秦應逵紅尾**)正寫"獨步"二字。

【彙評】

俞瑒甲本評:是江畔,是獨步,是尋花,一字不苟。

---

① 校注:"非愛獨也",杭本作"非愛獨尋也"。

其 二

屈復評:此獨尋也。"實怕春"猶"被花惱"意,"驅使"言猶堪勝任,"料理"猶言不用看管,"白頭人"老無妨也,謂我爲人,《楚詞》有之。

稠花亂蕊畏江濱,(**李以峙墨眉**)(裹)按,"畏"字費解,明是形近而誤。**行步欹危實怕春。**(**俞瑒甲本評**)切至江上。(**奚禄詒甲本眉**)不回讀。一回讀有一回之味,感時、憤時、惜時、適時,無所不可。(**奚禄詒乙本墨眉**)感時、憤時、惜時、適時,無所不可。○惱怕者,正是愛之極。**詩酒尚堪驅使在,未須料理白頭人。**(**奚禄詒乙本墨眉**)白句俗,白詩予素不取。(**奚禄詒乙本墨旁**)詩酒尚堪遣興,不須料理耳。(**沈巖尾**)春豈欲料理人耶?用意幻甚,即藏末首"花盡老相催"意。

【彙評】

俞瑒甲本評:好春光,好風景,其中有不得已處,令人慨然。

其 三

屈復評:美酒生涯,即是"報答春光","有處"即此處也。素意歸國,今且終老於此矣。送我生涯,應須美酒;報答春光,已知有處。言花開正好也。以下四首,獨尋有花之處。[①]

奚禄詒乙本墨眉:屈原《九歌》,賦中兼了比興,公之七言絶句竟與《楚辭》相頡頏。擬之不盡,又是《王風》之遺。太白能坐隻字否?百回讀之,一回有一層之妙。余常擬之,終日閣筆。

---

① 校注:此批語杭本僅有"以下四首,獨尋有花之處"二句。

江深竹静兩三家，(俞瑒甲本評)過江上數家。多事紅花映白花。(孫承澤墨眉)數詩看花，觸恨都在同字上見。(方貞觀墨眉)此子美絶句之最有情致者。報答春光知有處，應須美酒送生涯。(方拱乾評)惱不徹。(沈巖尾)花欲料理人，花之多事也，我便思所以報答之。

【彙評】

俞瑒甲本評：怕春光惱，何其薄待春也。正以胸中塊壘，藉春以發抒也。

奚禄詒乙本墨旁：七首總是惜春之意，猶恐日月之遲暮云爾。

其　四

屈復評：此江村野人家之花也。最好買醉之地，最好有花之所，惜無伴。此遠望之花也。①

東望少城花滿煙，(俞瑒甲本評)回望城中。百花高樓更可憐。(奚禄詒乙本紅眉)望少城而即説黄師塔、黄四娘，可見身世之金盞、繡筵者，無非黄師塔、黄四娘之家。誰能載酒開金盞，(李以峙墨眉)(盞)按當從"盞"，如從"鎖"，豈佳人鎖閉樓中而待開却乎？恐非是。唤取佳人舞繡筵。(方拱乾評)無處告訴。(沈巖尾)報答有處，庶幾在少城高樓之區乎？然而金盞、繡筵，誰能代爲我謀乎？

其　五

屈復評："懶困"，花半開，未全開也。"倚"，賴也。若大風則大

① 校注："惜無伴"，杭本作"可惜無伴"。

開而飄落矣。兩“愛”字,任人玩賞之意。①

黄師塔前江水東,(**吕留良紅眉**)此老風情乃爾。(**俞瑒甲本評**)塔前。**春光懶困倚微風。**(**俞瑒甲本評**)少憩。(**奚禄詒甲本眉**)真《王風》之遺。**桃花一簇開無主,可愛深紅愛淺紅。**(**方拱乾評**)“可”字活讀,如“能”字、“肯”字。(**方拱乾評**)七首總是惱不徹,無處告訴。(**嚴復墨眉**)疊用“愛”字極風神,抑字不可用。(**李以峙墨眉**)(愛)按作“映”,作“與”,皆不如“愛”字妙。

【彙評】

沈巖尾:夫望人載酒開筵,終不可得,則是天地間惟我所得主者爲善耳。試思花開無主,寧不惟我所愛乎?又從上首翻出計校也。

其　六

屈復評:此加意種植,無所不有之花也,故繁華特異諸處。

黄四娘家花滿蹊,(**俞瑒甲本評**)黄家。(**奚禄詒乙本墨眉**)突云“黄四娘”,意更憒。**千朵萬朵壓枝低。**(**奚禄詒甲本眉**)如此等渾成之詩,太白一字不能。**留連戲蝶時時舞,自在嬌鶯恰恰啼。**

【彙評】

沈巖尾:我欲愛無主之花,只爲無處行樂耳。今此黄四娘家明係金盞、繡筵,乃又爲戲蝶、嬌鶯所占,可恨也。

---

① 校注:“兩‘愛’字,任人玩賞之意”,杭本闕。

其　七

俞瑒乙本評：末首見本旨，作總結。

屈復評："即索"猶"只索"也，"細細"猶"漫漫""徐徐"也。〇下二句解上二句，結上六首。

盧見曾墨旁：愛花欲死，少年文情。花盡老催，暮年之感。繁枝易落，過時者將謝；嫩蕊細開，方來者有待。亦寓悲老惜少之意。

不是愛花即肯死，（**俞瑒甲本評**）總結。（**李以峙墨眉**）（愛花欲死）按，此用俗語也。作"肯死""索死"便是後人做作之句。**只恐花盡老相催。**（**奚禄詒甲本尾批**）末首正總結得住。（**嚴復墨眉**）發端如此，須想下筆時此老胸中有多少盤旋在。《西厢記·借厢》張生對法聰和尚開口便説"不作周方"，同一妙絶。**繁枝容易紛紛落，嫩葉商量細細開。**（**張雝敬墨旁**）只爲"商量"兩個字，必不可割捨。（**李以峙墨眉**）（嫩蕊）按，葉何取其開？明是形似而訛。

【彙評】

俞瑒甲本評：於尋常聲調外，别見風格。少陵絶句之佳，正於此種得之。

張學仁參定：七首以惜花悲老爲綫索，章法要自變化。

沈巖尾：凡此皆爲愛花，自然愛花本自無妨，但恐我未報答，彼先料理，爲是惱耳，庶幾思誰物來稍自慰也。總結六首。

絶句漫興九首

方拱乾評：七言絶原喜曲婉，而公一味直硬，自非勝場，然讀之却有一種老辣氣不可及，乃成公之七言絶矣。

李念慈紅眉：諸絶音節不必流利，總以意勝。

俞瑒乙本評：九首漫詠一春之事，若與春色商量者，然自成一種風調，九首節節相承。

錢載評：《冷齋詩話》："漫興"當作"漫與"，言即景率意之作也。少陵詩有"老去詩篇渾漫與"之句，後人妄改作"興"字，始於元楊廉夫，歷考蘇、黄諸公，襲用之，皆以"與"字押韻，可以正楊之謬。

陳治紅眉：《冷齋詩話》："漫興"當作"漫與"言，即景率意之作也。先生詩有"老去篇章渾漫與"之句，後人妄改作"興"字，始於元楊廉夫。歷考蘇、黄諸公，襲用之，皆以"與"字叶韻，可以正楊之謬。

奚禄詒甲本眉：如此九首，的的樂府。

奚禄詒甲本旁：皆賦而比也。

奚禄詒乙本紅眉：首首樂府，唐人千學萬學，不可到也。

沈巖眉：自成一種聲調，風味甚佳。○少陵七絶在盛唐時諸公中獨創别調，雖非正派，自足風致。

其　一

屈復評：客愁不醒，春色已到江亭，即遣花開，便教鶯語，何無賴如此？"深造次"，開之速；"太丁寧"，語不已也。其詞若怨，其意乃深喜之。①

盧見曾紅旁：陸游曰：白樂天用"相"字多作思必切，如"爲問長安月，如何不相離"是也。此詩"相欺"，亦當從入聲讀。

題張問陶墨眉：李東陽《麓堂詩話》：少陵《漫興》諸絶句有古竹

① 校注："客愁不醒"，杭本作"眼見客愁不醒"。

枝詞意，跌宕奇古，超出詩人蹊徑，韓退之亦有之。

眼見客愁愁不醒，（**嚴虞惇紅眉**）“眼見”著“春”字上妙，所爲無賴也。**無賴春色到江亭。**（**錢陸燦甲本旁、丙本評**）春色無賴，公慣用其語意。春色一到便遣花開，便教鶯語，故云“無賴”。（**朱方藹紅眉**）正自有致。（**嚴復墨眉**）第一首訴春色之無賴。（**奚禄詒乙本紅眉**）公可謂善於自遣矣。深入情盡，豈復能注解乎？**即遣花開深造次，**（**厲鶚評**）正見無賴。（**奚禄詒乙本紅旁**）恐其催春去也。**便覺鶯語太丁寧。**（**吕留良紅眉**）俚肆。（**奚禄詒甲本尾批**）下二句申上，以見可愁。（**奚禄詒乙本紅旁**）下二句申上。（**張雝敬墨旁**）“即遣”“便教”是罵其無賴之故。（**嚴復墨眉**）“造次”猶云“惱近”。

【彙評】

秦應逵紅旁：其詞若怨，其意實喜。

秦應逵紅尾：春色無賴，公慣用其語。

其　二

屈復評：桃李有主，野老是家，春風何得吹我花枝，相欺得耶？亦假喜爲嗔之意。①

手種桃李非無主，野老墻低還是家。（**奚禄詒甲本眉**）紫陽先生云：屈原文字只恁的寫去，自是佳妙。黄魯直、蘇長公立意做文字，自不佳。杜公此等絶句，也只恁的寫去。（**嚴復墨眉**）第二首告春風之相欺。**恰似春風相欺得，**（**嚴虞惇紅旁**）思必切。**夜來吹折數枝花。**（**奚禄詒

① 校注：“有”，杭本作“是”；“意”，杭本作“詞”。

甲本尾批）亦是比。（**嚴虞惇紅尾**）纔開便折，流光之疾如此。（**秦應逵紅旁**）亦假喜爲嗔之意。

【彙評】

方拱乾評：老辣有餘，飄雋不足，終非勝場。

奚禄詒乙本墨眉：鍾、譚謂絶句爲變體别調，全不知詩之言。

張雝敬墨旁：陸放翁引白樂天詩"爲問長安月，如何不相離"，謂當作思必切，讀作入聲。

其　三

王士禛評：以上三首皆春色無賴之意。

熟知茅齋絶低小，（**吕留良紅眉**）稍似吴歌。（**嚴虞惇紅眉**）"熟知"著燕子。（**李以峙墨眉**）（知）按"如"，形似而訛，又按"耐知"廢解，豈"耐"讀作"能"耶？江上燕子故來頻。（**申頲紅眉**）有别致。（**嚴復墨眉**）第三首嫌燕子之頻來。銜泥點污琴書内，更接飛蟲打著人。（**張雝敬墨旁**）細甚。

【彙評】

秦應逵紅尾：以上三首皆春色無賴之意。

其　四

屈復評：强自寬也。[①]

① 校注：此批語杭本作"字字沉痛，强自寬也"。

二月已破三月來，(**汪琬甲本紅眉**)“破”字好。(**沈巖眉**)字字沉痛。漸老逢春能幾回？(**方拱乾評**)老杜不長此體，定論矣，但細看亦有他人不能及處。(**錢陸燦甲本旁、丙本評**)此元白所本，曲而有直體。(**錢陸燦丁本評**)花間鶯語，春風燕子，種種可愛，皆春色也。而子美不喜者，以有身外無窮事在，故所喜者杯中物耳。(**吕留良紅眉**)意達，調可唐可宋。(**嚴復墨眉**)四首計所以自遣。(**奚禄詒乙本紅眉**)與張翰同旨，少近樂天之筆。莫思身外無窮事，(**李以峙墨眉**)(思)按“辭”，音近而誤。且盡生前有限杯。

其　五

俞瑒乙本評：接上“三月來”，與下首俱言春光之將謝，而成懶慢也。

屈復評：亦未必無所指也。

盧見曾紅旁：李東陽曰：少陵《漫興》諸絶句有古竹枝詞意，跌宕奇古，超出詩人蹊徑，韓退之亦有之。

腸斷春江欲盡頭，(**申頲紅眉**)亦當選入《千家詩》。(**李以峙墨眉**)(江春)按應作“春江”。杖藜徐步立芳洲。(**嚴復墨眉**)五首即桃、柳二物，以言春色之無賴。顛狂柳絮隨風去，輕薄桃花逐水流。(**秦應逵紅旁**)想有所指。(**沈巖眉**)亦未必有所指。

其　六

懶慢無堪不出村，呼兒日在掩柴門。(**題商盤紅眉**)“日”一作“自”。(**奚禄詒甲本眉**)含蓄妙。(**申頲墨眉**)此詩樸拙。(**嚴復墨眉**)六首將掩門以任春色之無賴。(**奚禄詒乙本紅眉**)含蓄妙。蒼苔濁酒林中静，碧水春風野外昏。(**嚴虞惇紅尾**)此首已後是夏。(**厲鶚評**)一“昏”

字寫春色銷魂。(**眉批**)不堪矣。

【彙評】

奚禄詒乙本墨眉:紫陽先生云:屈原文字只恁的寫去,自是佳。近日黄魯直、蘇長公立心要做文字,自不佳。如公之絶句,也只是恁的寫去,與《離騷》何異?

其 七

糁徑楊花鋪白氈,(**吕留良紅眉**)晚唐,且宋矣。點溪荷葉疊青錢。(**朱方藹紅眉**)體物撰字,不謂之詩聖不得。(**嚴復墨眉**)七首言無賴春色之將去。(**奚禄詒乙本墨旁**)物物得意。筍根稚子無人見,(**李念慈紅眉**)似應作"雉"字,今人解作竹筍,未免牽强。(**錢陸燦甲本眉批、丙本評**)唐人食筍詩"稚子脱錦棚,駢頭擊香滑","稚子"爲筍明矣。(**王士禛評**)"稚子"即新筍也。(**秦應逵紅旁**)唐人筍詩"稚子脱錦棚"。(**沈巖眉**)"稚子"即新筍也。沙上鳧雛旁母眠。(**奚禄詒乙本紅旁**)已到夏矣。

【彙評】

張雝敬墨旁:對起對結,存此一格。

其 八

舍西柔桑葉可拈,江畔細麥復纖纖。(**朱方藹紅眉**)觸目成興。(**嚴復墨眉**)八首與七首同意而進一層。人生幾何春已夏,不放香醪如蜜甜。(**申頲紅眉**)亦是樂天。(**奚禄詒乙本紅眉**)即曹操樂府"何以解憂,惟有杜康"之意。

其 九

屈復評:此首深合竹枝格調。

隔户楊柳弱嫋嫋，（**吕留良紅眉**）遣興種種，豪横可人。（**嚴虞惇紅眉**）前八首寫流光之疾，末首忽説一意外變事，以喻少年之不可恃也。即《南華》達生之旨。**恰似十五女兒腰。**（**吕留良紅旁**）奇。（**嚴復墨眉**）九首言春色之到底無賴，然敗人意。**誰謂朝來不作意，狂風挽斷最長條。**（**俞瑒乙本評**）此言入夏以來，春色凈盡，歎息作結。（**奚禄詒甲本眉**）晚唐人□學學不得。（**奚禄詒乙本紅旁**）首首相承。（**秦應逵紅尾**）此首極合竹枝格調。（**沈巖眉**）讀七絶，此老是何等風致。

少年行二首

李念慈紅眉：真樸至極。

王士禛評：前曠達，後感慨，皆言簡意盡。

屈復評：詩與題全無涉，必是題有錯誤。①

嚴復墨眉：絶句爲行，亦少概見。

奚禄詒乙本紅眉：《少年行》本大漢少年壯士從軍，各持千金，往大宛求馬，後爲樂府題，多作遊俠耳。

其　一

沈巖眉：前曠達，後感慨，皆言簡意盡。

莫笑田家老瓦盆，（**吕留良紅眉**）宋甚。**自從盛酒長兒孫。**（**嚴復紅眉**）王云：直書所見，不求語工，但覺格老。**傾銀注瓦驚人眼，**（**李念慈紅眉**）既云“驚人眼”，自當從“玉”。（**錢載評**）按，“注玉”古本作“注瓦”，《郡志》以爲當從，然疊一“瓦”字有何意味？“傾銀注玉”正是詩中設色語。

① 校注：“必是”，杭本作“必定”。

彼可謂之知解而不知詩也。“竹根”解作酒器，□有證據，然看其上下文意，正自不必。(**李以峙墨眉**)(注玉)按定當從“玉”，“瓦”字顯誤。**共醉終同卧竹根。** (**方拱乾評**)非貴瓦盆，乃賤銀玉。(**錢陸燦甲本眉批錢箋“竹根”**)鐵曰：若以竹根爲飲器，則既醉何以卧竹根？唐以“稚子”爲筍根，則何以□筍根稚子？(**李念慈紅眉**)此言醉則與瓦盆同卧竹根間也，何必蛇足？

其　二

奚禄詒乙本墨眉：語極動蕩，爲勁正遠。

巢燕養雛渾去盡，江花結子已無多。 (**奚禄詒甲本眉**)前首猶明，此首獨“渾”。(**奚禄詒乙本墨旁**)“也”字是應“渾”字。**黄衫年少來宜數，不見堂前東逝波。** (**錢載評**)按，“黄衫”或唐時遊俠者所着，引他事俱無涉。

江　漲

題鮮于樞評：首言江漲之由及其聲之盛，因歎魚鱉蛟龍，恐將爲人所得而不能自謀其生，且起乘桴浮海之念，其旨深矣。興而賦也。

方拱乾評：只七八句到自身，是結法。

李念慈紅眉：首四句雄邁。

奚禄詒甲本旁：五六比蜀中叛將之亂，末句乃乘桴浮海之意。

屈復評：一二破題，三四聲勢，五實，六虚，皆順承一二，七八情。①

申頲紅旁：墨圈點是海宗見閱。

① 校注：“聲勢”，杭本作“聲勢色”；“實”，杭本作“入見”，余本是。

朱方藹紅眉：三四自寫身分，五六謂有諷諭亦可，謂無亦可。

王鄰德墨眉：惜物之念，其旨甚深。

江發蠻夷漲，山添雨雪流。（**陳治墨眉**）就題抒寫，語自驚人。（**奚禄詒乙本墨旁**）申上。大聲吹地轉，（**奚禄詒乙本墨旁**）"吹"字人所難下。高浪蹴天浮。（**奚禄詒甲本眉**）"大聲"二句好氣勢。（**奚禄詒乙本墨眉**）"大聲"二句，氣勢自豪。（**王鄰德紅旁**）"蹴"字易下，"吹"字難下。（**申頲墨眉**）傑句。（**吴廣霈墨眉**）"高浪"句殊奇雄。（**嚴復墨眉**）"蹴"，下踏也。天乃可蹴，"蹴"，踢也。蹴鞠之踢毬。"吾道付滄州"，結得迂闊。（**王伯沆紅眉**）奇語。魚鼈爲人得，（**奚禄詒乙本墨旁**）比。蛟龍不自謀。（**奚禄詒乙本墨眉**）五六似比蜀亂。（**奚禄詒乙本墨旁**）比。（**奚禄詒乙本墨旁**）五六即上藏集之意。〇五比己辭肅宗，六比己不見玄宗。輕帆好去便，吾道付滄洲。（**奚禄詒甲本尾批**）賦也。（**奚禄詒乙本墨眉**）末句孔子浮海之意。

【彙評】

佚名丁墨尾：上寫江漲，氣勢洶涌。五六賦而比，結見避地東遊之興，遠脈在上四，近旨却由五六也。山賊煽動，時時有之。首句及第三聯，必非突然而下。

石　鏡

方拱乾評：與《琴臺》同一吊古，而緒不同。

題商盤紅眉：極誕之事，不妨認真，以其别有寄託，不從本事起見也。前半寫蜀王癡情，收拾在"傷心"二字。五六以衆人反形之"月宇"二字，襯映得好。〇古曲有《楚妃歎》，詠樊妃進賢事，五本此而反其意，言生時專寵，衆妾不得進，故死後無復爲人嘆慕如樊妃也。此喻蔽賢竊位之相，一死爲人慶倖，而身後猶極恩榮，則人主至死不知其惡耳。

題商盤紅旁：《石鏡》《琴臺》言外皆有比興，皆以近體嗣音騷種者，但彼之比興在結易見之，此之比興在中難知。

奚禄詒甲本眉：《石鏡》《琴臺》二詩皆有益風化。

奚禄詒乙本墨眉：《石鏡》《琴臺》皆有關於風化。

王鳴盛墨眉：龔芝麓曰：蜀王、相如皆好色，□尤者死而益憐病而尚□，然空山埋骨，野草留客，紅顏黄土，自昔所歎，幸而石鏡尚存，琴臺猶在，婆娑故迹，足供千古詩人憑吊，其實冥寞傷心，求凰之見，千古之爲蜀妃父君者何限？得公此詩，乃知情之所鍾，正在我輩。

朱方藹紅眉：《本事詩》：不墮議論。

嚴復墨旁：石鏡，蜀王妃事見《華陽國志》。

蜀王將此鏡，送死置空山。（**方拱乾評**）起得傑老。（**奚禄詒乙本墨眉**）即謂之弔貴妃亦可。冥寞憐香骨，（**方拱乾評**）頂得趣。（**題商盤紅旁**）實眼句。提攜近玉顏。（**方拱乾評**）看入手處。衆妃無復歎，（**奚禄詒甲本旁**）妒也。千騎亦虛還。（**奚禄詒甲本旁**）送葬者。（**奚禄詒乙本墨眉**）王溺於妃嬖，終無益也。獨有傷心石，埋輪月宇間。（**奚禄詒甲本旁**）見蜀王於妃□之間溺情之無道也。（**李以峙墨眉**）（月宇）按，當從“月宇”，且“玉”字重複。

琴　臺

題鮮于樞評：詩首四句言相如、文君之事實，次四句言見野花蔓草如見其人，若夫求凰之意，則不復聞矣。賦也。

方拱乾評:前餘後正,又一法。如此用餘終與晚唐不同。〇以議論起,乃由深入淺法。明是晚唐做法,却不是晚唐。奇起平結,反起正結,餘起本結,警起鬆結,逆起順結。

錢陸燦甲本旁:此題尚有可描寫。

錢陸燦丙本評:鐵牛云:此題尚有可描寫。

汪琬甲本紅旁:相如與文君賣酒處。

題下陳訏紅旁:琴臺當是後人好事爲之。

屈復評:此以歸鳳求凰喻君臣朋友之遇合,故曰"意";而"寥寥不復聞"者,深慨不能如茂陵之好色也。①

厲鶚評:文君慕才,相如慕色,只可有一,不可有二,此詩言外有不滿之意。

題商盤紅眉:言相如以色死,本無足道,當時若酒肆、若琴臺之在人間世者,仿像遺蹤,已如暮雲縹緲,而世人猶指其處而豔稱之,甚者野花、蔓草,依稀若遇。獨所謂歸鳳求皇之意,今則寥寥絶響若是乎! 其好色不好德也,是君子之所歎也。

題商盤紅旁:《十道志》:成都有琴臺,即相如與文君賣酒處。《成都記》:琴臺在浣花涇之北,隋蜀王秀更增五臺,並舊臺爲六焉。

奚禄詒甲本眉:相如之風流,亦安在也? 到底是諷。

奚禄詒甲本旁:羨相如之風雅也,非諷也。

朱方藹紅眉:《子長傳》:長卿輒如其文,少陵直如其文矣。讀此可得懷古之法,一語涉議論,直淺夫耳。

題張問陶墨眉:此題作者,非徒騁謡詞,便動多腐句,均去風雅遠矣。此詩徘徊想像,若美之不容口者,實以譏世俗之好德不如好色耳。

---

① 校注:"歸鳳求凰",杭本作"歸鳳求鳳",余本是。

吴廣霈墨眉：詩與題稱，便自佳妙，不必求深。

王鄰德紅眉：前四句言當時事，寓諷刺之意；後四句言世事，寓弔古之情。

佚名丁墨旁：注以爲深譏相如，大失風人之旨。相如風流，文人詩家，所尚安有舉其行事着譏詩句者乎？且詩有諷諫諷譏，然於一時之人耳。○於古人無之，則雖第實譏之，解蓋失之矣。

佚名己紅旁：寄慨意多。

茂陵多病後，（**題商盤紅旁**）妙於立言。尚愛卓文君。酒肆人間世，（**題商盤紅旁**）分裝句。琴臺日暮雲。（**傅山紅旁**）無味。（**汪琬丙本評**）含笑含悲，寫相如慢世不羈意，最得懷古之法。"人間世"本《莊子》篇名。（**李念慈紅眉**）"人間世"三字狎世傲物，風流跌宕，俱在其中。（**吕留良紅旁**）着二句，寫相如憤世不羈，最得。（**奚禄詒乙本墨眉**）以酒肆比人間世，此語却玩。○三四少帶諷，相如之風流亦安在哉？野花留寶靨，（**題商盤紅旁**）實眼句。蔓草見羅裙。（**佚名戊墨眉**）樂天詩："草緑裙腰一道斜。"歸鳳求皇意，寥寥不復聞。（**吕留良紅眉**）結頗弱，或入君感慨意，亦得。（**題商盤紅旁**）意在言外。（**奚禄詒甲本旁**）賦也。○元魏伐蜀，下營於此，得甓二十餘，所以響琴者，蜀王秀更增五甓。（**王伯沆紅眉**）豈以喻君臣耶？

【彙評】

陳訏紅眉批仇注"寫茂陵生前之事，是昔日琴臺。是今日琴臺"處：即使琴臺爲相如生前所築，而"日暮雲"，是後人憑弔，止見暮雲耳。注言茂陵生前事，不知何指。

陳訏紅眉批仇注"思暮雲於琴臺。多情。下截混同"處："酒肆"二句，言酒肆已閲人世，而琴臺空餘暮雲，此就琴臺言也。今臺下野花蔓草徒憑想像，寶靨羅裙曰"留"曰"見"，甚言其消歸烏有耳。故下文緊接寥寥不聞意，意自一串，未嘗混同。趙注云：思暮雲於琴臺之上，狀其多情。相如《琴歌》並無"暮雲"語，且文君雖寡，亦不應以暮雲目之也。仇評取之，又云此寫茂陵生前事，不知酒肆固屬生前，而琴臺則卓王孫家未嘗臺上弄琴，既歸成都亦不聞有臺，且何須更想而云生前事耶？

朱方藹紅旁：寫長卿不可一世之概，"歸鳳求凰意"，"意"字妙，若後人必作"曲"，減如許精神矣。

佚名丁墨尾：三四即含憑弔，以玩世行雲之地而成閱世看雲之區，此從有處慨其無。五六又從無處想其有。七八再轉出寥寥作結。八句凡作四轉，但鳳求凰近俗。

朝　雨

題鮮于樞評：首言曉色凉而江雲亂，故成朝雨，是以鴛藏燕集以避之，且興黄綺辭漢，巢由避堯。今也"草堂樽酒在，幸得過清朝"，自戲之詞。興而賦也。

吕留良紅眉："風鴛""雨燕"等，往往造出。

屈復評：比興兼陳，法妙。

申涵墨眉：見得真，説得出。

題商盤紅旁："風鴛""雨燕"，亦是六朝人用字法，入律鮮而不綺，此以物之避風雨者比己避地居草堂也。

奚禄詒甲本旁：五六皆"藏""集"之意。

朱方藹紅眉：朝雨，非時雨也，斯須而已，故藉興出處。〇全詩俱用意而渾然。

王鄰德墨旁：此賦秋雨也。〇此章後四句本無關於雨，乃對雨所感之懷耳。

涼氣曉蕭蕭，江雲亂眼飄。風鴛藏近渚，（**題商盤紅旁**）實眼句，語含比興。（**李以峙墨眉**）（鳶）按作"鴛"，音近而訛。**雨燕集深條。**（**奚禄詒甲本旁**）喚出五六。（**秦應逵紅旁**）比興兼之。**黄綺終辭漢，**（**傅山紅眉**）即應入，亦不成語。（**題商盤紅旁**）借古爲喻。（**奚禄詒甲本旁**）意自相接。（**李以峙墨眉**）（辭漢），按此與下句一意，作"投"者非。**巢由不見堯。**（**奚禄詒甲本眉**）五比已辭玄宗，六比已不見肅宗。（**奚禄詒乙本墨眉**）鄭以五六爲突入，非也。（**嚴復墨眉**）三聯託意稍突，未爲佳制。**草堂樽酒在，幸得過清朝。**（**方拱乾評**）"在"字、"過"字，有無限慨歎意。（**題商盤紅旁**）反言見意。（**奚禄詒甲本眉**）思堯而不見，幸有酒可消愁耳。（**奚禄詒甲本旁**）賦也。◯玄宗傳位肅宗，故屢以堯比之，見一作事。（**奚禄詒乙本墨眉**）思漢唐而不見，幸有酒可消愁耳。（**佚名丁墨旁**）"清朝"音晁，猶言清時也，乃承上黄綺、巢由而言之。亂世而曰"清朝"者，乃詩人婉辭也。

【**彙評**】

題商盤尾：漢、堯皆清朝，然四皓、巢由輩尚不肯出，則己之樽酒永日，幸爲聖世逸民，亦竊附古人之後矣。公言出是素志，言隱非本懷，如此類皆從反語會之。

佚名丁墨尾：明是四句頓，却從"鳶[鴛]藏""燕集"處傳出黄綺、巢由之神，不是兩橛。

晚　晴

題鮮于樞評：言"村晚驚風度"，而雨過即晴，故夕陽江色之薰爲可愛。是以書亂不理，而杯乾自添，雖時聞外人有餘論，然亦未怪我之潛藏，亦自戲之詞。賦也。

方拱乾評:柏梁體,却兩句不叶。

錢陸燦丁本評:工細清新,真景有趣,末用事亦化。

題商盤紅眉:首聯寫急雨,次聯寫晚晴,每以"霑"字道過雨,輒入妙。如"輕霑鳥獸群""秋日新霑影",皆佳句也。三寫晚晴,亦工在一"薰"字,"江色映疏簾"蒙上"夕陽"而言,與"河漢不改色"同一想路。上句藏一"更"字,下句藏一"仍"字,始見承接脈路。〇"誰能帙",懶之故也。"自可添",却又不懶。要知不懶正是懶。"寬心應是酒",見公無聊中活計。又"讀書難字過,貰[對]酒滿壺頻",皆此意也。〇《吾宗》詩"耕鑿安時論",謂時議不復齒録,故以耕鑿自安,此將"時論"二字運開,謂己宜仕而隱,當爲時論所怪,今聞幸不我怪,亦知其懶慢無堪,宜以潛夫終老而已。本怨爲時論所外,反若幸之之詞,詩旨甚憤,詩腸則甚曲。

奚禄詒甲本旁、乙本墨旁:不刻意爲句,所以可歌。

朱方藹紅眉:寫晚晴入細,而無刻畫之痕,晚則亂書□帖,杯酒時來,此二句更佳。

村晚驚風度,(**呂留良紅旁**)細。(**題商盤紅旁**)順因對起。**庭幽過雨霑。**(**陳治墨眉**)細味之,可悟煉字之法。**夕陽薰細草,**(**李念慈紅眉**)"薰"字妙,然似當作"熏"。(**呂留良紅旁**)清新。**江色映疏簾。**(**俞瑒甲本評**)晚晴之景。**書亂誰能帙,**(**題商盤紅旁**)呼應句。**杯乾可自添。**(**俞瑒甲本評**)晚晴之事。(**奚禄詒乙本墨旁**)樸得□。**時聞有餘論,**(**題商盤紅旁**)反言見意。**未怪老夫潛。**(**呂留良紅眉**)用事真得造化。(**俞瑒眉批**)"潛夫"二字倒押,王符著《潛夫論》。(**屈復評**)結言猶爲時人餘論所及,不以潛居爲怪,若幸之而實不平也。① (**奚禄詒甲本眉**)"未怪"

① 校注:"餘論",杭本作"緣論"。

二字,嘻嘆怨駡皆具,頓見時論之不知我也。(**奚禄詒甲本旁**)賦也。○以上皆潛夫之景。(**奚禄詒乙本墨眉**)末“未怪”,“怪”字嘻笑怒罵皆具。(**佚名丁墨旁**)竺云:七八言人若聞吾有餘論,當知非徒潛居者。“餘論”,蓋以著作言。孔融書:“乃使餘論遠聞。”《子虚賦》:“願聞先生之餘論。”

【彙評】

佚名丁墨尾:“夕陽”拈題,江色又含夕照映簾,又引書帷。只此寫景,已藏幾許金針。書能帙,可以容懶;杯自添,可以忘憂。“有餘論”三字極含蓄,或談世局,或述官途,悉是身外之餘論,俱非容懶忘憂處也,惟此中足可潛身耳。神理一片。舊或云公自著論,或云蜀人論公,罔非瞽説。

高 枏

朱方藹紅眉:處處寫其高,筆路甚大,却自不覺。

奚禄詒甲本眉:字字有“高”意。

奚禄詒甲本旁:《高楠》《惡木》二首,皆在草堂一時所作,胸中蓋有兩人在焉。

奚禄詒乙本墨眉:皆實景,字字有“高”意。○《高楠》《惡木》二作,胸中蓋兩人在。

枏樹色冥冥,江邊一蓋青。近根開藥圃,接葉製茅亭。(**申頲紅眉**)“接葉”字甚細甚新。落景陰猶合,微風韻可聽。(**王伯沆紅眉**)静絶。尋常絶醉困,卧此片時醒。(**奚禄詒甲本尾批**)賦也。○卧此而醒片時,不醒之時多矣。

【彙評】

朱方藹紅旁：日夕則陰移，“落景”而“陰猶合”；風細則響絶，“微風”而“韻可聽”。楠樹之高，可知無一字虚下。

惡樹

孫承澤墨眉：詩人惡惡之嚴。

方貞觀墨眉：“因吾有”“奈汝何”，終不成語。

題商盤紅眉：起得從容，妙在不遽入“剪”字，想見踟蹰審顧之意。七句“方知”二字正應此。細讀乃是惡木俱已剪盡，所多者獨此雞棲之樹，恨不能去耳。〇不曰竹稀，而曰影薄，不曰樹多，而曰陰雜，皆筆趣妙處。

題商盤紅旁：“不材”字出《莊子》，用字不用意。意謂惡木以雞棲見留，猶小人有憑藉難去耳。

奚禄詒甲本眉：嫉惡如仇。〇造出千年枸杞，其形似大。

奚禄詒乙本墨眉：寓意極淺，可不必作此題。

吴廣霈墨旁：老杜嫉惡之嚴，於此可見一斑，此其所以終身錯莫不得志也。

獨繞虚齋徑，(**題商盤紅旁**)對起。常持小斧柯。幽陰成頗雜，惡木剪還多。枸杞因吾有，(**題商盤紅旁**)順應三四。(**吴廣霈墨眉**)“因”疑“固”字之訛。(**李以峙墨眉**)(因吾有)按作“固”亦通，無關要妙。雞棲奈汝何。(**方拱乾評**)“枸杞”對“雞棲”。(**嚴復墨眉**)雞棲亦樹名，皂莢也。見《魏志》。方知不材者，(**題商盤紅旁**)直接六句。(**李以峙墨眉**)(不材者)按“木”字重上，當從“者”。生長漫婆娑。(**題商盤紅旁**)含比興。(**奚禄詒甲本尾批**)賦而比也。〇二樹皆惡木，承上“還多”來，言枸杞猶可，雞棲更不可也，故曰“固有”“奈何”。錢箋以爲佳，非也。

【彙評】

題商盤尾：“枸杞”“雞棲”借音對，“汝”指惡木，上句特陪説枸杞，固所必留雞棲，又不可去，爲此“剪還多”，爲此“成陰雜”。持斧繞徑之餘，屢欲剪除而倉卒不肯下，方知不材之木託於雞棲，故得婆娑如故耳。

奚禄詒乙本墨眉：二樹非嘉，承上“還多”言二木皆所剪也。“枸杞”猶可，“雞棲”更不可之意。總之，抑揚其詞耳。

進　艇

方拱乾評：與“清江一曲”同。

傅山紅眉：俗。

錢載評：另是開生面，非此標題則不合。

嚴復墨旁：《詳注》編此於上元二年。

吴廣霈墨眉：此則所謂漫興者耳。

南京久客耕南畝，（**汪琬甲本紅眉**）成都爲南京。（**奚禄詒甲本旁**）尖句。（**秦應逵墨旁**）成都嘗爲南京。北望傷神坐北窗。（**嚴復墨眉**）“南”“北”字疊用，杜詩此種句法頗多，須極自然，不可强學。（**奚禄詒乙本紅旁**）尖。（**李以峙墨眉**）（坐北窗）按“坐”“卧”均可，無關妙義，正不必引五柳語謂定作“卧”。晝引老妻乘小艇，晴看稚子浴清江。（**奚禄詒甲本旁**）三四以下總，與起不相照。俱飛蛺蝶元相逐，並蒂芙蓉本自雙。（**奚禄詒甲本眉、乙本紅眉**）五六承三四轉出。（**錢載評**）此詩能如此解則透悟矣，然亦非造作。（**嚴復墨眉**）三聯賦而兼比。茗飲蔗漿攜所有，（**奚禄詒甲本旁**）食之無味。瓷甖無謝玉爲缸。（**奚禄詒甲本旁**）

賦也。○因客中傷神，所以引老妻而進艇也，詩意止於如此而已。（**奚祿詒乙本紅旁**）食之無味，不佳。

【彙評】

陳訏紅眉批仇注"花蝶，舟中所見。相逐比子，並蒂比妻"處："俱飛蛺蝶""並蒂芙蓉"，因攜妻挈子，即對景相況。注云："相逐比子，並蒂比妻。"不知何所據而云然。

一　室

題鮮于樞評：言客居日暮之時，愁聞塞笛，獨見江船，乃歎來巴蜀而多病，往荆蠻其幾時耶。苟得到彼，將同王粲之留井，言就襄陽居止也。此詩次聯承次句，三聯應首句，且承第四句。賦也。

屈復評：意在字句之外。①

奚祿詒甲本眉：此正在成都作。

奚祿詒甲本旁：細味之，必公襄陽有一故室也，故云"同王粲宅"。

王鄰德紅眉：正愁之時，復聞塞笛，獨立之際，更見江船，遠客之愁可想。

嚴復墨眉："一室"即指新成草堂。注家以爲上元二年作。案：中四皆見句法，於愁時聞笛，於立處見船。來巴蜀後多病，欲荆蠻去幾年乎？蓋居蜀思楚之作也。

一室他鄉遠，（**李以峙墨眉**）（遠）按作"老"亦可，無關妙義。**空林**

---

① 校注："意"，杭本作"去意"。

暮景懸。（**奚禄詒乙本墨眉**）次句是遠想其然。**正愁聞塞笛，**（**丁耀亢紅旁**）静。**獨立見江船。**（**方拱乾評**）折腰。（**奚禄詒甲本眉**）獨立見江船，無限情事。（**奚禄詒甲本旁**）三四精了。（**奚禄詒乙本墨眉**）第四句無限情事，"同王粲"亦説不得，是偃師之室。**巴蜀來多病，**（**奚禄詒甲本旁**）頂三句。**荆蠻去幾年。**（**奚禄詒甲本旁**）頂四句。（**奚禄詒乙本紅旁**）五六分頂三四。（**奚禄詒乙本墨旁**）言不知幾年到荆門。（**李以峙墨眉**）（幾年）按"幾千"亦説得去，但語近歇後，從"年"爲妥。○又按，首句若作"遠"，則當從"千"，作"老"，則當從"年"，然此詩不過老當，並非公之傑作，余亦聊論此以質後賢知詩者耳。（**佚名丁墨旁**）竺云：公久欲適楚，以多病，故未知幾年能去也。"荆蠻"句暗含太伯虞仲竄荆蠻意。"年"，《心解》作"千"。**應同王粲宅，**（**奚禄詒甲本旁**）應前二句。**留井峴山前。**（**李念慈紅眉**）去此下楚之志已定，何待他日無所依而始然？（**奚禄詒甲本旁**）賦也。○舊評以爲浣花草堂，於八句皆説不去。（**奚禄詒乙本墨眉**）細看是公襄陽有一故室，故云"同王粲宅"，舊曰浣花草堂，並不論詩，且於王粲一步説不去。（**王鄰德紅尾**）峴山在荆州，有王粲井。

【彙評】

陳訏紅眉批仇注"故欲留迹其地"處：首句"他鄉"二字，是一篇之主。結句"應同王粲宅"，"宅"即起句之"一室"也。"留井峴山"，王粲自長安遷荆，公自長安遷蜀，俱避長安之亂，滯迹他鄉，故所居一室，以王粲襄陽宅前留井爲比，非指實襄陽言也。若如注言，則詩中"王粲宅"反指祖居爲他鄉矣。况詩云"應同王粲宅"，正與首句"一室""他鄉"相呼應，注以峴山在荆不在蜀，誤認實指祖居，固哉，叟之爲詩也！

佚名丁墨尾：此自表東遊之興。公詩云"劍外官人冷"，故思去也。首句便領厭蜀意。愁笛向他鄉引多病，見船暗渡去荆，"多病"不止是病，"幾千"遠而不嫌遠也。"留井"者，留迹於此，身其遠矣，神致低徊，仇説非。

所　思

錢陸燦丁本評：崔自吏部謫司馬，"謫官"三句，承上"醉"字，五六正見苦憶也。末一宕有神。

奚祿詒甲本眉："苦憶"二字擒全題，頓挫淋漓，思苦而手快，纔是正體正調。

奚祿詒甲本旁：前六句皆指司馬。三四想見其懷抱也。

盧見曾紅旁：如此詩，可謂古真悲涼矣。其性情真至，自然流露，又在語言文字之外，所以高視天壤，獨稱作者。盧世漼曰：突兀崚嶒，有拔劍斫地之意。

錢載評：亦是自開生面，不常有也。熟極者必生新，然大忌造作。

朱方藹紅眉：極悲涼又極排蕩，負才獨大，故其運筆最高。

題張問陶墨眉："苦憶"二字，直貫通章。

吴廣霈墨眉：三四神韻超卓，又出以自然，真不可及。

苦憶(**俞瑒甲本評**)二字直貫通章。荆州醉司馬，謫官樽俎定常開。(**方拱乾評**)起句領題法。下七句總是做起句。(**奚祿詒乙本墨眉**)"苦憶"二字擒全詩，頓挫淋漓，思苦而手快。(**奚祿詒乙本墨旁**)用"俎"字便俗。(**李以峙墨眉**)(謫官尊酒)按"謫居樽俎"□□個耳。然"居"字不及"官"字響，欲與明者參之。九江日落醒何處，(**奚祿詒乙本墨旁**)句豪宕。一柱觀頭(**俞瑒甲本評**)切"荆州"。眠幾回。(**汪琬甲本紅眉**)一柱觀。(**奚祿詒甲本旁**)宋臨川王義慶鎮荆州，於羅公洲立觀，惟一柱。可憐懷抱向人盡，(**俞瑒甲本評**)自謂。欲問平安無使來。(**俞瑒甲本評**)謂崔。(**王伯沆紅眉**)悲思無限。(**奚祿詒乙本墨眉**)前六句俱指司馬。○五句言司馬之懷，空向他人盡也。故憑錦水將雙淚，(**俞瑒甲本評**)收

“憶”字。好過瞿塘灩澦堆。(**俞瑒甲本評**)應荆州。(**奚禄詒甲本旁**)賦也。(**奚禄詒乙本紅眉**)鍾情之至。

【彙評】

張學仁參定:一氣貫注,直爲“醉司馬”傳神,足見相憶之苦。○《容齋隨筆》:七律多引韻起,若以側句入,尤峻。如“幽凄地僻經過少”是也,然尤是對偶。若以散句起,又佳,如“苦憶荆州醉司馬”是也。

聞斛斯六官未歸

題鮮于樞評:言斛斯六之去南郡索賣文錢者,貧故耳。三聯狀其貧,末言爾既老矣,且戒其無若少年之無賴,惟節飲以足用,不亦可乎?賦也。亦名言也。

方拱乾評:本傳言其得錢,隨手散盡。

錢陸燦丁本評:凄楚中雜以調笑。

王士禛評:妙於寫象。

奚禄詒甲本旁:貧士往往如此。

奚禄詒甲本眉、乙本墨眉:情頗關切,厚道也。

嚴復墨眉:詩云“去索碑錢”,則六官連讀,豈唐人已以□□官稱人耶?

吴廣霈墨眉:幽秀。

故人南郡去,去索作碑錢。(**王鄴德紅旁**)連珠字法。本賣文爲活,(**奚禄詒乙本紅旁**)承上。翻令室倒懸。(**奚禄詒甲本旁**)轉。(**奚禄詒甲本眉**)世情不重文,在言外矣。(**奚禄詒乙本紅旁**)轉下。荆扉深蔓草,(**奚禄詒甲本旁**)申上句。土銼冷疏煙。(**傅山紅眉**)寒酸太甚。(**秦應逵墨眉**)妙於寫貧。(**奚禄詒乙本墨眉**)無不重文,言在外。(**王鄰德紅眉**)才高而貧者,古人固多,今亦不少。**老罷休無賴,歸來省醉眠。**(**丁耀亢紅眉**)"省"字妙。(**奚禄詒甲本旁**)賦也。○三承上,四轉下。(**嚴復墨眉**)"省"字是當時語,李義山詩每以"省"作"覺"字用。蜀人呼釜爲銼。

【彙評】

陳訏紅眉批仇注"若索錢則不雅矣,亦近無賴。無所倚賴而爲不肖"處:通首是因其未歸,而言其室家之貧,望其早歸也。"去索作碑錢",即下句"賣文爲活",猶言覓此生活耳。注竟解爲"索逋"之"索",言其不雅,又以"無賴"爲"不肖",不知古人言"無賴"是"無聊賴",非"不肖"也,如此不雅不肖之人,公豈與之交乎?意想庸下,何以解詩?

佚名丁墨尾:斛斯本爲製碑資養計而出,乃久滯而家坐困,故爲遥促之詞。無一世情語,純乎休戚相關之愛。解者於"索錢""賣文"强分雅俗,以"無賴"指爲譏諷,不知"賣文"即復上作轉落勢耳。酒徒定是狂生,無賴正是狂生性格,平素熟識其性,故揣而勸之,何譏之有?如此明朗之章,遍身荆棘,可怪也。

送裴五赴東川

題鮮于樞評:言裴之高誼能動天地,今亦流落耶?何日克復朔方以"通燕塞",雖老於蜀,亦非所辭矣。今子之赴東川,亦應暫别耳,非老於蜀門耶?若北望則銷魂,憂燕塞之未通也。末言"凛凛悲秋意,非君誰與論"哉。賦也。

奚禄詒甲本眉:一氣而下。

題張問陶墨眉:首聯亦是倒句。

王鄰德紅眉：詞旨憤惋。

故人亦流落，高義動乾坤。（**奚禄詒甲本旁**）“亦”字與“相看”句呼應。（**奚禄詒乙本墨眉**）“亦”字、“與”字相看自呼應，言不獨己流落，而故人亦流落。何日通燕塞，相看老蜀門。（**奚禄詒甲本旁**）苦語。（**奚禄詒乙本墨眉**）“相看老蜀門”，苦語也。末句同病也，應轉高義。（**嚴復墨眉**）次聯之意蓋謂以燕塞之未通致蜀中之同老。“高義”句亦嫌突出。東行應暫別，（**奚禄詒甲本旁、乙本墨旁**）裴也。北望苦銷魂。（**奚禄詒甲本旁**）己也。凛凛悲秋意，非君誰與論。（**奚禄詒甲本尾批**）謂不獨己流落，而故人亦然。○賦也。（**吴廣霈墨眉**）結二句筆挾風霜。

贈虞十五司馬

奚禄詒甲本眉：首句以下三四皆言司馬似其祖，五六言秘監書文後贈司馬。

吴廣霈墨眉：亦工整可誦。

遠師虞秘監，今喜識玄孫。形像丹青逼，（**奚禄詒甲本旁**）世南畫像。家聲器宇存。凄凉憐筆勢，（**奚禄詒甲本旁**）字學也。浩蕩問詞源。（**奚禄詒甲本旁**）此即遠師。爽氣金天豁，清談玉露繁。佇鳴南岳鳳，（**奚禄詒甲本眉**）劉楨詩：“鳳凰集南岳。”（**奚禄詒甲本旁**）牽車成句。欲化北溟鯤。交態知浮俗，儒流不異門。過逢聯客位，日夜倒芳樽。沙岸風吹葉，雲江月上軒。百年嗟已半，四座敢辭喧。（**吕留良紅旁**）最得情狀。（**奚禄詒甲本眉**）四座之喧者，何人耶？書籍終相與，青山隔故園。（**奚禄詒甲本旁**）賦也。

徐卿二子歌

方拱乾評:如此應酬詩,亦必切骨不作帽子語,見公之有本。

王伯沆紅眉:起結俱不免拙俗。

君不見,徐卿二子生絶奇,感應吉夢相追隨。孔子釋氏親抱送,(**呂留良紅旁**)奇。並是天上麒麟兒。大兒九齡色清澈,秋水爲神玉爲骨。(**李念慈紅眉**)二語特妙,結率筆膚淺。小兒五歲氣食牛,滿堂賓客皆回頭。(**方貞觀紅旁**)趁韻。(**吴廣霈墨旁**)此句遜。吾知徐公百不憂,積善衮衮生公侯。(**秦應逵墨眉**)少地步。丈夫生兒有如此二雛者,名位豈肯卑微休。(**呂留良紅眉**)甚俗調,殊不覺翻成佳句,詩故難言哉!(**奚禄詒甲本尾批**)賦也。(**吴廣霈墨眉**)"二雛者"三字可删。末句畢竟傷俗。

戲作花卿歌

方拱乾評:此非公絶頂詩,當時遂以愈瘧。

錢陸燦甲本眉:《苕溪漁隱》:細考此詩,花公當時在蜀中,雖有一時平賊之功,然驕恣不法,人甚苦之。故子美不欲顯言之,但云"人道我卿"云云,語意含蓄,蓋可知也。

錢陸燦乙本墨眉:圓沙曰:"喚取"二字,今人手用之,則爲俗。○《苕溪漁隱》:細考此詩,花卿當時在蜀中,雖有一時平賊之功,然驕恣不法,人甚苦之。故子美不欲顯言之,但云"人道我卿"云云,語句含蓄,蓋可知矣。

錢陸燦丁本評:公來成都,以裴冕爲地主,冕爲公作草堂於浣花溪,未幾而去。爲崔光遠之客,光遠驕縱,公不得已折節事之,故曰“强將笑語供主人”；而光遠絶無周恤之意，故曰四壁蕭條、妻子飢餓。然又不敢明言，以少健衰老興起，中間微露其意。吁，亦苦矣！

汪琬乙本評：壯語，遂能驅瘧。

王士禛評：所謂“意愜關飛動”也。

屈復評：極力稱揚中有不足之意隱現紙上，其妙神通。

奚禄詒甲本眉：平明也得古體。〇花卿不見擢用，故七絶句人以爲譏其僭，非也。〇渾然。

奚禄詒乙本墨眉：肅宗未嘗擢用，教定公作歌，蓋惜之也。

盧見曾紅旁：收筆婉轉自如，所謂“意愜關飛動”者，不獨“子璋”一句凛凛有生色也。

陳治墨眉：汪云：壯語遂能驅瘧。

秦應逵墨眉：“意愜同［關］飛動。”

王鳴盛墨眉：《舊唐書·肅宗紀》：上元二年四月，梓州刺史段子璋反，襲東川節度使李奂於綿州，自稱梁王，改元黄龍，以綿州爲黄龍府，置百官。五月，成都尹崔光遠率將花驚定拔綿州，斬子璋。

嚴復墨眉：段子璋於上元二年反梓州，自稱梁王，以綿州爲黄龍府。

王伯沆紅眉：史氏曰：《北史》齊文宣謂左衛大將軍思孝曰：“爾擊賊如鶻入鴉群。”杜蓋本此。〇語語奇驚。〇結尤妙。

成都猛將有花卿，學語小兒知姓名。用如快鶻風火生，見賊唯多身始輕。（**吴騫墨眉**）所謂“意愜關飛動”也。（**沈巖眉**）變化小敵怯、大敵勇。綿州副使著柘黄，我卿掃除即日平。（**吴錫麒紅眉**）妙有奇氣，真可治瘧。子璋髑髏血模糊，（**張雖敬墨旁**）真可愈瘧。手提擲還崔大夫。（**李念慈紅眉**）英氣飛動。（**吴廣霈墨眉**）奇句驚人，豈止可嚇瘧鬼，即花卿亦當駭倒。**李侯重有此節度，人道我卿絶世無。**（**方拱乾評**）宕一步妙。（**錢載評**）刻削寫足。**既稱絶世無，天子何不喚取守京都。**（**方拱乾評**）全是筆高。（**奚禄詒甲本尾批**）賦也。（**奚禄詒乙本墨眉**）是惜其勇而不用，故後面花卿另是一人。（**吴士模墨眉**）用意處使人得之言外。（**吴廣霈墨尾**）一結吞吐，褒中有貶，所以故作疑詞爾。

贈花卿

錢陸燦丁本評：此絶句之得體者。玩詩意是贈歌者之詞，必非花卿驚定後，人因公有《戲作花卿歌》，遂附會注此耳。

錢陸燦戊本評：譏其僭用禮樂而含蓄言外，楊用修推此爲絶句百首之魁。

汪琬乙本評：祇是贊花卿歌舞之盛□其僭者，宋人語也。

吕留良紅眉：此絶句之得體者，若有所風。

吕留良紅旁：亦弱。

屈復評：花卿亦梨園弟子，未可知也。李龜年、何戡皆是。①

奚禄詒甲本眉：杜公絶句皆是古樂府體，此小調子古體也。

盧見曾紅眉：絶句獨主風神，此則音韻鏗然矣。仇兆鰲曰：首句點題，而下作承轉，乃絶句正法也。錢謙益曰：唐曲《水調歌》後六疊入破，第二即此詩，見郭茂倩《樂府詩集》。

盧見曾墨旁：朱注：唐曲《水調》後六疊入破，第二即此詩，見郭茂倩《樂府詩集》。○花卿恃功驕恣，公詩語含諷刺。“能得幾回聞”，言其必不能久也。楊慎曰：花卿在蜀，頗用天子禮樂，子美作

---

① 校注：“李龜年”，杭本作“如李龜年”；除此批語外，杭本另有“不爲膚淺無味，既無的據，存疑可也。不用聚訟，無大關係也”數句。

此諷之，而意在言外，最得詩人之旨。當時錦城妓女，獨以此詩入樂歌，亦有見哉！焦竑曰：公之絶句有百餘首，此爲之冠。

陳治墨眉：汪云：衹是贊花卿家歌舞之盛耳。以爲譏其僭者，宋人語也。

吴廣霈墨眉：杜老絶句，難得此流麗之作。

王鳴盛墨眉：此詩與花驚定了無干涉，應是當時歌者。

錦城絲管日紛紛，（**俞瑒甲本評**）點題。（**李以峙墨眉**）（日）按"日"字自佳，何必從"曉"？**半入江風半入雲。**（**俞瑒甲本評**）承。（**張雝敬墨旁**）如何分得恰好。**此曲衹應天上有，**（**俞瑒甲本評**）轉。（**李以峙墨眉**）（有）按"有"字甚妥，何必從"去"？雖出樂府，無爲所惑。**人間能得幾回聞。**（**方拱乾評**）有諷其歌舞太侈之意。（**俞瑒甲本評**）收得悠然不盡。（**奚禄詒甲本墨眉、乙本墨眉**）此樂府林鐘宫水調，入破第二疊古歌也。公止改"庭"爲"城"，改"靈山"爲"江風"三字耳。

【彙評】

俞瑒甲本評：諷之也，非豔羡之詞。流麗風華，七絶以此爲冠。

張學仁參定：當時錦城妓女獨以此詩入歌。郭茂倩《樂府・水調歌》載此詩，知太白《清平調》不得獨有千古。

枏樹爲風雨所拔歎

方拱乾評：是年嚴武死，人遂以爲此，豈不可笑？枏樹即楠樹耳，於嚴武之生死何與？

錢陸燦甲本眉：茅破猶可蓋，楠拔不須生矣，公安能久留於蜀乎？是以明年有下峽之興。〇通篇草堂起，草堂結，則爲草堂不爲楠樹,先生於是乎思去草堂矣。

嚴虞惇紅眉:草堂起,草堂結,通篇專寫草堂,不寫楠樹也。

屈復評:老樹之力,可與風雨争勝,而天意莫回,非木之罪也,感慨深矣。○每於蕭瑟中作崛强語,氣色百倍。[①]

奚禄詒甲本旁:黄鶴:據史,永泰元年三月大風拔木,此詩作於此時。極是。

奚禄詒甲本眉:若以《秋風破屋》爲郭英乂,則此詩豈非嘆嚴武之死乎?然不必。

盧見曾紅旁:勢取矯厲,意主樸真。

陳治墨眉:俞云:着眼在草堂,起結握定。

吴廣霈墨眉:沉痛悲凉,後人難能爲此。○爲楠樹悲乎?爲草堂悲乎?折亦何爲自身悲爾。

奚禄詒乙本紅眉:悲歌楚調。

倚江枏樹草堂前,故老相傳二百年。誅茅卜居總爲此,五月仿佛聞寒蟬。東南飄風動地至,江翻石走流雲氣。(**厲鶚評**)叙楠之陰可庇,而聲可聽,不獨己所愛,即野客行人亦愛之。(**錢載評**)叙事乃用力作對,所以妙也。知之知之。(**吴廣霈墨眉下**)一句寫出風勢如此,"流雲氣"三字非老筆不能到。(**奚禄詒乙本墨眉**)玩其旨,與《茅屋》篇定是指嚴,直從黄鶴之説。幹排雷雨猶力争,(**厲鶚評**)説得有身分。(**張甄敬墨旁**)狀物必摹其神。(**李以峙墨眉**)(幹)按作"榦",係形似之誤。根斷泉源豈天意。(**錢陸燦甲本旁**)此四句專寫草堂,不寫楠樹,雖通篇寫草堂,不寫楠樹,真知言也。(**方貞觀墨眉**)"幹排"二語贊楠樹,大占身分,筆

---

① 校注:杭本闕"每於蕭瑟中作崛强語,氣色百倍"二句。

力何等矯健。(**吴士模墨眉**)具有神力。**滄波老樹性所愛,**(**李以峙墨眉**)(滄波)按"滄波老樹",所謂倚江楠樹也。**浦上童童一青蓋。**(**方拱乾評**)推開説愛樹,纔有瀾。(**方拱乾評**)是法。(**佚名己紅眉**)此處又推開作波瀾,是一法也。**野客頻留懼雪霜,行人不過聽竽籟。**(**奚禄詒乙本紅旁**)此言拔後野老行人無所依,足上未盡之意。(**倪象占藍眉**)"滄江"二句即誅第十句,總爲此意。敷演似稍複。**虎倒龍顛委榛棘,淚痕血點垂胸臆。我有新詩何處吟,草堂自此無顔色。**(**方拱乾評**)自然應。○謂公與武卻者,非也。謂公之依武如怙恃者,亦非。(**汪琬乙本評**)太煞便索然。(**奚禄詒甲本旁**)賦而比也。(**陳治墨眉**)每於蕭瑟中作崛强語,氣色百倍。(**吴廣霈墨眉**)結得嗚咽欲絶。○余每以短劍擊檻,歌之聲浪浪若振金石也。(**沈巖尾**)湘靈云:茅破猶可蓋,楠拔不復生矣,公安能久留於蜀乎?是以明年有下峽之興。

【彙評】

吴廣霈墨尾:此種詩所謂石破天驚,真可以泣鬼神矣。

吴廣霈墨旁批集評"李云":李批大謬。

茅屋爲秋風所破歌

方拱乾評:勝《楠樹歌》。

錢陸燦丁本評:茅破猶可蓋,楠拔不復生,公安能久留於蜀乎?是以明年有下峽之興。

吕留良紅眉:作家粗疏語,亦不可少。

俞瑒乙本評:屋破前風一層,寫得勢猛。屋破後雨一層,寫得苦況。後轉出光天化日來,絶奇之作。

屈復評:廣厦萬間,大庇寒士。當處困時,無人援手,每有此願。及其得志，不復記憶。少陵散米同舟，分稻鄰舍，是不徒托之空言者。①

方貞觀墨眉："安得"以下五句，此篇自應作如此語。但子美集中，實屢見之。如《洗兵馬》《石犀》《石筍》諸詩，俱云"安得某某"，是亦窠臼病痛，宋人轉以爲於此處見公包與爲懷，讚歎不已，甚可笑也。

奚禄詒甲本旁：讀此歌，則成都之人可知矣。

奚禄詒甲本眉：舊謂嚴武死，郭英乂代之，而英乂驕縱不可托，故公欲去成都而作此詩。詩不必托喻，亦自佳絶。〇不用鍛鍊。〇真率高渾。

奚禄詒乙本墨眉：舊皆謂嚴武死，郭英乂代之，驕縱不可托，公欲去成都而作，然不必求所寓，正自佳絶。

盧見曾紅旁：極無聊事，以直寫見筆力。入後，大波軒然而起，疊筆作收，如龍掉尾，非僅見此老胸懷，若無此意，則詩亦可不作。朱鶴齡曰：白樂天云"安得布裘長萬丈，與君都蓋洛陽城"同此意。

申頲紅旁：與前題同一句法。

陳治墨眉：汪云：通篇真色，忽於末段一振，如讀《子虛》《長楊》，得曲之雅奏。

沈巖旁：元氣淋漓，自抒胸臆，非由外襲也。

張裕釗眉：沉雄壯闊，奇驚變化，此老獨擅。

八月秋高風怒號，卷我屋上三重茅。（**嚴復墨眉**）用響韻起，恰稱題情。**茅飛度江灑江郊，高者掛罥長林梢，下者飄轉沉塘坳。**（**李以峙墨眉**）（塘坳）按此謂塘水幽曲處也。"堂"字顯誤，仇注失正。**南**

---

① 校注：杭本在此批語末尾另有"而天使托之空言，何也"二句。

村群童欺我老無力，(**傅山紅眉**)徑如説話。忍能對面爲盜賊，(**徐渭墨眉**)形容到没躲閃處。公然抱茅入竹去。(**方拱乾評**)妙在此段。唇焦口燥呼不得，歸來倚杖自歎息。(**嚴復墨眉**)頓挫。俄頃風定雲墨色，(**吴廣霈墨眉**)"雲墨色"妙，寫風力猶有餘勢。秋天漠漠向昏黑。(**錢陸燦丁本評**)豪健似鮑參軍，己溺己飢之思，公豈徒詩人哉？○白樂天詩："安得萬里裘，蓋裹周四垠。穩暖皆如我，天下無寒人。"亦本此詩意。布衾多年冷似鐵，嬌兒惡卧踏裏裂。(**方貞觀墨眉**)奇語。(**申頲紅眉**)二語非久窮者何由説出？(**吴士模墨眉**)"踏"字好。(**吴廣霈墨旁**)雖似拙樸，却不傷雅，於此等處乃見大家真本領，非淺近所可貌襲也。床頭屋漏無乾處，(**奚禄詒乙本墨眉**)"床頭"纔見無處不破也。雨脚如麻未斷絶。自經喪亂少睡眠，長夜沾濕何由徹。(**秦應逵墨眉**)止歌茅屋，有何生趣？妙在翻出大議論來。安得廣厦千萬間，(**奚禄詒甲本眉**)末後是萬物一體之思。大庇天下寒士俱歡顔，(**張雝敬墨旁**)聖賢志量。(**沈巖眉**)此老胸中有同胞，因與之意。風雨不動安如山。(**孫承澤墨眉**)□下惟破屋中人，偏有此宏願。(**方拱乾評**)一路皆真，只得假一步以足之，虚結却老。(**李念慈紅眉**)當厄窮困苦時，忽念及天下寒士，固知公無時不憫人憂世，志量度越群輩也。(**厲鶚評**)白居易詩："安得大裘千萬丈，與君都蓋岳陽城。"公同此意。(**王伯沆紅眉**)自是豪傑心胸。嗚呼！何時眼前突兀見此屋，吾廬獨破受凍死亦足。(**奚禄詒甲本旁**)賦也。(**奚禄詒乙本墨眉**)末段仁者之言。○"突兀"者，忽然見此大厦也。(**張雝敬墨旁**)菩薩心腸。(**倪象占藍眉**)極情一氣言之，不如是收不住也。(**秦應逵旁批**)結穴主意。(**吴廣霈墨眉**)奇想忽開，奇氣忿涌，雖是决無之事，亦斷不能不作此想。(**李以峙墨眉**)(破)按作"壞"，定不如"破"。(**李以峙墨眉**)(死亦足)按必下"死"字，句意方暢足，作"意"字平極矣。明者參之。(**佚名己紅眉**)以虚作結。

【彙評】

汪琬丙本評：通篇真率，忽於末後一振，如讀《子虛》《長楊》，曲終雅奏。

朱方藹紅眉：通篇真率，忽於末段一振，如讀《子虛》《長楊》，得曲終之雅奏。

吴錫麒紅眉：結法神酣氣足，最是歌行神境，然惟少陵慣用此法。

吴廣霈墨眉：直是變徵之音，不但陽春白雪而已。

百憂集行

王鐸評：又一體。

方拱乾評：子索飯有何趣？説來恁奇恁妙。"未解憶長安"，稚得妙。"恐我却復去"，親熱得妙。"啼門東"，嬌癡得妙。無往不見才之縱横，是情之真至，見用筆之細。

錢陸燦甲本眉、乙本墨眉：鶴曰：公生於壬子，至是年辛丑，恰五十。"主人"指成都尹也。方曰：公之來成都，以裴冕爲地主，冕爲公作草堂於浣花溪。未幾，冕去，而爲崔光遠之客。光遠驕縱特甚，公不得已折節事之，故曰"强將笑語供主人"。而光遠絶無周恤之意，故四壁蕭條，妻子飢餓如此。然又不敢明言，姑以少健衰老起興，中間微露其意。吁！亦苦矣。

吕留良紅眉：老人説兒事，有情有態，恍忽畫間。

奚禄詒甲本眉：黄鶴曰：乾元二年冬，公至成都，裴冕爲尹。上元元年三月，李若幽代。二年三月，崔光遠代。光遠尋罷，嚴武至。此"主人"當指崔、李。光遠任氣無學，宜與公不合。○樸拙之中，正饒情韻。

奚禄詒甲本旁："主人"者何人耶？州郡所遇者是也，不必定指。

奚禄詒乙本墨眉：樸拙之中，正饒情至。

王士禛評：又一體。

徐昂發評：上元元、二年間，李若幽、崔光遠相代爲成都尹，此"主人"當指崔、李。李爲政急躁，崔無學任氣，直與公不合也。

秦應逵墨眉：又是一體。

沈巖眉：方云：公之來成都，以裴冕爲地主，冕爲公作草堂於浣花溪上，未幾，冕去，而爲崔光遠之客。光遠驕縱特甚，公不得已折節事之，故曰"强將笑語供主人"。而光遠絶無周恤之意，故曰四壁蕭條，妻子凍餒。如此又不敢明言，特以少健衰老起興，而中間微露其意，亦可悲矣。

憶年十五心尚孩，健如黄犢走復來。（**方拱乾評**）因五十而及十五，偶然興會所及，可以想見。（**朱方藹紅眉**）"健如"三句雅。庭前八月梨棗熟，一日上樹能千回。（**傅山紅眉**）可憐。即今倏忽已五十，（**李以峙墨眉**）（"即今"句）按本句甚穩，别本云云，文義稍遜。坐卧只多少行立。（**奚禄詒乙本墨眉**）"主人"者何人耶？州郡所遇者皆是也，不必定指。（**吕留良紅眉**）可憐情狀，人所諱道，亦人所難道，道出却好。强將笑語供主人，（**方拱乾評**）逗下。悲見生涯百憂集。（**方拱乾評**）老貧是一事，却兩截説。（**錢陸燦乙本墨旁**）飢寒無聊，俛仰於人，此有哀時失職，而聽者淚淋浪以霑襟。（**李念慈紅眉**）二語盡失意依人之苦。（**吕留良紅眉**）可憐情狀，人所諱道，亦人所難道，道出却好。入門依舊四壁空，老妻睹我顔色同。（**方拱乾評**）"依舊"字、"同"字妙絶可想。（**佚名己紅眉**）"依舊"字、"同"字俱妙絶。癡兒未知父子禮，（**方拱乾評**）"父子禮"與"外甥國"同一妙。叫怒索飯啼門東。（**方拱乾評**）"叫怒索飯"癡得妙，"父子禮"迂得妙。（**錢陸燦甲本旁**）王鐸云，又一體。（**錢陸燦乙本紅尾**）又一體。（**吕留良紅旁**）調笑戲侮，却成豪邁。（**奚禄詒甲本旁**）厨必居東,而索飯故在門東,非浪用。(**奚禄詒甲本旁**)賦也。(**奚禄詒乙本墨眉**)厨必在東者,相陽氣發於東方也。(**沈巖眉**)《漫叟詩話》:庖府之門在東,故曰"啼門東",非趁韻也。(**方貞觀紅旁批注解《漫叟詩話》**)不必有此解。(**王伯沆紅眉**)愈覺可哀。

【彙評】

張澍敬墨旁:彼此心照,淚從肚落,真情真境,極渾極深。古人云"窮愁愈工",蓋爲作詩者言之也。吾謂讀詩者亦惟窮愁而後善讀耳。如"老妻"句,非身歷其境者不解,即解亦未必親切也。○末句緊緊反照,更覺異樣酸心。

病　柏

方拱乾評:古。即就病柏言耳,何必曰有所爲。

丁耀亢紅眉:大有失節中路者。

俞瑒乙本評:《病柏》四篇,皆比興之詞。○比喻宗社傾欹之時,賢人廢斥,而宵小盤據於内,恣爲奸私,國祚安得再振?天意真不可問也。

嚴虞惇紅眉:此詩爲明皇而作。

屈復評:"病柏"喻國祚傾危也。"龍虎姿"四句豈人臣可當乎?國祚將危,外君子而内小人,天心厭漢,非所側[測]也。①

奚禄詒甲本眉:前揚後抑。

奚禄詒甲本旁:賦而比也。

盧見曾紅旁:託喻之言,可垂鑒戒。葉夢得曰:此詩爲明皇

① 校注:此批語余本闕。"病柏",吴本闕;"側",吴本作"測",吴本是。

而作。

厲鶚評:言柏之正直,爲神所憑依。

朱方藹紅眉:紛披老至,設色更佳。

陳治墨旁:俞云:《病柏》四首皆是比興之詞。

魯一同評:此四詩或全選或全逸,不得專取《病橘》《枯楠》二首。

張裕釗眉:此喻唐室之衰。

王伯沆紅眉:以下四首皆感諷時事之作。

沈巖旁:此詩李論雖似當之,然不敢定其然也。○石林以爲明皇作,與《杜鵑行》同意。

有柏生崇岡,童童狀車蓋。偃蹙龍虎姿,主當風雲會。(**錢陸燦乙本墨眉**)"主當"二字未注。(**錢陸燦乙本紅眉**)自是"生當"。(**錢陸燦丙本評**)鐵牛云:"主當"當作"生當"。(**陳治墨眉**)鐵牛云:"主當"即"生當"。神明依正直,故老多再拜。豈知千年根,中路顔色壞。(**吴士模墨眉下**)千年色壞,治久而亂也。昌黎所謂"地大物博,蘖芽其間"。(**奚禄詒乙本墨眉**)遯叟云:此必刺尊官爲群小所附者,舊以爲郭英乂,亦未的。出非不得地,蟠據亦高大。(**沈巖眉**)千秋恨事。歲寒忽無憑,日夜柯葉改。(**陳治墨尾**)"改"字叶去聲。丹鳳領九雛,哀鳴翔其外。(**方拱乾評**)奇瀾。蜀有鳳皇山,故云,不則誕矣。公詩從不誕也。詩最忌誕,太白千古詩人,當間有誕處,便不堪矣。鴟鴞志意滿,養子穿穴内。(**李念慈紅眉**)借他物見正意,而丹鳳又興賢人之失依,鴟鴞又興小人乘昏亂時盤踞窟穴爲國害也。客從何鄉來,佇立久吁怪。静求元精理,(**李以峙墨眉**)(元精)按"無根"不如"元精"。浩蕩難倚賴。(**吴士模墨眉**)信如浦説,後與《枯楠》犯複。(**墨尾**)"丹鳳"句,此即"王孫泣路隅"也;"鴟梟"句,此奸臣盜賊也。(**吴廣霈墨眉**)比喻要津政柄爲非類所竊據也。(**奚禄詒乙本墨眉**)公苦惱詩常多如《病柏》下三章,未免苦澁。

【彙評】

方拱乾評:四首各竪一義,各成一局,却又有同緒在,所以曰神。

吴士模墨眉下:無憑改枒,此乃自壞,有何摧折。

魯一同評批心解:以柏自況,又以鳳自況耶?語意夾雜。

病　橘

方拱乾評:痛刻極矣,惟公能之。○古。四首各具一體,各成一緒,感慨却共一意,於此能會,思過半矣。公古詩全以古文法行之,大約得司馬遷之神。

錢陸燦乙本紅旁:□格對此格婆娑□無盡矣。

王士禛評:此借朝廷之一物,諷朝廷當減口腹之奉,以恤民困,非徒言橘也。

俞瑒乙本評:因病橘而思及朝廷,間以荔支映帶,此是興體。玩結語又似爲病橘幸,感慨尤深。

題商盤紅眉:此諷時君不能減膳也。《有感》詩:“不過行儉德,盜賊本王臣。”公意蓋謂欲弭盜當恤民,欲恤民當自人君躬行節儉始,此實當時根本之計,此詩蓋觸事發之。

奚禄詒甲本眉:公苦惱詩頗多,此篇猶未。

奚禄詒甲本旁:借病橘以刺時。

盧見曾紅旁:因病橘而回憶荔支,婉轉言之,多少慨歎。

沈巖旁:此比民生窮悴,若更悲有司急貢賦則將群作爲盜賊,當以天寶前事爲戒鑒矣。

群橘少生意，雖多亦奚爲。惜哉結實小，酸澀如棠梨。剖之盡蠹蟲，采掇爽其宜。紛然不適口，豈只存其皮。蕭蕭半死葉，未忍别故枝。（**吴士模墨眉**）“蕭蕭”二句形容慘澹，以爲寫病樹亦通肖，以爲寫貧民亦通肖也。玄冬霜雪積，况乃回風吹。（**李念慈紅眉**）題外生意，乃有關係。嘗聞蓬萊殿，羅列瀟湘姿。此物歲不稔，玉食失光輝。寇盜尚憑陵，當君減膳時。汝病是天意，吾諗罪有司。（**方拱乾評**）却是瀾，比尋常又不同，何也？正瀾也。（**朱方藹紅眉**）仁者之言，借往事爲戒。（**王伯沆紅眉**）筆大。（**沈巖眉**）鍾惺曰：“吾愁罪有司”，正愁及百姓耳，故末引荔枝故事以爲感。憶昔南海使，（**魯一同評**）波瀾。奔騰獻荔支。（**汪琬甲本紅眉**）唐貴妃嗜荔枝，置騎傳送，色味不變。百馬死山谷，到今耆舊悲。（**方拱乾評**）大議縱筆，遂以瀾結。（**奚禄詒甲本眉**）以客結。（**奚禄詒甲本尾批**）賦而比也。（**奚禄詒乙本墨眉批仇注**）唐貢荔枝是涪州，此引漢南海事以比之耳。（**吴士模墨眉**）更指出一證據。（**沈巖尾**）觀此荔，末謂天寶貢取之語者，斯不然也。

【彙評】

吴廣霈墨尾：此傷果之不復再進也，吴批謬。

枯　椶

方拱乾評：四首各一局、各一緒，却又共一局、一緒，即如“二吏”“三别”也。〇忽興，忽比，忽賦，忽正意，忽餘波，自然合緒，匪夷所思。

王士禛評：此首淺露。

奚禄詒甲本眉：以椶比時人。

奚禄詒乙本墨眉：《病橘》《枯椶》二首皆勉强枯滯，只欲要擺脱一時聲調之習氣，然已非詩法也。

盧見曾紅旁：仇兆鰲曰：詩中詠物之作，有就本題作結者，此章是也；有借客意作結者，《病橘》《枯柟》是也。可悟詩家擒縱之法。

厲鶚評：椶皮有資綆縻之用，軍興征斂，割剥多而易朽，推此而言，則蜀人之生産盡矣，那得不因枯椶而生歎也。

張裕釗眉：從《小雅》脱胎。

蜀門多椶櫚，高者十八九。其皮割剥甚，雖衆亦易朽。徒布如雲葉，青黄歲寒後。交横集斧斤，凋喪先蒲柳。（**陳治墨眉**）賦物必有感觸，故是詩史。傷時苦軍乏，一物官盡取。（**李念慈紅眉**）感時憫物，因物及人，下筆便有大義，庶非徒作。嗟爾江漢人，生成復何有。（**錢陸燦甲本眉批**）主意。有同枯椶木，使我沉歎久。死者即已休，生者何自守。啾啾黄雀啅，側見寒蓬走。（**吴士模墨眉**）又引出一喻，便覺意味更長。（**魯一同評**）以下祗就窮民説，不復於枯椶生義，浦氏太拘。念爾形影乾，摧殘没藜莠。（**汪琬丙本評**）不必繳此句，合則兩傷。（**魯一同評批"不見椶矣"**）"念亦形影幹"指□人也。若云見蓬不見椶，豈非兒童語？

【彙評】

吴廣霈墨尾批"吴云"：此批是。

枯　柟

方拱乾評：古。看四首是四個局，四個入題，四個結法。

錢陸燦乙本墨眉：《枯楠》《病橘》詩皆公寓言。

錢陸燦戊本評：此公傷賢者之老病而不獲用。

奚禄詒甲本眉、乙本墨旁：少存古意。

奚禄詒甲本旁：賦而比也。

盧見曾紅旁：四詩皆託物起興，風人之嗣音也。葉夢得曰：此詩當是爲房次律而作。浦起龍曰：四詩寄託遥深，歛鋒鍔爲之，力追古作者。

王士禛評：此首却含蓄而稍傷直。

嚴虞惇紅眉：石林云：此詩當爲房次律而作。

徐松紅眉：葉石林云：此章當是爲房次律而發。

沈巖旁：此與《古柏行》同意。

楩柟枯峥嶸，鄉黨皆莫記。（**方拱乾評**）陰曰峥嶸，枯亦曰峥嶸各有妙處。不知幾百歲，慘慘無生意。上枝摩皇天，下根蟠厚地。巨圍雷霆坼，萬孔蟲蟻萃。凍雨落流膠，衝風奪佳氣。白鵠遂不來，天雞爲愁思。（**傅山紅眉**）如此詠物方有味。猶含棟梁具，無復霄漢志。（**錢陸燦甲本眉批**）主意。（**陳治墨眉**）直是自寫。良工古昔少，識者出涕淚。種榆水中央，成長何容易。（**魯一同評**）每於掉尾，别出一意。截承金露盤，褭褭不自畏。（**方拱乾評**）結妙。（**方拱乾評**）各一結法，妙，妙。（**方拱乾評**）波瀾□轉極恰當，又極奇恣。（**李念慈紅眉**）小人能不心悸。（**方貞觀墨眉**）但覺氣充，不嫌意盡。（**奚禄詒甲本眉**）"種榆"四句，造意頗奇。（**吴廣霈墨眉**）此喻庸才得位，英賢反退避不進也。

赴青城縣出成都寄陶、王二少尹

題鮮于樞評：詩自言既老且貧，故有樊籠役、出入勞、異縣行之艱。第二聯結上以起下三聯，乃出入所見之景物，回首而詩興滔滔,故憶吾曹同賦,則文章何病焉?亦自寬之詞耳。賦也。

朱方藹紅眉:起語苦笑,故下即推開,五六純拈景言之,結意與發端,一反一正,又妙括中二聯合作也。

嚴復墨眉:杜赴青城,以起二語觀之,蓋將有所陳乞,而第三句只略點四句,即挽到陶、王上。措辭隱約如此。

奚禄詒乙本墨眉:"出入勞",不深貧不知。○詩曰"態",微有不足之意。○"差",不齊之意,猶何也。"差底",猶言何等也。○陶王想亦詩流,或自以爲文字病,公言文章何等病耶?"回首"望二子而興自滔滔,蓋以詩道相誇之辭。

老恥妻孥笑,貧嗟出入勞。(**李念慈紅眉**)首句亦新而樸,然注中句似較勝之。(**奚禄詒甲本眉**)"出入勞",不深貧不知。**客情投異縣,詩態憶吾曹。**(**徐渭墨眉**)"詩態"句亦自好,想見聳肩咿唔之意。(**李以峙墨眉**)(吾曹)按吾曹、汝曹、爾曹皆慣用,君曹實罕見,此"君"字定是形近而訛。**東郭滄江合,**(**朱方藹紅旁**)就近説。(**李以峙墨眉**)(滄江)按作"滄浪"亦可。**西山白雪高。**(**朱方藹紅旁**)推遠説。**文章差底病,**(**奚禄詒甲本旁**)應四句。(**佚名己紅旁**)趙注:差,病除也。**回首興滔滔。**(**方拱乾評**)七八句應四句。(**方拱乾評**)"差底"即有甚。(**嚴復墨眉**)"差底病"猶云何補於貧,"差"字只作平聲讀。

【彙評】

佚名丁墨尾:仇云:此蓋出郭後寄二尹者。愚按:衷實牢騷,音無噍殺,若訴之,若恐之,東顧西瞻,舍然而去,至今如見其情形。

野望因過常少仙

方拱乾評:從橋入圃而還。○盡一日事。

奚禄詒甲本眉：如題序云。

佚名丁墨旁：愚按：詩云“入村”，又云“幽人”，恐是青城隱有少仙，或其名字非尉也。

野橋齊度馬，秋望轉悠哉。竹覆青城合，（**方拱乾評**）近。（**王士禛評**）句法。（**奚禄詒乙本墨旁**）稱情之句。江從灌口來。（**方拱乾評**）遠。〇望中景。（**奚禄詒甲本旁、乙本墨眉**）自然多致。入村樵徑引，（**奚禄詒甲本旁**）過常。嘗果栗皺開。（**申頲墨眉**）妥貼之句。（**嚴復墨眉**）“栗皺”即栗蓬。貫休詩云：“新蟬避栗皺。”（**奚禄詒乙本墨眉**）公作詩必不煉一“皺”字，何故要説栗色？（**李以峙墨眉**）（栗皺）按“皺”字新，固當勝“圓”字，頃見别本有作“栗園”者，“園”可對“徑”，並悟“圓”當是“園”之誤。（**王鳴盛墨眉**）貫休詩：“新蟬避栗皱。”又曰：“栗不和皱落。”〇皺，側尤切，即栗蓬也。落盡高天日，幽人未遣回。（**方拱乾評**）“遣”字妙。（**奚禄詒甲本旁**）賦也。（**嚴復墨眉**）以“落盡高天日”言日落亦拙。

【彙評】

李念慈紅眉批錢注“少仙”：少仙必别有出處，如此解殊傷紆曲。

李念慈紅眉批錢注“栗皺”：今秦會城人猶稱栗皺，但“皺”字仄聲，何若仍“圓”字妙？

秦應逵墨尾批《心解》後：唐人稱縣尉爲少府，少仙用梅仙事，更新。

沈巖眉批詩後箋注：“栗皺”新解。

佚名丁墨尾：逐層引出，景事情意俱到。

丈人山

奚禄詒甲本旁：青城之人，是不自愧。〇昔寧封先生隱於上。

奚禄詒乙本墨眉:老辣轉折,青城之人,豈不自愧。

盧見曾墨眉:首記登山覽勝,次欲託迹幽棲也。遠注:山屬仙境,故以遊仙之意作結。

盧見曾墨旁:此章五七言各半,蓋唐人七古長短參用,如李頎《送劉昱》詩亦然。

朱方藹紅眉:興到之篇。

王鳴盛墨眉:此詩列在陰雨類中,何也?分類已不通,而又錯謬如是。

自爲青城客,不唾青城地。(**吴廣霈墨眉**)起四句飄飄有仙氣。清超絶俗,秋水芙蓉,可喻其妙。(**吴廣霈墨旁**)從古語云"不唾井"脱來。(**佚名己紅眉**)起得嚴整。**爲愛丈人山,丹梯近幽意。丈人祠西佳氣濃,**(**奚禄詒甲本旁**)屈子游仙旨。**緣雲擬住最高峰。**(**奚禄詒乙本墨眉**)屈子遊仙之旨。○太白每擬遊仙,竟落了神仙海語。**掃除白髮黄精在,君看他時冰雪容。**(**奚禄詒甲本旁**)賦也。○短篇如此方老辣。(**沈巖眉**)絶世獨立。(**沈巖尾**)劚黄精即煮茯苓之意,薑桂本性,非人所得衣食也。

逢唐興劉主簿弟

題鮮于樞評:言與劉别久而音書絶,今幸於蜀中相見,奈何亂猶未定,况此地官人既冷,而長安來使又少,不知朝廷之事若何,然我又將輕舟下吴會,劉之意定如何耶?言其不能爲懷耳。賦也。

嚴復墨眉:"江上""戎馬"皆當重逗,蓋江山不殊,聊復相見,戎馬倣擾,未得安居。十字中藴四句,不可作兩句讀也。

王鄰德墨眉:此言與劉久别而音書隔絶,今喜於蜀中相見,奈何亂猶未定，况蜀中官人既冷，而長安來使又少，不知朝廷之事若何，然我又將輕舟下吴會矣，則劉之意定何如耶？言其不能爲懷耳。

分手開元末，連年絶尺書。（佚名己紅旁）起得老。江山且相見，戎馬未安居。劍外官人冷，（奚禄詒甲本旁、乙本墨旁）主簿。關中驛騎疏。（奚禄詒甲本旁、乙本墨旁）絶尺書。輕舟下吴會，（王鄰德紅眉）《地理志》：吴亦江東一都會。主簿意何如。（方拱乾評）七句頂五六句。（奚禄詒甲本旁）賦也。（奚禄詒甲本旁）言卑官不足戀。（奚禄詒乙本墨旁）哀官卑不足戀耳。

敬簡王明府

題鮮于樞評：詩以葉縣之神仙郎官喻王，以"病驥思偏秣"自喻，夫豈有求於王歟？末言王有神仙之才，與常人不同。賦兼比也。

葉縣郎官宰，（奚禄詒乙本紅旁）王也。（奚禄詒甲本旁）王。（王鄰德紅旁）以王喬比王。周南太史公。（奚禄詒甲本旁）己。（奚禄詒乙本紅旁）己也。（王鄰德紅旁）以馬遷自比。（嚴復墨眉）前半用人己分叙法。神仙才有數，（奚禄詒甲本旁）王。（奚禄詒乙本墨旁）王也。流落意無窮[illegible]奚禄詒甲本旁）己。（奚禄詒乙本墨旁）己也。驥病思偏秣，（奚禄[illegible]乙本墨旁）二句皆况己。鷹愁怕苦籠。（奚禄詒甲本旁）二句皆况[illegible]（王鄰德紅旁）二句自歎。（李以峙墨眉）（鷹秋）按，"愁"字自然，不當[illegible]"秋"，此亦形近而訛。（嚴復墨眉）合二詩而觀杜，蓋不能無望於王也。[illegible]君用高義，（奚禄詒乙本紅旁）二句王也。耻與萬人同。（奚禄詒甲

本旁）萬人皆愧矣。（**奚禄詒甲本旁**）興而賦也。（**秦應逵墨秦應逵旁批《心解》**）有志復古，特力之而不至。（**王鄰德紅旁**）二句美王。（**王鄰德墨眉**）“恥與萬人同”當屬公之自託，益秣驥縱鷹，非高義者不能，明府必能辨此。故望其不以衆人遇我，而以國士遇我，恥與公等碌碌者，處囊彈鋏，無從見也。若屬責望明府，便直遂唐突。

重簡王明府

題鮮于樞評：言蜀之節氣與中原不同，冬來寒少而雨多，以蜀有□天故爾。今我爲客，與居官者亦異，其窮愁窘迫，則“行李何須問”耶？君其聽鴻雁之鳴，必其致稻粱之難耳。此亦有求於王而作耳。賦兼比也。

錢陸燦丙本評：鐵牛云，李治也，左傳注行，李行人也。

奚禄詒甲本眉：客中又絶粒矣。

甲子西南異，（**嚴復墨眉**）“甲子”作歲序用，僅見。冬來只薄寒。（**王鄰德紅眉**）言氣候之殊，見己流落之意。江雲何夜盡，（**李以峙墨眉**）（雲盡）按雲盡則雨乾，“静”字音同而訛。蜀雨幾時乾。 行李須相問，窮愁豈有寬。（**傅山紅眉**）無賴。君聽鴻雁響，恐致稻粱難。（**奚禄詒甲本旁**）賦也。（**王鄰德紅眉**）借言鴻雁，有望於王之意。（**倪象占藍眉**）秋風之意耳。

【彙評】

王鄰德墨尾：此言蜀之節氣異於中原。冬來寒少而雨多，今我爲客，與居官者亦異，其窮愁窘迫，並行李亦不須問矣。君其聽鴻雁之鳴，必其致稻粱之難耳。意有干於王也。通首著眼“異”字。

寄杜位位京中宅近西曲江，詩尾有述

奚禄詒甲本眉：此詩見公敦族之義。〇精神全在十二虚字，感歎之至。

奚禄詒乙本墨眉：凡詩不論五言、七言，句中必要煉一得力字，或虚字，或實字，只在得力。如此首，精神全在十二虚字，感歎之至。

王士禛評：中四句雖皆已是，况復還應未變。

錢載評：亦是順疊。〇極穩。

朱方藹紅眉：情至之言，不嫌其苦。

題張問陶墨眉：是一紙家書，率直攄寫，不待致飾，只此數虚字中情文歷亂，俱寫出心亂之故，骨肉真情，溢於言表。〇字字排空，却字字跖實，如不可名狀。

沈巖眉：中雖皆已是，况復還應未變。

嚴復墨眉：此詩首尾完足。〇杜詩殆不多覯。其中虚字如“近聞”“想見”“雖皆”“已是”“况復”“還應”等，用之如脱手彈丸。

王伯沆紅眉：情文歷亂，正在無數虚字，然亦嫌太多。

近聞寬法離新州，(**李念慈紅眉**)“離”字讀去聲，何必别。(**俞瑒甲本評**)位以事貶。(**奚禄詒乙本墨眉**)“離”字勝“别”字者，謂逢寬法離舊之貶處，故警過“别”字。(**沈巖旁**)位以事貶。想見懷歸尚百憂。(**俞瑒甲本評**)尚未還家。逐客雖皆萬里去，(**俞瑒甲本評**)追言之。(**沈巖旁**)追前言之。悲君已是十年流。(**俞瑒甲本評**)承“新州”。(**秦應逵眉批**)中四句“雖皆”“已是”“况復”“還應”未變。(**嚴復墨眉**)“萬里”以地，“十年”以時。干戈况復塵隨眼，(**俞瑒甲本評**)猶今言。(**秦應逵紅旁**)就今言之。(**李以峙墨眉**)(塵)按“行”字不如“塵”字。鬢髮還應雪滿頭。(**俞瑒甲

本評)承懷憂。(**李以峙墨眉**)(雪)按"白滿頭"屬通對上"塵"字,則當從"雪"。**玉壘題書心緒亂,**(**俞瑒甲本評**)公在蜀。**何時更得曲江遊。**(**李念慈紅眉**)關情著筆,不覺沉痛。(**俞瑒甲本評**)位家在曲江。(**奚禄詒甲本尾批**)"況復"與"還應"相呼。

【彙評】

方拱乾評:妙在題,是江上水長,可想見其作詩之意。"焉得"二句有不恨我不見古人,恨古人不見我之意。

俞瑒甲本評:新州在廣南道,位貶新州,朝廷寬其罪,移之近郡。公集有《杜位宅守歲詩》,當是明年位即被謫,故云"已是十年流也"。

張學仁參定:直抒胸臆,寫出心亂,全不著雕飾語,抵一紙家書讀。

送韓十四江東覲省

錢陸燦甲本眉:韓亦公之同鄉人,其父母避亂江東,而往省之。

汪琬乙本評:精密之中却有疏落之致。

李念慈紅眉:沉厚嗚咽。

吕留良紅眉:前四句甚弱,要知妙處不在黄牛、白馬。

俞瑒乙本評:起四句一氣説下,五六一頓,末聯"各"字"同"字,抑揚獨絶。

屈復評:一亂時省覲者少,三己,四韓,五六江東去路,合結。○亂世萊衣,久已未見,萬事俱非,不止此一端,如我便是骨肉不能相聚者,見韓之此去可羨。五六往江東之路,寂寞在目,同歸故鄉,應各努力,但恐我猶未能耳。①

① 校注:"應各"杭本作"各應"。

奚禄詒甲本眉:傷心之語,末句更傷。五六亦淡蕩。

盧見曾紅旁:悲凉雄渾,謝膚澤而敦骨力。世人穩順聲勢,當知大家此等氣格。〇朱瀚曰:氣韻淋漓,滿紙猶濕。

吴錫麒紅眉:對面寫來,更自情深,"灘聲""樹影",想見同是天涯零落之苦。

題張問陶墨眉:五六在韓另是一片歸思,在公是一片離情,筆韻淋漓,滿紙猶濕。

嚴復墨眉:"衣""妹""轉""力"四字,正合四聲。故何茂□有四聲抑揚之説,然亦不盡爾。

吴廣霈墨眉:痛切中腸,天性流露,渾成金玉之品,藹然仁者之言。

許蔆聚紅旁:韓亦公之同鄉,其父母避亂江東而往省之。

沈巖旁:至情之語,因人感己,自見親切。

沈巖眉:情景都到。〇四句一氣説下,一片神行,末聯"各"字、"同"字,抑揚獨絶。

兵戈不見老萊衣,(**俞瑒甲本評**)空起。(**題商盤紅旁**)硬裝句。歎息人間萬事非。(**題商盤紅旁**)宕開。(**錢載評**)開口寫。(**陳治墨眉**)一片神行,抑揚獨絶。(**秦應逵墨眉**)只是情至。我已無家尋弟妹,君今何處訪庭闈。(**俞瑒甲本評**)"我""君"字伏末句意。(**俞瑒甲本評**)著題。(**方貞觀墨眉**)束皙《補亡詩》曰:"眷戀庭闈,心不遑安。"李善注:庭闈,親之所居。(**沈巖旁**)"我""君"二字伏末句。(**沈巖旁**)著題。黄牛峽静灘聲轉,(**俞瑒甲本評**)送别。(**題商盤紅旁**)雙眼句。(**秦應逵墨旁**)二句"送"字。(**李以峙墨眉**)(轉)按"急"字不如"轉"。白馬江寒樹影稀。(**汪琬甲本紅眉**)黄牛峽,白馬江。(**題商盤紅旁**)即景寓情。(**錢載評**)紙上留一字否?(**朱方藹紅眉**)精密之中,却有疏疏落落之致。(**奚禄詒乙本紅眉**)五六亦心慘。**此别應須各努力，**（**俞瑒甲本評**）應次聯。（**題商盤紅旁**）對結。（**秦應逵墨旁**）“各”收“吾”字、“君”字。（**沈巖旁**）應次聯。**故鄉猶恐未同歸。**（**俞瑒甲本評**）以干戈故。（**奚禄詒甲本尾批**）賦也。（**奚禄詒乙本紅眉**）悲不自止矣。（**李以峙墨眉**）（未同）按承上“各努力”，則“未能”“未堪”不如“未同”爲當。（**沈巖旁**）以兵戈收。（**錢載評**）妙在是直下之對收。（**吴騫墨眉**）只是情深。（**秦應逵紅旁**）以兵戈故。（**嚴復墨眉**）“故鄉”指洛陽，杜與韓蓋同鄉，而韓之父母避亂江東。

【彙評】

俞瑒甲本評：至情之語，因人感已，自見親切。

張學仁參定：信筆説下，一片神行，末聯“各”字、“同”字更見頓挫。謝榛曰：凡七言八句，起承轉合，具有四聲，歌則抑揚盡妙。如此詩，首聯如平聲揚之也，次聯如上聲抑之也，三聯如去聲揚之也，四聯如入聲抑之也。

不　見近無李白消息

題鮮于樞評：詩言不見李生已久，然白之佯狂誠可哀矣。“世人皆欲殺”，忌白之才也。“吾意獨憐才”，愛白之才也。則其佯狂非真狂，晦其迹耳，豈不可哀也哉？第三聯言其天姿英發，寵辱兩忘。末則勉其歸隱，毋爲世人所嫉。賦也。

李念慈紅眉：太白生平飛揚狎世，遭讒見妬，困厄寄託，懷抱形迹，盡於此詩。

俞瑒乙本評：玩題目“不見”二字，真有心腑之切，非泛然相知者可比，悲壯俠烈，深知己之感。

屈復評：舉世一人知己，音有餘痛。

厲鶚評：青蓮詩只評以“敏捷”二字，少陵不輕許可。

題商盤紅眉：三四承次句言，世皆欲殺以其狂也，吾獨哀之以其佯狂也。夫人至於佯狂自放，則其中必有所不得已者。然人不憐其才，故不能諒其心；吾深諒其心，終獨憐其才耳。○凡才士多爲人所忌，世皆欲殺，吾獨憐才。子美於太白作此語，千古才人齊爲下淚。

奚禄詒甲本眉：中四句皆佯狂可哀也，如太白詩酒，才可佯狂。

吴錫麒紅眉：奇警之氣，逼人眉宇。

題張問陶墨眉：“佯狂”字爲古來嵇阮輩洗雪心事，不獨白也。

吴廣霈墨眉：老杜爲李白一生知己，同調相憐，因不虚爾。○詩亦神韻秀健，不可多得。

王鄰德藍眉：以真率勝。

沈巖旁：寫“不見”二字，真有心腑之切，非泛然相知者比。

不見李生久，佯狂真可哀。（**吕留良紅眉**）悲壯，然言落千秋知己之感。世人皆欲殺，（**吕留良紅旁**）言。（**俞瑒甲本評**）老可哀。（**沈巖旁**）承“可哀”。吾意獨憐才。（**吕留良旁**）悲壯俠烈，而言落千秋知己之感。（**奚禄詒甲本旁、乙本墨旁**）真切。（**奚禄詒乙本墨眉**）中四句皆佯狂可哀。（**王鄰德墨旁**）曰“皆”曰“獨”，可見世皆忌才之人，憐才者少。敏捷詩千首，（**俞瑒甲本評**）才。飄零酒一杯。（**錢陸燦丙本評**）五六一聯寫盡青蓮行徑。（**錢陸燦丁本評**）二語深知青蓮恃才傲放，爲群小所忌。（**吕留良紅旁**）“敏捷”粘詩，“飄零”脱灑，句便不同。（**俞瑒甲本評**）可憐。（**沈巖旁**）可憐。匡山（**俞瑒甲本評**）匡山以匡盧爲是，不必作蜀地。讀書處，（**沈巖旁**）用意在此。（**王鳴盛墨眉**）蜀郡綿州彰明縣有大小匡山，非匡盧也，白讀書大匡山，此《丹鉛録》語，要之以匡盧爲是。頭白好歸來。（**孫承澤墨尾**）世皆欲殺成才子，我見猶憐是□人。（**俞瑒甲本評**）用意在此。

(**方貞觀墨眉**)即大匡山亦無不可,何必深辨?○結語音韻悲切自然,托得情事出。(**奚禄詒甲本旁**)了"久不見"。(**奚禄詒甲本旁**)賦也。○懷太白詩當以此與"天末"爲第一。(**李以峙墨眉**)(好歸來)按"始",當亦形近而誤。

【彙評】

俞瑒甲本評:寫"不見"二字,真有心腑之切,非泛然相知者比。

張學仁參定:集中憶白詩極多,此首更在夜郎後,通首都是可哀意。公之愛白更非高、岑可比。

草堂即事

題鮮于樞評:是年以建子月受朝賀如正旦儀,而公在蜀,惟於荒村中見江船、徑竹,魚依密藻,鷺起圓沙,故□懷之。而愁雖酒可解憂,然又無錢得買,將何如哉?賦也。

方拱乾評:偶爲之耳,一襲便厭。"建子""老夫"對乎?不對乎?但覺其妙耳。

屈復評:於元日極寫荒村冷落,以寒魚宿雁自喻,蜀中事非長安比,惟酒可飲而又難賒,無限感慨,自在言外。

屈復評:一時,二地,中四景物,結情。然細讀之,句句皆情。①

題商盤紅眉:題曰"即事",詩中竟無一事,味其意不過借一詩以紀"建子月"三字耳。三字何等鄭重,却以"荒村"二字冒之,又只接"獨樹老夫家"五字,後人讀之欲笑,在公出之欲笑矣。讀全詩,覺得字字冰冷,是時蓋以建子月爲歲首,詩必作於其所謂元日,而極寫其寥落無窮。○轉聯"密"字、"圓"字喻羈棲不定,故直接七八

① 校注:"一時,二地",杭本作"一句時,次句地"。

云云，即景寓意，杜公之金針也。○只有“蜀酒禁愁得”，欲買“無錢何處賒”，屬藏頭句。只用“蜀酒”字，而金門歲節之盛，已不得與，無限傷情，俱出言外。言此中事事不似京師，止有酒可飲耳，奈何欲賒無處，草堂愁坐，何以過日乎？

奚禄詒甲本眉：詩甚閑適，意却不自適。

奚禄詒甲本旁：五六比也，結景亦佳。

奚禄詒乙本墨眉：情正閑適，意却不適。前六句皆即事也。

盧見曾紅旁：《唐書·肅宗紀》：上元二年，以十一月爲歲首月，以斗所建辰爲名。建子月朔，上受朝賀如正旦儀。

朱方藹紅眉：藉以紀事，然詩自骨肉停匀。

題張問陶墨眉：“鷺起”應作“虎聚”，窮冬惟有虎，鷺早畏寒飛去矣。

吴廣霈墨眉：余在金陵游胡園，有句云：“魚穿叢藻密，鳥帶落花輕。”惜未成篇什也。

王鄰德墨眉：是年以建子月受朝賀，如正旦之儀，時公在蜀，惟於荒村中見江船、徑竹，魚依密藻，鷺起圓沙耳。故感懷而多愁也。

荒村建子月，（**徐渭墨旁**）亭。（**題商盤紅旁**）對起。獨樹老夫家。（**俞瑒甲本評**）草堂。（**佚名丁墨旁**）竺云：公有一大柟樹，見七言古詩。霧裏江船渡，（**方拱乾評**）有景。（**俞瑒甲本評**）中四即事。風前徑竹斜。（**厲鶚評**）因竹徑斜故見江船渡。寒魚依密藻，（**題商盤紅旁**）語含比興。宿鷺（**俞瑒甲本評**）謬，《杜臆》作“雁聚”。起圓沙。（**奚禄詒乙本墨旁**）五六比也，然景亦佳。蜀酒禁愁得，（**題商盤紅旁**）藏頭結。（**李念慈紅眉**）“禁愁得”倒説來妙。無錢何處賒。（**奚禄詒甲本旁**）賦也。○與《草閣》詩同體。次句接得妙。（**俞瑒甲本評**）述情。（**秦應逵紅尾批《心解》**）何創之有？

【彙評】

張學仁參定：舊注：因上元二年以十一月爲歲首，諸家遂多附會。按：全詩不過與次句作對，正如元年建巳月，同一記時，並無他意。

秦應逵墨旁：上四句極寫嚴寒，逼出須酒。

佚名丁墨尾：詩必月朔所作。全注一"愁"字，爲逢建子月也。想此日朝班上賀，新象蔚然，而我則霧江風竹，村老羈棲，宛似魚依雁聚之淒然矣。左省趨陪，不堪回首，此愁非酒曷消乎？〇此亦創解。

徐九少尹見過

晚景孤村僻，行軍數騎來。（**奚祿詒甲本旁**）出題。**交新徒有喜，**（**奚祿詒甲本旁**）率。**禮厚愧無才。** **賞静憐雲竹，**（**汪琬甲本紅眉**）賞静。**忘歸步月臺。** **何當看花蕊，**（**奚祿詒甲本旁**）期後會也。**欲發照江梅。**（**汪琬甲本紅眉**）謀閑。

【彙評】

王鄰德墨尾：於時江梅欲發未發，少尹則看其花蕊，徐之意，豈真留連於花蕊哉？實因至村已晚，憐雲步月，種種與公不忍別，具見新知之歡，禮遇之厚。公不敢當徐之意，而以"何當"二字，點於"看花蕊"之上，便爾韻絶。范濂曰：恨無江梅供客玩，惟留情於看雲步月耳。"何當"字，仍作"安得"字解。

范二員外邈、吴十侍御郁特枉駕闕展待，聊寄此作

題鮮于樞評：首自言暫出，而吴、范二公到家，誠爲衰朽增光，第缺展待，爲可愧耳。三聯承次聯"簡略""光輝"意。末言二公倘

以論文或所不愧，雖乏物爲具，重肯過門否？賦也。

方拱乾評：元氣渾然，竟是一幅尺牘。想見其提筆歇筆時，想見其一筆直寫之意，神矣，化矣。五言至此，神矣，聖矣，無可加矣。○天籟。

錢陸燦丁本評：有韻尺牘耳，謙和委婉，盎然可掬。

題商盤紅眉：前謝其虚枉，後約其重來。此代柬之作，故不嫌率易，兼一句一意，婉轉曲透，可存在此。○七自占地步。

奚禄詒甲本眉：樸素可歌。

朱方藹紅眉：以左史叙事之才易爲韻語，然尤愛其樸老足誦。

沈巖眉：用意穩貼。

嚴復墨眉：清空一氣如家常語，而又處處用逆入，故佳。

暫往比鄰去，（**題商盤紅旁**）對起。（**奚禄詒甲本旁**）"比"音避。公每作皮，失之矣。空聞二妙歸。（**汪琬甲本紅眉**）二妙。（**俞瑒甲本評**）叙出全題。（**方貞觀墨眉**）"歸"字趁韻。（**奚禄詒乙本墨眉**）"比"音"畀"。比鄰，不可作平聲，公每誤用。樸素可詠。（**沈巖旁**）二語叙出全題。幽棲誠簡略，（**俞瑒甲本評**）"闕展待"。（**題商盤紅旁**）順承一二。（**沈巖旁**）"闕展待"。衰白已光暉。（**吕留良紅旁**）有韻簡牘耳，然未俗。（**俞瑒甲本評**）枉駕意足。（**王鄰德藍旁**）字句俱煉，方稱作家。（**王鄰德紅眉**）"誠"字、"已"字下得老而婉。（**沈巖旁**）意足。野外貧家遠，（**俞瑒甲本評**）開一筆。（**題商盤紅旁**）申三四，起七八。（**沈巖旁**）開一筆。村中好客稀。論文或不愧，（**王鄰德紅旁**）謙不得。肯重款柴扉。（**方拱乾評**）絶不經意，却已入神。與"久客"應"吾道"同。（**俞瑒甲本評**）合。（**奚禄詒甲本旁**）賦也。（**李以峙墨眉**）（首句）按"去"作"至"，非是。

【彙評】

佚名丁墨尾：叙事達情，重訂後款，如辭令脱口。

王十七侍御掄許攜酒至草堂，奉寄此詩，便請邀高三十五使君同到

方拱乾評：極尋常景説來，遂異。

傅山紅旁：題佳而結不稱。

李念慈紅眉：一真便自動人，只是難得説出耳。

奚禄詒甲本旁：賦也。

奚禄詒甲本眉：來得磊磊落落，下遵題亦有趣。

奚禄詒乙本紅眉：來得磊落，後止如題。

盧見曾紅旁：朱瀚曰：真率如話，而矩矱謹嚴。

錢載評：起對好。○兩人並未曾來，所以必應從自家起，而寓草堂也。然亦須五六了當。俗手叙題，便是應酬，而不入扣矣。

陳治墨眉：題中層次，一一寫出，只寫草堂之景，蹊徑簇新。

沈巖眉：此與"舍南舍北""幽棲地僻"同一格調也。雅俗徑庭，可悟選料法。

老夫卧穩朝慵起，白屋寒多暖始開。（**嚴復墨眉**）亦真率，惜"多"替代字耳。江鸛巧當幽徑浴，鄰雞還過短墻來。（**朱方藹紅眉**）題中層次，一一寫出。繡衣屢許攜家醖，（**吕留良紅旁**）拙句。（**奚禄詒甲本旁**）侍御。皂蓋能忘折野梅。（**奚禄詒甲本旁**）使君。戲假霜威促山簡，（**奚禄詒甲本旁**）侍御，使君。須成一醉習池回。（**方拱乾評**）後四句出題，竟不結。（**李以峙墨眉**）（一醉）按"醉裹"不如"一醉"。

【彙評】

錢載評：寂寞之中，望客尤切，亦真境詩，而真則章成，而本無法耳。

王竟攜酒,高亦同過,共用寒字

朱方藹紅眉:如龍眠白描,正宜看其氣候。詩與文不同,有入文未雅馴,入詩則雅者,此篇可例推。

佚名己紅眉:先有《奉寄王侍御便邀高使君》七言八句,故題云《王竟攜酒高亦同過》,喜之也。

卧疾荒郊遠,通行小徑難。故人能領客,攜酒重相看。自愧無鮭菜,空煩卸馬鞍。(**奚禄詒甲本旁**)嫩。移時勸山簡,(**李以峙墨眉**)(移樽)按作"時",非。頭白恐風寒。高每云:"汝年幾?且不必小於我。"故此句戲之。(**奚禄詒甲本旁**)賦也。(**佚名丁墨旁**)原注:高每云:"汝年幾?且不必小於我。"故此句戲之。○竺云:七八言勸高移時宴遊,而衰白恐風寒,不能久留,以高語戲之也。注説不當。

【彙評】

佚名丁墨尾:七律以詩代簡,此竟似説話,如聞歎洽笑語之聲。結聯高以老戲公,公亦以老答戲也。

陪李七司馬皂江上觀造竹橋,即日成,往來之人免冬寒入水,聊題短作,簡李公二首

奚禄詒乙本紅眉:此應付佳者。

其　一

奚禄詒甲本眉:可稱應付之佳者。

朱方藹紅眉:景是虛寫,却無一義落空,真能手也。三四言有

橋，則華表之上歸鶴可棲，而落日望之，青龍宛見。舊注誤"青龍"即指橋，言其蜿蜒如龍見水中，太白"雙橋落彩虹"亦此意。末聯言烏鵲填橋以助牛女合歡，荒唐可笑，而驅石入海者亦徒勞也。

伐竹爲橋結構同，(**奚禄詒甲本旁**)言與木橋之結構同也。(**奚禄詒甲本眉**)"竹"字舊本作"木"，纔與"同"字稱。**褰裳不涉往來通。**(**吕留良紅旁**)起太庸俗。(**吴廣霈墨眉**)此首殊不佳，而明人往往賞之，極贊太過，何其謬也。(**奚禄詒乙本墨眉**)作"伐木"者是，言此乃竹橋，與伐木之結構相同。若作"竹"，則與"結構同"之"同"字不合。**天寒白鶴歸華表，日落青龍見水中。**(**吕留良紅眉**)二句意亦好，但"功"字大是押韻，必"才"字壓底始得。(**奚禄詒甲本旁**)舊解以爲默啜破趙州，石橋下見青龍卧，似與"竹"不切。(**奚禄詒乙本墨眉**)"青龍"句諸解不切，蓋"白鶴"句止言橋，至"青龍"句言竹橋，正用□□竹杖化龍事，纔與"竹"字切。"合歡"二字一截，即孟子"而民歡樂"之意。"千年事"即下驅石海東也。(**嚴復墨眉**)"白鶴"用《異苑》事，華表是橋柱，□丁□事殊。**顧我老非題柱客，**(**徐渭墨旁**)學究語。(**傅山紅旁**)俗。(**奚禄詒乙本紅旁**)應付得體。**知君才是濟川功。**(**方拱乾評**)此用濟川切恰當，王李則人人事事濟川矣。(**李念慈紅眉**)五六如主客直話己事，而故實自來湊赴，妙不可言。**合歡却笑千年事，**(**陳治墨眉**)"合歡"指烏雀填橋，牛女渡河事屬荒唐可笑。○"歡"字誤，當作"觀"。(**奚禄詒甲本旁**)即下句。(**奚禄詒甲本眉**)"合歡"二字飣餖，蓋言百姓皆歡忭也。(**李以峙墨眉**)(合歡)按二字難解，似"觀"字爲妥。**驅石何時到海東。**(**汪琬甲本紅眉**)相如題橋，鞭石流血。(**方拱乾評**)此千年事。(**方拱乾評**)蔡興宗以"歡"字爲"觀"。(**奚禄詒甲本旁**)賦也。○"合歡"二字一斷。

【彙評】

錢陸燦甲本眉：近山東人有太史唐夢巹字濟武者，曰：杜詩"合歡却笑當年事,驅石何時到海東”,一日過余邑淄川南赤,看唐人石幢上載捐施姓字,某人進合歡瓜一顆,此類甚多,始知所謂瓜者,猶浮圖之類也。

其　二

徐渭墨旁:凡。

把燭成橋夜，回舟坐客時。天高雲去盡，江迴月來遲。(**吴廣霈墨眉**)二句何等高超。衰謝多扶病，招邀屢有期。異方乘此興，樂罷不無悲。(**奚禄詒甲本旁**)賦也。○無味。

李司馬橋了,承高使君自成都回

向來江上手紛紛，三日成功事出群。已傳童子騎青竹，(**李以峙墨眉**)(青竹)按“馬”字欠妥,當從“竹”。總擬橋東待使君。(**奚禄詒甲本尾批**)使君必用竹馬事,亦誇。

野　望

錢陸燦戊本評:“西山”“南浦”“海内”“天涯”,野望之事盡矣。而“一身”“遲暮”,報答無階,即“出郊”“極目”,徒滋感傷。“極目”二字似於“望”字更進一層,總只極力描寫“野望”二字,要知詩家之著做如此。

汪琬乙本評:可稱高渾。前四句第五字皆數目相犯,學者宜戒。

俞瑒乙本評:前後見“野望”,中四句説人事,海内天涯,從“望”字著筆。

屈復評:一二景,三四骨肉之情,五六闕庭之感,“極目”通結野望。

奚禄詒甲本旁：中四句"野望"之懷起，結句"野望"之實。

奚禄詒甲本眉：三句承首轉，四句承次轉，五又承三四轉。

錢載評：其魄力神氣，比前乃加十倍。

朱方藹紅旁：可稱高渾。

吴錫麒紅眉："望"字中寫出家國心腸，纏綿愷切，凄惻動人。

陳治墨眉：汪云：前四句第五字皆數目相犯，學者宜忌。

吴廣霈墨眉"李云"："高渾"二字確評。

吴廣霈墨旁批"李云"之"學者宜忌"：此何足拘？

沈巖旁：前後見"野望"，中四語叙人事，海内天涯，從"望"字著想。

嚴復墨眉：題有兩"野望"：一爲此寶應元年在成都作也；一爲同年在射洪作，"金華山北涪水西"是已。

西山白雪三奇戍，（**題商盤紅旁**）對起。（**奚禄詒甲本旁、乙本墨旁**）末句正爲此。（**李以峙墨眉**）（三城）按"三奇"雖有本，不及"三城"之明妥，錢箋固已辨之。"三年"更屬後人臆改，不可從。（**沈巖旁**）望中所見。南浦清江萬里橋。（**李念慈紅眉**）首二句軒偉，以下鬱厚。（**俞瑒甲本評**）望中空起。（**嚴復墨眉**）彭州導江縣有三奇戍，然"三城"屢見杜詩。西北三城，爲蜀□於吐蕃要害。（**王嗚盛墨眉**）西山在成都府西，一名雪嶺。"三城戍"即松維堡。三城界於吐蕃，爲蜀邊要害。萬里橋在成都府中和門外。海内風塵諸弟隔，（**俞瑒甲本評**）思家。（**題商盤紅旁**）上因句。（**沈巖旁**）所感。〇沉著。天涯涕淚一身遥。（**俞瑒甲本評**）望中所感。（**申頲墨眉**）讀此句而不下淚者，其人必不友愛。（**題商盤紅旁**）倒因句。唯將遲暮供多病，（**題商盤紅旁**）實眼句。（**題張問陶墨眉**）"供"字妙。（**奚禄詒甲本旁**）六句元从五句生。（**奚禄詒乙本墨旁**）六句從五句生。未有涓

埃答聖朝。（**俞瑒甲本評**）憂國。（**吴錫麒紅眉**）收轉。（**沈巖旁**）憂國。**跨馬出郊時極目，**（**俞瑒甲本評**）切“望”。（**題商盤紅旁**）應起聯。（**奚禄詒甲本旁**）時百姓疲於徵調。（**嚴虞惇紅旁**）結出題面。（**沈巖旁**）望。**不堪人事日蕭條。**（**吕留良紅尾**）何仲默詩云：“海内弟兄風雨夢，天涯兒女歲時心。”可謂青出於藍。（**俞瑒甲本評**）收中四句。（**奚禄詒甲本旁**）賦也。（**奚禄詒乙本墨眉**）時百姓疲於徵調。（**李以峙墨眉**）（日）按“日”作“自”，形近之誤。（**沈巖旁**）收中四句。

【彙評】

俞瑒甲本評：前後四句是“野望”，中四句見人事，海内天涯，從“望”字著想。

張學仁參定：此亦是杜公中乘詩，然後人能學步，即是好手。

王伯沆紅眉：昔則有才無遇，今則有心無力，言之慨然。

入奏行贈西山檢察使竇侍御

方拱乾評：時吐蕃三道入寇取成都，竇公侍御出檢校諸州軍儲器械，以便易入奏，作詩贈之。〇雖應酬詩，却有氣疏硬不群。

丁耀亢紅眉：應酬。

申涵光甲本評：此行是集中變調，長短縱横，太白所長，正爾效之，失其故步。

吕留良紅眉：别一體。

方貞觀墨眉：通篇氣勢散漫，無高卓閎肆之概，絶不似子美七言長篇，恐是僞作。

奚禄詒乙本紅眉：此首疑亦是王安石竄入。

曹炎旁：贈西山檢察使竇侍御。

翁方綱評：平韻到底。

吴士模墨眉：寫得凛然。

竇侍御，驥之子，鳳之雛。（**方拱乾評**）起徼妙。年未三十忠義俱，（**陳治紅眉**）“年未”一作“未年”。骨鯁絶代無。炯如一段清冰出萬壑，（**奚禄詒甲本墨旁、乙本墨旁**）形骨之清。（**倪象占藍眉**）十八字一句讀。置在迎風寒露之玉壺。（**陳治墨眉**）别時預説歸時事，興趣奔凑。（**沈巖眉批下**）“寒露”疑作“露寒”。蔗漿歸厨金碗凍，洗滌煩熱足以寧君軀。（**奚禄詒甲本眉**）四句似形容語，“蔗漿”二句説不通。豈時值暑熱耶？又入得不貫穿，故覺冗長可厭。（**秦應逵紅旁**）語似浮混。（**奚禄詒乙本墨旁**）時值暑天耶？政用疏通合典則，（**李以峙墨眉**）（政用）按“整”音同而誤。戚聯豪貴耽文儒。（**秦應逵紫旁**）不典則。（**奚禄詒乙本墨眉**）杜間有此種可厭處，□□宋人多僞。兵革未息人未蘇，（**秦應逵紅旁**）接法真大家。天子亦念西南隅。吐蕃憑陵氣頗粗，竇氏檢察應時須。運糧繩橋壯士喜，（**汪琬甲本紅眉**）繩橋。斬木火井窮猿呼。（**方拱乾評**）公每於此顯經濟。（**汪琬甲本紅眉**）火井。八州刺史思一戰，（**嚴復墨眉**）松、維、恭、蓬、雅、黎、姚、悉八州均劍南節度所統。三城守邊却可圖。（**嚴復墨眉**）七盤、安遠、龍溪謂三城。（**錢陸燦乙本墨眉**）論事經濟。（**錢陸燦乙本紅眉**）陳。此行入奏計未小，密奉聖旨恩宜殊。繡衣春當霄漢立，彩服日向庭闈趨。（**李念慈紅眉**）氣象。省郎京尹必俯拾，江花未落還成都。江花未落還成都，肯訪浣花老翁無。爲君酤酒滿眼酤，與奴白飯馬青芻。（**吕留良紅眉**）如依方言解，乃得。（**吕留良紅旁**）奇。（**奚禄詒甲本尾批**）比而賦也。（**秦應逵眉批**）結每疏宕。（**秦應逵紅旁**）秀逸。

廣州段功曹到，得楊五長史譚書，功曹却歸，聊寄此詩

題鮮于樞評：首四句言廣州楊長史在庾嶺之外，南海之邊也。末四句言楊之書遠及銅梁貧病之老，今珠浦之使將旋，而煩寄聲焉。賦也。

奚禄詒甲本旁：三應幕府，四應樓船。

朱方藹紅眉：詩有數層，不用虚字斡[斡]旋，而一二寫得暢滿，可云才大如海矣。此等詩如詞家不用實白，其問答都在本曲中，惟《拜月》能之，真絶技也。

徐昂發評：三四是七子鼻祖。

沈巖眉：數詩雖非警拔，章法穩稱，要不作小家數。

魏源評：第七句説四苦境，只覺其老，不覺其凄。

佚名丁墨旁：竺云：前《寄楊桂州》詩自注："因參軍段子之任寄之。"蓋楊自桂州刺史移爲廣州都督府長史也。高適時爲揚州左都督府長史、淮南節度使，蓋斯類也。《唐·地理志》有廣州南海郡中都督府。按：景雲三年始置都督二十四人，察刺史以下善惡，有大中小都督，在二十四州。而無廣州者，蓋沿革不一也。玄宗以後，尋罷都督，皆爲節度、元帥宣慰等諸使。

衛青開幕府，（**奚禄詒甲本旁**）主將。楊僕將樓船。（**奚禄詒甲本旁**）楊長史。（**奚禄詒甲本眉**）武帝拜衛大將軍於幕，因號幕府。楊僕爲樓船將軍，出豫章。漢節梅花外，（**吕留良紅旁**）俊秀。春城海水邊。（**奚禄詒甲本旁**）二句廣州。（**嚴復墨眉**）操輿地佳名以助色澤，王阮亭最擅此法。銅梁書遠及，（**奚禄詒甲本旁**）書到蜀。珠浦使將旋。（**奚禄詒甲本旁**）段功曹還。（**陳治墨眉**）詩有數層，不用虚字斡旋，如詞家不用賓白，其答問都在曲中，惟杜甫能之，真絶技也。貧病他鄉老，煩君萬里

傳。（奚禄詒甲本旁）聊寄。（奚禄詒甲本旁）賦也。○按題了然。

【彙評】

佚名丁墨尾：一表府主，二貼楊譚，三四點綴廣州，五書來，六段去，七八寄意。

得廣州張判官叔卿書，使還，以詩代意

題鮮于樞評：首言鄉關以胡騎而隔遠，宇宙以蜀城而偏方，忽得廣州張公之書遠自月峽而傳來，應題言"得書"。末言"驃騎幕""孝廉船"，俱不得而見，惟相思而下淚耳。應題□"使還，以詩代意"云。賦也。

吕留良紅眉：深厚嚴整，乃精采流動，故難。

盧見曾墨旁：上四得叔卿書，下四以詩代意。公所寄者詩，而云却寄雙眼，出語甚奇。蓋寫詩時淚滴沾紙，則淚眼與詩同去矣。此十字句法。

朱方藹紅眉：老筆自成曲折。

佚名丁墨旁：此詩疑當夜賦之，故有"夜隔"之語，"月峽"二字亦不苟。

鄉關胡騎遠，（題商盤紅旁）横插句。（奚禄詒甲本旁）首序己也。宇宙蜀城偏。（錢陸燦甲本眉批）公詩"洛城一别四千里，胡騎長驅五六年"，"遠"字易滿，則直而淺矣。（題商盤紅旁）對起。忽得炎州信，（吕留良紅旁）好對法。（題商盤紅旁）彼地起五六。流水對。（奚禄詒甲本旁）廣州書到蜀也。遥從月峽傳。（題商盤紅旁）己地。承一二。雲深驃騎幕，（題商盤紅旁）借古爲喻。夜隔孝廉船。（奚禄詒甲本旁）張姓。

○張憑謁劉惔，留宿，欲還，須臾，惔傳覓張孝廉船。（**朱方藹紅旁**）“驃騎幕”指所判之人，孝廉則借叔卿姓氏也。（**嚴復墨眉**）“孝廉船”，張憑事，切姓。但“夜隔”二字頗嫌雜湊。（**王鳴盛墨眉**）“孝廉船”用《世説》張憑事。**却寄雙愁眼，相思淚點懸。**（**徐渭墨眉**）“涕淚懸”，“淚點”穉。（**奚禄詒甲本旁**）賦也。○也是相稱。（**嚴復墨眉**）結佳。

【彙評】

佚名丁墨尾：張來書必詢及入蜀之由，故一二答之，爲避亂也。三言廣州之書，四言書來之路，張必在節鎮幕僚，孝廉亦被榮遇於大尹者。又切姓。此二句遥想判官所在，而帶表其主人爲得體也。結寄詩而曰“寄淚”，其情深矣。

送段功曹歸廣州

題鮮于樞評：首四句言送段自蜀歸廣州，有幾月之程，而以峽雲、湖日狀其景，皆經行之地。末四句言倘得丹砂、白葛，幸因估客寄來蜀中爲貺。賦也。

方拱乾評：真樸如見其人，如聞其吻。

王士禛評：“湖日落船明”，習見之景，亦人所未寫者。

南海春天外，（**王鄰德紅旁**）言廣之遠春以紀時。（**李以峙墨眉**）（春天）按當從“青”，“春”殆“青”字之訛。**功曹幾月程？**（**王鄰德紅旁**）言程之久功曹紀官。**峽雲籠樹小，湖日落船明。**（**方拱乾評**）水蕩。（**王鄰德紅旁**）蜀中之景。（**李以峙墨眉**）（蕩船）按“落”字不如“蕩”字佳。**交趾丹砂重，**（**方拱乾評**）慣用此體。**韶州白葛輕。**（**王鄰德紅旁**）出産之奇。**幸君因旅客，時寄錦官城。**（**丁耀亢紅眉**）趣。（**奚禄詒甲本尾**

批)賦也。

【彙評】

佚名丁墨尾:逐層説下,亦與上篇一類。五六索此於段。

魏十四侍御就弊廬相别

題鮮于樞評:首六句言魏侍御就弊盧相别之意,末二句言别後或見思,幸賜書相及。賦也。

有客騎驄馬,江邊問草堂。遠尋留藥價,惜别到文場。入幕旌旗動,歸軒錦繡香。(**奚禄詒甲本眉**)"錦繡香",公屢用,皆不妙。時應念衰疾,書疏及滄浪。

贈别何邕

題鮮于樞評:公自言平日至交之友,不見一人,惟何邕相親。又因薄宦隨燕雀而走風塵,此其可悲也。且緜谷以歸秦也,故末云"傳語故鄉春",則其悲又可知矣。

方拱乾評:通篇總爲"地"字。

陳治墨眉:沉著痛快。

屈復評:"論交地"即五陵也。"故鄉"即論交之人也。《秋興》"五陵衣馬自輕肥"即生死之人也。曲折委婉,忠厚之至也。○一京師,二此地,己三四,何五。何承三四六,己承一二,七八總結。[①]

---

① 校注:"忠厚之至也",杭本作"忠厚之旨"。

盧見曾紅旁：起極沉著，五六藴藉有味。

朱方藹紅眉：語淡而悲，非老手不辦。

王鄰德墨旁：何邕時爲利州綿谷縣尉。

王鄰德藍旁：與公爲鄉人。

王鄰德紅眉：綿屬利州，水通於漢，喻何得歸漢上。沱屬蜀州，水不入秦，喻己不得歸秦。

王鳴盛墨眉：邕蓋京兆人，時爲綿谷尉也。綿谷即蜀漢之漢壽，今保寧府廣元縣，是。"元通漢"，謂綿谷潛水本上合於沔陽之漢水也。漢中北直長安，故云，言邕可至京也。沱江在蜀郡郫縣西，東入大江，其一在汶江縣西南，東入大江。"不向秦"言沱江背秦，邕猶滯蜀也。

生死論交地，(**沈巖旁**)沉著。何由見一人。(**俞瑒甲本評**)開筆。(**奚禄詒甲本眉**)首二句喚起故鄉。不獨末句慘，五六亦慘。(**奚禄詒乙本墨眉**)首二句已喚故鄉耳。(**王鄰德墨旁**)其悲可知。悲君隨燕雀，(**方拱乾評**)轉悲他，所以妙。薄宦走風塵。(**俞瑒甲本評**)合筆。(**王鄰德墨旁**)其悲可知。綿谷元通漢，(**俞瑒甲本評**)切"何"轉。(**俞瑒甲本評**)黄鶴云：何尉綿谷。(**奚禄詒乙本墨旁**)何也。沱江不向秦。(**俞瑒甲本評**)自謂。(**奚禄詒乙本墨眉**)五六已慘，不獨末句。(**奚禄詒乙本墨旁**)己也。(**王鄰德紅旁**)傷心語别。(**王鄰德墨旁**)其悲可知。五陵花滿眼，傳語故鄉春。(**奚禄詒甲本尾批**)賦也。○"五陵花"自爲春耳，於我何由哉？(**奚禄詒乙本墨眉**)"五陵花"自爲春耳，於我何由哉？慘極。(**王鄰德紅尾**)五陵屬長安，故云"故鄉"。

【彙評】

佚名丁墨尾：起筆直提中朝朋舊，通首靈動。論交處着一"地"字，指京師也。言往時彼處結交之輩，此間難得一人。君逐凡流而官此，在君雖悲，於我則客舍相逢，反幸甚矣。乃今君也循漢而北往，我也背秦而南留。君到五陵，爲我寄語春光也。○黄鶴以邕爲綿谷尉，又謂公送嚴武至綿州時作，皆誤也。綿谷去成都將及千里，公覓榿木，豈千里能致百根耶？又綿谷、綿州，"綿"字雖同，地實相左，安得編入綿州耶？邕蓋官於成都近境，上元二年春，在草堂送之入京耳。

贈别鄭錬赴襄陽

題鮮于樞評：公自言老病於兵亂之間，惟把君之詩以遣悶度日，今此别，念之令人心驚。蓋鄭罷職歸襄陽也，觀下絶句可知。次言其自蜀歸襄陽，俾尋龐公而俱隱。賦也。

錢陸燦甲本眉：鐵曰：老方必欲以過目而□驚神，則求雅而反俗矣。把君詩過目，則手不翻其詩，豈止一過目而已乎？

屈復評：詩格與《銅瓶》同，皆結句始應首句。[1]

申頲墨眉：老幹之句。

題商盤紅眉：時事如彼，身世如此，無復好懷，惟與詩友周旋遣日而已，忽忽别去，能不驚神？此後兩地相懸，不知襄陽耆舊復有姓龐其人者乎？爲我寄聲，己今亦有入山采藥之志矣。龐公隱居不出，本以世亂之故。結法全不露意，只從首句映出，極平極奇，然亦因其地，姑借古人以寓意耳，公豈學龐公者哉？○"地闊""天高"，即水遠山長意，變用之，避熟故也。"闊"字貼"眉"字，"高"字貼"首"字，匠心之極。

奚禄詒甲本眉：末句言己欲歸襄而終老也，非謂耆舊也，不真

① 校注："詩格"，杭本作"詩法"；"同"，杭本闕。

不盡。

朱方藹紅眉：寫交情只一語便深，非他家所及。○結二句淡樸極矣，其感興則愈深。

題張問陶墨眉："闊"貼"眉"，"高"貼"首"，各見匠心，公詩"狼藉畫眉闊"。

王鄰德墨眉：自言老病於兵亂之間，惟把君之詩以遣悶度日，今此别，念之令人心驚。蓋鄭罷職歸襄陽也，觀下可知。

沈巖眉：樸老寫景語，自見賓主。

沈巖旁：逐句卸下，筆筆相生。

戎馬交馳際，(**俞瑒甲本評**)寬起。(**題商盤紅旁**)對起。柴門老病身。把君詩過日，(**汪琬甲本紅眉**)詩可以過日、送老。(**方拱乾評**)"過日"妙，"過目"淺。(**俞瑒甲本評**)前一層。(**題商盤紅旁**)折腰句。(**王鄰德紅旁**)是處寂莫一法。念此别驚神。(**俞瑒甲本評**)贈别。(**題商盤紅旁**)承次句。(**秦應逵墨旁**)但把其詩則不見其人矣。襯出"别"字。(**奚禄詒乙本墨旁**)已轉耳。地闊峨眉晚，(**俞瑒甲本評**)蜀中。(**題商盤紅旁**)呼應句。此地、彼地，承三四。(**王鄰德紅旁**)在蜀。天高峴首春。(**俞瑒甲本評**)襄陽。(**嚴復墨眉**)注家云："地闊""天高"即是山長水遠，變詞所以避熟。"闊"字貼"眉"，"高"字貼"首"，皆有匠心，其然豈它能乎？(**奚禄詒乙本墨旁**)二句言别地之遠。(**王鄰德紅旁**)在襄。爲於耆舊内，(**吕留良紅旁**)圓活。(**俞瑒甲本評**)緊接。(**題商盤紅旁**)遥應首句，意在言外。試覓姓龐人。(**俞瑒甲本評**)後一層。(**奚禄詒甲本尾批**)賦也。○末句有同病之感。(**奚禄詒乙本墨眉**)屬其訪高賢，亦自悼之意。(**王鄰德紅旁**)用得不纖。(**王鄰德紅尾**)漢龐德公攜妻隱於襄陽鹿門山，此蓋因鄭而寓弔古之心、隱居之志也。(**李以峙墨眉**)按，别本云云，迴不及本句。

【彙評】

俞瑒甲本評:逐句卸下,筆筆相生。

張學仁參定:此首之“把君詩”“念此别”,《野老》之“漁人網”“估客船”,皆三字另讀。

張雝敬墨旁:情詞俱到,格調俱高。

佚名丁墨尾:鄭蓋罷官而歸襄陽也,有重贈七絶。○一時危,二身老,三平日,四目前,五别處,六赴處,七八囑之而欲從之,頂接而下。

重贈鄭絶句

方貞觀墨眉:鄭煉何許人?“罷使臣”三字不可解。

奚禄詒甲本旁:老情可感。

奚禄詒甲本眉:宋江總曰:今出入無馬,禦寒無裘,誰是感激之士?謂誰肯憐憫其貧也。

鄭子將行罷使臣,囊無一物獻尊親。（**吕留良紅旁**）造句俗。**江山路遠羈離日,裘馬誰爲感激人。**（**嚴復墨眉**）後二語是□虚體,開後人多少法門。

卷　九

戲爲六絶句

孫承澤墨眉：六絶皆譚詩法，想見其睥睨千古之概。

汪琬乙本評：六絶論詩之源流當祖風騷，固矣。然遞相祖述，則舍六朝、初唐，無從入手，可謂卓識確見，獨冠古今。題之曰"戲"，寓意甚微。

俞瑒乙本評：大意言今人喜嗤前賢，而不知其止作齊梁後塵，此僞體之敝也。"親風雅"三字乃是提醒此輩。

奚禄詒甲本旁：詩中於六朝止稱庾子山一人。

陳治墨眉：前三首指輕薄後輩，後三首先生自謂。

陳治墨旁：六絶論詩之源流當祖風騷，固矣。然遞相承述，則舍六朝、初唐，無從入矣，可謂卓識。

吴廣霈墨眉：此六絶獨可存。

沈巖旁：此公論文之作，宜加玩味。言今人輕薄，喜嗤點昔人，不知其止作齊梁後人耳。"别裁僞體"乃提醒之詞。

沈巖眉：杜集論文，只此六絶句，箋有味，須玩。

王伯沆紅眉：史氏曰：前三誡後生不可輕視庾、王數公，蓋其文體雖不及漢魏，然非才美學富，莫之能爲，而後世之高心空腹者，可以返而讀李矣。後三公不欲以數公自限，超然出群，由漢魏屈宋以幾於風雅，亦即以勉勵後生，後世之誇多鬥靡者，可進而深求古義矣。

其　一

盧見曾紅旁：《庾信傳贊》：揚子雲有言："詩人之賦麗以則，詞人之賦麗以淫。"若以庾氏方之，斯又詞賦之罪人也。

庾信文章老更成，（**呂留良紅眉**）此等詩自不可少，但太漫興。（**俞瑒甲本評**）從庾信起。**凌雲健筆意縱横。**（**錢陸燦丁本評**）庾信之老健，盧王之風騷，俱從隻眼看出。**今人嗤點流傳賦，不覺前賢畏後生。**（**俞瑒甲本評**）指庾。（**奚禄詒甲本旁**）罵後生。（**王伯沆紅旁**）此嘲今人也。（**嚴復墨眉**）□軼跌宕，獨存千古。後人多仿此以論詩，杜却是論文，而□後生之謗傷嗤點。

【彙評】

錢載評：末句反言之也。○惟此一首，末句以反筆勒住，所以下章之"江河萬古""掣鯨碧海"，氣更伸長也。

張學仁參定：少陵論詩曰："波瀾獨老成。"以"老成"贊開府，後人道不出。

其　二

楊王盧駱當時體，（**俞瑒甲本評**）四傑。**輕薄爲文哂未休。**（**王伯沆紅旁**）謂哂四子耳。（**沈巖眉**）杜實是推服四子，非自楊王之學已遜子山，而後人更欲哂之，不知其近風騷者，不可没也。**爾曹身與名俱滅，**（**方拱乾評**）責輕薄子。（**奚禄詒甲本眉**）《謝靈運傳論》，自漢至魏，文體三變，莫不同祖風騷。公蓋以雅頌風騷自任，故曰"重古人"；然以齊梁以至唐，對屈宋則又皆今人耳，故曰“不薄今人”。○王楊之先有漢魏，漢魏之先有屈宋，此外皆僞體耳。錢牧齋謂杜可裁僞體，便是風雅不通。(**奚禄詒乙本墨旁**)指哂者。**不廢江河萬古流。**(**俞瑒乙本評**)“爾曹”即哂者輕薄之流，言楊王之學，已遜子山，而後人更欲嗤之，不知其近風騷者，不可没也。(**奚禄詒乙本墨旁**)贊四子。

其　三

盧見曾紅旁：浦起龍曰：上抑下揚，極有分寸。

縱使盧王操翰墨，(**俞瑒甲本評**)承上章説。**劣於漢魏近風騷。**(**俞瑒甲本評**)五字連讀。(**錢載評**)詞場祖述，必取則於先賢，此亦三王祭川之義也。山谷亦曰：以古人爲師，以質厚爲本。**龍文虎脊皆君馭，歷塊過都見爾曹。**(**方拱乾評**)俗所云口説無憑，做出便見。(**俞瑒甲本評**)指後生。(**陳治墨眉**)公論。(**王伯沆紅旁**)謂視爾曹真下乘耳。

【彙評】

錢載評：張邇可注：首二句一氣。“劣於”二字微讀，“漢魏近風騷”連讀，猶言遜於漢魏之近風騷者。

其　四

奚禄詒乙本墨眉：余閲《唐人萬首絶句》，堪選者不滿百，不過“翡翠蘭苕”而已，餘竟不成話。是公之時已有嗤點之人，故末流愈極。

丁耀亢紅眉：自負。

汪琬乙本評：第四首“翡翠蘭苕”即所謂“清新”“俊逸”也。詩不到此地位，終是凡胎，自中唐迄今，知之者鮮矣。然此則初唐諸子所同，而"鯨魚碧海"，出群獨立，惟公一人而已。

盧見曾紅旁：錢謙益曰："翡翠蘭苕"，指當時研揣聲病、尋章摘句之徒。"鯨魚碧海"，則所謂渾涵汪洋、千彙萬狀，兼古人而得之者也。論至於是，非李杜，誰足以當之？

才力應難誇數公，（**俞瑒甲本評**）"數公"兼承上三章。（**屈復評**）"數公"，庾及四子。**凡今誰是出群雄。**（**沈巖眉**）此詞家、大家之分。**或看翡翠蘭苕上，未掣鯨魚碧海中。**（**方拱乾評**）珍禽芳草，可悦之甚。（**李念慈紅眉**）後二句謂公自况可矣。（**奚禄詒甲本尾批**）謂小成者不能至大家也。（**奚禄詒乙本墨眉**）二句謂小成者不能忽至大家也。

【彙評】

錢陸燦丁本評："翡翠蘭苕"，指當時研揣聲病、尋章摘句之徒。"鯨魚碧海"，所謂渾涵汪洋、千彙萬狀，非李杜，誰足以當之？

俞瑒甲本評：此詞家、大家之分。

張學仁參定：掣鯨碧海，氣象萬千，方寫出杜公身分。

翁方綱評：一曰"爾曹"，再曰"爾曹"，既曰"今人嗤點"，又曰"凡今誰是"，其薄之也至矣。豈好薄今哉？所以愛古也。舊解"不薄今人"作含蓄語，非是。〇此章竟與暢説，引繩批根，誠有所不得已也。

其　五

汪琬乙本評：中原七子，大言相高，其病正在此。

盧見曾紅旁：李因篤曰：中原七子，大言相高，其病正坐此。

申頲紅眉：輕詆今人，不如細讀古人；細讀古人，自不暇輕詆今人矣。讀此語知其同解。

陳治墨眉:俞云:欲攀屈宋而反後齊梁,此僞體之病也。

陳治墨尾:汪云:中原七子,大言相高,其病正在此。

嚴復墨眉:第二句恐是譏時人之裁剪掎摭,猶前節之"翡翠蘭苕"耳,意謂今人之愛古人亦自不薄,故常摭拾詞句以爲清麗,顧自以爲方駕屈宋者,未必不落齊梁後也。

不薄今人愛古人,清詞麗句必爲鄰。(**奚祿詒乙本墨眉**)公以屈宋自比。(**沈巖眉**)欲攀屈宋而反後齊梁,此僞體之弊也,故以此言結之。**竊攀屈宋宜方駕,恐與齊梁作後塵。**(**奚祿詒甲本尾批**)公非服齊梁,蓋以齊梁比屈宋則劣矣。(**奚祿詒乙本墨眉**)以齊梁比屈宋則劣矣。

【**彙評**】

張學仁參定:今之後生亦知仰攀古人,但才力薄劣,止作齊梁後塵,警之者切矣。

其　六

盧見曾紅旁:以詩論文,於絶句中又屬創體。此元好問《論詩絶句》之濫觴也。六朝四子之文,自是天地英華,不可磨滅。其所成就雖遜古人,要非淺薄疏陋之徒所可輕議,宜甫之直言訶之也。"翡翠蘭苕""鯨魚碧海",所見何其高闊!上親風雅,轉益多思[師],解人不當爾耶?六詩固不當以字句工拙計之。

盧見曾紅尾:王嗣奭曰:此亦公之自道也。公詩祖述《三百》而旁搜諸家,以集其成,如楚騷、漢魏樂府、鐃歌,齊梁以來,甚多仿效,而公獨無之。然讀其詩,皆《三百》之嫡派、古人之雁行也,其所師可知矣。如孔子,識大、識小莫不學,而賢、不賢皆師矣。不如是,何以謂之集大成哉!〇錢謙益曰:詩以論文,而題曰"戲爲六絶句”，蓋寓言以自況也。韓退之詩：“李杜文章在，光焰萬丈長。不知群兒愚，那用故謗傷。蚍蜉撼大樹，可笑不自量。”然則當公之世，群兒謗傷，亦不少矣，故借庾信、四子以發其意，諄諄然呼而寤之。

未及前賢更勿疑，遞相祖述復先誰？ 別裁僞體親風雅，轉益多師是汝師。（**奚禄詒甲本尾批**）謂汝“別裁僞體”，而以爲“親風雅”，不知“多師”是“汝師”也。（**翁方綱評**）最後一章，低徊唱歎，有味乎其言之。

【彙評】

錢陸燦丁本批錢箋：湘靈云：錢箋可云少陵功臣，其親風雅者，真也；其悖風雅者，僞也。於此慎取法，則屈宋而下，王盧而上，無不可爲我師，何必輕加嗤點，以自陷於輕薄耶？

汪琬乙本評：言今人實不及前賢，而爲學又有次第，倘如上首妄攀屈宋，別立一僞體，自詭風雅，而舍其可師之人，則“轉益多師是汝師”，可哀也已。

俞瑒甲本評：此公論詩之作，宜加玩味。言今人嗤點前人，止形輕薄耳。“別裁僞體”乃提醒之辭。

張學仁參定：不薄王楊，見公虛衷受益，至“別裁僞體”，開後來詩學正宗。

屈復評錢注：錢論得之，雖非正言，然是言外之意。①

奚禄詒乙本墨眉批仇注“錢謙益曰”：是。

沈巖眉批詩後箋注：《管窺》云：錢氏以“竊攀屈宋”二句，譏時人之學古，其詩專趨晚近，亦從此而認錯路徑歟？

① 校注：此批語杭本闕。

江頭五詠

錢陸燦甲本眉:此皆六朝體,不應入律。

錢陸燦丙本評:錢云:此皆六朝體。

錢陸燦丁本評:此六朝體也,不應入律。

吴廣霈墨眉:五詠,公隨手漫興耳,非公得意作也。

沈巖眉:老杜作詠物詩□爾,今人捉筆,豈容漫然?

丁　香

傅山紅眉:此則何味乎?

吕留良紅眉:漫興,俱可删去。

奚禄詒甲本眉:此下五題皆可不作。○丁香似與幽僻相宜,晚墮於蘭麝,非其類也,雖粉身,豈足惜哉!

陳治墨眉:近體仄韻猶可,下首平仄二韻並用,殊不可解。然選詩者别爲近體,必有所本。

丁香體柔弱,亂結枝猶墊。(**陳治墨旁**)"墊",下也。(**嚴復墨眉**)"墊",下也。於此用同"亞"字。細葉帶浮毛,疏花披素豔。深栽小齋後,庶近幽人占。晚墮蘭麝中,休懷粉身念。(**吕留良紅旁**)宋人語耳。(**奚禄詒甲本尾批**)賦也。

麗　春

奚禄詒甲本眉:二首亦僞。○末語即絶句"苗滿空山慚取譽,根居隙地怯成形"意,見麗春之不因於桃李爲可貴也。

魯一同評:彝案:此詩似有厭而怪之之意,諸解俱未明晰。

嚴復墨眉:五詠前三首尤不可解。此作非老杜聖處,不讀可也。

百草競春華，麗春應最勝。少須好顔色，多漫枝條剩。紛紛桃李枝，處處總能移。如何此貴重，（**吕留良紅旁**）可歎。（**陳治墨眉**）《正異》云，"重"當作"種"。却怕有人知。（**奚禄詒甲本尾批**）賦而比也。"重"當作"種"。

【**彙評**】

魯一同評：三四只是多，不如少。《麗春》雖少而顔道自娱，若他卉徒多漫驕枝條而已。少則莫奪其好，是成何語？〇詩非興之所寄。

魯一同評批《心解》"惟者亦至矣"："惟"字不如是解。

梔子

題鮮于樞評：此詠梔子，言其比人間之衆木，誠不多見。雨露之葉常青，風霜之實又紅，然其性冷，與道傷和，而色可染帛，乃爲有用。末言"無情移得汝，貴在映江波"耳。賦也。

奚禄詒甲本旁：此《江頭五詠》之一。公於上元二年辭功曹之命，故五首皆寫自己。

梔子比衆木，人間誠未多。（**吕留良紅旁**）何必如此計算。（**王鄰德紅旁**）花外義外，忽得精語。（**王嗚盛墨眉**）《本草》稱，梔子治五内邪氣，胸中熱氣，其能理氣明矣。於身色有用，與道氣傷和。（**吕留良紅旁**）亦未必精。紅取風霜實，青看雨露柯。無情移得汝，貴在映江波。（**奚禄詒甲本尾批**）賦也。無可取處。

鸂鶒

題鮮于樞評：此詠鸂鶒，首言"故使籠寬織"者，知其動則損夫毛羽也。今在籠中,幸勿以失水看雲而悵望號呼,爾之六翮經剪,孤飛未能,雖有留滯之艱,且無鷹隼之慮。賦而比也。

方拱乾評:公詠物詩極精妙,謂絶無所比者,非也;謂字字有所比者,亦非也。

屈復評:前半警戒之,後半安慰之,皆自況也。

奚禄詒甲本眉:《鸂鶒》《花鴨》皆《江頭五詠》之二。

奚禄詒甲本旁:水鳥,毛有五采,小如鴨。

朱方藹紅眉:詠籠中鸂鶒,脈脈入情。

吴士模墨眉:詠籠中鸂鶒,脈脈入情。

嚴復墨眉:起奇特,結分明。

王伯沆紅眉:前半警戒,後半慰藉,總是假物自喻意。

王鄴德藍旁:明明白白,而好事者强爲支詞,殊可痛恨。

王鄴德紅眉:通篇刺,刺對□,有情款,有次序,此老向物再三丁寧,體悉盡情,真活佛出世。

故使籠寬織,(**俞瑒甲本評**)動人憐起。(**題商盤紅旁**)交互對起。(**沈巖旁**)動人情處。**須知動損毛。**(**丁耀亢紅眉**)可憐。(**傅山紅眉**)未見籠鸂鶒者。(**陳治墨眉**)一起補題中所未及,通首多是此意。(**王鄴德紅旁**)可憐,非高士不知此苦。(**沈巖眉**)每於發端處,用意特鋭。**看雲莫悵望,**(**俞瑒甲本評**)籠中物。**失水任呼號。**(**王鄴德紅旁**)慰藉得妙。(**沈巖旁**)籠中物。**六翮曾經剪,**(**俞瑒甲本評**)惜之。**孤飛卒未高。且無鷹隼慮,**(**俞瑒甲本評**)慰之。**留滯莫辭勞。**(**奚禄詒甲本眉**)總會自己辭功曹之意。(**奚禄詒甲本尾批**)賦而比也。○此言其所畜者,首二句可知。

【彙評】

張學仁參定:《心解》謂:通首皆從"籠"字用意。

王鄰德墨尾:戒其不可妄動,動則損毛也。雖當失意,不可呼號悵望,六翮既剪,孤飛未能,留滯固足云艱,而鷹隼可無過慮。蓋賦而比也。

花 鴨

題鮮于樞評:此詠花鴨。言緩行獨立,而"黑白太分明",然恐"群心妬"而"衆目驚",故以稻粱養汝,慎勿作意先鳴。賦兼比也。

方拱乾評:詠物易涉於比,無心之比與有心之比有别,因物之比與强物之比有别。

俞瑒乙本評:亦是比體,宛是孤潔好言之士。

盧見曾紅旁:顧宸曰:《鸂鶒》,遣留滯也;《花鴨》,戒多言也。此雖詠物,實自詠耳。

朱方藹紅眉:拈色相入無色相,非造化在手者不能。

奚禄詒甲本眉:三四含蘊。○"群心"者,小人也;"衆眼"者,凡民也。

奚禄詒乙本墨眉:五句比小人,六句比凡民。

王鄰德墨眉:戒其不可作意先鳴,亦比也。

沈巖旁:亦是比體,宛然是孤潔好言之士。

花鴨無泥滓,(**俞瑒甲本評**)潔。(**沈巖旁**)潔。階前每緩行。(**傅山紅眉**)不似。(**李念慈紅眉**)一本作"緩緩行",佳。羽毛知獨立,(**俞瑒甲本評**)承"潔"説。(**題商盤紅旁**)倒承一二。黑白太分明。(**題商盤紅旁**)倒叙對。(**陳治墨眉**)似譽似嘲,綽有風人之致。(**奚禄詒乙本墨旁**)自道,起下"妬"。(**王鄰德紅旁**)可以有諷。(**沈巖旁**)承"潔"意。不覺群心妬,(**俞瑒甲本評**)接次聯。(**題商盤紅旁**)順承三四。休牽衆眼驚。(**題商盤紅旁**)倒叙對。(**沈巖旁**)惜之。稻粱霑汝在,作意莫先

鳴。（**屈復評**）《左傳》：鬥雞勝者先鳴，意言莫與人争勝也。（**奚禄詒甲本尾批**）賦而比也。〇"在"字未老。（**嚴復墨眉**）徒一飽耳，乃先鳴耶？（**沈巖旁**）慰之。

【彙評】

孫承澤墨眉：作詩者其有憂患乎？

俞瑒甲本評：亦用比體，宛是孤潔好言之士。

畏　人

題鮮于樞評：詩言異方春日，於花發鳥啼，隨處見聞，今來蜀已三年，而故山何在哉？然畏人來往，成小築而幽棲，乃吾褊性之所宜耳。故無心待客，而門徑任其荒蕪。賦也。

奚禄詒甲本眉、乙本墨眉：春鳥隨處有之，而曰"異方啼"，含蓄無盡。

朱方藹紅眉：却正寫得渾融。

題張問陶墨眉：離家萬里，寄迹三年，身世孤危，所以畏人而幽棲也。

王鄰德墨眉：異方春日，於花發鳥啼，隨處見聞，今來蜀已三年，而故山何在哉？然畏人來往，成小築而幽棲，乃吾褊性之所宜耳。故無心待客，而門徑在其荒蕪也。

嚴復墨眉："畏人"對"褊性"差半，今字聞俱謂之内外科，謂不對也。

早花隨處發，（**李以峙墨眉**）（隨處發）按此對下"異方啼"倒却便不合，雖無關要妙，不可不知。**春鳥異方啼。** **萬里清江上，**（**嚴虞惇紅眉)“上”字即《史記》“河魚大上”之“上”。**三年落日低。**(**方拱乾評**)此畏人之故。(**錢陸燦甲本眉批**)鐵云,此“上”字《史記》“河魚大上”之“上”。(**錢陸燦丙本評**)錢云:此“上”字亦《史記》“太上”之“上”,玩“低”字可見。(**厲鶚評**)三年無事,但看落日則畏人之褊性可知。(**奚禄詒乙本墨眉**)“啼”含蓄無盡,“低”字苦,“三年”更苦。(**王鳴盛墨眉**)顧修遠語:“三年”,蜀本作“三峰”。“萬里”,橋名。對“三峰”爲□,三峰高,故見落日低也。**畏人成小築,褊性合幽棲。**(**方拱乾評**)“合”字妙。(**李念慈紅眉**)“褊性”可謂能自誦矣。(**陳治墨眉**)是謝客之語,中有懺悔。(**王鄰德紅旁**)極善自喻。**門徑從榛草,**(**李以峙墨旁**)(“門徑”二句)按從别本亦可,無關妙義。**無心待馬蹄。**(**方拱乾評**)“從”字妙,託出畏人情事。(**錢陸燦甲本尾批**)結句又是五六意。(**奚禄詒乙本墨旁**)不待客來。(**奚禄詒甲本尾批**)賦也。〇“低”字用得苦,“三年”更苦。(**奚禄詒乙本墨尾**)當是爲郭英乂發。

【彙評】

錢陸燦丁本評:“畏人”二句,善自寬喻。結正是幽棲意,寫得渾融。

佚名丁墨尾:是篇詩題,直可作《賦得客子常畏人》。〇玩“畏人成小築”句,當是斷手實應之時;玩“褊性合幽棲”句,可作《江頭五詠》之注。

屏迹三首

奚禄詒甲本眉:兩篇律嚴,而氣自足。

奚禄詒甲本旁:以後皆申首二句。

王鳴盛墨眉:第三首乃點題目,其仄韻便入古詩,然則律詩安無仄韻耶?時古詩上無平韻耶?可笑之至。

其　一

奚禄詒甲本眉:詩成而取首句“屏迹”二字爲題。

奚禄詒甲本旁:清健。

王士禛評:字俗。

王鳴盛墨眉:律詩元有仄韻,不應入古詩三首中,此首乃點“屏迹”二字,何得割裂?

衰年甘屏迹,幽事供高卧。(**方拱乾評**)反律。(**奚禄詒甲本墨眉、乙本墨眉**)清健。(**李以峙墨眉**)(衰年)按作“顔”,音近而誤。鳥下竹根行,龜開萍葉過。(**奚禄詒甲本旁**)幽事。年荒酒價乏,日并園蔬課。(**佚名丁墨旁**)竺云:“日并”,《禮記》所謂“并日而食”也。“課”,計也,程也。課用園蔬以充餐也。○出《儒行篇》注:并日而食者,謂不日日得食,或三日二日,并得一日之食也。猶酌甘泉歌,(**奚禄詒甲本眉**)酌甘泉仍未得酒也,此二句正見乏酒價。(**李以峙墨眉**)(“獨酌”句)按從別本亦可,無關妙處。歌長擊樽破。(**奚禄詒甲本墨眉、乙本墨眉**)課園蔬猶未得酒,故止“酌甘泉歌”耳。(**奚禄詒甲本旁**)悠然。○有餘。

【彙評】

陳訏紅眉批仇注“日并賣蔬課錢,以充沽酒之價,然猶苦不繼,故止酌飲甘泉耳”“公之狂態俱見,無聊之態亦見”處:“日并園蔬課”,因年荒,故勤課園蔬耳。何必言“賣蔬課錢,以充沽酒之價”?落句舊本“獨酌酣且歌”,何等韻致,今改爲“獨酌甘泉歌”,亦不成句。且酌甘泉而歌,有何意味?“歌長擊樽破”,即擊唾壺口缺之意,今云狂態、無聊,淺之乎窺公矣!

陳訏紅旁批仇注“然猶苦不繼,故止酌飲甘來耳”處:如此説,則無酒飲水，故長擊酒樽，太不雅矣。

其　二

題鮮于樞評：言屏迹於此，用拙以存吾道，幽居以近物情，若桑麻燕雀，村鼓漁舟，皆所謂存道而近物情者也。末故曰"杖藜從白首，心迹喜雙清"。賦也。

屈復評：中四皆物情。

盧見曾紅旁："訏謨定命，遠猷辰告"，謝安石愛之如此。領聯尤爲雅人深致。○洪仲曰：末聯以曠達寓悲凉矣。

盧見曾墨旁：此章申言屏迹之志。下六分應一二。拙者心静，故能存道；幽居身暇，故近物情。桑麻燕雀，動植對言；村鼓漁舟，耕漁對言，皆物情之相近者。對此而心迹兩清，吾道得以常存矣。

王鄰德紅眉：杜陵詩"桑麻深雨露，燕雀半生成"，後山詩"輟耕扶日月，起廢極吹噓"，或謂虚實不類，殊不知"生"爲造，"成"爲化，"吹"爲陰，"噓"爲陽，氣勢力量與"雨露日月"字正相配也。

王鳴盛墨眉：次聯地幽也，三聯無營也，末聯無事晚起也。

用拙存吾道，（**李以峙墨眉**）（存吾道）按"存"作"誠"，音近而訛。幽居近物情。（**方拱乾評**）看用字法。（**奚禄詒甲本眉**）首二句分看、互看，字字皆妙，能包盡下文。十字中無一閑字。（**奚禄詒乙本墨眉**）首二句分看、互看，字字皆妙，能包舉下文。（**李念慈紅眉**）二三物理，化工俱在。（**朱方藹紅眉**）非閱歷之深，不能作是語。（**題張問陶墨眉**）首聯意凡四層，蟬綿而下。（**沈巖眉**）"近"字最得觀物，妙。用此幽居觀元化，更親切有味。"深"字妙，日復一日。"半"字妙，猶未有艾。二句承"近物情"。桑麻深雨露，（**嚴虞惇紅旁**）以下物情。燕雀半生成。（**奚禄詒乙本墨眉**）三四是宰相風度。村鼓時時急，（**沈巖旁**）襯起下首。漁舟個個輕。（**吕留良

紅眉)此“個個”言得恰好。(**王鄴德紅旁**)此兩句無深趣,而亂離奔走,自歎多累,誦之可傷。**杖藜從白首,心迹喜雙清。**(**奚禄詒甲本尾批**)晚唐人豈能道隻字?○賦也。(**秦應逵墨旁**)此句漁洋抹之,不解。自記。(**佚名丁墨旁**)“心”字應“用拙”,“迹”字應“幽居”。

【彙評】

王鄴德墨尾:通章重起二句,“桑麻”“燕雀”,“村鼓”“漁舟”,皆所謂存道而近物情志也。末聯總承以結之。

佚名丁墨尾:有静觀自得之妙,心迹雙清,關鎖既緊,正復瀟灑出群。

其　三

題鮮于樞評:此詩首二句起下六句,末二句結上六句,言其屏迹無營,而野色江流之景物可樂。賦也。

屈復評:三四“地轉幽”,五六結皆“無營”。

題商盤紅眉:“無營”言屏居不出,無所經營,故絶往還之迹,因之覺“地轉幽”也。“無營”統言之,家無事特言之。○因家無事,故晚起。起矣,猶不梳頭,其父之懶乃過其子,誠可笑也。○公素志不遂,屏居於此,夫豈所欲?則謂之“無事”也固宜。假使“百年渾得醉”,直可“一月不梳頭”,則將胸中磊塊盡付酒杯,言外之旨,益可見矣。

題張問陶墨眉:此首又伸用拙幽居意,下六分應次句。

王鄴德墨眉:首二句起下六句,末二句結上六句,言屏迹無營,而野色江流之景物,足自樂也。

晚起家何事,(**題商盤紅旁**)對起。下因句。**無營地轉幽。**(**汪

琬乙本評)語在眼前,必明眼人始拈出。(**題商盤紅旁**)上因句。(**奚禄詒甲本眉**)總不脱首章,首二句。〇三四"地轉幽"也,五六"家何事"也。(**奚禄詒乙本墨眉**)總不脱首章首二句。〇三四"地轉幽",五六"家何事"。(**申頲紅眉**)有營雖閉門高卧,終是擾攘,高人即處通都大邑,胸自有一寂寞之鄉爲之所。然則静不因境,幽境得幽人乃逾幽耳。**竹光團野色,**(**題商盤紅旁**)承次句。倒裝句。(**王鄰德紅旁**)畫外意。(**李以峙墨眉**)(團)按"圍"不如"團",殆形似而訛。**舍影漾江流。**(**李念慈紅眉**)此晚年見道後語。(**墨旁**)(舍影)按從首二句語意直下,從"舍"字爲是,"山"字嫌其突出。就句而論,則"山歌"佳似"舍歌",姑兩存之。(**王伯沆紅眉**)妙哉!造化春工,盡於此矣!**失學從兒懶,**(**題商盤紅旁**)承首句。**長貧任婦愁。**(**汪琬甲本墨旁**)切中時病。(**題商盤紅旁**)呼應句。(**朱方藹紅眉**)語在眼前,必明眼人始拈出。**百年渾得醉,**(**題商盤紅旁**)藏頭句。**一月不梳頭。**(**申頲紅旁**)"一月"句直得有趣。(**題商盤紅旁**)對收。(**秦應逵墨旁**)此三字漁洋圈之,亦不解。〇自記。

【彙評】

張謙敬墨旁:杜詩多感慨牢騷,此二篇殊有和平之致。

王鄰德紅尾:前詩近物之情,後詩無營之樂。

佚名丁墨尾:實情放達,又似極不清者。然惟任運安貧,心迹所以無累,此則皈於老莊之旨。

少年行

錢陸燦甲本眉:此首近青蓮、龍標。

錢陸燦丙本評:鐵牛云:此首過青蓮、龍標。

錢陸燦丁本評:寫得徹,逼真少年情狀,與青蓮作似别。

呂留良紅旁:較李白《少年行》似别,白更流麗自在。

奚禄詒甲本眉:卓犖不凡。

奚禄詒甲本旁:《少年行》本於漢武命少年壯士從軍,各持千金,往大宛求馬。後之作樂府者,但作遊俠耳。

奚禄詒乙本墨眉:少陵絶句往往有别趣,筆力高,寄託有,在運用不同。○總見遊俠得意。

沈巖眉:古樂府意。

盧見曾紅旁:仇兆鰲曰:少年意[態],神情躍躍欲動,是善於寫生者。

盧見曾墨旁:此摹少年意氣,色色逼真。下馬坐床,皆執索酒,有旁若無人之狀。其寫生之妙,尤在"不通姓氏"一句。

陳治墨眉:鐵牛云:此首過青蓮、龍標。

吴廣霈墨眉:亦有太白風調。

嚴復紅眉:王云:直書所見,不求語工,但覺格老。

馬上誰家白面郎,(**李以峙墨眉**)(馬上)按"騎馬"定不如"馬上",明者辨之。(**李以峙墨眉**)(白面)按作"薄媚",音近而訛,仇注但正其非,不知其故。臨階下馬坐人牀。(**李以峙墨眉**)("臨階"句)按"階"作"軒","坐"作"踏",無關妙處,均可從。不通姓字粗豪甚,(**李以峙墨眉**)(粗豪)按必應作"豪",不應作"疏",明者辨之。指點銀瓶索酒嘗。(**張雝敬墨旁**)詩忌粗豪,此却正要寫其粗豪。(**奚禄詒甲本尾批**)賦也。○遊俠得意,此寄託之旨也。(**李以峙墨眉**)(索酒嘗)按"索酒"作"酒味",此有金鐵之别□□,明者能辨。

【彙評】

張學仁參定:忽作太白豪邁語,信此老無所不有。

秦應逵紅尾:此首近青蓮、龍標。

絶　句

奚禄詒甲本眉:公五、七言絶皆古樂府,與太白又不同。

奚禄詒甲本旁:凡五、七言絶只淺淺寫景,自然有情。

李念慈紅眉:戎馬驚魂之感。

江邊踏青罷，回首見旌旗。風起春城暮，高樓鼓角悲。(**奚禄詒甲本尾批**)賦也。

即　事

方拱乾評:爲舞者作。

錢陸燦丁本評:自饒媚致。

奚禄詒甲本旁:工部七絶勝過五絶。

奚禄詒乙本紅旁:亦是吴體。

奚禄詒乙本墨眉:此不過飲於一貴人歌舞之席,詞若美之,而實深譏之也。

陳治墨眉:合作。

百寶裝腰帶，(**俞瑒甲本評**)舞飾。真珠絡臂鞲。笑時花近眼，(**俞瑒甲本評**)舞態。舞罷錦纏頭。(**汪琬甲本紅眉**)錦纏頭。(**俞瑒甲本評**)舞畢所贈。(**張雝敬墨旁**)豔甚。○今人得此四句,必要湊成一律矣。

【彙評】

張學仁參定:盧注謂此爲舞妓作。

奉酬嚴公寄題野亭之作

方苞眉批:張溍注:因嚴有“漫向江頭”句,故曰“幽棲真釣”;因嚴有“懶眠沙草”句,故曰“從來水竹”;因嚴有“馳馬直到”句,故曰“無徑欲鋤”。句句相映。〇望溪句點。

奚禄詒甲本眉:此與酬郭之作,俱亦疏散,却帶疏狂。

奚禄詒乙本墨眉:疏散之中亦帶疏狂。

盧見曾紅旁:仇兆鰲曰:嚴詩款曲殷勤,公詩和平委婉。解者指嚴爲語多譏刺,指公爲始終傲岸,兩失作者之意。

朱方藹紅眉:嚴作倨甚,公此詩不亢不凌,身分毅然,真絶構也。格高甚,所謂到恰好處,便是絶頂處,可爲知者言。〇叙事用古,自然不露,可云羚羊掛角,無迹可求矣。嚴詩“莫倚”二句,蓋是時鄭公奏公節度參謀,故云。然公此作見本列臺省而懶性未移,今雖充幕僚而幽棲如故,敢以禰衡相比公,以阮籍爲方,針對鋒迎,却又渾妙藴藉。

拾遺曾奏數行書,懶性從來水竹居。(**丁耀亢紅旁**)有味乎其言。奉引濫騎沙苑馬,(**方拱乾評**)應首句。(**嚴虞惇紅旁**)雙承轉。(**奚禄詒甲本旁、乙本墨旁**)承首句。幽棲真釣錦江魚。(**方拱乾評**)應次句。(**丁耀亢紅旁**)酬前二聯。(**奚禄詒甲本旁、乙本墨旁**)承次句。(**陳治墨眉**)第四句答嚴詩起句意。(**吴廣霈墨眉**)“直”字訛“真”,今正。謝安不倦登臨費,(**方拱乾評**)酬嚴。(**奚禄詒甲本旁**)嚴也。(**奚禄詒甲本旁**)謝安東山游宴□費百金。(**奚禄詒乙本墨旁**)嚴也。(**李以峙墨眉**)(登臨費)

按"費"字總俗,恐原係"賞"字之訛。阮籍焉知禮法疏。(**方拱乾評**)自解。(**奚禄詒甲本旁、乙本墨旁**)己也。枉沐旌麾出城府,(**方拱乾評**)期其來。(**李以峙墨眉**)(枉沐)按作"何日"亦可從。草茅無徑欲教鋤。(**奚禄詒甲本旁**)賦也。(**李以峙墨眉**)(無徑)按"蕪徑""荒徑"均可從。

【彙評】

吴廣霈墨眉批附録嚴武《寄題杜二錦江野亭》詩:嚴詩起四句二首全用兩虚字,大犯詩律,且傲慢之氣可掬可哂,何必附刊以致佛頭著糞耶?

吴廣霈墨旁批附録嚴武《寄題杜二錦江野亭》詩:此詩無一可者。

吴廣霈墨眉下批附録嚴武《寄題杜二錦江野亭》詩:直以正平目杜,而乃自比黄祖也。斯人亦何可鄙,無怪乎甫之登床笑侮之也。

嚴中丞枉駕見過嚴自東川除西川敕令兩川都節制

方拱乾評:有景。以賀循比嚴武,以管寧自比。"何人"泛指。

屈復評:前賓主對寫,後單寫主,結用"何人"字收賓。○張翰思歸,亦如管寧之滯遼東,欲歸而不能也。

方苞眉批:王昆繩云:非諮謀軍國事,亦非存問故人。

題商盤紅眉:曰"小隊"見其騎從之簡。二語叙府帥出遊,綽有風致。○三承"元戎"字來,四承"野亭"字來,五又承"任流萍"來,六又承"瞻使節"來。七八自叙作結,而幸嚴公之知己,意在言外。"道"字只作"知"字看,又是反言見意。○三四首藏"今日""前時"四字:前時已寓西川,嚴鎮東川,故曰"地分南北";今兩川都歸節制,故己欣瞻使節之來臨也。"任流萍",自分漂泊無歸;"瞻使節",深喜羈棲有託。故五六云云,言棄官入蜀,如張;避地依人,如管。

因對嚴垂重依人意，故抑揚言之。造句奇矯，寓意深渾，用事之法，洵稱獨絶。七八縮合全詩，既饒韻致，而命意更復淵永。

朱方藹紅旁：氣概雄放，絶無推崇軒冕之陋。

題張問陶墨眉：結句自負不淺，而美嚴亦至，此爲人已兩得。

嚴復墨眉：第四對不住第三。“川合東西”極實，而“地分南北”嫌虚，又“流萍”是假借語，亦對不過“使節”之質實莊重也。

吴廣霈墨眉：通首好，不卑不亢，恰見身分，收更佳。○狂收故態，發於自然，故尚不致於取罪戾也。

奚禄詒乙本墨眉：何等身分，今人能如此酬大老否？○詩致流動，五六以下欲引去矣。

沈廣眉：前寫中丞，後乃自謂，意自親切。

元戎（**俞瑒甲本評**）中丞。小隊出郊坰，問柳尋花到野亭。（**俞瑒甲本評**）見過。川合東西瞻使節，（**俞瑒甲本評**）承元戎。（**題商盤紅旁**）順承一二。（**奚禄詒甲本旁**）時合兩川爲一道。（**奚禄詒甲本旁**）此句序嚴。（**奚禄詒乙本紅旁**）此言嚴。（**沈廣旁**）承元戎。地分南北任流萍。（**俞瑒甲本評**）承“野亭”。（**題商盤紅旁**）藏頭句。（**奚禄詒甲本旁**）鄭玄《戒子書》：“黄巾爲害，萍浮南北。”（**奚禄詒甲本旁**）此句轉出自己。（**奚禄詒甲本眉**）“南北”句意隱在朝廷，不爲填塞。（**奚禄詒乙本紅旁**）此轉出自己。（**錢載評**）先生詩法越深厚矣。（**吴廣霈墨眉**）“流萍”一本作“浮萍”。（**李以峙墨眉**）（流萍）按“流”作“孤”，亦必草寫者形似之誤，若真出自公，殊嫌杜撰。（**沈廣旁**）起下。扁舟不獨如張翰，（**俞瑒甲本評**）跟“流萍”説。（**題商盤紅旁**）倒承三四。○倒剔句。縮脈句。（**奚禄詒甲本旁**）五六以下欲引去矣。（**奚禄詒甲本眉**）何等身分，今人能如此酬大老否？○張翰與賀循同舟入洛，故引用之。皂帽應兼似管寧。（**奚禄詒甲本眉**）管寧著皂帽布襦。（**李以峙墨眉**）（皂帽）按“皂”作“白”，形誤顯然。（**李以峙墨眉**）（還應）

按作"應兼"亦可通。**寂寞江天雲霧裏，**(**俞瑒甲本評**)感知之詞。(**題商盤紅旁**)意餘言外。(**秦應逵紅旁**)感知己之詞。(**李以峙墨眉**)(寂莫)按"今日"云云,句太直率,當從"寂寞"。(**沈巖旁**)感知己之詞。**何人道有少微星？**(**錢陸燦甲本旁批錢箋"少微"**)鐵曰:少微昏則其分野名士死,謝敷、戴逵事是也。(**汪琬甲本紅眉**)一名處士星。(**俞瑒甲本評**)應"使節"。(**方貞觀墨眉**)結句不過説武之忘分下交,試看其用筆何等高卓渾淪,如此方有身分。(**奚禄詒甲本旁**)賦也。(**錢載評**)後四句如此寫法,則地分南北,始不浮。〇生得穩足。(**陳治墨眉**)結處言外有神。(**許蔆聚紅眉下**)少微昏則其分野名士死,謝敷、戴逵是也。

【彙評】

俞瑒甲本評:前寫中丞,後乃自謂,意自親切。

題商盤尾批箋注後:"地分南北",舊謂指蜀與京師,則本聯略不相應,與上聯亦不相承,全失杜公律法。總由忽過自注"嚴自東川除西川"語耳。

錢載評:起處亦是三句與一句交關,至五六然後客一句主三句。結又用"何人",則賓主俱貫在内。

遭田父泥飲美嚴中丞

徐渭墨旁:自好,是樂府。

徐渭墨眉:昌黎多用此格,而人曰神杜,而此解之甚,過矣,過矣。〇杜老於此,庶幾下惠之和。

方拱乾評:一團元氣。〇一幅畫,又有聲,不可思議。化工手非畫工手,作詩至畫工亦足矣。化工惟公一人耳。〇中丞美矣。田父之淳,老杜之曠,俱於詩上勃勃出。妙在樸却不全在樸。少陵此等詩皆從樂府中化出，如身遊，如耳聞，如目擊。

錢陸燦甲本眉：於田父口中美中丞，不放倒自家地步，此贈貴人詩法也。

汪琬乙本評：樸而有致，所以可誦，然亦漸涉議論矣。

李念慈紅眉：美中丞從田父口中寫出，高而真。其述村野形狀逼真在眼，帶出"久客"一句，則冠裳中有愧於斯翁者多矣。

吕留良紅旁：題便新奇。

吕留良紅眉：村謡古語，情致委折，亦美亦諷。

俞瑒乙本評：此即嚴鄭公德政詩，形容村老粗率純樸，藏一富足氣象，便是美嚴公。古樸雅健，似西漢文字。

屈復評："泥"者，粘着不放之意。○寫村翁聲音笑貌，起坐指顧狀，浮動紙上，其意則全美中丞也。①

奚禄詒甲本眉：《豳風》之作。○窮途之中遇一田夫之飲，亦必留情不久，客不知也。與"殘杯冷炙""到處悲辛"異矣。

奚禄詒甲本旁：賦也。

奚禄詒乙本墨眉：窮途中遇一田父之飲，亦必留情，與"殘杯冷炙"者異矣。○的真《豳風》之作。○鍾伯敬謂寫淳樸氣象，正是美中丞，不止説尹一句，此真穿鑿。不過是田夫樸率可書，即説尹亦是村人扯來頭之意。公詩原只贊田父。○鍾、譚本不知詩人，爲《詩歸》誤耳。

題張問陶墨眉：傳出村樸豐厚景象，而美中丞意自見。

陳治墨眉：俞云：此即嚴公德政詩，古樸有昔人謡諺遺音。

魯一同評：此詩既言汝盛稱之，其實仍是常調，稍知用意者能之。持此言疏樸之致，恐不易到耳。○此詩入選亦可。公五古精

① 校注："指顧狀"，杭本作"指顧諸狀"；杭本在此條批語後另有"此明興漢業，暗報韓仇，筆法筆墨狡獪甚"數句。

美者太多,此等猶爲下駟,尚不及《病橘》《枯柟》等作。

吴廣霈墨眉:情致婉妙,始因睹與村翁面話,此古人不可及處。

沈巖眉:傳出豐厚,却於景象,而中丞之美自見,若專美中丞,便是後人酬應之作。

王伯沆紅眉:妙在無一字不真。

佚名己紅眉:觀田父口中而中丞之美已見,此化工手也。

步屧隨春風,(**奚禄詒乙本紅旁**)有天趣。村村自花柳。(**方貞觀墨眉**)起十字寫太平景象,便是美嚴。(**吴錫麒紅眉**)發端得俗美風清光景。(**吴士模墨眉**)開口便見好官。田翁逼社日,邀我嘗春酒。酒酣誇新尹,(**孫承澤墨眉**)入尹處絶無痕。畜眼未見有。(**汪琬甲本紅眉**)畜眼。(**陳治紅眉**)"酒酣"以下十二句,皆述田父語。回頭指大男,渠是弓弩手。(**方拱乾評**)"回頭"八句不誇尹,正是誇尹處。(**丁耀亢紅眉**)樸細如畫。名在飛騎籍,長番歲時久。前日放營農,辛苦救衰朽。(**題商盤紅旁**)倒裝句。(**吴士模墨眉**)寫出村老感念入骨,逼肖口吻。以此美上官,真能頌上官者。差科死則已,誓不舉家走。(**方拱乾評**)是翁家事,却關尹。(**錢陸燦丙本評**)鐵牛云:鄉人粗狀,刻劃盡態。今年大作社,拾遺能住否?叫婦開大瓶,盆中爲吾取。(**方貞觀墨眉**)香山得其真,張王得其趣。感此氣揚揚,須知風化首。(**吴錫麒紅眉**)純從風俗淳厚中寫出中丞,子美敦樸老當,可與《豐樂亭記》參看。(**秦應逵紫旁**)二句一束,作前後眼目。語多雖雜亂,説尹終在口。(**奚禄詒甲本眉**)"説尹終在口",止見田夫誇口處,不重美中丞。(**陳治墨眉**)村野之態,刻畫盡致。(**吴廣霈墨眉下**)有此二句一束,便不散漫,此謀篇法也。朝來偶然出,自卯將及酉。(**方拱乾評**)寫處淳樸富足氣象,便是美嚴中丞矣。不獨説尹,終在口一句。(**題商盤紅旁**)極寫"泥"字。久客惜人情,如何拒鄰叟。高聲索果栗,(**奚禄詒乙本墨旁**)音色所也，求也。**欲起時被肘。**（**題商盤紅旁**）寫“泥”態。（**吴廣霈墨旁**）確有此等情事，富貴人不能知也。**指揮過無禮，未覺村野醜。月出遮我留，仍嗔問升斗。**（**吴士模墨眉**）“升斗”是説酒。（**吴士模墨眉批《心解》**）“升斗”如何可作生産講？升斗正是量名，若上言“米穀”，則此説可通，上俱説酒，何得突入？杜公未嘗有訴窘乞糧之語也。（**秦應逵紫尾**）意在全美中丞。（**王伯沆紅眉**）畫所不到。

【彙評】

方拱乾評：此豈隨筆得來？又豈鍛煉得來？真正《三百篇》矣。《十九首》尚嫌其皮面也。是曰神助，曰如有神。與“平明跨驢出”同一妙，而又不同。

魯一同評批《心解》：美嚴中丞乃田父美之，非杜作詩以美嚴也。如□□自同責諛耳。

魯一同評批《心解》“以‘朝來’四句收篇”：作詩不如此瑣瑣。

魯一同評批《心解》“吾謂是問”：似故迂曲其説。

吴廣霈墨眉：此詩爲挺之兒輩增長聲價不淺，則武之欲殺甫當亦必無之事，出於愛憎之口，悠悠妄傳爾。

吴廣霈墨尾：真摯樸老，所以爲大家，非時賢猝能學步。

奉和嚴中丞西城晚眺十韻

方拱乾評：排。〇排律妙在各爲句，妙在相因爲句，又妙在因此句見彼句。

錢陸燦丁本評：“地平”一聯，於登眺中寫出重鎮，非拈泛泛景也。“觀圖”謂觀蜀之地圖，以古人爲期也。

李念慈紅眉：詩新在意不以詞，以詞則近於頹薄。公每頌人詩，皆詩家妙義。

方貞觀墨眉：錢劉排律有此穩切，無此深渾。

盧見曾墨眉：首從中丞叙起，次段西城晚眺，末段叙主眷而望立功也。杜征南係公始祖，故用以贈嚴。

盧見曾紅旁：仇兆鰲曰：杜詩佳句如"地卑荒野大，天遠暮江遲"與"地闊峨眉晚，天高峴首春"，工力相敵。若"地平江動蜀，天闊樹浮秦"，更是函盖乾坤。

吴廣霈墨眉：典重精切，亦佳章也。

沈巖眉：格律老成。

汲黯匡君切，廉頗出將頻。直詞才不世，（**題商盤紅旁**）順應上聯。（**奚禄詒甲本旁**）承首句。雄略動如神。（**奚禄詒甲本旁**）承次句。（**奚禄詒乙本紅旁**）分承首二句。（**陳治墨旁**）分承上二句。政簡移風速，詩清立意新。層城臨暇景，（**沈巖旁**）和城眺只三韻。絶域望餘春。（**陳治墨眉**）籠蓋乾坤之句。（**奚禄詒乙本墨眉**）"絶域"二句點綴之工，不同凡手。"地平"二句，軒豁之極。"動""浮"二字，他人難到。旗尾蛟龍會，樓頭燕雀馴。地平江動蜀，（**奚禄詒甲本眉**）惟"地平"二句可誦。天闊樹浮秦。（**錢陸燦戊本評**）唐子西曰：王荆公句云"地蟠三楚大，天入五湖低"，得杜句法。（**奚禄詒甲本眉**）興味自妙。（**錢載評**）作到"天淵樹浮秦"則已直到巔頂矣。其下止餘四韻，而"秦"字之下，更復無路可出，乃此處提唱。"帝念"四韻，八句之中，稠疊沉厚，竟若不爲收場計者，極烘雲托月之妙。（**吴廣霈墨眉**）"地平"二語氣象萬千。帝念深分閫，軍須遠筭緡。（**奚禄詒甲本旁**）當時軍餉取之算緡錢。花羅封蛺蝶，（**題商盤紅旁**）倒插句。（**奚禄詒甲本旁**）承"算緡"二句，言恩賜也。瑞錦送麒麟。（**題商盤紅旁**）分裝對。（**奚禄詒甲本眉**）"蛺蝶""麒麟"，湊字成句。（**奚禄詒乙本墨眉**）當時軍需取之算緡錢。"花羅"二句想事特賜。

辭第輸高義，（奚禄詒甲本旁）引霍去病事。（奚禄詒甲本眉）《去病傳》：上爲治第，去病辭曰："匈奴未滅，何以家爲？"觀圖憶古人。（奚禄詒甲本眉）《馬援傳》：東平王觀雲臺圖畫曰："何不畫伏波將軍？"（奚禄詒甲本旁）逗下句。征南多興緒，（汪琬甲本紅旁）杜預。（題商盤紅旁）轉换結。事業闇相親。（奚禄詒甲本旁）賦也。（奚禄詒乙本墨眉）公與武世交，□以祖之事勉之。

中丞嚴公雨中垂寄見憶一絶，奉答二絶

其 一

奚禄詒乙本墨眉：公與嚴往復之詩，每每謙厚，又何等情至，謂公踞床不冠之説，何其妄也。

雨映行宫辱贈詩，元戎肯赴野人期。（李以峙墨眉）（"元戎"句）按當從本句，别本云云，語意近拙。江邊老病雖無力，强擬晴天理釣絲。（奚禄詒乙本墨旁）自己釣魚待客之高風。

其 二

何日雨晴雲出溪？ 白沙青石洗無泥。（李以峙墨眉）（洗）按作"先"，形近而訛。只須伐竹開荒徑，倚杖穿花聽馬嘶。

謝嚴中丞送青城山道士乳酒一瓶

奚禄詒甲本眉：《錦屏山題名記》云：河南府使馬軍送乳酒。杜公本有來歷，不宜抹。

嚴復墨眉:此等詩代柬帖耳,其實無甚意味。宋人屢學之,誤矣。

山瓶乳酒下青雲,(**吕留良紅眉**)因題且留在。氣味濃香幸見分。 鳴鞭走送憐漁父,洗盞開嘗對馬軍。 軍州謂驅使騎爲馬軍。(**汪琬甲本紅眉**)馬軍。(**墨眉**)傲甚。(**曹炎眉**)軍州謂驅使騎爲馬軍。(**佚名戊墨眉**)按韓持國有《謝邵堯夫九日寄新酒詩》,自注云:《錦屏山題名記》有河南府使馬軍送新酒。○《詩海遺珠》載:持國詩云:"有客忽傳龍坂至,開樽如對馬軍嘗。"

三絶句

方拱乾評:三絶都有别致。

吕留良紅旁:頗豪縱。

王伯沆紅眉:三首一紀兵變,一紀民間生離之慘,一紀官軍搶掠。

奚禄詒甲本眉:三首與《獨步尋花》並稱絶調。

奚禄詒乙本墨眉:余欲著解,然不可執一而解,隨意所會自得。

王鳴盛墨眉:"斬新""上番"皆唐時方言。

其 一

奚禄詒乙本墨眉:此首章鍾情自道,風味宛然。讀此等詩止見其格調之高,風神之渾,不見感慨之深,可空唐人矣。

楸樹馨香倚釣磯,斬新花蕊未應飛。(**汪琬甲本紅眉**)斬新。(**屈復評**)"不應飛"而飛,更可惜也。(**奚禄詒甲本眉**)讀此等詩止見其格調之渾，不見其感慨之深，所以不可及也。**不如醉裏風吹盡，可忍醒時雨打稀。**（**奚禄詒乙本墨旁**）“不如”“可忍”便有兩層意。（**嚴復墨眉**）盧注：宋無名氏《鷓鴣天》詞“不如飲待奴先睡，圖得不知郎去時”，語意本此。

其　二

門外鸕鷀去不來，沙頭忽見眼相猜。（**奚禄詒乙本紅旁**）“忽”字正應“久”字。**自今已後知人意，一日須來一百回。**（**方拱乾評**）雖直却趣。（**嚴復墨眉**）詩人用意，每於小物作極關係語，所以成□，此詩家一秘也。（**奚禄詒乙本墨旁**）有風致。

其　三

無數春筍滿林生，柴門密掩斷人行。會須上番看成竹，客至從嗔不出迎。（**錢陸燦丙本評**）方爾止云：“上番”，猶上緊也。鐵牛云：方説非是，“上番”，猶頭番耳。凡二三發筍，多□□不能成竹也。盧綸詩“日照何年樹，花逢幾番人”，則“番”字原如平淡之義，無上緊之義，爾止往往作意杜撰也。（**奚禄詒甲本尾批**）元微之詩：“飛舞先春雪，因依上番梅。”即此二字不獨言竹也。（**嚴復墨眉**）“上番”，猶今云“頭擬”。

野人送朱櫻

方拱乾評：向最不喜此詩，細讀乃見其因嘗新而憶故也，只於“野人送朱櫻”不稱。若題是“嘗新”二字，便佳。

汪琬乙本評：賦物之工，愛君之厚，相逼而出，造化在手。○“也”字便含以下四句在内。

俞瑒乙本評：起句“也”字唤起後四句，“憶昨”二句推開説，流走見意，却於末句收轉，極操縱之能，七律中變體。

題商盤紅眉:"也自紅",訝之之辭,三字已伏後半之意,言我惟京師見此物耳,何意西蜀亦有此耶?○"寫"俗作"瀉",此用古字,恐其破,故作數回細寫之。"訝許同",訝其匀圓如許。三美其熟,四美其全熟,皆著意形容之語。○五六突轉一境,然於調則爲突轉,於作者本旨,則先有此意而後有此詩也。三四細甚,五六忽作如此大手筆,人以爲五六見此老筆力,不知三四亦非無筆力者所能措手。神龍變化,能大能小,蛇鱓輩豈足語此?○"金盤玉箸"四字,實接甚佳,以"賜沾""擎出"並屬虚影,補四字以暗足其氣。"任轉蓬"三字,挽住甚有力,包盡多許説話。"此日嘗新任轉蓬",以還朝之無消息也。不説還朝,但點"金盤玉箸"四字,兼與"筠籠"二字反映,傷心自在言外。用字濃至,含意深渾,落句堅峭。

朱方藹紅眉:賦物之工,愛君之厚,相逼而出,造化在手。

奚禄詒甲本眉、乙本墨眉:結構老到,感慨深穩。

奚禄詒甲本墨旁:"也自""仍破"皆唤下。

奚禄詒乙本墨旁:"也自""仍破""訝許同"七字皆是唤"憶昨"四句。

吴錫麒紅眉:些小題却寫得如許闊達,只争用意之妙,其格律老健,一筆直下,斷非子美不辦。

題張問陶墨眉:刷肉存骨,宋西江派之祖。○"紅"言其熟,起"細寫""仍破";"滿"言其多,起"萬顆""許同"。○七句承五六作轉,八句回應首聯。

吴廣霈墨眉:上四句只是一句,下四句亦只是一句也。開口一"也"字便貫全章,一氣呵成,而仍能蕩氣回腸,不嫌直率,此非老杜之真摯誠懇不能作也。

倪象占藍眉:九山云:章法如神龍夭矯,不可捉摸。

沈巖眉:宛轉低徊,情致圓足。

嚴復墨眉:此詩遂爲何大復《鰣魚》所脱胎。○此詩佳在後幅。

若前半，雖舉之至多，吾終以爲有村氣也。

西蜀櫻桃也自紅，（**方拱乾評**）好在"也自"二字。（**俞瑒甲本評**）已伏下意。（**朱方藹紅旁**）"也"字便含"憶昨"以下四句在内。（**沈巖旁**）已伏下意。**野人相贈滿筠籠。**（**嚴虞惇紅旁**）起句便有下半首意。（**陳治墨眉**）起句一"也"字，便含"憶昨"四句，對亦流走。**數回細寫愁仍破，**（**俞瑒甲本評**）承"紅"字。（**題商盤紅旁**）流水對。（**朱方藹紅旁**）寫傾而出之也。（**俞瑒甲本評**）《禮記》："器之溉者不寫。"注：謂傳之器中。（**許蔓聚紅眉下**）"寫"作"瀉"，謂傳之器中也。（**倪象占藍旁**）郭云：無味。**萬顆圓匀訝許同。**（**李念慈紅眉**）觸物懷君，聲情淒切。（**吕留良紅眉**）太自村樸。（**俞瑒甲本評**）承"滿"字。（**方貞觀墨眉**）是底言？**憶昨賜霑門下省，**（**傅山紅旁**）見做法。（**俞瑒甲本評**）開。**退朝擎出大明宫。**（**汪琬甲本紅旁**）流對。（**題商盤紅旁**）走馬對。（**奚禄詒乙本墨眉**）一櫻桃耳，也不忘君。**金盤玉箸無消息，**（**題商盤紅旁**）實接。**此日嘗新任轉蓬。**（**方拱乾評**）因朱櫻而憶當日，此真情也，未免負此趣題。（**俞瑒甲本評**）合。（**屈復評**）結歎還之無日也。①（**奚禄詒乙本紅眉**）八句掉轉有力。

【彙評】

俞瑒甲本評："憶昨"二句流走見意，却於末句收轉，格法自變。

張學仁參定：五六忽用健筆振起，大開大合，將唐人詠物名作一齊壓倒，即王右丞"寢園""御苑"一聯尚不出應制體。

吴廣霈眉批"吴云"：胡説！王詩精緻而已，何足與此比倫？

---

① 校注："還"，杭本作"還朝"。

嚴公仲夏枉駕草堂兼攜酒饌得寒字

呂留良紅眉：意新句秀。

題商盤紅眉：三反用顔闔避魯君事，四正用大將軍有揖客事，本集有“使者求顔闔”句，故知三亦用此。“非關使者徵求急”，輒爾呈身；“自識將軍禮數寛”，欣然把臂。二語雖美嚴，却不放倒自己身分，總由借古喻今、用筆虚活故。〇仲夏得“寒”字，殊難押，意中必先成此句，而以上句凑之。一有迹，一無痕，入口自知。其上聯失粘之故，想亦由此。七八暗藏一轉，言看弄漁舟遂移白日耳。不然，老農無一有，何以罄交歡之情耶？此會主反爲客，少不得此人情話。三四自負得妙，五六又自謙得妙。

盧見曾紅旁：飲真茹强，老筆紛披。

盧見曾墨旁：上四記嚴公交情，下四述草堂景事。首句攜饌，次句枉駕，此叙事也。三四跌宕其辭，以見用意之殷勤。五切“草堂”，六切“仲夏”，此叙景也。末作自謙之語，與起處賓主相應，此虚實相間格。

朱方藹紅眉：前段直叙，後四便宕開。末聯謙謂看弄漁舟遂致坐消永日，不然，過農家何足盡歡宴而淹留忘歸乎？

題張問陶墨眉：首聯其實寫得好看。

吴廣霈墨眉：三四中含諷刺。

沈巖眉：穩足。

竹裏行厨洗玉盤，（**俞瑒甲本評**）攜酒饌。（**題商盤紅旁**）對起。（**奚禄詒甲本旁、乙本紅旁**）攜饌。（**許蓌聚紅旁**）攜酒。花邊立馬簇金鞍。（**俞瑒甲本評**）是嚴公枉駕。（**奚禄詒甲本旁、乙本紅旁**）枉駕。（**秦應逵墨眉**）字俗。（**許蓌聚紅旁**）枉駕。非關使者徵求急，（**題商盤紅旁**）借古爲喻。歇後句。(**奚禄詒甲本旁**)承上。(**奚禄詒甲本眉**)使者徵用顔闔事。(**奚禄詒乙本墨旁**)已應上二句。**自識將軍禮數寬。**(**奚禄詒甲本旁**)轉下。(**奚禄詒甲本眉、乙本墨眉**)以“禮數寬”三字轉出下四句,極捷力大。(**嚴復墨眉**)第三句解者紛紜,終不愜當。予謂杜“非關”二字,或者不同今語,則意自異。**百年地闢柴門迥,**(**俞瑒甲本評**)草堂。(**題商盤紅旁**)三截句。(**李以峙墨眉**)(地僻)按“闢”,明係音訛。**五月江深草閣寒。**(**李念慈紅眉**)麗藻不浮,惟“百年”字强入。(**吕留良紅旁**)好景好句。(**俞瑒甲本評**)仲夏。(**嚴復墨眉**)“百年”二字有著落否?**看弄漁舟移白日,**(**題商盤紅旁**)暗轉。**老農何有罄交歡?**(**方拱乾評**)有曰“何有”,於老農而盡歡若是。(**俞瑒甲本評**)應起。(**奚禄詒甲本旁**)賦也。阮籍爲禮法之士所繩,疾之如仇,大賴將軍保持之,出嵇康《絶交書》。(**錢載評**)結句之隨意,乃是不費力。(**秦應逵墨旁**)對推乃酒饌。(**吴廣霈墨眉**)“罄交歡”妙,“何有”更妙,言君子不極歡盡忠也。皮面看去却不覺,否則嚴武之奴才能容此狂杜老耶?(**許葼聚紅旁**)仲夏。(**王伯沆紅眉**)公於嚴眷顧甚深,往往喜溢於詞。

【彙評】

張學仁參定:劉逴謂:律詩自有定體,不可失粘,然雖失粘而不害爲好詩。後學竭力避之則拘,有心效之亦過。

題商盤尾批箋注後:此虚實相間格。起寫嚴枉駕之事,接聯解其意,結叙己乏款之意,轉聯述其景。○極喧鬧事,叙來轉極幽適,非止筆妙,亦由襟曠。

嚴公廳宴同詠蜀道畫圖得空字

方拱乾評:應酬詩,看其打發題目。○雲霄之吻。○看他周旋題目。

盧見曾紅旁:直是氣象不同。

朱方藹紅眉:只就蜀道寫,却包舉甚宏。

日臨公館静,(**題商盤紅旁**)對起。**畫滿地圖雄。**(**題張問陶墨眉**)"地圖雄"起下四句。(**陳治墨眉**)西蜀地形囊括十字中,扛鼎拔山,尚有餘力。**劍閣星橋北,**(**題商盤紅旁**)地名助色。**松州雪嶺東。**(**嚴復墨眉**)"地道巴陵北,天山弱水東",盧照鄰句。"紫塞流沙北,黄圖灞水東",駱賓王句。**華夷山不斷,吴蜀水相通。**(**方拱乾評**)豈經生、詞人語?**興與煙霞會,清樽幸不空。**(**方拱乾評**)恰當如此,結勿以爲淺。纔見其性情應酬,無所不可。(**奚禄詒甲本尾批**)賦也。(**王鄰德紅眉**)開闢古今,渺在言外,畫不足言矣。

【彙評】

佚名丁墨尾:一二提,中四腹,七八收。○中間二十字,門户阨塞俱盡。

戲贈友二首

申涵光甲本評:二首皆戲筆之無味者。

汪琬丙本評:借二作以見干支紀月之異。

申頲紅眉:兩首總鄙俗無趣味。

魯一同評:二詩戲作,古拙可愛。

其　一

題鮮于樞評:此詩本紀肅宗去年號法上古,因書所見云爾。此言焦校書自誇有膂力,能騎生馬駒,雖一旦被馬所傷,若是而壯心未已,猶欲擒胡。賦也。

方貞觀墨眉:句句作諧語。

奚禄詒甲本眉:此不過戲贈,何必紀年起?

王伯沆紅眉:嘲其豪也。

元年建巳月,郎有焦校書。(**徐渭墨旁**)自好。(**奚禄詒乙本墨眉**)如此小題,何爲紀年?況又不佳。自誇足膂力,能騎生馬駒。一朝被馬踏,唇裂板齒無。壯心不肯已,欲得東擒胡。

其　二

方貞觀墨眉:句句作莊語。

奚禄詒甲本眉:笑起勉强以倖功名,非美之。

王伯沆紅眉:嘲其怯也。

元年建巳月,官有王司直。(**徐渭墨旁**)自好。馬驚折左臂,骨折面如墨。駑駘漫深泥,何不避雨色?勸君休歎恨,未必不爲福。(**申涵光甲本評**)用塞翁事,尤無味。(**吕留良紅眉**)事雖恰好,句未。

大　雨

奚禄詒甲本眉:此時必有不得意於成都者。

奚禄詒甲本旁:此正在浣花溪之作。

奚禄詒乙本墨眉:不佳。

西蜀冬不雪，春農尚嗷嗷。上天回哀眷，朱夏雲鬱陶。執熱乃沸鼎，纖絺成縕袍。（錢載評）此等句韓公所祖。風雷颯萬里，霈澤施蓬蒿。敢辭茅葦漏，已喜黍豆高。（李念慈紅眉）公而忘私。（王伯沆紅眉）觀此及末二句，知公非詩人心胸也。三日無行人，二江聲怒號。（魯一同評）二江，郫江、錦江也。流惡邑里清，（沈巖旁）有此句方曲折，且使"勸耕"句皆有根。矧兹遠江皋。（沈巖眉）"邑"襯"野"。荒庭步鸛鶴，隱几望波濤。沉疴聚藥餌，頓忘所進勞。（沈巖眉）人襯物。（奚禄詒乙本墨旁）何指？（奚禄詒乙本墨眉）"所進勞"最無所乘。則知潤物功，可以貸不毛。陰色静壠畝，勸耕自官曹。四鄰耒耜出，何必吾家操？（奚禄詒甲本眉）仁者之詞。（奚禄詒甲本旁）賦也。

溪 漲

方拱乾評：古。

奚禄詒甲本眉：浣花草堂爲水所没。

陳治墨眉：查浦云："豈惟""况是"不復檢點，古人力大則可。

當時浣花橋，（沈巖眉）"當"疑作"常"。溪水纔尺餘。（吴廣霈墨眉）先從未漲之溪説，起乃有步奏。（奚禄詒乙本墨眉）浣花草堂爲水所没耳。白石明可把，（李以峙墨眉）（白石）按"日"音近而誤。水中有行車。（吕留良紅眉）四句可摘。秋夏忽泛溢，豈唯入吾廬。（嚴復墨眉）凡説一事，總須從先一步感身境下筆，知此則發□自無窘步。蛟龍亦狼狽，况是鱉與魚。兹晨已半落，歸路跬步疏。馬嘶未敢動，前有深填淤。青青屋東麻，散亂床上書。（方拱乾評）忽似陶。（陳治墨眉）應從知事。不意遠山雨，（李以峙墨眉）（不知）按"意"字非。

夜來復何如？（**嚴復墨眉**）凡發水皆由遠山多雨，若上游未晴，雖木處水近，無益也。（**吴廣霈墨眉**）有此二句便通體皆活，此詩家如棋手打劫救敗法也，亦可謂之背面傅粉法。（**沈巖眉**）前此溪漲之由，却在此點出。（**佚名己紅眉**）似彭澤語。我遊都市間，晚憩必村墟。乃知久行客，（**吴廣霈墨眉下**）“知”，一本作“悟”，可從。終日思其居。（**方拱乾評**）拓開結，是法。（**方拱乾評**）如此結澹而遠，誰人能到？（**李念慈紅眉**）即事閱人。（**奚禄詒甲本旁**）賦也。

【彙評】

奚禄詒甲本旁批《杜詩通》卷第四終”處：十四首。共録十首。○一路行役詩，寫景入微，寄興悠遠。○公五、七言古詩所用皆古韻，今人不知。

佚名己紅眉：推開作結，誰人能之？

大麥行

汪琬丙本評：蜀人謂之吐蕃麥者是也。

吕留良紅眉：如此摩擬，何妨？

陳治墨眉：此言麥熟，爲羌胡所割，蜀兵不能救護，注中引證可删。

奚禄詒甲本旁：以樂府之體爲謡也。

奚禄詒乙本墨眉：唐史稱吐蕃爲隴蜀害，常來掠取，二麥詩不過詠此事，未嘗言及陷州郡。

沈巖旁：類本云：前四句如童謡。

大麥乾枯小麥黄，婦女行泣夫走藏。（**吕留良紅旁**）怪得甚古，有所自來。**東至集壁西梁洋，問誰腰鐮胡與羌。**（**嚴復墨眉**）集、壁、梁、洋，四州名，屬山南西道梁州都督所領地。**豈無蜀兵三千人，部領辛苦江山長。**（**奚禄詒甲本眉**）邊戍日非。**安得如鳥有羽翅，**（**奚禄詒甲本旁**）謂掠去婦女。（**奚禄詒乙本墨旁**）謂掠去之婦女。**託身白雲還故鄉。**（**嚴復墨眉**）結語非思歸，言無歸路耳。（**張雝敬墨旁**）譏切語，反若爲之粉飾、爲之回護者，然真是妙絶。

【彙評】

吕留良紅旁：黄童謡云："小麥青青大麥枯，誰當獲者婦與姑，丈夫何在西擊胡。"每句中函問答之詞，公句蓋原於此。

奉送嚴公入朝十韻

王鐸評：古道。

方拱乾評：看步驟。極尊崇中帶一分傲意，所以勝人。〇排。是年四月代宗即位，召武還朝。是應酬又是性情，非公斷斷不能。

方拱乾評下：五韻屬嚴，五韻自叙，古人詩法之嚴如此。

錢陸燦丁本評：興象規模，與題雅稱。

汪琬乙本評：分三段：首段二聖山林召嚴而美其功伐，中段嚴將入朝去蜀，末段自叙兼美嚴也。

屈復評：起一段見時可有爲，中四句今日既得入朝矣，末段自恨不得同歸，"臨危"字結首段。嚴既入朝，不與杜同行，何以稱知己？"不死會歸秦"，情見乎詞。在蜀相依，感恩則有之。予所謂哭嚴詩不及房之痛也。①

---

① 校注："予"，杭本作"余"。

盧見曾紅旁：盧世潅曰：氣象規模，雅與題稱。末復法言忠告，令人肅然。子美真古人也。

陳治墨眉：玉帳，兵家厭勝方位，《黄帝遁甲》以月建前三位取之。如正月建寅，則巳爲玉帳。太白歌："身居玉帳臨河魁。""戌爲河魁"，注引兵書誤。君子愛人以德，篇終鄭重，足覘嚴杜交情。

奚禄詒乙本墨眉：時肅宗崩，代宗立，召武入朝。○通章勉勖之意多，末更囑以莫愛身，是君子之心。

沈巖眉：三四句便見責望。○渾壯得體。○成都曾作南京，故有"宫鶯"之句。何云。○結語深切。俞。

沈巖眉批下：俞黑批朱圈，何朱批黑圈。

沈巖旁：俞云：頌美之中，全寓規諷，纔是道義之交。

鼎湖瞻望遠，象闕憲章新。四海猶多難，（**方拱乾評**）説得大。（**俞瑒甲本評**）便見責重。（**沈巖旁**）便見責重。中原憶舊臣。（**方拱乾評**）有關係。與時安反側，（**方拱乾評**）誇得大。（**俞瑒甲本評**）頌述前功。自昔有經綸。（**方拱乾評**）令人可受。（**俞瑒甲本評**）《唐·藝文志》"兵家"有《玉帳經》一卷。感激張天步，從容静塞塵。南圖迴羽翮，（**秦應逵紅旁**）入朝。（**奚禄詒乙本墨旁**）蜀歸。北極捧星辰。（**俞瑒甲本評**）言其入朝。（**奚禄詒乙本墨旁**）入朝。漏鼓還思晝，（**奚禄詒乙本墨旁**）思肅宗。宫鶯罷囀春。（**秦應逵紅旁**）成都曾作南京，故云。空留玉帳術，愁殺錦城人。（**方拱乾評**）送人詩而用"此生"二句，送人還朝詩而用"公若"二句，誰人能？誰人能？閣道通丹地，（**奚禄詒乙本墨旁**）嚴入閣。江潭隱白蘋。（**方貞觀墨眉**）真至樸老。（**秦應逵紅旁**）入本身。此生那老蜀，（**吕留良紅旁**）看句法。（**俞瑒甲本評**）自謂。（**沈巖眉**）收轉前半，詞高意足。不死會歸秦！（**奚禄詒乙本墨眉**）囑之鄭重。（**沈巖旁**）亦欲入朝，不徒送公也。公若登台輔，（**俞瑒甲本評**）勖望之意。(**秦應逵墨旁**)收轉前半,詞高意足。**臨危莫愛身。**(**吕留良紅眉**)要此結方足。(**俞瑒甲本評**)應"多難"。(**奚禄詒甲本尾批**)賦也。(**吴廣霈墨眉**)結句勸勉親切,古人之交如此,若今人則一片諛詞,轉病此等話頭爲不詳矣。(**沈巖眉**)結語見古人忠告。(**王伯沆紅眉**)愛人以德,古人不諱如此。(**佚名己紅眉**)結處今人必不敢道。

【彙評】

方拱乾評:冠冕琳琅,應酬而性情,千古一人而已。

俞瑒甲本評:頌美中全是規諷,如此立言,方是道義之交。結更深切。

張學仁參定:奉送府主,勉以臨危致身,惟杜公方能作此語,不似後人徒然歌頌功德。

秦應逵墨眉:頌美全屬規諷,是道義之交。○三四便見責成,結語更深切。

送嚴侍郎到綿州同登杜使君江樓得心字

方拱乾評:是年秋,武赴召東上,公送之别於巴西。

錢陸燦丁本評:似《選》體詩,從落景説到月出參横,終以河沉具見,次第精細。

李念慈紅眉:詩中俱後句勝,而"天横醉後參"尤妙。

奚禄詒甲本眉:太白《蜀道難》亦曰"捫參歷井",古人詩無閑字。

奚禄詒乙本眉:無甚大味。○練句或四平四仄,或五平五仄,律中原有此體,亦從古體來。

野興每難盡，江樓延賞心。歸朝送使節，落景惜登臨。稍稍煙集渚，微微風動襟。重船依淺瀨，輕鳥度層陰。檻峻背幽谷，窗虛交茂林。（**方拱乾評**）可想見其睥睨當時之意。燈光散遠近，（**李以峙墨眉**）（燈光）按"花"字非。月彩静高深。（**吕留良紅眉**）奇邁。城擁朝來客，天横醉後參。（**佚名己紅眉**）想見當時睥睨之態。窮途衰謝意，苦調短長吟。此會共能幾，諸孫賢至今。（**方拱乾評**）補題。（**吕留良紅旁**）句法。不勞朱户閉，自待白河沉。（**奚禄詒甲本尾批**）賦也。（**王鳴盛墨眉**）"白河"，天河也。

奉濟驛重送嚴公四韻

題鮮于樞評：首四句言遠送至此，然餘情離恨，不能自已。第三聯言嚴公出鎮，得君民之心。末自言將歸寂寞，有無窮之恨焉。賦也。

方拱乾評：體、法、情俱備。

題商盤紅眉：嚴公鎮蜀，於公甚推故舊之情，故在成都有《送入朝十韻》。同到綿州，有《同登江樓十韻》，及此復以四韻訣别，其留連感激之意，可概見矣。○發端已覺聲嘶喉哽，結處回思嚴去之後，窮老無依，直欲放聲大哭。雖無"淚"字，爾時語景，已可想見矣。送别詩至此，使人不忍再讀。○遠送至此，前途難更進矣，從此遂一别矣。此時離杯在手，幾時再得杯重把？昨夜皓月當頭，幾時再得月同行？分袂之後，青山空在，豈能放我此情之鬱結耶？在公則去思留於列郡，位望冠於三朝，榮亦極矣。特己别公之後，殘生寂寞，依藉無人，不堪回想耳。七句緊承六句，以嚴入朝之恩榮與己獨居之寂寞，兩兩相形，深悲隱痛，自見言外。○"重"字義平聲，讀去聲。

奚禄詒甲本眉:句句承,句句轉。真情深感,想到昨夜,又想到歸後,痛不可忍,故説到盡處。

奚禄詒甲本旁:五六典重,送大臣不可無此。

奚禄詒乙本墨眉:遠送矣,想到昨夜,又想到歸後,情不可忍,已到盡頭。〇五六典重,送大臣不可無此。

朱方藹紅眉:情深語苦,每讀此,則歧路之情,依依在目。

吴士模墨眉:情深語苦,每讀此,則雁門陳使君歧路之悲,依依在目。

題張問陶墨眉:前半彼此合寫,後半彼此分寫,公於嚴去,有如失慈母之悲,不知是墨是淚。

吴廣霈墨眉:送别絶唱。

沈巖眉:臨歧繾綣,足見嚴杜交情。

遠送從此别,(**方拱乾評**)五字幾層意。(**俞瑒甲本評**)點題。(**王鄰德紅旁**)語極酸楚。青山空復情。(**題商盤紅旁**)硬裝句。(**嚴復墨眉**)"空復情"本六朝人語,小謝有"嬋娟空復情"之句。幾時杯重把?(**俞瑒甲本評**)倒挽法。(**題商盤紅旁**)交互對。昨夜月同行。(**方拱乾評**)澹而深。二句一例用,便不成話矣。(**題商盤紅旁**)倒叙。(**奚禄詒乙本墨旁**)又轉。列郡謳歌惜,(**方拱乾評**)誇得重。(**俞瑒甲本評**)别後情事。三朝出入榮。江村獨歸處,(**俞瑒甲本評**)自謂。寂寞養殘生。(**方拱乾評**)合前作看乃佳。(**李念慈紅眉**)悵别索居,情緒不堪。(**題商盤紅旁**)意在言外。(**奚禄詒甲本尾批**)賦也。

【彙評】

張學仁參定:起已銷魂,結更酸鼻。聲和淚下,不是尋常送别詩。

佚名丁墨尾:只一句,送别已了。以下曲曲寫出衷語,都從次句領出，總攝在“空復情”□裏也。前半彼此合寫，後半彼此分寫，公於此去，有如失慈母之悲，不知是墨是淚。

送梓州李使君之任故陳拾遺，射洪人也，篇末有云

方拱乾評：一直寫去，疏老。○作送行詩而以憐才惜死爲託，誰人能？誰人敢？誰人肯？○向草草讀過，近乃知其妙，愈讀愈妙。○此豈聲色格調可論其工拙者乎？○如此排律，豈沈宋所能望？

奚禄詒甲本眉：嚼蠟。

奚禄詒乙本墨眉：味如嚼蠟。

王士禛評：鶯花隨世界，不以無人之境而異也。棲閣倚山巔，以不住天而長存也。

嚴虞惇紅旁：故陳拾遺，射洪人也。

沈巖眉：從前“籍甚”“能名”，却忘此舉，不免猶是俗吏，故此行尤急也。○所望於使君者，非筇杖錦衾恤其窮老，惟最先一舉爲執熱中一酌甘泉也。沉著中極變化生動。○天地之英靈，斯民之耳目，此之不圖，何以爲政？言死者之可惜，則生者之宜留意，益可知也。

籍甚黄丞相，能名自潁川。近看除刺史，（**沈巖旁**）插直士。還喜得吾賢。（**方拱乾評**）“吾賢”二字映末句。五馬何時到？雙魚會早傳。老思筇竹杖，（**奚禄詒乙本墨旁**）李杖與鏡。冬要錦衾眠。不作臨岐恨，惟聽舉最先。（**嚴復墨眉**）所謂文外遠致，惟大家有餘力者能之。火雲揮汗日，山驛醒心泉。（**方拱乾評**）“山驛”五字妙矣，却得上句乃見其妙，於此可悟。遇害陳公殞，於今蜀道憐。（**方拱乾評**）

“遇害”四句却出之送人上任詩中,細看公實爲陳公而始作此詩。〇細看若無後四句,則前詩可以不作。**君行射洪縣,**(**曹炎眉**)故陳拾遺,射洪人也,故云。(**王鳴盛墨眉**)故陳拾遺,射洪人也。**爲我一潸然。**(**奚禄詒甲本眉**)“爲我”二字以己爲近古人,以古爲真交友。(**奚禄詒甲本尾**)賦也。

【彙評】

沈巖眉批詩後箋注:注引《舊書》及《雲溪友議》云云,按:子昂事當據《盧藏用别傳》,《舊書》亦多失實。則《傳》云,子昂以父老乞歸,歸而爲《後史記》,綱條粗立,筆削未終,會丁父憂,則亦非一歲矣。安得先有父爲段簡所辱之事?又章仇兼瓊鎮蜀,去子昂已遠,安得爲之雪獄?此皆無足取也。

觀打魚歌

方拱乾評:歌行勝在起,太白能爲之。

錢陸燦甲本眉:鐵牛居士曰:《打魚》二詩皆分上下截,上截則打魚,下截則食魚矣。〇食魴魚而作歌,起結點出赤鯉騰躍也。魚之力得脱網罟,故曰“有神”。歡娛蕭瑟,莊周之樂未半也,哀又繼之。

錢陸燦乙本紅眉:食魴魚而作歌,起結□□赤鯉騰躍衆魚之中,得脱網罟,故曰“有神”。歡娛蕭瑟,莊周之樂未半也,哀又繼之。

錢陸燦乙本墨眉:湘靈曰:二詩皆分上下截,上截觀打魚,下截則食魚矣。

錢陸燦丁本評:二詩皆分上下截,上截打魚,下截則食魚矣。此首寓感,後篇寓規,各見作法。

嚴虞惇紅眉:《打魚》二詩皆分上下截,上截打魚,下截食魚矣。

屈復評:赤鯉有神,風沙慘澹,諷人主之絶流而漁也。[①]

厲鶚評:□□仁人之言,當與東□岐亭□参看。

錢載評:大筆其實皆是直幹,無曲枝也。

題張問陶墨眉:精神。○功名富貴,何獨不然。

陳治墨眉:題外著想,氣勢百倍豪雄。○《隴蜀餘聞》:綿州東涪水、安易水合處匯爲芙蓉溪,即子美東津觀打魚地,今有漁父村,相傳漢涪翁所居。

吴廣霈墨眉:前一什較佳於後之又作。

沈巖眉:衆魚爲人棄,赤鯉不可拘。兩層波瀾,襯出銀魴,變化入神。

綿州江水之東津,魴魚鱍鱍色勝銀。(**嚴虞惇紅旁**)起結點出魴魚。(**嚴復墨眉**)此詩作"發發",《韓詩外傳》從"魚",撥動也。(**沈巖旁**)爲作鱠先獨提一句。漁人漾舟沉大網,截江一擁數百鱗。衆魚常才盡却棄,赤鯉騰出如有神。(**申涵光甲本評**)老杜好用"如有神",此處却好。"既飽歡娱亦蕭瑟",説得饔子無味。昔人云:既過三寸,當作何物也。(**奚禄詒甲本眉**)觀"衆魚常才"三句,似爲疾賢者賦也。(**奚禄詒乙本墨眉**)觀"赤鯉"三句,似爲嫉賢者吟。(**嚴復墨眉**)得此四語,所謂□□中有頓挫。潛龍無聲老蛟怒,(**沈巖旁**)又頓此二句,結住"打魚"。回風颯颯吹沙塵。(**錢陸燦乙本墨旁**)上截。(**李以峙墨眉**)(回風)按"回"作"西",形近而訛。(**吕留良紅旁**)别出奇態。饔子左右揮雙刀,鱠飛金盤白雪高。徐州禿尾不足憶,(**沈巖旁**)爲綿州點綴。漢陰槎頭遠遁逃。(**嚴復墨眉**)錢箋謂,徐州禿尾指魚之不美者。魴魚肥美知第

① 校注:"諷人主",杭本作"諷主人"。

一，既飽歡娱亦蕭瑟。（**孫承澤墨眉**）仁人之言。（**李念慈紅眉**）念既飽蕭瑟，貪嗜索然，可歎可省。（**奚禄詒甲本眉**）盛滿之戒。（**奚禄詒乙本墨眉**）有盛滿之戒。（**沈巖眉**）"亦蕭瑟"已寓不然之意，後篇所謂"聖所哀"也。（**佚名己紅眉**）奢淫之後，未有不蕭索者。**君不見朝來割素鬐，咫尺波濤永相失。**（**方拱乾評**）忽出道理，已開後首。（**錢陸燦乙本墨旁**）下截。（**汪琬乙本評、丙本評**）結到"打魚"。（**奚禄詒甲本尾批**）賦而比也。（**嚴虞惇紅眉**）樂未豐也，哀又經之。（**錢載評**）實在清新。（**嚴復墨眉**）前之"衆魚""赤鯉"等語"意愜關飛動"也。

又觀打魚

錢陸燦乙本紅眉：吴涣傳：屈强，同《左傳》"豕人立"。

嚴虞惇紅眉：出"又觀"字，如柳州《始得西山記》出"始得"二字，爲文之機竅。

屈復評：上篇絶流而漁，此篇盡族而取，其義一也。蛟龍改穴，魚隨雲雷，與"赤鯉有神"句意同。○"鳳凰"句入不去。①

方貞觀墨眉：此詩前半極力寫取魚之狀，不免有涸澤之慘，因念兵革以來，玉石俱焚，鳳皇麒麟，且遭塗炭，何有此魚？但吾徒當此時，不應暴殄天物以縱樂耳。注家引《家語》云云，於意何涉？

奚禄詒甲本眉：《史記》"網亦可密與"之意。

奚禄詒乙本墨眉：設網提網矣，何得重用"取"字？且"取"字率而穉。○用《史記》"網亦可密與"之意。

盧見曾紅旁：指事言情，詞意簡遠，如龍門之桐，百尺無枝；又如萬石洪鐘，不作細響。此所以爲大家。仇兆鰲曰：從竭澤而漁處

① 校注："其義一也"，杭本作"一也"；"雲雷"，杭本作"龍雷"；"赤鯉有神"，杭本作"赤鯉"；"'鳳凰'句"，杭本作"此句"。

寫出慘酷可憐之狀，具見愛物仁心。黄生曰：前詩寓感，此詩寓規，體物既精，命意之遠。

厲鶚評：文網之密，亦猶是矣。

題張問陶墨眉：前首爲老饕戒，此更説到兵革。洪鐘無纖響，信然。

陳治墨眉：俞云：只一“急”字便見可哀，首尾鈎鎖之妙。

王伯沆紅眉：寫打魚情景，酣恣之至。

沈巖旁：前首爲老饕戒也，此更及干戈兵革，悲痛愈深矣。洪鐘無纖響，信然。

王鳴盛墨眉：此首不列《觀打魚歌》之後，而另編於此，真可笑，又可恨。

蒼江魚子清晨集，設網提綱萬魚急。（**李以峙墨眉**）（取魚）按句妙在“萬”字，“取魚急”平直無味。能者操舟疾若風，撑突波濤挺叉入。小魚脱漏不可紀，半死半生猶戢戢。（**奚禄詒乙本墨眉**）戢，側入切，音即。魚□水濈濈然也。《詩韻》從阻力切，與此側入切同。大魚傷損皆垂頭，屈强泥沙有時立。（**錢陸燦乙本紅旁**）説魚牽。（**錢陸燦乙本墨眉下**）上截。（**李念慈紅眉**）精語。（**張雝敬墨旁**）寫小魚的是小魚光景，寫大魚的是大魚光景。東津觀魚已再來，（**錢陸燦甲本旁**）出“又觀”字。（**錢陸燦乙本墨旁**）湘曰：出“又觀”字。主人罷鱠還傾杯。日暮蛟龍改窟穴，（**沈巖眉**）“蛇龍改穴”與前篇“潛龍無聲老蛟怒”相應。山根鱣鮪隨雲雷。（**錢陸燦甲本眉、乙本紅眉**）猶云鳥亂於上，魚亂於下，鳳皇極其郭，麒麟不遊其囿。（**王士禛評**）此句入不去。○開宋元一派。（**厲鶚評**）殺機所感。（**錢載評**）對疊。（**張雝敬墨旁**）兩句上起下，妙有章法，不但取其雄渾警策也。干戈兵革鬥未止，（**李以峙墨眉**）（“干戈”句）按“干戈兵革”四字重複，固當從本句。（**王鳴盛墨眉**）一作“干戈格鬥尚未已”。**鳳凰麒麟安在哉?** (**錢陸燦乙本紅眉**)删此。(**吕留良紅眉**)空外著力。(**奚禄詒甲本眉**)詩不貴發越,“干戈”二句即發越也,所以少遜前篇。(**錢載評**)此亦對疊。(**吴錫麒紅眉**)亦烏鳶不毁鳳皇集意,惻然仁者之言,非浪好發大語也。(**秦應逵紅旁**)此句入不上。(**沈巖眉**)“鳳凰”句猶云鳥亂於上,魚亂於下,鳳凰不棲其郭,麒麟不遊其囿。**吾徒胡爲縱此樂?** (**奚禄詒乙本墨眉**)公詩一字不易。**暴殄天物聖所哀。** (**方拱乾評**)蕩開。○忽發大議,却又不掃興。(**丁耀亢紅眉**)仁人之言,妙在不入道學氣。(**錢陸燦乙本紅眉**)“暴殄天物”出《尚書》戴記。(**錢陸燦乙本墨旁**)下截。(**李念慈紅眉**)愛物。(**吴騫墨眉**)開宋元。(**秦應逵墨旁**)二句漁洋直之,開宋元派。(**嚴復墨眉**)賢者相望太平,隨地觸發如此。(**沈巖眉批下**)“暴殄天物”出《尚書》戴記。

越王樓歌

方拱乾評:絶無深意,却老。

汪琬乙本評:氣味如初唐。

俞瑒乙本評:此詩將“既飽歡娱亦蕭瑟”暢言之,關合世路干戈,甚妙。

奚禄詒甲本眉:凡吊古必如此。○不露纔妙。○與王勃滕王詩頡頏,此更渾。○言約而旨長。

奚禄詒乙本墨眉:矯去王子安《滕王閣》之流穠麗,而以樸詞宕調勝之。

盧見曾紅旁:冷冷雅調。或謂仿王子安《滕王閣》而風致不逐,非也。

朱方藹紅眉:氣味如初唐。

陳治墨眉:氣味如初唐。

吴廣霈墨眉:不必求深,即此數言已足令人低徊無盡。

沈巖眉：古人雖作宮室，亦不肯爲終日苟且之計，言外深歎今人不能，然世運降、事力薄，皆含蓄在內。

綿州州府何磊落，（**奚禄詒乙本墨眉**）不必云“何”，感慨無盡。**顯慶年中越王作。**（**吕留良紅眉**）起又别。（**嚴復墨眉**）以王子安《滕王閣》詩，自爲此□□麗。（**沈巖旁**）起語雄傑，千鈞之力。**孤城西北起高樓，碧瓦朱甍照城郭。樓下長江百丈清，**（**方拱乾評**）“千秋萬古情”。**山頭落日半輪明。**（**方拱乾評**）寫出結句。（**嚴虞惇紅旁**）較“物换星移”，藴藉多少。（**佚名己紅眉**）此二語即“千秋萬古情”也，不可竟作景讀。**君王舊迹今人賞，**（**奚禄詒乙本紅旁**）前後俱包。**轉見千秋萬古情。**（**徐渭墨眉**）空有此名留。（**方拱乾評**）“樓下”二句，非景乃情。（**錢陸燦乙本紅旁**）境中意。（**奚禄詒甲本旁**）賦也。○此評已及子安。○子安猶露，此篇過之。（**奚禄詒乙本墨眉**）凡吊古必如此，不露纔好。（**嚴虞惇紅旁**）將王詩不見帝子翻作“轉見”，後人想其下筆倔强，不讓古人氣色。（**吴廣霈墨尾**）亦有太白風致。

海椶行

方拱乾評：七古要直又要曲，要樸又要縱，此首之曲在“自是”二句，前首之曲在“樓下”二句，能曲則縱，縱不在長短。

汪琬乙本評：移北辰不得，豈有西域胡僧耶？

徐昂發評：海椶又名波斯棗。

徐松紅眉：王嗣奭曰：公抱經濟而不得識，自負自歎，非詠海椶也。

奚禄詒甲本旁：歎知希也。言異才雜於衆中，不易識耳。

奚禄詒乙本紅旁：知希之意。

奚禄詒乙本墨眉：言異才雜於衆中，不易識耳。如灰劫問胡僧之類，不必言波斯來由。

張裕釗眉：詞旨深遠。

左綿公館清江濆，（**汪琬甲本紅眉**）涪居其右，綿居其左。海椶一株高入雲。（**錢陸燦乙本紅眉**）比。龍鱗犀甲相錯落，蒼棱白皮十抱文。（**吕留良紅旁**）拙。自是衆木亂紛紛，海椶焉知身出群。（**孫承澤墨眉**）"焉知"二字妙。（**吕留良紅旁**）亦拙。移栽北辰不可得，（**李以峙墨眉**）（北辰）按作"地"亦可，無關妙義。時有西域胡僧識。（**王鐸評**）比。（**奚禄詒甲本尾批**）賦而比也。

【彙評】

李念慈紅眉批錢箋注釋：按《本草》，獨幹直上，葉叢於頂，如檳榔、椰子之類甚多，未必即椶子也。

姜楚公畫角鷹歌

方貞觀墨眉：如此淺率，豈子美手筆？

沈巖眉：反跌"畫"字，妙。

楚公畫鷹鷹戴角，殺氣森森到幽朔。（**錢陸燦甲本眉批**）鐵曰：魚垂頭則死，鷹戴角如生。（**錢陸燦乙本紅旁**）説鷹奇。觀者貪愁掣臂飛，（**錢陸燦甲本旁、乙本紅旁**）刻畫。（**李以峙墨眉**）（貪愁）按二字不甚融洽，當從"徒驚"爲妥。（**李以峙墨眉**）（掣臂）按作"壁"亦通，然"掣臂"爲現成語。畫師不是無心學。此鷹寫真在左綿，却嗟真骨遂虚傳。（**徐渭墨眉**）疑似在左綿。（**奚禄詒乙本墨眉**）末以譃語自詠乎？抑諷虚名者乎？**梁間燕雀休驚怕，亦未摶空上九天。**（**奚禄詒甲本尾批**）賦而比也。（**奚禄詒乙本墨旁**）結承“虚傳”。

東津送韋諷攝閬州録事

奚禄詒甲本眉：六句以下皆勖事也。

李念慈紅眉：是。

沈巖旁：雖曰偶然推薦，亦必克舉其職，但威嚴又不可概施，後四句凡三層意。

聞説江山好，憐君吏隱兼。寵行舟遠泛，惜别酒頻添。推薦非承乏，操持必去嫌。他時如按縣，不得慢陶潛。（**奚禄詒甲本尾批**）賦也。〇閬州用陶潜事亦未洽。（**沈巖眉**）結歸録事上，點化得風雅。韋杜名駒，豈容以鄉里小兒面向人也？

光禄坂行

方貞觀墨眉：意趣靈警，似王季友、孟雲卿作。

奚禄詒甲本眉：如畫。〇後言懷。

錢載評：是樂府。

徐松紅眉：王嗣奭曰：五六憂盗賊而不憂墜馬，可謂巧於形容，真情真境。

沈巖眉：日已暝，但聞鳴噪而知枝間皆鳥也，作“棲”則復，“有”字亦是死句。下“暝色”三字接得不生動矣。“無人”二字即生出下二句，因草動而馬驚，又是覆裝法句。不憂者，憂有甚於此也。

沈巖旁：日下壁則晦暝矣，却接云“西望千山萬山赤”，抑何變化而閑暇,真歷劫讚揚不盡也。回思開元之始,如日之方中,並末二句亦籠罩於凝眸注望中矣。

佚名己紅眉:是亂後蕭條光景。

山行落日下絶壁,西望千山萬山赤。(**孫承澤墨眉**)宛然身在亂山夕靄中。(**錢陸燦甲本旁、乙本紅旁**)頂"落日"。(**奚禄詒乙本紅眉**)起得如畫。(**奚禄詒乙本墨眉**)起興四句,寫盡亂景。(**李以峙墨眉**)(萬山)按必當從"山",作"水"非。樹枝有鳥亂鳴時,(**方拱乾評**)"時"字生下句。(**李以峙墨眉**)(亂鳴)按"鳴""棲"無關妙義,均可從。暝色無人獨歸客。(**錢陸燦甲本旁**)漸黑了。(**錢陸燦乙本紅旁**)漸漸黑了。(**李念慈紅眉**)"暝色"句特妙。(**吴農祥評**)不如"暝色帶遠客"。(**王士禛評**)不如"暝色帶遠客"。(**吴騫墨眉**)不如"暝色帶遠客"。(**嚴復紅眉**)漁洋云:不如"暝色帶遠客"。(**吴廣霈墨眉**)"暝色"一句獨妙。馬驚不憂深谷墜,(**錢陸燦甲本旁、乙本紅旁**)承"暝色"。(**張雝敬墨旁**)"不憂"猶言"豈不憂"也。(**張雝敬墨眉**)行平坡故不憂墜於谷,惟亂離故只怕盜竊發,觀下二句自明。草動只怕長弓射。(**錢陸燦甲本眉批**)"草動",潘岳《射雉賦》:雖隱形而草動。安得更似開元中,道路即今多擁隔。白日賊多,翻是長弓子弟。(**錢陸燦甲本旁、乙本紅旁**)此又轉落今人□也,云開元中可夜行矣。(**汪琬丙本評**)末句轉來合拍,入今人手,必云開元可夜行矣。

【彙評】

張雝敬墨旁:詩之筋節處全在轉接過遞上,此處必須著意出以精警,便增通篇光彩,杜詩最得此法。

苦戰行

吕留良紅眉:起古率。

奚禄詒甲本眉：黄鶴云段子璋反，馬將軍討之，敗死，亦無據。

奚禄詒甲本旁：吊馬將軍，當是死蜀中之難者。

王鳴盛墨眉：史云四月及五月伏誅，而詩云“去秋涪江木落時”，蓋至秋末而寇始削平也，亦足證史傳之誤。

佚名己紅眉：此等詩只須領其大意，不必考其事、求其人以實之。

苦戰身死馬將軍，自云伏波之子孫。干戈未定失壯士，使我嘆恨傷精魂。（**朱方藹紅眉**）有託諷。去年江南討狂賊，（**李以峙墨眉**）（南行）按此與下章一時之作。“江南”者，謂涪江之南也。亦可從。臨江把臂難再得。（**奚禄詒甲本旁**）公曾與送别也。别時孤雲今不飛，時獨看雲淚横臆。（**奚禄詒甲本眉**）末是苦語。（**奚禄詒乙本墨旁**）不必求其人。（**朱方藹紅眉**）須溪先生云：詩至不可解則妙，如“孤雲”句是也。（**吴廣霈墨眉**）末二句之妙，李批得之。（**沈巖眉**）結用因雲飛而思猛士。（**嚴復墨眉**）“别時孤雲今不飛”，奇語，細思雲豈有過時長在者耶？

去秋行

奚禄詒甲本眉：吊涪州之死戰者。

奚禄詒甲本旁：此在涪州作也。

奚禄詒乙本墨眉：肅、代時反者不一，殉者亦不一。杜詩所紀，非必盡入史册，但當存疑，領其大略。

嚴復墨眉：已上五六篇皆短七古，短七古極難作。

去秋涪江木落時，臂槍走馬誰家兒？（**李以峙墨眉**）（臂槍）按作“蒼”亦可,無關妙義。**到今不知白骨處,部曲有去皆無歸。 遂州城中漢節在,**(**奚禄詒甲本眉**)“城下[中]漢節在”,則城當未破耳。**遂州城外巴人稀。 戰場冤魂每夜哭,空令野營猛士悲。**(**奚禄詒甲本旁**)賦也。〇杜公當日亦宜自注。(**奚禄詒乙本墨眉**)“城中漢節在”是城尚未破。

宗武生日

錢陸燦甲本眉:杜二子:一曰熊兒,宗文也;一曰驥子,宗武也。甫有詩曰“驥子好男兒”,又云“驥子春猶隔”,又云“驥子最憐渠”,又云“詩是吾家事”,又云“汝啼吾手戰”,而無一語及熊,何也?豈“失學從兒懶”指宗文耶?

俞瑒乙本評:“世上情”,言過譽也。

奚禄詒甲本眉:昔編在夔州詩内,於義説不去。錢牧齋定爲寶應元年梓州,蓋公送嚴武至綿州,遇徐知道之亂,遂入梓州。

奚禄詒甲本旁:《抱朴子》:項曼都自言到天上遇紫府仙人,以流霞一杯飲之,不飢。

王士禛評:此題非排律可能盡。

方貞觀紅眉:辯論紛紛,不覺失笑。

沈巖旁:《文選》篇篇有理,温柔敦厚,作詩故具有深藴,妄人自不求精也。

沈巖眉:傳誦止屬世情,不足自恃,須勤苦以求古,作者精意乃不負堂構也。

小子何時見? 高秋此日生。 自從都邑語,已伴老夫名。(**徐渭墨旁**)何謂?(**李以峙墨眉**)(伴)按“律”,形似而誤。(**沈巖旁**)宗武當日亦應有小杜之目。詩是吾家事，人傳世上情。（**吕留良紅旁**）雖真亦弱。（**倪象占藍眉**）謂俗務也。爲近日一種時學，錮蔽子弟心胸者也。熟精文選理，休覓綵衣輕。（**嚴復墨眉**）於《文選》下著一“理”字，惟唐賢乃有此渾拙句法，宋人必不肯也。凋瘵筵初秩，攲斜坐不成。流霞分片片，（**奚禄詒甲本旁**）將以此自寬耶？涓滴就徐傾。宗武小名驥子，曾有詩“驥子好男兒”。（**奚禄詒甲本眉**）時宗武在成都，故思之。（**奚禄詒甲本旁**）賦也。

寄高適

申頲紅旁：家隱君曰：全首平熟，三四更傖父氣。

王鄰德藍旁：是年四月，代宗即位，高適官於蜀，召還。

楚隔乾坤遠，難招病客魂。詩名惟我共，世事與誰論。（**吕留良紅旁**）起如近日王李諸君口語。北闕更新主，（**王鄰德紅旁**）謂代宗即位。南星落故園。（**方拱乾評**）“南星”，有言星得位，賊當敗者。（**王鄰德紅旁**）謂高適召還。定知相見日，爛熳倒芳樽。（**李念慈紅眉**）此首落句是餘，可疑。

題玄武禪師屋壁

方拱乾評：非公絶頂詩，而于鱗之選何也？體與法俱備也。〇尋常好詩，體具法備。

吕留良紅眉：稠疊用事，有味無迹，錘爐之妙。

屈復評：此詩安頓詳略，法最嚴密。〇贊畫如真，尋常皆然。但三四頗覺警策，“何年”二字靈動，此其高乎人處。〇起用古人，以"何年"點醒。二點出"壁"字,三四"氣""流"二字,以真寫畫,不用虚字挑撥,得庾子山《題屏風》法。五承三,六承四,又用高僧事起下,"似得"二字,總結上文。八用古人名襯"顧虎頭",又以"真"字點畫。〇一二畫,中四寫畫上景,結出禪師,前七皆畫,只一句結禪師。①

題商盤紅眉:以虎頭贊畫手,常意爾。著"何年"二字,便自説得大驚小怪。赤日射而石林竟如有氣,青天在而江海忽若奔流,妙畫通靈至此,信非虎頭不能作爾。五六暗用高僧事,以渡七八之意。觀畫壁"似得廬山路",對禪師"真隨慧遠遊",豈惟山水如真,人物且相隨入畫矣。一邊贊畫,一邊贊禪師。凡題有主人,詩必照顧之,此唐賢不易之法也。〇次句點明,領起中四句,頂畫壁細描,七繳上起下,八歸美禪師。

奚禄詒甲本眉:如贊公、玄武二詩纔無僧氣。

奚禄詒甲本旁:玄武山在梓州玄武縣。

朱方藹紅眉:直寫得生動,皛皛有色,活活有聲。

題張問陶墨眉:三四真繪聲繪影之筆。〇此詩一邊贊畫,一邊贊主人。凡題有主人,必須照顧,唐人一定之法也。

沈巖旁:前四句畫壁,後四句以禪師言,亦從畫中所見言。

嚴復墨眉:此首以起語突兀得稱。〇"赤日石林"一聯若以寫真景,亦自平平,惟以題畫,則非有法眼者不能,乃爲妙也。

何年顧虎頭,(**俞瑒甲本評**)通首説畫壁。(**奚禄詒乙本紅眉**)亦是能品。(**曹炎旁**)晉顧愷[之]。(**題商盤紅旁**)設問爲詞。**滿壁畫瀛洲。**(**曹炎旁**)瀛仙居。(**李以峙墨眉**)(滿壁)按畫本在壁,且"滿座"斷不如"滿

① 校注:"乎"杭本作"於"。

壁”爲妥。(**李以峙墨眉**)(滄州)按“瀛”字不及“滄”字響。(**沈巖旁**)通首説畫壁。**赤日石林氣，**(**俞瑒甲本評**)是滄洲。(**題商盤紅旁**)縮脈句。**青天江海流。**(**宋犖紅眉**)句有堅骨。(**奚禄詒甲本旁**)高士。(**李以峙墨眉**)(江海)按“水”字不及“海”字闊，且不及“海”字響。**錫飛常近鶴，**(**俞瑒甲本評**)貼禪師説。(**奚禄詒甲本旁**)“錫”“鶴”是畫中所有。(**奚禄詒乙本紅眉**)“鶴”“鷗”是畫中所有。(**曹炎旁**)梁僧誌公、白鶴道人。(**題商盤紅旁**)順應三四。(**秦應逵墨眉**)大曆以後，必以畫結，此詩亦同，但結到畫，而瀟灑擺脱不可及也。(**秦應逵紅旁**)畫中禽鳥。(**沈巖旁**)貼禪師説畫中。**杯度不驚鷗。**(**俞瑒甲本評**)畫中禽鳥。(**嚴復墨眉**)“錫”“鶴”用《高僧傳》，二字皆有依據。“杯度”用《傳燈録》，而“鷗”字却無所本。(**沈巖旁**)禽鳥以畫言。**似得廬山路，**(**俞瑒甲本評**)以畫言。(**曹炎旁**)晉僧慧遠。(**題商盤紅旁**)對結，藏頭句。**真隨惠遠遊。**(**方拱乾評**)八句結做畫詩。(**吕留良紅尾**)似得真隨，見畫意。(**俞瑒甲本評**)故切禪師。(**錢載評**)結是對不是對，亦收不住。(**陳治紅眉**)慧遠有《遊廬山詩》。(**秦應逵紅旁**)切畫，仍切禪師。

【彙評】

俞瑒甲本評：前四句以畫壁言，後四句以禪師言，俱從畫中所見生情。

張學仁參定：用典入化，幾於水中著鹽，信此老别有爐鞴。

陳訏紅眉批仇注“壁畫上，山前有鶴，水際有鷗，因此想出錫飛、杯渡，以點綴之。强用驚鷗，爲襯韻矣”處：“錫飛”“杯渡”，俱禪家故事，又暗用誌公卓錫潛山，野人狎鷗於海，仍頂山水來，何等精細巧妙。注言畫上必山前有鶴，水際有鷗，因此想出“錫飛”“杯渡”，真傖父談詩之見。

佚名丁墨尾：通首總就題畫命意。黄生作贊畫、贊師劃解，便失神。蓋睹此滄洲遠趣，忽如身與禪師一齊度世，既使此畫此師，雙超絶頂，而於己羈棲之愁,亦片時消釋。

悲 秋

題鮮于樞評:此詩因凉風起,乃歎兵亂未息,避地殊方,隨人遷徙,又將出峽而懷兩京故宅。興而賦也。

錢陸燦甲本眉、丙本評:高鳥之飛,輕健飄疾,老人之行,依附迂回,故五六自傷也。

奚禄詒甲本眉:時公因徐知道之反在梓州,而家在成都。

紀曉嵐評:"愁窺"五字對照見意,兩句合看,方見其妙。

王鄰德紅眉:詩中不言悲秋,而意自見。

沈巖眉:上下語不相蒙,却妙。

王鳴盛墨眉:此當是寶應元年秋在梓州未還家之作。是時史朝義與吐蕃未平,而蜀又有徐知道之亂。

嚴復墨旁:此詩注家云是寶應元年秋在梓州未還家時作。

凉風動萬里,群盜尚縱横。家遠傳書日,(**題商盤紅旁**)倒承一二。(**奚禄詒甲本旁、乙本紅旁**)喚五句。(**李以峙墨眉**)(傳書)按作"待"必形似而訛,况又失粘,仇注失正。秋來爲客情。(**方拱乾評**)十字妙在"日"字、"情"字,細心體貼,乃知説不出。簡而深。(**吕留良紅旁**)真情細道。(**奚禄詒甲本旁**)喚六句。愁窺高鳥過,(**題商盤紅旁**)折腰句。老逐衆人行。(**吕留良紅眉**)高不及鳥,老猶同人,俯仰興歎。(**奚禄詒乙本紅眉**)逐衆人,悲何可已?(**李念慈紅眉**)"老逐"句凄婉。(**屈復評**)"老逐衆人行",所以"愁窺高鳥過",不能如鳥之高飛也。倒叙法。[1](**奚禄詒甲本

[1] 校注:"倒叙法",杭本闕。

旁)老逐衆人,悲何可已?(**朱方藹紅眉**)非閲世之深不能及此,却妙是學問語。(**佚名丁墨旁**)竺云:蓋謂在此幕中時也。然此知己猶可耐也,今此既去,吾何可拘於此?因有下句,既知西京之決不可見,所以益欲南下也。注以爲緜州,太謬。**始欲投三峽,何由見兩京。**(**吕留良紅旁**)句法絶世。(**題商盤紅旁**)對收。(**奚禄詒甲本旁**)賦也。

【彙評】

佚名丁墨尾:至梓未久,家寄草堂,兹因未得家人報書而作也。前在緜州,因聞蜀亂,不回家而東入梓,已動出峽之興矣。出峽可上洛陽,而中原猶未靖,故篇末寄慨焉。

客　夜

題鮮于樞評:此詩首二句起中四句,末二句結首聯與三聯之意,然其詞旨宛轉沉著,寫盡窮途旅況。賦也。

吕留良紅眉:三四工細,佳句,猶可造入。起平平老成,最所難道。

俞瑒乙本評:三四從首聯説下,字字爲客睡摹神。

屈復評:一客,二夜,三承二,四承一。遠江之聲本不高,於枕上不寐時則愈高耳。起二句皆俗語,却雅絶,可爲知者道。入簾者,殘月之影,夜已深矣,承次句;高枕者,遠江之聲,攪聒不得寐,承首句。結諒老妻之能諒我也。①

盧見曾紅旁:王嗣奭曰:“何曾”“不肯”四字,愁懷畢[露],所謂愁人知夜長也。

---

① 校注:“皆”,杭本作“皆用”。

盧見曾墨旁：上四客夜之景，下四客夜之情。《杜臆》："何曾""不肯"四字，愁懷畢露，所爲[謂]愁人知夜長也。五六正寫作客未歸之故。書乃寄妻之書。

厲鶚評：客夜之況，二句道盡。

錢載評：此種與《登岳陽樓》之作同一種，到此古今無第二手也。

朱方藹紅眉：布帛菽粟，字面却下得奇，然不難其奇而難其確。

紀曉嵐評：三四乃寫不寐，非寫月影、江聲。五六質而不俚，直是神骨不同。

吴錫麒紅眉：二句是客夜景況，若移作家居寫景，便無意味矣。於此知遣詞貴切也。

陳治墨眉：樸老清高。

吴廣霈墨眉：睡何曾著，天不肯明，此情此景，人多有之，唯輸此老先道破耳。

王鄰德墨旁：此詩首二句起中四句，末二句結首聯與三聯之意，然其詞旨宛轉沉著，寫盡窮途旅況。

王鄰德紅眉：凡言動盡静，静中動，皆謬。見□合境曲，自無不有耳。

沈巖旁：三四從首聯説下，故佳，字字爲客睡摹神也。

嚴復墨眉：然則此律亦未甚細，但句自佳耳。

客睡何曾著，秋天不肯明。（**題商盤紅旁**）對起。（**奚禄詒乙本墨眉**）自己睡不著，反埋怨秋天，妙。（**吕留良紅旁**）"江平不肯流"，兩"不肯"皆奇絶。（**李念慈紅眉**）次句意尖新而用"不肯"二字樸老，遂不覺纖。（**奚禄詒甲本眉**）自己睡不著，反埋怨"秋天不肯明"。（**俞眉**）陶潛詩："晨雞不肯鳴。"（**王鄰德紅旁**）工在"不肯"字。（**佚名丁墨旁**）因不寐故覺夜長也。工在"不肯"二字。捲簾殘月影，（**俞瑒甲本評**）承。（**題商盤紅旁**）三四承次句。**高枕遠江聲。**（**方拱乾評**）“殘”字、“遠”字屬“睡”者，不屬“月”與“江”，細會方知。（**奚禄詒甲本旁**）三四以下皆無睡之故。（**申頲墨眉**）警句。（**李以峙墨眉**）（遠江）按此正對殘月，且句極妙，作“送”便不對，且語妙大減矣。（**佚名丁墨旁**）竺云：“高枕”言江流之聲聞於枕上也。〇二句皆不睡之況，皆不肯明之況。**計拙無衣食，**（**方拱乾評**）二句“未歸情”。（**俞瑒甲本評**）轉出未歸。（**題商盤紅旁**）後半承首句，走馬對。（**沈巖旁**）轉出未歸。**途窮仗友生。　老妻書數紙，**（**題商盤紅旁**）上因。**應悉未歸情。**（**吕留良紅尾**）未歸之情，非一紙可悉。（**俞瑒甲本評**）應。（**奚禄詒甲本旁**）賦也。〇時公在梓州而家在成都，徐知道反故也。（**奚禄詒乙本墨眉**）三四以下皆無睡之故。（**張雝敬墨旁**）總摹寫首句有情有景，而前解更勝，以其景中又有情也。（**王伯沆紅眉**）真至語，亦見性情。

【彙評】

俞瑒甲本評：三四從首聯説下，字字爲“客睡”摹神。

張學仁參定：“不肯”二字用得妙絶，“殘”字、“遠”字，俱從“不肯”體會出來。

佚名丁墨尾：此因得家書後有感不寐而作。家書中定有催歸之語，今所云云，皆“未歸情”也。故結言客情若此，老妻亦應悉之，何書中云爾乎？黯然神傷。舊以數紙爲寄妻之書，恐非。

客　亭

題鮮于樞評：首四句寫客亭詰旦之景物，後四句言聖朝固無棄物，特我既老且病，餘生能幾何哉？惟任其轉蓬而已。自寬之詞。賦也。

汪琬乙本評：怨而不怒。

屈復評:“猶更”二字直貫下二句,見客居歲時之久。五六不怨見棄,自歎衰老多病,語得體。七句自許稷契之志在内。前半景,後半情,通首意在言外。

題商盤紅眉:曰“猶”者,昨日爾,今日復爾也;曰“更”者,去秋然,今秋復然也。只用二虚字,而久客飄零之感自見。此詩“猶”“更”二字,略露眼目,其餘虚字盡見之言外,意深語厚,是誠律詩三昧。後人不知此法,多入虚字,已見句弱,兼之筋骨盡露言外,了無餘味,此淺深厚薄之分,後人所不敢望唐賢之藩籬也。

錢載評:此與前一首争在毫釐之間。

題張問陶墨眉:藴藉。

陳治墨眉:不事爐鞴,他人百煉不到。

奚禄詒甲本眉:《西郊》《客亭》《江亭》三詩,極其自然。

奚禄詒甲本尾、乙本墨眉:三四頂上,五六轉下。

嚴復墨眉:律句用筆最貴逆。如此首已説“聖朝無棄物”,似放鬆一步矣。下接“老病已成翁”,有意用幽仄病著,不能輕曰□正□此意。

吴廣霈墨眉:警煉可誦。

王鄰德墨眉:首四句寫客亭之景物,後四句言聖朝固無棄物,特我既老且病,餘生能有幾何? 惟任其轉蓬而已。自歎之意,亦自寬之詞。

王嗚盛旁:此首當合前詩並看。前是夜,此是曉時。

秋窗猶曙色,(**題商盤紅旁**)虚眼句。(**奚禄詒甲本旁**)“猶”字與下句相唤,畢竟不妥。落木更天風。(**題商盤紅旁**)對起。(**李以峙墨眉**)(“落木”句)按承上一氣讀下,語意神味當從本句,作“木落”,作“天風”,便欠渾然,明者參之。日出寒山外,江流宿霧中。(**徐渭墨眉**)□水淵。

(厲鶚評)"中""外"二字有致。(王鄰德紅旁)最真最妙,入峽始知。**聖朝無棄物,**(方拱乾評)一直下。(題商盤紅旁)藏頭句。(奚禄詒乙本墨眉)五六原道,是臣子之分。若孟浩然則曰"不才明主棄,多病故人疏"矣。(王鳴盛墨眉)與浩然"不才明主棄"用意懸絶。**老病已成翁。**(方拱乾評)合看巧妙。(王鄰德藍旁)可傷。(李以峙墨眉)("衰病"句)按作"老病已成翁",亦可。若"多病已衰翁",則下句首一字有"多"字,斷不是原本。**多少殘生事,**(方拱乾評)從五六句來。(題商盤紅旁)藏頭句。**飄零似轉蓬。**(申頲墨眉)末句似俗。(錢載評)須知結亦是順疊。(秦應逵紅旁)"客"字結。(奚禄詒乙本墨眉)詠景之語,超絶唐人。

【彙評】

李念慈紅眉:沉痛無限。

吕留良紅眉:後四句稍縱,亦自大家。

佚名丁墨尾:申上章也。三四曉景,有向曉而光明動蕩之意,以反興下截也。知分定而甘飢驅,亦云能任運矣。"飄零"句,又結清"客"字。○意此後不久,便迎家至梓。

九日登梓州城

題鮮于樞評:復按此詩,言"伊昔黄花酒",則"歲時同"而不勝,"望遠"言客中也。"如今白髮翁",則筋力異而不能,"追歡"言垂老也。且弟妹不可見而悲歌,朝廷尚有史朝義及西域之亂,不堪醒眼以看,故悲傷之意爲無窮矣。賦也。

奚禄詒甲本旁:三頂次句轉,四頂首句轉。

奚禄詒乙本紅眉:三四語自足千古。

朱方藹紅眉:三四多少含蘊,與"乾坤萬里眼,時序百年心"之句别有感寓。

陳治墨眉:汪云:多少含藴,與"乾坤萬里眼,時序百年心"之句别有感寓。

王鄰德藍眉:"弟妹""朝廷"著"悲歌""醉眼"字,甚奇,他人不敢用。

嚴復墨眉:起四有多少曲折在,惟有此,故厚。

伊昔黄花酒,如今白髮翁。(**方拱乾評**)五字與"老年如塞北"同一妙,可想而不可解。**追歡筋力異,**(**奚禄詒乙本墨旁**)承次句轉。**望遠歲時同。**(**方拱乾評**)"同"字妙。(**奚禄詒乙本墨旁**)承首句轉。**弟妹悲歌裏,朝廷醉眼中。**(**徐渭墨旁**)此等語淺易而混。(**方拱乾評**)"朝廷醉眼中"妙,不可思議。(**奚禄詒甲本眉**)"醉眼中"三字著"朝廷"下,亦不深厚。(**李念慈紅眉**)"醉眼"用於"朝廷"下未妥。(**李以峙墨眉**)(乾坤)按此與"乾坤萬里眼"一意,作"朝廷"便説煞無味,明者參之。**兵戈與關塞,此日意無窮。**(**奚禄詒甲本尾批**)賦也。

【彙評】

陳訏紅眉批仇注"兵戈阻于關塞"處:"兵戈"是亂,"關塞"是遠,注言"兵戈阻於關塞",詩中"與"字如何解?

佚名丁墨尾:同是黄花酒也,向嘗與朝士、家人同把,今大不然矣。只一句全神都現,蓋以七句對射此一句也。

九日奉寄嚴大夫

方拱乾評:"未解憶長安"是抑淺出深法,"遥知簇鞍馬"是伸人出己法。

奚禄詒甲本眉：前六句一氣，序嚴在棧中；七句總承，轉出思己也。

盧見曾紅旁：錢謙益曰：寶應元年四月，代宗即位，召武入朝。是年徐知道反，武阻兵，九月尚未出巴。《通鑒》載：六月，以武爲西川節度使，徐知道守要害拒武，武不得進。誤也，當以此詩正之。

朱方藹紅眉：老勁絶人。〇看頸聯知詩必不宜一路攔入，即言人之苦樂亦然。

題張問陶墨眉：通首不説憶嚴，只寫其客行之景與思己之情，正是深於憶。〇我憶人，却説人憶我，此法最好。只從《陟岵》章得來。

九日應愁思，經時冒險艱。（**奚禄詒甲本旁**）二三四頂"愁思"。（**奚禄詒乙本墨眉**）前六句一氣，序嚴在棧中；七句總承，轉出定思我也。不眠持漢節，何路出巴山？ 小驛香醪嫩，（**方拱乾評**）轉説他回首以見我之情深。重巖細菊斑。（**李以峙墨眉**）（細菊）按"菊"切"九日"，定勝"雨"字。雖無關要義，學者正不可不知。遥知簇鞍馬，回首白雲間。（**方拱乾評**）轉説他念我情深。（**奚禄詒甲本旁**）賦也。〇情真。（**李念慈紅眉**）知己情深語。

【彙評】

陳訏紅眉批仇注"則駐馬，而騎從皆停"處：驛小巖重，故鞍馬攢簇，皆頂上"冒險艱"來，字非泛設。注言"騎從皆停"，則步伐止齊，固未嘗簇也。

嚴復墨眉：説人思我，情乃更深，此詩家慣技也。

王鄰德墨尾：公九日在梓州登臨時，嚴武還朝，尚在蜀棧道中也。

佚名丁墨尾：《杜臆》：通篇不説憶嚴，只寫其客行之景，與思己之情，正是深於憶者。〇上四亦由己心憒叛發出，若云以鎮帥西懾一小蠢，未免不留嚴地。睹此答詩，絶不及阻兵事，善於立言。

戲題寄上漢中王三首時王在梓州，初至斷酒不飲，篇有戲述

方拱乾評：三首俱有酒。

奚禄詒甲本眉：《唐書》：肅宗詔收群臣馬助戰，王瑀與魏少游持不可，帝怒，貶瑀蓬州刺史。

奚禄詒乙本墨眉：末首好。

朱方藹紅眉：三詩有潦盡水清、木脱天空之致，傷離感故，惻惻動人。第一首叙别，次首叙舊，三首將造王，因及詩酒之流連，賓客之存殤，而斷酒戲述，則娓娓言之。

吴士模墨眉：三詩有潦盡水清、木落天空之致，傷離感故，惻惻動人。

題張問陶墨眉：首章言王不能飲而己獨飲也，次章必欲索王飲也，三章言王尚念故舊而賜以飲也，都帶"戲"意。

陳治墨眉：汪云：三詩有潦盡水清、木落天空之致，傷離感故，惻惻動人。〇三首皆恢諧之辭，玩詩意是漢中王已戒酒而己不止酒，故首言不能隨皂蓋，次言終思一酩酊，結言猶記酒顛狂，欲王破酒戒，故曰"戲"也。

其一

題鮮于樞評：此言王與己俱老，且别又五年矣，今王何忍斷酒而看座右銘乎？戲之之詞也。末言我不能隨王之皂蓋，惟自醉以逐浮萍焉耳。亦戲語也。

西漢親王子，成都老客星。（**奚禄詒甲本旁、乙本紅旁**）己也。
百年雙白鬢，（**奚禄詒甲本旁**）王、己兩是。（**奚禄詒乙本紅旁**）己與王也。
一别五秋螢。（**李以峙墨眉**）（秋螢）按"飛"不如"秋"。（**吕留良紅旁**）雅。

忍斷杯中物，祇看座右銘。（**奚禄詒甲本旁**）無謂。（**李以峙墨眉**）（祇看）按"眠"，形近而誤。不能隨皂蓋，（**奚禄詒甲本旁**）己也。自醉逐浮萍。（**奚禄詒甲本旁**）賦也。

【**彙評**】

陳訏紅眉批仇注"漢中王當亦在五十之時，今兩人計之，故曰'百年雙白鬢'"處："百年"二字，猶云人生一世耳。必兩人凑成百歲，似兩人亦該"四白鬢"矣，爲之捧腹。

佚名丁墨尾：三詩訴别蹤，悲窮客，欣旅遇，情致纏緜。説斷酒處帶戲，都是情生文也。○首章彼此雙提，以叙别作領，如此而忍斷合歡之助，祇看斷酒之文乎？相對索然，則且萍蹤自遣耳。○公既置草堂於成都，則蜀中往來屬郡，總以成都爲主，故雖在梓州，亦曰"成都客星"也。座右銘當是漢中自製斷酒文，詩指實事，非泛用古。

其　二

題鮮于樞評：此言□時能策杖以出，第王門異於昔日之遊耳。何則我已知王自嗟不起而斷酒，未許以醉留我故耳。矧"江魚""蜀酒"之濃且美，宜净掃雁池，終當一來以□醉矣。亦戲詞也。

策杖時能出，王門異昔遊。已知嗟不起，（**奚禄詒甲本旁**）頂首句。（**王鄰德墨眉**）"嗟不起"，公自言被謫不起也。有言王以酒而得病，非是。（**佚名丁墨旁**）《博議》舊注病酒不起，可笑。《晉·殷浩傳》："深源不起，當如蒼生何？"蓋用此語。按：盧元昌又以《博議》爲非，盧説謬。竺云："已知嗟不起"，言吾既聞知王之嗟吾老病不能起而出，然吾亦策杖能出，何憚至王門耶？王徒嗟吾不起，而不能以酒骂我耳。此其所以"異昔遊"也。一二三四，語意错綜，注以不起爲王事，誤矣。又按，"不起"二字，暗含"安石不起”意。**未許醉相留。**（**奚禄詒甲本旁**）頂次句。（**嚴復墨眉**）“嗟不起”恐是指昔日同遊行輩，故曰“異昔遊”也。**蜀酒濃無敵，江魚美可求。終思一酩酊，净掃雁池頭。**（**汪琬甲本紅眉**）雁池。（**汪琬甲本紅旁**）高嶠詩云：“駕言尋鳳侶，乘歡俯鳳池。”（**奚禄詒甲本旁**）梁孝王兔園有雁池。（**奚禄詒甲本旁**）賦也。

【彙評】

佚名丁墨尾：次章著自身作意，言被廢作客，更須假酒以遣之。“異昔遊”非謂王不燕客也，在京結契，此身尚列朝班，今日相從，轉眼而成浪迹。《博議》云：已知王歎我不起矣，獨未許一醉相留乎？愚按，下四翻轉説。“净掃”，囑王掃徑待我也。

其　三

題鮮于樞評：此言盗賊多而路梗難通，故老年乃得會於遐方，然詩之警策，酒之顛狂，尚猶憶而憐之。“魯衛”比汝陽漢中也，“徐陳”比王門之賓客多喪亡，惟餘枚叟尚在，應念其早升堂而憶之歟。亦戲詞也。

題張問陶墨眉：五句作一宕，六句趕下，至末句其意始完。

群盗無歸路，衰顔會遠方。（**陳治墨眉**）俯仰情深，用事若此，與古俱化矣。（**嚴復墨眉**）起句須於第二字作斷讀，此杜句法也。（**奚禄詒乙本墨旁**）從對之令。（**奚禄詒乙本墨眉**）言王猶憐憶我也。劉辰翁云：“魯衛”二句，貴介之盛，賓客之感，意度□□，典刑森然，其自序亦壯哉。**尚憐詩警策，**（**奚禄詒乙本墨旁**）承首二句。**猶記酒顛狂。**（**奚禄詒甲本旁**）“詩酒”指王子，“憐憶”者，己也。（**朱方藹紅眉**）頷聯十字中，今昔盛衰之感，低徊無盡，用事至切至雅，敷詞至嚴至宏，度越群賢，直追《三百》。**魯**

衛彌尊重，徐陳略喪亡。空餘枚叟在，（**奚禄詒乙本墨旁**）己也。（**李以峙墨眉**）（枚叟）按“故”，形近而誤。**應念早升堂。**（**奚禄詒甲本眉**）回想早昔升王子之堂。（**奚禄詒乙本墨眉下**）“早”者，昔也。（**王鄰德墨尾**）亦有此意，未盡然也。

【**彙評**】

王鄰德紅尾：三章皆戲其不斂之意。

佚名丁墨尾：三章作意又在打動王心，自是收局神理。言客中逢我，即向者詩酒從遊之舊客也。況當履綦零落之餘，王能漠然於僅存之一老乎？○“無歸路”，身爲亂阻也。○首章斷酒，用正筆。次章酒濃，用反挑筆。三章酒狂，用往事作影筆。

玩月呈漢中王

題鮮于樞評：首四句公自言於歸舟危坐玩月，乃言關山則同此一照，而烏鵲漫自多驚，以况己之無依也。欲得淮王月暈缺之術，以寓懷思之意云。興而比也。

方拱乾評：一字曲之乃深。○有結方呈得漢中王，却不是湊，六句中已有漢中王意矣。

錢陸燦丁本評：時漢中王自梓州歸蓬州，故有“歸舟”句。○浮客，行客也。前詩欲投三峽，此時已不果行，更欲冀王垂念耳。

李念慈紅眉：呈王只從月中帶出。

屈復評：起二句月，中四玩月，結漢中王，望其濟困，本是“風吹暈已生，欲得淮王術”，倒叙法也。①

① 校注：“結”，杭本作“結至”。

題商盤紅眉:“浮客”猶行客,言己本當行之客,轉對月危坐,因思王歸舟在月中獨行,可見今夜關山皆同一照,獨己如烏雀,不能安棲,其困厄有同月暈,能如淮王一試畫灰之術,庶其有濟乎?前詩欲投三峽,此時已不果行,更欲冀王垂念耳。如此寓意,如此用事,真是鏡花水月,無質可求。

朱方藹紅眉:淡語有深致,咀之無窮。

題張問陶墨眉:首聯、三聯總是月之明,而於次聯横擔“玩”字,以貫上下,結聯是主。

王鄰德紅眉:玩月之情,字字可想。

王鳴盛墨眉:《淮南子》:畫蘆灰而月暈闕。許慎注:有軍士相圍守則月暈,以蘆灰環月,闕其一面,則月暈亦闕於上。庾肩吾詩:“圓隨漢東蚌,暈逐淮王灰。”

夜深露氣清,(**奚禄詒乙本墨眉**)平平自好。江月滿江城。浮客轉危坐,(**汪琬甲本紅眉**)浮客。(**奚禄詒乙本紅旁**)己也。(**李以峙墨眉**)(浮客)按二字僅見,然實勝“遊客”。歸舟應獨行。(**奚禄詒甲本旁**)“歸舟”,漢中王也。(**奚禄詒乙本紅旁**)王也。(**朱方藹紅眉**)“危坐”“獨行”正寫出月色燦然,故羈客難爲懷,而“歸舟”比白日也,下聯即此意推言之。總是明甚,結到呈王上,仍不離玩月,妙,妙。關山同一照,(**題商盤紅旁**)走馬對。(**李以峙墨眉**)(照)按“點”,形似之誤。(**吕留良紅旁**)“點”字巧,“照”字合。(**佚名己紅旁**)東坡最愛此句。烏鵲自多驚。(**丁耀亢紅眉**)大。(**題商盤紅旁**)語含比興。(**奚禄詒甲本旁**)比己。欲得淮王術,(**沈巖旁**)如此牽合漢中,不佳。風吹暈已生。(**方拱乾評**)結得趣。(**嚴虞惇紅眉**)《淮南子》:畫蘆灰而月暈闕。(**題商盤紅旁**)倒收。(**奚禄詒甲本眉**)末句只寫□王而不能上。(**奚禄詒乙本墨眉**)末句止謂欲見王而不能。(**奚禄詒甲本旁**)賦也。

【彙評】

題商盤尾：五六即"萬象皆春氣，孤槎月客星"意。"同一照""自多驚"，語氣相應。

佚名丁墨尾：詠月以送行也。月滿人離，神情在有意無意之間。"危坐"而念"獨行"，神如俱去；"同照"而驚烏鵲，情怯孤棲。忽往忽回，無窮縣邈。結亦雅韻，適見有暈，恰切親王。

相從歌贈嚴二别駕

王鐸評：爽俊矣，非公之極至者。

錢陸燦乙本紅眉：爽俊矣，非公之極美者。

汪琬甲本紅眉：别駕稱從事。

俞瑒乙本評："把臂"六句，言其豪俊，切嚴武。下二句言傾蓋如故知也。

奚禄詒甲本眉：嚴二，梓州人，即爲本州别駕，古稱爲從事。

方貞觀紅眉：通體淺率拖遝。

我行入東川，十步一迴首。成都亂罷氣蕭颯，浣花草堂亦何有？梓中豪俊大者誰？本州從事知名久。（**沈巖眉**）"知名久"正謂見面新也。用筆敏妙。把臂開樽飲我酒，酒酣擊劍蛟龍吼。（**汪琬丙本評**）轉處欠自然，不見筆力。○詩最忌趁手寫，即大家不能寬。（**錢載評**）筆力極古。烏帽拂塵青螺粟，（**徐渭墨眉**）"青螺粟"何謂？（**汪琬甲本紅旁**）帽之致也。（**奚禄詒甲本旁、乙本墨旁**）行酒之人。（**奚禄詒乙本墨眉**）青螺，粟帽上之紋也。（**王鳴盛墨眉**）卞氏本作"青騾粟"，言飼以粟也，即與奴白飯馬青粟之意。或謂"青螺粟"乃帽之紋，非是。紫衣將炙緋衣走。（**陳治墨眉**）汪云：轉處不自然，未見筆力。銅盤燒蠟光吐

日，夜如何其初促膝。（**奚禄詒甲本眉、乙本墨眉**）飲人一酒，便極口稱歎，冷落中况味，自是如此。**黄昏始扣主人門，**（**沈巖旁**）倒叙。此句變换生動。**誰謂俄頃膠在漆。 萬事盡付形骸外，百年未見歡娱畢。**（**錢載評**）適然之酒，遂成適然之章，頹唐極矣。然讀至終篇，不嫌其寄也。**神傾意豁真佳士，久客多憂今愈疾。 高視乾坤又可愁，**（**方拱乾評**）妙在宕此二句。**一軀交態同悠悠。**（**方拱乾評**）一轉，筆力眼界俱高迴萬層。**垂老遇君未恨晚，似君須向古人求。**（**丁耀亢紅旁**）弱結。（**奚禄詒甲本尾批**）賦也。（**吴廣霈墨眉**）一結翻進一層，更佳。

秋盡

方拱乾評：深於宛然。○“萬里長爲客”，苦極矣，何以曰“不辭”？

錢陸燦甲本眉：方曰：此公在梓州懷嚴武之作。“江上”句因憶夏日攜酒見過，不可復得也。

錢陸燦丙本評：錢云：此公在梓州懷嚴武之作。“江上”句憶夏日攜酒，不可復得也。

錢陸燦丁本評：此公在梓州懷嚴武之作。“江上”句憶夏日攜酒見過，不可復得也。

汪琬乙本評：氣格蒼然。

奚禄詒甲本眉：嚴重而暢快。

奚禄詒乙本墨眉：嚴重而暢快。○四句昔以爲河朔飲，非。

錢載評：暢讀其虚字，即可通透。

朱方藹紅眉：氣格蒼然。

陳治墨眉：錢圓沙云：此公在梓州懷嚴武之作。“江上”句懷友日攜酒事，非也。愚細玩首句“且”字，即有懷歸未得歸之意。二句現在寄居少城，三四緊緊分承，“袁紹杯”必指當時另有名公地主，非懷嚴武也。不然，“徒”字無著。

秋盡東行且未回，**（傅山紅旁）**“且”字有味。**（俞瑒甲本評）**入梓州。**（奚禄詒甲本旁）**“且”字對“秋盡”説，無害於義。**（奚禄詒甲本旁）**在梓州，未回成都。茅齋寄在少城隈。**（俞瑒甲本評）**在成都。“少城”在成都大城西。**（奚禄詒甲本旁）**浣花溪也。**（王嗚盛墨眉）**“少城”在成都大城之西，張儀所築。籬邊老却陶潛菊，**（徐渭墨旁）**塞句而□□。**（丁耀亢紅眉）**不大方。**（傅山紅旁）**套。**（俞瑒甲本評）**承次句。**（嚴虞惇紅旁）**茂齋。**（題商盤紅旁）**承二。**（奚禄詒甲本旁、乙本墨旁）**應“茅齋”。江上徒逢袁紹杯。**（俞瑒甲本評）**承首句，謂李梓州。○“袁紹杯”本《鄭玄傳》。**（嚴虞惇紅旁）**東行。**（題商盤紅旁）**承一。**（奚禄詒甲本旁、乙本墨旁）**應“東行”。**（嚴復墨眉）**“袁紹杯”見《鄭玄傳》。雪嶺獨看西日落，**（俞瑒甲本評）**思家。劍門猶阻北人來。**（俞瑒甲本評）**阻兵。**（奚禄詒甲本眉）**徐知道爲下所殺，其兵尚據劍門。不辭萬里長爲客，**（奚禄詒甲本眉）**結得曲折。懷抱何時得好開。**（方拱乾評）**五六乃懷抱不開處。**（俞瑒甲本評）**承五六。**（奚禄詒甲本眉）**是年冬，公以徐知道亂平，自梓州之成都迎家，再往梓州。**（奚禄詒甲本旁）**賦也。

野　望

方拱乾評：此王岑不能到之句。○意在野望，豈在酒哉？○是年秋，公自梓州歸成都迎家，冬再往梓州。○三四句用首句字分聯，是七律一體。○“春日春盤”同此體，《吹笛》亦同。

錢陸燦甲本眉：此公在射洪有感而作。蠻鄉氣暖，仲冬始寒，出門而望，則有“山”“水”一聯之景。五六句自寫也，末句與“飢烏”

意暗接。

錢陸燦丙本評：錢云：蠻鄉氣暖，仲冬始寒，出門而望，則有"山""水"一聯。五六句自寫，末句與"飢烏"意暗接。

錢陸燦丁本評：蠻鄉氣暖，仲冬始寒，出門而望，則有"山""水"一聯之景。五六語兼比興，落句與"飢烏"意暗接。

錢陸燦戊本評：變字格。

吕留良紅眉：上聯布景雄渾，下聯託意深婉。布景之句易擬，託意之辭難法。江以"三蜀""五溪"等臨摩比之。

王士禛評：語含比興。

朱方藹紅眉：處處寫出"遠望"意，而遠近相涵，故佳。

吴士模墨眉：處處寫出"野望"意，而遠近相涵，故佳。

題張問陶墨眉：中四亦有遠近大小之分。○山則先蟠而後連，蓋三蜀屬中國，而越嶲爲外夷也。此句逆。水則先散而後下，蓋巴渝在蜀，而五溪在楚也。此句順。上句是南望，下句是北望。

吴廣霈墨眉：聲調悲凉，如聞戍樓夜笛。

奚禄詒乙本墨眉：三四望中遠景，五六望中近景。

許蓌聚紅眉：此公在射洪有感而作。蠻鄉氣暖，仲冬始寒，出門望則有"山""水"一聯之景。五六自寫也，末句與"飢烏"意暗接。

倪象占藍眉：郭善敘事。劉云：自然壯麗。

沈巖眉：渾老。

金華山北涪水西，(**俞瑒甲本評**)野望之地。(**王鳴盛墨眉**)《一統志》：金華山在潼川州射洪縣北二里。○《元和志》：涪江水在射洪縣東一百步。仲冬風日始淒淒。(**俞瑒甲本評**)野望之時。(**沈巖旁**)雙承。山連越嶲蟠三蜀，(**奚禄詒甲本旁、乙本墨旁**)恰是射洪。水散巴渝下五溪。(**俞瑒甲本評**)"山""水"承上。(**奚禄詒甲本旁**)古邛都國，漢置越嶲郡。今重慶府，秦曰巴郡，有巴、渝二水。（**奚禄詒甲本眉**）三蜀者，秦置蜀郡，漢高置廣漢郡，武帝又分置犍爲郡。武陵有五溪：雄溪、满溪、辰溪、潕溪、酉溪也。蠻皆夾溪而居，俱盤瓠子孫。（**奚禄詒甲本旁**）三四承首句轉，五六承次句轉。（**嚴復墨眉**）秦置蜀，漢高置廣漢，武帝置犍，爲謂之三蜀。《水經注》：武陵有五溪：雄、满、辰、潕、酉。**獨鶴不知何事舞，**（**俞瑒甲本評**）兼比興。（**嚴虞惇紅旁**）比。（**奚禄詒乙本墨旁**）比也。（**沈巖旁**）兼比興。**飢烏似欲向人啼。**（**俞瑒甲本評**）起下。（**秦應逵墨眉**）語含比興。（**嚴復墨眉**）中四純述所見，然有大小遠近久□之殊。（**奚禄詒乙本墨旁**）句壯老。**射洪春酒寒仍緑，**（**俞瑒甲本評**）應"仲冬"。（**沈巖旁**）應"仲冬"。**目極傷神誰爲攜？**（**俞瑒甲本評**）收"望"字。（**奚禄詒甲本旁**）止有獨鶴、飢烏而已。（**奚禄詒甲本旁**）賦也。（**奚禄詒乙本墨眉**）景物堪傷。以上皆極目者，皆傷神者。（**錢載評**）末二句亦對疊也，"誰"字必平聲。（**吴廣霈墨眉**）五六慨當以慷，自比却仍不落寒儉，以中有傲骨作柱也。

【彙評】

張學仁參定：此詩在射洪縣野望而作。

冬到金華山觀因得故拾遺陳公學堂遺迹

朱方藹紅眉：次第多寡，並得其宜。其雅處乃在骨氣，非可襲而取之也。

涪右衆山内，（**奚禄詒甲本眉**）梓州在涪江之右。**金華紫崔嵬。上有蔚藍天，**（**汪琬甲本紅旁**）水曰"挼藍"。**垂光抱瓊臺。繫舟接絶壁，杖策窮縈回。四顧俯層巔，淡然川谷開。**（**朱方藹紅眉**）直是神遇。（**奚禄詒甲本眉**）序山景皆是弔陳，所以佳。（**奚禄詒乙本墨眉**）

序山景皆是傷陳。**雪嶺日色死，霜鴻有餘哀。**（**吕留良紅旁**）奇。**焚香玉女跪，霧裏仙人來。陳公讀書堂，石柱仄青苔。**（**嚴復墨眉**）"石柱仄青苔"，此種句法殆不許學。**悲風爲我起，激烈傷雄才。**（**奚禄詒甲本尾批**）賦也。

【彙評】

丁耀亢紅眉：心緒甚雜亂。

汪琬丙本評：次第多寡，各得其宜。雅處乃在氣骨，非可襲取也。

吴士模墨眉："愚智心盡死"及此"雪嶺日色死"，俱極奇而確。長吉好學之，如"提攜玉龍"則可，若"酒客背寒"則太過矣。

陳拾遺故宅

王鐸評："聖賢""日月"太過。

錢陸燦乙本紅眉："聖賢""日月"太過。

朱方藹紅眉：悲壯之篇，足爲陳公吐氣。

吴士模墨眉：悲壯之篇，足爲陳公吐氣。

拾遺平昔居，大屋尚修椽。悠揚荒山日，慘淡故園煙。位下曷足傷？所貴者聖賢。（**張裕釗眉批**）六句須一氣讀下，方能得其神理。**有才繼騷雅，哲匠不比肩。**（**嚴復墨眉**）"哲匠不比肩"意殆謂□與□□。**公生楊馬後，**（**倪象占藍眉**）揚雄，"揚"不從"木"。**名與日月懸。**（**屈復評**）稱譽太過是一病，詩亦不佳。（**嚴復紅眉**）漁洋云："聖賢""日月"太過。（**吴廣霈墨眉**）若以"日月"句易作"名共星辰懸"，便妥矣。**同遊英俊人，多秉輔佐權。彦昭超玉價，**（**張雕敬墨旁**）"趙"字古義原作"超"字解，此必後人恐誤，將"趙玉"二字連讀，故改作"超"，使句意醒豁耳。然終不如用“趙”字之古。**郭振起通泉。**（**奚禄詒甲本眉**）趙、郭皆留題在壁。（**王鳴盛墨眉**）趙有美玉，故比彦昭。郭爲縣尉，起自通泉也。（**嚴復墨眉**）點趙、郭殊拙滯，代公幼與薛稷皆彦昭同學。（**李以峙墨眉**）（震）按當作“振”，“震”音同而誤。**到今素壁滑，灑翰銀鉤連。盛事會一時，此堂豈千年。**（**錢陸燦乙本紅旁**）近俚。（**魯一同評**）此反剔語，言存乎其人。（**沈巖眉**）言此堂歸於必敝，而千載不朽者，以盛事會於一時也。**終古立忠義，感遇有遺篇。**（**王鐸評**）近俚。（**吴廣霈墨眉**）子昂《感遇詩》卓爾不群，至今傳誦。

【彙評】

汪琬丙本評：悲壯之篇，足爲陳公吐氣。

徐昂發評：子昂《感遇詩》多感歎武后革命事，寓旨神仙，故以忠義許之。

沈巖尾：《感遇詩》皆言僞周變革之故。“微月生西海”即指武氏，“本爲貴公子”指敬業，“玉馬去朝周”指相王，“樂羊爲魏將”指李勣，“聖人秘元命”指李淳風，“穰侯富秦寵”指無忌。聞我言者疑其鑿，讀此詩結句，可涣然矣。碎胡琴而出《感遇詩》，人贈一編小説之不可信者，亦失實也。

謁文公上方

徐渭墨旁：亦欠潔秀。

方拱乾評：古。○一“隱”字到“遂”字，無心而有神。

方貞觀墨眉：子美此等詩，總無大動人處，不過氣體厚，不失本色耳。

沈巖眉：“絳氣”句先寫風光窈窕，應“隱”字；“虎卧”句出文公，亦藏"風"字。"俯視"醒上方,"塵"字仍帶"風"來。結句"吹噓"二字,又暗映前半之"風"字;"汲引"二字,復關上文。結構之密如此。

佚名己紅眉:"隱"字與"遂得"二句是作詩之眼字。

野寺隱喬木,(**方拱乾評**)"隱"字遂得字是眼。山僧高下居。(**吴廣霈墨眉**)發端殊妙。石門日色異,絳氣横扶疏。(**奚禄詒甲本眉**)前兩行盡脱僧氣。窈窕入風磴,長蘿紛卷舒。 庭前猛虎卧,(**奚禄詒甲本旁**)用伏虎事。(**王士禛評**)"猛虎"謂石也。(**嚴復紅眉**)王云:"猛虎",石也。遂得文公廬。 俯視萬家邑,煙塵對階除。(**吴廣霈墨眉**)洪稚存曰:"對"字佳,若它人則用"隔"字意矣。(**奚禄詒乙本紅眉**)和尚氣太重。吾師雨花外,(**嚴復墨眉**)"雨花"代説法。不下十年餘。長者自布金,禪龕只晏如。 大珠脱玷翳,白月當空虚。(**汪琬甲本紅眉**)望以前爲白月,望以後爲黑月。(**張甄敬墨旁**)"大珠""白月"蓋承上贊文公,非即景也。(**奚禄詒甲本眉**)大珠之大者光[似]月。甫也南北人,蕪漫少耘鋤。 久遭詩酒污,(**魯一同評**)五字妙。何事忝簪裾? (**孫承澤墨眉**)即以彼門中語説法。(**張甄敬墨旁**)如所欲言,無一字艱澀,亦無一字溜滑。王侯與螻蟻,同盡隨丘墟。(**吴廣霈墨眉**)"王侯"二句有莊周齊物之意。願聞第一義,迴向心地初。(**方拱乾評**)公不精禪詩,到極位自與禪通。(**奚禄詒甲本眉**)"願聞第一義"二句猶可言也,若"布金""金篦""大珠"等語則敗興矣。(**奚禄詒乙本墨眉**)蘇長公謂"回向心地"是寓言,然究竟是遷就。(**張甄敬墨旁**)直下便是更有何第一義哉? 金篦刮眼膜,價重百車渠。(**奚禄詒甲本旁**)不必如此結。無生有汲引,兹理儻吹噓。(**錢陸燦乙本紅旁**)玩結處數語,公於此事未了了。(**汪琬丙本評**)用梵語,未見超脱。(**奚禄詒甲本旁**)賦也。(**吴士模墨眉**)《法華經》以車渠、瑪瑙爲布施,則車渠釋氏所重。(**吴廣霈墨尾**)言欲傳文公佛訣也。

【彙評】

張雝敬墨旁:通體幽静細潤,可滌萬斛塵。

奉贈射洪李四丈

方拱乾評:古。

丁耀亢紅眉:興而比也。

方苞眉批:子美梓州諸詩多率爾,奔迫艱危、精氣銷亡之驗也。

奚禄詒甲本眉:贈李止在首四句,下言懷。下峽須十金者,豈有望於李耶?

奚禄詒甲本旁:明月峽,三峽之始。壁有圓孔如滿月,因名月窟。

丈人屋上烏,人好烏亦好。(**申涵光甲本評**)"丈人屋上烏,人好烏亦好",拈成語作起,大有致。(**方貞觀墨眉**)起語奇特古勁,下文不相稱。(**魯一同評**)用古須如此。(**吴廣霈墨眉**)一起殊妙。人生意氣豁,不在相逢早。(**申涵光甲本評**)"人生意氣豁,不在相逢早",所謂"論交不必先同調"也,得一□焉,足以不恨,於晚景尤難。南京亂初定,所向邑枯槁。遊子無根株,茅齋付秋草。(**魯一同評**)自然愴惻。(**佚名己紅眉**)此語含愁。東征下月峽,掛席窮海島。萬里須十金,(**丁耀亢紅旁**)可憐。(**丁耀亢紅眉**)"十金"而行萬里,且不可得,子美之貧如此。(**徐昂發評**)古一金直十千,"十金"即今百千也。(**嚴復墨眉**)"十金"者,十兩黄金也。黄金每□,注家云值十千錢。妻孥未相保。(**錢陸燦乙本紅旁**)傷哉!(**王伯沆紅眉**)苦語。蒼茫風塵際,蹭蹬騏驎老。志士懷感傷,心胸已傾倒。(**奚禄詒甲本旁**)興而賦也。

早發射洪縣南途中作

方拱乾評:五言古閑不得一字,煞不得一字。○每於跌倒處見身分。

錢陸燦甲本眉、乙本墨眉:方曰:老人憂貧,不得不乞食於人,然而筋力衰矣。早卧晏起,乃老人之事,今乃侵星而行,犯霜露之氣,故諸病易以入也。又自愧不能安貧,奔走道路,雖汀洲風景可以開顏,而途窮之泣,終不能已。傷哉!

錢陸燦丁本評:寶應元年,避徐知道之亂,言老人憂貧,不得不乞食於外,然而筋力衰矣。侵星而行,犯霜露之氣,故諸病易入也。已又自愧不能安貧,奔走道路,雖汀洲風景可以開顏,而途窮之泣,終不可已。哀哉!

申涵光乙本評:少時謀生頗易,然正爾負氣,豈屑及此? 至老方憂,已無可奈何矣。起語悵然。"鄙人寡道氣,在困無獨立",他人不肯自言,然正是高處。

汪琬丙本評:真氣瀠洄。

王士禛評:極自傷,極高興,極自謙,極自負,筆墨具種種妙。

宋犖紅眉:舊評:人有此歎,十字盡之。又:起語如此,故別。

奚禄詒甲本眉:起得陡□。○間中必有好句。一段早發之懷,二段早發之景,末總收。

朱方藹紅眉:真氣瀠洄。

吴士模墨眉:質實之文,乃爲至文。

將老憂貧寠,(**奚禄詒乙本墨眉**)起得陡,亦起得盡。劉云:首句人人有此歎,未能十字盡之。**筋力豈能及?** (**申涵光甲本評**)起便悵然。少時謀生頗易,然正爾負氣,豈屑及此? 至老方憂,已無可奈何矣。人情類然,被十字説盡。(魯一同評)起似平實陗。征途乃侵星，(汪琬甲本紅眉)侵星。(李以峙墨眉)(乃)按“復”亦通，作“後”欠妥。得使諸病入。(傅山紅眉)二語有道。鄙人寡道氣，在困無獨立。(孫承澤墨眉)使我愧汗。(申涵光甲本評)“鄙人”二語，他人不肯自言，然正是高處。俶裝逐徒旅，達曙凌險澀。寒日出霧遲，清江轉山急。(錢陸燦乙本紅旁)寫早發。(李念慈紅眉)景物逼真。(奚禄詒甲本旁)早發。(魯一同評)每近陶公。僕夫行不進，駑馬若維縶。(奚禄詒乙本墨眉)一段早發之懷，二段早發之景，三段總收。汀洲稍疏散，(孫承澤墨旁)轉。風景開怏悒。(陳治墨眉)查浦云：仍是入蜀詩格律。空慰所尚懷，(孫承澤墨旁)轉。(奚禄詒甲本旁)應首句。終非曩遊集。衰顏偶一破，(奚禄詒甲本旁)項上句。勝事難屢挹。茫然阮籍途，更灑楊朱泣。(奚禄詒甲本眉)阮、楊不必重用。(奚禄詒甲本旁)賦也。阮言窮途，楊言歧路。

通泉驛南去通泉縣十五里山水作

方拱乾評：如此排，豈非盡變？〇“自”字重。〇定當作排。〇句句工偶。

錢陸燦丁本評：新雋輕秀，似《選》體詩，另是一格。

汪琬乙本評：狀所歷之境，每每在人目前，然非好學深思，却道不出。

汪琬丙本評：狀所歷之景，如在目前，非好學深思，却道不出。

奚禄詒甲本眉：山水之景，首六句先出，然後入通泉。

盧見曾紅旁：眼前景色，寫出自有佳致。

吴士模墨眉：狀所歷之境，每每在人目前，然非好學深思，却道不出。

陳治墨眉：狀所歷之境，每每在人目前，然非好學深思，却道不出。

張裕釗眉:絶似小謝。

溪行衣自濕,(**奚禄詒乙本墨眉**)山水之景,首六句先出,然後入通泉。(**汪琬甲本紅眉**)"空翠濕人衣"。亭午氣始散。冬温蚊蚋在,人遠鳧鴨亂。登頓生層陰,(**李以峙墨眉**)(生)按"坐",形似之訛。欹傾出高岸。驛樓衰柳側,縣郭輕煙畔。(**魯一同評**)清妍。此等前人未到。一川何綺麗,盡目窮壯觀。(**奚禄詒甲本旁**)首六句已具山水之景,至此可略。山色遠寂寞,江光夕滋漫。(**沈巖眉**)山色漸淡,江光轉白,從上"生層"句,逐層生來,愈見其佳。(**沈巖眉批下**)下雖有"夕"字,上已云亭午矣,作"盡目"佳,即盡"十五里"也。(**佚名己紅眉**)説語靈快。傷時愧孔父,去國同王粲。我生苦飄零,所歷有嗟嘆。(**奚禄詒甲本旁**)賦也。(**沈巖尾**)第四和《岐亭》汁字韻,詩者都不解使。

過郭代公故宅

方拱乾評:名震,字元振,通泉尉,後以功封代國公。代,魏州也。故宅,通泉尉時所居也。

丁耀亢紅旁:郭振也。

錢陸燦甲本眉、乙本墨眉:方曰:《八哀詩》乃取八公之平生而總叙之,惟恐不盡,吾正嫌其盡也。其體版重,殊少生動之氣,予故不録郭、薛二詩,亦仿佛《八哀》,然生動多矣,妙在以不盡盡之。

屈復評:意少陵此題必有佳作,乃大不然。文章有一日之短長,信有之矣。①

① 校注:"矣",杭本作"乎"。

奚禄詒甲本眉:此篇潔過《八哀》。

奚禄詒甲本旁:郭震,字元震。

奚禄詒乙本墨眉:弔前人元是自感,末句"神交"可見。

盧見曾紅眉:仇兆鰲曰:"俄頃辨尊親",推其决幾之明;"壯公臨事斷",服其應變之敏。二語能寫出代公身分。荀彧之失身,誤於不能辨;陳、竇之憤事,失於不能斷。杜詩論人,必具特識,推此可見。

盧見曾墨旁:首言其才品不凡,疏於作尉而長於立朝。次言其功在社稷。趙次公曰:代公定策,在睿宗先天二年,去中宗神龍改元,凡八年。今詩云"定策神龍後",蓋太平擅寵,始中宗朝,則禍胎在神龍而下也。"俄頃"二句,謂太平既誅,則尊位有歸,親傳不失,所以成睿宗付託之意。末言經過故宅,以吊古意作收。

朱方藹紅眉:拾遺宅感慨之情,代公宅英雄之色。

陳治墨眉:汪云:拾遺宅感慨之情,代公宅英雄之色。

魯一同評:甚有氣魄而未滿其量。

秦應逵紫眉:少陵此題應有佳作,乃大不然。文章信有一日之短長也。

吴廣霈墨旁:郭元振也。

豪俊初未遇,其迹或脱略。代公尉通泉,放意何自若! 及夫登衮冕,(**徐渭墨眉**)"及夫"雖不甚好,可以窮詩體之變。直氣森噴薄。磊落見異人,(**張雔敬墨旁**)具眼卓識。豈伊常情度? 定策神龍後,宫中翕清廓。(**方拱乾評**)譏太平公主。(**奚禄詒甲本眉、乙本墨眉**)此段非無所指。俄頃辨尊親,指揮存顧托。群公有慚色,王室無削弱。迥出名臣上,丹青照臺閣。(**奚禄詒甲本眉**)"丹青"謂震配享玄宗。我行得遺迹,池館皆疏鑿。壯公臨事斷,顧步涕横落。（**汪琬甲本紅眉**）□君壯公。**高詠寶劍篇，**（**盧見曾紅眉**）元振《寶劍篇》：君不見昆吾鐵冶飛炎煙，紅光紫氣俱赫然。良工鍛鍊凡幾年，鑄得寶劍名龍泉。龍泉顏色如霜雪，良工咨嗟嘆奇絶。瑠璃玉匣吐蓮花，錯鏤金環映明月。正逢天下無風塵，幸得周防君子身。精光黯黯青蛇色，文章片片緑龜鱗。非直結交遊俠子，亦曾親近英雄人。何言中路遭棄捐，零落漂淪古獄邊。雖復沉埋無所用，猶能夜夜氣衝天。**神交付冥寞。**（**方拱乾評**）交終以詩。（**奚禄詒甲本尾批**）賦也。（**盧見曾紅旁**）結聯上有"精魄凛如在，所歷終蕭索"二句，想爲劉辰翁所删。（**王鳴盛墨眉**）"精魄凛如在，所歷終蕭索。"（**吴廣霈墨眉**）郭公有《寶劍篇》，亦雄秀絶倫。（**沈巖眉**）結句似郭詩，沉埋無用，自況也。（**沈巖尾**）□□□□□極□其□而能斷，杜詩出色處必有此一二語，□□□□□。

【彙評】

汪琬丙本評：拾遺宅感慨之情，代公宅英雄之色。○轉折通暢，是論斷筆法。

奚禄詒甲本尾：趙曰：代公定策，在先天二年，去中宗改元神龍凡八年，蓋太平擅寵始中宗朝，則禍胎在神龍而下也。

觀薛稷少保書畫壁

方拱乾評：道理語，善爲人地。○古。

錢陸燦甲本眉：孟襄陽云：老杜作《薛稷慧普寺詩》，今有石本得視之，乃是鈎勒倒收，筆筆鋒如蒸餅，"普"字如握兩拳，伸臂而立，醜怪難狀。由是論之，古無真大字。爲老杜非□□書者。然王□少師衛茂漪，爲杜云學書須學他去，人但恨無過王右軍，似以王出衛之上。蓋唐人之字，不貴六朝，故其詩屢屢如此，而米芾則原於六朝者耳。

李念慈紅眉:先言其古風之佳,後惜其功名之忤,乃及書畫,不然則失其人之本末矣。

奚禄詒甲本眉:公有《秋日還京陝西十里作》。

盧見曾紅眉:稷有《秋日還京陝西十里作》:驅車越陝郊,北顧臨大河。此行見鄉邑,秋風水增波。西望咸陽途,日暮憂思多。傳岩既紆鬱,首山亦嵯峨。操筑無昔老,采薇有遺歌。客遊節向換,人生知幾何?

陳治墨眉:汪云:高古絶倫,馳騁左馬。

王鳴盛墨眉:稷有《秋日還京陝西十里作》"驅車越陝郊,北顧臨大河"云云。○《輿地紀勝》:稷書"惠普寺"三字,徑三尺許,在通泉縣慶善寺。○《酉陽雜俎》:唐人謂畫亦曰"變"。"西方變"言畫西方諸佛變相。

張裕釗眉:深遠。

少保有古風,得之陝郊篇。惜哉功名忤,但見書畫傳。(**方拱乾評**)千古大議於此見之。予嘗憾王羲之只以字傳也。(**佚名己紅眉**)下一轉語,含意無窮。我遊梓州東,遺迹涪江邊。畫藏青蓮界,書入金榜懸。(**嚴虞惇紅眉**)薛稷書"惠普寺"三字,方徑三尺,筆勢雄健,留在通泉。仰看垂露姿,(**徐渭墨眉**)垂露,書法也。不崩亦不騫。(**奚禄詒甲本眉**)懸針,小篆體也。垂露如懸針,而勢不遒勁。(**奚禄詒乙本紅眉**)形字體之變化。鬱鬱三大字,(**錢陸燦乙本紅眉**)"三大字"。蛟龍岌相纏。又揮西方變,發地扶屋椽。慘淡壁飛動,到今色未填。(**秦應逵紫眉**)"填",塵也,言色未塵耳。(**王伯沆紅眉**)史氏曰:"填"讀如"田",久也,作"湮没"解。(**沈巖眉**)"填",塵也,言未起塵也。此行疊壯觀,郭薛俱才賢。(**奚禄詒甲本眉**)"疊壯觀"起下郭、薛句。《郭元振傳》云:與薛稷、趙昭同遊太學。(**沈巖旁**)收"觀"字。不知百載後，（**沈巖眉**）“百載後”，公以郭薛自比也。作“千”字謬矣。誰復來通泉？（**方拱乾評**）自待不薄。（**奚禄詒甲本尾批**）賦也。（**奚禄詒乙本墨眉**）“疊”字並下郭、薛言。（**佚名己紅眉**）自負語。

通泉縣署屋壁後薛少保畫鶴

方拱乾評：直寫鶴，豈尋常品題？

錢陸燦甲本眉：李君實：漢魏以來，圖書奇迹，至陳隋而焚毁殆盡。唐文皇篤意翰墨，秘閣購求，固充牣焉。武后專制，寵臣張易之奏請裝治，因令善工密爲摹寫，私藏其真者。易之被誅，薛稷取去。稷敗，爲惠文太子隆範得之，而終焚於火。宋淳化所刻，不知經幾番脱鑿矣。

屈復評：雖非完作，語有神妙處，一結高遠，不易會也。

奚禄詒甲本眉：晉《永嘉郡記》：沐溪野去青田九里，中有雙白鶴，世云神仙所養。白鳳謂之鸕。

薛公十一鶴，（**奚禄詒甲本旁**）起磊落。（**奚禄詒乙本墨眉**）起得磊落。皆寫青田真。（**汪琬甲本紅眉**）青田。畫色久欲盡，蒼然猶出塵。（**錢陸燦乙本紅旁**）生氣。低昂各有意，磊落如長人。（**錢陸燦乙本紅旁**）奇語。（**李念慈紅眉**）“如長人”奇。（**吴廣霈墨眉**）“長人”一本作“畸人”，似勝，從正。佳此志氣遠，豈唯粉墨新。萬里不以力，群遊森會神。威遲白鳳態，（**奚禄詒甲本旁**）俗筆。非是蒼鷳鄰。高堂未傾覆，幸得慰佳賓。曝露墻壁外，終嗟風雨頻。（**奚禄詒甲本旁**）比也。赤霄有真骨，（**沈巖眉**）“有真骨”應寫真，結處回抱“久欲盡”，猶出塵化工，仙韻其中，又有一作詩人在也。恥飲洿池津。（**奚禄詒乙本墨眉**）“洿池”可加“津”字乎？冥冥任所往，脱略誰能馴？（**奚

祿詒甲本眉)詠畫而以真鶴結之,公往往如此。(**奚祿詒甲本尾批**)賦也。乃喻高節者,"白鳳"即鷫鸘。(**沈巖尾**)詩筆亦如舞鶴。

陪王侍御宴通泉東山野亭

江水東流去,(**奚祿詒甲本旁**)率。(**奚祿詒乙本墨眉**)非無謂但易耳。清樽日復斜。異方同宴賞,(**奚祿詒甲本旁**)應次句。何處是京華?(**奚祿詒甲本旁**)應首句。(**申頲墨眉**)不意此老亦有京華之想。亭影臨山水,村煙對浦沙。狂歌過形勝,(**嚴復墨眉**)"於勝"豈人名耶?仇滄柱改作"遇形勝",亦未佳。(**李以峙墨眉**)(遇形勝)按"過"形似之訛,"於"字謬。得醉即爲家。(**奚祿詒甲本旁**)賦也。(**申頲墨旁**)絶妙之句。(**王鄰德紅眉**)達觀語。

【彙評】

佚名丁墨尾:作上下截翻手格,上送一難,下還一解。慨"異方"者,正爲"形勝"挑逗;賞"形勝"者,仍爲"異方"慰譬也。

陪王侍御同登東山最高頂,宴姚通泉,晚攜酒泛江

汪琬乙本評:取其雅者。

宋犖紅眉:玉局長句,往往似此,細味之,一氣排宕中,具有沉雄之氣、精悍之色,不得不推此老獨步。

奚祿詒甲本眉、乙本墨眉:前八句序題,後寫景。

陳治墨眉:正在清游汗漫時,忽作危語,與遊渼陂七古,情景略同,特章法變幻不測耳。

姚公美政誰與儔？ 不減昔時陳太丘。（**方拱乾評**）看出題法。邑中上客有柱史，多暇日陪驄馬遊。 東山高頂羅珍羞，下顧城郭銷我憂。（**錢陸燦乙本紅旁**）“城郭”甚俗而雅用之。（**錢陸燦丙本評**）錢云：“城郭”甚俗而雅用之。清江白日落欲盡，復攜美人登綵舟。笛聲憤怨哀中流，（**李以峙墨眉**）（怨）按“怒”明係形訛。妙舞逶迤夜未休。（**錢載評**）偏是正叙，而得聲韻，所以妙。（**魏源評**）風浪星河，俛仰間别有會心，明是厭於觀聽，却從對面著筆，含蓄不露，此詩人之旨。燈前往往大魚出，（**奚禄詒甲本眉**）插入“大魚”二句，是寬一步法，亦寄慨之法。（**奚禄詒乙本墨眉**）插入“大魚”二句，是寬一步法，亦寄慨之法。感慨風浪即“事殊興極憂思集”之意。聽曲低昂如有求。（**徐渭墨眉**）“如有求”更妙。“不違”如臨深淵之戒也。（**錢陸燦丁本評**）景在眼前，亦幽雅，亦雄壯，妙不可議。（**汪琬甲本紅眉**）《荀子》：瓠巴鼓瑟，游魚出聽。三更風起寒浪涌，取樂喧呼覺船重。（**丁耀亢紅眉**）奇想。（**錢載評**）一路平叙來，自必如此，蓋筆勢蓄極而奮出者，勢之所自然也。（**王伯沆紅眉**）神妙。滿空星河光破碎，四座賓客色不動。（**奚禄詒甲本眉**）感慨風浪，於兩官長亦有箴規。（**吴廣霈墨眉**）亦是極力寫出，但人工到而天機未隨耳。（**沈巖眉**）接天寫水，奇妙。請公臨深莫相違，迴船罷酒上馬歸。 人生歡會豈有極？ 無使霜過霑人衣。（**方拱乾評**）轉以敗興語結。（**李念慈紅眉**）樂不可極，規戒隨之。（**奚禄詒甲本旁**）賦也。○荀子云：昔者瓠巴鼓瑟，游魚出聽。（**錢載評**）仍復收回，真是風人，其實不過此心之舒卷耳，不造作乃有造作。（**李以峙墨眉**）（霜露）按作“過”，音近而誤。

【彙評】

吴廣霈墨尾：一結頌不忘規，《三百篇》遺意，此《大雅》之正聲也，時俗人罕能識之。

奚禄詒乙本墨眉:末句仿謝希逸《月賦》:"月既没兮露欲晞,歲方晏兮無與歸。佳期可以還,微霜沾人衣。"

漁　陽

奚禄詒甲本眉:代宗初年事。

秦應逵紅眉批詩後箋注:舊注混入吐蕃入寇事,可笑。

陳治墨眉:俞云:此謂雍王爲元帥討史朝義而作也。舊注混入吐蕃入寇事,可笑。

漁陽突騎猶精鋭,(**奚禄詒甲本旁**)即下云"猛將"。(**奚禄詒甲本眉**)《後漢書》:吴漢亡命在漁陽,説太守彭寵曰:"漁陽突騎,天下所聞也。"(**沈巖旁**)"漁陽突騎"用光武事,此指朔方軍也。赫赫雍王都節制。(**奚禄詒甲本旁、乙本墨旁**)即德宗。(**嚴復墨眉**)諷諸物之歸順,後半慰燕父老。猛將飄然恐後時,本朝不入非高計。禄山北築雄武城,舊防敗走歸其營。繫書請問燕耆舊,(**奚禄詒甲本旁**)用魯連事。今日何須十萬兵。(**奚禄詒甲本旁**)賦也。

【彙評】

方拱乾評:按史,是年十月,吐蕃寇奉天,京師戒嚴,以雍王适爲關内兵馬元帥,郭子儀副之。"漁陽",雍王所統之兵也。〇光武曰:"吾聞漁陽突騎,天下精兵。"

卷　十

聞官軍收河南河北

方拱乾評：純乎天籟。○真正一氣所成，不知從萬分鍛煉中來。○明是元白矣，但見其鬱，不見其率，何以故？本於厚故。有一種蒼黄倉卒之狀在詩内外，如見如聞，漢魏人所不能道。○詩不當云某首第一，必欲第一，此首爲七律之冠。

傅山紅眉：此則真樸有神氣，不得以俗目之矣。

汪琬乙本評：轉宕有神，縱横自得，深情老致。此爲七律絶頂之篇。

方苞眉批：清空一氣如話。

奚禄詒甲本旁：如此樸老，是真氣候。

奚禄詒甲本旁：以"忽傳""初聞""却看""漫卷""即從""便下"數虚字呼應，寫出喜意。第六句轉。

盧見曾紅眉：驚喜溢於字句之外，故其爲詩一氣呵成，法極無迹。末聯撒手空行，如懶殘履衡嶽之石，旋轉而下，非有伯昏瞀人之氣者不能也。王嗣奭曰：一氣流注，而曲折盡情，絶無妝點，愈樸愈真，他人决不能道。浦起龍曰：八句其疾如飛，題事只一句，餘俱寫精神理，妙在逼真。老杜生平第一首快詩。

盧見曾墨旁：黄生注：此通首叙事之體。"劍外"見地，"青春"

見時。曰“作伴”者，風和景明，能助行色也。○朱瀚曰：“涕淚”爲收河北，“狂喜”爲收河南，此通章關鍵也。而河北則先點後發，河南則先發後點，詳略頓挫，筆如游龍。○地名凡六見，主賓虚實，纍纍如貫珠，真善於將多者。○杜詩言愁，使人對之欲哭；言喜，使人對之欲笑。使捨此而徒討論其格調，剽擬其字句，抑末矣。

錢載評：如此作詩，實在快意。

朱方藹紅眉：轉宕有神，縱横自得，深情老致，此爲七律絶頂之篇。○律詩中常帶古意，乃臻神境，然崔顥《黄鶴[樓]》以散爲古，公此篇以整爲古，較崔作更難。

吴錫麒紅眉：通首作一筆書，其中曲折頓挫，自具黄河九曲之妙。

題張問陶墨眉：“愁何在”，屬妻子；“漫捲詩書”，檢點行裝也；“巴峽”“巫峽”，“襄陽”“洛陽”，萬里嚴程，頃刻打算了却，奇絶快絶。《衛風》“毖彼泉水”三章，正與此同一神理，皆西望長安而笑、過屠門而大嚼之意也。○句句有喜躍意，一筆流注，而曲折盡情。

陳治墨眉：汪云：轉宕有神，縱横自得，深情老致，初不易到。自首至尾，一氣貫注，似此章法，香山而外，罕有其匹。

嚴復墨眉：此詩之妙，前人評者甚多，大抵勁氣直達，中又有頓挫之致，故佳。

倪象占藍眉：郭云：清空一氣如話。劉云：寫喜意真切，愈樸而近。

沈巖旁：一片真情，一口氣寫出，挨次順叙，不曾流減一分，只是一串，真兔起鶻落之勢。

沈巖眉：一片真氣流行，此爲神來之作。

劍外忽傳收薊北，（**俞瑒甲本評**）收河北。（**奚禄詒乙本墨眉**）無意流出,故不見結構之痕。(**曹炎眉**)“劍外”謂劍閣之外,公時在蜀也。**初聞涕淚滿衣裳。**(**奚禄詒甲本眉**)無意流出,故不見結構之痕。(**王伯沆紅眉**)真至。**却看妻子愁何在,**(**題商盤紅旁**)倒裝句。**漫捲詩書喜欲狂。**(**徐渭墨眉**)亦慨得情楚。(**李念慈紅眉**)情事宛在目中。(**俞瑒甲本評**)收河南。(**吴廣霈墨眉**)三四能道出不能言之情景。**白日放歌須縱酒,**(**俞瑒甲本評**)承“狂喜”。(**奚禄詒甲本旁**)應四句。(**吴廣霈墨眉**)“首”一本作“日”,似勝。(**李以峙墨眉**)(白首)按此句之妙在“白首”字,作“白日”失之遠矣。**青春作伴好還鄉。**(**俞瑒甲本評**)承“妻子”。(**奚禄詒甲本旁**)應三句。**即從巴峽穿巫峽,**(**題商盤紅旁**)掉字句。**便下襄陽向洛陽。** 余田園在東京。(**方拱乾評**)曾見有斥二句爲累句者,傷哉!(**俞瑒甲本評**)點明河南。(**奚禄詒乙本墨眉**)以“忽傳”“初聞”“却看”“漫捲”“即從”“便下”數虚字呼應出“喜”意。(**曹炎旁**)“余田園在東京。”(**題商盤紅旁**)對結。(**王伯沆紅眉**)四語喜色可掬。

【彙評】

方拱乾評:置身當日,躍躍欲飛。詩可以真,此之謂矣。尤妙在七八句。“白首”更妙于“白日”。

俞瑒甲本評:通首一瀉而下,總見喜極。

張學仁參定:玩詩中“忽傳”“初聞”“却看”“漫捲”“即從”“便下”,總在數虚字傳神,機軸空靈,神來情來之作。

吴廣霈墨眉批“李云”:李此批却能中肯。

遠　遊

題鮮于樞評:復按:是年史朝義自殺,公在遐方聞而未真,喜而賦此詩。言“賤子”乃迷方之人,到處爲家,誰能記憶之耶? 惟見竹連野色,江擁春沙耳。或種藥以扶衰病,或吟詩以解嘆嗟。今也似聞胡騎之走,故失喜而問京都何如耶。賦也。

方拱乾評:大約七句生於六句,惟公慣用,惟公妙用。

汪琬丙本評:杜公詩每於發端處,用意鋭入。

奚禄詒甲本眉:首二句説盡古今。

盧見曾紅旁:情志纏綿,却有寬閑之意。

王士禛評:起自傷,與"失喜"反照。

朱方藹紅眉:發端深妙,每誦之輒爲慨然。結句正言亂平,則有□期而免遠遊之苦矣。

王鄰德墨眉:言"賤子"乃迷方之人,到處爲家,誰能記憶？惟見竹連野色,江擁春沙耳。或種藥以扶衰病,或吟詩以解嗟歎。今也似聞胡騎之走,故失喜而問京都何如。愛君憂國之誠心也。

嚴復墨眉:此則文從字順矣。

賤子何人記？ 迷方著處家。(**秦應逵墨旁**)起自傷與"失喜"反對。(**奚禄詒乙本墨眉**)首二句説盡古今。(**李以峙墨眉**)(迷方)按"芳"字顯誤,仇注失正。**竹風連野色,江沫擁春沙。 種藥扶衰病,吟詩解嘆嗟。**(**方拱乾評**)六句生七句,一"解"字生。**似聞胡騎走,失喜問京華。**(**奚禄詒甲本尾批**)賦也。○真聞則喜,"似聞"故"失喜"耳。(**奚禄詒乙本墨眉**)真聞則喜,"似聞"故"失喜"耳。然畢竟勉强,結不住。

【彙評】

佚名丁墨尾:聞故鄉賊退,而不得親見,故以"遠遊"命題,非行役詩也。慨意少,喜意多。

春日梓州登樓二首

朱方藹紅眉:悲語以壯氣行之,遂能横絶千古。

嚴復墨眉:二首發端皆佳。

其　一

題鮮于樞評:公於客居見新燕而歎身老時危,故以"行路難如此,登樓望欲迷"爲起語,且用"身無却少壯"等語接之,讀之令人淒惋。賦兼興也。

屈復評:一客况,二登樓,四望。"身無却少壯"之術,"迹有但羈棲"之苦,承首句。五六承次句,結即所見而歎久客也。五梓州,六點春日,七八承六結。①

盧見曾紅旁:滿目悲凉,頸聯却極藴藉。

朱方藹紅眉:"故園"未即□,因有荆門之想,而於登樓寄興,看當其章法。

行路難如此,登樓望欲迷。(**奚禄詒甲本眉**)先言空樓之懷,後入春日。"入"字妙。(**奚禄詒乙本墨眉**)起句感歎淒切。(**王鄰德墨眉**)此見新燕而自歎身老耳,讀之令人淒婉。(**錢載評**)此亦神到之作。(**佚名丁墨旁**)竺云:公一去長安,辭華州,自秦州入蜀而羈棲,處處莫非"路難"。今登樓望見所經歷,於此於彼,故一二句言之。**身無却少壯,**(**奚禄詒甲本旁**)倒裝。(**奚禄詒乙本墨旁**)"無却""有但"倒裝法。**迹有但羈棲。**(**徐渭墨旁**)雖好,似有痕迹。(**方拱乾評**)句法變,開晚唐矣。(**王鄰德紅旁**)横絶太息。(**李以峙墨眉**)("迹有"句)按句本倒裝,不當作"但有"。**江水流**

① 校注:"迹有但羈棲",杭本作"迹但有羈棲",余本是。

城郭，春風入鼓鼙。雙雙新燕子，依舊已銜泥。（**錢陸燦丁本評**）落句言客梓州已過一季矣。（**吕留良紅旁**）感物自傷。（**奚禄詒甲本眉**）燕子已春，已依舊行路。（**奚禄詒甲本旁**）公在梓一年，故有“燕依舊”“移柳存”。（**奚禄詒甲本尾批**）賦也。〇結句閑而有情。（**奚禄詒乙本墨眉**）燕已新巢，我依舊行路。〇真宰説話，自是情至，而風致亦具焉。〇公在梓一年，故有“燕依舊”“移柳存”之句。（**吴廣霈墨眉**）一句獨幽秀。

【彙評】

佚名丁墨尾：二詩皆羈旅阻皈[歸]之感，以一意爲兩層。〇首章空寫羈旅，爲下章引子也。起句飄然，思鄉之感，已全領矣。“望欲迷”，神已注着故園，却還未露。三四就“難”字申寫，五六就“望”字申寫。結聯妙又只將春意點綴，而客懷如見。

其　二

題解于樞評：言天畔登樓而望故園，且曰兵戈始定，所移之柳，更能存乎？今也厭蜀之交態而思吴之勝事，必將理舟楫而下荆門矣。賦也。

屈復評：一起高亮痛切。

天畔登樓眼，隨春入故園。（**方拱乾評**）兩“入”字俱妙，却兩樣妙。於此可悟用字之法。（**錢陸燦丁本評**）此首方拈“登樓”。〇言故園未即歸，而因有荆門之想。（**奚禄詒甲本眉**）起正慨然。覩下“荆門”，則故園指襄陽矣。（**李以峙墨眉**）（隨春）按題是春日，當從“春”，且“隨春”自妙於“隨風”。**戰場今始定，移柳更能存？**（**方拱乾評**）用戰勝栽柳故事。（**嚴復墨眉**）三聯見句法。各於上兩字一逗，便見句意。（**奚禄詒乙本墨眉**）庾信《枯樹賦》：“昔年移柳，依依漢南；今看摇落，凄愴江潭。”“移”亦柳也。〇人情於久客，未有不冷者。（**李以峙墨眉**）（移柳）按“移”形似之誤。（**李**

以峙墨眉)(更能存)按"豈"字直率,當從"更"字。(**佚名丁墨眉**)《哀江南賦序》:"釣臺移柳,非玉關之可望;華亭鶴唳,豈河橋之可聞。"(**佚名丁墨旁**)竺云:戰場未定,則移柳之存否不可知;今戰場已定,故更問之也。以"更"爲疑辭,何悖也。"移柳"用《哀江南賦》語。**厭蜀交遊冷,**(**佚名己紅眉**)其後又有"厭就成都卜"之句。**思吴勝事繁。應須理舟楫,長嘯下荆門。**(**方拱乾評**)順結。後四句從"入故園"來。(**奚禄詒甲本尾批**)賦也。(**奚禄詒乙本墨眉**)"下荆門",則故國是襄陽。

【彙評】

佚名丁墨尾:次章明寫阻皈[歸],爲前章出路也。"天畔"躡"羈棲","登樓""隨春",帶題目,入"故園",點眼。三四承"故園",作轉,言亂雖定矣,家豈存乎?下又翻出他往以醒之。蓋家國殘破,既不可歸,而蜀中冷落,又無可倚,則且遊吴出峽而已,客感都在言外。

春日戲題惱郝使君兄

錢陸燦甲本眉、乙本墨眉:是時公在梓州,郝在通泉,想曾到通泉赴郝之招,而見王趙二妓,今又望郝攜此二妓而來梓州,亦費事矣,故曰"戲題惱郝使君"。

錢陸燦丙本評:錢云:是時公在梓州,郝在通泉,想曾赴郝之招,得見王趙二妓,今又望郝攜此二妓來梓州,亦難事矣,故曰"戲題惱郝使君"。

錢陸燦丁本評:時公在梓州,郝在通泉,想曾到通泉赴郝之招,而見王趙二妓,今又望郝攜王趙而來,故曰"戲題"。此種調笑之作,太白極多,而少陵集中最少。

吕留良紅旁:雅,奇。

奚禄詒甲本眉:“東流”“西飛”,相背而不見春光,歎己之東西奔走,正是愁處,故下云“開我愁”。

奚禄詒乙本墨眉:“東流”“西飛”,相背而不見春光,歎己之東西奔走,正是愁處。故下文“開我愁”云,謂不見其姬,可笑。

錢載評:正調皆如此。

使君意氣凌青霄,憶昨歡娱常見招。(**方貞觀紅旁**)此豈七古中句法?細馬時鳴金騕褭,佳人屢出董嬌饒。(**奚禄詒乙本墨眉**)亦覺灑落。東流江水西飛燕,可惜春光不相見。(**錢載評**)對疊。(**奚禄詒乙本墨旁**)愁也。願攜王趙兩紅顔,(**奚禄詒甲本旁**)郝之妓也。(**奚禄詒乙本墨旁**)使君之姬也。(**沈巖旁**)戲惱也。再騁肌膚如素練。(**嚴復墨眉**)“肌膚”而用“騁”字,“騁”猶“鬥”耳。(**吴廣霈墨眉**)再騁清歌奉歡宴。〇“再騁”句一作“如此”,似勝,應從正之。通泉百里近梓州,請公一來開我愁。(**李以峙墨眉**)(請公)按作“諸公”,形近而訛。舞處重看花滿面,(**嚴復墨眉**)唐婦人飾面用花子。今人不宜此種句法也。樽前還有錦纏頭。(**奚禄詒甲本尾批**)賦也。“錦纏頭”謂贈多佳人也。(**錢載評**)對疊。

花　底

題鮮于樞評:首六句言花底,有似潘岳河陽縣可留衛玠之車。末言深宜愛護,勿致零落而委泥沙,似勉人當惜寸陰之意。比也。

丁耀亢墨眉:詩疑不真。

奚禄詒甲本旁:必僞。

奚禄詒甲本眉:敗筆。

王鄰德墨眉:似勉人當惜寸陰之意。

沈巖旁:確是花底體勢。

紫萼扶千蕊，黄鬚照萬花。忽疑行暮雨，（**奚禄詒甲本旁**）句凑。何事入朝霞？（**吕留良紅旁**）寫景流麗。（**吕留良紅眉**）意外象外，水花鏡月。恐是潘安縣，堪留衛玠車。深知好顔色，莫作委泥沙。（**奚禄詒甲本尾批**）賦也。（**沈巖眉**）落句底意亦足。

柳　邊

題鮮于樞評:此詩睹物感時之邁而作。第二句起下六句,末二句結上六句。賦也。

丁耀亢墨眉:贋作多矣。

丁耀亢墨旁:二詩無一佳意。

奚禄詒甲本眉:"漢南柳",庾信詞也。

奚禄詒甲本旁:如何起? 〇末句可取。

盧見曾墨旁:顧注:此詠柳有時光迅速之感。〇首二初春柳,五六暮春柳。枝動故翻燕,葉密故藏鸝。漢南柳老,自況淹留;灞上柳遠,遥憶長安也。

沈巖旁:定翁云:似庾信,妙在起句。

沈巖眉:破"邊"字入神。〇落句爲"邊"字縱言之也。

只道梅花發，那知柳亦新。枝枝總到地，葉葉自開春。（**吕留良紅旁**）真是柳邊春色。紫燕時翻翼，黄鸝不露身。（**吕留良紅旁**）借得好。漢南應老盡，霸上遠愁人。（**奚禄詒甲本尾**）賦也。

奉送崔都水翁下峽

題鮮于樞評:首四句言崔翁下峽別離,雖不久,但親戚不忍相遺,爾時公亦將出峽,故云。後四句言憑崔翁所遇之地而問訊,他日我到自當一一題詩。賦也。

吕留良紅眉:眼前景,聯綴便成佳句,豈非化工?

無數涪江筏,鳴橈總發時。別離終不久,宗族忍相遺? 白狗黄牛峽,朝雲暮雨祠。(**方拱乾評**)五六二句因結句乃妙。(**奚禄詒甲本眉**)五六終不見佳。(**奚禄詒甲本旁**)五六謂之當對。(**奚禄詒乙本墨眉**)"白狗""黄牛"皆在開州。(**佚名戊紅眉**)此是就本句對法。所過憑問訊,到日自題詩。(**奚禄詒甲本尾批**)賦也。(**奚禄詒乙本墨眉**)末句閑冷,却關情之至。

鄓城西原送李判官兄、武判官弟赴成都府

題鮮于樞評:此詩首二句惜別而生中四句之景物,末二句結首二句,而離思別愁見於言外。賦也。

錢陸燦丁本評:憑高送遠,且憂且慰。

奚禄詒甲本墨眉、乙本墨眉:閑得有結構。

王士禛評:抑揚,含比意。

朱方藹紅眉:所親意層層反寫,情無不伸。

王鄰德墨眉:此詩首二句惜別,因生中四句之景物,末二句結首二句,而離思別愁見於言外。

憑高送所親,久坐惜芳辰。(**奚禄詒甲本眉**)"芳辰"二字爲花柳

之春。三句推開一步，正唤四句也。（奚禄詒乙本墨眉）“芳辰”唤花柳之春，三句推開一步，以唤四句。**遠水非無浪，**（奚禄詒甲本旁、乙本墨旁）轉下。（佚名丁墨旁）竺云：憑高看遠水似平穩者，而非無浪起。此以二客舟路言之。**他山自有春。**（吕留良紅旁）憑高送遠，且憂且感。（盧見曾紅旁）三四比興有味。（嚴復墨眉）“非無浪”者，不見浪也。“自如春”者，尚未春也。（王伯沆紅眉）托意甚妙。（佚名丁墨旁）竺云：“遠水”句言可愛，“它山”句言可慰。**野花隨處發，**（奚禄詒甲本旁、乙本墨旁）項“自有春”。**官柳著行新。**（嚴復墨眉）惟“野”乃“隨處”，以“官”故“著行”，詩律之細如是。（李以峙墨眉）（官柳）按“官柳”“野花”正對妖字，不可從。**天際傷愁别，離筵何太頻。**（奚禄詒甲本旁）足完首句。（奚禄詒甲本尾批）賦也。〇“太頻”者，既送李又送武也。（奚禄詒乙本墨旁）是完首句。（奚禄詒乙本墨眉）“太頻”者，送李又送武也。

【彙評】

佚名丁墨尾：起結寫惜别，而中四俱從去後途景取致，爲前後激射，格奇。

涪城縣香積寺官閣

方拱乾評：重“春”字，當是清江。

錢陸燦丁本評：一句中有三層景，“楓”定爲“峰”，方與“春”字合。〇寺在山頂，故落句云云，非也。應“山腰”句，收言遊興不盡也。

汪琬乙本評：詞亦圓宕，而取材更無其雅。

屈復評：江非不流，閣高故不見其流也。登山腰官閣，看寺下春江，故“迴添愁”也。二句是一句。丹楓在閣之外，閣在楓之中。

翠壁在閣之前，孤雲在翠壁之上。

屈復評：一二閣之高，中四皆承"高"字寫景，結遊興不盡也。"愁"字狀其高，甚危險，猶旌旗愁之意。○翠壁含風，孤雲雖細而不去；丹楓背日，萬木更稠而常陰。①

錢載評：只管讀，自然鐵炮穩矣。

朱方藹紅眉：調亦圓宕，而取材更欲其雅。

吴錫麒紅眉：句調婉約，詩情淡遠，自非晚唐諸公所及。

陳治墨眉：後村極賞"小院回廊"一聯。

吴廣霈墨眉："深不流"三字煉得遒勁有味。○"迴添愁"三字亦然。○此首超脱宕薄，起結處別有神味，非深於此道者固不能知其妙也。李、吴何責焉？

寺下春江深不流，（**題商盤紅旁**）對起。（**奚禄詒甲本眉、乙本墨眉**）意在流動，後人效之，遂成輕跳[佻]。山腰官閣迴添愁。（**俞瑒甲本評**）閣。（**奚禄詒甲本旁、乙本墨旁**）下面與愁不相應。含風翠壁孤雲細，（**題商盤紅旁**）三折句。（**沈巖旁**）山腰所見。背日丹楓萬木稠。（**俞瑒甲本評**）山腰所見。小院回廊春寂寂，（**俞瑒甲本評**）寺中。（**李以峙墨眉**）（春寂寂）按春深皆重出，則應從"清"字。浴鳧飛鷺晚悠悠。（**俞瑒甲本評**）江上。（**奚禄詒乙本墨眉**）末句用舊語，亦似舊人之癡。諸天合在藤蘿外，（**王士禛評**）七句甚有力。（**俞瑒甲本評**）更上一層。昏黑應須到上頭。（**俞瑒甲本評**）應"山腰"，收。（**奚禄詒甲本旁**）賦也。○用舊語，亦似舊人之癡。（**吴廣霈墨尾**）一收便將前歷數景象一齊納入，飄渺虛無。

---

① 校注："旌旗愁"，杭本作"旌旗"；"常陰"，杭本作"長陰"；除此條批語外，杭本另有"五承三四，六承一二"二句。

【彙評】

方拱乾評詩後評點最末處：若以此根據，豈不可笑？詩固有不必根據者。

王士禎評：翠壁含風，孤雲雖細而不去；丹楓背日，萬木更稠而長陰。

張學仁參定：寺在山頂，閣在山腰，故結聯以“上頭”作去路，悠然不盡。

吴廣霈墨旁批“李云”：李批亦未合。

吴廣霈墨尾批“吴云”：吴批謬。

涪江泛舟送韋班歸京得山字

題鮮于樞評：首言泛舟送韋歸京而羨之，乃自傷爲客之久。末乃以“花樹”“雲山”起興，而天涯故舊稀少，更益傷懷耳。賦而興也。

方拱乾評：“衰病”句妙極矣，却因上句乃見。有因上句見者，有合上句見者。

丁耀亢紅眉：老厚。

錢陸燦丁本評：喜氣飛揚，誦之不覺應聲而拚。○喜極却又悲極。

汪琬乙本評：吐人之所欲言，正自人人寫不及。

奚禄詒甲本眉：“重重樹”“處處山”帶有飄零意。五六有致，正傷春也。公詩無閑句。末句足完“飄零”“衰老”之意。

盧見曾墨旁：上四泛舟送别，下四對景傷情。花樹雲山，歸途春色。“天涯”應“爲客”，“故人”應“君還”，“鬢斑”應“衰老”，比上截更進一步，更覺可傷。

錢載評:其爲驚心動魄,正何必讓《十九首》!

朱方藹紅眉:吐人之所欲言,正是人之寫不及。

陳治墨眉:老境漸近自然。

吴廣霈墨眉:細潤如輕羅薄綺,光潔鮮新。

王鄰德墨眉:首言泛舟送韋歸京而羨之,乃自傷爲客之久。末以"花樹""雲山"起興,而天涯故舊稀少,更益傷懷耳。

王鄰德紅眉:道路之景,摹擬盡致。

追餞同舟日,傷春一水間。(**李以峙墨眉**)(傷春)按因別傷心,"春"字非。飄零爲客久,(**奚禄詒甲本旁、乙本墨旁**)傷春之故。衰老羨君還。花遠重重樹,(**奚禄詒乙本墨旁**)可入畫。(**李以峙墨眉**)(花雜)按"遠"字有神,"雜"字則老實。雲輕處處山。(**徐渭墨旁**)凡。(**奚禄詒乙本墨眉**)"重重樹""處處山"含飄零意。五六有致,正傷春也。天涯故人少,更益鬢毛斑。(**嚴復墨眉**)進一步作結。(**奚禄詒乙本墨眉**)公詩無閑字句。末句足完"飄零""衰老"。(**李以峙墨眉**)(更益)按"憶"殆聲近而訛,作"憶"便不通。

【彙評】

陳訏紅眉批仇注"'花遠'不如'花雜',蓋'重重'便有遠意,不宜疊用也"處:"花遠"故見重重之樹,"雲輕"故見處處之山,趙改"花雜","雜"即不重,重□□□□。

佚名丁墨尾:以久客人送還京,客自應神往於彼,心傷於此。

泛江送魏十八倉曹還京,因寄岑中允參、范郎中季明

題鮮于樞評:首言泛江送魏還京,而曰"愁緒外""淚痕邊"者,

感時戀闕之誠也。又曰：此别之後，“見酒須相憶，將詩莫浪傳”，末言因寄岑、范，皆交情之真。賦也。

方拱乾評：纔説“莫浪傳”，即接“若逢”，可想。○正見其不浪傳也。

吕留良紅眉：意新詞老。

王士禛評：亦無斤兩。

朱方藹紅眉：深淺合宜。

陳治墨眉：深淺合宜。

王𣶏德紅眉：世人不知己，故莫浪傳。岑、范知己，故各報之。知己之感，千古同然。

沈巖眉：亦無斤兩。

遲日深春水，（**李以峙墨眉**）（深江）按“遲日”已含“春”字意，當從“江”字，况下有“春色”在。輕舟送别筵。帝鄉愁緒外，（**沈巖旁**）觸著心事。春色淚痕邊。見酒須相憶，將詩莫浪傳。若逢岑與范，（**沈巖旁**）亦是老筆。爲報各衰年。（**徐渭墨眉**）細讀好。（**方拱乾評**）“各”字妙。（**吕留良紅旁**）直遂。（**奚禄詒甲本尾批**）五六言别後相憶寄詩也。

【彙評】

佚名丁墨尾：詩與前篇《涪江泛舟送韋班詩》一類。“報衰年”，着一“各”字，顯出兩下遥意神情。

送路六侍御入朝

方拱乾評：自然不是元白。句句曲，句句頓挫。○妙在前四句，尤妙在三句、四句。

汪琬乙本評：一氣滚注，只如説話，而渾成不可及。○此等詩如龍眠白描，無微不入，由其運筆之高也。

吕留良紅眉：此情此景常有，但不能如此痛快道出。

奚禄詒甲本眉：起得委曲，次句説盡四十年，三四思量更遠。“紅勝錦”“白於綿”皆强塞，“不分”“生憎”無妨。

奚禄詒乙本墨眉：起得委曲，次句説盡四十年，三四思量更遠。“不分”“生憎”，是吴體無礙，惟“紅似錦”“白如綿”皆强塞。

盧見曾紅旁：張潛曰：妙用倒叙法，前四句藏多少曲折。

錢載評：振蕩直書。

朱方藹紅眉：一氣滚注，只如説話，而渾成不可及。公此等詩如龍眠白描，無微不入，由其運筆之高也。

陳治墨眉：汪云：此等詩如龍眠白描，無微不入，纏綿委婉，覺江淹《别賦》未足銷魂。

吴廣霈墨眉：三四逆入句法奇妙，後人罕能用之。

倪象占藍眉：郭云：清空一氣如話。

嚴復墨眉：起四語極詰屈往復之致。“桃”“柳”一聯是虚，“不分”“生憎”四字，不然嚼蠟矣。

童稚情親四十年，（**俞瑒甲本評**）前一層。（**題商盤紅旁**）長短句起。（**李以峙墨眉**）（四十年）按“四十”“三十”不同他字，互異可以義斷，然就余所見，諸本無作“三十”者，且三字失粘，即使公當日實是“三”字，余爲公妙自起見，竟欲硬改作“四十”矣，一笑。（**沈巖旁**）前一層。中間消息兩茫然。（**方貞觀紅旁**）率句。更爲後會知何地，（**俞瑒甲本評**）深一層。（**題商盤紅旁**）倒叙聯。呼應句。（**沈巖旁**）後一層。忽漫相逢是别筵。（**俞瑒甲本評**）正意。（**王伯沆紅眉**）亦藹然，亦慘然。（**張雝敬墨旁**）黯然魂消，在一“是”字。（**沈巖旁**）生意。（**佚名已紅眉**）謝宣遠詩“離會雖相雜”，“忽漫相逢是别筵”實祖之。**不分桃花紅勝錦，**（**俞瑒甲本評**）轉出春色。（**題商盤紅旁**）比賦句。（**李以峙墨眉**）（不分）按此與“不怨”，皆唐人方言，謂無關要妙，均可從。（**沈巖旁**）轉出春色。**生憎柳絮白於綿。**（**徐渭墨旁**）總是有諷刺，亦犯學□□。**劍南春色還無賴，觸忤愁人到酒邊。**（**錢陸燦丁本評**）此情此景常有，但不能如此痛快道出，杜詩之妙，在此實際耳。（**李念慈紅眉**）春色人所最喜，今反言觸忤胸中，不合時宜見矣。（**俞瑒甲本評**）爲是“别筵”。（**嚴復墨眉**）只向境物上使性子，而離别之慘自見，此又一法門。（**吴廣霈墨尾**）以其相逢乃是别筵也。（**沈巖旁**）爲是别筵。

【彙評】

張學仁參定：前半别情，後半别景。妙在脈絡細密，不容著一閑字。

吴廣霈墨眉批“李云”：李此批已能盡其妙，故不必畫蛇添足。

泛江送客

題鮮于樞評：首聯起下三聯，末聯結上三聯，然其離思寫得曲折痛快。賦也。

方拱乾評：讀起句便知有結句。○有正結，有申結，有反結，此首乃申結。○申而不復，乃妙。妙在於起句能養耳。○養結與生結不同，養結當以申結應。

丁耀亢紅眉：平。

朱方藹紅眉：起結好，悲不在客而在送客，不在送客而在頻送也，故脱所送之人。

吴士模墨眉：起結好。悲不在客而在送客，不在送客而在頻送也，故脱所送之人。

二月頻送客，東津江欲平。（**呂留良紅眉**）只五字，喚起無限離思。煙花山際重，（**沈巖旁**）"重"字妙。（**佚名丁墨旁**）竺云："重"字平上。其箋相通，此與上"花雜重重樹"同一景。舟楫浪前輕。（**呂留良紅旁**）著"輕""重"二字，"浪前""山際"最得。（**王鄰德紅眉**）"重"字著"煙花"上便幻妙。下句之妙，又不在"輕"字，而在"浪前"二字。淚逐勸杯下，（**呂留良紅旁**）緊。（**嚴復墨眉**）"勸杯"二字連讀。愁連吹笛生。（**呂留良紅旁**）寬。離筵不隔日，（**沈巖旁**）應"頻送"。那得易爲情？（**方拱乾評**）申"頻"字以結。（**奚禄詒甲本尾批**）賦也。〇"不隔日"句必連日送行也，應首"頻送"。（**申頲墨眉**）即景生情。

【彙評】

王鄰德墨尾：首聯起下三聯，末聯結上三聯，其離思更寫得曲折痛快。

佚名丁墨尾：作意都在"頻送客""不隔日"上。

上牛頭寺

王鄰德紅眉：張天覺《律詩格》云："花濃"喻媚臣秉政，"春寺"比國家，"竹細野池幽"喻君子在野，未見用也。漁隱深闢，其穿鑿得之矣。

青山意不盡，衮衮上牛頭。（**方拱乾評**）可想見"衮衮"。（**呂留良紅眉**）說青山，奇崛可誦。（**呂留良紅旁**）"衮衮"字，此處難下，下却好。（**張雝敬墨旁**）最善看山形勢，龍脈俱一筆寫出。無復能拘礙，真成浪出遊。花濃春寺静，竹細野池幽。何處鶯啼切？移時獨未休。（**奚禄詒甲本旁**）賦也。〇末句似惱鶯啼，不得幽静。

【彙評】

佚名丁墨尾：無“拘礙”者，到此心斷諸緣；“浪出遊”者，且得身堪一散。所謂“意不盡”者也。寺静池幽，皆足引人不盡，轉惱鶯聲聒耳矣。

望牛頭寺

方拱乾評：“望”在前，“上”在後，依黄本爲是。

奚禄詒甲本眉：似覺佞佛。大凡作寺院詩，要脱了佛語與和尚氣。

佚名丁墨旁：先上寺，後望寺，猝然難解。《杜臆》認爲題誤，欲以“望”字置在“寺”下，則兜率寺不應兩誤，且使解詩都錯。玩詩意，始知“望”乃出寺後回望也。

牛頭見鶴林，梯徑繞幽深。（**李以峙墨眉**）（梯徑）按句雖無奇，較秀麗句則有老嫩之别。春色浮山外，（**李以峙墨眉**）（浮）按定從“浮”。“流”者説不去，非是。天河宿殿陰。（**嚴復墨眉**）“宿”字下得奇異，按“宿”，留也，不減“春星帶草堂”之“帶”字。（**李以峙墨眉**）（宿）按此則“没”字亦可，無關要妙。傳燈無白日，布地有黄金。休作狂歌老，回看不住心。（**奚禄詒甲本旁**）賦也。

【彙評】

奚禄詒乙本墨眉：似覺佞佛。大凡作寺院詩，要脱和尚氣，如作大喜詩，要脱紗帽氣。

佚名丁墨尾：解者認題不清，又誤看首句，遂引《地志》州南鶴林寺爲證，大非也。愚意此詩傍晚出寺，回望而得耳。“鶴林”即寺旁之林，乃佛門林木通稱也。林深則寺藏，但見鶴林矣。三四景愈闊，天河，春夜初昏見西隅，故曰“宿殿陰”。五六由望而憶及寺中所見，即長明之燈，寶勝之地，而喜其法輪昭焕，境界清華，遂猛然自悔，曰：吾何戚戚狂歌爲也？回看禪心，何其毫無緊著如此也！回望之義瞭然矣。要惟心戀安禪，故爾回望，下四實是上四之根。

登牛頭山亭子

題鮮于樞評：首言登牛頭山亭子之景物，次言避亂他鄉，身將老而京國之信不通，故不忍看花而灑淚。賦也。

朱方藹紅眉：老致横披。

路出雙林外，（**奚禄詒甲本旁、乙本墨眉**）“雙林”指牛頭與鶴林。亭窺萬井中。江城孤照日，（**奚禄詒甲本旁**）應次句。（**王鄰德紅旁**）二句景。山谷遠含風。（**奚禄詒甲本旁**）應首句。（**奚禄詒乙本墨眉**）煉在“孤”“遠”二字。（**嚴復墨眉**）三句是所望，四句是所聞。（**李以峙墨眉**）（山谷）按句極渾成。好在用“山”字，“春”字便非，況與江城又不對耶？兵革身將老，（**王鄰德紅旁**）二句情。關河信不通。猶殘數行淚，忍對百花叢。（**奚禄詒甲本旁**）賦也。

【彙評】

佚名丁墨尾：由“孤”字影出“身”字，由“遠”字影出“信”字。要是由“身孤信遠”，纔於寫景處落得此兩字下也。蓋景情相生，篇法乃融。

上兜率寺

題鮮于樞評：按佛書：“兜率”“真如”，皆古佛號。詩言兜率有名之寺，乃真如會法之堂，其江山兼有巴蜀之形勝，棟宇自已齊梁而創立，然我雖若庾信之哀江南，而周顒之好不忘，故欲上慈航而到彼岸耳。賦而比也。

李念慈紅眉：二三顧瞻遐遠，上下古今，情思無限。

吕留良紅眉：偶然説，偶然道，亦非大病，今人如此，則傳笑記問家矣。

屈復評：葉石林云：遠近數千里，上下數百年，只在"有""自"二字，吐吞俯仰今古之懷，皆見於言外。①

題商盤紅眉：前半登臨之景，後半登臨之情。○一二收寺名，拆開裝入二字，成分疏句。○"有"字易"入"字、"盡"字，俱不佳。一覽而盡曰"有"。"入"屬我見，"盡"屬彼盡，惟"有"字足以攝之。三四暗用一二。勝迹久遠，所以爲知名之寺；法界廣大，所以爲會法之堂。葉石林云：遠近數千里，上下數百年，只在"有""自"二字，吞吐山水之間，俯仰今古之懷，皆見於言外。○何胤、周顒并信佛，時人有"何肉周妻"之語，言何未能斷殺，周未能斷淫也。王維詩"平生無限傷心事，不到空門無處消"，後半即此意，言使累減周顒，則牛車雖未即駕，慈航且欲急上矣。○《老子》：域中有四大，一曰天大。内典：三世佛，一曰現在。釋迦生時，一手指天，一手指地，曰天上地下，惟我獨尊。佛言我者，非我也。諸佛與衆生一切皆我攝，是名現在佛，是名我獨尊。

盧見曾紅旁：葉夢得曰：詩人以一字爲工，世固知之，唯變化開闔，出奇無窮，殆不可以形迹捕詰。如"江山有巴蜀，棟宇自齊梁"，則其遠近數千里，上下數百年，盡在"有""自"兩字間，而吞吐山川之氣、俯仰古今之懷，皆見於言外也。

---

① 校注："吞吐俯仰今古之懷"，杭本作"吞吐山水之氣，俯仰古今之懷"。從文義看，杭本是。

題張問陶墨眉：夢得《詩話》云：詩人以一字爲工，如"江山有巴蜀，棟宇自齊梁"，則遠近數千里，上下數百年，皆在"有"與"自"兩字之間，吞吐山川之氣，俯仰古今之懷，見於言外。

嚴復墨眉：次聯葉石林所評極當。

奚禄詒甲本旁：起語仿佛，但頷聯不可廢。

奚禄詒乙本墨眉：葉夢詩云：詩人以一字爲工，如"江山"二句，只在"有"與"自"二字之間，吞吐山川之氣，俯仰古今之懷，見於言外。○即葉評乃余前所説"煉一擔力之字"是也。○起語仿佛，頷聯不可廢。

王鄰德墨眉：葉夢得云：詩人以一字爲工，世固知之，惟老杜變化開闔，出奇無窮，殆不可以形迹捕詰。如項聯二句則其遠近數千里，上下數百年，只在"有"與"自"兩字間，而吞吐山川之氣，俯仰古今之懷，皆見於言外矣。

兜率知名寺，(**題商盤紅旁**)對起。分疏句。真如會法堂。(**屈復評**)據有江山之勝，構自齊梁，歲月已久。三承首句，四承次句。(**陳治墨眉**)俯仰形勝，上下古今，只在一兩字中，於此可悟煉字之法。(**佚名丁墨旁**)竺云：兜率，知名之寺；真如，會法之堂。"會法"與曰"法會"同。江山有巴蜀，(**方拱乾評**)"有"字妙。(**方拱乾評**)"有"字妙絶，乃"天壤有王郎"之"有"。(**題商盤紅旁**)實眼句。倒應一二。棟宇自齊梁。(**奚禄詒甲本旁**)渾老。(**朱方藹紅眉**)頷聯十字耳，有上下古今之感，似悲似諷，此類句非公不能。(**吴廣霈墨旁**)二句古音高調。(**王伯沆紅眉**)吞吐山川，俯仰古今，只在"有""自"二字。庾信哀雖久，(**題商盤紅旁**)借古爲喻。(**奚禄詒甲本旁**)陡引庾信。何顒好不忘。(**徐渭墨旁**)塞。(**李念慈紅眉批錢注"何顒"**)"何顒"必有故實，未有兩處皆誤寫也。(**王鳴盛將"何顒"改爲"周顒"，並墨眉**)《南史》：周顒長於佛理，於鍾山西立精舍，□沐欲歸之。（**佚名戊墨眉批箋注“趙云：公蓋言己身流離於外，有庾信之哀而不忘交好，如何顒者有□之之心也。然學者多疑其上佛寺詩而及此，斯亦有所感乎”**）趙注云：學者多疑上佛寺詩不應及何顒，區區以爲“何”當作“周”。按《高僧傳》，婁約深遠妙理，周顒素所敬服，乃於鍾山舊館造草堂寺以居之。今寺左有婁約講經臺，即顒舊居。恐詩意借用此事，更俟識者。**白牛車遠近，**（**奚禄詒甲本眉**）《法華經》有大白牛以駕寶車。用白牛事，想爲與牛頭相近。（**奚禄詒甲本旁**）不必如此。（**奚禄詒乙本墨旁**）不死如此結。**且欲上慈航。**（**佚名丁墨旁**）竺云：“白牛車遠近”，近是凡界，遠是聖界。所謂乘法乘直至道場也，是頓大有力之行，而我則未能也，且欲蒙如來慈度而能到也。

【彙評】

錢陸燦丁本評：第三句即羊叔子云“自有宇宙來，便有此山”意。用虚字簡括，非公不能。

王鄰德紅尾：庾信《哀江南賦》。《後漢書》：何顒因陳蕃、李膺之敗，爲宦官所陷，亡匿汝南間，所至皆親其豪傑有聲，袁紹慕之，私與往來，結爲奔走之交。

佚名丁墨尾：一二對體，三四氣象幽，蓋五六將自身轉側牽搭，七八結出仰法意，收束完密。玩末句，已含泛江意，恰好接着下首。

望兜率寺

方拱乾評：字字是“望”。

嚴復墨眉：四詩題所用“上”“望”二字，與今人用法大異，今人“望”用於遠，“上”用於近，杜反是。

樹密當山徑，（**題商盤紅旁**）倒叙。對起。**江深隔寺門。**（**屈復評**）雖出佛經，用來鄙俗，可爲知者道。[1] **霏霏雲氣重，**（**題商盤紅旁**）順承一二。（**奚禄詒甲本旁、乙本墨旁**）山。（**李以峙墨眉**）（動）按“重”與“霏霏”不相應，非是。**閃閃浪花翻。**（**奚禄詒甲本旁**）江。（**奚禄詒乙本墨旁**）水。**不復知天大，**（**申涵紅眉**）奇語。**空餘見佛尊。**（**秦應逵紅旁**）雖出佛經，用來俗鄙。**時應清盥罷，**（**李以峙墨眉**）（清盥）按乘興方遊寺，興罷何又隨喜？“興”字不可從。**隨喜給孤園。**（**奚禄詒甲本旁**）賦也。〇五六俗，七八率。（**奚禄詒乙本墨眉**）喪心。

【彙評】

題商盤尾：按志，寺在梓州之南。一二云云，知越江登山而後至寺也。三四承“樹密”寫一句，承“江深”寫一句。五六是佛家本色語。前詩“江山有巴蜀”，此二句云云，則“望”在“登”之後明矣。七八則喜其境之曠，欲時一隨喜也。

佚名丁墨尾：舊解之語同前。此蓋泛江回望而作。一二身在江間，見樹不見寺也。三四由彼及此，但見山雲遠動，江浪近翻而已。此時境界曠闊，宜“知天大”矣。而心依初地，猶然但“見佛尊”也。著一“餘”字，見過後之思。結言嗣此當常常隨喜，着“時應”字，見續叩之義。舊解之失，不辯可知。

甘　園

奚禄詒甲本眉：因自己柑園，推到蜀之貢柑以寄意，畢竟牽强，公每每如此。

① 校注：“鄙俗”，杭本作“俗鄙”。

奚禄詒乙本墨眉：借貢柑以寓慨。

沈巖眉：作詠物看便高。

春日清江岸，千甘二頃園。青雲羞葉密，（**奚禄詒甲本旁**）句艱苦。（**李以峙墨眉**）（羞密葉）按下句用“避”字則此定從“羞”字，“著”字則不稱矣。白雪避花繁。（**傅山紅眉**）可笑。結子隨邊使，開筒近至尊。（**李念慈紅眉**）古人以筒貯果實，其法至今猶傳。（**李以峙墨眉**）（筒）按此無關要義，二字均可從。後於桃李熟，終得獻金門。（**奚禄詒甲本尾批**）蜀中貢柑。〇賦也。（**題張問陶墨眉**）結句即大器晚成之旨。

陪李梓州、王閬州、蘇遂州、李果州四使君登惠義寺

題鮮于樞評：首四句言惠義寺之境物，後四句言陪四使君之登臨，而四公誰能解印“共安禪”於此耶？賦也。

題商盤紅眉：鶯花雖隨世界，而春日之境自無人；樓閣雖倚山顛，而虛空之天自不住。臨濟所謂“奪人不奪境，奪境不奪人”者，其旨如此。公從遊覽中尋常拈出，蓋已深入般若之海矣。後半言登臨，頓悟身世塵幻，欲向禪門尋一安樂法，不知諸公誰與我同志也？

盧見曾墨旁：“無人境”言其幽，“不住天”言其曠。杜修可曰：取佛書不住相意，謂天運無常，以成四時。“鶯花”，春時景物；“樓閣”，寺中形勢。“遲暮”二句，自傷人道已晚；“誰能”二句，并勸四公解脱。《杜臆》：公以作客之窮，真有學佛之想，故後詩屢及之。《瓔珞經》：無量世界，盡觀衆生。《法華經偈》：安禪合掌。

題張問陶墨眉：遊山寺而思禪隱，亦屬詩家常套。妙在“遲暮”一語，於睡夢中唤醒癡迷，能令大家回首，爽然自失，真是以渡迷津

而燭昏昧也。

春日無人境，（**題商盤紅旁**）對起。**虛空不住天。鶯花隨世界，**（**題商盤紅旁**）順應一二。（**佚名丁墨旁**）從“無人”“不住”上現出諸相，“隨”字下得妙。**樓閣寄山巔。**（**吕留良紅眉**）是入寺感慨。（**屈復評**）“鶯花隨世界”，不以無人之境而異也；“樓閣倚山巔”，不以住天而常存也。[1]（**王伯沆紅眉**）眼高。（**奚禄詒乙本墨眉**）“寄”字著意，反不爲煉。**遲暮身何得，登臨意惘然。**（**方拱乾評**）老人真情況，惟老人自知之。（**方拱乾評**）“惘然”二字摹寫登臨意，極妙。（**題商盤紅旁**）走馬對。（**佚名丁墨旁**）竺云：以塵俗之身至清净之境，不得不自失。**誰能解金印，蕭灑共安禪？**（**奚禄詒甲本旁**）賦也。

【彙評】

佚名丁墨尾：“無人境”“不住天”，静而超也。“鶯花”聽彼繁華，“樓閣”自成幽僻，亦可了俗緣矣。全爲下半領神。誰能解印，非笑之，亦非勸之，正見世網難脱。借四君以影己，仍自歎不能灑然相就也。

數陪李梓州泛江，有女樂在諸舫，戲爲豔曲二首贈李

方拱乾評：麗而不靡。○如此等應酬，亦復難於雅飭。

屈復評：“野曠舞衣前”“清霄近笛床”，歌舞筵中，古今更無人能道。

題商盤紅眉：此首專寫女樂在諸舫之境，下首始及歌舞之事。“歌扇”“舞衣”，只作“女樂”字用，“江清”“野曠”，貼近“舫”字寫二

---

① 校注：“不以住天”，杭本作“以不住天”。

句。五六或有並肩倚立者，或有據船取水者，“凌風”“隐浪”又貼“野曠”“江清”寫二句。七八竟將“明媚”二句應轉次句“滿”字，諸舫中凝睇含笑，隱約藏露之狀，摹寫無餘矣。

吴士模墨眉：處處貼“泛江”寫豔遊，亦自淋漓滿志，而語不傷雅，所以爲難。

其　一

朱方藹紅眉：處處貼“泛江”寫豔遊，亦自淋漓滿志，而語不傷雅，所以爲難。

題張問陶墨眉：以明媚之色，觀豔陽之天，誰復禁之？“偷眼”二字，寫盡女郎性情姿態。

上客迴空騎，（**題商盤紅旁**）對起。佳人滿近船。江清歌扇底，野曠舞衣前。（**汪琬甲本紅眉**）歌扇，舞衣。（**汪琬甲本紅旁**）“池月憐歌扇，山雲愛舞衣。”玉袖凌風並，（**李以峙墨眉**）（玉袖）按王説有證據，亦可備一説，至言用“玉袖”則與上“舞衣”重複，則非是。此蓋相承，非重複也。金壺隱浪偏。（**嚴復墨眉**）浪起船或微側，則壺偏，而有酒者尤可見，此頗不難解。注家紛紛，或改“玉袖”爲“玉燕”，“金壺”爲“金鳧”，無有是處。競將明媚色，偷眼豔陽天。（**奚禄詒甲本旁**）有“江清”“野曠”四字便非晚唐。（**錢載評**）結亦是對。（**沈巖尾**）豔詩乃是清新。

【彙評】

題商盤尾：此首雖寫女樂，却從“上客”句發端，猶文章之有主腦也。此句本章不應，應於下章結處，此又通二首爲章法也。

奚禄詒乙本墨眉：雖曰“戲爲”，亦是唐人□派。

佚名丁墨尾：看來女樂自在諸舫，本非使君所載。首章單就女樂點染，彼此尚未相接，下章始相狎近。○首句只將使君下馬登舟略逗，次句徑入諸舫女樂，三四寓目，五六見不一舫，七八妙盡女郎之態，與此微相引動矣。

其　二

題商盤紅眉：“歌袖”移“白日”，言樂之移晷；“笛床”近“青霄”，言響之遏雲。意本常意，句非常句。“度曲”而“翠眉縈”，“分行”而“雲鬟儼”，句非常句，字亦非常字。下句整齊端肅之狀可見。前半當從四句倒卷敘去：開宴之始，分行而立；既而歌者進，既而管者進，於是絲肉競奏，歌舞繽紛；高宴未終，西山已告夕矣。此“千山暮”與“白日移”所以緊相呼應也。○詩製題本自不苟，首言陪李，末言贈李，則知此公蓋遊於逸、淫於樂也。撰爲豔曲，雖曰戲之，實所從起之。

朱方藹紅眉：此首極言其盛，末則題所云“戲”也。

題張問陶墨眉：上首“偷眼”字，此首“縈”字，非深於觀物者不能下。所謂真道學亦自風流也。

白日移歌袖，（**題商盤紅旁**）倒裝句。（**李以峙墨眉**）（歌袖）按此與下句對，必當從“袖”，作“裏”非。清霄近笛床。（**吕留良紅眉**）此時命句，難得如此風力。（**題商盤紅旁**）對起。（**奚禄詒甲本旁**）《樹萱録》云，南朝呼筆管爲床，笛床或亦其類。（**奚禄詒甲本眉**）笛床清霄，如何可近？（**奚禄詒甲本旁**）“霄”當是“宵”，語日落也。（**奚禄詒乙本墨眉**）清霄如何近笛床？（**王鄰德紅眉**）壯麗。（**沈巖旁**）杜伊據胡床弄笛，“床”字本此。翠眉縈度曲，（**題商盤紅旁**）倒押句。實眼句。雲鬟儼分行。（**李以峙墨眉**）（成行）按“成”“分”均可從。（**佚名丁墨旁**）竺云：“翠眉”“雲鬟”互言，狀佳人也。縈，看授曲之際，互相縈迴也。立馬千山暮，（**題商盤紅旁**）實眼句。(**沈巖眉**)五字韻絶。**迴舟一水香。**(**汪琬甲本紅眉**)水香。(**方拱乾評**)六朝人絶頂句。(**李念慈紅眉**)"回舟"句化去粘帶,而香豔隱隱在中,詩中妙境在此。**使君自有婦,**(**吕留良紅旁**)用舊句恰好。(**秦應逵紅旁**)戲贈。**莫學野鴛鴦。**(**丁耀亢紅眉**)用古無味。(**吕留良紅尾**)直作戲詞,乃有風韻。(**奚禄詒甲本旁**)太謔浪。(**奚禄詒甲本旁**)賦也。(**奚禄詒乙本墨眉**)末句太謔浪。(**嚴復墨眉**)後半正是收場情事。

【彙評】

題商盤尾:五六寫回舟之景,與前首起聯相應,一"立"字尤見僕馬久待之意。豔曲中著此一語,挺然而起。下句對法悠然,而合叙歸途衆客就馬、諸妓在船,景狀如見。

吴士模墨眉:次首極寫其盛,末則題所戲也。

佚名丁墨尾:次章近而即之。一二由日而夜,由離而合,提掇清醒。三四與上章之"江清""野曠"大别,此直圍繞使君矣。下四更離合生動,"千山暮",候騎久待也;"一水香",花叢裏出也。二句可畫。結雅而韻,語氣似曉彼女郎,却以諷使君也。帶戲。

送何侍御歸朝李梓州泛舟筵上作

題鮮于樞評:起句見題意,次聯應首句,起下句,其三聯應第二三句,末章叙别懷。賦也。

徐渭墨旁:常。

奚禄詒甲本眉:此等詩未嘗畫,然却是盡知者□之。

奚禄詒乙本墨眉:率。

舟楫諸侯餞,車輿使者歸。山花相映發,(**吕留良紅旁**)活對。

水鳥自孤飛。春日垂霜鬢，天隅把繡衣。故人從此去，（**李以峙墨眉**）（去）按無關要義，"去""遠"均可從。寥落寸心違。（**奚禄詒甲本尾批**）賦也。

【彙評】

佚名丁墨尾：三四一喧一寂，景中帶比，下半從此領出。

行次鹽亭縣，聊題四韻，奉簡嚴遂州、蓬州兩使君、諮議諸昆季

題鮮于樞評：首言鹽亭縣之景物，次言奉簡嚴家昆季之意。賦也。

李念慈紅眉：今鹽亭有鵝溪，無雲溪，或古今名異，抑别有雲溪耶？

題張問陶墨眉：浦説三四稍鑿，然如此，則前後不至打成兩橛，末二句纔有着落，姑存之。

奚禄詒乙本墨眉：此一路詩皆非公得意之作。

王鄰德墨眉：首言次鹽亭縣之景物，次言奉簡嚴家昆季之意。

馬首見鹽亭，高山擁縣青。（**吕留良紅旁**）秀拔。雲溪花淡淡，（**李以峙墨眉**）（花淡淡）按"漠漠"不如"淡淡"。春郭水泠泠。（**奚禄詒甲本旁**）亦羅致。全蜀多名士，嚴家聚德星。（**秦應逵紅旁**）漁洋抹之。長歌意無極，（**吕留良紅旁**）感慨。好爲老夫聽。（**方拱乾評**）結深。（**奚禄詒甲本旁**）賦也。

【彙評】

佚名丁墨尾：往來諸屬邑，不無望於諸地主也。淡淡、泠泠，景象殊

落莫矣。所謂意無極者以此，顧注謂欲其長吟此四韻，何異嚼蠟。○“嚴家”句太質。

倚　杖鹽亭縣作

題鮮于樞評：詩言“看花”“倚杖”於郭外、溪邊，而物色生意滿前，故憶去年之凄凉。賦也。

屈復評：起寫閑悶無聊，心無定向也。中四倚杖所見物色生意，總收以見己之不然，所以深感於去年也。

題商盤紅眉：本意雖在郭外看花，不覺即就溪邊倚杖，道盡無情無緒之景。中二聯皆倚杖所見。尾聯從“物色”二字總收，而“雖”字、“即”字之神，亦見於此。○三四是俗中之景，出公口即不俗。

奚禄詒甲本眉：此在梓州之作，或因嚴武去而蜀亂，故“憶去年”耳。

奚禄詒甲本旁：憶去年之在浣花溪，非憶武也。

吴士模墨眉：無語借凑，益見思路之寬。

沈巖眉：游吴興便知此詩之佳。

看花雖郭内，（**題商盤紅旁**）對起倒裝。縮脈句。倚杖即溪邊。山縣早休市，（**俞瑒甲本評**）郭内。江橋春聚船。（**李念慈紅眉**）三四江郭真景，鹽亭乃不爾。（**俞瑒甲本評**）江邊。（**奚禄詒乙本墨眉**）“近”字不通，“野”字唤不起“輕”字。（**李以峙墨眉**）（聚船）按必當從“聚”，“近”字謬。狎鷗輕白浪，（**題商盤紅旁**）實眼句。（**李以峙墨眉**）（狎鷗）按“狎”與“輕”相應，不當從“野”。歸雁喜青天。（**李念慈紅眉**）“青”當作“晴”。（**題商盤紅旁**）語含比興。物色兼生意，（**俞瑒甲本評**）承“鷗”“雁”。（**嚴虞惇

紅旁)雙接。淒凉憶去年。(**奚禄詒甲本尾批**)賦也。○"輕""喜"二字入情,三應郭内,四應溪邊也。(**李念慈紅眉**)此日意中不淒凉可知。

【彙評】

張學仁參定:詩拈"倚杖"二字爲題,非詠倚杖也。

題商盤尾:鷗元水宿,雁遂歸心,皆反興己羈旅之情也。如此"物色",兼如此"生意",益覺淒凉,生去年之感耳。俗云一年不如一年,結語正是此意。

王鄰德墨尾:此詩次聯承首聯,三聯承次聯,結聯承三聯,相承到底。

佚名丁墨尾:"郭内"謂近郊,未必定是城内也。物皆生意,己獨淒凉,去年此時,方仗嚴武。

惠義寺送王少尹赴成都分得峰字

方拱乾評:只末一句别,絶不見别意之少。

俞瑒乙本評:送别只末句點明。

苒苒谷中寺,娟娟林表峰。(**吕留良紅眉**)寺曰"冉冉",峰曰"娟娟",新妙可人。欄干上處遠,結構坐來重。騎馬行春徑,衣冠起暮鐘。(**方拱乾評**)句妙於想。(**沈巖眉**)晚鐘動,衣冠皆起也。雲門青寂寂,(**李以峙墨眉**)(青寂寂)按"春"字重複,當從"青",特費解耳。此别惜相從。(**方拱乾評**)八句出題,老法,老力。(**奚禄詒甲本尾批**)賦也。○六句謂衣冠而散,則暮鐘時矣。

【彙評】

陳訏紅眉批仇注"少尹騎馬而行,僧人衣冠而起暮鐘矣"處:"騎"字去聲,如《史記》"漢騎""項王二十八騎"之類。"騎馬"猶言人馬也。"行春徑"有"悠悠旆旌,蕭蕭馬鳴"意。"衣冠"句言冠裳相聚,忽起暮鐘,此時行者不得不行,故緊接雲門寂寂,非復騶從之喧擾也。注言"少尹騎馬而行",不知"衣冠"二字將如何解?至以"衣冠"言僧,語無分曉。且少尹在寺時,豈皆袒裼裸呈耶?申評尤可發大噱。

陳訏紅旁批仇注"寺僧見貴客至,故衣冠鳴鐘"處:如此該接上雲門鬧轟轟矣。此等俗見,山谷言俗不可醫,非公等而誰?

佚名丁墨尾:上四不獨寫寺,寫寺中相與流連也。第五預擬程圖,第六倒拈别況,七八接落自己稽留。成都,草堂在焉,能無深情?

惠義寺園送辛員外

方拱乾評:亦當日偶然送耳,未必與辛至交,看通章語氣可見。

李念慈紅眉:以下二首亦俱可疑。

奚禄詒甲本眉:疊字亦非佳體。

奚禄詒甲本旁:此必王安石僞筆。

朱櫻此日垂朱實,郭外誰家負郭田?(**丁耀亢墨眉**)重前。萬里相逢貪握手,高才却望足離筵。

又送

王士禛評:前景,中情,後情。○草侵座軟,宛似流連;花近人開,亦如悵望。

題商盤紅眉:"留連""悵望"本寫人情,屬横插法。因其"侵坐軟",而覺細草亦爲"留連";因其"近人開",而覺殘花亦如"悵望"。

此又意中之意，法外之法。造句之妙，即作者亦不知其所以然也。○前半景中見情，已自難堪，後半綢繆款摯，更覺別情無盡。

奚禄詒甲本眉：亦流動。

朱方藹紅眉：格整以蒼，氣疏而宕。

吴廣霈墨眉：此乃真是杜作，非贋鼎也。

雙峰寂寂對春臺，(**奚禄詒乙本墨眉**)流動。萬竹青青照客杯。(**方拱乾評**)前四句寫景最鬆，後四句忽入深情。(**丁耀亢藍眉**)宋人起句。(**錢載評**)順疊。(**李以峙墨眉**)(照客杯)按當從"照"，"送"字非。細草留連侵坐軟，(**題商盤紅旁**)横插句。景中見情。(**秦應逵紅旁**)草侵坐軟，似有留連。殘花悵望近人開。(**秦應逵紅旁**)花近人開，如含此意。同舟昨日何由得，(**題商盤紅旁**)混裝句。並馬今朝未擬回。(**丁耀亢紅眉**)情深。直到綿州始分首，(**李以峙墨眉**)(分首)按"分手"通用，"分首"却僅見。江邊樹裏共誰來？(**奚禄詒甲本尾批**)賦也。○末句情深。(**吴廣霈墨眉**)此首亦平庸。

巴西驛亭觀江漲呈竇使君二首

李念慈紅眉：二首中各一句似。

朱方藹紅眉：每至難寫處，彌見其大，其力量豈止扛鼎而已耶？

其　一

王伯沆紅眉：語意入微。

宿雨南江漲，(**奚禄詒乙本墨眉**)三四包含變化，五六是説涨，帶比。波濤亂遠峰。(**王鄰德紅眉**)山亦波濤矣，乃見宿雨之甚。"亂"字難下。

孤亭凌噴薄，萬井逼春容。（方拱乾評）“凌”“逼”二字虚轉，以“噴薄”“春容”作實字。（奚禄詒甲本旁）健句。（嚴復墨眉）“春容”，他處形容鐘聲之宏，此則狀濤聲耳。霄漢愁高鳥，（奚禄詒甲本旁）賓也。○比也。泥沙困老龍。（傅山紅旁）無味。（奚禄詒甲本旁）己也。（奚禄詒甲本眉）五六仍是説漲，帶比。天邊同客舍，攜我豁心胸。（奚禄詒甲本旁）賦也。○“萬井逼春容”，更勝於出句。

其　二

題張問陶墨眉：按仇氏以“喜”字“畏”字分貼二首，極得。據此，前首歸結在“豁心胸”三字，此首歸結在一“愁”字，而以“轉驚”“即恐”四字爲關紐。

轉驚波作怒，（王鄰德紅眉）□字接前詩來。（李以峙墨眉）（作惡）按“惡”不如“怒”，當是“怒”字之訛。即恐岸隨流。（嚴復墨眉）起句突兀，接句奇横，的是杜矣。賴有杯中物，還同海上鷗。關心小剡縣，傍眼見揚州。爲接情人飲，朝來減片愁。（李以峙墨眉）（片愁）按“半愁”亦可從，無關妙處。（沈巖尾）“半”字有味。

又呈竇使君

向晚波微緑，連空岸脚青。（方拱乾評）“脚”當作“却”。（李以峙墨眉）（微緑）按當從“微”，“猶”字無報。（李以峙墨眉）（岸却青）按此與上“微緑”對，當從“却”字。（吕留良紅眉）“脚”字亦好，但杜詩無此對法。日兼春有暮，（方拱乾評）句變。愁與醉無醒。漂泊猶杯酒，踟躕此驛亭。相看萬里外，同是一浮萍。

【彙評】

陳訏紅眉批仇注"對岸却青,不必作脚青解"處:因水波微緑,故岸脚青色,遠連空際,注作"岸却青",穉極。

佚名丁墨尾:波緑則漸澄矣,岸青則漸殺矣。而暮愁不醒,則以迹類浮萍也。劉逵謂:三四刻削,不當效。

陪王漢州留杜綿州泛房公西湖

題鮮于樞評:詩首言房公罷相,刺漢州而鑿城西池。起聯與次聯交互相生,蓋言房公西湖也。末四句言陪王、杜二公泛湖,而有蓴絲鱠縷之美味。賦也。

方拱乾評:房琯謫爲漢州刺史,西池乃琯所鑿。

奚禄詒甲本眉:房公池正可作詩,止首句丢開,且公好贊人肴味,亦大病也。結句尤可嘆。不止結,不完全局。

王伯沆紅眉:《世説[新]語》既與《晉書·陸機傳》異,而千里則確爲湖名,在溧陽縣。或以"未"爲"末","秣"之省文,即秣陵也,亦無他證。或主"未",下言此去吴有千里之遠,亦不成文理。

舊相恩追後,春池賞不稀。闕庭分未到,舟楫有光輝。(**嚴復墨眉**)起四全不了了,注家雖極力穿鑿,無益也。**豉化蓴絲熟,**(**奚禄詒乙本墨眉**)房公池正可作詩,乃只首句丢開,且公每於酒席好贊人肴味,亦大病也。**刀鳴鱠縷飛。使君雙皂蓋,灘淺正相依。**(**奚禄詒甲本旁**)飲酒時未必張蓋,灘淺却如何相近? 故"皂蓋"亦用得不妙。(**奚禄詒甲本旁**)賦也。

【彙評】

奚禄詒乙本墨眉:飲酒時未必張蓋,灘淺又如何相近? 故"皂蓋"事亦用得不妙。○末句尤可笑,大約公於餞送詩除嚴武之外,多是應付而已。

得房公池鵝

房相西亭鵝一群,眠沙泛浦白於雲。鳳凰池上應回首,爲報籠隨王右軍。(**奚禄詒甲本眉**)引右軍無味,與上句不照。(**奚禄詒乙本墨眉**)末只言已得之耳。○引右軍無味,與上句不相照。(**嚴復墨眉**)房公在中書,故云"鳳皇池上"。

答楊梓州

奚禄詒乙本墨眉:紛紛穿鑿,改詩已就己意,大約出於王安石。○味後二句是公到梓,不曾見楊,聊與楊公之子遊耳。或疑楊公必梓州之父,又改"楊公池"爲"房公池"。

悶到房公池水頭,坐逢楊子鎮東州。却向青溪不相見,回船應載阿戎游。(**吴廣霈墨眉**)"阿戎"即阿侄也,古人又謂之"阿咸"。

舟前小鵝兒漢州城西北角官池作

李念慈紅眉:看他體物之妙,詩中化工手也。

吕留良紅眉:頗工細。

奚禄詒甲本旁:起意似曠,下即轉憐意。

奚禄詒甲本眉:意在房公,"狐狸"似指賀蘭進明。

奚禄詒乙本墨眉:起意似愛之,却轉出憐意。"狐狸"指賀蘭進明。〇房公池,書所見也。思其人,憐其物。

王士禛評:一二鵝兒,三四舟前,五六小,七應二,八應五六。〇微物不遺,托喻何深妙如是。

吴士模墨眉:石生嘗盛稱"無行亂眼多",以爲寫小鵝入神,細看上句亦好。

題張問陶墨眉:句句切小鵝,"引頸"句更爲描寫入神。

鵝兒黄似酒,(**汪琬甲本紅眉**)鵝黄酒。(**汪琬甲本紅旁**)倒法。(**方拱乾評**)一作"鵝黄"。鵝黄,酒名。**對酒愛新鵝。**(**方貞觀紅眉**)明明五哥韻,何以硬押鵝黄?此必傳寫之訛。而注家認定鵝黄,引據累累,殊不可解。**引頸嗔船逼,**(**李以峙墨眉**)(船逼)按見逼故嗔過,以形近而訛。(**沈巖旁**)次聯更不可移掇。**無行亂眼多。**(**陳治墨眉**)石生嘗盛稱"無行亂眼多",以爲寫小鵝入神。**翅開遭宿雨,力小困滄波。客散層城暮,狐狸奈若何。**(**吕留良紅眉**)似有感者。(**奚禄詒甲本尾批**)賦而比也。(**王鄰德紅尾**)寓意。

官池春雁二首

嚴復墨眉:二詩意必有所指,且非自寓。

吴廣霈墨眉:瀟灑有致。

奚禄詒甲本眉:閱公絶句,即不甚佳者,亦非王李諸人所能。

奚禄詒甲本旁:自喻。

奚禄詒乙本墨眉:起句慨不偶,末句思家也。

沈巖旁:在成都府漢州西,乃房琯所鑿,公送嚴武至綿州,道出漢州,故至此。

沈巖眉:得比興之意,杜陵詠物大抵如此。

其　一

自古稻粱多不足，至今鸂鶒亂爲群。且休悵望看春水，更恐歸飛隔暮雲。(**奚禄詒甲本尾批**)比也。

其　二

青春欲盡急還鄉，(**李以峙墨眉**)(易盡)按“欲之”亦通，《杜臆》何故改之？紫塞寧論尚有霜。翅在雲天終不遠，力微矰繳絶須防。(**奚禄詒甲本尾批**)比也。○觀末句，公甚憂讒畏譏。(**奚禄詒乙本墨眉**)公亦憂讒畏譏。

投簡梓州幕府簡韋十郎官

幕下郎官安穩無，從來不奉一行書。固知貧病人須棄，(**奚禄詒甲本尾批**)“關何事”三字渾。(**奚禄詒乙本墨眉**)還是“關何事”三字穩。(**李以峙墨眉**)(“固知”句)按“不知”句較爲含蓄，宜從之。能使韋郎迹也疏。(**丁耀亢紅眉**)甚於痛駡。(**吕留良紅眉**)厚厚發世情一笑。(**汪琬甲本紅眉**)多病故人稀。

漢州王大録事宅作

南溪老病客，相見下肩輿。近髮看烏帽，催蓴煮白魚。宅中平岸水，身外滿牀書。憶爾才名叔，含凄意有餘。

喜　雨

屈復評:"兵""農"並起,單以亂結,寄慨深矣。

奚禄詒乙本墨眉:詩有緩而不警者,此是也。

春旱天地昏,日色赤如血。農事都已休,(**李以峙墨眉**)(已休)按"已""未"皆説得去,無關要妙,均可從。兵戈況騷屑。巴人困軍須,慟哭厚土熱。(**孫承澤墨眉**)旱豈無由? 滄江夜來雨,真宰罪一雪。穀根小蘇息,沴氣終不滅。(**孫承澤墨旁**)虐政未除也。何由見寧歲,解我憂思結。峥嶸群山雲,(**奚禄詒乙本墨眉**)固是比,却不好。(**李以峙墨眉**)(群山)按"交會"云云,則"群"字優於"東"字。交會未斷絶。安得鞭雷公,滂沱洗吴越。時聞浙右多盜賊。(**方貞觀紅旁**)湊。(**奚禄詒甲本旁**)賦也。(**吴廣霈墨尾**)"公"字應易"車"字便妥。

贈韋贊善别

題鮮于樞評:此詩首二句起下六句,末二句結上六句,其離情别恨,委曲沉著,有不能自已者。賦也。

方拱乾評:於此見力,見養。○前四句一氣妙矣。其妙處當知難在五六一聯,尤難在結。前警後寬,前淺後深,自然之法。

吕留良紅眉:人情客思,種種盡態。

屈復評:氣味淒凉。

王鄰德墨眉:此詩首二句起下六句,末二句結上六句,其離情别恨,委曲沉著,有不能自已者。

扶病送君發，自憐猶不歸。秖應盡客淚，復作掩荆扉。（**方拱乾評**）"作"字妙。（**方貞觀紅旁**）用意非不曲折，惜句不明爽。江漢故人少，（**方拱乾評**）申開見法。（**沈巖旁**）以"不歸"故。音書從此稀。往還二十載，歲晚寸心違。（**方拱乾評**）違心從别友説出。

【彙評】

佚名丁墨尾：贈别故人，純從自己羈棲苦衷一片滚出。

短歌行送祁録事歸合州因寄蘇使君

方拱乾評：極淺率，却誰人到得？

奚禄詒甲本眉：自裴施州至此，皆不成章。

前者途中一相見，人事經年記君面。（**申涵光甲本評**）"人事經年記君面"，此老固托一不記十者，得今經年記面，亦非易事。（**汪琬丙本評**）此句上下不接。後生相動何寂寥，（**錢陸燦乙本紅旁**）寂寂。（**李以峙墨眉**）（相勸）按"相動"費解，此亦形近而訛。（**沈巖眉**）才足動人，一見輒記，後生如録事，寂寥不可多得也。作"勸"字，了無意味矣。君有長才不貧賤。（**汪琬甲本紅眉**）美才應自料。君今起舵春江流，余亦沙邊具小舟。幸爲達書賢府主，江花未盡會江樓。（**吴士模墨眉**）凡近。（**秦應逵墨眉**）凡近。（**吴廣霈墨尾**）曲終雅奏，一結句獨佳。

【彙評】

方拱乾評：絶無深意，一味疏老，元白死不能望。

送韋郎司直歸成都

題鮮于樞評：詩言避兵來蜀郡，同病同老，於此日久者，以天下亂未定故也。今韋又别我歸成都，幸爲問訊草堂之竹，此與《送竇九》詩同意。賦也。

方拱乾評：公詩之起結照應，出於天然，如此首結語必得起句"蜀地"二字乃妙，豈有心埋伏耶？豈無心暗合耶？○無他，只是作詩時有全局在胸中耳。

錢陸燦甲本眉：方曰：是時公在梓州，因送韋而念及草堂也。何以不念四松而念竹？蓋當暮春之時，竹皆發筍，故推其抽梢過墻耳。

錢陸燦丙本評：錢云：何以不念四松而念竹？蓋當暮春之時，竹皆變筍，故推其抽梢過墻耳。

錢陸燦丁本評：時公在梓州，因送韋而念及草堂也。

朱方藹紅眉：詩情深，筆路大，更悠然有致。

嚴復墨眉：語儷意單，與上首同。

王鄰德墨眉：此與《送竇九》詩同意。

王鄰德紅眉：今人送别詩那能道隻字？

竄身來蜀地，同病得韋郎。天下干戈滿，（**沈巖旁**）頂"竄身"。江邊歲月長。（**沈巖旁**）頂"同病"。别筵花欲暮，（**沈巖旁**）帶起"春"字。春日鬢俱蒼。（**奚禄詒甲本旁**）三句已轉。（**奚禄詒乙本紅眉**）三句已轉。（**李以峙墨眉**）（春日鬢）按"春鬢色"亦可。爲問南溪竹，（**李以峙墨眉**）（竹）抽梢當言竹，筍字微隔。（**沈巖旁**）從"春"帶出"成都"。抽梢合過墻。（**李念慈紅眉**）手自經營，不能忘情。（**奚禄詒甲本尾批**）賦也。

【彙評】

王鄰德紅尾：公有草堂在成都西郭浣花里。

沈巖尾：時郭公再鎮，公將復歸，故有落句，復期之往來草堂也。

佚名丁墨尾：韋郎想亦流寓者。篇中賓主融化，然著"同病"字，則純以自身驅駕。"歲月長"，言久淹也，何等蘊藉。結聯從"别筵""春日"内抽出，囑問在韋，而"溪竹"仍歸自身，所謂融化而驅駕者也。色復通體蒼秀。

寄題江外草堂梓州作，寄成都故居

方拱乾評：寄題與憶不同。○句句是寄。○是憶體。

丁耀亢紅眉：雅。

奚禄詒甲本旁：意似《國風》。

曹炎旁：梓州作，寄成都故居。

吴士模墨眉：順叙安適。

陳治墨眉：可作《草堂記》讀。

魏源評：讀《草堂》二篇、《四松》一篇，其惓懷斯世也，無戀土之意。其自傷不遇也，無必進之心，幾於知道者。○含意低徊，鬱紆頓挫，其精神俱在語言之外。

我生性放誕，難欲逃自然。嗜酒愛風竹，(**申涵光甲本評**)"嗜酒愛風竹"，五字可稱名士。(**奚禄詒乙本墨旁**)出草堂。卜居必林泉。(**申頲紅眉**)"嗜酒愛風竹"便是名士豪飲，"喧雜"如何使得？遭亂到蜀江，卧疴遣所便。(**李以峙墨眉**)(遣所便)按三字欠醒，"遣"字亦然，姑闕疑。誅茅初一畝，廣地方連延。經營上元始，(**孫承澤墨旁**)記年。斷手寶應年。(**奚禄詒甲本眉**)《淳化帖》高宗敕：使至，知玄堂已成，不知諸作，總得斷手否？**敢謀土木麗，自覺面勢堅。**（**李以峙墨眉**）（堅）按“賢”形似而訛。**臺庭隨高下，**（**孫承澤墨旁**）可爲園亭式。**敞豁當清川。**（**申涵光甲本評**）二語畫盡名園，孟云“卜筑因自然”是也。覺堆山鑿池，未免俗氣。觀此，則草堂規制，殊不寒儉。（**吴廣霈墨眉**）工部雖窮老羈旅，猶有草堂可營，鄙人殊慚不之及也。**雖有會心侣，**（**李以峙墨眉**）（惟有）按“雖”字非，亦形似而訛。**數能同釣船。干戈未偃息，安得酣歌眠？**（**方拱乾評**）忽入道理八句。**蛟龍無定窟，**（**奚禄詒乙本墨旁**）喚下二句。**黄鵠摩蒼天。**（**奚禄詒甲本旁**）喚下二句。（**張裕釗眉批**）稱心而言，横歷一世。**古來達士志，寧受外物牽。顧惟魯鈍姿，**（**方拱乾評**）“顧惟”二句推開，轉占地步。（**奚禄詒甲本旁**）已也。**豈識悔吝先？偶攜老妻去，慘淡凌風煙。事蹟無固必，幽貞愧雙全。**（**李以峙墨眉**）（貴）按“愧”，音同而訛。**尚念四小松，**（**奚禄詒乙本墨眉**）一念小松耳。○中有無限含蓄吞吐，詩家不可不曉此法。**蔓草易拘纏。**（**傅山紅旁**）從“我躬不閲”二語生來。（**李以峙墨眉**）（易拘纏）按此懸念之詞，“已”字非。**霜骨不甚長，**（**李以峙墨眉**）（不堪）按“不甚長”較“堪”字爲順。**永爲鄰里憐。**（**方拱乾評**）飄結。（**方拱乾評**）餘結情深。（**屈復評**）結四句包含甚深，遠不止言四松。少陵高處多此類。①（**奚禄詒甲本旁**）賦也。○因衆人而成，則裴冕止營其草創耳，亦非厚道。（**佚名己紅眉**）一結情深。

述古三首

方拱乾評：是漢魏，不是漢魏。○但覺在陳子昂諸公之上。

---

① 校注：“結四句”，吴本作“結句”，杭本與余本同；“言四松”，吴本作“言松”，杭本與余本同。

○八句賓，四句主。

徐昂發評：疑爲房、張二公而作。

王伯沆紅眉：三詩俱古，似學漢魏人。

奚禄詒甲本旁：三首極用法力，却出得太苦。

奚禄詒乙本紅眉：氣勢不舒，後人不必學。

佚名己紅旁：此三首如具一體。

其　一

奚禄詒甲本眉：述古者，述古事以諷今也。肅宗初，用李泌、房琯、張鎬諸賢，其後或罷或隱，君臣之分不終，故言驥非善馭則頓纓，鳳非竹實則飛去。君臣遇合，其難如此，賢者可不明進退乎？

盧見曾紅旁：唐汝詢曰：驥無良馭，則踠萬里之能；鳳無竹實，則高飛而不下。君臣相合之義，當以此理推之。賢者固知所自守，而用人者可不加之意乎？

佚名己紅眉：前八句是客，後四句是主。

赤驥頓長纓，非無萬里姿。（**奚禄詒甲本旁**）雙興起。意味艱澁。（**陳治墨眉**）賦比相兼，名論不朽。（**吴廣霈墨眉**）此首亦感遇之意。（**王伯沆紅眉**）以比賢人不得其志而興起之也。悲鳴淚至地，爲問馭者誰？ 鳳凰從天來，（**李以峙墨眉**）（從東）按"從天"亦通。何意復高飛？ 竹花不結實，念子忍朝飢。（**奚禄詒乙本紅眉**）余以爲杜公自歎之旨，並寓房琯耳。○亦未嘗不合。古時君臣合，（**奚禄詒甲本旁**）應首段。可以物理推。賢人識定分，（**奚禄詒甲本旁**）應次段。進退固其宜。（**方拱乾評**）三首乃三體。（**奚禄詒甲本尾批**）下二首皆申言"古來"四句意。興而賦也。（**吴士模墨眉**）結得和平。（**張甝敬墨旁**）兩解同一喻意，而前解爲妙，知此故則於作詩之法思過半矣。（**李以峙墨眉**）（進退）

按定從"退","用"字非。又按承上句説,則"進退因其宜",當從"因"字,"固"字欠醒。(**沈巖眉**)"因"字不如"固"自在。(**沈巖尾**)"脱身無所愛,痛飲信行藏",此詩是注脚。

【彙評】

奚禄詒乙本墨眉:余止看出"君臣"四句之旨,以下二章申言此四句,只是諷時事,未能指出其人。此説引出諸人,亦覺明瞭。

其　二

王鐸評:比。

方拱乾評:每四句一意。

錢陸燦甲本眉:比。

錢陸燦戊本評:東坡云子美自許稷與契,人未必許也。然其詩"舜舉十六相"云云,自是稷契輩人口中語也。又云"願聞第一義,回向心地初",乃知子美詩外尚有事在也。

盧見曾紅旁:比賦相兼,名論不朽。蘇以末四句爲稷契輩人語,信有其意。朱鶴齡曰:是時第五琦、劉晏皆以宰相領度支、鹽鐵使,榷税四出,利析錐刀。故言爲治之道,在乎敦本抑末,舉良相以任之,不當用興利之臣,以滋民僞也。

陳治墨眉:蘇端明目結四語爲稷契身分,知己哉!

佚名己紅眉:每四句是一意。

市人日中集,於利競錐刀。(**屈復評**)東坡云:稷契口中語也。(**奚禄詒甲本眉**)時第五琦、劉晏爲宰相領度支、鹽鐵使,利悉錐刀,故言爲治在敦本抑末。置膏烈火上,哀哀自煎熬。農人望歲稔,相率除蓬蒿。(**沈巖眉**)此刺元載、第五琦之屬。所務穀爲本,邪贏無乃勞。(張䧳敬墨旁)《左傳》"歸於終"作"歸邪於終"。舜舉十六相，身尊道何高。(方拱乾評)千古帝王宰相，大道理乃出於此。(申涵光甲本評)"舜舉"四句，盡一部《廿一史》。覺《義鶻》《除草》諸篇，尚帶經生氣。秦時任商鞅，法令如牛毛。(汪琬乙本評)末段直當《雅》《頌》讀。(李念慈紅眉)四句高明，如憑雲霄而俯培塿。(奚禄詒甲本旁)賦也。(徐昂發評)"商鞅"當指第五錡、劉晏輩。(吴士模墨眉)結四句妙在前，若不相應。

其　三

佚名己紅眉：此則十二句一意矣。

漢光得天下，祚永固有開。(方拱乾評)十二句一意。(錢陸燦甲本眉批)比。(嚴虞惇紅眉)《後漢書》論贊：寇鄧之高勳，耿賈之鴻烈。○此公自傷不得爲中興良佐也。豈唯高祖聖，功自蕭曹來。經綸中興業，何代無長才？(陳治墨眉)錢云：此公自傷不得爲中興良佐也。(奚禄詒乙本紅眉)鄭云：如此古風，真不足誦，謂其艱苦也。吾慕寇鄧勳，(徐昂發評)寇、鄧、耿、賈反照僕固懷恩輩。濟時信良哉！耿賈亦宗臣，羽翼共裴回。(奚禄詒甲本眉)收京之後，大將如僕固懷恩等跋扈不制，故舉中興良將如寇鄧、耿賈諸賢以致慨焉。休運終四百，圖畫在雲臺。(奚禄詒甲本旁)賦也。自上《遣興》至此，一味艱澀，亦破古體。

【彙評】

錢陸燦甲本眉：《後漢》論贊：寇鄧之高勳，耿賈之鴻烈。○此公自傷不得中興良佐也。

錢陸燦丙本評：鐵牛云：此公自傷不得中興良佐也。

送王十五判官扶侍還黔中得開字

丁耀亢紅眉:用典頗淺,似亦贋作。

奚禄詒甲本眉:通章但取了情,何其跛蹋,必是王安石僞作。

王士禛評:余最不喜此,四句孟津抹是。

方貞觀紅眉:起得典切大雅。

錢載評:只管讀。

朱方藹紅眉:用事精切,頷聯見扶侍慈母之義,暗用孟竹、姜魚故事,却自渾然。

陳治墨眉:汪云:頷聯用孟竹、姜魚故事,却自渾然,見扶侍老母之義。

嚴復墨眉:朱瀚譏評此詩謂首句"逐子回"。

大家東征逐子回,(**李以峙墨眉**)(逐子)按《東征賦》明是"隨子",竟當從"隨"。風生洲渚錦帆開。青青竹筍迎船出,(**奚禄詒乙本紅旁**)俗。(**沈巖旁**)俗字雅用,是大家數。日日江魚入饌來。(**方拱乾評**)隱括不俗。(**吕留良紅眉**)扶侍乃有此佳句,亦係作手。(**錢載評**)三四是侍母。(**秦應逵墨眉**)如此用事,猶似用事耶?孟津抹之是矣。(**李以峙墨眉**)(日日)按青、白屬對顯然,且魚餐何必日日?明是傳寫之訛,後人因其亦可通,故並存之耳。(**沈巖眉**)余最不喜此四句,孟津抹是。離别不堪無限意,艱危深仗濟時才。黔陽信使應稀少,莫怪頻頻勸酒杯。(**丁耀亢紅尾**)全首平易。(**奚禄詒甲本尾批**)賦也。○"逐"字不可説,"母"又餖飣。(**李以峙墨眉**)(頻頻)按"煩"字亦傳寫之誤。

陪章留後惠義寺餞嘉州崔都督赴州

方拱乾評:排。○堅極。

俞瑒乙本評:此是宴後登寺,非於寺中開宴也。

奚禄詒甲本墨眉:食之無味,序寺太多。

奚禄詒乙本墨眉:序寺太多。○食之無味。

吴廣霈墨眉:亦是拗體古律。

中軍待上客,令肅事有恒。(**方拱乾評**)十字是褒是譏?前驅入寶地,祖帳飄金繩。南陌既留歡,(**李以峙墨眉**)(南陌)按"伯"以形似而訛。兹山亦深登。(**方拱乾評**)意在游寺陪章,餞崔只周旋而已。(**陳治墨眉**)山水清奇,矯於康樂。清聞樹杪磬,遠謁雲端僧。迴策匪新岸,(**沈巖旁**)頂"深"字。所攀仍舊藤。耳激洞門飆,目存寒谷冰。(**沈巖眉**)"目存"句虚言,恍如坐對冰雪也。出塵閟軌躅,(**沈巖旁**)雲端。畢景遺炎蒸。(**方拱乾評**)不作排讀,此二句當成説話乎?永願坐長夏,將衰棲大乘。羈旅惜宴會,(**方拱乾評**)纔做題。艱難懷友朋。(**方拱乾評**)挽生結。勞生共幾何?離恨兼相仍。(**方拱乾評**)一句結"餞"。(**方拱乾評**)兩字結住。(**沈巖旁**)結語渾括。(**佚名己紅眉**)結出餞意,就從"艱難"句生來。

陪章留後侍御宴南樓得楓字

方拱乾評:排。名彝,梓州刺史。

沈巖眉:通首沉鍊。

絶域長夏晚,兹樓清宴同。朝廷燒棧北,鼓角滿天東。屢食將軍第,(**奚禄詒甲本旁、乙本紅旁**)己也。(**李以峙墨眉**)(第)按"邸"亦可。仍騎御史驄。(**奚禄詒甲本旁、乙本紅旁**)己騎章馬。(**李以峙墨眉**)(騎)字非。本無丹竈術,(**李以峙墨眉**)(術)按"訣"亦可。那免白頭翁。 寇盜狂歌外，形骸痛飲中。（**徐渭墨旁**）褰謬之語。（**陳治墨眉**）"寇盜"一聯，與前"朝廷"一聯句法相同。野雲低渡水，檐雨細隨風。 出號江城黑，題詩蠟炬紅。（**錢陸燦丙本評**）錢云："出號"未詳。（**李念慈紅眉**）窮途不哭，付之恒醉，愈寬愈痛。（**陳治墨眉**）錢云："出號"未詳。○"此身"句集中重出。（**李以峙墨眉**）（炬）按"燭"不如"炬"，明者參之。此身醒復醉，不擬哭途窮。（**奚禄詒甲本旁**）賦也。（**吴廣霈墨眉**）牢騷至此，當是醉後之作。

【彙評】

沈巖尾：朱注：按《通鑒》，上元元年二月，奴剌、黨項寇寶雞，燒大震關，陷蘭、廓、河、鄯、洮、岷、秦、成、渭等州，故有"燒棧"句。

沈巖眉批下批錢箋"漏天"處：趙注：公在梓州，正在漏天之東。

臺　上

王士禛評：尋常景寫出便别致。

吴士模墨眉：下字如劃沙印泥，即煉句在其中矣。

王鳴盛旁：此公陪章留後宴南樓，改席於臺上而作也，當合《南樓》詩參看。

佚名丁墨旁：時有《陪章留後宴南樓詩》，見五之二。○留後名彝，以梓州守攝東川。

改席臺能迥，留門月復光。（**奚禄詒乙本墨旁**）無味。（**佚名丁墨旁**）竺云：言淹留不還，故復逢月明也。雲霄遺暑濕，（**李念慈紅眉**）"霄"字與"遺"字合。（**李以峙墨眉**）（雲霄）按與"山谷"對，"行"字非。山谷進風凉。 老去一杯足，誰憐屢舞長。（**奚禄詒甲本旁**）五六寓慨。(**李念慈紅眉**)句怨。**何須把官燭,**(**汪琬甲本紅眉**)官燭。(**奚禄詒乙本墨眉**)唐人官燭,一炬費千金。**似惱鬢毛蒼。**(**奚禄詒甲本旁**)賦也。○唐人官燭,光出龍鳳,動費千金。

【彙評】

佚名丁墨尾:接《陪宴》篇來,從南樓移席臺上也。是篇無一語雜出,與《陪宴》篇都不作世故周旋,疑俱是醉後作。○上臺景,下酒懷,本篇之格法也。"改席"對前"樓宴","留月"對前"江黑",三四對前"雲低""雨細",五六對前"取[復]醉""途窮",結聯對前"白頭翁"。此兩篇之脈理,也須合看。

椶拂子

方拱乾評:作古讀便無味。如此題作排體,誰人敢?誰人能?

汪琬丙本評:與班婕妤《團扇篇》各有至理。

方貞觀墨眉:《錦字紺珠》云:朱絲繩,琴絃之最貴者。詩意云"金錯刀""朱繩絲",固然顏色美好,亦由人之顧眄,遂見稱於人。若椶拂之微賤,非我老病賴爾,義不宜棄。誰能三歲緘縢,經秋仍在乎?是以"金錯刀""朱絲繩"來陪椶拂子。注家謂金錯、朱絲皆椶拂之飾,非。

奚禄詒甲本旁:意比小人而詞艱苦。

陳治紅眉:汪云:宰相如此用心,則天下無棄材矣。

椶拂且薄陋,豈知身效能?(**方拱乾評**)又用此韻。**不堪代白羽,有足除蒼蠅。**(**吴廣霈墨眉**)"有"乃"自"字之訛,今正之。(**奚禄詒乙本墨旁**)此等不作可也。(**奚禄詒乙本墨眉**)意比小人而詞艱苦。**熒熒金錯**

刀，(**汪琬甲本紅眉**)金錯。擢擢朱絲繩。(**方拱乾評**)以二物之華貴相形也。○絶無深意却堅樸不可及。(**方貞觀墨眉**)王莽鑄金錯刀,其文"一刀平五千"金錯"一刀"二字。(**奚禄詒甲本旁**)借美拂子耳。(**李以峙墨眉**)(濯濯)按"擢"以形聲皆近而訛。非獨顔色好，亦用顧眄稱。(**李以峙墨眉**)(亦由)按語意甚明,作"用"便不順。(**李以峙墨眉**)(顧盼)按二字慣用,"眄"恐形似而訛。吾老抱疾病，家貧卧炎蒸。咂膚倦撲滅，賴爾甘服膺。(**嚴復墨眉**)以"服膺"作"服侍"意用,自是牽强。(**吴廣霈墨眉下**)"甘服膺"未免趁韻。物微世競棄，義在誰肯徵？ 三歲清秋至，未敢闕緘縢。(**方拱乾評**)老,雅,樸。(**奚禄詒甲本尾批**)賦而比也。(**奚禄詒乙本墨眉**)言藏收也。(**嚴復墨眉**)"未敢"最□勝者,謂不用時必襲而莊之耳。

【彙評】

李念慈紅眉:爲國鑒此,良鳥弓藏之喻,庶其免乎?

章梓州橘亭餞成都竇少尹得凉字

方拱乾評:一味調高。○但令調起,自覺情深。○不必問情與理,而直以氣與調勝,亦七律一法。○句句提起氣來,所以高貴,其實無深意。

奚禄詒甲本眉:情致不及送辛。○六句以下皆應付。

朱方藹紅眉:前半古調有拙意,須氣候自生,非可襲取。

吴廣霈墨眉:應酬之作,不關落套,雖少陵亦不能免俗也。

秋日野亭千橘香，玉杯錦席高雲凉。(**沈巖旁**)起足情致。主人送客何所作？(**吕留良紅旁**)自注。(**吕留良紅眉**)便是自注也,不若入聲。行酒賦詩殊未央。 衰老應爲難離别，(**李以峙墨眉**)("衰老"

句)按句已近拙,若如别本,更欠明順。**賢聲此去有輝光。**(**傅山紅眉**)何俗至此?斷是僞作。**預傳籍籍新京尹,青史無勞數趙張。**(**方拱乾評**)調帶崛强意。(**奚禄詒甲本尾批**)賦也。(**李以峙墨眉**)(數趙張)按"缺"字何解?仇注失正。

章梓州水亭時漢中王兼道士席謙在會同用荷字韻

盧見曾墨旁:上四水亭景物,下四同席交情。

朱方藹紅眉:二聯盡寫宴之致,妙是叙出不涉議論,故佳。

吴士模墨眉:二聯盡高宴之致,微公不能拈出,妙是叙出不涉議論故矣。

沈巖旁:清雅,以韻勝。

沈巖眉:下半安頓主客耳,恐非佳處。

城晚通雲霧,(**佚名丁墨旁**)竺云:城中日間喧擾,至晚則雲霧與山野相通,便覺蕭寂也。**亭深到芰荷。**(**方拱乾評**)"到"字妙。**吏人橋外少,秋水席邊多。**(**方拱乾評**)"多"字妙。(**奚禄詒甲本眉**)三四興味,主賓皆雅。(**奚禄詒甲本旁**)二句意長。(**盧見曾紅旁**)三四佳致。**近屬淮王至,**(**奚禄詒甲本旁、乙本紅旁**)漢中王。**高門薊子過。**(**奚禄詒甲本旁、乙本紅旁**)席謙。**荆州愛山簡,**(**奚禄詒甲本旁、乙本紅旁**)章梓州。(**奚禄詒甲本眉**)連及三人,亦病。(**奚禄詒乙本紅眉**)連用三古人,亦病。**吾醉亦長歌。**(**奚禄詒甲本旁**)賦也。

【彙評】

佚名丁墨尾:人知"秋水多"之曠懷,豈知"吏人少"之適意?"橋外"遠得妙,"席邊"近得妙。《杜臆》云:後半并列私人,却流利不板。

隨章留後新亭會送諸君

沈巖眉:絶葷。

新亭有高會，行子得良時。日動映江幕，風鳴排檻旗。(**方拱乾評**)"映""排"二字屬"江幕""檻旗"。(**方拱乾評**)"動""鳴"二字活。絶葷終不改，(**王鳴盛墨眉**)"絶葷"二語指漢中王言。勸酒欲無詞。(**奚禄詒乙本墨眉**)七句思鄉也。已墮峴山淚，(**奚禄詒甲本眉**)"峴山淚",公思鄉耶?因題零雨詩。(**奚禄詒甲本尾批**)賦也。(**沈巖尾**)"零雨"切"會送",孫子荆詩云"傾城遠追送"也。

戲作寄上漢中王二首王新誕明珠

其　一

雲裏不聞雙雁過，(**奚禄詒甲本眉**)王方謫遂州。(**奚禄詒乙本墨眉**)舊注謂,首句爲其兄汝陽王先亡,非也。(**奚禄詒乙本墨旁**)無書。掌中貪見一珠新。(**奚禄詒乙本墨旁**)生事。秋風嫋嫋吹江漢，只在他鄉何處人。

其　二

謝安舟楫風還起，梁苑池臺雪欲飛。(**奚禄詒甲本旁**)比王客遊。(**奚禄詒乙本墨旁**)比王好客。杳杳東山攜漢妓，(**李以峙墨眉**)(妓去)按句與"王歸"對,"漢妓"便不對矣。泠泠修竹待王歸。(**沈巖眉**)用古少味。

客舊館

題鮮于樞評：詩言"陳迹隨人事"，便見題意，蓋言其或去或來之不定。"初秋别"而暮秋來，"梨葉赤"而聞砧聲矣。且竹林之青自若，然我無由出峽，而風幔何時可卷？故愁不自勝。賦而興也。

錢陸燦丙本評：錢云：于皇全圈此詩。

奚禄詒甲本旁、乙本墨旁：首尾一氣。

王士禛評：三四即惟餘修竹山□□下不改清陰待我，歸意更深隱不露，與首句相應。

俞瑒乙本評：句句刻劃出陳迹。

朱方藹紅眉：客意、舊館意，虚實俱拈，有霜飛木脱之致。

陳治墨眉：錢云：于皇全圈此詩。

王鄰德墨眉：或去或來，行蹤無定。初秋去而暮秋來，梨葉赤而砧夜聞矣。然無□□□□，豈能勝□□□□？

沈巖旁：非公無此曲折。

陳迹隨人事，(**奚禄詒甲本眉**)人已往來升沉，盡於首句。(**奚禄詒乙本墨眉**)人已往來升沉，盡於首五字。初秋别此亭。　重來梨葉赤，依舊竹林青。　風幔何時卷？(**李以峙墨眉**)(何時)按作"前時"亦可，無關妙義。寒砧昨夜聲。(**方拱乾評**)六句生七句，可想。(**方拱乾評**)"聲"當作"聽"，"聽"字不如"聲"字之妙矣。奈何？(**王鳴盛墨眉**)"聲"字出韻。無由出江漢，愁緒月冥冥。(**李念慈紅眉**)"月"當作"日"。(**奚禄詒甲本尾批**)賦也。(**奚禄詒乙本墨眉**)因愁緒而月亦冥冥也，是兩層。

【彙評】

佚名丁墨尾：起句單提通首，卷幔則無熱，聞砧則近寒，節改而羈愁依舊也。

送陵州路使君赴任

方拱乾評：千古一轍。〇經術。〇排。

李念慈紅眉：規頌兼之。

奚禄詒甲本旁：前半少有致。

奚禄詒甲本眉：按高適鎮蜀，《請合東西川疏》曰："嘉、陵比爲夷獠所陷，今雖小定，瘡痍未平。"可見陵州先經寇亂，二史未載。

吴廣霈墨眉：史筆爲詩，義高千古。

沈巖眉：杜此種詩不必盡有警語，要是深渾難到。

王室比多難，(**李以峙墨眉**)(比多難)按作"此"以形似誤。高官皆武臣。(**陳治墨眉**)審時地以立言，忠愛之誠，藹然言外。幽燕通使者，岳牧用詞人。(**吕留良紅眉**)相形感歎。國待賢良急，君當拔擢新。佩刀成氣象，行蓋出風塵。(**奚禄詒乙本墨眉**)"戰伐"四句正爲使君畫策。戰伐乾坤破，瘡痍府庫貧。衆僚宜潔白，萬役但平均。(**孫承澤墨眉**)治平之要。(**李以峙墨眉**)(萬役)按此謂一切徭役也。作"萬物"非是。霄漢瞻佳士，(**李以峙墨眉**)(佳士)按"家事"明係聲近而誤，仇注何以不正？泥途任此身。秋天正摇落，回首大江濱。(**奚禄詒甲本旁**)時諸州久屯軍旅，多以武牧兼領刺史。

送元二適江左

題鮮于樞評：詩言亂後今得相見，秋深復有遠行，當此之時爲客，而又送君，情何以堪？且今日之爲郡者，有公忠者，有僭僞者，元所經過之地，須自愛重，慎勿輕言兵事。戒之之詞。賦兼比也。

方拱乾評：十字七意。○愛元深至。

方貞觀墨眉：温嶠爲丹陽尹，辭王敦，出閤復入，後至都，即發敦逆謀。公此詩必蜀地有陰蓄不臣之志者，故教以經過自愛，即以温嶠爲比。嶠之在王敦所，亦以得脱爲幸耳。

盧見曾紅旁：劉會孟曰：戒其經過論兵，豈非藩鎮節度有難言者乎？此等結語，熟味最是深厚。

朱方藹紅眉：滿張之弧，諸義俱暢。

吴廣霈墨眉：是亦佳什。

奚禄詒甲本眉：亂後遠行是一篇主意。○丹陽治宣城之宛陵，建康時稱爲尹。公孫述據蜀，自謂承漢土德，號白帝。又云魚復浦有白龍出。

奚禄詒乙本墨眉：遯叟云：丹陽，元所經之地。白帝城，送元之地。禄山之亂，元上三議，出恭幕府招義旅，蓋好論兵者。處亂入官，公恐其招尤，故愛而規之。尹不拘指晉氏之何人。南渡初，如温嶠、劉隗尹京，多在敦峻俶擾時，而公孫自僭，大似肅、代朝分據之衆，故用此以引結句語脈。亂後遠行是一篇主意。

王鄰德紅眉：感其經過，論兵豈非藩鎮節度使有難言者乎？能如此讀，方有少進。

王鳴盛墨眉：考結《本傳》，未嘗至蜀，亦未嘗適江左。

亂後今相見，秋深復遠行。（**沈巖眉**）十字具三四層曲折，作起句尤警。**風塵爲客日，江海送君情。** 晉室丹陽尹，**公孫白帝城。**（**吕留良紅旁**）對法活。（**佚名丁墨旁**）竺云：白帝城、丹陽尹皆好武之地，而此行所經過也。結句有所爲言之。**經過自愛惜，**（**奚禄詒乙本墨旁**）厚道。**取次莫論兵。** 元嘗應孫吴科舉。（**李念慈紅眉**）其人必赴官江左，故以此戒之。（**吕留良紅旁**）正承上來。（**奚禄詒甲本旁**）末句厚道，亦恰似送元結。（**奚禄詒甲本尾批**）賦也。〇五六遯叟評最當。（**王鄰德紅旁**）此等結語，熟味最是深厚。

【彙評】

王鄰德墨尾：言亂後合得相見，秋深有遠行，當此之時，爲客又送君，情何以堪？且今日之爲郡者，有盡忠者，有僭僞者，元所經過之地，須自愛重，慎勿輕言兵事。戒之之詞也。

佚名丁墨尾：元二必負氣好談兵，遊諸侯間者。昌黎《送董邵南序》，仿佛此詩語意。上四，趙汸云：亂離之際，作客送客，倍難爲情。愚按："丹陽尹""白帝城"，比當時藩鎮跋扈。時雖江淮以南未有擅會者，然習見燕、齊連結，或將觀望生心。且元二苟得志於江左，或至呈身河北，是皆不可知。婉商微諷，意深遠矣。

送竇九歸成都

題鮮于樞評：首言竇九苦學才成，而能文章，以符大名；次言汝歸成都，讀書問絹之餘，須爲我題詩於浣花之竹。蓋懷草堂耳。賦也。

方拱乾評：用七言律體作五言律，又一體。〇前深後淺，惟公能之。謂前深乃能後淺。

題張問陶墨眉：起得突兀，接亦頓挫，似尺水興波。

文章亦不盡，（**奚禄詒甲本眉、乙本墨眉**）"亦"字蓋以"文章"與"苦節"，然終不穩。竇子才縱橫。（**丁耀亢墨眉**）一起便超。（**吕留良紅眉**）起老邁。非爾更苦節，（**李以峙墨眉**）（苦節）按"持"亦可通，而對"大名"

則"苦"爲是。何人符大名？讀書雲閣觀，問絹錦官城。我有浣花竹，題詩須一行。（**奚禄詒甲本尾批**）賦也。（**嚴復墨眉**）"一行"即一行也。古人異義不盡，讀破如此，又陽、庚本通。

九　日

方拱乾評：氣高而情復至。

王士禎評：三句常意，寫出自別。

屈復評：通首寫情。

奚禄詒甲本眉：子美嘗自謂，深悲極怨，此其然也。

奚禄詒乙本墨眉：子美嘗自謂，深悲極怨矣。

錢載評：只管讀。

朱方藹紅眉：古色鬱然，結語更見忠愛。

張裕釗眉：此不及"重陽獨酌"一首，然神理一也。

吴廣霈墨眉：愁中恰有此等情景，此首差强於前二首。

王鳴盛旁：此廣德元年在梓州作。

王伯沆紅眉：樸而韻。

去年登高郪縣北，（**沈巖旁**）老境。今日重在涪江濱。（**傅山紅眉**）順筆寫來，却無套氣。苦遭白髮不相放，（**傅山紅旁**）字不老。羞見黄花無數新。（**方拱乾評**）零端悲響。世亂鬱鬱久爲客，路難悠悠常傍人。（**徐渭墨旁**）太率易。又是此公常談，常談。（**奚禄詒甲本旁**）五六二句每三折。酒闌却憶十年事，（**奚禄詒甲本眉**）離秦都十年矣。（**奚禄詒乙本墨眉**）離秦都十年。腸斷驪山清路塵。（**方拱乾評**）氣在百尺樓上。（**方拱乾評**）僵狠調扭來，自覺高老。（**奚禄詒甲本旁**）賦也。（**沈巖眉**）結語黯然。

題郪縣郭三十二明府茅屋壁

奚禄詒甲本眉、乙本墨眉：是兩截。

江頭且繫船，爲爾獨相憐。雲散灌壇雨，春青彭澤田。（**奚禄詒甲本旁**）套語。頻驚適小國，一擬問高天。（**奚禄詒甲本旁**）不切。（**陳治墨眉**）《左傳·僖公七年》：楚文王戒申侯無適小國。別後巴東路，逢人問幾賢。

倦夜

題鮮于樞評：言凉侵卧内，月滿庭隅，而重露稀星，暗螢水鳥，皆清夜之景物，特以其在干戈之中，而悲其空過耳。賦也。

汪琬乙本評：寫夜易，寫倦夜難。公必先其難者，仍渾然無迹。寫倦俱在景上，不用羈苦疲困之意，所以爲高。

俞瑒乙本評：三四首二字得力，五六中二字得力，確是夜中神致。

屈復評：六句夜景，結情，五六有比興意。

題商盤紅眉："卧内"字，出《史·淮陰侯傳》。傅咸《螢火賦》："期自照於陋形。"司馬相如《長門賦》："徂清夜於洞房。"〇起語清境欲絶，"卧内"史傳中字，人不能用，用來轉覺風致。前六句刻畫清夜之景，無字不工。末用二字點明，章法緊峭。言夜景清幽，但因干戈未定，萬事縈心，無復佳賞，亦空悲此夜之徂而已。七八見公之本色，自是騷人詩，非幽人詩也。

奚禄詒甲本眉：細玩纔知通首有倦意，如此不説破之詩纔好。

奚禄詒乙本墨眉：以爲賦景則淺，以爲比興則長，作者於景未有不兼也。三四五六皆比也。

盧見曾紅旁：王直方曰：東坡云，司空表聖自論其詩，以爲得味外味。“緑樹連村暗，黄花入麥稀”，此句最妙。又云“棋聲花院閉，幡影石壇高”。吾嘗獨遊五老峰，入白鶴館，松陰滿地，不見一人，惟聞棋聲，然後知此句之工，但恨其寒儉有僧態。若子美“暗飛螢自照，水宿鳥相呼”，“四更山吐月，殘夜水明樓”，才力富健，去表聖之流遠矣。

朱方藹紅眉：寫夜易，寫倦夜難。公必先其難者，仍渾然無迹。

朱方藹紅旁：寫倦夜俱在景上説，不用羈孤疲困之意，所以爲高。○三聯句字中，無限曲折，毫不費力，物采輝輝，有化工之妙。

紀曉嵐評：體物入神而不失大方，視姚合、賈島體物有仙凡之别。五六寓飄零之感。

陳治墨眉：汪云：寫夜易，寫倦難，寫倦俱在景上説，不用羈孤疲困之意，所以爲高。

吴廣霈墨旁：霧惟重乃“成涓滴”，星以稀故“乍有無”，於此可悟古人用字之妙。

沈巖旁：三四句首二字得力，五六“自”“相”二字，想見夜中光景。

竹凉侵卧内，(**俞瑒甲本評**)初夜。(**題商盤紅旁**)對起。野月滿庭隅。重露成涓滴，(**俞瑒甲本評**)深夜。(**俞瑒甲本評**)跟“竹凉”。稀星乍有無。(**吕留良紅旁**)寫景工妙。(**俞瑒甲本評**)跟“月滿”。暗飛螢自照，(**俞瑒甲本評**)夜盡。(**題商盤紅旁**)明暗句。(**李以峙墨眉**)(暗飛聯)按顧本云云，殊欠妥協。(**沈巖旁**)好句。水宿鳥相呼。(**俞瑒甲本評**)終夜。(**奚禄詒甲本旁**)三四五六，皆比也。(**吴廣霈墨眉**)五句妙在自照，却從“暗”字生出；六句妙在相呼，却從“宿”字得來。萬事干戈裏，

（**俞瑒甲本評**）感慨在此。（**沈巖旁**）感慨在此。**空悲清夜徂。**（**俞瑒甲本評**）點題。（**張雝敬墨旁**）幽細。（**奚禄詒甲本旁**）賦也。（**沈巖旁**）切本題。

【彙評】

錢陸燦丁本評：寫景通微，六句皆夜中所聞見，而一夜已無眠矣，故曰"倦"也。

俞瑒甲本評：三四首二字得力，五六"自""相"二字有致。想見夜中光景，真是好句。

張學仁參定：夜景層層遞下，"倦"字方足，尤佳在句法研煉，章法緊峭，無一懈筆可擊。

題商盤尾：曹次山曰："不眠憂戰伐，無力正乾坤"，忍不住說出來；"萬事干戈裏，空悲清夜徂"，欲說出又忍住。皆是閑打算、空氣悶說話。

佚名丁墨尾：亦似村夜作。黄生曰：前幅刻畫夜景，無字不工，結處點明，章法緊峭。愚按：此詩絶不明言所以，而羈孤老倦之態，溢於言表。

薄　暮

題鮮于樞評：首言在涪江薄暮之景物，而第三四句語意尤切，以三聯之承、末句之結觀之，可知矣。興而賦也。

奚禄詒甲本旁：三四淒語，亦見藏身之固。

奚禄詒乙本墨眉：三四亦見藏身之固。三四以鄭谷《亂後牡丹》之"賴是蓬蒿力，遮藏見太平"，語正傷然。○"最深"勝過"長流"，易辨也，或者因重押"深"，不知詩不嫌押，只要意穩。

江水長流地，（**申頲紅眉**）或作"最深地"。（**李以峙墨眉**）（長流）按

“最深”不如“長流”字穩。山雲薄暮時。寒花隱亂草，宿鳥擇深枝。（**奚禄詒甲本眉**）三四分承首二句。（**奚禄詒甲本旁**）二句比。（**王鄰德紅眉**）“寒花隱亂草”以鄭谷《亂後牡丹》之“賴是蓬蒿力，遮藏見太平”之意。二語甚傷。（**李以峙墨眉**）（探）按“探”不如“擇”。舊國見何日？高秋心苦悲。人生不再好，鬢髮白成絲。（**方拱乾評**）悲索道理語。（**丁耀亢墨眉**）末語盡。（**奚禄詒甲本旁**）賦也。（**李以峙墨眉**）（自成絲）按“自”“白”均可從。

【彙評】

王鄰德墨尾：首言在涪江薄暮之景物，而第三四句語意尤切，以三聯之承、末聯之結觀之，可知矣。

佚名丁墨尾：曰“最深”，曰“薄暮”，已含僻遠衰遲之意。曰“隱草”，曰“擇枝”，宛然寄迹情形。下四神理都具於此。

南　池

方拱乾評：古。〇光怪樸奥。〇不純是景，不純是瀾。就景爲瀾，所以不寂寞，不窘不率。

奚禄詒甲本眉：漢王一段，因有峰巒，遂令收結費手。若重漢王祠，即不宜用“芰荷”“衆魚”等句，未免輕了。

沈巖旁：用韻與《客堂》篇同。

沈巖眉：《方輿勝覽》：南池在高祖廟旁。

峥嶸巴閬間，（**沈巖旁**）羈束局促。所向盡山谷。安知有蒼池，萬頃浸坤軸。呀然閬城南，枕帶巴江腹。芰荷入異縣，粳稻共比屋。（**奚禄詒乙本墨旁**）芰荷多而粳稻少。皇天不無意，美利戒止足。(奚禄詒甲本旁)有疵。(陳治紅眉)色、直、食三韻,與屋通用,不可解。高田失西成,(奚禄詒甲本旁)粳稻少。(奚禄詒乙本墨旁)此粳稻少。此物頗豐熟。(奚禄詒甲本眉)子美好用"此物"二字,□忍用此物□□好。(奚禄詒乙本墨旁)此芰荷多。清源多衆魚,遠岸富喬木。獨歎楓香林,春時好顔色。(方拱乾評)二句轉。南有漢王祠,終朝走巫祝。(奚禄詒乙本墨眉)"漢王"一段,因有峰巒,遂令收結費手。○"歌舞"下用"散靈衣",妙。俗手必不能用"散"字、"衣"字。○余曰:漢高生前一酒色之徒耳。公云明王魂魄正直,亦爲風俗説法也。○若意在漢王祠,即不宜插芰荷、衆魚。歌舞散靈衣,荒哉舊風俗。(方拱乾評)兩事皆小,忽發大論,所謂波瀾獨老成也。(李念慈紅眉)揭出淫祠之非,所以正俗也。高皇亦明王,(李以峙墨眉)(高皇)按"堂"字謬,又"王"字非。魂魄猶正直。不應空陂上,縹緲親酒食。(丁耀亢紅眉)趣。(奚禄詒甲本眉)色、食二音從十三職、十四緝轉來,今無。淫祀自古昔,非唯一川瀆。(奚禄詒甲本旁)此下難收。干戈浩茫茫,地僻傷極目。(方拱乾評)是正瀾,無此段,一篇索然矣。平生江海興,遭亂身局促。駐馬問漁舟,躊躇慰羈束。(方拱乾評)結得住。(奚禄詒甲本旁)賦也。(佚名己紅眉)結語佳。

閬州奉送二十四舅使自京赴任青城

聞道王喬舄,(奚禄詒甲本旁、乙本墨眉)來得陡。名因太史傳。如何碧雞使,(李以峙墨眉)(如何)按"何如"非。把詔紫微天? 秦嶺愁回馬,(李以峙墨眉)(回首)按對"泛船"應從"馬"字。涪江醉泛船。青城漫污雜,吾舅意凄然。(奚禄詒甲本尾批)賦也。

王閬州筵奉酬十一舅惜别之作

方拱乾評:偶得奇。有骨如毛,若入律便不成話矣。此中難言,細會乃得知。此乃可與辨古辨律。○此首氣格與諸排漸異。

汪琬乙本評:上段閬州筵,下段叙别。

宋犖紅眉:又似高岑。

奚禄詒甲本眉、乙本墨眉:起句堪畫,結句堪哀。

方貞觀墨眉:偶爾惜别之作,氣體自深厚,局法自老當。

秦應逵墨眉:平直無斤兩。

佚名己紅眉:此排律氣格最勝。

萬壑樹聲滿,千崖秋氣高。(**宋犖紅旁**)警句。(**嚴復墨眉**)發端雄渾。(**吴廣霈墨眉**)起二句竦秀絶倫。浮舟出郡郭,(**李以峙墨眉**)(浮舟)按詩意定從"舟",作"雲"非。别酒寄江濤。良會不復久,此生何太勞。窮愁但有骨,群盜尚如毛。(**奚禄詒乙本墨眉**)此等語法,律與古皆不可少。吾舅惜分手,使君寒贈袍。(**方拱乾評**)看周。纖乎?妙乎?排則妙,律則不妙。合則妙,分則不妙。沙頭暮黄鶴,(**題商盤紅旁**)舉此見彼。(**李以峙墨眉**)(鶴)按作"鵠"亦可,無關要義。失侣自哀號。(**奚禄詒甲本尾批**)賦也。○此等結法,律詩、古詩皆不可無。(**曹炎眉**)末句見惜别。

閬州東樓筵奉送十一舅往青城縣得昏字

錢陸燦乙本紅眉:再化之。○大謝:"節往戚不淺。"

曾城有高樓,(**奚禄詒乙本紅眉**)不佳。(**李以峙墨眉**)(高樓)按下句寫樓，三句寫高，“會”字非。制古丹雘存。（奚禄詒乙本墨旁）音斡。迢迢百餘尺，豁達開四門。雖有車馬客，（奚禄詒乙本紅旁）無意趣。（李以峙墨眉）（雖有）按雖有而無，明相呼應，作“雖會”非。而無人世喧。（方拱乾評）雖順□却警。遊目俯大江，列筵慰别魂。（錢陸燦乙本墨旁）煉句。是時秋冬交，節往顔色昏。（方拱乾評）自然穆而厚。（錢陸燦乙本墨旁）煉意。（沈巖旁）奇句傑思。天寒鳥獸休，（李以峙墨眉）（伏）按“休”以形似訛。霜露在草根。今我送舅氏，萬感集清罇。豈伊山川間，回首盜賊繁。（沈巖眉）私恩公義，六句曲盡，真《小雅》之遺。高賢意不暇，王命久崩奔。臨風欲慟哭，聲出已復吞。（方拱乾評）是漢魏。（方拱乾評）應萬感句。（奚禄詒甲本眉）杜公每云慟哭或涕泣，亦成了套子。（吴廣霈墨眉）一結有餘不盡。

放船

題鮮于樞評：首言泛舟之由，次言放船經過之景物及坐船安穩，而清興悠然，亦自適之詞。賦也。

方拱乾評：疊字奇妙可想。

錢陸燦丙本評：錢云：舟趣無出五六兩句，餘六句□筆寫成。

奚禄詒乙本墨眉：掃筆而成，亦自有興。○五六形容放意。

奚禄詒甲本眉：此等不經意之詩，極難極妙。

奚禄詒甲本旁：此在梓州作，當在上首之前。

屈復評：五六寫“放”字，似妙，然不雅，結太率。○本是“雨寒山不開”，倒一字遂成好句。

題張問陶墨眉：“過”字、“來”字寫放船之疾入神。

王伯沆紅眉：史氏曰：“山雲”句或言雲色重濁，或以水貌擬雲，於義俱可，但不得讀“閃”耳。

送客蒼溪縣，（方拱乾評）生結。山寒雨不開。（吕留良紅旁）老。（俞瑒甲本評）放船之由。直愁騎馬滑，（奚禄詒甲本旁）十字一句。故作泛船回。（俞瑒甲本評）流水對。（嚴復墨眉）第二聯後來詩家謂之十字格，蓋以流水寫一意一事也。青惜峰巒過，（宋犖紅旁）佳句。（俞瑒甲本評）寫景。黄知橘柚來。（奚禄詒甲本尾批）五六形容放意。（墨眉）王云太率。（李念慈紅眉）下流急水，舟行迅速，二句逼真。（吕留良紅旁）新。（盧見曾紅旁）頸聯極作意而不傷巧。吴子良曰：錢起詩“山來指樵火，峰去惜花林”，不如此詩頸聯。（陳治墨眉）“惜”字、“知”字，正寫出放船之駛。（王伯沆紅眉）“來”韻妙。江流大自在，（宋犖紅旁）結率。（李以峙墨眉）（大自在）按作“天”亦形近之誤。坐穩興悠哉。（奚禄詒甲本尾批）賦也。（申頲墨眉）太憨，啓長慶一派。

【彙評】

張𪊲敬墨旁：極是眼前景事，却寫得深至高雅。

張學仁參定：“過”字、“來”字描寫江行之速，超妙入神，畫不能到。

薄　遊

錢陸燦甲本眉：味詩意，題應作“薄暮”。

嚴虞惇紅旁：味詩意，題應作“薄暮”。

屈復評：景中有情。

申頲墨眉：穩貼可喜。

朱方藹紅眉：工於體物，感興極深。

王鄰德藍眉：托物比興，用意俱在言外。

佚名丁墨旁：謂閬州之遊，此下皆閬州。○夏侯湛、東方朔□□□濁世不可以富貴，故薄遊以取位。

淅淅風生砌，（**李以峙墨眉**）（淅淅）按“漸漸”非風聲，此形近而訛。團團日隱墻。（**奚禄詒乙本墨眉**）“團團”如何用得“日”字？况下又有“今夕”句。（**李以峙墨眉**）（月隱墙）按結語“今夕”則當從“月”。遥空秋雁滅，（**奚禄詒甲本旁**）有韻致。（**李以峙墨眉**）（遥空）按“滿”不如“遥”，又按“滅”字正應“遥空”，“過”字亦不如“滅”。半嶺暮雲長。（**奚禄詒乙本墨眉**）“半嶺暮雲長”，人不能道。（**李以峙墨眉**）（暮雲長）按若從“張”，句太做作，决非是。病葉多先墮，（**沈巖眉**）“病葉”十字蕭颯，全開晚唐。寒花只暫香。（**奚禄詒甲本眉、乙本墨眉**）五六亦不可讀。巴城添淚眼，（**嚴虞惇紅旁**）總結上六句。（**李以峙墨眉**）（淚眼）按作“月”顯謬，仇注失正。今夕復秋光。（**奚禄詒甲本尾批**）賦也。○“半嶺暮雲長”，人不能爲。

【彙評】

佚名丁墨尾：當是初至閬州所作，故題曰“薄遊”。通首只言景不言情，而悲懷盡吐。

嚴氏溪放歌行

天下甲馬未盡銷，（**方拱乾評**）每用“天下”二字不草草。（**李以峙墨眉**）（兵馬）按“兵馬”“兵甲”皆是，獨“甲馬”則不是，雖小疵，然不可不知。豈免溝壑常漂漂。（**沈巖旁**）藏下“志”字。劍南歲月不可度，邊頭公卿仍獨驕。（**丁耀亢紅眉**）有意。（**李以峙墨眉**）（仍獨）按作“何其”亦通。費心姑息是一役，肥肉大酒徒相要。（**王士禛評**）難解。嗚呼古人已糞土，（**沈巖眉**）“已糞土”言古來志士，無不視此曹如糞土，不受其豢養。雖放歌而必假古人以爲言，忠厚之至也。獨覺志士甘漁樵。（**沈巖眉批下**）“甘漁樵”言願侣漁樵也。况我漂轉無定所，終日慽慽忍羈旅。（**沈巖旁**）“喜”字對“戚戚”。秋宿霜溪素月高，喜得與子長夜語。（**朱方藹紅眉**）《選》句。東遊西還力實倦，從此將身更何許？知子松根長茯苓，（**奚禄詒乙本墨旁**）此所許者也。遲暮有意來同煮。（**吕留良紅旁**）闊，未暢。（**奚禄詒乙本墨眉**）“松根”“茯苓”異於肥酒大肉者。（**沈巖眉**）末句言不甘隨之啄腐呑腥，寧相從於溝壑，煮茯苓，並無薇之可採矣，餓死可忍也。戚戚羈旅，奔走於騎將之前，一日不可忍也。夜闌明志，出口入耳，他人不與焉。又見公之危行言遜也。（**佚名己紅眉**）結處應前“酒”“肉”字。

與嚴二歸奉禮别

方拱乾評：從情説到事，從己説到人。○前四句已盡，非公不能，更得八句矣。○知此便無閣筆之病。○排。○情起事結，私起公結，緊起寬結，小起大結，近起遠結。

李念慈紅眉：亦可疑。

奚禄詒甲本眉：全首凄然。

佚名己紅眉：前四句題情已盡，乃又生出八句，知此也，無枯澀之病矣。

别君誰暖眼？（**汪琬甲本紅眉**）暖眼。（**奚禄詒乙本墨眉**）凄然自歎其不歸。將老病纏身。（**丁耀亢紅眉**）奇。（**吴廣霈墨眉**）首句戛戛獨造。出涕同斜日，臨風看去塵。商歌還入夜，（**奚禄詒乙本墨眉**）子夏、甯戚俱商歌。巴俗自爲鄰。（**方拱乾評**）力在此處一拓。尚愧微軀在，遥聞盛禮新。山東群盗散，闕下受降頻。諸將歸應盡，題書報旅人。（**方拱乾評**）嚴起寬結，節拍自然。（**奚禄詒甲本尾批**）賦也。○“諸將”乃薛嵩、田承嗣輩。（**奚禄詒乙本墨眉**）從前之諸將不歸可知。

贈裴南部聞袁判官自來欲有按問

吴廣霈墨旁:裴以清節蒙寃獄,公此詩一紙辯誣狀也。

塵滿萊蕪甑,(**奚禄詒甲本旁**)范丹。**堂横單父琴。**(**奚禄詒甲本旁**)宓子賤。**人皆知飲水,**(**奚禄詒甲本旁**)鄧攸。**公輩不偷金。**(**奚禄詒甲本旁**)伏不疑。**梁獄書應作,**(**李以峙墨眉**)(書應上)按作"因",音近而誤。又作"不如上"。**秦臺鏡欲臨。**(**奚禄詒甲本旁**)袁判官來。(**奚禄詒甲本眉**)漢高得秦鏡,照人五臟、女子邪心。**獨醒時作嫉,群小謗能深。即出黄沙在,何須白髮侵。使君傳舊德,**(**奚禄詒甲本旁**)"舊德"指裴寂也。(**奚禄詒乙本墨眉**)"舊德"指裴寂。**已見直繩心。**(**奚禄詒甲本旁**)賦也。

對　雨

題鮮于樞評:詩言對雨獨立之時,所憂者非巴山道路之險,特恐失漢旌旗耳。何哉?蓋以雪嶺、繩橋防秋之急,而戰勝之遲故也。末言吐蕃有甥舅之禮,未敢背畔,其愛君憂國之意,曲折詳盡,得詩人忠厚之體。興而賦也。

奚禄詒甲本旁:全旨諷和親之作。

奚禄詒甲本眉:意微而詞和,風人之旨。

奚禄詒乙本墨眉:意微而詞和。○"未敢背"非真不背也,反言以悲之。

盧見曾紅旁:感時憂國,觸緒即來,非忠義根於至性者,不可强爲,所以獨冠千古,而上繼騷雅。

朱方藹紅眉:著意寫"對"字,知憂國無時休矣。

紀曉嵐評:三四高唱,非老杜無此胸懷。

王鄰德墨眉:對雨獨立之所憂者,非巴山道路之險,特恐濕漢旌旗耳。何也?以雪嶺、繩橋防秋之急,而戰勝之遲故也。末言吐蕃有甥舅之禮,未敢背畔,其愛君愛國之意,曲折詳盡,得詩人忠厚之體。

莽莽天涯雨,江邊獨立時。不愁巴道路,(**方拱乾評**)忽及此。恐濕漢旌旗。(**屈復評**)第四句生出下首來。[①](**嚴復墨眉**)第四句開下。(**王伯沆紅眉**)"濕"一作"失",更妙。(**奚禄詒乙本墨旁**)全旨總諷和親之非。(**李以峙墨眉**)(恐濕)按"失"亦可通。雪嶺防秋急,繩橋戰勝遲。(**王嗚盛墨眉**)繩橋乃三城之一。西戎甥舅禮,(**奚禄詒甲本旁**)文成、金城兩公主皆嫁吐蕃。未敢背恩私。(**孫承澤墨眉**)偶爾對雨,便關心國事。(**吕留良紅旁**)深厚傷感。(**奚禄詒甲本眉**)未敢背恩,非喜不肖也,反言以勖之。(**奚禄詒甲本旁**)賦也。

【彙評】

佚名丁墨尾:此與前數篇一類,欲由閬歸梓而作。雨阻行人,行猶可待。雨淋戍士,戍且無休。三四即借雨景搭上,手法便利。五六竟頂"漢旌旗",此"漢"字作中華解。末亦希冀之辭。

愁　坐

題鮮于樞評:言高齋見野,更臨門而愁坐,是以山寒水氣之逼人。又況葭萌、左擔有氐種、犬戎之屯,故日憂奔走,而歸期未

① 校注:此批語杭本闕。

定也。

方拱乾評:五六句却於愁坐中見出,妙,妙。

王鳴盛墨眉:《益州記》:陰平縣北有左擔道,至險,自北來者,在左肩不得度右肩也。

高齋常見野,愁坐更臨門。(**吕留良紅旁**)好,細緻。**十月山寒重,**(**丁耀亢藍旁**)老。**孤城水氣昏。**(**李念慈紅眉**)前四句似。"月"字訛。(**吕留良紅旁**)好句法。**葭萌氐種迥,左擔犬戎屯。**(**方拱乾評**)推開正見愁。(**嚴復墨眉**)"左擔"二字或作平。**終日憂奔走,**(**佚名丁墨旁**)"終日"謂長時也,注家往往誤。**歸期未敢論。**(**方拱乾評**)直結。

【彙評】

佚名丁墨尾:爲吐蕃寇擾而發。十月長安之陷,時猶未聞,但憂蜀秦道梗也。〇"見野"而更"臨門",寒景憂端,從此觸起。

警　急 時高公適領西川節度

題鮮于樞評:詩言高適防邊以備警急,而松州之圍未解,乃知公主和親之計爲拙。今青海又爲吐蕃所得,實若養鷹之飽飛矣。賦也。

錢陸燦甲本眉:後四句言和親不足以羈縻吐蕃也。

錢陸燦丙本評:錢云:"妙略"亦諷。後四句言和親不足以羈縻吐蕃也。

奚禄詒甲本眉:所憂實深。

奚禄詒乙本墨眉:雖從高適起,正上首之旨,松州未陷,猶以解圍望高也。

王鳴盛墨眉:"玉壘""蜀山",公言適既擁兵,必有妙略,雖在蜀傳檄,可定吐蕃,和州亦必有解圍之日。然公意正謂適不宜止練兵於蜀,須急救松州之圍。曰"雖傳檄",曰"會解圍",正所以深諷之,故題曰"警急"。

才名舊楚將,(**奚禄詒乙本墨旁**)高適也。**妙略擁兵機。**(**嚴復墨眉**)首二説高達夫。**玉壘雖傳檄,松州會解圍。和親知拙計,公主漫無歸。**(**奚禄詒甲本旁**)景龍間,金城公主嫁吐蕃。**青海今誰得?西戎實飽飛。**(**方拱乾評**)一"實"字有無窮意。(**奚禄詒甲本旁**)賦也。○三州未陷之時,猶以解圍望高也。(**王鄰德藍眉**)言青海爲吐蕃所有,其勢如鷹之飽而飛去,不就縶□也。

【彙評】

王鄰德墨尾:公言適既擁兵,必有妙略,雖在蜀傳檄,可定吐蕃,松州必有解圍之日。然公意正謂適不宜止練兵於蜀,須急救松州之圍。曰"雖傳檄""會解圍",正所以深諷也。

王鳴盛旁批"維保三州"處:尋爲蕃兵所陷。

佚名丁墨尾:上四援高公舊略,冀警檄之或解,不可必之詞也。下四追和親失計,致蕃戎之益肆,不可測之詞也。妙在婉約其詞。○"玉壘傳檄",主警報到蜀爲言。兩句本側下。仇解指威州,威即維州也,亦逼番境,則句法不可側矣。

王　命

題鮮于樞評:詩言漢北、巴西之亂,而諸將力戰,使臣不通,承首二句。次言詔焚大散關及命子儀禦敵事。末言蜀人深望王官之至。賦也。

丁耀亢墨眉:直。

奚禄詒甲本眉:深懷痛哭,皆自言己志。○三四承首句,五六承次句。末句了題。○《通鑑》:上元二年二月,奴剌、党項寇大散關。廣德元年三月,李之芳、崔倫使吐蕃,留不遣。冬十月,戎帥吐谷渾、党項、氐、羌二十餘萬渡渭,兵馬使吕月將戰死,令郭子儀禦之。子儀久廢,纔得二十騎而行。此詩乃序其事。

奚禄詒乙本墨眉:三四承首句,五六承次句,末了題。此三州俱陷,故欲喻蜀民之義,忽而急望王師之救援也。

盧見曾紅旁:錢謙益曰:嚴武入朝而吐蕃陷河西、隴右,又圍松州,蜀人思得武以代高適也。

題張問陶墨眉:此詩於五句截,以上皆言吐蕃之熾,而和戰皆不足恃也;以下言蜀人望王朝命將以安蜀也,故題曰"王命"。

王鄰德墨旁:按史,肅宗時,吐蕃數來請和,雖知其詐,姑務紓患,是年使李之芳、崔倫往聘,吐蕃留不遣。十月,破邠州,入奉天,代宗幸陝。十二月,陷松、維、保三州。

王鳴盛墨眉:是年詔燒大散關,此云"燒棧"者,蓋借用。牧齋云"築壇"指嚴武入朝,而吐蕃陷河西隴右,又圍松州,蜀人思得武以代邊也。

嚴復墨眉:時吐蕃入寇,有渭北吕月將之敗,故有第三句。李之芳、崔倫往聘,留不遣,故有第四句。

佚名己紅旁:是年吐蕃入寇,詔郭子儀禦敵。

漢北豺狼滿,(**李以峙墨眉**)(漢北)按趙解甚明,作"漢北"非。**巴西道路難。 血埋諸將甲,骨斷使臣鞍。**(**奚禄詒甲本旁**)諸將與使臣俱被執,死。(**李以峙墨眉**)(使臣)按定從"使臣","君"則大謬。(**王鳴盛

旁批)肅宗時,吐蕃數來請和,使李之芳、崔倫往聘,吐蕃不遣,廣德元年四月方得歸,故云"骨斷使臣鞍"。"漢北",梹川之地,"巴西"即關中。(**佚名丁墨旁**)竺云:三四言諸將、使臣多有戰死,血埋骨斷,而甲鞍狼藉也。使臣亦謂將校,非必指李之芳輩。**牢落新燒棧,蒼茫舊築壇。**(**奚禄詒甲本旁、乙本墨旁**)責主將之敗。(**佚名己紅眉**)"蒼茫"起舊,多少感慨在此五字内。**深懷喻蜀意,慟哭望王官。**(**方拱乾評**)狠説。(**奚禄詒甲本旁**)賦也。○三州已陷,故須喻蜀民之義憤而痛望王師之救也。(**奚禄詒乙本墨眉**)"王官"泛指受命之將,即指子儀。(**錢載評**)結亦是順結。(**李以峙墨眉**)(王官)按望王官來蜀也。作"京鑾"大謬。

【彙評】

佚名丁墨尾:"漢北""巴西"并提,三四總統言之,五六亦總,而詩意却借"舊築壇"句,度落"喻蜀""王官"。此則以"王命"命題之意,雙起單收,在蜀言蜀也。血埋將甲,泛指禦藩將士耳。蒼茫舊壇,遥冀專委宿望耳。朱注以吕月將戰死當血埋,以命子儀出鎮咸陽當築壇,此係陷京幸陜時事。如此,則宜痛及蒙塵,不得但以"喻蜀"爲汲汲矣。今詩中不爾,可知詩作於九十月之交,無容漫引十月間三千里外長安之事也。

征　夫

題鮮于樞評:此言征夫敗北,道路、城市間聞哭聲,今我流寓於此,又值亂無安居之地,然官軍不通吾道,竟何如耶?賦也。

徐渭墨旁:凡稚。

奚禄詒甲本旁:根上是思及蜀民。

奚禄詒乙本墨眉:承上首,思及於蜀民也。

沈巖旁:以上三首皆爲高適而作。吐蕃入寇,時適在蜀調征夫防守,卒陷松、維等州,故首篇有"才名""妙略"之稱。而其下皆敗北之事,則其機略可知,蓋諷之之詞。

十室幾人在? 千山空自多。(**沈巖旁**)警痛。**路衢唯見哭,**(**奚禄詒甲本旁**)頂次句。**城市不聞歌。**(**奚禄詒甲本旁**)頂首句。**漂梗無安地,**(**奚禄詒乙本紅旁**)承上。**銜枚有荷戈。**(**奚禄詒甲本旁**)兵情。(**奚禄詒乙本紅旁**)起下。(**奚禄詒乙本紅旁**)見到處皆用兵也。**官軍未通蜀,**(**奚禄詒甲本旁**)吐蕃未過。**吾道竟如何?**(**奚禄詒甲本旁**)賦也。○末句終結到自家。

【彙評】

佚名丁墨尾:哀征戍之擾,而自憂轉徙也。上四見人盡從征,而"無安地"之脈已引。"有荷戈",正是跌實"無安地",皈[歸]宿到託足無從作結。

西山三首

盧見曾紅旁:仇兆鰲曰:公抱憂國之懷、籌時之略,而又洊逢亂離,故在梓閬間有感於朝事邊防,凡見諸詩歌者,多悲凉激壯之語。而各篇精神焕發,骨氣風神,並臻其極。熟復長吟,方知爲千舌絶唱也。

沈巖眉:少陵詩及時事,往往氣格高絶。

王鳴盛旁:觀此三詩,戍雖辛苦,然西山有松州,正當吐蕃□衝,亦不宜罷戍也。

其　一

題鮮于樞評:言夷界、蕃州在積雪、荒山之頂,而築城、運粟,分將助兵以禦之者，以西南吐蕃背和好而殺氣日甚故耳。賦也。

題張問陶墨眉：前四言向來之形勢，後四今日之情形。"白帝"，西方帝也，舊引夔州白帝城，非是。"蜀將"，會討之師，"羌兵"，服屬之邑。

奚禄詒乙本墨眉：自《對雨》以下至此，皆言吐蕃破松、維、保之事。三四有進剿無日而輸挽徒勞之慨。

夷界荒山頂，蕃州積雪邊。（**奚禄詒甲本旁**）西蜀拱吐蕃之邊地。（**陳治墨眉**）三首亦次第鈎鎖，首言西山大勢，次言防戍之急，末言將來之禍。**築城依白帝，**（**奚禄詒甲本旁**）時筑三城之戍，高適之議。（**李以峙墨眉**）（依）按"依"勝"連"字。（**佚名丁墨旁**）竺云："依"猶"如"也。此後漢已來，□□言猶公孫之輩築白帝城。**轉粟上青天。**（**奚禄詒甲本眉**）三四有逢剿無日而輸挽徒勞之慨。（**嚴復墨眉**）此白帝不必夔之白帝城。**蜀將分旗鼓，羌兵助鎧鋋。**（**奚禄詒甲本旁**）指高適出兵南鄙。（**李以峙墨眉**）（助鎧鋋）按"動"形似而訛，又按"助井泉"作何解？仇注失正。**西南背和好，殺氣日相纏。**（**錢陸燦丁本評**）時吐蕃圍松州，故分鼓旂以禦之也。（**奚禄詒甲本旁**）賦也。○吐蕃入寇，圍松、維、保。

【彙評】

佚名丁墨尾：統述西山時事，是首章體。上四言地勢之險峻，五六言備禦之勞攘，結點清吐蕃。

其　二

題鮮于樞評：言三城之戍辛苦者，以防萬里之秋，恐煙塵之及火井、松州，故守將不寧，而通使不息，應首聯。且迴首而賊壘滿山,其得無憂乎? 賦也。

題張問陶墨眉:五句想見瑟縮之形,六句如睹齷齪之狀。將軍有風聲鶴唳之驚,使者有雪窖冰天之歎,賊勢如彼其熾,而我軍又如此其怯,此憂之所以大也。

辛苦三城戍,長防萬里秋。(**奚禄詒乙本墨眉**)防秋而反令其侵。**煙塵侵火井,雨雪閉松州。**(**吕留良紅眉**)對松州好。**風動將軍幕,**(**李以峙墨眉**)(幕)按"蓋"不如"幕"。**天寒使者裘。**(**錢載評**)"動""寒"二字半上半下。(**奚禄詒乙本墨眉**)五六將軍與使者徒勞而無益。**漫山賊營壘,**(**李以峙墨眉**)(賊營)按"漫山賊營",所以可憂。"賊"作"戍",亦形近而誤。**迴首得無憂。**(**奚禄詒甲本旁**)賦也。(**奚禄詒乙本墨眉**)末句令人慚而且竦。(**奚禄詒乙本墨旁**)何以解此辛苦?

【彙評】

佚名丁墨尾:次章申前首五六意,言防戍不支也。各兩句説我軍,兩句説賊勢,相間成章。下四即申上四。

其　三

題鮮于樞評:言兵士深入而圍未解,且馬瘦糧少,得無憂乎? 所恃者辯士有安邊之策,元戎有決勝之威耳。今朝烏鵲之報喜,將欲奏凱而歸乎? 賦也。

題張問陶墨眉:但憑烏噪以叶吉占,無聊之極思也。"欲報"云者,冀其或然,而知其必不然也。

秦應逵墨眉:子弟自往元戎,自歸關城,自報凱歌,自奏將帥,非人乞和飾勝而已。

子弟猶深入，（奚禄詒甲本眉）深入而不能解圍，以至兵窮餉盡，乃望凱於烏鵲，辯士、元戎安在耶？（奚禄詒乙本紅旁）抽丁也。關城未解圍。（奚禄詒乙本紅眉）辨士、元戎安在？凱歌亦是妄想。蠶崖鐵馬瘦，（奚禄詒甲本旁）兵窮。灌口米船稀。（奚禄詒甲本旁）餉盡。（奚禄詒乙本紅旁）兵窮餉盡。辯士安邊策，元戎决勝威。（奚禄詒甲本旁）此報凱之想。（奚禄詒乙本墨旁）徒望凱於烏鵲。今朝烏鵲喜，（奚禄詒乙本墨旁）怨。欲報凱歌歸。（方拱乾評）"似聞""欲報"一樣妙，妙却不同。（方拱乾評）"欲"字妙。（奚禄詒甲本旁）賦也。〇結句亦是想望之極。（奚禄詒乙本墨眉）末句耽望之極矣。

【彙評】

佚名丁墨尾：上四言供應之疲敝，乃是隱括上兩章所云。下四冀其克捷功成，乃是收局翻身勢。末章體也。

遣　憂

題鮮于樞評：此公聞吐蕃陷京師，消息未真之作也。次以"受諫""臨危"爲言，則其苦語哀傷爲何如哉！且又盜賊充斥，而隋氏宫室焚燒何頻耶？則公憂國之心益悲矣。賦也。

方拱乾評：二句到三句處可想。〇臣不成臣，賊亦不成賊。忠臣更事之感，後時之痛，百世同之。

李念慈紅眉：此首是。

吕留良紅眉：寫得亂中情態。

奚禄詒甲本旁：詩中止是可憂，而遣之之意自在。

奚禄詒甲本眉："苦難真"，非不真也，惟恐其真耳。〇三四老煉經歷語，君臣交責。

奚禄詒乙本墨眉:無限哀痛。〇三四是忠臣更事之感,後時之痛,百代所同。

盧見曾紅眉:錢箋:《劇談録》:明皇幸蜀,妃子既死,一日,登高山,望秦川,謂高力[士]曰:"吾取張九齡言,不至於此。"遣使祭之,吹笛爲曲,號《謫仙怨》。

盧見曾墨旁:盧注:舊以"受諫"句指柳伉一疏,此在長安既陷之後。按:是年四月,郭子儀數爲上言吐蕃、党項不可忽,宜早爲之備,上狃於和好而不納。至還京勞子儀,曰:"用卿不早,亦已晚矣。"代宗之勞子儀,猶明皇之思九齡也,不忍明言,故託之古人。"白馬"指侯景,"黄巾"指張角。是時高暉以城降吐蕃,王獻忠脅豐王珙以迎吐蕃,吕太一乘機作亂,故云"紛紛""攘攘"。末二亦借隋形唐,蓋諱言也。

申頲墨眉:高卓之極,亦復雄渾。

題張問陶墨眉:曲折三致。唐宫室,隋氏所留也,不忍明言,故迂其詞。〇不咎君臣備禦之失策,只以"何太頻"三字,宛轉含情,可云怨而不怒。

紀曉嵐評:結句不作唐而托之隋,風人之旨。

沈巖眉:"憶古人",顧陶本作"傷故臣","留作營"則是指明皇也。然此篇云"亂離又甚",自屬代宗幸陝之事,可憂甚矣。所可遣者,受柳伉之諫,起郭子儀於閑廢,或不至遂爲隋氏,差可遣懷耳。從顧本爲是。注家誤以故臣爲曲江,不知凡故舊之臣皆是。傳所謂今急而求子也。向之所以致此變者,原於拒諫諍,棄元臣。亂至,覺悟亦已晚矣。腰連望其懲而毖後患也。

沈巖旁:前後一片説憂,只領連見"遣"字意。〇"憶古人",自咎不能如古人之工於納諫。

王鳴盛墨眉:時宦官程元振輩耑權,以致□□□□曰其人其詞婉矣。

王嗚盛旁:廣德元年吐蕃陷長安,代宗出幸陝州,“知又甚”者,較禄山陷時更甚也。此係所聞之詞,故曰“苦難真”。

佚名己紅旁:是年吐蕃陷京師。

亂離知又甚,(**奚禄詒甲本眉**)是句“又甚”者言玄、肅之後又有此亂。五六言既内有叛臣反賊,而外蕃又燒宫室,内外之亂如此,不“又甚”乎?**消息苦難真。 受諫無今日,臨危憶古人。**(**吕留良紅旁**)傷時不諱。(**宋犖紅旁**)語味深渾。(**李以峙墨眉**)(憶古人)按“傷故臣”便平直。**紛紛乘白馬,攘攘著黄巾。**(**奚禄詒甲本旁**)“白馬”是叛將,“黄巾”是賊,不合掌。**隋氏留宫室,焚燒何太頻?**(**奚禄詒甲本旁**)賦也。○時吐蕃破京師,故有末句。太宗所留隋代之宅室而子孫不能守,正應“今日”“古人”二句。○宫室而曰“隋室留”者,微語也。公詩無一字無著落。(**沈巖尾**)“紛紛”,番將反者非一也。“黄巾”句則民皆叛矣。

【彙評】

佚名丁墨尾:此初聞京陷而作,當在十一月。三四非追咎語,乃聲淚俱下語,五六憤語,七八歎詞。

巴　山

題鮮于樞評:詩言梓州遇中使自峽中來,云盜賊猶奔突未已,恐乘輿幸陝未還宫,述中使之言也。末則傷今思古,以責當朝公卿。賦也。

李念慈紅眉:可疑。

奚禄詒甲本眉:可嘆可恨。

奚禄詒乙本墨眉:四句以下總説乘輿未回。末二句痛君之極,恨群臣之極。○言外有自寓靈武追駕之感,未蒙恩禮,與"臨危憶古人"亦同。

題張問陶墨眉:一"恐"字極有神理。○末句□虚説却更妙。言以天子而使之狼狽風塵,亦群臣所管何事也。

沈巖眉:"天寒"二句,注引《海録》云云,按,舍鄭箋而引《海録》,好僻者爲之也。○"望仙臺"亦當引《神仙傳》河上公事。

沈巖旁:中使猶自竄巴山,則外廷皆不及扈從可知。群臣不審所在,則乘輿或幾乎危矣。落句不敢指斥之詞也。

巴山遇中使,雲自陜城來。盜賊還奔突,乘輿恐未回。(**奚禄詒甲本旁**)此下乘輿未回。**天寒召伯樹,地闊望仙臺。**(**佚名己紅旁**)望仙臺,漢武事所建。**狼狽風塵裏,群臣安在哉?**(**丁耀亢墨眉**)忠義不平之語。(**奚禄詒甲本旁**)賦也。(**沈巖尾**)"安在"言職司何事,使人主至此。

江陵望幸

錢陸燦丁本評:起二句提綱,下四句頂首句,詠江陵。後六句頂次句,言望幸也。

奚禄詒甲本旁:上元初,崔諲請置荆州爲南都,因以諲爲尹。廣德元年冬,代宗欲巡江陵,又以衛伯玉爲尹。

奚禄詒甲本眉:公前議不當建五都矣,今復江陵望幸者,時公在巴閬,欲下吴楚,傳聞代宗之幸,故有此作。

奚禄詒乙本墨眉:四句寫完秦蜀吴越萬里之地,好筆力。○如《禹貢》"雲土夢作乂",五字寫完二千里,皆是大筆力。○前議不應建五都是上策,此時望幸,必欲有所建白也。

曹炎眉:中四句應首句,後六句應次句。

秦應逵紅眉:諱避狄而"望幸",前六句江陵,後六句望幸。

沈巖旁:諱避狄而曰"望幸",先明此都之可仗,而終之曰"起涸鱗",若真待其幸者,不露痕迹。

沈巖眉:"地利"一連言收復之便,"風煙"一連言儲衛之易。

雄都元壯麗,望幸欻威神。(**奚禄詒甲本旁**)望幸之意,必欲有所建白故也。地利西通蜀,天文北照秦。(**奚禄詒甲本旁**)四句寫完萬里之地,好筆力。風煙含越鳥,舟楫控吴人。未枉周王駕,(**奚禄詒甲本旁**)止狩耳,非遷都也。終期漢武巡。甲兵分聖旨,居守付宗臣。(**沈巖旁**)二句醒"望幸"。早發雲臺仗,(**李以峙墨眉**)(仗)按"路"字非。恩波起涸鱗。(**奚禄詒甲本旁**)賦也。(**奚禄詒乙本墨旁**)豈舍王哉?

【彙評】

陳訏紅眉批仇注"郭子儀留守西京也"處:荆州置南都,江陵重鎮,居守自應指衛言,不必遠及西京。時代宗幸陝,注想誤以爲在西京,故云爾。題下朱注是。

發閬中

方拱乾評:老,實苦。

錢陸燦甲本眉:方曰:公避亂梓州,復遊閬中,其妻子仍寄居於梓,此詩乃自閬還梓途中所作。别家三月始得書,想因兵亂阻絶。下之二首題發閬中。

錢陸燦乙本墨眉:方曰:公避亂梓州,復遊閬州,其妻子仍寄居於梓,此詩乃自閬還梓途中所作。别家三月始一得書,想因兵亂阻絶耳。

錢陸燦丁本評:公避亂梓州,復遊閬中,妻子仍寄居於梓,此詩乃自閬還梓途中所作。

吴廣霈墨眉:亦祖楚騷。

前有毒蛇後猛虎,(**奚禄詒乙本墨旁**)刺閬人。溪行盡日無村塢。(**奚禄詒甲本眉**)怕人。(**陳治紅眉**)寫出荒山窮谷、孤旅行役之苦。江風蕭蕭雲拂地,山木慘慘天欲雨。女病妻憂歸意速,秋花錦石誰復數。别家三月一得書,避地何時免愁苦?(**奚禄詒甲本尾批**)賦也。

冬狩行時梓州刺史章彝兼侍御史留後東川

錢陸燦甲本旁、乙本紅眉:一題便是春秋筆法。

方苞眉批:義味亦淺。

王士禛評:一題便具春秋筆法,定不可忽。

俞瑒乙本評:昔盛今衰,兩下相形,筆法自好。以中興作結,感望尤深。

奚禄詒甲本眉:此篇固因章彝之獵校而賦,其中若“合圍”“蒐狩”等句,皆譏其僭□。“山空”“鴝鵒”句,皆譏其濫殺。若“西戎”“狐兔”等句,皆譏其徒能游獵而不能乃心王室,故以“得不哀痛”句動其愬,且長言以嘆之也。

奚禄詒乙本墨眉:冬狩固譏其僭天子之獵矣。其中所譏者,不一而足也。若“山空”“鴝鵒”段譏其濫殺,若“西戎”“狐兔”等句皆譏其徒知遊獵而不能乃心王室,故以“得不哀痛”句動其愬,且長言以歎之。

盧見曾紅旁：大義凜然，及今誦之，如見其壯顏毅色。申涵光曰："草中狐兔盡何益"二句，即賈生"不獵猛獸而獵田彘"意。王洙曰：代宗在陝詔徵天下兵，時程元振用事，無一人應詔者，故章末感激言之。

吴騫墨眉：一題便得春秋筆法，不可忽。

吴士模墨眉："鴝鵒"一段有意無意逗起下文，却將"春蒐"一節隔斷，妙絶。

秦應逵墨眉：此爲當時方鎮擁兵、不思勤王作也。

君不見東川節度兵馬雄，(**奚禄詒甲本旁**)"君不見"就本人起，亦創。(**奚禄詒乙本墨眉**)"君不見"就本人起，妙。校獵亦似觀成功。(**張䪺敬墨旁**)已醒出諷刺意。(**沈巖眉**)言方與西戎角逐，弋獵之娱則待功成之後耳，胡爲乎遽"似觀成功"也？此句暗寓諷刺，並後半無不呼應。夜發猛士三千人，清晨合圍步驟同。(**方拱乾評**)"同"字又妙。(**申涵光甲本評**)"清晨合圍步驟同"，謂譏其與天子同鑾矣。(**方貞觀墨眉**)"同"字好。(**奚禄詒乙本紅旁**)天子不合圍。禽獸已斃十七八，殺聲落日迴蒼穹。(**張䪺敬墨旁**)侈言其軍勢之雄，所以隱譏之也。幕前生致九青兕，馲駝𡵆卷垂玄熊。(**吴騫墨眉**)比也。東西南北百里間，仿佛蹴踏寒山空。(**方貞觀墨眉**)前曰"合圍步驟同"，曰"殺氣回蒼穹"，此又言"生致九青兕"，鸜鵒不遺，見如此兵力，以之勤王，何患賊之不滅？(**吴錫麒紅眉**) 諸侯不掩群，今乃羅及細微荒於禽矣。曰"何爲"者，諷之之辭。此處是引以蒐狩之法。(**吴士模墨眉**)入此段何也？想其意總以見獲。(**嚴復墨眉**)奇妙。(**嚴復紅眉**)王云，比也。有鳥名鸜鵒，(**方拱乾評**)用字法。(**方拱乾評**)單起一鳥生瀾。局法明是比，却不當作比，後已出老翁矣。(**李念慈紅眉**)此"鴝鵒"亦必有謂。(**秦應逵墨眉**)"鴝鵒跦跦，公在乾侯"，此起後“天子不在咸陽宫”也。(**秦應逵墨旁**)感此起興,意有所指。(**奚禄詒乙本紅旁**)比。(**沈巖旁**)感此起興。(**沈巖眉**)“鴝鵒跦跦,公在乾侯”,此起後“天子不在咸陽宫”也。**力不能高飛逐走蓬。**(**孫承澤墨旁**)舉一微物以示憫惻,仁人之言。(**丁耀亢墨眉**)自喻。(**吕留良紅眉**)忽出鴝鵒,勢陡。(**吕留良紅旁**)此一段見狩之無遺。(**王士禛評**)比也。(**張雝敬墨旁**)暗喻自己,爲“飄然”句伏綫。(**張裕釗眉批**)微旨以文外曲致出之,故爾妙遠。**肉味不足登鼎俎,胡爲見羈虞羅中? 春蒐冬狩侯得同,**(**奚禄詒甲本旁**)較“合圍”更明。(**王嗚盛將“同”改“用”並墨眉**)“用”讀平聲。**使君五馬一馬驄。**(**錢陸燦乙本紅眉**)連押二“同”字。(**吕留良紅眉**)兩“同”字不同。(**錢載評**)大書之筆,與題相應。(**秦應逵墨旁**)兼侍御。(**奚禄詒乙本紅旁**)五馬安得同? **况今攝行大將權,**(**吕留良紅旁**)奇緊。(**張雝敬墨旁**)侈言其權位之重,亦隱諷之也。**號令頗有前賢風。**(**陳治紅眉**)是時諸將反倒不□□州,亦非乃心王室者,故公以大義激之,而責望之意,隱然言外。**飄然時危一老翁,**(**張雝敬墨旁**)此已下乃正告之。**十年厭見旌旗紅。 喜君士卒甚整肅,爲我迴轡擒西戎。 草中狐兔盡何益? 天子不在咸陽宫。**(**申涵光甲本評**)“草中狐兔盡何益,天子不在咸陽宫”,此即賈生“不獵猛敵而獵禽獸”之意,是作詩主意。(**申涵光丁本評**)“草中狐兔”句即賈生“不獵猛敵而獵猛獸”意。(**申頲紅眉**)忠臣良友意。(**吴廣霈墨眉**)二句一篇要領。(**王伯沆紅眉**)真有膽力。(**張雝敬墨旁**)若只此便住,更覺有含蓄。(**倪象占藍眉**)“公馬莫走須殺賊”,昌黎詩與此同意。**朝廷雖無幽王禍,**(**奚禄詒乙本紅眉**)玄代二宗。**得不哀痛塵再蒙。**(**王士禛評**)似近世鼓兒詞。**嗚呼,得不哀痛塵再蒙。**(**方拱乾評**)疊乃曼,悲方深。(**錢陸燦丁本評**)忠君愛國之意,可驅鬼神。複句痛切,大聲疾呼,氣更足。○因玄宗而及代宗,下“再”字一言萬感。(**汪琬甲本墨眉**)一片勤王忠,盤托紙上。(**汪琬丙本評**)又疊一句,聲情惻然。(**吕留良紅旁**)就上一轉,有力有味。(**吕留良紅眉**)變化妙。

(**吕留良紅尾**)因玄宗而道代宗,“不”“再”字一言萬感。(**奚禄詒甲本旁**)賦也。○寓貶於褒,亦稱得體。(**朱方藹紅眉**)又疊一句,聲情惻然。(**吴錫麒紅旁**)同此複筆,尤覺驚心動魄。(**吴廣霈墨眉**)收得未佳,固是極力作出,終覺太露斧斫痕爾。

【彙評】

吴士模墨眉:辭嚴義正,痛切言之,能使驕帥悚然感動。

秦應逵紅旁:似近世鼓詞。

吴錫麒紅眉:唐中晚藩鎮往往自擁强兵,不爲朝廷捍御。曰“不在咸陽宫”,曰“無使再蒙塵”,提其聾聵以發其忠勇,真有關世道之作,煌煌大篇,直欲泣鬼神而驚風雨。

山　寺得開字,章留後同遊

方拱乾評:古。

申涵光甲本評:“足令信者哀”,妙語有斟酌。“使君騎紫馬”八句,序事如見。“以兹撫士卒”至末,詞不達意。

汪琬乙本評:未脱化。

徐松紅眉:朱鶴齡曰:是冬代宗幸陝,彝從容校獵,未必無擁兵觀望、生制一方之意。公窺其激而不敢言,因遊寺以諷諭之。

王士禛評:老杜頻用“樹羽”字,皆未妥。

俞瑒乙本評:中叙章留後修寺,末段規之也。

屈復評:“以兹撫士卒”二句是諷其不能如此撫士卒也。下緊接“窮子”二句,含糊言之,見將來必亂也。○詩有順叙法、倒叙法,此倒法也。若將“窮子”二句順叙“檀施開”下,則易明白矣。“窮子”指衣衫藍縷之山僧也。净處山寺憂禍胎,即高騈測秃丁之亂意。①

奚禄詒甲本眉:起數句自佳。鍾譚以前佛老景指玄肅□□。○意在諷使君之桎□而氣若□。

奚禄詒甲本眉:此等艱澀,不知鍾譚何故取也?

奚禄詒甲本旁:如鍾譚玄肅之喻,何以處他末結。

奚禄詒乙本墨眉:此章止因盡施捨於僧而因規其以此撫兵,其益乃大謂和尚蒙施如窮子之得財而喜,而士卒困差,恐爲禍變,此當憂也。末因歎己窮途將入道耶,然又思量甚苦,與嬰孩之失父母,嬰孩即窮子也,則佛教豈宜興乎?而大比玄、肅,始於鍾、譚,而此評亦仍其陋。

盧見曾紅眉:朱曰:章彝事,二史無考,但附見《嚴武傳》云:武再鎮劍南,杖殺之。大抵彝之爲人,將略似優,乃心不在王室。天子在陝,彝從容校獵,未必無擁兵觀望之意。公窺其微,因游寺以諷喻之。世尊塵埃,咄嗟檀施,豈天子蒙塵,獨宴然罔聞乎?"以兹撫士卒,孰曰非周才",欲其用此道以治兵敵愾,無但廣求福田也。而其詞意含蓄,公之善於忠告乎?

吴農祥評:老杜頻用"樹羽"字,皆未妥。

朱方藹紅眉:眼前景物,非會心者却拈不出,而冥思亦或失之。

野寺根石壁,諸龕遍崔嵬。(**奚禄詒甲本旁**)此不過説寺敗。(**吴廣霈墨眉**)一"根"字下得險,非大家不能。**前佛不復辨,百身一莓**

① 校注:"'以兹撫士卒'二句",吴本作"'以兹'二句";"諷",杭本作"諷刺";"如此撫士卒",吴本作"如此";"'窮子'二句",吴本作"'窮子'二字";"順叙法,倒叙法",杭本作"順叙倒叙法";"衣衫",杭本作"衣",吴本與余本同;"憂禍胎",杭本作"也憂禍胎";"亂意",杭本作"亂意也";"净處山寺憂禍胎,即高駢測秃丁之亂意"一句,吴本闕。

苔。（陳治墨眉）此老深於禪説，道着便是。雖有古殿存，世尊亦塵埃。（傅山紅眉）草率。（申頲紅眉）佛之精靈，但能及於信者，是以有毁佛之人。如聞龍象泣，足令信者哀。（奚禄詒甲本旁）此後却難，無此詩體。（奚禄詒乙本墨旁）鍾、譚“前佛”“世尊”不配玄、肅二宗，可笑。使君騎紫馬，（沈巖旁）入留後。捧擁從西來。（方拱乾評）諷。樹羽静千里，臨江久徘徊。（吴騫墨眉）老杜頻用“樹羽”字，未妥。（秦應逵墨旁）老杜數用“樹羽”字，皆未妥。（嚴復紅眉）王云：起用“樹羽”字未妥。山僧衣藍縷，告訴棟梁摧。（奚禄詒甲本旁）應起八句。公爲顧賓徒，（李以峙墨眉）（顧）按作“領”，形訛。（李以峙墨眉）（賓徒）按作“兵徒”，大謬。（沈巖旁）插同遊。咄嗟檀施開。吾知多羅樹，（沈巖旁）發明“信”字。却倚蓮華臺。（方拱乾評）挽妙。（申頲紅眉）此段皆山僧告訴語，只將一個藍縷和尚合掌募化形神聲口，寫得如是如聞。（奚禄詒甲本旁）敗甚。諸天必歡喜，鬼物無嫌猜。（吕留良紅眉）序事近癡。（奚禄詒乙本墨旁）言布施可以修理。以兹撫士卒，（沈巖旁）顧“樹羽静千里”。孰曰非周才。（奚禄詒甲本旁）以言士卒之苦。（吴廣霈墨眉）此微諷其能吝佛，而不知恤將士也。窮子失浄處，（奚禄詒甲本眉）“窮子”以下意圓而語浄。（奚禄詒乙本墨旁）和尚得財。高人憂禍胎。（申頲紅眉）“以兹撫士卒”無端接得極微，下皆不能了了。（奚禄詒甲本旁）窮子得父財而喜，以比檀施。（奚禄詒乙本墨旁）高人憂兵亂。（吴士模墨眉）“窮子”二句究屬隱晦，此下本有難於明言者。歲晏風破肉，（奚禄詒乙本墨旁）天寒如此，即入道亦難，况修寺耳。荒林寒可迴。思量入道苦，（奚禄詒甲本旁）無味。自哂同嬰孩。（方拱乾評）結妙。（錢陸燦丁本評）無端忽説到此，隱然及於乘輿蒙塵，肱股非才，用意甚深。（奚禄詒甲本旁）自歎不及窮子。（奚禄詒甲本旁）賦也。（奚禄詒乙本墨眉）和尚背義而得財，即喜與窮子何異？（奚禄詒乙本墨旁）語多沾滯。（嚴復墨眉）結三韻便非如注家之流云謂是諷章不臣之意，吾意“窮子”即指襤褸之山僧耳。(**吴廣霈墨眉**)末句欠妥。

【彙評】

方拱乾評詩後評語:《法華經》:譬如有人年幼,捨父逃逝,長大復加困窮,父求不得,窮子傭賃,遇到父所,受雇除穢糞,污穢不盡,其父宣言:爾是我子,今我所有一切財物,皆是子有。窮子聞言,即大歡喜。

桃竹杖引 贈章留後

徐渭墨旁:磊落。

方拱乾評:此等詩轉無深情妙緒,只是筆高筆老。

錢陸燦甲本眉、乙本紅眉:酷似太白。

錢陸燦丙本評:鐵牛云:結似太白。

錢陸燦丁本評:薄俗友誼,胸中一段憤激不平之氣,借竹杖發出,變化突兀,字字騰擲跳躍,酷似太白。後來惟昌黎文有此筆力。

申涵光甲本評:《桃竹杖引》是集中變調,江妃水仙,鬼奪龍争,皆故作奇語,可厭。無端作此怪語,横失本色,只似他人詩。

汪琬乙本評:存此體以繼楚騷。

吕留良紅眉:收備一格。

吴農祥評:酷如太白。

宋犖紅眉:舊評玄又玄,怪又怪,然不可復進,進則劉叉矣。

屈復評:意固有諷,體格甚奇。

吴錫麒紅眉:一氣直下,似歌似文,浩浩落落,如神龍拏攫,噴薄恣縱,人莫測其所爲,真大觀也。

奚禄詒甲本眉:他篇譏章則有之,並謂此篇爲譏章,則曲説也。看篇末"風塵澒洞"三句,明是公目亂而自歎無偶,如屈子《遠遊》之旨，而立言則用《湘君》篇之意，故末亦爲楚調。如"東南征"四句即《湘君》篇之"令沅湘兮無波，使江水兮安流"也。如"慎勿見"四句即《湘君》之"石瀨兮淺淺，飛龍兮翩翩；交不忠兮怨長，期不信兮告余以不閑"也。末句即"目渺渺兮愁余"也。若以爲譏章，則"使我不得扶持"與"吾將曷從"，總説不去。

奚禄詒甲本旁：章彝，史無考，惟《嚴武傳》：武再鎮蜀而杖殺之。

奚禄詒乙本墨眉：冬狩是天子之禮，故公諷其僭，《山寺》《桃杖》不是諷。凡作詩者隨地頭，看詩者亦然，何必篇篇要比？○他詩有譏章之意，此篇爲譏則曲説也。看後章"所憂盜賊多""重見衣冠走"，則此篇亦不過因蜀亂欲下吴楚，如屈子《遠遊》之旨，而立言則用屈子《湘君》《湘夫人》之意，故後段用楚調，是自歎無偶。

奚禄詒乙本墨批：此所謂怨歌楚調也。

盧見曾紅旁：奇變酷似太白，老杜真乃無所不有。朱鶴齡曰：此詩蓋借竹杖以規諷章留後也。既以踴躍爲龍戒之，又以忽失雙杖危之，其微旨可見。仇兆鰲曰：宋之問騷體詩有《嵩山天門歌》，杜詩此篇所自出，然杜之靈奇，却勝於宋之雋麗。

吴士模墨眉：無中生有，却上面引入來，步步伏筆，非突然鑿空也。

題張問陶墨眉：凌空結想，筆力横絶。

徐松紅眉：朱鶴齡曰：此詩蓋借竹杖以規諷章留後也。既以踴躍爲龍戒之，又以忽失雙杖危之，其微旨可見。○仇曰：宋之問騷體詩有《嵩山天門歌》，杜詩此篇所自出，然杜之靈奇却勝於宋之雋麗。

陳治墨旁：汪云：存此一體，以繼楚騷。

秦應逵墨眉：此首酷似太白。

秦應逵紅眉：意必有諷，體格甚奇。

嚴復紅眉：王云：酷似太白。

吴廣霈墨眉：騷心變調，别有風趣。

吴廣霈墨眉：此篇亦頗似太白。

沈巖旁：此篇以平入通押，皆入鼻音也。

佚名己紅眉：意至筆隨，又一體也。

江心蟠石生桃竹，蒼波噴浸尺度足。斬根削皮如紫玉，江妃水仙惜不得。（**奚禄詒甲本旁**）一句一氣。（**陳治墨眉**）酷似太白。梓潼使君開一束，滿堂賓客皆歎息。（**奚禄詒乙本紅旁**）叶速。憐我老病贈兩莖，出入爪甲鏗有聲。（**奚禄詒乙本墨旁**）含龍。（**張雝敬墨旁**）知此老於事事物物，無不細心體認，故能隨筆出之。老夫復欲東南征，乘濤鼓枻白帝城。（**孫承澤墨眉**）奇幻。（**方拱乾評**）假設語却妙。（**吴錫麒紅旁**）振起下半。（**奚禄詒乙本墨旁**）此即《楚辭·湘君》篇曰“今沅湘兮無波，使江水兮安流”之旨。路幽必爲鬼神奪，（**沈巖眉**）“江妃水仙惜不得”與“路幽必爲鬼神奪”波瀾映帶。（**方拱乾評**）虚起一峰。拔劍或與蛟龍争。（**丁耀亢紅眉**）變爲騷體，奇絶，幻絶。（**題商盤紅眉**）前是對主人語，後是對杖語，故作一轉，用“重爲告曰”字，蓋詩之變調，而其源出於騷賦者也。後段亦非告杖，暗諷友朋之不可倚仗者耳。細味語氣自見。（**陳治紅眉**）俞云：“重爲告曰”一段，筆力奇横。（**張雝敬墨旁**）其言可寳之至，而落想深妙，能變常爲怪，化平爲奇。（**佚名戊紅眉**）嘗見謂“杖”字是，蓋杖既在手，不應又拔劍也。重爲告曰：（**申頲紅眉**）法奇。（**奚禄詒乙本紅旁**）即“亂曰”。杖兮杖兮，爾之生也甚正直，（**嚴復墨眉**）比蹤騷雅，此老真實本領見□。（**張雝敬墨旁**）跳脱流宕，杖不變化，筆却變化矣。（**沈巖眉**）變滅不測。慎勿見水踴躍學變化爲龍。（**奚禄詒乙本眉批**）此即《湘君》篇之“石瀨兮淺淺，飛龍兮翩翩。交不忠兮怨長，期不信兮告余以不閑”。（**沈巖旁**）變化葛陂，使事無迹。“使我不得爾之扶持，滅迹於君山湖上之青峰。"使我不得爾之扶持，滅迹於君山湖上之青峰。（**沈巖眉**）自比老棄南荒，不得扶持國步也。噫，風塵澒洞兮豺虎咬人，（**秦應逵紅旁**）用意在此。忽失雙杖兮吾將曷從？（**方拱乾評**）一味假結，與《茅屋歌》同一緒法。此法不可多學，恐流於誕。詩最忌誕，太白之所以遜也。（**奚禄詒甲本尾批**）賦也。（**奚禄詒乙本眉批**）即"目渺渺兮愁予"。（**奚禄詒乙本墨眉**）如以爲諷章，則"使我不得扶持"與"吾將曷從"，一步説不去。○章贈公以杖，公答此作。（**吴廣霈墨眉**）感慨别有所寄。

【彙評】

吴騫墨眉：酷似太白。

吴士模墨眉：得騷之神。合前首看，章之不臣可知。上以義責，此以情動，語語從至性流出，足以感人。

嚴復墨眉：此告乃諷章，顯然可見。

吴廣霈墨尾：騷心賦體，變化不拘，辰翁誚似劉叉，過矣。

將適吴楚，留别章使君留後兼幕府諸公，得柳字

方拱乾評：古。

汪琬丙本評：大有不平意，公詩云"厭蜀交遊冷"，此篇頗露。

屈復評：玩"常恐坦適性""不意青草湖"四句，分明言留後不可與處，東下乃無可索何事，謂托詞者固非，謂留後者亦非。①

奚禄詒甲本眉：如此情事，不獨一時一處爲然。

奚禄詒乙本墨眉：鄭公云：世情行迹，時久事變之感慨，峥嶸飛動，無不極其工妙。

---

① 校注："常恐坦適性"，杭本作"常恐性坦率"；"東下"，杭本作"冬下"。

陳治墨眉:汪云:大有不平,公他詩云"厭蜀交遊冷",此篇頗露。

我來入蜀門,歲月亦已久。豈唯長兒童,自覺成老醜。常恐性坦率,失身爲杯酒。(**孫承澤墨眉**)古人重身如此。(**方拱乾評**)一味真。字字真,所以妙。(**申涵光甲本評**)老杜半生疏放,晚乃謹防若是。飽更患難,遂得老成,如此方是豪傑歸落處。一味使酒罵坐,妄人而已。(**秦應逵紫旁**)既見留後不可與處意。(**佚名己紅眉**)君子重之,小人猒之,千古一轍也。近辭痛飲徒,折節萬夫後。(**李念慈紅眉**)老更離亂厄窮,自多怨艾。昔如縱壑魚,今如喪家狗。(**方拱乾評**)此四句見其情事。(**吴廣霈墨眉**)真氣蓬勃,露於言表。既無遊方戀,行止復何有?(**陳治墨眉**)出落跳蕩。相逢半新故,取别隨薄厚。(**方拱乾評**)崛强。不意青草湖,扁舟落吾手。(**吕留良紅旁**)逸。(**魏源評**)每於屈曲處見筆力,若先言"扁舟""青草",而所資於朋友則順衍無味矣。眷眷章梓州,開筵俯高柳。(**方拱乾評**)公不得於章乃去,意不露却不假,所以妙。(**佚名己紅眉**)公不得於章梓州乃去,郄義直率言之,所以妙也。樓前出騎馬,帳下羅賓友。健兒簸紅旗,此樂或難朽。日車隱崑崙,(**奚禄詒乙本紅旁**)酒闌日暮。鳥雀噪户牖。波濤未足畏,(**奚禄詒乙本紅旁**)轉入下吴楚。(**李以峙墨眉**)(畏)按作"慰",音近而訛。三峽徒雷吼。所憂盗賊多,重見衣冠走。(**孫承澤墨眉**)君父之誼,隨在而露。(**陳治墨眉**)重提代宗蒙塵事,以申前篇期望梓州之意。中原消息斷,黄屋今安否?(**方拱乾評**)忽及"中原"二句,妙。終作適荆蠻,安排用莊叟。隨雲拜東皇,掛席上南斗。(**吕留良紅旁**)雅。有使即寄書,(**奚禄詒甲本旁**)望代宗光復之書信。無使長迴首。(**方拱乾評**)想見其傲睨無聊賴之意。(**宋犖紅眉**)少陵每用"東皇",皆有異采别致,非復尋常渲染所及。(**奚禄詒甲本尾批**)賦也。(**奚禄詒乙本紅眉**)望代宗克復之書也。(**張裕釗眉批**)奇氣横溢。

【彙評】

方貞觀墨眉:結語亦非有至理精義,而自成妙文,其妙處亦不能明言,此公之獨長也。

吴廣霈墨尾:殊有騷音。

舍弟占歸草堂檢校,聊示此詩

題鮮于樞評:首四句言舍弟占歸草堂之意,末四句聊示檢校之事。賦也。

方拱乾評:無警語,無深情,一筆直下,妙不可形容。○與"暫往比鄰去"同,五律聖境。

錢陸燦甲本眉:公有四弟,惟占相隨入蜀,此日必從公於梓也,遣其歸成都草堂檢校,故有此囑。

錢陸燦丙本評:錢云:意真氣樸。公有四弟,惟占相隨入蜀,此日又從公於梓,遣其歸成都草堂檢校,故有此囑。

俞瑒乙本評:只如説話,一氣直下,自見真趣。

朱方藹紅眉:絮絮家常話,入公便成絶妙文章。

題張問陶墨眉:家務瑣屑,有一片骨肉友愛在内。○杜善煉字,竹稀而曰"影薄",枝多而曰"陰雜",皆能涉筆成趣。

奚禄詒甲本旁:占隨在蜀。

奚禄詒甲本眉:此浣花草堂也。自然有情。

奚禄詒乙本墨眉:家常瑣屑,叮嚀亦佳。

沈巖眉:只如説話自真,全首作家常語。

久客應吾道,(**題商盤紅旁**)對起。相隨獨爾來。(**俞瑒甲本評**)舍弟占。(**沈巖旁**)舍弟占。孰知江路近,(**題商盤紅旁**)倒叙聯。(**李以

峙墨眉)(孰知)按當從"熟"。**頻爲草堂迴。**(**俞瑒甲本評**)歸草堂。(**題商盤紅旁**)流水對。(**沈巖旁**)歸草堂。**鵝鴨宜長數，**(**俞瑒甲本評**)檢校。(**沈巖旁**)檢校意。**柴荆莫浪開。**(**李念慈紅眉**)恰是家人語。(**俞瑒甲本評**)四句一氣下。(**方貞觀墨眉**)詩中"數"字自是上聲，注中"數"字自是去聲，各不相蒙。(**沈巖旁**)四句一意。**東林竹影薄，臘月更須栽。**(**奚禄詒甲本尾批**)賦也。

【彙評】

方拱乾評：天籟。

俞瑒甲本評：只如説話自真。

陳訏紅眉批仇注"草堂無人，安得鵝鴨？想有代爲看守者"處：詩言"鵝鴨"，是有鵝鴨矣，注中想出他人代看守，多此想頭。

佚名丁墨尾：鍾云：家務瑣屑，有一片友愛在内，只見其真，不見其俚。黄云：竹稀而曰"影薄"，杜善鍊字。

早　花

題鮮于樞評：此詩睹物傷時之作，蓋曰草木揺落，已回春意，何朝廷之亂尚未清耶？觀結語可見。賦兼比也。

方拱乾評：重時序之遷而不得王室之安穩。中四句非感時物，正憂西京也。○從西京到花上，猶之《對雨》及西戎也。題是"早花"，意却在起結，細讀乃知。

呂留良紅眉：圓轉清暢，即四句可誦。

奚禄詒甲本眉：此吐蕃入西京，代宗奔陜時，故當春而望其平也。

奚禄詒甲本旁：起句已唤末句，只借花寫懷。

奚禄詒乙本墨眉:首四句以喚起末二句,不過借花書懷。

沈巖旁:此等氣脈,雖不易學,亦何可不知?

西京安穩未? 不見一人來。(**丁耀亢墨眉**)起樸,人不能。(**吕留良紅旁**)感慨。題却如此,句甚奇。臘日巴江曲,山花已自開。(**方拱乾評**)若怨花,妙,妙。盈盈當雪杏,豔豔待春梅。(**方拱乾評**)開二句,見手筆。(**奚禄詒甲本墨旁、乙本墨旁**)五六反是比。直苦風塵暗,誰憂容鬢催。(**方拱乾評**)非傷日月,非傷草木,於此可悟詩緒。

【彙評】

沈巖尾:杏當如雪,梅待香飄也。用兩虚字貼出早意欲活,正與"未"字呼應。○"盈盈""豔豔"與"暗"字對。

佚名丁墨尾:此逢臘而遥寄蒙塵之歎。月兩易矣,花又發矣,而安穩之信杳然,鬢催又何足慨。

歲　暮

題鮮于樞評:此詩首二句起中四句,中四句實承第二句意,而歎當時無終軍之請纓。末句承之,而以壯心驚結之,且終首句意。賦也。

方拱乾評:一句三意,二句五意。

吕留良紅眉:字字聲色。

奚禄詒甲本旁:亦是蜀中之亂。

奚禄詒甲本眉:句句相頂而下。

紀曉嵐評:沉鬱頓挫,有海立雲垂之勢。

歲暮遠爲客，邊隅還用兵。 煙塵犯雪嶺，（**俞瑒甲本評**）承“用兵”。（**奚禄詒甲本旁**）吐蕃。鼓角動江城。（**俞瑒甲本評**）上四歲暮之景。（**嚴復墨眉**）江城指梓州。天地日流血，（**俞瑒甲本評**）下四歲暮之情。朝廷誰請纓？ 濟時敢愛死，（**孫承澤墨旁**）丈夫語。（**俞瑒甲本評**）緊接“請纓”。（**俞瑒乙本評**）“濟時”句緊接“請纓”。寂寞壯心驚。（**俞瑒甲本評**）應首句。（**奚禄詒甲本旁**）賦也。○英雄無用武之地。（**陳治墨眉**）老驥伏櫪，志在千里。（**佚名己紅眉**）一腔血□。

【彙評】

佚名丁墨尾：雖還梓州，亦客也。中四兩申用兵，兩起壯心，“寂寞”者，無事任也。

天邊行

奚禄詒甲本旁：此吐蕃入寇之時。

陳治墨眉：一屋、二沃、十三職兼押。

沈巖旁：此篇亦以屋、沃、覺、藥、陌、苦、我通用。

天邊老人歸未得，日暮東臨大江哭。 隴右河源不種田，胡騎羌兵入巴蜀。 洪濤滔天風拔木，前飛秃鶖後鴻鵠。（**奚禄詒乙本墨眉**）“秃鶖”喻匪人，“鴻鵠”自喻。九度附書向洛陽，十年骨肉無消息。（**奚禄詒甲本旁**）賦也。（**錢載評**）大筆只管理會，以消去胸中之瑣碎，則此是騷人之遺也。（**陳治紅眉**）“息”字入屋韻。

卷十一

奉寄别馬巴州時甫除京兆功曹在東川

吕留良紅眉:平妥。

屈復評:一馬二己,三四承一,五六承二,合結。○蘇武詩"仰視浮雲翔",李陵詩"仰視浮雲馳",又"願爲雙黄鵠",又"欲因晨風發","浮雲""鳥翼"用此。①

奚禄詒甲本眉:中四句言己,頂次句來。末二句言馬,頂首句結。○終歸非復抑揚致慨,三四概而不露,四句逗下,五句己在東川,故三四云然。○一章四段却清空一氣,大意言己不願做官,馬願做官。

奚禄詒乙本墨眉:中四句言已,頂次句。末二句言馬,頂首句。○言馬未愛此春湖之色,不肯久留,興在秩滿[還]京、鳴珂駕驪也。

朱方藹紅眉:用意極曲,而筆無不到,寫寄别遂無遺恨。

題張問陶墨眉:"繫纜沙邊",欲南下也;"水因浮雲",助遊興也。

吴廣霈墨眉:三四似對偶非對偶,恰有别趣,是非大家老斫輪手不辦。

---

① 校注:"仰視",杭本作"仰觀";"黄鵠",杭本作"飛鵠"。

沈巖眉:第四言但見湖光,待馬則杳然也。第七只云不愛湖色,責之愈深而語愈婉。

勳業終歸馬伏波,(**俞瑒甲本評**)切姓。(**題商盤紅旁**)對起。(**奚禄詒乙本紅旁**)馬也。功曹非復漢蕭何。(**俞瑒甲本評**)公時除京兆功曹,在東川。(**俞瑒甲本評**)賓主並起。(**題商盤紅旁**)借古爲喻。(**奚禄詒乙本紅旁**)己也。扁舟繫纜沙邊久,(**俞瑒甲本評**)叙别。(**題商盤紅旁**)倒承一二。南國浮雲水上多。(**題商盤紅旁**)彼。(**奚禄詒乙本紅旁**)高句有餘味。獨把魚竿終遠去,(**題商盤紅旁**)己。○順承三四。難隨鳥翼一相過。(**題商盤紅旁**)彼。(**李以峙墨眉**)(鳥翼)按作"烏"終是脱筆之誤。知君未愛春湖色,(**俞瑒甲本評**)寄馬。興在驪駒白玉珂。(**吴廣霈紅尾**)下半惜鬆懈,結亦未佳。

送李卿曄

題鮮于樞評:首言李曄之還京,當兵亂已息之餘,急宜向承明而問行在。次自言年老,僻在巴蜀,而喜江漢之清。雖云自棄,然心存魏闕,不能自已。賦也。

方拱乾評:晉山不必深求,大約公自况耳。

方貞觀墨眉:介之推從亡十九年,歸,弗言禄。子美甫至行在,即授左拾遺,後以救論房次律,出爲司功,此國法也。乃棄官而去,未免有憤□之意,平生出處,烏可與之推同日而語?引以自况,殊覺可醜。而《博議》轉以爲温柔敦厚,是於文章用事,輕重分際之道,尚未講也。

王伯沆紅眉:廣德九年十月,吐蕃入寇,車駕幸陜,故有是作。

奚禄詒乙本墨眉:此説雖明,到底晉山不妥。

王子思歸日，長安已亂兵。霑衣問行在，走馬向承明。暮景巴蜀僻，春風江漢清。晉山雖自棄，（**佚名己紅旁**）王子晉隱於緱山，是名晉山。魏闕尚含情。（**奚禄詒甲本尾批**）賦也。（**佚名丁墨旁**）竺云："晉山"注所引屬僞蘇，一説以爲太子晉事，亦未允。注解以爲介子推事，似是。"自棄"二字分明非言得仙者。

【彙評】

佚名丁墨尾：送人還京，神馳魏闕，想行者之情，致居者之感，無限低回。○帝已還京，公猶未聞，故《傷春》詩有"巴閬僻遠"之注。

城　上

題鮮于樞評：首四句亦睹物思君之意。末以扈從出幸比巡狩，爲君諱也。前《早花》憂風塵之暗，此《城上》喜巡狩之行，然其詞旨含蓄宛轉沉著，得詩人之體裁。賦也。

方拱乾評：大有諷意，却譏其相從而逃也。○真得諷體。

奚禄詒甲本眉：三四不言亂而情自深。○余素不滿後四句，孝轅亦有同心。

奚禄詒甲本旁：只"八駿"一句，意已瞭然，時事如此，何患無好意？另，結乃重説，即前四句俱是感慨。

奚禄詒乙本墨眉：此言代宗在陝。○五六合掌，使在玄、肅時，猶分貼耳。

奚禄詒乙本紅眉：五六止逗巡狩耳。

盧見曾紅旁：用周穆、漢武爲喻，立言得體。王嗣奭曰：叙景言情，真堪痛哭，詩之不愧風人者也。

申頲墨眉：寫境自然。

沈巖眉：乘輿播遷，却用穆滿、漢武事，可謂立言有體。

草滿巴西緑，空城白日長。（**沈巖旁**）言外荒凉自見。**風吹花片片，春動水茫茫。八駿隨天子，群臣從武皇。**（**奚禄詒甲本旁**）使在玄、肅時，猶可分貼。**遥聞出巡守，早晚遍遐荒。**（**方拱乾評**）朱謂即聞將幸江陵也。（**佚名丁墨旁**）謂邊鄙之地。○所以江陵望幸之詩。

雙 燕

題鮮于樞評：公客中見雙燕入堂，驚日月於邁，且曰："燕，燕！爾應同我避燥濕寒暑，故來時不憚道路之長，而養子於風塵之際。今秋爾歸，而我亦離殊方矣。"興而賦也。

吕留良紅眉：亦大家語。

屈復評：三以地言，四以時言，七句言天地甚大，吾何爲羈棲於此哉？通首人燕並寫。①

題商盤紅眉：《左傳》：吾儕小人，皆有闔廬以避燥濕寒暑。○起得"旅食"二字，以後即連人帶物，横來竪去，總作一副説話。此詩家建瓴勢也。○"燥濕"即炎凉，一以地言，一以時言，言其在人，即去亂邦、適樂都之喻也。本是就燥避濕，過炎違凉，籠統硬説，是謂老筆。○六句翻説轉去，亦非閑筆，正爲起七八之意耳。"吾亦離殊方"，言人見物；"雞犬亦忘歸"，言物見人。一層語，兩層意，皆古文之法也。"天地在"三字，放言自譴之辭。若謂天地原自廣大，人何爲跼蹐自拘？殊方可寓，故士亦可歸，來去有時，吾何至不如燕哉？○杜公善用"天地"二字，後人效之，即成大帽子，以胸

---

① 校注："七句言"杭本作"七句"；"並"杭本作"兼"。

懷、本領皆遜之故也。

題張問陶墨眉:"天地在"三字寫得寥闊,即天空任鳥飛意。

旅食驚雙燕,(**題商盤紅旁**)對起。銜泥入此堂。(**李以峙墨眉**)(北堂)按"此"字當因形近而訛,然却無關要妙。應同避燥濕,(**題商盤紅旁**)三四應次句。且復過炎涼。(**李以峙墨眉**)(過炎凉)按當從"過","遇"字難解,此亦形似而訛。養子風塵際,(**題商盤紅旁**)五六應首句。來時道路長。今秋天地在,(**方拱乾評**)"在"字奇而穩。(**奚禄詒乙本紅眉**)"在"字下得醜。吾亦離殊方。(**李念慈紅眉**)"天地在"三字,杞人之憂。(**奚禄詒甲本尾批**)興而賦也。

【彙評】

佚名丁墨尾:對雙燕而言懷也。公之去志既久矣,何必在秋? 燕以秋歸,假此見志耳。

百　舌

題鮮于樞評:言其來也,祗是報春,且一身而兼衆語,或藏於花底,或鳴於枝頭,其鳴其止,皆有時候,故末句及之。賦而比也。

奚禄詒甲本眉:"報春"非美詞,此趨炎者正與結句相呼應。

盧見曾紅旁:運古如己出,然亦露却色相。

佚名丁墨旁:王十朋曰:百舌,反舌也,春囀夏止。

百舌來何處,重重秪報春。(**奚禄詒乙本紅眉**)"重重"何指?"報春"非美詞,與結相叫。(**沈巖眉**)"秖"字便含下"過時如發口",詩律之妙至此。知音兼衆語,整翮豈多身。花密藏難見,(**李以峙墨眉**)

(藏難見)按此與下句正對,不對即係妄人輕改。**枝高聽轉新。**(**傅山紅眉**)何味?(**李念慈紅眉**)"花密"二句有諷,末句不過結還本題耳。**過時如發口,君側有讒人。**《周公時訓》曰:"反舌有聲,讒人在側。"(**奚禄詒甲本尾批**)賦也。(**錢載評**)結亦是順疊。

【彙評】

佚名丁墨尾:聞百舌以自警也。好議論而身羈孤,迹雖韜晦,篇詠濫觴,禍之招也。前云"將詩莫浪傳",即此志也。詩蓋用《汲冢書》,而不同其意。書比讒,詩自比也。奮解誤會,使通身齟齬。

傷春五首

奚禄詒甲本眉:首章天子出奔,望從龍者之克復;次章言己在巴蜀,空北望而已。

盧見曾紅眉:盧世㴶曰:排律原爲酬贈設,乃環絡先朝,切劘當世,紆回鄭重,就排場中而封事出焉。本領體裁,絶世獨立。《有感》五首以五律記時事,《傷春》五首以五排記時事,纏綿悱惻,發於忠君愛國之誠,當與《洞房》八首并傳。

盧見曾紅旁:無窮悲憤,一片忠懇。大雅之後,絶無而僅有。論詩至此,可以表乾裹坤,與天地終始。求之於風容色澤之間,無以涉其藩蘺,况堂奥乎! 朱鶴齡曰:代宗致亂,因信任非人,老臣不用,故曰"賢多隱屠釣",曰"猶多老大臣",曰"誰憶大風歌"。篇中每三致意焉。仇兆鰲曰:此與《有感》皆記時事,纏綿悱惻,發忠君愛國之誠,當與《洞房》八首并傳。《通鑑》:廣德元年十月,吐蕃陷京師。上幸陝州,官吏奔散,無復供億,扈從將士不免飢餒,乃幸魚朝恩營。是時,下詔徵兵,諸將畏程元振讒構,莫有至者。及至行在，博士柳伉上疏，請斬元振以謝天下。乃削其官，放歸田里。郭子儀合衆軍擊吐蕃，復長安。

其一

丁耀亢墨眉：排律至此，變化靈轉，竟如五古之妙。

錢陸燦甲本旁：傷京國之春。

錢陸燦丙本評：錢云：傷京國之春。

錢陸燦丁本評：傷京國之春。上段遭亂出幸，下段屬望中興。春光雖自濃，天下兵方滿，故可傷也。

俞瑒乙本評：吐蕃之亂，車駕幸華州，詩爲此而作，對此時和望於修德，用意深婉。

奚禄詒甲本眉：廣德元年十月，吐蕃陷京師，兵馬使吕月將精卒爲虜所擒，又荆州刺史高暉射生將王獻忠，迎吐蕃入長安，立邠王王守禮孫承宏爲帝，故曰“疲百戰”“任群凶”云云。

奚禄詒乙本墨眉：寫一時之亂皆忠君愛國之心，而五首之中未免疊床。○結聯應合蓬萊之佳氣，總在從龍之臣子。

屈復評：一起有“傷”字在内，三四承首句，五六承次句，七八正寫“傷”字，結四句期望，正“傷”字之反詞也。①

王伯沆紅眉：史氏曰：《司馬法》有“國容不入軍”“國容入軍，則民德弱”，然則“國容”者，衣冠揖遜之容也。王儉《公府長史朝服議》“軍國異容”，其義正同。

天下兵雖滿，春光日自濃。（**俞瑒甲本評**）所以可傷。（**沈巖眉**）發端是倒裝句。（**佚名己紅眉**）起十字不堪多讀。**西京疲百戰，北闕任**

---

① 校注：“一起有”，杭本作“起一句”。

群凶。（俞瑒甲本評）承“兵”説。（奚禄詒甲本旁）“任群凶”，將相安在？（奚禄詒乙本墨眉下）“任群凶”，大臣安在？（王嗚盛墨眉）“群凶”指高暉、王獻忠輩。關塞三千里，（俞瑒甲本評）閬州。煙花一萬重。（俞瑒甲本評）是春。蒙塵清露急，（俞瑒甲本評）長安。（奚禄詒甲本旁）代宗出奔無一臣。（李以峙墨眉）（清路）按“露”音同而誤。御宿且誰供？（奚禄詒甲本旁）扈從供具者。殷復前王道，（俞瑒甲本評）中興。周遷舊國容。（奚禄詒甲本旁）未妥。（奚禄詒乙本墨旁）以下正應“西京”二句。（沈巖眉）望其爲武丁之撻伐，不如平王之避狄。結句責左右之人臣，不能輔主修德，至此播屯，誰執其咎也？蓬萊足雲氣，應合總從龍。（奚禄詒甲本旁）賦也。○思君。“蒙塵”六句正應“西京”二句，應合蓬萊之佳氣，總在從龍之臣子。（秦應逵墨尾）傷京國之春。（沈巖尾）落句言人心尚應戀主，未必交臂事賊爲群凶用也。此責都人，對後勁旅。○庚辰秋日。（沈巖眉批下）御宿莫供，禁旅離散，從吾君者誰乎？意者鬼神可護，如雲之從龍也。○庚辰冬日。

【彙評】

俞瑒甲本評：吐蕃之亂，車駕幸華州，此五詩之所以作也。起語一“雖”字，正是望其中興，與末章結句呼應。

其　二

屈復評：四句春，五六時事，“鬢毛”四句傷，結一“春”一“傷”。

沈巖眉：言日望官軍述爲定亂，而何其轉牢落也？

鶯入新年語，（俞瑒甲本評）恰似春初。花開滿故枝。（錢陸燦甲本旁）傷巴蜀之春。天青風卷幔，草碧水通池。（秦應逵墨旁）四句春。（奚禄詒乙本墨旁）春景。（沈巖眉批下）第四暗用池塘春草事，“風卷慢”疑兄弟之來也。牢落官軍速，(秦應逵墨旁)以下“傷”。蕭條萬事危。鬢毛元自白，(俞瑒甲本評)“原自”“向來”，見非一日所以可傷。淚點向來垂。不是無兄弟，其如有别離。巴山春色静，(秦應逵墨旁)春。北望轉逶迤。(俞瑒甲本評)所傷在此。(奚禄詒甲本旁)賦也。(奚禄詒乙本墨眉)末句承“牢落”，以下總結。○存其三、其四。(秦應逵墨旁)傷。(秦應逵墨尾)傷巴蜀之春。(沈巖尾)巴閬。

其　三

屈復評：通篇時事，全寫“傷”字。

秦應逵墨眉：通首説時事，總寫“傷”字。

沈巖旁：此歎元振不誅，人無奮志也。

沈巖眉批下：《晉書·天文志》：執法廷尉，御史大夫之象，所以舉刺凶奸者也。○陸士衡詩：“在漢之季，皇綱幅裂。火辰匿暉，金虎翟質。”

王嗚盛墨眉：代宗不能斬程元振以謝天下，有一李泌，久廢而不復用，公故剴切言之。○代宗幸陜，諸鎮畏程元振讒構莫至，朝廷所恃者惟郭子儀一人。

日月還相鬥，(奚禄詒甲本旁)想當時實有此變。星辰屢合圍。(汪琬乙本評)非二段，上段亂，下段求賢。(李念慈紅眉)深謀至計而兼史。(俞瑒甲本評)以天變言。不成誅執法，(俞瑒甲本評)指去程元振。(奚禄詒甲本眉)嘆不誅程元振而賢人遯也。(奚禄詒甲本旁)真史筆。焉得變危機？(奚禄詒乙本墨旁)以下六句承“焉得變危機”。大角纏兵氣，(俞瑒甲本評)應首聯。(奚禄詒甲本眉)此下六句承“焉得變危機”。鈎陳出帝畿。(吴廣霈墨眉)大角一星在左右攝拱之間。○鈎陳六星主天子六軍，在紫微垣内。煙塵昏御道，耆舊把天衣。(奚禄詒乙本墨

眉下)鈎陳主王者之行宮。**行在諸軍闕，**(**奚禄詒乙本墨旁**)此言乘輿出幸。**來朝大將稀。 賢多隱屠釣，**(**奚禄詒甲本旁**)自寓。**王肯載同歸？** (**俞瑒甲本評**)所望在此。(**俞瑒甲本評**)一結何等親切。(**奚禄詒甲本眉**)此章言變危機惟有誅小人、用賢士；四章言不宜東遷。(**奚禄詒甲本旁**)賦也。○惟望用賢人，獨存此一首已足。(**奚禄詒乙本墨旁**)惟望用賢而已。(**陳治墨眉**)《董卓傳贊》：矢延王輅，兵纏魏象。《水經注》：紫微有鈎陳之宿，主鬥訟兵陣。"衮衣"亦謂"天衣"。

【彙評】

俞瑒甲本評：此下二章專以時事言之，雖不有春，而自興感，前後一貫。

奚禄詒乙本墨眉：端門東西左右執法，乃廷尉御史之象，所以舉刺凶奸。吐蕃之變起於程元振，元振既放，潛歸復用，與御史大夫王昇飲酒，本傳所云與不令之臣共爲睥睨，故公欲先誅執法以變危機也。

沈巖旁：前半首言天，後半首言人。皆言人也。宫闕没於吐蕃，天子出走，内敗不書，假天象以言之。

沈巖眉：首句斥其用宦官以致播屯也。天子七尺之輿，當與天下賢者共之。同子驂乘，袁絲變色，奈何惟元振一刑餘是佐乎？求賢及於釣屠，况在朝之賢，必無反見斥遠者。親之信之，知可以服武夫悍卒之心，惟我役使，成收復之功矣。一曰郭子儀爲尚父，此借文王後車事，廋詞見志，言幸而慭遺一老，何不悉以收復寄之也？

其 四

屈復評：亦時事。

王嗚盛墨眉："在洛"用漢獻還洛事，"歸秦"用張儀歸秦事，"奪馬"用高歡事，"泣嬪"用晉哀事，"蕭關"用漢武事，"東巡"用始皇事,皆託古傷今也。○末蓋屬望子儀。

再有朝廷亂,(**俞瑒甲本評**)以播遷言。難知消息真。(**李念慈紅眉**)史。(**俞瑒甲本評**)起下六句。(**俞瑒乙本評**)三四二首,專言時事,不言春而傷春之意,自與前後一貫。(**奚禄詒甲本眉**)歎上欲東遷於洛而大臣失計。(**奚禄詒乙本墨眉**)此歎上之遷洛而大臣失計。近傳王在洛,(**奚禄詒甲本旁**)眼目。復道使歸秦。(**沈巖旁**)使通秦,則京師未復,可知此句法也。奪馬悲公主,(**奚禄詒甲本旁**)傷心。(**奚禄詒乙本紅旁**)實事。(**沈巖眉**)"奪馬"句當是用高歡奪爾朱榮妻北鄉公主馬事,注家未及。登車泣貴嬪。蕭關迷北上,(**奚禄詒甲本旁**)由回中道北出蕭關。(**秦應逵墨旁**)不得歸秦。(**沈巖旁**)不得歸秦也。滄海欲東巡。(**李念慈紅眉**)望之也。(**奚禄詒甲本旁**)"滄海"即渤海,河間有也。(**秦應逵墨旁**)不得安處洛陽。(**沈巖旁**)復不得安處洛陽也。敢料安危體,猶多老大臣。(**俞瑒甲本評**)前首責望大將,此首責望大臣。豈無嵇紹血,(**奚禄詒甲本眉**)《晉書》:王師敗績於蕩陰,嵇紹以身捍御輦,紹被殺,血濺御衣。(**沈巖旁**)"豈無"者,傷其無也。霑灑屬車塵?(**俞瑒乙本評**)前首責望大將,此首責望大臣也。(**奚禄詒甲本旁**)賦也。○結句傷之至也。(**奚禄詒乙本墨眉**)其亂如此,而竟無匡濟之大臣也。(**沈巖尾**)自傷在遠,不得以死衛主也。

【彙評】

俞瑒甲本評:通首在第二句寫出,所謂巴山北望者也。

其　五

屈復評:前時事,結"春"字。

盧見曾墨旁:此傷軍士散亡也。當此之時,英雄思奮,豈無中夜起舞者?惜朝廷信讒,不念大風猛士耳。

聞説初東幸,(**奚禄詒甲本眉**)止其四五疊床。**孤兒却走多。**(**丁耀亢紅眉**)真得《三百篇》怨望之體。(**俞瑒甲本評**)《漢紀》注:羽林孤兒,從軍死事者之子。(**奚禄詒甲本旁**)羽林兒也。(**奚禄詒乙本墨眉**)當時民與兵亦不願東遷,君亦不能辭責。(**奚禄詒乙本墨旁**)倒戈矣。(**沈巖眉**)羽林孤兒,天子親軍,亦棄之而散,况四方誰爲守乎? **難分太倉粟,競棄魯陽戈。胡虜登前殿,王公出御河。**(**沈巖眉批下**)"御河"疑用爾朱榮河陰事。**得無中夜舞,**(**奚禄詒甲本旁**)劉琨、祖逖樂禍也。**誰憶大風歌?**(**吕留良紅旁**)對法妙。(**俞瑒甲本評**)收"春"字。(**沈巖眉**)聞雞起舞者,收而用之,即爲忠臣,當如漢祖之大度,以得猛士耳。**春色生烽燧,**(**沈巖旁**)總結"傷春"。**幽人泣薜蘿。**(**李念慈紅眉**)"幽人"句仍第三首結句之意。(**俞瑒乙本評**)點"春"字,與第一首起句應,必要如此,方結得佳。(**俞瑒乙本評**)點入"春色"二句,以收本題,"君臣"二句接三、四二首言之,對此春光,緬懷修德,恰與起筆相應,爲五詩之結穴也。**君臣重修德,**(**奚禄詒甲本旁**)君亦不能辭責。**猶足見時和。**(**錢陸燦甲本尾批**)總結"傷春"。(**吕留良紅眉**)必要此結。(**俞瑒甲本評**)五詩總結。(**奚禄詒甲本眉**)五章言止見却走之孤兒,不見大風之猛士,首首是責怪大臣。(**奚禄詒甲本旁**)賦也。(**嚴虞惇紅眉**)總結"傷春"。(**吴廣霈墨眉**)"春生"二句新穎,未經人道過。

【彙評】

俞瑒甲本評:此首爲五詩總結,點入"春色"二句,以收本題。"君臣"二句接三四兩首言之,與起筆爲結穴也。

張學仁參定:悲感淋漓,無非忠君愛國之意。對此時和,望以修德。首尾一氣,寄意深婉,掃盡排律恒蹊,絶大本領。

奚禄詒乙本墨眉：首章言天子出奔，望其克復。次章言己在巴中徒北望而已。三章言變危機惟誅小人、用賢士。四章言不宜東巡。五章言止有降虜孤兒，不聞大風猛士。章章大旨，總責備大臣也。

沈巖尾：萬物發生之時，不見其他，但見烽燧，已屬可傷；况烽燧不知何時始平，方有與春俱生之勢，則尤可傷也。

收　京

題鮮于樞評：首言聞殺犬戎，復收京師，而車駕還宫，衣冠扈從，此四句問之之詞。次言尅復，誠然如此，則扶持王室，全在數公，尚當益謹防之，勿令回首之地起悲風而慟哭。賦也。

方拱乾評："却"字狠毒。○數虚字如刀。"却"字罵得毒，"已"字罵得冷。

李念慈紅眉：是。

題張問陶墨眉：上四收京而喜，後四事後之憂。

嚴復墨眉：清空如話。

奚禄詒甲本旁：自《散愁》以下，皆爲吐蕃而作。

奚禄詒乙本墨眉：全首再見漢儀之喜，流落自還，勉諸臣以後事，包括盡了。

沈巖眉：車駕還而後有扈從之人，明前此已不顧其君也。如此尅復，去亡國一間，若非竭力扶持，京邑仍危於累卵焉耳。

沈巖旁："尅復成如此"，倒裝句，言"成如此尅復"也。

復道收京邑，（**王鳴盛墨眉**）前肅宗收京，此代宗收京，故曰"復道"。兼聞殺犬戎。　衣冠却扈從，車駕已還宫。（**奚禄詒乙本墨眉**）三句只一"却"字，便見前此當扈從而不扈從，此時無奈何而不得不扈從，俱有之。(**佚名己紅眉**)只一"却"字,便見從前當扈從而不扈從者多矣。**尅復誠如此,扶持在數公。**(**奚禄詒甲本眉**)一作"安危",好過"扶持"二字。**莫令回首地,慟哭起悲風。**(**奚禄詒甲本旁**)賦也。○末二句以後事勉諸公也。(**沈巖尾**)犬戎内侵,患猶在外,衣冠患叛,則偶然變作,即京城不守矣。此深有望於數公,而謂幸不可屢邀也。

【彙評】

佚名丁墨尾:仇注:上四收京而喜,下乃事後之望。○《杜臆》云:"却扈從",有不滿諸臣意。愚謂:此屬深文,三四乃喜詞也,當倉皇出幸時,諸臣必有不及奔赴者。天寶之事,公亦嘗陷賊中,而茲顧云爾乎。

巴西聞收京,送班司馬入京二首

其 一

題鮮于樞評:首四句言聞收宫闕,末四句言巴山送班入京。賦也。

李念慈紅眉:是。

奚禄詒乙本墨眉:三四承氣象,五六七八人己之間,感慨俱在言外。詩之妙不可説到盡,只令人婉然可想而不可道,斯得風人之旨。公往往説盡,然此等亦多。

盧見曾墨旁:黄屋,車上之蓋。朱衣,侍從之臣。乘輿還京,君臣如故。公猶遐方寄迹,班獨匹馬歸朝,故臨别傷心。杜詩每有失之太真太盡者,如此詩末二句則有不真不盡之興矣。

聞道收宗廟,鳴鑾自陝歸。(**奚禄詒甲本眉**)三四高亮,末二句人己之間，感慨俱在言外，正含己之不得向王畿也。**傾都看黄屋，正殿引朱衣。劍外春天遠，巴西敕使稀。念君經世亂，匹馬向王畿。**（**奚禄詒甲本尾批**）賦也。〇知斯評者可與言詩。

【彙評】

佚名丁墨尾：朝廷反正，喜動中外，入者之幸，留者之悲也。結好在"匹馬"字，鄭繼之謂有不盡之致。

其　二

題鮮于樞評：自安史之亂至今未定，我於前朝曾忝從臣而久客於此，故羨爾戀主入京而司諫，且向來有故人在朝同論社稷，今也爲話則淚霑巾矣。賦也。

王士禛評：此因送司馬而諷朝廷之臣，如寒蟬仗馬也，語却不露。

題商盤紅眉：以"先朝"對"今日"，以"群盜"對"從臣"，對字不對句，名參差對。〇歎我久客不歸秦，心徒戀主，所以羨君能戀主，身得歸秦，屬交互對。黄閣有故人，丹墀長司諫，屬反裝對。"爲話"二句在七句之上，屬套裝結。〇七八囑其傳語故人，見在野尚切傾葵之心，在朝何得不勤補衮之職。"丹墀有故人"五字，則明諷諸人如寒蟬仗馬，噤立丹墀，使至前獨憂社稷，豈不可爲流涕！如此一詩，詎減昌黎《諍臣》一論、歐公《司諫》一書乎？〇起得無端，接得更無端。兩句各開，中聯只承次句，至尾聯始應轉起句，乃知"論社稷""涕沾巾"全是寇盗頻仍，主憂臣辱，心事如此。大開大合，惟古文有之，公蓋以文法入詩律者。

沈巖眉：曾"忝從臣"，猶以爲恥，况兩省之長，久侍丹墀，曾無獻納，使賊遺君父，往日憂時之態，將以誰期？欲其匡君國而畏友朋也。

群盜至今日，(**題商盤紅旁**)對起。先朝忝從臣。(**方拱乾評**)首句到次句，實有相關之妙。即接三句又接四句，如環無端，如絲有針，妙不可說。(**宋犖紅旁**)兩句了不相蒙，然妙。(**題商盤紅旁**)參差對。(**奚祿詒甲本眉**)通篇有己不得入京之感，結語深味。歎君能戀主，(**題商盤紅旁**)交互對。久客羨歸秦。(**沈巖旁**)"羨歸秦"，非懷安，爲致君耳。黄閣長司諫，(**佚名丁墨旁**)黄閣即黄門，指門下省。司諫指拾遺，拾遺掌諷諫。此言公嘗爲左拾遺也。"長"與"常"同音，義相近，而"常"通"嘗"，此蓋誤爲"長"字也。丹墀有故人。(**題商盤紅旁**)反裝對。向來論社稷，(**題商盤紅旁**)套裝結。爲話涕霑巾。(**方拱乾評**)後四句意却從"先朝"句生。(**宋犖紅旁**)結應首句。(**題商盤紅旁**)意餘言外。(**奚祿詒甲本尾批**)賦也。(**佚名丁墨旁**)竺云："向來論社稷"而"涙霑巾"，謂己與班相論也。班今入京，因託使話，是狀以示不忘朝廷之志也。"爲話"二字當在"向來"上看。

【彙評】

陳訏紅眉批仇注"囑其傳語故人，見在野尚切傾葵，在朝宜勤補衮"處：詩言"群盜至今"，亂世已久，惟班司馬爲先朝舊臣，故戀主歸秦，承上章"經世亂""向王畿"來，已包下"丹墀故人"及"論社稷"。通首意蓋社稷不安，禍由群盜，司馬昔爲侍從，向必矢論霑巾，故落句及之，與"先朝"相呼應。注云"囑其傳語故人"云云，詩意並無此意，皆因誤認"故人"二字故也。

釋　悶

方拱乾評：七排。○是排。如此排，他人萬萬不能措手矣。

○作排讀乃見其妙，試看有一字不精工否？

傅山紅眉：數語俱失，非律也。

盧見曾紅眉：《杜臆》：此爲代宗不誅程元振而作。吐蕃入寇，逼乘輿，毒生民，禍皆起於程元振。所望一時君臣，翻然悔悟。當柳伉疏入，但削官放歸，此詩所以有"孽孽全生"之歎也。豈知孽孽不除，則兵不得解。兵不能解，則誅求仍不得息。其事之舛謬，真出於意料之外矣。然則風塵亦何由清，而太平將何時見乎？通篇一氣轉下，皆作怪歎之詞。

盧見曾墨旁：此篇是杜集中七言排律，上八亂極思治之機，下四憂時慮患之意。

秦應逵墨眉：此篇方萬里刻入《律髓》，注云：此亦所謂吴體拗字。

秦應逵紅眉：畢竟是古，不是律。

奚禄詒乙本墨眉：主意雖謂用程元振以至蒙塵，然《傷春五首》意已盡矣，不必更有此排律，亦變體也。

沈巖旁：此篇方萬里刻入《律髓》，注云：此亦所謂吴體拗字。

沈巖眉：以"眼暗"不見自釋，則此悶何時可釋耶？

四海十年不解兵，犬戎也復(**傅山紅旁**)軟。臨咸京。(**奚禄詒乙本眉批**)三字無着。(**李以峙墨眉**)(犬戎)按作"羊"，畢竟不是。失道非關出襄野，揚鞭忽是過湖城。豺狼塞路人斷絶。烽火照夜屍縱橫。(**佚名己紅眉**)七字悚然。天子亦應厭奔走，(**沈巖旁**)此連是料風塵之當清。群公固合思昇平。但恐誅求不改轍，(**沈巖旁**)此連是料風塵之不可復清。聞道孽孽能全生。(**李念慈紅眉**)責之也。(**奚禄詒乙本眉批**)程元振也。江邊老翁錯料事，(**沈巖旁**)風人譎諫，然豈真不復見老翁自眼暗耳？眼暗不見風塵清。(**秦應逵墨尾**)結語妙絶,到不忍更言處,忽謬其詞也。(**奚禄詒甲本尾批**)賦也。○在排律中亦是變體。(**沈巖眉**)結語妙絶。(**沈巖尾**)到不忍更言處,忽謬其詞,愈惋愈痛,亦惜用世適年,始更明事。

【**彙評**】

陳訏紅眉批仇注"豈知孽孽不除,則兵不解。兵不能解,則誅求仍不得息"處:天子厭奔走,群公想升平,則當改弦易轍,輕誅求,誅孽孽,此意中事也。今乃不然,遂成錯料,何由太平眼見風塵之清?原一氣貫串,注中許多轉折,强作解事耳。

有感五首

方拱乾評:一肚皮不合時宜。妙在不怒不懟。

汪琬乙本評:此五詩涉議論矣,以其關廟謨者存之。

吕留良紅旁:五首大都深沉感慨,憂時不平,切切騷意。

宋犖紅眉:諸詩博大渾含,意象飛動,如書家羲、獻,畫家董、巨,卓絶千古。

王士禛評:"獨使至尊憂社稷,諸君何以答升平",五首大旨也。前推致禍之由,後就時事致慨。

俞瑒乙本評:五詩爲諸將各路擁兵、疆隅不靖而作。盱衡時事,見上事姑息,而下多驕縱,可與七言《諸將》五首參看。

屈復評:《有感五首》責人臣而諷君也。○前半諷人君,後半責人臣。①

題商盤紅旁:七律之《諸將》責人臣也,五律之《有感》諷人君

① 校注:"諷君",杭本作"諷人君";"責人臣",杭本作"人臣"。

也。然《有感》雖諷人君，又未嘗不責人臣，以疆事、國事敗壞如此，皆人臣之罪也。

奚禄詒甲本眉：五首皆感肅宗時事而發，俱見公留心經濟，所謂史也。但在詩體中未免議論之疵。莫作詩看，只作史看可也。

奚禄詒乙本墨眉：詰責諸將，忠臣之盛心。

奚禄詒乙本墨旁：要之，此五首皆非律詩之正調。

盧見曾紅旁：王嗣奭曰：此五詩，皆救時之碩畫、報主之赤心。自許稷契，真非虛語。黄生曰：七律之《諸將》，責人臣也；五律之《有感》，諷人君也。然此雖諷人君，未嘗不責其臣。以疆圉、國事敗壞至此，皆人臣之罪也。公平日諄諄論社稷、憂時事者，大指盡此。

陳治墨眉：俞云：大略以諸將各路擁兵而邊疆不靖，故以五詩言上事姑息，而下多驕惰也。

沈巖旁：旰衡時事，可與七言《諸將五首》參看。

王鳴盛旁：收京後追述當年時事。

嚴復墨眉：此五律中《諸將》也，真大本領。

嚴復墨旁：非一時作。或云乃收京後追述當年時事。

佚名丁墨旁：或編廣德元年之春，則"風急""梧凋"之語無着；或編元年之冬，則吐蕃以十月陷長安，詩中不見。宜在元年之秋。

其　一

題鮮于樞評：言將帥之蒙恩澤，不即掃除僭亂，反致戎狄猾夏，故曰"至今勞聖主，何以報皇天"，責之之詞也。復憶使臣之未得歸。賦也。

題商盤紅眉：此首叙安史首亂，至今兵戈未息。後半專指吐蕃之擾，西北諸邊相繼陷没，前半明譏將帥，結句則暗譏台衡。

盧見曾紅旁：洪邁曰：前輩謂少陵當流離顛沛之際，一飯不忘君，故詩有云“萬方頻送喜，無乃聖躬勞”“至今勞聖主，何以報皇天”“獨使至尊憂社稷，諸君何以答昇平”“天子亦應厭奔走，諸君固合思昇平”，皆是心也。

題張問陶墨眉：讀此五首，皆救時之碩畫，報主之赤心，自許稷契，真非虚語。

王伯沆紅眉：前半譏將帥，後半暗譏宰相之謀國者。

沈巖眉：大抵以爲將帥各路擁兵，而邊疆不靖故。○作此五言詩，上事姑息，而下多驕惰也。

王嗚盛墨眉：歎節鎮不能禦寇。○時李之芳使吐蕃，被留經年，故有結語。

將帥蒙恩澤，（**俞瑒甲本評**）五章總意。（**奚禄詒甲本旁**）前四句一氣，後四句一氣。**兵戈有歲年。**（**方拱乾評**）前四句責將帥，後二句感吐蕃，總以責將帥。（**方拱乾評**）“有”字重。（**申涵紅眉**）詩固有賦，只要説得斬截明快，曲直非所論矣。**至今勞聖主，**（**俞瑒甲本評**）承“兵戈”。**何以報皇天。**（**俞瑒甲本評**）承“恩澤”。**白骨新交戰，**（**俞瑒甲本評**）由今思昔，遞説。（**題商盤紅旁**）倒叙。（**奚禄詒乙本墨旁**）今也。**雲臺舊拓邊。**（**奚禄詒乙本墨旁**）追昔也。（**李以峙墨眉**）（雲臺）按“輪臺”切“拓邊”，趙或臆改，殆勝於作“雲”。（**佚名丁墨旁**）竺云：言“新交戰”而爲白骨，不是“舊拓邊”而奏雲臺之功也。“雲臺”只謂朝廷。《江陵望幸》詩“早發雲臺仗”是也。○《通鑑》：上年冬，討史朝義至洛陽北郊，驟擊之。朝義走，僕固懷恩及其子瑒乘勝逐之。於是賊將薛嵩、李抱玉、張忠志等，各以河北諸州降。廣德元年春，田承嗣亦降。范陽李懷仙殺朝義以降。按“雲臺”“舊邊”猶云朝廷舊物。**乘槎斷消息，**（**俞瑒甲本評**）西方不靖，使臣被留。（**俞眉**）時李之芳使吐蕃，被留。**無處覓張騫。**（**奚禄詒甲本旁**）對“白骨”未安，使者亦不返矣。（**奚禄詒甲本旁**）賦也。○此首嘆邊將之不盡力耳。(**奚禄詒乙本墨旁**)通和之使無亂矣。(**奚禄詒乙本墨眉**)此歎邊將之不盡力。(**嚴復墨眉**)末句言李之芳使吐蕃被留。

【彙評】

張學仁參定:《容齋隨筆》謂"少陵一飯不思君",故前云"無乃聖躬勞",此云"至今勞聖主",後云"獨使至尊憂社稷",皆是心也。

王伯沆紅眉:廣德元年,遣李之芳使吐蕃,被留,次年始放還,末句當指此。

佚名丁墨尾:五詩大意,總爲河北藩鎮而發。是年春,僕固懷恩奏留降將,意在豢賊。朝廷厭苦兵革,因而授之。魏博、盧龍,形勢連絡,又習見安史已事,擅命之勢已成,公有憂之。一章言"雲臺舊拓邊",二章言"諸侯春不貢",三章言"盜賊本王臣",四章言"未有不臣朝",五章言"胡滅人還亂",皆明指河北,全不及吐蕃。錢、仇諸人,援擬紛紛,蕃藩錯出,幾如亂絲難理,何其過歟!時雖吐蕃不久入寇,然詩固各有所指也。○首章總領大旨,上四一直下,追原禍始,流毒多年,釀成今患,何以善後哉?是個統冒。下乃就時事推言以致概,謂此史孽新殄之區,原係累朝舊境,而今聲教復阻,將無由可通矣。○"蒙恩澤"斷指昔日過寵安禄山,始與次句及"至今"字相貫。"報皇天"者,措置得宜,上當天心之謂,思善後之圖也。即下文行儉德、建親藩、重郡守等事,仍貼君説。"斷消息",即下所云"春不貢""將自疑"等意。庾肩吾以使江州爲星槎,可知不坐煞西域事。舊注指李之芳使蕃被留,則上下宗旨各别,雜亂無章矣。

其　二

題鮮于樞評:言幽薊雖得,然尚留餘孽,且方鎮跋扈,使者相望,慎勿有事於戎狄,則大君可無戰而歸馬矣。賦也。

俞瑒乙本評：時幽薊未寧，朝廷專事姑息，而欲遠人來服，得乎？末二句故爲激詞。

屈復評：前半河北之亂方深，後半勿勤遠略，宜暫息兵也。〇以下三首，全不言興師問罪，則大君息戰，宜休兵也。非諷也。

題商盤紅眉：此首言河北之孽尚存，四方之盜又煽，諸道貢獻不至，而出使者四督之。朝廷之窘艱亦甚矣。

盧見曾紅旁：錢謙益曰：是時，史朝義下諸降將奄有幽魏之地，驕恣不貢，代宗懦弱，不能致討，此詩蓋歎之也。李翺云：唐子孫不能以天下取河北，正此意。

題張問陶墨眉：首句專指一方，次句則概言天下大勢，三句謂河北諸鎮如李懷仙、田承嗣之徒，名雖歸降，並未入朝歸命。

徐松紅眉：仇注：内地不修貢職，況"青海""越裳"，能勤遠略乎？"息戰""收馬"，蓋欲收鎮兵以實關内。考大曆八年，子儀入對，謂河南等鎮，殫屈廩給，未始蒐擇，請追赴關中，勒步隊，示金鼓，則攻必破，守必全，久長之策也。公之熟籌時事，正與汾陽意同。

陳治墨眉：錢云：此首因開邊也。

奚禄詒乙本墨眉：次首纔見議論，此歎天子之厭兵不振。

王鳴盛墨眉：歎鎮將之擁兵。

王鳴盛旁：是時，史朝義下諸降將奄有幽魏之地，驕恣不貢，代宗懦弱，不能致討。詩蓋謂安有節鎮不修職貢，而顧能從事遠略者乎？後四語，即李翺所云唐子孫不能以天下取河北意，非戒人主生事也。

幽薊餘蛇豕，（**俞瑒甲本評**）言安史餘黨。（**題商盤紅旁**）對起。（**奚禄詒甲本眉**）史思明破相州，殺安慶緒，遂回幽州。（**奚禄詒乙本墨旁**）封豕長蛇。**乾坤尚虎狼。**（**方拱乾評**）用兵緩急。字字有眼，却是隨筆，斯謂化工。（**奚禄詒乙本紅旁**）起下。（**李以峙墨眉**）（蛇豕）按正對"虎狼"，不必從"封"。**諸侯春不貢，**（**俞瑒甲本評**）次聯承首句。**使者日相望。**（**吕留良紅旁**）對法。（**俞瑒甲本評**）三聯承次句。（**題商盤紅旁**）走馬對。（**嚴復墨眉**）此詠代宗時事。（**佚名丁墨旁**）河北等鎮凡拜節度、防禦等使，皆命使持節就鎮授之。**慎勿吞青海，**（**汪琬甲本紅旁**）西羌。（**俞瑒甲本評**）吐蕃。（**題商盤紅旁**）承首聯。（**奚禄詒甲本旁**）應第四句。（**奚禄詒乙本墨旁**）見宜急平幽薊。**無勞問越裳。**（**俞瑒甲本評**）南詔。（**題商盤紅旁**）承次聯。（**奚禄詒甲本旁**）應第三句。**大君先息戰，**（**俞瑒甲本評**）時事姑息，故爲微詞。**歸馬華山陽。**（**奚禄詒甲本旁**）三四無乃諸侯求平求全意乎？○後四句言不必吞兩蕃，亦無問夷貢，只平幽薊，則天子自可息戰。

【彙評】

錢陸燦丙本評：錢云：此首因開邊也。

錢陸燦戊本評：湘曰：此詩乃安問狐狸之意。

俞瑒甲本評：時幽薊未寧，朝廷專事姑息，而欲遠人來服，得乎？此詩中用意處。

張學仁參定：自代宗姑息養癰，遂啓藩鎮之禍。公詩大意正與汾陽同旨。

沈巖尾：時幽薊未寧，朝廷專事姑息而欲遠人來服，得乎？此詩中用意處。

沈巖眉批箋注"箋曰是時"處：廣德非息戰之時，箋解誤。

佚名丁墨尾：二章明點河北，隱諷朝廷也。一二言降將擁兵，國患方大。三四申之："春不貢"則彼爲我抗，"日相望"則我爲彼下，如此則噬人之勢可虞，宜發憤問罪矣。下乃重爲太息曰：今勿侈言遠略也，即此兩河近地，大君方以休息爲期耳。直探其心事，而不下斷詞，史所謂苟冀無事者，和盤託出。○非謂西南可置度外，特借來襯起河北耳。勿以辭害志。○仇注以"虎狼"指吐蕃，全無著落。渠蓋泥於"青海"兩句耳，何弗思之甚也？既曰"虎狼"，則宜驅之莫緩，何反云"勿吞"，反云"無問"？豈知此爲襯筆耶？

其 三

題鮮于樞評：言京師舟中貢賦既已無阻，則倉廩將實，陳陳相因，而禮義生矣。慎勿倚金湯之固，而驕奢自恣，須令宇宙之長新，亦不過行儉德而已。且盜賊本皆王臣，即撫我則□，虐我則讎之謂。賦也。

王士禛評：追究當日奢麗召禍也。

俞瑒乙本評：吐蕃亂後，或有爲巡幸東都之計者，故云。

屈復評：前半宜都洛陽，後半無戀長安。

題商盤紅眉：時代宗用程元振之謀，將都洛陽，因郭子儀附章論奏而止。公意蓋亦主遷都之説。

盧見曾紅旁："中原未得平安報，醉裏眉攢萬國愁"，以韻語攄讜議，其源固自二雅來也。"至今勞聖主，何以報皇天"，直使泄泄之臣置身無地。"不過行儉德，盜賊本王臣"，其識解閎遠如此。

題張問陶墨眉：此詩欲代宗暫幸東都，以圖恢復，如周宣故事，非如程元振勸帝長遷洛下，以避番寇，爲《黍離》《揚水》之續也。

徐松紅眉：歸愚曰："金湯固""宇宙新"，此程元振議也。公謂莫用遷都，不過力行儉德，盜賊自服耳。

陳治墨眉：此首因駕欲留洛陽也。

王鳴盛墨眉：歎都洛之非計。

洛下舟車入，(**俞瑒甲本評**)指東都。(**題商盤紅旁**)對起。(**奚禄詒甲本眉**)此首議論留都洛陽。(**奚禄詒乙本墨眉**)此言衆論遷洛之非。(**沈巖旁**)東都。天中貢賦均。(**方拱乾評**)欲其巡行東都。(**錢陸燦丙本評**)錢云：此首因駕欲留洛陽也。(**汪琬乙本評**)後四句合前半首看，似無留東都。(**李念慈紅眉**)詩意似與箋未合。(**吕留良紅眉**)即“天中”二字亦奇。“紅粟”亦奇，妙處要知造句。(**嚴復墨眉**)此用都洛。(**沈巖眉**)追究當日奢麗召禍也。(**佚名己紅旁**)洛陽爲天地中，貢賦之道路均焉。日聞紅粟腐，(**俞瑒甲本評**)不復巡幸。(**奚禄詒乙本紅旁**)此衆議也。(**沈巖旁**)不得巡幸。寒待翠華春。莫取金湯固，(**俞瑒甲本評**)在德不在險。(**奚禄詒乙本墨眉**)謂汴運已入關中，無議遷洛，但莫重斂可也。(**沈巖旁**)在德不在險。長令宇宙新。(**題商盤紅旁**)五六直趨七八。(**吴騫墨眉**)追究當日奢麗召禍也。(**佚名丁墨旁**)竺云：詳前後語勢，似十字爲句。“取”猶言“將”也，言勿謂以武威掃清宇内，不如行儉施惠，而盜賊自治已。不過行儉德，(**俞瑒甲本評**)言當以根本爲固。(**沈巖旁**)言當以根本爲固。盜賊本王臣。(**方貞觀墨眉**)即此二語，書之無多，味之不盡。惟君惟臣，聞之皆足以爲誡，何須呶呶累牘不已耶？(**題商盤紅旁**)意在言外。(**奚禄詒甲本旁**)賦也。〇此首嘆賦之重。

【彙評】

方拱乾評：文仲子曰：舜一歲四巡狩而人不勞，兵衛少而徵求寡也。

俞瑒甲本評：此以東都事言之。吐蕃亂後，程元振進巡幸東都之計，故郭子儀章奏以爲言。

張學仁參定：“春”字、“日”字支對無迹，“紅粟”“翠華”屬對更巧。大家落筆，對仗無不工整。

陳訏紅眉批仇注“總評‘錢謙益曰’一段”處：錢箋實有學識。

佚名丁墨尾：自此已下三章，皆所謂“報皇天”者，乃條陳善後之圖也。○錢箋以此章爲避吐蕃,幸陝州,程元振勸都洛陽,郭子儀附章論之,謂東周險不足恃,天子躬儉節用,則寇盜自息,公正隱括其意。愚謂如錢所引,則詩當作於十月以後矣,何無一語及吐蕃陷京事耶?蓋嘗考之,洛陽爲關中漕運咽喉,自兵興陷没,道梗迂費,關中百姓,挼穗以給禁軍,公私兩竭久矣。時則東京再收,而元載、劉晏以宰相領度支,頗好言財利,必有議復奮運,而以遷都就餉之説進者,雖浚汴通漕之事,尚在明年,而諸臣領籌國計,所必然也。公得之傳聞,喜與懼交至焉。喜國用之復充,而懼根本之輕動,及專利之漸長也。上四傳述所聞,下四條陳理勢,句句有下落。○"日聞"言近日有聞,此二字直貫兩句,謂傳聞駕將東幸。"金湯"指洛下,"宇宙新"起下"行儉",以安反側。

其　四

題鮮于樞評:以"丹桂""青梧"喻强幹弱枝,如此則未有不臣者,况親賢以授鉞,制詔以卑宫,且使依古之封建,則治化成矣。比而賦也。

方拱乾評:此首論分鎮。公以房琯故貶,生平學問主封建。

錢陸燦甲本眉:行議論於聲律之中,反言見意,得諷諭體。

錢陸燦丙本評:錢云:此首因惜房琯令諸子分鎮之説不用也。

俞瑒乙本評:當時雍王爲元帥,房琯曾建[言]諸王分路進討之策,爲强幹弱枝之計,詩意亦本此。

屈復評:宋義《上漢章帝疏》云:《春秋》之義,諸父昆弟,無所不臣,所以尊尊卑卑,强幹而弱枝者也。則此丹桂、青梧,指宗藩無疑。○前半猜忌骨肉之非,後半亟宜"封建"。以上三首,諷君之意居多。○房琯始建諸王分鎮之議,禄山見詔書輒撫膺,有不得天下之歎。後肅宗聽譖，罷琯相，少陵救琯而出，曰“終依”，仍申前議也。[1]

題商盤紅眉：“梧”“桂”皆比宗藩，“風霜急”而“日夜凋”，喻猜忌骨肉，不使出鎮，此但以爲親而不以爲臣，失强幹弱枝之道，故三四重發其義。

題張問陶墨眉：首句喻王室之削弱也，次句喻宗藩之失勢也。漢成帝時童謡：“桂樹華不實，黄雀巢其顛。”又上官儀《册殷王文》：“慶表栽梧，德成覿梓。”

陳治墨眉：錢云：此首因惜房琯令諸子分鎮之説不用也。

王鳴盛墨眉：諷宜建宗藩以懾叛臣。

佚名己紅旁：是年以雍王適爲關内兵馬元帥。

丹桂風霜急，（**俞眉**）用“桂”格起“幹”字。（**題商盤紅旁**）分裝對起。（**奚禄詒甲本眉**）此言當封建，則可息藩鎮矣。（**奚禄詒乙本墨眉**）此言封建諸侯王，天下自平矣。（**奚禄詒乙本墨旁**）以興起。**青梧日夜凋。**（**奚禄詒甲本旁**）首二句見肅宗之薄骨肉。（**嚴復墨眉**）此詠宜建藩時。天寶十五載，房琯建分鎮討賊之議。**由來强幹地，**（**題商盤紅旁**）流水對。（**沈巖旁**）歸重人主。〇東都之什者言之。**未有不臣朝。**（**俞瑒甲本評**）歸重人主。**授鉞親賢往，**（**俞瑒甲本評**）太子爲帥。**卑宫制詔遥。**（**徐渭墨眉**）同姓異姓之□。（**奚禄詒甲本旁**）無着。（**奚禄詒乙本墨旁**）到底晦。（**奚禄詒乙本墨眉**）“卑宫”句與上下文不合。（**奚禄詒乙本墨眉**）肅宗於兄弟之間寡恩，以此諷之，首二句已提明矣。（**秦應逵墨旁**）太子爲帥。**終依古封建，**（**俞瑒甲本評**）言當爲强幹弱枝之計。（**奚禄詒甲本旁**）封親賢也。**豈獨聽簫韶。**（**方拱乾評**）廣平王。（**題商盤紅旁**）意在言外。（**奚禄詒甲本旁**）興而賦也。

---

① 校注：“亟宜”，杭本作“宜急”；“琯相”，杭本作“房相”。

【彙評】

俞瑒甲本評:時雍王爲元帥,而房琯曾建諸王分鎮進討之策,大意指此。

張學仁參定:漢成帝時童謡:"桂樹華不實。"桂比王室。上官儀《册殷王文》:"慶表栽梧。""梧"比宗藩。

方貞觀紅眉批注解"故以禹之卑宫擬之":"卑宫"二字遂可作傳禪用耶?

沈巖尾批詩後箋注"雍王適爲天下兵馬元帥"處:當時雍王爲元帥,而房琯先曾進諸王分路進討之策,大意在此。

佚名丁墨尾:四章,仇云:勸朝廷建宗藩以懾叛臣也。愚按:觀此詩寫景,知作於吐蕃未入寇之前。一二即秋景爲比,不必如錢氏以桂、梧分配王室、宗藩也。三四接法敏捷,用"强幹"字,能令正喻交映。着"不臣"句,緊與藩鎮對針。五六仍蟬聯而下,"授鉞"暗頂"不臣","制詔"直起"封建",謂使親賢得專征伐,而朝廷遥爲節制。深達封建事宜,不落迂儒泥古議論。結言如此則豈獨虚談偃武,粉飾太平而已哉?正與"大君息戰"相激射,而婉約其詞,愈見筆妙。此句舊亦不得解。○盧注:公爲王閬州進《論安危表》,屢申親賢磐石之義,與此相表裏。

其　五

題鮮于樞評:言胡既滅而猶亂者,以兵殘而將疑,如光弼、懷恩輩耳。矧朝廷築壇拜將至真而無假,則諸將報君之心何遲而不速耶?責之之詞也。且領郡之官輒無色,而有詞者懼徵歛之無藝也,故願下哀痛之詔以問民之疾苦耳。賦也。

方拱乾評:妙在許大議論,託之五言律。

丁耀亢紅眉:趣謔。

錢陸燦丙本評:錢云:此首因諸臣重内輕外也。

汪琬乙本評:説盡肅宗、代、德三朝中外城寨之弊。○“之官”,言不之官也。

李念慈紅眉:詩史。

俞瑒乙本評:此專指河北事,言僕固懷恩爲副元帥,欲樹私黨,以河北任諸降將,州郡無權,而民生益困也。

屈復評:前六句推言還亂之由,責人臣也;結歸重主德,諷人君也。

題商盤紅眉:言目前之勢,亂宜息而未息,人宜安而未安,其故何哉?由將帥不以朝廷爲心,徒擁節鎮之名;有司不以百姓爲心,深憚州郡之任也。然惟朝廷首閔黎元瘡痍已極,輕徭薄賦,休兵息民,下哀痛之詔,與民更使,天下知上意所向,欣然有樂生之心,隱然有太平之望,如此而人不安、亂不息者,未之前聞。此蓋通結數章之意,而歸本於主德。

盧見曾紅旁:錢謙益曰:自吐蕃入寇,車駕東幸,程元振勸帝都洛陽。郭子儀論奏,略曰:“東周之地,久陷賊中。宫室焚燒,十不存一。矧其土地狹隘,適爲戰場。明明天子,躬儉節用,苟能抑竪刁、易牙之權,任蘧瑗、史鰌之直,則黎元自理,盗賊自息。”公此詩正檃栝汾陽論奏大意。

題張問陶墨眉:僕固懷恩恐賊平寵衰,奏留薛嵩等,分師河北,田承嗣舉管内户口,壯者皆籍爲兵,又選驍騎萬人自衛,謂之牙兵,此“兵殘將自疑”也。“殘”乃殘少之殘。

陳治墨眉:俞云:此專以河北言之,僕固懷恩爲副帥,欲樹私黨,以河北任諸降將,强幹弱枝,兵之不靖,職此之由。

王鳴盛墨眉:歎軫郡守。

胡滅人還亂,(**俞瑒甲本評**)諸將擁兵自固。(**題商盤紅旁**)分裝對起。(**奚禄詒甲本眉**)此言諸臣皆重内職而輕外任。(**李以峙墨眉**)(胡)按作"盜"亦可。(**沈巖旁**)諸將擁兵自固。**兵殘將自疑。**(**方拱乾評**)"還"字、"自"字妙。(**嚴復墨眉**)此慨重節鎮而輕郡守。(**王伯沆紅眉**)語極簡切。(**奚禄詒乙本墨眉**)時以節度使兼閫帥,改刺史爲郡守,此重内職而輕外臣,故公意責武臣也。(**沈巖眉**)强幹弱枝之策不行,而任降將爲節鎮,兵之不靖,職此之由。(**佚名己紅旁**)安史滅後,僕固懷恩以疑而叛。**登壇名絶假,**(**俞瑒甲本評**)將非其人。(**題商盤紅旁**)承次句。(**奚禄詒甲本旁、乙本墨旁**)重閫帥。(**沈巖旁**)將非其人。**報主爾何遲?**(**奚禄詒甲本旁**)將叛也。(**李以峙墨眉**)(報主)按作"執玉"二字,皆形似之誤。**領郡輒無色,**(**俞瑒甲本評**)州郡無權。(**題商盤紅旁**)承次句。(**奚禄詒甲本旁**)輕刺史。(**奚禄詒甲本眉**)唐以節度使爲閫帥,而改刺史爲郡守。(**奚禄詒乙本墨旁**)輕刺史。(**沈巖旁**)領郡無權。**之官皆有詞。**(**方拱乾評**)領郡之官,言近臣無愛民之心也。(**沈巖旁**)廢置由節鎮。**願聞哀痛詔,**(**俞瑒甲本評**)生民困極。**端拱問瘡痍。**(**奚禄詒甲本旁**)賦也。○大梁太守倪若水選採訪使,班景倩入爲大理卿,曰:"班生此行,何異登仙。"(**奚禄詒乙本墨眉**)"問瘡痍"者,問武帥之害州郡也。

【彙評】

俞瑒甲本評:此專以河北言之也。僕固懷恩欲樹私黨,以河北任諸降將,廢置由己,總由强幹之計不行,以致藩鎮之兵不靖,言之可歎。

張學仁參定:黄生謂:《諸將》,責人臣也;《有感》,諷人君也。此五首在公生平爲大抱負,即全集之大本領,不得以詩人目之。

沈巖眉:五詩皆紀時事,氣格深渾,是大家數。

沈巖尾:此專以北事言之也。僕固懷恩爲副元帥,欲樹私黨,以河北任諸降將。

佚名丁墨尾:末章極言藩鎮之弊,以收束全詩,欲反其道,惟在重守權以蘇民困,民困蘇而國患亦息矣。一二倒裝,推言驕恣之由,謂史孽殲矣,而諸降人猶然擁兵者,由於將臣有賊平失寵之疑,而奏留之也。三四直斥負固之罪,五六形容郡守積輕之情狀,最爲剴切。末冀君人者動心改轍。蓋是時諸鎮悉舉管内户口壯者籍爲兵,其孱弱顛連之慘,非得親民之官,莫與軫恤矣。歸結到"問瘡痍"三字,所謂"民維邦本,本固邦寧",其效不獨在鎮權之革而已。洵碩畫哉! ○黄生曰:七律之《諸將》,責人臣也;五律之《有感》,諷人君也。《杜臆》曰:讀此五詩,自許稷契,信非虚語。

閬山歌

方拱乾評:反律。○是年公自梓挈家再往閬州。

吴廣霈墨眉:短篇傑作,老氣横陳。

奚禄詒甲本旁:兩詩爲賦山水之式。

奚禄詒甲本眉:《周地圖[記]》云:蜀王鱉靈登此,因名靈山。○絶不溢情,所以爲佳。

奚禄詒乙本墨眉:《山》《水》二作乃遊覽詩之正式。○絶不溢情,所以爲佳。

閬州城東靈山白,(**沈巖眉**)玄宗諱隆,先天二年正月,詔改隆州爲閬州。**閬州城北玉臺碧。**(**李以峙墨眉**)(玉臺)按作"壺",明係形近而誤。(**沈巖旁**)景色無窮,縮作二句,奇絶。**松浮欲盡不盡雲,**(**徐渭墨旁**)雖好覺粗□。**江動將崩未崩石。**(**吕留良紅眉**)"未"字活。(**俞瑒乙本評**)孤峭奇秀,恰似臨江之山。"未"字活。(**李以峙墨眉**)(未崩)按作"已崩",大謬。(**張雝敬墨旁**)筆姿駘蕩,逸趣横流。**那知根無鬼神會,已覺氣與嵩華敵。**(**沈巖眉**)"氣"字虚活作勢,即死句,不復與上句相應矣。中原格鬥且未歸，應結茅齋看青壁。（奚禄詒甲本旁）賦也。（錢載評）畢清。

閬水歌

方拱乾評:居然律。

丁耀亢墨眉:似古而實率。

錢陸燦丁本評:絶似孟襄陽體格。

汪琬丙本評:整矣,然未嘗不流利。

宋犖紅眉:竹枝風致。

俞瑒乙本評:鮮細輕明,用筆變换,爲蜀中山水開生面也。

方貞觀墨眉:《山》《水》兩歌,都只作七律看。

盧見曾紅旁:二詩著語奇秀,覺空翠撲人,衝襟相照。

朱方藹紅眉:整矣,然未嘗不流利。

秦應逵墨眉:末句最好,如先言"天下稀",後言"腸斷"則無味矣。

奚禄詒甲本眉、乙本紅眉下:《周地圖[記]》云:一名嘉陵水。

奚禄詒乙本墨眉:景短語長。

沈巖旁:落句山谷酷意摹擬,而去之轉遠。錢云:落語竹枝體。末二句與《閬山歌》同意,可悟虚實變换之法。

沈巖眉:雖有勝事,然中原格鬥留滯,巴童豈願見此哉? 故曰"可腸斷"也。下復詠歎一句,無窮曲折。

嘉陵江色何所似？（李以峙墨眉）（江色）按題獨言水,作"山水"非。第三句"浪花"作"閬山"亦謬。石黛碧玉相因依。（奚禄詒甲本旁）承"江色"。正憐日破浪花出，更復春從沙際歸。（奚禄詒甲本眉）小景寫來甚妙。（**錢載評**）此所謂絶麗也。**巴童蕩槳欹側過，水雞銜魚來去飛。**（**陳治紅眉**）“雞”一作“鷄”。**閬中勝事可腸斷，閬州城南天下稀。**（**丁耀亢紅旁**）欺世語。（**汪琬甲本紅眉**）錦屏山。（**奚禄詒甲本眉**）馮忠恕云：閬之爲郡，當梁、洋、梓、益之衝，有五城十二樓之勝概。（**奚禄詒甲本旁**）賦也。

【彙評】

錢陸燦甲本眉、乙本墨眉：落語竹枝體。

吴廣霈墨尾：此言城南之繁盛逸樂，爲天下所稀有也。美中有刺，故以吞吐出之。

陪王使君晦日泛江就黄家亭子二首

方拱乾評：所謂隨手合法也。

其　一

題鮮于樞評：首六句言泛江之景物及宴樂之事，且自歎年老。末二句言晦日陪王使君，且美其好客，而解我之愁也。賦也。

屈復評：五六寫“泛”字，正從起二句來，反結“晦日”，妙。○前半“泛江”，後半“陪王”。

題商盤紅眉：“何時”猶“何曾”，“結束”猶“裝束”，“人客”二字連用，以健句法，亦當時方言。王建云“人客少能留我屋”是也。○山連故不覺岸改，見花來稍知之耳；江平故不覺舟行，因鳥隨始驗之耳。精本於意，巧生於法。○前半只完得“泛江”二字，後半始叙“陪王”意。末點“晦日”成章法。“黄家亭子”在次作見之。

盧見曾紅旁：次句寫物甚工，楊慎以爲求工反拙，不及李群玉樂府及巴渝竹枝詞，何乃妄加軒輊！

陳治墨眉：汪云：眼前語寫來，却似發蒙，所謂佳景逼人，正須捉住也。

山豁何時斷，（**題商盤紅旁**）對起。江平不肯流。（**吕留良紅眉**）嘗與顧生登富陽峰，觀江山，忽憶二句之妙，工入造化。（**吕留良紅旁**）玄奇。（**奚禄詒甲本眉**）起得陡健。（**錢載評**）即黄四娘家。（**朱方藹紅眉**）眼前語寫來，却是發蒙。所云佳景逼人，正須捉住也。（**朱方藹紅旁**）"秋天不肯明"，"江平不肯流"，兩"不肯"字皆有妙理。（**題張問陶墨眉**）此首晦日泛江。○晦日，同翻點倒點法。稍知花改岸，（**題商盤紅旁**）順承一二。縮脈句。（**奚禄詒乙本墨旁**）承次句。始驗鳥隨舟。（**丁耀亢紅眉**）極盡泛舟之景。（**吕留良紅旁**）細。（**題商盤紅旁**）倒剔句。結束多紅粉，（**題商盤紅旁**）縮脈句。歡娱恨白頭。非君愛人客，（**方拱乾評**）反結出題法。（**題商盤紅旁**）重字助句。（**奚禄詒甲本眉**）"人客"字可嘆。晦日更添愁。（**奚禄詒甲本旁**）賦也。末賦及晦日，唐以晦日爲佳節。（**沈巖旁**）泛江。

其　二

題鮮于樞評：首六句言就黄家亭子之景物及宴樂事。末言"不須吹急管"，爲我衰老易悲傷故爾。賦也。

題張問陶墨眉：此首就黄家亭子。

沈巖眉：前篇"花""鳥"二字暗渡"亭子"，此篇結句所以終上"歡娱恨白頭"之意。

有徑金沙軟，無人碧草芳。（**朱方藹紅眉**）能點綴，能擺宕，步步不羈。（**朱方藹紅旁**）直寫出碧草性情。野畦連蛺蝶，江檻俯鴛鴦。

日晚煙花亂，風生錦繡香。（**李念慈紅眉**）江郊春遊，景事可想。（**奚禄詒甲本旁**）錦繡，席間之鋪設也。不須吹急管，衰老易悲傷。（**奚禄詒甲本旁**）賦也。（**沈巖眉批下**）就黄家亭子。

江亭王閬州筵餞蕭遂州

奚禄詒甲本眉：因二州之尹，便引鳳凰□誇。○即應付，亦不必疊用數事。

奚禄詒甲本旁：五六以下不爲佳句，而胡君賞之，迂甚。

奚禄詒乙本紅眉下：後半應付而已。

奚禄詒乙本墨眉：前四句是陪餞自詠，後半方言餞客，末句是宦途語。然今人奉承俗套。

吴士模墨眉：孝轅喜後四句，吾尤愛其前半有魂消黯然之意。

離亭非舊國，春色是他鄉。（**陳治墨眉**）孝轅喜後四句，吾尤愛其前半有黯然銷魂之意。（**奚禄詒乙本墨旁**）即應付，亦不必疊用數事。老畏歌聲斷，（**李以峙墨眉**）（“歌聲”句）按合下句看，作“繼”字爲是。愁從舞曲長。 二天開寵餞，（**李以峙墨眉**）（開）按作“悲”，大謬。五馬爛生光。（**李念慈紅眉**）“二天”字，公亦襲用之，何况他人。川路風煙接，俱宜下鳳凰。（**徐渭墨旁**）鳳皇城也。

江亭送眉州辛别駕昇之得蕪字

題鮮于樞評：首言江亭之景物，而曰柳影猶含雲幕，江波且近酒壺。今也異方，適驚會面，終宴又惜分手，何柳影江波之不若耶？興也。又言江亭之景物，而曰沙暖初低風蝶，天晴正喜浴鳧，正宜會集,而又别離,是以傷老大而意緒荒蕪也。興也。

柳影含雲幕,(李以峙墨眉)(雲幕)按此與下句對,必當從“幕”字。江波近酒壺。(王伯沆紅眉)“壺”字趁韻,不宜學。異方驚會面,終宴惜征途。沙晚低風蝶,天晴喜浴凫。(奚禄詒甲本眉)五六正以蝶、凫之喜反映别離。别離傷老大,意緒日荒蕪。(方拱乾評)荒蕪却是老大之緒。(奚禄詒甲本尾批)賦也。○五六下因乎上。(錢載評)結亦是順疊。

【彙評】

佚名丁墨尾:一切亭,二映江,即帶設餞,三四轉側起下,五六即景,承三,七八言懷,承四。○喜凫,自喜也。

贈别賀蘭銛

方拱乾評:首二句興起,“抱何恨”非喻小人。○“老驥”二句比體,以解其恨。“遠赴”句即指賀蘭,非公自謂。

奚禄詒甲本眉:“黄雀”二句人己雙興起,“國步”四句言賀下吴楚。○細閲是賀往吴,非公自謂。

奚禄詒乙本墨眉:向時人已悿,又寂寞向之,並黄雀不如矣。○看三四句及“君思千里蓴”,是賀往吴,而公别之,非公往也。○末謂不復相見,生離即死别耳,老人語態。

黄雀飽野粟,群飛動荆榛。(奚禄詒乙本眉批)雙興起。今君抱何恨?(奚禄詒乙本眉批)賀也。寂寞向時人。(奚禄詒甲本旁)此言己也。(奚禄詒乙本眉批)己也。老驥倦驤首,(奚禄詒甲本旁)入賀蘭。蒼鷹愁易馴。高賢世未識，固合嬰飢貧。國步初返正，(奚禄詒甲本旁)賀入吴。乾坤尚風塵。悲歌鬢髮白，遠赴湘吴春。(奚禄詒乙本墨旁)以上序賀蘭。我戀岷下芋，(奚禄詒甲本旁)已往蜀。(奚禄詒乙本紅旁)已還滯蜀。君思千里蓴。(奚禄詒甲本旁)賀往吴。(奚禄詒乙本紅旁)賀入吴。生離與死别，自古鼻酸辛。(奚禄詒甲本尾批)興而賦也。(吴廣霈墨旁)沉痛欲絶。

泛　江

題鮮于樞評：言近日泛江之樂雖如此，然故國清渭之間，花開正多，於兵戈之後，亦有此樂否乎？賦也。

題張問陶墨眉：想亦地主相邀，故有妓樂，將八句“花”字插在七句“流”字上，便覺自然順適而曲折。時方多故，此尚安然，悲中有樂也。京闕回春，客途綿邈，樂中有悲也。

奚禄詒甲本旁：因泛江而遠扯清渭，因清渭而遠扯花多，有此詩體乎？

奚禄詒乙本墨眉：因泛江而遠扯清渭，又扯花多，有此詩體乎？〇即不忘君，亦不必處處多事。

方舟不用楫，極目總無波。長日容杯酒，深江净綺羅。(方貞觀墨眉)不及“澄江静如練”遠矣。亂離還奏樂，飄泊且聽歌。故國流清渭，(宋犖紅旁)從亂離觸動。如今花正多。(奚禄詒甲本眉)既不忘君，亦不必處處多事。(奚禄詒甲本旁)賦也。〇是人請公泛江。

【彙評】

陳訏紅眉批仇注“知其爲妓女之衣也。或云映花如綺羅”處：極目無波，則江流似縠，"江净"句正承上"無波"來。若言是妓、是花，則首聯"無波"通首落空。注總不知詩理。

佚名丁墨尾：時方多故，此尚安然，悲中有樂也。京闕回春，客途緜邈，樂中有悲也。○"容"字、"净"字，詩眼有神，都從"無波"生出，得舒遲澄澈之趣。與五六對看，覺此間忻戚之情，一時並集，想"故國"，偏舉"清渭"，仍與"泛江"映切，只言"花多"，仍與三四之春景一貫。此中須會脈理。○想亦地主相邀，故有妓樂。

渡　江

題鮮于樞評：首言春江之險不可渡如此，而渚花汀草顔色自若，乃戲問垂綸之客：我悠悠常見汝曹，果能濟世安民，如太公望者乎？比也。

方拱乾評："江平不肯流""春江不可渡"，"不肯""不可"乃極輕。○極庸字，公用之遂重如萬鈞，險如天半。

奚禄詒甲本旁："魚龍高"，確是春江。

朱方藹紅眉：景中寓情，結尤雅奏。

沈巖旁：宋人止能極其才力摹擬前四句，却更不解作後四句。

春江不可渡，二月已風濤。（**吕留良紅旁**）作家開口。（**佚名己紅眉**）顔延年"春江壯風濤"，子美實衍之。舟楫欹斜疾，（**李以峙墨眉**）（疾）按"甚"不如"疾"遠甚。魚龍偃卧高。（**方拱乾評**）"偃卧"何以高？（**李念慈紅眉**）"魚龍"以秋爲夜，"偃卧"字用於春，未解。（**題張問陶墨眉**）三四，上句因下句。渚花兼素錦，汀草亂青袍。（**吕留良紅旁**）奇。（**奚禄詒甲本眉**）敗在"素錦""青袍"。（**奚禄詒甲本尾批**）五六敗甚。（**沈巖眉**）"渚花"一連是將到岸，"戲問垂綸"是已渡後。戲問垂綸客，悠悠見

汝曹。（**方拱乾評**）“汝曹”二字何屬？（**奚禄詒甲本尾批**）賦也。（**奚禄詒乙本墨眉**）戲之耶？箴之耶？

暮　寒

題鮮于樞評：言樹隱霧而“春色静”，波含風而“暮寒多”，戍鼓尚猶長擊，林鶯遂用不歌，蓋以兵亂而陰氣盛，故“暮寒多”。林鶯韻止，忽思昇平之時，高宴會而“袖拂雲和”，是亦傷今懷古之作也。賦也。

霧隱平郊樹，風含廣岸波。沉沉春色静，慘慘暮寒多。（**李念慈紅眉**）春不宜寒而寒，此蓋紀時令之失正也。（**吕留良紅旁**）幽玄。**戍鼓猶長擊，林鶯遂不歌。**（**徐渭墨旁**）人不道。（**奚禄詒乙本紅眉**）結不警。**忽思高宴會，**（**奚禄詒甲本旁**）刺人。（**奚禄詒乙本紅旁**）刺人多事。**朱袖拂雲和。**（**奚禄詒甲本眉**）結不警。（**奚禄詒甲本旁**）賦也。○□上六句，則非朱袖高宴之時。

【彙評】

陳訏紅眉批仇注“鳥避兵氣，故春鶯不歌”處：“林鶯遂不歌”，是天寒日暮光景，注言“避兵氣”，意思反野去，與題無涉。

佚名丁墨尾：玩結意，似去陪從之時不遠，而晴陰喧寂，忽然改觀。○“拂雲和”即指聲妓，非謂朝廷禮樂，仇注誤。

遊　子

題鮮于樞評：第一句起第三聯，第二句起第二聯，末章結第二等句意。詩意如趙説。賦也。

錢陸燦甲本眉:方曰:"杳"字疑"勃"字,則下二句精神始出。鐵云:"杳然",森然也,玩"春草外""暮帆前"二句,則寫其杳然至矣。爾止以爲"勃然"改之,不笨伯耶?

題商盤紅旁:此詩蓋即"厭蜀交遊冷"之意,而詞旨渾深不露。

題商盤紅眉:五用嚴君平事,六用畢卓事,庾信《哀江南賦》云云。〇公嘗欲下峽,計終不遂,此詩所爲作也。"興杳然"言不遂其興也。此所以三峽雖在暮帆前,九江遠隔春草外也。五六言身事非卜可憑,懷抱非酒可遣。留蜀之愁如此,衰白難堪,直欲向蓬萊群仙一問延年之訣,惡能一日厭此哉?

奚禄詒甲本眉:宋人解曰:五句謂不能如君平之養生,六句謂不能如畢吏部之遺興,故只得遠遊,世不我知,不如浮海耳。

奚禄詒甲本旁:宋解也説得去,然畢竟牽合。

沈巖旁:似不經意,咀詠轉自深長。〇第六只是言不復卜鄰於此。

沈巖眉:"吴門""巴蜀",回環轉接,一絲不亂。

王鳴盛墨眉:一云蓬萊指朝廷,二言巴蜀不可居,吴又不能去,冀衰老而猶得見君也。此解頗妙。

巴蜀愁誰語,(**題商盤紅旁**)對起。吴門興杳然。(**錢陸燦丙本評**)方曰:"杳"字疑"勃"字,下三句精神始出。鐵牛云:"杳然",森然也,不必改。(**陳治墨眉**)方云:"杳"字作"勃"字,下三句精神始出。鐵牛云:"杳然",森然也,不必改。九江春草外,(**嚴虞惇紅旁**)即"思吴""厭蜀"二句意。(**題商盤紅旁**)承次句,縮脈句。倒叙。(**沈巖旁**)頂出"杳然"。三峽暮帆前。 猒就成都卜,(**佚名丁墨旁**)竺云:就卜,就賣卜之業也。言棲隱於成都,亦厭之也。次句言在官好酒,亦不可爲也,於是遂生七八句。

（**題商盤紅旁**）承首句。**休爲吏部眠。**（**奚禄詒甲本旁**）不切。（**奚禄詒乙本墨旁**）句不切。**蓬萊如可到，**（**題商盤紅旁**）放言自遣。**衰白問群仙。**（**方拱乾評**）“衰白”尚問群仙，妙。（**題商盤紅旁**）意在言外。（**奚禄詒甲本尾批**）賦也。○結得牽强。（**盧見曾紅旁**）末句比也，謂遠思蓬山者失之。（**沈巖旁**）言更杳然也。未見誰語。

【彙評】

陳訏紅眉批仇注“巴蜀愁，吴門興，上三字連讀”處：如此讀便不通。

佚名丁墨尾：公素有東遊之意，非喜吴，蓋苦蜀也，爲蜀無依也。三四神往，五六志决，七八興遠，總是無解之思。

滕王亭子二首在玉臺觀内，王調露年中任閬州刺史

其一

奚禄詒甲本旁：憑弔之意自遠。

奚禄詒乙本紅眉：也勝過王勃。

題張問陶墨眉：來不知還，就滕王出牧時言之，譏其佚遊無度也。

吴廣霈墨眉：“傷心麗”“滿目斑”别有懷抱，忼慨繫之，境非少陵則爲無病而呻矣。

沈巖眉：次連使事無迹。○楊用修云：第三用梁孝王事，第四用漢南王事。獨怪修竹，本無鶯啼，後見孫綽《蘭亭詩》：“鶯語吟修竹”，乃知老杜用此。

嚴復墨眉：滕王李元嬰嘗爲隆州刺史，後改閬州。

君王臺榭枕巴山，（**奚禄詒乙本墨眉下**）“枕”音正，如曲肱而正之。萬丈丹梯尚可攀。 春日鶯啼脩竹裏，（**徐渭墨旁**）雖是典故，只覺是□。仙家犬吠白雲間。（**俞瑒甲本評**）用事無迹。（**奚禄詒甲本眉**）在玉臺觀，故有“仙家”句。清江錦石傷心麗，嫩蕊濃花滿目斑。（**錢陸燦丙本評**）錢云：“班”應作“斑”。（**陳治墨眉**）“班”應作“斑”。人到於今歌出牧，（**俞瑒甲本評**）王曾爲刺史。來遊此地不知還。（**奚禄詒甲本旁**）賦也。○流動自好，不似王子安之麗而露。（**盧見曾紅旁**）仇兆鰲曰：末二句一氣讀下，正刺其荒遊，非頌其遺澤也。

【彙評】

錢陸燦戊本批錢箋“滕王”：湘曰：楊用修云，元嬰刺荆州，驕佚失度。太宗崩，集官屬狎飲，部内爲不法，以彈射人，遷洪州都督，以貪聞。按，此與王建詩“搨得滕王蛺蝶圖”，俱是滕王湛然，非元嬰也。王勃記滕王閣，則是元嬰耳。

張學仁參定：仇氏謂末二句一氣讀，正刺其荒遊。

奚禄詒乙本墨眉：王子安學六朝而有六朝氣，杜少陵學六朝而無六朝氣。

其　二

方拱乾評：公慣用“自”字，妙。○五六句關己，纔生得結。

屈復評：李遠詩“弦管變成山鳥弄，綺羅留作野花開”，此却將“歌吹”“霓旌”寫在結句中，用“過客情”三字間之，深遠多少。

題商盤紅眉：以“寂寞”字領一篇之意。松聲竹色，不改當年；歌吹霓旌，已成往事。此過客之情所由感也。後半言此時之鳥雀，即當年之歌吹；此際之雲霞，即當日之霓旌。即李遠“絃管變成山鳥弄，綺羅留作野花開”之意，却分作二聯，從映帶出之。更妙在

"過客情"三字,安頓得法,以七八倒結於後,其味乃長。

奚禄詒甲本旁:吊得渾。

奚禄詒甲本眉:從衰追到盛時。

朱方藹紅眉:盛衰之感,以"古"字斡旋,結抱起聯,一翻一正説。

題張問陶墨眉:按史所載,滕王所爲多不法,然爲本朝帝子,固不得而雌黄也。故只作弔古,而微旨自見。

吴廣霈墨眉:懷古情深,風流旖旎。

沈巖旁:中二連極言其寂寞。

王鳴盛墨眉:前六句凄凉衰颯,末句用麗語翻身作結,力大思深,奇變不測。

寂寞春山路,君王不復行。(**俞瑒甲本評**)滕王。古墻猶竹色,(**俞瑒甲本評**)亭子。(**題商盤紅旁**)虚眼句。虚閣自松聲。(**徐渭墨旁**)亦當猶自□論者此以爲佳,亦過矣。(**嚴復墨眉**)二連獨到。(**吴廣霈墨旁**)二句止一"猶"字,一"自"字,便令竹色、松聲頓異今古,此用虚字之妙諦也。鳥雀荒村暮,(**題商盤紅旁**)分裝對。(**沈巖旁**)對"歌吹"。雲霞過客情。(**題商盤紅旁**)景中寓意。(**沈巖旁**)對"霓旌"。尚思歌吹入,(**俞瑒甲本評**)翻結興會。千騎把霓旌。(**李念慈紅眉**)譏其被徙,而仍侈僭也。(**題商盤紅旁**)意餘言外。(**奚禄詒甲本旁**)賦也。○較王子安出得渾厚。(**奚禄詒乙本紅眉**)弔得渾。(**奚禄詒乙本墨眉**)末二句後人亦在其中。(**沈巖旁**)以牧閬州結,收轉行春,反對寂寞。

【彙評】

題商盤尾:結言外云,而今安在哉?吴東巖云:前六句凄凉已極,若再以衰颯語結,意興索然。七八忽用麗句進溯盛時,翻身作結,力大思深,奇變不測。

佚名丁墨尾:七律着本身登覽説,此篇着昔人寂莫説,而"雲霞過客",引到本身,恰拖起"尚思"之感。○元嬰遊畋多不法,部内病之,於七律論之詳矣。是詩只是吊古。

玉臺觀二首滕王作

其　一

方拱乾評:今之讀贊杜詩者,必膾炙此等。○如此乃爲王、李之祖。倘更有仙術可以駐顔,我便當漁樵孤老矣。

錢陸燦甲本眉、丙本評:鐵曰:余見張南湖解此,謂必女尼所居,以證"紅顔羽翰"之句,劇可一笑也。"紅顔羽翰",言此地得仙,便應投老其間耳。

錢陸燦丁本評:觀中當有仙子,故落句云然。言此地得仙,便應投老其間耳。

李念慈紅眉:詩中用秦女、天孫事,未詳何義。

屈復評:在遊覽門中别是一格,他人無能學者,七律更難。首句觀之高,次句神之尊,三觀中聞門外之江聲,四觀中必有女仙。二句觀内景,五六觀外景,結言世間果有長生之術,便應終於此,不然則不應老於此也。○五言有"彩雲蕭史駐",正與此四同,必有女仙在觀中。[①]

奚禄詒甲本眉:"烏鵲""秦女",有何着落?

奚禄詒甲本旁:仙之可説者多矣,何爲專用"秦女""烏鵲"耶?

---

① 校注:"終"杭本作"終老";"不然則不應老於此也"杭本作"如不然則不應老此也";"五言有'彩雲蕭史駐',正與此四同,必有女仙在觀中"杭本闕。

奚禄詒乙本紅眉：只宜賦玉臺，不必多引仙。

盧見曾墨旁：首狀臺之迥，次記觀中神。三四承“絳節朝”，乃觀中之景；五六承“玉臺遥”，乃觀外之景。末二言情，欲昇仙而恐未得也。黄生曰：此詩首尾皆對，能化排偶之痕而寫景靈活，寓意深長，觸事見懷。雖閑題雜詠，不爲徒作也。

吴士模墨眉：實寫處胸無滯迹，虚寫處筆有遠神。

題張問陶墨眉：一幻足徵百妄，故曰“遂有”；詫事向所罕聞，故曰“始知”。“隱見”者，乍有而乍無；“參差”者，依稀而仿佛。○“老漁樵”以與求仙意相合不上，未免趁韻。

秦應逵紅眉：在遊覽門中另是一格，他人無能學者，七律更難。

吴廣霈墨眉：“遂有”“始知”太隨意住手，豈所謂“老去詩篇渾漫與”耶？○五六二句宕蕩疏勁。

嚴復墨眉：不過寫觀中内外景耳，而雄麗如此。

中天積翠玉臺遥，（**題商盤紅旁**）對起。（**李以峙墨眉**）（玉臺）按“虚”字非。上帝高居絳節朝。遂有馮夷來擊鼓，始知嬴女善吹簫。（**俞瑒甲本評**）承“絳節朝”。（**奚禄詒甲本眉**）“擊鼓”“吹簫”爲上帝朝耳。（**奚禄詒甲本旁**）滕王非贅婿也。（**奚禄詒乙本紅眉**）“遂有”“始知”如何起。（**奚禄詒乙本眉批**）滕王非贅婿。江光隱見黿鼉窟，（**徐渭墨旁**）亦重。（**題商盤紅旁**）分疏句。石勢參差烏鵲橋。（**俞瑒甲本評**）承“玉臺遥”。（**奚禄詒乙本紅眉**）烏鵲不切。（**奚禄詒乙本紅旁**）牛女事不切。更肯紅顔生羽翼，（**題商盤紅旁**）反言見意，意在言外。（**吴廣霈紅旁**）二字亦欠妥，欠醒。便應黄髮老漁樵。（**方拱乾評**）《杜詩通》有奇解，令人噴飯。（**題商盤紅旁**）對收。（**奚禄詒甲本旁**）賦也。○不老成。○馮如字，今人讀馮夷，誤矣。姓馮名夷也，堯封雨師。

【彙評】

宋犖紅眉:“遂有”“更有”,升庵以爲病,余謂全詩超超元著,即此不礙其爲大家,升庵所見何小耶?

張學仁參定:五律中有蕭史。唐仲言:疑此觀爲滕王攜女朝真之處,則“絳節朝”乃是實事。“嬴女”“鵲橋”皆非泛設。

吴廣霈墨眉批李、吴評:李、吴諸批皆不知詩。

其 二

題鮮于樞評:言此觀浩劫以來,因滕王而造,今我訪古來遊,果見蕭史綵雲之駐,魯恭文字之留,可以通群帝到十洲,且人又傳時有笙鶴過此,真神仙所居之地也。

吕留良紅眉:壯麗。用事流動,真有仙意。

題商盤紅眉:道書:元始,浩劫之家。起聯分疏“玉臺觀”三字,見此地有古時仙迹,而觀出自滕王造也。三承次句,四承首句,此用蕭史事。七律作又用嬴女事,故唐仲言疑有前代公主遺迹。予謂必蜀人相傳古蜀王女於此升仙耳。五六再順應一二,寶闕之高,可通群帝,乾坤之外,如到十洲,皆極力形容之語。結意仍著滕王,其事又係仙家,從此縮題,玄之又玄矣。

奚禄詒甲本眉:絶妙吊古。○王子何以用蕭史?又屢用之,或是吊蕭史故迹耶?

奚禄詒乙本紅眉:何故長用蕭史?五六高亮。

朱方藹紅眉:實寫處胸無滯迹,虚寫處筆有遠神。

題張問陶墨眉:滕王侈而能文,好神仙,治宫室,殆漢涯南流也。詩只鋪張揚厲,而褒貶寓焉。結以奇怪恍惚之事,託之人傳,亦得《封禪書》遺意。

浩劫因王造，（**丁耀亢墨眉**）遠。（**題商盤紅旁**）對起。（**王鳴盛墨眉**）《廣韻》：宮殿，大階級也。**平臺訪古遊。**（**陳治墨眉**）浩劫，塔也。**綵雲蕭史駐，**（**李念慈紅眉**）又用"蕭史"，此必有故，但公未自注，後人失考耳。（**題商盤紅旁**）倒應一二。**文字魯恭留。**（**奚禄詒甲本旁**）《漢書》：魯恭王壞孔子宅以廣己居，聞鐘磬琴瑟之聲於壁中，得古文《尚書》《論語》《孝經》。**宮闕通群帝，**（**題商盤紅旁**）實眼句。縮脈句。再順應一二。**乾坤到十洲。**（**方拱乾評**）"到"字奇妙。（**奚禄詒甲本眉**）五六高亮。〇《十洲紀》：祖洲、瀛洲、元洲、炎洲、長洲、充洲、鳳洲、麟洲、聚窟洲、流洲、生洲。（**嚴復墨眉**）總是高華。**人傳有笙鶴，時過此山頭。**（**吕留良紅尾**）"笙鶴"二字連得自好。（**張雝敬墨旁**）溜亮可誦。（**奚禄詒甲本旁**）賦也。〇笙鶴用王子晉事，以比滕王，如何不收在《滕王亭子》間？（**錢載評**）結亦是順疊。（**沈巖尾**）二篇猶有王、楊氣味。

【彙評】

佚名丁墨尾：觀爲滕王所造，七律祇就觀言，此合到滕王也。一二點題，三四遺事，五六就形勢放開，七八仍從人地收合。〇《唐詩解》云：蕭史，述滕王女遺迹。按事雖無考，亦容有之。

奉寄章十侍御時初罷梓州刺史東川留後，將赴朝廷

徐渭墨旁：語自然，可吟諷。

方拱乾評：王、李終不能到。〇終非市脯。

奚禄詒甲本眉：在公又是一體，又是一改。蘇長公以三四爲練，不知何取。

奚禄詒乙本墨眉：非律之正作。

嚴復墨眉：史書：章彝爲嚴武所殺。

淮海維揚一俊人，金章紫綬照青春。指麾能事迴天地，訓練强兵動鬼神。（**李念慈紅眉**）華壯冠冕。（**奚禄詒乙本紅眉**）蘇長公以三四爲煉，不知何解。湘西不得歸關羽，河内猶宜借寇恂。（**李以峙墨眉**）（猶宜）按作"疑"，音同而訛。朝覲從容問幽仄，勿云江漢有垂綸。（**奚禄詒甲本尾批**）賦也。〇"勿云"二字，無限之感。（**吴廣霈墨眉**）一本作"莫言"，勝。（**吴廣霈紅眉**）幽仄，側陋之意。

奉待嚴大夫

方拱乾評：此詩有編作廣德二年者，似上元二年爲是。起句括定情事，結更淒老。

錢陸燦甲本眉：八句無一字非"待"字意，尤奇也。

汪琬甲本紅旁：嚴武三鎮蜀。

屈復評：三四反言喜，五六正言喜。欲辭巴徼，遠下荆門，去鷁方催，而啼鶯忽合，喻嚴之來也。七八承此意。①

錢載評：讀讀，讀讀。

朱方藹紅眉：通首寫奉待之意，只次句一語稱嚴公，若令後人爲之，"長才""重鎮"，頌美盈篇矣。

吴廣霈墨眉：前半落套。〇五六差可，結句好。

沈巖旁：八句無一句非"待"字意。

殊方又喜故人來，（**吴廣霈墨旁**）套語耳。重鎮還須濟世才。（**吴廣霈墨旁**）亦俗派。常怪偏裨終日待，（**題商盤紅旁**）縮脈句。（**秦應逵墨旁**）以他人待作襯，點"待"字無痕。（**沈巖旁**）用他人待作襯。不知旌

---

① 校注："三四反言喜，五六正言喜"，杭本闕。

節隔年回。（**李念慈紅眉**）此詩公尚無却留蜀中之意。（**題商盤紅旁**）流水對。縮脈句。**欲辭巴徼啼鶯合，**（**題商盤紅旁**）分裝句。（**奚禄詒甲本旁**）“合”字未穩。（**秦應逵墨旁**）以欲去稱“待”字。（**沈巖旁**）以欲去反醒“待”字。**遠下荆門去鷁催。身老時危思會面，一生襟抱向誰開？**（**方拱乾評**）不獨情深，兼之法備。（**奚禄詒甲本旁**）賦也。（**奚禄詒乙本紅眉**）悲切動人。（**秦應逵紅尾**）句句是“待”字。

自閬州領妻子却赴蜀山行三首

方拱乾評：疊字妙。

奚禄詒甲本旁：首章止序留蜀之懷，後二章纔序山川之景物。

盧見曾紅旁：苦調奇語。

佚名丁墨旁：赴蜀依嚴也。〇“自閬州”下當有“還梓州”三字。蓋妻子在梓，從無迎家至閬之文，而自閬達成都，梓爲便道，正可領行耳。仇云：“却赴”，見此行出於意外。愚按：公本將自閬東下，而今反向西，故曰“却”。

其　一

題鮮于樞評：言“避群盗”已經十年，欲出峽向南國，而行不成，乃遊西川，於是見“水虚照”“山寂然”，而自歎“物役”“魂傷”，承首四句也。若是者何哉？蓋緣“我生無倚著，盡室畏途邊”故耳。賦也。

屈復評：較“捲簾惟白水，隱几亦青山”更微妙，此等句惟杜能之。

方苞眉：此首未見佳致，却不可删。

題張問陶墨眉：首聯題前，次聯却赴，三聯山行，尾聯領妻子，全題。字字穩稱，五六古淡有味。

汩汩避群盜，（**題商盤紅旁**）對起。（**奚禄詒甲本眉**）五六凄惻，非杜無此句。（**奚禄詒乙本紅眉**）五六凄惻。（**奚禄詒乙本墨眉**）公將出峽□，嚴武再鎮成都，遂還草堂。○首作止序留蜀之懷，二三章纔入山川之景。（**李以峙墨眉**）（汩）按作“浥”恐非。（**佚名丁墨旁**）竺云：汩，音骨，亂也，没也，蓋零落之泉。注奔疾，何義？**悠悠經十年。**（**錢陸燦丙本評**）錢云：似沈宋。（**朱方藹紅眉**）文之古者必樸，此詩當之。（**秦應逵紅眉**）較“捲簾唯白水，隱几亦青山”更微妙，此等句惟杜能之。（**魏源評**）人情當落魄傷魂，觸目山水，自具一段黯然淡風景，此景人能解之，特筆端達不出耳。**不成向南國，復作遊西川。**（**題商盤紅旁**）流水對。（**嚴復墨眉**）“不成”“復作”頗成套調。**物役水虚照，**（**題商盤紅旁**）上因句。**魂傷山寂然。**（**吕留良紅旁**）句法。（**題商盤紅旁**）下因句。（**王鳴盛墨眉**）言山水亦不足以解憂。（**佚名丁墨旁**）竺云：以物役魂傷之身，經歷山水間，“水虚照”而影臨之，“山寂然”而形遇之，即悄悄可知矣。**我生無倚著，盡室畏途邊。**（**李念慈紅眉**）結語甚悲。（**奚禄詒甲本尾批**）賦也。（**佚名丁墨旁**）“畏途”出《莊子》，畏道路之險難、賊殺等之事也。

【彙評】

沈巖尾：方云：似沈宋。

佚名丁墨尾：首章述情，下兩章寫景，總不漏“領妻子”意。○首聯題前，次聯却赴，三聯山行，尾聯領妻子，全題，字字穩攝。○五六古澹有味。

其　二

題鮮于樞評：首言道途跋涉之事，末言何日兵戈息而免此耶？

今也奔馳,有愧於老妻,言妻子亦不得寧息故耳。

題張問陶墨眉:此首著眼在一"愧"字。

王鳴盛墨眉:□而畏初行危徑未免戒□,繼而愧則忘畏矣,然猶有妻子存於胸中,又繼而笑樂。則此身竟付之異物,不復畏且愧矣。公入蜀豈得已哉?

長林偃風色,(**奚禄詒甲本眉**)行役之景,寫來逼真。(**奚禄詒乙本紅眉**)結應"意猶迷"。(**佚名丁墨旁**)林中風急,樹爲偃仆也。**迴復意猶迷。**(**朱方藹紅眉**)如畫家寫意,正取其疏疏落落。(**佚名丁墨旁**)竺云:"意多[猶]迷"謂山路縈迂也,注鑿矣。嚴武非招公,而公自往,謂武是故人,而當能治蜀,使我安居也。七律《寄嚴鄭公》五首可見其意。**衫裛翠微潤,馬銜青草嘶。**(**吕留良紅旁**)畫。**棧懸斜避石,橋斷却尋溪。何日兵戈盡,飄飄愧老妻。**(**奚禄詒甲本尾批**)賦也。如此苦景,真無以對妻子。

【彙評】

方拱乾評:"飄飄愧老妻",愧得妙。"妻孥復隨我",怨得妙。"妻孥怪我在",疑得妙。妻子"我何隨汝曹",歎得妙。無往不盡其致,却又不同。

佚名丁墨尾:次章之景,紆回之意多,尚爲題中"却赴"傳神。○三四鮮秀可愛,結語不獨顧頭有法,亦覺情致欲活也。

其　三

題鮮于樞評:言行色遞相隱見,人烟時或有無。次聯承此二句,末二句結第三聯,亦自寬之詞也。賦也。

屈復評：喜極而悲，悲極轉笑也。①

題張問陶墨眉：此首著眼在一“慰”字。○三首總不脱“領妻子”。

行色遞隱見，（**奚禄詒甲本眉**）不是川中，亦無此景。○末二句無可奈何矣。**人煙時有無。**（**朱方藹紅眉**）上二首皆苦調，此則寬一步寫之。（**奚禄詒乙本墨眉**）得高下之趣。結亦有情致。（**奚禄詒乙本紅旁**）聊以遣興。**僕夫穿竹語**，（**吕留良紅旁**）實。**稚子入雲呼。轉石驚魑魅**，（**吕留良紅旁**）虚。**抨弓落狖鼯。真供一笑樂，似欲慰窮途。**（**奚禄詒甲本尾批**）賦也。○三四承上二句，轉。（**秦應逵紅尾**）喜極而悲，悲極轉哭。

【彙評】

李念慈紅眉：詩亦但謂途中偶事，何必牽引如皋事？此務博之病，遂不自覺穿鑿耳。

沈巖尾：引賈大夫事得之。

佚名丁墨尾：末章之景，開暢之意多，全是挈家山行趣致。○三四正從“隱見”“有無”中來。合五六看，性情都出。○始而傷，中而愧，終而笑，三首自然之結構。○每閲坊本次章領妻、三章領子詩柄，不覺啞然。

别房太尉墓閬州

題鮮于樞評：公將赴蜀，而别房太尉之墓，哭之哀而淚濕土，天

① 校注：“悲極轉笑”杭本作“悲極而轉笑”。

亦愁而雲滿空。生對棋，死掛劍，叙平昔交契之誼也。今也唯見林花落而鶯啼，其哀傷爲何如哉！賦也。

錢陸燦丁本評：房墓在閬州，公家閬州經年者，未必不爲此也。第三句拜墓時痛哭之狀，五字悲切。結語更拈景設色，彌形其悲。

汪琬乙本評：言下有"歎息斯人去，蕭條天地空"之感。結語更拈景設色，而彌形其悲。

李念慈紅眉：三句奇，四七八句慘，知己賢良之感，深入肺腑，語自沉痛。

屈復評：起别墓，三四痛哭，五六傷今感昔，結不忍别。故鄉别友生，已難爲情；他鄉别友生，更難爲情；他鄉又行役别友生，情愈難堪。今乃别孤墳矣。兩句含數層意。結鶯啼，求友詩也，見聞並寫，無所不傷心也。①

題商盤紅眉：唐仲言云：滴淚之多，土爲之濕；哀傷所感，雲爲之斷。余謂：三實事，四形容，然四自然，上着力，必先有下句，後成上句耳。人只從眼中寫淚，此却從土上寫淚，使"沾襟""濕衣"等語一新，又出真情，非同矯飾，宜其性情與筆墨並存千古也。〇五昔日，六今朝，各藏頭二字。〇見聞並用，入對易，入結難，此處極安頓得法。花落、鳥啼，與《蜀相》一聯法同，然語氣自有傷今弔古之别。三四是來時痛哭，七八乃將去留連，情景無一不盡。〇按，此但叙己生平交情，不及房事，以房薨，公在閬有祭文，生平忠誠之節，叙述已備故也。

奚禄詒甲本眉：足見交情厚道。〇五六略寬些，末句見無哀謂旌表。

奚禄詒乙本墨眉：皆鍾情苦語。

---

① 校注："友生"，杭本作"生友"；"求友"，杭本作"友友"。

盧見曾紅旁：李因篤曰：有"嘆息此人去，蕭條天地空"之感。

朱方藹紅眉：言下有"太息斯人去，蕭條天地空"之感。結語拈景設色，而彌形其悲。

嚴復墨眉：讀之令人意厚。

吴廣霈墨眉：工穩。

沈巖眉：落句有風颯，然却點化不覺，讀者徒以爲凄寂之景而已。若"惟"字换作"倏忽"字面，即成劍痕，又癡人説夢矣。

他鄉復行役，駐馬别孤墳。 近淚無乾土，（**俞瑒甲本評**）沉著。（**奚禄詒乙本墨旁**）"近""低"二字，作者少有。（**佚名丁墨旁**）"無乾土"三字，分明是稽顙而下淚也。低空有斷雲。（**題商盤紅旁**）借古爲喻。（**奚禄詒乙本紅旁**）昔。（**李以峙墨眉**）（低空）按作"空山"，失語妙矣。（**佚名丁墨旁**）竺云：斷雲低空，亦是滿目愁況。對棋陪謝傅，把劍覓徐君。（**俞瑒甲本評**）用事穩貼。（**題商盤紅旁**）藏頭句。（**陳治墨眉**）申云："對棋陪謝傅"，只以安石尊房相耳。解者引琴客事附會，可笑。唯見林花落，鶯啼送客聞。（**汪琬丙本評**）言下有"歎息斯人去，蕭條天地空"之感。（**俞瑒甲本評**）應"别"字。（**奚禄詒甲本尾批**）賦也。（**奚禄詒乙本紅眉**）"花落""鶯啼"不止是苦景，亦見身後無恩詔也。（**奚禄詒乙本墨眉**）結緩而愈警。（**沈巖尾**）若用松柏呼風，不惟太露太熟，房是藁叢暫寄，亦不合也。（**佚名丁墨旁**）竺云：既别墓還去，猶爾依依顧戀，而墓間啼鳥，其聲且聞，"送客聞"三字意極深婉。

【彙評】

佚名丁墨尾：上四直將臨墓哀泣心事，盡情寫過。下乃分疏出所以哀泣之故來。追宿昔，感身後，傷謁别，皆其故也。此爲逆局。

將赴成都草堂，途中有作，先寄嚴鄭公五首

徐渭墨眉：五首不甚勝，却堪吟誦。

方拱乾評：句句是再來。○此等贈寄乃性情，全是爲己，不是爲人，然須看其爲人正所以爲己處，爲己又不遺人處。

錢陸燦戊本評：此詩嚴武再鎮蜀，公復自閬還成都依之，廣德二年途中作也。

汪琬乙本評：五作處處是將赴，俱從草堂鋪叙，而寄嚴公意，每用一二語輕帶，古道至情。

吕留良紅眉：五首平平，老練自是作家口中語。

奚禄詒甲本眉：五首淺深，只如一首，非情至亦寫不出。○五詩中瀟灑、沉著、壯凉俱有，而旨趣亦復深厚。○如此五詩皆足爲法。

盧見曾紅旁：數詩情致委折，骨肉停勾，杜詩之最近人者。末篇特用拗調節奏，極佳。王士正曰：不作奇語高調，而情致圓足，遂開玉局、劍南[門]户。

王士禛評：五首句似有複處，意却不複。

嚴虞惇紅眉：五首俱不脱寄嚴意。

朱方藹紅眉：五作處處是將赴，俱從草堂鋪叙，而寄嚴公意，每用一二語輕帶。古道至情，絶無湊拍，嘗擬爲之，乃知其妙。○極是一筆渾成，却有慘澹經營之妙。

吴廣霈墨眉：此五首風韻秀絶，均佳什也。○五首一氣揮灑，疏宕不拘，此大家獨開之派，名家即不能望其肩背。

其　一

錢陸燦丙本評：錢云：八句皆俱寫嚴再任，而己得歸。第一首

總起，先説赴成都之心事。

錢陸燦丁本評：第一首總起，先説將赴成都心事。

俞瑒甲本評：先寄嚴公。

題張問陶墨眉：首聯提清眉目，與末章之結相呼應，乃五章總起也。

陳治墨眉：錢云：八句俱寫嚴公再任，而己得歸也。

嚴復墨眉：第一首申明爲嚴而歸。

王伯沆紅眉：自嚴武召還京師，成都無可美主人矣，是以東遊梓、閬者三年。及聞武復爲劍南節度，故途中先有此作。

奚禄詒乙本墨眉：五首中瀟灑、沉著、壯涼俱有，而旨趣亦復深厚。〇三四於上下數年，人己時事，含情無盡。

沈巖眉：五六言成都可居，舊所深患，然所以復來，故非爲此，正呼起落句也。〇文翁事非浪使。奴僕旌旌詩書墙壁，鄭公世胄名士，再領節鎮，望之以息兵氛、興禮教，如文翁之舊，蜀民庶得休息，不惟窮老故人蒙其庇蔭而已。逐逐魚鳥之陣，非所望於鄭公也。

得歸茅屋赴成都，（**俞瑒甲本評**）將赴成都。直爲文翁再剖符。（**秦應逵墨眉**）五首句似有複，意却不複。（**許蔆聚紅眉**）將題面點明，《秋興》起法。〇五首俱不脱寄嚴意。但使閭閻還揖讓，（**俞瑒甲本評**）承次句來。（**嚴虞惇紅旁**）剖符。敢論松竹久荒蕪？（**俞瑒甲本評**）承首句來。（**嚴虞惇紅旁**）茅屋。（**厲鶚評**）少陵寓蜀，全以嚴公爲去留，故處處歸美。（**許蔆聚紅旁**）茅屋。魚知丙穴由來美，酒憶郫筒不用酤。（**李念慈紅眉批錢注“丙穴”**）注中“丙穴”皆不近成都，詩所言必近地亦有之。（**俞瑒甲本評**）舊地。五馬舊曾諳小徑，（**俞瑒甲本評**）指嚴。（**嚴虞惇紅旁**）寄嚴。（**許蔆聚紅旁**）寄嚴。幾回書劄待潛夫。（**方拱乾評**）肝膽而不諂,窮愁而不衰。(**俞瑒甲本評**)自謂。(**奚禄詒甲本尾批**)賦也。○三四於上下數年,人已時事,含情無盡。(**奚禄詒乙本眉批**)嚴有書來。(**錢載評**)亦是順疊。(**許蓌聚紅眉**)八句俱寫嚴再任,而已得歸。

【彙評】

錢陸燦甲本尾批:八句俱寫嚴再任,而已得歸。

嚴虞惇紅尾:八句俱寫嚴再任,而已得歸。

其 二

錢陸燦丙本評:第二首途中預計也。錢云:一"無"字,一"喜"字,喜見於詞。初歸故居,不怪俗客,喜之詞也。五六承"有主人",不但嚴爲主人,即俗客比鄰,皆有地主之誼。又云:天真老筆,或以爲開宋調。

錢陸燦丁本評:此首預道至而喜之詞。○天真老筆,或以爲開宋人詩。

錢陸燦戊本評:此詩記其程將及草堂,而欲嚴公之枉顧也。

汪琬乙本評:極似一筆渾成,却有慘澹經營之妙。

朱方藹紅眉:樸而典。

秦應逵墨旁:途中。

秦應逵墨眉:此篇承"揖讓"意。

嚴復墨眉:二預計與嚴相近之樂。

處處青江帶白蘋,(**李念慈紅眉**)"青"字當作"清"。(**俞瑒甲本評**)指草堂。(**許蓌聚紅旁**)殘春。(**沈巖旁**)句中。故園猶得見殘春。(**奚禄詒甲本眉**)字字悠揚。(**奚禄詒乙本紅眉**)王勃"天涯若比鄰"纔是。(**奚禄詒乙本墨旁**)凄語。(**沈巖眉**)自閬州而言成都,爲故園也,猶得與上"待"

字呼應。○此篇承"還揖讓"句意。**雪山斥候無兵馬，**（**俞瑒甲本評**）以鄭公故。（**奚禄詒乙本墨旁**）志喜。**錦里逢迎有主人。**（**方拱乾評**）實景。（**俞瑒甲本評**）言己將歸。（**嚴虞惇紅旁**）一"無"一"有"，喜見乎詞。（**奚禄詒乙本墨眉**）"斥"，度也，"候"，伺也，守疆者也。預言到日之事，無非喜意。**休怪兒童延俗客，**（**俞瑒甲本評**）預擬。**不教鵝鴨惱比鄰。**（**奚禄詒甲本眉**）此"比"字未可平。（**陳治墨眉**）"比"字平聲。（**許蓌聚紅眉**）五六承"有主人"，不但鄭公有主人，俗客、比鄰皆有地主之誼也。**習池未覺風流盡，**（**俞瑒甲本評**）自比。**況復荆州賞更新。**（**俞瑒甲本評**）比嚴。（**嚴虞惇紅旁**）寄嚴。（**許蓌聚紅旁**）寄嚴。（**沈巖尾**）"荆州"，即謂山簡，時以征南將軍都督荆、襄、交、廣四州，鎮襄陽也。

【彙評】

俞瑒甲本評：此下二首，皆以預擬到後之意言之。

其　三

錢陸燦丁本評：此首預擬至而愁之之詞。○上二作就成都錦里寬説，此及下篇，直賦草堂矣。

錢陸燦戊本評：此詩想像草堂之荒蕪，而冀嚴公之即顧也。

汪琬乙本評：較上二作，自有淺深，上大概就成都錦里寬説，此及下篇，直賦草堂矣。

朱方藹紅眉：較上二作自有淺深，上大概就成都錦里寬説，此及下篇，直賦草堂矣。

題張問陶墨眉：前二章皆極言歸興之濃，此首却説草堂榛蕪，於中間作一宕，以爲章法。末聯即已轉過，言不嫌荒寂，可先一醉，以徐俟他日之修理耳。故下章遂言修理之事。

陳治墨眉：上二首就成都錦里寬説，此首及第四章直賦草堂矣。

秦應逵墨眉:此篇承“久荒蕪”句。

嚴復墨眉:三言所居之已就荒。

沈巖眉:此篇承“久荒蕪”句意。〇“野店”句帶途中竄走三年,書簽、藥裹皆爲蛛網所封,室内如此,荒蕪可知也。雖則已荒,思行路之難,則二篇又反覆洗發,總爲“文翁再剖符”之意。

竹寒沙碧浣花溪,(**俞瑒甲本評**)預想之詞。(**題商盤紅旁**)反裝字。(**奚禄詒甲本眉**)追論亂後荒凉,悲感中帶喜。(**奚禄詒乙本墨眉**)春日無菱。菱刺藤梢咫尺迷。(**俞瑒甲本評**)言未整理。(**李以峙墨眉**)(橘刺)按作“菱”者非。過客徑須愁出入,(**俞瑒甲本評**)承上。(**題商盤紅旁**)倒叙聯。居人不自解東西。(**李念慈紅眉**)播遷困厄中忽得依附,喜溢言外。(**題商盤紅旁**)背面對。(**奚禄詒乙本墨眉**)追論亂後荒落,悲感中帶喜。(**奚禄詒乙本紅旁**)以上荒庭也。書簽藥裹封蛛網,(**許蔆聚紅旁**)屋裏。野店山橋送馬蹄。(**方拱乾評**)有言“送”字妙,謂公出而溪中無主人日送馬蹄而不見迎也。亦細。(**奚禄詒乙本紅旁**)渡下句。豈藉荒庭春草色,(**李以峙墨眉**)(七句)按“豈”字新,“月”字决非原本。先判一飲醉如泥。(**俞瑒甲本評**)是尚未至。(**奚禄詒甲本尾批**)賦也。〇此事喻指使臣。(**嚴虞惇紅旁**)寄嚴。(**許蔆聚紅旁**)寄嚴。

【彙評】

嚴復墨眉:全體皆説草堂蕪廢,得結而全體都活。

其　四

秦應逵墨眉:此篇又反覆洗發,總爲“文翁再剖符”之意。

嚴復墨眉:四言繕葺之事。

吴廣霈紅眉:此首若將“恨不”及“惡斬”數字易去,再加爐煉,則全璧矣。

常苦沙崩損藥欄,也從江檻落風湍。(**李念慈紅眉**)“從”一作“愁”。(**奚禄詒甲本眉**)三四有大臣氣象,閑言閑景,公詩往往有此。結處痛定思痛。(**奚禄詒乙本墨眉**)承上首。○三四有大臣黜陟氣象,公往往有之。新松恨不高千尺,(**俞瑒甲本評**)比,意在言外。(**李以峙墨眉**)(高)按“長”不如“高”。惡竹應須斬萬竿。(**徐渭墨旁**)一聯雖是課,却好。生理祇憑黄閣老,(**俞瑒甲本評**)指嚴。(**秦應逵墨旁**)寄嚴意在中點,又變。(**沈巖旁**)寄嚴意在此句點。衰顔欲付紫金丹。(**李以峙墨眉**)(付)按“赴”音同訛。(**沈巖眉批下**)嚴以黄門侍郎再鎮。(**沈巖旁**)即下奔走三年,所以遽衰也。三年奔走空皮骨,(**俞瑒甲本評**)感前事。(**沈巖旁**)帶出第五首,醒出途中有作。信有人間行路難。(**汪琬乙本評**)結處悲宕,全詩皆有精神。(**朱方藹紅眉**)結語悲宕,全詩皆有精神。(**嚴復墨眉**)結語所謂痛定思痛,欲得安居。(**奚禄詒乙本墨眉**)承上“衰顔”生下,轉思從前顛沛,再憂嗟可憐。

【彙評】

俞瑒甲本評:此亦擬已到時事。

吴廣霈墨尾:此首一起對針嚴武《寄題錦江野亭》之作,非漫與也。

其　五

方拱乾評:六句自己。○五首亦不知何以佳,但覺其離合呼應頗當,文樸絲絲恰好而已矣。神哉,聖哉!

錢陸燦戊本評:按譜,是年六月,武表公參謀檢校工部員外郎,賜緋魚袋。

汪琬乙本評:此首更有古意,於題義始暢滿。

朱方藹紅眉:此首更有古意,於意義始暢滿。

嚴復墨眉:五言索居之□。○首首皆不脱依嚴爲生之意。

錦官城西生事微,(**吴廣霈墨眉**)“生事”一本作“生計”,似勝。烏皮几在還思歸。(**俞瑒甲本評**)正説將歸。(**奚禄詒甲本眉**)五六二句,言中有萬物一體之思,非巢由高隱之比。(**奚禄詒乙本墨眉**)言外有萬物一體之度,非巢由一輩。(**嚴虞惇紅旁**)得歸起,思歸結。(**吴錫麒紅眉**)仍結到嚴公,五首如一筆書。(**陳治墨眉**)第五首總結。(**秦應逵墨旁**)應得歸。昔去爲憂亂兵入,今來已恐鄰人非。(**俞瑒甲本評**)承明去來之故。(**方苞眉批**)第二聯用古無迹,凡用古須識此意,方入超詣。(**沈巖眉**)所謂翔而後集也。二句於“途中”二字,非常精神。側身天地更懷古,迴首風塵甘息機。(**李念慈紅眉**)二語俯仰興懷。(**俞瑒甲本評**)將歸之意。(**秦應逵墨旁**)收“歸”字,夭矯不直致。(**奚禄詒乙本眉批**)劉云:歷練感慨。共説總戎雲鳥陣,(**俞瑒甲本評**)指嚴。不妨遊子芰荷衣。(**方拱乾評**)總起總收法。○結到鄭公,是法。(**王士禛評**)結即大將軍有揖客意,變化出之,讀者遂不解。(**俞瑒甲本評**)自謂。(**奚禄詒甲本尾批**)賦也。○五六總承三四來。(**錢載評**)亦是順疊,細讀當自知之。(**許葵聚紅眉**)“總戎”二句言風塵雖未净,恃有鄭公在而我可以安逸也。

【彙評】

俞瑒甲本評:此首爲五詩之結。明言去來之故,以歸重於嚴,所以見先寄之意也。

張學仁參定:五首須記清題目,“途中”兩字,一面佇意草堂,一面歸功嚴公,欣喜之情,已溢於楮墨間。

吴廣霈墨眉:按:此篇五首全無複,結疑總一什,未可知也。

吴廣霈紅尾：此五首之末，總結二語却欠精，太率，不足振起全篇五什也。

春歸

汪琬乙本評：分三段：首段初歸，次段小酌，末段自歎。○遭亂新歸，感情最苦，旁拈景物妙，以興致語寫之。

俞瑒乙本評：奔走梓閬間，歲月頻更，爲之三歎。

奚禄詒甲本旁：謂春時歸村也。

奚禄詒甲本眉："别來"歸到頂首二句，中四句乃歸來之景。因歸而念身世，皆無好處，時醒時醉，中有許多心事在，但乘興而來，且即此爲家耳。

奚禄詒乙本墨眉：排律易板，此獨跌宕。○"别來"歸到頂首二句，中四句乃歸來之景。因歸而追念身世，皆無好處，時醒時醉，有許多事，但乘興而來，且即此爲家耳。

奚禄詒乙本墨眉下：當春而歸草堂也。

盧見曾紅眉：仇兆鰲曰：《螢雪叢説》云，老杜詩好下"受"字，東坡尤愛"輕燕受風斜"句，以爲燕迎風低飛，乍前乍後，却非"受"字不能形容。楊德周曰："微風燕子斜"，正與此同看，詠之不盡，味之有餘。

盧見曾墨旁：此春歸景物。花竹之間，春華如故，是堂前近景。沙石之外，鷗燕悠然，是灘前遠景。下一"静"字，使"遠浮"二字有神；下一"斜"字，使"輕受"二字有致。每句三字爲眼。生涯無幾，故聊託醉鄉；乘興爲家，則路梗且付不問，有隨寓而安之意。

厲鶚評：六韻短排，以清圓爲主。

沈巖旁：此似復歸成都草堂之作。

嚴復墨眉：此篇通體完善。

苔徑臨江竹，茅檐覆地花。（**俞瑒甲本評**）近景。（**陳治墨眉**）遭亂新歸，起句情景如繪。別來頻甲子，歸到忽春華。（**李念慈紅眉**）“又”一作“忽”，佳。（**倪象占藍眉**）一作“歸到忽春華”。（**沈巖眉**）“又”字應上“頻”字，“多梗”“有涯”無不籠罩，訛爲“忽”字，了無意味矣。倚杖看孤石，（**俞瑒甲本評**）遠景。傾壺就淺沙。 遠鷗浮水静，輕燕受風斜。（**李念慈紅眉**）“受”字妙不可言。（**張雝敬墨旁**）從“遠”字寫到“静”字，從“輕”字寫到“斜”字，人皆能之，只一“受”字任古今人再寫不出。（**沈曾植墨眉**）上句之妙在“静”，下句之妙在“受”。世路雖多梗，吾生亦有涯。 此身醒復醉，（**奚禄詒甲本旁**）亦不得已而返耳。乘興即爲家。（**俞瑒甲本評**）感懷。（**奚禄詒甲本旁**）賦也。○此是嚴武而復歸浣溪。（**沈巖尾**）如鷗之任小，如燕之隨風，所謂“乘興即爲家”也。（**佚名己紅眉**）達語。

【彙評】

張學仁參定：“遠”字、“浮”字、“净”字，一句中有三眼，體物入微。

歸　來

方拱乾評：路難乃客裏歸來始知之，非親歷不能到。

錢陸燦丁本評：此公自閬中復歸成都草堂之作。○三四入門所見，五六入門之事也。憑誰，意即指嚴公。

王士禛評：味詩意，蓋有所往而不適也。

朱方藹紅眉：此詩與陶《乞食詩》同，而無所遇也。看“低頭”“憑誰”等字，其意自明，却寫得雅净。

題張問陶墨眉:"知路艱",上下關生,客則誠艱矣。歸來豈遂易乎?所以有"憑誰"之歎。

奚禄詒甲本眉:著小冠苦矣,低頭更苦。○末句謂無與酒錢之人。

奚禄詒乙本墨眉:著小冠苦矣,低頭更苦。○末句曲寫落寞情景,究竟是無人與酒錢。

沈巖旁:起首非作客不知其悲。○"憑誰"者自是不輕爲人衣食也。洗杓拭盤,所以明己之潔,雖未得長給,終疑難共爾啄腐吞腥耳。

客裏有所過,(**奚禄詒甲本旁**)起渾。(**李以峙墨眉**)(適)按作"過",形近而誤。歸來知路難。 開門野鼠走,散帙壁魚乾。(**方拱乾評**)景可笑。(**朱方藹紅旁**)"開門野鼠走",見數日在外,庭宇已自荒凉;"散帙壁魚乾",則對書消遣也。總寫其無聊之意。洗杓開新醖,低頭拭小盤。(**方拱乾評**)本作"低頭拭小盤",從"拭盤"上想到七八句,亦有意。(**王嗚盛墨眉**)一作"著小冠",一作"試小盤"。憑誰給麴蘖,(**奚禄詒甲本墨旁、乙本墨旁**)應轉首二句。細酌老江干。(**奚禄詒甲本旁**)結處寫出窮思,餘想慘慘。(**奚禄詒甲本尾批**)賦也。

草　堂

方拱乾評:古。章法、句法皆從漢魏而更盡其變。

錢陸燦甲本眉:方曰:此詩大抵謂嚴公入朝而群小俱叛,互相誅殺,所謂"眼前列杻械,背後列筆竿"者,古今一轍,不獨成都爲然。是時公欲下東吴,而江湖阻塞,不得已避兵梓閬,攜妻子復還成都,仍居草堂,故有此作。又曰:杜集中此種古詩甚多,録其一二情事真至者，以概其餘。大抵古詩長篇必以議論情事爲主，如《奉先》《北征》二篇，雖千百字不厭其多。若情事少而詞多者，令人讀不及半輒棄去，如此雖不作可也。學詩者須知之。

錢陸燦乙本墨眉：方曰：此詩大抵謂嚴公入朝而群小謀叛，互相誅殺，所謂“眼前列杻械，背後列笙竽”者，古今一轍，不獨成都爲然。是時公欲下東吴，而江湖阻塞，不得已避兵梓閬，及嚴公再鎮蜀，公自閬攜妻子復還成都，仍居草堂，故有此作。又曰：杜集中此等古詩甚多，録其一二情事真至者，以概其餘。大抵古詩長篇必以議論情事爲主，如《奉先》《北征》二篇，雖千百字不厭其多。若情事少而詞多者，令人讀不及半輒棄去，如此雖不作可也。學詩者須知之。

錢陸燦丙本評：錢云：杜詩中此種古詩甚多，録其一二情事真實者，以概其餘。大抵古詩長篇，必以議論爲主，如《奉先》《北征》二篇，雖千百字不厭其多。若情事少而詞多者，令人讀不及半輒棄去，如此雖不作可也。學詩者知之。

錢陸燦丁本評：杜集中此種古詩甚多，録其一二情事真實者，以概其餘。大抵古詩長篇，必議叙兼行、情景融洽爲主，如《奉先》《北征》，千百字不厭其多。若情事少而鋪叙多，令人讀不及半輒棄去，如此等雖不作可也。學詩者知之。

汪琬乙本評：喪亂之悲，吏卒之慘，如繪圖而觀，深於痛哭，然詞亦稍雜。

汪琬丙本評：喪亂之悲，吏卒之慘，如繪圖而觀，深於痛苦，然詞句稍雜。

俞瑒乙本評：説得沉痛，足使謀國者生警。

屈復評：以草堂之歸去，寫蜀中之治亂，而蜀中之治亂，繫天下之治亂，是一莖草現丈六金身也。○蜀都在一隅，徐知道事史不書者，知之不詳也。少陵身當其時，目擊其事，借草堂發之，無史名而實史也。

方貞觀墨眉：入蜀以後，長篇五古如此類者，絶不多見。

奚禄詒甲本眉：寶應元年吐蕃入長安，郭子儀討逆之時，代宗奔陜，由程元振遏子儀，不召見。○首四句總起，二段承去草堂，三段承歸草堂，下總結。

奚禄詒甲本旁：徐知道反，其下李忠厚殺之。詩云"西取邛南兵"者，此兵本内附羌夷，合邛雅子弟與羌夷子弟也，備吐蕃必先用羌。徐知道乃兵馬使，統漢兵，故誘羌夷同反，賊徒争長，邛羌不服，故李忠厚得以殺知道，故云"其勢不兩大，始聞番漢殊。西卒却倒戈"云云。"唱和""威服"一段，是知道既殺，李忠厚乘勢殘害無辜，故曰"國家法令在，此又足驚吁"也。

奚禄詒乙本墨眉：楊起□吐蕃入寇，故賊臣因而爲亂。

盧見曾紅旁：記離亂事，可補史氏之缺。錢謙益曰：寶應元年，嚴武入朝。七月，劍南西川節度使徐知道反。八月，伏誅。公攜家避亂，往梓州。廣德二年，武鎮劍南，公復還成都草堂。此詩云"大將赴朝廷，群小起異圖"，謂武入朝而知道反也。"北斷劍閣隅"，謂知道以兵守要害，武不得出也。"賊臣互相誅"，謂知道爲其下李忠厚所殺也。

錢載評：妙絶之作。

吴士模墨眉：此種從漢魏樂府來，而盡變其貌。

昔我去草堂，蠻夷塞成都。（**奚禄詒甲本旁**）吐蕃。（**厲鶚評**）四句總起。（**吴廣霈墨眉**）《草堂》一歌，實關全蜀治亂，信乎詩史之筆。**今我歸草堂，成都適無虞。**（**方拱乾評**）四句作冒。後分兩段法。（**方貞觀墨眉**）起四句提明成都治亂，見所以去來草堂之故，領起一篇。（**吴士模墨眉**）拓開。○知道反事，前一段叙完。（**佚名己紅眉**）四句作冒，下二段疏之，此又一法也。

請陳初亂時，（厲鶚評）追叙。反覆乃須臾。大將赴朝廷，（奚禄詒甲本旁、乙本紅旁）嚴武。群小起異圖。（方拱乾評）嚴武入朝，徐知道反。（奚禄詒甲本旁、乙本紅旁）徐知道。中宵斬白馬，盟歃氣已粗。西取邛南兵，（奚禄詒乙本紅旁）邛羌之亂。北斷劍閣隅。（方拱乾評）路出巴山可證。布衣數十人，（奚禄詒乙本紅旁）彼此争此。亦擁專城居。即楊子琳、柏正節之徒。（方拱乾評）叙中帶論，惟公勝場，非關腹富，總是筆高。（宋犖紅旁）即"群兒自相貴"意。（方貞觀墨眉）徐知道之反，李忠厚之縱兵殺掠，夾叙夾論，絶似《史記》文字。（厲鶚評）朱長孺云：徐知道乃兵馬使，漢兵是其統領，又誘羌夷共反，賊徒争長，羌兵不附忠厚，因而殺之。其勢不兩大，始聞蕃漢殊。西卒却倒戈，賊臣互相誅。（奚禄詒甲本旁、乙本紅旁）此"番漢殊"也。（吴廣霈墨眉）始而藩漢相争，繼乃自相屠併。焉知肘腋禍，自及梟鏡徒。（厲鶚評）古來亂賊，往往自相屠滅。（陳治墨眉）"鏡"當作"獍"。義士皆痛憤，（奚禄詒甲本旁）此李忠厚。（奚禄詒乙本墨旁）李忠厚殺知道，亦作亂。紀綱亂相逾。（奚禄詒甲本眉）此下申言義士痛憤而賊臣互相誅也。（佚名己紅眉）叙事兼議論，惟公能之。一國實三公，（奚禄詒乙本墨旁）殺無辜之人。萬人欲爲魚。（方貞觀墨眉）二語寫盡烏合情狀。（吴士模墨眉）若指賊徒，不得云一國三公矣。（奚禄詒乙本墨眉）鍾伯敬云：奈何他不得，是全不解此矣，由於段落不分明耳。唱和作威福，孰肯辨無辜？（厲鶚評）此唱當是知道既誅，李忠厚殘害無辜。（奚禄詒甲本旁）從賊者。（吴士模墨眉）寫慘惡之狀令人酸鼻。眼前列杻械，（李以峙墨眉）（列）按"引"形訛。背後吹笙竽。（方拱乾評）身歷此景。（李念慈紅眉）詩史。（厲鶚評）亂事如見。（奚禄詒乙本紅眉）誅知道之後，又自作威福，指李忠厚。談笑行殺戮，濺血滿長衢。（孫承澤墨眉）狼賊行徑，實實如此。（吴廣霈墨眉）摹寫亂賊情形，淋漓盡致。（沈巖眉）宛然一李自成。到今用鉞地，風雨聞號呼。鬼妾與鬼馬，(**方拱乾評**)所俘妾馬，"鬼"字妙。(**李以峙墨眉**)(鬼妾)按作"人"非。色悲充爾娱。(**奚禄詒甲本旁**)又籍其家眷。國家法令在，此又足驚吁。(**奚禄詒甲本眉**)"又足驚吁"者，李忠厚誅殺之慘，較異圖又甚也。(**奚禄詒乙本紅眉**)殺知道而不道國法，是互誅之慘，較異圖之賊更甚，故又是"驚吁"也。

賤子且奔走，三年望東吴。弧矢暗江海，難爲遊五湖。(**奚禄詒甲本眉**)《史記》正義曰："太湖五灣，曰菱湖、游湖、莫湖、貢湖、胥湖。"(**吴士模墨眉**)"弧矢暗江海"與"生涯抵弧矢""扁舟欲歸箭"皆極苦極新語。不忍竟舍此，復來薙榛蕪。(**方拱乾評**)一句轉而兩句到題。入門四松在，步屧萬竹疏。(**錢陸燦丁本評**)仿《木蘭詩》句法。前段本蔡琰《悲憤詩》，本漢魏樂府，爲五古，猶顔魯公書法，俱從篆籀中出也。舊犬喜我歸，低徊入衣裾。(**方拱乾評**)章法自《木蘭》來。(**汪琬甲本紅眉**)效《木蘭詞》。(**張裕釗眉批**)數語全仿《木蘭辭》，故知規橅古人，大家亦往往有之，要能與之同工耳。(**吴廣霈墨眉**)此用《木蘭歌》中之調也。(**魏源評**)"舊犬"八句格律雖本《木蘭詩》，然彼是真正歡喜，此是反面烘托，貌同而神不同。(**佚名己紅眉**)先言松與犬在。鄰舍喜我歸，酤酒攜胡蘆。(**李念慈紅眉**)全用《木蘭詞》法。大官喜我來，遣騎問所須。(**徐渭墨眉**)《木蘭詞》。城郭喜我來，(**孫承澤墨旁**)賢哉！賓客隘村墟。(**方拱乾評**)"城郭喜我來"，奇而句變。(**吕留良紅眉**)語有古態。(**厲鶚評**)脱胎《木蘭詩》，妙。

天下尚未寧，健兒勝腐儒。(**方拱乾評**)章法如《木蘭詩》，而變化如意，蓋其胸中渾合古人而不爲古用也。(**方貞觀墨眉**)議論慨歎，記叙無一不鎔鑄腕下。(**沈巖眉**)今吾當然，况公生亂世乎？(**佚名己紅眉**)章法從《木蘭詩》來，此食古而能化者。飄颻風塵際，何地置老夫？(**吴士模墨眉**)"何地置老夫"五字悲甚。於時見疣贅，骨髓幸未枯。飲啄愧殘生，食薇不願餘。(**奚禄詒甲本旁**)賦也。(**魯一同評**)彝按：敢一正顧,是。

【彙評】

方拱乾評:叙事晰不難,難在堅摹情;悲不難,難在曲。

俞瑒乙本評:結語悲甚,此篇只言一身之所歷,而時事具見其中,此少陵之所以爲詩史也。

吴士模墨眉:"義士"一段,乃賊平之後,或有治亂黨而多殺無辜者,故云"倡和作威福,孰肯辨無辜",是《十侍御》詩云"不忍殺無辜,所以分黑白",此可證也。故以國法令二句束住,玩文字益明。

題桃樹

方拱乾評:題故園之桃樹,似是,然亦未安。

錢陸燦戊本評:此時疑公再歸草堂,感物傷時,因桃樹而發,故題之也。

吕留良紅旁:總有深意,亦非上格,惹得注家紛紛。

王士禛評:亦別。

題張問陶墨眉:由草木而推之禽鳥,又由禽鳥而推之人類,民胞物[與]之念,藹然言外,居然一片《西銘》也。然何嘗有一點頭巾氣?

秦應逵墨眉:亦别。

吴廣霈紅眉:止首一句尚小有致。

吴廣霈墨眉:强凑一題,無甚意味。

奚禄詒甲本旁:此嚴武來而公復草堂時。

奚禄詒甲本眉:人物一體,有王道氣象。意謂今日應無寡妻、群盗剥削此桃者。

奚禄詒乙本墨眉:此嚴武來而公後回草堂時,謂成都之亂已平,今日應無寡妻與群盜剥削此樹矣。

倪象占藍眉:九山接鮑照《擬行路難》云"中庭五株桃,一株先作花",又"西家思婦見悲惋"云云。此詩第二句"亦"字與收處翻用□本也,得此便知不郛。

沈巖眉:詩非佳處,老生讀此又費許多解説,少陵真面目爲此輩汩没不少。

小徑升堂舊不斜,五株桃樹亦從遮。(**俞瑒甲本評**)三字是通首之根。高秋總餧貧人實,(**李念慈紅眉**)"餧"字無理,"貧"字别本作"鄰"字,佳。來歲還舒滿眼花。(**傅山紅旁**)俗極矣。(**俞瑒甲本評**)承"桃"説。簾户每宜通乳燕,(**俞瑒甲本評**)推開。兒童莫信打慈鴉。(**許菱聚紅眉**)仁民愛物之心。寡妻群盜非今日,(**傅山紅旁**)何涉?天下車書正一家。(**徐渭墨眉**)結句太實,姑取其意而已。(**丁耀亢墨眉**)删。(**俞瑒甲本評**)仍不脱"從遮"意。(**奚禄詒甲本尾批**)賦也。○謂成都之亂已平。○孔子删詩,必與曾點暮春同。

【彙評】

方拱乾評:七八句承五六句,佳未必佳,解則可解。

張學仁參定:前六只寫堂中景物,結語忽然振起,眼高於頂,力大於身,是杜公家法,可與《櫻桃》詩參看。

四　松

方拱乾評:古。

錢陸燦甲本眉:范石湖詩:"已報主林催市柳,仍從掌故問山茶。""主林"二字出此,不知杜所出。

方貞觀墨眉:此觸物興懷之小詩耳。天時人事之變,盈虚消息之理,安分止足之道,悉備焉。而又語語近人,堅樸清真,真詩中之聖也。

方貞觀墨眉:至事蹟可兩忘,氣勢已足,於此結駐,便含蓄不盡。有下二語,轉覺蛇足,愚意竟删之爲妙。

奚禄詒甲本眉:磊磊落落而來。

奚禄詒乙本墨眉:磊落而來。

沈巖旁:曲折多情味。

四松初移時,(**奚禄詒乙本墨旁**)不覺有情。大抵三尺强。(**奚禄詒甲本旁**)不覺有情。(**奚禄詒甲本旁**)起似樂府。别來忽三載,離立如人長。(**錢陸燦乙本墨眉下**)詠畫鶴曰"磊落如長人"。會看根不拔,莫計枝凋傷。幽色幸秀發,疏柯亦昂藏。(**吴廣霈墨眉下**)"亦"一本作"已",一作"復"。《鏡銓》本作"愧"。所插小藩籬,本亦有堤防。終然振撥損,(**奚禄詒甲本眉**)"振",籬兩旁之木。"撥",絶也。得吝千葉黄。敢爲故林主,(**秦應逵紫眉**)范石湖詩:"已報主林催市柳,仍從掌故問新茶。""主林"二字出此。黎庶猶未康。(**孫承澤墨眉**)是何等心腸。(**李念慈紅眉**)因松又念及黎庶。(**奚禄詒甲本旁**)"敢"字爲"黎庶"句下。(**厲鶚評**)干戈未定,蹤迹茫茫,如成都草堂,少陵預卜不能久居,故云"我生無根蒂,配爾亦茫茫"也。惟即事賦詩以娱目前,安能計及千載之後?即一物而用意深至如此。避賊今始歸,春草滿空堂。(**吴士模墨眉**)從松轉入時事便窄。好在即從本身入十字,何等胸襟。覽物嘆衰謝,及兹慰凄凉。清風爲我起,灑面若微霜。足以送老資,(**吴廣霈墨眉**)"爲""資"二字從善本正。聊待偃蓋張。我生無根蔕,配爾亦茫茫。(**方拱乾評**)止此亦妙。(**奚禄詒甲本眉**)"我生無根蒂"四句頗曲折,謂我生與爾皆茫茫無定,然雖有此情,但且賦詩而已,茫茫事蹟,且可兩忘。後又念曰,千載以後,或"蟠穹蒼"亦未可知,然總是茫茫,勿得矜許也。(**奚禄詒乙本墨眉**)"我生無根蒂"四句極曲折,言我與爾皆茫茫無定矣。然雖有此情,但且賦詩而已,茫茫事蹟,且可兩忘。又念曰,千載以後,或"蟠穹蒼"亦未可料,然總是茫茫,勿得矜許也。(**佚名己紅眉**)止此正好。**有情且賦詩,事蹟可兩忘。勿矜千載後,**(**沈巖旁**)對"三載"。(**張裕釗眉批**)自負語,妙在寄託深遠,含蘊無盡。**慘澹蟠穹蒼。**(**方拱乾評**)不止此,爲此二句故耳。(**王士禛評**)結即與其使我有"千秋萬歲名","不如即時一杯酒"意之在字句之外,令讀者急切不能會悟。(**奚禄詒甲本旁**)賦也。○"我生"以下正應"故主""黎庶"意。(**吴士模墨眉**)仍入己身,結更高。○"慘澹"妙極。(**秦應逵紫旁**)應"根不拔"。(**秦應逵紫眉**)結即"千秋萬歲名","不如生前一杯酒"意。(**吴廣霈墨眉**)結語寓意深遠。(**沈巖旁**)應"根不拔"。(**沈巖尾**)"勿矜"應"配爾"句,主人所以自負也。

水　檻

方拱乾評:胸曠,所以筆高。古。○安命耽貧,一團道氣。

奚禄詒甲本眉:公於草堂,一興一廢,一草一木,一檻一船,無不細記,總是流離之苦,雖瑣屑,亦足珍也。

沈巖旁:無限曲折。

蒼江多風飆,雲雨晝夜飛。茅軒駕巨浪,焉得不低垂? 遊子久在外,門户無人持。高岸尚爲谷,何傷浮柱欹。扶顛有勸誡,恐貽識者嗤。(**奚禄詒甲本旁**)不宜入道理語。(**吴廣霈墨眉**)即事寓感,言中有物。**既殊大厦傾,可以一木支。**(**丁耀亢紅眉**)腐。(**李念慈紅眉**)大厦將傾事反用之,便不俗熟。(**奚禄詒乙本墨眉**)不宜入道理語。臨川視萬里，（奚禄詒甲本旁）又轉。何必欄檻爲？人生感故物，（沈巖旁）又轉。（張裕釗眉批）語淡而趣遠。慷慨有餘悲。（方拱乾評）即次曠達之懷，讀之如見。（奚禄詒甲本旁）賦也。（奚禄詒乙本墨眉）如此二首可不必作，詩體不宜此。

破船

方拱乾評：古。○檻、船情事則一，章法各異，豈有意爲之？總是神化所至，無不合法，無不如意。

奚禄詒甲本旁：總是不暢。

奚禄詒乙本墨眉下：總是拘讀。

平生江海心，宿昔具扁舟。豈唯青溪上，日傍柴門遊？蒼惶避亂兵，緬邈懷舊丘。（吴廣霈墨眉）辭淺意深，一結尤可悲歎。鄰人亦已非，野竹獨脩脩。（奚禄詒乙本墨旁）何。船舷不重扣，埋没已經秋。仰看西飛翼，（奚禄詒乙本墨眉）道學恰似宋人。下愧東逝流。故者或可掘，（吴廣霈墨眉）"掘"者或因破船已沉埋沙泥中，故須掘而出之也。又一本則據作"葺"，言修葺之也，亦通。新者亦易求。（奚禄詒甲本旁）又是學。所悲數奔竄，白屋難久留。（方拱乾評）推開不可及。（李念慈紅眉）可悲。（奚禄詒甲本旁）賦也。（錢載評）亦太模寫。（魯一同評）彝按：上有"埋没已經秋"句，故此云"掘"也，亡船解似滯。（吴廣霈墨眉）結語更深入一層，無限凄婉。

過南鄰朱山人水亭

題鮮于樞評：首四句言朱山人水亭之景物幽雅，末四句言過從之近，而款洽如此，於是見君多道氣，將從此數數追隨可也。

奚禄詒甲本眉：真樸。

沈曾植墨眉：一字中描出多心苟合。

相近竹參差，相過人不知。（**俞瑒甲本評**）過南鄰。（**朱方藹紅眉**）淡淡寫來，正見胸中一片活潑，觸目即拈出。**幽花欹滿樹，小水細通池。**（**俞瑒甲本評**）水亭。（**奚禄詒甲本旁**）"小"字與"細"字犯，"曲"字爲是。**歸客村非遠，殘罇席更移。**（**方拱乾評**）"歸客"二句，向讀之平平耳，近乃知其妙，合看乃得。（**李念慈紅眉**）村中幽興，動人遐思。（**俞瑒甲本評**）山人留飲。（**嚴復墨眉**）今人留客，每以所居不遠爲辭，第三聯正是此意。**看君多道氣，從此數追隨。**（**俞瑒甲本評**）去路。（**奚禄詒甲本旁**）賦也。

【彙評】

張學仁參定：《南鄰》詩稱爲"錦里先生"，絶句詩謂"梅熟許同朱老吃"，此詩又稱其"多道氣"，想山人亦是有道之士。

佚名丁墨尾：最愛起二句，蕭然塵外，又確是村舍往還之趣。"村非遠"，不妨稍晚也；"席更移"，堪與盡興也。其於朋情厚矣，所謂"多道氣"者也。然"道氣"字闊綽，不止於上所云。

登　樓

徐渭墨眉：人皆盛稱此首，吾獨以爲板而凑也。"來天地""變古今"，板也；"北極"句，凑也。有"玉几由來天北極"句。

方拱乾評："北極""西山"二句即就蜀事言，非謂京師也。觀後主祠、梁父吟，亦皆蜀事。總根"玉壘"句來。

錢陸燦甲本眉:因所見以起興,詩人之旨。

錢陸燦丙本評:錢云:所見以起興,風人之旨。

錢陸燦戊本評:湘曰:落句以代宗任用程元振、魚朝恩,故託諷於後主之用黄皓也。"日暮"云云,傷時戀主,而自負亦在其中。興寄微婉,一句而包數義如此。

李念慈紅眉:宏麗高敞之中,低回俯仰,情思無極。

屈復評:一二情景並寫,三四景,五六情,七即目寓慨,八登樓有作也。三四雖見地,然語含比興。

屈復評:"春色"句承"花近高樓","浮雲"句承"萬方多難","傷客心"三字貫通篇。又三言春色不改也,四言浮雲空變也,故五承三,六承四也。近詩家不解錯叙法,如此起必云"花近高樓",此一臨"萬方多難",客傷心矣。①

奚禄詒甲本眉:氣候自老。末以失國之主反映朝廷不改。

盧見曾紅旁:律法甚細,隱衷極厚,不獨以雄渾高闊之象,陵轢千古。葉夢得曰:七言律難於氣象雄渾,句中有力而紆徐不失言外之意。自老杜"錦江春色""五更鼓角"等句後,常恨無復繼者。申涵光曰:"北極""西山"二語,可抵一篇《王命論》。

厲鶚評:起句最難工,五六詞義嚴正,可破奸人之膽。

朱方藹紅眉:造意大、命格高,真可度越諸家。

吴錫麒紅眉:從登樓所見,因及"北極""西山",半世孤忠,一生抱負,借題寫出,磊落非常。

題張問陶墨眉:通首氣象雄偉,籠蓋宇宙。○五六明夷夏之大防,七八慨綱維之不振,先罪其下而後責其上,《春秋》之志也。○"北極""西山"二語,可當一篇《王命論》。

---

① 校注:"七即目",杭本作"即目";"必云",杭本作"在他人必云"。除此之外,杭本另有"古人如此類最有"一句。

吴廣霈紅眉:雄肆沉鬱兼有之。

吴廣霈墨眉:一起排奡。○三四接得緊,有勢有神。○"後主"句以言唐社之未墟也。"梁父吟"自況也。

許蓤聚紅眉:因所見以起興。

沈巖眉:氣象雄渾,籠蓋宇宙,此杜詩之最上者。

王嗚盛墨眉:時郭子儀收復京師,而吐蕃又新陷三州,故有"北極""西山"句。

王伯沆紅眉:時公在成都。

花近高樓傷客心,(**俞瑒甲本評**)樓。(**題商盤紅旁**)反裝起。(**奚禄詒甲本旁**)"花近"二字,他人不能用。(**奚禄詒甲本旁**)花非傷心,乃下文多難之事傷心也。萬方多難此登臨。(**宋犖紅旁**)注明傷心故。(**俞瑒甲本評**)登。(**題商盤紅旁**)總冒起。(**奚禄詒、甲本旁乙本墨旁**)申上。(**奚禄詒乙本墨眉**)氣候自老。末以去國之主反應朝廷不改耳,但時無孔明,所以長吟。(**陳治墨眉**)一起多少感慨,他人便信手點過。錦江春色來天地,(**題商盤紅旁**)縮脈句。三承二。(**秦應逵墨旁**)二句語含比興。玉壘浮雲變古今。(**宋犖紅旁**)登臨所見。(**俞瑒甲本評**)登臨所見。(**題商盤紅旁**)四起下。(**王嗚盛墨眉**)玉壘在灌縣西,貞觀間設關其下,乃吐蕃往來之衝。北極朝廷終不改,(**許蓤聚紅旁**)萬方多難。西山寇盜莫相侵。(**俞瑒甲本評**)應"多難"。(**俞瑒甲本評**)登臨所感。可憐後主還祠廟,(**奚禄詒甲本旁**)有比耶?(**沈巖眉**)"還祠廟"徒爲武侯立也。日暮聊爲梁甫吟。(**傅山紅眉**)結有藴藉。(章節附注:《能改齋漫録》云:蜀先主祠,在成都錦官門外……)(**傅山紅眉**)是。(**錢陸燦丁本評**)落句以孔明自況,有恢復國家之念。(**俞瑒甲本評**)以"多難"思才傑。(**俞瑒乙本評**)末二句以多難思才傑也。(**奚禄詒甲本眉**)吐蕃立廣武郡王爲帝,子儀復京師,代宗反正。(**奚禄詒甲本旁**)賦也。(**奚禄詒乙本紅眉**)自吟《梁甫》,分明以萬方自任。(**吴廣霈紅眉**)自來讀杜詩者,罕能解此二結語,何也?(**嚴復墨眉**)忽入後主,雖云寄慨,終嫌稍遠。(**王伯沆紅眉**)末二語益覺傷心,然一"還"字,能令後主羞死。

【彙評】

俞瑒甲本評:"春色"根首句來,"浮雲"起五六意,針綫極細。結句寄意更遠,有不盡之致。勿以徒爲大言,便成佳句也。

張學仁參定:"北極"二語可抵一篇《王命論》,而調高詞偉,涵古蓋今,是集中上乘之作。

奉寄高常侍

徐渭墨旁:雖涉頭巾語,却自然課吟諷。

奚禄詒甲本旁:時高内詔矣。

朱方藹紅眉:語語實沉,咀之有餘味,今人門面雄詞一覽輒盡者,徒浮響耳。○時高爲外鎮,故云"朝廷須汲黯",而蜀乃殊方,又云"中原憶廉頗"也。

陳治墨眉:汪云:語語沉鬱,咀之有餘味。

吴廣霈紅眉:情深語摯,自非尋常頌揚之作。

沈巖眉:位日崇,詩日妙。其如今日所責望於高者,非復汶上相逢故意,必有大節壯猷,不負飛騰,無悔遲暮也。

汶上相逢年頗多,(**俞瑒甲本評**)追昔。飛騰無那故人何。(**方拱乾評**)只此亦不似王、李,何以故?(**方苞眉批**)王或菴每有此感。總戎楚蜀應全未,(**俞瑒甲本評**)高適先除淮南節度,後爲四川節度,故云"總戎楚蜀"。(**俞瑒甲本評**)武略。不諱其短。方駕曹劉不啻過。(**錢陸燦

甲本眉)“應全未”言適不止於總戎楚蜀而已也。曹劉但有文詞,適不啻過之耳。(**錢陸燦丁本評**)“應全未”言適不止於總戎楚蜀而已。曹劉但有文辭,適不啻過之耳。○“不啻”,宋作“不翅”,猶云過多也。(**錢陸燦戊本評**)初公與適相識於兖州之境。(**俞瑒甲本評**)文名。(**嚴復墨眉**)“應全未”當時語,謂未完其用。(**李以峙墨眉**)(方駕)按“價”音訛。今日朝廷須汲黯,(**俞瑒甲本評**)惜高還京。文。(**沈巖旁**)謂朝廷。中原將帥憶廉頗。(**傅山紅眉**)惡道。(**俞瑒甲本評**)武。(**奚禄詒甲本眉**)五六盡是贊高,言外有深慨。(**奚禄詒乙本墨眉**)五六言外有慨,不盡贊高。(**沈巖旁**)望其復此。天涯春色催遲暮,(**俞瑒甲本評**)收奉常。別淚遥添錦水波。(**俞瑒甲本評**)感今。

【彙評】

俞瑒甲本評:寄贈之作,苟非深交,必然寬泛。杜集中相往來如高、李兩公,正不多得。

寄邛州崔録事

奚禄詒甲本眉:望其來也。

邛州崔録事,聞在果園坊。坊名,在成都。久待無消息,終朝有底忙? 應愁江樹遠,怯見野亭荒。浩蕩風塵外,誰知酒熟香。(**奚禄詒甲本尾批**)賦也。○五六特爲致慨。(**沈巖尾**)“底”字,今靖江人猶有此音。○“浩蕩”是江野,“風煙”是荒遠,不當作“風塵”。

王録事許修草堂貲不到聊小詰

爲嗔王録事,不寄草堂貲。昨屬愁春雨,能忘欲漏時?(**孫承澤墨眉)直率。

【彙評】

張學仁參定:止戲詞耳,如聞其聲。

歸　雁

吴廣霈墨眉:清婉可誦,老杜五絶中罕見之作也。

東來萬里客,亂定幾年歸? 腸斷江城雁,高高正北飛。

絶句二首

錢陸燦丁本評:仿六朝體,興致翩翩,對偶中渾成入化。

奚禄詒甲本旁:亦活動。

沈巖眉:齊梁佳境。

嚴復墨眉:兩首如一首,於結處著意。

其　一

遲日江山麗,春風花草香。 泥融飛燕子,沙暖睡鴛鴦。

(奚禄詒甲本尾批)賦也。

【彙評】

張學仁參定:五言絶句,散起散結,一氣流注,此正法也。然亦有單起雙結者,是截五律上四;有雙起單結者,是截五律下四;有四句皆對者,是截五律中四:正非一格。

其　二

奚禄詒乙本墨眉:以碧白青燈相形説花鳥,小家耳。庾信之好□是不用山青,即此可知煉字之法。

江碧鳥逾白，山青花欲燃。(**厲鶚評**)著色畫。今春看又過，何日是歸年?(**奚禄詒甲本尾批**)賦也。

寄司馬山人十二韻

方拱乾評:排。〇妙律可入排,妙排不可入律,悟此可與言詩。〇誄詞亦别。〇排要流又要整,要纖又要老。

王士禛評:"髮少"四句即借仙家轉下。

奚禄詒甲本尾:難得如此清灑。

奚禄詒甲本眉:深感。

方貞觀墨眉:有淺深,有層次,既明白淺顯,亦曲折細緻,甚便初學之士。

關内昔分袂，天邊今轉蓬。驅馳不可説，談笑偶然同。道術曾留意，先生早擊蒙。(**王伯沆紅眉**)山人必精符讖丹藥之術者。(**奚禄詒乙本紅旁**)序司馬。家家迎薊子，處處識壺公。長嘯峨眉北，潛行玉壘東。有時騎猛虎，虚室使仙童。(**佚名己紅眉**)此下公自述也。髮少何勞白，(**奚禄詒乙本紅旁**)自序。顔衰肯更紅?(**屈復評**)"髮少"四句,即借仙家轉下。(**吴廣霈墨眉**)有警句。望雲悲轗軻，畢景羡冲融。喪亂形仍役，凄凉信不通。懸旌要路口，倚劍短亭中。永作殊方客，殘生一老翁。(**方拱乾評**)"永作"二句若不作排讀,便澹率無味,一作排讀,即妙不可言,何以故? **相哀骨可换,亦遺馭清風。**

贈王二十四侍御契四十韻

方拱乾評:排難於冒。先自叙,而後及王佐卿,中間忽彼忽此,忽分忽合,排律之變也。

李念慈紅眉:工力深穩。

俞瑒甲本評:先叙去成都避亂之事,次以重會面言。

俞瑒乙本評:篇中寫行蹤離合,俱兼爾我言之,筆法一變。先叙避亂去成都之故,次乃以重至成都會面言之。

盧見曾紅旁:明净整齊,佳語霏霏,如吐玉屑。張潜曰:卷收舒放,一一如意,真有仙氣。

陳治紅眉:此詩自叙太多,覺氣格亦少緩。

嚴復紅眉:王云:此詩自叙處太多,覺氣格亦少緩。

奚禄詒乙本墨眉:再加洗刷則佳。

奚禄詒乙本紅眉:侍御罷歸,隱而贈之。

沈巖旁:自閬州再至成都作。

沈巖眉:叙再至沉痛,王室方亂,明知不可依,而别無安土也。

往往雖相見,(**俞瑒甲本評**)總起。**飄飄愧此身。**(**屈復評**)一起超絶。(**秦應逵紅眉**)一起超。(**奚禄詒甲本眉、乙本墨眉**)總起。○一段言别後之情。(**倪象占藍眉**)原雖不可改,朱筆真無知妄人。**不關輕紱冕,俱是避風塵。**(**俞瑒甲本評**)贈詩之由。(**佚名己紅眉**)四句作冒,以下言與王别也。**一别星橋夜,**(**奚禄詒乙本眉批**)蜀。**三移斗柄春。**(**俞瑒甲本評**)去蜀時也。**敗亡非赤壁,**(**方貞觀紅旁**)不切,便是湊。(奚禄詒乙本眉批)時在荆南,不切。奔走爲黄巾。子去何瀟灑,(俞瑒甲本評)雙拍。余藏異隱淪。書成無過雁,衣故有懸鶉。恐懼行裝數,伶俜卧疾頻。曉鶯工迸淚,秋月解傷神。(錢載評)"工"與"解"正言其境之熟也。正收緊飄飄往往。〇"話"字領起全篇。(張雝敬墨旁)"工"字真下得工。(王嗚盛墨眉)曉鶯聒耳,巧於動淚也。會面嗟黧黑,含凄話苦辛。(俞瑒甲本評)公重至成都。(佚名己紅眉)此言與王相見也。接輿還入楚,王粲不歸秦。(奚禄詒甲本眉)一段言侍御之歸。錦里殘丹灶,花溪得釣綸。消中秪自惜,(倪象占藍眉)消中,病也。(王嗚盛墨眉)《素問》:多食數溲曰"消中"。晚起索誰親?(方拱乾評)以上自叙。伏柱聞周史,乘槎有漢臣。(俞瑒甲本評)侍御還蜀。鴛鴻不易狎,(奚禄詒乙本紅旁)伏掛冠。龍虎未宜馴。(方拱乾評)此二段纔入王佐卿。客則掛冠至,交非傾蓋新。由來意氣合,直取性情真。浪迹同生死,(沈巖眉)"同生死"言生猶死也。無心恥賤貧。偶然存蔗芋,(奚禄詒乙本紅旁)蜀物。幸各對松筠。(方拱乾評)又自叙。(俞瑒甲本評)總説。(錢載評)"偶然"四句上下縈回,無限頓挫。粗飯依他日,窮愁怪此辰。女長裁褐穩,男大卷書匀。(方拱乾評)鋪處不難,難在轉。(奚禄詒甲本眉、乙本墨眉)一段自序别後。(錢載評)詩至於杜,句句皆真實境會也。熬器之謂,白樂天"山東父老話農桑,事事言言皆著實"。(陳治墨眉)"女長""男大"出《南齊[書]·張融傳》《與從叔征北將軍永書》。(佚名己紅眉)言别後子女俱長大也。又追述同客蜀中之事。湔口江如練,蠶崖雪似銀。(俞瑒甲本評)此下言同遊。名園當翠巘,野棹没青蘋。屢喜王侯宅,(奚禄詒乙本紅旁)侍御非王侯。時邀江海人。(李以峙墨眉)(時邀)按"逢"字非。追隨不覺晚,款曲動彌旬。(俞瑒乙本評)身在他鄉,而有友朋宴游之樂,故結以雷陳比之,章法極緊。但使芝蘭秀,何須棟宇鄰。(方拱乾評)叙處帶論,畫家細皴法。(嚴復墨眉)"芝蘭"句未醒。**山陽無俗物,鄭驛正留賓。**(奚禄詒甲本眉)又序相往還蜀事。(奚禄詒乙本墨眉)又序往還蜀事。**出入並鞍馬,光輝參席珍。**(奚禄詒乙本墨眉)古之長篇不過十韻,自工部爲之,或百韻或數十韻,無論排律,即古體亦不免中少淘洗,乃知詩不貴冗也。**重遊先主廟,**(俞瑒甲本評)是重至。**更歷少城闉。石鏡通幽魄,琴臺隱絳唇。**(陳治紅眉)"筋""勤"二字韻在二十一欣。**送終惟糞土,**(俞瑒甲本評)承上三句。**結愛獨荆榛。**(嚴虞惇紅旁)承上。(佚名己紅眉)此又轉入今在荆南也。**置酒高林下,觀棋積水濱。**(錢載評)按"筋""勤"二字,《廣韻》在二十一欣。○"筋"字、"勤"字俱在殷韻,此並與真、諄、臻合,知殷韻唐人以其部窄,多與真通,不與文通也。○"筋""勤"入真韻。**區區甘累趼,**(俞瑒甲本評)音"硯"。(奚禄詒甲本墨旁、乙本墨旁)入荆州。(倪象占藍眉)"趼""累趼",足胝起如繭也,音繭,如何可改? **稍稍息勞筋。 網聚粘圓鯽,絲繁煮細蓴。長歌敲柳癭,**(俞瑒甲本評)音"穎"。(李以峙墨眉)(長歌)按作"慨",不對下句。**小睡憑藤輪。**(吕留良紅旁)奇。(汪琬甲本紅旁)車也。(宋犖紅眉)寫景入微,却非晚唐最可法。**農月須知課,田家敢忘勤。**(俞瑒甲本評)自謂。**浮生難去食,良會惜清晨。**(李念慈紅眉)"清"當作"侵"。**列國兵戈暗,今王德教淳。 要聞除猰貐,休作晝麒麟。 洗眼看輕薄,虚懷任屈伸。**(奚禄詒甲本眉、乙本墨眉)下總結。**莫令膠漆地,萬古重雷陳。**(方拱乾評)合結。(俞瑒甲本評)身在他鄉猶有朋友宴游之樂,結以陳、雷比之,章法自緊。(張雝敬墨旁)千古交道之極。(奚禄詒甲本尾批)賦也。○再一洗刷則净矣。

【彙評】

俞瑒甲本評:篇中寫行蹤之離合,皆兼爾我言之,筆法又變。

張學仁參定:張縉謂:卷舒收放,具有仙氣。其妙在以總説立格,較前手諸名作,機軸自新。

陳訏紅眉批仇注"指侍御。堂中之器。'長歌敲柳癭',借用擊唾壺事,語新。以藤輪爲車輪。藤輪,蒲團也,以藤爲之,此説爲正。此章八句者七段,十二句者兩段。有八句一斷者,有十二句一斷者"處:作詩固有段落,然長短非有印板,如時文之出股對股也。如此詩以"出入並鞍馬"爲第七段,言遊歷勝景,感慨荆榛,以及置酒觀棋,累趼至此,暫息游涉之勞,而觀水中之魚藻,長歌小睡,隨意取適。此十六句自爲一段,已説盡遊宴本題。因而念及時令,則農事方始;念及時事,則事功當建。蓋時令,工部自謂,"列國"四句,勉侍御而言也。游宴已畢,賓主意已足,乃總結全篇,謂如侍御之款曲真情,可以針貶薄俗;如遊歷之糞土荆榛,可以屈伸觀化。又頂此二句,言輕薄當戒,屈伸可悟,則忘物我,齊貴賤,而交比雷陳矣。"農月"至"麒麟"自是兩小段結上。而"洗眼"二句又申明兩小段之意,而以交情作結,與首段"相見"云云相呼應也。段落錯綜,而鋪叙次第收拾完密,何等結構謹嚴。注乃板板以八句幾段、十二句幾段,終不脱時文之見耳。

陳訏紅旁批仇注"柳癭藤輪,堂中之器"處:藤輪,圓屈如輪也。

黄河二首

奚禄詒甲本旁:以河之西北相近,見得賊盛兵衰。

奚禄詒乙本墨眉:以河之西北相近,見賊盛兵衰。

其 一

黄河北岸海西軍,椎鼓鳴鐘天下聞。鐵馬長鳴不知數,胡人高鼻動成群。(**汪琬甲本紅眉**)高鼻。

其　二

黄河西岸是吾蜀，欲須供給家無粟。 願驅衆庶戴君王，（**奚禄詒甲本眉**）“願驅衆庶”譏負固之藩鎮，“棄金玉”譏轉運使之四出也。（**奚禄詒乙本墨眉**）“願驅衆庶”譏負固之藩鎮，“棄金玉”譏轉運使之遍天下也。**混一車書棄金玉。**

丹青引 贈曹將軍霸

方拱乾評：前首觀，此首贈，體裁自見。

錢陸燦甲本眉：方曰：此言霸曾於凌煙寫諸功臣之像，舉褒公、鄂公以概其餘也。又爲玄宗畫玉花驄，即前詩所謂“照夜白”也。“意匠”七句極形容其妙。末言兵戈流落，爲人寫真，向猶擇人，今則不暇擇矣。與凌煙相應，世運之變遷，人情之鄙薄，具見於詩中。鐵按：“玉花驄”“照夜白”兩種，方説誤。

錢陸燦乙本墨眉：方曰：此言霸曾於凌煙寫諸功臣之像，舉褒公、鄂公以概其餘也。又爲刻第畫玉花驄，即前詩所謂“照夜白”也。“意匠”七句極形容其妙。末言兵戈流落，爲人寫真，向猶擇人，今則不暇擇矣。與凌煙相應，世運之變遷，人情之鄙薄，具見於詩中。湘靈按：“玉花驄”“照夜白”是兩種，方説誤。

錢陸燦丁本評：落落寫來，而意已屈曲，又以書陪出丹青，是引體。

申涵光甲本評：起得蒼莽，大家。昔人謂老杜於昭烈、武侯皆極尊崇。魏武但云“割據”，凛然已分正閏。“丹青不知老將至，富貴於我如浮雲”，畫雖小技，然非沉酣其中者不得。可見古人成名，無一事草草。“浮雲”句更説得有成分，有絶技人真真具此等胸襟，無此等胸襟，技亦不得絶也。“意匠慘澹經營中”，畫出神情氣象，是作詩文光景。"玉花却在御榻上",此與"堂上不合生楓樹"同一想頭。"榻上庭前屹相向"更奇,照顧"牽來赤墀下"句。"圉人太僕皆惆悵",訝其畫之似真也。注作妒賞,可笑。此首首尾振蕩,句句著意,是古今題畫第一首。

吕留良紅眉:歌行起結,變態無滯。

吴農祥評:《畫馬》只言馬,《丹青》則及其人品兼述之。○"丹青"二字寫真,必畫馬也。兩事夾寫。

屈復評:感慨起下,不贊畫先贊書,不曰"堪繼右軍",而云"但恨無過",生新。下始贊畫,而用經語又奇,然總其文采風流今尚存也。結語全是同病相憐,正應起句之感慨。①

方貞觀墨眉:題曰"丹青引",而其實則"曹將軍感遇詩"也。故開口唱破"將軍魏武之子孫",七字以下,回環往復,總是爲將軍感慨,却又不離着丹青説,此律也,法也。○起四句跌宕盡致,神理已貫注結語。

題商盤紅眉:初畫功臣御馬能令至尊含笑,後畫行□常人竟遭俗子眼白,有無限感慨。然曹惟浮雲富貴,故雖貧賤終身,亦可以自慰耳。末二句又推開説,見得富貴盛名本難兩全,不獨曹爲然也。○就家世起,起法從容;不即入畫,先贊其書,更從容。○不云"繼迹右軍",而云"但恨無過",讚語妙絶。"丹青"二句全用經語,惟著畫師故妙。○於功臣但寫褒、鄂,摹二公以見其餘,想其畫像尤生動耳。○"毛髮動"寫猛將已如生矣。謂從酣戰而來,尤非庸筆所及。○"意匠"句所謂小心布置,"斯須"句所謂大膽落筆。書、畫總是一理。將軍兼善寫真,故並圉人、太僕而圖之。人馬在前,兩兩相向,毫髮無憾,非"惆悵"二字,不能畫馬官躊躇審顧之狀。

① 校注:"而云",杭本作"而曰";"起句之感慨",杭本作"起句之感慨也"。

然畫人意只從前後寫真處映出，故妙。若明叙人馬並畫，則成俗筆。

朱方藹紅眉：方之太史公，此篇如《信陵君傳》，自堪壓卷，其疊呼先帝，忠愛纏綿，與《畫馬圖引》正同。

奚禄詒甲本眉：起處含蓄。通篇。〇本説畫，而先以書，《史記》筆法。〇歷寫前畫，是盛衰之感。〇畫馬奪兵，故諸人惆悵。〇可謂自屈。〇通篇歎其有絶伎而不偶。

奚禄詒甲本旁：詩亦慘淡經營。

奚禄詒乙本墨眉：起語含蓄，通章激昂慷慨，少有及者。〇一篇總歎其絶而不偶。〇本説畫，而先以書，《史記》筆法。

盧見曾紅眉：起筆老横，"開元之中"以下叙昔日之遇，正爲末段反照丹青之妙，見贈言之義明矣。通篇瀏灕頓挫，節奏之妙，於斯爲極。

盧見曾紅旁：許顗曰：老杜《丹青引》"一洗萬古凡馬空"、東坡《觀吴道子畫壁》詩"筆所未到氣已吞"，二公之詩，足以當之。沈德潛曰：畫人畫馬，賔主相形，縱横跌蕩，此等篇法，得之於心，應之於手，有畫工而無人力，莫能贊其妙。

題張問陶墨眉：畫人畫馬，賓主相形，縱横宕跌，此種篇法得之心而應之手，有化工而無人力，莫能讚歎其妙。〇反襯霸之盡善，非必貶幹也。

徐松紅眉：浦起龍曰：起四句總冒下四段，"於今爲庶"照到末段"漂泊""窮途"，"文采尚存"照起中段奉詔作畫，"學書"二句陪筆，"丹青"二句點筆。

張裕釗眉：純從空際摹寫，所以入神。

秦應逵墨眉：以感慨起，不贊畫，先贊書，不曰"堪繼右軍"，而曰"但恨無過"，生新。

沈巖旁：《纇本》云：此等太史公列傳也，多少事實，多少議論，多少氣魄。

沈巖眉:《名畫記》云:霸,曹髦之後。

佚名己紅眉:前是看畫,此是贈人。○"丹青"合畫人畫馬而言,究以畫馬爲主。

將軍魏武之子孫,於今爲庶爲清門。(**方拱乾評**)起得突兀,却是借起。先是學書引起,引注事作贊義。小題却做大文章。叙得活現,又樸又老。(**吕留良紅旁**)"清門"猶言高門,"寒門"一作"青門",猶言白門、朱門耳。於句更妙。(**題商盤紅旁**)霸於玄宗末得罪,削籍爲庶人。(**吴錫麒紅眉**)跌宕入題。**英雄割據雖已矣,**(**沈巖眉批下**)"割據",不予以正統也。此爲史筆。**文彩風流今尚存。**(**錢陸燦乙本紅旁**)魏王家聲。(**李念慈紅眉**)借祖上説來,有氣勢。(**題商盤紅眉**)四句俯仰古今,風神絶世。(**沈巖旁**)見紫靈又别也。**學書初學衛夫人,**(**孫承澤墨旁**)從書入丹青。(**沈巖旁**)帶叙。**但恨無過王右軍。**(**錢陸燦乙本紅旁**)以書陪畫。(**李念慈紅眉**)凡絶技必出篤好。(**嚴虞惇紅旁**)以書陪畫。(**申頲紅眉**)恥其技不若人,自尋幽路,最是英雄。(**秦應逵墨旁**)羅隱詩"書札二王争巧拙",語便平矣。(**嚴復墨眉**)以書襯畫,賓主層次井然。(**沈巖旁**)二句正跌出畫爲古今第一也。(**沈巖眉**)羅隱云"書札二王争巧拙"便平。**丹青不知老將至,**(**方拱乾評**)合畫馬、畫人。(**題商盤紅旁**)跌入畫。(**倪象占藍眉**)神完守固,即昌黎《送高閑上人序》語意。**富貴於我如浮雲。**(**丁耀亢紅眉**)妙句。(**吕留良紅眉**)作家以經語入詩,亦自玄脱。(**題商盤紅旁**)伏後"貧"字意。(**題商盤紅眉**)中二段以畫人、畫馬分足正文,前二段是起,終二段是收。(**朱方藹紅眉**)"丹青"二句用經入化,《昭陵》"翊亮"之聯猶爲遜之,他不足道也。(**秦應逵墨旁**)伏後"途窮"。(**奚禄詒乙本墨旁**)偶用此句亦妙。(**沈巖旁**)伏後"途窮"。**開元之中常引見,**(**錢陸燦乙本紅旁**)畫人。(**沈巖旁**)此可以富貴之會。**承恩數上南薰殿。**(**汪琬乙本評**)"丹青"二句,用經入化,《昭陵》"翊[翼]亮"之聯,猶爲遜之。(**宋犖紅眉**)一段畫人。(**陳治墨眉**)汪云:"丹青"二句,用經入化,《昭陵》"翊[翼]亮"之聯,猶爲遜之,他不足道也。(**嚴復墨眉**)入畫馬,又用人襯馬,賓主層次又顯然。**淩煙功臣少顔色,**(**錢陸燦乙本墨旁**)先説倒。(**吕留良紅旁**)奇。**將軍下筆開生面。**(**錢陸燦乙本墨旁**)逼出。(**沈巖眉**)曹霸尤以畫馬著名,故前後叙寫人,中間獨詳叙畫馬。**良相頭上進賢冠,猛將腰間大羽箭。褒公鄂公毛髮動,英姿颯爽來酣戰。**(**孫承澤墨眉**)借來點綴,以振筆端。(**錢陸燦乙本墨旁**)以上寫生。(**汪琬乙本評**)"褒公"句單接"猛將"句。(**李念慈紅眉**)此之謂寫生傳神。(**嚴虞惇紅旁**)已上寫生。(**方貞觀墨眉**)寫畫人。(**題商盤紅旁**)倒押。**先帝天馬玉花驄,**(**錢陸燦乙本紅旁**)畫馬。**畫工如山貌不同。**(**宋犖紅眉**)一段畫馬。(**沈巖眉**)"貌不同",任淵黄詩注中作"邈不同","邈"字勝,與下"真龍"句、"屹相向"句呼應。**是日牽來赤墀下,迥立閶闔生長風。**(**方拱乾評**)畫馬是主,却前後推開,見章法,見大手筆,不則前首已盡,却又妙在不離畫馬。(**奚禄詒乙本墨旁**)王意從容。**詔謂將軍拂絹素,**(**題商盤紅旁**)接入。**意匠慘澹經營中。**(**李念慈紅眉**)慘澹經營,凡爲事不輕易苟且,皆如此,豈獨繪畫爲然?(**吴士模墨眉**)慘澹經營説盡良工心苦,此種疊字白描,惟古人有之。(**吴廣霈墨眉**)此處失一頁,誤補。(**張雝敬墨旁**)即所謂良工心苦,而造語入微,不啻什伯過之。(**沈巖旁**)頓挫一筆。**斯須九重真龍出,一洗萬古凡馬空。**(**錢陸燦乙本紅旁**)四語極力寫畫。(**方貞觀墨眉**)寫畫馬。(**徐松紅眉**)許顗曰:老杜《丹青引》"一洗萬古凡馬空",東坡《吴道子畫壁》詩筆所未到,氣已吞二公之詩,足以當之。(**沈巖旁**)"洗",畫工凡筆也。**玉花却在御榻上,榻上庭前屹相向。**(**沈伯沆紅眉**)精妙。(**奚禄詒乙本墨旁**)"相向"字密切。(**張雝敬墨旁**)是馬是畫,幾不復辨。(**沈巖旁**)"屹"字應"迥"字。(**佚名戊紅眉批箋注"師民瞻本作迥立,非是迥立"處**)師本作"迥立",義亦通,語尤迅快。**至尊含笑催賜金,圉人太僕皆惆悵。**(**錢陸燦乙本墨眉下)何許描寫。(吕留良紅眉)一時氣象,種種畫出,益知良工苦心。(宋犖紅眉)縱筆所如,無非神境。(方貞觀墨眉)此下便可接畫善有神,猶恐平直,又忽入韓幹四語,波瀾自闊。(奚禄詒乙本墨旁)名言。(張雝敬墨旁)畫者受賞,牧者無功,寫出傍觀眼熱意思。(沈巖旁)"圉人太僕"皆爲之茫然,失氣自顧,日與馬習,不如畫者獨得其真也。**弟子韓幹早入室,**(嚴虞惇紅旁)陪客。(題商盤紅旁)開。(沈巖眉)無過右軍、弟畜韓幹,前後波瀾相對。(佚名己紅眉)此借幹作一波瀾。**亦能畫馬窮殊相。**(方拱乾評)有此方足。(俞瑒乙本評)非以抑韓,藉以襯曹耳。(吴士模墨眉)是就題抑揚,非真語。(徐松紅眉)浦曰:三段追昔之盛,末一段感今之衰,此贈感遇本旨也。結聯推開作警戒語,而寄意轉深。(嚴復墨眉)更入襯筆,遂覺異樣滿足生動。(沈巖旁)雖窮其相,尚失其真,猶去之邈然也。**幹唯畫肉不畫骨,**(奚禄詒乙本墨眉)近日多肉之人比比矣。(錢陸燦乙本墨旁)抑韓所以揚曹。(題商盤紅旁)抑彼揚此,插此四句,更覺氣局。(張雝敬墨旁)妙達畫理。**忍使驊騮氣凋喪。**(孫承澤墨眉)馬貴筋骨,故更道顧《八駿圖》全不見肉,此語深得畫理。(方拱乾評下)五字可悟詩文書法。(錢陸燦乙本墨旁)以上畫馬。(王士禛評)是就題抑揚,非真語。(嚴虞惇紅旁)已上畫馬。**將軍畫善蓋有神,**(方拱乾評)難在此一拓。(錢陸燦乙本紅旁)此句總上兩節。(嚴虞惇紅旁)總上。(題商盤紅旁)合。○排蕩。**必逢佳士亦寫真。**(徐渭墨旁)句拙自好。(方拱乾評)餘意。(丁耀亢紅眉)奇。(錢陸燦乙本墨旁)以寫生結。(錢陸燦丁本評)又借寫真感慨,宛轉跌宕,議叙兼行,以畫凌煙功臣者,至畫行路人,其不遇而貧賤可知,皆是悲痛之語。(朱方藹紅眉)偏善手與善士不值,觸類同悲,才子落魄,泛作應酬,以借涓滴之波,亦貌行路等耳。可憐,可惜!(吴錫麒紅眉)上已寫足,此却以反面畫之。畫肉不畫骨,罵盡皮相者流。知公於此亦借書於題耳,却是不露圭角,於此可哥[見]用筆之妙。(陳治墨眉)善手與佳士不值,千古同慨。(嚴復墨眉)又寫畫人,作推進一層説。(奚禄詒乙本墨旁)時未遇佳士。**即今飄泊干戈際,**(沈巖旁)帶起窮達。**屢貌尋常行**

路人。（**方拱乾評**）畫相又作一瀾，便於結。淋漓滿紙。（**李念慈紅眉**）抱璞之感，公亦自念。（**方貞觀墨眉**）感慨淋漓，神酣氣足。（**秦應逵墨旁**）與“凌煙功臣”對。（**張雝敬墨旁**）七字便堪淚下，一□不必更讀下去也。（**沈巖眉**）“尋常行路人”與“凌煙功臣”對。**途窮反遭俗眼白，**（**秦應逵墨旁**）與“至尊含笑”對。（**沈巖眉**）“俗眼白”與“至尊含笑”對。**世上未有如公貧。**（**錢陸燦丙本評**）鐵牛云：途窮眼白，此用字法。（**李以峙墨眉**）（“世上”句）按如《英華》本殊不成句。**但看古來盛名下，終日坎壈纏其身。**（**題商盤尾批**）諸題畫詩，皆七言古神境，此尤宛轉跌蕩。（**奚祿詒甲本尾批**）賦也。（**奚祿詒乙本墨眉**）末段正浮雲富貴。（**嚴虞惇紅眉**）結與起處相照應。（**方貞觀墨眉**）香山七古，全從此出。（**倪象占藍眉**）借將軍贈自己耳。（**沈巖尾**）杜征南之子孫，亦猶是矣。（**佚名戊紅眉**）蓋倚字用之耳。（**佚名己紅眉**）又推開一步作結。

【彙評】

汪琬乙本評：偏善手與善士不值，觸類同悲，才人落魄，泛作應酬，以借涓滴之波，亦貌行路等耳。可惜，可憐！

俞瑒乙本評：畫人畫馬，夾插言之，而以畫人爲主，中間寫畫馬處，感慨淋漓，正是爲人寫照耳。

吴士模墨眉：方其得意時，佳士偶與寫真，今則尋常行路人，亦屢貌之，且反遭其白眼，言其窮途之苦也。

韋諷録事宅觀曹將軍畫馬圖

錢陸燦甲本眉：方曰：通篇叙曹將軍，獨“有韋諷”一句點綴韋諷，□然無痕，可悟作詩之法。○此詩與《丹青引》皆言曹霸之畫之妙，此則專言畫馬，彼則兼言寫生。二詩比勘，《丹青引》覺更妙。

錢陸燦乙本紅眉：無對。

錢陸燦乙本墨眉：方曰：通篇叙曹將軍，獨此一句點綴韋諷，□然無痕，可悟作詩之法。○此詩與《丹青引》皆言曹霸之畫之妙，此則專言畫馬，彼則兼言寫生。二詩比勘，《丹青引》覺更妙。

錢陸燦丙本評：錢云：此詩與《丹青引》皆言曹畫之妙，此則專言畫馬，彼則兼之畫人。二詩比勘，覺《丹青引》更妙。

錢陸燦丁本評：此詩與《丹青引》皆詠曹畫之妙，此則專言畫馬，彼則兼言寫真。二詩比勘，覺《丹青引》更妙。

嚴虞惇紅眉：通篇叙曹將軍，只一句點綴韋諷，可悟詩法。

屈復評：少陵受明皇知遇之恩，終身感泣。此篇題是《觀曹將軍畫馬》，而意是哭明皇，故次段即提出"先帝"字，結乃放聲一哭也。

奚禄詒甲本眉：劉誠意《二十四龍圖》仿此法。此篇贊畫馬，與後篇贈曹將軍有别，故起結開闔不同。

奚禄詒乙本墨眉：劉誠意《二十四龍圖》仿此，長篇意外淪痛險絶。

盧見曾紅眉：首叙曹將軍，借江都王作陪。次段□盡之貴重，意在題前。三段記九馬之圖，正寫本題。四段叙韋録事，又借支遁作陪。末從先帝感慨，意在題外。陸時雍曰：詠畫者多詠真，詠真易而詠畫難；畫中見真，真中帶畫，尤難。此詩亦可稱畫筆矣。"可憐九馬"二句妙得神趣。胡夏客曰：此歌先言其寵遇，篇中則追述巡幸，俯仰感慨，照應有情，而沉著可味。張溍曰：杜詩詠一物而必及時事，故能淋漓頓挫。今人不過就事填寫，宜其興致索然耳。《杜臆》：就馬之盛衰，想國之盛衰，不勝其痛，而與畫馬相關在"筋骨同"一句。

盧見曾紅旁：蒼莽歷落中，法律深細，前從"照夜白"叙入，即伏末段感慨。中間錯綜九馬，文勢跌宕，可謂"毫髪無遺憾，波瀾獨老成”矣。七古至於老杜，浩浩落落，獨往獨來，神龍在霄，連蜷變化，不可方物。天馬行空，脱去羈靮，足以横睨一世，獨有千古。東坡《書韓幹牧馬圖》，猶非其匹，况他人乎？

曹炎旁：明皇馬名“照乘[夜]白”，嘗命曹霸畫以爲圖。

朱方藹紅眉：如太史寫巨鹿之戰，楚兵無不以一當百，呼聲振天，當使古今詩人膝行匍匐而見，何等筆力。

題張問陶墨眉：因畫馬説到真馬，因真馬説到天子巡幸，故君之思，惓惓不忘，此題後宕開一步法。

徐松紅眉：胡夏客曰：先言寵遇，篇中追述巡幸，俯仰感慨，而照應有情，沉著可味。○張宛邱曰：杜詩詠物必及時事，故能淋漓頓挫。

張裕釗眉：放恣縱横，離合變化，不主故常，惟史公文有此耳。

秦應逵墨眉：起以“畫”字、“真”字雙起，以後縈拂相間，組才變化，奇之又奇。

秦應逵紅眉：少陵受明皇知遇，終身感泣，此首題是觀畫，意是哭明皇，故次段即提出先帝，結處乃放聲一痛也。

沈巖旁：方云：通篇叙曹將軍，獨“後有韋諷”一句點綴，韋諷泯然無迹，可怪詩法。

沈巖眉：因畫馬説到真馬，因真馬説到天子巡幸，故君之思，惓惓不忘，此題後開拓一步法。

國初已來畫鞍馬，（**奚禄詒乙本墨眉**）起得竦㒹，正合古意。（**倪象占藍眉**）即“以”，同“已”。“已”即“以”，古語如此寫。用“以”字者，時文中語也。如何改杜詩？神妙獨數江都王。（**方拱乾評**）開口即出畫，次出將軍。（**汪琬乙本評**）二馬别起，自爲一段，何等筆力。（**吕留良紅眉**）起調誰能如此突兀？（**吕留良紅旁**）借客相形起。（**題商盤紅旁**）借客。（**題商盤紅眉)“國初”二字不是閑筆,正爲太宗先帝引起。(沈巖旁)先以江都引起將軍。將軍得名三十載,人間又見真乘黄。(李以峙墨眉)(又見)按作“不見”則費曲解矣,斷不可從。仇失正。(佚名己紅眉)此是借客。曾貌先帝照夜白,(吕留良紅旁)開。(題商盤紅旁)追叙是從題外引起。龍池十日飛霹靂。(方拱乾評)“飛霹靂”言其畫逼真,龍馬故能感池中之龍耳。(吕留良紅旁)好馬名。接得神氣。(題商盤紅眉)第五句伏“先帝”一筆,結處感慨一段有來歷。(張雝敬墨旁)馬也,而擬之以龍,將謂變化也。的是畫馬,不是真馬。(沈巖旁)先以畫他馬引起九馬。内府殷紅馬腦盤,(題商盤紅旁)詳。婕妤傳詔才人索。(曹炎眉)漢制:婕妤。唐制:才人並女官。盌賜將軍拜舞歸,輕紈細綺相追飛。(方拱乾評)自然生結。(題商盤紅旁)略。(王伯沆紅眉)寫來生色。貴戚權門得筆迹,(吕留良紅旁)且插且粘。(題商盤紅旁)足二句。始覺屏障生光輝。(題商盤紅旁)接入。昔日太宗拳毛騧,(吕留良紅旁)細。(宋犖紅旁)按筆陡健。(嚴虞惇紅旁)真馬。(題商盤紅旁)詳。(沈巖旁)又以真馬引起畫馬。近時郭家師子花。(方拱乾評)分疏見叙法。(嚴虞惇紅旁)真馬。(曹炎旁)代宗以九花虬賜子儀。(題商盤紅眉)畫馬如真,此曹之所以得名也。因畫想真,此公之所以興歎也。昔人謂公“一飯不忘君”,有以夫?(錢載評)豈可摸捉。(陳治墨眉)二馬别起,自爲一段。(秦應逵墨眉)又以二真馬引起畫馬。今之新圖有二馬,(嚴虞惇紅旁)畫馬。(嚴虞惇紅旁)二馬。(秦應逵墨旁)畫馬。(沈巖旁)畫馬。(佚名己紅眉)此乃論畫。復令識者久嘆嗟。(方拱乾評)將九馬分叙,纔有勢力采色。(朱方藹紅眉)二馬别起,自爲一段,推及七馬,又一段。此皆騎戰一敵萬,(嚴虞惇紅旁)即以畫馬當真馬。(題商盤紅旁)歎嗟以此。縞素漠漠開風沙。(汪琬乙本評)推及七馬,又一段。(題商盤紅旁)錯叙句。其餘七匹亦殊絶,(吕留良紅旁)省。(嚴虞惇紅旁)七馬。(題商盤紅旁)略。(沈巖旁)捕七馬作兩層寫。(佚名己紅眉)看其分叙之法。迥若

寒空動煙雪。（**徐松紅眉**）浦起龍曰：補寫兩匹，另叙七匹，總束九匹，極錯綜中却極整齊。（**陳治墨眉**）推及七馬。（**吴廣霈墨眉**）此題係《韋諷録事宅觀曹將軍畫馬圖》。（輯者注：此處原書訛誤，缺頁。）（**李以峙墨眉**）（雜霞雪）按諸本皆作"動煙雪"，因概作白馬解。余意從《英華》爲是。**霜蹄蹴踏長楸間，馬官厮養森成列。**（**方拱乾評**）"馬官"句補出畫人。（**吕留良紅旁**）合。（**題商盤紅旁**）帶點。**可憐九馬争神駿，**（**嚴虞惇紅旁**）二與七共九馬。（**題商盤紅旁**）總鎖，又總贊二句。**顧視清高氣深穩。**（**錢陸燦甲本眉批**）就愛其"神俊"一語，以真馬形畫馬，出韋録事，却又從畫馬思天馬，感慨繫之。（**錢陸燦乙本紅眉**）就愛其"神俊"一語，以真馬形畫馬，殆出韋録事，却又從畫馬思天馬，感慨繫之，千古獨精。（**汪琬乙本評**）九馬總叙一句，先後倒出，横甚。（**李念慈紅眉**）詠馬此爲盡神，因畫馬而忽發鼎湖之感，足見君父之懷，無時不切也。（**吕留良紅旁**）良工良馬，一言道出。（**朱方藹紅眉**）"九馬"總叙一句，先後倒出，横甚。（**吴錫麒紅眉**）七字畫出調良馬性。（**陳治墨眉**）"九馬"總叙一句。先後倒出，横甚。不得此段，何以結住全篇？（**魏源評**）末幅置身題外，感懷今昔盛衰，興會所至，悲壯蒼凉，而自與題相映帶。**借問苦心愛者誰？後有韋諷前支遁。**（**方拱乾評**）補出韋諷，推開作瀾，要此段方不單薄，此不獨瀾矣。（**吕留良紅眉**）陡入支遁，提醒韋諷，奇絶。○真假混言，最是妙處。（**吕留良紅旁**）别以本事，結出許多感慨，更奇。（**嚴虞惇紅旁**）畫。（**嚴虞惇紅旁**）真。（**題商盤紅旁**）煞出。（**題商盤紅旁**）倒裝句。（**題商盤紅眉**）此詩當看其結構之妙。將江都王襯曹，又將支遁襯韋，便增二人身分。本畫九馬，先從照夜白説來，詳其寵賜之出；本結九馬，却想到"三萬匹"去，不勝龍媒之悲，前後波瀾亦闊。中叙九馬，先將拳毛獅子拈出，另叙次及七馬，然後將九馬總贊。妙在一氣雄渾，了不著迹。（**錢載評**）一篇之匠心。（**秦應逵墨旁**）主人只一點。（**王伯沆紅眉**）極自然，極豪宕。（**沈巖眉**）支遁倒襯韋諷，與"江都"引出將軍相對，支愛者真馬，又與前後相對。（**佚名己紅眉**）出韋諷。**憶昔巡幸新豐宫，**（**宋犖紅旁**）拓開大妙。（**題商盤紅旁**）就題生情。（**沈巖旁**）又從先帝生波。**翠華拂天來向東。**（**吴錫麒紅眉**）説畫馬却似真馬形之，因今思昔，筆墨淋漓，遂成無限。**騰驤磊落三萬匹，**（**嚴虞惇紅旁**）真。（**沈巖旁**）映九匹，以真馬襯畫馬。**皆與此圖筋骨同。**（**方拱乾評下**）必如此章方足，方結得住。（**汪琬乙本評**）不得此段，何以結住全篇？（**汪琬乙本評**）又點入畫馬圖，自然無迹。（**嚴虞惇紅旁**）畫。（**題商盤紅旁**）紐入。（**朱方藹紅眉**）不得此段，何以結得全篇住？又點入畫馬圖，自然無迹。（**徐松紅眉**）浦氏謂以“三萬匹”烘托九馬，亦泥矣。（**秦應逵旁批**）映九馬，以真馬襯畫馬。（**張雝敬墨旁**）綰合一句，機局係促。**自從獻寶朝河宗，**（**題商盤紅旁**）頓跌。（**沈巖眉批下**）舊注“河宗”句以穆天子乎？比玄宗之什遐也。**無復射蛟江水中。**（**奚禄詒甲本眉**）畫馬之中忽思玄宗，應前“先帝照夜白”。〇思玄宗是其忠悃，然昔日天閑至三萬匹，而今之馬數減耗，亦有治亂盛衰之感，此公詩所以有關係也。（**奚禄詒乙本墨眉**）畫馬之中忽思玄宗，亦應前“先帝照夜白”。〇穆天子西歸，未幾崩，故以比玄宗升遐。（**吴錫麒紅眉**）低徊。少陵詠物，往往有此奇觀，那得不雄視百代！（**佚名己紅眉**）忽又推開，然後又收拾，此又一法也。**君不見金粟堆前松柏裏，**（**曹炎旁**）明皇太陵。（**秦應逵墨眉**）字字淚。（**秦應逵墨旁**）秦陵在金粟堆。（**沈巖眉**）秦陵在金粟堆。**龍媒去盡鳥呼風。**（**王士禛評**）字字淚。（**方拱乾評**）以瀾爲結，是一法。仍借先帝作結，纔見稱前段有力。（**方拱乾評**）大結。（**奚禄詒甲本尾批**）賦也。（**奚禄詒乙本墨眉**）末句言玄宗崩而賢人隱。（**奚禄詒乙本墨旁**）諷，比也。（**曹炎旁**）天馬徠，龍之媒。（**嚴虞惇紅尾**）明皇泰陵在金粟山。（**沈巖尾**）起處以“畫”字、“真”字雙起，以後縈回相間，組織變化，奇之又奇。（**王伯沆紅眉**）國運降替，一結慨然。

【彙評】

俞瑒乙本評：此題後拓開一步，結到真馬不見，而今日衹見畫馬，已在感慨中結出矣。

陳訏紅眉批仇注"正索其貌照夜白也。乃權戚求畫者,此亦用倒插法"處:"内府"四句,言珍盤紈綺,傳詔索賜將軍,因"紈綺"句與"拜舞"夾叙,故特用"相追飛"三字,見得同此盤飛騎頒賜。於叙次變化中,鈎勒又極分明。注云:才人索其貌照夜白,則上句"瑪瑙盤"未曾言作何用。而"紈綺"句,注又云:權戚求畫者,亦用倒插法。不知倒插法或在一聯之内,或在一句之内,今以上聯之下句,與下聯之上句相倒插,讀之亦文氣隔礙矣。

題商盤紅旁:"先帝"一段,從題外引起,至"憶昔"一段,又從題外開去,則但説真馬,乃知其意不在畫,並不在曹將軍也。

吴士模墨眉:盛衰存殁之感,鬱勃胸中,不覺聲淚俱下,故凡詩之平微矣,意味皆由性情不厚,胸襟不開。

吴廣霈墨眉:筆力雄健,辟易萬夫,真騏驥騰驤之材也。

吴廣霈墨尾:末四語如錢鏐王射潮鐵,力奪萬鈞,蛟龍見之,且闢易奔崩也。

送韋諷上閬州録事參軍

孫承澤墨眉:古人送别,動以國事民生相勖,豈若□之但作兒女語。

錢陸燦丁本評:録事參軍,職司糾彈,故以擊貪吏告之。當軍國事煩,徵求固所不免,而貪墨之吏,藉此朘削,非蟊賊而何?説來痛切。

李念慈紅眉:送行先告以時艱民隱,古人愛友往往如此,不似後世但盛諛詞、惜分袂也。

張裕釗眉:深衷悱惻。

國步猶艱難，兵革未衰息。（奚禄詒甲本眉）在時事爲仁言，在朋友爲厚道。（奚禄詒乙本墨眉）在時政爲仁言，在朋友爲厚道。（吴廣霈墨眉）一起十字，已足令人黯然銷魂。萬方哀嗷嗷，十載供軍食。（陳治墨眉）勖韋意俱多。庶官務割剥，不暇憂反側。誅求何多門，賢者貴爲德。（丁耀亢紅眉）仁人。（奚禄詒甲本墨旁、乙本墨旁）叶得。（奚禄詒乙本紅眉）出韋即承上"賢者"句。韋生富春秋，洞徹有清識。操持紀綱地，喜見朱絲直。當令豪奪吏，（李以峙墨眉）（當令）按作"因循"，大謬。自此無顔色。（奚禄詒甲本眉）"救瘡痍"二句正應"庶官"四句。（奚禄詒甲本紅旁、乙本紅旁）叶式。（奚禄詒乙本墨眉）"當今"四句正應"庶官"四句。必若救瘡痍，（孫承澤墨旁）至言。先應去蝥賊。揮涙臨大江，（孫承澤墨旁）惜别指此二句。高天意凄惻。（奚禄詒甲本紅旁、乙本紅旁）叶尺。行行樹佳政，慰我深相憶。（奚禄詒甲本尾批）賦也。○《白帖》云，録事參軍謂之綱紀掾。

絶句六首

申頲藍眉：家隱君曰：聲韻皆似律詩。

其一

日出籬東水，雲生舍北泥。（奚禄詒乙本墨眉）首二句興得起。竹高鳴翡翠，沙僻舞鵾雞。（奚禄詒甲本尾批）四句各爲一意。

其二

藹藹花蕊亂，（奚禄詒乙本墨眉）看起二句乃是何等□耶？飛飛蜂蝶多。（方拱乾評）五絶率趨娟豔一路，何以故？○五首皆中絶體，只第二首是後絶體。（沈曾植墨眉）熟字望用。幽棲身懶動，（屈復評）如"懶動"等字,惟少陵能用之。(**秦應逵紅眉**)如"懶動"等字,惟少陵能用之。客至欲如何? (**奚禄詒甲本尾批**)首二句興得起,又比得寬。

其　三

鑿井交椶葉,開渠斷竹根。扁舟輕裹纜,小徑曲通村。

其　四

急雨捎溪足,(**題商盤紅旁**)實眼句。斜暉轉樹腰。(**方拱乾評**)絶不似五律口氣,何以故?隔巢黄鳥並,翻藻白魚跳。

其　五

舍下筍穿壁,庭中藤刺檐。(**方拱乾評**)纖媚。地晴絲冉冉,江白草纖纖。

其　六

屈復評:寫夜景深刻生新,然亦諸家所能者。

奚禄詒乙本墨眉:情致無窮,人事、物理盡矣。〇細心讀公絶句,纔知不是李太白、王昌齡一流。

江動月移石,(**題商盤紅旁**)雙眼句。呼應句。兩對。(**奚禄詒甲本眉**)興致幽遠。溪虚雲傍花。(**秦應逵紅眉**)寫夜景深刻生新,然亦諸家所能者。鳥棲知故道,(**俞瑒甲本評**)承溪。帆過宿誰家?(**俞瑒甲本評**)承江。(**奚禄詒甲本尾批**)賦也。〇結二句情事無窮。

絶句四首

奚禄詒甲本旁、乙本墨眉:得楚調之旨。

其 一

堂西長筍别開門，塹北行椒却背村。（**方拱乾評**）有景。梅熟許同朱老喫，松高擬對阮生論。 朱、阮劍外相知。（**奚禄詒甲本墨旁、乙本墨旁**）即蔣詡"竹徑誰求仲往來"之意。（**曹炎眉**）朱、阮，劍外相知。

其 二

欲作魚梁雲覆湍，因驚四月雨聲寒。（**吕留良紅旁**）截爲五字甚妙。青溪先有蛟龍窟，竹石如山不敢安。

其 三

盧見曾紅眉：雖非正格，自是絶唱。近人以四句皆對謂截律詩中四句，是不知古人兩句一聯、四句一絶也。

盧見曾墨旁：此章詠溪前諸景，皆指現前所見而近遠兼舉。范成大《吴船録》：蜀人入吴者，皆從合江亭登舟，其西則萬里橋。杜詩"門泊東吴萬里船"，此橋正爲吴人設。

兩個黄鸝鳴翠柳，（**奚禄詒乙本墨眉**）恰似四景，其實貫注。一行白鷺上青天。（**沈巖眉**）鳥猶飛鳴得所，蜀中久亂，何可復戀？候雪消水生，便思放船下峽也。（**奚禄詒甲本眉**）下二句即"厭蜀交遊冷，思吴勝事繁"之意。窗含西嶺千秋雪，（**奚禄詒乙本墨眉下**）即"厭蜀交遊冷"。門泊東吴萬里舡。 西山白雪，四時不消。（**方拱乾評**）中四句絶。（**奚禄詒甲本尾批**）亦是竹枝之類。（**奚禄詒乙本墨旁**）"思吴勝事繁"。（**奚禄詒乙本墨眉下**）費禕使吴，孔明送至此橋曰："萬里之行，自此始矣。"故名。

其 四

藥條藥甲潤青青，（**奚禄詒乙本墨眉**）即"取譽""成形"二句，是藥條藥甲，不可言菜。色過椶亭入草亭。苗滿空山慚取譬，根居隙地怯成形。（**奚禄詒甲本尾批**）意遠而不成句。（**奚禄詒乙本墨眉**）太露了，亦不成句。（**嚴復墨眉**）“苗滿”“根居”一聯，皆不成語。

揚　旗二年夏六月，成都尹鄭公置酒公堂，觀騎士試新旗幟

方拱乾評：古。

汪琬乙本評：賦物寫事，無微不入。

曹炎旁：成都尹鄭公置酒，公堂觀騎士試新旗幟。

江雨颯長夏，（**奚禄詒甲本旁**）“長”者暢，長夏，六月也。府中有餘清。我公會賓客，（**沈巖旁**）府堂。肅肅有異聲。初筵閱軍裝，羅列照廣庭。庭空六馬入，（**奚禄詒甲本眉**）節度使安得六馬？（**奚禄詒甲本旁**）僭矣。駊騀揚旗旌。（**錢陸燦甲本眉批下**）字本《文選》。李義山詩襲用之，作“紅駊騀”。（**錢陸燦乙本紅旁**）字本《文選》。李義山襲用之，作“紅駊騀”。（**錢陸燦丙本評**）錢云：“駊騀”字本《文選》，李義山襲用之，作“紅駊騀”。（**陳治墨眉**）“駊騀”二字本《文選》。（**秦應逵紫眉**）“駊騀”本《文選》，李義山襲用之，作“紅駊騀”。（**吴廣霈墨眉下**）“旗”一本作“旆”，可兩通。（**沈巖旁**）出題。迴迴偃飛蓋，（**奚禄詒甲本眉**）“迴迴”以下八句形容揚旗之妙。熠熠迸流星。（**吴廣霈墨眉**）此段寫“旗”，並寫“揚”，題無剩義。來纏風飆急，去擘山岳傾。（**嚴虞惇紅眉**）數句曲盡揚旗之勢。（**吴錫麒紅眉**）正寫處如荼如火，非先生不到此仙境。（**沈巖旁**）四句寫出“練”字。材歸俯身盡，妙取略地平。（**方拱乾評**）旗中三昧語。公凡詠物必極其情致，如此十字者比比。人但以詩求，不能盡也。（**李念慈紅眉**）數揚描寫盡致。（**吴士模墨眉**）“材歸俯身盡”五字在可解不可解之間，刻劃中最渾成者，不易學。虹霓就掌握，舒卷隨人輕。（**錢陸燦甲

本眉、乙本紅眉)數句曲盡籏旗之勢。(**張裕釗眉批**)十字摹寫精妙,足達難顯之情。三州陷犬戎,(**奚禄詒甲本旁**)松、維、保。但見西嶺青。(**方拱乾評**)定當推開。(**吴廣霈墨眉**)實發揚旗之情形,全不假一絲烘托暗襯,乃足見大家筆力,非晚近所能學步也。公來練猛士,欲奪天邊城。此堂不易升,(**奚禄詒乙本紅旁**)此句雖有意,却率易耳。庸蜀日已寧。吾徒且加餐,休適蠻與荆。(**方拱乾評**)結合法。(**奚禄詒甲本旁**)賦也。

【彙評】

魯一同評批《心解》:彝按:仇注此文作於寶應元年,則此詩尚未入嚴幕。〇公在幕府,如此等事裨益不小,可以"許身稷契"矣。

軍中醉飲寄沈八、劉叟

方拱乾評:有載他人集者。〇群酣中有獨適之意。

李念慈紅眉:此首氣味筆力的爲子美作,何疑?

酒渴愛江清,餘甘漱晚汀。(**李以峙墨眉**)(酣)按"甘"當是脱筆之訛。軟沙欹坐穩,(**方拱乾評**)七句可想見。冷石醉眠醒。野膳隨行帳,華音發從伶。(**方拱乾評**)"華"字妙。(**吕留良紅旁**)雅。數杯君不見,醉已遣沉冥。(**方拱乾評**)"醉已"有作"都已"者,是。

【彙評】

佚名丁墨尾:竺云:詳推詩意,首四句言縱酒已酣之興,或是與沈、劉共飲也。至第五句方言從幕中復宴之事,蓋"行帳""從伶"非不盛也,但以君輩不見,故反不如向來逸興,此所以早已消遣酣醉之氣也。

憶昔二首

申涵光甲本評:摹寫太平盛事,令人神湜。“天下朋友皆膠漆”,只就朋友一節,説出全盛氣象。

奚禄詒甲本眉:追昔撫今,即屈原“敷衽陳詞”之意。

奚禄詒甲本旁:此真受簪陳戒之什。

奚禄詒乙本墨眉:俗惡,定是王安石僞作。與《洗兵馬》同看,後章“小臣魯鈍”數句便知此之僞。

沈巖眉:《纇本》云,用韻疏密有法。

其　一

方貞觀墨眉:此章自是刺代宗親見張、李弄權,不能自警,信任程元振,致有吐蕃之禍。而“張后不樂”句,則大輕薄,與本詩前後忠款正經語意,殊不相倫。○此語出自他手,自是妙句。出之子美,便成輕薄口吻。《北征》詩能爲玄宗隱諱,此詩竟不能爲肅宗隱諱耶?

憶昔先皇巡朔方,(**奚禄詒甲本旁**)以爲僞者,近是。(**奚禄詒甲本眉**)詩不僞,筆不可僞。(**奚禄詒甲本眉**)與《洗兵馬》詞氣相近,乃知二篇之僞。(**奚禄詒甲本眉**)朔方,肅宗即位於靈武。“后不樂”“上爲忙”,更不可。(**沈巖旁**)下“猛士”即朔方之士也。千乘萬騎入咸陽。陰山驕子汗血馬,(**奚禄詒甲本旁**)回紇也。長驅東胡胡走藏。鄴城反覆不足怪,(**奚禄詒甲本旁**)史朝義。(**沈巖眉**)“鄴城反覆”即指郭令失利言之。關中小兒壞紀綱,(**方拱乾評**)用小人之失。(**奚禄詒甲本旁**)程元振。張后不樂上爲忙。(**孫承澤墨眉**)一代亂本,兩語狀盡。(**方拱乾評**)“忙”字妙。(**汪琬丙本評**)“張后”句非體。(**王士禛評**)氣不接。(**奚禄詒甲

本旁)工部所不道。(**吴士模墨眉**)太直率。(**秦應逵紅旁**)輕率。(**奚禄詒乙本眉**)公安肯出此惡言?**至今今上猶撥亂,**(**方拱乾評**)怨甚。(**奚禄詒甲本旁**)代宗。**勞身焦思補四方。**(**奚禄詒乙本眉批**)"后不樂"不可,"上爲忙"更不可。(**沈巖眉**)亂本在關中,乃今上仍求之四方,是再踏覆轍,而至今不悟也。**我昔近侍叨奉引,出兵整肅不可當。**(**屈復評**)氣不接。(**秦應逵紅旁**)氣不接。(**李以峙墨眉**)(不可當)按"當"作"忘",大謬。(**沈巖旁**)紀綱縱亂,爪牙猶在,用猛士於内,非徒河北賊不去,並致西羌入犯矣。**爲留猛士守未央,**(**沈巖眉**)"留猛士"謂罷郭子儀兵柄也。**致使岐雍防西羌。犬戎直來坐御牀,**(**奚禄詒甲本旁**)吐蕃。**百官跣足隨天王。**(**沈巖眉**)昔猶能用[回]鶻驅東胡,今則致回鶻與吐蕃連兵入寇,是於喪亂以後,又成今昔之變,况如次篇所憶太平之日也。**願見北地傳介子,老儒不用尚書郎。**(**奚禄詒甲本旁**)不宜如此自道。○俗惡。(**沈巖尾**)身坐御床,安得亂懸北闕,故曰"願見傳介子"也。跣足下殿,用梁武事,却以百官隨意言之,直而有體。

【彙評】

方貞觀墨眉:錢虞山云:肅宗朝之禍亂,成於張、李。代宗在東朝,身履其難,即位以來,曾不少悟,乃復信任程元振,以召匈奴之禍,是亦童昏之尤。公不敢斥言,而以"憶昔"爲詞,其意亦婉而切矣。獨不思"張后不樂"一語,爲斥言乎?爲婉約乎?是則余之不可解者也。

其　二

方拱乾評:衍處能崛,散處能縮,隔處能度,惟公勝場,却非有心,是之謂神。

錢陸燦甲本眉:方曰:二篇一言開元全盛,朝野雍熙之像,一言肅宗信任張后、李輔國,致吐蕃復陷長安,太覺宣露,故删彼而存此。是。

錢陸燦乙本墨眉：方曰：二篇一言開元全盛，朝野雍熙之像，一言肅宗信任張后、李輔國，致吐蕃復陷長安，太覺宣露，故删彼而存此。

盧見曾紅旁：居然變雅，治亂相形，極其沉痛。王嗣奭曰："百餘年間"二語，蓋言法度之存亡，關乎國家之理亂。先叙此二語，隨用"豈聞"二字轉下，如快馬驀澗，何等筆力！仇兆鰲曰：明皇當豐亨豫大時，忽盈虚消息之理，致開元變爲天寶，流禍兩朝而變猶未已。此詩於理亂興亡之故，反覆痛陳。蓋亟望代[宗]撥亂反治，復見開元之盛焉。

題張問陶墨眉：前憶開元之盛，後叙吐蕃之亂，末望代宗之中興也。

陳治紅眉：汪云：使人有嘉靖、萬曆之感。

沈巖眉：《連昌宫詞》本擬此篇，才力相去，誠如子由論《長恨歌》之於《哀江頭》也。○前憶開元之盛，後叙吐蕃之亂，末望代宗之中興也。

憶昔開元全盛日，小邑猶藏萬家室。（**汪琬乙本評**）使人有嘉靖、萬曆之感。（**奚禄詒甲本眉**）樸老之氣，真在《雅》《頌》間。（**奚禄詒乙本墨眉**）追昔撫今，即屈原"敷衽陳詞"之意。稻米流脂粟米白，公私倉廩俱豐實。九州道路無豺虎，（**沈巖旁**）上男耕，下女桑，二句横插在中，與後亂離呼應，變化如龍。遠行不勞吉日出。齊紈魯縞車班班，男耕女桑不相失。宫中聖人奏雲門，天下朋友皆膠漆。（**汪琬乙本評**）慨然神往。（**吕留良紅眉**）樸處正不可到。（**朱方藹紅眉**）慨然神往。（**佚名己紅眉**）得此亦復回報。百餘年間未災變，叔孫禮樂蕭何律。（**方貞觀墨眉**）"百餘年間"二句將上下文一束，隨用"豈聞"二字，直渡下半，真飛仙之筆。(**徐松紅眉**)王嗣奭曰:“百餘年間”二句言法度之存亡,關乎國家理亂,先叙此二句,隨用“豈聞”二字轉下,如快馬鶱澗。(**奚禄詒甲本眉**)上開元全盛事,下處之與上相反。**豈聞一絹值萬錢,**(**佚名己紅眉**)“豈聞”意正如蛛絲蟻迹,不覺徑度矣。**有田種穀今流血。**(**奚禄詒乙本墨旁**)叶獝。**洛陽宫殿燒焚盡,宗廟新除狐兔穴。**(**方拱乾評**)直是蛛絲馬迹。(**朱方藹紅眉**)離亂以來,讀之酸咽。(**秦應逵墨眉**)善言痛苦。(**奚禄詒乙本墨旁**)叶驕。**傷心不忍問耆舊,復恐初從亂離説。**(**汪琬乙本評**)離亂以來,讀之酸咽。(**王士禛評**)善言痛苦。(**方貞觀墨眉**)“復恐初從亂離説”一句直結上兩個“憶昔”,律法之細如此。(**題張問陶墨眉**)沉痛語。(**徐松紅眉**)歸愚曰:“傷心”二句沉痛語,使人讀不得。**小臣魯鈍無所能,朝廷記識蒙禄秩。周宣中興望我皇,灑血江漢長衰疾。**(**奚禄詒甲本旁**)賦也。○觀末“江漢”句,似是公出夔後所作。(**吴廣霈墨眉批集評“吴云”**)吴批得之。(**李以峙墨眉**)(淚)按作“血”,非。

過故斛斯校書莊二首 老儒艱難,時病於庸蜀,歎其殁後方授一官

錢陸燦丁本評:斛斯既爲公酒伴,其莊必公常遊之地,今過莊思其人,不獨比鄰相依,愴然兼有今昔身世之感。燕鷗與舊日無異,而橋柳固不同矣。

盧見曾紅旁:黄生曰:借古叙事處,見筆之老;寫景寓情處,見筆之靈。二種筆法俱難到。錢謙益曰:《文苑英華》注云:“名融。”公詩有“走覓南鄰愛酒伴”,注云:“斛斯融,吾酒徒。”

陳治墨眉:汪云:過其莊,思其人,淒然兼身世之感。

其 一

題鮮于樞評:此歎斛斯公有才不見用於時,死後方授一官,雖

妻子亦不能自給,而寄食於他人,何益之有?故園林非昔日比,當此秋風淅淅,空餘繐帷在室耳,則其哀傷,爲何如哉?賦也。

屈復評:三四是歿後方授一官,鄰人所嗟,正此事。結承六句。

朱方藹紅眉:過其莊思其人,不獨比鄰相依,愴然兼身世之感矣。

題張問陶墨眉:首章寫斛斯歿後之況,是叙事。

嚴復墨眉:義山哀輓詩專學此種,故音節極相似。

此老已云歿,(**吕留良紅旁**)老邁。(**俞瑒甲本評**)"故"字。鄰人嗟未休。(**李念慈紅眉**)人琴之感,有聲有淚。(**申頲紅眉**)只一語已説盡事,後人挽章誇了又誇,反有誇不到處,褚[儲]光羲有"縣官清且儉,深谷有人家",説盡清廉,亦只五字是,皆古人身分。(**題商盤紅旁**)參差對起。(**奚禄詒甲本眉**)悲凉難讀。○五句纔轉出莊。(**奚禄詒乙本墨眉**)悲凉難讀。(**李以峙墨眉**)(未休)按作"亦休",大謬。竟無宣室召,(**題商盤紅旁**)借古爲喻。(**沈巖旁**)是没[歿]後擾官。徒有茂陵求。(**俞瑒甲本評**)校書。妻子寄他食,園林非昔遊。(**陳治墨眉**)"他食"用《左傳》"民食於他"語。空堂繐帷在,(**俞瑒甲本評**)應"歿"字。淅淅野風秋。(**奚禄詒甲本尾批**)賦也。

【彙評】

佚名丁墨尾:此初還草堂,失故交而作也。○首章寫斛斯歿後之況,是叙事。

其　二

題鮮于樞評:首四句即前詩"園林非昔遊"之意,而哀伤實過之。於是多慚鮑叔之知,遂有山陽思舊之作。且平生素交零落已盡,故老淚雙垂,不能自已也。賦也。

錢陸燦甲本眉:方曰:斛斯既爲公酒伴,其莊必公常遊之地,燕鷗與舊日無異,而橋柳故不同矣。素交零落者,不止於斛斯,如蘇司業、鄭廣文,皆以是年亡,所謂"凶問一年俱"者是也。

錢陸燦丙本評:"零落盡"謂不止於斛斯,如蘇、鄭皆以是年物故,所謂"凶問一年俱"者是也。

屈復評:前半斛斯莊是承"非昔遊",五六空有思舊之作,不能濟妻子之困,既痛行人,亦自念也。○"遂有"者,俯仰之間,已隔生死也。①

朱方藹紅眉:前首先言人,後言莊,次首先言莊,後言人,總是倒轉寫,杜公多用此法。

題張問陶墨眉:次章寫過莊哀感之思,是達情。

燕入非傍舍,(**俞瑒甲本評**)切"莊"。(**題商盤紅旁**)背面對起。鷗歸秖故池。(**奚禄詒甲本眉**)起句恰似次首。(**奚禄詒乙本墨眉**)起句却好次首。(**申頲紅眉**)二語自然生悲。斷橋無復板,(**俞瑒甲本評**)切"過"。臥柳自生枝。遂有山陽作,(**題商盤紅旁**)借古爲喻。多慚鮑叔知。素交零落盡,(**俞瑒甲本評**)收"故"字。白首淚雙垂。(**奚禄詒甲本尾批**)賦也。○六句言己不能恤其貧也。(**陳治墨眉**)結句推開説,"零落盡"不止於斛斯,如蘇、鄭皆以是年亡,故所謂"凶問一年俱"者是也。

【彙評】

張學仁參定:句句不脱"故"字,是杜公一定法。

---

① 校注:"既痛行人,亦自念",杭本作"結既痛故人,亦自念";"俯仰之間",杭本作"言俯仰之間"。

佚名丁墨尾:次章寫過莊哀感之思,是達情。○鮑叔,公自謂也,知其貪而不能存恤,是以慚也。○於貧交如此,委是至性人。

太子張舍人遺織成褥段

方拱乾評:絶無矯態,一種達觀守分大道理、大學問説來,忠厚和平如見其肺腑,如聞其口吻,神矣,至矣。與"步屧隨春風"又不同,却同其妙。如此大文章、真理學,乃出以詩,千古一人而已。字字真,無一毫迂氣,無一毫矯氣。覺天地、鬼神、聖賢皆臨其筆端。真西山因道學而服其詩,予則因詩而服其道學。今之崇法歷下者,何處生活?○古。一氣呵成,終有許多沉鬱。有謂作此隱諷嚴武者,説是。○須知公是一種恨貧怨賤安分之語説來,遂合於理,是爲大道。

錢陸燦甲本眉、乙本紅眉:有理。

方苞眉批:錢云,《唐史》:嚴武卒,其母曰:"吾知其免官婢矣。"史稱其在蜀恣志逞欲,好行猛政,窮極奢靡。○望溪先生句點。

奚禄詒甲本眉:自是□□。○張之爲人□不足重,故子美却之如此其嚴也。

奚禄詒乙本墨眉:本只拒張,何必旁扯嚴武?難道答人書劄,必與嚴看乎?

盧見曾紅旁:因小見大,殊有關於典制,足以正人心而厚風俗。錢謙益曰:史稱嚴武累年在蜀,肆志逞欲,恣行猛政,窮極奢靡,賞賜無度,公在武幕下作此諷諭,至舉李鼎、來瑱以深戒之,朋友責善之道也。不然,辭一織成之遺,而侈談殺身自盡之禍,無病而呻,豈詩人之意乎?

王士禛評:大有關係之作,全是樂府意。

宋犖紅眉:此等詩獨見其大,非三唐諸家所及。

吴騫墨眉:全是樂府意,大有關係之作。

張裕釗眉:此等它家所無。

秦應逵紫眉:大有關係之作,〇全是樂府意。

嚴復紅眉:王云,全是樂府意。

吴廣霈墨眉:即小見大,勉己箴人,煞有關係之作,不獨文采風流、才雄氣勁也。

王伯沆紅眉:史氏曰,古帛皆待織而成,此獨以織成名者,一切文采以雜色經緯織成之,如後世所謂刻絲耳。

沈巖旁:復歸成都草堂時作。

沈巖眉:詩極謹嚴,命意則微覺太過,爲後來合鬧詩篇之祖。奢僭縱横,目不忍見,不覺一吐胸中感憤。故非良時好會,無端合鬧可比。

佚名己紅眉:字字却有道。

客從西北來,遺我翠織成。開緘風濤涌,中有掉尾鯨。(**奚禄詒甲本旁**)四句皆比,有諷。(**奚禄詒乙本墨眉**)二句客云然。(**吴錫麒紅眉**)題前先形容褥段之珍麗,拔鞘風生,滿堂動色。透迤羅水族,瑣細不足名。客云充君褥,承君終宴榮。空堂魑魅走,高枕形神清。(**奚禄詒甲本旁**)二句乃客云也。領客珍重意,顧我非公卿。留之懼不祥,施之混柴荆。(**厲鶚評**)即錦鯨以刺奢淫,詞義嚴正。(**王鳴盛墨眉**)發出大道理,即《檀弓》"易簀"文中勘出。服飾定尊卑,(**傅山紅眉**)可歎。大哉萬古程。今我一賤老,裋褐更無營。煌煌珠宫物,寢處禍所嬰。歎息當路子,(**沈巖眉**)吾意如"歎息當路子"五韻,自可省耳。豈以蜀中奢僭自擅,不復識上下之分,故因事以諷曉之耶?干戈尚縱横。(**吕留良紅眉**)節何狷介,辭太戆直。掌握有權柄，衣馬自肥輕。（**吴錫麒紅眉**）數證以還却褥之真情，象齒致□合人毛竪。李鼎死岐陽，實以驕貴盈。（**方拱乾評下**）横極矣，却是一真。（**方貞觀墨眉**）何必説到此等地部？來瑱賜自盡，氣豪直阻兵。（**傅山紅眉**）胡説。（**奚禄詒甲本眉**）李鼎爲鳳翔，死岐陽，史不載。（**奚禄詒甲本旁**）駡人太毒，即無此句亦好。（**奚禄詒乙本墨眉**）搶白太過。皆聞黄金多，（**李以峙墨眉**）（皆）按“昔”形近而誤。坐見悔吝生。奈何田舍翁，（**傅山紅旁**）重複。受此厚貺情？（**奚禄詒甲本眉**）代宗廣德元年，程元振譖來瑱，與賊合謀，流播州，賜死。（**奚禄詒乙本墨眉**）來瑱，又史書：代宗廣德元年，程元振譖，流播州，賜死。不知兩説是否。（**秦應逵紫旁**）何云：在此住甚妙。錦鯨卷還客，始覺心和平。（**屈復評**）住此更妙。振我粗席塵，愧客茹藜羹。（**李念慈紅眉**）從“昔”是。（**吴士模墨眉**）拖一筆妙有情態。（**奚禄詒乙本墨眉**）不過因張無事可摘，便要曲説，可笑。（**沈巖眉**）“茹藜”句從“終宴”句來。

【**彙評**】

方拱乾評：滿肚皮不平，發爲道氣語，神矣，神矣。此豈六朝、漢魏、初盛中晚所能居乎？

李念慈紅眉：有此禁，則風俗儉，天下漸富矣。

屈復評：雖是藉以諷喻，却是至理，不用古引證，而用來理喻時人，意更切實。①

立秋日雨院中有作

方拱乾評：都府幕中作。

---

① 校注：第二條批語杭本闕。

方貞觀墨眉:就題而言,不作溢語,又曲折,又清灑,短排之極則也。

沈巖旁:與《遣悶呈嚴公》篇同意。

山雲行絶塞,大火復西流。(**方拱乾評**)轉以不對之二句,而令一篇妙。(**奚禄詒甲本眉**)以古體起。飛雨動華屋,蕭蕭梁棟秋。(**盧見曾紅旁**)三四殊有靈氣,勝謝朓"朔風吹飛雨,蕭條江上來"之句。(**嚴復墨眉**)起四句用散□體,愈覺高妙。(**吴廣霈墨旁**)不對自佳。窮途愧知己,暮齒借前籌。(**奚禄詒甲本眉**)已不得意於院中。(**奚禄詒乙本墨眉**)皆不得意之言。已費清晨謁,那成長者謀。解衣開北户,高枕對南樓。樹濕風涼進,江喧水氣浮。(**李念慈紅眉**)寫景二句有氣。禮寬心有適,節爽病微瘳。(**方拱乾評**)十字中有許多不屑之意。(**沈巖眉**)"禮寬心適"乃反言之,言所賴"節爽病瘳"也。直言欲去,則主將亦屬相知者,故仍望其功成内擢,庶幾稍效長者謀而引身也。主將歸調鼎,吾還訪舊丘。(**奚禄詒甲本旁**)賦也。(**方貞觀墨眉**)"舊丘"二字,論者紛紛,或曰當是草堂,或曰當是襄陽,不知何須此一番辯論。

寄董卿喜榮十韻

方拱乾評:雅壯。

王士禛評:西戎可焚蕩也。

奚禄詒甲本眉:平鋪直叙。

奚禄詒乙本墨眉:全無一毫情韻。

沈巖旁:筆不停。

聞道君牙帳,防秋近赤霄。(**俞瑒甲本評**)本意。下臨千雪嶺，（俞瑒甲本評）防秋之地。（李以峙墨眉）（三句）按“千雪嶺”不如“千仞雪”之自然。（王鳴盛墨眉）一作“下臨千仞雪”。却背五繩橋。海内久戎服，京師今晏朝。犬羊曾爛漫，（俞瑒甲本評）叙吐蕃之亂。宫闕尚蕭條。猛將宜嘗膽，龍泉必在腰。（俞瑒甲本評）警策。黄圖遭污辱，月窟可焚燒。（秦應逵紅旁）西戎可焚蕩也。（奚禄詒乙本墨旁）轉出下文。會取干戈利，無令斥候驕。居然雙捕虜，自是一嫖姚。落日思輕騎，（俞瑒甲本評）應“防秋”。高天憶射鵰。（俞瑒甲本評）寄懷。雲臺畫形像，皆爲掃氛祆。（奚禄詒甲本尾批）賦也。

【彙評】

俞瑒甲本評：只用“防秋”意剴切言之，筆力甚警動。

俞瑒乙本評：只用“防秋”意愷切言之，筆力甚勁。

奉和軍城早秋

徐渭墨旁：未必勝嚴武。

錢陸燦戊本評：湘曰：讀此詩知武勤於王事，與杜鴻漸之置酒、房次律之高會異矣。

李念慈紅眉：此首流動，在公集中又一機杼。

吕留良紅旁：却輸元作。

申頲紅眉：嚴詩云：“昨夜秋風入漢關，朔雲邊雪滿西山。更催飛將追驕虜，莫遣沙場匹馬還。”

申頲紅旁：和嚴武也。

秋風嫋嫋動高旌，（俞瑒甲本評）早秋。玉帳分弓射虜營。（俞瑒甲本評）軍城。（奚禄詒甲本尾批）六韜將軍在玉帳之中，不可攻也。（嚴

復墨眉)可謂强對矣。**已收滴博雲間戍**,(**題商盤紅旁**)對收。**更奪蓬婆雪外城。**(**奚禄詒甲本眉**)下二句分應"分弓"之意。(**奚禄詒乙本墨眉**)下二句分應首句。(**嚴復墨眉**)的[滴]博嶺在維州,蓬婆,吐蕃城也。

【彙評】

張學仁參定:染色濃厚,太白不能。

院中晚晴懷西郭茅舍

方拱乾評:與《宿府》同一情,同一調。

錢陸燦丁本評:此公不樂於幕府之作,明年遂歸草堂。德水謂舉束縛蹉跎,無可奈何意,一痕不露,只輕輕結一語云,既悲白頭趨幕,爲溪花所笑,將欲駕言吏隱,又恐爲溪花所疑,幾多心事,俱聽命於花。深乎,深乎!

屈復評:三四寫疏雨,法密,五六似怨,七八似愧。

題商盤紅眉:"元自"舊作"先自",非。按:二字集中屢用,今正之。"看時落""元自生"皆非因雨之故,明其爲疏雨也。五六倒叙聯,分裝對,言在幕元非己志,"不勞""復有""鐘鼓報新晴""樓臺銜暮景",益動人茅舍之懷,但一時未便得歸,身吏心隱,溪花未必肯信,其見笑宜矣。五六似向晚晴致怨,七八似對溪花分疏,極盡欲歸之情。興象玲瓏,意言委折。○七句佳在"浣花溪"三字直接。

奚禄詒甲本旁:此與《宿府》是一時之作,有大不得意於府中。

盧見曾紅旁:張璁曰:此公有不樂於幕府者也。明年正月,遂行歸草堂。

朱方藹紅眉:幽興相關,藩籬語毫無所涉,從"高城"渡下"葉心"二句,即西郭苑舍。"花饒笑"者,笑人滯院中,負此新晴佳景,故下句云然。

吴士模墨眉:幽興相關,藩籬語毫無所涉,從“高城”渡下“葉心”二句,即西郭茅舍。“花饒笑”者,笑人滯院中,負此新晴佳境,故下句云然。

題張問陶墨眉:公詩不難於雄健,而難於風韻,惟此結與“巡檐索共梅花笑”一結,獨覺姿致嫣然,所謂“老樹著花無醜枝”也。

吴廣霈墨眉:起得好。第二句尤超妙。三四上句稍遜。

沈巖眉:青苔先生,朱實時落,積雨思歸,歷計何日出院,乃風清雲淡,暮景西銜,復拘吏職,故懷隱彌切也。○言西日獨爲樓臺所銜,况高城隔限,即欲從院中一望西郭,豈可得乎?如此則新晴况味,何殊積雨?故不勞晚衙鐘鼓爲報也。二句透出懷西郭,言外之巧。

幕府秋風日夜清,(**俞瑒甲本評**)院中。(**秦應逵墨旁**)院中起。(**許蓤聚紅旁**)院中。(**沈巖旁**)院中起。澹雲疏雨過高城。(**俞瑒甲本評**)晚晴。(**秦應逵墨旁**)晚晴。(**沈巖旁**)“過高城”三字即打着西郭。葉心朱實看時落,(**題商盤紅旁**)承次句。(**奚禄詒甲本旁**)中四句似有比。(**李以峙墨眉**)(看)按“堪”,音同而訛。階面青苔先自生。(**李以峙墨眉**)(老更生)按别本皆欠妥順。(**陳治墨眉**)“葉心”二句即西郭茅舍樓臺鐘鼓院中景象,復有不勞寫懷字之神情深一。(**沈巖旁**)此句倒裝,見望晴之切,下陡接“復”字,極變化。復有樓臺銜暮景,(**嚴虞惇紅旁**)晚晴。(**題商盤紅旁**)分裝對。倒叙聯。(**許蓤聚紅旁**)晚晴。不勞鐘鼓報新晴。(**奚禄詒甲本旁**)有興。(**奚禄詒乙本墨眉**)中四句有比。(**吴廣霈墨眉下**)五六似微有刺譏之意。浣花溪裏花饒笑,(**俞瑒甲本評**)西郭茅舍。(**奚禄詒甲本眉**)第七句正與上六句對針。(**嚴虞惇紅旁**)西郭茅舍。(**許蓤聚紅旁**)西郭茅舍。(**沈巖旁**)西郭茅舍結。肯信吾兼吏隱名。(**方拱乾評)要想見其幕中無聊之情狀。(**奚禄詒甲本旁**)賦也。○幕中不如浣花溪也。(**吴廣霈墨眉**)收亦佳。(**王伯沆紅眉**)詞氣略似得意。

【彙評】

俞瑒甲本評:結語花亦笑人,風致絶好。

張學仁參定:不樂居幕府之意絶不露出,結意自在言外。

到　村

李念慈紅眉:此必有不得意於其左右者,主人如此相知,而仍不免,依人之難如此。

奚禄詒甲本旁:此浣花村也。起四句亦興體。

沈巖旁:公與武並在兩省,比肩事主,老而爲客,屈居幕府,其思返故林,如痿人之願起,非今人謬語恬退也。

碧澗雖多雨,秋沙先少泥。(**吴廣霈墨眉**)明净無塵。蛟龍引子過,(**奚禄詒甲本旁**)承首句。荷芰逐花低。(**奚禄詒甲本旁**)承次句。(**奚禄詒乙本墨眉**)起四句似興體。(**嚴復墨眉**)"荷芰逐花低"亦難解。老去參戎幕,歸來散馬蹄。稻粱須就列,(**奚禄詒甲本旁**)已逗"町畦"句。榛草即相迷。蓄積思江漢,頑疏惑町畦。(**奚禄詒甲本眉**)《莊子》:彼且爲無町畦,吾亦與爲無町畦。(**李以峙墨眉**)("疏頑"句)按"惑""感"必有一誤,但二字俱費詮解。(**嚴復墨眉**)四句興重。暫酬知己分,還入故林棲。(**奚禄詒甲本旁**)賦也。

村　雨

題鮮于樞評:首言夜雨作寒,乃[挈]帶開箱而看黑裘朱紱,然以世情言之,只益睡耳;以世亂言之,敢忘憂乎?第茅齋之松菊新蒙霑洗,而鮮妍足慰遠遊之寂寞矣。賦也。

奚禄詒甲本眉:此時在嚴武幕中,似有不得志者。

奚禄詒甲本旁:村即浣花溪。

奚禄詒乙本墨眉:用蘇秦"黑貂裘敝"。

王嗚盛旁:此公在幕府懷西郭茅舍而作,曰"村雨",懷江村之雨也。

雨聲傳兩夜,寒事颯高秋。挈帶看朱紱,開箱睹黑裘。(**佚名丁墨旁**)竺云:三四承第二句,言改裝衣服之狀。"看朱紱"是官人,"睹黑裘"乃貧士,有卒然自笑之意。**世情只益睡,盜賊敢忘憂。松菊新霑洗,茅齋慰遠遊。**(**奚禄詒甲本旁**)賦也。

【彙評】

佚名丁墨尾:玩中四有出處兩難意。辭幕之志,已萌於此矣。

宿 府

汪琬乙本評:語悲而壯,故足動人。

奚禄詒甲本眉:此嚴武再鎮蜀,公在幕中時。

奚禄詒甲本旁:幕府已非所樂。

奚禄詒乙本墨眉:與《晚晴》同是不得意於幕中,此更渾健。

盧見曾紅眉:多少心事,於無聊中出之,字字沉鬱。

盧見曾墨旁:此廣德二年在幕府作。○此秋夜宿府而有感也。上四叙景,下四言情。首句點"府",次句點"宿"。角聲慘慄,悲哉自語;月色分明,好與誰看?此獨宿淒凉之况也。鄉書闊絶,歸路艱難，流落多年，借棲幕府，此獨宿傷感之意也。玩“强移”二字，蓋不得已而暫依幕府耳。

王士禛評：前景後情，“棲息”應幕府“獨宿”也。

朱方藹紅眉：語悲而壯，故足動人，不落時豔，所以爲難。使此意入近手，不知作何語矣，能如是高壯否？

吴農祥評：八句皆對，既極嚴整從容，復帶錯綜變化，此公之神境。

題張問陶墨眉：惟悲故自語，雖好與誰看？上四字一讀，下二字一讀，二字横插中間，句法倍覺沉鬱頓挫。

吴廣霈墨眉：一起已握全神。三句非曾從軍幕者不知其妙。○莊嚴之中，出以疏宕，由其才力大、變化多耳。

吴廣霈紅眉：通首一氣呵成，無句不佳，真可謂一字一珠也。

許蓌聚紅眉：“自語”“誰看”，無聊之極也。風塵滿地，道路梗塞，不得已而就此一宿，豈吾願乎？

沈巖旁：不得於中甚矣，故下編《遣悶奉呈嚴公二十韻》一篇。

沈巖眉：二泉云：自聞之，自言之，自見之，自賞之，皆無人相和也，獨宿之況如此。○言非遯操不堅，直爲無路可歸耳。然十年忍窮，今來豈肯懷安？方決去也。

嚴復墨眉：《宿府》《登高》，各極其妙，乃杜律之至者。

清秋幕府井梧寒，（**題商盤紅旁**）對起。獨宿江城蠟炬殘。（**陳治墨眉**）通首皆對仗。永夜角聲悲自語，（**吕留良紅旁**）句法。（**俞瑒甲本評**）承“獨宿”。（**題商盤紅旁**）三折句。（**奚禄詒甲本眉**）來路自深渾。（**奚禄詒甲本眉**）“悲”字、“好”字，屬上、屬下，斷讀、連讀皆妙，正是詩律細字。中天月色好誰看？（**厲鶚評**）“悲”字、“好”字，頓挫有力。（**奚禄詒乙本墨眉**）“悲”字、“好”字，或屬上，或屬下，或斷續，或聯讀，皆妙。每句有四層。**風塵荏苒音書絶，**（**俞瑒甲本評**）轉出十年事。（**題商盤紅旁**）順因句。**關塞蕭條行路難。**（**厲鶚評**）言奔走十年，今依幕府，粗得安集。**已忍伶俜十年事，强移栖息一枝安。**（**俞瑒甲本評**）應"獨宿"。（**題商盤紅旁**）對收。（**錢載評**）亦疊亦對。（**奚禄詒乙本墨眉**）"伶俜"獨行，歌獨伶仃也。

【彙評】

俞瑒甲本評：感慨在中聯，"角聲""月色"亦是傷情。

張學仁參定："悲"字、"好"字自宜作活字用，若將下兩字另讀，不成句法矣。

嚴復墨眉：《登高》對到底，《宿府》亦對到底，杜之名作，大略皆對到底也。

遣悶奉呈嚴鄭公二十韻

方拱乾評：排。〇窮而不諷，懊而不怒，淋漓瀟灑，自遊其中，不勝悲感骯髒。

屈復評：嚴非杜真知己，具見此詩。

奚禄詒甲本眉、乙本墨眉：辭幕劄子。

方貞觀墨眉：通篇無大意味。〇是鯁咽，不是頓挫；是蕪累，不是華藻；是晦澀，不是深厚。

盧見曾紅旁：黄生曰：公與嚴武始終暌合之意，具見此一首。蓋公在蜀，兩依嚴武，其於公故舊之情，不可謂不厚。及居幕中，未免以禮數相拘，又爲同輩所譖，此公所以不樂其束縛，往往寄之篇詠也。

秦應逵紅眉：嚴非杜真知己，時見此情。

白水魚竿客，清秋鶴髮翁。胡爲來幕下，秪合在舟中。黄卷真如律，(沈巖眉)“黄卷”似同今日黄册。青袍也自公。老妻憂坐痹，幼女問頭風。平地專欹倒，分曹失異同。禮甘衰力就，義忝上官通。(李念慈紅眉)此中蓋有故矣。疇昔論詩早，光輝仗鉞雄。(嚴復墨眉)“疇昔”一聯，振筆頓挫，排律之秘。寬容存性拙，剪拂念途窮。(沈巖眉)“存性拙”二句即所謂異同。露裛思藤架，(奚禄詒甲本旁)指草堂。煙霏想桂叢。信然龜觸網，(奚禄詒甲本眉)此所以問也。(奚禄詒甲本旁)《史·龜策傳》：龜使抵網而遭漁者得之。(奚禄詒乙本墨旁)大不悦。直作鳥窺籠。西嶺紆村北，南江繞舍東。竹皮寒舊翠，(奚禄詒甲本眉)“竹皮”二句亦雅。椒實雨新紅。(嚴復墨眉)四韻言所居之就荒。(奚禄詒乙本墨旁)二句雅。浪簸船應坼，杯乾甕即空。藩籬生野徑，斤斧任樵童。束縛酬知己，蹉跎效小忠。(李念慈紅眉)“束縛”二句爲暮客寫生，“周防”二句明有左右同事觸忤在内。(奚禄詒甲本眉)“束縛”“蹉跎”四字明明是怨。(奚禄詒乙本墨眉)“束縛”“蹉跎”四字明明不悦。(秦應逵紅旁)悶。(佚名己紅眉)觀此十字，未足稱知己也。周防期稍稍，太簡遂匆匆。曉入朱扉啓，昏歸畫角終。(秦應逵紅旁)即昌黎之“晨入夜歸”也。不成尋别業，未敢息微躬。烏鵲愁銀漢，(秦應逵紅旁)悶。駑駘怕錦幪。會希全物色，時放倚梧桐。(秦應逵紅旁)“遣”字收。(張雝敬墨旁)此翁之曠懷高節，悉於是詩中見之。(沈巖眉)“全物色”言亦須使我不失故態也，“倚桐梧”兼以鳳棲自比。

【彙評】

吴廣霈墨眉：此詩疏狂傲岸則有之，然並無狎侮嚴武之處，何至其欲殺之心耶？邪説必不可信。

嚴鄭公階下新松得霑字

吕留良紅眉:大是自喻。

朱方藹紅眉:俱切時地言,非漫作者。

題張問陶墨眉:松、竹二首,各於結語微露本意。

奚禄詒乙本墨眉:有諷。

沈巖旁:句句藏得一"諸侯老賓客"在内。

弱質豈自負,移根方爾瞻。(**陳治墨眉**)語無漫設。細聲聞玉帳,疏翠近珠簾。未見紫煙集,虚蒙清露霑。(**丁耀亢墨眉**)寓諷。(**李念慈紅眉**)"虚蒙"句似有所諷。(**屈復評**)押"霑"字似有意。(**嚴復墨眉**)二聯實做"階下"二字,三聯實做"新"字。何當一百丈,欹蓋擁高檐。(**李念慈紅眉**)結雄傑偉岸。(**奚禄詒甲本尾批**)賦而比也。

嚴鄭公宅同詠竹得香字

王鐸評:亦猶人耳。

屈復評:七句亦有意。

方貞觀墨眉:只此即大雅。

奚禄詒甲本眉:不得意之極。

奚禄詒乙本墨眉:不得意之極,與《新松》同。

盧見曾墨旁:"新梢"二字,全詩之眼。"色侵"二句,静時景也。"雨洗"二句,動時景也。末則欲加保護,言外託諷。楊慎曰:竹亦有香,人罕知之。杜詩:"雨洗娟娟净,風吹細細香。"李賀詩:"竹香滿幽寂,粉節塗生翠。"皆善於體物。

朱方藹紅眉:《詠松》已含軒昂之情,《詠竹》便有蕭疏之致,其秀色藹然則一也。

題張問陶墨眉：二詩結句，皆寓依人意。《松》詩負氣不凡，此詩託意又婉。

陳治墨眉：汪云：《詠松》已含軒昂之情，《詠竹》便具瀟灑之致，其秀色藹然則一也。

綠竹半含籜，新梢纔出墻。色侵書帙晚，陰過酒樽凉。（**孫承澤墨旁**）二語是竹，不可移。（**李以峙墨眉**）（四句）記别本有作"陰逼"者，似勝"過"字。（**沈巖眉**）"晚"字、"凉"字妙。**雨洗娟娟净，風吹細細香。**（**孫承澤墨旁**）此尚可移。（**墨眉**）此語似有鈎簾之疑。（**吕留良紅眉**）"香"字下得好。（**汪琬甲本紅眉**）竹香，柳香。**但令無剪伐，會見拂雲長。**（**方拱乾評**）結似有所爲。（**奚禄詒甲本尾批**）賦而比也。

【彙評】

佚名丁墨尾：亦是新竹也。《杜臆》云：《松》《竹》各於結語微露本意。愚按，二詩皆寓依人意。松詩負氣不凡，竹詩託意又婉。

晚秋陪嚴鄭公摩訶池泛舟得溪字

方拱乾評：秋何以落？無心妙句。

屈復評：前四"晚秋"，後四"泛舟"，語含比興。

奚禄詒甲本眉：句好在"落"字、"迷"字。

奚禄詒乙本墨眉：妙在"落""迷"二字，連用三鳥獸也。

朱方藹紅眉："落"字奇。須溪所云詩不可解則妙也。

題張問陶墨眉：鴛、翠與鷺有何差别？公特以鷺自比，故見二物之振撥，而喫緊告誡焉，辭幕之情見矣。

湍駛風醒酒，（**李以峙墨眉**）（駛）按“駛”明係形訛。**船回霧起堤。**（**方拱乾評**）五字全是天工，豈人力？○不可思議，但覺其妙。**高城秋自落，**（**奚禄詒甲本旁**）項前。**雜樹晚相迷。**（**奚禄詒甲本旁**）項次。**坐觸鴛鴦起，巢傾翡翠低。莫須驚白鷺，爲伴宿清溪。**（**方拱乾評**）三用鳥獸字，惟三用乃不見其複病。（**奚禄詒甲本旁**）賦也。（**吴廣霈墨眉**）以能安隱士爲喻也。（**沈巖尾**）第三未詳，意謂秋水落，愈覺城之高也。

【彙評】

佚名丁墨尾：一二作不了語，三四分頂“風”“霜”以足之，另是一奇。鴛、翠與鷺，有何差别？公特以鷺自況，故見二物之振撥，而喫緊告誡焉，辭幕之情見矣。

陪鄭公秋晚北池臨眺

方拱乾評：排。不卑不亢，亦腴亦清。○詩有淺者，有單者。單與淺不同，淺之病易見，單之病難見。雅則易單，圓則易單，秀則易單，單豈易言乎？救單之法，在力，在學問。○試看“初豔”亦高，其尋常對類，學問可見，王、李之論尚未許升堂，況入室乎？

李念慈紅眉：雖無甚警拔，氣味却是。

俞瑒乙本評：此首氣味尚相近。

奚禄詒甲本旁：遣悶奉嚴詩，如何不收在此？

吴廣霈墨眉：秀逸。

沈巖旁：刺詩。

沈巖眉：此篇疑非公語。○丙子。

北池雲水闊，華館闢秋風。獨鶴先依渚，（**奚禄詒甲本旁**）比己。(**李以峙墨眉**)(元)按"先"形似之誤。衰荷且映空。 采菱寒刺上,(**奚禄詒甲本旁**)刺貪乎? 蹋藕野泥中。 素檝分曹往,金盤小徑通。 萋萋露草碧,片片晚旗紅。 杯酒霑津吏,衣裳與釣翁。(**錢載評**)愈瑣細而愈大。異方初豔菊,(**奚禄詒甲本旁**)入自序。(**沈巖眉**)"異方"以下又就秋晚致慨,歡娱消日,功業陵遲,此公所爲以無補自責者也。故里亦高桐。 摇落關山思,(**奚禄詒甲本眉**)"摇落"四句,大有諷刺。淹留戰伐功。(**奚禄詒乙本墨眉**)"摇落"四句深有譏諷。嚴城殊未掩,清宴已知終。 何補參軍乏,(**奚禄詒甲本旁**)非應付了事。(**李以峙墨眉**)(參軍乏)按"卿"字恐誤,又"乏"字難解,不如"事"字。歡娱到薄躬。(**奚禄詒甲本旁**)賦也。

【彙評】

方拱乾評:雅飭不難,難在不單薄。

陳訏紅眉批仇注"戰功稱嚴"處:嚴城未掩,是點醒本題"晚"字。注云"戰功稱嚴",不知"城"字又作何解?

奉觀嚴鄭公廳事岷山沱江畫圖十韻

徐渭墨眉:亦是此翁之精句。

方拱乾評:是題畫一定格局,説來雅穩,便見老手。是作畫常格,却圓妙,無斧鑿痕。○排。

錢陸燦甲本眉:八聯句句寫繪事,以繪事總收。

錢陸燦丙本評:錢云:八聯句句寫繪事,以繪事總收。

汪琬乙本評:分四段,"沱水"下正賦畫圖,"直訝"下細寫之,"暗谷"下虚擬之,"繪事"下則歸美嚴公也。○極力形容,多用虚字,而仍自不寬。

吴農祥評:山水皆夾寫工緻,第"沱水""岷山",不徵一實事,何也?

王士禛評:律法精細嚴整,點眼只一二虚字,學者宜熟玩之。○庾子山《詠屏風》云:"昨夜鳥聲春,驚鳴動四鄰。今朝梅樹下,定有詠花人。"其妙乃爾。後人則云:"遠觀山有色,近聽鳥無聲。春去花猶在,人來鳥不驚。"此正相用。結四句却好。

方貞觀墨眉:精緻細密,處處合拍。○此詩好處不過妥貼細膩,局面小氣體薄,非公排律大篇可比。

題商盤紅眉:岷山導江,東别爲沱。○昆侖山有玄圃堂。○起聯宏壯堅勁,開門見山,以後承此寫去,字字刻畫,句句變化。題畫詩爲排律,非此不稱。○諸句眼字皆用得生動。○"沱水""岷山"明説,"白波""青嶂"暗説,襯足二語,後五聯分寫江山景物,一邊一句。"雪雲"二語尤是題畫三昧,咫尺可論萬里也。○"玄圃""洞庭"皆比也。"秋城"字影仙家五城意,或作"成",非。○"毫末""練光"雖暗點畫意,必明出"繪事"字,題始著實耳。○結歸主人,律家定矩。○楊誠齋云:杜排律僅可止此,至五十韻或百韻,非古法矣。劉須溪云:句句著畫意,正似未離本處。

奚禄詒甲本眉:起得屹然,律整而氣宕,才無纖隙。

奚禄詒甲本旁:句句是畫,却説得活現。

奚禄詒乙本墨眉:通章律整而氣宕。

盧見曾紅旁:甫心繫國家,往往因題闌入,今爲嚴武題畫而不及此,蓋志將遠引,故語不旁及。其詩精嚴流麗,點睛在虚字,讀者宜細玩之。胡夏客曰:起聯莊重,接聯精警,收語穩足,此最入格之篇。仇兆鰲曰:昔人論此詩爲宋人詠畫之祖,但其分寫山水,亦本謝靈運《過始寧墅》詩,杜用以詠畫,更較詳細精工耳。

吴騫墨眉:亦猶人耳。律法精細嚴密,點眼只一二虚字,學者宜熟玩之。

題張問陶墨眉：即"堂上不合生楓樹"起法，每聯中山水分寫，一結歸重嚴公，雙收，通體格律極細。

秦應逵墨眉：律法精細嚴整，點眼只一二虚字，學者宜熟玩之。

沱水流中座，（**題商盤紅旁**）破明。（**秦應逵墨旁**）廳事。岷山到此堂。（**俞瑒甲本評**）雙起。（**奚禄詒乙本墨眉**）起得屹然。白波吹粉壁，（**題商盤紅旁**）足上。（**佚名己紅眉**）"吹"字奇。青嶂插雕梁。（**吕留良紅眉**）句句要説畫，亦泥。（**俞瑒甲本評**）是畫。（**嚴虞惇紅旁**）分承下。（**嚴復墨眉**）起廿字點題，已翕"廳事岷山沱江畫圖"八字。（**奚禄詒乙本墨旁**）先水後山。直訝杉松冷，（**題商盤紅旁**）分頂江、山，細寫。（**秦應逵墨旁**）入"觀"字。（**佚名己紅眉**）看中間句法又變。兼疑菱荇香。（**嚴復墨眉**）中六韻極寫畫中景物，所謂直擂鼓心者也。逐聯山、水分寫。雪雲虚點綴，沙草得微茫。嶺雁隨毫末，川蜺飲練光。（**嚴虞惇紅眉**）練光，絹素也。（**奚禄詒乙本墨旁**）先山后水。霏紅洲蕊亂，拂黛石蘿長。（**方拱乾評**）只一意形容耳，看句法之變。暗谷非關雨，丹楓不爲霜。（**方拱乾評**）後六句見老手。（**方拱乾評**）總二句，難承，見法，見力。（**吕留良紅旁**）老人作小兒語，何哉？（**嚴復墨眉**）楊萬里謂：此排瓊枝寸寸是玉，旃檀片片皆香。〇毫末之"毫"，筆毫也。練光之"練"，絹練也。"霏紅""拂黛"，帶指畫中著色。故此篇所賦的是畫幀中山水，非空山水，其用意之細若此。（**佚名己紅眉**）後八句正見法力。秋成玄圃外，景物洞庭傍。（**題商盤紅旁**）略束。（**秦應逵紅旁**）以上句句分詠山、水。（**奚禄詒乙本墨旁**）合。繪事功殊絶，（**俞瑒甲本評**）畫圖。（**奚禄詒甲本旁**）纔入畫。幽襟興激昂。（**方拱乾評**）出畫又難，見法，見力。（**俞瑒甲本評**）奉觀。（**題商盤紅旁**）找合是實繳。（**秦應逵墨旁**）鄭公。從來謝太傅，（**俞瑒甲本評**）歸重嚴公。（**題商盤紅旁**）結歸主人。（**秦應逵墨旁**）歸重鄭公。邱壑道難忘。（**俞瑒甲本評**）總結。（**奚禄詒甲本眉**）末了嚴公。（**奚禄詒

甲本旁)賦也。(**奚禄詒乙本墨眉**)末纔點畫與嚴。(**陳治墨尾**)山、水分對,妙在句句是畫。(**佚名己紅眉**)結處工妙,□見劣矣。

【彙評】

方拱乾評:結十字更妙。尋常畫詩却一字那[挪]移不得,他人一字道不得。字字分貼穩細,所謂畫工之筆,非化工也。而論者遂以爲公絶頂詩。

錢陸燦丁本評:錢湘靈云:八聯句句寫繪事,山水對寫,極大小、遠近、高下、虚實諸景,刻劃生動,末以嚴鄭公收。

俞瑒甲本評:每聯中山水分寫,筆法自佳。

張學仁參定:楊萬里謂:此詩瓊枝寸寸是玉,旃檀片片皆香。愚尤愛末拈"限"韻,句極渾成。

俞瑒乙本評:每聯中山水分寫,妙在句句是畫圖。

秦應逵墨尾:八聯句句寫繪事,以繪事總收。

張雝敬墨旁:山水聯聯對講,而絶不見排偶之迹,又句句是畫中之景,猶爲精切。

沈巖尾:學杜者從此等入,便有窺仰之語。

送舍弟穎赴齊州三首

方拱乾評:偶起流承,流起偶承,自然之機,自然之法。看他一首一意,三首共一意,淺深生結之妙,天然活現,詩之聖境也。○情、法、緒俱臻最上乘。

王嗚盛旁:廣德二年作。

王嗚盛墨眉:"穎"一作"頻"。"頻赴"謂臨行也,即指檢校草堂之占,蓋隨公者獨占耳,穎未嘗來也。

佚名丁墨旁:竺云:穎當占,見注解,然作"頻"字不通。從公入蜀者唯弟占耳。穎來蜀,不知何時。

其 一

題鮮于樞評:言弟自蜀赴齊州,何時可到耶?泣而送之,傷道遠也。况我衰老,避亂絶域,與汝暫相見,而又别去,是故"意都迷"而不知所云,伤時危也。賦也。

王士禛評:又用"東""西""南""北"字。

題張問陶墨眉:到日即晚,亦何至淚下萬行?可知下文"危時""干戈""風塵"等句,都已包攝裏許。

岷嶺南蠻北,徐關東海西。(**吕留良紅眉**)心中事,口頭語,紙上詩,看之似易,作之甚難。(**俞瑒甲本評**)赴齊州。(**奚禄詒甲本旁、乙本墨旁**)已住。(**朱方藹紅眉**)純是本地風光,而其中自饒色澤,未許淺人問渡也。看其語語老辣。(**陳治墨眉**)語語老辣,瘦硬通神。(**秦應逵墨眉**)又用"東""南""西""北"字。(**沈巖眉**)《左傳》:遂自徐關入。**此行何日到?送汝萬行啼。**(**俞瑒甲本評**)送弟。(**奚禄詒甲本旁、乙本墨旁**)弟往。**絶域唯高枕,**(**俞瑒甲本評**)自影。(**奚禄詒乙本墨旁**)别後之情。**清風獨杖藜。**(**李念慈紅眉**)"清"一本作"秋",佳。(**奚禄詒甲本旁**)送後之情。(**沈巖眉**)繼先祚、收兄弟,都在腹聯十字中,如此乃瞥見即去,於情理爲不可解,故曰"意都迷"也。**危時暫相見,**(**屈復評**)"暫"字傷心。**衰白意都迷。**(**奚禄詒甲本旁**)凄楚。(**奚禄詒甲本尾批**)賦也。(**奚禄詒乙本墨眉**)結句凄楚。(**吴廣霈墨眉下**)"迷"字,韻欠穩。

【彙評】

佚名丁墨尾:上四一片聲哭出,下乃敷衍詠歎法。○起四句三首全意都攝。

其　二

題鮮于樞評：言兵亂未已，汝今去齊，何時可來耶？矧兄弟既苦別離，而我老病又相催促，然江通荆門，汝則自可赴齊州矣。我身雖在成都，而心則長在東北，若齊州其安在哉？蓋自傷既老且病，恐後會之不可再歟。賦也。

沈巖眉批下：次篇反覆申前意以留之，無如客意長在東北也。“安在哉”三字收，暗起二句渾成。

風塵暗不開，（**俞瑒甲本評**）承“時危”。汝去幾時來？（**方拱乾評**）情至神來，不可思議。（**丁耀亢紅旁**）俗句妙絶。（**傅山紅旁**）傷心。（**奚禄詒甲本眉、乙本墨眉**）自然味長。（**錢載評**）直口出而愈覺沉鬱頓挫。（**朱方藹紅眉**）真有老筆瘦硬之意。兄弟分離苦，（**奚禄詒甲本旁、乙本墨旁**）承上。形容老病催。（**俞瑒甲本評**）承“衰白”。（**奚禄詒甲本旁、乙本墨旁**）轉下。江通一柱觀，（**奚禄詒乙本墨旁**）在荆州。日落望鄉臺。（**俞瑒甲本評**）觀在荆州松滋縣東，臺在成都。（**俞瑒甲本評**）起下。（**吴廣霈墨眉**）“江通”二句雖寫景，亦自有情意在其中。（**奚禄詒乙本墨旁**）蜀也。（**奚禄詒乙本墨眉**）“望鄉”上加“日落”，苦語也。客意長東北，齊州安在哉？（**方拱乾評**）法備情至，聖矣，神矣。（**俞瑒甲本評**）歸到齊州。（**奚禄詒甲本尾批**）賦也。○“望鄉”上加“日落”，苦語。

【彙評】

佚名丁墨尾：上四申前章之意，下乃計程而神送之。○一柱觀，去路所經，望鄉臺，分手之處，“客意”，作自己神往解，勿依仇注作穎意中想。

其　三

題鮮于樞評：言諸姑、兩弟之在越、在齊，汝今傍干戈而去，覓看道路之通而再來，短衣匹馬，防戰地而逐秋風，慎勿俱流落而不來，我則長瞻碣石之鴻。言拳拳望兄弟之相會也。賦也。

沈巖眉：末篇代爲之解，言於我似恝能覓諸姑兩弟復聚，亦豈不善？但恐徒去耳。"莫作俱流落"，代爲諱其不去也。甚恨其去而終不忍傷弟之情，措詞無不深穩。

王鳴盛旁：淮南王遇歸鴻於碣石。碣石，海中山也。言我□眹碣石之鴻，正□弟之石俱流落也。"碣石"二字更云"海畔"，妙。

諸姑今海畔，（**俞瑒甲本評**）並及。**兩弟亦山東。**（**孫承澤墨眉**）是送兄弟詩。（**方拱乾評**）總讀此五律，更無餘韻。（**奚祿詒甲本眉**）與上首同是第四句轉耳。（**錢載評**）直口出，毫無做作。（**朱方藹紅眉**）愷惻動人，二聯上下自有淺深。**去傍干戈覓，**（**奚祿詒甲本旁、乙本墨旁**）承上。**來看道路通。**（**李念慈紅眉**）三四亂後情事。（**奚祿詒甲本旁、乙本墨旁**）轉下。（**王伯沆紅眉**）"傍"字、"看"字俱下得妙。**短衣防戰地，**（**俞瑒甲本評**）承"去"。（**佚名丁墨旁**）竺云：戰伐之地，當著"短衣"，以自防護也。**匹馬逐西風。**（**奚祿詒甲本旁**）弟行也。（**奚祿詒乙本墨旁**）弟之行色。（**佚名丁墨旁**）竺云："逐秋風"言自西而東也。**莫作俱流落，**（**俞瑒甲本評**）承"來"。（**奚祿詒乙本墨眉**）"俱流落"合與弟妹言。**長瞻碣石鴻。**（**錢陸燦丁本評**）慨惻動人，二聯上下亦自有淺深。（**俞瑒甲本評**）冀其復來。（**俞眉**）"碣石"收齊州，"鴻雁"比兄弟。（**奚祿詒甲本尾批**）賦也。○"俱流落"並弟妹言。（**吴廣霈墨旁**）二語跌宕沉雄。

【彙評】

沈巖眉：三首俱高妙，"齊州"二字，首篇發端暗破，次篇結句明點，破用順,點用反。以送起,以望其復來收。

佚名丁墨尾:此復遍想親人,囑穎尋蹤取信,又勖其戒心,而重爲叮嚀。倘俱如己之流落,則不知所税駕矣。○"來看道路通",非欲其挾昆季俱來蜀也。時則河南殘破,故廬已毁,望其相擇善地,以爲聚首之計耳。○公於骨肉間詩,每質而不文,乃所以爲至文。

别唐十五誡,因寄禮部賈侍郎

方拱乾評:古。賈至編岳州司馬,寶應初復官,是年轉侍郎。

屈復評:"人少豺虎多","豺虎"即亂人,非豺虎;"獸猶畏虞羅"之獸,真豺虎也。"飢有易子食"二句,抑揚参差,意味可想。○此條有訛字。[1]

曹炎旁:因寄禮部賈侍郎。

張裕釗眉:此等皆從漢魏變化而出,奇鬱沉痛。

吴廣霈墨眉:起首四句,一氣呵成,老渾曲折,語摯情真。○九載一遇,百年能幾?况復萬里之别,争不黯然魂銷?

九載一相逢,百年能幾何?(**方拱乾評**)一起妙絶。起絶唱,虧後邊接,非老手不能。(**吴士模墨眉**)四句無限徘徊。(**佚名己紅眉**)起絶妙。**復爲萬里别,送子山之阿。白鶴久同林,潛魚本同河。**(**奚禄詒甲本眉、乙本墨眉**)此序别懷。**未知棲集期,衰老强高歌。歌罷兩凄惻,六龍忽蹉跎。**(**汪琬丙本評**)轉接煩雜。**相視髮皓白,况難駐羲和。胡星墜燕地,**(**奚禄詒甲本眉**)此入時事。(**奚禄詒乙本墨旁**)安史。**漢將仍横戈。**(**方拱乾評**)胸中有此大塊偪,借此而

---

① 校注:"此條有訛字",杭本闕。

發。是瀾又不是瀾。(**奚禄詒乙本墨旁**)藩鎮。**蕭條四海内,人少豺虎多。**(**沈巖旁**)苛政猛於虎。**少人慎莫投,多虎信所過。**(**方拱乾評下**)大議,奇議,乃於此出。**飢有易子食,獸猶畏虞羅。**(**奚禄詒乙本墨旁**)人不如獸矣。(**盧見曾紅旁**)梅堯臣曰:"飢有易子食"二語,含蓄甚深,殆不可模仿。**子負經濟才,天門鬱嵯峨。飄颻適東周,來往若崩波。**(**奚禄詒甲本眉、乙本墨眉**)此後不警策。**南宫吾故人,**(**奚禄詒甲本旁、乙本墨旁**)賈也。**白馬金盤陀。雄筆映千古,見賢心靡他。**(**奚禄詒甲本眉**)鮑照詩:"客行惜日月,崩波不可留。"**念子善師事,歲寒守舊柯。爲吾謝賈公,病肺卧江沱。**(**方拱乾評**)直結。(**汪琬丙本評**)金盤陀,馬鞍飾也。

懷　舊

題鮮于樞評:此公懷蘇源明,言其友誼中情獨相親,那因喪亂之後,便有死生之分。今也覽明鏡而知老,望白雲而興衰,自從斯人之没,不復更論文矣。其懷舊之情,爲何如哉? 賦也。

錢陸燦丙本評:錢云:"老罷"猶言"老去"。贈斛斯六詩:"老罷休無賴。"想當時原有此語。

錢陸燦丁本評:公平生論文之友,前惟高、李,後惟蘇、鄭,以一年而没,故有哭二公排律詩。

奚禄詒甲本旁:蘇以飢寒而死。

奚禄詒甲本眉:五句含蓄。○"知明鏡"三字,默默有感。

錢載評:生死論交,一時之作,大筆直書,略無渣滓,讀之但覺其氣已舒矣,再讀之始知其氣仍未舒矣。此中大可躋攀。

朱方藹紅眉:真情摯語,《黄鳥》之遺音。

陳治墨眉:錢云:"老罷"猶言老去,贈斛斯六詩:"老罷休無賴。”想當時原有此語。

地下蘇司業，情親獨有君。那因喪亂後，(**李以峙墨眉**)(喪亂)按作“衰”，形似之訛。便有死生分。(**嚴復墨眉**)必是“便有”，若用“更作”，便非唐音。(**吴廣霈墨旁**)二句沉痛絶人。老罷知明鏡，(**王士禛評**)“知”字好。(**奚禄詒乙本墨眉**)“老罷”轉想到自家知，“明鏡”哀切。悲來望白雲。(**方拱乾評**)“罷”字對“來”字看，乃知其妙。(**秦應逵紅旁**)“老罷”猶言老去，想當時原有此語。(**秦應逵墨旁**)“望雲”，朋友亦可用。自從失詞伯，(**汪琬甲本紅眉**)詞伯。不復更論文。公前名預，緣避御諱，改爲源明。(**奚禄詒甲本尾批**)賦也。○五句轉想到自家。(**嚴復墨眉**)“復更”連用，古人自有此種字法，不必議也。

哭台州鄭司户蘇少監

方拱乾評：分八句。

丁耀亢藍旁：鄭虔，蘇涣。

丁耀亢紅眉：知己之感，古人之真。

吴廣霈墨眉：題原不可無詩，但詩實未佳，恐非真老杜作爾。○細審之，仍是老杜作，並非僞造，惟未精煉爾。

故舊誰憐我，平生鄭與蘇。(**沈巖眉**)“平生”“故舊”惟二君最憐我，今誰復可得也。(**佚名己紅眉**)先出題。存亡不重見，喪亂獨前途。豪俊何人在？文章掃地無。(**佚名己紅眉**)言文學無豪傑也。羈遊萬里闊，凶問一年俱。白首中原上，清秋大海隅。夜臺當北斗，泉路著東吴。(**沈巖眉**)公《[八]哀詩》云：“長安米萬錢，凋喪盡餘喘。”得罪台州去，(**汪琬甲本紅旁**)遥對。(**奚禄詒乙本墨旁**)鄭。時危棄碩儒。(李念慈紅眉)"得罪"四句,兩句一聯排對。(奚禄詒甲本眉)"得罪"四句一對。移官蓬閣後,(奚禄詒乙本墨旁)蘇。穀貴没潛夫。(方拱乾評)重此纔見交情。(佚名己紅眉)少監以穀貴而没。流慟嗟何及,銜冤有是夫。道消詩發興,心息酒爲徒。(奚禄詒甲本眉)"道消"二句指蘇、鄭生前。(奚禄詒乙本墨眉)此下序二人生前。許與才雖薄,追隨迹未拘。(李以峙墨眉)(詢)按作"拘",形訛。班揚名甚盛,嵇阮逸相須。會取君臣合,寧銓品命殊? 賢良不必展,廊廟偶然趨。勝决風塵際,功安造化爐。從容詢舊學,慘淡閟《陰符》。擺落嫌疑久,哀傷志力輸。俗依綿谷異,客對雪山孤。童稚思諸子,交朋列友于。(丁耀亢紅眉)可哭。情乖清酒送,望絶撫墳呼。瘧痢餐巴水,瘡痍老蜀都。飄零迷哭處,天地日榛蕪。(奚禄詒甲本眉)深慨。(奚禄詒甲本尾批)賦也。(奚禄詒乙本墨眉)末更遠慨。(吴廣霈墨尾)曲終奏雅。(佚名己紅眉)蒼蒼茫茫,有何必置老夫之意。

【彙評】

陳訏紅眉批仇注"謂棄官以來,飄泊異地。公向遭貶斥,本涉嫌疑,今則擺落已久,特志力日虧,爲可傷耳"處:"擺落"四句依舊注,仍指鄭、蘇爲是。"詢舊學""閟《陰符》",鄭、蘇之亡未曾説完,不應即夾入自己遭貶,文氣爾爾。

初　冬

題鮮于樞評:言老參幕府,觀獵火,日陪嚴公之宴,及歸休溪上,弄漁舟,歌梁甫之吟。當是時,兵亂未息,一出一處,遂何心而然耶? 賦也。

王鐸評:"日""愁"不得。

方拱乾評:大不得於中而復不能自行胸臆,其辭隱顯,真得詩人之旨。

奚禄詒甲本旁:正在幕中。

奚禄詒乙本墨眉:首句歎其老而從戎,次句歎其寒而依人,後半歎其不遂懷抱。○在幕中止有酒而已,不信其謀畫也。

朱方藹紅眉:次聯則正寫,得"初冬"出,下則推宕言之。○"遂"字正不易下。

吴士模墨眉:次聯正寫而"初冬"出,下則推宕言之。

沈巖旁:時在嚴公幕府。○因爲遊宴,獨有寒色,此日多愁南八所得,雖食不下咽也。

垂老戎衣窄,歸休寒色深。(**題商盤紅旁**)對起。(**佚名丁墨旁**)竺云:此自府中暫歸草堂作。身老天寒,不勝戎衣之窄可知矣。邵解雙關語不當。漁舟上急水,(**題商盤紅旁**)實眼句。(**奚禄詒甲本旁**)暫臨浣花溪耳。獵火著高林。(**題商盤紅旁**)承次句。(**佚名丁墨旁**)竺云:"獵火著高林",亦以所睹言之。日有習池醉,(**題商盤紅旁**)承首句。(**佚名丁墨旁**)竺云:只謂府事之暇,耽於飲宴,不必解爲陪嚴武宴也。愁來梁甫吟。(**奚禄詒甲本眉**)五六言在幕只有酒而不信其參議。干戈未偃息,出處遂何心?(**題商盤紅旁**)雙綰。(**奚禄詒甲本旁**)賦也。○懷抱出,遂非其能也。

【彙評】

佚名丁墨尾:亦是假歸草堂所作。大意言欲就事,則此身已老;欲謝事,則軍務方殷。起二句,便是一出一處,與末句相呼。"漁舟"本閑而遇"急水","獵火"在下而延"高林",即欲處反出意。習池日醉,可以處矣；梁甫愁吟，不得不出也，總是一貫。結出“遂何心”三字，見不知何適而可。

觀李固請司馬弟山水圖三首

方拱乾評：一首養局，二首發揮，三首結餘，此一定之法，一定之緒，若止選一首，安得其妙？頭一首前四句出題，五六句説畫，七八句説畫中之仙。第二首乃公自恨其老，不能遊山水而只見畫也。第三首乃言畫而欲置身與仙共也。于鱗只選中首，如作者意何？必要三首方得盡其緒。一首仙，二首老，三首仙、老合，與《送弟穎赴齊州》詩同一緒。

錢陸燦丁本評：首章言主人，次章言己意，末章總收，五六並寫其色，結言浮查即並坐亦得，而仙老肯暫時相將乎？俱用虚寫摹狀，與上首又别。

屈復評：一聯畫，二聯情，三聯畫，結情。三四題畫詩中絶妙之句。

朱方藹紅眉：從主人寫到圖，第二首實寫，第三首虚寫，二首大，三首細，氣格略同。

王鳴盛墨眉：李固當是蜀人，其弟曾爲司馬，能寫山水圖，公至固家，因掛其圖於壁而請公題之也。

佚名丁墨旁：著一“請”字，當是新畫者。〇竺云：固請其名，蓋爲州司馬弟字，不通。《唐詩選》作“題”，蓋音近而誤。

其　一

題張問陶墨眉：自己有愁，忽想到群仙之不愁，得味外味。

簡易高人意，（俞瑒甲本評）指李。（李以峙墨眉）（意）按"體"字非。（佚名丁墨旁）竺云："高人"指李，稱其爲人。諸家以爲畫中高人，大謬。此詩睹畫而作，非題畫也。匡床竹火爐。（方拱乾評）七句已生二首，三四句已生三首結句。（陳治墨眉）對畫而思真境，所謂開生面也。寒天留遠客，（俞瑒甲本評）自謂。（奚禄詒甲本眉）從主人起。（朱方藹紅旁）此句已帶出時序。碧海掛新圖。（李念慈紅眉）此必畫海島嶼也，故屢用"神仙"等字。（俞瑒甲本評）觀山水圖。雖對連山好，（俞瑒甲本評）以下詠畫。（沈巖旁）兼水中山。貪看絶島孤。（傅山紅眉）鋪叙畫景無味。（俞瑒甲本評）兼水内山。群仙不愁思，冉冉下蓬壺。（錢陸燦丙本評）錢云："絶島""群仙"，方是碧海。（奚禄詒甲本尾批）賦也。"不愁思"牽强。（佚名丁墨旁）竺云：蓋有人物在絶島之際，故謂爲仙人。

【彙評】

佚名丁墨尾：詳詩意，知是海上神山圖。首章前叙事，後題畫，而用意處却在厭世亂而慕仙遊，故五六即借畫上"連山""絶島"，轉側出本意來。主意在"絶島孤"處，爲三章之根柢。結聯解所以"貪看"之故，"不愁思"三字點眼。〇此一結，以我望仙。

其　二

題張問陶墨眉：見山水恨不能親至其地，見人物又恨不能離俗而去，上下兩段，各用一景一情，謂之虚實相間格。

方丈渾連水，（俞瑒甲本評）水。（題商盤紅旁）對起。天台總映雲。（俞瑒甲本評）山。（題商盤紅眉）此虚實相間格。〇方丈、天台、蠡舟、喬鶴皆裝點形容之語，以硬説成句法。起聯、轉聯本是一處説話，接聯、尾聯本是一處説話，以分叙成章法。（奚禄詒甲本眉）"水"屬方丈，"雲"屬天台,切,切。**人間長見畫,**(**俞瑒甲本評**)總。**老去恨空聞。**(**方拱乾評**)此二句結三首結句。(**題商盤紅旁**)走馬對。(**奚禄詒甲本旁、乙本墨旁**)有遠慨。(**朱方藹紅眉**)三四從畫贊畫,然却已宕開。○"老去恨空聞"便有褰裳濡足之想,結句又申此意。**范蠡舟偏小,**(**俞瑒甲本評**)人物。(**題商盤紅旁**)折腰句。(**李以峙墨眉**)(舟偏)按倒轉便不是。**王喬鶴不群。**(**奚禄詒甲本眉**)畫中舟、鶴特以二事點綴。(**奚禄詒乙本墨旁**)畫中之舟、鶴。**此生隨萬物,**(**俞瑒甲本評**)總結。**何路出塵氛。**(**方拱乾評**)翻動第三首結句。(**吕留良紅眉**)人情詩格,都合如此。(**俞瑒甲本評**)與"群仙"應。(**奚禄詒甲本尾批**)賦也。末應三四。(**沈巖眉**)一結有沉鬱之氣,可以爲入道之機。

【彙評】

張學仁參定:上下兩段,各用一景一情,謂之虚實相間格。

題商盤尾:五六言外見二人能出塵氛,而己徒隨萬物,爲造化所囿,故承七八云云。"隨萬物",言同萬物芸芸於天地之間也,三字用得有學問。此首止見己意。

佚名丁墨尾:下兩章本全首題畫也,仍處處見本意。此詩起二句便含可望不可即意,正所云"絶島孤"者也,故以"見畫""空聞"申之。五六特借畫上舟、鶴,尋出入仙之徑。結又用跌筆颺開,與上截應。○此一結,因仙慨我。

其　三

題張問陶墨眉:三章一意,總因觀畫而高隱之思,其次第更自秩然。首言群仙不愁,遥羡也。次言何處出塵,懼隔也。終言浮査相將,望引也。以此題畫,真有不粘不脱之妙。

高浪垂翻屋，(**俞瑒甲本評**)水。崩崖欲壓床。(**孫承澤墨眉**)此皆圖中景。(**俞瑒甲本評**)山。(**沈巖眉**)八句皆畫中景。野橋分子細，(**俞瑒甲本評**)水。(**李以峙墨眉**)(野橋)按"樓"字謬。沙岸繞微茫。(**俞瑒甲本評**)山。(**吴廣霈墨眉下**)此看畫中景。紅浸珊瑚短，(**俞瑒甲本評**)水。青懸薜荔長。(**俞瑒甲本評**)山。浮查并坐得，仙老暫相將。(**俞瑒甲本評**)並前二首結語應。(**張䚡敬墨旁**)仍還他是個畫。(**奚禄詒甲本尾批**)賦也。思己與仙老相將並坐，睹圖而欲隱也。(**佚名丁墨旁**)竺云：蓋有人乘槎因以爲仙老，且言我幸得並坐其次，暫與仙者相將也。蓋一二極言畫之逼真，故至末亦叙如是。

【彙評】

張學仁參定：起勢突兀。

朱方藹紅旁：五六并寫其色，却亦摹狀語，結句言"浮查"即并坐亦得而仙，老肯"暫相將"乎？正是虚寫。

朱方藹紅眉：所云虚寫者，以其盡用摹狀之詞也。看其"垂"字，"欲"字，"子細""微茫""短""長"等字，"得"字，"暫"字，俱與二首不同。

佚名丁墨尾："高浪""崩崖"，即次章"連水""映雲"處，亦所云"絶島"也。野橋似可通，沙岸則又遠，但見浪隱珊瑚，崖懸薜荔而已。結又忽然收攏，與前篇下截用筆正相反。○此一結，我隨仙而仙接我。○三詩一意，總是因畫而動高隱之思，其次第更自秩然。首言"群仙不愁"，遥羡也；次言"何處出塵"，懼隔也；末言"浮查""相將"，望引也。以此作題畫觀，又恰以不黏不脱見超。

至　後

傅山紅眉：此定僞作。

方貞觀墨眉：雖曲爲解説，亦終是歇後語，不成句法。

奚禄詒甲本眉：此所以勝《小至》者，無三四套子也。

吴廣霈墨眉：通首凡冗，止收句尚佳。

嚴復墨眉：案，此詩朱瀚疑僞贋作，極嗤點之。據云，詩復點"至"字，累墜。"日初長"，剩語。"有何意"，可發一歎。"金谷銅駝"，正是故鄉，但可云風景非昔耳。"不自覺"，冗率。以"棣萼"爲兄弟，亦是俚習。七八如村務火酒，薄劣異常。云云。其言殊可味也。

冬至至後日初長，遠在劍南思洛陽。（**奚禄詒乙本墨旁**）公故室在焉。青袍白馬有何意？（**奚禄詒甲本旁、乙本墨旁**）工部郎也。金谷銅駝非故鄉？（**方拱乾評**）《哀江南賦》：青草如草，白馬如絲。〇畢竟屬亂，是。（**奚禄詒甲本旁**）金谷在洛陽。（**奚禄詒甲本旁**）言此豈非吾之故鄉耶？（**奚禄詒乙本墨旁**）指洛陽之偃師。梅花欲開不自覺，（**奚禄詒甲本旁、乙本墨旁**）應"何意"。棣萼一别永相望。（**徐渭墨眉**）湊。（**奚禄詒甲本旁、乙本墨旁**）應"故鄉"。愁極本憑詩遣興，詩成吟詠轉凄凉。（**方拱乾評**）結句實是有此景，非將來湊者。（**吕留良紅眉**）結甚得詩情愁態，但辭疏凋弱，頗似宋人。（**奚禄詒甲本旁**）賦也。〇思鄉也。（**陳治墨眉**）宋人只學得結二句。

送王侍御往東川放生池祖席

李念慈紅眉：以下二首俱可疑。

奚禄詒甲本旁：題亦不必作。

吴廣霈墨眉：此首何不類公作？

東川詩友合，此贈怯輕爲。(**奚禄詒甲本旁**)可笑。況復傳宗近，(**沈巖旁**)"傳宗"未詳。空然惜别離。梅花交近野，草色向平池。倘憶江邊卧，歸期願早知。(**奚禄詒甲本尾批**)賦也。○敗筆。

寄賀蘭銛

題鮮于樞評：言朝野昇平之後，乃於亂離之中，相隨俱老於萬里之外，奈何歲晚仍相别而轉蓬？勿云俱在殊方而不相念，飲啄亦幾回相同矣。賦也。

奚禄詒甲本墨眉：前四句只序己與賀，五六轉出相别。

奚禄詒乙本墨眉：前半只序，五六轉出别，是。

朝野歡娱後，乾坤震蕩中。(**巖復墨眉**)朝野雖既歡娱，而乾坤依然震蕩。相隨萬里日，總作白頭翁。(**奚禄詒乙本紅旁**)語凄。歲晚仍分袂，江邊更轉蓬。勿云俱異域，飲啄幾回同？(**奚禄詒甲本尾批**)賦也。○前説同爲流落，語凄。

教育部人文社會科學重點研究基地
復旦大學中國古代文學研究中心 叢刊

杜詩彙評

肆

黃霖 陳維昭 周興陸 主編
曾紹皇 輯著

鳳凰出版社

卷十二

正月三日歸溪上有作，簡院内諸公

錢陸燦丁本評：逐句刻出題意。

奚禄詒甲本眉：亦渾厚。

奚禄詒乙本墨眉：參幕府而負平生，誰負之耶？

盧見曾紅旁：王嗣奭曰：自是衷語。

朱方藹紅眉：詩必性情高人數等，則下語自耐深思。

陳治墨眉：汪云：詩必性情高人數等，則下語自耐深思。

野外堂依竹，籬邊水向城。蟻浮仍臘味，鷗泛已春聲。藥許鄰人斸，書從稚子擎。（**方貞觀紅眉**）"許"字、"從"字，子美窠臼字也，此等句亦惟子美常見之。**白頭趨幕府，深覺負平生。**（**李念慈紅眉**）胸中格格若老驥伏櫪，意忍棧豆。（**奚禄詒甲本旁**）賦也。○在嚴武幕中。○末句不止了題内"簡諸公"，并有慨。（**厲鶚評**）少陵不樂居嚴公幕府，故結句云然。（**吴廣霈墨旁**）結語骫髒不平，確係老杜。

【彙評】

佚名丁墨尾：《杜臆》云：溪上之樂，如鳥脱籠中。愚按：仕不成仕，隱不成隱，於末聯見意，以是爲奉别之簡也。

弊廬遣興奉寄嚴公

徐渭墨旁:凡。

奚禄詒甲本眉:言約而達,如題稱情。○皆其過草堂也。

奚禄詒乙本紅眉:如題稱情。

野水平橋路，春沙映竹村。風輕粉蝶喜，花暖蜜蜂喧。把酒宜深酌，題詩好細論。府中瞻暇日，江上憶詞源。(**吕留良紅眉**)“文場”“詞源”等都非佳語,不得時用,即長卿賦亦嫌之。迹忝朝廷舊，(**李以峙墨眉**)(迹忝)按“寄”定不如“忝”,明者辨之。情依節制尊。還思長者轍，恐避席爲門。(**嚴復墨眉**)“席爲門”,著“恐避”二字何説?意其言“避席門”即説嚴不相過耳。

除　草去蕣草也。蕣音潛,山韭

徐渭墨旁:寓言。

李念慈紅眉:叙事中處處含帶意義,所以勝前四首。

奚禄詒甲本眉:蕣,《益都方物略記》:焬麻,劍南處處有之,其葉皆刺,人觸其葉如蜂之毒,以溺灌之乃解,可治風腫,非山韭也。○此章與《伐木》勝過《雞栅》《水筒》。

陳治墨眉:俞云:比興之詞,筆下凌厲有風力。蠍子草,吴若注:蕣草是也,一名山韭,觸之如蠆尾之螫人。○結太促。

秦應逵紫眉:比興之詞。

吴廣霈墨眉:此篇亦感寓嫉世之意。

王鳴盛墨眉:去惡務疾,安得此公□後惠文耶?

張裕釗眉:直吐胸臆,令人想其磊落之氣。

草有害於人，曾何生阻修。其毒甚蜂蠆，(**奚禄詒甲本旁**)承害人。其多彌道周。(**奚禄詒甲本旁**)承不遠。(**吴士模墨眉**)公性偏急,信然。清晨步前林，(**沈巖眉**)鄙性近之。江色未散憂。(**申頲紅眉**)"江色"句殺機已動矣。"芒刺"以下,略不能待,只是□做最有決斷,東漢諸賢正自少此。(**奚禄詒乙本紅眉**)正是朱虚侯之意,而鄭云不必作,正非。芒刺在我眼，焉能待高秋。霜露一霑凝，(**李以峙墨眉**)(霑凝)按"霑衣"非。蕙葉亦難留。(**奚禄詒甲本眉**)只是能會朱虚侯之意。荷鋤先童稚，日入仍討求。轉致水中央，(**奚禄詒甲本旁**)投之遠方。豈無雙釣舟？頑根易滋蔓，(**李以峙墨眉**)(兹)按作"移"非。敢使依舊丘。(**孫承澤墨眉**)去疾莫如盡。(**佚名己紅眉**)即有此不受之意。自兹藩籬曠，(**孫承澤墨旁**)快哉。更覺松竹幽。(**沈巖眉**)可悟文章疏密相間爲佳。芟夷不可闕，疾惡信如讎。(**孫承澤墨旁**)出題。(**丁耀亢紅旁**)淺。(**奚禄詒甲本旁**)末句不言正意更妙。賦也。○鄭評非。(**奚禄詒乙本紅眉**)不露此句正意更妙。(**申頲紅眉**)正意只一語已足,然無此更深。(**吴廣霈墨眉**)末句結出用意,此豈獨爲草言乎哉?

春日江村五首

錢陸燦丁本評:少陵凡五首、八首諸作,俱鋪陳排比,自具首尾,去取不得,鍾、譚所不解也。

盧見曾墨旁:"江村"即浣花溪,前有"長夏江村事事幽"之句。

朱方藹紅眉:五詩亦樸老,亦綺麗,首首帶出"江村"意,大家之篇。

其　一

題鮮于樞評:此因人事天時,乃自歎亂離以來,觀天地之宏大,而容身無所；念日月之如流，而老將至矣。雖茅屋堪賦，桃園可尋，第以艱難而昧夫生理，故流落以到如今。賦也。

題商盤紅眉：庾信《哀江南賦》“誅茅宋玉之宅”五句出此。○起聯賦江村之景，接聯寫春日之情，五六承三，言乾坤之大，何所不得避地之處？七八承四，言百年强半，至今尚爲飄泊之人。意謂己雅志當世，不爲一身，是以蹉跎至此，若肯專心自謀，則隱居避世，不待今日矣。言外見既不能仕，又不能隱，匍匐就幕，不過爲覓食計而已。此自咎自怨之詞。○以下四首皆首尾相承，末作借古人寓己意，而以“春日”二字結之。

盧見曾墨旁：此章叙春日江村，有躬耕自給之意。

盧見曾紅旁：李因篤曰：頷聯十字，縱横八極，俯仰千秋，有鳶飛魚躍之意。

題張問陶墨眉：此首言從前之“昧生理”，已寓辭幕歸隱之意。

陳治墨眉：俞云：五首俱寫情事，“春日江村”止於中略點。

陳治墨旁：汪云：“乾坤”十字，縱横八極，俯仰千秋，有逝者如斯、鳶飛魚躍之致。

農務村村急，（**題商盤紅旁**）對起。（**沈巖旁**）江村起。春流岸岸深。（**李念慈紅眉**）激昂悲歎。（**吴廣霈墨眉**）自然秀永。乾坤萬里眼，（**題商盤紅旁**）硬裝句。時序百年心。（**方拱乾評**）開天語，偶然得之。（**方貞觀墨眉**）“乾坤”“時序”二句，乃空頭混話，絶無深意，趙氏獨賞之，爲其有“萬里”“百年”字樣耳。（**奚禄詒甲本旁**）三句頂次句，四句頂首句。○如此雄渾之句，非工部不能。（**奚禄詒乙本紅旁**）上天下地，往古來今，皆在二句之中。（**朱方藹紅眉**）“乾坤”十字中有縱横八極、俛仰千秋、逝者如斯、鳶飛魚躍之致。（**沈巖眉**）方云：“萬里”“百年”本王子安，用意在“心”“眼”，“眼”字分貼“江村”“春日”。茅屋還堪賦，（**方拱乾評**）生理。（**題

商盤紅旁)倒敘。(**嚴復墨眉**)"賦"字當作"味",蓋緣草書"賦""味"甚相似而訛。**桃源自可尋。**(**徐渭墨旁**)凡。(**奚禄詒甲本旁**)此句去志已動。**艱難昧生理,**(**李以峙墨眉**)(七句)按作淺。**飄泊到如今。**(**方拱乾評**)看他一首生一首處。(**奚禄詒甲本旁**)賦也。

【彙評】

錢陸燦丁本評:"萬里""百年",不勝流落之感,觀末章以王粲、賈生自況可見。

佚名丁墨尾:五章是辭歸草堂書懷之什,見去志焉。首章就現在發興,有淵明避世之思。一二春江之景,三四以轉爲承。江村一曲,放眼乾坤,家國俱遠也。春日無多,傷心時序,身世靡常也。故茅屋雖堪寄迹,而桃源尚自繫思,此又以承爲轉。結聯收歸權且留居之意,言外見江上一堂,行將抛捨,讀至末章自明。仇謂即欲以茅屋當桃源,失其旨矣。〇"萬里眼""百年心",便已籠罩末章大意。

其　二

題鮮于樞評:言來蜀又六年,客身惟逢乎故舊之顧遇,發興惟自乎林泉之瀟灑,則衣弊履穿,有所不恤。矧所居頗無藩籬之限,堪向江天而恣意瞻眺焉。賦也。

錢陸燦丙本評:錢云:此首接"漂泊"句。

朱方藹紅眉:其中深有所得,故觸之則發。"讀書破萬卷,下筆如有神",豈欺我哉?

題張問陶墨眉:此首言依附故舊,不過借之以助林泉之興耳,原無意於幕府也。所以反動下首。

陳治墨眉:錢云:此首緊接"漂泊"句。

吴廣霈墨眉:此首亦遜首什。

迢遞來三蜀，(**沈巖旁**)頂上“漂泊”。**蹉跎有六年。**(**沈巖旁**)頂“到如今”。(**沈巖眉**)言所處雖窮，亦非遽因故人求禄，不戚戚於貧賤也。**客身逢故舊，**(**奚禄詒甲本旁**)嚴武也。(**沈巖旁**)謂裴冕也。下乃指嚴武。**發興自林泉。** **過懶從衣結，**(**沈巖旁**)後半極寫“興”字，亦暗寓“蹉跎”。**頻遊任履穿。** **藩籬無限景，**(**奚禄詒乙本紅眉**)“景”字率。**恣意買**(**嚴虞惇紅旁**)向。**江天。**(**奚禄詒甲本旁**)賦也。○公在浣花止三年，避徐知道之亂而去。此云“六年”，乃嚴武再鎮蜀時也。(**奚禄詒乙本紅眉**)“買”字犯似。(**吴廣霈墨眉下**)結二句佳。(**李以峙墨眉**)(向)按作“買”不通。

【**彙評**】

陳治墨旁：查浦云：“買江天”奇絶，較“買湖光”更奇。

佚名丁墨尾：二章追叙來歷也。一二總計，三四指第一次來蜀初置草堂時。“逢故舊”，如高適輩皆是。“自林泉”，即《寄題草堂詩》所云“卜居必林泉”者，明言初次營屋也。下半泛言置草堂後歷來遊眺之事，非專指目前也。解者俱泥定嚴公再鎮後説，便與下首犯複，且未玩“逢”字、“發”字本義也，其誤在看呆“有六年”句。

其　三

題鮮于樞評：言惟“種竹”“栽桃”於此，故“石鏡”“雪山”之風月相知耳。豈知垂老，名玷薦賢，而“赤管”“銀章”随王命而付老翁耶？賦也。

朱方藹紅眉：前四句長林風月，殆將終身。後一轉則章綬之榮，若其固有，乃無意寫出身分。

題張問陶墨眉：此首言薦授郎官，非其本意，時嚴表公爲檢校工部員外郎。

種竹交加翠，栽桃爛熳紅。（**李念慈紅眉**）自感。（**申頲紅眉**）寫景幽細而别。（**陳治墨眉**）此首頂“江天”。（**沈巖眉**）林泉之興，可得而奪者，以屈居幕府，猶非王官，豈以生理艱難，昧所從乎？薦在嚴公，隨者王命，“隨”字與“自”字呼應。**經心石鏡月，**（**奚禄詒甲本旁**）“經心”二字唤不起下三字。（**佚名丁墨旁**）竺云：武擔[當]山石鏡月影，公所向睹，而今猶在心，亦明雜塵之不留於心。“經”字下得深。**到面雪山風。**（**嚴虞惇紅旁**）皆蜀中事。（**沈巖眉批下**）竹翠交加，桃紅爛熳，所歷非一春也。月經心，風到面，又將自秋而冬，自冬回春也。**赤管隨王命，銀章付老翁。**（**奚禄詒乙本墨旁**）下四句與上兩截。**豈知牙齒落，名玷薦賢中。**（**奚禄詒甲本眉**）五首乃在嚴武幕中暫臨浣花溪上作，後《秋野五首》想亦然。

【**彙評**】

佚名丁墨尾：三章乃叙重來而蒙薦，與上首次第了然。言向時所栽者竹翠已交加矣，桃紅已爛熳矣。題詩之石鏡，月又“經心”，烽火之雪山，風還“到面”，此正重來之景事也。下叙入幕授官，結聯有自顧失意，所以决辭無悔耳。意已引動下章。仇氏乃以下四承上首發興，不解所謂。

其　四

題鮮于樞評：言扶病以垂朱紱，則幕府有愧於群材，言不宜仕也；及歸休而步紫苔，則郊扉庶可存乎晚計，言正合隱也。矧燕外鷗邊之適興，且鄰家又數能送魚鱉而問我顧不韙歟？賦也。

題商盤紅眉：承三章末句而言，用“歸休”二字點醒前三章之意。○一二入幕、歸休雙起，中承以一邊一聯，結以歸休所接鄰人之語，見入幕之意，仍是雙綰。○《簡同院作》云：“白頭趨幕府，深覺負平生。”然則此云“愧群材”，大有羞與噲伍之意矣。故知“愧”

字是謙語，亦是實話。○寫景已在春夏之交，暗爲“數能來”三字針綫。八即鄰家語，既從物饋，又問員外可數能歸休否？味結句，覺鄰里之間情意藹然，不樂與群僚共事之意，自見言外。○“魚鱉”非必兼具，如“忘歸”兼言雞犬，以字法助句法耳。

朱方藹紅眉：隨遇自安，而經濟具見。其傴僂作實濟語，正得公之生平。

題張問陶墨眉：此首言辭幕歸隱之樂。

吴廣霈墨眉：後三首平庸，不足存也。

沈巖眉：前四句言本依故舊，苦遭輕薄，仍以林泉爲□志耳。本勉起以謀王室，何有一腐鼠，群兒乃相嚇也？“存晚計”，猶云保晚節，故隱其詞耳。

扶病垂朱紱，歸休步紫苔。（**題商盤紅旁**）對起。（**陳治墨眉**）此首接“薦賢”。**郊扉存晚計，**（**題商盤紅旁**）承首句。（**奚禄詒甲本旁**）承次句。**幕府愧群材。**（**奚禄詒甲本旁**）承首句。**燕外晴絲卷，**（**題商盤紅旁**）承次句。層折句。**鷗邊水葉開。**（**墨眉**）句工。（**陳治墨眉**）“外”“邊”兩字，百煉難到。（**奚禄詒乙本紅眉**）却老到。**鄰家送魚鱉，問我數能來？**（**方拱乾評**）鬆結又一法。結句直直十字，却以“送”字、“問我”字生情，畫家點苔法。（**方拱乾評**）趣。○結不住，所以定要下首。（**奚禄詒甲本旁**）賦也。○三四自老到。（**沈巖尾**）“來”字反呼懷去。

【彙評】

佚名丁墨尾：四章還現在本面。一言辭之故，二言歸之趣，“存晚計”申“步苔”，“愧群材”申“扶病”。下四，仇云：景物堪娱而人情相習，所謂“皈[歸]休”“晚計”也。○首章提出本懷，故見去就依違之志。此章對針辭幕，故以“皈[歸]休”“晚計”爲適，不得以此證首章之欲終老草堂。

其　五

題鮮于樞評：此詩懷賈生、王粲於異世，且當春日，況復含情。賦也。

題商盤紅眉：此總結四章，借古人以寓己意。每到難措辭處，即用古人影掠，是杜公家數。以王粲依劉比己依嚴武，以賈生再召比己再授官。然登樓之作，仍切思鄉，則依劉非本意矣。前席之榮，虚蒙主眷，則廢棄竟終身矣。二子之名，雖傳後世，何補生前？異時固有懷其人，不意今日行藏竟與相似，能不俯仰情深乎？前俱分説，結始打合，必用"春日"二字於卒章，乃見通五章爲開合。

題張問陶墨眉：此首借古人以自況也。五詩首尾開闔，始終相承，皆有意義。

陳治墨眉：汪云：高尚二賢寄情不淺，前四句分説，後四句合説。

群盜哀王粲，中年召賈生。（**方拱乾評**）定要此首方結得住。此首不甚佳，少之緒，便不酣，此中可悟。（**吕留良紅眉**）格别。（**吕留良紅旁**）對法。（**題商盤紅旁**）對起。借古爲喻。（**奚禄詒甲本眉**）此以王粲、賈誼爲興，蓋有下萬州意。（**奚禄詒乙本紅眉**）引王、賈不惟慨不遇，乃下荆州之意。〇前六句皆二子。（**沈巖眉**）言雖"存晚計"，要非終焉之地，如王、賈已屬不幸，猶愈今所處也。（**佚名丁墨旁**）竺云：賈誼、王粲，初捨而竟用，三四雖分言而實相涉。登樓初有作，（**題商盤紅旁**）倒承一二。前席竟爲榮。宅入先賢傳，（**題商盤紅旁**）順承三四。（**佚名丁墨旁**）王、賈身後皆存遺迹。才高處士名。（**奚禄詒乙本墨旁**）中四句不必摳住王、賈。（**沈巖眉批下**）處士之義，未詳言。言指終顯於王朝，不淪没處士中也。（**佚

名丁墨旁)竺云:"宅入先賢傳",賈、王俱有宅,而王獨載先賢傳,故此句屬王,而下句屬賈也。"處士名"言未仕時已有才名也,所謂賈生洛陽之才子也。**異時懷二子,**(**題商盤紅旁**)雙綰。**春日復含情。**(**奚禄詒甲本旁**)賦也。(**朱方藹紅眉**)高尚二賢,寄情不淺,前四句分説,後四句合説。

【彙評】

俞瑒乙本評:以江村起,末倒點春日,中或叙江村,或叙春日,自成章法。

佚名丁墨尾:末章俛仰上下,結想遥深,有武庫留碑之感。"登樓",比生平哀時之著述。"初有作",是引端語。自經喪亂,始有撫時感事之詩也。"前席",比當年左掖之授官。"竟爲榮",是解嘲語,半載登朝,算此生榮幸之事也,此即下所云"異時之懷"。"懷二子",正自懷前事也。今忽因所居非久,所負非常,而想到茫茫身後之名,亦從王、賈流寓垂名觸起,即下所云"春日含情",其情無極也。此詩章法,以一二提起通首,以七八分收中兩聯,格極變而極緊。而其命意,非局於一時一事而言。注家黏煞幕職,固哉,高叟之爲詩也!○古人與我,是一是二,總非死句。公詩千載,草堂千載,不必此身長處草堂,乃始爲公有耳。此詩早已道着。○五詩"春"字起,"春"字結,還題精密如此。○細思拙解此五首,結構層次,有一毫矯揉否?前人説杜,何鹵莽耶!

春　遠

題鮮于樞評:言客蜀又見花落絮飛,春已遠而日已長,惟餘柴荆鳥雀耳。趙曰:言無往來之人也。且關中劍外,俱亂而不清,是以故鄉之地已入"亞夫營",而"歸不得"。興兼賦也。此詩蓋傷故鄉不得歸,而他鄉不可住耳。題曰"春遠",厥有旨哉!

屈復評:“唯鳥雀”,樹上之花絮已殘;“獨柴荆”,地下之紅素已盡。日既長而春已遠也。前半春遠之景,後半思歸之情。[1]

題商盤紅眉:舊評起聯云:“紅素”乃地下之花絮,“花絮”乃枝上之紅素,語意互見,似重複却不重複。紅素,染帛所成,借目諸物之色。對法似虚飽,却不虚飽。〇“惟鳥雀”,明樹上已無花絮也。“獨柴荆”,明地下亦無紅素也。春遠故日漸長,日長知春已遠,皆互見法也。寫無景之景,惟杜獨擅耳。

盧見曾紅旁:黄生曰:寫有景之景,詩人類能之。寫無景之景,唯杜獨擅場。此詩上半,當想其虚中取意之妙。

沈巖旁:第四始出題,上言“春”,下言“遠”,又一法。

肅肅花絮晚,(**吕留良紅旁**)奇。(**題商盤紅旁**)對起。菲菲紅素輕。(**奚禄詒乙本墨旁**)不成。日長唯鳥雀,(**題商盤紅旁**)順承一二。分裝對。春遠獨柴荆。(**方拱乾評**)從“惟”見長,從“獨”見遠。數有關中亂,(**題商盤紅旁**)背面對。倒剔句。倒叙。何曾劍外清?(**孫承澤墨眉**)“劍外”,蜀也。故鄉歸不得,地入亞夫營。(**題商盤紅旁**)意餘言外。(**奚禄詒甲本旁**)應“關中亂”。〇“亞夫”亦借用耳,細柳在咸陽。(**奚禄詒甲本旁**)賦也。(**奚禄詒乙本紅眉**)細柳在咸陽也,不重亞夫。(**沈巖眉**)“亞夫營”是反言以托諷,言天子尚無如之,何我安得歸也?

【彙評】

題商盤尾:欲往關中,關中數有亂;欲留劍外,劍外何時清?衹緣“地入亞夫營”,徒望“故鄉歸不得”,當此日長春遠之時,將何以爲情耶?

---

① 校注:“唯”,杭本作“惟”;“花絮已殘”,杭本作“花已落”。除此之外,杭本尚有“‘晚’即殘枝上之花已殘,次句零落滿地也”。

佚名丁墨尾:是傷亂阻皈[歸]之感。時有去草堂之志,而春深暫託者,歸不得故也。言外覺去住兩難。

絶句三首

李念慈紅眉:真杜無疑。

其　一

聞道巴山里,春船正好行。(**俞瑒乙本評**)言將往荆楚也。都將百年興,一望九江城。(**奚禄詒甲本旁**)超過"今春看又過"。(**奚禄詒甲本尾批**)賦也。

其　二

水檻温江口,茅堂石筍西。(**俞瑒乙本評**)不得即去,而且爲遊覽。下首恐其不得,竟去也。移船先主廟,洗藥浣沙溪。(**奚禄詒甲本尾批**)賦也。

其　三

設道春來好,(**李以峙墨眉**)(謾)按"設",明係形訛。狂風大放顛。(**奚禄詒甲本眉**)情致佳。吹花隨水去,翻却釣魚船。(**奚禄詒甲本尾批**)賦也。盡堪深味,得子夏序《詩》意。

營　屋

奚禄詒甲本眉:此時乃在成都。○竹本非藢,多則藏垢,即"惡竹應須斬萬竿"。

奚禄詒乙本墨眉：竹本非蕪，多則藏垢耳，即“惡竹應須斬萬竿”。○亦即除草之意。

我有陰江竹，能令朱夏寒。陰通積水内，高入浮雲端。（**俞瑒乙本評**）起四句得竹之精神。甚疑鬼物憑，不顧翦伐殘。（**奚禄詒甲本眉**）比。東偏若面勢，户牖永可安。愛惜已六載，兹晨去千竿。（**吴廣霈墨眉**）芟草、斬竹皆同嫉惡之意，而此尤婉妙含蓄，勝上章也。蕭蕭見白日，洶洶開奔湍。度堂匪華麗，養拙異考槃。草茅雖薙葺，衰疾方少寬。洗然順所適，此足代加餐。寂無斤斧響，庶遂憩息歡。（**奚禄詒甲本眉**）賦也。

喜　雨

題鮮于樞評：首言南國久旱，今江纔出雲而漠漠，已有雨而紛紛，故巢燕亦喜雨而盡高飛，林花亦得雨而分潤色，況於百穀人民之喜乎？且至晚而聲不絶，深夜雨必優渥矣。賦也。

奚禄詒甲本旁：詩有緩而不警者，此類是也。

沈巖眉：久旱逢雨，云胡不喜？不須更破明題字。“巢燕”一連，則飛潛動植，皆含喜意矣。○鳥雨作則歸巢，久旱又思陰雨而銜泥；花雨打則辭樹，久旱又賴霑潤而發色。真徐庾神妙處也。“才”字、“已”字、“不絶”字爲“朝”“晚”“夜”淺深映帶。上五句皆是即目，結用“聲聞”二字反對，律細無比。

南國旱無雨，（**李以峙墨眉**）（旱）按作“早”形訛。今朝江出雲。（**沈巖旁**）發端是“喜”字造勢。入空纔漠漠，灑迴已紛紛。巢燕高飛盡，林花潤色分。晚來聲不絶，應得夜深聞。（**奚禄詒甲本

旁)"晚來聲不絶"二句只管説雨,却緩。(**奚禄詒甲本旁**)賦也。(**沈巖旁**)"夜"字應"朝"字。

【彙評】

佚名丁墨尾:由從前之旱,詳寫本日之雨,并夜來不盡之望,極清灑。

長　吟

方拱乾評:新穩。不獨公自寫照,譏千古詩文之法。

錢陸燦丁本評:巧而不纖。

李念慈紅眉:此首雖非佳篇,氣味却是子美。其一三兩句俱用"江"字起,必有一誤。

吴廣霈墨眉:亦不似公作,可删也。

王鳴盛旁:此是初辭幕府作,蓋"束縛酬知己",形骸之累已極,到此得爛漫長吟耳。

江渚翻鷗戲,(**沈巖旁**)"江"疑作"虹"。官橋帶柳陰。(**方拱乾評**)五六句所以能新穩之故。江飛競渡日,草見蹋青心。(**方拱乾評**)"踏青",唐人省祖墓之會名。已撥形骸累,真爲爛熳深。(**方拱乾評**)"已撥"十字所以能賦詩,能新穩,能長吟也。賦詩歌句穩,不免自長吟。(**方拱乾評**)"不覺"二字妙,天籟。(**吕留良紅尾**)非佳境,得吟態。

莫相疑行

王鐸評:注云"寫得徹至",王[鐸]云"徹至"非詩太上乘。

錢陸燦甲本眉、丙本評:此與《赤霄行》皆爲郭英乂作也。是年四月,嚴武薨,英乂爲成都尹,公雖與有舊,然志不相合,遂欲去草堂矣。

錢陸燦乙本墨眉:此與《赤霄行》皆爲郭英乂作也。是年四月,嚴武薨,英乂爲成都尹,公雖與有舊,然志不相合,遂欲去草堂矣。此老一味歎老嗟貧,略無道氣傲骨,若在今日被老鐵拳頭一頓,决不可少也。

錢陸燦丁本評:此與《赤霄行》皆爲郭英乂作也。○是年四月,嚴武薨,英乂爲成都尹,公雖有舊,然志不相合,遂欲去草堂矣。

奚禄詒甲本旁:古今莫不然。○雖自嘆,頗自負。

奚禄詒乙本墨眉:雖自嘆,却自負。

朱方藹紅眉:鴻鵠志萬里,難爲鷃雀言。舞陽在戲下,高視髮衝冠。讀此覺俗物茫茫,古人先獲我心矣。

陳治墨眉:錢云:此與《赤霄行》皆爲郭英乂作也。是年四月,嚴武薨,英乂爲成都尹,公雖與有舊,然志不相合,遂欲去草堂矣。

沈巖旁:錢云:此與《赤霄行》皆爲郭英乂作也。是年四月,嚴武薨,英乂爲成都尹,公雖與有舊,然志不相合,遂欲去草堂矣。

沈巖眉:《赤霄行》當則有謂以牛況尹,公不若是其易也。

男兒生無所成頭皓白，牙齒欲落真可惜。(**錢載評**)每不忘情於此。(**吴廣霈墨眉**)閲歷深,後語亦骯髒酸辛語。(**奚禄詒乙本墨眉**)寫得徹至,懷抱如洗。憶獻三賦蓬萊宫，自怪一日聲輝赫。(**傅山紅眉**)可笑。集賢學士如堵墻，觀我落筆中書堂。(**徐渭墨旁**)少。(**奚禄詒乙本墨旁**)頗自負。往時文彩動人主，此日飢寒趨路傍。(**吕留良紅眉**)情態宛然。(**奚禄詒甲本旁**)起下。(**沈巖眉**)汝自好錢,好官職,我自好聲名、功業、文章,所謂不相争也。晚將末契託年少，當面輸心背面笑。(**傅山紅旁**)遂空。(**李念慈紅眉**)傷心語。(**奚禄詒甲本眉**)少年往往如是。(**王伯沆紅眉**)寫盡世態。寄謝悠悠世上兒，不争好惡莫相疑。(**奚禄詒乙本墨眉**)“不争好惡”屬己，“莫相疑”屬人，若“莫”字俱屬人一邊耳。

【彙評】

吴廣霈墨眉:與太白“前門長揖後門關”數語，一鼻孔出氣，此所以二人齊名位，不虛也。

赤霄行

方拱乾評:此不得於地主而作。

李念慈紅眉:此偶有感觸，不得意而作，然率手而出，殊未暢意。

奚禄詒甲本旁:罵者何人?

吴士模墨眉:孔雀極毒，飲水於溪，人飲之必死，惟犀牛亦飲之則毒解。

陳治墨眉:六義中興體，任舉一物皆是，不知者乃以爲怪奇，却通篇取義在“觝觸”“嚇”“羞”“辱”“和”六字，此時必有非意之加，先生以大度容之也。合《莫相疑行》讀之可見。

秦應逵墨旁:此與上篇皆爲郭英乂作，時嚴公殁，英乂爲成都尹，公志不相合，將去草堂矣。

孔雀未知牛有角，(**奚禄詒甲本旁**)自比。渴飲寒泉逢觝觸。(**方拱乾評**)奇句奇起。(**丁耀亢墨眉**)横逢之來，因以自解。(**吕留良紅眉**)起用二禽，變化不測。赤霄懸圃須往來，翠尾金花不辭辱。(**屈復評)此喻奇妙不可言。**江中淘河嚇飛燕,**(**吕留良紅旁**)用事神化。(**奚禄詒甲本旁**)比少年。**銜泥却落羞華屋。皇孫猶曾蓮勺困,**(**奚禄詒乙本墨旁**)史皇孫。(**王鳴盛墨眉**)"蓮"音"輦"。《元和志》:下邽縣東二十三里有蓮勺故城。**衛莊見貶傷其足。**(**沈巖眉**)衛莊傷足事,則哀十六年《傳》所謂"逾於北方而隊,折股"是也。成十七年則鮑莊子事。詩云見貶,則作"鮑"者得之。(**奚禄詒甲本眉**)《左傳》:莊子之智不如葵,葵猶能衛其足。**老翁慎莫怪少年,**(**奚禄詒甲本旁**)此勉他人語,非自喻。(**奚禄詒乙本墨旁**)自己。**葛亮貴和書有篇。**(**奚禄詒甲本眉**)余讀《諸葛亮集》,"貴和"止有陳壽目録,王冈伯《武侯全書》十六卷并無目録。〇陳壽《諸葛亮集目》凡二十四篇,《貴和》第十一。(**王鳴盛墨眉**)《武侯集》有《貴和》篇。**丈夫垂名動萬年,**(**奚禄詒乙本墨旁**)他人。**記憶細故非高賢。**(**汪琬丙本評**)"葛亮"二字,本庾子山。(**奚禄詒甲本旁**)此貴和也。(**奚禄詒甲本旁**)賦也。(**奚禄詒乙本墨眉**)按:亮集止有其目,又王冈伯《武侯全書》空卷,目録並無《貴和》,時異而書亡矣。(**申頲紅眉**)名言偉度。(**吴廣霈墨尾**)必有所感觸而云然。(**沈巖尾**)陳壽定《諸葛氏集》目録凡二十四篇,《貴和》第十一。

【彙評】

倪象占藍眉:《莫相疑》是對人自解,此似代勸人自解。

王伯沆紅眉:觀末四語,蓋自遣也。然不能忘懷得失,亦是大病根。

三韻三篇

奚禄詒甲本旁:前三首見官曹如此纔清。

吴廣霈墨眉:此喻士不可折辱也。

沈巖旁:一二短章,却有千鈞筆力。

其一

奚禄詒甲本眉：止於不艱苦而已，亦非合作。

佚名己紅眉：昂藏勃律，真奇作也。

高馬勿唾面，（**錢陸燦甲本旁**）《莊子》"捶鉤"，大馬箠即捶馬之策。（**錢陸燦乙本紅旁**）作"捶"是，《莊子》"捶鉤"，大馬箠即捶馬之策。（**錢陸燦丙本評**）錢云：大馬箠即捶馬之策。（**李以峙墨眉**）（捶）按"唾"形訛。長魚無損鱗。（**錢陸燦甲本眉批、乙本紅眉**）漢人古詩。（**陳治墨眉**）句拙。（**奚禄詒乙本墨眉**）前二首見官曹如此纔清。辱馬馬毛焦，困魚魚有神。君看磊落士，不肯易其身。（**奚禄詒甲本眉**）不傍權要之人。（**奚禄詒甲本旁**）君子不貶節也。興也。

其二

蕩蕩萬斛舡，影若揚白虹。起檣必椎牛，掛席集衆功。自非風動天，莫置大水中。（**奚禄詒甲本旁**）君子可大受也，比也。（**吴廣霈墨尾**）此喻大才不可小用也。

其三

烈士惡多門，小人自同調。（**奚禄詒乙本墨眉**）不必名言。○當時傍權要者多，官曹不清。名利苟可取，殺身傍權要。（**傅山紅旁**）却道盡此輩。（**奚禄詒甲本眉**）當時傍權要者多，故官曹不清。何當官曹清，爾輩堪一笑。（**奚禄詒甲本旁**）賦也。不若前二首。（**吴廣霈墨尾**）此刺小人之必當去也。（**沈巖旁**）第三删。

寄贈王十將軍承俊

王士禛評:深惜之。

俞瑒乙本評:以己爲主,以裴爲客,東亭江邊,賓主歷歷,曲折盡致。

王鳴盛旁:此當入五律。

將軍膽氣雄，臂懸兩角弓。 纏結青驄馬，出入錦城中。 時危未授鉞，勢屈難爲功。 賓客滿堂上，何人高義同。

【彙評】

嚴復墨尾:發端二語,楊慎以爲至工,猶小謝"大江"二語,又雜蘇頲"北風以早雁,日日渡河飛"及孟襄陽"八月湖水平,涵虚混太清"二語。

去　蜀

題鮮于樞評:言避亂客蜀居梓,而關塞尚阻,故將之荆楚,况已老而泛梗,是以憂國之兵亂未息而下淚。且曰國之安危,有大臣在焉,我何必淚長流耶? 自寬之詞也。賦也。

方拱乾評:須知是譏大臣,非恃大臣,若作恃,便是强盜,非聖賢矣。

李念慈紅眉:是。

題商盤紅眉:公之欲去蜀者屢矣,而終不果。此則嚴公既薨,旋有崔旰之亂,於是決計去蜀,乃通志客蜀之歲月,以見六年棲泊此地者,皆非其所得已也。此六年中,五[無]日不思歸朝,皆因關塞阻隔。如何今日仍阻關塞,轉遊瀟湘? 萬事無成,早已黄髮;殘生有限，空逐白鷗。回首京華，不禁流淚。既又自怪：國家安危，自有大臣負荷，區區徒抱杞憂，終何補於事哉？有拭淚長辭，扁舟下峽而已。此反言以自釋之辭也。

奚禄詒甲本眉：自初入蜀及嚴武再鎮時，共是五載。

奚禄詒甲本旁：末句感憤語，却出得深厚。○正所以刺大臣也。

奚禄詒乙本墨眉：後半以自寬之淡語，含忠愛之深思。

王鳴盛墨眉：顧修遠云：按公乾元二年己亥冬至成都，距廣德二年爲五載，而於其中一年居梓州，蓋寶應元年秋至廣德元年秋居梓州也。此詩廣德二年春作，時公在閬州東，知嚴武再鎮蜀，思出峽爲瀟湘遊也。"安危"應正指去年吐蕃寇長安，逼乘輿，立廣武。"大臣"指郭子儀言。

王鳴盛墨眉：婉轉深厚。

王伯沆紅眉：宛轉深厚。

五載客蜀郡，(**題商盤紅旁**)對起。(**沈巖旁**)已伏"黄髮"。一年歸梓州。 如何關塞阻，(**方拱乾評**)似爲大臣之故。(**奚禄詒甲本旁**)歎不得入秦。(**奚禄詒乙本墨旁**)不得入秦。(**王鳴盛墨眉**)婉轉深厚。轉作瀟湘遊。(**題商盤紅旁**)流水對。世事已黄髮，(**題商盤紅旁**)呼應句。應首聯。殘生隨白鷗。(**題商盤紅旁**)應次聯。(**奚禄詒甲本眉**)聊以自解。安危大臣在，不必淚長流。(**王鐸評**)"安危"句，痛心之語。(**方拱乾評**)正調弄大臣也。(**丁耀亢藍眉**)一結蘊藉。(**題商盤紅旁**)反言見意。(**奚禄詒甲本尾批**)賦也。○大臣寧不愧乎？(**奚禄詒乙本墨眉**)大臣寧不愧乎？(**沈巖尾**)前四句即所謂"小臣議論絶，老病客殊方"也。

【彙評】

方拱乾評："已"字悲甚。"在"字狠。○此大臣非指郭英乂，蓋不得于英乂而去蜀也。〇正言大臣之不足恃而當淚長流也。

佚名丁墨尾:自此長别成都矣。此行本欲出峽,觀第四句可見,蓋素志也。〇只短律耳,而六年中流寓之迹,思歸之懷,東遊之想,與身世衰遲之悲,職仕就捨之感,無不括盡,可作入蜀以來數卷詩大結束。

宿青溪驛,奉懷張員外十五兄之緒

錢陸燦甲本眉:既懷張十五,而止□"中夜懷友朋"五字,此是寫張懷公在何許,而今夜恰在此處也。首篇一氣呼應,總是借好友之情,寫自己流落。唱經此解亦自妙。

嚴虞惇紅眉:通篇一氣呼應,總是借好友之情,寫自己流落。

屈復評:清婉典雅,幾不知爲杜詩矣。少陵真無所不有。〇"今復在何許",自問之詞,哀怨之聲,如聞紙上。"枉渚"之舟,與"猿鳥"爲儔侶也,是懷張之引子。

奚禄詒甲本旁、乙本墨眉:灑落清健。

方貞觀墨眉:此詩爲子美去蜀之始,已經離别成都,故有"我生本飄飄,今復在何許"二語。

陳治墨眉:精湛似康樂。

秦應逵紫眉:清婉典雅,幾不知爲杜詩,少陵真無所不有。

漾舟千山内,(**呂留良紅旁**)奇。日入泊枉渚。(**錢陸燦甲本旁、乙本紅旁**)起似康樂。(**錢陸燦丙本評**)錢云:起似康樂。(**錢陸燦丁本評**)起似康樂,幽瘦清省,另是一格。(**陳治紅眉**)"枉"一作"荒"。(**奚禄詒乙本墨眉**)"枉渚"在楚,當從"荒"。我生本飄飄,今復在何許?(**嚴虞惇紅旁**)是代張相念,而問杜二在何許也。石根青楓林,猿鳥聚儔侶。(**丁耀亢紅眉**)真。(**奚禄詒甲本旁**)四句乃飄零之景。(**厲鶚評**)此少陵往湖南之作。**月明遊子静，畏虎不得語。**（**汪琬甲本紅眉**）"客子入門月皎皎"。（**李念慈紅眉**）清曠幽獨，悠然遐想。（**佚名己紅眉**）肅然。**中夜懷友朋，乾坤此深阻。浩蕩前後間，佳期付荆楚。**（**奚禄詒甲本尾批**）"枉渚"是楚地，不在犍爲，當是"荒渚"。

【彙評】

陳訏紅眉批仇注"猿鳥有群，而遊子獨宿，此屬興體"處："猿鳥"四句，此深山泊舟真景，注言"興體"，非是。

狂歌行贈四兄

王鐸評：另一調。

方拱乾評：與《病後遇王》又不同，機軸漸異。〇高老之氣，如在九霄，不止一味質樸。〇全是元白，元白却不能望。〇樸處堅，所以不可及。

吕留良紅眉：粗粗平平，正是古意。

奚禄詒甲本眉：如此樸老之章，可以采風。〇説得家常，風味自脱。〇"啾啾唧唧"指老人説，直挽至前面"富貴浮雲"等句。

奚禄詒甲本旁：氣味也深。

王伯沆紅眉：全篇只是本色語，可愛。

與兄行年校一歲，賢者是兄愚者弟。兄將富貴等浮雲，弟切功名好權勢。（**孫承澤墨旁**）謔。（**方拱乾評**）跌倒。〇今人决不肯自跌倒。（**丁耀亢墨眉**）俱是反説，讀者須知，不然則呆人説夢矣。（**吕留良紅旁**）它人所諱。（**佚名己紅旁**）今人必不宜如此自責。**長安秋雨十日泥，我曹鞴馬聽晨雞。公卿朱門未開鎖，我曹已到肩相齊。吾兄**

睡穩方舒膝，不襪不巾踏曉日。（佚名己紅眉）李供奉似之。男啼女哭莫我知，身上須繒腹中實。（吴廣霈墨眉）縱是杜老原作，亦不妨以僞目之，因其實無一可取爾。今年思我來嘉州，嘉州酒重花繞樓。樓頭吃酒樓下卧，長歌短詠還相酬。（佚名己紅眉）白香山不及矣。四時八節還拘禮，女拜弟妻男拜弟。（吕留良紅旁）它人所避。幅巾鞶帶不掛身，頭脂足垢何曾洗。吾兄吾兄巢許倫，一生喜怒常任真。（宋犖紅旁）受用在此。日斜枕肘寢已熟，啾啾唧唧何爲人？（方拱乾評）太白似之而浮，香山學之而懈。（丁耀亢墨眉）趣而謔。（丁耀亢墨尾）樸不可及。（奚禄詒甲本尾批）賦也。

宴戎州楊使君東樓

題鮮于樞評：言東樓之宴絶勝，特"驚身老"，非年少之時，故任從主人作樂耳。次言楊使君忘情"發興奇"，而滿座歌妓"拈春酒""擘荔枝"以作歡。末言樓高欲悲，且勿吹笛，以結首句之意。賦也。

錢陸燦甲本眉：黄山谷在戎州，有《廖致平送綠荔支詩》，曰："誰能同此絶勝味，唯有老杜《東樓詩》。"正謂此也。方曰：公在成都，而戎州，而渝州，而忠州，而雲安，然後至夔州，一路皆有詩，此戎州作也。"重碧"二句妙絶古今，山谷八句詩皆出於此。

錢陸燦丁本評：真情實景，今人不能道。

吕留良紅眉：真情實景，練作佳句。

奚禄詒甲本旁：宴饗如此，乃爲佳句。

奚禄詒甲本眉：中四句正發興處，末復轉出愁意。

奚禄詒乙本墨眉：中四句正發興奇，末轉出愁來，應首句。〇唐人把酒例曰"拈"。

申頲墨旁:倚翠偎紅,人情大半如此。

厲鶚評:此宴亦酣嬉矣。

朱方藹紅眉:胸有奇懷,憑高則發,半得之學問,半得之登臨也。

題張問陶墨眉:"拈"字風韻宛然。〇起語斗然,結語憮然,"重碧""輕紅",設色正與妓席掩映。

吴廣霈墨眉:隨手應酬之作。

勝絶驚身老,情忘發興奇。(**陳治墨眉**)胸有奇懷,憑高則發。(**沈巖旁**)起句奇絶。座從歌妓密,(**俞瑒甲本評**)承"發興奇"。樂任主人爲。(**俞瑒甲本評**)中四宴中景。重碧拈春酒,(**汪琬甲本紅眉**)拈酒。(**俞瑒甲本評**)事。輕紅擘荔枝。(**奚禄詒甲本眉**)戎州荔枝獨佳。(**佚名戊紅眉**)四字是恰好字。樓高欲愁思,(**俞瑒甲本評**)醒"樓"字。横笛未休吹。(**錢陸燦丙本評**)錢云:黄山谷在戎州,有《廖致平送緑荔枝詩》,曰:"誰能同此絶勝味,唯有老杜《東樓詩》。"正謂此也。(**李念慈紅眉**)一作"羌笛莫頻吹"。(**俞瑒甲本評**)承"驚身老"。(**奚禄詒甲本旁**)賦也。〇末應首句。(**嚴復墨眉**)杜韻脚如"爲"字、"能"字皆精。

【彙評】

張學仁參定:五六工於設色,與"紅綢屋角花"一聯同一穠麗。

沈巖尾:方云:"重碧"三句妙絶古今,山谷八句詩皆出於此。〇黄山谷在戎州,有《廖致平道緑荔枝詩》:"誰能同此絶勝味,惟有老杜《東樓詩》。"正謂此也。

佚名丁墨尾:首聯回曲見致,"勝絶"全提樓宴,乃以老人雜其中乎?而情忘乎老,發興不已奇乎?雜坐不嫌歌妓,行樂一"任主人",所謂"發興奇"也。而下句又從上句生出,拈酒、擘荔,正密坐爲樂事。結忽轉云

“横笛吹愁”,仇氏所謂衰年漂泊仍不忘情者也。此乃與首聯反應。○起語斗然,結語憮然,“重碧”“輕紅”,正與妓席輝映。○仇解“樂任主爲”,太褻。

渝州候嚴六侍御不到先下峽

題鮮于樞評:公言在渝州,聞道嚴公出峽,相待不至,故“虚費短長吟”,於是先下峽,在江陵相候,若嚴舟過一柱觀,須留眼相與一登臨可也。賦也。

錢陸燦丁本評:公自成都至戎州、渝州、忠州、雲安,然後到夔州一路,此二首戎州、渝州作。

李念慈紅眉:雄渾。

屈復評:前半候侍御不到,後半先下峽,“登臨”承“江山”言。

嚴復墨眉:“滄”字乃“渝”訛,今之重慶也。

奚禄詒乙本墨眉:只逐句叙題,情景自然深致。○因下峽,用“雲雨”却切穩,三四勝過江總。五六壯,律中不可少。

聞道乘驄發,沙邊待至今。不知雲雨散,(**奚禄詒甲本眉**)因下峽,即用“雲雨”亦切。虚費短長吟。(**奚禄詒甲本旁**)言候不到。山帶烏蠻闊,江連白帝深。船經一柱觀,留眼共登臨。(**汪琬甲本紅眉**)留眼,蓄眼。(**方拱乾評**)“留”字情深。(**吕留良紅旁**)是題意。(**奚禄詒甲本旁**)賦也。○江總《别袁昌》詩:“不言雲雨散,更似水東流。”王粲詩:“風流雲散,一别如雨。”(**奚禄詒乙本墨旁**)公先下矣。

撥　悶

徐渭墨旁:雖自然,却亦太草草。

王鐸評：亦非衆吻。

傅山紅眉：俗甚。

錢陸燦戊本評：一篇假設之詞。

奚禄詒甲本眉：信筆信意不用撿照，惟公能之，宋人效之，遂爲俗氣。

奚禄詒甲本旁：一作《贈嚴二别駕》，擬往雲安去。

奚禄詒乙本墨眉：非爲酒有悶可□耳。

曹炎旁：折腰體。○在忠渝作。○一作《贈嚴二别駕》。

吴廣霈墨眉：直率寡味，老杜每有此大坦白過頭之作。作之可也，存則不可，讀尤不必矣。

沈巖旁："一盞即醺"已呼起霑脣。

沈巖眉：但使酒能解憂，即三峽驚濤犯險，往來可以不計。視此非難，悶之難撥可知也。無窮鬱結，偏以真氣飛騰，公詩作用所以微也。

嚴復墨眉：此終别調，可間爲，不宜專學。

王伯沆紅眉：拙老，又是一格。

聞道雲安麴米春，（**奚禄詒甲本旁**）非止爲酒。（**曹炎眉**）"雲安"，縣名。"麴米"，酒名。舡頭杝篙曰"長年"，正梢曰"三老"，初行船曰"開頭"。纔傾一盞即醺人。乘舟取醉非難事，下峽消愁定幾巡。（**錢載評**）次第消遣。長年三老遥憐汝，棙柁開頭捷有神。（**吕留良紅眉**）方言口號。已辦青錢防雇直，當令美味入吾脣。（**奚禄詒甲本旁**）賦也。（**奚禄詒乙本墨眉**）結句太率。（**申頲墨眉**）少粗。（**秦應逵紫旁**）二句漁邨單圈。（**秦應逵紫尾**）一氣到底。（**奚禄詒甲本旁**）不成。

宴忠州使君侄宅

題鮮于樞評:首四句言宴忠州使君侄宅,第三句承首句,第四句承次句,"殊方"字與"歡"字,生後四句言宴飲樂舞,是以"旅思寬"而"强爲看"。賦也。

奚禄詒甲本眉:牽率句,大不得意之詞,故《題寺》有"莫覓主人恩"之句。

吴廣霈墨眉:亦是率筆。

沈巖眉:通篇言汝雖貧富不相恤,吾自以同姓,故自須聊一過汝。倘汝謂區區一飽便可牽率老夫,則殊不然也。

出守吾家侄,殊方此日歡。自須游阮舍,不是怕湖灘。(**奚禄詒甲本旁**)可嘆。(**奚禄詒乙本墨旁**)二句亦諷。樂助長歌送,杯饒旅思寬。昔曾如意舞,牽率强爲看。(**奚禄詒甲本旁**)賦也。(**奚禄詒乙本墨眉**)"牽率"句是大不得意於其侄也,故《題寺》云"莫覓主人恩"。(**沈巖尾**)落句須合《題龍興寺所居院壁》一篇觀之。

禹　廟

題鮮于樞評:言禹廟在空山中,於秋風落日之時,荒庭則"垂橘柚",古屋則"畫龍蛇",而雲氣生壁,及聞江聲,因念禹功乘四載而疏鑿三巴。賦而興也。

方拱乾評:公久居蜀,知爲上流當控,而禹先得之,故曰"早知"。〇法緒穩老,于鱗故入選。

錢陸燦甲本眉:"早知"意於此始知禹功也。

錢陸燦丙本評:錢云:"早知"二字謂於此始知禹功也。以"走"

對“生”巧妙。

汪琬乙本評：氣象渾闊，詞華典則，質而愈古，嚴而彌清，思入風雲，腕驅經史，《三百篇》中登峰造極之作。○“橘柚”“龍蛇”，禹貢也。雲氣江聲，亦禹所時歷也。妙在於庭屋壁垣之間寫來，不必定無，亦不必定有，用之禹廟，亦可通之他廟，亦似眼前點綴，絶非掌故堆填。既知其佳，彌歎其妙。○雖可通之他廟，究竟施禹廟爲至當，此真得詩中三昧矣。不然，泛用於堯舜之廟，復成何語乎？

李念慈紅眉：雄稱。

吕留良紅眉：此詩可與《禹貢》争勝。

屈復評：一題，二時，三四廟内景，五六廟外景，頌結。“早知”者，天下山川無非禹功，我於讀書時已早知矣，不待今日謁廟而始知也。①

奚禄詒甲本眉：末言其功德而首云“空山”“落日”，亦甚寄慨。

奚禄詒乙本墨眉：自切禹廟，三四不必徵事，末言其功德而首云“空山”“落日”，亦甚寄慨。○首尾圓足，格調亦穩。

盧見曾紅眉：“龍蛇”“橘柚”，宋人亦知其用本事，不知其妙在無迹，極鏡花水月之趣，學者知此，乃得使事三昧法。

盧見曾墨旁：孫莘老曰：貢橘柚、放蛟龍，皆禹事，公見此而有感也。黄注“壁間嘘雲氣，沙上走江聲”二句倒裝，能寫出山水之險峻，故下接以“疏鑿”三巴之語。“疏”主江言，“鑿”主山言，“控”則引水而往。

曹炎旁：忠州。

曹炎眉：中四句詠其荒凉，末二句追念語切。

厲鶚評：三四點化實事妙，五六“生”字、“走”字有力。

---

① 校注：“一題，二時”，杭本作“一句地，二句時”；“於讀書時”，杭本作“於少日讀書時”。

題商盤紅眉：“橘柚”“龍蛇”，用本色事寫現前景。〇五舊作“生虛壁”，依《英華》正之。雲觸石而出，實青壁噓之，非此不敵“走”字。凡水必皆因灘漱沙石所激始有聲，此五六皆倒裝句也。二句雖寫景，而山水險峻之意自見，故急接七八云云。“控”，扼也，言此地扼三巴之險也。蜀中有險可據，故往往生亂。禹若早知如此，乘四載而疏鑿之，則盜賊無竊據之危矣。二語若作“早知藏盜賊，疏鑿靖三巴”，意即瞭然。然此詩入“盜賊”字不得，故隱約其間，不比《劍門詩》極意洗發，此古體、近體之别也。

朱方藹紅眉：氣象渾涵，詞華典則，質而愈古，麗而彌清，思入風雲，腕驅經史，《三百》登峰造極之篇。“橘柚”“龍蛇”，禹貢也。“雲氣”“江聲”，亦禹所時歷也。妙在於庭屋壁垣寔不必定無，亦不必定有，用之禹廟，亦可通之他廟。雖可通之他廟，究竟施禹廟爲至當，此真得詩中三昧矣。不然，泛用於堯舜之宫，復成何語乎？

吴錫麒紅眉：精切，不同泛填。

題張問陶墨眉：貢橘柚、收龍蛇，皆禹事，妙在渾融無迹，令人不覺。〇“走”字奇，“聲走”更奇。

陳治墨眉：汪云：次句帶出時序，末句帶出地方，絶不費力。“橘柚”“龍蛇”暗用禹貢事，妙在於庭屋垣壁間寫出，渾然不露圭角。

吴廣霈墨眉：氣勢渾雄，措詞切當，未可移之他廟也。

沈巖眉：疏鑿三巴，萬古如在，腹連寫得神靈颯至。

禹廟空山裏，(**題商盤紅旁**)對起。秋風落日斜。(**題商盤紅旁**)見時。荒庭垂橘柚，(**傅山紅旁**)古廟當無此物。(**題商盤紅旁**)邊景。古屋畫龍蛇。（原文注：孫莘老、劉辰翁以爲用《禹貢》橘柚及《孟子》龍蛇字，果爾，豈復有詩？）(**傅山紅旁**)胡説。(**俞瑒甲本評**)暗用禹事。(**題商

盤紅旁)明事暗用。(**奚禄詒甲本旁**)自然是禹廟。(**嚴復墨眉**)三四極工,與劉文房"芳草獨尋人去後,寒林空見日斜時"皆爲繫事極則。**雲氣生虚壁,**(**俞瑒甲本評**)廟中景。(**題商盤紅旁**)遠景。實眼句。(**王鳴盛墨眉**)《英華》作"雲氣嘘青壁"。**江聲走白沙。**(**錢陸燦甲本旁**)以"走"對"生"巧妙。(**題商盤紅旁**)倒裝句。(**張雝敬墨旁**)"聲走"二字,人以爲下得奇警,然細按之,只是下得極穩當耳。究之,極穩當處便是極奇警處也。不然,則是險僻而已矣,晦澀而已矣。**早知乘四載,**(**吕留良紅旁**)知之早也。(**題商盤紅旁**)歇後句,意在言外。**疏鑿控三巴。**(**方拱乾評**)末言禹功,"早知"謂禹。(**俞瑒甲本評**)見是蜀地。(**奚禄詒甲本旁**)十字一句。(**奚禄詒甲本旁**)賦也。○起字巧而穩。須早知有四載疏鑿之功,故至今廟祀也。(**吴廣霈墨眉下**)"屋"字似不如"殿宇"字。

【彙評】

錢陸燦丁本評:以"走"對"生",巧妙。○六句只説廟,結二句點禹事。

張學仁參定:次聯運古入化,孫莘老尚未深闡其妙。

陳治墨尾:氣象渾涵,詞華典則,思入風雲,腕驅經史,登峰造極之作。

佚名丁墨尾:起筆便有神靈森爽之色,三四孫莘老云,苞橘柚、驅蛇龍,皆禹事。愚按:妙在只是寫景,有意無意。"青壁"謂廟外崖壁,正在"白沙"之上。"嘘"之"走"之,造物之氣勢,即神禹之氣勢也。神理與結聯歎頌禹功一片。

題忠州龍興寺所居院壁

錢陸燦甲本眉:前四句言忠州之地勢與風景也,後四句言過客之情緒也。“獨園”指龍興寺。

錢陸燦丙本評：錢云：前四句言忠州之地勢與風景也，後四句言過客之情緒。“獨園”指龍興寺。“小”“孤”二字於理無礙。又云：子瞻“畏虎關門早，無村得米遲”本此。

奚禄詒甲本眉：公有《忠州使君侄》之詩，而此乃曰“莫覓主人恩”，則侄亦不妙矣。

奚禄詒乙本墨眉：絶去給孤稱獨園，有此理否？

厲鶚評：荒陋可笑。

題張問陶墨眉：五六乃苦詞，非怨詞也。從三四讀下，則此州之荒凉已極，安能爲客壯行色乎？

沈巖眉：七句皆寺居之由。忠州使君乃公從子，而莫能爲南道主人，題詩以深責之。第七兼刺其無善政。

忠州三峽内，井邑聚雲根。（**汪琬甲本紅眉**）雲根。（**奚禄詒甲本眉**）張協詩“雲根臨八極”注：五岳之雲，觸石而出者，雲之根也。小市常争米，孤城早閉門。（**錢陸燦甲本旁**）東坡詩：“畏虎關門早，無村得米遲。”（**李念慈紅眉**）三四最得僻州情事。（**嚴復墨眉**）三四寫得出。（**王伯沆紅眉**）寫山縣逼真。空看過客淚，（**題商盤紅旁**）交互對。（**李以峙墨眉**）（空看）按作“豈”非。莫覓主人恩。（**奚禄詒甲本旁**）州中無人矣。（**奚禄詒乙本墨旁**）忠無人矣。（**李以峙墨眉**）（恩）按作“言”非。（**王鳴盛墨眉**）公侄佐爲忠州使君，可見待公甚薄。淹泊仍愁虎，深居賴獨園。（**錢陸燦戊本評**）東坡云“畏虎關門早，無村得米遲”，取於此。（**汪琬甲本紅眉**）獨園。（**奚禄詒甲本旁**）賦也。〇巴峽、巫峽，明月峽爲首。（**嚴虞惇紅旁**）龍興寺。（**沈巖尾**）“獨園”指龍興寺。

【彙評】

錢陸燦丁本評：六句説忠州，結二句點龍興寺所居。

題商盤尾：五上有“主人”字，六上有“過客”字，交互成對。○舊不取此詩，以五六語露欠厚故，今覺不然。從三四讀下，則州之荒凉已極，安能爲客壯行色乎？故知二語乃苦惱之辭，非怨懟之辭也。

哭嚴僕射歸櫬

題鮮于樞評：言嚴公之櫬舟載而歸故國，且言母老尚無恙，而士卒非昔比矣。賦也。夫蛟龍得雲雨則非池中物，今云“風送蛟龍雨”，言蛟龍化去，而風雨送之也。“天長驃騎營”，言士卒戀其恩德如天之長也。末哀其遺愛在後，見公忠君養士之情。比而賦也。

方拱乾評：謂公之不得於嚴武者，誣也。○簡盡。讀此而知公之於嚴武交情不尋常也。

錢陸燦戊本評：湘曰：讀此則鈎簾欲殺之論誣也。

王士禛評：不如哭房相之痛切，則知嚴之待少陵者較房遠矣。

屈復評：嚴杜交情，終始不贅。小説欲殺之言，可恨，觀遺後之言可知矣。嚴於杜實有濟困深情，而杜救房罷官，終身不振，蓋真知己也。然則非嚴所待者薄，而知己亡，痛切於深恩矣。①

方苞眉批：張溍注：生前則絶無援附，死後則備極痛傷。○望溪先生句圈。

題商盤紅眉：歸舟有老親同行，部曲相送，故及之。老親待己猶“如宿昔”，部曲交態已“異平生”，言外不勝炎凉之感。俗本“逆”作“送”，依錢本正之。公初贈嚴有“蛟龍得雲雨”句，今就用其語反之，本爲聖主得賢臣之頌，今則聖主失賢臣之助矣。天遠日長，歸京則“風逆蛟龍雨”，回首則“天長驃騎營”，此見櫬歸人不歸之意。

---

① 校注：“亡痛”，杭本作“之痛”。

奚禄詒甲本眉:是日必遇風雨,故五六云然。霍光以驃騎將軍薨,故以比之。

朱方藹紅眉:哭歸櫬與送別不同,若但寫其交情,則淺小矣,故只末句點出。

吴士模墨眉:悲壯赴題。哭歸櫬與送別不同,若但寫其交情,則小矣,故只於末句點出。

陳治墨眉:汪云:哭歸櫬與送別不同,若但寫其交情,則小矣,故止於末句點出。

嚴復墨眉:武,華陰人,故云"舊京"。"如宿昔"三字終嫌未足。

素幔隨流水,(**題商盤紅旁**)反裝對起。歸舟返舊京。 老親如宿昔,(**題商盤紅旁**)縮脈句。(**盧見曾紅旁**)劉克莊曰:"老親如宿昔"二句,極其淒愴。李義山《過舊府有寄諸掾》詩云:"莫憑無鬼論,終負托孤心。"猶有故吏之情,可以矯薄俗。(**李以峙墨眉**)("老親"句)按當從"如","知"字謬,原係形似之訛。部曲異平生。(**奚禄詒甲本旁**)慘極。(**奚禄詒乙本墨眉**)三四慘極,非公二人至交,亦説不出。風送蛟龍雨,(**奚禄詒乙本墨旁**)恰遇雨。(**李以峙墨眉**)(風送句)按"逆"字、"雨"字皆謬。天長驃騎營。(**嚴復墨眉**)哀李光弼詩有"零落蛟龍匣"意,"雨"端是"連"字。一哀三峽暮,(**題商盤紅旁**)見地見時。遺後見君情。(**奚禄詒甲本尾批**)賦也。(**奚禄詒乙本墨眉**)末句有更無知己之歎。(**王伯沆紅眉**)哀傷之詞。(**佚名丁墨尾**)竺云:末句公自謂,公素於嚴有知己之情,最後雖稍有背違而至於遺後,蓋有所感於心也。"一哀"用孔子語。

【彙評】

題商盤尾:"三峽暮"三字見地見時,是杜公家數。"一哀"即盡哀,用"一"與"三"相應,始成句法。言嚴公身後遺人以難忘之情,歸櫬經此，其能已於一哀乎？

題商盤尾批箋注後：五六二語，一險一渾，有經緯相交、宫商相應之妙。“近淚無乾土，低空有斷雲”，二語亦然。

沈巖尾：公在嚴幕府，多規切之詞，《釋悶》諸篇亦以恨知己不盡。及公薨，而代之者乃不復可與共事，故有“遺後”追慟及《諸將》《八哀》諸詩也。

佚名丁墨尾：《八哀・嚴武》篇云“飛旐出江漢”，則嚴櫬亦由峽返北者。時公在渝、忠間，蓋親臨哭送也。起點歸櫬，三四冷暖之慨，五六心目之悲。但有老親，無多部曲，靈轝忽覯，故府遥瞻，皆不能已於“一哀”者。“遺後”猶言身後也。渝、忠之間，人地荒薄，於此而見君情，蓋所感者真，而所歎者隱矣。

聞高常侍亡忠州作

題鮮于樞評：高入朝爲左散騎常侍，主諷諫過失，今也云亡，則不得“致君丹檻折”，是“虚歷金華省”矣，故我聞其亡而哭之，“何殊地下郎”耶？然詩名獨在，祇令故舊悲傷耳。賦也。

題張問陶墨眉：史稱適負氣敢言，權貴側目，可與此詩互證。

奚禄詒甲本眉：公哭達夫，還宜親切。五句承三四，六句轉。

奚禄詒甲本旁：分看又五承三句，六承四句。

嚴復墨眉：以甫與適交情詩事言之，此詩殊負題矣。

吴廣霈墨眉：此什平平，無甚奇特。

沈巖旁：此詩有痛有刺，生不能致君，死亦但修文地下耳。詩名獨步，則無功業可紀，故曰“虚歷”也。

沈巖眉：“致君”句言己因救房相而貶於外，遂不復與高相見也。金華瞬失，只益吾悲，惟獨步詩名，長在天地間，高之不死，或在於此。痛惜而兼以慰之也。

歸朝不相見，蜀使忽傳亡。虚歷金華省，何殊地下郎。（**佚名丁墨旁**）竺云：言高有武略，而徒以文官終，亦同顔、卜之爲修文郎也。注解以“何殊”二字爲指生前，謬矣。豈有哭人之亡，用亡者故事，却言生前事者乎？**致君丹檻折，**（**佚名丁墨旁**）竺云：“致君”所謂“致君堯舜”之意，又解事君致身，亦通。**哭友白雲長。**（**奚禄詒乙本墨眉**）“致君”指高哭友，不指己，乃唤下，似舊句。**獨步詩名在，只令故舊傷。**（**方拱乾評**）畢竟重詩。（**奚禄詒甲本尾批**）賦也。

【彙評】

佚名丁墨尾：高還朝時，公嘗以詩寄别，則闕於面送矣，故曰“不相見”。總以質語見交情。

旅夜書懷

題鮮于樞評：前四句言旅夜在舟中書所見，賦也。後四句言書懷，蓋自歎其功名不成而無倚著。賦而比也。

方拱乾評：星曰“闊”，月曰“涌”，便覺超人。

錢陸燦丁本評：旅懷如此，轉覺壯浪。

汪琬乙本評：起聯幽細，次聯渾雄，五六書懷，結語承上，而氣象寬廓，收得全詩住。〇中二聯皆一字起頭，亦小失檢點。

李念慈紅眉：三四雄渾，五六辣。

俞瑒乙本評：三四闊大，五六沉著，聲情並到。

屈復評：前旅夜，後書懷，五六“豈應”二字，交互而見，名豈應以文章而著耶？官豈應以老病而休耶？飄零天地，豈應竟似一沙鷗耶?

方貞觀墨眉:寫得闊大。

奚禄詒甲本眉:前半旅夜,後半書懷。五六有含蓄。

奚禄詒甲本旁:懷似適然,聊以自遣。

奚禄詒乙本墨眉:詞本宏壯而意則難堪。尋常江月著“垂”“闊”“涌”“流”四字,更覺異人。

盧見曾紅眉:“小市常争米,孤城早閉門”,寫荒凉之景,如在目前。若此孤舟夜泊,著語乃極雄健,當由真力彌滿耳。李白“山隨平野”一聯,語意暗合,不分上下,亦見大家才力,天然相似。劉會孟曰:等閑星月,著一“涌”字,夐然不同。

盧見曾墨旁:上四旅夜,下四書懷。微風岸邊,夜舟獨繫,兩句串説。岸上“星垂”,舟前“月涌”,兩句分承。五屬自謙,六乃自解。末則對鷗而自傷漂泊也。顧注:名實因文章而著,官不爲老病而休,故用“豈”“應”二字,反言以見意,所云“書懷”也。“一沙鷗”仍應上“獨”字。

申頲墨眉:精刻之中,亦及老到。

曹炎眉:起二句夜景之近小者,中二句夜景之遠大者,後乃言情。

題商盤紅眉:太白“山隨平野闊,江入大荒流”二句,不若此三四句骨力更好。○三四是旅夜之所見,五六書懷,末句應舟中。○“豈應”二字上下交互,七八言外亦有二字蒙上文也。

朱方藹紅眉:起聯幽細,二聯渾雄,五六書懷,結語承上而氣象廓然,收得全詩住。

題張問陶墨眉:詩要健字撑柱,活字斡旋,如“紅入桃花嫩,青歸柳葉新”“弟子貧原憲,諸生老服虔”,“入”“歸”“貧”“老”字乃撑柱也。“生理何顔面,憂端且歲時”“名豈文章著,官應老病休”,“何”“且”“豈”“應”字乃斡旋也。撑柱如屋之有柱,斡旋如車之有軸,作文亦然,詩以字,文以句。

紀曉嵐評:通首神完氣足,氣象萬千,可當雄渾之品。

陳治墨眉:俞云:三四闊大,五六書懷,沉著。〇汪云:中二聯皆一字起頭,亦小失檢點。

嚴復墨眉:此等五言皆杜詩極制,杜之所以爲杜,以此類也。

吴廣霈墨眉:通首渾雄,可以□,可以歌誦。

沈巖眉:只是汗漫粘天寫來,雄渾生動乃爾。〇劉孝綽《月半夜泊鵲尾詩》:"月光隨浪動,山影逐波流。"

細草微風岸,(**題商盤紅旁**)對起。危檣獨夜舟。(**俞瑒甲本評**)旅夜。星垂平野闊,(**題商盤紅旁**)下因句。(**李以峙墨眉**)(星垂)按"隨"不如"垂"。月涌大江流。(**方拱乾評**)古今不朽之句。(**俞瑒甲本評**)舟中所見。(**嚴虞惇紅眉**)"平野闊"故"星垂","大江流"故"月涌"。(**題商盤紅旁**)雙眼句。(**張雝敬墨旁**)"涌"字警甚。(**王伯沆紅眉**)"涌"字奇妙。名豈文章著,(**方貞觀墨眉**)第五句耐咀嚼。(**題商盤紅旁**)雙關句。官因老病休。(**俞瑒甲本評**)書懷。(**王伯沆紅眉**)公以獻賦蒙賞,救琯被謫,却反言之,益見忠厚。(**奚禄詒乙本墨旁**)厚道。(**李以峙墨眉**)(官應)按"應"字婉,"因"字直,宜從"應"。飄飄何所似,天地一沙鷗。(**宋犖紅眉**)結語學之便襲。(**俞瑒甲本評**)收"旅夜"。(**奚禄詒甲本尾批**)賦也。(**李以峙墨眉**)(天地)按"天外"不如"天地"。

【彙評】

俞瑒甲本評:三四闊大,五六沉著。

張學仁參定:同一詠月,華貴則"月傍九霄多";雄闊則"月涌大江流";精警則"孤月浪中翻";幽秀則"捲簾殘月影";沉著則"只益丹心苦,能添白髮明";豔麗則"香霧雲鬟濕,清輝玉臂寒";恣肆則"斫却月中桂,清光應更多”;冷峭則“四更山吐月,殘夜水明樓”。一心所運,變化百出。彼以一句得名者,終是才小。

陳訏紅眉批仇注“岸上‘星隨’,當作‘星垂’。一字上加間字,句意自明。野闊星垂,江流月涌,自是四事也”處:萬山之中所見天景甚狹,今當平野,則天景遠見如隨平野而廣闊矣。山中陸處,但見月出山巔,今江行又當平野,則如月涌大江之中,與波蕩漾矣。“隨”字、“涌”字,昌黎所謂“六字常語一字難”也。今改“隨”爲“垂”,則山中、平地有何分别?且成呆句,毫無意味矣。若引《易》“垂象”爲據,則“月涌”出何經典?此村夫子之見也。

沈巖尾:許身稷契,曾犯龍鱗,豈等浮華,未應飄蕩,然非君之恩禮,獨遺元從之外,自緣老病,合就摒退可耳。落句則揚子所云“譬若江湖之雀,勃澥之鳥,乘雁集不爲之多,雙鳧飛不爲之少”也。

佚名丁墨尾:起不入意,便寫景,正爾凄絶。三四開襟曠遠,五六揣分謙和,結再即景自况,仍帶定“風岸”“夜舟”,筆筆高老。

放 船

奚禄詒甲本旁:張衡《冢賦》:“乃樹靈木,靈木戎戎,繁霜峨峨。”

奚禄詒乙本墨眉:寫以江入細。

朱方藹紅眉:題曰“放船”,中四句絶不拈帶,而語意生造可喜。

收帆下急水,卷幔逐回灘。江市戎戎暗,(**奚禄詒甲本旁**)《詩》:“何彼穠矣。”注:“穠穠”猶“戎戎”也。山雲淰淰寒。(**奚禄詒甲本眉**)淰,失冉切,音閃,或有或無也。(**奚禄詒乙本墨旁**)淰,失冉切,或有或無貌,與《禮記》不同。村荒無徑入,獨鳥怪人看。已泊城樓底,何曾夜色闌。(**奚禄詒甲本尾批**)賦也。

【彙評】

陳訏紅眉批仇注“放船暮景。曰收曰卷,日將晚矣。自放而泊,夜色未闌,正見行舟之速”處:水急不須用帆,故收之;灘回恐幔有礙,故卷之,不因日晚也。江市暗,言人煙之密,亦非日晚也。注因一“暗”字,遂通首指將晚放船,無論江行不應有將晚放船之事,即使有之,正宜張帆趕行,直至泊舟收帆,何反收帆爲乎?結句“何曾夜色闌”,明是泊舟尚早。注云:“自放而泊,夜色未闌,正見行舟之速。”不知放舟幾許路程耶。

吴廣霈墨眉:冷境無人至,幽景亦少人會意。

佚名丁墨尾:自蒼溪乘船回閬,别客而返也。叙事明晰,寫景波峭,五律之開宋者。

雲安九日鄭十八攜酒陪諸公宴

題鮮于樞評:首言九日采菊,則“人頻異”而“酒暫隨”者,其傷感之意,見於言外。次言地偏則“初衣袷”,山擁則“更登危”,此雖宴樂,然酣歌而淚欲垂者,以萬國皆戎馬故耳。賦也。

宋犖紅眉:可當“清新”二字。

朱方藹紅眉:九日菊前對酒,事不殊人,入公手脱换一新,兼有清空之致。○杜善作壯語,以其壯而清也。

奚禄詒甲本旁、乙本墨眉:亦老成。

寒花開已盡,菊蕊獨盈枝。舊摘人頻異,輕香酒暫隨。(**李念慈紅眉**)一“頻”字,今昔遲暮之感無限。(**宋犖紅旁**)情致楚楚。(**奚禄詒甲本旁、乙本墨眉)“頻異”思前,“暫隨”想後。地偏初衣裌,山擁更登危。(錢陸燦甲本眉批)鐵曰:“登危”是用“范痤騎危”危字。萬國皆戎馬,酣歌淚欲垂。(奚禄詒甲本旁)賦也。(申頲墨眉)樂中生悲,亦人情也。

【彙評】

佚名丁墨尾:攜宴山上之作,逐層連絡而下。“寒花”泛指群卉,“人頻異”者,前年九日在梓州,上年在成都,今年又在雲安也。

答鄭十七郎一絶

雨後過畦潤,花殘步屐遲。把文驚小陸,(汪琬甲本紅眉)陸機爲大陸,陸雲爲小陸。好客見當時。

别常徵君

方拱乾評:一氣。

方貞觀紅眉:三四兩句折腰體也,言白髮之少,由於新洗寒衣寬極,是以總長。

朱方藹紅眉:董文敏有言:詩文書畫,少而工,老而淡。此篇可云老淡。又東坡所謂絢爛之極也。

奚禄詒甲本眉:寫老病入畫。

奚禄詒甲本旁:此爲妙品。○細看是已病初全[痊],余未得面送,故曰“故人”,想亦憂見我之病而未來,則不可忍之淚,彼此相忘於形外也。

奚禄詒乙本墨眉:細看是其病初全[痊],未得面送,故曰“故人”，想亦憂見我之此情，而不能忍之淚，彼此相忘於形外也。

沈巖旁：忠州詩。“淚相忘”猶言至哀無淚，欲其“細作行”者，知終不得相見，但望見其起居動静也。

兒扶猶杖策，卧病一秋强。白髮少新洗，（**方拱乾評**）讀此知後之非嘲也。○句法變。（**朱方藹紅旁**）腰字一住，句法。寒衣寬總長。（**方拱乾評**）三字折腰體。（**奚禄詒甲本旁**）折腰法。（**嚴復墨眉**）三四乃上三下二句法，“忘”字當是“望”字。（**奚禄詒乙本墨眉**）三四是折腰體。故人憂見及，此别淚相忘。（**方拱乾評**）“忘”當作“望”。（**方拱乾評**）“相忘”深極，悲極，真極。（**李念慈紅眉**）“忘”當作“望”。（**秦應逵紅旁**）漁村讀本圈此句，不可解。（**李以峙墨眉**）（望）按“忘”字謬。各逐萍流轉，來書細作行。（**奚禄詒甲本尾批**）賦也。

長江二首

奚禄詒甲本旁：此下瞿唐舟中作。

盧見曾紅旁：王嗣奭曰：詩以長江命題，乃寫其朝宗之性，以警盜賊之背主者。兩章同意。王道俊曰：江流之大，不辭霧雨。雨接高流而上，過人衣襟之間，所謂“波浪兼天”者如此。《通鑑》：永泰元年夏，嚴武卒，以郭英乂代之。漢州刺史崔旰攻英乂，英乂奔簡州，爲韓澄所殺。楊子琳等起兵討旰，蜀中大亂。

題張問陶墨眉：兩章一意，但有遠近源流之别，前章言瞿唐以上之水，後章言瞿唐以下之水。

其　一

題鮮于樞評：言長江會衆水於一門，而朝宗於海，故人共尊之。

至若盜賊則挾衆犯順，誰其尊爾耶？今瞿唐孤石如馬，高蘿飲猿，則波浪飛翻歸海，若我則異乎是，尚未可歸，而此心何事欲速如奔流耶？賦兼比也。

王嗚盛墨眉：時郭英乂爲成都尹，爲兵馬崔旰所殺。

衆水會涪萬，（**俞瑒甲本評**）起得健。**瞿唐争一門。**（**奚禄詒甲本眉**）"江水"題合宜收在此。（**奚禄詒乙本墨旁**）真切。（**張甄敬墨旁**）數百里山川勝概，二句寫盡，如此起句，當爲集中第一。**朝宗人共挹，盜賊爾誰尊？**（**方拱乾評**）奇絶。〇忽及盜賊，奇。（**俞瑒甲本評**）上四感時。**孤石隱如馬，**（**俞瑒甲本評**）樂府："灩澦大如馬，瞿塘不可下"。**高蘿垂飲猿。**（**方拱乾評**）對變。**歸心異波浪，何事即飛翻？**（**李念慈紅眉批錢注"上施木天公"**）"木天公"未詳其制。（**俞瑒甲本評**）下四思歸。（**方貞觀紅眉**）所謂忠義，固不在口舌間，余終不取此種。（**奚禄詒甲本尾批**）賦也。〇一解謂江水之激，不辭霧雨，霧雨與浪相接，遇人之衣也。（**奚禄詒乙本墨旁**）承"心"説。（**張甄敬墨旁**）第四句湊得淺率之極，大是恨事。

【彙評】

張學仁參定：黄注：此八句整對格，亦虚實相間格。

沈巖眉：結句言歸路爲所梗，徒若江聲飛翻，用反筆最妙。

沈巖眉批批詩後箋注"中有瞿塘、黄龍二灘"處："江間波浪兼天涌"，當用此二句箋之。

其　二

題鮮于樞評：言長江東流，浩浩不息，會衆水而歸海者，猶萬國奉君之心也。故其不讓細流，而聲色迥異，則霧雨之微，未足辭也。末句有誤字。賦也。

題張問陶墨眉:上四申前首之前半,後四申前首之後半,又進一層,决言必歸之意。

浩浩終不息,(**俞瑒甲本評**)申上章意。**乃知東極臨。**(**沈巖眉**)合之恰醒出"長"字,《品彙》只選此篇,便屬不解詩也。**衆流歸海意,萬國奉君心。**(**俞瑒甲本評**)言當戴君。(**奚禄詒乙本墨旁**)不必。**色借瀟湘闊,聲驅灩澦深。** **未辭添霧雨,**(**俞瑒甲本評**)言難出峽。**接上遇衣襟。**(**奚禄詒甲本眉**)末句終不解。(**奚禄詒甲本尾批**)賦也。○"接上"不解,"遇"字亦不解。(**秦應逵墨尾**)"接上"不可曉。(**李以峙墨眉**)(過)按"遇"形訛。

【彙評】

陳訏紅眉批仇注"沉一作深,如欲驅灩澦使沉"處:江流奔驅灩澦,其聲殷震遠聞,下一"深"字,無窮意味,極形容江流之聲也。注云:"如驅灩澦使沉,此狀水勢之壯悍。"夫既狀水勢壯悍,何不言驅灩澦使浮?俚解可笑。

承聞故房相公靈櫬自閬州啓殯,歸葬東都,有作二首

錢陸燦戊本評:司空圖《房太尉漢中詩》云:"物望傾心久,凶渠破膽頻。"注引"禄山聞分鎮之議,歎曰:'吾不得天下矣。'""興王後"注云:"豈玄齡後耶?"

錢陸燦戊本評:《新唐書·宰相世系表》:琯乃天后時宰相房融子,與玄齡異派,辰翁不知,乃妄疑耳。

題商盤紅眉:不稱贈官而稱貶秩,非第寓慨,亦爲六句張本。"一德",借比房公爲玄宗畫諸王分鎮之策,本爲興復大計,於肅宗

初無異心，特肅宗入賀蘭進明之讒，旋加貶斥，則不能始終如一矣。無限情事，止以“一德”二字渾括之。○孔明、安石皆身歷兩朝者，比公生前不獲申雪於肅宗之世，後雖崇班加贈，竟何益哉？每於叙事費周折好處，即用古人影掠，人侈其腹笥之綜博，而意匠之經營，則惟公自知之耳。○“嘉陵”即閬州，“楚水”，房櫬所經之地。“還”，謂還東都，只一字挽回次句。公田園在東都，亦嘗有歸志。前年哭公於閬，今仍哭公於此，空有淚逐公還而已。“楚水”亦見字法，與“隴月”“蜀酒”“楚雨”意同。次作“風塵終不解”四句，正申此結之意，八句首藏“今日”二字，以上句映出之。

其　一

屈復評：他日閬州别墓之淚，仍霑楚水，隨房公而還陸渾，見房公之靈櫬得還，己身不得還也。①

盧見曾紅旁：陳師道詩云：“丘園無起日，江漢有東流。”爲後人傳誦，故當本於此詩。

朱方藹紅眉：目擊時危，心傷國是，其詩至真至老，視《黄鳥》爲哀矣。

吴士模墨眉：目擊時危，以傷國事，其詩至真至老，視《黄鳥》爲哀矣。

題張問陶墨眉：琯建分鎮之議，首定興復之功，故以“一德興王”比之。○三四“後”字之後，“間”字之前，包括無限，感慨無限。

王伯沆紅眉：言琯冤不白於生前，公論得明於身後也。

遠聞房太守，（**題商盤紅旁**）對起。**歸葬陸渾山。**（**方拱乾評**）稱

① 校注：“他日”，杭本作“結言他日”；“還”，杭本作“歸”。

“太守”，悲憤極矣。仍稱“太守”，傷貶也。(**錢陸燦丁本評**)稱其謫官，悲其不遇也。(**題商盤紅旁**)東都。(**陳治墨眉**)“太守”當作“太尉”爲是，題曰“相公”，可推也。**一德興王後，**(**題商盤紅旁**)故相公。(**秦應逵墨眉**)“一德興王後”，歎哀榮之典，不出肅宗，承代宗始下也。後謂興王之後人。**孤魂久客間。**(**題商盤紅旁**)閬水。(**奚禄詒甲本眉**)以“一德興王”形起，“孤魂”正是觸望處，故以“孔明”“安石”句緊接之。“他日”言前日我哭君於嘉陵，今此淚仍沾江水而來也。(**奚禄詒甲本旁**)三四足盡房琯。肅宗與房琯生平，高渾之至。五六謂琯生不大用，而死不賜環也，不如孔明、安石也。(**奚禄詒乙本墨眉**)以“一德興王”形起，“孤魂久客”正是觸望，見肅宗之薄，高渾之至。**孔明多故事，**(**題商盤紅旁**)借古爲喻。**安石竟崇班。**(**奚禄詒乙本紅旁**)不及孔明、安石也。(**奚禄詒乙本墨眉**)三四足盡肅宗於琯之生平。**他日嘉陵淚，**(**題商盤紅旁**)見地。**仍霑楚水還。**(**題商盤紅旁**)藏頭句。(**題商盤尾批**)“他日”猶前日也。(**奚禄詒甲本尾批**)賦也。〇孔明没，陳壽與荀勖定孔明故事二十篇以進。謝安没，賜東園秘器，又謚文靖。(**嚴復墨眉**)“他日”猶云“前日”。

【彙評】

陳訏紅眉批仇注“孤魂而竟崇班，言歿後贈典”處：房太尉建分鎮之議，定興復之謀，志在恢復中原，竟以客死貶所。昔孔明興漢，身隕祁山，安石偏安，崇班終老，真堪痛哭。注以崇班爲歿後贈典，是慰房相，非哀房相也，非是。

沈巖眉：“他日”謂前在閬州别房墓也。

沈巖尾：“一德興王後”歎歸葬，不出肅宗。哀榮之典，至代宗始下也。後謂興王之後人，劉誤會。

佚名丁墨尾：首章逆局，專寫題事也。而“皈[歸]葬陸渾山”句，正爲下章之根，發慨總因乎此也。三四言勳在王室，竟以客死，一生梗概，括此十字中。五六言唯見故事空傳，崇班追錫而已。結語直顧到閬州别墓一詩，言往日之淚，又寄霑於此。曰“楚水”者，房櫬由江經楚，淚亦隨江流去也。

其二

題鮮于樞評：初聞房公旅櫬發閬州，而丹旐飛揚，其曰“風塵不解”，言亂未定，而公忽與江漢同流而死矣。三聯言雖死而書歸故國，亦前詩第四句意。末言“盡哀知有處”，但恐我客死而休耳。賦也。

屈復評：前六句幸房之得歸，結感己之終不得歸也。①

朱方藹紅眉：前首略叙勳名，此首專言柩次，結亦更進一意，有促弦急柱之悲。

題張問陶墨眉：首章哀思故相，欲候哭於夔州也。此章傷心歸櫬，欲終哭於東都也。

王伯沆紅眉：時廣德元年，吐蕃尚亂。

奚禄詒乙本墨眉：房公在蜀，勸玄宗以諸王督師，賀蘭進明譖於肅宗，肅宗以此恨之，終身不用。

丹旐飛飛日，初傳發閬州。（**李念慈紅眉**）語悲。（**奚禄詒甲本眉**）末句自傷。（**奚禄詒甲本旁**）不宜如此起。風塵終不解，江漢忽同流。（**方拱乾評**）此言公之留滯而遇房櫬也。（**奚禄詒甲本旁**）閬之所經也。劍動新身匣，書歸故國樓。（**奚禄詒甲本旁**）下三字皆湊合。盡哀知有處，爲客恐長休。（**方拱乾評**）爲有四句，纔有七八句。（**方拱乾評**）結妙。（**奚禄詒甲本尾批**）賦也。（**嚴復墨眉**）方云：“盡哀”有處，後轉爲“客長休”，言此時不知心中多少盤旋在。（**佚名丁墨旁**）竺云：言當就東都葬處，盡哭江之禮，但恐吾終身爲客而不能遂也。

---

① 校注：“不得”，杭本作“不能”。

【彙評】

錢陸燦丁本評:三四言盜賊未息,而房公忽與江漢同遊也。死生成敗,難言之情,觸望之痛,居然短氣。

俞瑒乙本評:琯以陳濤之敗而貶,然風塵至今未息,亦足見其枉,不得盡咎房公也。

沈巖尾:房相一生志在興復,今旅櫬所經,但見江漢之朝宗,未解風塵之澒洞,其有設而猶視者乎?

佚名丁墨尾:次章順句,兼寓心事也。而其切深隱痛之根,實因乎上章之"歸葬陸渾山"句。何則?房與公舊廬,同在河南,其地薦經喪亂,河北降將,仍然擅兵,今感房公歸殯,遂發匪夷之想,謂亂終未解,而公其返矣。以公之精爽,鑒兹逆節,得毋匣劍親飛,使故里可歸乎?果爾,則盡哀知有處矣;而不然者,休矣。魂飛色動,慷慨淋漓,殁存知己,交喚奈何。〇詩當作於嘉州、戎州之間,皆遥哭之語,與歸櫬相懸,不得臨奠也。舊編雲安,則應在峽間見櫬矣,何得作如此語?

將曉二首

奚禄詒甲本旁:此避成都之亂而往梓、夔之時。

其　一

題鮮于樞評:首四句言夔州將曉之景物,其第五六句,鶴説是矣,爲此垂老舟居而犯百蠻。興而賦也。

屈復評:前半將曉景,後半情。

朱方藹紅眉:此詩哀時,後篇自悼,聞晨鐘而起立,憂從中來。

吴廣霈墨眉:格調緊嚴。

石城除擊柝，(奚禄詒甲本旁)朐忍縣有大小石城。音潤蠢。鐵鎖欲開關。(丁耀亢紅眉)壯。鼓角悲荒塞，(奚禄詒甲本眉)以"鼓角悲荒塞"寫曉景，亦妙。(奚禄詒乙本墨眉)以"鼓角悲荒塞"寫曉景。星河落曙山。(俞瑒甲本評)將曉之景。(奚禄詒甲本旁)景亦愁人。(陳治紅眉)"曙"一作"曉"。巴人常小梗，蜀使動無還。(奚禄詒甲本旁)徐知道反，吐蕃執使者。(李念慈紅眉)時地驚心，蹤迹自憐。垂老孤帆色，飄飄犯百蠻。(方拱乾評)"動"字令"犯"字悲。(方拱乾評)痛刻。(俞瑒甲本評)將曉之情。(奚禄詒甲本旁)賦也。〇二首在舟中曉發也。(吴廣霈墨眉)結句尤佳。(李以峙墨眉)(百蠻)按"白"明是脱誤。

【彙評】

奚禄詒乙本墨奚禄詒乙本眉批錢注引《巴漢志》"朐忍"："朐忍"，音潤蠢，縣出此蟲，故名。

佚名丁墨尾：二詩舊編在雲安，乃登舟晚發之事也。此首似是未上船時，緣城曉行景事，結出就船。

其　二

題鮮于樞評：言"軍吏回官燭"，而舟人楚歌之時，則寒沙落月矣，亦言將曉之景物也。其三聯則公自歎老壯之不偶，儻歸朝而見用，未審筋力之如何耳。賦兼興也。

朱方藹紅眉：上篇從時事結到己身，此篇從己身結到朝列，亦倒轉寫。〇三聯正學問。

軍吏回官燭，舟人自楚歌。(題張問陶墨眉)首句眼前景事，寫來如畫。寒沙蒙薄霧，落月去清波。(方拱乾評)"去"字妙，所以生五六句。(方拱乾評)句句相承。(奚禄詒甲本旁)三四寫景平當，起五六。凡律皆如此。(**奚禄詒乙本墨眉**)三四寫景,唤出五六。(**沈巖眉**)“去”字百煉,曉色既起,波中月影漸微,若作“夫”字便味短。(**沈巖眉批下**)“去”字未詳。**壯惜身名晚,衰慚應接多。**(**佚名丁墨旁**)於“應接多”,慚吾衰也。**歸朝日簪笏,筋力定如何?**(**奚禄詒甲本旁**)賦也。○預算筋力,皆苦語。(**奚禄詒乙本墨眉**)預算筋力,苦語。(**佚名丁墨旁**)竺云:“日”謂日日,此承上“應接多”言也。集注曰“日”字微讀,不通。公爲工部,有畢竟歸朝之意,往往見於詩句。

【彙評】

方拱乾評:字有貌輕而神重者,如“落月去清波”之“去”字,重千鈞矣。此非有意用字,乃自然寫景之妙。

佚名丁墨尾:此首乃在發船之時。首句岸上之送者已返,次句舟人始發也。玆行當屬鄰近應酬往返之事,睹下四可見。○前首慨亂端,此首慨衰況。

懷錦水居止二首

其 一

題鮮于樞評:言吐蕃及崔旰雖叛亂,而民心未忘唐室,故劍門之險雖據,終難自立。然我草堂在成都,不可再往,顧兹巫峽,日逗錦水之波,不能不思之耳。賦也。

屈復評:起二句居止之地,次聯近景,三聯遠景,“形勝”二字總結。①

① 校注:“次聯”,杭本作“二聯”;“三聯”,杭本作“四聯”。

奚禄詒甲本眉：首二句追成都屢有吐蕃、崔旰等之亂，民猶不忘君，然天險終不可恃，故多亂而己亦不能安居矣。次首即頂前“柴門”三句來，後四句所感不止居止，正照應“天險難立”。

奚禄詒乙本墨眉：首二句追成都屢有吐蕃、崔旰之亂，然民猶不忘君，然天險終不可恃，故己亦不得重過居止也。次首即頂上“柴門”三句，末句所感不獨在居止，正照應“天險難立”。

沈巖眉：驚懼子弟，憂患父老，蜀民亦不堪命而煽亂，所恃上皇西幸時，稍稍遺澤，足繫屬其心，或不至遂畔其子也。

軍旅西征僻，（**奚禄詒乙本紅旁**）去居之故。**風塵戰伐多。**（**方拱乾評**）從公到私。**猶聞蜀父老，**（**李以峙墨眉**）（猶聞）按“獨”字非。**不忘舜謳歌。**（**方拱乾評**）“猶聞”二句，爲嚴武似不當，不能當，是爲幸蜀也。（**奚禄詒甲本旁**）舜指玄宗，謂玄宗曾住蜀，傳位肅宗，猶舜禪禹也。（**奚禄詒乙本墨旁**）舜指玄宗，爲玄宗曾住蜀，其傳肅宗，猶舜禪禹也。**天險終難立，**（**佚名丁墨旁**）竺云：以語勢詳之，似言國家要害之難立，“天險”用《易》語。《易·坎卦》：天險不可升也。地險，山川丘陵也。王公設險，以守其國。**柴門豈重過。**（**方拱乾評**）爲成都。**朝朝巫峽水，遠逗錦江波。**（**題張問陶墨眉**）結聯景近而情遥。（**李以峙墨眉**）（遠逗）按作“遠遠”非。（**沈巖尾**）爾止嘗與余論詩中“逗”字，今人有作“動”字用者，非此本逗留之“逗”。“逗”，止也。但此處“逗”字，未知何義。按《韻會》引《集韻》，或作投合也。杜詩“遠投錦江波”。

【彙評】

錢陸燦甲本眉：鐵曰：爾止嘗與余論詩中“逗”字，今人有作“動”字用者，然此蓋本“逗留”之“逗”，逗，止也。但此處“逗”字不知何義。

錢陸燦丙本評：錢云：“逗”字本“逗留”之“逗”，逗，止也。此處“逗”

字不知作何義解。〇又云,前首述入蜀去蜀之事,止“柴門”一句點草堂,此通首寫草堂之景。

錢陸燦丁本評:爾止與余論詩中“逗”字,今人作“動”字用者,非。蓋本“逗留”之“逗”,逗,止也。但此處作“逗露”義解。

佚名丁墨尾:因崔旰之亂蜀,而懷思草堂也。〇首章由全郡想到錦水。〇“舜謳歌”者,代爲蜀人設想,經兵亂而幸太平也。“立”字作“定”字解,指亂者言。結聯景近而情遥。

其　二

題鮮于樞評:首六句盛陳錦水居止、景物,形勝之美,故懷思之,不能自已也。賦也。

題商盤紅眉:首二句點出居止之所,次聯居止之近景,三聯居止之遠景,此皆形勝之可樂,而不禁回首茫然者。七八故用“形勝”二字醒一篇之意。此尾聯點題格也。

盧見曾紅眉:葛常之曰:公作草堂,經營上元之始,斷乎寶應之年,始終四載,而其間往梓、閬三年,公詩所謂“三年奔走空皮肤[骨]”也。其起居寢處之興,不足以償其經營往來之勞,可謂一世之羈人。然自唐至今,已數百載,而草堂之名與其山川草木,皆因公詩以不朽矣。

盧見曾墨旁:首二居止所在,三四近景,五六遠景,此即形勝也。“回首”句仍結到“懷”字。《杜臆》:“萬里橋”六句乃《草堂記》也。公之神情鍾此,故百世而後,復爲所有。

萬里橋南宅,(**題商盤紅旁**)對起。百花潭北莊。(**方拱乾評**)從私到公,是緒。(**俞瑒甲本評**)居止所在。層軒皆面水,老樹飽經霜。(**俞瑒甲本評**)近景。(**奚禄詒甲本旁**)“飽”字好。雪嶺界天白,錦城曛日黄。（**方拱乾評**）爲草堂。（**李念慈紅眉**）當從西蜀，親歷始知。（**俞瑒甲本評**）遠景。惜哉形勝地，回首一茫茫。（**奚禄詒甲本尾批**）賦也。

【彙評】

張學仁參定：是一篇《草堂記》。

題商盤尾：公在夔如"異俗吁可怪"等篇，覺其地刻不可居。至錦水居止，則去後猶思之不忘。蓋不但形勝可賞，其風俗之厚，人情之美，亦遠勝夔州也。

佚名丁墨尾：次章由錦水慨到全郡。○"界天白"，即所謂天險，"曛日黄"，所謂風塵。"形勝""茫茫"，詠歎"難立""重過"也。解者但云寫景，未是。○前去成都，則有《寄題草堂》詩，此去成都，則有《懷錦水居》詩。生平流寓之迹，惟草堂最費經營，宜其流連不捨歟！

青　絲

方拱乾評：體面語。

青絲白馬誰家子？粗豪且逐風塵起。不聞漢主放妃嬪，（**方拱乾評**）豈不聞乎？（**奚禄詒甲本眉**）"不聞"者，獨不聞乎？告賊語。（**奚禄詒甲本旁**）肅宗事，永泰元年出宫女千人。近静潼關掃蜂蟻。（**徐渭墨眉**）静。（**奚禄詒乙本墨眉**）"不聞"者，獨不聞乎？告賊之語。遯叟云：劉辰翁以爲書生張惶軍國，非也，詩必如是纔得體。殿前兵馬破汝時，十月即爲齏粉期。未如面縛歸金闕，（**吴廣霈墨眉**）"未如"，孫抄本作"不如"。（**李以峙墨眉**）（不如）按作"未知"皆形訛。萬一皇恩下玉墀。（**奚禄詒甲本旁**）賦也。

三絶句

錢陸燦甲本眉：三絶句不可少一首，亦更不能多一首，惟先生法妙如此，餘人不知。

呂留良紅旁：横自立格。

其　一

前年渝州殺刺史，今年開州殺刺史。群盗相隨劇虎狼，食人更肯留妻子？（**方拱乾評**）似爲後世而作。（**錢陸燦甲本眉批**）右一絶寫盗賊誤殺。

其　二

二十一家同入蜀，（**奚禄詒乙本墨旁**）避難之民。惟殘一人出駱谷。（**錢陸燦甲本眉批**）特特撰此駱谷一人説，云今日□有如此二女以培植廉恥於天地中間。（**奚禄詒乙本墨旁**）餘也。（**奚禄詒乙本墨眉**）此皆寫時事之謡耳。自説二女齧臂時，回頭却向秦雲哭。（**錢陸燦甲本旁**）二絶普天下俱正受盗賊之毒，三絶始出題也。

其　三

殿前兵馬雖驍雄，縱暴略與羌渾同。（**方貞觀墨眉**）意非不善，但如此鄙俚直率，烏足以廣宸聰、動君聽也。（**奚禄詒甲本眉**）代宗專用中人，以禁兵平亂耳。（**奚禄詒乙本墨眉**）軍毒於虜。聞道殺人漢水上，婦女多在官軍中。（**錢陸燦甲本旁**）右一絶寫殿前兵馬，即是盗賊殺人，“人”字妙，並不殺賊也。

【彙評】

錢陸燦甲本眉：此三絶非寫王事，獨刺殿前兵馬也。投□□□，故分作三絶以罵之。

李念慈紅眉:詩史。

遣 憤

題鮮于樞評:言聞回紇將與郭子儀合兵追吐蕃,大破之,遂收京都。今也論功尚猶未去,其自收京之後,總戎者爲誰耶?且花門如蜂蠆,終懷毒心,宜震雷霆之威,以撲滅之,勿令禁中之地再受污辱斯可矣。賦也。

屈復評:前四言昔之收帝里者何人,而今日之總戎機者何人?不任己奏中興之功臣而任群小也。①

方貞觀墨眉:如此詩,余所謂專題述事,不言詳盡,不須隱諱者也。沉卓深厚,可泣可歌。

盧見曾紅旁:朱鶴齡曰:永泰元年,郭子儀與回紇共破吐蕃,前後贈賚無算,所謂"論功未盡歸"也。京師戒嚴,魚朝恩統神策軍,軍勢浸盛。"誰復總戎機",盖諷中人典兵,而任子儀之不專也。

題張問陶墨眉:前四言憤,後四遣之之方。初雍王見回紇可汗於黄河北,責雍王不於帳前舞蹈,車鼻遂引藥子昂、李進、章少華、魏琚,各榜捶一百,少華、琚一宿而死。

徐松紅眉:王嗣奭曰:子儀説花門同逐吐蕃,而論功猶未歸去。子儀身繫天子安危,而有事相之,無事棄置,故云"自從收帝里,誰復總戎機"。回紇毒如蜂蠆,若元戎得人,可震以雷霆之威矣。

奚禄詒乙本墨旁:因辱及雍王,似曰"遣憤"。

奚禄詒乙本墨眉:即末句"鞭血"是責雍王不解。蓋寶應元年

① 校注:"前四",杭本作"三四";"今日",杭本作"今"。

十月代宗以回紇兵討史朝義事，非吐蕃也。○“收帝里”者，代宗也。“總戎機”者，雍王爲元帥也。○“自從”“誰復”“莫令”亦虛字，責有所嫌也。○雖憤戎狄，其實責在諸臣之借虜。

王嗚盛墨眉：吐蕃敗去，京師解嚴。時魚朝恩統神策軍，勢寖盛。“誰復總戎機”，蓋諷中人典兵，而任子儀之不耑也。○初，雍王見回紇可汗於黄河北，責雍王不於帳前舞蹈，車鼻遂引藥子昂、李進、韋少華、魏琚，各榜捶一百，少華、琚一宿而死。漢臣鞭血，正記此事。公追憶回紇助討朝義時，其肆毒如此。今助討吐蕃，毋“再濕漢臣衣”可也。觀一“再”字可見。

聞道花門將，論功未盡歸。自從收帝里，誰復總戎機？（**奚禄詒乙本墨旁**）此句與下“鞭血”相叫。**蜂蠆終懷毒，**（**奚禄詒乙本墨旁**）回紇。**雷霆可震威。**（**方貞觀墨眉**）“蜂蠆”即指花門，謂狼子野心，終不可測。仇注引黄生云指程元振，則與結句如何相接？（**奚禄詒乙本墨旁**）天子。**莫令鞭血地，**（**秦應逵墨旁**）收“憤”字。（**奚禄詒乙本墨旁**）注意在此。**再濕漢臣衣。**（**方拱乾評**）回紇曾鞭死唐臣。（**錢載評**）結亦是順疊。（**佚名丁墨旁**）竺云：七八句輯注注解引回紇箠藥子昂可證。“鞭血地”，言以帝里爲鞭血地也。

【彙評】

佚名丁墨尾：回紇此來，由叛將僕固懷恩誘之而入，尋以郭子儀挺身面説，乃從子儀追擊吐蕃。夫以大臣折之而助順，安知不又有奸人誘之而轉爲寇掠乎？其不可恃而可畏如此。花門未皈[歸]，可爲寒心也。“收帝里”，追溯肅、代兩朝收京之事。“總戎機”，深咎朝廷如郭子儀輩任之不專，如魚朝恩輩任之太過。蓋言國家頻經挫衄，尚復信任混淆，致悍帥懷疑，引盗入室，其誤已在前矣。然彼毒必不可狎，我威豈終不振，無使當年慘禍，今日再見哉！言言哀痛，字字披瀝，聞者能無動心？

十二月一日三首

徐渭墨旁：三首俱未□。

方拱乾評：有開元白處，但元白字字下拖，公字字上揚，是相河漢處。

吕留良紅眉：三首又成一格。

奚禄詒甲本旁：三首皆吴體。

嚴虞惇紅旁：金云：字字是望來年欲歸，纔到臘月，一肚皮“春到好歸去”也。

嚴復墨眉：三詩皆極峭雋，俗手萬□不到。涪翁遂以此成家。如云傳聞有意用幽側病，蓋不能“朝日邊”，即用杜語者也。

王伯沆紅眉：三首皆律詩别調。

其　一

錢陸燦甲本眉：《詩眼》云：此詩主意，念歲月之遷易，感異鄉之漂泊，三四句羈愁旅思皆在目前，梅望春而花楸將變而繁，言滯留之久，自冬過春，始終見梅楸，則百花之開落皆在其中矣。以此益念故園、思朝廷，故落句云云。

錢陸燦丙本評：錢云：《詩眼》云：此詩主意，念歲月之遷易，感異鄉之漂泊，三四句羈愁旅思皆在目前，梅望春而花楸將變而繁，言滯留之久，自冬過春，始終見梅楸，則百花之開落皆在其中矣。以此益念故園、思朝廷，故落句云云。

錢陸燦丁本評：三四羈愁旅思，如在目前。五六言留滯之勢，自冬過春，花開花落，以此益念故園、思朝廷云云。

李念慈紅眉:音節滯重,故厚。

俞瑒乙本評:意象疏散,聲情拗峭,另成一格。

奚禄詒甲本眉:疏宕得好。

奚禄詒乙本墨眉:疏蕩得好。公詩長於渾茫,此却用竹枝體耳。

陳治墨眉:查初白云:此首與題不合。

今朝臘月春意動,(**俞瑒甲本評**)總起。(**奚禄詒甲本旁**)一句唤三首。(**奚禄詒乙本墨旁**)一句唤起三首。雲安縣前江可憐。(**汪琬甲本紅旁**)拗辭。(**秦應逵紫眉**)意象疏散,聲情拗峭,另成一格。一聲何處送書雁,(**嚴虞惇紅旁**)雁去也。百丈誰家上水船。(**俞瑒甲本評**)承次句。(**嚴虞惇紅旁**)江可憐。(**嚴虞惇紅旁**)船去也。未將梅蕊驚愁眼,(**俞瑒甲本評**)透下一筆。(**奚禄詒甲本旁**)應首句。(**嚴虞惇紅旁**)春意動。要取楸花媚遠天。(**徐渭墨眉**)"梅蕊"與"椒花",疑字極穉極湊。"媚遠天"三字妙,混茫至不可解。(**徐渭墨旁**)湊而已。(**俞瑒甲本評**)承首句。(**吴廣霈墨眉**)"驚愁眼""媚遠天",六字非此老不能道得出。(**佚名己紅眉**)"楸花"是爲椒花,色緑,與葉無辨,何以言媚?明光起草人所羡,肺病幾時朝日邊?(**俞瑒甲本評**)用意處。(**奚禄詒甲本旁**)賦也。(**方貞觀墨眉**)豈復成詩?

其　二

奚禄詒甲本眉:亦别調。

寒輕市上山煙碧,(**俞瑒甲本評**)承"雲安"説。日滿樓前江霧黄。(**李念慈紅眉**)兼風土記。(**嚴虞惇紅旁**)臘月一日如此。(**奚禄詒乙本墨眉**)亦别調。負鹽出井此溪女,(**奚禄詒甲本旁**)市上。打鼓發船何郡郎。(**奚禄詒甲本旁**)江上。(**吴士模墨眉**)湊對。新亭舉目風景切,(**俞瑒甲本評**)接上。茂陵著書消渴長。春花不愁不爛熳,(**俞瑒甲本評**)應"春意動"。(**嚴虞惇紅旁**)不過一個月耳。楚客唯聽棹相將。(**方貞觀墨眉**)豈成詩?(**奚禄詒甲本旁**)逗下。(**奚禄詒甲本旁**)賦也。(**錢載評**)欲去此耳。

其　三

錢陸燦甲本眉:上四句先叙春來,玩落句,言即到春來,老懷亦未必能開。倒裝體。

錢陸燦丙本評:錢云:上四句先叙春來,玩落句,言即到春來,老懷亦未必能開。倒裝體。

錢陸燦丁本評:起承上"春花""楚棹"來,遂遥擬故鄉景物,玩後"他日"句可見。○上四句先叙春來,落句言即到春來,老懷亦未必開也。倒裝法。

錢陸燦戊本評:上四句預算春來,故五接云"春來"云云,與"防愁預惡春"之意反用而同妙。

吕留良紅眉:風韻冉冉。

方貞觀墨眉:此詩立格甚奇,用筆亦高,虚實接續,亦極變化,惜無妙意精語,不足歌誦也。

奚禄詒甲本眉:前四句預算春景,第五句統括轉下,第六句欲開懷而懷不開之故。

盧見曾紅旁:朱鶴齡曰:詩作於冬,而有燕子、黄鸝、桃柳之句,蓋逆道其事,所謂"他日一杯難强進"也。

即看燕子入山扉,(**俞瑒甲本評**)從"春意動"來。(**奚禄詒甲本旁**)頂上首七八來。(**奚禄詒乙本墨旁**)承上首。(**嚴虞惇紅旁**)承上"春花"。

（嚴虞惇紅眉）上四句先叙春景，玩落句，言即到春來，老懷亦未必能開也。倒裝法。豈有黄鸝歷翠微。（方拱乾評）懸擬，又一法。（吴士模墨眉）前段皆預擬，故後之春風又曰“他日”也。（嚴復墨眉）題是“十二月一日”，未春也，特春意動耳。故一切皆逆道春事，而以第五句首點清，遂覺異常生動，如龍跳虎認矣。此又一法門也。（沈巖眉）發端反對，親知見面。短短桃花臨水岸，輕輕柳絮點人衣。（徐渭墨旁）課。（申頲藍眉）“點”字亦俗，余最不喜。（奚禄詒乙本墨眉）前四句預算春景，五句括上，六句欲開懷而懷不開之故。春來準擬開懷久，（俞瑒甲本評）總上四句。（奚禄詒甲本旁）第五句承上轉下。（奚禄詒乙本墨旁）承上。老去親知見面稀。（奚禄詒乙本墨旁）起下。他日一杯難强進，（俞瑒甲本評）與“今朝”對看。（奚禄詒甲本旁）“他日”指春來也。重嗟筋力故山違。（方拱乾評）全是預擬，又一法。（俞瑒甲本評）總收。（奚禄詒甲本旁）賦也。

【彙評】

俞瑒甲本評：意象疏散，聲情拗峭，另成一種。

張學仁參定：朱鶴齡謂詩作於十二月一日，而有“燕子”“黄鸝”“桃花”“柳絮”之句，蓋逆道其事也，玩末句“他日”二字甚明。

嚴虞惇紅尾：三首純是得歸快語，至此斗然不得歸，苦語作結。

又　雪

題鮮于樞評：首言有雪而不積，次言“鴛鴦病”“豺虎驕”，以喻朝廷弱而盜賊横也。是以愁之深，欲北入朝，而江水東耳。賦而比也。

奚禄詒甲本旁：有感即出，公亦未自審當否也。

奚禄詒乙本墨眉：後半首本閑强，雪中著此大不倫。

南雪不到地，(**吕留良紅眉**)更好。青崖霑未消。微微向日薄，(**吕留良紅旁**)細寫。脈脈去人遥。(**奚禄詒甲本旁**)何□。冬熱鴛鴦病，(**奚禄詒甲本旁**)不解何指。峽深豺虎驕。愁邊有江水，(**汪琬甲本紅眉**)愁邊。焉得北之朝？(**奚禄詒甲本眉**)結句承上，亦費講。(**奚禄詒甲本旁**)不成。(**奚禄詒甲本旁**)賦也。○不成詩。

雨

題鮮于樞評：詩因春甲子雨，而怪天氣未宜熱而熱已甚。三聯應首句，狀冥冥之雨。末言巫山久雨，生凉如秋，直恐催宋玉之悲耳，又應次聯。賦也。

錢陸燦丁本評：五六承首句“冥冥”來，狀其細微，刻劃入神。

李念慈紅眉：首二句感事憂時。

俞瑒乙本評：荆楚地暖，故雨能釀熱。

奚禄詒甲本旁：用宋玉結，當是秋景。

奚禄詒乙本紅眉：本是春甲子，因巫山之暮雨，故用悲秋耳。

朱方藹紅眉：賦雨至此，能事無餘矣。

陳治墨旁：吴云：“立春”或云當作“立秋”，以三四并結句可證耳。似有理。

吴廣霈墨眉：賦體已極其工，但非詩之極至，小巧而已。

冥冥甲子雨，已度立春時。(**佚名丁墨旁**)竺云：《輯注》以爲大曆元年作，是也。“甲子雨”不必泥赤地千里語，蓋言雨頗久也。輕箑煩相向，纖絺恐自疑。(**奚禄詒甲本旁**)此秋景。(**佚名丁墨旁**)竺云：三四句言非時熱也，即與下篇同意。“宜”字一作“煩”，與下“恐”字對好。“疑”字不通，却當作“宜”，蓋展轉而誤爾。“疑”“宜”同音，趙州衆僧問學人有疑時如何,師云:"大宜小宜?"**煙添纔有色,風引更如絲。**(**佚名丁墨旁**)竺云:五句言將晴之狀,六句則不暗之狀,"纔"字、"更"字可見。**直覺巫山暮,兼催宋玉悲。**(**奚禄詒甲本旁**)賦也。(**朱方藹紅眉**)"宋玉悲"正從上句生出。

【彙評】

佚名丁墨尾:意猶前首(輯者按,指《雪詩》),爲春陰蒸鬱而作。"煩相向"用非其候也,"恐自疑"服不以時也。"煩"就人言,"自"指絺言。五六正陰濕連緜之狀。巫山在雲安東不遠,故用宋玉《高唐賦》事。

南　楚

題鮮于樞評:首句起下五句,皆言南楚氣候異於中原,今我客居於此,非離群也,乃避亂耳。賦也。

方貞觀墨眉:五律中又一格,録之以備五律一種。

題商盤紅眉:春時多乍寒乍暖,惟南楚一暖遂不復寒,故曰"早早分",故曰"青春異",言氣候異於他處也。〇四言霽色,天氣暄和,以此見之。"早霞隨類影""隨意嶺頭雲",皆狀其變態,皆精。〇"蜂相見",不宜見而見也;"鳥共聞"則有當其時者,有非其時者。中四語無一不備。五六見物皆樂群,亦與七八反照。七八語淺而意甚曲。"杖藜",老人也。"躍馬",少年也。二人同會,彼此俱不相洽,其離群不出爲此故也。讀《九日同集於林》一律,便見此結之意。曰"不是故離群",分明答人見招之語,而氣候之異,亦似寓言人事、風俗之異,則其旨亦深曲矣。

奚禄詒甲本旁:中四句申首二句,末另結,却不相承,句灑脱。

盧見曾紅旁:寫出閑曠之致,如見沂水春風氣象。昭明所云

“語時事則指而可想,論懷抱則曠而且真”,杜老有之。

題張問陶墨眉:“相見”,蜂與蜂相見也;“共聞”,鳥與鳥共聞也。以反興下“離群”意。

南楚青春異,暄寒早早分。無名江上草,隨意嶺頭雲。(**吕留良紅旁**)清新自在。(**秦應逵紅旁**)漁村本此句單點。(**吴廣霈墨旁**)二句亦自然超妙,惜全首未稱。正月蜂相見,非時鳥共聞。(**沈巖眉**)山谷云:“相見”“共聞”起下“離群”。杖藜妨躍馬,(**題商盤紅旁**)倒裝句。不是故離群。(**方拱乾評**)六句景忽到結,可想。(**方拱乾評**)飄結却是主意。(**奚禄詒甲本尾批**)賦也。(**奚禄詒乙本墨眉**)另結不稱。○公孫躍馬乎?蔡□之躍馬乎?總皆不倫。(**王伯沆紅眉**)公孫述躍馬稱帝時,蜀正亂,故公遠遁之楚也。

【彙評】

方貞觀墨眉:仇注云:春暄佳勝如此,而不與人遊賞,正恐杖藜緩行,有妨少年躍馬者耳,非是故意離群也。此説甚通。

佚名丁墨尾:此亦記南方土候之殊,時或雨後泥濘,有邀不赴,故結語云爾。

水閣朝霽,奉簡嚴雲安

方拱乾評:一路娟秀之句,忽以“晚交”兩句結,細讀轉覺全首以結而妙。此豈非反排乎?論詩不必爾爾,然謂排無反者,非也。

錢陸燦丁本評:仿《選》體詩,王荆公稱“鈎簾”一聯,爲用意高妙。通首輕俊秀潤,絶似玄暉。

王士禛評:佳句宜安石愛之。○雖無深意,而句之風流甚似鮑明遠，少陵真無所不有。

俞瑒乙本評：公至雲安皆在舟中，此則嚴令之水閣也。因言晚交明府，得以居此閣中，況於此而數相見乎？感謝之也。

奚禄詒甲本眉：簡嚴而絶無一字及嚴，詩中止是自得之景，其意蓋未快嚴也。

盧見曾紅旁：《選》體。“青山捫蝨坐，黄鳥挾書眠”，極力追擬，去之彌遠。蔡天啓曰：荆公每稱老杜“鈎簾宿鷺起，丸藥流鶯囀”，以爲用意高妙，五字模楷。

方貞觀墨眉：氣體絶似晉宋人。

方貞觀紅眉：不覺是排律。

方貞觀墨眉下：“晨雲”“朝旭”，在閣外，“卧花”“展書”，在閣中；“鷺起”“鶯囀”，在閣外，“呼婢”“課兒”在閣中。

秦應逵紫眉：水流似鮑明遠。

吴廣霈墨眉：亦有□意。

倪象占藍眉：鷺起如鈎簾，言彎頸而高也；鶯囀如丸藥，言圓轉而韻也。

王鳴盛墨眉：嚴明府，雲安縣令也。當是大曆元年在雲安作。

佚名己紅眉：十句自嘲，後二句及人，亦一法也。

東城抱春岑，江閣鄰石面。（**陳治墨眉**）輕俊有味，絶似玄暉。（**張甄敬墨旁**）字字追琢。崔嵬晨雲白，（**方拱乾評**）《選》體語。朝旭射芳甸。（**方拱乾評**）十句自詠，末二句及人，亦一法。雨檻卧花叢，風牀展書卷。（**李以峙墨眉**）（“風床”句）按，妙在書卷輕幔之遠矣，且復下鈎簾。鈎簾宿鷺起，（**方拱乾評**）纖句。丸藥流鶯囀。（**吴廣霈墨眉**）四語清新儁秀，太白詩所謂“清水出芙蓉”也。（**張甄敬墨旁**）二聯對句皆勝出句，而“丸藥”句猶得神理。呼婢取酒壺，續兒誦《文選》。晚交

嚴明府，矧此數相見。（**方拱乾評**）讀來覺妙在於結，可思。（**方貞觀墨眉**）忽以“晚交”二句結之，直而奇，穩而妙。（**奚禄詒甲本旁**）賦也。（**奚禄詒乙本墨眉**）劉云：末方及“晚交”，明府如此而止，且喜没干涉。

【彙評】

錢陸燦乙本紅旁：輕俊有味，絶似玄暉。

杜　鵑

徐渭墨旁：亦似樂府語。

徐渭墨眉：一詩五“杜鵑”。

方拱乾評：高樸誰人敢？明係自注，何必强合？若辨有無，則其下自當明辨，豈又説開？謂譏當時之不守臣節者，近是。

李念慈紅眉：事瑣而義大。

吕留良紅眉：自是此公放肆，故作癡話，非誤也。

王士禛評：詩之興觀群怨，讀此當恍然有得。

方貞觀墨眉：精理妙義，紛綸錯雜，吾不能質言其妙。如“有禮太古前，付與後世傳”等語，逾迂腐，逾神俊。此子美所以獨步千古也。

奚禄詒甲本眉：僞作。○黄以爲題甚當，但“禽鳥情”以下怎見得是證雲安？其氣只承上耳。

奚禄詒乙本墨眉：僞作，不必取。

盧見曾紅旁：古調微辭，集中題凡兩見，知其寄慨者深矣。其集外一篇則僞也。至於發端四語，不關詩之工拙，謂必如是乃合樂府，亦固哉之論。王士禄曰：興觀群怨，讀此慨然有得。

陳治墨眉：汪云：首四句有謂法漢詩“蓮葉何田田”一曲者，然起處重四“杜宇”字則不應，後宜“猶解事杜鵑”，又一押“鵑”也。或矜此四句爲奇，皆《詩歸》一流議論誤之，當依别本作題下注。

秦應逵紫眉：是江南採蓮遺調，起四句極妙，通篇亦古質相稱。

佚名己紅眉：王洙以前四句爲題，正是。

西川有杜鵑，東川無杜鵑。（**方拱乾評**）轉以此四句而妙。（**申頲藍眉**）起得奇肆，從古樂府《江南好[可]採蓮》變化得來，以爲自注，只由膽小。涪萬無杜鵑，雲安有杜鵑。（**徐渭墨眉**）去首四句，更覺成篇。（**方拱乾評**）起語參差，何必拘韻。（**吴廣霈墨眉**）四用“杜鵑”，此亦承用古樂府法，不害其爲大家，紛紛聚訟何爲？未免少所見，當所怪耳。我昔遊錦城，結廬錦水邊。有竹一頃餘，喬木上參天。杜鵑暮春至，哀哀叫其間。我見常再拜，重是古帝魂。生子百鳥巢，百鳥不敢嗔。仍爲餧其子，禮若奉至尊。鴻雁及羔羊，有禮太古前。（**方拱乾評**）有此數句，局纔暢。定要蕩四句，方合緒。行飛與跪乳，識序如知恩。聖賢古法則，付與後世傳。君看禽鳥情，猶解事杜鵑。今忽暮春間，值我病經年。身病不能拜，淚下如迸泉。（**奚禄詒甲本尾批**）賦而比也。

【彙評】

錢陸燦甲本眉、乙本墨眉批錢箋“大曆元年，公在雲安作”：按譜則永泰元年冬，明年乃大曆元年也。

錢陸燦戊本批“錢箋曰：《東坡外集》載辨王讓伯論杜……”：《志林》諸書，後人假託，如僞蘇注之類，而無識者編之集中也。前、後《唐書》無杜克遜。

吴廣霈墨眉：此詩有古樂府之義味，難爲淺人道爾。宋以後人亦决無能作及敢作此等詩者，其怪而議之宜也。

奚禄詒乙本墨、乙本眉批錢箋“大意與《杜鵑行》相表裏”:此固當辨,然詩本不佳,其爲僞作無疑。

子 規

汪琬乙本評:五六詠子規入情,在諸篇更爲秀出。

王士禛評:渾成之極,不至故地者,恐不知其妙絶處。

盧見曾紅旁:申涵光曰:頷聯爽豁,如彈丸脱手,此太白雋語也。

嚴虞惇紅眉:陳後山曰:此等語蓋不從古人牽累畦徑中來,其所鎔裁,殆别有造化也。

題張問陶墨眉:圓健渾脱,杜律僅見。

沈巖尾:後山云:此等語蓋不從古人牽累畦徑中來,其所鎔裁,殆别有造化也。

沈巖眉:此亦八句一氣直下格也。

峽裏雲安縣,江樓翼瓦齊。(**奚禄詒甲本眉**)起未警。(**秦應逵墨眉**)渾成之極,不至其地者,不知其妙。兩邊山木合,終日子規啼。(**李念慈紅眉**)情景逼真。(**奚禄詒甲本旁**)况味自好。眇眇春風見,(**俞瑒甲本評**)承“子規”。蕭蕭夜色凄。(**俞瑒甲本評**)承“山木”。(**朱方藹紅眉**)五六寫子規入情,在諸篇中更爲秀出。客愁那聽此? 故作傍人低。(**奚禄詒甲本尾批**)賦也。○直序在雲安聞子規耳,不肯著論頭。(**吴廣霈墨尾**)末一句亦直率欠醒。

【彙評】

張學仁參定:八句一氣滚下,又是一格。

近　聞

方拱乾評：諷極矣。

奚禄詒甲本眉：大曆元年二月，吐蕃遣首領論欽陵來朝。○時有辞復親贊普者。

近聞犬戎遠遁逃，牧馬不敢侵臨洮。渭水逶迤白日净，（**沈巖旁**）無風塵之驚也。隴山蕭瑟秋雲高。崆峒五原亦無事，北庭數有關中使。似聞贊普更求親，（**汪琬甲本紅眉**）吐蕃號君，亦曰贊普。舅甥和好應難棄。（**奚禄詒甲本眉**）末句是譏其和親也。（**奚禄詒甲本旁**）賦也。（**奚禄詒乙本墨眉**）末是譏其和親。（**奚禄詒乙本紅眉**）一誤豈容再誤。

客　居

方拱乾評：與《往在》同局。○古。先叙客居而後及"想故園""憂四藩"。

奚禄詒甲本眉：看下《伐木》詩，益證此爲夔居。○前客居之景，後客居之懷。

奚禄詒甲本旁：故君實爲客夔時，甚是。此堂面江也。

奚禄詒乙本墨眉：此當是去雲安而在夔之堂，前客居之景，後是客懷。○即《伐木》詩合之，則人虎雜居，益知是夔州。○看"蜀麻"二句，定在夔州。○"思王孫"以下便雜亂耳。○朱晦庵先生謂杜詩自夔州以下多拙爲，蓋言此種也。

佚名己紅眉：與《往在》詩同一詩法，但氣力不及。

客居所居堂，（錢陸燦甲本眉、乙本紅旁）直敘起。前江後山根。下塹萬尋岸，（奚禄詒甲本旁）此前江也。蒼濤鬱飛翻。葱青衆木梢，（奚禄詒甲本旁）此山根也。邪豎雜石痕。子規晝夜啼，壯士斂精魂。峽開四千里，水合數百源。（方拱乾評）細皴法。（錢陸燦乙本紅眉）發源嶇山而出夔門，約言四千里耳。（吕留良紅眉）好景不合生愁。（方貞觀墨眉）"峽開""水合"十字抵一篇大記敘文字。人虎相半居，相傷終兩存。（方貞觀墨眉）"相傷終兩存"即萬物並育而不相害意，説得十分圓足。（王伯沆紅眉）奇語。蜀麻久不來，（錢陸燦乙本紅旁）入事。吴鹽擁荆門。（奚禄詒甲本眉）即"峽開""蜀麻"六句，知堂在夔。西南失大將，（汪琬甲本紅旁）嚴武卒也。（奚禄詒甲本旁）指嚴武。（奚禄詒乙本墨旁）嚴武死也。（奚禄詒乙本墨旁批錢箋"大將謂郭英乂"）英乂不足稱大將。（王嗚盛墨眉）永泰元年閏十月，郭英乂爲崔旰所殺，蜀中大亂。大曆元年二月，以杜鴻漸爲山南西道劍南東西川副元帥。商旅自星奔。今又降元戎，（奚禄詒甲本旁）杜鴻漸。已聞動行軒。舟子候利涉，亦憑節制尊。我在路中央，（奚禄詒甲本旁）去雲安。（錢陸燦乙本紅旁）轉合題。（奚禄詒乙本墨旁）去雲安也。生理不得論。（陳治紅眉）汪云：以下雜湊。卧愁病脚廢，徐步視小園。（方拱乾評）細皴。（傅山紅眉）示。短畦帶碧草，悵望思王孫。（錢陸燦乙本紅旁）比興。（方貞觀墨眉）見碧草而思王孫，正自傷不得歸也。仇注云指屈原，又云指禄山所屠戮之宗室，直是捨近求遠。（沈巖旁）比。鳳隨其皇去，（奚禄詒甲本旁）不是比嚴武去而小人亂。（沈巖旁）興。籬雀暮喧繁。（方拱乾評）瀾。蜀有鳳皇山，故云，不則誕矣。（傅山紅眉）俗見之甚。（沈巖眉）二字錢批。覽物想故國，（奚禄詒甲本旁）杜陵也。（奚禄詒乙本墨旁）杜曲也。十年别荒村。（奚禄詒甲本眉）"悵望思王孫"，已想至西京矣。"鳳凰"謂玄宗與貴妃，□□蒙塵，故民不安堵，則"故園"亦指杜曲言也。日暮歸幾翼，北林空自昏。安得覆八溟，（奚禄詒甲本旁）突然不稱。爲君洗乾坤？（奚禄詒甲本眉）“安得”以下漸漸説遠，故結亦不緊，雖云縱筆，其實迂穀。稷契易爲力，犬戎何足吞？（錢陸燦乙本紅眉）止此。（奚禄詒甲本旁）此段蓋應“思王孫”數句。儒生老無成，臣子憂四番。（徐渭墨旁）自不成語。篋中有舊筆，情至時復援。（汪琬丙本評）結語力乏，章法亦雜。（李念慈紅眉）結苟且，無復著意。（王士禛評）删。（奚禄詒甲本旁）賦而比也。

贈鄭十八賁

方貞觀墨眉：鄭蓋有品之士，流寓於此，公高其行而贈之以詩。趙云鄭爲雲安令，不獨無據，且詩中亦未道彼爲令。若云“煩縣尹”一句，便可憑焉。有如此賢者，贈之以詩，竟無一語及政治耶？

方貞觀墨眉：詳味詩意，遭亂竄身，正是指鄭。下言“姑息”，時或有勸其苟且屈身，以趣時者，而鄭色愈謹，由其高懷見理，故識者重之，知其無待而不忍趣捷徑也。注云：“遭亂”二句公自謂，於上下文意，鯁不相接。〇下文“羈離”“牢落”是公自謂也。

奚禄詒乙本墨眉：總無韻致。

佚名己紅眉：軫、吻通用。

温温士君子，令我懷抱盡。靈芝冠衆芳，（奚禄詒甲本旁）率。安得闕親近？（奚禄詒甲本旁）“盡”從濁，“近”群濁。遭亂意不歸，竄身迹非隱。（張雝敬墨旁）曲折如意，難其渾厚。細人尚姑息，吾子色愈謹。（李以峙墨眉）（堇）按作“謹”顯係寫刻之誤。高懷見物理，識者安肯哂？（方拱乾評）“高懷”“卑飛”皆指鄭賁。（奚禄詒甲本眉）總無韻句。卑飛欲何待，捷徑應未忍。（張雝敬墨旁）氣骨風棱，絶不骫骳。示我百篇文，詩家一標準。羈離交屈宋，（奚禄詒甲本旁）此段自序。牢落值顔閔。(**方拱乾評**)“羈離”六句皆自述。(**吴廣霈墨眉**)此亦未免詞費。水陸迷畏途，藥餌駐修軫。(**方拱乾評**)六朝佳句。(**汪琬丙本評**)段落未清。古人日以遠，青史字不泯。(**奚禄詒甲本眉**)“青史”句根“屈宋”“顔閔”。步趾詠唐虞，追隨飯葵堇。數杯資好事，異味煩縣尹。(**方貞觀墨眉**)前有《奉簡雲安嚴明府》作，“異味”或即嚴之所餉。心雖在朝謁，力與願矛盾。抱病排金門，衰容肯爲敏。(**奚禄詒甲本旁**)賦也。

别蔡十四著作

方拱乾評:絶無波瀾,亦復老辣。○直而堅。○直詩不堅,遂不成話。動曰長慶,長慶亦有堅處。

奚禄詒甲本眉:蔡以使事至成都,值崔旰之亂,公欲其以兵食匱乏奏之朝廷,以安蜀人也。

奚禄詒乙本墨眉:蔡以使事至成都,值崔旰之亂,公欲其以兵食乏奏之朝廷,以安蜀人。

賈生慟哭後，寥落無其人。(**吴士模墨眉**)一起俯仰古今,感歎非淺。(**吴廣霈墨眉**)一起氣勁筆道。安知蔡夫子，高義邁等倫。獻書謁皇帝，志已清風塵。流涕灑丹極，萬乘爲酸辛。天地則創痍，朝廷當正臣。異才復間出，周道日惟新。使蜀見知己，(**方拱乾評**)“知己”指主人郭英乂。别顔始一伸。主人薨城府，扶櫬歸咸秦。(**吴廣霈墨眉**)“主人”者,郭英乂也,奔簡州,爲刺史韓澄斬首,送之崔旰。巴道此相逢，會我病江濱。憶念鳳翔都，聚散俄十春。我衰不足道，但願子意陳。(**李以峙墨眉**)(意)按“章”,形近而誤。稍令社稷安，自契魚水親。我雖消渴甚，敢忘帝力勤。尚思未朽骨，復睹耕桑民。積水駕三峽，浮龍倚長津。（**奚禄詒乙本墨旁**）出峽。（**李以峙墨眉**）（長津）按"輪囷"謬。揚舲洪濤間，仗子濟物身。鞍馬下秦塞，王城通北辰。玄甲聚不散，兵久食恐貧。（**奚禄詒甲本眉**）《漢書》：發蜀國玄甲軍。窮谷無粟帛，使者來相因。若憑南轅使，書劄到天垠。（**王士禛評**）望其别後復相會也。

寄常徵君

丁耀亢紅眉：徵君必有出山於世之事，故云。

錢陸燦甲本眉：方曰：此言徵君初年隱居，晚年出仕，則昔日之山水爲空勝矣。方其遺世獨立，如楚妃有殊衆之色，乃出而受禄，則鶴不能高飛而向人乞食矣。後四句美其吏隱以救之。

錢陸燦丙本評：錢云：此言徵君初年隱居，晚年出仕，則昔日之山水爲空勝矣。方其遺世獨立，如楚妃有殊衆之色；乃出而受禄，則鶴不能高飛而向人乞食矣。後四句美其吏隱以救之。

李念慈紅眉：語多諷刺。

吕留良紅眉：草草亦作家語。

奚禄詒甲本旁：不是隱諷，竟是厲言。

奚禄詒甲本眉：首二句已譏矣，至"鳴向人"竟是厲言。楚妃謂楚所愛之細腰者，蓋三四皆承"傍風塵"來，徵君如妃之以色媚，如鶴之不在海而反鳴向人。或以楚妃爲樊妃之貞，比徵君之未出，於承上説不去，於"色"字亦不通。

奚禄詒乙本墨眉：首二句已譏矣，至"鳴向人"竟是厲言。楚妃指所愛之細腰者，蓋三四皆承"傍風塵"來，謂徵君如妃之求媚，如鶴之不自安於海，纔於上下文相合。

方貞觀墨眉：通章氣味清疏，惜結二語無深意，便覺淺弱。

錢載評:要讀得熟。

題張問陶墨眉:前四惜之,中二解之,後復慰之,絶無譏諷之意。

吴廣霈墨眉:亦未見得佳。

吴廣霈紅眉:不過一時應酬之作爾。

王伯沆紅眉:詩意似諷。

白水青山空復春,徵君晚節傍風塵。(**奚禄詒甲本尾批**)首句唤起"傍風塵"。**楚妃堂上色殊衆,**(**丁耀亢紅旁**)言其自炫。**海鶴階前鳴向人。萬事糾紛猶絶粒,一官羈絆實藏身。**(**奚禄詒乙本墨旁**)事冗不晦食也。**開州入夏知凉冷,不似雲安毒熱新。**

【彙評】

錢陸燦丁本評:言常徵君未出之先,如堂上之妃,既出之後,如階前之鶴,寓風塵炎凉之感。

秦應逵紫尾:徵君昔嘗隱居者,方其遺世獨立,如楚妃有殊衆之名;今出而受禄,則海鶴不能高飛而向人乞食矣。後四句美其吏隱以救之。

寄岑嘉州

方拱乾評:七排。○居然是排。○明是排。

傅山紅眉:何謂律也?

盧見曾紅眉:脱去排比之迹,絶無雕飾之痕,何等風韻。

盧見曾紅旁:首思遇岑於嘉州,次段叙岑之近況也,末段寄詩以達情也。

秦應逵墨眉:岑爲補闕,公所舉也。公流落西南,不一言之於朝，出守又不遣人迎致，此篇蓋微諷之。

嚴復墨眉：此詩收古體中爲是。

沈巖眉：岑之爲補闕，公所舉也。公流落西南，不一言之於朝，出守又不遣人迎致，此篇蓋嘲諷之。結句則言若我窮者，但能致書以伸十年意，見之誠而已，岑則豈宜徒爾乎？

不見故人十年餘，不道故人無素書。願逢顔色關塞遠，豈意出守江城居。外江三峽且相接，斗酒新詩終日疏。（**李以峙墨眉**）（終自）按"終日"謬。謝朓每篇堪諷誦，馮唐已老聽吹噓。（**奚禄詒乙本墨旁**）以下皆言己懷。泊船秋夜經春草，伏枕青楓限玉除。（**嚴復墨眉**）"泊船秋夜經春草"，意"春草"亦湖名耶？不然不可通矣。（**沈巖旁**）見其留之久也。眼前所寄選何物？贈子雲安雙鯉魚。（**奚禄詒甲本尾批**）賦也。

【彙評】

奚禄詒甲本尾批"《杜詩通》卷第十八終"處：公五言排律甚老練，七言覺未及。

移居夔州郭

方拱乾評："與"字妙。

錢陸燦甲本眉、丙本評：李君實云：少陵遊八稔而在夔獨三年，平生所賦詩凡千四百六首，而在夔者乃三百單有一。鐵牛按，《譜》云於大曆元年春至夔州，三年五月去夔出峽下江陵，五十五至五十七歲也。詩至晚年，而存者爲多。

題商盤紅眉："與"，猶以物與人之"與"。春柳竟舒，知送行人之别;江清可愛,若與放船爲娱。目有情於無情,此地人情之薄在言外矣。與“岸花飛送客,檣燕語留人”同意,而此語尤新矯。○農事但“聞人説”,見舟居非陸,“山光”自見鳥情,見人無定棲。○七八亦有寓意,“斷石”寓人情險巇,“土微平”見彼善於此耳。

盧見曾紅旁:黄庭堅曰:好作奇語,自是文章一病,但當以理爲主,理得而詞順,文章自然出群拔萃。觀子美到夔州後詩,退之自潮州還朝後文,皆不煩繩削而自合矣。

朱方藹紅眉:“山光見鳥情”,昔賢云“視山光,悦鳥性”,“性”字勝,“悦”字却遜“見”字,余謂各有其妙。

題張問陶墨眉:春知將去而催柳作别,江知放船而與我以清,意雖纖而語特妙。若入晚唐人手,便不免輕佻。

陳治墨眉:李君實云:少陵遊八稔,而在夔獨三年,平生所賦詩千四百六首,而在夔者乃三百六十有一。○鐵牛按,《譜》云於大曆元年春至夔州,三年五月去夔出峽下江陵,五十五至五十七歲也。詩至晚年,而存者爲多。

沈巖眉:中二連方是清新生動,一别一就,若送若迎。

王嗚盛墨眉:多□不謂雲安以下“土微平”,見夔州可居。○王洙注:沿峽皆因開鑿而成,故少平土,惟夔州稍平耳。

伏枕雲安縣,(**題商盤紅旁**)對起。(**王嗚盛旁**)因病移居也。遷居白帝城。(**俞瑒甲本評**)移居。春知催柳别,(**嚴虞惇紅旁**)來。(**題商盤紅旁**)順承一二。(**佚名丁墨旁**)三四就雲安言。江與放船清。(**俞瑒甲本評**)移居情况。(**吴廣霈墨旁**)“江與”真妙。(**張雝敬墨旁**)“春知”句非不尖穎,然猶費力,故遜於對句也。(**李以峙墨眉**)(江與)按,對上“春知”,不當從“已”。○又按,此字公鍛煉而出,並非輕下,然意總嫌晦。(**佚名丁墨旁**)竺云:“知”,能也,“與”,爲也,皆以無情爲有情,成自慰之語。農事

聞人説，（**嚴虞惇紅旁**）到。**山光見鳥情。**（**俞瑒甲本評**）移居後事。（**申頲紅眉**）不如“山光悦鳥性”。**禹功饒斷石，且就土微平。**（**俞瑒甲本評**）指夔州。（**奚禄詒甲本尾批**）賦也。末句“禹功”，總爲江山而結。（**奚禄詒乙本墨眉**）末句“禹功”，只爲江山而結。（**吴廣霈墨旁**）收湊句。（**沈巖尾**）“山光見鳥情”，飛鳥亦投山溪處也。

【彙評】

佚名丁墨尾：叙事明了。〇三四鍊詞波峭，“春知”我之别意，故催柳成條，“江與”我以清波，故“放船”開放，“與”是付與之“與”。

船下夔州郭宿，雨濕不得上岸，别王十二判官

方拱乾評：前六句純言景耳，却隱隱有一王判官矣，此中可思。一“外”字，一“覺”字，情不可勝矣。

宋犖紅眉：句有遠神，可以意會。

屈復評：“宿雨濕”，昨夜雨濕也。“不得上岸”，今曉也。前四述昨夜雨，後四句寫今曉不得上岸别也。“晨鐘”見船開甚早，“石堂煙”，王所在。七句船行之疾，八句感離群也。“煙”字寫曉景，妙絶。①

題商盤紅眉：六句“煙”字點清晨之景，以見發舟之早，俗本作“偏”，一字千里。〇八“汝”指鷗，俗解並非。〇前半追寫昨夜之景，所謂補題格也。宿船見月，忽風起而雨，明晨雖霽，地尚未乾，寫“宿雨濕”三字，次第分明如此。聽“晨鐘”虚愁“雲外濕”，望“勝地”遠見“石堂煙”，故人在焉。咫尺千里，柔櫓不覺已在輕鷗之外。

① 校注：“前四”，杭本作“前四句”。

回首含悽，覺汝儔侶長能相聚，其賢於人遠矣。後半始叙全題首尾，題略者，詩詳之；題明者，詩隱之；題順者，詩倒之。寫境精切，寓意雋永，五律至此，即讚歎亦無所加。

奚禄詒甲本眉：六七八何其弱。

盧見曾紅旁：上四宿郭遇雨，夜中之景。五六岸濕難上，早起之景。末因不得面别而留詩致王。

朱方藹紅眉：調高詞潔，與諸名家合拍之篇，非合也，兼也。結視“桃花潭水”，各有其妙。

題張問陶墨眉：三四句法一順一逆。

吴廣霈墨眉：三四自然有妙趣。

沈巖眉：第二先作上岸之勢，“石堂煙”方是濕，作“偏”字更何味？

依沙宿舸船，（**俞瑒甲本評**）下夔州郭。石瀨月娟娟。（**奚禄詒甲本旁**）好。○舟中雨景。（**奚禄詒乙本墨眉**）承舟中雨景。風起春燈亂，（**俞瑒甲本評**）將雨。江鳴夜雨懸。（**錢陸燦丁本評**）“鳴”字下得奇俊。三四寫江中，五六傍郭泊也。（**吕留良紅旁**）奇俊。（**俞瑒甲本評**）雨。（**申頲墨眉**）新警。（**王伯沆紅眉**）“亂”“懸”二字寫風雨入妙。晨鐘雲外濕，（**俞瑒甲本評**）雨後。（**李以峙墨眉**）（五句）論句“雲外”最好，惜乎復下，故從“雲岸”。勝地石堂煙。（**李念慈紅眉**）“煙”一作“偏”，似對“濕”爲工。（**俞瑒甲本評**）宿雨濕。（**沈巖旁**）望王所居。柔櫓輕鷗外，（**俞瑒甲本評**）不得上岸。（**沈巖旁**）襯出下字。含悽覺汝賢。（**俞瑒甲本評**）别去。（**奚禄詒甲本眉**）結二句與上不屬。（**奚禄詒甲本尾批**）賦也。○“汝賢”指王十二。（**奚禄詒乙本墨眉**）結與上不屬，但了題。○“汝”指王十二。（**吴廣霈墨眉下**）收好，含蓄不盡。（**沈巖尾**）無對屬痕。（**王鳴盛墨眉**）柔櫓相送，輕鷗伴行，櫓鷗之外，但覺汝賢。此感判官之厚，亦愴人情之薄。或以汝指鷺,於别王之意不合。○趙曰:石堂,夔州佳處,煙是晨景,作“偏”字者少理會。(**嚴復紅眉**)王云:“汝”指王判官,非謂鷗也。(**王伯沆紅眉**)雋永。

【彙評】

張學仁參定:題面層層説到,無一閑字,五律化境。

佚名丁墨尾:起聯點“郭宿”,在未雨之前,以見月剔起下意。次聯寫“夜雨”一層,而又以“風起”作引。三聯寫“濕不得上”一層,而“石堂煙”句,已神往王十二處矣。結聯致詩遥别,而先以“柔艣[櫓]”句帶定“郭宿”,後以“含情”意見作别無由,首尾一片,其層次之密,綫索之清如此。○“覺汝賢”,不特感周旋之厚,兼羨其安處之適。

漫成一絶

奚禄詒甲本眉:如此等歌體,未可今俗人一一著注脚。

奚禄詒甲本旁:得歌體。

江月去人只數尺,風燈照夜欲三更。沙頭宿鷺聯拳静,(**李以峙墨眉**)(静)按“起”字非。船尾跳魚撥刺鳴。(**汪琬甲本紅眉**)魚鳴。(**李念慈紅眉**)水宿景物,宛然在目。(**奚禄詒甲本旁**)魚不如鷺矣。(**奚禄詒乙本墨眉**)魚不如鷺矣。“撥”“潑”通用。○“撥刺”,魚跳躍而顛倒也。(**王伯沆紅眉**)各盡物態。

【彙評】

張學仁參定:四句皆是舟中夜景。

客 堂

方拱乾評:古。七沃、六屋、八職,通。

陳治紅眉:屋、職二韻,先生往往通用。

汪琬甲本紅眉:三韻兼知。

奚禄詒甲本眉:此與《客居》之旨不同,此在己之進退,下首老瘦之反覆。

奚禄詒甲本旁:雲安之堂也,即“一林麓”句可知。舊注《客居》亦以爲雲安者,非。

奚禄詒甲本眉:合一屋、四質通用,今人不知。

奚禄詒乙本墨眉:□□賦子規,不可用“翼瓦”二字。○前後皆未警。○此雲安之堂,即“一林麓”自可知。○此與《客居》不同,此言在己之進退,《客居》言世變之反復。○悲哉!

沈巖旁:嚴云:此章叶韻,不可解。○焯按:屋、沃、覺、藥、陌、昔、職收聲均入鼻,故唐人得以通用。

佚名己紅眉:沃、屋、職三韻通用。

憶昨離少城,(**錢陸燦乙本紅旁**)直叙起。(**奚禄詒乙本墨旁**)成都。而今異楚蜀。(**王嗚盛墨眉**)成都爲蜀,夔州爲楚。捨舟復深山,窅窕一林麓。 棲泊雲安縣,(**奚禄詒甲本眉**)雲安便爲楚矣。(**奚禄詒甲本旁**)眼。消中内相毒。(**方拱乾評**)先言懷而中及客堂。舊疾廿載來,(**李以峙墨眉**)(“舊疾”句)按明是“廿載”,“紛紛”别字,所謂三寫之訛。衰年得無足?(**奚禄詒甲本旁**)謂亦不爲命。死爲殊方鬼,頭白免短促。 老馬終望雲,(**奚禄詒甲本眉**)《赭白馬賦》:“望翔雲而蹀足。”南雁意在北。(**方貞觀墨眉**)言客中老病,即死亦非夭折,但思鄉念切,直如老馬、南雁耳。别家長兒女,欲起慚筋力。(**方拱乾評**)“别家”蒙“南雁”句，“欲起”蒙“老馬”句。（奚禄詒甲本旁）此段感懷。（奚禄詒乙本墨旁）叶禄。客堂序節改，（奚禄詒甲本旁）去秋至今。具物對羈束。石暄蕨芽紫，（奚禄詒甲本旁）二句承具物。渚秀蘆筍緑。（奚禄詒甲本旁、乙本墨旁）節改矣。巴鶯紛未稀，（沈巖眉批下）其物未詳。徼麥早向熟。（方拱乾評）此節蒙“别家”句。（奚禄詒甲本旁）此段客堂事，二句承“節改”。（王鳴盛墨眉）鶯未稀而麥向熟，正春去夏來之時。次公云當作□□□。悠悠日動江，（沈巖旁）妙句。漠漠春辭木。（李念慈紅眉）“動”“辭”字難下。（沈巖眉）“悠悠”當作“滺滺”；“漠漠”當作“莫莫”，《詩》：“淇水滺滺。”音由，流貌。“維葉莫莫”，成就之貌。臺郎選才俊，自顧亦已極。（方拱乾評）此節蒙“欲起”句。（奚禄詒甲本旁）憤語。（奚禄詒乙本墨旁）叶菊。前輩聲名人，埋没何所得。（奚禄詒乙本墨旁）叶篤。居然綰章紱，（方拱乾評下）“居然”二字從“前輩”句來。受性本幽獨。（方拱乾評）以安命語而卑小官。（奚禄詒甲本眉）一路頗轉折，還□太盡。平生憩息地，必種數竿竹。（孫承澤墨旁）何可一日無此君？（方拱乾評）“平生”四句蒙“客堂”來，極安分語却是極感愧語，是之謂怨而不怒。究竟不怒之怨，怨更深也。近世以叫罵爲怨，怨之淺矣。事業只濁醪，營葺但草屋。上公有記者，（奚禄詒甲本旁、乙本墨旁）追往。累奏資薄禄。（奚禄詒甲本旁）佐幕也。主憂豈濟時？身遠彌曠職。循文廟筭正，（奚禄詒甲本旁）指今日之朝廷。（奚禄詒乙本墨旁）指今日。（李以峙墨眉）（修文）按，“循”字形近而訛。獻可天衢直。（奚禄詒乙本墨旁）叶局。尚想趨朝廷，毫髮裨社稷。（奚禄詒乙本墨旁）叶足。形骸今若是，進退委行色。（方拱乾評）結歸病上，“進退”二字雙結。（李念慈紅眉）懷君憂國，病中不忘。（奚禄詒乙本墨旁）叶束。（奚禄詒乙本墨眉）此合一屋、四質通用。（佚名己紅眉）應前“舊疾”字。

引　水

奚禄詒甲本眉：斗水亦關生理之憂，可哀孰甚。

奚禄詒乙本墨眉：總是歎羈旅之苦。

月峽瞿塘雲作頂，亂石崢嶸俗無井。（**朱方藹紅眉**）窮相高致。雲安酤水奴僕悲，魚復移居心力省。白帝城西萬竹蟠，接筒引水喉不乾。（**朱方藹紅眉**）眼前語，妙能拈出。人生留滯生理難，斗水何直百憂寬。（**王士禛評**）言斗水所值幾何，而百憂爲寬，見生理之難也。（**奚禄詒甲本旁**）賦也。（**奚禄詒乙本墨眉**）斗水直幾何？却能百憂寬。

【彙評】

陳訏紅眉批仇注“但旅况艱難，一水未足以解憂耳”處：夔州連竹引水，與雲安沽水不同，因念人生難於生理，斗水豈直能寬百憂？注言未足解憂，不識文理。

示獠奴阿段

錢陸燦丁本評：夔俗無井，以竹竿遠引細泉至郡中，郡人每夜争取餘瀝。而阿段獨自至泉源，汲之而回。末引陶侃爲張奴、行風雪中，比阿段之“穿虎豹群”也。

奚禄詒甲本眉：推此可以撫民。不似“堂前撲棗”，此渾然雅韻也。○第六句幽遠，“濕青雲”三字寫山厨入情。

奚禄詒甲本旁：“獠”音老，西南夷人，如“宵田爲獠”纔音聊。

奚禄詒乙本墨眉：此作渾然雅韻，不似“堂前撲棗”之俗。推公此意可以撫民。“病渴三更”，望之也。“傳聲一注”，水至厨也。

許葰聚紅眉：七句中“胡”字當作“爲”。《晉書》：陶侃爲廬江太守，張夔督郵，夔妻有疾，將迎醫於數百里。時正寒雪，諸綱紀皆難之，侃曰：“小君猶母也，安有父母之疾而不盡心乎？”乃請行。衆咸服其義。以諸綱紀之所難，而侃請行，是侃爲張奴也。侃行風雪，比阿段之“穿虎豹群”也。此必“爲”字之誤。

王士禛評：不尋常。

朱方藹紅眉：幽事逸韻。

吴廣霈墨眉：此命奴取山泉也，故五六真爲佳句耳。○五六誰能道片字？

山木蒼蒼落日曛，（**題商盤紅旁**）對起。（**奚禄詒乙本墨旁**）峽俗日晚引山泉入厨。（**沈巖旁**）伏“虎豹群”。竹竿褭褭細泉分。（**奚禄詒甲本旁**）日晚引水。（**許葰聚紅旁**）夔州無井，以竹竿遠引細泉至郡中，郡人每夜争取餘瀝，而阿段獨自至泉源汲之而回。（**沈巖旁**）伏“餘瀝”，伏“争”字。郡人入夜争餘瀝，（**奚禄詒甲本旁、乙本墨旁**）承上。竪子尋源獨不聞。（**題商盤紅旁**）走馬對。（**奚禄詒甲本旁、乙本墨旁**）起下。（**倪象占藍眉**）有竪子尋源，故得不與人争餘瀝也。病渴三更回白首，傳聲一注濕青雲。（**李念慈紅眉**）“濕青雲”不可意解，但覺其妙。詩要解得出，又有解不得一層，如此等方是化境。（**題商盤紅旁**）走馬對。（**奚禄詒甲本眉**）第六句幽遠，“濕青雲”三字寫山厨入情。（**奚禄詒甲本旁**）“病渴三更”，望之也；“傳聲一注”，水到矣。（**沈巖旁**）顧“源”字。曾驚陶侃胡奴異，怪爾常穿虎豹群。（**奚禄詒甲本旁**）賦也。（**奚禄詒甲本尾批**）賦也。○“病渴三更”，望之也；“傳聲一注”，水到也。（**陳治墨眉**）胡奴，陶侃子範小字，非奴也。（**沈巖旁**）顧“尋”字。（**嚴復墨眉**）“胡奴”乃陶範小字，侃之子，非真奴也。

寄韋有夏郎中

方拱乾評：偶然耳。可排不可律，何以故？

錢陸燦甲本眉：鐵曰：《莊子》："種有幾，得水則爲㡭，得水土之際，則爲鼃蠙之衣。"注曰：自濕化而言之，塵牽如絲，其名爲㡭，水苔欲生河中，先有此朕。其在水土相交之際，水得土氣，凝爲體質，名鼃蠙之衣。可引以注"生衣"字，蓋泊舟□□□□□□□□□□□，亦體物之妙也。

王士禛評：韋蓋以藥寄子美。

奚禄詒甲本旁、乙本墨旁：一絶句可了，空費一排律。

奚禄詒甲本眉：借對之法，不過偶然湊巧，長公便以爲妙。長公常有"渴虹"之句，必待翻出《莊子》"睆日"對之，自爲得意。大約蘇長公與楊用修好爲此尖巧，不知詩律之細不在此也，所以開鍾、譚之陋耳。

奚禄詒乙本墨眉："飲子""懷君"不過借對之法，杜公如"次第"對"呼兒"此類間有之，而東坡便以爲妙。東坡常有"渴虹"之句，必待翻《莊子》"睆日"二字，自以爲得意。大約蘇東坡與楊用修皆好此尖小，而不知詩律之細，不貴此也，所以開鍾、譚之陋耳。

倪象占藍眉：今俗稱醫生爲郎中，想本有此耶？

省郎憂病士，（**奚禄詒乙本墨旁**）韋也。書信有柴胡。（**奚禄詒乙本墨旁**）己也。飲子頻通汗，（**方拱乾評**）對得奇。奇對偶一爲之。懷君想報珠。（**嚴復墨眉**）"病士""柴胡"，"飲子""懷君"，皆巧對也。（**佚名己紅旁**）對甚巧，亦偶然耳。親知天畔少，藥味峽中無。歸楫生衣卧，（**汪琬甲本紅眉**）水生衣。（**佚名己紅眉**）言將理歸檝而未動我生衣也。

春鷗洗翅呼。（**倪象占藍眉**）“歸楫生衣卧”言久不用舟，無歸期也，與“苔卧緑沉槍”同意。“衣”即苔也。**猶聞上急水，早作取平途。 萬里皇華使，爲僚記腐儒。**（**奚禄詒甲本尾批**）賦也。○“歸楫”承上，“春鷗”起下。

上白帝城

題鮮于樞評：首二句言上白帝城而狀城之險、樓之高。次言城上見江流而思大哉之禹功，遇風至而憶快哉之楚襄，及報夕陽、聞鼓角，乃歎公孫之恃險以僭竊。興而賦也。

方拱乾評：七八句從六句出，可想其衰老憑弔之意。

奚禄詒甲本眉：白帝懷古。○垂戒意多，見後來如公孫者，險亦未可恃也。

奚禄詒乙本墨眉：首言其險，所以垂戒，故末結以公孫而今安在哉，云意在言外，正以戒後來割據之輩。“悲角”句已喚起末二句。○“人扶”句對得高。

吴士模墨眉：雖數用意而自相貫通，細細按之，終不傷雅。

題張問陶墨眉：提出夏禹、楚襄，便足壓倒公孫子陽。引出公孫躍馬，又足折倒崔旰之徒。妙在不宜貶公孫，而譏刺見於言外，尤爲委婉。

吴廣霈墨眉：五句妙以老人而聞角聲之悲，焉能不動聽乎？

沈巖旁：“江流思夏后”，比祖宗開創之功；“風至憶襄王”，比明皇淫荒之釁。

王鳴盛墨眉：提出夏禹、楚襄，便足壓倒公孫。引出公孫躍馬，又足折倒崔旰之徒。妙在不直貶公孫，識必見於之外。

城峻隨天壁，（**俞瑒甲本評**）從城起。**樓高更女墻。**（**吕留良紅旁**）造對。（**汪琬甲本紅眉**）"女墻"，城上小墻也。（**奚禄詒乙本墨旁**）"望"字不合。（**佚名丁墨旁**）竺云：自高樓臨四邊，女墻皆見，故曰"更"。**江流思夏后，**（**俞瑒甲本評**）懷古。**風至憶襄王。**（**奚禄詒乙本墨旁**）追前之太平。**老去聞悲角，**（**俞瑒甲本評**）感時。**人扶報夕陽。**（**紅眉**）"扶"字見老病意，且遠眺情移，不覺忘返，故人報夕陽也。十字連讀，方見其妙。（**俞瑒甲本評**）切"上"字。（**王伯沆紅眉**）老態繪所不到。**公孫初恃險，**（**俞瑒甲本評**）貶崔旰輩在言外。**躍馬意何長。**（**方拱乾評**）結句處在"人扶"五字中看出。（**方拱乾評**）七八句死，死在六句，中出可想。（**奚禄詒甲本尾批**）賦也。"悲角"句便喚起末二句，以此結。（**紅眉批仇注"楚襄王游于蘭臺"**）按，襄王遊處即在夔東。（**沈巖尾**）腹連空有不見太平之痛，落句却又轉云公孫躍馬，意雖長而甚蹙促，吾又何爲而不見賦平哉？

【彙評】

佚名丁墨尾：楊德周曰：提出禹、襄，便足壓倒公孫；引出公孫，又足折倒崔旰之徒。愚按：五六本自叙登眺，然已影出下意，蓋"悲角"而在"夕陽"，光景無多，正擊動"恃險""何長"也。其曰"初"、曰"意"，措語蘊藉，若曰方其初也，意豈不長乎？

上白帝城二首

奚禄詒甲本眉：二首多閑懶之語。

其　一

屈復評：起四句登城景；中六句感古傷今，同登之人，衰老之歎，並及時事；末二句總結。

奚禄詒甲本旁：如此大境界，何得漫賦？

盧見曾紅旁：盧世漼曰：起四句見天地之心，知雨暘之性，窮新舊之變，領山水之神，俱能朗朗寫出。

佚名己紅眉：起二十字方是登高。○看其筆法次第。

江城含變態，（**奚禄詒乙本墨旁**）比。一上一回新。（**嚴復墨眉**）發端奇警。天欲今朝雨，（**方拱乾評**）起句已含。（**佚名己紅旁**）從上句生出。山歸萬古春。（**吕留良紅旁**）對法。（**奚禄詒甲本旁**）可歎。（**奚禄詒甲本旁**）“山歸萬古春”一句警策。（**奚禄詒乙本墨旁**）可歎。（**奚禄詒乙本墨眉**）“山臨萬古春”句警策。（**秦應逵紅旁**）四句完題。英雄餘事業，衰邁久風塵。（**方拱乾評**）看兩首次第。取醉他鄉客，相逢故國人。兵戈猶擁蜀，賦斂强輸秦。（**李念慈紅眉**）但用“尚”字，意即在内，何必言“强”？“强”字死，“尚”字活。不是煩形勝，深慚畏損神。（**奚禄詒乙本墨眉**）如此大境界，如何二首皆閑懶之語？

【彙評】

陳訏紅眉批仇注“謂此世界英雄儘有事業可爲，惜以衰邁久混風塵耳”處：白帝江山雄勝，先主武侯事業，至今在人耳目間，而自歎衰老風塵耳。注言“此世界英雄儘有事業可爲，惜以衰邁”云云，似“英雄”公自謂，不知意欲何爲，且“餘”字如何解？

其　二

白帝空祠廟，孤雲自往來。（**傅山紅眉**）鄙陋。（**錢陸燦丁本評**）此首專説祠廟，感慨繫之。（**嚴復墨眉**）山谷極善偷杜，如《徐孺子祠堂》“藤蘿得意干雲日，簫鼓何心進酒樽”等語，皆從夔州諸廟詩得來。江山城宛轉，（**吕留良紅旁**）句法。棟宇客徘徊。（**奚禄詒甲本旁**）何味。勇略今何在?（吕留良紅旁）對法。當年亦壯哉。後人將酒肉,（丁耀亢紅眉）直。虚殿日塵埃。（倪象占藍眉）古迹所在,市肆坌集,以待遊客,所謂“後人將酒肉”。谷鳥鳴還過,林花落又開。多慚病無力,騎馬入青苔。（奚禄詒甲本旁）賦也。

陪諸公上白帝城宴越公堂之作

嚴虞惇紅旁:楊素。

奚禄詒甲本眉、乙本墨眉:楊素,何英靈之有?

沈巖旁:絶佳。

此堂存古制,城上俯江郊。落構垂雲雨,荒階蔓草茅。柱穿蜂溜蜜,棧缺燕添巢。（奚禄詒乙本墨眉）前面不過少句,後面亦成話。坐接春杯氣,心傷豔蕊梢。（李念慈紅眉）“春杯氣”奇。（嚴復墨眉）“豔蕊梢”不穩。英靈如過隙,宴衎願投膠。古樂府云:“以膠投漆中,誰能别離此。”（方拱乾評）“醪”字出韻。一作“膠”。莫問東流水,生涯未即抛。（奚禄詒甲本旁）賦也。（嚴復墨眉）“生涯未即抛”亦不明白。

白帝城最高樓

方拱乾評:非七律正格。七律必以此格爲第一,王、李便不能學,轉以爲非正響矣。

錢陸燦丙本評:錢云:三四句近景,五六句遠景,寫“最高”二字極妙。

汪琬乙本評:渾古之極,不可名言。○律不難於工,而難於宕;

律中古處，不難於宕，而難於勁。此首次句，著一“之”字，其力萬鈞。

吕留良紅眉：奇壯。此格惟子美勝。

屈復評：以“愁”字狀其高，甚奇，甚切。○一二言最高，中四最高之景，三四近景，五六遠景，情結。中四語含比興，結從此出。○五本東望，却云“西枝”；六本西望，却云“東影”。○此與《玉臺觀》“中天積翠”篇同一作法，七律中三唐所無也。①

奚禄詒甲本旁：拗體。○五六正是“最高樓”。

奚禄詒甲本眉：奇特在律中最難。

奚禄詒乙本墨眉：才與題稱。○全蜀之變，四海之思，不分古今遠近，感慨繫之。

盧見曾紅旁：筆勢險絶，與題相配。王嗣奭曰：此詩真作驚人語，是緣憂世之心，發之以自消壘塊。黄生曰：微見其詞翻成激楚悲壯之響，變聲第一。

申頲墨眉：拗體之精者。鼒注。

朱方藹紅眉：渾古之極，不可名言。○律不難於工，而難於宕；律中古意，不難於宕，而難於勁。如此首次句，著一“之”字，其力萬鈞。

吴錫麒紅眉：奇警古奥之□已，爲昌黎導脈。

題張問陶墨眉：時有崔旰之亂，城中戒嚴，故樹“旌旆”“龍虎”“黿鼉”，都是實景。“霾”字、“抱”字連下讀。東自“扶桑”，西自“弱水”，所包世界甚闊，故下有“歎世”句，以“迸空”寫高樓，落想尤奇。

陳治墨眉：汪云：渾古之極，不可名言。

吴廣霈墨眉：拗勁高古，又是一格。

---

① 校注：“篇”，杭本作“一篇”。

吴廣霈紅眉:此亦可謂之古律。

沈巖旁:句法古體,對法近體,兩者兼用之。

沈巖眉:城當雲頂,日漾江中,慘澹變幻。弱水無力,猶隨江流朝宗,歎息我老獨不能出峽也。

王伯沆紅眉:險怪奇幻,筆端有物,感之深,悲之至也。

城尖徑仄旌旆愁,(**傅山紅眉**)"徑仄"無味。(**俞瑒甲本評**)切"最高"起。(**奚禄詒甲本旁**)"尖"字犯做。(**奚禄詒乙本墨旁**)"尖"字不穩。(**秦應逵紫眉**)以"愁"字狀其高,甚奇,甚切。(**李以峙墨眉**)(仄)按"翼"字謬。(**嚴復墨眉**)"城尖"作城角、城頭用。獨立縹緲之飛樓。(**丁耀亢紅旁**)不可法。(**俞瑒甲本評**)切"樓"。峽坼雲霾龍虎睡,(**俞瑒甲本評**)奇險。(**題商盤紅旁**)語含比興。(**秦應逵紫旁**)二句近景。江清日抱黿鼉遊。(**方拱乾評**)似太白,太白却不能望,太白任才故。(**題商盤紅旁**)折腰句。近景,實景。意見言外。(**秦應逵紫眉**)中四語含比興。(**嚴復墨眉**)雲實能霾,日何由抱?不可解。(**張雝敬墨旁**)"抱"字從何處落想?意必有鬼神通之。扶桑西枝對斷石,(**題商盤紅旁**)承三,承四。(**俞瑒甲本評**)開闊。(**魯一同評**)"斷石"謂峽。(**奚禄詒乙本墨眉**)本是"封"字纔説得東西意出,如何改作"對"?(**李以峙墨眉**)(對)按"封",形近之訛。(**沈巖旁**)"對斷石"亦壅塞之意。弱水東影隨長流。(**王士禛評**)五本東望,却云"西枝";六本西望,却云"東影"。(**題商盤紅旁**)遠景,虚景。(**秦應逵紫旁**)五本東望,而云"西枝";六本西望,而云"東影"。(**秦應逵紫旁**)二句遠景。杖藜歎世者誰子?(**俞瑒甲本評**)應"獨立"。泣血迸空回白頭。(**方拱乾評**)此七律中第一體,却難學。○壓倒青蓮。(**俞瑒甲本評**)應"高樓"。(**奚禄詒甲本旁**)賦也。○全蜀之變,四海之思,不分遠近,感慨繫之。(**錢載評**)讀讀,讀讀。○有《離騷》之意。

【彙評】

俞瑒甲本評:險峻絶倫,自然感慨。

張學仁參定:"扶桑"在東城樓,止見西面;"弱水"在西城樓,止見東面。"西枝""東影"極力做"最高"兩字,造句奇險,得未曾有。○王嗣奭曰:"花近高樓",正聲第一;"城尖徑仄",變聲第一。

秦應逵紫尾:此與《玉臺觀》"中天積翠"一篇同一作法,七律中三唐所無。

嚴復墨眉:"弱水東影"到底是甚麽? 水影是争樣? "誰子"是另一人耶,是自己耶? 杜老此類詩篇,實有不易講解處。

武侯廟

奚禄詒甲本眉:首二句甚似。"猶聞辭後主",想其盡瘁也;"不復卧南陽",悲五丈原也。

奚禄詒甲本旁:止二十字耳,其味無窮。

奚禄詒乙本墨眉:"猶聞辭後主",想其盡瘁也;"不復卧南陽",悲其五丈原也。○"落"字纔見其死後之淒凉,"辭後主"又收了,不切。

王伯沆紅眉:此詩若草草不甚留意,而讀之使人想見風采。

遺廟丹青落,(**俞瑒甲本評**)詠廟。空山草木長。猶聞辭後主,(**俞瑒甲本評**)詠武侯。(**奚禄詒乙本墨旁**)"辭後主",出師也。不復卧南陽。(**錢陸燦丁本評**)武侯鞠躬盡瘁之節,如聞如見,二語已極想像矣。(**奚禄詒甲本尾批**)"辭後主"者,出師也。(**奚禄詒乙本墨旁**)如見其心。(**盧見曾紅旁**)十字中包括武侯一生行迹,不涉議論,彌淡彌高。(**嚴復墨眉**)"猶聞"二字是調頭,王貽上《國士橋》用之。

【彙評】

張學仁參定:後二句不説先主,括得兩《出師表》意。

王伯沆紅眉:二絶最有識力。

八陣圖

方拱乾評:東坡云:僕嘗夢見人云是杜子美,謂僕曰:"世人多誤余《八陣圖》詩,以謂先主、武侯欲與關羽復愁,故恨不能滅吴。非也。我意本謂吴蜀唇齒之國,不當相圖,晉之所以能取蜀者,以蜀有吞吴之意,此爲恨爾。"此理甚長,子美死僅四百年,而猶不忘詩,區區自别其意,真書生意氣耶!

汪琬乙本評:"遺恨失吞吴",是大議論。乃上句云"江流石不轉",則似歸咎山水,言東入吴爲下流,而不能折向中原,地勢使然,故長英雄遺恨也。

李念慈紅眉:此之謂論世,此之謂上論。

吕留良紅旁:吴蜀相違,因八陣圖感興耳。

俞瑒乙本評:識高意足,二十字抵人一篇文字。

奚禄詒甲本眉:蜀若能吞吴,則執地蓋大,可以滅晉而興漢。工部之旨,原是如此,而蘇子强解之。○東坡説謊。

奚禄詒乙本墨眉:言蜀若能吞吴,則執地益大,可以滅晉而興漢,惜孔明之早死也。誰不解耶?

盧見曾紅旁:朱注:《史》:昭烈敗秭歸,諸葛亮曰:"法孝直若在,必能制主上東行。就使東行,必不傾危。"觀此,則征吴非孔明意也。子美此詩,正謂孔明不能止征吴之議,致秭歸挫辱,爲生平遺恨。劉連曰:孔明以蓋世遺才,爲江上陣圖,至今不滅,使先主能用其陣法,何至連營七百里敗績於猇亭哉!欲吞吴而不知陣法,是則當時之遺恨也。“石不轉”，陣圖之名垂，所恨吞吴失計，致三分功業中遭跌挫也。

秦應逵紅眉：意足抵人一篇大文字。

功蓋三分國，名高八陣圖。 江流石不轉，遺恨失吞吴。

（**吕留良紅尾**）還以不得吞吴爲恨，於上有情，蘇意太深刻。（**奚禄詒甲本尾批**）賦也。（**沈巖旁**）“遺恨”謂不能制先王之東伐。

【彙評】

李念慈紅眉批錢注“八陣”：予己丑春過夔，於城上遥望之，止八堆，而西一行闕其三，後未知復故否也。

俞瑒甲本評：意足抵人一篇文字。

張學仁參定：“失吞吴”謂失策於“吞吴”也，即《隆中對》東連孫權之意。舊四説皆非。

古柏行

徐渭墨眉：昔人謂“雲來”二句當在“露皮”二句之後，固然，亦不必然也。詩之錯雜，豈有定體？間隔中自不妨。此爲通首四句排比，反不錯落矣。病“四十圍”“二千尺”者，尤是癡人前説夢。

錢陸燦甲本眉：方曰：此篇三段三换韻。前段狀古柏之大；中段言成都廟中柏與夔州廟中柏相似，有神靈呵護之；末段言此柏堪爲棟梁之用，但無人移去耳。“送”字承上“萬牛”言之，萬牛之力亦不能送之出山也。才大難用，從古已然。志士幽人，勿以己之不用而怨嗟也。

錢陸燦乙本墨眉：方曰：此篇三段三换韻。前段狀古柏之大；

中段言成都廟中柏與夔州廟中柏相似，有神靈呵護之；末段言此柏堪爲棟梁之用，但無人移去耳。"送"字承上"萬牛"言之，萬牛之力亦不能送之出山也。才大難用，從古已然。志士幽人，勿以己之不用而怨嗟也。三换韻，三起句，領韻各八句。

錢陸燦丁本評：此篇分三段，三换韻。前段狀古柏之大，中段以成都廟中柏相形，末段言此柏堪棟梁之用，但無人攜去耳。

汪琬乙本評：武侯廟柏，自不得作一細語，如太史公用《尚書》爲本紀，厚重乃爾。

嚴虞惇紅眉：此篇三段三换韻。前段狀古柏之大；中段言成都廟柏與夔州廟柏相似，有神靈呵護之；末段言此柏堪爲棟梁之用，但無人移去耳。

屈復評："君臣"四句，又用倒叙法，讀者多忽略。後半句句是柏，句句是人。①

題商盤紅眉：次句言其老，三句言其大，四句言其高。"雲來"二語承三四句，所以形容其高大也。詠古柏著語如此，心手高人一倍。

奚禄詒甲本眉："四十圍"十字平聲奇甚，唐詩往往如此用，如"春城三百九十橋"亦證也。此十字即入聲，亦可。〇就夔州孔明廟柏起，因追憶成都先主廟中。〇賦孔明廟之柏，先主乃追憶也。詩之妙有形容語，又有激昂語，如何以長短大小論耶?

奚禄詒甲本旁：君臣際會是主意。借柏自喻。

奚禄詒乙本墨眉：賦孔明廟之柏，先主乃追憶也。〇詩之妙有形容語，又有激昂語，如何以長短大小論耶?

盧見曾紅眉：鶴注：此大曆元年至夔州作。趙次公曰：成都先

① 校注："句句是柏"，杭本作"句句柏"。

主廟，武侯祠堂附焉。夔州先主廟、武侯廟各别。此詩云“孔明廟前有古柏”，蓋指夔州柏也。“憶昨[昔]路繞錦亭東，先主武侯同閟宫”，追言成都廟中柏也。《古柏記》：自唐季凋瘁，至宋乾德丁卯歲仲夏，枯柯復生，日益敷茂，觀者歎聳，以爲榮枯之變，應時治亂。自三分迄今，八百年矣。明季，蜀經張獻忠之亂，成都老柏，今不復存。

盧見曾紅旁：情深文明，眼空筆老。千載而下，如聞太息一聲。王嗣奭曰：公嘗自比稷契而人莫之用，故篇終結出“才大難用”，此作詩本旨，發興於古柏者也。○首詠夔州柏而以君臣際會結之，銅柯根石比侵霜皮溜而色蒼，内而潤澤也。“四十圍”“二千尺”，形柏之高大也。依須溪改正本，“君臣”二句當在“雲來”二句之下，君臣際會結住本段，即起下先主、武侯。巫峽在東而近，雪山在西而遠。“氣接”“寒通”，正從高大處想見其聳峙陰森氣象耳。次段詠成都柏，而以神力化工結之。先主廟在成都府西八里，惠陵東七十步，武侯廟前有雙大柏，古峻可愛，人云諸葛手植。先主廟西院，即武侯廟。所居之宫，形狀窈窕幽深而閑静也。末段從詠柏寄慨，而以材大難用結之。濟世大任，必須大材間世，大材須是大用，能用則爲宗臣名世，不用則爲志士幽人，此末段託諸大意。“容螻蟻”，傷其苦心已盡；“宿鸞鳳”，喜其餘芳可挹。賦中皆有此意。

錢載評：正面寫，所以斷不可彎曲，發足，達足，推充足，而其中自有不質實之理。識之，識之。

朱方藹紅眉：武侯廟柏，自不得作一細語，如太史公用《尚書》爲本紀，厚重乃爾。

吴廣霈墨眉：上半借古柏以寫武侯，下半殆借古柏自況也。

沈巖眉：李義山作詩者，乃是惠陵旁廟中柏。篇中明云“憶昨路繞錦城東”，其爲夔州作明甚。

孔明廟前有老柏，(吕留良紅旁)起直遂。柯如青銅根如石。(陳治墨眉)武侯廟柏，自不得作一細語，如太史公用《尚書》爲本紀，厚重乃爾。霜皮溜雨四十圍，黛色參天二千尺。(吕留良紅旁)氣概。(吴錫麒紅眉)接入後人思慕意，爲中幅。(張甄敬墨旁)極力摹寫，蓋意中已有末一段在。君臣已與時際會，樹木猶爲人愛惜。(吕留良紅眉)詠物句，誰能如此？雲來氣接巫峽長，月出寒通雪山白。(錢陸燦甲本旁、乙本紅眉下)雪來月出，形容其參天。(李以峙墨眉)(月出)按"日出"非，語意當作"月"。(沈巖眉)雖誇飾語，然"巫峽"句是東川，"雪山"句是西川，不拉雜下語也。憶昨路繞錦亭東，(方拱乾評)推開説四句。(題商盤紅旁)宕開。(奚禄詒乙本墨眉)"城"字老辣。先主武侯同閟宫。(方拱乾評)將成都廟作瀾。(錢陸燦戊本評)此乃追言成都先主廟之柏。(奚禄詒甲本旁、乙本墨旁)應君臣際會。(張甄敬墨旁)因詠夔州孔明廟柏，却又憶成都先主廟中忠武臺南之柏。(沈巖旁)以下因君臣際會之難，而托古柏以見意。(沈巖眉批下)"同閟宫"見昔時之際會。"崔嵬"二句言徒有古柏，不見古人也。"落落"四句見長養實難，而此柏實能當造化之栽培，不爲無意。"不露文章"四句見知遇雖遲，而此柏已爲鸞鳳所棲宿，不應終棄。"志士幽人"二句，言果如孔明之求志俟時，則中興構厦，舍子而誰？難爲用者，唯材之大故也。落句，公蓋以自慰云。(佚名己紅眉)追憶成都，又是波瀾地也。崔嵬枝幹郊原古，窈窕丹青户牖空。落落盤踞雖得地，冥冥孤高多烈風。(錢陸燦丁本評)柏之根柢不淺，此種斤兩語，非杜老不能道。扶持自是神明力，正直元因造化功。(方拱乾評)推開一步作結。(汪琬甲本紅旁)可住。(奚禄詒甲本旁)何等氣象。(奚禄詒乙本墨眉)何等氣象。梅禹金以爲詩之元氣在此。大厦如傾要梁棟，(方拱乾評)誤詞。(題商盤紅旁)又宕開。(佚名己紅眉)"大厦"句推开，是设词借以作結。萬牛回首丘山重。(孫承澤墨眉)竟是忠武贊。(方拱乾評)難爲用。(吕留良紅旁)變化，句自不同。(題商盤紅眉)"大厦"一段，口中説物，意中説人。結句人物雙關，用筆省便。（**吴錫麒紅眉**）從柏轉出寓意，感慨無端，收束絶大。（**沈巖旁**）二句從“有其材”轉到又值其時。（**沈巖眉**）“萬牛回首”言莫肯致之爲梁木也。**不露文章世已驚，未辭剪伐誰能送。**（**方拱乾評**）“送”字妙。（**方貞觀墨眉**）“不露”“未辭”二語，皆不成句。**苦心豈免容螻蟻，**（**秦應逵墨旁**）爲不知己者所凌藉也。（**沈巖眉**）“容螻蟻”，爲不知者所陵藉也。**香葉終經宿鸞鳳。**（**吴錫麒紅眉**）兀傲不群。（**李以峙墨眉**）（曾經）按“鸑”，音同而誤。**志士幽人莫怨嗟，古來材大難爲用。**（**方拱乾評**）推開，就木上側結，若再以孔明結，於前段複。（**方拱乾評**）餘結。（**錢陸燦甲本旁**）寓意。（**錢陸燦乙本紅眉**）結處寓意。（**奚禄詒甲本眉**）余曰：“控”字穩於“送”字，引也。○“送”字亦是應“萬牛”句。無君臣之際會矣。（**奚禄詒乙本墨眉**）遯叟云：“剪伐”固不辭，但未必人能採取，皆以自況，只“送”字强押。余曰：“控”字好，“控”者，引也。○君臣際會，主意在自喻，結出無際會矣。（**嚴虞惇紅眉**）寓意。（**吴廣霈墨眉**）樹猶如此，人何以堪？（**吴廣霈墨尾**）千古才人，同聲一哭。（**王伯沆紅眉**）一語見言。

【彙評】

張𧰼敬墨旁：舊注引范蜀公《東齋紀事》，謂廟柏纔七丈，杜云“千尺”爲過。沈存中謂四十圍乃是七尺徑，而長二百丈，爲太細長。黄朝英謂四十圍即徑一丈三尺三寸，不得云“七尺”。説詩至此，直可發一大噱。今且不必辨圍徑大小，天下總無二百丈長之樹，只是未曾著眼在“黛色參天”四字耳。

倪象占藍眉批仇注“遯齋閑覽云”：遯齋是也。

負薪行

錢陸燦甲本眉、乙本墨眉：方曰：二詩在夔州偶有所觸，信筆而書,自是大家數也。

錢陸燦甲本旁、乙本紅旁:張、王、元、白,具體而微。

錢陸燦丁本評:二詩在夔州就所見信筆而書,莽莽蒼蒼,自是大家數。

李念慈紅眉:如此等詩,可以考知風土。

俞瑒乙本評:合下二詩,見峽中風土習俗之衰薄,與昔不同。結用昭君、屈原反照,回寓感慨。

錢載評:節次明白,叙事歷落而拙古,無一曲筆,正是曲筆,然不可當曲筆。

吴士模墨眉:與下首稍分工拙,其格一也。

吴廣霈墨眉:此亦何苦乃爾! 杜老真不憚煩也。

夔州處女髮半華,四十五十無夫家。 更遭喪亂嫁不售,一生抱恨堪咨嗟。 (**奚禄詒甲本眉**)陸游《入蜀記》:峽中婦人未嫁者爲同心髻,高二尺,插釵至六枝,後插牙梳,如手大。(**奚禄詒乙本墨眉**)大約公最不快於峽人,故作此二詩,然詞格不如此,不能形其陋也。(**陳治墨眉**)今福州之俗亦爾。土風坐男使女立,應當門户女出入。 十有八九負薪歸,賣薪得錢當供給。 至老雙鬟只垂頸,野花山葉銀釵並。筋力登危集市門,死生射利兼鹽井。 面妝首飾雜啼痕,地褊衣寒困石根。 (**方拱乾評**)趣。(**錢載評**)此則閑極而作此自娱,却有關係矣。文人無落空之筆,道理只在天地間,大以見大,小以見小,不過露與不露耳。若道巫山女粗醜,何得此有昭君村? (**奚禄詒甲本旁**)賦也。(**王士禛評**)無意致。(**秦應逵墨眉**)結無意致。

【彙評】

陳訏紅眉批仇注“然野花山葉,比於銀釵,則當之者以爲固然而忘

其苦矣"處：野花、山葉與銀釵並插雙鬟，即下所云"面妝首飾"也。注支離。

最能行

錢陸燦甲本眉、乙本墨眉："最能"，夔州水手之稱。

錢陸燦甲本旁、乙本紅旁：此首尤近漢魏樂府。

汪琬甲本紅眉："最能"，水手也。

李念慈紅眉：無一字不真。

俞瑒乙本評：此實寫"最能"處。

奚祿詒甲本眉：體制雖變，亦不似《洗兵馬》《嶽麓山》之醜。〇總是大不便於峽人，故作此二題，不止是其土俗。

奚祿詒乙本墨眉：體制雖變，亦不似《洗兵馬》《嶽麓山》之醜。

陳治墨旁："最能"，夔州水手之稱。

沈巖旁：錢云："最能"，夔州水手之稱。

峽中丈夫絶輕死，少在公門多在水。富豪有錢駕大舸，貧窮取給行艓子。（**方拱乾評**）奇妙之句，於此中帶出。小兒學問止《論語》，（**吕留良紅旁**）妙處它人不能。大兒結束隨商旅。（**王士禛評**）失言。（**吴廣霈墨眉**）形容得出能駛舟之本領。欹帆側柂入波濤，撇漩捎濆無險阻。（**錢載評**）刻削得進，絶頂筆力。朝發白帝暮江陵，頃來目擊信有徵。瞿唐漫天虎鬚怒，（**汪琬甲本紅旁**）"虎鬚"，灘名。（**嚴復墨眉**）"虎鬚"，潭名，在夔府西。歸州長年行最能。（**吴廣霈墨眉**）"長年"即駕長也，至今蜀人之呼名如此，"最能"則未之詳也。（**李以峙墨眉**）（行）按"與"字非。（**王伯沆紅眉**）史氏曰："最能"只做虛字用，惟其最能行舟，因即以名其人，公直以此句自釋其題也。**此鄉之人氣量窄，**（**李以峙墨眉**）（器）按“氣”音訛。**誤競南風疏北客。若道土無英俊才，何得山有屈原宅？**（**方拱乾評**）質處必帶情致。（**奚禄詒乙本墨眉**）“最能”，水手之類。

卷十三

覽　物

錢陸燦戊本評：興兼比格。

吕留良紅眉：對蜀思秦，漫遣歸興。

俞瑒乙本評：此公在峽而追憶華州也。

奚禄詒乙本墨眉：句不老成。五六悠揚。

曹炎旁：興兼比格。

方貞觀墨眉：朱瀚云：初聯語平，"巫峽""華岳"，首尾癡肥；"忽如""猶似"襯筆，庸滑；"瞻""見"二字，不免合掌；第五句似病呈，"移"字亦晦，"洞口"指何地未明；七句、八句亦近庸率：斷非少陵真筆。○此説頗不謬。

吴士模墨眉：結句用意乃在"回首"二字，言幾時出峽歸秦，回望峽中"一高歌"也。如此並前四句亦掉轉，妙不可言。

沈巖旁：白詩之祖。

嚴復墨眉：朱瀚曰：初聯語平，"巫峽""華岳"則首尾癡肥；"忽如""猶似"則襯筆，庸滑；"瞻""見"不免合掌；第五句有似病呈，"移"字亦晦，"洞口"未云何地；七八句亦庸筆。

曾爲掾吏趨三輔，（**曹炎眉**）京兆、扶風、馮翊，爲漢之"三輔"。憶在潼關詩興多。（沈巖旁）伏"高歌"。巫峽忽如瞻華岳，（奚禄詒甲本旁）不爲佳句。（沈巖旁）伏"形勝"。蜀江猶似見黄河。（傅山紅眉）二語可味。（奚禄詒甲本旁）三四不必如此做。（沈巖旁）伏"風土"。舟中得病移衾枕，（奚禄詒甲本眉）五六悠揚。洞口經春長薜蘿。形勝有餘風土惡，幾時回首一高歌。（奚禄詒甲本旁）應首二句。（奚禄詒甲本旁）賦也。（奚禄詒乙本墨旁）應轉首二句。

【彙評】

朱方藹紅眉：用意在"回首"二字，言幾時出峽歸秦，却回望峽中"一高歌"也。並前四句亦掉轉，妙不可言。

憶鄭南

奚禄詒甲本眉：草堂詩無"玭"字。

奚禄詒甲本旁："玭"當是"寺"。

盧見曾紅旁：五六可謂鬆秀。"晴烟沙苑樹，曉日渭川帆"雖佳，猶爲習見語。仇兆鰲曰：吴若注云"玭"疑作"玼"，玉色鮮潔也。按，鄭南，華州鄭縣之南，詳詩意，只是憶鄭南寺舊遊耳。

王鳴盛墨眉：草堂本作《憶鄭南》。

王鳴盛旁："玭""寺"音相近，相沿而訛耳。觀蔡本，想詩中"玭"字誤見題中。〇詳詩意，只是憶鄭南寺舊遊耳。

王鳴盛墨眉：蔡本作"石影銜玭閣"。"石影"，江心之石閣也。閣上有玉色，亦江水映之而然。石之影□與相□，石又映閣而如玉也。

佚名丁墨旁：竺云："玭"作"玼"爲是，石似玉者，蓋伏毒寺中有是石，公所嘗睹也。

鄭南伏毒寺，瀟灑到江心。（**嚴復墨眉**）“到”字用得險。（**奚禄詒乙本墨眉**）因峽風之惡，而思瀟灑之地。**石影銜珠閣，泉聲帶玉琴。**（**嚴復墨眉**）“石影”句意謂石上有閣，而二者皆倒影入江也。（**吴廣霈墨眉下**）此句妙，上句遜。（**奚禄詒乙本紅眉**）琴曲有《幽澗泉》之調。（**佚名丁墨旁**）竺云：三四正詠玭也。“影”即珠閣之影，“帶玉琴”亦以泉之激玭言。**風杉曾曙倚，雲嶠憶春臨。**（**李念慈紅眉**）深穩。（**沈巖旁**）倒裝句。**萬里滄浪外，龍蛇只自深。**（**奚禄詒甲本旁**）應“伏毒”。（**奚禄詒甲本旁**）賦也。〇末句意其不能再到也。（**佚名丁墨旁**）竺云：七八言今所居巫峽浩渺之水，徒爲龍蛇所擬，大不似鄭南泉池有興致也。

【彙評】

佚名丁墨尾：與七律之《峽中覽物》一類。因見峽間江水有似伏毒寺之景，遂賦此詩。劉禹錫有詩云：“曾作關中客，頻經伏毒巖。晴煙沙苑樹，曉日渭川帆。”下二皆望中所得，則寺乃倚山而臨川者。今詩曰“到江心”，蓋謂當日至遊，瀟灑適意，此到江心之境，依然可憶也。中四正述對景而心瀟灑之趣。結聯拍合本地，見峽江但窟龍蛇，蒼茫猶是，瀟灑全非，當年心境，渺不可追也。

贈崔十三評事公輔

徐渭墨旁：亦欠精。

屈復評：起四飄灑。

奚禄詒甲本旁：篇中不潔之甚。

秦應逵墨眉：此夔州詩，不拘常格，其實近體也。或編入古詩中，非是。

吴廣霈墨眉：一起雙比，頗得氣勢，惜後文疏懈爾。

沈巖眉：此夔州詩，頗不拘常格，其實乃近體也。

沈巖旁：此篇《詩紀》刻古詩七十卷中。

飄飄西極馬，(**奚禄詒甲本眉**)比興起。(**奚禄詒乙本墨旁**)四句爲對。(**秦應逵紅旁**)起得飄灑。來自渥洼池。(**吕留良紅眉**)格稍變。(**奚禄詒甲本旁**)"渥洼"非池。(**奚禄詒乙本墨眉**)比興起。○不潔。颯飄定山桂，低徊風雨枝。(**奚禄詒乙本墨眉**)應羽林帥之命。我聞龍正直，(**奚禄詒乙本墨旁**)此四句又不對。道屈爾何爲？(**奚禄詒甲本旁**)此四句又不對。(**奚禄詒甲本眉**)言道屈矣，先曾貶過。且有元戎命，(**奚禄詒甲本旁**)下實序評事應召，而行非得已。悲歌誰者知。(**徐渭墨旁**)似結句。官聯辭冗長，(**奚禄詒甲本眉**)教練不爲冗官。(**奚禄詒乙本墨眉**)教練故不爲冗官。行路洗欹危。(**李以峙墨眉**)(徙)按作"洗"，音近而誤。脱劍主人贈，去帆春色隨。陰沈鐵鳳闕，(**奚禄詒甲本旁**)言後在朝。教練羽林兒。(**汪琬甲本紅眉**)羽林孤兒。(**奚禄詒乙本墨旁**)去後在朝。天子朝侵早，雲臺仗數移。(**王伯沆紅眉**)此當指代宗出狩時。分軍應供給，百姓日支離。(**方拱乾評**)琢而穆。黠吏因封己，公才或守雌。(**沈巖眉**)"公才或守雌"，千古所謂持重養晦者也。○非也。此連但謂掊剋在位，賢者屏棄。燕王買駿骨，(**奚禄詒甲本旁**)比任用。(**奚禄詒甲本眉**)"買駿"，郭隗事，涓人亦有此。(**奚禄詒乙本墨旁**)得任用。渭老得熊羆。(**王鐸評**)西樵言意太多，氣遂不振。(**王士禛評**)西樵言意太多，氣遂不振。活國名公在，(**奚禄詒甲本旁**)羽林帥得人。拜壇群寇疑。冰壺動瑶碧，(**奚禄詒甲本旁、乙本墨旁**)言其才。野水失蛟螭。(**奚禄詒甲本旁**)言群寇得滅也。(**奚禄詒乙本墨旁**)言其略。(**秦應逵墨眉**)西樵言意太淺，氣不振。入幕諸彦聚，渴賢高選宜。騫騰坐可致，九萬起於斯。復進出矛戟，(**奚禄詒甲本

旁)貶外官後入朝也。(**奚禄詒甲本眉**)《世説》:見鍾士季,如觀武庫,但睹矛戟。(**奚禄詒乙本墨旁**)貶而復進。**昭然開鼎彝。**(**吴廣霈墨眉**)用虚字太多,亦非排律所宜。**會看之子貴,歎及老夫衰。豈但江曾决,還思霧一披。**(**奚禄詒乙本紅眉**)全無意味。(**沈巖眉**)所謂爲宗族交遊光寵也。**暗塵生古鏡,拂匣照西施。**(**奚禄詒甲本眉**)流水句以"古鏡"對"西施",無礙。**舅氏多人物,無慚困翮垂。**(**奚禄詒甲本旁**)賦也。(**王伯沆紅眉**)言不愁無知己也。

【彙評】

陳訏紅眉批仇注"言餘孽消除"處:"冰壺"句言元戎知人,得士如冰壺。"野水"句猶云伯樂空群也,故下緊接"入幕""渴賢"。通首無"餘孽"語,不應夾入。

奉寄李十五秘書二首

俞瑒乙本評:前首奉寄,下首叙秘書。

其一

避暑雲安縣,(**題商盤紅旁**)彼地。**秋風早下來。**(**佚名丁墨旁**)竺云:李將赴江西,畏炎暑,故在雲安避之也。二句公待李之言。**暫留魚復浦,**(**題商盤紅旁**)己地。(**奚禄詒甲本旁**)與李相約下峽。(**奚禄詒乙本墨旁**)約李下峽。**同過楚王臺。**(**題商盤紅旁**)流水對。(**佚名丁墨旁**)竺云:三四言李若來,則當暫留同過相娱也。**猿鳥千崖窄,**(**題商盤紅旁**)順承三四。(**奚禄詒乙本墨旁**)峽也。**江湖萬里開。竹枝歌未好,畫舸莫遲迴。**(**奚禄詒乙本墨旁**)出峽也。(**奚禄詒甲本眉**)言竹枝之俗未好,秘書當早去。(**奚禄詒甲本尾批**)賦也。(**沈巖眉**)"且"字佳。

（**佚名丁墨旁**）竺云："竹枝歌未好"，以公自注，惟峽人善唱，而雲安則未好也。"遲回"，延滯也，言李何不早下來也。又味"且"字，或當言來此延滯也。

【彙評】

佚名丁墨尾：此章期李來夔同下峽，亦是久淹峽中之感，一氣滚下，清空如話。

其　二

行李千金贈，衣冠八尺身。（**奚祿詒乙本墨眉**）次作應付。○千金誰贈之應聘也？飛騰知有策，意度不無神。　班秩兼通貴，（**奚祿詒甲本眉**）《唐書》：秘書郎，從六品上，曰"通貴"。公侯出異人。　玄成負文彩，（**奚祿詒乙本墨旁**）以玄成比之。世業豈沉淪。（**奚祿詒甲本尾批**）賦也。○應付無餘味。（**嚴復墨眉**）玄成者，韋玄成也。

貽華陽柳少府

孫承澤墨眉：自是杜老本色。
屈復評：玩詩意，柳蓋慷慨好論事而不文者，故婉爲之詞也。
佚名己紅眉：直叙八句，忽反二句，此法唯能者知之。

繫馬喬木間，問人野寺門。（**李念慈紅眉**）起情事逼真。柳侯披衣笑，（**沈廣旁**）"嘯"字佳，言柳方傲然無所屑意，見我乃降顔色也。"披衣"二字暗起"清曉"，不爲"見"字。見我顔色温。　並坐石下堂，（**沈廣眉**）作"石下堂"乃與絶壁映帶。俯視大江奔。（**嚴復墨眉**）曉訪。火雲洗月露，（**奚祿詒甲本旁**）"火雲"句，倒裝體也。絶壁上朝暾。

（奚禄詒乙本墨眉）“火雲”句倒裝法。自非曉相訪，觸熱生病根。南方六七月，出入異中原。老少多暍死，汗逾水漿翻。（錢陸燦甲本眉、乙本紅眉）《漢書》：小遺殿上，安知其非翻水漿耶？（錢陸燦丙本評）鐵牛云：《漢史》：小遺殿上，安知其非翻水漿耶？俊才得之子，筋力不辭煩。（陳治墨眉）《漢史》：小遺殿上，安知其非翻水漿耶？指揮當世事，語及戎馬存。涕淚濺我裳，悲氣排帝閽。（吴廣霈墨眉）“氣排”二字，從《鏡銓》本正作“風排”。鬱陶抱長策，義仗知者論。（錢載評）儼以前輩自處，故作頓跌耳。“文章”二句即“豈有文章驚海内”之意也。吾衰卧江漢，但愧識璵璠。文章一小伎，（沈巖旁）“小伎”對上“長策”。於道未爲尊。（李念慈紅眉）深義。（奚禄詒乙本墨眉）文章小技，公自謂歉然於柳之尊己也。起予幸班白，因是託子孫。（奚禄詒甲本眉）《世説》：曹公少時見橋玄，玄曰：“吾老矣，當以子孫相託。”俱客古信州，結廬依毁垣。（奚禄詒甲本旁）柳亦閑居。相去四五里，徑微山葉繁。（沈巖旁）應“喬木閒”。時危挹佳士，况免軍旅喧。醉從趙女舞，歌鼓秦人盆。子壯顧我傷，我歡兼淚痕。餘生如過鳥，故里今空村。（方貞觀墨眉）四語語氣似不相貫，而自然神妙。（奚禄詒甲本旁）賦也。（沈巖旁）戎馬存。

【彙評】

陳訏紅眉批仇注“月下之露，洗出火雲”處：“火雲洗月露”，言朝霞如火，而早景鮮潤，如受月露之洗。注云：“月下之露，洗出火雲。”不知如何洗出來？

雷

奚禄詒甲本旁：此種有關係詩。

奚禄詒甲本眉：調元之言。

奚禄詒乙本墨眉：有關朝政，真調元之言。

陳治墨眉：查浦云：篇中説“雷”，只點得一句，餘皆言“旱”，古人之不拘乃爾。

大旱山嶽焦，密雲復無雨。南方瘴癘地，罹此農事苦。封内必舞雩，峽中喧擊鼓。真龍竟寂寞，土梗空俯僂。吁嗟公私病，税斂缺不補。故老仰面啼，瘡痍向誰數？暴尪或前聞，鞭巫非稽古。（**奚禄詒乙本墨眉**）此時諸蕃自擅，廢置賞罰，不由君命，故云“請先偃兵”二句。請先偃甲兵，處分聽人主。（**奚禄詒甲本眉**）斯時諸藩廢置，賞罰不由朝命，故有“偃甲兵”“聽人主”二句。萬邦但各業，一物休盡取。（**奚禄詒乙本墨旁**）責備宰相。水旱其數然，堯湯免親睹。（**陳治墨眉**）堯峰云：似多事，然亦無聊之思。（**王伯沆紅眉**）人事盡則氣數不足爲害。“免”，謂不免也。上天鑠金石，群盗亂豺虎。二者存一端，愆陽不猶愈？（**王伯沆紅眉**）痛切。（**奚禄詒甲本旁**）語激而事真。（**奚禄詒乙本墨眉**）謂旱愈於盗。昨宵殷其雷，風過齊萬弩。復吹霾翳散，虚覺神靈聚。氣暍腸胃融，汗滋衣裳污。吾衰尤拙計，失望築場圃。（**奚禄詒甲本旁**）賦也。

熱三首

奚禄詒甲本旁：三首可不必作，揀練作一首可也。

奚禄詒乙本墨眉：可不必費此律。

其　一

題鮮于樞評：首言天旱炎熱，衣流汗而氣不蘇，故願爲水玉、秋菰之寒冷，乃憶幼時舞雩之風涼。興而賦也。

雷霆空霹靂，雲雨竟虚無。炎赫衣流汗，低垂氣不蘇。乞爲寒水玉，（**奚禄詒甲本眉**）《山海經》：堂庭之山多水玉。**願作冷秋菰。**（**奚禄詒甲本旁**）承三四。**何似兒童歲，風凉出舞雩。**（**奚禄詒甲本旁**）興而賦也。○"舞雩"何可抹？公從父在兖州時。

【彙評】

佚名丁墨尾：曰"乞爲"，曰"愿作"，直欲身入水府矣。《杜臆》疑"水玉"是瓜之别名，故對"秋菰"，以《園人送瓜詩》爲證。然瓜生田中，不得乞爲也，依"水精"注爲是。

其　二

題鮮于樞評：首言瀘水西來，而瘴雲不滅，故炎旱而人鳥難處，乃想陰宫之風雪，蓋首二句生中四句，末二句結前六句。賦也。

瘴雲終不滅，瀘水復西來。（**李念慈紅眉**）觀想。（**奚禄詒甲本眉**）《後漢書》：瀘水一名若水，出牦牛山，經朱提、僰道入江口。○瀘水有炎瘴。○繁欽《暑賦》：雖托陰宫，罔所避旂。**閉户人高卧，歸林鳥却迴。峽中都似火，江上只空雷。**（**嚴復墨眉**）"江上只空雷"意與第一首犯複，此於詩律爲不細。**想見陰宫雪，風門颯踏開。**（**奚禄詒甲本旁**）興而賦也。

其　三

題鮮于樞評：言衰老苦熱，雖沈朱李、炊雕胡，然骨盡痛而味空頻耳。因念此時征伐之士十年不得解甲，而爲之悲傷。興也。

王士禛評："味"即朱李等。

朱李沈不冷，雕胡炊屢新。將衰骨盡痛，（**秦應逵紅旁**）漁陽圈此句。〇或作痛。被暍味空頻。（**丁耀亢紅旁**）老人自知。（**奚禄詒甲本眉**）"頻"字承"朱李""雕胡"二物來。（**奚禄詒甲本旁**）"味"字承"朱李""雕胡"。（**倪象占藍眉**）從"暍"是。（**嚴復墨眉**）不成語。欻翕炎蒸景，飄颻征戍人。十年可解甲，（**沈巖尾**）"可解甲"言可曾解甲也。爲爾一霑巾。（**李念慈紅眉**）又念及戍人。（**奚禄詒甲本旁**）賦也。

七月三日亭午已後，校熱退，晚加小凉，穩睡有詩，因論壯年樂事，戲呈元二十一曹長

奚禄詒甲本眉：《山海經》：黄帝攻蚩尤，蚩尤請風伯、雨師，縱大風雨。帝下天女曰魃，雨止，乃殺蚩尤。魃不得上天，所居不雨。

錢載評：按潘岳詩"朱明際末垂"注：末垂，六月也。"末"字義當作此解。

吴廣霈墨眉：此篇却多累句，未爲佳制。

今兹商用事，（**沈巖旁**）七月。餘熱亦已末。（**陳治紅眉**）潘岳詩"朱明際末垂"注：末垂，六月也。（**秦應逵紅旁**）"末"，無也。（**沈巖眉**）"末"，無也。衰年旅炎方，生意從此活。亭午減汗流，北鄰耐人聒。晚風爽烏匼，（**汪琬甲本紅眉**）"烏匼"，烏巾也。（**方貞觀墨眉**）"烏匼"自是帽，無庸疑議。（**嚴復墨眉**）"烏匼"，薛夢符以爲烏巾。筋力蘇摧折。（**沈巖旁**）虚含"穩睡"，留在結句。閉目逾十旬，大江不止渴。退藏恨雨師，健步聞旱魃。園蔬抱金玉，（**沈巖眉批下**）吴本只作"金玉"。（**沈巖眉**）當作"金石"。亢旱土堅，不肯發生，抱塊欲枯。無以供

採掇。（奚禄詒甲本眉）雜亂之至。密雲雖聚散，徂暑終衰歇。前聖眘焚巫，武王親救暍。陰陽相主客，時序遞迴斡。灑落唯清秋，昏霾一空闊。蕭蕭紫塞雁，（奚禄詒甲本旁）比也。南向欲行列。欻思紅顔日，霜露凍階闥。胡馬挾雕弓，鳴弦不虚發。長鈚逐狡兔，（嚴復墨眉）“鈚”者，箭之一種。突羽當滿月。（奚禄詒甲本眉）此壯年樂事。惆悵白頭吟，蕭條遊俠窟。（奚禄詒甲本眉）郭璞詩：“京華游仙窟。”臨軒望山閣，縹緲安可越。高人煉丹砂，未念將朽骨。少壯迹頗疏，歡樂曾倏忽。杖藜風塵際，老醜難翦拂。吾子得神仙，本是池中物。賤夫美一睡，煩促嬰詞筆。（錢陸燦乙本紅眉）亦妙。（奚禄詒甲本旁）賦也。○絶無容與之韻，公每每如此。

火

錢陸燦乙本紅旁：事奇時奇，他人不能寫。

宋犖紅眉：昌黎似此。

奚禄詒甲本眉：意辨焚山之非，而末歸責於長吏，但出詞艱難，似覺有斧痕。

奚禄詒甲本旁：傷俗之非。

奚禄詒乙本墨眉：如此憫俗之行，鄭、胡皆不取，何也？○意辨焚山之徑，而實歸責長吏，中多比體。

陳治墨旁：焚山禱雨，楚俗至今猶然。

沈巖旁：《陸渾山火》，此其祖師。

楚山經月火，大旱則斯舉。（曹炎旁）楚俗，大旱則焚山擊鼓，有合《神農書》。舊俗燒蛟龍，驚惶致雷雨。（李念慈紅眉）搜剔盡致。

爆嵌魑魅泣，崩凍嵐陰昈。（奚禄詒甲本旁）音户，明也，赤光也。（奚禄詒甲本旁）晦句。（嚴復墨眉）"昈"，赤文也。（沈巖眉）"昈"，赤文也，音户。羅落沸百泓，根源皆萬古。（奚禄詒甲本眉）"崩凍"句言積凍之地爲火所崩迫，故嵐陰皆有赤光。"羅落"句言火燼四圍隕落，泓水盡沸。（沈巖眉）寫高處似與雷雨相關，布景方不脱□。青林一灰燼，雲氣無處所。（方貞觀墨眉）此段言日間火。入夜殊赫然，（李以峙墨眉）（殊）按"珠"形訛。新秋照牛女。（方貞觀墨眉）"新秋照牛女"，注云火光燭天，非也。言如焚此燒，依然晴朗如故。"珠赫然"，言月光照見女、牛二星耳。風吹巨焰作，河棹騰煙柱。（李以峙墨眉）（"河漢"句）按定從正異，餘皆非。（沈巖眉）《漢皋詩話》："河棹"應作"河漢"。勢俗焚崑崙，光彌焮洲渚。（方貞觀墨眉）此段言夜間火。（沈巖旁）仍收到低處，是遠景。腥至焦長蛇，聲吼纏猛虎。（沈巖旁）此二句忽挽到蛟龍上。神物已高飛，不見石與土。（方貞觀墨眉）"神物"二句言爾自焚山，龍自高舉，安能驚惶致雨？足見土俗之不經。憂民者當以至精感格爲主耳。（吴廣霈墨眉）"不"，一本作"只"。爾寧要謗讟，（奚禄詒乙本墨眉）"爾"指神物。憑此近熒侮。（奚禄詒甲本旁）二句頂"神物"。薄關長吏憂，（奚禄詒甲本眉）"長吏"二句是主意。甚昧至精主。（李念慈紅眉）足破俗見。遠遷誰撲滅？將恐及環堵。流汗卧江亭，更深氣如縷。（方貞觀紅尾批注解）"將恐"二字豈須注？（奚禄詒甲本旁）賦也。

牽牛織女

錢陸燦乙本紅眉：有何味？

李念慈紅眉：一習俗瑣事，入手便辟其妄，因興及貞女，又興君臣契合之難，終於不能隱忍苟合，層層大義，較他人但刻劃鋪張其事者，真天壤也。

奚禄詒甲本眉:此首頗似述古之艱苦,不足取。○首辯無牛女之會,而曲俗乞巧爲誣,因言處女宜守禮義,不當隨俗,便過至君臣無棄禮法,而總以"大小""至公"二句。終反言之曰"苟方圓齟齬",則俗所不可而人皆英雄矣。

奚禄詒甲本旁:有關風化,初只借牛女發論。

奚禄詒乙本墨眉:借牛女發論,意正風化,但拗鬱多事耳。

盧見曾紅旁:蘇軾曰:參寥子言:"老杜詩云'楚江巫峽半雲雨,清簟疏簾看奕棋',此句可畫,但恐畫不就耳。"僕言:"公禪人,亦復愛此綺語耶?"寥云:"譬如不事口腹人,見江瑶柱豈免一朵頤哉?"

陳治墨眉:汪云:涉議論宜戒。

牽牛出河西,織女處其東。萬古永相望,七夕誰見同?(**錢陸燦乙本墨旁**)翻案。(**奚禄詒甲本旁**)却無此詩體。神光竟難候,此事終蒙朧。颯然精靈合,何必秋遂通。(**方貞觀墨眉批注解《容齋隨筆》**)蒼梧王事載在《南史》並《通鑑》,何以獨采《容齋隨筆》?(**錢載評下**)詩入議論,終涉惡道。亭亭新妝立,龍駕具曾空。世人亦爲爾,祈請走兒童。(**奚禄詒甲本旁**)一段詞不甚健,以下皆輕而不潔。稱家隨豐儉,白屋達公宫。膳夫翊堂殿,鳴玉淒房櫳。(**方貞觀墨眉**)細碎處形容得妙,"蛛絲"二語隨手博趣,作小波致。曝衣遍天下,(**沈巖眉**)太液池西有武帝曝衣閣,至七月七日,宫女出后衣登樓曝之。(**奚禄詒甲本旁**)此句不屬。曳月揚微風。蛛絲小人態,曲綴瓜果中。(**吴廣霈墨眉**)太覺詞費。老人過於叮嚀,心熱則可,作爲詩歌,則發人哂誚矣。(**李以峙墨眉**)(綴)按"掇"形訛。初筵裛重露,日出甘所終。嗟汝未嫁女,秉心鬱忡忡。防身動如律,(**奚禄詒甲本旁**)此下太言事。竭力機杼中。雖無姑舅事,敢昧織作功。明明君臣契,(**奚禄詒甲本旁**)不必太説開了。咫尺或未容。(**王伯沆紅眉**)此託意君子進身之作。義無棄禮法，恩始夫婦恭。（**王士禛評**）言夫婦如君臣之契合也。小大有佳期，（**奚禄詒甲本旁**）"大"指君臣，"小"指夫婦。戒之在至公。方圓苟齟齬，丈夫多英雄。（**吴士模墨眉**）即欲辨其荒唐，陳以正義，亦不必如此敗興。

【彙評】

孫承澤墨眉：説道理而不腐，可入雅頌。

錢陸燦丁本評：説來嚴正高古，脱去唐人七夕詩窠臼。○因織女而及君臣之際，是正議。

倪象占藍眉：蜀風俗乞巧而發，却不露"乞巧"二字，只言大義，見得祈神無益，乞巧無益，惟秉義可耳。

毒熱寄簡崔評事十六弟

奚禄詒甲本眉：味如嚼蠟。

奚禄詒乙本墨眉：不成章。

大暑運金氣，荆揚不知秋。林下有塌翼，水中無行舟。千室但掃地，閉關人事休。老夫轉不樂，旅次兼百憂。蝮蛇暮偃蹇，空床難暗投。炎宵惡明燭，况乃懷舊丘。開襟仰内弟，（**嚴復墨眉**）白《帖》：舅之子爲内兄弟，今之所謂表兄弟也。執熱露白頭。（**王士禛評**）實境。束帶負芒刺，接居成阻脩。何當清霜飛，會子臨江樓。載聞大《易》義，諷興《詩》家流。（**奚禄詒甲本旁**）崔善《易》與《詩》乎？（**奚禄詒甲本眉**）《詩》《易》亦來得陡。（**奚禄詒乙本墨眉**）豈崔明《易》與《詩》乎？蘊藉異時輩，檢身非苟求。皇皇使臣體，（**李念慈紅眉**）即美見規。信是德業優。楚材擇杞梓，漢苑歸騂騮。短章達我心，理爲識者籌。（**奚禄詒甲本眉**）結得醜。（**奚禄詒甲本尾批**）賦也。

信行遠脩水筒

傅山紅眉：鍾、譚多取此等，殊不可解。

方貞觀墨眉：首句已含裂餅與瓜。〇三句已切“水”。〇四句已含流通意。

奚禄詒甲本眉：脩水筒耳，亦有處分，出語亦復真至，無有扯拽，然不作亦可。

汝性不茹葷，清净僕夫内。（**傅山紅旁**）何味？（**李念慈紅眉**）此奴正自難得。（**奚禄詒乙本墨旁**）叶志。（**奚禄詒甲本眉**）“内”字竟可讀本音，古亦不必叶志。（**張雝敬墨旁**）至理要道，不過借“僕夫”點出耳。（**佚名己紅眉**）起句已含“裂餅”意矣。秉心識本源，於事少滯礙。（**奚禄詒乙本墨旁**）叶蓋。雲端水筒坼，林表山石碎。（**沈巖旁**）此句言達波之難。觸熱藉子脩，通流與厨會。（**吴廣霈墨眉下**）五字已括得妙。（**奚禄詒乙本墨旁**）叶祭。往來四十里，荒險崖谷大。（**奚禄詒乙本墨旁**）叶隊。日曛驚未飡，貌赤愧相對。（**孫承澤墨眉**）可以宰制天下。（**屈復評**）即此一“愧”，足令僕夫心感，固不在推食食之也。（**方貞觀墨眉**）體恤下情，寫來如見。（**佚名己紅眉**）厚重如見其人。浮瓜供老病，裂餅常所愛。（**嚴復墨眉**）“裂餅”句已難解，至□□下十字真不知所謂矣。（**奚禄詒乙本墨旁**）叶戲。（**張雝敬墨旁**）“瓜”“餅”以示殿最，即□□必待意，初不在物之輕重也，然其妙處又在先將瓜餅來説得十分鄭重。於斯答恭謹，足以殊殿最。（**汪琬甲本紅旁**）可止。（**嚴虞惇紅眉**）蓋或作佩用貳師刺山泉飛事。（**奚禄詒乙本墨眉**）“殿最”二句亦見考□之法。詎要方士符，(奚禄詒甲本旁)可以止矣。何假將軍蓋。(奚禄詒乙本墨旁)可止矣。行諸直如筆，(嚴虞惇紅旁)即信行。用意崎嶇外。(方貞觀墨眉)結句呼而贊之，言其性直，如筆意無崎嶇，雖荒險饑熱，不知委謝也。(奚禄詒甲本旁)賦也。(奚禄詒乙本墨眉)末有扯拽，不知鍾、譚何賞此。(沈巖眉)“將軍”蓋用魯肅事，“行諸”句疑有誤。

【彙評】

錢陸燦甲本尾、乙本紅尾：秀心清净，其直如筆，而事少滯礙，故能用色崎嶇。

申涵光乙本評：“日曛驚未餐，貌赤愧相對”，公之體恤下情如是，真仁者之用心。陶公云‘此亦人子也’，可差遇之，兩賢一轍。

奚禄詒乙本墨旁批仇注“須臾大雨淹注平地”：此證與水筒不合。

催宗文樹雞柵

俞瑒乙本評：“其氣心匪石”，正見其不昧風雨也。

方貞觀紅眉：通首如村學究作塢壁間語，又復舌本僵拙，真令人發笑。

奚禄詒甲本眉：不必有此題，與《伐木》一例，但此什詞意不健。○氣不亮。

奚禄詒甲本旁：《伐木》以序事，寓意固佳，此篇却採道學。

奚禄詒乙本墨眉：何事不可，寓意安用此？

佚名己紅眉：用陌、錫二韻。

吾衰怯行邁，旅次展崩迫。愈風傳烏鷄，秋卵方漫喫。自春生成者，隨母向百翮。(孫承澤墨眉)仁人之心。驅趁制不禁，喧呼山腰宅。課奴殺青竹，終日憎赤幘。蹋藉盤案翻，塞蹊使之隔。（丁耀亢紅眉）趣。墻東有隙地，可以樹高柵。避熱時來歸，（李以峙墨眉）（來）按“未”字非。問兒所爲迹。織籠曹其内，令人不得擲。（李念慈紅眉）小事亦各有經濟，能言之井井。稀間可突過，觜爪還污席。（陳治紅眉）《上林賦》：捷垂條，踔希間。注：希間，稀疏無支之間也。（沈巖眉）錢云：相如《羽獵》“踔稀間”。（錢陸燦甲本眉批）相如《羽獵賦》“踔稀間”。（錢陸燦乙本紅眉）“稀間”，相如《羽獵賦》“踔稀間”。（秦應逵紅眉）《羽獵賦》“踔稀間”。（魏源評）全副王道經制本領，於一事一物内發出。我寬螻蟻遭，（奚禄詒甲本眉）“我寬”以下，以身世物理訓其子，然正不必作。彼免狐貉厄。應宜各長幼，自此均勍敵。（孫承澤墨眉）仁人妙用。（錢載評）按《上林賦》：捷垂條，踔稀間。注：希兼[間]，稀疏無支之間。二字本此，注家力未之及。籠柵念有脩，近身見損益。（傅山紅旁）亦有道之言。明明領處分，一一當剖析。（奚禄詒乙本墨眉）不必有此題，不必又有道學語。不昧風雨晨，亂離減憂感。其流則凡鳥，其氣心匪石。倚賴窮歲晏，撥煩去冰釋。未似尸鄉翁，拘留蓋阡陌。（錢陸燦丁本評）“尸鄉翁”，能呼名而至，則不煩籠柵，自能拘留，“蓋”，猶蔽也。（奚禄詒甲本旁）賦而比也。（吴廣霈墨眉）“尸鄉”，蓋視雞爲世居於尸鄉，見《列仙傳》。（沈巖眉）結反應“旅次”。（沈巖尾）頭緒太煩。

【彙評】

陳訏紅眉批仇注“此句舊在‘塞蹊’上。舊本顛錯，《杜臆》謂當再整。今上下互調，語意便明。此句舊在‘終旦’上。二句舊在‘高柵’下，依《杜臆》改正。宗文答詞”處：雞柵之樹，因群雞驅趁喧呼，故課奴殺竹欲禁制之，爲其終日可憎也。至踏藉盤案，尤不可不隔而遠之，意有淺深，蓋殺竹止欲樹柵，織籠而塞蹊，則不可不高且密矣。今將“踏藉”“課奴"句互易,一直説來,少層次矣。下文"墻東"以下,因有隙地可以樹柵,故避熱歸來,遂催宗文爲之。"織籠"四句言樹柵不但要高,亦不可稀,此樹柵所當爲之事也。"我寬"四句,言樹柵之後,蟲雞各得其所,此樹柵之意也。"籠柵"以下,言須時時修葺,此樹柵後餘文也。今改"避熱"二句在"織籠"四句之下,則既已樹柵、織籠,又催宗文,所爲何事?注又以"我寬"四句爲宗文答詞,若果答詞,頂上"問兒所爲",亦該答如何樹柵織籠,不應止言雞蟲相安,所答竟非所問;且子答父,臨文亦無直言我意之理,即公代爲答,亦不應不明白,竟以"我意"二字代兒回答也。

驅豎子摘蒼耳

方拱乾評:古。氣蒼。

奚禄詒甲本眉:余近日無以卒歲,始知此詩之苦,諸君莫作園野逸事看過。○此十一陌、十二錫通用,今人不知。

奚禄詒甲本旁:即卷耳。

奚禄詒乙本墨眉:余近日無以卒歲,始知此苦,莫作園野逸事看過。

盧見曾紅旁:仇兆鰲曰:膏粱徒飽而黎民苦飢,傷在居人;富家食肉而戰場暴骨,傷及征夫。此嘆物力之宜惜也。

張裕釗眉:峽中五言,蕭瑟黯淡,往往有入道語,大氐子美所至之地,精神意思,能與山川元氣冥合,所以造極淵微,諸詩乃適與夔巫蕭森之境相副耳。

嚴復墨眉:"蒼耳"即《詩》卷耳,葉如胡荽,白花細莖,可煮爲茹。四月生子,如婦人耳璫,又《本草》云:主療寒痛風痺,四肢拘牽。

江上秋已分，林中瘴猶劇。畦丁告勞苦，無以供日夕。蓬莠獨不燋，野蔬暗泉石。卷耳況療風，童兒且時摘。侵星驅之去，爛熳任遠適。**（方貞觀墨眉）**“熳”字非。放筐亭午際，洗剥相蒙冪。**（佚名己紅眉）**得烹法。登床半生熟，**（沈巖眉）**“登床”未詳。下筯還小益。加點瓜薤間，依稀橘奴迹。**（汪琬甲本紅眉）**木奴。**（李念慈紅眉）**“橘奴”難解。**（奚禄詒甲本眉）**“迹”字不穩。亂世誅求急，黎民糠籺窄。**（錢陸燦甲本眉批、乙本紅眉）**《陳平傳》：亦食糠籺耳。**（錢陸燦丙本評）**鐵牛云，《陳平傳》：亦食糠籺耳。**（汪琬甲本紅眉）**窄。飽食復何心，荒哉膏粱客。**（佚名己紅眉）**佛門心眼。富家厨肉臭，戰地骸骨白。**（汪琬甲本紅眉）**“朱門酒肉臭，路有凍死骨。”**（李念慈紅眉）**念及世亂民窮，則藜藿自甘矣。**（方貞觀紅眉）**集中有“朱門酒肉臭，路有凍死骨”，此復見之，不獨雷同，亦且減色。寄語惡少年，黄金且休擲。**（錢陸燦甲本尾、乙本墨尾）**不如“朱門酒肉臭，路有凍死骨”。**（宋犖紅眉）**此老悶悶，恤人之心，隨處觸發。**（奚禄詒甲本旁）**賦也。**（奚禄詒甲本旁）**《荆州記》：吴丹陽太守李衡種橘千株於龍陽氾洲之上，臨死敕其子曰：吾洲千頭木奴，歲可得絹千匹。

雨

題鮮于樞評：言群山萬木爲雲雨所蔽，若風扉則開闔不定，而水鳥則來往無常，當此時鮫室則如鳴杼，樵舟豈止伐枚，惟有清涼破此炎毒，我欲登臺以納之耳。賦兼比也。

奚禄詒甲本眉：五六言雨盛，已在舟而不能樵；七八轉言猶可破炎，登臺以遣懷。

萬木雲深隱，連山雨未開。風扉掩不定，水鳥過仍迴。

（奚禄詒甲本旁）起四句可詠。**鮫館如鳴杼，**（**奚禄詒甲本旁**）《江賦》："鮫人構館於懸流。"老杜每以鮫人説雨，似覺强設。○陡。**樵舟豈伐枚。**（**奚禄詒乙本墨眉**）五六到底費手。（**奚禄詒乙本墨旁**）雨中不能伐枚。**清涼破炎毒，衰意欲登臺。**（**奚禄詒甲本旁**）賦也。○五六總牽强。

種萵苣並序

丁耀亢紅眉：比也。

吕留良紅眉：此事比前甚得，但詩亦平平，小料大論，終不自勝。

屈復評：一起是爲天下治亂而言，後"中園""老圃"二句亦爲天下言，正承起意也。"老圃"，自喻也。平生許身稷契，而目睹中原淪陷，一籌莫展，故永以爲恥耳。若以爲寓言，固夫人而知之也。①

奚禄詒甲本眉：莧固非嘉種，而苣豈得爲美乎？種之可以，不必又何可感而爲詩乎？

奚禄詒甲本旁：苣不足比。

奚禄詒乙本墨眉：萵苣豈愈於莧乎？

盧見曾紅旁：以上諸篇，皆羈旅無聊中即景遣懷，紀細事、寫憂心而已，然規模既大，波瀾自遠。每一篇中，莫不俯仰今昔，推通物理。言近而指則遠，語質而思則深。論者所云"不作諸家細碎詩"也。劉勰云："人禀七情，應物斯感。感物吟志，莫非自然。"此等諸篇，殆亦自然流露者矣，故能藏風韻於荒涼，寓高華於愨朴。若儲、王《田家詩》，但寫情景，當别有位置，不可與此並論。○高元之曰：

---

① 校注："若以爲"，杭本作"若云"。

自古工詩者,未嘗無興也,睹物有感則有興。今之作詩以興近乎訕也,故不敢作,而詩之一義廢矣。杜《萵苣》詩,皆興小人盛而掩抑君子也。高適《題處士園》云:"耕地桑柘間,地肥菜常熟。爲問葵藿資,何如廟堂肉?"則近乎訕矣。作詩者知興之與訕異,殆可與言詩。浦起龍曰:當與《菁莪》《巷伯》諸詩並讀。人知好前、後《出塞》《三别》等篇,不知好此種。彼爲漢魏之後勁,此爲風雅之希聲。

秦應逵紅眉:一起是爲天下治亂而言,後"中園""老圃"二句正承此意。

秦應逵紅旁序尾:寓言也。

沈巖眉批序言"而苣不甲"處:《圖經》:莧實,即人莧也。莧有六種,入藥者人、白二種。

既雨已秋,堂下理小畦,隔種一兩席許萵苣。向二旬矣,而苣不甲坼,獨野莧青青。傷時君子,或晚得微禄,轗軻不進,因作此詩。

陰陽一錯亂,驕蹇不復理。(**奚禄詒乙本墨眉**)萵苣已不足美,何用比爲? 枯旱於其中,炎方慘如燬。植物半蹉跎,嘉生將已矣。雲雷欻奔命,師伯集所使。(**錢陸燦乙本紅眉**)雨師、風伯如此用。指麾赤白日,澒洞青光起。(**汪琬丙本評**)雨師、風伯如此用。(**沈巖旁**)神妙。雨聲先已風,散足盡西靡。山泉落滄江,霹靂猶在耳。終朝紆颯沓,信宿罷瀟灑。(**錢載評**)"灑"字借,非叶,非本義也。(**吴士模墨眉**)入題輕便。(**陳治紅眉**)"灑"字借叶,非本。(**沈巖眉**)此風雨瀟瀟之瀟。堂下可以畦,呼童對經始。苣兮蔬之常,隨事蓺其子。破塊數席間,荷鋤功易止。兩旬不甲坼,空惜埋泥滓。野莧迷汝來,(**奚禄詒甲本旁**)"野莧",即莧陸也。(**奚禄詒甲本眉**)"迷汝來者",不知何自而來也。宗生實於此。(**錢陸燦丙本評**)鐵牛云:"宗生",叢生也。(**汪琬甲本紅眉**)宗生。(**陳治墨眉**)"宗生",叢生也。(**沈巖眉**)"宗生",叢生也。(**王嗚盛墨眉**)"宗生",族生也。此輩豈無秋,亦蒙寒露委。翻然出地速,滋蔓户庭毁。因知邪干正,掩抑至没齒。(**吴士模墨眉**)有力。(**吴廣霈墨眉**)自"因知"止於"盛荆杞",半涉議論,已落宋人惡派,故李本删之爾。(**奚禄詒乙本墨眉**)比得多事。賢良雖得禄,守道不封己。(**汪琬甲本紅眉**)封己。(**王伯沆紅眉**)"封",厚也。二字見《國語》。擁塞敗芝蘭,衆多盛荆杞。(**奚禄詒甲本眉**)遯叟謂其太盡然也。中園陷蕭艾,老圃永爲恥。登于白玉盤,藉以如霞綺。(**奚禄詒甲本旁**)莧安可登白玉盤?以爲寓言則可。莧也無所施,胡顔入筐篚。(**奚禄詒甲本旁**)比也。

雨

錢陸燦丁本評:此詠巫山雨,穩貼秀整,似《選》體詩。

奚禄詒甲本眉:詳味之,是因雨而思玄宗,昔曾幸蜀而今没矣,故用襄王事。

奚禄詒甲本旁:此蓋在夔州作。

奚禄詒乙本墨眉:高句。

嚴虞惇紅眉:陸深曰:"風吹蒼江樹,雨灑石壁來",自是以實字作虚字,"樹"乃樹立之"樹",晦翁改"去"字,恐未然。東坡詩:"天外黑風吹海立,浙東飛雨過江來。"本此。

沈巖旁:陸深曰:"風吹蒼江樹,雨灑石壁來",自是以實字作虚字用,"樹",樹立之"樹"。晦庵以爲誤,欲改作"去",對"來"字,恐未然。東坡《有美堂詩》:"天外風黑吹海立,浙東飛雨過江來。"本此。

峽雲行清曉，煙霧相徘徊。（魏源評）楚襄荒淫亡國，故宫久滅，不必爲哀，止羡宋玉辭賦，而今巫山事又一轍也。言外無窮感慨，得無爲張良娣而作耶？（沈巖眉）起句用"朝爲行雲"，與後楚宫相關。風吹蒼江樹，雨灑石壁來。（錢陸燦甲本眉批）陸深曰："風吹蒼江樹，雨灑石壁來"，自各以實字作虚字用，樹立之"樹"，晦翁以爲誤字，欲更爲"去"字，對"來"字，恐未然。東坡《有美堂詩》"天外黑風吹海立，浙東飛雨過江來"，祖此。（錢陸燦丙本評）鐵牛云："風吹參江樹"，"樹"字對"來"字，是以實字對虚字也。蓋作樹立之"樹"，晦庵以爲誤，改作"去"字，恐未必然。東坡詩"天外黑風吹水立，浙東飛雨過江來"，祖此。（吴廣霈墨眉）"蒼江樹"，"樹"字朱文公改作"去"字，見《朱子語録》。（佚名己紅眉）森然。淒淒生餘寒，殷殷兼出雷。白谷變氣候，朱炎安在哉？高鳥濕不下，居人門未開。楚宫久已滅，幽珮爲誰哀？侍臣書王夢，（傅山紅旁）俗想。（奚禄詒甲本旁）何必説至此？無意味。賦有冠古才。冥冥翠龍駕，多自巫山臺。（奚禄詒甲本旁）賦也。（奚禄詒乙本墨眉）末引襄王，思玄宗也。

雨

奚禄詒甲本眉：起得超拔。〇無句不有含藴。

奚禄詒甲本旁：兩首皆苦。

吴士模墨眉：不漏不添。

沈巖眉：是峽雨。

行雲遞崇高，飛雨靄而至。（奚禄詒甲本旁）時調。（奚禄詒乙本墨眉）起得超。（佚名己紅眉）起語即靖節亦不及。潺潺石間溜，汩汩松上駛。（俞瑒乙本評）"潺潺"二句是雨後山景。亢陽乘秋熱，百穀皆已棄。皇天德澤降，燋卷有生意。前雨傷卒暴，今雨喜容易。不可無雷霆，間作鼓增氣。（**方拱乾評**）"氣"字出末。佳聲達中宵，所望時一致。清霜九月天，仿佛見滯穗。郊扉及我私，我圃日蒼翠。恨無抱甕力，庶減臨江費。（**奚禄詒甲本旁**）賦也。

雨二首

其　一

奚禄詒甲本眉：因雨而思友。

奚禄詒甲本旁：二首總非佳。

佚名己紅眉：各有佳句。

青山澹無姿，白露誰能數。（**陳治紅眉**）舊注："白露誰能數"用佛書"雨露皆有頭數"意。（**吴廣霈墨眉**）一開口便妙。片片水上雲，蕭蕭沙中雨。殊俗狀巢居，曾臺俯風渚。（**李以峙墨眉**）（俯）按"附"，音近而誤。佳客適萬里，沉思情延佇。（**奚禄詒甲本旁**）思友。掛帆遠色外，驚浪滿吴楚。久陰蛟螭出，寇盜復幾許？（**奚禄詒甲本旁**）賦也。（**李以峙墨眉**）（寇盗）按"冠盗"，蓋皆形近而誤。

其　二

奚禄詒甲本眉：因雨而念戍卒。

空山中宵陰，微冷先枕席。（**張䨲敬墨旁**）眼前語，誰能寫得如此清秀？迴風起清曙，（**吴廣霈墨眉**）"清"一本作"晴"，"曙"一本作"曉"。萬象萋已碧。落落出岫雲，渾渾倚天石。日假何道行，雨含長江白。（丁耀亢紅眉）奇。連檣荆州船，有士荷矛戟。（奚禄詒甲本旁）此六句亦多事。（奚禄詒乙本墨眉）“荷戈”五句説開了，令收結亦難。南防草鎮慘，沾濕赴遠役。群盗下辟山，總戎備强敵。水深雲光廓，鳴櫓各有適。漁艇自悠悠，（奚禄詒甲本旁）不甚貫。夷歌負樵客。留滯一老翁，書時記朝夕。（奚禄詒甲本旁）賦也。

雨不絶

奚禄詒甲本旁：灑落。

奚禄詒甲本眉：閑適之氣，饒有遠神。○前四句樸老，五六不可謂不巧。

奚禄詒乙本墨旁：寫微雨不絶入細。

奚禄詒乙本墨眉：閑適之氣中有遠神，字字是不絶。末言江舸之逆浪而忽促，是雨中有風。○前四句老到，五六不可謂是小巧。

盧見曾紅旁：先之以鳴雨，繼之以微雨，故題云《雨不絶》。○律體以首尾爲起闔，三四承上，五六轉下，此一定章法也。若在六句分截，則上重下輕，不見轉折生動之趣，詩之可議在此。或曰此係贋作，須辨之。

朱方藹紅眉：淡宕，即景拈來，思之佳絶。

題張問陶墨眉：末句反言江舸絶非匆促，以知其無絶對耳。並無羡江舸之歸，而自傷留滯之意。

嚴復墨眉：朱瀚以此爲贋作。

鳴雨既過漸細微，映空摇颺如絲飛。（傅山紅眉）小景。（奚禄詒甲本旁）寫微雨入細。階前短草泥不亂，院里長條風乍稀。（李念

慈紅眉)乍雨後真景。**舞石旋應將乳子，**(**奚禄詒甲本眉**)《湘中記》:石燕在零陵州。石燕、行雲俱切夔。(**奚禄詒甲本旁**)不絶也。**行雲莫自濕仙衣。**(**吴廣霈墨眉**)二句尚佳。(**奚禄詒乙本墨旁**)二句是不絶。**眼邊江舸何匆促，未待安流逆浪歸。**(**奚禄詒甲本旁**)賦也。(**王伯沆紅眉**)言外有意,謂冒險而行也。

晚　晴

題鮮于樞評:首言晚晴意態,一起一承。末言此時飛走,及植物各遂其性,然我秋半尚失所而爲客耶。賦而興也。

錢陸燦丁本評:長虹映江,則知其遠飲。寫景奇絶。

李念慈紅眉:首句了當"晚"字,二三四初晴妙義。

奚禄詒甲本旁:有意托興,未免斧痕。

奚禄詒乙本墨眉:前四句晚景切當,後四句心中有事。末句似有感。

返照斜初徹，(**題商盤紅旁**)對起。(**李以峙墨眉**)(徹)按"散"當是形近之誤。**浮雲薄未歸。**(**吕留良紅旁**)冉冉有態。(**題商盤紅旁**)折腰句。**江虹明近飲，**(**奚禄詒甲本旁**)頂首句。(**李以峙墨眉**)(遠飲)按"近"字謬,必當從"遠"。**峽雨落餘飛。**(**吕留良紅旁**)寫景奇絶。(**題商盤紅旁**)倒押句。(**奚禄詒甲本旁**)頂次句。(**奚禄詒甲本眉**)"明遠飲""落餘飛"甚做作,而鍾、譚反以爲佳。**鳬雁終高去，**(**題商盤紅旁**)語含比興。(**奚禄詒乙本墨旁**)比也。**熊羆覺自肥。** **秋分客尚在，**(**題商盤紅旁**)見時。**竹露夕微微。**(**張雒敬墨旁**)反借"雨"字寫出"晴"字。(**奚禄詒甲本旁**)賦也。(**秦應逵墨旁**)"晚"字又一染色。(**李以峙墨眉**)(夕)按"久"亦形訛。

殿中楊監見示張旭草書圖

斯人已云亡，草聖秘難得。及兹煩見示，滿目一凄惻。悲風生微綃，萬里有古色。（錢陸燦乙本墨旁）似畫語。（奚禄詒甲本眉）“悲風”二句形字體，甚創。（奚禄詒乙本墨眉）“悲風”“萬里”二句形字體，甚創。鏘鏘鳴玉動，落落群松直。（吕留良紅眉）形容字耳，神妙至此。（方貞觀墨眉）此段言其書法神妙。連山蟠其間，溟漲與筆力。（李念慈紅眉）“溟漲”句人不能道。（吴廣霈墨眉）贊草書而及於萬里，句奇語妙，非大家作手不能。（奚禄詒乙本墨旁）叶臬。有練實先書，臨池真盡墨。（方貞觀墨眉）此段言其書學精專。俊拔爲之主，（秦應逵墨眉）“俊拔”二字，書法三昧。（沈巖眉）“俊拔”二字，書家三昧盡矣。暮年思轉極。未知張王後，（嚴復墨眉）“張王”蓋指伯英、逸少。誰並百代則？嗚呼東吴精，逸氣感清識。（方貞觀墨眉）此段言楊監能賞識而珍重。楊公拂篋笥，舒卷忘寢食。念昔揮毫端，不獨觀酒德。（奚禄詒甲本尾批）賦也。（沈巖眉）草聖酒德，首尾相映，他人以此發端，變作掉尾，用“不獨”二字顧上“逸氣”，“念昔”二字繳到“云亡”。

楊監又出畫鷹十二扇

錢陸燦丁本評：公畫鷹詩多矣，愈出愈奇，無一語犯複，可見才力之難。

近時馮紹正，能畫鷙鳥樣。明公出此圖，無乃傳其狀。（佚名己紅眉）此圖以是他人所爲，非馮筆也。殊姿各獨立，清絶心有向。（李以峙墨眉）（有向）按“尚”形似而誤。疾禁千里馬，氣敵萬人將。（奚禄詒甲本旁）不成句。（奚禄詒乙本墨旁）不成。憶昔驪山宫，

(**李念慈紅眉**)“憶昔”一段偉麗。冬移含元仗。(**奚禄詒乙本墨眉**)以下筆勢浩然,筆熟意簡,不止沉著。天寒大羽獵,此物神俱王。(**錢陸燦甲本眉、乙本紅眉**)《莊子》:神雖王,弗善也。(**錢陸燦丙本評**)鐵牛云,《莊子》:神雖王,弗善也。(**陳治墨眉**)《莊子》:神雖王,弗善也。(**張雝敬墨旁**)總不離“十二”兩字。當時無凡材,百中皆用壯。粉墨形似間,(**錢陸燦甲本旁、乙本紅旁**)縮上畫。識者一惆悵。(**沈伯沆紅眉**)語勢浩然。干戈少暇日,真骨老崖嶂。(**張雝敬墨旁**)感慨淋漓,真堪惆悵。爲君除狡兔,會是翻韝上。(**吴廣霈墨眉**)一結老筆深思。(**奚禄詒乙本墨眉**)末四句比也。(**李以峙墨眉**)(翻)按“飛”不及“翻”。

【彙評】

錢陸燦甲本尾、乙本紅尾:畫鷹詩,愈出愈奇。

李念慈紅眉:又興起奇士遺佚、奸慝未伏二意,公自謂“吟多意有餘”者是矣。

送殿中楊監赴蜀見相公

俞瑒乙本評:此段叙赴蜀見相公意。

奚禄詒甲本眉:起得入情致,亦似子建。

去水絶還波,泄雲無定姿。(**奚禄詒甲本旁**)“泄”,散舒之貌。人生在世間,聚散亦暫時。(**吴廣霈墨眉**)起四句猶是《選》體。離别重相逢,偶然豈足期。(**陳治紅眉**)“定”一作“足”。送子清秋暮,風物長年悲。豪俊貴勳業,邦家頻出師。相公鎮梁益,軍事無孑遺。解榻再見今,(**李念慈紅眉**)“下榻”改一“解”字便新。用才復擇誰?况子已高位,爲郡得固辭?難拒供給費,慎哀漁奪私。

(魏源評)“難拒”四句可括元次山《舂陵行》一篇,繁簡各極其妙。干戈未甚息，紀綱正所持。**(李念慈紅眉)**即帶規正,或鴻漸軍前供給多費,爾[而]其下有漁奪者耶?泛舟巨石横，登陸草露滋。山門日易久，**(李以峙墨眉)**(易夕)按“久”形似之訛。當念居者思。**(奚禄詒甲本尾批)**興而賦也。**(佚名己紅眉)**正是依依送别之情。

贈李十五丈别

俞瑒乙本評:李勉爲宗臣之表,時在豫章。中二段叙李公去依汧公也。

峽人鳥獸居，**(奚禄詒甲本旁)**毒。其室附層顛。下臨不測江，中有萬里船。**(李念慈紅眉)**繪景在目。**(佚名己紅眉)**此等句乃於贈别見之。多病紛倚薄，少留改歲年。絶域誰慰懷，開顔喜名賢。孤陋忝末親，**(奚禄詒甲本旁)**指李父嶷,中表親。**(奚禄詒乙本墨旁)**中表親。等級敢比肩。人生意氣合，**(李以峙墨眉)**(意氣)按對下“襟袂”,從“氣”,不從“頗”。相與襟袂連。一日兩遣僕，三日一共筵。**(李念慈紅眉)**“一日”“三日”語近情真。揚論展寸心，壯筆過飛泉。**(佚名己紅眉)**快事。玄成美價存，**(奚禄詒甲本旁)**章。○言父子相繼。子山舊業傳。**(奚禄詒甲本眉)**庾肩吾、庾信及徐摛、徐陵父子皆有才名。**(奚禄詒甲本旁)**庾。不聞八尺軀，常受衆目憐。且爲苦辛行，**(奚禄詒乙本墨旁)**李應汧公招。蓋被生事牽。**(李念慈紅眉)**壯激酸楚。**(奚禄詒甲本旁)**此序李應汧公招也。**(佚名己紅眉)**此又爲感。北迴白帝棹，南入黔陽天。**(奚禄詒乙本墨眉)**後半序汧公太繁,氣亦不緊。汧公制方隅，**(奚禄詒甲本旁、乙本墨旁)**序汧。**(曹炎眉)**汧公,李勉也,宗室鄭惠王孫。**(佚名己紅眉)**此因秘書而及汧公。迴出諸侯先。(**奚禄詒甲本眉**)後半美汧公太緐,且氣亦不警策。封内如太古,(**李念慈紅眉**)"封内"句善頌。時危獨蕭然。清高金莖露,(**李以峙墨眉**)(金掌露)按作"莖","掌"者非。正直朱絲弦。(**李念慈紅眉**)"清高"二句比擬超詣。昔在堯四岳,今之黄潁川。於邁恨不同,所思無由宣。(**奚禄詒甲本旁**)言已不同去。山深水增波,解榻秋露懸。客遊雖云久,(**奚禄詒甲本旁**)己也。主要月再圓。(**奚禄詒甲本旁**)何味?(**李以峙墨眉**)("主要"句)按語欠明白,異字姑從兩存。(輯者按,"主要",一本作"亦思")晨集風渚亭,醉操雲嶠篇。(**奚禄詒甲本眉**)謝靈運有《白雲出嶠詩》。丈夫貴知己,歡罷念歸旋。(**李念慈紅眉**)清穩。(**奚禄詒甲本旁**)賦也。

白鹽山

題鮮于樞評:首言山卓然高峻且近水,次聯應首句,三聯應次句,末以刻畫無鹽嘲詞人取佳句。大抵前四句言山高,後四句言白鹽。賦也。

奚禄詒甲本眉:因山名白鹽而便説到"刻畫白鹽",竟似近日俗人作小題時文。

奚禄詒乙本墨眉:因山名而却引"刻畫白鹽",此今日俗人作小題時文。

卓立群峰外,(**沈巖旁**)破題已晴,起"白"字。蟠根積水邊。他皆任厚地,(**倪象占藍旁**)開一句。爾獨近高天。(**吕留良紅旁**)句别。(**奚禄詒甲本旁**)不成。(**嚴復墨眉**)次聯即詠二句耳。白牓千家邑,清秋萬估船。(**李以峙墨眉**)(萬估)按作"萬里"是,至"古"字顯謬。詞人取佳句,刻畫竟難傳。(**李念慈紅眉**)還題奇。《英華》改是何語?公本用“刻畫無鹽”,渠乃敢唐突西子耶?(**奚禄詒甲本尾批**)末句無謂。○以白爲牓,今懸額也,皆不成詩。(**倪象占藍眉**)《世説》:刻劃無鹽。用却不纖。(**沈巖尾**)落句略點“鹽”字,却不纖巧。

灩澦堆

題鮮于樞評:首言灩澦堆之形狀,且水落石出而高大。次言“沉牛”以“答雲雨”,而“神功接混茫”;“如馬”以“戒舟航”,則“天意存傾覆”。末自言避亂涉險,而憶垂堂之戒。賦也。

俞瑒乙本評:一氣寫出,氣概雄渾,與題相稱。

屈復評:巨石能興雲作雨,傾覆舟航,造化承天意而存之也。“沈牛”出《穆天子傳》。“混茫”者,元氣,謂造化也。①

方貞觀墨眉:五六句言天意恐人之傾覆,而思有以存之,故造物神功,生此巨石,以接於混茫水中,使人見而有戒心耳。

盧見曾紅旁:立意宏大。李長祥曰:少陵劍閣以前皆五古,瞿塘以後皆五律,各盡山水之奇,每讀一句,令人如目見山水,而又得山水之所以然。總由源本深厚,窺見廣大,意無有窮極耳。

朱方藹紅眉:灩澦天下奇觀,非公天縱奇筆,不足寫其神似,正如太史公《遊俠》《刺客》諸傳,咄咄逼來。

題張問陶墨眉:“存傾覆”三字,使人悚然骨驚,人情物理,皆在其中。有治必有亂,有興必有亡,非造物之不仁,正欲留爲後人鑑戒耳。許大史論,輕輕拈出。

吴廣霈墨眉:五六奇語驚人,却實非浪語,非此不足以盡堆之奇險意也。

---

① 校注:“沈牛”句,杭本闕。

奚禄詒乙本墨眉：切當老竦，此止賦灩澦。

沈巖旁：公詩善押"長"字。

巨石水中央，(**俞瑒甲本評**)一筆寫出。(**沈巖眉**)"石"，吴本作"積"是，亦沙堆也。江寒出水長。(**奚禄詒甲本眉**)起得老辣，高傑之句。《灩澦》《瞿唐》三首，覺《水經》《江賦》酈、郭猶遜其簡練。(**奚禄詒甲本旁**)只是恰好。(**李以峙墨眉**)(巨石)按何必作"磧"？此好異者妄改。沈牛答雲雨，如馬戒舟航。(**陳治紅眉**)大曆元年正汾陽新滅僕固懷恩時。(**王鳴盛墨眉**)公詩云："起檣必沉[椎]牛。"可證"沉牛"爲行舟而設。自成都、雲安而下至夔，故云"連解纜"。天意存傾覆，(**題商盤紅旁**)倒承三四。(**佚名丁墨旁**)竺云：峽之有斯石，人皆畏戒，無有危難，是乃天意之所以存傾覆也。東坡有灩澦之論，正本此。神功接混茫。(**吕留良紅旁**)意玄語渾。(**佚名丁墨旁**)竺云："神功"謂神禹之功，"混茫"言造化，禹之功能合造化也。干戈連解纜，(**題商盤紅旁**)對收。行止憶垂堂。(**俞瑒甲本評**)言其險惡。(**奚禄詒甲本尾批**)賦也。(**屈復評**)司馬相如《諫獵書》："家有千金，坐不垂堂。"(**佚名丁墨旁**)竺云：言吾以干戈故頻頻解纜，不能避危險之地，而行止之間，能不忘垂堂之戒乎？

【彙評】

錢陸燦丁本評：言三峽萬里直下，藉此少阻其勢，天意亦以存傾覆耳。而神禹疏鑿之功，已接天矣。末二句言住則干戈，去則險阻，行止皆可慮耳。

俞瑒甲本評：氣概渾雄。

張學仁參定：寫出山水幽險，筆力足與争奇。

陳治紅眉：夔俗諺云："灩澦大如象，瞿塘不可上。灩澦大如馬，瞿塘不可下。"蓋峽人以此爲候也。○"灩澦大如馬，瞿唐不可下。"時公將出峽,下瞿唐,故止言“如馬”,不言“如象”,注未及此。

佚名丁墨尾:結句“行止”二字,全首歸宿處。上半立案,言沉牛以祭則行,如馬而浮則止,此定例然也。下四發意,謂天意所存,或看其忍於傾覆乎?胡爲神功置此,接於混茫隱現之間也?今者欲止,則干戈可畏,欲行則解纜堪虞,我是以戒心靡定耳。舊解下截總錯。

白　帝

李念慈紅眉:激蕩悲惋。

王士禛評:前景後情,三四寫景特奇,寄意高遠。

俞瑒甲本評:此詩當是指崔旰之亂。

俞瑒乙本評:因驟雨起興,極險峻,又極沉著,令人感慨。

奚禄詒甲本眉:氣豪句老。

奚禄詒甲本旁:氣候與《黄草》詩相敵。

奚禄詒乙本墨眉:玄宗亂後,兵餉無措,民間寡婦孤兒老疾者皆有口算。

方貞觀墨眉:前四句奇傑傲岸。〇五六句俗調淺語。

錢載評:讀讀,讀讀。〇與《返照》一首争勝,在毫釐之間。

題張問陶墨眉:“雷霆鬥”,暴亂之象,“日月昏”,陰慘之象,已興下意。〇五六拙。

吴廣霈墨眉:三四非曾入峽江者不能知其妙。〇通首雄健。

吴廣霈紅眉:結尤沉痛。

白帝城中雲出門,白帝城下雨翻盆。 高江急峽雷霆鬥,(**傅山紅旁**)奇而切。(**題商盤紅旁**)語含比興。翠木蒼藤日月昏。(**錢陸燦丙本評**)錢云:三句頂“雨翻盆”,四句頂“雲出門”。(**俞瑒甲本評**)承雨景説。(**奚禄詒乙本墨旁**)三四隱含下。**戎馬不如歸馬逸，**(**傅山紅旁**)文入小家。(**李以峙墨眉**)(戎馬)按作“去馬”非。(**題商盤紅旁**)掉字句。**千家今有百家存。**(**俞瑒甲本評**)感慨。(**奚禄詒甲本旁**)玄肅亂後,兵餉無措,民間寡婦、孤兒、老疾者皆有口算。(**奚禄詒甲本眉、乙本墨眉**)從雨中寫出滿城荒亂之象。(**嚴復墨眉**)“戎馬”句殊淺,率無意義。**哀哀寡婦誅求盡，**(**傅山紅旁**)文淺。(**題商盤紅旁**)混裝結。**慟哭秋原何處村。**(**奚禄詒甲本旁**)賦也。○後半若與上不相屬,而氣脈隱隱灌注,是大作手。(**申頲墨旁**)看及末句,令人心慟。

【彙評】

俞瑒甲本評:因驟雨起興,前極險峻,後極沉著,令人感慨。

秦應逵紫尾:亦是前景後情,三四寫景特奇。

王伯沆紅眉:兵後苛政,古今一轍。既以貪墨者臨之,民未有不糜爛者,讀此令人悲慘。

黄　草

王士禛評:看他五六對法。

俞瑒甲本評:上四刺崔,下四憂吐蕃。《提要》云:五六用虚實對,不工而工。

屈復評:一二因三四,五六又因一二,七八承三四,“無消息”,“有是非”。

奚禄詒甲本眉:自首逐句趕下,末句三四又明喚出末句,末句是本旨也。

奚禄詒甲本旁:“有是非”言不止是徐知道一人之罪,賊臣相誅,各有是非也。

奚禄詒乙本墨眉：自首逐句趕至末，末句是本旨，三四又明唤出末句耳，而語態更復流麗。○非賦黄草峽，賦心中事也。

盧見曾紅旁：風格蒼健，五六乃如老樹著花，必求其事以實之，徒增紛紛。

錢載評：妙絶矣！作法豈有窮盡，先生作來便天造地設。○此種詩已到巔頂。

吴廣霈紅眉：中四句俱佳，惜起結未稱。

沈巖眉：氣極蒼老，看他對法。

王伯沆紅眉：此子美在梓州，崔旰叛蜀。

黄草峽西船不歸，（**俞瑒甲本評**）水阻。（**題商盤紅旁**）對起。赤甲山下行人稀。（**俞瑒甲本評**）陸梗。秦中驛使無消息，（**俞瑒甲本評**）未聞朝命區處。蜀道兵戈有是非。（**傅山紅眉**）“有是非”三字甚可思。（**俞瑒甲本評**）郭、崔互有曲直。萬里秋風吹錦水，（**吕留良紅旁**）對法。（**俞瑒甲本評**）項首聯。（**題商盤紅旁**）虚實對。誰家别淚濕羅衣？（**俞瑒甲本評**）憶遭亂者。（**題商盤紅旁**）縮脈句。（**秦應逵墨眉**）看他五六對法。莫愁劍閣終堪據，（**俞瑒甲本評**）項次聯。（**題商盤紅旁**）對結。聞道松州已被圍。（原文章節附注：張伯成云，朝廷莫慮劍閣之險，爲成都叛者所據……）（**傅山紅旁**）非也。（**俞瑒甲本評**）全蜀所繫。（**奚禄詒甲本旁**）主意。（**奚禄詒甲本眉**）徐知道之黨踞劍閣。（**奚禄詒甲本旁**）賦也。○非賦黄草峽，賦心事也。

【彙評】

吴廣霈墨旁：結句係寫當時時事，李云不可解，謬甚。

夔州歌十絶句

錢陸燦丙本評：錢云：十絶前二首俱詠夔州形勝，至第三首一結。

吕留良紅眉：此歌宜拙，然無佳致好調，不如劉家竹枝。

俞瑒乙本評：古樸之詞，亦是竹枝一派。元年夏作，觀“雲日如火炎天凉”句可見。

奚禄詒甲本墨旁、乙本墨旁：此皆竹枝體。

盧見曾紅旁：諸作亦自成風調，存之以備一體。

陳治墨眉：俞云：十絶古樸之詞，直是竹枝一派。

秦應逵紅眉：十絶句古樸之詞，亦竹枝一派。

嚴復墨眉：此夔州竹枝也。

其一

中巴之東巴東山，江水開闢流其間。白帝高爲三峽鎮，夔州險過百牢關。（**奚禄詒甲本眉、乙本墨眉**）首言其險，以起次首“割據”二句。○十首原寫風物，中有一二感時者。（**奚禄詒甲本尾**）孔明所建。

其二

白帝夔州各異城，蜀江楚峽混殊名。英雄割據非天意，霸王併吞在物情。（**錢陸燦丁本評**）上二首俱詠夔州形勝。（**嚴復墨眉**）雖有英雄□割據，亦非天意，亦終不爲霸主所併吞己耳。

其三

群雄競起問前朝，王者無外見今朝。比訝漁陽結怨恨，元聽舜日舊簫韶。

其　四

赤甲白鹽俱刺天，閭閻繚繞接山巔。（**錢陸燦丁本評**）以下七首俱詠夔州景物，皆太平之事，非割據之時也。接上“王者無外見今朝”句衍出。楓林橘樹丹青合，復道重樓錦繡懸。

其　五

瀼東瀼西一萬家，江北江南春冬花。背飛鶴子遺瓊蕊，相趁鳧雛入蔣牙。（**奚禄詒乙本墨眉**）比。

其　六

東屯稻畦一百頃，北有澗水通青苗。（**嚴復墨眉**）青苗陂在東屯。晴浴狎鷗分處處，雨隨神女下朝朝。

其　七

屈復評:《日知録》引伸李雯行鹽之議，謂宜就場收税之後，不問其所之，則國與民兩利，舉此詩首句爲證。[①] ○吾久有就場收税之議，自謂創獲，前人已先得我心矣。[②]

蜀麻吴鹽自古通，萬斛之舟行若風。（**李念慈紅眉**）此輩慣態。（**奚禄詒乙本墨眉**）此見賈人之輕風浪而射利。長年三老長歌裏，白晝攤錢高浪中。（**嚴復墨眉**）“攤錢”，意錢也。（**奚禄詒乙本墨旁**）所謂操舟

---

① 校注：此批語杭本闕。
② 校注：此批語杭本闕。

若神。(**李以峙墨眉**)按此正詠夔船風俗,别本云云,必後人不知詩者妄改。又按"買"字並無形聲可混,不知何故错誤。

其 八

憶昔咸陽都市合,山水之圖張賣時。(**奚禄詒乙本墨眉**)惟此二首疏暢磊落得歌體,他俱可費(廢)。巫峽曾經寶屏見,楚宫猶對碧峰疑。(**奚禄詒甲本尾批**)比妃子、玄宗耶?(**沈巖尾**)言何意流落,直到此地。

其 九

閬風玄圃與蓬壺,(**奚禄詒甲本眉**)凑。中有高唐天下無。(**翁方綱評**)二字破空而來。(**嚴復墨眉**)"閬風玄圃",西樵云:蓬壺東極,説得極壯深。借問夔州壓何處? 峽門江腹擁城隅。(**沈巖尾**)言除是昆侖、蓬萊耳,天下更無匹也。

其 十

武侯祠堂不可忘,中有松柏參天長。(**奚禄詒甲本眉**)不止追憶武侯。干戈滿地客愁破,雲日如火炎天凉。(**奚禄詒乙本墨眉**)下二句申上。

【彙評】

奚禄詒甲本旁批"《杜詩通》卷第三九終"處:自《三絶句》以下三十首不大佳。

諸將五首

方拱乾評:五首乃言天寶以來諸將之事。

宋犖紅眉:自禄山背叛,天下軍興,久而未定,公作五詩以諷刺諸將也。五詩意各有所指,括盡當時用兵以來事情。○"漢朝"一首,以吐蕃言。禄山之亂,陵墓爲墟,况繼以西戎之逼乎!涇渭之防不可忍也。根本之地,故首及之。○"韓公"一首,以回紇言。昔人修邊以却敵,今乃藉回紇以救中華,國之恥也,故追思創業以勖諸君。○"洛陽"一首,以河朔言。自安史之亂,餘党尚存,滄海薊門,幾同異域,而朝廷無人,專事姑息,民生困矣,豈庸庸者所能濟乎?○"回首"一首,以南方言。吕太一阻兵作亂,貽害南州,亦由朝廷寵任匪人,貂璫用事,不得忠良以任之耳。○"錦江"一首,以蜀中言。蜀地險遠,安危在人,追思嚴武之功,所以爲當時任事者警也。然出群之才,豈惟蜀中是賴?凡爲將者宜知之。

王士禛評:《諸將五首》言時事,故皆賦體,又一代大節所關,不以字句取妍。

俞瑒乙本評:自安史亂後,繼以吐蕃之逼,天下軍興,久而未定,五詩以諷諸將,各有意指,括盡用兵以來情事。

盧見曾紅旁:骨力如馬班,議論如董賈,特緣以韻語耳。既已精理爲文,亦復秀氣成采。讀者於此沿洪流而窮深源,然後知甫之所以度越千古也。其詩本自分明,説者紛争,殊爲多事。郝敬曰:此以詩當紀傳,議論時事,非吟風弄月、登眺游覽可任興漫作也。必有子美憂時之真心,又有其識學筆力,乃能斟酌裁補,合度如律。其各首縱横開合,宛是奏議訓誥,與《三百篇》並存可也。黄生曰:《有感》五首與《諸將》相爲表裏,大旨在於忠君報國,休兵息民,安邊而弭亂。其老謀碩畫,款款披陳,純是至誠血性語。

申頲墨旁:此五首不可不讀。

吴士模墨眉:老成碩畫,足補廟謨,而文采郁然,不墮議論,故自可取。○痛憤山陵,寄託得體。不忍直指本朝,而托諸漢代,"金盤""玉魚",總是借言。然詩忌無出處。或太子玉魚,盧充金碗,借喻陵墓被劫，然泥定之事也。舊注乃拘漢朝事而欲易以沈炯事，何也？“多少”猶言“無多”。

陳治墨眉：俞云：自禄山背叛天下，軍興久而未寧，公作五詩以諷刺諸將也。

吴廣霈紅旁：此總言戎虜之猖獗，重地重寶之殘破，而責望諸將毋懈於討賊也。

吴廣霈墨眉：《諸將五首》係老杜平生得意之作，集中出色之章。俗人止隨衆稱頌，實未知其妙處也。

王鳴盛旁：據東章云：“巫峽清秋”當是大曆元年秋在夔州作，前二章乃追論去年事也。

王伯沆紅眉：五首從陵墓、朝廷説到臨邊，又從天下大勢説到蜀一隅，總見無禦寇之人耳。末懷嚴武，以其有破吐蕃之功，且有知己之感。意既篤至，詩亦可與《三百篇》並傳。

其　一

屈復評：前以漢比唐，後近事，故用“見愁”“曾閃”省之。

朱方藹紅眉：老成碩畫，足補廟謨，而文彩郁然，不墮議論，故自可誦。〇痛憤山陵，寄託得體。

吴錫麒紅眉：當捍禦寇而使虜騎縱横如此，聞者能不愧心？長歌當泣，正謂此等篇章。

題張問陶墨眉：“胡虜”指赤眉言，“昨日”“早時”，甚言變亂之倏忽也。後漢《赤眉賦》：“發掘諸陵，取其寶貨。”沈炯《通天台表》：“甲帳珠簾，一朝零落；茂陵玉碗，遂出人間。”易“玉”作“金”，避上句也。此用古活法。“閃朱旗”而城爲之殷，言賊衆也。

秦應逵墨眉：《諸將五首》言時事，故皆賦體，又一代大節所關，不以字句取妍。

秦應逵紅旁：五首意有所指，括盡當時用兵以來情事。

王伯沆紅眉：史氏曰：姜宸英據《肅宗本紀》：寶應元年盜發敬陵、惠陵，謂金盌之出自是實事。今按，五首中稱王縉爲相國及嚴武三次持節，皆廣德年間事，故編詩者繫之代宗朝。而"玉魚"二句下繼云"見愁汗馬"一句，則是吐蕃入寇，有發冢之禍，似與肅宗時盜發二陵事無涉。然杜《送郭中丞充隴右節度》詩作於至德初，其叙禄山之亂已云"空餘金盌出"，則是已有發掘之慘，此云早時，或是追溯言之耳。○"汗"作"污"字用，與"逼"爲當句對，"朱"與"殷"亦爲當句對也。

沈巖眉：陵墓殘毁，臣子之至痛，故托言漢事。第二又逗出"千秋"二字，見赤眉之禍，又見於今日也。○經禄山之亂，園陵甫得修塞，可堪吐蕃復發乎？此昨日早時相仍而言之義也。○此爲吐蕃内侵，諸將不能禦侮而作也。不忍斥言，故借漢爲比。

沈巖旁："入關"，謂自蕭關入也，"涇渭"指涇源。此篇言吐蕃，次篇則言回鶻知中國空虚，其憂亦不在吐蕃下也。"汗馬"，指石馬流汗事，言方復憂此也。

王鳴盛墨眉：首章爲吐蕃内侵，責諸將不能禦寇。永泰元年九月，郭子儀請遣諸道節度各出兵屯要害，諸將猶擊球爲樂，故有末句。

漢朝陵墓對南山，（**方拱乾評**）此言"漢"即唐矣，何必泥茂陵故事乎？（**嚴虞惇紅眉**）此指漢朝陵墓，以喻唐也。**胡虜千秋尚入關。**（**方拱乾評**）胡虜乃往事，吐蕃乃目前，故曰見愁，妙，妙。（**傅山紅旁**）直突。（**錢陸燦戊本評**）此言胡虜入犯，陵墓焚毁，非解嚴安枕之日，所以責諸將也。（**汪琬乙本評**）不忍直指本朝，故託諸漢代，玉魚、金碗，總是借言。然詩忌無出處，戊太子玉魚、盧光金碗借喻陵墓被劫，非泥定二事也。舊注乃拘漢朝事，而欲易以沈炯事，何也？○"多少"，猶云無多。（**俞瑒甲本評**）潼關失守。（**方貞觀墨眉**）"千秋"二字，亦是信手寫下，究竟鯁塞不穩。（**秦應逵紅

旁)潼關失守。(**奚禄詒甲本眉**)不能守關以致發陵。(**奚禄詒甲本旁、乙本墨旁**)“尚”字唤末句“且莫”之意。(**奚禄詒乙本墨眉**)前四句述禄山入關以至發陵,至四句因以警眼前諸將耳。**昨日玉魚蒙葬地,**(**俞瑒甲本評**)“蒙”是覆地。錢箋謂昔日“玉魚”纔蒙葬墓地,早時金盌已出人間,變亂倏忽,不可常保也。朱旗絳天,閃見斗亦赤也。顧宸注:末句緊接上二兩“愁”字,更丁寧致戒。(**俞瑒甲本評**)陵墓傷殘。(**奚禄詒甲本眉**)高宗宣政門内楚王戊太子玉魚事。(**奚禄詒乙本紅旁**)看不得。(**秦應逵紅旁**)陵墓掘發。(**沈巖眉批下**)“蒙葬地”是既葬者復蒙掩之也。朱旗絳天,此之謂“殷”也。顧注引《東觀漢記》“朱旗騎馬,殷天蔽日”,更秀之。**早時金盌出人間。**(**傅山紅旁**)若謂馬嵬之□,則大可議矣。(**奚禄詒甲本眉**)盧充家西有崔少府女墓,一日,盧入一府舍,少府以女妻之事。**見愁汗馬西戎逼,**(**俞瑒甲本評**)吐蕃之亂。(**奚禄詒甲本旁**)“見”字承上。**曾閃朱旗北斗殷。**(**傅山紅旁**)何味?(**錢陸燦戊本評**)“北斗殷”,見北斗亦赤也,用《漢書》“朱旗絳天”。(**奚禄詒甲本旁**)“曾”字追前事。(**奚禄詒乙本紅旁**)“曾”字追前之失也。**多少材官守涇渭,**(**奚禄詒甲本旁**)此謂目前囑將軍之鑒覆車也。(**錢載評**)按,“多少”猶言無多。(**秦應逵墨旁**)“多少”言無幾也。**將軍且莫破愁顔。**(**方拱乾評**)吐蕃。(**俞瑒甲本評**)言當整備。(**俞瑒乙本評**)“涇渭”是京師根本之地,故首及之。(**奚禄詒甲本旁**)諸將不能守長安。○賦也。(**方貞觀墨眉**)“多少”是問之之詞,“涇渭”,根本重地,故首及之。(**錢載評**)不能如此者,不作可也。

【彙評】

錢陸燦丁本評:此禄山亂京師,焚劫一空,後繼以吐蕃之亂,蓋陵墓幾不能保矣。故借漢事言之,不忍直斥,寄託得體。

李念慈紅眉批錢注“漢朝陵墓”:豈非金玉珠寶之爲累耶?

李念慈紅眉批錢注“玉魚”:“一雙”下尚有“幸勿見奪”四字。

俞瑒甲本評:自禄山背叛,天下軍興,久而未定。公作五詩以諷刺諸將,意有所指,然已括盡當時用兵以來情事。

張學仁參定:此以吐蕃言。禄山之亂,陵墓爲墟,况繼以西戎之逼乎?涇渭之防,不可忽也,根本之地,故首及之。

陳治墨眉批箋注:劉明奴當作"門奴",見也是翁《讀書敏求記》。

奚禄詒乙本墨眉:見愁吐蕃之遍矣。然京師關隘,亦曾閃朱旂以守之。而爲禄山所破,豈非閑兵乎?"曾"字是追昔之去,以警今人,故接"多少材官"□囑今日之守將,莫以昔日之朱旂空閑設也。是"閑"字不是"殷"。○末句言今日之將軍當鑒覆車也。

其二

錢陸燦戊本評:此又責諸將之反借助於胡也。○僕固懷恩曰:朔方將士,先帝中興主人,陛下蒙塵故吏。

汪琬乙本評:用回紇救朔方,尚謂諸將有人乎?拈此實之,何辭以對?○晉水乃唐發祥之地,此句言聖人屢出而水亦時清也。

屈復評:韓公本意欲永絶之,使千萬載不通中國,豈意反藉兵力以收恢復之功,實深恥之也。五言關塞失險,六言天命未改,結正言以責其無忠心也。①

方貞觀墨眉:"不覺"二字妙極,言回紇平時,望潼關如在天上,客易安得至此?今以敦請而來,出入自由,不覺潼關之爲險隘也。注謂指禄山、指吐蕃,並《博議》謂指回紇爲懷恩所誘,連兵入寇,皆非也。此是承上二句而言,見得逆胡犯闕,固社稷之憂,即夷虜助順,亦朝廷之恥,故結句云"何以答昇平"也。

朱方藹紅眉:用回紇救朔方,尚謂諸將有人乎?拈此責之,何

① 校注:"通中國",杭本作"通國";"豈意",杭本作"豈以"。

辭以對？○晉水乃唐發祥之地，此句言聖人屢出而水亦時清也。

吴錫麒紅眉：語意是諸將負托，却寫得虛靈□宕，令人自會天馬行空，不可羈絏，此種是也。

吴士模墨眉：用回紇救朔方，尚謂諸將有人乎？拈此以責，何辭可對？晉水乃唐發祥之地，次句言聖人屢出而水亦時清也。

題張問陶墨眉：此告禦回紇之將，而勉以絶禍本也。○起借先臣拒突厥事作引，以突厥、回紇俱在漠北也。

陳治墨眉：汪云：用回紇救朔方，尚謂諸將有人乎？○晉水乃唐發祥之地，言聖人屢出而水亦時清也。

嚴復墨眉：此最盤鬱往復，即在杜集亦不多覯。

奚禄詒乙本墨眉：此五首特因代宗之再蒙塵，而追玄宗以下事以警諸將耳，正爲天下之紛紛多事也。

奚禄詒乙本墨旁：此諸將之不能守長安也。

沈巖眉：俯仰感歎，無限曲折，言借助回紇之非。○晉陽義旗之始，亦曾借兵突厥，然不遇資其聲援，何嘗傾國而至？如今日，社稷方有意外隱憂乎？此際尤其失策也。

沈巖旁：此爲回紇入境責諸將不能分憂而言也。築城本以禦戎，豈謂反借回紇以平禍亂耶？故追思開創之意以勖諸君。○八句中跳躍□□，此少陵外無第二人。

王鳴盛墨眉：次章爲回紇入境，責諸將不能分憂。

韓公本意築三城，（**錢陸燦戊本評**）“本“字起下”豈“字。（**俞瑒甲本評**）張公應前事。（**奚禄詒甲本眉**）“本意”“擬絶”“豈謂”“翻然”相承相宕。（**奚禄詒甲本旁**）喚下。（**嚴虞惇紅旁**）張仁願。擬絶天驕拔漢旌。（**方拱乾評**）八虛字可見當日之意。（**嚴虞惇紅旁**）四句一氣下。（**錢載評**）讀讀，讀讀。○不能如此者，不作可也。（**倪象占藍眉**）此言北方。豈謂盡

煩回紇馬，(**俞瑒甲本評**)回紇助兵。(**奚禄詒甲本旁**)三四已轉。**翻然遠救朔方兵。**(**奚禄詒甲本旁**)禄山也。(**吴廣霈墨眉**)“豈謂”“翻然”即從本意句跌出，杜老慣用此法。他人少見，亦不能到此地位也。**胡來不覺潼關隘，**(**俞瑒甲本評**)猶今。(**奚禄詒甲本旁**)項上。**龍起猶聞晉水清。**(**俞瑒甲本評**)追昔。(**奚禄詒甲本旁**)此句生下。(**奚禄詒甲本眉**)“龍起晉水”言肅宗即位於靈武，即寧夏也。地有清水營，晉時赫連勃勃所據。(**奚禄詒乙本墨旁**)肅宗。**獨使至尊憂社稷，諸君何以答昇平。**(**俞瑒甲本評**)期望。(**奚禄詒甲本旁**)賦也。○諸將借力於回紇。(**奚禄詒乙本墨眉**)“至尊”承“晉水”句。○此諸將之借力於虜也。(**吴廣霈紅眉**)本謂築城拒虜，乃翻借戎自救，關隘不守，誰之咎乎？而乃“使至尊獨憂社稷”也。

【彙評】

方拱乾評：回紇。“胡來”指吐蕃，“龍起”謂高祖，此説近是。

錢陸燦丁本評：五六引太宗之能用突厥爲諷，而又勸勉諸將，言盗發幽并，汾陽不得不借助回紇，而安史既平，又不可無韓公之老謀也。首尾緊相貫注，曰“豈謂”，曰“翻然”，曰“不覺”，曰“猶聞”，一意流轉。

汪琬丙本評：晉水乃唐室發祥之地，言聖人屢出，而水亦時清也。虞集注指肅宗即位言，非是。○少陵詩能將議論、叙事一概於對仗中出之，此是獨擅之能。

俞瑒甲本評：句句感慨，聲情悲壯，前所未有。

張學仁參定：此爲回紇入境責諸將不能分憂言，築城本以禦戎，今反借之以平禍亂。至第六句逆到高祖起兵晉陽，以起下“至尊”，縱横順逆，迴不由人。

錢載評：按晉水乃唐室發祥之地，此句言聖人屢出，而水亦時清也。

秦應逵墨尾：此詩俯仰感慨，蓋劇言借助回紇之非也。

其　三

屈復評：一二險不足恃，三四藩鎮割據，五官位過崇，六軍儲空虚，結且宜息兵務農也。

朱方藹紅眉：務農息戰之意，於末聯借王相國掉出。

吴士模墨眉：務農息戰之意，於末聯借王相國掉出。

題張問陶墨眉：此告河北之將，而望其修屯政也。○廣德二年，王縉拜同平章事，八月，代李光弼都統河南、淮西諸節度行營事，兼領東京留守。歲餘，遷河南副元帥，請減軍資四十萬貫，修東都殿宇。○"滄海"謂李正己，"薊門"謂李懷仙，拈兩處以概其餘。

沈巖眉：九廟爲燼，但舉其半言之。下云秦關難恃，隱顯見意。○諸侯不貢而畿内賦斂益急，根本方撥，何暇收復薊門？屯田積穀，農戰兼修，則府兵可復，居重取輕，安史餘孽削平可待矣。錢箋非是。庚辰。○起追憶安史陷京，下指河北餘孽，因傷轉輸不繼，而以王縉愧勵諸將，其言微矣。

王鳴盛墨眉：三章爲亂後民困，責諸將不能行屯田。○王相國，王縉。

洛陽宫殿化爲烽，（**俞瑒甲本評**）安史之亂。（**奚禄詒甲本眉**）東西南北無一太平。（**奚禄詒甲本旁**）東都。**休道秦關百二重。**（**錢陸燦戊本評**）此責大臣之出將者也。○上六句，此乾坤何等時也，負安危重任如王縉者，不過募耕勸農，修承平，有司之事而已。落句婉詞以致不滿之意。（**汪琬乙本評**）務農息戰之意，於末聯借王相國掉出。（**奚禄詒甲本旁**）轉西都。（**奚禄詒乙本墨眉**）前四句東西南北無一[太]平者，故因重兵以致重斂，須責諸將屯田，庶免剥民，故引銷甲事業以爲式。（**奚禄詒乙本墨旁**）西都。（**嚴虞惇紅眉**）此責朝廷之大臣出將者也。（**錢載評**）讀讀，讀讀。（**嚴

復墨眉)史稱秦得“百二”,非言關也。而杜如此用,不得以大家遂云不誤。**滄海未全歸禹貢,**(**題商盤紅旁**)背面對。(**奚禄詒甲本眉**)不能屯田以致重斂。○“禹貢”“堯封”“軍儲”句句是爲屯田。(**奚禄詒甲本旁**)南也,又轉。(**奚禄詒乙本墨旁**)南方。**薊門何處盡堯封。**(**俞瑒甲本評**)可比諸鎮。(**奚禄詒甲本旁**)北也,又轉。(**奚禄詒乙本墨旁**)北也。(**李以峙墨眉**)(盡堯封)按作“覓”較好。(**沈巖眉批下**)“滄海”指淄青,“薊門”則通指三鎮也。○此詩錢箋有識。**朝廷衮職雖多預,**(**俞瑒甲本評**)骨鯁無人。(**奚禄詒甲本眉**)補衮者何人耶?(**奚禄詒甲本旁**)承上。(**吴廣霈墨眉**)“雖多預”一本作“誰争補”,是也。正之。(**李以峙墨眉**)(誰争補)按“雖多預”語便嫩相。**天下軍儲不自貢。**(**俞瑒甲本評**)轉輸不繼。(**奚禄詒甲本旁、乙本墨旁**)轉下。(**秦應逵墨旁**)擁兵坐食。**稍喜**(**俞瑒甲本評**)“稍喜”者,不滿之詞。**臨邊王相國,**(**俞瑒甲本評**)王縉。(**奚禄詒甲本旁**)以客形主。**肯銷金甲事春農。**(**奚禄詒甲本旁**)諸將當以爲法也。(**奚禄詒甲本旁**)諸將不能屯田。(**奚禄詒甲本旁**)賦也。(**錢載評**)不能如此者,不作可也。○按,務農息戰之意於末聯“王相國”掉出。

【彙評】

錢陸燦丁本評:擁兵坐食,故曰“不自供”,庶幾屯田猶愈耳。後四句呼諸將而告之。

李念慈紅眉批錢注“箋曰”:此説非也。其意以爲疆宇未復,地狹賦少,軍供不給,宜爲屯守防禦之計也。

俞瑒甲本評:“滄海”“薊門”皆傷河北餘孽。

張學仁參定:此以河朔言。安史之亂,餘黨當存。“滄海”“薊門”,幾同異域,而朝廷無人,專事姑息,生民困矣,豈庸庸者所能滿乎?

方貞觀墨眉批注解“所以勉子儀者至矣”:此説太紆曲,恐非作者本意。

吴廣霈紅眉:此言宫闕皆殘破,詎止關陲失險,金甌已缺,軍儲不足而補衮無人,救時誰任?止有王相尚知督課農功而已。

其　四

錢陸燦戊本評:此言朝廷不當使中官爲物也。

屈復評:前南方未靖,五六空受高爵,全無經濟,結反言以責其不忠也。①

奚禄詒甲本眉:開元十六年,楊思勖討嶺南,性殘刻,嶺南多叛。○中宗時,楊思勖殺太子重俊,上以爲銀青光禄大夫。

朱方藹紅眉:點綴生色,詞義更嚴。

吴士模墨眉:點綴生色,辭義更嚴。

嚴虞惇紅眉:此戒朝廷不當使中官出將。

題張問陶墨眉:此告征南之將,而勸以撫綏也。前三首道兩京之事,皆翹首北顧,此則道南中之事,故以"回首"發端。

陳治墨眉:俞云:此以南方言。吕太一阻兵作亂,貽害南州,亦由朝廷寵任匪人,貂璫用事,不得忠良以任之耳。

秦應逵墨眉:此首詞意俱絶頂。何謂忠良?不求明珠翡翠以蠱君者是也。

沈巖眉:此首前半,錢箋謂以楊思勖、吕太一爲用李輔國、魚朝恩之前鑒,真善據也。○何謂忠臣?不求明珠翡翠以蠱君焚身者而已。○五嶺不臣,事同癬疥,内任忠臣,先取巨憝,則聞風清蕩矣。○言南方不靖,貢獻久稀,由諸將應異寵,擁高官,而不盡撫綏之道耳,故於忠良有厚望焉。

王鳴盛墨眉:嶺南未靖,貢賦久稀,責諸將不能懷遠。

---

① 校注:"前",杭本作"前四";"結",杭本作"結又"。

回首扶桑銅柱標，（**俞瑒甲本評**）南方諸將。（**奚禄詒甲本眉**）中人爲將，竟置東南於叛地。（**奚禄詒甲本旁**）“回首”二字從上西北來。**冥冥氛祲未全銷。**（**方拱乾評**）中官統兵。（**汪琬乙本評**）點綴生色，詞義更嚴。（**錢載評**）讀讀，讀讀。（**奚禄詒乙本墨眉**）“回首”二字妙，謂時方用兵西北，置東南於不理，且屢用中人，以至南方之亂，不思炎方、朔北皆是王土，而不能使忠良盡力耶。（**倪象占藍眉**）此言南方。**越裳翡翠無消息，**（**奚禄詒甲本旁**）楊思勖。（**奚禄詒甲本眉**）開元十年秋，遣内寺楊思勖討安南，十二年，以爲輔國大將軍。（**奚禄詒乙本墨旁**）楊思勖也。**南海明珠久寂寥。**（**奚禄詒甲本旁**）吕太一。（**奚禄詒乙本墨旁**）吕太一也。**殊錫曾爲大司馬，**（**俞瑒甲本評**）所用匪人。（**奚禄詒甲本旁**）李辅國。（**奚禄詒甲本旁**）上元元年，加李輔國兵部尚書。（**奚禄詒乙本墨旁**）李輔國也。（**沈巖眉批下**）“大司馬”句謂李、郭皆元勳，不相統也，並爲大司馬，詳《漢書》中。○用忠臣則炎風朔雪盡入版圖，任中人則兩京廟社皆不可保。**總戎皆插侍中貂。**（**奚禄詒甲本旁、乙本墨旁**）魚朝恩。（**吴廣霈紅旁**）刺中官監軍。（**嚴復墨眉**）總戎而插侍中貂，則猶近世節相矣。**炎風朔雪**（**俞瑒甲本評**）“朔雪”與前詩映，且與“回首”相應。**天王地，只在忠臣翊聖朝。**（**俞瑒甲本評**）言當任忠良也。（**俞瑒乙本評**）末二句一片熱腸，千行血淚，言朝廷寵匪人，貂璫用事，不得忠良任之耳。（**奚禄詒甲本旁**）中官出將。○賦也。（**錢載評**）不能如此者，不作可也。

【彙評】

俞瑒甲本評：責南方諸將蒙恩，不盡撫綏之道。錢箋謂指李輔國、魚朝恩，非是。

張學仁參定：吕太一阻兵作亂，貽害南州，亦由貂璫用事，故深望於忠良焉。

方貞觀墨眉：錢箋甚當，只看五六兩句便知。

吴廣霈紅眉：邊陲負固，貢使不來，皆將帥之責也。誰是忠良特出之才，堪以輔翊聖朝耶？

奚禄詒乙本墨、乙本眉批仇注引“錢謙益曰”：牧齋未嘗不知詩，可惜引事太繁多，失於不倫。

其 五

俞瑒乙本評：末首歸到蜀中，以身居其地，故親切言之，美嚴武，正以刺今節度也。此首言西蜀也。

屈復評：一二見地見時，中四叙嚴鎮蜀政績，結言嚴在則全蜀安，去則全蜀危，堪爲諸將表率也。①

奚禄詒甲本眉：蜀中不得其人。○後日遂有楊琳、段子璋、吐蕃諸變。○嚴之鎮蜀，本非智將，公非逆美嚴也，末句并嚴亦在其中矣。

奚禄詒乙本墨眉：蜀中險阨，易於割據，不得其人，遂有楊琳、段子章[璋]等之亂。嚴武之鎮蜀，本非智將，不過借嚴武以勵其餘耳。○武在蜀厚斂，窮奢專殺，母數戒不從，及死，母曰：吾始可免爲官奴矣。杜公非遂美武，末句武未嘗不在其中。

方貞觀墨眉：五章俱以詩論事，所謂耑事立題，非尋常漫興體也。縱横開合，流連唱歎，筆仗雄偉，氣體高深，自非他人可及。

朱方藹紅眉：雖美鄭公，然語語煞有身分。

吴士模墨眉：雅愛鄭公，然語語煞有分寸，蓋懷武而思繼其後者也。

題張問陶墨眉：此譏鎮蜀之將，不能戡定禍亂也。○通首逐句説下，是流水格。○六句寫出名將身分，蓋以精嚴而得暇豫，非徒

① 校注：“去”，杭本作“嚴去”。

雅歌投壺，標舉風流已也。

陳治墨眉：末章歸到蜀中，借嚴鄭公以警諸將也。

秦應逵墨眉：懷嚴武而思繼其後者也。

吴廣霈紅眉：此追憶嚴武之守蜀，尚堪勝任，而後來者難其人也。

沈巖眉：明皇出走，賴蜀以爲後圖，豈可付之非人，敗亂相仍乎？“錦江春色逐人”者，自公之離成都，亂者數四，無復往時春色也。前後持節皆倚主恩，燕享中使，杯巡有數，何嘗如後人剥軍實以交近習，致非才當重任乎？此詩固譏代武者之非其人，然逐字比較，附無以實之，則非矣。○長安之肘腋，江陵之上陳，别都要地，須復得如武之材，又去監軍中使，乃安老之際，緩急可仗也。

王鳴盛墨眉：五章爲鎮蜀失人，而思嚴武之將略。

錦江春色逐人來，(**題商盤紅旁**)語含比興。(**奚禄詒甲本旁**)正寓蜀中。巫峽清秋萬壑哀。(**方拱乾評**)西蜀。(**汪琬乙本評**)雅愛鄭公，語語有分寸。(**嚴虞惇紅眉**)此言蜀中將帥。(**錢載評**)讀讀，讀讀。正憶往時嚴僕射，(**俞瑒甲本評**)歸美嚴武。(**題商盤紅旁**)流水對。直述句。(**奚禄詒甲本旁**)見嚴武猶僉於今日之節度。(**奚禄詒甲本旁**)武三鎮蜀，厚賦斂，窮奢侈，專殺戮，母數戒不從，及死，母曰：吾始可免爲官婢矣。共迎中使望鄉臺。 主恩前後三持節，(**奚禄詒甲本旁**)承嚴僕射。軍令分明數舉杯。(**奚禄詒乙本墨旁**)“三持節”承嚴武，“數舉杯”承中使。西蜀地形天下險，(**題商盤紅旁**)應起聯。安危(**俞瑒甲本評**)“安危”，安其危也。須仗出群材。(**方拱乾評**)爲刺杜鴻漸而作。(**俞瑒甲本評**)言外有微意。(**奚禄詒甲本旁**)問蜀中諸將。○賦也。(**李念慈紅眉批錢注“數舉杯”**)詩仍説嚴武，何得突及鴻漸？作意之注，可笑。(**錢載評**)不能如此者，不作可也。

【彙評】

俞瑒甲本評：仇注：通首逐句遞下，此流水格。〇概言天下諸將，而末首歸到蜀中，亦以身居其地，故親切言之。〇少陵詩能將叙事、議論一概於對仗中出之，“詩史”之稱，於此可證。

張學仁參定：蜀地險遠，安危在人，追思嚴武，所以爲後之鎮蜀者警也。然凡爲將者，皆宜知之。〇五詩叙事詳明，議論慷慨，與《有感五首》相表裏，直可當紀傳讀。《秋興》尚可不作，《諸將》斷不能廢。

俞瑒乙本評：出群之材，豈惟蜀中是賴？凡爲將者，宜知之。是五首總結。

方貞觀紅尾：第六句言嚴公軍令分明，事有成規，故得從容閑暇，數與賓客飲宴，正見其才大，言外見今人之潰不任事，爲可憂，故結云“須仗出群材”，是六句皆説嚴公。注謂譏鴻漸，則於章法、語氣皆不合。

題張問陶墨眉：五章結句皆含蓄可思，得詩人温柔敦厚之旨，故言之者無罪，而聞之者足戒。

陳治墨眉批箋注：潘次耕曰：“主恩前後三持節”定指嚴武，鴻漸何有三持節之事？“軍令分明數舉杯”亦非貶辭，何必移之鴻漸耶？

秦應逵紅尾：漁郫云：古今德政碑無此。

夜

錢陸燦丁本評：此詩乃西閣所作，“疏燈”乃閣中之燈，照閣下之船，非身在舟中也，玩“步檐”句可見。公去秋之雲安，故曰“南菊再逢”。

錢陸燦戊本評：連珠格。此前後四句各意，然細看之，則“空山”“秋氣”“獨宿”“憶舊”實一貫。

汪琬乙本評：旅魂驚處。

屈復評：一景二情，三承二，四承一，五淹留已久，六音信不通，結不忘君也。①

朱方藹紅眉：高潔。

奚禄詒甲本眉：曰“空山”，曰“步檐”，則“孤帆宿”不合，或“帆”與“杵”皆言他人耳。〇《楚詞・大招》“曲屋步壛”，“壛”，即檐字也。

奚禄詒甲本旁：舟燈所見，砧杵所聞。

奚禄詒乙本墨眉：中夜不忘君是本旨。〇次句以下正“旅魂驚”，三四是聞見舟砧之景，亦覺難堪。五六趨下，結句所以思長安之君也。

盧見曾紅旁：宛轉關生，渾然無迹。〇范梈曰：善詩者，就景中寫意，不於意中尋景。如杜詩“無端落葉蕭蕭下”“疏燈自照孤帆宿”“殊方落日玄猿哭”諸聯，即景物之中含蓄多少愁恨意。若説出，便短淺矣。

題張問陶墨眉：格高調響，絶無一字牽率，律詩上乘。

吴廣霈墨眉：杜詩每工於發端，如此等處是。〇句句是“夜”，句句不僅是“夜”，此其所以佳也，豈後人插頭畫角者比？

沈巖眉：杜詩中秀絶者。

沈巖旁：第四顧“驚”字，“雙杵鳴”，聞砧聲也，非月中摇藥之杵。

露下天高秋水清，（**李以峙墨眉**）（秋水）按當從“氣”。空山獨夜旅魂驚。（**俞瑒甲本評**）本意。（**嚴復墨眉**）起法與“風急天高”正同。（**王伯沆紅眉**）一篇之骨。疏燈自照孤帆宿，（**俞瑒甲本評**）水中。（**奚禄詒甲本旁**）三四景自難堪。新月猶懸雙杵鳴。（**李念慈紅眉**）幽獨清曠。

---

① 校注：“四承一”，杭本作“四承三”。

(俞瑒甲本評)山上。**南菊再逢**(俞瑒甲本評)公以去秋至雲安,故云"再逢"。**人卧病,**(俞瑒甲本評)"旅魂驚"處。(秦應逵紅旁)"旅魂驚"處。**北書不至雁無情。**(奚禄詒甲本旁)有恨。(申涵紅眉)菊逢人妙,倒轉則庸矣,不可不知。**步檐倚杖看牛斗,**(吕留良紅眉)"蟾"一作檐,勝。(秦應逵紅旁)收是旅魂。(李以峙墨眉)(檐)按"蟾"字謬,亦形近而誤。(沈巖旁)收足旅魂。**銀漢遥應接鳳城。**(俞瑒甲本評)不忘故里。(奚禄詒甲本旁)中夜不忘朝廷。(奚禄詒甲本旁)賦也。(錢載評)"遥應"二字最婉動。(秦應逵紅旁)不[忘]忠君也。

【彙評】

張學仁參定:《心解》謂首聯一景一情,自對格起,字字晶瑩;次聯景由情出;三聯情就景生;結語又情景雙融矣。

秋興八首

錢陸燦甲本眉:河南賈開宗曰:少陵之詩,以《文選》爲宗,故《秋興八首》其題原於盧子諒,其筆取之劉太尉,其文詞亂怨,而頭緒其體,一絲不紊,文本於左太冲《詠史八首》,"熟精《文選》理"者,當自知之。

汪琬乙本評:八詩只就景色瀠洄,而悲憤意在言外,大家之篇。○首篇時地在目,情景相涌,不旁借一語,清雄圓健,更爲傑出。在夔二載,故曰"兩開";入舟又一年矣,故曰"一繫"。"他日",猶前日也。

屈復評:此題八首是一首,前四首傷今,後四首追昔也。○八首總。①

① 校注:"八首總",杭本闕。

方貞觀墨眉：八詩古今議論多矣，謂某句伏某章之根，某章承某句之脈，細碎分説，煩瑣可笑。此詩有用意牽率而情不愜處，有使事假借而意不偕處，有韻脚凑拍而句不穩處，然試讀一過，如連山斷嶺，迤邐千里，但覺雄峻深曲，陰森之氣逼人，而就中病痛，俱從大氣流行不覺也。良由此公氣力絶人，成此獨創之體，他人不能學，亦不必學。且八詩亦毋庸去取，亦不容軒輊，果能時時諷誦，其裨益人處，正自不少。若令予質言其妙，予則終不能也。

奚禄詒甲本眉：前四首言肅、代二朝，后四首則追天寶。

盧見曾紅旁：錢謙益曰：首篇頷聯悲壯，頸聯凄緊，以節則杪秋，以地則高城，以時則薄暮，刀尺苦寒，急砧促别。末句標舉興會，略有五重。所謂嵯峨蕭瑟，真不可言。〇黄生曰：杜公七律，當以《秋興》爲裘領，乃公一生心神結聚所作也。八首之中，難爲軒輊。〇錢謙益曰："每依北斗望京華"，皎然所謂"截斷衆流"句也。此句爲八章之綱骨，章重文疊，不出於此。〇陳廷敬曰：前三章詳夔州而略長安，後五章詳長安而略夔州，次第秩然。〇錢謙益曰：肅宗收京以後，委任中人，中外多故。公不以移官僻遠，慭置君國之憂，故有"聞道長安"之章。"每依南斗望京華"，情見乎此。〇陳廷敬曰：末句獨云歷歷開元事，分明在目前。此結本章，起下數章。〇益曰：公詩云"憶獻三賦蓬萊[宫]"也。"王母""函關"記天寶盛事，而荒淫失政略見矣。識全顔者，公以布衣朝見，所謂"往時文彩動人主"。落句方及拾遺移官之事。〇近體以七律爲難，唐代名家人不數首，其量固有所止也。獨至杜甫，天授神詣，造絶窮微，卓然爲千古之冠。如此八首，根源二雅，繼迹騷辯，思極深而不晦，情極哀而不傷，九曲回腸，三疊怨調，諷之足以感蕩心靈，直使"九天之雲下垂，四海之水皆立"，其所自云，足以喻矣。〇又，拳拳忠愛，發乎至情，有溢於語言文字之表者哉！錢謙益箋十得八九，擇其合者録之，餘人尚有雌黄，亦不知量耳。〇劉會孟曰：八詩大體，沉雄富麗，哀傷無限，盡在言外，故自不厭，確實小家數不可仿佛耳。〇吴渭曰：詩有六義，興居其一，凡陰陽寒暑，草木鳥獸，山川風景，得於適然之感而爲詩者，皆興也。老杜《秋興》八首，深詣詩人之閫奥，興之入律者宗焉。〇錢曰："玉露"一章，《秋興》之發端也。末二句結上生下，故即以"夔府孤城"次之。第三章正申"秋興"名篇之意，古人所謂"文之心"也。歲晚蕭條，身事如此；長安棋局，世事如此，故曰"百年世事不勝悲"。次下則重章申之，"蓬萊宫闕"，思全盛日之長安也；"瞿塘峽口"，思陷没之長安也；"昆明池水"，思自古帝王之長安也。唐時遊宴，莫盛於曲江，故悲漢没則先舉曲江；漢朝形勝，莫壯於昆明，故追隆古則特舉昆明。此章蓋感慨遺迹，而自傷遠不得見，乃疊申曲江。末句文勢了然。今以爲概指喪亂，則迂矣。天寶之亂，營壘俱在國西城南，故地風景無恙，故末章云"昆吾御宿自逶迤"也。秋色依然，春遊如昨。追彩筆於壯盛，感星象於至尊。豈非神遊化人，夢回帝所，低垂吟望，至是而秋興之能事畢矣。此詩一事疊爲八首，章雖有八，重重鈎攝，有無量樓閣門在。〇陳廷敬曰：《秋興》八首，命意煉句之妙，自不必言。即以章法論，分之如駭雞之犀，四面皆見；合之如常山之陣，首尾皆應。蓋合子長、孟堅如一手者也。

盧見曾紅眉：吴渭潛齋曰：詩有六義，興居其一。凡陰陽寒暑，草木鳥獸，山川風景，得於適然之感而爲詩者，皆興也。《風》《雅》多起興，而楚《騷》多賦比。漢魏至唐，傑然如老杜《秋興八首》，深詣詩人閫奥，興之入律者宗焉。〇王嗣奭曰：《秋興》八首，以第一起興，而後章俱發隱衷，或起下，或承上，或互發，或遥應，總是一篇文字。又云：首章起興，四句便影時事，見喪亂凋殘景象。後四句乃其悲秋心事，此一首便包括後七首，而"故園心"乃畫龍點睛處。至四章"故國思"，讀者宜另著眼，易家爲國，其意甚遠。後面四章，又包括於其中。如人主之荒淫，景物之繁華，人情之佚豫，皆能召亂。平居思之，已非一日，今漂泊至此，止有白頭低垂而已。此中情事不忍明言，不能盡言，人當自得於言外也。

錢載評：八首乃是整類之作，其實前之作更有沉□蒼茫、回盤開拓之勝於此者。

朱方藹紅旁：八詩只就景色瀠洄，悲憤意在言外。大家之作，春容富麗，樸老渾雄，自唐迄今，竟爲絶調。

陳治墨旁：汪云：八詩只就景色瀠洄，而悲憤意在言外。大家之篇，春容富麗，樸老渾雄，自唐迄今，遂爲絶調。

陳治墨眉：汪云：感時憂國，詩之寓興在此，而能超議論之劫，故爲神品。

秦應逵紅旁：八首是一首，前四傷今，後四追昔也。

吴廣霈墨眉：八什壯麗沉雄，爲古今律長之冠，歷代詩家無不歎賞瓣香者矣。然亦有蜉蝣之輩，刻論吹毛，妄作解人者，不知此八詩無字不煉，無句不錘，層次井井，步湊不紊，其中點綴時事，若隱若顯，不即不離，此真得風人之妙旨。以史筆爲歌辭者，何處可更容淺人置喙也耶？

王伯沆紅眉：按公久客成都，自嚴武死後，略無知己，且盜賊跳梁跋扈如徐知道、崔旰、蕃戎者，不可枚舉。羅舟東下荆楚，留於夔者又二年。來雲安、移赤甲、居西瀼，歲無寧日，是以常多去國懷鄉之思，不免痛流慨古傷今之淚。偶因秋至，一發胸中無聊之態云爾。

倪象占藍眉：郭云：八首極力撰句，却自渾雄，不露纖巧態。〇劉云：八詩大體沉雄富麗，哀傷無限，盡在言外，故自不厭，小家數乃不可仿佛耳。

沈巖眉：賈開宗曰：少陵之詩，以《文選》爲宗，故《秋興八首》其題原於盧子諒，其筆取之劉太尉，文詞幾於亂絲而頭緒井然，一絲不紊，又本於左太冲之《詠史八首》，精熟《文選》理者，當自知之。按，左之《詠史》，昭明所采者適八首耳。此自以八首爲章法，賈言本此者，非。古今詩體不同，謂其筆取之劉太尉，亦附會之謬者也。

其一

錢陸燦甲本眉：賈曰：先將眼前所歷秋景實寫一首，乃文章敘題之法。三四寫景，極三峽之大觀耳。五六寫情，引出峽之瑣物。三四横寫現象，五六縱寫時光。〇此寫秋乃秋之大段，以後二首，却又逐時逐日寫去。

錢陸燦丙本評：錢云：先將眼前秋景實寫一番，乃文家敘題之法。三四寫景，極三峽之大觀。五六寫情，引三峽之事物。三四横寫現象，五六縱寫時光。此寫秋乃秋之大段，以後二首，又逐時逐日寫去。

李念慈紅眉：悲壯。

屈復評：此傷留滯白帝之久也。前景後情。一秋二地，三從下而上，四從上而下，五六四字一讀，三字一讀，結應一二。景，秋也；情，興也，因秋起興也。結居人授衣，客子未授也。

屈復評：二山水，三四分應，三四景中有比興。①

題商盤紅眉：身居巫峽，心望京華，爲八首之大旨。曰"巫峽"，曰"夔府"，曰"瞿唐"，曰"江樓""滄江""關塞"，皆言身之所處。曰"故國"，曰"故園"，曰"京華""長安""蓬萊""昆明""曲江""紫閣"，皆言心之所思，此八詩中綫索。題是"秋興"，故首句從秋説起，次句即點出公所寓之地來，下六句總見蕭森之境。末句落出白帝城，起下《夔府》一首也。八首篇篇映帶秋意並夔地。

---

① 校注："留滯白帝"，杭本作"白帝留滯"；"一秋二地"之後，杭本另有"三四總承一二"一句；"三字一讀"，杭本闕；"二山水，三四分應，三四景中有比興"，杭本闕。

朱方藹紅眉:首篇時地在目,景情相涵,不傍借一語,清圓雄健,更爲傑出。

題張問陶墨眉:前半屬"秋",而暗伏"興"字;後半是"興",而明帶"秋"字。

秦應逵墨眉:題曰"秋興",首章乃後七章之興,"故園"引起"望京華"。

奚禄詒乙本墨眉:前四首言玄、肅二朝,後四首追天寶事,不過以秋興起。

玉露凋傷楓樹林,(**俞瑒甲本評**)"秋"字起。(**奚禄詒甲本眉**)以秋起興,氣象頗健。(**奚禄詒乙本墨旁**)八月。巫山巫峽氣蕭森。(**沈巖眉**)題曰"秋興",首章乃後七章之興也。中四句虛實蹉對。江間波浪兼天涌,(**俞瑒甲本評**)承"峽"。(**題商盤紅旁**)語含比興。層折句。塞上風雲接地陰。(**汪琬丙本評**)三四横寫現景,極三峽之大觀;縱寫時光,抒羈舟之情緒。時地在目,情景相涵,不旁借一語,清雄圓健,更爲傑出。(**俞瑒甲本評**)承"山",頂"秋"。(**題商盤紅旁**)實眼句。(**奚禄詒甲本旁**)三四寫秋氣,中含盡亂象。(**奚禄詒乙本墨眉**)三四寫秋氣,含盡亂象。(**秦應逵墨旁**)中四句虛實參對。叢菊兩開他日淚,(**陳治墨眉**)在夔二載,故云"兩開";入舟又一年矣,故云"他日",猶前日矣。(**俞瑒甲本評**)因秋起興。○朱注:公至夔已經二秋,故再見菊開。(**題商盤紅旁**)層折句。(**李以峙墨眉**)(兩開)按"重開"定不如"兩開"。(**沈巖眉**)"他日淚"言不始於今秋也。二年逢菊,眼穿落日矣。孤舟一繫故園心。(**傅山紅旁**)對不得。(**俞瑒甲本評**)興感在此。(**奚禄詒甲本旁**)"一繫"猶獨繫。(**嚴復墨眉**)至夔已歷二秋,故曰"兩開"。(**沈巖眉**)"故園"引起"望京華",孤舟浮浪,都無止泊,乃心則維繫於故園也。(**沈巖眉批下**)"故園心"與四章"故國思"隱隱相對。寒衣處處催刀尺,(**俞瑒甲本評**)應"秋"。(**奚禄詒甲本旁**)九月授衣。

（**奚禄詒乙本墨旁**）因而思歸。**白帝城高急暮砧。**（**俞瑒甲本評**）應“巫山”。（**奚禄詒甲本旁**）末句思歸。（**奚禄詒乙本墨眉**）將九月授衣。（**吴廣霈墨旁**）“急”字煉得妙。

【彙評】

俞瑒甲本評：秋風蕭瑟，遊子思鄉，此人之常情，而公之“故園心”則與“望京華”相並見者。

張學仁參定：首章，秋興之發端也。次聯悲壯，三聯凄緊，末更結上生下。錢箋謂：節則杪秋，地則高城，時則薄暮，“刀尺”苦寒，“急砧”促别，略有五重。所謂嵯峨蕭瑟，真不可言。

吴廣霈墨尾：此詠夔府軍幕事。

奚禄詒乙本紅眉：此章風韻，自足壓卷。

其　二

俞瑒乙本評：“望京華”爲八詩之大旨，即下所云“聞道長安”也。

屈復評：此“望京華”無已時也。接上首八句“白帝暮”字起，一景二情，三景四情，五情六景，七八情景合結，又應起句，言望至秋夜已深也。①

朱方藹紅眉：承轉之法，緩急俱好。

題張問陶墨眉：“夔府”承上“白帝”，“落日”承上“暮砧”，伏本章之末聯。〇“望京華”爲八章之骨，重章疊文，不出於此，所謂“截斷衆流”句也。通首俱寫“興”字，而於聽猿、八月、悲笳、蘆荻等帶

---

① 校注：“七八情景合結”杭本闕；除此條批語外，杭本另有“三承夔府，四承京華，五京華，六夔府，七八合結，中含‘望京華’三字，‘請看’字緊應‘每’字”和“三四景中有比興”二句。

“秋”字。“京華”即“故園”也。眼目又提。

秦應逵墨眉:此下皆“望京華”之事,三字詩眼也。

沈巖眉:中四句夔府、京華蹉對。○“八月槎”言京華難返,猶天上不可至也。下二句言豈以病留,兵實阻之。○“悲笳”起而“粉堞”隱,上承“日斜”,下起月映,忽晦忽明,曲折變化。○仲言《日夕望江》詩:“洛汭何悠悠,起望登西樓。的的帆向浦,團團月映洲。”結處點化其語,以應“望”字。

夔府孤城落日斜,(**俞瑒甲本評**)接“白帝”來。(**題商盤紅旁**)領起。(**奚禄詒甲本眉**)思朝矣。(**奚禄詒乙本墨旁**)承前“暮砧”來。**每依北斗望京華。**(**汪琬乙本評**)承接之法,緩急俱好,點綴感慨。(**俞瑒甲本評**)興感大意。(**題商盤紅旁**)領起。(**吴錫麒紅眉**)提清作詩之旨。(**嚴復墨眉**)夢之謂,依斗望京華是八首之旨。(**奚禄詒乙本紅旁**)此句已出長安。(**沈巖眉批下**)當作“北斗”,京華不見,惟瞻依北斗而已。起句承上“白帝城”來,“落日斜”又緣上“暮”字,後此皆“望京華”之事,“望京華”三字,所謂詩眼也。**聽猿實下三聲淚,**(**俞瑒甲本評**)“望京華”之故。(**題商盤紅旁**)承首句。**奉使虛隨八月查。**(**俞瑒甲本評**)仇注:“奉使”指嚴武説,“虛隨”則公隨使節而成虛也。(**題商盤紅旁**)承次句。(**奚禄詒甲本旁**)漫對不似。(**奚禄詒甲本眉**)貫星槎是八月,却非奉使,張騫槎又非八月。○暮暮朝朝,千思萬想。(**奚禄詒乙本墨旁**)少不妥。(**奚禄詒乙本墨眉**)“八月槎”是名貫星槎,與奉使不合,若張騫奉使之槎又非八月。(**嚴復墨眉**)第四句似指依嚴幕,然稍閃灼矣。**畫省香爐違伏枕,**(**俞瑒甲本評**)京華。(**題商盤紅旁**)承次句。倒押句。實眼句。承首句。(**奚禄詒甲本旁、乙本墨旁**)應“京華”。(**倪象占藍眉**)“畫省香爐”雖點綴意,然亦語太樸。**山樓粉堞隱悲笳。**(**俞瑒甲本評**)夔府。(**奚禄詒甲本旁**)應“夔府”。(**奚禄詒甲本夾批**)《漢官儀》:尚書省以胡粉塗壁,紫青界之，畫古烈士。尚書郎更直於建禮門内，臺給青縑白綾被，或錦被、帷帳、茵褥、通中枕，女侍史二人，選端正者，執香爐燒薰，護衣服。（**奚禄詒乙本墨旁**）應"夔府"。（**朱方藹紅眉**）點綴感慨。**請看石上藤蘿月，**（**俞瑒甲本評**）應"落日"。（**題商盤紅旁**）對結。（**題商盤紅眉**）"藤蘿月"緊與"落日斜"照應。日斜月出，取下"日日"之意。（**奚禄詒甲本旁**）比也，逗下首末句。（**奚禄詒乙本紅旁**）比也。（**秦應逵墨旁**）悵望之久，不見夜月。（**吴廣霈墨尾**）"請看"妙。**已映洲前蘆荻花。**（**俞瑒甲本評**）切"秋"。（**張雒敬墨旁**）無限神情，只在"請看"二字，心中曲折，口内含糊，正不説破爲佳。（**奚禄詒甲本旁**）賦而比也。（**奚禄詒乙本墨旁**）由日落序至月出。（**奚禄詒乙本墨眉**）暮暮朝朝，千思萬想。（**奚禄詒乙本墨眉**）"月""映"二句比體，逗下章結句矣。

【彙評】

俞瑒甲本評："望京華"句爲八詩之大旨，即下所云"聞道長安"者也。"日斜"月出起下"日日江樓"之意。

張學仁參定："望京華"是八首之綱骨，皎然所謂"截斷衆流"句也。"每依南斗"則無夕不然矣。錢箋謂"請看"二字緊映"每"字，無限凄斷見於言外。

俞瑒乙本評：因秋起興，感歎身世，起伏頓挫，一綫穿成。

魯一同評批《心解》"夔州暮景"：不必非暮景。

其　三

汪琬乙本評：老極，然自新。淡極，然自壯。○《秋興》作於將去蜀夔之時，故三四云然。○漁人雖"信宿"，而心仍"泛泛"，無所繫於世也。

屈復評：此傷馬齒漸長，而功名不立也。前景後情，一起之早，二無日不望京華也。漁人、燕子能去而不去，以形己之欲去而不能去也。結長安故人不能念舊也。〇接前首結句起。[1]

朱方藹紅眉:老極,然自新。淡極,然自壯。《秋興》作於將去蜀夔之時,故三四云然。

題張問陶墨眉:上章暮景,此章朝景,正申"秋興"名篇之意。所謂文之心也。前四"秋",後四"興"。

沈巖眉:暮望不已,朝暉復望江樓,百處,望之至也。〇似漁人之萍梗,羡秋燕之知歸。〇一斥不復,流落劍外,際此喪亂,同學少年猶不容我名掛朝籍,拯此多難乎?〇少而早識,尾大之徵,欲痛哭而無路,晚而追原外戚之咎,抱忠藎而莫奏也。時肅宗復偏聽張氏,故公欲以劉向《洪範五行傳論》爲諫書。

千家山郭静朝暉,(**奚禄詒甲本旁**)從上夜説至朝。日日江樓坐翠微。(**李念慈紅眉**)"一日"别本作"日日",佳。(**李以峙墨眉**)(日日)按"百處"之非,前人已論之。(**俞瑒甲本評**)日復一日,帶上首來。(**題商盤紅旁**)硬押。折腰句。(**奚禄詒甲本旁**)無時不愁。(**奚禄詒乙本墨旁**)由夜又至朝矣,無時不愁。(**倪象占藍眉**)郭本作"日日",或作"盡日"。(**陳治墨眉**)《秋興》作於將去蜀夔之時,故三四云然。(**陳治墨旁**)日復一日,亦帶上首來。(**吴廣霈墨眉**)"坐"字妙。信宿漁人還泛泛,(**俞瑒甲本評**)承"日"。(**奚禄詒甲本眉**)三四可知公□□不久留夔也。(**奚禄詒甲本眉**)"信宿"著"漁人"上,從上"日日"來。清秋燕子故飛飛。(**俞瑒甲本評**)點"秋"。(**吴廣霈墨眉**)此仍點峽江内情景。(**奚禄詒乙本墨眉**)"還泛泛""故

---

① 校注:此批語杭本與之差異較大,杭本作:"(**墨眉**)接前首結句起,前結秋夜,此起秋朝也。前景後情,一起之早,二無日不望京華也。漁人、燕子能去而不去,以形己之欲去而不能去也。五六非許身稷契之素志,結長安故人不能念舊也。""(**墨旁**)此傷馬齒漸長,而功名不光於天壤也。坐江樓,日日望京華也。本是從朝望夜,却接上章從夜望至朝,亦倒叙法。望不見京華却望見漁人、燕子。有言此首首尾全不關合者。一二晴,含京華,五六言京華事,七八正結五六,非不關合也。"

飛飛”言己不久留夔州。**匡衡抗疏功名薄，**（**俞瑒甲本評**）望京華處。（**題商盤紅旁**）借古爲喻。**劉向傳經心事違。**（**李念慈紅眉**）往績徒勞，家學莫繼，老大自傷。（**奚禄詒乙本墨旁**）此少年得以勝我。（**沈巖旁**）李、楊皆足二句，乃反言之。**同學少年多不賤，**（**奚禄詒甲本旁**）“同學少年”豈非洲前蘆荻耶？**五陵**長陵、安陵、陽陵、茂陵、平陵五處。**衣馬自輕肥。**（**俞瑒甲本評**）仇云：“五陵”起下“長安”。（**俞瑒甲本評**）所以感傷。（**奚禄詒甲本旁**）他“自輕肥”而已。（**奚禄詒甲本旁**）比而賦也。（**奚禄詒乙本墨眉**）“同學少年”正是洲前蘆荻也。（**奚禄詒乙本紅旁**）已逗下首。

【彙評】

李念慈紅眉批錢注“劉向”：如此是“校經”，何以解“傳”字？正不必如此强解。

俞瑒甲本評：身留夔府，日月如流，回首京華，功名不立，不得不有“同學”故人之望，而“少年”進用，徒事“輕肥”，可歎。

張學仁參定：“同學少年”即所謂“長安卿相多少年”也。曰“少年”，曰“輕肥”，薄之之詞，下一“自”字，婉而多諷。

題商盤紅眉：“同學少年”即王侯文武輩也。謀國者用此等人，宜乎如弈棋之無定算矣。即起下章意。

魯一同評批《心解》“功名其遂……絶矣乎”：“功名薄”三句不宜加擲。

魯一同評批《心解》“朝景”：不必非朝景。

嚴復墨眉：前三章就夔州言，後五始及長安，三實五虚，然於三章之結，已用逗筆，此文記法也。

沈巖尾：以上就夔府言，以下就長安言，此八詩分界處也。

其　四

傅山紅眉：粗淺無味。

錢陸燦戊本評:張綖謂:後四首俱承第四首末句,有所思而言,下則思故國之宫闕,思故國之曲江,思故國之昆明池,思故國之渼陂也。亦有理。

汪琬乙本評:以極力言之,仍自悠然不盡。

俞瑒乙本評:此首爲承上啓下之關,下四首皆以所思故國者言之。

屈復評:接上章"五陵"起,中四皆長安今日事,故曰"聞道"。七八結上四章,起下四章也。平居者,昔日也。①

題商盤紅眉:此詩乃承上啓下之關紐,牧齋所謂"文之心"也。長安遷變之事,不能目見,僅可耳聞。中四句即"時[世]事不勝悲"處,下四詩皆明有所思意,而"不勝悲"之意亦寓於其中。

朱方藹紅眉:似極力言之,仍自悠然不盡。

題張問陶墨眉:前首皆"興",惟於第七句帶"秋"字,"平居"與"似弈棋"遥爲反對。〇前三首皆己身上事,故曰"故園"。以下五首皆朝廷事,故易"故園"爲"故國"。

陳治墨眉:愚按:三四緊承"百年",推開説,不必粘定本朝;五六方入時事;"衣冠"句原無礙,不必曲爲之解。

王伯沆紅眉:前三首就夔言,以下遂及長安,故著"聞道"二字。

沈巖眉:"弈棋"但指置君不定,非咎謀國者之無定算。此詩乃追述禄山陷長安之事,下二章則追述天寶以後馴至喪亂之由。第宅皆新,衣冠異昔,皆謂陷賊之時,無容穿鑿。"直北""征西"未詳,

① 校注:此批語杭本與之差異較大,杭本作:"(**屈復墨眉**)接上章'五陵'起,中四皆長安今日事,故曰'聞道'。七八皆上四章,起下四章也。七寫秋語含比興,言今日龍潛魚伏,遠客天涯,結上四章,傷今也。平居者,昔日也。因故國之今事而思昔日之長安,起下四首追昔也。""(**屈復墨旁**)此傷今日之長安也。三四稍直率。〇以上景皆今日之景,事皆今日之事,故曰皆傷今也。"

意者謂喪亂以後，河北陷於賊臣，隴右淪於左衽，而恢復無期也。若舊注以爲夔府之直北，上句直指隴右關輔爲言，則不可通矣。○“有所思”，亂極而思治也。“魚龍寂寞”，公自比，猶《七歌》言“龍正蟄”也。○前半指朝廷之變遷，後半指邊境之侵逼，北憂回紇，西患吐蕃，追維往事，不勝今昔之感。

聞道長安似弈棋，（**俞瑒甲本評**）“望京華”者以此。（**奚祿詒乙本墨旁**）承上末句。百年世事不勝悲。（**吴錫麒紅眉**）“聞道”字是“望”字中出來，如黄河天上，遂乃氾濫九州，真筆墨之大觀也。（**陳治墨旁**）“望京華”者以此。（**秦應逵墨旁**）接上“五陵”來。（**吴廣霈墨眉**）直指長安，以見題旨。（**奚祿詒乙本墨眉**）此首已切指長安。王侯第宅皆新主，（**俞瑒甲本評**）不勝悲處。（**陳治墨旁**）不勝悲。文武衣冠異昔時。直北關山金鼓振，（**題商盤紅旁**）横插句。（**奚祿詒甲本旁**）安史未定，吐蕃又入京。（**奚祿詒乙本墨旁**）安史。（**陳治墨旁**）時事。征西車馬羽書遲。（**俞瑒甲本評**）時事。（**奚祿詒甲本眉**）廣德元年，吐蕃入寇，徵天下兵，皆不至，故曰“遲”。（**奚祿詒乙本墨旁**）吐蕃。（**奚祿詒乙本墨旁**）王侯、文武可愧。（**沈巖眉批下**）安史繼亂，蜀中多故，朝廷不暇致討，求一安身之地而不可得，故曰“征西車馬羽書遲”，悲失望也。魚龍寂寞秋江冷，（**俞瑒甲本評**）點“秋”字。（**題商盤紅旁**）振起。語含比興。（**奚祿詒甲本眉**）“魚龍寂寞”比君之蒙塵。（**秦應逵墨旁**）顧“夔府”。故國（**俞瑒甲本評**）應“故園心”。平居有所思。（**俞瑒甲本評**）顧注：“有所思”從“寂寞”來。（**奚祿詒甲本旁**）末句承上起下。（**奚祿詒甲本旁**）賦也。○末句爲八首之樞軸。（**奚祿詒乙本墨眉**）“故國平居”一句是承上起下，乃八首中間挑擔之力，以下俱言故國矣。○“魚龍寂莫[寞]”比君之蒙塵。（**奚祿詒乙本墨眉**）如神仙游觀，窮兵皆致亂之道。（**王士禛評**）以上景皆今日之景，事皆今日之事，故曰皆傷今也。（**陳治墨旁**）起下四章。

【彙評】

俞瑒甲本評:此首爲承上啓下之關。"弈棋"不定,謀國者之過也。時事艱難,孰□之禍?故追思往事,不勝悲感。下四皆以"所思""故國"者言之。

張學仁參定:"故國思"一句當另著眼。"故園心"爲家也,易爲"故國思"則爲國矣。《杜臆》之言甚切。〇陳廷敬曰:前三章詳夔州而略長安,後五章詳長安而略夔州,次第秩然。《心解》謂八詩總以"望京華"作主,便是偏見。

其　五

丁耀亢紅眉:以下是興也,故曰"秋興",而非"秋懷"。

錢陸燦丁本評:下四首皆承上首"思"字來,此緊接上"魚龍"句意,因秋江夜冷而思聖主平居臨御之盛也。

汪琬乙本評:前六句想盛時極其鋪寫,第七句忽一轉,結句仍繳上意。篇法妙絶。〇前半總是極言其盛,非有所託諷也。

屈復評:此思昔日之得覲天顔也。一宫闕雄麗,二南山之高,金莖在南山上,山高則望遠。三四承二,望見山川形勝。五六承一,"蓬萊宫"即大明宫,唐人多早朝大明宫,此覲天顔之所也。七言時秋身老,八言昔日曾點朝班。意自有餘,經此方是追思。①

奚禄詒甲本眉:以下天寶時事。此故國之好神仙也。

奚禄詒乙本墨眉:此言故國之好神仙,故用蓬萊、金莖、瑶池、紫氣諸仙事。〇五六言玄宗之臣唤仗對君之時,不聞青瑣諫垣,一言以諍之,此追往也。七八又推到近日青瑣入班之人,亦能言否?此句亦縮到八首。

---

① 校注:"思",杭本作"傷";"莖",杭本作"華";"大明宫",杭本作"大明宫詩";"經此方是追思",杭本作"君此方是追憶"。

題張問陶墨眉:雉扇數開,望之如雲也。龍顔日映,就之如日也。〇通首皆“興”,惟於第七句略帶“秋”字。

沈巖旁:此所以平居之盛也。

沈巖眉:方云:因提“故國平居”,想到長安全盛之日。〇此言天寶政衰,外惑於神仙,内蠱於女禍,雖知其將有土崩瓦解之禍,然方在下位,又未久而去,不能有所匡救也。

嚴復墨眉:此詩以常法論,實有上尾之病,但章法與他詩異,故可平列,此可爲知者道耳。六句純寫一邊,而於結聯一點,唐賢多此章法。

蓬萊宫闕對南山,(**俞瑒甲本評**)有所思也。(**奚禄詒甲本眉**)高宗以□蓬萊宫爲西内,新建蓬萊爲東内,頗侈□。(**秦應逵墨旁**)“故國平居”之盛。**承露金莖霄漢間。**(**吴錫麒紅眉**)直接“故國平居”來,挺特無痕,恢廓琦偉。(**吴廣霈墨眉**)此直指宫闕。**西望瑶池降王母,**(**傅山紅旁**)别有寄託。(**題商盤紅旁**)參差對。(**秦應逵墨旁**)女寵、神仙,致亂之由。**東來紫氣滿函關。**(**沈巖眉批下**)三篇思長安盛時,第一大明宫,第二南内,第三苑囿,而於第一中暗寓女禍,第三中暗寓邊釁,追所以致亂之由,以爲□也。**雲移雉尾開宫扇,**(**俞瑒甲本評**)憶舊事。(**題商盤紅旁**)明暗句。(**奚禄詒甲本旁**)往事。(**奚禄詒乙本紅旁**)往事也。**日繞龍鱗識聖顔。** **一卧滄江驚歲晚,**(**俞瑒甲本評**)夔府。(**俞瑒甲本評**)秋。(**題商盤紅旁**)倒收。**幾回青瑣點朝班。**(**題商盤紅旁**)對結。(**奚禄詒甲本旁**)言己流落,不在青瑣,然不能無望於在朝之人。(**奚禄詒甲本旁**)賦也。(**奚禄詒乙本墨旁**)言我已流離,不在青瑣,然猶望於在朝者。(**奚禄詒乙本墨旁**)獨言“青瑣”,指諫官也。(**錢載評**)是順疊。(**倪象占藍眉**)劉云:律句有此,自覺雄渾。

【彙評】

俞瑒甲本評:陳澤州云:前六句,明皇時事。"一卧滄江",代宗時事。"青瑣""朝班",肅宗時事。收用對結,末兩章亦然。○樓鑰曰:"點"與"玷"同。焦竑引王建《殿前詩》"點各依班"之句,謂不音"玷"。○下六句徑尾三字相似,犯疊足病。

俞瑒甲本評:此言頗有神仙之感。"王母""函關",寓意顯然;老卧"滄江",盛懷曩昔,而不復見承平之盛也。

張學仁參定:仇注謂:思長安宫闕,歎朝寧之久違也,崇奉神仙之意則見於言外。黄生亦謂:下四章皆言故國,以舒其悲感耳。若謂寓譏明皇神仙游宴武功之事,殊不近情。然《小雅》怨誹而不怒,何嘗不歷陳其失耶?

俞瑒乙本評:此言宫室之盛,頗有神仙之感,然老卧滄江,感懷知遇,不復見承平之盛也。

朱方藹紅眉:前六句想盛時,極其鋪寫,第七句忽一轉,結句仍繳上意,篇法妙絶。

其　六

李念慈紅眉:此詩全鋪張曲江昔日之盛,惟中"入邊愁"三字間雜,未可率爾作解。

屈復評:此思昔日曲江之遊也,接上七八起。一二言兩地雖遥,秋色無二,故因秋而思昔遊。花萼夾城,昔日如此;芙蓉小苑,後來如此。三四寫太平離亂,渾雅不露。五六承三,七八承四,兼應首句。"回首"二字,合結兩地。①

屈復旁:此首格奇。

① 校注:"接上七八起"後,杭本另有"'瞿塘'承'滄江','曲江'承'朝班'"二句;"遥",杭本作"遠";"昔日",杭本作"當時"。

朱方藹紅眉:"風煙"輕點一句,諷刺亦渾然不露,可以爲法。

吴錫麒紅眉:此首又從夔府説起,却即接以"萬里"句,遂使京華舊事都上心頭。又妙在上首思全盛,此却寫亂,層次步伐一絲不亂,可謂才大而心細。

題張問陶墨眉:第四已入邊愁矣。五句忽將筆掣轉,復寫其未入,七句已可憐歌舞矣。八句復作讚歎,以望其後起,在八首中尤爲開合跌宕、沉鬱頓挫之極筆。○起句屬"秋",以下皆是"興"。

嚴復墨眉:"夔府""長安",八首中以此二語爲綰合,法律嚴密極矣。

王伯沆紅眉:此記長安失陷事。

奚禄詒乙本墨眉:此故國之好遊觀。○五六是折腰體,從盛撫衰,昔之珠簾繡柱,錦纜牙檣,今則"圍黄鵠""起白鷗"矣。故緊承以"回首"二句。○末句有龍翔鳳舞之勢,大力量,大含畜。

沈巖眉:此言盜發幽陵,倉皇西幸,平時歌舞佚樂,自謂無虞,而不知金城湯池,古號帝王州者,曾無藩籬之固也。○"瞿唐峽口"即上所謂"夔府孤城",蓋公自言所處之地也。明皇幸蜀,乃至成都,與瞿唐無與。後見董易農説,亦與余同。"花萼"句,天寶以後,明皇移仗於南内聽政,故曰"通御氣"也。○"回首"二句,言惜哉自古帝王之都,所謂周以龍興、秦以虎視者,乃爲歌舞佚樂之故,忽焉喪之。即承上"珠簾"二句來,所以示戒也。

瞿唐峽口(**俞瑒甲本評**)夔府。曲江頭,(**俞瑒甲本評**)京華。(**奚禄詒甲本眉**)故國之游觀也。(**奚禄詒乙本墨旁**)由蜀至秦。(**陳治墨旁**)夔府。萬里風煙接素秋。(**汪琬乙本評**)"風煙"輕點一句,諷刺亦渾然不沾,可以爲法。○第七句用"回首"字,則身在蜀中,足抱起聯矣。(**俞瑒甲本評**)秋。(**陳治墨旁**)京華。(**吴廣霈墨眉**)此在指幸蜀事。(**奚禄詒乙本墨旁）萬里皆亂。**花萼夾城通御氣，**（**俞瑒甲本評**）長安所思。（**題商盤紅旁**）藏頭句。（**奚祿詒甲本旁、乙本紅旁**）承“曲江”。（**奚祿詒乙本墨旁**）昔日。（**陳治墨旁**）長安所思。**芙蓉小苑入邊愁。**（**奚祿詒甲本旁**）此句轉下，下正“入邊愁”也。（**奚祿詒乙本墨旁**）今日。（**沈巖眉批下**）言吾凝望之極，雖萬里而遥，不啻與京華風煙相接。曲江南苑，昔通御氣，今入邊愁。珠簾繡柱，黄鵠争下，錦纜牙檣，白鷗群泛，即子山所云“殿狎江鷗，宫纏野雉”也。向來歌舞，止化風煙，然此屬自古帝王光宅，自不長爲賊據，則邊愁亦終當□定也。**朱簾繡柱圍黄鶴，**（**俞瑒甲本評**）舊事。（**題商盤紅旁**）實眼句。（**奚祿詒甲本旁**）從盛滿説出衰殘，下聯可接。（**奚祿詒乙本墨旁**）此正“入邊愁”也。**錦纜牙檣起白鷗。** **迴首可憐歌舞地，**（**俞瑒甲本評**）望京華。（**題商盤紅旁**）歇後句。**秦中自古帝王州。**（**李念慈紅眉批錢注“箋曰”**）玄宗幸蜀，未嘗有瞿唐詩，云瞿唐，以身所在言之也。（**俞瑒甲本評**）“帝王州”起下“武帝”。（**奚祿詒甲本眉**）末句有龍迴鳳繞之勢。（**奚祿詒甲本旁**）賦也。（**奚祿詒乙本紅旁**）今不然矣，言在外。（**錢載評**）越拓越厚。（**朱方藹紅眉**）用“回首”字則身在蜀中，足抱起聯矣。（**陳治墨眉**）汪云：用“回首”字則身在蜀中，足抱起聯矣。（**沈巖尾**）此追叙長安失陷之由。“城通御氣”，指敦倫勤政；“苑入邊愁”，即所云“漁陽鼙鼓動地來”。上言亂也，下追叙遊幸之時，見盛衰無常，自古皆然，言外有無窮愁。（**張裕釗眉批**）收句雄遠奇妙，它人不能到。

【彙評】

俞瑒甲本評：此言頗多聲色之娱。前首由昔感今，此首由今溯昔。秦中歌舞自昔爲然，物盛而衰，不無深感晏安之毒也。

張學仁參定：陳澤州云：上下四章皆前六句長安、後二句夔州，此章獨首句從瞿塘引端，下六則專言長安，句法、章法變化。

俞瑒乙本評：此言頗多聲色之娱。前首由昔感今，此首由今溯昔。物盛而衰，不無有感於晏安之毒也。

其　七

汪琬乙本評:此篇追悼先帝,以好武致亂,遂致杼軸常空,風雨不時。五六因言織女不復如前拾菰採蓮,而漂米之多,墜粉之久。末聯自述其播遷絶域。寄感深而措辭雅,無妙不臻,殆難爲狀。

屈復評:此思昔日之遊也。接上章"自古帝王州"思之,而在眼中若猶見也。中四昆明秋色景物,皆在眼中者。結自傷不得再如昔遊也。〇梁庾肩吾《奉和皇太子納凉梧下應令詩》:"黑米生菰葉,青花出稻苗。"①

朱方藹紅眉:此篇追悼先帝以好武致亂,遂至杼軸常空,風雨不時。五六因言宫女不復如前拾菰採蓮,而漂米之多,墜粉之久。末聯自述其播遷絶域。寄慨深而措詞雅,無妙不臻,殆難爲狀。

吴錫麒紅眉:上首既説致亂之由,此直寫荒凉光景,魄力沉雄,寸情絶世。

題張問陶墨眉:"菰米""蓮房",逢秋零落,以興己之漂流衰謝也。〇通首皆屬"興",而於"月夜""秋風"等帶出"秋"字。他首多言夔峽之秋,而此下二首言長安之秋,亦變化法。〇雲露滿空,回翔萬狀,天風吹海,怒濤飛涌,可喻老杜《秋興》諸篇,命意煉句之妙,自不必言。即以章法論,分之如駭雞之犀,四面皆見;合之如常山之陣,首尾互應。

陳治墨眉:汪云:此篇追悼先帝以好武致亂,遂至杼軸常空,風雨不時。〇梁庾肩吾《和皇太子納凉梧下應令詩》:"黑米生菰葉,青花出稻苗。"

嚴復墨眉:明人嘗以此爲七律第一,愛垂碧山水耳。"在眼中"

---

① 校注:"昔日",杭本作"昆明";"梁庾肩吾"句,杭本闕;除此批語外,杭本另有"此結遠遊'幾回青瑣'之句,彼挽[今]追昔甚分明,此猶可混入傷今也"數句。

明其不在眼中也。雜在眼中，便不如此説。

奚禄詒甲本眉：中四句是池中原有，但今非盛時，惟"虚月夜""動秋風"而已。"菰米""蓮房"空沉空落，則人民逋亡矣。末二句歎己之流落，不得歸長安也。

奚禄詒乙本墨眉：此故國之窮兵也。〇中四句是池中原有，但今非盛時，惟"虚月夜""動秋風"而已。"菰米""蓮房"空沉空墜，則人民逃散矣。末二句歎己之流落，不得歸長安也。

沈巖眉：七八二首相連説，皆昔遊之地也。澤州云：中四句遥想昆明之秋色也。〇自古帝王皆有興廢，然武帝晚有輪臺之悔，故善敗者不亡。明皇内荒於色，外窮於兵，釀此百年之禍，爲尤可痛也。

沈巖旁：借漢喻唐，極寫蒼凉景象。結意身阻"鳥道"，迹比"漁翁"，見還京無期也。中間故實，點化《西京賦》及《西京雜記》中語意。

昆明池水漢時功，(**俞瑒甲本評**)長安。(**奚禄詒甲本眉**)故國之窮兵也。(**秦應逵墨旁**)接上"歌舞地"。武帝旌旗在眼中。(**俞瑒甲本評**)有所思。(**錢載評**)越拓越沉頓。織女機絲虚夜月，(**俞瑒甲本評**)承上"眼中"來。(**題商盤紅旁**)倒押句。(**李以峙墨眉**)(夜月)按倒轉者非。石鯨鱗甲動秋風。波漂菰米沉雲黑，(**俞瑒甲本評**)有感。(**題商盤紅旁**)比賦句。(**題商盤紅旁**)雙眼句。露冷蓮房墜粉紅。(**俞瑒甲本評**)秋。(**秦應逵墨眉**)鋪張"菰""蓮"，寂寞可悲。關塞極天唯鳥道，(**俞瑒甲本評**)巫山巫峽。(**題商盤紅旁**)對結。江湖滿地一漁翁。(**丁耀亢紅眉**)此之謂興。(**李念慈紅眉批錢箋"自指一漁翁則陋"**)若指泛泛之漁人，又何得止一漁翁耶？(**俞瑒甲本評**)陳澤州云：公詩多以"漁翁"自比。錢箋：跟"信宿""漁人"説，非是。(**奚禄詒甲本旁**)比而賦也。〇武帝比玄宗。

(**奚禄詒乙本墨旁**)枉天滿地,終能汗漫無何矣。(**王士禛評**)此結遠遊"幾回青瑣"之句,彼挽[今]追昔甚分明,此猶可混入傷今也。(**錢載評**)末句正繳"在眼中"。(**沈巖尾**)"一漁翁"即所謂倚薄似漁翁也。

【彙評】

錢陸燦丁本評:"昆明池水",正説明皇,不必牽連上章,若以京華爲故國,則長安即京華也。五章亦接得去。

俞瑒甲本評:此言頗事邊功之失。昆明習戰,勝迹猶存,而"池水""秋風"不堪零落,所以撫時而自歎耳。

俞瑒乙本評:此言頗事邊功之失。昆明習戰,勝迹猶存,而"池水""秋風",不堪零落,所以撫時而自傷漂泊也。

張學仁參定:中四句舊説作傷感其衰,《杜臆》作追溯其盛。錢箋本《杜臆》,以駁楊用修語。仇注則分作一盛一衰。愚謂細玩詩中"夜月""秋風""波漂""露冷"等字,聲極凄惋,究以感衰爲是。

奚禄詒乙本墨眉:妙處全在一結,前六句皆想像昆池景色,此二句許大悲感意味,安能收住本題?真挽得萬斤之力量。

錢載評:鄭獻甫云:子美七律當以"玉露""昆明"爲冠。

其　八

汪琬乙本評:起聯山水之盛;三四國用之豐;五六因憶身遘承平,高明嘉會;第七句總收,八句仍轉到蜀夔旅泊:無一意不圓足。且不止結此篇,並八詩皆繳住,真大手筆。○"晚更移",謂遊賞不足,晚更轉而之他也。

屈復評:末章思昆吾諸處之遊也。一二出諸處地名,三四諸處所見之物,五六諸處同遊之人。七昔遊,結後四首;八今望,統結前四首,章法井然。"吟"字,"今"字之誤。○以上景皆昔日之景,事皆昔日之事，故曰“追昔”也。①

奚禄詒甲本眉：三四言昆吾御宿中，鸚鵡啄餘香稻，豈非禽獸食人之食乎？紫閣峰上，鳳凰棲老碧梧，豈非賢人隱退乎？五句乃與岑游渼陂之事。末句有五層，可結完八首。

奚禄詒乙本墨眉：此己之在故國時也，述與岑參遊渼陂。〇三四言昆吾御宿中，嬰武[鸚鵡]啄殘香稻，豈非禽獸食人之食乎？紫閣峰上，鳳凰棲老碧梧，豈非賢人隱退乎？五六乃己與岑遊時之樂事。〇末句有五層，白頭而且望、且吟、且苦、且低垂，本《楚詞》：“心鬱鬱[之憂思]兮，[獨]詠歎乎增傷。”疊用以寫其憂思之極。

吴錫麒紅眉：純是荒凉景象，妙在無一筆哀颯之氣。

朱方藹紅眉：起聯山水之勝；三四國用之豐；五六因憶身遘承平，高朋嘉會；第七句總收，八句仍轉到蜀夔旅泊：無一意不圓足。且不止結此篇，並八詩皆繳住，真大手筆。

沈巖眉：天步未夷，棄置鑾繳，所用反皆少年裘馬之徒，識昔年之事，益歎晚歲之流落也。曰“望京華”，曰“吟望”，八篇之首尾也。〇豈但功名不得施，即文彩亦未遑表見於世。獻賦蓬萊，遂爲終身榮遇。求其分紅豆之餘粒，借碧梧之殘枝，亦白頭不可俟，所以追昔而至於低垂也。

沈巖眉批下：安溪云：稻餘鸚粒而梧無鳳棲，佳人拾翠，仙侣移棹，皆因當年景物起興，隱寓寵禄之多而曠士遠去，妖幸之盛而高人遁迹也。末聯入己事，宛與此意凑泊。按，師説更渾融，亦表裏俱

① 校注：此批語杭本作：“（**屈復墨眉**）王右丞詩‘紅豆生南國，春來發幾枝’，則三春景也；棲老於秋則四秋景也。五明出‘春’字，蓋昔日諸處之遊各不同，今日追思就昔遊所見之時，寫昔遊所見之景言，四時無不遊覽也。”“（**屈復墨旁**）此思昆明諸處之遊也。一二出諸處地名，三四諸處所見之物，五六諸處之人，七昔遊，結後四首，八今望，統結前四首，章法井然。”

徹也。

嚴復墨眉:《秋興八首》前人論者極多,張綖則以爲雄渾豔麗,沉著痛快。王元美則以爲藻繡太過,肌膚太肥。二種之言皆爲攸當,讀杜者不可不知。

昆吾御宿自逶迤,(**俞瑒甲本評**)京華。(**奚禄詒甲本眉**)此已在故國時也。(**奚禄詒甲本旁**)仍從故國起。**紫閣峰陰入渼陂。**(**奚禄詒甲本旁**)秦地。**香稻啄餘鸚鵡粒,**(**吕留良紅眉**)"餘"一作"殘","殘"勝。(**題商盤紅旁**)倒剔句。(**奚禄詒甲本旁**)比。承首句。(**奚禄詒乙本墨旁**)承首句。**碧梧棲老鳳凰枝。**(**俞瑒甲本評**)亦帶秋意。(**題商盤紅旁**)承首句。(**奚禄詒甲本旁**)比。承次句。(**奚禄詒乙本墨旁**)二句比體,又是倒裝。(**奚禄詒乙本墨旁**)承次句。(**吴廣霈墨眉**)三四倒裝,句法奇妙絶倫。**佳人拾翠春相問,**(**俞瑒甲本評**)思舊事。(**題商盤紅旁**)承次句。(**奚禄詒甲本旁**)以第七句繳完上六句。**仙侣同舟晚更移。** **綵筆昔曾干氣象,**(**俞瑒甲本評**)憶昔傷今。(**奚禄詒甲本旁**)七句乃追所賦事。**白頭吟望苦低垂。**(**俞瑒甲本評**)作詩意總結。(**俞瑒甲本評**)張遠注:"昔曾"當對"今望"。舊作"吟望",乃字訛耳。〇陳注:"望"字與"望京華"相應,"遠望"而又"低垂",並不能望矣。詩至此聲淚俱盡。(**奚禄詒甲本旁**)比而賦也。(**奚禄詒乙本墨旁**)一句可結八首。(**倪象占藍眉**)"吟望",毛西河作"今望",與"昔曾"對。(**李以峙墨眉**)(今望)按"吟望"爲妙。

【彙評】

俞瑒甲本評:追思故國,回首長安,皆昔時所不能思者,故此首以"昔"字收之。所謂"故國心""望京華"者,一付之苦吟,以見悲秋之況也。

張學仁參定:後四首接"有所思"來,末首追訴交遊,興懷摇落,爲八詩之總結。〇曰"巫峽",曰"夔府",曰"瞿塘",曰"江樓""滄江""關塞",

皆以身之所處言;曰“故國”,曰“京華”,曰“長安”,曰“蓬萊”“曲江”“昆明”“紫閣”,皆以心之所思言也。從此有杜老心事如見,所謂“一飯不忘君者”,即此可得八詩中本領。

俞瑒乙本評:此章追溯交遊,回想長安風景之盛,皆昔時所不能忘者。末以“今”“昔”二字,爲八詩總結。○身居巫峽,心“望京華”,爲八詩大旨。曰“夔府”“瞿唐”“江樓”“滄江”“關塞”,皆言身之所處;曰“故國”“故園”“長安”“五陵”“曲江”“昆明”“紫閣”,皆心之所思。此八首中綫索。

吴廣霈墨眉:老劍按:《秋興八章》一氣呵成,渾金璞玉,不可缺一,亦不可加一。後人多少和章,終覺續貂,難再稱耳。

倪象占藍眉:九山云:“鸚鵡”“鳳凰”,人以爲倒裝句法之奇,不知此原言“香稻”“碧梧”耳。如云“鳳皇棲老碧梧枝”,則轉屬在“鳳皇”矣。“鸚武(鵡)”猶説得去,“鳳皇”不虛引耶?

沈巖眉:曰“出峽”,曰“夔府”,曰“瞿唐”,曰“江樓”“滄江”“關塞”,皆言身之所處;曰“故國”“故園”,曰“京華”“長安”“蓬萊”“曲江”“昆明”“紫閣”,皆言心之所思。此八詩中綫索也。懷鄉戀闕,弔古傷今,杜老生平,具見於此。其才氣之大,筆力之高,天風海濤,金錘大鏞,莫能擬其所到。

詠懷古迹五首

俞瑒乙本評:此就峽中古迹言。然借古抒懷,故感慨淋漓,寄情無限。

屈復評:作詠懷一首、古迹四首,分兩題,却直截不費解。①

① 校注:“四首分兩題”,杭本作“分兩題”;“直截”,杭本作“直捷”。

方貞觀墨眉:衰颯潦倒,寫來闊大雄偉。

奚禄詒甲本旁、乙本墨眉:借古迹以詠懷也。

錢載評:此比之《秋興》更遠,得萬分泣。

朱方藹紅眉:五詩托興最遠,有縱横萬古、吞吐八極之概。

陳治墨眉:《詠懷五首》托興最遠,有縱横萬古、吞吐八極之慨。

沈巖眉:詠懷古迹,借古迹以詠懷也。謂前章詠懷、下四章古迹者,非。

沈巖旁:庾信之所值者,梁元帝,宋玉之所事者,楚襄王,皆不見興覆之感。公自悲身世之"將同"二字,且有昭君没胡之恨也。人能弘道,其如命何? 後主之不克嗣武先主,雖武侯亦賫志以殁,此有所爲,尤悲懷德事者乎?

嚴復墨眉:以古迹而寓己懷,故曰"詠懷古迹"。

王伯沆紅眉:時子美客於夔,思出峽,下荆州,有感於衷而寄詠如此。

其　一

屈復評:兩地對起,三四承二,五六承一,總結。因"支離東北"而西南,"三峽樓臺"遂成淹留之日月,"五溪衣服"長共蠻夷之雲山。羯胡無賴,大亂長安,詞客哀時,但未還故國,末以庾信自比也。①

方苞眉批:昆繩云:通篇皆言庾信事。

奚禄詒甲本眉:渾浩而流暢,此方詠懷。末二句乃及古迹,以虞[庾]信宅在江陵,即宋玉宅。

奚禄詒甲本旁:此以虞[庾]信自況其鄉關之思。〇錢箋謂第

① 校注:"西南",杭本作"漂泊西南";"但未",杭本作"未";"庾信自比",杭本作"庾信之懷自況"。

一首非古迹，誤矣。

盧見曾紅旁：以庾信自比，情事恰合。

朱方藹紅眉：首篇格嚴整而意沉著。

吴士模墨眉：詠懷五首託興最遠，有縱横萬古、吞吐八極之概。首篇極嚴整而意沉著。

題張問陶墨眉：第五句承上四句，見漂泊支離之由，第六句起下二句，見蕭瑟相同之意。〇安史藩鎮之亂，都在東北，“樓臺”謂公所居西閣。

沈巖眉：奇才如庾、宋，國色如明妃，英雄如劉、葛，皆不得志於當時，五篇藉以自喻也。〇禄山作逆，更有思明；懷恩内叛，勾致吐蕃。總言之，故曰“終無賴”也。〇恐漂泊羈旅同子山之身世也。〇《哀江南賦》云：“誅茅宋玉之宅，穿徑臨江之府。”緣此誤以爲子山亦嘗居此也。“宅”字只於次篇總見，與後二首相配爲章法。

沈巖旁：此章以庾信自況，亦非專詠庾也。五六語已與庾信無關，以上少陵自叙。

支離東北風塵際，（**俞瑒甲本評**）作詩本意爲此。（**奚禄詒甲本旁**）前五句總起五首。（**秦應逵紅旁**）作此詩本意。漂泊西南天地間。（**奚禄詒乙本墨眉**）渾浩而流暢，以詠懷起，下四首乃及古迹。三峽樓臺淹日月，（**俞瑒甲本評**）承次句。（**奚禄詒甲本旁**）言久於留滯。（**奚禄詒乙本墨旁**）久於流[留]滯。五溪衣服共雲山。（**奚禄詒甲本眉**）五溪衣織績木皮，染以草實，裁製五色衣服。見《後漢》：帝女嫁槃瓠，槃瓠爲僕鑒之結，獨力之衣。（**奚禄詒甲本旁**）言等於烏蛮。（**奚禄詒乙本墨旁**）等於烏蠻。羯胡事主終無賴，（**俞瑒甲本評**）風塵。（**奚禄詒甲本旁**）此漂泊之由來。（**奚禄詒乙本墨旁**）禄山，此懷抱之由來。（**秦應逵紅旁**）漂泊之由。詞客哀時且未還。（**俞瑒甲本評**）漂泊。（**俞瑒甲本評**）五六已與庾信雙關。

(**奚祿詒甲本旁**)起下。**庾信平生最蕭瑟,**(**俞瑒甲本評**)緊跟"詞客"問。(**奚祿詒乙本墨眉**)庾信之迹不在夔峽也。(**奚祿詒乙本紅旁**)起下。**暮年詩賦動江關。**(**汪琬甲本紅眉**)庾信。(**奚祿詒甲本旁**)賦也。(**奚祿詒乙本墨旁**)以庾信自況其鄉關之悲。(**奚祿詒乙本墨眉**)五首之感慨,無非在君臣之間。(**陳治紅眉**)"詩"一作"詞"。(**吴廣霈墨眉**)詠庾□成古迹。(**沈巖尾**)"江關",當指江州扞關。

【彙評】

俞瑒甲本評:此就峽中古迹言之,然是借古迹以抒懷,非專爲古迹考證也。五詩感慨淋漓,寄情無限。

張學仁參定:首章從自叙帶言庾信以自況耳。舊説因信曾居江陵宋玉舊宅,通首指信,□非。《杜臆》擬爲五章總冒,亦不確。結語借古作證佐,方是詠懷古迹。○《提要》云:捃摭故實,則成傳體;貪發實議,又類史論。題曰"詠懷古迹",鑄題有味。

其　二

屈復評:前人故宅。一深知宋玉作《九辯》《悲秋》之意,二贊其詞賦之妙,三四景仰之切,五六古迹,結以楚宫形故宅,言不如也。故宅猶存,長以文藻而江山增重;荒臺雖在,豈因夢思而雲雨?足稱乎大意,謂己之心事與三閭相同,而今日無宋玉爲知己也。○千秋之久,猶悵望灑淚者,以己生蕭條異代之後,有不得同時之恨也。然終覺重複。①

方貞觀墨眉:宋玉《九辯》云:"悲哉,秋之爲氣也。"少壯時,絶不知秋之可悲。今老年漂泊,睹兹摇落,纔深知宋玉之悲。然如玉者,

---

① 校注:"豈因夢思而雲雨",杭本作"豈因雲雨而夢思"。

不獨與我同有悲秋之情，即其風流儒雅，亦我所師法者也。〇仇注云，宋玉以屈原爲師，杜公又以宋玉爲師，故曰“亦吾師”，真不通之説。

題商盤紅眉：具風流儒雅之才，而有摇落之悲，千秋異代，所以感慨無窮也。三四句虚拈，五六句實證，末二句俯仰之情深矣。〇此詩前半懷楚王，所以悼屈原；悼屈原者，所以自悼也。後半抑楚王，所以揚宋玉；揚宋玉者，所以自揚也。是之謂詠懷古迹也。

奚禄詒甲本眉：“異代不同時”是兩層，“豈夢思”言不是夢，乃借以諷諫也，猶《子虚》亡是公之説。念到楚宫泯滅，正是思長安意。

盧見曾紅旁：顧宸曰：李義山詩云“襄王枕上原無夢，莫枉陽臺一片雲”，即此詩之旨。

朱方藹紅眉：如此詩亦自風流儒雅。

沈巖眉：賢放老荒，千古同感，楚宫泯滅，故宅長存，然則何必以遲暮不用爲悲也？

沈巖眉：謂《高唐》之賦，乃假託之詞，以諷淫惑，非真有夢也。懷宋玉所以自傷也，言斯人雖往，文藻猶存，不與楚宫同其泯滅，其寄慨深矣。

嚴復墨眉：六一居士《詠崇徽公主下嫁回紇》云：“故鄉飛鳥尚啁啾，何況悲笳出塞愁。青冢埋魂知不返，翠崖遺迹爲誰留。此言其手痕。玉顔自古爲身累，肉食何人與國謀。行路至今空歎息，岩花澗草自春秋。”此亦傑作，然自分唐宋。

摇落深知宋玉悲，（**李以峙墨眉**）（宋玉）按訛作“爲主”，大謬。風流儒雅亦吾師。（**錢陸燦丙本評**）錢云：故宅、荒苔、楚宫皆實寫古迹也。第六句似爲好色解嘲。（**李念慈紅眉**）異代懷才，凄然神往。（**俞瑒甲本評**）

意在此。(**吴廣霈墨眉**)詠宋玉古迹。**悵望千秋一灑淚,**(**俞瑒甲本評**)虚括。**蕭條異代不同時。**(**方貞觀紅旁**)三唐七律中,無此句法格調。(**奚禄詒乙本墨眉**)“不同時”言不同遇合之時,與“異代”有兩層。**江山故宅空文藻,**(**俞瑒甲本評**)實證。(**題商盤紅旁**)歇後句。虚眼句。(**奚禄詒甲本旁**)比己與國家。**雲雨荒臺豈夢思。**(**方貞觀墨眉**)“豈夢思”言《高唐賦》豈真有雲雨之夢思?不過寓言以刺襄王之色荒耳。然則宋玉襟抱,正未可以詞章之士目之,益見其可師也。(**奚禄詒甲本旁**)豈含貴妃乎?(**奚禄詒乙本墨眉**)“江山故宅”,此己之國與家;“雲雨荒臺”,是含貴妃乎?(**奚禄詒乙本墨旁**)豈真是夢?不過諷諫耳。**最是楚宫**(**俞瑒甲本評**)巫峡有神女廟。楚宫在巫山縣西。**俱泯滅,**(**俞瑒甲本評**)感慨。(**題商盤紅旁**)抑彼揚此。**舟人指點到今疑。**(**錢陸燦丁本評**)落句拓開一步,借楚宫抑彼揚此,仍關合“宅”字。(**題商盤紅旁**)意在言外。(**奚禄詒甲本旁**)亦可辨惑。○賦而興也。(**奚禄詒乙本墨眉**)説到楚宫泯滅,又思到長安矣。

【彙評】

俞瑒甲本評:歸州有宋玉宅,歸與夔爲鄰,故此篇詠宋玉。

張學仁參定:宋玉《高唐賦》言楚王夢巫山神女,此托興也,故公有“雲雨荒臺豈夢思”之句。

俞瑒乙本評:宋玉之才,明妃之豔,皆絶千古。此以“悲”字起,下首以“怨”字結,佳人才子,爲造物所苦,宜少陵作詩憑弔也。

其　三

錢陸燦甲本眉:鐵牛居士曰:三四承“尚有村”三字,是“尚有”二字之意。五句承“紫臺”句,六句承“青冢”句,落句總結。如後人《明妃曲》《昭君怨》之類,原非昭君自操琵巴[琶],石□詞所謂慰其並路之思者,無其□而後人號之耳。

汪琬乙本評:敘事如天馬行空,光彩焕發,而毫無形迹可稱,神化之筆。〇只敘明妃,始終無一語涉議論,然意俱包括在内,諸家總不能及。〇細閲此篇,凡代明妃作怨望思歸之語者,猶墮議論,未離小家數。〇作字奇。

屈復評:一二古迹,三四入宫、出塞,自生至死,叙事實也。五承三,六承四,以怨恨無已結"連"字,言一入宫即出塞,並未承一日之恩也。言外猶己拜拾遺即被謫也。冢獨青,便是怨恨所結。五出塞之由,"省識"是不省識,如"少"是不少,"敢"是不敢之類,法從《毛詩》中出。六言死不忘漢。中四皆怨恨也。"論"即"寫"字,生死怨恨,寫之琵琶曲中,千古不已。〇起句雄壯槎枒,似生大英雄地,不似生美人地也。若作復怨恨之氣看亦可,但恐終不相稱耳。"赴"字與"暝色赴春愁"字同工。〇昭君之色不見知,猶己之忠不見察也。①

方貞觀墨眉:意義深曲,辭采高華,氣體敦厚,音節壯浪。

題商盤紅眉:"群山萬壑"無一可紀,獨有明妃村尚仍其迹。然"一去紫臺",僅可識畫圖之面;"獨留青冢",不過歸月夜之魂而已。怨恨之思,千載不磨,故"群山萬壑赴荆門",獨此明妃村尚存於後人口舌間耳。〇此詩寓意在"畫圖省識"句,蓋如入宫而主不見知,與士懷忠而上不見察,其事一也。公之詠古迹而及昭君也,抑言所以自詠歟?

朱方藹紅眉:叙事如天馬行空,光彩焕發,而毫無痕迹可指,神化之篇。

吴錫麒紅眉:起筆突兀,承筆沉著,爲千古冤魂照寫,那得復以粉黛綺羅了事?

---

① 校注:"事實",杭本作"實事";"宫",杭本作"漢宫";"己拜拾遺",杭本作"己之拜拾遺";"千古",杭本作"千載";"復",杭本作"没";"字同工",杭本作"同工";"昭君之色",杭本作"昭君色"。

吴士模墨眉:叙事如天馬行空,光彩焕發,毫無形迹可稱,神化之篇。只叙明妃始終,無一語涉議論,然意俱包括在内,諸家總不能及。○細看公此詩,凡代明妃作怨望思歸之語者,猶墮議論,未離小家數。

題張問陶墨眉:一昭君耳,起聯竟以崧生嶽降道理寫之,奇絶。蓋絶代佳人,亦鍾山川靈秀之氣所成者也。五六亦暗承三四。

陳治墨眉:汪云:叙事如天馬行空,光彩焕發,而毫無形迹可稱,神化之篇。

沈巖眉:請行雖得識面,長信僅可魂歸,何等凄緊。○石季倫《王昭君詞序》云云,特因烏孫公主以意推之,非實有琵琶也。公蓋承襲此語耳。○詠昭君詩,此爲絶唱,餘皆平平,至楊憑"馬駝絃管向陰山",風斯下矣。

群山萬壑赴荆門,(**俞瑒甲本評**)起法變化。(**秦應逵紅眉**)"赴"字與"暝色赴春愁"同工。生長明妃尚有村。(**吕留良紅眉**)"明妃"起,乃落如此佳句,以景以韻。(**汪琬甲本紅眉**)昭君。(**題商盤紅旁**)倒剔句。(**嚴復墨眉**)起語見尤物爲地靈所鍾毓。(**吴廣霈墨眉**)詠明妃古迹。一去紫臺連朔漠,(**奚禄詒甲本眉**)紫臺,北岳恒山也,山名有五,一曰蘭臺府,二曰列女宫,三曰華陽臺,四曰紫臺,五曰太一宫。(**吕留良紅尾**)紫臺,宫名。獨留青冢向黄昏。(**俞瑒甲本評**)叙出本事。(**題商盤紅旁**)流水對。(**嚴復墨眉**)"向黄昏"三字非趁韻耶? 不見得必用此三字,不可移易也。後見宋人筆記云,其地有黄昏城,信乎? (**王鳴盛墨眉**)《圖經》:邊地多白草,昭君冢獨青。畫圖省識春風面,(**題商盤紅旁**)縮脉句。承三。(**奚禄詒甲本眉**)五六言君蔽於畫圖,令死於荒塞。環珮空歸月夜魂。(**俞瑒甲本評**)抑揚盡致。(**俞瑒甲本評**)《别裁》云:"省識"猶略識,結語指弔明妃者。(**題商盤紅旁**)承四。(**奚禄詒乙本墨眉**)五六言君蔽於畫圖,使没於荒塞,此自歎其不得於君乎?抑悲和親之公主乎?**千歲琵琶作胡語,分明怨恨曲中論。** 歸州有昭君村。(**俞瑒甲本評**)感慨在此。(**方貞觀墨眉**)明妃之怨恨,即公之怨恨。(**奚禄詒甲本旁**)賦而興也。○此自歎其不得於君乎?抑悲和親之公主乎?(**奚禄詒乙本墨旁**)亦見明妃之詠懷耳。

【彙評】

俞瑒甲本評:宋玉之悲,明妃之怨,一也,總見俯仰千秋之感。

張學仁參定:《明妃詩》風流摇曳,《武侯詩》議論高超,可謂各極其勝。當是"千山萬壑",然"千"字音尖,"群"字音濁,知此老下筆一字不苟。

其　四

屈復評:一二敘事,此地有廟之由。三神靈如在,四故殿猶存,總一二。五廟中景,六民心不忘。結轉起句,蓋永安宫乃托孤之地也。魚水君臣,生死一體,見先主能察武侯之忠也。

屈復評:"窺",小視也,言不以孫吴爲敵體也。玉殿、野寺、古廟複,"窺""幸""崩"三字,分明以正統予之也。①

題張問陶墨眉:論書法,改"窺"作"征",尤見正大。

嚴復墨眉:杜詩如此篇,實未見勝處,篇中累用"宫"字面,如玉殿與古廟、祠屋,尤爲疵病不當,舊聲瞎贊也。

王伯沆紅眉:此詩及後篇俱見公尊昭烈爲正統意。

沈巖眉:此篇叙中有斷,言婉而辯,非公不能。○先主失計,莫過窺吴,一敗塗地,崩殂隨之。漢室不可復興,遂以"蜀主"終矣。

---

① 校注:"總一二",杭本作"總承三";"敵體",杭本作"難敵"。

所賴托孤諸葛,心神不貳,猶得支數十年之祚耳。○曰“崩”、曰“翠華”,明以天子待之也。於魏武則曰“英雄割據”,益知以正統予蜀矣。考亭、南軒以前,少陵已持此論,稱“蜀主”,因舊號耳。

蜀主窺吴幸三峽,(**奚禄詒甲本旁**)用“征吴”好。○“窺”字與下“崩”字自相矛盾。崩年亦在永安宫。(**汪琬甲本紅眉**)先主。(**奚禄詒甲本眉**)“崩年”甚當。○“窺”字似不以蜀爲正統。(**奚禄詒甲本旁**)終於蜀而已。(**奚禄詒乙本墨眉**)天子曰“崩”,“窺”字與下“崩”字自相矛盾,似以蜀爲正統,“窺”字不如用“征”字。(**奚禄詒乙本墨旁**)終於蜀而已。(**俞瑒甲本評**)切本地。(**吴廣霈墨眉**)詠劉先主古迹。翠華想像空山裏,玉殿虚無野寺中。(**曹炎眉**)山有卧龍寺,先主祠在焉。古廟杉松巢水鶴,(**俞瑒甲本評**)接出祠屋。歲時伏臘走村翁。(**奚禄詒乙本紅眉**)中四句是弔昭烈絶唱。武侯祠屋長鄰近,(**俞瑒甲本評**)帶出武侯。一體君臣祭祀同。殿今爲寺,廟在宫東。(**錢陸燦丁本評**)老聃之流沙,作胡語,公用字所本,當注。(**吕留良紅眉**)結無味。(**奚禄詒甲本眉**)生前一體,死祀且同。當日之君臣如此,今日何如乎?(**奚禄詒甲本旁**)賦而興也。(**奚禄詒乙本墨旁**)生前一體,死祀且同。(**奚禄詒乙本墨眉**)至祭祀且同,纔見一體。當日之君臣如此,今日何如?(**錢載評**)第四首第四句下他本有杜公自注云:“山有卧龍寺,先生祠在焉。”

【彙評】

俞瑒甲本評:蜀主之雄才而不得盡武侯之用,可歎爲此。

張學仁參定:盧注:曰“幸”、曰“崩”、曰“翠華”、曰“玉殿”,尊昭烈爲正統,若春秋之筆,首稱“蜀主”,因舊號耳。

其五

屈復評:一二古迹,三四表其大才,五六惜功之不成,結歸天命。○詩最忌論斷，此首皆然。所以不惡者，他人未曾道過也。○前言武侯處最弱最難之時，居二雄大國之間，紆回籌策，實王佐之才，萬古一人而已。後言其功未就，其身已死，天心厭漢，留之不存，而其鞠躬盡瘁以報知己之心，不以天命已移，而不以死繼之也。言外見武侯尚有以死報知遇之地，而己則無地也。①

奚禄詒甲本眉："三分"句頂"宗臣"。"萬古"句頂"大名"，謂大名在萬古雲霄之上，自孔明視之，只一羽毛之輕耳。意在成功，不在虚名也。

吴士模墨眉：抑揚反覆，其於虚實之間，可謂躊躇滿志。○三分割據煩於籌策，然鞠躬盡力，萬古人臣之則，蓋雲霄之羽可用爲儀，不以成敗論也。末二句分結此意。

題張問陶墨眉：惟三句略抑作宕，餘都是提。前詩從正統與先主，此詩以王佐許武侯，兩章之義，實相表裏，蓋必先主之統正，而後武侯得爲伊吕耳。不然，總魚水膠漆，君臣一體，不過苻堅之與王猛而已，何伊吕之足云？

陳治墨眉：查浦云："雲霄""羽毛"或是鳳皇翔於千仞之意。

沈巖眉：三四言其業則限於三分，其人則爲法萬世，不可以成敗論也。○"一羽毛"，陳、李二師引《漸卦》"其羽可用爲儀"，得之。○"雲霄""羽毛"，猶鸞鳳高翔，狀其才品之不可及也。文中子謂諸葛武侯不死，禮樂其有興乎？即失蕭曹之旨。此議論之最高者，後人謂詩不必著議論，非通言也。

嚴復墨眉："籌筆無功事可哀，長星飛墜蜀山摧。三分豈是平生志，十倍寧論蓋世才。壞壁丹青仍白羽，斷碑文字只蒼苔。夜深老木風聲惡，猶想褒斜萬馬來。"此明[金]郝中詩也。

---

① 校注："未曾"，杭本作"所未曾"；"知己"，杭本作"知遇"。

諸葛大名垂宇宙，(吕留良紅旁)率直。(題商盤紅旁)對起。宗臣遺像肅清高。(汪琬甲本紅眉)孔明。(俞瑒甲本評)接上"祠屋"。(吴廣霈墨眉)詠諸葛丞相古迹。三分割據紆籌策，(俞瑒甲本評)點寔事。(奚禄詒甲本旁)早知運移漢祚，故茅廬之三分，亦紆曲不得已之策耳。(奚禄詒乙本墨眉)早知漢祚難及，故草廬三分之策，亦不得已而行曲焉。萬古雲霄一羽毛。(俞瑒甲本評)論斷。(題商盤紅旁)走馬對。(嚴復墨眉)"萬古雲霄一羽毛"，吾嘗百思不得其解。(奚禄詒乙本墨眉)"三分"句頂"宗臣"也，"萬古"句頂"大名"言。大名在萬古雲霄之上，自孔明視之，止一羽毛之輕耳。彼意在成功，不在虚名也。伯仲之間見伊吕，(吕留良紅旁)此等句，非作手便落宋調。(題商盤紅旁)倒應三四。(奚禄詒乙本墨旁)五六有斷制。指揮若定失蕭曹。(吕留良紅眉)弔古詩必須議論，議論則句難好。此聯甚有風力，"之間""若定"下得妙，對得活。"見""失"二字，更是精神流動處。(俞瑒甲本評)承"萬古雲霄"。(題商盤紅旁)走馬對。(錢載評)幾忘其爲筆矣。(朱方藹紅眉)抑揚反復，其於虚實之間，可謂躊躇滿志。(吴錫麒紅眉)分寸語妙，如活虎神龍。(奚禄詒乙本墨旁)正言其王佐之才。運移漢祚終難復，(奚禄詒甲本旁)此正應"紆籌策"。(李以峙墨眉)(運移)按作"福"非。志决身殲軍務勞。(傅山紅旁)坌甚。(吕留良紅旁)結且拙且弱。(張雝敬墨旁)識力既卓，句亦流宕可喜。(俞瑒甲本評)承"三分割據"。(俞瑒乙本評)公所企慕在此，故爲五詩之結。(奚禄詒甲本旁)賦而興也。(奚禄詒乙本墨眉)末二句正應"紆籌策"二句。(錢載評)要在拙。

【彙評】

俞瑒甲本評：公之所企慕者在此，故以爲五詩之結。

俞瑒乙本評：山有先主廟，又有卧龍寺，少陵企慕在武侯，故以爲五詩之結。

張學仁參定:“三分”二句是一抑一揚;“萬古”句跟上“宗臣”,“三分”句起下“移漢”,正是通篇樞紐。《心解》竊焦竑説謂居之輕若一羽,則“萬古雲霄”四字又作何解?

聽楊氏歌

屈復評:此首寄離亂之感也,不然,何至滿堂不樂哉?“玉杯”二句謂滿堂停而不飲,爲之神往也。一歌之微,知己滿堂,文章絶世,竟無一人,何也?①

吴廣霈墨眉:此等詩人工已極,特天工未列爾。

奚禄詒甲本眉:意在末結。

奚禄詒甲本旁:借楊氏言懷。

奚禄詒乙本墨眉:意在言外。

王鳴盛墨眉:此詩入在器物類,真堪一笑。

佚名己紅眉:歌乃樂事,何云“滿堂慘不樂”耶?其聲可忽。

佳人絶代歌,獨立發皓齒。滿堂慘不樂,響下清虚裏。江城帶素月,况乃清夜起。老夫悲暮年,壯士淚如水。玉杯久寂寞,金管迷宫徵。(**奚禄詒甲本眉**)“玉杯”二句亦承“壯士”“暮年”。(**奚禄詒乙本墨旁**)“玉杯”“金管”久已不作。(**奚禄詒乙本墨眉**)“玉杯”二句承“壯士”“暮年”,又接以“聽者疲”,則是歎無知者,不是讚歌矣。讚語已在起手。○“玉杯”以下轉到知己上,末纔以歌者結之。(**吴士模墨眉**)沉刻之極。勿云聽者疲,愚智心盡死。(**孫承澤墨眉**)只狀聽者,而歌之妙已見。(**錢陸燦乙本紅眉**)止此。古來傑出士,(**李以峙墨眉**)(士)按作

① 校注:“離亂”,杭本作“亂離”;“停而不飲”,杭本作“停不飲”。

“事”音訛。豈特一知己。 吾聞昔秦青，傾側天下耳。（**錢陸燦乙本紅旁**）不必再纏題。（**錢陸燦乙本墨旁**）詩文一道也，結必顧起，那云不必再纏題？覺斯之於詩也疏矣，宜牧齋誌王墓也，論其書法不及詩。（**奚禄詒甲本尾批**）賦也。〇如秦青之天下傾耳者，定爲傑士也。（**吴廣霈墨尾**）秦青，古之善歌者也。〇不結而結，弦外有餘音。

宿江邊閣

題鮮于樞評：此詩初序將晚，中言既夕之景物，末述憂戰伐而不眠之故。興而賦也。

屈復評：“孤”“薄”二字自喻，“岩際宿”，宿江邊閣也。“浪中翻”，漂泊無定也。五六喻時事，“不眠”結“宿”字。①

題商盤紅眉：“延”“次”字法並真而確，三四又用意在“薄”字、“孤”字，皆自喻也。“浪中翻”，飄泊無定；“岩際宿”，暫此依棲。〇六起七意，五起八意。五喻賢人遠舉，六喻盗賊縱横，故己雖有憂時之心，難爲獨濟之力也。

奚禄詒甲本眉：“薄雲”二句較“月涌大江流”句各有到處。

盧見曾紅旁：仇兆鰲曰：何仲言詩尚在實處摹景，此只轉换一二字間，便覺點睛欲飛。

題張問陶墨眉：三四初夜之景，五六深夜之景。五喻人民逃竄也，六喻盗賊歡譁也，已起下意。

吴廣霈墨眉：自然老到。

沈巖尾：用仲言句。

---

① 校注：“浪中翻”，杭本作“浪中”。

瞑色延山徑，（吕留良紅旁）下字新。（俞瑒甲本評）將宿。（題商盤紅旁）對起。實眼句。高齋次水門。（俞瑒甲本評）點閣。薄雲岩際宿，（俞瑒甲本評）比。承“山”。（題商盤紅旁）三四承上，語含比興。孤月浪中翻。（俞瑒甲本評）承“水”。（奚禄詒甲本旁）閑淡。（奚禄詒乙本墨眉）三四閑淡。（奚禄詒乙本紅眉）三承“山徑”，四承“水門”。（嚴虞惇紅旁）用何遜句。（王伯沆紅眉）庾子山詩“白雲岩際出，清月波中上”，公詩本此，又勝之。（倪象占藍眉）“孤”，即辜負之孤。鸛鶴追飛静，（李念慈紅眉）“追”一作“高”。（俞瑒甲本評）興。（題商盤紅旁）五六起下，語含比興。豺狼得食喧。（俞瑒甲本評）起“戰伐”。不眠憂戰伐，（俞瑒甲本評）收“宿”字。（題商盤紅旁）對結。無力正乾坤。（奚禄詒甲本尾批）賦而比也。

【彙評】

俞瑒甲本評：“鸛鶴”喻軍士，“豺狼”喻盗賊，時蜀有崔旰之亂也。

張學仁參定：“宿”字、“翻”字，百煉而出，較王右丞“大漠孤煙直，長河落日圓”更警。

佚名丁墨尾：上四相承而下，亦於寫景中含旅泊意。五六引起結聯，亦於寫景中含稔亂意。“追飛静”，姑息了事也，隱諷鴻漸。“得食喧”，攻殺不休也，蓋指崔、楊也。結語沈著，却能以“不眠”二字顧題。

西閣雨望

屈復評：中四寫微雨之景，乃寫“望”字也。“駐遠情”更妙，蓋至松林更望不去也。①

① 校注：“更”，杭本作“再”。

奚禄詒甲本旁:此寓於夔州閣上。

樓雨霑雲幔,山寒著水城。 徑添沙面出,湍減石稜生。(**方貞觀紅眉**)注解終不得明白。(**沈巖眉批下**)次連未詳,更參之。菊蕊淒疏放,松林駐遠情。(**嚴復墨眉**)"疏放""遠情"不對。杜意疏放不□,蓋言花開之疏,故自可對"遠情"。滂沱朱檻濕,萬慮倚檐楹。(**李以峙墨眉**)(末句)按"裏"明係音近而誤,"倚"字當改從"傍"。(**沈巖尾**)次連言始得水落,可通往來,不意又值此滂沱也。

西閣二首

其 一

奚禄詒甲本旁:《唐書》:貴臣多服紗帽,後變爲貴賤通服折角巾。

巫山小搖落,(**奚禄詒甲本旁、乙本墨旁**)秋未深也。碧色見松林。(**錢陸燦丙本評**)錢云:上六句閣中所見,下六句閣中心事。"要路"句賦而兼比,故即以"朱紱"接之。百鳥各相命,(**沈巖眉**)《夏小正》:鳴也者,相命也。(**奚禄詒甲本旁**)有比意。(**奚禄詒甲本眉**)"百鳥"二句有悟,惟公詩及此,太白不能。(**吴廣霈墨旁**)"命",自名也,即自呼也。孤雲無自心。(**吕留良紅旁**)玄奇,大有禪意。(**奚禄詒甲本旁**)分人、己看。(**吴廣霈墨眉下**)可解不可解之見,此之謂妙句。(**奚禄詒乙本墨旁**)三四句分人、己。(**奚禄詒乙本墨旁**)比也。(**佚名己紅旁**)似靖節句。層軒俯江壁,要路亦高深。 朱紱猶紗帽,新詩近玉琴。 功名不早立,(**奚禄詒甲本旁**)分承上二句。衰疾謝知音。 哀世非王粲,(**奚禄詒甲

本旁)不忘君也。**終然學越吟。**(**奚禄詒甲本旁**)賦也。○王粲《登樓賦》:"莊舄顯而越吟。"舄爲楚執珪,病中,王使人聽之,猶越聲也。(**方貞觀紅眉**)"越吟",仇本作"楚吟"。(**王鳴盛墨眉**)"越吟"爲是。

其二

懶心似江水,日夜向滄洲。(**吕留良紅旁**)奇妙。(**吴廣霈墨眉**)起二句有别味。(**奚禄詒乙本紅眉**)舊注謂末句是論詩,詩已盡人間之意,須更求於海外,如海底也。應披得盡之意,大謬。**不道含香賤,**(**奚禄詒甲本眉**)漢制:尚書郎口含雞舌香奏事。**其如鑷白休。經過淍碧柳,**(**李以峙墨眉**)(淍)按"調"謬,形近而誤。**蕭索倚朱樓。畢娶何時竟?**(**奚禄詒甲本旁**)向子平男女婚嫁畢,敕斷家事。**消中得自由。**(**吕留良紅旁**)對法。(**奚禄詒甲本旁**)相如消渴疾。(**倪象占藍眉**)"消中"見前。(**佚名己紅眉**)因病反得自由。**豪華看古往,服食寄冥搜。詩盡人間興,兼須入海求。**(**奚禄詒甲本眉**)末句乃夫子浮海之意,正應首二句。鄭云詩道似鑿。(**奚禄詒甲本旁**)賦也。○《南史》:郁王年五歲,戲高帝傍,高帝方令人鑷白髮。(**奚禄詒乙本墨眉**)末句即夫子浮海之意,正應首二句。

西閣夜

汪琬乙本評:五六真有老安少懷、萬物一體之意,却自無理障。

屈復評:前景後情,四更虚靈。

申頲墨眉:律詩,自具古詩氣骨聲響。

題商盤紅眉:夕陽漸隱,故曰"恍惚";白霧横拖,故曰"逶迤"。人言畫是無聲詩,此景恐畫亦難繪,惟詩能傳之耳。"山虚"則石易崩,"樓斷[静]"則門已閉,故以下三字承之。"月侵門"尤警絶,"擊柝”之聲何處?“無衣”之子可憐。“百慮”遂爾關心,“盜賊”尚滿天地,故若呼而怪之,非怪盜賊也,怪其以盜賊遺君父者也。

題張問陶墨眉:末句是恨極憤極語,讀之覺筆有血痕,字帶齒迹。

陳治墨眉:俞云:前景後情,亦是感興體。

沈巖眉:蒼然暮色,自遠而至,非高閣則不見也。“山虛”句興下所聞守瀠之苦,無衣之悲,則又已從“寒”字埋根矣。

沈巖旁:楊云:首二句將夜,第三初夜,第四已夜,第五夜深。遠聞行夜,時危既已驚心;静聽號寒,民窮又恐煽變。盜賊猶存,赤子無告,故不免百憂交集,遂爲輾轉申旦矣。

恍惚寒山暮,(**題商盤紅旁**)對起。(**奚禄詒甲本眉**)“恍惚”正爲“暮”字而下。逶迤白霧昏。山虛風落石,(**題商盤紅旁**)上因句。樓静月侵門。(**奚禄詒甲本旁**)洗練之句。(**奚禄詒乙本墨眉**)五六深念。擊柝可憐子,(**題商盤紅旁**)反裝對。無衣何處村。(**孫承澤墨旁**)仁人之言,雖淺亦痛。(**奚禄詒甲本眉**)五六深念。(**沈巖旁**)村曰“何處”,遥聞有此聲也。擊柝禦暴,則處處戒□矣。時危關百慮,(**題商盤紅旁**)跟五六。盜賊爾猶存。(**奚禄詒甲本旁**)賦也。○一片仁人君子之心。(**奚禄詒乙本墨眉**)一片仁人之心。(**沈巖眉批下**)從前驅民而爲盜,後復假盜以剥民,有雖以斥言者,故落句不得已仍致憤於盜也。(**王伯沆紅眉**)末句最痛切,謂蜀有崔旰之亂。

西閣三度期大昌嚴明府同宿不到

錢陸燦甲本眉:“索”,方曰“客”字之誤,“徹”字、“銷”字,總是一夜相望之意。鐵曰:“索”字是三度不來,豈人索我故要耶?

錢陸燦丙本評:錢云:"索"字是三度不來,豈人索我故要耶?

沈巖眉:次句言今夕宜可取必故約也。〇腹連寫負約入神。

問子能來宿,(**奚禄詒甲本旁**)前四句了"三度期"。今疑索故要。匣琴虛夜夜,手板自朝朝。(**汪琬甲本紅眉**)手板。(**奚禄詒乙本墨旁**)前四句了"三度"。金吼霜鐘徹,花催臘炬銷。(**李以峙墨眉**)(蠟)按"臘"形訛。早鳧江檻底,雙影漫飄颻。(**李念慈紅眉**)結語用王喬事,如攝魂駐景。(**奚禄詒甲本眉**)末興得有味,惟見早鳧之飄颻而已。(**奚禄詒甲本旁**)賦也。(**奚禄詒乙本墨眉**)結句承五六,言自夜候至天明,惟見早鳧之飄颻而已。(**沈巖尾**)"花催"所謂意外驚人語。〇問子肯來,乃期同宿,不到,則負在嚴也。起句曲折之至。

卷十四

覆舟二首

奚禄詒甲本眉:紀事則可,做詩則敗。

王伯沆紅眉:玄宗好燒煉之術,黔州貢丹砂等物,經巫峽覆舟,此詩所以諷也。

其 一

題鮮于樞評:此詩言黔陽所貢丹砂、翠羽,其舟覆於巫峽,故同丹砂於隕石,集翠羽以沉舟,譏明皇求仙之燒煉及後宫之侈服也。末四句言舟既覆矣,使者空餘其斜影,而龍居閟物之積流,惟篙工幸逐輕鷗以出耳。賦也。

題張問陶墨眉:三四點綴《左傳》及鄒陽語,俱極工致。

巫峽盤渦曉,黔陽貢物秋。(**奚禄詒甲本旁**)玄宗好神仙,黔州貢丹砂等物。(**奚禄詒乙本紅眉**)自太宗以下,無君不好仙術,太宗亦復[服]丹砂而崩,題曰"覆舟",亦未知是何代。丹砂同隕石,翠羽共沉舟。(**奚禄詒乙本墨旁**)紀事則可,做詩則敗。羈使空斜景,龍居閟積流。(**李念慈紅眉**)"斜影"及"閟"三字,畫出惆悵無聊,莫可奈何,情形畢見。(**嚴復墨眉**)"空斜影"不知所謂,注或解側身落水,或解悵怏斜日之下,均不確。豈有看人溺死而如是復忘者?(**李以峙墨眉**)(宫)按"居"形訛。**篙工幸不溺,俄頃逐輕鷗。**(**吕留良紅尾**)結有象無味。(**奚禄詒甲本旁**)賦也。

【彙評】

陳訏紅眉批仇注"側身落水"處:貢舟既覆,使者羈旅,故稱"羈使"。若與丹砂、翠羽共沉,豈得稱爲"羈使"耶?"空斜影",猶形影相弔耳,以爲"側身落水",何其俚也。

其　二

題鮮于樞評:此詩以漢武竹宫望拜之"神光照夜"、桂館求僊之"姹女凌波"比明皇燒煉丹砂之舟覆也。故曰徒聞有斬蛟之劍,無復見爨犀之船,言皆無救於覆舟,惟使者淒凉獨回朝耳。賦也。

題張問陶墨眉:"姹女凌[臨]波",言語妙天下。《參同契》:"河上姹女,靈而最神。"注:即真汞也。《晉書》:温嶠宿牛渚磯,燃犀照之,見水族奇形異狀。

竹宫時望拜,(**方苞眉批**)李義山意緒格調所自出。**桂館或求仙。**(**奚禄詒甲本眉**)漢武竹宫望仙事。蜚廉、桂館皆武帝作。**姹女凌波日,神光照夜年。**(**奚禄詒甲本旁**)武帝祭后土神光之燭。(**奚禄詒甲本眉**)漢宣帝作世宗廟,神光燭殿。**徒聞斬蛟劍,**(**奚禄詒甲本旁**)用事太多。○《吕氏春秋》:荆人佽飛得寶劍,渡江斬蛟。**無復爨犀船。**(**奚禄詒甲本旁**)晉温嶠宿牛渚,意下有怪物,燃犀角照之。**使者隨秋色,迢迢獨上天。**(**奚禄詒乙本墨眉**)使者没而死也。

【彙評】

陳訏紅眉批仇注“乃至身罹覆舟，而杳然上天乎？魄沉水也，魂升天也。帝未必升天，而使者已獨上天矣”處：峽江建瓴，上水猶如上天，即諺語“一灘高一丈，徽州在天上”耳。注必以使者爲沉水，豈秋色亦與俱沉耶？○“閟積流”是“翠羽”，“丹砂”閟於積流，必言“魄沉水”，亦未確。○以“上天”爲“魂升天”，“酒渴思吞海，詩成欲上天”，不知應作何解？

奉漢中王手札

國有乾坤大，（**汪琬甲本墨旁**）奇句。王今叔父尊。（**嚴復墨眉**）諦論之首句殊未工。剖符來蜀道，歸蓋取荆門。峽險通舟過，（**奚禄詒甲本眉**）插入此等句，老而能宕。水長注海奔。主人留上客，（**奚禄詒甲本旁**）歸守。避暑得名園。（**方拱乾評**）“主人”謂歸州郡守，“上客”指王。前後緘書報，分明饌玉恩。（**奚禄詒甲本旁**）凑。天雲浮絶壁，風竹在華軒。（**吴廣霈墨眉**）上句如改作“雲松撑絶壁”，便可與下句匹敵矣。已覺良宵永，何看駭浪翻。入期朱邸雪，朝傍紫微垣。枚乘文章老，（**奚禄詒乙本墨旁**）自序。河間禮樂存。（**李念慈紅眉**）華贍。（**奚禄詒甲本眉、乙本墨眉**）六句雙序。（**奚禄詒乙本墨旁**）王也。悲秋宋玉宅，失路武陵源。淹薄俱崖口，東西異石根。夷音迷咫尺，鬼物傍黄昏。犬馬誠爲戀，狐狸不足論。（**方拱乾評**）“犬馬”戀主，指漢中王；“狐狸”，指佞幸也。（**奚禄詒甲本旁**）指“夷”“鬼”句。從容草奏罷，（**奚禄詒甲本眉**）“草奏”爲拾遺時。宿昔奉清罇。（**方拱乾評**）“從容草奏”，當舉薦賢才，須念我之“夙昔奉清罇”也。（**奚禄詒甲本旁**）賦也。○末句結不住全首。（**奚禄詒乙本墨眉**）言我草手札之罷，回念昔日也。

奉漢中王手札報韋侍御蕭尊師亡

王士禛評:可以不作。

奚禄詒乙本墨眉:通首健拔。

沈巖眉:"少年"對下"白頭","多術"對下"疾病",即是自傷也。○先位置"道窮"句,體勢變化生動。

秋日蕭韋逝,淮王報峽中。(**奚禄詒甲本眉**)直起。少年疑柱史,多術怪仙公。不但時人惜,只應吾道窮。一哀侵疾病,相識自兒童。(**李以峙墨眉**)(相識)按作"相見"便非。處處鄰家笛,飄飄客子蓬。强吟《懷舊賦》,已作白頭翁。(**奚禄詒甲本眉**)末句念到自己亦苦。(**奚禄詒甲本尾批**)賦也。○通首健拔。○潘岳作《懷舊賦》。(**奚禄詒乙本墨眉**)末念到自己更苦。

【彙評】

奚禄詒甲本尾批"《杜詩通》卷第三十四終"處:排律至杜公,亦是前後所少。

存歿口號二首

嚴復墨眉:山谷《病起》《江高》《即事》諸詩,正學此種。

其 一

席謙不見近彈棋,(**汪琬甲本紅眉**)彈棋。畢曜仍傳舊小詩。(**奚禄詒甲本眉**)感友也,意在傷時。(**奚禄詒乙本墨眉**)思友也,寓以感時。(**曹炎眉**)道士席謙,吴人,善彈棋。畢曜善爲小詩。玉局他年無限笑,

（李以峙墨眉）（事）按“事”不如“笑”。白楊今日幾人悲。

其　二

鄭公粉繪隨長夜，曹霸丹青已白頭。天下何曾有山水，人間不解重驊騮。高士滎陽鄭虔善畫山水，曹霸善畫馬。（錢陸燦丁本評）四子皆游於藝，故杜公志之。

月　圓

題鮮于樞評：首句起第三聯，而第二聯承次句，末言故園松桂，萬里共此清輝，然吾羈棲於此，未得歸耳。興而賦也。

奚禄詒甲本旁：二句、三句寫景透徹，未免動情。

奚禄詒乙本墨眉：月圓而曰“孤”，情在故園矣。二三寫景透徹，未免動情。

吴士模墨眉：湛心天闕，遥瞻人寰，中邊無不玲瓏，寫圓月可云“滿”也。“動”字好，離江説不得，離月説不得也。次聯的的寫出圓月神理。“未缺”“高懸”俱就月説，然是十七夜側近月也。

題張問陶墨眉：三四將“金波”“綺席”字拆開顛倒，此詩家用古之法。

陳治墨眉：汪云：湛心天闕，遥矚人寰，中邊無不玲瓏，寫月圓可稱滿也。

沈巖旁：江潮夜月，光彩相暉，第二神妙，襯出“圓”字，又與“故國”反對也。

孤月當樓滿，（奚禄詒甲本旁）“月”上加“孤”字，情在故園。寒江動夜扉。委波金不定，（奚禄詒乙本墨旁）承次句。照席綺逾依。

(**秦應逵墨旁**)不如"不定"二字。(**奚禄詒乙本墨旁**)承首句。(**沈巖眉批下**)"逾依"恐不如上句"不定"二字。(**王鳴盛旁批**)"金波""綺席",拆而用之。**未缺空山静,**(**奚禄詒甲本眉**)當是十六日月猶望,故云"未缺"。(**奚禄詒乙本墨旁**)空夜。**高懸列宿稀。**(**李念慈紅眉**)六句氣象。(**吕留良紅旁**)三字未瑩。(**俞瑒乙本評**)五六寫"圓"字入神。(**奚禄詒乙本墨旁**)極明。**故園松桂發,**(**佚名丁墨旁**)"松桂發"謂發輝也。**萬里共清輝。**(**奚禄詒甲本旁**)故園萬里共清輝,此地仍是孤舟。(**奚禄詒甲本旁**)賦也。(**奚禄詒乙本墨眉**)"共清輝"回顧孤月。(**沈巖尾**)第五晦。

【彙評】

佚名丁墨尾:起聯將月與樓、與江上下交光發揮用意,次聯筆尤巧妙。古歌云"穆穆金波",本就月言,此則借切江色,"綺席"則切樓上,承頂分明,而月光即從江光、樓光内顯出也。五六拈題中"圓"字。結聯超脱無比,不涉客情、愁思字樣,而情思都在個中。

中　宵

題鮮于樞評:言西閣中宵步綺疏之時,見飛星落月而沙水虚白,且知擇木之幽鳥,想潛波之巨魚,其動其静,得自然之妙。今我親朋多而來書少者,以阻於兵戈故耳,何魚鳥之不若耶?○賦也。

汪琬乙本評:寫景入微,由中無纖翳也。三聯遠取諸物,近取諸身,仰矚蒼凉,增其百感。

盧見曾紅旁:頷聯名儁,比之"月映清淮"之句,真復相似。

吴士模墨眉:寫景入微,無纖翳也。三聯遠取諸物,近取諸身,仰矚蒼凉,增其百感。

題張問陶墨眉:"飛星過水白",從迅疾中取象。"落月動沙虛”,從恍惚中描神。○“過”“動”“白”“虛”“知”“想”字皆句中眼。

吴廣霈墨眉:亦是警煉佳作。

沈巖眉:第四並達曙矣。○書猶不得,况可因依耶? 雖謀去此而未能也。

沈巖旁:落句,茫茫天地,不知所從,雖欲深潛熟擇,其可得乎? 所以中宵輾轉也。

西閣百尋餘,(**奚禄詒甲本眉**)起句未能動下。中宵步綺疏。(**沈巖尾**)用《魯靈光殿賦》:“懸棟結阿,天窗綺疏。”張孟陽注:天窗,高窗也。(**俞瑒甲本評**)領起通首。(**奚禄詒乙本墨眉**)起二句不能動下文。飛星過水白,(**題商盤紅旁**)倒押句。上因句。落月動沙虛。(**李念慈紅眉**)“動”字屢用入神。(**俞瑒甲本評**)中宵所見。(**俞瑒乙本評**)三四“虛”“白”二字,下得甚險,須從“過”“動”處得之,微妙難名。(**題商盤紅旁**)下因句。(**奚禄詒甲本旁**)“動沙虛”三字細。(**李以峙墨眉**)(動沙)按“檐”字雖可通,然當從“沙”。(**沈巖眉批下**)“虛”字不穩。擇木知幽鳥,(**題商盤紅旁**)語含比興。實眼句。潛波想巨魚。(**俞瑒甲本評**)中宵所感。(**奚禄詒甲本旁、乙本墨旁**)二句比體,結意自貫。親朋滿天地,(**題商盤紅旁**)轉换結。兵甲少來書。(**俞瑒甲本評**)步閣所思。(**奚禄詒甲本旁**)賦也。○親朋之書,自然不肯到幽潛之人。(**奚禄詒乙本墨眉**)親朋之書,自然不肯到幽潛。(**王伯沆紅眉**)寫出無依景况。

【彙評】

俞瑒甲本評:三四“虛”“白”二字甚險,須從“過”“動”二字得,少。

佚名丁墨尾:三四寫景動目,五六運思入微,正爲“親朋”“少書”領神。物自善全,人自多感,故同此寂寞,而志趣不侔。用意與“感時花濺淚,恨别鳥驚心”翻轉出奇,此可悟文心之變,不徒以“知”字、“想”字能鈎畫夜景爲佳。

不　寐

題鮮于樞評:此詩首句起下,三句興也。然我氣已衰而甘於少寐,心不壯而恨其容愁,且四郊多壘,桃源何處可求耶? 則其所憂者,非一己之憂也。賦也。

奚祿詒甲本旁:不衰不愁,不知五六句之苦。三四合看則兩傷。

吴士模墨眉:老氣盎然,遂能超中、晚之劫。"翳翳"句言其不明也,故有下句。

瞿唐夜水黑,城内改更籌。翳翳月沉霧,輝輝星近樓。(**奚祿詒甲本旁**)月既蒙霧,星亦不輝輝矣。或者月欲落,西邊有霧,中天却無耶?(**奚祿詒乙本墨旁**)月已落而星尚在。氣衰甘少寐,心弱恨容愁。(**丁耀亢紅眉**)工。(**李念慈紅眉**)别本"容"字妙不可言,乃改從"和",而反繫本字於下,學識卑陋,乃至於此乎?(**吕留良紅旁**)句亦衰弱。(**申涵墨眉**)精絶。(**奚祿詒乙本墨眉**)六七正不寐之故。(**李以峙墨眉**)("心弱"句)按"容"字最好,"知"字謬。多壘滿山谷,(**李以峙墨眉**)(多壘)按"疊恨"顯謬。桃源無處求。(**奚祿詒甲本旁**)賦也。

遠　遊

題鮮于樞評:首句以江浮棟、雲出山起興,又以"塵沙""風雨"喻亂,興而比也。後四句以雁銜蘆(輯者按,下闕)。

奚祿詒甲本眉:"内""間"二字俱不穩。

朱方藹紅眉：杜公最善命題，如此篇寫遠遊，盡致矣。

吴士模墨眉：杜公最善命題，如此詩寫遠遊，盡致矣。五六句羨雁之矯，同猿之悲。

吴廣霈墨眉：此首佳妙可誦。

佚名丁墨旁：竺云：此蓋在江樓上作，故有起句。

江闊浮高棟，（**奚禄詒甲本旁**）“棟”字何若，必有樓在江邊。（**李以峙墨眉**）（棟）按“凍”形聲並訛。雲長出斷山。塵沙連越巂，（**佚名丁墨旁**）竺云：“塵沙”只以土言，《行次昭陵》詩：“塵沙立暝途。”風雨暗荆蠻。雁矯銜蘆内，（**吕留良紅旁**）三字未妥。猿啼失木間。（**佚名丁墨旁**）竺云：“銜蘆”謂避危，“失木”謂不安居。“内”“間”二字，言都不出於艱難之中，皆以自譬。弊裘蘇季子，（**吴廣霈墨旁**）自喻。歷國未知還。（**奚禄詒甲本尾批**）賦也。七八結不住全首，只因引事不切。

【彙評】

佚名丁墨尾：詩似出峽舟行之作。久困羈棲，乍臨昭曠，神理如是。上四闊遠迷離，遠遊之景色也。下四進退失據，遠遊之心事也。通體高亮。

垂 白

題鮮于樞評：公自言未遇若馮唐之垂老，傷時若宋玉之悲秋。況江樓之喧寂，當少睡、獨移之時乎？蓋天下多難，吾何補於朝廷？今雖無家且病，不敢辭也。甘從沉醉，未許賦詩，其憂國之心見於言外。賦也。

奚禄詒甲本旁：五句頂首二句，六句頂三四。

奚禄詒乙本墨眉:五頂“垂白”二句,六頂“江喧”二句,“甘從”“未許”四字可思。

王鳴盛墨眉:言時事可哀,無有哀之者,豈獨許我哀乎?

垂白馮唐老,清秋宋玉悲。(**奚禄詒甲本眉**)止借馮悲老仿宋悲秋耳。江喧長少睡,樓迥獨移時。多難身何補,無家病不辭。(**沈巖眉**)我身今何所補?但猶冀匡此多難,身病固所不辭。甘從千日醉,未許《七哀詩》。(**奚禄詒甲本尾批**)賦也。

【彙評】

沈巖尾:七哀成詩,目終不瞑,“少睡”非關“江喧”,登樓日憂王路,白首不移,徒以此也。

雨　晴

題鮮于樞評:言雨晴而山色如新可愛,乃天道美此殊俗,以慰我耳。然秋江則思殺人矣。何哉?有猿則揮淚已盡,無犬則寄書不頻,故國弗可見,而長歌欲損神耳。興而賦也。

俞瑒乙本評:“雨晴”止起二句一點,下俱感慨。

奚禄詒甲本旁:韻惟刻,故不成。

雨時山不改,(**李以峙墨眉**)(雨時)按“晴”在次句,此當作“時”。晴罷峽如新。(**奚禄詒乙本墨眉**)起二句刻意之句,然不成詩。天路看殊俗,(**李以峙墨眉**)(看殊俗)按“休”字廢解,然不知何因而誤。秋江思殺人。(**奚禄詒甲本眉**)人知秋月使人愁,而不知“秋江思殺人”也。(**吳廣霈墨眉**)“秋江”一句自然動人。有猿揮淚盡,(**奚禄詒甲本旁**)承上句。無犬附書頻。(嚴復墨眉)五六對法不工,蓋出句係因果,所由揮淚至盡以有猿故。對句不然,若將“頻”字改作“稀”字,則亦因果句法矣。故國愁眉外,長歌欲損神。(奚禄詒甲本旁)賦也。○以“秋江”説“雨晴”句好。(奚禄詒乙本墨眉)人知秋月使人愁,不知“秋江思殺人”。(吴廣霈墨眉)末句獨好。

摇 落

題鮮于樞評:言巫山秋暮,草木摇落,惟“寒江東北流”而赴海耳。惜乎煙塵惟多戰鼓,風浪實少行舟,此何時耶?三聯自歎説不行而空上書。末言我心惟欲報主,奈何卧病又高秋乎?興而賦也。

奚禄詒甲本旁:五六填塞,上下無關。

吴廣霈墨眉:通首深穩老煉。

沈巖眉:起二句言身方卧病,不如江水能朝宗也。腹連却是説金盡,一虚一實。

沈巖旁:落句言衣食不給非所憂,但恐衰年卧病,終負主恩,是則長懷深念耳。

摇落巫山暮,寒江東北流。(沈巖旁)高秋。煙塵多戰鼓,風浪少行舟。鵝費羲之墨,(奚禄詒甲本旁)求詩字。(佚名丁墨旁)竺云:此蓋有所謂也,不爾不免泛謾。貂餘季子裘。(奚禄詒乙本墨眉)五六填塞,上下無關。長懷報明主,卧病復高秋。(奚禄詒甲本旁)賦也。

【彙評】

佚名丁墨尾:峽中兩歷秋暮,去住摇摇,自寫心事。○“費墨”,聊事詞翰,“餘裘”,略無斧資。

草　閣

題鮮于樞評:首二句言草閣臨水而地幽也,承之以“魚龍回夜水”,則“星月動秋山”矣。雲盡天清而露濕矣,且小婦泛舟來往,乃自慚衰老而流落。興而賦也。

汪琬乙本評:筆無一塵,如與秋空競爽。

李念慈紅眉:三四沉厚,五六清迴。

俞瑒乙本評:是臨江草閣,故首句云然。三四連看便好。

屈復評:“回夜水”,即魚龍,以秋爲夜意,六句有比意。“小婦”即小妻,謂妾也。

吴士模墨眉:筆無一塵,如與秋空競。

題張問陶墨眉:末句作公自有小婦,因漂泊之故,而慚其紅顔之損説,亦妙。

吴廣霈墨眉:警策之作,惜收筆不稱。

沈巖旁:此夔州詩。夔俗,女當門户,泛舟其常矣。族父省齋謂是公之小婦,蓋泥於“慚”字耳。

草閣臨無地,(**俞瑒甲本評**)是臨江草閣。(**題商盤紅旁**)流水對起。柴扉永不關。魚龍回夜水,(**題商盤紅旁**)倒押句。星月動秋山。(**俞瑒甲本評**)三四連看便好。(**奚禄詒甲本旁**)好,壯健之句。○公每用“動”字於星月上,恰恰妙絶。(**奚禄詒乙本墨眉**)公每用“動”字於星月上,恰恰妙絶。(**陳治紅眉**)“月”一作“火”。(**奚禄詒乙本墨旁**)好,壯句。夕露清初濕,(**方拱乾評**)趣。(**題商盤紅旁**)倒押句。(**沈巖眉**)久晴之露,故下久而初霑濕。高雲薄未還。(**方拱乾評**)六句皆門外景。(**丁耀亢

墨眉）疑。**泛舟慚小婦，飄泊損紅顔。**（**錢陸燦丁本評**）末借舟婦以自比。（**奚禄詒甲本旁**）賦也。（**奚禄詒甲本旁、乙本墨眉**）以泛舟之婦，形己之漂泊，亦草閣所見也。（**陳治墨眉**）俞云："慚"字是"憐"字。（**吴廣霈墨尾**）收俗。

【彙評】

張學仁參定：注家謂草閣有同泛舟，説"小婦"亦是鍾情處，未協。

題商盤尾："泛舟慚小婦"，"飄零[飄]愧老妻"，何以慚？何以愧？丈夫欲正乾坤，及其用也，乃至不能寄其婦子，能無愧於心乎？意極悶而出語後亦風致。惟其心事磊落，故筆下能曲折盡意。

倪象占藍眉：或問陶彭澤有侍兒，杜工部亦有否？曰有，"泛舟慚小婦，漂泊損紅顔"，其證也。至後《遣悶》一首，又隱約似悼亡之作矣。

江　月

題鮮于樞評：公居西閣看江月有感而作。首二句生中四句。次聯承第二句。三聯應首句。末章言誰挑錦字，將以寄遠，奈燭滅而翠眉顰，蓋言燭滅而月將墜故耳。賦也。

錢陸燦丁本評：起二句看月之地，三四對月之懷，五六方詠月，結推開説。"挑錦字"用竇滔事妻事，以棄婦喻放臣也，比興深長。用"滅燭"字暗縮"月"字，此杜詩一定之法。

李念慈紅眉：詠月妙在用他物映帶，神在個中。

奚禄詒甲本眉：凡作詩，全要興味好。

奚禄詒乙本墨眉：凡作詩，全要興味好。○此等起句，此等結句，乃詩家妙境，曹子建有之。○末以客結，其實警策。

吴士模墨眉：客中江上看秋月，最難爲懷，寫來曲盡其情，高老空淡，如置身桂殿，與素女同遊。

題張問陶墨眉："挑錦""滅燭"，明指其家，便成呆鈍，故以注家海概言之，此正用筆活泛處。上四琅然清圓，五六無塵氣，七八更不即不離。

陳治墨旁：客中江上看秋月，最難爲懷。

沈巖旁：起句"光於水"三字便切"江月"；第二句舊注引沈約，"高樓"切思歸，即與結處呼應。

江月光於水，（**吴廣霈墨眉**）"光"一本作"凉"，是也。高樓思殺人。（**奚禄詒甲本旁**）起二句似曹植。天邊長作客，（**題商盤紅旁**）三四應次句。流水對。（**奚禄詒甲本旁**）客中思家。老去一霑巾。（**吕留良紅旁**）"做"音雖是，不作"做"音乃佳。（**題商盤紅旁**）五六應首句。玉露團清影，銀河没半輪。 誰家挑錦字，（**題商盤紅旁**）藏頭句。滅燭翠眉嚬。（**奚禄詒甲本眉**）末以客結，其實警策。（**奚禄詒甲本旁**）賦也。此等起句，此等結句，皆詩家妙境，學者不可不知。○□是好樂府。（**奚禄詒乙本紅眉**）以挑錦之翠眉，歎沾巾之老客。（**吴廣霈墨眉**）亦警句，惜收少弱。

江　上

題鮮于樞評：首言江上多雨而成荆楚之秋，故"下木葉""攬貂裘"以起下文。然我雖云衰老，而時危報主之心，不能自已，結三聯之意。興而賦也。

屈復評：前寫景，後寫情。"頻看鏡"，勳業無成也；"獨倚樓"，行藏無聊也。

題商盤紅旁：《後山詩話》：裕陵嘗觀子美詩，謂甫之詩皆不逮

“勳業”二句。

奚禄詒甲本眉：五六各有兩層，其中慨歎想望，君臣人己，無所不有。

奚禄詒乙本墨眉：五六各有三層，其中感慨想望，君臣人己，無所不有。○唐德宗亦嘆服五六。

盧見曾紅眉：頷聯抑鬱無聊，却説得如此含蓄，宜宋真宗之亟稱之也。

盧見曾紅旁：顧注：詩言江上倚樓，此夔州西閣所作也。○上四叙景，旅客悲秋之况；下四言情，舊臣憂國之懷。夜不眠以至曙，故對鏡倚樓。看容色而計行藏，但以報主心切，雖衰年未肯自諉。此公之篤於忠愛也。

吴士模墨眉：志在勳業，而憂其將老，故“頻看鏡”。行藏不能自主，故獨徒倚江樓而已。唐文宗舉“勳業”二句冠杜五律，誠哉，知言也！十字至大至悲，老極淡極，聲色俱化。

陳治墨眉：汪云：唐文宗舉“勳業”二句冠杜五律，誠哉，知言也！

吴廣霈墨眉：精健之作。

江上日多雨，(**俞瑒甲本評**)上四叙景。蕭蕭荆楚秋。高風下木葉，(**題商盤紅旁**)走馬對。(**奚禄詒甲本旁**)“攬”表畏雨寒耳。永夜攬貂裘。勳業頻看鏡，(**俞瑒甲本評**)下四言情。(**題商盤紅旁**)硬裝句。行藏獨倚樓。(**孫承澤墨旁**)似中晚語。(**申頲紅眉**)追摹者，今已濫極，每厭見之，然不妨此二語之妙。(**題張問陶墨眉**)神理尤在“頻”“獨”二字。(**王伯沆紅眉**)自負不小。時危思報主，衰謝不能休。(**奚禄詒甲本尾批**)賦也。○五頂四來，六頂三來，七八歎己之不能輔肅宗也。

【彙評】

張學仁參定：五六接得雄邁，陳後山謂真宗極賞此聯，信是有識。

佚名丁墨尾：高爽悲涼，於老杜難得此朗朗之語，不須注脚也。

中　夜

題鮮于樞評：首言於西閣中夜望北辰，而傷長安亂靡有定，皆由胡雛負恩澤而然，且自愧不能弭亂，而歎羨太平之人。興而賦也。

奚禄詒甲本旁：從來世亂，皆由太平時庸臣燕鵲處堂耳。

李念慈紅眉：謂不能彌亂於未形，以至此也。

吴士模墨眉：可稱悲壯，而以樸淡寫之，則悲壯在神情，不在字面。杜悲壯在骨裏，非可襲而取之。太平人逸居召禍，千古同悲。禄山信負君恩作賊，誰致其悲乎？公責當時公卿隳邊防而安豫，不止一節。

吴廣霈墨眉：悲壯蒼凉，可歌可泣。

中夜江山静，危樓望北辰。(**方拱乾評**)三字所以興悲。長爲萬里客，有愧百年身。(**方拱乾評**)如此"萬里""百年"，令王子安何處生活？(**吕留良紅旁**)此等句非鍛煉可得。故國風雲氣，高堂(**奚禄詒甲本旁**)杜陵。戰伐塵。(**徐渭墨旁**)似好亦似不好。(**嚴復墨眉**)"高堂"泛言華屋。胡雛(**奚禄詒甲本旁**)禄山。負恩澤，嗟爾太平人。(**方拱乾評**)飄結。(**奚禄詒甲本旁**)賦也。○結句不細思不得。(**奚禄詒甲本眉**)末寫前人和親之非。(**奚禄詒乙本墨眉**)末言皆太平時人，階之厲也。(**陳治墨眉**)禄山負恩，皆由君相釀成，故曰"嗟爾太平人"，逸居召禍，千古同悲。

【彙評】

佚名丁墨尾:此即依斗望京之旨。下四仇云追恨禄山。愚按,身由亂起而遠,故望而嗟之。

遣　愁

題鮮于樞評:此公在夔卜居未定而作也。於此則"江通神女館",於彼則"地隔望鄉臺",其蓬户將何所開耶?且曰"漸惜容顏老",傷青春之不再;"無由弟妹來",歎道路之尚阻。故末章語意尤爲可哀。賦也。

奚禄詒甲本旁:杜詩有極率易者,此類是也。

養拙蓬爲户,茫茫何所開。江通神女館,地隔望鄉臺。(**王嗚盛旁批**)神女館在巫山,望鄉臺在成都。漸惜容顏老,無由弟妹來。兵戈與人事,回首一悲哀。(**奚禄詒甲本尾批**)賦也。

杜鵑行

方拱乾評:與前作無大異同,當是粉本耶?

李念慈紅眉:此亦必出子美。

盧見曾墨旁:此章詠杜鵑以破從來望帝之説也。首段記其形細微而狀憔悴,次段憐其求食勞而啼聲慘,末段嘆世俗之傳訛。

嚴復墨眉:此篇或云暢當詩,或云司空曙詩。〇此與"君不見昔日蜀天子"一篇比較,似彼爲蒼勁也。

吴廣霈墨眉:此詩亦佳,然明明非杜作,有目人自能辨之。

吴廣霈墨旁:此自是司空曙詩,非杜作也。

王嗚盛墨眉:重見。

王伯沆紅眉:此蓋爲李輔國離間,兩言明皇幽禁南内而作,玩末句可知。

古時杜宇稱望帝,魂作杜鵑何微細。跳枝竄葉樹木中,搶佯瞥捩雌隨雄。毛衣慘黑貌憔悴,衆鳥安肯相尊崇?隳形不敢栖華屋,短翮惟願巢深叢。穿皮啄朽觜欲禿,苦飢始得食一蟲。誰言養雛不自哺,此語亦足爲愚蒙。(**嚴復墨眉**)"君不見"一首云:"寄巢生子不自啄,群鳥至今爲哺雛。"意與此反。聲音咽咽如有謂,號啼略與嬰兒同。口乾垂血轉迫促,似欲上訴於蒼穹。蜀人聞之皆起立,至今斆學傳遺風,(**李以峙墨眉**)(微風)按當從"遺","微"字非。乃知變化不可窮。豈思昔日居深宫,嬪嬙左右如花紅。(**方拱乾評**)即杜鵑耳,何必比?

九日諸人集于林

題鮮于樞評:言九日雖是明朝,而相招則非舊俗,且老翁難於早出,然賢客幸亦知歸,於是采黄花謾看年少之樂,梳白髮忍淚而淚已霑衣,則其衰老羈棲,去國懷鄉之思爲何如哉!賦也。

王嗚盛墨眉:乃諸人約九日集於林,公以老年難於早出,故預道其意也。

九日明朝是,(**題商盤紅旁**)對起。相要舊俗非。老翁難早出,(**題商盤紅旁**)交互對。三四承次句。(**秦應逵紅旁**)漁邨圈之。賢客幸知歸。(**吕留良紅旁**)拙樸。舊采黄花賸,(**題商盤紅旁**)五六承首句。新梳白髮微。(**沈巖眉**)非老翁所宜,故黄花俱成贅賸也。漫看年

少樂，（**題商盤紅旁**）藏頭結。**忍淚已霑衣。**（**題商盤紅旁**）意在言外。（**奚禄詒甲本旁**）賦也。

【**彙評**】

奚禄詒乙本墨眉：公自律詩，每句必有兩三層意，合對偶看又有幾層，所謂“詩律細”也。

返　照

錢陸燦丁本評：石在江上，本高也；返照侵之，則影倒而石壁翻矣。村在樹中，本明也；歸雲擁之，則暝合而山村失矣。

錢陸燦戊本評：比興格。○此不特詠物，而前四句托物起興也。○後四句雖自爲一意，又句句照前後，則末句看開題意，尤爲妙也。

汪琬乙本評：文體蔚然，在杜律中尤爲秀出。

李念慈紅眉：音節沉厚。

俞瑒乙本評：上四句寫返照入神，畫所不能到。下四句感慨入情。

屈復評：前景後情，三承一，四承二，五六“高枕”字、“早”字、“絶塞”字，亦從“黄昏”“白帝”出，七八“久留”字、“南方”字，暗結首二句地名。

奚禄詒甲本眉：如此沉練，唐人所少。

奚禄詒乙本紅眉：字字著意，感恨更多。

朱方藹紅眉：文體蔚然，在杜集中尤爲秀出。

吴騫墨眉：文體蔚然，在杜律中尤爲秀出。

吴士模墨眉：文體蔚然，在杜律中尤爲秀出。

題張問陶墨眉：四句寫景，可作詩中圖畫，後四言情，能濕□上淚痕。

吴廣霈墨眉：全首沉著烹煉，精金無滓。

楚王宫北正黄昏，（**沈巖眉**）楚王宫在正山傍。**白帝城西過雨痕。**（**秦應逵墨旁**）用倒裝，更錯綜可喜。（**吴廣霈墨旁**）“過雨痕”三字，誰能想到、寫出？（**沈巖旁**）用倒裝更錯綜可喜。**返照入江翻石壁，**（**題商盤紅旁**）雙眼句。呼應句。**歸雲擁樹失山村。**（**傅山紅眉**）此爲佳句。（**吕留良紅眉**）意細辭壯。（**俞瑒甲本評**）黄昏之景。（**盧見曾紅旁**）物色在有無之間，可謂善於寫照。（**秦應逵墨旁**）應“黄昏”二字。（**張雝敬墨旁**）兩句都極鍛煉，而上句意更奇勝。（**沈巖旁**）解上“黄昏”二字。**衰年肺病唯高枕，**（**俞瑒甲本評**）黄昏之情。（**題商盤紅旁**）上因句。**絶塞愁時早閉門。**（**俞瑒甲本評**）是“正黄昏”。（**奚禄詒乙本墨旁**）“閉門”“高枕”正爲豺虎。**不可久留豺虎亂，**（**奚禄詒甲本眉**）“豺虎亂”三字申“不可久留”四字，然前四句已有“不可久留”之情景矣。（**奚禄詒乙本紅眉**）“豺虎亂”申上“不可久留”。（**吴廣霈墨眉**）“亂”一本作“地”，勝。**南方實有未招魂。**（**俞瑒甲本評**）應“楚宫”。（**奚禄詒甲本旁**）魂已南下矣。（**奚禄詒甲本旁**）賦也。○全以氣骨神力爲文，句中皆有三層。（**奚禄詒乙本紅旁**）意已南去矣。

【彙評】

俞瑒甲本評：前寫返照如畫，後更感慨入情。

張學仁參定：黄生曰：年老、多病、感時、思歸，集中不出此四意。而横説、竪説、反説、正説，無不曲盡其情。此詩四項俱見，結尤凄神戞魄。

秦應逵紫尾：前四句寫題如畫，後四句感慨入情。

吹　笛

錢陸燦丁本評：沉入顯出，調高響逸，可掩一代才人之作。

錢陸燦戊本評：應句格。正中變。

汪琬乙本評：氣機流利，聲韻悲凉，末二句更自悠遠。

俞瑒乙本評：結用折楊柳事，死事活用，恰好挽到"斷腸聲"句作收。

屈復評：一見時，二聲哀，三明承"風"，四明承"月"。《關山月》，曲名，寫笛聲之遠也。五胡笳借用，故曰"堪"。《武陵》，笛曲，故曰"想"。《楊柳》，笛曲名，"摇落"應首句。

奚禄詒甲本眉：從首句抽出"風月"二字，家數未大。

盧見曾紅旁：吞吐含芳，安詳合度，極頓挫之妙，而高雅絶人。明人何景明七律全本此種。千載而下，固有合續弦膠者也。

吴士模墨眉：氣機流利，聲韻悲壯，末二句更自悠然。

題張問陶墨眉：五句借笳喻笛，故北走曰"堪"。六句用笛實事，故南征曰"想"。〇笛曲有《折楊柳》，故翻用其意，只著"故國"字，便能化腐爲新。

吴廣霈墨眉：五六是闡發笛中吹出之聲調、之曲意也，俗人不解，枉讀好詩矣。

沈巖旁：後半不覺爲用事。〇次連緊頂起句，作"風月"爲是。

吹笛秋山風月清，誰家巧作斷腸聲。（**錢載評**）亦未曾有者。（**嚴復墨眉**）二"巧"字皆俗。（輯者按，與前《見螢火》之"巧"。）（**奚禄詒乙本墨眉**）抽出"風月"二字，家數未大。風飄律吕相和切，（**徐渭墨旁**）此句便屬冬烘。（**丁耀亢紅旁**）宋元人語。月傍關山幾處明？（**俞瑒甲本評**）雙承"風月"。（**李以峙墨眉**）（月傍）按"倚"不如"傍"。胡騎中宵堪北走，(**俞瑒甲本評**)用事。(**嚴虞惇紅旁**)劉越石。(**倪象占藍眉**)"胡騎"句襯，故云"堪"。武陵一曲想南征。(**俞瑒甲本評**)"胡騎"，劉越石事。《武溪深》，馬援南征所製曲。(**嚴虞惇紅旁**)馬伏波。(**方貞觀墨眉**)用事精切微妙。故園楊柳今摇落，何得愁中曲王原叔得甫詩稿，"曲"作"却"。盡生？(**李念慈紅眉**)落有風致。(**李念慈紅眉**)"却"字佳。(**俞瑒甲本評**)收"斷腸聲"。(**奚禄詒甲本尾批**)賦也。(**奚禄詒乙本紅眉**)惟第四句與結句無盡。(**張雝敬墨旁**)寫聲止得笛之似，不如寫景得笛之神也。(**吴廣霈墨尾**)"盡"一本作"更"，亦佳。

【彙評】

李念慈紅眉批錢注"武陵"：人多不知《武溪深》爲和曲也，此表出之。

俞瑒甲本評：結語用折楊柳事生情，引人入勝。

張學仁參定：詠物詩詞極工細，意極深遠，方是大手筆。

秦應達墨眉：後半豈覺爲用事耶？

秋日寄題鄭監湖上亭三首

奚禄詒甲本眉：三首皆不甚恰當。

奚禄詒乙本墨眉：三首皆不佳。

其　一

題鮮于樞評：言草違春意則沅湘之秋至，而思習池、庾樓之樂。

碧草違春意，(**傅山紅旁**)無味。(**李以峙墨眉**)(違)按作"逢"謬，此原形近之誤。沅湘萬里秋。(**題商盤紅旁**)見地見時。(**嚴復墨眉**)"碧草逢春"，奈何以興秋日耶？池要山簡馬，(傅山紅旁)不解。(題商盤紅旁)借古爲喻。(奚禄詒乙本墨旁)鄭亭也。月净庾公樓。(嚴復墨眉)"要"字對不過"净"字。(奚禄詒乙本墨眉)四句已了"寄鄭"，五六自言，纔起得結句。磨滅餘篇翰，(奚禄詒乙本墨旁)己也。平生一釣舟。高唐寒浪減，仿佛識昭丘。(奚禄詒甲本旁)言須出峽過荆。(奚禄詒甲本旁)賦也。(奚禄詒乙本墨旁)言還荆州。

【彙評】

俞瑒乙本評：在荆州，故所用皆荆州事。山池切"湖"，庾樓切"亭"，用事工貼。結語言將出峽而之江陵也。

其　二

題鮮于樞評：首言作湖亭，"開竹徑"而聞"客過"，終非避世。次言己之官序則如潘生，而鄭之才名則如賈誼，他日能容我捨舟卜鄰否？賦也。

新作湖邊宅，還聞賓客過。自須開竹徑，誰道避雲蘿。官序潘生拙，(奚禄詒甲本旁、乙本墨旁)况己。才名賈傅多。(奚禄詒甲本旁、乙本墨旁)况鄭。捨舟應轉地，(李以峙墨眉)(卜地)按"轉"字謬，廢解。鄰接意如何？(奚禄詒甲本旁)賦也。

其　三

題鮮于樞評：首言鄭暫往秘書監，終爲江海人。而居湖上之亭，以揮金固宜，而拖玉不稱，於蓴煮羹、菊泛酒，以安其素分美之之詞也。末乃自言我將賦詩以分其氣象，而佳句勿惜頻頻。賦也。

暫阻蓬萊閣，(**奚禄詒甲本眉**)道宗蓬萊，類□如作秘書監。(**奚禄詒甲本旁**)四句言鄭。**終爲江海人。**(**奚禄詒乙本墨眉**)四句言鄭。**揮金應物理，拖玉豈吾身。**(**奚禄詒甲本旁**)宋派。**羹煮秋蓴滑，杯迎露菊新。**(**奚禄詒甲本旁**)曰“寄”，則此是追往。(**奚禄詒乙本墨旁**)題曰“寄”，則此是追往。**賦詩分氣象，佳句莫頻頻。**(**吕留良紅眉**)莫句辭然，此結終不稱。(**奚禄詒甲本旁**)賦也。○言“佳句莫須頻”，頻有之乎？(**奚禄詒甲本旁、乙本墨旁**)率。(**吴廣霈墨眉**)二句新穎，有開府、參軍之妙。(**李以峙墨眉**)(頻頻)按作“辭頻”非是。

八哀詩並序

徐渭墨眉：《八哀詩》蕪雜而不精，齷齪而不潔。

王鐸評：《八哀》無一首能驚人，何也？

方拱乾評：《八哀》終非公絶頂詩，而論者乃比之《雅》《頌》。○用傳體爲詩者。

錢陸燦甲本眉：孟津王鐸曰：《八哀》無一能驚人，何也？鐵曰：大鋪排家數，《八哀》是也。而王譏其平平，乃譏其版[板]，皆不之取，吾惑焉。

錢陸燦乙本紅眉：《八哀》無一首能驚人，何也？

錢陸燦乙本墨眉：湘靈曰：大鋪排家數，《八哀》是也。而王、方二公皆不之取，吾惑焉。

錢陸燦丙本評：錢云：大鋪排家數，《八哀》是也。而王譏其平，方譏其板，皆不之取，吾惑焉。

錢陸燦丁本評：本《詩・黄鳥》“哀三良”之意，不同建安人《七哀》詩也。其體裁本《文選》謝康樂擬魏太子《鄴中集》詩。

王士禛評：《八哀詩》自是鉅篇，顧多鈍拙不可曉，何也？《八哀詩》本非集中高作,世多稱之,不敢議者,皆揣骨聽聲者耳。其中累句須痛刊之方善,石林葉氏之言,其識勝崔德符多矣,予《居易録》中詳之。且《八哀詩》往往多湊句、稚句。

奚禄詒甲本眉:《八哀詩》可見杜公留心於國家之治亂與將相之經綸,非止朋友云爾。

盧見曾紅眉:子美《八哀》,自是鉅篇。然以韻語作叙述,情緒既繁,筆墨不無利鈍。大家之文,正如黄河之水,滔滔莽莽,魚龍沙石,與流俱下,非如沼沚之觀,清泠可喜而已。論此詩者,譽之或過其實,毁之或損其真,惟盧世㴶曰:"《八哀詩》未免傷煩傷泛,然詩家之元氣在焉,杜詩之體統存焉,不可遺,亦不容選。"斯言得之。○劉克莊曰:《八哀詩》,崔德符謂可以表裏《雅》《頌》,中古作者莫及。韓子蒼謂其筆力變化,當與太史公諸贊方駕。惟葉石林謂長篇最難,晉魏以前,無過十韻,常使人以意逆志,初不以叙事顛倒爲工。此八篇本非集中高作,而世多尊稱,不敢置議其病,蓋傷於多。如李邕、蘇源明篇中多累句,芟去方爲盡善。余謂韓比此於史公紀傳,固不易之論。至於石林之評累句爲長篇者,亦不可不知。

陳治紅眉:《八哀詩》本非集中高作,世多稱之,不敢議老,皆揣骨聽聲者耳。其中累句須痛刊之方善。石林葉氏之言,其識勝崔德符多矣。

吴士模墨眉:《八哀詩》自是鉅篇,顧多頓拙不可曉,何也?○《八哀詩》本非集中高作,世多稱之,不敢議者,皆揣骨聽聲者耳。其中累句須痛刊之方善。石林葉氏之言,其識勝崔德符多矣。予《居易録》中詳之。王。

吴士模墨眉:《八哀詩》固多不完整,然非大手筆不能。

秦應逵墨眉:《八哀詩》自是鉅篇,顧多拙鈍之句。○又云:《八哀詩》本非公之高作,世多稱之,皆揣骨聽聲者耳。其累句須刊落,詳余《居易録》中。

秦應逵紅旁:《八哀詩》叙事歷落,氣象激昂,另成一種風格,與史傳相表裏,詩史之稱以此。

嚴復紅眉:漁洋云:《八哀詩》本非集中高作,世多稱之,皆揣骨聽聲者,可其中累句須痛刊之。石林葉氏之言,勝崔德符多矣。

沈巖眉:王、李撥亂之才,張公則圖之於未亂未危者也。哀逝者,則存者其可不亟委任乎?

佚名己紅眉:八章堅奥,別是一體。

傷時盗賊未息,興起王公、李公,歎舊懷賢,終於張相國。八公前後存殁,遂不詮次焉。

【輯評】

奚禄詒乙本墨眉:"傷時""歎舊",四字神遠。

奚禄詒乙本墨旁:好序。

汪琬甲本紅旁:古甚。

故司空王公思禮

方拱乾評:陌、錫通。○如游名山,高奇廣厚,各具形體,而動人耳目處,則在谷轉峰回,一石一木。

俞瑒乙本評:並出脱主帥。

盧見曾墨旁:首叙少年奮起之迹。次段記隴右立功之事。三段重叙將略,爲下文張本。四段憶其守武功而興復也。五段惜其守太原而身没也。末段將客意作結,嘆繼起無人也。

嚴復墨眉:哀□□□而功名未就。

吴廣霈墨旁:朝鮮人。

佚名己紅眉:陌、錫通用。

司空出東夷，（吴廣霈墨眉）"東夷"一本作"東胡"。童稚刷勁翮。（方拱乾評）出處。追隨燕薊兒，穎鋭物不隔。（方貞觀墨眉）起四句言其奮迹之始。服事哥舒翰，意無流沙磧。（方拱乾評）服事哥舒翰。（吴廣霈墨眉）一本作"氣無"，較勝。未甚拔行間，犬戎大充斥。（沈巖眉）司徒言"隔"，相國言"留"，皆遠人無資地者也。短小精悍姿，屹然强寇敵。（方拱乾評）破吐蕃。（錢陸燦乙本墨眉）"短小精悍"四字出《史記》。貫穿百萬衆，出入由咫尺。（方貞觀墨眉）"貫穿"謂聯絡部伍，"出入"謂衝突賊營。（奚禄詒甲本眉、乙本墨眉）此序隴右之功。（吴廣霈墨眉下）"由""猶"通。（王伯沆紅眉）紀律之嚴。馬鞍懸將首，甲外控鳴鏑。洗劍青海水，刻銘天山石。九曲非外蕃，（王士禛評）"九曲"四句叙事飛動，妙法也。（秦應逵紅眉）"九曲"四句，叙事飛動。其王轉深壁。（方拱乾評）援石堡城，定河西。（屈復評）"九曲"四句叙事飛動，妙法也。（方貞觀墨眉）"九曲"二句言九曲盡復，已成内地，非外蕃矣，其王遁迹深壁不出矣。此叙其隴右立功也。〇"飛兔""鷙鳥"喻勇捷。飛兔不近駕，鷙鳥資遠擊。（沈巖眉）"胸襟"二句寫出大將，非豕突可擬。曉達兵家流，飽聞《春秋》癖。（方貞觀墨眉）上文但言其勇，此復贊其將略學問。（奚禄詒甲本眉、乙本墨眉）此言其氣度。胸襟日沉静，肅肅自有適。（孫承澤墨眉）大臣胸襟，二語寫盡。（李念慈紅眉）"沉静"二字大將氣象。（嚴虞惇紅眉）"胸襟"二句寫大將體段，非豕突可擬。（王伯沆紅眉）是大將意度。（李以峙墨眉）（肅肅）按"蕭蕭"非。潼關初潰散，萬乘猶辟易。（吴廣霈墨眉）"乘"當是"騎"字之誤，"猶"亦是"皆"字之謬爾。偏裨無所施，元帥見手格。（方拱乾評）回互潼關之敗。（方貞觀墨眉）此言潼關之敗，事在主帥偏裨，無所施其勇。（秦應逵紅旁）力爲周旋。（吴廣霈墨眉下）元帥指哥舒翰。（沈巖眉）"手格"即掣肘之意。太子入朔方，至尊狩梁益。胡馬纏伊洛，中原氣甚逆。（方拱乾評）謁行在。肅宗登寶位，塞望勢敦迫。（奚禄詒甲本眉、乙本墨眉）此潼關歸京。（吴廣霈墨眉下）一本作“天人”，勝，從之。（吴廣霈墨眉）“塞望”句亦欠醒，應作“鋭意圖恢復”乃妥。或作“鋭志光前烈”亦可也。**公時徒步至，請罪將厚責。**（孫承澤墨眉）天下有請罪之臣，中興不難矣。**際會清河公，**（嚴虞惇紅旁）房琯。**間道傳玉册。** 清河公房太尉也。（俞瑒乙本評）“清河公”一筆，用意深婉。（吴廣霈墨眉下）此句當是指清河公以上皇之命寬王思禮之罪也。**天王拜跪畢，讜議果冰釋。**（方拱乾評）“玉册”，即位之册；“讜議”，房琯相救之議。（方貞觀墨眉）納讜言而釋，則其罪原在可恕。**翠華卷飛雪，熊虎亘阡陌。屯兵鳳皇山，帳殿涇渭闢。**（奚禄詒甲本眉）此寫武功之事。（奚禄詒乙本墨眉）此守武功之事。**金城賊咽喉，詔鎮雄所搤。**（方拱乾評）守武功。（錢陸燦甲本旁、丙本評）《過秦論》：關中之固，金城十里。（錢陸燦乙本紅眉）《過秦》：關中之固，金城千里。（錢陸燦丁本評）《過秦論》：關中之固，金城十里。非河西之金城也。**禁暴清無雙，爽氣春淅瀝。**（吴廣霈墨眉）此二句欠醒，應作“秋霜肅紀綱，春温扇和澤”，似較穩稱也。**巷有從公歌，野多青青麥。**（方貞觀墨眉）此言其守武功而興復，與有功也。**及夫哭廟後，復領太原役。恐懼禄位高，悵望王土窄。**（孫承澤墨眉）“恐懼”二字是大臣。（方拱乾評）尹太原。（李念慈紅眉）志業不終，令人歎惋。**不得見清時，嗚呼就窀穸。**（徐渭墨眉）及夫。**永繫五湖舟，**（吴廣霈墨旁）此公自謂也。**悲甚田横客。**（秦應逵紅旁）非悲其私也。（沈巖眉）爲朝廷惜，非哭其私也，故曰“悲甚田横客”。**千秋汾晉間，事與雲水白。**（奚禄詒甲本眉）此收東京。（奚禄詒乙本墨眉）此收京。**昔觀文苑傳，豈述廉藺績。**（吴廣霈墨眉下）“頗”一本作“藺”，是。**嗟嗟鄧大夫，**（嚴虞惇紅旁）鄧景山。（李以峙墨眉）（嗟嗟）按“咾咾”非。**士卒終倒戟。**（方拱乾評）鄧景山。（錢陸燦丁本評）哀其功名未竟也。末及鄧景山，益見思禮撫禦之功。（奚禄詒甲本眉）以客結主，即景山以誇思明。（奚禄詒乙本墨眉）以客結主。（吴士模墨眉）結用反襯。

（**吴廣霈墨尾**）此首止一二語疵累，餘則完璧。（**嚴復墨眉**）《唐書》：思禮薨，發崇嗣代尹太原數月，以鄧景山代之。景山以文吏見稱，至太原檢校軍吏隱没者，軍衆憤怒，遂殺景山。

【彙評】

錢陸燦丁本評：錢湘靈云：是一篇列傳體，叙事歷落，氣象激昂，在歎舊懷賢，兼亦叙述功勳，追懷交誼，正以不詮次見感慨之意，而人品才力具見矣。

陳訏紅眉批仇注“公方繫舟，不得赴哭，故作歌以悲，甚於田横之客。非也”處：杜公出峽，非少伯泛湖之比，詩言“五湖舟”，舊注指思禮功成欲退爲是，且承上“就窀穸”來，故云“空繫”。今改“空”爲“永”，以爲公自謂，突如其來，文氣不順。下句“田横客”，亦指幕下賓客而言，若云杜公，則公不在幕中，比擬非倫，且言悲，不宜一句輕輕帶過，觀後數首可知。

方貞觀墨眉：結四語用意微妙。思禮生於東夷，少長行伍，雖爵位崇顯，人終以武夫目之。然觀《文苑傳》，何曾述大將功績？固知韜略不在文藝。鄧景山終殺其身，益知思禮爲不可及也。

故司徒李公光弼

方拱乾評：叶洽，通。〇守太原。〇在王思禮之後。

俞瑒乙本評：此篇前述其功，後傷其没，章法井然。中間“青蠅”四句，尤寫得沉痛。

奚禄詒甲本眉：一段序太原之功，二段破史思明之功，三段守汴河之功，四段被謫而死，末序情。

盧見曾紅旁：王、李名將，實爲起興所由。李功業尤隆，二篇氣魄沉摯,最爲精彩。劉克莊曰:語極悲壯,其形容臨淮憂讒畏譏、不敢入朝之意,獨見分曉。

盧見曾墨旁:首記太原之事。次段記破思明之功。三段傷其封王未久,憂讒以卒也。末爲司徒表心而深致哀思也。

佚名己紅眉:叶洽,通用。

司徒天寶末,北收晉陽甲。(**方貞觀墨眉**)此段言守太原之功。胡騎攻吾城,愁寂意不愜。(**陳治紅眉**)"愜"字旁用緝韻。(**吴廣霈墨旁**)此句稍欠警健。(**奚禄詒乙本墨眉**)此序太原之功。人安若泰山,薊北斷右脅。(**嚴復墨眉**)當云"右臂"而云"右脅"者,韻爲之也。朔方氣乃蘇,黎首見帝業。二宫泣西郊,九廟起頽壓。未散河陽卒,思明僞臣妾。(**嚴復墨眉**)"僞臣妾"猶云詐降,亦拙。(**吴廣霈墨旁**)指其降。(**奚禄詒乙本墨眉**)此破思明之功。復自碣石來,(**吴廣霈墨旁**)指思明又叛也。火焚乾坤獵。(**方拱乾評**)中潬西之戰,擒安太清獻捷。(**吴士模墨眉**)步步有收束。高視笑禄山,公又大獻捷。(**方貞觀墨眉**)此段言破思明之功。異王册崇勳,小敵信所怯。(**吴廣霈墨旁**)指邙山之敗。擁兵鎮河汴,(**沈巖眉**)嚴云:"擁兵",公之微詞。千里初妥帖。(**陳治墨眉**)此詩唯末字屬七曷,甲字、匣字、峽字屬十七洽,其餘俱十六叶。(**奚禄詒乙本墨眉**)此守汴河之功。(**沈巖旁**)此句代爲之解。青蠅紛營營,(**宋犖紅旁**)喻程元振之譖。(**吴廣霈墨眉**)"青蠅"指魚朝恩、程元振之譖也。風雨秋一葉。(**錢陸燦丁本評**)"青蠅"指魚朝恩、程元振輩。〇昭雪忠憤只在一"終"字。(**方貞觀墨眉**)寫臨淮憂讒畏譏,不敢入朝之意。百世而下,猶爲浩歎。(**徐松紅眉**)劉克莊曰:"青蠅"二句形容臨淮憂讒畏譏,不敢入朝之意,獨見分曉。〇又曰:"平生"二句意極悲壯。內省未入朝,死淚終映睫。(**孫承澤墨眉**)中興人物,李公爲最,故少陵弔之尤痛。(**方拱乾評**)回互不援吐蕃入朝之事。(**吕留良紅旁**)奇。(**宋犖

紅旁)真是臨淮恨事。(**吴廣霈墨旁**)光弼懼讒,不敢入朝而卒。(**吴廣霈墨眉**)"内省"二句言其内自省,其疚未能入朝也。(**王伯沆紅眉**)李公末路不終,公痛憐之,故於此闡發獨詳。(**奚禄詒乙本墨眉**)此被謗而死。(**沈巖眉**)周容云:"内省未入朝",就彼一時形迹、心事,兩字説盡,可謂刻畫。大屋去高棟,長城掃遺堞。平生白羽扇,(**沈巖眉**)"白羽扇"未詳,豈即使顧榮事耶?零落蛟龍匣。(**陳治墨眉**)公於臨淮,深寓痛惜之意。雅望與英姿,惻愴槐里接。(**奚禄詒甲本眉**)"槐里"屬左扶風,即鳳翔縣,他本改爲"蒿里",非。(**奚禄詒乙本墨旁**)葬地。三軍晦光彩,烈士痛稠疊。(**屈復評**)李光弼將郭子儀之兵,一號令而旌旗頓生光彩,此"晦光彩"正用其意。[①] 直筆在史臣,將來洗箱篋。(**方貞觀墨眉**)《杜臆》云:"箱篋"似用樂羊謗書盈篋意。(**錢載評**)按"箱篋"係用樂羊謗書事。(**吴廣霈墨眉**)"將來"句似尚欠醒,何如直作"將洗盡蓋篋",便可人人喻之矣。或作"識書空盈篋",亦未爲不可。吾思哭孤冢,南紀阻歸楫。(**沈巖眉**)傷時盜賊未息。扶顛永蕭條,未濟失利涉。疲苶竟何人,灑涕巴東峽。(**陳治紅眉**)"楫"字亦屬緝韻。(**吴廣霈墨眉下**)"苶",乃結切。作茶,非。《莊子》:"苶然疲役而不知所歸。"

【彙評】

李念慈紅眉:將在軍中已矢死忘身矣,赴闕即被讒,不過一死,何勇於前而怯於後,遷延違命,不得爲全人?皆於義利死生之間,審幾未真耳。彼郭公肯出此耶?

陳治墨眉:汪云:回護處却有陽秋,如韓昌黎作柳州誌銘,正是推崇,非涉隱刺也。詩之高雄,足爲偉人生色,又不必言。○司徒晚未入朝,最難斡旋,公詩妙得其平。

---

① 校注:"將",杭本作"領";"兵",杭本作"軍"。

嚴復墨眉:"異王"者,異性王也,此亦後人不能用。"小敵信"指北邙之敗,"鎮河汴"謂出鎮臨淮。○"青蠅"指魚朝恩、程元振。"未入朝"謂召入,援畏禍遷延不能行。○"死淚"二字亦杜撰。○"蛟龍匣"棺也。○"槐里接"謂近天子之陵。○"箱篋"他作"筐篋"。筐篋,謗書所積,"洗筐篋"猶云雪謗。

張雝敬墨旁:汾陽之召而輙至者,自度其寬厚之德,足以服朝恩之妄也。臨淮之不敢入朝者,自度其威名之震,適足以深朝恩之忌也。兩公之事,固有難以例論者,而世儒多好爲責備之詞,非特未知臨淮之心,且置昏主讒諛於不議,豈公論哉? 觀其臨卒猶以不得養親爲恨,則其心之不忘入朝可見矣。若曰我即忘君,必不忘母,故託就養爲辭,以明其忘入朝不得已之心耳。詩獨能因言以察心,曰"内省未入朝,死淚終映睫",原臨淮之心也。曰"青蠅紛營營,風雨秋一葉",著讒構之罪也。此其所以稱詩史與?

贈左僕射鄭國公嚴公武

丁耀亢墨眉:觀此詩可知交情之無間,所云□□欲殺,定爲訛矣。

王士禛評:後"二竪""短折"方言捐館,而先言"空柳色""無履聲",字句不妥。

俞瑒乙本評:二語總挈。嚴公與少陵有賓主之情,故著眼在"小心事友生",多用對句,聲調少變。

奚禄詒甲本眉:一段少年及調官事,二段迎上皇赴肅宗事,三段鎮蜀,四段序其亡,末自序。

盧見曾紅眉:考嚴武生平,所爲多不法。其在蜀中用度無藝,峻掊極斂,閭里爲之一空。唯破吐蕃、收鹽川爲當時第一功。詩云

"公來雪山重，公去雪山輕"，誠實録也。至比之爲諸葛、文翁，不免譽浮其實。噫！唐世人物如武者，何可勝數？而後人至今傳述，公之有功於武多矣。

盧見曾紅旁：嚴武鎮蜀，雖多不法，然在蜀而蜀安，去蜀而蜀危，以其去來爲輕重，則道其實也。且武於甫最爲知己，故極寫其忠勤大略。《諸將》詩云"軍令分明數舉杯"，亦同此意。

盧見曾墨旁：首叙生質才品。《杜臆》："觀'小心事友生'句，知武無欲殺公事。"次段記扈從兩京之事。三段叙其協贊恢復。四段叙其歷任始終。五段因治蜀有功，而追憶生前也。末段爲籌邊未竟而痛傷死後也。

嚴復墨眉：武亦華州人，故云。

鄭公瑚璉器，華岳金天晶。（**方貞觀墨眉**）首言其生質才品。"昔在"二句，居然以父執自待。昔在童子日，（**方拱乾評**）自負其老。已聞老成名。嶷然大賢後，（**奚禄詒乙本墨旁**）言義也。復見秀骨清。（**方拱乾評**）四語皆童子日事。（**奚禄詒乙本墨眉**）此少年及調官事。開口取將相，小心事友生。（**方拱乾評**）自出身分。（**李念慈紅眉**）此嚴公殁後所作。"小心"句可以辨冠角鈎簾之誣矣。（**張雝敬墨旁**）觀"小心事友生"句，則世傳冠鈎於簾之事，或出於妄也。閲書百氏盡，落筆四座驚。（**沈巖旁**）此句已伏賓客之脈。歷職匪父任，（**汪琬甲本紅旁**）不借廕也。嫉邪常力争。漢儀尚整肅，胡騎忽縱横。（**李念慈紅眉**）補史。飛傳自河隴，逢人問公卿。（**嚴復墨眉**）河西、隴右謂之"河隴"。不知萬乘出，雪涕風悲鳴。（**方拱乾評**）謁行在。受詞劍閣道，（**奚禄詒乙本墨旁**）玄宗。謁帝蕭關城。（**方貞觀墨眉**）此段言其扈從兩宫。（**汪琬甲本紅旁**）靈武也。（**奚禄詒乙本墨眉**）此迎上皇赴肅宗事。（**奚禄詒乙本墨旁**）肅宗。寂寞雲臺仗，飄颻沙塞旌。江山少使者，笳鼓凝皇情。（吴廣霈墨旁）謂道阻梗，使乘難通也。壯士血相視，忠臣氣不平。（吴廣霈墨眉）“不”，一本作“未”，勝。密論貞觀體，揮發岐陽征。感激動四極，聯翩收二京。（方貞觀墨眉）此段言其協贊恢復。（王伯沆紅眉）總叙見力量。西郊牛酒再，原廟丹青明。（方拱乾評）替上收京。“俄寵辱”諱其貶謫，“竟哀榮”括其死生。（沈巖眉）此惜其不得入相，終非節鎮也。匡汲俄寵辱，（奚禄詒乙本墨旁）武救琯而貶。衛霍竟哀榮。（方貞觀墨眉）“匡汲”四句，總叙其歷官始終。（奚禄詒乙本墨旁）琯竟死矣。四登會府地，三掌華陽兵。（宋犖紅眉）注引張敞走馬及鄭崇事，又引御史府烏及張湛乘白馬事，俱無謂，竊所未喻。（秦應逵紅眉）後“二豎”“短折”方言捐館，此處“空柳色”“無履聲”字句未妥。京兆空柳色，（奚禄詒乙本紅旁）自京出鎮蜀矣。（佚名己紅眉）以下正言鎮蜀事。尚書無履聲。（嚴復墨眉）長安收，武爲京兆少尹，再爲京兆尹，南鎮劍南，皆兼成都尹，以御史中丞出爲東川節度，南充劍南節度，嘗加檢校吏部尚書，故有以下諸句。○此數武之履歷。（奚禄詒乙本紅旁）以上兼美節度矣。群烏自朝夕，（方拱乾評）會府地。白馬休横行。（方拱乾評）華陽兵。（汪琬甲本紅眉）朝夕烏，白馬生。（吴廣霈墨眉）“群烏”用《朱博傳》事。御史府中柏上有烏數千，號曰“朝夕烏”。（吴廣霈墨眉下）白馬横行用張湛事。湛爲光禄，常乘白馬，肯諫諍，時人呼之“白馬生”。諸葛蜀人愛，文翁儒化成。（方貞觀墨眉）“諸葛”以下，專叙其治蜀時事。子美親在幕府，故述之詳盡。公來雪山重，公去雪山輕。（吴廣霈墨眉）“公來”二句，擬古歌謡，止有此二句，嚴武即不死矣。（吴廣霈墨眉）“雪山”二句總一筆摹虚神，遂令前後皆生動，此筆妙也。（沈巖眉）以下每篇皆兼歎舊言之。記室得何遜，（方拱乾評）自負。（奚禄詒乙本墨旁）自比。（沈巖旁）插入賓客。（佚名己紅眉）公自負之。韜鈐延子荆。（方拱乾評）身分。（方拱乾評）以下專言蜀中交情。四郊失壁壘，虚館開逢迎。（陳治墨眉）《諸將》詩云“軍令分明數舉杯”，與此意同。後繼嚴者竟以酗飲致亂。**堂上指圖畫，軍中吹玉笙。**（**方拱乾評**）讀此知公與嚴交無間也。鈎簾之説，何自來乎？**豈無成都酒，憂國只細傾。**（**俞瑒乙本評**）“憂國”句得大臣心事。（**屈復評**）嚴公在蜀，豪奢特甚。此云“憂國細傾”，蓋爲知己諱也。（**秦應逵紅旁**）爲知己諱。（**吴廣霈墨眉下**）“細傾”妙。見雖飲，不誤政事也。（**沈巖眉**）武在蜀頗好遊宴，公諸詩諷刺非一，獨於《八哀》《諸將》以追憶其材而稍曲護之。**時觀錦水釣，問俗終相并。**（**嚴復墨眉**）“問俗”句頗鈍置。（**吴廣霈墨眉下**）“并”字韻稍嫌未穩。**意待犬戎滅，人藏紅粟盈。**（**方貞觀墨眉**）“意待”以下，是述其志願如此，而傷其有志未竟，遂短折而死。（**奚禄詒乙本墨眉**）序其亡。**以兹報主願，庶或裨世程。**（**吴廣霈墨眉**）“裨世程”句欠穩妥。**炯炯一心在，沉沉二豎嬰。顔回竟短折，**（**錢陸燦丁本評**）哀其功名未盡展也。武於永泰元年卒，時年四十，故云“短折”。（**宋犖紅旁**）武年僅四十。**賈誼徒忠貞。**（**屈復評**）後“二豎”“短折”方言捐館，而先用“空柳色”“無履聲”，字句不妥。①（**嚴復墨眉**）武享年僅四十，故有顔回、賈誼之况。**飛旐出江漢，孤舟輕荆衡。虚無馬融笛，**（**吴廣霈墨眉**）“馬融笛”句意武亦頗好音樂者也。**悵望龍驤塋。**（**嚴復墨眉**）馬融耽笛，弔客用之。（**吴廣霈墨眉下**）龍驤將軍王濬葬柏谷山，塋域甚大。**空餘老賓客，**（**汪琬甲本紅眉**）老賓客。**身上愧簪纓。**（**方拱乾評**）公爲武所薦。（**方拱乾評**）應。（**李念慈紅眉**）感恩永懷。（**陳治墨眉**）大賢後當以挺之子爲是。（**奚禄詒乙本墨眉**）自序武死後之情。（**沈巖眉**）公復有散郎之除，出武所薦，故曰“愧簪纓”。（**佚名己紅眉**）應前。

【彙評】

方貞觀墨眉：結語纔説到自己交情，情文並至。○嚴武主蜀，雖有

① 校注："憂國細傾"，杭本作"憂國只細傾"；"用"，杭本作"言"。

破吐蕃、收鹽川之功，嚴酷掊尅，民不聊生。詩中“諸葛蜀人愛”，可知子美與武交厚，文字狥私，千古一轍也。

贈太子太師汝陽郡王璡

方拱乾評：八首以此首爲最。次嚴，次鄭，次蘇。

錢陸燦甲本眉：王曰：公八詩，此首多精思妙句。〇□詩注，王多從明皇爲羯鼓之樂，見《羯鼓録》云。

錢陸燦乙本紅眉：八詩，此多精思妙句。

宋犖紅眉：此起亦如太原公子，真氣奪人。

俞瑒乙本評：以王之好士，折出己之不忘舊遊。筆有頓挫，插入漢中王，法本史公。〇王乃飲中八仙之一，絶不提起好飲，只用置醴事與念舊懷賢意巧合，且因其好客好學而闌入自己，亦無痕迹。篇章謹潔忠勤，用意俱有關合。

奚禄詒甲本眉：一段言恩遇，二段從獵，三段好客，四段才學，末身故事。

盧見曾墨旁：首叙品貌不同，次言明皇詔獵也，三段言汝陽陪獵也，四段言王能諫獵也。

吴廣霈墨眉：一起雄俊得體，惜後半不稱，以其稍鬆懈，欠精警爾。

汝陽讓帝子，眉宇真天人。虬鬚似太宗，（**陳治紅眉**）“鬚”一作“髯”。色映塞外春。（**宋犖紅旁**）襯貼得别。（**屈復評**）“塞外春”三字如何解？（**方貞觀墨眉**）“色映塞外春”凑句。（**秦應逵紅旁**）三字難解。（**奚禄詒乙本墨旁**）雜。（**李以峙墨眉**）（塞外）按“寒夜”謬極，此亦形近致訛。（**沈巖眉**）“寒夜”不如“塞外”佳，言九州之外，猶被麟趾之仁也。（**沈巖眉批下**）“塞外春”猶言冬月之日。往者開元中，主恩視遇頻。（**方拱乾評**）

無可叙述,故生此波瀾。出入獨非時,禮異見群臣。愛其謹潔極,(**方拱乾評**)諛人不苟。倍此骨肉親。(**奚禄詒乙本墨眉**)此序恩遇。(**沈巖眉**)臣子不致失歡於君父,只是清慎耳,即杜老所云"謹潔極"也。非平生謹慎,則諫獵之書不以爲愛君,而以爲好名矣。從容聽朝後,或在風雪晨。(**奚禄詒乙本墨眉**)此序從獵。忽思格猛獸,苑囿騰清塵。羽旗動若一,萬馬肅駪駪。(**沈巖眉批下**)欲言馬足之高,却以馬上羽旗言之,變化我馬,既同無迹。詔王來射雁,拜命已挺身。(**吴士模墨眉**)此一節多滯句。箭出飛鞚内,上又回翠麟。(**宋犖紅旁**)馬名。(**吴廣霈墨眉**)"又"一本作"自"。(**李以峙墨眉**)(又)按"入"亦形似而誤。翻然紫塞翮,下拂明月輪。(**宋犖紅旁**)言雁墮而拂月也。(**吴廣霈墨眉**)前半甚佳,惜後半多疵累,疑其傳寫或多訛誤耶?胡人雖獲多,天笑不爲新。(**沈巖眉**)嚴云:射鷹忽接諫獵句,此立言之體也。王每中一物,手自與金銀。(**嚴虞惇紅眉**)家先生曰:上言射雁,下接諫獵,此立言之體。袖中諫獵書,扣馬久上陳。(**孫承澤墨眉**)回護得體。(**方拱乾評**)又一轉生姿,不徒瀾勝,良是情深。(**奚禄詒甲本眉**)牽句,未甚撿練。(**佚名己紅眉**)一轉有姿態。竟無銜橜虞,聖聰矧多仁。官免供給費,水有在藻鱗。(**沈巖眉**)外廷見明皇暮年希出遊獵,以爲老大氣衰,自厭馳逐,不知皆因王諫,故得頤神九重,有松喬之壽耳。(**沈巖眉批下**)《魚藻》箋云:此時文物皆得其所。匪唯帝老大,(**王伯沆紅眉**)"老大",言老成寬大也。皆是王忠勤。晚年務置醴,門引申白賓。(**方拱乾評**)描寫景物,詩細則難大,曲則難老,惟公兼之。(**嚴復墨眉**)"申白"□用張正見詩,申則申公矣,白何人耶?(**奚禄詒乙本墨眉**)此序好客。道大容無能,永懷侍芳茵。好學尚貞烈,義形必沾巾。揮翰綺繡揚,篇什若有神。(**奚禄詒乙本墨眉**)此序詩才。川廣不可泝,墓久狐兔鄰。(**陳治墨眉**)俞云:末段以王之好士折出己之不忘舊遊,筆勢頓挫。宛彼漢中郡,王弟漢中王瑀。(**嚴虞惇紅旁**)王弟漢中王瑀。(**佚名己紅眉)"漢中",王瑀也。文雅見天倫。(方拱乾評)餘波,猶鄭之侄也。(吴廣霈墨旁)"漢中",王璡之弟也,名瑀,公亦屢與之周旋,故及之。(沈巖眉批下)今人以"文雅"句集作桃符,殊未礙。何以開我悲,(吴廣霈墨眉下)"開"一本作"慰",是也。泛舟俱遠津。温温昔風味,少壯已書紳。(方拱乾評)畢竟鄭公、汝陽二章勝,可見應酬之不敵性情。舊遊易磨滅,衰謝增酸辛。(奚禄詒甲本尾批)賦也。(奚禄詒乙本墨眉)序悲身後。(沈巖眉)此篇以漢中王結,鄭虔篇以鄭審結。

【彙評】

錢陸燦丁本評:哀其德冠親藩,奄忽徂謝也。

陳治墨旁:汪云:以史公世家之體,兼長卿《上林》之才,真雄作也。

贈秘書監江夏李公邕

徐渭墨眉:□燈□自亮□易而已。

方拱乾評:公最感李。〇霽。穢、脆二字疑。

宋犖紅眉:舊評:千古萬恨,曠有餘情。

俞瑒乙本評:此首專以文章見重,前序碑版之工,後述論文之妙,前後一綫。

屈復評:北海,天下英雄,但有文章而無事功,又死非其罪。起四句堪爲吐氣,兼爲痛哭也。①

奚禄詒甲本眉:冗長不净,瑜不掩瑕。

盧見曾紅眉:仇兆鰲曰:各章以序事成文,部署森嚴,純似班史。惟此章感慨激昂,排蕩變化,直追龍門之筆。細按其前後段

① 校注:"文章",吴本作"文筆",杭本與余本同。

落，又未嘗不脉絡整齊也。

陳治墨眉：俞云：此首專以文章見重，前述碑版之工，後述文章之妙，用意絶佳。

嚴復墨眉：一起有揮斥八極之概，真包刃摩天手也。

王伯沆紅眉：據此，善父已徙廣陵矣。《本傳》謂邕江都人，不誣。杜云"江夏"者，乃其郡望耳。

佚名己紅眉：用霽韻。

長嘯宇宙間，高才日陵替。（**方貞觀墨眉**）首感人才凋謝，唱歎而入，八首中又一起法。（**奚禄詒甲本眉**）起得好。（**奚禄詒乙本墨眉**）起得卓犖。（**張雒敬墨旁**）從宇宙間看出這一個人來，其推尊也至也。（**吴廣霈墨眉**）一起便沉痛欲絶，如聞蘇門長嘯之聲。古人不可見，前輩復誰繼？（**秦應逵紅眉**）起四句堪爲吐氣，兼爲痛哭。憶昔李公存，詞林有根柢。（**孫承澤墨眉**）李江夏倜儻不羈，卒以致謝，此詩反覆有餘哀。聲華當健筆，灑落富清製。（**吴廣霈墨眉下**）此句何可抹？王真吹求古人者。風流散金石，追琢山岳鋭。（**嚴復墨眉**）"鋭"字非累折韻乎？（**沈巖眉**）李邕以賦負謗，爲燕公所摘，故此段詳叙以白之。情窮造化理，學貫天人際。（**奚禄詒甲本眉**）此言其才。（**奚禄詒乙本墨眉**）此序其才。干謁走其門，碑版照四裔。（**錢陸燦丁本評**）叙其金石之文，求者衆而垂之久，極盡形神體勢。（**李念慈紅眉**）看他叙鬻文，種種具悉，而贍藻莊雅如許。（**奚禄詒甲本眉**）一路甚放縱，氣魄太過。（**奚禄詒乙本墨眉**）一路放縱。各滿深望還，森然起凡例。蕭蕭白楊路，（**方拱乾評**）墓碑。（**嚴虞惇紅旁**）墓碑。（**奚禄詒乙本眉批**）作墓碑。洞徹寶珠惠。（**嚴虞惇紅旁**）塔廟碑。（**李以峙墨眉**）（洞徹）按"涸轍"明是形訛。龍宫塔廟涌，（**方拱乾評**）寺廟碑。浩劫浮雲衛。（**方拱乾評**）公於北海、子昂兩君，拳拳留意，可見文人聲氣。（**方貞觀墨眉**）叙其碑版擅長，聲價隆盛，數語已足。語句太多，殊覺煩瑣拖踏，且“眄睞”“跋涉”二句，終晦澀不可解。注云：“跋涉”句言來請著，應之無泥滯，則與上文“各滿深望還”，不相重複耶？（**申頲紅眉**）家隱君曰：不必細數。（**李以峙墨眉**）（浮雲）按“浮空”非。宗儒俎豆事，（**方拱乾評**）學校碑。（**嚴虞惇紅旁**）學宫碑。故吏去思計。（**方拱乾評**）去思碑。（**嚴虞惇紅旁**）德政碑。（**吴士模墨眉**）北海，天下英雄，但有文筆而無事功，又死非其罪，四句堪爲吐氣，兼爲痛哭也。眄睞已皆虚，跋涉曾不泥。（**嚴復墨眉**）致遠恐泥，杜最喜用，可怪。向來映當時，豈獨勸後世。（**秦應逵墨眉**）亦太拖遝。（**吴廣霈墨眉**）言其碑版向來能照耀當世，不獨足以勸後世也。豐屋珊瑚鈎，（**奚禄詒乙本眉批**）此責文之物。騏驎織成罽。（**方拱乾評**）應“干謁”句。紫騮隨劍几，（**宋犖紅旁**）四語指求文餽遺。義取無虚歲。（**吴廣霈墨旁**）此指人之貺遺以答謝其碑版文字者，故曰“義取”也。分宅脱驂間，（**奚禄詒乙本眉批**）贈人。感激懷未濟。衆歸賙給美，（**宋犖紅旁**）四語美邕能散財。（**奚禄詒乙本眉批**）在人。擺落多藏穢。（**方貞觀墨眉**）“衆歸”二句，言人自稱其賙給之美，公實擺落其多藏之穢耳。（**陳治紅眉**）“穢”字旁用代韻。（**吴廣霈墨眉**）“擺落”句誠欠妥，可抹。（**吴廣霈墨眉下**）自“分宅”起訖此四句，實未妥，亦欠明晰。（**奚禄詒乙本眉批**）在己。獨步四十年，風聽九臯唳。（**嚴虞惇紅眉**）已上叙其文詞。（**沈巖眉**）豈惟不嫌其穢，且群仰其高如此。嗚呼江夏姿，竟掩宣尼袂。（**方貞觀墨眉**）“竟掩宣尼袂”不過傷其道終不行，非以之比孔子也。（**嚴復紅眉**）王云：“竟掩”句不□。（**嚴復墨眉**）《後漢書》：高陽侯徙居江夏，遂爲江夏李氏。（**奚禄詒乙本眉批**）言不遇。（**張雔敬墨旁**）初段輕輕歇拍。往者武后朝，（**奚禄詒甲本眉**）此言立朝。（**奚禄詒乙本墨眉**）復序立朝。引用多寵嬖。（**李念慈紅眉**）若不表出此二節，則北海僅一文人而已。（**嚴虞惇紅眉**）已下序其立朝及貶謫事。（**吴廣霈墨眉**）追溯李立朝之風骨，屢以此被讒謫也。否臧太常議，面折二張勢。（**方拱乾評**）駁韋巨源謚，折二張。(**方貞觀墨眉**)此記其立朝風節。(**張雝敬墨旁**)此段乃迹其行實,及取禍之事。(**李以峙墨眉**)(二張)按"三張"明是傳寫之誤。**衰俗凜生風,排蕩秋旻霽。**(**奚禄詒乙本眉批**)則天色改。**忠貞負冤恨,宫闕深旒綴。**(**奚禄詒乙本眉批**)君不察也。(**沈巖眉批下**)按《後漢書》皆用"怨"字。**放逐早聯翩,低垂困炎厲。**(**方貞觀墨眉**)此傷其受枉被謫。(**張雝敬墨旁**)當作"癘",以後復又"厲"字韻也。(**奚禄詒甲本眉**)此言被謫而卒。**日斜鵩鳥入,魂斷蒼梧帝。**(**嚴復墨眉**)邕累貶雷州司户、崖州舍城丞,又貶欽州道化尉。(**吴廣霈墨旁**)句亦比擬失倫。**榮枯走不暇,**(**李以峙墨眉**)(榮)按"策"形訛。**星駕無安稅。**(**奚禄詒乙本眉批**)貶雷州、崖州。**幾分漢廷竹,夙擁文侯篲。**(**方拱乾評**)讒人排毀,誠易爲力,然何嚌禍之深,亦至此乎?(**奚禄詒乙本眉批**)出守。**終悲洛陽獄,事近小臣斃。**(**俞瑒乙本評**)忠貞乃仕宦坎坷之由,而被害竟以此,能不悲哀以弔之乎?(**宋犖紅眉**)"小臣斃",舊注小臣指吉温事。(**吴廣霈墨旁**)再收到被冤慘死。(**奚禄詒乙本眉批**)林甫陷之。(**李以峙墨眉**)(斃)按"敝"脱誤。**禍階初負謗,易力何深嚌。**(**宋犖紅旁**)未解。(**方貞觀墨眉**)此傷其無罪横死。○"易力何深嚌"句,蕪累之極。○"小臣敝"三字亦支離湊拍。(**錢載評**)按,"嚌"當作"擠"。(**陳治墨眉**)《詩紀》"嚌"作"躋",當作"擠"。(**嚴復墨眉**)"敝""嚌"二韻終無達詁。(**奚禄詒乙本眉批**)讒人易爲力。(**沈巖眉**)"禍階"句收轉前半,言不過所得賣文人事,豈知階禍於此。(**沈巖眉批下**)"深嚌"未詳,"易力"猶摧朽者,易爲力。**伊昔臨淄亭,酒酣託末契。**(**方拱乾評**)叙交情。(**方貞觀墨眉**)"伊昔"以下,記其評論詩文,及與張相國是非相扼,是李公生平得禍之根,自不可少。又復續此六句,漫衍拖踏,了無意味,且"鍾律""鯤鯨"二語,贊秘書耶?抑秘書贊膳部耶?眉目終不清楚。(**張雝敬墨旁**)此段則道其致禍之由,而歸咎於張説。**重叙東都别,朝陰改軒砌。**(**奚禄詒乙本眉批**)此己之交。**論文到崔蘇,**(**嚴虞惇紅旁**)崔融、蘇味道。(**嚴虞惇紅眉**)已下論其文。**指**

盡流水逝。(吴廣霈墨眉下)此數句不免拉雜詞費。(奚禄詒乙本眉批)此交時論文。(李以峙墨眉)(指)按作"推"非。近伏盈川雄，楊炯。(嚴虞惇紅旁)楊炯。未甘特進麗。李嶠。(嚴虞惇紅旁)李嶠。(陳治墨眉)曲江之怒北海，豈由於争名耶?(吴廣霈墨旁)此句亦滯晦。(沈巖眉)此言張燕公尚以争名相扼，又於酷吏，何怪所以深哀其窮也。是非張相國，燕公説。(嚴虞惇紅旁)張説。相扼一危脆。(吴廣霈墨眉)張説忌邕才，其死殆與有力焉。(奚禄詒乙本眉批)此與張説相惡。争名古豈然，關鍵欻不閉。例及吾家詩，(李以峙墨眉)(例及)按"倒"，形訛。曠懷掃氛翳。(奚禄詒乙本眉批)此言伏其祖之詩。慷慨嗣真作，和李大夫。咨嗟玉山桂。(方拱乾評)杜審言有《和李大夫嗣真奉使存撫河東》詩。(嚴虞惇紅旁)杜審言有《和李大夫嗣真》詩。(吴廣霈墨眉)杜審言，公祖父也。有《和李大夫嗣真奉使存撫河東》詩。(沈巖眉)舊注：杜審言有《和李大夫嗣真存撫河東》詩，言恩没所以久延，以時莫能知之也。鍾律儼高懸，鯤鯨噴迢遰。(奚禄詒乙本眉批)此誇邕詩。坡陀青州血，蕪没汶陽瘞。(吴廣霈墨旁)此就邕身後説。哀贈竟蕭條，(吴廣霈墨旁)代宗時乃得贈秘書監。恩波延揭厲。(方貞觀墨眉)"延揭厲"支辭湊韻。(錢載評)按，"厲"字兩用，義各不同。(陳治紅眉)"厲"字兩用，義各不同。(吴廣霈墨眉)亦可稍節累句，使亦全壁矣。(沈巖眉批下)"延揭"屬未詳。子孫存如綫，(嚴虞惇紅旁)李。舊客舟凝滯。(嚴虞惇紅旁)公自謂。君臣尚論兵，將帥接燕薊。朗吟六公篇，張桓等五王洎狄相六公。(曹炎眉)"六公"，桓彦範、敬暉、崔元暐、張柬之、袁恕己洎狄相也。(吴廣霈墨旁)此指李邕作也。(張雝敬墨旁)張恒等五王暨狄相六公。憂來豁蒙蔽。(嚴虞惇紅眉)李邕《六公詩》，五王各爲一章，狄丞相爲一章。(沈巖眉)此篇以"六公篇"結，《曲江》篇以"徐孺碑"結。

【彙評】

錢陸燦丁本評：哀其文才見重於世，遭讒而死也。

李念慈紅眉：文人每以矜衒取禍，自古爲然，苟味杜公文章一小技，於道未爲尊之，句方自愧不暇，何至自高乎？

俞瑒乙本評：後段以昔日同論文而例及膳部，所以有感，結並及傷時，哀高才之不數見也。

方貞觀墨眉：此詩通章氣勢散漫，一篇之中，曰"憶昔"，曰"往者"，曰"伊昔"，用筆全無變化。

王伯沆紅眉：此詩寫盡北海一生。

張雒敬墨旁：《八哀》叙事，確實可以補史之闕，亦可以正史之訛，特以其體制多相似，故僅取其一目，此篇又多兩層轉折爲異耳。

故秘書少監武功蘇公源明

王士禛評：用事往往妙於化。

俞瑒乙本評：首言其文章原本忠孝，以見歎舊懷賢之有故也。

陳治墨眉：俞云：蘇、鄭同陷賊中，而有污、潔之别，公作詩歎蘇之難，而悲鄭之不幸也。○武功以病不受僞署，嘗從例表彰，而公則因"虜庭悲所遣"，曰"得無逆順辨"，曰"胡爲投乳贙"，曰"罪罟已横胸"，蓋從公意思之，則蘇與滎陽皆受史議譴謫也。《新書》不足憑，當以《八哀》爲確。

武功少也孤，徒步客徐兗。（**方拱乾評**）少孤讀書。（**奚禄詒甲本眉**）此言少時事。（**奚禄詒乙本墨眉**）此序少時。讀書東岳中，十載考墳典。時下萊蕪郭，忍飢浮雲巘。負米晚爲身，（**徐渭墨眉**）"晚爲身"何謂？每食臉必泫。（**吴廣霈墨眉下**）"臉"何如作"淚"之爲猶愈乎？夜字照爇薪，垢衣生碧蘚。（方拱乾評）苦心爲蘇公地。（沈巖眉）求忠臣必於孝子之門。庶以勤苦志，報兹劬勞顯。（吴廣霈墨旁）稍嫌句腐。學蔚醇儒姿，文包舊史善。灑落辭幽人，（李以峙墨眉）（灑落）按"淚"字謬。歸來潛京輦。射君東堂策，宗匠集精選。（方拱乾評）乙科。（奚禄詒甲本眉）此言立朝與陷賊事。（奚禄詒乙本墨眉）此序立朝。制可題未乾，乙科已大闡。（吴廣霈墨旁）言詔書方下，聲名已遍也。（吴廣霈墨眉下）此二句欠佳，故批者抹之。文章日自負，吏禄亦累踐。（沈巖眉批下）作"掾吏"爲是。晨趨閶闔内，足蹋宿昔趼。（方拱乾評）遷太子諭德。語隱而簡，有深意存。○陷賊。一麾出守還，黄屋朔風卷。（奚禄詒乙本眉批）蒙塵。不暇陪八駿，虜庭悲所遣。（吴廣霈墨旁）陷賊庭。（奚禄詒乙本墨眉）此序陷賊。平生滿樽酒，（奚禄詒乙本紅旁）唤下"病二秋"。斷此朋知展。憂憤病二秋，（吴廣霈墨旁）以病未受僞官。有恨石可轉。（方貞觀墨眉）武功心切，四語繪出。肅宗復社稷，得無逆順辨。（陳治墨眉）汪云：秘書扤亂大節，慨慷言之，千載下凛然有生氣。范曄顧其兒，李斯憶黄犬。（嚴復墨眉）范曄以果皮擲父。（奚禄詒乙本紅旁）衆逆節者受誅。秘書茂松色，（嚴復墨眉）必從《文苑英華》，文□□可通。再扈祠壇墠。前後百卷文，枕籍皆禁臠。篆刻揚雄流，溟漲本末淺。（方拱乾評）文之浩汗無涯。（李念慈紅眉）"末"字不可解，恐是"未"字。（俞瑒乙本評）"溟漲"十句，言其文之可傳。（奚禄詒甲本眉）此言文章。（奚禄詒乙本墨眉）此序文章。（奚禄詒乙本眉批）文之勢。（吴廣霈墨眉）入後半欠警策，前半亦不甚精彩，視前作均遜。（李以峙墨眉）（本末）按"未"形訛。（沈巖眉）秘書文昌黎亦稱之。在旁時古文道孤，或反被謗，傷公之所謂乳贙，其即昌黎之所謂蚍蜉乎？青熒芙蓉劍，（方拱乾評）文之鋒穎獨出。（奚禄詒乙本眉批）筆之利。犀兕豈獨劓。反爲後輩褻，予實苦懷緬。煌煌齋房芝，事絶萬手搴。（吴廣霈墨旁）生芝不奏祥瑞，而手搴絶之也。(奚禄詒乙本眉批)文高而人莫能塞也。(李以峙墨眉)(絶)按"終"形訛。垂之俟來者，正始貞勸勉。(嚴復墨眉)此段哀興微。(嚴復紅眉)王云:多不可解。(奚禄詒乙本眉批)詩可勒雅頌。不要懸黄金，(李以峙墨眉)(要)"悪",形訛。胡爲投乳贙。(錢陸燦甲本眉批、乙本墨眉)"贙",《詩韻》本失載。(陳治墨眉)查浦云:"贙"音負,上聲,《詩韻》失載。(吴廣霈墨旁)言蘇本清介自守,乃以此觸權貴之忌而害之也。(奚禄詒乙本眉批)不自懸金於國門,而反犯小人之怒。(李以峙墨眉)(乳)"亂",形訛。(沈巖眉)"贙",《詩韻》失載。結交三十載，吾與誰遊衍。(方拱乾評)交情。(奚禄詒甲本眉)此段自序。滎陽復冥寞，(李念慈紅眉)"滎陽"謂鄭虔也。(嚴虞惇紅旁)鄭虔。罪罟已横罥。嗚呼子逝日，始泰則終蹇。鄭詩在後。(陳治墨眉)即帶滎陽誼,兼諷勸。長安米萬錢，凋喪盡餘喘。(方拱乾評)米貴,卒於長安。戰伐何當解，歸帆阻清沔。尚纏漳水疾，永負蒿里餞。

【彙評】

錢陸燦丁本評:哀其有忠孝文章,終於坎壈也。

俞瑒乙本評:帶入滎陽,正有惜鄭之意,愈見蘇之人品。而以窮餓終,可哀孰甚焉?

故著作郎貶台州司户滎陽鄭公虔

孫承澤墨眉:鄭廣文曠世逸才,乃以陷賊被污,致不復振。少陵至與一時將相同收《八哀》中,可謂千秋特見。

方拱乾評:通篇"養"、"放"字出,去聲,"漾"當是"仿"字。

俞瑒乙本評:以比興起,文法又變。

盧見曾紅眉:王士正曰:"百年見存没,牢落吾安放",十字悲甚。

王伯沆紅眉：史氏曰：鄭本隱淪，一旦以才藝受知，卒罹放逐，所以爲誤。後章述鄭失志，皆從"誤"字生出也。

佚名己紅眉：用養韻。

鶢鶋至魯門，不識鍾鼓饗。（**方貞觀墨眉**）首用比體，又一起法。言鄭公性情，本不以軒冕爲樂。（**奚禄詒甲本眉**）此言其才。（**奚禄詒乙本墨眉**）言輕富貴。〇此序其才。（**陳治墨眉**）俞云：比興起，文法又變。（**秦應逵紅眉**）比興起，文法又變。孔翠望赤霄，愁思雕籠養。滎陽冠衆儒，早聞名公賞。（**方拱乾評**）許公蘇頲愛其才名。（**陳治墨眉**）滎陽得罪之由，只於二句包括，曰"反覆歸聖朝，點染無滌盪"，嚴冷如此。地崇士大夫，況乃氣精爽。往昔公在疾，蘇許公頲位尊望重，素來相識，早愛才名，躬自哀問，後結忘年之契，遠邇嘉之。天然生知姿，學立游夏上。（**李念慈紅眉**）虔真多能也哉！（**申頲紅眉**）誇得不情，受者難安。神農或闕漏，（**奚禄詒乙本眉批**）《本草》。（**佚名己紅眉**）博學如此，真奇才也。黄石愧師長。（**奚禄詒乙本眉批**）兵法。藥纂西極名，兵流指諸掌。公著《薈蕞》等諸書之外，又撰《胡本草》七卷。（**曹炎眉**）公長於地理，山川險易，方隅物産，兵戎衆寡，無不詳。又著《薈蕞》等諸書，又撰《胡本草》七卷。（**陳治墨眉**）武功傷其枉也，滎陽惜其行也。貫穿無遺恨，《薈蕞》何技癢。圭臬《星經》奥，蟲篆丹青廣。（**錢陸燦丁本評**）形容其人博綜而多能，叙次歷落。子雲窺未遍，方朔諧太枉。（**方拱乾評**）文。神翰顧不一，體變鍾兼兩。（**嚴虞惇紅眉**）鍾繇工三色書，草、隸、八分最優。虔善草、隸，故云"兼兩"。文傳天下口，大字猶在牓。（**方拱乾評**）字，詩，畫。昔獻書畫圖，新詩亦俱往。（**吴廣霈墨眉下**）此三字太率直爾，意非不佳。滄洲動玉陛，寡鶴誤一響。（**李以峙墨眉**）（寡鶴）按當作"宫"。（**李以峙墨眉**）（誤）按"設"形訛。（**陳治紅眉**）"宣"一作"宫"。三絶自御題，四方尤所仰。嗜酒益疏放，彈琴視天壤。形骸實土木，（吴廣霈墨旁）不自修邊幅。親近唯几杖。（沈巖眉）“親近唯几杖”，與俗人隔絶也。未曾寄官曹，（李以峙墨眉）（寄）按“記”音訛。突兀倚書幌。（王伯沆紅眉）寫出兀傲。（沈巖眉批下）作“記”，用王子敢語也。但與下句不貫。晚就芸香閣，胡塵昏坱莽。（方拱乾評）以下叙其官。反覆歸聖朝，（佚名己紅眉）又周旋語。點染無滌盪。（方貞觀墨眉）“反覆”二語，他人爲之，數百言且不能竟，公十字包舉無遺。且爲鄭公斡旋，更不見痕迹。（奚禄詒甲本眉）此言其事。（奚禄詒乙本墨眉）此叙陷賊而貶台州。（吴廣霈墨旁）陷賊復歸，遂如白璧遭玷。老蒙台州掾，泛泛浙江槳。（吴廣霈墨旁）以此罪謫台州司户參軍。履穿四明雪，飢拾楢溪橡。（嚴復墨眉）“楢溪”即今“尤溪”。空聞紫芝歌，（奚禄詒乙本眉批）詩也。不見杏壇丈。（奚禄詒乙本眉批）廣文也。天長眺東南，秋色餘魍魎。別離慘至今，斑白徒懷曩。（方拱乾評）交情。（奚禄詒甲本眉）此言交情。（奚禄詒乙本墨眉）此序交情。春深秦山秀，（奚禄詒乙本眉批）承“懷曩”。（李以峙墨眉）（秦山）按“泰”非。葉墜清渭朗。（錢陸燦甲本眉批）王本抹“丈”“朗”二字。（錢陸燦乙本墨眉）“丈”“朗”二韻，王抹得是。（錢陸燦丙本評）鐵牛云：“丈”“朗”二字，王本抹得是。劇談王侯門，野税林下鞅。操紙終夕酣，時物集遐想。詞場竟疏闊，平昔濫推奬。（奚禄詒乙本眉批）自謙。（李以峙墨眉）（推奬）按“吹”音訛，“咨奬”罕見，恐非。百年見存殁，（王士禛評）十字悲甚。牢落吾安放。（方拱乾評）汝陽則有漢中郡，蘇公則有滎陽，鄭公則有阮咸，皆藉以爲瀾。（屈復評）“百年”二句有嗣宗安知非福之痛。①（嚴復紅眉）王云：十字悲甚。蕭條阮咸在，（奚禄詒乙本眉批）指鄭審。（曹炎眉）著作與今秘書監鄭君審篇翰齊價，謫江陵。出處同世網。他日訪江樓，（方拱乾評）因及鄭

① 校注：“嗣宗”，杭本作“嗣祖”。

審。**含凄述飄蕩。** 著作與今秘書監鄭君審篇翰齊價，謫江陵，故有“阮咸”“江樓”之句。（**奚禄詒甲本眉**）末自序。（**吴廣霈墨尾**）按：舊本虔之任，故有阮咸之比。

【**彙評**】

錢陸燦丁本評：哀其被污死貶所也。

俞瑒乙本評：言滎陽才藝之多，極爲難得，惜其疏放少檢，所以詿誤，正見其可哀處。

嚴虞惇紅尾：著作與今秘書監鄭君審篇翰齊價，謫江陵，故有“阮咸”“江樓”之句。

故右僕射相國張公九齡

徐渭墨眉：細味自有别味。

方拱乾評：“梗”“迴”通。重“境”字，當作“負人景”。

俞瑒乙本評：曲江罷而天寶之禍興，此八哀之所以終思曲江也。於不詮次中，自有意在。

屈復評：明皇不用曲江斬禄山之諫，中原陸沉，實由於此。此《八哀》之所以爲結而賢許之也。因亂漂流，無懸榻而禮者，所以讀徐孺之碑而“思理煙艇”也。①

盧見曾紅眉：曲江見禄山有反相，欲因失律誅之，明皇不聽。至幸蜀以後，追思其言，遣使祭贈。此事乃一生大節，關於國家治亂興亡，篇中尚略而未詳。其歷叙官階，詳記文翰，頗失輕重之體。劉須溪嘗議及之。劉克莊後村曰：杜公《八哀詩》，崔德符謂可以表

① 校注：“斬”，吴本作“朝”；“此《八哀》”，杭本作“《八哀》”，吴本與余本同。

裹《雅》《頌》,中古作者莫及。韓子蒼謂其筆力變化,當與太史公諸贊方駕。惟葉石林謂長篇最難,晉魏以前,無過十韻,常使人以意逆志,初不以敘事顛倒爲工。此八篇本非集中高作,而世多尊稱,不敢置議其病,蓋傷於多,如李邕、蘇源明篇中多累句,刪去其半,方爲盡善。余謂:韓比此詩於太史公紀傳,固不易之論。至於石林之評累句爲長篇者,亦不可不知。郝敬仲輿曰:《八哀詩》雄富,是傳紀文字之用韻者,以史爲詩,自子美始。

陳治墨眉:俞云:曲江罷而天寶之禍興,《八哀》之所以終思曲江也。不詮次中,自有意在,出筆處人品自見。

佚名己紅眉:用梗、迥韻。

相國生南紀,金璞無留礦。(**方拱乾評**)相國本神仙之姿,志在江海而後翱翔雲路,意在致君堯舜,而不遑高蹈也。(**奚禄詒甲本眉**)比擬起。(**沈巖眉**)風度可想,與後朱鳥對映。仙鶴下人間,(**沈巖眉批下**)"仙鶴"是實事。獨立霜毛整。(**嚴虞惇紅眉**)九齡母夢九鶴自天而下,而生九齡。矯然江海思,(**李以峙墨眉**)(江海)按"漢"字謬。復與雲路永。寂寞想土階,(**奚禄詒乙本眉批**)致君堯舜。未遑等箕潁。(**沈巖眉**)曲江清新,禄山其事顯,故只以碣石、天池之語點化。按:此連未可强爲之説。上君白玉堂,倚君金華省。(**吴士模墨眉**)明皇不用曲江誅禄山之諫,中原陸沉,實由於此。此《八哀》之所以爲結,而以賢評之也。(**秦應逵墨眉**)劉辰翁論此詩,以謂九齡大節惟論禄山,此既未白,末亦不及弔祭,爲失。余謂子壽大節尤在拒武惠妃、壽王奪嫡之謀,公亦未之及也。(**奚禄詒甲本墨眉、乙本墨眉**)此序其事。碣石歲崢嶸,(**嚴虞惇紅旁**)指禄山。(**奚禄詒乙本眉批**)禄山也。(**李以峙墨眉**)(碣石)按,"竭力"形似而訛。天池日蛙黽。(**李以峙墨眉**)(天池)按"地"形訛。(**沈巖眉**)"碣石"指禄山,"天池日蛙黽"謂牛仙客以使典作尚書,争之不得也。南衙,宰相所居，故以“天池”言之。**退食吟大庭，何心記榛梗。**（**方拱乾評**）不及識祿山大節，終不能爲公解。（**嚴虞惇紅旁**）指林甫。**骨驚畏曩哲，**（**汪琬甲本紅眉**）骨驚。（**吴廣霈墨旁**）畏不逮古人也。（**奚祿詒乙本眉批**）骨奇也。**鬒變負人境。**（**吴廣霈墨眉**）謝朓詩曰：“誰能鬢不改。”（**方拱乾評**）“鬢變”句遠應“仙鶴”等意。（**錢陸燦乙本墨眉**）兩“境”字。（**吴廣霈墨旁**）傷功名不立於今日也。（**奚祿詒乙本眉批**）髮白也。**雖蒙換蟬冠，右地恧多幸。**（**吴廣霈墨旁**）此言爲李林甫所讒罷政事，而以在相閑居也。（**奚祿詒乙本眉批**）遷左丞。**敢忘二疏歸，**（**李以峙墨眉**）（忘）按“志”形訛。**痛迫蘇耽井。**（**方拱乾評**）爲養親告歸，故用疏、蘇事。（**嚴虞惇紅眉**）蘇耽養母至孝，公以母老，固請換江南一州，後丁母喪歸里。（**嚴復墨眉**）蘇以庭中井水養母，張母喪，解職，拜中書侍郎、同平章事奪情。張以周子諒貶荆州長史，長史紫綬。（**吴廣霈墨眉下**）此言其不能歸養，以乞歸謂不許也，而乃抱恨終天，不能如蘇耽之以仙井養母矣。（**奚祿詒乙本墨眉**）言九齡遷尚書右丞，有林甫之疾，則得此爲幸矣。**紫綬映暮年，荆州謝所領。**（**方拱乾評**）貶荆州刺史。（**嚴虞惇紅旁**）左遷荆州長史。**庾公興不淺，黄霸鎮每静。** **賓客引調同，**（**嚴虞惇紅旁**）署孟浩然爲從事，相唱和。**諷詠在務屏。** **詩罷地有餘，**（**李以峙墨眉**）（“詩罷”句）按别本句與下語不對，且不成句。**篇終語清省。**（**方拱乾評**）乃知二句遠應“何心記榛梗”等意。（**錢陸燦丁本評**）中獨美其詩文，以曲江相業不待言也，而惜其不克盡展所長耳。“散帙”二句，言開散曲江文帙，神物歘起，其高並巫廬也。（**吴廣霈墨眉**）《八哀詩》亦子美之創格也，崔德符推許太過，王貽上等人又抑之不倫。邵子湘云：《八哀詩》鋪叙結密，波瀾壯，不當於字句間苛論其工拙，其病蓋微傷於多，亦不免有累句。要之，無妨大家也。斯言得之。**一陽發陰管，**（**奚祿詒乙本眉批**）美詩。**淑氣含公鼎。** **乃知君子心，用才文章境。**（**嚴虞惇紅眉下**）“境”字重押。（**陳治紅眉**）“境”字重叶。（**沈巖眉**）“境”字重押。**散帙起翠螭，**（**奚祿詒乙本眉批**）字畫。

倚薄巫廬並。綺麗玄暉擁，箋誄任昉騁。（**陳治墨眉**）汪云：偏於矯舉處狀出曲江身分，英藻綺思，照耀千古。太白《圯橋懷留侯》，亦同此意。**自我一家則，**（**吴廣霈墨眉下**）"我"，一本作"成"，恐是。（**奚禄詒乙本眉批**）大處好。**未缺隻字警。**（**奚禄詒乙本眉批**）小處亦好。**千秋滄海南，名繫朱鳥影。**（**徐渭墨眉**）爲南方星宿。**歸老守故林，戀闕悄延頸。**（**奚禄詒乙本紅眉**）序所云八公存殁者，惟賀與張存耳。**波濤良史筆，蕪絶大庾嶺。**（**嚴復墨眉**）遷中書令，嘗監修國史、《六典》，開元八年爲□所上，開元十七年爲□兼大庾嶺新路。○張有《徐徵君碣》，開元十五年立。（**奚禄詒乙本紅旁**）言□於故鄉。**向時禮數隔，制作難上請。**（**沈巖眉**）"向時禮數隔"則杜老嘗爲其賓客矣。舊注獨指孟浩然，恐非。**再讀徐孺碑，**（**嚴虞惇紅旁**）公有《徐徵君碣》。**猶思理煙艇。**（**錢陸燦甲本眉批**）"平生禮數絶"，哭范雲詩。（**錢陸燦乙本紅眉**）"平生禮數絶"，哭范雲詩。（**奚禄詒甲本眉**）自序。（**奚禄詒甲本眉**）八篇之中，皆不甚潔，前人選入正宗，止爲有關係。（**奚禄詒乙本紅旁**）九齡有餘稚碑文。（**吴士模墨眉**）結於無情處寫情。（**沈巖尾**）"再讀徐孺碑"，兼寓當如南州之哭江夏也。

【彙評】

方拱乾評：徐孺碑文，張公所著，文中有盛稱懸榻之意，故杜公"思理煙艇"也。大約《八哀》非公絶頂詩，可見詩之性情。

錢陸燦丁本評：哀其志存王室，玄宗不能用其言，賫志以殁也。○鐵牛云：大鋪排家數，《八哀詩》是也。王孟津譏其平，方爾止譏其板，吾惑焉。

方貞觀墨眉：《八哀詩》，崔德符謂，可以表裏《雅》《頌》。韓子蒼謂，當與《史記》諸贊方駕。看其體制，實漢魏以來所未有。然篇中支離晦澀處頗不少。王思禮、李光弼二首精緊，無可議外，此或失之煩碎，或失之蕪累，或氣勢拖踏，或用筆雷同，徒以世人尊崇太過，讀者遂不敢訾議，而究之非集中佳作也。

吴廣霈墨尾批集評"王云"：王批允爲篤論。

吴廣霈墨尾：《八哀》篇自是煌煌鉅制，惟每篇必詳載其人一生事實並才能等等，自不免拉拉雜雜，紛乘龐集。且每篇一韻到底，又不换韻，雖廣以通叶，仍難免湊趁之病。大家名作，固不必吹瑕索班也。

吴廣霈墨尾批集評後：斯爲平心篤論，工訶古人者，其集中寧能有此鉅制哉？老劍記。

吴廣霈墨旁批集評"李云"：四字公論。

壯　遊

丁耀亢墨眉：老而憶壯，甚感其衰，即"甚矣吾衰"之意。

錢陸燦甲本眉、乙本墨眉：方曰：此詩乃公自序一生之事。平生所遇皆坎坷，惟吴越齊趙之遊，差足自喜耳。

錢陸燦丁本評：錢湘靈云：此詩公自叙一生之事。平生所遇皆坎坷，惟吴越齊趙之遊，差足自喜耳。

俞瑒乙本評：前叙快意，此處便伏隱憂，轉入遇亂匡時意，過接無痕。

奚禄詒甲本眉：《往在》一篇重在歎肅、代兩朝之亂，《壯遊》一篇重在歎自家遭際，故所序各有詳略。○撫太伯事，何故"淚浪浪"？○肅宗父子兄弟之間，皆有慚德，急於即位，《綱目》已有貶詞。凡引吴越事，大抵比玄、肅、代三朝。○五言長篇古不過十韻，五六十韻者自少陵始也。自首至尾，無一懈句，非雄才博學，安得到此？太白長篇，似此者絶少。

奚禄詒甲本旁：力健神足，無一懈處。

奚禄詒乙本墨眉:《往在》重歎肅、代之亂,《壯遊》重歎自家遭際,故序各有詳略。○力健神足,無一懈處。

吴士模墨眉:才大者往往多狂,由其眼界高也。○此詩叙述生平最詳,是工部小譜。生平大節歷歷寫出,有太史公自叙之風,然亦稍欲節之。

吴廣霈墨眉:杜詩老健之原,亦由得力於此。○老杜之狂,亦不減太白,然均能斐然成章,垂名千古,世之曲謹柔媚之徒,畢竟有不朽之文章傳世否?□小堂詩文非不佳,世皆不欲傳,人俱不肯讀,則亦與草木同腐爾。可見文字仍以人品傳,非必人品以文字高也。呵呵。

倪象占藍眉:《北征》述一時事,《壯遊》述一生事。

佚名己紅眉:通篇以應遊作骨,自從性情,而不得於時之意已在言外。

往昔十四五,出遊翰墨場。(**方貞觀墨眉**)首段叙少年出遊之始。斯文崔魏徒,崔鄭州尚,魏豫州啓心。(**嚴虞惇紅旁**)崔尚,魏啓心。(**曹炎眉**)崔鄭州尚,魏豫州啓心。(**王鳴盛墨眉**)崔尚,魏啓心。以我似班揚。七齡思即壯,(**奚禄詒甲本旁**)起法亦與《往在》篇不同,便知其旨。開口詠鳳皇。(**奚禄詒甲本旁**)皆自家實事。(**嚴虞惇紅眉**)此段言少時能文,爲前輩所賞。九齡書大字,有作成一囊。性豪業嗜酒,嫉惡懷剛腸。脱略小時輩,結交皆老蒼。(**屈復評**)少時結交皆屬老蒼有志之士,自古如此。(**奚禄詒乙本墨旁**)好,雄健句。飲酣視八極,(**奚禄詒甲本旁**)宜有此胸襟。俗物都茫茫。(**錢陸燦甲本眉批、乙本墨眉**)此段自言其夙慧能文,爲前輩之所許也。(**錢陸燦丙本評**)錢云:此言夙慧能文,爲前輩所許也。(**奚禄詒甲本眉**)好,雄健句。(**奚禄詒乙本墨旁**)俯視一切,公自具此胸襟。(**奚禄詒乙本墨旁**)以上自序。

東下姑蘇臺，(沈巖旁)“臺”字餘韻。已具浮海航。(嚴虞惇紅眉)此段言東游吴越，懷古流連，不能捨去。(奚禄詒甲本旁)以下序吴越之遊。(奚禄詒乙本墨眉)此段吴越之遊。到今有遺恨，不得窮扶桑。(方貞觀墨眉)二段叙遊吴。(秦應逵紅旁)頓挫。(奚禄詒乙本紅眉)撫太伯何以淚浪浪？蓋隱隱於肅宗薄待弟兄。凡所述吴越等事，皆有比興，非空語者。大約在玄、肅、代三朝。王謝風流遠，闔廬丘墓荒。(陳治墨眉)汪云：鋪叙處尚少變化。劍池石壁仄，(奚禄詒乙本墨旁)此段應吴。長洲荷芰香。(奚禄詒甲本旁)此段應吴。嵯峨閶門北，清廟映回塘。(嚴復墨眉)“清廟”二字未安。(奚禄詒乙本墨旁)太伯廟。每趨吴太伯，撫事淚浪浪。(錢陸燦甲本眉批、乙本墨眉)此言其少遊吴門，尋探古迹，但恨未至海耳。

枕戈憶勾踐，(奚禄詒乙本墨旁)此段應越。渡浙想秦皇。(孫承澤墨眉)山川地理，人情風景，歷歷如畫。(奚禄詒甲本旁)此段應越。(方貞觀墨眉)三段叙遊越。◯由吴入越，以古事逗入，詞華意巧。(沈巖眉)“翻疑柁樓底，晚飯越中行”，謂斯時也。蒸魚聞匕首，除道哂要章。(丁耀亢墨眉)自述一小傳。(嚴復墨眉)“要章”謂朱買臣事。(張雝敬墨旁)“腰”古作“要”，指朱買臣事。(奚禄詒甲本旁)闔閭用專諸刺王僚。◯買臣爲會稽守，故妻夫婦治道，買臣視以腰章。(王鳴盛墨眉)“蒸魚”二句，仇本移“浪浪”下。越女天下白，鑒湖五月凉。(奚禄詒乙本紅眉)肅宗急於即位，《綱目》已有貶辭，不惟兄弟之間。剡溪蘊秀異，欲罷不能忘。(錢陸燦甲本眉、乙本墨眉)此言其渡浙江，遊山陰，懷古留連，不能捨也。(沈巖眉)“欲罷”二字便已帶起“歸帆”，收拾斗接最敏。

歸帆拂天姥，中歲貢舊鄉。(奚禄詒甲本旁)以下序咸陽落第。(奚禄詒乙本墨眉)此一段序咸陽落第之後。(佚名己紅眉)重處轉得輕，簡處收得住，此千古無兩者也。氣劘屈賈壘，目短曹劉墻。忤下考功第，(奚禄詒甲本旁)指李林甫。(奚禄詒乙本墨旁)李林甫。獨辭京尹堂。（嚴虞惇紅眉）此段言自吴越歸，應試不第，放浪齊趙。放蕩齊趙間，裘馬頗清狂。（方貞觀墨眉）四段叙齊趙。春歌叢臺上，（奚禄詒甲本旁）趙。冬獵青丘旁。呼鷹皂櫪林，逐獸雲雪岡。射飛曾縱鞚，引臂落鶖鶬。蘇侯據鞍喜，監門胄曹蘇預。忽如攜葛强。（吴廣霈墨眉）中間微嫌詞繁。

快意八九年，西歸到咸陽。（錢陸燦甲本眉批、乙本墨眉）此言自吴越歸，應試東都不第，而放浪齊趙間，射獵以自騁也。（方貞觀墨眉）五段叙長安之遊。（奚禄詒甲本旁）此下又入秦。（奚禄詒乙本墨眉）此下又入秦。許與必詞伯，賞遊實賢王。（嚴虞惇紅眉）此段言自洛還秦，獻賦不得官，耆舊凋落，而己亦老矣。（沈巖眉）文酒跌宕，冉冉將老，然終不邀時求合，蓋生平所志，誠不在榮華也。曳裾置醴地，奏賦入明光。（奚禄詒甲本旁）獻《三禮賦》。天子廢食召，群公會軒裳。脱身無所愛，痛飲信行藏。（奚禄詒甲本眉）脱身無愛，而行藏付之痛飲，時事之困人至此，亦浮雲太虚矣。（奚禄詒乙本墨眉）脱身無愛，而行藏付之痛飲，時事之困人如此。（奚禄詒乙本墨旁）亦浮雲太虚矣。黑貂不免弊，斑鬢兀稱觴。（奚禄詒甲本旁、乙本墨旁）老矣。杜曲晚耆舊，四郊多白楊。坐深鄉黨敬，日覺死生忙。（錢陸燦甲本眉批、乙本墨眉）此言自洛還秦，與汝陽王遊，獻《三禮賦》，頗邀帝眷，但厄於有司，不得官耳。故鄉耆舊俱已凋落，公亦不覺老矣。（奚禄詒甲本旁、乙本墨旁）哀哉！（張雝敬墨旁）只“少壯幾時兮奈老何”一句，遂寫作大半篇文字。

朱門任傾奪，（奚禄詒甲本旁）武、韋之族。（奚禄詒乙本墨旁）武、韋之族也。赤族迭罹殃。國馬竭粟豆，漢有太常三輔粟豆。官鷄輸稻粱。（嚴虞惇紅眉）此段言禄山叛亂，玄宗幸蜀，靈武討賊之事。（奚禄詒甲本眉）指玄宗鬥鷄舞馬。（陳治墨眉）俞云：玄宗晚年淫佚，舞馬鬥雞，繁費不貲，禄山之亂，行幸西蜀，肅宗繼起，討賊又不幸有陳濤之敗，以致民生日見凋瘵。○“舉隅”言舉此一隅，則衆費可知。（沈巖眉）明皇好鬥雞，又有舞馬。舉隅見煩費，引古惜興亡。（奚禄詒乙本墨眉）指玄宗鬥雞舞馬。河朔風塵起，（奚禄詒甲本旁）此下序拾遺之事。岷山行幸長。（佚名己紅眉）此一段實相“備員”二字。兩宫各警蹕，（奚禄詒乙本墨旁）玄、肅也。萬里遥相望。（奚禄詒乙本墨眉）此段序諫省之遊。崆峒殺氣黑，少海旌旗黄。（汪琬甲本紅眉）少海。（奚禄詒乙本墨旁）太子肅宗。禹功亦命子，（奚禄詒乙本墨旁）肅宗立。涿鹿親戎行。（吴廣霈墨眉）此言傳位肅宗事。翠華擁吴岳，（奚禄詒乙本墨旁）屬上。（李以峙墨眉）（吴岳）按“英”形近而訛。螭虎噉豺狼。（奚禄詒乙本墨旁）屬下。爪牙一不中，（奚禄詒甲本旁）房琯之敗。（奚禄詒乙本墨旁）房琯敗。胡兵更陸梁。（沈巖眉）“一不中”謂九節度之潰也。〇非謂相州九節度之潰，蓋指清河公敗於陳陶斜。大軍載草草，凋瘵滿膏肓。（錢陸燦甲本眉批）此言玄宗晚年淫佚，舞馬鬥雞，繁費不貲，禄山之亂，行幸西蜀，肅宗繼起討賊，又不幸有陳濤之敗，民生日見凋瘵也。（錢陸燦乙本墨眉）此言玄宗晚年淫佚，舞馬鬥雞，煩費不貲，禄山之亂，行幸西蜀，肅宗繼起討賊，又不幸有陳濤之敗，民生自見凋瘵也。（方貞觀墨眉）六段叙奔赴鳳翔，及爲拾遺時事。（奚禄詒甲本旁）指鄴城之敗。備員竊補衮，憂憤心飛揚。（嚴虞惇紅眉）此段言爲拾遺論救房琯謫官事。（陳治紅眉）“揚”字重叶。上感九廟焚，下憫萬民瘡。（李以峙墨眉）（萬民）按對“九廟”，不當從“蒼生”。斯時伏青蒲，（奚禄詒乙本墨旁）救琯。廷争守御床。（孫承澤墨眉）少陵救房琯，幾致不測，賴大臣救，免。當時伏蒲廷諍，尚有不止此者，所謂“避人焚諫草”者是也。（陳治墨眉）此言拾遺時論救房琯，三司推問，幸而免死，謫華州也。（沈巖眉）公此言必不誣，其慷慨廷諍，非獨救房相一事，史失其傳也。君辱敢愛死，赫怒幸無傷。聖哲體仁恕，宇縣復小康。哭廟灰燼中，（奚禄詒乙本墨旁）收京。鼻酸朝未央。（錢陸燦甲本眉批）此言爲拾遺時，論救房琯，三司推問，幸而免死，僅謫華州。（錢陸燦乙本墨眉）此言爲拾遺時，論救房琯,詔三司推問,幸而免死,僅謫華州也。(**嚴虞惇紅眉**)此段言久客西川,老病不能歸而群凶未殄,有待於後來之英俊也。

小臣議論絶,(**奚禄詒甲本眉**)誰絶之耶? 老病客殊方。(**吴廣霈墨眉**)自述一生行狀頗詳,唯少嫌雜亂爾。(**奚禄詒甲本旁**)此下序交遊。(**奚禄詒乙本墨旁**)去官。(**奚禄詒乙本墨眉**)誰絶之耶?(**沈巖眉**)國家雖有報功之典,然皆人臣所當爲,奈何必計榮華之與勳業相爲匹敵乎? 是犯天道之忌,可爲鴟夷所笑矣。鬱鬱苦不展,羽翮困低昂。(**方貞觀墨眉**)七段叙貶官以後,久客巴蜀。(**奚禄詒乙本墨眉**)此段序近遊。秋風動哀壑,碧蕙捐微芳。之推避賞從,(**奚禄詒甲本旁**)禄不及己也。(**奚禄詒乙本墨旁**)欲厚。漁父濯滄浪。(**陳治紅眉**)"浪"字重叶。(**奚禄詒甲本眉**)"浪浪""滄浪"兩義不同,無妨押也。榮華敵勳業,(**奚禄詒甲本眉**)"榮華"當與"勳業"相匹。歲暮有嚴霜。(**錢載評**)"勳業頻看鏡",此"勳業"二字尚未脱開者也。"南宫載勳業"則敵在心眼,一片注視中矣。到此云"榮華敵勳業"則全身抽出矣。愈煉愈冷。(**奚禄詒乙本墨旁**)榮華者可畏。(**張雝敬墨旁**)功成不退,千古炯戒,"敵"字厚甚。吾觀鴟夷子,(**奚禄詒甲本旁**)總結。(**奚禄詒乙本墨旁**)下總結。(**秦應逵紅旁**)似指鄴侯。才格出尋常。群凶逆未定,側佇英俊翔。(**奚禄詒甲本眉**)末句蓋謂世亂尚武,而文士不用,以自歎也。(**奚禄詒甲本旁**)賦也。(**奚禄詒乙本墨眉**)兩押"浪"字,獨字雖同而義異。(**佚名己紅眉**)結處推開一步,見大手筆。

【彙評】

錢陸燦甲本眉、乙本墨眉:此言久客西川,老病不能歸,而群凶亦未殄滅,尚有望於英俊者定天下之亂,則吾有歸期矣。

俞瑒乙本評:以年歲爲經,以地方爲緯,逐段追叙壯遊心事,平叙中具有排宕之勢,一詩中文章氣概、交遊遭遇無不具見,筆力之大可扛九鼎。○又云，此公一生行實，以“壯遊”爲題目追叙而言之也。由少而壯而老，中間許多閲歷，以文章始，以憂國終，自見章法。

陳訏紅眉批仇注：“枕戈”“渡浙”“蒸魚”“除道”，皆承“撫事”來，由大事以及小事也。今改“蒸魚”二句在“枕戈”二句前，殊無謂。

陳訏紅眉批仇注“言東西皆用兵也”處：東西皆用兵，則西言肅宗，東言安禄山矣，有可對舉之理乎？且不嫌少陵名義有礙乎？朱注非。

方貞觀墨眉：分七段看，逐段叙去，一生性情學問、時世蹤迹具在，此公自爲列傳也。平近直實，不另起波瀾，五言長古中又一格律。

沈巖眉：因不用而復懷曩遊，思尋范蠡五湖之舟。然范以功成身去，今凶逆未定，吾以此待朝廷之英俊矣。若阿諛順旨，無勳業而取榮華，自附靈武元從功臣，貪天功者必有天殃。吾見朱門傾奪，不義而被刑戮者多矣，寧病屏遠方，不忍爲此態也。

沈巖尾：安溪云：人當薄於福享，而勳業有餘，始不以盛滿致咎。若榮華與勳業相敵，即歲暮嚴霜可畏。鴟夷子功成身退，不爲榮華所繫，乃超出尋常者矣。

昔　遊

錢陸燦甲本眉：方曰，此詩有三段：前段與高、李登單父所見所聞之景也；中段言明皇時，天下富强，士大夫人人有功名之望；末段言天下變亂，高、李已亡，而吾亦老矣。我雖老猶可備顧問，如商山、隆中故事，而久客楚蜀，去住靡定，惟有終老於鹿門而已，豈我之初心也哉？

俞瑒乙本評：此追齊兖之遊也。一起高亮絶倫。

方貞觀墨眉：前半寫邊將邀功，君王黷武，轉餉勞民，釀成禍亂，筆仗闊大。後半尚須有幾許波瀾議論，始與上文相稱。“亂世想賢才”以下，頻引古人，語多意少，索然而止，不獨頭重脚輕，抑且文彩寥落。

奚禄詒甲本眉：雖從高、李起，却是俯時，與前思高、李不同，然氣候亦不如《遣懷》之壯老。

錢載評：寫得蒼莽。

吴士模墨眉：每落句俱作律調，聲韻不合。

王伯沆紅眉：胸次甚偉。

佚名己紅旁：亦是兩段格。

佚名己紅眉：前段是客，後是主。

昔者與高李，高適、李白。晚登單父臺。（**嚴復墨眉**）單父臺屬宋州，“臺”即琴臺。（**吴廣霈墨眉**）一起數句，與太白神韻吻合無間。（**奚禄詒乙本紅眉**）雖從高、李起，却是撫時，惜詞不壯老。寒蕪際碣石，萬里風雲來。桑柘葉如雨，飛藿去徘徊。清霜大澤凍，禽獸有餘哀。（**李念慈紅眉**）此段若誇揚之，實惜之也。是時倉廩實，（**奚禄詒甲本旁**）上序齊魯之遊。洞達寰區開。（**奚禄詒乙本墨眉**）君不惜用才而誤於武夫，豈駕馭之道乎？猛士思滅胡，將帥望三台。（**奚禄詒甲本眉**）“將帥望三台”，禄山求平章事。（**奚禄詒甲本旁**）總是天寶之黷武。（**奚禄詒乙本墨旁**）總見天寶之黷武。君王無所惜，（**孫承澤墨旁**）“無所惜”三字是駕馭英雄手段。駕馭英雄材。（**奚禄詒甲本旁**）錯駕馭了。幽燕盛用武，（**奚禄詒乙本墨眉**）玄宗寵禄山。供給亦勞哉。（**奚禄詒甲本旁**）指禄山未反之時。吴門轉粟帛，泛海陵蓬萊。（**孫承澤墨眉**）唐時已行海運，“轉粟帛”“泛蓬萊”，供給幽燕矣。（**奚禄詒甲本旁**）海運。（**錢載評下**）按，“吴門”二句與“雲帆轉遼海，秔稻來東吴”並爲唐時海運之證，足補正史闕漏。（**嚴復墨眉**）可證唐已有海運。肉食三十萬，（**奚禄詒甲本旁**）回紇。（**奚禄詒乙本墨旁**）幽薊之兵。獵射起黄埃。（**奚禄詒乙本墨眉）此段序天寶禄山事。（奚禄詒乙本墨眉）以上不過武夫，非賢才也。隔河憶長眺，青歲已摧頹。（奚禄詒甲本旁）君王用武，己所以摧折。（嚴復墨眉）陳子昂《春臺引》："遲美人兮不見，恐青歲之遂遒。"不及少年日，無復故人杯。賦詩獨流涕，亂世想賢才。（奚禄詒乙本墨眉）此段自慨，下承"賢才"。有能市駿骨，莫恨少龍媒。（錢載評）直達之筆，不彎曲，所以好。（奚禄詒乙本墨眉）世亦有此等賢才，特不用耳。商山議得失，（奚禄詒乙本紅旁）承"賢才"。蜀主脱嫌猜。（奚禄詒甲本旁）世未嘗無此賢才。（嚴虞惇紅眉）"商山"以下，託諷深遠，所謂定哀多微詞。吕尚封國邑，（李以峙墨眉）（國邑）按"内國"謬。傅説已鹽梅。（嚴復墨眉）歷□史事以見世之無代無才，然如此遂止，不多著重，故爾□陂益形沉鬱，此文家所謂潛氣内轉，咽塞頓挫法也。景晏楚山深，（方貞觀墨眉）"景晏"，日晚也。（奚禄詒乙本墨旁）此自言欲隱。水鶴去低回。（嚴虞惇紅旁）自傷其不遇也。龐公任本性，攜子卧蒼苔。（奚禄詒甲本旁）此序己之欲隱。（奚禄詒甲本尾批）賦也。（吴廣霈墨眉）通首忼爽穩健，一結並妙。

遣　懷

方拱乾評：古。總爲高、李。明是漢魏而氣之堅鬱則勝之。
俞瑒乙本評：前盛後衰，感慨蒼凉，高、李有知，夜臺起舞。
屈復評：此篇亦懷友而作也。
翁方綱評：較《昔遊》篇境更質實。
奚禄詒甲本眉：感存殁而益動盛衰之慨。
奚禄詒乙本墨眉：感歎存殁，益動盛衰之慨，起得便壯。

昔我遊宋中，惟梁孝王都。名今陳留亞，（方貞觀紅旁）琢句古雅。劇則貝魏俱。(嚴復墨眉)第二聯造句極創。“名”者,名都之名。“劇”者,劇郡之劇。(吴廣霈墨眉下)言繁劇齊於二州也。邑中九萬家,高棟照通衢。舟車半天下,主客多歡娱。(申頲墨眉)快語。白刃讎不義,黄金傾有無。(孫承澤墨眉)爲侯生、朱亥輩寫照。(奚禄詒甲本旁)梁俗輕俠。殺人紅塵裏,報答在斯須。(吴廣霈墨眉)適與白也。(奚禄詒乙本墨眉)無忌朱亥之遺,風俗未嘗不好,此公所以思也。懷與高李輩,(曹炎眉)高適、李白。(王士禛評)高適、李白。(沈巖眉)史言高適五十稱詩,以此觀之,未必果然也。論交入酒壚。兩公壯藻思,得我色敷腴。氣酣登吹臺,(汪琬甲本紅眉)吹臺。(奚禄詒甲本眉)吹臺在開封府,師曠作,梁王增之。懷古視平蕪。(錢陸燦丁本評)“氣酣”四語,不減阮嗣宗廣武之歎,豪邁壯激,正公“目短曹劉”時乎?(奚禄詒甲本旁)一句起下。芒碭雲一去,(奚禄詒甲本旁)碭山在宋州。雁鶩空相呼。(吕留良紅眉)四句竟須摘出。(方貞觀墨眉)“芒碭”二句,承上懷古言。(奚禄詒甲本眉、乙本墨眉)“芒碭雲一去,雁鶩空相呼”,來得陡健,上下關鎖在此。(魏源評)何減廣武之歎。先帝正好武,(奚禄詒甲本旁)此段應“芒碭”句。(奚禄詒乙本墨旁)此“芒碭雲去”。(沈巖旁)言與高、李徒負文藻而所值乃好武之主,旋棄非亂,不惟所懷□心不展,方且復有存殁之感,然則其何以遣此也?寰海未凋枯。猛將收西域,長戟破林胡。百萬攻一城,獻捷不云輸。(奚禄詒甲本旁、乙本墨旁)拓境無益。(奚禄詒乙本墨眉)組甲三百,被練三千。(沈巖眉)詩史。組練棄如泥,尺土負百夫。(奚禄詒甲本旁)契丹即戰國之林胡。(李以峙墨眉)(負)按“勝”亦通,或言“負”字好,余謂近晦。(陳治墨眉)揚雄解難,陶冶大爐。拓境功未已,元和辭大鑪。(嚴復墨眉)元和,北朝號。亂離朋友盡,(奚禄詒乙本墨眉)此下雁鶩空呼也。合遝歲月徂。(奚禄詒甲本旁)此段應“雁鶩”句。吾衰將焉託,存没再嗚呼。(丁耀亢紅眉)以下率而氣盡。(奚禄詒甲本旁)高、李亡。(陳治紅眉)“呼”字重叶。

（吴廣霈墨眉）此仍是一篇懷高、李詩，古人情深如許，杜老尤真摯者也。**蕭條益堪愧，獨在天一隅。**（李以峙墨眉）"愧獨"當作"塊獨"。（魏源評）以上皆書懷之作，見老杜一生出處。**乘黄已去矣，**（吴廣霈墨旁）此即指高、李已亡也。（奚禄詒甲本旁）比高、李。（奚禄詒乙本墨旁）比高、李之死。**凡馬徒區區。**（奚禄詒甲本旁）比己。（申頲藍眉）"徒區區"説凡馬盡情。**不復見顔鮑，**（奚禄詒甲本眉）顔推之、鮑照皆比高、李。（奚禄詒乙本紅旁）比高、李。**繫舟卧荆巫。**（吴士模墨眉）高、李已逝，存者皆庸人也。（吴廣霈墨尾）"顔鮑"亦指高、李。**臨餐吐更食，常恐違撫孤。**（奚禄詒甲本旁）朋友厚道。（奚禄詒甲本旁）賦也。○組甲三百，被練三千。（吴士模墨眉）不能長成兒女也。或者恐不能撫朋友遺孤也。

【彙評】

張雒敬墨旁：明皇因喜邊功，故任用藩將，卒致喪亂，禍根只在"好武"二字，當時賢相即如廣平、曲江，未之見及也。公之識可謂卓矣。

往　在

方拱乾評：大文章不當以細響求之。兩大段成局，力如山，氣如江海。○兩大段，骨力深沉厚重。

宋犖紅眉：煌煌大篇，《北征》之亞。

俞瑒乙本評：後段廿四句，皆願望之詞，以"安得"二字，一氣貫下。

奚禄詒甲本眉：氣惟東甚渾，只是寫得出。

奚禄詒甲本旁：此太白所不能爲。

方貞觀墨眉：此詩言三朝之亂，先後蒙塵，總由於不能省躬罪己，節儉裕民，聽言納諫，以致冗官失職，兵不歸農，故禍亂相尋，覆車一轍。"安得"云云，一氣二十二句，趕到"永永垂無窮"，似乎祝願太平，其實敷陳治理，義意已盡，體氣已足，此下不須復贅，又續以"京都"四語，竟成蛇足。

吴廣霈墨眉：亦病太冗長，稍芟節之便佳。

佚名己紅眉：兩大段格，氣力深厚。

往在西京時，胡來滿彤宫。中宵焚九廟，雲漢爲之紅。(**方貞觀墨眉**)禄山之亂。(**奚禄詒甲本眉**)此序禄山之亂，焚廟蒙塵。(**奚禄詒乙本墨眉**)此叙禄山之亂，焚廟蒙塵。解瓦飛十里，繐帷紛曾空。(**奚禄詒甲本旁**)"分"當不如"裂"字。(**李以峙墨眉**)(紛)按"粉"形訛。疚心惜木主，一一灰悲風。合昏排鐵騎，(**陳治墨眉**)查浦云："合昏"，黄昏也。清旭散錦䕬。賊臣表逆節，(**奚禄詒乙本墨旁**)脅從者。(**沈巖眉**)"節"，亦謂節度使，但不成語。相賀以成功。(**方貞觀墨眉**)言賊臣逆節上表禄山，以賀成功。是時妃嬪戮，連爲糞土叢。(**方拱乾評**)力重法老。當寧陷玉座，白間剥畫蟲。(**奚禄詒甲本旁、乙本墨旁**)黼扆也。(**奚禄詒甲本眉**)立國以宗廟爲重，故再三及之。(**嚴復墨眉**)《景福殿賦》"皎皎白間，離離列錢"，善注：白間，青瑣之側，以白塗之。不知二聖處，私泣百歲翁。車駕既云還，楹桷欻穹崇。(**奚禄詒甲本眉、乙本墨眉**)此序肅宗還京修祀。故老復涕泗，祠官樹椅桐。宏壯不如初，已見帝力雄。前春禮郊廟，祀事親聖躬。(**奚禄詒甲本眉**)乾元三年四月辛亥九廟成，肅宗修法駕迎主入廟，甲寅上親享九廟，遂事圜丘。微軀忝近臣，景從陪群公。(**方拱乾評**)有吞江吸海之筆。登堦捧玉册，峨冕耿金鍾。侍祠恧先露，(**方貞觀墨眉**)"先露"，仇本作"先路"，言侍從先路甚通，若云先蒙恩露，恐無此杜撰句法。(**奚禄詒甲本眉**)一作"霑"，好於"恧"字。(**奚禄詒甲本旁**)先廟露也。(**嚴復墨眉**)"先露"或是"先路"。(**王伯沆紅眉**)"先露"，仇注以爲"先路"之訛。按仇有二義：一據《郊特牲》"先路三就"，指祭宗廟之路車；一據《離騷》"來吾導乎先路"，謂前導之義。史氏按，《唐六典》："補闕、拾遺掌供奉諷諫、扈從乘輿。"公爲拾遺，則奉引正其職掌，所謂"先路"也。又，遺、補雖卑。"侍"，目也。公以職叨近侍，故謙言惠耳。**（李以峙墨眉）**（先路）按"露"音同而訛。"霑"又因"露"而誤。**（沈巖眉）**"露"，一作"霑"，予謂似是"路"字。**掖垣邇濯龍。****（奚禄詒甲本眉）**自漢已有濯龍宫。**天子惟孝孫，****（方拱乾評）**表頌語。**五雲起九重。鏡奩换粉黛，****（奚禄詒乙本墨旁）**陵寢中物。**翠羽猶葱朧。****（方拱乾評）**衹覺其厚，不覺其直。**（李以峙墨眉）**（朧）按"曨"形訛。**前者厭羯胡，****（嚴復墨眉）**"羯胡"，安史、犬戎、吐蕃。**後來遭犬戎。****（方貞觀墨眉）**吐蕃之亂。**（奚禄詒甲本旁）**代宗奔陜。**（奚禄詒乙本墨眉）**又序犬戎之亂，諸侯不朝。**俎豆腐膻肉，****（李以峙墨眉）**（腐）按"臠"，形訛。**罘罳行角弓。****（方拱乾評）**兩字貫到底。**（奚禄詒甲本眉）**又序犬戎之亂，諸侯不朝。**（嚴復墨眉）**"罘罳"蓋今之俗呼木棉帕，今京中室宅猶多此物，殆非絲繩所結。

安得自西極，**（奚禄詒甲本旁）**自此以下廿四句皆願望。**（佚名己紅眉）**"安得"二字只[直]貫到底，皆企望太平之語，然以"老去"二字結之，是它人所不能及。**申命空山東。****（嚴復墨眉）**自"安得"以下皆想望太平之事，必非實寫代宗還京。仇注似誤，其分數亦不合。**（奚禄詒乙本墨旁）**自此以下二十四句皆願望之詞。**盡驅詣闕下，士庶塞關中。****（傅山紅眉）**俗陋極矣。**主將曉逆順，元元歸始終。****（方拱乾評）**此則公一飯不忘君處，所謂經濟之詩。**一朝自罪己，****（李以峙墨眉）**（自罪己）按"罪己"必傳寫之訛。**萬里車書通。****（奚禄詒甲本旁）**代宗永泰元年下詔罪己。**鋒鏑供鋤犁，征戍聽所從。****（王伯沆紅眉）**主意既正，措詞尤渾妙。**（奚禄詒乙本墨眉）**自"鋒鏑"以下，祝願之辭。**冗官各復業，土著還力農。君臣節儉足，朝野歡呼同。****（方拱乾評）**竭力摹太平。**中興似國初，****（吴廣霈墨眉）**"似"，一作"比"。**繼體如太宗。****（奚禄詒甲本**

眉）自“鋒鏑”至此，祝願之辭也。**端拱納諫諍，和風日冲融。**（**奚禄詒乙本墨眉**）微言。（**奚禄詒乙本墨旁**）復序先廟。**赤墀櫻桃枝，**（**沈巖眉**）新廟之成在乾元元年四月，故《收京》詩云“歸及薦櫻桃”也。結尾特紀其時以爲垂戒，所謂願君無忘在莒，若京都再火，則此幸不可屢邀也。（**奚禄詒甲本旁**）此段少未潔。**隱映銀絲籠。千春薦陵寢，**（**奚禄詒甲本旁**）復序先廟。**永永垂無窮。京都不再火，**（**吴廣霈墨眉**）“不再火”，應换“復安堵”三字。**涇渭開愁容。歸號故松柏，老去苦飄蓬。**（**方拱乾評**）收得妙。（**錢陸燦甲本眉批、乙本紅眉**）結到九廟。（**奚禄詒甲本旁**）自歎不再用。（**奚禄詒甲本眉**）出得艱苦，不是合作。（**奚禄詒乙本墨眉**）祀先廟前已詳，復又作此六句，亦不潔，不若即結以“歸號”二句爲緊。（**申頲紅尾**）家隱君曰：中多冗弱語。（**沈巖尾**）近臣同國休戚，陵寢永安，則先臣之墓木可歸守矣。

卷十五

謁先主廟

方拱乾評:排。正大縱横,情體畢極。

錢陸燦甲本眉:鐵曰:此首愚意"慘澹"以下,叙先主而歸功孔明也;"錦江"以下,叙祠廟也;"絶域"以下,自叙謁廟之由與意中寥落之感也;"孰與關張"以下,正言其揺落,關、張不可作,無望耿、鄧中興,况孔明乎? 末又結言其感深也。

汪琬乙本評:分三段:一段先帝君臣之契、運數之艱,二段廟,三段謁廟叙懷也。○"力侔"句兼吴魏説,"志屈"句則專指先帝,"歐血"用司馬德操聞諸葛公出,歎曰:"又引斯人歐血矣。"○"錦江元過楚",則莫訝先帝之東征;"劍關[閣]復通秦",何疑武侯之北伐。○"竹送"三聯,見德澤在令深,"絶域",杜公自叙絶域下見當時喪亂,與季漢略同。而悲非無關、張其人,能立耿、鄧之績者,但應天則"才不小",得士必"契無鄰",歎其知遇之未能追蹤先帝也。○"契無鄰",言其委心一德,莫與相並也。先帝待關、張如手足,孔明如魚水,庶幾當之。

王士禛評:包舉得大。

俞瑒乙本評:叙先主而歸功於孔明,正以帷幄之才,而空灑憂國之淚也。

屈復眉:起一段叙先主帝蜀,得武侯之力,天心厭漢,如何可存?"錦江"二句,言蜀亡也。中段謁廟之景,以見蜀人愛戴不忘也。"絶域"以下,自歎遲暮飄零,見得時遇主之難也。

屈復評:前後議論太多,中謁廟只一段,傷法傷直。解者云,前後皆從"謁廟"字生,終是牽强。《魏書》:亮糧盡勢窮,憂恚嘔血,一夕,燒營遁走,入谷道,發病卒。此《晉史》誣筆,回護司馬懿之文。裴松之注《三國志》,辯之已詳,少陵蓋沿襲用之。○首句"風雲會",君臣合也;次句"各有人",有是君有是臣也。三承君言,四承臣言,五承四,六承三,七承五,八承六。"霸氣"以下四句收上文;"舊俗"見廟之久,"空山"見地之遠,"虚檐"承"空山"句,"枯木"承"舊俗"句,"竹送"二句承"空山"句,"閭閻"二句承"舊俗"句,見歷久不忘也。"絶域"四句,己之流落。"孰與"四句,先主待武侯在關、張之右,言孰能與關、張相並?惟武侯能臨耿、鄧之上,以耿、鄧比關、張也。"應天"句言先主之才不小,故能得武侯相契無鄰也。①

奚禄詒甲本眉:融通昭烈,生前死後,包蘊無痕。

奚禄詒乙本墨眉:來得渾渾,開基繼世之君,彷彿盡之。○融通昭烈,生前死後,包蘊無窮。○插"錦江"二句,傷感無過如此者。

盧見曾紅眉:善作詩者,必構全局。全局既定,則議論得展,而意層出矣。此篇若無起段之激昂悲壯,則開端少力量;若無後段之感慨淋漓,則收結少精神。能以吊古之情,寫用世之志,足令千年上下英雄墮淚、烈士撫膺,不獨記叙廟貌處見其古色斑斕,哀音淒愴也。○胡應麟曰:"力侔分社稷,志屈偃經綸",歐、蘇得之而爲論宗;"江山如有待,花柳更無私",程、邵得之而爲理窟;"魯衛彌尊

---

① 校注:"前後議論太多……少陵蓋沿襲用之"一段,杭本闕。"流落",杭本作"流離"。

重，徐陳略喪亡”，魯直得之而爲沉深；“白屋留孤樹，青天失萬艘”，無己得之而爲勁瘦；“煙花山際重，舟楫浪前輕”，聖俞得之而爲閑澹；“江城孤照日，山谷遠含風”，去非得之而爲雄渾。凡唐末、宋元人，不皆學杜，其體則杜集咸備。元微之謂“自詩人來未有如子美者”，乃不易之論。至輕俊學流，時相詆駁，類亦坐斯，然益足見其大也。

盧見曾紅旁：格調莊嚴，氣骨渾厚，有典有則，長律當以此爲正宗。其開局雄渾，以包舉見力量。至於閶闔幾换，而歌舞自新，寫百世不忘之意，可謂善於形容矣。關、張、耿、鄧四語，若云仍切先主，固屬重複；即云自叙，亦欠分曉。蓋世亂身窮，故於君臣遇合之感、功名建樹之難，撫時思古，反覆寄慨，收歸己身，以完“謁”字之意。如此，則收拾精神，立意乃有歸著。

吴農祥評：包舉得出。

吴騫墨眉：包舉得大。

陳治墨旁：汪云：“錦江元過楚”，則莫訝先帝之東征；“劍閣復通秦”，亦何疑武侯之北伐。

沈巖旁：夔州詩以此種爲極，山谷不能至也。可配謝玄暉《武昌故城詩》。

嚴復墨眉：此亦瓊枝寸寸皆玉，旃檀片片皆香，以比岷沱畫圖徒言山水者，殆過之矣。

慘澹風雲會，乘時各有人。（**錢陸燦丙本評**）錢云：“慘澹”以下叙先主而歸功孔明也。（**奚禄詒甲本旁**）起四句渾含無盡。（**陳治墨眉**）“力侔”句兼吴魏説，“志屈”則專指先主，“歐血”用司馬德操聞諸葛公出，歎曰：“又引斯人歐血矣。”（**秦應逵墨眉**）包舉得大。（**秦應逵紅旁**）一氣搏捖，筆力過人。（**沈巖眉**）“各有人”三字直呼後半“孰”字。**力侔分社稷，**（**俞瑒**

甲本評)確是先主。(沈巖旁)起"復漢"一連。志屈偃經綸。(俞瑒甲本評)四句一氣。(方貞觀墨眉)起句只二十字,三國時事人物,包括已盡。(沈巖旁)起"雜耕"一連。復漢留長策,中原仗老臣。(吕留良紅眉)插入孔明,有力。(題商盤紅旁)順應上聯。(吴廣霈墨眉)此四句指卧龍也。(沈巖眉)三分割據,君臣魚水,孔明鞠躬盡瘁,後主之面縛出降,起數句中已包括殆盡,何等筆力。雜耕心未已,(奚禄詒甲本旁)承上句孔明。歐血事酸辛。(奚禄詒乙本墨旁)承"老臣"。霸氣西南歇,(奚禄詒甲本旁)言不能興漢。雄圖歷數屯。錦江元過楚,(題商盤紅旁)二字交互。(奚禄詒甲本眉)插"錦江"二句,他人無此力量。劍閣復通秦。(丁耀亢紅眉)一部《三國》,胸中爛熟,只二句道盡。(錢陸燦丙本評)錢云:"錦江"以下叙祠廟也。"絶域"以下自叙謁廟之由,與意中寥落之感也。"孰與關張"以下言關、張不作,無望耿、鄭之中興,况孔明乎?"應天得士"言關、張與先主契合,亦應天之才,而歎今無其人耳。只泛作感時尤妙。(吕留良紅旁)以上了其君臣事。(奚禄詒甲本旁、乙本墨旁)想到劉禪。舊俗存祠廟,(奚禄詒甲本眉)"舊俗"以下再删一二語更妙。(秦應逵紅旁)入"廟"字。空山立鬼神。(傅山紅眉)此語却寫出不平。(俞瑒甲本評)以廟言。(李以峙墨眉)(立鬼神)按"泣"勝於"立"。虚檐交鳥道,(李以峙墨眉)(鳥道)按"過"明係形訛。枯木半龍鱗。(吕留良紅眉)著四句點景,不失佳句。(陳治紅眉)愚意竊謂"孰與關張並"四句應移在"歐血事酸辛"下,更覺相浹。竹送清溪月,(奚禄詒甲本旁)尋常之景不似。(李以峙墨眉)(清溪)按"青明"是脱誤。苔移玉座春。閭閻兒女换,歌舞歲時新。絶域歸舟遠,(俞瑒甲本評)自叙。(奚禄詒甲本旁)自序。(秦應逵紅旁)"謁"字。荒城繫馬頻。(俞瑒甲本評)醒"謁"字意。(奚禄詒乙本墨旁)自序。如何對摇落,况乃久風塵。(傅山紅眉)不必説到自己。孰與關張並,(俞瑒甲本評)皆自傷語。(奚禄詒甲本旁)申言孔明。(李以峙墨眉)(孰與)按解者都從"孰與",愚見不如從"勢與",不費曲解。**功臨耿鄧親。**（**錢陸燦戊本評**）公自許非關、張之徒，而以中興賢佐自命也。（**俞瑒乙本評**）“孰與”四句，感時懷古，猶漢文撫髀思頗、牧意。（**方貞觀墨眉**）“孰與”四句，慨當時無關、張、耿、鄧之臣，而肅、代以來，不能得士。注云，申言諸葛之功，可軼關、張而追耿、鄧，與語氣殊不合，且題是“先主廟”，不應耑推重武侯。（**錢載評**）“孰”字神氣，直貫到“遲暮”句。“堪”者，不堪也。（**沈巖眉**）“孰與”一連，反復詠歎，非先主天授，雖有諸葛，亦孰能任之不二，以共濟大業，使秉時立功乎？“堪”猶言恐不堪其謙也，正其任也。〇曰“且”者，且以待時會也。落句則又言區區效忠之心，終不能忘，惜乎寂寞至今耳。世得論後半最曲折有味，記其大意。〇“搖落”“風塵”“飄零”“遲暮”總結束一“寂寞”二字。**應天才不小，**（**錢陸燦甲本尾批**）“應天得士”，此言關、張與先主之契合，亦應天之才，而歎今之無其人耳。只泛作感時尤妙。（**題商盤紅旁**）倒應上聯。（**奚祿詒甲本旁**）先主。（**李以峙墨眉**）（應天）按“繼”字非。**得士契無鄰。**（**奚祿詒甲本旁**）魚水之契。（**奚祿詒甲本眉**）《蜀志》：譙周等上言：聖王應際而生，與神合契，願大王應天順民。（**奚祿詒甲本眉**）少陵本有王佐之才，自負非誇也。（**奚祿詒乙本墨眉**）工部自負非誇也。（**李以峙墨眉**）（士）按“土”明係形似而誤。**遲暮堪帷幄，**（**俞瑒甲本評**）與孔明意應。（**嚴復墨眉**）“遲暮堪帷幄”，“堪”，猶云“不堪”“豈堪”，此說本之《毛詩》。**飄零且釣緡。**（**秦應逵紅旁**）用子房事、太公事。**向來憂國淚，**（**俞瑒甲本評**）本旨。（**題商盤紅旁**）言昔見今。**寂寞灑衣巾。**（**題商盤紅旁**）意餘言外。（**奚祿詒甲本旁**）諸葛廟。（**奚祿詒甲本旁**）賦也。（**奚祿詒乙本墨眉**）首尾曲折，句句典雅有味，真是大手筆，真是先主廟詩。

【彙評】

錢陸燦丁本評：“舊俗”以下寫廟之寥落，即下所謂“對搖落”也。“竹送”二聯見德澤在人而民心愛戴不忘光景，婉藹如畫，情文俱美。

○"孰與"下正言其"摇落",關、張不可作,無望耿、鄧中興,况孔明乎?末又自傷遲暮飄零,徒有應天得士、慘澹風雲之感而已。謁先主廟而淚灑沾巾,公之自負如此。

李念慈紅眉批錢注"關張":畢竟是説武侯,"孰與"句猶豈可與關、張並論也?若子美自况,則下句豈子美自論功乎?

俞瑒甲本評:謁先主廟而思及孔明,正以帷幄之才而空灑憂國之淚也。

張學仁參定:起筆悲壯如霹靂震山,結語蒼凉如幽泉咽石,足令千古英雄一齊淚下。

俞瑒乙本評:謁先主廟而思及孔明,正以帷幄之才而不得盡其用,所以空灑憂國之淚也。

方貞觀紅眉:公每自爲大言,甚可笑。

沈巖眉:"絶域歸舟"下純是自傷語,謂今風塵未靖,孰與關、張並其忠勇而其功可與耿、鄧相親者乎?使有英主應天而出,得於相契,則吾雖遲暮,猶堪共謀帷幄,惟飄零不偶,所以憂國之淚,不能自已也。若末段仍説向先主,不免前後重複。

沈巖尾:"孰與"二連言我既風塵摇落,不知當世亦有才如武侯之人,堪憂國之寄者乎?下連又言武侯奇才,固是命於牽廷,不遇先主,亦何所施哉?"寂寞灑衣巾"與"寂寥開國日"同意。

夔府書懷四十韻

錢陸燦戊本評:此詩公自叙初召試集賢院,授河西尉不拜,值禄山反,扈從肅宗於外,入爲工部員外郎,今又居夔州,故有"萍流""樗散"之歎。

王士禛評:中多警句,前後相稱。

屈復評:此詩五段,首段自叙昔日之遭逢。"社稷"一段往事,承起"初興冀[薊]北師""不必陪玄圃"一段,收上起下。"使者"以下叙時事。"釣瀨"一段,自叙今日之飄零。

奚禄詒甲本旁:此篇雜肅、代間事。

陳治墨眉:俞云:時崔旰亂蜀,杜鴻漸請爲節度使,故因叙時事而感及之。

秦應逵墨眉:中多警句,前後相稱。

昔罷河西尉,初興薊北師。(**奚禄詒甲本旁、乙本眉批**)四句追往。不才名位晚,敢恨省郎遲。(**翁方綱評**)首四句詠懷之由,下俱自叙。扈聖崆峒日,(**奚禄詒甲本旁、乙本眉批**)昔也。端居灩澦時。(**嚴復墨眉**)欲往而留,將收更縱,是真蕩氣迴腸,蟠拏天□。(**奚禄詒乙本眉批**)今也。萍流仍汲引,(**奚禄詒甲本旁**)仍授工部也。(**奚禄詒乙本眉批**)仍授工部。樗散尚恩慈。遂阻雲臺宿,常懷《湛露》詩。翠華森遠矣,白首颯凄其。(**吕留良紅眉**)用助語句,有精采乃佳。拙被林泉滯,生逢酒賦欺。文園終寂寞,(**奚禄詒甲本旁**)相如。漢閣自磷緇。(**奚禄詒甲本旁**)子雲。不可平。(**翁方綱評**)"自磷緇"是自問之"自",非自然之"自"。病隔君臣議,(**李以峙墨眉**)(議)按"識"字非,亦形似致訛。慚紆德澤私。(**錢陸燦丁本評**)主憂臣辱之思,造句奇傑。揚鑣驚主辱,(**秦應逵紅旁**)主意。拔劍撥年衰。(**李念慈紅眉**)奇句,使讀者亦爲神氣飛動。(**奚禄詒甲本旁**)即此二句可愧有位者。(**奚禄詒乙本眉批**)即此二句已足愧有位者。(**奚禄詒乙本墨眉**)磨而不磷,去聲,不可平聲。以上自序。社稷經綸地,風雲際會期。(**奚禄詒甲本眉**)代宗幸陝。○經綸際會之時,而猶今血流戰瓦,諸公可愧矣。○代宗時,史朝義以雍王适爲大元帥,朝義死,賊收田承嗣、薛嵩等降,僕固懷恩恐賊平寵衰,奏留田、薛等分帥河北,由是諸鎮跋扈。○代宗幸陝,故比以穆王、黄帝事，言我不必陪玄圃，惟待君之訪賢也。(**奚禄詒乙本墨眉**)以下。(**嚴復墨眉**)“社稷經綸”“風雲際會”之下乃接以“血流”“涕灑”，其妙不可思議。(**王伯沆紅眉**)奇而壯。時事，經綸際會之日，可血流乎？**血流紛在眼，涕灑亂交頤。四瀆樓船泛，中原鼓角悲。**(**翁方綱評**)“社稷”四句特提之筆，突兀淋漓。**賊壕連白翟，戰瓦落丹墀。**(**吕留良紅旁**)奇。

先帝嚴靈寢，(**奚禄詒甲本旁**)肅宗。**宗臣切受遺。**(**奚禄詒甲本旁**)郭汾陽。(**陳治墨眉下**)汪云：“先帝”，公集中都指玄宗。錢箋曰肅宗，猶可。而以輔國當“宗臣”，則大謬。“宗臣”，正謂郭、李輩切合也，言忠臣合受遺而傷其不然也。(**沈巖眉**)“先帝嚴陵寢”，蓋雖含猶視之意，注非。○“宗臣切受遺”，注指李輔國，按此最穿鑿可笑。飛龍廄小兒，而謂之“宗臣”，詩人不若是其僨也。盍以上下文義求之。○“總戎存大體”一連，僕固懷恩爲河北副元帥，故曰“總戎”。史朝義既平，降薛嵩、田承嗣、李懷仙等，迎懷恩，拜於馬首，乞行間自效，懷恩恐賊平寵衰，奏留嵩等。及李寶臣分帥河北，自爲黨援，朝廷苟幸無事，因而援之。諸將各擁勁兵，自署將吏，不供貢賦。二句蓋紀其事也。東萊以“總戎”爲代宗，大謬。公以大曆元年始居夔，而復謂代宗爲“總戎”乎？(**王伯沆紅眉**)錢云：“宗臣”句謂肅宗崩，李輔國殺張后及越王係，始引太子與宰相見，行監國之令。代宗即位，尊輔國爲尚父，詩蓋指此。又肅宗以丁卯日崩，戊辰始發喪，宣遺詔，故有“先帝”句也。**恒山猶突騎，**(**奚禄詒甲本旁**)史朝義猶在。**遼海競張旗。田父嗟膠漆，行人避蒺藜。**(**方苞眉批**)張溍注：“膠漆”用《左傳》棄甲事。望溪先生批云：丹漆，非膠也。**總戎存大體，**(**奚禄詒甲本旁**)不曰“跋扈”而曰“大體”，爲朝廷諱也。**降將飾卑詞。**(**陳治墨眉**)旰賊殺主帥，故以盗比之。(**秦應逵墨眉**)東萊以代宗爲總戎，大謬。(**佚名己紅眉**)此歎兵革之未解也。**楚貢何年絶？堯封舊俗疑。**(**翁方綱評**)《諸將》詩中“滄海”二聯與此詩“楚貢”一聯可以互證。**長吁翻北寇，**(**奚禄詒甲本旁）安史之餘。一望卷西夷。（奚禄詒甲本旁）吐蕃。（沈巖眉批下）"北寇""西夷"，其指懷恩誘回紇、吐蕃入寇之事乎？○"凶兵"一連即下所謂以貞觀爲元龜者，而惜乎廟算之不然也。不必陪玄圃，（奚禄詒甲本旁）此冀望之辭。超然待具茨。（秦應逵墨旁）陝州出幸。（沈巖旁）君臣儀也。殆誤代宗倉猝出幸陝州乎？凶兵鑄農器，講殿闢書帷。（奚禄詒甲本旁）譏肅宗止好佛。（嚴復墨眉）此四韻有一肚皮語説不出，乃潛氣内轉，掩抑微婉言之如是，是排律中之《離騷》。廟算高難測，（奚禄詒甲本旁）譏辭。天憂實在兹。形容真潦倒，答效莫支持。（奚禄詒甲本旁）《杜詩博議》：《通鑒》：永泰元年九月庚寅朔，置百官高座於資聖、西明二寺，講《仁王經》。甲辰，吐蕃十萬至奉天，京師戒嚴。丙午，罷講。十月乙未，又講經。遣使始於元載之議籍民之資，以兵圍之。

使者分王命，群公各典司。（奚禄詒乙本墨眉）序經。事始於元載籍民之資，以兵圍之謂之"白著"。恐乖均賦斂，不似問瘡痍。萬里煩供給，孤城最怨思。（奚禄詒甲本旁）夔府。緑林寧小患，雲夢欲難追。（秦應逵墨眉）租庸使元載，横征江淮，民相聚爲盗，所謂"緑林""雲夢"也。（李念慈紅眉）詩史直筆。（奚禄詒甲本眉）"雲夢"用韓信事，言民生困苦必致緑林之患，諸鎮疑惑難追雲夢之失，欲服諸鎮須嘗膽以圖之，欲甦民生在察眉以燭之。今廟堂議政，誠自多人，奈何不鑒貞觀之治哉？○又言盗賊起而誅求急，"蕭車""蜀使"徒勞耳。即事須嘗膽，蒼生可察眉。議堂猶集鳳，（李以峙墨眉）（議）按"義"脱筆致誤。正觀是元龜。處處喧飛檄，家家急競錐。（奚禄詒甲本旁）重斂。蕭車安不定，（奚禄詒甲本旁）蕭育。蜀使下何之。（奚禄詒甲本旁）相如事。（翁方綱評）此段敘遣使之事。

釣瀨疏墳籍，（奚禄詒甲本旁、乙本眉）自序。耕岩進弈棋。地蒸餘破扇，冬暖更纖絺。豺遘哀登楚，（李以峙墨眉）（豺遘）按"構"音同而誤。（李以峙墨眉）（登楚）按唐詩近生造，"楚""粲"俱可從。（方苞

眉批)張溍注:"楚"作"粲",是。◯望溪先生點。**麟傷泣象尼。**(**奚禄詒乙本墨眉**)"登粲""象尼"有六朝氣。**衣冠迷適越,藻繪憶遊睢。**(**奚禄詒甲本旁**)公常遊宋,故曰"憶"。(**佚名己紅眉**)陳琳《書》云:"遊睢涣者,學藻繢之綵。"**賞月延秋桂,傾陽逐露葵。 大庭終反樸,京觀且僵尸。 高枕虚眠晝,**(**奚禄詒甲本旁**)仍失所望。**哀歌欲和誰? 南宫載勳業,凡百慎交綏。**(**奚禄詒甲本眉**)末二句勸諭當時將相。(**奚禄詒甲本旁**)末四句結得完通章。交綏而退,志不堅也,以戒將相欲圖畫象,當以交綏爲戒,堅志立功。(**奚禄詒甲本眉**)《春秋》:晉秦志未能堅戰,短兵未至争而兩退,故曰交綏。謂各追軍也。(**奚禄詒甲本眉**)末二句應前"翻北寇""卷西夷",所以責諸聖也。(**奚禄詒甲本旁**)賦也。(**奚禄詒乙本紅眉**)四句正結得完通章。(**秦應逵墨尾**)歸結在此。(**沈巖尾**)雖叛逆如懷恩,亦始於觀望持兩端,遂貽國家無窮之禍耳。故末以"交綏"戒之。

【彙評】

陳訏紅眉批仇注"望開言路"處:朱注是。且若闢門尚可作"開言路"解,今"闢書帷",與"言路"無涉。

吴廣霈墨眉批集評:李批盡得之矣。

送李功曹之荆州充鄭侍御判官重贈

題鮮于樞評:首四句言荆州之景物,欲到而未能,每自悲耳。今李之官於彼,雖云光彩,而我則益愁矣。三聯應首聯,末結前六句。賦也。

吕留良紅眉:氣韻飛動。

盧見曾紅旁:孟浩然擅名之句,贈送中乃有其氣味。

曾聞宋玉宅，每欲到荆州。此地生涯晚，遥悲水國秋。孤城一柱觀，落日九江流。使者雖光彩，青楓遠自愁。

哭王彭州掄

俞瑒乙本評：先提二句立案，下但叙生時事。

執友驚淪没，斯人已寂寥。新文生沈謝，（**奚禄詒甲本旁、乙本墨旁**）序生前。異骨降松喬。北部初高選，東堂早見招。（**王鳴盛墨眉**）王必締姻宗室也。蛟龍纏倚劍，鸞鳳夾吹簫。（**奚禄詒乙本墨眉**）拈"東堂"，用"吹簫"何謂？歷職漢庭久，中年胡馬驕。（**嚴復墨眉**）履歷。兵戈闇兩觀，寵辱事三朝。蜀路江干窄，彭門地里遥。解龜生碧草，諫獵阻清霄。頃壯戎麾出，叨陪幕府要。將軍臨氣候，猛士塞風飆。井漏泉誰汲，烽疏火不燒。前籌自多暇，（**李以峙墨眉**）（暇）按"假"亦可通，然此形似而訛。隱几接終朝。（**嚴復墨眉**）入題。翠石俄雙表，寒松竟後凋。贈詩焉敢墜？染翰欲無聊。再哭經過罷，離魂去住銷。之官方玉折，（**汪琬甲本紅眉**）之官。寄葬與萍漂。（**沈巖眉**）妻亡子遠，乃爾蘊藉。曠望渥洼道，霏微河漢橋。（**奚禄詒甲本眉**）"渥洼""河漢"甚凑，公意蓋應"北部"四句耳。（**奚禄詒乙本墨旁**）起下"夫人"。夫人先即世，令子各清標。巫峽長雲雨，秦城近斗杓。馮唐毛髮白，（**沈巖旁**）既痛逝者，行自念也。歸興日蕭蕭。（**秦應逵紅旁**）死痛逝者，復自念也。

偶　題

屈復評：前段起二句言識者之難，下叙流派，自信功深不讓古人,以後嗣莫繼爲歎。中四句收上起下。後段飄蕩異方,憂時傷亂,老期邊閣,仍以詩結。①

奚禄詒甲本眉:起二句道盡。首段論文,次段入自家,後不警。〇起以文章自任,而後半止説感遇,似不甚照應。

奚禄詒甲本旁:公排律之至佳者不過數篇,然鍊句唐人不及,只是慨詩文之無知已。

盧見曾紅旁:"文章千古事,得失寸心知",其識解可謂廣大精微。"前輩飛騰入,餘波綺麗爲",則操觚秘要,覺陸機《文賦》爲繁。昔元稹爲甫誌,曰:"上薄風騷,下該沈宋,言奪蘇李,氣吞曹劉。掩顔謝之孤高,雜徐庾之流麗。盡得古今之體勢,而兼文[人]人之所獨專。"其推許,誠不爲過,要未及此二十字之包括也。甫他詩云:"讀書破萬卷,下筆如有神。"與此參觀而微會之,於甫之能事思過半矣。王嗣奭曰:公詩嘗言"文章本小技,於道未爲尊",此須識其道之所尊者安在,得所尊則文垂千古,失所尊則文止小技。初無二義也。仇兆鰲曰:前半論詩文,以"文章千古事"爲綱領;後半叙境,遇以"緣情慰漂蕩"爲關鍵。"漫作《潛夫論》,虚傳幼婦碑",隱以千古事自期矣。"不敢要佳句,愁來賦别離",仍以"慰漂蕩"自解矣。其段落整嚴、脉理精細如此。

陳治紅眉:此篇前半氣勢甚雄,惜後半多滯語。

秦應逵紅旁:前半論文,後半時事。

嚴復墨眉:豪壯清麗,排律至此,後有作者不可及已。

文章千古事,得失寸心知。(**吕留良紅眉**)良工自道其苦心,亦其自信自樂處。(**錢載評**)起二句包括一切。(**奚禄詒乙本墨眉**)十字道盡。

① 校注:"邊閣",杭本作"還國"。

(佚名己紅旁)此五字可以傳矣。作者皆殊列，名聲豈浪垂。(吴廣霈墨眉)四句廿字，爲千古不磨之論。騷人嗟不見，漢道盛於斯。前輩飛騰入，(秦應逵墨旁)詩體態。餘波綺麗爲。(傅山紅眉)無味之極，斷非子美作。後賢兼舊列，(丁耀亢紅眉)例。(嚴復墨眉)"舊列"似當作"舊制"，以前路已有作者皆殊列也。(倪象占藍眉)"後賢重舊制"，謂各體皆備，而仍法古體也，如唐有律詩，仍不廢古。歷代各清規。法自儒家有，(沈巖眉批下)"儒"疑作"傳"，分書相似故也。《漢書・相如傳》"列仙之儒"有作"傳"者，二字蓋易誤耳。心從弱歲疲。(秦應逵墨旁)詩工夫。(王伯沆紅眉)秘訣源流，盡於此矣。永懷江左逸，(秦應逵墨旁)詩源流。多病鄴中奇。(錢陸燦丁本評)"江左"指嵇、阮、鮑、謝，"鄴中"指曹氏父子及建安七子也。(奚禄詒甲本旁)許江左而抑鄴下。(奚禄詒乙本墨眉)揚江左而抑鄴下，未必盡然。(李以峙墨眉)(多病)按病其不能學也，"謝"字非。(沈巖眉)"江左"謂徐、庾、陰、何，"鄴中"謂盧思道與薛道衡之屬。鄴中文體重氣質，理勝其詞，或煩累句，故病其奇，非指建安也。乙巳。○"多病"猶言僕病未能，非疵病之謂，"鄴下"即謂建安也。齊梁瑣瑣，焉足較哉？庚辰。騄驥皆良馬，(奚禄詒甲本眉)江左、鄴下之評不確，"騄驥"亦轉得究。(奚禄詒甲本旁)序其家法。騏驎帶好兒。(李念慈紅眉)此公自惜詩法，不能傳於子也。(嚴復紅眉)王云：此篇前半氣勢大雄，惜後半多滯語。(奚禄詒甲本旁)四句皆影響。(奚禄詒乙本墨旁)此下四句自謙其不及祖審言也。(倪象占藍眉)"騏驎"句承"鄴中"來，"帶好兒"當是指子建。車輪徒已斲，堂構惜仍虧。(陳治紅旁)似惜宗文輩。(吴廣霈墨眉)後半太嫌冗長，反不精采。漫作《潛夫論》，(奚禄詒甲本旁)自序。虚傳幼婦碑。(吕留良紅眉)亦失學徒兒懶意。(吕留良紅旁)對得好。(奚禄詒乙本墨眉)首段論文，次段入自己。緣情慰漂蕩，(李以峙墨眉)(慰)按"苦"字非。抱疾屢遷移。(陳治墨眉)"緣情"以下，與起意全不相蒙。(秦應逵墨旁)詩境地。經濟慚長策，飛棲假一枝。（奚禄詒甲本旁）後半漸漸説迂遠，在排律更不可。塵沙傍蜂蠆，江峽繞蛟螭。蕭瑟唐虞遠，（奚禄詒甲本旁）此段時事説開了，所以難於顧母。聯翩楚漢危。聖朝兼盜賊，異俗更喧卑。（嚴虞惇紅眉）公自言不過作詩以自慰耳。（沈巖尾）“兼”，懷也，謂不能討而欲以息綏之。先生云“兼”字仍虚言聖朝兼有盗賊之憂，“異俗”更就喧卑之陋也。鬱鬱星辰劍，蒼蒼雲雨池。（錢載評）“雲”字平聲，音情凝咽。（沈巖旁）無騰化。兩都開幕府，（秦應逵墨旁）成都、江陵。（沈巖旁）成都、江陵。（沈巖眉）三公皆武勳兼領，故曰“開幕府”。萬寓插軍麾。南海殘銅柱，東風避月支。（奚禄詒甲本眉）月支在西，故曰“東風避”，意謂西南之叛也。（奚禄詒甲本旁）晦。（奚禄詒乙本墨眉）九説到時事，漸漸説開，何以結□。（沈巖眉）報喜多虚，反以爲恨。爪牙英用，深以爲怪。不除盜賊，惟恐暴怒，故以爲怪。音書恨烏鵲，號怒怪熊羆。稼穡分詩興，柴荆學土宜。故山迷白閣，秋水憶皇陂。（汪琬甲本紅眉）皇子陂。（嚴復墨眉）“黄”“皇”通用，“皇陂”，烏子陂。不敢要佳句，（奚禄詒甲本旁）見文章之無用。愁來賦别離。（嚴虞惇紅眉）收到詩。（奚禄詒乙本墨旁）見文章之無用。（倪象占藍眉）一部詩全是“愁來賦别離”也。此“偶題”殆自序其□乎？

【彙評】

秦應逵紅尾：詩起詩結，章法森然。

贈高式顔

題鮮于樞評：言“昔别時何處”，今日相逢皆成老夫矣。然吾與汝“還寂寞”“共艱虞”，則其窮也可見矣。式顔乃高適之侄，因念適之死後，徒知賣酒之壚耳。是以“平生飛動意，見爾不能無”，言見式顔如見適也。其悲喜交集之意，爲何如哉？賦也。

錢陸燦甲本眉：錢曰，此詩應在高、李死後，有歎公酒爐之悲。

錢陸燦丙本評：錢云：此作於高適、李白死後，故有空酒爐之悲。

吕留良紅眉：乍問乍憶，百年感慨，兩句盡之，老邁少及。

奚禄詒甲本旁：有結構。

盧見曾紅旁：情深高調，起句中無限蒼凉。王士正曰：篇中“論文友”指高適。適卒於永泰，此詩當在改元之後。

陳治墨眉：無限低徊。

申頲墨眉：似説白話，却是絶妙好詩。

朱方藹紅眉：深情老筆，讀此令人神往。

題張問陶墨眉：起句深婉有致，誦之如聞其聲。

吴廣霈墨眉：詩亦飛動，縱横如意。

王鄰德墨眉：憶别至今，不覺皆成老夫，而寂莫、艱虞如故，則窮可知矣。因式顔而念達夫之死，今日相念，見式顔如見達夫也。亦見悲喜交集之意。

沈巖眉：中四句皆以達夫昔日同遊之多少低徊。

嚴復墨眉：此詩他本編皆在後，黄鶴以爲天寶十五載，□後去夔州，俗流極以爲在乾元初，以詩中有“削迹”句。

嚴復墨旁：高適之族侄有送詩云：“惜君才未遇，愛君才若此。世上五百年，吾家一千里。”

昔别是何處，(**李以峙墨眉**)(是何處)按必當作“是”，“人”字非。相逢皆老夫。(**傅山紅眉**)起結真。(**俞瑒甲本評**)申光涵曰：誦之如聞其聲。式顔爲達夫族侄。(**俞瑒甲本評**)深意在此。(**嚴復墨眉**)起最嫖姚，得手在“是何處”三字。(**王鄰德紅旁**)使在晚唐，則入中對矣。(**沈巖旁**)深意在此。**故人還寂寞，**(**方拱乾評**)式顔。(**俞瑒甲本評**)指式顔。(**沈巖旁**)指達夫。**削迹共艱虞。**(**俞瑒甲本評**)自説。**自失論文友，**(**奚禄詒甲本旁**)指高適。○因式顔而思及達夫。(**嚴復墨眉**)"論文友"是指達夫。**空知賣酒壚。**(**俞瑒甲本評**)醒"皆"字，謂達夫。(**王鄰德紅眉**)詩見胸次，賓主兩得。**平生飛動意，**(**方拱乾評**)"平生"應"昔"。(**沈巖旁**)應"昔"字。**見爾不能無。**(**吕留良紅眉**)玄活空闊，得意外意。(**俞瑒甲本評**)言文酒之興。(**奚禄詒甲本旁**)賦也。

【彙評】

張學仁總：言情之作，樸遬微至。

王鄰德紅旁：感慨語又輕細。

王鄰德藍尾：句句是想達夫，滿紙凄惻。

佚名丁墨尾：詳詩意，公與高適輩遊梁宋時，式顔亦在，此曰失意相逢，式顔亦正落莫，回首舊遊，風流雲散，因憶及其叔輩諸人也。"飛動意"，從當日梁宋間氣概觸起。○清空一氣。

李潮八分小篆歌

錢陸燦丁本評：叙篆隸本末，極其詳明。蓋篆有李斯，隸有蔡邕，猶儒家之有孔孟，允爲百世之師。今人多學唐隸，而不宗漢，豈知書者乎？

汪琬乙本評：夾議論矣，未爲絶調，而其筆足以副之，故有拙意。然取其拙，非取其議論。○漢人重分，晉人尚草，此可以觀世變，公詩真曠識。

俞瑒乙本評：歷數篆隸淵源，爲李潮作身分。落句言作歌之才力，不足以敵作字之才力也。

奚禄詒甲本眉:大篆史籀,小篆李斯,八分蔡邕。

奚禄詒乙本墨眉:此亦歌中之能品。

盧見曾紅眉:論書皆中肯綮。坡老云,杜陵評書貴瘦硬。此論未公,吾不憑,特借作跌宕耳,非遂不許其論也。詩亦瘦硬無比。

朱方藹紅眉:夾議論矣,未爲絶調,而其筆足以副之,故有拙意。然取其拙,非取其議論。漢人重分,晉人尚草,此可以觀世變。公詩真曠識。賦曹霸馬則抑韓干,歌李潮八分則退張顛,此自詩家軒輊之法,耳食者遂置韓品第三,亦將謂吴郡草書不足貴乎?何異説夢。

徐松紅眉:浦曰:此篇韓蘇之祖。

吴錫麒紅眉:歷叙來由,或揚或抑,逼入李潮,正如俊鶻摩空側翅已到。

陳治墨眉:汪云:漢人重分,晉人尚草,此可以觀世變,公詩真曠識。

張裕釗眉:酣恣縱横,跌蕩變化,而周規折矩,動合自然,此所以爲詩聖。神光離合,真乃"揮霍紛紜争變化"也。○獨有千古。

秦應逵紅眉:此詩叙篆隸本末極明晰,蓋篆有李斯,隸有蔡邕,猶儒家之孔孟也。如今人多學唐隸,而不宗漢隸,豈知書者乎?

吴廣霈墨眉:妥帖排奡,此章獨未可以中夾議論少之,以其實能闡發書勢源流,非空談也。

王伯沆紅眉:此詩筆亦瘦硬。

沈巖眉:元吾邱衍《學古編》曰:陽冰名潮,杜甫甥也。後以字行,而别字少温。木玄虚《海賦》云其下"陽冰不治,陰火潜然",則知與潮相切,人多不知。○出顧亭林《金石文字記》,此説牧翁斥其妄。

蒼頡鳥迹既茫昧，字體變化如浮雲。(沈巖旁)此句中並貫注草書。陳倉石鼓又已訛，大小二篆(嚴虞惇紅旁)篆。生八分。(嚴虞惇紅旁)分。(嚴虞惇紅眉)先提，下分項。秦有李斯(嚴虞惇紅旁)篆。漢蔡邕，(嚴虞惇紅旁)分。中間作者寂不聞。嶧山之碑野火焚，(嚴虞惇紅旁)李。棗木傳刻肥失真。(李念慈紅眉)“肥失真”與瘦硬通神論書觀搨，可用爲準則。苦縣光和尚骨立，(嚴虞惇紅旁)蔡。(陳治紅眉)“立”一作“力”。(吴廣霈墨眉下)光和漢碑今已佚，舊拓不可多得。書貴瘦硬方通神。(孫承澤墨眉)書家真訣。(奚禄詒乙本墨眉)“苦縣”乃老子碑，“光和”乃北嶽碑。(李以峙墨眉)(書)按“畫”形近之訛。惜哉李蔡不復得，吾甥李潮下筆親。(吕留良紅旁)“親”字亦似押韻。(方貞觀墨眉)“親”字凑韻。尚書韓擇木，(嚴虞惇紅旁)波瀾。騎曹蔡有鄰。(吴廣霈墨眉下)韓擇木拘謹而未化，蔡有鄰肥腴而少筋，皆去光和石刻遠矣。此所以有“况潮小篆”一轉，蓋美其高於韓、蔡也。開元已來數八分，(吕留良紅眉)“八分”兩作墜底。潮也奄有二子成三人。(張雝敬墨旁)忽作摇曳落筆。况潮小篆逼秦相，(嚴虞惇紅旁)篆。快劍長戟森相向。(吴錫麒紅眉)形容曲盡。(陳治墨眉)賦曹霸馬則抑韓干，歌李潮八分則退張顛，此是詩家軒輊之法耳。食者遂置韓品第三，亦將謂吴郡草書不足貴乎？何異説夢。(吴廣霈墨眉)此段實發題意，真欲擊碎鼓心。八分一字直百金，(嚴虞惇紅旁)分。蛟龍盤拏肉屈强。吴郡張顛誇草書，(嚴虞惇紅旁)波瀾。草書非古空雄壯。豈如吾甥不流宕，丞相(嚴虞惇紅旁)篆。中郎丈人行。(嚴虞惇紅旁)分。巴東逢李潮，逾月求我歌。我今衰老才力薄，潮乎潮乎奈汝何！(奚禄詒甲本眉)詩原不取發越。(嚴虞惇紅眉)總束。(吴廣霈墨眉)妙極。退之《石鼓歌》收尾即從此套出。○李潮八分小篆乃竟不多見，惜哉！(沈巖尾)“才薄將奈石鼓何”，即是學此結。

【彙評】

錢陸燦甲本眉、乙本墨眉:此言作歌之才力不足以敵潮作書之才力也。潮以八分傳,公以詩歌傳,雖自歎,實自負也。○方曰:此篇敘篆隸本末,極其詳明。蓋篆有李斯,隸有蔡邕,猶儒家之有孔孟,允爲百世之師。今人多學唐隸,而不學漢隸,豈知書者乎?

錢陸燦丁本評:潮以書傳,公以詩傳,雖自歎,實自負也。

方貞觀墨眉:通章淺直,氣體亦單弱。

錢載評:按,賦曹霸馬則抑韓干,歌李潮八分則退張顛,此自詩家軒輊之法耳。耳食者遂置韓品第三,亦得謂吴郡草書不足貴乎?何異説夢。

沈巖眉:丞相、中郎,公詩之匹也。結句美潮,愈淡愈至,亦變化超脱。○方云:此言作歌之才力不足以敵潮作書之才力也。潮以八分傳,公以詩傳,雖自歎,實自負也。

峽口二首

沈巖旁:"峽口"即西陵荆門、虎牙二山之間,楚之西塞也。

其　一

題鮮于樞評:言峽口控制西南之百蠻,而城欹岸斷,水關天險之防隅,自開闢而然,故我衰年避地,聞鼓角於秋天,不能不爲之感動傷悲。賦也。

峽口大江間,西南控百蠻。(**奚禄詒甲本眉**)如此之險,宜乎不亂,奈何險意不可恃也。(**奚禄詒甲本旁**)好過次首。(**奚禄詒乙本墨眉**)前寫關之要,末句已復下世亂失險。城欹連粉堞,岸斷更青山。開闢多天險，防隅一水關。（嚴復墨眉）“防隅”不多見。亂離聞鼓角，秋氣動衰顔。（奚禄詒甲本尾批）賦也。○隱隱謂蜀中之亂，節度與刺史之不職也。次首明明説出。

其 二

題鮮于樞評：言峽口之關，時清則失險，世亂則割據。次述所見之景物，而自念衰病，多煩貴人親故“數賜金”。賦也。

時清關失險，（奚禄詒乙本紅旁）承上首。世亂戟如林。去矣英雄事，（奚禄詒乙本紅旁）孔明。荒哉割據心。（傅山紅旁）開後來惡套。（奚禄詒乙本紅旁）公孫。蘆花留客晚，楓樹坐猿深。（奚禄詒甲本眉）“楓樹坐猿深”高過出句。（盧見曾紅旁）“蘆花”“楓樹”一聯，隱然蒼秀。疲苶煩親故，諸侯數賜金。（奚禄詒甲本尾批）賦也。

南 極

汪琬乙本評：分二段。上段遐荒之感，下段憂亂之時。

奚禄詒甲本旁：此獨潔。

奚禄詒乙本墨眉：時必有侮公之人。○首唤“南極”，欲出夔州而往荆也。總爲“醉尉”耳。○中皆超出“醉尉”。

陳治墨眉：汪云：殊方薄俗，意拂幽深，而其詩正自和平，所感在言外。

王鳴盛墨眉：此首列在都城類，何也？

南極青山衆，（奚禄詒甲本眉）首唤“南極”，欲出夔而往荆也。總爲亂離，醉尉之難堪耳。西江白谷分。古城疏落木，荒戍密寒雲。

(**吴廣霈墨眉**)若以"荒""古"二字互易置之,似尤妙也。(**沈巖旁**)注:逼到"愁"字。**歲月蛇常見,**(**奚禄詒甲本旁**)起出醉尉。**風飆虎或聞。**(**沈巖旁**)言非人所居,况又值離亂乎?言山之所也。二句先看"愁"字。**近身皆鳥道,殊俗自人群。**(**奚禄詒甲本旁**)毒。**睥睨登哀柝,**(**沈巖旁**)古城。**矛弧照夕曛。**(**李念慈紅眉**)時危景物,驚心駭目,逼真。(**沈巖旁**)荒戍。**亂離多醉尉,愁殺李將軍。**(**奚禄詒甲本旁**)賦也。○看末句時必有侮公者。(**沈巖尾**)"睥睨"一連轉出"亂離"。

送王十六判官

題鮮于樞評:此送王判官之江陵,言客居巫峽者,盡下荆南,而君又買薪入舟,將忽到於沙頭矣。末四句言荆南之景物,而王必將少留於彼以訪古焉。賦也。

錢陸燦甲本眉:方曰:"買薪"二句言其船之駛也,所謂"千里江陵一日還"者也。是時公弟觀已在江陵,公有就觀卜居之意,故托訪庾信之宅爲居停也。

錢陸燦丙本評:錢云:時公弟觀在江陵,公有就觀卜居之意,故托訪庾信宅以爲居停也。

錢陸燦丁本評:"買薪"二句言其舟行之駛,所謂"千里嘉陵一日還"者是也。○公弟觀已在江陵,公有就觀卜居意,故托王訪庾信宅爲居停也。

俞瑒乙本評:中連用五地名,而不覺重疊,運化之妙,非少陵不能,然終是病。

奚禄詒甲本旁:客盡下荆,王又渡去,而己獨滯白帝,前三句甚明。

奚禄詒甲本眉:五六公欲下荆之故。

客下荆南盡，君今復入舟。（**奚禄詒乙本墨眉**）欲下荆，故想衡湘之景。（**奚禄詒乙本墨旁**）王下荆州也。買薪猶白帝，鳴櫓少沙頭。江陵吴船至，泊於郭外沙頭。（**孫承澤墨旁**）路程譜。（**李念慈紅眉**）三四極道下峽舟行之速，又著“買薪”二字，情事倍真。（**奚禄詒乙本墨旁**）王也。（**李以峙墨眉**）（已沙頭）按“已”字應上“猶”字，狀下峽之遠速，“少”字謬極。（**沈巖旁**）次連“帝”與“頭”借對。衡霍生春早，瀟湘共海浮。（**吴廣霈墨眉**）五六開闊，所見者大，吴評得之。荒林庾信宅，（**奚禄詒乙本墨眉**）“庾信宅”借比己之故宅，囑王先訪故宅，以待己也。爲仗主人留。（**吕留良紅尾**）“已”字勝。作“生”字亦得。（**奚禄詒甲本尾批**）賦也。

瞿唐兩崖

題鮮于樞評：言瞿塘峽兩崖高起，入天穿水，而壯此門。三聯言“入天”則“猱玃鬚髯古”，言其不爲人所得而老於此也；“穿水”則“蛟龍窟宅尊”，言其潛藏於此而無他虞也。末言羲和冬馭過此，畏日車之翻而爲之愁。賦兼比也。

方拱乾評：攬景不自外假而奇琢乃爾。惟不外假故能奇琢。

傅山紅眉：有致。

汪琬乙本評：詩莫難於用奇，捨此亦何由見杜之大？○奇而古，不可能也。愈奇而愈見其清，何可能也？

宋犖紅眉：有斑駁鼎彝之色。

俞瑒乙本評：三四筆意深刻，確是江上兩崖真景。

屈復評：山水對起，三四分承，五六承三四，總結。

題商盤紅眉：首句言其來之遠，次句言其勢之雄，三四分貼一二，五六又分貼三四。此青壁也，入天則幾同色矣。“雲根”指石露水面者，其禹鑿之餘乎？山高水險，故物得久據深藏其中，曰“古”、曰“尊”,字法俱妙。七八因冬至日行南陸,去地近,故云。形容崖壁之峻,真想落天外矣。前半貼題,後半開一步,結用“翻”字綰合。〇後半即景寓意,五六指盜竊盤據之輩,七八暗指控御得其人,庶可免覆轍之戒耳。

奚禄詒甲本眉:五六賦瞿塘,亦恰好,他人必不有。

奚禄詒乙本紅眉:恰好瞿唐不可易到。

奚禄詒乙本墨眉:三四寫兩崖,人猶可到;五六寫兩崖,不可到矣。〇全是賦矣。此由夔而來,下故云“羲和馭近”“日車翻”,寫其險也。

盧見曾紅旁:故作奇語,畫出險峻之勢。

朱方藹紅眉:詩莫難於用奇,捨此亦何由見杜之大? 奇而古,不可能也。愈奇而愈見其清,何可能也?

吴錫麒紅眉:兩聯刻畫處,看是鏤心擨腎,却是翻水成文。

吴士模墨眉:詩莫難於用奇。〇捨此亦何由見杜之大? 奇而古,不可能也。愈奇而愈見其清,何可能也?

題張問陶墨眉:一“猶”字寫出遊覽者仰望之神,一“忽”字寫出經過者疑駭之狀。

三峽傳何處? 雙崖壯此門。(**嚴復墨眉**)來頭勇猛。〇三峽諸説不同,《寰宇記》云在夔州,西峽、巴峽、巫峽。入天猶石色,(**方拱乾評**)三句五字皆奇。(**宋犖紅旁**)警語。(**俞瑒甲本評**)高。(**題商盤紅旁**)倒承一二,虛眼句。(**張雝敬墨旁**)語似平淡而景實奇險,始知極力摹寫者,猶非其至也。穿水忽雲根。(**方拱乾評**)四句奇在“忽”字。(**丁耀亢紅旁**)奇。(**吕留良紅旁**)可想見峽景。(**俞瑒甲本評**)深。(**嚴復墨眉**)“雲根”即石。(**王伯沆紅眉**)落想天際。猱玃鬚髯古,(**吕留良紅眉**)客有遊蜀者,曾見白鬚老猿如翁。(**題商盤紅旁**)語含比興。蛟龍窟宅尊。(**題商盤

紅旁)順承三四。(**奚禄詒甲本旁**)“古”字、“尊”字練。(**嚴復墨眉**)細思三聯,惟三峽足以當之,句如鑄就。**羲和冬馭近,**(**俞瑒甲本評**)極言險峻。(**題商盤紅旁**)放言恣筆。**愁畏日車翻。**(**題商盤紅旁**)重字助句。(**奚禄詒甲本尾批**)賦也。(**沈巖尾**)秉此險者如落句,凄愴不言自深。

【彙評】

俞瑒甲本評:三四筆意刻劃,確是江上兩崖。

瞿唐懷古

題鮮于樞評:言“西南萬壑”皆注於瞿唐,而峽開兩崖,如勍敵之相當。第三句承次句,第四句應首句,且其削成之勢,則“當白帝”;而空曲之間,則“隱陽臺”。雖然神禹之功固美,而造化之力尤大也。首四句言瞿唐,末四句言懷古。賦也。

錢陸燦丁本評:是大手筆,瞿唐峽以四十字與千里江山争勝,令人夢想西蜀耳。

吕留良紅眉:是大手《瞿唐峽圖》,四十字與千里江山争勝,令人夢想西蜀耳。

奚禄詒甲本眉:誰能有此沉雄莊老?凡賦名山水必當仿此。

奚禄詒甲本旁:上下千古,包括無餘。

奚禄詒乙本墨眉:凡詩必要含而不盡,誰能有此沉雄莊老?賦名山水必當如此。〇想到據險一輩。〇上下千古。

屈復評:鑿山通水,故三四言水之險隘,承首句;五六言山之險峻,承次句。以上皆懷禹功也。七結上,八歸陶鈞,見禹功亦可謂盡矣。

題張問陶墨眉:此詩奇險之句,亦若假鑿於五丁者。

西南萬壑注，(題商盤紅旁)對起。勍敵兩崖開。地與山根裂，(題商盤紅旁)三四承首句。江從月窟來。削成當白帝，空曲隱陽臺。(丁耀亢墨眉)細。(沈巖眉)“空曲”二字對“削成”方不弱。疏鑿功雖美，陶鈞力大哉。(奚禄詒甲本尾)賦也。○想到據險□一輩。

夜宿西閣,曉呈元二十一曹長

沈巖眉:役夫苦寒,則促其更籌,冀其將旦而將息,而雲氣濃厚,轉益陰晦。起句妙盡將雪神理。

城暗更籌急，樓高雨雪微。(奚禄詒乙本紅眉)雨雪無著。稍通綃幕霽，遠帶玉繩稀。(奚禄詒乙本墨旁)天明。門鵲晨光起，墻烏宿處飛。(方拱乾評)生結。(李念慈紅眉)烏不宿墻,“墻”字何義?(奚禄詒甲本眉)五六句情景皆可感,人生蹤迹何定。(奚禄詒乙本墨眉)本是“非”字妙。寒江流甚細，有意待人歸。(奚禄詒甲本旁)賦也。(奚禄詒甲本旁)七八只承第六句來。(奚禄詒乙本墨眉)七八只承六句來。

西閣口號呈元二十一

題鮮于樞評:首四句書西閣所見之景物,次言社稷之危,固堪流涕,然看君言王室治亂之道,在乎運籌如何耳,故使我幾回感動而銷憂也。興而賦也。

方拱乾評:前四句與後四句絶不相關,却有一極相關生之緒,讀之自見。○前四句,興也。雲稠雖積,一風即能散之;社稷雖危,得運籌之道即能安之。故末云“感動幾銷憂”,即指前四句也。

屈復評:前景後情,言石纔變爲雪崖也。

奚禄詒甲本眉:前寫閣景,後美元結。

盧見曾紅旁:三四刻堂中雅調,後半則無窮忠憤,不覺觸之即動矣。

山木抱雲稠,(**汪琬甲本紅眉**)“雲稠”。寒江繞上頭。雪崖纔變石,(**李念慈紅眉**)“變”一作“見”。(**奚禄詒甲本旁**)積雪已消。風幔不依樓。(**奚禄詒乙本墨旁**)雪消也。社稷堪流涕,安危在運籌。看君話王室,感動幾銷憂。(**方拱乾評**)輕起重結。(**奚禄詒甲本旁**)賦也。〇似兩截。(**王伯沆紅眉**)時蜀有崔旰之亂,而杜鴻漸不能討,故云。

閣 夜

錢陸燦甲本眉:首句説冬日短,所以興冬夜之長也。雪後初霽,故鼓角聲壯,星河影明。舊注以爲民勞之意,似迂。〇“躍馬”□述,此言忠逆不同,同歸於盡,然則人事音書,任其寂寥,不必介意矣。

錢陸燦丙本評:錢云:首句説冬日短,所以興冬夜之長也。雪後初霽,故鼓角聲壯,星河影明。注以爲民勞之意,似迂。〇錢云:“卧龍躍馬”之忠逆不同,同歸於盡,則人事音書,任其寂寥,不必介意矣。

錢陸燦丁本評:首句謂冬日之短,以起冬夜之長也。雪後初霽,故鼓角聲壯,星河影明。舊注以爲民勞之意,似迂。

錢陸燦戊本評:前實後虚格。蔡絛《西清詩話》云,作詩用事要如釋語:水中著鹽,飲水乃知鹽味。此説詩家秘藏也。如子美“五更鼓角聲悲壯,三峽星河影動摇”,人徒見陵轢造化之工,不知乃用故事禰衡撾《漁陽操》,其聲悲壯;《漢武故事》星辰摇動,東方朔謂民勞之應,則善用事者。如繫風捕影,豈有迹耶?

李念慈紅眉:雄渾之極。

吕留良紅旁:風急天高,不傷於對起,在用平韻發調也。

吕留良紅眉:杜律首尾多對,然起宜於結,五言宜於七言。七言結對,往往氣弱。起如此聯自好,然終不如用韻發起得體。

俞瑒乙本評:三四寫出霜天將曉光景,蒼凉淒壯。五六合看乃佳。

屈復評:前景,五六近事,結情。題是"閣夜",詩是晚景,一夜未眠也。鼓角之聲,五更愈覺悲壯;星河之影,三峽更見動摇。民非屢經戰伐,不至野哭。俗到遠方,漁樵亦學夷歌。夷歌非樵漁本色,乃此屬亦效其聲,隱然有□□之悲。結聊以自寬,人壽幾何,賢愚同盡,人事音書,亦任其寂寥而已。①

奚禄詒甲本旁:與《返照》悉敵。○因在白帝而引卧龍、躍馬二事。

奚禄詒甲本眉:八句皆對。○沈雄無敵。○公詩每句必有二三層。

奚禄詒乙本墨眉:沉雄無敵,公詩每句必有三層。○八句俱對之體。

盧見曾紅旁:杜修可曰:《西清詩話》云,作詩用事,要如水中著鹽,飲水乃知鹽味,此説詩家秘藏也。如子美"五更鼓角聲悲壯,三峽星河影動摇",人徒見陵轢造化之工,不知乃用故事也。

錢載評:讀讀,讀讀。

朱方藹紅眉:壯彩以樸氣行之,非泛爲聲調者可擬。

題張問陶墨眉:"催短景"伏第七句之根。○悲壯者,哀世之

① 校注:"晚景",杭本作"曉景";"悲",杭本作"憂";"結聊以",杭本作"聊以"。

音；動摇者，民勞之象。已打通下截。

吴廣霈墨眉：沉雄悲壯。

許蔓聚紅眉：首句説冬日短，所以興冬夜長；雪後初霽，故鼓角聲壯，星河影明。

許蔓聚紅旁：夔州西閣。通篇悲憤之極，悲在"夜"，憤在"閣"。

沈巖旁：西閣夜也。〇窮陰稍開，又見兵象，急景相催，復起惡聲。

沈巖眉：孑遺有幾，復聞戰伐，大兵仍歲，農桑盡廢，冬無儲粟。僅有存者，不受徵發之夷獠，以漁樵取給。世運若此，夜何時旦？然天心厭亂，則雖正順如卧龍，雄武如躍馬，亦空歸黄土。但未知國家連續天命者，人事何如？徒使我憑閣注望，依依不能自已。竟寂寒無足聳人觀聽，猶然兵象充塞宙宇也。

張裕釗眉：勿徒學其壯闊，須玩其沉至。

歲暮陰陽催短景，（**俞瑒甲本評**）是夜。（**題商盤紅旁**）對起。天涯霜雪霽寒宵。（**俞瑒甲本評**）自有憑高之意。（**許蔓聚紅旁**）夜。五更鼓角聲悲壯，（**孫承澤墨旁**）開七子門徑。（**俞瑒甲本評**）閣中所聞。（**題商盤紅旁**）三折句。（**奚禄詒甲本旁**）三四亂景已唤出五六。（**秦應逵紅旁**）閣上所聞。（**許蔓聚紅旁**）閣。三峽星河影動摇。（**俞瑒甲本評**）所見。（**秦應逵紅旁**）所見。（**王伯沆紅眉**）東方朔云：星河動摇，民勞之應也。（**奚禄詒乙本墨旁**）三四亂景，以唤起五六。野哭幾家聞戰伐，（**俞瑒甲本評**）悲。（**題商盤紅旁**）倒剔句。夷歌是處起漁樵。（**俞瑒甲本評**）樂。卧龍躍馬終黄土，城上有白帝祠，郭外有孔明廟。（**俞瑒甲本評**）懷昔。（**題商盤紅旁**）陡接。（**奚禄詒甲本眉**）"卧龍""黄土"言無收復之人，"躍馬""黄土"見賊亦不久，然奈何人事、音書終於寂寞也。（**許蔓聚紅眉**）"躍馬"，公孫述。此言忠逆不同，一歸於盡，然則人事音書終於寂寥，不必介意矣。人事依依漫寂寥。(**俞瑒甲本評**)思鄉。(**題商盤紅旁**)反言見意。(**奚禄詒甲本旁**)此歎不得歸朝也。(**奚禄詒甲本旁**)賦也。(**奚禄詒乙本墨眉**)“卧龍”“黄土”言無收復之人,“躍馬”“黄土”言賊亦不久,奈何人事、音書終於寂寞而已。(**李以峙墨眉**)(音書)按作“依依”非。(**沈巖尾**)結言賢愚同盡,則目前人事遠地,音書亦付之寂寞而已。○《蜀都賦》云:“公孫躍馬而稱帝。”“卧龍躍馬”,□夔州祠廟而及之。(**王伯沆紅眉**)所聞所見,令人毛髮生竦。

【彙評】

俞瑒甲本評:寫出霜天將曉、高處所見聞者,以寄感慨,何等悲壯!

張學仁參定:《西清詩話》謂第三句本《禰衡傳》,聲節悲壯;第四句用《天官書》注,星動摇則兵起。善用事者,如水中著鹽,豈有迹象?

秦應逵紅旁:忠逆不同,同歸於盡,則人事、音書任其寂寥,不必介意。

瀼西寒望

題鮮于樞評:公於西閣寒朝望瀼西,因欲卜居之作也。言見其水色則“含群動”,朝光則“切太虚”,且猿挂、鷗行之各遂其性,乃歎年侵則頻頻悵望,發興則一一蕭疏。末言此地春來,將卜居焉。賦也。

奚禄詒甲本眉:首二句言約而該,三四合看有四折。

奚禄詒乙本墨眉:劉云:渺莽形容,氣枯正富。○首二句言約而該,三四合看有四折。○三四不言愁而愁,已有不如猿鷗者。

奚禄詒乙本紅眉:五穀不登曰“大侵”。

盧見曾紅旁:發端甚工。

申頲墨眉:渾闊。潤州云"暮聲雜初雁",少陵殊勝,儲亦不劣。

吴士模墨眉:胸無一物,故萬象效其靈。非好學深思,心知其故,當從何處措手?

題張問陶墨眉:首聯以俯仰對言,三聯以山水對言。

徐松紅眉:鍾伯敬曰:起二句體物睹理之言。

陳治墨眉:汪云:胸無一物,故萬象效靈,然非好學深思,心知其故,何處措手?

水色含群動,(**吕留良紅旁**)雅。**朝光切太虚。**(**奚禄詒甲本眉、乙本墨眉**)"含"字、"切"字辣。(**屈復評**)起二句有"寒"字在内,"春欲至"應"寒"字。(**佚名丁墨旁**)竺云:群物與水容相接,故曰"水色含",非徒言影而已。日之出東,紅光閃耀,與天逼切,與既上之後光景自别,"含""切"二字尤工。**年侵頻悵望,**(**吕留良紅旁**)煉。**興遠一蕭疏。** **猿掛時相學,鷗行炯自如。**(**李念慈紅眉**)"炯"當作"迥"。(**嚴虞惇紅旁**)姜西溟云:體物得神。(**翁方綱評**)"炯"字從卜居心眼中得之。**瞿塘春欲至,定卜瀼西居。**(**奚禄詒甲本尾批**)賦也。

【彙評】

佚名丁墨尾:是詩爲居瀼根由。蓋西閣之寓,險絶人區,贈煩親故,久欲去此而謀居也。後《登瀼上堂》詩云"頗免崖石擁",又云"山田麥無隴",可以就坦而資生,故知此時"寒望",意有屬也。一二瀼景,即"頻悵望"所得,所謂"興蕭疏"者也。猿鷗盟誓,請自今日,祇緣年事相侵,故須待卜來春耳。通首一氣,總見"蕭疏"意。

白帝樓

奚禄詒甲本眉:同是思下夔門。

漠漠虚無裏，（**方拱乾評**）“虚無”何以有裏？連連睥睨侵。樓光去日遠，（**奚禄詒乙本紅旁**）比。（**沈巖旁**）復裝句。峽影入江深。（**嚴復墨眉**）“樓光去日遠”，此“日”是江中之日，非天上之日也。（**奚禄詒乙本紅旁**）比。臘破思端綺，（**汪琬甲本紅眉**）臘破。春歸待一金。（**丁耀亢紅眉**）可憐。（**吕留良紅旁**）剪用，奇。（**嚴復墨旁**）“一金”，杜經兩用，此不如彼。去年梅柳意，還欲攪邊心。（**奚禄詒甲本尾批**）賦也。○公自秦州入蜀以後，詩類多苦濇，故朱文公不滿。（**奚禄詒乙本墨眉**）末句閑冷，却凄切。

白帝城樓

題鮮于樞評：言白帝城樓依絶而俯大江，中四句錯綜書所見以應首聯，末言來春將出峽。賦也。

吕留良紅眉：字字生色。下“急急”“輕輕”，妙處宛然，粘“能鳴”“不下”絶矣。

朱方藹紅眉：登高臨深，即小寓大。

奚禄詒乙本墨眉：公自蜀至夔以後詩，類多苦濇。

江度寒山閣，城高絶塞樓。翠屏宜晚對，白谷會深遊。急急能鳴雁，輕輕不下鷗。（**嚴復墨眉**）“能鳴”“不下”皆有來歷。彝陵春色起，漸擬放扁舟。

西閣曝日

奚禄詒甲本眉：猶恐失墜。

吴廣霈墨眉：工部五言猶難脱盡《選》體字眼。○此首平淡少味,且多雜凑句。

凛冽倦玄冬,負暄嗜飛閣。羲和流德澤,顓頊愧倚薄。(嚴復墨眉)顓頊,玄冥,冬神也。毛髮具自和,(李以峙墨眉)(具自和)按"且""私"皆形似而訛。肌膚潛沃若。(屈復評)少陵屢用"私"字皆妙。① 太陽信深仁,衰氣欻有託。欹傾煩注眼,容易收病脚。(奚禄詒乙本墨旁)猶恐失墜。流離木杪猿,(奚禄詒甲本旁)己也。(奚禄詒乙本墨旁)比己。翩躚山巔鶴。(奚禄詒甲本旁)友也。(奚禄詒乙本墨旁)比友。用知苦聚散,(奚禄詒甲本旁)起下"朋知聚散"。哀樂日已作。即事會賦詩,人生忽如昨。(李以峙墨眉)(如昨)按"昨"作"錯",不可通。古來遭喪亂,賢聖盡蕭索。胡爲將暮年,(佚名己紅眉)"將"字有力,若連筆手讀。憂世心力弱。(李念慈紅眉)過時哀病之感,凄然動人。(奚禄詒甲本旁)賦也。(吴士模墨眉)雜。

不離西閣二首

錢陸燦甲本旁:上篇言留滯之久,下篇言絶勝之地,借西閣以發之,關鍵在"西閣"四句。

錢陸燦丙本評:錢云:上篇言留滯之景,下篇言絶勝之地,借西閣以發之,關鍵在"西閣"四句。

奚禄詒甲本墨眉、乙本墨眉:二首處處是"不離"。

王伯沆紅眉:製題入妙,有無限顧盼。

其一

題鮮于樞評:公客絶域,不離西閣,見江柳江花之含春,以興愚

---

① 校注:"屢用",杭本作"屬用"。

子、老身之失學無家。末指西閣，謂其將别我耶？留我耶？詞有盡而意無窮。興而賦也。

屈復評：前景後情。

題張問陶墨眉：首二即“臘近已含春”也。推其所以然之故，則“地偏應有瘴”耳。

江柳非時發，江花冷色頻。（**李念慈紅眉**）無奈悲凉。（**奚禄詒甲本眉**）首二句冬時也。第三句冬暖也。〇只舉西閣，不及城中，曰“不知”，又曰“肯定”，吞吐諷刺，可謂和平。（**奚禄詒乙本墨旁**）首二句冬時也。三句冬暖也。地偏應有瘴，（**吕留良紅旁**）細。臘近已含春。（**奚禄詒乙本墨旁**）承前二句。（**沈巖眉**）《月令》：臘在孟春，此節俗所謂小春。失學從愚子，（**傅山紅旁**）應“出月”，歎甚。無家任老身。（**孫承澤墨眉**）達者之言。（**吕留良紅眉**）“任”字勝。（**朱方藹紅眉**）五六寫出不離意。（**吴士模墨眉**）五六寫不離意。（**秦應逵紅旁**）或誤作“住”，何也？（**李以峙墨眉**）（任）按“住”形訛。不知西閣意，肯别定留人。（**吕留良紅尾**）詩含語竟，結構委折。（**奚禄詒甲本尾批**）賦也。〇宜别乎？定留人乎？應上“不知”也。（**奚禄詒乙本墨眉**）只舉西閣，不及城中，又曰“不知”，又曰“肯定”，吞吐諷刺，可謂和平。（**沈巖尾**）次連一開一合，自難自解，生出落句。（**李以峙墨眉**）（留人）按作“何人”非。

其　二

題鮮于樞評：此又言西閣則任人自别，然我則以爲故亭而自不忍别耳，何哉？於此見江雲石壁之“飄素練”“斷空青”，至若“先迎日”“倒列星”，皆勝事也。然勝事固平生之所喜，而此間之勝事尤異，故初經而吁駭，自不忍别。題曰“不離西閣”，此之謂歟？賦也。

錢陸燦丁本評：“西閣”二句接上言，關鍵在此。〇江雲横飄如練，忽令空青石壁斷作兩截，奇景奇語，當與太白"林煙橫積素，水色倒空青"參看。

朱方藹紅眉：亦是眼前語，得公拈出便佳，不假丹青，儼然圖畫矣。

奚禄詒甲本眉：三四是閣下之景，五六是閣高所見，此勝概也。末句因此勝未能遠去。

奚禄詒乙本墨眉：三四是閣下之景，五六是閣高所見，此西閣之勝概。〇五六形容閣之高，奇特。

屈復評：起結情，中四景。

吴士模墨眉：亦自眼前語得出，拈出便佳，不假丹青成圖畫矣。

題張問陶墨眉："江雲飄"而白如素練，"石壁斷"而空處皆青，此閣上近景。"曉登樓"而海日先迎，"夜臨窗"而星河倒列，此閣中遠景。

西閣從人别，人今亦故亭。（**奚禄詒甲本旁**）非西閣留人，人自留耳。曰"故亭"，譏無故人也。江雲飄素練，石壁斷空青。（**汪琬甲本紅眉**）空青。（**汪琬甲本紅旁**）太白云："山色倒空青。"（**李以峙墨眉**）（斷）按"斬"字險怪，此必傳寫之誤。滄海先迎日，銀河倒列星。（**陳治墨眉**）查云："倒"字爲醒。平生耽勝事，吁駭始初經。（**奚禄詒甲本尾批**）賦也。"空青"人多不敢用，惟少陵、太白用之。五六形閣高之景，句奇。（**奚禄詒甲本旁**）言初見時已動心駭目。（**奚禄詒乙本墨旁**）言初見時已動心矣。（**沈巖尾**）既無計離此，因而稍以西閣之勝遣心，人今已成，故亭勝事經目，方自此始也。

覽柏中允兼子侄數人除官制詞，因述父子兄弟四美，載歌絲綸

丁耀亢紅眉：應酬。

吕留良紅眉:題古俗,詩亦拙。

奚禄詒甲本眉:玄宗離蜀,以行宫爲道觀,鑄金爲真容。郭英乂愛其竹木美盛,取爲軍營,廢真容,自居之。崔旰因此言英乂反,襲而殺之。〇郭英乂廢君象,擾君宫,罪當族殺之猶輕。〇肅宗上元三年,梓州刺史段子璋反,襲東川節度李奂。過遂州,殺刺史虢王巨,自稱梁王,陷劍州,西川節度與李奂討平之。寶應元年,吐蕃入長安,代宗奔陝,郭子儀討遁之。寶應二年僕固懷恩反鳩吐蕃陷松、維、保三州,徐知道反。永泰二年,崔旰殺西川節度使郭英乂,杜鴻漸受賂,薦崔旰爲節制。

奚禄詒甲本旁:討崔旰。

王士禛評:題甚醜。

吴廣霈墨眉:此是應酬之作,未免落套,題句亦俗。

紛然喪亂際,見此忠孝門。(**傅山紅旁**)至理。(**奚禄詒甲本眉、乙本墨眉**)起句抹煞一切。蜀中寇亦甚,柏氏功彌存。(**奚禄詒甲本眉**)史無柏貞節討段子璋與徐知道,惟崔旰平杜鴻漸,以柏茂林爲本州刺史。深誠補王室,戮力自元昆。三止錦江沸,獨清玉壘昏。(**李以峙墨眉**)(疊)按"壘"形訛。高名入竹帛,新渥照乾坤。子弟先卒伍,芝蘭疊璵璠。同心注師律,灑血在戎軒。絲綸實具載,(**奚禄詒甲本旁**)制詞也。紱冕已殊恩。奉公舉骨肉,誅叛經寒温。金甲雪猶凍,朱旗塵不翻。每聞戰場説,欻激懦氣奔。聖主國多盜,(**方拱乾評**)若作古讀,則"聖主"二字何足佳?(**方拱乾評**)合看有意。賢臣官則尊。(**丁耀亢墨眉**)此類套句,當時原不入集中,乃收此者藉以爲榮,故入之耳。方當節鉞用,必絶祲沴根。吾病日回首,雲臺誰再論?(**方拱乾評**)有"吾病"二句纔見作歌之重。作歌挹盛事,推轂期孤騫。(**李念慈紅眉**)"騫"當作"鶱",飛騰貌。在十三元,從馬，則是崩壞之意，在一先。此當非校正者之誤，寫刻誤耳。（**奚禄詒甲本旁**）賦也。

【彙評】

奚禄詒乙本紅眉批王道俊《博議》：多費此辨。

覽鏡呈柏中丞

題鮮于樞評：言客巫峽而念長安兵亂未已，而悲傷之。且我起晚行遲，不堪從事，是氣力衰謝矣。及覽鏡，而容色亦衰謝焉，所謂“無力正乾坤”者是也。萬一故人見憐可耳。賦也。

吴士模墨眉：題當層一滚，於結語點出。五六皆言其衰，二項無一可者。

嚴復墨眉：上二與下三作對，參商量語，猶云起既晚矣，堪從事乎？行步衰遲，更學仙耶？

沈巖眉：“渭水流關内”，身墮豺虎窟，不能隨之而去也。“終南在日邊”，帝都淪於犬羊，徒望終南切日，而吾君不在也。

渭水流關内，終南在日邊。膽銷豺虎窟，（**奚禄詒甲本旁**）唤起末句。**淚入犬羊天。**（**奚禄詒甲本眉**）三四粘。（**奚禄詒乙本紅眉**）“犬羊”如何著“天”字？**起晚堪從事，行遲更學仙。**（**奚禄詒甲本旁、乙本墨旁**）與上不屬。（**李以峙墨眉**）（學仙）按“覺”形訛。（**沈巖旁**）“行遲更學仙”正是上意，言除是學仙乃堪從事，决言其不能也。（**佚名丁墨旁**）竺云：“覺”作“學”是也，言老而不能□趨，欲學仙人之步虚御風也。一句並言不堪周旋殷勤也。**鏡中衰謝色，萬一故人憐。**（**方貞觀紅眉**）後半句作歇後語，豈復成詩。（**奚禄詒甲本旁**）賦也。

【彙評】

沈巖尾:"起晚"謂不能晨入夜歸,"堪",正自謂弗堪也。言雖故人萬一憐我,而我爲喪亂所摧,哀謝如此,難以相助矣。此自以身本王侯,中丞戎帥崛起,不肯輕就幕府,故托詞。

佚名丁墨尾:上四,帝京遠隔,世亂誰依?"起晚""行遲",本言衰老,而反曰"堪從事""更學仙",解嘲語也。結聯,《杜臆》云:與中丞素厚,故自陳苦衷。〇三四或貼中丞邊,則主崔旰亂蜀;或接首聯來,則主京師多警。愚意概以世亂渾之爲是。

陪柏中丞觀宴將士二首

奚禄詒甲本眉:公詩總是極樂美中有諷,末四句説出本旨。

王伯沆紅眉:中丞名貞節,時爲夔州都督。

其一

題張問陶墨眉:由苦戰而得極樂,言其樂飛大荒也。此句立定柱脚,下文只管極寫樂事,於主帥裨將身分皆無所損,此争上流法也。

極樂三軍士,誰知百戰場。(**奚禄詒乙本墨眉**)看起二句,美中有諷。(**沈巖眉**)發端言厚士如此,士忘其死,雖百戰,方不知爲難也。"幾時來",言向者所未有也。無私齊綺饌,久坐密金章。(**奚禄詒甲本旁**)後半不成。醉客霑鸚鵡,(**奚禄詒乙本墨旁**)杯。(**沈巖旁**)"鸚鵡",杯也。佳人指鳳皇。(**嚴復墨眉**)"鸚鵡""鳳皇"皆金繡也。(**奚禄詒乙本墨旁**)簫也。(**盧見曾紅旁**)得第三聯方見風格,非尋常公宴語也。(**王鳴盛旁批**)鸚鵡。(**王鳴盛墨眉**)"鸚鵡",杯名;"鳳皇",簫聲,"指",指點也。

（佚名丁墨旁）竺云：五六以“鸚鵡”稱杯，以“鳳凰”稱簫也。“指”言指點而把來，或言指按而吹之。**幾時來翠節，**（**沈巖旁**）中丞。**特地引紅妝。**（**吕留良紅尾**）“佳人”非指坐客，當有女樂耳，觀“紅妝”句可見。（**奚禄詒甲本旁**）末二句嘆柏之過我而引紅妝來也。（**奚禄詒乙本墨眉**）末句言翠節過我而特引佳人來，蓋戲之耳。（**沈巖尾**）指鳳皇，謂相對而引之使前也。（**佚名丁墨旁**）竺云：七八有欲邀中丞之意，如嚴中丞枉駕草堂事。

【彙評】

佚名丁墨尾：首聯得力，兩章俱籠。三與五應，四與六應。“鳳凰”注多未當。仇謂琴名，引《西京雜記》爲證，更於“指”字不合，還依朱本袍文之説爲近。又按《異苑》：劉穆之居京口，鳳凰集其庭，韋藪謂之曰：“子必協贊大猷。”公意隱以群官之會，當鳳凰之集，故借“佳人”之“指”以祝之，因而逗起下文，云行且邀寵命而引紅妝，重開盛宴也。下句正與佳人照耀。

其　二

奚禄詒甲本眉：此首老勁。

題張問陶墨眉：上章言堂上之樂，此章言堂下之樂。

繡段裝檐額，金花帖鼓腰。（**李念慈紅眉**）首二句最平常俗事，説來情景横生。（**吕留良紅旁**）“檐”猶云帽檐耳，蓋額之檐也。要對“鼓腰”，故如此倒。練生。（**宋犖紅旁**）有新色。（**沈巖眉**）四句層次寫出“觀”字。○末句言頻聞選將，不及中丞，豈所用者乃不恤將士如霍去病之徒歟？反應“極樂三軍士”，用意甚深。**一夫先舞劍，百戲後歌樵。**（**吕留良紅眉**）“鐎”一本作“樵”。“鐎”，刁斗也，對“劍”字似切。當時或擊鐎而歌耳。（**奚禄詒乙本墨眉**）軍中自然歌鐎。**江樹城孤遠，**（**沈巖旁**）此惜中丞在遠，朝廷未及知也。**雲臺使寂寥。**（**秦應逵墨旁**）指中丞在遠，朝廷未及知也。**漢朝頻選將，應拜霍嫖姚。**（**奚禄詒甲本旁**）賦也。（**沈巖尾**）方云：庾信詩"細管纏鐘格，圓花釘鼓床"，杜祖此。

【彙評】

佚名丁墨尾：舊説泛以上四爲樂舞之盛，愚意此志將士霑醉以後情事。"一夫""百戲"，蓋即三軍之士起舞爲樂，如此恰合軍中置酒高會氣象。"城孤""使寂"，是頓挫法，非慨歎語，結即上章"來翠節"意也。

奉送蜀州柏二别駕將中丞命，赴江陵起居衛尚書太夫人，因示從弟行軍司馬位

丁耀亢墨眉：贋作，可删。

李念慈紅眉：莊雅宏麗之中曲盡事情。

題張問陶墨眉：三四嚴重得體。○自楚宫而赴荆門，雖當臘月，而白帝之雲已偷碧海之春矣。海在東南，故春先至。○本是晝態問俗，倒之以協拈，且與下句對，然不妥。

奚禄詒甲本眉：他人必不能有此老辣。○以春喚起，惠連詩蓋"池塘春草"句也。

奚禄詒乙本墨眉：只起句題明中丞，以下皆言使者。○真至老辣，他人無此力量。

奚禄詒乙本紅眉：老辣。

中丞問俗畫熊頻，愛弟傳書綵鷁新。（**錢陸燦戊本評**）叙事格，正中之變。（**沈巖旁**）指别駕將命。**遷轉五州防禦使，**（**沈巖眉**）"遷轉"即謂"問俗"而出。**起居八座太夫人。**（**錢載評**）未曾有。（**奚禄詒乙本

墨眉)遷防禦,乃贊柏二别駕當遷官耳。○五州防禦隸川南節度,以“荆門”對“楚宫”,以“碧海”對“白帝”,謂之當對,本《楚詞》之法。(**奚禄詒乙本墨旁**)唐制,别駕得遷防禦。**楚宫臘送荆門水,白帝雲偷碧海春。**(**王士禛評**)“雲偷”字巧絶。(**秦應逵墨旁**)字巧。(**吴廣霈墨眉**)“偷”字必訛,應從注語改正,作“輸”字乃妥。**與報惠連詩不惜,**(**秦應逵墨旁**)從弟佐。(**奚禄詒乙本墨旁**)用靈運“池塘生春草”之句。**知吾斑鬢總如銀。**(**奚禄詒甲本尾批**)賦也。○唐别駕得遷防禦。

【彙評】

奚禄詒乙本眉批仇注“自都督遷防禦”處:都督既偃節,止稱防禦,是防禦不及都督矣,如何反説中丞以都督防禦,豈左遷乎?

荆南兵馬使太常卿趙公大食刀歌

方拱乾評:此公之長吉體也,終比長吉確些,自然些,可見公之無體不勝也。

丁耀亢墨眉:似李長吉,終乏本色。

吕留良紅眉:章法句法,又是一格。

奚禄詒甲本眉:亦不是公得意之作,前後形容太多。

奚禄詒乙本墨眉:此詩仿《太原謡》體。○中間形容語太多。

盧見曾紅旁:王嗣奭曰:此《燕歌行》變體,布局既新,煉詞特異,所謂驚人之作。

張雝敬墨旁:押平韻,每句第六字仄聲多於平聲,是作此體真訣。

王士禛評:語語生創。

徐松紅眉:王嗣奭曰:此《燕歌行》變體之祖,布局既深,煉詞特異,所謂驚人之作也。○郝敬曰:奇奇怪怪,如礓石古松。從樂府□歌等曲化出,然温柔敦厚之旨,和平淡雅之音,析然盡矣。故詩至至子美而大成,亦至子美而大變,不可不知。

秦應逵墨眉:語語生鬬。

吴廣霈墨眉:亦是極意鍛煉之作,勁氣逼人,精悍無敵。

佚名己紅眉:此又一體。

太常樓船聲嗷嘈,問兵刮寇趨下牢。(**李以峙墨眉**)(趨)按"超"形訛。(**沈巖眉**)開出李賀。牧出令奔飛百艘,猛蛟突獸紛騰逃。(**朱方藹紅眉**)如張奇錦,使人目眩。(**奚禄詒乙本墨旁**)此迎太常者。白帝寒城駐錦袍,玄冬示我胡國刀。(**李念慈紅眉**)有氣象。壯士短衣頭虎毛,憑軒拔鞘天爲高。(**吴士模墨眉**)只"天爲高"三字寫寶刀異樣出色,妙不可言。(**吴廣霈墨眉**)"天爲高"三字真寫意入神之筆。(**奚禄詒乙本墨眉**)"鞘",音稍,乃鞭鞘也。此當私妙切,音肖,刀鞘也。(**沈巖眉**)"天爲高"言肅殺之氣滿空也。翻風轉日木怒號,冰翼雪澹傷哀猱。(**方拱乾評**)此轉不難,人遂以奇絶。(**錢陸燦丁本評**)先寫持刀之人作襯,有氣勢,下極狀刀之瑩利。鐫錯碧甖鸊鵜膏,鋩鍔已瑩虚秋濤,鬼物撇捩辭坑壕。(**孫承澤墨眉**)如讀李長吉。(**方拱乾評**)究竟此體易之耳。(**錢陸燦甲本眉**)《文苑英華》詩:"馬銜苜蓿[葉],劍瑩鸊鷈膏。"鸊鵜如鳩鴨,脚連尾不能陸行,常在水中,人至即沉,或擊之便起,其膏塗刀劍不鏽,此"鵜"字必即"鷈"字之誤。(**吴廣霈墨眉**)寫刀之妙處,五光十色,目爲之眩。(**李以峙墨眉**)(辭)按"辭""亂"形似致誤,勉强解之,均可從。蒼水使者捫赤條,龍伯國人罷釣鰲。(**奚禄詒甲本眉**)禹治水至衡山,夢神曰:"我蒼水使者,當授汝以金簡緑字之書。"禹齋戒三日以受之。○《列子》:龍伯之國有大人,舉足不數步,而暨五山之遠,一釣六鰲。"蒼水""龍伯"皆言其辟易也。捫其條不敢拔刀矣。(**奚禄詒乙本墨眉**)"蒼水"

“龍伯”皆言其辟易也。○捫其條不敢拔刀矣。(**奚禄詒乙本墨眉**)禹治水至衡山,夢神曰:“我蒼水使者,當授汝以金簡緑字之書。”禹齋戒三日,受書以治江漢。**芮公回首顔色勞,**(**嚴虞惇紅旁**)趙公之主帥。(**奚禄詒乙本墨旁**)主將。(**王鳴盛墨眉**)“芮公”當作“衛公”。時衛伯玉節度荆南。**分閫救世用賢豪。趙公玉立高歌起,**(**吴士模墨眉**)“趙公”一段寫人亦異樣出色。(**秦應逵紅旁**)用刀之人。**攬環結佩相終始,萬歲持之護天子。**(**方拱乾評**)細看畢竟有根本,不似長吉一味覓奇險字句。(**李念慈紅眉**)轉入大義。**得君亂絲與君理,蜀江如綫如針水。**(**吕留良紅旁**)句法。(**吴士模墨眉**)“蜀江如綫”下應作“水如針”,却云“針如水”,句内錯綜入妙,人刀合寫,將刀比人。**荆岑彈丸心未已,賊臣惡子休干紀。魑魅魍魎徒爲耳,妖腰亂領敢欣喜。**(**吕留良紅旁**)怪。(**嚴虞惇紅眉**)此言趙公得此刀以作亂也。**用之不高亦不庳,不似長劍須天倚。吁嗟光禄英雄弭,**(**方拱乾評**)“光禄”,古刀名。**大食寶刀聊可比。**(**奚禄詒甲本眉**)鬼神形刀,虚句;魑魅指賊臣輩,實句。**丹青宛轉麒麟裏,光芒六合無泥滓。**(**錢陸燦丁本評**)點明大食國,而寶刀之精神全現矣。(**奚禄詒甲本眉**)此《太原謡》體也。○“泥滓”二字未切。(**奚禄詒乙本墨眉**)泥滓不穩。(**吴廣霈墨眉**)弓勁手柔,淋漓盡致,百步穿楊之妙技也。

【彙評】

方拱乾評:見公之無所不可。詩文一涉點綴,便非絶詣。

吴士模墨眉:昌黎學之,但得其前半,此詩之妙,尤在後半也。

張雝敬墨旁:節短音繁,最踞長篇之勝,雖體仿柏梁,而實則自成創調。

王兵馬使二角鷹

方拱乾評:鷹與人表裏,形容有法。此公之太白體。

吕留良紅眉:起甚奇怪,不知何來。

屈復評:一段寫山川蕭瑟慘澹而飛走遠遁,正見角鷹之神威也。

題商盤紅眉:首四句賦角鷹。如此起興,是何等筆仗! 言外見飛走之類,皆匿影無蹤。日色慘淒,江山黯淡,皆助其肅殺之氣。貌人物者,貴得其神,此真貌角鷹之神者也。〇只"與之敵"三字,便繳上卸下。〇末段歸重主人,此杜公一定作法。又及主人之主將,更爲周到。〇"惡鳥"喻叛將,傷心時事,觸處相關。

奚禄詒甲本眉:以"悲臺""長江"興起,起得陡健。

盧見曾紅旁:以賦鷹者賦人,賓主離合,幾於魚龍百變,眩人心目。此與前篇皆擺脱恒蹊,體格音節,蒼然入古。沈德潛曰:起四句不著"鷹"一字,然如有角鷹飛於目前,入手須如此著墨。

吴錫麒紅眉:筆勢摩空,起法最妙。此猶名家作文,先摩取頂上真光也。

徐松紅眉:陶開虞曰:起句奇怪森聳,出人想外。歸愚曰:起四句不著一"鷹"字,然如有角鷹飛於目前。

陳治墨眉:起特闢異境,以襯角鷹。中夾寫將軍,妙用英雄者,必英雄也。結如利刃之截,一句即收,非萬鈞之勢不能。

秦應逵紅眉:説角鷹便是説人,説將軍處一挽轉便醒。

吴廣霈墨眉:忽夾出一長白而音節自諧,唯其氣盛言宜爾。

悲臺蕭颯石巃嵸,(**奚禄詒乙本紅旁**)用呼鷹臺。哀壑杈椏浩呼洶。(**方拱乾評**)起突兀。四句已隱隱有一奇鷹在,後所謂真興也。(**吴士

模墨眉)四句只寫景便覺有角鷹呼之欲出,真神化之筆。(**王伯沆紅眉**)"嵸""洶"二韻,此處當誤上聲。(**奚禄詒乙本紅眉**)興起陡健。(**李以峙墨眉**)(呼)按"污"音近致誤。(**沈巖眉**)荆南起。(**沈巖眉**)起四句不曾寫鷹,然隱隱有角鷹飛颺於前矣。作詩語如此入手。(**佚名己紅眉**)如此起,已隱然有一角鷹在,後所謂興也。中有萬里之長江,回風滔日孤光動。(**李以峙墨眉**)(滔)按"陷"形訛。角鷹翻倒壯士臂,(**嚴虞惇紅旁**)並提。將軍玉帳軒翠氣。(**奚禄詒乙本墨眉**)《陰符經》。將軍在玉帳之中,不可考也。二鷹猛腦條徐墜,(**嚴虞惇紅旁**)"條徐墜"。(**嚴虞惇紅旁**)鷹。目如愁胡視天地。杉雞竹兔不自惜,溪虎野羊俱辟易。(**錢陸燦丁本評**)中間以此句作轉關,下寫將軍,承上勇鋭言之。"與之敵"復繳一句。"與之齊",本《檀弓》《史記》文法。韝上鋒棱十二翮,將軍勇鋭與之敵。(**錢陸燦甲本眉批**)"與之敵"復繳一句,"與之齊",似《檀弓》《史記》文法。(**嚴虞惇紅眉**)"與之敵"繳"與之齊",似《檀弓》《史記》文法。(**秦應逵墨眉**)"與之敵"復繳一句,"與之齊"似《檀弓》《史記》文法。(**王伯沆紅眉**)相比處最圓勁。將軍樹勳起安西,(**錢陸燦乙本紅旁**)將軍。(**嚴虞惇紅旁**)將軍。崑崙虞泉入馬蹄。(**張雝敬墨眉**)虞淵唐人作"虞泉",避高祖諱也。白羽曾肉三狻猊,敢决豈不與之齊。(**錢陸燦乙本紅眉**)"與之敵"復繳一句,"與之齊"似《檀弓》《史記》文法。荆南芮公得將軍,(**嚴虞惇紅旁**)雙結。亦如角鷹下翔雲。(**錢陸燦乙本紅旁**)雙結。(**秦應逵墨眉**)前半説鷹,後半説兵馬使,並推出芮公,得體。(**秦應逵墨旁**)從兵馬使回映二鷹。惡鳥飛飛啄金屋,安得爾輩開其群,驅出六合梟鸞分。(**奚禄詒甲本尾批**)興而賦,賦而比也。(**李念慈紅眉**)轉入大義,頌而兼勉。(**吴錫麒紅眉**)看是横空收合,却是映切苦心。(**吴士模墨眉**)化境。(**題張問陶墨眉**)主意。(**吴廣霈墨眉**)忽然拍入人身,恰好水到渠成,此非大家老手不辦。

【彙評】

俞瑒乙本評：説角鷹便是説人，故説將軍處，挽轉便醒傷心時事，詠物纔有關係，結本左氏"見無禮於君者，誅之如鷹鸇之逐鳥雀"意。

陳訏紅眉批仇注"翠一云昂。軒然翠氣"處："軒然翠氣"費解，當以"軒昂"爲是。後引《甘泉賦》，以"颮翠氣"爲"軒翠氣"，便杜撰。

見王監兵馬使説，近山有白黑二鷹，羅者久取，竟未能得。王以爲毛骨有異他鷹，恐臘後春生，騫飛避暖，勁翮思秋之甚，眇不可見，請余賦詩二首

丁耀亢墨眉：二詩亦非全瑜，强作氣格，終不自然。

錢陸燦丁本評："在野"二句，言羅者雖多，虚費心力，不能得也。五六言此鷹但自獵而恥爲人用。結承"無敵"句而申言之，與太白詩"神鷹夢澤，不顧鴟鳶。爲君一擊，鵬摶九天"意同。

吕留良紅眉：二首卒得二聯，題亦臃腫。

俞瑒乙本評：二詩一明一暗，爲奇士寫照，磊落不群。

奚禄詒甲本眉：二首皆如題寫出，贊其異才，絶不屑屑在白黑上著意，大家數自然拔萃。

盧見曾紅旁：儼然爲異人寫照。奇傑之士，亦復干人何事？國家必求之者，有以取之也。使負其岸異而不就網羅，亦終無用於世。此詩引而伸之，義可旁通。知此可與言詩。王嗣奭曰：氣魄雄偉，不落纖巧家數。

朱方藹紅眉：二詩無一語不奇，無一語不真，於布帛菽粟中有龍吟虎嘯、水立山鳴之致。上有"雪飛玉立"字，故自可以"奇毛"賦之。且鷹之白者，絶少有之，誠奇也。"自獵"字奇。結語狀出神異。末聯言惟九天之鵬始稍避之，而他無所避；雖三窟之兔亦能制

之，而狡不足言之也。

吴士模墨眉：二詩無一語不奇，無一意不真，於布帛菽粟中有龍吟虎嘯、水立山鳴之致。上有"雪飛玉立"字，故自可以"奇毛"賦之。鷹之白者，絶少有之，誠奇也。結句狀出神氣。末聯惟九天之鵬始稍遜之，而他則無所避；雖三窟之兔亦能制之，而狡不足憂也。

題張問陶墨眉：二詩大致可以兩言蔽之，曰"不羈"。

吴廣霈墨眉：此二首一時應酬之作，殊未見佳。

其　一

屈復評：志有爵禄所不能縻者，亦如此鷹矣。①

題張問陶墨眉："知無敵"，自信其能。"恥下韝"，不爲人役。〇末二句即"豺狼當道，安問狐狸"之意。

沈巖眉：方云：二篇各點羅者久取未能得之意，上首以第三句，下首以第五句。

雲飛玉立盡清秋，（**俞瑒甲本評**）暗切"白"字。（**嚴虞惇紅旁**）狀其白。（**題商盤紅旁**）套裝起。（**奚禄詒乙本墨眉**）"雪"字改得醜，要敲白意耳。（**奚禄詒乙本墨旁**）白鷹。（**李以峙墨眉**）（雪飛）按"雪"切白，"雲"字非。（**沈巖旁**）此首白者。**不惜奇毛恣遠遊。**（**秦應逵紅旁**）暗説白。**在野只教心力破，**（**題商盤紅旁**）倒叙聯。（**奚禄詒乙本墨旁**）有異他鷹。**千人何事網羅求？**（**俞瑒甲本評**）竟未能得。（**題商盤紅旁**）折腰句。（**奚禄詒乙本墨旁**）三四羅者未得。（**李以峙墨眉**）（於人）按"千""干"皆形訛。（**沈巖旁**）久取未得。**一生自獵知無敵，**（**題商盤紅旁**）反裝對起七

① 校注："志有"，杭本作"有"。另外，此批語杭本題"王云"，認爲是王士禛批語，但余本題"屈云"。因杭本王士禛批語均標明"王云"，而屈復批語未作標示，而余本則全爲過録屈復批語，故此批語當爲杭世駿誤標。

八。倒叙聯,承三四。(**奚禄詒乙本墨旁**)五六以下勁翮思秋也。**百中争能耻下韝。** **鵬礙九天須却避,**(**題商盤紅旁**)對結。**兔藏三穴莫深憂。**(**李念慈紅眉**)筆健意饒。(**俞瑒甲本評**)對收。(**奚禄詒甲本尾批**)賦也。(**錢載評**)筆力到絶頂。

【彙評】

嚴虞惇紅尾:言此鷹但自獵而恥爲人用,致力於大而不屬夫小。

張學仁參定:張綖注:末聯即張綱,所謂"豺狼當道,安問狐狸"意。

奚禄詒乙本墨眉:二詩只如題寫出,贊其異才,絶不似俗筆在白黑上著形容,大家數自然拔萃。

其　二

錢陸燦丙本評:錢云:兩首起句正從黑白著意,一暗一明,不則二鷹無别也。

錢陸燦丁本評:起從黑白著意,一暗説,一明説,否則二鷹無别也。中點羅者久取未得,或以第四句,或以第五句,法生於巧。

朱方藹紅眉:正入,與上作變换,黑白二色,絶不費力,然已判别炯如矣。"金眸玉瓜",以鷹之黑故尤著,用得却好。

吴士模墨眉:正入,與上作變换,白黑二鷹,絶不費力,然已判别炯然矣。"金眸玉爪",以鷹之黑故尤著,用得恰好。

題張問陶墨眉:前篇但以"雲飛玉立"略貼"白"字,後首只以"北極""紫塞""玄冬"略映"黑"字,餘俱疏疏莽莽,遺貌寫神,不屑在"黑白"二字討巧,此爲大家。

沈巖眉:"春生""避暖"於第二首總見。

黑鷹不省人間有,(**俞瑒甲本評**)"黑"字明説。(**嚴虞惇紅旁**)點出黑。(**沈巖旁**)此首黑者明點。**度海疑從北極來。**(**題商盤紅旁**)倒剔句。(**秦應逵紅旁**)明説黑。(**奚禄詒乙本墨旁**)有異他鷹。**正翮搏風超紫塞,**(**俞瑒甲本評**)北極來。(**奚禄詒乙本墨旁**)北極來。**立冬幾夜宿陽臺。**(**李念慈紅眉**)"陽"一本作"霜"。(**俞瑒甲本評**)臘後。(**題商盤紅旁**)走馬對。(**奚禄詒乙本墨旁**)人間有。(**李以峙墨眉**)(玄冬)按"立"形訛。**虞羅自各虚施巧,**(**俞瑒甲本評**)未得。(**奚禄詒乙本墨旁**)未能得也。**春雁同歸必見猜。**(**吴廣霈墨眉**)"春雁"句似有所刺。(**奚禄詒乙本墨旁**)鶱飛避暖。**萬里寒空衹一日,**(**俞瑒甲本評**)鶱飛如此。(**題商盤紅旁**)挽起。(**奚禄詒乙本墨旁**)眇不可見。**金眸玉爪不凡材。**(**丁耀亢紅尾**)二作不盡所長。(**俞瑒甲本評**)確是黑。(**張雝敬墨旁**)只取其"春雁"句耳。(**奚禄詒甲本尾批**)賦也。○白鷹之"雲飛玉立"點於首,黑鷹之"金眸玉爪"點於末。

【彙評】

張學仁參定:二詩"白""黑"兩字,止於題首點明,以下皆就鷹之精神骨力傳出豪傑氣概,亦猶《賦二角鷹》言其猛厲以況王兵馬也。大家下筆,不落纖巧如此。

縛雞行

錢陸燦甲本眉:此詩八句,且兩句爲一解。此詩全是先生借雞説法,蟲雞蟲□□是法平等。叱奴解縛□□。注目寒江,悲衆生之無了時;獨倚山閣,笑先生之登上地也。妙絶。

嚴虞惇紅眉:此詩八句,兩句一解。

屈復評:蟲雞、雞蟲倒用,人以爲换字法,不知其叶陰陽也。試易讀則不叶。

奚禄詒甲本眉:“失得[得失]無了”一字不及人。“注目”一句,悠然有餘。

奚禄詒乙本紅旁:此詩不似《萵苣》之陋。

奚禄詒乙本墨眉:“得失無了時”,一字不及人。“注目”一句悠然有餘。○有關係短篇之警者,大小之物,皆便得所。

盧見曾紅旁:齊物之旨。師厚曰:天下利害,當權輕重,與其惜蟲,孰若存雞?此論聖人不易,天下亦無難處之事。始知浮屠法,不可治世。蔡正孫曰:《步里客談》云:古人作詩斷句,輒旁入他意,最爲驚策。如老杜云“雞蟲得失無了時,注目寒江倚山閣”是也。黄魯直作《水仙花》詩“坐對真成被花惱,出門一笑大江横”,亦是此意。

錢載評:偶然小遊戲,亦從樂府來,杜撰而不杜撰也。蒙莊《齊物》。

秦應逵紅眉:張、王、元、白其體而微。○“蟲雞”“雞蟲”倒用,人以爲换字法,不知其協陰陽也。試易之則不叶。

沈巖旁:句句轉。

王伯沆紅眉:第二句多疊韻,坡公□體似從此脱胎。

小奴縛雞向市賣,雞被縛急相喧争。(**錢陸燦甲本旁、乙本紅旁**)縛虎不得不急。(**錢陸燦乙本墨旁**)摹寫。(**錢陸燦丙本評**)鐵牛云:縛虎不得不急。(**陳治墨眉**)張、王、元、白具體而微。(**吴廣霈墨眉**)雞蟲得失,寫來事小而情不能默。家中厭雞食蟲蟻,不知雞賣還遭烹。蟲雞於人何厚薄,(**張雝敬墨旁**)一視同仁。吾叱奴人解其縛。雞蟲得失無了時,(**張雝敬墨旁**)即“得失”二字,知其會心者遠。注目寒江倚山閣。(**錢陸燦丁本評**)“得失”指人用心於物而言,隱然莊生齊物之旨。(**吕留良紅尾**)本無深意,只結得好,便全首精神唤起。(**奚禄詒甲本

旁)包括四海。(**奚禄詒甲本尾批**)賦而比也。(**嚴虞惇紅眉**)齊物之旨。(**吴錫麒紅眉**)玩世語却以含畜[蓄]出之,結法高絶。(**吴廣霈墨尾**)人與雞蟲,一時皆得大解脱矣。(**沈巖眉**)宕開作結,愛物而幾於齊物也。

【彙評】

吴廣霈墨眉:一齊付之不問,但知倚閣看山而已,妙哉。舉世無聊之大人先生,吴亦將以此等雞蟲視之。

折檻行

俞瑒乙本評:此詩爲裴、魚□而作,絶不露圭角,故妙。

奚禄詒甲本旁:公詩至老年一變,予最喜此種。

奚禄詒甲本眉:觀朱云"直臣"二語,分明爲時無諍臣而發。房、魏、婁、宋之大臣不作而藩鎮日强,竟無一議削藩者,良可嘆也。

奚禄詒乙本墨眉:歐陽永叔《五代史》多用"嗟乎",首篇李太白《蜀道難》亦用"吁嗟""噫嘻"起,皆爲感事發端之妙。意此"嗚呼"二字,正見史筆。公詩至老年一變,予最愛此種。

盧見曾紅眉:此詩有感時事而作。上四嘆中官之恣横,下慨當時無救正者。首憶太宗,末憶明皇,乃傷今而思古也。

吴士模墨眉:數語耳,中間屈曲斷續,神味無窮。與上若不相接,似從"學士"二字帶下,而實非也。

沈巖旁:公以捄清河公被斥。朱雲折檻,蓋自況也。

沈巖眉:永泰二年,中官魚朝恩判國子監事,故作此詩。言當時諸臣不能力争,任其横行也。朝恩兼神策軍使,故以"白馬將軍"比之。

嗚呼房魏不復見，（奚禄詒甲本旁）兩節似不貫，其實貫。秦王學士時難羨。（奚禄詒乙本墨旁）雙起分承。青衿胄子困泥塗，白馬將軍若雷電。千載少似朱雲人，至今折檻空嶙峋。（陳治墨眉）令人神往。婁公不語宋公語，尚憶先皇容直臣。（錢陸燦丁本評）結言婁宋互以救正爲心，不勝傷今思古之慨。（汪琬乙本評）令人神往。（奚禄詒甲本眉）婁師德唾面自乾，此所謂“不語”也。宋璟以張昌宗引相士以觀吉凶，璟請下獄以明國法。武后許之，收易之等就獄。此所謂“宋公語”也。兩公皆在武后時，而評以爲不可曉，謬甚！（奚禄詒甲本旁）應首二句。○師德以紅抹額從軍，本非佳品，“不語”二字，宜實爲。（奚禄詒乙本墨眉）“婁公不語”是實句，不可謂此或不語，則彼亦語之。（朱方藹紅眉）令人神往。（吴廣霈墨眉）一語勝人千百。

【彙評】

奚禄詒乙本紅眉：看杜詩，不可不看新、舊《唐書》。

奚禄詒乙本墨眉：漢明帝命期門之士習《孝經》《論語》，武臣弟子讀書，未嘗不可，但不可玷國學耳。

奚禄詒乙本墨眉：余向見《容齋二筆》云，婁師德是武后朝，宋璟爲相時，其亡久矣。鄭又云作者必有取，予竊笑之，因注曰：師德以紅抹額，唾面自乾，此所謂“不語”也。宋璟以張昌宗引相士以觀吉凶，璟請下獄以明國法，武后許之，收易之等，此所謂“宋公語”也。兩公皆在武后時，至於諷朝恩叛國子［之］事，講□□已與此箋同，但止説無諫臣，未注到集賢事耳。

立　春

汪琬丙本評：此種詩是趁手寫。

呂留良紅眉:是前臘詩體。

奚禄詒甲本眉:此首總不拘占,起三句皆仄,後三句皆平。○首二句四仄聲四平聲,在七言尤難。

奚禄詒甲本旁:公詩多有不經意處。

盧見曾紅旁:俯拾即是,純用本色,讀者當得其自然之趣。

錢載評:只管讀,讀到透澈時自然撒手矣。

嚴復墨眉:所謂振筆直書者,然真漫與矣。○朱瀚不以爲杜詩,評云:"細生菜"不成語,次分承盤菜,稍窺杜法,然如□腐河,"那對眼"是何語?"不勝悲"又熟調,結語蓋無賴焉。

王伯沆紅眉:一意轉折,宋人多宗此。

春日春盤細生菜,忽憶兩京梅發時。(**汪琬甲本紅旁**)拗辭。(**方拱乾評**)"盤""菜"分頂,與《吹笛》同。(**傅山紅眉**)幾於鼓詞矣。(**奚禄詒乙本墨眉**)無聊之極。盤出高門行白玉,(**方拱乾評**)殿中賜。(**奚禄詒甲本旁**)三四憶兩京舊事。(**奚禄詒甲本眉**)《摭遺》:東晉李鄂,立春日以蘆菔、芹牙爲菜盤相饋送。菜傳纖手送青絲。(**李念慈紅眉**)裝點雅麗。巫峽寒江那對眼,杜陵遠客不勝悲。此身未知歸定處,呼兒覓紙一題詩。(**丁耀亢紅眉**)衰颯。(**奚禄詒甲本旁**)賦也。○"高門",御厨所在。《水經注》:高門,長安城北門,亦曰"厨門",以長安厨官在内也。

江　梅

題鮮于樞評:此公在夔見梅花,因歎春已回而客未回,故曰"絶知春意早[好],最奈客愁何"。三聯應題及起語,末章應次聯也。

呂留良紅眉:半明不滅,有影無形,帶情寫物,最是佳處。

吴士模墨眉:不貪寫梅,從"江"著眼,自爲高手。清江微波正與梅□取對,句自好。

陳治墨眉:汪云:不貪寫梅,從"江"上著眼,是爲高手。

吴廣霈墨眉:雋永渼秀,不寫梅而梅意自不落空。

奚禄詒乙本墨眉:梅自古無佳詩。

沈巖眉:"破"起二句,已非江梅不可。

梅蕊臘前破,(**汪琬甲本紅眉**)梅破。**梅花年後多。絶知春意好,**(**吕留良紅旁**)句法。**最奈客愁何。**(**沈巖旁**)含"江"字。**雪樹元同色,江風亦自波。故園不可見,巫岫鬱嵯峨。**(**奚禄詒甲本尾批**)賦也。○末句何涉?(**奚禄詒乙本墨眉**)末二句何干?

庭　草

題鮮于樞評:言楚地之草,經寒猶碧,况庭前得春之草而生意滿眼矣。於是形容草之生長,言舊葉低垂者收斂而新葉舉矣,新牙出土而一掩一卷者重重矣。過庭者步宜輕,勿踐履以傷之。誠若是,倘開筵亦得屢以供目,若看花則各隨節序,不敢强爲容矣。賦也。

方拱乾評:細看花草,亦隨節序,我安敢不"隨節序"而"强爲容"乎?

丁耀亢紅眉:俱非真作。

吕留良紅旁:同上一題,工拙頓異。

奚禄詒甲本眉:低收舉,掩卷重,疊甚。自然生澀。

吴士模墨眉:微入毫芒,楚草逢春,□下同好,正補出時地。

沈巖眉:萎則四垂,氣至復立,"收"字誰人能下?

楚草經寒碧，逢春入眼濃。舊低收葉舉，新掩卷牙重。(奚禄詒甲本旁)澀甚。(奚禄詒甲本旁)不成。(奚禄詒乙本墨眉)不成句。(奚禄詒乙本墨旁)笨。步履宜輕過，開筵得屢供。(李念慈紅眉)豈採食耶？看花隨節序，不敢强爲容。(奚禄詒甲本尾批)賦也。○"强爲容"亦無謂。

曉望白帝城鹽山

題張問陶墨眉:五六不對。五句亦不成語,且與次句複。
奚禄詒甲本眉:四五皆不老成。
奚禄詒乙本墨眉:不成。

徐步移班杖，看山仰白頭。(方拱乾評)二句必因起句而始妙。翠深開斷壁，(奚禄詒甲本旁)猶可。紅遠結飛樓。(吕留良紅旁)細畫。(嚴復墨眉)以第二句引以次聯,杜多用此法。(李以峙墨眉)(紅遠)按"江"明是形訛。(王鳴盛墨眉)"斷壁開"處見其深翠,"飛樓結"處見其遠紅,此用倒裝法。日出清江望，暄和散旅愁。(嚴復墨眉)"江望"連讀,以對"旅愁",然"日出""暄和"終是三脚。春城見松雪，始擬進歸舟。(奚禄詒甲本尾批)賦也。

王十五前閣會

楚岸收新雨，春臺引細風。(吴廣霈墨眉)"引細風"亦見煉字句法,惜非全璧。情人來石上，(奚禄詒甲本旁)不成語。鮮鱠出江中。(奚禄詒甲本旁)無味。鄰舍煩書劄，肩輿强老翁。病身虚俊味，何幸飫兒童。(吕留良紅眉)後四句惡甚。(奚禄詒甲本旁)賦也。(嚴復

墨眉）每遇盛席，以病不能餔餔，得此結語爲之喜笑。（**沈巖尾**）更無難狀之景，不化之事。

【彙評】

佚名丁墨尾：逐層叙下。當雨收風細之時，王君設鱠石上之閣，而致禮迎輿，并霑童稚。意思歎曲如此，故詩以誌之。○“情人”字俚。

老　病

題鮮于樞評：言老病巫山，則“藥殘他日裏”；稽留楚客，則“花發去年叢”。蓋其病滯於此，已涉二年矣。賦也。三聯以夜雨春風引興，末二句蓋自歎流落他鄉，不得在朝。興也。

奚禄詒甲本眉：首説“老病巫山裏”，即有客意，次句不必復贅。

奚禄詒乙本墨眉：首句已説病巫山，即有客意，次句不必復贅。

題張問陶墨眉：公欲東下，而春多東風，故曰“逆水”。

吴廣霈墨眉：穩妥而已。

老病巫山裏，稽留楚客中。（**奚禄詒甲本旁**）贅。（**陳治墨眉**）老致翩翩，絶不粘帶。藥殘他日裏，（**奚禄詒甲本旁、乙本墨旁**）晚唐句。花發去年叢。（**厲鶚評**）“藥裏”“花叢”折開便有味，故知詩尋生避熟。夜足霑沙雨，春多逆水風。（**嚴復墨眉**）水東流，春多東風，故逆。此句致佳。合分雙賜筆，（**奚禄詒甲本旁**）句强入，於上下無情。（**奚禄詒乙本墨眉**）“合分”二字何指？（**王鳴盛墨眉**）《漢官儀》：尚書丞郎月給赤管大筆一雙，隃麋墨一枚。猶作一飄蓬。（**方拱乾評**）“一”字不對“雙”字看。（**方貞觀紅眉**）不應如此結耶？（**奚禄詒甲本尾批**）賦也。○“合分”二字何説？（**奚禄詒乙本紅旁**）與上下不合。

【彙評】

佚名丁墨尾:稽留則思出峽,而雨多風逆,殊難就道。結言自此合當分捨郎官雙筆矣。蓋出峽無期,則還朝無日,長作飄蓬,不須此也。

崔評事弟許相迎不到,應慮老夫見泥雨怯出,必愆佳期,走筆戲簡

傅山紅旁:有景有情。

錢陸燦丁本評:通首逐句順下,四面看來,無意不足。時賢雖高手,只寫得一面二面耳。末句是速其馬之來迎,所謂"戲簡"也。

吕留良紅眉:難題却好,只看它布景道情。

奚祿詒甲本旁:不必學,不足學。

奚祿詒甲本眉、乙本墨眉:止可爲戲,不可爲佳,惟鍾、譚取此。

朱方藹紅眉:運長題無剩義,而不涉鋪張爲難。起聯只是許迎,中四句虚寫,"應慮老夫"以下於末聯始正言之,入後人手無此頓挫,其詞必複矣。

陳治墨眉:汪云:運長題無一剩義,而不涉鋪疊爲難。

吴廣霈墨眉:此首殊佳,惜起結尚少欠錘煉。

沈巖眉:次句言坐而復起,起而復坐,自天明待至午也。

江閣要賓許馬迎,(**奚祿詒甲本旁**)非詩中正局。午時起坐自天明。(**奚祿詒甲本旁**)倒裝。(**錢載評**)妙絶矣。浮雲不負青春色,細雨何孤白帝城。身過花間霑濕好,醉於馬上往來輕。虚疑皓首衝泥怯,實少銀鞍傍險行。(**奚祿詒甲本旁**)賦也。

愁强戲爲吴體

方拱乾評：此何以曰"吴體"？

錢陸燦丁本評：言愁如春草之多，巫峽不曾管人愁也。三四因己之愁而憎物之適。

錢陸燦戊本評：以草之生喻愁之多，"唤"字好。

俞瑒甲本評：吴體，當時俗體。

屈復評：一二平妥，"唤愁生"三字佳，三四湊句，後老生常語耳。的是贋作。

奚禄詒甲本旁：拗體。

盧見曾紅旁：黄生曰：沈憂莫寫，對物生憎，皆是愁人實歷之境。草生花發，水流鷺浴，皆唤愁之具，愁從中來。微物之故，則亦"强戲"言之而已。

曹炎旁：前四句愁之端，興也；後四句愁之實，賦也。〇强戲爲吴體。

曹炎眉："盤渦"，谷轉渦水面貌。公北人而客南國，故云"異域"。"渭水秦川"，長安山水，公故鄉也。"虎縱横"，喻苛吏也。

錢載評：妙趣。〇花鳥似若有意相觸近者，"自分明"三字尤寫得愁心迥出。

吴廣霈墨眉：以上數詩均可不采，且非七律正格也。

沈巖眉：發端言草又生，而終不得歸也。三四乃樂子之無知也。

嚴復墨眉：凡此體詩，其訣竅皆在押脚三字。

江草日日唤愁生，（**奚禄詒甲本旁**）"唤愁生"，若在草，若不在草，妙。下皆"愁生"。（**奚禄詒乙本墨眉**）首句與"花近高樓傷客心"同。"唤愁生”,若在草,若不在草。(**沈巖旁**)興“渭水”。**巫峽泠泠非世情。**(**吕留良紅旁**)新奇可誦。(**奚祿詒甲本眉**)“非世情”“底心性”自分明,所謂吴體也。(**沈巖旁**)興“秦山”。**盤渦鷺浴底心性,**(**吕留良紅眉**)“底”,方言,何也。(**奚祿詒甲本旁**)三四已轉。(**嚴虞惇紅旁**)因己之愁,憎物之適。**獨樹花發自分明。**(**俞瑒甲本評**)觸愁之端。(**奚祿詒乙本紅旁**)三四已轉。**十年戎馬暗萬國,異域賓客老孤城。**(**錢陸燦甲本眉批**)鐵曰:“萬”對“孤”,妙,然失粘,或美體耳。俗本改作“南”字,無謂。(**俞瑒甲本評**)致愁之故。(**嚴復墨眉**)非世情已成,科白不可用矣。**渭水秦山得見否?**(**題商盤紅旁**)合收。(**奚祿詒甲本旁**)反南國也。**人今罷病虎縱横。**(**俞瑒甲本評**)虎,謂暴斂也。(**奚祿詒甲本旁**)異域也。(**奚祿詒甲本旁**)賦也。(**奚祿詒乙本紅眉**)末句兩折,人罷承“老孤城”,虎横承“戎馬”,若作暴斂,與上不合。

【彙評】

張學仁參定:《杜臆》謂:胸有不平之氣,而以拗體發之。公之拗體詩大都如是。

秦應逵紅尾:“唤愁生”三字佳,三四湊句,後老生常談,贋作無疑。

晝　夢

奚祿詒甲本眉:拗體詩,難得如此自然。

盧見曾紅旁:吴論:二月昏昏多睡,不獨夜短而思晝眠,止因暖氣倦神,故日落而夢猶未醒耳。○“故鄉”“中原”,積想成夢,故遂現出“荆棘”“豺虎”。務農息兵,吏無横斂,則中原清而故鄉可歸矣。

王士禛評:古今同恨。

吴廣霈墨眉:此首亦未可。

沈巖旁:亦吴體。

二月饒睡昏昏然，不獨夜短晝分眠。(**嚴復墨眉**)第二語不調直。桃花氣暖眼自醉，(**奚禄詒甲本旁**)三四申上。春渚日落夢相牽。(**吕留良紅眉**)悟境神語，天然造化。(**奚禄詒甲本旁**)喚起下四句。(**奚禄詒乙本紅旁**)三四申上。(**沈巖眉**)遇此只有愁眠，但求一好夢，亦不可得耳。故鄉門巷荆棘底，中原君臣豺虎邊。(**奚禄詒甲本旁**)後四句乃睡之故。(**奚禄詒乙本墨眉**)却自然。(**奚禄詒乙本墨旁**)“夢相牽”喚出下四句。安得務農息戰鬥，普天無吏横索錢。(**吕留良紅尾**)結雖叱吒，自是豪俠感慨。(**奚禄詒甲本旁**)賦也。(**奚禄詒乙本墨眉**)後四句正睡之故。

【彙評】

李念慈紅眉:音節沉滯，但覺厚重而不拗澀。

嚴復墨眉:老幹粗硬，皆學此種，遂乏風趣。

遣悶戲呈路十九曹長

方拱乾評:偶然説出耳。

錢陸燦丁本評:前半寫景，後半遣悶。

錢陸燦戊本評:上四句寫阻雨所見之景，下四句言老來詩愈工，忘形之交愈少，庶或路十九愛我清狂，而數數訪之也。

李念慈紅眉:是。

奚禄詒甲本眉:前四句是悶，後則欲過路曹長以遣之。“誰家”“惟君”三句，駡倒衆人。

奚禄詒乙本墨眉：前四句是悶，後欲過路以遣之。"誰家""惟君"四字，掃却衆人。

王士禛評：前景後情。

錢載評：老筆。○穩到顛頂矣。

朱方藹紅眉：詩語微涉矜張，故用"遣悶戲呈"四字，古人卑以自牧，其嚴如此。

題張問陶墨眉：五句是跳出場外法。

陳治墨眉：此首少陵作無疑。

沈巖眉：前四句叙不能相遇，以見悶之難遣也。

江浦雷聲喧昨夜，春城雨色動微寒。黄鸝並坐交愁濕，（**俞瑒甲本評**）三四承"雨"説。（**奚禄詒甲本旁**）有比。白鷺群飛太劇乾。（**吕留良紅眉**）"劇"，戲也。（**俞瑒甲本評**）悶所由生。（**奚禄詒甲本旁**）三四亦似吴體。晚節漸於詩律細，（**方拱乾評**）七字是公詩定評，以之配"酒杯"却是瀾，不是主。誰家數去酒杯寬。（**丁耀亢藍眉**）清。（**俞瑒甲本評**）悶所由遣。惟君最愛清狂客，（**俞瑒甲本評**）戲呈。（**李以峙墨眉**）（唯君）按"君"指路也，作"吾"字謬。百遍相過意未闌。（**奚禄詒甲本旁**）賦也。

【彙評】

張學仁參定："晚節漸於詩律細"，此"細"字正是杜公一生得力處。《心解》强作"細碎"，謬不可解。

晴二首

吴士模墨眉：久雨喜晴，寫來絶不費力，恣情俯仰，雲物效靈。

吴廣霈墨眉:三四寫晴好佳句也。

其　一

題鮮于樞評:言巫山久雨新晴,而動植各遂其性。賦也。首二句起後六句,第二聯承次句,三聯應首句,末以花落結之,而以"乾"字應"晴"字。

久雨巫山暗,新晴錦繡文。(**奚禄詒甲本旁**)"錦繡文"可嘆,對"巫山暗"更可嘆。(**奚禄詒乙本墨旁**)三字俗。(**奚禄詒乙本墨眉**)後六句工。○真是晴景,人所未道。(**嚴虞惇紅旁**)日氣射江深。(**申頲墨眉**)寫境真切。(**吴廣霈墨旁**)句欠妥。**碧知湖外草,**(**奚禄詒甲本旁**)承次句。(**沈巖旁**)頂"錦繡"。**紅見海東雲。**(**吕留良紅旁**)句法。(**俞瑒甲本評**)新晴遠景。**竟日鶯相和,**(**俞瑒甲本評**)下四近景。**摩霄鶴數群。**(**奚禄詒甲本眉**)五六妙絶,不似"梟鶴[雁]終高去"二句之淺。(**吴廣霈墨旁**)對勝。**野花乾更落,**(**俞瑒甲本評**)收"晴"字。**風處急紛紛。**(**奚禄詒甲本眉**)后六句自工。(**張雝敬墨旁**)摹寫處俱極其大雅。(**吴廣霈墨旁**)結句欠穩。(**沈巖旁**)收"晴"字,細麗超脱。

【彙評】

張學仁參定:仇注謂"碧"字、"紅"字另讀,與"黄知橘柚來"同一句法。

佚名丁墨尾:此章通首寫景,而下峽東遊心事,却從景中躍出。草碧想到"湖外",雲紅望入"海東"。"鶯相和",己則孤矣;"鶴摩霄",身則滯矣。此皆躍出之神也。結則對景無賴矣。妙是語語新晴。

其　二

題鮮于樞評:言久雨,啼烏争引子下食,而遭泥污。"鳴鶴不歸林”,“高飛”而“恨久陰”,比君子小人所趍不同也。“雨聲衝塞盡,日氣射江深”,言亂極當治,故曰:“回首周南客,驅驰魏闕心。”比而賦也。

啼烏爭引子,鳴鶴不歸林。(**吴士模墨眉**)次聯不似第二聯語。(**吴廣霈墨眉**)“鳴鶴”一句獨妙,餘遜。全首未稱。(**奚禄詒乙本墨旁**)與上首鶯、鶴犯複。**下食遭泥去,高飛恨久陰。**(**秦應逵墨旁**)二句是倒裝法。(**奚禄詒乙本墨旁**)何必又申上。(**佚名丁墨旁**)竺云:言似恨久陰而今得高飛也。**雨聲衝塞盡,日氣射江深。**(**奚禄詒甲本旁**)六句獨出色。(**奚禄詒乙本墨眉**)第六句獨壯。“回首”雖唤“魏闕”,然此二句總與上文不洽。(**申頲墨眉**)“日氣射江深”,他人想不到。(**吴廣霈墨眉**)“日氣”句亦奥妙,淺人不能解也。(**沈巖眉**)“遭泥去”而“下食”,“恨久陰”而“高飛”,皆倒裝句法。“深”字妙,是雨後。(**嚴復墨眉**)老杜用“深”字韻皆奇警。(**王伯沆紅眉**)壯句。**回首周南客,**(**奚禄詒甲本眉**)“回首”二字接得無來路,總因“周南”無不接也。**驅馳魏闕心。**(**李念慈紅眉**)驚人佳句。(**奚禄詒甲本旁**)起句亦與前首鶯、鶴犯複。

【彙評】

佚名丁墨尾:此章益暢上首之旨,亦都以寫景見心事,至結處逗破。上四分頂而下,却皆以出句託對句,又皆從久雨後想出。彼烏以久雨艱食之故,急引子以索之泥中,正興己之謀食於此也。乃鶴以久雨斂翮之故,急出林而舒其宿恨,反興己之稽留不遑也。然則對此雨盡日暄之景,於人獨無去思乎?“周南客”應烏“下食”,“魏闕心”應鶴“高飛”。發揮至此,去峽之情暢矣。然有一語不從“新晴”中出否?

雨

題鮮于樞評：言始喜晴而又苦雨，狀其初致雨及陰氣凝結，皆由兵戈所致，非自陽臺。賦也。

奚禄詒甲本旁：五六比，且喚結句。

吴士模墨眉：通篇妙語，忽用真致結之，乃足調寫八音。

題張問陶墨眉："行無色"，從雨密來；"鬥不開"，從雨驟而來。上句喻凋殘未起，下句喻争戰不休。

始賀天休雨，(**沈巖旁**)反破。還嗟地出雷。驟看浮峽過，密作渡江來。(**嚴復墨眉**)"後作""密作"，杜用"作"字，與他手别。(**吴廣霈墨旁**)"密作"句勝上句。(**李以峙墨眉**)(密作)按"塞""密"謬甚，仇何不正？牛馬行無色，(**王鳴盛旁批**)狀"密"字。蛟龍鬥不開。(**奚禄詒甲本旁**)以五六喚出"干戈"。(**吴廣霈墨眉**)"牛馬"二句收盡久雨之象，末結有所感刺。李云：忽用興致語，真肯人不知黑白也。(**王鳴盛旁批**)狀"驟"字。干戈盛陰氣，(**奚禄詒甲本旁**)常語。未必自陽臺。(**奚禄詒甲本眉**)"干戈"二句不及"何須妒雲雨，霹靂楚王臺"。(**奚禄詒甲本旁**)賦也。(**奚禄詒乙本墨眉**)五六比，喚出"干戈"。○意亦不出暢快。(**吴廣霈紅旁**)有刺時政意。

懷灞上游

題鮮于樞評：公在巫峽懷灞上舊遊而悵望之也。首二句生中四句，末結前六句，而淒黯之意，見於言外。賦也。

奚禄詒甲本旁：字字是"懷灞上"，不是"過灞上"。

盧見曾紅旁：上四憶舊游，景事；下四則念同游而動歸思也。

春濃停騎夜宿樓，極盡一時游興。惟聚散無常，故有古今之慨。顧注："東陵道"即長安城東門，乃秦東陵侯種瓜處。

吴士模墨眉：六句俱就彼中説，結到見前，與《憶鄭南玭》篇作法同，濃淡各有其妙。

奚禄詒乙本墨眉：字字是懷。〇五六以下苦語如訣。

悵望東陵道，平生灞上游。春濃停野騎，（**奚禄詒甲本旁**）此舊遊也。**夜宿敞雲樓。**（**嚴復墨眉**）"春濃"似對不得"夜宿"，豈本"遊"字而以前已入韻，乃改作"濃"耶？或改對句爲"夜敞宿雲樓"，孰謬？（**李以峙墨眉**）按當從舊本。（**王鳴盛墨眉**）"夜敞"，夜色之開霽也，與"濃"字一例。若作"夜宿"，便少減。**離别人誰在，經過老自休。**（**李念慈紅眉**）"離别"句悲。（**宋犖紅旁**）淺語傷心。**眼前今古意，江漢一歸舟。**（**奚禄詒甲本眉**）末句是歎終如此而已。（**吴廣霈墨眉**）結好。

【彙評】

陳訏紅眉批仇注"當云'夜敞宿雲樓'"處：春濃則停野騎，夜宿則敞雲樓，"敞"，猶"開"也。注引"璿宫夜敞"亦作"開"解，今此詩改"夜敞宿雲樓"，便是夜開而宿於雲樓矣，通乎？不通乎？

晨　雨

題鮮于樞評：言晨雨細而葉聲微，故"霧交"則"纔灑地"，而"輕霑鳥獸群"；風逆則旋隨雲，而"暫起荆扉[柴荆]色"。是以麝香山亭午而一半不分明，皆形容陰霧多而雨細也。賦也。

方拱乾評：字字是小雨，是晨雨。

吕留良紅眉：字字著色，句句有愁。

吴士模墨眉：看去在人眼畔，寫來俱在意中，所以爲其然，非公却拈不出。

陳治墨旁：處處刻畫“小”字。

沈巖旁：譚友夏云：俗傳晨雨易晴，詩中皆易晴，妙境不曾説出而意象浮動其内。

小雨晨光内，（**俞瑒甲本評**）從晨起。初來葉上聞。（**奚禄詒甲本旁、乙本墨眉**）起得幽，韻又警策。（**王伯沆紅眉**）静細。霧交纔灑地，（**吕留良紅旁**）極細。（**俞瑒甲本評**）恰似小雨。（**嚴虞惇紅旁**）刻出小雨。（**題商盤紅旁**）上因句。流水對。風逆旋隨雲。暫起柴荆色，輕霑鳥獸群。（**吕留良紅旁**）“群“字不若“色”字情切，不用文字造句。麝香山一半，（**俞瑒甲本評**）應上□霧。（**陳治墨眉**）夔州有麝香山。（**沈巖旁**）收“晨”字。亭午未全分。（**錢陸燦丁本評**）至亭午，山猶一半在雨中，照出晨光，綰法絶妙。（**李念慈紅眉**）耳目已有霑灑。（**俞瑒甲本評**）對“晨”字收。（**奚禄詒甲本旁**）賦也。（**奚禄詒乙本墨眉**）含晨雨易晴之象。（**嚴虞惇紅旁**）亭午山猶半，在雨中映出晨光。（**秦應逵紅旁**）收“晨”字。（**沈巖尾**）“光”字含後四句，句句是晨，句句是山。

【彙評】

張學仁參定：切定“小雨”，刻劃入細。

入宅三首

奚禄詒甲本眉：後二首乃入宅之心事，一是思朝，一是思家。

王鳴盛旁：大曆二年春移居赤甲作。

其　一

題鮮于樞評：言衰老客居，雖遷移不定爲可愧，然未敢恨者，政以有赤甲、白鹽之勝概，又有花亞竹、鳥窺簾之時物得以相兼，且春酒多可以消愁，蓋以遷居之得其所耳。賦也。

屈復評：起言地，三收上，四言時，起下新宅景，結情。

題商盤紅眉：虚實相間格。○謝靈運詩："徒旅苦奔峭。"○"遷次"猶造次。客居雖愧草草，飲興反覺滔滔，以卜地得此勝概也。況有花有竹，好鳥時來，益可人意。勝概若此，敢復以衰年爲恨哉？"欲相兼"言不可得兼也。○若非"衰年"，則當努力馳驅王事，豈暇卜居於此，以收"勝概"？此亦自寬之詞。○五實境，六虚襯。"新"字固見題意，而花竹叢雜，意中欲移，今且未暇，尤得"新"字之神。此句語佳景不佳，然語佳景竟佳矣。○"亞"，字書：次也，就也，醜也，又相依也。唐人多用此字於花木上，當從"相依"爲義。

題張問陶墨眉："花亞欲移"之竹，預派欲移名色，爲花枝佴避故也。"鳥窺新捲"之簾，頓因新捲生疑，知鳥入來久也。二句寫空宅换新人之景，畫亦不到。

奔峭背赤甲，（**呂留良紅旁**）奇。（**俞瑒甲本評**）宅之向背。（**題商盤紅旁**）對起。明暗句。（**奚禄詒甲本旁、乙本墨旁**）宅後。斷崖當白鹽。（**奚禄詒甲本旁**）宅前。（**佚名丁墨旁**）竺云：一二言其宅背赤甲之奔峭，當白鹽之斷崖。客居愧遷次，（**俞瑒甲本評**）宅外景。（**題商盤紅旁**）縮脈句。（**奚禄詒乙本墨旁**）對不得。春酒漸多添。（**俞瑒甲本評**）起下"花""鳥"。花亞欲移竹，（**俞瑒甲本評**）宅内景。鳥窺新捲簾。（**奚禄詒乙本墨旁**）下句韻些。衰年不敢恨，（**題商盤紅旁**）對結。勝概欲相兼。（**錢陸燦甲本眉批錢箋"奔峭"**）鐵曰："峭"亦落，與"陀"字義重矣。"陗"者，

□絶之義。(**李念慈紅眉**)“不敢恨”妙。(**俞瑒甲本評**)總上六句。(**奚禄詒甲本尾批**)賦也。○“相兼”指赤甲、白鹽二山。(**吴廣霈墨旁**)寫景,而情亦寓於其中,則異於流連光景者之所爲矣。

【彙評】

佚名丁墨尾:首章正詠入宅也。雖遷流託迹,而尋幽綴景,聊復慰懷。“花亞欲移”之竹,預派欲移名色,爲花枝低避故也。“鳥窺新捲”之簾,頓因新捲生疑,知鳥迹入來久也。二句正見春色漸添,寫空宅换新人之景,畫不能到。“不敢恨”爲欲兼收勝概,不惜相度補葺之僕僕也。

其　二

題鮮于樞評:首句承前“客居愧遷次”而言,次聯承“春歸”而言山水間物。末四句承“客未還”意,且此地多使者相過,因得一一以問長安之事,喜幸之詞也。其五六句亦承前篇“衰年”之意。賦也。

題張問陶墨眉:三四寫景,承上春歸。下四叙情,應客未還。

亂後居難定,春歸客未還。(**錢陸燦丁本評**)下二首俱入宅心事。(**俞瑒甲本評**)想故居。(**吴廣霈墨眉**)此首勝前什。水生魚復浦,(**俞瑒甲本評**)承次句寫景。(**奚禄詒乙本墨旁**)自然。(**沈巖旁**)頂“春歸”。雲暖麝香山。半頂梳頭白,(**沈巖眉**)“半頂”妙言,頭已秃也。過眉拄杖斑。(**俞瑒甲本評**)叙情。相看多使者,一一問函關。(**奚禄詒甲本、乙本墨眉尾批**)賦也。後四句謂其老而不能入函關也。(**奚禄詒乙本墨旁**)思朝。(**奚禄詒乙本墨眉**)後二首入宅之心事。

【彙評】

陳訏紅眉批仇注“見杖之長,是病狀”處:病狀恐不關杖之長短,穿鑿無理。

佚名丁墨尾:次章推開説。雖新入此宅,而故鄉之思不能已也。連三章看,此爲擺蕩處。起即提出此意,三四且就新居邊布還春景。下言今雖老矣,而每看北使,無不動問鄉關者。

其 三

題鮮于樞評:歸州有宋玉宅、白帝城,吾今旅食於此者,爲老病所淹耳,豈爲才名若宋玉之與公孫耶?雖峽口江流風常急而氣不平,然吾生應與兒子任其飄轉耳。賦也。

宋玉歸州宅,(**奚禄詒乙本墨旁**)也是扯。雲通白帝城。吾人淹老病,旅食豈才名。(**沈巖眉**)言老病淹留不得已,非卜居貿名附才人之故迹也。峽口風常急,(**奚禄詒甲本眉**)"豈才名"謂不如宋玉也。(**奚禄詒甲本旁**)不可久居,又不得去。江流氣不平。(**李念慈紅眉**)詩氣亦與激涌。(**吕留良紅旁**)對法。(**吴廣霈墨眉**)對句高似出句。(**奚禄詒乙本墨眉**)"豈才名"言不如宋玉也。(**奚禄詒乙本墨旁**)不可久居,又不能去。只應與兒子,飄轉任浮生。(**奚禄詒甲本尾批**)賦也。○因歸州、白帝相接,便想及宋玉,亦是扯拽。(**奚禄詒乙本墨旁**)思家,慘語。

【彙評】

佚名丁墨尾:末章收轉説。雖羈旅堪悲,而勢猶相阻,姑且僦家焉。此於通局爲繳挽法。上四作不住口氣,以呼動下截。蓋言宋玉古才名人也,其宅與此相近,我之淹久於此,豈欲引與爲徒哉?接云風緊江喧,阻行故耳。必有勢不得行者,"風""江"亦託言也。如此則任運可已,仍收到"入宅"上。

赤　甲

錢陸燦丁本評:偶然遣興,不足爲法。三四愛君,下憶友。

吕留良紅眉:偶然遣興,不足爲法。

奚禄詒甲本旁:全無意味,全無筋兩。

奚禄詒乙本墨眉:無此詩體,又是兩斷。

嚴復墨眉:朱瀚曰:"卜居""遷居",重複無法。"獻天子",突甚。"由來知野人",筋脈不收。中聯厄塞,全無頓挫磊落氣象。"笑接"不典,"郎中評事",豈律詩可著?末句從"盡識峨嵋老,知余懶是真"偷出,潦倒甚矣,且抱病何能深酌?

吴廣霈墨眉:率筆,老杜集往往有此。蓋非自己定稿,故佳什或多散佚,而率作、僞作反濫入集中也。

沈巖旁:吴體。

卜居赤甲遷居新,兩見巫山楚水春。炙背可以獻天子,美芹由來知野人。(**丁耀亢墨眉**)真宋詩。(**奚禄詒甲本眉**)一敗至此,上下亦不接。荆州鄭薛寄書近,蜀客郗岑非我鄰。(**沈巖眉**)致主無語,聊用杜康解憂,故非率真自放,忘其可以增疚也。落句反言之。笑接郎中評事飲,病從深酌道吾真。(**奚禄詒甲本旁**)賦也。○中四句所謂道其真也,懷君友耳,却無此詩體。

【彙評】

秦應逵墨尾:吴體。

暮　春

吕留良紅旁:亦是遣興語。

奚禄詒甲本旁:意在言外,今人不能爲此。

錢載評:新景如生。

朱方藹紅眉:意到之篇,筆致如弄丸走坡。

陳治墨眉:汪云:意到之篇,用筆如弄丸走坡。

沈巖旁:二泉云:久雨長風使人鬱滮不舒,如草閣野池之景,聊可遣悶,而風雨又阻之,其壅塞何如也。

卧病擁塞在峽中,瀟湘洞庭虚映空。(**奚禄詒甲本旁**)意湘南尚遠也。(**奚禄詒乙本紅旁**)思南下。(**沈巖眉**)第二言安得一睹瀟湘洞庭,豁此壅塞也。**楚天不斷四時雨,**(**奚禄詒甲本旁**)確老。**巫峽常吹千里風。**(**申頲墨眉**)警句。**沙上草閣柳新闇,**(**奚禄詒甲本旁**)句自好。(**奚禄詒甲本旁**)"暗"字亦的當。**城邊野池蓮欲紅。暮春鴛鷺立洲渚,挾子翻飛還一叢。**(**方拱乾評**)即以景結。(**奚禄詒甲本眉**)"還一叢","還"字有人不如鳥之意。(**奚禄詒甲本旁**)賦也。○前半言懷,後半言暮春。(**奚禄詒乙本紅眉**)人不如鳥。

即　事

錢陸燦丁本評:乍晴乍雨,濕熱相蒸,鶯燕往來,的是莫春三月真景。六句寫景,結略寓意。

俞瑒乙本評:是暮春在峽中,驟雨乍晴,層次如畫。

奚禄詒甲本眉:非拗體,三聯皆用平聲,可見老手原不拘占。○放蕩自若。

奚禄詒甲本旁:五六合春、雨而爲之,末另結。

錢載評:妙境。

朱方藹紅眉:樸處自古。

吴士模墨眉：樸處自古。

秦應逵墨眉："長"字奇，千峰雲蒸，非此不肖。《古柏行》"雲來氣接巫峽長"，皆本陰鏗"江連巫峽長"也。

吴廣霈墨眉：二句尚可，亦非完璧。〇三四精麗。

暮春三月巫峽長，皛皛行雲浮日光。（**俞瑒甲本評**）便有雨意。雷聲忽送千峰雨，（**吕留良紅眉**）"峰"一作"山"。（**奚禄詒甲本旁**）頂次句。花氣渾如百和香。（**丁耀亢墨眉**）《選》句。（**傅山紅旁**）佳句。（**傅山紅旁**）大不收上句，如"遠害朝看麋鹿遊"也。（**俞瑒甲本評**）二句遞下。（**題商盤紅旁**）流水對。（**奚禄詒甲本旁**）頂首句。（**奚禄詒乙本紅眉**）蕩漾自若。黄鶯過水翻回去，（**奚禄詒甲本旁**）亦竹枝體。燕子銜泥濕不妨。飛閣卷簾圖畫裏，（**俞瑒甲本評**）雨過光景。虚無只少對瀟湘。（**俞瑒甲本評**）是峽中。（**奚禄詒甲本眉**）末句是思南下。（**奚禄詒甲本旁**）賦也。（**奚禄詒乙本紅眉**）末句亦思南下。（**奚禄詒乙本墨眉**）本是銜泥，燕豈能銜泥乎？（**錢載評**）妙境不窮。（**王伯沆紅眉**）公久欲游瀟湘而未能，故有末二句。

【彙評】

俞瑒甲本評：是暮春在峽中，驟雨乍晴，花氣烘出光景，層次如畫。

張學仁參定：寫景入妙，絶好一幅山居圖，惜當世無工畫者。

卜　居

題鮮于樞評：言雖羡丁令威之歸，而人民非矣，惟同楚執珪之吟，而思鄉不已焉。今也未能遊於碧海，惟著處尋丹梯以居，故於江北寬處，得瀼西居之，可以春耕。若桃開而客至，即武陵之桃源矣。言卜居之得其所耳。賦也。

方拱乾評:此初至長安而得居,止有暫安而樂之意。○七律只要調高,惟拗乃能起。

嚴虞惇紅眉:本是卜居,却偏反起一句,言本意只要歸。二句言不得歸,然後折到卜居。下四句自慰之意。

奚禄詒乙本墨眉:初卜瀼西之居。○三四止承首句,次句無用耳。上卜居意,下卜居以後之事。

歸羡遼東鶴,吟同楚執珪。(**沈巖眉**)起以龜雀借影對。**未成遊碧海,著處覓丹梯。雲障寬江北,春耕破瀼西。桃紅客若至,定似昔人迷。**(**李念慈紅眉**)桃源事却倒用,與“船人相近報”各臻妙境。(**嚴復墨眉**)塞拙無謂。(**吴廣霈墨旁**)結未佳,以其欠醒豁也。

【彙評】

沈巖尾:豈非此生欲歸,將待化鶴,正恐子孫長流落三峽,似桃源中人矣,故吟望尤切也。

佚名丁墨尾:羡遼、吟楚,則還歸無期。碧海,則東遊未遂。丹梯,則寓舍重尋。“寬江北”,仍在夔中。“破瀼西”,將就沃壤。蓋卜得此地,姑欲以爲避世計云。

暮春題瀼西新賃草屋五首

其　一

題鮮于樞評:公自歎久居三峽,再涉暮春,今也“百舌欲無語”,則“繁花能幾時”耶?中言瀼西景物雖佳,然兵亂未定,哀傷其不在兹乎？賦也。

久嗟三峽客，再與暮春期。（**錢陸燦丙本評**）錢云：第一首先言暮春。（**錢陸燦丁本評**）第一首先言暮春。百舌欲無語，（**奚禄詒甲本旁、乙本墨旁**）也自然。繁花能幾時。谷虚雲氣薄，波亂日華遲。（**李念慈紅眉**）“亂”“遲”，一句中兩字俱妙。（**嚴復墨眉**）中四實寫暮春。戰伐何由定，哀傷不在兹。（**奚禄詒甲本尾批**）賦也。“在兹”强押。（**奚禄詒乙本墨眉**）“在兹”强押，“在兹”指上四句。（**沈巖眉**）“哀傷”謂戰伐不定，不在無家久客。

其　二

題鮮于樞評：言此地雖有千樹之橘，然亦不可以“比封君”。當是時，養拙全生，何必富饒？今也畏人，棲江北之草，旅食寄瀼西之雲，飽聽巴渝之曲，已三年矣。賦也。

王嗚盛墨眉：“江北”即夔江之北，即前詩“雲嶂寬江北”是也。欲養拙於干戈之際，故畏人不出，惟依栖江北之草，雖全生於麋鹿之群，故旅食無常，又耕破瀼西之雲。此聯隱承上聯。

此邦千樹橘，不見比封君。（**錢陸燦丙本評**）第二首言瀼西。（**奚禄詒甲本眉**）起以貨殖之人見已不然，故即接以“養拙”，中四句正“養拙”也。末歎其久滯於巴也。（**奚禄詒乙本墨旁**）罵富人耳，與下“養拙”相呼應。養拙干戈際，（**奚禄詒乙本紅眉**）“養拙”謂不謀富耶？全生麋鹿群。畏人江北草，旅食瀼西雲。（**嚴復墨眉**）“畏人”句未妥。（**奚禄詒乙本墨眉**）並草亦可畏耳。（**沈巖眉**）畏人旅食，竄身窮僻，起連言非求安擇地也。“草”比小人，“石”爲靈根，言石田不可耕也。萬里巴渝曲，三年實飽聞。（**奚禄詒甲本尾批**）賦也。（**沈巖眉**）“巴渝曲”言峽中三年之内無日不聞徵發也。

其　三

題鮮于樞評：“錦樹”，即楓木，秋葉紅黄，故云“錦樹”。“曉來青”，春暮生葉也。言“綵雲”“錦樹”，變態不常，因歎身世唯“雙蓬鬢”，乾坤只“一草亭”，或“哀歌”，或“醉舞”，惟其所遇如何耳。今細雨荷鋤而立，忽聞猿吟於山上，得無悲乎？興而賦也。

屈復評：起暮春，三四新賃草屋，五六屋内情事，結屋外情景。①

題商盤紅眉：以實包虚格。首尾實而中聯反虚。此格惟杜有之。然景中全是情，若虚實二字不可舉以相律者，亦惟杜有之。〇“陰復白”，雨無時也；“曉來青”，花已落也；“雙蓬鬢”，老無成也；“一草亭”，窮已極也；“時自短”，不成曲也；“爲誰醒”，無可語也；“荷鋤立”，傷隻影也；“江猿吟”，助沾裳也。

盧見曾紅旁：頷聯情在言中，耐人諷味。結語深秀。黄生曰：“江猿吟翠屏”，即“白鷗元水宿，何事有餘哀”意，而含蓄較深永。

題張問陶墨眉：此詩以三四爲關紐。

吴廣霈墨眉：三首皆佳妙，無傷於粗豪也。

綵雲陰復白，錦樹曉來青。（**錢陸燦丙本評**）第三首言新賃草屋。“復”字鐵牛以爲“後”字。（**俞瑒甲本評**）二句景。（**奚禄詒甲本眉**）身世飄零，但餘蓬鬢；乾坤浩蕩，止寄草亭。（**奚禄詒甲本旁、乙本墨旁**）起以春景。（**奚禄詒乙本墨眉**）眼前語却道得苦。（**錢載評**）杜陵小照。〇此末句一“吟”字，紆回頓挫，蓋五首音節是一片宫商也。（**沈巖旁**）二句是暮景。

---

① 校注：“情景”，杭本作“景事”。

(**沈巖眉**)已蒼云:言乾坤之大,止有一草堂,非天地爲圍幕也。○按草堂尚屬新賃,所謂世亂一身多也。(**佚名丁墨旁**)所謂緑暗紅稀。竺云:起句言陰乍爲晴也。"白"猶言"明"也。二句"錦樹"謂花樹,言花落成新緑也。**身世雙蓬鬢,**(**俞瑒甲本評**)下六句情。**乾坤一草亭。**(**倪象占藍眉**)非乾坤中一草亭也,乃草亭中具乾坤耳。猶言家計只此也。(**沈巖旁**)草堂在此篇點出。**哀歌時自短,醉舞爲誰醒。**(**陳治紅眉**)"短"一作"惜"。(**奚禄詒乙本墨眉**)"短"字苦,"惜"字無味。**細雨荷鋤立,**(**沈巖旁**)暮春。**江猿吟翠屏。**(**李念慈紅眉**)與"悠然見南山"同一會心。(**奚禄詒甲本尾批**)賦也。末句聞猿更苦。(**沈巖旁**)與哀歌相答也。(**沈巖尾**)落句山谷多效之。冉冉老至,身世飄零,幾將爲農没世,故因春暮興感也。

【彙評】

張學仁參定:黄生謂此詩首尾實,中間虚,是實包虚格,唯杜有之。

陳訏紅眉批仇注"雨後色"處:綵雲化白,錦樹忽青,榮謝何等變幻倏忽,故接"身世"二句,見年華不堪把玩、萬物逆旅之意,注中不解。

題商盤尾:以時物遷變起興,此暮年羈旅之所由作也。"乾坤"二字硬裝見老,"細雨"字映起句,"江猿吟翠屏"即"白鷗元水宿,何事有餘哀"意,而含蓄深遠矣。

佚名丁墨尾:三章正詠居止瀼西行徑,舉身世無窮之感,一擺脱於新賃之居。五詩之關目,悉總於此。一二略逗暮春,三四言如此身世而老於蓬鬢,則悲甚也。自有乾坤,而春在草亭,抑又灑然也。此兩句所謂通局之柱也,以下皆屋裹屋邊,姑自排遣之詞。

其　四

題鮮于樞評:公自歎少學書劍,老不見用,如委泥沙。雖事主得禄,然浮生有涯,言老將死也。三聯言居此多病且久,末言亂未定而心憂。賦也。

王士禛評:前昔日情事,後今日情事。三承二,言昔日何曾無官,但早罷耳,歇後語。四承一,言壯年時志欲何如,今浮生有涯,一事無成也。五依人計拙,六歲月如流,結丹心已破而喪亂未已也。

壯年學書劍,他日委泥沙。(**錢陸燦丙本評**)此下二首俱言情也。(**奚禄詒乙本墨眉**)後二首皆寫情。(**沈巖眉**)起連言我自無能,非我君少恩而致躬食力也。○共屬王臣,尚爲敵國,故尤可憤歎也。**事主非無禄,**(**李以峙墨眉**)(非無)按倒轉便不通。(**王鳴盛旁批**)言雖用而甚小。**浮生即有涯。**(**王鳴盛旁批**)言小用而即與時乖,□有以限我也。**高齋依藥餌,絶域改春華。 喪亂丹心破,王臣未一家。**(**奚禄詒甲本尾批**)賦也。○此下二首皆言情。(**奚禄詒乙本墨眉**)諸跋扈之臣也。我臣"丹心破",彼乃"未一家",何哉?(**沈巖尾**)所悲者亂靡有定,未爲一家,若我生有涯,非所深悲也。應"哀傷不在兹"句。

【彙評】

錢載評:到此第四首乃明出"高齋"二字,亦自擲筆成笑。

其　五

題鮮于樞評:此詩慷慨激烈,足以見公憂世之盛心。首二句起中四句,末二句結得哀痛。賦也。

吴廣霈墨眉:此首似可節。

欲陳濟世策,已老尚書郎。(**丁耀亢紅眉**)四詩俱減古人,亦有才盡之日。(**奚禄詒甲本眉**)上六句,句句分承,末句亦可結完五首。(**奚禄詒乙本墨眉)上六句,句句分承一,八亦可總結五首。未息豺虎鬥,(李念慈紅眉)“虎”一作“狼”。(奚禄詒甲本旁、乙本墨旁)頂首句。空慚鴛鷺行。(奚禄詒甲本旁、乙本墨旁)頂次句。時危人事急,(奚禄詒甲本旁、乙本墨旁)頂三句。風逆羽毛傷。(奚禄詒甲本旁、乙本墨旁)頂四句。落日悲江漢,中宵淚滿牀。(奚禄詒甲本尾批)賦也。(吴廣霈紅眉)結二語尚好。(沈巖尾)“悲江漢”,自歎朝宗無期也。

江雨有懷鄭典設

錢陸燦丁本評:公自赤甲遷居瀼西,鄭則居瀼東也。

題張問陶墨眉:此久雨忽晴,對景懷人之作。“谷口子真”一讀,呼之也,聲口神情俱現。“滑”字帶雨。

春雨闇闇塞峽中,早晚來自楚王宫。(沈巖旁)以雨來映鄭之不來。亂波分披已打岸,(沈巖旁)覆裝“風”字在内。弱雲狼籍不禁風。(錢載評)妙境。(嚴復墨眉)詠雨奇句。寵光蕙葉與多碧,(奚禄詒甲本眉)“寵光”不惟近俗,於“分披”“狼藉”句不相洽。(奚禄詒甲本旁)(寵光)接不得。(秦應逵墨旁)本“光風轉蕙”。(沈巖眉)“寵光”二字,本“光風轉蕙”。點注桃花舒小紅。(錢載評)妙境。(陳治墨眉)“寵光”“點注”,唐時有此語,施之官職選授間,所以爲妙。今本作“點綴”,何啻嚼蠟?(奚禄詒乙本墨眉)五六合三四看,却相妙。谷口子真正憶汝,岸高瀼滑限西東。(錢陸燦戊本評)鄭朴居谷口,不屈漢成帝之聘。(奚禄詒甲本旁)賦也。

熟食日示宗文宗武

題鮮于樞評:言我消渴而遊江漢,旅寓以避甲兵,幾年於萬里外值清明寒食，故見白帝之風花，即想邙山之松柏，是以回首而淚縱横，且歎爾曹催我老。賦也。

孫承澤墨眉：無限深情，皆以澹語出之。

汪琬乙本評：思先告子，觸節自傷，題義無遺矣。

盧見曾紅眉：不著一字，悲感無窮，惟真故妙耳。

盧見曾紅旁："熟食日"即寒食節也。公先塋在洛，流寓不能展省，故有此句。《杜臆》：客游羈旅，茫茫過去。至熟食之日，忽驚清明也。"逼清明"，在次日也。邙山舊隴，拜掃久荒，故對白帝風花，不勝怵惕。况子年日長，己年日衰，有似催之老者。故山不見，唯回首涕零耳。

嚴虞惇紅眉：秦人以冷食爲熟食，以將禁火，先具饔飧也。齊人呼爲冷節。

吴士模墨眉：思先告子，觸節自傷，題義無遺矣。

吴廣霈墨眉：此首佳。流離客感骨肉深情，恨老傷時，兼而有之。

奚禄詒乙本墨眉：語語淒惻。

沈巖旁："熟食"即寒食。

消渴遊江漢，（**俞瑒甲本評**）伏"老"字。羈棲尚甲兵。（**俞瑒甲本評**）所感在此。幾年逢熟食，萬里逼清明。（**俞瑒甲本評**）起下意。（**奚禄詒甲本旁**）渾成之至。（**吴廣霈墨旁**）一"逼"字見煉字法。（**倪象占藍眉**）寒食事用法。松柏邙山路，（**吕留良紅眉**）"邛山"無謂，借"邙山"感慨無疑。（**俞瑒甲本評**）故里。（**奚禄詒乙本紅旁**）思先墓。風花白帝城。（**李念慈紅眉**）以下"回首"二字當作"邙山"。（**俞瑒甲本評**）客中。（**奚禄詒甲本眉**）五六雙承上二句。（**奚禄詒甲本旁**）非故園也。（**奚禄詒乙本墨眉**）五思先冢，六非故園，雙承上二句。（**倪象占藍眉**）清明祭墓，想唐時已如此,“松柏”句是也。**汝曹催我老,**(**俞瑒甲本評**)示兒子意。**回首淚縱横。**(**錢陸燦丁本評**)“邛山”無謂,借“邙山”感慨無疑。(**張雒敬墨旁**)未得如向平者同來一哭。(**奚禄詒甲本尾批**)賦也。(**吴廣霈墨旁**)“催我老”妙。傷老意遂曲而有味,不嫌直率矣。

【彙評】

沈巖眉批錢箋“邛山”處:“便下襄陽向洛陽”,自注:田園在洛。

佚名丁墨尾:客路飄零,頻驚令節,老人揮淚顧兒,聲如在耳。此等詩本不須注脚,説者乃偏提一句作主,或主兒曹催老,或主兒須憶塋,紛紛争執,皆多事也。公此際心頭,追前慨後,無一樣惡懷不轉到。

又示兩兒

題鮮于樞評:言令節之來,已成吾老,汝輩他日成人與否,其心方可見矣。是以浮生看乎物變,爲恨與年俱深者,何也?蓋我老子幼,弟妹分離,故思之深而涕淚不能禁耳。賦也。

錢陸燦丁本評:意渾成而語悲切,五六弟妹所在。

汪琬乙本評:上首思先人,此則推及弟妹,“見汝心”正包得下四句在,不但相代之悲也。

吕留良紅眉:曰“催”曰“成”,字皆有味。

吴士模墨眉:上首先人,此則推及弟妹,“見汝心”包得下四句在,不但相代之悲也。

題張問陶墨眉:“恨”字結上章而起下半,蓋前首以不得歸先隴爲恨,下文以不得見弟妹爲恨也。

陳治墨眉:汪云:上首思先人,此則推及弟妹,“見汝心”正包得下四句在。

吴廣霈墨眉:一起好,三四更佳,“爲恨”句尋常人豈道得出者?

令節成吾老,(**吴廣霈墨眉**)“成吾老”又妙,曲折有致。**他時見汝心。**(**李念慈紅眉**)“他時”句悲而達。(**宋犖紅旁**)情至語。(**俞瑒甲本評**)刻入。(**奚禄詒甲本旁**)可傷。(**奚禄詒乙本墨旁**)慘。**浮生看物變,爲恨與年深。**(**王伯沆紅眉**)二十字中情事何限!**長葛書難得,**(**俞瑒甲本評**)轉入思弟妹。(**奚禄詒甲本旁、乙本紅旁**)妹也。**江州涕不禁。**(**奚禄詒甲本旁、乙本紅旁**)弟也。**團圓思弟妹,**(**俞瑒甲本評**)主意。**行坐《白頭吟》。**(**俞瑒甲本評**)應“老”字。(**奚禄詒甲本尾批**)賦也。

【彙評】

錢陸燦甲本眉:燦曰:此時公已五十七歲,第三年則物故矣。詩思悲感逼近□□,亦只坐不肯道耳。此但以悲國念生一段語,强相掩飾也。

佚名丁墨尾:此當與上篇連讀,亦不須詮解。只“見汝心”三字鶻突,或以爲身後見汝思親之心,或以爲到我之年,亦見汝悲老之心,又或以爲囑兒省墓之心,都是强下注脚。不知老杜原不曾説出甚心,只合云:吾則老矣,汝曹今日嗤嗤,毫無掛念,直待他年無人管顧,汝心方見出來也。衰遲易邁,成敗難期,賫恨在此。老年人慮少年子,實情如是。下并想到弟妹團圓,則吾所云心頭無所不轉,不得偏主一端者,審矣。

得舍弟觀書,自中都已達江陵。今茲暮春月末,行李合到夔州,悲喜相兼,團圓可待,賦詩即事,情見乎詞

題張問陶墨眉:句句是悲,句句是喜,注家多强分之,神理索

然矣。

嚴復墨眉：此題却從順，不似杜老常格。○語語有頓挫咽折，而喜遲之情，盎然詞表，此真能事。

沈巖眉：啼眼畏風，喜望却開也。

王鳴盛墨眉：自“中都”至“夔州”十九字，皆弟書中語。

王鳴盛旁：黄鶴云：當時大曆二年春作。

爾到江陵府，何時到峽州？亂離生有别，聚集病應瘳。（**奚禄詒甲本旁**）望之也。颯颯開啼眼，朝朝上水樓。（**丁耀亢紅眉**）真。（**奚禄詒甲本眉**）五六以下皆承第四句。（**奚禄詒乙本紅眉**）五六以下皆承“病應瘳”。老身須付託，白骨更何憂。（**奚禄詒甲本尾批**）賦也。○望其來，使老身有託。（**奚禄詒乙本墨眉**）末句慘。（**李念慈紅眉**）悲慘真切。（**嚴復墨眉**）“白骨更何憂”，蓋謂不愁世人收葬也。（**佚名丁墨旁**）末聯退之“知汝遠來應有意，好收吾骨瘴江邊”之句意。

【彙評】

佚名丁墨尾：只爾叙題，自然情至。

喜觀即到，復題短篇二首

其　一

屈復評：四喜極之詞，中含悲痛，“泊船”應“巫峽”，“歸秦”應“終南”。

題商盤紅眉：起二語柱定彼己兩地，以後叙事總不費手，自然宛轉闢合，有山鳴谷應、水到渠成之妙。著一“暗”字便有悲意，著一“春”字便有喜意,結處一拍即合,真化工之筆也。○“書到汝爲人”,見前此並未接其書,苦語翻成趣語。三四應是順應,叙則倒叙。○五六開書時其子在旁,詢叔動定,且讀且答,讀至末幅,則知當來此相聚。書中之語用五句虚括,只從六句顯出來意,叙法妙有詳略。○上下關應,詩中一定之法,然有承上者,有解上者。上聯語氣已定,則以下聯承之;上聯語氣未完,則以下聯解之。如此以三四分解一二是。○前半喜其至,而又怨其不至,皆引領延佇時無可奈何之語。嗔烏雀之不靈已妙矣,“拋書示鶺鴒”,尤覺怪得無理。

盧見曾紅眉:三四語自衷發,本色到家。

盧見曾紅旁:千山送暗,公不見弟;萬里春行,弟在途中也。病中見弟書到,知其身尚無恙,乃十字爲句。戰伐新經,答以書中之意,此亦十字句法。黄生注:開書之時,其子在傍,詢叔動定,且答且讀,兄弟叔侄之情俱見。“泊船”應“巫峽”,“歸秦”應“終南”。○是年郭子儀討周智光,命大將軍渾瑊、李懷光軍渭上,是“來經戰伐新”也。

吴士模墨眉:思路無所不周,正難其筆寫得到也。

題張問陶墨眉:題單言“喜”,詩兼言“悲”,故知二字拆不得。

徐松紅眉:鍾曰:“病中”二句即“妻孥怪我在”一意。

嚴復墨眉:“見弟”乃今事,“書到汝爲人”則憶昔矣,□之語然,極沉痛,所以爲佳。○杜詩佳處多在德□,大抵方説近,須接説遠;纔説今,忽接説昔;纔言喜,忽又説悲。而沉鬱頓挫,用筆盤屈,取字樸老,遂不可及。如書家,然處處斂鋒入□也。

吴廣霈墨眉:此二首却佳,勝前一首遠甚。

王伯沆紅眉:慟絶。“書到”句尤痛。

巫峽千山暗，(**俞瑒甲本評**)是悲。(**題商盤紅旁**)對起。見地。終南萬里春。(**汪琬乙本評**)思路無所不周，正難其筆寫得到也。(**吕留良紅旁**)就有歸秦意。(**題商盤紅旁**)見時。(**吴錫麒紅眉**)是書到而人未到，沉著中却自流逸，一筆寫出，乃少陵獨絶處。(**奚禄詒甲本眉**)尋常情事，人人有之，人人不能説出。(**奚禄詒乙本紅眉**)情事驚痛，説得傾至。(**沈巖旁**)二字反映，即字有力。病中吾見弟，(**俞瑒甲本評**)是喜。(**題商盤紅旁**)倒叙，順應一二。書到汝爲人。(**俞瑒甲本評**)十字爲句。(**奚禄詒乙本墨眉**)二三句悲而且喜，末句喜而且悲。(**吕留良紅眉**)互言，俱得未死，相見悲絶。意答兒童問，(**俞瑒甲本評**)喜中之悲。(**題商盤紅旁**)倒應三四。(**李以峙墨眉**)(意答)按"竟"形似而訛。來經戰伐新。泊船悲喜後，(**俞瑒甲本評**)應"巫峽"。(**題商盤紅旁**)再順應一二。款款話歸秦。(**李念慈紅眉**)前情後□，交集一時。(**俞瑒甲本評**)應"終南"。(**題商盤紅尾**)"泊船"應"巫峽"，"歸秦"應"終南"。○詩中不但見兄弟問喜意，並見叔侄問喜意，骨肉之情，藹然可掬。(**奚禄詒甲本尾批**)二三句悲而且喜，結句喜而且悲。○賦也。

【彙評】

張學仁參定：譚元春謂"書到汝爲人"即"妻孥怪我在"意，寫"即到"意足。

吴廣霈墨眉：尚未見面，先料理款款而話歸事，筆妙，亦有至理至情存乎其間也。

沈巖尾：第三是意外驚喜之詞，猶及病中，是即到也。

其 二

題鮮于樞評：言得弟書而待爾來，然烏鵲報喜不定而嗔之，故我每一登江閣，而嫌津柳之遮望眼，爾於舟中而數驛程。及相見而論十年離别之事,其愁絶可知也。賦也。

屈復評:五嫌其遮眼望也,六原路遠也。

盧見曾紅眉:第五弟豐獨在江左,近三四載寂無消息。

吴士模墨眉:三聯寫出急待之情,如畫一幅江閣望弟圖矣。

待爾嗔烏鵲,(**題商盤紅旁**)對起。(**沈巖旁**)"嗔"襯"喜"。拋書示鶺鴒。(**錢陸燦丁本評**)用烏鵲、鶺鴒、鯉魚、鴻雁等字,一無變化,便爲事累。(**吕留良紅眉**)好用烏鵲、鶺鴒、鯉魚、鴻雁等,一無變化,便爲事累。(**奚禄詒甲本眉**)多情在"嫌""數"二字。(**佚名丁墨旁**)書非泛指,即是弟所寄書。竺云:"拋書示鶺鴒",注作"視"字,然近體所不用,蓋言投觀之書,以示鶺鴒,只設言耳。枝間喜不去,(**俞瑒甲本評**)承首句。原上急曾經。(**俞瑒甲本評**)承次句。(**題商盤紅旁**)三四順解一二。(**奚禄詒乙本紅旁**)分貼上二句。江閣嫌津柳,(**題商盤紅旁**)實眼句。(**秦應逵墨旁**)嫌其遮望眼。風帆數驛亭。(**吕留良紅旁**)自謂謂人,兩情冉冉。(**題商盤紅旁**)走馬對。(**吴廣霈墨眉**)"風帆"句妙,默計其行程所過而數之也。應論十年事,(**沈巖旁**)愈見即到可喜。愁絶始星星。(**奚禄詒甲本尾批**)賦也。十年之愁極矣,論至此則頭盡白也。(**奚禄詒乙本墨眉**)"星星"是髮白,因愁而始白也。(**李以峙墨眉**)(愁絶)按"撚"廢解,"愁撚"亦形近而訛。(**佚名丁墨旁**)一作"惺惺"。竺云:"愁絶始惺惺",愁絶之情,始得惺惺也。

【彙評】

題商盤紅尾:《西京雜記》"乾鵲噪而行人至",雖係俗説,却本古語,故對"鶺鴒"爲工。〇"數驛亭",計水程也。"嫌津柳",礙望眼也。景、事、意俱妙。〇"惺",醒也。"絶",死也。言死去復生,語鬆意狠。

佚名丁墨尾:第二首從"即到"對面著筆,是既得信後第二層念頭,全是心猜眼盼光景。“喜”字亦對託而出。○只爲待爾之故,嗔到鵲噪無憑,直欲將來書抛示脊令[鶺鴒],恐書詞虛報,不如物類急求耳。乃噪者不去也,相急者其素性也,是必不傳虛信者,何杳然乃爾! 得毋柳遮津渡耶? 不然,風帆曾過幾驛耶? 幾於望眼將穿矣。直至結尾收轉云,想其到此之時,見我毛髮皓白,應論我十年前撚鬚索句,纔星星數莖耳。趙汸改易原文,殆由不善體會。

送惠二歸故居

題鮮于樞評:言惠子乘白驢歸去,唯餘病身而已。因歎皇天無眼,而使斯人沉滯於空谷耶。乃謂崖蜜成於松花,山杯傾夫竹葉,以了生事如四皓之隱,亦無憾焉。勉之之詞。賦也。

方拱乾評:前歎後解。

奚禄詒甲本旁:此等詩自然有味。

奚禄詒甲本眉:未説人病,先説驢瘦,正妙。

題張問陶墨眉:惠子未知何許人,得公一詩,遂如清霄一鶴。

吴廣霈墨眉:三四老横。

惠子白駒瘦,(**李以峙墨眉**)(白駒)按“魚”固非,“驢”亦不是。歸溪唯病身。(**奚禄詒乙本墨眉**)未説人,先歎驢瘦,正妙。皇天無老眼,(**題商盤紅旁**)走馬對。空谷滯斯人。(**李念慈紅眉**)“皇天”二句,他人不肯如此下字,即不能如此下也。(**李以峙墨眉**)(滯)按“滯”“值”亦音近而誤。崖蜜松花熟,(**題商盤紅旁**)明暗句。山杯竹葉春。(**奚禄詒乙本墨眉**)五六以下,了歸東溪。柴門了無事,黄綺未稱臣。(**奚禄詒甲本尾批**)賦也。○五六以下,了歸東溪,以贊美之。

【彙評】

吴廣霈墨旁批"朱云":此詩氣息純乎杜者,豈能僞作?

寄薛三郎中

吴士模墨眉:冗。

吴廣霈墨眉:此亦有佳句,惜非完璧。

佚名己紅眉:此已開元和一派,而氣力却厚。

人生無賢愚,飄飖若埃塵。自非得神仙,誰免危其身?與子俱白頭,役役常苦辛。(**李以峙墨眉**)(役役)按"没"形訛。雖爲尚書郎,不及村野人。憶昔村野人,其樂難具陳。(**奚禄詒甲本旁**)意未明,意亦稚。藹藹桑麻交,公侯爲等倫。(**奚禄詒甲本眉**)謂富[野]人樂如公侯也。天未厭戎馬,我輩本常貧。子尚客荆州,我亦滯江濱。峽中一卧病,瘧癘終冬春。春復加肺氣,此病蓋有因。早歲與蘇鄭,痛飲情相親。二公化爲土,嗜酒不失真。余今委脩短,豈得恨命屯。聞子心甚壯,所過信席珍。上馬不用扶,每扶必怒嗔。(**吴廣霈墨眉**)李説頗當。賦詩賓客間,揮灑動八垠。乃知蓋代手,才力老益神。(**佚名己紅眉**)轉處見才,結處見力。青草洞庭湖,東浮滄海漘。君山可避暑,況是采白蘋。子豈無扁舟,往復江漢津。我未下瞿塘,空念禹功勤。(**吴廣霈墨眉**)"禹功勤"亦未免湊韻。聽説松門峽,吐藥攬衣巾。高秋却束帶,鼓枻視清旻。(**吴廣霈墨眉**)"高秋"二句已有飛動意。鳳池日澄碧,濟濟多士新。余病不能起,健者勿逡巡。上有明哲君,下有行化臣。(**奚禄詒甲本眉**)起處云"自非得神仙,誰免危其身",結又勉以功名,總相刺謬。(**吴士模墨眉**)住法奇。

晚登瀼上堂

吕留良紅旁：李于鱗詩云“老母須微禄，郎官亦冗員”，亦好。

奚禄詒甲本眉：秦州有澗水通山谷，土人謂之瀼。○前半完題，後半言懷。

陳治墨眉：秀而不浮，足近康樂。

吴廣霈墨眉：此首差可，然非精列之作。○《鏡銓》云：秀而不浮，足追康樂。

沈巖旁：注思朝廷，晚更登望，惓惓欲報，悵迫衰老，非怨冗散，升高延首，徒恐埋骨窮山，不能奮飛也。

沈巖眉：“故”字與“迫”字相應，又妙在“開襟”六句仍寬寬説去。

故躋瀼岸高，(**奚禄詒甲本眉**)“故”字何謂？頗免崖石擁。(**吴士模墨旁**)一起别。(**奚禄詒乙本墨眉**)十字起得别。開襟野堂豁，繫馬林花動。雉堞粉似雲，(**奚禄詒甲本旁**)秦州城。山田麥無隴。(**奚禄詒甲本眉**)麥茂不見隴。(**奚禄詒甲本旁**)入俗。春氣晚更生，(**吕留良紅旁**)意細辭壯。江流静猶涌。(**李念慈紅眉**)“春氣”二句有妙義。四序嬰我懷，(**沈巖眉**)“四序”嬰懷，起下“衰老”。群盗久相踵。黎民困逆節，天子渴垂拱。所思注東北，(**奚禄詒甲本旁**)兩京也。深峽轉脩聳。(**奚禄詒乙本墨旁**)兩京也。衰老自成病，郎官未爲冗。凄其望吕葛，不復夢周孔。(**李念慈紅眉**)賢哲云亡，邦國殄瘁，俯仰顧瞻，愀然生感。(**吕留良紅眉**)□聯吕葛亦好，“夢周”加“孔”有變化，且稱韻。(**奚禄詒甲本旁、乙本墨眉**)吕葛尚不得，况周孔乎？(**吴士模墨眉**)不生亂世，不知此語之苦。(**嚴復墨眉**)山谷好摹杜句，如“凄其望諸葛”。濟世數嚮時，斯人各枯冢。(**奚禄詒甲本眉**)“向時斯人”概言貞觀、開元之間，公未嘗定指。楚星南天黑，蜀月西霧重。安得隨鳥翎，迫此懼將恐。（奚禄詒甲本旁）賦也。（奚禄詒甲本旁）“迫”“懼”“恐”三字一句並用法，本屈原《楚詞·懷沙》“曾傷恒哀，永歎喟兮”來。（奚禄詒乙本墨眉）嚮時之人，慨想曾觀開元之間，今人何得妄指某某？（沈巖眉）“濟世數嚮時”，暗藏公身壯盛之時一層。“斯人各枯冢”，自歎衰老，恐不能如吕、葛之濟時，但同歸於枯冢也。“懼”者，懼毗輔之無人；“恐”者，恐功名之長已，不謂側足群盗之中也。箋謂“斯人”指房、嚴，非是。

醉爲馬墜，諸公攜酒相看

盧見曾紅眉：前有聲色，後有情致。一敘一解，老氣無比。

錢載評：陌錫韻十二句，屋沃韻十六句，中篇幅略用參差，末以提筆放一長句。

陳治墨眉：俞云：别開一調，爲宋諸公先聲。

秦應逵紅眉：别開一調，爲宋室諸公先聲。

吴廣霈墨眉：通篇俱好，惟一結欠妥。

甫也諸侯老賓客，罷酒酣歌拓金戟。（沈巖眉）《類本》云，上露一“老”字，因言少年。（佚名己紅眉）開口便傲。騎馬忽憶少年時，散蹄迸落瞿唐石。（奚禄詒甲本眉）起得放宕。（奚禄詒乙本墨眉）放蕩。（陳治紅眉）陌、屋前後合用。白帝城門水雲外，低身直下八千尺。粉堞電轉紫遊韁，（佚名己紅眉）此七字四如合。東得平岡出天壁。江村野堂争入眼，垂鞭亸鞚凌紫陌，（王鳴盛墨眉）仍作鞍馬之勒也。向來皓首驚萬人。自倚紅顔能騎射。安知决臆追風足，朱汗驂驔猶噴玉。不虞一蹶終損傷，人生快意多所辱。（錢陸燦丁本評）任誕排調，頹然天放，忽著“人生快意”二語，又是正經道理。前後得此方深穩，且有伸縮變化。（吕留良紅旁）名言。（吴士模墨眉）名言。職當憂戚伏衾枕，况乃遲暮加煩促。明知來問腆我顔，杖藜强起依僮僕。語盡還成開口笑，提攜别掃清溪曲。（**吕留良紅眉**）情事宛然。酒肉如山又一時，初筵哀絲動豪竹。（**奚禄詒甲本眉**）結亦放宕。（**奚禄詒乙本墨眉**）結亦放蕩。共指西日不相貸，喧呼且覆杯中渌。何必走馬來爲問，（**錢陸燦乙本紅眉**）仍結題意。（**奚禄詒甲本旁**）删此二句亦可。（**奚禄詒乙本墨旁**）此句亦可結。（**李以峙墨眉**）（來爲問）按"不爲身"便不成語。君不見嵇康養生遭殺戮。（**丁耀亢紅眉**）趣。（**吕留良紅尾**）劉云：起結皆不羈。（**奚禄詒甲本眉**）口裏到底不肯饒人。（**奚禄詒甲本尾批**）賦也。（**奚禄詒乙本墨眉**）何必駡人。（**吴廣霈墨尾**）"被殺戮"三字終欠雅馴，不妨易以"壽仍從"三字稍可。（**佚名己紅眉**）此一句結法。

承聞河北諸道節度入朝歡喜口號絶句十二首

屈復評：渾灝沉雄，惟少陵獨擅此體。有謂絶句非杜所長，真夏蟲之見。①

奚禄詒甲本旁：此凱歌之體，其詞若有喜焉，其實深憂之也。公明見後來之患，深憂其姑息以養癰也。

奚禄詒乙本墨眉：亦凱歌之體，其詞若有喜焉，其實深憂之也。公明見後來之患，悲其以姑息養癰也。戒之哉！

其　一

禄山作逆降天誅，更有思明亦已無。洶洶人寰猶不定，時時戰鬥欲何須。（**沈巖尾**）退之宣喻王廷凑之語，蓋本此詩。

① 校注：此批語杭本闕。

其 二

社稷蒼生計必安，蠻夷雜種錯相干。周宣漢武今王是，孝子忠臣後代看。（**奚禄詒甲本尾批**）舉忠孝之傳後代，其磨鈍切矣。（**奚禄詒乙本墨眉**）勉之哉！

其 三

喧喧道路多歌謡，河北將軍盡入朝。始是乾坤王室正，却交江漢客魂銷。（**奚禄詒甲本墨眉、乙本墨眉**）“魂銷”猶愁不大定也。（**李以峙墨眉**）（教）按“交”音同致誤。

其 四

不道諸公無表來，茫然庶事遣人猜。（**奚禄詒乙本墨眉**）後來盗殺武元衡即此輩。擁兵相學干戈鋭，使者徒勞百萬回。（**奚禄詒甲本尾批**）後來盗殺武元衡即是此輩。（**奚禄詒乙本墨旁**）直筆。

其 五

鳴玉鏘金盡正臣，修文偃武不無人。興王會静妖氛氣，聖壽宜過一萬春。（**嚴復墨眉**）代宗生，諸將上壽，故有下語。

其 六

吴廣霈墨眉：此首婉而多風，深得風人之旨。

英雄見事若通神，聖哲爲心小一身。（**奚禄詒甲本尾批、乙本墨眉**）首二句君臣俱勖。燕趙休矜出佳麗，宫闈不擬選才人。（**奚禄詒甲本眉)當是將官有獻美人者。(奚禄詒甲本尾批)諷婉。(奚禄詒乙本墨眉)當是諸將有獻美人者。(張雖敬墨旁)使絶句盡若此之流逸,豈復病其排偶哉?(王伯沆紅眉)以褒爲規。

其　七

抱病江天白首郎,空山樓閣暮春光。(錢陸燦丁本評)此首中作一束,下五首分詠河北諸鎮事。(奚禄詒甲本眉)此首中作一結,下四首則詠河北諸鎮之事。(奚禄詒乙本墨眉)諷諸鎮。衣冠是日朝天子,草奏何時入帝鄉。(奚禄詒甲本尾批)末仍指諸鎮。

其　八

澶漫山東一百州,削成如案抱青丘。(嚴復墨眉)代宗誤信僕固懷恩,留田承嗣等於河北,遂成藩鎮跋扈之患,幽薊十八州不入中國版圖者,幾六百年。苞茅重入歸關内,王祭還供盡海頭。(奚禄詒甲本尾批、乙本墨眉)曰"重",曰"還",見前此之非。

其　九

東逾遼水北滹沲,星象風雲喜共和。(奚禄詒甲本旁)望其用賢耳,亦含勿用中人。(奚禄詒乙本墨眉)望其用賢。〇亦含莫用中人。紫氣關臨天地闊,黄金臺貯俊賢多。

其　十

漁陽突騎邯鄲兒,酒酣並轡金鞭垂。(奚禄詒甲本眉)字字有諷。(奚禄詒乙本墨眉)句句有諷,舉一隅以類之。(沈巖眉)此言降將當收之環衛,縻以富貴,不當復使據土地、領兵馬也。意氣即歸雙闕舞,雄豪復遣五陵知。(李念慈紅眉)"雄"一本作"粗"。(奚禄詒甲本尾批)驕極,舉一隅以類之。

其十一

盧見曾紅旁:謙益曰:《舊唐書》:光弼輕騎入徐州,田神功遽歸河南,尚衡、殷仲卿、來瑱皆相繼赴闕。及其惧魚朝恩之害,不敢入朝,人疑其有志。此詩特以"白頭""赤心"許之。《八哀詩》云:"直筆在史臣,將來洗箱篋。"此公之直筆也。

李相將軍擁薊門,白頭雖老赤心存。(**李念慈紅眉**)史。(**嚴復墨眉**)"李相"謂李光弼。或云是李懷仙,懷仙是時爲檢校侍中、幽州盧龍等軍節度使。(**沈巖眉**)嚴云:光弼不朝,此詩反以諸將入朝之功歸之,容有溢美,不知正以刺之。"擁"字亦有微意。**竟能盡說諸侯入,知有從來天子尊。**(**奚禄詒甲本眉、乙本墨眉**)子儀深於學問,故心迹兩全;光弼不學,故今人不諒。(**奚禄詒乙本墨眉**)斯人尚典型。(**沈巖尾**)按,光弼因來瑱之死,懼讒不敢入朝,事在鎮徐州時,嚴説未諦。

其十二

盧見曾紅眉:推功李、郭,足爲史筆。

盧見曾紅旁:錢曰:弘、正間學杜者皆法此等詩,摹擬其槎牙突兀,粗皮老幹,以爲形似,而不類其敦厚雋永。今人懲生吞活剥之病,並此詩與《秋興》《諸將》而嗤點之,則又倭人觀墻之見,豈足道哉!

嚴復墨眉:此等詩不宜專學,亦不當嗤點。

十二年來多戰場,天威已息陣堂堂。(**李念慈紅眉**)史。(**沈巖眉**)嚴云:於汾陽則全美無刺矣。**神靈漢代中興主,功業汾陽異姓王。**(**奚禄詒甲本尾批**)舉李、郭以爲勸。(**陳治墨尾**)可銘鐘鼎。

卷十六

過客相尋

題鮮于樞評：公自言“江山已定居”，雖窮且老，真無餘事，是以地幽則“忘盥櫛”，客至且“罷琴書”，掛壁則“移筐果”，呼兒以“問煮魚”，如斯而已耳。時聞有客繫舟於此，“問吾廬”而相過。賦也。

方拱乾評：真古自得。

錢陸燦丁本評：樸直可風，情事宛然。

王士禛評：前三平日事，中三今日事，結言常“聞繫舟”而今日始“問吾廬”，蓋不知我之已定居於此也。

奚禄詒乙本墨眉：有風韻。

盧見曾紅旁：卜居無事，可以見客。三四客至之事，下言待客之情。

沈巖旁：君望晚歲酷刻學此。

沈巖眉：中二連逼真僻居客至時。

佚名丁墨旁：相尋而至，客不一至也。公《石門宴集》詩“鞍馬去相尋”，與此同義。舊混作“尋訪”之“尋”，使詩不可解。

窮老真無事，（**題商盤紅旁**）對起。（**奚禄詒甲本眉**）起句甚辣。江山已定居。（**方拱乾評**）“已”字重而深。（**方拱乾評**）含結。“已”字悲甚，有幾層意在。地幽忘盥櫛,(題商盤紅旁)倒應一二。客至罷琴書。(方拱乾評)出題。(題商盤紅旁)縮脈句。(奚禄詒甲本旁)三承上,四啓下。○風韻。掛壁移筐果,(方拱乾評)如聞其聲。(題商盤紅旁)倒裝句。(李以峙墨眉)(筐果)按"留"字不如"筐"字自然。呼兒問煮魚。(方拱乾評)活現。(題商盤紅旁)套裝句。時聞繫舟楫,(題商盤紅旁)分裝句。(沈巖旁)收"過"字。及此問吾廬。(方拱乾評)兩"問"字却改不得,所以妙。(奚禄詒甲本旁)賦也。(沈巖旁)"尋"字。(沈巖尾)律中陶令。

【彙評】

陳訏紅眉批仇注"間,一作問。間雜魚傍。'疏果間溪魚',可悟杜詩筐果問煮魚之語"處:注引張九成詩以爲"間"字之證,不知"蔬果"可"間溪魚",而"呼兒"不可"間溪魚"。

佚名丁墨尾:峽居酬接疏簡,適此日過客踵至,喜而有作。一二以"無事"翻襯起,中四寫"過客",七八寫"相尋",正款前客時,後客又至也。

豎子至

奚禄詒甲本旁:三四以下,專言梅柰。

題張問陶墨眉:五六語帶仙靈氣。○末句獎勵之詞。

樝梨且綴碧,(沈巖旁)襯"熟"字。梅杏半傳黄。(奚禄詒甲本旁、乙本墨旁)形起。小子幽園至,輕籠熟柰香。(李念慈紅眉)三四流水對,自然。山風猶滿把,野露及新嘗。(秦應逵墨旁)初來。(秦應逵紅旁)漁邨單點。(吴廣霈墨眉)"山風"二句狀新摘之山果,殊入妙。

欲寄江湖客，提攜日月長。（**奚禄詒甲本尾批**）賦也。○“欲寄”無著落。（**奚禄詒乙本紅眉**）總爲末句作此一首，其實不必作也。（**奚禄詒乙本墨旁**）“提攜”亦屬己。（**吴廣霈墨尾**）此言豎子以山果至也。（**沈巖尾**）“日月”二字又妙與風露映帶，“長”字又妙與“猶”字、“及”字呼應，“山風”句後人更不能到，“嘗”字即呼起“欲寄”。

園

沈巖旁：清新。

仲夏流多水，清晨向小園。（**奚禄詒甲本眉、乙本墨眉**）“多水”不可流，“多水”更不可。碧溪摇艇闊，（**奚禄詒甲本旁**）頂首句。朱果爛枝繁。（**奚禄詒甲本旁**）頂次句。始爲江山静，（**奚禄詒甲本旁**）五句總承上，六句轉。終防市井喧。（**嚴復墨眉**）“始爲江山静”亦鈍拙。（**奚禄詒乙本墨眉**）五句承上，六句轉下。畦蔬繞茅屋，自足媚盤飧。（**奚禄詒甲本旁**）賦也。（**王伯沆紅眉**）“媚”字新古。

歸

題鮮于樞評：言歸則東帶騎馬，若渡瀼之東西則用舟矣。然其地狹隘，僅有天地耳。若夫高人居之，則室其虚白矣；俗累牽之，則室其喧卑矣。雖在他鄉，閲歲時而衰老，然於詩篇亦不敢廢。賦也。

奚禄詒甲本旁：“廢詩”著“不敢”二字，其心甚苦。

吴士模墨眉：此類墮晚唐矣。

東帶還騎馬，東西却渡船。林中才有地，（奚禄詒乙本紅旁）比。峽外絶無天。虚白高人静，喧卑俗累牽。（吕留良紅眉）“虚白”“喧卑”，有出乃得。（奚禄詒甲本眉）三四有比興。他鄉悦遲暮，（李以峙墨眉）（閲）按“悦”音同而誤。（陳治墨眉）“悦”當作“閲”。不敢廢詩篇。（張雝敬墨旁）多少感歎悲傷，却反下一個“悦”字，其意思全在“不敢”二字露出。（奚禄詒甲本尾批）賦也。○末句得我心矣。（奚禄詒乙本墨眉）“廢詩”著“不敢”，其必更苦甚。

【彙評】

陳訏紅眉批仇注："林中"二句，上句言除却"林中"，非高山即深江也。下句言峽中而不見峽外之天也，狀瀼西地勢如此，注言"地平天寬"，失之矣。

園官送菜並序

錢陸燦甲本眉：鐵曰：《易》夬卦九五："莧陸夬夬。"朱程傳：本義莧陸，今馬齒莧應陰氣之多者。

錢陸燦丁本評：序固可笑，詩亦無謂。

吕留良紅眉：序固可笑，詩亦無謂。

吴廣霈墨眉批序言：此一篇主意也。唯詩少精采，不足選誦。

奚禄詒乙本墨尾批序言：不必作。

王嗚盛墨眉：質甚，古甚。

園官送菜把，本數日闕。矧苦苣、馬齒，掩乎嘉蔬，傷小人妬害君子，菜不足道也，比而作詩。

清晨蒙菜把，常荷地主恩。守者愆實數，略有其名存。

（**陳治紅眉**）韓、蘇極學此種，而有出藍之妙。（**吴廣霈墨眉下**）二句老筆。苦苣刺如針，馬齒葉亦繁。青青嘉蔬色，埋没在中園。園吏未足怪，世事因堪論。（**吴廣霈墨眉**）以“園吏”興起論世。（**李以峙墨眉**）（固）按“因”形訛。嗚呼戰伐久，荆棘暗長原。（**李念慈紅眉**）入此一段，方免無味。乃知苦苣輩，傾奪蕙草根。小人塞道路，爲態何喧喧。（**吴廣霈墨眉**）“喧喧”何如作“紛紛”？殆以文韻不可通爾。又如馬齒盛，氣擁葵荏昏。點染不易虞，絲麻雜羅紈。（**錢陸燦乙本紅眉**）删。（**奚禄詒甲本眉、乙本墨眉**）引喻亦强。一經器物内，（**李以峙墨眉**）（器）按“氣”音訛。永掛粗刺痕。（**吴廣霈墨眉**）此亦賦而比也。意好而詞欠烹煉，遂非勝作。志士採紫芝，放歌避戎軒。（**吴廣霈墨旁**）二句獨有六朝風致。畦丁負籠至，感動百慮端。（**奚禄詒甲本尾批**）賦也。

【彙評】

錢陸燦甲本眉、乙本墨眉批錢箋“馬齒”處：後《種萵苣序》有人莧，或當時有此名也。

園人送瓜

錢陸燦甲本眉：“草”二用，一草木之“草”，一草率之“草”。凡兩義，即兩押不妨，古人往往然也。

奚禄詒甲本眉：《送菜》《送瓜》二作意旨淺薄，公亦未必屑屑於此，定是僞作。○豈借“園人”以反形己耶？

奚禄詒乙本墨眉：《送菜》《送瓜》意氣淺薄，公亦未必屑屑於此，定是安石、暢當之僞。

王嗚盛墨眉：此詩不附於《園官送菜》之後，而列於都城類之後，此人見識必是大富貴人。

江間雖炎瘴，瓜熟亦不早。（**嚴復墨眉**）西瓜，楊慎云，自五代始自回紇入中國。見郃陽令胡嶠《陷虜記》。柏公鎮夔國，滯務兹一掃。食新先戰士，共少及溪老。（**吴廣霈墨眉**）“共少”二字亦未妥，胡弗用“分甘”二字？宋玉。○謝宏微曰：分多共少，不至有乏。傾筐蒲鴿青，（**沈巖眉**）“蒲鴿青”是瓜名，未詳出處。（**王鳴盛墨眉**）“蒲鴿”“狸首”皆瓜名。滿眼顔色好。（**宋犖紅眉**）設色新。竹竿接嵌竇，（**吴廣霈墨旁**）此言引衆也，意亦欠醒。引注來鳥道。（**李念慈紅眉**）“竹竿”二句，水筒妙詮也。沈浮亂水玉，愛惜如芝草。（**錢陸燦乙本紅眉**）二草。（**吴廣霈墨眉下**）“如芝草”可易以“勝梨棗”三字。落刃嚼冰霜，開懷慰枯槁。許以秋蒂除，仍看小童抱。（**沈巖眉**）送瓜非故侯之托以自隱，奈何盡取之而絶其生資乎？東陵迹蕪絶，（**李以峙墨眉**）（東陵）按“溪”字不可代“陵”。楚漢休征討。園人非故侯，種此何草草。（**錢陸燦丁本評**）“草”字二用，一爲草木，一爲草率。字凡兩義，即兩押不妨，古人往往有之。（**汪琬甲本紅眉**）重押“草”字。（**奚禄詒甲本尾批**）賦也。○自病至此題可不比作，况粘澹之詞乎？公老年之才盡矣。（**秦應逵紅眉**）“草”字二用，一爲草木之“草”，一爲草率之“草”。凡兩用，可兩押，古人往往然也。（**沈巖尾**）《詩》“勞人草草”，又曰“矜此勞人”。毛傳：“草草”，勞心也。鄭箋：“草草”者，憂將妄得罪也。此篇亦刺詩。（**王伯沆紅眉**）“草”字重押。（**佚名戊紅眉批箋注“此篇兩押‘草’字，豈東坡所云兩耳義不同，故重用耶”處**）重押韻之義。

課伐木並序

李念慈紅眉批：公一涉散行輒詰曲難讀，可見詩文難兼好也。

錢陸燦甲本眉：山谷《宿封州太湖觀音院》詩云："汲烹寒泉窟，伐竹古松根。相戒莫浪出，月黑虎夔藩。"

吕留良紅眉：詞家序事如此，亦足絶倒。

俞瑒乙本評：序亦古奥，但欠條暢耳。

屈復評：序極古，自是天地間一種文字。〇全詩諷諭，"城中府主"四句，明是回護，正所以諷諭也。①

奚禄詒甲本眉：序似左丘明，句句轉。〇序得古健。

奚禄詒甲本旁：惜公古作不能似此小序。

王鳴盛墨眉：老杜詩序，古拙如此。

吴士模墨眉：序古澀可愛。

吴士模墨眉：全詩諷諭，"城中府主"四句明是回護，正所以諷諭也。

秦應逵紅眉：序古極，自是天地間一種文字，謂八家而外可廢者，秀才眼非如針尖也。

沈巖墨眉：此等筆意，即樊宗師《絳守居園池》之先聲也。

王伯沆紅眉：按《玉篇》，屋作"廜"、廯，酒作"酴""酥"，原未混也。

課隸人伯夷、辛秀、信行等，入谷斬陰木，人日四根止，維條伊枚，正直挺然。晨征暮返，委積庭内。我有藩籬，是缺是補，載伐篠簜，伊仗支持，則旅次於小安。山有虎，知禁，若恃爪牙之利，必昏黑撑突。夔人屋壁，列樹白菊，（**沈巖眉**）（菊）"白菊""白菊"皆可作故實用之。鏝爲墻，實以竹，示式遏。爲與虎近，混

① 校注："序極古"，杭本作"序古極"，吴本作"序古澀可愛"；"自是天地間一種文字"，吴本闕，杭本在此句後另有"八家而外，俱爲不可，秀才眼孔如針尖也"三句，此句余本、吴本均闕。

淪乎無良。賓客憂(**李以峙墨眉**)(憂)按“齒”字之訛,非形聲可擬,總之,此序語多難解處。(**沈巖旁**)“賓客”二字對府主言之。害馬之徒,苟活爲幸,可嘿息已。作詩付宗武誦。(**吴士模墨眉**)四字接的古。

長夏無所爲,(**題商盤紅旁**)博换叙。客居課奴僕。(**奚禄詒乙本墨眉**)磊落古健。清晨飯其腹,持斧入白谷。青冥曾巔後,十里斬陰木。(**奚禄詒甲本旁**)仲夏斬陰木,仲冬斬陽木。人肩四根已,亭午下山麓。(**李念慈紅眉**)瑣事寫得出。尚聞丁丁聲,(**題商盤紅旁**)倒叙。功課日各足。(**吴士模墨眉**)“日各足”一作“各自之”。蒼皮成積委,(**奚禄詒甲本旁**)木也。素節相照燭。(**奚禄詒甲本旁**)竹也。藉汝跨小籬,當仗苦虚竹。(**秦應逵紅眉**)苦竹虚未可當杖,故跨之籬上。(**沈巖眉**)虚竹苦未能當仗,故跨木於籬上。空荒咆熊羆,乳獸待人肉。(**沈巖眉**)“獸”當作“虎”,序中不諱。不示知禁情,豈唯干戈哭。(**李念慈紅眉**)“豈惟”句微帶一筆,無限世難民殘之感,已在其中。(**奚禄詒甲本眉、乙本墨眉**)齊治之理,即小可以喻大,故以示子。城中賢府主,(**奚禄詒甲本旁**)插入府主。處貴如白屋。(**李念慈紅眉**)善頌。(**題商盤紅眉**)“城中”六句,言府主賢,當無虎暴,所以資堤防者,風俗舊如此耳。(**奚禄詒甲本旁**)有意。蕭蕭理體净,(**王鳴盛墨眉**)“理”當作“治”,避高宗諱也。蜂蠆不敢毒。(**奚禄詒甲本旁**)比。無盗賊耳。(**秦應逵紅旁**)亦含諷諭。虎穴連里閭,堤防舊風俗。(**題商盤紅眉**)意最曲折。(**沈巖眉**)本是刺苛政,故紆其旨,則言之無罪,所謂可默息也。泊舟滄江岸,久客慎所觸。舍西崖嶠壯,雷雨蔚含蓄。(**沈巖旁**)承“壯”,含“煩促”。墻宇資屢脩,衰年怯幽獨。(**奚禄詒甲本眉**)“怯”本是“愜”。爾曹輕執熱,(**李以峙墨眉**)嘗笑公誤用《四書》,恐泥“執熱”是也。爲我忍煩促。(**奚禄詒乙本墨眉**)凡賞功報德,亦當如是。秋光近青岑，季月當泛菊。報之以微寒，共給酒一斛。（**吕留良紅眉**）到底可歎。（**奚禄詒甲本眉**）當功報德之理，亦當如是。（**奚禄詒甲本旁**）賦也。〇《伐木》《除草》二章真是宰相之度。（**奚禄詒乙本墨眉**）絶無《送菜》詩之扯拽，故自佳。（**吴士模墨眉**）非特爲斡旋也，正以提出府主見諷意耳。

【**彙評**】

李念慈紅眉：賞賜清雅，恐信行輩惟愛肥肉、布絮也。

李念慈紅旁批錢注"夔人"：上有"撑突"二字矣，即"夔"字有觸義，亦不應重複用，謂夔州人，又何疑乎？

陳訏紅眉批仇注"謂虎觸藩籬，謂虎藏崖嶠"處："所觸"即下"怯幽獨""輕執熱"。注言"虎觸"，並雷雨之藏崖嶠，亦以爲虎，無中生有。止因一"觸"字，遂成許多謬見。

柴　門

方拱乾評：古。

錢陸燦甲本眉：自此七詩，皆苦旱苦熱之作。〇"峽門"即夔門，此當是峽門。

奚禄詒甲本旁：柴在上平九佳，從無叶六麻，而杜公始之。蓋柴，士佳切。"佳"本街聲，而今讀嘉聲，故叶查。

孤舟登瀼西，回首望兩崖。（**吴廣霈墨眉**）唐人蓋以"崖"與"涯"通耳。東城乾旱天，其氣如焚柴。（**陳治紅眉**）崖、柴、佳三字俱叶入麻韻。（**吴廣霈墨眉下**）"焚柴"句亦欠妥。長影没窈窕，（**奚禄詒甲本旁**）即末所謂"暮霞"。餘光散谽谺。（**吴廣霈墨眉**）"谽谺"，洞谷空大貌,見邏注。大江蟠嵌根,(**奚禄詒甲本旁**)門所對處。歸海成一家。(**傅山紅眉**)無味。(**陳治墨眉**)按《廣韻》,九麻亦無"涯"字,然唐人近體用之。下衝割坤軸,竦壁攢鏌鋣。蕭颯灑秋色,氣昏霾日車。峽門自此始,最窄容浮查。禹功翊造化,疏鑿就欹斜。(**吴廣霈墨眉**)前半險勁,叙峽澗狀。○後半乃叙所居之柴門也。(**張雝敬墨旁**)"功翊造化"只在"就"字上看出所爲,行取無事也。巨渠决太古,衆水爲長蛇。(**方拱乾評下**)"爲"字下得奇。(**沈巖旁**)收"歸海",帶"欹斜"。風煙渺吴蜀,舟楫通鹽麻。我今遠遊子,飄轉混泥沙。萬物附本性,約身不願奢。(**李以峙墨眉**)(約身)按"處""性"皆訛字。茅棟蓋一床,清池有餘花。濁醪與脱粟,在眼無咨嗟。(**張雝敬墨旁**)如此請福,誰能得之?願奢極矣,而猶云"不願奢"耶?山荒人民少,地僻日夕佳。(**錢載評**)按崖、柴、佳三字出韻。○《廣韻》九麻中亦無"涯"字,而唐人近體多用之。(**奚禄詒乙本墨眉**)"地僻日夕佳",雅韻幽秀之句。貧病固其常,富貴任生涯。老於干戈際,宅幸蓬蓽遮。石亂上雲氣,杉清延月華。(**宋犖紅眉**)秀句。(**吴廣霈墨眉**)"石亂"二句,獨幽秀可采。賞妍又分外,理愜夫何誇。足了垂白年,敢居高士差。(**錢陸燦乙本紅眉**)删此語更净。(**奚禄詒甲本旁**)結語不稱。(**奚禄詒甲本旁**)"高士"亦來得兀突。(**奚禄詒乙本墨眉**)"高士差"三字湊。(**吴廣霈墨眉**)"差"字不免湊韻,"槎"字或訛成"差",兩用"回首"字,亦欠酌。(**沈巖眉**)言不敢差肩高士,只守分而已。書此豁平昔,回首猶暮霞。(**方拱乾評**)同"回首"字當誤。(**奚禄詒甲本旁**)賦也。

槐葉冷淘

吕留良紅旁:題可存,詩可去。

奚禄詒甲本眉:固美芹之意,然正不必。公詩每多如此,亦是一病。

奚禄詒乙本墨眉：此等題亦不必做，况又扯淡。〇如《伐木》《柴門》詩，只就本分説，自然有情、有興、有比。如《送瓜》及此，都是芭蕉驢耳矣。老年好扯淡。

盧見曾紅眉：隨事徵其忠款，所謂一飯不忘君者，信然。〇《朱子語録》曰：文字好用經語，亦一病。東坡寫此詩至"路遠思恐泥"，云此不足爲法。

嚴虞惇紅眉：偶然詠物小題，盡情理，有次第。采葉付厨，買麵和汁，入鼎加糁，色色拈來，事事大雅。

吴廣霈墨眉：張溍注：槐葉味滓苦，冷淘，已熟麵名，以槐汁和麵爲之。

吴廣霈墨旁：此以槐葉裹飯而餐之，故名"冷淘"，日本猶沿此俗，中土則無矣。〇或以麵和食之。

青青高槐葉，采掇付中厨。 新麵來近市，汁滓宛相俱。 入鼎資過熟，加餐愁欲無。 碧鮮俱照筯，香飯兼苞蘆。（**陳治墨眉**）"苞蘆"，蜀酢也。"蒟醬"，蜀醬也。《蜀都賦》所謂"蒟醬流味"是也。經齒冷於雪，勸人投比珠。（**吕留良紅旁**）可笑。（**吴廣霈墨旁**）下句趁，殊雜湊。（**李以峙墨眉**）（比珠）按"此"形訛。願隨金騕褭，（**吴廣霈墨旁**）費解。走置錦屠蘇。（**汪琬甲本紅眉**）屠蘇庵。路遠思恐泥，（**吴廣霈墨旁**）迂論腐調。（**佚名己紅眉**）如何解？興深終不渝。（**吕留良紅眉**）老杜極善用事，此等改缺亦多。獻芹則小小，（**吴廣霈墨旁**）迂闊無味。薦藻明區區。 萬里露寒殿，（**嚴虞惇紅旁**）十五字爲句，上十字又襯起下五字也。開冰清玉壺。 君王納凉晚，此味亦時須。（**李念慈紅眉**）二語自佳，瑣屑思以薦君，正可不必爾。（**錢陸燦甲本旁、乙本紅旁**）寓意深遠。（**奚禄詒甲本旁**）賦也。（**嚴虞惇紅尾**）寓意深遠。（**吴廣霈

墨尾)結想太遠,况時君雕盤玉食,斷無吃冷淘之理耶。(**沈巖眉**)結稍近癡。

上後園山脚

俞瑒乙本評:此篇因上山而後詠懷。

奚禄詒甲本眉:朱晦庵謂子美入夔詩不必佳,正謂此種。

盧見曾紅旁:劉會孟曰:情緒闊遠,收拾悲痛。

吴廣霈墨眉:即如此等,皆未能擺脱《選》體。

王伯沆紅眉:史氏曰:趙注曰,或云善本"榞"作"原"。今按,作"原"甚是,蓋謂磽確不毛,險惡之處。《魏都賦》注引《尸子》:莒國有石焦原者,廣五十步,臨百仞之谿。疑杜用此,蓋云勿謂地大,我僅有此山背園地,而石焦原之險且徧,天下行旅有水陸浮沉之苦耳。曰"石原"者,省字就句,若作"焦原",義更明確。《魏都賦》可證也。録以備考。

佚名己紅眉:楊用修曰:石榞子如萼,翦其皮可以充飢,時天下荒亂,小民轉溝壑水陸,並載石榞以充糧也。

朱夏熱所嬰,清旭步北林。小園背高岡,挽葛上崎崟。曠望延駐目,飄摇散疏襟。潛鱗恨水壯,去翼依雲深。(**沈巖眉**)言惟此地少得陰凉,不如雲水之寬闊,魚多遂性也。勿謂地無疆,劣于山有陰。(**李念慈紅眉**)"勿謂"四句,未免難解。(**奚禄詒甲本旁**)謂山陰能産榞耶,因上山而及此。(**吴廣霈墨旁**)此下四句可節。石榞遍天下,(**盧見曾紅旁**)杜田曰:"榞"音原,木名,皮可食。或云善本止是"石原"。水陸兼浮沉。(**嚴復墨眉**)"石榞",沈存中云,皮可禦飢。自我登隴首,十年經碧岑。劍門來巫峽,薄倚浩至今。(**吴廣霈墨眉下**)下字均有病。故園暗戎馬，骨肉失追尋。時危無消息，老去多歸心。志士惜白日，久客藉黄金。（**李念慈紅眉**）二語内蘊義正多。敢爲蘇門嘯，（**奚禄詒甲本眉**）蘇門在今衛輝府。庶作《梁父吟》。（**奚禄詒甲本旁**）賦也。○當日必有此事。（**奚禄詒乙本墨眉**）公好用“梁父吟”，然在峽中又是山園時，地與文脈皆不合。（**沈巖眉**）蘇門嘯聲在半嶺中，梁父則泰山下也，結仍暗應山脚。

奉送王信州崟北歸

奚禄詒乙本墨眉：秦潁州，唐曰蔡州也。夔州在梁曰信州。

沈巖眉：“困”一作“起”，“起”字佳，但下連亦用此字，更改之。○“遣騎”，散遣車騎也。“覓扁舟”，似用劉尹傅教覓張孝廉船事。

朝廷防盗賊，供給愍誅求。（**奚禄詒甲本眉**）起得爽。下詔選郎署，（**沈巖眉**）非牧養之，防其爲盗而始重斯選，痛哉其言之也。傳聲典信州。蒼生今日困，（**奚禄詒乙本墨旁**）頂“供給”。天子嚮時憂。（**奚禄詒甲本眉**）四句一反一正。（**奚禄詒乙本墨旁**）頂“朝廷”。（**奚禄詒乙本墨眉**）“蒼生”六句，一反一正。○細看“蒼生”六句，只是言信州之未有起色，而王即北去矣，不是説困已。○王或在位不久，故結望其“廟謀”云云。井屋有煙起，瘡痍無血流。壤歌唯海甸，畫角自山樓。白髮寐常早，（**奚禄詒乙本墨旁**）自序。荒榛農復秋。解龜逾卧轍，（**奚禄詒乙本墨旁**）民送王。遣騎覓扁舟。（**奚禄詒乙本墨旁**）王訪己也。徐榻不知倦，潁川何以酬。塵生彤管筆，寒膩黑貂裘。高義終焉在，斯文去矣休。（**奚禄詒乙本墨旁**）似弔死。别離同雨散，行止各雲浮。林熱鳥開口，（**奚禄詒乙本墨旁**）炎天而去。江渾魚掉頭。（**吕留良紅旁**）粗而得狀。（**王士禛評**）“鳥開口”“魚掉頭”，近“水牛浮鼻過，沙鳥點頭行"矣。(**秦應逵墨眉**)"鳥開口""魚掉頭",近"水牛浮鼻過,沙鳥點頭行"矣。**尉佗雖北拜,**(**奚禄詒乙本墨眉**)"尉佗北拜"正應"卧轍"句。(**奚禄詒乙本墨旁**)言信州之洞蠻已服。**太史尚南留。**(**奚禄詒乙本墨旁**)己留也。**軍旅應都息,寰區要盡收。**(**奚禄詒乙本墨旁**)此四句言大勢。**九重思諫諍,八極念懷柔。徙倚瞻王室,從容仰廟謀。故人持雅論,絶塞豁窮愁。復見陶唐理,甘爲汗漫遊。**(**奚禄詒甲本尾批**)賦也。(**奚禄詒乙本墨眉**)望王之廟謨,以蘇民困而慰己也。

月三首

陳治墨眉:三首三處作,非一時也,刻誤此秋月也。

奚禄詒甲本眉:在夔時思朝。

奚禄詒乙本墨旁:三首原不是一題。

其　一

題鮮于樞評:此公在雨後見月,悲喜交集,憶長安而作也。首四句一意,言見月而喜也。然三聯承次聯意,言見月憶長安故廬而悲。賦也。

吴士模墨眉:不落纖巧,在乎骨氣之高。"魍魎移深樹",以月明甚而無所容也。

題張問陶墨眉:嶂月新懸,故旅愁暫解;空照西秦,則客愁仍在。上是見月而喜,下是思鄉而悲。

吴廣霈墨眉:三四本尋常眼前意境,一用反筆挑出之即妙。於此可悟詩境用筆轉换變化之法。

斷續巫山雨，天河此夜新。若無青嶂月，(奚禄詒甲本旁)易中有味。愁殺白頭人。(李念慈紅眉)三四筆鋒衝突。(沈巖旁)反接妙,“青嶂”緊抱“巫山”。魍魎移深樹，蝦蟆動半輪。(沈巖眉)只露半輪,已移深樹,腹連倒裝。(奚禄詒甲本旁)形容新月太□。故園當北斗，(奚禄詒甲本旁)長安謂北斗之城。直指照西秦。(奚禄詒甲本旁)賦也。(奚禄詒乙本墨眉)後四句愁之由也。(奚禄詒甲本眉)後四句愁之由也,五六比也。(沈巖尾)天河露晴,猶以爲喜,况皎月乎?“魍魎”,水怪,是初晴語。

其 二

吴士模墨眉:樸老中自見風流,非他家所及。

併點巫山出，(奚禄詒甲本眉)一路賦月。○詩中雖有俊句,却未全佳。(奚禄詒甲本旁)“併”字無著,意謂雖窺楚水,却併照巫山也。(李以峙墨眉)(照)按“點”形訛。(沈巖旁)升。新窺楚水清。(方拱乾評)後四句皆二虚起頭,並前二句亦是。惟三四句直老不對,所以不覺,恁分明。(陳治墨眉)此冬月也。○不傷纖巧,存乎骨氣之高。(奚禄詒乙本墨眉)“併”字起得無著,意謂雖窺楚水,却併照巫山。(沈巖眉)作“點”亦有味。群峰歷歷,故曰“併點”。“新窺楚水清”承首篇“斷續巫山雨”。羈棲愁見裏，(吕留良紅旁)各三字自對。(奚禄詒乙本墨旁)五字中疊三字皆是當時。(李以峙墨眉)(愁裏見)按“愁見裏”不通之極。二十四回明。(吕留良紅旁)對法。必驗升沈體，(方拱乾評)入二句難。(奚禄詒甲本旁)腐,宋句。如知進退情。(奚禄詒乙本墨旁)宋人氣。不違銀漢落，(沈巖旁)退。亦伴玉繩横。(方拱乾評)後四句喜月之久明。(陳許紅旁)月在每夜各有升沉進退,而上弦之月則與銀漢俱落,玉繩俱横,是此夜當景,乃詩律細處。(奚禄詒甲本旁)賦也。○末句是思朝。(吴廣霈墨眉)

此首似可省。(**沈巖旁**)進。(**沈巖尾**)結言月照西秦,身獨滯留巴蠻,不能進退,皆依朝廷也。

【彙評】

陳訏紅旁批仇注"故夜違銀漢而先落。下弦之月遲升,故曉伴玉繩而猶横。二句言久暫遲速之不同,正見其升沉進退也。'不''亦'二字"處:若下弦曉月,亦與玉繩東西相違,且詩詠此夜之月,未嘗及下弦之月也。即此夜自有升沉進退,豈必待他夜始知耶?

陳訏紅旁批仇注"謂不是如彼,亦是如此"處:淚即是類。

陳訏紅眉:第三首"春來六上弦",知此詩詠月乃季夏之夜月也。上弦之月,昏見南方,夏月,天漢昏指正中,銀漢隨天西斜,上弦月亦同斜而落,故云"不違銀漢落"也。斗杓三星爲玉衡,玉衡北兩星爲玉繩,夏月昏刻,斗指未方,至月落時,斗亦隨天西指而横,故云"亦伴玉繩横"也。注以上弦之月違銀漢而先落,則應云"先違銀漢落"矣,不應云"不違"也。注又以下弦之月遲升,故云玉繩俱横,不知下弦月升乃廿二三,升時約在亥子,又在東方,玉繩、銀漢横斜不相伴也。深察物理,細會詩意,方許注詩。

奚禄詒乙本墨眉批仇注:此是"哉生明"之月。

其　三

題鮮于樞評:此詩言在巫峽,自春至今,月凡六上弦,是六月也,故言光滿青天,而明開暗室。"爽合"則風襟已静,言暑氣清也;當空則淚點斯懸,言傷時感舊也。末言夜久烏鵲南飛,而月將落矣。賦也。

萬里瞿唐峽,(**丁耀亢紅眉**)不真。(**吕留良紅旁**)作"月"是。(**奚禄**

詒甲本旁)率。(**李以峙墨眉**)(月)按作"峽"謬。又按此在第三首,"峽"亦可通。春來六上弦。(**陳治墨眉**)此春月也。◯結尤老致。(**沈巖旁**)獨言此歲。時時開暗室,故故滿青天。爽合風襟静,高當淚臉懸。(**李念慈紅眉**)"臉"字非,乃"瞼"字也。(**沈巖眉**)"爽合風襟静",貼久晴,對前二篇。南飛有烏鵲,(**奚禄詒甲本旁**)比也。夜久落江邊。(**奚禄詒甲本旁**)賦也。◯末句欲下荆州也。(**奚禄詒乙本墨眉**)末句欲下荆。(**吴士模墨眉**)結尤老致,故巧可學,拙不可作。(**吴廣霈墨眉**)結句老横。(**沈巖旁**)無家之淚,妙用暗收。

送十五弟侍御使蜀

題鮮于樞評:言十五弟爲侍御而使蜀,是以喜其文章之達也。一見而别,是以添余别恨之牽也。中四句承次句意,末言爾歸朝尚冀乘時,已亂應三聯與首句。賦也。

喜弟文章進,添余别興牽。數杯巫峽酒,百丈内江船。(**佚名丁墨旁**)竺云:侍御蓋船路赴蜀,自襄陽遡江,從渝口上内江也。未息豺狼鬥,空催犬馬年。歸朝多便道,搏擊望秋天。(**奚禄詒甲本眉**)"搏擊"二字爲侍御用。(**奚禄詒甲本尾批**)賦也。(**奚禄詒乙本墨眉**)"搏擊"二字止爲侍御用。(**佚名丁墨旁**)竺云:七八言侍御赴蜀之時,便道過夔遇公,其還蓋亦有所便道相過,故曰"多",疑其皈[歸]自劍門,不服南下,與公相逢,故曰"望秋天"。"搏擊"字用御史事,然止言搏風擊空,不必爲搏擊鳥獸。

【彙評】

佚名丁墨尾:上叙事,下發意。

舍弟觀歸藍田迎新婦，送示兩篇

其　一

題鮮于樞評：言“即今螢以亂”，則“汝去迎妻子”；“高秋念却回”，則“與雁同來”矣。我東望則西江其永，汝南遊則北户其開。若至則相期於静處卜居，會有故人之來宴矣。賦也。

奚禄詒甲本眉：待女南來，以卜居江陵。《爾雅》注：觚竹在北，北户在南。

汝去迎妻子，高秋念却回。即今螢已亂，好與雁同來。(**吴廣霈墨旁**)二句好。東望西江水，南遊北户開。(**王士禛評**)東、西、南、北傷巧。(**錢載評**)“東望西江水”，此“水”字與“開”字不妨虚實作對，或欲改作“永”字，直時文迂腐之見也。(**吴廣霈墨眉**)東、南、西、北落套。(**奚禄詒乙本墨旁**)起下卜居。(**王鳴盛墨眉**)“東望”句是公望弟，“南遊”句是預期弟至，即因南遊卜居江陵也。卜居期静處，會有故人杯。(**奚禄詒甲本尾批**)賦也。(**奚禄詒乙本墨旁**)未來帳。

其　二

題鮮于樞評：言巫峽至藍田，固難爲别，幸勿滯留。“衣裳”則判霑白露，言在途之苦也。“鞍馬”則實到清秋，言此時可至也。末四句言至荆州則捨途而舟，妻子可同一醉矣。賦也。

吴士模墨眉：正如霜清木脱，一塵不染，萬象俱涌也。上結虚寫，下結實拈。

吴廣霈墨眉：此别言“難爲路”，意實重在“莫滯留”耳。

楚塞難爲路，(**李以峙墨眉**)(路)按當從“别”。藍田莫滯留。衣裳判白露，鞍馬信清秋。(**奚禄詒甲本眉**)前四句約弟之秋來，後半言己與弟下荆門。(**奚禄詒乙本墨眉**)第四句期弟之秋來，後四句言己與弟同下荆州。滿峽重江水，(**王鳴盛墨眉**)“滿峽”兩句正望弟速回，同下荆南也，觀結句可見。開帆八月舟。(**沈巖旁**)一氣流出。此時同一醉，應在仲宣樓。(**錢陸燦丁本評**)上結虚寫，此結實拈。(**奚禄詒甲本尾批**)賦也。○白露後换衣，故云然。

季夏送鄉弟韶陪黄門從叔朝謁

李念慈紅眉：穩稱。

俞瑒乙本評：末以望鄉弟、祝相國意雙結。

奚禄詒甲本眉：樸中帶婉致。

曹炎眉：韶比兼開江使，通成都外江下峽舟船。

嚴復墨眉：此等詩真有□氣。

令弟尚爲蒼水使，名家莫出杜陵人。比來相國兼安蜀，(**沈巖旁**)“鄉”字出。歸赴朝廷已入秦。捨舟策馬論兵地，拖玉腰金報主身。(**吕留良紅旁**)拙俗。莫度清秋吟蟋蟀，早聞黄閣畫麒麟。(**奚禄詒甲本尾批**)賦也。(**沈巖尾**)言黄其閣而又圖像麒麟也。

灩 澦

王士禛評：動如缺，堅如石，三四寫題無痕。

盧見曾紅旁：葉夢得曰：詩下“雙”字極難，“水田飛白鷺，夏木囀黄鸝”，摩詰添“漠漠”“陰陰”四字，精彩數倍。不然，但是詠景耳。要之，當令如老杜“無邊落木蕭蕭下，不盡長江滚滚來”與“江天漠漠鳥雙去，風雨時時龍一吟”等句乃爲超絶。○王士正曰：真有萬夫之禀，頓挫、悲壯兩有之。

錢載評：讀讀，讀讀。

朱方藹紅眉：古處乃在骨氣，深味之乃得其妙。

吴士模墨眉：古處乃在骨氣，深味之始得其妙。

秦應逵墨眉：勁如鐵，堅如石，三四寫題無痕。

嚴復墨眉：“灔澦如象，瞿唐莫上；灔澦如馬，瞿唐莫下。”蓋峽人水候語。

沈巖眉：除是鳥飛得過，况又風雨，蛟龍雜然，但阻其險阻耶?

灔澦既没孤根深，西來水多愁太陰。（**俞瑒甲本評**）險地。（**奚禄詒乙本墨眉**）此即灔澦。江天漠漠鳥雙去，風雨時時龍一吟。（**吕留良紅眉**）此公自愁，别成佳句。（**俞瑒甲本評**）承出慘澹之意。（**奚禄詒甲本旁**）“鳥雙去”“龍一吟”，他人不能下。（**奚禄詒乙本墨旁**）“鳥雙去”“龍一吟”，他人不能下，賦灔澦獨切。（**奚禄詒乙本墨眉**）感時。（**奚禄詒乙本墨旁**）言水險。舟人漁子歌回首，（**奚禄詒甲本旁**）言其險而朝廷榷鹽愈嚴。估客胡商淚滿襟。（**奚禄詒乙本墨旁**）言法嚴。寄語舟航惡年少，（**奚禄詒甲本旁**）管到鹽梟，亦是防亂。休翻鹽井横黄金。（**吕留良紅眉**）結更放恣。（**吕留良紅尾**）李于鱗詩云：“彭澤差聞道，高陽横得名。”知“好”“横”必作去聲乃妙。（**俞瑒甲本評**）接上意估儆戒。（**奚禄詒甲本夾**）唐軍餉，皆仰給於鹽。即蜀中成州、傷州鹽井各一，果、閬、開、通井百二十三，山南西院領之；邛、眉、嘉井十三，劍南西川院領之；梓、遂、綿、合、昌、渝、盧、資、榮、陵、簡井四百六十，劍南東川院領之。每月督課。乾元元年，鹽鐵使第五琦變法，每處置鹽院，盡籠商人之利，民傭工者籍爲亭户，私賣坐以重法，商民兩困，奸盗益多，故少陵感諷至此。（**奚禄詒乙本墨眉**）“横”音哄，即横逆、横政、横民之字。（**奚禄詒乙本墨眉**）第五琦變法，籠商人之利，又私販坐以重法，商民兩困。

【彙評】

俞瑒甲本評：地險如此，人更冒險以圖利，是人心更險於三峽也。可歎！

行官張望補稻畦水歸

俞瑒乙本評：主守督工，行官張望也。下四句稻畦之景，從問中見之。"秋菰"四句乃預計秋成後言，結更有學問。文氣疏樸，是西漢人氣息，脱去儲、王田園詩窠臼。

奚禄詒甲本眉：詩中用宕句，急脈緩受也。若"芊芊"四句插得無味，此晦翁所以不滿也。

盧見曾紅旁：黄生曰：杜田園諸詩，覺有傲睨陶公之色。其氣力沈雄，骨格蒼勁，本色自不可掩。

吴廣霈墨眉：《鏡銓》云：此少陵田家詩，亦自秀整。

沈巖旁：清新可愛。

東屯大江北，百頃平若案。 六月青稻多，千畦碧泉亂。（**沈巖眉**）"百頃""千畦"，成此壯觀，點染處皆有血脈。插秧適云已，引溜加溉灌。 更僕往方塘，（**錢陸燦甲本眉、乙本紅眉**）《儒行》：悉數之，更僕。决渠當斷岸。（**傅山紅眉**）無味。公私各地著，浸潤無天旱。 主守問家臣，（**錢陸燦甲本旁、乙本紅旁**）行官張望。（**嚴虞惇紅旁**）行官。分明見溪畔。（**錢陸燦乙本紅眉**）"溪畔"如農夫之九畔也。（**吴士模墨眉**）"主守"猶言典守。芊芊炯翠羽，（**吴廣霈墨旁**）實狀水禾。（**李以峙墨眉**）（芊芊）按"芋""竿"皆形似之訛。剡剡生銀漢。（**宋犖紅

眉)亦開宋人法門。(**奚禄詒甲本眉**)"芊芊"二句言苗色之青葱,"鷗鳥"二句言畦水之明净。**鷗鳥鏡裏來,關山雪邊看。**(**奚禄詒甲本眉**)以比稻在水中耶? 與下又不屬。(**奚禄詒甲本眉**)盧山也。(**奚禄詒乙本墨眉**)晦。(**吴廣霈墨眉下**)此句欠穩妥。(**吴廣霈墨眉**)"鷗鳥"句真能寫出田之景,唯下句不稱爾。**秋菰成黑米,精鑿傳白粲。**(**李以峙墨眉**)(傳)按"傳"形訛。**玉粒定晨炊,紅鮮任霞散。**(**吴廣霈墨旁**)水雲林下。(**沈巖眉**)舊注:江浙人謂江米曰"紅鮮"。**終然添旅食,作苦期壯觀。遺穗及衆多,我倉戒滋漫。**(**錢陸燦乙本紅尾**)猶狼戾。《左傳》:無使滋蔓。(**錢陸燦丙本評**)錢云:猶狼戾也。(**奚禄詒甲本眉**)賦也。○"芊芊"四句入水邊之景,承"分明見溪畔"。(**沈巖尾**)召信臣有分水法。作"分明見溪畔"自佳。

【彙評】

李念慈紅眉:所成未知幾何,輒思惠及衆多,又知足自戒如此,結有意義。

吴廣霈墨眉:何義門云:清新可愛。

七月一日題終明府水樓二首

奚禄詒甲本旁:其一水樓多,其二明府多。

奚禄詒乙本墨眉:二首皆打發語。

盧見曾紅旁:借題發議,正而不腐。起處作疑詞,李商隱《七夕》詩所自出也。張綖曰:《易》言物不可以苟合,以興男女無苟合之道;又因男女無苟合之道,以比君臣無苟合之義。觸類旁通,高古嚴正,可見古作詩者之意。

朱方藹紅眉:首作前六句皆賦"水樓",以"明府"結;次作前六句皆美“明府”，以“水樓”結。寫“水樓”可謂一語不移，然自無迫溢之病。

吴士模墨眉：首作前六句皆賦“水樓”，以“明府”結；次作前六句皆美“明府”，以“水樓”結。寫“水樓”可謂一語不移，然自無迫溢之病。

其　一

奚禄詒甲本眉：“開錦繡”“奏笙簧”，皆湊句無味，後生□可也。

題張問陶墨眉：此首從水樓説起，結歸到明府；下首從明府説起，結歸水樓，回環以爲章法。

沈巖眉：第六暗用陶隱居事，點“水”字，又切“樓”也。

高棟曾軒已自凉，(**俞瑒甲本評**)水樓。(**沈巖旁**)水樓。秋風此日灑衣裳。(**李念慈紅眉**)偉麗。(**沈巖旁**)七月。翛然欲下陰山雪，(**俞瑒甲本評**)承。(**題商盤紅旁**)承一。(**李以峙墨眉**)(陰山)按“山險”雖可通，究竟非是。不去非無漢署香。(**題商盤紅旁**)承二。(**奚禄詒甲本旁**)無謂。(**奚禄詒乙本墨旁**)兩句合不上。○扯得遠。(**錢載評**)亦從前所未有。(**嚴復墨眉**)第四句殊空廓。絶壁過雲開錦繡，(**俞瑒甲本評**)樓頭所見聞。(**題商盤紅旁**)比賦句。疏松夾水奏笙簧。(**奚禄詒甲本眉**)五六晚唐。(**奚禄詒乙本墨眉**)“錦繡”“笙簧”，寫[景]不宜有此形似語，爲無情也。(**申頲藍眉**)“開錦繡”“奏笙簧”俱俗。(**沈巖旁**)雲過松鳴皆從“秋風”句生來。看君宜著王喬履，(**俞瑒甲本評**)切“明府”。(**沈巖旁**)落句從“仙人好樓居”帶下。真賜還疑出尚方。終明府，功曹也，兼攝奉節令，故有此句。佇觀奏，即真也。(**錢陸燦丁本評**)我之不去，非無漢署之香，特以軒棟之凉，有不忍去耳。(**俞瑒甲本評**)即真也。

其　二

錢陸燦甲本紅眉：方云：首句言其宰邑，二句言其妙年，三句承終軍，四句承宓子。五句言其好客，不必相知也。六句言我雖未相識，直入其席。七句樓上之景，八句樓中之事。

錢陸燦丁本評：以"風流"二字作過渡，"可憐"直貫下句，横插入自己，筆力矯健。七樓上景，八樓中事，收足"風流"二字，回抱首章，起句法極細密。

奚禄詒甲本眉：二首皆打發語。

屈復評："白頭如新，傾蓋如故"，用鄒陽語，而反其意，客盡傾蓋，皆素識也。六正賓客意中語寫出，見目中無殊也。然其詞若自誚者，令人不覺。

屈復評：前半不佳。①

朱方藹紅眉：古宕豪邁，而節制復爾森嚴。

吴士模墨眉：古宕豪邁，而節制復亦森然。

題張問陶墨眉：一結瀟灑之極，使全首增致。

宓子彈琴邑宰日，（**俞瑒甲本評**）切官。（**題商盤紅旁**）對起。（**沈巖旁**）前攝令，以"彈琴"與"弈棋"。終軍棄繻英妙時。（**俞瑒甲本評**）切姓。承家節操尚不泯，（**俞瑒甲本評**）頂次句。（**題商盤紅旁**）倒承一二。（**奚禄詒甲本旁**）頂次句。（**奚禄詒乙本墨旁**）分承首二句。（**沈巖旁**）次句。爲政風流今在茲。（**俞瑒甲本評**）頂首句。（**題商盤紅旁**）承一。（**奚禄詒甲本旁**）頂首句。（**沈巖旁**）首句。可憐賓客盡傾蓋，（**題商盤紅旁**）斷續對。（**奚禄詒甲本旁**）五六正見其好客。何處老翁來賦詩。（**朱方藹

① 校注："自誚"，杭本作"自謂"；"令人"，杭本作"今人"；"前半不佳"，杭本闕。

紅眉)自問,横甚。**楚江巫峽半雲雨,**(**俞瑒甲本評**)結得瀟灑。(**題商盤紅旁**)對結。(**沈巖旁**)落句又恰似七月即目。○二句只略帶水樓,便如畫圖,此爲高手。**清簟疏簾看弈棋。**(**丁耀亢紅眉**)畫。(**俞瑒甲本評**)對結。(**吴士模墨眉**)自問,横甚。(**沈巖尾**)"半雲雨",言外也見欲去不得也。(**沈巖眉批下**)畫末句者,須兼"絶壁過雲,疏松夾水"一連,又是炎景,却不可揮扇,"看弈棋",須著三人席簟坐也。

【彙評】

張學仁參定:前首寫景,後首叙事。結語獨饒神韻,宜參廖子謂此句可畫。

嚴復墨眉:全體生澀峭麗,山谷、後山諸公最喜此詩。

沈巖眉:舉座無一舊知,一老莫爲酬和,默坐觀棋,情味可知,妙在寫來仍不見其敗興意。

秋行官張望督促東渚耗稻向畢,清晨遣女奴阿稽、竪子阿段往問

方拱乾評:"東渚"即東屯,"耗稻"謂蒲稗之能爲禾害者,當去之。

錢陸燦甲本眉、乙本墨眉:方曰:公在夔州卜居,東屯有田自種,故課諸僕刈稻、伐木、修水筒、樹雞栅,各有詩,予不能盡述,僅録此一首。因"西成聚必散,不獨陵我倉"之句,公在客中所收幾何,尚欲分散鄰里,不私爲己有,其用心之仁如此,所謂"竊比稷契",豈虚語哉?

俞瑒乙本評:題佳,詩亦疏古,是陶公一派,而微加沉鬱之思。二年秋在東屯作。

俞瑒乙本評:前半言耗稻向畢,後半言往問,結更感慨繫之。

屈復評:少陵在蜀,尚能散粟濟貧,今天下亦無此事矣。

奚禄詒甲本眉:信筆而行,自然有關係,不似《槐葉》諸篇,有心爲之。

吴士模墨眉:按詩意,盧注是。

徐松紅眉:鍾伯敬曰:"上天"二句造化語。〇又曰:"静一資堤防"與"清净僕去内"皆學問中大經濟語。〇又曰:"聚必散"是哀益至語。

秦應逵紅眉:詩是陶派,而微有沉鬱之氣,故覺不同。

東渚雨今足,佇聞粳稻香。(**奚禄詒乙本墨眉**)都是本分話,故佳。上天無偏頗,(**錢陸燦甲本旁、乙本紅旁**)洗發"耗"字。(**沈巖旁**)方云:洗發"耗"字。蒲稗各自長。(**李念慈紅眉**)"上天"二句有道理。(**奚禄詒甲本旁**)此耗稻者。(**奚禄詒乙本墨旁**)此害禾者。人情見非類,田家戒其荒。(**錢陸燦乙本紅旁**)出《漢書》劉章。功夫競搰搰,除草置岸傍。 糓者命之本,(**李以峙墨眉**)(命之)按"令士"皆形近之誤。客居安可忘。 青春具所務,(**錢陸燦甲本旁、乙本紅眉下**)《秋胡行》:"佳人從所務。"勤墾免亂常。(**奚禄詒乙本墨眉**)"亂常"謂耗稻。吴牛力容易,並驅動莫當。 豐苗亦已穊,雲水照方塘。 有生固蔓延,(**沈巖旁**)申"非類""戒荒"二語。静一資堤防。(**奚禄詒乙本墨眉**)"有生"二句應"蒲稗"四句。督領不無人,(**錢陸燦甲本旁、乙本紅旁**)行官。(**嚴虞惇紅旁**)行官。(**沈巖旁**)方云:行官。提攜頗在綱。(**奚禄詒甲本眉**)大臣之理。荆揚風土暖,肅肅候微霜。(**方拱乾評**)句句開,句句合,字字關鎖。尚恐主守疏,用心未甚臧。(**方拱乾評**)要此一段纔暢,是波瀾法。清朝遣婢僕,寄語逾崇岡。(**錢陸燦甲本旁、乙本紅旁**)遣問。西成聚必散,(**沈巖旁**)應前"免亂常"。不獨陵我倉。(**方拱乾評)忽出道義語,却一毫不做作。(錢陸燦丁本評)“西成”二句,仁心仁術,“竊比稷契”,豈虛語哉?(佚名己紅眉)此即“減米散同舟”之意。豈要仁里譽,感此亂世忙。(奚祿詒甲本眉)“忙”字未安。(秦應逵紅旁)主意。北風吹蒹葭,(奚祿詒甲本旁)足秋意。蟋蟀近中堂。(錢陸燦乙本紅旁)“歲暮有餘悲”。荏苒百工休,鬱紆遲暮傷。(錢陸燦甲本旁)“歲暮有餘悲”。(李念慈紅眉)已念及里人,復傷時遲暮,有意義。(嚴虞惇紅尾)“歲暮有餘悲”。(奚祿詒甲本眉)“鬱紆”句五字疊用,屈原有之。(奚祿詒甲本旁)賦也。〇也還是本分内話,未嘗旁扯。(奚祿詒乙本墨眉)足秋意。

【彙評】

吴廣霈墨眉:俞犀月云:瀟灑清真,是陶公一派。

阻雨不得歸瀼西甘林

方拱乾評:古。

俞瑒乙本評:末段是望歸之詞,一氣直下。

吴廣霈墨眉:亦未見精采。

三伏適已過,(方拱乾評)月令語。驕陽化爲霖。欲歸瀼西宅,阻此江浦深。壞舟百板坼,(沈巖眉)公前有《破船》詩。峻岸復萬尋。篙工初一棄,(奚祿詒甲本旁)舟壞而無篙工也。(陳治紅眉)“棄”疑當作“葉”。恐泥勞寸心。(吕留良紅眉)“恐泥”屢用,屢不佳,是爲經累。(嚴復墨眉)杜老喜用“恐泥”二字,今人失□。(吴廣霈墨眉)老杜每好用“恐泥”字樣,是其一病,萬不可學。(奚祿詒乙本墨眉)公每用“恐泥”,皆不妥。佇立東城隅,悵望高飛禽。草堂亂玄圃,(奚禄詒甲本眉)“亂”字未穩。不隔崑崙岑。(奚禄詒甲本旁)四句寫陰雨。昏渾衣裳外,曠絶同曾陰。園甘長成時,三寸如黄金。諸侯舊上計,厥貢傾千林。(奚禄詒甲本旁)此人之貢甘也。邦人不足重,所迫豪吏侵。客居暫封植,日夜偶瑶琴。(奚禄詒甲本旁)此己之植甘也。虚徐五株態,側塞煩胸襟。焉得輟兩足,(奚禄詒甲本眉)“焉得”以下一氣讀。(佚名己紅眉)“焉得”以後皆遥計也。杖藜出嶇嶔。條流數翠實,(奚禄詒甲本眉)“條流”者,分别其枝條流品。(奚禄詒甲本旁)數甘子耳。偃息歸碧潯。(方拱乾評)四句遥計歸林後語。(奚禄詒乙本墨眉)“條流”者,分别其枝條流品。拂拭烏皮几,喜聞樵牧音。(沈巖眉)雨作則樵牧不得出也。令兒快搔背,脱我頭上簪。(奚禄詒甲本旁)賦也。

又上後園山脚

方拱乾評:亦是兩大段,却又錯落些。慣用兩截體,却不直率。兩段成局,却有層瀾。

錢陸燦甲本眉:鐵牛曰:爾止謂,杜公止有《望嶽》詩,未曾登嶽,誤也,“窮秋立日觀”,豈非岱宗乎?

奚禄詒甲本眉:前半言懷,後半如題,野路鬼便以爲佳。

奚禄詒甲本旁:是年公詩每每有此迂闊。

沈巖眉:錢云:方爾止謂,杜公止有《望嶽詩》,未嘗登嶽,誤也,“窮秋立日觀”,非岱宗乎?

佚名己紅眉:公已登岱,而猶存《望嶽》一章,可見古人不苟作如此。

昔我遊山東,(奚禄詒甲本旁)來得太迂遠。憶戲東嶽陽。(吴

廣霈墨眉)邵云:高曠忽似太白,此數句有之,以下仍老杜本色。(**奚禄詒乙本墨眉**)扯山東太迂遠。窮秋立日觀,(**方拱乾評**)將"日觀"對峙形容。(**沈巖旁**)以山頂反對山脚。矯首望八荒。(**李以峙墨眉**)(八荒)按"八""北"亦音混致訛。朱崖著毫髮,碧海吹衣裳。蓐收困用事,玄冥蔚强梁。(**沈巖眉**)"蓐收用事",言兵動也。"玄冥强梁",言幽薊尾大不掉也。錢箋以"玄冥"喻范陽,則是以"蓐收"爲西方金神,喻長安,則非。逝水自朝宗,鎮石各其方。(**李念慈紅眉**)"名"當作"石"。(**李以峙墨眉**)(石)按"名"形訛。平原獨憔悴,農力廢耕桑。非關風露凋,(**李以峙墨眉**)(非關)按訛作"北闕",形似之故。曾是戍役傷。於時國用富,(**李以峙墨眉**)(於時)按作"於是"非。足以守邊疆。(**李念慈紅眉**)感今追昔,興懷自念。朝廷任猛將,遠奪戎虜場。到今事反覆,故老淚萬行。龜蒙不復見,况乃懷舊鄉。肺萎屬久戰,骨出熱中腸。憂來杖匣劍,(**方拱乾評**)映立"日觀"。更上林北岡。(**奚禄詒甲本旁**)纔入題。瘴毒猿鳥落,峽乾南日黄。秋風亦已起,江漢始如湯。登高欲有往,蕩析川無梁。哀彼遠征人,去家死路傍。不及父祖塋,累累冢相當。(**奚禄詒甲本旁**)興而賦也。(**吴廣霈墨眉批"李云"**)李批良然。

【彙評】

李念慈紅眉:詳詩意,亦只記其登嶽之時耳,必泥定有指,太泥,且何以接下二句耶?

甘　林

方拱乾評:古。

汪琬甲本紅旁:甘即柑。

奚禄詒甲本眉:書懷也,非賦甘林。

奚禄詒甲本旁:此雨止而入甘林也。

吴廣霈墨眉:前半亦有陶意。

捨舟越西岡，入林解我衣。(**方拱乾評**)得憩意。青芻適馬性，好鳥知人歸。晨光映遠岫，多露見日晞。遲暮少寢食，清曠喜荆扉。經過倦俗態，在野無所違。試問甘藜藿，(**奚禄詒甲本旁**)此問也。未肯羡輕肥。(**李念慈紅眉**)信然。喧静不同科，(**奚禄詒甲本旁**)此答也。出處各天機。(**方拱乾評**)字字著實。勿矜朱門是，陋此白屋非。(**奚禄詒甲本眉**)此下在甘林與父老相問答者。明朝步鄰里，長老可以依。(**方拱乾評**)此後皆同父老行野語。(**佚名己紅眉**)此後皆問野老語。時危賦斂數，脱粟爲爾揮。相攜行豆田，秋花靄菲菲。子實不得喫，貨市送王畿。(**錢載評**)不寫甘而寫豆,開宕變化。盡添軍旅用，迫此公家威。(**奚禄詒甲本眉**)證斂之慘,亦至如是。主人長跪問，(**吴廣霈墨眉**)"辭",一本作"問"。(**李以峙墨眉**)(問)按"辭"字謬。戎馬何時稀。我衰易悲傷，屈指數賊圍。(**方拱乾評**)"屈指"句有賊必敗而人不當逃之意。勸其死王命，慎莫遠奮飛。(**孫承澤墨眉**)厚。(**奚禄詒甲本旁**)賦也。

【彙評】

陳訏紅眉批仇注"自城中歸瀼西甘林。詩中有朱門、白屋語,可見城野之别"處:詩中"朱門"二句,仍是上不羡輕肥意。泥此"朱門",以爲自城中歸,則末言"戎馬",又將云自軍中歸耶?

暇日小園散病,將種秋菜,督勒耕牛,兼書觸目

方拱乾評:題甚趣。

方拱乾評：一段不讓"平明跨驢出"，惜爲"觸目"一段所藏。

錢陸燦甲本眉、乙本紅眉：如題分三節。

錢陸燦丙本評：鐵牛云：如題分三段。又云：此節用合十一真、十二文。

俞瑒乙本評：題是三節，亦逐層卸下，末寫"觸目"一段，見比興意。

屈復評："冬菁飯之半"，今世處處皆然。〇飛來白鶴，正書題上"觸目"也。〇"鸞鳳"二句即"同學少年皆不賤"意。

奚禄詒甲本眉：只如題寫事，未嘗著意，故佳。

奚禄詒甲本旁：起段隱隱與"觸目"之事相照。

奚禄詒乙本墨眉：既云"書觸目"，蓋亦所見，故用樂府體以紀之。

吴士模墨眉：久居田野，自有此情景。〇句法可愛。

秦應逵紅眉：此題分三段，脱卸而下。

不愛入州府，（**奚禄詒甲本眉**）州府不可率，真古今一轍。畏人嫌我真。（**吴廣霈墨眉**）發篇甚佳，惜通首不稱。及乎歸茅宇，旁舍未曾嗔。老病忌拘束，應接喪精神。（**吴廣霈墨眉**）前八句亦逼似淵明。（**沈巖眉**）小園散病。江村意自放，林木心所欣。（**秦應逵紅旁**）散病。秋耕屬地濕，（**方拱乾評下**）小園散病。山雨近甚匀。冬菁飯之半，（**奚禄詒甲本眉**）《本草》：冬菁，蔓菁也。蜀人比爲諸葛菜。牛力晚來新。（**沈巖眉**）將種秋菜，贊勤耕牛。深耕種數畝，未甚後四鄰。嘉蔬既不一，名數頗具陳。荆巫非苦寒，（**奚禄詒甲本眉**）此下"兼書觸目"也，非比體。採擷接青春。（**方拱乾評下**）將種秋菜。（**方拱乾評**）隨目直書，又一體，覺終少情。（**秦應逵紅旁**）種菜督耕。飛來兩白鶴，暮啄泥中芹。（**傅山紅眉**）無味。（**錢陸燦甲本眉批**）此"芹"字用合十一真、十二文。(**秦應逵紅旁**)以下"觸目"。(**奚禄詒乙本墨旁**)以比入州府者。(**沈巖眉**)錢云:此"芹"字用合十一真、十二文。(**沈巖旁**)以下以病鶴自比,終前半"老病"句意,"兼書觸目"也。(**佚名己紅眉**)此後雖真書所見,未免減精采。**雄者左翮垂,損傷已露筋。**(**方拱乾評下**)"兼書觸目"。(**秦應逵紅眉**)以病鶴自比,終前"老病"句意。**一步再血流,尚經矰繳勤。**(**題商盤紅眉**)己之被斥,如驚弓之鳥,故以即目寓懷。○"杖藜"句,一句結住全篇。(**李以峙墨眉**)(驚)按作"經",音訛。(**沈巖眉**)"兼書觸目"。**三步六號叫,志屈悲哀頻。**(**秦應逵紅眉**)聲調自古樂府來。**鸞皇不相待,**(**沈巖旁**)比州府。**側頸訴高旻。**(**方拱乾評**)題是"觸目",所以不生不應,直書不結,所以謂無意爲詩而詩神。作如此詩時,胸中何嘗□及後世有選者、有論者?**杖藜俯沙渚,爲汝鼻酸辛。**(**方拱乾評**)一味真,所以妙。(**宋犖紅眉**)居心何厚。(**奚禄詒甲本旁**)賦也。(**奚禄詒甲本旁**)末後實事,故自佳,若出意匠便爲病矣。以白鶴而啄泥芹,與入州府者何異?

【彙評】

題商盤尾:古人有一題展作數詩者,有數題合作一詩者,貴在聯絡無痕,於此可悟其法。

吴廣霈墨尾:飛來白鶴,即所書"觸目"事也。但遂以此結,似未免喧賓奪主之病。

雨

方拱乾評:古。○句句是排之變體。○如此乃見排之妙,乃盡排之致。○但覺作排讀之妙而已。

俞瑒乙本評:以律體行古意,因雨詠懷,借題抒寫。

陳治墨眉：通首《選》體。

奚禄詒甲本眉：微雨初晴，寫得透而婉。〇低眉下色可感。

奚禄詒甲本旁：此在峽中作，故末思出峽。

奚禄詒乙本紅眉：微雨初晴，寫得透婉。

沈巖旁：首六句是一幅瀟湘圖。

沈巖眉：阻雨反得曠望之趣深，見應接自卑之不堪。

山雨不作埿，（**張裕釗眉批**）孤苦之思，磊落之氣，颯沓并集，使人讀之不厭。江雲薄爲霧。晴飛半嶺鶴，風亂平沙樹。（**丁耀亢紅旁**）《文選》佳句。（**吴廣霈墨眉**）起四寫雨景如畫。明滅洲景微，隱見巖姿露。（**吴廣霈墨眉**）八句有六朝風味，下乃是工部本色。拘悶出門遊，曠絶經目趣。消中日伏枕，卧久塵及屨。豈無平肩輿，莫辨望鄉路。兵戈浩未息，蛇虺反相顧。悠悠邊月破，鬱鬱流年度。針灸阻朋曹，糠粃對童孺。一命須屈色，新知漸成故。（**吴廣霈墨眉**）“新知”五字的是佳句。（**奚禄詒乙本紅眉**）低眉下色可歎。窮荒益自卑，飄泊欲誰訴。尪羸愁應接，（**吴廣霈墨旁**）未免詞費。俄頃恐違迕。（**李念慈紅眉**）傷雜俗之多忤，而欲送老於湖湘也。（**李以峙墨眉**）（違）按“危”音近而訛。浮俗何萬端，幽人有高步。（**吴廣霈墨眉**）矯矯不同流俗，二句見之。（**李以峙墨眉**）（高步）按“獨往”即在下句，當從“高步”。龐公竟獨往，（**奚禄詒甲本旁**）此幽人。尚子終罕遇。（**吴廣霈墨眉下**）向子平事誤作“尚”，今正。宿留洞庭秋，天寒瀟湘素。杖策可入舟，送此齒髮暮。（**方拱乾評**）結住。（**奚禄詒甲本旁**）賦也。

【彙評】

吴士模墨眉：中後“雨”字全脱，非在即離間也。按，詩述懷之作，因起句從雨説，故即以雨命題，作詠雨也。看第三句即接“晴”字可見。

秋風二首

奚禄詒甲本旁:憫吴楚漕運之苦。

奚禄詒甲本眉:此肅宗時事。

其　一

秋風淅淅吹巫山,上牢下牢修水關。(**奚禄詒甲本眉、乙本紅眉**)"上牢下牢",蜀運亦由楚矣。吴檣楚柁牽百丈,(**奚禄詒甲本旁**)言漕舟。(**奚禄詒乙本紅旁**)言漕運之苦。暖向神都寒未還。(**李念慈紅眉**)哀亂也。要路何日罷長戟,戰自青羌連百蠻。中巴不曾消息好,暝傳戍鼓長雲間。(**奚禄詒甲本旁**)賦也。(**沈巖眉**)風傳之也。

【彙評】

李念慈紅眉:蜀中舟下水,亦不多用帆,惟備布帆於急流,遇逆風乃張之,以緩舟也,且水急處即大風亦不起。予嘗有"蜀江風無浪,蜀舟不掛蓬"之句。

其　二

屈復評:前四句景,後四句情,結從第六句來,抑揚宛轉,無限深情。

徐松紅眉:浦曰:"急[行]人稀"承上羌蠻擾亂來,此中不可久留,所以思歸也。歸鄉倚樹,意欣然矣。又恐故園殘毁,此志仍灰,讀至此,忽覺煙波縹瀰。

奚禄詒甲本眉:前四句見峽不可居,故思歸耳。因打算曰"早晚他夜歸",又算曰"會將倚庭樹",忽轉念曰故園尚不知是非何如也。總是展轉慨想,嘆歸不得歸,最可憐語。

奚禄詒乙本墨眉：前四句見峽之不可居，故思歸耳。因打算曰“早晚他夜歸”，又算曰“會將倚其庭樹”，轉念曰故園尚未知是非何如耳。總輾轉慨想，欲歸恐不得歸，最可憐語。

盧見曾紅旁：此對秋風而動歸思也。“西日微”，雖即景起詠，亦嘆桑榆景近。“擣練急”，備征衣。“行人稀”，蜀道梗也。月夜孤帆，方以歸鄉爲樂。故園是非，又以殘毁爲憂。

秋風淅淅吹我衣，東流之外西日微。（**俞瑒乙本評**）全是律詩風致，一氣呵成，中自生波折。（**陳治墨眉**）隨興而成，却百思不到。（**沈巖旁**）比莫年白髮。**天清小城擣練急，**（**沈巖旁**）從風吹衣生下。**石古細路行人稀。不知明月爲誰好，早晚孤帆他夜歸。**（**李念慈紅眉**）懷鄉思歸之作，“他夜”字必有誤。（**奚禄詒甲本旁**）起下。○此三句只是反覆思量。**會將白髮倚庭樹，故園池臺今是非。**（**丁耀亢紅眉**）妙絶千古，不可思議。（**張雝敬墨旁**）他人但知中聯之佳耳，若末句妙處未易知也。（**奚禄詒甲本旁**）賦也。（**沈巖眉**）第六急欲歸，第八仍不可歸也。

【彙評】

秦應逵墨尾：前四景，後四情。○全是律詩風致，一氣呵成，自生曲折。

吴廣霈墨眉批集評“李云”“吴云”：李批未能深入，吴批得之。

見螢火

方拱乾評：聯句起頭虛字同，偶然耳，却即以虛字好。

錢陸燦甲本眉：鐵曰：大約是入而復出，首二句寫其入，下寫其出。

錢陸燦丙本評:鐵牛云:大約是入而復出,首三句寫其入,下俱寫其出。

錢陸燦丁本評:首四句寫其入,下俱寫其出。〇五六佳在用疊字,將去來、聚散、高下、遠近,一一寫出,極體物精細之妙。

李念慈紅眉:一往工巧,得七句老健,全篇仍歸於厚。

王士禛評:中四句虛字一樣。〇坐,不飛也。三坐也,四飛也,五飛也,六坐也。結也"愁看",出題中"見"字。

俞瑒甲本評:玩"黄鸝並坐"句,"坐"指螢説。《心解》作坐人,非。

盧見曾紅眉:結聯點入"見"字,便覺通體皆活。

盧見曾紅旁:"螢火飛"領下五句。自山而簾,自簾而衣,從外飛入内;屋而檐,自井而花,從近飛出遠。六句皆摩寫"見"字。本意全在末二,借螢發端,詩之興也。晝冷則夜凉,星稀則飛高。"却繞"見聚散不常,"偶經"見明滅不定。螢尾燿光,迭開迭闔,不停一瞬,如弄光然。"弄"字工於肖物。〇邵云:"却繞",見聚散不常;"偶經",見明滅不定;照入井中,一螢兩影,若添個個。

朱方藹紅眉:無一語不在阿堵之中,無一意不超物象之表,直可爐錘造化矣。

吴士模墨眉:無一語不在阿堵之外,無一意不超物象之表,直可爐錘造化。

題張問陶墨眉:"却繞",見聚散無常;"偶經",見明滅不定。〇螢尾耀光,遞合遞開,不停一夕,如弄光然。"弄"字工於肖物。

陳治墨旁:吴云:中間"忽驚""復亂""却繞""偶經",句法不變,亦小疵也。

吴廣霈墨眉:題意全側重在結句,前六句正爲收處二語點綴耳。

王伯沆紅眉:不呆詠物,觀製題可知是比體也。第二句有眼。

沈巖旁：寫得歷亂飛揚。○句句是"見"字。○楊云："滄江白髮"又因螢火照出，映帶絶妙。

沈巖眉："巫山秋夜"對"滄江白髮"。○"冷"字與"火"字關應得妙。"星宿稀"謂火星已西流。

巫山秋夜螢火飛，(**俞瑒甲本評**)領下五句。簾疏巧入坐人衣。(**俞瑒甲本評**)從外入内。忽驚屋裏琴書冷，(**俞瑒甲本評**)細寫"見"字。(**題商盤紅旁**)長裝句。(**錢載評**)"冷"字妙。(**秦應逵紅旁**)細寫"見"字。(**倪象占藍眉**)"冷"謂久不理琴書也，得螢火照之，故曰"忽驚"。(**倪象占藍旁**)亦用車武子事，總化無迹耳。復亂檐邊星宿稀。(**方拱乾評**)中四句皆虚字起。(**俞瑒甲本評**)從近到遠。(**秦應逵墨眉**)中四句虚字一樣。却繞井闌添箇箇，偶經花蕊弄輝輝。滄江白髮愁看汝，(**題商盤紅旁**)挽起。來歲如今歸未歸。(**俞瑒甲本評**)以"見"字意結。(**奚禄詒甲本眉**)結語不堪讀。(**奚禄詒乙本墨眉**)結句不堪讀。(**沈巖尾**)《東山》之篇，不歸者感熠燿宵行，故有落句。

【彙評】

俞瑒甲本評：不是詠螢火而曰"見螢火"，全是興體。

張學仁參定：結語忽將歸期問螢，造想奇絶。

溪　上

題鮮于樞評：首自言淹留峽内、溪邊而書其景物風俗，末言溪上時有西江之使船，得以問京華之消息，亦自寬之詞也。賦也。

方拱乾評：句句關溪。

奚禄詒甲本眉：自然。○"淹留"對"四五"，亦巧。

奚禄詒甲本旁:説土風亦雅,末句必不忘君。

奚禄詒甲本尾:此瀼西之溪上。○中四句淹留之俗,末二句淹留之情。

奚禄詒乙本墨眉:説土風亦雅。○中四句淹留之俗,末句淹留之情。

王士禛評:只是一真。

沈巖旁:幽秀。

峽内淹留客,溪邊四五家。(**吕留良紅旁**)自然。古苔生迮地,(**吴廣霈墨旁**)"迮"猶"窄"也。秋竹隱疏花。(**吕留良紅旁**)實景雅句。(**吕留良紅眉**)下一"隱"字,連上"生"字,亦有情。(**沈巖眉**)地闊故迮處生苔,人稀故隱處藏花。塞俗人無井,山田飯有沙。西江使船至,時復問京華。(**方拱乾評**)結深。(**奚禄詒甲本尾批**)賦也。(**嚴虞惇紅旁**)與"一一問函關"同意。(**沈巖尾**)落句自道,所以不願深居,必在溪上之故。

樹　間

方拱乾評:幕中樹也,細看乃知其情事之寂寞,詩之妙。○"寂寞"二字便有意,非只言樹也,已養結。

吴廣霈墨眉:此亦可删。

奚禄詒甲本旁:此在嚴武幕。

奚禄詒乙本墨旁:清空一氣。

奚禄詒乙本墨眉:樹葉冬不枯,故柯至滿歲,如松之碧,其實亦至秋後而黄,雙樹同時待如菊之黄。

沈巖旁:六句間寫得妙。

岑寂雙甘樹，婆娑一院香。交柯低几杖，(**沈巖旁**)“間”字妙。垂實礙衣裳。(**奚禄詒甲本旁**)大不得意耳。滿歲如松碧，同時待菊黄。(**丁耀亢紅眉**)不高。幾回霑葉露，(**沈巖旁**)收“婆娑”，又即從上“待”字相轉。乘月坐胡床。(**方拱乾評**)意在結。(**奚禄詒甲本尾批**)賦也。

白露

方拱乾評：當是到圃而晚歸。

俞瑒乙本評：此來柑園也。

奚禄詒甲本旁：此是方至柑園作。

錢載評：此甘林遣興之作，拈“白露”爲題耳。幽徑多蹊，正是遣興語。

吴士模墨眉：其趣漸近自然，其詩正饒慘澹。

沈巖旁：飛卿詩“古樹老連石”，不知已爲公采入詩矣。

白露團甘子，(**方拱乾評**)“團”字屬露。清晨散馬蹄。(**奚禄詒乙本墨旁**)至柑園。圃開連石樹，船渡入江溪。(**奚禄詒乙本墨旁**)柑園在溪邊。憑几看魚樂，回鞭急鳥棲。(**李以峙墨眉**)(急)按“至”不如“急”。漸知秋實美，幽徑恐多蹊。(**奚禄詒甲本旁**)比體。(**奚禄詒甲本旁**)賦也。○末句亦寓意，不是防人摘甘子。(**奚禄詒乙本墨旁**)比也。人多摘實。

諸葛廟

傅山紅眉：無味之極。

屈復評：一二入祠，三四祠景，中四吊古，末四兩句景，兩句情。篇雖短於《先主廟》，法却備。○"屢入"見仰止之深，"聖賢同時"見得時遇主之難，"竹日"二句，入祠之時；"巫覡"二句，雖寫景，見蜀人不忘。末二句，自傷不及武侯也。①

奚禄詒乙本墨眉：作孔明詩當更勝於先主，何以草草。○公既以孔明自負，正宜暢發心事。

沈巖旁：看其點綴斷續之妙。○流落無成，彌有感於劉、葛之一德一心，發端渾涵有味。

久遊巴子國，（**奚禄詒甲本眉**）起懈甚，後亦落套，筆力思路俱不濟。**屢入武侯祠。**（**秦應逵墨眉**）玩其點綴斷續之妙。**竹日斜虚寢，溪風滿薄帷。君臣當共濟，賢聖亦同時。**（**嚴復墨眉**）正面四韻。（**沈巖眉**）晏嬰聖相，此"聖"字所本也。**翊戴歸先主，併吞更出師。**（**錢載評**）"翊戴"指其臣民也，"併吞"即"吞吴"之吞。**蟲蛇穿畫壁，巫覡醉蛛絲。**（**吕留良紅旁**）奇。（**奚禄詒甲本旁**）何味？（**嚴復墨眉**）"醉"，淺人或解作"綴"，不可。"醉蛛絲"云者，於剥落坍漏中作神事也。若解作"綴"，"綴"何爲者？（**李以峙墨眉**）（綴）按作"醉"廢解，明是音訛。**欻憶吟《梁父》，躬耕也未遲。**（**奚禄詒甲本旁**）賦也。○如先主詩，自然令人服。（**錢載評**）一作"起未遲"，與此同意。（**吴廣霈墨尾**）頗有自比之意。（**沈巖眉**）落句打轉"久遊"，俊健之甚。

夜　雨

題鮮于樞評：言"小雨夜復密"，則"江滿帶維舟"矣；"回風吹早

① 校注：此批語杭本闕。

秋”,則“野凉侵閉户”矣。興也。我本爲郎而通籍,今忝薄遊在外,且恨多病,天寒當出峽,必將醉别於王粲樓矣。蓋動歸朝之念也。

屈復評:户閉而凉猶侵,江滿而舟尚維,時當行而不得行也。“帶”字見舟之孤,言他舟盡行也。

題商盤紅旁:詩有正寫不出,須用反擊始透者,如秋水時至,行人宜及時行矣。乃野凉而户始閉,江滿而舟且維,反擊出峽之無緣也。人只賞“侵”字、“帶”字,不知苦景真情,全在“閉”字、“維”字。

題商盤紅眉:一二乃早秋時回風吹小雨,至夜復密,以倒叙、倒押見作法。三即“竹凉侵卧内”意,“侵閉户”更妙。四即“春星帶草堂”意,彼聯星之密,此聯舟之孤,皆工在“帶”字。曰“維”者,有所待也,蓋爲結處針綫。五託言曩日之斥,若以病免者。六則指以京秩佐幕之事,與“近侍即今難浪迹”語返照,意謂朝廷原非棄己,己何事浪遊不歸? 故雖本意欲適江陵,回念前事,雖仲宣樓亦所必别矣。

奚禄詒甲本旁:此在嚴武幕府。

吴廣霈墨眉:起好,通首未稱。

小雨夜復密,(**題商盤紅旁**)倒起。回風吹早秋。(**題商盤紅旁**)倒押句。野凉侵閉户,(**方拱乾評**)“閉户”何以侵? ○令“閉”字、“維”字頓老。(**方拱乾評**)五字五意。(**題商盤紅旁**)實眼句。江滿帶維舟。(**方拱乾評**)“滿”字尤妙。(**奚禄詒甲本旁**)工。通籍恨多病,爲郎忝薄遊。(**奚禄詒甲本旁**)頂三四來。○《東方朔像贊序》云:“濁世不可以富樂,故薄遊以取位。”天寒出巫峽,(**題商盤紅旁**)應起聯。醉别仲宣樓。(**題商盤紅旁**)意在言外。(**奚禄詒甲本旁**)賦也。○五六以下亦如前首,意貫而已也。

【彙評】

題商盤尾：五託多病，六託浪遊，反擊朝廷非棄己也。七以"天寒"挽一二，"出峽"挽三四，是預期之辭。未出巫峽，便思去荆楚，似謂去之之速，其實反擊出之之難也。

更　題

題鮮于樞評：此詩起語承前篇末句云云，然夔在巫山、白帝之間，故怕其多雨而傷秋也。末言同舍群公，晨則趨侍天子，吾獨胡爲在此耶？意與前詩不殊，而剴切過之。興而賦也。

方拱乾評：呼應活現。

錢陸燦丁本評：上半時欲去之意，承明前章後四句也。

王士禛評：思當日也。

題商盤紅眉：曰"更題"，明上章結句之旨未盡也。前半兩聯倒叙，言我思天寒出峽，豈直因風物堪悲欲離此地而已哉？只應騎馬"踏初雪"，並"發荆州"耳。試思群公夾輔，天子端居，即同舍諸郎，皆在趨朝之列，我獨何爲滯留荆楚，不思一覲至尊乎？

題商盤紅旁：公嘗與弟觀約居江陵，此二章意更不欲駐足，急思歸朝，然汲引無路，何由得歸？蓋憤鬱無聊之語，於口角吞吐間自會其意。

奚禄詒甲本旁：全不貫穿。

奚禄詒乙本墨眉：全不讀。○後四句追往，却是兩截。

吴廣霈墨眉：此首可疑。

沈巖旁：此篇乃更題夜雨也。○所謂"天寒出巫峽，醉别仲宣樓"也。○二詩意語相承。

只應踏初雪，騎馬發荆州。（題商盤紅旁）混裝起。直怕巫山雨，（題商盤紅旁）蕩頭句。真傷白帝秋。（奚禄詒甲本旁）二句亦無味。群公蒼玉珮，（題商盤紅旁）實裝句。天子翠雲裘。（奚禄詒甲本眉）五六入得陡。（奚禄詒甲本旁）“翠雲裘”本宋玉賦。同舍晨趨侍，胡爲淹此留。（奚禄詒甲本旁）賦也。

【彙評】

題商盤紅尾：五六句中不用虚字，謂之實裝句。“蒼玉佩”“翠雲裘”，點簇濃至，與三四寥落之景反照，此古文中傳神寫照之妙，其在於詩，惟杜公有之。○“此”字硬押有力，挽“荆州”字有法。

第五弟豐獨在江左，近三四載寂無消息，覓使寄此二首

陳治墨眉：情真語悲，面面俱徹。

嚴虞惇紅眉：第一首見汝既不能，第二首聞汝又不確，只得下春水而求汝矣，二首一氣成文。

其　一

題鮮于樞評：首四句言吴楚相望，信息不通者已十年，故墮淚耳。賦也。

亂後嗟吾在，羈棲見汝難。草黄騏驥病，（俞瑒甲本評）冬。（奚禄詒甲本眉）“草黄騏驥病”或是馬瘏之意，不然即無謂矣。（奚禄詒甲本旁）我不往也。（奚禄詒乙本墨旁）我不得往。沙晚鶺鴒寒。（俞瑒甲本評）汝。（奚禄詒甲本墨旁）弟不來也。（奚禄詒乙本墨旁）弟又不得來。（李以峙墨眉）（沙晚）按作“暖”者顯謬。楚設關城險，（俞瑒甲本評）應

首句。**吴吞水府寬。**（**俞瑒甲本評**）應次句。（**奚禄詒甲本旁、乙本墨眉**）五六乃無消息之故。**十年朝夕淚，衣袖不曾乾。**（**奚禄詒甲本尾批**）賦也。○中四句分頂首二句。

【彙評】

俞瑒甲本評：情至語，説來自懇切。

佚名丁墨尾：公以質語露至情，凡兄弟詩皆然，此詩起結亦是也。“草黄”傷吾在也，“沙晚”慨見難也。“楚關”身所處，“吴水”弟所在。仇云：此章致相思之意。○三四載無消息，轉恐弟疑我死矣。老人多疑類如此，故首句喫緊。

其　二

汪琬乙本評：語可謂至悲，然終不病其寒儉，非但胸藏之博，亦由手筆之高。○如此二詩，所以不寒儉者，正由得手即推宕，不似後人一味攔入也。○結語始完足，不可以不見，使寄書而已也。

王士禛評：骨肉至情，字字苦楚。

題張問陶墨眉：“定”者，不定之詞。“盡”字正應“定”字，惟其不定，故求之須盡。“白雲”應“山寺”。

聞汝依山寺，杭州定越州。（**錢陸燦丁本評**）流離寄寓，傳聞不的之情宛然。“定”即“或”字，意不定也。用字活。（**俞瑒甲本評**）主句。（**俞瑒眉批**）“定”者，不定之辭。（**錢載評**）按，“定”字作“或”字用。（**奚禄詒甲本眉**）杭州乎？定越州乎？二折也。（**奚禄詒乙本墨眉**）杭州乎？定越州乎？流離不的之狀宛然。中四句情苦。**風塵淹别日，江漢失清秋。**（**佚名丁墨旁**）竺云：相失，不值也，與下篇“相失萬重雲”意同。**影著啼猿樹，**（**俞瑒甲本評**）楚。（**嚴虞惇紅旁**）失弟之孤。**魂飄結蜃樓。**（**俞瑒

甲本評)吴。(**嚴虞惇紅旁**)思弟之幻。(**奚禄詒乙本墨旁**)在蜀思越。**明年下春水，東盡白雲求。**(**俞瑒甲本評**)言將往尋。(**奚禄詒甲本尾批**)賦也。〇有"白雲"二字,一句都佳。(**吴騫墨眉**)字字苦楚。

【彙評】

張學仁參定:公於骨肉間至性鬱結,語尤篤摯,六首連看,莫不各極其妙。

佚名丁墨尾:"定",不定也,即上章水寬難覓意。"風塵"句,追想方亂而別。"江漢"句,接言淹別過時。"影著",身羈峽内。"魂飄",神往海旁。四語緜邈而沈著。結句"求"字應"定"字。仇云:此章致欲訪之意。愚按:亦寄示出峽本志也。

贈李八秘書别三十韻

方拱乾評:竟不通,虞何其嚴而裕也。

奚禄詒甲本眉:通篇撫今追昔,事事堪嗟。

奚禄詒乙本墨眉:通章撫今追昔,事之堪嗟。

盧見曾紅旁:黄生曰:時諸將連兵討崔旰,勝負未決,杜鴻漸以節度使讓旰,而使諸將各罷兵。公蓋深憤此事,故於贈李詩中寓詞告杜,蓋深諷其處事之草草也。

秦應逵墨眉:全無警策處。

吴廣霈墨眉:通首工整可誦。

往時中補右，扈蹕上元初。(**錢陸燦丁本評**)"上元初"謂改元之初,非年號也。**反氣凌行在，妖星下直廬。六龍瞻漢闕，萬騎略姚墟。**(**奚禄詒乙本墨旁**)玄宗奔。**玄朔回天步，**(**奚禄詒乙本墨旁**)肅宗立。神都憶帝車。（奚禄詒乙本墨眉）首段追往。（奚禄詒乙本墨旁）望二帝回京。一戎纔汗馬，百姓免爲魚。（吕留良紅旁）剪"一"著戎衣耳。通籍蟠螭印，差肩列鳳輿。（奚禄詒乙本紅旁）應"同補"。事殊迎代邸，喜異賞朱虚。寇盜方歸順，乾坤欲晏如。不才同補衮，奉詔許牽裾。鴛鷺叨雲閣，（奚禄詒乙本紅旁）己也。麒麟滯玉除。（錢載評）按，"騏驎滯玉除"，一"滯"字妙，中有無限浮沉。接"文園"二句，其中坎壈炎涼盡虚括之，辭簡意厚，妙不可言。下遂承以在夔重晤，又掉轉上文，曰"平生意有餘"，章法至矣。（奚禄詒乙本紅旁）李也。（沈巖眉）作"石渠"爲是，謂秘書也。文園多病後，（奚禄詒乙本墨旁）追昔别。中散舊交疏。飄泊哀相見，（秦應逵紅旁）相遇於蜀。平生意有餘。（奚禄詒乙本墨旁）又相見於蜀。風煙巫峽遠，臺榭楚宫虚。觸目非論故，新文尚起予。（奚禄詒乙本墨眉）兩押虚字。公屢有押者，但意義不同，亦未嘗不可。清秋凋碧柳，别浦落紅蕖。（吴廣霈墨眉）"别浦"一作"老浦"，殆勝。

消息多旗幟，（奚禄詒乙本墨旁）四句時事。經過歎里閭。戰連脣齒國，軍急羽毛書。（吕留良紅旁）變化好。幕府籌頻問，山劍元帥杜相公，初屈幕府參籌畫，相公朝謁，今赴後期也。（奚禄詒乙本墨旁）己也。山家藥正鋤。秘書比卧青城山中。（奚禄詒乙本墨旁）李也。（奚禄詒乙本墨眉）李在杜幕。台星入朝謁，使節有吹噓。（奚禄詒甲本眉）"台星"以下，勉其入對。（奚禄詒乙本墨旁）言杜薦李入朝。西蜀災長弭，（李以峙墨眉）（蜀）按"屬"畢竟非是，當係音訛。南翁憤始攄。對敭抗士卒，（李以峙墨眉）（抗）按"抗"形似之訛。乾没費倉儲。（奚禄詒乙本墨眉）囑李對揚。勢藉兵須用，功無禮忽諸。（吕留良紅旁）終是押韻。御鞍金騕褭，（奚禄詒乙本墨旁）恩賜。宫硯玉蟾蜍。（佚名己紅眉）言秘書入朝也。拜舞銀鈎落，（奚禄詒乙本墨旁）

承“宫硯”。（**李以峙墨眉**）（合）按“合”字謬，當從“落”。**恩波錦帕舒。**（**方拱乾評**）言李隨杜入朝也。（**奚禄詒乙本墨旁**）承“御鞍”。**此行非不濟，**（**秦應逵紅旁**）結贈别意。**良友昔相於。去旆依顔色，**（**奚禄詒乙本墨旁**）序己。**沿流想疾徐。沈綿疲井臼，倚薄似樵漁。乞米煩佳客，鈔詩聽小胥。**（**吴廣霈墨眉**）乞米必須佳客，談何容易？一笑。（**沈巖眉**）盧德水刻《杜詩胥鈔》，蓋本諸此。**杜陵斜晚照，潏水帶寒淤。莫話清溪髮，蕭蕭白映梳。**（**奚禄詒甲本眉**）結得可憐。（**奚禄詒甲本尾批**）賦也。

【彙評】

李念慈紅眉：詩叙事言情中必入點景，乃不板。

陳治墨眉：“上元”作上之元初，亦恐未妥。

送李八秘書赴杜相公幕

丁耀亢紅眉：每句有三折之妙。

屈復評：三四承次句，寫景刻切。

奚禄詒甲本眉：三句形峽之高，四句形秋濤之疾，三四寫出峽景，句亦雅韻。○首句明説益州來，安得謂巫峽？“南極”指益州，杜從南入朝也。“南極一星”指杜。末句言杜入相也。

奚禄詒甲本旁：杜從益州還朝，則遊巫峽而下荆州矣。

盧見曾紅眉：寫楓葉、菊花，語極工穩。

盧見曾紅旁：上四，舟行之景；下四，赴幕情事。蜀舟赴峽，其波濤激蕩，勢若天地迴旋，即所謂“大聲吹地轉，高浪蹴天浮”也。毛奇齡曰：石崖横出，則落葉之聲在上，故曰“倒聽”；飛櫓迅行，則菊岸之移忽後，故曰“背指”。上句作上下兩層説，下句作前後兩際説。

吴士模墨眉:先生奈何亦有此語?

題張問陶墨眉:此譏秘書之躁熱也。“貪”字、“恐”字,寫出躁急之狀。“佳期”字醜。○七八對結,又每句中各自爲對。○“倒聽”“背指”字奇。

吴廣霈墨眉:此首亦妙,清超可誦,而李云調未高,何也?

青簾白舫益州來,巫峽秋濤天地回。(**奚禄詒乙本墨眉**)起四句雅韻。(**奚禄詒乙本墨旁**)首二句已明是荆州。**石出倒聽楓葉下,灩澦堆。**(**丁耀亢紅旁**)一句三眼之法。(**題商盤紅旁**)折腰句。(**奚禄詒乙本墨旁**)三句形峽之高。(**沈巖旁**)點染“秋”字。**櫓摇背指菊花開。**(**沈巖眉**)舟行而下,葉墜石上,故“倒聽”也;菊爲石蔽,舟過乃見,故“背指”也。(**李念慈紅眉**)警句。(**俞瑒甲本評**)舟行之景。(**錢載評**)亦未有。(**王伯沆紅眉**)用字奇絶。(**奚禄詒乙本墨旁**)四句形秋濤之急。○由菊潭至。(**奚禄詒乙本墨眉**)下水疾故云“倒聽”“背指”。**貪趨相府今晨發,**(**吕留良紅旁**)辭意俱拙。(**奚禄詒乙本墨旁**)二句秘書赴幕。**恐失佳期後命催。**(**俞瑒甲本評**)赴幕情事。(**題商盤紅旁**)流水對。(**嚴復墨眉**)“佳期”猶□者。**南極一星朝北斗,**(**題商盤紅旁**)意在言外。(**奚禄詒乙本墨旁**)二句俱指相公。**五雲多處是三台。**(**俞瑒甲本評**)《天文志》:南極在益州分野。“三台”指杜公也。(**題商盤紅旁**)對結。(**奚禄詒甲本尾批**)賦也。○峽水秋濤甚急,所謂“千里江陵一日還”也,故下荆州則背指菊□矣,上水則不能摇櫓矣。(**奚禄詒乙本墨眉**)“南極”指益州,杜從南入朝,不必拘老人星,言杜入朝必拜相而位三台也。○杜從益州還朝,水路則由巫峽而下荆州,舊解從荆上峽,非也。(**張雝敬墨旁**)過時快,見時遲,於“背指”二字寫盡舟行真境。(**錢載評**)雙收,亦對亦疊。

【彙評】

錢陸燦丁本評：首言巫峽方回之日，江平而秋景可愛也。次言李赴幕而相公猶留後命以趨之，誠以此爲功名之會也。“三台”指杜言其得所依歸，故遥指杜所在。

張學仁參定：三四造語奇險，較“菊花從此不須開”更煉。

別李秘書始興寺所居

方拱乾評：自首出一段天機，不諳佛法而暗合佛法之妙。

錢陸燦甲本眉：牧翁《與潘力田書》論注杜之難曰：“西方止觀經”，注者引李遐叔《左溪大師碑》，而未悉其指之云何。暇叔文云：左溪所傳《止觀》爲本，祇樹圖内曾聞此經。用解“止觀”，則可矣。所云曾聞此經，聞何經乎？一曰西方之止觀經，依主釋也；一曰西方止觀之經，持業釋也。二釋者將安居乎？問者、答者，兩俱茫然。

錢陸燦乙本墨眉：牧齋《與潘力田書》論注杜之難曰：“西方止觀經”，注者引李遐叔《左溪大師碑》，而未悉其指云何。遐叔文云：左溪所傳《止觀》爲本，祇樹圖内曾聞此經。用解“止觀”，則可矣。所云曾聞此經，聞何經乎？一曰西方之止觀經，依主釋也；一曰西方止觀之經，持業釋也。二釋者將安居乎？問者、答者，兩俱茫然。

沈巖旁：第七言飢，第六暗帶寒説。

不見秘書心若失，及見秘書失心疾。（**奚禄詒乙本墨眉**）亦自本分。安爲動主理信然，（**方拱乾評**）四字真佛法。我獨覺子神充實。（**孫承澤墨眉**）理學妙語。（**方拱乾評**）止與安關。（**丁耀亢紅眉**）宋儒腐語。（**李念慈紅眉**）“神充實”三字有道理。（**沈巖眉**）“獨”字藏自己精神一面。重聞西方止觀經，老身古寺風泠泠。（**呂留良紅眉**）苦不苦，悟不悟,詞家得意處,正是禪機侮弄。**妻兒待我且歸去,**(**方拱乾評**)極不在佛法耳。即敗興,出公口遂妙絶,勝於不歸,何以故?思之,思之。(**沈巖眉**)"妻兒待我",雖欲安而何可得也?**他日杖藜來細聽。**(**奚禄詒甲本尾批**)賦也。

【彙評】

孫承澤墨眉:開蘇黄一徑。

方拱乾評:極設身分事,却極身分,極敗興事,却極蘊藉,何以故?一真故。

李念慈紅眉:真率。

吕留良紅尾:劉云:磊落真率,語短而暢。

張雝敬墨旁:爽脆異常,所以化俗爲雅,化雅爲秀。

君不見,簡蘇徯

吕留良紅眉:兩"不見",奇崛又别。

俞瑒乙本評:物既如此,人亦宜然。

奚禄詒甲本旁:興而賦也。

奚禄詒乙本紅眉:蘇蓋不得意者。

錢載評:交互逆承,則兩個"君不見"脱卸,蟬聯而不板樣。

吴廣霈墨眉:滿肚皮牢騷抑鬱,熔鑄在數語之中,歌短力勁,骨重心長。

君不見道邊廢棄池,君不見前者摧折桐。(**奚禄詒甲本眉**)《七發》:"龍門之桐,其根半死半生。"庾信《擬連珠》:"龍門死樹,尚抱咸池之曲。"**百年死樹中琴瑟,**(**嚴虞惇紅旁**)承。**一斛舊水藏蛟龍。丈夫**

蓋棺事始定，君今幸未成老翁，（**佚名己紅眉**）且與寬解。何恨憔悴在山中。深山窮谷不可處，霹靂魍魎兼狂風。（**奚禄詒甲本眉**）深山不可，正似今日。（**奚禄詒乙本墨眉**）正似今日。（**吴廣霈墨尾**）奈吾輩已成老翁者何？

【彙評】

陳治墨眉：得《楚辭》之遺。

贈蘇四徯

奚禄詒甲本眉：打算今昔行李，令讀者亦愁。

奚禄詒甲本旁：情真語痛。

奚禄詒乙本墨眉：追算今昔行李，令讀者亦愁。

異縣昔同遊，各云猒轉蓬。（**吴士模墨眉**）久客往往如此。（**佚名己紅旁**）已含結意。别離已五年，尚在行李中。（**吴廣霈墨眉**）“别離”二句緊接“各云厭轉蓬”句下，故妙。（**張雝敬墨旁**）須字字吟哦，讀之莫因其句調流利，信口念過。戎馬日衰息，乘輿安九重。有才何棲棲，（**奚禄詒甲本旁**）蘇也。將老委所窮。（**奚禄詒甲本旁**）己也。爲郎未爲賤，其奈疾病攻。子何面黧黑，不得豁心胸。（**奚禄詒甲本旁**）蘇也。（**沈巖旁**）轉蓬之故。巴蜀倦剽劫，下愚成土風。幽薊已削平，（**奚禄詒甲本旁**）上有“戎馬”二句，此段似可不用。荒徼尚彎弓。斯人脱身來，豈非吾道東？（**錢陸燦丁本評**）所謂“乾坤一草亭”也。乾坤雖寬大，（**奚禄詒甲本眉**）乾坤何時不然？所適裝囊空。（**吴廣霈墨眉下**）李云：不掠亦謬，惟多不精煉之句，結二語太欠佳爾。（**佚名己紅眉**）一束又起。肉食哂菜色，少壯欺老翁。（**丁耀亢墨眉**）千古人情，可悲可歎。(**沈巖眉**)亂邦固不可居，然做客豈必皆適志？若所向齟齬，轉蓬不已，非徒汲汲無歡，亦恐世罔皆固，其不得豁心胸，故喻解之。況乃主客間，古來偪側同。君今下荆揚，獨帆如飛鴻。(**吴廣霈墨眉**)"獨帆"句佳雋乃爾。二州豪俠場，人馬皆自雄。(**張雝敬墨旁**)説從人夾馬説，教人何處下注脚？一請甘飢寒，再請甘養蒙。(**孫承澤墨眉**)立身至言。(**李念慈紅眉**)規戒較前又加直切。(**吕留良紅旁**)奇。(**張雝敬墨旁**)看其住法。(**奚禄詒甲本眉**)"甘飢寒""養蒙"，是處亂世要法。(**奚禄詒甲本旁**)賦也。(**奚禄詒乙本墨旁**)厚道。(**奚禄詒乙本墨眉**)"甘飢寒""養蒙"，處亂世要法。◯杜好用"所"字，皆不當。(**吴廣霈墨尾**)收欠佳，不説頭巾，氣韻與文論當有别也。

别蘇徯赴湖南幕

沈巖旁：五年前遊荆揚則贈詩誡以養蒙，此赴知己之招，則勸以論事，公於蘇蓋無所不盡也。

沈巖眉：他日已爲命屈，況十年後乎？

故人有遊子，(**奚禄詒甲本旁、乙本墨旁**)以蘇起。棄擲傍天隅。他日憐才命，居然屈壯圖。十年猶塌翼，絶倒爲驚吁。消渴今如在，(**李以峙墨眉**)(如此)按"如在"非。提攜愧老夫。豈知臺閣舊，先拂鳳凰鶵。(**李以峙墨眉**)(先)按"洗"形訛。得實翻蒼竹，棲枝把翠梧。(**李念慈紅眉**)"得實"二句便承"鳳雛"，隨處自爲詩法。(**奚禄詒甲本眉**)不必又著"竹""梧"二句。北辰當宇宙，南岳據江湖。(**沈巖眉**)言雖棄擲，屈迹幕僚，然孰非王臣，當裨贊府朝，以分主憂。若但竊食而已，則局促卑下，亦非所以顯親也。國帶風塵色，兵張虎豹符。數論封内事，揮發府中趨。贈爾秦人策，莫鞭轅下駒。(**丁耀亢

墨眉)秦策即繞朝鞭。

【彙評】

李念慈紅眉:贈策本用送别事,即生出"莫鞭轅下駒",有情有義。

别崔潩因寄薛據、孟雲卿内弟潩赴湖南幕職

題鮮于樞評:言有志之士惜妄動,動必以時,然"知深難固辭",言士爲知己用也。若夫久磨涅而不磷緇,是可取也。今崔潩之飛騰,夙夜憂主,而急於濟時耳。以上别崔也。倘至荆州遇薛璩、孟雲卿,爲報欲與之論詩,此因寄二子也。賦也。

李念慈紅眉:純是規勉。

奚禄詒甲本眉:玩三四是崔所赴之人,未必佳。

奚禄詒甲本旁:不成詩。

奚禄詒乙本墨眉:不成。〇僞。

王士禛評:句句轉。

吴士模墨眉:攔上句寫,便不妙。〇杜往往取眼前人合舉之,如高岑、薛孟之類,在當時亦一病也。

吴廣霈墨眉:"夙夜"二語,情真語摯,非每飯不忘君者,不能道此也。

志士惜妄動,知深難固辭。(**奚禄詒甲本旁**)二句如何起? 如何久磨礪,但取不磷緇。(**奚禄詒甲本旁**)夙志如此,所以不避磷緇。夙夜聽憂主,飛騰急濟時。荆州過薛孟,爲報欲論詩。(**奚禄詒甲本尾批**)賦也。〇太沉著。(**沈巖尾**)不害其爲議論。〇落句謂干戈息而詩書復盛,正濟時之成效也。

【彙評】

吴廣霈墨旁：一"聽"字便顯標出幕職，下句言當亦自盡其忠告，棄主賓□，無負朝廷也。

巫峽弊廬奉贈侍御四舅别之澧朗

題鮮于樞評：言當清秋，江城日落、山鬼閉門之時，乃淹吾舅之行李，來問誅茅之老翁以取别，矧今猶世亂而途窮，吾舅别而之澧、朗二州，是亦避秦之人矣，末故云然。賦也。

題商盤紅眉：前半叙侍御來訪，爲己款留之意；後半見侍御所赴之地，因藉以寓己懷。○次句突語奇險，意言人迹之少，故接以三四，見侍御來訪，有空谷足音之喜也。○幸吾舅來問老翁敝廬，故老翁得淹吾舅行李。前半點題首四字，特藉"誅茅"與"行李"作對耳。○"白眼"因當取嫉於世，今"青眼"亦只途窮，此自傷自怪之辭。"世亂"言難歸，"途窮"言無援，"出處同"，心不隱而迹類隱也。"澧朗"即古武陵地，故用桃源事囑其傳語於彼，以己阨於世途如此，其出處殆與之同矣。

奚禄詒甲本眉："山鬼"句暗有所指乎？○謂桃源亦不能隱處也。

沈巖旁："行李""誅茅"，猶"飲子""懷君"對法。

沈巖眉：生世不諧，雖所向降心，仍無恤其飢寒者，所謂"青眼只途窮"也。

江城秋日落，（**題商盤紅旁**）見地見時。山鬼閉門中。（**奚禄詒乙本墨旁**）有指。行李淹吾舅，（**題商盤紅旁**）倒裝句，倒叙聯。誅茅問老翁。（**題商盤紅旁**）交互對。赤眉猶世亂，（**題商盤紅旁**）虚眼句。

青眼只途窮。(**丁耀亢墨眉**)深。傳語桃源客,(**題商盤紅旁**)彼地。人今出處同。(**李念慈紅眉**)帶出澧朗。(**奚禄詒甲本尾批**)賦也。○桃源去澧五百里。(**翁方綱評**)結句五字收裹多少在内。

孟氏

方拱乾評:只作道氣相依之意,不必拘擇鄰事,反俗。○通篇爲"養親"。

吕留良紅眉:與"吾家"篇略同。

俞瑒乙本評:通首詠其孝,末推美其母,此詩人之體也。

奚禄詒甲本旁:老成清辣。

盧見曾紅旁:"養親"句領中四。"承顔""負米",固爲奉養之事,即留客、讀書,亦屬順親之心。末有取於孟氏之家訓。捨孟氏之外,更學誰門乎? 讀此詩而孟氏子孝、親賢兩見之矣。

吴士模墨眉:一幅隱君子養母圖,正寫得極情盡禮。"强"字好,茅季偉不以雞黍奉林宗,正此意。結用本色,妙。

題張問陶墨眉:"强盤飧"謂强其盤飧,留客以娱親也。

沈巖旁:第四暗用茅容事。

孟氏好兄弟,養親唯小園。承顔胝手足,(**方拱乾評**)下句琢。坐客强盤飧。(**錢載評**)"强"字好。茅季偉不以雞黍奉林宗,正此意。(**陳治紅眉**)三四暗用茅容傳中事。(**嚴復墨眉**)"手足""盤飧",三足對。(**奚禄詒乙本墨眉**)"强"字有力,言客知主人之貧,不欲費其盤飧,主必强留,覺主客俱得。負米力葵外,(**題商盤紅旁**)順承一二。讀書秋樹根。(**李念慈紅眉**)力田養親,兼能勤學好客,此賢人之棲遁者,公蓋起林宗之敬矣。(**陳治墨眉**)"强"字好。茅季偉不以雞黍奉林宗,正以此意。卜鄰惭近舍，(**題商盤紅旁**)倒收。訓子學誰門。(**方拱乾評**)結得自然，若俗筆便作起句矣。(**題商盤紅旁**)對結。(**奚禄詒甲本旁**)賦也。(**吴廣霈墨眉下**)六句妙，五稍遜。(**李以峙墨眉**)(誰門)按“先門”謬。

【**彙評**】

倪象占藍眉：“力葵”對“秋樹”難解，“寒”字拈不對，蓋宜拗也，不如“力”字。

吾　宗衛倉曹崇簡

題鮮于樞評：首二句起，中四句及末二句一意下來，大抵主意即在首二句。賦也。

吕留良紅眉：樸實。無好致。

題商盤紅旁：此詩妙在四句，深在結句。四句包括許多，所以妙；結處渾涵不盡，所以深。此真以古詩爲律者。

奚禄詒甲本眉：詩亦樸老。

奚禄詒乙本墨眉：語見質樸。

盧見曾紅旁：胡應麟曰：寓神奇於古澹，儲、孟莫能爲前。

吴士模墨眉：寫高士則如晨門封人語，見身分，洗盡鉛華，獨留真液，一種樸質之氣，正所之活潑潑地，便生氣常新也。

吾宗老孫子，質樸古人風。(**俞瑒甲本評**)通首之意。耕鑿安時論，衣冠與世同。在家常早起，憂國願年豐。(**吕留良紅旁**)對法好，但句不瑩。語及君臣際，(**俞瑒甲本評**)接“憂國”來。經書滿腹中。(**孫承澤墨眉**)君臣之際，豈無書人所可語。(**吕留良紅尾**)非不老成，只是精采不流動，便開宋人一派。(**題商盤紅旁**)意在言外。(**奚禄詒甲

本旁)賦也。〇經書滿腹,纔是真質樸。(**奚禄詒乙本墨眉**)經書滿腹,纔是真樸。(**李念慈紅眉**)庸行安徐二語中,道力正自難盡。

【**彙評**】

俞瑒甲本評:此詩只寫質樸字,即句法亦以質樸爲能,筆意相稱。

張學仁參定:胡應麟曰:"在家"四句寓神奇於古澹,儲、孟莫及。

佚名丁墨尾:"質樸古人風"五字,一詩總領,而詩之丰度亦似之。

奉酬薛十二丈判官見贈

方拱乾評:終不得其解。〇當時必有其人,有其事。〇此詩解者雖多,皆未曉暢,意以爲雖用一韻,實爲五章,仿曹子建《贈白馬王詩》意也。五章各爲起結,若不相蒙,而遊絲嫋空,若斷若續,又未嘗不相蒙。首章序薛判官寄詩之事,次章言其詩中之意,而以"無心雲母屏"一句逗下。卓氏新寡,或云薛判官似有此事而辨白不自安,公故以"才調逸""洗粉黛""勤六經"諸語以辨之。"老夫汲澗"以下,公自序其旅況,復引襄王、神女事言人生情之相感,金石青熒,此等何之諱哉?故結之以"休辨渭與涇",但當立志功名,早清格□,重農拈賢以佐明主,身致榮華而已,才人小過,不必辨也。

丁耀亢墨眉:作此等長篇,不及太白之清放。

錢陸燦甲本眉:此詩意不可解。

錢陸燦丁本評:似散似律,飄忽不測。

屈復評:推其意,薛此時必有新婚之事,非無端也。①

① 校注:此批語,杭本作:"西樵謂'卓氏新寡'數句不倫不理,忽入此一段,無端之甚。余推其意,薛此時必有新婚之事,非無端也。又云:'空中白虎'一段如囈語,末段又不倫。"

奚禄詒甲本眉：此篇必僞，或出王安石、黄山谷之手。

奚禄詒乙本墨眉：意艱辭雜，公豈一敗至此？定是王安石、黄山谷諸僞手，如此種只宜删去，莫留以玷公。

秦應逵墨眉：西樵謂："卓氏新寡"數句似無端，大約薛此時必有新婚之事。○又云："空中白虎"一段似囈語。○又云：末一段又不倫。

忽忽峽中睡，悲風方一醒。（**魏源評**）起二語已伏"碧色"一段。西來有好鳥，（**奚禄詒甲本旁**）下五句承"好鳥"。爲我下青冥。（**吕留良紅眉**）似散似律。（**吴廣霈墨眉**）"好鳥下青冥"下即應接出"見贈"，乃猶敷衍"鳥"上作如許語，此李批所以不許可也。吾見亦同。羽毛净白雪，（**奚禄詒甲本旁**）比。薛至此而復去。慘澹飛雲汀。（**徐松紅眉**）仇注："好鳥來"比薛君至，"唳孤亭"比贈詩，"清文"數句傷其負才不遇。既蒙主人顧，舉翮唳孤亭。持以比佳士，及此慰揚舲。清文動哀玉，見道發新硎。欲學鴟夷子，（**奚禄詒甲本旁**）此美薛之才。待勒燕山銘。（**方拱乾評**）此必有所爲。誰重斷蛇劍，（**吴廣霈墨眉下**）《鏡銓》作"斬蛇劍"。○劍華按：此應作"斬佞劍"，殆用朱雲故事爾。（**李以峙墨眉**）（"誰重"句）按"誰作國"非。"斬邪"亦近險，情不可從。致君君未聽。（**奚禄詒甲本眉**）序新昏止此足矣。志在麒麟閣，無心雲母屏。（**奚禄詒甲本旁**）此薛新昏。（**沈巖眉**）"雲母屏"非用《後漢書》，即指下"卓氏"也。卓氏近新寡，豪家朱門扃。（**奚禄詒甲本眉**）序新昏止此足矣。（**陳治紅眉**）西樵云：忽入一段，不倫不理，無端之甚。（**嚴復紅眉**）王云：忽入此一段，不倫不理，無端之甚。相如才調逸，銀漢會雙星。（**吴廣霈墨旁**）失詞。客來洗粉黛，日暮拾流螢。（**方拱乾評**）薛爲何人，當日情事不可考，詩中卓氏"帝里女"，必有所指。（**吴廣霈墨眉**）意亦龐雜不清，西樵此論良是。不是無膏火，（**吴廣霈墨旁**）俗劣。勸郎勤六經。（李念慈紅眉）絶妙，絶妙。老夫自汲澗，野水日泠泠。（奚禄詒甲本旁）此自序。我歎黑頭白，君看銀印青。卧病識山鬼，爲農知地形。（沈巖眉）此比言己爲争房琯斥，亦"致君君未聽"者也。"人生相感動"以下，則又言如薛者，未必果不相遇，君側無人，宜急其大者，勿因論一邪不能去而遂出，故云"休辨渭與涇"也。誰矜坐錦帳，苦厭食魚腥。東南兩岸坼，横水注滄溟。碧色忽惆悵，風雷搜百靈。（奚禄詒甲本眉）此子美最雜亂之篇。（魏源評）"碧色"八句，夢中景語，後以夢覺倒插。杜詩往往如此，蓋託爲神女怨襄王之言，以比己遇合之疏，故下曰"千秋一拭淚"，即白氏聞琵琶而掩泣之意也。"人生"四句，言精誠可以開金石，故我之與神爲相感動者如此，若神女之狎褻與否，姑不必辨矣。舊解俱憒憒。（沈巖旁）發端"睡"字，却暗爲此處伏脈。空中右白虎，赤節引娉婷。（嚴復紅眉）王云：如囈語。（吴廣霈墨眉）洵如王評。自云帝里女，（奚禄詒甲本旁）承新昏。噀雨鳳凰翎。襄王薄行迹，莫學冷如丁。（錢陸燦丁本評）謂襄王稀蹤，故神女追恨而拭淚也。〇按楚襄王遊雲夢，望高唐之觀，問宋玉，玉曰：昔先王夢遊高唐，與神女遇，使爲《神女賦》。"先王"謂懷王也。不獨襄王無夢見神女事，且並未至巫山之高唐，故曰"薄行迹"，它人多誤用。（吕留良紅旁）好笑。（奚禄詒甲本眉）"冷如丁"是成句乎？（吴廣霈墨眉）"令威丁"倒押姓名，亦開後人惡俗之劣派。（李以峙墨眉）（令成丁）按作"冷如冰"更不成句，竊謂此詩殊無可取，區區異字，亦無暇細校。千秋一拭淚，（奚禄詒甲本旁）此又序新昏。夢覺有微馨。（方拱乾評）忽譃忽正。（嚴復紅眉）王云：又□又不□。人生相感動，金石兩青熒。丈人但安坐，休辨渭與涇。（奚禄詒甲本旁）又美其才之當道。龍蛇尚格鬥，灑血暗郊坰。吾聞聰明主，治國用輕刑。（方拱乾評）當是薛有贈句乃籌世耶？銷兵鑄農器，今古歲方寧。文王日儉德，俊乂始盈庭。榮華貴少壯，豈食楚江萍。（奚禄詒甲本旁）何謂？（奚禄詒甲本尾批）賦而比也。（沈巖尾）此詩多不詳所謂。

【彙評】

吴士模墨眉：古人酬知，必一一盡其來詩，此詩固難捉摸，然必與薛詩相應。浦注以意揣度，或亦有之。愚謂此種且宜闕擬，慎弗漫罵。

寄狄明府博濟

方拱乾評：忽大忽小，忽情忽理，忽公忽私，不可思議。如此大議乃於詩中出，真是納須彌於芥子手段。納大於小難，敷小爲大亦難。大起小結，却結得住，力大法老，故能縱横如意，每於詩中自開天地。詩有自然之筍頭，其接合處多不得一句，少不得一句。却又有當多而少之，簡而不漏；當少而多之，細而不鬆，惟公能之。有言詩之不當説理，不當發議論，不知其説從何而起，總以詩之道爲歌曲耳，豈不可傷？如此起，如此中段，如此結，雖奇離，實渾合，生硬高樸，千古一手。

錢陸燦丁本評：首段叙狄氏兄弟，中段叙狄梁公之功，見明府門第家風，原有本末。奈何干謁，輕以身殉乎？末直云早歸來，何等斬截，愈率愈婉，具見古意。

盧見曾紅旁：浦起龍曰：舊説此詩俱以憐狄漂零爲解，今觀篇尾一段，乃與昌黎《送董邵南序》同意。蓋博濟必不得志於朝，而歷干藩鎮者，時河北方多擅命，意頗不喜其往也。

沈巖旁：因計字偶誤，或疑是上去通叶，其實止用十一薺一韻耳。

梁公曾孫我姨弟，不見十年官濟濟。（**方拱乾評**）起句已盡。

○起得大，結得小，又一法。(**方拱乾評**)劈頭七字，不但高老，已將通篇之神情串起，可悟作詩之法。(**陳治墨眉**)“濟濟”字本去聲，此作上聲。○“濟”字重叶，而義不同。大賢之後竟陵遲，浩蕩古今同一體。比看叔伯四十人，有才無命百寮底。今者兄弟一百人，幾人卓絶秉周禮。(**奚禄詒甲本旁、乙本墨眉**)周禮何謂？在汝更用文章爲，長兄白眉復天啓。汝門請從曾翁説，(**方拱乾評**)妙在此句。太后當朝多巧詆。(**奚禄詒甲本旁、乙本墨眉**)老杜好贊人扯祖宗。(**沈巖眉**)“多巧詆”，謂好議論者，譏其事女主也。豈知梁公末年執政，尚能決策迎還房陵，若其早也，匡復不待五龍矣。獨清茹苦，惟不世之才能之，奈何妄疑大賢乎？(**王鳴盛墨眉**)“訐”不在韻，當做“詆”。(**方拱乾評**)“訐”字出霽，通篇薺。狄公執政在末年，濁河終不污清濟。國嗣初將付諸武，公獨廷諍守丹陛。禁中決册請房陵，前朝長老皆流涕。(**奚禄詒甲本眉**)武后廢中宗爲廬陵王，居房陵，狄仁傑諫之，乃迎還。太宗社稷一朝正，(**吕留良紅旁**)可斟酌。漢官威儀重昭洗。(**李念慈紅眉**)梁公調劑苦心，公表出之，不然，人謂公言獨入，亦獨有天幸耳。豈知從容中心更荼苦耶？時危始識不世才，誰謂荼苦甘如薺。汝曹又宜列土食，(**方拱乾評**)妙在此轉。(**吴廣霈墨眉**)“又”一本作“久”，是。身使門户多旌棨。胡爲漂泊岷漢間，干謁王侯頗歷抵。(**奚禄詒甲本眉**)字句多累。况乃山高水有波，秋風蕭蕭露泥泥。虎之饑，下巉岩，蛟之横，出清泚。早歸來，黄土污衣眼易眯。(**方拱乾評**)結得横。(**吕留良紅眉**)結有大意。(**吴廣霈墨眉下**)“衣”一本作“人”，是。(**李以峙墨眉**)(末句)按黄污人衣，黄是何物？當從本句。

同元使君舂陵行並序

方拱乾評：古。○序勝詩。

俞瑒乙本評：一片憂國憂心(民)之心。序亦簡古。○起結自叙，見一段憂時之感，正以諷諭爲人主，不止美元使君也。

屈復評：遭亂貧病，睹元詩而發慨，意爲己不爲元，故起結皆言貧病，意可知矣。詩不及元之質秀。元是本色，少陵是擬其筆意，故不及。如"兩章秋月"等句，乃杜之本色也。①

奚禄詒甲本眉：大曆中，不及秋，方青苗而徵，號"青苗錢"，正賦外畝税錢二十文。又增以豪敢吏爲縣令，不問逋負有無，獨舉民有粟帛者，籍所有中分之。獨元結爲寬弘。其事始於元載，發卒圍之，嚴刑迫之，十取八九，謂之"白著"。

奚禄詒甲本旁：好序。

奚禄詒乙本眉：詩不如序。○起處與美元不相應，結亦散漫。

盧見曾紅眉：悃愊無華之吏，日計不足，歲計有餘。不肖者横徵暴斂，掊削元氣，爲民蟊賊。古之賢君，所以惓惓於良二千石也。甫此篇，所謂干預教化之尤者。元結二詩，仁者之言，可以並垂不朽。

盧見曾紅旁：首段叙憂亂傷時，次段稱元結憫世之作。

吴士模墨眉：序極佳，勝於詩。

吴廣霈墨眉：此亦平平，無甚出色處。

魏源評：與次山一副性情，相印處無意之中自在流出。

沈巖眉：此篇蓋深惜其去，而望廟堂有留之者。此《黍離》大夫所謂"知我者"，非獨公之素交也。

佚名己紅眉：序勝。

覽道州元使君結《舂陵行》兼《賊退後示官吏作》二首，志之曰：當天子分憂之地，效漢官良吏之目。今盜賊未息，知民疾

---

① 校注："故"，杭本作"觀"；"少陵是擬其筆意"，杭本作"杜是擬其意"。

苦,得結輩十數公,落落然參錯天下爲邦伯,萬物吐氣,天下少安可得矣!不意復見比興體制,微婉頓挫之詞,感而有詩,增諸卷軸,簡知我者,不必寄元。

遭亂髮盡白,(奚禄詒甲本旁)六句分承。轉衰病相嬰。沈綿盜賊際,(奚禄詒甲本旁)振不起。狼狽江漢行。(奚禄詒甲本旁)元結。歎時藥力薄,爲客羸瘵成。(丁耀亢紅眉)直。吾人詩家秀,博采世上名。粲粲元道州,前聖畏後生。觀乎舂陵作,欻見俊哲情。(李念慈紅眉)惟賢思賢。復覽賊退篇,結也實國楨。賈誼昔流慟,匡衡常引經。道州憂黎庶,詞氣浩縱横。兩章對秋月,(奚禄詒甲本眉)稱"兩章"語套了,不切"舂陵"。一字偕華星。致君唐虞際,純朴憶大庭。何時降璽書,用爾爲丹青?(奚禄詒甲本眉)公卿者,神化之丹青。獄訟永衰息,豈唯偃甲兵。淒惻念誅求,薄斂近休明。乃知正人意,不苟飛長纓。(丁耀亢紅眉)言不盡意。涼飆振南岳,之子寵若驚。色阻金印大,興含滄浪清。我多長卿病,日夕思朝廷。肺枯渴太甚,漂泊公孫城。呼兒具紙筆,隱几臨軒楹。作詩呻吟内,墨澹字敧傾。感彼危苦詞,庶幾知者聽。(奚禄詒甲本旁)賦也。

【彙評】

方拱乾評詩後評語:道州經賊已來,不滿四千户,元結到官未五十日,承諸使徵求符牒二百餘封,皆曰"失其限者,罪至貶削"。於戲!若悉應其命,則州縣破亂;若不應命,又即獲罪戾。吾將守官,静以安人,待罪而已。此州是舂陵故地,故作《舂陵行》以達下情。

俞瑒乙本評:起結自叙,正見憂時熱心,作此以諷諭耳。收出和詩意。

張雝敬墨旁:此篇與次山二作肫摯悱惻,讀之但聞滿紙歎息聲,千古爲守令者,皆當書一通置之座右,不必作詩讀,亦不必不作詩讀也。

寄韓諫議注

方拱乾評:語必本《楚詞》。〇兩“秋水”句作梃耳。

吕留良紅眉:病懷奮飛,恍入洞庭見韓注矣。便説出許多夢境,捕風捉影,自是辭家幻手。

吕留良紅旁:意外言外,似題非題,神奇儁秀,别爲一格。

宋犖紅眉:忽似太白,縹緲之極。

嚴虞惇紅眉:程嘉燧曰:此詩爲李泌而作。

徐松紅眉:浦起龍曰:元本楚騷,亦近太白。

奚禄詒甲本眉:輕亂不成話。〇初閲此篇喜其奇特,細看却無大味,此種正藉後來僞筆之口。〇或云韓不可考,大約肅宗初常預密謀,後屏居衡湘,修羽化之道。“似聞”以下惜其留滯秋水而未大用。或云韓乃韓休之子法,訛作注。又云此詩爲李隱□山而作。

奚禄詒甲本旁:初爲諫議,而今貶矣。

盧見曾紅眉:錢謙益謂此詩欲韓貢李泌於玉堂者,其説近鑿。公蓋與韓有舊,故作此寄之。按《史記索隱》注,子房本韓之公族,故曰“漢代韓張良”,所指本自明白。〇浦起龍曰:源本《楚詞》,亦近太白。

陳治墨眉:俞云:意致縹緲,得《九歌》遺意。

秦應逵紅眉:意致縹緲,得《九歌》遺意。

王伯沆紅眉:意在言外,奇妙不可思議。

今我不樂思岳陽,(**錢陸燦甲本旁**)起得飄忽。(**錢陸燦乙本紅眉**)

起得飄忽。(吕留良紅旁)起得突兀。**身欲奮飛病在床。**(方拱乾評)獨帶騷意。(王士禛評)想當廢居也。(吴廣霈墨眉)起數句飄忽,頗有太白意。(奚禄詒乙本墨眉)起手却有含藴,"玉京"以下便似僞作。(沈巖旁)身病,故轉望之韓。**美人娟娟隔秋水,**(奚禄詒甲本旁)此下序韓。**濯足洞庭望八荒。**(方拱乾評)偶一爲之耳。(申頲紅眉)玄語貴不入套,集中若此等者三兩首,亦無妨。太白多了些,便覺可厭。(沈巖眉)"望八荒",恐其將長往不返,不止潛迹衡嶽也。**鴻飛冥冥日月白,青楓葉赤天雨霜。玉京群帝集北斗,**(孫承澤墨旁)奇境。(方拱乾評)"玉京"以下,是比京華之盛而慨其身周南,不得與也。(錢陸燦甲本眉、乙本紅旁)引其好神仙,引辟疆爲證。**或騎騏驎翳鳳凰。**(方拱乾評)忽然長吉。(奚禄詒甲本旁)比諸臣諸將擁肅宗。因在洞庭,以神仙之事爲比。**芙蓉旌旗煙霧樂,**(李以峙墨眉)(落)按"樂"字謬。**影動倒景摇瀟湘。**(吕留良紅旁)"倒景","景"字即是"影"字,上用"影"字,又作本字用,無一妙處,不拘乃得。(陳治紅眉)"樂"一作"落"。(秦應逵墨眉)"影""景"本一字,此句恐有誤。(吴廣霈墨眉)美人自况,反復重言之,期韓公之拔薦之也。(奚禄詒乙本墨旁)此種語久謂之庸妄,不是寄,真平乃真奇。(沈巖眉)"影""景"本一字,此句恐有訛。**星宫之君醉瓊漿,羽人稀少不在傍。似聞昨者赤松子,**(孫承澤墨旁)更奇。(李以峙墨眉)(昨者)按"昨夜"謬。(沈巖眉)昨者聞其從赤松,故不在旁也。**恐是漢代韓張良。**(方拱乾評)皆因洞庭而鋪飭。(吕留良紅眉)突出"韓"字成句,取奇亦以韓注故,本無他意,不可虞注、趙注。(屈復評)《史記索隱》注:王符、皇甫謐皆言張良本韓公族,所云"漢代韓張良"即指諫議也。① **昔隨劉氏定長安,帷幄未改神慘傷。國家成敗吾豈敢,**(錢陸燦乙本紅旁)猶《左傳》貪天功也。(沈巖眉)"吾豈敢"言泌敢自棄也。**色難腥腐餐風香。**(錢陸燦丙本評)

① 校注:"本號",杭本作"本韓";"漢代韓張良",杭本作"恐是漢代韓張良"。

錢云:“成敗”句猶《左氏》貪天功也。(**呂留良紅旁**)下四句自謂。**周南留滯古所惜,**(**沈巖旁**)此句應“身病”。**南極老人應壽昌。**(**錢載評**)公於韓之出處,必有難以顯言者,故多著迷離幻景之語。(**秦應逵紅眉**)李泌隱居衡嶽,望諫議爲之勸駕也。玩“赤松子”二句可見。(**沈巖眉**)“南極老人”以勉諫議,致泌還朝上。**美人胡爲隔秋水,**(**呂留良紅旁**)變前句,斡轉。**焉得置之貢玉堂。**(**吳廣霈墨尾**)結意明顯可見,何爲隱語?(**沈巖旁**)四字一貫。

【彙評】

呂留良紅尾:劉云:此篇多渺茫恍惚,幾失韓注,末竟不合。

陳訏紅眉批仇注“總評”處:詩寄韓諫議,詩説“神仙”,自應指韓,黄生總評似有理,但程孟陽亦必有據云然,俟再考。

陳治紅眉批錢箋處:俞云:箋引稱程孟陽説,良是,蓋李鄴侯隱居衡嶽,故望諫議爲之勸駕也,細玩“赤松子”二句可見。

秋日夔府詠懷奉寄鄭監審李賓客之芳一百韻

錢陸燦丁本評:是第一首長詩,起伏轉側,頓挫承遞,若斷若續,乍離乍合,波瀾層疊,竟無絲痕,真絶作也。

李念慈紅眉:氣沉力大。

呂留良紅眉:詩而律,律而排,排而百韻,甚哉濫矣!此篇前一段自好,後漸不稱,局於句,澀於韻也。但是此公本色,故多佳處。

王士禛評:未免鋪叙,難此整贍。

俞瑒乙本評:此詩言衰謝飄零,功名未就,終乃欲逃禪也。世亂而不得爲中興之王佐,垂老而思爲出世之逸民,此前後關合處。

屈復評:長律自少陵百韻後,有百餘韻者,止知排比鋪張,而起伏照應，轉折開合，尚所不講。若少陵此體，獨高一代處，全在氣味紆徐，他人二三十韻則覺忙迫矣。凡馬日行不過百里，多三四十里則四蹄迸落，通身汗下，忙迫之態如此。山子、騄耳，疾如風雨，日行千里而體自安閑也。然少陵五律，氣味亦舒徐，此殆天授。[①]

奚禄詒甲本眉：胡謂此爲頓挫，余謂此爲雜亂。

奚禄詒乙本墨眉：删削大半便成完璧。○詩不貴長，長必雜亂。

盧見曾紅旁：長歌善舞，多錢善賈，洋洋大篇，爲後人伐山導源。雖不免鋪叙之迹，未可輕議也。豐碩而不失之繁雜，流動而不失之輕猥。汪洋曼衍，後人正未易學步。盧世㴶曰：此是集中第一首長詩，其中起伏轉折，頓挫承遞，若斷若續，乍離乍合，波瀾層叠，竟無絲痕，真絶作也。風流善價，愜當忘筌，即可取此語以評此詩。仇兆鰲曰：詩有近體，古意衰矣。近體而有排律，去古益遠。長篇排律，起於少陵，多至百韻，實爲後人濫觴。此篇典雅工秀，才學既優，而部伍森嚴，章法尤爲精密。

陳治紅眉：少陵百韻，只此一篇。看他排比鋪叙處，不必警絶，要是難列。

陳治墨眉：俞云：世亂而不得爲中興之佐，垂老而思爲出世之人，是此詩前後關合處。○查云：自峽東至此，皆述夔之風景，應"登臨多物色"。○汪云：篇内四用疊字，如"漣漣""娟娟""涓涓""芊芊"，皆在句尾。又人名太多，亦一病也。此等雖不礙杜公之大，然今之學者，貴得其謹嚴，必不可以斯藉口。

秦應逵墨眉：何必定至百韻？元白爲遺山所譏，亦有由也。

① 校注："紆徐"，杭本作"舒徐"；"三四十里"，杭本作"四五十里"；"汗下"，杭本作"漢發"；"如此"，杭本作"已如此"；"騄耳"，杭本作"騄駬"；"天授"，杭本作"天授也"。

○漁洋曰:整贍而未免鋪叙。

吴廣霈墨眉:妥帖排奡,長篇非老杜無此力量。

沈巖眉:何必定以百韻爲限?元白爲遺山所譏,亦有由也。

嚴復墨眉:起四句破題,攝取夔府詠懷全神。

嚴復紅眉:王云:未免鋪叙,難此整贍。

王伯沆紅眉:篇中忽自叙,忽叙人;忽言景,忽言情;忽述見[現]在,忽及已前;忽紀事,忽立論:過接無痕,照應有法,自是少陵第一長篇。

佚名己紅眉:此詩沉著頓挫,惟少陵擅步,唐人皆出其下,然亦以此爲貴,不以爲難矣。宋人往往學之,遂濫觴不已也。○此篇但看其活處、閑處、渡接處,則得之矣。○前後八段,而精神全在第六段,聊借鄭、李發揮之。

絶塞烏蠻北,(**俞瑒甲本評**)夔府起。(**嚴虞惇紅旁**)自叙起。(**奚禄詒乙本墨旁**)自序起。孤城白帝邊。飄零仍百里,消渴已三年。雄劍鳴開匣,群書滿繫船。(**李以峙墨眉**)(五六二句)按別本,用意較勝本句,欲質後賢。亂離心不展,(**李以峙墨眉**)(展)按"轉"音訛。衰謝日蕭然。筋力妻孥問,(**張甄敬墨旁**)老景窮途,五字黯然。菁華歲月遷。(**俞瑒甲本評**)見秋日意。登臨多物色,(**俞瑒甲本評**)詠懷之由。陶冶賴詩篇。(**嚴復墨眉**)"登臨"十字,甚似試場之試申論也。(**張甄敬墨旁**)二句一氣讀下,始見"陶冶"兩字下得奇妙。峽束滄江起,(**張甄敬墨旁**)神句。巖排石樹圓。(**俞瑒甲本評**)承"夔府"説下。(**奚禄詒甲本眉**)首段先從在夔起。(**奚禄詒乙本墨眉**)此段在夔。(**張甄敬墨旁**)石楠也。(**嚴虞惇紅旁**)叙景物。拂雲霾楚氣,朝海蹴吴天。(**俞瑒甲本評**)吴、楚已是伏筆。(**張甄敬墨旁**)承上"滄江","蹴"字但覺其厚,不覺其奇。(**李以峙墨眉**)(蹴)按"襯"形近而訛。煮井爲鹽速,燒畬度地偏。

有時驚疊嶂，何處覓平川。（俞瑒甲本評）以下承“登臨多物色”説。鸂鶒雙雙舞，獮猿壘壘懸。碧蘿長似帶，錦石小如錢。春草何曾歇，寒花亦可憐。（奚禄詒甲本眉）以上猶可誦。獵人吹戍火，野店引山泉。（奚禄詒乙本墨眉）無要緊處見情景。唤起搔頭急，何遜云：“金粟裹搔頭。”扶行幾屐穿。諸阮曰：“一生能著幾屐。”（方貞觀墨眉）“唤起”句是用蕭慤，非唤不起頭垢懶櫛意，引漢武事，殊謬。（沈巖眉）胸懷抑塞，終非詩篇所能陶冶，故云“唤起搔頭急，扶行幾屐穿”，此一聯正轉入詠懷。兩京猶薄産，四海絶隨肩。（嚴虞惇紅旁）又自叙。（倪象占藍眉）照首聯二韻。幕府初交辟，（俞瑒甲本評）指鄭公幕。郎官幸備員。瓜時猶旅寓，（俞瑒甲本評）應“漂泊”。萍泛苦龠緣。（李以峙墨眉）（苦）按“若”形訛。藥餌虚狼藉，（俞瑒甲本評）應“消渴”。秋風灑静便。（俞瑒甲本評）切“秋日”。開襟驅瘴癘，明目掃雲煙。

高宴諸侯禮，（俞瑒甲本評）指柏中丞。佳人上客前。（奚禄詒甲本眉）追在成都事。（奚禄詒乙本墨旁）下七句承“高晏”。（陳治墨眉）查浦云：唤起至此，自叙被徵幕府，旅寓峽中，並及傷感法曲之事。哀箏傷老大，華屋豔神仙。南内開元曲，常時弟子傳。（俞瑒甲本評）用此折入追憶京師。（奚禄詒甲本眉）以上自序，仍想開元。（奚禄詒乙本墨眉）以上自序，仍想開元。○開元之曲，未是奏雅，然自亂後聞之，未免傷神。○杜公必以開元爲法曲，不似元微之曰“李謨擫笛傍宫墙，偷得新翻數般曲”也。（曹炎眉）都督柏中丞筵，聞梨園弟子李仙奴歌。法歌聲變轉，滿座涕潺湲。都督柏中丞筵，梨園弟子李山奴歌。（俞瑒甲本評）因宴飲而聞法曲，追思盛事，回首京華，此種出落，已入神境。（張雝敬墨旁）都督柏中丞筵，聞梨園弟子李仙奴歌。吊影夔州僻，（俞瑒甲本評）承上。回腸杜曲煎。（汪琬甲本紅眉）杜曲。（俞瑒甲本評）起下。（嚴復墨眉）凡筋節處用點。（倪象占藍眉）入夔府，下句應兩京。即今龍厩水，（曹炎眉)西京龍厩門,苑馬門也。渭水流苑門内。莫帶犬戎羶。兩京龍厩門,苑馬門也。渭水流苑馬門内。(俞瑒甲本評)此下言京師事。(嚴虞惇紅旁)時事。(嚴復墨眉)"莫帶犬戎羶",疑詞也。(奚禄詒乙本墨旁)入亂時。(張雒敬墨旁)西京龍厩門,苑馬門也。渭水流苑馬門内。耿賈扶王室,蕭曹拱御筵。(俞瑒乙本評)以下言京師時事。乘威滅蜂蠆,戮力效鷹鸇。(李以峙墨眉)(效)按"教"音近而訛。(陳治墨眉)"吊影"至此,序吐蕃爲難,及中興之後,餘惡未悛。"奴僕"四句,又推言亂本,與"胡雛負恩澤"二句同意。有謂指程元振者,非。舊物森猶在,凶徒惡未悛。國須行戰伐,人憶止戈鋋。奴僕何知禮,恩榮錯與權。(吕留良紅旁)兩句甚好,得體。(俞瑒甲本評)言當時將帥皆起於微賤。(奚禄詒甲本眉)此段追序禄山、肅宗事。○"奴僕"指禄山。(秦應逵紅旁)當指懷恩父子。胡星一彗孛,(俞瑒甲本評)指安史之亂。黔首遂拘攣。(俞瑒甲本評)指代宗還京師。(李以峙墨眉)(黔首)按作"首惡"與"拘攣"不協。哀痛絲綸切,煩苛法令蠲。業成陳始王,兆喜出於畋。(俞瑒甲本評)《詩》歌《七月》,陳王業也。"於畋"用吕望事。從"中興主"帶出"不世賢",筆法妙絶。(奚禄詒乙本墨眉)以周宣美肅宗,如當時裴、杜、郭、李諸公。宫禁經綸密,台階翊戴全。熊羆載吕望,鴻雁美周宣。(陳治墨眉)俞云:從"中興主"帶出"不世賢",轉出鄭、李,筆法妙絶。(奚禄詒甲本眉)用太公無謂。(嚴復墨眉)欲入鄭、李,先用"熊羆"等語逗起,猶前數意叙相事,先言"南内開元曲"也。(沈巖眉)"熊羆"二句,蓋謂代宗起郭子儀於閑廢,幸而得復長安也。

側聽中興主,長吟不世賢。(俞瑒甲本評)接入鄭、李。(嚴虞惇紅旁)入鄭、李。音徽一柱數,道里下牢千。鄭在江陵,李在夷陵。(吕留良紅旁)到此乃見。(俞瑒甲本評)荆州有一柱觀,峽州有下牢觀。時鄭在江陵,李在夷陵。(俞瑒乙本評)從"聽中興主",帶出"不世賢",落出李、鄭,轉接無痕。鄭李光時論,(曹炎眉)鄭在江陵,李在夷陵。文章並我先。陰何尚清省，沈宋欻聯翩。（俞瑒乙本評）此段專言鄭、李，美其文才，又頌述其虚懷樂道，證其不拒，已逗出欲就意。（奚禄詒甲本眉）序鄭、李二子之詩。公才大學博，然未免自逞，在太白則可不論。（奚禄詒乙本墨眉）此序二子之詩。律比崑崙竹，（俞瑒甲本評）此段專言鄭、李。音知燥濕絃。風流俱善價，愜當久忘筌。（方苞眉批）"愜心""貴當"，陸機語。（倪象占藍眉）鄭、李。置驛常如此，（俞瑒甲本評）鄭。登龍蓋有焉。（俞瑒甲本評）李。（張讎敬墨旁）當是言其聲名之遠。（沈巖眉）"置驛"二句插入自己定交之事。雖云隔禮數，不敢墜周旋。高視收人表，虚心味道玄。（陳治墨眉）哀痛至此，言代宗初政之美，將得賢輔以佐中興。"高視"以下皆頌述二公。○李太子賓客，故用四皓事；鄭監乃秘書，故用蓬萊事。馬來皆汗血，鶴唳必青田。（汪琬甲本紅眉）青田。羽翼商山起，（俞瑒甲本評）賓客。蓬萊漢閣連。（俞瑒甲本評）秘書。（俞瑒甲本評）賓客，太子官，故用四皓事。鄭監乃秘書監，故用蓬萊閣事。《後漢書》：東觀爲道家蓬萊。管寧紗帽净，江令錦袍鮮。（方貞觀墨眉）"紗"字、"錦"字本事俱無，皆公杜撰，湊句。東郡時題壁，南湖日扣舷。（嚴復墨眉）欲言己之思動，先言鄭、李之遠遊，此亦逗也。遠遊凌絶境，佳句染華牋。每欲孤飛去，（俞瑒甲本評）伏下。（俞瑒乙本評）"每欲孤飛"以下，專叙自己將去夔府而往江陵，妙在一筆按住，叙出許多情事。徒爲百慮牽。（嚴虞惇紅旁）又自叙。（張讎敬墨旁）虚字開闔有致。生涯已寥落，（俞瑒甲本評）應前段説。國步乃迍邅。（奚禄詒甲本眉）序情所以詠懷也。（陳治墨眉）以下自叙客夔之況。衾枕成蕪没，池塘作棄捐。平生多病，卜築遺懷。（俞瑒甲本評）此下專叙自己，言將去夔府而往江陵。妙在一筆按住，序出許多情事。（嚴復墨眉）"衾枕蕪没"者，不室也；"池塘棄捐"者，無家也。語特潔峻。（張讎敬墨旁）平生多病，卜築遺懷。別離憂怛怛，伏臘涕漣漣。露菊班豐鎬，（俞瑒甲本評）西京。（沈巖眉）公本杜陵人，有宅在洛陽。

秋蔬影澗瀍。(俞瑒甲本評)東京。(奚禄詒乙本墨旁)指杜曲,呼下昔事。(張雝敬墨旁)"影"字妙在不可解,然非若近人之真不可解也。共誰論昔事,幾處有新阡。(俞瑒甲本評)以交遊説。富貴空回首,喧争懶著鞭。(李念慈紅眉)"喧争"句式實語,予亦然。兵戈塵漠漠,江漢月娟娟。(奚禄詒乙本墨眉)此下在夔。(奚禄詒乙本墨旁)又入夔州。局促看秋燕,蕭疏聽晚蟬。(張雝敬墨旁)"看秋燕"只是寫"局促"兩字,"聽晚蟬"只是寫"蕭疏"兩字,並不是寫景寫物。

雕蟲蒙記憶,烹鯉問沉綿。(俞瑒甲本評)關合鄭、李。(奚禄詒甲本眉)亦與篇首犯複。〇此下在夔之事。卜羡君平杖,偷存子敬氈。(錢陸燦丁本評)"卜羡"一段,作答詞看,告以瀼西近况。實叙皆成虚運。(俞瑒甲本評)以蜀中言答二公所問。(俞瑒乙本評)此叙少陵所居,與前叙夔州形勝不同,還"秋日夔府"四字正面。(嚴復墨眉)"君平杖",當時宜有所據,不然對不過"子敬氈"也。(奚禄詒乙本墨旁)遇賊。(奚禄詒乙本墨眉)瀼安有巔?囊虚把釵釧,米盡坼花鈿。甘子陰凉葉,(俞瑒甲本評)此段寫景是少陵所居之處,與前序夔州形勝不同。茅齋八九椽。(俞瑒甲本評)夔州所居。陣圖沙北岸,市暨瀼西巔。八陣圖。市暨,夔人語也。江水横通山谷處,方人謂之瀼。(汪琬甲本紅眉)市暨。(俞瑒甲本評)夔人目市井處曰"市暨",方言也。(曹炎眉)"市暨",市井泊船處,夔人語也。瀼江水横通山谷處,居人也。(張雝敬墨旁)"暨"音"既",峽人目市井處曰"市暨"。八陣圖。市暨,夔人語也。江水横通山谷處,方人謂之"瀼"。羈絆心常折,棲遲病即痊。(嚴復墨眉)"棲遲病即痊"亦反剔語。(張雝敬墨旁)句法。紫收岷嶺芋,白種陸池蓮。色好梨勝頰,穰多栗過拳。(吕留良紅旁)牽强押韻。(嚴復墨眉)"穰"字疑非作豐穰解,豈通"瓤"耶?敕厨唯一味,求飽或三鱣。(方貞觀墨眉)"三鱣"字亦用得假借。(秦應逵紅旁)言除是從空際墜也。(沈巖眉)"三鱣"言除是從空墜也。兒去看魚笱,人來坐馬韉。(錢陸燦丁本評)寂寞難堪,已伏下欲去意。(奚禄詒乙本墨眉)以上言留寓之苦。(王鳴盛墨眉)一作"俗異鄰蛟室,朋來坐馬韉"。(李以峙墨眉)("俗異"句)按此句與上下文欠協,應從别本。縛柴門窄窄,通竹溜涓涓。塹抵公畦稜,京師農人指田遠近多云"幾稜稜",音去聲。村依野廟壖。(奚禄詒甲本眉)以上皆言流寓之苦。(陳治墨眉)"雕蟲"至此,曰二公尺書來問,遂述客居之狀。缺籬將棘拒,倒石賴藤纏。(張雝敬墨旁)瑣細得有趣。借問頻朝謁,何如穩晝眠。(俞瑒甲本評)説到諸公。(佚名己紅眉)此自叙畢,又入贈也。誰云行不逮,(李以峙墨眉)(逮)按"達"形訛。(吕留良紅旁)借對。自覺坐能堅。霧雨銀章澀,馨香粉署妍。(嚴虞惇紅旁)又勉鄭、李。紫鸞無近遠,黄雀任翩翾。(嚴復墨眉)三韻先□己分詠,後乃單説鄭、李,此亦接筍法。困學違從衆,明公各勉旃。(俞瑒甲本評)此處應"中興"言之。蓋以功名之事望諸公,而身許爲雙峰法侣也。聲華夾宸極,早晚到星躔。懇諫留匡鼎,諸儒引服虔。不逢輸鯁直,(李以峙墨眉)(不過)按"不逢"非,亦形近之誤。會是正陶甄。(嚴復墨眉)"輸",輸將也。宵旰憂虞軫,黎元疾苦駢。(陳治墨眉)"紫鸞"至此,言我唯安於卑飛,二公當勉爲公輔之業。雲臺終日畫,青簡爲誰編。(俞瑒甲本評)應"中興"。(奚禄詒乙本墨眉)此下雜耳。○此下言己動招尋之興,具舟下荆。

行路難何有,(俞瑒甲本評)此段爲通篇結穴。即是所以詠懷者,故告諸兩公,以見奉寄之意。招尋興已專。(俞瑒甲本評)言將往江陵。(奚禄詒甲本眉)"行路難"已下言己動招尋之興,具舟楫下荆州。(嚴虞惇紅旁)又自述。(沈巖眉)以下言我亦將由夷陵而行,或與鄭、李道故。雖爲百慮所牽,不獲就二君於南湖、東郡之間。然雙峰七祖,其真詮妙聲已絶招尋之興,自夔之蕲途中,終當與二君少款也。"風期破浪"至結,極言其依皈迦葉之勇猛,以終詠懷之事。所謂"唤起搔頭急,扶行幾屐穿"者,庶幾賴佛法以掃除之,如金篦之刮眼耳。蓋士無學問以養其性情,則憂傷之極,徒有歸於放達而已。屈子之遠遊,其著焉者也。○頭陀寺在黄鶴樓旁。由來具飛楫,暫擬控鳴弦。身許雙峰寺,門求七祖禪。(俞瑒甲本評)歸結在此。(奚禄詒甲本眉)何必言及此?(佚名己紅眉)此又自寫流寓之意作結。落帆追宿昔,衣褐向真詮。(奚禄詒乙本墨旁)佞佛。安石名高晉,鄭高簡,得謝太傅之風。(張雝敬墨旁)鄭高簡,得謝太傅之風。(曹炎眉)鄭高簡,得謝太傅之風。李,宗親,有燕昭之美。燕,周之裔也。昭王客赴燕。李,宗親,有燕昭之美。燕,周之裔。(俞瑒甲本評)以比鄭、李。(俞瑒甲本評)原注:鄭高簡,得謝太傅之風;李,宗親,有燕昭之美。(嚴虞惇紅旁)又入鄭、李。(方貞觀墨眉)牽湊無理。(嚴復墨眉)"安石名高晉"以下四句却喫力,非注不知。所謂蓋杜有遠行而以二公爲東送主人之意,故於叙己時忽入此四語,惟是聯用四古人,如點鬼簿,而豈又不亮耳。"途中非阮"者,謂得此則無家途之適。"查上似張"者,透下"風期破浪"意也。"披拂雲寧在"者,比其撥雲見天也。"淹留景不延"者,先告不久溷主人也。(吴廣霈墨眉)篇幅過長,鋪叙自不免於冗雜。(張雝敬墨旁)李,宗親,有燕昭之美。燕,周之裔。途中非阮籍,查上似張騫。(俞瑒甲本評)自謂。(奚禄詒甲本眉)自序之後,又復自序,豈不犯複?(奚禄詒乙本墨眉)古人只有寓意遊仙,未有寓意逃禪者,後半與前許多忠愛之言不相應,亦非以稷契自比之人。披拂雲寧在,淹留景不延。風期終破浪,水怪莫飛涎。(俞瑒甲本評)公欲下峽歸故里也。(奚禄詒甲本眉)謂己欲下峽也。他日辭神女,傷春怯杜鵑。淡交隨聚散,(俞瑒甲本評)帶入鄭、李。(秦應逵紅旁)待鄭、李。澤國繞回旋。(方貞觀墨眉)"旋"字韻複。本自依迦葉,(嚴虞惇紅旁)終言皈依禪悦之意。何曾藉去聲偓佺。(奚禄詒乙本墨眉)以下何必佞佛。爐峰生轉眄,(俞瑒甲本評)預擬東行之事。(張雝敬墨旁)靈在"生"字。橘井尚高褰。東走窮歸鶴,南征盡跕鳶。晚聞多妙教,卒踐塞前愆。顧凱丹青列,頭陀琬琰鐫。(奚禄詒乙本墨旁)頭陀寺之畫。(奚禄詒乙本墨

眉)鄭云:長篇可謂沉著頓挫,不以爲難,然詩不貴此。○宋人學之,遂以詩爲文,濫觴不已,此道大壞,老杜啓之也。**衆香深黯黯,幾地肅芊芊。**(**王嗚盛墨眉**)阡韻兩押。**勇猛爲心極,清羸任體孱。**(**俞瑒甲本評**)結飄零消渴之意。**金篦空刮眼,鏡象未離銓。**(**俞瑒甲本評**)歸結空門,以終詠懷之意。(**俞瑒乙本評**)結到攝静歸空,正收應起處飄零衰謝意。此即所懷之欲白者,告之兩公,見奉寄意。(**奚禄詒甲本眉**)删去大半,便成佳作。長篇之難如此。○排律不宜多做,長篇尤不可多做。(**陳治墨尾**)内重旋字韻。(**秦應逵紅旁**)結飄零消渴之意,歸諸空門。

【彙評】

俞瑒甲本評:此詩言衰謝飄零,功名未就,終乃欲歸心於釋氏也。世亂而不得爲中興之佐,垂老而思爲出世之人,是通首前後關合處。

張學仁參定:百韻詩自杜公創始,然全是賦家筆法,寓開合頓挫於段落中,仍有無迹可尋之妙。若元白諸作,筋弛脈懈,徒誇繁富,不免詞費。○《容齋隨筆》謂:“滿座涕潺湲”“伏臘涕漣漣”爲重意。張溍謂:“不敢墜周旋”“澤國遶回旋”爲重韻。○仇氏曰:短章詩斷處多用突接,長排體則須用鈎挑之法。回顧上文者爲“鈎”,逗起下文者爲“挑”。玩此詩逐段鈎、挽、挑、逗,俱見作法之巧。

方貞觀墨眉:此公集中第一長篇,勾連遞逗,亦細密有法。景物人我,錯綜往復,亦見布局之妙。然終是逐段生法,可長可短,求如《奉先縣詠懷》《北征》諸長篇波瀾鼓蕩,關鍵森嚴,不可得矣。且用事多假借牽凑,煉句多蕪累晦澀,不足爲法。

陳治墨眉:查浦云:此詩亦似天寶間風格。汪云:詩以贈秘書乃“中興”一段,寫得如此精彩,所謂閑處著色也。如捨此而拈同升,多涉一筆則小而俗矣。

陳治墨旁:虚字重叶。

倪象占藍眉批錢注“大照”：大照即普寂，北宗秀之弟子，秀爲“大通”也。○南能之後，爲荷澤會公，即七祖。

寄劉峽州伯華使君四十韻

方拱乾評：險韻長排，彌琢彌穩。伯華之祖允濟與公祖審言同仕武后朝，故後云“真不墜”，獨無承述先事也。

王士禛評：審言本沈宋一流人，故子美不恥言武后。

俞瑒乙本評：楚蜀相連，故用意在爲客得朋，而相勉以養生避患之計也。

奚禄詒甲本眉：通篇煉句甚傑。○“遠山”“深水”二句，寫景雄確，他人未及。

奚禄詒乙本墨旁：胡孝轅曰：舊注劉家世多誤，故解詩亦不切。詳詩中之言，其先當是劉憲，備注各句下。

嚴復墨眉：此篇音節、色澤俱臻上乘，殆不能言其所以然，真所謂不煩婉□者矣。

峽内多雲雨，（**呂留良紅眉**）不必對“謁”字。秋來尚鬱蒸。（**奚禄詒甲本眉、乙本墨眉**）開手言懷。遠山朝白帝，（**李以峙墨眉**）（遠山）按“遠天”非。深水謁彝陵。（**奚禄詒乙本墨眉**）通章煉句甚傑。遲暮嗟爲客，西南喜得朋。哀猿更起坐，落雁失飛騰。伏枕思瓊樹，臨軒對玉繩。青松寒不落，碧海闊逾澄。昔歲文爲理，群公價盡增。（**秦應逵墨眉**）審言本沈宋一流人，故子美不恥言武后時事。（**方貞觀墨眉**）“文爲理”言以文教爲治理。（**奚禄詒乙本墨眉**）憲與公祖審言同列名文苑，憲嘗推薦褚無量，雅稱儒者。天后時爲冬官員外郎，審言亦爲膳部員外郎，爲同升。憲受詔推按來俊臣，欲因事懲其酷，反爲俊臣所構，坐貶。俊臣敗，憲轉鳳閣舍人。景龍中，與審言同直修文館。下每聯皆序其恩遇。家聲同令聞，時論以儒稱。（嚴虞惇紅眉）謂劉允濟也。（陳治墨眉）劉之祖與公之祖膳部郎同在天后之朝，與劉爲世舊，今復同爲遷謫，故作此詩。（佚名己紅眉）此叙兩家先世，謂劉氏與公之祖审言并列文苑中。太后當朝肅，多才接迹昇。翠虚捎魍魎，丹極上鯤鵬。（吕留良紅旁）奇。宴引春壺滿，（嚴虞惇紅旁）酒。恩分夏簟冰。（方拱乾評下）如此而知假長慶之爲真疏也。（李念慈紅眉）藻麗。彫章五色筆，紫殿九華燈。學並盧王敏，書偕褚薛能。老兄真不墜，小子獨無承。近有風流作，聊從月繼徵。（嚴虞惇紅旁）狹。（李以峙墨眉）（月窺）按"窺""窋"皆謬，不易詮解。劉本在峽，必應從趙本。（陳治墨旁）此段稱劉所寄詩文。（奚禄詒乙本墨眉）序近寄之作，至"百萬層"皆贊其詩。放蹄知赤驥，（奚禄詒乙本墨旁）美其來詩。捩翅服蒼鷹。（方拱乾評）述伯華之寄詩也。卷軸來何晚，襟懷庶可憑。會期吟諷數，益破旅愁凝。（方貞觀墨眉）"會期"猶言會當也。雕刻初誰料，（沈巖眉）料，猶"賦料揚雄"之"料"。纖毫欲自矜。（嚴虞惇紅旁）言己初自矜，後心折於劉也。（嚴復墨眉）"雕刻初誰料"者，言不料劉之加己以藻飾也。以劉之譽己，遂若纖毫，可以自矜，文意甚明，注家糾纏無當。神融躡飛動，戰勝洗侵凌。（李念慈紅眉）公頌人詩便有奥義佳句。妙取筌蹄棄，高宜百萬層。（方拱乾評）論詩。白頭遺恨在，青竹幾人登。（奚禄詒甲本眉）言詩之能登素簡者少也。（奚禄詒乙本墨眉）入自序，仍帶劉，□聯頓挫縈洄，令人擊節。（嚴虞惇紅旁）數句轉入自己。（陳治墨眉）以上序次不甚明瞭。

回首追談笑，勞歌跼寢興。（佚名己紅眉）此又分叙。年華紛已矣，世故莽相仍。（吕留良紅旁）對法好。刺史諸侯貴，（嚴虞惇紅旁）劉。郎官列宿應。（吕留良紅眉）"應"字平用，亦戇。（嚴虞惇紅旁）自。（陳治墨旁）此段叙共遊處。潘生驂閣遠，黄霸璽書曾。（汪琬丙本評)叙劉處,帶入自己;自叙處,仍帶使君。章法變化。(嚴虞惇紅旁)劉。(沈巖眉)重押"增"字,前謂聲價,此指品秩。**乳贙號攀石,**(嚴虞惇紅旁)下皆自述。**飢鼯訴落藤。**(方拱乾評)以下自叙。(奚禄詒乙本墨眉)乳贙獱獸,號而攀石。用尹賞以虎穴納惡少事,言劉政之肅。〇俗説有人避亂入井,爲四蛇傷足,上樹逢二鼠齧藤,比己遇之蹇。應璩《與曹昭伯箋》云:所在幽閑,獨坐愁思,幸賴遊藝,以娱其意。**藥囊親道士,**(奚禄詒甲本眉、乙本眉)此下自序。**灰劫問胡僧。**(奚禄詒乙本眉)上句言親醫藥,下句言時事之變亂。**憑久烏皮綻,簪稀白帽棱。**(方拱乾評)賓主互用。(佚名己紅眉)此又自叙。**林居看蟻穴,野食行魚罾。**(李以峙墨眉)(待)按作"行",形近而訛。**筋力交彫喪,飄零免戰兢。**(俞瑒乙本評)此叙寄書本意,相勉以養生解患之事也。(嚴復墨眉)"飄零免戰兢"亦係反剔句法。**皆爲百里宰,**(李以峙墨眉)(皆)按當從"昔"爲是。**正似六安丞。**(方貞觀墨眉)"皆爲"二語牽强支離,終不可解。(陳治墨旁)以下叙養生。**姹女縈新裹,丹砂冷舊秤。**(奚禄詒乙本墨眉)"姹女""丹砂"終上"藥囊"句,"椿壽"二句終上"灰劫"句。**但求椿壽永,莫慮杞天崩。**(奚禄詒甲本眉)又復雙序。**煉骨調情性,張兵撓棘矜。**(嚴虞惇紅眉)張兵伐叛,不解。(陳治墨眉)通篇入時事,只得伐叛一句。(嚴復墨眉)"煉骨"四語似純從修煉徑説,乃至政微詞章,自養生言之,亦□□之亡羊而已。故皆棄置不事,所謂深人無淺語也。(沈巖眉)"但求"六句,三層相頂,"但"猶言"何但"也。"莫"猶言"莫非"也。**養生終自惜,伐數必全懲。**(奚禄詒乙本墨眉)此又雙序己與劉。〇"伐叛"承"棘矜",矜,叛人也,本賈誼"耰鋤矜棘"來。(李以峙墨眉)("伐判"句)按從"叛"字,與"張兵"句相應,但上下文皆言養生,突及世亂,全篇無根,而從"伐數"則"張兵"句又費詮解。噫!杜詩不易讀也。(佚名己紅眉)此又互叙。**政術甘疏誕,詞場愧服膺。**(陳治墨旁)終美劉作,有知己之感。(佚名己紅眉)此又叙劉作結。**展懷詩誦魯,割愛酒如澠。**平生所好，消渴止之。（奚禄詒甲本眉）言展己之懷，惟誦劉詩；寄劉之哀，則惟飲酒。寄□者言别離也。（奚禄詒乙本墨眉）言展己之懷，惟誦劉詩，尊之如師也。○齊侯與晉侯投壺曰："有酒如澠，有肉如陵。寡人中此，與君代興。"言劉如澠之愛，不敢□代興之思，與劉共騁詞場也。咄咄寧書字，冥冥欲避矰。江湖多白鳥，天地有青蠅。（奚禄詒甲本眉批注釋）此解甚妥。○即此見長篇之難，亦不必做也。（奚禄詒甲本尾批）賦也。○太沉著。（奚禄詒乙本墨眉）結到生前死後，是慘語。○盧翻云：死以青蠅爲吊客，天下有一人知己，不恨。

天　池

方拱乾評：排。

吴廣霈墨眉：亦佳什也。

天池馬不到，嵐壁鳥纔通。百頃青雲杪，曾波白石中。鬱紆騰秀氣，蕭瑟浸寒空。（李念慈紅眉）"蕭瑟"句讀之，尚堪清人心骨。直對巫山出，（吕留良紅旁）以下句而勝。兼疑夏禹功。魚龍開闢有，菱芡古今同。（錢陸燦丁本評）"魚龍"八句記天池之景物。（吕留良紅旁）以上句而勝。（奚禄詒甲本旁、乙本墨旁）强對。（佚名己紅眉）胸次浩落，輒有此想。聞道奔雷黑，初看浴日紅。飄零神女雨，（奚禄詒甲本眉）"飄零"四句形似，亦誇。斷續楚王風。（嚴復墨眉）但言池有風雨耳，而屬之神女、楚王，便恍惚靈異。欲問支機石，（吕留良紅旁）巧。如臨獻寶宫。九秋驚雁序，萬里狎漁翁。（方拱乾評）生結。（方拱乾評）看生結處。（嚴復墨眉）"萬里"字頗疑無恙。老杜好用大字面，須防之。更是無人處，誅茅任薄躬。（方拱乾評）結妙。（奚禄詒甲本旁）賦也。○也不成。（李以峙墨眉）（茅）按"勞"，音近而誤。

國家古籍整理出版專項經費資助項目

2021—2035年國家古籍工作規劃重點出版項目

教育部人文社會科學重點研究基地
復旦大學中國古代文學研究中心 叢刊

杜詩彙評

壹

黄霖 陳維昭 周興陸 主編
曾紹皇 輯著

鳳凰出版社

圖書在版編目（CIP）數據

杜詩彙評 / 曾紹皇輯著. -- 南京 : 鳳凰出版社, 2024. 12. --（古代文學名著彙評叢刊 / 黄霖, 陳維昭, 周興陸主編）. -- ISBN 978-7-5506-4389-5

Ⅰ. I207.227.423

中國國家版本館CIP數據核字第2024CY1426號

書　　名	杜詩彙評
輯　　著	曾紹皇
責任編輯	李相東
裝幀設計	陳貴子
責任監製	程明嬌
出版發行	鳳凰出版社（原江蘇古籍出版社） 發行部電話025-83223462
出版社地址	江蘇省南京市中央路165號，郵編：210009
照　　排	江蘇鳳凰製版有限公司
印　　刷	蘇州市越洋印刷有限公司 江蘇省蘇州市吴中區南官渡路20號，郵編：215104
開　　本	890毫米×1240毫米　1/32
印　　張	72.75
字　　數	1725千字
版　　次	2024年12月第1版
印　　次	2024年12月第1次印刷
標準書號	ISBN 978-7-5506-4389-5
定　　價	580.00圓（全五册）

（本書凡印裝錯誤可向承印廠調换，電話：0512-68180638）

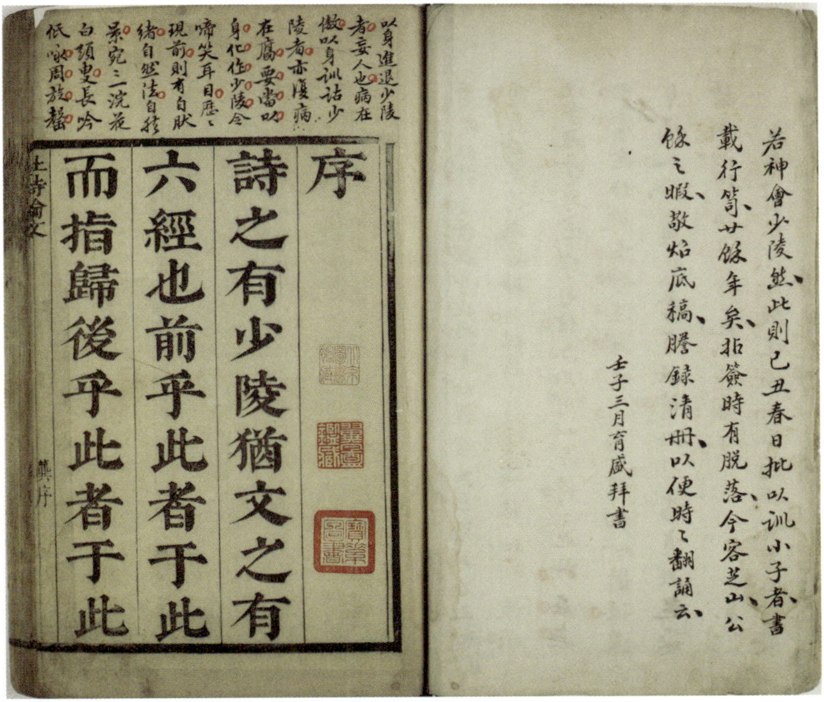

清方育盛過録方拱乾批《杜詩論文》，清康熙十一年岱淵堂刻本
今藏中國國家圖書館

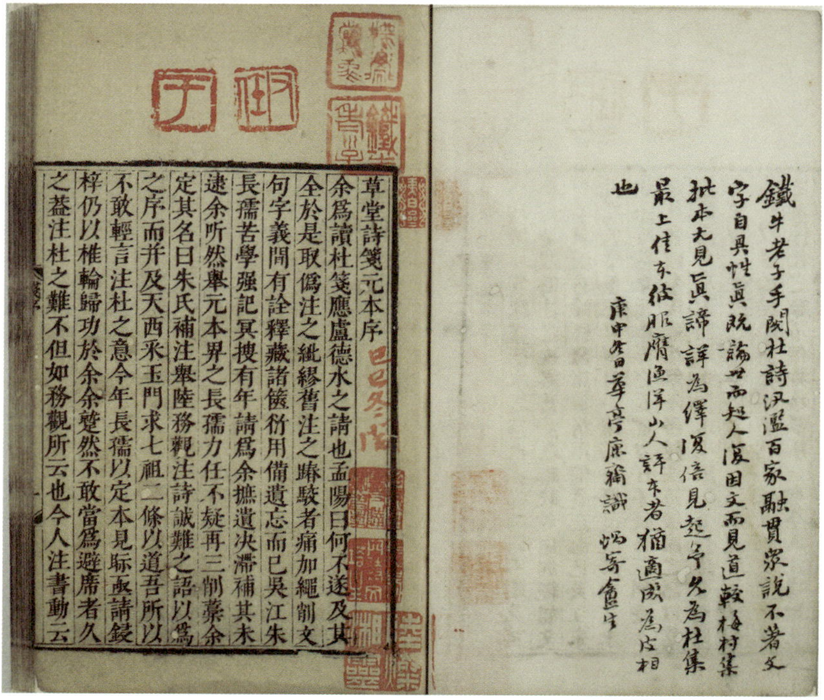

清錢陸燦批點並跋《杜工部集》，清康熙六年季氏静思堂刻本
今藏中國國家圖書館

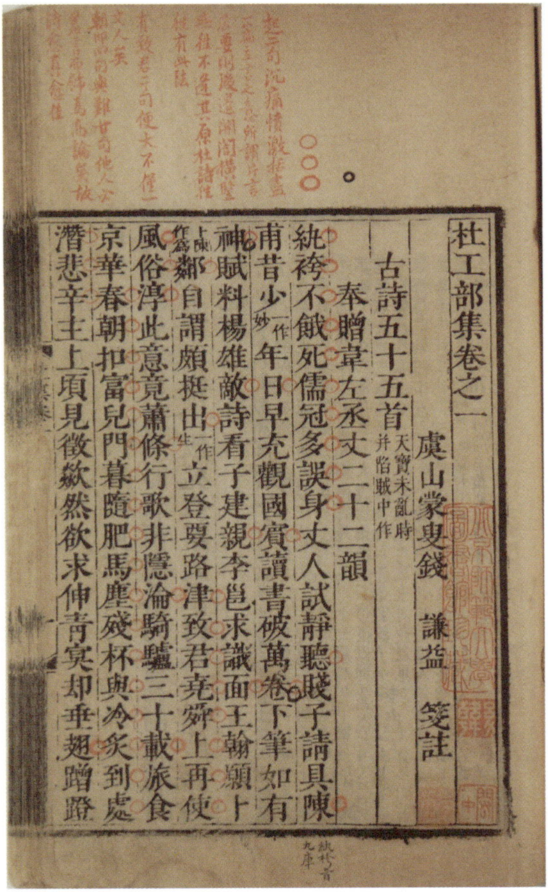

杜工部集卷之一

虞山蒙叟錢謙益箋註

古詩五十五首（天寶未亂時并陷賊中作）

奉贈韋左丞丈二十二韻

紈袴不餓死，儒冠多誤身。丈人試靜聽，賤子請具陳。甫昔少（一作妙）年日，早充觀國賓。讀書破萬卷，下筆如有神。賦料揚雄敵，詩看子建親。李邕求識面，王翰願卜（上陳作爲）鄰。自謂頗挺出（一作生），立登要路津。致君堯舜上，再使風俗淳。此意竟蕭條，行歌非隱淪。騎驢三十載，旅食京華春。朝扣富兒門，暮隨肥馬塵。殘杯與冷炙，到處潛悲辛。主上頃見徵，欻然欲求伸。青冥却垂翅，蹭蹬

清佚名過録清李念慈批《杜工部集》，清康熙六年季氏静思堂刻本
今藏北京師範大學圖書館

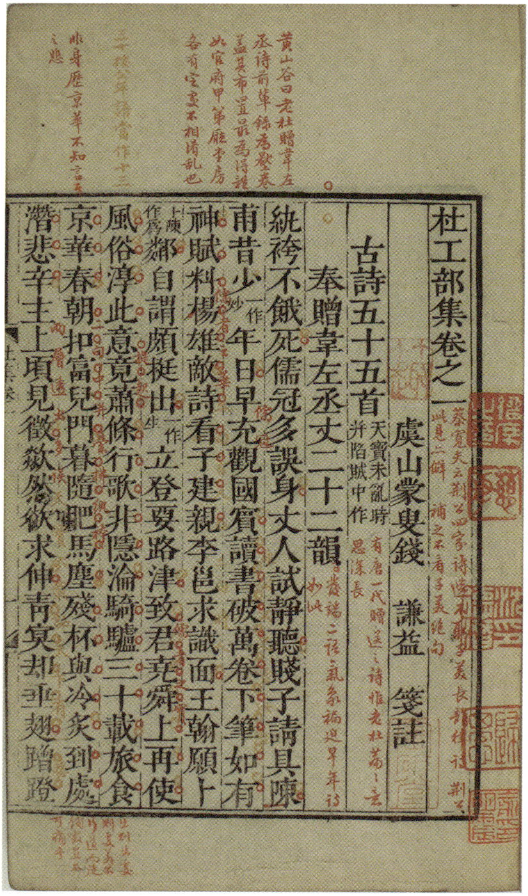

清沈巖圈點批注《杜工部集》，清康熙六年季氏静思堂刻本
今藏中國國家圖書館

目　録

第一册

第二册

第三册

第四册

第五册

總　序

黄　霖

一

評點是一種富有中國特色的文學批評樣式，其主要特徵是在正文邊或天頭上有評語或點圈。其評之源可上溯到秦漢的經史之學。如《易》之有繫辭、説卦，《詩》之有《毛傳》《鄭箋》，乃至司馬遷的“太史公曰”，《楚辭章句》每篇前的小序，等等，均可視爲其濫觴。後加上看書時隨手“點煩”“點抹”“鈎識”“朱墨别異”等，就形成了一套有圈點、有批語、有總論的評點模式，並逐步完善。宋中葉以後，始有刻本①。宋元間曾産生過吕祖謙、真德秀、方回、劉辰翁等著名的文學評點家。至明代，刊刻評點之風大盛，整個清代也久盛不衰，以至到當代，一些評本的出版還絡繹不斷，致使若干小説作家也按捺不住，紛紛伸紙弄筆，批點起一些古典文學名著來了。

文學評點的走紅，恐怕與宋代吕祖謙《古文關鍵》的一炮打響頗有關係。俞樾曾評此書曰：“先生論文極細，凡文中精神、命脉，悉用

---

① 葉德輝：“刻本書之有圈點，始於宋中葉以後。”耿素麗點校《書林清話》卷二，國家圖書館出版社 2009 年版，第 23 頁。

筆抹出;其用字得力處,則或以點識之;而段落所在,則鈎乙其旁,以醒讀者之目。學者循是以求,古文關鍵可坐而得矣。"[1]《古文關鍵》的評點,不僅使一些經典選文精神全出,而且其卷首的"總論"也十分精闢,如《論作文法》云:

文字一篇之中須有數行齊整處,須有數行不齊整處。

或緩,或急,或顯,或晦。緩急顯晦相間,使人不知其爲緩急顯晦。

常使經緯相通,有一脉過接乎其間,然後可。蓋有形者綱目,無形者血脉也。

有用文字,議論文字是也。爲文之妙,在叙事狀情。

筆健而不粗,意深而不晦,句新而不怪,語新而不狂。

常中有變,正中有奇。

題常則意新,意常則語新。

辭源浩渺而不失之冗,意思新轉處多則不緩。[2]

諸如此類,都是創作經驗的總結,具有高度的概括意義。

其後,樓昉《崇古文訣》、謝枋得《文章軌範》、周應龍《文髓》、真德秀《文章正宗》等相繼致力於選文評點,揭示"文法","抽其關鍵,以惠後學"[3],掀起了第一陣文學評點的旋風。這一代評家,多深得文章奥秘,下筆淵雅得體,故其書能風行,其人亦足傳世。明人隨其後,文學的評點擴而大之,推向詩詞稗曲各體,乃至對儒家的經典也敢用文學的眼光、評點的手法去重新解讀,真可謂是百花競放。到

① 俞樾《東萊先生古文關鍵後跋》,清光緒廿四年江蘇書局本《東萊先生古文關鍵》卷末。

② 吕祖謙《論作文法》,清光緒廿四年江蘇書局印本《東萊先生古文關鍵》卷上,第 3 頁。

③ 樓昉《崇古文訣》卷首,景印文淵閣《四庫全書》本,臺灣商務印書館 1986 年版,第 1354 册,第 2 頁。

明末清初,終於出現了如金聖歎這樣天才的評點大家,將文學評點推向了高峰,爲中國古代的文學理論特别是叙事文學理論作出了不可磨滅的貢獻。然而,凡事如一窩蜂式地争上之時,必然是泥沙俱下,並招致一些嗜利之徒蠅營蟻附而拼命跟風炮製,幾使部部名著有評點,家家書肆出評本,其粗劣、惡俗、拼凑、抄襲之作也就層見疊出,這就必然使評點遭致一片詬病,乃至詈駡之聲。

當然,假如對於評點的否定僅僅是針對一些粗劣惡俗之作而發,乃天經地義,無可厚非。然在歷史上蔑視與否定評點的緣由並非這麽簡單,主要還是有相當一批有影響的文人學士在思想認識上並不認可這種批評樣式。

第一類是封建社會中的儒學衛道者。他們將儒家經典奉爲神明,就將用非傳統的儒家觀點與方法來評點《詩經》《尚書》之類視爲旁門左道,甚至是洪水猛獸。如錢謙益、顧炎武等看到孫鑛、鍾惺等評點《詩》《書》而被世人"奉爲金科玉律,遞相師述","天下之士,靡然從之"之時,就起而痛批,甚至上綱到"非聖無法"的地步,説:

> 古之學者,九經以爲經,三史以爲緯……敬之如神明,尊之如師保……僭而加評騭焉,其誰敢?……妄而肆論議焉,其誰敢?評騭之滋多也,論議之繁興也,自近代始也。而尤莫甚於越之孫氏,楚之鍾氏。孫之評《書》也,於《大禹謨》則譏其"漸排"矣;其評《詩》也,於《車攻》則譏其"選徒囂囂",背於有聞無聲矣。尼父之删述,彼將操金椎以穀之,又何怪乎孟堅之史、昭明之《選》,詆訶如蒙僮,而揮斥如徒隸乎!……是之謂非聖無法,是之謂侮聖人之言。……學術日頗,而人心日壞,其禍有不可勝言者![1]

---

① 錢謙益《葛端調編次諸家文集序》,《牧齋初學集》卷二十九,《四部叢刊初編》本,第 269 册,第 6 頁。

後來,顧炎武在《日知録》中談及鍾惺時,照抄了錢謙益的話,在指責鍾氏評點"好行小慧,自立新説"的同時,更説他是"文人無行",甚至是"病狂喪心"①。

第二類是將評點同"八股"簡單等同者。評點流行過程中,確與時文八股關係密切。八股文本身也是古代的文章之一,其"文法"自然與"古文之法"息息相通,所以,《古文關鍵》一類書所揭示的"作文之法",對於應試者來説也是枕中秘寶。而評點這些"作文之法"者也往往是爲了給應試學子提供方便。比如《文章軌範》一書,王陽明在爲其作序時就指出,謝枋得的選評是"有資於場屋者",他所標揭的"篇章句字之法","獨爲舉業者設耳"②。萬青銓在《文章軌範跋》中進一步引申説,編選者"蓋欲學者由舉業以達於伊、傅、周、召,不能不教之,用韓、柳、歐、蘇之筆,發周、程、張、朱之理,以期有當於孔、曾、思、孟之心,有當於千百世上下人之心"③。事實上,大量的評點之作爲當時的應試學子提供了仕途進取的實用門徑。所以,明清兩代,特别是科舉廢除之後,學界往往給評點戴上"八股"的帽子而加以否定。如胡適、魯迅等在否定金聖歎的評點時,都用上了這頂帽子。胡適在《〈水滸傳〉考證》中説金聖歎評《水滸》曰:"這種機械的文評正是八股選家的流毒,讀了不但没有益處,並且養成一種八股式的文學觀念,是很有害的。"④魯迅在《談金聖歎》一文中全面否

① 顧炎武《日知録》"鍾惺"條,《日知録集釋(外七種)》卷十八,上海古籍出版社1985年影印本中册,第1428頁。

② 王守仁《文章軌範序》,謝枋得《文章軌範》卷首,景印文淵閣《四庫全書》本,第1359册,第543頁。

③ 萬青銓《文章軌範跋》,謝枋得《文章軌範》卷首,清光緒二十一年冬湖北官書處重刻本,第1頁。

④ 胡適《〈水滸傳〉考證》,《胡適古典文學研究論集》,上海古籍出版社1988年版,第745頁。

定金聖歎時也說《水滸》經他一批,“布局行文,也都硬拖到八股的作法上”①。胡適、魯迅等人的看法在二十世紀三十年代到七十年代影響很大。

第三類是將評點視爲“純藝術論”而加以拋棄者。在相當長的一段時間内,我們的文學理論的指導思想是重内容而輕形式,甚至簡單地將注重形式美判定爲“形式主義”“純藝術論”。在這樣的潮流中,評點也就被看作是表現“形式主義”“純藝術論”的糟粕。郭紹虞在1979年版的《中國文學批評史》之“六二”《評點之學的理論》中就説:“明代文壇也可説是熱鬧喧天了。然而結果怎樣呢? 最後的結穴却成爲評點之學。我們從這一個歷史的教訓看來,也就可以知道唯心的觀點和純藝術的論調之爲害於文學與文學批評是没法估計的。”他説“評點之學”的“眼光只局於文章的形式技巧,那就所得有限。然而他們沈溺其中,迷不知返,還自以爲走的是正路呢”②。

從明代以來的這些蔑視、否定文學評點的看法實際上都是不能成立的。古代的文學評點不是壞在“非聖無法”,恰恰相反,好的評點作品往往就在於能離經叛道,特立獨行,有創新意識。凡是不成功的評點之作,大都壞在不能衝破一套封建教條與僵化的批評方法,只知一味順應封建統治者所好,而背離了百姓,背離了時代。不要説像《詩經》那樣本身是屬於“經”的作品要擺脱“尊聖”“宗經”的觀念十分困難,就是小説、戲曲類的作品,大量枯燥無味的評點就是用一套封建的標準來臧否人物、評價是非,而對作品的藝術性則置若罔聞。這樣的評點作品,理所當然地要被讀者所拋棄,被歷史所淘汰。只有像金聖歎那樣有膽有識,用獨特的思想、文學的觀點和

① 魯迅《談金聖歎》,《文學》創刊號(第一卷第一號),1933年7月1日。
② 郭紹虞《中國文學批評史》,上海古籍出版社1979年版,第446、452頁。

精美的語言來評點的,纔是真正有價值的文學批評,值得我們去發掘與研究。至於評點受八股的影響,並不全是壞事,甚至可以説在總體上看是好事。因爲八股恰恰是引導中國文學批評走進追求文學形式美大門的重要使者。八股作爲一種考試形式,要求代聖人立言,束縛人們的思想,當然要拋棄,但八股是建築在中國文字特點上的一種形式美的總結。應該承認它作爲一種表現形式,確實是美的。壞的不在於八股這一形式的本身,壞是壞在將這一種、僅僅是一種美的形式僵化,一元化,逼着文人們都去走這華山一條路。正像肉是美味的,但假如要你天天吃、頓頓吃,那就味不美了。金聖歎等總結的種種"文法",即明顯地帶有八股味,但正是在這裏他們很好地總結了一些小説、戲曲、詩文表現的藝術特點與表現技巧,對中國古代文學理論與創作的發展是大有貢獻的。實際上,好的評點,就是當時的"新批評",就是將文學當作文學來讀。它們既講藝術,也有思想,如金聖歎評《水滸》,既將《水滸》的藝術奧秘條分縷析,也充分地暴露了貪官污吏的醜惡嘴臉,揭示了《水滸》英雄的人性之美。他的評點根本就不是"純藝術"或"形式主義"的。因此,如今要將評點的研究引向康莊大道,首先要徹底拋棄以上所説的三道"緊箍咒",特别是後兩道,因爲這已經深深地印在現當代一些人的頭腦中,恐怕不時還會有人拿出來念念有詞。

解放了思想,纔能正確地去認識評點的價值。我曾經將包括評點在内的中國古代文學批評的特點概括成"即目散評"四個字。所謂"即目",即寫於閱讀直覺的當下;所謂"散評",即顯得並不完整與條貫。這實際上與中國文論的思維特點着重於直覺體悟密切相關,可以説是直覺體悟思維的必然結果與外在表現。在中國古代,曾經有過一些經年纍月寫成的較有條理、略成體統的文論之作,如《文心雕龍》《詩藪》《原詩》等等,但這樣的作品實在不多,大量的是在感性直覺的主導下，將即目或即時體悟所得，信手揮灑而成，因而多爲散體的點評。像詩格、詩話（包括詞話、曲話、文話等），乃至以詩論詩及詞、文、曲、稗等都是，評點即是其中的一種。它們大都是由評論者即目所悟，直抒己見，隨手作評，點到爲止，往往給人以一種零散而雜亂的錯覺。但實際上，一個成熟的評家往往在心底裏潛藏着一把理性的標尺，其直覺的批評從根本上是並未脱離他的理性思維，所以多數著作是表現爲形散而神完，外雜而内整，有一個核心的見解或理論包容在裏面，或重格調，或標性靈，或倡神韻，一絲不亂。一部《第五才子書水滸傳》，金聖歎就小説中的人物、叙事、寫景，乃至一句一字的點評，看似信手拈來，隨意點到，却都圍繞着他的"性格論""因緣説""動心説""結構論""文法論"等，井井有條。其中不少評點本不但有評議，而且有圈點。一些圈點記號，十分醒目，不繁言而使人一目瞭然。當然這裏也留下了一定的空白，讓讀者自己去想象，去思考。這些評點就是用了最爲經濟的符號與文字，引導讀者用最爲節省的時間去理解詩歌的要義與文法的美妙，這就是中國古代文論的一個明顯的表現特點。

這種特點，現在還常常被一些人否定。説得不客氣一點，這些人中相當一部分實際上根本不懂文學批評的本質特點。文學批評就要從文學的角度來作批評。評點的長處，就在於憑着切身的感受、真實的體味，用自己的心貼近着作者的心去作出批評，而不是編造懸空的理論，或者是搬用别人的所謂理論來硬套。現在西方的有些理論，越來越離開文本，弄得那麽玄乎，甚至爲了理論而理論。然後有一些人跟在屁股後面，戴着某種理論的眼鏡，將文本作爲没有生命的標本放在手術臺上，去作冷漠的解剖，這樣的批評早已離開了鮮活的生命體驗，往往就會給人一種"隔"的感覺。可惜的是，我們現在的文學批評大都是這樣的批評。而評點就與此相反，能呈現出一種“不隔”的特點。這種“不隔”的特點,往往能在讀者與評者、再與作者的兩個層次上達到心靈融合的境地:第一個層次是評者與作者的心靈融合,第二個層次是讀者與評者、作者的心靈融合。評點家在評點每一部作品時,絶不能走馬看花、浮光掠影地將文本一翻而過,而是必須細讀文本,身入其境,通過對每一個字、詞、句的細細咀嚼,與作者心心相印,真正達到“知人論世”的地步,纔能一言中的。而當讀者在閲讀時,由於正文與評點是緊密地結合在一起的,所以往往能通過評點而深入地瞭解作者的匠心,引發更廣闊的想象空間,或者通過正文而體味到評者的眼光,從而更細緻、更全面地理解作品的旨意與妙處。評點就是溝通讀者與作者之間的一座橋梁,就是一種鮮活而不僵硬、靈動而不冷漠的文學批評。它有鮮明的民族特點,有豐富的理論資源,是我們的祖宗留給我們的一份寶貴遺産。正因此,它雖幾經風刀與霜劍,但仍明媚鮮艷,直到今天。

二

對於評點這樣一份寶貴而豐富的遺産,今天我們有責任將它整理、研究並發揚光大。彙評,就是一種很好的整理方式。

文學名著評點的彙輯工作,原盛於明代。當時,由於社會經濟的發展,版刻事業的進步,作者、讀者、出版商從各自的立場上分别認識到了評點的價值,同時又受到了解經之作“集解”“集説”“義海”“纂言”“輯説”“義叢”“會説”之類的直接影響,於是在歷史與文學的名著作品中陸續出現了“評林”“合評”等彙評式編著。較早且形成影響的有凌稚隆輯《史記評林》《漢書評林》等。之後,明清兩代各種文集乃至小説的集評層出不窮,諸如楊慎選《合諸名家評注三蘇文選》、周珽輯《唐詩選脉會通評林》、李廷機選《新刻注釋草堂詩餘評林》、于光華編《文選集評》等等。這些彙評本多數是用心彙輯、認真出版的，充分顯示了它們特有的文獻價值、理論價值與傳播價值。

彙評本的文獻價值顯而易見。在網羅一時有關名著評點的目標下，必然保存了大量或罕見或珍貴的材料。一部《史記評林》，彙集了自漢晉至明代嘉、隆年間百餘家論評《史記》的文字，保存了十分豐富的資料。茅坤爲此書作《序》稱："猶之採南山之藥，而牛溲、馬渤、敗龜、破鼓，君無不以貯之篋而入之肆，以需異日倉公、扁鵲者之按而求也。……噫，兹編也，殆亦渡海之筏矣。"①它確實爲後來研究《史記》者鋪設了一條堅實的道路。而且，在其引用的百餘家書目中，至今不少已經亡佚，就賴此書以存其吉光片羽，這就顯示了它的文獻價值。這也誠如《四庫全書總目》評《古文集成前集》的彙評所云：此書"所録自春秋以逮南宋，計文五百二十二首。其中宋文居十之八。雖多習見之作，而當日名流，其集不傳於今者，如馬存、程大昌、陳謙、方恬、鄭景望諸人，亦頗賴以存。所引諸評，如槐城、松齋、敩齋、郎學士、《戴溪筆議》、《東塾燕談》之類，今亦罕見其書，且有未知其名者。宋人選本，傳世者稀，録而存之，亦足以資循覽也"②。

爲了保證我們的彙輯也具較高的文獻價值，故在主觀上也是力求窮盡當下所存的評本。比如《西廂記》一劇版本繁多，現存明刊本（包括重刻本）有 110 餘種，清刊本也有 70 種左右。自日本學者傳田章作《明刊元雜劇西廂記目録》以來，已有多種專論、專著著録或考論其各種版本的異同優劣。粗看起來，人們對其版本的搜求與著録已經網羅殆盡。其實不然，如現存的少山堂本《新刻考正古本大字

① 茅坤《刻史記評林序》，凌稚隆輯校、李光縉增補、于亦時整理《史記評林》第一册，天津古籍出版社 1998 年影印本，第 21—22 頁。

② 永瑢等撰《四庫全書總目》卷一八七，中華書局 1965 年影印本，第 1703 頁。

出像釋義北西厢》，刊於萬曆七年，是弘治本後萬曆年間最早的《西厢》刊本①，比人稱“《西厢記》評點史上的發軔之作”②的徐士範本《重刻元本題評音釋西厢記》早一年。然而由於此本藏於一個比較特殊的圖書館，致使長期“藏在深閨人不識”。這個圖書館是日本東京的御茶之水圖書館。這是一個“婦人專用”的圖書館，一般只爲18歲以上的女性提供閱讀服務，所以連當年在不遠的東京大學工作的傳田章教授編寫《明刊元雜劇西厢記目録》時也著録爲“未見”，東京大學名教授田仲一成所撰《關於十五、六世紀爲中心的江南地方劇的變質》一書中詳論明代“《西厢記》諸本”時也未論列，至於他國學者更未置一詞③，故往往被研究者所忽略。其實，這是一部很有價值的評點本。筆者就設法將此本的評點抄出，輯進我們的彙評本。與此情况相近，新近發現的劉應襲評點的《李卓吾批評合像北西厢記》，也是一部稀見的孤本，藏於美國加州大學伯克萊東亞圖書館，也輯進了我們的彙評本。這些都增强了我們彙評本的文獻價值。可以説，本叢書各彙評本都輯進了數量不等的珍本，特别是杜詩的彙評本，收羅了大量稀見的稿抄本、孤本，一旦問世，都可給學者提供不少有用的文獻資料。我們在整理彙評的過程中，還發現了不少評本本身就輯録了一些後來亡佚的評點文字，十分珍貴。例如在金批系統的《西厢記》中，有一種《朱景昭批評西厢記》，係抄本，其書中録有王思

① 美國加州大學伯克萊東亞圖書館藏劉應襲刊本《李卓吾先生批評西厢記》有牌記云梓於“萬曆新歲”。此“新歲”是指新的一年，而並非是“元年”。據李贄批點《西厢記》的具體情况及文本批評文字，此書當刊於萬曆後期。

② 譚帆《論〈西厢記〉的評點系統》，《戲劇藝術》1988年第3期。

③ 蔣星煜《論徐士範本〈西厢記〉》：“而萬曆七年(1579)金陵胡氏少山堂刊本……過去我國戲曲家也從來未有過評述。”(《〈西厢記〉的文獻學研究》，上海古籍出版社1997年版，第53頁)後也未見有人評述。

任批語數則，十分罕見。本來，王思任有關《西厢》的評論文字僅見兩篇，一爲《三先生合評本北西厢》的序言，一爲《王季重十種》中的《王實甫〈西厢記〉序》。至於是否有過“王思任《西厢》評本”，却早已成爲一樁學術公案。傅惜華先生《元代雜劇全目》等重要書目都將它列出，但也都無法提供文獻證據。蔣星煜先生因而認爲它“並不存在，王思任嘗爲《三先生合評本北西厢》作過一篇短序，因此書流傳不廣，後人以訛傳訛，王思任‘作序’本竟成爲王思任‘評本’了”①。但是，我們在整理彙評本的過程中，發現就在王氏身後不久的同鄉朱璐批本中録有幾條罕見的王氏批語，這就不能不使人相信確實有王氏評本的存在，並進一步瞭解王思任的戲曲觀點②。與此同時，也更使我們明確彙輯文學名著的評點本，將會使我們發現更多的文獻資料，推動文學研究的進展。

彙評本的文獻價值不僅僅表現在文論方面，而且對於鑒别各本的先後、優劣與真僞等也具有實用的意義。特别是在明代，評點盛行，書商見有利可圖，往往用抄襲、托名的辦法紛紛炮製，搞得同一種名著、同一個評家的名下不斷冒出不同的版本，各本間良莠不齊，魚龍混雜，真假難辨。但假如將它們彙輯在一起，冒牌的狐狸尾巴馬上會顯露出來。這種現象，在《西厢記》出版過程中表現得特别突出。或許是由於《西厢記》故事特别能打動人心，篇幅又比之《三國》《水滸》之類較小，刊刻的成本不大，出版迅速，因此，其不同的版本包括評本恐怕比任何一部小説、戲曲更多。據目前所知，《西厢記》的評點本尚存 20 餘種，其中顯然有一些是抄襲前人、臨時拼凑的急

① 詳見蔣星煜《“王思任評本〈西厢記〉”疑案》，載《華東師範大學學報》（哲學社會科學版）1998 年第 2 期。

② 參見韋樂《清代〈西厢記〉評點研究》，復旦大學 2010 年博士學位論文，第 26—27 頁。

就章。我們且看《西厢記》"楔子"中老夫人説"因此俺就這西厢下一座宅子安下"一句後的評語就可略見一二：

容與堂本李卓吾眉批：老夫人原大膽，和尚房裏可是住的？

孫鑛本眉批：老夫人原大膽，和尚房裏可是住的？

三先生合評本眉批：和尚房豈可内家住？老夫人甚欠明白。

魏仲雪本眉批：老夫人原大膽，和尚房裏可是住的？

徐筆峒本眉批：老夫人原大膽，和尚房裏可是住的？

從中可見，這句批語自容本之後，孫鑛本、魏仲雪本、徐筆峒本都是一字不差在照抄的。三先生本的文字雖然不同，但語意也是一樣的。再看"楔子"中張生嘆曰"暗想小生螢窗雪案，刮垢磨光，學成滿腹文章，尚在湖海飄零，何日得遂大志也呵"之後，容與堂本旁批："不獨你一個。"後三先生合評本眉批、魏仲雪本眉批、徐筆峒本眉批也都照樣批曰："不獨你一個。"諸如此類相同的批語極多。在當時，孫、魏、徐等都頗有名氣，似不會這樣張狂抄襲。合理的推測，當爲書商借用他們的聲名來炮製贗品。彙輯本將不同評本的批語彙輯在一起相互比較，猶如小葱拌豆腐一样，其評本的真僞優劣就一清二楚了。

彙評的理論價值，就在於它能集各家之説於一處，"可以融會群言"①，在客觀上形成了對批評對象的一種個案批評鏈，方便人們在縱横比較中認知歷史，認知真諦，認知方向。這種比較的優勢，是由於就某一篇文章、某一種觀點、某一類表達不同的批評鱗次櫛比地集中在一起，給人以一種短兵相接、針鋒相對、一針見血、痛快淋漓

① 永瑢等撰《四庫全書總目》關於張鳳翼《文選纂注》的提要，中華書局 1965 年影印本，第 1773 頁。

的衝擊。例如劉濬的《杜詩集評》在彙評《八哀詩·故右僕射相國張公九齡》處共引録了朱鶴齡、李因篤、吴農祥、王士禛等人批語多條。在這些人的衆多批評中，一般多作贊揚語，而王士禛則發表了與衆不同的意見，説：

《八哀詩》本非集中高作，世多稱之，不敢議者，皆揣骨聽聲者耳。◯《八哀詩》最冗雜，不成章，亦多囈語，而古今稱之，不可解也。

後來有人進一步批評《八哀詩》“拉拉雜雜，紛乘龐集”的缺陷。這類批評十分尖鋭，讀後足能增進人的見識。

同時，彙評將前後不同時代具有不同思想品格、藝術趣味的批評家的觀點彙集在一起，它實際上成了有關名著、有關作家、有關問題的一部接受史、闡釋史，從中可以看出不同時代的哲學觀念、學術思想、文學觀念之異同與演進。在這裏，可以看到後人的批點不僅僅在於發表不同的批評意見，也有補充、完善、發展性的。如對杜甫《發同谷縣》一詩，吴農祥稱該詩“一氣讀，一筆寫，相見尋常事却説得駭異不同，此人人胸臆所有，人不道耳”。對此，吴廣霈補充説：“非人不道，實人人道不出耳。”從“人不道”，到“人道不出”，就進一步突出了杜詩的超妙和難以企及，是一種發展。有些問題也將會沿着同一個大方向論述得越來越深入。這在關於論定《西厢記》之類歌頌青年男女愛情的作品中表現得比較突出。當時抒寫的青年男女違反封建禮教而自主戀愛，就容易在社會上引起争議。在這漫長的争議過程中，評點都從不同的角度來肯定《西厢記》的愛情描寫，充分地展示了闡釋、接受《西厢記》的歷史過程。

評點與彙評工作的文學價值，還表現在各抒己見的過程中，在理論上豐富與發展了中國古代的文學批評的内涵。首先看我國古代的寫人論。在宋明以前，以詩文批評爲基點的文論，雖然也偶爾涉及人物批評，但很不充分。元明以後，隨着小説、戲曲創作的繁榮，中國的寫人論也得以迅猛發展，特别是在傳統哲學與畫論的影響下所形成的“形神論”，在小説與戲曲的評點本中得到前所未有的豐富與完善。作爲形神論的補充與發展，在中國古代文論中，特别是在小説、戲曲的評點中，又引人注目地提出了一個富有創意的理論範疇“態”。“態”超越了描寫對象的形與神，而又相容了人物形象的神與形。正因爲“態”具有形神相容而又超越形神的特點，它似無形而有形，説有形而實無形。可見，“態”就是傳統寫人論中超越形神的一種特殊的審美境界，具有相對獨立的品格。它又與現代的所謂“體語”“態語”“體態語”“態勢語”“人體語言”“肢體語言”等方面的理論具有相通之處，故值得我們重視①。

評點也豐富、發展了傳統的範疇論。如戴問善在《西厢引墨》中提出的“恰”，指的是《西厢記》作者寫出了一般人不能道出的讀者對作品的接受期待。换一個角度看，也就是劇中人物的一言一行都最恰當地表現了當時的心理狀態、性格特徵與身份處境等等。這個“恰”與“真”“自然”等範疇的意思有點接近，但也略有差别。“真”是側重在作品所反映的客觀世界作爲標準來加以衡量，“自然”也關係到主體表現的角度上加以考慮，而“恰”是側重在從主體表現的角度來批評，又融入了讀者接受時的感受，戴氏所謂“蓋人人心頭口頭所恰有”者也②。又如方拱乾批點《杜詩論文》時以“緒”論詩，也值得注意。“緒”字本義是絲綫的端頭，由此而衍生爲清理頭緒之意，就有思路、綫索、條理的意思，再有餘留、遺下之意，所謂“餘緒”等。此

① 參見李桂奎、黄霖《中國古代寫人論中的“態”範疇及其現代意義》，《學術月刊》2007年第11期。

② 參見韋樂《清代〈西厢記〉評點研究》，復旦大學2010年博士學位論文，第145頁。

“緒”字自劉勰在《文心雕龍》中引進論文，説“章句在篇，如繭之抽緒”之後，至宋明以下用“緒”論文者漸多，到清代使用者更爲普遍。正是在這樣的背景中，方拱乾在卷首的題識和序言中提綱挈領地申述了有關“緒”的理論，又輔以大量的批點，將“緒”這個範疇突出了出來，不但成爲他論文的一大特色，同時也豐富了中國古代文論的寶庫①。

在明清兩代的評點中，“文法論”的蓬勃發展也特别引人注目。“文法論”，就是在《古文關鍵》卷首《總論看文字法》所總結的多種“作文法”之後，加以發揚光大的。《新刻繡像批評金瓶梅》就在評點中提出了諸如“躲閃法”（第二十一回）、“捷收法”（第五十七回）等文法，雖然比較零碎，但明確概括了一些“文法”。到金聖歎在批評《水滸傳》時就比較系統化了。他在《讀第五才子書法》中就集中總結了“倒插法”“夾叙法”“草蛇灰綫法”“大落墨法”等近二十種法。後來的毛綸毛宗崗父子、張竹坡、脂硯齋等又有所發展，名目更多，如“回風舞雪、倒峽逆波法”“由遠及近、由小至大法”“横雲斷嶺法”“偷度金針法”等等。這些叙事“文法”，雖然有的含義比較模糊，但它畢竟形象地總結了不少叙事文學的表現手法和形式美，不但推動了以後的創作，而且對今天也還是有一定借鑒作用的。

文學名著的彙評本還有巨大的傳播能力，這是由於評點這種批評形式是隨文下筆，即興感言；有批有點，點到爲止；文筆靈動，餘意不盡。所以不論男女老少，讀來明白好懂，饒有興味，常常會愛不釋手，容易接受與傳播。如今將它們彙集在一起，猶見千岩競秀，萬壑

① 參見曾紹皇《杜詩未刊評點的整理與研究》，復旦大學 2010 年博士學位論文，第 194 頁。

争流,更能引人入勝,“興起其嗜學好古之念”[①],很能引發讀者的閲讀欲、想象欲。更何况大量的評點之作是面向廣大青少年學子的。它們作爲古代教學的實用教材,如今又將有關評點彙輯在一起,省去了许多查覓翻檢之勞,這正如王世貞《史記評林叙》所言:“蓋一發簡而瞭然若指掌,又林然若列瓌寶于肆而探之也。”[②]這就自然會得到廣大家長與學子的普遍歡迎,擁有了巨大的市場,從而使一部部文學名著經彙評的新包裝後,以一種新的面貌,又一次得以傳播。

三

彙評在保存有關文獻、總結理論批評、傳播文學名著等方面有如此重要的作用,這就是引起我們重視這一工作的根本原因。再看當前古籍保存的實際情况,國内外各大圖書館還塵封着相當數量的評點本,由於長期以來對評點的忽視,致使這些多爲孤本、罕見本的評點本不少已在存亡之間,亟待搶救、整理和研究。這就更使我們下定决心,對尚存的文學評點本進行一次廣泛的調查、輯録、考辨、整理與研究。

當然,在我們的前輩與同行中,早有一些有識之士在這方面作了努力,特别是在一些小説名著的彙評方面,已經取得了可喜的成績。早在 20 世紀 50 年代,俞平伯就開始對《紅樓夢》的脂評進行整理,60 年代有《聊齋志異》彙評,至 80 年代以後,《三國演義》《水滸傳》《金瓶梅》《儒林外史》《紅樓夢》等都陸續有了彙評本。近年來,

① 黄汝亨《批點前漢書序》,《寓林集》卷一,明天啓四年刻本。

② 王世貞《史記評林叙》,凌稚隆輯校、李光縉增補、于亦時整理《史記評林》第一册,天津古籍出版社 1998 年影印本,第 13 頁。

一些唐宋詩、詞、散文等也有若干彙評之作。但是,總的説來,除小説文體的彙評之外,多數工作顯得比較零碎,不成系統,疏漏與闕略也多。有鑒於此,我們這次的彙評工作,除小説之外,準備將歷代文學名著的評點有系統地進行收輯與整理。從《詩經》《楚辭》《文選》一類文學經典,到陶淵明、杜甫、韓愈、柳宗元、蘇軾、歸有光等名家詩文别集,再到《西厢記》《琵琶記》《牡丹亭》等戲曲名著,開放性地逐步擴大範圍。這一工作實際起步於 2006 年,屈指算來,已有十多年,但由於這一工程規模浩大,困難多多,非親歷其事者,恐難知其中之甘苦。令人欣慰的是,這項工作同時也得到了各方專家的關注與支持,故還是一步一步地在按計劃前進。我們將成熟一部先出版一部,希望在不久的將來,當全部告竣付印之時,再集中推出一套比較完整的中國古代文學名著彙評的叢書,以饗讀者。

前　言

曾紹皇

有宋以來，歷代學人對杜詩的輯佚編纂、注釋箋證、圈點品藻、考訂辨僞、述事論説等未曾間斷，佳作如林。經過對杜詩多層面、全方位、立體化的研究闡釋，逐步奠定了杜詩作爲文學經典著作的堅實基礎，在世代纍積的發展過程中形成了淵源有自、色彩繽紛的專門之學——杜詩學。到目前爲止，有關杜詩研究涉及的各個領域，雖然已幾近精、深、專的層面，但仍有不少杜詩文獻，尚未引起學界足够的重視和關注，還有一定的拓展空間，杜詩評點——尤其是杜詩手批文獻——就是其中較爲重要的杜詩文獻之一。

一

"杜詩學"之名形成於金元時期。金人元好問在《杜詩學引》中首倡"杜詩學"之名，真正有意識地將杜詩當作專門之學予以定位，拉開了杜詩學研究的壯闊序幕。元好問《杜詩學》一書已佚，但《杜詩學引》尚保存於《元遺山集》中，藉此可窺見元好問《杜詩學》内容之一斑：

> 杜詩注，六七十家，發明隱奥，不可謂無功，至於鑿空架虚，旁引曲證，鱗雜米鹽，反爲蕪累者亦多矣。……乙酉之夏，自京師還，閑居嵩山，因録先君子所教與聞之師友之間者爲一書，名

曰《杜詩學》，子美之傳志、年譜及唐以來論子美者在焉。候兒子輩可與言，當以告之，而不敢以示人也。①

元好問編撰《杜詩學》的目的是教育子孫，“候兒子輩可與言，當以告之”，其主要内容涵蓋了現代杜詩學的基本内涵，包括杜甫生平的相關資料（杜甫的傳記、墓志和年譜等）、元好問師友有關杜詩的講論、唐代以來有關杜甫及其詩歌的評論，等等。元好問“杜詩學”之名的倡導和《杜詩學》著作的編撰，“由此奠定了他在杜詩學史上舉足輕重的地位”②。

元好問之後，明代學者則好以“杜學”標目，其具體涵義與元好問首創之“杜詩學”内涵雖然略有差異，但也傳達出明顯的杜詩學史意識。如李東陽在《麓堂詩話》中論古詩之聲調節奏時稱：

長篇中須有節奏，有操，有縱，有正，有變。若平鋪穩布，雖多無益。唐詩類有委曲可喜之處，惟杜子美頓挫起伏，變化不測，可駭可愕，蓋其音響與格律正相稱。回視諸作，皆在下風。然學者不先得唐調，未可遽爲杜學也。③

李東陽將杜詩長篇置於整個唐詩史中加以討論，所謂“杜學”就是“學杜”之意，但强調學杜要“先得唐調”，在把握唐代詩歌整體風貌的前提下觀照杜詩長篇的優勢，實際上也就是要求學者追溯藴含在杜詩中的文學背景和詩學淵源，具有探流溯源的杜詩學史意味。同樣，李東陽的門生、明代博學之士楊慎在《升庵詩話》中也提到“杜學”概念：

---

① 元好問著、狄寶心校注《元好問文編年校注》卷一《杜詩學引》，中華書局 2012 年版，第 91—92 頁。

② 詹杭倫、沈時蓉《杜詩學管窺》，文听閣圖書有限公司 2012 年版，第 79 頁。

③ 李東陽《麓堂詩話》，丁福保輯《歷代詩話續編》，中華書局 1983 年版，第 1373 頁。

杜詩古本“野艇恰受兩三人”，淺者不知“艇”字有平音，乃妄改作“航”字，以便於讀，謬矣。古樂府云：“沿江有百丈，一濡多一艇。上水郎擔篙，何時至江陵。”艇音廷，杜詩蓋用此音也。故曰：胸中無國子監，不可讀杜詩。彼胸中無杜學，乃欲訂改杜詩乎？①

楊慎針對杜詩用字不可妄改的問題，提出“胸中無杜學”，不可“訂改杜詩”的觀點。楊慎的“杜學”概念與元好問的“杜詩學”、李東陽的“杜學”概念也不同，指的是“杜甫那樣的學問”之意。不過，從此段論述所探討的訂改杜詩用字問題來看，無疑屬於杜詩校勘學的範疇，而杜詩校勘學也正是杜詩學史的重要内容之一。

不管是金人元好問以“杜詩學”標目，還是明人李東陽、楊慎以“杜學”爲題，無不反映出杜詩學在金、元、明以來的發軔與演進，“但因古人的研究綜合意識不强，故數百年來一直没有形成專門的杜詩學”②。甚至到清代杜詩研究集大成階段，對杜詩的研究大多還是着意於杜詩某一層面的專題性研究，没有形成真正意義上綜合性强且清晰昭示出杜詩發展演進軌迹的杜詩之學。

20世紀以來，杜詩學的研究呈現出系統化和理論化傾向。1965年，香港大學葉綺蓮撰著《杜詩學》碩士學位論文，《自序》称其沿用元好問“杜詩學”之名，“而内容則有所更張也”。論文分上下兩編，“上編曰：杜集源流，考各朝研究杜詩之風尚及其得失；下編曰：杜集書録，將杜集略依年次編定，僞書及不可考其撰成年月者，則附於各朝之末，使便於檢視也”。上編論杜集源流，下編編杜集書録，對唐代以來杜詩學著作編成之經過以及歷代對杜詩研究之得失進行了

① 楊慎《升庵詩話》卷五，丁福保輯《歷代詩話續編》，中華書局1983年版，第733—734頁。

② 胡可先《杜甫詩學引論》，安徽大學出版社2003年版，第6頁。

梳理、歸納與總結，具有鮮明的系統性和開創性，是現代杜詩學研究的重要之作。葉綺蓮在《杜詩學》中不僅梳理歸納了歷代杜集文獻的源流與杜詩研究的得失，而且明確指出杜詩研究已屬"專門之學"，其在《自序》中稱："歷來研究杜詩者，何止千百家，或批或注，或輯或校，林林總總，各擅勝場，終欲使杜詩之真面目重現於人間，杜詩□然而成□專門之學矣。"

20 世紀 80 年代，將杜詩學作爲一門學科來建設的呼聲越來越高，諸多學者也開始有意爲杜詩學的理論構設和學科創始撰文呼籲，並逐步涌現了關於杜詩學研究各種層面的專著和論文。對杜詩學總體框架的理論構建和杜詩學學科基礎理論的預設是杜詩學研究的重要課題。1983 年 3 月，簡明勇出版《杜甫・杜詩・杜詩學》（文史哲出版社 1983 年版）一書，其中第三篇專論杜詩學，這是最早以現代理念對杜詩學進行全方位研究的論著。書中既從歷時角度論述宋、元、明、清、民國等歷代杜詩學情况，又從域外視角論述了日本、韓國、歐美等杜詩學概況，同時介紹了中國臺灣各圖書館珍藏的杜詩善本、各出版社出版的杜詩論著和各期刊報章發表的杜詩散篇論文等，並且認爲杜詩學"在歷代詩家中是最熱門、最壯觀的"。1989 年 5 月，許總《杜詩學發微》（南京出版社 1989 年版）一書出版，拉開了大陸新時期杜詩學研究的大幕。該書分内編和外編兩個部分對杜詩學的相關專題進行了討論，是改革開放後大陸最早對杜詩學問題進行的系統研究。1994 年，廖仲安連續刊發《杜詩學》（上、下）兩文①，再次倡導杜詩學的建設問題。作爲對廖仲安《杜詩學》的

① 廖仲安《杜詩學（上）》，《首都師範大學學報》（社會科學版）1994 年第 5 期；廖仲安《杜詩學（下）——杜詩學發展的幾個時期》，《首都師範大學學報》（社會科學版）1994 年第 6 期。

回應,1995年,林繼中發表了《杜詩學——民族的文化詩學》(《首都師範大學學報》〔社会科學版〕1995年第4期)一文,强調杜詩學在中國文化層面的意藴和精神。同年,胡可先以構建杜詩學學科爲旨歸,發表《杜詩學論綱》一文(《杜甫研究學刊》1995年第4期),成爲20世紀90年代杜詩學學科建設和理論奠基的代表觀點。1997年,胡可先又刊發《杜詩史料學論綱》(《杜甫研究學刊》1997年第2期)一文,作爲對《杜詩學論綱》的續作和補充,將"歷代選集所選杜詩情况、杜詩資料的輯録、年譜的編纂、叢書類書收録杜詩的情况以及其他種種考訂,都列入杜詩史料學討論的範圍",豐富了杜詩學的内涵,也爲杜詩學學科獨立和杜詩學基礎文獻梳理作出了貢獻。

如果説,20世紀杜詩學研究主要由臺灣學者簡明勇《杜甫·杜詩·杜詩學》、大陸學者許總《杜詩學發微》等導夫先路,然後經廖仲安、林繼中、胡可先等學者撰文熱議,成爲呼籲構建杜詩學學科和預設杜詩學理論體系的强大推動力,那麽,進入21世紀,杜詩學研究則真正迸發出前所未有的朝氣與活力,進入全面興盛階段。

2001年3月,楊義《李杜詩學》(北京出版社2001年版)的出版標志着新世紀杜詩學研究興盛的開始。2003年,胡可先出版《杜甫詩學引論》(安徽大學出版社2003年版)一書,成爲繼許總《杜詩學發微》後關於杜詩學的又一力作。該書"側重於將杜詩學作爲一門學科來建構",對杜詩學的相關理論問題和歷史演變軌迹作了較爲清晰的勾勒。2002年,徐國能著《歷代杜詩學詩法理論研究》(臺灣師範大學國文研究所2002年博士學位論文),試圖從詩法理論角度來闡釋杜詩學的相關問題。隨着研究論著的不斷涌現,杜詩學的學科地位逐步確立,理論體系也日益明晰,因此,很多學者不再糾纏於杜詩學的理論體系問題,而是對杜詩學研究過程中所遇到的争論焦點和疑難問題進行歸納總結,以期在更深層面推動杜詩學研究。2004

年，莫礪鋒先生撰寫《杜詩學疑難問題舉隅》(《杜甫研究學刊》2004年第3期)一文，對杜詩注釋過程中“涉及字詞、典故、異文、名物、風土、地理、天文、避諱、史實等内容”的九個問題進行了梳理和點撥；2005年，許德楠亦撰寫《杜詩學的五大争論問題》(《中國韻文學刊》2005年第1期)，對杜詩學中的李杜揚抑論、“詩史”有無論、“排律”功過論、美感“小大”論，以及“集大成”或創新論等五個争議不休的問題進行了探討。這些論文對於啓發杜詩研究者如何深化杜詩學研究進行了深刻反思，頗有參考價值。2008年，孫微、王新芳《杜詩學研究論稿》(齊魯書社2008年版)出版，分上下兩編對杜詩學的相關專題進行討論，也促進了杜詩學的深入發展。2012年，詹杭倫、沈時蓉合著《杜詩學管窺》(文听閣圖書有限公司2012年版)一書出版，該書選擇歷代杜詩學專家及專著，以理論與文本相結合進行探析，是新世紀杜詩學研究的重要成果。同一年，劉文剛《杜甫學史》(巴蜀書社2012年版)出版，該書以時間爲綫，以人物爲綱，選擇唐五代、宋遼金元、明、清四個階段中重要的杜詩研究學者作分析，系統梳理了歷代以來的杜詩研究概況，是對歷代杜詩學研究的宏觀把握。此外，蔡錦芳《杜詩學史與地域文化》(浙江大學出版社2015年版)一書從地域視角來探討杜詩學的演進，揭示出我國各省、各地區在杜詩學發展過程中呈現出來的不平衡現象，並深入闡釋了其中可能包孕的地域文化因素。

在杜詩學學科獨立和理論體系逐步清晰之後，所面臨最爲緊迫而重要的問題就是對杜詩學基礎文獻的梳理。因此，有學者在探討杜詩學的同時，專注於杜詩學基礎文獻的爬梳。1986年，周采泉《杜集書録》(上海古籍出版社1986年版)和鄭慶篤等編《杜集書目提要》(齊魯書社1986年版)出版，成爲現代杜詩學研究的必備書目。2007年，孫微撰成《清代杜詩學文獻考》(鳳凰出版社2007年版)，對有清一代的杜詩學文獻進行了提要簡介，成爲新時期對清代杜詩學文獻全面梳理辨正的力作。除了這些全備的杜集書目和提要，還有一些研究者從地域性的杜集出發，對相關杜詩學文獻進行總結。2004年，張忠綱主編《山東杜詩學文獻研究》（齊魯書社2004年版）對山東地域唐宋至清代的杜詩學文獻進行了詳盡的梳理，成爲專門研究地域性杜詩文獻的最早專著。2015年，蔡錦芳《杜詩學史與地域文化》（浙江大學出版社2015年版）一書，對唐至清末各省、各地區的杜詩學文獻進行了較爲系統的梳理。2018年，王新芳、孫微撰寫《杜詩文獻學史研究》（科學出版社2018年版）一書，針對唐宋、元明清、民國以及現代杜詩學文獻有選擇性地進行了考述。此外，孫微、張寒撰寫的《燕趙杜詩學文獻概要》（《河北工程大學學報〔社會科學版〕》2008年第2期）一文，對歷史上燕趙籍學者所著杜詩學文獻的存佚情況及其版本體例進行了初步整理；彭燕、彭超撰寫的《唐宋巴蜀杜詩學文獻述略》（《杜甫研究學刊》2010年第4期）一文全面梳理了唐宋時期巴蜀地區所産生的各種杜詩學文獻。2008年，張忠綱、趙睿才、綦維、孫微編著的《杜集叙録》（齊魯書社2008年版）出版，該書收録"自唐迄今中國（包括臺灣、香港、澳門地區）和國外（包括歐美、朝鮮半島、日本、越南等地區和國家）有關杜甫詩文的全集、選集、評注本及各類研究著作、文藝作品（包括集杜、和杜、擬杜及傳奇、雜劇、小説、電影）等"，成爲杜集著作梳理的最新成果。2009年，張忠綱主編的《杜甫大辭典》（山東教育出版社2009年版）"按作品提要（包括詩文）、名句解析、語詞成語、家世交遊、地名名勝、版本著作、研究學者等七大類編排"出版，也是新世紀杜詩學研究的集成性著作。其中版本著作部分與《杜集叙録》大體相同。此外，還有部分學者對杜詩手批本文獻進行梳理和研治，开始對尚未被學界重視的杜詩學第一手文獻資料進行發掘。如周興陸、劉重喜、楊春俏、孫微等研究者對杜詩手批本進行原始文獻的收集發掘，使得杜詩學文獻在關注傳統刻本的情況下，更將視綫投注到杜詩未刊評點這一新的原始文獻領域，體現了杜詩學研究向縱深層面的積極推進。

杜詩學文獻浩如煙海，宋代開始便有“千家注杜”之稱，儘管所謂“千家”注杜，不乏虛張聲勢，但宋代以來關於杜詩注釋、箋證、選編、論述的研究者超過千家當是事實。因此，對杜詩學的研究，采取分段研究的方式不失爲一種操作性極强的研究路數。近年來學界對此關注程度較高，如唐代杜詩學研究有蔡振念《杜詩唐宋接受史》（五南圖書出版公司 2002 年版）、黄桂鳳《唐宋杜詩接受研究》（遼海出版社 2008 年版）；宋代杜詩學研究有聶巧平《宋代杜詩學》（復旦大學 1998 年博士學位論文）、魏景波《宋代杜詩學史》（中國社會科學出版社 2016 年版）、鄒進先《宋代杜詩學述論》（中國社會科學出版社 2016 年版）等；金元時期杜詩學研究有綦維的《金元明杜詩學研究》（山東大學 2002 年博士學位論文）、郝蘭國的《遼金元杜詩學》（河南人民出版社 2012 年版）等；明代杜詩學研究有金生奎《明代杜詩接受研究》（安徽大學出版社 2019 年版）、王燕飛《明代杜詩選録與評點研究》（新華出版社 2019 年版）等。明清時期，明末清初杜詩學是學界關注的重點，先後出版的專著有劉重喜《明末清初杜詩學研究》（中華書局 2013 年版）、張家壯《痛切的自覺：明末清初杜詩學考論》（鳳凰出版社 2019 年版）等。清代杜詩學研究最爲充分，論著也相對較多，如 1986 年臺灣學者簡恩定的《清初杜詩學研究》（文史哲出版社 1986 年版）“以自明入清之論杜注杜者”爲主要研究範圍，對清初杜詩學研究的學術背景、理論價值、藝術技巧、批評史意義進行了探討。大陸則有孫微《清代杜詩學文獻考》（鳳凰出版社 2007 年版，上海古籍出版社 2019 年增訂本）和《清代杜詩學史》（齊魯書社 2004 年版）兩書對清代杜詩學文獻和杜詩學斷代史進行了梳理。民國時期的杜詩學研究則有李詩白《民國杜詩學研究》（雲南師範大學

2017年碩士學位論文)等。論文方面也不乏其例,如裴斐《略論兩宋杜詩學中存在的一種傾向》(《中國文學研究》1995年第3期),胡可先《論宋末的杜詩學》(《杜甫研究學刊》1998年第1期),聶巧平《宋代杜詩學論》(《學術研究》2000年第9期),孫微、張震英《論清代杜詩學對後世的啓迪》(《廣西大學學報〔哲學社會科學版〕》2006年第1期),孫微、王新芳《"不箋一字是功臣"——論明清杜詩學中的一種極端傾向》(《中國韻文學刊》2007第4期),魏景波《文獻流傳、文化轉型與文學嬗變:宋代杜詩學的三大成因》(《陝西師範大學學報〔哲學社會科學版〕》2011年第4期),張慧玲《明代杜詩學中的"大家"論争》(《江西社會科學》2017年第4期),孔令環《現代杜詩學文獻述要》(《中州學刊》2016年第10期),周興陸《"非戰"論與現代杜詩學》(《文藝研究》2018年第12期),等等,均屬杜詩學分段研究的回響。

從20世紀80年代現代杜詩學研究倡導理論體系和學科獨立以來,杜詩學研究無論從深度還是廣度上説,都取得了有目共睹的成效。但仔細分析杜詩學40餘年的發展歷程和研究實際,明顯存在許多尚待發掘之處。比如歷代杜詩學的文獻整理、杜詩學的演變軌迹、杜詩校勘學、杜詩評點學、杜詩學在詩學史與批評史上的歷史定位等問題,都有進一步探討的空間。僅就杜詩評點而言,現代杜詩學研究著作和論文大都集中在劉辰翁、金聖歎等少量業已刊刻的名家評杜上,而對於大量存在的杜詩手批本少有涉及。就上述所論之杜詩學研究著作而言,除了周采泉《杜集書録》卷九"輯評考訂類二"著録有大量杜詩手批本文獻①,胡可先《杜甫詩學引論》專列"杜詩的評點"一節對杜詩評點略作梳理②,詹杭倫、沈時蓉《杜詩學管窺》中

---

① 周采泉《杜集書録》,上海古籍出版社1986年版,第511—604頁。

② 胡可先《杜甫詩學引論》,安徽大學出版社2003年版,第73—92頁。

對韓菼批校《錢箋杜詩》的輯考[①]，魏景波《宋代杜詩學史》關注了劉辰翁批點杜詩[②]，楊經華《宋代杜詩闡釋學研究》專列“劉辰翁與評點闡釋”一章[③]，劉重喜《明末清初杜詩學研究》附録有李因篤和陳訏二人的評語[④]，王燕飛《明代杜詩選録與評點研究》專論明代杜詩選本與杜詩評點[⑤]，王新芳、孫微《杜詩文獻學史研究》關注鄭善夫、李因篤和吴馮栻等杜詩評點個案[⑥]，其他的論著則鮮有對杜詩評點的關注，即便有，也主要是針對某個具體杜詩評點而論，没有全面剖析杜詩已刊評點的意識，更别提對杜詩手批本作系統的研究。據筆者統計，杜詩手批文獻數量之多可謂高居文學名著評點之首，僅清代署名杜詩手批本就有 120 餘種，佚名杜詩手批本更是多達數百種。而自 20 世紀 80 年代以來，關於杜詩手批本的研究多集中在某一單種杜詩手批本的整理與研究，目前僅見著作類研究成果 2 種[⑦]，論文亦不過 50 餘篇。因此，杜詩學研究對於杜詩評點，尤其是對於杜詩手

① 詹杭倫、沈時蓉《杜詩學管窺》，文聽閣圖書有限公司 2012 年版，第 367—417 頁。

② 魏景波《宋代杜詩學史》，中國社會科學出版社 2016 年版，第 260—270 頁。

③ 楊經華《宋代杜詩闡釋學研究》，中國社會科學出版社 2011 年版，第 289—334 頁。

④ 劉重喜《明末清初杜詩學研究》，中華書局 2013 年版，第 465—493 頁。

⑤ 王燕飛《明代杜詩選録與評點研究》，新華出版社 2019 年版，第 64—67、141—222 頁。

⑥ 王新芳、孫微《杜詩文獻學史研究》，科學出版社 2018 年版，第 41—94、115—181 頁。

⑦ 關於杜詩手批本研究的專著多爲整理性著作，且數量甚少。目前僅見兩種：一是翁方綱手批、徐松補批，賴貴三校釋《翁方綱〈翁批杜詩〉稿本校釋》（里仁書局 2011 年版），該書對臺灣師範大學圖書館藏《翁批杜詩》進行了精校詳注，同時在緒論、結論部分，對《翁批杜詩》稿本源流、批注特色、書法風格、學術價值進行了闡述，是對《翁批杜詩》的系統性研究；二是許鴻磐批點、陳寧點校《六觀樓讀本杜詩鈔點校》（巴蜀書社 2020 年版），該書是針對成都杜甫草堂博物館藏許鴻磐《杜詩鈔》的整理點校，爲學界瞭解其杜詩學成就提供了文獻資料。

批本的忽視是杜詩學研究的重大偏頗，雖然有學者從論著的系統性原則出發，認爲“這些杜詩批注本並不能算作嚴格的著作”，因此對於大量存在的杜詩評點（含杜詩手批本）有所忽略，但面對這些豐富的杜詩學史料，其也不得不承認“這些杜詩批注本中却並不乏精彩絶倫的妙解和勝見，也構成了清代杜詩學的重要組成部分之一”①。毫無疑問，杜詩評點本是杜詩學的有機組成部分之一，那些未經整理和刻印的杜詩手批本甚至具有與稿本同等重要的文獻價值，對杜詩手批本的研究具有杜詩學史和文學批評史的雙重價值。

1. 杜詩評點本是杜詩學的有機組成部分

評點本是古籍版本中的一種特殊版本形態，它是指稿本、抄本或印本在流傳過程中，録有學者批評文字和圈點符號的本子。本來，就其外在表徵而言，在那些底本上有批評、有圈點的各類古籍均可視之爲評點本。但就實際情況而言，其所批的内容是有所不同的：有的主要或全是對書籍的思想内容與表現特點進行箋論評説的，有的則主要或全是對文字進行比勘校改的，也有的主要或全是對具體字詞的音義進行注解詮釋的。簡言之，有分别側重在評、校、注的不同。當然，也有一些是混合交叉的。雖然人們常常不作細辨，對凡有評點的本子泛稱爲“評點本”或“批本”。

歷代衆多的名著在流傳過程中，都出現過或多或少的評點本。某些名家所批的名著，更是備受歷代藏書家和學者的青睞與重視。這一方面是由於名家身份的特殊性導致他們的評點本較普通人更具文獻價值。尤其是那些官居高位、學問淵博的名家，且不管其評點的具體内容如何，光是憑藉其顯赫的地位，其親筆批點的書籍僅因文獻價值一項也會受到後世的珍視。何況在這些名家之中，的確

① 孫微《清代杜詩學文獻考·前言》，齊魯書社 2007 年版，第 2 頁。

有不少批點還具有豐富的理論價值。另一方面在於名家批點乃隨性書寫,書法之精美,甚至超過刻意爲之的書法作品。那些批語,都是他們讀書時留下的珍貴手迹,其中有不少評點家本身又是書法家,在書寫過程中信筆揮毫,天趣横生,神韻獨到。所以,這些評點本也就成了一幅幅精美的書法作品。它們不但具有學術價值,而且也有藝術價值與文物價值,難免會受到後人的珍愛。因此,歷代藏書家都將名家評點本視爲古籍善本之重要門類。"自清中期以來,藏書家均將'某某批校'作爲一項獨立注明。而今全國善本目録規定:清乾隆六十年(1795)以後之古籍不在善本目録收録範疇,但批校本不在此限之列。"[①]由此可見名家批本在清代以來的重視程度。

杜詩的評點是杜詩學的重要組成部分。自宋代劉辰翁批點杜詩開始,評點就一直陪伴着杜詩學的發展。如元彭鏡溪集注《須溪評點選注杜工部詩》,元高楚芳編《集千家注批點杜工部詩集》,明楊慎選評《李杜選評》之《杜詩選》、《合刻宋劉須溪點校書九種》之《杜子美詩集》等杜詩單行本、集注本和叢書本中就録有劉辰翁的評點。到清代,劉濬《杜詩集評》、盧坤輯五色評《杜工部集》等集評性著作大興,顯示了杜詩評點的集大成性。清代大多杜詩學者喜歡在論著中采擷杜詩評點以充實自己的著作。仇兆鰲《杜詩詳注》被公認爲清代杜詩學的集成性著作,儘管他在《杜詩凡例》中列"杜詩謬評"一條,對蔡夢弼注本"但參入劉須溪評語,不玩上下文神理,而摘取一字一句,恣意標新,往往涉於纖詭"頗多疵議,同時認爲"後來鍾譚論詩,亦踵須溪之流派,全無精實見解"[②],但其在詳注過程中還是對杜詩評點頗多采擷。比如采録范梈、鍾惺、王嗣奭、黄生、申涵光、陸時

① 韋力《批校本》,江蘇古籍出版社 2003 年版,第 50 頁。
② 仇兆鰲《杜詩詳注》,中華書局 1979 年版,第 24 頁。

雍等論杜之語，體現出博采廣録的鮮明特點。另如楊倫《杜詩鏡銓》一書，“博采諸名家評騭，附列簡端，如元高楚芳采劉辰翁之例，而後杜詩之學，闡發始無遺憾”①。其在《凡例》中更是明確提出：“杜評始劉須溪。宋潛溪譏其如醉翁寱語，不甚可曉。然於諸本中爲最古，其可采者悉録之。前輩如盧德水、王右仲、申鳧盟、黄白山、張上若、沈確士等，皆多所發明。近得王西樵、阮亭兄弟，李子德、邵子湘、蔣弱六、何義門、俞犀月、張惕庵諸公評本，未經刊布者，悉行載入，庶足爲學者度盡金針。”②因此，楊倫在編撰《杜詩鏡銓》時，將諸家評點或列於天頭，或排於行間，或置於詩尾，構成全書的重要内容。據統計，楊倫《杜詩鏡銓》共收録評點 14 種，其中手批本 8 種，成爲集箋注與評點於一體的杜詩學論著之一。有些杜詩學著作，原本並未録有諸家評點，但在後來重刻的過程中被人增益許多評點，成爲采納諸家評點的杜詩學著作。如錢謙益箋注《杜工部集》，其原本主要側重以史證詩，試圖通過對歷史事實的鈎稽排比，進一步闡釋杜詩的内容和主旨，被人稱爲“鑿開鴻蒙，手洗日月”，不乏獨創之見。但隨着杜詩學的進一步發展，到清末重印《錢注杜詩》時便增益了不少評點，如宣統三年(1911)時中書局石印本，書名題爲《諸名家評定本錢牧齋箋注杜詩》，在該本天頭處即增列清初查慎行、邵長蘅、吴農祥、李因篤等諸家評點。民國四年(1915)廣益書局出版的排印本，亦采納何焯(實爲潘耒)批點入其中。可見，錢謙益箋注《杜工部集》雖原本主要以箋證詩歌爲主，但後人重刻時有意收録諸家評點刊刻於《錢注杜詩》之上的出版現象，體現出杜詩評點作爲杜詩研究的特殊形態，得到了學者和出版商人的普遍認可，其屬於杜詩學的重要組

① 楊倫箋注《杜詩鏡銓・朱序》，中華書局 1962 年版，第 4 頁。
② 楊倫箋注《杜詩鏡銓・凡例》，中華書局 1962 年版，第 14—15 頁。

成部分已不言而喻。此外，一些詩話、筆記類著作也多采納杜詩的諸家手批内容，如張宗柟纂集王士禛《帶經堂詩話》時，徑直將王士禛所批點之杜詩評語列爲《帶經堂詩話》之卷三十外紀門二"評杜類"一節；顧嗣立撰《寒廳詩話》采録俞瑒評點詩歌的史料六則；何焯《義門讀書記》第五十一卷至五十六卷所録内容均來源於其手批《杜工部集》，等等。從某種層面來看，杜詩手批本的繁榮興盛，是杜詩學得以蓬勃發展的前提條件。

因此，從杜詩學著作喜好采納杜詩評點這一現象，即可明證杜詩評點已成爲杜詩學的有機組成部分。我們在探討杜詩學的過程中，就不能不提杜詩評點，尤其是那些具有原始文獻特徵的杜詩手批本。

2. 未經整理刻印的杜詩手批本可作稿本觀

重視古籍評點本是清代中期以來藏書界的普遍共識，尤其是那些名家批校過的古籍更是備受珍愛。其原因固然有珍視名家手澤的心態，但也不可否認批校本本身所具有的文獻價值。在很多學者眼中，評點本的價值主要在於批評文字本身而不在於被批點的底本。有時，批點的底本可能是不具備較高文獻價值的普通古籍，但因其批評文字的精彩，頓使該普通古籍的身價倍增，具有與普通版本價值迥異的版本學意義。因此，有學者提出未經整理刻印的批校本可作稿本觀的理念，頗值得重視。版本學家陳先行先生就説：

> 批點、評注是批評者的讀書心得，每於後人治學有所啓迪，且往往有未經整理刻印者，可作稿本觀。①

① 陳先行等編《中國古籍稿鈔校本圖録·前言》，上海書店出版社 2000 年版，第 12 頁。

將未經整理和刻印的手批本定位於與稿本同等價值的地位，正是因爲看到了手批本中所藴藏的重大理論價值和文獻價值。在杜詩未刊評點中，有不少批點者曾經十數次地批點杜詩，歷時達數十年。如方拱乾批點《杜詩論文》，所撰《杜少陵詩序》稱"生平讀杜少陵詩，繕寫無慮七八易本"，而其在爲六兒批點本撰寫的卷首序言中更是稱"今年爲兒孫批點杜詩，凡三過，前此不記凡幾十過"，可見方拱乾批點杜詩次數之多，費神之巨。又如錢陸燦批點杜詩，現存其原批有國圖藏本和上圖藏本，綜合兩種批本所記時間來看，錢陸燦批點杜詩從康熙八年（1669）至康熙三十五年，歷時 28 年，可見其對於杜詩喜好之深。另如黎維樅批點《杜詩詳注》，根據黎維樅跋語交代，其批點杜詩"歷二十二年，凡點閲捌本，共十次"，可謂熟讀深思。而其題跋説："庭訓少時，讀仇氏《詳注》加墨焉，卒業於咸豐癸丑。"可知黎維樅自幼即開始批點杜詩。再從"同治十三年，甲戌小除"爲此本題跋的記載來看，可知黎維樅批點杜詩始於咸豐三年（1853），完成於同治十三年（1874），歷時 22 年，與跋語所稱批點杜詩"歷二十二年"完全吻合。從這些杜詩未刊評點本所記評點者評閲杜詩的次數之多、批點時間之長，完全不亞於撰著一部杜詩研究專著。因此，就評點者花費的心血和評點所耗費的時間來看，視未曾整理刻印的杜詩評點爲稿本，一點也不過分。

當然，這種將未經整理刻印的杜詩手批本視爲稿本的情況，主要是針對未刊評點的原批本而言，但是也有一些手批本是過録本，對於過録的批評文字，則須視情況而定。如果過録的是已經刊刻或者普通易見的文字内容，則過録本除了校勘價值外，其他價值已大打折扣，更不能視爲稿本。如北京師範大學圖書館藏徐松批點《杜工部詩集》和上海圖書館藏潘貴生批點《趙子常選杜律五言注》兩種，完全係抄録清初俞瑒評點杜詩的内容，自己發揮絶少，因此，其文獻價值和理論價值不可與其他原創性評點等量齊觀。

但是,如果過録的原批已經亡佚,則其價值幾乎可與原本相匹配。在杜詩手批本中的一些過録本就存在這一情況,如前所述方拱乾批點杜詩,就是通過其子方育盛過録而保存下來的。方育盛在題識中稱:"此則己丑春日批以訓小子者,書載行笥,廿餘年矣,拈籤時有脱落。今客芝山,公餘之閑,敬照底稿,謄録清册,以便時時翻誦云。"可見其過録之事實。因方拱乾批點杜詩原本業已不存,我們現在所能看到的僅方育盛過録本一種,且方拱乾批點重視詩歌創作之"緒"的詩學理論在清代杜詩手批本中頗具特色。因此,方育盛的過録本同樣具有理論價值和文獻價值。此外,屈復是清代著名學者,其評點杜詩的《杜工部詩評》十八卷已亡佚,但其評點的具體内容却被杭世駿和余重耀等人過録出來,現有三種屈復評點過録本分别存於湖南圖書館、浙江圖書館和臺灣師範大學圖書館①。筆者根據這三種手批過録本,並參考其他諸家過録本所徵引屈復評點杜詩的内容,基本上恢復了屈復評點杜詩的原貌。因此,從這個角度來看,杭世駿、余重耀等人過録本的價值與屈復原批本的價值幾乎相等。

二

在浩繁博雜的杜詩學研究著作中,杜詩手批本以其獨特的存在

① 關於屈復杜詩評點的過録本,目前所見主要有:湖南圖書館藏杭世駿抄並録屈復、王士禛批點《杜工部集》抄本;浙江圖書館藏余重耀過録屈復等批點《錢注杜詩》(清宣統三年〔1911〕正月時中書局石印本);臺灣師範大學圖書館藏佚名過録屈復、王士禄等批點《讀杜心解》(清雍正二年〔1723〕寧我齋刻本)等三種。其他手批本中偶有引録屈復批點。

形態和藝術特性凸顯出杜詩學演進的特殊軌迹。雖然杜詩手批本的文獻價值和理論價值曾一度被業已刊刻的杜詩學論著的光芒所遮蔽,未曾引起研究者足够的重視,但是隨着杜詩學研究的深入以及學界對文學評點,尤其是歷代名家、名著評點關注度的日益升温,杜詩手批本的價值正在被重新認識、定位和發掘。實際上,不管是從深化杜詩學研究的視閾考察,還是從豐富文學批評史料的角度分析,杜詩手批本的研究都具有鮮明的現實意義和理論價值。

1. 杜詩手批評點研究是深化杜詩學研究的有效途徑

杜詩學研究發展到今天,各種論著汗牛充棟,如何進一步深化和推進杜詩學研究,成爲擺在每一個杜詩研究者面前的現實課題。筆者以爲,明清杜詩手批本的系統整理和全面研究是深化杜詩學研究的一條有效途徑。

第一,對杜詩手批本的研究可以推動杜集書目的完善。雖然在20世紀80年代出版的周采泉著《杜集書録》中曾專列"批點彙評之屬"一類,對有關杜詩評點書籍進行了有意著録,但隨着新文獻的發現,《杜集書録》中所列的杜詩評點目録已經不能準確反映歷代以來杜詩評點的實況,甚至存在錯訛的情況。而近年出版的有關杜集書目,均不將杜詩評點之作納入杜詩學著作範疇,導致出現大量杜詩手批本著作未被諸家杜集書目收録的尷尬局面。因此,從恢復杜詩研究的歷史原貌和深化杜詩學研究的層面來説,更有必要對杜詩手批本進行梳理。相對而言,近年來各大公立圖書館和高校圖書館均編製了較爲完備的書目,大多對批點類古籍進行了詳盡著録,這些書目對於我們完備杜詩評點目録提供了極大方便。

第二,對杜詩手批本的研究有利於杜集文獻的輯佚。明清杜詩注家蜂起,杜評、杜注之作繁夥,但散佚亦較嚴重。周采泉《杜集書録》列明清杜詩存目193種,鄭慶篤等《杜集書目提要》列明清杜詩存目 153 種,孫微《清代杜詩學文獻考》列清代散佚書目 207 種,明清杜詩文獻散佚之狀,於此可見一斑。不過,那些業已散佚的杜詩評點著作,往往在杜詩手批本中得以保存。利用杜詩學論著中所徵引文獻對已佚杜集進行輯佚,是新世紀杜詩研究的動向之一,孫微、蔡錦芳等都作出了嘗試。但是,很多學者尚未注意到杜詩手批本中所包孕的巨大文獻資料價值。我們可以充分利用其中所涉及的内容,對已佚的批點杜集進行輯佚,使已佚的批點杜集部分或基本恢復原貌。如清代詩人屈復撰《杜工部詩評》十八卷,但未見傳本。屈復之書,屢遭禁毁。清姚覲元編《清代禁毁書目(補遺)》中有屈復《弱水集》遭禁毁的記載,史夢蘭《止園筆談》亦載屈復注王士禛《秋柳詩》差點遭遇禁毁之事,故屈復《杜工部詩評》不見傳本,或與朝廷禁毁相關。幸運的是,此書雖散佚不存,但屈復批點杜詩的内容却被人過録在手批本中,其主體内容保存完整。屈復評杜内容主要保存在杭世駿抄並録屈復、王士禛批《杜工部集》抄本,余重耀過録屈復批《錢注杜詩》(時中書局石印本),佚名過録屈復、王士禄等批點《讀杜心解》三種過録本之中,而在吴士模批、吴朗過批《讀杜心解》中也保存有屈復批語若干。綜合各杜詩手批本,將屈復批語彙輯一處,基本能恢復屈復《杜工部詩評》的原始面貌。其他如申涵光《説杜》一卷在韓菼批校《錢箋杜詩》、佚名過録申涵光批《杜詩評律》六卷等諸家杜詩手批本中得以保存。

還有一些書目中也不曾著録的杜詩評點著作,亦可以藉杜詩手批本得到恢復。如徐大臨批點杜詩,未見任何文獻著録,但在湖南圖書館藏四色評《杜詩論文》和臺灣圖書館藏佚名過録諸家批點《杜工部集箋注》中,均過録有徐大臨的杜詩評點,共有 75 條之多,頗爲珍貴。關於徐大臨是否有杜詩評點著作,現已不得而知。不過徐大臨與清初著名的杜詩學者俞瑒交往甚密,俞瑒批點杜詩的内容在後世影響巨大。在顧嗣立的《寒廳詩話》中，就有俞瑒與徐大臨等吴下文人交遊唱和的諸多記載，兹録一則如下：

> 韓閣學慕廬先生菼，甲戌以前，閑居寒碧，寄情詩酒，月有飲會。俞犀月、葉桐初藩、徐大臨、鮑孝一開、家昆季皆把臂入林。①

《寒廳詩話》所載諸人中，除了俞瑒、徐大臨有杜詩評點，韓菼亦有杜詩批本傳世，現四川師範大學圖書館藏有韓菼批校《錢箋杜詩》一種，今有沈時蓉《韓菼批校〈錢箋杜詩〉輯考(上、下)》(《杜甫研究學刊》1996 年第 1、3 期)一文對其進行過整理研究。像徐大臨、韓菼等人的杜詩手批文獻，歷代書目均没有著録，故其批點杜詩的文獻價值和理論價值都湮没無聞了。對杜詩手批本的全面梳理，將有效地發掘這些文獻資料，彌補現有杜集書目的缺陷。

第三，對杜詩手批本的研究還有利於管窺杜詩傳播和接受的特殊演進軌迹。相對於歷代以來業已刊刻的浩如煙海之杜詩學著作的顯性演進而言，杜詩手批評點則以獨特的手批本形態，爲杜詩學演進開闢出一條不太爲人所熟悉的隱性演進軌迹。正是這些不爲人所熟知的杜詩手批本在杜詩傳播和接受上奠定了廣泛的群衆基礎，爲杜詩學能够歷久不衰做了强有力的接受群體鋪墊，這是杜詩學能够藉助繁夥的杜詩學論著轟轟烈烈推進的基礎。通過對杜詩手批本的研究，我們可以最大可能地貼近杜詩學研究的客觀歷史事實。

---

① 顧嗣立《寒廳詩話》二十九，見王夫之等撰《清詩話》，上海古籍出版社 1999 年版，第 89 頁。

2. 杜詩手批評點研究是豐富文學批評史料的重要手段

杜詩評點雖然屬於杜詩學的範疇,但從評點角度看,也屬於文學批評的領域。因此,對杜詩手批本的整理與研究不但可以豐富文學批評的文獻史料,而且其中關涉的詩學理論本身就屬於文學批評理論的一部分。

文學批評史料是文學批評的立論根據,其對於文學批評史學科建設的意義毋須多言。現實的情況是,關於文學批評的專論性著作,基本上已被發掘得差不多了,而文學評點中藴含的文學批評史料則還有較大的拓展空間。杜詩評點的研究可以爲批評史文獻史料添磚加瓦,尤其是將評點内容彙爲一編,不僅可以豐富杜詩學的理論寶庫,也能爲文學批評研究提供第一手資料。

杜詩手批文獻雖然以隨意性、零散性的短言片語居多,理論體系與同類專著不可相提並論,但我們也不可否認其理論價值的存在。有些評點者在杜詩批點過程中不僅有着自己的取捨標準和批評原則,而且將這種批評理念貫穿於整個文本批評的始終。比如方拱乾批點杜詩强調以"緒"論詩,其不僅在卷一前的題識和序言中反復申述有關"緒"的理論,而且還輔以大量實例剖析,批點中處處可見,理論與實證俱全,實爲用心之舉。其他如李以峙以"響"爲用字之境、奚禄詒批杜追求"婉味",俞瑒批杜"不箋故實,專論法律",等等,都是在批點中闡釋和實踐着自己的批評原則,而這些關於詩歌批評的系統性理論無疑是詩學批評的重要組成部分,更何況在杜詩手批本中所談到的關於字法、句法、詩歌本事、詩歌藝術、詩歌起源、詩歌傳承等諸多方面的理論火花,都屬於難得的文學批評史料。

明清杜詩手批者有意運用相對統一的理論術語或方法來評點杜詩,從某種層面上説,還具有構建相關理論體系的潛在意識。這些充盈於某一具體杜詩文本中的某種批評術語或批評理念,應是杜詩批點者在具體操作中的有意之舉，具有非常明確的批點目的和潛在的理論體系。如李以峙批校並跋《杜詩詳注》一書，李以峙首先在題序中提出“杜集流傳，字多互異”的現實問題，認爲字詞的訛異導致了杜詩意義顯乖、音節失諧，故“不揣謬妄，爲之辨正”，並仿朱子之“正異”，作“杜詩訂異”。從開篇題序可知，李以峙在杜詩批點中有將批點當作著作來寫的主觀意圖，體現出明確的批點目的。考其具體批點，李以峙强調以“響”爲用字之境，用“響”作爲判斷詩歌用字好壞的標準，爲用字尚“響”的字法理論提供了豐富的實例佐證，也體現出鮮明的構建批評理論體系的潛在意識。

杜詩評點作爲一種特殊的杜詩學文獻和文學批評形態，其具有的文獻價值和理論意義已不言而喻。當然，正如任何事物都有兩面性一樣，某些評點家因批點態度的非嚴肅性導致抄襲僞造、張冠李戴等不端現象的發生，也使得杜詩評點的文獻價值和理論意義大打折扣。因此，在討論評判杜詩評點價值貢獻的問題上，我們既不能過度拔高杜詩評點的理論價值，也不可因噎廢食，由於其零散性、隨意性而否定其文獻價值與文學批評意義，應以客觀、公正、科學的態度對杜詩手批本價值進行評估，並準確定位。“重視”而非“擱置”有關研究對象的一切文獻資料，或許纔是我們進行科學研究應具備的學術態度。

凡　例

一、杜詩評點肇始於宋代，至明清時蔚然成風。清代就有學者對杜詩評點進行專門輯録，劉濬《杜詩集評》、盧坤五色評本《杜工部集》等皆是專録杜詩評點之作。劉濬集評本僅録十餘家評點，盧坤彙評本纔收五家評點，無法反映明清杜詩評點的繁盛局面。至於其他箋注與評點合刊的杜詩著作雖多，但所收亦非常有限。有宋以來，杜詩評點數量繁夥，尤其是很多杜詩未刊評點至今仍被束之高閣，無人問津，其中不乏名家批校的孤本、善本。今不揣淺陋，將近年來搜羅的諸家杜詩未刊評語輯録成編，以供杜詩研究者及文學批評愛好者參考。

一、本彙評本的杜詩正文以存世最早之《宋本杜工部集》爲底本，其闕遺詩篇則以宋郭知達《新刊校定集注杜詩》、宋蔡夢弼《杜工部草堂詩箋》等其他杜集録存者爲補充，大體按編年順序編排，所輯杜詩評點均按此順序重新編録。

一、本彙評輯録的對象以杜詩未刊評點爲主，業已刊刻或整理出版的杜詩評點，考慮篇幅問題，不予彙録。

一、杜詩未刊評點本有彙録諸家評點與自己評點混爲一體的彙録型評點本。針對這種彙録型評點本，一般視其明確標示過録姓氏的批點爲過録評點，視其未標明過録姓氏的爲自己的評點。本彙評一般只録批點者自己的評點，不録其過録的諸家評點。但如果所過録的評點係未經刊刻或業已佚失者，則亦予以彙録；如果所過録的評點爲業已刊刻且較爲常見者，則一般不予收録；如果在過録他人評點時夾雜有自己評點的情況，則酌情收録。

一、對於杜詩的總論性評點置於杜詩正文之前，對於某一詩歌的總論性評點則置於詩題之下。其他針對具體詩歌内容的評點，則仍繫於所評點詩句之後。而對於針對他人評注杜詩内容進行的評點，則視具體情況，在評語前面予以説明所針對的批評對象。

一、杜詩未刊評本中存在僞託、抄襲的情況。對僞託、抄襲之作，如果能够確定其僞託、抄襲的評本，則一般不再輯録；有些雖係僞託之作，但其評點理論價值較高的，則亦酌情予以收録，以“題××批”的形式著録。

一、同一評點者往往有多種不同的評本，如果評語内容和文字有較大差異的，則以“甲本”“乙本”“丙本”分别例列，依此類推。如果差異不大，則以某一評本爲主要輯録底本，參考其他評本予以彙録。

一、本彙評所録諸家評語，因評家較多，一律采用姓名全稱；對於無法確認姓氏的佚名批點，則以“佚名甲”“佚名乙”等形式著録，二者均説明其所據批點底本和批本的收藏單位。

一、關於評語的形式，凡眉批簡稱“眉”，夾批簡稱“夾”，旁批簡稱“旁”。對於批點顔色的著録，如果是評點者親筆批點，且經筆者目驗的，一律按照其原批時的顔色予以著録；有些雖是評點者親筆批點，但因筆者所見是膠片，無法辨别顔色，則只區分眉批、旁批和夾批，不著録其批點顔色；有些批語是從他人過録本中摘録出來的，則既不著録批點顔色（儘管過録本中有批點顔色，但並非評點者本人親筆批點的顔色），也不著録其眉批、旁批等評點形式，而徑稱“評”。

一、本彙評所録的評點者及其所據評本有：

（一）題鮮于樞（1246—1302）評[①]，臺北故宫博物院藏題鮮于樞編並評《杜詩》，明朱絲欄抄本。

（二）徐渭（1521—1593）批，南京圖書館藏徐渭批點《杜工部集》，戴覺民刊《李杜合集》本。

（三）王鐸（1592—1652）評，復旦大學圖書館藏神生過録錢陸燦、王覺斯、仇兆鰲等諸家批點《錢牧齋先生箋注杜工部集》[②]，清康熙六年季氏静思堂刻本。

（四）孫承澤（1592—1676）批，南京圖書館藏孫承澤批校並跋、清陳衍跋《杜詩胥鈔》，明崇禎七年盧氏尊水園刻本。

（五）方拱乾（1596—1667）評，中國國家圖書館藏方育盛跋並録方拱乾批注《杜詩論文》，清康熙十一年岱淵堂刻本。

（六）丁耀亢（1599—1669）批，浙江大學圖書館藏丁耀亢批《李杜全集》，明正德八年新安鮑氏刻本。

（七）傅山（1607—1684）批，上海圖書館藏傅山批點《杜詩通》，清順治七年刻《李杜詩通》本。

（八）錢陸燦（1612—1698）批[③]

1. 錢陸燦甲本批，中國國家圖書館藏錢陸燦批點並跋《杜

① 題鮮于樞評注《杜詩》全部爲詩後尾評，包含箋注性評點與批評性批點兩部分内容，一般前半部分爲箋注性評點，後半部分爲批評性評點，並以空格區分。本彙評僅録其中批評性的評點，特此説明。

② 復旦大學圖書館藏神生過録錢陸燦、王覺斯、仇兆鰲等批點《錢牧齋先生箋注杜工部集》過録有諸人評點，今按其《杜工部集目録》處題識："凡王孟津評語，今標以'王曰'二字，湘靈先生評語，今標以'湘云'二字，其無'王云''湘云'者，則參考諸家之注而間以己意附焉者也。"以此作爲判斷是否爲王鐸批語的取捨標準。

③ 錢陸燦評點杜詩，劉濬《杜詩集評》中收録其批語僅有少數幾條，但其手批本比劉濬輯録本内容更爲繁夥。

工部集》,清康熙六年季氏静思堂刻本。

2. 錢陸燦乙本批,上海圖書館藏錢陸燦批校《杜工部集》,清康熙六年季氏静思堂刻本。

3. 錢陸燦丙本評①,上海圖書館藏張宗柟校並録錢陸燦、俞瑒等諸家評點,張元濟跋《杜工部集》,清康熙六年静思堂刻本。

4. 錢陸燦丁本評,復旦大學圖書館藏陸超曾校正並録諸名家批點《杜工部集》,清康熙六年静思堂刻本。

5. 錢陸燦戊本評②,復旦大學圖書館藏神生過録錢陸燦、王覺斯、仇兆鰲等諸家批點《錢牧齋先生箋注杜工部集》,清康熙六年季氏静思堂刻本。

(九) 申涵光(1620—1677)評③

1. 申涵光甲本評,四川師範大學圖書館藏韓菼過録申涵光、邵長蘅批《錢箋杜詩》,清康熙六年静思堂刻本④。

2. 申涵光乙本評,浙江大學圖書館藏蔣金式批並録諸名家

① 上海圖書館藏張宗柟校並録錢陸燦、俞瑒等諸家評點,張元濟跋《杜工部集》中過録有錢陸燦、俞犀月、汪鈍翁、鍾伯敬、仇兆鰲等人批語,關於錢陸燦的批語按《杜工部集》卷之一處的紅筆題識判定,其中稱:"錢圓沙、俞犀月評語俱用墨筆,以'錢云''俞云'别之。"筆者過録即以此爲取捨標準。

② 此本過録有錢陸燦、王覺斯、仇兆鰲等人批語,錢陸燦批語根據神生在《杜工部集目録》末尾處紅筆題識予以辨别。題識稱:"凡王孟津評語,今標以'王曰'二字,湘靈先生評語,今標以'湘云'二字,其無'王云''湘云'者,則參考諸家之注而間以己意附焉者也。"其他未標明者,暫不納入其範圍。

③ 申涵光有《説杜》一卷,已佚,其評點杜詩,在仇兆鰲《杜詩詳注》、楊倫《杜詩鏡銓》中有引録,但杜詩未刊評點中亦有仇注、楊注未曾引録的少量申氏評語,故亦加彙輯。

④ 此據沈時蓉《韓菼批校〈錢箋杜詩〉輯考(上、下)》(《杜甫研究學刊》1996 年第 1、3 期)和孫微《申涵光〈説杜〉一卷輯佚》(孫微、王新芳《杜詩學研究論稿》,齊魯書社 2008 年版,第 79—107 頁)綜合而成。

評點《杜工部詩輯注》,清康熙葉永茹萬卷樓刻本。

3. 申涵光丙本評,復旦大學圖書館藏秩齋批點《杜詩分類全集》,清順治還讀齋重刻本。

4. 申涵光丁本評,上海圖書館藏徐松批並録申涵光、魏源、紀曉嵐、仇兆鰲等批點《杜詩選抄》,清抄本。

5. 申涵光戊本評,上海圖書館藏黎維樅批並録朱鶴齡、楊倫、李子德、浦起龍等諸名家批點《杜詩詳注》,清康熙刻本。

(十) 汪琬(1624—1691)評

1. 汪琬甲本評,重慶圖書館藏汪琬批、張至曙跋《杜工部分體全集》,明劉世教輯萬曆四十年刻《合刻分體李杜全集》本。

2. 汪琬乙本評,中國國家圖書館藏管庭芬臨汪琬、查慎行、吴農祥、俞犀月等人批點《杜詩偶評》,清乾隆十二年潘承松賦閑草堂刻本。

3. 汪琬丙本評,復旦大學圖書館藏陸超曾校正並録諸名家批點《杜工部集》,清康熙六年静思堂刻本。

(十一) 李念慈(1628—?)批,北京師範大學圖書館藏佚名過録李念慈批《杜工部集》,清康熙六年静思堂刻本。

(十二) 吕留良(1629—1683)批,浙江大學圖書館藏吕留良批、吕葆中跋《杜工部分體全集》,明萬曆四十年刻《合刻分體李杜全集》本。

(十三) 吴農祥(1632—1708)評①,中國國家圖書館藏管庭芬臨汪琬、查慎行、吴農祥、俞犀月等人批點《杜詩偶評》,清乾隆十二年潘承松賦閑草堂刻本。

---

① 錢陸燦評點杜詩,劉濬《杜詩集評》中收録其批語較多,但管庭芬過録本内容與之差異較大。

（十四）王士禛（1634—1711）評①，湖南圖書館藏杭世駿録清王士禛、屈復批，葉德輝跋《杜工部集》，清杭世駿抄本。

（十五）宋犖（1634—1713）批②，北京大學圖書館藏宋犖輯並評《杜工部詩鈔》，清康熙宋氏漫堂抄本。

（十六）俞瑒（1644—1694）評③

1. 俞瑒甲本評，上海圖書館藏汪龍門過録俞瑒原評、張學仁參定《杜詩律》，清抄本；此本因有張學仁參定，内容多係批評文字，故在俞瑒評點後予以附録。

2. 俞瑒乙本評，復旦大學圖書館藏陸超曾校正並録諸名家批點《杜工部集》，清康熙六年静思堂刻本。

（十七）奚禄詒（順治己亥〔1659〕進士）評

1. 奚禄詒甲本評，臺灣"中央研究院"傅斯年圖書館藏黄淑璥過録奚禄詒批校《杜詩通》，清鈔本。

2. 奚禄詒乙本評，復旦大學圖書館藏佚名過録奚禄詒批點《杜詩詳注》，清康熙刻本。

（十八）嚴虞惇（1650—1713）批，上海圖書館藏嚴虞惇批點《杜詩鈔》，清初抄本。

① 王士禛評杜，其《帶經堂詩話》有"評杜類"一卷，但杭世駿過録本内容與之有差異，故亦予以彙輯。

② 該本批點内容多爲過録他人者，涉及邵子湘、劉須溪、楊慎、蘇軾、錢謙益、趙次公、侯朝宗、范德機、方虚谷、唐子西等人，均以"某某云"標出。考其批語，多與五色批《杜工部集》中的相同。其中以録邵子湘的批語爲多。當然也有少量未題何人批點，當係宋氏自己批點，姑只録未標明批者的批語，將其作爲宋氏批點。

③ 俞瑒評點杜詩，影響很大，業已刊刻。今存有清張學仁撰、俞瑒原評《杜詩律》五卷，清道光十六年（1836）懷風草閣藏版，但此本流傳不廣，筆者僅知成都杜甫草堂博物館藏有此刻本，故將所見過録之俞瑒批點亦予以輯録。

（十九）張雝敬（約 1650—1719 前）批[①]，北京大學圖書館藏張雝敬評《杜詩評點》，清楊岐昌抄本。

（二十）陳訏（1650—1732 後）批，上海圖書館藏陳訏批校、張元濟跋《杜詩詳注》，清康熙刻本。

（二十一）屈復（1668—1739 後）批，浙江圖書館藏余重耀過録屈復批《錢注杜詩》，清宣統三年（1911）正月時中書局石印本；並參以湖南圖書館藏杭世駿録清王士禛、屈復批，葉德輝跋《杜工部集》（清杭世駿抄本）和浙江大學圖書館藏吴士模批、吴朗過批《讀杜心解》刻本。對其文字訛異之處，以校注形式列出。爲使整理用語更簡潔，余重耀過録本簡稱"余本"，杭世駿過録本簡稱"杭本"，吴士模和吴朗過録本簡稱"吴本"。

（二十二）方苞（1668—1749）批，安徽省圖書館藏姚永概録方苞、姚範、張裕釗批《杜工部集》，清同治壬申六月致一齋校刊玉勾草堂本。

（二十三）方貞觀（1679—1747）批，南京圖書館藏方貞觀批《杜工部詩輯注》，清康熙金陵葉永茹萬卷樓刻本。

（二十四）王鄰德（清康熙十九年〔1680〕前後在世）[②]批，北京師範大學圖書館藏王鄰德輯並評《睡美樓杜律五言》，稿本。

（二十五）盧見曾（1690—1768）批，當代藏書家韋力芷蘭齋

---

① 張雍敬生卒年根據周妙中《歷代曲家時代考》一文的考證結果，見《曲苑》第二輯，江蘇古籍出版社 1986 年版。

② 根據王鄰德《睡美樓杜律五言引》中所署"庚申菊月"之紀年，以及文中所提及的"劉雪舫"（1629—1687），可推知王鄰德批點杜詩當在 1680 年左右。按劉雪舫即劉文炤，明末清初遺民，晚年流寓高郵三十餘年，劉當於此期間與王鄰德熟識，故王德鄰所經歷之"庚申"僅有康熙十九年（1680），其作《引》在此時，亦可知其康熙十九年（1680）前後在世。

藏盧見曾批《杜子美詩集》，中國國家圖書館出版社 2015 年影印本。

（二十六）申頲（約 1692 年前後在世）批，中國社會科學院文學研究所圖書館藏申頲批點《須溪批點選注杜工部詩》，明雲根書屋刻本。

（二十七）曹炎（約康熙、乾隆年間在世）批，臺灣圖書館藏曹炎手批、鄧邦述題記《唐李杜詩集》，明嘉靖壬寅二十一年無錫知縣萬氏刊本。

（二十八）厲鶚（1692—1752）評，浙江大學圖書館藏清代東里瑣恒過録厲鶚批點《杜詩會粹》，清康熙二十七年文蔚堂刻本。

（二十九）題商盤（1701—1767）批①，湖北省圖書館藏商盤批點《杜工部集》，清康熙六年静思堂刻本。

（三十）錢載（1708—1793）評②，中國國家圖書館藏倫明跋並録錢載、翁方綱、浦起龍評注《杜工部詩集》，清康熙葉永茹萬卷樓刻本。

（三十一）朱方藹（1721—1786）批，復旦大學圖書館藏朱方藹批點、朱琰跋《讀杜心解》，清雍正浦氏寧我齋刻本。

（三十二）王鳴盛（1722—1798）批，臺灣圖書館藏王鳴盛

① 商盤批點《杜工部集》的内容多係删改自黄生《杜詩説》，己見甚少，故該批點應稱“題商盤批”。雖該批多爲過録、删改黄生評點，但手段較爲隱蔽，亦録於此，以見杜詩手批評點之複雜。具體情况可參見筆者《商盤手批〈杜工部集〉考辨》一文，《嶺南學報》復刊第十二輯，上海古籍出版社 2019 年版。

② 倫明跋並録錢載、翁方綱、浦起龍評注《杜工部詩集》録有墨筆、朱筆、藍筆三色評點，根據卷之一目録終處有倫明墨筆題跋稱“墨筆者録錢籜石評圈”，可知其爲錢載評點，本文據此録入。

批、楊賓題記《杜詩分類》，明傅振商編、東海杜湊重刊本。

（三十三）許葌聚（清雍正間〔1723—1735〕人）批，上海圖書館藏許葌聚批、趙宗建跋《杜工部七言律詩》，明代龔雷刻杜律五七言本。

（三十四）紀曉嵐（1724—1805）評，上海圖書館藏徐松批並録申涵光、魏源、紀曉嵐、仇兆鰲等批點《杜詩選抄》，清抄本。

（三十五）吴騫（1733—1813）批，中國社會科學院文學研究所圖書館藏吴騫批校《杜詩偶評》，清乾隆十二年潘承松賦閑草堂刻本。

（三十六）翁方綱（1733—1818）評[①]，中國國家圖書館藏倫明跋並録錢載、翁方綱、浦起龍評注《杜工部詩集》，清康熙葉永茹萬卷樓刻本。

（三十七）徐昂發（？—1740）評[②]，湖南圖書館藏佚名録清朱鶴齡、王士禛、徐昂發、查慎行批校《杜詩論文》，清康熙十一年岱淵堂刻本。

（三十八）吴錫麒（1746—1818）批，華中師範大學圖書館藏吴錫麒批《杜詩偶評》，清乾隆十二年潘承松賦閑草堂刻本。

（三十九）吴士模（1751—1821）批，浙江大學圖書館藏吴士模批、吴朗過批《讀杜心解》，清雍正寧我齋覆刻本。

（四十）倪象占（清乾隆二十一年〔1756〕補諸生，三十年

① 倫明跋並録錢載、翁方綱、浦起龍評注《杜工部詩集》録有墨筆、朱筆、藍筆三色評點，根據卷之一目録終處有倫明墨筆題跋稱“朱筆者録翁蘇齋評圈”，可知其爲翁方綱評點，本文據此録入。

② 湖南圖書館藏四色評《杜詩論文》，其《杜詩論文一》處有墨筆題識稱：“墨筆，徐大臨先生；黄筆，漁洋山人；朱筆，查初白先生；藍筆，雜録李子德、潘稼堂、朱長孺、俞犀月諸先生批閲。”徐昂發批點即據此題識過録。

〔1765〕拔充優貢）批，浙江圖書館藏倪象占批校並跋《杜工部集》，清康熙六年静思堂刻本。

（四十一）題張問陶（1764—1814）批[①]，北京師範大學圖書館藏題清張問陶批注《杜詩論文》，清康熙十一年岱淵堂刻本。

（四十二）李以峙（1780—1834）批，杭州圖書館藏李以峙批點《杜詩詳注》，清康熙刻本。

（四十三）徐松（1781—1848）批，上海圖書館藏徐松批並録申涵光、魏源、紀曉嵐、仇兆鰲等批點《杜詩選抄》，清抄本。

（四十四）陳治（1791年左右在世）批，湖北省圖書館藏陳治批校並録錢陸燦、汪琬、俞犀月批《杜工部集》，清雍正間翻刻錢注《杜工部集》。

（四十五）魏源（1794—1857）評[②]，上海圖書館藏徐松批並録申涵光、魏源、紀曉嵐、仇兆鰲等批點《杜詩選抄》，清抄本。

（四十六）魯一同（1805—1863）評[③]，湖北省圖書館藏徐恕録魯一同批點《讀杜心解》，清雍正二年至三年浦氏寧我齋刻本。

（四十七）張裕釗（1823—1894）評，安徽省圖書館藏姚永概録方苞、姚範、張裕釗批《杜工部集》，清同治壬申六月致一齋校刊玉勾草堂本。

（四十八）秦應逵（1846〔或作1849、1850、1856〕—1915）批，湖北省圖書館藏秦應逵批點《讀杜心解》，清雍正二年至三年浦

① 題張問陶批《杜詩論文》只録其中眉批，旁批、夾批未録。

② 魏源批點杜詩另有清魏源輯並批校、黄節跋《杜詩選鈔》十三卷，清道光四年魏源家抄本，北京市文物局藏，筆者未見。

③ 魯一同評點杜詩，曾彙刻成《通甫評杜》一册，但徐恕過録本内容與之略有差異，故亦將其彙録。

氏寧我齋刻本。

（四十九）沈曾植(1850—1922)批，臺灣圖書館藏沈曾植批校《重刊千家注杜詩全集》，明刻十一行本。

（五十）嚴復(1854—1921)批，華東師範大學圖書館藏嚴復批校《杜工部集》，清乾隆五十年鄭澐玉勾草堂刻本。

（五十一）吴廣霈(1855—1919)批，湖北省圖書館藏吴廣霈批校並跋《杜詩集評》，清嘉慶九年海寧藜照堂刻本。

（五十二）王伯沆(1871—1944)批，廣陵古籍刻印社影印王伯沆先生圈點手批本《杜甫詩》，清《全唐詩》刻本。

（五十三）黎維樅(清同治十一年〔1872〕選爲學海堂專課肄業生，光緒八年〔1882〕補選學海堂學長)批①，上海圖書館藏黎維樅批點並跋《杜詩詳注》，清康熙刻本。

（五十四）沈巖(生卒年不詳)批，中國國家圖書館藏沈巖圈點批注《杜工部集》，清康熙六年静思堂刻本。

（五十五）楊静盦(生卒年不詳)批，上海圖書館藏楊静盦批郭正域評點《杜子美七言律》，明代閔齊伋三色套印本。

（五十六）再生翁(生卒年不詳)評，中國社會科學院文學研究所圖書館藏錢佳跋並録再生翁批點《杜詩闡》，清康熙刻本。

（五十七）佚名甲評，浙江圖書館藏題蔣光焴批校《須溪批點選注杜工部詩》，明雲根書屋刻本。

（五十八）佚名乙評，復旦大學圖書館藏佚名批陳式《杜意》，清抄本。

（五十九）佚名丙評，復旦大學圖書館藏佚名批、涂琛跋《杜

① 黎維樅批點多録楊倫、浦起龍、李子德等諸家所評，本彙評除録其自己評點外，凡明確標明他家評點的，酌情選録部分。

詩偶評》，清乾隆十二年賦閑草堂刻本。

（六十）佚名丁評，臺灣大學圖書館藏佚名批注《杜詩五律箋釋》，清鈔本。

（六十一）佚名戊評，臺北故宫博物院藏佚名朱墨筆批校《新刊校定集注杜詩》，宋寶慶元年廣東漕司刊本。

（六十二）佚名己評，臺灣圖書館藏佚名朱墨筆批點《杜工部全集》，明萬曆間平原劉氏刊李杜集合刻本。

一、由於排版原因，各批本中的圈評一律删去，對於親筆批點且經筆者目驗的批點顔色，則在評語前面予以説明，如朱筆眉批簡稱"紅眉"，朱筆旁批簡稱"紅旁"，依此類推。

一、本彙評所録諸家評點均係筆者親自目驗，個别文字漶漫不清、潦草難識，且無他本可校者，則以"□"標示。

一、本彙評所録諸家評語，如係明顯誤字則徑改；同一人在不同底本上的批語偶有文字出入的，或評點者過録他人評語與原評語文字偶有不同的，均保留原狀。

一、由於筆者學殖淺薄，且尚有部分批本因各種原因未曾寓目；尤其是不少批本采用草書批點，龍飛鳳舞，辨識不易，在輯録過程中存在不少訛誤，敬請方家批評指正。

卷　一

徐渭墨旁總:工於詩而拙於文,與□□用□,信斯言也。

錢陸燦乙本墨眉總:集中凡題頭有"方曰"二字者,桐城方文爾止讀杜集語也。爾止學博而識高,以詩文與余相是正,此題頭語亦今年初夏借渠本,擇有理有意味者鈔於此本之上。其夏,爾止遂歿於蕪湖舟中,喪我三益,有不可贖首之痛。仿佛其議論,尚留一二於卷帙,因特識之。俾吾家子孫知所自,勿以本子借人致損失也。時己酉十月望日,陸燦書。

申頲墨眉總:少陵詩皆是人性情中必有之語,却無人說得出,有能說出者,又無如許圓秀高潔,遂使此老千古獨步。

佚名甲批總:杜陵老布衣,飢走半天下。作詩千萬篇,一一干教化。是時唐室卑,四海事戎馬。愛君憂國心,憤發幾悲咤。孤忠無與施,但以佳句寫。風騷到屈宋,麗則凌鮑謝。筆端籠萬物,天地入陶冶。豈徒號詩史,誠足繼風雅。嗚呼詩人師,萬世誰爲亞!①

望　嶽

方拱乾評:妙在題。○恰恰是"望"。○"生"字、"入"字乃用字

---

① 按:此批語所引詩係宋代李綱《讀四家詩選四首》其一"子美",引詩在"誠足繼風雅"後缺"使居孔氏門,寧復稱賜也。殘膏與剩馥,沾足沽丐者"四句。

法。“入”字較勝。○編者屬開元十四年，則公纔十五耳。○古。開口奇橫。

丁耀亢紅眉：渾老。

錢陸燦乙本紅眉：奥。起二句一呼一應，刻出“望”意。○《史記》：太（泰）山之陽則魯，陰則齊。以爲山之陰陽，尤見匠心。

錢陸燦丁本評：“青未了”三字抵他人千言萬語，一言而萬里青山可探，雄蓋一世。

汪琬甲本墨旁：“望嶽”，非“嶽望”也。

李念慈紅眉：起得奇蕩，五六非刻劃離奇而組練絶痕，不傷氣格。

吕留良紅眉：言而萬里，青山可掬，如此望嶽，開口便成作家。

屈復評：得“望”字之神妙者，“青未了”三字，古今所同賞。結以“小天下”立意，又是“望”字之神。①

屈復評：題是“望嶽”，詩以“望”字起，“望”字結，中間亦不脱“望”字，詩法之嚴，無如杜者。句句是望嶽，移作登嶽詩不得。②

奚禄詒乙本墨眉：“夫如何”唤起全章，第四句言嶽之昏曉能分判天之陰陽，字字與岱相稱，非太白所及。○鐵脚道人登南嶽大叫曰：“海雲蕩我心胸。”

方苞眉：語甚妙，但余過泰安，州數里外即不見東嶽。

盧見曾墨眉：《史記·貨殖列傳》：泰山之陽則魯，其陰則齊。徐增云：山後爲陰，日光不到，故易昏；山前爲陽，日光先臨，故易曉。

---

① 校注：“結”，杭本、吴本均作“結句”；杭本、吴本多“中四句帶生氣，山谷多學之，然非杜之佳者”三句。

② 校注：“不脱”，杭本、吴本均作“不全脱”；“詩法之嚴”，杭本作“古詩法之嚴者”；杭本、吴本均闕“句句是望嶽，移作登嶽詩不得”二句。

盧見曾紅旁：四十字氣勢欲與岱嶽争雄。次句寫的高遠意出。三四奇峭，所謂“語不驚人死不休”也。盧世潅曰：公《登[上]後園山脚》云：“昔我遊山東，憶戲東嶽陽。窮秋立日觀，矯首望八荒。”則是業升岱宗之巔，而淹覽無際矣。乃絶不另設專題鋪張遊概，亦以“望嶽”一首已領其要故也。試思他人千言萬語，有加於“齊魯青未了”者乎？

申頲紅眉：“青未了”只是小巧。

申頲藍眉：有意造奇，實無深致，王孟津祖此一派，不入大家之堂。朱筆是余幼時所閲，殊未當。

厲鶚評：句句得“望”字神理。

吴騫紅尾：《唐會要》：官賜額爲寺，私造者爲招提、蘭若。

吴錫麒墨眉：吴東巖云：通首寫“望”字，起句是初視駭然，未到時先有一岱宗奇境在胸中，故爲心口商度之詞，一呼一應也。次句寫出遠望之神，氣象廣闊，故三四承接以狀其貌。五六則從近望，屬倒句，望層雲生而胸爲之蕩，望歸鳥之入而眥爲之决。七八是進一步法，言“會當凌絶頂”，更恣奇觀，則小天下之山矣。結盡望意，以末句“覽”字意爲綫。舊注將五六作從高視下，將則倒置，而末句遂不通云。

吴士模墨眉：得“望”字之神妙者，“青未了”三字，古今所同賞。結句以“小天下”立意，又是“望”字之神。中四句帶生氣，奥穀[山谷]多學之，然非杜之佳者。

題張問陶墨眉：盡望嶽神理。○拔地而起，神秀之所特鍾；矗天而峙，昏曉於此判割。二語奇峭。五六一順一逆句法。

吴農祥評：句句是望，移登嶽詩不得。

陳治紅眉：首尾實，中四句虚。□韻獨用。

陳治墨眉：只數語，奇峻渾厚之氣與岱嶽争雄，全首是“望”，不是“登”。

秦應逵紫眉:中四句有生氣,山谷多學之,然非杜之佳者。

嚴復墨眉:此與前篇(輯者按,即《遊龍門奉先寺》)機杼正同,起結固佳,然皆於中間滿排,作整贍精深之句,遂覺氣厚。

吴廣霈墨旁:此首妙在實是望嶽而非登嶽。

沈巖眉:"岱宗夫如何,齊魯青未了","夫如何"三字,幾不成語,然非三字,無以成下句有數百里之氣象。若上句但雄麗,則一李長吉耳。趙閑閑記前輩論詩語,詩有當用鬆處,閑閑所記最佳。

沈巖旁:"夫如何"三字盡望之神理,"蕩胸"一連是第二層望。

沈巖眉下:首尾實,中四句虚,收句出《法言》。

王鳴盛旁:鶴注:公《壯遊》詩"忤下考功第""放蕩齊趙間",當在開元二十四年後。

佚名甲批:五言詩胚胎於六朝,振響於初唐,操勝於盛唐,自陰何以及王孟,無不各臻其致,若其神遊而句自隨,興至而機自得,運造化之手於欲離欲合之間,千變萬化,愈出愈奇,則千百年來,子美一人而已。○待望字雄而争峻,與泰山争高可也。子美少年之筆便如此。

佚名乙墨眉:題是望,"蕩胸""决眥"正是仰望絶頂光景,故緊接末二句。

佚名丙評:首尾寫"望"字意出,結句翻"望"字爲"凌"字,翻"岱"字爲"衆山"字,奇絶。

岱宗夫如何,(**方拱乾評**)"夫如何"盡"望"字之神。(**傅山紅旁**)嫩。(**錢陸燦甲本旁**)五律。一呼。(**盧見曾墨旁**)《元和郡縣志》:泰山一曰岱宗,在兖州。鄭昂曰:王者升中告代,必於此山。又,是山爲五嶽之長,故曰岱宗。(**沈巖旁**)"嶽"字倒起。(**秦應逵墨旁**)三字望之神。**齊魯青未了。**(**傅山紅旁**)尖。(**錢陸燦甲本眉**)"未了"言其山之根趾脈絡,迤邐二州之境而未了也。舊注用之最妙。(**錢陸燦甲本旁**)一應。(**李以峙墨眉**)(海岱)按,“嶽”亦“岱”也。然“嶽”爲通稱,而“岱”有專屬。“岱”字較穩,且其音較響,顧與明者參之。(**吕留良紅旁**)有無可奈何之意,形容奇絶。(**張雝敬墨旁**)神句,盡古今人道不到。(**朱方藹紅眉**)首尾寫“望”字意出,只數語,氣勢與岱嶽争雄。(**沈巖旁**)望。(**吴廣霈墨眉**)十字有躊躇回顧、名無能名之意。(**吴錫麒紅旁**)起得空闊。(**黎維樅紅眉**)起二句恰寫“望”字,包括多少。(**黎維樅墨旁**)確是泰山,他處移易不得。(**汪琬丙本評**)青,嶽色也。(**倪象占藍眉**)“青”字雖指山色,却本海岱,惟青州之青,非此字不能包“齊魯”二字也。(**佚名甲批**)《史記》:泰山之陽則魯,陰則齊。**造化鍾神秀,**(**傅山紅旁**)腐。(**沈巖旁**)嶽。**陰陽割昏曉。**(**方拱乾評**)字法。(**方拱乾評**)此所謂驚人語也。○琢句法,用字法。(**傅山紅旁**)險而無味。(**錢陸燦甲本旁**)刻出“望”字。(**吴廣霈墨眉**)“割”字虧他想得到,吾輩無此筆,極力苦思,亦不過想到“劃”字爾。(**吴錫麒紅旁**)神秀而鍾,故昏曉變色,二句不平對。(**黎維樅紅旁**)“割”字奇險。(**佚名己紅旁**)“割”,猶分也。始終寫一“望”字。“入”,妙。**蕩胸生曾雲,**(**汪琬甲本墨旁**)“曾”與“層”通。(**沈巖旁**)是第二層望。(**奚禄詒甲本眉**)鐵脚道人登南嶽,望日出大叫曰:“海雲蕩我心胸。”(**吴廣霈墨眉下**)“曾”字不必作“層”。“曾”見《説文》,層後起,俗字也。**决眥入歸鳥。**(**方拱乾評**)纔是“望”。(**錢陸燦乙本紅旁**)“割”字、“入”字,極力形容。(**錢陸燦乙本紅尾**)“入”猶到也,謂直到鳥之歸止處也。“小”即小天下意。(**奚禄詒甲本眉**)馬融《廣成贊[頌]》:“洞蕩胸臆,發明耳目。”**會當凌絶頂,**(**孫承澤墨旁**)太率。(**吕留良紅眉**)亦奇。(**沈巖旁**)反醒“望”字。**一覽衆山小。**(**嚴虞惇紅眉**)刻出“望”字。(**吴錫麒紅旁**)收法不盡。(**吴廣霈墨尾**)“入”字亦煉得高妙,迥非尋常吐屬。(**奚禄詒乙本墨旁**)即“小天下”。(**沈巖旁**)收“嶽”。

【彙評】

錢陸燦甲本眉:余曰:“夫如何”猶云一部十七史,從何處讀起?一題當面,心手茫然,更落筆不得,恰成絶妙落筆。此起二語皆神妙之句。“齊魯青未了”,何曾一字是“嶽”,何曾一字是“望”,却五字天造地設,寫“嶽”奇絶,寫“望”又奇絶也。○而庵曰:“神”言變化不測,“秀”言苞含萬有。

屈復評:題是“望嶽”,詩以“望”字起,“望”字結,中間亦不脱“望”字,詩法之嚴,無如杜者。句句是望嶽,移作登嶽詩不得。

吴士模墨眉:首尾寫“望”字意出。汪。○題是“望嶽”,詩以“望”字起,“望”字結,中間亦不全脱“望”字,詩法之嚴,無如杜者。

陳治紅旁:句出《法言》。

魯一同評:詩乃未極其致,而筆自疏硬,公少時風格已如此。○以少陵作《望嶽》詩宜如何發揮,乃落落如此,故知興會所至,不必勉强争奇也。

魯一同評批詩後《心解》“取爲壓卷”:何壓卷之有? 世人編詩,從無此等陋見,豈《關雎》爲《三百篇》之壓卷耶?

吴廣霈墨尾:鄧子湘批語語奇警,又云“割”字奇險。

黎維樅紅眉批仇注“山後爲陰”處:趙注:“陰陽”句言其山之高大,如《史記》言昆侖日月相隱避爲光明也。○薛夢符曰:言登覽之遠,攄決其目力,入歸鳥之群也。“入”字妙。

登兖州城樓

題鮮于樞評:此詩叙事起,而大意在第二句,言縱目之初,遠則雲連海岱、野入青徐,近則孤嶂秦碑、荒城魯殿,而以古意、臨眺結之,其所感者深矣。賦也。

方拱乾評:正大渾雅。此少年作,居然老矣。○讀來有一種元氣灝氣在吻端。

汪琬甲本紅眉：杜閑爲兖州司馬。

王士禛評：西樵曰：此首安雅耳，在杜集中非其至者。後來摹杜，得此法者爲多。

嚴虞惇紅旁：甫父閑，嘗爲兖州司馬。

屈復評：因趨庭而來兖，而登樓縱望，海岱青徐，是所望遠景；秦碑魯殿，兖之遺迹，既是所望近景，又發吊古之思，生出下“從來古意”。今臨眺而睹秦魯之蹤，是以躊躇不能自已也。〇以“庭”字襯起“樓”字，以“趨”字襯“登”字，以“縱目”字起中四。“海岱”遠不相屬，“浮雲”用“連”字；“青徐”非兖境，“平野”用“入”字。此聯絡之法。望“孤嶂”而知“秦碑”，望“荒城”而思“魯殿”。曰“碑在”，則人亡世换可知；曰“殿餘”，則遺址荒廢可知。從來古意，從此生出。此杜少年之作，詩甚平實，而法已森嚴如此。此首較《岳陽樓》有天淵之别。〇一至兖之由，二南樓登望，三四遠景，五六近景，七八吊古。〇“臨眺”與“縱目”重，從無議者，何也？[①]

題商盤紅眉：按《李潮八分小篆歌》：“嶧山之碑野火焚，棗木傳刻肥失真。”魯靈光殿，當酈元注《水經》時，僅言其基址處所，是碑已不在矣，殿已無餘矣，此臨眺所以懷古情深也。然使直言“不在”“無餘”，便非作手。凡境佳語不佳，語佳境不佳，皆足爲詩病，故知此便知杜公運筆之妙。若爲吞吐其詞曰：問孤峰之秦碑猶在乎？問荒城之魯殿尚餘乎？本不在而言“在”，本無餘而言“餘”，此詩家之妙指。言“在”而實不在，言“餘”而實無餘，此讀者之善會也。

奚禄詒甲本眉：古名嶽雲樓，今名杜甫臺。〇雄渾切實。

奚禄詒乙本墨旁：首尾圓足。

① 校注：“而登樓”，杭本作“因來兖而登樓”；“是所望遠景”，杭本作“所望遠景”；“非兖境”，杭本作“非想境”；“孤嶂”，杭本作“孤峰”；“森嚴如此”，杭本作“森嚴如此矣”；“天淵之别”，杭本作“天淵之隔”；“七八吊古”，杭本作“八吊古”。

奚禄詒乙本墨眉：樓在兖州。三四承縱目，五六起下懷古意。

奚禄詒乙本紅眉：余曾到此，公有祠與碑，余亦有詩。

倫明録錢載墨夾：顧宸曰：《輿地廣記》：隋大業二年改兖州爲魯郡。唐武德克徐元朗，復曰兖州。天寶元年，又改魯郡，至乾元元年，復曰兖州。今曰兖州，當是開元二十三年，公下第後游齊趙時所作。蔡夢弼曰：公父閑嘗爲兖州司馬，公時有視，故有"趨庭"句。

盧見曾紅眉：李夢陽曰：疊景者意必二，闊大者半必細，此最律詩三昧。如"浮雲連海岱，平野入青徐。孤嶂秦碑在，荒城魯殿餘"，前景寓目，後景感懷也。如"詔從[三]殿去，碑到百蠻開。野館濃花發，春帆細雨來"，前半闊大，后半工細也。唐法律甚嚴惟杜，變化甚莫測亦惟杜。

盧見曾紅旁：安雅妥帖，杜律中最近人者，故後人多模此派。

朱方藹紅眉：舞綵之餘，其音雅飭，中二聯由遠而近。

題張問陶墨眉：三四宏闊，俯仰千里。五六微婉，上下千年。

陳治墨眉：公少時之作，已工穩若此。

秦應逵墨眉：西樵言：此首安雅耳，在公集中非其至者。又云：後來學杜，得此派者爲多。

秦應逵紫眉：此首較《岳陽樓》有天淵之分。

吴廣霈墨眉：整肅凝練，五律正宗。

王鄰德紅眉：昔人謂善作文者，如常山之蛇，擊首則尾應，擊尾則首應，擊其中則首尾俱應。嗚呼，豈獨文也哉！詩亦宜然。若少陵此篇是已。他多類此，不能盡出，讀者以意會之可也。

王鄰德紅旁：兖州，漢之東郡。

沈巖眉：牢壯好詩。○西樵曰：此詩雅安耳，在杜集中非其重者。後來摹杜，得此派者爲多。

沈巖旁：此公少壯時所作，筆力開拓、格律森嚴如此，豈必以

“晚節漸於詩律細”爲公掩其實乎？

黎維樅紅眉：三四寫形勢，五六寫古迹，收恰好接懷古。

王鳴盛墨眉：時公父閑爲兖州司馬，當是開元二十三年下第後遊齊趙時所作。

東郡趨庭日，（**盧見曾墨旁**）蔡夢弼曰：公父閑嘗爲兖州司馬，公時省侍。（**俞瑒甲本評**）兖州。（**題商盤紅旁**）對起。（**王鄰德紅旁**）時公父爲兖州司馬，故曰“趨庭”。（**沈巖旁**）兖州。**南樓縱目初。**（**俞瑒甲本評**）城樓。（**王鄰德墨旁**）“縱目初”是一章骨子。（**沈巖旁**）城樓。**浮雲連海岱，**（**錢陸燦乙本紅旁**）次序秩然。（**嚴虞惇紅旁**）“縱目”。（**題商盤紅旁**）實眼句。（**吴廣霈墨旁**）“岱”一作“嶽”。（**王鄰德紅旁**）兖之形勝。（**王鄰德墨旁**）二句承“縱目”。（**沈巖旁**）承“縱目”。**平野入青徐。**（**俞瑒甲本評**）承“縱目”。（**申頲紅眉**）大家數語。（**題商盤紅旁**）遠景。（**吴錫麒紅旁**）煉字有法。（**黎維樅紅旁**）此聯承上“縱目”字。**孤嶂秦碑在，**（**盧見曾墨旁**）《秦本紀》：始皇二十八年，東行郡縣，上鄒嶧山，頌秦德。（**嚴虞惇紅旁**）古意。（**王鄰德墨旁**）二句含“躊躇”。**荒城魯殿餘。**（**李念慈紅眉**）頸聯壯闊。（**俞瑒甲本評**）轉出“古意”。（**題商盤紅旁**）近景。（**盧見曾墨旁**）魯靈光殿在兖州西曲阜縣城中。（**錢載評**）自是恰好，未許後來平直者藉口。（**吴廣霈墨眉**）“在”字、“餘”字，亦不煉之煉，後學未易追步。（**王伯沆紅眉**）不在言“在”，無餘言“餘”，故爲妙指。（**王鄰德紅旁**）兖之古迹，俱從“縱目”來。（**沈巖旁**）轉出“古意”。（**黎維樅紅旁**）此聯起下“古意”字。**從來多古意，**（**王鄰德紅旁**）總結上文。**臨眺獨躊躇。**（**俞瑒甲本評**）收“登”字。（**題商盤紅旁**）順因結。（**奚禄詒甲本旁**）賦也。（**秦應逵紫尾**）“臨眺”與“縱目”重，從無議及者。（**王鄰德紅旁**）應“縱目”。（**王鄰德紅尾**）氣象渾雄，冠冕一代。（**王鄰德墨尾**）“獨躊躇”三字，而趨庭之意，秦碑魯殿之感，皆在其中。秦碑，秦始皇登嶧山，命李斯所作。魯殿，漢封共王於魯，係共王所造靈光殿。(**沈巖旁**)登樓之意。

【彙評】

俞瑒甲本評:此公十五歲時所作,已筆力開拓、格律森嚴如此,豈必"晚節漸於詩律細"乎?

盧見曾紅旁:趙汸曰:公祖審言《登襄陽城》詩云:"旅客三秋至,層城四望開。楚山橫地出,漢水接天回。冠蓋非新里,章華只舊臺。習池風景異,歸路滿塵埃。"公詩實本於其祖。

申頲墨眉:讀此知工部之詩有家傳也,可謂淵源有自矣。

張學仁參定:四十字節節相生,層層俱到,益信古人鑄題,不肯一字忽略。胡應麟曰:五言律極盛于唐,要有二格,陳、杜、沈、宋典麗精工,王、孟、儲、韋清空閑遠。然孟、韋雅自成趣,終非大手筆;太白風華逸宕,後之學者多流率易。惟杜工部氣象巍峨、規模宏遠,皆錯綜變化,不可端倪,洵初學入門第一義。楊士宏曰:律詩破題要突兀高遠;頷聯要接破題,抱而不脱;頸聯或寫意或寫景,與前聯之意相應相避,要有變化;結句放一步作收場,要言有盡而意無窮。

題張氏隱居二首

方拱乾評:此盛唐七律正體。〇"到"字屬"日"。五句屬山之深。〇何題當作何體,有確然不可易處。即當一首、當二首,當三四首,亦因題而定,非胡亂也。〇張叔明,又曰叔鄉,是一人,不然亦兄弟也。〇七律難於起,惟公獨勝右丞,且不能況其下乎?

錢陸燦甲本眉:老方據年譜以此詩爲公少作,故章法句法尚有未老處。予按,牧翁論公詩自天寶始,無少作者,即《謁玄元皇帝廟》一首,已三十歲矣。

錢陸燦甲本旁：前四句紀來訪隱居之事，後四句美張公而致嘆服。

錢陸燦乙本墨眉：老方據年譜以此詩爲公少作，故章法句法尚有未老處。予按，牧翁論公詩自天寶始，無少作者，即《謁玄元皇帝廟》一首，已三十歲矣。○“不貪”二字一讀，惟其不貪，所以夜識金銀之氣。

王士禛評：頷聯亦是幽意。

俞瑒甲本評：上四言景，下四言情。分段明畫。

屈復評：前，居之幽；後，人之高。七應前四，八應五六。“乘興”用王子猷訪戴語。○此倒叙法也。○“相求”字，“歷”“到”字，“乘興”字，極明白。①

奚禄詒甲本旁：宋人專學此等。

盧見曾紅旁：善寫幽居之致，旨趣俱遠，固不得以涉理路、落言詮議之。

錢載評：七律於先生求之，已不能到，更不必他家矣。兼讀義山亦可。

題張問陶墨眉：三四一順一逆，五六美其廉静也，上句理更精。“泛虚舟”者，相與於無與也。張君之襟懷氣度如此，則與之相對，真游于汪洋淡泊之天矣，杳然而迷其出處耳。

陳治墨眉：《劉九法曹鄭瑕丘石門宴集》有詩，李太白有《石門送杜甫》詩，今山麓尚有張氏莊，相傳爲唐隱士張叔明舊居，蓋與太白、孔巢父輩同隱徂徠稱“竹溪六逸”者也。山不甚高，石峽對峙如門，故名。山南有兩小阜，俗稱金耙齒、銀耙齒者。子美蓋偶然即目也。

① 校注：“此倒叙法也。○‘相求’字，‘歷’‘到’字，‘乘興’字，極明白”，杭本闕。

倪象占藍眉：九山曰："山更幽"，"山"字重得古而有力。○"歷""到"皆身也。

黎維樅紅眉：錢注：或云張氏以爲張山人彪。亦可，正不必求其人以實之。

黎維樅墨旁：《別裁》選第一首。

其　一

奚禄詒甲本旁：經行其山而尚有冰雪之餘，則山幽可知矣。

奚禄詒甲本眉：由相求而入山澗，由入山而到林丘，由入門而嘆其高隱，由隱居而歸去，是其淺深步驟之法。

奚禄詒乙本墨旁：五六下五字乃申上二字，折腰體。

奚禄詒乙本墨眉：從出門説至中途，從中途説至到家，到家則稱其高隱，然後説歸而帶贊詞，一氣而下。

吴廣霈墨眉：首二句已得隱居之神，三四寫出幽静景象，下一聯非老杜不能爲，非後人所可學。結句好。"乘興"句稍鬆懈。

王伯沆紅眉：此詩妙義，仿佛《南華》。

春山無伴獨相求，（**俞瑒甲本評**）無張氏。伐木丁丁山更幽。（**錢陸燦乙本紅眉下**）如云"鳥鳴山更幽"。（**錢陸燦乙本墨旁**）前四句紀來訪隱居之事，後四句美張公而致嘆服。（**錢陸燦甲本旁、丁本評**）一路叙來，五六正寫張氏高隱。前是隱居之地，後是隱居之人。（**汪琬乙本評**）不取頸聯，以首二字尚涉議論也。（**俞瑒甲本評**）隱居。（**秦應逵紅眉**）一路寫來，五六寫張氏高隱。前是隱居之地，後是隱居之人。（**黎維樅紅旁**）楊云：與"鳥鳴山更幽"同旨。澗道餘寒歷冰雪，（**俞瑒甲本評**）切隱居。（**題商盤紅旁**）混裝句。石門斜日到林丘。（**吴騫墨眉**）領連亦是幽意。（**李以峙墨眉**）（到荒林）按，鞍馬而"到荒林"，正見其逸興。此緊承上句，且暗點石門也。"獨相求"則孩子語矣，不止平庸也。（**黎維樅紅眉**）蔣弱六云：寫其居其人皆迥絶塵凡，杳不可即。**不貪**（**方拱乾評**）禪。**夜識金銀氣，**（**方拱乾評**）重理。（**錢陸燦甲本旁**）一讀。惟其不貪，所以夜識金銀之氣。（**吕留良紅旁**）二句頗拙。（**俞瑒甲本評**）説張氏。（**題商盤紅旁**）折腰句，上因句。（**黎維樅紅旁**）言其識之清。**遠害朝看麋鹿遊。**（**王伯沆紅眉**）隱者、訪者，兩爲不負。（**黎維樅紅旁**）言其心之曠。**乘興杳然迷出處，**（**黎維樅紅旁**）謂各入桃源，無心與化。**對君疑是泛虚舟。**（**方拱乾評**）"獨"與"對君"，自然照應。（**俞瑒甲本評**）應"相求"，收。（**題商盤紅旁**）倒收。（**奚禄詒甲本旁**）賦也。〇五六下五字，申上二字。（**奚禄詒乙本墨旁**）結得有餘味。（**倪象占藍眉**）郭美命云：結句弱。〇九山曰："乘興"二字指一二三四，有此頓住，收不弱。

【彙評】

方拱乾評：看來前首結句只能生五律，斷不能生七律，於此可悟詩之神。

錢陸燦乙本紅旁：一路序來，五六正寫張氏高隱。前是隱居之地，後是隱居之人。

題商盤尾：前半寫相訪之景，後半美所訪之人。七應前四句，八應後二句。

張學仁參定：恰似題隱居，即偶然縱筆，一字不苟。

題張問陶墨尾：前四訪隱居，五六美張氏，末二見賓主相忘之意。

黎維樅紅眉批仇注"朱注"之"石樵人競取，入手即成沙"：東坡云：深山大澤有天地之寶，惟無意於寶者能識之。即此句義也。

其　二

題鮮于樞評：此詩言張氏"時相見"，而以晚興見留，霽潭、春草言晚興，求梨、勸酒言邀留，而以歸醉無愁結之。此足以見主賓相敬之深、禮意之厚也。賦也。

奚禄詒甲本眉:七言律佳,何必又作此首?

王鄰德墨眉:通首以"時相見"爲主。

王嗚盛墨眉:此公少年時作。

之子時相見,(**黎維樅紅旁**)亦可接上篇言之。**邀人晚興留。**(**方拱乾評**)一題而作兩體,可見其興會所重,直爲自己性情,於他人一毫無與。(**黎維樅紅眉**)此當是數至後再題。◯楊西河云:用經不腐。◯顧修遠云:巧對,蘊藉不覺。**霽潭鱣發發,**(**奚禄詒乙本墨眉**)"發"字宜讀"撥"字,所謂撥剌也。本《詩經》。**春草鹿呦呦。杜酒偏勞勸,張梨不外求。**(**王鐸評**)"杜酒""張梨"不爲佳。(**錢陸燦甲本旁**)金本"杜康酒""大谷梨",用來恰合。(**吕留良紅尾**)"張梨""杜酒"本無佳致,又爲後人作俑。(**方拱乾評**)"杜酒""張梨"偶然耳,襲之厭矣。(**傅山紅眉**)惡套門户。(**王士禛評**)"杜酒""張梨"不爲佳。(**秦應逵墨旁**)"杜酒""張梨"不爲佳。(**吴廣霈墨眉**)"杜酒""張梨"稍嫌落套。(**奚禄詒乙本墨旁**)五六開後人用姓之陋,既有七律,恐此非公作。(**王鄰德藍眉**)"杜酒""張梨"開後人姓氏無限法門,在老杜則風雅可誦。(**王鄰德紅旁**)猶言是爾家果也。(**沈巖眉**)西樵曰:"杜酒""張梨"不爲佳。**前村山路險,歸醉每無愁。**(**方拱乾評**)幾虚字皆自爲。(**朱方藹紅眉**)末二句謂與張深契,故醉歸忘山路之險。若云醉而不知,則淺矣。(**吴士模墨眉**)末二句謂與張深契,故醉歸忘山路之險。如云醉而不知,則淺矣。汪。

劉九法曹鄭瑕丘石門宴集

題鮮于樞評:此詩以"秋水""净客心"起興,而掾曹鞍馬乘興到石門之荒林,乃逢聯璧之能吏,故開筵張樂以樂之,而泓下之龍亦吟，則宴集之盡歡也從可知矣。興而賦也。

方拱乾評：此五律法，雖變化無窮，而法自在。

錢陸燦甲本眉：燦曰：中四句二人分兩對。

秦應逵墨眉：無味。

吴廣霈墨眉：通首清穩，唯“直一金”句未免雜湊。

王鞏德紅眉：言石門秋景可愛。

黎維樅紅眉：《水經注》：瑕丘，魯邑，春秋之負瑕者也。《唐志》：瑕丘，郭下，宋置兖州於魯瑕邑故地，隋因置瑕丘縣。○楊西河注：石門在兖東，《李白集》有《魯郡東石門送杜甫》詩。○錢注：後四句一云“尊酒宜如此，人生復至今。白頭逢晚歲，相顧一悲吟”。

秋水清無底，（**吕留良紅旁**）起便好。蕭然静客心。掾曹乘逸興，（**方拱乾評**）入題、出題法。（**嚴虞惇紅旁**）二人分兩對。（**奚禄詒乙本墨旁**）劉。鞍馬去相尋。（**錢陸燦乙本紅旁**）到荒林。（**吴廣霈墨尾**）“去相尋”或一作“到荒林”，大謬，不可從也。能吏逢聯璧，（**方拱乾評**）周旋題□法。（**奚禄詒乙本墨旁**）鄭與劉。（**王鞏德紅旁**）指劉、鄭。華筵直一金。（**王士禛評**）無味。（**王伯沆紅眉**）“華筵”句是子美俚拙處。（**奚禄詒乙本墨眉**）杜公每於人席即算其所直，亦是詩中之病。晚來横吹好，（**汪琬甲本紅眉**）胡樂有横吹之名。（**佚名己紅旁**）《班超傳》注：胡樂有横吹之名。泓下亦龍吟。（**吕留良紅旁**）對上雖工，然辭竟率直無味。（**奚禄詒甲本眉**）末句從“龍吟水中不見己，截竹吹之聲相似”翻出。（**奚禄詒甲本旁**）賦也。（**奚禄詒乙本紅旁**）本是“一”字，故妙。（**嚴虞惇紅旁**）深貌。（**錢載評**）一云“尊酒宜如此，人生復至今。白頭逢晚歲，相顧一悲吟”。（**王鞏德紅旁**）應起作結。

【彙評】

奚禄詒乙本墨尾:起句灑落,結句正應"清無底""净客心"。

王鄰德墨尾:讀此詩知公胸中歷歷耿耿,弔古傷今之意,已寓於中矣。

與任城許主簿遊南池

方拱乾評:至今南池藉以不朽。

錢陸燦丁本評:真率閑淡,另是一格。

盧見曾紅旁:仇兆鰲曰:公詩善記時節。此詩"晨朝降白露",明日白露節也;他詩"露從今夜白",今日白露節也。

陳治墨眉:點綴如畫。

王鄰德墨眉:南池之景,宛然在目,惟其"通溝洫"而城隅方能"集小船"。

佚名己紅眉:客主任城,作詩必和子美韻,終不能及其穩秀。

秋水通溝洫,城隅進小船。(**孫承澤墨旁**)如畫。(**李以峙墨眉**)(進小船)按,"進"字應上"通"字,"集"字便呆。(**黎維樅紅眉**)張上若云:寫景甚細。(**黎維樅紅旁**)"進"字遠勝"集"字。晚凉看洗馬,(**李以峙墨眉**)(晚凉)按,句緊要在"凉"字,更"來"字便點金成鐵。(**吕留良紅旁**)閑澹。森木亂鳴蟬。(**方拱乾評**)景淡而妙。(**丁耀亢紅眉**)老。(**李念慈紅眉**)恰是此地此池。(**朱方藹紅眉**)點綴如畫。(**奚禄詒乙本墨眉**)"鳴蟬"有趣,"洗馬"何情?菱熟經時雨,蒲荒八月天。晨朝降白露,遥憶舊青氈。(**方拱乾評**)官舍。(**奚禄詒甲本眉**)末句何謂?亦與全首未洽。(**奚禄詒甲本旁**)賦也。(**錢載評**)結是順疊。(**吴廣霈墨尾**)結惜稍欠緊嚴。

對雨書懷走邀許主簿

題鮮于樞評：此詩首四句言對雨，第五句書懷，六七八句言走邀主簿，兼結對雨，而□其賁然來思。興而賦也。

錢陸燦甲本眉、乙本墨眉：方云：主簿是公父同僚，故稱長者。公作主人，故稱濁酒。初邀之時，當是晴霽，忽而雲起，忽而雷作，忽而雨至，恐主簿不來，故走詩以促之。末云不妨騎馬直至檐下，亦居然以長者之禮事之矣。

奚禄詒甲本眉：雲而後雷，雷而後雨，寫對雨如畫。

奚禄詒乙本墨眉：首四句皆一時實景，先雲而後雷，雷後而暴雨。今楚暴雨中往往落小魚。

沈巖眉：西樵曰："驟雨落河魚"亦是即目妙境。

題張問陶墨眉：四句與"細雨魚兒出"照看自明。

吴廣霈墨眉："河魚"有作"溪魚"者，似可不必。○易一"溪"字便音節不響，此等消息，非深入唐人之家者，不能知之。

黎維樅紅眉：張上若云：起四句寫山中暴雨景，次第如畫；五六寫對酒懷人，工雅；末結到"走邀"，意又甚真。

東嶽雲峰起，溶溶滿太虚。震雷翻幕燕，（**奚禄詒乙本墨旁**）震落燕巢。驟雨落河魚。（**丁耀亢紅旁**）奇。（**丁耀亢紅眉**）後四句不稱。（**錢陸燦甲本尾批**）雨細則魚在水面，雨驟則沉，對"細雨魚兒出"看，知其妙。（**盧見曾紅旁**）王士禄曰："驟雨落河魚"亦是即目妙境。（**李念慈紅眉**）二三情事逼真，山左實有此。（**俞瑒甲本評**）對雨。（**王士禛評**）"驟雨"句亦是即目妙境。（**奚禄詒甲本旁**）一時實景。（**嚴虞惇紅旁**）雨細則魚在水面，雨驟則沉，對"細雨魚兒出"看，知其妙。（**陳治墨眉**）"翻""落"二字他人煉不出。（**黎維樅紅旁**）王阮亭云：即目妙境。座對賢人酒，（**奚禄詒

乙本墨旁)有酒而待許。**門聽長者車。**(**錢陸燦乙本墨旁**)第六用《陳平傳》中語。(**吕留良紅眉**)"聽"字在邀客,故細,否則不若"來"字矣。(**吕留良紅旁**)款款得情致。(**俞瑒甲本評**)書懷。(**方貞觀墨眉**)五六句俗。(**王鄰德墨眉**)"聽車"冀其即至,"到階除"擬其既至。**相邀愧泥濘,騎馬到階除。**(**方拱乾評**)"騎馬到階除"乃古語,公偶用之耳。(**俞瑒甲本評**)走邀。(**奚禄詒甲本旁**)賦也。○正自老成。

【彙評】

張學仁參定:杜老極工琢句。集中未入選者如"秋燕已如客","上有蔚藍天","飯抄雲子白,瓜嚼水精寒","見輕隨[吹]鳥毳,隨意數花須","竹光團野色,山影漾江流","竹皮寒舊翠,椒實雨新紅","乞米煩佳客,鈔詩聽小胥","古城疏落木,荒戍密寒雲","竹杖交頭拄,柴門[扉]隔徑開","捲簾唯白水,隱几亦青山","地坼江帆隱,天清木葉聞","破柑[甘]霜落爪,嘗稻雪翻匙","耳聾須畫字,髮短不勝篦","華嶽峰尖見秋隼","金鐘大鏞在東序,冰壺玉衡懸清秋","遷轉五州防禦使,起居八座太夫人","山禽引子哺紅果,溪女[友]得錢留白魚"。後人極力雕鐫,不能道其隻字。

王鄰德墨尾:魏太祖禁酒甚嚴,尚書徐邈私飲,趙逢問以曹事,邈答曰"中聖人"。逢白之太祖,太祖怒。將軍鮮于輔進曰:"平日醉客以酒,清者爲至人,濁者爲賢人。"邈性修慎,偶爾醉言,竟得免刑。時禁酒,不敢言酒,故以酒爲至人、真人矣。公自謙,以濁酒邀許。

巳上人茅齋

題鮮于樞評:首言巳公茅屋其下或可以賦詩,或可以枕簟入林,或可以茶瓜留客;其外或江蓮之摇白羽,或天棘之蔓青絲,無所不可，但我空忝許詢之輩，難酬支遁之詞耳。賦也。

方拱乾評："可以"二字身分尊貴，下六句總發揮"可以"耳。一首做"可以"二字，細味二字，下得何等鄭重。○是扼峽順流法。

丁耀亢紅眉：清。

錢陸燦甲本尾：牧翁既用"夢"字，何以不引終南長老之夢？

吕留良紅旁：可删。

申頲墨眉：大約杜工部之詩才高學博，多有不醒，非看注解，何啻夢夢。

朱方藹紅眉：賦茅齋不迫不浮。

陳治墨眉："茶瓜留客遲"，似非用事，考《南史》，竟陵王子良禮才好士，夏月客至，爲設瓜飲及甘果。

嚴復紅眉：王云："岱宗夫如何"及此詩"可以"字，皆是少陵句法。

吴廣霈墨眉：此稍嫌落纖巧派，遂開劣詩之宗。

王鳴盛旁批"僧名齊己，善詩，知名於唐"處：齊己與貫休同出晚唐，乃鄭谷輩同時，何由與杜相侑？上人自賦也？

巳公茅屋下，（**黎維樅紅旁**）張云：灑然而來。可以賦新詩。（**丁耀亢紅旁**）開中晚一派。（**吕留良紅旁**）無謂。（**王士禛評**）"岱宗夫如何""夫"字及此詩"可以"字，皆是少陵句法。（**俞瑒甲本評**）領起中四。（**奚禄詒甲本旁**）中四句皆可賦詩也。（**秦應逵墨眉**）"岱宗夫如何""夫"字及此詩"可以"字，皆是少陵句法。（**王鄰德墨旁**）巳公賦也。枕簟入林僻，（**王鄰德紅旁**）皆茅屋下之景。茶瓜留客遲。（**俞瑒甲本評**）茅齋之事。（**奚禄詒乙本紅旁**）無味。江蓮搖白羽，（**王鄰德墨旁**）二句寓上人於景中。天棘夢青絲。（**徐渭墨眉**）"江蓮"，高人皆以爲妙，我未能也。（**俞瑒甲本評**）茅齋之景。（**奚禄詒甲本眉**）《本草》索隱：天門冬，在東嶽名淫羊藿，在南嶽名百部,在西嶽名管松,在北嶽名顛棘。"棘""天"字互用。(**奚禄詒乙本墨眉**)《本草》:天門冬,在東嶽名淫羊藿,在南嶽名百部,西嶽名管松,北嶽名顛棘。(**奚禄詒乙本墨眉**)中四句正是可賦詩。(**黎維樅紅眉**)蔣云:五六是詩意,亦是禪機,即用起下。(**王鳴盛墨眉**)天門冬一名顛棘。顛、天聲相近。**空忝許詢輩,難酬支遁詞。**(**俞瑒甲本評**)應賦詩。(**奚禄詒甲本旁**)《世説》:支遁、許詢同在會稽王齋。支爲法師,許爲都講,以《維摩經》相問難。

【彙評】

黎維樅紅眉批仇注:"江蓮",錢注:宋樂府"種蓮長江邊"。

房兵曹胡馬詩

題鮮于樞評:詩言"胡馬"乃大宛之名馬,而骨骼已成,然耳峻蹄輕,驍騰之勢,所向無前,堪託死生,雖萬里亦可横行矣。賦也。

徐渭墨眉:妙。

方拱乾評:公詠馬詩多,首首各有深意。總一法而變幻出之。

錢陸燦甲本眉:首句馬所自出,二三四句言馬之狀,五句言馬之才,六句言馬之德,末二句歸美兵曹,言有此馬可以横行天下矣。舊注并贊馬,無謂。

錢陸燦乙本墨眉:首句馬所自出,二三四句言馬之狀,五句言馬之才,六句言馬之德,末句歸美兵曹,言有此馬可以横行天下矣。舊注并贊馬,無謂。

錢陸燦丁本評:首句馬所自出,二三四句言馬之狀,五句言馬之才,六句言馬之德,末句歸美兵曹,有此馬可以横行立功萬里之外矣。

吕留良紅眉:看它寫峻耳絶殊,豈尋常工家畫。

吴農祥評:落筆有一瞬千里之勢。○"批""峻"字,今人以爲怪矣。

王士禛評:一胡馬,二骨相,三四承一二,五六承四,七承五六,八點房兵馬。

屈復評:鍾、譚極賞"鋒棱瘦骨",云世間未有癡肥俊物,不爲無見。結"萬里"句與"所向"字稍複,雖云五句著馬,八句著人,細看終有複意。①

奚禄詒甲本眉、乙本墨旁:句句老健。

奚禄詒乙本墨眉:劉云:仿佛老成,亦無玄黄,亦無牝牡。

盧見曾紅眉:孤情迥出,健思潛搜。相其氣骨,亦可横行萬里。此與《畫鷹》二篇真文家所謂沉着痛快者。

盧見曾紅眉:趙汸曰:詠物詩戒粘皮帶骨,此詩矯健豪縱,飛行萬里之勢如在目前,所謂索之於牝牡驪黄之外者。區區模寫體貼,以爲詠物,何足語此?○李因篤曰:五六如詠良友大將,此所謂沉雄。

申頲墨眉:唐太宗六馬,不知亦出於大宛否?不然何骨格之美耶?

厲鶚評:前四寫其狀,後四寫其神。

錢載評:入杜集第一首精鋭之作。

朱方藹紅眉:寫其骨相,正超然於牝牡驪黄之外。○五六如詠良友大將,此所云雄沉。

題張問陶墨眉:五六走馬對法。

吴廣霈墨眉:"竹批"二字乃形容出馬耳之峻削,非格物君子不

① 校注:"鍾、譚極賞'鋒棱瘦骨',云世間未有癡肥俊物,不爲無見",杭本闕。

能知,陋儒或以爲怪爾。○筆力矯健,所向無前。

王鄰德紅眉:老杜詠物詩最靈最奥,有神有味。今人不善此體,以爲死板無趣之事。每一小物,皆以全副精神、全副性情入之,使讀者不得不入,如《歸雁》《促織》《螢火》《蒹葭》《苦竹》《病馬》《孤雁》《白小》《鸂鶒》《鸚鵡》諸作,有痛惜者,有悲憫者,有懷思者,有嘲笑者,有勸戒指點者,萬物生於胸中,群動森於筆下,至此更不敢以淺衷輕言詩矣。

王鄰德紅旁:贈俠士詩。

沈巖眉:西樵曰:落筆有一瞬千里之勢。○前半只説骨相,後半並及性情,何等作法!○賦馬警語,不涉牝牡驪黄。○"批""峻"字,今人以爲怪矣。

沈巖旁:壯心如見。老杜許多馬詩,此爲最緊。

王伯沆紅眉:第七句正是諷刺意,不盡爲馬作也。

胡馬大宛名,鋒棱瘦骨成。(**方拱乾評**)詠物必極其性情。(**俞瑒甲本評**)骨相自别。(**王鄰德墨旁**)"鋒棱瘦骨"四字,已寓耳峻蹄輕、驍騰之神,亦藉物自喻耳。(**沈巖旁**)骨相自别。**竹批雙耳峻,**(**王鐸評**)"批""峻"字,今人以爲怪矣。(**方拱乾評**)在行。(**吕留良紅旁**)奇。(**盧見曾墨旁**)賈[思]勰《齊民要術》:馬耳欲小而鋭,狀如斬竹筒。《拾遺記》:曹洪乘白馬,耳中生風,足不踐地。(**王士禛評**)"批""峻"字,今人以爲怪矣。西樵曰:落筆有一瞬千里之勢。(**嚴虞惇紅旁**)馬之狀。(**王鄰德墨旁**)贊其駿。(**沈巖旁**)承次句。**風入四蹄輕。**(**錢陸燦乙本紅旁**)覺耳後風生。(**李念慈紅眉**)領聯俊,中聯辣,結更有力。(**吕留良紅旁**)又奇。(**俞瑒甲本評**)承次句。(**吴騫墨眉**)"批""峻"二字,今人以爲怪矣。有此筆力,方許作題詩。(**秦應逵墨眉**)"批""峻"字,今人以爲怪矣。西樵云:落筆有一瞬千里之勢。(**嚴復紅眉**)王云:落筆有一瞬千里之勢。"批""峻",王云:今人以爲怪矣。(**王鄰德墨旁**)贊其逸。**所向無空闊,**(**方拱乾評**)品性情。(**王鄰

德墨旁)稱其力。空闊處一躍而過。(**沈巖旁**)説到性情。**真堪托死生。**(**方拱乾評**)肝膽。(**丁耀亢紅眉**)老放。(**傅山紅眉**)英雄具此熱腸。(**吕留良紅旁**)他人賦寫,安能意外如此?(**俞瑒甲本評**)説到性情。(**秦應逵紅旁**)説到性情。(**王鄰德墨旁**)稱其德。(**王鄰德紅旁**)世人疑"與人一心成大功"句,請從此五字思之。(**黎維樅紅眉**)五六流水對。李子德云:如詠良友大將,此所謂沉雄。○楊云:末句謂兵曹得此馬可立功萬里外,推開説,方不重上。**驍騰有如此,**(**曹炎旁**)總上文。(**沈巖旁**)二句總句。(**黎維樅墨眉**)"驍騰"句束住,下方推開,須識其句法。**萬里可横行。**(**方拱乾評**)是推又是收。(**方拱乾評**)結不是凑。(**俞瑒甲本評**)一句總收。(**俞瑒甲本評**)結指房兵曹言。(**嚴虞惇紅旁**)歸美兵曹。(**奚禄詒甲本眉、乙本墨眉**)末句雖承上贊嘆,隱惜未盡用也。(**曹炎旁**)應"空闊"。

【彙評】

汪琬乙本評:寫真骨相,正超牝牡驪黄之外。五六如詠良友名將,此所云雄沉。

吕留良紅旁:到底大家。

俞瑒甲本評:前半只説骨相,後半並及性情,何等作法!

張學仁參定:壯心如見。杜公許多馬詩,此詩爲上乘。

秦應逵紅尾:"萬里"句與"所向"句稍複。○杜公馬詩甚多,此爲最警。

吴廣霈墨尾:此言馬耳之直竪,如竹筒之斜削而峻拔者然也。

吴廣霈紅眉批集評"查云":前半云是沈歸愚評。

黎維樅紅眉批仇注"狀如斬竹筒":黄伯仁《龍馬頌》曰:"耳如削筒,目象明星。"

畫 鷹

題鮮于樞評：首言畫鷹，而曰“素練風霜起”，而畫作又殊，語意便自清奇。其曰思兔、似胡、“光堪摘”、“勢可呼”，皆言“畫作殊”也。末言何當真得此鷹以擊凡鳥，見毛血之灑平蕪也哉。賦也。

方拱乾評：此詠物法，亦詠畫法。因有盡而風霜方起也。幾虛字見盡。○活者説死，死者説活，定法也。但筆之變化則在善用法耳。公詠畫詩亦多，不過以虛摹真，以真印虛，細會乃得之。字字是畫，字字是鷹。

傅山紅眉：起落雄豪。

錢陸燦甲本眉、乙本墨眉：方曰：凡作詩須有來路去路，如《登兖城》先説“趨庭”，《房兵曹馬》先説“大宛”，《畫鷹》先説“素練”，此來路也；“從來多古意”“驍騰有如此”“何當擊凡鳥”，此去路也。細玩此三詩，可爲律詩之法。

錢陸燦丙本評：錢云：凡作詩須有來路去路，如《登兖城》先説“趨庭”，《房兵曹馬》先説“大宛”，《畫鷹》先説“素練”，此來路也；“從來多古意”“驍騰有如此”“何當擊凡鳥”，此去路也。細玩此三首，可爲律詩之法。

錢陸燦丁本評：湘靈云：凡作詩須有來路去路，如《登兖城》先説“趨庭”，《房兵曹馬》先説“大宛”，《畫鷹》先説“素練”，此來路也；“從來多古意”“驍騰有如此”“何當擊凡鳥”，此去路也。細玩三詩，可爲律詩之法。康按，《胡馬》篇題後拓開一步，《畫鷹》篇題前托起一層，可爲律詩起結之法。

汪琬乙本評：發端見鷙鳥之神，三四正贊其妙，下“堪”字、“可”字，俱就畫説。

吴農祥評：命意精警，句句不脱“畫”字。

王士禛評:西樵曰:句句不脱"畫"字,命意精警。

俞瑒乙本評:一起一結,得畫之神。

屈復評:即"堂上不合生楓樹"二句意,此較精警。○一二破題,三四形狀,五六旁襯,七八以真結。①

奚祿詒甲本眉:"素練"加"風霜起"三字,便唤出通章。

題商盤紅眉:劈首一句,蒼鷹已軒然欲出,下文但足其意耳。○題畫似真,不異人意,在公便思及不畏强禦之士,自非忠鯁素具,不能隨處見到耳。

盧見曾紅旁:王士禄曰:命意精警,句句不脱"畫"字。仇兆鰲曰:每詠一物,必以全副精神入之,故老筆蒼勁中,時見靈氣飛舞。

朱方藹紅眉:發端已得鷙之鳥神,三四正贊其畫,下"堪"字、"可"字、"何當"字,俱就畫説。

吴士模墨眉:發端已見鷙鳥之神,三四正贊其畫,下"堪"字、"可"字、"何當"字,俱就畫説。

題張問陶墨眉:每寫一物,必以全副精神入之,故老筆蒼勁中時見靈氣飛舞。

陳治墨眉:句句不脱"畫"字,極動蕩之致。

秦應逵墨眉:句句不脱"畫"字。

秦應逵紅眉:凡作詩須有來路去路也,如《登城》先説"趨庭",《胡馬》先説"大宛",《畫鷹》先説"素練",此來路也;"從來多古意""驍騰有如此""何當擊凡鳥",此去路也。詳玩此三首,可爲律詩之法。

吴廣霈墨眉:極精到老練之作。

王鄰德墨旁:通首是鷹,通首是畫。○不獨令人不能道隻字,

① 校注:"即",杭本作"起即";"旁",杭本作"傍"。

即起少陵，想亦不得能作第二章也。

沈巖眉：句句畫鷹，佳處不在此。余評屢及此意，所謂詩不必太切貼也。

黎維樅紅眉：楊云：因畫鷹而思見真者之搏擊，即《進雕賦》意。

素練風霜起，（**黎維樅紅旁**）王阮亭曰：五字已攝畫鷹之神。**蒼鷹畫作殊。**（**俞瑒甲本評**）首聯倒插。（**嚴復紅眉**）王云：命意精警，句句不脱"畫"字。（**奚禄詒乙本墨旁**）練中安得有"風霜"？畫作之殊也。（**奚禄詒甲本旁**）申首句。（**奚禄詒乙本墨旁**）申首句。（**李以峙墨眉**）（風霜）按，二字寫素練已含有"鷹"字在，作"如霜"則呆贊素練矣。此有天淵之别，不可不知。**㩳**（**汪琬甲本紅旁**）竦也。（**盧見曾墨旁**）笱勇反，古"竦"字。**身思狡兔，側目似愁胡。**（**俞瑒甲本評**）似真。（**奚禄詒乙本墨眉**）素練加風霜，起便唤出通章。傅玄《鷹賦》："狀如愁胡。"**絛鏇光堪擿，**（**盧見曾墨旁**）魏彦深《鷹賦》："立如植木，望似愁胡。"《鷹賦》"結璇璣之金環"，環即鏇也。（**嚴虞惇紅旁**）切畫。（**黎維樅墨旁**）一聯説畫。**軒楹勢可呼。**（**俞瑒甲本評**）似畫。（**王鄰德紅旁**）仿佛可想，所謂可呼者以此。（**王鄰德紅眉**）警語。**何當擊凡鳥，**（**黎維樅紅旁**）懷抱俱見。**毛血灑平蕪。**（**李念慈紅眉**）結有力有意。（**宋犖紅眉**）余於此下一轉語，當在切與不切之間。（**俞瑒甲本評**）得畫之神。（**奚禄詒甲本尾**）賦而比也。（**奚禄詒乙本墨旁**）末句有比。（**沈巖尾**）西樵曰：命意精警，句句不脱"畫"字。（**佚名己紅眉**）結言安得其擊搏之角，有疾惡意在。

【彙評】

俞瑒甲本評：結句若説真鷹，何足爲奇？

俞瑒乙本評：結句若説真鷹，何足爲奇？惟以寫畫，便見神色飛動耳。

奚禄詒甲本尾批“《杜詩通》卷第二十九終”處：凡賦物詩宜有寓意，不然則無味矣。

張學仁參定：是畫是真，詩中神品。

王鄰德墨尾：起句即寫得畫中寒空蕭颯，而通章蒼勁之狀，俱在“風霜起”三字内。“何當”二字，惜其爲畫也。

遊龍門奉先寺

方拱乾評：古。中四句似律。《望嶽》同。

錢陸燦甲本眉：起句突兀。不能知此起之突兀也。看詩氣力，全在看題有氣力，看題人便是有氣力看詩人也。〇日間一遊，只爲已盡招提，又豈知招提有境，乃在夜宿始見，三四即或謂招提境也。五字龍門之高，六字奉先之寒，頓覺空際，全不記身在天闕之上、雲卧之中，恰當此際，鐘聲直落枕上矣，而後通身灑落矣。今乃在極高寒處，龍門奉先寺中也。

錢陸燦丁本評：中言夜宿之景，三四乃招提之境，五六乃招提之人，起結、來路去路井然。

汪琬乙本評：澹然自足。

奚禄詒甲本眉：自此以後十餘首，絶無拙澀之氣。

奚禄詒乙本墨旁：三四本景，五六形其高且寒耳。

盧見曾紅旁：氣體高妙。“天闕象魏[緯]逼”五字渾成，若改作“闚”字、“閲”字，索然無味矣。張潛曰：通首皆言夜景，首句點明晝間遊覽，自不可少。

朱方藹紅眉：澹然自足。

吴騫紅旁：《一統志》：在河南府城西南三十里。

吴士模墨眉：澹然自足。汪。（管庭芬）案：汪即鈍翁所評，下同。

陳治紅眉:用兩層疊注逼出末句,有力。○"天闕"謂伊闕也。注改"闚"字,死對無味。○龍門是最高處,却從下方衆壑襯起。

魯一同評:辛酉補選。

吴廣霈墨眉:"更"字即從"已從"來,起法簡老,不可訾議。○"天闕""雲卧"止言其高寒,亦不必拘拘考據,非詩人之本旨也。○此首之前當本有《龍門》一首,不僅似而已。○細披起二句,蓋云前已遊過奉先寺,今來更從寺宿爾。

沈巖旁:起用兩層疊注,逼出末句,有力。

沈巖眉:龍門是最高處,却從下方衆壑襯起。林開而象緯入牖,籟發而衣裳覺冷。四句中次第相生,恰又逼出"覺"字、"晨"字。

黎維樅紅眉:李子德云:氣體高妙,澹然自足。

佚名乙墨眉:□□□□□有"雲卧臨嶧陽"□可見,或以爲山形若卧雲,非。

佚名丙評:淡然自足。

已從招提遊,(**陳治紅旁**)撇過"遊"字。(**秦應逵紫旁**)撇過遊寺。(**佚名己紅旁**)將前遊覽撇開。更宿招提境。(**方拱乾評**)"已"字、"更"字是一篇之眼。(**題商盤紅旁**)點明。(**奚禄詒甲本眉**)謂日已游而夜復宿耳。(**佚名己紅旁**)接入。陰壑生虚籟,(**吕留良紅旁**)細。(**汪琬甲本墨旁**)風也。(**吴廣霈墨眉下**)"虚"或作"靈",然此句曰"陰壑",則詞以"虚籟"爲是。(**奚禄詒乙本墨旁**)"靈"字承些。(**李以峙墨眉**)(虚籟)按,"虚""靈"無關要義,均可從。(**沈巖旁**)初夜。(**佚名己紅旁**)下俱言夜宿之景。月林散清影。(**題張問陶墨旁**)三四狀風月之佳,五六見高寒之極。(**張雔敬墨旁**)"散"字從"林"字看出。(**沈巖旁**)月升。天闕象緯逼,(**王伯沆紅眉**)史氏《瑣證》曰:蔡伯世《正異》謂古本作"天闚",章表臣《詩話》亦云盧本作“天闕”，則此説不始於升庵矣。(**奚禄詒乙本墨眉**)定是“天闕”，言雙闕與天之象緯相近，若以爲“闚”，豈天窺象緯乎？抑象緯窺天乎？(**張雔敬墨旁**)蔡絛《西清詩話》：黄魯直校本云，王荆公改“天闕”作“天閲”，對“雲卧”爲親切。余讀韋述《東都記》，龍門號雙闕，此宿龍門詩也，用“闕”字何疑？箋曰：韋應物《龍門遊眺》詩云“鑿山導伊流，中斷若天闕”，此杜詩注脚也。楊用修又據韋表臣《詩話》定爲“天闚”，引據支離，悉不取。(**李以峙墨眉**)(天闕)按“天闕”既切龍門，實無可疑，諸家之説，一者要對“雲卧”，二者好逞異解，均無足取。又按“天闚”“天開”，雖逞臆改，尚有可引證，學如介甫，而生造“天閲”字，我笑其陋，至千家本之“天閪”，反不足責耳。(**沈巖眉批下**)“天闕”謂伊闕也。改“闚”字，死對無味。(**黎維樅紅旁**)一作“閪”，一作“閲”。**雲卧衣裳冷。**(**方拱乾評**)“闕”字虚對“卧”字看。(**申涵光甲本評**)“天闕”對“雲卧”，未免杜撰。(**奚禄詒甲本眉**)“天闚”“雲卧”是倒裝語，猶云闚天則象緯逼，卧雲而衣裳冷耳，不則爲減字語，猶云仰天而闚、連雲而卧耳。以地屬伊闕，定執“闚”當作“闕”，亦泥。(**奚禄詒甲本旁**)“闕”爲是，若作“闚”字，是天闚象緯乎？亦象緯闚天乎？説不去矣。(**奚禄詒乙本墨旁**)“卧”字煉。(**厲鶚評**)“天闕”猶言“天關”，或作“闚”，俱非。(**翁方綱評**)或以“闕”實“卧”虚爲疑者，此固不足解，然曷不慮之曰：五六“闕”實“卧”虚，則三四“陰”虚“月”實，此亦章法也。然以語杜，則此特甚淺者。(**佚名甲批**)起手便了題，中四言景，收二言情。“覺”應“宿”，倒字法。**欲覺聞晨鍾，**(**傅山紅旁**)套。(**沈巖旁**)明晨。(**題商盤紅旁**)題後。**令人發深省。**(**方拱乾評**)妙在結。(**奚禄詒甲本眉**)“令人發深省”，平生之事，無所不在。(**奚禄詒乙本墨旁**)“省”字一生之行己應物占大，而行藏皆自省也。近有説悟道者，胡説。(**陳治墨眉下**)中州地形以華嵩爲華蓋，伊洛在其北，潁水在其南。伊陽之北有山名雲卧，杜詩蓋括此也。(**陳治墨眉**)《天官》：北河、南河，二河、天闕間爲關梁。《正義》：闕、丘二星在南河南，天子雙闕，諸侯兩觀，象魏縣書之府也。黄河應天漢，洛京南爲伊闕，應天闕也。雲卧乃伊陽北山，即鳴臯，脉長百里，龍門南直卧雲。杜按《天官》

地紀命辭。(**黎維樅紅旁**)寫得上四句景出,見此二句之妙。(**佚名己紅尾**)龍門號雙闕,"雲卧"即卧雲意,倒字法也。

【彙評】

汪琬丙本評:澹然自足,回境倒字法,生情妙。

題張問陶墨旁:人在塵溷中,真性淪隱,若身離塵素,其情趣自别,而又宿於其地,對風月則耳目清曠,近星雲則心神怵惕。已上六句,□緊一步,逼到夢始覺,而觸於鐘聲,道心之微,忽然呈露,猶之剥復交而天心見也。

陳治墨尾:通篇發源在"宿"字。

吴廣霈墨尾批集評後:龍門號"雙闕",故曰"天闕象緯逼"也。不必嘵嘵考據,徒亂人意。○後考《草堂詩箋》,説亦如此。

沈巖旁:境之奇在龍門,遊宿在寺。中四句寫龍門,以寺起結,界畫輕重自見。

佚名甲批:"雲卧恣天行",太白"雲卧留丹壑",王思任"杯行争月淺,雲卧謝天深"。

過宋員外之問舊莊 員外季弟執金吾見知於代,故有下句

題鮮于樞評:公祖審言與之問齊名,有交承之契,故過其舊莊而敬慕之心不能自已,於末四句猶多感慨悲愴,蓋曰公之池館零落於首陽之下,凡枉道而來者,衹從其人,而吟詩者許更過之乎?其尊慕之心爲何如哉?於是淹留不去而問老宿,寂寞無聊而向山河。且言更識公之弟,見大樹而多悲風,其感愴之情,見於辭表。賦也。

方拱乾評:一"舊"字是主。二三句不必深求,深求反淺。七句另一意,却是六句生。

丁耀亢紅眉：清老。

錢陸燦甲本眉：方曰：宋公池館未必在大路上，故云“枉道”。公祖審言與之問同官交好，想曾過此吟詩，今公又來，故云“許更過”。趙、劉二注俱謬。○亦見池館零落之狀，無人看守，故召鄰老而問之。○“將軍樹”指之悌。○鐵曰：王摩詰輞川即改之問别業爲莊。王詩云“來者復爲誰，空悲昔人有”，即指之問也。見徐㶿《筆精》録。

錢陸燦乙本墨眉：方曰：宋公池館未必在大路上，故云“枉道”。公祖審言與之問同官交好，想曾過此吟詩，今公又來，故云“許更過”。趙、劉二注俱謬。○亦見池館零落之狀，無人看守，故召鄰老而問之。○“將軍樹”指之悌。

錢陸燦丙本評：鐵牛云：摩詰輞川即改之問别業爲莊。王詩云“來者復爲誰，空悲昔人有”，蓋指之問也。宋公池館未必在大路上，故云“枉道”。公祖審言與之問同官交好，想曾過此吟詩，公又來，故云“許更過”。亦見池館零落之狀，無人看守，故召鄰老問之。

奚禄詒甲本眉：中四句出得别脱，正是文人交情。五六頂上二句，末句不爲凑，見兄弟交情，正是厚道。

奚禄詒乙本墨眉：“首陽”名雷首山，謂首山之陽也，夷齊墓在焉。去蒲州之南十五里，離黄河五里。○中四句出得别脱，他人閑花野草之感，直是可厭。○“枉道”二句謂之問往矣，一任吟詩者過之。○“許”字鄭重。○末又結出其弟，益見交情厚道。

曹炎旁：員外季弟執金吾見知於代，故有下句。

王士禛評：西樵曰：二語慨慷跌宕，無所不包。

陳治墨眉：鐵牛云：摩詰輞川即改之問别業爲莊。王詩云“來者復爲誰，空悲昔人有”，蓋指之問也。

吴廣霈墨眉：五六二句，尤稱擅場，包羅無盡。

倪象占藍眉：宋員外以詩名，故懷之，不言其爲人也。若後人作此，便有許多譏刺，以爲能事矣。古人却不如是。

黎維樅紅眉：朱注："衹從入"言一任過客之入，見莊已無主也。"許更過"言他日可更過此乎？見重來未有期也。皆極歎其零落，故下接以"淹留""寂寞"二語。○浦注：按之問有《陸渾别業》詩，陸渾、首陽俱在洛陽之南，公亦有陸渾莊，當相去不遠也。

王鳴盛墨眉：之問，虢州弘農人。首陽山在河南府，虢與河南爲鄰，故有别墅。○"枉道"言道經於此者，二語皆泛指來遊之人。之問弟曾爲羽林將軍。

佚名己紅眉：劉須溪言：之問往矣，一任作詩過之，尊慕前輩自謙之詞，趙注何足以知？

宋公舊池館，(**奚禄詒甲本旁、乙本紅旁**)即出題。零落守陽阿。枉道衹從入，(**嚴復墨眉**)"衹從入"猶言任其入。吟詩許更過。(**俞瑒甲本評**)上四過宋舊莊。(**方貞觀墨眉**)便如注解，豈復成句。(**奚禄詒甲本旁、乙本紅旁**)一氣下來。(**沈巖旁**)言其因閑寂，聽人入遊。淹留問耆老，(**王鄰德墨旁**)二句極盡徘徊仰慕之私。(**李以峙墨眉**)(耆老)按，"舊"不如"老"字響。(**黎維樅紅旁**)王西樵云：二語感慨情事，無所不包。寂寞向山河。(**方拱乾評**)逗得下。(**錢載評**)盧綸等十子皆從此衍開。(**嚴復紅眉**)王云：三聯感慨跌宕，無所不包。(**奚禄詒乙本墨旁**)情景兩絶。(**沈巖眉**)西樵曰：二語感慨跌宕，無所不包。更識將軍樹，(**方拱乾評**)此另結法。(**汪琬甲本紅眉**)大樹將軍。(**申頲紅眉**)"將軍樹"與宋何涉？(**黎維樅紅旁**)原注：員外季弟執金吾見知於代，故有下句。悲風日暮多。(**方拱乾評**)亦所謂飄結。(**俞瑒甲本評**)末是餘意。(**俞瑒甲本評**)下四舊莊之感。(**奚禄詒甲本尾**)樹有悲風則乃弟亦亡矣。賦也。之問附張易之，貶嶺南，逃歸東都，匿友人王同皎家。同皎疾武三思與韋氏私通，每言及切齒。之問與弟之遜於簾下竊聽之，遂告同皎與人結士謀反，因得除朝散大夫。其人品之污下，何足稱焉。（**王鄰德紅眉**）他人閑花野草之感，真不覺其可厭耳。

【彙評】

俞瑒甲本評："衹從人"，言一任過客之人，見莊無主也。"許更過"，言他日可更過乎？見重來未有期也。皆極歎其零落，故下接"淹留""寂寞"二句。

張學仁參定：員外弟之悌官羽林將軍，故有結語。

吴廣霈墨尾：餘情映帶，亦有餘味。"將軍"即指執金吾也。

王鄰德藍尾：通章句句皆摹寫"舊"字之神，若他人則注意於員外莊矣。

臨邑舍弟書至，苦雨，黄河泛溢，堤防之患，簿領所憂，因寄此詩，用寬其意

方拱乾評：公詩題皆不苟。○以意以事熔鑄爲聯。步驟段落細極，天然極。無一字不對，無一字合掌。"深"字、"小"字乃用字之法，比"吹"字、"留"字、"没"字、"失"字不同，細看便知。排律段落如架屋之有層數，頭、項、腹、股、尾，一毫凌替不得。起承轉合、虚實情景與律詩同，只襯貼處不同耳。○排。

俞瑒乙本評：題長，須看其安頓之妙。

屈復評：題神全在"用寬其意"，殊欠發揮。○"毛"字押不妥。

朱方藹紅眉：分四段。一段苦雨河溢，二段臨邑簿領之憂書至堤防之患，三段因極言之，四段寄詩。先叙簿防乃推及泛溢，次第合如此。○"難假"二句狀出堤防之苦，"徐關"四句正取其雅。

王伯沆紅眉：史氏曰：木元虚《海賦》有"水府之内，極深之庭"

句，鮑明遠《河清頌》有“水府清涓”之句，故杜叙黄河泛溢稱爲“水府”，又或偶同之耳。謝朓《祀敬亭山》詩“水府衆靈出”，杜《遊何氏山林》亦云“石林蟠水府”，蓋“府”者，聚也，水所聚即可名“水府”，不必定是河海。

奚禄詒乙本墨眉：高廷禮選《正聲》，首置此詩，未當。

沈巖旁：題長，須看其安頓之妙。

黎維樅紅眉：楊云，題甚明悉。

王鳴盛墨眉：按開元二十九年，公年甫三十，而詩中有“吾衰同泛梗”之句，恐未必是少作。

佚名己紅眉：公詩題不當如此。

二儀積風雨，(**沈巖旁**)苦雨。百谷漏波濤。(**俞瑒甲本評**)苦雨。(**方貞觀墨眉**)開口便道著大處。(**秦應逵紅眉**)題神在“用寬其意”，詩尚欠發揮。(**吴廣霈墨眉**)邵子湘云：大家起法。(**王伯沆紅眉**)首二句出精警。聞道洪河坼，(**方拱乾評**)題法。(**俞瑒甲本評**)以河泛起。(**沈巖旁**)以河泛起。(**黎維樅紅眉**)邵云：大家起法。(**黎維樅紅旁**)楊云：二句説盡千古河患之由。遥連滄海高。(**傅山紅眉**)太平平。(**宋犖紅眉**)必如此流水而下，方不板重。職司憂悄悄，(**吴廣霈墨眉**)“思”字應正，從司。(**黎維樅紅旁**)概言河防有司。郡國訴嗷嗷。舍弟卑棲邑，(**俞瑒甲本評**)臨邑弟。(**沈巖旁**)臨邑弟。(**黎維樅紅旁**)方説到本人。防川領簿曹。(**俞瑒甲本評**)堤防簿領。(**沈巖旁**)堤防。尺書前日至，(**俞瑒甲本評**)書至。(**沈巖旁**)書至。版築不時操。(**方拱乾評**)對得妙。(**奚禄詒乙本紅旁**)(版築)二字用不著。難假黿鼉力，(**奚禄詒乙本墨眉**)《楚辭》：航黿以爲梁。(**黎維樅紅旁**)二句形版築之艱。空瞻烏鵲毛。(**奚禄詒甲本眉**)“烏鵲”可也，“毛”字不可。(**秦應逵紅眉**)“毛”字押得未妥。燕南吹畎畝，(**徐渭墨眉**)“吹”何謂？(**沈巖旁**)以泛溢言。(**黎維樅紅旁**)

以下極言泛溢之患。**濟上没蓬蒿。**（**俞瑒甲本評**）以泛溢言。**螺蚌滿近郭，蛟螭乘九皋。**（**吴廣霈墨眉**）"螺蚌"句不諧，必有訛字。**徐關深水府，碣石小秋毫。**（**奚禄詒甲本眉**）"徐關"四句寄慨漕運。（**奚禄詒乙本紅旁**）四句有感。（**黎維樅紅眉批仇注《山海經》注碣石山**）《述異記》：漢沔會流處，岸上有石，銘云"下至水府三十里"，皆傳李斯刻石於此。○《水經注》：張君云，碣石在海中，蓋淪於海水也。（**陳治墨眉**）徐關在齊境，今不可考。《左傳》成公二年，齊師敗于鞌，齊侯自徐關入，十七年，齊侯與國佐盟於徐關而復之。（**嚴復墨眉**）徐關當地。《左傳・鞌之戰》，當□自徐關入。**白屋留孤樹，青天失萬艘。**（**吕留良紅旁**）賦大水却得佳句。（**吴廣霈墨眉**）"失"即訛成"矢"字爾。"矢"字不通，何好之有？（**奚禄詒乙本墨眉**）歎東人之飛輓也。（**李以峙墨眉**）（失）按，此語形容漲水光景，是爲形近而訛，强解總疑無當，至"青天"作"青雲"，盡人皆知其非，更毋庸論。（**黎維樅紅眉**）寫景警絶。**吾衰同泛梗，利涉想蟠桃。**（**汪琬甲本紅眉**）度索桃。（**王士禛評**）西樵謂太遠無涉。（**奚禄詒甲本眉**）《國策》：土偶謂桃梗曰：澤雨至，則子泛而去矣。（**方貞觀墨眉**）"衰"字當是時運衰蹇之意，不在筋骨上説。（**方貞觀紅旁**）湊句。（**秦應逵墨眉**）漁洋云：西樵謂太遠無涉。（**嚴復紅眉**）"利涉想蟠桃"句，王云太遠無涉。（**奚禄詒乙本紅旁**）不可。（**沈巖旁**）西樵曰：太遠無味。**倚賴天涯釣，**（**秦應逵紅旁**）用寬其意。（**沈巖旁**）用寬其意。**猶能掣巨鰲。**（**方拱乾評**）結遠。（**俞瑒甲本評**）用寬其意。（**奚禄詒甲本尾批**）賦也。（**錢載評**）結亦太誕。（**秦應逵墨尾**）結句雖云"用寬其意"，然簿領當職思其居，公語毋乃不根耶？（**黎維樅紅眉批仇注《列子》**）張湛注：《列子・列仙傳》云，巨鰲戴蓬萊而抃滄海之中。《玄中記》云，即巨龜也。

【彙評】

俞瑒甲本評：長題便見安頓之妙。

天寶初，南曹小司寇舅於我太夫人堂下壘土爲山，一匱盈尺，以代彼朽木，承諸焚香瓷甌，甌甚安矣。旁植慈竹，蓋兹數峰，嶔岑嬋娟，宛有塵外數致。乃不知興之所至，而作是詩

題鮮于樞評：詩意蓋謂一匱之功，僅自盈尺，而三峰之意，殆若出群。其曰"疑在野""欲生雲"，植慈竹而春陰覆，承香爐而曉勢分，皆狀出群意。末言將獻壽於太夫人，而佳氣日多，宛有塵外氣象。賦也。

方拱乾評：序妙。看周旋題目處。"分"字有景。○五律之法備矣。

錢陸燦甲本眉：員外郎爲尚書侍郎之貳，故稱"小"耳。今郎署□分司，亦其義也。

錢陸燦丙本評：錢云："意"字、"欲"字正見其小。小者偏以大言之，故慈竹春陰已堪覆庇，爐峰秀色且顧分來，於是借南山之頌獻太夫人萬年之觴。氛氳，自此不絶矣。

吕留良紅眉：子美序長，題亦古而拙。

汪琬甲本紅旁：序妙。

盧見曾紅旁：李因篤曰：三四承上，虚伏二句，體極生動。

朱方藹紅眉：詩亦嶔岑涓涓，宛有數致。三四接上，虚狀二句，體乃不板。

王伯沆紅眉：敘拙而曲。

奚禄詒乙本紅眉：惟"竹"與"月"可言嬋娟。

奚禄詒乙本墨眉：空費一長題。

王鄰德紅旁：公之祖母盧氏。

倪象占藍眉：小題看他議論闊大，包裹完密。

沈巖眉：可删。

王鳴盛墨眉：鶴注：此題當曰"假山"，舊題乃詩之序。

一匱功盈尺，（**方拱乾評**）土。（**張雔敬墨旁**）原作"匱"，恐誤。① 三峰意出群。（**方拱乾評**）山。（**秦應逵墨眉**）可删。（**黎維樅紅旁**）補序中所無。望中疑在野，幽處欲生雲。（**方拱乾評**）摇曳飄渺。（**李念慈紅眉**）"望中"二句恰是此題，移動不得。（**吕留良紅旁**）形容假山無相，可謂詠物句法。（**王士禛評**）可删。（**吴廣霈墨眉下**）"欲"字妙筆，似生龍活虎，非草揎麒麟也。（**王鄰德墨旁**）曰"疑在野""欲生雲"，正謂山雖假而有塵外致也。慈竹春陰覆，（**方拱乾評**）太夫人。（**汪琬甲本紅眉**）"慈竹"又謂孝竹。香爐曉勢分。（**秦應逵墨旁**）無味。惟南將獻壽，（**方拱乾評**）倒出題。佳氣日氛氲。（**孫承澤墨旁**）爲太夫人發，得體。（**奚禄詒甲本尾批**）太率意。（**吴廣霈墨眉**）"惟南"二字欠妥。（**王鄰德墨眉**）"氛氲"從"春陰覆"而生。（**倪象占藍尾**）廬山有香爐峰，借用巧合。（**黎維樅紅眉批仇注"子母竹"處**）《述異記》：南中生子母竹，即今之慈竹也，又謂之孝竹。

李監宅二首

題鮮于樞評：此詩首兩句生中二聯，其曰"開孔雀""隱芙蓉""且食雙魚美，誰看異味重"，皆狀王孫貴豪家意，而以"門闌多喜色，女婿近乘龍"結之，多少氣象！更玩"尚覺"及"意頗濃"，曰"開"，曰"隱"，曰"且食""誰看"等字，自不寒儉。賦也。

方拱乾評：李氏善調飲饌。門闌，侍人也。

李念慈紅眉：詳詩意，李監是時當適有嫁女之喜，用桓女事甚

① 按，此條批語見張雔敬評《杜詩評點》清楊岐昌抄本，底本原文爲"一簣功盈尺"。

合,若蕭史事自當用之男家耳。

奚禄詒甲本旁:中多俗句。

王士禛評:意頗諷之。西樵曰次聯亦俗。

申頲墨眉:粗俗之句,若不出自工部之手。

倪象占藍眉:《南部新書》:昇平公主宅,李端擅場,蓋郭令公子曖尚主時席上詩也。此題應是賀李監遣嫁詩,若陸暢催妝之類,而題不詳,正唐人之善製題也。

沈巖眉:全首似俗,意頗諷之。

王鳴盛墨眉:李是宗室,故曰"王孫"。蔡注謂李鹽鐵,故借驥困鹽車以况其官之閑冷。

尚覺王孫貴,(**奚禄詒乙本墨眉**)"尚"字如何?起賦其婚姻之事。豪家意頗濃。(**秦應逵墨旁**)意蓋諷。(**吴廣霈墨眉**)"尚覺"二字,亦有微詞。(**王鄰德墨眉**)此因王孫官卑,故用"尚覺"二字。屏開金孔雀,(**汪琬甲本紅眉**)射屏。(**奚禄詒甲本旁**)竇毅選婿,畫孔雀屏。唐高祖中雀雙目,遂以竇后許之。(**沈巖旁**)西樵曰:二語亦俗。褥隱繡芙蓉。(**奚禄詒甲本旁**)《集韻》:"縫衣曰繶。"此借書隱。(**奚禄詒乙本紅旁**)俗。(**秦應逵墨眉**)西樵言次聯亦俗。(**嚴復紅眉**)王云:俗。且食雙魚美,誰看異味重。(**奚禄詒乙本紅眉**)近日秀才之作,還不能够如此。門闌多喜色,(**奚禄詒甲本旁**)應三四。女婿近乘龍。(**奚禄詒甲本旁**)孫儁、李膺俱娶桓焉女,時人云桓叔元二女俱乘龍。(**奚禄詒甲本旁**)賦也。○宅有婚姻之事。

【彙評】

吴廣霈墨尾批"王云":王批著眼。

其　二

題鮮于樞評：此詩首一句起下三句，言“華館”。其第三聯美其能好賢下士，且曰“鹽車”雖云“絆驥”，名是漢庭而來，言其終爲世用，不久屈於此。興而賦也。

李念慈紅眉：真子美。

題張問陶墨眉：魏澹詩：“出簾飛小燕，映户落殘花。”此詩三四句法互换，而意趣更佳。

王鳴盛墨眉：三聯言李之好客愛才。

華館春風起，（**李以峙墨眉**）（華館）按，春風何云落葉？且二語是對起，仇注何以不辨？**高城煙霧開。**（**方拱乾評**）四五有言指李監者，有言指李監之婿者，分指爲是。（**吴廣霈墨眉**）三四鬆秀乃爾。○五六寫人亦佳。○雖是應酬詩，然此等尚可存也。**雜花分户映，嬌燕入檐迴。**（**奚禄詒乙本紅旁**）聊點綴耳。（**王鄰德墨眉**）“雜花”下用一“分”字，“入檐”下用一“迴”字，則無限生動。（**王鄰德墨旁**）二句是華館雜花，嬌燕更麗。**一見能傾座，虚懷只愛才。鹽官雖絆驥，**（**王鄰德墨眉**）此章“雖”字，則知上章之意。（**李以峙墨眉**）（鹽車）按，驥困鹽車，阿誰不解？“官”字誤甚，仇注何以不正？**名是漢庭來。**

【彙評】

奚禄詒乙本墨眉：似晚唐，不似公筆力。○末要應付，牽扯得醜。

錢陸燦乙本墨眉：杜于皇圈二首。

夜宴左氏莊

題鮮于樞評：興而賦也。首聯生次聯，而“草堂”生第三聯，末則以他意□開而語意灑落，閑雅可愛。其曰“月[衣]露”“暗水”“春星”言夜，曰“燒燭”“引杯”言宴，曰“花徑”“草堂”言左氏莊，末曰“詩罷聞吴詠”，而起扁舟之念，不忘舊遊之地也。

汪琬乙本評：通首拈景説，格力最高，夜宴只輕帶。

題商盤紅眉：夜景有月易佳，無月難佳。三四就無月時寫景，語更精切。“暗水流花徑”，妙在“暗”字，乃聞其聲而知之。“春星帶草堂”，妙在“帶”字，與“江滿帶維舟”，一則形容維舟之孤，一則形容春星之密，用意俱各精絶。

題商盤紅旁：詩中寫景則有風、露、星、月，叙事則有琴、書、劍、詩、酒，而不見堆塞，歎其運用之妙。

屈復評：月黑則無景可寫，而能寫出妙景。○一夜，二宴，三四承一，五六承二，七結上，八遠情。①

奚禄詒甲本眉：一篇之中，風月花露，琴書杯劍，不見襞積，氣勝故也。

奚禄詒乙本墨眉：起句有景，三句“暗”字，四句“帶”字，皆有力。○一篇之中，風、月、花、露，琴、書、杯、劍，不見襞積，氣勝故也。

盧見曾紅眉：寫景濃至，結景亦遠。杜律如此種，氣皆有餘，不乏風韻。雖雅近王孟，尤爲盛唐高步。顧宸曰：一章之中，樂事皆具。而時地景物，重疊鋪叙，却渾然不見痕迹。黄生曰：夜景有月易佳，無月難工。三四句無月時寫景，語更精切。

申頲墨眉：此詩全美。

厲鶚評：此是上旬夜，故三四俱纖月落後之景。

吴農祥評：一起甚有風趣。○以三四語存之，不可説入道理，

---

① 校注：除此條批語，杭本另有“詩罷聞有以吴音詠詩者，此間安得有棹歌欸乃之聲乎”二句。

空墮鬼窟。○右丞“行到水窮處,坐看雲起時”,同一情景。

王士禛評:起甚有風趣。○結遠。寫難狀之景,刻劃入微。

朱方藹紅眉:通首拈景説,格力最高,夜宴只輕輕帶過。

題張問陶墨眉:夜景有月易佳,無月難佳。三四就無月時寫景,語更精切。上句妙在一“暗”字,覺水聲之入耳;下句妙在一“帶”字,見星光之遥映。

陳治墨眉:好景只在眼前,寫得遠近離合,不可端倪。

嚴復紅眉:王云:起甚有風趣,結遠。

吴廣霈墨眉:流麗清華,筆無宿墨。

黎維樅紅眉:寫景工細,而意趣却極閑曠自然。

王嗚盛旁:公於開元十九年末鄉貢之前遊吴越,二十二年下第之後遊齊趙,此是齊趙時作,正感吴音而思其地也。

風林纖月落,(**奚禄詒甲本旁**)起句有景。(**王鄰德紅旁**)是起興。(**李以峙墨眉**)(林風)按,作“林風”欲對“衣露”耳。余謂不如“風林”之渾成。衣露净琴張。(**方拱乾評**)六朝語氣。(**俞瑒甲本評**)時。(**沈巖眉**)起甚有風趣。○用伯牙及德星事不覺。暗水流花徑,(**題商盤紅旁**)實眼句。(**沈巖旁**)承“琴張”。春星帶草堂。(**奚禄詒甲本旁**)三句“暗”字、四句“帶”字俱著力。(**李念慈紅眉**)二三雅麗。(**宋犖紅旁**)“帶”字字法入妙。(**俞瑒甲本評**)景。(**題商盤紅旁**)上因句。(**秦應逵墨旁**)水暗星明,俱因月落。(**王鄰德紅旁**)景語閑曠。(**沈巖旁**)承“月落”。(**王嗚盛墨眉**)“帶”言星低也,水暗星低,正狀夜宴之久。檢書燒燭短,(**沈巖旁**)文事。看劍引杯長。(**俞瑒甲本評**)事。(**李以峙墨眉**)(看劍)按,“説”字豈如“看”字之有神? 若“煎茗”更是妄庸人擅改,可笑,可笑。(**沈巖旁**)武備。(**黎維樅紅旁**)“説”字似更勝,《莊子》有《説劍篇》。詩罷聞吴詠,(**奚禄詒甲本旁**)與上無涉。○謝安喜爲吴詠而鼻齆。(**秦應逵墨旁**)結意遠。扁舟意不忘。(**俞瑒甲本評**)情。(**方貞觀墨眉**)結語湊泊無味。(**奚禄詒甲本旁**)賦也。(**奚禄詒甲本旁**)漫結。○公幼年游吴。(**奚禄詒乙本紅旁**)漫結。此時是更欲下吴耶?(**沈巖眉**)結遠。(**秦應逵紅尾**)聞有以吴音詠詩者,此間安得有櫂歌欸乃之聲?(**黎維樅紅旁**)結有遠神。(**黎維樅紅眉**)《壯遊》詩"東下姑蘇臺,已具浮海航",所謂"扁舟意不忘"也。

【彙評】

題商盤尾:趙子常云:聞吴詠而思昔遊,是擺開説。予謂宴會作詩如此結,可知席上賓主皆無足與周旋矣。用意高傲,人却不知。

張學仁參定:三四恰是夜宴,"暗"字、"帶"字,狀景入妙。

陳治墨旁:汪云:通首括景説,格力最高。

王鄰德紅眉:豪縱自然,結趣蕭散。

王鄰德墨尾:"春星""纖月""琴劍""吴歌",極盡夜宴幽致。"纖月"應起"暗水"句,方見"春星"映帶。"燒燭"二字接"月落"之脈。

龍　門

題鮮于樞評:此言龍門横斷則驛樹出,乃見皇都近而佛寺開也。且往來川陸,時則屢改,日以悠哉,故相閱於征途之上,百年能幾回耶?蓋公自歎跋涉之勞,而功名無所就耳。賦也。

方拱乾評:渾壯。五律難在結,惟公自然,善生故耳。生或首句,或第六句,大約六句多。○六句龍門,兩句過龍門,起結定法也。實起必虚結,虚起必實結。

錢陸燦丙本評:錢云:氣色蘢葱,皇居相近,金碧照耀,佛寺莊嚴,我於其間一往一來,爲時已改,凌川越陸,日以攸長,征途之上,望龍門而奔馳,生涯有限,百年能幾回耶?

汪琬丙本評:似兩截詩。

奚禄詒甲本旁:語多率弱。

吴廣霈墨旁:此初游龍門、招提也。

黎維樅紅眉:一起氣勢景象都好。〇次句,《鏡銓》云:言山斷處遠望,見城邊之樹也。此解於"出"字獨見精神。〇韋應物《龍門遊眺》詩"鑿山導伊流,中斷若天闕"與此詩"斷"字同意。

龍門橫野斷,驛樹出城來。氣色皇居近,(**黎維樅紅旁**)承第二句。金銀佛寺開。(**奚禄詒甲本旁**)套。(**奚禄詒甲本眉**)《天水圖經》與《玉堂閑話》皆云,秦州隴城縣東柯谷南麥積山瑞應寺,廣五百里,上下千餘丈,兀起石高百萬尋,青雲之間,鐫石成佛,萬龕千寶。(**錢載評**)公自注:山有佛寺,金碧照耀,最爲勝概。(**黎維樅紅旁**)承第一句。往還時屢改,川水日悠哉。(**方拱乾評**)生結。(**奚禄詒甲本旁**)稚。(**王鄰德墨眉**)"川陸日悠哉"有逝者之感。相閲征途上,(**奚禄詒甲本旁**)亦無謂。(**王鄰德藍旁**)慨歎無窮。生涯盡幾迴。(**吴廣霈墨尾**)後四疏懈。

贈李白

方拱乾評:九句方入題。〇古。

錢陸燦甲本眉:唐人詩多以四句爲一解,故雖律詩,亦必作二解。若長篇,則或若作數十解。夫人未有解數不明而尚能爲詩者也。如此篇,一解曲盡東都醜態,二解姑作解釋,三解决勸其行。分作三解,文字便有起、有轉、有承、有結。雖多至萬首,無不如綫貫華,一串固佳,逐朵又妙。自非然者,便更爲□曰:人亦能知杜詩處,用其手法也。

錢陸燦戊本評:曾鞏《李白集叙》:白游梁宋齊魯,俱在罷翰林之後。天寶三載，公在東都，八月歸葬祖母范陽盧太君於偃師，是時白自翰林放歸，相從游梁宋齊魯，乃其時也。

王士禛評：此詩語氣，原不甚楚楚。

申涵紅眉：此亦謂太白耳。以爲指禄山，恐無交涉。

申涵藍眉：看他過轉簡便，無閑枝節，近人五古多蔓調，宜時時誦此。

朱方藹紅眉：雅調。

吴士模墨眉：雅調。汪。

陳治紅眉：太白初放還山時作。巧、皓通用。

秦應逵墨眉：此詩語氣，原本不甚楚楚。

嚴復墨眉：詩貴沉鬱。沉鬱者，抽思深而折疊衆也。如此詩"野人對羶腥，蔬食常不飽"，不知造句時有多少曲折也。

嚴復紅眉：漁洋云：此詩語氣，原不甚楚楚。

吴廣霈墨眉：味此猶有齊梁人口氣，非少陵本色也。〇謝朓詩"既通金閨籍"，金閨，金馬門也。《别賦》："金閨之諸彦。"

沈巖旁：此太白初放還山時。

倪象占藍眉：第二句説明主意，餘比到底。

黎維樅紅眉：李云：雅調，亦近太白。張上若云："機巧"二字，説盡世情可厭。〇朱注言腥羶非己所堪，寧不飽其蔬食，蓋惡機巧而思去也。

盧見曾紅旁：雅調，亦與白詩體相近。李陽冰《太白詩序》曰：天寶中召入翰林，賜金放歸，遂就從祖陳留採訪大使彦允，請北海高天師授道籙於齊州紫極宫。

佚名甲批：看次句，知"野人"數語當是托言。

佚名己紅旁：此李白將遊梁宋也。

二年客東都，所歷厭機巧。（**張雝敬墨旁**）“一肚皮不合時宜”，妙在寫得含蓄。（**汪琬甲本紅眉**）“畏人嫌我真”。野人對羶腥，（**奚禄詒乙本紅旁**）何鄙薄乃爾。（**倪象占藍旁**）喻機巧之可厭。蔬食常不飽。（**奚禄詒甲本眉**）太白好坎離之術，故詩云然。豈無青精飯，（**奚禄詒甲本旁**）天燭草煮之。使我顏色好。（**張雝敬墨旁**）作比意看乃佳。（**錢載評**）阮公。（**黎維樅紅眉批仇注“服青精餌飯”**）《本草》注：餌音迅，餌之爲言飡也，謂以酒物藥草輩飡溲而暴之也。亦作“𥐟”。凡内外諸書並無此字，未施於今飯之名耳。（**黎維樅紅旁**）皮日休詩“半月始齋青餌飯”。（**沈曾植批“豈無青精飯，使我顏色好”一句注釋“《學林新編》云：陶隱居《登真訣》有乾石青精餌飯。餌音迅，謂餐也。其法即南燭草木浸米蒸飯……”處墨眉**）近武林供佛，用稻葉浸米蒸飯，同此。苦乏大藥資，山林迹如掃。（**奚禄詒乙本墨眉**）《列仙傳》：風實雲子，王母之大藥資也。（**黎維樅紅眉批仇注“丹書”**）《抱朴子》：覽金丹之道，今人不復措意，小小方書，然大藥卒難得。又云：余愛金丹仙經二十年，資無儋石，無以爲之。李侯金閨彦，（**李以峙墨眉**）（深）按，“金閨深”作何解？仇注何以不正？（**申頲墨眉**）金閨，即金馬門，愚始知之。脱身事幽討。（**方拱乾評**）第九句纔入題，而前八句却字字顧交情，顧太白，以此見賓主之妙。（**吴廣霈墨旁**）時李白已被放，故云“脱身”。亦有梁宋游，（**陳治紅旁**）雙收。方期拾瑶草。（**方拱乾評**）入題遂結。結得振，令九句、十句動。（**奚禄詒甲本旁**）鄙薄東都。賦也。（**沈巖旁**）結句雙收。（**吴廣霈墨眉下**）白時與公同在洛下。（**黎維樅紅尾**）《本草經》曰：白芝一名玉芝。此與《别賦》“惜瑶草之徒芳興”義不同。

【彙評】

汪琬丙本評：雅調。“瑶草”於“青精”“大藥”相映言，使有大藥資隱，則山林絶人迹，豈願見此機巧者乎？

吴廣霈墨尾：青精飯，仙人所餐，見《仙經》。大藥，修仙所煉，亦見《丹經》。瑶草，亦所用以合丹藥也。○亦見陶隱居《登真隱訣》。

奚禄詒乙本墨眉：白承飲雉之術，故云之。

張雝敬墨旁：説李白衹兩句，然精神實貫徹通篇。○總綰合處全在"亦有"兩字。

陪李北海宴歷下亭時邑人蹇處士等在座

方拱乾評：排中必得生動超忽之句乃佳。○五字荒遠。○結淺而深。○排。○是排。○名邕，汲郡、北海二郡太守。歷下亭在齊州。

汪琬丙本評：《選》體之遺。"不受暑"寫出修竹之德。

盧見曾紅旁：王士禄曰：此與下篇雅近《選》體，與他詩不同，當是有意仿北海之作。

李念慈紅眉：此詩聲實未甚光朗，而風氣反高，猶近齊梁。

李念慈紅眉批錢箋"青荷"：當從"清河"，嘗見别本如此，一詩原不甚屬對，况"清"亦假對。

王士禛評：西樵云：此首頗近《選》。

方貞觀墨眉：通幅整密大雅，沈宋之遺也。

徐昂發評：北海諱邕。

吴士模墨眉：《選》體之遺。汪。

陳治紅眉：天寶初，邕爲汲郡、北海二太守。

秦應逵墨眉：西樵云：此首近《選》。

嚴復紅眉：漁洋云：頗近《選》。

吴廣霈墨眉：此猶嫌率意。"海右"二句自是雋語，千古不能磨滅。

奚禄詒乙本墨眉:公少年詩,不失分寸。

沈巖旁:天寶初,邕爲汲郡、北海二太守。

黎維樅紅眉:特注出古亭,與下新亭别。

佚名乙墨眉:二詩皆六朝體。

東藩駐皂蓋,(**奚禄詒甲本旁**)太守儀從朱幡皂蓋。(**佚名己紅旁**)從未至前説起。**北渚凌青荷。**(**李以峙墨眉**)(清河)按,"青荷"固誤,即"清荷"亦好異者妄改,不可從。(**張甄敬墨旁**)或云當作"清菏"。菏,濟别名也。(**朱方藹紅眉**)《選》體之遺。(**沈巖眉**)"駐"字直貫注"落日"句。(**吴廣霈墨眉下**)"清河"即濟水,見《通典》。(**黎維樅紅旁**)"北渚""歷下"雙起。**海右此亭古,**(**吴廣霈墨旁**)"右"一作"内",亦通。**濟南名士多。**(**陳治紅旁**)邑人在坐。(**沈巖旁**)邑人在坐。(**佚名己紅旁**)指蹇處士等。**雲山已發興,**(**佚名己紅旁**)頂"此亭"。**玉佩仍當歌。**(**奚禄詒乙本墨眉**)"仍"字何著?(**佚名己紅旁**)頂"名士"。**修竹不受暑,**(**奚禄詒甲本眉**)"不受"二字妙。(**吴廣霈墨眉下**)"修竹"句妙,對遜。(**吴士模墨眉**)"不受暑"寫出竹之德。汪。**交流空涌波。**(**屈復評**)"不受暑"亦是佳句。在他人集中,固當妙絶,在杜集中未爲奇也。(**朱方藹紅眉**)"不受暑"寫出竹之德。(輯者按:又用紅筆塗之。)(**沈巖眉**)"空涌波"言水波涌起在空中也。**藴真愜所遇,**(**孫承澤墨旁**)似樂府。(**方拱乾評**)題詩調。**落日將如何。**(**方拱乾評**)可想。(**丁耀亢紅眉**)止此更佳。(**張甄敬墨旁**)極淺近,意思却寫得極渾厚,極藴藉。結語更淺近,然妙在上句有力,便覺有無限感慨在内。(**奚禄詒甲本眉**)愜所遇矣,而落日促之,世事皆然。(**沈巖旁**)起"難重過"。**貴賤俱物役,從公難重過。**(輯者按:丁耀亢抹掉此二句。)(**奚禄詒甲本旁**)賦也。(**陳治墨眉**)俞云:古今水道變遷多矣,安得指古人之言,概證異時之形勢乎?(**吴廣霈墨尾**)"貴賤"句言彼此俱爲物役也。(**沈巖旁**)"陪"字。(**佚名乙墨眉**)"重"字音雖仄,而義則平。(**佚名己

紅眉)聞道語。

【彙評】

黎維樅紅旁:寫流連佳境,意極縹緲。

黎維樅紅眉:王阮亭云:唐人用字多異音,韓退之《岳陽樓》詩"軒然大波起,宇宙隘而防","防"音"訪";元微之《痁卧詩》"一生長苦節,三省詎行怪","怪"音"乖";又"苦思正旦酬白雪","旦"音"丹";白樂天《寄裴晉公詩》"金屑琵琶槽","琵"字讀入聲;李義山《石城詩》"簟冰將飄枕","冰"字讀去聲。如此者不可枚舉。今按杜詩如"從公難重過""幾時杯重把""君臣重修德""蒼生豈重攀""葉蒂辭枝不重蘇",皆以平讀去;"細草偏稱坐""意内稱長短""乘輿恐未迴""皇極正乘輿",皆以去讀平。

同李太守登歷下古城員外新亭亭對鵲湖

方拱乾評:排中帶磽硬氣。○古詩口氣。

王士禛評:西樵曰:以上二詩並《暫如臨邑》,與公他詩不同,當是有意仿北海耳。

奚禄詒甲本眉:此公少年之作,不失寸步。

奚禄詒乙本墨眉:此二詩殊拙澀,殆效北海體格乎?

秦應逵墨眉:二詩與公他首不同,當是有意仿北海。

嚴復紅眉:漁洋云:此二首並《暫如臨邑》詩,與公他詩不同,當是有意仿北海耳。

吴廣霈墨眉:王西樵云:此詩有意仿李。劍按:非也。其時或本無詩興,止緣主人情重,遂不得不勉强應命成章。應酬之作,古今才人多不免坐此累也。西樵其未之思耳。

吴廣霈墨旁:明此"新亭",以見有別於前詩"此亭古"也。

新亭結構罷，隱見清湖陰。迹藉臺觀舊，(**方拱乾評**)映"新"字。(**嚴復墨眉**)"籍"當作"藉"，從艸。**氣冥海岳深。**(**李念慈紅眉**)"溟"當作"冥"。(**李以峙墨眉**)(氣冥)按，"氣溟濛"則説得去，"氣溟"兩字則説不去，當從"冥"字。(**嚴復紅眉**)"溟"作動字用不妥，意是"冥"字也。(**嚴復墨眉**)既同李作，遂效其體，□大人往往如是。**圓荷想自昔，**(**方拱乾評**)俱從"新"字屬義。(**陳治紅眉**)"圓荷想自昔"當指東湖故事，記《酉陽雜俎》有之，更考。(**佚名己紅旁**)貼"新亭"。**遺堞感至今。**(**李念慈紅眉**)詩風氣與前詩同。(**佚名己紅旁**)貼"古城"。**芳宴此時具，哀絲千古心。**(**李以峙墨眉**)(哀絲)按，"紘"字顯誤，仇注失正。**主稱壽尊客，**(**丁耀亢紅眉**)不佳。**筵秩宴北林。不阻蓬蓽興，得兼《梁甫吟》。**(**方拱乾評**)結到自己。(**奚禄詒甲本旁**)賦也。○《梁父吟》切齊也。(**奚禄詒乙本墨眉**)因在歷下，故用《梁甫》。(**黎維樅紅旁**)合到和詩，兼切歷下。(**佚名己紅尾**)《梁父吟》借孔明事以美北海之詩。

【彙評】

申頲紅旁：全首板實。

黎維樅紅眉批仇注：《寰宇記》：《郡國志》云，臨淄縣東有陰陽里，《樂府》《文苑》俱作"蕩陰里"。○臨淄屬北海郡，故云"得兼《梁父吟》"。

吴廣霈墨眉批李邕和詩：李詩拙樸不入調，可不附刊此後。

暫如臨邑，至䳋山湖亭，奉懷李員外，率爾成興

徐渭墨旁：平。

奚禄詒甲本眉：䳋山當是鵲山。湖在濟南，今臨邑亦屬濟南府。

沈巖眉：老氣。

佚名己紅旁:湖亭即李員外所構。

野亭逼湖水,歇馬高林間。鼉吼風奔浪,魚跳日映山。(**李念慈紅眉**)二語似觀海,嶕山湖未必有此。(**吕留良紅旁**)亦奇。(**王士禛評**)西樵曰:二聯語亦不佳。(**嚴復紅眉**)王云:第三句語亦不佳。(**奚禄詒乙本墨眉**)三四皆上因乎下。暫遊阻詞伯,(**佚名己紅旁**)言公不與同遊。却望懷青關。(**奚禄詒甲本眉**)豈因齊地借用"青關"耶?(**奚禄詒甲本旁**)李員外時或在青城縣,故云"青關"耳。青城本屬齊東。靄靄生雲霧,(**方拱乾評**)望中。唯應促駕還。(**方拱乾評**)應"暫遊"句。(**奚禄詒甲本旁**)賦也。

與李十二白同尋范十隱居

孫承澤墨眉:排律最忌板實,如此流逸,古今所難。

方拱乾評:全不似作排。〇五言排當看筋。〇看序法知排律之緒。〇此沈宋排律體。〇排者即律而排也。情景、起結,俱與律一樣。〇排。〇全是沈、宋家數,法備而才未縱。

奚禄詒甲本旁:汝南廖扶,後漢人,絶志世外,楚王聘之不應,號北郭先生。

屈復評:完題而已,全無出色處。

秦應逵紅眉:完題而已,無出色處。

吴廣霈墨眉:亦清整可誦。

王鳴盛墨眉:天寶三載三月,白自翰林放歸。四載,白在齊州與公同遊歷下,所云"余亦東蒙客,憐君如弟兄"是也。

李侯有佳句,(**奚禄詒甲本眉**)起與題無關。(**奚禄詒甲本旁**)李白宗人，故稱侯。**往往似陰鏗。**（**奚禄詒乙本墨旁**）直切隱居意起。（**盧見曾墨旁**）《南史》：武威陰鏗字子堅，五歲能誦賦，日千言。及長，博涉史傳。尤善五言詩，爲當時所重。**余亦東蒙客，**（**方拱乾評**）轉。（**奚禄詒甲本旁**）與起句不接。**憐君如弟兄。醉眠秋共被，攜手日同行。**（**吕留良紅旁**）亦巧。（**吴廣霈墨眉下**）"日"一作"月"，似佳。（**李以峙墨眉**）（日同行）按，"月"字形近而誤。**更想幽期處，**（**方拱乾評**）出題法。**還尋北郭生。**（**方拱乾評**）看步驟。（**奚禄詒甲本旁**）范十。（**盧見曾墨旁**）《高士傳》：楚聘北郭先生，婦曰："結駟連騎，所安不過容膝。"遂辭聘。**入門高興發，侍立小童清。**（**厲鶚評**）侍童尚有清氣，則主人可知。**落景聞寒杵，屯雲對古城。**（**奚禄詒乙本墨眉**）"屯"音諄，難也，不是當音豚，聚也。**向來吟《橘頌》，**（**奚禄詒甲本眉**）"向來"二句謂平日吟范十之詩文，今日是來討飲食乎？（**吴廣霈墨眉**）《橘頌》，《楚詞·九章》篇名。**誰欲討蓴羹。**（**盧見曾墨旁**）《杜臆》：《橘頌》以受命不遷，行比伯夷。《晉書》：張翰在洛，見秋風起，思吴中菰菜、蓴羹、鱸魚膾，曰："人生貴適志，何能羈宦數千里以要名爵乎？"遂命駕而歸。（**王士禛評**）西樵曰："蓴羹"句意不可曉。（**秦應逵紅旁**）西樵謂此句意不可曉。（**奚禄詒乙本墨眉**）"向來"二句謂平日吟范之詩文，今來欲討飲食乎？（**李以峙墨眉**）（誰與）按，"誰與"頗費解，鄙意從"惟欲"爲妥。（**沈巖旁**）西樵曰：竟不可曉。**不願論簪笏，悠悠滄海情。**（**方拱乾尾批**）長短總一法。（**奚禄詒甲本旁**）賦也。（**吴廣霈墨眉**）結真係知李者。

【彙評】

黎維樅紅眉批仇注"故曰東蒙"：《寰宇記》：東蒙山在費縣西北七十五里，在蒙山之東，故曰東蒙。

贈李白

方拱乾評:七絶非公所長,亦復朱公之七絶。○幾虚字叫應。

奚禄詒甲本眉:下三句總承首句。

奚禄詒甲本旁:却是憤其不偶耳。

奚禄詒乙本墨旁:曰"贈",正勖之也。

奚禄詒乙本墨眉:扈所以防魚者,魚常跳跋而出。

王士禛評:亦從我胸臆間出。

朱方藹紅眉:如初唐人氣格。

陳治墨眉:似初唐人氣格。

吴廣霈墨眉:七絶始此。

沈巖眉:亦從我胸臆間出。

王伯沆紅眉:語帶規諷,古人交道如此。

秋來相顧尚飄蓬,未就丹砂愧葛洪。(**方拱乾評**)因前詩之言。**痛飲狂歌空度日,**(**方拱乾評**)公。**飛揚跋扈爲誰雄?**(**方拱乾評**)李。(**方拱乾評**)末二句是相顧。

冬日有懷李白

徐渭墨旁:平平。

方拱乾評:情在句外。

吕留良紅眉:短褐猶短衣,不必有,出自好。若據《漢書》作"褥",便不稱詩句矣。此可與知者道。

奚禄詒乙本墨眉:公詩每有來歷,然不必求其所由,以意逆之,自佳。

王鄰德墨旁:《左傳》:晉侯使韓宣子聘魯,魯公享。宣子賦《角弓》。既享,宴於季氏,有嘉樹,宣子譽之,季武子曰:"宿敢不封殖此樹,以無忘《角弓》。"遂賦《甘棠》。此用一句翻兩句法,言己之懷李,如季武之不忘韓宣。

朱方藹紅眉:極好友之思,兼高人之致。

嚴復墨眉:曾子固謂,杜之懷李,當在天寶四年之冬,嗣李後有東吴之遊,故《春日憶李》有渭樹、江雲語。○第三聯屬李一方言亦得。蓋如此更見深情也。○前有贈李絶句,相顧飄蓬,未就丹砂,猶此志也。

寂寞書齋裏,終朝獨爾思。(**盧見曾紅旁**)與"亦有梁宋游,相期拾瑶草"正相照應。更尋嘉樹傳,(**奚禄詒甲本旁**)不倫。不忘《角弓》詩。(**王士禛評**)西樵云:次聯必(畢)竟難通。○次聯但不佳耳,却無難通處。(**嚴復紅旁**)王云:二語竟難通。(**吴廣霈墨旁**)味二語,老杜真乙(以)太白爲兄弟之情好也。(**奚禄詒乙本墨眉**)引《角弓》似不切,或者當日必有故。裋褐風霜入,還丹日月遲。(**奚禄詒甲本旁**)白好道也。(**朱方藹紅眉**)"還丹",九還之丹,丹名也。"還"字無力,正與"短"字對。未因乘興去,空有鹿門期。(**奚禄詒甲本旁**)賦也。○豈以白此時在□,故用□事。(**黎維樅紅眉批仇注"士不得短褐"**)《方言》曰:自關而西謂襜褕,短者謂之裋。(**黎維樅紅眉批仇注"龐德公"**)盛宏之《荆州記》:龐德公居漢之陰,司馬德操居漢之陽,坐衡對宇,歡情自接。

春日憶李白

題鮮于樞評:此詩首言白之詩,其思清新俊逸,才兼鮑、庾,是其所以不群而無敵也。今當春日懷之,而白在江東不可得見,故歎何時再會，重與細論文邪。賦也。

方拱乾評：流瀹，情文自然。細論即細論耳，何必曰白詩不細耶？

錢陸燦甲本眉：王鐸曰：止許其清，尚嫌其不細。

錢陸燦乙本紅眉：止許其清，尚嫌不細。

汪琬乙本評：情景俱細貼，清新俊逸，盡詩之能事矣。〇五六正於兩地寫"憶"字。

王士禛評：有言此首止許其清俊耳，尚嫌不細。西樵曰：拈出"細"字，亦是閲者意之所及，未及作者之本懷也。

俞瑒乙本評：通首以"詩"字作主，"細論文"，首尾照應。

屈復評：杜陵甚愛庾、鮑，豈有以此譏李之理？〇"思不群"即"詩無敵"之注，次聯又"思不群"之注也。文即詩，六朝皆然，前已細論矣，今欲重細論耳。以"細"字爲譏者，大誤。①

題商盤紅眉：五句寓言己憶彼，六句懸度彼憶己。七八遂明言之。〇六朝綺靡，惟庾、鮑獨存骨氣，在當時誠出群之英。今日之才思飄然不群，清新俊逸，惟庾、鮑可擬，目前洵無其敵也。〇從來懷人之作，多因時物以起興，但出景不同，則係其人之手筆，如此詩本以"清新""俊逸"目李，五六二語，不必有意擬似，覺"清新""俊逸"四字，意象浮動其間。

奚禄詒甲本眉：公每惓惓於太白而白寄懷絶少，於此可定兩人之優劣。〇情灑。

盧見曾紅眉：朱鶴齡：公與太白皆學六朝，前以李侯佳句比之陰鏗，又比之庾鮑，蓋舉生平所最慕者以相方也。王安石謂少陵於李白僅比以庾鮑、陰鏗，則又下矣。或遂以"細論文"譏其才疏也，

① 校注："愛"，杭本作"重"；"重"，杭本作"再"。

此真瞽説。公詩云“頗學陰何苦用心”,又云“庾信文章老更成”,公之推服諸家甚至,則其推服太白爲何如哉?

盧見曾紅旁:李杜交誼,於白集論之詳矣。此詩傅會,又多所謂“以小人之心,度君子之腹”。甫無是也。頸聯遂爲懷人□本。情景雙關,一何蘊藉。

朱方藹紅眉:情景俱細貼。○“清新”“俊逸”,盡詩之能事矣。○五六正於兩地寫出“憶”字。

吴騫墨眉:止許其清俊,尚嫌不細。西樵曰:拈出“細”字,亦是閲者意之所及,未及作者之意。

題張問陶墨眉:五六即景寓情,不言懷而懷在其中。

徐松紅眉:歸愚曰:五六寫景而離情自見。

陳治墨眉:前云似陰鏗,此乃擬之庾、鮑,總不以時流目之,同一推許意。

吴廣霈墨眉:迴腸蕩氣,不磨之作。○或謂杜老以庾、鮑比李,有輕之之意。殊不知太白詩源實多濫觴庾、鮑,其集具在,可覆。按:非老杜知李最深,何從得此知己之言?世之人真盲目哉!

沈巖眉:止許其清俊耳,尚嫌不細。○“清新”“俊逸”承“不群”句,“開府”“將軍”承“無敵”句。合二子之長,所以無敵。○西樵曰:拈出“細”字,亦是閲者意之所及,未及作者之意。

王伯沆紅眉:稍浮薄。

白也詩無敵,(**錢陸燦甲本旁**)“白也”字出《檀弓》。(**李以峙墨眉**)(無敵)按,此與下句緊相呼應,“無數”非不知者誤寫,即妄庸人亂改。飄然思不群。(**李以峙墨眉**)(思不群)按,意斷不如思明者辨之。清新庾開府,(**題商盤紅旁**)硬裝句。俊逸鮑參軍。(**俞瑒甲本評**)承“詩”説。(**題商盤紅旁**)即景寓情。己地。(**盧見曾墨旁**)《周書》:庾信留長安,遷驃騎大將軍，開府儀同三司。《宋書》：臨海王子頊在荆州，以鮑照文辭贍逸，爲前軍參軍。黄生曰：六朝綺靡，庾鮑獨存氣骨。(**王鄰德藍旁**)庾信，字子山，在周爲車騎將軍、開府。鮑照，字明遠，爲宋寧海王參軍。(**王鄰德墨眉**)贊太白詩如開府、參軍，而論文者則可知矣。(**王鄰德紅眉**)不言懷而懷在其中。(**李以峙墨眉**)(俊逸)按，清新、俊逸，習讀已久，慣用亦非一日豪邁，亦必庸人妄改，可笑。**渭北春天樹，**(**奚禄詒甲本旁**)己在此。(**題商盤紅旁**)彼地。(**嚴虞惇紅旁**)憶。**江東日暮雲。**(**李念慈紅眉**)兩地各點綴一語，不必粘帶離情，遐思自在其中，詩家之妙在此等。(**俞瑒甲本評**)是"憶"字。(**奚禄詒甲本旁**)白在此。(**盧見曾墨旁**)自居。(**王鄰德藍旁**)渭北，子美所居；江東，白之所在也。(**黎維樅紅旁**)景與神會，澹而彌工。**何時一尊酒，**(**題商盤紅旁**)分裝結。(**沈巖旁**)收五六。**重與細論文。**(**錢陸燦丁本評**)讀此知李杜氣味相投，俗解以"細"字有譏諷意，未必然。(**俞瑒甲本評**)應起句。(**奚禄詒甲本旁**)少陵懷太白排律云"筆落驚風雨，詩成泣鬼神"，何嘗不贊太白之詩？而後人以"細"字爲諷，可乎？詩文自是分細也。(**奚禄詒甲本旁**)賦也。○也穩。○舊以"細"字爲諷，可笑。(**張學仁參定**)諸家因"細論文"之字横生瞽説，不知歸入"詩"字通篇一綫。(**秦應逵紅尾**)不必以"細"字爲譏。(**吴廣霈墨尾**)又或謂杜老以李之詩律不細，故結句隱含諷刺，皆大謬。此輩豈知古人道義之交耶！(**王鄰德墨尾**)不群之才，惟公方能與之論文耳。(**李以峙墨眉**)(細論文)按，此語污句也，"話斯文"死句也，明者亦能辨之。(**沈巖旁**)收上半。

【彙評】

俞瑒甲本評：通首以"詩"字作主"細論文"，首尾照應。

申頲紅旁：體味浮薄。

送孔巢父謝病歸遊江東兼呈李白

王鐸評：有深意。

方拱乾評:讀杜者多頌法此詩。

丁耀亢紅眉:神化無敵。

錢陸燦甲本眉:黄山谷跋太白《白頭吟》二篇不同,如此蓋醉時落筆成篇,人輒持去,他日士大夫求其稿,不能盡憶前篇,則又隨手書成後篇耳。杜子美"巢父掉頭"一篇,凡數句參錯不齊,亦此類也。但可俱留,不當去取。

錢陸燦乙本墨眉:黄山谷跋太白《白頭吟》二篇不同,如此蓋醉時落筆成篇,人輒持去,他日士大夫求其稿,不能盡憶前篇,則又隨手書成後篇耳。杜子美"巢父掉頭不肯住"一篇,凡數句參錯不齊,蓋亦此類。蓋可俱列,不當去取也。老鐵曰:何謂參錯不齊處?

汪琬丙本評:《寄元逸人》得超忽之神,《送孔巢父》極狂簡之致。

宋犖紅眉:劉須溪評"春寒野陰"句云:七字浩然,以其將隱也。

屈復評:全篇前後要匀停,此詩人所共賞,而前半雄麗曲折,後半質直枯淡。雖有"空中書"三字,終不稱其飄飄凌雲之氣。○葛常之云:巢父不就永王辟,李白因此得罪,送孔而訊李,意有在乎?題中用"謝病"字,巢父有官可知,故詩有"富貴"等句。①

奚禄詒甲本眉:只首六句已足遠引之,高蹈不必更言蓬萊虚無,况題止是"歸江東"耳。

奚禄詒甲本旁:風格甚卓。

盧見曾紅旁:遠性風疏,逸情雲上,自是君身有仙骨,世人那得知其故也?李因篤曰:《寄元逸人》得超忽之神,《送孔巢父》極狂簡之致。

申頲墨眉:起得突兀。

① 校注:"匀停",杭本作"均停";吴本僅有"葛常之云:巢父不就永王辟,李白因此得罪,送孔而訊李,意有在乎"數句。

朱方藹紅眉:《寄元逸人》得超忽之神,《送孔巢父》極狂簡之致。

吴士模墨眉:似太白。

陳治紅眉:似用太白體。

陳治墨眉:汪云:《寄元逸人》得超忽之神,《送孔巢父》極狂簡之致。

秦應逵紅眉:前半雄麗曲折,後半質直枯淡,似不稱。

嚴復墨眉:與《玄都壇》《韓諫議》及五言《幽人》一篇合觀之,見詩雜仙心,此老别具能事。

沈巖旁:似用太白體。

巢父掉頭不肯住,(**孫承澤墨眉**)突兀。東將入海隨煙霧。(**吕留良紅旁**)從"入海"上弄出許多佳句,直抵歸路,神化無迹。(**方貞觀墨眉**)起得陡健瀟灑。(**黎維樅紅旁**)飄忽,起句便奇。詩卷長留天地間,(**黎維樅紅旁**)接句妙。釣竿欲拂珊瑚樹。(**吴錫麒紅眉**)不過是送别詩,却寫得熊熊奕奕,如披異書,此謂大手筆。(**張甝敬墨旁**)想見其胸襟浩蕩。(**沈巖旁**)虚景作襯。深山大澤龍蛇遠,(**吴廣霈墨眉下**)"深山"句喻歸隱之深遠,"春寒"句叙送别之時景。指點虚氣,繳足"東將入海"二句。春寒野陰風景暮。(**方貞觀墨眉**)"深山"二語,不過寫去路之景,意象蒼凉,音節高亮,真是極筆。注家定以爲引用《左傳》,寓言時事,支離穿鑿,求深反淺。(**徐松紅眉**)歸愚曰:縹緲恍惚,原本騷人。蓬萊織女迴雲車,指點虚無是征路。(**方拱乾評**)唐人好言神仙,或當時傳有此事,亦未可知也。(**奚禄詒甲本旁**)説到學仙去了,不是佳句。(**奚禄詒乙本墨旁**)引歸。(**奚禄詒乙本墨眉**)引歸路喚下"仙骨",贊求是仙。(**黎維樅紅旁**)一作"引歸路"。(**黎維樅紅旁批仇注"紀其别去之時"**)亦見人世光陰苦短意。自是君身有仙骨,(**傅山紅旁**)以下太率。世人那得知其故。惜君只欲苦死留，富貴何如草頭露。（**方貞觀墨眉**）世人不知巢父身有仙骨，故"苦死留"，用反筆襯出蔡侯。學者於此處可悟出落接續法。（**吴錫麒紅眉**）"富貴""草頭"等語，明是諷太白不宜從永璘遊，後卒罹無妄之災，長流夜郎，少陵可謂知己之士矣。蔡侯静者意有餘，（**吴廣霈墨旁**）蔡當是餞別主人。（**黎維樅紅旁**）餞送之人，補題中所無。清夜置酒臨前除。（**沈巖眉**）言我自惜巢父之爲人，非如俗流欲富貴縻之也。罷琴惆悵月照席，（**奚禄詒乙本墨旁**）承今夜。（**李以峙墨眉**）（照席）按，"點"形似之訛。幾歲寄我空中書？（**奚禄詒乙本墨旁**）將來也。（**奚禄詒乙本墨眉**）荆公與蘇子每於"月照"必改爲"點"，真小家子。南尋禹穴見李白，（**錢陸燦乙本紅旁**）有深意。（**方貞觀紅旁**）琢句雅健。道甫問信今何如？（**方拱乾評**）細看若無此結，便没趣。實實爾時想及李白，非湊也。（**錢陸燦甲本眉批批錢箋"空中書"**）"雁足"亦可注。（**錢陸燦乙本紅尾批錢箋"李白騎鯨魚"**）李白醉酒騎鯨，新、舊《唐書》皆無。（**錢陸燦乙本紅眉**）亦苦無味，于鱗誤選，不可舍己之真，好惡從他人耳。〇王孟津批《飲中八仙歌》。（**奚禄詒甲本尾批**）賦也。（**張雝敬墨旁**）鬆脆之極，是李集中得意句。（**吴農祥評**）結句有深意。（**王士禛評**）結句有意。（**申頲墨眉**）"信"作"訊"較佳。鼒注。（**吴騫墨眉**）結有深意。（**嚴復紅眉**）漁洋云：結句有深意。

【彙評】

王士禛評：葛常之云：巢父不就永王辟，李白因此得罪，送孔而訊李，意有在乎？

方貞觀墨眉："呈李白"只一點便足，不著多語。前此贈白詩曰"拾瑶草"，曰"就丹砂"，此曰"今何如"，是問其求仙有得否，非如尋常問訊平安也。蓋通篇旨趣，總作仙語，必如此結，始與上文"蓬萊織女""指點虛無""身有仙骨""空中寄書"等語打成一片。

吴士模墨眉：葛常之云，巢父不就永王辟，李白因此得罪，送孔而訊李,意有在乎?

吴廣霈墨眉:此詩是惜不能留孔弱翁之去,且更惜李白之去而不返也。諸批皆未能窺見杜旨。

奚禄詒乙本墨旁批錢箋"空中書":函山白鳥乃王母傳書使者,以此解之,不亦明乎?

黎維樅紅眉:"兼呈李白"意一筆帶收,煙波無盡。前後都爲巢父言之,末句一點太白,兩題云云,正見孔李之同心。○王士禄曰:李受籙於高天師,言丹砂、瑶草其事何如也,正與中間"有仙骨"句照應。

鄭駙馬宅宴洞中

徐渭墨眉:人皆盛稱此首,誤矣,誤矣。

方拱乾評:此七律拗體也。拗體以古拙高壯爲佳,可不拗而故拗之,陋矣。最忌杜撰生晦,當順當拗,亦有自然之緒,作意不得。以之見長,已屬二義;以之藏拙,風斯下矣。

方拱乾評:調高氣瑰,異七言律,能事畢矣。七律易落拖遝訓懈之病,拗則洗之。

傅山紅眉:春蝕拙酸,俗兼之矣。

錢陸燦甲本眉:詩從《雜佩篇》翻出。簟,置宴之席。前半極寫駙馬之宴之寵敬,復特轉筆推詳,以明其皆出於公主也。知子之來之詩,今日果有其人哉!

李念慈紅眉:拗體中音節須厚重,一瀏漓則失之,惟公合拍。

吕留良紅眉:又别。

王士禛評:此語近苦,無甚趣味,"秦樓壓鄭谷"有所謔也。

屈復評:一二點題,三四留客,五六陰洞,結主家。

奚禄詒甲本旁:虔侄。

奚禄詒甲本眉:何大復謂詩體壞於杜,此類也。

奚禄詒乙本墨眉:三四承次句轉,五六承首句轉,末結鄭駙馬。〇三四下因乎上,"琥珀薄""瑪瑙寒"較他詩之"胭支落""翠帶長",老與稚自别。

奚禄詒乙本墨眉:公長於拗體,變調極老,然非正宗。鄭云不是詩,又非。

盧見曾紅旁:拗體全用古調,亦覺過苦,正喜其蒼秀。

申頲紅眉:拗體要有歷落疏斜之致,此太板實。

申頲墨眉:李崆峒拗體多祇似此。

朱方藹紅眉:拗難於整,整難生動,此足法也。

題張問陶墨眉:三四將"杯""碗"拈在上,而以"濃""薄""碧""寒"四字互映生姿,得化腐朽爲新之法。五六以隱居之蕭疏,形容貴家之凉爽。

秦應逵眉批:此詩過苦,無甚趣味,"秦樓壓鄭谷"是所諷也。

嚴復紅眉:王云:此詩過苦,無甚雄味。

吴廣霈墨眉:頸聯堆砌無味,全首皆率作,欠佳。

倪象占藍眉:集中七律有宋劉辰翁須溪及明江夏郭美命正域評本,故並録參之。須溪名會孟。

沈巖眉:拗體蒼秀。〇此詩過苦,無甚趣味,"秦樓壓鄭谷"有所謔也。

黎維樅紅眉:邵云:拗體蒼秀。浦注:"琥珀"是酒,是杯,"瑪瑙"是漿,是椀,以雙關見其精麗。〇朱注:草堂疑過江麓,風磴肎入雲端,二句極狀洞中之險。〇《杜臆》云:後半乃總四句作開合,上二句幾杳不知所之矣。迨佩響遥傳,始知身在主家也。

王伯沆紅眉:公主下嫁於鄭,而猶召享賓客,唐時家法屢如此。

主家陰洞細煙霧，留客夏簟清琅玕。（奚禄詒甲本眉）瑯玕一名青珠，五色，以青者爲貴，火齊寶也，不是竹。（盧見曾墨旁）詩家多以琅玕比竹。春酒杯濃琥珀薄，（徐渭墨旁）穉淺□。冰漿碗碧瑪瑙寒。（奚禄詒甲本眉）"琥珀薄""瑪瑙寒"，異於"燕支落""翠帶長"也。識者自知之。誤疑茅堂過江麓，（李以峙墨眉）（節堂）按，此雖拗體，然亦有自然音節，"節堂"與下"風磴"平仄相對，若作"屋"，失粘不韻矣。又按，"江底"斷不如"江麓"，仇論甚泥，又臆改作"江渚"，詣無關詩之要義也。已入風磴霾雲端。（王伯沆紅眉）稍極實，不可不知。自是秦樓壓鄭谷，（方拱乾評）自然出題。（盧見曾墨旁）《列仙傳》：秦穆公以女弄玉妻蕭史，日於樓上吹簫作鳳鳴，鳳止其屋。一旦，夫妻皆隨鳳去。揚子《法言》：谷口鄭子真耕於岩石之下，名震京師。鄭樸字子真，漢成帝時人。（沈巖旁）如此用古，亦奇。時聞雜佩聲珊珊。（方拱乾評）久於詩乃可作。（嚴虞惇紅眉）詩從《雜佩篇》翻出。（方貞觀墨尾）興酣落筆之狀，躍躍紙上。（奚禄詒甲本旁）賦也。〇三四下因乎上。〇變調極老，然非正宗。（倪象占藍眉）九山曰："秦樓""鄭谷"以韻見好，收句尚湊，不能雙鎖。（嚴復紅眉）王云："秦樓"句謔語也。

【彙評】

盧見曾紅旁：仇兆鰲曰：頷聯叙事濃麗，腹聯寫景蕭疏。

吴廣霈墨眉：此當是一時勉强應酬之作，本無詩興而爲之，故止能以堆砌了事耳。

吴廣霈墨眉批"李云"：李所云是，而此詩則不可當此。

黎維樅紅眉批仇注"琅玕"：《本草》：青琅玕一名青珠。陶隱居云：《蜀都賦》所稱"青珠黄環"也。

黎維樅紅眉批仇注"谷口鄭子真"處：《雍録》：谷口在雲陽縣西四十里。

贈特進汝陽王二十韻

徐渭墨旁:亦自好。

方拱乾評:睿宗長子憲,本名成器,立爲皇太子,以玄宗有討平韋氏之功,成器懇讓儲位,封爲寧王,薨,謚曰“讓皇帝”。長子璡封汝陽郡王,加特進。

方拱乾評:體勝而情俱。贈人詩必極其平生而後令其可受,又不可移之他人,惟公獨勝。又稱賞,又回互,又冠冕,又道氣。或頌其大,或頌其小。小轉可以概大,如用師者之或正或偏,當看段落分明。

錢陸燦乙本紅眉:亦是尋常。

汪琬乙本評:分四段。一段汝陽爲聖眷之隆,二段行誼之美,因並稱其多才而好客,三段自叙遊於王門者久,四段謙言,雖不足窺王之淺深,願終託之於賓友也。〇“朝退若無憑”,言上眷王之渥,必時入侍而始安。〇“披霧”八句,叙從遊之久,屢歷寒暄。

奚禄詒甲本旁:《唐書》:文散階正二品曰特進。

盧見曾紅旁:胡應麟曰:贈汝陽王、哥舒、李白、韋見素等作,格調精嚴,體骨匀稱。每讀一篇,無論其人履歷,咸若指掌,且形神意氣,踴躍毫楮,如周昉寫生,太史序傳,逼奪化工。而杜從容聲律間,尤爲難事,真古今絶詣也。

王士禛評:亦是尋常。

朱方藹紅眉:高文典册是造五鳳樓規模,而精義微言則非胸有萬卷無所措手。〇分四段。一段汝陽得聖眷之際,二段行誼之美,因並稱其多才而好客,三段自叙遊於王門者久,四段謙言雖不足窺王之淺深,願終託於賓友也。“朝退若無憑”言上眷王之渥,必時入侍而始安。〇“清關塵不雜”謂恩賜獨注於王,“自多親棣萼”推孝爲友于也。"誰敢問山陵"以漢厲王求守冢真定事,反證之自明,不但辭陵名一節也。"披霧"八句,叙從遊之久,屢歷寒暄。

題張問陶墨眉:開局峻整。

陳治墨眉:詩分四段,看首從聖眷之隆,説入得體。

陳治墨眉:汪云:"誰敢問山陵"以漢厲王求守冢真定事,反論之自明,不但□陵名一節也。"披霧"八句,叙從遊之久,屢歷寒暄。

秦應逵墨眉:亦是尋常。

吴廣霈墨眉:排律長篇千百言者,前此未曾有也。老杜特創此格,鋪叙匀稱,波瀾老成,自不可及。

吴廣霈墨旁:一起氣象堂皇,風骨嚴整。

佚名己紅眉:此等公初年作也,公入夔州後便不同矣。

特進群公表,(**方拱乾評**)官。(**俞瑒甲本評**)虚籠起。(**奚禄詒甲本眉**)較韋詩少疵,此段言承眷。**天人夙德升。**(**方拱乾評**)王。(**奚禄詒乙本墨眉**)次句以陳思王比之。(**奚禄詒乙本墨旁**)切。(**沈巖眉**)亦是尋常。**霜蹄千里駿,**(**沈巖旁**)虚籠起。**風翮九霄鵬。**(**申涵紅眉**)泛。(**奚禄詒乙本紅眉**)公屢有此套句。**服禮求毫髮,惟忠忘寢興。**(**奚禄詒乙本墨眉**)此首一段言承眷。(**李以峙墨眉**)(惟忠)按,"推"字難解,宜從"惟"。**聖情常有眷,**(**方拱乾評**)從"求毫髮""忘寢興"來。(**沈巖旁**)是讓帝。**朝退若無憑。**(**錢陸燦丁本評**)"聖情"二句言朝廷常有眷顧,而汝陽不敢有所憑藉也。"服禮"二句言其忠謹,故常荷主眷,"清關"句言其廉潔,所謂門無雜賓也。(**汪琬丙本評**)就重文好客接入自叙,過脈無痕。(**俞瑒甲本評**)是讓帝子。(**奚禄詒甲本眉**)"朝退"句承"有眷"。(**李念慈紅眉**)"若無憑"三字言其小心冲度,不以寵自恃也。(**申涵紅眉下**)言其不藉貴勢也。(**沈巖眉**)帝子好文,恰好貼切其地位,所以爲佳。**仙醴來浮蟻,**(**奚禄詒甲本旁**)賜予也。(**李以峙墨眉**)(來浮蟻)按,此與下句謂君賜，宜從"來"，"求"字不順。(**黎維樅紅眉批仇注**)《南都賦》："浮蟻若萍。"庾信《謝賜酒》詩："浮蟻對春開。"**奇毛或賜鷹。**(**徐渭墨眉**)言賜王以□□□□。(**方拱乾評**)四句聖情有眷。(**奚禄詒乙本紅旁**)此賜予也。**清關塵不雜，中使日相乘。晚節嬉遊簡，平居孝義稱。**(**方拱乾評**)四句"朝退無憑"。**自多親棣蕚，**(**方拱乾評**)十字説不出。**誰敢問山陵。**(**方拱乾評**)隱。(**方貞觀墨眉**)"誰敢問山陵"正用《禮》"諸侯不敢祖天子"意，劉須溪之説良是。若謂橋陵問字，便無意味。(**奚禄詒甲本眉**)《唐書》：讓皇帝葬橋陵，號惠陵，璡表辭，不許，故云山陵。(**奚禄詒乙本紅眉**)"問山陵"猶清隧之意。推至讓皇帝云□承上句來。**學業醇儒富，辭華哲匠能。**(**方拱乾評**)節節相生。以下推言其學業詞章，以啓好士。**筆飛鸞聳立，章罷鳳騫騰。**(**奚禄詒甲本眉**)此段言才品。(**奚禄詒乙本墨眉**)此第二段，言才品，以下自序交誼。(**沈巖眉**)過脉處一片神行，無襞績之痕，自然入妙。(**吴廣霈墨眉下**)此四句贊其學術文彩。**精理通談笑，忘形向友朋。**(**奚禄詒甲本旁**)逗下去。**寸長堪繾綣，**(**李以峙墨眉**)(寸長)按，自當從"長"，"腸"字殆音同而訛。**一諾豈驕矜。**(**方拱乾評**)趣。(**吴廣霈墨眉下**)此四句言其愛才下士。(**黎維樅紅眉批仇注**)《唐書》：先天後，以隆慶舊邸爲興慶宫，賜寧王及申、薛諸王第環列宫側，宫西置花蕚相輝之樓，聞諸王作樂，必亟召升樓，同榻燕飲。(**黎維樅紅眉批仇注**)索靖《[草]書狀》：草書之爲狀也，宛若銀鈎，飄如警鸞，舒翼未發，若舉未安。**已忝歸曹植，**(**方拱乾評**)從好士轉入自己。**何知對李膺。**(**奚禄詒甲本眉**)此段自序交誼。(**奚禄詒甲本旁**)李膺用王之姓。(**奚禄詒乙本紅旁**)用王之姓。(**李以峙墨眉**)(何如)按，"如"作"知"，形似而訛。**招要恩屢至，崇重力難勝。披霧初歡夕，**(**奚禄詒甲本眉**)衛玠見樂廣曰：見此人若披雲霧而睹青天。**高秋爽氣澄。**(**方拱乾評**)叙交情。(**奚禄詒乙本墨旁**)比其爽朗。**樽罍臨極浦，鳧雁宿張燈。**(**方拱乾評**)細景。(**黎維樅紅旁**)言至夜尚留飲也。此四句言初見，下四句言以後，分春夏秋冬説,見遊於王門者久也。**花月窮遊宴,炎天避鬱蒸。**(**俞瑒甲本評**)《杜臆》云:蒸韻頗難,此篇收取殆盡。**硯寒金井水,檐動玉壺冰。**(**方拱乾評**)諛詞要令人可受,又令人如自諛。(**奚禄詒乙本紅旁**)此二句不顧"花月"一句,只下避"炎""蒸"注脚耳。(**黎維樅紅眉**)《魏志》:平原侯植好文學,山陽王粲與北海徐幹、廣陵陳琳、陳留阮瑀、汝南應瑒、東平劉楨並見友善。**瓢飲唯三徑,**(**奚禄詒乙本墨旁**)此指王。(**黎維樅紅旁**)入自述。**巖栖在百層。**(**俞瑒甲本評**)以自叙收。(**李以峙墨眉**)(巖棲在百層)按,此語雖尋常,若如陳作更趨韻句耳,不可從。(**沈巖旁**)以自叙結。(**黎維樅紅旁**)即入山惟恐不深意。**且持蠡測海,**(**李以峙墨眉**)(謬持)按,此自謙詞,比"且"字爲順。**况挹酒如澠。鴻寶寧全秘,**(**奚禄詒甲本旁**)王好仙。**丹梯庶可凌。**(**方拱乾評**)宕開二句,以便於結。(**奚禄詒乙本墨旁**)王或好仙。**淮王門有客,**(**李以峙墨眉**)(門有客)按,"門下"較"門有"爲順,此雖無關緊要,而學者不可不辨。**終不愧孫登。**(**方拱乾評**)結得住。(**方拱乾評**)此况公之爲王客耳。不必究孫登之當日。◯孫登仙流,淮王好仙,藉以相况,不必登之真爲淮王客也。(**錢陸燦丁本評**)言我瓢飲之人,自甘三徑,而巖棲之士,反在百層之樓,皆王之眷注也。(**汪琬丙本評**)結得完足,自占身分。(**俞瑒甲本評**)結得完足。(**奚禄詒甲本眉**)末句不肯自居於曳裾之客。(**奚禄詒甲本旁**)賦也。◯孫登比己,非比王也。(**方貞觀墨眉**)結語終不自然,覺意義不甚融洽。(**吴廣霈墨眉**)結句賓主雙收,自見品格。(**沈巖旁**)結得完足。

【彙評】

方拱乾評:贈人而諛過其情者,諂也;贈人而寓刺於褒者,薄也。皆由於中無所主,不諂不薄,遂不能成詩耳。有人欲我贈而我不欲贈者,有人不必我贈而我欲贈之者,有一贈而彼、己皆重者。後《八哀》中亦汝陽篇甚勝,可想此公之於公有異也,合看乃妙。贈人詩必意有所在而詞以副之，惟公足法。

俞瑒甲本評：從帝子重文好客接入，自叙過處，一片神行，無襞積痕。

張學仁參定：排律起法務要冠冕雄渾，方稱長篇。杜公每篇各極其妙，真是古今絶唱。

陳訏紅眉批仇注“後宴在夏”“中間”等處：“披霧”八句承上“招要”二句，“高秋”，秋也；“花月”，春也；“炎天”，夏也；“硯寒”，冬也。叙次錯綜，正所謂“恩屢至”也。注言：初宴在秋，後宴在夏，中間花月之遊當在春時。確分前後次第，太泥，且以“井水”“壺冰”屬夏，不但缺冬，亦於時令不合。東坡《和王鞏》：“敲冰春搗紙，刈葦秋織箔。櫟林斬冬炭，竹塢收夏籜。”亦四時錯綜，豈亦有先後耶？

方貞觀墨眉：五排公之所長，此篇整練有餘，波瀾不足，是公之少作也。

飲中八仙歌

方拱乾評：奇老。無首無尾，不倫不次，獨創之體。只“李白”四句，豈有意耶？是分解，又是合篇，詩中惟此章此體。

錢陸燦甲本眉：董曰：每人爲韻，凡句中各見“仙”字意，然乙[以]太白爲要領。

錢陸燦乙本紅眉：易農曰：每人爲韻，句中各見“仙”字意，然乙[以]太白爲要領。

錢陸燦丁本評：《八仙歌》每人一韻，凡句中各見“仙”字意。各人身分不同，而乙[以]太白爲主，故“仙”字亦用明點，本太史公合傳體，句法則宗柏梁體也。

汪琬甲本墨眉：賀知章、汝陽王璡、李適之、崔宗之、蘇晉、李白、張旭、焦遂。“左相”即適之。

汪琬乙本評：似贊似頌，只一二語，可得其人生平。大家之作，妙是叙述，一語不涉議論，而八公之身分自見。風雅中司馬太史也。

汪琬丙本評：似贊似頌，只一二語可得其人生平，是大家之作，尤妙在句法錯落，每段長短不齊。

吕留良紅眉：因其題其人，别成一格。

吴農祥評：亦無意味。○無首無尾，章法突兀，然非杜之至者。

王士禛評：無首無尾，章法突兀，然非杜之至者，亦無意味，且不成句。

屈復評：劉項云：古無此體。蔡元度云：分八篇，重押韻，無害，亦《三百篇》之意也。近人有謂祖柏梁者，予謂柏梁人各一句，此則人各數句，亦不同矣，大約稍酌損益耳。《曲江》詩云：“即事非今亦非古。”少陵已自目其詩體矣。①

奚禄詒甲本眉：《老子》“明道若昧”篇，章法一句一韻，三句一换，李斯仿之爲《琅琊臺銘》。少陵《八仙歌》仿之，以至終篇，乃知少陵詩體各有所祖也。李斯撰《嶧山碑》三句一韻，是《采芑》第二章之法，皆可爲古詩之祖述。○在長篇中可謂之曠。○此詩八人各爲一段，不是犯疊，評者皆失。○詞美八人，而立意在林甫。玄宗開元末年，有識者莫不引退。

奚禄詒甲本旁：八人皆畏李林甫而然。○句法多少參疊，故公爲八解。

奚禄詒乙本墨眉：句法多少參疊，本分爲八解，在長篇中可謂之曠。

---

① 校注：“劉項”杭本作“劉須溪”，是；“近人”杭本作“近或”；“亦不同矣”杭本無“矣”字。

奚禄詒乙本紅眉:古無此妙,不能逐一圈之。

盧見曾紅旁:創爲格調,從柏梁體變化而出。唐汝詢曰:八人皆任其性真,託於酒以自見者也。子美詠之,亦廢中權之義云。李因篤曰:無首無尾,章法突兀。妙是叙述不設[涉]議論,而八人身分自見,風雅中司馬太史也。

方貞觀墨眉:無起無結,逐人叙次,柏梁臺體也。○題曰"飲中八仙",寫來頗覺有仙意。

申頲墨眉:先輩大家尚爾好酒如此,無怪乎後學之貪杯也。

朱方藹紅眉:似贊似頌,只一二語可得其人生平,大家之作,妙是叙述一語不涉議論,而八公身分自見,風雅中司馬太史公也。○柏梁用重韻,人各爲押故。然公此篇分八段,遂覺重押,不妨得柏梁之神矣。

吴騫墨眉:無首無尾,章法突兀,然非杜之至者。○亦無意味。

吴錫麒紅眉:《飲中八仙》若仿《五君詠》等各係一首,便是時人所爲。妙在前無起筆,後無結結,或奇或偶,變化從心,是爲造化□錘。

題張問陶墨眉:前不用起,後不用收,中間參差歷落,八章仍是一章,格法古未曾有。描寫八公,各極生平醉趣,而都帶仙筆,或兩句,或三句四句,如雲在晴空,卷舒自如,亦詩中之仙也。

陳治紅眉:固是創體,惜無章法,非杜詩之至者。

陳治墨眉:汪云:似贊似頌,只一二語可得其人生平,妙在叙事不涉議論,而八公身分自見,風雅中司馬太史也。又云:柏梁重韻,人各爲押故,然公此篇分八段,遂覺重押,不妨得柏梁之神矣。○知章越人,不習鞍馬,又用阮咸醉,騎馬欹傾,如乘船行波浪中也。

嚴復紅眉:漁洋云:無首無尾,章法突兀,然非杜之至者。

吴廣霈墨眉:此歌一人一章,分八章也。重韻何害?此格實自老杜創之,雄健不凡,固知後無繼者。

沈巖眉：白傳因此詩而附會八人，未嘗如昔人爲竹林之遊也。○"路見"二字，從白詩注。○"獨多"一句，點出昭目八人中，太白尤與公論交酒壚者也。○通章皆歎諸子之不得志，有托而逃，言外亦自寓己之沉飲，聊自遣也。○凡三人兩句，四人三句，一人四句，相雜成章。

沈巖眉：前不用起，後不用束，參差歷落，或多或少，似八章，仍似一章，古無此格。○每人各贈幾言，故有重韻而妨礙。

沈巖旁：董易農云：每人爲韻，凡句中各見"仙"字意，然乙［以］太白爲綱領。

佚名己紅眉：一篇八章，重疊用韻，亦柏梁詩之意。

佚名己墨旁：此詩一人一段，或短或長，似銘似贊，合之共爲一篇，分之各成一章，創格也。

知章騎馬似乘船，眼花落井水底眠。（**錢陸燦甲本旁**）嘲之以醉後眼花，或云南人不能乘馬，故云，誤甚。（**錢陸燦乙本紅旁**）嘲之以醉後眼花，或云南人不能乘馬，誤甚。（**吕留良紅旁**）奇。（**嚴虞惇紅旁**）七字絶代奇文。（**奚禄詒甲本旁**）本《越絶書》"以舟楫爲車馬"。○一解。（**奚禄詒乙本墨旁**）一解。（**黎維樅紅旁批仇注"吴人善乘舟"**）知章吴人，故云。**汝陽三斗始朝天，道逢麴車口流涎，恨不移封向酒泉。**（**奚禄詒甲本眉**）羌人姚馥嗜酒，人呼爲濁老。武帝推爲朝歌宰，遷酒泉太守。（**奚禄詒甲本旁、乙本墨旁**）二解。（**奚禄詒乙本紅眉**）無非李林甫用事，而賢皆藏於酒徒。**左相日興費萬錢，**（**嚴復紅眉**）漁洋云：不成句。**飲如長鯨吸百川，銜杯樂聖稱避賢。**（**奚禄詒甲本眉**）適之謂李林甫因請罷其子李霅，召客，無一人敢至。（**奚禄詒甲本旁**）三解。（**奚禄詒乙本墨旁**）三解。（**奚禄詒乙本墨眉**）李適之爲林甫所害，仰藥死。（**李以峙墨眉**）（避世）按，此即用李詩，"世"字顯然謬誤，仇注失正。（**嚴復墨眉**）李適之罷知政事，時有詩:“避賢初罷相,樂聖且銜杯。爲問門前露,今朝幾個來?”宗之蕭灑美少年,(嚴復墨眉)宗之,崔日用子。舉觴白眼望青天,皎如玉樹臨風前。(奚禄詒甲本旁、乙本墨旁)四解。(曹炎眉)毛曾、夏侯玄並坐,人謂之“蒹葭倚玉樹”。蘇晉長齋繡佛前,醉中往往愛逃禪。(奚禄詒甲本旁、乙本墨旁)五解。(奚禄詒乙本墨眉)珣事讜直有名不□承酒,且前卒另是同姓之人。(曹炎旁)逃去而禪至。(黎維樅紅旁批仇注“珣之子”)雍州,藍田人。(黎維樅紅眉批仇注“徐陵雙陵寺碑”)《舊唐書·蕭瑀傳》:太宗以瑀好佛道,嘗賚繡佛像一軀。李白一斗詩百篇,長安市上酒家眠。天子呼來不上船,自稱臣是酒中仙。(奚禄詒甲本旁、乙本墨旁)六解。張旭三杯草聖傳,脱帽露頂王公前,揮毫落紙如雲煙。(奚禄詒甲本旁、乙本墨旁)七解。(奚禄詒乙本墨眉)“草聖”借用張芝事。(黎維樅紅眉)《金壺記》:知章嘗與張旭遊,凡人家軒館好墻壁及屏障,忽忘機興發,落筆數行,如蟲篆鳥飛,古之張、索不如也。焦遂五斗方卓然,高談雄辯驚四筵。(奚禄詒甲本旁、乙本墨旁)八解。(奚禄詒甲本旁)賦也。

【彙評】

錢陸燦甲本眉:王鐸曰:李白醉酒騎鯨,新、舊《唐書》俱無。〇亦無意味,于鱗誤選,不可舍己之真,好惡從他人耳。

錢陸燦甲本眉批錢箋:(璡,)睿宗之孫,讓皇帝憲之子。明皇一日召璡,曰:“待此三斗盡。”及見,醉不能下殿,上遣人掖出之。醒,謝罪曰:“臣以三斗壯膽,不覺至此。”晉,頲之子,嘗得胡僧慧澄繡彌勒佛一本,寶之,曰:“是佛好米汁,與吾性合。”彌勒佛即布袋和尚弟弟,飲酒,食猪頭,人不之識。上二則出野史,故牧翁不取。又璡取雲夢石甃,泛春渠以蓄酒,作金銀龜魚,浮沉其中,爲酌酒具,自稱“釀王兼麥部尚書”。

嚴虞惇紅尾：賀知章，汝陽王璡，李適之，崔宗之，蘇晉，李白，張旭，焦遂。

陳訏紅眉批仇注"猶云逃墨、逃楊，是逃而出，非逃而入。醉酒而悖其教，故曰逃禪"處：若其人是釋，則逃禪爲逃而出，蘇乃士大夫，則逃於禪，非逃出也。上句"長齋繡佛"即下句"逃禪"，乃倒裝文法。今以既長齋，而又有醉中爲逃出佛圖，澄言酒爲米汁，豈亦逃出於禪背其教耶？

陳訏紅眉批仇注"見遂之卓然特異，非沉湎於酒鄉者"處："卓然"，正是醉狀。如□舜俞飲酒供手危□，乃其醉時即高談雄辨時也。注云"非沉湎于酒"，解腐。

吴士模墨眉：柏梁重韻，人各爲押故。然公此篇分八段，遂覺重押，不妨得柏梁之神矣。

嚴復墨眉：取知交中善飲者八人隨綴數語，著其酒德，此老杜獨造，亦由筆健，遂成名篇。

奚禄詒乙本墨眉：按《老子》"明道若昧"篇，一句一韻，然三句一换，李斯仿之爲《琅玡臺銘》，少陵此歌仿之，以至終篇。李斯《嶧山碑》三句始下一韻，是《采芑》第二章之法，皆可爲古詩之祖述。

沈巖旁：八人中焦遂獨無官位，詩亦以是終，猶言"杜陵有布衣"也。

黎維樅紅旁批仇注"特變其體耳"：亦是從古樂府短章化出。

今夕行

方拱乾評：歌行以氣格老高爲主。○調疏硬乃能乘氣。○一筆寫下，老壯。

錢陸燦甲本旁：韓杜俱博。

錢陸燦乙本紅眉：此篇及《兵車行》《八仙歌》頗近太白，其氣豪逸，發源於曹、劉、庾、鮑。

錢陸燦丁本評：此篇及《兵車行》《八仙歌》，其氣豪逸，頗近太白。

吕留良紅眉：俠氣淋漓，寄無限感慨。

奚禄詒甲本眉：此篇絶似太白。詞止曠，其實無聊。

奚禄詒甲本旁：亦是在京時。

奚禄詒乙本紅眉：詞近乎達，而意實無聊。此等"行"與《八仙歌》真不可到。

嚴虞惇紅旁：韓杜俱博。

徐昂發評：後人七古作，氣岸多仿此，却無此混茫。

陳治墨眉：後人七古作，氣岸多仿此，却無此混茫。

吴廣霈墨眉：雖是短歌行，一時戲作，乃亦勁氣可以屈鐵。

沈巖旁：今之輸者，後之赢者也。進者乃退，退者真進，笑者無遠見耳。只説半面，有味。

佚名甲批：《越人吟》："今夕何夕兮，搴[舟]中流；今夕何夕兮，得與王子同游。"此篇只取首二字命題。李白："呼盧五百終不惜，報仇千里如咫尺。"

佚名甲批：傅玄："時冉冉，近桑榆，但當飲酒爲歡娱。衰老逝，有何期。"

佚名乙墨眉："願"字湊。浦氏謂"貧困中具有輕財願力"，殊矯强。

今夕何夕歲云徂，更長燭明不可孤。（**方貞觀墨旁**）"明"他本作"短"，覺差有意致。（**錢載評**）是夕博塞。咸陽客舍一事無，相與博塞爲歡娱。（**黎維樅紅眉**）二句活畫出博者之豪氣。馮陵大叫呼五白，（**方貞觀墨旁**）意氣勃勃。（**盧見曾墨旁**）五白即骰子。古樗蒲以五木爲采，有梟盧、雉盧之形，盧多者爲勝。盧，犬名。《晉書·劉毅傳》：毅於東堂大擲,一判應至數百萬。餘人并黑犢以還,惟劉裕及毅在後。毅次擲得雉,大喜,繞床呼,謂同坐曰:"非不能盧,不事此耳。"裕惡之,因挼五木久之,曰:"老兄試爲卿答。"既而四子俱黑,一子轉躍未定,裕厲聲喝之,即成盧。**袒跣不肯成梟盧。**(**李以峙墨眉**)(梟盧)按,"牟"字出韻,仇注失正。(**錢載評**)淡淡對疊。(**佚名甲批**)謂己時命未和故。**英雄有時亦如此,**(**方拱乾評**)宕開。**邂逅豈即非良圖。**(**方拱乾評**)柄即此二句。**君莫笑,劉毅從來布衣願,**(**李念慈紅眉**)"願"字未穩,恐是傳訛。(**秦應逵墨眉**)"願"字趁韻。(**王士禛評**)西樵曰:"願"字趁韻。(**汪琬丙本評**)"願"字未妙,然易他字不得。(**陳治墨眉**)汪鈍翁云:"願"字未妙,然易他字不得。**家無儋石輸百萬。**(**方拱乾評**)澹結却陡住。(**奚禄詒甲本旁**)賦也。

【彙評】

錢載評:張王樂府乃僅有此。

黎維樅紅旁批仇注"因挼五木":"挼"音那,《説文》:兩手相切摩也。

黎維樅紅眉批仇注:吴曾《漫録》曰:五木之戲,其四爲玉采,貴也;其八爲珉采,賤也。玉采之中,有采曰白,蓋五木俱白也。《楚辭》"成梟而牟呼五白"。梟二爲瑁采,牟者,勝也。梟盧,樗蒲采名。《漢書》"梟騎"注云:梟,勇也,若六博之梟。程大昌《演繁露》:古惟斫木爲之,一具凡五子,故亦名五木。其法上黑下白,一子悉爲兩面,一面塗黑畫犢,一面塗白畫雉。凡投子者,五皆現黑,其名盧;四黑一白,其名雉,比盧降一等;自此而降,二白三黑爲犍,即爲惡齒。《御覽》謂六博五擲皆犍,不爲不能是也。

黎維樅紅旁批仇注"當成牟勝":博已成梟,復欲牟勝。

再生翁評:氣好。意只説樗蒲,竟不及傍及。

贈比部蕭郎中十兄甫從姑子也

方拱乾評:排。

有美生人傑，由來積德門。漢朝丞相系，(**奚禄詒甲本旁**)開後人用姓門户。梁日帝王孫。(**方拱乾評**)貴。(**吴廣霈墨眉下**)"日"一本作"室",又一本作"代",皆可通。藴藉爲郎久，魁梧秉哲尊。詞華傾後輩，風雅藹孤騫。(**李念慈紅眉**)"騫"字亦應從"鳥"。(**奚禄詒乙本墨眉**)以上贊蕭,以下序中表之親並自歎。宅相榮姻戚，(**汪琬甲本紅眉**)宅相。(**奚禄詒甲本旁**)魏舒事。兒童惠討論。(**秦應逵紅旁**)本句似無可抹。見知真自幼，謀拙愧諸昆。(**李以峙墨眉**)(愧諸昆)按,"愧"字順當,"醜"字是形似而訛。漂蕩雲天闊，沈埋日月奔。(**李念慈紅眉**)凄壯。致君時已晚，懷古意空存。中散山陽鍛，(**奚禄詒甲本旁**)嵇康。愚公野谷村。(**汪琬甲本紅眉**)愚公谷。(**奚禄詒甲本旁**)昔有老翁賣犢買馬,人以爲愚,因名愚公谷。(**嚴復墨眉**)"愚公野谷"用《説苑》高桓公逐荒入谷事,非移山之愚公也。寧紆長者轍，歸老任乾坤。(**奚禄詒甲本旁**)賦也。(**吴廣霈墨眉**)結句自謙之詞,言不敢邀其枉顧也。

【彙評】

陳訏紅眉批仇注"唯有學中散、愚公,玩世隱身而已"處:前言"致君""懷古",因不遂意,故隻身寂處,如中散之鍛柳根,愚公之居野谷,極言飄零景況,起下二句,意自聯貫。蓋"鍛柳根"暗用鍾會聞見語,起下"紆轍","野谷村"起下"歸老"。注云唯學中散、愚公,與"紆轍"神理不屬,且愚公之愚是畜牛買馬,豈憑谷村能愚愚公耶?

陳訏紅旁批仇注"從此歸老舊鄉"處:此轉倒説。

秦應逵紅旁批《心解》"勿依《杜闡》作從姑"處：即云"德門生人傑"也。

黎維樅紅眉批仇注"時水又北徑杜山"："杜山"一作"社山"。《寰宇記》：愚公谷在臨淄縣西二十五里，本社山名。愚公山、愚公谷，《郡國志》云：社山之西、愚公谷之東有愚公冢存。

故武衛將軍挽歌三首

方拱乾評：小題亦用摶象之力。〇三首各自爲緒，却共成一緒，當日恰恰有不可少處，今日恰恰有不可删處。詩可選不可删，選此三首，其概也。亦惟公詩能耳，他人則作時原無意矣。

吕留良紅眉：挽將軍歌，恰得如此悲壯，惜李廣有傳無詩。

方貞觀墨眉：三首結句皆挽詩體，而末章之風韻長矣。

奚禄詒甲本眉：三首相爲開闔。

奚禄詒甲本旁：挽詞誰能此雄傑？

奚禄詒乙本墨眉：三首相爲開合。

朱方藹紅眉：三詩悲壯，足慰鬼雄。

朱方藹紅眉：其一叙將軍死綏，次稱其技勇，末送之歸鄉也。

吴廣霈墨旁：將軍惜遺其名姓。

其　一

題鮮于樞評：首四句言將軍之死，而士卒與主上相與思慕，哀傷之不能自已。末四句言"王者今無戰"，而將軍封侯之意亦疏矣。今既死，而墓銘已勒，後將垂名於青史矣。賦也。

盧見曾紅旁：劉會孟曰：詞意上下含蓄，有美有恨。

俞瑒乙本評：通首叙其才勇，至末句始點挽意。

題張問陶墨眉：前章記初喪情事。○七句無限感慨，與漢文帝惜李廣不遇時者同意。

嚴警當寒夜，（**俞瑒甲本評**）切"武衛"。前軍落大星。（**俞瑒甲本評**）挽歌。（**吴廣霈墨眉**）一起便精整。壯夫思敢决，（**方拱乾評**）敢。（**俞瑒甲本評**）生前。（**李以峙墨眉**）（敢决）按，作"感"音訛。哀詔惜精靈。（**俞瑒甲本評**）死後。（**王鄰德紅旁**）上下含蓄，有美有恨。王者今無戰，（**李念慈紅眉**）"王者"句人不能道。（**朱方藹紅旁**）"王者今無戰"，借用語。（**王鄰德紅旁**）借用語。書生已勒銘。（**方拱乾評**）"已"字有趣。（**方拱乾評**）"已"者，止也，罷也。勒銘之意從此已矣。（**俞瑒甲本評**）拓開。（**奚禄詒甲本旁**）五句爲君諱，唤七八句。封侯意疏闊，編簡爲誰青。（**方拱乾評**）結得趣。（**錢陸燦丁本評**）"王者"二句言武衛奮揚威武，張於天下，俾世皆知王者有征無戰之義，而反使書生得勒銘紀功，而已獨無聞焉。故下接以"封侯"二句，蓋惜之也。（**俞瑒甲本評**）無限感慨。（**奚禄詒甲本眉**）結句綰通章，甚警策。（**吴廣霈墨旁**）勒銘紀其戰績也。（**王鄰德墨眉**）雖無戰，封侯之意即疏，然書生已爲之勒銘矣。（**王鄰德藍尾**）"意疏闊"三字，無限感慨。（**黎維樅紅眉**）朱注：將軍大抵嘗立功塞外而未加爵賞者，故言當此太平不尚武之秋，封侯之意雖未得遂，然編簡不爲之青而誰青乎？許其功名之必垂史册也。

【彙評】

張學仁參定：玩"封侯"語，將軍殆有功不伐者，公特表而出之。

吴廣霈墨眉：有公詩挽之，足勝《唐書》記載矣。

奚禄詒乙本墨旁：言將軍且不望封侯，更有何人可垂青簡乎？蓋惜之也。

奚禄詒乙本墨眉："嚴警"指武衛。○五句爲君諱，唤七八句也。

"書生",公自謂,"已勒銘"者,謂有挽詞。七八言生不"封侯",死後"青簡"何用?

其　二

題鮮于樞評:言其弓劍之藝精妙,而强敵行將效順,且猛獸即失蹻騰,應"過人絶""射獸能"。後四句言當十月河冰之時,以弓劍横行沙漠之外,而赤羽旗之所指,即得千夫之膳。其用兵之神速,人到於今稱之,則壯夫思其"敢决",哀詔惜其"精靈"宜矣。賦也。

錢陸燦丁本評:此序將軍才勇,只用"至今"二字,點出挽意。"赤羽"二句,言不用裹糧赴敵,惟憑一矢以給膳,乘冰飛渡耳。

盧見曾紅旁:李因篤曰:詩意沉雄悲壯,足慰鬼雄。此篇尤有生造之力。

題張問陶墨眉:後章憶生前忠勇,承上"思敢决"。

奚禄詒乙本墨眉:此首寫其勇於戰。

舞劍過人絶,鳴弓射獸能。(**俞瑒甲本評**)承"敢决"來,説生前。(**奚禄詒甲本旁**)此是艱澀。(**黎維樅紅眉**)上四帶表技能,下四實寫勞績。(**嚴復墨眉**)起四雙承。**銛鋒行愜順,**(**徐渭墨旁**)劍。(**方拱乾評**)分項法。(**俞瑒甲本評**)承"劍"。**猛噬失蹻騰。**(**徐渭墨旁**)弓。(**俞瑒甲本評**)承"弓"。(**奚禄詒甲本旁**)句太拙。(**嚴復墨眉**)"銛鋒"二句終未安。**赤羽千夫膳,**(**俞瑒甲本評**)《家語》:"赤羽若日。"猛旗也。(**李以峙墨眉**)(赤羽)按,作"雨",音訛。(**陳治紅眉批箋注**)"赤羽"句是能射注脚,箋近鑿。(**吴廣霈墨眉**)"赤羽"句,校家或云不可解,實則此即云以射獵供軍食爾。何不可解之有?**黄河十月冰。**(**俞瑒甲本評**)起下"横行"。(**王鄴德紅眉**)舊注謂指雁爲炙,汪玉卿謂"赤羽"爲箭,"膳"字疑誤。余謂俱費解。"赤羽"指旗爲是。**横行沙漠外,神速至今稱。**(**方拱乾評**)只"至今”二字，遂全首動。（**俞瑒甲本評**）應“思”字。（**奚禄詒甲本旁**）十月之孤軍轉戰，可謂横行。（**奚禄詒甲本尾批**）賦也。

【彙評】

朱方藹紅眉：三四有生造之力。○結只“至今”二字，便繳入挽意。

張學仁參定：朱鶴齡曰：赤羽之下，會膳千夫，見以孤軍轉鬥也。

其　三

題鮮于樞評：詩言將軍將歸葬絳州，自長安哀挽而去，天神皆爲之感傷，其故何哉？匈奴尚且畏其部曲，則將軍之雄略從可知矣。今也既逝雄略，無由再見，惟餘大樹日以蕭蕭耳。賦也。

題張問陶墨眉：三章想死後餘威，承上“惜精靈”。

哀挽青門去，新阡絳水遥。（**俞瑒甲本評**）承“精靈”來説死後。（**吴廣霈墨眉**）五六背面傅粉法。（**黎維樅紅眉**）紀送葬情事，乃哀挽正文。路人紛雨泣，天意颯風飆。（**奚禄詒甲本眉**）三四見朝廷不能賞功，即申封侯疏闊之意。○末句掃除一切武臣。（**奚禄詒甲本旁**）朝廷不如“路人”“天意”。（**奚禄詒乙本墨眉**）朝不賞功，不如“路人”“天意”。（**王鄰德紅眉**）“雨泣”“風飄”借對妙。部曲精仍鋭，（**王鄰德墨旁**）青門絳水，指絳州而言。○《漢光武紀》注：大將軍營有五部，三校尉部下有曲，曲有軍候一人。（**王鄰德紅旁**）善頌。匈奴氣不驕。（**俞瑒甲本評**）邊功猶在。（**朱方藹紅眉**）五六正見其功不可没。（**奚禄詒乙本墨旁**）此指死後仍然如此。無由睹雄略，大樹日蕭蕭。（**方拱乾評**）結老遠。後四句言目前所見。（**俞瑒甲本評**）應“惜”字。（**奚禄詒甲本尾批**）賦也。（**奚禄詒乙本墨眉**）末句不止掃盡一切武臣，亦見功不計賞。（**吴廣霈墨眉**）將軍死矣，止存大樹蕭條耳。（**吴廣霈墨旁**）到底不懈。（**王鄰德紅旁**）安頓得是。

【彙評】

李念慈紅眉:説訓練威敵,雖身後未艾,善頌。

王鄰德墨尾:《挽詩》三章,始聞將軍死,士卒爲之思,朝廷爲之惜,次章贊其技勇,三章及其葬之地,路人、天意,皆爲之哀惻。由漸而入,方知三章有三章章法,一首又一首章法。

奉寄河南韋尹丈人甫敝廬在偃師,承韋公頻有訪問,故有下句

方拱乾評:韋濟自河南尹遷尚書左丞。

錢陸燦乙本紅眉:排。

錢陸燦丁本評:首二句韋尹因客而問公,下二句客以公之近況答之。

奚禄詒甲本旁:首四句總起,後間分之。

有客傳河尹,(**奚禄詒乙本墨旁**)"河南尹"可云"河尹"乎? 逢人問孔融。 青囊仍隱逸,(**奚禄詒乙本紅旁**)己也。章甫尚西東。(**吴廣霈墨眉下**)用《家語》中事。(**奚禄詒乙本紅旁**)韋也。(**奚禄詒乙本墨眉**)首四句總起,後間分之。鼎食爲門户,(**李以峙墨眉**)(分門户)按,"鼎食"稱韋家世,則"爲"字較明,"分"字却晦,宜從"爲"。今按,韋氏之有大小房者,唐時人共知其作"分"字甚當,余前訂未之思耳。詞場繼《國風》。(**錢陸燦丙本評**)錢云:"門户""國風"可對應。尊榮瞻地絶,(**奚禄詒乙本紅旁**)承上。疏放憶途窮。(**李念慈紅眉**)"疏放"句轉入自己。(**吴廣霈墨眉下**)上句指文人,下自指也。(**奚禄詒乙本紅旁**)起下。(**黎維樅紅眉批仇注"孔子居宋,冠章甫之冠"**)《莊子》:宋人[資]章甫而適越,越人斷髮文身,無所用之。濁酒尋陶令,丹砂訪葛洪。(**奚禄詒乙本紅旁**)己也。(**奚禄詒乙本墨眉**)多用仙事自比,不知何意。江湖漂短褐,霜雪

滿飛蓬。（**吴廣霈墨眉下**）"江湖"二句全説己一身。（**佚名戊紅眉批箋注"而'霜雪滿'言其白也。竊又謂霜雪非以言髮之白，乃真所謂霜雪者，蓋公詩作於潭州，適當冬時……"處**）"霜雪"只當以白髮言之，詩人借對騁辭，政是妙處。古今未有言頭上霜雪而非白髮者，趙注過矣。**牢落乾坤大，周流道術空。**（**李以峙墨眉**）（周流）按，當從"流"，"旋"非是。**謬慚知薊子，真怯笑揚雄。 盤錯神明懼，謳歌德義豐。**（**李念慈紅眉**）"謳歌"句又帶還寄韋。（**吕留良紅旁**）却如此用。（**奚禄詒乙本紅旁**）韋也。**尸鄉餘土室，難説祝雞翁。**（**汪琬甲本紅眉**）祝雞翁。（**方貞觀墨眉**）"難説"言己之情况難以一言盡也。（**奚禄詒甲本尾批**）賦也。（**奚禄詒乙本墨眉**）古之府城即爲偃師，公故居與尸鄉近。○咮［祝］雞翁，隱士也。公未嘗隱，以難説爲正。（**吴廣霈墨旁**）尸鄉，祝雞翁所居地名，見《列仙傳》。（**李以峙墨眉**）（誰話）按，結語反應首句也，"雖説"則不可通矣。（**李以峙墨眉**）（祝雞）按，"祝""㼌"通，"咒"則非是。

【彙評】

汪琬丙本評：此詩句稍夾雜，段落不清矣。且數韻詩貪用人名，皆在句尾，何也？

陳訏紅眉批仇注"言隱逸之狀。不敢以孔子自方也"處：陶令、葛洪，公自謂。曰"尋"，曰"訪"，則此二句仍指河南尹，此倒裝句法，猶云"尋濁酒之陶令，訪丹砂之葛洪"耳，即首聯"逢人問孔融"意。時公爲率府胄曹參軍，故以柴桑、勾漏兩令爲比。注云"言隱逸之狀"，則何不及東園、夏黄輩耶？少陵語無泛設，即此可悟章甫適粤是禮冠耳，赤之章甫豈即孔子耶？注尤謬。

高都護驄馬行

方拱乾評：真畫工手。○每於一物必盡致，必在行。

錢陸燦甲本眉：寫得馬有聲有勢。

錢陸燦丁本評：説得馬有情有品，下文總括在内。

錢陸燦戊本評：讀唐《病馬》詩則知此老胸格高、意寄遠。

汪琬乙本評：公喜作馬詩、畫馬詩，篇篇皆妙絶。

汪琬丙本評：公善作馬詩，篇篇皆絶妙。

吴農祥評：此子美壯時作，無一字不精悍。

王士禛評：此子美少壯時作，無一字不精悍。

俞瑒乙本評：此首寫馬，分明爲老將軍寫照，有"老驥伏櫪，志在千里"之意，化盡從前點綴之格，獨擅勝場。杜公諸馬詩無一筆重見，可謂出奇不窮者矣。

屈復評：此爲高之投閑而作也，通篇寫馬之建功、馬之神駿，十分雄壯富麗。結只一二句一歎，則通篇變色矣。法妙。①

奚禄詒甲本眉：意在勉都護也。○此有材而未盡用，下"鄧公馬"言有材者終必用，兩格原自不同。

奚禄詒甲本旁：真雄渾。

奚禄詒乙本墨眉：意隱隱在勉都護，賦而比也。

奚禄詒乙本墨眉：此有材而未盡用，與鄧公《驄馬行》言有材者終見用不同。

盧見曾紅旁：張綖曰：凡詩人題詠，必胸次高超，下筆方能卓絶。此詩不唯格韻特高，亦見少陵人品。若曹唐《病馬》詩"一朝千里心猶在，曾敢潛忘秣飼恩"，乃乞兒語也。

曹炎旁：仙芝。

方貞觀墨眉：少陵馬詩，集中凡六七首，意象各出，首首有相題立論之妙。此係西域有功之馬，新隨都護入京，故立論爾爾。結句

---

① 校注："此"杭本作"此首"；"馬之神駿"杭本作"寫馬之神駿"。

不獨寫馬之壯心未已，正所以寫都護也。

厲鶚評：他人詠馬只寫其形狀耳，少陵並其性情而寫之。

朱方藹紅眉：公喜作馬詩、畫馬詩，篇篇皆絶妙。支公日賞其神俊，少陵亦當爾耶。

吴騫墨眉：吴云：句句贊馬，却句句贊英雄。

題張問陶墨眉：凡詩人題詠，必胸次高超，下筆方能卓絶。如此詩"雄姿""青絲"兩語，如此狀物，不惟格韻特高，亦見少陵人品。若曹唐《病馬》詩，直是乞兒語耳。

徐松紅眉：張綖曰：詩人必胸次高超，下筆方能卓絶。"雄姿""青絲"，如此狀物，不惟格韻獨高，亦見少陵人品。若曹唐《病馬》詩"一朝千里心猶在，何敢輕忘秣飼恩"，真乞兒語也。

陳治墨眉：汪云：公喜作馬詩，篇篇皆絶妙。

陳治紅眉：《唐書・高仙芝傳》：仙芝少隨父至安西，累擢副都護、四鎮都知兵馬使。天寶六載，虜勃律王及公主還，代夫蒙靈詧爲四鎮節度使。九載，討石國，平之，獲其王。入朝，除武威太守、河西節度使，代安思順。思順諷群胡剺面割耳，請留。制復留思順，以仙芝爲右羽林大將軍。公詩蓋作於此時，惜其屢立大功而終老於環衛也。

秦應逵墨眉：此子美少壯時作，無一字不精悍。

秦應逵紅眉：詩爲高之投閑而發，前寫得十分雄快富麗，結處一歎則通篇皆變色，法妙。

吴廣霈墨眉：魄力沉雄，氣象萬千。

沈巖眉：《唐書・高仙芝傳》：芝少隨父至安西，累擢副都護、四鎮都知兵馬使。天寶六載，虜勃律王及公主還，代夫蒙靈詧爲四鎮節度使。九載，討石國，平之，獲其王。入朝，除武威太守、河西節度使，代安思順。思順諷群胡剺面割耳，請留。制復留思順，以仙芝爲右羽林大將軍。公詩蓋作於此時，惜其屢立大功，而終老於環衛也。

安西都護胡青驄，聲價欻然來向東。（**方拱乾評**）當初來處。（**奚禄詒甲本旁**）自西來東。（**錢載評**）妙。非此則不緊。立上去。（**錢載評**）不緊即敷衍而散漫矣。（**方貞觀墨眉**）第二句伏一篇之根。此馬臨陣久無敵，與人一心成大功。（**方拱乾評**）馬品，馬肝膽。（**李念慈紅眉**）賦馬極言其才力，總不若"與人一心"四字爲盡，"雄姿"二句尤爲馬作氣骨。（**奚禄詒甲本旁、乙本墨旁**）"與人一心"説馬德頗高。（**張雝敬墨旁**）四字（輯者注：指"與人一心"）下得最細。（**題張問陶墨眉**）"與人"句盛讚馬德，即所謂"真堪託死生"也。下文節節俱蒙此意，寫得雄駿絶倫。"語不驚人死不休"，洵足空前絶後也。（**嚴復墨眉**）二語言其在胡時。（**王伯沆紅眉**）寫出性情品格，可謂深至。功成惠養隨所致，（**錢載評**）"功成"順下，妙。飄飄遠自流沙至。（**方拱乾評**）此日來處。（**奚禄詒甲本旁**）應"來向東"。（**奚禄詒乙本墨眉**）流沙在西域，自西來而東也。雄姿未受伏櫪恩，猛氣猶思戰場利。（**方拱乾評**）每説馬必極其性情。○（**朱方藹紅眉**）極老，然彌見其新；極質，然頗覺其雅。（**沈巖旁**）縈拂臨陣。（**錢載評**）必對。（**黎維樅紅旁**）戰馬之品如此。腕促蹄高如踣鐵，（**方拱乾評**）行家。（**錢陸燦丙本評**）"腕"即今所謂蹄襯子也，要短而粗，則欲促而大爲是。（**曹炎眉**）馬腕欲促則健。（**嚴復墨眉**）"如"字當作"加"。交河幾蹴曾冰裂。（**張雝敬墨旁**）壯氣無敵。（**奚禄詒乙本墨眉**）"腕促"二句承"雄姿"二句申言。○中有八轉。（**嚴復紅眉**）漁洋云：此少壯時作，無一字不精悍。（**佚名乙墨眉**）"曾""層"同。五花散作雲滿身，萬里方看汗流血。（**陳治紅旁**）束"遠"字。（**沈巖旁**）即起"何由"出。（**錢載評**）必對。（**方貞觀墨眉**）氣勢卓磊，音節高朗。（**黎維樅紅眉批"五花，馬毛色也"**）《唐六典》：凡外牧進良馬，印"三花""飛""風"之字而爲志焉。細馬、次馬送上乘局者，尾側依左右閑印以"三花"。此又一説，然究以毛色解爲正。長安壯兒不敢騎，走過掣電傾城知。（方拱乾評）悲壯。青絲絡頭爲君老，（曹炎眉）"青絲纏[繫]馬尾，黄金絡馬頭。"（陳治紅旁）顧"伏櫪"。（沈巖旁）伏櫪。何由却出横門道。（方拱乾評）"踣"音赴，踏也。《相馬經》："馬腕欲促，促則健蹄欲高，高則耐險峻。""横"音光，横門，長安出往安西之城門名。（錢陸燦丁本評）"出横門"，渡渭而西，即趨西城之路也。應前"思戰場利"句收。（李念慈紅眉）又爲馬生出感遇、懷鄉二意。（吕留良紅眉）必如此結束，方是大家詠物。（奚禄詒甲本尾批）賦也。○末二句蓋見高之不[辜]負此馬也。（奚禄詒乙本墨眉）末二句隱含高之孤[辜]負此馬也，高本非全人耳。（厲鶚評）"横門"是向西域之路，言良馬雖老，猶思馳驅戰場。（錢載評）放緩來。（錢載評）"横"音光。（吴士模墨眉）結句與"雄姿"二句映，神駿無前。（陳治紅旁）正結應"來向東"。（秦應逵墨旁）惜高之屢立大功而老於環衛山。（張雝敬墨旁）英雄血淚有限，能足供此結句落耶？（黎維樅紅旁）應"向東"句。（再生翁評）只如此語絶是。（嚴復墨眉）結句自從古詩"老驥伏櫪"二語生意。（王伯沆紅眉）豈歎其失所耶？（佚名己紅眉）感恩則有之矣。

【彙評】

黎維樅紅眉：分明爲高都護諷刺。○《水經注》：横門，名光門，亦名突門，在長安西，從南來第三，此正與黄圖隅角相次。

黎維樅紅眉：少陵馬詩無一筆重見者。○此首是寫老馬，分明爲老將軍寫照，有據鞍顧盼之意。

冬日洛城北謁玄元皇帝廟廟有吴道子畫《五聖圖》

方拱乾評：李老君皇帝廟。○《五聖圖》，吴道子畫高祖、太宗、高宗、中宗、睿宗像。排之段落，先定意而詞湊之。古人作詩必有所爲，玄元廟當時甚盛，公亦何必更加鋪張？以爲必有諷意是矣。

然詞意深渾,豈可妄揣? 細觀"仙李"四句、"身退"四句,微詞也。"仙李"四句屬唐帝,言本朝之源流,自"神堯"以下,及漢甚遠,正大奕葉甚明,亦何必遡譜牒於老子乎? 況《史記》不載其世家,久無考處矣。只因明皇讀《道德經》而後,詔天下立廟,則亦何所據耶? 故曰"付今王"。"身退"四句,著老子言其生也,見卑周室,其後也,惟以經傳漢皇,則其神仙之志甚高且遠,豈因廟祠之宏麗可即歆享於此耶? "更何鄉",疑詞也。注云必養拙於無何有之鄉者,與云舍此而更何往者,皆非。至通篇注釋,錢注可以參觀。排要整,又要流。要工,又要變。格在意中,又要意在格外。要有人所無,又要無人所有,千古惟公一人而已。然公之勝場却在五律與五古,不在排也。古未有長排,惟公祖始之。公更廣之,與沈宋體别矣。○排。高文典册。

錢陸燦甲本眉:通首於叙事中寓意,結處直説意,然其詞則婉。

汪琬乙本評:此篇公開手長律,鳳羽初舒,九苞之彩焕然,宜其雄視一代也。○詩分五段:一段廟制,二段入玄元,三段畫,四段時景,五段以玄元事結。

嚴虞惇紅眉:鎔金琢玉之詞,沐日浴月之氣,千年絶調,一字一珠。

嚴虞惇紅旁:高祖、太宗、高宗、中宗、睿宗。

屈復評:此詩八句寫畫,寬一筆方得空靈之法。○"初寒"字出時,後寫景伏綫。○"碧瓦"四句大景,"翠柏"四句小景,作兩層寫,法密。①

奚禄詒甲本眉:唐人憑一野人之言,而即以爲祖,總是惑於仙術,故杜公以諷刺寓焉。

① 校注:"後寫景伏綫",杭本作"寫景伏綫";"'碧瓦'四句大景,'翠柏'四句小景",杭本作"'碧尾[瓦]'四句小景"。杭本除余本内容外,另有"四句總,四句廟,四句畫,四句景廟結,章法井然"數句批語。

奚禄詒甲本旁：篇中隱含諷刺，而老轅以爲頌，非也。

奚禄詒甲本旁：唐高祖時，晉州人吉行善自言於羊角山見白衣老人，曰："爲吾語唐天子，吾爲老君。吾，而祖也。"詔即其地立廟。

奚禄詒乙本墨眉：唐人因一野人之言，而以道家爲始祖，總是惑於仙術，故公以諷諫寓焉。序廟制之嚴麗，見褻典禮，傷民財也。且一李相之子，而藉爲奕葉之光，乙［以］太史公不取之人，而以一《道德經》付於今王。序畫者，見屈自家祖禰於其側，辱莫大焉。周室亦未大用，不過守藏書而已。此身退因其見卑於周室也。舊解以爲用裒，非也。既卒於西域，而武帝乃傳其經，亦見武帝之惑可仙矣。曰"谷神如不死"，亦見神仙無益矣。此杜公大臣大儒之言，乃王佐才也。

盧見曾紅旁：鉅麗軒冕，得頌揚之體。擬諸《清廟》《明堂》，其氣象似之。唐人崇祀老子，事屬不經，貽譏千古。甫爲當時之臣，推崇固應如此。其典重中帶飄逸，精工中有排宕，則大手異人處也。李因篤曰：此篇乃公開手長律，鳳翔初舒，九苞焕采，宜其雄視一代也。浦起龍曰：典重高華，據事直書，不參議論，純是頌體。錢箋語語指斥，意非不善也。但學者不善會之，偏於譏刺一邊看去，則失之矣。《唐書》：高宗乾封元年幸亳州，詣老君廟，追尊爲玄元皇帝。開元二十九年，制兩京諸州各置廟。天寶元年，置廟於天寧坊，東都於積善坊臨淄舊邸。二年，改爲太清宫，東都曰太微宫。

方貞觀墨眉："配極"四句言典禮鄭重，"碧瓦"四句言規制壯麗，"仙李"四句言源遠深長，自然先後同揆，"畫手"八句寫丹青神妙，便覺神靈可接，"翠柏"四句點出謁廟時候，結句言谷神不死，此地自呼吸可通，通篇典貴高華，曲折深細，五排之正宗也。

朱方藹紅眉：分五段。一段廟制，二段入玄元，三段畫，四段時景，五段以玄元本事結。冠冕巨麗，擬之《清廟》《明堂》。推崇本朝，體合如此。此篇乃公開手長律，鳳羽初舒，九苞之彩焕然，宜其雄視一代也。

陳治墨眉：谷水曰："守祧""掌節"皆周禮官名。〇汪云：論詩與論文不同，况本朝列聖大制度，臣子躬逢其盛，自當極力鋪揚，謂有託諷之詞者，洵淺夫耳。

吴廣霈墨眉：端麗喬皇，筆意亦秀發不凡。〇汪伯玉云：此詩清麗奇偉，勢欲飛動，可與吴生畫手並絶古今。〇中數聯對仗亦工整絶倫。〇結語微含諷刺，却只以吞吐出之。〇此詩氣象萬千，信非大手筆不能。

沈巖眉：全首高秀，最得體裁，含諷處不覺。

佚名己紅眉：此寓諷於褒。

配極玄都閟，（**錢陸燦乙本紅眉**）城北。（**俞瑒甲本評**）洛城北。（**奚禄詒甲本旁**）《史記》：始皇爲極廟，配天極。（**秦應逵墨旁**）城北。**憑高禁籞長。**（**方拱乾評**）首四句總言廟制之尊嚴。（**方貞觀墨眉**）起得典重。（**奚禄詒乙本紅旁**）開口便嚴。（**倪象占藍眉**）何等莊重。**守祧嚴具禮，**（**方拱乾評**）難在頂得起。（**俞瑒甲本評**）廟制。（**奚禄詒甲本旁**）好氣象。誇廟制之盛。**掌節鎮非常。**（**方拱乾評**）二句有諷意。（**奚禄詒乙本紅旁**）安得唐人盡如此？**碧瓦初寒外，**（**方拱乾評**）廟制之宏麗。（**奚禄詒甲本旁**）二句洛城北也。（**奚禄詒甲本眉**）正見其誕。（**秦應逵墨旁**）冬日。**金莖一氣旁。**（**汪琬甲本紅旁**）銅柱。（**李念慈紅眉**）初寒何以言"外"？其妙可心解，而不可言詮。（**俞瑒甲本評**）以廟言。（**沈巖旁**）采壯聲宏句，與班揚相埒。（**佚名戊紅眉**）"金莖"字不過言風露清高之氣，蓋秋氣也。十月初冬，去秋未遠，故借"旁"字言之。注謂"廟中未必有"及"壯宫殿之形勢"，未是。〇"金莖一氣"字只當融貫，不必曰金莖在一氣之旁可也。**山河扶繡户，日月近雕梁。**（**方貞觀墨眉**）錢箋語語作譏刺解，未嘗非作者本意，然此在讀者默然會之耳。題係朝廷鉅典，體宜讚頌，若盡看作諷刺，恐子美不受也。仙李盤根大，（俞瑒甲本評）爲唐所祖。（奚禄詒甲本眉）以老子之廟而兼王宗於壁，褻甚矣，序之正是譏之。（奚禄詒甲本旁）老子生李樹下。猗蘭奕葉光。（錢陸燦丁本評），“猗蘭”對“仙李”，亦以漢武比玄宗也。（佚名戊紅眉）“猗蘭”字祖雖出孔子，今詩亦引漢殿以形容帝室子孫，政詩人之巧妙處。世家遺舊史，（方貞觀紅旁）開。（秦應逵墨旁）微詞。（李以峙墨眉）（遺舊史）按，作“貼”者，音訛。道德付今王。（方拱乾評）有不滿意。（奚禄詒甲本眉）玄宗自注《老子》，詔天下家藏之，貢舉減《尚書》《論語》，試《老子》。（方貞觀紅旁）合。畫手看前輩，吴生遠擅場。（俞瑒甲本評）專言畫像。森羅移地軸，妙絶動宫墻。五聖聯龍袞，（奚禄詒甲本旁）非重道子之畫，重五聖也，正應“付今王”。（沈巖旁）六句是畫中景。千官列雁（李以峙墨眉）按，作“引”，形訛。行。冕旒俱秀發，旌旆盡飛揚。翠柏深留景，（方拱乾評）當時之景。（奚禄詒甲本旁）北地重也，應“碧瓦”二句。（秦應逵旁批）點綴冬日。（沈巖旁）接得高妙。（黎維樅紅旁）寫景亦足與上畫手相映發。紅梨迥得霜。（汪琬甲本紅旁）井探。（李念慈紅眉）“深”“迥”字妙。（俞瑒甲本評）冬日。（嚴虞惇紅旁）冬日之景。（奚禄詒乙本紅旁）序寒景應“碧瓦”二句。風箏吹玉柱，露井凍（李以峙墨眉）按，作“動”，音訛。銀床。（黎維樅紅眉）梁簡文《雙桐生空井詩》“銀床繫轆轤”。身退卑周室，（沈巖旁）即周室可知。經傳拱漢皇。（俞瑒甲本評）微詞。（奚禄詒甲本旁）用河上公講《老子》事。（沈巖旁）彼自作端秩耳。谷神如不死，（俞瑒甲本評）《老子》：谷神不死，是謂玄牝。（奚禄詒甲本眉）谷神不死，是謂玄牝。如不死，仍寓神仙無益之意。養拙更何鄉。（方拱乾評）結得風致。（俞瑒甲本評）以諷刺結。（奚禄詒甲本眉）周之守藏書，其位亦卑，故身退耳。（奚禄詒甲本旁）賦也。○此評固是煉章之法，然杜公意重念五聖而譏老子，正在言外，却是頌中帶諷，不如後作少失頌體耳。（奚禄詒乙本墨眉）《五千言》曰：“谷神不死，是謂玄牝。”（奚禄詒乙本紅旁）已見其死矣。（奚禄詒乙本墨

眉)此余駁胡文學之説,文學以爲頌,可笑。(**陳治墨眉**)“鄉”韻用得妙,老子苦縣厲鄉人。(**李以峙墨眉**)(何鄉)按,“何方”不如“何鄉”,前人已論之。(**沈巖旁**)一句收開,冷甚。(**沈巖尾**)使其道爲無益,則古之人與其不可傳也,必死矣。如以爲不死則老子召靈,豈樂此乎?始知通首愈絢,峥嶸愈妙。(**黎維樅紅旁**)見得不煩廟祀也。

【彙評】

錢陸燦甲本眉批錢箋“守祧”:不腆先君之祧,祧者,兆也。注作超去之義,非是。

紅錢陸燦甲本眉批錢箋“銀床”:朝元閣玄元像亦玉,及今猶存,兵燹焚其一指,張曲江有詩云是范陽所進。

錢陸燦乙本紅眉:通首於叙事中寓意,結處直説意,然其詞則婉。

錢陸燦乙本紅眉批錢箋“銀床”:朝元閣玄元像亦玉,及今猶存,兵燹其一指,張曲江九[齡]詩云是范陽所建。

錢陸燦丁本評:錢湘靈云:通首於叙事中寓意,結處直説,然其詞則婉。

俞瑒甲本評:此詩全是諷刺言。舊史列于諸子,而今王尊爲神聖,谷神不死亦渺茫之説,可以定其何所在耶?合觀前後,用意自見。

張學仁參定:排律至杜公,上掩沈宋,高跨太白、右丞。縱横闔闢,變化無方,俊偉雄奇,善美臻備,後有作者不可及也已。

秦應逵墨尾:通首於叙事中叙意,結處似直説矣,然其詞仍婉。

王伯沆紅眉:詩蓋諷唐之追王老子爲無謂也。

奚禄詒乙本紅尾:其辭渾厚,其神肅穆。

張雝敬墨旁:氣象巍峨,聲情諧暢。

倪象占藍眉批錢注“箋曰,配”:此説亦可覽,不可信。正如黄山谷解“白也詩無敵”一首,謂全是諷,却成一話柄。

沈巖眉批詩後箋注:注、箋俱有意味,須看。

黎維樅紅眉:汪伯玉云:此詩清麗奇偉,勢欲飛動,可與吴生畫手並絶古今。○張惕庵曰：遥遥華胄，本屬荒唐，却説得極纏綿鉅麗，文人彩筆，炳於龍鸞。○毛稚黄曰：此篇舊説皆屬諷刺，不知詩人以忠厚爲心，如明皇失德致亂，子美於《洞房》《夙夕》諸作及《千秋節有感》二首，何等含蓄温和，况玄元致祭立廟，始於唐高祖，歷世沿祀，不始明皇。在洛城廟中，又五聖並列，臣子入謁，宜何如肅將者。且子美後來獻《三大禮賦》，其《朝獻太清宫》，即老子廟也。賦中竭力鋪張，若先刺後頌，不應自相矛盾若此。此論可一空衆説。

行次昭陵

方拱乾評：此所謂黄鐘大吕之音。冠冕而不肥，追琢而不鑿，幽貴而不寂寞，頌處不浮不佻。"往者"指隋末言，天寶之亂乃隋末之災再降於今日。"指麾""蕩滌"亦就今日言，蓋必"指麾"乃可"安率土"，"蕩滌"乃可"撫洪爐"也。然安可易言？故壯士幽人皆遠思先烈而有陵邑、鼎湖之悲也。"玉衣"用漢故事，高廟之玉衣出自篋中，舞於殿上。"鐵馬"句用安禄山事蹟。潼關之戰，是日昭陵前石人馬皆有汗流，言太宗亦必鑒憫此時之亂也。有言此詩在安史亂後者，泥於"汗馬"一句耳。若在亂後，當有幾許感慨，豈只"流恨"五字乎？○排。高文典册，頌甚於慨。唐太宗陵在醴泉縣西，天寶五年，詔天下通一藝者詣京師，公自東都西歸應詔，道經昭陵。

汪琬乙本評：分三段。序昭陵功德爲首段，次段言天寶之亂，而歸美於太宗，末四句行次也。

李念慈紅眉：沉雄壯麗。

王士禛評："天屬"句恰好，"玉衣"二句言神靈如在也。

俞瑒乙本評：前言開國之盛，後以亂後興懷。只起四句，包括無數大議論在内，識力何等高卓，壓倒一切詞人。

屈復評：前十二句頌昭陵，接八句行次生感，末四句總結全題。〇太宗授受之際有難言者，“天屬”二句斡旋得體。此詩有謂亂後作者，有謂亂前作者，有謂指玄宗平韋氏之亂者，有謂指玄宗任楊、李亂政者，有謂若作亂後，九廟震驚，恐非“往者”四句所能備者。予謂此作於陷賊中時也。詩有繁簡，意有反正，“壯士悲陵邑”，憤其亂亡也；“幽人拜鼎湖”，達官盡逃散也。故“玉衣”二句，乞靈於在天之靈以成中興之業，此所以“流恨滿山隅”也。①

題商盤紅眉：此章分兩段，前六韻言太宗創業垂統之事，後六韻言目前天下未安，因有太宗不作之眼耳。〇昭陵武功文德，只六韻述盡，可謂巨筆如杠。“堯典”“禹謨”之句，叙繼統事，尤見大力斡旋。〇首四句欲説太宗，先説群雄；欲説群雄起義之日，先説隋煬播震之初，有原有委。“天屬”八句是昭陵生前，“往者”八句是昭陵身後，末四句乃謁陵自叙也。〇唐仲言云：明皇任楊、李亂政，故有“災猶降”“喘未蘇”之歎，因思向者之安撫而不可得，是以向山隅流恨。舊解作隋末之亂者，非。按：此説甚是。蓋從“文物”四句讀下，便見今日之朝廷事事與之相反，前者開元之治媲美貞觀者，今已掃地，有志之士皆爲當路阻抑而不得進，安得不望昭陵而興悲乎？後來杜牧亦有“樂游原上望昭陵”之句。蓋昭陵之時，士無不遇之歎也。

奚禄詒甲本眉：感慨有餘，雅頌不足，然煉句自壯。

奚禄詒乙本紅眉：衹是弔古體，不稱頌祖德。

盧見曾紅眉：錢謙益曰：班固《東都賦》“往者王莽作逆”以下序建武克命之事，幾二百言，以詩檃栝以二十言。〇沈德潛曰：“玉衣”二句，猶《騷》所云“神之來兮夾兩旗”，言神靈陟降也。

① 校注：“若作亂後”，杭本作“作亂後”；“予”，杭本作“余”；“亂亡”，杭本作“亂正”；“逃散”，杭本作“逃避”。

盧見曾紅旁：氣兼巍峨，規模宏遠，華茂典重之中，有沉雄悲壯之概。陸游所云"清廟生民伯仲間"也。貞觀之治，三代之後，所僅見其行政、用人、納諫、進賢，亦非後代所及。"文物"四句能舉其要，不特此也。明皇勵精爲治，開元政化，工媲太宗，不能持盈保泰，任用宵小，蔽塞聰明，以致天寶禍亂。向非太宗之靈，則唐室墟矣。流離之餘，徘徊瞻眺，撫時傷往，流恨山隅。想開國之盛，而所以致亂之故，隱然言外，深廣無端，波瀾萬狀。今古詩人，絶無倫比。甫《祭房相文》云："培塿滿地，崑崙無群。"可取以評此詩。許顗曰："'文物多師古'四句見太宗智勇英特，武定天下，而能如此，最盛德也。"

朱方藹紅眉：分三段。首段叙昭陵功德，次段言天寶之亂，而歸美太宗，末四句行次也。

題張問陶墨眉：隋主昏庸，群雄割據，唐宗受命，以四語了之。○接筆陡健。○"玉衣"二句，猶所云"神之來兮夾兩旗"，言神靈之陟降也。

陳治墨眉：俞云，二詩自是天寶後有感而作，不然，何以多悲恨之辭？

秦應逵紅旁：此當是作於陷賊時。

王伯沆紅眉：案，至德二載閏八月，公自鳳翔東北行，途經邠州諸州，西至鄜，無東向長安、行次昭陵之理。又詩果作於還鄜道中，其時宗社淪亡，豈經過陵下，曾無一語告訴？如以"往者"二句當之，則時方喪亂，又蒼生塗炭，何但喘餘？即結語二句，亦只是天寶間亂兆已形，追思貞觀之治，非謂天寶失國以後也。○又曰"石馬""鐵馬"原不必泥，但主石馬助戰事，則詩爲天寶亂後作。今按前十二句叙隋唐興廢、貞觀致治義至明白。"往者"四句，如以二句爲天寶之亂，則"指麾"二句當指肅宗。肅宗之世，反覆喪亂，何云率土之安、洪爐之撫耶？《日知録》又以"往者"爲武韋之禍，玄宗再造唐室，本於太宗遺德在人，故詩中及之。但武韋止於毒流搢紳，兵起宫闈，於“蒼生喘未蘇”之句亦未合。惟仇注取張南湖、王右仲説，謂唐初水旱之災，太宗勤恤以安民回天，此再叙仁政，以補上文所未備，其説得之。“壯士”四句是説人心感慕；“松柏”四句，趙注謂公自紀過陵是也。因悟黄鶴以爲天寶五載公自東都西歸應詔道經昭陵者得之。

沈巖眉：首句並括六朝寫來，何等識力！次句括盡隋末□攘，三句寫出太宗神靈，四句寫盡一時武功，只一起便有掀天落日手段。

舊俗疲庸主，（**方拱乾評**）高壯。群雄問獨夫。（**申頲紅眉**）“問”字咄咄逼人，昏暴主讀之，如冷水澆背，陡然一驚。（**厲鶚評**）煬帝。（**秦應逵紅旁**）無數議論，數語括盡。（**吴廣霈墨旁**）此“獨夫”指隋煬也。（**王伯沆紅眉**）起二句括隋末唐初多少情事。（**佚名己紅眉**）起十字咄咄逼人。識歸龍鳳質，威定虎狼都。（**方拱乾評**）開國。（**俞瑒甲本評**）無數大議論，四句括盡。天屬尊堯典，（**奚禄詒甲本眉**）五六得大體，正爲六月四日諱。神功協禹謨。（**方拱乾評**）尊崇切當。（**吴騫墨眉**）不略高祖，此句恰好。（**秦應逵紅旁**）太宗受授之際，有難言者，二句斡旋甚好。（**王伯沆紅眉**）詞氣莊渾。（**奚禄詒乙本紅眉**）得大體。風雲隨絶足，（**方拱乾評**）房杜諸公。日月繼高衢。（**方拱乾評**）禪位。（**陳治墨眉**）《貞觀政要》不外此，四句有仰慕感歎之意。文物多師古，朝廷半老儒。（**申頲紅眉**）平平二語，寫盡□朝氣象，笑俗子之頌聖千言無當也。（**厲鶚評**）四句可括《貞觀政要》。直詞寧戮辱，（**方拱乾評**）貞觀之治。（**奚禄詒甲本旁**）此轉寬了。賢路不崎嶇。（**奚禄詒甲本眉**）“直詞”“賢路”，只是爲己而出。（**吴騫墨眉**）只二句好。往者災猶降，（**嚴虞惇紅旁**）言天寶之亂。蒼生喘未蘇。（**吕留良紅旁**）亦對亦轉，無痕。（**俞瑒甲本評**）此言天寶之亂。

（嚴復墨眉）"往者"四句借往慨今。（王伯沆紅眉）謂平安史之亂。**指麾安率土，**（嚴虞惇紅旁）頌收復之功。**蕩滌撫洪爐。**（俞瑒甲本評）"蕩滌"句謂陶成天下如洪爐也，指收復之功言。（嚴虞惇紅眉）以下叙天寶已還而追頌烈祖。（奚禄詒甲本旁）指劉黑闥諸人，借指安史。（奚禄詒乙本紅眉）此言劉黑達［闥］諸人，借指安史。**壯士悲陵邑，**（奚禄詒甲本旁）己也。**幽人拜鼎湖。**（俞瑒甲本評）以亂後言。**玉衣晨自舉，**（沈巖旁）言神靈如在也。**鐵馬汗常趨。**（奚禄詒甲本眉）錢箋："鐵馬"當作"石馬"。按《唐會要》：禄山將崔乾祐白旗馳突，又見黄旗數百隊，官軍潜謂是賊。須臾，賊敗，不知黄旗兵何在。後昭陵奏：是日靈宫前石人馬汗流。（奚禄詒乙本紅眉）四句撫今追昔。（申頲紅眉）休整雄儁，博大昌明，排律之最有氣象者。（陳治墨眉）改"鐵馬"爲"石馬"，非。（嚴復紅眉）王云："玉衣"二句言神靈如在也。（沈巖眉）此見收復仗神力。（嚴復墨眉）"玉衣自舉"用《漢書》故事，"石馬"見《唐會要》。李義山詩："天教李令心如日，可要昭陵石馬來。"昭陵六馬今見存，皆琢石屏上，非全馬。（佚名戊紅眉）此言其神靈也。**松柏瞻虚殿，塵沙立瞑途。**（陳治墨眉）"松柏"下正叙行次，箋引《會要》語何涉。**寂寥開國日，**（方拱乾評）結遠。**流恨滿山隅。**（方拱乾評）慨時實也。"寂寥"屬"日"字，"流恨"亦屬"日"字。（奚禄詒甲本眉）撫今追昔，惋然。○此首只是弔古體，不是頌祖德。（奚禄詒甲本旁）賦也。（吴騫墨眉）言神靈如在也。

【彙評】

錢陸燦丁本評：公詩多用當時事，如"鐵馬""玉魚"是也。使非亂後，何等寥落，深恨山隅而思故國耶？

汪琬乙本評：結句感慨深矣，却難如此藴藉。○贊述得體，繁簡合宜，擬之周頌漢章，有典有則。陵寢之詩，最忌寒儉，看其中點綴，正復氣象巍然。

俞瑒甲本評：前言開國之感，後以亂後興懷，自是天寶後有感而作。不然，何以多悲恨之辭耶？

張學仁參定："庸主"謂煬帝，"群雄"謂李、竇之流。"虎狼都"謂先定關中，"天屬"謂高祖傳位太宗，"風雲"謂李靖輩從高祖而起。《唐書》數百言，直以四十字括之。眼高於頂，力大於身。

陳治墨旁：汪云，題陵寢詩最忌寒儉，中間點綴處，正復氣象巍然。

陳治墨眉："虎狼都"用《秦本紀贊》"據狼弧，蹈參伐"，參爲白虎，秦之分星也。

重經昭陵

方拱乾評：只末聯見重經，了前十句詠歎，却與前經不同。言祖宗之靈長，此日之亂，必見太平。"再窺"，細審之言；"還見五雲"，王氣未歇之意。讀此可知非亂後矣。〇排。意已盡前首，此恰是"重經"。

汪琬乙本評：分二段，上段贊太宗，下段昭陵。〇前篇叙述略具，此只渾渾贊之。而義無不包，典重高華，直追三頌。〇裁六韻，而"翼亮"二句，仍不脱高祖，此大節目也。〇"重經"只末語點出，妙。"翼亮"二句，融經入化。

吕留良紅眉：且頌且感，典雅雄渾。

俞瑒乙本評：二詩皆天寶亂後作，故語多悲恨，前首傷亂。此首望中興之業也，故以"丕承""宗祀"言之，結以"五雲飛"，即所謂"五陵佳氣無時無"也。

題商盤紅眉：起句始，二句終，三四句中，五句補高祖，六句繼高祖，七句生前，八句身後，九十句昭陵，末二句重經。〇結寓望中興之意。

題商盤紅眉:二首酌經史之精,協風雅之則,孔碩肆好,清風穆如,誠足壓三唐而冠百代矣。

屈復評:此作於肅宗復京之後者,結句甚明白。前日寂寥流恨,今日五雲還飛,可知矣。○前首題是"行次",此首是"重經",故全是議論。①

奚禄詒甲本眉:嚴重《爾雅》。

奚禄詒甲本旁:此等珍重,纔無遺恨。

奚禄詒甲本眉:貞觀中,中天竺亂,遣王玄策發西域兵破之,得方士娑婆寐,以來自言二百歲,有藥能長生。太宗館之金飆門,發使天下,采靈藕異石煉之,積歲而就。上服之,崩。則太宗蓋死於方術也。附記。

奚禄詒乙本墨眉:合前作看來,此纔妙。前以"庸主""群雄",發端終是;此説"英雄""歷數",即見主人。前"天屬"四句雖壯,尚覺寬;此"文德""聖圖",更精警。前"玉""馬"句説鬼,不如"陵寢"二句嚴重,纔見前作之迂也。

盧見曾紅旁:舉贊頌義無不包,與《行次昭陵》皆可直追三頌。何景明曰:用經史入詩,絶不見斧鑿痕,使他人道之,未免拙滯。鍾惺曰:陵廟之作,典古悲凉,説功業無竹帛氣,説神靈無松杉氣。張遠曰:末句即"五陵佳氣無時無"之意。

厲鶚評:剪裁經史,確不可易。

徐昂發評:前首傷亂,此望中興,以"五雲飛"作結,大旨顯然。○與前篇同一格律。

題張問陶墨眉:前首傷亂,此望以中興,結語大旨顯然。○陵廟之作,典古悲深,説功業無草帛氣,説神靈無松衫氣。

① 校注:"作於"杭本作"作"。

陳治墨旁:典重高華,直追三頌。

陳治墨眉:查浦云:"熊羆"謂守陵之軍。

秦應逵紅眉:此作於肅宗復京之後,結句甚明,前曰"寂寥",今曰"雲飛"可見。前首"行次",此首"重經",故全首議論。

吴廣霈墨旁:此收京後還京所作也。

沈巖眉:重經昭陵當在收京後,故結句云云。

嚴復墨眉:凡爲臣子,處叔季惡微之代,無不樂道開念其祖宗之仁聖英武者。老杜當天寶亂離之日,不勝《匪風》周京之思,故於昭陵,不獨一詠而已。小杜"樂游原上望昭陵"亦此志耳。

草昧英雄起,謳歌歷數歸。 風塵三尺劍,(**秦應逵紅旁**)簡括。社稷一戎衣。(**方拱乾評**)有言"一戎"對不得"三尺"者,不必與之言詩。(**奚禄詒乙本墨旁**)嚴重《爾雅》,纔無遺恨。翼亮貞文德,丕承戢武威。 聖圖天廣大,宗祀日光輝。 陵寢盤空曲,熊羆守翠微。(**墨眉**)熊羆,守陵軍士。(**俞瑒甲本評**)昭陵。再窺松柏路,還見五雲飛。(**李念慈紅眉**)"再"字是重經。(**俞瑒甲本評**)重經。(**奚禄詒甲本旁**)賦也。(**錢載評**)所謂"五陵佳氣無時無"也。(**陳治墨尾**)汪云:二句仍不脱高祖大節目。(**吴廣霈墨尾**)結仍秀勁,到底不懈。(**李以峙墨眉**)(還有)按"有"不如"見"。(**佚名己紅眉**)末二句倒出題面,亦一法也。

【彙評】

方拱乾評:倒出題是一法,結處還題。

俞瑒甲本評:前首傷亂,此首望中興也,故以應承"宗祀"言之。而以"五雲"爲結,望其重如開國之業耳。

俞瑒乙本評:分二段,上段贊太宗,下段説陵,"經"只末語點出,且頌且感,古雅雄渾。

陳治紅眉:《重過昭陵》當在收京後作。

吴廣霈墨眉:壯麗精整,一結悠然無盡,更妙。〇深得頌揚之體。

贈翰林張四學士

方拱乾評:排者,即律而排之也。今人不問間架柱礎,一味以雕琢富麗爲奇,遂令前後錯亂,彼已顛倒,總騖末而遺本耳。

奚禄詒甲本眉:首四句言尚主西内,次六句言翰林承寵。

奚禄詒甲本旁:均、垍受禄山僞爵,至德二年伏誅。

盧見曾紅旁:前幅工麗。

申頲墨眉:非注解則不知殿亭之所在矣。

吴廣霈墨眉:"似六經"句欠穩。

吴廣霈墨旁:張説子也。兄弟均、垍皆能文。

翰林逼華蓋,(**奚禄詒甲本眉**)華蓋九星,所以蔽大帝之座,蓋下九星曰杠,柄也。(**奚禄詒甲本眉**)玄宗初置翰林院,均、垍兄弟皆爲供奉,院在銀臺門内,麟德殿密邇宸居,故云"逼華蓋"。鯨力破滄溟。(**奚禄詒甲本旁**)句無謂。(**奚禄詒乙本墨旁**)二句兩截耳。(**嚴復墨眉**)以"翰"對"鯨",故自精細。〇"紫誥"一聯非杜不能道。天上張公子,(**方拱乾評**)吻貴。(**奚禄詒甲本旁**)張星在天河上,徐陵詩"從來張姓本連天"。宫中漢客星。(**方拱乾評**)如此入題,老而典。(**奚禄詒甲本旁**)内宅。(**奚禄詒乙本紅旁**)二句用事,帶譏誚。賦詩拾翠殿,佐酒望雲亭。(**奚禄詒乙本墨眉**)首四句言尚主西内,次六句言翰林承寵。紫誥仍兼綰,(**奚禄詒甲本旁**)司制誥。黄麻似六經。(**徐渭墨眉**)不知何謂,□竟自好。(**方拱乾評**)"黄麻似六經"形容告身之褻疊如家常耳。(**奚禄詒甲本旁**)言文字之古。(**奚禄詒乙本墨旁**)"六經"言誥文之古。内分金帶赤,恩與荔枝青。（徐渭墨眉）“與”當即是“賜”。（方拱乾評）如此知排律琢句法。律則不妙，何以故？（奚禄詒甲本旁）分貴妃之食。（奚禄詒甲本旁）戎州荔枝皮青。（奚禄詒乙本紅眉）與□預更妙。無復隨高鳳，（方拱乾評）不是人名。（奚禄詒甲本旁）自序。（奚禄詒甲本眉）“高鳳”，高岡之鳳也，注誤。（奚禄詒乙本墨旁）此下自序。空餘泣聚螢。（方拱乾評）又結又度，帶謔意。（丁耀亢紅眉）用事腐。（奚禄詒甲本旁）句有所指。此生任春草，垂老獨漂萍。倘憶山陽會，（奚禄詒甲本旁）謂舊交。（奚禄詒甲本旁）嵇康、向秀、王戎同游山陽，後秀過此作《思舊賦》。悲歌在一聽。（汪琬丙本評）自叙處，不甚可解。（奚禄詒甲本旁）賦也。（佚名己紅眉）收得有别致。

【彙評】

奚禄詒乙本墨眉：“泣螢”或言讀書不第，却兀用“泣螢”。“山陽”豈另有感乎？舊注以高鳳爲高文通，可笑，余久正之矣。

贈韋左丞丈濟

方拱乾評：只八句頌。關生轉應，妙合自然。○排。

錢陸燦甲本眉：今布政司使稱左右轄，非也。楊鐵崖有《送吕左轄》詩“保障南藩第一功”，此必元末詩人如此用起。

錢陸燦乙本紅眉：排。○今布政司使稱左右轄，非也。楊鐵崖有《送吕左轄詩》云“保障南藩第一功”，此必元末詩人如此用起。

嚴虞惇紅眉：韋思謙爲尚書左丞，子承慶、嗣立，相繼知政事，嗣立三子，孚、恒、濟，皆知名，恒早卒。

奚禄詒甲本眉：《唐六典》：左右丞掌管轄省事。天寶濟遷尚書左丞。

奚禄詒乙本墨眉:前段美韋,後疑自序。

奚禄詒乙本墨眉:排律之典而整,人之不及少陵,不可以未選而忽之。

曹炎旁:濟之兄恒亦爲給事中。

左轄頻虚位,(**方貞觀墨旁**)莊重。今年得舊儒。(**秦應逵墨旁**)今稱布政司亦云左轄。(**吴廣霈墨眉**)一起即莊重不佻。相門韋氏在,(**方拱乾評**)承得硬。經術漢臣須。(**奚禄詒乙本墨旁**)以漢相比之。(**李以峙墨眉**)(漢臣)按,"官"不如"臣",當從"臣"字。○按,"官"字不如"臣"字之穩愜。時議歸前烈,(**奚禄詒乙本墨旁**)指其祖義。天倫恨莫俱。(**奚禄詒甲本旁**)恒已死,有弟兄之變。(**奚禄詒乙本墨旁**)恒先死。鴒原荒宿草,(**方拱乾評**)申上句。鳳沼接亨衢。(**奚禄詒甲本眉**)荀勖從中書遷尚書令,人賀之,答曰"奪我鳳凰池"。有客雖安命,衰容豈壯夫。(**方貞觀墨旁**)渾浩圓轉。家人憂几杖,(**奚禄詒甲本旁**)"家人"對"甲子"甚妙。甲子混泥途。(**方拱乾評**)"家人""甲子"對奇絶。排則妙,律則不妙,七律與五律又不同此耳。難言只可心悟。(**奚禄詒甲本旁**)絳縣事。(**嚴復墨眉**)"途"當作"塗"。不謂矜餘力,(**方拱乾評**)轉。還來謁大巫。(**奚禄詒甲本眉**)公受林甫之厄,仕路塞矣,故每有望於當路,可傷。(**奚禄詒甲本旁**)張紘見陳琳《武庫賦》,嘆美之,琳曰:河北少文字,易爲雄長,足下在彼,所謂小巫見大巫,神氣盡矣。(**奚禄詒乙本墨眉**)公爲林甫所厄,仕路已塞,故每有求于當路,傷哉!歲寒仍顧遇,日暮且踟躕。老驥思千里,飢鷹待一呼。(**李念慈紅眉**)"飢鷹"句太逼。君能微感激,(**奚禄詒甲本旁**)似有望於韋。亦足慰榛蕪。(**奚禄詒甲本旁**)賦也。(**奚禄詒乙本墨眉**)末似有望於韋。(**曹炎旁**)折骨效區區。(**方貞觀墨眉**)注引張儀事,更支離可笑。(**吴廣霈墨眉**)末句言窮而進謁,冀其薦拔也。

樂遊園歌晦日賀蘭楊長史筵醉中歌

方拱乾評:古人游宴詩,或爲其地之山水,或爲其時之遊賞,或謂其時事,或有所諷,或有所記,或自言其能事,或别有所感,非漫然者。此詩乃公與楊長史之筵,而自有一種自得之趣。前六句述長史之筵,中六句述衆游之盛,"却憶"四句是述飲中之情,况皆未可告人者,故曰"獨立",曰"自詠詩"。

吴農祥評:"却憶"後即自寫懷抱。

屈復評:值歌舞於窮困之日,寫飄零於歡樂之場,抑揚吞吐間露出英雄失路本色。[1]

奚禄詒甲本眉:此歌乃公詔至京師,爲李林甫所厄時之作。

奚禄詒乙本墨眉:正月無三十日,則晦在二十九,謂之秏磨日,唐人皆有詩。

盧見曾紅旁:沈德潜曰:歡宴時,不勝身世之感。臨川《蘭亭記序》所云"情隨事遷,感慨繫之"也。

錢載評:聲音總是疊,悟此纔可動筆。

徐昂發評:詩至此獨立萬古,後人千載之下,何由扳躋邪?

吴士模墨眉:值歌舞於窮困之日,寫飄零於歡樂之場,抑揚吞吐間露出英雄失路本色。

陳治紅眉:於今爲南内,於漢不嘗爲樂遊乎?

沈巖眉:極歡宴時,不勝身世之感。臨川《蘭亭序》所云"情隨事遷,感慨繫之"也。○《漢禮樂志》:天門開,詄蕩蕩。

沈巖眉:於今爲南内,於漢不當爲樂遊乎?"芙蓉園""夾城仗"者有盡,而吾詩可以垂之無窮,然則又何無歸爲悲哉?結句又所以

① 校注:"窮困"杭本作"困窮",吴本亦作"窮困"。

自解也。“獨立”二字，不但爲會散寂寞言之。

嚴復墨眉：總有每聯豪壯訣語，又與後幅感慨處相應成異彩，此是老杜獨絶，亦關熟精《選》理，乃有此詣。

樂游古園崒森爽，（**奚禄詒乙本墨旁**）音近“卒”，不可音“族”。（**李以峙墨眉**）（崒）按，“崒”“萃”形似，必有一訛，然無關要義。煙緜碧草萋萋長。（**奚禄詒乙本墨眉**）萋萋芳草加以“煙綿”，固是春景，然神已悲矣。（**沈巖旁**）此句中暗伏無歸，與結處呼應。公子華筵勢最高，（**方拱乾評**）形容豪華，以見己之寂寞。秦川對酒平如掌。長生木瓢示真率，（**黎維樅紅旁**）偏有此閑筆。（**黎維樅紅旁**）承上筵宴，起下游望。更調鞍馬狂歡賞。（**丁耀亢紅眉**）“木瓢”真率太突。（**佚名己紅眉**）鞍馬狂賞時，忽出此英雄失路之語。青春波浪芙蓉園，白日雷霆夾城仗。（**奚禄詒甲本眉**）“青春”六句追序園中年年盛事，非比眼前，故即接以“却憶年”句云。（**奚禄詒乙本墨旁**）“仗”，直兩切，本上聲，聲濁而近去聲。（**奚禄詒乙本墨旁**）此段竟是言宸遊，他人無此。（**李以峙墨眉**）（夾城）按，“甲”，音訛。閶闔晴開詄蕩蕩，（**奚禄詒甲本旁**）天子出游也。曲江翠幕排銀牓。（**奚禄詒乙本墨眉**）“閶闔”“詄蕩”是樂，“開”加一“晴”字纔妙。（**沈巖旁**）對“無歸”。拂水低徊舞袖翻，（**沈巖旁**）對“獨立”。緣雲清切歌聲上。（**方貞觀墨旁**）愈富麗愈見後半寂寞。（**錢載評**）不得此手腕與身分者，不可以作詩。（**陳治墨眉**）撇開題目，自寫襟懷，何等淋漓悲壯。（**奚禄詒乙本墨眉**）“青春”六句追序園中年年盛事，不止眼前，故即接以“却憶”云云。却憶年年人醉時，（**方拱乾評**）忽轉開。只今未醉已先悲。（**方拱乾評**）又驚合。（**方拱乾評**）真。傲睨之氣，直干雲霄。（**李念慈紅眉**）遲暮牢落之感，悄然中來。（**錢載評**）一聲一聲，以放緩來吟歎，以盡其致。（**沈巖眉批下**）貧賤如昔，又加以老，安得不未醉先悲乎？數（**奚禄詒乙本墨旁**）去聲。莖白髮那拋得，百罰深杯亦不辭。（**方拱乾評**）可想席間。（**王伯沆

紅眉)聲可裂笛,著眼高也。(**李以峙墨眉**)(百罰)按,“百刻”顯謬,仇失正。(**李以峙墨眉**)(亦不辭)按,此對“那拋得”,《英華》本是傳刻之訛,不可從。**聖朝亦知賤士醜,**(**沈巖尾**)“醜”謂以有道貧賤爲恥也。**一物自荷皇天慈。**(**沈巖旁**)但荷天慈,不被君恩,可知措詞微婉。**此身飲罷無歸處,**(**傅山紅眉**)無味。(**黎維樅紅旁**)感慨在此。**獨立蒼茫自詠詩。**(**方拱乾評**)悲凉高兀,畫出無聊。(**奚禄詒甲本眉**)“自詠詩”挽其□己,却亦甚狂。(**奚禄詒甲本旁**)賦也。(**奚禄詒乙本墨眉**)“獨立”矣,又加曰“自詠”,歎無知己,却又正狂。(**申頲墨眉**)“此身”二句極真,讀之令人淚下。(**錢載評**)不得雙疊,聲音如何收?讀者悟此方可動筆。(**吴廣霈墨眉**)末一結,令人讀之黯然魂銷。

病後過王倚飲贈歌

方拱乾評:高老古樸,不可思議。○如此樸詩,用二句文起,一法也。○王生如此,能令王生如此説來,都有身分。

錢陸燦乙本紅眉:又一體。

王士禛評:又一體。

方貞觀墨眉:子美七古即最鄙俚粗俗,語亦覺高邁卓犖,有自然之色。惟此篇鄙俗淺直,如村學究書札,一無可取。○篇中如“苦無健”“輕欲旋”“况深眷”等語,豈成句?

錢載評:妙非翻筆,遂成高唱,須知是對也。一路對去,此則不須太整,太整則板而少生趣。

奚禄詒甲本眉:起得迂率。○鳳麟洲在西海外,鳳喙麟角煎膠謂之集經膠,又謂之連命泥。

奚禄詒甲本旁:起手始爲病後王生設具之興,然自况却卑些。

奚禄詒乙本紅眉:若非後面佳,則此便不成詩。

奚禄詒乙本墨眉:將爲病後王生設具之興,然自況却卑些。

秦應逵墨眉:又一體。

王鳴盛墨眉:公遇王時本尫羸病軀,及與之談情愫,留歡宴,不覺手足輕旋,沉疴爲之頓起,真有似乎煎膠續弦者。起二語用比體,乃一篇脈絡之會。

嚴復紅眉:漁洋云:又一體。

麟角鳳觜世莫識,(**方拱乾評**)太白所不能望。(**錢陸燦甲本眉批**)觜,沈約韻五十。又此亦平聲。(**黎維樅紅眉**)比起,古雅。煎膠續弦奇自見。(**方拱乾評**)純是力,不獨是才。(**吴廣霈墨眉**)干將出匣,鋭不可當,此起四句似之。(**奚禄詒乙本墨旁**)詩之奇不出此等。(**沈巖旁**)對後"命如綫"句,豈此續殆可續命也?(**佚名己紅眉**)如此樸老而却用莊語作起句,又一法也。尚看王生抱此懷,(**方拱乾評**)入題萬分力,非老手斷不能。在於甫也何由羡。(**奚禄詒乙本紅旁**)豈謂一飲便可續命耶?(**黎維樅紅旁**)自愧己無所羡也。(**黎維樅紅眉批仇注"其敦篤交情"**)王生敦篤之品,尋常亦幾失之,及公以尫羸病軀,與之談情愫,留歡宴,不覺手足輕旋,沉疴爲之頓起,真有似乎煎膠續絃者,比意最爲切當。且遇王生慰疇昔,(**李以峙墨眉**)(且過)按"遇"形似之誤。素知賤子甘貧賤。酷見凍餒不足恥,(**沈巖眉**)非病後則是嗜飲食人矣。古人作詩皆存品格。多病沉年苦無健。王生怪我顔色惡,答云伏枕艱難徧。瘧癘三秋孰可忍,寒熱百日相交戰。頭白眼暗坐有胝,(**黎維樅紅旁**)久病多坐成胝也。肉黄皮皺命如綫。(**方拱乾評**)瑣而渾,俚而雅,放而堅,神矣,至矣。(**奚禄詒乙本墨眉**)"皺",側救切,與縐、咒同。(**黎維樅紅眉**)極寫憊病不堪。惟生哀我未平復,(**方拱乾評**)絶似無意爲詩。爲我力致美肴膳。(**丁耀亢紅眉**)此老窮途可憐,一卧之感。(**佚名己紅眉**)此亦佳話。遣人向市賒香粳,(**黎維

縱紅旁)可見亦非有餘。**唤婦出房親自饌。**(**奚禄詒甲本眉**)細細寫來,却有風致。(**奚禄詒乙本墨眉**)瑣屑序出,正見情深。(**黎維樅紅旁**)可見亦無服役。**長安冬菹酸且緑,金城土酥净如練。**(**錢載評**)對。(**黎維樅紅旁**)點染有風致。**兼求畜豪且割鮮,**(**吴廣霈墨眉**)"豪",河内名豕也。(**李以峙墨眉**)(畜豪)按"畜豪""畜豕"均可,若作"富",當與"畜"形似而誤。**密沽斗酒諧終宴。故人情義晚誰似,**(**沈巖眉**)其誠敬款曲如此,故曰"情義誰似"。**令我手脚輕欲旋。**(**奚禄詒甲本眉**)皆可憐語。(**王士禛評**)讀之淚下。(**吴廣霈墨眉**)叙同飲一段,殊清婉有致。(**黎維樅紅眉**)極寫周旋,亦極寫感激。**老馬爲駒信不虚,**(**李以峙墨眉**)(信不虚)按從"驄"則不成句。(**沈巖眉**)"老馬爲駒"借作返老還童用。**當時得意況深眷。**(**方拱乾評**)"深眷"有相約再遇之意。**但使殘年飽喫飯,只願無事常相見。**(**方拱乾評**)今人學之,未有不俚者。(**奚禄詒甲本尾批**)興而賦也。(**奚禄詒乙本紅眉**)全章皆形出無情。(**黎維樅紅眉**)淺語看似俚率,却有深味,情景逼真。(**吴廣霈墨眉**)志情真摯,然輕薄少年必厭恨之。(**沈伯沆紅眉**)於此見古人一飯不忘之意。(**佚名己紅眉**)結亦自得。

【彙評】

方拱乾評:奴隸元白,此爐錘百煉而後能此,若但作真率觀,淺之乎論公矣。樸矣,却不似元白,何以故?厚故,層數多故,鍛煉故。一飲食疾病聚晤耳,説來若有高深醇厚之義,不可測,何以故?如此等詩,上下古今只公能之,更無敵手,能朴不能曲,能細不能大,能瑣不能厚,至矣,神矣。雖有他詩,吾不與易矣。

吕留良紅旁:亦古亦俗,終是大家語。

黎維樅紅眉批仇注"王生之深眷乎":言王生不以老而慢我,即此片時款洽,已足快心,况異日之眷有深於此者乎?

黎維樅紅尾:詩開宋派,讀此歌見古人一飯之德不忘。

兵車行

方拱乾評:七言古之妙,樸拙、瑣曲、硬澀,缺一不可,總歸於一字,曰"老"。〇歌行要曼,又要警。〇老實好詩,人人知之,當看其緒。

錢陸燦甲本眉:逐韻劃斷讀之,其音節低昂跌宕之妙自見。

錢陸燦乙本墨眉:讀杜者逐韻畫斷讀之,其音節低昂跌宕之妙自見。

錢陸燦乙本紅眉:《漢書》:"山東出相,山西出將。"又下兵於山東。又賈生論山東諸侯"山東豪俊"。又"終童山東[之]英妙"。秦中爲山西,"秦兵"對"山東"言之。此下總寫抽調之苦,義同《折臂翁》。

錢陸燦丁本評:起先敘目前,點行慘狀。下借問者轉出用兵之故,從行人口中述征戍苦情,是風人遺旨。

李念慈紅眉:公此等作,公之樂府也。不必擬古,直攄己意。道時事有聲有淚,真可泣鬼神矣。

宋犖紅眉:子湘云:舊注此詩爲玄宗用兵吐蕃而作。〇是唐詩史,亦是古樂府。〇舊注:齊梁以來,文士喜爲樂府,沿襲既久,往往失其命題之意,雖太白亦不能免。惟少陵《兵車行》等篇,皆因事自出己意,立題略無蹈襲前人陳迹,真所謂豪傑也。

嚴虞惇紅旁:杜詩逐韻劃斷讀之,其音節低昂跌頓之妙自見。

嚴虞惇紅眉:箋曰:此詩爲南詔之師作也。曰"山東",曰"關西",錯□其詞以諷切之。

奚禄詒甲本眉:言實事貴樸。〇自李林甫募長征之兵,調發遠戍,民無以爲生。○前半已明言時事,此非借漢爲喻,蓋文字波折耳。

奚禄詒甲本旁:以爲吐蕃可,以爲南詔可,總之傷時耳。

奚禄詒乙本墨眉:唐自武德來開拓邊境,連年抽山東丁壯爲戍,此詩總不必定指爲西戎、南詔,公蓋立言以紀其害耳。

屈復評:首段送行悲苦景事,二段述舊事,三段新事,結出"新舊"二字總收。①

盧見曾紅旁:此體創自老杜,諷刺時事而記爲征夫問答之詞。言之者無罪,聞之者足以爲戒,《小雅》遺音也。篇首寫得行色匆匆,筆勢洶涌,如風潮驟至,不可逼視。以下接出點行之頻,指出開邊之非,然後正説時事,末以慘語結之。詞意沉鬱,音節悲壯,此天地商聲,不可强爲者也。蔡寬夫曰:齊梁以來,文士喜爲樂府詞,往往失其命題本意,唯老杜《兵車行》《悲青坂》《無家别》等篇皆因時事,自出己意,立題略不更蹈前人陳迹,真豪傑也。單復曰:此爲明皇用兵吐蕃而作,故託漢武以諷,其詞可哀也。先言人哭,後言鬼哭,中言内郡凋弊,民不聊生,此安史之亂所由起也。

方貞觀墨旁:此篇終是以起結音韻採録。

申頲紅旁:語太明直,效之便類俚曲。

錢載評:奇偶消納,全從毛《詩》得來,而紙上乃無一字。

吴士模墨旁:此與樂府《戰城南》俱接《三百篇》,詞意音節俱古。

題張問陶墨眉:此是一頭兩脚體。下面兩扇各有起結,各擔四韻,各十四句。條理秩然,而善於曲折變化,故令讀者不覺耳。

徐松紅眉:錢謙益曰:"且如"以下言土著之民亦不堪賦役,不

① 校注:"總收",杭本作"總結"。

獨征人也。“君不見”以下舉青海之故，以明南征之必不返也。曰“君不聞”“君不見”，有詩人呼祈父之意焉。是時國忠貴盛，未敢斥言之。雜舉河隴之字，若不爲南詔而發者，此作者之深意也。

陳治紅眉：逼真古樂府。○咸陽橋即中渭橋。此詩自爲河隴用兵而作，或謂刺南詔之師，非也。此“不見”二字虛字實用，後面“不見”實字虛用，作章法映帶。“君不聞”“君不見”字俱指過者，人哭鬼哭，首尾相對。○弊中國以邀功，農桑廢而賦斂益急，不待禄山作逆，山東已有土崩之勢矣。況畿輔根本，亦空虛如是，一朝有事，誰與守禦？借漢以喻唐，借山東以切關西，尤得體。

陳治墨眉：閱自注則知《木蘭詩》非唐人作，可釋向來之疑矣。

張裕釗眉：杜公歌行妙處與漢魏古詩異曲同工，如此篇可謂詣絶矣。熙父謂太史公文如平地忽起高山，讀杜詩亦宜以此意求之。

嚴復紅眉：文從字順各得職，杜晚年詩少如此者。

黎維樅紅旁：前、後《出塞》二題可以略見唐世兵制。《前出塞》以府兵言，《後出塞》以召募言也。只看第一章，語意便自分明，是謂詩史。

黎維樅紅眉：朱鶴齡曰：天寶末，哥舒翰貪功於吐蕃，安禄山構禍於契丹，於是征調半天下。《前出塞》爲哥舒翰作，《後出塞》爲禄山作。沈歸愚曰：今按前九章多從軍愁苦之詞，後五章防强臣跋扈之漸。長孺所分，理或然也。○此等題有分章而無分首，只作一篇，非九首也。如《選》詩中《贈白馬王》《秋胡》等例，後人妄意删選，不顧章法語脈，豈知詩者乎？

沈巖旁：咸陽橋即中渭橋。○此詩自爲河隴用兵而作，錢謂刺南詔之師，非也。

沈巖眉：弊中國以邀邊功，農業廢而賦斂益急，不待禄山作逆，山東已有土崩之勢矣。況畿輔根本，亦空虛如是，一朝有事，誰與守耶？借漢以喻唐，借山東以切關西，尤得體。○“但云”藏下“申恨”一層，“目前”一層意中也。“但”字、“雖”字，暗相呼應，“雖有問”當云“雖無問”，易一字即怨而不怒也。言漢家者，託之故事，爲天子諱也。“敢”之爲言“不敢”也。《左傳》曰：“敢乎？”○“咸陽橋”“青海頭”，人哭、鬼哭，首尾相對。○逐層相接，累累珠貫。調發煩促，農桑廢而賦斂急，家與身俱覆，將不爲上使矣。天寶亂源，猶在目也。

佚名甲批：此詩直道其事，屬古樂府，故多使俗語。○李嶷：“塵生馬影滅，簫入雁聲稀。”

車轔轔，馬蕭蕭，行人弓箭各在腰。（**吕留良紅眉**）如此起，不如自注，知爲樂府遺音。（**奚禄詒甲本眉、乙本紅旁**）謡體起。（**吴錫麒紅眉**）直起以了題面。（**佚名己紅眉**）起處似謡體。耶娘妻子走相送，古樂府云：“不聞耶娘哭子聲，但聞黄河流水一濺濺。”塵埃不見咸陽橋。（**奚禄詒乙本紅旁**）竟是樂府。（**黎維樅紅旁**）出師之感，望眼之慘，俱在此句中。牽衣頓足攔道哭，（**李以峙墨眉**）（攔道）按，此正狀哭道之情，“橋道”則平矣。哭聲直上干雲霄。（**吕留良紅旁**）“干”字少峥嶸。（**奚禄詒甲本旁**）天寶十載四月，鮮于仲通討南詔閣羅鳳，大敗，士卒死者八萬人。楊國忠隱敗叙功，制募兵以擊之，莫肯應者。楊國忠遣御史分道捕之，枷送軍中。舊制，百姓有勛者免征徭，國忠奏先取高勛。於是行者愁苦，父母妻子送之，哭聲振野。公之此詩，正寫此役，非征吐蕃也。詩人行文，自然不必泥“青海”之句。（**奚禄詒甲本眉**）南詔常與妻子俱謁都督，過雲南，太守張虔陀私之，又多徵求。閣羅鳳忿，攻破雲南，殺虔陀。故命仲通爲劍南節度使。（**沈巖眉批下**）此“不見”虚字實用，後二“不見”實字虚用，作章法映帶。（**嚴復墨眉**）“俊逸鮑參軍”□推此種。（**徐松紅眉**）《唐鑒》：天寶六載，董延光自請取石堡，帝命忠嗣分兵助之，不克。八載，帝使哥舒翰攻拔之，士卒死者數萬，故有“邊城流血”語。道傍過者問行人，行人但云點行頻。（方拱乾評）二字悲甚。（吕留良紅旁）亦謂古體。（陳治墨旁）從行人口中説出，是風人遺格。（徐昂發評）以下軍戍雜遝皆從此"頻"字出。（吴錫麒紅眉）借問以寫題意。或從十五北防河，便至四十西營田。去時里正與裹頭，歸來頭白還戍邊。（吕留良紅眉）詞意蒼然。（佚名甲批）一人之身，十五防河，四十營田，今白頭猶復戍邊，征行何時已。〇古詩："健歸持門户，亦勝一丈夫。"邊庭流血成海水，（沈巖旁批）血流入青海，復成海水也。武皇開邊意未已。（李以峙墨眉）（武皇）按，"武""我"形近，然宜從"武"。（張甝敬墨旁）"武皇"當是指漢武帝，蓋託古以諷，不敢斥言也。觀下句即接以"漢家"云云，可見注謂唐人詩稱"明皇"多云"武皇"，引王昌齡"金鞍白馬從武皇"、韋應物"少事武皇帝"及《秋興》"武帝旌旗在眼中"佐證，恐皆未是。（奚禄詒甲本眉）前半已明言時事，此非借漢爲喻，蓋文字波折耳。（秦應逵墨旁）微詞。（徐昂發評）一直讀下，不特歷落變幻，亦得换韻之妙。（黎維樅紅眉）不敢斥言，故託漢武以諷。〇一曰"君不聞"，再曰"君不見"，有詩人呼祈父之意。（黎維樅紅旁）通篇旨意在此。君不聞漢家山東二百州，（奚禄詒甲本眉）唐自武德來，開拓邊境，地連西域，歲發山東丁壯爲戍兵。（沈巖旁）指遇者。（嚴虞惇紅旁）山東。（佚名己紅眉）既曰"君不見"，又曰"君不見"，有詩人呼祈父之意。千村萬落生荆杞。（嚴虞惇紅眉）董易農曰：言山東、關西皆用兵而不得耕也。（沈巖旁）又起索租，借秦人以暗包天下。（厲鶚評）此詩可爲黷武之戒。〇國忠之罪大矣，其死於兵也宜哉。縱有健婦把鋤犂，（秦應逵紅旁）居者之苦。（黎維樅紅旁）善作反襯，對營田言。禾生隴畝無東西。（錢陸燦甲本眉批）董易農曰：山東、關西俱用兵而不得耕耳。牧翁以賦役土荒專屬"且如"四句，未細味其辭耳。〇《漢書》："山東出相，山西出將。"又下兵於山東。賈生論山東諸侯"山東豪俊"。又"終童山東之英妙"。秦中爲山西，"秦兵"對"山東"言之。（錢陸燦乙本紅眉下）山東、關西俱用兵而不得耕耳。錢以賦役土荒專屬"且如"四句，未細味其辭。〇（沈巖眉批下）言山東二百州，已包□山矣。○借秦人口中帶出，以所見者包舉所不及見者也。○“敢”之爲言，不敢也。《左傳》曰“敢乎”。(**吴廣霈墨眉**)哀痛迫切，沉鬱頓挫極矣。此等詩真可以泣鬼神矣。(**佚名乙墨眉**)“無東西”，言疆埸不修，禾生莫辨也。**况復秦兵耐苦戰，**(**沈巖旁**)曲折，穿漏，不直。(**秦應逵紅旁**)行者之苦。**被驅不異犬與雞。**(**秦應逵墨眉**)已接秦兵專者句，重唤此頓挫、剪裁之法。(**黎維樅紅眉批仇注“古所謂山東”**)唐都長安，故以河北爲山東。杜牧曰“山東之地，一曰冀州，一曰并州”是也。○元好問曰：“古之山東，今河朔燕趙魏也。”(**倪象占藍眉**)事太多，故作兩截寫。**長者雖有問，**(**方拱乾評**)開一步妙，是法，是緒。**役夫敢伸恨。**(**方拱乾評**)轉得動。(**沈巖旁**)重唤過者，作一頓挫。(**秦應逵紅旁**)敢，不敢也。(**嚴復墨眉**)中忽作一證語，遂覺異常沉鬱。(**黎維樅紅眉**)又作一折，承上更進一層，語亦與上“村落”“荆扉”數句相應，見得土著之民亦不堪賦役，不獨征人也。(**黎維樅墨旁**)純於雜披倚側處見行文之妙。(**嚴虞惇紅眉**)家先生曰：“熟此等詩，便知行文段落起伏之法。”(**佚名戊紅眉**)杜詩歌行妙處，往往在轉調。**且如今年冬，未休關西卒。**(**吕留良紅旁**)一轉更古。(**吴廣霈墨眉**)用“且如”二句即時拍到當日之世，用筆真似生龍活虎。(**秦應逵墨眉**)借漢喻唐，借山東説關西，尤得譎諫之體。(**嚴虞惇紅旁**)關西。(**汪琬乙本評**)此等頭緒稍雜，局亦散緩。**縣官急索租，**(**李以峙墨眉**)按，草堂本不成語。**租税從何出。**(**題張問陶墨眉**)“縣官”二句與“健婦”“鋤犁”二語相應。(**奚禄詒乙本紅旁**)應“健婦”二句。(**徐昂發評**)連换仄韻，錯落可誦。**信知生男惡，反是生女好；**(**沈巖旁**)回顧爺娘道哭，中間“健婦”句仍不漏妻子。(**黎維樅墨旁**)反人情之常，極寫苦情也。(**嚴虞惇紅旁**)此下描寫抽調之苦。(**佚名己紅眉**)此處推開一步，生出無限意緒。**生女猶是嫁比鄰，生男埋没隨百草！**(**吕留良紅旁**)雖押韻，亦奇。(**嚴復墨眉**)自列强競予，乃以尚武爲公之民品，而此等詩每爲人所詬病，然從公理説，兵自凶嚚，不見近日歐戰，人死千餘萬，日費數十兆金錢，□過此當以黷武爲惑矣。(**吴錫麒紅眉**)少陵詩每於無人道得出處，却能□□而出，纏綿愷惻，筆筆入情，此其所以爲詩中聖手也。（**黎維樅紅旁**）痛絶語，一路如聞哭聲。**君不見青海頭，**（**秦應逵墨旁**）前“不聞”，此“不見”，呼應入情。**古來白骨無人收。**（**方拱乾評**）“古來”二字慘。（**吴廣霈墨眉**）“君不見”四句便足抵一篇《弔古戰場文》。（**秦應逵墨眉**）“咸陽橋”“青海頭”，人哭，鬼哭，首尾相對。**新鬼煩冤舊鬼哭，天陰雨濕聲啾啾。**（**方拱乾評**）結得住。○有餘悲。（**奚禄詒甲本眉**）結得慘而警。（**奚禄詒甲本旁**）賦也。（**奚禄詒乙本紅眉**）止如啼猿。（**李以峙墨眉**）按“聲”作“惡”便平庸削色。

【彙評】

方拱乾評：有接筍而鬆者，有不接而促者，皆不知緒之故也。静會自己之氣，乃知之。

錢陸燦乙本墨眉批“錢箋曰：天寶十載，鮮于仲通”處：此爲南詔之師而作也。

汪琬丙本評：中間頭緒稍雜，局亦散緩。

方貞觀墨眉：一起一結，音韻氣體，直逼《離騷》。惜中幅序事不煉，遂至大局散漫。

屈復評：首段送行悲苦景事，二段述舊事，三段新事，結出“新”“舊”二字總收。

吴士模墨眉：然苦語妙在質實。○一“君不見”，一“君不聞”，妙見問答指點之神，非浪下也。

陳治墨眉：潘次耕曰：詩中止言“防河”“營田”“關西”“青海”，無一字及南征，何必牽引南詔事？即且國忠方盛，不敢斥言，所錯互其辭，夫詩中已明言“武皇開邊”，不避天子而權臣舛矣。

王伯沆紅眉：全篇沉痛，不忍多讀。

張雝敬墨旁：無一字不俚，無一語不俗，人但知詩要風雅，而不只如此之極俚極俗者，正未易許人到也。然而作詩者又未可以此藉口。○直爲百世幸邊功者痛哭流涕，非獨爲時事感傷己也。

黎維樅墨眉：會古樂府變雅之神，縱筆所之，猶龍夭矯，真可以驚風雨、泣鬼神。

黎維樅紅眉批仇注“生男慎莫舉”：楊泉《物理論》曰：始皇使蒙恬築長城，死者相屬。民歌曰：“生男慎勿舉，生女哺用脯。不見長城下，屍骸相支拄。”公詩意蓋本此。

再生翁評：從軍之苦，酸鼻痛心，字字開闢，絶無依傍。

前出塞九首

徐渭墨眉：《十九首》也。全取。無一句不妙。

方拱乾評：情。○《前出塞》爲哥舒翰涼州之兵，《後出塞》爲安禄山幽州之兵，未必作於一時，或一時追憶而作。○古。前、後《出塞》乃乾元時，公在秦州思天寶間事而作。○總一緒，却又一首一緒。

錢陸燦甲本旁、丁本評：前、後《出塞》，真能摩曹劉之壘。此漢魏樂府，豈唐人所能到？

錢陸燦乙本紅旁：前、後《出塞》，真能摩曹劉之墻。此漢魏樂府，豈唐人所到？

錢陸燦乙本紅眉下：錢箋信可從。

錢陸燦丙本評：錢云：前、後《出塞》真能摩曹劉之壘。此漢魏樂府，豈唐人所到？

奚禄詒甲本旁：前、後《出塞》乃公在秦州追思天寶時事而作也。

奚禄詒甲本眉：前、後《出塞》皆有漢風。○此九首言玄宗開邊而用哥舒翰，以致吐蕃之亂，故軍中之詞皆悲，所以怨哥舒也。

奚禄詒甲本旁：此爲征吐蕃而作。

奚禄詒甲本眉：讀前、後《出塞》令人憤恨，讀《潼關吏》以下八首令人慟哭。

奚禄詒甲本眉批"《杜詩通》五言古詩一"處：《塞上曲》《從軍行》皆本於漢武遣貳師將軍李廣利等求大宛馬，馬不得而士卒盡亡，帝猶遮其將軍，不許入玉門關，蓋發囚徒、材官、惡少年出敦煌焉。《少年行》亦本於命少年壯士車令等持千金請大宛之馬，卒士無一還者。○五言古始於舜《南風歌》，首句與《鄘風》中"期我乎桑中"句，即漢枚蘇不過仿乎此耳。○既分體，則體中或分年或分□，亦當有序，此特雜亂。此卷俱是樂府。

奚禄詒甲本卷第一末尾處旁批：自《出塞》詩以下，子美之自爲樂府也。○以上樂府，字字非太白所能。

奚禄詒乙本墨眉：九首言玄宗開邊而用哥舒翰，以致吐蕃之亂，故軍中之詞皆悲，所以怨哥舒也。

奚禄詒乙本紅眉：此九首真魏風。

吴農祥評：《前出塞》本是征夫怨行役而成，乃首章微露此意，他作都作敵愾語，感激憤發，若三軍甘爲此役者，立言甚深甚厚。

李念慈紅眉：九首或怨或憤，忽忘身圖功，忽推讓忘己，纏綿顛倒，不可端倪。

王士禛評：九首是一首。○以上數首或生硬或淺近，皆少陵少年作，未臻佳境。《前出塞》以後另具神力矣。○詩中有諷，務要隱躍言外。此九首甚得其妙，但"君已富土境"尚嫌太露痕迹。

嚴虞惇紅眉：箋曰：《前出塞》爲征秦隴之兵赴交河而作，《後出塞》爲征東都之兵赴薊門而作也。前則主上好武，窮兵開邊，故以從軍苦樂之詞言之；後則禄山逆節既萌，幽燕騷動而人主不悟，卒有陷没之禍，假征戍者之詞以譏切之也。

屈復評:《前出塞》深得《十九首》之遺。詩中有諷,務要隱躍言外,此九首甚得其妙,但“君已富土境”,尚嫌太露痕迹。①

盧見曾紅眉:浦起龍曰:《前出塞》,刺開邊也。物衆地大,有侈心焉,公所以諷也。已富而又開邊,乃九首寓諷本旨。在首章拈破,結語黯然。

陳治墨眉:俞云:看前、後《出塞》等篇,可知古人分章連貫之法。〇《前出塞》爲天寶中用兵南蠻而作,《後出塞》專爲禄山而作。

陳治墨旁:錢云:前、後《出塞》,真能摩曹劉之壘,此漢魏樂府,豈唐人所到?

秦應逵墨眉:九首是一首。

嚴復紅眉:漁洋:九首是一首。

吴廣霈墨眉:前、後《出塞》皆賦天寶末年事。〇精金百煉,一字一珠,次第章法,井然不紊,脱胎於古樂府,用其意不襲其詞。退之所云“惟古于文必己出”者是也。

吴廣霈墨旁:王弇州批云:九首是一首。〇劍華云:不但此也,前後兩篇仍是一篇爾。

沈伯沆紅眉:按,此詩乃乾元中公在秦州思天寶間事而作也。

沈巖旁:應是哥舒翰征吐蕃時作。

佚名己紅眉:如此詩,當與《李廣傳》並讀。

其　一

錢陸燦甲本眉:欲亡命即嬰禍羅,欲逃而不敢也。

錢陸燦乙本墨眉:欲亡命即嬰禍羅,欲避而不敢也。

錢陸燦戊本評:首章叙其前家之苦。

---

① 校注:“《前出塞》深得《十九首》之遺”,杭本作“《前出塞》深得《十九首》之遺,所少者錯綜變化耳”。

題商盤紅眉:此章言公家有事,應亡命赴難,但境土已富,無故開邊,使人棄父母而遠征,斯可悲憤耳。

盧見曾墨旁:首章叙初發時辭别室家之情,已富而又開邊,乃諷刺語。

題張問陶墨眉:此拈"開邊"爲諸篇眼目。

秦應逵眉批:詩中含諷,務要沉躍言外,"君已富土境"太露。

沈巖旁:交河遠戍,既已棄絶父母,莫報内極之恩矣,况放亡命以累父母乎? 是以吞聲即語也。

沈巖眉:遠戍則一身死於兵,亡命則父母罹其禍,無故興得已之役,民莫用命,徒爲法令所迫,强赴程期耳。

戚戚去故里,悠悠赴交河。(**方貞觀墨眉下**)初出門,不勝離别之慘。(**奚禄詒甲本旁**)眼目。(**奚禄詒甲本旁**)古交河在今北塞外哈剌火州,唐碑當在。(**奚禄詒乙本紅旁**)眼目。(**黎維樅紅旁**)本題。公家有程期,(**黎維樅紅旁**)正見府兵户籍不可逃。亡命嬰禍羅。君已富土境,開邊一何多。(**方拱乾評**)君開邊而令人絶父母,怨極却渾。(**宋犖紅旁**)是《前出塞》詩旨。(**吴士模墨眉**)"富土境"二句已説出,復以"吞聲"二字掩之,便當有無數嗚咽。(**奚禄詒乙本紅旁**)憤中名言。棄絶父母恩,吞聲行負戈。(**錢陸燦甲本眉、乙本紅眉**)點行。(**嚴虞惇紅尾**)點行。(**沈伯沆紅眉**)情深語壯。(**張雝敬墨旁**)兩《出塞》俱自爲首尾,故不可删。(**黎維樅紅旁**)結語黯然。

【彙評】

方拱乾評:一首一體,一體一意。

吴廣霈墨旁批集評"吴云":二句是前篇全旨。

奚禄詒甲本旁:中四轉。○此首初出門。

奚禄詒乙本墨眉：胡孝轅謂此詩鱗鬣不舒，不知詩矣。

奚禄詒乙本墨旁：中四轉。〇此初出門。

其　二

方拱乾評：悲。

錢陸燦甲本眉、乙本紅眉：入軍。

錢陸燦戊本評：二章叙其在道之勇。

吕留良紅眉：古。

題商盤紅眉：此二章承棄恩來，言恩豈終斷，但男兒以勇藝自負，必擇可死之地，决不肯輕死而受徒旅之欺耳。後四句自負語，正伏下"彼軍爲我奔"意。

盧見曾墨旁：此章叙在道時輕生自奮之語。〇此下諸章皆代爲從軍者之言。

秦應逵紫眉：《前出塞》深得十九首之遺，但少錯綜變化耳。

沈巖眉：上恤其私而盡人之情，則爲《采薇》《出車》；下苦其役而自抒其怨，則爲前、後《出塞》。故正得失者，莫近於詩也。

黎維樅紅眉：次聯承上末二句作一轉，言骨肉之恩，豈能遽絶，今所以决然捨去者，以男兒死地無常，不如死綏爲烈耳。沉痛之甚。〇此首猶是初出門語，故有慷慨氣象。每首中有氣骨語，最見生色。

出門日已遠，（**方貞觀紅旁**）爲日已久。不受徒旅欺。（**傅山紅眉**）二語寫出從軍之久。（**方貞觀紅旁**）凡事略知。（**方貞觀墨眉下**）出門已遠，一意前往，無復他念。（**吴士模墨眉**）九首共爲章法，四句作一開。（**題張問陶墨眉**）三句乃徘徊輾轉之意。（**吴廣霈墨眉**）交河，漢車師，前王庭地。（**奚禄詒乙本墨眉**）中五轉。〇學騎射。骨肉恩豈斷，男兒死無時。（方貞觀墨眉）三四言骨肉之恩豈便斷絶。走馬脱轡頭，（方拱乾評）出門。手中挑青絲。（錢陸燦甲本眉、乙本墨眉）"走馬"四句形容其輕生之狀，正見"死無時"也。（嚴復墨眉）"青絲""馬鞚"，詩蓋言不施□鞚而□。（沈巖尾）"走馬"以下言不復顧恤父母之身也。（黎維樅紅旁）承上"死無時"句作此四語，氣愈壯，往情愈可傷。捷下萬仞岡，俯身試搴旗。（方拱乾評）亦復勇。（奚禄詒甲本旁）中五轉。○學騎馬。（宋犖紅旁）初出門。（嚴虞惇紅尾）入軍。

【彙評】

吴廣霈墨眉批集評：劉須溪云：如親歷行間艱苦，詩必如此，敘情憫勞之際，其庶幾乎？

其　三

方拱乾評下：途中。

錢陸燦甲本眉：許國。

錢陸燦戊本評：三章敘其立功之志。

方貞觀墨眉：前四語悲傷之至，後四語忽强自寬慰，用筆離奇之極。

題商盤紅眉：此三章言男初不惜一身之死，若得專任戰功，何難以身許國，正爲下"我爲奴僕"、身備行列伏脈。

奚禄詒甲本眉：學騎馬矣，又學弄刀，承平之久，人不習兵如此。

盧見曾紅旁：王嗣奭曰：前四句化用《隴頭歌》，極爐錘之妙。

盧見曾墨旁：此章中道傷心而爲自解之辭。

題張問陶墨眉：前四化用《隴頭歌》，極爐錘之妙。

黎維樅紅眉：此在中途，有百感交集之狀。

磨刀嗚咽(奚禄詒乙本紅旁)入聲。水，(吴廣霈墨尾)隴水亦名嗚咽水。水赤刃傷手。(嚴復墨眉)沉鬱。(吴廣霈墨眉)鄧子湘云:通篇俱有古樂府意。(奚禄詒乙本墨眉)中四轉。○學騎馬矣,又學弄刀,承平之久,人不習兵如此。欲輕腸斷聲，(沈巖眉)不待聞隴水而腸斷也。(張雝敬墨旁)"腸斷"處正在"欲輕"二字。(奚禄詒甲本旁)頂首句。心緒亂已久。丈夫誓許國，(黎維樅紅旁)重振起。憤惋復何有。功名圖騏驎，(陳治墨眉)"騏驎"當作"麒麟"。戰骨當速朽。(奚禄詒甲本旁)《三秦記》:"隴山在天水郡。俗歌:'龍頭流水,鳴聲嗚咽;遥望秦川,肝腸斷絶。'"(奚禄詒甲本旁)中四轉。(奚禄詒甲本旁)故作壯語。(奚禄詒乙本墨旁)故作壯言。(李念慈紅眉)壯憤語。(宋犖紅旁)已到邊境。(嚴虞惇紅尾)許國。(方貞觀墨眉下)既已許國,遂不能無志功名。(黎維樅紅旁)反言見意。

其　四

方拱乾評:恨。

方拱乾評下:途中。

錢陸燦甲本眉、乙本墨眉:"送徒",另一人;"吏",想是押解之吏。

錢陸燦丁本評:吏是押解之吏,觀"生死"二句,其不恤軍士與軍士之悲怨勞苦,已盡於此。

錢陸燦戊本評:四章叙其赴戍之情。

申涵光甲本評:"生死向前去"二語,怨恨語,如聞其聲。迫民於死而忘有功,難矣。"不復同苦辛",向來辛苦,已是難堪,今且欲求辛苦不可得,此正與"庶往共飢渴"同一妙筆。

方貞觀墨眉下:一路官吏多事,驅迫業已憤激,更逢親知,益觸故鄉之痛。

題商盤紅眉:此四章於"附書"内回顧"棄父母""恩豈斷"兩章意,言我今日此去已拚生死而前,專權制敵,固當爲國捐軀,即使永遠從軍,而命懸於主將,故寄書决絶,總爲開邊取禍耳。

盧見曾紅旁:吴昌祺曰:甚於慟哭。

盧見曾墨旁:此章在途驅迫而歎也。

題張問陶墨眉:次句因被徒長呵斥而作自憐語。

黎維樅紅眉:此章跋涉漸遠,其聲愈哀。○以附書回顧首章。

送徒既有長,遠戍亦有身。(**吴廣霈墨眉**)長,軍友之長也。讀上聲。(**奚禄詒甲本旁、乙本墨眉**)中四轉。(**沈巖旁**)顧"程期"。生死向前去,不勞吏怒嗔。(**魯一同評**)質實悲痛。路逢相識人,附書與六親。(**奚禄詒甲本旁**)寄家書。(**黎維樅紅旁**)前專言父母,此兼及六親,自有次第。哀哉兩决絶,不復同苦辛。(**錢陸燦甲本眉、乙本紅眉**)决死。(**奚禄詒甲本眉**)"苦辛"且不得同,况安樂乎?(**奚禄詒乙本紅眉**)"苦辛"且不得同,况安樂乎?(**嚴虞惇紅尾**)决死。(**吴士模墨眉**)不曰"同安樂",而曰"同苦辛",深哉!(**吴廣霈墨眉下**)言訣别不生還也。(**沈伯沆紅眉**)悲至。(**沈巖尾**)生死各不能顧,無暇復問苦辛矣。

【彙評】

題商盤紅眉:不受旅欺則旅已欺矣,不勞吏嗔則吏已嗔矣。英雄失路,往往如此。

其　五

方拱乾評:憤。○六朝漢魏從軍諸什無一不入其爐冶中,却字字是獨鑄,無半字拾他人牙慧。

方拱乾評下:軍中。

錢陸燦甲本眉、乙本紅眉：甘苦。

錢陸燦戊本評：五章叙其軍中之憤。

吕留良紅眉：辭意俱得。

方貞觀墨眉下：始至軍中，覺主將昏庸，正恐功勳難立。

題商盤紅眉：五章言主將用人失宜，賞罰傾倒也。曰"始爲"，曰"幾時"，尚有未絶望之意。

奚禄詒甲本眉：前在途之情，此已到汛地。

盧見曾紅旁：古之良將，與士卒同甘苦，無不恤其下者。至其賞功，則雖微必録。其有異能者，擢以不次，士所以悦也。此篇曲寫人情，故《杜臆》以"論兵邁古風"爲此老自道。李因篤曰：結語有深味。想古之却聘者，與此同悲。

盧見曾墨旁：此章初到軍中而嘆也。

黎維樅紅眉：此初到軍中，見功名難就，又從第三首末二句翻轉。

迢迢萬餘里，領我赴三軍。（**申頲紅眉**）二語若出主將口便是王師。（**奚禄詒乙本墨眉**）中三轉。軍中異苦樂，主將寧盡聞。（**翁方綱評**）"從軍有苦樂"，此又翻出一層。（**黎維樅紅旁**）作平心語，愈見悲痛。隔河見胡騎，（**沈巖眉**）"隔河"即上"交河"也。倏忽數百群。我始爲奴僕，（**沈巖旁**）緣上"圖麒麟"。幾時樹功勳。（**方拱乾評**）接得妙。（**宋犖紅旁**）到軍中。（**奚禄詒甲本旁**）中三轉。衛青始爲奴僕。（**嚴虞惇紅尾**）甘苦。（**吴廣霈墨眉下**）奴僕用衛青事。

其　六

方拱乾評：智。大將語。

方拱乾評下：軍中。

丁耀亢紅眉：《三百篇》，正始之音。

錢陸燦甲本眉：止殺。

錢陸燦戊本評：六章叙其制敵之略。

方貞觀墨眉：似周秦時一則子書。

方貞觀墨眉下：聞見所及，總不如意，因自道其意見如此。

題商盤紅眉：六章承上"功勳"而言，正所謂丈夫立功之事，不與衆人雷同也。"立國"句又與"富境土"意映合。末二句恩威並用，絶非行伍中人語。

盧見曾紅旁：黄生曰：明皇不恤其民，而遠慕秦漢，此詩託諷良深。

盧見曾墨旁：此章當時黷武而嘆也。

題張問陶墨眉：漢魏歌謡，樂府妙境。

題張問陶墨眉：前、後《出塞》諸作，奴隸黄初諸子，而出如將百萬軍，寶之惜之，而又秋風雨使之，真射潮之力，没羽之技。○《出塞》九首是公藉以自抒所藴，讀其詩而思親之孝，敵愾之勇，恤士之仁，制勝之略，不尚武，不矜功，不諱家，豪傑聖賢，兼而有之，詩人乎哉?

嚴復墨眉：似謡似諺，最是樂府妙境。前之"汲水""刈葵"同此作法。

沈巖眉：漢魏歌謡。○如王忠嗣不宜貪石堡之功，蓋開元將帥猶有持重而不苟爲僥倖之意。

黎維樅墨眉：此章絶妙，漢魏歌謡。

黎維樅紅眉：此章忽作閑評論一首，使前後格局到此一舒，後提醒本旨，繳應首尾兩章，覺全域筋摇脈動。

佚名己紅眉：此是後人詩法。

挽弓當挽强，用箭當用長。（**錢陸燦甲本眉**、**乙本墨眉**）"挽弓"四句似古樂府，或公引成語。（**奚禄詒甲本眉**）久而漸知軍法矣。（**奚禄詒乙本墨眉**）久而漸知軍律。○中三轉。（**魯一同評**）磊落稱情。（**沈巖旁**）緣上"樹功勳"。（**黎維樅紅旁**）音節至此，亦有筋摇脈動，有"大珠小珠落玉盤"之妙。**射人先射馬,擒賊先擒王。**(**張裕釗眉批**)數語具無窮變化。**殺人亦有限,**(**黎維樅紅旁**)限制也。(**秦應逵墨眉**)文待詔書此詩作"無限",云依古本。**列國自有疆。**(**傅山紅旁**)太直致。(**吴廣霈墨眉**)"立"一本作"列"。然以立家爲正,不可從改"列"。**苟能制侵陵,**(**黎維樅紅旁**)卓識名言,非僅詩人吐屬。**豈在多殺傷。**(**錢陸燦乙本紅眉**)止殺。(**嚴虞惇紅尾**)止殺。(**奚禄詒甲本旁**)名言可箴。(**奚禄詒甲本尾批**)中三轉。(**奚禄詒乙本紅旁**)名言。(**張甄敬墨旁**)諷意微而婉。(**沈巖眉批下**)出塞則逾越漢疆也。(**沈巖旁**)後四語真圖麒麟人語矣。"射人先射馬",所以制侵陵之要,一言盡之。(**沈巖尾**)諸本"殺人亦有限",惟文待詔作"殺人亦無限",以開合出之,較有味。文云古本皆然,從之。(**黎維樅紅眉**)制勝有法,然後可不多殺傷,將結二句合前四語觀之,豈非善用《陰符》者耶?(**黎維樅墨眉**)沈選《杜詩偶評》云,文待詔作"殺人亦無限",以開合語出之,較有味。文云古本皆然,故從之。

其　七

方拱乾評:苦。

方拱乾評下:移營。

錢陸燦甲本眉、乙本紅眉:思歸。

錢陸燦戊本評:七章叙其築城之苦。

方貞觀墨眉下:移軍入山,艱苦萬狀。南望征雲,魂銷目斷。

題商盤紅眉:七章前四句叙行軍所經,正前章所云軍中之苦也。王褒《燕中歌》云:"無復漢地關山月,惟有漠北薊城雲。"與此後四句同意,蓋父母不可棄,骨肉恩難斷,身在西北,故羡雲之南征也。

奚禄詒甲本眉:又入敵境。〇語緩而情警。

奚禄詒乙本墨眉:又入敵境。〇言浮雲且南征,亦不得南回漢也。〇結遠情有味。胡孝轅謂其緩,非也。

盧見曾墨旁:此章爲戍邊筑城而歎也。

沈巖眉:既一創之,築城要路,制勝在我,不敢侵陵矣。下篇則單于恐我城之立,復空國來争也。

黎維樅紅眉:此叙戍守。〇築城必依山險,兼述苦寒,情景夾寫,字字逼真,至此艱苦備嘗,邊愁愈深矣。

驅馬天雨雪,軍行入高山。徑危抱寒石,指落曾冰間。(**吕留良紅旁**)句雖佳,非古體。**已去漢月遠,何時築城還。浮雲暮南征,可望不可攀。**(**宋犖紅旁**)叙行軍所經。(**嚴虞惇紅尾**)思歸。(**奚禄詒甲本旁**)結句可味。〇二轉。(**奚禄詒乙本墨旁**)中二轉。

【彙評】

沈巖眉批下:前云"不復同苦辛"矣,此復遥望南鄉,有不能决絶者存也。

黎維樅墨眉:前云"不復同苦辛"矣,此復遥望南鄉,有不能决絶者存也。

其　八

方拱乾評:略。

方拱乾評下:報功。

錢陸燦甲本眉、乙本紅眉:立功。

錢陸燦戊本評:八章叙其不伐之心。

方貞觀墨眉下:略施武勇,功已不細。潛身不言者,欲主將之知我底藴甚弘也。

奚禄詒甲本眉:楚王夫人抱鐵柱納凉,心動,感而産一鐵,王命鏌鋣鑄劍,劍有一雄一雌。

盧見曾墨旁:此章見其有敵愾之勇。

沈巖眉:以逸待勞,閉壘不出,俟其飢疲,短兵步鬥,彼之弓矢、馬力無所用長,故大奔也。

黎維樅紅眉:此叙戰陣,聊作妄想快意語,亦正見當時主將無能,如衛霍舉亦不過徒殘民命而已。

單于寇我壘,百里風塵昏。雄劍四五動,(**方拱乾評**)恁分明。(**題商盤紅旁**)楚人鏌鋣鑄雙劍雌雄。**彼軍爲我奔。虜其名王歸,**(**黎維樅紅旁**)立功處只須爲此簡括,以應第六章意。**繫頸授轅門。潛身備行列,**(**魯一同評**)器識乃爾。(**沈巖旁**)有大樹將軍意度。(**黎維樅紅旁**)與第五章末二語相承,次第又進一層。**一勝何足論。**(**宋犖紅旁**)叙戰功。(**嚴虞惇紅尾**)戰勝。(**題商盤紅旁**)身爲奴隸,雖有戰功,亦不足論,憤慨何如,故下章接以云云。(**奚禄詒甲本旁、乙本墨眉**)臨陣。末二句是壯語,又是憤語。(**張雝敬墨旁**)寫得有身分,宛是大樹將軍,蓋以譏冒功請賞輩也。(**佚名己紅眉**)此□字又遠見。

【彙評】

黎維樅紅眉:二三章"男兒死無時,戰骨當速朽"二語,是初出門時,憤激而欲立功之意;及到軍中,則曰"幾時樹功勳",覺初願難必矣。然既至此地位,則壯志不可哀,故聊設妄想,如此章所云,可望圖形麟閣矣。但方爲卒伍,縱有封賞,即一勝亦何足道哉?思至此,愈委曲,亦愈沉痛耳。語意遞承上數章,即爲下章前半引脈,下更作一轉,此聯章詩血脈貫串之妙也。

其　九

方拱乾評:品。

方拱乾評下:叙功。

錢陸燦戊本評:九章叙其過人之度。

方貞觀墨眉:出門時猶是士卒口語,至此便有大將氣象。子美此詩,不過爲當時征調而作。寫到極處,遂露出自己胸襟,而歎當時大才埋没,冒功濫進之意,俱見於言外。

方貞觀墨眉下:從軍十年,僅得分寸之功,豈屑理論!中原有事,正可大有建立,丈夫之志固有在也。

題商盤紅眉:九章承上章而言,"衆人"即享樂之輩也。彼無功而苟得,我未嘗無分寸功,然反覺人云亦云之可羞也。蓋至是而功名絶望,守此固窮矣。噫!君子固有窮時,其如國家之事無濟乎哉?

奚禄詒甲本眉:序功。寓憤於恬。

奚禄詒乙本墨眉:序功。寓憤於恬。〇五六謂衆人争功也。

盧見曾紅旁:九首皆代從軍者之詞,指事深切,以沉鬱寫其哀怨,有親履行間所不能自道者,可使天雨粟,鬼夜哭矣。讀《東山》《江漢》諸詩,風雅既變,斯爲極焉。以視王粲《從軍》五首,真靡靡不足道。後五篇視此稍縱,而格力如一,其所緣起者殊也。吴昌祺曰:掃絶依傍,獨有千古,無意不深,無筆不健。于鱗謂杜五古不合漢魏,烏知其盡脱窠臼而異軌齊驅耶?

嚴復墨眉:以身許國,有功不伐,此詩教也。

吴廣霈墨眉:前、後《出塞》,前無古人,後無來者,古今絶調也。

沈巖眉:不争苟得,不辭固窮,此儒將本領,卒伍中有此人耶?合九章成章法,杜詩中多此體。

黎維樅紅眉:末章他手必作策勳行賞語,此以"苟得"二字發邊將冒功邀恩之弊,以中原亂警人主開邊黷武之心,言窮兵不已,非特邊疆多故,並恐釁起蕭墻,人臣果志在立功,僅有可馳驅效命之處,不必一時妄希榮顯也。如此託諷,尤爲深婉。〇起二句見得不償失,借軍士口中逗出,總是綿裹裹針之法。〇不貪苟得,不辭固窮，如此人豈僅行伍中人耶？合觀前後之語，公殆借此以發其胸中之藴也。○《鏡銓》評云：借古題寫時事，深悉人情，兼明大義，當與《東山》《采薇》諸詩並讀，視太白樂府更高一籌。○九首承接，只如一首，杜詩多有此章法。○吴昌祺曰：無意不深，無筆不健，掃絶依傍，獨有千古。李于鱗謂杜五古不合漢魏，烏知其盡脱窠臼而異軌同齊驅耶？

從軍十年餘，（**沈巖眉**）俞云：應"樹功勳"。**能無分寸功。**（**錢陸燦甲本眉、乙本紅眉**）口不言功。**衆人貴苟得，**（**魯一同評**）深刻。**欲語羞雷同。**（**奚禄詒甲本旁**）功是主將冒了。○大樹將軍之意。（**奚禄詒乙本紅旁**）大樹將軍之意。**中原有鬥爭，况在狄與戎。**（**奚禄詒甲本旁**）五句謂衆人争功也。○四轉。（**吴士模墨眉**）"中原"五字，諷戒甚切。（**沈巖眉批下**）"况"，猶言"豈"也。**丈夫四方志，安可辭固窮。**（**宋犖紅旁**）總結從軍，見立功有品。（**嚴虞惇紅尾**）議功。（**吴廣霈墨眉下**）"固"一本作"困"。（**沈巖尾**）衆人以殺傷爲功，而我志在安邊，故以雷同爲羞也。前云但欲制其侵陵，此更反之内治，意蓋深遠矣。寧無功而不争苟得，所以不辭固窮，若既棄父母之恩，又釀公家之禍，焉得爲丈夫乎？

【彙評】

方拱乾評：道氣。

錢陸燦甲本尾批：此首又是上文末二句注脚。○鐵曰：後四句意或轉一層，惟"潛身備行列"以後二句承前六句，略似顔延之《五君詠》篇法。

錢陸燦乙本紅尾：此首又是上文末二句注脚。○後四句或申前四句，意或轉一層，惟"潛身備行列"二句以後二句承前六句，略似顔延之《五君詠》篇法。

陳訏紅眉批仇注"若争功而鬥,則中原且不正自安,况能遠征戎狄乎"處:"中原"二句,蓋言王者當治内不當治外,從軍者亦知同室、鄉鄰之異,故羞與争功,語極含蓄。若論功鬥争,則中原豈論功之所耶?注謬。

方貞觀墨眉:九首如連山斷嶺,只似一篇,其體質穆,其氣雄直,其音清古,即漢魏詩中,亦不多見。

吴廣霈墨眉批集評後:此等詩當玩全章,决不能單取一二首。

吴廣霈墨旁批集評"查云"之"用兵南蠻而作":此未必然。當是哥舒翰征吐蕃時事。

投簡成華兩縣諸子

方拱乾評:成都、華陽。此在長安作,疑是咸陽、華原,"咸"誤作"成"。

丁耀亢紅眉:將求助乎,何言之哀?

錢陸燦甲本眉:方曰:此詩乃開元末公與京兆貢舉不第,困長安時作也,冀兩縣周恤之。故舊是前輩,上下無交,自然共棄,況疏頑之性,又與時不合乎?末句敝裘,苦寒所恃,循墻負暄差可譴耳,今日落矣,如何自慰耶?鐵案:公自乾元二年己亥始至成都,則此詩自己亥以後之作,去開元末已後十九年矣。方說必舊譜之誤。〇或作咸陽、華原,則方説可通。然年二十九決不自稱"野老"又稱"此老"。

錢陸燦乙本紅旁:此篇當入天寶以前。

錢陸燦乙本墨眉:方曰:此詩乃開元末公與京兆貢舉不第,困長安時作也,冀兩縣周恤之。鄉里兒童是後輩,朝廷故舊是前輩,上下無交,自然共棄,况疏頑之性,又與時不合乎?末句敝裘,苦寒所恃,循墻負暄差可譴耳,今日落矣,何以自存?圓沙按:公自乾元二年己亥始至成都，則此詩是己亥以後之作，去開元末已後十九年矣，方説必舊譜之誤。

奚禄詒甲本眉："赤縣"云云，便是在長安。○亂世得志者，自是鄉里小兒。○聲心俱絶，不得更添一語。

方貞觀紅眉批注解"黄曰"：黄論良是。

錢載評：參差硬對到底，越使筆力也。此則至緊。

題張問陶墨眉：説朝官得志只一句，筆勢凌厲。投簡中人，"鄉里兒童"數語，意覺不平，然是一片真氣激出，不能隱忍，不宜隱忍者也，豈許曖昧假敦厚輩所敢望其邊際？故曰"詩可以怨"。

吴廣霈墨眉：杜陵詩骨老健，雖折仍如寶鐵也，若鄉里小兒，其奈何哉？

王鳴盛墨眉：當是天寶十年，公試後送隸有司參選時作。

嚴復墨眉：此詩自是在長安時作，□何編入蜀閬諸篇耶？

赤縣官曹擁材傑，(**沈巖旁**)兩縣諸子。軟裘快馬當冰雪。(**沈巖旁**)"快馬"二字暗對"飢卧"。(**黎維樅紅旁**)反對自家。長安苦寒誰獨悲，杜陵野老骨欲折。(**錢陸燦乙本紅旁**)"長安苦寒"，語意甚明。南山豆苗早荒穢，(**黎維樅紅旁**)二語亦帶刺時。青門瓜地新凍裂。(**沈巖旁**)二句從"寒"字中插出"飢"。鄉里兒童項領成，(**陳治墨眉**)"項領"一作"頭角"解爲是。朝廷故舊禮數絶。自然棄擲與時異，(**方拱乾評**)"自然"二字根上二句。(**傅山紅眉**)何味？况乃疏頑臨事拙。(**方拱乾評**)中排而以流結，又一體。飢卧動即向一旬，敝衣何啻聯百結。君不見空墻日色晚，(**沈巖旁**)五字覺寒氣陰凝。此老無聲淚垂血。(**方拱乾評**)看他用字之神，句隨字轉。(**吕留良紅眉**)結得衰謝。(**奚禄詒甲本尾批**)賦也。

杜位宅守歲

題鮮于樞評:首四句言守歲事,後四句自歎將老而未達,唯應放浪於醉鄉耳,亦曠達之詞。賦也。

方拱乾評:法細而備。〇五句是柄,從二句生,却生七句以結。〇有言"阿戎"是王思遠小字,王晏之弟。隆昌之事,戎勸晏死,及晏貴盛,晏曰:若如阿戎言,豈得今日?〇阿咸不可用,王戎不可用,此阿戎又可用耶?坡公以爲咸,亦咸之可笑矣。

丁耀亢紅眉:此體獨創。

屈復評:三聯即"日月逝矣,歲不我與"之意,寫得含蓄,結句從此出。

奚禄詒甲本眉:按,齊明帝時,王晏從事王思遠字叔元,小字阿戎,嘗勸王晏曰:"權計相須,未知將來何以自立。及此引決,猶保全門户。"及晏拜驃騎,謂子弟曰:"阿戎勸我自裁,若從其語,豈有今日?"

奚禄詒甲本旁:"暮景斜"與"櫪馬""列炬"者異矣。

奚禄詒乙本墨眉:諷人感己,出得婉妙。

朱方藹紅眉:位既林甫婿,公寓其家,殆非本心,詩中正有牢騷之致,而措詞蘊藉,非其人不知。

陳治墨眉:汪云:位係林甫婿,公寓其家,殆非本意,以詩中正有牢騷之致,而措辭蘊藉,非其人不知。

嚴復墨眉:年僅□仕,總觀前詩而歎老嗟卑,如此詩人,結□不可解也。

吴廣霈墨眉:公不滿於杜位之附權奸李林甫,故後四句有此牢騷妄發也。

倪象占藍眉:當是别歲會客耳。此亦常事,妙在寫得字字精悍。注云炙手之徒,又過矣。

王鳴盛紅眉:杜位爲李林甫之婿,次聯正寫趨炎小人。

王鳴盛墨眉:《唐鑑》:上命百官閲歲貢物於尚書省,悉以車載賜林甫,上或時不視朝,百司悉集林甫門第,臺省爲空。觀此宜乎其婿之門如虎矣。

王伯沆紅眉:史氏曰,侯果《易説》"朋從大合,若以簪篸之固括也"。杜正用其義。

守歲阿戎家,(**吴廣霈墨眉下**)"戎"一作"咸",是。椒盤已頌花。(**申頲紅眉**)題中當書"弟位"。盍簪喧櫪馬,列炬散林鴉。(**吕留良紅眉**)用"盍簪"即有土亦不妙。四十明朝過,(**朱方藹紅旁**)别本作"四十明朝是","是"字勝。飛騰暮景斜。(**奚禄詒甲本旁**)"飛騰"對"四十",非老杜不能,可與知者道矣。誰能更拘束,爛醉是生涯。(**奚禄詒甲本旁**)賦也。(**申頲墨眉**)何粗俗如此?不似出自老手。(**申頲紅尾**)結語開歪詩一派。(**吴廣霈墨旁批"李云"**)李批得之。(**王鄴德墨旁**)傷心之語,以一醉遣之。(**王鄴德紅尾**)世稱叔侄爲大小阮。

【彙評】

題張問陶墨眉:後四感慨豪縱,讀之可想見其爲人。

陳治紅眉批箋注:東坡詩用事當不誤。

陳治墨眉:《通鑑》此條注云:晉宋間多呼從弟爲阿戎,至唐猶然。因引杜是詩證之。錢以阿戎爲思遠小字,不知何據。

卷　二

玄都壇歌寄元逸人

方拱乾評：隱遁士有神仙之術。

錢陸燦甲本眉：方爾止曰：逸人是公故人，故云。○七言古詩，換韻必以平仄相間爲妙，不間則聲響不調矣。此詩前用二平二仄，何等鏗鏘，有短節促柱之妙。

錢陸燦乙本墨眉：方曰：元逸人是公舊交，故稱故人。○七言古詩換韻必以平仄相間爲妙，不間則聲響不調矣。此詩前用二平二仄，後用三平三仄，何等鏗亮，有短節促柱之妙。

錢陸燦丁本評：七言古換韻必以平仄相間爲妙，不間則聲響不調矣。此篇前用二平二仄，後用三平二仄，何等鏗亮，有短節促柱之妙。

申涵光丁本評："子規"二句大類長吉，此老固無所不有。

汪琬丙本評：高格微言，咀詠不盡。

奚禄詒甲本眉：昔之佩劍猶有行脚之意，今之結茅則終隱矣。

奚禄詒乙本紅眉：通篇皆道士海語，不見承。

盧見曾紅旁："青石漠漠常風寒"與"烈風無時休"，同一景象。"子規"二語，評者以爲大類長吉，然賀雖險奥，故不能如此奇健。浦起龍曰：歌體之整飭精麗者。

錢載評：明白清楚，純以力量見。

朱方藹紅眉：高格微言，咀詠不盡。

題張問陶墨眉：前四志履歷，中四寫壇景，後四羨高隱。歌體之整飭精麗者。○"子規"二語，大類長吉，見此老無所不有也。

陳治紅眉：開長吉。○子午道從杜陵抵終南，公本杜陵人，而故人長往，遂高不可攀，故嘆羨其獨能致身福地也。

吴廣霈墨眉：高寒秀拔，逸士奇文，兩不相負。

沈巖旁：開長吉。

故人昔隱東蒙峰，(**方拱乾評**)又直又轉。已佩含景蒼精龍。(**方拱乾評**)劍符。(**嚴虞惇紅旁**)士孫瑞《劍銘》：從革庚辛，含景吐商。《繁露》：劍之在左，蒼龍象也。故人今居子午谷，獨在陰崖結茅屋。(**奚禄詒乙本墨眉**)昔之佩劍猶是行脚，今之結茅則終隱矣。(**錢陸燦乙本紅旁**)微之所謂徐庾流麗。屋前太古玄都壇，(**錢載評**)"屋前"接妙。青石漠漠常風寒。(**吴廣霈墨眉下**)此本獨作"松"字，較他本"常"字爲勝。(**吴錫麒紅眉**)少陵詩中每用虚無縹緲之詞，都自楚詞中出來。(**申涵光甲本評**)二語大類長吉，此老無所不有。(**黎維樅紅眉**)"青石"句與"烈風無時休"，景象更爲幽峭。"子規"二句，申評以爲大類長吉，然長吉雖險奥，終不能如此奇健也。子規夜啼山竹裂，王母晝下雲旗翻。(**宋犖紅眉**)句有幽響異采。(**奚禄詒甲本旁**)道人誇語。(**奚禄詒乙本紅眉**)王母名戴勝，豹首人身。(**張雝敬墨旁**)上句幽，下句怪，通首老橫，然苦其平，故急插"子規""王母"之句以救之，此作詩點金法也。(**李念慈紅眉**)七八從無中生出情景，非此則無意致矣。(**申頲紅眉**)"子規"二語開長吉一派。(**錢載評**)必對。(**王伯沆紅眉**)高澹人云：王母鳥狀如燕，色紺翠，尾甚長，飛則尾開如兩旗。○又鄧湛若云：王母若練雀，青色，尾最長，有錢如孔，翠猺中有王母裘，織成錢文。知君此計誠長往，芝草琅玕日應長。鐵鎖高垂不

可攀，致身福地何蕭爽。（**奚禄詒甲本尾批**）賦也。

【彙評】

陳治墨眉:宋中官陳彦和在宣和間掌禽苑,言蜀中貢王母鳥,狀如燕,色紺翠,尾正長,飛則尾開,顫嫋如兩旗。

嚴復墨眉:唐士夫篤從世間有神仙,以此觀意,文字遂呈異彩。

張雝敬墨旁:"王母"句寫得神仙恍惚意思出,正是妙切題面,若作鳥名,便覺無味矣。此與前之改"天闕"作"天閱"以對"卧雲"同一强作解,未聞古詩而必求其工緻也。

再生翁評:字古奥而氣沉鬱。

奉贈韋左丞丈二十二韻

方拱乾評:古。淋漓慷慨,情鬱而體附焉。○范元實《詩眼》云:"山谷謂文章必謹布置,(**方拱乾評**)此老夫所言之緒也。每見後學,多告以《原道》命意曲折。後予以此概考古人法度,如子美《贈韋左丞詩》云:'紈袴不餓死,儒冠多誤身。'此一篇立意也,故使人静聽而具陳之耳。自'甫昔少年日'至'再使風俗淳',皆言儒冠事業也。自'此意竟蕭條'至'蹭蹬無縱鱗',言誤身如此也,則意舉而文備,故已有是詩矣。然必言其所以見韋者,於是有'厚愧''真知'之語,所以真知者,謂傳誦其詩也。然宰相職在薦賢,不當徒愛人而已。士固不能無望,故曰'竊效貢公喜,難甘原憲貧'。果不能薦賢,則去之可也,故曰'焉能心怏怏,衹是走踆踆',又將入海而去秦也。然其去也,必有遲遲不忍之意,故曰'尚憐終南山,回首清渭濱'。然所知不可以不别,故曰'常擬報一飯,况懷辭大臣'。夫如是,可以相忘於江湖之外,雖韋亦不得而見矣,故曰'白鷗没浩蕩,萬里誰能馴'。其布置最得正體,如官府甲第,廳堂房舍,各有定處,不可亂也。"又云:"詩有一篇命意,有句中命意。如老杜《贈韋》詩,前後布置,是一篇命意也。至其道遲遲不忍去之意,則曰'尚憐終南山,回首清渭濱';其道欲與韋别,則曰'常擬報一飯,况懷辭大臣',此句中命意也。蓋如此,然後可謂頓挫高雅矣。"首首皆如此,皆當如此看,即一篇可概耳。

錢陸燦甲本紅眉:鐵牛博學,曰鋪陳排比。于鱗以爲□無古詩而有其古,詩殆謂此也。然其高掩顔、謝、庾、徐,則微之允爲知言,豈小儒所能訾謷?

錢陸燦丁本評:正《孟子》"遲遲我[吾]行"意。抱負如此,終遭阻抑,然其去也,無怨懟之辭,可謂温柔敦厚,此少陵所以爲詩家百世之宗也。

李念慈紅眉:起二句沉痛憤激,括盡一篇立言之意,所謂片言居要,則後邊開闔横竪,無往不逢其原[源],杜詩往往有此法。"有致君"二句便大,不僅一文人矣。"朝叩"四句與"難甘"句,他人必羞言而飾爲高論矣,故詩愈真愈佳。

汪琬乙本評:調整氣逸,居然初唐,其自叙處多自言所得,然不善學之則傷雅,欲姑捨之。而叙置清楚,筆路甚大,乃不可及。每讀此篇,身世盛衰之感,泣下沾衣,如侍翔山雀先生對起社諸子。(管庭芬)案:此條疑有脱誤之字,故句多扞格。

宋犖紅眉:此詩前賢録爲壓卷,其布置最得體。

俞瑒乙本評:鋪陳排比,其高掩顔、謝,流麗庾、徐,則元微之允爲知言。起妙於兀傲,結妙於淡宕,筆力與昌黎《上宰相書》相似。

嚴虞惇紅眉:黄山谷曰:老杜《贈韋左丞》詩,前輩録爲壓卷,蓋其布置最得體,如官府甲第,廳堂房屋,各有定處,不相淆亂也。

屈復評："心怏怏"二句，韋既不能盡薦賢之道，在己亦不至心懷怏怏，然亦當遠走耳，是上下文轉關處。①

盧見曾紅眉：杜之五古，從古人變化而出，獨闢境界。嚴羽謂其憲章漢魏，取材六朝，其自得之妙，則先輩所謂集大成者。王世貞謂其以意爲主，以獨造爲宗，以奇拔沉雄爲貴是已。此篇起語兀傲，"甚愧丈人厚"二句壘語歸題，别有風神；一結曠達，收轉前半，意在言外，所謂"篇終接混茫"也，故前人多取爲壓卷。總而論之，"讀書破萬卷，下筆如有神"，學問之根柢也；"致君堯舜上，再使風俗淳"，志願之端倪也；"尚憐終南山，回首清渭濱"，見戀闕之誠；"白鷗没浩蕩，萬里誰能馴"，明潔身之義。磊磊數語，本末具見，豈尋常贈答、汗漫敷陳者所可比哉！

方貞觀墨眉：滿胸憤激，不覺開口道出，然須看其下文如何轉身，非三四兩句放寬一步，再從敘起，便急促不成文章。

錢載總評：對疊是第一義，不知而誤用筆，終身門外漢矣。

朱方藹紅眉：調整氣逸，居然初唐，其直叙處多自言所得，然不善學之則傷雅，姑捨之。而叙置清楚，筆路甚大，乃不可及。

徐松紅眉：范元實曰："山谷謂文章必談布置，每見後學，多告以《原道》命意曲折。後余以此概考古人法度，如子美《贈韋左丞》詩'紈袴'二句，一篇立意也，故使人静聽而具陳之。自'甫昔少年日'至'風俗醇'，皆言儒冠事業也。自'此意竟蕭條'至'無縱鱗'，言誤身如此也，則意舉而文已備矣。然必言其所以見韋者，於是有'厚愧''真知'之語；又明其欲去之意思，於是有'難甘''入海'之語；然其去也，有遲遲不忍之意，有不可不别之懷，故有'尚憐終南山'四句；至於相忘江湖之外，雖韋亦不可得而見矣，故以'[白]鷗

① 校注：杭本闕"盡"字；"在己亦"，杭本作"在己雖"；"走"，杭本作"去"；"處"，吴本作"語"。

没’‘誰能馴’終焉。此詩前賢録爲壓卷,其布置最爲正體,如官府甲第,廳堂房舍,各有定處,不可亂也。”

陳治紅眉:觀贈送詩,惟老杜篇篇意思深長。此篇發端二語,氣象褊迫,早年詩如此。此詩兼帶齊梁氣調。出則出,處則處,若不行道而徒餔啜,豈不可痛乎?“朝叩”四語,非身歷京華,不知其言之悲。

魯一同評:前數篇猶枕藉選題,此篇沉朗跌宕,發軔之始。

嚴復墨眉:老杜好以驚人語自許,然説來只若家常,無毫末矜奇之意。

嚴復紅眉:此詩作於“騎驢卅載”之後,可知亦非少作,而古體以此爲始,豈前此遂無古體可收者耶?蓋從退之“泰山一毫芒”之語爲不誤也。

吴廣霈墨眉:秀拔遒勁,通首無一贅句。一起遒健,排奡大雅,不同凡響,是稱壓卷之作。

吴廣霈墨眉:鄧子湘批云:起首突兀二語,一肚皮牢騷憤激,信口衝出。

沈巖旁:有唐一代贈送之詩,惟老杜篇篇意思深長。

沈巖眉:黄山谷曰:老杜《贈韋左丞詩》前輩録爲壓卷,蓋其布置最爲得體,如官府甲第,廳堂房室,各有定處,不相淆亂也。

佚名丙評:起妙於沉著。○每讀此篇,令人有身世盛衰之感。

紈袴不餓死,(**題商盤紅旁**)冒。儒冠多誤身。(**方拱乾評**)起十字真興體,將通篇檃括出。(**方拱乾評**)起句妙。(**錢陸燦甲本紅旁**)突兀起句。(**錢陸燦甲本紅旁、乙本紅旁**)二句提綱。(**嚴虞惇紅旁**)二句提綱。(**方貞觀墨旁**)首議論總提。(**題商盤紅旁**)一篇命意。(**奚禄詒甲本眉**)林甫上表云:“野無遺賢。”(**奚禄詒甲本眉**)起句一篇主意。(**奚禄詒甲本旁**)古今同難。(**奚禄詒乙本墨眉**)起句骯髒怨憤,一篇之主。(**張雝敬墨旁**)起意稍淺，然亦突兀。（**沈巖旁**）發端二語，氣象褊迫，早年詩如此。（**王伯沆紅眉**）二語括盡全篇。（**佚名己紅眉**）十字櫽括通篇。**丈人試静聽，賤子請具陳。**（**張雝敬墨旁**）有意襲古。（**奚禄詒甲本眉**）左丞徒然稱頌，而不能薦達，故有後段。（**題張問陶墨眉**）起四句憤激而有古趣，既以自提，兼提韋丈，開手老到。**甫昔少年日，早充觀國賓。**（**沈巖旁**）儒冠。**讀書破萬卷，**（**申頲藍眉**）"破"字妙。**下筆如有神。**（**吕留良紅旁**）"下"一字奇妙。（**方拱乾評**）狂而不驕，窮而不陋，傲而不誕。（**錢陸燦甲本藍旁**）如何少年已造此境！（**吴廣霈墨眉下**）牧齋本"少"一作"妙"。（**張裕釗眉批**）二語沉雄。杜詩專以沉雄擅長，然此二語乃自道所得，乃其所以沉雄之由也。（**黎維樅墨眉**）非公不足以當此二語。**賦料揚雄敵，**（**陳治紅旁**）儒者之華。（**沈巖旁**）儒者之華。（**申頲紅眉**）詩文中有自誇語便醜俗，切切忌之。（**魯一同評**）自敘神偉。**詩看子建親。**（**汪琬甲本紅眉**）天下才共一石，子建獨得八斗。（**方貞觀墨眉**）"賦料"四句甚覺淺直，然起處突兀，後此復節節精警凝煉，此地淺淺數語，正文章疏密法也。**李邕求識面，王翰願卜鄰。**（**奚禄詒甲本旁**）兩古人之後又用兩時人，他人不能如此。（**奚禄詒甲本眉**）李邕至京，士大夫争識其面。○王翰字子羽，杜華之母使華與翰爲鄰。**自謂頗挺出，立登要路津。**（**題張問陶墨眉**）"自謂"四句，横空盤鬱。（**黎維樅紅旁**）自是腐儒大言，然他人亦不敢説。**致君堯舜上，**（**陳治紅旁**）儒者之實。（**沈巖旁**）儒者之實。**再使風俗淳。**（**錢陸燦甲本紅旁**）以上皆儒冠事業。（**錢陸燦乙本墨旁**）已上皆儒冠事業也。（**題商盤紅旁**）業。（**題商盤紅旁**）以上言儒冠事。（**方貞觀墨旁**）二少年自負。（**黎維樅紅眉批仇注"鶴注"**）詳見年譜。（**黎維樅紅眉批仇注"嘗作《甘泉》等賦"**）《進雕賦表》："臣之述作，雖不足以鼓吹六經，先鳴數子，至於沉鬱頓挫，隨時敏捷，而揚雄、枚皋之流，庶可跂及也。"（**厲鶚評**）少陵許身稷契，此處見之。（**王鐸評**）無此二語便是鄙夫。**此意竟蕭條，**（**錢陸燦甲本紅旁**）頂上虚過。（**陳治紅旁**）提起。（**沈巖旁**）提起。（**題商盤紅旁**）轉。

行歌非隱淪。(方拱乾評)怨而不怒,望而不諂,悲而不卑。(張雖敬墨旁)五字中有多少頓跌曲折。(申頲藍眉)家隱君云,逐熱無高士,頗盡今賢病痛。騎驢三十載,(錢陸燦甲本紅旁)落下實敘。(沈巖眉)"三十",按公年譜當作"十三"。(吴廣霈墨眉下)牧齋注本亦誤作"三十",草堂本作"三十載",是誤倒字,亦不可據改。旅食京華春。(吕留良紅眉)本來驕誇,終自寒乞。(奚禄詒乙本墨眉)極憤之中,却不失己。(沈巖眉)非身歷京華,不知言者之悲。(沈巖眉批下)出則出,處則處,若不行道而徒餔啜,豈不可痛乎?(佚名乙墨眉)"行歌"似乎"隱淪",而"騎驢"於京華,則非隱淪矣。朝扣富兒門,(陳治紅旁)縈拂"紈絝"。暮隨肥馬塵。(徐渭墨眉)此老有可□處,往往垂涎富貴。(徐渭墨旁)何用如此?(方貞觀墨眉)如聞上古謡諺,音韻清越,節短聲長,此殆天地元氣結撰而成,非人之所能爲也。(申頲藍眉)扣門、隨塵亦是乞人行徑,意欲輕薄立言則醜。(王伯沆紅眉)刻畫太甚。(沈巖旁)二句中並縈拂"紈絝"。殘杯與冷炙,到處潛悲辛。(丁耀亢紅眉)"潛"字妙,非久客不知。(傅山紅眉)説得可憐太甚。(錢陸燦甲本紅旁)已上俱"餓死""誤身"之悲。(錢陸燦乙本紅旁)"儒冠餓死"之悲。(汪琬甲本墨眉)鍾云:李杜同負才名,同居亂世。李調羹賜錦,不以爲榮;杜冷炙殘杯,不以爲辱。高人慢世,胸中各有所主。(奚禄詒甲本眉)極怨之中,却不損狂態。(沈巖旁)兩層透出多誤。(吴廣霈墨眉)"殘杯""冷炙",實有此等境界,紈絝兒平生處境未到此地,遂加横抹,殊可笑也。(申頲紅眉下)乞鬼聲口。(佚名己紅眉)凡主人之意不在我,皆殘杯冷炙也。不必泥定看。主上頃見徵,(陳治紅旁)透出多誤。欻然欲求伸。(厲鶚評)欻,音忽。《説文》:有所吹起。青冥却垂翅,蹭蹬無縱鱗。(方拱乾評)真知己,真感激。(錢陸燦甲本旁)已上設身如此。(錢陸燦乙本墨旁)已上言自如此也。(題張問陶墨眉)接法古樸而陡健。(題商盤紅旁)以上言誤身如此。(方貞觀墨旁)三遇合不偶。甚愧丈人厚,(題商盤紅旁)入得磊落。(黎維樅紅眉批仇注)元結《喻友》云,林甫以草野之士猥多，恐洩露當時之機，議於朝曰："舉人多卑賤愚瞶，不識禮度，恐有俚言，污瀆聖聽。"於是奏待制者，悉令長官考試，御史中丞監之，試如常吏，已而布衣之士，無一第者。(**黎維樅紅眉**)寫出前輩愛才之心，令人感涕。**甚知丈人真。**(**張雔敬墨旁**)有如此摹古，便有漢魏意。(**奚禄詒乙本墨眉**)入得磊落。(**魯一同評**)入題灑然。**每於百僚上，**(**陳治紅旁**)謂林甫之前也。(**沈巖眉**)"百僚上"謂林甫之前也。(**吴廣霈墨眉**)"每於"二句，亦何可抹，王讀杜誠無特識，不足信也。**猥誦佳句新。竊效貢公喜，難甘原憲貧。**(**奚禄詒甲本眉**)此段七轉，婉曲之中，責望、辭謝、留連，種種皆具。(**陳治紅眉**)"竊效貢公喜"一聯，望其如王陽，乃僅同子貢。二句寓意深婉。○誰能作傲世語？蓋雖云仍望如韋者能馴之，誦於百寮，何不言之主上乎？"終南山"屬意大臣，"清渭濱"屬意主上。《志林》：宋敏求謂，鷗不能"没"，改作"波"字。按：小謝集中有《往敬亭路中》聯云："鷩鷗没而遊。"此"没"字所本，不必泥。(**吴廣霈墨眉下**)"王陽登則貢公喜"，見《廣絶交論》。貢公，貢禹也。(**申頲藍眉**)以下排，實開後人慢調。**焉能心怏怏，**(**陳治紅旁**)應"潛悲辛"。(**沈巖旁**)應"潛悲辛"。(**沈巖眉**)"心怏怏"言不能與衆伍也。**祇是走踆踆。**(**陳治紅旁**)應"行歌"句。(**題張問陶墨眉**)有"遲遲吾行"意。(**沈巖眉批下**)望其如王陽，乃僅同子貢，二句寓意深遠。(**黎維樅紅眉**)浦注："怏怏"二句乃心口問答、進退徘徊之狀。○張云：入後一連數轉，寫去住兩難心事，不忘君，不負恩，何等忠厚。○一篇瑣瑣旅言，妙在結處忽縱身雲表，有海闊天空之致。○邵云：有此一結，全首傲岸。起妙於沉著，結妙於澹宕，故起筆聳拔，而結意有餘。**今欲東入海，**(**方拱乾評**)此作詩之二事。(**錢陸燦甲本旁**)魯。(**屈復評**)"心怏怏"二句，韋既不能盡薦賢之道，在己亦不至心懷怏怏，然亦當遠走耳。是上下文轉關處。(**陳治紅旁**)應"隱淪"。(**沈巖旁**)應"隱淪"。(**吴士模墨眉**)"心怏怏"二句，韋既不能盡薦賢之道，在己雖不至心懷怏怏，然亦當遠去耳。是上下文轉關語。**即將西去秦。**(**方貞觀墨眉**)"今欲"以下僅八句，凡四層，抑揚跌宕，極盡其致，結語尤覺浩渺無際。(**魯一同評**)此下數轉，極沉鬱，極道宕。**尚憐終南山，**(**沈巖旁**)頂"去秦"。(**黎維樅墨旁**)有"三宿出晝，遲遲吾行"意。**迴首清渭濱。**(**錢陸燦甲本旁**)然其去也，有遲遲不忍之意。(**錢陸燦乙本墨旁**)然其去也，又有遲遲不忍之意。(**奚禄詒乙本墨眉**)"終南""清渭"二句仍含得不忘君在。(**奚禄詒乙本墨眉**)此段七轉，婉曲之中，辭謝留連，種種皆具。(**朱方藹紅眉**)數語身分，然自雅。(**沈巖眉**)小謝集有《往敬亭路中聯句》云："鷩鷗没而遊。"此"没"字所本，不必泥鷗不能"没"之説。(**題商盤紅旁**)句中命意。**常擬報一飯，**(**方拱乾評**)生意。(**陳治紅旁**)縈拂杯炙。(**題商盤紅旁**)句中命意。**況懷辭大臣。**(**方拱乾評**)打轉妙。(**錢陸燦甲本旁、乙本墨旁**)所知不可不别。**白鷗没浩蕩，**(**奚禄詒甲本旁**)還是"波"字好，"没"則不能萬里。(**陳治紅旁**)收入海。**萬里誰能馴。**(**王鐸評**)無此二語，便少骨氣。(**孫承澤墨眉**)如此氣概，便勝昌黎《上宰相書》。(**方拱乾評**)不忍别知己而去也。"誰能馴"三字結住通篇之二事，妙。(**錢陸燦甲本尾批**)落句儒冠下場。(**錢陸燦乙本紅尾**)"東入海"，猶言東歸入海也。結句儒冠下場。(**李念慈紅眉**)一結浩然之氣，凌雲横海，則篇中貧困委曲之言，脱然如遺，見學力，見身分。(**吕留良紅眉**)賴有此結，少伸意氣。(**方貞觀墨旁**)四[句]臨别繾綣。(**吴士模墨眉**)結句有身分。(**陳治紅旁**)並顧"縱鱗"。(**陳治墨眉**)《顔氏家訓》："古來名士，多所愛好。唯不可令有稱譽，見役勳貴，處之下坐，以取殘杯冷炙之辱。"(**魯一同評**)此一轉入妙。(**魯一同評**)非終不可回，言我特爲辭大臣之故，未忍决絶耳。若白鷗之志，則誰能馴之哉！乃反掉語，勿誤看。(**吴廣霈墨眉**)一收尤妙，海闊天高，抱負非淺。仇滄柱曰：詞氣磊落，雖困躓之中，而英風俊彩，未嘗少挫然哉！(**吴廣霈墨眉下**)去路悠然，煙波無盡。(**吴廣霈墨尾批集評後**)宋本"没浩蕩"作"波浩蕩"，"波"字即由"没"訛，或曰宋敏求改也，故不從正。(**奚禄詒乙本墨眉**)還是"波"字與"萬里"相應，後只一層，彼有兩層，又響過"没"字之音。(**張雝敬墨旁**)此意作結，殊有遠神。○東坡後謂："滅没於煙波間。"宋敏求謂："鷗不能'没'，改做

‘波’。”改此一字，覺一篇索然也。〇此公壯年筆調，頗卑弱，而牧齋取爲壓卷，未審其意，蓋信范元實《詩眼》之語耳。（**佚名丙評**）結妙於淡宕。（**佚名己紅眉**）此作詩之意。

【彙評】

錢陸燦乙本紅眉：鋪陳排比，于鱗以爲善，故其古詩强望此等，然其高掩顔、謝，雜麗徐、庾，微之允爲知言，豈小儒所能訾聲。

李念慈紅眉批錢箋“沉鬱頓挫”：四字公可謂善自道矣。

方貞觀墨眉：此詩當是韋嘗薦公於當軸，而莫有應者，遂決志遠引，作此志感，兼以告別。既無悻悻之容，復無乞憐之態，可謂立言有體。通篇沉鬱頓挫，音節更清古可誦。

方貞觀墨眉：其斷續處，尤須玩味。

題張問陶墨眉：結意淡蕩，超然高集，正所謂“篇終接渾茫”也。〇通首直抒隱衷，如寫尺牘，而縱横轉折，感憤悲壯之氣，溢於行間，繾綣躊躇，曲盡其妙。

陳治墨尾：先自叙，後入題，另一章法。

王伯沆紅眉：篇法最精。

沈巖眉：抱負如此，終遭阻抑，然其去也，無怨懟之辭，有“遲遲我行”之意，可謂温柔敦厚矣。作詩須得此意。末見浩然一往，雖知己亦不能留，感知與潔身有並行不悖者在也。

沈巖旁：“終南”頂“去秦”“一飯”，并縈拂“杯炙”。末句收“入海”，并顧“縱鱗”“誰能”，非傲世語。蓋雖去，仍望如韋者，能馴之誦於百僚，何不言之主上乎？“終南山”屬意大臣，“清渭濱”屬意主上，不可以悻悻一決之詞例之也。

黎維樅墨旁：見公品量。

黎維樅紅眉批仇注“范元實《詩眼》曰”：朱鶴齡曰：韋必嘗薦公而不達，故有踆踆去國之思。今猶未忍决去者，以眷眷大臣也。然去志終不可回，當如白鷗之遠泛江湖耳。意最委折而語非乞憐，應與昌黎《上宰相書》同讀。

黎維樅紅眉：布置得體。此詩“致君堯舜”之意，即所謂自比稷契者，此意更不可回，所以寧餓死不能馴也。

黎維樅墨眉：沈歸愚云：抱負如此，終遭阻抑，然其去也，無怨懟之詞，有“遲遲吾行”之意，可謂温柔敦厚矣。作詩須得此意。末見浩然一往，雖知己亦不能留，感知與潔身有並行不悖者在也。

再生翁評：古詩博而雜，斯爲大家。

奉留贈集賢院崔于二學士國輔、休烈

方拱乾評：排。〇公以天寶九載獻《三大禮賦》，明皇奇之，俾待詔集賢院，召學官試文章，崔、于當是試文之學官也。

吴廣霈墨眉：一起氣象大佳，惜通首未稱。

奚禄詒甲本眉：語多身分。二公既試文而不能薦拔，故篇中有隱諷。

奚禄詒乙本墨眉：立言有身分，不屑曲學阿老。二公既主試而不能薦拔，故篇中有諷。

黎維樅紅眉：浦注：公獻賦後命待制集賢院，時因詔試不遇，將辭别而歸，二學士乃集賢院長。舊説崔、于當是試文之官，玩詩意，恐非是。葛常之曰：是時陳希烈、韋見素爲宰相，公有《上見素詩》云“持衡留藻鑒”，則公文爲見素所賞也。

王嗚盛墨眉：此處落去《贈翰林張四學士垍》一首。

昭代將垂白，（**黎維樅紅旁**）公獻賦時，年四十。途窮乃叫閽。（**方拱乾評**）十字有斤兩。（**奚禄詒乙本紅眉**）昭代之一白頭，自視不輕。氣衡星象表，詞感帝王尊。天老書題目，（**吴廣霈墨眉**）天老，黄帝之臣。春官驗討論。倚風遺鶂路，隨水到龍門。竟與蛟螭雜，寧無燕雀喧。（**嚴復墨眉**）述危得危失之感。（**奚禄詒乙本紅旁**）却明搶白。（**李以峙墨眉**）（空聞）按，"寧無"亦可通。（**黎維樅紅旁**）四句分承。青冥猶契闊，（**李以峙墨眉**）（猶契闊）按，"連澒洞"□解，不可從。陵厲不飛翻。儒術誠難起，家聲庶已存。（**奚禄詒乙本紅旁**）不遇而自决。（**黎維樅紅旁**）致感只淡淡二語，自覺隱然無限。故山多藥物，勝概憶桃源。欲整還鄉旆，（**奚禄詒乙本墨旁**）音佩。長懷禁掖垣。（**方拱乾評**）生結。謬稱三賦在，難述二公恩。（**方拱乾評**）起結瞭然。（**奚禄詒甲本眉**）三賦尚在，二公可謂恩乎？（**奚禄詒甲本尾批**）賦也。（**奚禄詒乙本墨眉**）三賦尚在，二公難還，婉而嚴。（**奚禄詒乙本紅旁**）末句樸雅而且婉麗。（**王伯沆紅眉**）收近率意。

【彙評】

秦應逵墨眉批《心解》引《有事於南郊賦》：三賦中此賦爲最，然未粹然，反於古也。"賦料揚雄敵"，無乃誇乎？

同諸公登慈恩寺塔時高適、薛據先有此作

方拱乾評：此公競爽之詩，著力著意做，是絶作還非絶作，可見古人勝心、名心，終不能除。苦心競爽，畢竟人勝於天。○即所見而追感昭陵，不敢斛言，故以"虞舜"比太宗，以"蒼梧雲愁"比文德皇后，"瑶池""日晏"隱刺明皇，以其日事酣飲晏安。末政漸荒，不能復修太宗之業，故曰"惜哉"。末四句以黄鵠自比，而歎謀生之不若陽雁也。不必過爲比擬。有意作詩與無意成詩不同。無意成詩，自然不事雕琢；有意作詩而藉口自然，竟是一俗俚口括矣。

○古。西京慈恩寺,隋無漏寺之故地。武德初廢,貞觀中,高宗在春宫爲文德皇后立寺,西有浮圖六級。○儲之杳冥,岑之高逸,高之傑秀,非不各極其致,以之當公,則退幾舍。

錢陸燦甲本眉:首二句點題,下四句突如,下文皆卑此四句意。

錢陸燦丁本評:“回首”八句,當從三山老人之説。只從瑶池比切處看出,思古撫今,蒼茫身世之感,高、岑作皆在下風,以比興沉雄冥悟處遠遜之也。

汪琬甲本墨眉:鍾云:登望詩不獨雄曠,有一段精理實悟,所謂令人發深省也,浮淺人不知。

汪琬乙本評:此詩如諸葛忠武援琴退敵,偶一用奇。岑作高,公作大;岑作秀,公作奇;岑作如浩然洞庭,終以公詩“吴楚東南”“乾坤日夜”爲大。

汪琬丙本評:“回首”四句,托諷微遠,末四句感時寓意,正寫曠懷,前是實境,後見虚神。○以黄鵠哀鳴自比,歎謀生之不若鴻雁,與前“翻百憂”句應。

吴農祥評:此作不爲完美之篇,五句“方知”二字,與“曠士”二句不相叶。末二句四截不相屬,中間一段,則成奇語耳。○“秦山”五字,是憑高奇語。

俞瑒乙本評:“翻百憂”正伏下“雲正愁”一段,末正申此二句。

陳訏紅眉:此詩解者不一,或言譏切時事,或言憂危所迫。但若承平之時,即使時事可譏,憂危預料,不應云“秦山忽破碎”,作此太無忌諱語。文山詩有云“山河破碎風飄絮”,豈亦預爲逆料之言乎?况下一“忽”字,是已經破碎口吻,非預料其破碎也。按史,至德、乾元間收復西京,肅宗自鳳翔入都,遣使迎上皇於蜀。其時李泌力請還山,内侍李輔國、張良娣表裏依附。公從喪亂之後,登高望遠,慨歎山河破碎。上皇幸蜀,正在長安西南。上皇禪位肅宗,故以“虞舜”“蒼梧”喻上皇,“瑶池”二句,是言上皇幸蜀，如周穆之幸昆侖，觴王母仍返故都也。“黄鶴”二句，用《韓詩外傳》“臣將去君，黄鶴舉矣”語，意指李鄴侯之還山，高飛遠舉，與世無求。而“隨陽雁”二句，言李輔國輩隨肅宗來都，齷齪自營，如雞鶩争食，故云“隨陽”，此二字亦不虚設也。若依諸解，則結四語如何著落？○“隨陽雁”二句亦未必指李輔國輩，蓋言隨扈鳳翔諸臣，今來都各享榮禄，無如李鄴侯之高蹤也。命意尤超。丙午除夕前三日燈下。

屈復評：“秦山”以下八句，皆憂時之意，而“叫”字未免太狠。西樵不叶之評甚是。然較高、薛二作，相去天淵矣。孫綽《天台賦》：“非夫遠寄冥搜、篤信通神者，何肯遥想而存之？”“聲”字最妙，言去天尺五，若聞之意，非借用也。此詩家三昧，非秀才所知也。○《漢書・中山靖王[傳]》云：雲蒸列布，杳冥晝昏，塵埃布濩，昧不見泰山，物有以蔽之也。“泰[秦]山”四句本此。西樵云：此篇不爲完美之作，五句方知二字與“曠士懷”二句不相叶。末八句四截不相續，中間一段則誠奇語耳。又曰：“秦山”五字是憑高，奇句。①

奚禄詒甲本眉：讀高達夫此題作，方知公詩之高。

奚禄詒乙本紅眉：胡孝轅謂此詩艱苦，余謂渾傑。

盧見曾紅旁：以深秀善長者，遜其高渾；以清古推勝者，讓其奇傑。“回首”以下，寄興自深。前半力寫實境，奇情横溢，説者字字附會，穿鑿紛如，失於固矣！王士正曰：章八元《題慈恩寺塔》云：“迴梯暗踏如穿洞，絶頂初攀似出籠。”俚鄙極矣，乃元白激賛之不容[口]，曰：盛唐諸公，如工部云：“七星在北户，河漢聲西流。秦山

① 校注：“雲蒸列布”杭本作“雲燕烈布”，誤；“濩”杭本作“護”；“昧不見泰山，物有以蔽之也”杭本作“不見泰山，物有蔽之也”；杭本無“西樵云：此篇不爲完美之作”一句；“奇語”杭本作“寄語”；杭本末尾多“他人宜費語言，不能五字便了”一句。

忽破碎,涇渭不可求。俯視但一氣,焉能辨皇州。"高常侍云:"秋風昨夜至,秦塞多清曠。千里何蒼蒼,五陵鬱相望。"岑嘉州云:"下窺指高鳥,俯聽聞驚風。"又:"秋色從西來,蒼然滿關中。五陵北原上,萬古青濛濛。"數公如大將,旗鼓相當,皆萬人敵。視八元詩,真鬼窟中作活計。

錢載評:高、岑不能。

朱方藹紅眉:公此詩如諸葛忠武援琴退敵,偶一用奇。

吴士模墨眉:高詩甚佳,比此則卑卑矣。此則百憂俱集,又難顯言,故爲若斷若續之語,使讀者自領。

徐松紅眉:杜詩廣大,無所不有,故此選每體各爲分類,而皆關係時事者爲首,則以其詩史上接《三百篇》故也。

魯一同評:閎偉之作,不難於恢張,而難於精滿,中後鬱勃煩冤,使前半聲光震耀,中實故也。○已上佳篇猶爲前賢所到之境,此篇奇麗之色,噌吰之響,始覺掩盡古人。○嘉州此作滿題量矣。此乃高宜百萬層,彼衹人力,此有天工。

秦應逵墨眉:西樵謂此非公完美之篇,五句"方知"二字與"曠士"二句不叶。末八句四截不相續,惟中間一段則奇語,又云:"秦山"五字是奇語,他人必費語言,不能五字了之。

嚴復墨眉:五言詩而俊偉卓犖如此,魏武、鮑昭皆宜避席。

再生翁評:有數古詩《選》體中無數雄拔之作。

佚名丙評:公此詩如諸葛援琴退敵,偶用一奇。

佚名己紅眉:公是時指事陳辭,或有微意,而宋人必曰譏某事、刺某人,斯夢中説夢矣。

高標跨蒼穹,(**方拱乾評**)句句做。烈風無時休。(**嚴虞惇紅眉**)起興。(**申頲紅眉**)登高時人人有此意,偏是此老説出。(**魯一同評**)起筆蒼渾沉雄,何減陳思"高臺悲風"之作。(王伯沆紅眉)言高而老也。**自非曠士懷,**(奚禄詒甲本眉)"曠士"二句總爲結四語而設。(李以峙墨眉)(曠士)按:與下句相應,當作"曠","壯士"非也。**登兹翻百憂。**(沈巖眉)次聯難接,最是曲折變化。○二句固是行文曲折處,然亦暗爲後半伏脈。(吕留良紅旁)亦善道。(陳治紅眉)接得曲折變化。(張雖敬墨旁)輕籠起後半篇意。(奚禄詒乙本墨眉)"曠士"二句爲結處四語而設。**方知象教力,**(李以峙墨眉)(力)按:"立",音訛。**足可**(奚禄詒乙本紅旁)二字疊耳。**追冥搜。**(申頲紅眉)少此性情語不得,然他人未暇及此。(奚禄詒甲本旁)疊了。(倪象占藍眉)"象教力"言其高之有用也。**仰穿龍蛇窟,**(方拱乾評)琢。(沈巖眉批下)"仰穿"句是登。(沈巖旁)接語工細,登字不拈。(錢陸燦乙本紅旁)工於刻畫。**始出枝撑幽。**(方拱乾評)"出"字有作"驚"字者,佳。(李以峙墨眉)(始出)按:此緊接上句,狀登塔頂也。"始驚"雖可解,然不如作"出"之佳。(沈巖眉)方云:"皇州"以上十六句形容塔之高。(沈巖旁)方爾止讀此詩,與余意同。(吴廣霈墨旁)指塔級也。**七星在北户,**(方拱乾評)鎚。(奚禄詒甲本旁)北方虚宿七星也。(奚禄詒乙本墨眉)"七星"是北方玄武之次虚星七宿也。(吴廣霈墨眉)"北户"一作"户北",非。**河漢聲西流。**(張雖敬墨旁)"流"字已奇,"聲"字更奇。(題張問陶墨眉)"七星"四句,仰視也,"泰山"四句,俯視也,各極神妙。○胸中鬱鬱磾磾,不敢顯言,故托隱語出之。以上皆實境也。○格法嚴整,氣象峥嵘,音節悲壯,而俯仰高深之景,盱衡今古之識,感慨身世之懷,莫不曲盡篇中,真足雄視千古矣。(奚禄詒乙本墨眉)"河漢""西流"而加一"聲"字,見塔高可聞聲耳。(錢載評)竟是正寫,難在此,作曲筆者誤矣。(徐昂發評)言去天咫尺,如聞其聲也。(嚴復墨眉)仰視天。(魯一同評)寫寺塔之高,自然滿意。(佚名丙評)八句中盡高下俯仰之勢。**羲和鞭白日,**(方拱乾評)鎚。(沈巖旁)二句收到慈恩。(黎維樅紅旁)"鞭"字見日行之遠。**少昊行清秋。**(李念慈紅眉)四句妙在不用粘帶、平臨、手攬等字様。(嚴虞

悖紅眉)喻意。(**奚禄詒甲本旁**)言時已秋矣。(**徐松紅眉**)仇云:末幅另開眼界,獨闢思議,力量百倍於人。(**黎維樅紅眉**)天漢秋漸轉西,以塔高逼近,故若聞其聲。朱注:登高以望秦山,大小錯雜如破碎,然涇渭二水從西北來,遠望則不分其清濁也。**秦山忽破碎,**(**吴廣霈墨眉下**)"秦"一作"泰",大非。**涇渭不可求。**(**丁耀亢紅眉**)刻畫。○(**嚴復墨眉**)俯畫地。(**魯一同評**)寫登臨之景,縱筆所至,無不入神。**俯視但一氣,焉能辨皇州。**(**孫承澤墨眉**)大千世界,吞吐其筆端。(**錢陸燦甲本眉**)方曰:已上十六句,形容其塔之高。凡山頂,日夜大風,故廟宇皆用鐵瓦,老杜"烈風無時休",非身歷至高處,不知其妙也。俗人見塔之高、風之大,反畏怯不敢上,故有"曠士"兩句。"仰穿"二句,謂塔中磴道盤旋而上也。每級之下,必以邪柱枝撑之。至級盡處,則爲"始出枝撑幽"矣。既至塔頂,身在半空,北斗若掛其户,河漢若聞其聲,羲和、少昊仿佛可睹,秦中諸山,從高望之皆培塿,俯視一氣瀰漫,皇州且不辨,况涇渭二水乎?此段形容其高,俱可解。"回首"八句,以箋爲正。(**錢陸燦乙本墨眉**)以上十六句,形容其塔之高。凡山頂,日夜大風,故廟宇皆用鐵瓦,老杜"烈風無時休",非身歷至高處,不知其妙也。俗人見塔之高、風之大,反畏怯不敢上,故有"曠士"二句。"仰穿"二句,謂塔中磴道盤旋而上也。每級之下,必以邪柱枝撑之。至級盡處,則爲"始出枝撑幽"矣。既至塔頂,身在半空,北斗若掛其户,河漢若聞其聲,羲和、少昊仿佛可睹,秦中諸山,從高望之皆培塿,俯視一氣瀰漫,皇州且不辨[辨],况涇渭二水乎?此一段形容其高,俱可解。"回首"八句,以箋爲正。(**吕留良紅眉**)奇邁。(**奚禄詒甲本眉**)後半全用比。(**奚禄詒乙本紅旁**)四句高老。(**張甑敬墨旁**)只作寫景語看,已是出神入化。(**陳治紅眉**)從"皇州"二字忽然轉入諷刺。"回首"以下或有所托,前半若如三山老人遽妄爲穿穴,是忘題目之爲登塔也。(**魯一同評**)從"皇州"生慨。(**嚴復墨眉**)睥睨兩宫間。(**吴廣霈墨眉**)此四句誰能道得出?氣象嶒崚,亦有高標摩天之勢。(**沈巖眉**)從"皇州"二字忽然轉入諷刺,比興相緯,暗移不覺。(**再生翁評**)鬼魔夜哭。**迴首叫虞舜,**(**方拱乾評**)鑿。(**秦應逵墨眉**)

“叫”字太狠，西樵不叶之評，甚是。然較高、薛二作，相去天淵矣。（**申頲紅眉**）“叫”字奇，然不可爲法，恐流於俗。**蒼梧雲正愁。**（**汪琬乙本評**）塔本爲文德皇后造，“回首”二句，托諷微遠。末四句正寫曠懷。（**方貞觀墨眉**）“回首”以下，就登高所見，發爲慨歎，自是詩人必有之情致。然愈説愈遠，與本題略無關照，未免離宗。（**朱方藹紅眉**）塔本高宗爲文德皇后造，“回首”二句託諷微遠。（**魯一同評**）記五家評本有抹此四句者，豈非妄人！（**奚禄詒乙本紅旁**）思高宗。（**佚名戊紅眉批箋注“劉向《九嘆》之《遠逝》篇有曰”**）劉向《九嘆》亦楚辭之體耳。**惜哉瑶池飲，**（**吴廣霈墨眉下**）“飲”一作“宴”，或又作“讌”。**日晏崑崙丘。**（**方貞觀墨眉**）“虞舜”“蒼梧”自是指太宗言，“瑶池”“日晏”自是指明皇言。論者紛紛，總覺多事。（**嚴復紅眉**）漁洋云：此作不爲完美，第五句“方知”二字與“曠士”二句不相叶。末兩句二截，不相讀。中間一段，則成奇語耳。“秦山”五字是恣意奇句。（**吴廣霈墨眉**）“虞舜”“瑶池”暗指時事，確有寄託，非泛作奇語也。○後四句亦隨時帶點眼中所見之情，景以寄情爾。（**王伯沆紅眉**）詩言天下將亂，而猶宴樂，譏明皇也。（**奚禄詒乙本紅旁**）思文德太后。**黄鵠去不息，**（**方拱乾評**）含結。**哀鳴何所投。**（**張雝敬墨旁**）寓意深遠，得風人之致。（**方貞觀墨眉**）“黄鵠”“哀鳴”等語，終不可解，論者必穿鑿而爲之説，亦甚可歎。（**奚禄詒甲本旁**）此自己感歎，非歎時事。（**魯一同評**）此處收裹，最難著筆。**君看隨陽雁，**（**奚禄詒甲本旁**）“君”字指高、薛。（**奚禄詒乙本紅眉**）“君”字指同行之高、薛。（**陳治紅旁**）暗與雁塔相關。**各有稻粱謀。**（**方拱乾評**）題意已盡，只得飄結。○力重氣摯，無懈可擊，然終是太重太摯。（**張雝敬墨旁**）蓋指當時用事諸臣，但爲身家計耳。（**奚禄詒甲本眉**）末因目中所見而感懷。（**奚禄詒甲本眉**）雁謀稻粱不及黄鶴之無所求，感己之不偶。（**奚禄詒甲本旁**）賦而比也。（**奚禄詒乙本墨旁**）此所以“登之[兹]翻百憂”也。（**奚禄詒乙本墨眉**）結處亦目中所見，因而書懷感己之意也，不寓言時事。（**錢載評**）公非只謀稻粱者也。（**朱方藹紅眉**）末四句正寫曠懷。（**李以峙墨眉**）四語實不减杜公，通體亦凝重，即力至儲、高二詩，無論鄙人，不喜以入時人眼，未必看得起也。(**沈巖眉**)結語暗與鷹、塔相關，“隨陽”又頂“日晏”來。(**黎維樅紅眉**)《文章正宗》引師尹注：“黄鵠”二句比高飛遠引之徒，“隨陽”二句比附勢貪禄之輩。(**黎維樅紅尾**)《廣絶交論》：“分雁鶩之稻粱。”(**再生翁評**)結最合。(**黎維樅紅眉**)朱注：寺本高宗在春宫時爲文德皇后祝釐所建，“蒼梧”句以二妃比文德也。(**黎維樅墨眉**)胸中鬱鬱碑碑，不敢明言，故末段託隱語出之，所謂百憂也。然亦不必逐句指實，恐失之鑿。(**王伯沆紅眉**)君子去位，小人貪禄，言之慨然。

【彙評】

錢陸燦乙本紅尾：“七星”四句仰觀之，“秦山”四句俯視之。必以破碎涇渭可以□，則“河漢”“白日”當何所指？

錢陸燦戊本評：《詩歸》：“精理”“冥悟”等句，可爲噴飯。

李念慈紅眉：渾涵。諷刺憂時之意隱然，不徒一登臨寫景而已。

陳訏紅旁批仇注“喻人君失道也”“言清濁不分也”等處：言神州陸沉也。

陳治墨眉：汪云：此詩如諸葛忠武援琴退敵，偶一用奇。岑作高，公作大；岑作秀，公作奇。

陳治墨尾：汪云：塔本高宗爲文德皇后造，“回首”二句托諷微遠。

奚禄詒乙本紅批錢箋引朱注“《西京新記》載：慈恩寺浮屠前……”：不是。

沈巖眉：“回首”以下，鬱鬱碑碑，不設胡言，故托隱語出之，所謂百憂也。然亦不必逐句指實，恐轉失之鑿。

沈巖旁：“回首”以下或有所托，前半若如三山老人遽妄爲穿穴，是忘題目之爲登塔也。

黎維樅紅眉：感時寓意，自在後八句，俯仰生情，蓋前見實景，後見虚神。舊解通首皆比，似近穿鑿。

曲江三章章五句

俞瑒乙本評:短歌促節,自成一種風調。

奚禄詒甲本眉:此非禄山亂後之曲江,乃公落第之後而作。

奚禄詒甲本旁:《雍録》:樊川韋曲東十里有杜園,謂之南杜;有杜曲,謂之北杜。皆名勝之地。〇的的《國風》,乃樂府體。

奚禄詒乙本墨眉:此三章舊收在陷賊中時,乃與詞旨不合,似不宜在此。

朱方藹紅眉:古調。

徐昂發評:短五古已難作,尚有冷僻縹緲一徑,若短七古,安得崛强蒼茫如許?千古仰法也。

徐松紅眉:王嗣奭曰:先言鴻求曹,以起次章弟侄之傷;次言心似灰,以起末章南山之慨。以九迴之苦心,發清商之怨調,此公學《三百》遺貌而傳神者也。

陳治紅眉:短章踸踔,空同極學此種。

秦應逵紅眉:三首短歌促節,自成一種風調。

嚴復墨眉:第一二章真不知所謂,此學杜之馬肝也。

吴廣霈墨眉:三章健筆排雲,勁氣屈鐵,非工部不能爲。前無古人,後無來者。

黎維樅墨旁:《杜詩偶評》選第三章,各選皆同。

沈曾植墨眉:四韻五句。

佚名己紅眉:風人之遺音。

其　一

曲江蕭條秋氣高,(**奚禄詒甲本旁**)亂象。菱荷枯折隨風濤,(**奚禄詒乙本紅旁**)比也。遊子空嗟垂二毛。(**黎維樅紅眉**)

前後四句寫景,中間插入自己,章法變化。〇短歌促節,自成一種風調。**白石素沙亦相蕩,**(**奚禄詒乙本墨眉**)白石素沙,無情之物,尚且相蕩而爲偶,我獨如孤鴻耳。**哀鴻獨叫求其曹。**(**奚禄詒甲本旁**)興而比也。〇白石素沙,無情之物,亦且相蕩而爲偶,我獨如孤鴻耳。(**奚禄詒乙本紅旁**)自比。

【彙評】

奚禄詒乙本紅旁:興而比也。亦樂府體也。

其　二

盧見曾紅旁:王嗣奭曰:以九迴之苦心,發清商之怨調。

即事非今亦非古,(**黎維樅紅眉**)此首接上起下。**長歌激越梢林莽,**(**奚禄詒乙本墨旁**)音姥。**比**(**奚禄詒乙本墨旁**)音畀。**屋豪華固難數。**(**方拱乾評**)"固難數"三字下得意深。(**奚禄詒甲本眉**)"豪華"或指林甫之黨,仍是不自覺。(**奚禄詒乙本墨眉**)看"比屋豪華"句,又宜在此。**吾人甘作心似灰,弟侄何傷淚如雨。**(**奚禄詒甲本旁**)賦也。(**黎維樅紅旁**)謂聞此歌也。

其　三

錢陸燦甲本眉、乙本墨眉:方曰:公居西京三十載,頗有功名之望,今聞禄山反者,志灰冷,故欲移居南山看射虎,以誚其壯懷也。

錢陸燦丁本評:寂寥行徑,壯憤心腸,猶足以消英雄之氣,如此起結,從天外得來,語盡而意不盡。

徐松紅眉:仇注:首句陡然截住,因杜曲故及南山,因南山故及李廣射虎。

陳治紅眉：七言五句成章，自我作古，歷落可誦。

吴廣霈墨眉：即事自匪夷所思，神來之筆。

自斷此生休問天，（**黎維樅紅眉**）承轉悲壯，一句截住，見筆力。杜曲幸有桑麻田，（**申頲墨眉**）無意，醜。故將移住南山邊。（**奚禄詒甲本旁**）承"杜曲"。（**奚禄詒乙本紅眉**）聊以寄其雄心，豈真灰心！（**吴錫麒紅眉**）精悍之色，咄咄逼人。短衣匹馬隨李廣，（**傅山紅眉**）無涉。看射猛虎終殘年。（**方拱乾評**）射虎何足看？無聊極矣。（**李念慈紅眉**）結語激壯。（**吕留良紅眉**）此句此意，從言外得來。（**張雝敬墨旁**）讀去自佳，正不必求其何所指也。（**奚禄詒甲本眉**）末句或爲當時窮兵而發。（**奚禄詒甲本旁**）賦也。○李廣隱居藍田，南山射獵，見草中石以爲虎，射之，没羽。

敬贈鄭諫議十韻

徐渭墨旁：平。

方拱乾評：排。此首全於論詩。

錢陸燦乙本紅眉：排。

汪琬乙本評：分二段，首贊鄭詩，次段自叙。

屈復評：起贊其詩，下六句自述困阨，結六句當今一知己也。①

申頲紅眉：俗。

題商盤紅眉：此章分兩段，前段四段四韻，美鄭詩才。後段六韻，自叙窮困，以祈濟於鄭也。

題張問陶墨眉：他人贈諫議，必用伏蒲廷諍等語。公則止贊其詩詞，蓋自林甫爲相，諫諍路絶，故不作虚詞以諛人。此其立言有

① 校注："當今一知己"，杭本作"當三知己"。

法也。

奚禄詒甲本旁:閲末四句,當是鄭先訪公,乃有此作。

奚禄詒甲本眉:"諫官非不達"句是一篇關鍵語。結四句,"破的"句正承"詩義","野人"以下入自序,以詩而窮,而曰"將期一諾重",四句見諫官有推引之責,以應首句。"使者"二句言朝廷亦嘗求士,而諸公厭之也,引稱禰衡,隱以曹操比林甫。

奚禄詒乙本墨眉:起曰"諫官非不達",乃一篇關鎖。"破的"六句止承"詩義"一句。"野人"以下,入自己以詩而窮,而曰"期一諾之重",四句見諫議有推引之責,以應首句。

吴廣霈墨眉:此是讚美其詩,故不妨也,何須亂抹。

吴廣霈墨旁:此杜老召試不遇,投謝鄭公之作也。

諫官非不達,詩義早知名。(**方拱乾評**)見詩名重於官。(**沈巖旁**)指鄭諫議。(**黎維樅紅眉**)本職只一語揭過。**破的由來事,**(**奚禄詒甲本旁**)下承詩名。**先鋒孰敢争。**(**俞瑒甲本評**)指鄭言。**思飄雲物外,**(**李以峙墨眉**)(雲物外)按,作"動"欲對"鬼神驚"也,然作"外"爲是。**律中鬼神驚。**(**沈巖眉**)論詩語,筆力矯健。(**黎維樅紅旁**)所謂神明於規矩中也。**毫髮無遺恨,波瀾獨老成。**(**孫承澤墨眉**)"毫髮"二句言其詩義之妙。(**方拱乾評**)"獨"字妙。"波瀾"難於"老成",則新句之意,闕一不可。"波瀾"五字,千古詩訣,偶於此發出。(**方拱乾評**)"毫髮"十字,公自道也,鄭那能及此。(**方拱乾評**)公自己詩贊。(**方拱乾評**)不老成則波瀾適以病,詩不波瀾則詩一庸板物矣。即新句穩之,意難言哉!(**申頲紅眉**)文章能事,盡於斯語。(**奚禄詒乙本紅旁**)以上稱其詩。(**黎維樅紅眉**)"毫髮"十字乃杜老甘苦閲歷之言,贈鄭實即自謂也。(**佚名己紅眉**)此十字公自道也。**野人寧得所,**(**奚禄詒甲本旁**)自序。**天意薄浮生。**(**俞瑒甲本評**)自謂。(**張雖敬墨旁**)既和且平,亦温亦厚。(**黎維樅紅旁**)言薄命出於天賦。多病休儒服，(奚禄詒乙本墨旁)下自序。冥搜信客旌。(奚禄詒甲本旁)欲隱而未能。(黎維樅紅眉)杜詩“信”字多作“任”字用。築居仙縹緲，(奚禄詒乙本墨旁)欲隱而未能。旅食歲峥嶸。(題商盤尾)“仙縹渺”藏一“樓”字,“歲峥嶸”藏一“暮”字。使者求顔闔，(奚禄詒甲本旁)朝亦求士,而宰相阻之也。諸公厭禰衡。(吴廣霈墨眉)自比正平。(吴廣霈墨眉下)上句指鄭,下句自比也。(奚禄詒乙本墨眉)言朝廷未嘗不求士,而諸公厭之。引禰衡,乃以曹操比林甫耳。將期一諾重，(沈巖旁)以求援意。欻(奚禄詒乙本墨旁)音忽。使寸心傾。(俞瑒甲本評)以求援意結。(奚禄詒乙本墨眉)以下有望於諫議矣。君見途窮哭，宜憂阮步兵。(汪琬丙本評)求援語,亦占地步。○似感而謝却之詞,語極蒼凉。(奚禄詒甲本旁)賦也。(奚禄詒乙本墨尾)賦也。(沈巖旁)地步便好。(沈巖眉)仍以文章求知己耳。

【彙評】

俞瑒甲本評:論詩語,筆力矯健。

張學仁參定:杜公贊詩,絶不肯作陳腐語,所謂“語不驚人死不休”也。

張雔敬墨旁:投贈諸篇,皆冠冕富麗,爲近人應酬之祖,以其體格雷同,故僅選此,取其簡潔,不事鋪張耳。

貧交行

方拱乾評:直而不率。

盧見曾紅旁:劉會孟曰:只從俗諺略證古意。朱鶴齡曰:太白云“前門長揖后門關”,公詩云“當面輸心背面笑”,與此同概。

題張問陶墨眉:一語盡千古世態。○作行只此四句,語短而恨長,亦唐人所絶少者。

陳治墨眉:正言之,不嫌其直。

吴廣霈墨眉:節短音長,歌之繞梁三日。

奚禄詒甲本旁:胸中有所指。○必在同谷作,指邑令也。以後至成都矣。

奚禄詒乙本墨眉:胸中有所指。

黎維樅紅眉:朱注:雲合而雨散,一翻覆手間,雲雨已判,甚言交道之不可久也。○太白詩"前門長揖後門關",公詩云"當面輸心背面笑",與此同慨。○劉會孟曰:只從俗諺略證古意。

佚名己紅眉:逼古。

翻手作雲覆手雨,(**黎維樅墨眉**)一起七字,包括多少。(**黎維樅紅旁**)一語説得盡。紛紛輕薄何須數。(**錢陸燦乙本紅旁**)王右丞"人情翻覆似波瀾"略同。君不見管鮑貧時交,此道今人棄如土。(**奚禄詒甲本旁**)賦也。(**再生翁評**)一肚不合時宜。

白絲行

方拱乾評:有言是贈人之作,未必然。○唐人詩得《三百篇》之遺意者,公一人而已。

錢陸燦甲本眉:本於古詩王筠《行路難》。

錢陸燦甲本旁:此全用《選》詩,而屬意尤爲深婉,"熟精《文選》理",豈欺我哉?

錢陸燦乙本墨眉:此詩全用《選》詩,而屬意尤爲深婉,故曰"熟精《文選》理",豈欺我哉?

錢陸燦丁本評:此詩本王筠《行路難》,而屬意尤爲深婉,故曰

“熟精《文選》理”，豈欺我？

錢陸燦戊本評：此爲喪質素而趨時事者作。此詩本《選》詩郭泰機“皦皦白素絲”篇。

李念慈紅眉：看他裝點雅麗處，盡致極妍而不覺刻劃。○至落絮遊絲，以無情寫入有情，氣冥神合，真是繪聲攬景，非工力所能跂及。

吕留良紅旁：命題若“白絲”“錦樹”等，只三字已具意態。

吕留良紅眉：忽作美人怨口，冉冉風情，難出閑花野草，不知所之。結不唤醒，幾失故意。

奚禄詒甲本旁：“不須白”豈自况乎？

奚禄詒乙本墨眉：舊以爲感舞衣以自况，非也，“不須白”豈肯自况乎？

奚禄詒乙本墨眉：下三句申首句“絲須長而不須白”，興士之有才而無行者，附匪人以進身，而必不能有終，則才士之汲引者固難。既恐懼矣，而又忍之也，此公自慎其出處耳。

奚禄詒乙本紅眉：全效楚詞。

盧見曾紅旁：錢謙益曰：此詩用泰機之言而反之。泰機以白絲寒女自喻，而致憾于衣工之棄我，以冀傅咸之相薦。此詩謂白絲素質，隨時染裂，有香汗輕塵之污，有開新合故之置，所以深思汲引之難，恐懼棄捐而忍於羈旅也。仇兆鰲曰：詩詠白絲，即墨子悲素絲意也。“已悲素質隨時染”，當其渲染之初，便是玷污之漸。及其見置時，欲保素質，得乎？唯士守貞白，則不隨人榮辱矣。此風人有取於素絲歟！

嚴虞惇紅眉：錢湘靈先生曰：本於古詩王筠《行路難》。

陳訏紅眉批仇注“渲染之初，便是玷污之漸”處：《素絲行》，錢箋深得詩意，若云“渲染”即是“玷污之漸”，詩無此意，不必以墨悲絲染爲之曲説。

徐昂發評:温李有此濃麗,無此精氣。

吴士模墨眉:起語感慨,俊絶。

題張問陶墨眉:此即墨子悲素絲之意。"已悲素絲隨時染",當其渲染之初,便是玷污之慚。及其見置時,欲保素質,得乎?唯士守貞白則不隨人榮辱矣。此風人有取於素絲與?癸未三月雨窗無聊,書此以記。船山。

吴廣霈墨旁:此什細膩,風光與"香霧雲鬟""清輝玉臂"同爲一格。

吴廣霈墨眉:比興清婉。

沈巖眉:極其眩曜而復折之。

黎維樅紅眉:前句乃有激之詞,喻奔競之徒但希榮進,不須名節也。

繅絲須長不須白,(**奚禄詒甲本眉**)下三句申首句"絲須長不須白",以興士之有才而無行者,附匪人以進身,而必不能有終,則才士之汲引者固甚難。既恐懼也,而又忍之也,乃公自慎其出處耳。(**王伯沆紅眉**)"不須白"是憤語。越羅蜀錦金粟尺。(**奚禄詒甲本旁**)"不須白"也。(**盧見曾墨旁**)何遜詩"金粟裹搔頭",尺以金粟飾之,富貴家之物。(**朱方藹紅眉**)起語感慨。(**陳治紅眉**)八句中□織染裁服四事。温李有此濃麗,無此精氣。(**嚴復墨眉**)起語在可解不可解間,然純爲結語伏脈。(**張雝敬墨旁**)通篇點染濃鬱,又是一格。(**黎維樅紅旁**)先寫染。象床玉手亂殷紅,萬草千花動凝碧。(**黎維樅紅旁**)次寫織。(**錢陸燦乙本紅旁**)染絲織成。已悲素質隨時染,(**方拱乾評**)染絲。○總爲結句,賓勝於主,一法也。(**奚禄詒甲本旁**)未織之時。(**奚禄詒乙本紅旁**)"不須白"也。裂下鳴機色相射。(**奚禄詒甲本旁**)已織之時。(**陳治墨眉**)温李有此濃麗,無此精氣。(**嚴復墨眉**)由繅絲而織,而染,而裁,而剪,而製,而衣,而舞,若可恃矣，然以微污而置之何許矣，故曰“須長”，故曰“寧忍”，而不受人汲引也。(**黎維樅紅旁**)承織。**美人細意熨帖平，裁縫滅盡針綫迹。**(**方拱乾評**)裁衣。(**王伯沆紅眉**)此歎古人媚時，自失其身，終歸棄置耳。(**黎維樅紅旁**)次寫裁製。(**倪象占藍眉**)申第一句意。**春天衣著爲君舞，**(**黎維樅紅旁**)裁成而衣著之。○媚人取悦之態。**蛺蝶飛來黄鸝語。**(**方拱乾評**)襯語。○亦轉。(**吴廣霈墨眉**)後半渾似太白，怪哉！(**黎維樅紅旁**)爲舞時增色。(**黎維樅紅眉**)慧心香口，直似飛卿。公詩真無所不有。**落絮遊絲亦有情，**(**方拱乾評**)開新。**隨風照日宜輕舉。**(**李念慈紅眉**)“宜輕”一本作“空中”，更妙。(**李以峙墨眉**)(宜輕舉)按：作“疑”亦可通。(**陳治紅眉**)極其眩耀而後折之。(**錢載評**)婉約到十分，惟能婉者能勁，所以手腕是出筆力者也。(**吴錫麒紅眉**)似比似興，磈磊滿腔。**香汗清塵污顔色，**(**方拱乾評**)合故。(**李以峙墨眉**)(污顔色)按，《英華》本、别本雖皆可通，然不及本句。(**黎維樅紅旁**)色污而棄，瞬息間有今昔之感。**開新合故置何許。**(**方拱乾評**)此句逗。(**方拱乾評**)若與前段不相關，却極相關，所以妙。(**錢陸燦甲本眉**)“香汗”“清塵”本不爲污，而美人則以爲污矣。“開新合故置何許”，謂展開新衣合故衣，新衣曰“換”，故衣曰“積”，不知棄捐在何處也。(**錢陸燦乙本墨眉**)“香汗”“清塵”本不爲污，而美人則以爲污矣。“開新合故置何許”，謂展開新衣，收合故衣，新衣曰“換”，故衣曰“積”，不知棄捐在何處也。(**奚禄詒乙本紅旁**)色衰，憂也。**君不見才士汲引難，**(**方拱乾評**)正意。(**黎維樅紅旁**)入正意。**恐懼棄捐忍羈旅。**(**方拱乾評**)結得飄遠，妙，妙。(**方貞觀墨眉**)解通。(**奚禄詒甲本旁**)比而賦也。(**黎維樅墨眉**)渲染之餘即棄捐之漸，抱才之士所以甘忍羈旅也。(**王伯沆紅眉**)一結見氣骨。(**佚名己紅眉**)正意在結。此謂客勝於主，又一法也。(**佚名己紅眉**)忽言及此。

【彙評】

陳治紅眉：托興得陳梁樂府之遺。

嚴復墨眉:蓋言知恩遇不可常恃,故寧忍羈旅,意本鄒陽上出。

張溍敬墨旁:純作比意,其雋味俱在言外,故佳。末句點出正意,反淺。

黎維樅紅眉:起結無限感慨。○全首託興,結處乃一點正意。○始而染織,繼而裁縫,然後衣之而舞,其珍重若此,乃顏色稍污,遂置不用,是何汲引之難而棄捐之易也。

送韋書記赴安西

題鮮于樞評:此詩言韋君在此,老夫每蒙哀憐而慰藉,今忽通貴而爲書記,將赴安西三捷之地,若雲之在天矣。然我在公車已二年,若泥之在地,君既去,誰慰藉我邪? 此而不達,則我將浮海而去。今與韋别,後會茫然,不知其期,而離愁别恨,意在言表。賦也。

方拱乾評:極澹率詩,他人却不能。

奚禄詒甲本旁:此天寶初年之詩。

奚禄詒甲本眉:漢公車令屬衛尉,上書者所詣。

嚴復墨眉:依此則節度□記云,爲要津□宦可掃。○"藉在"云藉,當從艸,千舍□論老人之性,必恃其老,無有"藉在"。注:"藉在",猶倚賴也。

夫子欻通貴,雲泥相望懸。白頭無籍在,(**奚禄詒甲本紅旁、乙本紅旁**)己也。(**王嗚盛墨眉**)"藉在",猶聊賴之意。朱紱有哀憐。(**奚禄詒甲本紅旁、乙本紅旁**)韋也。書記赴三捷,(**奚禄詒甲本紅旁、乙本紅旁**)韋也。(**李以峙墨眉**)(三捷)按,道從軍,自當從"三捷","三接"則不可通矣。二字音近而訛。公車留二年。(**奚禄詒甲本紅旁、乙本紅旁)已也。欲浮江海去，此别意蒼然。(奚禄詒甲本尾批)賦也。(王鄰德紅尾)惘然自失，黯然銷魂之意，見於言外。(黎維樅紅旁批仇注"韋書記必兼官御史")竊意謂韋爲朱紱者所哀憐耳。(佚名己紅旁)老人之性，必恃其老，無有"藉在"。

奉贈鮮于京兆二十韻

方拱乾評:排。〇緒妙。

奚禄詒甲本旁:李叔明本姓于，弟仲通亦字叔明，國忠爲相，擢仲通爲京兆。

奚禄詒甲本眉:鮮于仲通，楊國忠之私人，本不足言，公何可奉贈?

奚禄詒甲本眉:仲通名向，以字行，蜀之富人。劍南節度章仇兼瓊恐李林甫危己，欲附於貴妃，問計於仲通，仲通薦楊釗於瓊。釗爲族人所鄙，時從軍在蜀也。瓊資釗以寶貨入京，釗因結於貴妃姊妹，瓊故引仲通爲采訪支使。後楊釗德仲通，薦爲劍南節度使。

盧見曾紅旁:甫之應詔而被黜，獻賦而仍置，皆李林甫爲之。相臣以進賢爲職，知人爲務。唐以詩賦取士，而杜甫白衣，古人所以感士不遇也。陰謀忌刻，寫出林甫奸狀。彼讀駱賓王檄而曰"宰相安得失此人"者，猶當愧之。錢謙益曰:此詩與顔魯公《鮮于神道碑》叙次異，顔記節度劍南拔吐蕃摩彌城，而不載南詔之役;公詩美其文章義激，而不及其武略。古人不輕諛人若此。王士禄曰:"計疏疑翰墨，時過憶松筠"，語有餘味。

申頲墨眉:通篇見大學問，故出之不窮。

朱方藹紅眉:分二段，前段京兆，後段自叙。

吴廣霈墨旁:此召試後仍不登選，故上詩。

黎維樅紅眉:《唐書·楊國忠傳》:忠無行檢,不爲姻族所齒,蜀大豪鮮于仲通資給之,忠以是德仲通。

王國稱多士,(**奚禄詒甲本眉**)形起。賢良復幾人。(**奚禄詒乙本紅眉**)比興起。異才應間出,(**吴廣霈墨眉下**)"世"一本作"出",殆是。爽氣必殊倫。(**李念慈紅眉**)公行文中必點綴二語,或借喻,或點景,皆緩以蓄氣之法。(**俞瑒甲本評**)頌鮮于。始見張京兆,(**沈巖旁**)頌鮮于。宜居漢近臣。驊騮開道路,鵰鶚離風塵。(**黎維樅紅眉**)"驊騮"二語,杜詩熟境。○朱注:史稱仲通輕財好施,其人必豪邁有才氣,故以"驊騮""雕鶚"比之。侯伯知何筭,(**李以峙墨眉**)(何筭)按,"等"形似而訛。文章實致身。(**奚禄詒甲本旁**)未必然。(**奚禄詒乙本墨眉**)鮮于國忠所擢,而曰"文章致身",乃譏也。奮飛超等級,(**奚禄詒甲本旁**)承上。容易失沉淪。(**奚禄詒甲本旁**)轉下。脱略磻溪釣,(**奚禄詒甲本旁**)己也,不切。操持郢匠斤。(**奚禄詒甲本旁**)鮮于氏。(**奚禄詒甲本眉**)郢人堊漫其鼻端如蟬翼,使匠石斫之,匠石運斤成風,堊去而不傷。(**陳治墨眉**)"斤"字在殷韻,唐人多通"真",非出韻也。雲霄今已逼,台衮更誰親。(**方拱乾評**)雲霄語。鳳穴鶵皆好,龍門客又新。(**奚禄詒甲本眉**)前説鮮于,此後序己。(**奚禄詒乙本紅眉**)此上序鮮于,此下序己。義聲紛感激,敗績自逡巡。途遠欲何向,天高難重陳。學詩猶孺子,(**俞瑒甲本評**)自叙。(**李以峙墨眉**)(孺子)按,作"子夏"則不對下句,且與下二語連用人名,無此詩法。(**沈巖旁**)自叙。(**黎維樅紅旁**)即"早充觀國賓"意。鄉賦忝嘉賓。(**俞瑒甲本評**)猶鄉舉也。不得同晁錯,(**奚禄詒甲本旁**)此二句合掌。吁嗟後郄詵。計疏疑翰墨,時過憶松筠。(**陳治紅眉**)西樵極歎賞"計疏"二語。(**嚴復紅眉**)王云:西樵嗟賞此二語,每三復之。(**沈巖眉**)西樵歎賞此語,每三復及之。(**黎維樅紅眉**)二句寫盡士子窮途心事。(**黎維樅紅眉批仇注"鄉賦"**)《晁錯傳》:以臣錯充賦,即鄉賦也。**獻納紆皇眷,**(**俞瑒甲本評**)以獻賦言。(**奚禄詒甲本旁**)自謂獻《三禮賦》。(**沈巖旁**)以獻賦言。**中間謁紫宸。**(**奚禄詒乙本紅旁**)三賦。**且隨諸彦集,方覬薄才伸。破膽遭前政,**(**奚禄詒甲本旁**)李林甫。(**沈巖旁**)謂林甫忌才。**陰謀獨秉鈞。**(**俞瑒甲本評**)謂林甫忌才。(**陳治墨眉**)"破膽"數語,林甫之蔽賢蠹國,罪狀昭然。(**吴廣霈墨眉**)"破膽"二句明明指斥林甫之奸。公之膽氣殊巨,仍未爲權奸壓破也。詩亦極離合曲折之妙。**微生霑忌刻,萬事益酸辛。**(**方拱乾評**)排中乃能作此語。○此等語乃於贈人詩中出之。(**沈巖眉**)詩在獻賦不遇之後。**交合丹青地,**(**方拱乾評**)挽。(**俞瑒甲本評**)《鹽鐵論》:公卿者,神化之丹青。(**奚禄詒甲本旁**)謂鮮于。(**奚禄詒乙本紅旁**)鮮于。**恩傾雨露辰。**(**奚禄詒乙本紅眉**)鮮于何人,而公乃律之耶?**有儒愁餓死,早晚報平津。**(**俞瑒甲本評**)結本意。(**奚禄詒甲本旁**)指國忠、公孫弘。(**奚禄詒甲本旁**)賦也。(**吴廣霈墨旁**)"平津"借指當時相國也。(**沈巖旁**)結本意。

【彙評】

方拱乾評:仲通於楊國忠深交,此詩疑公謁選時所上。

李念慈紅眉批錢注"古人不輕諛人如此":不過諛人雖爲自己身分,然人一得其品題,便足爲之增重也。

陳治墨旁:鮮于以鄉貢舉高第,公報罷,故曰"不得同晁錯,吁嗟後郄詵",晁、郄比鮮于。

張學仁參定:止美仲通文章、義氣,絶不及其武略,信大家不輕諛人。

石硯詩平侍御者

方拱乾評:如此應酬詩,亦盡情乃爾。○何足苦摹,亦復曲盡。

平順却老。

錢陸燦乙本紅眉:不善學真率自然,便墮此途。

錢陸燦乙本墨眉:王鐸大好皮胃,亦只謂之闗門殺氣而已。

王士禛評:不善學直率者,便墮此途。

平公今詩伯,秀發吾所羡。奉使三峽中,長嘯得石硯。巨璞禹鑿餘,異狀君獨見。其滑乃波濤,(**方拱乾評**)硯之本末。其光或雷電。聯坳各盡墨,多水遞隱見。(**方拱乾評**)硯之形。(**吴廣霈墨眉**)此亦平常。(**王伯沆紅眉**)寫硯心低處如繪。揮灑容數人,(**奚禄詒甲本旁**)形其大也。(**奚禄詒乙本墨旁**)形其大。十手可對面。(**方拱乾評**)硯之用。比公頭上冠,(**奚禄詒甲本旁、乙本墨旁**)比得無味。正質未爲賤。(**王鐸評**)不善學真率自然,便墮此途。(**方拱乾評**)因硯及人。(**方貞觀墨眉**)"比公頭上冠"二句凑泊無味。當公賦佳句,况得終清宴。(**方貞觀墨眉**)清宴者,清暇宴閑也。(**奚禄詒乙本墨眉**)此等用旋,扯淡。公含起草姿,不遠明光殿。致于丹青地,知汝隨顧眄。(**方拱乾評**)歸結讚頌,亦是雙結。(**方拱乾評**)"汝"字指硯。(**奚禄詒甲本尾批**)賦也。(**秦應逵紅尾**)"眄",别體作"盻"。(**嚴復墨眉**)"汝"字勖硯。(**吴廣霈墨眉**)因硯頌人,亦題中應有之義也。

麗人行

王鐸評:極贊其意在言外,《三百》之遺。

方拱乾評:此公之王盧體,與後來歌行漸别。字字裝綴,畢竟盛年之作。豔膩詩一出公口,便堅便樸,所以不可及。○概述遊女。此無"慎莫近前"之懼,故得見之。如秦、虢者豈得親見如此?序得不癡肥。出景必細必遠乃能生動,必側乃能細遠。

錢陸燦甲本眉:方曰:前八句統言水邊諸麗人也。其容貌之美,束裝之盛,大類相似。"就中"以下纔是秦、虢二夫人,容貌裝束不必言矣。但言其飲食之侈,歌吹之妙耳。紫駝素鱗、翠釜精盤,可謂美矣,而夫人厭飫之後,箸久未下,駝鱗"縷切空紛綸"也。忽有中官飛鞚而來,乃御厨馳送八珍之味,驕貴豪侈何如哉!"賓從"一句承上起下,蓋其賓從皆要津之人,而後來鞍馬則尤要津中之最親暱者,則楊國忠也。王鐸曰:極贊其意在言外,《三百》之遺。

錢陸燦乙本墨眉:方曰:前八句統言水邊諸麗人也。其容貌之美,裝束之盛,大概相似。"就中"以下纔是秦、虢二夫人,容貌裝束不必言矣。但言其飲食之侈,歌吹之妙耳。紫駝素鱗、翠釜精盤,可謂美矣,而夫人厭飫之後,箸久未下,駝鱗"縷切空紛綸"也。忽有中官飛鞚而來,乃御厨馳送八珍之味,驕貴豪侈何如哉!"賓從"一句承上啓下,蓋其賓從皆要津之人,而後來鞍馬則尤要津中之最親暱者,是楊國忠也。

申涵光甲本評:形容奢麗,得風人諷刺之體。楊用修添出"足下何所著,紅渠羅韈穿鐙銀"二語,盡不必。楊花、青鳥,渲染濃麗,不必拘拘索解,自是樂府佳語。

奚禄詒甲本眉:格調皆不在漢下。

奚禄詒甲本旁:少陵五律、七歌真卓絶千古,太白何能企及!〇用樂府,意實《國風》。

盧見曾紅旁:託刺微婉,意指遥深,較《衛風・君子偕老》篇,則微而顯矣。陸時雍曰:言窮則盡,意褻則醜,韻軟則卑。此詩一以雅道行之,故君子言有則也。

吴農祥評:意在言外,《三百篇》之致也。〇"後來鞍馬"下雖作隱語,時[實]序眼前事。雄狐之刺,雌雉之譏,瞭然紙上矣。末句點明,從"展我甥兮"出。

王士禛評:意在言外,《三百篇》之致也。

嚴虞惇紅眉:“麗人”字本《洛神賦》,又見徐陵《玉臺新詠》叙。

屈復評:此詩古今同賞,至“楊花”二句則俱未有解。予詳篇中秦、虢承恩皆明點,此數人皆因貴妃而蒙寵,又不便明寫,故以比興出之。“楊花”用其姓,“青鳥”用王母事,唐人每以“王母”比貴妃也。通篇賦體,若無二句,詩亦減色。①

方貞觀墨眉:從頭直叙到底,絶無深意,絶無渟滀,讀者多賞其結句,即結句亦淺露無味。

申頲墨眉:富麗極矣,然有一片清明之氣行乎其中。

申頲紅旁:形容富麗,若深羡不容口者,得詩人風刺體。

厲鶚評:此詩刺太真及諸姊妹游宴曲江之事。

錢載評:悟得聲音相疊,方知一片神行,無一字勉强與齟齬,竟是歌,竟是曲,筆力是筆力,不見也。不得正聲,勉强作歌行者,終身不之悟耳。

朱方藹紅眉:先泛泛寫出水邊容色衣飾之盛,就中一轉,方入虢、秦。又極力寫其供具之奢,方轉入内賜一段。然後轉入國忠,“雄狐”正意,託刺深厚,大類《國風》。孝轅曰:國忠孽子而淫亂若此,是以無根之楊花覆有根之白蘋也。青鳥紅巾,幾於感慨矣。王元美曰:結句樂府妙語,非其人不知。

吴騫墨眉:意在言外,《三百篇》之致也。

題張問陶墨眉:極言姿態、服飾之美,飲食、音樂、賓從之盛,微指椒房,直言丞相,大意本“君子偕老”之詩,而風刺較顯。○“態濃”下倒插“秦虢”,“當軒”下倒插“丞相”,他人無此筆法。○語極鋪揚,而意含諷刺,故富麗中有清剛之氣。○濃如紅桃裛露,遠如翠竹籠煙,淑如瑞日祥雲,真如□川朗月,一句中寫出絶世豐神。

① 校注:“同賞”,杭本作“共賞”;“至‘楊花’二句則”,杭本闕“則”;“秦虢承恩”,杭本作“秦虢丞相”;“若無二句”,杭本作“若無此二句比興”。

徐松紅眉：錢牧齋曰：語極富麗而意含諷刺，故富麗中特饒清瀏之氣。○陸時雍曰：詩言窮則盡，意褻則醜，韻軟則庳。少陵《麗人行》、太白《楊判兒》，一以雅道行之，故君子言有則也。○王嗣奭曰："態濃"八句極狀姿容、服飾之盛，而復接以"就中雲幕"二句；"紫駝"四句極言肴饌、品物之美，而又接以"黄門飛鞚"二句：皆倒裝法，惟杜善用之。

秦應逵墨眉：意在言外，《三百篇》之遺也。○前半鋪陳處即詩人"君子偕老"之體。

秦應逵紅眉夾批：起疊韻，轉接疊韻，收結疊韻，與《入奏行贈竇侍御》同。戊子五月廿八日記，時大旱。

沈巖眉：此秦、虢諸姨與國忠遊宴曲江而作。○前半鋪揚處皆詩人"君子偕老"之體。○漢樂府"一環五百萬，兩環千萬餘"，此其遺也。○"楊花"一連，暗指諸楊覆亡、貴妃賜死之事。此篇蓋追賦，以爲後世鑒。末句就本事收轉，言要津鞍馬、炙手可熱者，徒以雄狐之醜，遺臭萬世，五家車騎，瞥眼不知所往也。若後世多費煙墨，即與題不稱，味亦無餘。故諫詞似纖，以圖檃栝省净耳。

黎維樅紅眉：《困學紀聞》：王無功《三月三日賦》"聚三都麗人"，杜語本此。

三月三日天氣新，長安水邊多麗人。(**奚禄詒乙本墨眉**)先從妖冶起，然後入姓。態濃意遠淑且真，(**奚禄詒甲本旁**)"淑""真"是美詞，公反言之。(**奚禄詒甲本眉**)先從妖冶起，然後入姓名。(**黎維樅紅眉**)淑、真乃婦人美德，蓋反言以刺之也。肌理細膩骨肉勻。(**吕留良紅旁**)畫不能畫。(**嚴虞惇紅旁**)千古美人只四字畫之。(**陳治墨眉**)描寫麗人，但在衣飾、飲食上盡力鋪張其豪侈之態，此作者深意也。前半説秦、虢，後半單指國忠。繡羅衣裳照暮春，(**方貞觀紅旁**)湊句。(**厲鶚評**)衣飾之盛。

○(李以峙墨眉)(照暮春)按,“朝暮春”另有意議[義],亦可從。蹙金孔雀銀麒麟。(奚禄詒甲本旁)起六句一句一韻,中間换之,末後然。(嚴復墨眉)由繁鎖定情諸作來。頭上何所有?(題商盤紅旁)節奏。(張雝敬墨旁)筆情遥曳,極有姿態。(奚禄詒甲本眉)有氣勢。翠爲㔩葉垂鬢脣。背後何所見?珠壓腰衱穩稱身。(嚴虞惇紅旁)已上八句,泛言麗人。(奚禄詒乙本紅眉)體用樂府,意實《國風》。(申頲紅眉)“背後”一語尤爲善看美人。(曹炎眉)“稱身”下有“足下何所著,紅渠羅襪穿鐙銀”二句。(吴錫麒紅眉)特與提出,此作《麗人行》也。(王鳴盛墨眉)古本“穩稱身”下有“足下何所著,紅蕖羅襪穿鐙銀”二句,見《楊升庵集》,聞之於江陵江亭。就中雲幕椒房親,(厲鶚評)大書特書之筆。(題商盤紅旁)題後。賜名大國虢與秦。(方拱乾評)此處才言秦、虢,以“就中”二字觀之,前尚概言其衆多之麗人耳。以下盛言椒房親之驕貴豪華矣。(申頲墨眉)“頭上”“背後”是古樂府體。紫駝之峰出翠釜,(厲鶚評)飲饌之靡,插“黄門”一句,見賜賚無算。(陳治紅旁)交互對。水精之盤行素鱗。(吕留良紅眉)俳句一變,便自神色。(嚴復墨眉)寫得富貴氣象出。犀筯厭飫久未下,(錢陸燦乙本紅旁)何晏曰:費萬鈔猶云無下箸處。(奚禄詒甲本眉)“久未下”即是無下箸處。(申頲紅眉)“久未下”三字寫盡驕奢暴殄。余亦有“尋常鵝鴨不足珍,中厨臭腐棄如塵”之句,煩簡之間,不啻遠甚。鑾刀縷切空紛綸。黄門飛鞚不動塵,(奚禄詒甲本旁)“黄門”二句且及玄宗矣。(黎維樅紅眉)插入“黄門”句,非常助色。御厨絡繹送八珍。(方拱乾評)此一段當指秦、虢。(李念慈紅眉)極力形容其盛,美刺意即於言外見之,此《三百篇》法也。(奚禄詒甲本眉)十句换作一句一韻。(李以峙墨眉)(絡繹)按,“絲絡”則形近之誤,不比“朝暮春”之可從。簫鼓哀吟感鬼神,(厲鶚評)音樂之多。賓從雜遝實要津。(方拱乾評)雜遝之賓從實是要津,其横可想。所雜遝者,乃要津也。(厲鶚評)賓從之衆。(吴錫麒紅眉)層次遞下,極絢爛,極清析[晰],龍梭錦軸,自非凡豔可比。(嚴復墨眉)由黄門送珍而入,賓從乃出,最後之鞍馬,寫來極爲節奏。(奚禄詒乙本墨眉)“久未下”即無下箸處,“黄門”二句且及玄宗,不過實事,非譏也。○天寶九年二月,以姚思藝爲檢校進食使,時諸貴戚以進食相尚,水陸數千盤,一盤費中人十家之産。(黎維樅紅眉批仇注“皆倒插法”)下文“丞相”句亦倒插法。**後來鞍馬何逡巡,**(方拱乾評)乃丞相私嬖。(題商盤紅旁)找合丞相來。(沈巖旁)二句即丞相。(佚名己紅眉)“賓從”乃是津要,“後來鞍馬”又是丞相嬖人,語極含譏,不明説出,實太史公法也。**當軒下馬入錦茵。**(方拱乾評)宕一步結,妙。太史公每用此法。(厲鶚評)指丞相。(錢載評)粉碎虚空。(沈巖旁)言其一無所避。(沈巖眉批下)分明指斥其男女無别,故只用虚叙,却留向末句中點破。(沈巖旁)“後來鞍馬”,蓋謂國忠。**楊花雪落覆白蘋,**(方拱乾評)生動在後一段。(錢陸燦乙本紅旁)楊白花比國忠。王母比貴妃,故用“青鳥”。(輯者按:畫綫句用豎綫删去)(奚禄詒甲本眉)予昔批“楊花”句云:比體深刻丞相也。今孝轅之評頗與余同,但彼詳而我簡也。“丞相嗔”則明言之矣。(申頲紅眉)麗而動。(厲鶚評)喻國忠淫通。**青鳥**(奚禄詒甲本旁)西王母取食者。**飛去銜紅巾。**(丁耀亢紅眉)楊國忠。(方拱乾評)“楊花雪落”二句,言其忽然而静也。先則簫鼓哀吟,賓從雜遝,國忠一來,忽然皆静,惟見楊花雪落,青鳥高飛,其雲幕之中,錦茵之上,詭秘狎褻之狀可以想見。(錢陸燦乙本紅旁)以王母比貴妃,故用青鳥,猶李義山“青鳥殷勤爲探看”。(錢陸燦丁本評)以楊白花比國忠,以王母比貴妃,故用“青鳥”。(奚禄詒甲本旁)“楊花”二句,閑閑泠泠,真是神行。(嚴虞惇紅眉)楊白花喻國忠,以王母比貴妃,故用“青鳥”。義山詩“青鳥殷勤爲探看”。(方貞觀墨眉)“楊花”“青鳥”二句殊不可解。注引北魏胡太后楊白花事,謂是託諷楊氏,則“雪落覆白蘋”五字又當作何解?豈七字中只須取兩字,其餘便可不必著題耶?(秦應逵紅旁)通篇賦體,若無此二句比興,詩亦減色。(秦應逵墨眉)分明斥其男女無别,却以此語虚叙,留向末句點破。**炙手可熱勢絶倫,**(方拱乾評)過於秦、虢。(李以峙墨眉)(勢絶倫)按,“世”雖可通,然明係音同而誤。(黎維樅紅

旁)頂"要津"字下。**慎莫近前丞相嗔。**(**方拱乾評**)以餘意作結。太史公每以作文,公則以詩行之,如戚姬之歌在《張良傳》耳。(**方拱乾評**)此兩語結上,明"後來鞍馬"又丞相所寵嬖者,又過秦、虢也。言極可想。○一路刻畫,非不盡致,却妙在結。○如遊佳山水,以到頭一處爲奇,此詩文法也。(**厲鶚評**)國忠與虢國從兄妹,不避"雄狐"之刺,公故有微詞焉。(**題商盤紅旁**)留"丞相"二字煞韻,以見諷刺之意。(**奚祿詒甲本旁**)賦也。(**錢載評**)用力一筆。(**陳治紅眉**)丞相蓋指國忠也。(**吴廣霈墨眉**)一語結出,全篇皆動,誠樂府妙語也。(**吴廣霈墨尾**)結二句點睛欲飛,正是妙筆。升庵嗤之,此升庵自不知詩而已。(**黎維樅紅旁**)顯刺之,非僅微詞而已。(**黎維樅紅尾**)諷刺之語,亦婉亦直,若爲豔美之詞,實寓譏評之意,此風人遺則也。(**嚴復紅眉**)漁洋云:結處意在言外,《三百篇》之致也。(**嚴復墨眉**)結語亦學漢歌謡。

【彙評】

錢陸燦甲本眉批批錢箋:《古文苑》枚乘《梁王菟園賦》"晚春早夏,邯鄲、襄國、易陽之容麗人"注:三梁皆屬趙國,易陽在易水之陽者,地多美女。"麗人"二字又見徐陵《玉臺新詠》叙。

錢陸燦乙本紅眉:極其贊,意在言外,《三百》之遺。

汪琬丙本評:先泛寫出水邊容色衣飾之盛,就中一轉,方入秦、虢。又極寫其供饌之奢,方轉入内賜一段。然後轉入國忠,"雄狐"正意,托刺深厚,大類《國風》。

王伯沆紅眉:全篇句句是讚,句句是貶,真《三百篇》之旨。

奚祿詒乙本墨眉:胡孝轅考實云:蘋生水底,不似小浮萍,無根飄蕩。國忠亦張易之子,母與張私,冒姓。楊與三姨通,是無根之楊花覆有根之白蘋,此於胡太后之楊白花更切。青鳥銜巾則明乎感帨矣。

張雝敬墨旁:屹然而止,筆能扛鼎,而言外意味無窮,正如煙波萬里。○鋪張富貴,描寫姝麗,令人魂動。是從《君子偕老》一篇脱化來,豔之正所以譏之也。

虢國夫人

屈復評:此首自是張詩,可以不録。①

申頲墨眉:此首聲調不類少陵。

秦應逵紅眉:此首自是張詩,原不可録。

吴廣霈墨眉:此首風調獨絶。

黎維樅紅眉:風人之調,風人之趣。

虢國夫人承主恩,平明上馬入宫門。却嫌脂粉涴顔色,淡掃蛾眉朝至尊。(**王伯沆紅眉**)妙在寫荒淫能渾。

陪鄭廣文遊何將軍山林十首

方拱乾評:十首是一篇小記。

錢陸燦丁本評:十首合看,自見起承轉合之妙,次第秩然。

李念慈紅眉:此等篇什,須看其章法步驟,意方不盡,非如今人數首,便詞意重複也。

盧見曾紅旁:古人紀游之作,佇興而言,興盡而止,故有餘味而無長語。此詩多至十首,蓋游宴既久,情景迭見,故乃綜括始終,而自有條理,所謂言之不足,故長言之,反覆咏嘆,以寄其情者也。十章中,風致蕭疏,氣體深穩。元亮之冲、太冲之逸、康樂之清、明遠之俊,彙而有之。其章法次序,則大家結構,評者類能言之。

---

① 校注:此批語杭本闕。

王士禛評:不曰“園林”而曰“山林”者,倚山爲園,闊大故耳。

俞瑒乙本評:十首首尾相應,中間鋪叙園中散景,次第井然,總以山林幽趣爲主。

方貞觀墨眉:《游何氏山林》十首,選家無不收録,不過取其層次明白、句法易解耳。不知十詩語多庸俗,氣韻甜熟,不足爲法。集中五律佳者甚多,何必眷眷此十章也?

朱方藹紅眉:十首先總叙,於題義已全。二首自外説,下五首入内説,三首獨拈一花,四首詠籬舍,五首詠讌歌,六首醉後,七首縱觀,八首回憶,九首專美將軍,十首垂别也。其義括,其詞清,次叙秩然,大家結構。

秦應逵紅旁:倚山爲園,較闊大,故不曰“園林”。

嚴復墨眉:十律中起結最爲分明。

吴廣霈墨眉:此十首及下《重過五首》,皆杜老傑作,諸法兼備,開後來學人多少門徑,度盡金針。

其　一

題鮮于樞評:首二句便自清雅,次聯承之,流麗可愛。三聯言陪鄭廣文同遊何將軍山林,結曰“平生爲幽興”,故未惜路之遠而必遊焉。賦也。

方拱乾評:此首是題,看來合當有十首。若單看此首,未免嫌其略;若單看後九首,是無題之文矣。知此者,可與言詩。要合十首看,又要合後五首看,乃見其妙。

錢陸燦甲本眉:方曰:公與何將軍不相識,因鄭而及公,是馬上望中大略。

錢陸燦乙本墨眉:方曰:公與何將軍不相識,因鄭而及公,是馬上作望中大略。

俞瑒甲本評:是初遊。

王士禛評:是十首起語。

屈復評:前半山林,後半來遊,遠望之則竹上青霄,既到後則園依緑水。○廣文將軍平列矣。後第十首方點鄭,中間似欠點出。①

題商盤紅眉:此爲十首之冒,只略叙陪遊之意。三四亦初到之景,言遠望但見"野竹上青霄",到來始識"名園依緑水"。○"不識南塘路",當過第五橋;"今知第五橋",即是南塘路。上下交互,其意乃出。唐人詩多此法。○五六叙交情曲折,渾融不露。杜每至難叙事處,便引古爲喻,語不煩而意自顯。予友洪方舟注此云:言鄭知己亦知何,故何招鄭亦招己,語亦簡透。○"從來多古意,臨眺獨躊躇",言外戀戀不去。此結二句,言外得得同來。

盧見曾紅眉:王嗣奭曰:起句是十首起法,末拈"幽興"爲十首之綱。

盧見曾墨旁:首章領起,乃未至而遥望之詞。

題張問陶墨眉:層次如畫,末拈"幽興",爲十首之綱。

不識南塘路,(**題商盤紅旁**)交互對起。(**奚禄詒甲本旁**)起句恰是初過。**今知第五橋。**(**厲鶚評**)與《岳陽樓》同一起法。(**吴騫墨眉**)是十首起語。(**秦應逵紅旁**)是十首起句。(**吴廣霈墨尾**)第五橋在長安萬年縣郭外西南。(**奚禄詒甲本眉**)此等老練,令人不解。(**奚禄詒乙本墨眉**)初遊、重過,二起句各各恰好,學者體之。(**王鄰德墨眉**)第一章始言園外景象,以"不識""今知"作起,方有地步。(**王鄰德紅旁**)便自流動。(**沈巖眉**)是十首起法。(**沈巖旁**)是第一次遊。(**黎維樅紅眉**)是十首緣起,宜居第一。(**黎維樅紅旁**)二句參錯成文,是初來口氣。**名園依緑水,**(**題商盤紅旁**)倒叙聯。**野竹上青霄。**(**題商盤紅旁**)走馬對。(**黎維樅紅旁**)山

① 校注:"廣文將軍平列矣。後第十首方點鄭,中間似欠點出"一句杭本闕。

林之勝在水，此乃十首眼目。**谷口舊相得，**(**方拱乾評**)周旋題。(**題商盤紅旁**)借古爲喻。(**奚禄詒甲本旁**)廣文。(**沈巖旁**)醒出廣文與□朋好相應。**濠梁同見招。**(**俞瑒甲本評**)陪鄭。(**嚴復墨眉**)"谷口"借子真以指廣文。**平生爲幽興，**(**俞瑒乙本評**)以"幽興"二字立骨。**未惜馬蹄遥。**(**方拱乾評**)馬上作。(**題商盤紅旁**)意餘言外。(**奚禄詒甲本旁**)賦也。(**佚名己紅旁**)何鄭有舊好，公乃鄭之友，故園見□□素有山林幽意，與輕赴者異也。

【**彙評**】

方拱乾評：十首有十首之緒，一首有一首之緒，一毫凌替不得。

俞瑒甲本評：總起十首。

俞瑒甲本評：十首首尾相應，中間鋪叙，總以山林幽興爲主。

張學仁參定：恰是外邊一路寫來，極有次第。

其　二

題鮮于樞評：第二聯接第二句，第三聯應首句，結曰"翻疑柂樓底，晚飯越中行"，言此中恍若舊遊之地也。賦也。

錢陸燦甲本眉：此是初入門時作，前四句言其樹木之盛，後四句言其飲饌之美。公往時遊越中，柂樓晚飯，此風味秦中絶少，今將軍食客似之也。

錢陸燦乙本墨眉：此是初入門作，前四句言其樹木之盛，後四句言其飲饌之美。公往時遊越，舟中柂樓晚飯，此風味秦中絶少，今將軍食客似之也。

錢陸燦丙本評：錢云：此是初入門時作，前四句言樹木之盛，後四句言飲饌之美。

俞瑒甲本評：已到園中。

屈復評:一水,二樹木,三四承次句,五六承首句,前初至景,後半初至。早飯云晚飯者,園中夏木茂密,故疑晚也。潭、木總結。①

盧見曾紅眉:蔡寬夫曰:"卑枝"一聯乃疊韻對,如樂天"户大嫌甜酒,才高笑小詩",要因其語意偶合輒成就之,不以是爲工也。

盧見曾墨旁:此章志林中景物之勝。

百頃風潭上,千章(**李以峙墨眉**)按,"重"亦可通,然定當從"章"。夏木清。(**方拱乾評**)一首一首看去,便見其次第多寡,一毫不可凌替,此所謂緒也。(**厲鶚評**)三四承"夏木",四句皆風潭所有。(**奚禄詒甲本眉**)疊韻亦是老杜長處詩體,更有雙聲疊韻。(**王鄰德紅旁**)看起兩句境。(**王鄰德墨眉**)詠園内之潭、園中之樹以起興。次聯是千章之木,三聯是百頃潭映帶。(**黎維樅紅眉**)全首寫潭,潭最大,故特提出,居第二。卑枝低結子,(**嚴虞惇紅旁**)木。(**王伯沆紅眉**)"卑""低"字複。(**奚禄詒乙本紅旁**)應次句。(**黎維樅紅旁**)承二。接葉暗巢鶯。(**俞瑒甲本評**)承"夏木"。(**奚禄詒甲本旁**)承次句。(**沈巖旁**)"卑枝""接葉"俱疊韻。(**黎維樅紅旁**)承一。(**嚴復墨眉**)"卑枝""接葉"疊均[韵]字,枝卑故結子低,葉接故鶯巢暗。鮮鯽而思鱠,香芹思羹,此法東坡用之於"桑疇雨過羅紈膩,麥隴風來餅餌香"。鮮鯽銀絲膾,(**嚴虞惇紅旁**)潭。(**奚禄詒乙本紅旁**)應首句。香芹碧澗羹。(**俞瑒甲本評**)承"風潭"。(**奚禄詒甲本旁**)承首句。(**王鄰德墨旁**)此想像之意,見香芹可以佐鱠,坐水閣疑以爲舟起越行之思。翻疑柂樓底,(**俞瑒甲本評**)映"風潭"。(**佚名己紅旁**)倒振法。晚飯越中行。(**方拱乾評**)入門。(**李念慈紅眉**)二句復靚巧乃爾。(**俞瑒甲本評**)承第三聯説。(**奚禄詒甲本旁**)賦也。○二、四、六猶不是兩截,惟第七、八犯此。(**奚禄詒乙本紅旁**)無味。(**王鄰德紅旁**)字字形容。(**黎維樅紅尾**)見羹鱠

---

① 校注:"二樹木",杭本作"二樹木兼點時";"前初至景",杭本作"前半初至景"。

而思越，亦猶聞吴詠而思吴也。

其　三

題鮮于樞評：此詩詠戎王子襯貼慨歎，首尾備至，非晚唐詠物者所可同日語也。

屈復評：此在十首中，孤雁出群格也。一名二地，三收上，四山林，五六承三四，七八承四。

盧見曾紅眉：王士禄曰：十首中宕此一首，最見章法。

盧見曾墨旁：此章記林間花卉之奇。

秦應逵墨眉：西樵謂：十首中宕此一首，見章法。

黎維樅紅眉：異花第三。〇十首全寫山林，便覺呆板，忽詠一物，忽憶舊游，自是連章錯落法。〇後半即異花見無知己意，並寓零落之感。〇蔣弱六云：五六謂見遺於無意搜羅之人，不足怪，見遺於搜羅已盡之人，爲可恨耳。〇趙汸曰：絶域之花，久種中國，人不復以爲異，詳其託諭之意，殆爲玄宗寵任蕃將禄山驕恣之作也。

佚名己紅眉：寄興深遠。

萬里戎王子，（**汪琬甲本紅旁**）花名。（**俞瑒甲本評**）花名。（**俞瑒甲本評**）日華子曰：獨活，一名戎王使者。（**秦應逵紅旁**）花名。（**嚴復墨眉**）戎王子，外國花。何年别月支。（**方拱乾評**）此首專詠花，必入十首中乃稱。（**奚禄詒甲本眉**）專賦戎王子。（**奚禄詒甲本旁**）只可一句，不免專賦。（**王士禛評**）西樵常謂，十首中宕此一首，見章法。（**朱方藹紅眉**）詩至十首，於中單詠一花。（**陳治墨眉**）借一物成一篇，十首中不可無此變格。（**王鄰德墨眉**）詠園内之花，以戎王子起興，“異花開絶域”喻己之才而客殊方，君相皆不知也。以“蔓”喻時輩反匝清池，異花過時不采，爲風雨離披。異花開絶域，滋蔓匝清池。（**俞瑒甲本評**）合到園中。（**王士禛評**）獨表此物奇異,自古未有,以見山林之無所不備也。(**申頲紅眉**)亦是奇語。**漢使徒空到,神農竟不知。**(**奚禄詒甲本旁**)賦也。○"徒"字易"常"字,不妥。(**朱方藹紅眉**)正見其排蕩不羈。五六虚括,亦推開一步。**露翻兼雨打,開拆漸離披。**(**方拱乾評**)異花。(**李念慈紅眉**)此亦不必牽合,又何以解其餘乎?(**俞瑒甲本評**)見"滋蔓"。(**錢載評**)"露翻""雨打","開坼""離披",二句仍是順疊。(**沈巖眉**)詩自老境,注解穿鑿。(**黎維樅紅旁批仇注"張騫不攜此種"**)騫至西域,只得安石榴種。

【彙評】

錢陸燦乙本紅旁批錢箋"趙汸曰":登臨之詠,何必寄託?

錢陸燦丁本評:"千章夏木"以大者言,此以細者言也,各見章法。

俞瑒甲本評:皆言山林所有夏木以大者言,此以細者言。

張學仁參定:趙汸謂指禄山,殊牽涉。

秦應逵紅尾:此在十首中孤鶴出群格也。

吴廣霈墨尾:戎王子,月支國花名也,漢使所未采獻。《神農本草》所未詳也。

王鄰德紅尾:何氏園林花木多矣,獨賦此者,以其花非中國所有,故特紀之,别無他意。以爲爲安禄山而發,太迂遠矣。

其 四

題鮮于樞評:首四句極山林幽絶之趣,末四句言詞賦之工無益,山林之迹未遠,當盡捻書籍以賣,"來問爾東家",卜居以遂隱淪之志,可乎? 賦也。

屈復評:前景後情,極寫賞心,兼寫感憤,似收局而非收局也。山林闊大,略遊而已。賞心如此,下方細遊,看第十首自知結法。

盧見曾墨旁:此章羨林傍幽僻之致。

黎維樅紅眉:繞説到山林。第四前半乃園林外邐迤而行所見之景,後半入意中語發感。

旁舍連高竹,疏籬帶晚花。(**方拱乾評**)此首可結,却結不得以上四首。公與鄭游,主人未出,下六首主人方出。五句生六句,六句生七八句。(**奚禄詒甲本眉**)樸老。(**王鄰德墨眉**)詠園内之竹,且傷文人不若武夫。**碾渦深没馬,**(**俞瑒甲本評**)承"旁舍"。(**倪象占藍眉**)"碾渦"即車輪所經之轍,泥濘故"深没馬",似亦可備一解。**藤蔓曲藏蛇。**(**方拱乾評**)即"何日沾微禄"之意。(**俞瑒甲本評**)承"疏籬"。(**奚禄詒甲本旁**)四句散序景。(**奚禄詒甲本眉**)非窮相也,慣語也。(**嚴復墨眉**)"没馬""藏蛇",皆非事實。(**李以峙墨眉**)(藏蛇)按"垂"字不響,當從"藏"。**詞賦工無益,**(**黎維樅紅旁**)時方獻賦不遇,故云。**山林迹未賒。**(**俞瑒甲本評**)轉入來遊。(**盧見曾墨旁**)言不遠。**盡拈書籍賣,來問爾東家。**(**方拱乾評**)旁舍。(**盧見曾墨旁**)王筠詩:"微步出東家。""東家"指何氏。(**李念慈紅眉**)"詞賦"及"盡捻"句辣筆。(**奚禄詒甲本旁**)賦也。(**奚禄詒乙本紅眉**)末句似窮相,越見雅趣。(**沈巖眉**)後四句一氣結,意從第六句生出。(**黎維樅紅旁**)始卜鄰也。(**黎維樅紅眉批仇注"水漩成渦"**)楊氏《鏡銓》本王洙注,謂"碾渦",碾磑間水渦旋也,當指水磨。此説與仇注異。

【彙評】

方拱乾評:忽到自身,讀來恰有一當感慨之緒,所以神妙。

俞瑒甲本評:亦以山林所有言。

張學仁參定:上四整煉,下四蕭疏。

陳訏紅眉批仇注"是事實。是想像"處:"没馬",言渦,渦之深可没馬也。注言"事實",可笑。"藤蔓曲藏蛇",亦形容藤蔓之曲,如藏蛇也。注云是"想像",安知不藏他物耶?尤可笑。

朱方藹紅眉：頸聯高興之言，非念語也，結愈窮相愈高致。

其　五

題鮮于樞評：首四句以山水筍梅之異態起興，三聯形容其好事而貧，結語又自然真率。賦也。

錢陸燦甲本眉："銀甲"二句，按前後詩無絲竹之設，此乃寫將軍之好事而罷官，若謂銀甲且留他日用，金魚可取去换酒來也。

錢陸燦乙本墨眉："剩水"，引江作池，"殘山"，破石作洞也。"銀甲"二句，按前後詩無絲竹之設，則何用此？此乃寫將軍之好事而罷官，若謂銀甲且留他日用，金魚可取去换酒來。

錢陸燦丙本評：錢云："銀甲"二句，按前後詩無絲竹之設，則何用此？蓋寫將軍以好事而罷官，若謂銀甲且留他日用，金魚可取以换酒也。

屈復評：首聯大景，次聯小景，五六事，七八承五六。"興移"即移樽也。"無"即不也。①

題張問陶墨眉：三四倒裝句法。○通首散漫寫去，無起束照應，另是一格，亦緣十首自有大起結，此首如中聯也。

盧見曾墨眉：此章見山林景物而喜逢豪飲。

盧見曾紅旁：王嗣奭曰：散漫寫去，無起束呼應，另是一格，亦緣十首自有大起結，此首如中聯也。

黎維樅紅眉：山林第五。○首二景之大者，次二景之小者，後半留飲，足見主人好客豪情。○陳云：起二句説得闊大，方是山林，非小小園林可比。○李云：結語寫出流連酣適之致。

---

① 校注："次聯小景，五六事"杭本作"次聯小事"，疑過録時漏字。

剩水滄江破，（吕留良紅旁）奇。（題商盤紅旁）對起。殘山碣石開。（錢陸燦甲本旁）“剩水”，引江作池，“殘山”，破石作洞。（李念慈紅眉）起壯闊。（俞瑒甲本評）山水。（嚴虞惇紅眉）“剩水”，引江作池，“殘山”，破石作洞。（厲鶚評）初夏。（題商盤紅眉）言水似滄江决剩之水，山如碣石鑿殘之山。本形容山水之大，却故用“殘”字、“剩”字，反挑其意，此法自唐人後絶響矣。（朱方藹紅眉）“剩水”猶破“滄江”，“殘山”足開“碣石”，言其大也。結語寫出流連酣適之致。（嚴復墨眉）“剩水”“殘山”自指園中之小結構，然臣民於金甌無玷時却不應作此語。不止申符孟所云之太纖而已，即章法亦嫌散漫。（王鄰德藍旁）“剩”“殘”二字奇絶。（王鄰德紅眉）壯麗。（王鄰德墨眉）詠園内池山，方及飲酒。（黎維樅紅旁）言園中山水乃滄江碣石所餘，總形容園之廣也。緑垂風折笋，紅綻雨肥梅。（方拱乾評）三四句乃折腰體，與“月明垂葉露”同，力在“垂”“綻”二字。（方拱乾評）折腰體。“梅”當是子以應月也。（吕留良紅旁）雅媚可人。（俞瑒甲本評）物産。（王士禛評）西樵曰：“紅綻”句俗。（題商盤紅旁）折腰句，層折句，鹿盧句。（奚禄詒甲本眉）前四句立意琢練。（奚禄詒甲本旁）句亦未是所貴。（奚禄詒乙本紅眉）立意琢煉。（吴錫麒紅眉）如此設色，却不落晚唐門户，以其格煉也。（嚴復紅眉）“紅綻”句，王云俗。（王鄰德紅旁）寫景親切，絶妙古今。（王鄰德藍旁）倒裝。銀甲彈箏用，（李以峙墨眉）按，“卸”不如“用”。金魚换酒來。（方拱乾評）銀甲留歌以侑客，而金魚换酒，見主人情重。（吕留良紅旁）未瑩。（俞瑒甲本評）人事。（方貞觀墨眉）“銀甲”“金魚”二句，學究家莫不讚歎傾倒，且解云：銀甲須留着彈□，金魚可將去换酒。興移無灑埽，隨意坐莓苔。（方拱乾評）山水。（方拱乾評）緒之一字，人總不肯究心，原是天生自然，如風之起萍末。（奚禄詒甲本旁）賦也。○前六句皆逐句寫景之情。（王鄰德墨尾）永徽二年、武后天授元年，改佩龜。杜詩“金魚换酒來”，蓋開元中復佩魚也。（黎維樅紅旁批仇注“其好客而貧”）語不妥。

【彙評】

俞瑒甲本評:“剩水”謂引江作池,“殘山”謂破石作洞,皆是山林勝處。

張學仁參定:上六句各説一件,末用“隨意”二字穿起,另是一格。

題商盤尾:起寫大景,接寫小景,轉寫宴樂之事,結寫移樽之興。全首不露針綫,但以字眼密縫,字字用意,清麗無比。此早年致工之作。

其　六

題鮮于樞評:首一句言飛瀑而下,三句承之,末四句言野老饋魚,而歎其土風之淳樸與他處不同。賦也。

丁耀亢紅眉:渾老。

錢陸燦甲本眉:方云:酒醒矣,尚思卧簟。“醒”字及“卧”字,又畏其冷不敢卧也。河魚即野老手中之物,看客而送魚,正見其俗之淳樸。○方説“野老”二句連看故妙,愚意上句是野老來看園中主客,而河魚則土産之賤,非必專屬手中之物也。

錢陸燦乙本墨眉:方曰:酒醒矣,尚思卧簟乎? 及“醒”字、及“卧”字又思以其冷不敢卧也。河魚即野老手中之物,看客而送魚,正見其俗之淳樸。方説“野老”二句連看固妙,愚意上句是野老來看園中主客,而河魚則土産之賤,非必專屬手中之物也。

錢陸燦丙本評:錢云:方説“野老”二句連看固妙,愚意上句是野老看園中主客,而河魚則土産之賤,非必專屬手中物也。

屈復評:風磴之吹瀑泉,如雲門之吼陰雪,三四上實下虚,一二景,三四情,五六事,七八讚美之。

題商盤紅眉:“風磴”實景,“雲門”虚形;“陰雪”虚形,“瀑泉”實景。看其對法。“吹”字似難敵“吼”字,合三字讀之,乃見其得力。○三言醉而熱也,此雖實事,却屬襯語。酒醒方思卧簟,衣冷竟欲裝綿，縮二字成句。三乃反起下意，四則正應首意。〇野老本來賣魚，因見主人有佳客，遂以鮮鱗助饌，故以"淳樸"目之。言末俗竟及刀錐，豈宜有此？疑此地"别一山川"也。本言如見上皇之俗，造語别有婉味，又以"山川"字借挽起處，巧妙絶倫。

盧見曾墨眉：此章狀山林高寒而美其淳樸。

黎維樅紅眉：山林第六。〇起二句是風潭百頃之源。〇蔣云：五六言何將軍不禁人游，不禁人取，即所謂淳樸也。

風磴吹陰雪，（**題商盤紅旁**）對起。（**奚禄詒甲本眉**）亦樸得好。（**倪象占藍眉**）"陰雪"即瀑泉，上句形容下句，方虚谷以"聽雨寒更盡，開門落葉深。微陽下喬木，殘燒入秋山"爲奇，不知原本於此。**雲門吼瀑泉。**（**俞眉**）仇云：飛瀑乍疑是雪，二句遞説。（**題商盤紅旁**）實眼句。（**奚禄詒甲本旁**）申首句。（**奚禄詒乙本紅眉**）次句申上，因瀑而疑爲吹雪。（**嚴復墨眉**）游時當是夏初，而作寒語，如是故佳。（**王鄰德墨眉**）詠園之磴，復及酒醒。（**王鄰德紅眉**）淳樸中便生出幽、生出遠來，莫作無趣看。故高人於山水朋友，每思此二字。**酒醒思卧簟，**（**題商盤紅旁**）流水對。**衣冷得裝綿。**（**方拱乾評**）因上句而冷。（**俞瑒甲本評**）承上。却於夏時見佳。（**申涵墨眉**）"得"字、"更""欲"字妙。（**題商盤紅旁**）縮脈句。**野老來看客，**（**方貞觀紅旁**）五字有意趣。**河魚不取錢。**（**題商盤紅旁**）走馬對。（**奚禄詒甲本旁**）十字一句讀。（**奚禄詒乙本紅旁**）十字一氣，詩又一層。**衹疑淳樸處，自有一山川。**（**方拱乾評**）洞中。（**奚禄詒甲本旁**）賦也。（**朱方藹紅眉**）後四句並推及風俗，而山林之妙始出。（**王伯沆紅眉**）收句複。（**佚名己紅旁**）與前翻□結法相類。

【彙評】

俞瑒甲本評：山林風景，山林韻致，皆所謂幽興。

其　七

題鮮于樞評：此言石林之蟠於水府百里之間，獨爲奇秀，而土物珍美，山鬼伏藏。賦也。

屈復評：前半清晨早飯，三句承次句，四句承首句，後半山林之大，野鶴於清晨便出，山精到白日始藏，石林水府，百里蒼蒼，其大何如？①

盧見曾墨眉：此章志山林物産而歎其景幽。

王鄰德墨眉：詠園筵上之肴，又自園内以望外邊景象。野鶴、山精，傷時多魑魅而無鸞鳳，豈光天化日所宜有哉？

黎維樅紅眉：山林第七。○此數首俱四句分截。王嗣奭所謂七章自有大起結，此數首如中聯，故不妨逐節爲之。且每章俱用對起，可見是如排律之中，間若單作一首，則不能如此矣。

棘樹寒雲色，（**俞瑒眉批**）仇注："棘"作"棟"，音"色"，大木也。（**奚禄詒乙本墨眉**）小棗宜從"棘"，若"棟"又是一木名，刊作"棟"者，特通用耳，從朿。（**李以峙墨眉**）（棘樹）按，"棟""棘"形似，必有一誤，竊謂無甚妙義，姑兩存之。茵蔯（**盧見曾墨旁**）《本草》：蒿類，經冬不死。春藕香。（**嚴復墨眉**）"茵陳"之下而接"春藕香"，殊不可解。茵陳不似藕，一也；藕非春物，二也；藕雖有香，不□茵陳，三也。不知杜公當下筆時如何善想？若謂一句中而言兩物，又令上句句法不對。脆添生菜美，（**俞瑒甲本評**）承次句。（**奚禄詒乙本紅旁**）承次句。（**黎維樅紅旁**）承二。陰益（**李以峙墨眉**）按，"蓋"字顯係形似而誤。食單凉。（**俞瑒甲本評**）承首句。（**俞瑒甲本評**）生菜得茵蔯，"脆添"其美，食單鋪於棘樹下，"陰益"其凉，俱是山林所有。（**盧見曾墨旁**）趙氏以"單"爲鋪地之單，乃布單也。（**吴廣霈墨尾**）千家

① 校注："清晨"杭本作"侵晨"；"石林水府"杭本作"石水府"。

注云:食單鋪於棘陰之下,益其凉也。(**奚禄詒乙本紅旁**)承首句。(**奚禄詒乙本墨眉**)明是簞食,如何非之。(**黎維樅紅旁**)承一。**野鶴清晨出,**(**奚禄詒乙本紅旁**)兩截耳。(**盧見曾紅旁**)浦起龍曰:"野鶴"一聯,刻意生色。**山精白日藏。**(**方拱乾評**)陰森可畏。(**方拱乾評**)生結。(**盧見曾墨旁**)《玄中記》:山精如人,一足,長三四尺,食山蟹,夜出晝藏。(**朱方藹紅眉**)又寫其大幽處,於五六得之。**石林蟠水府,百里獨蒼蒼。**(**方拱乾評**)石林。(**李念慈紅眉**)用一"蟠"字便覺沉厚。(**俞瑒甲本評**)蓋見幽曠。(**奚禄詒甲本旁**)賦也。○真是兩截。(**嚴虞惇紅眉**)結語雄深,非止園中氣象矣。(**黎維樅紅旁**)言其氣象之遠。

【彙評】

陳訏紅眉批仇注"茵蔯之脆,得生菜而加美"處:"脆添生菜美",是言生菜之脆,倒裝句法。注言"茵蔯之脆,得生菜而加美",豈二品同一器耶?陋解。

其　八

題鮮于樞評:此公於何將軍山林而憶昔遊之樂,且惜無郢客吴兒之刺船解水,今也於此坐對秦山,而江湖之興,頗相隨而不絶,豈非幸歟!賦也。

方拱乾評:此首乃遊定昆事,借賓形主法。若選乎此首,必在刪例,刪之,如十首何?如此十首可選乎?可言何首勝,何首遜乎?

錢陸燦甲本眉、乙本墨眉:此言往日游定昆池,亦有此樂。○何氏有水無船,不如定昆池,故對秦山而動江湖之興。

盧見曾墨眉:此章因水府而旁記游迹。

王士禛評:此首忽出題外,亦十首之章法也。與"萬里戎王子"同格。□□(下闕)

屈復評:此接上首石林之大,憶游昆池之事,以暗形容也。前六句皆往來,末二句方結本題。

憶過楊柳渚,(**方拱乾評**)專詠題外,惟十首乃可用此。(**黎維樅紅旁**)承上末二句觸發。**走馬定昆池**。(**方拱乾評**)唐安樂公主請昆明池爲私沼,不得,乃自鑿定昆池,言勝昆明也。(**俞瑒甲本評**)兼及往事。(**奚禄詒甲本眉**)全是客意,亦是兩截。(**奚禄詒乙本紅眉**)亦兩截。(**王鄰德墨眉**)以回憶舊遊推開一步。(**黎維樅紅眉**)歷叙遊興,第八。○舊解作追憶昔遊,覺數首板叙,得此一首以跌宕之,更見波瀾飛動。(**嚴復墨眉**)定昆池乃安樂主所鑿,在長安韋曲之北,結韻亦□矣。**醉把青荷葉,狂遺白接羅**。(**盧見曾墨旁**)《晉書・山簡傳》:時人歌曰:"時時能騎馬,倒着白接羅。"白巾也。《爾雅注》:白鷺翅上有長翰,江東取爲接羅。(**朱方藹紅眉**)叙幽賞已畢,又追憶所經,章法不窘不迫。**刺船思郢客**,(**奚禄詒甲本旁**)此時即有是楚思耶?**解水乞吴兒**。(**俞瑒甲本評**)襯起秦山。(**陳治墨眉**)"解水"二字,未詳出處。**坐對秦山晚**,(**方拱乾評**)老在行,細心領略。**江湖興頗隨**。(**方拱乾評**)憶江湖。(**俞瑒甲本評**)應起句。(**奚禄詒甲本旁**)賦也。

【彙評】

錢陸燦丁本評:湘靈云:何氏有水無船,不如定昆池,故對秦山而動江湖之興,亦與第二首"晚飯越中行"相應。

陳訏紅眉批仇注"留連累日,故柳渚昆池,亦皆經過"處:楊柳渚、定昆池,必俱近秦山,詩首言"憶過",必平時所過,或遊園來路所經。故今身在園中,對秦山而憶昔遊也。注言:同屬遊園累日留連之事,豈一二日間,即云"憶過"耶?蓋注因"荷葉"與上"折筍""肥梅"云同在夏時,安知昔游不在夏?而荷葉非園中獨有,且定昆池安樂公主所鑿,非何將軍園所有明矣。

陳訏紅眉批仇注“豈指平時遊歷耶？諸章言鮮鯽香芹，言緑筍紅梅，言生菜食單，言醉把荷葉，知園中留飲非一日矣”處：園中品物錯舉雜陳，注以爲留飲非一日，則除鮮鯽外，將如竟日長齋耶？且如此解詩，豈知詩者？

王瀣德墨尾：前言往日邀遊之興，醉而且狂，兹欲得吴楚之善操舟解水者，資之以遠適江湖也。在何氏山林所對之山俱爲秦山，對秦山而動江湖之興，無非欲快其遊志耳。

其　九

題鮮于樞評：此言喜將軍子弟能文而多書，及醒酒聽詩，至於夜分而掛絺衣於蘿薜凉月之間，其清絶可勝言哉！賦也。其第二聯應首句，後四句應第二句及第四句。

屈復評：“書”“樹”平列，中四俱承首句，七八方承次句。此與王無功《野望》同格。此首專贈主人。①

盧見曾墨眉：此章宿何園而記其韻事。

題張問陶墨眉：五六倒裝。

王瀣德藍旁：三四與六貼首句，五與結貼次句，兩意轉換開合，意致無窮，此謂大家數。

王瀣德墨眉：方贊將軍，並及童子，然不好武之將軍亦可知矣，能文之稚子學亦可想。

倪象占藍眉：後四句好。

黎維樅紅眉：贊主人第九。補寫主人，非此與山林不稱。○上

---

① 校注：“‘書’‘樹’平列”，杭本作“起‘書’‘樹’平列”；“此首專贈主人”後，杭本尚有“舊在第七首，今本乃移第九首，不過欲就已歸美將軍之解乎？余意既陪鄭來遊，亦當有一首贈之”等句。

俱言遊，此乃歸宿。

床上書連屋，階前樹拂雲。（**俞瑒甲本評**）並見將軍幽興。（**厲鶚評**）兼美將軍。（**奚禄詒乙本紅旁**）無味。將軍不好武，稚子總能文。（**方拱乾評**）周旋主人。（**奚禄詒甲本眉**）三四承首句，五七承次句。月在蘿薜，故覺"白紛紛"也。（**朱方藹紅眉**）美主人一首自不可少。（**陳治墨眉**）"將軍"二字只此一點，並不沾滯。（**王鄰德紅旁**）言外亦具世變。醒酒微風入，聽詩静夜分。絺衣掛蘿薜，（**俞瑒甲本評**）切夏衣。（**黎維樅紅旁**）結夏景。凉月白紛紛。（**方拱乾評**）宿書塾。（**吕留良紅旁**）奇。（**奚禄詒甲本旁**）賦也。（**奚禄詒乙本紅眉**）方采山云：是蘿薜之影而月紛紛，寫景妙矣。（**申頲紅眉**）"白紛紛"言月下蘿薜便畫，必畫不出。（**王鄰德藍尾**）"白紛紛"言其在薜蘿之間如此也。（**嚴復墨眉**）凡以"紛紛"狀物，必存浮動。凉月静夜而云"紛紛"之白，此□趁韻。

【彙評】

俞瑒乙本評：叙歸意珍重，三四回抱上文，結帶起下重過，有去路。

其　十

題鮮于樞評：言將歸而幽意忽不愜心，故出門而流水即住，回首而白雲空多於歌舞也，惟自笑耳，其誰憐之？然此山林之美，雖風雨亦將與朋好相過也。賦也。

方拱乾評：通首是幽意。細讀恰恰當十首，增減不得，紊亂不得，可以悟詩緒矣。情深令九首動，令後五首生。

錢陸燦甲本旁：方曰：此首乃歸時所作，末四句到寓中，且歌且舞，因思與廣文再訂遊期，風雨亦不違也。

錢陸燦乙本墨眉：此首乃次日歸時所作，末四句回到寓中，且歌且舞，自喜斯游之樂，因思與廣文再訂遊期，風雨亦不違也。

呂留良紅眉：暗中摸着此首，知爲老杜。

俞瑒甲本評：總結。

屈復評：本因歸期，意始不愜，倒點法也。出門見流水而暫住，回首望白雲而忽多，不忍别也。五六意中歸後事。〇此少陵早年作，在全集中雖非極致，然其章法、句法、字法已備矣。惟中間不點廣文，似微欠斟酌。

盧見曾墨眉：此章總結，乃出門以後情事。

朱方藹紅眉：叙歸意仍珍重，三四回抱上文，滯；結已帶起"重過"。

題張問陶墨眉：起句突兀。〇八句之内，勢變多端，尺寸之間，移形换步，正所謂"波瀾獨老成"也。其不容易放筆如此。

秦應逵眉批：是十首結語。

嚴復墨眉：結什於十首中最爲俊逸。錢盧山謂：八句之内，變勢多端，尺寸之間，移形换步，所謂波瀾老成，如此可謂老眼無花矣。

吴廣霈墨眉：是十首總結語，是游畢將去語。回首山林欲留難住，餘興未盡，故有後遊，此背面傅粉法，亦蟬聯遞下法也。

王鄰德墨眉：此首以歸結之。仍欲同朋好重過，雖風雨亦來，不盡之意，爲何如哉？

沈巖眉：幽處正難賞盡，忽作歸計，真先意事也。一句收前"幽興"字，是十首結語。

黎維樅紅眉：歸期第十。〇結到知己縱情，並無聊自遣，情懷如畫。煞尾是十首結語，拖起後游，天然湊合。〇王右仲云：合觀十首，成一大篇，固有次第，而煉字煉句之法亦盡，語語切時景，無一字落空，無一語犯複。世以潦草湊才、架屋疊床，徒誇繁富耳。〇按：連章律詩亦古人集中所少，惟杜章法整嚴，中亦極變化，熟此可以類推。

幽意忽不愜，（**俞瑒甲本評**）應“幽興”。（**王瀣德墨旁**）“不愜”二字用之“幽意”，妙甚。**歸期無奈何。**（**奚禄詒甲本旁**）申上句。（**奚禄詒乙本紅眉**）次句申首句，三四主人涵泳，五六正是不愜，恰是末首。（**黎維樅紅旁**）惟其歸所以不愜，確是遊後情景。**出門流水住，**（**奚禄詒甲本旁**）好“住”字，他人用不出。（**李以峙墨眉**）（流水住）按，“住”“注”形似，必有一誤，句無妙義，姑宜從“住”。（**黎維樅紅旁**）結水，與“名園”二句應。有欲去不忍之意，縹緲無盡，連章大篇，必須得此大結，乃成格局。**回首白雲多。**（**俞瑒甲本評**）承“歸”字。（**奚禄詒甲本眉**）三四足人涵泳。（**王瀣德藍旁**）水自無住，但出何氏山林，便覺境别。如此最是妙境。**自笑燈前舞，誰憐醉後歌。**（**方拱乾評**）生下。（**奚禄詒甲本旁**）正是“不愜”。（**王瀣德墨旁**）世不能容公之狂，何將軍日與游而不覺，真有知己之感。“自笑”“誰憐”，亦不忍舍意。**衹應與朋好，**（**沈巖旁**）不忘却“陪”字。**風雨亦來過。**（**方拱乾評**）已接重過矣。（**方拱乾評**）歸。（**俞瑒甲本評**）結還賡文。（**奚禄詒甲本眉**）感慨之至。（**奚禄詒甲本旁**）賦也。○恰是末首。（**沈巖旁**）定知有重過事。（**黎維樅紅旁**）起云“不識”，後訂“來過”，脈縷甚細。（**佚名己紅旁**）水自無住，但出何氏山林，便觉境别。如此最是妙意。

【彙評】

錢陸燦甲本眉：牧翁與爾止書云：“幽意”云云，兩句突兀而起，即兩句截斷。○“出門”云云，此一輪轂也。次一轉云“自笑”云云，“衹應”云云，八句之内，勢變多端，尺寸之間，移形换步，所謂“波瀾獨老成”也。此老不容易放筆如此。徐㘵曰：“幽意忽不”云云，蓋前五首仍述何氏山林之勝，故末首云將别何氏而歸，真無奈何耳。趙注以爲自叙歸懷，真用夢説。

盧見曾紅旁：趙汸曰：凡一題而賦數首者，須首尾布置，有起有結。每章各有主意，無繁複不倫之失，乃是家數。觀此十章及後五章可見。王嗣奭曰：合觀十首，分明一篇游記，有首有尾，中間或賦景，或寫情，經緯錯綜，曲折變化，用正用奇，不可方物。李因篤曰：末章是十首結語，老氣橫空，直使後五首可接。

俞瑒甲本評：前云"不識"，後定"來過"，起結井井如是。

張學仁參定：杜公律詩如《胡馬》《畫鷹》諸作，字烹句煉，所謂良工心獨苦也。至偶然遊覽之作，不過興到筆隨。必執一字一句，辯論連篇，反失作詩本旨。

王鄰德墨尾：總閱十章之意，首章曰"不識"，曰"今知"，曰"路"，曰"橋"，自園外見水，墻外見竹，"同見招"，出一"陪"字。既至，則詠園中之景，如潭木、花竹、池石、風磴、雲門，及之以筵上之肴，茵蔯、春藕。又自園内望外，曰"蟠水府"，曰"對秦山"，因起舊遊定昆之感。既至堂奥，則見階前樹，床上書，贊將軍遂及稚子，而酒醒月凉，無奈歸矣。惜别於流水白雲，歸後以醉酒歌舞以慰之，冀其重遊，雖風雨亦往。自來至歸，層次如老將臨行伍，旗鼓井然，又如太宗覘陣，殺得入，復殺得出，方見章法之妙。學者不可不知。

送高三十五書記

方拱乾評：高適，字達夫，渤海人。哥舒翰表掌書記。〇古。句句是調笑高生，又是愛惜高生。字字感慨，通篇是惜高生。

錢陸燦丁本評：慷慨悲憤，兼寓其中。

汪琬丙本評：數語雜凑。

嚴虞惇紅眉：起句憂時碩畫，以下云官别情。

陳訏紅眉批仇注"且素負鞍馬之才"處：以高生而跨鞍馬，正如飢鷹附人，深歎之。（仇）注高“素負鞍馬之才”，失之遠矣。

陳訏紅旁批仇注“豈肯羈身一尉”處：與幽并兒爲伍，非高志。

屈復評：首四句刺勞師於邊也，次十句敘高生之遇，又次八句勖而期之，又次十句惜離別而望音信也。主見甚高，而語多拙淺。①

奚禄詒甲本旁：一篇全無起伏收斂，神氣懶散。

盧見曾紅旁：送書記，却從主將發端，設爲商略，以諷窮兵之非。立言有體，中陳規戒。末致纏綿，詞意並到。錢謙益曰：明皇有事於西戎垂二十年，用哥舒翰於隴右，始克石堡而靡敝中國多矣。此詩以窮荒爲戒，亦以見哥舒之謀國不臧也。仇兆鰲曰：天寶之亂，由當時黷武所致，公已先見其兆矣。高爲書記，軍事皆得參謀，故以休兵息民告之，此送高本旨。“驚風”二句已不得往，“黄塵”二句高不能來，故囑其寄詩以相慰。從軍詩仍應記室。《通鑑》：積石軍每歲麥熟，吐蕃輒穫之，邊人呼爲吐蕃麥莊。天寶六載，哥舒先伏兵於其側，寇至，斷其後，夾擊之，無一人得返者，自是不敢復來。

方貞觀墨眉：題是“送高書記”，作如此起，突然而來，高卓無比。再看其下文如何開宕，如何收束，固知作詩須胸中先有成局，自然章法井然。起句言前此已伏兵擊虜，虜不復來，正可休兵養民，小麥正熟，民賴以生。官兵之害，不亞吐蕃，何可因前此一捷，遂黷武幸功耶？是在書記有以轉移之耳。

錢載評：實十六韻。

吴士模墨眉：屈批：主見甚高而語多拙淺。

陳治紅眉：此詩無窮轉變起伏。〇當是由封邱尉爲掌書記也。

---

① 校注：杭本“望音信”後闕“也”字；吴本僅有“屈批：主見甚高，而語多拙淺”一句。

陳治墨眉：此蓋深不滿於哥舒翰之窮兵，而惜高生之側翅相隨也。

魯一同評：此篇不爲刻思峻語，而神氣宕逸，得漢魏之遺。

吴廣霈墨眉：起結俱遒美，且亦婉轉，煞有情致。

奚禄詒乙本墨眉：皎然謂：起手四句不見題。劉辰翁謂：四句後全不相涉。胡孝轅云：二公之評似矣，猶未中其病，病在發端便作規勸語，無地留後之面，必難成章也。中雖有警句，大段破碎，結更弩末不扼，因下筆先失勢耳。

沈巖旁：無窮轉變起伏。

佚名乙墨眉：昌黎詩亦云："判官卑官不堪説，未免箠楚塵埃間。"《邵氏聞見録》：唐參軍簿尉，有罪加撻罰，如今之胥吏。鮑欽止則謂：撻罰有罪者，非身受杖之謂。

佚名己紅眉：通篇惜之也。〇吐蕃麥熟之日，即率部來積石軍收穫之。哥舒翰遣將邀擊，使匹馬不得返。公送高適詩開口便發此語，亦探本之論也。

崆峒小麥熟，且願休王師。（**奚禄詒甲本眉**）陡然而來，後無結束。（**錢載評**）蘇李。（**徐松紅眉**）以下皆酬贈之作，見老杜一生交誼。（**魯一同評**）起法若著題，若不著題，興會致妙。（**佚名丙評**）起境老。首戒邊將窮兵。請公問主將，（**徐昂發評**）指哥舒翰。焉用窮荒爲？（**方拱乾評**）此語有相訴難告之意，或云"焉用窮荒爲"之意。篇中尚當少見，然當時或有難言者，故未能暢説耶？（**李念慈紅眉**）諷用兵西戎之失，便有關係。（**張雝敬墨旁**）語多微辭，諷之也，亦惜之也。（**吴廣霈墨旁**）"安"一本作"焉"，義同。（**徐昂發評**）指翰舉兵伐石堡城。（**嚴復墨眉**）先透一筆，好。（**黎維樅墨旁**）足見此老胸中經緯。（**錢陸燦乙本紅眉**）起四句憂時碩畫，以下云官别情。飢鷹未飽肉，（**方拱乾評**）"飢鷹"，公每作好字用。（**奚禄詒甲本旁、乙本墨旁）指吐蕃。（黎維樅紅旁）先作一比。側翅隨人飛。（錢載評）所謂俊骨也，從蘇李來乃有此，然何嘗見蘇李。（黎維樅墨旁）如見豪士。（魯一同評）先用興語，再入高生，入題無迹。高生跨鞍馬，有似幽并兒。（黎維樅紅眉）張曰：寫高從戎裝束，似贊似嘲。（秦應逵墨眉）以下淺易。脱身簿尉中，（沈巖眉）“脱身簿尉中”當是由封邱尉爲掌書記也。始與捶楚辭。（吴廣霈墨眉）箠楚小民，簿尉之責也。或言簿尉被箠楚，真乃胡説。牧齋注亦妄從謬説，吾所不取。（徐昂發評）唐簿尉之輕如此。借問今何官，觸熱向武威。（王士禛評）以下淺易。答云一書記，所愧國士知。（方拱乾評）問答妙。薄官之意，見於言表。（奚禄詒甲本眉）序高正歎其儉卑耳。人實不易知，（方拱乾評）轉。更須慎其儀。（丁耀亢紅眉）變化。（陳治紅眉）以封常清前例期之，作虚設也。（陳治墨眉下）哥舒未必知高，高亦未可謂盡知哥舒也。一“慎”字深情畢露。（方貞觀墨眉）“人實不易知”言知己之甚難。既蒙其知，更當慎其儀形，以無負知己。（魯一同評）跌宕。十年出幕府，（沈巖旁）以封常清。自可持旌麾。（孫承澤墨眉）至言。（沈巖旁）前例期。非虚設。（徐昂發評）唐幕府之重如此。（吴士模墨眉）亦真摯，亦樸率，而評者以淺易忽之，恐此境正未易也。此行既特達，足以慰所思。（李念慈紅眉）古人贈送，必有勖勉之詞。（紅眉）高未幾即持節，有知人先見之明。（嚴復紅眉）此時詩與夔巫諸作大異，有蒼健而無潦倒，雖有涪翁之説，吾殆不以後易前也。男兒功名遂，亦在老大時。（張雝敬墨旁）更作幸語、慰語，意亦微矣。（吴廣霈墨眉）“男兒”二句，忼當以慷，况有老大而功名不遂者耶？（嚴虞惇紅旁）大唐佐切。常恨結驩淺，（陳治紅眉）曲折頓挫，無不竭情盡致。各在天一涯。（方拱乾評）此真《三百篇》之遺旨也。（魯一同評）此下仍是漢魏常調。（吴廣霈墨旁）此四句有蘇李河梁贈别風度。（王伯沆紅眉）擬漢人而氣反不振。（張雝敬墨旁）曲折如意，連下當作三層看。（佚名丙評）曲折頓挫。又如參與商，慘慘中腸悲。驚風吹鴻鵠，不

得相追隨。（**奚禄詒乙本墨眉**）起結俱失。（**陳治墨眉**）俞云："驚風"等句，絶似建安，以一氣連看乃佳耳。○凡鳥飛而超則仰左翼，飛而下則仰右翼，故鷙鳥下擊皆先側左翅也。**黄塵翳沙漠，念子何當歸。**（**方拱乾評**）公念高。（**沈巖眉**）"何時歸"有餘力，應"休王師"無迹。（**吴廣霈墨眉**）"當"一本作"時"。**邊城有餘力，早寄從軍詩。**（**方拱乾評**）詩乃交之本。（**方拱乾評**）高念公。（**奚禄詒甲本尾批**）賦也。（**吴士模墨眉**）漢魏遺音。（**黎維樅紅旁**）到底熟處難忘。（**黎維樅紅尾**）《鏡銓》云：觀詩直有家人骨肉之愛，公於同時諸詩人，無不惓惓如此。

【**彙評**】

方拱乾評：相知終以詩，結得無漏。幾轉見情，是力是法。

錢陸燦甲本眉批錢箋"崆峒"：劉辰翁云，"崆峒"猶云一大地也。真瞽説。

方貞觀墨眉：通首讀去，憂危時事，規切朋友，臨歧禱祝，别後關心，油然藹然，無微不至。而章法之沉鬱頓挫，音響之古穆悲壯，尤不可及。

九日曲江

方拱乾評：《西京記》：曲江以水流屈曲，故名。

奚禄詒乙本紅眉："曲江"與"荆門"，相疑思家也。

王鄰德紅旁：《西京記》：曲江以流水屈曲，故名。

黎維樅紅眉：語淡而悲，妙造自然。○兼悲言悲秋，且悲老也。

綴席茱萸好，（**奚禄詒甲本旁**）起是何意？**浮舟菡萏衰。**（**嚴復墨眉**）起聯了題。（**奚禄詒乙本墨旁**）水平聲。**百年秋已半，九日意兼悲。**（**嚴復墨眉**）"兼悲"可作"帶悲"解，亦可作"倍悲"解。（**王鄰德紅眉**）

聯上有九日意，雖不著題，亦不離題，初學當以之爲法。**江水清源曲，荆門此路疑。**（**奚禄詒甲本眉**）“此路”特謂曲江與荆門相似，乃思家之意，然究竟犯晦。（**黎維樅紅旁**）言風景似龍山也。**晚來高興盡，摇蕩菊花期。**（**奚禄詒甲本旁**）賦也。（**嚴復墨眉**）結句當是言值令節而漂泊耳，然終無文理。（**王鄰德紅尾**）兩“年”字宜忌。

【彙評】

陳訏紅眉批仇注“似乎直致，須抑揚説來，方見曲折生動，言茱萸雖好，且菡萏已衰”處：茱萸好，菡萏衰，正是九秋節物，何必用“雖”字、“已”字，然後曲折生動。

贈陳二補闕

題鮮于樞評：此詩首尾俱對，律度整暇，唯第二聯似對非對，近世謂之偷春格者是也。其曰“寒始急”“老能行”“休看白髮生”者，盖勉其勿以哀老畏懦而不諫争。賦而比也。

申頲墨眉：壯亮中亦復蒼老。

吴廣霈墨眉：精整雋永，出色當行。

王鄰德紅旁：諫官。

王鄰德墨旁：此詩疑公未滿補闕。“多汩没”傷賢人淪落，“獨聲名”誦補闕之遇，“問長卿”，自謂也，“皂雕”“天馬”，自喻也。

世儒多汩没，（**奚禄詒甲本旁、乙本墨旁**）含己。**夫子獨聲名。獻納開東觀，**（**奚禄詒甲本旁**）漢永平元年，帝幸東觀覽書，因選藝術之士以充其官。**君王問長卿。**（**奚禄詒乙本墨旁**）下四句承“聲名”。（**王鄰德紅旁**）語自風致。**皂雕寒始急，天馬老能行。**（**奚禄詒甲本旁**）公好用此，其實套。（**奚禄詒乙本紅旁**）公常有此套語。（**王鄰德紅眉**）極力形容，其諫諍而不憚，而才力不衰。**自到青冥裏，**（**奚禄詒乙本墨旁**）己也。**休看白髮生。**（**奚禄詒甲本旁**）賦也。（**奚禄詒乙本墨眉**）結應首句，曰"休看白髮"，乃不忍看耳。（**秦應逵紅旁**）自然可到也。

【彙評】

吴廣霈墨尾：結尤婉妙。〇言雖然鬢髮已上青霄，不必再作沉淪之感已，即頂"多汨没""獨聲名"，才高意老，首尾呼吸相應，此古人起結法也。

王鄰德墨尾：開東觀若有獻納，君王如有所問，當以草野之中有長卿之人，如雕遇寒能搏，天馬雖老能行，而補闕休以白髮衰晚，默然於青冥裏，無所獻納也。

送張二十參軍赴蜀州，因呈楊五侍御

題鮮于樞評：此詩首四句言張參軍去秦赴蜀，使我别恨有加無已。後四句言因張參軍呈楊侍御，言侍御與我相善，於爾必見愛也。賦也。

方拱乾評：初學能體貼此詩，則五律之法備矣。

錢陸燦丁本評：東坡詩押"輿"字本此，以此字寫蜀山，則蠶叢鳥道，盡在目前。

題商盤紅眉：楊必爲蜀中諸道使，而張參其軍，此四十字薦書也。"好去"乃當時方言，囑别之辭。〇因係通家，故添别恨。憶爾此去途中之景，能不牽人愁緒耶？第主人與我交善，必推通家之情於汝，賓主自當無間。

王鄰德紅眉：隨意點染，愁絶如畫。

王鄰德墨眉:"好去"二字,則見其通家交誼,而叮嚀告喻之意。

沈巖眉:用字新刻。

黎維樅紅眉:"直"字確是秦樹,"尖"字確切蜀山,只二字却能於警煉中有化工之妙。收處薦張於楊,妙在自然無迹。

好去張公子,(**方拱乾評**)直入。通家别恨添。(**方拱乾評**)順法。(**俞瑒甲本評**)送張。(**申頲紅眉**)"添"字不老。(**沈巖旁**)送。兩行秦樹直,萬點蜀山尖。(**錢陸燦甲本尾批**)鐵曰:山遠看則尖,猶之地下看星則圓耳,星不盡圓也。(**俞瑒甲本評**)赴蜀。(**題商盤紅旁**)三四承次。直叙句。(**奚禄詒甲本眉**)"直""尖"二字恰而奇。(**奚禄詒乙本紅眉**)三四隨意點染,愁絶如畫。(**奚禄詒乙本墨眉**)"直""尖"二字在"秦樹""蜀山"纔當。(**奚禄詒乙本紅旁**)境中有情。(**申頲紅眉**)家隱君曰:"尖"字入詩易纖,形容蜀山却妙。(**陳治紅眉**)叶尖韻,自先生始。(**吴廣霈墨眉**)一"直"字,一"尖"字,非泛設也,實可形容出秦樹、蜀山之真景,非身經其地者不知也。(**沈巖旁**)自秦入蜀。御史(**方拱乾評**)楊。新驄馬,(**方拱乾評**)轉。(**題商盤紅旁**)空言句。交互對。五六唤七八。參軍(**方拱乾評**)張。舊紫髯。(**方拱乾評**)挽。(**方拱乾評**)此定法。(**俞瑒甲本評**)分寫。(**吴廣霈墨尾**)結未佳。○"新驄馬",後漢桓典事。"舊紫髯",桓温參軍郗超也。(**沈巖旁**)分寫。皇華吾善處,(**方拱乾評**)合。(**方拱乾評**)應"通家"。(**俞瑒甲本評**)合收。(**奚禄詒乙本紅旁**)即楊五。於汝定無嫌。(**方拱乾評**)應"别恨"。(**方拱乾評**)楊侍御曾於奉使時與公交,故曰"皇華吾善處"。(**俞瑒甲本評**)應"好去"。(**奚禄詒甲本尾批**)賦也。(**王伯沆紅眉**)結似率。

【彙評】

俞瑒甲本評:用字新秀。

張學仁參定:“直”字、“尖”字,煉得精警,人不能下。

題商盤紅旁:三四此種句,一見極新。○五六俱極熟之事,只用“新”“舊”二字點化之。二字上下互見。

寄高三十五書記

題鮮于樞評:此詩主意在首二句,既嘆高適雖老而名美,且新詩又多而句佳。繼言哥舒收録人才應“美名”,“足凱歌”應“佳句”。末言聞其今已朱紱,亦足以慰爾蹉跎之恨矣。賦也。

方拱乾評:字字是嘆。

丁耀亢紅眉:老。

錢陸燦丙本評:錢云:“嘆惜”二字直貫到底,蓋高老矣,而詩句日多,故名不易及,而法不易得也。

錢陸燦丁本評:款曲温厚。

奚禄詒甲本旁:時高在哥舒翰幕中。

盧見曾紅旁:詩必有法,古今通義。子美最深於法。嚴羽云“少陵詩法似孫吴,太白詩法似李廣”是也。

吴廣霈墨眉:“波瀾獨老成”,全壁無瑕疵。

王鄰德紅眉:觀此可見詩必有法,非可謾作。少陵之才步獨當時,少陵詩法該括前代,而猶借問於高,其虚心如此。今之學詩者,未能押韻,便自足自傲,以爲人莫及己,何哉?

王鄰德墨旁:此言適之才美,豈一書記而已也?且以朱紱慰其蹉跎耳。

黎維樅紅旁:此别後寄候之作。

佚名己紅眉:適五十始學爲詩,即有詩名。

歎惜高生老，新詩日又多。（方拱乾評）起句是頭。（方拱乾評）重高生爲此。（沈巖旁）一片真氣。美名人不及，（黎維樅紅旁）流走一氣。佳句法如何。（方拱乾評）"法"字可知古人所重。（沈巖旁）謙甚。（黎維樅紅旁）即"重與細論文"意。（佚名己紅旁）"法"字是詩骨。主將收才子，（方拱乾評）"奴"字才起得"已"字、"且"字，諸本作"收"，誤矣。"收"字亦穩，奈太易太濇耳。（奚禄詒甲本旁）承"佳句"。崆峒足凱歌。（王鄰德藍尾）"主將"，哥舒翰也。"崆峒"，隴右山也。聞君已朱紱，（方拱乾評）歎極。（嚴虞惇紅旁）應首句。且得慰蹉跎。（奚禄詒甲本旁）"且得"二字吞吐感慨。（奚禄詒甲本旁）賦也。（王鄰德墨尾）歎息其老，聊以朱紱，且慰蹉跎。（佚名己紅旁）節度幕府掌箋奏之官，公嘗有詩送之云"崆峒小麥熟，且顧休五師"是也。

【彙評】

黎維樅紅眉批仇注"大捷教凱歌"：《樂府詩集》云，哥舒翰破吐蕃，收九曲黄河，置洮陽郡，適爲作《九曲詞》。"凱歌"當指此。

醉時歌贈廣文館博士鄭虔

申頲墨眉：排宕。

朱方藹紅眉：詞旨冲遠。

陳治紅眉：目空一世，而不露輕肆之迹，人但以爲曠達耳。〇野客被褐並不得爲廣文先生矣，故更爲臺省食肉者所嗤。

奚禄詒甲本眉：起處即有孔丘、盗跖之分。"諸公"之廣文是也。〇天寶十二載，時京師荒，以大倉之粟減價市與平民。

奚禄詒乙本墨眉：虔本傳：在官貧約甚，淡如也。

沈巖旁：目空一世而不露輕肆之迹，人但以爲曠達耳。

張裕釗眉:滿紙鬱律從宕之氣。

吴廣霈墨眉:氣抗雲霄,聲振金石,如聞《漁陽三撾》,淵淵然,音節高妙。

諸公衮衮(**方拱乾評**)字妙。登臺省,(**佚名己紅眉**)無端而及臺省諸公,所謂自知其由矣。廣文先生官獨冷。(**吕留良紅眉**)起又别。(**嚴復墨眉**)此劉海峰所謂來路勇□者也。(**申頲紅眉**)起得落落然。甲第紛紛厭粱肉,(**再生翁評**)便轉韻,極合。廣文先生飯不足。(**沈巖眉**)下以"同襟期"三字束住,則此四語亦自譽也。(**吴錫麒紅眉**)《東方朔傳》:"臣朔飢欲死,侏儒飽欲死。"千古傷心語。先生有道出羲皇,(**再生翁評**)疊句是歌行三昧。先生有才過屈宋。德尊一代常坎軻,名垂萬古知何用。(**張𪉩敬墨旁**)逗起宜醉意,是針綫處。(**奚禄詒乙本墨眉**)起處即有孔丘、盗跖之分,四用先生《史記》法。(**沈巖眉**)田野客披褐,並不得爲廣文先生矣。故更爲臺省食肉者所嗤,"日糴太倉"亦不如先生猶月請俸、歲歷廪也。杜陵野客人更嗤,(**方拱乾評**)"更"字妙。○出己身分。(**李以峙墨眉**)按:"更"字頂上文也,見"嗤"則非矣。(**厲鶚評**)偏是無用之名,造物所忌,宜居官冷而飯不足也。被褐短窄鬢如絲。(**李以峙墨眉**)(短窄)按:"窄""穴"形近而誤。(**吕留良紅眉**)若"短褐",必作"裋褐",則如此"短"字何?(**厲鶚評**)亦飯不足者,宜其相投。日糴太倉五升米,時赴鄭老同襟期。(**李以峙墨眉**)(襟期)按:作"衾",音近而誤。(**張𪉩敬墨旁**)只三字,便將前許多説話一齊打到自己身上。得錢即相覓,沽酒不復疑。(**沈巖眉批下**)五口之家,人食一升,則亦嘗不飽也。忘形到爾汝,痛飲真吾師。(**方拱乾評**)與太白飲酒異。○"到"字妙。(**李以峙墨眉**)(真吾師)按:作"直"不通矣,亦形似而誤。(**黎維樅紅眉**)接法超挺。(**錢陸燦丁本評**)突接痛飲,情景開合動蕩,本曹子建古樂府。清夜沉沉動春酌,燈前細雨檐花落。(**李念慈紅眉**)一掉轉,變蕭索爲激壯,氣勢突生。(屈復評)"清夜"句寫兩人痛飲時情景,高士情懷,英雄氣概,一筆寫出。儒生無其才,肉食無其學。"落筆驚風雨,詩成泣鬼神",殆自贈也。(盧見曾紅旁)"清夜沉沉"兩語寫夜飲之景,妙不容説。"但覺高歌"二句跌宕不羈,中權有此,使前後文勢倍覺生色。王嗣奭曰:公《詠懷》詩云"沈醉聊自遣,放歌破愁絶",可移作此詩之解。(吴廣霈墨眉)一本作"檐前細雨燈花落",亦佳。(李以峙墨眉)按:"檐花"字新,且論造句亦勝於"細雨燈花落"也。(張雝敬墨旁)叙事中忽插一閑句,豪曠中忽著一幽細語,真得詩家三昧。(沈巖旁)"燈前"頂上"夜愧","檐花落"頂上"喜"字。(方貞觀墨眉)前後俱淺率不沉鬱,而"清夜"四語,實是驚心動魄之句,自不能割愛不選。(厲鶚評)後即名垂萬古之意而申説之。(再生翁評)蒼老中忽入幽豔之句。**但覺高歌有鬼神,**(李以峙墨眉)(有鬼神)按:"或"不如"有"。(厲鶚評)醉時豪態。**焉知餓死填溝壑。**(吕留良紅眉)俠烈。(吴錫麒紅眉)是醉時歌謡,亦是醒時心事,胸中磈磊,筆底悲歌。(王伯沆紅眉)豪宕之至。(佚名己紅眉)此二語作態,他人必不能也。**相如逸才親滌器,**(沈巖眉)歸無所不堪。**子雲識字終投閣。**(方拱乾評)要此兩句纔合緒,若晚唐人必不能用。(方拱乾評)恣。○(陳治紅眉)"相如"二句應删。(沈巖旁)不歸恐有甚者。(秦應逵墨眉)"相如"二句宜删,結句似律,甚不健。(黎維樅紅眉)言自古文人不遇者多,非獨我兩人也。(吴農祥評)"相如"二句應芟。(吴騫墨眉)"相如"二句當删。(再生翁評)二句是客意形主。(王士禛評)"相如"二句當删,結似律,甚不健。(嚴復紅眉)漁洋云:"相如"二句應芟,結似律,不甚健。**先生早賦《歸去來》,石田茅屋荒蒼苔。**(沈巖旁)言猶可力耕自食。**儒術於我何有哉,孔丘盜跖俱塵埃。**(方拱乾評)本於孔融。○老莊千百言不能盡者,乃以七字盡之,誰人能?誰人能?○(沈巖眉)紛紛衮衮,孰非跖之徒歟?俱爲塵埃,而我二人以儒術轗軻,自信身後名高萬古,是以不須慘愴,無疑樂飲也。(黎維樅墨眉)"塵埃"句見賢愚同盡也。孔、跖對舉,雖本《莊子》,究不可爲訓。(錢陸燦乙本紅旁)蒙莊之餘論。**不須聞此意慘愴,生前相遇且銜杯。**(奚禄詒甲本

尾批)賦也。○四用"先生",正《史記》文法。(**吴農祥評**)結似律,甚不健。(**申頲墨眉**)夷齊。(**吴騫墨眉**)結似律,甚不健。(**秦應逵紅旁**)漁洋直之。(**吴廣霈墨眉**)孫淵如曰:鼇太守圖問余"聞此"二字何著,星衍答曰:"石田"三句托爲鄭虔所賦《歸去來》詞,故下云"聞此"也。(**吴廣霈墨眉下**)此句再用平韻跌足拍,收乃緊去之,則音節鬆緩矣。李批豈知音者哉?(**吴廣霈墨尾**)一結頗健,王批非也。○(**黎維樅紅旁**)仍結到飲酒。

【彙評】

汪琬丙本評:詞旨冲遠。

陳訏紅眉批仇注"襲蒙莊之放言,以泄醉後之牢騷耳"處:自有宇宙便有理氣。以道理言,則至誠無息;以氣化言,則聖狂同盡。注只泥一邊。

黎維樅紅眉:通首激昂感慨,音節蒼凉,兩人即此,自足千古。

沈巖旁:身後名、生前酒,兼而有之。我二人高歌達曠,真天子窮極貴盛之人矣。即餓死,何不足?况劚荒力作,其窮辱僅比於滌器,亦非腐鼠所能嚇乎?勸其並去此官,與己同也。

重過何氏五首

方拱乾評:恰恰似接上。

奚禄詒甲本眉:與"初過"首章同體。

盧見曾紅旁:五首皆著意重過,其大致疏落,不復次第鋪序,正所以别於前游,此亦詩家之微詣也。盧元昌以"野人居"三字爲諷明皇黷武、將帥好兵。前第三首爲刺明皇任將,寵禄山,無端牽引,破碎支離。黄庭堅謂棄其大指於所遇林泉人物、草木魚蟲,以爲物物皆有所託,如世間商度隱語者,則子美之詩委地矣。讀甫詩者,當以爲戒。

陳治紅眉:“問訊”字出釋典。

陳治墨眉:五首處處是重過,“問訊東橋竹”二句乃翻“看竹何須問主人”意。

方貞觀墨眉:先後十五首,俱無可取。然如“蜻蜓立釣絲”,亦細碎有致,可以見公之手筆,巨細無不能耳。

朱方藹紅眉:此五詩處處寫重過意,連前十章讀之,生面重開,無一語犯複者,乃知其妙。

吴廣霈墨眉:首首不離重過,却又不落小家窠臼。

黎維樅紅旁:亦五首成章法,處處切重過。

佚名己紅旁:五首俱是重過何氏,却無著意瞻顧之痕。

其　一

題鮮于樞評:首四句言問竹而得將軍報書相許重過,故喜而命駕,及至如歸焉。三聯寫其景物,而以“重來休沐地,真作野人居”結之,賦也。

方拱乾評:字字是重過,更看其逐首相生、逐句相生之妙。

俞瑒甲本評:是重過。

屈復評:聞訊去而報書來,乃倒衣命駕而往,至則高枕有如吾廬。四句重遊之事,五六重游春景,結出題。

題商盤紅眉:前游賓主已成知己,末首“祇應與朋好,風雨亦來過”,已爲重遊張本,兹故折柬先之。但言問訊其竹,乃見詩人口角。蓋詩以興趣爲主,率直寫意,便乏風味。

盧見曾墨旁:此章爲重過而作,又是總起。

朱方藹紅眉:起“重過”,舒徐不迫,“高枕乃吾廬”寫出不忍復去之意,較“衣倒命駕”更跌進一層,結則贊何氏也。

奚禄詒乙本紅眉:鄭云:首五字是容易下得,細思自知,五六閑趣自然。

王鄰德墨眉：亟欲重遊而無因以問竹，忻動報書許其來，不覺倒衣命駕，用一“還”字，重過已寓其中。○高枕休息，此山林即如吾之所有，得其信宿重來，真爲我野人之居也。

佚名己紅眉：謂得其報書即倒衣而前，既至便如吾廬高枕，而以寫意圓美。

問訊東橋竹，（**題商盤紅旁**）妙於立言。（**奚禄詒甲本旁**）起句恰是“重過”。（**黎維樅紅旁**）問竹便韻。**將軍有報書。**（**嚴復墨眉**）自第二聯以下，吾意皆將軍報書中語。（**沈巖眉**）第二次更不必説見招，直説是“吾廬”，真人心境每如是。（**黎維樅紅眉**）起便從“重過”生情，前四句一句一層一轉。楊云：三四寫賓至如歸，早令重遊意躍出。（**黎維樅紅旁**）蓋有約重遊之語。**倒衣還命駕，**（**題商盤紅旁**）虚眼句。（**吴廣霈墨尾**）“倒衣”即顛倒衣裳之謂，言急欲重過促駕，故致顛倒衣裳也。**高枕乃吾廬。**（**方拱乾評**）“乃”字揣度之語。（**題商盤紅旁**）走馬對。（**沈巖旁**）此句若是移置前數首，安得有此□脱？**花妥鶯捎蝶，**（**嚴虞惇紅旁**）妥，下也。（**盧見曾墨旁**）“妥”字音墮，即花墮也。（**題商盤紅旁**）下因句。呼應句。（**黎維樅紅旁**）下三字注上二字。**溪喧獺趁魚。**（**吕留良紅眉**）二字雅奇。（**王鄰德紅旁**）閑趣畫景，兩極自然。（**黎維樅紅旁**）二句逗出春候。**重來休沐地，**（**俞瑒甲本評**）點出“重來”。**真作野人居。**（**方拱乾評**）“真作野人居”應“乃吾廬”。（**俞瑒甲本評**）用意處。（**奚禄詒甲本眉**）以休沐地而似野人居，贊之也。（**奚禄詒甲本旁**）賦也。（**奚禄詒乙本紅眉**）以休沐之地而似野人居，贊何也。（**沈巖尾**）“野人”妙在“休沐”襯。（**黎維樅紅旁**）亦應“吾廬”句。

【彙評】

錢陸燦丁本評：“高枕乃吾廬”寫出不忍復去意，較上句更跌進一層。○與前十首作法又别，中間以野趣爲主。○結句以野趣贊何氏也。若作公自謂，與“高枕”句復矣。

陳訏紅眉批仇注“望公朝至，要公夜宿。作報書中語，是也。幾於冒認己有矣。野山居，皆就將軍言。非”處：“吾廬”言“乃”，“野人居”言“真作”，是詩家遊戲語，解詩者須善會其意。今注以“高枕”句爲何報書中語，則應云“有吾廬”矣；以“野人居”謂公言何將軍園，則傖父口角矣。黄生注引“林藪是山家”，言“山家”則可耳，若言“野人居”，大是難爲主人。○第一首“問訊”二句，用報竹平安事，猶言園林無恙。於是急於命駕，則顛倒衣裳；恬於遊憩，則如高枕吾廬。故結云“來此休沐[地]，真作野人居”，意本融貫。注云：“倒衣命駕”，望公朝至，“高枕吾廬”，要公夜宿，皆報書中語。且云：舊解幾於冒認。則“真作野人居”，尤冒認顯然矣。

題商盤尾：前半叙重過之事，五六寫重過之景，結聯點題，以足其意。○“高枕”字見《國策》，故對“倒衣”爲工，二語脱盡俗氣。此番賓主相見，真在形骸之外矣。

其　二

方拱乾評：初游鳥方巢，今有兒矣。

錢陸燦甲本眉：首四句仍是重過意。第四句前番鴉雛尚未出，今則能飛矣。“寺”“陂”二句，前番未到，故又步過東籬而尋訪也。

錢陸燦乙本墨眉：首四句仍是重過意。第四句前番鴉雛尚未出，今則能飛矣。“寺”“陂”二處前番未到，故又步過東籬而尋訪也。

錢陸燦乙本紅尾：通首仍是重過。

錢陸燦丁本評：前半俱是重過，追叙舊遊，五六推開説園外景，非用“雲薄”“天清”，則上下不相接矣。如此乃遠近相涵，細大俱到，方有變態，是大家手筆。

李念慈紅眉：前半重過妙義。

吕留良紅眉:極意圖寫重來。

屈復評:"山雨""沙沉","樽仍在"而"榻未移",前置飲酒此,今又飲此也。三四重游景,向來飲罷,步過東籬,雲薄天清,幽興已極,憶前遊也,正是寫重遊,此倒插法。

題商盤紅眉:酒間偶然起步,遂出籬門野眺,忽值驟雨,雨止乃歸,歸而復飲。前半重入門之景,五六復晴之景,結因點明其事,因"向來"二字倒折轉去,此尾聯倒繳格也。○"沙沉"謂水漲,此見雨之驟;驟雨易晴,故少焉又"雲薄""天清"矣。翠微寺、皇子陂皆野眺所見。

盧見曾墨眉:此章備寫重來景事。

朱方藹紅眉:五六推開甚妙,然非用"雲薄""天清",則上下不接。

題張問陶墨眉:以"翠微"對"皇子",乃借對法。○此章"幽興極"追憶從前,下章"幽興熟"預期後日,兩章緊相照應。

王伯沆紅眉:寫出將軍待客意。

黎維樅紅眉:全首回認舊游,於此中此外,一一生情。○楊云:山雨沙沉,雲薄天清,兩種景色相反相映。○王阮亭云:語語重過,喜其自然,否則小家矣。李子德云:五六宕開,惟大家有此筆力。

山雨樽仍在,(**題商盤紅旁**)分裝對起。(**黎維樅紅旁**)是重過。**沙沉榻未移。**(**奚禄詒甲本眉**)稍稱。(**厲鶚評**)重過情事,更較前幽細。(**吴錫麒紅眉**)語意超妙。(**王鄰德紅旁**)字字是重過何氏,却無著意瞻顧之痕。(**黎維樅紅旁**)言水漲也。(**嚴復墨眉**)貞觀廿一年,以長安縣南之太和宫爲翠微之寺宫,黄子陂在樊川,今西安府東韋曲崖坡,何山林舊地。"皇""黄"古通用。**犬迎曾宿客,**(**俞瑒甲本評**)字字重過。(**題商盤紅旁**)層折句。(**李以峙墨眉**)按,從顧本則無味之語。(**黎維樅紅旁**)如畫。**鴉護**

落巢兒。（**題商盤紅旁**）小景。（**奚禄詒乙本紅眉**）稍稱。**雲薄翠微寺，**（**題商盤紅旁**）倒裝句。（**奚禄詒甲本旁**）亦如“柳渚”“定昆”之意。**天清皇子陂。**（**俞瑒甲本評**）向來所見。（**題商盤紅旁**）大景。（**盧見曾紅旁**）李因篤曰：五六宕開，惟大家有此筆力。（**吴廣霈墨尾**）翠微寺在終南山上，陂在萬年縣西南秦葬皇子處。〇（**李以峙墨眉**）按與上“雲薄”皆景致語，天寒則非矣。**向來幽興極，**（**方拱乾評**）“極”，止也。向來止此耳。（**題商盤紅旁**）倒繳。**步屧過東籬。**（**奚禄詒甲本旁**）賦也。（**吴廣霈墨眉**）千家注“屧”作“履”，“過”作“向”，似不可從。（**王鄰德紅眉**）結説轉去，妙。（**王鄰德紅尾**）翠微寺在終南之上，皇子陂在萬年縣西南，以秦葬皇子，起冢陂北原上得名。

【彙評】

題商盤尾：起入門用暗説，結出門用明説，然只云“過東籬”，亦終未明説。

題商盤尾批箋注後：“樽仍在”“榻未移”，復飲意自見言外。“犬迎客”，見客熟；“鴉護巢”，恐兒落也。上語實形，下語虚襯，此善體物情之語，蓋因其養子時言之。

奚禄詒乙本墨眉批錢箋“朱注”引《唐書》“長安縣南五十里太和谷有太和宫，武德八年置，貞觀十年廢，二十一年復置曰翠微宫，籠山爲苑，元和中以爲寺”：杜詩在元和之前。

倪象占藍眉：何用刻畫寫景？只此十字，全不費力，而初夏雨後宛然在目矣。其實十字中已有六字是地名，要觀其如何湊合便絶妙耳。

倪象占藍眉批錢注“黄子陂”：“皇子陂”作“黄子陂”，非也。後七排《題鄭十八等作》一首“第五橋”“皇陂岸”，本集可證。又《偶題》“秋水隱黄陂”，以“黄陂”對“白閣”，則亦互用也。

其　三

題鮮于樞評：首言平臺之上，啜茗之時，而人物各適其情，自今以後，幽興既熟，則來往亦頻矣。賦也。

屈復評：啜茗題詩，落日飲罷也。五六吟時景物，結言此後當常來，亦正是寫重遊。①

題商盤紅眉：此即事之作，蓋乘興登臺高詠也。起聯見時見地，次句襯入啜茗事。三四頭上有“倚”字、“持”字。五六即目之景。七八當下之景，見前此猶覺問訊報書之煩也。“幽興”二字縮一篇之意。

盧見曾墨眉：此章叙平臺之遊。

朱方藹紅眉：重過則漸熟，“熟”字好。上六句正虛，虛寫出熟意。五六寫“熟”，意更妙，有魚鳥相親相忘之樂。

題張問陶墨眉：始而雨，既而晴，漸至日落，盡一日之興矣。故下章不復言遊而惟稱美將軍，布置次第，俱秩然有條。

落日平臺上，（**題商盤紅旁**）分裝對起。春風啜茗時。（**方拱乾評**）專爲平臺。寫景都娟澹。（**方拱乾評**）因平臺而見落日，因啜茗時而來春風。（**錢陸燦甲本眉批**）“春”字乃“熏”字之誤。兩游皆在夏月，必無春風之理。（**錢陸燦乙本墨眉**）“春”字乃“熏”字之誤。（**錢陸燦丙本評**）錢云：“春風”字乃“薰風”之誤，以兩遊俱一日反也。（**錢陸燦丁本評**）湘靈云：“春”字疑是“薰”字之誤，兩游皆在夏月也。（**俞瑒甲本評**）點出重過時序。（**嚴虞惇紅眉**）字中有聲有色。（**陳治墨眉**）五詩乃夏景，不得以“春風”字誤讀。（**王鄰德紅眉**）“春”疑“薰”字之誤。細讀通章，情景自知。（**沈巖旁**）前遊是夜，此是春。（**黎維樅紅眉**）述現在景，獨提出“平臺”作一首，亦是前遊所未及。

---

① 校注：“常”杭本作“長”。

○劉須溪云：五六與“花妥”“溪喧”二句畫景間趣，並極自然。李子德云：五六正寫“熟”字意，見魚鳥相親相忘之樂。**石欄斜點筆，**（**方貞觀紅旁**）稚句，是何語！（**題商盤紅旁**）硬裝句。**桐葉坐題詩。**（**題商盤紅旁**）藏頭句。（**奚禄詒甲本旁、乙本紅眉**）十字一句。（**沈巖旁**）前番遊過處，此番又生出樂方來，真乃熟後生新也。**翡翠鳴衣桁，蜻蜓立釣絲。**（**李念慈紅眉**）清新。（**吕留良紅旁**）序景至閑。（**奚禄詒乙本紅旁**）皆精。（**沈巖旁**）二句襯下。**自今**（**李以峙墨眉**）按，如别本句則脱重遊之意，不可從。**幽興熟，**（**俞瑒甲本評**）“熟”字妙。（**嚴復墨眉**）第七句與上章第七句相犯，自不可爲訓，又“幽興”可言“極”而不得言“熟”。**來往亦無期。**（**方拱乾評**）前遊未登此臺，故曰“自今”，曰“亦無期”。（**方拱乾評**）又起後遊之興。（**奚禄詒甲本旁**）極無味。（**奚禄詒甲本旁**）賦也。

【彙評】

張學仁參定：三四瀟灑，五六工細，皆是今日幽興。

陳訏紅眉批仇注“置硯於石欄。硯在石欄而身坐臺上，故須斜點筆”處：“斜”字，是身依石欄、撚鬚索句之態，摹寫最工。注云置硯石欄，蠢拙甚矣。

其 四

題鮮于樞評：此詩第二聯應首句，第三聯應第二句，而以“看君用幽意，白日到羲皇”結之，其意趣悠遠，非子美莫及。賦也。

屈復評：前半“不好武”，後半“幽意”，六句言將軍不富而能如此。

題商盤紅眉：何必禁衛之帥，“朝參懶”言其多告假也。三四乃著意形容之語。前遊係初交，故止“將軍不好武”二語，略贊主人；此則蓋與相習矣，故此首專美之。六句言其不富也。凡詩中多以貧爲高，若貴人不富，則已高人一等矣。此下語斟酌處。結用淵明語，却又暗反黄帝夢游華胥事。“白日”明其非夢也。亦以“幽意”二字縮一篇之意。

盧見曾墨眉：此章美將軍逸興。

朱方藹紅眉：此首亦美將軍，較前篇總有進步。前專詠風流，此借推晚節也。

吴廣霈墨眉：此首指主人言。

王鄰德墨眉：“頗怪”“應耽”有無限嬉刺。“幽意”下一“用”字，摹寫附風雅之神。

頗怪朝參懶，（**俞瑒甲本評**）此首專寫將軍。（**題商盤紅旁**）對起。應耽野趣長。 雨抛金鎖甲，（**錢陸燦甲本旁**）是其懶。（**錢陸燦乙本紅旁**）見其懶。（**題商盤紅旁**）三四承首句，折腰句。（**奚禄詒甲本旁**）韻句。苔卧緑沉槍。（**錢陸燦甲本眉批**）“雨抛”二句見將軍不好武之意，“家纔”二句見將軍亦不富，但好客耳。（**錢陸燦乙本墨眉**）“雨抛”二句見將軍不好武之意，“家纔足稻粱”見將軍亦不富，但好客耳。（**俞瑒甲本評**）承首句。（**奚禄詒甲本旁**）以下皆野趣。（**題張問陶墨眉**）次聯即前游“不好武”意。（**吴廣霈墨眉下**）緑沉槍，用青黑漆抹槍杆也。（**倪象占藍眉**）用朱筆者全不解事，每每妄抹，真妄，真可惡！（**黎維樅紅旁**）確是將軍舊宅，有此點染，異様生色。手自移蒲柳，（**錢陸燦乙本紅旁**）野趣。（**題商盤紅旁**）直述句。家纔足稻粱。（**錢陸燦甲本紅旁**）野趣。（**吕留良紅眉**）著二字，深厚便見，其人豈必多言！（**李念慈紅眉**）到此乃結向將軍身上。（**俞瑒甲本評**）承次句。（**奚禄詒甲本眉**）家少足，非富矣，富則必不能爲此園。（**奚禄詒乙本紅眉**）家少足耳，富必不肯爲園。看君用幽意，白日到羲皇。（**方拱乾評**）“看君”二字生五首，十五首（輯者注：應爲五首）内凡兩用“幽意”，三用“幽興”。（**奚禄詒甲本旁**）賦也。（**吴廣霈墨眉下**）白日、羲皇，比之陶淵明也。(**王鄰德紅旁**)不待夜夢而見。(**嚴復墨眉**)三章連用"幽興""幽意",亦未佳。

【彙評】

王鄰德墨尾:前二首,公一曰"向來幽興",追憶前遊,再曰"至今幽興",預期後遊。今曰"看君用幽意",惟將軍之幽意與公之幽興合,故屬往來而不厭也。

其 五

題鮮于樞評:此公自歎暮年未達,愛此林泉之美,故相過即留之久也。然將何時得禄買田其間,以遂斯遊邪?又恐不遂此願。故把酒而意茫然。賦也。

方拱乾評:至情。〇真。迂想却真,妙,妙。遊園必至之情。

錢陸燦丁本評:五言律傾寫情致,誰能如此圓轉透達?工部少時,已有一段纏綿委曲之意,以羡慕意總論山林,方稱十五首之結。情致纏綿,直造風人之室。

吕留良紅眉:五言律傾寫情致,誰能如此圓轉透達?

盧見曾墨眉:此章叙臨别之意,又是總結。

俞瑒甲本評:總結重過。

王士禛評:一首初到,二首飲酒,三首飲罷,四首贈主人,五首歸而留别,層次井然。

屈復評:前半留别主人林泉,五六意中事,結言奔□□□,斯遊亦恐不能常遂,故把酒茫然。

朱方藹紅眉:是總論山林,始稱十五首之結。末語合前結看,各有其妙。〇"到此應常宿"猶以日言,"相留可判年"直許之以歲,見公之傾心佳地,所云"高枕乃吾廬"也。把酒茫然,方是賦别。

嚴復墨眉:通體語駢意單,是謂神妙。

王鄰德墨眉：到此信宿，此自應有之事，倘相留即可判年。然前十首有“將軍”二字，重遊又以“將軍”起，詩中唯贊山林，波及主人則可知矣，故獨悵望林泉之好。

王鄰德紅眉：清空如話。

到此（**方拱乾評**）地。**應常宿，**（**奚禄詒甲本旁**）“常宿”喚出次句。**相留可判年。**（**奚禄詒甲本旁**）掃却一年也。（**吴廣霈墨眉**）“叛年”者言惬意園林，直可拚年歲以留住爾。此須知大意，不得細碎穿鑿。**蹉跎暮容色，**（**黎維樅紅旁**）閑澹中却工緻。**悵望好林泉。**（**奚禄詒甲本旁**）孤憤語。（**奚禄詒乙本紅眉**）孤憤句。（**王鄰德紅旁**）語意凄婉。**何日霑微禄，歸山買薄田。**（**方拱乾評**）與“自檢書籍責”同一情事。（**俞瑒甲本評**）收到自己。**斯遊恐不遂，把酒意茫然。**（**方拱乾評**）通首是茫然。（**李念慈紅眉**）又結到自己方，應與前十首連看。（**佚名己紅眉**）忽思得禄歸山反，慮斯遊不遂，方把酒而茫然，如飢人夢食，變態圓妙，真如彈丸者也。

【彙評】

俞瑒甲本評：五首全寫“重過”意，與前十首作法又别，中間以“野趣”爲主，與前“幽興”一例。

張學仁參定：每於一二虚字刻劃“重過”，頰上添毫。

吴廣霈墨眉：“曲終人不見，江上數峰青”，此詩之風韻可以比之。

吴廣霈墨尾：此總結稱美其園林，且謂得霑微禄，買山歸隱，則亦將與斯園永别，未必再得來。

王鄰德藍旁：讀至此，始知子美放蕩形骸之外，非得已也。

王鄰德墨尾：重過五章，絶不著意寫景，惟於重來情内補之，言此地雖高枕，若吾之廬，即嘗宿判年，終非我有，安得霑微禄、買薄田以自娱老？即此恐亦不能遂願，惟把酒茫然而已。其留連山林爲何如哉！

城西陂泛舟

方拱乾評:此豈孟、錢諸公所能望?然非公絶頂詩。此王、李之祖,王、李却不能及其萬一。○有氣有骨。七律定要先得起句,惟公一人,次則右丞,他人皆不能。今人作七律定是先得聯,先得聯而後作起句,政如平地安塔,頂愈高愈墮。能得起句,不患無聯也。即第二句亦不容易得,起句則第二句自得。此中難言,作者自知。

錢陸燦甲本眉、乙本墨眉:首二句極聲容之妙矣。"悲遠天"者,其聲哀吟於空闊之際也。"春風"二句承樓船言,"魚吹"二句承横笛言,末二句船大不能近岸,時時以小舟送酒耳。

錢陸燦丁本評:首二句極聲容之妙。"悲遠天"者,其聲哀吟於空闊之際也。

李念慈紅眉:此篇用筆輕徐,與唐諸公無甚别異。

王士禛評:西樵云:"魚吹細浪"等語,並不爲佳。

俞瑒乙本評:鮮麗可人。

奚禄詒甲本眉:《唐詩解》以爲譏玄宗,甚非,不過貴人相召耳。

奚禄詒甲本旁:故爲軟美,却無大味。

奚禄詒乙本墨眉:衹是一貴介相邀,《唐詩解》謂刺玄宗,可笑。

題張問陶墨眉:三四具見中流容與之象,中二聯寫得工麗絶倫。○五六寫得幽幻,六句本是恒語,只是"蹴"字好。○小舟送酒,若用正説,便味短而力少,故結語雖無寄意,亦必用反收爲妙。

吴廣霈墨眉:"横笛"句允當,拗句横空,非老健之筆不能爲也。五六亦一時細賦有致,情景兼列。

倪象占藍眉:郭云撰句。

沈巖眉:"自信""徐看"妙,有次第,畫出戇呆人不恤民力,與末二句關照。○全是流麗,情致又别。○西樵曰:“魚吹細浪”等語,並不爲佳。

沈巖旁:此詩摹擬殆盡,不躬逢之,或未盡其妙。吾每讀而思,思而歎,豈非言之者無罪,聞之者足戒乎?

黎維樅紅旁:即渼陂,注見下首。

黎維樅紅眉:穠麗,猶近初唐。

王伯沆紅眉:猶近初唐。

青蛾皓齒在樓船,(**沈巖旁**)“在”字猶云我已知之,只爲有下句云云也。横笛短簫悲遠天。(**秦應逵紅旁**)其聲哀吟於空際也。(**吴廣霈墨旁**)“悲遠天”三字接得奇突峭勁。(**沈巖旁**)彼所樂衹令人悲耳。春風自信牙檣動,(**俞瑒甲本評**)是泛舟。(**嚴復墨眉**)“自信”猶言任憑,猶言自由。遲日徐看錦纜牽。(**傅山紅眉**)全入惡道。(**俞瑒甲本評**)是樓船。魚吹細浪摇歌扇,(**俞瑒甲本評**)承“青蛾”。燕蹴飛花落舞筵。(**奚禄詒甲本旁**)此晚唐之祖。(**錢載評**)五六還本位,三四蓋不是拗,知此者鮮矣。○手腕必要如此柔和。(**秦應逵墨眉**)漁洋云:西樵言“魚吹細浪”等語並不爲佳。(**佚名戊紅旁**)魚吹細浪於日中,故影摇曳於扇上也。不有小舟能蕩槳,(**俞瑒甲本評**)應“樓船”。(**奚禄詒甲本旁**)稚而率。百壺那送酒如泉。(**錢陸燦乙本紅尾**)餘波結麗。(**奚禄詒甲本旁**)賦也。(**黎維樅紅眉**)末二語正以襯出樓船容與之妙。(**王伯沆紅眉**)一結輕浮潦草,不宜學也。

【彙評】

錢陸燦甲本眉:通首是詠城西陂中所泛之舟,非公在舟中也,詠詩人却在陂岸之上。

俞瑒甲本評:鮮麗可人。

倪象占藍眉:郭云:即景不佳,即事不雅。九山云:通首拙。

黎維樅紅尾:《鏡銓》謂此詩當有所指,如《麗人行》之類,然不必泥觀。"在"字或是望中所見,不必身與。

陪諸貴公子丈八溝攜妓納凉,晚際遇雨二首

方拱乾評:穩稱。

李念慈紅眉:二詩詞致工拙亦同,而氣味則後勝前。

題商盤紅眉:題中"諸貴公子"四字,已見書法。五六"調冰""雪藕",本皆妓作,却以公子頓放於此,則此輩惟知醉紅裙,不解飲文字,意在言外矣。

題商盤紅旁:分兩首叙題,以前作結句喚起次作之意。

奚禄詒甲本旁:只可傳新句。

盧見曾紅旁:結皆入勝,次作尤有逸致。

嚴復墨旁:下杜城西有第五橋、丈八溝,見《通典》。

王伯沆紅眉:詩韻陋。

其　一

題張問陶墨眉:"輕""遲""深""静"四字詩眼,甚工。〇二首相爲首尾,以雲雨爲過脈,而歸路蕭颯,與"放船好"相應,故下"翻"字。

落日放船好,(**題商盤紅旁**)對起。輕風生浪遲。(**方拱乾評**)見其傲睨。(**俞瑒甲本評**)丈八溝。(**題商盤紅旁**)下因對。(**王鄰德墨眉**)首章通是"好"字,從容自適,景象閑雅。竹深留客處,(**題商盤紅旁**)分裝對。荷浄納凉時。(**俞瑒甲本評**)納凉。(**奚禄詒乙本墨眉**)四句雅。公

子調冰水，佳人雪藕絲。（汪琬甲本紅眉）《家語》：黍以雪桃。注：雪，拭也。（俞瑒甲本評）攜妓。（厲鶚評）公子只解紅裙之飲，未必能詩，故□□詩謔之。（題商盤紅旁）實眼句。（奚禄詒甲本旁）雪，拭也。《家語》：黍以雪桃。（嚴復墨旁）“雪”，拭也。《家語》：黍以雪桃。（黎維樅紅眉）“公子”“佳人”不能免俗，此二語不宜學。（佚名己紅旁）《家語》：黍以雪桃。雪，拭也。片雲頭上黑，應是雨催詩。（俞瑒甲本評）遇雨。（王士禛評）結稚氣。（申頲紅眉）醜極。

其　二

王鄰德墨眉：次章是“急”字，納涼之舟繫矣，雪藕之佳人愁矣，催詩之雨驟矣，落日之好景蕭颯矣。

雨來霑席上，（題商盤紅旁）對起。風急（李以峙墨眉）按“風惡”雖亦可通，然定係形近而誤。打舡頭。（方拱乾評）見公子之俗。（俞瑒甲本評）跟雨作過脈。（秦應逵墨眉）此首全詠雨矣，太切。（嚴復墨眉）頷聯本第一句，頸聯根第二句。（沈巖眉）此首全詠雨矣，太切。越女紅裙濕，（俞瑒甲本評）席上。（題商盤紅旁）分裝對。燕姬翠黛愁。（錢陸燦甲本眉批）越女不怕風水，故意於船頭而“紅裙濕”，燕姬則惟恐其船翻，故“翠黛愁”。〇錢曰：或有此理。但詩人不必如老方之癡，看詩者亦不必如老方之癡也。（題商盤紅旁）應首句。（吴廣霈墨眉）“越女”二句，不免疵累，然六朝風氣正自不能免，此公亦仍延餘習爾。（奚禄詒乙本墨眉）“越女”“燕姬”合掌。纜侵堤柳繫，（題商盤紅旁）應次句。（奚禄詒乙本墨旁）音計。幔卷（李以峙墨眉）（幔卷）按，“幔宛”何解？顯係形訛，仍失正。浪花浮。（吕留良紅眉）“堤柳”“浪花”，別是對法，此老常爾。（俞瑒甲本評）船頭。（題商盤紅旁）雙眼句。（黎維樅紅眉）“風急”故避舟岸傍，而繫纜于堤柳也。歸路翻蕭颯，陂塘五月秋。（俞瑒甲本評）

應“放船好”。(**奚禄詒甲本旁**)賦也。(**吴廣霈墨尾**)一雨生凉,遂成秋景,非泛設語也。

渼陂行

方拱乾評:歌行全要起結,結更重於起。通篇成就“好奇”二字。

錢陸燦甲本眉:寫出奇處。

錢陸燦乙本紅眉:寫出奇處。“憂思”“喜甚”,哀、樂總二項。

申涵光甲本評:説水中山影,使人毛髮冷然。“裊窕冲融”四字,是一幅好山水批語。驪龍、馮夷,太泛。

王士禛評:此本漢武《秋風辭》,妙在絶不相似,古人之善學如此。

俞瑒乙本評:以“好奇”二字領起,見遊境之奇,憂喜莫測,故末以“哀樂”二字總收,於比興中,仍留不盡之致。

屈復評:一段風浪汗漫,二段風定月出,三段半晴半陰,尚有雷聲雨勢,“此時”四句是也,故有“咫尺”二句。結意頃刻間變幻如此,一生所歷,又當何如?①

奚禄詒甲本旁:全篇多寫奇景,以應“好奇”。

奚禄詒甲本眉:前八句是一段景,中十二句是一段景,後六句是一段景,末後以“哀樂”束之。

奚禄詒乙本墨眉:文字奇傑淋漓。○前八句是一段景,中十二句是一段景,後六句是一段景,末以“哀樂”束之。全篇多寫奇景,以應“好奇”。○遯叟云:始則“天地黤慘”,繼“惡風白浪”,既則“氛

① 校注:“半晴半陰”杭本作“半陰半晴”;“咫尺”杭本作“咫尺但愁”。

埃”忽無，水影“冲融”，末復暝夕蒼茫，覺雷雨將至，終以一“哀樂何多”收完，開闔盡變，足爲長篇之法。余云“哀樂”是公胸中素具，不覺爲境所觸耳。

盧見曾紅眉：聲光奇麗，氣韻深穩。昭明稱陶潛文章不群，詞采精拔，跌蕩昭彰，獨超衆類，抑揚爽朗，莫之與京，可以移贈是詩。“驪龍吐珠”等句全摹漢鐃歌，末語用《秋風詞》，顛倒變化，壁壘一新，取材之善則也。

吴騫墨眉：本漢武《秋風辭》，妙在絶不相似，古人善學如此。

題張問陶墨眉：以“好奇”二字領起，中間鬼神風雨，恍惚萬狀，末用推問語作結，以“哀樂”二字總束全篇，章法奇絶。○始而天地變色，風浪堪憂；既而開霽放舟，冲融嫋窕；終而仙靈冥接，雷雨蒼茫。只一游陂時情景，迭變已如此，况自少壯至老哀樂之感，何可勝窮！此孔子所以歎逝水，莊生所以悲藏舟也。○此歌變眩百怪，乍陰乍陽，讀至收卷數語，肅肅忽忽，蕭蕭悠悠，屈大夫《九歌》耶？漢武皇《秋風》耶？

陳治紅眉：縮本《江海賦》。

陳治墨眉：俞云：“好奇”二字起，通篇見奇幻之境，可喜可愕，轉眼遽變，人世閱歷亦如此矣。

張裕釗眉：杜公變幻不測處，殆與造化相通。

秦應逵墨眉：本漢武《秋風辭》，妙在絶不相似，古人之善學如此。

吴廣霈墨眉：精整宕蕩，光怪陸離，神妙欲到秋毫顛，此什是也。

沈巖眉：以“好奇”二字領起，中間鬼神風雨，恍惚萬狀，末用推開語作結，以“哀樂”二字總束全篇，章法奇詭，莫此爲甚。

沈巖旁：晉李顒《涉湖詩》：“黯藹天時陰，岧嶢舟航舞。”長川廣澤，雲氣吞吐，風浪迴旋，往往然也。

佚名己紅眉：通篇變怪百出，末但以“哀樂”一語收之。

岑參兄弟皆好奇，（方拱乾評）“好奇”二字乃一篇大義。（秦應逵紅旁）以“奇”字起，通篇見奇幻之境。（張鼈敬墨旁）通篇只寫此二字。（黎維樅紅眉）天地異色而猶泛舟，正見好奇處，即下所云“事殊興極”。攜我遠來遊渼陂。（吕留良紅眉）開口便磊落。（朱方藹紅眉）著力鋪寫。（黎維樅墨旁）《十道志》云陂魚甚美，因名之。○郭注：按《地理志》，鄠去府南六十里，故曰“遠來”。天地黤慘忽異色，（奚禄詒甲本旁）唤下句。波濤萬頃堆琉璃。（方拱乾評）極摹其闊。（方拱乾評）從朝至暮，情景變幻，如在目中。（丁耀亢紅眉）妙絶，不可思議。（嚴虞惇紅眉）憂。（吴錫麒紅眉）入手便得奇景。（沈巖眉）與“自非曠士懷，登臨翻百憂”同法。（黎維樅墨眉）以下歷叙游景，即好奇之實。○郭注：趙云，天地黤慘則爲可異，水如琉璃則爲可愛，蓋遠來之興，欲晴朗以遊，忽逢天地黤慘，則事殊矣。事殊則興亦極盡，能不憂思乎？○按“琉璃”二字，語如古樂府。（黎維樅墨旁）晉李顒《涉湖詩》：“黯藹天時陰，岧嶤舟航舞。”長川廣澤，雲氣吞吐，風浪迴旋，往往然也。琉璃漫汗泛舟入，（方拱乾評）好奇。（黎維樅墨旁）此只當波濤字用。事殊興極憂思集。（奚禄詒甲本旁）含後。（黎維樅墨旁）蒼茫之中，耳目頓異，故生憂思。（黎維樅紅眉）“憂”“喜”二字詩眼，起後“哀樂”字。鼉作鯨吞不復知，（奚禄詒甲本旁、乙本墨旁）此承“憂思”。（黎維樅墨旁）爲萬頃起伏，非必真有此事，故曰“不復知”“何嗟及”，此極形渼陂之大，正是奇處，故用此不測之筆。惡風白浪何嗟及。（錢陸燦甲本眉批）憂思。（錢載評）此則是反托。（黎維樅紅眉）此言泛舟惡景。主人錦帆相爲開，（方拱乾評）好奇。（宋犖紅眉）眼前景物隨手拈來，而貫以沉鬱之氣，覺意象飛動，非詩聖而何？（奚禄詒甲本旁）天色忽霽。舟子喜甚無氛埃。（嚴虞惇紅眉）喜。（方拱乾評）忽憂忽喜忽愁，故結以“哀樂”。（錢陸燦甲本眉批）喜甚。（吴士模墨眉）先寫憂，後寫喜，而“喜”字又著舟子説。(**黎維樅墨旁**)《魏都賦》:風無纖塵。(**黎維樅紅眉**)此言泛舟佳景。邵云:光怪中須得此秀句。**鳧鷖散亂棹謳發,絲管啁啾空翠來。**(**奚禄詒甲本眉**)每一轉,則奇峰突起。(**李念慈紅眉**)寫驟雨旋晴,各盡情事。**沉竿續蔓深莫測,**(**奚禄詒乙本墨旁**)以試水之深淺。**菱葉荷花静如拭。**(**陳治墨眉**)“蔓”字三音:謨官切,滿平聲,蔓,青菜名;又去聲,莫半切,枝長也;又無販切,音萬,葛屬,此句當從此義。(**黎維樅紅眉**)此泛舟深處。○舊解沉竿續縵,戲測水之深淺也。(**黎維樅墨眉**)王僧孺《至牛渚憶魏少英》詩“沙崖凈如埽”,此仿之。用“拭”字更工。**宛在中流渤澥清,**(**陳治紅旁**)界劃。(**沈巖旁**)中間界劃。**下歸無極終南黑。**(**黎維樅墨旁**)郭《九家注》:趙云,上句言其深,是譬喻,下句言其遠,是實指。蓋渤澥者,海也。既如渤澥之深廣,而又清,此是譬喻。終南山在陂之上流,去之遠則視之黑也,此是實指。中間界劃。(**錢陸燦甲本眉批**)末“哀樂”總二項。(**錢載評**)二句亦可當中流。(**沈巖旁**)一半晦。**半陂已南純浸山,**(**沈巖旁**)頂“終南黑”。(**黎維樅墨旁**)頂“終南黑”。(**黎維樅墨眉**)終南山在水南,故半陂山影倒浸,寫來甚細。**動影裊窕冲融間。**(**吕留良紅旁**)疊用四字,亦怪。(**申頲紅眉**)景語幽險,使人驚魂動魄,如處身雷雨神靈之中。舟遊幽事,誰能寫得如許奇怪!(**吴錫麒紅眉**)不必刻寫,而自呈露。(**嚴復墨眉**)何減《大雷[岸]與妹書》!(**張雝敬墨旁**)吾不知其如何。(**沈巖眉**)回舟月出,于叙景中暗暗帶出。(**黎維樅紅眉**)此泛舟闊處。○寫景生動,煙波變態,如在鏡中畫出。**船舷暝戛雲際寺,水面月出藍田關。**(**方拱乾評**)此遊觀詩耳。細看却有許多起伏次第。(**吕留良紅旁**)不問如何,自是佳句。(**張雝敬墨旁**)俗傳“閉門推出窗前月”,即是此句之意。鄙腰渾雄,有天壤之别。(**黎維樅墨眉**)鮑明遠《與妹書》云:半山以下,純爲黛色。○裊窕冲融,疊用四字以取勢,本左太冲《招隱詩》云“峭蒨青葱間,竹柏得其真”。**此時驪龍亦吐珠,**(**奚禄詒甲本旁**)天色又變。(**沈巖旁**)上二連水中之影,此二連水中之氣,萬頃之奇,非此不能参靈極妙。(黎維樅墨旁)頂"月出"四句,託假像以形其真景。上二連水中之影,下二連水中之氣,萬頃之奇,非此不能参靈極妙,亦與前黤慘憂思相應也。皆作想像語。**馮夷擊鼓群龍趨。**(嚴復墨眉)"驪龍"兩韻意言當時水上所具百戲,故不言明,遂若格外幻變神異。(奚禄詒乙本墨旁)"馮如"字不可讀憑,姓馮名夷,堯時雨師。(黎維樅紅眉)此泛舟幻境。(黎維樅墨眉)寫虚景原本楚騷。○浦二田云:起句好奇,從下文風浪泛舟逆推出來。遊陂非奇,奇在黤慘而曰"忽異色",知初來時天尚未變,至此風浪起於猝然,眼色已不定矣。主人開帆、舟子喜甚二句倒裝。此下描寫雲水空澄,眼色又一改。下又借夜色清皎、神靈惝恍之境,再幻出雷雨之愁,其實從向來之陰晴不定感發而出也。身世幻影,類如此矣。故落句不突出。**湘妃漢女出歌舞,金支翠旗光有無。**(李念慈紅眉)"湘妃"二句從意想中生出,妙在"光有無"三字非虚非實。(宋犖紅眉)舊評慘愴之容、窈眇之思,良是。(吴錫麒紅眉)是《九歌》中胎息而出,虚無縹緲,奇情奇境,紛集腕下。(徐松紅眉)陶開虞曰:其容慘愴,其思窈渺,真化工筆。(陳治墨眉)此轉更出人意表。本漢武《秋風辭》,妙在絶不相似,古人之善摹如此。(沈巖旁)極妙,亦與前黯慘憂思相應也。(黎維樅墨旁批仇注"冰夷人")《山海經》:冰夷人面,乘兩龍。**咫尺但愁雷雨至,蒼茫不曉神靈意。**(黎維樅墨旁)因水中神靈恍惚,故"愁雷雨",此虚寫以應前"鼍作鯨吞"二句。(黎維樅墨旁)四句緣變態以觸老懷。**少壯幾時奈老何,**(方拱乾評)開結有餘。(黎維樅墨旁)推開作結,實即總綰全篇意作收,有筆力,有章法,而細味自覺悠然。**向來哀樂何其多。**(方拱乾評)結飄渺。(吕留良紅眉)突出此結,接"神靈""雷雨",忽忽有情。(奚禄詒甲本眉)遯叟原評已盡,然哀樂是公胸中未具,不覺爲景仁解耳。(奚禄詒甲本旁)賦也。(嚴虞惇紅眉)"哀樂"總收。(錢載評)一步一收,所以又可轉平。(陳治紅旁)收"憂思集"。(王伯沆紅眉)感喟係之。○一結綰盡全篇,只在"哀樂"二字。(沈巖眉)縮本《江海賦》。(黎維樅墨旁)篇中奇景變幻,俱是虚寫,以作意形容,故仍以想像語作結,便覺一片不測。吴齊賢曰:少壯則一往直前，老樂則步步却顧，所以忽哀忽樂，萬感紛來耳，此皆是奇處。（**黎維樅墨眉**）“哀樂”二字應上“憂”“喜”，總束全文，有草蛇灰綫之妙。○何義門云：縮本《江海賦》。○邵子湘云：空闊變幻，極頓挫之奇。○王漁洋云：本漢武《秋風辭》，妙在絶不相似，古人之善學如此。○沈歸愚云：以“好奇”二字領起，中間鬼神風雨，恍惚萬狀，末用推開語作結，以“哀樂”二字總束前篇，章法奇詭之甚。○郭知達《九家注》云：陂既廣大，氣象雄深，故詩於初至之際，以天地變色則有鼉鯨風浪之憂。既而開霽可遊，則如與龍鬼仙靈相接，既而又愁雷雨，蓋陂之廣大雄深。詩人因事起意，謂其可異則不得不憂，有可喜則不能不樂，有可防則不得不戒，至篇終則有安不忘危、樂不忘哀之意。○浦二田云：紀一遊耳，忽從始而風波，既而天霽，頃刻變遷上生出一片奇情，便覺憂喜頓移，哀樂内觸，無限曲折，雲飛海涌，滿眼迷離。

【彙評】

方拱乾評：始見風浪而憂，中見晴而喜，後見月出，又恐雷雨而然，即一遊之哀樂已如此，況自少壯至老乎？此所以有“向來哀樂”之歎也。

吴農祥評：本漢武《秋風詞》，妙在絶不相似，古人之善摹如此。○忽陰忽晴，或常或變，皆在一日間，名山大澤皆有之，時人無此妙筆耳。結法妙，宕開又截住。

陳訏紅眉批仇注“燈火遥映，如驪龍吐珠。音樂遠聞，如馮夷擊鼓；晚舟移棹，如群龍争趨。美人在舟，依稀湘妃漢女，服飾鮮麗，仿佛金支翠旗。張綖謂‘月出而樂作，恍若神遊異境’是也”處：驪龍吐珠，承“水面月出”來，即《赤壁賦》“舞幽壑之潛蛟”也。注云燈火遥映，如龍吐珠，芥子眼光耳。此段總是水光月色，空曠蕩漾，如有神靈往來，故下段以“愁雷雨至”結前半首，以“蒼茫不曉神靈意”結此一段。注言月出樂作，非也。

嚴復紅眉：漁洋云：本漢武《秋風辭》，妙在絶不相似，古人善摹如此。

黎維樅墨尾：篇中四句一轉韻，乃平正之格，下半稍化其板。前寫日間景，中以二句轉落，再寫夜景，結歸情上，叙次平平，妙在用意運詞超忽變幻，讀之但覺煙波出没，滿眼迷離。此於平中見奇，學者須從此悟入，庶規矩熟而神明生矣。

與鄠縣源大少府宴渼陂得寒字

錢陸燦丙本評：錢云：佛經以稻爲雲子。《文選》：汶陽之稼如雲。

吴廣霈墨眉：此是率爾應酬之作，不足存也。"金錢"二字亦俗劣。

黎維樅紅眉：《容齋隨筆》：唐稱縣令爲明府，尉爲少府。○岑參詩與此同題，結句云"憐君公事後，陂上日娱賓"。少府蓋好□而喜縱飲者。

應爲西陂好，金錢罄一餐。（**奚禄詒甲本旁**）不倫。（**奚禄詒乙本墨旁**）不必。**飯抄雲子白，**（**徐渭墨旁**）稚。（**秦應逵紅旁**）佛經以稻爲雲子。**瓜嚼水精寒。**（**黎維樅紅眉**）以匕爲抄，公詩"嘗稻雪翻匙"可證。**無計回船下，空愁避酒難。**（**王鄰德墨旁**）"回船""避酒"正是主人情重之意。**主人情爛熳，持答翠琅玕。**（**奚禄詒甲本旁**）賦也。起結皆没奈何。

渼陂西南臺

方拱乾評：人言六朝無□排，六朝幾曾有平排乎？○必作排看乃見其妙，不則索然。此中妙亦難言，細心自會之。○有不必對而定是排者，有不必不對而定是排者，有對而不必是排者。○老夫有論排數則在亨威手録杜詩本中，當取讀。○排。○是排。○如此排律，真變化手。○絶似無意爲排。

李念慈紅眉：此詩近選體，滯厚倔奥，風格在唐人以上。

俞瑒乙本評：一起清迥，令人意開。“永”字即秋水長天一色意。

張雝敬墨眉：此詩别爲一格，直踞康樂之上。

屈復評：苦摹康樂，兼用字典，而全無生動之氣。①

奚禄詒甲本旁：中多澹氣。

方貞觀墨眉：琢句審音，絶似晉宋人語。

陳治紅眉：謝家句法。

陳治墨眉：前是泛舟，此乃登高而賦，望景迥别。○此詩開昌黎門徑。

魯一同評：庚申加夾圈。（輯者按，先有一個圈，後在旁邊加有夾圈）○想公熟精《選》理，少時於顔謝入之最深，及陶鑄成一家後，偶一涉筆，刻畫模範之妙，幾欲青出於藍。

秦應逵紫眉：苦摹謝康樂而全無生動之氣。

吴廣霈墨眉：此首殆遜於《渼陂行》，彼首七言，能極其筆勢，故更覺突兀雄奇爾。

吴廣霈墨旁：邵子湘批云：此亦是《選》體。

高臺面蒼陂，（**方拱乾評**）事。六月風日冷。（**魯一同評**）風色蒼然。蒹葭離披去，（**張雝敬墨旁**）“去”字妙。（**黎維樅紅眉**）“去”字極得活趣。天水相與永。（**方拱乾評**）即此二句排則佳，古則不足言佳。（**奚禄詒甲本眉**）太白“水合青天流”不如“天水相與永”。（**奚禄詒甲本旁**）句

---

① 校注：“康樂”杭本作“謝康樂”。

好。（魯一同評）“離披”二字形容入妙。（奚禄詒乙本墨眉）伯敬云：“去”字下得妙。“天水相與永”，非“去”字生不出。余云：太白“水合青天流”不如“天水相與永”。懷新目似擊，（黎維樅紅旁）昌黎每學此句法。接要心已領。仿像識鮫人，空蒙辨魚艇。（朱方藹紅眉）轉處自見長，又語多生造，可喜。（嚴復紅眉）漁洋云：刻畫。（李以峙墨眉）（空濛）按作“蒙”是脱筆之誤。錯磨終南翠，（方拱乾評）景。顛倒白閣影。（魯一同評）刻畫山水。（吴廣霈墨眉）“終南翠”“白閣景［影］”云自水中見之。崷崒增光輝，（方拱乾評）水映山。（李以峙墨眉）（光輝）按“光陰”非是。乘陵惜俄頃。（方拱乾評）山映水。（方拱乾評）“乘陵”言風帆之遠。（方貞觀墨眉下）“乘陵”即登臨意。（沈巖眉）“乘陵”謂乘扁舟而陵長波也。“俄頃”對後“彌年”。勞生愧嚴鄭，（奚禄詒甲本眉）“勞生”八句甚滯濇。公在京師已有此種，不獨夔州以後爲然也。外物慕張邴。（奚禄詒甲本旁）此轉總無謂，漸説開了。（王鳴盛墨眉）嚴君平遵、鄭子真樸、張仲蔚、邴曼容，俱漢人。（秦應逵紫眉）張長公。（吴廣霈墨眉下）張仲蔚、邴曼容。（沈巖眉）張是張長公，舊注以爲留侯，與邴曼容不類。（黎維樅紅眉）“外物”，以物爲外也。世復輕驊騮，（奚禄詒甲本旁）何謂？（黎維樅紅旁）仍帶感慨。吾甘雜鼃黽。（奚禄詒乙本紅旁）此轉漸説開了，又無味。知歸俗可忽，（方拱乾評）《選》體語，“可忽”。（吴廣霈墨眉）“俗可忽”一作“俗所忘”，劍按：非也，“可忽”當本依“可妄”爾。（李以峙墨眉）（“知歸”二句）按語甚平常，異字亦可不論。取適事莫並。（方拱乾評）情。（方貞觀墨眉）“知歸”句言知所歸宿，則凡世俗情事，皆可忽略，不必營心。“取適”句言一境可適，則萬事皆莫能比，並一事取適，不必更求他事。（吴廣霈墨眉下）二句弇州抹之是也，畢竟率易晦澀，節去最佳。（奚禄詒乙本墨眉）語近道學。（張雝敬墨旁）曠懷達識，是有道之言。身退豈待官，老來苦便静。（吴廣霈墨尾）“苦便静”者，苦欲以静爲便也。（黎維樅紅眉）時公雖參列選序，尚未授官，故云“身退豈待官”。况資菱芡足，（奚禄詒甲

本旁)下亦勉强顧題。**庶結茅茨迥。從此具扁舟，彌年逐清景。**(**方拱乾評**)七古常用兩句結,以其節奏長故。(**李念慈紅眉**)結雋永沉厚。(**陳治紅眉批箋注**)張是張長公,舊注以爲留侯,與邴曼容不類。(**奚禄詒甲本旁**)賦也。○前二行自佳。(**奚禄詒乙本紅眉**)中多澀氣。(**張雝敬墨旁**)句句造下,無一字輕下,彼誤以率直爲高者,此其三年之艾也。(**黎維樅紅眉**)收應起處。(**黎維樅紅眉批仇注"張邴結晨軌"**)謝靈運詩"偶與張邴合",注云:張謂張良,邴謂邴漢及曼容也。《漢書》:邴,漢以清行徵用,兄子曼容亦養志自修。(**黎維樅紅眉批仇注"便静"**)謝靈運詩"還得静者便"。浦云:"苦便"猶云"苦愛",言深便此寂静之境也。標此"便静"作正用,乃與下"況"字貫。

夏日李公見訪

方拱乾評:比"平明跨驢出"又不同。全是陶,却是公之陶。厚極。却是陶,又是白,何故?○古。宗室李炎。

錢陸燦甲本眉:方曰:初臨流置席,既而厭鳥蟬喧聒,而欲移入吾廬也。酒家之酒垂盡,"更起爲君謀"耳。鐵曰:"孰謂吾廬幽"正承上句,非自外邊入,詩中無□□水花云云,仍是臨流方記,非也。鳥蟬二物,□聒耳。□□二句正□出"水花"二句。

錢陸燦乙本墨眉:初臨流置席,既而厭鳥蟬兼聒,而欲移入吾廬也。酒家之酒垂盡,"更起爲君謀"耳。○"孰謂吾廬幽",正以見其幽,非欲遷至吾廬内也,玩此中兼此,是水花居,仍是臨流方記,非也。(輯者注:此處有塗抹)

屈復評:閑適題無可見長,看其寫瑣細處,雖眼前景,却是他人所不寫者偏能寫出,然所以不及儲、王者,大雅神妙也。①

① 校注:"偏能寫出"後,杭本多"故生新"三字。

奚禄詒甲本眉:淡陀之極,絶不用沉著,較公老年詩又是一格,近觀矣。

方貞觀墨眉:清機别色,似王右丞、儲太祝作。

申頲紅眉:淳樸鄰里,藹然如見。元亮移居就"素心人",亦自爲所願易求耳。

朱方藹紅眉:古意。

陳治墨眉:陶謝化境。

魯一同評:杜老澹宕之作,必帶沉思,此别於王、儲諸家處。

張裕釗眉:純是陶公。

嚴復墨眉:此首又純是陶法。

吴廣霈墨眉:亦有陶意。〇情景如繪。

吴廣霈墨旁:《草堂詩箋》仍有注李時爲太子家令。〇又云"公子"指李白也。劍按:此公子絶非指李白者,仍當以李家令爲是。

遠林暑氣薄,公子過我遊。(**黎維樅紅眉**)景真語曠,絶似淵明。貧居類村塢,僻近城南樓。旁舍頗淳樸,(**奚禄詒乙本紅旁**)實事妙絶。所須亦易求。(**傅山紅眉**)此似陶,笑。隔屋唤西家,借問有酒不?(**方拱乾評**)如聞。(**王伯沆紅眉**)愈真愈妙。(**奚禄詒乙本紅旁**)他人以爲不足入詩。(**奚禄詒乙本墨眉**)"不",音浮。(**張雝敬墨旁**)以高老筆寫真率事,情文雙絶。(**佚名己紅眉**)貧士留客,往往如此。墙頭過濁醪,(**方拱乾評**)畫。(**申涵光甲本評**)"墙頭過濁醪",畫出村居小家人情事。(**張雝敬墨旁**)要寫得出不難,難在一個字寫盡神理。展席俯長流。(**孫承澤墨眉**)得陶之神。(**方拱乾評**)如見。(**李念慈紅眉**)寫情事真率,如在目中。(**吕留良紅眉**)似陶。(**魯一同評**)興會灑然。清風左右至,客意已驚秋。(**奚禄詒乙本墨眉**)目前家常語,寫得瀟灑。(**沈巖旁**)"已"字注"庶"字。(**沈巖眉**)"水花曉色静",不假風而自凉矣。六句從"遠林""長流”四字更轉一層，自作客主，極文之變。**巢多衆鳥鬥，**（**方拱乾評**）宕開。（**沈巖旁**）頂“遠林”。**葉密鳴蟬稠。**（**徐昂發評**）陶、謝化境。（**黎維樅紅眉**）村居真率，光景如畫。**苦遭此物聒，**（**方拱乾評**）做。（**嚴復墨眉**）自應是“遭”字，若用“道”字，便成訪者之詩。（**沈巖旁**）反起“静”字。**孰謂吾廬幽。**（**申涵光甲本評**）反説不幽，妙，妙！（**翁方綱評**）“此物”二句開啓元遺山筆法。（**陳治墨眉**）中反説不幽，妙。正是立言妙法。（**魯一同評**）翻進一層，少陵每有此筆。**水花晚色静，**（**吴廣霈墨眉**）“静”一本作“净”。（**沈巖旁**）頂“長流”。**庶足充淹留。 預恐罇中盡，更起爲君謀。**（**方拱乾評**）率結，却深極。（**張雝敬墨旁**）《渼陂臺》作極追琢，此篇極直，遂各臻其妙，真是上國武庫，無所不有。（**奚禄詒甲本旁**）賦也。（**吴廣霈墨尾**）一結到底，不懈。（**黎維樅紅眉**）一結了而不了。

【彙評】

魯一同評批《心解》“非杜老本色”：此評殊陋。杜老何所不有，必以沉痛高壯爲本色耶？王、儲擬陶，杜公並不擬陶，真境會意，不覺綴合，評者信有不足之意，豈爲知言？

沈巖尾：“巢多衆鳥鬥”四句偷“蟬噪林逾静，鳥鳴山更幽”反用之，此宋人翻案法所自也。但公不肯一概生拗耳。

秋雨歎三首

方拱乾評：是年霖雨，六旬不止，帝憂之，楊國忠取禾之善者以獻。〇無情説得有情，有情説得無情。

錢陸燦乙本紅旁：平。

奚禄詒甲本眉：公取決明，即屈原□宿莽之意。〇興致悠悠。〇妙在不盡。

吴廣霈墨眉：小題亦能大做，氣壯格勁，言近而旨遠也。

其　一

方貞觀墨眉：音節悲涼。深情妙筆，不著一毫藻繪，自覺顔色光華。

申頲紅眉：妙著痛癢，杜公每於小物如待至親骨肉，是何胸中！今之視人若無物者，能不愧死！

朱方藹紅眉：淒然欲絶。○高士苦節，勵其有終，正以此。

魏源評：《邶風》"北風其涼"，思與同好避去，此更深至。

黎維樅紅眉：先就一物寄慨，别韻蕭疏，可歌可泣。

雨中百草秋爛死，（**錢陸燦乙本紅眉**）比。階下决明顔色鮮。（**汪琬甲本紅眉**）决明。（**奚禄詒乙本紅旁**）首自歎。著葉滿枝翠羽蓋，開花無數黄金錢。（**李念慈紅眉**）轉入比興，掉筆生情。（**嚴復墨眉**）於不足珍惜之物偏作富貴語，故曰：詩道在反。涼風蕭蕭吹汝急，（**黎維樅紅旁**）"汝"字叫得親切。恐汝後時難獨立。（**方拱乾評**）兩"汝"字似呼，妙。公慣用"汝"字。（**奚禄詒乙本墨眉**）"汝"指决明。堂上書生空白頭，（**沈巖旁**）復時也。臨風三嗅馨香泣。（**方拱乾評**）若相關，若不相關，妙極。（**奚禄詒甲本旁**）首自嘆也。○比也。

【彙評】

錢陸燦丁本評：自傷。○語亦清澈工致，即《楚詞》"惟草木之零落兮，恐美人之遲莫"意。

吴廣霈墨旁：采秋菊之落英，傷美人之遲暮，能無感慨繫之？

奚禄詒乙本墨眉：興致悠長，以興起，意在末句。

其　二

錢陸燦甲本眉:春無當曰"長",語物無用曰"長物",宋人陳唐卿自號"江潮長翁"。

徐昂發評:"同雲"内添"一"字,何其老健!

魏源評:國忠惡言災異,四方匿以不聞,故曰"無消息"。

黎維樅紅眉:次方及淫雨。○蔣云:暗影昏昏,世界是一篇《愁霖賦》。

闌風長雨秋紛紛,(**張雝敬墨旁**)練字。四海八荒同一雲。(**呂留良紅眉**)奇。(**陳治紅眉**)闌珊之風,沉伏之雨,疑"仗"、疑"長"俱作。(**奚禄詒乙本紅旁**)次歎時人。去馬來牛不復辯,濁涇清渭何當分。(**張雝敬墨旁**)歎息不少。(**李念慈紅眉**)"當",别本作"由",佳。(**奚禄詒乙本紅旁**)二句大拙。(**奚禄詒甲本眉、奚禄詒乙本墨眉**)本"兩崖之間,不辨牛馬"。禾頭生耳黍穗黑,農夫田父無消息。(**申頲紅眉**)家隱君凫盟曰:他人幾語説不出。城中斗米换衾裯,相許寧論兩相直。(**方貞觀墨眉**)言有米許换,已出望外,豈復論直與不直。(**奚禄詒甲本眉**)末句謂止求相許以米,寧云衾裯之兩值耶?是轉勝。(**奚禄詒甲本旁**)賦也。○次嘆時人。(**奚禄詒乙本墨眉**)止求相許以米,寧論衾裯之值乎?(**黎維樅紅旁**)暗影辱身之士。(**黎維樅紅眉**)《鏡銓》云:"换衾裯"謂結婚也。意似牽强,存以備一説。

【彙評】

張雝敬墨旁:世無知己,小就功名,可勝扼腕。

其　三

王伯沆紅眉:此首真樸。

長安布衣誰比數，反鎖衡門守環堵。（奚禄詒乙本紅旁）三歎時事。（奚禄詒甲本眉）三首皆是《離騷》之志，此公詩之所以不可及也。（奚禄詒乙本墨眉）三首皆是《離騷》之旨。（黎維樅紅眉）三章方正説自家苦雨寥落之况。老夫不出長蓬蒿，稚子無憂走風雨。（張甑敬墨旁）只以方面襯出，而前後更不露一"憂"字，故妙。（黎維樅紅旁）反形亦曲盡稚子無知之態。雨聲颼颼催早寒，胡雁翅濕高飛難。（秦應逵紅旁）兼比興。（錢陸燦丁本評）"胡雁"句比賢人沉溺也。秋來未曾見白日，泥污后土何時乾？（奚禄詒甲本旁）賦而比也。〇三嘆時事。（張甑敬墨旁）後四句有兩比意。（吴廣霈墨眉）正落到題，收足歎意。（黎維樅紅尾）當與《寄岑參》詩參看。

【彙評】

再生翁評：意只尋常，氣實老健。

苦雨奉寄隴西公兼呈王徵士隴西公，即漢中王瑀。徵士，琅邪王澈

方拱乾評：排。〇疏老。〇若無意爲排者。

吴廣霈墨眉：此首是工部率筆，詩興未到，走筆强爲，遂爾苦澀，不堪入誦。

黎維樅紅旁：即汝陽王璡之弟。

今秋乃淫雨，仲月來寒風。（黎維樅紅眉）寫盡久雨氤氲光景。群木水光下，（吴廣霈墨旁）二句儘足。萬家雲氣中。所思礙行潦，九里信不通。（陳治紅旁）指隴西公。悄悄素滻路，迢迢天漢東。願騰六尺馬，背若孤征鴻。（嚴復墨眉）前路流暢，後稍寒塞。劃見公子面，超然歡笑同。（佚名己紅眉）快意事。奮飛既胡越，

局促傷樊籠。一飯四五起，憑軒心力窮。（奚禄詒甲本眉）“飯食錯昏晝”五字又勝過此十字。（奚禄詒乙本墨眉）“飯食錯昏晝”又勝過此十字。（秦應逵墨眉）不成句。嘉蔬没溷濁，（奚禄詒甲本旁）又序雨，作比。（奚禄詒乙本墨旁）又序雨。時菊碎榛叢。鷹隼亦屈猛，烏鳶何所蒙。（黎維樅紅旁）言求食無所也。（王士禛評）不成句。（魯一同評）“蒙”字作何解？式瞻北鄰居，（奚禄詒甲本旁）徵士也。（奚禄詒乙本紅旁）徵士。（黎維樅紅旁）謂王。取適南巷翁。（陳治紅旁）指王徵士。（吴廣霈墨眉）“蒙”字亦屬凑韻。“北鄰”疑是“比鄰”之訛，否則與南巷相反矣。（黎維樅紅旁）自謂。掛席釣川漲，焉知清興終。

送裴二虬作尉永嘉

題鮮于樞評：此詩設問起而答之，如此以起中四句，且曰吾之舟已就，亦將待秋風而把釣於彼矣。賦也。孤嶼亭，豈温州之亭名歟？

孫承澤墨眉：詩至此已入化境。

方拱乾評：温州也。○王李但知此，而不知變。鍾譚則知此不言，而人遂不忘。○詩極平澹而體法都備。

屈復評：三句一解，又三句一解，又二句一解，與太白“牛渚西江夜”一篇同格。○一解送尉永嘉，又一解欲遊永嘉，又一解始有待耳。

題商盤紅眉：一二設爲問答，唐人多此法。因尉永嘉，故以彼中山水起興。前半羡彼官此，後半託言己欲往遊，以寓送别之意。○五六言東道有故人，遺迹有往哲，故己亦起扁舟之興，待秋風一思把釣耳。結三字，倒押得老。○送人之官，全作山水間語，其人胸少宦情可知矣。結處自己身分亦見。此公初年之作，故出手輕俊如此。

盧見曾紅旁:浦起龍曰:起用倒勢,如凌虚御風而行。

朱方藹紅眉:前六句"作尉永嘉"並"送"字,俱寫得好,末則又掉一波。

秦應逵墨眉:轉掣如龍。

吴廣霈墨眉:此詩亦傑作,起結俱佳,一氣盤旋,不同凡響。

王伯沆紅眉:虬,諫議大夫,見《唐書·宰相世系表》洗馬裴之下。

奚禄詒乙本紅眉:凡詩要情中有景,景中有情,情景中又有理,如宋人立理,則偏且庸矣。

王鄰德墨眉:此詩無他意,惟"與誰同"三字生出"逢梅福""憶謝公",此下又以"扁舟已就"結之,言己亦將待秋風而把釣於彼矣。

黎維樅紅眉:氣格高渾,倒起有憑虚御風之致。

王鳴盛墨眉:虬,字深源。昌黎《裴復墓誌》云:父虬,有氣略,敢諫諍,官諫議大夫,有寵代宗朝,屢辭不拜。卒,贈工部尚書。

孤嶼亭(**方拱乾評**)地。何處,(**嚴虞惇紅旁**)永嘉。天涯水氣中。(**題商盤紅旁**)設爲問答。(**嚴復墨眉**)孤嶼在温州南四里永嘉江中。(**王鄰德紅旁**)二句自相問答,荒凉可見。故人官就此,(**方拱乾評**)人。○倒入。(**黎維樅紅旁**)起五六。絶境興(**李以峙墨眉**)按作"與"亦甚好。誰同。(**題商盤紅旁**)走馬對。(**秦應逵紅旁**)開後四句。(**嚴復紅眉**)王云:二聯平。(**吴廣霈墨旁**)老當之至,何云平耶?王乃不足與言詩也。(**王鄰德紅旁**)二句又與上聯相呼喚,繾綣可知。(**黎維樅紅旁**)起七八。隱吏逢梅福,(**奚禄詒乙本紅旁**)此可同耳。遊山憶謝公。(**方拱乾評**)生結。(**題商盤紅旁**)順承三四。(**王鄰德紅旁**)以二古人比裴之官卑而興高。扁舟吾已具,(**方拱乾評**)自己。(**題商盤紅旁**)倒押句。(**嚴復墨眉**)

“就”,他本作“僦”。(**李以峙墨眉**)按“就”“具”皆可,“僦”“買”近俗。**把釣待秋風。**(**奚禄詒甲本尾批**)賦也。(**奚禄詒乙本紅旁**)無大情節。(**王鄴德紅旁**)此言己欲待秋而來訪也。

【彙評】

陳訏紅眉批仇注“‘杜詩傳刻,有音近而訛者’一段”處:杜詩字或傳刻有訛,然其來已久,古人何不改之?夫子不改春王夏五,豈不知其當改耶?

九日寄岑參

徐渭墨旁:無風韻。

方拱乾評:古。〇先言“雨”,留“九日”作結,是法。

奚禄詒甲本眉:眼前委曲,却無人説。

俞瑒乙本評:此苦雨不得訪岑生而作。

吴廣霈墨眉:高古冲澹,自非箏琶俗調所諧。

出門復入門,雨脚但如舊。(**方拱乾評**)有景。(**李念慈紅眉**)作“雨脚”是何意義?(**吕留良紅旁**)粗粗近古。(**朱方藹紅眉**)起語古健。(**陳治紅眉**)陳後山作“雨”,是也。作“兩”則中間無根。(**吴廣霈墨旁**)“雨脚”是,或作“兩脚”,非也。(**奚禄詒乙本墨旁**)二句情境宛然。(**沈巖眉**)陳後山本作“雨”,是也。作“兩”雖上下文勢較密,然中間反無根矣。(**黎維樅紅眉**)起語古健,情境宛然。(**李以峙墨眉**)(雨脚)按下句意,必當作“雨”,“兩”乃形似而誤。(**佚名己紅眉**)先説雨脚,而以九日結之,亦一法也。**所向泥活活,**(**李以峙墨眉**)按,“浩”亦形近而誤。(**沈巖旁**)先起寄岑。**思君令人瘦。**(**方拱乾評**)情至。(**沈巖旁**)風雨思朋友。**沉吟坐西軒,**

飲食錯昏晝。（奚禄詒乙本墨眉）眼前委曲，却無人説。（黎維樅紅旁）積雨真景。（魯一同評）五字寫苦雨最入神。寸步曲江頭，難爲一相就。（陳治墨眉）隨所棖觸，必有關於世道人心。（奚禄詒乙本紅眉）一路盡是比。吁嗟乎蒼生，（沈巖旁）申前“苦雨”。稼穡不可救。（方拱乾評）宕幾句有勢。（奚禄詒甲本眉）正當林甫嚴斂之時耶？（奚禄詒乙本墨眉）正當林甫用事。（錢載評）不可見了“乎”字，遂亦亂寫“呼”字，此乃“吁嗟乎”也：“吁嗟乎騶虞。”安得誅雲師，疇能補天漏。（方拱乾評）非苦雨，乃苦雨不得見岑生耳。（汪琬甲本紅眉）古詩：地近漏天終歲雨。（陳治紅眉）鄭之《雞鳴》，曹之《候人》，此作者之體源所自出。（黎維樅紅眉）八句雙關，隱喻時事。大明韜日月，曠野號禽獸。（方拱乾評）此四句晚唐人便不肯作，不作氣遂削。（奚禄詒甲本旁）比也。君子强逶迤，小人困馳驟。（沈巖眉）鄭之《雞鳴》，曹之《候人》，此作者之體源所自出。（方貞觀墨眉）“君子”四句是公習氣語。維南有崇山，（奚禄詒甲本旁、奚禄詒乙本墨旁）從《南山》詩來。恐與（李以峙墨眉）按，“漭與”亦可通。川浸溜。（黎維樅紅眉）“崇山”二句言國家危亂將至，恐有載胥及溺之憂也。是節東籬菊，（方拱乾評）纔出“九日”。紛披爲誰秀。（方拱乾評）“誰”字挽岑生。○五古常用四句結，以節奏短故。○詩不必如此，如此見公之無往不合天然。○（錢陸燦丁本評）轉入“九日”，無痕。岑生多新詩，性亦嗜醇酎。（吴廣霈墨旁）亦好飲酒也。（佚名己紅眉）此生“九日”。○前曰君此曰岑生，總是情緒之妙。采采黄金花，何由滿（李以峙墨眉）按，“灑”亦形近而訛。衣袖。（方拱乾評）結出“九日”，開合自然。定要如此結，蓋題是“九日”也。（奚禄詒甲本眉、乙本墨尾）煞有古意。（吴廣霈墨尾）承“東籬菊秀”來。

歎庭前甘菊花

方拱乾評：直而老。

錢陸燦甲本眉：唐人又有《十日菊》詩，亦此□。毛氏刻本改作《十月菊》，詩意天淵。

汪琬丙本評：五穀不如荑稗，每讀此慨然，擊唾壺盡缺。

俞瑒乙本評：通首自歎語。

奚禄詒甲本眉、乙本墨眉：士之不偶者，往往有"結根失所"之歎。

奚禄詒甲本旁：近來之"升中堂"者，皆"籬邊野外"者也。

奚禄詒乙本紅旁：賦而比也。

朱方藹紅眉：五穀不熟，不如稊稗。每讀此慨然，擊唾壺盡缺。

徐松紅眉：仇曰："甘菊"喻君子，"衆方"喻小人，傷君子晚猶不遇，而小人雜進在位也。

吴廣霈墨眉：即小見大，慨當以忼。

檐前甘菊移時晚，青蕊重陽不堪摘。明日蕭條醉盡醒，(**黎維樅紅眉**)"醉盡醒"謂無菊飲不歡也。殘花爛漫開何益。(**李念慈紅眉**)逢時遲暮，凄然生感。(**張雝敬墨旁**)不勝後時之歎。(**嚴復墨眉**)與昌黎"既晚何須好"意同。籬邊野外多衆芳，采擷細瑣升中堂。(**奚禄詒乙本紅眉**)今日之"升中堂"者，皆"籬邊野外"者也。(**張雝敬墨旁**)多少不平。念兹空長大枝葉，結根失所埋風霜。(**奚禄詒甲本尾批**)賦而比也。(**奚禄詒乙本紅眉**)末二句應第四句。(**吴廣霈墨尾**)此喻小人反得乘時進用，大才徒淪落不偶也。(**黎維樅紅眉**)此公自喻負經濟才，過時而無以自見，反不如小人之見用也。

承沈八丈東美除膳部員外，阻雨未遂馳賀，奉寄此詩

方拱乾評：匀雅中有瀟灑之骨。

方貞觀墨眉:通首宛曲熨帖,正可爲尋常應酬法則。

奚禄詒甲本紅眉、乙本紅眉:全從佺期與審言之交起見。

今日西京掾，多除南省郎。府掾四人，同日拜郎。通家惟沈氏，謁帝似馮唐。（**徐渭墨旁**）命耳。（**佚名戊墨眉**）馮唐是爲郎事,方賀人除郎,豈又遽引馮唐自比?以上句熱觀之,政當説沈郎也。“詩律”亦未必不是美沈之辭,蓋下句尚有“寓直”“列宿”之語。自“未暇申宴慰”以下方自述。詩律群公問，儒門舊史長。清秋便寓直，列宿頓輝光。未暇申宴慰，（**李以峙墨眉**）(安慰)按“宴”則失粘,且“宴慰”二字不可連,定係形似而誤。含情空激揚。司存何所比，膳部默凄傷。甫大父昔任此官。（**吴廣霈墨眉**）“司存”二句畢竟欠渾煉。（**黎維樅紅眉**）中間以世誼夾敘,情致縷縷。貧賤人事略，經過霖潦妨。（**李念慈紅眉**）“貧賤”句當有訛字。（**秦應逵紅旁**）對甚草率。（**嚴復墨眉**）“事”可讀平。蔡中郎:“帝曰休哉,命公三事。乃耀柔嘉,式是百司。”禮同諸父長，恩豈布衣忘。天路牽騏驥，雲臺引棟梁。徒懷貢公喜，颯颯鬢毛蒼。

崔駙馬山亭宴集

題鮮于樞評:此詩前四句言駙馬山亭之景,後四句言駙馬宴集之事。賦也。

奚禄詒甲本眉:蕭史不可言“幽棲”,引鳳不可言“踏鳳毛”,奪袍事亦與賓客不切。

奚禄詒乙本墨眉:蕭史不可言“幽棲”,引鳳不可言“踏鳳毛”,得袍與賓客不合。

黎維樅紅眉:寫山亭又别。

嚴復墨眉:以錦袍賜先成詩者,乃則天事。故阮云,詩成則當云"錦袍",若"繡袍"則賜都督、刺史新塗者耳。

蕭史幽棲地,林間蹋鳳毛。(**徐渭墨旁**)"踏鳥毛"自好。(**吴廣霈墨旁**)"踏鳳毛"三字小疵不免。洑流何處入,(**汪琬甲本紅旁**)洞也。亂石閉門高。(**方拱乾評**)山亭妙句。客醉揮金椀,詩成得繡袍。(**奚禄詒甲本旁**)不當。清秋多宴會,終日困香醪。(**方拱乾評**)不足。(**奚禄詒甲本旁**)賦也。〇在"毛"字、"踏"字。(**吴廣霈墨眉**)結惜頹然意盡。

示從孫濟

徐渭墨眉:古樂府語。

方拱乾評:古。〇如見,如聞,如畫。〇是之謂真詩。是天工,是人工。〇且在《十九首》之上,況其下乎?〇古響元聲,是《三百篇》所不能及。

汪琬乙本評:語亦直盡。

申涵光甲本評:高人行徑,亦畫出無聊。淘米刈葵,是老人成家語,對從孫,故説家中細事,别無此意。

王士禛評:嫌猜明説不可,以比興出之,深得古法。

方貞觀墨眉:題云"示某",公集中僅見,固已尊行自處。

奚禄詒甲本眉:濟字應物,給事中京兆尹。〇不遜《國風》。

奚禄詒甲本旁:古體中之絶妙好詞也。

奚禄詒乙本紅眉:絶妙漢樂府。

奚禄詒乙本墨眉:"堂前"四句寫數荒村,"淘米"四句隱隱爲權門小人作脈,上下若相續,若不相續,連山斷嶺之妙。

盧見曾紅旁:多似古樂府,温柔敦厚,比興深切。

錢載評:都正是正筆。○中入樂府調。

徐昂發評:擬樂府無迹。

陳治墨眉:中段點綴如樂府古辭初擬,後段語殊無謂。有老友于方曼云:當與《杜位宅守歲》參看則知其妙。余因兩詩對看,始知其字字深婉也。○"權門"或即指杜位,蓋杜位,林甫婿也。細玩此詩,亦有不滿於濟之意。然彼曰"誰能更拘束,爛醉是生涯",言不爲博醉,决不來也。於此曰"所來爲宗族"云云,語意厚薄瞭然。

張裕釗眉:此直是漢魏人詩。

沈曾植墨眉:樸。

佚名丙評:中段點綴,如樂府古詞。

平明跨驢出,未知(**李以峙墨眉**)按"未委",不知公有本否,然大半是後人之訛。適誰門。(**黎維樅紅眉**)無聊光景宛然,其真趣亦自漢魏出。(**申頲紅眉**)足已出門,心尚未知何適,自是高人行徑,然亦畫出無聊。(**再生翁評**)蕭條轉折。權門多噂𠴲,且復尋諸孫。(**方拱乾評**)有品。(**申頲紅旁**)權門蹲踖[噂𠴲]今爲甚。摩詰曰"不用坐粱肉,崎嶇見王侯",余亦有"寧從猛虎穴中食,不向權門座上求"。(**申頲紅眉**)"多蹲踖[噂𠴲]"説得權門人人退步,有求進步不得者,自圖口食耳。諸孫貧無事,(**方拱乾評**)亦有品。(**方拱乾評**)要想見其窮老無聊、不合時宜,只諸孫可飲之狀。宅舍如荒村。(**申頲紅眉**)玩"貧無事"三字,彼富貴人尚敢言閑適耶?堂前自生竹,(**方拱乾評**)有趣。堂後自生萱。(**黎維樅紅眉**)兩"自"字便寫出如荒村光景。(**申頲紅眉**)兩"自生"句寫盡貧士堂中之景,趣。(**佚名己紅眉**)前似樂府,後差劣也。萱草秋已死,(**孫承澤墨旁**)似古樂府。竹枝霜不蕃。(**孫承澤墨眉**)插入一段閑適,□史遷文字。(**奚禄詒甲本旁**)四句承"荒村"。(**沈巖眉**)"翻"字妙。(**吴廣霈墨眉**)"萱草"二句僞本支之，寥落不振也。**淘米少汲水，**（**奚禄詒甲本眉**）“淘米”四句與上下若相屬，若不相屬，連山斷嶺之脈。**汲多井水渾。**（**方拱乾評**）有情有禮。（**方拱乾評**）“淘米”二句乃不過意□安將就口吻，莫深看。（**錢陸燦甲本眉、錢陸燦乙本墨眉**）“淘米”四句乃濟因公至，倉皇治具，留公飯。公見其手自淘米、刈葵，而教以淘米、刈葵之法，此眼前語也。劉辰翁謂：教其爲人，少可自足，勿多責望。豈不迂甚？（**方貞觀墨眉**）“淘米”四句，自是公見孫濟經營盤飧，行步奔忙，故隨口教以居家待客，少可便足意。下文遂直接“所來爲宗族，亦不爲盤飧”，義意瞭然，無庸深解。（**沈巖旁**）四語有水源木本意。（**黎維樅墨眉**）水源木本，隨事比興，得古樂府之神。**刈葵莫放手，放手傷葵根。**（**丁耀亢紅眉**）古詩。（**李念慈紅眉**）説家常物事，規戒方是示孫語。（**吕留良紅眉**）樂府佳處。（**王士禛評**）笑柄。（**奚禄詒甲本旁**）四語隱隱爲權門小人作脈。（**奚禄詒甲本旁**）不盡比。（**奚禄詒甲本旁**）結交莫羞貧，羞貧交不成。（**沈巖旁**）隨事比興，全得古樂府之神。（**嚴復墨眉**）中間著此似謡非謡、似諺非諺之語，最爲神妙。（**王伯沆紅眉**）似漢樂府。**阿翁懶惰久，覺兒行步奔。**（**吴廣霈墨眉**）王云笑柄，即老杜所謂小人薄俗也。**所來**（**李以峙墨眉**）按：“求”形訛。**爲宗族，**（**方拱乾評**）生結。**亦不爲盤飧。**（**方拱乾評**）挽。（**方拱乾評**）或當時有所爲，故云在淵明上矣。淵明輕，少陵厚，其高迥則同。（**秦應逵紫眉**）成笑柄。（**嚴復紅眉**）漁洋云：笑柄。（**嚴復墨眉**）樸拙可□。（**汪琬乙本評**）此下何不宕之？（**吴士模墨眉**）以下何不宕之點明？**小人利口實，薄俗難可論。**（**黎維樅紅眉**）語意温厚。（**申頲紅眉**）多心得妙。**勿受外嫌猜，**（**傅山紅旁**）不成話。**同姓古所敦。**（**方拱乾評**）結得重。（**屈復評**）猜嫌明説不可，以比興出之，深得古法。（**奚禄詒甲本旁**）賦也。（**王伯沆紅眉**）甚厚。

【彙評】

申頲紅眉：有道之言。

申頲紅尾:"淘水"四句,真老成人家語,然亦想見藹然相對,天性中一段真樂,彼遊權門者,難以語此。○四語真樸宛轉,逼真古樂府。

張雝敬墨旁:杜稱"詩聖",或者疑爲天授,吾以爲亦學問中得來耳。觀此及《九日寄岑參》兩篇,乃是極力摹擬古詩而得其神,似非徒自道性靈也。

吴廣霈墨眉:真摯樸質,非老杜無人能爲此,且爲子弟言之,不可乙[以]太文飾也。

再生翁評:不過家常語,而老氣無敵。

奉贈太常張卿垍二十韻

徐渭墨旁:好。

徐渭墨眉:辭覺好,多不解。

方拱乾評:排句不妨纖,不妨重,有入排則佳,入律則不佳,此中難言。極細極顯,静心體會,乃得之。○排。

宋犖紅眉:虞山箋當看。

屈復評:起八句天子之婿,宰相之子。以下一門貴仕,太常清職,才華文望,迥絶當時。以寵遇親密,結到首段。以下自叙奔走四方,長懷雅誼,太公自命,望其援引也。○"碧海""青雲",仍與篇首照應。

盧見曾紅眉:投贈詩皆工於發端,此篇尤有氣象,當是贈張垍者。垍以尚主置宅禁中,故假神仙之象以誦美之。錢謙益引妙實真符之説,謂中含諷刺,不免穿鑿,且與甫贈詩望薦之意不合。

朱方藹紅眉:分三段。首段叙垍得實符之易,遂承上恩,起相門爲清卿;二段稱其才,因略反官序;末段入自身,辱張汲引也。

陳治墨眉:上韋左丞相詩從朝廷説起,彌見慎重。此詩從神仙比起，益覺超越。

吴廣霈墨眉：一起氣象頗好，而通篇鬆懈，不甚精整。

奚禄詒甲本眉：玄宗命張垍往寶仙洞求妙寶真符，爲君所寵，故首大句云云，其事由方士王玄翼言見老君，言有玉板、石記、妙寶真符。○或云洞在吉安府永新縣，未是。

奚禄詒乙本墨眉：舊説謂玄宗命垍往寶仙洞求妙寶真符，得之矣。而後成乃做形容其門第位望，斷説不去。公詩字字皆有著落，豈稱人位望扯到東海、西海之杳不可問之地乎？必不若此之誕也。此解又引《嶽麓道林》詩爲證，更不通詩矣。嶽麓乃衡山一峰，可引方丈玄圃，各有地頭。

方丈三韓外，(**方拱乾評**)言其出使荒遠絶迹，特非常語，故未易諭耳。(**吕留良紅眉**)奇。(**奚禄詒甲本旁**)言古今求仙未必得，而垍得真符也。(**沈巖旁**)氣勢又别。崑崙萬國西。(**宋犖紅旁**)氣勢又别。(**王士禛評**)如此起殊有氣象。(**錢載評**)初白謂起太遥遠。(**秦應逵墨眉**)如此起，有氣象。(**奚禄詒乙本紅旁**)往寶仙洞求真符。(**沈巖眉**)如此起，殊有氣象。(**黎維樅紅眉**)舉頭天外飄然而來，氣勢奇突，令人不可端倪。(**黎維樅墨眉**)朱鶴齡曰：方丈、昆侖爲天地闊絶之境，古今共迷其處，豈若禁掖承恩者能迴得神仙之氣乎？因垍尚主，有宅在禁中，故云。然"方丈""昆侖"乃假像爲辭，公《嶽麓道林》詩"方丈涉海費時節，玄圃尋河知有無。暮年且喜經行近，春日兼蒙暄暖扶"，與此詩起語正相類。吴作諷刺解，殊非贈人之體。建標天地闊，詣絶古今迷。(**方拱乾評**)起四句言其高深闊大之意耳，不必拘解。(**奚禄詒乙本墨旁**)言古今亦難得，而垍得之。氣得神仙迥，(**嚴虞惇紅旁**)承上四句。恩承雨露低。(**錢陸燦乙本紅旁**)接上四句。(**俞瑒甲本評**)玄宗使張垍求妙寶真符於寶仙洞，往而遂獲。(**奚禄詒甲本旁**)"低"字下得狠。相門清議衆，(**俞瑒甲本評**)燕公之子。儒術大名齊。（黎維樅墨眉）"相門"二句言張能以文章纘先烈，不徒用帝戚貴顯。（黎維樅紅眉批仇注"周穆王升昆侖出"）《河圖》云：昆侖之墟，五城十二樓，河水出焉。軒冕羅天闕，（奚禄詒甲本旁、乙本墨旁）世家。琳琅識介珪。（奚禄詒乙本墨旁）才品。伶官詩必誦，（俞瑒甲本評）太常。（奚禄詒甲本旁）太常也。（奚禄詒乙本墨旁）太常。（秦應逵墨旁）太常。（黎維樅紅旁）先點本職。夔樂典猶稽。健筆凌鸚鵡，銛鋒瑩鷿鵜。（倪象占藍眉）上句文事，下句武備，以喻利器何不可而批之。友于皆挺拔，（俞瑒甲本評）兼兄弟言。（奚禄詒甲本旁、乙本墨旁）歇後語。（黎維樅紅旁）兼及乃兄。公望各端倪。（奚禄詒甲本眉）《晉虞騤傳》：孔愉有公才而無公望，丁潭有公望而無公才。通籍逾青瑣，亨衢照紫泥。（俞瑒甲本評）寵遇。（黎維樅紅旁）四句重溯向來恩遇，此言供奉翰林，掌綸翰之事。靈虬傳夕箭，（奚禄詒甲本旁）入直向夕方歸。歸馬散霜蹄。（黎維樅紅旁）此言入直禁中，向夕始歸也。能事聞重譯，（俞瑒甲本評）才望。（黎維樅紅旁）略及貶後，歸到當下。嘉謨及遠黎。（奚禄詒乙本紅旁）太常提督四夷。弼諧方一展，（黎維樅紅旁）此當指太常。斑序更何躋。（黎維樅紅旁）言無出其右者。（黎維樅墨眉批仇注"孔愉存公才而無公望"）《通鑒》：均、垍兄弟及蕭嵩、韋安石之子，皆以才望至大官。上嘗曰："吾命相當，遍舉故相子弟耳。"已而皆不用。適越空顛躓，（奚禄詒甲本旁）自序。（奚禄詒乙本墨旁）下自序。遊梁竟慘凄。（俞瑒甲本評）自叙。（奚禄詒甲本眉）"適越"用宋人冠章甫句，"游梁"用鄒陽事。謬知終畫虎，微分是醯雞。萍泛無休日，桃陰想舊蹊。（錢陸燦丁本評）"桃李蹊"似難割用。（陳治墨眉）"桃李蹊"似難割用。（秦應逵墨旁）"桃李蹊"似難割用。吹噓人所羨，騰躍事仍睽。（李念慈紅眉）二語言遇合之難，不涉酸寒。碧海真難涉，青雲不可梯。（王士禛評）"碧海""青雲"仍與篇首照應。（黎維樅紅旁）二句承騰躍。**顧深慚鍛鍊，**（**俞瑒甲本評**）挽上。（**黎維樅紅旁**）二句承吹噓。**才小辱提攜。**（**黎維樅紅眉**）"碧海""青雲"用仙家語，亦暗與起處對照。**檻束哀猿巧，**（**俞瑒甲本評**）比。（**奚禄詒甲本旁**）自比。（**李以峙墨眉**）（猿叫）按，"叫""巧"音近而訛。**枝驚夜鵲棲。幾時陪羽獵，**（**俞瑒甲本評**）指張。（**黎維樅紅旁**）比張爲侍從。**應指釣璜溪。**（**汪琬丙本評**）叙太常處一段極長，自有次第。自叙處頗短，妙在挽入張卿，自然融洽。俱用著色語，無始腴終儉之病。（**俞瑒甲本評**）結謂張當爲國薦賢，不必求仙逢君。（**俞瑒乙本評**）一結身分自高。（**奚禄詒甲本旁**）己也。（**奚禄詒甲本旁**）賦也。（**吴廣霈墨眉**）結句隱然以吕望自命，抱負不淺。（**王伯沆紅眉**）自待亦不薄。（**沈巖眉**）結語自負。（**黎維樅紅旁**）自負不小。（**黎維樅紅尾**）《十道志》：櫟陽有釣璜浦。

【彙評】

俞瑒甲本評：叙張太常處一段極長，自有次第。自叙處稍短，妙在挽入張卿，意自融洽。一結身分仍高。

沈巖眉批批詩後錢箋：《讀杜管窺》云：太常自當屬垍，非均也。若均爲太常卿，何不於《均傳》明言之，而反於《垍傳》見之邪？錢誤。

沈巖眉批"箋曰，方丈昆侖"處：箋亦有見，恐朱注爲穩。

橋陵詩三十韻因呈縣内諸官

徐渭墨旁：不甚□味。

方拱乾評：典重與應制同體而顯幽異。古則論緒，排則論段，試看此首三段，古與排綽有分别。此詩若作古看便索然矣。○排。是排。

秦應逵紅眉：聲律拗體也。而對偶極整，别成一格，韓昌黎《答張籍》等篇便是此種。

吴廣霈墨眉:排律也,而拗矯。亦似古詩,昌黎多有此調。

吴廣霈墨旁:按,此詩各家本多列之五古,是也。此本誤認作排律爾。

奚禄詒乙本紅眉:後半不潔。

沈巖旁:前半布置好。

沈巖眉:寫得陰沉慘澹。○本呈縣内諸官,却兼寫縣外形勝,詩爲橋陵作也。

先帝昔晏駕,(**奚禄詒乙本墨旁**)睿宗。兹山朝百靈。(**黎維樅紅眉**)先言地勢之盛、宫闕之榮。(**黎維樅紅旁**)直起莊重得體。崇岡擁象設,(**奚禄詒甲本眉**)象設,翁仲、石馬之類。(**黎維樅紅旁**)近看陵前。沃野開天庭。(**吴廣霈墨眉下**)"開"疑"闢"字之訛,此誤,仍當是"開"字。(**黎維樅紅旁**)遠看陵外。即事壯重險,論功超五丁。坡陀因厚地,(**秦應逵墨旁**)"沃野開"。(**李以峙墨眉**)按,"因"作"用",則"地"當從"力"。却略羅峻屏。(**奚禄詒甲本眉**)孫綽詩:遠山却略羅峻屏。(**奚禄詒甲本旁、乙本紅眉**)以上山川。(**秦應逵墨旁**)"崇崗擁"。雲闕虚冉冉,風松肅泠泠。(**陳治墨眉**)俞云:對偶極整,别成一格,昌黎《答徹》等篇,便是此種。(**黎維樅紅眉**)闕高入雲,故憑虚欲動也。○上四句見宫闕之□,下四句見官守之虔、儀物之感。○晚,猶晏也,廟宇深邃,故晏而後知曙。石門霜露白,玉殿莓苔青。(**奚禄詒甲本旁、乙本紅眉**)四句宫殿。宫女曉知曙,(**李以峙墨眉**)(晚知曙)按,"晚"字顯謬,當從"曉",然句亦甚欠妥。祠官朝見星。(**佚名己紅眉**)接句好。空梁簇畫戟,(**黎維樅紅旁**)分承上二。陰井敲銅瓶。(**吕留良紅旁**)奇古。(**奚禄詒甲本旁**)四句園陵。(**奚禄詒乙本紅眉**)四句園井。中使日夜繼,惟王心不寧。(**黎維樅紅眉**)又發出今王之孝,且頌且祝,立言得體,此段尤有關係。

豈徒恤備享，尚謂求無形。孝理敦國政，神凝推道經。（奚禄詒甲本眉）道經豈引黄帝之橋山耶？（黎維樅紅旁）言深明玄理，故能通徼合漠。瑞芝産廟柱，好鳥鳴巖扃。（徐昂發評）又寫形勝，似與起處數聯相重。（奚禄詒甲本旁、乙本紅眉）八句言玄宗之“孝理”。高岳前嵂崒，（奚禄詒甲本旁）華山也。洪河左瀅濙。（黎維樅紅眉）補寫形勝拱衛。金城蓄峻趾，（奚禄詒甲本旁、乙本紅旁）屬京兆。沙苑交迴汀。（陳治墨眉）四句對法。（黎維樅紅旁）四句過脈。永與奥區固，川原紛眇冥。（方拱乾評）對法變。（黎維樅紅眉）“眇冥”乃恍惚可見意，即指上四句言。居然赤縣立，（奚禄詒乙本墨眉）畿内之邑浩穰者曰“赤縣”。（方拱乾評）四句對。（秦應逵墨旁）隔句爲對。臺榭争岧亭。（奚禄詒甲本旁）以上序橋陵畢。（奚禄詒乙本紅旁）序陵畢。官屬果稱是，（奚禄詒乙本紅旁）入諸官。聲華真可聽。（王伯沆紅眉）以下稍率。王劉美竹潤，裴李春蘭馨。（奚禄詒甲本眉）此段頗不潔。（奚禄詒甲本旁）入諸官。此言奉陵者之才。（奚禄詒乙本紅旁）此言其才。鄭氏才振古，啖侯筆不停。（錢陸燦乙本墨眉）“啖侯”義未詳。（錢陸燦乙本紅眉）疑即啖助。（佚名己紅眉）此後沓拖矣。遣詞必中律，利物常發硎。（陳治紅眉）此種雜遝，頗似夔後之作。綺繡相輾轉，琳琅愈青熒。側聞魯恭化，（奚禄詒甲本旁）此言治邑者之化。（奚禄詒乙本紅旁）此言其化。秉德崔瑗銘。（奚禄詒甲本眉）魯恭爲中牟令，專以德化。崔瑗舉茂才，爲汲令，作座右銘。葉令乘雙鳧，王子晉乘白鶴於維山，謝時人而去。太史候鳧影，王喬隨鶴翎。朝儀限霄漢，（奚禄詒甲本旁、乙本紅旁）自序。容思迴林坰。（錢載評）“朝儀”二句轉折，以下自謂。（秦應逵墨旁）轉入自叙作收。（李以峙墨眉）按，“寄”亦可，“客”字則非。轗軻辭下杜，飄颻陵濁涇。（奚禄詒乙本墨旁）“陵”字是，如通用，“淩”亦可。（奚禄詒乙本墨眉）凡陵犯、侵陵、陵遲皆從阜，不從水，如淩，乃水名，淩，冰也。(**黎維樅紅眉**)自叙處有望諸公之存恤意,却不作乞憐語。**諸生舊短褐,**(**奚禄詒乙本墨眉**)短褐,裋褐,《史》《漢》皆有,不是通用。裋,音竪。**旅泛一浮萍。荒歲兒女瘦,暮途涕泗零。主人念老馬,**(**奚禄詒甲本旁**)田子方事。**廨署容秋螢。流寓理豈愜,窮愁醉未醒。何當擺俗累,浩蕩乘滄溟。**(**奚禄詒甲本旁**)賦也。

【彙評】

張䨵敬墨旁:此用六朝體,凡叙事只要鋪張而些須立意者,宜用此法。今人將六朝古詩一概抹倒,抑知老杜未嘗抹倒乎?

奉先劉少府新畫山水障歌

王鐸評:[如]此起法,李崆峒誦之百遍。

方拱乾評:以其邑之山水爲障。○公題畫詩,總一作法,却首首不同。○尋常作畫詩,却老健勝人。

錢陸燦甲本眉:王鐸曰:如此起法,李空同誦三百編[遍]。

吕留良紅眉:起得奇妙。

吕留良紅旁:他人題畫那得如此?

奚禄詒甲本眉:閱過全首,並畫亦活現。○首二句唤出全章。○異想。以前夜風雨作波瀾,並應首二句。○"湘妃"二句翻出畫竹,妙。○收入兩兒,亦覺灑落。○通篇序畫景,一物不遺,却有飄然之致。

奚禄詒甲本旁:論文集中余批甚詳,當合看。

盧見曾紅旁:起處飛騰而入,末則餘波綿邈,中間忽然頓挫,刻意奇警,與李白《同族弟燭照山水畫壁歌》用意正同,而各極其妙。○楊萬里曰:"詩有驚人句。"如《山水障歌》云"堂上不合生楓樹,怪底江山起煙霧”是也。黄生曰：寫畫與贊賞分作數層説，反覆濃至。《寰宇記》：蒲城縣，本漢重泉縣，開元中改爲奉先。

王士禛評：一段掃舊圖畫新圖，二段贊其畫妙，三段賞其如神，四段寫圖中景，五段贊其天機並二子結，因看畫而動高蹈之思。

俞瑒乙本評：起得崒兀，結得趣味無窮，長短句相錯，挺勁中宛轉合拍，故佳。

徐松紅眉：王嗣奭曰：通篇字字跳躍，天機盎然，此其氣韻也。如“堂上不合生楓樹”，突然而起，已而忽然入蒲城風雨，已而忽入兩兒揮灑，飛騰頓挫，不知所自來，此君骨法也。

沈巖眉：一起突兀。○題畫詩自少陵開出異境，後人往往宗之。

黎維樅紅眉：以畫作真，落想甚奇，公題畫詩作多如此。

王鳴盛墨眉：沙門彦琮《後畫録》：隋參軍楊契丹六法頗該，殊豐骨氣，山東體製，允屬斯人。

嚴復墨眉：文章佳處大抵在虚構，自《離騷》、漢賦以下，莫不皆然。武帝讀相如《子虚》，所以飄飄有陵雲意也。故觀少年作文字，但看有造想心力否，無此者雖極用功，終成中駟。

堂上不合生楓樹，（**李以峙墨眉**）（堂上）按，作“堂中”，聲調振不起，明者參之。（**黎維樅紅旁**）突兀。怪底江山起煙霧。（**錢陸燦乙本紅眉**）如此起法，李空同誦三百編[遍]。（**宋犖紅眉**）此一起開後來無數法門。（**申頲紅眉**）起得奇突驚人。（**題商盤紅旁**）一層描寫。（**吴錫麒紅眉**）破空而來。（**題張問陶墨眉**）突兀驚人。（**陳治眉批**）發端奇横。（**吴廣霈墨眉**）一起突兀之至。（**奚禄詒乙本墨眉**）起得振拔。鍾伯敬謂“唐突”，方采山謂“驚愕”，俱未當。通章畫中一物不遺，却有飄然之致。（**張雝敬墨旁**）作歎語以形容出神畫來。（**沈巖旁**）是新畫。聞君掃却赤縣圖，乘興遣畫滄洲趣。（方拱乾評）實者虚之，虚者實之，千古詩文法也。畫師亦無數，（沈巖旁）皆有“新”字在。好手不可遇。（方拱乾評）宕開纔好轉。（方拱乾評）閑此十字，方合緒合局。（題商盤紅旁）一層賞贊。對此融心神，知君重毫素。（張雝敬墨旁）沉著痛快兼有之。豈但祁岳與鄭虔，筆迹遠過楊契丹。（方貞觀紅旁）不成語。（沈伯沆紅眉）楊契丹，無家注，未詳何許人。《畫斷》《畫録》或稱隋唐人，或云隋参軍，俟考。（張雝敬紅眉）北齊楊子華畫馬於壁，每夕必蹍齧長鳴。（黎維樅紅眉）張彦遠《名畫記》：隋楊契丹官至上儀同，畫在閻立本下。得非玄圃裂？（李以峙墨眉）按，“拆”亦裂也，而“裂”字響。（秦應逵墨旁）大概寫。無乃瀟湘翻？（方拱乾評）盡致。但看幾活字便知其妙。（丁耀亢紅眉）極盡吞吐奔放之變。（方貞觀墨眉）蔡夢弼云：隋楊素畫傳於契丹，故以爲號，不知何本。（題商盤紅旁）兩層描寫。（沈巖旁）大概寫。悄然坐我天姥下，耳邊已似聞清猿。（錢陸燦乙本紅眉）天爲雨血，鬼爲夜哭。（錢陸燦乙本墨旁）如此摹寫。（朱方藹紅眉）意之所至，筆則隨之，遂覺處處暢滿。（奚禄詒乙本紅眉）活脱自在。反思前夜風雨急，（張雝敬墨旁）從何處來。乃是蒲城鬼神入。（方拱乾評）此轉妙。（李念慈紅眉）“入”字用得極穩。（申頲紅眉）追寫實理，脱活之極。（題商盤紅旁）兩層賞贊。（題張問陶墨眉）驚風雨、泣鬼神意，寫來怪怪奇奇，不顧俗眼。（陳治眉批）擬假擬真，看他幾簡虚乎？（秦應逵墨眉）無着落。（張雝敬墨旁）此便開長吉一派。（沈巖旁）跌斷插入四句，新障變化曲折，並奉先少府亦不漏略。（黎維樅紅旁）即奉先。元氣淋漓障猶濕，（秦應逵墨旁）是新畫。真宰上訴天應泣。（錢陸燦甲本眉批下）天雨血，鬼夜哭。（吕留良紅眉）畫耶？真耶？杳冥恍惚，筆底有神。（錢載評）此接乃更是神興，非此不可也。所以爲正體，否則偏仄閃皆成奇病耳。○偏仄猶不可，況閃耶？（吴錫麒紅眉）似真似假之情，乃寫□鬼□之句，淋漓元氣，絶大手筆，神。（黎維樅墨眉）驚風雨，泣鬼神，寫來一片奇譎，不可方物。“真宰上訴天應泣”即天雨粟、鬼夜哭之意。(黎維樅紅眉)跌斷上文,忽入"反思"四句,一波未平,一波又起,變化曲折之極。詩亦若有神助,其意不過是夜雨之後見此新畫障耳,一經運筆,便覺分外離奇。(佚名己紅眉)似李賀。**野亭春還雜花遠,**(沈巖旁)以下細寫。○明。(黎維樅紅眉)忽接景語,超妙。○以上都是空際盤旋之筆,以下方入畫中實境。**漁翁暝蹋孤舟立。**(吕留良紅旁)氣勢莽蒼時著此二句閑澹,正如風雨後煙樹夕陽。(題商盤紅旁)三層描寫。(秦應逵墨旁)細寫。(奚禄詒乙本紅眉)詣極幽巧。(張雝敬墨旁)生動處全在"立"字。(沈巖旁)暗。**滄浪水深青冥闊,**(沈巖旁)平。**欹岸側島秋毫末。**(方拱乾評)畫内畫外,有許多曲鬱。(李念慈紅眉)畫如在目。(申頲紅眉)寫出好畫在一"暝"字。(沈巖旁)側。**不見湘妃鼓瑟時,**(黎維樅紅旁)指點極縹緲。**至今班竹臨江活。**(陳治眉批)意之所至,筆輒隨之,遂覺處處暢滿。(吴廣霈墨眉)點綴畫圖中情景,疏宕生姿。(奚禄詒乙本墨眉)從湘君翻出畫竹。(張雝敬墨旁)"活"字押得妙。**劉侯天機精,**(方拱乾評)歸重劉侯。(題商盤紅旁)三層賞贊。(佚名己紅眉)此出少府。**愛畫入骨髓。**(黎維樅紅眉)回應第二段,章法疏密相間。**自有兩兒郎,**(沈巖旁)帶叙。**揮灑亦莫比。**(嚴復墨眉)杜之長篇不出"意愜關飛動,篇終接渾茫"十字法,猶右軍作書,不出"如錐畫沙,如印印泥"八字法也。**大兒聰明到,能添老樹巔崖裏。**(方拱乾評)歸題,宕而老。(錢陸燦丁本評)"大兒"四句是補點注明起處"楓樹"句,引出結處訪山寺意,作上下轉紐,非閑句也。(吕留良紅旁)尋常俗語,却是古意。(沈巖旁)又將大處細景補出。**小兒心孔開,**(奚禄詒乙本墨眉)入二兒亦灑落。**貌得山僧及童子。**(申頲紅眉)無端插入兩子,總是法活。(張雝敬墨旁)即"到"字、即"開"字亦非浪下。**若耶溪,雲門寺。**(張雝敬墨旁)悠然有會,與題畫在不即不離之間。**吾獨胡爲在泥滓,**(奚禄詒乙本紅旁)因畫感己。**青鞋布襪從此始!**(方拱乾評)結到看畫心思。○初學能體會此詩,則題畫之法備矣。(吕留良紅眉)結得意外佳處。(奚禄詒甲本尾

批)賦也。(**奚禄詒乙本墨眉**)此種神妙,後人仿佛不到。(**吴錫麒紅眉**)因畫山水而思真山水,看是立身題外,却是極贊畫障。(**吴士模墨眉**)煙波無際。(**倪象占藍眉**)忽然有觸,結得縹緲。(**沈巖旁**)暗映"新"字語。(**黎維樅墨眉**)一結神遊象外。○題畫詩自少陵開出異境,後人往往宗之。(**黎維樅紅眉**)舊注:公前《送孔巢父詩》云"南尋禹穴見李白"。時方遭亂,思孔李輩或在剡中,欲往從之,而不可得也。如此看,則語意更有着落。

【彙評】

陳訏紅眉批仇注"甚言作勢之異"處:"堂上"二句是從"新畫"二字落想,向來不見,今忽有此也。開口道破,故詩中不及新畫,而題字不爲贅設。注云"作勢之異",此評詩不知作詩之意也。

陳訏紅眉批仇注"舉遠景以相擬。舉近景以相擬"處:題是"畫山水",故"玄圃"是山,"瀟湘"是水。而"玄圃"四句言丘壑布置,"風雨"四句言神氣淋漓,贊畫由淺入深,自有層次。下段乃及畫中零星點綴之亭舟等物。詩意深通畫理。注但云"近景""遠景",呆板窒滯,死煞句下矣。詩畫之妙,兩俱索然。

題張問陶墨眉:見畫而思遊名山,神遊題外。○畫有六法,氣韻生動。第一骨法,用筆次之。杜以畫法爲詩法,通篇字字跳躍,天機盎然,此其氣韻也。如此首句突然而起,已而忽入蒲城風雨,已而忽入兩兒,揮灑飛騰,頓挫不知所自來,此其骨法也。至末因貌得山僧,忽轉到若耶、雲門,青鞋、布襪,闋然而止,總得畫法經營之妙。而篇中最得畫家三昧,尤在"元氣淋漓"一語。

黎維樅紅眉:通篇點染生動,字字飛騰跳躍。○結到移情處,宛入真景,去路邈然。

贈獻納使起居田舍人澄

方拱乾評:三四"地分清切",五六"任才賢"。○誰謂公不能錢、劉乎？

奚禄詒甲本眉：匭有四色，東青曰延恩，南丹曰招諫，西白曰申冤，北黑曰通玄。○全從“獻納”立意，風味尚矣。

奚禄詒甲本旁：中四句風味自佳。○《穆天子傳》：西王母爲《天子謠》曰：“白雲在天，山陵自出。”公善用此事。若以爲徐陵詩，則與題不洽矣。

奚禄詒乙本紅眉：銗筩始於趙廣漢，則天以爲告訐之匭，此時尚未費。○此詩歷來皆未看出，正與《玄元廟》同。○“追隨”云者，諷之也。“檢點”云者，勖之也。

申頲紅眉：清麗。

朱方藹紅眉：工整中自饒流利。七律在初唐多屬應制，必以工整爲正格，公此類諸作具見典刑。

題張問陶墨眉：獻納内職，與外任之粗官不同，故曰“雨露邊”，曰“清切地”。“封事”，已獻納之奏章也。《白雲篇》，欲獻納之賦頌也。因出布衣韋素，故曰“白雲篇”。

吴廣霈墨眉：盛唐風格，自是如此，宋以後人不解，亦不能爲也。

倪象占藍眉：吾翁云：却是要點綴。又《白雲篇》不必所出，著“晴窗”字更别。

黎維樅紅旁批仇注：《唐六典》：延恩匭，凡懷材抱器，希於聞達者投之。

黎維樅紅眉：投詩本因獻納，故先表黄官，次帶及本職。○李子德云：工整中自饒流麗，近初唐應制之篇。

嚴復墨眉：復按：此首非杜律之至者，“白雲篇”殊雜湊，結語亦未佳。朱瀚云，末句似巫覡焚□紙狀，殊堪捧腹。

獻納司存雨露邊，（**奚禄詒甲本旁**）見其地親任重。（**李以峙墨眉**）

(邊)按,"偏"音近而誤。(黎維樅紅旁)明點獻納,帶起舍人。地分清切任才賢。(奚禄詒乙本紅旁)見地親任重。(黎維樅紅旁)正承舍人。舍人退食收封事,(奚禄詒甲本旁)告許之令不除。(奚禄詒乙本紅旁)止收而已。(黎維樅紅旁)明點舍人,帶綰獻納。宫女開函近御筵。(奚禄詒乙本紅旁)無正人。(黎維樅紅旁)正承獻納。曉漏追趨(李以峙墨眉)按,"飛"音近而誤。青瑣闥,(奚禄詒乙本紅旁)舍人無諫諍。(黎維樅紅旁)申足舍人。晴窗點檢《白雲篇》。(錢陸燦甲本眉批)"白雲篇"無注,想即《相如傳》飄若凌雲意。(李念慈紅眉)裝點雅麗。(黎維樅紅旁)申足獻納。楊雄更有《河東賦》,(奚禄詒甲本旁)正爲玄宗貴妃之游觀,故即接以《河東賦》云。公非欲其薦己也,正爲《河東賦》着意耳。唯待吹噓送上天。(丁耀亢紅眉)應酬套句。(奚禄詒甲本眉)勖舍人譏舍人之意,隱在言外。(奚禄詒甲本旁)賦也。

【彙評】

錢陸燦丁本評:舍人以起句兼獻納者,故退食而收封事,授之宫女以近乎御筵,獻納之職也;趨朝而倚晴窗點檢《白雲篇》,使進乎史館者,起居之職也。

奚禄詒乙本紅眉:"白雲篇",西王母爲《穆天子謡》曰:"白雲在天,山陵自出。"公正爲玄宗貴妃之游觀,故即接以《河東賦》云。○公非欲其薦己也,正爲《河東賦》著意耳。

倪象占藍眉:九山云:前半首一句管一句,不着邊際,自然聯絡,手法之妙,令人自會。○五六皆指己也。"白雲篇"當如陶弘景所云,只可自怡悦耳。第七句進一層,故云"更有",言此乃大文章耳。

沙苑行

方拱乾評:前質後恣,總歸於老。○沙苑,一名沙阜,在同州馮翊縣。京兆尹、左馮翊、右扶風,謂之三輔。同州昔爲馮翊郡,故謂之左輔。在州西北有白水縣,以水白,故名白沙,即沙苑也。自沙苑至白水,有百餘里,以墻圍繞,牧馬監於此。

俞瑒乙本評:以龍媒起,以巨魚結,首尾相應,章法極佳。按《唐兵志》,安禄山兼天下屯馬政,選勝甲馬歸范陽,故兵力傾天下而卒反,公此詩先以憂之矣。

奚禄詒甲本旁:通篇以賦帶比,寄甚遠。

奚禄詒甲本眉:秦始皇三十一年十二月更臘名嘉平,因太原真人茅蒙之謡曰:"神仙得者茅初成,駕龍上升入太清。時下玄洲戲赤城,繼世而往在我盈,帝善學之臘嘉平。"此七言古詩之始。七言蓋不止起於漢柏梁矣,且楚詞中亦已有之。秦謡乃章五句,一句一韻。

盧見曾紅旁:前幅語皆嚴重,入後離奇隱躍,誠有寓託,非空言者。盧元昌曰:安禄山知總監事,公作《沙苑行》以諷之。《靈湫》詩云:"復歸虚無底,化作長黄虬。"兩篇結語,皆有寓意。《通鑑》:十三載正月,禄山入朝,求兼領群牧總監,密遣親知選健馬堪戰者數千匹别飼之。

方貞觀墨眉:《沙苑行》不過就沙苑牧馬而言耳。起四句言沙苑爲朝廷養馬之地,"苑中"四句言此地草土宜馬,"王有"四句言國家牧馬進馬之制,"至尊"四句言他廄之馬皆不如沙苑,"累累"四句,狀群馬優遊於沙苑中,甚自適也。末四句言氣類相感,乃見異物,美驌驦之爲龍媒也。詩人偶爾乘興,便成長歌,非必語語有寄託,篇篇有指射也。近見浦起龍此詩注,首引《杜闡》注云天寶十三載以安禄山知四十八監苑總監,遂强解云:《沙苑行》,危詞也。禄山叛志已萌,明皇使總監事,私選健馬,驅歸范陽,是養虎而傅之翼。作者憂之,故爲是詩。首段言沙苑土宜孳畜,次段言良馬上供天閑,非人臣所得私。"累累"四句,即借馬群得地,顯出倔强難馴意。末言巨魚,比禄山也。伏綫在"龍媒"二句,點睛在"王有虎臣"

一句。虎臣司苑，見此任非輕，所任非人。且不曰“龍”而曰“魚”，筆法森嚴，蓋禄山本猪龍之精也。子美之詩，故多深意，然此篇自首至尾，絶無含諷隱刺意。禄山此時，即有叛志，未有叛形，公豈必豫先即斷其必叛，而爲此指陳耶？且詩稱“虎臣”，美詞也，知其必叛而復美之以“虎臣”耶？似此遷就傅會，恐子美手筆不如此支離耳。

朱方藹紅眉：託義甚大，造詞復雄。

吴士模墨眉：此種詩煞有關係，可見公之識不在曲江下，故《八哀詩》以之作殿。

吴廣霈墨眉：此詩亦倜儻權奇，不可方物。

君不見左輔白沙如白水，繚以周墻百餘里。龍媒昔是渥洼生，汗血今稱獻於此。（**奚禄詒甲本旁**）玄宗於朔方軍西受降城爲互市。（**奚禄詒乙本紅旁**）稚。苑中騋牝三千匹，（**奚禄詒甲本眉**）明明以馬興人，不待結句而後見之。豐草青青寒不死。食之豪健西域無，每歲攻（**李以峙墨眉**）按“收”“牧”皆形近而誤。駒冠邊鄙。王有虎臣司苑門，入門天厩皆雲屯。驌驦一骨獨當御，（**奚禄詒乙本紅眉**）意在以馬比人，不待末句而後見。春秋二時歸至尊。（**奚禄詒甲本旁、乙本墨旁**）天子出遊。内外馬數將盈億，（**奚禄詒乙本紅旁**）以“内外”形肅霜。伏櫪在坰空大存。（**倪象占藍眉**）《老子》：“天下有道，却走馬以糞。”漢文帝曰：“朕乘千里，馬獨安之。”合此二語觀此詩，知其意有所在矣。逸群絶足信殊傑，倜儻權奇難具論。（**奚禄詒甲本旁**）四句申贊驌驦一骨。纍纍塠阜藏奔突，（**奚禄詒甲本旁**）此統言“三千匹”。（**奚禄詒乙本紅旁**）此言“三千匹”。往往坡陀縱超越。角壯翻同麋鹿游，（**奚禄詒甲本眉**）“角壯”二句雖極其形容，乃是申明“空大存”意。浮深簸蕩黿鼉窟。（**秦應逵紅旁**）有此句則下接有根。（**奚禄詒乙本墨旁**）二句申

“空大存”。(**黎維樅紅旁**)承“坡陀”,言馬浴水中。(**佚名己紅眉**)因鼉鼉窟而出巨魚,即以魚而結沙苑之馬,此中綰合,非公其孰能之? **泉出巨魚長比人,**(**奚禄詒甲本旁**)以實事寄慨。**丹砂作尾黄金鱗。**(**陳治墨眉**)别掉一波。(**黎維樅紅眉**)掉尾一波,結得超忽,如史之有贊。**豈知異物同精氣,雖未成龍亦有神。**(**徐渭墨旁**)平常。(**方拱乾評**)以魚結馬,方見奇横。如此詩若不得如此結,便平平無奇,却又不是故意牽扯爲奇,於此見公之神。(**方拱乾評**)妙結,無此結便索然矣。(**錢陸燦乙本紅尾**)言馬之化龍,亦與魚同,因上“浮深”句生下。(**錢載評**)是對,是順疊。(**朱方藹紅眉**)結則别掉一波,如史有贊。(**嚴復紅眉**)漁洋云:結未喻。

【彙評】

李念慈紅眉:或苑泉中實有,此與本無而設言之借來作結,駭異險壯,全篇生色,如神龍之掉尾也。

李念慈紅眉批錢箋“泉出巨魚”:海出巨魚乃海濱恒事,三年必出,何以應占。

屈復評:《沙苑》題本言養馬,而以巨魚結,似乎不倫,然上有“浮深”句,緊接四句,不爲無根也。①

黎維樅紅尾:詩詠驌驦宜曰《驌驦行》,今曰《沙苑》,重天廄也,且爲良馬著所出也。後半亦紀異之作。

天育驃騎歌

王鐸評:平。

方拱乾評:句句是畫。

---

① 校注:“沙苑”杭本作“沙苑行”。

錢陸燦甲本眉：二韻四句。

吕留良紅眉：不知題畫題馬，但覺神氣流動。

盧見曾紅旁：杜甫善作馬詩、畫馬詩，篇篇入妙。支道林愛其神駿，少陵當亦爾耶？末語一轉，撫物自傷，感慨無限。夫王者不借才於異代，顧其所遇何如耳。四十萬之馬，皆可以備馳驅，此馬獨稱神駿，才固難也。王良、伯樂，代有其人，甫因所遇自嘆云爾。

吴農祥評：畫出神駿。○只起兩句寫出畫圖，後更作真馬説。

俞瑒乙本評：因畫思真，以真爲畫，真馬、畫馬，交互言之。末以自況，何等筆力。

奚禄詒甲本眉：以慨歎結之，與"悵望醉歌紫芝曲"同體。末段撫今追昔，感物思人。

奚禄詒乙本墨眉：一段序畫馬，一段序畫馬之由，末段撫今追昔，感物思人。

方貞觀墨眉：此詩凡三段，首段寫畫，二段叙畫之由，三段歎雖有驊騮，人不能識，徒賞"年多物化"之圖，爲可傷也。○首段分明是寫生馬，却承起二句，用"是何"兩字一呼，便是從畫圖寫生馬，寫得異樣出色。○二段是叙事，"閲清峻"三字是眼。閲之審，故以四十萬匹付之大奴，獨取驥子，狀其神駿。此圖畫之由來，叙得曲折明悉。○三段寓意甚深，妙在"年多物化"句，仍是從畫圖説到生馬。

錢載評：大筆正筆，非復尋常之筆。

朱方藹紅眉：託興極長。○杜公馬詩篇篇盡善，尤妙無一借凑之語，而意自超然，凡詠物當以爲法。

陳治紅眉：畫馬徒存，而真馬老死槽櫪，不得爲天子用，公蓋寓葉公畫龍之歎乎？

陳治墨旁：題少"畫"字。

沈巖旁：畫馬徒存，而真馬老死槽櫪，不得爲天子之用，公詩蓋葉公畫龍之數也。只説時無良、樂,不使其流及上。

再生翁評:天育,廄名。

佚名乙墨眉:天育,廄名。仇謂:《唐志》無天育廄名,當是天子所育之馬。按詩中明有"守天育"之語,爲廄無疑。

吾聞天子之馬走千里,(**方拱乾評**)從天而下。(**李以峙墨眉**)(天子之馬)按文人有好奇而不通者,改"天馬之子"是也。(**奚禄詒乙本紅旁**)句出《穆天子傳》。今之畫圖無乃是。(**方拱乾評**)二句即"堂上不合"一句。(**張雝敬墨旁**)起得飄逸。(**吴廣霈墨眉**)一起即超拔不群。(**方貞觀墨眉**)又一起法。(**黎維樅紅眉**)起筆突兀而高老。王西樵云:入手揭清題目,以"是何"唤起全神。是何意態雄且傑,駿尾蕭梢朔風起。(**方拱乾評**)説馬説畫,又分疏,又融合,妙,妙。(**李以峙墨眉**)(駿尾)按:言"駿尾"以賅馬之全體,"駿"不如"騣"。(**嚴復墨眉**)破題提明畫圖,爲後張本。毛爲緑縹兩耳黄,(**李以峙墨眉**)(緑縹)按:此言畫色,作"驃"非也。眼有紫焰雙瞳方。(**錢載評**)正筆挺接。(**吴廣霈墨眉**)"是何意態雄且傑",公自贊馬,亦即可以此譏公之此詩也。(**秦應逵紅旁**)畫馬似真。矯矯龍性合變化,(**李以峙墨眉**)("矯矯"句)按:矯龍性逸,必後人妄改,明者自能辨之。(**沈巖旁**)是健字精神,乃稱天子馬也。卓立天骨森開張。(**張雝敬墨旁**)詩寫得出,未必果畫得出也。(**嚴復墨眉**)二語真寫得神駿出。(**黎維樅墨眉**)摹寫入神,筆亦卓立。(**王士禛評**)西樵謂畫出神駿。伊昔太僕張景順,監牧攻駒閲清峻。(**方拱乾評**)自然之緒。(**錢載評**)加倍用力,挺上去。遂令大奴字天育,(**佚名乙墨眉**)舊注謂"大奴"爲王毛仲之名。《日知録》云:"景順特毛仲之副,今斥名而歸功於景順,殆以詩人而追黜陟之權。"論殊迂,泛説爲是。(**沈巖眉**)"守天育",胡仔曰:"東坡書此詩作'字天育',然焯謂作'守'乃與'别養'合,特設天育一廄,專官守之也。作'字',不與'養'重複乎?"别養驥子憐神俊。(**方拱乾評**)緒要直,又要曲,人止知直,却不知曲。當時四十萬匹馬,張公歎其材盡下。(**方拱乾評**)前數語馬與畫俱以説畫,此就畫圖生瀾,作一大波。(**錢陸燦甲本眉批**)已下二句,一折爲兩韻。(**沈巖旁**)以張公頂良、樂。(**錢載評**)“當時”一句,大筆正筆,非復尋常之筆。(**黎維樅墨眉**)目中無物,乃敢下此健筆。(**魏源評**)末路自傷不遇,感慨無限。故獨寫真傳世人,(**嚴復墨眉**)是詠馬,非空寫。見之座右久更新。(**吴廣霈墨眉下**)一句點睛飛去。年多物化空形影,嗚呼健步無由騁。(**方拱乾評**)“嗚呼”句言如此圖之神俊,久之卒無由見。(**嚴復墨眉**)感慨便異様精彩,詩文之道,固如是也。(**嚴復紅眉**)漁洋云:畫出神駿,無限感慨,一語盡之。(**黎維樅紅眉**)此見畫馬不及真馬有用,唤起下二句,又收到有真材而無知遇,寄慨深遠,而用筆一句一轉,跳脱不凡,與庸手呆死句下者,何啻天壤。(**王士禛評**)無限感慨,一語盡之。唐人馬詩甚多,其感慨處大略相同,然皆不及少陵深厚,此所謂天授,非人力也。如今豈無騕褭與驊騮,(**秦應逵紅旁**)因畫思真。時無王良伯樂死即休。(**方拱乾評**)忽結推開情深,一結縹緲多致。(**徐昂發評**)一結却是杜公習氣。(**奚禄詒甲本尾批**)賦也。(**奚禄詒乙本紅眉**)以惋歎結之,乃有情。(**陳治墨眉**)生無識者,死並無畫者,用意沉痛。(**沈巖旁**)縈拂張景順,雖欲盡力於天子,誰知之者?(**再生翁評**)寓意。

【彙評】

汪琬丙本評:托興甚長。王者之興,不借才於異代,而世猶致歎無賢,一結令人感慨。

吕留良紅眉:感慨痛絶,大手詠物,自合如此,不必有情無情。

陳治墨眉:“大奴”本《前漢書·昌邑王傳》注:奴之尤長大者。是時王毛仲正以霍國公領内外閑廄,景明乃其屬耳。無得今之守天育乎?

秦應逵墨眉:無限感慨,一語盡之。唐人寫詩多用此意,然皆不及少陵深厚,此所謂天授,非人力。

秦應逵墨旁:畫馬徒存而真馬不爲世用,公殆寓葉公畫龍之歎乎?説時無良、樂,亦不使其流及上。

吴廣霈墨眉:筆力雄肆,辟易萬夫。

張雝敬墨旁:意已盡露矣,然正意猶在言外也。故知作詩之要在於善得比興意爲佳。○舊注:大奴,王毛仲也。天育,天子厩名。“守”或做“字”,謂字養也。

黎維樅紅眉:公好以“驊騮”“鶻鶚”喻人,又集中題“鷹”“馬”二項詩極夥,想俱愛其神俊故耳。

贈田九判官梁丘

方拱乾評:田判官持節而來,爲報降王款聖朝也。○梁丘爲哥舒翰府判官,從翰入朝。此公七律之一體。○《邵氏聞見録》:子美詩“霍嫖姚”對“春苜蓿”,“嫖姚”字如律當讀平聲。退之云:“凡爲文辭,宜略識字。”有以也夫!○子美以“鄭李”對“文章”,“春苜蓿”對“霍嫖姚”,或以爲病,惟知詩者能辨之。

錢陸燦甲本眉、錢陸燦乙本墨眉:上四句先美哥舒翰,見梁丘不失所託。“陳留”二句問答之詞,一客一主,末二望其汲引。

錢陸燦丁本評:風格森秀清婉。“漢嫖姚”美哥舒翰,“陳留”二句,一主一客,問答之詞,末二句望其汲引。

汪琬丙本評:上句事實人虚,下句人實事虚,此虚實相生對法。

俞瑒乙本評:前四句推重幕府,後四句稱美判官,章法穩貼,風格森秀。

奚禄詒甲本眉:時吐蕃納款,田判官爲哥舒之使而入朝。

奚禄詒乙本墨眉:此首宜在《送高適》“崆峒小麥熟”之後。

○時吐蕃歸款，哥舒翰使田判官表請入京，公送之歸。○五六起第七句。高達夫，陳留人，故以阮瑀比之。時在翰書記，故七句有“並人”云。下首寄高，亦云阮元瑜。

奚禄詒乙本紅眉：公是欲入幕耶？功名念急矣。

盧見曾紅旁：風格遒上，所謂神理縱横而準繩最密。此種體制惟老杜擅長。詩本望田薦己，故“宛馬”句以比爲賦，微領此意。五六語勢如轉丸珠。仇兆鰲謂阮瑀爲指高適，不爲無見，不徒《送蔡都尉詩》以阮比高也。

嚴虞惇紅眉：上四句先美哥舒翰，見梁丘不失所託也。

方貞觀墨眉：贈田九也。前四語專頌美哥舒，絶不及田。至六句始一點及，泛泛看去，似乎輕重失體，不知此老用筆甚高。蓋當時節使重幕府，幕府之美惡即節使之美惡，節使之聲華即幕府之聲華也。然余賞其詩而終不入選，各有時代，施之今日，究非正體。○前四句雄渾闊大。

題張問陶墨眉：首聯歌舒入朝。次聯謂開府塞下者，無不收蓄英豪而禄養之，而歌舒之麾下爲獨盛耳。以“宛馬”比英賢，已打通下四，言高適之才可比阮瑀，田君既已見招，賴君進才，高適其往例也，於我獨無意乎？蓋欲田之汲引也。

陳治墨眉：汪云：“阮瑀”“田郎”一聯，上句事實人虚，下句人實事虚，此虚實相生對法。

秦應逵紅眉：上四句美哥舒翰，見田不失所託。“陳留”二句，問答之詞，一賓一主，末乃望其汲引。

吴廣霈墨眉：起得突兀排奡，三四軒昂俊爽。

沈巖眉：前四句推重幕府，後四句稱美判官，自見穩貼。

王鳴盛墨眉：《王思禮傳》：十三載，吐谷渾蘇毗王款塞，詔翰至磨環川應接之。

嚴復墨眉：天寶十三載，吐谷渾蘇毗王款塞，詔以哥舒翰應接。

崆峒使節(俞瑒甲本評)推重幕府。上青霄,(奚禄詒甲本旁)哥也。(奚禄詒乙本墨旁)哥舒翰使之。(沈巖旁)推重幕府。河隴降王款聖朝。(奚禄詒甲本旁、乙本墨旁)吐蕃。(倪象占藍眉)郭云:善叙事。(黎維樅紅眉)從主人説起。○浦云:用事典切,風格高渾,律詩正法眼藏。宛馬總肥春苜蓿,(奚禄詒甲本旁)承"降王"。(奚禄詒乙本墨旁)承次句。(錢載評)"春"應作"秦"。(李以峙墨眉)按從"春"字較妥。(沈巖眉)苜蓿,草名,大宛馬嗜之。(黎維樅紅旁)承二。將軍(俞瑒甲本評)指哥舒。只數漢嫖姚。(方拱乾評)"宛馬"句根降王來,"將軍"指哥舒翰。(奚禄詒甲本旁)承"使節"。(秦應逵紅旁)指哥舒。(奚禄詒乙本墨旁)承首句。(沈巖旁)指哥舒翰。(黎維樅紅旁)承一。陳留阮瑀(俞瑒甲本評)判官。誰争長,(奚禄詒甲本眉)達夫,陳留人。前五古甚明。(奚禄詒乙本紅旁)高也。(沈巖旁)判官。京兆田郎(俞瑒甲本評)田九。早見招。(嚴復墨眉)"陳留阮瑀"指高達夫。田,京兆人。後漢有田鳳,時稱"京兆田郎"。(奚禄詒乙本紅旁)田也。(王鳴盛墨眉)阮瑀指高適,適之入幕相屬田所薦。○京兆用田鳳事。麾下賴君才並入,(奚禄詒乙本紅旁)高、田並定。(奚禄詒甲本旁)合高而言,故曰"並"也。獨能無意向漁樵。(方拱乾評)王李所刻意而不能到者。(俞瑒甲本評)自謂。(奚禄詒甲本旁)己也。(奚禄詒甲本旁)賦也。○公豈欲入幕耶?功名之念急矣。(吴廣霈墨眉)收二句似有諷意。(奚禄詒乙本墨旁)自言。(沈巖旁)自謂。(黎維樅紅旁)反句。(王伯沆紅眉)有推引之望。

【彙評】

俞瑒甲本評:前半推重幕府,後半稱美判官,自見穩貼。

張學仁參定:格調高亢,七律正宗。阮瑀,仇注謂指高適,未必。

倪象占藍眉:九山云:首四句只原題,第五句襯起第七句。"麾下"二字收上半首,又以"才並入"帶起自己。"君"字接第六句,"才"字又是一層，七字中何等力量。

投贈哥舒開府翰二十韻

方拱乾評：傑。〇排。開口鴻肆，誰人能？誰人能？

錢陸燦甲本眉：工力悉敵，中帶議論。

錢陸燦丁本評：工力悉敵，中帶有議論。頌贊得體，中更饒氣骨。

吴農祥評：處處以君王爲主，所謂詩貴立意也。〇大題目，大作用，句句精警。"勳業"二句，鎖前啓後，最有力。惜哥舒末節有愧此詩。

俞瑒乙本評：長律最重起結，次在轉折，頓挫生情。此詩起結何等高亮，風采轉頓處，一片神行。

屈復評：起四句天子簡任，接八句總叙戰功，又八句專就一事叙戰功，又八句叙加勳爵以契合"勳昭融"，結起四句。以下八句自叙困扼，四句望其薦拔。〇起四句緊接"開府"，詩法嚴密。"策行"二句總收上文，他人長篇亦易忽略。

奚禄詒甲本眉：翰，哥舒部落之後，番人以部落爲姓。

奚禄詒乙本紅眉：始終勁拔。

盧見曾紅眉：胡應麟曰：排律，沈宋二氏，藻贍精工，太白、右丞，明秀高爽，皆不過十韻，且體在繩墨之中，調非畦徑之外。惟杜陵大篇鉅什，雄偉神奇，如《謁先主廟》《贈哥舒》等作，闔闢馳驟，如飛龍行雲，鱗鬣爪甲，自中矩度；如淮陰將兵，百萬掌握，變化無方，雖時有險樸，無害大家。

方貞觀墨眉：通篇典茂高華，亦曲折，亦細膩，選之以爲冠裳酬應之法。

朱方藹紅眉：分四段。一段起哥舒爲功臣之冠，兼叙舊勳。二段封涼公爲節度。三段奉詔和解,與禄山分控兩塞,因同入朝。四段自叙及投贈之由。

吴廣霈墨眉:奇偉精整,惜哥舒不終美,非其人爾。

沈巖旁:按:哥舒翰爲府將,有功河隴,而甄才拔士,頗著聲名,故詩中云然。

沈巖眉:長律詩最要處在起結,次在轉折,頓挫生情。此詩之起結何等高亮,何等風采,轉折處一片神行。○詩有氣概,起結都壯,惜哥舒功名不終,負此好詩。

今代騏驎閣,(**奚禄詒甲本旁**)起得有體制。(**朱方藹紅旁**)起語俊偉。何人第一功。(**方拱乾評**)開口雲霄。此皆叙哥舒翰前事。(**李念慈紅眉**)頌臣先得君體。(**奚禄詒甲本眉**)形起與《鮮于篇》同體。(**奚禄詒乙本墨眉**)形起與《鮮于篇》同,此却健。(**沈巖旁**)起有主腦。(**黎維樅墨眉**)入手要領起,全域得勢。(**黎維樅紅眉**)起法軒敞得體。○李云:英詞壯采,可勒鼎鐘。朱長孺云:歌舒本蕃將,必駕馭之而成功,故以神武歸美天子,此立言之體也。(**佚名己紅眉**)好,正。君王自神武,(**朱方藹紅旁**)接好。駕馭必英雄。(**嚴虞惇紅旁**)不急承,頓挫得體。(**奚禄詒乙本紅旁**)軒昂。開府當朝傑,(**沈巖旁**)叙其才望。論兵邁古風。(**俞瑒甲本評**)叙其才望。(**陳治紅眉**)公平生不滿哥舒翰,觀此篇"駕馭英雄"一句,可見其他,如"請屬防邊將,慎勿學哥舒"等句,亦有貶無褒。先鋒百勝在,(**奚禄詒甲本旁、乙本紅眉**)"在"字稚。略地兩隅空。(**錢陸燦乙本紅眉**)工力悉敵,中帶議論。(**奚禄詒甲本眉**)翰從王倕攻新城,又從王忠嗣攻吐蕃,此兩隅也。(**黎維樅紅眉**)"兩隅空"蓋指河西、隴右言之。青海無傳箭,(**奚禄詒乙本墨旁**)此承"兩隅"。天山早掛弓。(**汪琬甲本紅眉**)祁連。(**俞瑒甲本評**)哥舒築城青海,胡不敢追。胡每起兵,傳箭爲號。廉頗仍走敵,(**奚禄詒甲本旁**)攻吐蕃,吐蕃屏迹。魏絳已和戎。(**方拱乾評）以下近事，“每惜”屬明皇，始與“睿想”相洽。（黎維樅紅眉）上段括翰大概，以下另提出大事説。○長篇中宜得此壯句，挺起作襯。**每惜河湟棄，**（奚禄詒甲本旁）西戎。**新兼節制通。**（俞瑒甲本評）以新加節度言。（沈巖旁）專以新加節度言之。**智謀垂睿想，出入冠諸公。日月低秦樹，**（奚禄詒甲本眉）“日月”二句與他篇“地平江動蜀”同其妙。長篇中插此軒豁句，人不能也。**乾坤繞漢宫。**（奚禄詒乙本墨眉）“日月”二句投贈中有軒豁之概，若寫宫闕則俗矣。**胡人愁逐北，宛馬又從東。受命邊沙遠，**（沈巖旁）言其寵遇。**歸來御席同。**（方拱乾評）此等句却入不得律，何以故？（俞瑒甲本評）言其寵遇。（奚禄詒甲本旁）賜宴也。**軒墀曾寵鶴，**（方拱乾評）“寵鶴”屬同席之安禄山、安思順也，跟“同”字來。（俞瑒甲本評）暗指禄山。（奚禄詒甲本旁）言他人不過軒墀之寵耳，不如翰乃非熊也。（沈巖旁）暗指禄山。**畋獵舊非熊。**（方拱乾評）“畫虎”“醯雞”“寵鶴”“非熊”入排則妙，入律則不妙，細繹其故，於詩思過半矣。（俞瑒甲本評）指翰也。（方貞觀墨眉）“軒墀”“寵鶴”二語，錢箋頗切當有味。（奚禄詒乙本紅眉）他人之寵，不過軒鶴耳，不如翰，乃非佳。（張雝敬墨旁）時同禄山朝同賜宴，蓋以寵鶴比禄山，非熊比翰也。（沈巖旁）指翰也。（黎維樅紅眉）“軒墀”“寵鶴”寓諷，妙於不覺。**茅土加名數，山河誓始終。策行遺**（李以峙墨眉）按，“宜”音近而誤。**戰伐，**（奚禄詒甲本旁）猶王者無敵。**契合動昭融。**（錢陸燦甲本眉、錢陸燦乙本墨眉）此段盛稱哥舒之才略與其得君，故封爵也。（黎維樅紅眉）承轉句健有力。**勳業青冥上，**（俞瑒甲本評）哥舒有功河隴，而甄才拔士，頗著賢名。（奚禄詒甲本旁）承上。（奚禄詒乙本墨旁）承上。（秦應逵墨旁）結上述德。**交親氣概中。**（方拱乾評）度。（錢陸燦乙本紅眉）已上述德，已下陳情。（李念慈紅眉）語有氣象而精微要眇。（俞瑒甲本評）轉入自己。（奚禄詒甲本旁、乙本墨旁）起下。（秦應逵墨旁）起下陳情。（沈巖旁）轉入自己。**未爲珠履客，**（俞瑒甲本評）自叙。（佚名己紅眉）自叙，入得無痕。**已見白**

頭翁。（錢陸燦甲本眉批）以下乃公自叙，欲依翰幕府也。（俞瑒甲本評）如此自許，何等蘊藉。壯節初題柱，生涯獨轉蓬。幾年春草歇，今日暮途窮。（吕留良紅眉）用成語加一"今"字成句對上，却渾成無迹。（黎維樅紅眉）"春草歇"言虛擲景光。軍事留孫楚，（奚禄詒甲本旁）石苞。（奚禄詒甲本眉）孫楚爲石苞參軍，苞曰："天子命我參卿軍事。"吕蒙幼隨姊夫擊賊，孫策拔於行間。（奚禄詒乙本紅旁）比己。（黎維樅紅旁）小開。行間識吕蒙。（俞瑒甲本評）謂翰好士。（奚禄詒甲本旁）周瑜。（奚禄詒乙本紅眉）公意欲立邊功矣。（李以峙墨眉）（"軍事"二句）按從別本亦可。（沈巖旁）謂翰之好士。防身一長劍，（李以峙墨眉）（防身）"腰間"云云，不如"防身"之挺拔。（吕留良紅旁）須此結自振。將欲倚崆峒。（錢陸燦丁本評）須如此結自振。（奚禄詒甲本眉）皇皇如也。（奚禄詒甲本旁）賦也。〇勁潔之至。（沈巖旁）頗以自托。（沈巖眉）如此自許，何等蘊藉。（黎維樅墨眉）收有身分。（黎維樅紅眉）一結氣概不凡，與起處工力悉敵。

【彙評】

錢陸燦甲本眉批錢箋：衛懿公好鶴，鶴有麗軒者，乃"軒車"之軒，非"軒墀"之軒。"功曹無復漢蕭何"，蕭何厚吏曹參，乃爲功曹，皆誤用。

紅錢陸燦甲本眉、乙本眉批錢箋"常乘白槖駝"：明駝千里足。

錢陸燦乙本墨眉：以上乃公自序，欲依翰幕府也。

汪琬丙本評："日月"二句就河西地勢説，似寬而實緊，於排比中忽作一宕故也。〇不曰惟公第一，而曰"何人"，不曰身歸幕府，而曰"劍倚崆峒"，出語蘊藉有身分。

俞瑒甲本評：頗以自托。〇長律詩最要處在起結，次在轉折，頓挫生情。如此詩，何等高亢，何等風采。至轉折頓挫，則一片神行。

吴騫墨眉:蘊藉。

吴廣霈墨眉:公投此詩,得翰力授河西尉,仍不拜也。

張雖敬墨旁:句句老,字字響。樸茂之至,百讀不厭。

黎維樅紅眉批仇注"拔吕蒙於行伍":《吴志》:吕蒙幼隨姊夫鄭當擊賊,策引置左右,張昭薦蒙,拜别部司馬。

戲簡鄭廣文虔兼呈蘇司業源明

方拱乾評:如此直老,誰人能? ○古。四十字如鋏、如珠、如刀。

屈復評:雖非佳作,然只是一真,所以便成故實也。①

秦應逵墨眉:偶爾妙謔,便成故實,惟其真也。

嚴復墨眉:戲簡之詩,貴多風趣嘲詼,傲兀而不淪於輕薄,□倍斯爲得之。

嚴復紅眉:漁洋云:偶爾語妙,便成故實。

廣文到官舍,繫馬堂階下。醉則騎馬歸,頗遭官長駡。(**吴廣霈墨眉**)雅謔遂成佳句。垂名四十年,坐客寒無氈。賴有蘇司業,(**奚禄詒甲本眉**)獨舉司業,掃空一切。(**沈巖眉**)"近"字與"三十年"呼應。時時與酒錢。(**錢陸燦乙本墨眉**)"乞"即"與"也。(**奚禄詒甲本旁**)賦也。○於改切,是哀上聲,不可讀與,讀解,言解囊也,匪濁。(**奚禄詒乙本墨眉**)"乞",音器,與也,因求人之隙而轉爲與人之器。(**沈巖尾**)亦

① 校注:"雖非佳作"杭本作"偶爾妙謔,便成故實。此詩雖非佳作";"只是"杭本作"亦"。

差勝“騎驢三十載,旅食京華春”耳。

【彙評】

魯一同評批《心解》“開宋調”:正是漢人餘韻,乃以爲宋調,何也?

卷　三

上韋左相二十韻

方拱乾評：冠冕却有情致。○排。

錢陸燦乙本紅眉：排。

錢陸燦戊本評：天寶十三載，霖雨六十餘日，天子以宰輔或未稱職，命國忠精求端士，非泛使霖雨事也。見素經事相王，高有舊恩，故云"憶舊臣"。他本"老臣""直臣"誤也。見素雖爲國忠引薦，公深望其秉正，去國忠以匡時，故以范叔歸秦諷之，比國忠於穰侯也。公之用意深切如此。

盧見曾紅眉：沈德潛曰：從朝廷用人説起，與《投贈哥舒開府》篇同是高屋建瓴之法。

俞瑒甲本評：從朝廷起，便見主腦。

俞瑒乙本評："持衡"二句，言其用人啓事之精勤。

朱方藹紅眉：分四段：一段時熙主聖，一一相須之殷；二段叙韋門閥才名；三段拜衮事，因及前列；四段公自稱。

吴廣霈墨眉：劉須溪云：軒豁快意。○起六句典重堂皇，非精《文選》理者不能爲也。

沈巖眉：杜律中之初唐也。

黎維樅紅眉：黄鶴注：見素，天寶十五載，從元宗幸蜀，詔兼左相，此詩是十三載初入相時投贈，題或後來追書耳。

鳳曆軒轅紀，（黎維樅紅旁）得體。龍飛四十春。（錢陸燦丁本評）從朝廷用人説起，不獨立事得體，而有高屋建瓴之勢。（俞瑒甲本評）從朝廷用賢説起。（沈巖旁）從朝廷用賢説起。（黎維樅墨眉）從朝廷用人説起，與《贈哥舒翰》篇同是高屋建瓴之勢。八荒開壽域，一氣轉洪鈞。（方拱乾評）此王、李豔稱之句。（李念慈紅眉）"一氣"句廣大精微。（奚禄詒甲本眉）開口四句可取。（奚禄詒乙本紅旁）軒豁快意，才稱相業。霖雨思賢佐，（方拱乾評）"霖雨"即尚書語。虞山乃曰"是年大雨"，豈不可笑？（奚禄詒甲本眉）"霖雨"句不是泛言相。天寶十三載，秋霖六十日，上以宰相未稱，令楊國忠求端士，訪於竇華、宋昱，言見素方雅，柔而易制，上亦以經事相王府，可之。（黎維樅紅旁）録事精切。丹青憶老臣。（方拱乾評）公卿者，神化之丹青。應圖求駿馬，（奚禄詒甲本旁）入左相。驚代得騏驎。（吕留良紅旁）奇。（黎維樅紅眉）"騏驎"合掌，仍作"麒麟"爲是。此與"麒麟帶好兒"俱兼用徐陵"天上石麒麟"事，謂韋以世臣登用，應上"舊臣"句，謂公之先人也。沙汰江河濁，（奚禄詒甲本旁）時陳希烈罷政事，故云"沙汰"。（沈巖旁）次叙相業。（黎維樅墨旁）十字叙相業，簡老。調和鼎鼐新。（方拱乾評）陳希烈罷相，韋見素新參。（方拱乾評）"沙汰"句屬罷希烈，是矣。"范叔"句應此句來，必即指楊國忠之當去。（俞瑒甲本評）次述相業。（奚禄詒甲本旁）《鹽鐵論》曰：公卿者，神化之大夫。韋賢初相漢，范叔已歸秦。（奚禄詒甲本旁）隱語。（奚禄詒甲本眉）見素雖爲國忠所薦，公深望其去國忠，故以范叔去穰侯爲喻，皆外寵也。（奚禄詒乙本紅旁）不倫。盛業今如此，傳經固絶倫。（奚禄詒甲本旁）韋賢事。豫樟深出地，（奚禄詒甲本旁）也是誇。滄海闊無津。（黎維樅紅旁）以世胄崇高意束上，以襟度宏達意起下，不同泛頌。（黎維樅紅眉批仇注"以老臣爲相公之先人"）按：原注云，公之先人遺風餘烈，至今稱之。

○見素父湊，開元中封彭城郡公，累官太原尹，謚曰“文”。(黎維樅紅眉批仇注“豕韋與范同出”)時罷陳希烈而相見素，一如逐穰侯而相范雎，故用范叔事應上“沙汰”句，如此解似較直捷。北斗司喉舌，(黎維樅紅旁)補叙官位。東方領搢紳。持衡留藻鑒，(沈巖旁)轉出宰相用人。聽履上星辰。(吴農祥評)“北斗”四句乃追叙其爲兵部、吏部時官績。(汪琬甲本紅眉)獲聲。(俞瑒甲本評)轉出韋相用人。(奚禄詒甲本旁)鄭崇事。獨步才超古，餘波德照鄰。(奚禄詒乙本墨眉)比擬失倫，與下二句皆不潔。(李以峙墨眉)(“餘波”句)按如别本則對不工。聰明過管輅，(俞瑒甲本評)指所用之人。(奚禄詒甲本眉)此下接不稱，去“聰明”八句，竟接“長卿”句，則潔矣。乃知詩不貴長也。(奚禄詒甲本旁)人名爲神奇。(奚禄詒乙本墨旁)大意言知天文，又善書耳。(沈巖旁)指所用之人。尺牘倒陳遵。(俞瑒甲本評)傾倒也。豈是池中物，(奚禄詒甲本旁)不似。由來席上珍。(藍眉)以下不佳。(黎維樅紅旁)四句又以唱歎出之。廟堂知至理，風俗盡還淳。(奚禄詒乙本墨眉批錢箋引《唐書》“肅宗改元至德，十月……”)肅宗時公已死，如何引此？不可解。(沈巖眉)每於流走處見承上起下之法。(佚名己紅眉)爲公歌此曲，正意即在此。才傑俱登用，(俞瑒甲本評)收上起下。(秦應逵紅旁)收上起下。(沈巖旁)收轉上，折生無痕。(黎維樅紅旁)緊接無痕。愚蒙但隱淪。(方拱乾評)爲公歌此曰職是故耳。(奚禄詒甲本旁)己也。(奚禄詒乙本紅旁)起下自序。長卿多病久，(俞瑒甲本評)以自叙結。(奚禄詒甲本旁)自言。(沈巖旁)以自叙結。子夏索居頻。(李以峙墨眉)(頻)按“貧”音同而誤，對“久”字當作“頻”。迴首驅流俗，(黎維樅紅旁)驅馳也。生涯似衆人。(方拱乾評)二句合看乃妙。(丁耀亢紅眉)自薦。(李念慈紅眉)“驅流俗”言爲流俗所驅迫也。(黎維樅紅旁)感慨是真名士語。(黎維樅墨眉)公於排律詩，叙入自己，每用承上啓下法。巫咸不可問，(奚禄詒甲本旁)屈子。鄒魯莫容身。(錢陸燦丁本評)巫咸一人，鄒魯兩地，可對否？(奚禄詒甲

本旁)孔子。(**陳治墨眉**)俞云:巫咸一人,鄒魯兩地,可對否?**感激時將晚,蒼茫興有神。**(**徐渭墨旁**)何謂?(**吕留良紅眉**)悲壯有體。**爲公歌此曲,**(**方拱乾評**)五字有意,非草草。(**方拱乾評**)"爲公"二句,有不苟之意。(**奚禄詒甲本旁**)有所望也。**涕淚在衣巾。**(**奚禄詒甲本旁**)賦也。(**吴廣霈墨眉**)上詩希汲引也。(**沈巖尾**)氣度開朗而詞致綿密,是長律中規矩準繩之作。(**黎維樅紅眉**)結處興會激昂。

【彙評】

陳訏紅眉批仇注"已四十餘春。春和至,故一氣鈞陶。謂歲初所作,是也"處:天地之氣,四時翕闢,萬象咸在鈞陶,注止言"春和",豈三時在造化之外乎?且全篇無春意,注因詩言"四十春",遂定爲歲初所作,則詩或作於冬夏,必言"四十冬""四十夏"而後可明。

夜聽許十誦詩愛而有作

方拱乾評:是排,看對法。○古。○許十一當是居五臺學佛者。

申頲紅眉:題好。

朱方藹紅眉:一誦詩寫得如許生色。

陳治紅眉:佛經以善業爲白,惡業爲黑。

吴廣霈墨旁:或作"許十損",殆許十一名損者爾。

王伯沆紅眉:史氏曰,言己於禪理未能解脱,有何階梯得子方便接引乎?齊王融《懺悔三業門頌》曰:"不勤一至,何階四禪?"正杜所本。趙注、仇注所引,蓋自魏已來習用之矣。

許生五臺賓,業白出石壁。(**奚禄詒甲本眉**)善謂之白業,惡謂之黑業。(**吴廣霈墨眉**)佛家以善業爲白也。**余亦師粲可，身猶縛禪寂。**(**黎維樅紅旁**)言不能悟徹。**何階子方便，謬引爲匹敵。**(**吴廣霈墨眉**)有湊韻。(**黎維樅紅眉**)公詩每好用經語。**離索晚相逢，包蒙欣有擊。**(**吴廣霈墨旁**)四句未妥。(**黎維樅紅眉批仇注"五臺山"**)《寰宇記》:五臺山在代州五臺縣東北。**誦詩渾遊衍，**(**李以峙墨眉**)(渾)按，"混"音誤也。(**沈巖眉**)"遊衍"似指其言之多溢，此詩蓋戲之也。**四座皆辟易。**(**陳治紅眉**)易字叶錫韻。(**嚴復墨眉**)"渾遊衍"以下只是言誦詩意境而已。乃意造動魄驚□諸喻，耐人深思如此。(**黎維樅紅眉**)集中凡論詩處，均可悟詩法。(**佚名己紅眉**)誰謂能詩容易耶？**應手看捶鉤，**(**嚴虞惇紅旁**)《莊子·知北遊》。**清心聽鳴鏑。精微穿溟涬，飛動摧霹靂。**(**李念慈紅眉**)語亦精微。(**吴士模墨眉**)"精微"二句，夫子自道耳。**陶謝不枝梧，風騷共推激。**(**吴廣霈墨眉**)六句正寫誦詩，然亦終欠醒豁。**紫燕**(**汪琬甲本紅旁**)馬名。**自超詣，**(**吴廣霈墨旁**)贊許詩。**翠駮誰剪剔。君意人莫知，人間夜寥闃。**(**方拱乾評**)禪起禪結。(**奚禄詒甲本尾批**)賦也。(**吴廣霈墨尾**)此二句亦不瞭。(**沈巖旁**)倒結夜聽。

醉歌行 別從侄勤落第歸

奚禄詒甲本旁:潔净不苦。

盧見曾紅眉:造語之妙，深得古辭人佳致。

盧見曾紅旁:沈德潛曰:送别情景，於後幅突然接入，開後人無限法門。醉歌意只用一點，與贈鄭作自别。

朱方藹紅眉:真氣溢於行間。

沈巖眉:"風吹"二句言别之苦，"貧賤"句收轉落第，兩路夾出。酒盡獨醒來，此時即望以一醉遣懷，不可得也。對酒如此，況會復散乎？不欲傷勸之意，故聲出復吞。然躑躅之間，涕零有莫能制者矣。

再生翁評:人有此情,寫得不濃至而止。

陸機二十作《文賦》,汝更小年能綴文。(**吴廣霈墨眉**)起亦大雅不群。總角草書又神速,世上兒子徒紛紛。驊騮作駒已汗血,鷙鳥舉翮連青雲。(**錢陸燦丁本評**)以上稱其才,下慰其落第。詞源倒流三峽水,(**李以峙墨眉**)(源)按:"賦"字謬。(**黎維樅紅旁**)承"綴文"。筆陣獨掃千人軍。(**盧見曾墨旁**)臧榮《續晉書》:陸機少襲父兵,爲牙門將軍。年二十而吴滅,退臨舊里,與弟雲勤學。機妙解情理,心識文體,故作《文賦》。梁元帝檄侯景:按劍而叱,江水爲之倒流。《益州記》:明月峽、巫山峽、廣濟峽,謂之三峽。《法書》:王羲之《題衛夫人〈筆陣圖〉》:紙者,陣也;筆者,刀矟也;墨者,鍪甲也;硯者,城池也。本領者,將軍也。心意者,副將也。(**陳治紅旁**)草書。(**黎維樅紅旁**)一作"横"。(**黎維樅紅旁**)承"草書"。(**申頲紅眉**)俗語何得到此老筆下?只今年纔十六七,射策君門期第一。舊穿楊葉真自知,(**黎維樅墨旁**)頂"射策"意。暫蹶霜蹄未爲失。(**嚴復墨眉**)兩韻斡轉有神力。偶然擢秀非難取,會是排風有毛質。(**吴錫麒紅眉**)忽然卸落,有神無迹。(**方貞觀墨眉**)七古句調不厭俚直,總要健拔自然。如"偶然"二句,稚弱之極。(**方貞觀紅旁**)二語不成句,所謂意通語滯。(**黎維樅紅眉**)上文多少解慰,只兩句合到自己,謂汝自無憾,但我年不再少耳。語含嗚咽。汝身已見唾成珠,汝伯何由髮如漆。(**張雝敬墨旁**)插入自己一語,情事逼真,且含蓄無盡。(**奚禄詒乙本墨眉**)言白髮何由再黑也。春光澹沲秦東亭,渚蒲牙白水荇青。(**張雝敬墨旁**)若斷若續,文情飄忽,非但取其出句雅秀也。(**朱方藹紅眉**)景事雙提,老致横出。(**黎維樅墨眉**)送别情景,飄然接入,筆極駘宕,開後人無數法門。(**黎維樅紅眉**)寫景極其慘黯。(**厲鶚評**)春别之況,迷離之日,何堪當此下第心情!(**錢陸燦丁本評**)接入送别情景,字字煉,字字遠。(**吴騫墨眉**)妙句畫不出。(**王士禛評**)妙句畫不成。(**徐松紅眉**)歸愚曰:送别情景,突然接入,開後人無限法門,醉歌意只用一點。**風吹客衣日杲杲,樹攪離思花冥冥。**(**吕留良紅眉**)玄奇。○"攪",劉本作"覺"。(**吴廣霈墨眉**)至此神來興到,筆舞墨歌,一氣呵成,隨手揮灑,不可阻遏矣。(**吴錫麒紅眉**)插入送别處,時景地方□接,筆法入化。**酒盡沙頭雙玉瓶,衆賓皆醉我獨醒。**(**黎維樅墨眉**)醉歌意只一點,與《醉時歌》各别。(**佚名己紅眉**)愁人所見如此。**乃知貧賤别更苦,吞聲躑躅涕淚零。**(**奚禄詒甲本尾批**)賦也。(**申頲墨眉**)借來之句。(**秦應逵紅旁**)不欲傷勤之意,故吞聲。

【彙評】

汪琬丙本評:景事雙提,老致横生。

黎維樅紅眉:以半老人送少年,以落魄人送下第,情緒自爾纏綿悱惻,覺通首真氣溢於行間。

陪李金吾花下飲

王鐸評:虞韻。金吾,鳥名,主辟不詳,天子先行,職主先導,故執此鳥,因以名官。麻韻。允吾,縣名。允,音鉛,古人細心不可讓也。

方拱乾評:獨這無聊。○看其言外不屑之意。

奚禄詒甲本眉:中四句正見徐行。

奚禄詒甲本旁:三四正見武人好客,而客亦傲甚矣。

申頲紅眉:興到筆隨,賞其略不經意。

朱方藹紅眉:細秀,在公集中又具一體。

嚴復墨眉:王介甫"細數落花因坐久,緩尋芳草得歸遲",詩人用意恒於小處著昭。

王鄰德墨眉：按，此詩是公陪李金吾一路看花而飲，非坐於一處也。

黎維樅紅旁：《唐六典》：金吾將軍掌宫中及京城晝夜巡警之法。

勝地初相引，徐行(**李以峙墨眉**)按三四正"徐行"注脚，"余"乃形近而誤。得自娱。(**李念慈紅眉**)一起感慨無限。見輕吹鳥毳，(**奚禄詒甲本旁**)"見輕"二字生。(**黎維樅紅旁**)二句在徐行中見得。隨意數花鬚。(**方拱乾評**)想見。(**吴廣霈墨旁**)細能博物。(**奚禄詒乙本墨眉**)三四正見武人，承客。(**王鄰德墨旁**)二句見徐行自娱之神。(**倪象占藍眉**)三四從"徐行"寫來。○"吹毳""數鬚"，亦是疊韻一法。細草稱偏坐，(**奚禄詒甲本旁**)平聲。(**奚禄詒甲本眉**)"稱"字若作去聲，雖少處轉，又不合韻。香醪懶再沽。(**方拱乾評**)睥睨之甚。(**王鄰德墨旁**)二句見自娱之實。(**黎維樅紅眉**)《端午賜衣》詩"意内稱長短"，"稱"字與此讀法同。醉歸應犯夜，(**吴廣霈墨旁**)笑謔可風。可怕李金吾。(**王鐸評**)"吾"乃牙音，杜老誤押此韻矣。(**奚禄詒甲本旁**)賦也。(**申頲紅眉**)調笑得有趣，真所謂見境生情也。(**秦應逵紅尾**)"吾"乃牙音，杜老誤押此韻。(**沈巖眉**)戲有趣。(**黎維樅紅夾批仇注"士衛軍云"**)《世説》"士衛軍"疑有誤。

【彙評】

黎維樅紅尾：杜詩大含元氣，細入無間。如此詩三四句及"仰蜂粘落絮，行蟻上枯梨。青蟲懸就日，朱果落封泥"之類，往往於無意中摹寫入細，如化工之肖物，即所謂"毫髮無遺憾"者，不當以此論格律高下也。

驄馬行太常梁卿敕賜馬也。李鄧公愛而有之，命甫製詩

方拱乾評：此應酬詩也。看其入題轉折處，曲做題目，移之他人、他馬不得，豈可易視應酬乎？○句句是馬。

錢陸燦丁本評：字字精髓，四句可抵《赭白馬賦》。凡易於誇張者，均宜簡練，此詩賦之别也。

奚禄詒甲本眉：公此等詩皆雄渾絶倫，此言有材者終必用。○因賦馬而及人也。"豈有""不與""近聞""肯使"八字相呼應，抑揚以贊馬，吞吐以况人耳。

奚禄詒乙本紅眉：此作言有材者終必用。○雄渾絶倫。

方貞觀墨眉：此詩分六段看。起四句，言非公馬癖，安得此良馬；"雄姿"四句，是初見質相不凡；"朝來"四句，是親試才力殊特；"卿家"四句，是豫信其本領非常；"吾聞"四句，是逆許其成功在即；末四句，就時會而言，所以况李鄧公也。通幅平近直實，而諷誦之下，但覺雄偉淋漓，不見平直，總由其氣大筆高耳。

朱方藹紅眉：不獨得其萬里超騰之概，直於縱筆處忽傳其神，包舉無遺，如太史公作《屈賈列傳》，别有感寄，絶頂之篇。

陳治墨眉：篇篇寫作，各出新意，局法亦變化猶龍。

吴廣霈墨眉：詩亦神骨開張，凌厲千里。杜老最工題畫，而題畫馬之什，尤無一不妙，是固知亦有支遁之癖者爾。

沈巖眉：賜者梁卿，李鄧公乃後得，故賜馬本事至後始出。

鄧公馬癖人共知，（**沈巖旁**）愛而有之。（**黎維樅紅旁**）二字詩眼。初得花驄大宛種。夙昔傳聞思一見，（**方拱乾評**）是舊物。（**沈巖旁**）伏後。牽來左右神皆竦。（**黎維樅紅旁**）精神先從左右託出。雄姿逸態何崷崒，顧影驕嘶自矜寵。（**吕留良紅旁**）甚易。（**吴錫麒紅眉**）精

湛出色，十四字並可當《相馬經》一册。（張𪱥敬墨旁）將馬之心事寫出，見其神，非止見其形也。（沈巖旁）暗藏賜馬。（黎維樅墨旁）似名士自負。**隅目青熒夾鏡懸，**（黎維樅紅旁）並傳出馬之神情。（黎維樅紅眉）人誠有之，物亦宜然。**肉駿碨礧連錢動。**（吕留良紅旁）奇。（汪琬甲本紅眉）連錢。（嚴復墨眉）四句寫其神駿實。（李以峙墨眉）（肉駿）按此對上"隅目"，作"肉駿"非是。（黎維樅墨眉）十四字中賅括一篇《赭白馬賦》。（黎維樅紅眉）寫花驄雄姿，又與驃騎別。**朝來久試華軒下，**（李以峙墨眉）（少試）按作"久"，文理不是，亦係形近而訛。**未覺千金滿高價。**（嚴復墨眉）中有寫試馬。（張𪱥敬墨旁）極平淡語却寫得異常曲折。**赤汗微生白雪毛，**（方拱乾評）襯語筆迥，世所豔稱。**銀鞍却覆香羅帕。**（吕留良紅旁）秀。（沈巖旁）轉出賜馬。（黎維樅紅眉）寫愛良馬如美人，却爲"癖"字傳神。**卿家舊賜公能取，**（沈巖旁）指梁卿。（黎維樅紅旁）補叙來歷，已含末句。**天廄真龍此其亞。晝洗須騰涇渭深，朝趨可刷幽并夜。**（吕留良紅眉）變化。（嚴復墨眉）此下寫其能事處。（李以峙墨眉）（夕趨）按當從"朝"，則與"夜"相應。（黎維樅紅眉）用賦語，錘煉深渾。〇涇渭二水在西，幽并二水在北，相去幾千里，此亦極形容其疾耳。與賦頌意同。**吾聞良驥老始成，**（方拱乾評）推開。**此馬數年人更驚。**（朱方藹紅眉）老氣横生，清言如屑，不復知其爲風爲雅，爲秦爲漢。（沈巖旁）回顧"夙昔傳聞"。**豈有四蹄疾於鳥，不與八駿俱先鳴。**（吴廣霈墨眉）筆端有舌，如聞瀾翻之聲。（沈巖旁）縈拂賜馬。（沈巖眉）縈拂處極詠歎淫泆之致。**時俗造次那得致，**（黎維樅紅旁）行氣如虹。**雲霧晦冥方降精。**（吴錫麒紅眉）士未遇時每作先鳴之想，然而時俗造次卒使濩落，讀此詩真令三喟。（沈巖旁）大宛種。（黎維樅紅眉）言時方下求馬之詔，此馬必當騰躍天衢也。**近聞下詔喧都邑，肯使騏驎地上行。**（方拱乾評）飄結者，另尋一意也；本結者，挽上而實結也。飄結必顧主，本結必顧餘。（奚禄詒甲本尾批）賦也。（屈復評）結句自喻。（李以峙墨眉）（肯使)按作“知有”,語便平庸。(**沈巖眉**)《漢書》:大宛馬,其先天馬子也。

【彙評】

汪琬丙本評:此首是新駒,後用良驥襯出,自見本旨,結言必有知遇也。

陳訏紅眉批仇注“晝涇渭而夜幽并”處:洗涇渭,言毛體之潔,刷幽并,言馳驟之速,本是兩意。注云“晝涇渭而夜幽并”,太鑿,且涇渭何必言“洗”?

錢載評:説正而筆反,其下再鬆不得,必要鐵板之挺筆,頂上、去結,又超然之鬆。

奚禄詒乙本墨眉:“豈有”“不與”“近聞”“肯使”八字相呼應,抑揚以贊馬,吞吐以況人耳。

魏將軍歌

方拱乾評:此公之長吉體。險韻奇句,長吉所不能及。與《大食刀歌》同,乃偶然遊戲筆耳。○却有一段奇老之氣在字句外。此等體非公所難,亦非公所長,亦非詩極詣。

屈復評:此即今日之應酬詩,却無一毫應酬氣者。句多精警深刻,不必有高深之意,而過人遠矣。①

奚禄詒甲本紅眉、乙本紅眉:謂極其西而“昆侖月窟”反在東也。

盧見曾紅旁:首叙其立功西陲,次記其歸領禁軍,三段言其英氣過人,四段言其威能弭患,末段稱其忠勇可以大用。

① 校注:“此”杭本作“此首”。

申頲紅眉:氣壯。

朱方藹紅眉:似一則《遊俠傳》。

吴士模墨眉:昆侖月窟本極西,反以爲東,即北斗歸南意。

陳治墨眉:查浦云:"一日"句是形容其功名之捷,非真指過瀚海也。〇語語精爽雄健。

張裕釗眉:朱鶴齡謂此篇宜編入天寶末年未亂時,其説甚當。

秦應逵墨眉:此詩亦開長吉。

秦應逵紅眉:此即今日之應酬詩,而無應酬氣者。句多精警深刻,不必有其高深之意,而自不尋常。

沈巖旁:此詩亦開長吉。〇《類本》云,用韻可學。

沈伯沆紅眉:精警頓挫,兼而有之。

佚名己紅眉:意興所至不能已。

將軍昔著從事衫,鐵馬馳突重兩銜。(**吕留良紅旁**)用險韻,蓋奇妙。(**吴廣霈墨眉**)"重兩銜"者,上兩付馬勒口,此戰士衝鋒者所用也。披堅執鋭略西極,(**嚴虞惇紅旁**)略地至西方之極,而昆侖月窟反在東也。崑崙月窟東嶄巖。(**吕留良紅眉**)太宗北征,北斗南望,亦"昆侖月窟東"耳。(**黎維樅紅旁**)險句。(**黎維樅墨眉批仇注"吴子良曰"**)極西之地,翻視爲東,略地之遠可知矣。君門羽林萬猛士,惡若哮虎子所監。(**奚禄詒甲本眉、乙本墨眉**)一段序其官。(**奚禄詒甲本旁、乙本紅旁**)宿衛也。五年起家列霜戟,一日過海收風帆。(**黎維樅紅旁**)承上"略西極"言之。平生流輩徒蠢蠢,(**奚禄詒甲本眉**)二段序其才。〇奇句。(**奚禄詒乙本墨眉**)二段序其才。長安少年氣欲盡。魏侯骨聳精爽緊,華嶽峰尖見秋隼。(**申頲紅眉**)此處覆出魏侯,似無謂耳。句亦生砌。(**吴廣霈墨眉**)勁氣直達,俶儻不群。(**張雝敬墨旁**)寫得出,欲畫不能。星纏寶鉸金盤陀,夜騎天駟超天河。(**嚴虞惇紅旁**)馬裝也。

(**吴士模墨眉**)設色斑駁。(**黎維樅紅眉**)光怪陸離,令人目眩,是相如、子雲賦手。**攙槍熒惑不敢動**,(**奚禄詒乙本紅旁**)似含小人。(**奚禄詒乙本紅眉**)細看"攙槍"句是指亂象,故以"鈎陳""玄武"應之。**翠蕤雲旓相蕩摩**。(**丁耀亢紅眉**)奇絶。(**墨眉**)李長吉。**吾爲子起歌都護**,(**奚禄詒甲本眉**)既云《都護歌》,即不當復引"臨江節士",豈不疊罳。(**奚禄詒乙本紅旁**)不切。(**奚禄詒乙本墨眉**)既用"臨江節士",可不用"都護"。(**奚禄詒乙本紅眉**)魏宿衛之官,用臨江事切。**酒闌插劍肝膽露**,(**吴士模墨眉**)音節獨絶。(**黎維樅紅眉**)收足會飲贈歌之意。浦云:玄武暮見,正是秋天,此以星象映宿衛且顯時令也。**鈎陳蒼蒼玄武暮。萬歲千秋奉明主,臨江節士安足數**。(**徐渭墨眉**)亡得□□必有花用裏苟司存極千里可八月中□千店□。(**奚禄詒甲本尾批**)賦也。〇"鈎陳",天子之法座也。觀此句則"攙槍"句指小人明矣。(**方貞觀墨眉**)結二語當别有意,若但如注中引釋,便不可解。(**沈巖眉**)宋陸厥有《臨江王節士歌》。

【彙評】

錢陸燦甲本眉批"東嶄巖"之"吴子良":己未雪,客解《荆溪林下偶談》四卷,卷末□云此老吴姓,不知其名與字,與葉水心先生交好。考之《水心集》中止有《謝吴民表》詩及《答吴明輔》一篇,而知必名明輔、字子良也。宫□閲書之前,藏宋人集□不有耳。鐵案,吴之同時有天台車若水字清臣《脚氣集》載國録吴明輔所印《荆溪集》,知子良是名。

錢陸燦乙本紅旁:因其官羽林,故以此勉之。

陳訏紅眉批仇注"華峰比其骨聳,秋隼比其精爽"處:"華嶽峰尖見秋隼",總形容上句。注云華峰比骨聳、秋隼比精爽,則何不云華嶽與秋隼乎?

黎維樅紅尾:劉須溪云:起伏音節甚壯麗。〇按:此等詩以煉詞煉字勝,亦覺光焰萬丈,而氣魄沉雄,却非長吉輩所及。

送蔡希魯都尉還隴右因寄高三十五書記時哥舒入奏勒蔡子先歸

方拱乾評:排。○一字人亦不能及矣。

汪琬乙本評:分三段,首段希魯之勇,次段隨入奏而先還,末段因寄高也。

屈復評:"壯士耻爲儒"與楊炯"寧爲百夫長,勝作一書生"同意而較含蓄。○"錦模糊"當是螯弧,出《左傳》,旗也。則"金叵匝",馬絡頭也。○又樂府古詞"黄金絡馬頭"可證。

奚禄詒甲本眉:"一鳥過"狀"輕"字,"萬人呼"狀"急"字,二句他人寫不出。

盧見曾紅旁:杜牧詩"射鵰都尉萬人敵,黑矟將軍一鳥輕"雖本此詩,然語意天然遜子美遠矣。歐陽修曰:陳舍人從易偶得杜集舊本,義多所誤。《送蔡都尉》詩"身輕一鳥",其下脱一字,陳公與數客各用一字補之,或云"疾",或云"落",或云"下",莫能定。後得一善本,乃是"過"字。陳歎服,以爲雖一字,諸君亦不能到也。

方貞觀墨眉:此等句漢魏六朝以及三唐皆未曾有,惟公所獨也。

陳治墨眉:聲彩俱壯。

秦應逵紅眉:説得俊拔可喜,足稱其人。

佚名己紅眉:通篇善於位置。

蔡子勇成癖,彎弓西射胡。(**俞瑒甲本評**)蔡都尉起。(**黎維樅紅眉**)代説二句,如聞其聲。健兒寧鬥死,壯士耻爲儒。(**奚禄詒乙本墨旁**)有激之言。(**黎維樅紅旁**)先形容志氣。官是先鋒得,材緣挑戰須。身輕一鳥過,槍急萬人呼。(**奚禄詒乙本紅旁**)寫其勇□。(**奚禄詒乙本墨眉**)"輕"字唤起"過"字,"急"字唤起"呼"字。○當時一鳥下落耳。“過”字宋人争擬之，或云“下”，或云“去”，或云“疾”，皆不妥，乃見一古本，乃是“過”字，因各歎其一字亦不能及也。（**黎維樅紅旁**）次形容才技。**雲幕隨開府，**（**奚禄詒乙本墨旁**）同翰來。（**李以峙墨眉**）（雪山）按當從“雪”，“雲”是形訛。**春城赴上都。**（**俞瑒甲本評**）隨主帥入朝。**馬頭金匼匝，**（**宋犖紅眉**）“匼匝”似是馬飾。**駝背錦模糊。**（**陳治紅眉**）匼匝似馬飾，非帽也。又“匝”與“恰”同，另是一解。（**黎維樅紅旁**）次寫往來形色。**咫尺雪山路，歸飛青海隅。上公猶寵錫，**（**秦應逵墨旁**）翰留。（**奚禄詒乙本墨旁**）哥舒。**突將且前驅。**（**俞瑒甲本評**）都尉先歸。（**秦應逵墨旁**）蔡先歸。（**黎維樅紅旁**）方及送還隴右。**漢使黄河遠，**（**陳治紅眉**）“使”一作“水”。**凉州白麥枯。**（**汪琬甲本紅眉**）白麥酒。（**奚禄詒乙本墨眉**）此正是諷哥舒。（**方貞觀墨眉**）“漢水”“凉州”二語，似乎無關緊要。然行文至此，其勢已促，非如此接，則氣不舒徐，且不能生起下文。此則上句言山川間隔，下句言物候奔馳，所以興懷良友，致念高生也。〇二語音節顔色皆妙。**因君問消息，**（**方拱乾評**）自然。**好在阮元瑜。**（**奚禄詒甲本眉**）“問消息”是問黄河白麥之戰守。〇高生亦有策乎？非寒温也。（**奚禄詒甲本尾批**）賦也。（**奚禄詒乙本紅眉**）“問消息”是問黄河白麥之戰守。〇元瑜亦有策乎？非寒温也。（**吴廣霈墨眉**）“阮元瑜”指高適也。（**黎維樅紅尾**）全首警拔。

【彙評】

俞瑒甲本評：寄高書記。〇説得雄健可喜，足稱其人。

秦應逵墨旁：寄高。

九日楊奉先會白水崔明府

題解于樞評：此詩首言楊奉先白水崔明府九日宴會之時物風

景，而以“晚酣留客舞，鳧舄共差池”結之，其愛客之心爲何如哉？賦也。

徐渭墨旁：平平。

方拱乾評：此應酬無要緊詩，細看亦不草草。

奚禄詒甲本眉：何故用三朝事？此皆公初年詩，自覺不如老年。

奚禄詒乙本紅眉：起手用潘陸，結何必更用王喬？

朱方藹紅眉：題緒俱清，語無泛設。

陳治墨眉：題緒俱清，語無泛及。

黎維樅紅眉：“桑落”“菊花”用庾開府語，既切“九日”，亦開合“奉先”。

今日潘懷縣，（**奚禄詒甲本旁**）楊也。同時陸浚儀。（**奚禄詒甲本旁**）崔也。坐開桑落酒，來把菊花枝。（**嚴復墨眉**）“桑落酒”對“菊花枝”，庾子山《蒲州乞酒》詩：“蒲城桑落酒，灞岸菊花枝。”然用之“九日”則有出藍之美。（**吴廣霈墨旁**）流水對，句殊佳。天宇清霜净，（**黎維樅紅旁**）時。公堂宿霧披。（**奚禄詒甲本旁**）夸。（**黎維樅紅旁**）地。晚酣留客舞，鳧舄共差池。（**奚禄詒甲本旁**）牽俗。（**奚禄詒甲本旁**）賦也。（**奚禄詒乙本墨旁**）引“差池其羽”句。（**朱方藹紅眉**）結語所云前開者後必合也。（**王鄰德紅眉**）鳧舄，王喬事，寓先所之歎。

白水明府舅宅喜雨得過字

方拱乾評：起句入題，結句是順法。○法備。○五律定法。○結不論順反，畢竟要振。

奚禄詒甲本旁：夸。

奚禄詒乙本紅眉：了題而已。

吴廣霈墨眉：白話却非淺人所能道得出者。

黎維樅紅眉：按"高齋"詩，崔本少府，此稱"明府"者，其時或以尉攝令也。

吾舅政如此，（**方拱乾評**）已括結矣。古人誰復過。（**王鄰德紅旁**）起得質樸。碧山晴又濕，白水雨偏多。精禱既不昧，（**吴廣霈墨旁**）祈雨得應。歡娱將謂何？（**汪琬丙本評**）"精禱"二句弱。（**吴廣霈墨旁**）點"喜"字。（**黎維樅紅眉**）頗近率筆。湯年旱頗甚，今日醉絃歌。（**方拱乾評**）順結又反結。（**奚禄詒甲本旁**）賦也。（**吴廣霈墨尾**）結懈。

官定後戲贈時免河西尉，爲右衛率府兵曹

方拱乾評：狂歌在言外。〇公獻《三大禮賦》，上使待制集賢院，令宰相陳希烈試文章，爲烈所忌，擢河西尉，不拜，改授右衛率府參軍。

俞瑒乙本評：把茱萸、看山水，有俯仰無窮之概，恰好收應，五六一轉。

屈復評：前半免就之真情，後半言外有感慨。①

奚禄詒甲本眉：以公濟世之才而止授以輕職，其惟耽酒狂歌也。〇怨而不露。

奚禄詒甲本旁：十三載冬，獻賦。十四載，公不受河西尉，乃改此官。〇所怨在李林甫也。

① 校注："感慨"杭本作"慨慷"。

奚禄詒乙本紅眉:是獻《三賦》後。

申頲紅眉:三四太率,虧得題中有“戲贈”二字。

朱方藹紅眉:前四句免尉就率府之故。下乃更深一層,知棲棲衛曹非其志也。忽轉云“狂歌託聖朝”,即愛國愛君本懷亦自可見,而許辭改授,統荷上恩矣。

陳治墨旁:戲贈,自贈也。

吴廣霈墨眉:五六句好而六尤勝,粗頭亂眼,自爾風度不凡。

王鄰德紅旁:公自注:時免河西尉,爲右衛率府兵曹。

王嗚盛墨眉:天寶十四載,授河西尉,不拜,改右率府胄曹參軍,時公年四十四矣。是年十一月,禄山反。

不作河西尉,(**黎維樅紅旁**)傲岸。淒凉爲折腰。 老夫怕趨走,(**方拱乾評**)不作之故。(**王鄰德紅旁**)可憐。率府且逍遥。(**方拱乾評**)爲之故。(**傅山紅旁**)此等字入律,無乃太戲?(**王鄰德紅旁**)然亦傲,是窮人、狂人,至言“託”字,尤妙尤深。耽(**奚禄詒乙本墨旁**)音丹。酒須微禄,(**王嗚盛墨眉**)“怕趨走”故辭河西尉,“須微禄”又不得不就率府也。狂歌託聖朝。 故山歸興盡,(**黎維樅紅旁**)一官潦倒,歸行無時,惟有臨風歎息而已。迴首向風飆。(**方拱乾評**)故山方亂,未可言歸。(**李念慈紅眉**)淒婉放達。(**吕留良紅眉**)感歎忠厚。(**奚禄詒甲本眉**)“風飆”無著落。(**奚禄詒甲本旁**)賦也。○晉武帝建東宫,置衛率,有前後左右四率,帶刀執戟,從太子出。(**奚禄詒乙本墨眉**)“風飆”無謂。(**王鄰德紅眉**)諷刺得體。

【彙評】

奚禄詒乙本紅眉:諷刺得體。

後出塞五首

徐渭墨眉:全取。無一句不佳。

方拱乾評:古。《前出塞》爲哥舒翰徵兵而作,《後出塞》爲安禄山作。○忽大將,忽健兒,忽壯,忽憤,忽悲,忽發大議論,不可方物。

錢陸燦戊本評:張綖按,《前出塞》蓋言哥舒翰凉州之兵,其辭悲;《後出塞》蓋言安禄山幽州之兵,其辭樂。悲則猶以爲憚,而樂則佳之矣。老子曰:"佳兵不祥。"

申涵光甲本評:有《前出塞》,後五首可以不作,以前緊而後緩也。

李念慈紅眉:俱假從禄山征伐戍卒之詞也。

俞瑒乙本評:前以府兵言,此以召募言。交河之役以遣戍,故其辭怨;薊門之役以召募,故其辭誇。豪宕俊爽,氣壓漢魏。

方貞觀墨眉:當與《前出塞》九首參看。交河之役,徵調之兵也。薊門之役,應募之士也。故彼多離别之悲,此多勇往之意。

奚禄詒甲本眉:爲禄山節度作。○此五首言玄宗重藩鎮而寵安禄山,以致天寶之變,故軍中之詞皆樂,所以言禄山之驕也。

奚禄詒乙本墨眉:此曲言玄宗寵安禄山而致天寶之亂,故軍中之詞皆樂,所以怨禄山也。禄山初出京之壯觀。

陳治墨眉:俞云:起甚慷慨,終歸節烈,許國之忠,守身之義,具見於此,不減《三百篇》之遺風。○此因幽州叛後而追叙其初,約略二十年之事。按,爾時張守珪爲幽州帥,安禄山纔爲兵馬使耳。謂即指禄山,誤甚。

嚴復墨眉:牧齋云:《前出塞》爲徵秦隴之兵赴交河而作,《後出塞》爲徵東都之兵赴薊川而作。

吴廣霈墨眉:出兵赴漁陽也。是年冬,禄山反矣。

吴廣霈墨旁:此當作於天寶十四年冬前。

沈巖眉:應是禄山構禍矣,契丹時作。

沈巖旁批:《前出塞》則征戍之人猶戀田里,而憚行役,風俗甚厚;《後出塞》則天子好武不已,天下化之,其勇悍無賴氣象,不待禄山作逆,已知天下之將亂矣。

黎維樅紅眉:《前出塞》迫於官遣,其情蹙,故專就苦一邊形容;此志在立功,其氣豪,故轉借樂一邊翻出,境界迥然不同。

王嗚盛墨眉:按末章是説禄山犯順後事,當是天寶十四載冬作。〇前三章諷明皇黷武無已,後二章諷其養虎貽患,皆借征戍之辭以達之,剴切悲痛。

其　一

方拱乾評下:出門。

錢陸燦甲本眉:方删去。〇應募。〇易農曰:此數詩如《秋興》等作,有首尾,不可删。

錢陸燦乙本墨眉:方删去。

錢陸燦乙本紅眉:應募。

徐松紅眉:《杜臆》云:召赴薊門者,禄山也,勢已盛而逆未露,且以重賞要士,其裝飾之盛,餞送之勤,與《前出塞》大不相同矣。

盧見曾墨旁:此章記應募之事。

魯一同評:陳思王言獨步炎季采邑神致,同時寡儔,然以此等詩較之,覺子建猶無此警絶也。氣脈絶是漢人用意,沉著深微,字磨句刮,意態飛動,故應駕而上之。

沈巖眉:恶少群起,看劍相笑,無復父母井里之戀矣。

男兒生世間，及壯當封侯。（屈復評）一起壯志高興，接寫刀馬華貴、親閭祖道光榮之甚者，總爲末章“故里但空村”一痛也。戰伐有功業，焉能守舊丘。（奚禄詒甲本旁、乙本墨旁）首四句總起。召募赴薊門，（奚禄詒乙本墨旁）眼。（李以峙墨眉）（召募）按，“召”“占”形似而誤。（黎維樅紅旁）點眼。軍動不可留。（奚禄詒甲本旁）眼目。禄山蒙幸。（魯一同評）前赴交河，此赴薊門，皆詩中眼目。（佚名己紅眉）漢魏人亦不易到。千金買馬鞭，（吴廣霈墨眉下）“鞍”，一本作“鞭”，不必從改。○草堂本作“千金買馬鞭”，亦佳。（黎維樅紅旁）亦見用財如糞土意。百金裝刀頭。（錢陸燦乙本墨旁）《木蘭詩》。（嚴虞惇紅旁）《木蘭詩》。（奚禄詒甲本旁）初出門之壯觀如此。閭里送我行，親戚擁道周。（吴廣霈墨眉）此亦頗有魏晉間人體格口氣，惟建安七子猶遜此雄邁爾。班白居上列，（方拱乾評）生結。酒酣進庶羞。少年别有贈，（黎維樅紅旁）波者儁逸。含笑看吴鈎。（嚴虞惇紅尾）應募。（方貞觀墨眉）寫少年意氣如畫。（吴廣霈墨尾）此結幽人凡想之外。（沈伯沆紅眉）俊語。（張雝敬墨旁）豪而不粗，所以爲妙。（黎維樅紅尾）《夢溪筆談》：吴鈎，刀名也，刃彎，今南蠻用之，謂之葛黨刀。

【彙評】

錢陸燦丁本評：妙在俱是得意，純用建安人氣格，從一片雄心寫出，與《前出塞》大别。

魯一同評：此篇猶是前人蹊徑。

魯一同評批《心解》“但交河之役，其情苦”“往從驕帥者，賞易”：此數行最得。

沈巖尾：始期及壯封侯，豈知窮老無復，亦可謂樂禍生事者矣。

其　二

方拱乾評：朝暮。○讀之肌粟。夜。○于鱗獨選此首，果稱絶唱,然此等詩惡可選? ○純是漢魏,却無一字經漢魏人道過,總是以胸爲冶,以古爲金鐵,融成一片沉鎣矣。○軍中。

丁耀亢紅眉:古。

錢陸燦甲本眉、乙本紅眉:從軍。從軍。

汪琬乙本評:劉須溪曰:此詩之壯,足以招魂復起。

李念慈紅眉:不在行間,不知此詩之工。

方貞觀墨眉:進營,初就伍也。上橋,始登程也。落日照旗,平沙列幕,各安營也。此時尚覺囂擾,入夜則寂無聲矣。悲笳慘澹,軍號下矣。夾事夾景夾情,寫來有聲有色。

奚禄詒甲本眉:途間駐營河洛之情。

盧見曾紅旁:許顗曰:詩之力量,如弓之鬥力,未挽時,不知其難也,及其挽之,力不極處,分寸不可强。若《出塞》云"落日照大旗,馬鳴風蕭蕭""悲笳數聲動,壯士慘不驕",又《八哀詩》"汝陽讓帝子"諸句,此等力量,不容他人到。○吴昌祺曰:詩如寶刀出匣,寒光逼人。

盧見曾墨旁:此章記在途之事。

吴騫墨眉:吴匏庵云:《前出塞》意疏隱現,使讀者自悟,《後出塞》發露無餘矣。前三章三軍赴薊門者,尚不知禄山之逆,曰"借問大將誰,恐是霍嫖姚","恐是"者,非其人也。亦以禄山得後宫之寵比也。至四章則人人知其心,至五章則有拔身而歸者,而朝廷養成此亂亦見矣。

題張問陶墨眉:寫軍容之盛,軍令之嚴,如干、莫出匣,寒光相向。

吴廣霈墨眉:王弇州云:矯矯獨秀,何必建安?

沈巖眉:此篇以"朝""暮"二字結構,悲笳復動,從"暮"字轉到來朝軍動也。行軍對陣,前九篇中已詳,此又補出中夜安營之事。但歌軍容,明無戰績,又其分也。○寫軍容之盛,軍令之嚴,如干將莫邪，寒光相向。

朝進東門營，暮上河陽橋。（**吴農祥評**）“朝進東門營”一首，禄山儼然帝制，其御衆嚴刻，亦隱然言外。古人賞此者，皆取其聲響堂皇，而不知其用意所在，可歎也。（**嚴復墨眉**）河陽橋在閿鄉縣西門外。（**黎維樅紅眉**）五首只如一首，章法相銜而下。○寫出軍中嚴肅，何等氣象。（**黎維樅紅旁**）又點明徵兵之所。**落日照大旗，**（**佚名己紅眉**）好正。**馬鳴風蕭蕭。**（**申涵光甲本評**）“蕭蕭馬鳴”，經語也，加一“風”字，便有颯然邊塞之氣，然此亦兼用《易水歌》。（**吕留良紅旁**）古邁。（**汪琬甲本墨眉**）鍾云：“蕭蕭馬鳴”，經語也。加一“風”字，便有颯然邊塞氣矣。（**申頲紅眉**）人知“風蕭蕭”點染經語，却是從“風蕭蕭兮易水寒”盜來。（**嚴復墨眉**）此□詩見老杜真本領。（**奚禄詒乙本墨眉**）“馬鳴蕭蕭”詩止有一層，公加一“風”字，便有兩層，可見練字之妙。**平沙列萬幕，部伍各見招。中天懸明月，令嚴夜寂寥。悲笳數聲動，壯士慘不驕。**（**黎維樅墨眉**）摹寫軍容，奕奕生動，如干將出匣，光氣逼人。**借問大將誰？恐是霍嫖姚。**（**方拱乾評**）好節制之師。（**錢陸燦甲本旁**）于鱗祇收此作，專取才情氣魄，然亦自可。（**嚴虞惇紅尾**）從軍。（**陳治墨眉**）霍嫖姚指守珪也。（**魯一同評**）“恐是”言未必然也。（**奚禄詒甲本眉**）“恐是”二字有刺。（**奚禄詒甲本旁**）五轉。○末句有微諷。兩《出塞》，胡評全不是。（**奚禄詒乙本墨旁**）末句刺。（**奚禄詒乙本墨眉**）“恐是”二字妙在軍士口中，尚未知其好歹耳。○途間駐河洛。（**沈巖尾**）《漢書・霍去病傳》注：服虔云，音飄揺。顔乃俱作去聲讀耳。“恐是”，言外正見非其人也。庚辰。○去病敢深入，此句乃正按出塞，起下篇“四夷”“孤軍”也。

【彙評】

吴廣霈墨眉批集評之“許云：此首途中作，歸美主將之嚴”：“借問”二句有輕視厭薄之意，非歸美之詞也，許評大謬。

張雝敬墨旁：此詩氣静神穆，于鱗於諸篇中獨選此者，未爲無識，伯敬乃深譏之。甚哉，讀杜詩之未易也！

其　三

方拱乾評：有諷其黷武之意。豈經生語？豈武夫語？

方拱乾評下：軍中。

錢陸燦甲本眉：方删去。○開邊。

錢陸燦乙本墨眉：方删去。

錢陸燦乙本紅眉：易農曰：此數詩如《秋興》等作，有首尾，不可删。○開邊。

汪琬乙本評：删去四句，意便悠然。

奚禄詒甲本眉："所聞"二字何指？"豈知英雄主"，却終不似。

王士禛評：此論本班固《匈奴傳贊》。

俞瑒乙本評：此見好大喜功，所以啓時帥驕恣之漸。

方貞觀墨眉：至此始悟召募之由，爲開邊黷武也，故不禁開口道出古今之不同。兩"人"字，直指君上説，下著"豈知"二字，見不料其如此，此下便可直接"遂使"句矣。又横鯁"六合"二句，隱然見此舉之多事，遂使匹夫之勇，胸無遠慮之士，奮身不顧，以圖僥倖，皆君導之也。

盧見曾墨旁：此章譏邊將生事也。

魯一同評："奮身"句言並無敵釁，無非藉事邀功也。"擊大荒"不過鑿空之談，"收胡馬"更見貪利啓釁，至末句則諷而加以謔矣。

沈伯沆紅眉：意主譏刺，看數虚字可知。

古人重守邊，今人重高勳。（**奚禄詒甲本旁**）總是言君黷武也。（**奚禄詒乙本墨眉**）初至薊州，士卒猶以爲君之開邊，而禄山之志，衆尚未知。（**奚禄詒乙本墨眉**）總見君之黷武。（**張雔敬墨旁**）陡立兩句作案，軒輊自見，以下只承第二句説去，無一語譏刺，亦無一語非譏刺矣。此綿裏藏針法也。（**黎維樅紅眉**）此首全用空説，承上啓下，特探本言之。（**嚴復墨眉**）“守邊”爲國，“高勳”爲己，故聞不同。豈知英雄主，出師亘長雲。（**李以峙墨眉**）（亘）按“直”，形似之誤。六合已一家，四夷且孤軍。遂使貔虎士，（**吴廣霈墨眉下**）“使”，草堂本作“作”，似勝。（**李以峙墨眉**）（貔虎）按此切戰士，“螭虎”則非矣。又按“虎”作“武”，音近而訛。奮身勇所聞。（**奚禄詒乙本墨旁**）二字無著落。拔劍擊大荒，日收胡馬群。（**奚禄詒甲本旁**）時屢擊奚、契丹。（**沈巖眉**）“擊大荒”所收非要地也。“收馬群”在獲非名王也。逢迎欺蔽慕虚名，受實禍矣。誓開玄冥北，（**吴廣霈墨眉**）“元冥”本“玄冥”也，以避諱而改字爾。（**吴廣霈墨眉下**）“玄冥北”，即窮髮之北也。持以奉吾君。（**方拱乾評**）玄冥何以持？何以奉？勇在“持”字。（**奚禄詒甲本旁**）初至薊州，軍心以爲將開北邊也。（**陳治墨旁**）汪云：去四句，意便悠然。（**魯一同評批《心解》**）“凱”疑“愾”，弜移。（**吴廣霈墨尾**）朝廷好大，邊將喜功，一將阻兵，三軍枯骨。（**沈巖尾**）曰“遂使”者，尤之也。奸雄惡少，孰非自在上發之哉？（**黎維樅墨眉**）“玄冥北”可開乎？生事之意顯然矣。（**佚名己紅眉**）妙在“持奉”二字。

【彙評】

嚴虞惇紅尾：開邊。

吴士模墨眉：此注實佳。詩中虚字本以助實字，所不到非徒藉以承接清楚也。吞吐之妙，全在乎此，而不知者呶呶矣，《登塔》詩“方知”二字亦然。

其　四

方拱乾評下：軍中。

錢陸燦甲本眉、乙本紅眉:將驕。

錢陸燦丁本評:童僕冒功,而力戰之士解體矣。末言禄山之驕縱不可制也。

方貞觀墨眉:此章專言冒功濫恩,隨手便逗出主將驕凌來,故下文極力鋪排,朝廷曲意寵奉,以釀成逆胡犯順之禍。

奚禄詒甲本眉:協濟之盛,止以助其驕,而軍心未嘗不□知其叛也,玄宗獨不知耳。

盧見曾紅眉:張綖曰:《左傳》:"兵猶火也,不戢自焚。"前四章著明皇黷武不戢,過寵邊將,啓其驕恣輕上之心。末則直著禄山之叛,以見明皇自焚之禍也。

盧見曾墨旁:此章刺將驕欲叛也。

題張問陶墨眉:連下章禄山叛逆,隱然言外。

陳治墨眉:俞云:至此纔及禄山。開元二十九年,禄山始爲平盧軍使,天寶三載始兼范陽節度使,所謂位崇氣驕者也,於前三年何與乎?

沈巖眉:極形容幽、薊富强,尾大偏重,然後轉到將驕。○"兩蕃静無虞",非言出師之功效也。奚、契丹、同羅、室韋之屬,本未嘗蠢動,邊帥邀功生事,日戮不侵不叛之小夷,自以爲功。天子不知,見其獻凱接踵,真王兼鎮,封崇亂階,其實兩蕃固無虞耳。

獻凱日繼踵,兩蕃静無虞。(**奚禄詒甲本旁**)奚奴、契丹是兩番,不與吐蕃相干。(**申涵紅眉**)真亂世將卒情事。(**嚴復墨眉**)"兩藩[蕃]"者,金與契丹。爲禄山所給,而見殺就馘籍下者也。(**黎維樅紅眉**)此言竭天下之力,借寇兵而齎盗糧也,寫出豪鎮驕恣之象。《昔遊詩》:"幽燕盛用武,供給亦勞哉。吴門轉粟帛,泛海陵蓬萊。"與此同意。**漁陽豪俠地,擊鼓吹笙竽。**(**魯一同評**)禄山治所。(**吴廣霈墨眉**)"漁陽"等字正是點眼處。

(**黎維樅紅旁**)豪鎮樣。**雲帆轉遼海，**(**王士禛評**)玩“雲帆”句，海運唐已有矣。**粳稻來東吴。**(**孫承澤墨旁**)唐時已行海運。(**汪琬乙本評**)取此以志唐人海運。(**張雝敬墨旁**)可見唐時已有海運，此所以爲詩史也。(**奚禄詒甲本旁**)唐已有海運□□。**越羅與楚練，照耀輿臺軀。**(**孫承澤墨旁**)駡殺。(**吴廣霈墨眉**)“輿臺軀”三字，亦須著眼。(**吴廣霈墨眉下**)東南杼軸其空，似唐時已有海運事。(**黎維樅紅旁**)賊樣。**主將位益崇，氣驕凌上都。**(**方拱乾評**)深心大議，乃於此出。(**吴廣霈墨眉**)“主將”四句諷刺沉痛。(**黎維樅紅旁**)逆臣樣。**邊人不敢議，**(**奚禄詒甲本旁**)此實事。(**魯一同評**)深憂危語，言下凛然。(**黎維樅紅旁**)大書直書。**議者死路衢。**(**方拱乾評**)知禄山之必叛矣。(**奚禄詒甲本旁**)六轉。(**奚禄詒乙本紅眉**)協濟之盛，止以長其驕。(**宋犖紅眉**)隱憂在此。(**嚴虞惇紅尾**)將驕。

【彙評】

魯一同評批《心解》“雖復悔及……四章耶”：此説最有見，細玩詩旨，皆隱約逗露之詞，無一指斥語，是知作於天寶十四載之前無疑。

魯一同評批《心解》：本是直斥，何云縮筆？

嚴復墨眉：此則情見乎辭，非禄山誰足當之？

吴廣霈墨旁：此以明言禄山反勢成矣。○按《唐書》，人有言禄山將反者，明宗令執其人付禄山誅之。

其　五

方拱乾評：是十四篇小論，又是十四通奏疏，又是十四篇小記。○歸。

錢陸燦甲本眉：脱歸。

錢陸燦甲本眉、乙本墨眉：方曰：此人不以身貴爲喜，而以將驕爲憂，棄其妻子，間道逃回，惟恐陷於逆籍，忠臣烈士，凛凛如生。

老杜必親見此人，故有此詩。

錢陸燦乙本紅眉：勝歸。

錢陸燦丁本評：此軍中有識之士，知禄山將亂，而間道脱歸故里，惟恐陷於逆籍，忠烈之氣，凛凛如生。老杜必親見其人，故藉以諷朝廷之不悟也。

屈復評：朱鶴齡云：元宗季年，哥舒翰貪功於吐蕃，安禄山構禍於契丹，於是徵調半天下。《前出塞》爲哥舒發，《後出塞》爲禄山發也。①

方貞觀墨眉：曰"良家子"，則素聞忠義者也；曰"亦多門"，則閲歷已深也。故益愁將驕，不論身貴，寧可無兒孫以甘窮老，不可污惡名以負主恩。

盧見曾紅旁：周珽曰：諸作如將百萬之軍，竇之惜之，又能風雨使之，真射潮之力、没羽之技。錢謙益曰：《前出塞》爲徵秦隴之兵赴交河而作，《後出塞》爲徵東都之兵赴薊河而作。前則明皇窮兵開邊，故以從軍之苦樂言之；后則禄山逆節既彰，幽燕騷動，而人主不悟，卒有陷没之禍。

盧見曾墨旁：此章褒軍士之不從逆者。

陳治墨眉：俞云：此必有所指而言。

吴廣霈墨眉：《後出塞》别有一用意，故與前作毫無一複語。要之，豐城雙劍並爲神物，不可軒輊也。

沈巖眉：本圖遠略，欲開玄冥之地，豈知外重變生，京師失守，六郡良家之地，俱爲空村。然則六合一家，何苦重高勳而致叛亂乎？此篇暗藏兩京淪没，重爲開邊者戒，仍止就出塞之士，二十年妄思立功，歸於僅免一身，兒孫遂與兵終始言之，詩人所以爲無罪也。

① 校注："《前出塞》爲哥舒發"，杭本作"《前出塞》爲哥舒翰發"。

我本良家子，出師亦多門。（奚禄詒甲本眉）《左傳》：晉政多門。（嚴復墨眉）"門"字趁韻。將驕益愁思，（錢陸燦乙本紅旁）明點出。身貴不足論。（黎維樅紅旁）二句是《後出塞》詩旨。躍馬二十年，恐辜明主恩。（奚禄詒甲本眉）忠矣。（吴廣霈墨眉下）"孤"，同辜負也。坐見幽州騎，長驅河洛昏。（錢陸燦乙本紅旁）正見將□事不可爲，故脱歸也，甚占地步。（吴廣霈墨眉）"坐見幽州"二句似漁陽鼙鼓之來，老杜已有預感。（奚禄詒乙本紅眉）唐人追天寶之亂，不怨安史而多譏貴妃，皆非臣子之體。中夜間道歸，（吴廣霈墨旁）不入安黨也。故里但空村。（申頲紅眉）離狼遇虎，無可奈何，中作此安命語，益覺可憐。（黎維樅紅旁）亦帶見中原凋敝。惡名幸脱免，窮老無兒孫。（奚禄詒甲本眉）想當日亦必實有其人。（奚禄詒甲本旁）不從賊。六轉。〇天寶十一年，安禄山擊契丹，大敗，明年三月，又大敗，故追言曰"出師多門"乎？（嚴虞惇紅尾）脱歸。（吴廣霈墨眉下）"幸脱"從逆之惡名也，妻子則禄山誅之矣，故曰"無兒孫"也。

【彙評】

錢陸燦甲本尾、乙本紅尾：此首又是因上將驕而有脱歸者。〇易農曰：禄山之反，中原士卒必有不從賊而間道脱歸者。

方貞觀墨眉批注解"按，玄宗季年"：此解自確，但何以不編入至德以前而編入乾元以後？

吴士模墨眉：此與《前出塞》作法一變。《前出塞》首首俱作危苦語，而末以叙功正□結之。此則前數首俱作豪興語，而末以危苦作結。此知謀篇之道，不獨本題，並前題亦須照顧。

去矣行

王鐸評：磊落不群。

方拱乾評:此老□□如見其落筆時。○好氣岸,却不妄不誕。

汪琬丙本評:比而賦,誦此輒生慷慨。

李念慈紅眉:雖復短篇,而激蕩擺脱,公不羈心胸,直筆寫出。

奚禄詒甲本眉:王侯之間,必靦顏之人始可得久也。

徐昂發評:昌黎七古,多此種筆意。

吴士模墨眉:句句俱挾山靈氣。

陳治墨眉:昌黎七古,多此種筆意。

秦應逵紅眉:句法磊落,從古樂府來。

吴廣霈墨眉:傲岸之氣,至老不衰。吾與公實同此風骨,讀此不覺痛哭。

奚禄詒乙本墨眉:言中有大不得意公卿者。○必靦顏之人,乃可在王侯之間。

君不見韝上鷹,一飽則飛掣。焉能作堂上燕,(**奚禄詒甲本旁**)此靦顏之輩。銜泥附炎熱。(**奚禄詒乙本墨旁**)此靦顏之流。野人曠蕩無靦顏,豈可久在王侯間。未試囊中餐玉法,(**汪琬甲本紅眉**)餐玉。明朝且入藍田山。(**奚禄詒甲本旁**)意中有大不得意於當時之公卿者。(**吴廣霈墨尾**)公尚有山可入,吾則遁將何之?(**倪象占藍眉**)與"二年客東都"首同意。

奉同郭給事湯東靈湫作

方拱乾評:此首帶骨董氣,見公無所不可。典重。通篇以瀾勝。總極摹光怪耳。○古。○紛詭奇異却無鬼氣。

奚禄詒甲本眉:隱諷其越禮荒遊。

奚禄詒乙本紅眉:當時往温泉,貴妃必在。然篇中止云君來,未占貴妃，解何必蛇足？

奚禄詒乙本紅眉：杜公不過隱諷越禮荒遊，何嘗敢及宫幃？

盧見曾紅旁：盧元昌曰：《靈湫》一篇，其曲突之諷與？朱鶴齡曰：此詩直陳温湯事而風刺自見，其憂亂之意，情見乎詞，當與《慈恩寺》"迴首叫虞舜"數語及《奉先咏懷》"凌晨過驪山"一段參看。潘鴻曰：太白詩"蟾蜍蝕圓影，大明夜已殘"一段，亦此詩之意。

吴農祥評：不爲佳作。

王士禛評：不爲佳作。

俞瑒乙本評：意象恍惚縹緲，極寫靈湫之勝，而中寓諷刺，其曲突之意歟？

方貞觀墨眉：《靈湫》與《慈恩》《浮圖》諸作，論者鑽皮出羽，百端解説，謂是子美有關係之作，不可忽略，余則捨而弗録。其遣詞非不典茂，用意非不深遠，關係非不重大，而諷誦之下，不能移人性情，動人哀樂，良由敷陳多於比興，詠歎少於鋪排，所謂疥駱駝伏而無嫵媚者也。○余謂此論自知蹈蜉蝣撼樹之譏，然性情所在，終不能自强好惡。

魯一同評：詩有用兜裹者，有不用兜裹者。此篇自"坡陀"以下，多爲恍惚荒幻之詞，以難於顯言也。收處只好在唱和上生情，悠然竟住，滄浪所謂"登山臨水送將歸"，正復使人意遠。

秦應逵墨眉：不爲佳句。（輯者注：旁邊用朱筆將"句"改作"作"）

吴廣霈墨眉：此未爲極作，而明人賞之，目爲杜集中奇作，蒙竊未敢隨聲附和也。

吴廣霈墨旁：時禄山逆迹正蒙，信尚未至爾。

沈巖眉：明皇帝與妃子行幸湯泉，駐蹕靈湫，褻舉祀禮，詩乃記其事以起諷。

黎維樅墨旁：驪山温湯之東，以龍所居，故曰靈湫。

東山氣濛鴻，（沈巖旁）湯泉。宫殿居上頭。（錢陸燦甲本旁）每起句突兀。（奚禄詒甲本眉）起便諷。（陳治紅眉）湯泉。（魯一同評）恍惚妖麗，出色寫照之作。君來必十月，（方拱乾評）玄宗。（嚴復墨眉）此"君"字是指天子，非如常法之稱郭給事。（奚禄詒乙本紅旁）非時。樹羽臨九州。（錢陸燦甲本眉批）"樹羽"未譯。（錢陸燦簽條夾批）按"樹羽"二字見《周頌·有瞽》篇。（奚禄詒甲本眉）此段湯泉。（奚禄詒乙本紅旁）扈從之多。陰火煮玉泉，（張䧗敬墨旁）玄理從眼前悟出。噴薄漲巖幽。有時浴赤日，光抱空中樓。（方拱乾評）湯泉。（魯一同評）警語。（奚禄詒乙本墨眉）以上序温湯，以下序靈湫。（黎維樅紅眉）《寰宇記》：驪山在臨潼縣東南二里，温湯在山下。閬風入轍迹，（汪琬甲本紅眉）閬風。（陳治紅旁）轉入湯東靈湫。廣原延冥搜。（陳治紅眉）明皇與妃子行幸湯泉，駐驆靈湫，褻舉祀禮，詩乃記其事以起諷。（嚴復墨眉）"閬風"以下皆言車駕之臨幸。（奚禄詒乙本紅旁）比穆天子。（張䧗敬墨旁）看其煉字之妙。（沈巖旁）轉入湯東靈湫。沸天萬乘動，觀水百丈湫。（奚禄詒甲本眉）此段龍湫。（奚禄詒乙本紅旁）所以有金蝦蟆。（奚禄詒乙本紅眉）此龍湫之由來。（秦應逵紫旁）湯東靈湫。幽靈斯可佳，（李以峙墨眉）（斯可怪）按作"新"，形近而誤。（怪）按"佳"字非。王命官屬休。（秦應逵紫旁）插郭給事。（嚴復墨眉）老杜能以楚騷漢賦入詩，是其獨絶之處，不若他賢之偶學陶謝。（張䧗敬墨旁）寫巡幸便用《穆天子傳》，可見其淹博確切。（沈巖旁）插入郭給事。初聞龍用壯，（陳治紅旁）插入郭給事。擘石摧林丘。中夜窟宅改，移因風雨秋。（秦應逵紫眉）多著恍惚怪變之詞，所以寄刺，是騷人筆法。（黎維樅紅眉）追叙原委，乃龍湫正文。"倒懸"四句言水之深潔，極寫"靈"字。倒懸瑶池影，（奚禄詒甲本眉）西王母之邦，北至曠原之野，飛鳥之所解羽。屈注蒼江流。味如甘露漿，揮弄滑且柔。（奚禄詒甲本旁）不必此二句。（張䧗敬墨旁）再用重寫而不覺其複，妙在倒插"初聞"二字也。（黎維樅墨眉批仇注"湯泉水在漢陰")據此與下段注禄山事蹟,則湫中之物信爲禄山之應矣。明皇毫不知儆,漫逞嬉遊,可歎也。"蝦蟆"一段雖是幻寫,却是實事。(嚴復墨眉)效騷。翠旗澹偃蹇,(方拱乾評)奴隸長吉。雲車紛少留。(魯一同評)一往奢麗。簫鼓蕩四溟,異香泱漭浮。(奚禄詒甲本旁)致祭也。(奚禄詒乙本紅眉)祀禮。鮫人獻微綃,(奚禄詒甲本眉)"微綃"一段謂百祥來奔也。(李以峙墨眉)(微綃)按"徵",形似而誤。(黎維樅紅旁)以爲弊。曾祝沉豪牛。(方拱乾評)瀾。(錢載評)故作迷離。(黎維樅紅旁)以爲牲。百祥奔盛明,(奚禄詒乙本紅旁)逗下段。(張雝敬墨旁)字法。古先莫能儔。(吴士模墨眉)"百祥"二句仍作頌禱語,遂使下諷語不顯。(魯一同評)挑出末段。(沈巖眉批下)"百祥"二句,則當時獻諛之徒爲是語。下文"出見",蓋"有由"則公與給事所見也。坡陀金蝦蟆,(方拱乾評)《杜詩通》解得極可笑。(吴廣霈墨眉)仇注亦以"蝦蟆"指禄山,未免爲明哲所嗤,此可意會,不得泥也。(沈巖眉)"坡陀"以下或賦當日靈湫所見,或因靈湫而感事寓言,亦頗似之。○"金蝦蟆"注,《隋書·蕭吉傳》:房陵王爲太子,言東宫多鬼魅,鼠妖數見。上令吉詣,禳邪氣於宣慈殿。設神座,有回風從艮地鬼門來,擾太子座。吉以桃湯葦火驅逐之,風出宫門而止。又謝土於未地,設壇於四門,置五帝座。於時至寒,有蝦蟆從西南來,入人門,升赤帝座,還從人門而出,行數步,忽不見,上大異之。上言太子當不安位。出見蓋有由。(方拱乾評)奇錯可喜,何必有所指?即不作此諷亦可。(錢陸燦丁本評)"坡陀"六句,借靈湫之所見,以影當時之事。(嚴虞惇紅眉)箋曰:此喻禄山事也。(陳治紅眉)此賦當日所見,或謂因靈湫而感時事寓言,亦得。(陳治墨眉)或謂金蝦蟆指禄山也。按《瀟湘録》:唐高宗患頭風,宫人掘地置藥爐,忽有蝦蟆躍出,色如黄金,背有朱書"武"字,帝頗驚,遽命放苑池,是當年實事。(魯一同評)涉筆恣態横生。(黎維樅墨眉)難顯言者,以隱語出之,詩人諷喻之體也。至尊顧之笑,王母不遺收。(方貞觀墨眉)"不肯收",箋者百種,解説終不瞭然。(吴錫

麒紅眉)隱指禄山。至尊、王母,蓋不忍斥言其容奸隱惡,而以可解不可解之詞行之。(**吴士模墨眉**)楊妃、禄山事,公詩從未顯言,惟此首以喻及之,不若玉溪生肆口譏嘲、大傷雅道也。(**嚴復墨眉**)極恢詭譎怪之致。**復歸虚無底,化作長黄虯。**(**奚禄詒甲本眉**)靈湫所見者,然却説得奇異。(**奚禄詒乙本紅眉**)蝦化虯,承"百祥"二句。(**奚禄詒乙本墨眉**)此段是文字波瀾處。(**黎維樅紅旁**)此正與上"龍湫"相應。(**黎維樅墨眉批仇注"或作詹諸"**)《瀟湘録》:唐高宗患頭風,宫人穿池置藥爐,忽有蝦蟆躍出,色如黄金,背有朱書"武"字,宫人奏之,帝頗驚異,命放之苑池。按:詩當是用此事。《淮南子》:月照天下,食於詹諸。夫月爲陰精,后妃之象,禄山約楊妃爲母子,通宵禁掖,濁亂宫闈,豈非如蝦蟆之蝕月乎?**飄飄青瑣郎,**(**方拱乾評**)結出題。(**汪琬甲本紅眉**)夕郎。(**奚禄詒甲本旁**)郭給事。**文彩珊瑚鉤。**(**丁耀亢紅眉**)幻。(**嚴虞惇紅旁**)郭給事。(**魯一同評**)結悠揚有遠致。**浩歌渌水曲,清絶聽者愁。**(**方拱乾評**)只四句還題。(**奚禄詒甲本眉**)末句諷諫,不是閒言。(**奚禄詒甲本旁**)賦也。○《緑[渌]水曲》出漢武帝《秋風詞》。(**奚禄詒乙本紅眉**)説出本意。○看結句纔知其諷。(**奚禄詒乙本墨眉**)末段了奉同郭給事。(**張雝敬墨旁**)通篇以揚詡語寫痛哭心事,只末句借給事點出。(**沈廣尾**)此詩説者,以爲指禄山事,余尚未喻。(**吴士模墨眉**)下"愁"字亦隱然不覺。(**陳治墨眉批箋注**)曾,猶重也。豪,猶髭也。(**黎維樅墨旁**)微旨畢露。(**黎維樅墨眉批仇注"以珊瑚鉤"**)吴注《纂典記》:相如見枚叔文,稱曰:如珊瑚之鉤,璠璵之器,非世間尋常可見。(**黎維樅墨旁**)宋張表臣有《珊瑚鉤詩話》,即取此意。(**佚名己紅眉**)此出給事。

【彙評】

陳治紅眉批箋注:《隋書·蕭吉傳》:房陵王爲太子,言東宫多鬼魅,鼠妖數見,上令吉詣東宫禳邪氣。於宣慈設神位,有回風從艮地鬼門來,撲太子。吉以桃湯葦火驅逐之,風出宫門而止。又謝土於未地,設壇於四門,置五帝座。於時至寒,有蝦蟆從西南來,入人門,升赤帝座,還從人門而出,行數步,忽不見,上大異之。上言太子當不安位。

自京赴奉先縣詠懷五百字天寶十四載十一月初作

方拱乾評:忽大忽細,忽縱忽斂,隨筆成局,不可端倪,實可條理,千古一人而已。○古。志、記、論、疏,俱入其杼。

汪琬乙本評:太史公云:《國風》好色而不淫,《小雅》怨誹而不亂,《離騷》兼之。公《詠懷》可以匹美。○又云:三大段,篇首至"放歌"言其志,"歲暮"至"惆悵"道上所經,"北轅"以下則抵家後事。○首段每四句語意一轉,層層跌出"自許稷與契"本懷,一氣貫注。

李念慈紅眉:沉鬱結濇中,忠愛悲憫,感時憂世,莫不備極懇誠,稷契自許,非漫語也。

吴農祥評:五百字作三段看去,奇妙。○自"杜陵"至"放歌愁絶",一字一轉,一句一意,古人無此力也。自"歲暮"至"川廣不可越",單序驪山荒淫,君臣相效,有朝不及夕之勢。自"老妻"至終,則始念及家計,叙去凄咽,而又以失業遠戍相比,則尚爲安全矣。後學當日置口眼間,非韓退之、白樂天所能窺其藩籬。○此與《北征》皆公指名之作,然《北征》作於亂離之後,《詠懷》作於亂離之前,各一機杼。

屈復評:少陵長篇,有唐一代一人而已。每段有提筆、有轉筆、有停筆,此所以長而不覺其長也。浩浩落落,一氣神行,意却從容閑雅,全不忙迫,殆所謂天授非人力也。以自比稷契之人,而幼子餓死;以長憂黎元之人,而室家饑寒。中段傷國,末段傷家,皆與起一段相反,"憂端齊終南",又結到黎元,篇法緊嚴。一段自身之出處,二段途中所見憂國,三段憂家又轉到憂國,因許身稷契而拙於謀家，所以今日赴奉先，赴奉先所以詠懷也。“生常”四句，少陵自慰也。言“我生免租税”，名免征伐，猶然撫迹酸辛，若平人騷屑，又當何如乎？爲下“默思”二句發也。①

奚禄詒甲本眉：天寶十四載十一月九日，禄山反。是年十月壬辰，玄宗幸奉先，公此時正往，玄宗在彼。○自述懷抱以稷契自比，欲堯舜其君民也，而老拙取笑皆因乎此，不忍永訣而又恥事干謁，正是稷契之志。追行幸一段與堯舜相反。聚斂一段正黎民之可憂，然君非不可爲堯舜，而盈廷之臣皆衛霍而非稷契也，此其臣皆求穴之輩耳。自官渡到家，幼子餓死，貧人倉卒，是非老大轉拙乎？結推失業遠戍之民以終，歎息黎元□堯舜君民之意也。以之追蹤《雅》《頌》，豈有愧乎？○自“過驪”至“難再述”，其中止言歡娱，聚斂致怨之由，一字不露禄山，公或因亂□未甚，姑隱之耳。是時，玄宗聞警尚不信也。

奚禄詒甲本眉：本是省妻子而作，通篇只一二語如此，獨抒憂時憫俗、忠君愛國之懷，老杜所以不可及也。

奚禄詒甲本旁：太白所難。○亦不減《北征》詩。

奚禄詒乙本墨眉：通篇以稷契堯舜爲綱，以意拙憂黎元爲目，處處應此。

奚禄詒乙本紅眉：此公拜胄曹後，妻子在奉先，往省。○兹行本爲省家而還，通篇只一二語及之，獨抒憂時憫俗、忠君愛國之懷，千載猶恨。

盧見曾紅旁：此與《北征》爲集中鉅篇，攄鬱結，寫胸臆，蒼蒼莽莽，一氣流轉。其大段有千里一曲之勢，而筆筆頓挫，一曲中又有

---

① 校注：“所以今日赴奉先，赴奉先所以詠懷也”一句，杭本作“因拙於謀家，所以今日赴奉先，因赴奉先所以詠懷也”；“自慰”，杭本作“自歷”；“默思”，杭本作“墨思”，誤。

無數波折也。甫以布衣之士，乃心帝室，而是時明皇失政，大亂已成，方且君臣荒宴，若罔聞知。甫從局外，蒿目時艱，欲言不可，蓋有日矣，而一於此詩發之。前述平日之曲衷，後寫當前之酸楚。至於中幅，以所經爲綱，所見爲目，言言深切，字字沉痛。板蕩之後，未有能及此者。此甫之所以度越千古而上繼《三百篇》者乎？往題其集，云："謡歌寫忠悃，灝氣渾鬱積。李韓望後塵，鮑謝讓前席。"匪虚言也。竊比稷契，或疑其自許太過。蘇軾有云："甫他詩曰：'舜舉十六相，身尊道更高。孝公用商鞅，法令如牛毛。'自是稷契輩人口中語。"斯言得之。胡夏客曰：詩凡五百字，而篇中叙發京師、過驪山、就涇渭、抵奉先，不過數十字耳，餘皆議論，感慨成文，此最得變雅之法而成章者也。此詩全篇議論，雜以叙事。《北征》則全篇叙事，雜以議論。蓋曰"詠懷"，自應以議論爲主；曰"北征"，自應以叙事爲主也。張溍曰：文之至者，止見精神，不見語言，此五百字真懇切到、淋漓沉痛，俱是精神，何處見有語言？錢謙益曰：吕汲公《詩譜》云：是年十一月初，自京赴奉先有《詠懷》詩，是月有禄山之亂。按，禄山起兵在十一月九日，反書至長安，玄宗猶未信，故此詩云歡娱聚斂，致亂在旦夕，而不言禄山反狀也。

方貞觀墨眉：此子美集中大文章，讀者須用大魄力，放大眼孔，讀至數十次，始能尋其血脈，領其聲容。通首當分作三段看：自起至"放歌頗愁絶"爲一段，自"歲暮百草零"至"惆悵難再述"爲一段，自"北轅就涇渭"至末爲一段。首段叙賫志去國之情，中段慨君臣耽樂之失，末段述到家哀苦之感。入手"許身稷契"二句，是一篇綱領，如樂之金聲。結句用"憂端齊終南"二語，總收上文，如樂之玉振。其稷契之懷，憂端之切，無非國計民生，故始而出京，則有"窮年憂黎元""葵藿傾太陽"等語。中慨耽樂，則有"本自寒女出""實欲邦國活"等語。末段既已到家，不痛其子，而默思失業之徒，遠戍之卒，胞與心性，時時陳露，此公作詩大主腦也。

方貞觀墨旁：通篇用意極鏤刻，用筆極頓挫，而讀去但覺灝氣流行，不嫌細碎。

題商盤紅旁：時公妻子在奉先。

朱方藹紅眉：太史公云：《國風》好色而不淫，《小雅》怨誹而不亂，《離騷》兼之。公詠懷足以匹美。分三段：篇首至“放歌”，言其志也；“歲暮”至“惆悵”，道上所經；“北轅”以下，則抵家後事。首段每四句語意一轉，層層跌出自許稷契本懷，一氣奔注。

吴士模墨眉：太史公曰：《國風》好色而不淫，《小雅》怨誹而不亂，《離騷》兼之。公《詠懷》可以近美。

題張問陶墨眉：首叙抱負，次叙道途所歷，末述到家情事，自際困窮，憂在天下，自是希稷契人語。〇“憂黎元”至“放歌愁絶”，反反覆覆，正古人不可及處。

徐松紅眉：胡夏客曰：全篇議論，雜以叙事。《北征》則全篇叙事，雜以議論。蓋曰“詠懷”自當以議論爲主，曰“北征”自應以叙事爲主也。

陳治紅眉：質、物、月、曷、黠、屑，六韻通用。〇紆回頓挫，極温柔敦厚之味，所以異於鄙儒之大言也。此篇當與《北征》篇參看，一在亂前，一在亂後，家國之際，寓意良深。

張裕釗眉：此等實足上嗣《風》《雅》。

秦應逵墨眉：紆回頓挫，極温柔敦厚之致。

秦應逵紫眉：少陵專篇，每段有提筆、有轉筆、有頓筆，所以專而不覺其長也。一氣神行，全不忙迫，所謂天授非人力也。

吴廣霈墨眉：《詠懷》《北征》皆杜集中洋洋大篇，包羅萬象，氣壓千春，非退之《南山》可仿佛也。

沈伯沆紅眉：《五百字》無一字不真懇，方是至文。〇少陵在布衣中，慨然有致君堯舜之思，而世無知者，雖同學翁亦笑致“浩歌彌激烈”“沉飲聊自遣”也。此與孔明抱膝長嘯無異，讀其詩可想其胸臆矣。其云:“彤庭所分帛,本自寒女出。鞭撻其夫家,聚斂貢城闕。聖人筐篚恩,實欲邦國活。臣如忽至理,君豈棄此物。多士盈朝廷,仁者宜戰慄。”又云:“朱門酒肉臭,路有凍死骨。榮枯咫尺異,惆悵難再述。”方幼子飢死之詩,尚以“常免租税”“不隸征伐”爲幸,而“思失業徒”“念遠戍卒”,至於“憂端齊終南”,此豈嘲風詠月者哉?深於經術,蓋與王吉、貢禹爲倫矣。

沈巖眉:此篇及《北征》因長篇□□段落。○紆回頓挫,極温柔敦厚之味,所以異於鄙儒之大言也。

黎維樅紅眉:李安溪云:此篇金聲玉振,可爲壓卷。

杜陵有布衣,老大意轉拙。(**錢陸燦甲本眉、乙本墨眉**)方曰:此一段公自述其平生之志也。(**題商盤紅旁**)冒。(**陳治紅旁**)詠懷起。(**魯一同評**)先詠懷,再入奉先。(**奚禄詒甲本旁**)眼目。(**奚禄詒乙本墨旁**)眼。(**沈巖旁**)詠懷起。(**黎維樅紅眉**)首從詠懷叙起,每四句一轉,層層跌出自許稷契本懷,寫仕既不成,隱又不遂,百轉千回,仍復一氣流轉,極反復排蕩之致。(**佚名己紅眉**)先詠懷百二十字,然後入題。許身一何愚,(**傅山紅旁**)空愚。(**李以峙墨眉**)(一何愚)按“過”不如“愚”。竊比稷與契。(**申頲紅眉**)自比稷契,不知果然做得否?即救房琯事推之,定非妄言。(**吴錫麒紅眉**)自負。(**奚禄詒甲本旁**)眼目。(**奚禄詒乙本墨旁**)眼。(**張雝敬墨旁**)以謙爲詡,以詡爲謙,妙極。人問子美可能作稷契否?曰“能”。觀其詩句都從憂國憂民隱念中流出,此即稷契心事也。居然成濩落,(**傅山紅眉**)瓠。(**傅山紅旁**)共此自訐。白首甘契闊。(**嚴虞惇紅眉**)此一段公自述其平生之志也。(**奚禄詒甲本旁**)應“老拙”。(**吴騫墨眉**)懷抱屈曲寫出,不覺其反覆重疊也。(**李以峙墨眉**)(甘契闊)按“苦”字亦説得去。(**沈巖旁**)未遇堯舜故。蓋棺事則已,(**方貞觀紅旁**)轉。(**奚禄詒乙本墨旁**)叶闕。此志常覬豁。(**徐渭墨眉**)此老常用“豁”字,多俗。(**方貞觀墨眉下)首段用筆極盡頓挫之致。(奚禄詒乙本墨旁)叶血。窮年憂黎元,(奚禄詒乙本墨旁)眼。(沈巖眉)"窮年憂黎元"至"放歌頗愁絶",反覆淋漓,人不可及處。歎息腸内熱。(孫承澤墨眉)愛君憂民,字字本於至性,此豈三代以後人物?(汪琬丙本評)首段每四句語意一轉,層層跌出自許稷契本懷。(題商盤紅旁)細叙。(奚禄詒甲本旁)應"稷契"。(奚禄詒乙本紅眉)字字轉折,却又捷。(吴錫麒紅眉)提作意爲一篇之骨。(魏源評)"憂黎元"是眼目,又云本欲致君堯舜,顧見先居廊廟者如此,故恥干謁而忍没塵埃也。然欲終隱不能,聊歌自遣,纏綿悱惻,風騷正派。取笑同學翁,(傅山紅旁)空可笑。浩歌彌激烈。(奚禄詒乙本墨旁)應"意拙"。非無江海志,(方貞觀紅旁)開。(沈巖旁)對下巢由不憂。蕭灑送日月。(魯一同評)跌宕痛快,以下數行,一句一轉,每兩句爲關合,筆力不可當。(嚴復墨眉)此下一韻一轉,往復纏綿,沉鬱頓挫,自有詩人以來,君臣之際未有及此者,其讀之令人氣厚。(吴廣霈墨眉)忠貞出於肺腑。(李以峙墨眉)(送日月)按作"迭"明是形似而訛。(佚名己紅眉)詩用屑、曷、月、點、物、質六韻。生逢堯舜君,(方貞觀紅旁)合。(李以峙墨眉)(堯舜)按"不忍便永訣"。(沈巖旁)對"稷契"句。不忍便永訣。(申頲紅眉)不忍永訣,即宣尼周流列國之意。"憂黎元"者,千古同轍。杜甫多愁,宋人反譏其不聞道,何耶?當今廊廟具,(方貞觀紅旁)又開。構厦豈云缺。葵藿傾太陽,(沈巖旁)二句將稷契、堯舜一綰。物性固莫奪。(錢陸燦丁本評)以己之不遇,轉到當時仕宦,委蛇温厚,層層轉折。(奚禄詒甲本旁)意拙。(奚禄詒乙本墨旁)意拙。顧惟螻蟻輩,(沈巖眉)"蟻螻輩"即"同學翁"之"事干謁"者,下之"盈朝多士""衛霍""食客"皆此曹也。鯨魚於海,公之志則然,曰"胡爲"者,反言之,亦若自嘲其拙也。(方貞觀紅旁)又宕。(黎維樅紅旁)指瑣瑣事干謁者。但自求其穴。(翁方綱評)"螻蟻"輩别有喻也,"以兹"句是轉,非承。(徐昂發評)喻大小之有分也。(魯一同評)此公自謙之詞,非誚人也。胡爲慕大鯨,(奚禄詒甲本旁)應"老拙"。

輒擬偃溟渤？（傅山紅眉）多則厭矣。以兹悟生理，（奚禄詒乙本墨旁）應“意拙”。獨恥事干謁。（申頲紅眉）“恥事干謁”，方是本領，乃知“扣門”“隨塵”是苦人之言，詠懷方説出真話耳。兀兀遂至今，（方拱乾評）一句一轉，如千峰，如萬疊波。忍爲塵埃没。（沈巖旁）承“老大”“白首”。（黎維樅紅旁）“甘”也。終愧巢與由，未能易其節。（魯一同評）以上數轉，山窮水盡，至此又轉一意，直是力破餘地。（黎維樅紅旁）言不能起而隱去。（黎維樅紅眉）因不求穴，故不干謁，遂甘爲塵埃所没也。沉飲聊自遣，放歌頗愁絶。（沈巖眉）“放歌”所以爲歡，而翻云“愁絶”者，爲有“失業徒”“遠戍卒”，隱憂方大，難以自遣也。鮑詩“長歌欲自慰，彌起長恨端”，公促作一句。（方拱乾評）先詠懷一百六十字纔入題。（陳治紅眉）以下專述驪山湯泉事，禍亂之機已動，公之先見如此。（嚴復墨眉）以下述自京赴奉先情事。（奚禄詒乙本紅眉）“放歌”與“浩歌”句，句法犯。（奚禄詒乙本紅眉）此段以上序懷，應“意轉拙”。（沈巖眉批下）言吾誠笑螻蟻之卑，亦可少愧巢由之高矣，然終未能以吾之性易彼之節，所以進退躑躅，愧飲自遣也。

歲暮百草零，（黎維樅紅旁）接陡健。疾風高岡裂。（吕留良紅旁）古句。（題商盤紅旁）轉。（奚禄詒甲本旁）入“自京往”。（魯一同評）直入。（黎維樅紅旁）時在十一月初，寫出嚴寒之狀。天衢陰崢嶸，（方拱乾評）崢嶸屬陰，奇極。客子中夜發。（錢陸燦甲本眉、乙本墨眉）此一段公初出京，過驪山而興感也。（錢陸燦丁本評）此自京赴奉先途中所見興感。○時玄宗方幸驪山。（嚴虞惇紅眉）此一段公初出京，過驪山而興感也。霜嚴衣帶斷，（沈巖旁）對“形庭分帛”。指直不得結。（申頲紅眉）録別詩中佳語。凌晨過驪山，御榻在嵽嵲。（題商盤紅旁）山高貌。（奚禄詒甲本旁）此序玄宗在奉先□賞賜予之盛。（奚禄詒乙本紅眉）此段序玄宗在奉先歡娱賞賜之盛，而忠愛之心不禁於口。（黎維樅紅眉）以下叙道途所聞見，而致慨於國奢民困，此正憂端最切處。（黎維樅墨眉）儀衛之威，賜予之濫，内戚之奢，從行路所經傳出，胸中鬱結，言外隱憂。**蚩尤塞寒空，**（**奚禄詒甲本旁**）《韓非子》：黄帝會鬼神於太山，駕象車，六蛟龍，蚩尤居前。（**沈巖眉**）蚩尤竟天，對後遠戍，民之失業，尤本病也。故語有詳略。（**沈巖旁**）天戒。（**黎維樅紅旁**）四句言衛士之苦。**蹴踏崖谷滑。**（**方拱乾評**）長詩最忌散漫，此却何等警鷙！警鷙之故，由於胸中有主。（**宋犖紅眉**）蚩尤乘輿前導之旗。（**奚禄詒甲本旁**）此扈從之旌旗羽林也。（**題張問陶墨眉**）儀衛之盛，賜與之濫，内戚之奔從，行路所經，傳出胸中鬱結，言外隱憂。（**嚴復墨眉**）就驪山聞見發大議論於文字，成大波瀾。（**吴廣霈墨眉**）蚩尤旗赤，氣出如匹練，兵象也。（**吴廣霈墨眉下**）此過驪山興慨也。言兵象已見而君臣方遊宴荒嬉，惟曰不足也。**瑶池氣鬱律，**（**題商盤紅旁**）湯泉。**羽林相摩戛。**（**吴騫墨眉**）中間一段，正見此公本領。（**奚禄詒乙本紅眉**）此扈從之旌旗羽林也。**君臣留懽娱，樂動殷膠葛。**（**題商盤紅旁**）讀作"隱"。（**魯一同評**）直刺。（**吴廣霈墨眉**）一作"橙葛"。劍按，二字當從山旁，嵺嵑。**賜浴皆長纓，與宴非短褐。**（**錢陸燦甲本眉批**）玄宗方幸温泉。（**李以峙墨眉**）（短褐）按"短"對"長"，正不必從"裋"。（**黎維樅紅旁**）諷其不揚側陋。（**黎維樅紅眉批仇注"羽林軍"**）唐兵制，高宗置左右羽林軍，朝會以衛階陛，行幸則夾馳道。**彤庭所分帛，**（**沈巖眉**）"分帛"而不分憂，則如棄之也。**本自寒女出。**（**方拱乾評**）大經濟道理却於此出之。（**傅山紅眉**）此爲大手筆。（**魯一同評**）即事生感，忠臣心事，大儒文章。（**奚禄詒乙本紅眉**）恤至百姓，是宰相籌國之心，惜公王佐之才，而時不能用。（**張雝敬墨旁**）一衣一食，無非此念，偶見偶聞，亦無非此念。**鞭撻其夫家，**（**沈巖眉**）《秦中吟》之祖。（**奚禄詒乙本墨旁**）應"黎元"。（**沈巖旁**）民怨。**聚斂貢城闕。**（**申頲紅眉**）此等語富貴家日日讀之，自然不敢暴殄。（**朱方藹紅眉**）真可痛哭。凡爲臣者宜書一則置座右，大論可銘鐘鼎。就所見以推所聞。（**奚禄詒乙本紅旁**）責人臣。（**張雝敬墨眉**）直見聖人制貢之心。**聖人筐篚恩，實欲邦國活。**（**錢陸燦丁本評)論濫賞之失,長於諷諭,惻惻動人。叙及諸楊之驕侈暴殄,讀至"朱門"二語,痛切入骨。議論與叙事兼行,法本《史記》。(汪琬乙本評)大議論可銘鐘鼎。(方貞觀墨眉)"聖人"四句言天子不惜筐篚,以恩賜群臣,實欲臣下輔弼匡贊,以活邦國耳。臣如忽此輔相之理,則前此君恩,豈棄此物耶?但責臣下而不言君之濫予,蓋不敢指斥君上,此立言之體,而規諷之意自見也。(吴錫麒紅眉)飽經於目,痛寫於手,時事至此,那得不亂?(陳治墨眉)大論可銘鼎鐘。**臣如忽至理,君豈棄此物。**(魯一同評)此句斡轉,妙。(奚禄詒乙本紅旁)反應"稷契"。(黎維樅紅眉)此責臣以諷君。**多士盈朝廷,仁者宜戰慄。**(方拱乾評)此公慨世經濟語,却是瀾,不是主意,主意在前段。(沈巖旁)回顧"當今廊廟具"二句。**况聞内金盤,**(題商盤紅旁)轉。(黎維樅紅旁)謂尚方器用。**盡在衛霍室。**(魯一同評)此乃專刺諸楊。(吴廣霈墨眉)"况聞"一轉,意尤深而慨彌切。(奚禄詒乙本紅眉)此段序貴妃與三國夫人及楊釗。**中堂舞神仙,煙霧蒙玉質。**(汪琬乙本評)就所見以推所聞。(申頲紅眉)極力形容,驕奢暴殄,隱憂言外。(魯一同評)先箴官家,次議私室,衹申上"君臣留歡娱"五字。(嚴復墨眉)極力寫富貴者之豪華,以與後幅之窮困相形,此不但文字神秘,而當日朝廷之荒淫與己之不遇,讀者皆可言外得之。此詩之所以有"興觀群怨"也。(奚禄詒乙本紅旁)三國夫人也。(沈巖眉)此又言好武功而寵邊將,舉其奢淫,驕恣可知也。**煖客貂鼠裘,**(吴廣霈墨眉下)"客"一作"蒙",非是。此與"勸客"句同一章法也。(奚禄詒乙本紅旁)非稷契。(李以峙墨眉)(煖客)按,與"勸客"對,作"煖蒙"便非。(黎維樅紅旁)樂府法,亦用隔句對。**悲管逐清瑟。**(張雝敬墨旁)此扇面對句法。**勸客駝蹄羹,**(沈巖旁)又對後"十口""飢渴"。**霜橙壓香橘。**(奚禄詒甲本旁)此段入四質。(奚禄詒乙本墨旁)此北率皆求穴之人。(沈巖眉)二"客"字乃所謂無恥而事干謁者也。**朱門酒肉臭,路有凍死骨。**(奚禄詒甲本旁)應"憂黎元"。(奚禄詒乙本墨旁)應"黎元"。(沈巖眉批下)"凍死骨"應

“嚴霜”等句。(**黎維樅紅旁**)拍到路上,關筍無痕。**榮枯咫尺異,**(**方拱乾評**)約。以結却生。**惆悵難再述。**(**方拱乾評**)驪山上下,咫尺榮枯,即伏“默思”“因念”之根。(**汪琬乙本評**)“榮枯”二句,既以養局,使前段語意含蓄,悠然不盡,又上下劃界,中分轉處自見筋節,此長篇斷犀手。(**汪琬丙本評**)“榮枯”二句,既以養局,使前段語意含蓄不盡,又上下劃界,中分轉處自見筋節,此長篇斷犀手也。(**題商盤紅旁**)鎖。(**奚禄詒甲本旁**)此二句結住往事。(**陳治墨眉**)“榮枯”二句,既以養局,使前段語意含蓄,悠然不盡,又上下劃界,中分轉處自見筋節,此長篇斷犀手。(**魯一同評**)虚頓以生下。

北轅就涇渭,(**方拱乾評**)與作長文同一法,法者何?曰“緒”。(**題商盤紅旁**)轉。(**黎維樅墨旁**)至此一路至奉先。(**佚名己紅眉**)此處一頓又起。**官渡又改轍。**(**錢陸燦甲本眉、乙本墨眉**)此一段則奉先道中抵家之情狀也,又捨陸而水。(**錢陸燦丁本評**)此自奉先道中抵家情狀,又捨陸而水。此詠傷妻子之懷。(**奚禄詒甲本旁**)又説自己遇官渡。(**魯一同評**)此篇如演劇,有白有唱,有開場有搏尾,作者無意爲之,而結構之妙,不可思議。(**黎維樅紅旁**)遥接前“凌晨”句。**群冰從西下,**(**吴廣霈墨眉**)“冰”一作“水”。(**李以峙墨眉**)(群水)按“水”“冰”皆可通,“水”字爲優。**極目高崪兀。**(**嚴虞惇紅眉**)此一段則奉先道中抵家之情狀也。**疑是崆峒來,**(**方拱乾評**)形容水奇。**恐觸天柱折。**(**奚禄詒乙本紅眉**)自言官渡行色。**河梁幸未拆,枝撐聲窸窣。**(**題商盤紅旁**)聲不安也。(**奚禄詒乙本紅旁**)比也。(**沈巖眉**)“風”“霜”“冰”三者皆比群小,起“盈朝”也。**行旅相攀援,川廣不可越。**(**方拱乾評**)前段以論勝,中段以瀾勝,後段以情勝。**老妻既異縣,**(**沈巖旁**)應“布衣”“濩落”。(**黎維樅紅旁**)即奉先。**十口隔風雪。**(**題張問陶墨眉**)千古情至語。(**黎維樅紅眉**)只此家常事,曲折如話,亦非人所能及。**誰能久不顧,庶往共飢渴。**(**黎維樅墨眉**)潘岳云“誰與同歲寒”,此云“庶往共飢渴”,千古情至語。(**徐昂發評**)

真寫處乃一句一折。（魯一同評）情至語。（張雝敬墨旁）忽又顧及家事，纔是真情，亦是至理。不然，則其所厚者薄，而其所薄者厚也。（沈巖旁）赴縣。（沈伯沆紅眉）常情即是至誼。**入門聞號咷，幼子飢已卒。**（奚禄詒甲本旁）應“老大計拙”。（奚禄詒乙本墨旁）應“意拙”。（奚禄詒乙本紅眉）慘。（黎維樅紅旁）復下“戍”“卒”韻。浦云：當作“殁”。**吾寧捨一哀，**（方拱乾評）捨，或作掩。（黎維樅紅旁）言豈能以達觀自解。**里巷亦嗚咽。所愧爲人父，**（方拱乾評）不曰“傷”，而曰“愧”，深於傷也。**無食致夭折。**（汪琬乙本評）真至，是《二南》分中語。貧至幼子飢死，生人之苦極矣。**豈知秋禾登，**（吴廣霈墨眉）“禾”一作“未”，似勝。（沈巖眉）當作“禾”。歲自豐稔，貧家倉卒，偏以餒死也。**貧窶有倉卒。**（黎維樅墨旁）即年豐啼饑意。（黎維樅紅眉）貧困如此，而猶惓惓於國計民生，非希縱稷契者，詎克有此？**生常免租税，**（題商盤紅旁）轉。（奚禄詒乙本紅旁）聊自解。（李以峙墨眉）（生常）按作“當”，非詩意。（陳治紅旁）對“出帛”。**名不隸征伐。**（方拱乾評）忽遠。（方貞觀墨眉）“生常”以下，言我乃免租免役之平人，其苦况如此，因思失業之人，常隸征伐，其苦况百倍於我，自不覺憂從中來，不可拾掇矣。如此結直接到“許身何愚”“自比稷契”也。（陳治紅旁）對“遠戍”。（魯一同評）以脱爲轉，此處極見匠心。（沈巖旁）對下“遠戍”。**撫迹猶酸辛，平人固騷屑。**（奚禄詒乙本紅眉）却又不能解。（張雝敬墨旁）又從自己身上推到斯民，蓋其視家國天下，只是一個道理，亦只是一副心腸。（張裕釗眉批）數語迴斡無迹。（黎維樅墨眉）憂國憂民，一齊皆到。（嚴復墨眉）稷契懷抱固如此。**默思失業徒，**（李以峙墨眉）（失業徒）按“塗”，音同而誤。（陳治紅旁）收“窮年憂黎元”。（沈巖旁）收歸“窮年憂黎元”。（黎維樅紅旁）即指前“出帛”者言。**因念遠戍卒。**（方拱乾評）二句方與詠。（嚴虞惇紅旁）兩“卒”字兩義，古人不拘重押。（奚禄詒甲本眉）此堯舜禹稷之憂，應“憂黎元”。（奚禄詒乙本紅眉）又思及流民戍卒。（魯一同評）“自謂”二句頓挫如散文，墊出“失業徒”二句。

(**秦應逵紫旁**)收歸"憂黎元"。**憂端齊終南,**(**題商盤紅旁**)挽。(**陳治紅旁**)結詠懷。(**沈巖旁**)詠懷結。**澒洞不可掇。**(**孫承澤墨眉**)唐子畏云:致□無地久憂天,讀此良然。(**申涵光甲本評**)末段蔓語可刪。(**申頲紅眉**)飢困極矣,猶念遠戍卒耶?有心世道者實是如此。(**吴錫麒紅眉**)結轉憂民之心,如神龍掉尾。(**奚禄詒甲本旁**)賦也。起伏變化□不可知矣。(**奚禄詒乙本墨旁**)此堯舜稷契之憂也。(**秦應逵紫旁**)詠懷結。(**沈巖眉**)士之窮若此,况下民與戍卒乎?此憂又有甚於一家十口者,故"不可掇"也。(**黎維樅墨眉**)結二句,五字平,五字仄,而音節自高,古詩創格。(**佚名己紅眉**)又一結法,以前有百六十字也。

【彙評】

方拱乾評:又一結法。中段以瀾勝,末段以情勝,却又不盡哀,一盡哀便尾重於詠懷,戾矣。○此篇重在首段。○此篇與《北征》乃詩中所未開之天地。此篇精神在前一段,而中段、後段稱。《北征》精神在中一段,而前段、後段稱。開口即管到底,非逐段做去。讀此始知學元白者,無峰無瀾之病。初學能體會《詠懷》《北征》二詩,五古之精藴備矣。人只知中段之佳,不知前後段。

汪琬丙本評:分三段。首至"放歌",言其志也;"歲暮"至"惆悵",言道上所經;"北轅"下,則抵家後事。首段每四句一轉,層層跌出自許稷契本懷。○末段言憂在天下,不止身家之計,此正比稷契處也。前後一綫。

奚禄詒甲本眉:此篇叶音最難,今之所無,老杜精於聲律如此。

奚禄詒乙本紅眉:不可以長篇之才掩公之經濟。

陳訏紅眉批仇注"居廊廟者,如螻蟻擬鯨,公深恥而不屑干。游江海者,若巢由隱身,公雖愧而不肯易"處:公自言抱稷契之志而老大濩落,尚亦憂歎黎元,爲同學笑。蓋非無江海遐心,而不忍絶君臣之義。故廊廟雖不乏人,而葵傾性成自不能已。然自揣螻蟻爲輩,豈敢妄慕大鯨,故生平干謁是恥,卒至兀兀終老,没於塵埃而已。既恥干謁,又念君民,自覺有愧巢由,惟沉飲放歌,自遣破愁。反言見意,正深於憂民愛君也。今注云:居廊廟者如螻蟻擬鯨。駡人何爲?又以"巢由"句謂江海與廊廟雙關,全非詩意。此後因經驪山觸緒興嗟,蓋皆愛君憂民之旨也。

陳許紅眉批仇注"猶幸河梁未拆耳。所以行李攀援而急渡也""寄迹他鄉,故秋禾雖登,而無救於貧"處:"北轅"一段,意言驪山如此豪奢,而他處則橋梁不治,所謂"入其國,觀其橋梁道路,國可知也",亦是憂亂之意。若云聞禄山亂,議斷河橋,則以下該有人情驚擾光景,不應止言行李攀援,尚亦從容也。至到家則知無食夭折,乃在秋末既登之時,所謂"樂歲終身苦",又與"朱門酒肉"及"賜予"相形而結,言身爲平人,尚酸辛騷屑如此況乎?有歡宴,則有失業之徒;有衛霍,則有遠戍之卒。其苦更當何如?其事勢必至於亂,豈能免於窮年憂歎乎?注意多不貫。

朱方藹紅眉:"榮枯"二句既以養局,使前段語意含蓄,悠然不盡。又上下界劃,中分轉處自見筋骨,此長篇斷犀手。真至,是《二南》分中語。貧至幼子飢卒,生人之苦極矣。而還家值秋禾偶登,則貧窶者亦有倉卒之時,因復自寬曰:生免租税,名脱征伐,今猶酸辛,若此是平人,固多騷屑也。彼失業遠戍者,更當何如?遂終之以憂深弗掇,纏綿悱惻,上逼《汝墳》矣。收尾二句又一反掉,使全篇有結束,有映照。詩中有萬物各得其所氣象,但語分正反耳。

題張問陶墨眉:結與"許稷契""憂黎元"意相應。詩凡五百字,而篇中叙發京師、過驪山、就涇渭、抵奉先,不過數十字耳,餘皆感慨成文,此最得變雅之法而成章者也。

魯一同評:長篇至此,真入化境,總由根本盛大,浩然直達,非可以法度求。要其用意用筆,亦可窺而見者。大段則以斷續助波瀾,每聯每句則以開合便轉换,轉折多,故不平,離合多,故不漫。間以景色,則情詞動人;潤以藻采,則聲光震耀。至其陶鑄之工,如金銀鉛貢,鎔爲一器,如長河九折,魚龍沙石,出没隱見,非才大力雄,無從望其涯涘也。○百句中句法欹側轉校,掩抑回斡,反覆縱控,有一筆相似否?而氣仍凝練,不見剽馳詞也。○庚申七月下旬,讀之百過,又記。

魯一同評批《心解》"本段提筆":此出提筆。

魯一同評批《心解》"乃本段感事之根":此一篇之根,不止本段。

魯一同評批《心解》後:……注稍曲通,翁評自謂二字亦未協。

吴廣霈墨眉:《詠懷》以議論帶叙事,《北征》以叙事帶議論,此體裁之各異也。

吴廣霈墨眉批集評上:長篇固見力量,尤微格律,層次必須井井,如大將行兵,八陣用衆,雖千騎萬馬,門户重疊,而其中要有不可亂者存,此非大家不能也。

張雝敬墨旁:看五言長篇,只須看其大段,不必求其句句皆工,且長篇亦斷無皆工之理。篇中圈點處亦是偶然拈出來耳,非謂好處止在此也。

沈巖眉:安溪先生云:自首句至"愁絶"句,皆自叙其志尚也。竊比稷契而不遇,而猶覬此志之伸。至於取笑而不顧者,蓋縱有江海之好而不忍忘君,雖非廊廟之材而不可奪志故也。仕路之徒如螻蟻之求穴,鑽營趨附,我則又所慕者大,恥事干謁,所以至於老而不遇,猶不能變其夙志,以徇巢、由之節,可謂窮矣。故向之浩歌激烈者,今又放歌而愁絶也。"歲暮"至"再述",叙其經行所見宴遊之事,所聞奢靡之風,以感切時政。《壯遊》詩所謂"舉隅見繁費,引古惜興亡"者,意此類也。"北轅"至末,叙己歷險赴家,而有飢餓之慘,因以念窮民而憂國事,蓋應第二節"路有凍死"之意。又終首節所謂"歎息腸内"者,於是不久而禄山之難作矣。○前叙抱負,以述道途所經;末述到家情事,身際困窮,心憂天下,自是希稷契人也;中間叙事夾議論以行。此種詩深得變雅之體。

沈巖尾:中間就温湯一事言之,可憂已有數端,況通計民生失業,五大在邊,其憂真有百端交集者,故曰"齊終南"也。

黎維樅墨尾：前人五古多以質厚清遠勝，少陵出而沉鬱頓挫，每多大篇，遂爲詩道中另闢一門徑，無一語蹈襲漢魏，正深得其神理。此及《北征》尤爲集内大文章，見老杜平生大本領，所謂巨刃摩天、乾坤雷硠者，惟此種足以當之。半山、後山尚未望見。〇李子德云：太史公謂"《國風》好色而不淫，《小雅》怨誹而不亂，《離騷》兼之"，公詠懷足以相敵。

蘇端薛復筵簡薛華醉歌

方拱乾評：起結不相顧是一法，雙起一法，竟呼名又一法。要筆在題之上。賊中作。〇七古鬆不得，又緊不得。太白於此體勝，公則兼其長而略其短。

錢陸燦甲本眉：方曰：天寶十四年十一月，安禄山反，此詩作於十五年正月元旦，故有"垂老惡聞戰伐悲"之句。李太白本蜀人，而生於山東之任城縣，後又居徂徠山，號"竹溪六逸"，則"山東李白"當時或有此稱，非誣也。楊用修改爲"東山"，亦未確。鐵曰：此詩至德二載作，非十五年，蓋十五年之次年也。

錢陸燦乙本墨眉：方曰：天寶十四年十一月，安禄山反，此詩作於十五年正月元旦，故有"垂老惡聞戰伐悲"之句。李太白本蜀人，而生於山東之任城縣，後又居徂徠山，號"竹溪六逸"，則"山東李白"當時或有此稱，非誣也。楊升庵改爲"東山李白"，亦未確。

錢陸燦乙本墨眉：此詩至德二載作，非十五年，蓋十五年之次年也。

錢陸燦乙本紅眉：山東，關肅也。因任城向爲今之山東，前方説亦未考。

錢陸燦丙本評：錢云：天寶十四年十一月，禄山反，此詩作於十五年之元旦，故有“垂老惡聞”之句。

汪琬乙本評：發端名語，末段亦自蒼然。

王士禛評：賞其生造。

屈復評：一段端復開筵；二段醉中憂時；三段坐客文章，贊座客應起句也；四段醉懷，此時潼關雖未陷，而禄山聲勢倡狂，朝廷人心離散，故少陵深憂之。

奚禄詒甲本眉：杜詩每逢用拙，亦往往好。

奚禄詒乙本墨眉：定是賊未起之先，錯收於此。若在賊中，必無此筵詩，亦不是如此做法。

盧見曾紅旁：計東曰：太白長句，其源出於鮑照，故此詩云然。公嘗以“俊逸鮑參軍”稱太白，正稱其長句也。

申頲墨眉：浩浩落落，行止自如。

朱方藹紅眉：發端名語，末段亦自蒼然。

陳治紅眉：唐初，七言歌行多用齊梁舊體，至公等乃專法鮑明遠《行路難》，極於遒壯，故詩中專以長句爲言也。

秦應逵墨眉：賞其生造。

吴廣霈墨眉：全篇精整，興到神來之筆。

沈巖眉：唐初，七言歌行多用齊梁舊體，至公等乃專法鮑明遠《行路難》，極於遒壯，故詩中專以長句爲言也。岑參有《與獨孤漸道別長句兼呈嚴八侍御》詩。

佚名己紅眉：起與結各不相顧，而又□起稱其姓名，此别是一法也。

文章有神交有道，（**吕留良紅眉**）只七字便足人情物理。端復得之名譽早。（**方拱乾評**）起妙。第能此起，不患辭窮。（**錢陸燦甲本旁**）先出端，復。（**嚴虞惇紅旁**）先出端，復。（**吴騫墨眉**）賞其生造。（**徐昂發評**）

倒裝起。(**吴錫麒紅眉**)起法簡括。(**王伯沆紅眉**)至理名言。(**張雖敬墨旁**)起便爽明。(**黎維樅紅眉**)領句突兀,至理名言。詩中往往直書人名。**愛客滿堂盡豪翰,**(**黎維樅紅旁**)承"交有道"。**開筵上日思芳草。**(**汪琬甲本紅眉**)上日。(**張雖敬墨旁**)"上日",上旬之日,繫之以干,則如上丁、上辛之類是也。箋引《尚書》孔安國注,正月上日爲朔日,非是。如月正元日,乃是朔日耳。(**奚禄詒甲本旁**)上日,正月朔一也。(**李以峙墨眉**)(上日)按"月",形似而訛。**安得健步移遠梅,亂插繁花向晴昊。**(**汪琬甲本墨眉**)空中結想。(**奚禄詒乙本紅旁**)禄至十一月纔反。**千里猶殘舊冰雪,百壺且試開懷抱。**(**嚴復墨眉**)"千里"二字未安,令人讀之若遠梅之移者,實則不過言餘寒而已。**垂老惡聞戰鼓悲,急觴爲緩憂心擣。**(**錢陸燦甲本眉批下**)觴之急,欲緩其憂也。用意深入。(**嚴虞惇紅旁**)觴之急,欲緩其憂也。(**徐昂發評**)憂。(**吴廣霈墨眉**)急觴可以緩憂,妙句真情。(**奚禄詒甲本眉**)"急觴爲緩"四字一讀。(**奚禄詒乙本紅眉**)"急觴爲緩"四字一讀,憂心如擣,所以要緩。(**李以峙墨眉**)(急觴)按,句之振拔得在"急"字,"羽觴"便平塌矣,明者辨之。**少年努力縱談笑,**(**張雖敬墨旁**)勸使笑談,不欲以己之爲隅,故而阻其興也。**看我形容已枯槁。**(**申頲紅眉**)此等樸妙語不假鍛煉,即老杜亦不自知其所以也。(**徐昂發評**)老人真語。(**嚴復紅眉**)漁洋云:賞其生造。(**黎維樅紅眉**)老杜此等處極天然,極老到,真不可及。○此與《醉歌行》"汝身已見唾成珠,汝伯何由髮如漆"同一筆意。下"氣酣日落西風來"一段,又與"春光澹沲秦東亭"一段軌軸相同。**座中薛華善醉歌,**(**孫承澤墨旁**)妙接。(**嚴虞惇紅旁**)入華。(**沈巖旁**)承"文章有神"。**歌詞自作風格老。**(**吕留良紅眉**)詠情佳句,近來李獻吉時有。(**錢載評**)"歌"字似可轉平矣。再捺下去押"老"字,而其氣始蓄,極昔韻者,宫徵全在氣也。(**陳治墨眉**)薛華歌詞至與太白並舉,此老非輕譽者,惜其詩竟不傳。**近來海内爲長句,**(**黎維樅紅旁**)承"文章有神"。**汝與山東李白好。**(**方拱乾評**)忽入此句,難。(**李念慈紅眉**)衝口如話。(徐昂發評)白本隴西成紀人,客齊兗間久,故人稱"山東李白"。(張雔敬墨旁)只用俗語,翻覺雅致,以其自然也。(黎維樅紅眉批仇注"白,山東人")朱鶴齡曰:白本隴西成紀人,父爲任城令,因家焉。生平客齊兗間最久,故稱"山東李白"。何劉沈謝(徐昂發評)遜,孝綽,約,朓。力未工,(嚴虞惇紅旁)何遜,劉孝綽,沈約,謝朓。(嚴復墨旁)四人皆五言詩家。才兼鮑昭愁絶倒。(方拱乾評)映帶處又縱、又閑、又警。(方苞眉批"愁絶倒"三字)三字凑。(汪琬甲本墨眉)看老杜評定,何嘗不過古人?(嚴復墨旁)有七言。(張雔敬墨旁)鮑照,唐人作"昭",避武諱也。(黎維樅紅眉)據《世説》"平子絶倒"語,謂其言愁處足使人絶倒也。諸生頗盡新知樂,(方拱乾評)此一轉,誰能?(錢陸燦甲本旁、乙本紅旁)總上。(嚴虞惇紅旁)總上。(黎維樅紅眉)遥接"少年"二句,再一跌轉,以盡醉歌之意。萬事終傷不自保。(錢陸燦乙本紅旁)轉下。(嚴虞惇紅旁)轉下。(錢載評)惟其上面仄韻,步步謹嚴,所以捺不住,直散出來,撒手空行也,即此篇即可以悟也。(吴騫墨眉)忽然生色。(吴錫麒紅眉)接法不測,是筵上,是醉歌,絲毫不走,此謂才大而心細。(吴廣霈墨眉)末段人工極而天變,其妙真不可思議。氣酣日落西風來,願吹野水添金杯。(丁耀亢紅眉)狂。(李念慈紅眉)轉掉激昂淋漓,卷舒滿暢。(吕留良紅眉)蕭颯,可感可誦。(王士禛評)忽然生色。(秦應逵墨眉)忽然生色。(嚴復紅眉)漁洋云:忽然生色。(吴廣霈墨眉)"金杯",善本或一作"金罍",是也。如澠之酒常快意,亦知窮愁安在哉?(方拱乾評)歌必曼乃酣。(嚴虞惇紅眉)《英華》作"未知窮達安在哉"。(李以峙墨眉)(亦知)按宜作"不知","知"一作"如",大謬。忽憶雨時秋井塌,(吴廣霈墨眉)"忽憶"一筆,天外飛來,極好波瀾推助。古人白骨生青苔,(佚名己紅旁)忽憶秋井、白骨,總是無聊。如何不飲令心哀!(方拱乾評)此却結不顧起,又一法。前警後開。(奚禄詒甲本尾批)賦也。(奚禄詒乙本墨眉)詩中感慨,句句不似賊中來。(秦應逵墨旁)收轉緩憂。(吴廣霈墨尾)此二句已拓開,有茫茫千古之恨。○忽一句又折回到當筵之飲酒，是何等筆力。（**沈巖旁**）收轉緩憂。（**黎維樅紅眉**）淋漓盡致，單句作收，别有神味。○張上若云：縱横排宕中法律井井，想見得心應手之妙。

【彙評】

方拱乾評：此首妙在起結矣，然無薛華一段便落莫，可見七古一味直不得。唐人以七律爲長句，太白七律少，又不工，公隨口稱之耶？抑長歌爲長句耶？

錢陸燦丁本評：感慨悲傷之情，雄宕疏爽之氣，離披馳騁，如駿馬下長坂。通篇以“醉”字爲結構。

陳治紅眉批箋注：按：《（方勝）輿覽》：白，彰明人。彰明，今屬四川成都云。

陳治墨眉批箋注：觀公《上韓荆州書》云，白，隴西布衣，流落楚漢。及范傳正爲公墓碑，亦云其先隴西成紀人，神龍初，潛還廣漢，其爲廣漢人斷然矣。古樸自然，阮陶正宗。

陳訏紅眉批仇注“總評‘楊慎曰’一段”處：楊升庵好新説，究不合理。假如謝太傅決不稱東山謝安，稱號復稱名也，如稱坡仙爲東坡蘇軾，於理通乎？

吴廣霈墨眉：運筆如游龍夭矯，雲霄變化不測，噫，奇觀哉！

晦日尋崔戢李封

孫承澤墨眉：澹雋似陶。

方拱乾評：小起大結，非公不能。○古。○忽警忽緩，忽小忽大，氣渾力雄，無所不可。

錢陸燦甲本眉：老鐵：晚興，然杜家郎此時年纔四十六，詩中又有“晚”字,宜乎其十餘年之暇而已。

嚴虞惇紅旁:正月晦日也。

方貞觀墨眉:此章亦甚淺直,而氣體自不同。

題商盤紅旁:唐貞元前以爲令節。

題商盤紅眉:“崔侯”四句,崔本爲客,而預愁酒少,蓋相知之深,脱略賓主常態,故以“至性”目之。○“草牙”二句,就氣候接入時事,轉法甚佳。○“上古”二句,反言世道之下,盜賊爲亂,以戰争貽主憂也。○“至今”二句,暗寓世道之非,志士無可爲力,惟托之沉飲而已。○“濁醪”二句,言胸中磊塊惟酒銷,故云“有妙理”。

奚禄詒甲本眉:此乾元元年之晦日,“威鳳”或是當玄宗,“長鯨”或是寓安史耳。

奚禄詒甲本眉:時公在省中,不便暢言時事,故以“威鳳”作寓。○“爲”字是“慰”字,以酒□沉浮,則朝廷不能大用可知。

奚禄詒乙本墨眉:此乾元元年之晦日。

朱方藹紅眉:古樸之極,漸近自然,此爲阮陶正宗。

魯一同評:詩有用裹結者,有不用裹結者,此篇妙在放筆直走,無結構,無兜裹,老手恣意,不當示後。

吴廣霈墨眉:全篇佳妙。

沈巖眉:崔、李、蘇、鄭是切對。

黎維樅紅眉:天寶十四載十一月,禄山反,陷河北諸郡,十二月陷東京。○鶴注以“喜結仁里歡”語定爲在奉先時作。○張云:想被衾而卧,見日驚起耳。○邵云:詩亦似陶,入後則公本色。

王鳴盛墨眉:盧注:乾元三年春,公當在諫壇。此時西京復,禄山亡。詩中不得作兵,“長鯨吞”“地軸翻”等語,當是天寶十五載與《蘇端薛復筵》並一時作。是年正月,禄山遣其將寇潼關。

朝光入甕牖，尸寢驚敝裘。（吴廣霈墨眉下）“尸”一作“宴”，一作“方”。（李以峙墨眉）（尸寢）按作“方寢”者非是。起行視天宇，春氣漸和柔。（吕留良紅旁）近陶。興來不暇懶，（方拱乾評）“懶”曰“不暇”，妙絶。（嚴虞惇紅旁）引起“尋”字。（魯一同評）三字妙。（張雝敬墨旁）“懶”字上著“不暇”二字，奇確。今晨梳我頭。（魯一同評）“今晨梳頭”言久不梳也。出門無所待，（魯一同評）三字尤妙。徒步覺自由。（李以峙墨眉）（徒步）按“徒步”不成語，此形似而訛。（魯一同評）“徒步”故無所待，若車馬僕從，豈得自由？（佚名己紅眉）此老懷抱，千古以下令人可親。杖藜復恣意，免值（魯一同評）二字亦妙。公與侯。（吴廣霈墨眉）忽然冲澹，意似學陶。晚定崔李交，（嚴虞惇紅旁）入崔李。會心真罕儔。每過得酒傾，二宅可淹留。喜結仁里歡，況因令節求。（方拱乾評）挽題。（沈巖旁）點“晦日”。李生園欲荒，（方拱乾評）顧“晦日”。舊竹頗修修。（丁耀亢紅眉）交情在目。（奚禄詒乙本紅眉）雅極。（黎維樅紅眉）家貧好客意寫得出。引客看掃除，隨時成獻酬。（陳治紅眉）是杜集中陶詩，可見無所不有。崔侯初筵色，（吴廣霈墨眉）“筵色”二字新穎，與李詩“簟色”二字同此新鮮。已畏空樽愁。（嚴復紅眉）漁洋云：得此一段生色。未知天下士，至性有此不？（孫承澤墨眉）“至性”二字是有人法。（方貞觀紅旁）此二語分際太過。（奚禄詒乙本墨眉）寫得濃至。（李以峙墨眉）（至性）按“志”，音同而訛。（魏源評）默深曰：本因甲兵而慨朝無賢臣，妙在上下四句作自答語，尤是温厚之旨。草牙既青出，（方拱乾評）宕開。○要開纔厚纔足。（嚴虞惇紅旁）回抱起處。（沈巖旁）春氣和柔。蜂聲亦暖遊。（方拱乾評）挽春。（錢陸燦甲本眉批）玄暉“遊蜂花上食”，公詩“正月蜂相見”“仰蜂粘落絮”“花蕊上蜂鬚”，各妙，然俱不離“暖遊”二字。（錢陸燦乙本紅眉）玄暉“遊蜂花上食”，公詩“正月蜂相見”“仰蜂粘落絮”“花蕊上蜂鬚”，各妙，然俱不離“暖遊”二字矣。（錢陸燦乙本紅旁）晦日喜和。（錢載評）每將紹古妙緒雜之，隨常酬酢中真獨闢萬古也。(**魯一同評**)殊没可人,公詩到生發處,如春雲出岫,因風徐引,忽然變化,雷雨驟作。(**張罏敬墨旁**)看他"聲"字與"暖"字、"遊"字如何串合攏來。**思見農器陳,何當甲兵休。**(**孫承澤墨旁**)公康濟在念,隨時而發。(**李念慈紅眉**)憂時心切,隨處便發。(**奚禄詒甲本旁**)下八句申此二句也。(**奚禄詒乙本墨旁**)下八句申此二句。**上古葛天氏,**(**方拱乾評**)又開。(**李以峙墨眉**)(民)按"氏",形似而訛。**不貽黄屋憂。**(**魯一同評**)放筆攄胸臆。(**奚禄詒乙本墨眉**)民不遺君之憂也。(**李以峙墨眉**)(黄屋)按作"黄綺"便廢解。**至今阮籍等,**(**奚禄詒甲本旁**)阮籍曰:至今乃自始也。**熟醉爲身謀。**(**方拱乾評**)忽入此一段纔厚,纔大,纔深。○此公五古之所以異於陶也。(**李念慈紅眉**)此爲遺世高蹈、不憂天下之憂者而言。(**徐昂發評**)"上古"二句返照安史,"至今"二句公自謂。(**黎維樅紅眉**)非尋常詩人語。**威鳳高其翔,**(**方拱乾評**)比明皇。(**題商盤紅旁**)四句喻禄山作亂、乘輿播遷之事。(**秦應逵墨眉**)得此一段生色。**長鯨吞九州。**(**方拱乾評**)比亂賊。(**王士禛評**)得此一段生色。(**奚禄詒乙本墨眉**)此時公在省中,不便暢言時事,故以"威鳳"寓之。**地軸爲之翻,百川皆亂流。**(**徐昂發評**)"威鳳"四句喻禄山作亂、乘輿播遷之事。(**佚名戊紅眉**)"地軸爲之翻""雲漢爲之紅",皆杜詩健處也。**當歌欲一放,淚下恐莫收。**(**吴廣霈墨眉**)"當歌"二句欲放不忍放,欲收不能收,真妙筆傳神,古今才人一齊擱筆,俯首下拜。**濁醪有妙理,庶用慰沉浮。**(**方拱乾評**)五字結。五字有妙理。妙理何在?看上十句便知。(**奚禄詒甲本旁**)賦而比也。(**奚禄詒乙本墨眉**)以酒"慰沉浮",朝廷不大用可知。(**陳治紅眉**)東坡《濁醪有妙理賦》出此。(**魯一同評**)收以沉冥,全身相勖。(**李以峙墨眉**)(庶用)按作"與",句便不響,雖無緊要,不可不知。(**沈巖尾**)東坡《濁醪有妙理賦》出此。(**黎維樅紅眉**)所謂"舉杯銷愁愁更愁"也。(**佚名己紅眉**)結語凄然。

【彙評】

題商盤紅旁:此陷賊時作,既不敢直道時事,又無置之不談之理,看他末段大力斡旋。

吴廣霈墨眉:此作於天寶十五年,時禄山正寇潼關。

送率府程録事還鄉程携酒饌相就取别

方拱乾評:古。

俞瑒乙本評:"程侯"一段,言遇之而喜也。

屈復評:生新之甚,諸家未有。

曹炎旁:程攜酒饌相就取别。

陳治紅眉:緝韻獨用。

魯一同評:程録事當是任便之士,故章末以"惜羽翮"勸之。

吴廣霈墨眉:深陗險峻,又是一體。

鄙夫行衰謝,(**李念慈紅眉**)"行衰謝"三字可悲。抱病昏妄集。(**李以峙墨眉**)(昏忘)按"妄",形似而訛。常時往還人,記一不識十。(**方拱乾評**)二句嵩爲程侯而起。(**奚禄詒甲本紅旁、乙本紅旁**)狂妙。(**申頲紅眉**)輕薄語。(**魯一同評**)此乃嬓語,時謂公自難記。(**黎維樅紅旁**)與下"聰明"相反。(**佚名己紅眉**)此"十"字不昏忘矣。程侯晚相遇,與語才傑立。薰然耳目開,頗覺聰明入。(**奚禄詒甲本紅旁、乙本紅旁**)何曾昏忘。(**申頲紅眉**)"開""入"字俱從"薰然"字生出。初見快士時,的有此景。(**魯一同評**)因遇程而耳目爲之應開,語意雋刻。千載得鮑叔,末契有所及。意鍾老柏青,(**李以峙墨眉**)(意鍾)按"中",音近之誤。義動修蛇蟄。(**奚禄詒甲本眉**)"意鍾"二句,已含莫輕出意。練句太拙,欲爲奇特,而實不爲奇。(**奚禄詒乙本紅旁**)二句太拙。(**魯一同評**)"老柏"

“修蛇”,必有所指。(**吴廣霈墨眉**)“意鍾”二句畢竟欠妥,費解。(**吴廣霈墨旁**)此二句欠妥,似亦可節。(**黎維樅紅旁**)對“傑立”句。(**黎維樅紅眉**)言己之避亂潛蹤,如修蛇之蟄,而程之義足以相感動也。**若人可數見,慰我垂白泣。**(**錢陸燦甲本眉批**)是年四十六而云“垂白”,自古詩人□□言老。**告别無淹晷,**(**李以峙墨眉**)(告别)“生”,形似之誤。**百憂復相襲。内愧突不黔,庶羞以賙給。**(**魯一同評**)漢人句法。(**李以峙墨眉**)(庶羞)按“庶”,明似不通,必傳刻之訛。(**黎維樅紅眉**)言程方起行,己不能設餞而反蒙饋遺也。**素絲挈長魚,**(**方拱乾評**)秀句。**碧酒隨玉粒。**(**黎維樅紅眉**)二句感此觸彼,情緒無限。**途窮見交態,世梗悲路澀。**(**奚禄詒乙本紅旁**)叶式。**東風吹春冰,**(**李念慈紅眉**)“冰”當作“水”。**泱莽后土濕。**(**黎維樅紅眉**)述時景兼映世事。**念君惜羽翮,既飽更思戢。**(**黎維樅紅眉**)“戢羽”即指還鄉言,下二句乃戒其輕出也。**莫作翻雲鶻,**(**方拱乾評**)愛惜。**聞呼向禽急。**(**方拱乾評**)就“程侯”結。〇讀來合當如此。(**奚禄詒甲本紅眉**)末囑其還鄉,而莫輕出也。此句頗奇。(**奚禄詒乙本紅眉**)末囑其還鄉,莫輕出也。(**吴廣霈墨眉**)末語勸其斂才自重也。

【彙評】

陳訏紅眉批仇注“此叙賙恤之情。臨别即景”處:“内愧突不黔”,注云:“此叙賙恤之情。下二臨别時景。”非也。按本題下原注“程攜酒饌相就取别”,則“庶羞”即所攜之饌,而魚酒即“庶羞”也。蓋上承“告别”來,來别理應作主,而内愧塵甑,反蒙庶羞賙給耳。豈上文纔説告别,無端夾入平時賙恤,下又忽接臨别光景乎?

白水縣崔少府十九翁高齋三十韻天寶十五載五月作

徐渭墨旁:平平。

方拱乾評:從遊宴説起,忽然到搜奇,又到□國,荒茫浩淼。○古。

奚禄詒甲本眉:此當收在《自京赴奉先》之下。

奚禄詒乙本墨眉:公自奉先依舅氏。相公軍,哥舒翰也。禄山反,詔翰守潼關。○淡絶而不沉著,鄭云多處是累,非也。

陳治紅眉:陌錫二韻通用。

魯一同評:庚申加。(輯者注:原本一個圈,後加連圈)

吴廣霈墨眉:此詩亦殊佳,惜稍乏剪裁,若能删節累句,則可誦矣。

吴廣霈墨旁:少府,公之舅氏也。

魏源評:人能寫有形之景,而不能寫無形之景。此篇泉石禽鳥、風雷煙雨,皆從無形景寫出其性情來,如化工隨物賦形,性命各具,所謂"萬類固陵暴"也。○陰合陽闢,倏忽出没於毫端,不可方物,轉入時事,亦無痕迹,真下筆有神。

黎維樅紅眉:公去秋曾往白水,至是舉家往依。

佚名己紅眉:自晨至暮,歷叙所見,看其步驟針綫,長篇豈易易哉?

客從南縣來,(**奚禄詒乙本紅旁**)己自奉先來。浩蕩無與適。(**奚禄詒甲本眉**)首段崔借高齋。(**魯一同評**)夷險更代波瀾,不窮亦是佳篇。旅食白日長,况當朱炎赫。(**王士禛評**)五字是羈客真境。(**奚禄詒乙本墨旁**)叶翕。高齋坐林杪,(**黎維樅紅旁**)先出高齋。信宿遊衍閴。(**魯一同評**)先點高齋,再入諸舅,亦用倒插法。(**奚禄詒乙本墨旁**)音屈。(**黎維樅紅旁**)謂無人遊也。清晨陪躋攀,傲睨俯峭壁。(**方拱乾評**)又陪又傲睨。崇岡相枕帶,曠野懷咫尺。(**沈巖眉**)雖有崇岡枕帶,而所處既高,則曠野皆如咫尺。二句曲折,善形容。(**奚禄詒甲本旁、乙本墨旁)此齋外之景。始知賢主人，贈此遣愁寂。(方拱乾評)"贈"字妙,"比"字更妙,蓋以山水贈也。(奚禄詒乙本墨眉)此段序借齋。危堦根青冥，曾冰生淅瀝。(奚禄詒甲本旁、乙本墨旁)此齋内之景。(黎維樅紅旁)言其地高寒。上有無心雲，(方拱乾評)細摹。(奚禄詒甲本眉)"上有無心雲"四句如丹朱點漆。四句之妙,古詩不可無此等。下有欲落石。泉聲聞復息，(申涵光甲本評)是桃源中乍見漁人光景。(李以峙墨眉)(聞復息)按作"急",便與下句不相應。(沈巖眉)"泉聲"是動,"復息"是静。含下"動静"二字。動静隨所擊。(方拱乾評)此聽泉三昧語,偶於此出。鳥呼藏其身，(奚禄詒乙本紅旁)比也。(黎維樅紅旁)託鳥起下"吏隱",亦暗寓自己匿迹之意。有似懼彈射。(申頲紅眉)静中悟來,細心説出。(魯一同評)影射關動,有意無意。(沈巖旁)起"隱"字。吏隱道情性，(奚禄詒甲本眉)《汝南先賢傳》:鄭欽吏隱於螳陂之陽。(奚禄詒甲本旁)鄭欽吏隱。(奚禄詒乙本紅旁)己也。(李以峙墨眉)(道)按"通""道"皆形似而訛。兹焉其窟宅。(魯一同評)頓。(魯一同評)前後皆景,而以"白水見舅氏"六語隔之,則篇法變動,長篇須知此法。(奚禄詒乙本墨旁)叶直。白水見舅氏，諸公乃仙伯。(方拱乾評)行所不得不行,止所不得不止,聖矣,神矣。(奚禄詒甲本旁)此序崔少府。(吴士模墨眉)"舅氏"即前所謂真主人者,"作尉窮谷僻"即前所謂吏隱者。(魯一同評)公之叙事叙人,最可爲法。(黎維樅紅眉)"仙伯"猶言桃源中人。(佚名戊紅眉批箋注"《左傳》晋文公謂子犯曰:不與舅氏同心者,有如白水")"白水""舅氏"雖非引晋文公事明矣,然亦是用傳之語爲詩之辭耳。蓋借用也。杖藜長松陰，作尉窮谷僻。爲我炊雕胡，(沈巖旁)對"旅食"。逍遥展良覿。(方拱乾評)生"晚"。(黎維樅紅眉批仇注"山窮穀")《大招》:"設菰粱只。"注:菰粱,蔣實,謂雕胡也。坐久風頗愁，(方拱乾評)字句都有力。(吴廣霈墨眉下)"怒",一本作"愁"。(李以峙墨眉)(怒)按"愁",形訛。晚來山更碧。(魯一同評)波瀾。前清晨,次將晚。

(魯一同評)“坐久”以下,初謂虚景,今復讀之,乃是借寫風雨之景耳,觀下“前軒頽反照”可見。(吴廣霈墨眉)“晚來”一語,洵佳句也。相對十丈蛟,(沈巖眉)“十丈蛟”喙上“長松”言之。(黎維樅紅旁)承“風怒”句。欻翻盤渦拆。(孫承澤墨眉)前段平衍,忽起奇峰。(方拱乾評)從晨至暮,從齋中到齋外,所見一步一步,針綫分明。(奚禄詒甲本旁)時見起蛟,有風雷而無雨。(奚禄詒乙本墨眉)時見起蛟龍,哥舒無節制,故以此起興。(黎維樅紅眉)語亦暗影時事。○俞犀月云:寫得風煙慘澹,總爲襯出兵氣來。何得空裏雷,殷殷尋地脈。(魯一同評)彝案:論文本此處亦兼兩景説,“空裏雷”言雨後水聲喧豗也。(奚禄詒乙本墨旁)叶密。(沈巖旁)形容松濤。煙氛藹崷崒,魍魎森慘戚。(吴廣霈墨眉)險字怪語,如讀《離騷》。(沈巖眉)煙霾霧擁,則山若益增而高,故云“昆侖崆峒顛,回首如不隔”。崑崙崆峒顛,(奚禄詒甲本旁)及華嶽。(奚禄詒乙本紅旁)及翰兵。迴首如不隔。(奚禄詒乙本墨旁)叶戟。(李以峙墨眉)(如)按“知”,形訛。前軒頽反照,(魯一同評)又一波。(黎維樅紅旁)承“晚來”句。巉絶華嶽赤。(宋犖紅眉)骨堅氣厚,少陵獨步。兵氣漲林巒,川光雜鋒鏑。(奚禄詒甲本眉)哥舒翰之兵也。時舒翰無節制,故以風雨起興耳。(佚名戊紅眉)此蹉體也。(佚名己紅眉)時禄山作亂,哥舒屯軍於崆峒、華嶽之間。知是相公軍,鐵馬雲霧積。(方貞觀墨眉批朱注“與白水近”)白水去潼關且四百里,安得曰“近”?(申頲紅眉)老極。(魯一同評批注解“二十萬守潼關”處)此必哥舒之兵經過白水者,非必望見潼關也,又不可云,遥想虚摹。玉觴淡無味,(奚禄詒甲本眉、乙本墨眉)曰“鐵馬雲霧積”“玉觴淡無味”,則天子宵旰而擊胡不力,所以責相公者至矣。(奚禄詒乙本紅旁)玄宗。(魯一同評)忽接此句。(吴廣霈墨眉下)“玉觴”句夾雜在此,亦似不宜。胡羯豈强敵。(奚禄詒甲本旁)此下皆譏。(奚禄詒乙本紅旁)禄山。(陳治眉批)汪云,承接亦雜。(黎維樅紅眉)不覺大聲疾呼。長歌激屋梁,淚下流衽席。(奚禄詒乙本紅旁)忠哉!人生半哀樂，（魯一同評）五字兜裹。（沈巖旁）二句一縮。天地有順逆。（方拱乾評）"半"字妙，"有"字更妙。"有"字重。人知"半"字，不知"有"字。（魯一同評）又生下。（黎維樅紅眉）另一振起，下文作徐徐歎息。○言當此太平之世而忽遭寇亂，所謂有順有逆也。慨彼萬國夫，休明備征狄。猛將紛填委，廟謀蓄長策。（李念慈紅眉）一起居食飲之間，不忘憂時。"蓄"謂無長策也。（奚禄詒乙本墨旁）叶式。東郊何時開？（奚禄詒乙本墨眉）"東郊不開"本《左傳》。帶甲且未釋。（李以峙墨眉）（未釋）按"來"，形似而誤。欲告清宴罷，難拒幽明迫。（方拱乾評）"白日"起，"幽明"結，幾時辰字是眼。（奚禄詒甲本眉）時明皇遊奉先，"幽明"二字何謂？（魯一同評）五字頗晦。（魯一同評）"幽明"謂□易運會，言治亂相尋，正爲幽明所迫耳。（黎維樅紅眉）張縉注："幽明"即指上文"征敵[狄]"數句，謂天道人事皆可憂也。三歎酒食傍，何由似平昔？（錢陸燦丁本評）二語總束通篇，語意精微，非小儒所能道。（奚禄詒甲本旁）比而賦也。（魯一同評批《心解》"其照應關目處"）瑣。（吴廣霈墨尾）世變時强爲遊宴，不能盡歡而散也。（黎維樅紅眉）自早至晚，備寫所歷，多少奇景奇情。結歸傷時正意，尤見深識隱憂。敘次錯綜，波瀾萬狀。

三川觀水漲二十韻天寶十五年七月中避寇時作

徐渭墨旁：平常。

方拱乾評：細看却是排，鏤極却不鑿。讀杜詩者，須辨其排與古，然能辨之，思過半矣。○古。才、識、膽、學、力俱用，却不乏趣，所以妙。

錢陸燦丁本評：氣體豪邁，聲情激烈，出於曹氏父子。

王士禛評：寫漲甚奇險，後予入蜀，乃知甚確切。

屈復評:此詩在他人則甚奇,在杜正家常茶飯耳。杜之妙處全不在此。①

奚禄詒甲本眉:氣勢高遠。

奚禄詒乙本墨眉:是月禄山尚未破潼關,故詩止於賦水漲,無比也。

奚禄詒乙本紅眉:寄興浩渺,狀意不刻,可謂高且險矣。

盧見曾紅旁:沉鬱頓挫,字字生造,無一浮響。集中此等,自是少陵本色。浦起龍曰:雕鏤刻深,仿像飛動,遂爲昌黎《石鼎聯句》等詩及宋元以來體物律古之祖。

方貞觀墨眉批注解:注家欲作傅會之解,必有一定。二三口吻,曰"當",曰"必",曰"豈非",可笑可厭。

方貞觀墨眉:"自多窮岫雨"至"勢閲人代速"是言雨潦之漲,下四語是宕筆,隨手發論。云不有萬穴,以消此水,是又一瀆也。及觀泉源之漲,久懼江海皆爲所覆。注家畫至"尊四瀆"爲一段,是猶未會詩意也。

朱方藹紅眉:此篇如昌黎誌銘,純用奇險。

吴士模墨眉:寫漲甚奇險。

陳治紅眉:屋、沃與職、德通用,集中往往如此。

陳治墨眉:此篇如昌黎誌銘,純用奇險,偶書觸目,遂極言之。嗜奇者矜爲創獲矣。

魯一同評:彝按:此詩廿三韻。

秦應逵墨眉:寫漲甚奇險,後余入蜀,乃知其確切。

秦應逵紫眉:此詩在他人則奇,在杜止家常茶飯耳。杜之妙處不在此。

---

① 校注:"正"杭本作"止"。

吴廣霈墨眉:做足"漲"字。○險怪絶倫,合昌黎、長吉爲一手。

吴廣霈墨旁:天寶十五年七月中避寇時作。

黎維樅紅眉:時聞肅宗即位,遂寄家口於鄜而自詣靈武。

我經華原來,不復見平陸。北上唯土山,連山走窮谷。(**方拱乾評**)奇句。火雲無時出,(**奚禄詒甲本旁**)此段言雨。飛電常在目。(**魯一同評**)險惡在目。自多窮岫雨,行潦相豗蹙。(**奚禄詒甲本眉**)天寶十五載夏,史未紀水,此詩言水。(**奚禄詒乙本墨眉**)首段言雨下,言川漲之暴怒。(**黎維樅紅眉**)多雨乃水漲之由。○浦云:色帶山土,故"黄";連山屈盤,故"會空曲"。二句確是山内暴水。蓊匒川氣黄,群流會空曲。(**奚禄詒甲本旁**)此段言漲。清晨望高浪,忽謂陰崖踣。(**李念慈紅眉**)暴漲聲勢,儼在睹聞。(**方苞眉批**)所謂"語不驚人死不休"。(**奚禄詒甲本眉**)寄興浩渺狀意,石刻可謂高且險矣。恐泥竄蛟龍,(**奚禄詒乙本紅旁**)帶比。登危聚麋鹿。(**魯一同評**)"恐泥""登危",六朝用經支對,每每不知看,以爲拙。(**嚴復墨眉**)"恐泥",杜所屢用,然皆不知所謂。枯查卷拔樹,礧磈共充塞。(**陳治紅眉**)"充塞"字與《南池》篇用韻同。○"恐泥"字不當如此用。○"塞"字叶屋韻。(**沈巖旁**)"充塞"字與《南池》篇用韻同。聲吹鬼神下,勢閱人代速。(**方貞觀墨眉下**)"聲吹"句無理無意,"勢閱"句極險極穩。(**申頲紅眉**)狀意高險,而無刻畫之迹。(**魯一同評**)渾語形容極切,解不出而自可意會。不有萬穴歸,(**奚禄詒乙本紅眉**)"不有"二字挑起及觀。(**沈巖眉**)"不有"四句接法奇變。何以尊四瀆。(**吴士模墨眉**)四句屈曲。(**黎維樅紅旁**)閑筆承上啓下。及觀泉源漲,(**沈巖旁**)幽意反襯。反懼江海覆。(**奚禄詒甲本眉**)以"不有"二句挑起"及觀"二句,蓋呼應也。(**魯一同評**)"及觀"與"不有"往復呼應。(**沈巖眉**)"江海"猶懼其覆,則平陸何可復見?奇之又奇。漂沙坼岸去,漱壑松柏秃。(**陳治墨眉**)仇注,"坼"作"圻",《玉篇》:"圻"與"垠"

同,岸也,界也。《水經注》:圻岸重沙。乘陵破山門,迴斡裂地軸。交洛赴洪河,(奚禄詒乙本紅旁)比。及關豈信宿。(嚴復墨眉)亂極望治之思,亦比亦賦。(奚禄詒乙本紅旁)賦。應沈數州没,如聽萬室哭。(奚禄詒甲本旁)言水害民。(奚禄詒乙本墨眉)此段言民受水害。穢濁殊未清,風濤怒猶蓄。(奚禄詒甲本旁)□及時事,此下寓言。何時通舟車? 陰氣不黲黷。(魯一同評)彝案:"黲"當作"墋",楚飾切。(李以峙墨眉)(不黲黷)按作"亦",便與上句相背。浮生有蕩汩,吾道正羈束。(錢陸燦丁本評)以下自序,興寄浩然,所謂滄海横流,處處不安者也。(奚禄詒甲本旁)序己遇水。(奚禄詒乙本墨眉)此下叙己之遇水。人寰難容身,石壁滑側足。雲雷此不已,(李以峙墨眉)(屯不已)按"此"形近而誤。艱險路更跼。(魯一同評)"雲雷"四句似勉强以足廿韻之篇幅,"欲濟"句尤率,節之則通體緊健矣。普天無川梁,欲濟願水縮。(奚禄詒甲本眉)寫水之洶洶,映帶天下大勢,故應之以"普天無川梁"。〇曰"普天無川梁"已諷及當時之宰相矣。(奚禄詒乙本墨眉)寫洶洶之狀,映帶出天下大勢,故應以"普天無川梁"二句。(奚禄詒乙本墨旁)諷到宰相。(奚禄詒乙本紅眉)反宰相指國忠耳。(魯一同評)此句不及。(黎維樅紅眉)"無川梁"言極溺無人也。避淵爲泉,誤泉爲衆。因悲中林士,未脱衆魚腹。舉頭向蒼天,安得騎鴻鵠?(奚禄詒甲本旁)奇險雄渾,應接不暇。賦也。

【彙評】

方拱乾評:予欲作排讀,不必人言,予自知癖矣。即作古讀,亦與諸古有不同處,其造句處多也。

汪琬丙本評:此篇如昌黎誌銘,純用奇險。

月　夜

題鮮于樞評：此公陷賊中，於月夜憶妻子之在鄜州，遥憐兒女年小，未知君臣之誼，唯妻知之，然何時得歸，照我二人而收淚邪？興兼賦也。

方拱乾評：益見兒女之可憐，益見閨中之苦。人人有此情，却説不出。○"雙"應"獨"，"何時"應"今夜"，了了可見。轉將兒女説淺，以見閨中情深，實是真情。

錢陸燦丁本評：公初自奉先遷於白水，又自白水遷於鄜州之羌村，安置妻子，即往長安，遂陷於賊，後脱身奔行在，拜拾遺，詔至鄜州取家，於是有《北征》諸作。此則在長安憶鄜州也。

紀曉嵐評：入手便擺落現境，純從對面著筆，蹊徑甚別。後四句又純爲預擬之詞，通首無一筆著正面，機軸奇絶。○言兒女不相憶，正言閨人相憶耳，故下文直接"香霧雲鬟"一聯。

王士禛評：不言思兒女，情在言外。西樵謂三聯語甚不喜之。

屈復評：一地二人，三四順承，是獨看之由，五六是獨看之景，七八望歸。○小兒女既不解憶長安，則閨中獨看矣。正"遥憐""只獨看"也，玩後半自見。①

題商盤紅眉：閨中雖有兒女相伴，然兒女不解見月則憶長安。我知閨中遠憶長安，對月獨垂清淚，香霧下而雲鬟爲濕，清輝照而玉臂生寒，何時人月雙圓，庶幾可乾淚眼耳。是言外見意法。"照"字應"月"字，"雙"字應"獨"字，語意玲瓏，章法緊密，五律至此，無忝稱聖矣。

奚禄詒甲本眉：此陷賊中詩。

---

① 校注："七八望歸"後，杭本尚有"俗甚"一句；"只"杭本作"則"。

奚禄詒甲本旁:起四句自佳,更慘於末句。

奚禄詒乙本紅眉:賊中思家。○愈緩愈悲,俯仰俱足。

盧見曾紅旁:王士正曰:不言思兒女,情在言外。浦起龍曰:悲婉微至。黄鶴曰:天寶十五載八月,公自鄜州赴行在,爲賊所得。時身在長安,家在鄜州,故作是詩。

朱方藹紅眉:苦語寫來不枯寂,此盛唐所以擅場也。譬善畫家,古木寒鴉,正須一倍有致。

吴騫墨眉:不言思兒女,情在言外。

吴錫麒紅眉:只一對面法寫來,曲折有味。

題張問陶墨眉:反覆曲折,尋味不盡。○五六語麗情悲。“淚痕乾”,苦境也,但以“雙照”爲望,即“庶往共飢渴”意。

秦應逵紅旁:是月夜,非詠月本意。

吴廣霈墨眉:杜老乃有此情意纏綿之作,温柔敦厚詩旨也。

王鄰德紅眉:愈緩愈悲,俯仰俱之。

王鄰德藍眉:下筆真,故著語戚。

沈巖眉:不言思兒女,情在言外。

王鳴盛紅眉:天寶十五載八月,公自鄜州赴行在,爲賊所得,時身在長安,家在鄜州,故作此詩。

嚴復墨眉:純從對面著筆,遂佳。

今夜鄜州月,(**題商盤紅旁**)見地。閨中只獨看。(**俞瑒甲本評**)本意。(**王伯沆紅眉**)“閨中”五字凄絶。遥憐小兒女,(**題商盤紅旁**)流水對。未解憶長安。(**吕留良紅旁**)人情委曲如此,寫出則難。(**申頲紅眉**)“未解憶”比相憶語深一層,少陵真愁苦個中人也。(**題商盤紅旁**)上下映帶。(**王鳴盛旁批**)二語正是“只獨看”之由。香霧雲鬟濕,(**題商盤紅旁**)硬裝句。(**秦應逵紅旁**)俗甚。清輝玉臂寒。(**俞瑒甲本評**)是“遥憐”處。(**奚禄詒甲本旁**)只好説妄。(**奚禄詒甲本眉**)五六不必再纏。(**王鳴盛墨眉**)正寫“獨看”,則愈遥憐可知。**何時倚虚幌,**(**李以峙墨眉**)(何時)按二字含情無極,作“何當”便少味,明者知之。**雙照淚痕乾。**(**方拱乾評**)自然之起結,非有心也。(**汪琬乙本評**)不言思兒女,情在言外。(**俞瑒甲本評**)應起句。(**奚禄詒甲本旁**)賦也。○鄜州在今延安。(**嚴虞惇紅旁**)“雙照”應“獨看”。(**申頲紅眉**)二語自佳,然形容兒女便覺不雅。(**題商盤紅旁**)意在言外。(**吴廣霈墨尾**)麗語可入《玉臺新詠》。(**王鄰德紅眉**)“淚痕乾”,苦境也,但以“雙照”爲望,即“庶往共飢渴”意。(**黎維樅紅旁**)“獨”字、“雙”字,一篇之眼。

【**彙評**】

俞瑒甲本評:此言月夜,非詠月也。全從“憶”字生情。“獨看”“雙照”,首尾相應,筆法佳絶。

張學仁參定:詩止對月憶家耳。起從家人憶己説來,已深一層;次接兒女不解憶,又深一層;“香霧”“清輝”跟月説,“鬟濕”“臂寒”跟“獨看”説;“虚幌”應“閨中”,“雙照”應“獨看”,八句中有筆筆相生之妙。信是五律絶唱。

題商盤尾:俗解五六徑指兒女,只知承上聯來耳。豈知上聯正説閨中,兒女不過帶過。首言“獨”,末言“雙”,緊緊相照,何曾離去半字!

王鄰德藍尾:“獨看”“雙照”緊相呼應。“只獨看”三字含情無限,“未解憶”腸寸折矣。詩之妙境如此。

沈巖尾:“香霧”二句寫盡“獨看”,並無前人。長安看月,忽憶鄜州,即鄜州看月,定憶長安,“獨看”者,獨憶也。得三四一襯,“獨”字愈醒,五六便籠起“淚痕”。末二句字字收應。通首對面落想,真聖手。

悲陳陶

錢陸燦甲本眉、乙本墨眉：方曰：禄山時據西都，房琯攻之而敗，“仍唱胡哥(歌)飲都市”而樂也；“都人回面向北啼”，恐其兵知之取禍也；“日夜更望官軍至”，民情向背可見矣。

錢陸燦丁本評：但述其事，而悲哀已無限。公於房琯則救之，於詩則悲之，並行不悖也。

俞瑒乙本評：三四見非戰之罪，實力不足耳。末句言人心之不忘唐也。

王士禛評：此非房相之罪也耶？而子美救之。

屈復評：少陵君臣朋友間，惟救琯一節最著。陳陶斜以中人邢延恩促戰而敗，當時必有此議，此少陵所以救之也。魚朝恩監軍而九節度皆敗，況一琯乎？肅宗如用少陵之諫，復相房，安知不收曹沫、孟明之功乎？後生但以成敗論古人，吾竊深痛焉。①

錢載評：此老大書特書。

吴騫墨眉：此非房相之罪也耶？而子美救之。

奚禄詒乙本紅旁：公所以憐琯也。

奚禄詒乙本墨眉：琯見三軍皆敗，持重不戰，中人邢延恩促之，以致敗，可見唐之中人節制將相，真失計。

沈巖眉：此悲房琯不知兵而輕敵所敗也。

孟冬十郡良家子，(**奚禄詒甲本眉**)肅宗幸靈武，士不滿百，此皆鄉

---

① 校注：“少陵君臣朋友間，惟救琯一節”一句，吴本作“少陵君臣朋友，救琯一節”；“最著”，杭本作“最爲顯著”；“此少陵所以”，杭本作“少陵之所以”；“皆敗”，杭本、吴本均作“俱敗”；“復相房”，杭本、吴本均作“復相房琯”；“孟明之功乎”一句，吴本闕“乎”字；“後生但以”，吴本作“後生俱以”；“吾”，吴本作“余”。

兵。**血作陳陶澤中水。 野曠天清無戰聲，四萬義軍同日死。**(**方貞觀墨眉**)陳陶之敗，萬不能爲次律回護，惟有著“義軍同日死”五字，以見房公平日之教以忠義，至死同心也。(**嚴復墨眉**)“野曠天清無戰聲”，七字最可觀。(**吴廣霈墨眉**)勢險節短，寸鐵利逾大戰。(**黎維樅紅旁**)書法見公不以成敗論人。**群胡歸來血洗箭，**(**李以峙墨眉**)(雪洗)按不及“血洗”，“撚箭”亦不如“仍唱”。**仍唱胡歌飲都市。 都人回面向北啼，日夜更望官軍至。**(**奚禄詒甲本眉**)子美於琯之貶則救之，於琯之敗則誡之，可謂左筆。望官軍，思恢復，識時將，皆有之。(**奚禄詒甲本旁**)言約而該，真《國風》也。(**盧見曾紅旁**)何焯曰：“至”字一韻獨用。(**陳治紅眉**)“至”字獨用去聲。

【彙評】

吴士模墨眉：少陵君臣朋友，救琯一節最爲顯著。陳陶斜以中人邢延恩促戰而敗，當時必有此議，此少陵所以救之也。魚朝恩監軍而九節度俱敗，况一琯乎？肅宗如用少陵之諫，復相房琯，安知不收曹沫、孟明之功？後生俱以成敗論古人，余竊深痛焉。

陳治紅眉批箋注：師有主將，何得一任中人所促？遂至敗，烏得云無罪？

奚禄詒乙本紅眉：肅宗在靈武，兵不滿百，此皆主家子。○時傳太子收兵來，故人望之。

悲青坂

奚禄詒甲本眉：陳陶斜之戰，琯初持重，中人邢延恩促之，遂至於敗。末句忍待之意，願我軍之鑒其失也。

奚禄詒乙本墨眉：按：肅宗此時行在鳳翔，而官軍乃至武功矣。

盧見曾紅旁：房琯用兵，殷浩之流耳。當時乘輿未定，賊勢方張，琯志大才疏，倉卒致敗。向非唐德在人，則宗社危矣，琯之罪，豈可逭哉？雖肅宗疑之，中人促之，致敗不爲無因，亦不能爲之解也。甫受琯之知，救之於後，而兩詩紀事，沉痛切骨，是謂史筆。葛常之曰：《陳陶》志房琯之敗也。張無盡《孤憤吟》云："房琯未相日，所談皆皋夔。一朝陳陶下，覆没十萬師。中原已紛潰，老杜尚嗟咨。"蓋爲琯罷相時，杜上疏力救而發也。《唐書》：至德元載十月，房琯自請討賊，分軍爲三。南軍自宜壽入，中軍自武功入，北軍自奉天入。琯自將中軍，爲先鋒。辛丑，北軍、中軍遇賊於陳濤斜，接戰，敗績。癸卯，琯自以南軍戰，又敗。時琯效古法，用車戰。賊順風縱火，焚之，人畜大亂，官軍死傷者四萬餘人。

陳治墨眉：俞云：琯以輕敵致敗，哥舒翰以趣戰喪師，此詩結語正老成持重有見之言，非泛設也。

吴廣霈墨眉：亦是妙筆。

沈巖眉：此陳陶既敗之後，又傷中官之促戰再敗也。

沈巖旁：言陳陶不遇。

黎維樅紅眉：寫出戰敗慘景。

我軍青坂在東門，天寒飲馬太白窟。（**奚禄詒乙本墨旁**）一太白山，在鳳翔郿縣。青坂相近者，又一太白也。**黄頭奚兒日向西，數騎彎弓敢馳突。**（**錢陸燦甲本眉、乙本墨眉、丁本評**）數騎馳突，不似我軍之恃衆也。**山雪河冰野蕭颾，青是烽煙白人骨。**（**方拱乾評**）慘在"是"字。（**吴廣霈墨眉**）"青是"句奇突警策之至。（**李以峙墨眉**）（烽煙）按"人煙"便非。**焉得附書與我軍，忍待明年莫倉卒。**（**方拱乾評**）陳陶以促戰而敗，故云。（**奚禄詒甲本旁**）賦也。〇"莫倉卒"句，猶隱爲房琯解嘲。禄山發同羅、契丹、室韋、曳落河之兵，名父子軍。（**沈巖眉**）落句深傷中人督戰以致一敗塗地也。(**黎維樅墨眉**)結有持重意。(**黎維樅紅眉**)前結冀其重整,此乃戒其毋蹈前轍也。

【彙評】

錢陸燦丁本評:二詩以詩紀事,故不嫌於其率直,而情詞慘於痛苦矣。

李念慈紅眉:觀結語,公固深曉兵機矣,豈徒詩人也哉?

秦應逵墨眉:封常清以輕敵致敗,哥舒翰以促戰喪師,此詩結語真老成持重之言,非泛設也。

避 地

題鮮于樞評:言避地竄身,而詩書倚閣,奴僕榮貴,蓋自歎不偶也。此生雖云行所遇而安,然"行在僅聞信"而未真,則宗社必將恢復以"出腥臊",蓋念國家之多難也。賦也。

方拱乾評:幾虚字妙。

奚禄詒甲本旁:三四沈苦,五六開朗,皆不可讀。

吴廣霈墨眉:匪今斯兮,振古如兹,可爲同聲一哭。

沈巖旁:定遠云:落句可議。〇落句謂成都爲吐蕃所陷,當是永泰元年詩。

佚名丁墨旁:編至德元載,即天寶十五年,時安禄山陷長安矣。〇竺云:擬注解,此詩至德元年在鄜州作。今按,當是廣德元年吐蕃陷長安時也,即與下首相接,時公往來梓、閬間。

避地歲時晚,竄身筋骨勞。詩書遂墻壁,(**李以峙墨眉**)(遂墻壁)按"逐"字原好對"且"字,旁當從"遂"。(**沈巖眉**)"遂",言豈遂,以此終也。(**佚名丁墨旁**)竺云:言亂中亦當藏詩書壁中也。**奴僕且旌旄。**(**吴廣霈墨旁**)用孔壁藏書典言世亂以致如此。(**沈巖眉**)“且”,言且待其後也。與“會見”二字呼應。(**佚名丁墨旁**)竺云:“奴僕”蓋指魚朝恩輩。**行在僅聞信,此生隨所遭。神堯舊天下,**(**吴廣霈墨旁**)談何容易。**會見出腥臊。**(**方拱乾評**)“僅”“隨”“會”“見”相生而出。(**奚禄詒甲本尾批**)賦也。

【彙評】

黎維樅紅眉批仇注“詩書塞座外”:孔安國《尚書序》:及秦滅典籍,我先人用藏其家書於屋壁。此言值世亂,詩書將無所用也。

佚名丁墨尾:苦奔竄而望治也。三四世亂情事,古今同狀。七八是公素心。

對　雪

題鮮于樞評:詩言戰死而哭者多新鬼,愁來而吟者獨老翁。矧對亂雲急雪,樽無酒而爐有火,且數州之消息又絶,惟愁坐而書空耳。吁,其憂國憂時之心爲何如哉!

汪琬乙本評:步步推開説,而亂雲急雪,瓢棄爐存,仍帶出多難景色來。

王士禛評:他人不如是起,所以爲奇妙。

屈復評:“對雪”題與“詠雪”不同。對者,對之感懷也,凡對雨、對月之類皆是也,故作法如此。

題商盤紅眉:此在賊中傷陳濤之敗而作。三四是題目,非題意,題意從首尾見之。五六乃對雪愁吟之事。○他詩多前景後情,此獨外虚中實,亦變格也。

奚禄詒甲本眉：不論其時，不知此詩之妙。

奚禄詒乙本紅眉：正陷賊中，故多愁。

朱方藹紅眉：步步推開説，而亂雲急雪，瓢棄爐空，仍帶出多難景色來。

陳治墨眉：錢云：此詩因房琯之敗而興歎也。

陳治墨旁：汪云：步步推開説，而亂雲急雪，瓢棄爐空，仍帶出多難景色來。

嚴復墨眉：崔注：至德元載十月，房琯大敗陳濤斜，詩正於是時作。

王伯沆紅眉：此公在賊中傷房琯陳陶之敗，故有首二句。

王瀣德藍眉：對雪非詠雪，一讀首結，自知其愁。

沈巖旁：用意在"對"字，不止以"雪"言也。

戰哭多新鬼，(**題商盤紅旁**)對起。愁吟獨老翁。(**俞瑒甲本評**)所以不堪對雪。(**吴騫墨眉**)他人不如是起，所以爲奇。(**沈巖眉**)他人不如是起，所以爲奇。(**沈巖旁**)所以不堪對雪。亂雲低薄暮，(**題商盤紅旁**)倒裝句，實眼句。急雪舞迴風。(**俞瑒甲本評**)接得有力。(**申頲紅眉**)"舞"字説風雪，極真。後人多祖之，余却不喜，未識何故。瓢棄樽無緑，(**題商盤紅旁**)下因句。(**王鳴盛紅眉**)"緑"即酒也。爐存火似紅。(**李念慈紅眉**)無酒無火，可謂至困矣。(**俞瑒甲本評**)"似"字有味。(**俞瑒甲本評**)對雪之況。(**奚禄詒甲本旁**)因"紅"字而出一"緑"字，亦小疵也。(**申頲紅眉**)荒凉景象，在一"似"字。(**王瀣德紅旁**)二字變態。(**黎維樅紅眉**)"火似紅"正言無火也，寫意特妙。數州消息斷，(**俞瑒甲本評**)應首句。(**黎維樅紅旁**)結應首二句意。愁坐正書空。(**方拱乾評**)重"愁"字，當誤。(**俞瑒甲本評**)應次句。(**題商盤尾批**)"書空"本殷浩事，用字不用意。行在去此有數州之遠，故消息不通，此蓋虚擬整兵再舉之事，不敢出口，但書空作字而已。(**奚禄詒甲本旁**)賦也。○此陷賊時。(**吴廣霈墨尾**)不脱“對”字之神。(**王鄰德紅尾**)殷浩被黜,終日書空,作“咄咄怪事”四字。○“愁”字重疊。

【**彙評**】

錢陸燦甲本旁:此詩因房琯之敗而興歎也,故有“愁坐書空”句。中四語對雪,起結寫意。

錢陸燦丙本評:錢云:此詩因房琯之敗而興歎也,故有“愁坐書空”語。中四句對雪,起結四句寫意。

俞瑒甲本評:用意在“對”字,不止以“雪”言。

張學仁參定:中四寫景,前後俱感時事,作法一變。

元日寄韋氏妹

題鮮于樞評:此因元日寄韋氏妹而傷兩京之陷没,賦而興也。其憂國之心,見於詞表。嗚呼悲哉!

方拱乾評:寄妹而全首作時事,當日情况如此,可想公作詩之意。○正經悲感,乃於寄妹説出。

題商盤紅眉:鐘離,乃郎伯所治。韋氏,乃郎伯所迎。其妹已寡,所依者郎伯故。乘輿播遷,骨肉乖隔,此日何日?此情何情?將家事、國事寫作一片,自覺纏綿婉摯。在後人必作二首,不惟無此筆力,亦不見具此肝膈。蓋公於家、國不分兩念,皆本一片真誠融液而出耳。五以地名、時令和合成句,始見其工。

題商盤紅旁:此時在賊,何得有信可通?蓋擬寄之作耳。然何不言“憶妹”?以憶妹即難言國事也。何不言“寄郎伯”?以寄郎伯即不便及家事也。乃知製題之妙。

秦應逵墨眉:"郎伯"猶言兄公。公妹之夫已死。《七歌》"良人已殁諸孤癡"是也。"郎伯"必妹夫之兄,官於鍾離,以其弟死,迎於官以養之也。

近聞韋氏妹,(**俞瑒甲本評**)思妹起。(**題商盤紅旁**)對起。迎在漢鍾離。(**題商盤紅旁**)見地。郎伯殊方鎮,(**俞瑒甲本評**)承"鍾離"。京華舊國移。(**俞瑒甲本評**)自謂。(**題商盤紅旁**)走馬對。春城迴北斗,(**俞瑒甲本評**)舊國。(**題商盤紅旁**)倒承三四。(**李以峙墨眉**)(秦城)按宜從"春"對"郢",作"秦"疑後人臆改。(城春)按"荒"不如"春"。(**黎維樅紅眉批仇注"北斗,即斗柄"**)長安城本似斗形,見《三輔皇圖》。郢樹發南枝。(**俞瑒甲本評**)殊方。(**題商盤紅旁**)見時。(**黎維樅紅眉**)"秦城""北斗"既紀時,又切地,杜詩用事之工,往往如此。(**王鳴盛墨眉**)"秦城",公所居,"郢樹",妹所居。不見朝正使,(**黎維樅紅眉**)"朝正使"當指韋郎,因家事而感國事也。啼痕滿面垂。(**俞瑒甲本評**)結通首。(**奚禄詒甲本眉**)曰"朝正使",即指郎伯念及朝正,"啼"亦在國矣。(**奚禄詒甲本尾批**)賦也。(**奚禄詒乙本墨眉**)曰"朝正使","啼"亦在國矣。(**黎維樅紅眉批仇注"今以後,諸道"**)《唐書》:朝集使,位都督、刺史三品以上。

【彙評】

張學仁參定:"北斗""南枝"切合元日,恰好引起"朝正";"啼痕"句合"朝正""思妹"兩意,雙收有力。

題商盤尾:前半見己與妹天各一方,以三句爲關捩。結聯將君父之淚、骨肉之淚滴作一處,以七句爲血脈。此詩筆力固高,扼要實在此二句。

塞蘆子

方拱乾評：幾地名是眼。○蘆子關，兩山特立如門，其形若葫蘆。時官軍止知東討收復河洛，而不知蘆子之可塞，公懼有乘隙而入者，故有此作。

王士禛評：此地扼河套之角者。

俞瑒乙本評：意在末四句，欲爲先發以制人也。

屈復評：語甚明白，深切時勢，不必以詩律而詩自好。"岐有"四句，亦高遠。①

奚祿詒甲本眉：代宗奔陜，長安蕭然一空，罕見之矣。○大曆九年，郭子儀亦議及此。

奚祿詒乙本墨眉：蘆子關在延州，以備吐蕃，秦地之北門也。時官軍只知東討，而邊兵之精鋭者又調入援，不思盧子之可塞。公恐西夷乘隙而入，或思明、秀岩克太原而與昆戎爲連□，則爲患方大，故有此作。而遯叟謂爲止作議論，失了詩體，而不知其爲公之經濟也。

方貞觀墨眉：此詩首言五城，蓋此時靈武可恃爲聲援者，五城耳。既遠隔河水，而精鋭又盡東征，使二寇回略大荒而來，即崤函之險，亦虚設耳。惟扼塞蘆關，使賊不得過，實計之得也。詩意不過如此，而解者故爲譸張，不知其意欲何爲？

徐昂發評：形勢如指掌，可以知公經濟。

吴士模墨眉：語甚明白，深切時勢，不必以詩律而詩亦好。"岐有"四句，亦高遠。

秦應逵紫旁：此地扼河套之角。

---

① 校注："詩自好"一句，杭本、吴本均作"詩亦好"；"亦高遠"杭本作"意亦高遠"。

吴廣霈墨眉:此等語有關係,又不可僅以詩論。

吴廣霈墨旁:《唐地理志》:延州,延昌縣北有蘆子關。

沈巖旁:黄鶴云:時官軍止知東討收復河洛,而不知蘆子關之可塞,公懼有乘隙而入者,故有此作。

沈巖眉:鶴注爲得公意。

黎維樅紅旁:《一統志》:蘆子關在延安府安塞縣。

佚名己紅眉:叙地名是詩之眼。

五城何迢迢?(**嚴復墨眉**)定遠、豐安、三受、降城謂之五城。迢迢隔河水。(**奚禄詒甲本眉**)公每用議論,纔是伊周。(**沈巖眉**)"迢迢"反襯"速"字,"莫"謂其遠,謂寇不能至,止隔一水耳。邊兵盡東征,城南空荆杞。(**奚禄詒甲本旁**)即此已可見經濟。(**奚禄詒乙本紅旁**)可患。思明割懷衛,秀岩西未已。(**方拱乾評**)如此直而亦有鬱意。(**沈巖眉**)"割懷衛"言思明亦隨秀岩而西,恐其意不專在太原。○"崤關[函]蓋虚爾"足上句意。空國而來,豈徒然哉?回略大荒來,崤函蓋虚爾。(**奚禄詒甲本眉**)"爾"字易,"壘"字便老,此子美意中□□之事,非議論也。(**奚禄詒甲本旁**)三字稚。(**朱方藹紅眉**)自見風人經濟。(**黎維樅紅旁**)俱在潼關之東。延州秦北户,關防猶可倚。(**吴廣霈墨眉**)務東而西空,賊必乘虚侵,何故欲嚴蘆關之守也?誰云杜老僅書生者?其經濟大略,乃頗足用也。○蘆關偏北,函關偏西,故曰"延州秦北户"也。焉得一萬人,疾驅塞蘆子。(**李念慈紅眉**)將略兵機,忠謀深計,豈宜但作詩讀?(**陳治紅眉**)即此可覘先生經濟。(**秦應逵紫旁**)主意。岐有薛大夫,旁制山賊起。(**奚禄詒甲本旁**)賊薄扶風,薛景仙擊却之。(**沈巖眉**)"岐有薛大夫"四句,乃憑險扼寇之比例。近聞昆戎徒,(**奚禄詒乙本紅旁**)即吐蕃。爲退三百里。(**奚禄詒甲本旁**)即吐蕃。禄山死,思明與夷兵皆退走。蘆關扼兩寇,(**方拱乾評**)"兩寇"指高、史。(**奚禄詒甲本旁**)即思明、昆戎。

(**奚禄詒乙本紅旁**)兩寇:思明,吐蕃。**深意實在此。**(**奚禄詒甲本眉**)景仙從扶風出兵,搗長安之不備,所謂"蘆關塞兩寇"也。(**沈巖眉**)"深意實在此",公之遠圖,正望於靈武之預爲備也。**誰能叫帝閽,胡行速如鬼。**(**錢陸燦丁本評錢箋**)箋注可從,可闢舊注之謬。(**陳治墨眉**)形勢燎如五輪。(**奚禄詒甲本旁**)遯叟云:議論不可入詩,學者宜知。(**陳治紅眉批箋注**)箋似亦有見,與舊解並存之,未知孰是。(**魯一同評批《心解》**)此解。(**嚴復墨眉**)此篇是有韻條議作法。(**吴廣霈墨尾**)"兩寇"謂思明、吐蕃也。(**黎維樅墨眉**)言宜急爲防制,否則,如鬼之速,西來恐不及禦也。

【彙評】

奚禄詒乙本紅眉:余嘗讀張江臨先生《與邊帥之書》,其籌畫九邊如觀火然,真宰相也。於杜公亦云。

哀江頭

錢陸燦甲本旁:欲哭不得,微行國中。

錢陸燦乙本紅旁:欲哭不可,微行國中。

汪琬乙本評:此詩之妙,蘇穎濱以《大雅·綿》遠擬之,可謂知言。○詩之繁簡,各有其妙,此述國難,稍拖雜則非體。

吴農祥評:亂離只敘得兩句,"清渭"以下,以唱歎出之,筆力高不可攀。樂天《長恨歌》便覺相去萬里。

王士禛評:西樵謂:此段正追敘樂遊實事,《詩通》解頗覺牽合。又云:亂離事只敘得兩句,清渭流以唱歎出之,筆力高不可攀,樂天《長恨歌》便覺相去萬里。又云:即兩句亦是唱歎,不是實敘。

王士禛評:蘇子由云:李耆卿最是,《哀江頭》即少陵之《長恨歌》也,不敢直言貴妃而讀者瞭然,神妙如此。

嚴虞惇紅眉:此詩興哀於馬嵬之事,專爲貴妃而作也。蘇黄門曰,《哀江頭》即《長恨歌》也。斯言當矣。箋。

屈復評:起四句一痛而絶,二段略叙往事,嗚咽有聲,三段乃放聲大痛也,結二句忍淚而去,痛猶未已。一片真情,滿紙血淚,非可以詩觀。①

奚禄詒乙本墨眉:曲江是玄宗遊幸之地,故從此志感。"細柳新蒲",黍離之悲也。"憶昔日"者,是君與後存亡治亂之感也,故接以"人生有情淚沾臆"云云,一生忠君至性真無終極,而或者比之《長恨歌》,則不知詩矣。

盧見曾紅旁:潛身避寇,觸目傷懷。雖從樂遊追叙,而俯仰悲傷,純是忠愛之情,憂戚之志。所謂對此茫茫,百端交集,何暇計及風刺乎?叙亂離處,全以唱嘆出之,不用實叙,筆力之高,真不可及。若白氏《長恨歌》,乃因《長恨傳》而追叙其事,委曲淒斷,自成一家,正不得沾沾比勘也。蘇轍曰:杜《哀江頭》詩,予愛其詞氣若百金戰馬,注坡驀澗,如履平地,得詩人之遺法。如白樂天詩詞甚工,然拙於紀事,寸步不遺,猶恐失之,所以望老杜之藩籬而不及也。

方貞觀墨眉:此詩當於數接頭處想其剪裁,如"明眸皓齒今何在"句,銷却多少筆墨。

錢載評:此乃唐之變雅也,乃至聲滿天地。

朱方藹紅眉:此詩之妙,蘇穎濱以《大雅》擬之,可謂知言。後之論者,不觀其神氣所在,而苛求字句,此古調之所以難聞也。〇穎濱謂如駿馬驀坡,是矣。然詩之繁簡,各有其妙,此述國難稍拖雜則非體。〇顧徵君云:當作"忘南北",妙在比而言之,若直述

① 校注:"四句"杭本作"四段";"猶未已"杭本作"猶未已也"。

則成何語？下二句更宜突兀。

徐松紅眉：浦起龍曰："去住彼此"體貼出明皇心事，淚沾花草則作者之哀聲也。"黄昏"一結憤賊而不咎其君，詩人忠厚，所以接《三百篇》則以此。又中間"雙飛翼"之下不攙入六軍不發等語，蘇黄門論此詩謂若百金戰馬，注澗驀坡，如履平地，正言此處也。要可識忠厚之遺。

陳治墨眉：汪云：此詩蘇穎濱以《大雅·綿》擬之，可謂知言。

秦應逵紅眉：起四句一痛而絶，次段略叙往事，嗚咽有聲，三段乃放聲大哭也，結二句忍淚而去。一片血淚，非可以詩觀。

嚴復墨眉：少陵絶作大抵成於中年。至於夔巫以後，雖有至者，然多漫乙之作。姚惜抱謂，文章耄老□退，知此事亦關精力也。

沈巖旁：哀貴妃也。因帝與妃常遊幸曲江，故以《哀江頭》爲名。

王鳴盛墨眉：此至德二載公陷賊中作。

少陵野老吞聲哭，春日潛行曲江曲。（**吴錫麒紅眉**）突然而起，便有放聲欲哭之意，此少陵忠愛，不同□□弔古者，祗作一番盛衰説過。（**吴廣霈墨眉**）一起四句是一氣呵出者，便已精悍絶倫，辟易萬夫。（**倪象占藍眉**）《連昌宫詞》一長篇起興於此。**江頭宫殿鎖千門，細柳新蒲爲誰緑。**（**奚禄詒甲本眉**）"宫殿""蒲柳"，即禾黍之悲。**憶昔霓旌下南苑，**（**申涵光甲本評**）唐人弔古套語，至今尚有襲之者。（**題商盤紅旁**）接入。（**奚禄詒甲本眉**）回憶昔日而盛衰興喪之感無窮。**苑中萬物生顔色。**（**奚禄詒甲本旁**）曲江是玄宗遊幸之地，故就遊興追感，正是黍離之悲。胡評全非，或又比之《長恨歌》，更非。（**翁方綱評**）"憶昔"以下開局，另爲十韻。此篇自不必以屋職通用倒之。（**張雖敬墨旁**）要寫凄凉，先從愉樂時寫來，前後相形，則凄凉更甚，此反托法也。**昭陽殿裏第一人，**（**曹炎旁**）比貴妃。**同輦隨君侍君側。**（**吕留良紅眉**）賦中雜比，正是妙處，了不可覺。（**奚禄詒甲本眉**）來時也，"侍君側"至苑也。（**奚禄詒乙本墨旁**）此《左傳》"目逆而送之"，曰文法。（**奚禄詒乙本墨眉**）"同輦隨君"四字一讀，來時也；"侍君側"一讀，至苑中矣。（**吴廣霈墨眉**）昭陽第一人，非貴妃而何？"輦前才人帶弓箭"，其借比□□之際陳玄禮耶？（**沈伯沆紅眉**）專寫致亂之由，不是空作憑弔也。**輦前才人帶弓箭，**（**李以峙墨眉**）（才人）按作"詞人"，大謬。**白馬嚼齧黄金勒。**（**錢陸燦丁本評**）"輦前"四句，只舉一事，而色荒禽荒之故，已無不盡。簡而能該，是左史叙述法，讀此知元白之繁蕪矣。（**張雝敬墨旁**）隨意一事，信手拈來，其意已足，真是善用輕筆，一部全集中，再無説過又説之事，得此法耳。（**沈巖眉**）無賢才，廢武備，皆暗寓其中。**翻身向天仰射雲，一箭正墜雙飛翼。**（**吕留良紅旁**）似真似喻。（**奚禄詒甲本眉**）比得切，不是閑語。（**奚禄詒乙本紅旁**）叶謁。（**陳治紅眉**）反照陳玄禮請殺貴妃事。（**李以峙墨眉**）（一笑）按"一箭""一發"皆稍遜。**明眸皓齒今何在？**（**吕留良紅旁**）竟如此接，筆力絶人。（**題商盤紅旁**）轉入可哀。（**吴廣霈墨旁**）暗比馬嵬事。**血污遊魂歸不得。**（**方拱乾評**）一秦一蜀，謂玄宗父子，非自謂也。若自謂，何敢言"去住彼此"？（**丁耀亢紅眉**）貴妃。（**題商盤紅旁**）在京。（**奚禄詒甲本眉**）以行遊之墮羽，興死後之遊魂。（**曹炎旁**）貴妃自盡。（**秦應逵墨眉**）王西樵云："亂離"只叙得兩句，"清渭"以下，以唱歎出之，筆力高不可攀，樂天《長恨歌》相去萬里，又云：即兩句亦是唱歎，不是實叙。（**吴廣霈墨眉**）"血污遊魂"，草葬馬嵬山下也。"清渭東流"，劍閣西去，喻玄宗幸蜀，貴妃死□，去住彼此，從前隔决也。（**沈巖眉批下**）此"一笑"正取傾城之意。○仰天一箭而翼墜雙飛，此指陳玄禮請殺貴妃事。其云"輦前才人"者，姑隱避其詞，如聞比興，在可解不可解之間，欲人思而自得之也。（**嚴復紅眉**）亂離事只叙得首句，"清渭"以下以唱歎出之，筆力高不可攀，其恨便覺相去萬里。即當句亦是唱歎，不是實叙。**清渭東流劍閣深，去住彼此無消息。**（**李念慈紅眉**）傷心痛惜，無非忠愛。（**吕留良紅眉**）必著"清渭"四句乃結，所以回瀾决峽，氣象渾渾。(**奚禄詒甲本眉**)彼指玄宗,此指肅宗,承上句。○去者玄宗,住者肅宗。賊中皆不得消息,行文只當爾爾,不屬失禮。(**奚禄詒乙本墨眉**)"清渭"肅宗,"劍閣"玄宗,"去住彼此"是也。(**奚禄詒乙本墨眉**)"清渭",王師所屯,故可言肅宗,公何敢以己與君稱彼此?(**曹炎眉**)"無消息",時明皇尚留蜀,肅宗在秦。(**題商盤紅旁**)在蜀。(**張雝敬墨旁**)只數語已括盡一篇《長恨歌》。(**吴騫墨眉**)亂離事只叙得兩句,"清渭"以下唱歎出之,筆力高不可攀,樂天《長恨歌》便覺相去萬里。即兩句亦是唱歎,不是實叙。(**陳治紅眉**)"去"謂上皇,"住"謂肅宗。亂離只叙兩句。"清渭"以下唱歎出之,筆力高不可攀。樂天《長恨歌》便覺相去萬里。(**沈巖眉**)"去"謂上皇,"住"謂肅宗。**人生有情淚沾臆,**(**題商盤紅旁**)接轉首句作結。**江水江花豈終極。**(**奚禄詒甲本眉**)"人生"二句正是君臣亂雜至性。胡子以爲褻而不正,誤矣。○言江水江花不如己思君之淚無極也。**黄昏胡騎塵滿城,欲往城南忘南北。**(**方拱乾評**)實有此景。(**錢陸燦甲本眉批箋注**)宋人謂一秦一蜀,託興玄肅父子之間者,非也。"黄昏胡騎塵滿城,欲往城南忘城北"者。(**奚禄詒甲本眉**)凡老杜七言歌行,較之五古,更爲神品。(**奚禄詒甲本旁**)賦也。○凡題有"哀"字、"悲"字,必不是諷。(**奚禄詒乙本墨眉**)胡孝轅謂,曲江已在城南,如何又説"往城南"?"忘"只作"迷"所,亦無味。蓋言我之往城南者,望城北之官軍也,與"都人回面向北啼"一意。此可從。(**吴錫麒紅眉**)時事尚未有定,兹其所以哀也。結法另出一層意。(**吴士模墨眉**)"翻身"二句本寫當年生才人,却即以"箭墜雙飛"作上皇、貴妃影子,下直接"明眸何在",何等藴藉,何等靈捷,巧妙不可言。(**陳治墨尾**)顧徵君云:當作"忘南北"。(**秦應逵墨尾**)蘇子由曰:不斥言貴妃而讀者瞭然,神妙如此。《長恨歌》對此形穢。(**秦應逵墨旁**)應"潛行",應"吞聲哭"。(**吴廣霈墨尾**)"忘"一作"望",下"南"字應作"城"。(**吴廣霈墨眉下**)此猶言黄昏兵亂,欲往城南而轉向城北行也。有一訛字,便不可解。(**李以峙墨眉**)(望城北)按"忘城北"固非,"忘南北"亦小兒語,語妙無如本句。(**黎維樅墨眉**)結出心迷目亂,與起處"潛行"意關照。

【彙評】

方貞觀紅旁批注解"託諷玄肅父子":未見諷刺。

方貞觀墨眉批注解:東坡之論,定是假託,坡老决不爲此語。詩人有時落筆千言,有時一語而足,豈以煩簡定優劣耶? 若以《長恨歌》較此詩,自不可同日而語,然其美惡豈果在長短耶?

方貞觀墨眉:此詩專哀貴妃,未始非《長恨》意。"人生有情"二語,明明是"此恨綿綿無盡期"也。注家引《北征》爲證,云公方以貴妃之死,卜國家中興,不應於此詩爲天長地久之恨,此説尤迂謬不通。詩本性情,無情不可以爲詩。《北征》詩自"聖主頗虚佇"以下,冀望中興聖主,立致太平,自應作經國莊語。此詩經過傷心之地,所謂"對此茫茫",百端交集,自可作情至語,各不相礙,長孺論詩如此,恐於此道尚隔一膜也。

陳治墨眉:此詩公陷賊中所作,細玩前後語氣自見。

陳治墨眉批箋注:此詩蘇穎濱解妙得其旨,"人生有情"以下是少陵吞聲自言耳。更嬴之妻,能作鎖雲囊,大如蠶繭,可開合。更嬴善射,每言能入雲中。其妻不信,以囊繫箭,亂射之,及墜,果有白雲在内。

張雝敬墨旁:樂天詩詳得妙,此詩簡得妙,讀之皆足使人墮淚,可謂雙絶,然不能無别,白猶水晶,此則如玉耳。

黎維樅紅眉批仇注"王嗣奭曰":"清渭",貴妃縊處,"劍閣",明皇入蜀所經,"彼此無消息",即《長恨歌》所謂"一别音容兩渺茫"也。朱注作公自謂,恐與上下文不相連屬。〇張戒《歲寒堂詩話》:元白數十百言,竭力摹寫,不若子美一句,人才高下乃如此。

哀王孫

孫承澤墨眉:讀之氣塞腸裂,淚滿眶眸。

方拱乾評：時安禄山驚潼關，玄宗倉卒西幸，夜半出延秋門，諸嗣王及公主之在外者，皆不及從其後，多爲禄山所屠，鮮有脱者。此詩記而哀之。

錢陸燦乙本墨眉：宋人謂一秦一蜀，託興玄肅父子之間，非也。“黄昏[胡]騎塵滿城，欲往城南忘城北。”

錢陸燦丁本評：達官不敢斥言上也。

吕留良紅旁：侯景之亂，有白頭烏數千飛入建業，先是，童謡云云。

吕留良紅眉：樂府遺音。

屈復評：四句比興起；二段出題，戒其韜晦；三段賊勢雖重，反正已有消息；結言王氣未歇，中興在指顧也。①

奚禄詒甲本眉：此變雅也。

奚禄詒甲本旁：在賊中作。

奚禄詒乙本墨眉：劉須溪云：忠臣之盛心，倉猝之隱語，備盡情態。

奚禄詒乙本紅眉：賊中。

奚禄詒乙本墨旁：題有“哀”字，不是諷。

盧見曾紅旁：劉會孟曰：起如童謡，省却叙事。篇内忠臣之盛心，倉卒之隱語，備盡情態。仇兆鰲曰：明皇平韋后之難，身致太平，開元之際，幾於貞觀盛時。及天寶末，不惟生民塗炭，而妻子亦且不免。讀《江頭》《王孫》二詩，至今猶慘然在目。孟子云：“苟能充之，足以保四海；不能充之，不足以保妻子。”即一人之身，而治亂興亡之故昭然矣。

吴農祥評：此等是老杜獨絶，他人一字不敢道矣。

---

① 校注：“在指顧也”杭本作“在指顧間也”。

王士禛評：西樵謂此等自是老杜獨絶，他人一字不能道矣。

朱方藹紅眉：黄鐘大吕之音，山龍日月之彩，未央建章之制，期門羽林之師，直追《三百》，他非所擬。

吴錫麒紅眉：致亂之由，千頭萬緒只以"頭白烏"概之，起勢遂有海水倒立、魚龍欲上之象。曰"金蝦蟆"，曰"頭白烏"。"頭白烏"本不祥之氣，本足以喪國，而明皇不察，至猪龍作孽，倉皇幸蜀，遂使宗室遭屠，九廟爲灰。詩作《哀王孫》，其歸罪正有在也。少陵稱詩史，此種是也。

題張問陶墨眉：起似謡諺，即風人"莫黑匪烏"意。〇一韻到底，波瀾變化，層出不窮，似逐段轉韻者，七古能事，至斯已極。

陳治墨眉：汪云：黄鐘大吕之音，山龍日月之彩，未央建章之制，期門羽林之師，宜追《三百》，他非所擬。

嚴復紅眉：此等是老杜獨絶，他人一字不能道矣。

吴廣霈墨眉：此不沾沾於摹擬古樂府，而自成一種絶妙樂府，古今絶頂妙文，唯其真爾。

沈巖眉：烏生八九子猶哀鳴相呼，天子出走，獨不能庇其子孫乎？曰"達官"，不忍斥言也；曰"馬死"，代爲解之，諱莫如深也。

長安城頭頭白烏，（**錢陸燦甲本旁**）"莫黑非烏"之意。（**錢陸燦乙本紅旁**）"莫黑匪烏"之義。（**申涵光甲本評**）從烏上説起，奇。（**嚴虞惇紅旁**）"莫黑匪烏"之意。（**題商盤紅旁**）興起。（**奚禄詒甲本眉**）起句便難續。〇漢桓時童謡"城上烏，尾畢逋"，皆亂象也。〇《通俗文》：白頭烏謂之鵠鶌。（**李以峙墨眉**）（頭白）按"多白""頸白"皆不及"頭白"。**夜飛延秋門上呼。**（**錢陸燦甲本旁**）玄宗從此門去。（**王士禛評**）起似謡似謔，突兀而來，省却多少鋪叙。（**嚴虞惇紅旁**）玄宗從此門去。（**方貞觀墨旁**）起，興也，亦賦也。音節如古歌謡。（**申頲紅眉**）從烏説起，奇幻莫測，此老定於何處入想耶？（**奚禄詒乙本紅眉**）白頭烏，不祥極矣。不止引侯景。（**奚禄詒乙本墨眉**）孔子曰："烏，盱呼也。"取其助氣。杜公本此。凡"呼""啼"等字，不可混用。（**黎維樅紅眉**）此原題，起兼用興體。（**黎維樅墨眉**）似謡似諺，風人"莫黑匪烏"之意。**又向人家啄大屋，屋底達官走避胡。**（**錢陸燦甲本旁**）不敢斥言天子之狩。（**錢陸燦甲本眉批**）平時居大屋作達官，此夜□烏空啄，大屋之下達官去已久矣。家□朝中大臣伎倆只四句一解，便有許多陰□，達官去，失落下王孫入他人手。（**錢陸燦乙本紅旁**）不敢斥言王孫之狩。（**題商盤紅旁**）先舉此輩乃不足哀者。（**陳治紅眉**）曰"達官"，不忍斥言也。（**倪象占藍眉**）罪案。（**黎維樅紅眉批仇注"延秋門"**）《長安志》：苑中宫亭，凡二十四所，西面二門，南曰延秋門，北曰玄武門。**金鞭斷折九馬死。**（**方貞觀墨眉**）"金鞭"二句，即史所云妃主皇孫之在外者皆委之而去。（**李以峙墨眉**）（九馬）按"厩"定不如"九"。（**黎維樅紅旁**）宋本作"馬九死"。**骨肉不待同馳驅。**（**錢陸燦戊本評**）"不待"二字妙，寫未出門已相失。（**申頲紅眉**）骨肉逃散，彼此各不相顧，離亂光景在目。**腰下寶玦青珊瑚，**（**錢陸燦甲本旁、乙本紅旁**）遺下王孫。（**張甝敬墨旁**）忽著一閑句，似與上下文俱不接，然望而知爲王孫矣，真是神筆。**可憐王孫泣路隅。問之不肯道姓名，**（**奚禄詒甲本眉**）邊用"不肯""不敢""慎勿"云云，虚字皆慘。**但道困苦乞爲奴。**（**奚禄詒甲本眉**）實語實情。（**申頲紅眉**）困苦中寫得氣色，除却少陵，更無第二手也。（**嚴復墨眉**）言王孫之苦，而當日亂離之甚，不言自見。且無論用何叙寫，終不能如是之活現也。**已經百日竄荆棘，身上無有完肌膚。**（**方貞觀墨眉**）此處須玩其用意曲折，用筆頓挫。路隅涕泣，身無完膚，猶未信爲王孫也。及觀隆準，此真龍種矣。故歎其在野而慰以善保其軀也。**高帝子孫盡高準，**（**奚禄詒乙本紅旁**）形貌雖殘，骨氣自常。（**沈巖眉**）"高帝"四語，恐其相貌不凡，爲賊所得也。**龍種自與常人殊。**（**張甝敬墨旁**）恐其易爲人所物色也。（**黎維樅紅旁**）又作回護語。**豺狼在邑龍在野，王孫善保千金軀。**（**錢陸燦甲本眉**）

"善保"三字渡出下半篇來。**不敢長**(**奚禄詒乙本墨旁**)平聲。**語臨交衢,**(**沈巖旁**)二語頓斷不直。**且爲王孫立斯須。**(**方貞觀墨眉**)所謂"不敢長語者"何事?下分二段,一據所見,云東風血腥,賊至舊都,創大業者不顧小利,自應突騎縱横,急收圖籍,乃惟見橐駝運移珍寶,是豈有天下之志者也?又述所聞,云天子已經傳位,花門請爲雪恥,中興可必,但人心叵測,慎勿出口也。(**奚禄詒甲本旁**)他人即入太子、花門矣。此獨寬一步,寬中有意。(**吴士模墨眉**)途旁涕泣,不肯道姓名,却因腰下寶玦知爲王孫,寫得曲盡。且見富貴子弟不知世事淺露處。(**陳治墨眉**)把肅宗以後事包括在中,筆力直如扛鼎。(**張雝敬墨旁**)又恐爲人所覺,又不忍恝如陌路,兩言中含無數情事。(**黎維樅紅眉**)頓挫處亦極寫慎密情狀。(**沈伯沆紅眉**)以下忠愛之情如繪。**昨夜東風吹血腥,**(**吴廣霈墨眉**)"東風",千家注本作"春風",是也。從正。(**黎維樅紅旁**)先惕以賊形猖獗。**東來橐駝滿舊都。**(**方拱乾評**)潼關之敗,聖武之興花門之助兵。(**黎維樅紅旁**)肅宗時在靈武,故以長安爲舊都。**朔方健兒好身手,**(**錢陸燦甲本旁**)賊無大志。(**沈巖眉**)此詩"朔方"謂幽燕,非朔方軍也。**昔何勇鋭今何愚。**(**錢陸燦甲本旁**)此一快聞也。(**申涵光甲本評**)"愚"字妙,若背城一戰,未必無功;而魚驚鳥散,殊不可解,换"弱"字不得。(**奚禄詒甲本眉**)插"朔方"二句,亦有筆削。(**奚禄詒乙本墨旁**)言哥舒翰征吐蕃何勇,今棄潼關何愚。(**張雝敬墨旁**)不於此作嘆惜悲憤,而遽决其無能爲,識見豈出李鄴侯下哉?○其貪財貨如此,可决其必敗。(**陳治紅眉**)"朔方"謂幽燕,非朔方軍也。(**黎維樅紅旁**)檢極恨處寫二句,謂哥舒翰。**竊聞太子已傳位,聖德北服南單于。**(**錢陸燦甲本旁**)回紇助順。(**嚴虞惇紅旁**)回紇。(**奚禄詒甲本旁**)所謂南庭是也。吐蕃乃北庭。(**黎維樅紅旁**)檢極要緊處寫三句。(**沈伯沆紅眉**)禄山殺宗室甚多,當時從逆之臣,必有爲賊耳目搜捕以獻媚者,故有"慎勿出口",又曰"慎勿疏"也。**花門剺面請雪恥,**(**錢陸燦甲本旁**)又一快聞也。(**汪琬甲本紅眉**)花門。(**黎維樅紅旁**)謂回紇。**慎勿出**

口他人狙。（**錢陸燦乙本紅眉**）並圖狙公。（**錢陸燦戊本評**）“他人”指當時□賊爲賊耳目搜捕者。（**宋犖紅眉**）“狙”，竊聽也。（**倪象占藍眉**）花門如此，達官何如？（**李以峙墨眉**）（狙）按“伹”便廢解，形似而誤。（**黎維樅紅旁**）忽然絶口急接此句，口吻宛然。下又低呼二語，具見丁寧反復。哀哉王孫慎勿疏，（**張雝敬墨旁**）丁寧之至。五陵佳氣無時無。（**錢陸燦甲本旁、乙本紅尾**）疊“慎勿”字促節。（**題商盤紅旁**）意在言外。（**題商盤尾批**）五陵，漢五陵也。《後漢》語：“氣佳哉，鬱鬱葱葱！”（**奚禄詒甲本眉**）末句叮嚀不盡，愈增悲感。（**奚禄詒甲本旁**）興而賦也。（**奚禄詒乙本墨眉**）末句叮寧不盡，愈憎悲凄。（**張雝敬墨旁**）庶足以慰。（**吴錫麒紅眉**）以中興望肅宗，慰王孫，所以自慰，絶好收場。（**吴士模墨眉**）再疊一句，丁寧鄭重，口角如生。（**題張問陶墨眉**）以中興望之。（**沈巖尾**）一韻到底，波瀾變化，層出不窮，似逐段轉韻者也。七古能事，至斯已極。

【彙評】

錢陸燦甲本眉批箋注“延秋門”：甲申三月之事，光景豈可問哉？以煤山比延秋，明皇《雨淋》之曲，何似蒼皇鼎湖溼也。

錢陸燦乙本墨眉：甲申三月之事，光景豈可問哉？以煤山比延秋，明皇《雨淋》之曲，何似蒼皇鼎湖溼也。

李念慈紅眉：忠誠感望，潛悲暗喜，如聞歎語。

陳治墨眉批箋注：《南史》：高明事爲宣城王，遣典籤柯令孫殺建安王子真，子真走入牀下，令孫手牽出之，叩頭乞爲奴，不許而死。此事與《哀王孫》意尤切。

奚禄詒乙本墨眉：連用“不肯”“不敢”“慎勿”云云，虚字皆慘。

春　望

題鮮于樞評：司馬温公曰：“牂羊墳首，三星在罶”，言不可久也。古人爲詩,貴於意在言外,使人思而得之,故言之者無罪,聞之者足以戒。近世唯杜子美最得詩人之體,如《春望》詩"國破山河在",明無餘物矣;"城春草木深",明無人迹矣;"感時花濺淚,恨別鳥驚心",花、鳥平時可娱之物,見之而泣,聞之而悲,則時可知矣。它皆類此,不可遍舉。○復按,此詩温公之説,然矣。且"烽火連三月"而不已,感時也;"家書抵萬金"而難得,恨别也。况白頭搔之,而髮種種"不勝簪"矣。其爲春望,安得不悲傷也哉?興而賦也。

錢陸燦丙本評:錢云:河山如故,草木無知,而物换人移,家亡國破,觸目傷心也。

錢陸燦丁本評:感慨詩却如此壯麗,故難。

汪琬乙本評:此詩之妙,前賢已悉言之,然正取其景色相涵,不呆寫情事刻語也。

李念慈紅眉:沉鬱頓挫,此首内全有之。

吕留良紅眉:感慨詩却如此壯麗,故難。

宋犖紅眉:《水東記聞》云,"山河在""草木深",明無人、無物矣。花、鳥平時可娱之物,見之而泣,聞之而悲,則時可知矣。

王士禛評:此亂後思家之作也。

屈復評:"感時""恨别"承首句,"花""鳥"承次句。此温公所謂人物散亡之歎也。五句亂之久,六得家信而知未散亡也。①

奚禄詒甲本眉:"國破山河在"則天子蒙塵矣,"城春草木深"則人民逃亡矣,寫亡國入微。

奚禄詒乙本紅眉:亦在賊中。

盧見曾紅旁:司馬光曰:古人爲詩,貴於意在言外,使人思而得之。近世惟杜子美最得詩人之體,如此詩言"山河在",明無餘物

① 校注:"次句"杭本作"次首",當誤;"所謂"杭本作"所云";"六"杭本作"六句"。

矣;"草木深",明無人矣。花、鳥平時可娱之物,見之而泣,聞之而悲,則時可知矣。他皆類此,不可遍舉。

朱方藹紅眉:此詩之妙,前賢已悉言之。然正取其景色相涵,不呆爲情事刻語也。

吴錫麒紅眉:突然而起,離恨千端。

徐松紅眉:司馬温公曰:古人爲詩,貴於意在言外,使人思而得之。近世惟杜子美最得詩人之旨,如此詩言"山河在",明無物矣;"草木深",明無人矣;花、鳥平時可娱人之物,見之而泣,聞之而悲,則時可知矣。他皆類此,不可遍舉。

陳治墨眉:此詩之妙,前賢已悉言之,然正取其景色相涵,不呆爲情事刻語也。

吴廣霈墨眉:一氣呵成,四十字無一閑語,五律中之渾金璞玉也。

王瓛德藍旁:意在言外,滿紙悲風。

王瓛德紅眉:"山河在"明無物矣,"草木深"明無人矣。花、鳥可娱之物,見之而悲,時可知矣。

王伯沆紅眉:此至德二年,禄山陷京師,公在賊中作也。

國破山河在,(**方拱乾評**)五字慘,悲極。(**方拱乾評**)"在"字慘。(**秦應逵紅旁**)"望"字。(**奚禄詒乙本紅旁**)天子蒙塵也。(**沈巖旁**)無餘物矣。**城春**(**奚禄詒乙本墨旁**)"荒"字便率耳。**草木深。**(**方拱乾評**)"春"字虚看。(**俞瑒甲本評**)從"春望"起。(**奚禄詒乙本紅眉**)温公評盡。(**奚禄詒乙本紅旁**)人民死亡也。(**沈巖旁**)無人矣。**感時花濺淚,**(**秦應逵紅旁**)二字收上。**恨别鳥驚心。**(**俞瑒甲本評**)切"春"説。(**奚禄詒甲本旁**)花、鳥可娱之物,亦皆愁恨。(**秦應逵紅旁**)二字起下。(**王瓛德紅旁**)所謂愁思,看春不當春。(**沈巖旁**)平時可憎之物,見之而淚,聞之而驚,則時事可知矣。四語意在言外,俱温公語。**烽火連三月,**(**俞瑒甲本評**)應“感時”。**家書抵萬金。**(**俞瑒甲本評**)應“恨别”。(**俞瑒甲本評**)五六連看乃妙。(**申涵紅尾**)“家書萬金”熟套語,誦之而不生厭者,乃此老身分。(**王鄰德紅旁**)熟句不厭,是有身分。**白頭搔更短,渾欲不勝簪。**(**俞瑒甲本評**)感恨所致。(**奚禄詒甲本尾批**)賦也。○此陷城中作。(**方貞觀墨眉**)“搔更短”自不勝簪,何必申説。(**方貞觀紅旁**)上句意已足,再續此句,便無味之極。(**王鄰德紅旁**)收得是如此。(**王伯沆紅眉**)後四語尤有低徊不盡之感。

【彙評】

方拱乾評:司馬温公曰:“牂羊墳首,三星在罶”,言不可久也。古人爲詩,貴於意在言外,使人思而得之。故言之者無罪,聞之者足戒。近世杜子美最得詩人之體。如“山河在”,明無餘物矣;“草木深”,明無人矣。花、鳥平時可娱之物,見之而泣,聞之而悲,則時可知矣。他皆類此,不可遍舉。

俞瑒甲本評:“感”“恨”承首句,“花”“鳥”承次句。

張學仁參定:温公説此詩謂意在言外,“山河在”,無餘物矣;“草木深”,無人迹矣。花、鳥娱人,見之“濺淚”“驚心”,時可知矣。體貼微至,以後諸説可以盡廢。

得舍弟消息二首

吴廣霈墨眉:情真語摯,全從血性中流出,讀之令人淚下。

奚禄詒乙本墨眉:唐濟州、鄆皆屬魯地,當時屬河南道。

沈巖眉:二詩全是一片真氣流注,便爾妙絶。○西樵曰:此等詩皆杜之可存者,不得以其平而忽之。又曰:“憐存”語更凄。

其 一

題鮮于樞評:第一首言近雖得河南信,知舍弟在,而其側身寄食,啼痕已久,然奈何兵戰未已,安得不遥憐之邪?且以臨老招魂結之,其哀傷之意爲何如哉?賦也。

奚禄詒甲本眉:開封府河陰縣乃秦之平陰也。

奚禄詒甲本旁:讀末句則舊啼猶在也。

王士禛評:西樵曰:此等皆杜之可存者,不得以其平而忽之。又曰:"憐存"語更凄。

王鄰德藍眉:字字從至性中發出,故句無支詞,腕有餘淚,讀之直欲垂涕。

嚴復紅眉:王云:此等皆杜之可存者,不得以其平而忽之,"憐存"語更凄。

近有平陰信,(**王鄰德藍旁**)平陰屬河南郡。遥憐舍弟存。(**方拱乾評**)"存"字下得苦。通首做一"存"字。(**方拱乾評**)總在一"存"上生情。(**俞瑒甲本評**)已是苦語。(**朱方藹紅眉**)亂離之苦,骨肉之情,只一"存"字已寫出。(**陳治墨眉**)真切,字中有淚。(**王鄰德藍旁**)此"存"之所以可憐也。側身千里道,寄食一家村。(**俞瑒甲本評**)指平陰。(**嚴復墨眉**)第二聯是接第二句,言其存之情形,不獨亂離行旅之悲危,而當時民生之蕭瑟亦見。烽舉新酣戰,啼垂舊血痕。(**俞瑒甲本評**)自傷。不知臨老日,招得幾人魂。(**嚴虞惇紅旁**)時。(**嚴復墨尾**)當是"人"字,由下章"三十口"知之。酣戰曰"新",悵干戈之未已;血痕曰"舊",見離索之已長。(**奚禄詒乙本紅眉**)苦語難讀。(**奚禄詒乙本墨眉**)至於他首之飢寒傍濟州,時不同耳。(**李以峙墨眉**)(幾時)按下首"三十口"云云,則作"幾人"亦可。

【彙評】

方拱乾評:賊中作。

俞瑒甲本評:沉痛。

其 二

題鮮于樞評:第二首言弟懦歸則無計,我衰往則未期。雖得信可喜,然深負急難之義。若我生理尚何顔面,而憂端且涉歲時,兩京骨肉雖存,而其性命如絲之欲絶,危之甚也。觀此二詩,則公於手足之情,可謂深至矣。賦也。

錢陸燦甲本眉:弟在東京齊魯間,公在西京秦長安,末句與首句相應。"生理"句自愧其不能殉難,"憂端"句蓋望中興報主耳。

錢陸燦丙本評:錢云:弟在東京,公在西京,末句與首句相應。"生理"句自愧不能殉難,"憂端"句正望中興報主耳。

錢陸燦丁本評:弟在東京,公在西京,末句與首句應。"生理"句自愧不能殉難,"端憂"句正望中興報主耳。

嚴復墨眉:第二首發端是親愛口吻,第三句根於第一句,第四句本於第二也。

汝懦歸無計,吾衰往未期。(**奚禄詒乙本墨眉**)公有故宅在工魯,弟或因亂而流寓於濟。(**王鄰德紅旁**)憶弟語,通用不得。浪傳烏鵲喜,(**俞瑒甲本評**)歸無計。深負鶺鴒詩。(**吕留良紅旁**)著"浪傳""深負"更别。(**俞瑒甲本評**)"往未期"。生理何顔面,(**方拱乾評**)"生理"何以曰"顔面"?妙,妙。(**傅山紅旁**)真。憂端且歲時。(**王鄰德紅旁**)虚字力量。兩京三十口,(**俞瑒甲本評**)由弟推説。(**嚴虞惇紅眉**)弟在東京,公在西京。雖在命如絲。(**奚禄詒甲本尾批**)賦也。○公在秦,弟在洛,故曰"兩京"。(**奚禄詒乙本紅眉**)公在秦,弟在洛,故曰"兩京"。(**奚禄

詒乙本墨眉)開封府河陰縣乃秦之平陰也,故云“兩京”。(**王鄰德藍尾**)更因弟及兩京家口,向後之悲,正自不盡。

【**彙評**】

方拱乾評:此豈可作詩? 動人。

朱方藹紅眉:語苦而真,真而老,結更推及家人。

俞瑒甲本評:前首以得消息爲喜,此首以不能會合爲恨,總見悲切。

張學仁參定:杜公至情人,每於憂國思家,各見其切,不徒爲“一飯不忘君”也。

憶幼子字驥子,時隔絶在鄜州

題鮮于樞評:此詩首一句生下三句,第二句應“春”字,第三句應“春猶隔”,第四句應“驥子”,第三聯言鄜州景物,結語凄然可憐。賦也。

題商盤紅眉:此篇極見開闔之法。總作對起,次句只承上一“春”字,三四又倒承一二。四非譽兒,曰“與誰論”,正悲舉目無親耳。觀八句,當時寥落之景益可見。五六見幼子所隔之地,却突作此老辣語,其奇全在章法。

朱方藹紅眉:不難其苦語,難其興象耳,蒼老,又不必言。

奚禄詒甲本旁:此正在賊中。“鶯歌”承“春”無妨,惟“暖正繁”三字不似離别苦境。

驥子春猶隔,鶯歌暖正繁。(**題商盤紅旁**)對起。(**黎維樅紅旁**)借對。**别離驚節换,**(**俞瑒甲本評**)承次句。(**題商盤紅旁**)倒承一二。(**黎維樅紅旁**)承二。**聰慧與誰論。**(**俞瑒甲本評**)承首句。(**李以峙墨

眉)(聰慧)按"惠",明是音同而誤。(**黎維樅紅旁**)承一。**澗水空山道,**(**題商盤紅旁**)兩截句。(**黎維樅紅旁**)此言鄜州羌村置家之地。**柴門老樹村。**(**俞瑒甲本評**)憶中之景。(**王鄰德藍旁**)"澗水""柴門"指言鄜州羌村寄家之地。**憶渠愁只睡,**(**俞瑒甲本評**)點明"憶"字。(**題商盤紅旁**)三截句。**炙背俯晴軒。**(**題商盤紅旁**)倒抑句。套裝句。(**題商盤尾批**)一"俯"字畫出老人炙背之態。○"鶯歌"雖點春物,亦不泛下,暗比幼子正在學語之時,故接"聰慧"二字。(**奚祿詒甲本尾批**)賦也。○何不曰"鶯歌亦覺喧"乎?(**王鄰德墨尾**)"晴軒",鄜家之軒晴,亦春景也。惟"晴"故稚子"炙背",炙背而俯,寫出愁睡之狀。

【彙評】

張學仁參定:五六鄜州之景,結句長安之情。

一百五日夜對月

方拱乾評:奇創至此而不覺纖者,胸有本也。

李念慈紅眉:首二句言情叙事,已帶盡本題,故一往便有餘地,得以縱出别意,此公詩要法。

王士禛評:西樵云:此詩以"無家"二字爲主,因對月,故言無家而感歎濺淚有如此金波者,其正説月處只三四兩句,五六以下總説,言無家之感耳。值"仳離"正當花放,亦"感時花濺淚"之類。夢弼注謂"紅蕊"桂花,恐拘於對月而謬爲之説耳。黄生以"紅蕊"爲春花,是。

俞瑒乙本評:此亦對月憶家之詩,末句借牛女自寬也。

題商盤紅眉:前半寫己思家之情,然"無家"字已暗照五六。後半代寫家人之情,然"牛女"字又彼此雙綰。此詩人驚其出語之奇，不知其布局之整也。○一二對，三四不對，名换柱對。古詩多以淚比水，此因對月，故用“金波”字，遂成千古奇句。三四索性放言以盡其奇，言金波不若淚之多也。“仳離”照“無家”，“紅蕊”照“寒食”，“顰娥”照“有淚”。兩地相懸，情事如一，其愁思相望，真同牛女，故若爲仰訴之詞云，言爾猶秋期可待，不若人永無會面之期也。

屈復評：與前《對雪》一種作法。○六句即前《月夜》之“閨中”，正是《無家》之“家”字。①

奚禄詒甲本眉：起曰“無家”，後不言家而自在。

奚禄詒乙本紅旁：家在鄜州。

奚禄詒乙本墨眉：劉須溪云：首四句怨而不傷，狂而不直。○五六始爲姮娥言，始自爲言，不即不離。○末聯歎己不及牛女有會期，是無家也。

申頲紅眉：三四奇想，然自無瞳子則暗，恐“斫却月中桂”，更不能有輝光耳。杜老以爲何如?

申頲紅旁：家隱君云，二子似神童詩。

朱方藹紅眉：如節制之師，時一用奇。末正借牛女以自寬也。

王鄰德墨眉：單做無家。

王鄰德紅眉：次聯不對，破題已的對矣，謂之偷春格，言比梅花偷春色而先開也。

沈巖眉：西樵曰：此詩以“無家”二字爲主，因對月，故言無家而感歎濺淚有如此金波，其正説月處，只三四兩句，五六以下總言無家之感耳。又曰：“仳離”句不粘月言之，正值仳離却當花放，亦感時濺淚之類。夢弼注謂“紅蕊”桂花，恐拘於對月而謬爲之説耳。

---

① 校注：“月夜”，杭本作“月下”，誤。杭本另有“次聯不對，謂之偷春格”一句。

嚴復墨眉:"一百五日",自冬至數起,爲寒食,故《連昌宫辭》云:"初過寒食一百六。"

佚名己紅眉:怨而不傷,狂而不直,是惟得矣。

無家對寒食,(**宋犖紅旁**)全詩從此生出。(**題商盤紅旁**)順因句。有淚如金波。(**題商盤紅旁**)換柱對起。斫却月中桂,(**方拱乾評**)千古奇論,不是翻案。(**宋犖紅旁**)亡賴語自豪。(**方貞觀紅旁**)小孩子語。(**題商盤紅旁**)三四承次句。(**李以峙墨眉**)(斫却)按"折盡"不如"斫却"。清光應更多。(**方拱乾評**)"斫却"二句,感憤之詞。(**俞瑒甲本評**)承明對月。(**奚禄詒甲本旁**)意在貴妃、國忠。(**奚禄詒乙本墨旁**)三四不對,偷春體也。(**王鄰德藍旁**)三四别有寄託,亦古詩"浮雲蔽白日"之意。(**黎維樅紅旁**)謂可照見家中也。(**嚴復墨眉**)二聯是無聊怫郁時語,故爲佳句。李青蓮亦有"剗却君山好,平鋪湘水流"語。(**吴廣霈墨眉**)奇句遐想。(**王伯沆紅眉**)入妙。仳離放紅蕊,(**俞瑒甲本評**)春花也,切"寒食"。(**題商盤紅旁**)六五承首句。想像嚬青蛾。(**方拱乾評**)就"嚬"字解"仳離"。(**俞瑒甲本評**)《夢溪筆談》:對起單承,名偷春格。(**奚禄詒甲本眉**)家在鄜州,已陷賊中也。牛女漫愁思,(**俞瑒甲本評**)照"青蛾"。(**題商盤紅旁**)漫收。秋期猶渡河。(**方拱乾評**)一"猶"字應"無家",令一篇動。(**俞瑒甲本評**)照"無家"。(**方貞觀紅旁**)支離亂語。(**奚禄詒甲本旁**)賦也。〇"剗却君山好,平铺湘水流",太白此等興致,與此三四句同,後人莫及。(**吴廣霈墨眉**)言牛女猶有度[渡]河之期,己則不知歸家何日也。(**吴廣霈墨尾**)末結有思家意在。(**王鄰德藍尾**)結言秋期可望相見,無煩愁思,正足首二句意。(**嚴復墨尾**)後半不佳。

【彙評】

方拱乾評:皆謂此詩爲無家而生感慨,細看殆不止此。此賊中作,且其感慨甚大,觀“斫却”“秋期”“渡河”等字,言外之意甚長。

張學仁參定:三四奇語、憤語;五六指家人説,方能上承首句,下起結句,布局一氣貫注。若夢弼謂“蕊”指“月桂”,畢致中謂“蛾”指“嫦娥”,不切。

題商盤尾:言“仳離”,明有家也。喪亂之際,雖有若無,故徑用“無家”字。五六融會仳離啜泣之意,不僅以字選也。○於時方春,後人决不入牛女事,由其學問無本,止在近體中尋生活耳。如杜公,舉筆便知源頭自《大東》詩來,豈以時令爲拘耶?

黎維樅紅眉:首二對起,三四散承,此格起於六朝,唐人亦多有之。梁簡文《夜聽妓》詩:“合歡蠲忿葉,萱草忘憂條。何如明月夜,流風拂舞腰。”乃此體所託始也,大家偶一用之。

遣　興

方拱乾評:下字俱苦。真。

錢陸燦丁本評:長律如此流利圓婉,真樸而有風韻,不可多得。

奚禄詒甲本旁:此在賊中作。

奚禄詒乙本紅眉:樸老之語,而慘切無窮。

汪琬乙本評:分二段,上段思驥子,下段叙時事。○公近體詩,無論律排,結必回抱起聯,所云大開合也。

盧見曾紅旁:王嗣奭曰:愛隔情深,語寬心急。

王士禛評:西樵言最是真語,不忍讀。

朱方藹紅眉:題爲“遣興”,自不得概作苦語,此法惟古人得之。分二段,上段思驥子,下段叙時事。公詩近體,無論律排,結必回抱起聯,所云大開合也。此道今人棄如土也。

秦應逵紅眉:真正語不事雕飾,自然動人。

吴廣霈墨眉:此工部思其子也。

沈巖旁:情致語,不事雕飾,自然動人。

驥子好男兒,前年學語時。問知人客姓,誦得老夫詩。世亂憐渠小,家貧仰母慈。鹿門攜不遂,(**李以峙墨眉**)(鹿門聊)按别本云云不可從,"鳥道"句並無著落。**雁足繫難期。**(**奚禄詒甲本旁**)家在鄜州。(**奚禄詒乙本墨旁**)既不能攜之而遁,又不得寄書。**天地軍麾滿,**(**沈巖旁**)得此一語,襯出一結。**山河戰角悲。**(**俞瑒甲本評**)著此一語,襯出一結。(**奚禄詒甲本眉**)何不云"野哭悲"?**儻歸免相失,見日敢辭遲。**(**方拱乾評**)即"郎在郎歸不歸"之意。(**奚禄詒甲本旁**)賦也。〇可謂盡情。(**李以峙墨眉**)(見日)按"一作東",三字定是刻誤。(**沈巖眉**)西樵曰:最是真語,不忍讀。(**黎維樅紅眉**)真情苦語。(**嚴復墨眉**)結語太率。思子而云"能辭遲",不成語。

【彙評】

俞瑒甲本評:情至之語,不事雕飾,自然動人。

大雲寺贊公房四首

方拱乾評:四排盡變而入神,若作古看,便索然矣,静會乃得。此四詩之是排,非古也,豈待深辨?乃古今來發自竟陵,人當嘵嘵,何哉?詩有定體,亦有定情,混看不得。〇排。四首各緒相承,妙絶,妙絶。〇看四首之繁簡濃淡,可以悟緒。四排幽潤靈細,非草草一讀可入。排與古别,在偶句不在偶句。

錢陸燦戊本評:舊編五言古,鍾、譚作五言排律。

申涵光甲本評:此首應入古詩,鍾、譚改爲排律,光景一新。

汪琬甲本墨眉:鍾伯敬云:三詩有一片迷茫靈妙之氣,浮動筆□間,拂拂撩人,此排律化境也。舊編入古詩,覺天趣減矣。此中甚微,試思之。

王士禛評:拙甚。

屈復評:四首中頗有生新清瘦之句,而通篇枯混粗拙,想其處賊中時方寸亂矣,故如此耳。

盧見曾紅旁:聲調穩愜,雅近《選》體。鍾惺以爲排律,謬矣。

朱方藹紅眉:《贊公房》,《選》體也。鍾伯敬以入排律,何可與讀庾鮑?

吴士模墨眉:《贊公房》,《選》體也。鍾伯敬以入排律,何可與讀庾鮑?

陳治紅眉:"盡"字讀作"儘",如《曲禮》"虚坐盡後"解同。

魏源評:排律不似排律,而似五古,上乘也。其意深,其力厚,格法句法,變化不測,神乎技矣。

魯一同評:此等詩全妙在將以復咽,欲暢不暢。

嚴復墨眉:三詩多律句,此又是一體。要使其集無不有而已。

嚴復墨眉:四首自爲篇法:第一首叙初到;二首言會面之情;三首言夜宿之景;四首次日晨興所見,已而告别,更期後來。

奚禄詒乙本紅旁:賊中。

沈巖旁:格詩。○一二。

其 一

方拱乾評:公不深佛法,説來大合關捩;未必具經濟,説來大合機宜。總是詩登極位,左右逢源矣。究竟是詩不關經濟、佛法。

陳治墨眉:俞云:首章以題統言之,次章寫暮景,三章寫夜宿,末章寫晨起,次第歷歷可見,古人分章之意絶勝。

魯一同評:古變爲律,將諧未諧,乃有此體。孝穆、子山皆如此,杜老爲之,尤簡陗可喜。

心在水精域,(張雝敬墨旁)是在家一起念。衣霑春雨時。(宋犖紅眉)一起超超無著。(奚禄詒甲本旁)大秦國水精爲宫。(秦應逵墨眉)拙甚。(吴廣霈墨眉)一起好,惜通首未稱耳。(張雝敬墨旁)是路上。(黎維樅紅眉)起筆便幽。洞門盡徐步,深院果幽期。(吴廣霈墨旁)既有此句,則"到扉"二句尤可省矣。(吴廣霈墨眉)起四句頗似律體。(張雝敬墨旁)兩句是倒裝文法,謂徐步盡處,乃至洞門幽期,果得至於深院也。若一徑讀下,失作者之意矣。(黎維樅紅旁)踐約也。到扉開復閉,(李念慈紅眉)"到"當是"列"字之訛。(黎維樅紅旁)不欲俗人過從也。撞鐘齋及茲。(吴廣霈墨眉)"齋及茲"三字亦未免湊韻。醍醐長發性,飲食過扶衰。把臂有多日,開懷無愧詞。(申涵光甲本評)"開懷無愧辭",交情、人品盡此五字。黄鸝度結構,(錢陸燦甲本眉批下、乙本墨眉)"結構"三字須注。(沈巖旁)暗入花邊。紫鴿下罘罳。(奚禄詒甲本旁)比也。(李以峙墨眉)(罘罳)按下"芳菲"句劣且出韻。愚意會所適,(李以峙墨眉)(愚意)按當從"芳",與下句針對。花邊行自遲。(朱方藹紅眉)會心悠然,得陶之神。(吴廣霈墨旁)"花邊"一語自是佳句。湯休起我病,(奚禄詒甲本旁)惠休姓湯。微笑索題詩。(方拱乾評)現前。(方拱乾評)設身當日作詩之意,當屬何體,自然了了。若從字句求之,遠矣。(奚禄詒甲本旁)不數日也。賦也。(奚禄詒乙本墨眉)故爲排遣耳。

【彙評】

張雝敬墨旁:贊公亦知其詩興之已發也。此詩一句一意,極有次序,當作十一層看,而了無痕迹,殊令人摸索不着,無怪乎鍾、譚獨稱其"撞鐘齋及茲"一句也。〇四詩用《文選》體,故多排偶,然絶非排律氣味,所以爲妙。

黎維樅紅眉批仇注“其中疏通”:《禮記疏》:屏,天子之廟飾也。鄭注:屏謂之樹,今罘罳也。

其　二

方拱乾評:真率端重,一團道氣。

錢陸燦甲本眉:《崔氏東山草堂》詩,十一真韻,亦用“芹”字。爾止以爲誤,一誤無再誤也。

錢陸燦乙本墨眉:《崔氏東山草堂》詩,亦十一真韻,用“芹”字。此公必有所本,而爾止以爲誤,一誤無再誤也。

汪琬丙本評:《崔氏東山草堂》詩,亦十一真韻,用“芹”字。此公必有所本。

申頲紅眉:古云,“衣不如新,人不如故”,交情尚新,天下豈復有交情耶? 寧元著有詩云“慎交敦舊好”,此語殊是。

嚴復紅眉:漁洋云,□□句似陶。

細軟青絲履,(**黎維樅紅眉批仇注“似綸”**)《方言》草作謂之履,麻作謂之不借。光明白氎(**魯一同評**)徒協切,紉毛布也。巾。(**丁耀亢紅旁**)起似白樂天。(**奚禄詒甲本眉**)贊公贈之以巾履。(**奚禄詒乙本紅旁**)贊公贈之。(**奚禄詒乙本墨眉**)“白氎”亦木綿之類,所謂島夷卉服。(**王士禛評**)文義難通。(**秦應逵墨眉**)文義難通。(**吴廣霈墨眉**)音節竟似排律。(**倪象占藍眉**)著禪機。世之貪婪無厭足者,皆不知“取用及吾身”者也。如云出家人應爾之説矣。深藏供老宿,取用及吾身。(**方貞觀紅旁**)杜習句。(**沈巖旁**)對下“潤”字。自顧轉無趣,交情何尚新。道林才不世,惠遠德過人。(**黎維樅紅眉**)“才”“德”二字,品評不苟。雨瀉暮檐竹,風吹春井芹。(**李念慈紅眉**)句清新乃爾。(**吴廣霈墨旁**)亦似律詩。天陰對圖畫,最覺潤龍鱗。(**奚禄詒甲本旁**)賦也。(**奚禄詒甲本

眉）吴道子畫五龍於大雲寺，每天雨，鱗甲飛動，即生煙霧。

【彙評】

魯一同評：彝案：此及下一首俱可入五排，而浦以《橋陵》《陪章留後》等詩入之，此首不入，不可解。○浦於律古之律，究未分清。○此章直是律體。

其　三

錢陸燦乙本紅眉：《千家注》此爲一首，孟津閱依之。

王士禛評：西樵曰："回斷絶"言殿宇之高，玉繩亦爲虧蔽而斷絶也。又云："沃野"字不倫。

奚禄詒甲本眉：時公陷賊中，偶宿贊公房也，故末句云然。

陳治紅眉：此篇雖謝玄暉無以過。

嚴復紅眉：漁洋云：言宇之高，玉繩亦虚□而斷絶也。

燈影照無睡，（**魯一同評**）是寺中燈。**心清聞妙香。**（**申涵光甲本評**）是禪理。（**朱方藹紅眉**）發端超悟，聲調穩愜。（**魯一同評**）字字精妙，殆非言語所能讚歎。（**吴廣霈墨眉**）起仍似律。（**奚禄詒乙本紅眉**）心境自然。**夜深殿突兀，**（**魯一同評**）入神。**風動金琅璫。** **天黑閉春院，地清棲暗芳。**（**丁耀亢紅眉**）奇。（**魯一同評**）五字幽絶如睹。（**黎維樅紅旁**）字複。**玉繩迴斷絶，**（**李以峙墨眉**）（"迴"字）按作"廻"，形似而誤。**鐵鳳森翱翔。**（**奚禄詒甲本旁**）皆是比。（**沈巖眉**）鐵鳳横亘於玉繩之中，若中斷。（**黎維樅紅眉**）"回斷絶"言殿宇之高，玉繩爲所蔽而斷絶也。○"梵放"二句寫出昧爽時事。**梵放時出寺，**（**李念慈紅眉**）亦妙語。"梵放"，經咒聲也。（**奚禄詒乙本墨眉**）"梵放"即梵唱。**鐘殘仍殷牀。**（**陳治墨眉**）殷，上聲。（**黎維樅紅旁**）自外而内。**明朝在沃野，**（**秦應逵墨眉)“沃野”字不倫。苦見塵沙黄。時西郊逆賊拒官軍未已。(奚禄詒甲本旁)賦也。○“玉繩”句言星已落也。

其　四

童兒汲井華，慣捷瓶上手。(方拱乾評)佛法。(申頲紅眉)每妙於寫瑣事。(錢載評)此首即前篇“塵沙黄”之意。(吴廣霈墨眉)“上手”一本作“在手”,言瓶不離手也,似勝。《千家注》本亦作“在”字,今從正。(李以峙墨眉)(慣捷)按從“健”廢解,定係形近而訛。(沈巖旁)根“塵沙”來。霑灑不濡地，掃除似無箒。(魯一同評)無帚痕也。(嚴復墨眉)“掃除似無帚”終不可解。明霞爛複閣，(方拱乾評)《選》體語。(方拱乾評)有一字不對否？有一字對否？(沈巖旁)根“天黑”。霽霧搴高牖。(申頲紅眉)《贊公房》詩舊編入古詩,伯敬謂其幽潤靈妙之氣,拂拂撩人,乃排律化境是矣,何爲獨遺此首？豈以仄韻,遂不可爲律耶？側塞被徑花，(沈巖旁)根“地清”。飄颻委墀柳。(沈巖尾)此篇雖謝玄暉無以過。艱難世事迫，隱遁佳期後。晤語契深心，那能總鉗口。(奚禄詒甲本旁)對知心説時事語,畏賊也。(奚禄詒乙本紅旁)畏賊聞之。(黎維樅紅眉)公晦迹寺中,故有“那能鉗口”及“泥污人”“國多狗”等語。奉辭還杖策，暫别終回首。(方拱乾評)亂别。泱泱泥污人，(奚禄詒甲本旁)不能鉗口,乃説出矣。狺狺國多狗。(吴廣霈墨眉)“听”或當作“狺”,《千家注》本亦作“狺狺”。既未免羈絆，時來憩奔走。(黎維樅紅旁)復訂後期也。近公如白雪，執熱煩何有？(奚禄詒甲本旁)此首次日賦也。(黎維樅紅眉)結處與起句相應。

【彙評】

方拱乾評:一體有一體之妙。古之必不可排,歌之必不可律,易地則咸還,其本位則深。○真。果然盡排之變,從來無此排,難怪疑者。

陳治墨眉:《韓非子·外儲説右上》:"夫國亦有狗,有道之士懷其術而欲以明萬乘之主,大臣爲猛狗,迎而齕之。此人主之所以蔽脅,而有道之士所以不用也。"

張雝敬墨旁:四詩各爲一章,亦合爲一章,所以不可割棄。

雨過蘇端端置酒

方拱乾評:只覺其真,不覺其酸。○古。句句相生,細探當得之。作詩時豈字字照應,只是緒真法老,便合天然,讀須細心乃得。

王士禛評:西樵曰:"久旱雨亦好""既雨晴亦佳",皆是人胸臆間語,公先採而出之耳。

奚禄詒甲本旁:此當是寄家鄜州時,公自賊中逃出之日。

曹炎旁:端置酒。

張雝敬墨旁:讀起"無食"句,見阨窮乞食光景,爲之一歎。讀"一飯"句,見世情臭吝光景,爲之再歎。及讀至"濁醪必在眼",寫嗜酒人饞涎汩汩光景,又不覺啞然失笑也。

陳治墨眉:大似淵明乞食光景,窮途一飯,感激不細,正復可憐人。

錢載評:用《詩》無痕。

朱方藹紅眉:直率有味。

徐昂發評:眼前真實,鋪叙一片古色。

秦應逵墨眉:西樵云:"久旱雨亦好""既雨晴亦佳",皆是人人口中詩,公能採出之。

鷄鳴風雨交,(**李以峙墨眉**)(風雨)按"雲"字大謬,仇失正。久旱雨亦好。(**陳治墨旁**)"亦"字無著,下篇"亦"字妙。(**嚴復紅眉**)漁洋云:

“久旱雲亦好”“既雨晴亦佳”，是人人胸臆有，惟公先採而出之耳。（**沈巖眉**）正苦無食，可堪久旱喪亂流離，得雨一身可延。“雨亦好”頂“久旱”，包含結處。**杖藜入春泥，無食起我早。**（**魯一同評**）句法。（**吴廣霈墨眉**）“起我早”三字，無人能道。○亦工於發端，而後路稍懈。**諸家憶所歷，一飯迹便掃。**（**吕留良紅眉**）此老往往露寒乞態，亦真亦醜。（**錢陸燦甲本眉批、乙本墨眉**）“一飯”句正逼下，可帶過蘇也。（**奚禄詒甲本眉**）“一飯迹便掃”者，其人不足重也。（**申頲紅眉**）“千金酬一飯”，有酬得道理；“一飯迹便掃”，掃有掃得原故。俗人莫謂老杜無情。（**李以峙墨眉**）（便掃）按“更”，明是傳刻之訛。**蘇侯得數過，**（**方拱乾評**）“得”字妙。（**王伯沆紅眉**）情味入古。**歡喜每傾倒。也復可憐人，呼兒具梨棗。**（**方貞觀紅眉**）自“也復可憐人”以下，腐鄙不堪讀。**濁醪必在眼，**（**奚禄詒甲本眉**）“必在眼”三字看得珍重。（**奚禄詒乙本紅眉**）“必在眼”看珍重，不比諸家。（**沈巖眉批下**）入眼只有濁醪，欲假以抒懷，不覺盡醉。二句意亦曲折。**盡醉攄懷抱。**（**魯一同評**）字妙。**紅稠屋角花，碧委墻隅草。**（**張雖敬墨旁**）真率中著兩句工練語，便生異彩。（**奚禄詒甲本旁、乙本墨旁**）二句應雨。（**錢載評**）雨中景。（**魯一同評**）點入景也。○“委”字勝。（**李以峙墨眉**）（碧委）按“秀”不如“委”，言草得雨而横偃也。（**黎維樅紅眉**）貧家春景宛然。**親賓縱談謔，**（**李以峙墨眉**）（縱）按“絶”，形近而誤。**喧閙慰衰老。**（**方拱乾評**）一跌生瀾，又周旋題。（**方拱乾評**）“喧閙”曰慰，妙，妙。（**奚禄詒甲本旁、乙本墨旁**）二句應“傾倒”“盡醉”。（**李以峙墨眉**）（慰）按“畏”，音近而誤。（**沈巖眉**）“喧閙慰衰老”暗對“妻孥歸軍壘”。**况蒙霈澤垂，**（**魯一同評**）挽到“雨”。（**佚名己紅眉**）出“雨”作結。**糧粒或自保。**（**錢陸燦甲本旁**）回抱“雨”字。（**奚禄詒甲本旁、乙本墨旁**）以下應“久旱”“無食”。**妻孥隔軍壘，撥棄不擬道。**（**方拱乾評**）一飯憶之，不撥棄甚矣。（**奚禄詒甲本眉**）“撥棄”，“撥”字如本實先撥，音廢。（**奚禄詒甲本旁**）賦也。（**奚禄詒乙本墨眉**）“撥”，音廢，如本實先撥。（**張雖敬墨旁**）正是不能撥棄。(**徐昂發評**)“不復道”正深於思家者。(**魯一同評**)結又妙。(**吴廣霈墨眉下**)“撥”一作“捐”。

【彙評】

方拱乾評:有用易字而詩深者,有用難字而詩淺者,有用虚字而詩堅者,有用實字而詩弱者,妙不關字也。不關字而又何以曰用字?於此可悟,難以言宣。

吴廣霈墨尾:此等景境,未嘗過者,不知已嘗過者讀之真欲哭也。

黎維樅紅眉:杜詩隻字片句,後人多據爲故實。山谷詩“月黑虎夔藩”,謬誤可笑。東坡《送梁左藏詩》云“東方健兒虓虎樣,泣涕懷思廉恥將”,乃用杜《遣興》詩中語,亦恐非原文,不如放翁詩“無復短衣隨李廣,但思微雨過蘇端”爲新而工也。

喜　晴

方拱乾評:古。雨亦佳,晴亦佳。非公之無入不自得,乃見公之無入不得詩也。

汪琬丙本評:“佳”字不與麻韻通,公此詩及“孤舟登瀼西”篇用佳、厓、柴、涯皆出韻。

奚禄詒甲本眉:公兩詩首首非爲名,即及此似成了一套子。

盧見曾紅旁:“既雨晴亦佳”與《雨過蘇端》詩“久旱雲亦好”皆自胸臆中流出,氣息亦近陶令。

秦應逵墨眉:此等近陶公而猶見激昂之氣。

吴廣霈墨眉:一起雖佳,後乃率直,未爲完璧。

皇天久不雨,既雨晴亦佳。(**陳治紅眉**)“佳”字通“嘉”。(**陳治**

墨眉）李天生先生云："佳"字不與麻韻通，公此詩及"孤舟登瀼西"篇，用佳、厓、柴、涯字，皆出韻。（魯一同評）與前句皆自然精妙。（黎維樅紅眉）對上章"久旱雲亦好"，各極語妙。出郭眺四郊，肅肅春增華。（方拱乾評）"蕭蕭"何以華？妙，妙。（李念慈紅眉）"蕭蕭""肅肅"俱與春不合，當是傳訛。（魯一同評）清新在目。（李以峙墨眉）（肅肅）按"肅"已欠佳，作"蕭"更不是矣。（黎維樅紅旁）一作"蕭蕭"，則時事可想。青熒陵陂麥，（方拱乾評）是喜。善自寬解。（沈巖眉）"熒"貼"陵"，"青"貼"陂"。窈窕桃李花。（汪琬甲本紅眉）《莊子》：青青之麥，生於陵陂。（佚名己紅眉）"窈窕"二字妙。春夏各有實，我飢豈無涯。（申頲紅眉）妙語，善於自寬。（黎維樅紅旁）先爲己喜。干戈雖橫放，慘澹鬥龍蛇。（嚴復墨眉）層層盤鬱。甘澤不猶愈，（魯一同評）句法曲折。（吳廣霈墨旁）自亦拙澀，未明晰。且耕今未賒。（吳廣霈墨眉）略參別本訂正數字。（王伯沆紅眉）"賒"韻晦。丈夫則帶甲，（申頲紅眉）"則"字用得老。婦女終在家。（黎維樅紅旁）愈慰愈悲。力難及黍稷，得種菜與麻。（汪琬甲本紅旁）可止。（奚祿詒甲本眉）無一念不在民艱。（徐昂發評）下公自寄。（黎維樅紅旁）次爲人喜。千載商山芝，往者東門瓜。其人骨已朽，（吳廣霈墨旁）此二句亦似可節。此道誰疵瑕？英賢遇轗軻，遠引蟠泥沙。顧慚昧所適，回首白日斜。（沈巖旁）收"晴"字。（黎維樅紅旁）言己年暮。漢陰有鹿門，滄海有靈查。（方拱乾評）兩"有"字吸起"焉能"。焉能學衆口，咄咄空咨嗟。（方拱乾評）飄開作結，是一法。（奚祿詒甲本眉）不學衆口咄咄，隱見有經濟不用。（奚祿詒甲本旁）賦也。咄，當沒切，音篤。（吳士模墨眉）曲終奏雅。（魯一同評批《心解》"二詩起法學陶"）皮膚之見。

鄭駙馬池臺喜遇鄭廣文同飲

方拱乾評：意在喜遇鄭廣文，安頓却妙。

王士禛評：頓放法。

屈復評：玩三句，當是賊平收京後遇鄭於長安耳。

朱方藹紅眉：分二段，上段亂後相遇，下段鄭臺同飲，倉皇悲喜之情，一一寫出。

嚴復墨眉：仇滄柱謂，此詩當作於肅宗至德二載之春安慶緒殺祿山之後，故有"然臍"之語，此時鄭當回長安而不在東都被拘云云。○起語雖《道德經》有"天下無道，戎馬生於郊"，然終嫌未適。

奚祿詒乙本紅眉：是賊退而鄭廣文初脱難時。

不謂生戎馬，（**奚祿詒甲本眉**）頓挫，出喜意。何知共酒杯。（**方拱乾評**）十字深渾，一篇皆發此。（**方貞觀墨眉**）言不謂尚生存於戎馬之日，又何知有與故人共飲之時？一氣四句，氣直筆曲，頓挫之至。（**奚祿詒乙本紅眉**）頓錯出苦意。（**沈巖眉**）十字沉痛，有開合。（**黎維樅紅眉**）陡然而起，十分沉痛。語有開合，中藏無限曲折。○謂不料當此戎馬，猶得生存，何意復得共飲耶？燃臍郿塢敗，握節漢臣回。（**王鐸評**）古本"秃節"更佳。（**方拱乾評**）此二句乃洗脱鄭虔處。（**方拱乾評**）三句、四句非詩之佳處，却是當日作詩主意，著實用力。（**吴廣霈墨眉**）"握節"有云本作"秃節"者，存以參考。（**奚祿詒乙本紅旁**）鄭虔也。白髮千莖雪，（**黎維樅紅旁**）言其憂危。丹心一寸灰。（**方拱乾評**）周旋。（**方拱乾評**）妙在此二字。（**秦應逵墨眉**）玩頓放法。（**黎維樅紅旁**）四句叙陷賊中事，即寓爲虔昭雪意。（**黎維樅紅旁**）亦寓痛惜。别離經死地，（**李以峙墨眉**）（死地）按"此"，形近而誤。（**黎維樅紅旁**）束上。披寫忽登臺。（**倪象占藍眉**）《老子》"如登春臺"二句正是筋節。（**沈巖眉**）頓放法。（**黎維樅紅眉**）"登臺"句帶下叙入駙馬池臺同飲。（**黎維樅紅旁**）起下。重對秦簫發，（**方拱乾評**）顧題。（**奚祿詒甲本旁**）駙馬。（**秦應逵墨旁**）駙馬池臺。（**黎維樅紅旁**）切"駙馬"。俱過阮宅來。（**方拱乾評**）愛虔之至。（**奚祿詒甲本旁**）虔侄。（**嚴復墨

眉)阮籍、阮咸爲叔侄，意二鄭亦父子行也。(**黎維樅紅旁**)駙馬即虔之侄。

留連春夜舞，淚落强徘徊。(**方拱乾評**)總爲廣文地，見古人之高。(**奚禄詒甲本眉**)結句悲喜交集，思前想後，無所不至。(**奚禄詒甲本旁**)此正陷賊後作。〇賦也。

喜達行在所三首 自京竄至鳳翔

方拱乾評：此等詩，人人知其妙矣，但只作尋常好詩耳。必親歷乃知其妙，惟真斯妙也。情至之語向人説不出，第曰詩耳！未盡公，亦未盡詩也。〇此種悲感，惟身歷者知之。

錢陸燦丁本評：時天子在鳳翔，人争趨之，却無從鳳翔來者，故不得岐陽之信耳。"眼穿"句望西而走也。"心死"句自分無生理也。"霧樹"二句奔馳之狀，落句則始達鳳翔矣。

汪琬乙本評：第一首是未達時，第二首是方達時，第三首是已達時。

俞瑒乙本評：三首極寫"喜"字：第一喜脱賊中，第二喜見人主，第三喜睹中興之業。總見此老無念不在王室，詎僅僅死去歸來時耶?

嚴虞惇紅旁：自京竄至鳳翔，岐陽即鳳翔也。

題商盤紅眉：三四云云，言望不至，心斷絶也。此非望信，乃陳陶敗後，欲望官軍再舉，即《對雪》詩所謂"數州消息斷"者。至於"眼穿""心死"，因而始爲脱走之計，故後半云云，中間不露"脱走"字。至次首始補足其意，與末首皆從頭説轉。此首若初見所親，倉卒未暇細叙；次首則痛定思痛，喜極翻悲；末首則初列朝序，心神甫定之語。所以情事參錯，與諸通數章爲首尾者不同。

奚禄詒甲本旁：其二與三，首句皆緊承上末句接來，他人無此脈絡。

奚禄詒乙本紅眉：荒村歧路之間，望樹而往，□之曲折，見其或合或開，寫出顛沛苦情。

朱方藹紅眉：三詩於蒼黄[倉皇]情事寫得到，推得開，老氣横披，真絶調也。摹寫處覺人意中所有，筆下所無，正如太史神到之篇，使讀者可歌可泣。

題張問陶墨眉：首章喜脱賊，次章喜見人主，三章喜睹中興之業，章法井然。

徐松紅眉：仇注：首章曰"心死"，次章曰"喜心"，末章曰"心蘇"，脈落自相照應。首章見親知，次章至行在，末章對朝官，次第又有淺深。

陳治墨眉：汪云：第一首是未達，第二首是方達，第三首是已達，寫倉皇情事，老氣横披，真絶調也。○鳳翔固有蓮山，愚意公自京西奔華山，在其東，賊猶充斥而敗走之後，大勢已散，故公進畏與賊遇，必以"霧樹行相引"，回望賊已散走，蓮峰有時或聞，正不必改"連山"，紛紛妄議也。

吴廣霈墨眉：三首皆佳妙。

王鄰德紅旁：肅宗即位於靈武，移軍鳳翔，公脱賊中，西走謁帝行在，拜左拾遺。

王鄰德紅眉：荒村歧路之間，望樹而往，並山曲折，或見其背，或見其面，非身歷顛沛，不知其言之工也。

沈巖眉：三首極寫"喜"字，然第一首是喜脱賊中，第二首是喜見人主，第三首是喜見中興之業也。如此纔見此老本心。

王鳴盛墨眉：自京竄至鳳翔，喜達行在所。

其　一

題鮮于樞評：此言在賊中西憶鳳翔之消息，却於無人處遂潛回望，眼當落日而欲穿，憂心著寒灰而如死，行則霧樹相引，望則蓮峰或開。及達行在所，則所親見而驚其老瘦，蓋辛苦從賊中脱身而回故耳。賦也。

盧見曾紅旁：李因篤曰：抗賊高節，而以"老瘦""辛苦"四字檃括之，所謂蘊藉也。

西憶岐陽信，（**俞瑒甲本評**）指行在。（**奚禄詒甲本眉**）以未達時振起。（**沈巖旁**）指行在。無人遂却回。（**錢陸燦丙本評**）此首追叙未至之苦。（**俞瑒眉批**）此言未達時。（**秦應逵墨眉**）從在路發端，入"達"字始緊，次篇追叙陷賊，出"喜"字，更有力。（**奚禄詒乙本紅旁**）無人亦慘。眼穿當落日，（**俞瑒甲本評**）猶是遥望。（**題商盤紅旁**）順承首聯。○實眼句。（**奚禄詒甲本旁**）承首二句。○望信苦心。（**沈巖旁**）猶是遥望。心死著寒灰。（**嚴虞惇紅旁**）從未達説來，所謂來路也。（**奚禄詒乙本紅旁**）不著"西"字，是從朝望至晚也。（**王鳴盛旁批**）次句言從肅宗而往者無一人回京，故不得岐陽消息也。當日落而猶望也，以心置寒灰之中，冀其復燃也。霧樹行相引，（**俞瑒甲本評**）途中。（**奚禄詒甲本旁**）轉出行路之景。連山望忽開。（**奚禄詒甲本眉**）"引""開"二字煉得曲盡。（**奚禄詒乙本紅旁**）"或"字帶疑，妙。（**吴廣霈墨眉**）"連山"一作"連峰"。（**王鳴盛旁批**）黄漢臣曰：作"連山"更活，實指西嶽蓮花峰，其境反呆。"茂"字不如"霧"字，"忽"字不如"或"字。所親驚老瘦，（**嚴虞惇紅旁**）喜達。（**沈巖旁**）甫脱賊中。辛苦賊中來。（**奚禄詒甲本眉**）結句是慘語，亦是實語。（**奚禄詒甲本旁**）賦也。（**吴錫麒紅眉**）從辛苦字托出"喜"字，□□有神。（**吴廣霈墨眉**）情景逼肖，妙筆如繪。

【彙評】

汪琬丙本評：抗賊高節，以"老瘦""辛苦"四字檃栝，何等蘊藉。

俞瑒甲本評：甫脱賊中。

題商盤尾："無人遂却回"言無一人自賊中却回岐陽者，暗爲五六針綫。三四應起句，五六應次句，而次句"賊中"字又從末句映帶見之。

題商盤尾批箋注後："著"字老甚，非此不能敵"當"字。○七八所慰親勞之語，景狀至今在目。

秦應逵墨尾：此首追叙未至之前，脱賊之喜也。

王鄰德紅尾：前四句昔日未歸之情，後四句今日得歸之情。○"當"字、"著"字，字妙，法妙。

其　二

題鮮于樞評：此言在賊中之時，夜聞胡笳之嗚咽，春觀漢苑之淒涼，則其愁思爲何如哉！於是脱身西走，幸得生還，見今日之事，然其在間道至中，乃"暫時人"耳。今也司隸之章初睹，而南陽之氣已新，則其喜當何如哉！且以喜極而悲結之者，蓋悲其在間道之時，生死不自保故耳。賦也。

錢陸燦丙本評：錢云：此首是初至之時。

盧見曾紅旁：劉會孟曰："間道暫時人"五字可傷，即云旦暮人耳，"暫時"更警。

朱方藹紅眉："胡笳"下"夕"字，"漢苑"用"春"字，俱有斟酌，五六一滚，然有淺深。

吴錫麒紅眉："喜"字推深一層。

秦應逵墨眉："喜"字在中篇點出，却是用反託當正面，於第三篇實寫。

吴廣霈墨眉："生還"十字沉痛已極，他人亦未嘗至此苦，只恨説不出也。

嚴復墨眉：先言今日生還，再説聞道之苦，此謂往復。義山"駐馬""牽牛"一聯亦用此法。○"司隸章"用傅亮表語："東京父老，重睹司隸之章。”“倒極”二字下得極好。

愁思胡笳夕，（**題商盤紅旁**）對起。（**奚禄詒甲本眉**）初言胡騎猶戍於漢苑，至五六轉出行在氣象。**凄凉漢苑春。**（**方拱乾評**）十字不堪讀。（**汪琬乙本評**）“胡笳”下“夕”字，“漢苑”下“春”字，俱有斟酌。（**申涵墨旁**）起語寫得情境凄然。（**奚禄詒乙本紅眉**）前後一年之慘，十字説盡。〇痛定思痛。（**沈巖旁**）是方達時。（**王鳴盛墨眉**）“漢苑春”上著“凄凉”二字妙，正言殘破之後，急欲脱身也。**生還今日事，**（**宋犖紅旁**）沉著。（**題商盤紅旁**）倒叙聯。（**奚禄詒甲本旁**）苦不可再言。（**沈巖旁**）沉著。（**沈巖旁**）西樵曰：五字痛。**間道暫時人。**（**方拱乾評**）傷哉！（**王士禛評**）“間道”五字痛絶。（**申涵墨眉**）二語寫得深渾無敵。（**題商盤紅旁**）承首句。（**題商盤紅眉**）前叙賊中脱走事，後叙喜達行在意。〇四寫冒死脱走，語簡而意透。然不得上句，亦托不出。“間道暫時人”，意中必死；“書到汝爲人”，意外幸生。皆善述離亂之苦者。（**秦應逵墨旁**）五字精絶。（**奚禄詒乙本紅旁**）一氣下。（**王鄰德紅旁**）五字可傷。（**黎維樅紅眉**）三四沉著，語有深痛，言昨日尚未敢决其生還，今日始知幸有其事耳。間道而回，當時猶不知是人是鬼也，則亦暫時圖存耳。**司隸章初睹，**（**宋犖紅旁**）接得氣色。（**俞瑒甲本評**）視前首别。（**嚴虞惇紅旁**）寫行在所。（**題商盤紅旁**）借古爲喻。（**王鳴盛旁**）更始將北都洛陽，以光武行司隸校尉，使前整修宫府，於是置僚屬，作文移，一如舊章。**南陽氣已新。**（**俞瑒甲本評**）已至行在。（**題商盤紅旁**）折腰句。**喜心翻倒極，嗚咽淚沾巾。**（**俞瑒甲本評**）確是賊中來。（**俞瑒甲本評**）此言方達時。（**奚禄詒甲本眉**）痛定思痛。（**奚禄詒甲本旁**）賦也。（**黎維樅紅眉**）收語喜極反悲，所謂痛定思痛。

【彙評】

方拱乾評：不當以詩求之。

錢陸燦丙本評:錢云:此首既至之後,深喜之詞。

錢陸燦丁本評:"司隸"二句是初見朝語,喜極而悲,人之至情,非實歷者不知。

李念慈紅眉:悲喜交並,忠誠感激。

題商盤尾:七八真情實語,亦寫得出,説得透。從五六讀出則知其喜其悲不在一己之死生,而關宗社之大計。此章若答所親之語。

其 三

題鮮于樞評:此言脱身間道,獨行之時,若遇害,憑誰報邪? 今日歸來,始自哀憐,且途中尚猶瞻太白之雪,即已喜遇武功之天矣。至於見千官而影静,睹七校而心蘇者,言其既驚且喜也。末言社稷必中興,其紀年新數則自今日始矣。賦也。

題商盤紅眉:起語自傷名位卑微,死不爲人所輕重,故其歸也,悲喜交集,亦止自知之而已。

盧見曾紅旁:肺腑流露,不假雕飾。論甫者謂其一飯不忘君,况斯時情景乎? 所以寫欣喜處,語極悲痛。性情所至,妙不自尋。觀其真摯如此,其生平大節可知矣。趙汸曰:題曰"喜達行在所",而詩多追説脱身歸順、間關跋涉之情狀,所謂痛定思痛,逾於在痛時也。

吴錫麒紅眉:"喜"字正寫。

吴廣霈墨眉:情真語切,非杜老不能沉痛如此,亦唯其所遭之境地,實有如此之困苦也。若他人有心虚擬,便是無病而呻,有如笑柄矣。○舍弟江南死,家兄塞北亡,非不沉痛,顧曾無其事則無病而呻之,笑柄爾。

王鄰德藍眉:字字喜,字字悲。

王鄰德紅旁:獨行中路,間關憂患,累百言不自愬者,一見垂淚。

死去憑誰報，歸來始自憐。（**方拱乾評**）“始”字妙。看用字之苦之妙。（**宋犖紅旁**）沉著。（**俞瑒甲本評**）已達行在。（**俞眉**）此言已達時。（**奚禄詒甲本眉**）十字曲盡，身歷始知。（**申頲墨旁**）二句痛切之極，真是從患難後閱歷而發。（**王伯沆紅眉**）次句尤深痛。（**奚禄詒乙本紅眉**）間關憂患，百言不能自愬者，一見垂淚。（**沈巖旁**）沉著。〇已達時。（**黎維樅紅眉**）兩首起句，俱從前首“辛苦賊中來”承接而入，此又承上“嗚咽”句，回思脱險，作開合語，情景逼真。玩“影静”“心蘇”字，可想見以前種種奔竄驚危之狀。**猶瞻太白雪，**（**方拱乾評**）頃有自秦來者云，四月尚見太白山上雪。始知公之詩無一誕者。（**題商盤紅旁**）承首句。**喜遇武功天。**（**方拱乾評**）悲極，勿作“喜”看。（**俞瑒甲本評**）方是“喜”字正面。（**沈巖旁**）纔是“喜”字正面。**影静千官裏，**（**題商盤紅旁**）承次句。（**題商盤紅眉**）〇“影静”“心蘇”四字更寫得出，説得透。〇結意既承五六，復挽一二，筆意、筆力皆出尋常萬倍。（**秦應逵墨旁**）應“眼穿”。（**李以峙墨眉**）（千官）按作“千門”便不是。**心蘇七校前。**（**錢陸燦甲本眉批、丙本評**）“影静”二句，言亂中歸後，雖千官之衆多，而覺其静；七校之森嚴，而心已安也。（**汪琬乙本評**）達行在則奔走獲寧，故曰静觀軍容之盛，則蕩平可期，而垂死之心始蘇也。（**秦應逵墨旁**）應“心死”。（**奚禄詒乙本紅旁**）言奔走始息。（**王鄰德紅眉**）只“影静”“心蘇”字，每日跋涉擾擾，危不自安，皆可想見，而此書亦未易自言，讓人無此苦，有此苦無此言，又不知前人已言耳。（**王鄰德紅旁**）句佳。“影静”二字深妙可想。（**王鳴盛墨眉**）只“影静”“心蘇”四字，每日跋涉擾擾，危不自保，今已至千官第七校前矣，豈復有流離奔竄之虞？必此喜真未易言。**今朝漢社稷，**（**題商盤紅旁**）分裝結。（**秦應逵墨旁**）“喜”字足。**新數中興年。**（**李念慈紅眉**）痛定思痛。（**俞瑒評**）中張仲友。（**奚禄詒甲本旁**）賦也。〇三詩語意凄惻，却字字寫出“喜”意。（**方貞觀墨眉**）“中興”，“中”字，自應作去聲讀。但注家引《東皋雜録》云：子美必作仄聲用，見古人留意音訓如此。獨不憶其《送靈州李判官》云“近賀中興主，神明動朔方”，《哭韋大夫》云“漢道中興盛，韋經亞相傳”，《喜河北諸節度入朝》云“神靈漢代中興主，功業汾陽異姓王”，此三“中”字非平聲耶？余謂後人奉杜太過，此其一端也。(**陳治墨眉**)“中”字平聲亦可用。

【彙評】

俞瑒甲本評：三詩極寫“喜”字，然第一首是喜脱賊中，第二首是喜見人主，第三首是喜見中興之業也。如此纔見此老本心。

張學仁參定：《三秦記》：“武功太白，去天三百。”“天”字亦非起韻，信是無一字無來歷。仇云：首章曰“心死”，次章曰“苦心”，末章曰“心蘇”，脈絡自應相照。

朱方藹紅眉：達行在則奔走獲寧，故曰“影静”；觀軍威之盛則蕩平可期，而垂死之心始蘇也。

秦應逵旁批：此首既至後中興之喜也。

嚴復墨眉：三首是《喜達行在》正面。

送樊二十三侍御赴漢中判官

方拱乾評：古。流極。

汪琬乙本評：序次清楚。

奚禄詒甲本眉：開口刺將帥，即唤動使者王綱意，弧矢所以威天下，“不能弦”則王綱墜矣。

朱方藹紅眉：叙次清楚。

吴士模墨眉：叙次清楚。

魯一同評：僕年三十八九時，讀四判官詩凡數百過，始於此事，稍有入處，杜詩他亡，汪洋横逸，體大精宏，急切難於趨步。此四篇體最備，法最精，其經營之妙，爐錘之工，顯有軌迹可尋，能於諸詩反覆諷詠，得其波瀾意度，結構之法，則衍爲長篇，縮爲短詠，無往而不心手相應也。

吴廣霈墨眉:一起便勁,全篇佳妙。

黎維樅紅旁:即今漢中府,其地係當日鳳翔行在,通江淮饋運之襟喉。

威弧不能弦,**(方貞觀紅旁)**琢句。**(奚禄詒乙本墨旁)**指將帥。自爾無寧歲。**(方拱乾評)**從時事起。**(方拱乾評)**起得高。**(方貞觀墨眉)**起奇,得大主腦。又一起法。**(奚禄詒乙本墨眉)**開口刺將帥,即唤動使者王綱意,弧矢所以威天下,"不能弦"則王綱墜矣。**(黎維樅紅眉)**全首沉鬱有奇氣,起處借喻,入甚警,是變雅詩人遺法。川谷血横流,豺狼沸相噬。天子從北來,**(奚禄詒乙本墨旁)**天子尚在靈武。長驅振凋敝。**(方拱乾評)**粗心人决不肯作排讀。**(沈巖眉)**"振凋敝"者中興之本,而驅之爲賊用,固吾民也。頓兵岐梁下,**(奚禄詒乙本墨旁)**兵至岐下。却跨沙漠裔。二京陷未收,四極我得制。**(奚禄詒乙本墨眉)**東不盡東海,南不盡衡山,西不盡流沙,北不盡恒嶽,謂之四極。言從此天下來享也。**(方拱乾評)**妙在對,却當看其對處。**(方貞觀墨眉)**"二京"兩句言兩京雖尚未收,四極我已得制。**(吴騫墨眉)**"四極我得制",秦碑銘中簡奥語。蕭索漢水清,**(魯一同評)**入題。緬通淮湖税。**(黎維樅紅眉)**首從喪亂説到興後。使者紛星散,王綱尚旒綴。**(方貞觀墨眉)**"使者"二句正暢明"四極我得制"意,即起下文,是通首過峽處。**(奚禄詒乙本紅眉)**此二句是求車、求金之歎。**(黎維樅紅眉)**次詳樊之才略委任。南伯從事賢,**(方拱乾評)**纔入題。**(陳治墨尾)**南伯指漢中王瑀,從事指府中幕僚。**(奚禄詒乙本墨旁)**美中主將。**(沈巖眉)**按,朱鶴齡云"南伯"謂山南主將。君行立談際。**(陳治紅眉)**按,朱鶴齡云"南伯"謂山南主將。坐知七曜曆,《續漢律曆志》:劉洪爲七曜曆。**(沈巖眉)**《續漢律曆志》:劉洪爲七曜曆。**(沈巖旁)**天時。**(黎維樅紅眉批仇注"七曜")**梁元帝《纂要》:日、月、五星謂之七曜。**手畫三軍勢。**（**奚禄詒乙本紅旁**）誇樊也。（**沈巖旁**）地利。**冰雪净聰明，**（**汪琬甲本紅眉**）只此句。**雷霆走精鋭。**（**方拱乾評**）大道理於小事中説出，自己語於説人中説出，是之謂神。（**藍眉**）亦可。（**方貞觀墨眉**）奇語。（**朱方藹紅眉**）佳句似《選》。**幕府輟諫官，**（**魯一同評**）彝按："輟"當作"綴"。○反接緊健有力。（**奚禄詒乙本墨眉**）"諫官"二句帶諷。（**李以峙墨眉**）"輟諫官"謂輟諫官而爲之。古人往往有此不瞭之語，俗所謂半句頭説話也。仇改作"綴"較直捷。**朝廷無此例。**（**李以峙墨眉**）（此例）按"比"，形訛。（**黎維樅紅眉**）此則勖其匡濟。樊蓋以補闕授御史也。**至尊方旰食，**（**陳治紅旁**）言不如人和。**仗爾布嘉惠。**（**方貞觀墨眉**）練句則朗建（健）圓妙，用意則曲折有體。（**陳治墨眉**）《送從弟亞》，瞻舉也，故用勉勵語；《送樊侍御》，左遷也，故用激發語。（**吴廣霈墨眉**）此言其以侍御而赴判官，出於一時特别，非故事也。（**沈巖旁**）言不如人和也。**補闕暮徵入，**（**李以峙墨眉**）（"補闕"二句）按樊本雖古，語甚劣。**柱史晨征憩。**（**吴農祥評**）"憩"字趁韻。（**王士禛評**）"憩"字頗似趁韻。唐雖遭禄山之亂，然非滅而再興，似不得以後漢爲比。（**秦應逵墨眉**）"憩"字似趁韻。（**嚴復紅眉**）"憩"字趁韻。**正當艱難時，實藉長久計。**（**李念慈紅眉**）慰勉兼至，又歎其亂後遠行辛苦凄凉之情以勞之，真《三百篇》之遺。（**沈巖眉**）"長久計"顧其於征斂之中，勿復民生以鳩集之致滋凋敝，靡能如後漢異復長世，不然則賊雖滅而民不懷旋，有英雄起於草莽矣。**迴風吹獨樹，白日照執袂。**（**魯一同評**）點□□不假陶鑄之妙。（**奚禄詒乙本紅眉**）四句别情。（**黎維樅紅眉**）接法蒼凉有勢。**慟哭蒼煙根，山門萬重閉。**（**徐昂發評**）千載而下，猶爲動色。（**奚禄詒甲本眉**）杜公王佐才也，惜當時不用耳。（**李以峙墨眉**）（萬重）按"重""里"形似，必有一誤，然"里"固不通，"重"字亦欠穩也。○按"山門"或"關門"之訛，如作"關門"，則"萬重"字便醒目。**居人莽牢落，**（**奚禄詒乙本紅旁**）己也。**遊子方迢遰。**（**奚禄詒乙本紅旁**）樊也。（**沈巖旁**）凋敝之實即離判之原。**徘徊悲生離，**

(**魯一同評**)入自己。(**沈巖旁**)徵數目見以明吾論之非,迂也。**局促老一世。**(**奚禄詒甲本眉**)慨己不用。(**奚禄詒乙本紅旁**)己也。**陶唐歌遺民,**(**魯一同評**)又開。**後漢更列帝。**(**陳治紅眉**)唐雖遭亂,而非滅後復再興,不得以後漢比。(**徐昂發評**)不解。(**秦應逵墨旁**)唐非滅而復興,似不得以後漢爲比,此批太苛。(**嚴復紅眉**)唐雖遭亂,然非滅而更興,不得以後漢爲比。(**李以峙墨眉**)(列帝)按"别",亦形似之誤。(**黎維樅紅眉**)末叙别景而致自謙之詞。○"陶唐"句當是指岐西風俗淳厚。**我無匡復姿,**(**魯一同評**)承結。(**吴廣霈墨眉**)"我",草堂本作"恨",當是,從正。(**李以峙墨眉**)(我無)按當從"恨",句便有力。**聊欲從此逝。**(**奚禄詒甲本尾批**)賦也。(**奚禄詒乙本紅眉**)念世亂而己不得用也。(**黎維樅紅眉**)送判官諸詩每篇首尾結構各不相同,無一贈行套語。

【彙評】

方拱乾評:如此起,所以如此結。排之妙在一句一意。又妙在幾句一意,如此以古意作排句,氣在詞中,神在氣中,細會之,又排中一變也。○如此起,如此結,如此又何必分應酬、分性情乎?

吴農祥評:唐雖遭亂,非滅而更興,不得以後漢爲比。

述懷一首此已下自賊中竄歸鳳翔作

方拱乾評:刻苦淋漓,却不費力。○古。真正在漢魏之上。一味真。學不得。

錢陸燦甲本眉、乙本墨眉:纔拜拾遺,未能即知。是時公妻子寄居鄜州,去鳳翔不遠,故思其妻子而叙懷也。

錢陸燦丙本評:錢云:是時公妻子寄居鄜州,去鳳翔不遠,故思之而叙懷也。

奚禄詒甲本眉：此首當在奉先之前。

奚禄詒甲本旁：《赴奉先》作在天寶未亂之前，《述懷》作在見肅宗之後，乃云此首在奉先之前，誤矣。〇詩至無文，纔是漢魏。

奚禄詒乙本紅眉：情至無文，纔是漢魏。〇從忠怛之衷流出。

盧見曾紅旁：申涵光曰：無一語空閑，只平平説去，有聲有淚，真《三百篇》嫡派。李因篤曰：《北征》如萬山之松，中蔚煙霞；此詩如數尺之竹，勢參霄漢。《唐書》本傳：天子入蜀，甫避走三川。肅宗立自鄜州，羸服欲奔行在，爲賊所得。至德二載，亡走鳳翔，謁上，拜左拾遺。時所載寇奪，甫家寓鄜，彌年艱窶，孺弱至餓死，因許甫自往省視，從還京師。

申涵光甲本評：“麻鞋見天子”二語，一時君臣草草，狼藉在目。“反畏消息來”，非身經喪亂，不知此語之妙，與“近鄉情更切，不敢問來人”同一情事。此等詩無一語空閑，無一字牽强，平平説去，淋漓慷慨，有聲有淚，千古無兩，真《三百篇》嫡派。後人謂老杜古詩失《選》體，以其鋪序太實，不知六朝人掇拾補湊，意趣惝恍，乃詩之一種。弇州云：“詩固有賦以述情，切事爲快，不盡含蓄也。”此語得之。

申涵光丙本評：“麻鞋”二句，一時君臣草草，狼藉在目。“反畏”二句非身經亂離，不知此語之真。此等詩無一閑字句，只平平説去，聲淚俱有，乃《三百篇》之嫡派也。

汪琬丙本評：《北征》如萬頃之松，中蔚煙霞。《述懷》如數丈之竹，勢參霄漢。其最妙處有一唱三歎、朱弦疏越之遺。

李念慈紅眉：患難流離中至情實事，能盡情寫出，千載而下，凄傷如見。

方貞觀墨眉：通幅清真樸老，精悍遒勁，音韻氣體，絶似漢魏人。

申頲紅旁：淋漓慷慨，有淚有聲，反復披吟，肝脾凄裂。

朱方藹紅眉：如子長叙事，遇難轉佳，無微不透，而忠厚悱惻之意纏繞筆端。公至性過人，不易企及。○《北征》如萬頃之松，中蔚煙霞。《述懷》如數丈之竹，勢參霄漢。其最妙處有一唱三歎、朱絃疏越之遺。○久客遭亂，莫知存亡，反畏書來，與"近家心轉怯，不敢問來人"同意，然語更悲而調彌苦矣。

吴士模墨眉：如子長叙事，遇難轉佳，無微不透，而忠厚悱惻之意，纏綿筆端，非公至性過人，不能企此。

陳治墨眉：是時公妻子寄居鄜州，去鳳翔不遠，故思之而叙懷也。○汪云：忠愛之情，憂患之至，無一語不入微，非公至性過人，不易企此。

魯一同評：直接《三百篇》。

張裕釗眉：真樸之中，彌復湛至。

吴廣霈墨眉：通首佳妙，發於至性，故能真摯如此。

王伯沆紅眉：此詩字字如見心，語語如聞聲，真實故也。

佚名己紅眉：一篇真極文字。

去年潼關破，妻子隔絶久。（**題商盤紅旁**）水名，出廣漢，上有關因此名。今夏草木長，（**黎維樅紅旁**）公至鳳翔在夏四月。脱身得西走。麻鞋見天子，衣袖露兩肘。（**嚴虞惇紅旁**）如此用俗語。朝廷慜生還，親故傷老醜。（**奚禄詒甲本眉**）意中之語，手中能婉回出之。涕淚受拾遺，流離主恩厚。柴門雖得去，未忍即開口。寄書問三川，（**題商盤紅旁**）三川在鄜州，南公之家寓焉。不知家在否？比聞同罹禍，殺戮到雞狗。（**方拱乾評**）"到"字狠。山中漏茅屋，誰復依户牖。（**魯一同評**）疑其遷。（**奚禄詒乙本紅眉**）二句古詩中不可少。○婉轉凄折。摧頹蒼松根，地冷骨未朽。（**奚禄詒甲本眉**）常情常語，到此老口中，便自矯異。（**奚禄詒乙本紅旁**）插此矯異。（**魯一同評**）疑其死。**幾人全性命？ 盡室豈相偶。**（**奚禄詒甲本旁**）輕棄之極。（**魯一同評**）疑其舉家不全。**嶔岑猛虎場，鬱結回我首。 自寄一封書，今已十月後。**（**方拱乾評**）人以爲刻，其實只一真耳。（**錢陸燦甲本眉批**）書又無來，吾益驚疑不定，反恐消息來，又未必佳。（**陳治墨眉**）久客遭亂，莫知存亡，反畏書來，與"近家心轉怯，不敢問來人"同意。**反畏消息來，**（**沈巖眉**）"反畏消息來"二語妙在承接，若云"不見消息來"，意淺薄矣。作詩須如此用筆。（**黎維樅紅旁**）經歷患難，確有此情。（**黎維樅墨眉**）"反畏"二語，妙在反接。若云"不見消息來"，意淺薄矣。作詩須知如此用筆，便不平直。**寸心亦何有。**（**方拱乾評**）即"近家情更怯"之意。（**汪琬甲本紅旁**）可止。（**申頲紅眉**）"反畏消息來"與"未解憶長安"，俱是深一層説話。**漢運初中興，**（**方拱乾評**）合當及此。**平生老耽酒。**（**方拱乾評**）趣。（**魯一同評**）每收處必先離二句，復乃兜轉，則神氣回合。**沉思歡會處，恐作窮獨叟。**（**方拱乾評**）一味狠苦，只得宕結。（**方拱乾評**）結得無聊賴。每當歡會之處，我獨沉吟有所思。（**錢陸燦甲本尾**）末句與"不知家在不"呼應。（**奚禄詒甲本旁**）末句到底恐其家之不全也。賦也。（**奚禄詒乙本紅眉**）到底憂疑。（**徐昂發評**）直恐歡會場中，身爲窮獨，彷徨凄痛至矣。（**吴廣霈墨尾**）一結凄婉哀惻，令人讀之淚下。（**沈巖尾**）誓報主恩以中興，家之在否，所不暇顧，深杯歡會，盡謝不與，故結云云。

【彙評】

錢陸燦丁本評：寄書又無來音，已益驚疑，反畏消息來，又恐未必佳也。

汪琬乙本評：久客遭亂，莫知存亡，反畏書來，與"近家心轉怯，不敢問來人"同意。然語更悲，而調彌古。

陳訏紅眉批仇注"草木叢長，故可潛身西走"處："草木長"從"夏"字帶出，起下麻衣跣跡，衣袖見肘，如行荒榛叢棘中也。《杜臆》以"草木長”故可潛身，與下意不貫。

陳訏紅眉批仇注“居民稀少，故猛虎縱横”處：“嶔岑猛虎場”，上言殺戮凶暴，此即猛虎，猶云“秦人，虎狼也”。注言：居人稀少，故猛虎縱横。大似癡人説夢。

陳治墨尾：《北征》如萬頃之松，中蔚煙霞；《述懷》如數丈之竹，勢參霄漢。

吴廣霈墨眉：人言杜老窮愁皆二詩之故，不知杜老因窮愁而詩愈工，非詩工以致窮愁也。詩豈任窮之咎哉？况富貴人亦未嘗無好詩耶？然而富貴之好詩，往往不足動人，而窮愁之佳什，則激發尤易，以天下窮愁多而富貴者少耳。

送長孫九侍御赴武威判官

方拱乾評：古。幾首送别詩，各自爲局。贈别詩却切骨，難，難。

錢陸燦丁本評：送四判官詩絶有關係，各出機杼，與尋常送贈迥别。要四判官定是可人，故望其安邊而反正也。

李念慈紅眉：起得發興。○末叙别情，先勉以急公保民。

屈復評：結謂禄山亂，吐蕃乘隙犯邊也。

奚禄詒甲本眉：《唐書》：至德二載正月丙寅，河西兵馬使蓋庭倫與武威九姓商胡安門物等殺節度使周泌，聚衆六萬。武威大城之中有小城七，胡據其五，惟二小城度支判官崔稱與中使劉日新堅守，以本城兵攻之，旬有二日乃平。蓋反在正月，平在去秋也。是時餘亂尚有未盡，故欲其早到凉州以安遺民耳。

魯一同評：此篇用筆，尤有化工。

吴廣霈墨眉：妥帖老成。

魏源評:此篇俊逸,絶似太白,結處忽壁立萬仞,惟此老獨擅。

驄馬新鑿蹄,銀鞍被來好。(**方拱乾評**)從地方起。麗句起,不覺浮靡。(**方貞觀墨眉**)一起法。(**魯一同評**)如樂府。繡衣黄白郎,(**丁耀亢紅眉**)"白",疑"面"字。(**徐昂發評**)别作風味。(**徐昂發評**)"黄白"或云即《漢書》"銀黄",師古曰:銀,銀印也,黄金印也。北齊樂曲:懷黄綰白,鵷鷺成行。(**吴廣霈墨旁**)懷黄綰白,言其佩綬章也。出齊樂曲。(**吴廣霈墨眉下**)五色批本云,舊本作"白面郎",當是。騎向交河道。(**陳治紅眉**)"黄白郎"不解,應本作"白面郎"。(**陳治墨眉**)或曰,"黄白郎"即《漢書》銀黄,顔師古注:銀,銀印,黄金印也。又北齊樂曲:懷黄綰白,鴛鷺成行。録備參考。問君適萬里,(**嚴虞惇紅旁**)問。取别何草草。(**魯一同評**)叙次處無不渾脱。天子憂涼州,(**嚴虞惇紅旁**)答。(**魯一同評**)答凡四句。嚴程到須早。(**王士禛評**)西樵曰:"天子"二句如作侍御答語。(**黎維樅紅眉**)《元和郡縣志》:貞觀四年於漢車師前王地置交河縣,取界内交河爲名。交河源出縣北天山,分流城下。○《一統志》:今西番火州地。去秋群胡反,不得無電掃。(**錢陸燦丁本評**)此下公意也。(**嚴虞惇紅眉**)杜鴻漸節度河西。此行牧遺甿,(**魯一同評**)此二句入送者口氣。風俗方再造。族父領元戎,名聲國中老。(**方拱乾評**)"族父"謂杜鴻漸也,至德三年遷河西節度。(**吴士模墨眉**)古趣可愛。奪我同官良,(**方拱乾評**)秀句。飄飖按城堡。(**方拱乾評**)公私彼己各極情致。(**魯一同評**)疊下用筆,遊行自如。(**黎維樅紅眉**)侍御與拾遺同爲諫官,故曰"同官"。使我不能餐,令我惡懷抱。(**黎維樅紅眉**)上送行,下惜别。若人才思闊,(**方拱乾評**)"若人"即謂長孫告其族父也。溟漲浸絶島。樽前失詩流,塞上得國寶。(**李以峙墨眉**)(得國寶)按此與上句呼應,"多"字便非。(**黎維樅墨眉**)接入送别有力。皇天悲送遠,雲雨白浩浩。(**方拱乾評**)妙在無一毫應酬氣,却句句周旋入到刻骨處。又無一毫諂氣，又無一毫僞氣。**東郊尚烽火，**（**魯一同評**）搭入。**朝野色枯槁。**（**嚴虞惇紅眉**）禄山亂，吐蕃乘隙暴掠，取武威諸城。（**陳治墨眉**）不必皆判官之責，所謂論其大者。**西極柱亦傾，如何正穹昊。**（**方拱乾評**）如此起，如此結。（**王士禛評**）結謂禄山亂，吐蕃乘隙犯邊也。（**方貞觀墨眉**）"如何正穹昊"是請問其何以設施之意。（**徐松紅眉**）截然而止，筆力動[勁]挺。（**墨眉**）此段纔推到東有思明、西有吐蕃耳。（**奚禄詒甲本旁**）考至德元載，吐蕃陷威、戎、河、鄯等州，而河西凉州未陷，故不是吐蕃耳。（**奚禄詒乙本墨眉**）此段推到尚有思明在東、吐蕃在西耳。（**黎維樅紅眉**）結處推開一步，勉其力任匡扶，比前"牧遺甿"更進。

【彙評】

李念慈紅眉：既叙别情，又勉以匡正西極，臣誼友道俱盡。

陳訏紅眉批仇注"邊境未寧，保釐東郊"處：肅宗即位靈武，次年春幸鳳翔，時長安未復。京師在鳳翔之東，故云"東郊尚烽火"。武威即凉州，河西所屬。河西不靖，故云"西極柱亦傾"。唐室再造，必收復長安方可進取，然必河西無内顧憂，方可收復進取。今東西如此，如何可正穹昊，猶言地平天成也。此正點明天子所以"憂凉州"之意也。注引《書》"保釐東郊"，又混注"邊境未寧"，似東郊亦指凉州矣，大謬。

送從弟亞赴河西判官

方拱乾評：説來亞之入河西之遣，恁有關係。出經濟道理語於情中，深摯而不腐。

盧見曾紅旁：二詩一時而作。匡濟深衷，寓於翰墨，激切沉摯，他人無此格力。

申涵光丙本評："疏通略文字"便是英雄本色，若兩脚書厨，濟得甚事?

俞瑒乙本評:以比興起,以比興結,章法整妙。

奚禄詒甲本墨眉、乙本墨眉:近人餞送諛詞,可不愧乎?

朱方藹紅眉:讀之有猛風烈氣。

徐昂發評:通首無一空字,無一閑句。

魯一同評:此篇句句精悍,杜集中第一等文字。

吴廣霈墨眉:此則雄秀矯健,立言亦殊得體,有鼓舞勸勉之意。

佚名己紅眉:寫得宛然。

南風作秋聲,(**魯一同評**)是何興會。殺氣薄炎熾。(**方拱乾評**)從才力起。○將遭逢説得大,却是周旋從弟。(**方貞觀墨眉**)又一起法。(**奚禄詒甲本眉**)以興起。(**奚禄詒乙本紅眉**)以秋風殺氣興也。(**吴士模墨眉**)起勢凌厲。(**黎維樅墨眉**)起勢奇□。盛夏鷹隼擊,(**奚禄詒甲本旁、乙本墨旁**)興下句。(**魯一同評**)插此句妙。時危異人至。(**魯一同評**)五字人。(**嚴復墨眉**)起四句純爲"令弟草中來"作勢,與《新婚别》"兔絲附蓬麻"同法。(**沈巖眉**)"異人"二字精神透出。(**黎維樅紅眉**)承"異人"説入。令弟草中來,(**方拱乾評下**)公屢用"令弟"。(**申涵光甲本評**)自稱令弟,奇。蒼然請論事。(**李念慈紅眉**)畫出毅然情狀。(**申頲紅眉**)家隱君曰:每自稱令弟,奇。詔書引上殿,奮舌動天意。兵法五十家,爾腹爲篋笥。應對如轉丸,疏通略文字。(**申涵光甲本評**)是英雄本色,掉書袋子濟得甚事?(**申涵光戊本評**)"疏通略文字"便是英雄本色,若兩脚書厨,濟得甚事?(**魯一同評**)寫其幹局。經綸皆新語,足以正神器。(**陳治墨眉**)錢云:以下作判安西,元帥即杜鴻漸。(**黎維樅紅眉批仇注"濟濟四令弟"**)謝靈運《酬從弟惠連詩》"末路值令弟",觀此數詩,可知古人自稱其弟亦曰"令弟"。宗廟尚爲灰,君臣俱下淚。(**魯一同評**)"宗廟尚爲灰"是將南來收穫兩京,而欲收兩京、河西、武威,實靈武鳳翔之□□□也。當爲晝長久，然後安邊兩□之可圖也。當對□實，如此詩□□就此發議，不獨波瀾壯闊，不見深謨聖計也。（奚禄詒乙本墨旁）應"異人至"。（黎維樅紅眉）接得警動，此處便伏末二句意。崆峒地無軸，（沈巖旁）轉入安西。青海天軒輊。（方拱乾評）謨告語。（王士禛評）二句意等，而下句爲佳。（陳治紅旁）轉入安西。（奚禄詒乙本墨旁）四句應"時危"。（沈巖眉）當時惟仗靈武一軍爲興復根本，安西存則朔方固，故欲其晝長久之利，使反正得遂也。（黎維樅紅旁）乃翻覆之意。西極最瘡痍，連山暗烽燧。（奚禄詒乙本紅眉）杜公於贈送中往往出經濟語，惜人不能求也。（黎維樅紅眉）時方有九姓商胡之叛。帝曰大布衣，藉卿佐元帥。（錢陸燦甲本眉批）元帥即前所謂"族父領元戎"。（錢陸燦丙本評）錢云：以下作判安西，元帥即杜鴻漸。（奚禄詒乙本墨旁）以下八句皆"帝曰"也。（黎維樅紅眉）此段赴河西，承"時危"來。坐看清流沙，所以子奉使。（方拱乾評）如此關係。（奚禄詒乙本墨旁）見所任之重。（黎維樅紅眉）《元和郡縣志》：居延澤在張掖縣東北一千六百里，即古流沙。歸當再前席，（方拱乾評）開一步。適遠作歷試。須存武威郡，（奚禄詒乙本紅眉）"武威"即河西都護府。爲晝長久利。（方拱乾評）責望重。（陳治紅眉）當時惟仗靈武一軍爲興復根本，安西存則朔方固，故欲其晝長久之利，使反正得遂也。孤峰石戴驛，（黎維樅紅旁）此即送别之處。快馬金纏轡。（方拱乾評）寬四句景妙。（李念慈紅眉）告以處置之法。（嚴虞惇紅旁）此下寫赴安西。（黎維樅紅眉）接法挺拔。○又借邊陲風景寫出許多慷慨淋漓，以盡前文之妙。黄羊飫不羶，（方拱乾評）此四句屬武威郡。蘆酒多還醉。踴躍常人情，（吴廣霈墨眉）自"踴躍"句，復振起，氣勢遂不疲□。慘澹苦士志。（奚禄詒甲本紅眉）起得縱，筆至此更縱。安得送行詩皆如此哉？（奚禄詒乙本紅眉）起得縱，筆至此更縱。（陳治紅旁）異人精神透出。（魯一同評）十字沉著。（黎維樅紅旁）"慘澹"謂經營，顧慮比"踴躍"更進一層。安邊敵何有？（方拱乾評）深一步責望重。反正計

始遂。（**李念慈紅眉**）此又因其善談敢任而慮其輕躁，故告以慎重安人之道。（**方貞觀墨眉**）“安邊”二句，言以子之才安邊，何敵人之有？惟邊方無虞，併力討賊，然後反正之計始遂耳。故結句囑其回頭京闕，毋忘夾輔之功也。**吾聞駕鼓車，不合用騏驥。龍吟回其頭，夾輔待所致。**（**方拱乾評**）一結蹻然，通篇皆動。（**方貞觀墨眉**）“龍吟”句亦可解不可解，然自是妙語。（**奚禄詒甲本眉**）以比結。（**奚禄詒乙本紅眉**）囑其莫忘朝廷。（**吴廣霈墨尾**）結意相期遠大。（**黎維樅紅眉**）末以歸朝大用期之。〇王右仲云：起結皆用比興，英矯不凡。（**黎維樅紅旁**）謂龍馬長吟，奇語。

【彙評】

方拱乾評：如此起，如此結。如此起，所以如此結。

嚴虞惇紅眉：首尾用比興。

魯一同評：於喻意中轉正，最是秘訣，前“鷹隼”句未然。

魯一同評批《心解》：四詩俱有壯色沉聲，而《長孫篇》尤渾脱遒美，盧説不爲無見。

秦應逵紫尾：章法、句法，極鍛煉。

送韋十六評事充同谷郡防禦判官

方拱乾評：古。〇起從患難結到詩上，見交至。

徐松紅眉：胡夏客曰：《送樊》《送韋》《送亞》三詩感慨悲壯，使懦氣亦奮，宜其躬遇中興，此聲音之通乎時命者也。

吴廣霈墨眉：通首矯健老横。〇熟悉大勢，數之若觀掌紋，豈書腐所能出此。

沈巖眉：壯其激烈，閔其險艱，用意深長。

王鳴盛墨眉：宙乃宣宗時人，誤矣。

昔没賊中時，(徐昂發評)叙舊起。潛與子同遊。(方拱乾評)從交情起，廿字已盡。(方貞觀墨眉)又一起法。(魯一同評)此篇以言情起。(佚名己紅眉)起句似漢人。今歸行在所，(沈巖旁)伏下“浮”字。王事有去留。(奚禄詒乙本墨眉)同患難而不同見用，感慨繫之。偪側兵馬間，主憂急良籌。(方拱乾評)善爲人地。(黎維樅紅旁)□充判官之由。子雖軀幹小，老氣横九州。(奚禄詒甲本眉)感慨繫之，何肅宗不能用公也？(奚禄詒乙本墨旁)二句唤下四句。(李以峙墨眉)(老氣)按妙在“老”字，“志氣”便不成語。挺身艱難際，張目視寇讎。(沈巖旁)憤激。(黎維樅紅眉)寫得勃勃有生氣。朝廷壯其節，奉詔令參謀。(李以峙墨眉)(特詔)按上句直下，當從“特”，不從“奉”。鑾輿駐鳳翔，(沈巖旁)言防禦之重。同谷爲咽喉。(奚禄詒甲本旁)所關甚巨。(奚禄詒乙本墨旁)所關正大。(徐昂發評)每於形勢處如披圖决策。(魯一同評)入題。西扼弱水道，南鎮枹罕陬。此邦承平日，(奚禄詒甲本旁、乙本墨旁)所任正艱。剽劫吏所羞。(魯一同評)議論。○一本正其地，正在隴外。况乃胡未滅，控帶莽悠悠。(李念慈紅眉)告以所赴爲要害之地，須懷柔其民，以制外境也。○“莽悠悠”三字不得力，“莽”字或是“豈”字。府中韋使君，(奚禄詒乙本紅旁)主收。(黎維樅紅旁)帶叙。道足示懷柔。令侄才俊茂，二美又何求？(錢陸燦乙本紅眉)删。(陳治紅眉)此望盡復承平舊規，非不急語也。受詞太白脚，走馬仇池頭。(沈巖旁)猶下“馳林丘”。(黎維樅紅眉)補叙羌俗風景，於寂寥邊地，偏有生色。古邑沙土裂，(徐昂發評)途中景色。(李以峙墨眉)(古色)按“邑”形訛。積陰雪雲稠。(方拱乾評)忽著色，染色作深。(李念慈紅眉)“雪雲”字顛倒之佳。(吴廣霈墨眉)“雲”，一本或作“霜”，勝。(李以峙墨眉)(“積陰”句)按無關要妙，别本皆可從。羌父豪猪靴，(丁耀亢紅眉)奇絶。(李以峙墨眉)(鞾)按定當作“鞾”，“帽”字太謬。(黎維樅紅眉批仇注“豪猪”)《本草圖經》：豪猪，鬃間有豪如箭，能射人，陝、洛、江東諸山中並有之。羌兒青兕裘。(方貞觀墨眉)設色古雅。(魯一同評)點綴淋漓。(李以峙墨眉)(“羌兒”句)按晉句甚劣,不可從。吹角向月窟,蒼山旌旆愁。(方拱乾評下)長吉亦作奇字奇句而不能望公者,有本無本之辨也。(吴廣霈墨眉)點染其地土俗,情景如繪,亦題中絶好波瀾。(李以峙墨眉)(蒼山)按倒轉是傳寫之訛。鳥驚出死樹,龍怒拔老湫。(吕留良紅旁)奇。古來無人境,今代横戈矛。(方拱乾評)忽填細景,所爲闊也。(奚禄詒甲本眉)寫羌俗險怪,正見艱巨,要得控制之法,不是美文。(奚禄詒乙本墨眉)寫羌俗之險怪,正要抵禦之法,不是美文。(吴騫墨眉)與起處照應,以同谷遠,故思後會。(佚名己紅眉)非公不能有此語。傷哉文儒士,(魯一同評)迎合。憤激馳林丘。中原正格鬥,(黎維樅紅旁)遥接首四句。後會何緣由。(徐昂發評)叙别。(魯一同評)後幅言情,結亦演迤而不漫。百年賦命定,豈料沉與浮。(奚禄詒甲本眉)沉浮之歎,前後俱有。(奚禄詒乙本紅旁)應有去留。且復戀良友,(方拱乾評)如見。(沈巖旁)抑何敦厚。握手步道周。(沈巖眉)此望盡復承平舊規,非不急語也。無公之胸次,亦道不到。此所謂“諸葛君真名士”也。論兵還壑净,亦可縱冥搜。題詩得秀句,劄翰時相投。(方貞觀墨眉)以上送判官詩,凡四首,各有結構,各有用意,無一字雷同。(王鐸評)删,弱。(方拱乾評)如此起,如此結。如此起,所以如此結。(錢陸燦乙本紅旁)弱,删。(李念慈紅眉)結似稍輕易。(奚禄詒甲本眉)當以“王事有去留”爲結,亦可。(奚禄詒甲本旁)結常不能完全局。(王士禛評)亦弱,删。(吴士模墨眉)删之。(秦應逵墨眉)弱,可删。(嚴復紅眉)漁洋云:結弱。(沈巖尾)結善頌禱,超而又超。

【彙評】

錢陸燦丁本評:憤激林立,論兵遠壑,穆然有無窮之思,但當主辱臣死之時,以此爲結,似屬不倫。

汪琬乙本評：倉皇情事，極盡致，又極自然，妙處乃自漢魏得來。

奚禄詒甲本旁批"《杜詩通》卷第九終"處：杜公送人從征詩，真是伊尹、周公、太公、孔明經濟，使君大用爲宰相，則唐室之亂，必不至相延數代矣。評者止表議論，誤矣。

奚禄詒乙本墨眉：全篇有主憂臣死之情，結爲不合。〇即不然，亦當以"王事有去留"意結。

得家書

方拱乾評：排。〇無一字不流，無一字不鬱。〇字字相生。

奚禄詒甲本眉：未盡情。

奚禄詒甲本旁：在省中作。

盧見曾紅旁：入後清逸，翛然意遠。

王士禛評：未盡情況。西樵曰：此等事作一排律，自不能盡意。

朱方藹紅眉：分二段，上段自家中言，下段自朝中言。

吴廣霈墨旁：至鳳翔後詩也。

沈巖眉：未盡情況。〇西樵曰：此等事件，一排律自不能盡意。

黎維樅紅眉：帶家書來者，想即是前次所託寄書之人。〇家書所言，特一一數出以自慰。

去憑遊客寄，(**李以峙墨眉**)(遊客寄)按如别本作何解釋？來爲附家書。(**方拱乾評**)竟是一封答家書。(**秦應逵墨眉**)未盡情況。(**嚴復墨眉**)起二語不明瞭。今日知消息，他鄉且舊居。(**嚴復紅眉**)王云：此等事作一排律，固不能盡意。熊兒幸無恙，驥子最憐渠。臨老羈孤極，傷時會合疏。(**黎維樅紅眉批仇注"二子小子"**)公長子宗文，幼子宗武。此先云"熊兒"，當是宗文；次云"驥子"，自是宗武。觀《憶幼子》詩云

“驥子存猶隔”可證。**二毛趨帳殿，一命侍鸞輿。**（**方拱乾評**）與“名參漢望苑”一局。**北闕妖氛滿，西郊白露初。**（**朱方藹紅眉**）拈景好，又帶出時序。（**黎維樅紅眉**）點景，舉出時序有致，恰收合篇終，思歸隱完聚之情。**凉風新過雁，秋雨欲生魚。**（**方拱乾評**）如此用“魚”“雁”，遂不覺巧。（**丁耀亢紅眉**）斬新。（**吴廣霈墨眉**）二語清新絶俗。（**奚禄詒乙本墨旁**）承西郊來。**農事空山裏，眷言終荷鋤。**（**方拱乾評**）結得佳。（**吴廣霈墨尾**）言終須歸隱躬耕也。（**奚禄詒甲本旁**）賦也。（**奚禄詒乙本紅眉**）已欲辭官。（**李以峙墨眉**）（眷言終）按“終篇”云云，謬，與首句同。

月

題鮮于樞評：詩言月之光景不減於昔，而國之干戈一至於此，是以丹心益苦，而白髮愈明也。故曰“休照國西營”也。

方拱乾評：作纖月看，三四句方妙。〇此見月而悲也。“蟾不没”“兔長生”，有怨其明之意。“休照”句想征人亦如我之見月而悲也。

李念慈紅眉：公詠月詩每皆入妙，義不復不窮。

王士禛評：古今同賞，何止東坡？〇月至秋而更明，故先寫秋。三四本《天問》來。“不没”“長生”，怪之之詞。下以“只”字緊接，其意可見。“只”“能”二字交互貫下，言此“不没”“長生”者，只能益丹心之苦，添白髮之明耳。起下“知”字、“干戈”字、“休照”字，皆是白髮人心中事。〇無論詩之佳否，惟公詠月能獨開生面。〇“國西營”，收來之軍也。“休照”者寄休。日者，君象；月者，后象。唐自則天竊迹，韋庶人殺君，楊妃構亂，而天下土崩。肅宗克復未畢，而張良娣已進。少陵其考此而發乎？

俞瑒乙本評：前半寫題，後半寫意，風人感興之作。

屈復評:月至秋而更明,故先寫秋。三四本《天問》來。“不没”“長生”,怪之之詞。下以“只”字緊接,其意可見。“只”“能”二字交互貫下,言此“不没”“長生”者,只能益丹心之苦,添白髮之明耳。起下“知”字、“干戈”字、“休照”字,皆是白髮人心中事。○無論詩之佳否,惟公寫月獨能開生面。○日者,君象;月者,后象。唐自則天竊號,韋庶人弑君,楊妃構亂,而天下土崩。肅宗克復未半,而張良娣已進。少陵其爲此而發乎?[1] ○一點時,二出題,三四承一二,五六人看月,七八情。前四皆景,後四皆情。“國西營”,收京之軍也。“休照”者,寄休摇動擾亂之意。

方貞觀墨眉:浦起龍解此詩,極盡穿鑿可笑之至。

題商盤紅眉:全首作對月嗔怪之詞,與《百五夜》作同一奇恣。特此首精深渾雅,故人不覺其奇爾。○月詩入蟾、兔最俗,出公手則無不妙,以其别有命意,特借二物爲點染耳。如此二句只謂月長在天,怪渠如何不死,下照人間,只能益我丹心之苦,只能添我白髮之明而已。又况干戈滿地,爾豈不知國西之營何堪更照之哉?

秦應逵紅眉:惟公詠月能獨開生面。

奚禄詒甲本眉:三四全無比興,全無聲調。

奚禄詒甲本旁:後四句好。

奚禄詒乙本紅眉:全無比,全無調。

王鳴盛墨眉:言胡虜乃日月所不應照臨者也。

嚴復墨眉:論者以謂此詩蓋有所比,以肅宗之側猶有小人女寵,故意或如是,不然兒戲耳。杜何所夜而詠之耶?

天上秋期近,(**題商盤紅旁**)對起。人間月影清。(**俞瑒甲本評**)

---

① 校注:“寫月獨能開生面”,杭本作“詠月能獨開生面”;“竊號”,杭本作“竊迹”;“弑君”,杭本作“殺君”;“土崩”,杭本作“三崩”;“未半”,杭本作“未畢”。

承"月影"來。(**題商盤紅旁**)倒剔句。(**朱方藹紅眉**)眼前語,未經拈出。**入河蟾不没,擣藥兔長生。**(**奚禄詒甲本旁**)老杜每有此等語。(**奚禄詒乙本墨眉**)屈原《天問》"顧兔在腹"。**只益丹心苦,**(**題商盤紅旁**)雙關句。(**奚禄詒甲本眉**)"只益丹心苦",想不到,閱歷纔到。**能添白髮明。**(**俞瑒甲本評**)轉出末句。(**奚禄詒甲本旁**)嘆老。(**黎維樅紅眉**)時官軍屯於長安西,恐征人見月而悲也。(**王伯沆紅眉**)欛極。**干戈知滿地,**(**俞眉**)"知"字貼"月"説,奇。**休照國西營。**(**方拱乾評**)"知"字屬月。(**俞瑒甲本評**)挺句。(**題商盤紅旁**)意在言外。(**奚禄詒甲本旁**)賦也。○爲代宗奔陝而發。(**奚禄詒乙本紅旁**)爲代宗奔陝。(**申頲墨眉**)末二句有無限深情。(**王鄰德紅旁**)爲征夫見月而感。(**沈巖尾**)"國西營"中丹心白髮者不少,先生以己度人如此。

【彙評】

俞瑒甲本評:前半寫題,後半寫意,風人感興之體。

張學仁參定:詩自渾雅,王嗣奭必以蟾、兔比良娣、輔國,殊屬牽涉。

秦應逵紅尾:日,君象;月,后象。自則天煽禍,而韋庶人、楊貴妃,肅宗起興後,而張良娣已進,少陵其爲此乎?

黎維樅紅旁批仇注"王嗣奭":此論雖近穿鑿,亦有會意。

奉送郭中丞兼太僕卿充隴右節度使三十韻英乂

方拱乾評:排。

錢陸燦甲本眉:細味全詩意,蓋以英乂勇决垂成,不用之畿輔之地,而乃置之秦隴,故曰"幾時回節鉞,戮力掃欃槍"。官雖尊,用非其地,立言婉而有直體。

錢陸燦丙本評:細味全詩,蓋以郭公勇决,不用之畿輔,而乃置之秦隴，故曰“幾時回節鉞，戮力掃欃槍”。官雖尊，用非其地，立言婉而有直體。

俞瑒乙本評：先言隴右之命，次乃追叙世變，而推英乂之功，後乃自叙及送之意。

奚禄詒甲本眉：此等詩才，謂之無一毫渣滓。

奚禄詒乙本墨眉：排律如此典雅宕麗，誰其能之？

盧見曾紅旁：“遠猷辰告”爲佳語，此等篇章有其意矣。王嗣奭曰：本送郭之隴右，而語意輕外重内，亹亹而談，正以感激中丞，使知急也。後云“幾時回節鉞”，又云“安邊仍扈從”，蓋深以討賊大事望之矣。

方貞觀墨眉：此詩又一機軸。隴右節度，入手數語便足。以下耑叙中原慘黷，一氣直趕到“幾時回節鉞，戮力掃欃槍”，結句申之以“安邊仍扈從，莫作後功名”。蓋公以當時急在中原，不在邊鄙，故借送郭而一發此論耳。合前《送諸判官詩》觀之，固知胸無所見，雖一字不成；胸有所見，信筆寫去，自成文章。各有機杼，各成局段，不必子美爲然也。

沈巖眉：先言隴右之命，次乃追述世變，而推英乂之功也。後乃以自叙言及送意。

王鳴盛墨眉：英乂，瓜州長樂人。

詔發西山將，（**嚴虞惇紅旁**）點題。（**沈巖旁**）叙題。秋屯隴右兵。（**方拱乾評**）交互死結，正大高聳。（**宋犖紅旁**）叙題。（**奚禄詒乙本墨眉**）英乂以將門之子而肅宗特爲任用，未必不是徒讀□書之流，故此篇皆勉勖之詞，艱難之時，而以容易即之，所以不能成功。（**黎維樅紅眉**）起得鄭重。凄涼餘部曲，（**俞瑒甲本評**）知運之子。（**奚禄詒乙本墨旁**）知運之遺。（**沈巖旁**）英乂，知運之子。燀赫舊家聲。雕鶚乘時去，（**沈巖旁**）

切太僕。**驊騮顧主鳴。**(**俞瑒甲本評**)切太僕。(**秦應逵紅旁**)切太僕。**艱難須上策，容易即前程。斜日當軒蓋，高風卷旆旌。**(**方拱乾評**)已作别語句，一推開，成大機局。(**秦應逵紅旁**)送。(**李以峙墨眉**)(高風)按"歸"字非。**松悲天水冷，沙亂雪山清。**(**俞瑒甲本評**)隴右。(**嚴復墨眉**)天水，秦州；雪山，伊州之析羅漢山。**和虜猶懷惠，防邊不敢驚。**(**黎維樅紅眉**)"和虜"四句了却題目正文，"專征"二字旋趨下段。○言鎮静安邊，然後可並力爲討賊計。**古來於異域，鎮静示專征。**(**奚禄詒乙本墨眉**)説防虜安邊，教之以策；説國破之慘，教之以忠也。(**黎維樅紅眉批仇注"一名雪山"**)《一統志》：雪山在河州衛西南，接洮州蕃境，一名雪嶺。**燕薊奔封豕，**(**俞瑒甲本評**)安史之亂。**周秦觸駭鯨。**(**宋犖紅旁**)寫京師失陷，光景慘動。(**奚禄詒甲本眉**)首段已了題。(**沈巖旁**)安史之亂。寫京師未陷時，光景慘動。(**黎維樅紅眉**)前叙郭鎮隴右甚略，以下叙内亂特詳。**中原何慘黷，**(**俞瑒甲本評**)"慘黷"本陸機《漢功臣贊》。(**陳治紅眉**)"慘"當作"墋"。(**沈巖眉**)"慘"當作"墋"。(**奚禄詒乙本紅眉**)陸機《漢高功臣頌》："芒芒宇宙，上墋下黷。"墋者，不清澄之謂。**餘孽尚縱横。**(**方拱乾評**)平衍十六句，散十六句，誰人有此大力。(**吕留良紅眉**)何情何景，狼籍許多佳句。(**俞瑒甲本評**)慶緒爲寇。(**奚禄詒乙本墨眉**)中原未平，且可鎮静以處西戎，是大經濟。**箭入昭陽殿，笳吟細柳營。**(**陳治墨眉**)汪云：此段稍多，何必及太甚語。○竊意選此詩當删去"箭入"以下十二句更簡老。**内人紅袖泣，王子白衣行。**(**方拱乾評**)一散便十數句，不漫緩，見力見法。(**俞瑒甲本評**)爲避亂也。(**王伯沆紅眉**)直書似太盡。**宸極祆星動，園陵殺氣平。**(**奚禄詒甲本眉**)寫至此，令人怵目驚心。(**奚禄詒乙本墨眉**)寫至此段，令人駭目驚心，所急不在吐蕃，而在安史也。(**黎維樅紅眉**)"殺氣平"言殺氣之高與園陵平也。**空餘金椀出，無復繐帷輕。**(**錢陸燦丁本評**)細玩全詩，是蓋以英乂果决垂成，不用之畿輔之地，而乃置之秦隴，故曰"幾時回節鉞"云云，立言婉而有直體。(汪琬丙本評)此段稍多,句亦夾雜。毁廟天飛雨,(黎維樅紅眉)"天飛雨"猶云雨泣。焚宫火徹明。(奚禄詒乙本紅旁)又發陵寢。罘罳朝共落,楄桷夜同傾。(方拱乾評)警。(嚴復墨眉)楄木名,似對不過"罘罳"意,有誤。(黎維樅紅眉批仇注"襖星不出五年")《説文》:襖,胡神也。三月師逾整,群胡勢就烹。(丁耀亢紅眉)以下言郭之功。瘡痍親接戰,(李以峙墨眉)(瘡痍)按作"恭承"便不成語。〇又按"恭承"即"恭聞",公每用此二字。二語本言郭戰敗事,則比"瘡痍"較爲婉妙,昨粗心看過,今早思得即書之,可見好學貴乎深思也。勇決冠垂成。(方拱乾評)又挽别。體與情備。(宋犖紅旁)以功名期郭也。(俞瑒甲本評)英乂戰功。(秦應逵紅旁)郭之善戰。(嚴復墨眉)安守忠□武功,英乂戰不利,流矢貫頤。(沈巖旁)英乂戰功。妙譽期元宰,殊恩且列卿。(方拱乾評)周旋題。(黎維樅紅旁)兼銜帶叙。幾時回節鉞,(方拱乾評)挽俱見力。戮力掃欃槍。(黎維樅紅旁)陪意却是正意。(佚名己紅眉)公此後究與英乂不合,已見於此矣。圭竇三千士,雲梯七十城。(奚禄詒乙本紅旁)自叙。耻非齊説客,(宋犖紅旁)叙入自家。(秦應逵紅旁)自叙。(黎維樅紅旁)叙入自己,申"七十城"。只似魯諸生。(奚禄詒乙本墨眉)入自序無些痕,不必屬而自屬。(黎維樅紅旁)申"三千士"。通籍微班忝,(丁耀亢紅眉)自言與郭相知。(俞瑒甲本評)謂爲拾遺。(奚禄詒乙本紅旁)己也。周行獨坐榮。(汪琬甲本紅眉)三獨坐。(奚禄詒乙本紅旁)郭也。(方拱乾評)古詩亦有對峙句,排律亦有流句,此中又難言之矣。(嚴復墨眉)光武特詔御史中丞與司隸校尉、尚書令專席而坐,號三獨坐。隨肩趨漏刻,短髮愧簪纓。徑欲依劉表,(奚禄詒乙本紅旁)不切。還疑厭禰衡。(吕留良紅眉)兩事一用,恰好。漸衰那此别,(俞瑒甲本評)奉送。忍淚獨含情。(奚禄詒乙本墨眉)公欲依以建功耶?廢邑狐狸語,(沈巖旁)隴右殘破。空村虎豹争。(方拱乾評)交情國計,縈曲藹然。(沈巖眉)末言隴右之地已自凋敝,望以精誠建功。(黎

維樅紅眉)本意再一振醒。**人頻墜塗炭，公豈忘精誠。**(**俞瑒甲本評**)言隴右已殘破,望其精誠建功。**元帥調新律，前軍壓舊京。**(**嚴復墨眉**)“元帥”指廣平王,“前軍”指李嗣業。李嗣業至,肅宗以爲前軍收長安。(**黎維樅紅旁**)詳見後《官軍臨賊境》詩。**安邊仍扈從，**(**秦應逵紅旁**)節度。(**沈巖旁**)節度太僕。**莫作後功名。**(**宋犖紅旁**)結是願望語。(**俞瑒甲本評**)節度太僕。(**俞瑒乙本評**)末段謂隴右殘破,更望其建功,以勉意結。仍不脱太僕卿,法律極細。(**奚禄詒甲本眉**)以勖勉結。○調新律老,用《周禮》“執同律以聽軍聲”。(**奚禄詒乙本墨眉**)末結力勉之,見英乂避急趨緩之非。○調新律[老],用《周禮》“執同律以聽軍聲”。(**秦應逵紅旁**)太僕。(**黎維樅紅旁**)言毋使功名在人後也。

【彙評】

俞瑒甲本評:先言隴右之命,次述世變,而推英乂之功,後乃以自叙言,並及送意。

陳訏紅眉批仇注“總評‘王嗣奭曰’一段”處:此評深得詩意。

送楊六判官使西蕃

方拱乾評:排。

奚禄詒甲本墨眉:開口“送遠”,毛骨悚然,可見和親亦不得已而爲之,又不好説和親非榮,只得説“絶域懷怒”助順耳。入楊六出使曰“儒衣”“漢節”,夷人從來未見漢官儀也。“邊酒”“夷歌”以待天使,不似漢儀矣。然草肥雪乾之時,贊普方强,故教以“慎籌畫”“正羽翰”,無辱命也。能如是乎? 歸來亦榮也。

奚禄詒乙本墨眉:首句時序可悲,二句西域可悲,三句帝京可悲,四句别情可悲。開口“送遠”,毛骨悚然,可見和策亦是不得已而爲之。不承説和親非禮，只得説“絶域懷怒”報仇耳。接楊六出使曰“儒衣”“漢節”，夷人從未見漢發威儀也。“邊酒”“夷歌”以待天使，不似漢官儀矣。然雪乾草肥之時，贊普方强，故教以“慎籌畫”“正羽翰”，不然則辱命矣。能如是乎？歸來亦榮也。

盧見曾紅旁：仇兆鰲曰：羅大經云“子雲清自守，今日起爲官”，假“雲”對“日”，兩句一意。按，元、白、劉賓客輩《汝洛唱和集·九日送人》“清秋方落帽，子夏正離群”，假對之工，本於杜句。朱鶴齡曰：《舊唐書》云，至德元載，遣使和親，願助國討賊。二載三月，遣給使[事]中南巨川報命。楊蓋贊巨川以行。

送遠秋風落，（**嚴虞惇紅旁**）送。西征海氣寒。（**嚴虞惇紅旁**）西。（**吴廣霈墨眉**）一起高亢可風。（**黎維樅紅眉**）竟從送別説起，格法一變。唱歎而入四句中，更無意不到。（**黎維樅紅眉批仇注“海，謂青海”**）青海在唐鄯州，往吐蕃當渡青海。帝京氛祲滿，人世別離難。絶域遥懷怒，和親願結歡。敕書憐贊普，兵甲望長安。（**嚴復墨眉**）贊普□□文夫，其君長妻呼末□。宣命前程急，惟良待士寬。（**嚴復墨眉**）“惟良”乃歇後語，即二千石。子雲清自守，今日起爲官。（**李以峙墨眉**）（今日）按石林疑傳寫者訛“令尹”爲“今日”，獨不可“今日”訛爲“令尹”耶？從羅氏説較好。又按宋人已云傳寫之訛，則今日余所謂大半誤於形聲近似者，並非瞽説。垂淚方投筆，傷時即據鞍。（**方拱乾評**）對奇妙。於此偶句妙不可言，若在律中古中便平之無奇，此中可思可悟。（**錢陸燦丁本評**）班投筆，援據鞍，不過老當益壯耳。此加以垂淚傷時，説得公爾忘私、國爾忘家意出。使事而不爲事使，有意以運之也。可以類推。（**倪象占藍眉**）對法。（**黎維樅紅眉**）想見出門慷慨之情，以下亦善寫邊庭風景。（**佚名己紅眉**）小有風致。儒衣山鳥怪，漢節野童看。（**宋犖紅眉**）此獨書家之正鋒。邊酒排金盞，夷歌捧玉盤。草輕蕃馬健，雪重拂

廬乾。（**嚴復墨眉**）拂廬，吐蕃所居毳帳，大者容數百人。（**吴廣霈墨眉**）大拂廬，吐蕃王所居之帳也。**慎爾參籌畫，從兹正羽翰。歸來權可取，九萬一朝摶。**（**藍眉**）結湊。（**奚禄詒甲本尾批**）賦也。（**奚禄詒乙本紅旁**）稍礙。

【彙評】

陳訏紅眉批仇注"指巨川爲正使。時楊判官必膺郡守推薦，銜命入蕃，故曰'惟良待士寬'也"處："宣命前程急"承上"敕書"來，宣此敕書中之命，王事靡盬也。"惟良"句，以楊爲判官，有寬惠之政也。下聯接"子雲"，以久於下僚，今日起而奉使，且切楊姓也。注以"宣命""惟良"指巨川，按通首無一語及巨川，何忽夾入？且注云：楊必膺郡守推薦。則待士寬，亦與推薦無涉。注因《漢書》及李嘉佑詩，遂無端添出一薦楊之太守，可謂節外之枝矣。

陳訏紅旁批仇注"命人入蕃，故曰'惟良待士寬也'"處：果爾，何不已？惟良薦士明。

陳訏紅眉批仇注"又恐其屈節外藩，故以慎謀畫，正羽翰戒之"處：此篇終期望之詞。蓋奉使有功，則大用可期。"正羽翰"猶言速飛，"正"即整字義，觀下"九萬"句可見。注云：恐其屈節外藩，故以正羽翰戒之。此三字亦太晦滯矣，况與"從兹"二字語氣不合。

黎維樅紅眉："子雲""今日"，借對法，集中時有之。如"江村建子月，獨樹老夫家""非尋戴安道，似向習家池"，皆用流水借對，亦大家偶作狡獪耳。至太白《送内尋廬山女道士詩》"水春雲母碓，風埽石楠花"，借對尤爲工雅。"清秋方落帽，子夏正離群"乃張賁《酬魯望和吴門旅泊》詩。

送靈州李判官

題鮮于樞評：首言“羯胡腥四海”，則血戰而乾坤赤，氛迷而日月昏，故“回首一茫茫”。次言當時軍將則策略專，幕府則才賢盛，故兵稱神速，而驚彼朔方，於是相賀吾君真中興之主矣。賦也。

方拱乾評：只一句送判官耳。

李念慈紅眉：此亦可疑。

吴廣霈墨眉：此疑真是僞作，朱批不謬，此首可删。

黎維樅紅旁：集外詩，見郭知達、黄鶴本。

羯胡腥四海，回首一茫茫。血戰乾坤赤，氛迷日月黄。將軍專策略，幕府盛才良。近賀中興主，神兵動朔方。（**奚禄詒甲本尾批**）賦也。

【彙評】

佚名丁墨尾：考史，禄山反，以郭子儀爲靈武太守，充朔方節度使，李必節度所辟也。結有遠神。

教育部人文社會科學重點研究基地
復旦大學中國古代文學研究中心
叢刊

杜詩彙評

貳

黄霖 陳維昭 周興陸 主編
曾紹皇 輯著

鳳凰出版社

卷　四

奉贈嚴八閣老

題鮮于樞評：詩言扈聖登黄閣者雖衆，而嚴公獨妙年，若蛟龍鵰鶚之得時矣。嚴以客禮待己，而容其疏放，且官聯兩省而可以交接，是以嚴之好詩，任我傳誦而不吝，賦兼比也。

方拱乾評：大有前輩自任之意。

錢陸燦甲本眉：公與武之父挺之爲友，落句居然以父執自居。第三言其得君，第四言其擊邪也。

錢陸燦丙本評：錢云：三句言其得君，四句言其擊邪。

奚禄詒甲本眉：公初入省中相贈之作。

奚禄詒乙本墨眉：兩省相呼爲"閣老"，呼相公爲"堂老"。

奚禄詒乙本墨旁：别字。

嚴復墨旁：唐人稱給事中爲"閣老"，給事中屬門下省，開元曰黄門省，故詩中言"黄閣"，非宰輔。

扈聖登黄閣，（**俞瑒甲本評**）《困學記聞》："黄閣"指給事言，非宰輔事。（**俞瑒甲本評**）贈嚴。（**李以峙墨眉**）（扈聖）按，作"今日"便不莊重。明公獨妙年。（**奚禄詒乙本墨旁**）以雌黄塗閣門。蛟龍得雲雨，（**奚禄詒乙本墨旁**）套語。鵰鶚在秋天。（**奚禄詒甲本旁**）套話。（**吴廣霈墨旁**）

二句筆力遒勁。**客禮容疏放，官曹可接聯。**（**王鐸評**）太易。（**俞瑒甲本評**）叙情。（**王士禛評**）太易。（**王鄰德藍眉**）給事中屬門下省，開元曰黄門省，故曰“黄閣”。左拾遺，亦東省之屬，故曰“官曹可接聯”。**新詩句句好，應任老夫傳。**（**俞瑒甲本評**）映“妙年”。（**方貞觀紅眉**）結不住。（**奚禄詒甲本旁**）賦也。（**秦應逵紅眉**）太易。（**嚴復墨眉**）結語稍直。（**吴廣霈墨尾**）結直率不稱。

【彙評】

張學仁參定：公與武父挺之友善，武時尚在妙年，竟得杜公如此推許，“嚴挺之乃有此兒”。

留别賈嚴二閣老兩院補闕得雲字

題鮮于樞評：詩言爲田園之私事，必須暫往。然以兵戈，乃惜離群，因相遠去，故留詩以别。第愁多而任酒以醉，且一秋苦雨，今日始晴而上道，山路處處吹角，實不堪聞，應“戎馬惜離群”，賦也。

申頲紅眉：五六太率，若作起語便不妨。

沈巖眉：清真。

黎維樅紅眉：五六句是喜意，末二句又未免觸着憂端矣。

田園須暫往，戎馬惜離群。（**奚禄詒甲本眉**）此詔許往鄜州省家時。**去遠留詩别，愁多任酒醺。一秋常苦雨，今日始無雲。**（**丁耀亢紅眉**）流對。**山路時吹角，**（**李以峙墨眉**）（吹角）按惟其角聲，所以不堪，“聞笛”字顯謬。**那堪處處聞。**（**奚禄詒甲本尾批**）賦也。○雖往省家，仍留心於朝廷之亂。

九成宫

方拱乾評:古,奇鬱深厚。議論在情况之先。

錢陸燦甲本旁、乙本紅旁:寫景得自《文選》。

錢陸燦甲本眉、乙本墨眉:方曰:此詩前六韻乃山中所見之景,後六韻因有感於隋帝之亡而歎肅宗之狩也。當時隋帝製此遊幸,雖不比穆王之巡瑶池,然宫殿侈麗如此,已犯《尚書》"峻宇雕墻"之戒矣。玄宗之幸驪山宫,何以異哉?故皆不能保其位也。靈武之狩,誰爲後階?此所以仰望而嗟歎也。

汪琬乙本評:興亡在目,託諷獨深。

徐松紅眉:陶開虞曰:畫九成宫地形。

俞瑒乙本評:前《玉華宫》用虚含,此用實寫,興亡在目,託諷獨深。前半乃山中所見之景,後感隋帝而慨時事也。

嚴虞惇紅眉:前六韻山中所見之景,後六韻因感隋帝亡而歎靈武之狩也。

屈復評:通篇穩稱,又有傷今吊古之意。杜詩之佳者,其諷諫明皇處,在"荒哉隋家帝"以下數句,讀者可思而得也。①

奚禄詒甲本眉:逼真《大雅》,陳戒之作。

奚禄詒乙本紅眉:陳戒之意,變雅之遺。

盧見曾紅旁:李因篤曰:興亡在目,託諷獨深。浦起龍曰:《九成》《玉華》用意各別,一爲隋代所建,故明志來歷,有借秦爲喻之意;一爲國初所作,故不忍斥言,有黍離行邁之思。

吴農祥評:借隋以諷唐也。

朱方藹紅眉:興亡在目,託諷獨深。

---

① 校注:"傷今吊古"杭本作"傷今罪古",余本是。

陳治墨眉:此與《玉華宫》同意。但前用含蓄,此用舒寫,筆法各美。

蒼山入百里,崖斷如杵臼。(**題商盤紅眉**)次句畫出地形。(**奚禄詒乙本紅眉**)寫得幽遠。曾宫憑風迴,(**嚴復墨眉**)"憑"當作"馮"。馮風,怒風也。(**李以峙墨眉**)按"迴"亦可從。岌嶪土囊口。(**吴廣霈墨旁**)即谷口也。立神扶棟梁,(**沈巖眉**)嚴云:"立神"二字終未明。"立神"言其初倘思爲之也。《甘泉賦》:"炕浮柱之飛榱兮,神莫莫而扶傾。"鑿翠開户牖。(**方拱乾評**)輿圖語。(**吕留良紅旁**)奇。(**題商盤紅眉**)五六二語雄稱。(**魯一同評**)字法。其陽産靈芝,其陰宿牛斗。(**嚴復墨眉**)純是賦法,故曰"熟精《選》理"。(**王伯沆紅眉**)此借以諷唐也。紛披長松倒,揭巘怪石走。(**方拱乾評**)"走"字一字妙。哀猿啼一聲,客淚迸林藪。(**奚禄詒乙本紅眉**)從盛説至衰矣。(**奚禄詒乙本墨眉**)寫哀景亦凄。荒哉隋家帝,(**嚴虞惇紅旁**)叙事回護。製此今頽朽。(**方拱乾評**)意在言外。大議論。(**錢陸燦乙本紅旁**)叙事有回護。(**奚禄詒甲本旁**)早逗狩太白,意甚隱。(**吴廣霈墨眉**)前半既覆,後軫宜慎,托諷得體。向使國不亡,焉爲巨唐有。(**題商盤紅眉**)感歎之尤得體者。(**奚禄詒甲本眉**)只説隋家,爲太宗諱也。(**奚禄詒乙本墨旁**)可危,已唤太白之狩。(**朱方藹紅眉**)回護點綴。雖無新增修,尚置官居守。(**申頲墨眉**)用意深至,有殷鑒不遠意。(**奚禄詒甲本眉**)"雖無""尚置"兩虚字皆是諷。(**奚禄詒乙本紅眉**)太宗修之,不敢斥言。(**奚禄詒乙本墨眉**)明明説出,不止於譏,乃是誠也。(**魯一同評**)此轉用意深摯。(**沈伯沆紅眉**)寓諷得體,不得作吊古理會。巡非瑶水遠,迹是雕墙後。(**徐松紅眉**)歸愚曰:有殷鑒不遠之意。(**奚禄詒甲本旁**)垂誡。(**陳治紅眉**)《尚書·五子歌》:"峻宇雕墙。"(**吴廣霈墨眉**)"巡非"二字寓諷好,寫得渾含不露。(**王鳴盛墨眉**)貫山至言。我行屬時危,仰望嗟嘆久。天王守太白,(**魯一同評**)

結出題外。**駐馬更搔首。**（**方拱乾評**）結深極。因華麗而有所感也。（**李念慈紅眉**）即美爲規。（**題商盤紅眉**）言肅宗在鳳翔也。（**題商盤紅旁**）結句無限難言者，只一語概之，蓋仿《春秋》書法，豈止詩史之目而已！（**奚禄詒甲本旁**）賦也。（**吴騫墨眉**）住得可思。

【彙評】

方拱乾評：通首無懈無縱，法度謹嚴，字句典雅，故于鱗《唐詩選》特録此二首，示詩法也。

題商盤尾：此詩諷明皇不鑒前轍，馴至播遷，意在言外。

魯一同評批《心解》“是紀行詩體”：何體之有？

奚禄詒乙本墨眉：《九成》《玉華》《羌村》諸詩，雖孔子而在，亦必采之。

徒步歸行贈李特進，自鳳翔赴鄜州途經邠州作

王鐸評：平正通達，當嫌淺無意。（輯者按：該批後用藍筆竪綫删之。）

方拱乾評：意淺調深，口自膾炙。

錢陸燦乙本紅眉：平正通達，尚嫌淺率無奇。

錢陸燦丁本評：天倫情至，嗚咽傷神。少陵詩寧止忠君愛國？其友孝真摯，見於言辭，非他家所能得其形似。

奚禄詒甲本旁：借馬劄子。

王士禛評：平正通達而嫌淺易。

秦應逵墨眉：平正通達而嫌淺率。

嚴復紅眉：漁洋云：平正通達，句嫌淺易。

明公壯年值時危，經濟實籍英雄姿。國之社稷今若是，武定禍亂非公誰？鳳翔千官且飽飯，（**方拱乾評**）罵。**衣馬不復能輕肥。**（**方拱乾評**）生結。（**方拱乾評**）向疑“飽飯”爲饑。“千官”看來是起下之無馬耳。（**錢陸燦乙本紅旁**）二聯刻出。（**奚禄詒乙本紅眉**）不過借馬劄子。**青袍朝士最困者，白頭拾遺徒步歸。人生交契無老少，論交何必先同調。妻子山中哭向天，須公櫪上追風驃。**（**奚禄詒甲本旁**）賦也。

玉華宫

方拱乾評：古。《九成》奢，《玉華》樸。當時制度如此，故詩中只言其凄凉，不叙其華壯。宫改爲寺久矣，且當時必有所因，故曰“何王殿”。

錢陸燦甲本旁、乙本紅旁：過故宫墟墓，自下憂生之淚。

錢陸燦甲本眉：梅聖俞曰：玉華宫近有晉苻堅墓。方曰：此詩前八句寫古殿荒凉，後八句傷人物凋謝。美人恐是殿中泥塑者，石馬是墓前排列者，當時侍衛之物，本期長遠，而今皆零落若此，况征途勞人，豈能久乎？公所以浩歎而出涕也。〇鐵牛謂：玩“陰房鬼火”句，則玉華宫側必有葬美人處，如玉鈎斜者。“美人”二句倒裝法，猶云粉黛原是假，况已爲黄土乎？若謂殿中泥塑，則看“假”字直而無味。

錢陸燦乙本墨眉：梅聖俞曰：玉華宫近有晉苻堅墓。方曰：此詩前八句寫古殿荒凉也，後八句傷人物之凋謝也。美人恐是殿中泥塑者，石馬是墓前排列者，當時侍衛之物，本期長遠，而今皆零落若此，况征途勞人，豈能久乎？公所以浩歌而出涕也。

錢陸燦丙本評：錢云：上八句寫古殿荒凉，後八句傷人物凋謝。

又云：玩“陰房鬼火”句，則玉華宫側必有葬美人處，如玉鈎斜者。“美人”二句是倒裝法，猶云粉黛原是假，况已爲黄土乎？方云：美人恐是泥塑，則□□“假”字，直而無味。

錢陸燦丁本評：前八句寫宫殿荒凉，後八句傷人物凋謝。宫是貞觀時作，詩言不知者，因荒蕪甚而反言之也。

汪琬乙本評：取其高闊，略其議論。

吕留良紅眉：時格古意，亦自奇邁。

王士禛評：後半亦弩末，删四句更警。

宋犖紅眉：舊評：哀思苦語。

嚴虞惇紅眉：前八句古殿荒凉，後八句人物凋謝。

屈復旁：灑然而來，氣味高古，三復長吟，未能已已。後半敗興之甚。①

屈復評：梅聖俞謂宫近有苻堅墓，甚是。若云有《黍離》行邁之思，則粉黛美人，故物石馬，何自來也？解詩不看全篇所言何事，而議論横生，是自作文字，與古人何涉？

盧見曾紅旁：吴昌祺曰：即古詩“所遇無故物”之意。洪邁曰：張文潛在宛丘，何大圭往謁之，見其吟哦老杜《玉華宫》詩不絶口。大圭請其故，曰：“此章乃風雅鼓吹，未易爲子言。”大圭曰：“先生所賦，何必减此？”曰：“平生極力摹寫，僅有一篇稍似之，然未可同日語。”遂誦其《離黄州》詩，曰：“扁舟發孤城，揮手謝送者。山回地勢卷，天豁江面瀉。中流望赤壁，石脚插水下。昏昏烟霧嶺，歷歷漁樵舍。居夷實三載，鄰里通假借。别之豈無情，老淚爲一灑。篙工起鳴鼓，輕櫓健於馬。聊爲過江宿，寂寂樊山夜。”此其音響節奏，固似之矣。

① 校注：“灑然而來”，杭本作“一起灑然而來”；“未能已已”，杭本作“未能已”。

奚禄詒甲本眉:王者之宫如此,而况人乎? ○時公年已過四十而猶然流落,故末感慨及之。○《玉華宫》是《國風》,至《九成宫》則《大雅》矣。

奚禄詒簽條夾批:貞觀廿一年七月作玉華宫,廿二年正月上如玉華宫。上營宫時詔務爲儉約,寢殿覆瓦,餘皆用茅,所費猶至巨億,充儀徐惠上疏諫。

奚禄詒乙本墨眉:此篇是變風。

厲鶚評:久廢爲寺,故人不知。

陳治紅眉:上去兩聲兼用,鬼斧神工,莫可端倪。

陳治墨眉:汪云:王覺斯删去"美人"四句,又删"冉冉"二句,最爲有見。然留之作泛常感慨,以美於《麥秀》《黍離》耳。

魯一同評:張宛丘終身學此詩而不到,可知詩品之高。

秦應逵墨眉:謬云不知,詩人之譎諫也。○漁洋云後半亦弩末,又欲删四句。

吴廣霈墨旁:絶非玉華宫,以"陰房""石馬"知之。○按各家注,則此宫本係玉華,後已痛改寺院,不知如何世亂又荒廢之。此説當是。

沈巖旁:梅聖俞曰:《玉華宫》近有苻堅墓。○直刻太宗,結句引歸自己身上,不許露。

沈伯沆紅眉:史氏曰:宫爲太宗所作,豈得云"不知何王"? 朱注云:宫久廢爲寺,故人皆不知爲何王之殿,非公不知也。此説得之。至"美人"四句亦殊難解。玉華並無唐家陵寢,何以云然? 趙注似指太宗宫人,但詩意非言宫人葬處也。

溪迴(**嚴虞惇紅旁**)一境。**松風長**,(**嚴虞惇紅旁**)一境。(**魯一同評**)起妙。(**奚禄詒乙本墨旁**)長,去聲,因迴而漸大耳。(**李以峙墨眉**)(溪迴)按語妙在"迴"字,不比層宫句,"迴"亦可通。(沈巖旁)伏"萬籟"。蒼鼠竄古瓦。(嚴虞惇紅旁)一境。(吴錫麒紅眉)起得有勢,少陵慣用此法。(張雛敬墨旁)尋不出好處,則正是古詩好處也。(奚禄詒甲本眉)開口即不群。(沈巖眉)一起見故宫凄凉之況。(沈巖旁)望見。不知何王殿,(奚禄詒乙本墨旁)諱尊者也。(張裕釗眉批)横插"不知",而二語最妙,史公文往往如此。遺構絶壁下。(傅山紅眉)冥化俗琢,開長吉一派。(嚴虞惇紅旁)四句叙事。(方貞觀紅眉批注解)知不知,何必辨?(嚴復墨眉)寫正面,見真實本領。(奚禄詒乙本紅眉)起句凄,三四口毒。○興廢之感,豈在此一宫哉?(沈巖眉)前王侈殿,謬云不知,詩人譎諫之意也。陰房鬼火青,(厲鶚評)怕人。壞道哀湍瀉。(方拱乾評)和平風雅是爲正響。萬籟真笙竽,(沈巖眉)"萬籟"一連,妙用反襯,接得不直。秋色正蕭灑。(嚴虞惇紅旁)四句寫景。美人爲黄土,(魯一同評)忽接此句。(沈巖旁)此中有假。況乃粉黛假。(方拱乾評)此從美人一段生結,因凄凉而有所感也。(嚴虞惇紅旁)粉黛非真,況爲黄土乎?倒裝文法。(沈伯沆紅眉)"況乃"意一轉。(沈巖眉批下)"粉黛"指塗壓丹艧言之。當時侍金輿,(魯一同評)或以指隗囂,殊謬。故物獨石馬。(秦應逵紫旁)宫近有苻堅墓,故云。憂來藉草坐,(奚禄詒乙本紅眉)"藉",音謝。《易》曰:"藉用白茅。"浩歌淚盈把。(方拱乾評)誰言公不諳佛法乎?冉冉征途間,(魯一同評)結遠。誰是長年者?(錢陸燦乙本紅尾)竟删四句更潔。(汪琬丙本評)結得淡遠,有含蓄。(吴農祥評)後亦弩末,竟删四句更警,漁洋亦同此意。(題商盤紅旁)按:詩非詠行殿之作。梅聖俞謂宫近有苻堅墓,或然。(吴錫麒紅眉)達觀語,亦是慨世語。(奚禄詒甲本眉)賦也。(嚴復紅眉)漁洋云:後亦弩末,應删四句更警。(沈巖眉)結句用"木葉落,長年悲"。

【彙評】

方拱乾評：雅俗共賞之詩。

傅山紅旁：落套。

吴士模墨眉：本朝離宫因亂廢壞，故慨然於今昔之感，而歎年命之不長，曰"何王殿"者，以事關先世，難於發慨，故隱之也，與卑宫意何涉？

沈伯沆紅眉：一起一結，凄黯入骨。

奚禄詒乙本墨眉批錢箋"按《高僧傳》載，玄奘嘗於此譯經……"：如果廢爲寺，公詩必及之，必不至"美人""金輿"之歎，牧齋好言佛耳。

奚禄詒乙本紅眉：時公年已過四十外，而流落不偶，故歎及"長年"。遯叟謂爲不倫，非也。○大約宋人論詩只問詞，不論旨。

沈巖尾：天地四時，運行不窮，人生其間，百年旦暮，在虚空則假者或真有，形象則真者乃假，憂來無方，欲浩歌自遣，而不覺淚之盈把也。雖然，此豈自我一人始哉？吾但與天地四時委蛇觀化，固已解憂矣。末二句則所謂莫繫於去來，復歸於無物也。

晚行口號

題鮮于樞評：詩言三川其不可到乎？且歸路晚，山更多，而落雁飢烏已浮寒水、集戍樓矣。是日欲晡而家尚遠也。況市朝不比往日清平，可以晚行令也。兵戈未息，而我已老，豈能當此跋涉之勞邪？是以遠愧梁之江總焉。殆亦諷當時士類有諛悦苟容如江總者，故及之與。

方拱乾評：有言刺江總者，有言自悲白頭者，當以自悲爲是。

奚禄詒甲本眉批注釋："梁"字固是筆法，亦何必自比江總？故注甚當。

奚禄詒乙本紅眉：謂許歸鄜省家。

吴廣霈墨眉：吾輩亦丁此厄，讀之能無淚下。○結二語凄婉欲絶。

黎維樅紅旁：隨口號吟也。

嚴復墨眉：梁太清三年臺城陷，總年三十一，自此流離在外。至陳天嘉四年還朝，年四十五，故曰"還家尚黑頭"。

三川不可到，（**王鳴盛墨眉**）三川，鄜州縣名，因華池黑水會同，故名。乃隋置，時公□於此。**歸路晚山稠。**（**黎維樅紅眉**）寫荒途晚景，却又雙關。**落雁浮寒水，飢烏集戍樓。**（**俞瑒甲本評**）晚行之景。（**奚禄詒甲本旁**）三四是亂景。（**奚禄詒乙本紅旁**）比也。（**奚禄詒乙本紅眉**）三四喚起五六。（**秦應逵紅旁**）寫"晚"字映起喪亂，詩之興也。（**王鳴盛旁批**）防守可知矣。**市朝今日異，喪亂幾時休。**（**方拱乾評**）一字之誅。（**俞瑒甲本評**）晚行所感。**遠愧梁江總，**（**丁耀亢紅眉**）"梁"字史筆。**還家尚黑頭。**（**孫承澤墨尾**）文山詩："黑頭爾自誇江總，冷齒人還笑褚公。"（**俞瑒甲本評**）應起句"到"字。（**奚禄詒甲本尾批**）賦也。（**黎維樅紅眉**）收語感慨蕴藉。

【彙評】

吕留良紅尾：喪亂思歸，偶及江總，未必如評者意外别立書法。

獨酌成詩

題鮮于樞評：此杜子見燈花因歎兵戈尚猶在眼，儒術豈可謀身，且復苦被微官之相縛，低頭以事上官，正愧不及野人之自如，則爾燈花何太喜邪？今也惟酒正可相親，使之一醉以消逆旅之愁，則詩成亦覺有神矣。題曰"獨酌成詩"，有以也夫！

方拱乾評：自寫照。

奚禄詒甲本紅旁、乙本紅旁：有去志。

吴廣霈墨眉：通首情妙可誦。

王鄰德紅眉：至淺淺者亦自喻。

王鄰德墨眉：獨酌偶以"燈花"起興，遂以"何太喜"貫之。

沈巖眉：情致駘宕。

黎維樅紅旁：此將到家時情景。

燈花何太喜，酒緑正相親。（**倪象占藍眉**）沾沾自喜。（**李以峙墨眉**）（酒緑）按，作"酒色"便是劣句。**醉裏從爲客，詩成覺有神。**（**方拱乾評**）"覺有神"三字深心熟詣自得之。○四句流看。（**吕留良紅旁**）情真興到，頗有能色。（**王鄰德紅旁**）自負妙語，可以無愧。**兵戈猶在眼，**（**王鄰德紅旁**）世亂之久，於"猶"字見之。**儒術豈謀身。**（**王鄰德紅旁**）生理之拙，於"儒"字見之。**共被微官縛，低頭愧野人。**（**奚禄詒甲本尾批**）賦也。○在詔許鄜州省家之時途中作。（**吴廣霈墨眉**）此用"苦"自勝，錢箋本作"共"字，遜此。（**王鄰德紅尾**）前結以古人歸老之早爲愧，此結以野人無所拘束爲愧。

彭衙行

方拱乾評：先、山、寒、真、元、文通用，今古無此細曲之筆。其原本乃從《焦仲卿》來，是之謂善學古。○古。此豈《十九首》所能及？即公落筆時亦不作詩觀也。真正"若有神"矣。

錢陸燦甲本旁、乙本墨旁：天寶十五載丙申。

錢陸燦甲本眉：方曰：公初居奉先縣，聞禄山反，乃攜妻子往白水縣，依其舅氏崔少府以居。此詩則白水一路艱險之狀也。"少留”“欲出”乃避亂時皇惑不定之詞也。“故人有孫宰”亦未必是三川之宰，何至“空所坐”以奉客乎？“别來歲月周”乃次年，是時追念其事而賦詩以懷之。○此詩十一删、十三元、十一真、一先、十二文、十四寒雜用，古詩不拘如此。韓公不然，韻難則盡韻，易則不妨出韻也，不如此之雜。

錢陸燦乙本墨眉：方曰：公初居奉先縣，及聞禄山之亂，乃攜妻子往白水縣，依其舅氏崔少府以居。此詩則白水一路艱險之狀也。“少留”“欲出”乃避亂時皇惑不定之詞也。“故人有孫宰”亦未必是三川之宰，或名宰，或官宰，而家於三川者。若三川之宰，何至“空所坐”以奉客乎？“别來歲月周”乃次年，是時追念其事而賦詩以懷之。

奚禄詒甲本眉：此一先中通用之韻。

奚禄詒乙本紅眉：此一先之通用，唐之《廣韻》也。十一真亦與先韻通。

盧見曾紅旁：通篇追叙，瑣屑盡致，神似漢魏。

嚴虞惇紅眉：錢曰：此詩十一删、十三元、十一真、一先、十二文、十四寒雜用，古詩不拘如此。韓公則不然，韻難則盡韻，韻易乃不妨出韻。

方貞觀墨眉：删、寒、真、文、先、元六韻通用。○清真古樸，入理入情。人謂是子美學漢魏作，不知是公獨創，漢魏中無有也。

厲鶚評：劉須溪曰：《彭衙行》是痛定思痛，非紀行體。余謂此蓋感孫宰周旋高義，故以詩述之。

朱方藹紅眉：倉皇情事，極盡致，又極自然，妙處乃自漢魏來。情真調苦，如太史公聶、荆諸傳。

題張問陶墨眉：通篇追叙，故用“憶昔”二字領起。

陳治紅眉：真、文、元、寒、删、先六韻通用。

魯一同評：真、文、元、寒、删、先通押。○二十三韻。

吴廣霈墨眉：杜老每遇窮途賙濟，輒大聲疾呼，欲德不置，後生輕薄兒，或且鼻笑存之，不知翳桑之餓人、淮陰之王孫，何爲俱因一飯，意氣感激，或死報，或千金也。是豈是爲杜老病傷，以見其真摯，爲有心人亦至哂笑之者，其爲無人心、寡恩負德者無疑，吾誓不交此等天姿刻薄人也。

佚名己紅旁：詩中通用仙、山、寒、真、文、元八韻。

憶昔避賊初，北走經險艱。（**丁耀亢紅眉**）事後追作。（**張雔敬墨旁**）杜詩不甚用古韻，此其偶然者也。**夜深彭衙道，**（**李以峙墨眉**）（道）按作"門"顯謬。**月照白水山。**（**汪琬乙本評**）句法好。**盡室久徒步，逢人多厚顔。**（**申涵光甲本評**）"逢人多厚顔"，説得失意人可憐。（**李念慈紅眉**）叙困厄狼狽，無一字不真，閱歷亂離，愈知其妙。（**佚名己紅眉**）"厚顔"謂妻子不復還也。**參差谷鳥吟，不見遊子還。** **癡女飢咬我，**（**申涵光甲本評**）"癡兒"一段，可笑可哭，序事之妙，幾同化工。**啼畏虎狼聞。**（**方拱乾評**）樸極，轉似巧。（**陳治墨眉**）寫亂離奔走困頓之狀，瑣屑如畫。（**奚禄詒乙本紅眉**）寫瑣碎處，皆淒情實景。**懷中掩其口，反側聲愈嗔。**（**傅山紅眉**）極空極樸。（**張雔敬墨旁**）百忙中偏將鎖［瑣］細事閑閑寫出。（**奚禄詒甲本眉**）寫瑣細處，皆是悽情實景。（**王伯沆紅眉**）此種詩豈忍多讀。**小兒强解事，故索苦李餐。** **一旬半雷雨，泥濘相牽攀。** **既無禦雨備，徑滑衣又寒。** **有時經契闊，竟日數里間。** **野果充糇糧，卑枝成屋椽。** **早行石上水，暮宿天邊煙。**（**沈巖眉**）望見白水，以爲曉光，幾墮深澗，遥指晚煙以爲村落，僅宿空林深山，間道奔竄之苦，盡此十字矣。（**方拱乾評**）不是細摹苦境，只是説得景出耳。（**沈巖旁**）名句。**少留同家洼，**（**李以峙墨眉**）（同家）按"同""周"形似，必有一誤，至"固"恐更係傳寫之謬。**欲出蘆子關。**（**錢陸燦丁本評**）"少留""欲出"乃避亂時惶惑不定語。描寫遠客猝至，草率親昵，情狀如見。

（吴士模墨眉）由彭衙至同家洼，中間謂“雨兼句”者，同家洼非即彭衙，詩甚明白，注非是。**故人有孫宰，**（沈巖旁）“有”者言奔竄以來，獨有此一人也。**高義薄曾雲。**（方拱乾評）是憶孫，是訴苦，参参。**延客已曛黑，張燈啓重門。煖湯濯我足，**（沈巖旁）緣上“泥濘”。**翦紙招我魂。**（吕留良紅眉）忽得兩句樂府。（厲鶚評）恐驚魂未定，故剪紙。（沈巖旁）此句言始歸也。**從此出妻孥，相視涕闌干。**（沈巖眉批下）命垂絶而忽續，如招我魂而忽歸也。**衆鶵爛漫睡，**（申涵光甲本評）“爛漫”二字，寫稚子睡態入神。（吕留良紅旁）下字奇。（厲鶚評）如見。**唤起霑盤餐。**（方拱乾評）情至，神至，筆至。（吴騫墨眉）凡用“盤飧”當用“飧”字，不得用“餐”字。《左傳》所謂“盤飧寘璧”者也。“飧”音“孫”，餐，千安切。此詩通押，唐人詩文用韻都如此，至宋始限以獨用，故如“飧”“餐”二字不得同押矣。（王伯沆紅眉）真極，亦厚極。（奚禄詒乙本紅眉）古樂府。（沈巖眉）徒步既久，驟得安處，無暇索食，投地鼾睡，字字真景。**誓將與夫子，永結爲弟昆。**（徐昂發評）“誓將”二句，孫謂杜也。（嚴復墨眉）注家以“誓將”二句爲結語，亦通。**遂空所坐堂，安居奉我歡。誰肯艱難際，豁達露心肝。**（方拱乾評）此因憶故人而牽動患難人當苦境中决不能説處，每於事外、事後追憶得之。**别來歲月周，**（嚴虞惇紅旁）兜上“憶昔”。**胡羯仍構患。**（方拱乾評）此作詩緣起。（奚禄詒甲本眉）患，胡關切。賈誼《鵬賦》：“又何足患？”**何當有翅翎，**（方拱乾評）轉開作結。**飛去墮爾前。**（方拱乾評）四句結更難。（奚禄詒甲本旁）賦也。（題張問陶墨眉）末四句收出本意。（陳治墨眉）結四句意在不忘孫也。（倪象占藍眉）四語結出追憶感患時也。痛定思痛，寫得悲苦萬狀，以“憶昔”領起。（佚名己紅眉）結四句正與前“憶昔”字相應。

【彙評】

方拱乾評：苦詩從追憶説出，自己苦從感激人説出。須知苦詩苦時説不出,自己苦詩只就自己説不出,此中難言,身歷方知。○讀此見公之詩真,公之詩神。公之詩乃公之日用飲食,公之神情肝膽,公之年譜行狀。

奚禄詒甲本旁批“《杜詩通》卷第三終”處:今人以宋人劉淵之韻爲古詩,而叶用之法亡,相沿之陋亦至於此,何其不讀書耶?○自《三川》以下七八首,其造化工也。

羌村三首

方拱乾評:此豈從學習中來,豈從揣摩中來?情與景觸,忽然成聲。所謂大塊噫氣,非凡籟可幾。○古。三章不能作詩品題,惟有一讀一□一□一淚而已。

申涵光甲本評:“妻孥怪我在”,“怪”字妙,不敢望其復活也,易“喜”字不得。“生還偶然遂”,即所謂“間道暫時人”,他人生還不得,與己之頻值於危,不言可知。“鄰人滿墻頭”與“群雞正亂叫”,摹寫村落田家,情事如見。今人謂苦無詩料者,只是才弱膽小耳。觀此等詩,何者非料耶?

汪琬乙本評:《詠懷》六篇,義兼雅頌;《羌村》三首,純乎國風矣。首篇夫妻生逢,悲愉交集,次篇愛子之留連,終篇里鄰之勞問,次第井然。如《桃夭》詩,一語不可移易。“妻孥怪我在”,漢詩《焦仲卿妻》篇“賀卿得高遷”脱來。

汪琬丙本評:《詠懷》六篇,義兼雅頌;《羌村》三首,純乎國風矣。首章夫婦生逢,悲愉交集,次篇愛子之流連,終篇鄰里之勞問,次第井然。如《桃夭》詩,一語不可移易。

朱方藹紅眉:《詠懷》六篇,義兼雅頌;《羌村》三首,純乎國風矣。首篇夫妻生逢,悲愉交集,次篇愛子之流連,終篇鄰里之勞問,次第井然。如《桃夭》詩，一語不可移易。○"妻孥怪我在"從漢詩《焦仲卿妻》篇"賀卿得高還"脱來。歲晚北風已勁，不可復游樹邊，而幼子無知，以夙昔好凉之故，仍爾依依，如冀父之必留，寫來入細。

吴士模墨眉：《詠懷》六篇，義兼雅頌；《羌村三首》純乎國風矣。首篇言妻生逢，悲愉交集，次篇愛子之留連，終篇鄰里之旁問，次第井然。如《桃夭》詩，一語不可移易。

秦應逵紫旁：寫生還之景刻骨入情，歷歷如畫。

沈伯沆紅眉：三詩皆至情，不徒以格高見長。

沈巖眉：三章字字從肺腑鏤出，又似人人所能道者，變風之義歟？漢京之音歟？

沈巖旁：俱似脱胎於陶。○叙述客人及鄉鄰情景，幼吾幼以及人之幼，彌哀婉而彌深厚。

其　一

傅山紅眉：至性空文，純乎五柳。

錢陸燦甲本眉、乙本墨眉：公妻子寄居鄜州之羌村，因安史之亂隔絶經年，此日方歸，止當斜陽鵲噪之時，而叙其事也。

盧見曾紅旁：真語流露，不假雕飾，而情文並至。王慎中曰：詩凡三首，第一首尤絶，一字一句，鏤出肺腸，而婉轉周至，躍然目前。又若尋常人所欲道者，真國風之義。仇兆柱[鰲]曰：司空曙詩"乍見翻疑夢，相悲各問年"，是用杜句；陳後山詩"可知不是夢，忽忽心未穩"，是翻杜句。

徐昂發評：每兩句内包括數十百句。

題張問陶墨眉：字字煉出肺肝，又似尋常人所能道者，變風之義與？漢京之音與？

陳治墨眉：遭亂生還，事出意外，倉卒情景，歷歷叙出，筆力之高,愈質愈雅。

吴廣霈墨眉:此不取《古詩十九首》之皮毛而得其神髓者。

崢嶸赤雲西,(**吴廣霈墨旁**)其地。日脚下平地。(**奚禄詒甲本眉**)起得如畫。(**奚禄詒乙本紅眉**)起如畫。(**吴廣霈墨旁**)其時。柴門鳥雀噪,(**吴廣霈墨旁**)還家之人。歸客千里至。(**題商盤紅旁**)接出。妻孥怪我在,(**方拱乾評**)"怪"字幾琢。(**題商盤紅旁**)不曰"喜"而曰"怪",情事又深一層。○只作警怪恍惚之想,情景如畫。驚定還拭淚。(**李念慈紅眉**)情真語至,説得出,寫得盡。(**厲鶚評**)"妻孥"意其死於亂兵久矣,故"怪我在"也。(**吴士模墨眉**)"妻孥怪我在"從漢詩《焦仲卿妻》"賀卿得高遷"脱來,遭亂生逢,事出意外,倉卒情氣,歷歷叙出。(**李以峙墨眉**)(驚定)按"定"作"走",形近而誤。世亂遭飄蕩,生還偶然遂。(**陳治墨眉**)《玉山名勝集》以此二句分韻賦詩,于立得"更"字,俱用八庚,作平聲,亦可。(**奚禄詒甲本眉**)"生還偶然遂"是凄語,亦是真語,正是"怪我在"意。(**奚禄詒乙本紅眉**)"生還偶然遂",凄語,亦真語。鄰人滿墻頭,感歎亦歔欷。(**申涵光丙本評**)"鄰人滿墻頭,群雞正亂叫",摹寫村落田家事如見。今人苦無詩料者,只是才弱膽小耳。觀此等詩,何者非料耶?(**吴廣霈墨眉下**)又以鄰人爲一陪筆,然自是題中應有之義,亦是境中必有之情,此之所以爲真也。夜闌更秉燭,相對如夢寐。(**方拱乾評**)使顔謝搵心,不能道隻字。(**嚴虞惇紅旁**)右初歸。(**奚禄詒甲本旁**)賦也。(**錢載評**)此首日暮初到家之作。(**吴廣霈墨眉**)情真語摯,不必著一艱深之語,而自然深遠不可及。

【彙評】

錢陸燦甲本尾、乙本紅尾:生還之喜,却在妻孥鄰人上寫出。嬌兒畏其去,是妻孥即日事;父老慰其歸,是鄰人次日事。

張雝敬墨旁:離亂生還,驚喜交集,信筆寫來,即成絶構。近人作詩不將實情實境來描寫,却從煙雲月露上去討生活,那得佳? ○古詩多分解數,此三詩更爲清楚。

其　二

方拱乾評:能屬之曰是初盛中晚乎? 真是笑有聲,哭有淚。不但公攝千載之人情,代爲揣摩,且令千載後人如遊公之世。

錢陸燦甲本眉:方曰:去年别羌村,當是夏,故曰"好追凉"。今年歸當是九月,故曰"北風勁"。公雖出門,而家人猶釀黍以待之,故曰"足斟酌",且用慰遲暮耳。

錢陸燦乙本墨眉:方曰:去年别羌村,當是夏月,故曰"好追凉"。今年歸當是九月,故曰"北風勁"。公雖出門,而家人猶釀黍以待之,故曰"足斟酌",且用以慰遲莫耳。

汪琬乙本評:叙事之工,已不必言。其筆力高古,愈質愈雅,蓋司馬子長後身也。○歲晚北風已動,不可復游樹邊,而幼子無知,以夙昔好凉之故,仍爾依依,如冀父之必留,寫來入微。

徐昂發評:愈淡愈悲,得陶之神。

晚歲迫偷生,還家少歡趣。嬌兒不離膝,畏我復却去。(**奚禄詒甲本眉**)如此苦語,不忍再讀。憶昔好追凉,故繞池邊樹。(**厲鶚評**)感時。蕭蕭北風勁,(**嚴虞惇紅旁**)對北風而憶追凉之時也。(**奚禄詒甲本旁**)與昔異矣。撫事煎百慮。(**錢陸燦甲本旁、乙本紅旁**)以起北風而憶追凉之時也。賴知禾黍收,已覺糟牀注。如今足斟酌,且用慰遲暮。(**嚴虞惇紅尾**)右既歸。(**奚禄詒甲本眉、乙本紅眉**)"賴知""已覺""如今""且用"八字,吞吐幸喜之意。(**奚禄詒甲本眉**)不忍讀,又不忍捨。(**奚禄詒甲本旁**)賦也。(**錢載評**)此次日以後作。

【彙評】

吴士模墨尾:歲晚北風已勁,不可復遊樹邊,而幼子無知,以夙昔好凉之故,仍爾依依,如冀父之必留,寫來入細。

其　三

方拱乾評:畫。真不難,厚難;樸不難,曲難。予代公哭,公代予哭,不知其淚之無從也。

錢陸燦甲本眉:寫村落客至之况。

奚禄詒甲本眉:鄉村樸實之景,亂世之情,至今如見,何處更采國風?

群雞正亂叫,客至雞鬥爭。(**宋犖紅眉**)如此起句,所謂信手拈來,頭頭是道。(**嚴虞惇紅旁**)如此用俗事。(**厲鶚評**)村景如畫。(**吴廣霈墨眉**)一起是樸實景,然亦從漢《古詩十九首》中來。(**張雝敬墨旁**)此等句近人斷不宜寫,却只將爛熟幾個字眼腔調搬來搬去,所以數篇之後,無不雷同,平復可厭。(**李以峙墨眉**)(鬥爭)按"正生"意晦語俗,此非形聲之訛,必係庸妄人臆改。千古名作,尚有人放膽亂改,真乃天地之大,無奇不有。**驅雞上樹木,始聞叩柴荆。**(**奚禄詒乙本紅眉**)描村落小家如見。**父老四五人,問我久遠行。**(**李念慈紅眉**)偶然拈出一時事,而村居淳樸,民生凋殘之狀,宛在眼中。**手中各有攜,傾榼濁復清。苦辭酒味薄,黍地無人耕。兵革既未息,兒童盡東征。請爲父老歌,艱難愧深情。**(**奚禄詒甲本旁**)"苦辭"下述父老之語,"請爲"二句答父老也。(**李以峙墨眉**)(深情)按"餘情"便不是。**歌罷仰天歎,四座淚縱横。**(**奚禄詒甲本旁**)賦也。(**奚禄詒乙本紅眉**)國風文字。(**嚴虞惇紅尾**)右歸之明日。(**錢載評**)此鄰里相過問之作。(**魯一同評批《心解》"興體起"**)未見興起。

【彙評】

汪琬丙本評:結處急轉急收,含味無窮。〇長篇次第不易,不可增損,凡一題幾首,而後人妄意删取,不知詩者也。

吴廣霈墨眉:此得漢魏之神髓而不襲其面貌者,惟亦非有意爲之。唯其平日醖釀之深。全篇之厚,一時感觸而出,情真語摯,遂亦官止神行,夫固非可强致也。所謂"窮而後工"者,殆即在此,富貴人斷無此等苦境,亦即無此絶好詩矣。

北　征歸自鳳翔墨制放往鄜州作

方拱乾評:古。公自鳳翔往鄜州,此詩述在路及到家之事,當是九月作。此即作記作疏,尚嫌不盡,乃出以詩,大至無外,細至無間,罔不如意,千古來真再有匹否?忽大忽碎,忽朝廷忽身家,無脈而有結構,千古一手。此詩分三大段,看大段中復有小段。

錢陸燦乙本墨旁:至德二載丁卯。

錢陸燦丙本評:錢云:《北征》略分五節,節節相生,似右軍書法,若斷還連,人所不解。自起至"何時畢"爲第一節,記北征歲月與戀主之情也。自"靡靡"至"身老拙"爲第二節,言出鳳翔時一路所見也。自"陂陀"至"盡華髮"爲第三節,言出鄜州所見也。自"經年"至"焉得説"爲第四節,言羌村入門之狀也。自"至尊"至末爲第五節,言朝廷有恢復之勢,而以中興望幸舊都爲結穴也。每節上下相生,細讀自見。

汪琬乙本評:以今皇帝起,乙[以]太宗結,是始末大章法。〇李天生嘗謂詩分五段。"皇帝"至"憂虞",叙其瀕行辭朝心事。"歷歷"至"殘害",書在途觸目。"况我"至"生理",抵家紀實。"至尊"至"皇綱",目擊時艱,而致其祝望。"憶昨"至終,則追述初亂,終之以開創之大，屬意中興。

李念慈紅眉：忠誠篤摯。

吕留良紅眉：取杜詩以忠義，自是宋人一病，詞家誰不可忠義？要看手段，即《離騷》亦然，且如丈夫經天緯地事業以來，豈只忠義云乎哉？

吕留良紅旁：長篇若《焦仲卿妻》，工在拙中，古不可及。老杜《北征》亦古亦時，亦工亦拙矣，何以不純？

吴農祥評：極正大處，却從細瑣述起；極凄凉處，却從繁華述起。○看他轉處，骨力蒼深。

王士禛評：起便不尋常。

宋犖紅眉：此詩尋味所不能窮，贊美所不能盡，濫加圈點，便成蛇足。

嚴虞惇紅眉：此詩分四節，節節相生。

屈復評：嘗讀《離騷》，以古帝起，以時王結，歎其大篇起結有法。《北征》以今帝起，以先帝結，少陵可謂善《楚詞》者。○五古長篇，唐前惟《焦仲卿》一首而已，唐一代惟《北征》一首堪步後塵。然《焦仲卿》句調自是樂府，少陵句調自是古詩。蓋《焦仲卿》題是樂府，故句調宜肅；《北征》題是古詩，若學其句調，則失體矣。少陵但學其篇法，而不學其句調，可謂善學古人者矣。○宋人多以韓退之《南山》比美《北征》，議論紛紜。或有問予者，予曰：賢今日且向太平園、月明樓聽演戲者，蓋是日月明樓以京腔演孫行者西天取經諸變化，喊聲金鼓，一時震天；而太平園則崑腔演《荆釵記》，寂若無人也。○長篇與短篇不同，短篇要意在字句外，令人思而得之，妙有餘味；長篇如長江大河，其勢萬里，中間曲折，無所不備，而奔流到海則一綫到底，意忌雜，雜則頭緒多，亂而無章。《北征》論法則幾於大備，論意則憂國憂家，一絲不亂。段落語句，種種分明，規模宏大，氣味深厚，直吐胸臆，至情至理，不煩解釋，難爲繼矣。①

題商盤紅旁：蘇東坡云：《北征》詩識君臣之大體，忠義之氣與秋色争高，可貴也。

朱方藹紅眉：其材則海涵地負，其力則排山倒嶽，以比物賦事之微寫愛君憂國之情，有極尊嚴處，有極細瑣處。繁處有千門萬户之象，簡處有急絃促柱之悲。元河南謂具一代興亡，與國風雅頌相表裏，其《北征》之篇乎？分五段。“皇帝”至“憂虞”叙其瀕行辭朝心事；“靡靡”至“殘害”書在途觸見；“况我”至“生理”抵家紀實；“至尊”至“皇綱”因繫時艱而致其祝望；“憶昨”至終則追述初亂，終之以開創之大，屬意中興。○“山果”一段如畫家著色，六義所謂興也，亦曰賦而興。漢詩《孔雀東南飛》篇中“妾有繡腰襦”數語，又太守迎娶一段皆與此同。○“海圖”四句寫盡大家亂後倉猝無依之苦。

徐松紅眉：東坡曰：《北征》詩識君臣大體，忠義之氣與秋色争高，可貴也。○李因篤曰：其才則海涵地負，其力則排山倒嶽，有極尊嚴處，有極瑣屑處。繁則如千門萬户之象，簡則有急絃促柱之悲。元河南謂其具一代興亡，與雅頌相爲表裏，可謂知言。

奚禄詒甲本眉：《北征》關一代之事，故紀年以起篇。今人於小詞章亦效爲之，殊不識文體。

奚禄詒乙本墨眉：《北征》關一代之事，紀年纔鄭重。

奚禄詒乙本紅眉：先儒以韓退之《平淮西碑文》比之，不知此所關更大也。

① 校注：“《離騷》”，杭本作“《離騷經》”；“五古長篇”，杭本作“又五古長篇”；“惟《北征》”，杭本作“惟少陵《北征》”；“題是樂府”，杭本作“題自樂府”；“或有問予者，予曰”，杭本作“或有問余者，余曰”；“太平園則崑腔演《荆釵記》，寂若無人也”，杭本作“太平園乃崑腔演《荆釵記》，若無人也”；“不煩解釋”，杭本作“不煩解説”。

盧見曾紅旁：以排天斡地之力，行屬詞比事之法，具備萬物，横絶太空，前無古人，後無來者。自有五言，不得不以此爲大文字也。問家室者，事之主；憤艱虞者，意之主。以皇帝起，太宗結，戀行在，望匡復，言有倫脊，忠愛見矣。道途感觸，抵家悲喜，瑣瑣細細，靡不具陳，極窮苦之情，絶不衰餒。嚴羽謂李杜之詩如金鳷擘海，香象渡河，下視郊島輩，有類蟲吟草間者，豈不然哉！“憶昨”一段，立言有體。若玄禮雖有活國之恩，終傷人臣之義，甫但稱其忠烈，而行誅之權，歸諸明皇，尤爲得體。中唐以下，惟李商隱《西郊》等作有此風力，特知之者少耳。蘇軾曰：《北征》詩識君臣大體，忠義之氣與秋色争高，可貴也。范温曰：孫莘老嘗謂老杜《北征》詩勝退之《南山》詩，王平甫以爲《南山》勝《北征》，終不能相服。時山谷尚少，乃曰：“若論工巧，則《北征》不及《南山》；若書一代之事，而《南山》雖不作，未害也。”二公之論遂定。王嗣奭曰：《南山》《北征》，體不相蒙。《南山》琢鏤[凑]砌，詰屈奇怪，創體傑出，不可無一，不可有二。《北征》固是雅調，古來詞人多用之，如韓之《赴江陵寄三學士》等作，庶可與之雁行也。李因篤曰：其才則海涵地負，其力則排山倒嶽，有極尊嚴處，有極瑣細處。繁則如千門萬户之象，簡則有急弦促柱之悲。元河南謂其具一代興亡，與風雅頌相表裏，可謂知言。

陳治紅眉：用韻與《赴奉先縣》一首同。○東坡云：《北征》詩識君臣大體，忠義之氣與秋色争高，可貴也。

陳治墨旁：質、物、月、遏、黠、屑通用。

陳治墨眉：序事言情，拉拉雜雜，信筆直書，作者亦不知其所以然。而家國之感，悲喜之緒，隨其棖觸，引而彌長，遂成千古至文，獨立無偶。○俞云：《奉先詠懷》是憂亂於未，《北征》是望治於既亂之後，同一忠愛之思。

魯一同評：肅宗正始鑾車反正致特標出，後人尋常叙事，便襲此筆義，無當矣。

吴廣霈墨眉：堂堂之筆，正正之旗，與《詠懷五百字》先後異曲同工。

沈巖眉：書“二載秋”者，都人士之望已久，園陵陷賊，灑掃廢闕，不可泄泄也。“閏八月”，秋且向盡，正當順肅殺之氣，成收復之功，後云“禍轉亡胡歲，勢成禽胡月”，與起二句相應也。

佚名己紅眉：《南山》詩不如，似證孫莘老之言是也。

皇帝二載秋，閏八月初吉。（**王鐸評**）起句便不尋常。（**方拱乾評**）起十字人便不能道。（**丁耀亢紅眉**）史法。（**錢陸燦甲本旁**）起一解如古文辭，開後來盧同［仝］、韓愈無數法門。（**錢陸燦戊本評**）首節述將行戀闕之懷。（**嚴虞惇紅眉**）此段紀北征歲月與戀主之情也。（**方貞觀墨眉**）直起順叙，將一篇綱領豫先提清。省家，其本事也；戀主，其本心也。一氣寫來，曲折頓挫，私情公義，兩兩陳露，直趕到“憂虞何時畢”是一段。（**張雖敬墨旁**）長篇起句，須如此鄭重，方領得起。（**申頲紅眉**）起法古奥之甚，只如作文。（**奚禄詒甲本旁**）開口紀年，便自鄭重。（**朱方藹紅旁**）古調高文。（**題張問陶墨眉**）竟以文章叙述起，老手無敵。（**徐松紅旁**）叙時日。（**秦應逵墨旁**）起便不尋常。（**吴廣霈墨眉**）長篇冒起，用此乃稱。杜子將北征，蒼茫問家室。（**錢陸燦乙本紅旁**）四句點題。（**題商盤紅眉**）此叙北征年月，乃作詩之由。“蒼茫”句伏中段意。（**王鳴盛墨眉**）首段從北征别家叙起，次述辭朝戀主之情。維時遭艱虞，朝野少暇日。顧慚恩私被，詔許歸蓬蓽。拜辭詣闕下，（**徐松紅旁**）叙辭闕。怵惕久未出。雖乏諫諍姿，恐君有遺失。（**申涵光甲本評**）“怵惕久未出”“恐君有遺失”，是大臣心事。此與“不忍便永訣”“不忍即開口”，看他戀戀闕廷，滿腔忠愛。（**申頲紅眉**）如此四語，方是不忘君，方是愛君，惜“姿”字未老。（**沈伯沆紅眉**）曲折沉至。君誠中興主，（**沈巖旁**）二聯伏後半篇。經緯固密（**奚禄詒乙本墨旁)叶弼。勿。(朱方藹紅旁)緊接上句,斡旋有力。東胡反未已,(題商盤紅旁)指安慶緒殺其父禄山,襲僞位。臣甫憤所切。(題商盤紅眉)"中興"句一篇大旨,伏結末意。"東胡"句,一篇眼目,伏後段意。揮涕戀行在,道途猶恍忽。(方拱乾評)此一段記北征歲月及戀主之情也。(題商盤紅旁)一句承上,二句轉下,伏"靡靡"一段意。(奚禄詒乙本墨旁)叶橘。乾坤含瘡痍,憂虞何時畢?(錢陸燦甲本眉、乙本墨眉)方曰:此一段記北征歲月與戀主之情也。當朝野多虞之時,而詔令獨許我歸者,恩莫大焉。雖拜辭闕下,而感恩圖報,依依戀主,不一而足。(錢陸燦乙本紅旁)第一節。(題商盤紅眉)自起至此乃一篇之冒,而去不忘君之意寓於其中。(沈巖眉)"何時畢""幾日休",皆中間綫脈,撥動"歲月"二句。

靡靡(奚禄詒乙本墨旁)音每。逾阡陌,(汪琬甲本紅旁)轉。(宋犖紅旁)途中所經。(嚴虞惇紅旁)戀闕戒途,上下相生。(徐松紅旁)登途。(沈巖旁)以下北征。人煙眇蕭瑟。(錢陸燦乙本紅旁)戀闕戒途,上下相生。(錢陸燦戊本評)二節述行役在道及所見之見與陷胡之事。(奚禄詒乙本墨旁)音式。(王鳴盛墨眉)此歷叙征□所見之景。所遇多被傷,呻吟更流血。(方拱乾評)此一段出鳳翔時一路所見也。(傅山紅眉)愈拙愈老。(申頲紅眉)先説時事,後入征途,看他次第。迴首鳳翔縣,(方拱乾評)途中次序。(奚禄詒乙本墨眉)回首有無窮眷念。(沈巖旁)行在。(沈巖眉批下)時肅宗在鳳翔。旌旗晚明滅。(俞瑒乙本評)忽又回顧行在。(嚴虞惇紅眉)此段乃出鳳翔之鄜州一路所見也。(張雝敬墨旁)看其轉接處,真是無縫天衣。(奚禄詒甲本眉)"回首"二句無窮眷戀。前登寒山重,屢得飲(奚禄詒乙本墨旁)去聲。馬窟。(錢陸燦丁本評)此出鳳翔一路所見也。呻吟流血可憐,蒼崖猛虎可畏,而秋花小果亦可悦。"丹砂""點漆"四句真有化工賦物之妙。(奚禄詒乙本墨旁)叶屈。(沈巖旁)漸次脱卸。邠郊入地底,(題商盤紅旁)邠州,涇水所通。涇水中蕩潏。猛虎立我前,蒼崖吼時裂。(奚禄詒乙本墨旁)叶力。(方拱乾評)精神在中段。中段轉短,前後段總是映帶中段,故曰神。(**李念慈紅眉**)叙事中若不間寫景,則文氣不蓄不舒,一往而盡。**菊垂今秋花,**(**沈巖旁**)閏八月。**石戴古車轍。**(**奚禄詒乙本墨旁**)叶直。(**沈巖眉**)干戈滿地,幾於無花,數道出師,幾於塞路,二句寫出深山最深處。此一段最頓挫曲折。(**魯一同評**)前段慘澹,此段幽妍。(**李以峙墨眉**)(石帶)按"帶""戴"均可,獨"載"字不合。(**沈巖眉批下**)言若孔則崖裂也。**青雲動高興,幽事亦可悦。**(**奚禄詒乙本墨旁**)叶崛。(**申頲紅眉**)看他愁苦奔走中偏有此等閑趣,描寫精細,興致淋漓。**山果多瑣細,**(**申涵光甲本評**)"山果多瑣細"一段,胸中元化,順口説出,即老杜亦不知其何以放筆至此。**羅生雜橡栗。**(**奚禄詒甲本眉**)瑣細中仍有規箴。(**奚禄詒乙本紅眉**)是宰相之度,非小可。**或紅如丹砂,**(**方拱乾評**)地理志。(**張裕釗眉批**)此與"夜深經戰場"數語就途中所見隨手生出,波瀾興象最佳,須玩其風神蕭颯閑淡之妙。**或黑如點漆。**(**方貞觀墨眉**)不過寫途中景物,而元氣運化,因物賦形之理,已隨口道破。(**沈伯沆紅眉**)忙時用閑筆,惟公能之。益覺變化盡態。(**佚名己紅眉**)此語皆有天工。**雨露之所濡,甘苦齊結實。**(**方拱乾評**)讀此覺《焦仲卿妻》之冗、之淺、之直矣。(**張雝敬墨旁**)造化無私,許大道理於無意中忽然看出。(**奚禄詒甲本旁**)是相業。(**奚禄詒乙本墨眉**)劉云:愁結中得從容諷刺語,此大篇興致。(**魯一同評**)接入議論。(**沈巖旁**)乾坤瘡痍,呻吟蕭瑟,此獨各逆其性,若别一身世也。**緬思桃源内,**(**李以峙墨眉**)(緬思)按"縹",形訛。**益歎身世拙。**(**方貞觀墨眉**)"緬思桃源内"二句是於反面寫其憂國之意,又一束。(**奚禄詒乙本墨旁**)叶窟。(**張雝敬墨旁**)觸景生情,始知已前許多句並不是閑言語。**坡陀望鄜畤,**(**奚禄詒乙本墨旁**)音止。(**題商盤紅旁**)鄜州有鄜畤。(**徐昂發評**)中間每闌入閑語,闊大不可及。(**奚禄詒甲本眉**)秦文公鄜畤祀白帝。**巖谷互出没。**(**傅山紅眉**)非親往不能道。(**題商盤紅眉**)此段是序途中所見,句句是道途恍惚之狀。妙在因經戰場,感歎於秦民之半爲異物,凄然落出"我"

字，接入歸家，真乃化工之筆。（題張問陶墨眉）一幅旅行名畫。（奚禄詒乙本墨旁）叶密。我行已水濱，（沈巖眉）脱卸錯綜。我僕猶木末。（錢陸燦甲本眉批）此一段乃出鳳翔時一路所見也。呻吟流血可憐，蒼崖猛虎可畏，而秋花、小果亦可悦。“丹砂”“點漆”四句真有化工賦物之妙。（錢陸燦乙本紅旁）照上“巖谷出没”。（錢陸燦乙本墨眉）方曰：此一段乃出鳳翔時一路所見也。呻吟流血可憐，蒼崖猛虎可畏，而秋花、小果亦可悦。“丹砂”“點漆”四句真有化工賦物之妙。（申涵光甲本評）一幅《蜀道圖》。（魯一同評）長篇寫景，須夷險更互，此最秘訣。（奚禄詒乙本墨旁）叶密。（張雝敬墨旁）寫急欲見家意，深厚耐人尋味。鴟鳥鳴黄桑，野鼠拱亂穴。（方拱乾評）此一段乃鄜州之所見也。（方貞觀墨眉）此段寫行役之苦，觸目傷心。因想潼關之敗，半秦殘害，致身墮胡塵，經年還家，室家景况，不勝慟哭於言外。見心雖戀主，而情則不能不問家室也。（題商盤紅旁）六句。又關合“瘡痍”本意。（奚禄詒乙本墨旁）叶驕。（沈巖旁）並無後人煙矣。夜深經戰場，寒月照白骨。（奚禄詒乙本墨旁）叶及。（張雝敬墨旁）前段路上所見，是寫心事，此段又説所見，是寫國事，故不厭複。潼關百萬師，往者散何卒！（方拱乾評）帶論。（奚禄詒乙本墨旁）叶即。遂令半秦民，殘害爲異物。（錢陸燦乙本紅眉下）第二節戰骨生還，上下相生。（魯一同評）追痛潼關之敗，恰好接入本質。（奚禄詒乙本墨旁）叶域。

况我墮胡塵，（宋犖紅旁）從國事説到家。（李以峙墨眉）（墮）按作“隨”便平。（沈巖旁）隨勢跌落。及歸盡華髮。（汪琬甲本紅旁）轉身捷。（嚴虞惇紅旁）戰骨生還，上下相生。（徐松紅旁）到家。（奚禄詒乙本墨旁）叶逼。（王鳴盛墨眉）此下備寫歸家悲喜之狀。經年至茆屋，（宋犖紅旁）歸家所見。（沈巖眉）“經年”從與妻子隔絶計之，非久居道途也。妻子衣百結。（徐松紅眉）沈歸愚云：到家後叙瑣屑事，從《東山》詩“有敦瓜苦，烝在栗薪”悟出。（奚禄詒乙本墨眉）凡詩只説目前真景，自然步步入勝。○愁中描出婦子情狀，總是生還欣幸之至，神矣，化矣。（佚名己紅眉）

他人寫不到此。**慟哭松聲迴，悲泉共幽咽。**（**方拱乾評**）摹寫至此，天耶？人耶？神而已矣。（**錢陸燦甲本眉**）此一段乃之鄜州所見也。哥舒翰守潼關，爲禄山所敗，遂令三秦之民大半殘害，今過其地，白骨遍野，豈不悲哉？我雖未死，而臨老陷賊，及歸家而髮盡白，亦可哀也。（**錢陸燦乙本墨眉**）方曰：此一段乃之鄜州所見也。哥舒翰守潼關，爲禄山所敗，遂令三秦之民大半殘害，今過其地，白骨遍野，能不悲哉？我雖未死，而臨老陷賊，及歸而髮盡白，亦可哀也。"老"，諸本作"况"，不可訓，當從"老"。（**錢陸燦丁本評**）此至羌村入門之狀也。閨房兒女，悲歡意緒，瑣細景况，真情真態，曲曲寫出，全得一段盡意。本左思《嬌女詩》來，妙在與前後收京平胡參伍錯綜，筆墨融化，從《東山》詩"有敦瓜苦，烝在栗薪"悟出。（**吕留良紅旁**）此處不宜著料。（**徐昂發評**）前段是回望來路，此是北望去路。（**奚禄詒乙本墨旁**）叶亦。**平生所嬌兒，**（**丁耀亢紅眉**）瑣細入微。（**張裕釗眉批**）此一段叙到家以後情事，酣嬉淋漓，意境非諸家所有。忽入時事，筆力絶人。**顏色白勝雪。**（**嚴虞惇紅眉**）此段乃羌村入門所見也。（**申頲紅眉**）自此以下，呢呢兒女之情，可悲可喜，可笑可涕，詩人傷感，自不能讀，讀不欲竟。（**題張問陶墨眉**）到家後叙瑣屑事，從《東山》詩"有敦瓜苦，烝在栗薪"悟出。（**奚禄詒乙本墨旁**）叶戍。**見耶背面啼，垢膩脚不襪。**（**奚禄詒甲本眉**）凡詩只寫眼前真景，自然步步入勝。（**奚禄詒乙本墨旁**）叶乙。（**沈巖眉**）"垢膩"非復玉雪，故見爺而反背面也，纔過膝則亦跣足矣。男女異辭，用筆之細如此。（**沈伯沆紅眉**）慘態。**牀前兩小女，補綻纔過膝。**（**方拱乾評**）非愛兒女，乃因兒女而形容初歸之情狀耳。（**錢陸燦乙本紅旁**）以下左思《嬌女詩》。**海圖拆波濤，舊繡移曲折。**（**方貞觀墨眉**）"海圖"四語寫補綴活現，不見瑣細，但見光彩，良由手筆高古。（**奚禄詒乙本墨旁**）叶敕。**天吴及紫鳳，顛倒在裋褐。**（**方拱乾評**）此段細景從左思《嬌女詩》來。（**張雝敬墨旁**）形容補綻衣服，宛然在目。（**奚禄詒甲本眉**）《山海經》：朝陽之山有神曰天吴，是爲水伯，八首八足八尾，背青黄色。（**奚禄詒乙本墨旁**）叶覡。（**吴廣霈墨眉**）"天吴""紫鳳"即舊繡中花紋也，因碎折移補,遂致顛倒在裋褐中爾。**老夫情懷惡,嘔泄卧數日。**(**方拱乾評**)重“日”字。(**傅山紅眉**)如話如畫,妙在無緊要。(**吕留良紅眉**)描寫情狀周折,然終見古雅。離亂遣興,亦自侮弄。(**陳治紅眉**)“日”字重叶。(**沈巖眉**)一作“數日”,“卧”“嘔”“泄”“日”字韻重,從之爲是。**那無囊中帛,**(**奚禄詒乙本紅旁**)“那”,奈何也。(**沈巖旁**)閏八月授衣候其,此亦生理之不可少者也。**救汝寒凛慄。**(**吴騫墨眉**)吴云“那無囊帛”極言其無癡,又以爲實有之,則“那無”作何解?**粉黛亦解苞,**(**題商盤紅旁**)倒叙。**衾裯稍羅列。**(**奚禄詒乙本墨旁**)叶力。**瘦妻面復光,癡女頭自櫛。**(**方拱乾評**)至情、至理、至景,只是説得出,並無鈎索。(**徐昂發評**)極瑣屑,却極闊大。(**張雒敬墨旁**)通篇純是涕淚,惟此數語稍自慰藉。**學母無不爲,曉妝隨手抹。**(**申頲紅眉**)四語盡《嬌女詩》之妙,“學母無不爲”則非太冲情所長也。(**奚禄詒乙本墨旁**)叶密。**移時施朱鉛,狼籍畫眉闊。**(**方拱乾評**)此一段乃羌村入門之狀也。(**奚禄詒乙本墨旁**)叶乞。**生還對童稚,似欲忘飢渴。**(**奚禄詒乙本墨旁**)叶隙。(**沈巖眉**)“忘飢渴”中,不惟忘喜,已起下“生理”句。**問事競挽鬚,誰能即嗔喝?**(**奚禄詒乙本墨旁**)叶翕。**翻思在賊愁,**(**沈巖旁**)應“隨胡塵”。**甘受雜亂聒。**(**奚禄詒乙本墨旁**)叶吉。**新歸且慰**(**奚禄詒乙本墨旁**)音畏。**意,**(**沈巖旁**)從家事轉到國事。**生理焉能説。**(**錢陸燦甲本眉批**)此一段乃羌村入門所見也。小女無衣,至拆舊繡爲裋褐,天吴紫鳳,顛倒在身,可笑亦可悲也。小兒無知,挽鬚問事,有不忍嗔喝者,因念賊中形景相弔,求其雜亂聒而不可得也。“新歸且慰意”,至於生計,又何道乎?(**錢陸燦乙本紅旁**)第三節。國爾忘家,上下相生。(**錢陸燦乙本墨眉**)方曰:此一段乃羌村入門之狀也。小女無衣,至拆舊繡爲裋褐,天吴紫鳳,顛倒在身,可笑亦可悲也。小兒無知,挽鬚問事,亦不忍嗔喝者,因念賊中形景相弔,求其亂聒而不可得也。“新歸且慰意”,至於生計,又何足道乎?(**李念慈紅眉**)家人生死相見,慰勞未已,即動念至尊,觀氣遥測,公之忠悃真出至性。(**俞瑒乙本評)從家復説到國,有收放,見憂虞之意。下叙肅宗時事。(嚴虞惇紅旁)國爾忘家,上下相生。(方貞觀墨眉)夫妻子女情事,已寫到十分。於問家室意已足,故陡接"至尊尚蒙塵",綰回戀主,不獨波瀾跌宕,而體制自應爾也。(題商盤紅眉)此段是叙歸家所見,的是蒼茫而問之景。妙在末二句用"且"字,"焉得"字起下"尚"字,見得"至尊尚蒙塵"之恥,如我者猶幸新歸,總使室家貧困,亦當聊且慰意,復有何説也。(吴錫麒紅眉)以束爲起,文法絶妙。(徐松紅眉)仇云:"翻思"四句繳上起下。○范梈父云:四句過脈轉落無痕。○譚友夏云:兒女語態正説不了,突入"至尊蒙塵"一段,應首段意。思其篇法之妙,若有照應,若無照應,若有穿插,若無穿插,不可捉摸。又云:許多話接不來,只用一"尚"字轉。(奚禄詒甲本眉)愁苦中寫出家人婦子情狀,總是生還欣幸之至,神矣,化矣。(奚禄詒乙本墨旁)叶式。(魯一同評)"焉"字與"尚"字逗弄。

至尊尚蒙塵,(方拱乾評)忽到此。(錢陸燦甲本眉批下)突接"至尊"二句,接如不接。(宋犖紅旁)從家説到國。(厲鶚評)仍歸到朝廷。(題商盤紅旁)轉。(徐松紅旁)叙時事。(張裕釗眉批)忽入時事,筆力絶人。(佚名己紅眉)忽接"至尊"。幾日休練卒?(方拱乾評)畢竟要此一段方酣方大,此則曹、劉、鮑、謝所不能望,况他人乎?(嚴虞惇紅眉)此段言朝廷有恢復之勢也。(申頲紅眉)從首至此,一氣奔騰,不可覊絏,真五古中歌行也。然絮絮家室下欲接叙朝廷,豈免葛藤?看他輕輕將一"尚"字傳來,絶不費力,當有神工鬼斧,嘿相贊成,詩人讀之不能瞬。(沈巖眉)應"東胡反未已"。仰看天色改,(沈巖旁)轉到末段。旁覺祆氣豁。(奚禄詒乙本墨旁)叶翕。陰風西北來,(錢陸燦乙本紅旁)即景叙事。慘澹隨回紇。(奚禄詒甲本眉)回紇,元魏時號高車部,逐水草。(奚禄詒甲本眉)陰風慘澹便不妙矣。(奚禄詒乙本墨旁)叶覡。(沈巖眉批下)注"回鶻"作"回紇",是。蓋德、憲時方請易爲回鶻也。(王鳴盛墨眉)此憂借兵回紇之害。(沈伯沆紅眉)此叙朝廷倚回紇助兵恢復,分明婉轉已寓貶意,是公最用意處。其王願助順,(方拱乾評)記志語。其俗善馳突。(奚禄詒乙本墨旁)叶剔。(沈巖旁)"善"字直貫注"鷹騰""箭疾"。(沈巖眉)魏主燾帥輕騎兼馬襲䋲柔然,胡三省注:兼馬者,每一騎兼有兩馬也。(沈巖眉)□主將時即,故云聞道何□乘勝,司徒急爲破幽燕也。與李泌之議正同。**送兵五千人,**(方拱乾評)煉章。**驅馬一萬匹。**(方拱乾評)餘當有此一段,若無之,便覺此篇之天地小矣。(秦應逵紫旁)一人兩馬,古法也。(奚禄詒乙本紅眉)此正可虚。(沈巖眉)方云:胡人長於騎射,其取勝獨以馬,故一人有兩馬,"送兵五千人,驅馬一萬匹",此古法也。**此輩少爲貴,四方服勇決。**(奚禄詒乙本墨旁)叶的。**所用皆鷹騰,破敵過箭疾。**(徐昂發評)實有見解。**聖心頗虚佇,時議氣欲奪。**(奚禄詒甲本眉)聖心喜其助順,而時議喪氣,知其禍之不可測也。(奚禄詒乙本墨旁)叶狄。(奚禄詒乙本墨眉)聖必喜其助順而時議喪氣,知其流禍之不可測也。(沈巖旁)朝議所恃者,回紇助順,顧我所卜皇綱未墜,則在上皇悔過,足以感人心。太宗德澤入人者深,但其尊能以宣光自待,東胡未必久也。(吴士模墨眉)"聖心"二句語氣未了,竟接收京,含蓄多少。(沈伯沆紅眉)"圣心"二句,不昧正論,立言甚妙。(佚名己紅眉)爲恨至此。**伊洛指掌收,西京不足拔。**(奚禄詒乙本墨旁)叶弼。(王鳴盛墨眉)此陳專用官軍之利。**官軍請深入,蓄鋭何俱發。**(方拱乾評)此一段言朝廷有恢復之勢。(奚禄詒乙本墨旁)叶必。(李以峙墨眉)(何)按當從"伺",作"可"乎,"何"字明係形似之誤。**此舉開青徐,旋瞻略恒碣。**(錢陸燦甲本眉批)此一段言朝廷有恢復之勢也。回紇助順,聖人虚佇,如此一戰,河洛可收,西京可攏,安史其能久乎?(錢陸燦甲本眉批)胡人長於騎射,其所取勝,獨以馬耳,故一人有兩馬,此古法也,"送兵五千人,驅馬一萬匹"是也。用兵之法,弓馬必有副。《詩》云"交帳二弓",與"兩馬"同意。(錢陸燦乙本墨眉)方曰:此一段言朝廷有恢復王勢也。回紇助順,聖心虚佇,此一戰河洛可收,西京可拔,安史其能久乎?(奚禄詒乙本墨旁)叶吉。**昊天積霜露,正氣有肅殺。**(奚禄詒乙本墨旁)叶席。**禍轉亡胡歲,勢成擒胡月。**(奚禄詒乙本墨旁)叶益。(沈巖眉)此言興復責在肅宗,况上皇亦非正國之主也。**胡命其能久?** (題商盤紅旁)一句收上。(沈巖旁)鎖胡反。**皇綱未宜絶。** (方拱乾評)此則所謂詩史,所謂經濟。三大段精神在中段,而前後無一懈可擊。(題商盤紅旁)一句起下。○轉。(題商盤紅眉)此序肅宗時事,用三"胡"字應起處"東胡"句也。"未宜絶"句以收爲起,"憶昨"至末正洗明"皇綱未宜絶"意。此段又關全戀主深情。(陳治墨眉)魏泰云:中誅褒妲,見妃子之死由明皇畏天悔禍,與官軍無與,最爲得體,真曠絶萬古之識。(奚禄詒乙本墨旁)叶疾。(沈巖旁)鎖"中興",即開下。**憶昨狼狽初,** (厲鶚評)追叙。(徐松紅旁)叙往事。(魯一同評)痛定之思。**事與古先别。** (丁耀亢紅眉)歸功王室。(徐松紅眉)魏道輔云:"官軍誅佞倖,天子捨妖姬。"樂天云:"六軍不發無奈何,宛轉蛾眉馬前死。"此乃官軍背叛逼迫,天子不得已而誅貴妃也。《北征》"自誅"無與官軍也。(吴廣霈墨旁)詩人亦有曲筆,却自婉而多風。(奚禄詒乙本墨旁)叶弼。**姦臣竟葅醢,同惡隨蕩析。** (厲鶚評)序誅楊氏,回護得體。(奚禄詒乙本墨旁)叶職。(張雝敬墨旁)回護得體。(沈巖旁)國忠先爲士卒所殺,而後妃子賜死,叙得井然。**不聞夏殷衰,** (沈巖眉批下)先言明皇能處敗,始歸美玄禮,得體而不失實。**中自誅褒妲。** (方拱乾評)大論。(方拱乾評)周旋。(錢陸燦甲本眉批)"憶昨"一段言朝廷有恢復之望。"妹妲"諸本作"褒妲",若"褒妲"則宜云"殷周"。玩下"周漢再興"句,則上"夏殷"無疑。(錢陸燦乙本墨眉)方曰:此一段言朝廷有恢復之望也。(錢陸燦乙本墨眉)"妹妲"諸本作"褒妲",若"褒妲"則宜云"殷周"。玩下"周漢再興"句,則上"夏殷"無疑;既云"夏殷",則"妹妲"無疑。(吕留良紅旁)筆有造化。(奚禄詒甲本眉)得臣子之體,愧殺"不及盧家有莫愁"之句。(奚禄詒乙本墨旁)叶踼。(奚禄詒乙本墨眉)曰"夏殷"是文人妙筆,如《孟子》汝漢淮泗而注之江,何常拘瑣?胡仔不知詩矣。(王鳴盛墨眉)此借鑒楊妃,隱憂張良娣也。(李以峙墨眉)("不聞"二句)按古本作"夏殷""褒妲",諸刻不改作"殷周",即改作"妹妲",此係時文法律,顧定人當論之矣。○又按下文即有"周漢興"語,雖義各别，而微有觸背之嫌，故在今人作此則必作“夏殷”矣。（**沈巖眉**）應“君誠中興主”。（**吴農祥評**）接此四句最急，不然徒論體裁，全乖實事也。（**朱方藹紅眉**）魏泰云：中誅褒妲，見妃子之死由明皇畏天悔過，與官軍無與，最爲得體，真曠絶千古之識。（**魯一同評**）彝按：此是互文，半誤事。（**吴廣霈墨眉**）雖係曲筆，亦寫得婉轉，詩人之旨在諷刺，本可如此，非史官所能藉口也。（**王伯沆紅眉**）直言不諱，亦有斟酌。**周漢獲再興，宣光果明哲。**（**方拱乾評**）大段中有小段，小段中有自然相生之緒，不混又不斷。（**方貞觀墨眉**）愚意“宣光果明哲”以下，便應直接“凄凉大同殿”，此地氣勢須急趨結穴，不容更緩，忽插入“桓桓陳將軍”四句，於上下文氣，明明如贅疣蛇足，且既已歸美天子聖斷，割恩正法，則當日玄禮之挾亂要君、逼殺貴妃，甚無人臣禮，此地亦當渾却。若云後來匡復之功，實由此舉，詩中必須叙及，則上文“奸臣竟葅醢，同惡隨蕩析”十字，包舉已盡。詞微義顯，情事了然，無庸更復。反覆雒誦，當删此四語爲妙也。（**吴士模墨眉**）既以誅褒妲歸權人主，復美將軍，以不没當時實事，何拖帶之有？（**奚禄詒乙本墨旁**）叶櫛。**桓桓陳將軍，仗鉞奮忠烈。**（**奚禄詒甲本旁**）《舊唐書》：上至馬嵬，吐蕃使者遮國忠馬訴無食，國忠不應，軍士呼國忠與胡謀，殺之，而以槍揭其首。上慰勞軍士，不應，使高力士問之。玄禮曰：“國忠謀反，貴妃不宜供奉，願陛下正法。”上令力士引於佛堂縊之。**微爾人盡非，於今國猶活。**（**錢陸燦乙本紅旁**）中興望幸舊都。結穴。（**奚禄詒乙本墨旁**）叶吸。**凄凉大同殿，寂寞白獸闥。**（**題商盤紅旁**）此追述玄宗事，以見中興雖可冀，然言外有不可常恃之意在。末四句將祖宗創業艱難以感動之，正望君之能中興也。（**徐松紅旁**）期復舊京。（**吴廣霈墨眉**）或以昌黎《南山詩》工於杜之《北征》，劍道人獨不以爲然，蓋《南山詩》可作可不作，《北征》則實係詩史，不可不作者也。（**奚禄詒甲本眉**）未央宫有白虎殿，唐避太祖諱，改白獸。（**奚禄詒乙本墨旁**）叶狄。（**沈巖眉**）“寂寞白虎闥”，悲君側諍之無人也。**都人望翠華，佳氣向金闕。**（**奚禄詒乙本墨旁**）叶剔。**園陵固有神，埽灑數不缺。**（**方拱乾評**）此一段言朝廷有恢復之理也。（**方拱

乾評)骨節極緊。(**奚禄詒乙本墨旁**)叶悉。**煌煌太宗業，樹立甚宏達。**(**錢陸燦乙本紅旁**)第四節。(**汪琬丙本評**)結得住,一語千鈞,以朝廷起,以朝廷結,見公雖歸家,而心不忘朝廷也。(**吕留良紅旁**)結亦古澹。(**嚴虞惇紅尾**)都人望幸舊都結之。(**吴錫麒紅眉**)結束正大,足殿一篇之勢。(**奚禄詒甲本眉**)結亦有大體,撫今追昔,無限深情。(**奚禄詒甲本旁**)賦也。(**奚禄詒乙本墨旁**)叶狄。(**奚禄詒乙本墨眉**)結有大體,無限深情。(**王鳴盛墨眉**)終以太宗事業望中興之主。(**吴士模墨眉**)收束闊大。(**徐松紅眉**)吴齊賢曰:忽然而止,而中興之旨實在於此,此言外之旨也。(**王伯沆紅眉**)結亦完密。(**佚名己紅眉**)一結歎絶。

【彙評】

方拱乾評:如此結,章法才大。私起公結,大文章,真性情,千古無兩。能細者不能大,能真者不能文,能樸者不能曲,如此兼到,非神而何?章法自《焦仲卿》來,而天地爲之再闢。情洽易,議論難;縱横易,融結難。孫莘老謂老杜《北征》詩勝退之《南山》詩,王平甫以謂《南山》勝《北征》,終不能相服。時山谷尚少,乃曰:若論工巧,則《北征》不及《南山》;若書一代之事,以與國風、雅頌相爲表裏,則《北征》不可無;《南山》雖不作,未害也。二公之論遂定。杜之勝韓,不在《北征》《南山》二詩,《北征》之勝《南山》,不在書一代之事。

錢陸燦甲本眉:董曰:《北征》略分四節,相生似右軍書,若斷還聯,人所不解。

錢陸燦乙本紅眉:《北征》略分四節,節節相生,此論右軍書,若斷還聯,人所不解。

汪琬丙本評:長篇若《焦仲卿妻》,工在拙中,古不可及。老杜《北征》,亦古亦時,亦工亦拙,唐人所不能及。共七十韻,凡六易韻,看其層層轉落,節節相生。

陳訏紅眉批仇注“此借鑒楊妃,隱憂張良娣也”處:此一段只是言貴妃、國忠爲禍亂之由，今奸臣菹醢，褒妲自誅，爲中興之始，故接周宣、漢光中興爲比，無隱憂張良娣意。

陳訏紅眉批仇注“當禄山陷京，是隋末災殃再降於今，以致生民重困，故想太宗神靈，指麾而蕩滌之。語氣陡健”處：若如唐、朱之説，則“指麾”二句之上應有想望真主意，今一直説來，唐、朱不管文氣，有此謬解，何陡健之有？

方貞觀墨眉：畫段落，不過爲讀時略可停息，先後眉目少清耳。究竟通篇大氣流行，峰連嶂疊，其斷處即其續處，續處即其斷處，何從分其段落？

題商盤紅眉：看他接落處，段段從上生下，起處即伏下四段之脈，已下段之照應。起四句來得飄逸，末四句結得老辣，其通篇叙置次第，亦匀整之至。中叙兒女可悲可笑，情景如畫，或疑瑣屑傷雅，不見《東山》未歸之果蠃，已歸之倉庚，極摹悲喜，不爾何以盡風人之致？

朱方藹紅眉：以“今皇”起，乙（以）“太宗”結，是始末大章□。大如金鵬浮海，細如土管候灰，上關廟謨，下具家乘，舉隅而詞自括，繁引而氣彌殊，可直追《三百》。

吴士模墨眉：通篇竪局宏整，筋節開張，而途次所見、即家中兒女瑣屑，一一叙入，不覺其煩，總由於魄力甚大，灝氣包舉如長江大河，奔騰千里，却處處有停頓曲折，中間萬石之舟，黿鼉龜鱉，以及浮沙細草，無所不有也。

題張問陶墨眉：結意正大，即五陵佳氣，無時無意，如此方收得足。〇短篇突然而起，悠然而止，不必另綴起結，長篇必鋪叙有倫，起結整齊，方爲合格。

陳治墨眉：以今皇帝起，乙（以）太宗結。是始末大章法。

陳治墨眉批箋注：《奉先詠懷》是憂亂於未來之先，《北征》是望治於既亂之後。《北征》放遠之詩，却説蒙恩之厚，古人立言深合經術。

陳治墨尾批箋注後：“同惡隨蕩析”，蒿美先生云，一作“蕩析”，是。

少陵《祭房公文》中有“赤心蕩析”句可證。

魯一同評:以今上起,以先帝結,首大正始終歸注□一篇大旨,森如懷如。○“灑掃數不缺”,言經武韋之禍,至今日而安史造亂,甯武開基,實園陵之神陰右相之故,“灑掃數不缺”也。

魯一同評批《心解》後:玄禮箭在弦上,事由衆怒,非破壁牽後之比,乃謂其無人臣禮,豈此時反獲持貴妃、國忠乃謂之忠乎? 上皇反國,後亦未聞追惡,玄禮當亦念其功,亮其心耳。孰謂明皇非明主哉?

魯一同評批《心解》“被放事”:若被放則未必許歸者矣,疑救琯在是年之冬,再考。

秦應逵紫尾批《心解》後:若無此四句,是明皇真畏天悔禍矣。此義門説也。愚意前説却好,存參。

奚禄詒乙本墨眉尾:古韻原四聲同用,如舜《南風歌》“慍”讀平聲則叶,慈[兹]可證也。今韻乃宋劉淵作,非沈約之書。

奚禄詒乙本墨眉:此自起至“頭自櫛”是質、物、戢、緝通轉之韻,至“隨手抹”變爲月、曷、黠、屑、陌、叶、錫之通用,今人不考古四聲通轉之韻,爲韻略之所誤。

張雝敬墨旁:曲折透迤,若有斷落,而實無斷落之迹,以作文體作詩,是僅有之筆。

沈巖旁:歷數皇綱未宜遽絶,歸本開創者,責望中興者愈切矣。

沈巖眉:短篇突然而起,悠然而止,不必另綴起結。長篇必鋪叙有倫、起結整齊者爲合格。讀杜詩須從此等大篇著意。漢魏以來未有此格,少陵特爲開出。公之忠愛謀略,具見詩史、詩聖,應以此等目之。

喜聞官軍已臨賊寇二十韻

方拱乾評:險韻作長排,工腴不必言,且帶議論,妙,妙。○排。

奚禄詒甲本眉：閲此作，益見《洗兵馬》之僞。

奚禄詒乙本紅眉：此詩寫喜意，但覺枯瘦些。○看此作筆力，便形出《洗兵馬》之僞。

盧見曾紅眉：壯浪豪邁，寫得"喜"字意出，可作討賊檄文，亦可作報捷露布。

盧見曾紅旁：王嗣奭曰：字字犀利，句句雄壯，真是筆掃千軍者。

汪琬乙本評：老樸精采，大家之篇。○詩分六段。一段正寫官軍臨賊，二段言賊之立斃，三段諸將，四段收京在邇，回鑾有期，五段並及諸助順者，六段擬收京後深致其喜也。○看題明是收京以前，舊注多牽連言之，或以郭公稱司空爲疑，然杜詩多後來追稱者，如韋之書左相也。

朱方藹紅眉：分六段。一段正寫官軍臨賊，二段言賊之立斃，三段諸將，四段收京在邇，回鑾有期，五段並及諸助順者，六段擬收京後深致其喜也。

吴廣霈墨眉：興高采烈，實做"喜"字，筆力雄恣無匹。

沈巖眉：全首牢壯雄闊。

佚名己紅眉：公每聞收京之作，必流麗悲壯，由於至性忠貞，發爲詩歌，其真到如此。

胡虜潛京縣，(**嚴虞惇紅旁**)提清。官軍擁賊壕。(**李以峙墨眉**)(握)按"擁"，形訛。(**沈巖旁**)起。鼎魚猶假息，穴蟻欲何逃。(**錢陸燦丙本評**)錢云：前四句言賊雖至京，而有兵圍之，不得出也。(**俞瑒甲本評**)是"已臨"意。(**奚禄詒甲本眉**)"穴蟻"本《異苑》黍民蟻馬事。(**沈巖旁**)已臨。(**沈巖眉**)畫出題中"已臨"境意，分毫不爽。帳殿羅玄冕，(**嚴虞惇紅旁**)軍容。轅門照白袍。(**奚禄詒甲本旁**)特指武臣，兵皆白袍。秦山當警蹕，漢苑入旌旄。（李念慈紅眉）工力匀重。路失羊腸險，（奚禄詒甲本眉）《漢志》：上黨壺關有羊腸坂。◯《長安志》：萬年縣有畢原、白鹿原、少陵原、高陽原、細柳原。◯《關中記》：涇、渭、滻、灞、澇、滈、澧、潏八水。雲横雉尾高。（奚禄詒甲本旁）扇也。（方貞觀墨眉）排比中愈見波瀾，整飭處自然瀟灑。排律至此，盡乎技矣。若兩經昭陵詩，非不有典有則，而沈宋皆優，爲之不足多也。五原空壁壘，（奚禄詒甲本旁）賊營。八水散風濤。（汪琬甲本紅眉）八水。（嚴復墨眉）畢、白鹿、少陵、高陽、細柳爲五原，涇、渭、灞、淮、澇、滈、澧、潏爲關内八水。今日看天意，遊魂貸爾曹。（俞瑒甲本評）賊勢之促。（沈巖旁）賊勢之促。乞降那更得，尚詐莫徒勞。（錢陸燦丁本評）叙次諸王諸將，鋪張官軍聲勢，絶似軍中露布。（李以峙墨眉）（向）按“尚”，亦形訛。元帥歸龍種，（陳治紅旁）雍王。（奚禄詒甲本旁、乙本墨旁）廣平王。（沈巖旁）官軍之威。司空握豹韜。（俞瑒甲本評）官軍之威。（奚禄詒甲本旁、乙本墨旁）郭子儀。（嚴虞惇紅旁）將功。（錢載評）所謂“詩史”，全在此等筆法上。（陳治紅旁）郭子儀。（沈巖旁）郭子儀。前軍蘇武節，（奚禄詒甲本旁）李嗣业。（奚禄詒乙本墨眉）“蘇武節”未切。（奚禄詒乙本墨旁）李嗣業。（沈巖旁）李嗣業。左將吕虔刀。（汪琬甲本紅眉）吕虔刀。（奚禄詒甲本眉）《通鑒》：香積之戰，賊伏精兵，欲擊官軍，左廂兵馬使僕固懷恩擊殲之。（奚禄詒甲本旁、乙本墨旁）僕固懷恩。（陳治紅旁）僕固。（沈巖眉）似軍中露布。兵氣回飛鳥，威聲没巨鰲。戈鋋開雪色，弓矢尚秋毫。天步艱方盡，時和運更遭。誰云遺毒螫，（李以峙墨眉）（遺）按“貴”，明是脱筆之訛。已是沃腥臊。睿想丹墀近，（錢陸燦丁本評）此段言回鑾有期，並及諸助順者。“睿想”句歸功於廟算，“神行”句更戒諸將以固衛鑾輿爲念也。神行羽衛牢。（方貞觀墨眉）蕪晦。花門騰絶漠，（汪琬甲本紅眉）花門。（奚禄詒甲本旁）回紇。（嚴虞惇紅旁）借助。拓羯渡臨洮。（方拱乾評）四句是瀾，不則一路平實矣。（奚禄詒甲本旁）康居小君長。

（**奚禄詒甲本眉**）康居王罽，幕［募］勇健爲拓羯。**此輩感恩至，羸俘何足操。** **鋒先**（**俞瑒甲本評**）"鋒先"二句是倒裝法。**衣染血，騎突劍吹毛。** **喜覺都城動，悲憐子女號。**（**俞瑒甲本評**）醒"喜"字。（**嚴虞惇紅旁**）連。**家家賣釵釧，只待獻春醪。**（**嚴虞惇紅旁**）望幸結。（**錢載評**）獻醪至賣釵釧，其勢可想。（**吴廣霈墨眉下**）預備大餔相慶也，做足"喜"字。（**王伯沆紅眉**）時長安尚陷賊中，故以作結。（**奚禄詒乙本墨眉**）本是"香醪"，改"春"字不合破賊，是九月也。

【**彙評**】

俞瑒甲本評：畫出已臨賊意，分毫不爽，絶似軍中露布。

張學仁參定：王嗣奭謂："今日看天意""此輩感恩至"，不用駢耦，更覺精神。浦起龍謂：四十句詩，筆筆是"已"字，却筆筆含著"喜"字，真正神技，皆道得詩中好處出。

陳治墨眉：《南史》：庾杲之嘗兼主客郎，對魏使，使問曰："百姓那得家家題名帖賣宅？"答曰："朝廷既欲掃蕩京洛，克復神州，所以家家賣宅耳。"

收京三首

方拱乾評：許多譏諷，意在言外。○或云："須爲"句危詞以警之，"不可"句明言以威之。亦是。

錢陸燦戊本評：此詩蓋深悼玄宗西幸，不意有靈武之事，遂失大柄而婉詞以傷之。

汪琬乙本評：既收京矣，因勸上勵精以成大業，次首遂思上皇在蜀未歸，末篇乃深致喜意，謂有所譏則未也。

奚禄詒甲本旁：可無首一章。

朱方藹紅眉:三首便氣象雍容,筆端直通造化矣。既收京矣,因勸上勵精以圖大業,次首遂思上皇在蜀未歸,末篇乃深致喜意,謂有所譏則非也。賦"喜"在末篇者,以重輕爲先後也。

其　一

題鮮于樞評:此言禄山陷兩京,而乘輿播遷,今曰"離丹極",曰"帶玉除",曰"須爲",曰"不可",曰"暫屈",曰"聊飛",皆爲君諱之詞也。蓋曰仙仗之離丹極者,由妖星之帶玉除耳。故須爲下殿走,以厭禳妖星,不可好樓居而徒事神仙,且暫如堯之屈汾陽駕,言非玄宗之西幸,聊如齊之飛燕將書,言非謀臣之功力,其收復京都也,皆藉廟略明决以與萬方更始耳。得《春秋》筆法,最宜潛玩。

俞瑒甲本評:言失陷之由。

王士禛評:此首用故實,不近情,不切事,仍自喪亂説便非。

厲鶚評:此首溯元宗播遷之初。

奚禄詒乙本紅旁:此首露而且率,用事又不切。

仙仗離丹極,(**沈巖旁**)言失陷之由。妖星照玉除。(**吴錫麒紅眉**)前半紆徐入題。(**陳治墨眉**)三四指賊,非謂唐天子也。(**吴廣霈墨眉**)既題曰"收京",則可不必從離京説起,應作"還丹陛""掃玉除",三四亦須本此意便佳矣。(**秦應逵墨眉**)此首所用故實,不近情,不切事。(**李以峙墨眉**)(帶)按"照"字亮,然"春星帶草堂",公似喜用此字。(**沈巖眉**)前一首用故實,不盡情,不切事,仍自喪亂説起。須爲下殿走,(**奚禄詒甲本旁**)粗。(**吴廣霈墨旁**)此二句殊未得體。○即以説賊言亦失辭也。不可好樓居。(**方貞觀墨眉**)第三句口角輕薄,第四句詞意支離。(**方貞觀墨眉**)"下殿走",魏孝静帝也,終不得其死,何可藉以比明皇?且又有梁武帝"虜亦應天象"語,則此處聲口全涉諧謔。○"不可好樓居",不過謂太真曾爲女道士,藉以喻色荒耳。用事太遠,便覺支離。(**奚禄詒甲本旁**)爲玄宗好仙。(**奚禄詒甲本眉**)三四露而且率。(**吴廣霈墨眉下**)錢箋本注作一云"得非群盗起,難作九重居",似稍妥,然恐私改。(**吴廣霈墨尾**)或作"行權下殿走,頒誥復樓居"。嘗見有一抄本爲改作"天樞仍極拱,端委復樓居",似稍可也。(**王鄰德紅旁**)一作"得非群盗起,難作九重居"。(**王鄰德紅眉**)仙人好樓居,指其好仙。(**李以峙墨眉**)(三四句)按别本云云,贋作顯然,必妄人方如此,大膽老臉! **暫屈汾陽駕,**(**奚禄詒乙本紅旁**)不切。(**奚禄詒甲本旁**)纔爲君諱。○堯見四子於汾水之陽。(**沈巖旁**)周旋有體。**聊飛燕將書。**(**俞瑒甲本評**)周旋有體。(**俞瑒甲本評**)《别裁》云:四語見奉仙無益,六語計河北易定。朱鶴齡曰:玄宗晚節怠荒政,由妃子以致播遷之禍,公不忍顯言,故寓意於仙人之樓居。(**方貞觀紅旁**)不切。(**奚禄詒甲本旁**)魯仲連射書於聊城。(**奚禄詒甲本眉**)"暫屈""聊飛"四字斟酌。(**嚴復墨眉**)汾陽,《杜臆》以爲用《莊》堯四子事。**依然七廟略,**(**沈巖旁**)纔著收京。**更與萬方初。**(**俞瑒甲本評**)纔著收京。(**奚禄詒甲本旁**)"更"平聲,改琴瑟而更張之意。(**奚禄詒甲本旁**)賦也。(**奚禄詒甲本眉**)七八了"收京"意。(**奚禄詒乙本墨眉**)改琴瑟而更張之意。(**沈巖尾**)《管窺》云:"好樓居"本封禪之語,舊注譏玄宗好神仙,甚當。

【彙評】

張學仁參定:朱注謂河北時勢折柬可定,故用仲連射書事。

吴廣霈墨眉批"李云":雖爲曲解,畢竟此首不佳。

奚禄詒乙本墨旁:其二起句恰是變語,何必用此首?

王鄰德墨尾:通首總見收京之不需時,幸喜之詞也。

其　二

題鮮于樞評:此公自謂。"生意甘衰白,天涯正寂寥",言已在鄜州也。細玩"忽聞""又下"四字,則其喜當何如哉。又言懷四皓之調護，憶帝堯之授受，曰“懷”，曰“憶”，皆願望之詞令也。逢聖明罪己之日，則其興也必矣，故天下皆仰望其恩澤之霑被焉。厥後肅宗果以無四皓之調護卒，致李輔國劫遷西内之禍，亦公先見之明與？

方貞觀墨眉：鄴侯誦《黄瓜臺詞》，而廣平之儲位已定。上皇手授國寶，而靈武之嫌可釋。“羽翼”二句，懷鄴侯之功，憶上皇之慈，而今而後，雍雍洩洩，止孝止慈，宫闈以内，無可憂慮，惟沾灑望太平之立至耳。注家必以爲恐復有建寧之禍，恐其不篤於晨昏之戀，專向澆薄一路，想是必欲子美以不慈不孝待肅宗也。平時謂子美忠厚，性成乃如是乎？

吴錫麒紅眉：一章追原致禍之由，二章喜聞哀痛之詔，三章恐其收京後或仍君逸臣驕，氣習惓惓，餘思不忘全盛，此老□見，奚止詩中之聖而已乎！

奚禄詒乙本墨眉：起二句以悲意反起，接以“忽聞”，又下轉出喜意。○五六皆言己懷。○“羽翼”二句接在“哀詔”“聖明”之下，原非譏詞。○“商老”不過謂裴冕、杜鴻漸等之輔功也。○肅宗受璽之日，分明急於爲君，故聞房琯以諸王督師之請，終身恨而不復用。且表請上皇之時，若非李泌教之，則上皇亦不肯二過京矣。《綱目》斷得極是。

王鄰德紅眉：沉痛敦厚，讀之淚下。

佚名己紅眉：云“甘”、云“正”、云“忽聞”、云“又下”，呼唤起伏，皆喜自望外。

生意甘衰白，（**奚禄詒甲本旁**）其二起句恰是發語。天涯正寂寥。（**奚禄詒甲本眉**）首二句以悲意反起，接以“忽開”“又下”四字，轉出喜意。（**李念慈紅眉**）起句沉痛，五六規頌微妙。忽聞哀痛詔，（**厲鶚評**）指肅宗。**又下聖明朝。**（**方拱乾評**）"忽"字、"又"字意深。（**錢陸燦丁本評**）此首頂上"廟略"句，"忽聞""又下"，是春秋筆法。（**汪琬乙本評**）"哀痛詔"指肅宗還京所下制，觀其制，知其可與有爲，而大者莫如先迎上皇，諷之，非譏之也。"商老"，概言扈從諸臣，亦非自喻。（**俞瑒甲本評**）收復之初。（**申頲墨眉**）走對精絶。（**朱方藹紅眉**）"哀痛詔"指肅宗還京所下制，觀其制，知其可以有爲，而大者莫如先迎上皇，諷之，非譏之也。"商老"，概言扈從諸臣，亦非自喻。（**吴廣霈墨眉**）三四沉著。（**王伯沆紅眉**）有出自望外意，益見悲戚。**羽翼懷商老，**（**俞瑒甲本評**）指李泌。（**奚禄詒甲本旁**）五六皆言己懷。（**厲鶚評**）指李泌。（**陳治墨眉**）俞云："商老"指鄴侯，"帝堯"謂上皇。（**秦應逵紅旁**）指鄴侯。（**李以峙墨眉**）（懷）按詩意不當用"慚"字。**文思憶帝堯。**（**俞瑒甲本評**）謂上皇。（**徐松紅眉**）朱鶴齡曰："羽翼"指廣平王而言，李泌時已還山，故公懷思於商老也。（**秦應逵紅旁**）謂上皇。**叨逢罪己日，**（**俞瑒甲本評**）應"哀痛詔"。（**奚禄詒甲本旁**）應"哀詔"。（**奚禄詒乙本墨旁**）應"哀詔"。**霑灑望青霄。**（**奚禄詒甲本旁**）賦也。○"又下"者，十一月、十二月兩詔。（**陳治紅眉批箋注**）箋太鑿。

【彙評】

方拱乾評："羽翼"指保護廣平，"文思"指懷念明皇，此皆謂中語也。結句望以此恩，意此"青霄""霑灑"以及海内。

張學仁參定：公時在鄜州，得聞收復，不覺喜溢眉宇，何暇作憂危慮亂語？

沈巖尾：《管窺》云："羽翼"句謂廣平王俶有大功，良娣忌而譖之，李泌引《黄瓜臺辭》以諫事也；"文思"句謂肅宗表請上皇還京就孝養事也。

沈巖眉批詩後錢箋：題是"收京"，自有無限欣幸，豈應故含諷刺？箋解誤。

沈巖眉批"玄宗内禪故目之"處：箋太穿鑿，子美必不爾。○亦朱注得之。

其　三

題鮮于樞評：此言兩京已煩汗馬，收復宫闕在春時，必將盡鏟賊壕，若行賞，應須歌《杕杜》之詩，而班師必及薦櫻桃之月與？預期之詞也。且"雜虜横戈"之頻數，故"功臣甲第"之益高，蓋傷諸夷數叛而功臣侈靡，必至僭横。末曰令萬方頻頻送喜，然則聖躬無乃勤勞，不遑寧處乎？此皆杜子先見之明。後來雜虜猾夏，藩鎮專權，果如所慮，惜乎當時不能用也。

方拱乾評：首句收兩京，次句圍安慶緒，三句頂首句，四句頂次句，後四句又有諷勉之意。

錢陸燦丁本評：此首頂上"燕將"句，頷聯典切。

錢陸燦戊本評：玄宗至德二載十二月至蜀，公望其復登大寶，而肅宗不循子道，親享太廟加封，元從功臣皆不出於上皇，此所以有"杕杜""櫻桃"之句也。甲第論功，萬方送喜，此收京之盛事，豈知公有一人向隅之泣乎？

題商盤紅眉：按：收京在九月，而此詩著"春"字，則知作於次年四月廟成之後，故用含桃薦廟事。三詩疑各一時所作也。○"雜虜横戈"正數，"功臣甲第"方高，當此之時，以答賀勞聖躬也。○時大封靈武元從功臣，而回紇恃功驕恣，外患未寧，内憂方大，宵衣旰食之謂，何而乃偃然受賀乎？從五六讀下，則公之慮事之深、諭主之切，自見言外。而結尾十字，爲反辭致諷明矣。○"送喜"字見《易林》。

盧見曾紅旁：一喜一痛，忠愛之誠，藹然而見。此始收兩京之作。錢謙益：語語文致，喜爲傅會而不覺。其以後釋前，爲大謬也。

朱方藹紅眉："歸及薦櫻桃"帶出時序，亦見當首重宗廟，而當日之倉皇可想矣。末二語正反形出喜意來，絶非諷刺。

奚禄詒乙本墨眉：情至藹然，在風雅之間。不言宗廟，而顛覆之感、收復之幸具見，不是點綴，雜虜可慮矣。且君未安居而臣高甲第，豈詩爲臣子乎？故結以“聖功勞”，乃是譏功臣耳。○時貴戚與功臣紛紛建第，時人謂之木妖。

王瀣德紅眉：不言宗廟而顛覆之感、收復之幸具見，非强爲點綴者。

王瀣德藍旁：諷刺無痕，使人自愧。

汗馬收宮闕，（**俞瑒甲本評**）正言收京。（**題商盤紅旁**）對起。（**奚禄詒甲本眉**）在風雅之間。後四句有諷，却渾厚得體。○時將相宦寺竟治第宅，人稱木妖。**春城鏟賊壕。**（**厲鶚評**）所謂廟貌不移、鍾簴如故。**賞應歌《杕杜》，**（**題商盤紅旁**）倒叙聯。（**王瀣德紅旁**）典致。**歸及薦櫻桃。**（**汪琬乙本評**）“歸及薦櫻桃”帶出時序，亦見當首重宗廟，而當日之倉皇可想矣。○末二句正反形出喜意來，絶非風刺。（**題商盤紅旁**）折腰句。（**奚禄詒甲本旁**）雅而該。（**陳治墨眉**）“歸及薦櫻桃”帶出時序，亦見當首重宗廟。**雜虜横戈數，**（**俞瑒甲本評**）難未盡平。（**題商盤紅旁**）具文見意。**功臣甲第高。**（**奚禄詒甲本旁**）此豈甲第之時耶？**萬方頻送喜，**（**俞瑒甲本評**）望之之詞。（**李以峙墨眉**）（頻）按“頻送喜”所以恐“聖躬勞”，“同”字則失之矣。**無乃聖躬勞。**（**奚禄詒甲本旁**）賦也。○律詩皆如此則妙。（**王瀣德紅旁**）情至藹然，喜未有極。

【彙評】

題商盤紅旁：妙於立言，意在言外。

張學仁參定：三四穠麗，是勞還帥之詩。此與《喜達行在》三首皆是獅子搏象，用全力不肯著一懈筆。

沈巖眉：結句忠愛藹然，味此益知前首箋解之誤。

送鄭十八虔貶台州司户，傷其臨老陷賊之故，闕爲面别，情見於詩

錢陸燦戊本評：如此婉戀，若“百年”“萬里”入近人王、李手，豈復佳致？詩人於此深思。

俞瑒乙本評：長題只以中四句清出，首尾渾發本意，妙在八句中有無數轉折在内，却又一氣達出。

俞瑒乙本評：着眼在一“老”字。

奚禄詒甲本眉：如送鄭、送韓皆絶唱也。○句句轉，流利中有沉著，情真語切，千古以下亦爲傷神。

奚禄詒乙本墨眉：句句流利，中有沉著，妙。○虔陷賊中，稱風疾，緩求攝市令，潛以密章達靈武，故免死。

奚禄詒乙本紅眉：情真語痛。

盧見曾紅旁：盧世㴶曰：清空一氣，萬轉千回，純是淚點，都無墨痕。沈德潛曰：曲折赴題，清空如話，别是一種風格。

方貞觀墨眉：起言鄭公乃樗散之士，年已昏耄，性復嗜酒，而時自矜炫者，不過筆墨。似此則一疏散文人，豈貪圖富貴，有心降賊者耶？公與鄭公交厚，既不可説其陷賊無罪，又不忍説其陷賊有罪，惟□此開脱，則其罪自□矜恕。用筆之妙，用意之深，後人那得夢見！

吴錫麒紅眉：因題爲詩，周密老當。

題張問陶墨眉：三四分看合看，以參差變化而得沉痛鬱屈，句法妙絶。詩到至處，不妨於直，不妨於盡，若應酬家數，只視其旦夕還朝耳。

許葰聚紅眉：絶不著意，字字至情，此等詩後人豈但不能作，抑亦不能讀。

沈巖眉:蕭散,别是一種。

吴廣霈墨眉:全首迴腸盪氣,悲壯蒼凉,脱盡送别俗套。

嚴復墨眉:至德二載十二月陷賊官,上才定罪三等,皆流貶。鄭在次三□。

王伯沆紅眉:按,李白從永王璘,維污禄山僞命,皆文人敗名事,在他人必割席絶交矣。少陵當二公貶時,深悲極痛,至欲同生死而不可得,古人不以成敗論人,不以急難負友,是何等交誼!子長爲李陵申辨,至下腐刑,《與任少卿書》猶爲分疏,亦與杜同一肝膽。人知馬史、杜詩千秋獨步,不知皆從至性過人流出。柳子厚與王叔文交,不過恃才躁進,且叔文以得罪宦官藩鎮而敗,又非陵比,退之與柳爲文字交,生前不爲昭雪,死後《墓誌》反言少年不自貴重,無一語推原暴白,一則韓、柳齊名,中存伎[嫉]娼;一則不欲爲黨人分謗,得罪時貴耳。其視少陵何如?

鄭公(**俞瑒甲本評**)鄭十八虔。**樗散鬢成絲,酒後常稱老畫師。**(**俞瑒甲本評**)意在一"老"字。(**錢載評**)直起,貼貼穩。(**秦應逵墨旁**)首二句見與受國厚恩,美仕者□。**萬里傷心嚴譴日,**(**俞瑒甲本評**)貶台州司户。**百年垂死中興時。**(**方拱乾評**)七字幾層意。(**李念慈紅眉**)交深情切,語出沉痛。(**俞瑒甲本評**)臨老陷賊。(**倪象占藍眉**)"中",志聲,讀作平者,非。○九山云:一直到底,十分盡,十分痛,亦言不及料而有此事也。**蒼惶已就長途往,**(**俞瑒甲本評**)承"嚴譴"。(**嚴復墨眉下**)"蒼黄"或作"蒼皇",少從心作"惶"者。**邂逅無端出餞遲。**(**俞瑒甲本評**)起"永訣"。(**嚴復墨眉**)盧世㴶評云:清空一氣,萬轉千回,純是淚點,都無墨痕,直可使暑日霜飛,午時思泣,在七律中尤難。所言甚當,如此詩即唐□中亦不少概見也。**便與先生應永訣,**(**俞瑒甲本評**)情見乎詞。**九重泉路盡交期。**(**丁耀亢紅眉**)太直率。(**錢陸燦丁本評**)落句見交情死生無間也。詩到真處不嫌其直，不妨於盡。（**俞瑒甲本評**）應"垂死"。（**方貞觀紅旁**）沉慟悲切，生死交情，千秋如見。（**奚禄詒甲本尾批**）賦也。

【彙評】

俞瑒甲本評：長題只於中四句清出，首尾渾發本意，自成作法。八句中見評多曲折，故佳。

張學仁參定：盧世漼謂：萬轉千回，純是淚點，在七言律中尤難。蓋由公至性過人，直抒胸臆，不覺聲情激楚。

臘　日

方拱乾評：總見君恩之春温耳。○金華殿中語無寒儉氣，無堆積詭異氣，亦惟公勝所稱聖也。

奚禄詒甲本眉：始皇因仙人茅蒙之謡曰"繼世而往在我盈，帝若學之臘嘉平"，故改爲"臘"。

奚禄詒甲本旁：冬至後三戌爲臘，祭百神。夏曰嘉平，殷曰清祀，周曰大蠟，秦漢曰臘。

奚禄詒甲本眉：《記》曰：臘，先祖五祀。

奚禄詒乙本墨旁：秦改嘉平爲臘。

盧見曾紅旁：趙大綱曰：唐以大寒後辰日爲臘。

厲鶚評：此公爲拾遺時作。

題張問陶墨眉：臘日輕暖，治平可兆，此景之可飲者；口脂面藥，寵澤新沾，此事之可飲者；故以頸聯縱飲橫擔中間，雙綰上下，晴暖意輕，恩澤意重。故輕者在前，重者在後，以作側勢，極整齊，又極變化，章法狡獪之甚。甲戌長夏，船山批閲。

倪象占藍眉：郭云：善叙事。○劉云：三四小兒語，大家數。

○九山云:“還萱”“有柳”,疊韻,□□七八一意串下,結得有力,起筆如不欲戰,第五句□陡入當行事,後人作此,必要放正前矣。

嚴復墨眉:唐以大寒後辰日爲臘。

臘日常年暖尚遥,(**俞瑒甲本評**)襯起。今年臘日凍全消。(**錢載評**)隨手穩穩疊起。侵陵雪色還萱草,(**俞瑒甲本評**)承“凍”。(**嚴虞惇紅旁**)頂二句。(**許蓌聚紅旁**)頂上二句。漏泄春光有柳條。(**俞瑒甲本評**)承“暖”。(**申頲紅眉**)别在一“有”字。縱酒欲謀良夜醉,(**俞瑒甲本評**)下四記事。(**奚禄詒甲本旁**)豈真欲醉也?還家初散紫宸朝。(**奚禄詒乙本墨眉**)豈其欲醉耶?感不大用耳。口脂面藥隨恩澤,(**奚禄詒甲本眉**)唐制臘日賜脂藥。(**奚禄詒甲本旁**)了臘日事。(**王伯沆紅眉**)玩注,意言風寒裂膚,所以膏澤之也,不得作塗脂抹粉解。翠管銀罌下九霄。(**奚禄詒甲本旁**)賦也。(**屈復評**)黄生云:“恩澤”寓二物中,故曰“隨”,本是“銀罌翠管盛脂藥,恩澤相隨下九霄”,傷直,故曲折出之。①

【彙評】

錢載評:真作手皆自然生出,有何安排?合法必適意,適意必合法也。

張學仁參定:下半用倒插,故妙。顧注謂若將“口脂”“翠管”在前,“縱欲”“散朝”在後,便覺少致。

奉和賈至舍人早朝大明宫舍人先世嘗掌絲綸

方拱乾評:冠裳佩玉之音,無一陋響,不必言矣。却無一假語,

① 校注:“黄生云”,杭本闕。

無一襲語，難。○題外出深情，更難。

李念慈紅眉：雄偉飛動，故知氣力不同。

吕留良紅旁：曲家若高生《黄門》一賦，摩寫早朝，縷縷妙絶。○詞人易地操觚，四君亦當却手。

王士禛評：和此題當以岑參"雞鳴紫陌曙光寒"爲第一。

屈復評：杜此首甚不佳，而後人以其大家也，而曲爲之譽。可與知者道，難爲俗人言也。①

奚禄詒甲本眉：此題惟摩詰詩好。○唐制：太極宫在西，名西内；大明宫在東，名東内；興慶宫在南，名南内。受朝惟大明最多。

奚禄詒甲本旁：賈曾之子。○應付耳，不知李于鱗何故選此？

奚禄詒乙本墨眉：不知李于鱗何以選此？

盧見曾紅旁：蘇軾曰："旌旗日暖"一聯，此七言中之偉麗者也。

錢載評：旋轉充然。

題張問陶墨眉：唐人和詩，必見出"和"意。王岑二結，並歸美於賈，但王專美掌綸，岑專美唱詠，惟杜兼及之，又顯其世職，更爲周到。流麗遜嘉州，而骨法典重過之，尚以此爲擅場。

秦應逵紅眉：杜此首甚不佳，而後人以其大家曲譽。可爲知者道，難以口舌争也。

吴廣霈墨眉：此唐人應制詩之正軌也，淺人不解，或任意批抹，陋哉！寒乞子相，烏可與之論盛唐哉？

許菱聚紅眉：此題警句，王則"九天"一聯，岑則"花迎"一聯，賈則"劍佩"一聯，然終落境語耳。杜以旌旗所畫之龍蛇對真燕雀，已極變化，而"動"字、"高"字俱含生意。"風微"則燕雀因風微至殿上，"風生"則不免搶地矣。且大厦成而燕雀賀，又本成語，見朝廷

---

① 校注："以其大家也，而曲爲之譽"杭本作"以其大家，曲爲之譽"；"難爲俗人言"杭本作"難以口舌争"。

寬大、群情末附之意，有比有興，六義具焉。謝榛直説賈則氣渾調古，岑則詞麗格雄，王、杜二作，各有短長，其次第猶是一輩行，杜一王二岑三賈四。

嚴復墨眉：唐有三内，大明宫爲東内，太極宫爲西内，興慶宫爲南内。

王伯沆紅眉：賈至父名曾，天寶末爲中書舍人。肅宗即位，靈武傳位册文，上皇命至作。兩朝盛典出一家父子之手，可謂榮矣。

五夜漏聲催曉箭，（**吕留良紅旁**）如此起，便無力量。（**汪琬甲本紅眉**）五夜。（**俞瑒甲本評**）早朝。九重春色醉仙桃。（**方貞觀紅眉批注解“仙桃用王母事也”**）誰曰用王母事？（**奚禄詒甲本旁、乙本墨旁**）醜。（**秦應逵墨旁**）此句比主恩優厚臣子，欣欣向榮也。（**李以峙墨眉**）（九重）按“九天”字可笑。旌旗日暖龍蛇動，（**吕留良紅旁**）佳句，似非早朝。（**俞瑒甲本評**）大明宫。（**奚禄詒甲本旁**）二句亦有比。（**奚禄詒乙本墨旁**）蘇長公賞此，何耶？（**許蓌聚紅旁**）春色。宫殿風微燕雀高。（**錢陸燦丁本評**）“龍蛇”“燕雀”，對法極虚實變化，“動”字，“高”字，俱含生氣，“微”字則以燕雀因微風得至殿廷，見朝廷寬大、群情歸附之意。語有比興，不比王、岑之徒落境語也。〇後四句稍拙。（**汪琬丙本評**）摩詰用“朝罷”於第七句則可，公作竟是前半早朝、後半罷朝矣。（**嚴復墨眉**）三四極偉麗，宜東坡賞耳。（**奚禄詒乙本墨旁**）以燕許之句，公不宜有。（**許蓌聚紅眉下**）入神語。朝罷香煙攜滿袖，（**吕留良紅旁**）亦尋常。（**許蓌聚紅旁**）早朝。詩成珠玉在揮毫。（**吕留良紅旁**）甚拙。〇此句何減宋人！（**俞瑒甲本評**）和賈。（**奚禄詒甲本旁**）了“和”意。“在”字稗。（**奚禄詒甲本旁**）《史記》：南宫太微垣十星，在翼、軫之地，第五星爲上相，上相間東垣名曰左掖門，其西垣名曰右掖門。蓋太微者，天子之宫庭，五帝之座，十二諸侯之府也。中爲端門。（**奚禄詒乙本墨眉**）“在”亦不穩。（**錢載評**）五六在奉和，應如此旋轉以管題。

（嚴復墨眉）仇滄柱云：唐人律格多於五六作轉語。**欲知世掌絲綸美，**（俞瑒甲本評）舍人。（奚禄詒甲本旁）賈舍人。（嚴虞惇紅旁）舍人。（許蔞聚紅旁）和賈。**池上於今有鳳毛。**（奚禄詒甲本旁）賦也。○玄、肅兩朝册命皆出父子之手。

【彙評】

方拱乾評：前四句是早朝，後四句是奉和，故獨步王、岑之上。

吕留良紅尾：早朝詩須莊重雄渾，四詩皆非絶唱，然七言律乃老杜專行，此首獨草草，落他人後，可惱！

俞瑒甲本評：典麗中極見生動。

俞瑒乙本評：前半早朝之景，後半美賈舍人，是“奉和”意。

錢載評：“欲知”二字妙在是提起來，若不提起來，則第六句即塌下矣。○“在”字占上去，已恐塌下，即立不住。○此種詩讀完後，紙上並無一字。

張學仁參定：結用“鳳毛”美賈至父子，用意自勝。但高華雄秀，視賈、王、岑三作似遜，諸家未免推崇太過。

秦應逵紅秦應逵旁批岑參和：此題岑爲壓卷。

吴廣霈墨尾：喬麗堂皇，一片承平雅誦聲。

吴廣霈墨眉批集評：早朝詩豈竟不能預計其退朝時事耶？李批繆妄，是以八股之戒犯下律詩歌也。

奉答岑參補闕見贈

題鮮于樞評：此詩次聯承第二句，三聯應首句，末聯言奉答見贈也。

丁耀亢紅眉：終未見長。

李念慈紅眉:此五言拗體也。難於七言,故他集中罕見,今人亦無學之者。

吕留良紅旁:元唱勝。

奚禄詒甲本眉:詩固貴平,尚□多味。

奚禄詒乙本墨眉:答詩要答其來意,即回書也不在和韻。〇答不了岑意。

徐昂發評:三四宋人詩話極賞,竊所不解。

吴廣霈墨眉:亦未見佳。

王鄰德紅眉:言其迹異以見心之同也。

嚴復墨眉:全首從岑首二語發生,然頗粗率無意味,此元裕之所謂碔砆者也。

窈窕清禁闥,罷朝歸不同。君隨丞相後,(**奚禄詒甲本旁**)此不同也。我往日華東。(**奚禄詒甲本旁**)東曰"日華",華之東則門下省;西曰"月華",華之西則中書省。冉冉柳枝碧,娟娟花蕊紅。(**奚禄詒甲本旁、乙本墨旁**)凑。(**沈巖眉**)四語只寫兩省門徑耳。故人得佳句,獨贈白頭翁。(**奚禄詒甲本旁**)賦也。(**吴士模墨眉**)此數句直趁手寫,大遜岑作,亦浮泛。

【彙評】

吴廣霈墨眉批附録岑參作:岑亦五律者,精煉不磨。

倪象占藍眉:本色語,句句老。

奉贈王中允維

題鮮于樞評:首言王允中[中允]之聲譽非一日,而與我别亦久矣。次言其雖陷賊中，然推病不受僞爵，亦已三年於窮愁中，應有佳作，而誦《白頭吟》，言不變所守也。

方拱乾評：古人贈言必沁人心脾，令人可受。今人非諷即諛，大失風雅之旨。〇公於李白、鄭虔、王維開口便白其冤，是爲厚道，是爲交情。

汪琬乙本評：樸老。五六苦語淡寫，苦可能，淡不可能。“共傳”句稱其才，“不比”句明其無罪。

屈復評：前半叙事，五六表白王心迹，結以《白頭吟》喻《凝碧池》詩也。

盧見曾紅旁：爲中允表明心迹，極有斟酌。

厲鶚評：回互王中允，語語有分寸。

題商盤紅眉：公詩中“白頭吟”字多係借用，此處却有意謂肅宗不察其“三年”“一病”之心，而猶鐫其秩，薄舊臣如棄婦也。〇叙王人品、心事、時論、辯章、風聞、眼見，無限説話，極難表白，却叙得恬雅温厚如此，此唐賢真風雅，少陵真面目也。〇全得三四用古人影掠，故叙事無痕。

朱方藹紅眉：樸老。五六苦語淡寫，苦可能，淡不可能。

題張問陶墨眉：三四叙事無痕。

嚴復墨眉：是時維以給事中降太子中允。〇爲肅宗所原，故云“收庾信”；雖未爲禄山草制，故云“不比得陳琳”；服藥取痢稱疾，故云“一病”；聞天寶末至乾元元年，故云“三年”；《白頭吟》以“不二夫”比“不二主”。

吴廣霈墨眉：清婉有致。

奚禄詒乙本墨眉：可爲摩詰解嘲。〇中四句聲名契闊，皆在其中。

沈巖眉：爲中允表暴心迹，語語斟酌，注箋當看。

王鳴盛墨眉：禄山反，維以扈從不及陷長安，禄山素憐之，遣人迎置雒阳,拘於普施寺,迫授僞署。維服藥取痢,僞稱瘖疾。

中允聲名久,(**方拱乾評**)一"久"字原有意。如今契闊深。(**陳治墨眉**)汪云:五句稱其才,六句明其無罪。(**王嗚盛墨眉**)毛傳:契闊,勤苦也。言維久負聲名,艱難陷賊,勤苦獨深也。共傳收庾信,(**題商盤紅旁**)借古爲喻。(**奚禄詒甲本眉**)侯景之亂,庾信營於朱雀桁。景至,信衆奔江陵,元帝除信中丞。(**朱方藹紅旁**)稱其才。不比得陳琳。(**俞瑒甲本評**)暗指時事。(**奚禄詒甲本眉**)陳琳初從袁紹,紹敗,琳見曹操,操曰:"昔爲書罪我,何乃及其父祖?"終用之。(**奚禄詒甲本旁**)切。(**朱方藹紅旁**)明其無罪。(**王鄰德紅旁**)陳琳猶有草檄憾也。一病緣明主,(**秦應逵紅旁**)代爲表白。三年獨此心。(**方拱乾評**)總爲其生平地,不獨交情也。(**奚禄詒甲本旁**)"三年獨此心",確當。(**王鄰德紅眉**)爲人分解,語體深至。(**王鄰德紅旁**)大家數時時有之,正愛其樸。(**王嗚盛墨眉**)末句譏肅宗失刑,言維一病三年,不當復責授中允。(**王伯沆紅眉**)工於表徵。窮愁應有作,(**俞瑒甲本評**)接上。試誦《白頭吟》。(**方拱乾評**)真交情語,如其自誦。(**奚禄詒甲本旁**)賦也。○爲摩詰解嘲。○中四句聲名契闊,皆在其中,試誦者勉之也。(**秦應逵紅旁**)《凝碧池》詩是。

【彙評】

方拱乾評詩後之文:侯景之亂,梁簡文帝使庾信率宫中文武千餘人營於朱雀橋。及景至,信以衆奔江陵。梁元帝承制,除從御史中丞。

汪琬丙本評:此類詩真趁手寫。

張學仁參定:詩中叙事最難,次聯用古人比擬中允,苦衷已見,直是一篇辨冤疏。

宣政殿退朝晚出左掖

方拱乾評:前四句先寫入朝,是客。後四句正寫退朝,是主。

屈復評:此首細潤和平,終嫌起句稍粗耳。

奚禄詒甲本旁:看公排律與五七言,沈約八病之説不通。○如今日之太和、中和、保和三殿,則太極兩儀也,武英、文華則兩省也。○中書省在西,故曰右掖。

奚禄詒甲本眉:按《周禮·冢宰》,有宰夫之職,漢分而爲尚書、中書,後來遂爲尚書、中書省;宫正、宫伯之職,漢分而爲光禄勛、衛尉,後遂爲門下省。

盧見曾紅旁:浦起龍曰:金和玉節之篇。

朱方藹紅眉:形容得到,結句更見太平雍和、寅恭協衷之美。"蓬萊""鳷鵲"皆天子所居,故雲常五色,雪亦早殘,以見聖人致瑞,和氣先春也。

題張問陶墨眉:一步步從外面寫進去,又一步步從裏面寫出來,俱見緩步從容之致,故尚以結聯爲綫索。○仰觀五色,有贊助休明之想;俯歎多時,有及時補衮之思。

秦應逵紅眉:此首細潤和平,終嫌起句稍粗。

吴廣霈墨眉:興高采烈,老杜處此順境時固無窮愁語也。

倪象占藍眉:郭云:撰句。又云:終覺肥濁。○劉云:第六句佳處自在可想。○九山云:工部此等詩似不如五律有全璧。

天門日射黄金榜,(**錢陸燦戊本評**)藏頭格。春殿晴曛赤羽旗。(**嚴復墨眉**)發端警麗。宫草微微承委珮,(**俞瑒甲本評**)殿前。(**奚禄詒甲本眉**)"委佩"典"遊絲"飣,"常五色"典"亦多時"飣。鑪煙細細駐遊絲。(**傅山紅眉**)佺甚。(**俞瑒甲本評**)殿中。(**奚禄詒甲本旁**)稺。(**奚禄詒乙本紅旁)穉。(奚禄詒乙本墨眉)"委佩"典,"遊絲"飣,"常五色"典,"亦多時"飣。雲近蓬萊常五色,(李以峙墨眉)(五色)按"好色"便不成語。雪殘鳷鵲亦多時。(傅山紅旁)見俗。(奚禄詒甲本旁)風味好。(奚禄詒甲本眉)非一"殘"字,亦屬癡肥。◯"侍臣"二句隱謂諫官無用處。(許蓤聚紅旁)"多時"二字何出? 必[畢]竟凑顔,遂爲全首之病。侍臣緩步歸青瑣,(俞瑒甲本評)退朝。退食從容出每遲。(俞瑒甲本評)出左掖。(奚禄詒甲本旁)賦也。(奚禄詒乙本墨旁)隱見諫臣無用。(錢載評)不是"每"字便不參活句矣。參活句而失本位,徒費巧思,反成拙耳。文章之妙,總不在過火。

【彙評】

張學仁參定:處處切退朝著想,較《早朝大明宫》作,便另是一種筆墨。

吴廣霈墨眉批"李云":李批謬此詩,安見不倖?

紫宸殿退朝口號

方拱乾評:與前首異,前首記人臣之出朝,此首記人君之入宫。

李念慈紅眉:春容典麗。

吕留良紅眉:好景象。

屈復評:開元禮疏,晉儲後臨朝不坐,則宫人傳百寮拜,周隋相沿,國家因之不改。按:此禮至天祐中始罷。"雙瞻御座"言其却行引駕也,此當云"昭容户外引朝儀,御座雙瞻紫袖垂",雖明白,然太直。

盧見曾紅旁:可備唐朝典故,詩亦委婉有風度。劉會孟曰:從容富麗,六句有意外意。

題張問陶墨眉:"袖垂"爲傴僂,"雙瞻"爲公行。"瞻御座"爲内向，“引朝儀”爲却行。○宫女引天子而出，群臣送宰相而入，一起一結，其實寫得好看。黄説雖未必中作者之意，然亦不爲無見。

吴廣霈墨眉：此亦出色當行之作，安得謂公此體非所長耶？

奚禄詒乙本墨眉：纔切“紫宸”與“宣政”不同，以“昭容”起，亦顯諷，至六句亦諷。○舊制，御宣政則唤仗入内，諫官、史官隨宰相入讀彈章。李義甫、李林甫爲相，恐人議，已令百官不得入奏事者，屏人密語。

倪象占藍眉：劉云：春容富麗。

户外昭容紫袖垂，（**俞瑒甲本評**）初入朝時。（**奚禄詒甲本眉**）宫人垂帛引百官，自晉康獻后始，周隋相沿。天祐二年，詔宫人不得推出。（**奚禄詒甲本旁**）切而雅。雙瞻御座引朝儀。（**錢陸燦戊本評**）著做句。（**奚禄詒甲本眉**）常日御宣政則唤伏入内，諫官、史官隨宰相入御史對伏，讀彈文。李義府、李林甫爲相，恐人議，已奏事者，令屏人密啓。至肅宗，此時諫官無用，故云“近臣知”耳。（**嚴復墨眉**）宫人引導之制，至昭宗天祐二年罷之。香飄合殿（**俞瑒甲本評**）紫宸。春風轉，花覆千官淑景移。晝漏（**俞瑒甲本評**）已晝。希聞高閣報，（**方拱乾評**）實有此景。（**奚禄詒甲本旁**）去外遠也。天顔有喜近臣知。（**奚禄詒甲本旁**）正有諷諫。（**奚禄詒乙本墨旁**）諫官無用矣。宫中每出歸東省，（**俞瑒甲本評**）退朝。會送夔龍集鳳池。（**方拱乾評**）末句言出宫之遲。（**俞瑒甲本評**）朝後。（**奚禄詒甲本旁**）末諷宰相，譏也。（**奚禄詒甲本旁**）賦也。○纔是“紫宸”與“宣政”不同，以“昭容”作起句，便有諷。（**奚禄詒乙本墨旁**）末諷宰相。

【彙評】

俞瑒甲本評：得從容委蛇之態。

張學仁參定：張綖注：紫宸乃内殿，玩所詠皆宫中之景，與大明宫作自别。故論詩必先審題。

春宿左省

題鮮于樞評：首六句言春宿左省則“花隱掖垣”，而“棲鳥過”則日已暮矣。“星臨萬户”而動摇，“月傍九霄”而多綵，言民勞未息，而己得近清光，於是不寢而聽金鑰，因風而想玉珂，言恐天門開而群臣入朝，且己有封事欲上，故數問夜之如何。史志云，民勞則星動摇。公詩“三峽星河影動摇”亦此意也。

方拱乾評：詩自妙耳。乃稱者曰，公之不忘職掌急急建言，何其卑視詩乎？

錢陸燦丙本評：錢云：上四句寫左省夜景，後四句寫“宿”字。

錢陸燦丁本評：“花”字點春，前半省中夜景，後半宿省之情。○按“春星帶草堂”是月已落之景，“星臨萬户動”是月未出之景，“月傍九霄多”與“宫雲去殿低”皆形容宫殿之高也。

屈復評：前半宿省之景，後半宿省之情，結見職守。①

奚禄詒甲本眉：勝過《晚出》。

奚禄詒乙本墨眉：後四句正是臣子之心。

盧見曾紅旁：胡應麟曰：杜詩五律結句之妙者，如“明朝有封事，數問夜如何”，“經過自愛惜，取次莫論兵”，“親朋滿天地，兵甲少來書”，“安危大臣在，不必淚長流”，“無由睹雄略，大樹日蕭蕭”，語皆矯健振勁，絶非錚錚細響。沈德潜曰：三四即景名句，而注釋家謂民勞則星動，月屬陰象，指女子、小人，以峭刻深心測詩人敦厚之旨，一何可笑！

---

① 校注：此批語杭本闕。

曹炎眉:前四句皆省中夜景,後四句見宿省之情。

王士禛評:實有此景,語則警矣。○"月傍九霄多",身親此景,常想其佳,然不堪回首矣。

題商盤紅眉:"春星帶草堂",月已落之景也;"星臨萬户動",月未出之景也。宿省時但見繁星,乃不寢竟夜,然後睹月朗,細讀自見。"宫雲去殿低""月傍九霄多",皆形容宫殿之高耳。○五六本意看他句法不合掌,"不寢"即"不寐",然必用上聲字始響。

厲鶚評:少陵時爲左拾遺。

朱方藹紅眉:省宿正是森嚴,却妙寫其華鬱。

吴騫墨眉:三四實有此景,語則警矣。"月傍九霄多",身親其境、當其佳,然不堪回首矣。

吴廣霈墨眉:翰林中佳作,千古以來,能有如此者幾首?

王鄰德墨眉:自暮以候曉,皆因封事欲上也。

花隱掖垣暮,(**俞瑒甲本評**)左省。(**題商盤紅旁**)春。左省。(**奚禄詒甲本眉**)"花隱"者,以"掖垣暮"也。一轉。啾啾棲鳥過。(**俞瑒甲本評**)暮景。(**奚禄詒甲本旁**)二三寫暮景。(**曹炎旁**)見春。星臨萬户動,(**題商盤紅旁**)雙眼句。(**奚禄詒乙本墨眉**)劉須溪云:"星臨萬户動"與"風連西極動"相近,而"星動"更妙。月傍九霄多。(**方拱乾評**)"動"字妙,"雲中"響。(**傅山紅眉**)工響兼一别致。(**俞瑒甲本評**)掖垣所見。(**奚禄詒甲本眉**)三四煉句。(**奚禄詒甲本旁**)恰是暮景。○"多"字他人不到。(**奚禄詒乙本墨旁**)"多"字他人也想不到。(**題張問陶墨眉**)即景名句。(**王鄰德紅旁**)"星動"較奇,在"萬户"看出。(**沈巖眉**)"月傍九霄多",身親此景,常想其佳,然不堪回首矣。不寢聽金鑰,(**俞瑒甲本評**)已宿。(**奚禄詒甲本旁**)唤七八句。(**奚禄詒乙本墨旁**)唤起七八。因風想玉珂。(**曹炎旁**)朝馬飾也。明朝有封事,(**厲鶚評**)得言官體。(**王鄰德紅旁**)是諫臣之心。**數問夜如何。**（**吕留良紅尾**）宿得。（**奚禄詒甲本眉**）諫君心切，末句用晉傅玄白簡待旦事。（**奚禄詒甲本旁**）賦也。○“數問夜如何”，正是臣子之心也。（**錢載評**）按漢置八儀，密奏陰陽，皂囊封板，故曰“封事”。又魏故事，諸上書者，皆爲二封署，其一曰副領尚書者，先發副封，猶今之有副本也。（**王鄰德藍尾**）冠冕沉著，歸於忠藎。（**沈巖尾**）上半未宿，下半已宿。（**王伯沆紅眉**）一結見身分。

【彙評】

李念慈紅眉：二三軒敞而著“動”字、“多”字，遂覺氣勢非常。

俞瑒甲本評：由薄暮及明朝，筆法一串。○典切。

題商盤尾：《晚出》《宿省》二詩皆以結句見身分，蓋公自道其官守如此，若他人朝省詩，泛泛然不見自己官守之所在，其詩縱工，焉能爲有無哉？

秦應逵紅尾：前景後情，由薄暮至明朝，筆法一串。

晚出左掖

題鮮于樞評：此詩言晚朝退而歸院，正雪融城濕、雲去殿低之時。末章言避人而焚諫草，及出左掖，日已夕矣。然其忠誠款曲，見於言外，得事君之體矣。

方拱乾評：廊廟詩體，重於情。○貴而帶仙氣。○應制性情即在應制，應酬性情即在應酬，左之右之，無不宜之。

錢陸燦戊本評：中晚摹畫不到。

汪琬乙本評：舊評：“數問夜如何”，諫官之職；“避人焚諫草”，大臣之心。○焚草而猶避人，純是聖賢心事。

李念慈紅眉：華稱。

屈復評:前半退朝之景,後半歸去之情,結見職守,與《春宿左省》同一法。

盧見曾紅旁:劉會孟曰:諫草不欲人知,此事君當然之體。結語讀之數過,款款忠實。

申頲紅眉:不特妙於用事,真是元老話頭。

題商盤紅眉:一二先就未退朝時寫,一層領起;三四亦是本題前一層;五六即騎馬時所見之景;七乃所以晚出之故;末句方點明。○前半寫退朝之景,後半寫上馬歸私宅之意。六見夕陰,五見塗淖,然語工意渾,故稱精絶。

朱方藹紅眉:通篇首皆賦省掖之景,諫官之意只結語及之。○舊評云:"數問夜如何",諫官之職;"避人焚諫草",大臣之心。焚草而猶避人,純是聖賢心事。

吴錫麒紅眉:不是怕事,正是忠愛,大臣風度如畫。

吴廣霈墨眉:佳妙同前。

王伯沆紅眉:意渾語工。

王鄰德墨眉:忠誠款曲見於言外,得事君之體。

王鳴盛墨眉:"退朝"二句泛指諸臣言,末句乃自言出之晚也。

晝刻傳呼淺,(**題商盤紅旁**)對起。(**奚禄詒甲本旁、乙本紅旁**)是晚。春旗簇仗齊。(**俞瑒甲本評**)未退時。退朝花底散,(**題商盤紅旁**)半景。(**奚禄詒甲本旁**)常語。(**嚴虞惇紅旁**)剔"晚"字。歸院柳邊迷。(**俞瑒甲本評**)方退朝。(**題商盤紅旁**)分裝對。○左掖全景。(**奚禄詒乙本紅旁**)不是佳句。(**王鄰德藍旁**)唐殿庭間種花柳。樓雪融城濕,宫雲去殿低。(**俞瑒甲本評**)漸晚。(**奚禄詒甲本旁**)晚景。(**奚禄詒甲本眉**)"宫雲去殿低","晚"字入微。(**王鄰德紅旁**)倒裝,便見雅健。避人焚諫草,(**奚禄詒甲本眉**)晉杜預亦焚草。(**嚴虞惇紅旁**)收左掖。(**佚名己

紅眉)劉須溪曰:謙草者,不欲人知,使人見其焚,是猶欲知也。焚且避人,正是點破有事。騎馬欲雞棲。(**孫承澤墨眉**)"欲雞棲"言晚出也。(**俞瑒甲本評**)切左掖。(**題商盤紅旁**)晚出。(**奚禄詒甲本旁**)五字皆晚。(**奚禄詒甲本眉**)"雞棲"强押。(**奚禄詒甲本旁**)以"雞棲"了"晚出",却不雅。(**奚禄詒甲本旁**)賦也。(**奚禄詒乙本墨眉**)"避人焚草",此大臣之體。○以"雞棲"説"晚出",然究竟是强押。(**吴廣霈墨尾**)"去"一本或作"覆",亦佳。

【彙評】

錢陸燦丙本評:錢云:前四句言退朝入院,五六句言左掖,末言晚出。

俞瑒甲本評:由晝及晚,次第宛然,結句風度可想。

張學仁參定:《春宿左省》於起句見題,此首於結聯點題,作法自變。

秦應逵紅尾批《心解》後:當是用"雞棲於塒"意,與《漢書》無涉。

題省中院壁

方拱乾評:體備而貫以情,疏以致。

錢陸燦丙本評:錢云:前四句省中之景,後四句自陳。

吕留良紅眉:恍在暮春臺榭。

屈復評:前景後情。

奚禄詒甲本眉:雖是拗體,却是用拙,後半情深諷深。

奚禄詒乙本墨眉:黄山谷以爲春深不宜有雪,或是畫壁雪;張伯成以爲西北地寒,二三月有未融耳。此皆固哉。學詩者蓋以雪形容梧竹,清陰之下正詩家妙處。

奚禄詒乙本墨旁:雖是拗體,正是妙於用拙,後半情深諷深。

盧見曾紅旁:"明朝有封事,數問夜如何",參觀之,可得其意。

錢載評：發真義於幽深。

題張問陶墨眉："白日静"，愧素餐也；"青春深"，惜時邁耶。故下接云云，職無補而身心有愧，全寫□臣心事。

嚴復墨眉：王右仲謂，杜之拗體多失意時作。

吴廣霈墨眉：此却非七律正格，但存者趣爾。

倪象占藍眉：劉云：老健有情，此非"旌旗日暖""宫殿風微"兩句比。

掖垣竹埤梧十尋，（**奚禄詒甲本旁**）用拙，妙。**洞門對霤**（**嚴虞惇紅旁**）雪。**常陰陰。**（**吕留良紅旁**）不知其所來，非鍛煉可得。（**方拱乾評**）"梧十尋"耳，竹安能出？"埤"字作"增"字解。（**俞瑒甲本評**）"竹埤"謂編竹，若城埤，今之竹籬也。霤，屋小流也。（**奚禄詒甲本旁**）以雪形容梧竹清陰，正詩家妙處。（**李以峙墨眉**）（霤）按定應從"霤"。**落花遊絲白日静，鳴鳩乳燕青春深。**（**方拱乾評**）若白日爲落花而静，青春爲鳴鳩乳燕而深。○"深"字更妙。（**方拱乾評**）"静"字、"深"字令全句動。（**李念慈紅眉**）二三寫化日神功，春氣行徐之狀，太平相業，可以方之。（**俞瑒甲本評**）上四省中之景。（**許蔆聚紅旁**）已上省中之景，已下自陳。**腐儒衰晚謬通籍，**（**方拱乾評**）定當如此。**退食遲迴違寸心。**（**傅山紅眉**）腐。（**嚴復墨眉**）杜年四十六始拜拾遺，故曰"衰晚"。**衮職曾無一字補，**（**奚禄詒甲本旁**）緊承五六。**許身愧比雙南金。**（**吕留良紅尾**）大家語。（**俞瑒甲本評**）下四述懷。（**奚禄詒甲本旁**）賦也。

【彙評】

張學仁參定：公在諫院時即間用拗體，不獨至夔州始。然王世懋謂如詩中之有變風變雅，良是。

陳訏紅眉批仇注"白日静，慨素餐也"處："白日静"是足上"落花遊絲”,“青春深”是足上“鳴鳩乳燕”,而“静”字、“深”字精神百倍,非他人能下。注言“白日静是慨素餐”,豈白日鬧始非素餐耶? 不通。

送賈閣老出汝州

題鮮于樞評:此送賈至由中書舍人出守汝州,故首聯言賈去中書省,第二聯言賈出守汝州,乃其故里也。然艱難之際,得歸故里,雖云可喜,而去留者皆損春心,言傷别離也,於是宫殿與雲山之相隔遠矣。且人生得五馬之貴而未老,可不思所以勉之哉!

錢陸燦丁本評:不忍言送别,竟如此起,老邁可泣。

吕留良紅眉:不必言送言别,竟如此起,老邁可法。

屈復評:前半别情,後半官況。唐時重内輕外,結故慰之。①

題商盤紅眉:起語醇深雅健,興體之妙,無出其右,三唐之絶唱也。〇起用《卷阿》詩意,而無其迹,“艱難”字亦出《詩》。三四謂艱難之時,幸歸故里,去住之際,損我春心。“損春心”三字説别情,妙甚。賈,洛陽人,汝州去洛爲近,賈必便道歸鄉,故云。〇五六首藏“回看”“前望”四字。〇當時朝臣憚外任,七八故爲慰藉之詞,諷其勿以愁苦自老。“莫受”二字,寓意微甚。

盧見曾紅旁:“去住損春心”五字可謂藴藉。黄生曰:起處用《卷阿》詩意而無其迹。

王伯沆紅眉:一起尤妙。

奚禄詒甲本旁:意在惜其左遷。

奚禄詒甲本墨眉:“去住”句兼人、己,然承上起下,俱在此句。〇末句慰其無損春心也。

---

① 校注:“官”杭本作“宦”。

奚禄詒乙本紅眉：推此一首，可得起承轉合的活法。

奚禄詒乙本墨眉：正是"奪我鳳皇池"之意，"去住"句兼人、己，承上起下，俱在此句。〇余嘗論律詩起承轉合，不必分定在首、頷、腹、結上，不論何句可轉，或以上二字承下三字轉，亦可。

王鄰德藍旁：舍人年深者謂之"閣老"。

王鄰德紅眉：前六句皆惜其去京而外補，結又慰之使自寬也。

西掖梧桐樹，（**嚴虞惇紅旁**）"出"。空留一院陰。（**方拱乾評**）老而冷。（**俞瑒甲本評**）做"出"字，神來。（**秦應逵紫旁**）寫"出"字，高妙。（**嚴復墨眉**）發端借景物以形離索，而又雅健警拔如此，大可則仿。艱難歸故里，（**俞瑒甲本評**）送賈。（**俞瑒眉批**）賈至，洛陽人，與汝州鄰，故曰"故里"。（**題商盤紅旁**）縮脈句。（**奚禄詒乙本墨旁**）已轉。去住損春心。（**錢陸燦丁本評**）第四句言去者奔走之艱難，而居者失其庇蔭，故春心爲之損耳。（**李念慈紅眉**）"損"字難下。（**俞瑒甲本評**）兼己説。宫殿青門隔，（**俞瑒甲本評**）長安。（**題商盤紅旁**）硬裝句。（**奚禄詒乙本墨旁**）應首句、二句，是"損春心"。雲山紫邏深。（**俞瑒甲本評**）汝州。（**俞瑒甲本評**）《寰宇記》：汝州西有紫邏川。（**題商盤紅旁**）藏頭句。（**奚禄詒乙本墨旁**）紫邏是汝州山名。（**王嗚盛墨眉**）《九域志》：汝州梁縣有紫邏山。人生五馬貴，（**嚴虞惇紅旁**）廣其意。莫受二毛侵。（**方拱乾評**）有不足意。（**俞瑒甲本評**）作慰詞反結。（**吴廣霈墨尾**）賈公蓋出守也，故曰"五馬貴"。似賀似弔，意在言外。（**奚禄詒甲本尾批**）賦也。（**奚禄詒乙本墨旁**）末句慰其無損春心也。

【彙評】

題商盤紅旁：妙於立言。

題商盤尾批箋注後：前半寫已别情，後半慰賈宦况，意極真摯，語極深渾。

張學仁參定:起十字絶唱,後人摹仿不到。

嚴復墨尾:賈,洛陽人,故云"故里"。青門,長安霸城門也。紫邏山在汝州梁縣,皆典切不移。

送翰林張司馬南海勒碑

題鮮于樞評:此詩首言張司馬往南海,故曰"冠冕通南極",而文則相國所製,故曰"文章落上臺"。次聯承上文,蓋言製文勒碑皆奉詔也。三聯言張往南海水陸驛程之景物也。末言天遣此行,不知何時回朝耶。賦也。

方拱乾評:妙在絶無靡氣。○典麗。

汪琬乙本評:通首體制甚宏,五六一宕殊妙。

王士禛評:西樵言:頷聯冠冕,頸聯纖濃,此用筆之妙。

屈復評:此與乃祖"梅花落處疑殘雪,柳葉開時待好風"一篇同法,此四句還題法。一二板對,三四流走接之,"通"字大概寫天使,下以"從""去"字注明,則"送"字自見。"落"字大概寫碑文,以"到""開"字暢達,則"勒"字更透。五六寫景,補出去國萬里之情,"來"字與"去"字、"從"字照應,不知幾時交情與滄海俱深矣。○一翰林南海,二碑文相國,三承一,溯其先,四承二,推其後,五陸路,六水程,七八别情,預計還期。①

盧見曾紅旁:王士正曰:頷聯冠冕,頸聯纖穠,此用筆之妙。

方貞觀墨眉:典重高華,穩切大雅。

朱方藹紅眉:通篇體制甚宏,五六一宕殊妙。

---

① 校注:"相國",杭本作"相圍"。此條批語杭本較簡,僅云:"一翰林南海,二碑文相圍,三承一,溯其先,四承二,推其後,五陸路,六水程,七八别情,預計歸期。"

吴錫麒紅眉:起法如高山落石。

嚴復墨眉:唐代翰林品流頗雜,一枝之衆莫不居之,張不過待詔鐫刻之使,而杜爲詩送之,莊嚴如此。

吴廣霈墨眉:典麗堂皇,措詞穩稱。

奚禄詒甲本墨眉:前四句壯老,後四句灑落。

奚禄詒甲本尾:三頂次句,四頂首句,末見浮海之難。

奚禄詒乙本墨眉:前四句壯老,後四句灑落。○三承次句轉,四承首句轉,一(輯者按,疑衍字)五六以下見浮海之艱難。

王鳴盛墨眉:玄宗置翰林院,延文章之士,下至僧道,書畫琴棋術數之流,皆薦於此,謂之待詔,今云"勒碑",則張司馬殆鐫□良者歟?

王鳴盛旁:公自注:相國製文。

冠冕通南極,(**俞瑒甲本評**)翰林。(**嚴虞惇紅旁**)南海。(**題商盤紅旁**)對起。(**王鄰德紅旁**)大體。(**沈巖旁**)學士。文章落上台。(**俞瑒甲本評**)碑詞。(**嚴虞惇紅旁**)相國製文。(**王鄰德紅旁**)語壯而險。詔從三殿去,(**俞瑒甲本評**)承"上台"。(**題商盤紅旁**)承次句。(**李以峙墨眉**)(三殿)按即不對下句,亦優於"天上"。碑到百蠻開。(**傅山紅眉**)真壯麗。(**吕留良紅旁**)磊落。(**俞瑒甲本評**)承"南極"。(**嚴虞惇紅旁**)勒碑。(**題商盤紅旁**)承首句。(**王鄰德紅旁**)優柔。(**沈巖眉**)頷聯壯闊,合如此接法。野館濃花發,春帆細雨來。(**俞瑒甲本評**)送别之景。(**申頲紅眉**)細潤。(**王鄰德紅旁**)驛程旅館,又喜又悲。不知滄海上,天遣幾時迴?(**俞瑒甲本評**)應"去"字,收。(**奚禄詒甲本尾批**)賦也。(**題張問陶墨眉**)結暗用張騫事,精切。(**王鄰德紅旁**)愛之,望之,祝之,願之。(**王鄰德藍眉**)壯麗。(**沈巖旁**)二句收轉"送"字,並見交情。

【彙評】

錢陸燦丁本評:《左省》詩由薄暮而見星睹月以及明朝,此從晝刻而花底柳邊以至日夕,次第秩然。

張學仁參定:前半莊重,後半明秀。

題商盤紅眉:結暗用張騫事。舊汰此詩,止緣結意未能了了。今始釋然,蓋因其姓,因其使使又往海上,用事精切又渾渾不露,始歎其工。前半既冠冕稱題,五六復承以秀潤之句,結更淡蕩飄曳,在五律中可與王、岑並驅爭先者也。

沈巖尾:西樵曰:頷聯冠冕,頸聯纖濃,此用筆之妙。

曲江陪鄭八丈南史飲

方拱乾評:七律只將調挈得起便勝。

屈復評:一二景,下皆情,章法變。○一二言物之自適,形己之不然。

奚禄詒甲本旁:深穩之作。○《曲江五首》皆不得意於朝也。

奚禄詒甲本眉:首句比苑落之荒,次句比當時新□□□。五六前後事皆蓄,自是苦語。

奚禄詒乙本墨眉:起二句已非向日之曲江耳。五六早已見不容司功之□□□就是苦語。

奚禄詒乙本紅眉:全章灑落流暢。

錢載評:颯然而來,三四自不難於妙矣。

吴士模墨眉:公時爲拾遺,詩有思退之意。

張裕釗眉:發端最妙。

雀啄江頭黄柳花,(**傅山紅旁**)俗。(**吕留良紅旁**)奇。(**俞瑒甲本**

評)曲江。(**奚禄詒甲本眉**)起句非復向來之曲江矣。**鵁鶄鸂鶒滿晴沙。**(**吕留良紅眉**)此起又别。(**吕留良紅旁**)疊用鳥。(**奚禄詒甲本旁**)與上不同。(**奚禄詒乙本墨旁**)與上句不同,各有比。(**倪象占藍眉**)劉云:對仗起,富麗。(**沈巖眉**)亦是寫景耳。作起語妙絶,若寫入中間便覺平。**自知白髮非春事,且盡芳樽戀物華。**(**傅山紅眉**)流暢,無一春蝕滯氣。(**俞瑒甲本評**)陪飲。(**嚴復墨眉**)三四已開宋調。(**奚禄詒乙本墨旁**)"柳花""晴沙"乃春景。**近侍即今難浪迹,此身那得更無家?**(**俞瑒甲本評**)自謂。(**錢載評**)"即今"與"那得"妙極矣。(**奚禄詒乙本墨旁**)二句前後事皆包。**丈人文力猶强健,**(**俞瑒甲本評**)爲鄭勖之。(**李以峙墨眉**)(才力)按"文",明係形近而訛。**豈傍青門學種瓜。**(**奚禄詒甲本眉**)末慰南史。(**奚禄詒甲本旁**)賦也。(**錢載評**)丈人一提起必應如是乃成章。○"豈"字儘力撇出去,乃不塌下也。(**倪象占藍旁**)九山云:"豈"字好。(**王伯沆紅眉**)子美時罷拾遺,鄭南史亦欲告退,故有末二語。

【彙評】

錢載評:"戀"字必要去聲,若拘對"非"字即不是,蓋上六字與下六字已整對也。

張學仁參定:起四句一氣貫注,筆力遒健。

曲江二首

錢陸燦甲本眉:虞曰:此篇因傷春莫而感人事者也。

錢陸燦丙本評:錢云:此篇因傷春暮而感人事也。

吕留良紅旁:二詩又是一格,不足多法,法且墮落。

奚禄詒甲本旁:風韻悠揚,情詞深遠。

奚禄詒甲本眉:《曲江二首》不賦喪亂,而亂後自在。

王士禎評:《宣政》等作,何其春容,大雅華藻,遊賞詩乃又跌宕不羈如此,蓋各有體也。○一"花"字作三句寫,二首"酒"字亦作三句寫。

嚴虞惇紅旁:先追説花麗,一句初飛,二句亂飛,三句飛將盡。

嚴虞惇紅眉:二首起承轉合,律法之祖。

錢載評:熟讀兩首,一氣旋轉,無造作,無停滯,紙上乃無一字,如此方謂之通,然則不如此者,皆未通也。

題張問陶墨眉:王嗣奭曰:初不滿此詩,國方多事,身爲諫臣,豈行樂之時? 然讀其沉醉聊自遣之語,恍悟此詩蓋憂憤而托之行樂者。公雖受一官,而志不得展,直浮名耳,故用以此伴身哉? 不如典衣估酒,日遊醉鄉,以送此有限之年。時也暮春,至六月遂出爲華州掾,其詩曰"移官豈至尊",知此時已有譖之者,二詩乃憂讒畏譏之作也。此段説得好,所謂論事知人者。

王伯沆紅眉:二詩極寫盛衰之感。

許蓤聚紅眉:二首起承轉合,律法之祖。

沈巖眉:《宣政》等作,何其春容,大雅華藻,遊賞詩乃又跌宕不羈如此,蓋各有體也。

其　一

方拱乾評:只看此一首詩而七律之法已備。

錢陸燦丁本評:此因傷春暮而感人事也。二首起承轉合,極抑揚宛轉之致。

奚禄詒甲本眉:前四句,句句轉。

奚禄詒乙本墨眉:二首不言喪亂,不言進退,而二意具足,真率有情。

倪象占藍眉:郭云:清空一氣如話。○劉云:小□强墨,最是傾倒,律詩不爲律縛也。○警策之至,可以動悟,不特麗句而已。

沈巖眉：江上本極冷落，然而已有小堂，堂中復有翡翠來巢，雖禽鳥微命，不可謂非樂境也。花邊本極鬧熱，然而忽有高冢，冢上但有麒麟高卧，雖王侯餘烈不能强起使樂也。二句“物理”最爲微妙，所以接“細推”二字。

嚴復墨眉：此詩章法奇妙。首言“一片花飛”已令春減，何况“萬點”且“欲盡”乎？“江上小堂”，生存之華屋也；“花邊高冢”，零落之山丘也。“物理”如是，及時行樂，曷可緩乎？

一片花飛減却春，（**俞瑒甲本評**）三句連下。（**許蔓聚紅旁**）初飛。**風飄萬點正愁人。**（**李念慈紅眉**）首句豈不尖酸？自公手出殊不覺，只在插合之妙，一二字工夫耳。（**奚禄詒甲本旁**）從“一片”轉開。（**奚禄詒乙本紅眉**）“一片”且難，况“萬片”乎？（**錢載評**）起處三句伴一句。（**吴廣霈墨眉**）起得飄曳，瀟灑之至。（**許蔓聚紅旁**）亂飛。**且看欲盡花經眼，**（**方拱乾評**）重“花”字。（**吕留良紅眉**）柔細。（**厲鶚評**）緊接上句作轉。（**許蔓聚紅旁**）飛將盡。**莫厭傷多酒入唇。**（**方拱乾評**）結住。（**傅山紅眉**）俗極，開宋人惡徑。（**俞瑒甲本評**）一句頓住。**江上小堂巢翡翠，**（**方拱乾評**）物理。（**奚禄詒甲本旁**）非開元之曲江矣。（**嚴虞惇紅旁**）物理。（**嚴虞惇紅旁**）活。（**厲鶚評**）盛衰之感如此。（**許蔓聚紅眉**）赤羽曰翡，青羽曰翠，非雄翠雌翡之謂也。〇又曰翠如小燕，翡大於翠。（**許蔓聚紅旁**）不過小鳥而今日現存，雖是貴人而今日不在。（**李以峙墨眉**）（小堂）按“棠”，定係刻誤。**花邊高冢卧麒麟。**（**方拱乾評**）推開。（**嚴虞惇紅旁**）死。（**吴廣霈墨眉**）“巢翡翠”“卧麒麟”有所比興寄託，不可批也。（**奚禄詒甲本旁**）三四欲遣愁而愁不遣者，正爲五六之故。（**奚禄詒乙本墨眉**）三四欲遣愁而愁不遣者，正爲五六非開元時之曲江也。前四句句句在轉。（**李以峙墨眉**）（苑邊）按此對“江上”，况“花”字上已屢用耶？**細推物理須行樂，**（**俞瑒甲本評**）合到第四句。**何用浮名絆此身。**（**方拱乾評**）不是凑。〇總結。〇七句承五六句，生七八句。○一"須"字令七字動，七字令通篇動。（**吕留良紅旁**）意高調弱，忽忽宋人。（**奚禄詒甲本旁**）宋儒作俑。賦也。○二首傷今思往皆有之。（**嚴虞惇紅旁**）全收。（**申涵紅眉**）腐極。（**吴廣霈墨眉**）收句稍嫌落宋派。（**許蔓聚紅旁**）全收。

其　二

錢陸燦甲本眉：典衣以酒，江之花欲盡也。然不特江頭而已，凡尋常行走之處，皆有酒債，以自古年至七十者少，況百年乎？三聯即江頭之景。

錢陸燦丙本評：錢云：典衣以酒，江之花欲盡也。然不特江頭而已，凡尋常行走之處，皆有酒債，以自古年至七十者少，況百年乎？五六即江頭之景。

盧見曾紅旁：葉夢得曰："深深"字若無"穿"字，"款款"字若無"點"字，亦無以見其精微。然讀之渾然，全似未嘗用力，所以不礙氣格超勝。使晚唐人爲之，便涉"魚躍練川抛玉尺，鶯穿絲柳織金梭"矣。張綖曰：二詩以仕不得志，有感於暮春而作。王士正曰：《宣政》等作，何其春容華藻，游賞詩乃又跌宕不羈如此，蓋各有體也。

王士禛評：前情，五六景，結情。

朱方藹紅眉：公此時四十已外，而忽及古稀，故以爲凄，結語淡而悲。

嚴復墨眉：此首即接前意起。但第一首之起乃以三句蹴起第四語，而此則以第四語爲前三解嘲，有倒吸"風光流轉"意而爲五六二語。

倪象占藍眉：劉云：落落酣暢，如不經意而首尾圓活，生意自然，有不可名言之妙。

朝回日日典春衣，（吕留良紅旁）老手風致，自得自誇。（奚禄詒甲本眉）頂上首起。每日江頭盡醉歸。（傅山紅旁）太易。（李念慈紅眉）深穩。（嚴復墨眉）雖“日日典衣”而猶有債，則其沉湎盡醉爲何如？（吴廣霈墨眉）二首即從“須行樂”句中寫出。（許蓌聚紅眉）典衣以曲江之花欲盡也。然不特曲江而已，凡尋常行走之處，皆有酒債，自古年至七十者，況百年乎？三聯即江頭之景。酒債尋常行處有，（嚴虞惇紅旁）頂“盡醉”。人生七十古來稀。（方拱乾評）兩句合看，纔見其妙。（嚴虞惇紅旁）“七十”對“尋常”，奇。（申頲紅眉）敷辭真樸，對法活動。穿花蛺蝶深深見，（嚴虞惇紅旁）領“風光”。（嚴虞惇紅旁）殘春。（秦應逵墨旁）殘春。（奚禄詒乙本墨旁）“深深”從“穿”字生出。（許蓌聚紅旁）殘春。（李以峙墨眉）（見）按“舞”不如“見”。點水蜻蜓款款飛。（方拱乾評）似蛺蝶、蜻蜓語。（吕留良紅旁）疊字新。（俞瑒甲本評）風光。（奚禄詒甲本眉）三四恰對。“深深”從“穿”字生，“款款”從“點”字生。（奚禄詒乙本墨旁）“款款”從“點”字生出。（嚴虞惇紅旁）初夏。（秦應逵墨旁）初夏。（許蓌聚紅旁）初夏。傳語風光共流轉，（奚禄詒甲本眉）真頭巾。暫時相賞莫相違。（傅山紅尾）語穿鑿可歎。（吕留良紅眉）結更弱。（俞瑒甲本評）應“盡醉”。（奚禄詒甲本旁）“暫時”亦含蓄。（奚禄詒甲本旁）賦也。（奚禄詒乙本墨旁）二字亦苦。（吴廣霈墨眉）收好，亦有議論，却不落理境塵腐，故妙。（倪象占藍尾）九山云：“傳語”二句即審言“明年春色倍還人”意，此公家法也。

【彙評】

俞瑒甲本評：自成别致，然已開宋派。

張學仁參定：八尺曰“尋”，倍尋曰“常尋”，“常”亦數目字，借對“七十”，巧。

沈巖眉：“深深”者，囑其巧於留春；“款款”者，令其緩於迎友。二句即是傳語，言此欲盡，即能流轉，亦相賞得幾時？况忍相違乎？

曲江對酒

方拱乾評:八句廓落,非此老不能。

屈復評:前景後情。○"鳥飛""花落"喻宦途升沉也。[①]

奚禄詒甲本旁:三四論意則比當時仕人,論詩則煉句不老。後四句語真,五六語似激,而所感仍是愛君,過則歸己也。

奚禄詒乙本墨眉:三四是當對法,五六是過則歸己。

盧見曾紅旁:頷聯寫一時偶然之景,遂爲後賢粉本。然《丹鉛録》所引黄庭堅句,風致自佳。若梅堯臣、李若水兩聯,則優劣判然矣。

朱方藹紅眉:興而後賦,無一意不匀足,"桃花"二句不必其託寓,句法自佳。

題張問陶墨眉:前半寫景,後半述懷。起之"坐不歸",已暗與後半爲針綫。"花落""鳥飛",官途升沉之喻也,又暗與五六爲針綫。

吴廣霈墨旁:此等僕最不賞。雖大家,亦止可偶見已,後人萬不可學之。

吴廣霈墨眉批"李云":李批拂人之性,真可謂癡人説夢。

苑外江頭坐不歸,(**俞瑒甲本評**)是對酒。(**王伯沆紅眉**)不平之意可見。(**許蓤聚紅旁**)江。水精春殿轉霏微。(**傅山紅旁**)上下何涉?(**俞瑒甲本評**)對酒之景。(**陳治墨眉**)楊用修詩"别離江上還河上,抛擲橋邊與路旁",句法仿此。(**奚禄詒乙本墨旁**)無着落。桃花細逐楊花落,(**方拱乾評**)有見公手定稿本者爲"桃花細共楊花語"。(**李念慈紅眉**)"欲共

---

① 校注:"喻"杭本作"以喻"。

梨花語"近小兒語,是誰人敢擅改乃爾?(**嚴虞惇紅旁**)頂"霏微"。(**許葌聚紅旁**)頂"霏微"。**黄鳥時兼白鳥飛。**(**吕留良紅眉**)戲作小兒語。(**奚禄詒甲本旁**)無着落。〇晚唐便以爲佳,即此句亦不佳。(**奚禄詒乙本墨旁**)二句雖比,却開晚唐之尖巧。(**倪象占藍眉**)九山云:"細逐""時兼",皆久坐中所見也。(**沈巖眉**)"桃花"一聯,自是風致。**縱飲久判人共棄,**(**傅山紅旁**)俗。(**墨眉**)"判"疑作"拚"。(**俞瑒甲本評**)對酒之情。(**嚴虞惇紅旁**)頂"坐不歸"。(**厲鶚評**)自叙。(**許葌聚紅旁**)頂"坐不歸"。**懶朝真與世相違。**(**王伯沆紅眉**)時公以論房琯事觸上怒,大有不安其位意。**吏情更覺滄洲遠,**(**嚴虞惇紅旁**)總收。(**許葌聚紅旁**)總收。(**李以峙墨眉**)(吏情)按承上句"吏"好於"含"。**老大悲傷未拂衣。**(**傅山紅旁**)然此等詩則愈改愈醜。(**吕留良紅尾**)如此結纔有氣力,纔是老杜。(**奚禄詒甲本旁**)徒。(**奚禄詒甲本旁**)賦也。(**倪象占藍尾**)"悲",别本作"徒"。

【彙評】

俞瑒甲本評:前景後情,亦感興之意。通首不露一"酒"字,只點"縱飲"二字自足。

陳訏紅眉批仇注"以'縱飲'二字提起"處:江頭久坐,便是縱飲懶朝,不應看作兩截。

曲江對雨

方拱乾評:歷看諸公應制詩,格卑氣偃,惟公高迴絶倫,筆在題先。〇試看數律是先得聯乎?先得起句乎?

錢陸燦丁本評:起二句雨前景,三四句對雨之景。

錢載評:疊起已有兩意,三句點出"雨",四句對,"風"字乃是對"雨"也,而"風"字亦是雨中之風。

王士禛評:末二句仍望有承平之樂也。

屈復評:前景,五六事,結情。"暫醉"者,猶言得一醉而死,亦所甘心也。

奚禄詒甲本旁:全首思玄宗也。

奚禄詒甲本眉:《雍録》:左右龍武軍,即太宗所置飛騎,玄宗改"虎"爲"武",舊以功臣子弟領之以備宿衛。今玄宗居西内,不復如昔日之遊幸矣。曰"深駐輦",曰"漫焚香",則深宫寂寞可想也。○今節遊曲江臺,皆預賜錢樂,今非開元之盛。

奚禄詒乙本墨眉:三四爲物色惡套開始,今人專效此種文理,那得通?

盧見曾紅旁:離亂初復,追思極盛,悄然悲慨,無限深情。後四句一氣滚出,仍望有承平之樂。語偏濃至,氣自空蒼,此中晚所望而不及者也。若甫之繫念明皇,誠有其意矣。然金錢之詔,當在肅宗,説詩固宜善會耳。黄生曰:公感玄宗知遇,詩中每每見之。五六指南内之事,蓋隱之也。本詩人之忠厚,發宣聖之微詞,豈古今抽黄媲白之士所敢望哉? 仇兆鰲曰:杜審言詩"綰霧青條弱,牽風紫蔓長",即此頷聯所自出也。又,"寄語洛城風日道,明年春色倍還人",即"傳語風光"所自出也。公嘗云"詩是吾家事",信乎! 祖孫繼述詩學,乃其家學也。

吴錫麒紅眉:從對雨推開,沉雄秀宕,温李得之,以雄視一代者也。

題張問陶墨眉:朱翰云:上半寫雨景之荒凉,長安新經喪亂也。不知此亦雨景之佳,以見其可遊幸而玩賞者,何由目爲荒凉。且作荒凉看,則下聯爲順落;作佳麗觀,則下聯作逆轉。順落不如逆轉爲得勢,且作順落則是不可遊幸而不遊幸,不足見向善之萌;作逆轉則是可遊幸而不遊幸,乃足見危懼之至。其得失相去爲甚懸矣,故其説不可從。

吴廣霈墨眉:世人每極賞三四一聯,實則此不過隨意點景之筆,魄力興會全在後四句。

沈巖眉:流麗。

城上春雲覆苑墻,(**俞瑒甲本評**)雨景。江亭晚色静年芳。(**傅山紅旁**)嫩。(**錢陸燦戊本評**)首二句一篇之綱。(**嚴虞惇紅旁**)二句領下。(**奚禄詒乙本墨旁**)飳飣。(**許蔓聚紅旁**)二句領下。(**李以峙墨眉**)(年芳)按"天芳"杜撰,此亦音近而誤。林花著雨燕脂落,(**傅山紅旁**)惡道。(**吕留良紅旁**)更覺兒態,若學究對句。(**奚禄詒甲本旁**)晚唐佳句。(**奚禄詒甲本旁**)不如審言之"綰霧青條弱,牽風紫蔓長"之自然。(**嚴虞惇紅旁**)承"江亭"句。(**許蔓聚紅旁**)承"江亭"。水荇牽風翠帶長。(**傅山紅旁**)與上何涉?龍武新軍深駐輦,(**俞瑒甲本評**)感時事也。(**曹炎眉批"龍武新軍深駐輦"處改"武"爲"虎"**)"龍武",唐諱,因避故改正。(**嚴虞惇紅旁**)承"城上"句。(**許蔓聚紅旁**)二句承"城"。(**李以峙墨眉**)(深)按定作"深","經"大非。芙蓉别殿謾焚香。(**孫承澤墨旁**)説至此,意境始曠。(**厲鶚評**)京師初收,不忘武衛。(**嚴復墨眉**)五六各於前四一逗,則詩意自出,蓋見上皇之不臨閲與遊幸也。何時詔此金錢會,(**俞瑒甲本評**)回思承平之盛。(**奚禄詒甲本旁**)承五六句。(**奚禄詒甲本旁**)追往。暫醉佳人錦瑟傍。(**方拱乾評**)畢竟是寄慨開元之意。(**傅山紅旁**)寥儉氣。(**李念慈紅眉**)盛事。(**奚禄詒甲本旁**)中和節之例。(**奚禄詒甲本旁**)賦也。(**奚禄詒乙本墨旁**)當年例賜教坊樂。(**吴騫墨眉**)末二句仍望有承平之樂也。(**秦應逵墨眉**)末二句仍望有承平之樂,且不必謂其父子間有猜嫌也。(**李以峙墨眉**)(暫醉)按"爛醉"恐無此理,雖一字之微,正不可不講究。

【彙評】

俞瑒甲本評:並非對酒,故思"暫醉",後四句多少感慨。

張學仁參定:上皇改龍武軍,今云"深駐輦",則不自臨閲,常從夾城達芙蓉園。今云"謾焚香",則不復遊幸。公曾受知上皇,下半感懷南内無限凄凉。仇注:景則寂寥,詩偏濃麗,俯視中晚以此。

沈巖尾:"深"字妙,上皇遷於南内,終不可見也。"謾"字妙,曲江之苑雖存,更無人也。收"龍輦""焚香",起"詔此金錢",將"深"字、"謾"字注出"何時",最是中情委曲。○東二句仍望有承平之樂也。

奉陪鄭駙馬韋曲二首

錢陸燦丙本評:錢云:兩詩俱詠韋曲,止末句點出鄭駙馬。

屈復評:遊覽,題起得有别致。

秦應逵紅眉:遊覽,題起得有别致。

嚴復墨眉:唐人以山水之偎爲曲,故有"韋曲""杜曲"地名。盩厔亦山水曲也。韋曲在長安明德門外,杜曲在啓夏門外。又《通志》:韋曲在樊川□在□□。

其一

題鮮于樞評:言韋曲之花,家家可愛,然我雖老,亦須酌酒以賞之,且遊觀之際,其石角鈎衣因破,而藤枝刺眼又新,何時得占林竹以居於此邪?賦也。

盧見曾紅旁:王嗣奭曰:抑揚頓挫,極生動之致。至德二載,甫自京金光門出,間道歸鳳翔,乾元初□左拾遺□幸。

韋曲花無賴,家家惱殺人。(**吕留良紅旁**)奇邁。(**奚禄詒甲本眉**)愛之至而曰"無賴"、曰"惱"也。(**厲鶚評**)韋曲、杜曲俱在長安城南,所謂"城南韋杜,去天尺五"也。(**吴廣霈墨眉**)"花無賴"三字新奇。**渌樽須**

盡日，白髮好禁春。（方拱乾評）一"禁"字情深。（俞瑒甲本評）惜花之情。（嚴復墨眉）"白髮好禁春"有反跌意。石角鉤衣破，藤枝刺眼新。（李念慈紅眉）起辣，後亦俱沉痛。（吴廣霈墨眉）新穎秀逸，亦可入選。何時占叢竹，頭戴小烏巾。（俞瑒甲本評）尋幽之意。（奚禄詒甲本眉）末句無得。（奚禄詒甲本旁）賦也。

其　二

題鮮于樞評：首四句言韋曲景物之美，次乃言城郭當風塵之際，豈可久居邪？故日莫不如與公子俱還而留此。賦也。

野寺垂楊裏，春畦亂水間。（李念慈紅眉）前四句明麗，五六沉著。（俞瑒甲本評）韋曲諸勝。（黎維樅紅眉）次首方寫實景。美花多映竹，（吕留良紅旁）生。好鳥不歸山。（王鐸評）忽復自傷。（王士禛評）忽復自傷。（屈復評）次聯有寄託，非泛然寫景也。① （奚禄詒甲本眉）四句更朦。（嚴復墨眉）"好鳥不歸山"句意殊難測。城郭終何事，風塵豈駐顔。（俞瑒甲本評）叙情。（嚴復墨眉）"城郭"二語亦反跌郊居之樂。（沈巖眉）忽復自傷。（沈巖旁）"終"字、"豈"字，注出"誰能"。誰能共公子，（方拱乾評）大有鄙夷公子之意。（俞瑒甲本評）收駙馬。薄暮欲俱還？（方拱乾評）厭薄極。（俞瑒甲本評）反應陪遊。（吴廣霈墨眉）如此結句乃謂之趁韻，奇哉，咄咄怪事！

送許八拾遺歸江寧覲省，甫昔時嘗客遊此縣，於許生處乞瓦棺寺維摩圖樣，志諸篇末

方拱乾評：排。〇多香脆語。

---

① 校注："泛然"，杭本作"泛常"。

奚禄詒甲本眉：步步如題。

李以峙墨眉：按此篇别本字句都可並存。

嚴復墨眉：瓦棺即薦福寺，以舊有陶官，故名“瓦官”，作“棺”者迷信之風説。○詩但順手鋪叙，並無頓挫往復之處，常手亦優爲之，不必老杜也。

詔許辭中禁，（**嚴虞惇紅旁**）拾遺。慈顔赴北堂。（**方拱乾評**）起不縮結。（**李念慈紅眉**）“慈”字當是“承”字。（**嚴虞惇紅旁**）覲省。聖朝新孝理，祖席倍輝光。（**嚴虞惇紅旁**）送。（**奚禄詒乙本墨旁**）賜也。内帛擎偏重，宫衣著更香。（**吴廣霈墨眉**）一句秀麗乃爾。淮陰清夜驛，（**嚴虞惇紅旁**）江寧。（**奚禄詒乙本墨旁**）入“江寧”。京口渡江航。春隔鷄人晝，（**方拱乾評**）秀句。秋期燕子凉。賜書誇父老，壽酒樂城隍。（**李念慈紅眉**）注内二句亦佳，但公次句即云“北堂”，當是許公此時惟有母在，“趨庭”字不合，必僞增也。（**奚禄詒乙本墨旁**）不必用。（**王鳴盛墨眉**）一本作“竹引趨庭曙，山添扇枕凉。十年過父老，幾日賽城隍”，較佳。（**錢陸燦丁本評**）以上了拾遺歸省，末四句了摩詰畫。看畫曾飢渴，（**方拱乾評**）似餘、似帶。追蹤恨淼茫。（**嚴復墨眉**）意乞圖樣而詩中只云飢渴難忘而已，此亦古法也。虎頭金粟影，神妙獨難忘。（**方拱乾評**）另結，絶不顧前，是一法。（**奚禄詒甲本尾批**）賦也。

【彙評】

方拱乾評：順題直下，結不縮起，亦一法。

李念慈紅眉批錢注“維摩畫”：不知何以謂之“鳴刹”。

陳訏紅眉批仇注“承慈赴北堂”處：“承慈”二字，雖梁簡文有“承慈”爲據，然何必改作？

因許八奉寄江寧旻上人

方拱乾評:昔人以此冠公詩,當亦取其章耳。真本領自非人可襲。○竟是尺牘。流而渾。是元白,元白却不能望,何以故?本領厚故。

錢陸燦甲本眉:"聞","問"字之誤,"問君"讀斷,旻公若見許君必問我也。

錢陸燦丙本評:錢云:第七句"問君"二字當讀斷,是旻公若問我,君則答之云云,尤見曲而妙。"問"字或作"憑",一作"聞"字,非。

吕留良紅眉:七言律如開口説話者,又是一體。

俞瑒乙本評:一路説下,皆從三十年相憶來,只此尺牘一通。

奚禄詒甲本紅眉:音節閑適,第二句轉,至六句一氣而下。

奚禄詒乙本紅眉:音節閑適,第二句轉耳,至六句一氣而下。

奚禄詒乙本墨旁:此種正是詩之正調。

屈復評:通首只如説話,却不單薄,他人如此作,非弱即俗。①

錢載評:振筆直書,沉鬱披豁。

不見旻公三十年,封書寄與淚潺湲。(**厲鶚評**)言不見旻公則己之新詩無人傳也。(**嚴復墨眉**)發端鄭重,然不可彷傚。○全體一氣卷舒,與《送鄭廣文》一篇並皆佳妙。(**奚禄詒乙本墨旁**)不是爲上人下淚。舊來好事今能否?(**俞瑒甲本評**)問之之詞。老去新詩誰與傳。(**傅山紅眉**)老快如面談。(**吕留良紅旁**)宛轉老成。(**吴廣霈墨眉**)三四流走,已開宋派。(**奚禄詒乙本墨旁**)此四句一氣。(**倪象占藍眉**)郭云:一直如面

① 校注:"如此作",杭本作"如此則"。

談。棋局動隨尋澗竹，(秦應逵墨旁)杜尋旻也。袈裟憶上泛湖船。(俞瑒甲本評)舊時所見。(秦應逵墨旁)旻尋杜也。聞君話我爲官在，(俞瑒甲本評)結到自己。(秦應逵紅旁)義門謂當作"問"。(秦應逵墨旁)因許也。(李以峙墨眉)(問君)按不應作"聞"，作"憑"却可通。頭白昏昏只醉眠。(方拱乾評)有以"君"字屬許八者，可謂細矣，多一轉，似少趣。(奚禄詒甲本尾批)賦也。○末句見宦况不如舊來之棋局、泛湖，此正所以下淚也。(奚禄詒乙本紅旁)末句宦况凄然。(奚禄詒乙本墨眉)末句見宦况不如舊來之棋局、泛湖，所以下淚。(陳治墨眉)錢云"問君"二字當讀斷，是。旻公若問我，於君則答之云云，尤見曲而妙。(吴廣霈墨尾)結稍率。

【彙評】

張學仁參定：直白如話，抵一篇書劄讀。

題李尊師松樹障子歌

方拱乾評：致勝於情。老樸中帶一分瀟灑。

錢陸燦甲本眉：邵伯温《聞見録》：歐公於詩主退之，不主子美，劉原父每不然之。公曰："老夫清晨"云，退之决不道也。原父曰：亦退之"昔在四門館，晨有僧來謁"之句耳。公賞其辨。《東坡志林》：董傅善論詩，嘗云：杜子美不免有凡語，"已知仙客意相親，更覺良工必獨苦"，豈非凡語耶？余笑曰：此語殆爲君發。凡人用意深處，人罕能識，此所以爲獨苦，豈獨畫哉？○方曰："老夫清晨"二句正是詩人瘦硬處，初學者必不能到。歐公猶以爲淺，可見知詩之難。○鐵曰：歐公《寄聖俞》詩起句云"凌晨有客至自西，爲問詩老來何稽"，豈不同杜公此文起語耶？蓋此之者妄耶？

錢陸燦乙本墨眉：邵伯温《聞見録》云：歐公於詩主退之，不主子美，劉原父每不然之。公曰："老夫清晨梳白頭，玄都道士來相訪"，退之決不道也。原父曰：亦退之"昔在四門館，晨有僧來謁"之句耳。公賞其辨。《東坡志林》：董傅善論詩，嘗云：杜子美不免有凡語，"已知仙客意相親，更覺良工必獨苦"，豈非凡語耶？余笑曰：此句殆爲君發。凡人用意深處，人罕能識，此所以爲獨苦，豈獨畫哉？方曰："老夫清晨"二句正是詩人瘦硬處，初學者必不能到。歐公猶以爲淺，可見知詩之難。

汪琬丙本評：用筆拙處，活潑潑地。此類詩不易作，亦不易識。詩之拙必生於工，疏必生於密，乃爲真氣候，可爲知者道耳。

方貞觀紅旁批注解"黄曰，乾元元年諫省作"：何所見？

奚禄詒甲本旁：起句率筆。○末句不是説畫。

奚禄詒乙本墨眉：起得率些。

錢載評：詩須真爲此也。真而入不得，原不可入。

朱方藹紅眉：用筆拙處，活潑潑地。此類不易作，亦不易識。詩之拙必生於工，疏必生於整，乃爲真氣候，可與知者道耳。

吴廣霈墨眉：好整以□，大家乃有此派，後學固不可藉口，亦切不可妄肆譏評。

沈巖眉：唐人題畫以工麗，少陵超然高古，其用心以獨造爲宗，不肯隨人步趨也。

老夫清晨梳白頭，（**沈巖眉**）"梳白頭"三字含"平生好奇"，並貫注四皓。"忽若無丹青"，良工心苦，仙客意親，兩層俱起，此句真有神助。玄都道士來相訪。（**方拱乾評**）三字容易合來，妙極。莫鑿於此三字。（**方貞觀紅眉**）起句瀟灑，自非鴟壁間人語。（**申頲紅眉**）起四語太俚。（**佚名己紅眉**）起得落落，自是大家。握髮呼兒延入户，（**李以峙墨眉**）（握髮）按此頂首句，況下即用"呼"字耶？手提新畫青松障。障子松林静杳冥，憑軒忽若無丹青。（**方拱乾評**）“無”字妙。陰崖却承霜雪幹，（**方拱乾評**）直下遠結，歌法具盡。（**吴廣霈墨旁**）言如真景，不復知是畫也。偃蓋反走虬龍形。（**沈巖旁**）“反走”二字從“却承”二字生出，松爲巨石所礙，乃横致成“偃蓋”也。“偃蓋”二字，即生下“松下”“偶坐”二句，妙不直接，斷續變化。老夫生平好奇古，對此興與精靈聚。已知仙客意相親，（**沈巖眉**）“仙客”指李。更覺良工心獨苦。松下丈人巾屨同，（**方拱乾評**）“同”字妙，公慣用之。偶坐似是商山翁。（**申頲紅眉**）著“似是”兩字便活。（**奚禄詒乙本墨眉**）從畫感到身世。（**沈巖眉批下**）“偶坐”，並坐也。悵望聊歌紫芝曲，時危慘淡來悲風。（**秦應逵紅旁**）抱畫松。（**吴廣霈墨眉**）結句慘澹悲風，亦仍關合畫松，所以妙也。（**沈巖旁**）“風”字抱畫松。

得舍弟消息

奚禄詒甲本旁：公弟兄詩俱佳，此其最劣。

奚禄詒甲本眉：“漂泊難相遇”承上句，謂書亦不可得也。但“恩書”二字犯做。

申頲紅眉：苦心怨調，讀之凄然。

吴廣霈墨眉：不是《古詩十九首》，不是一切《選》體詩，却氣息古厚，意味深長，即此是杜老本色，自成一家格調也。〇前四句矯健不凡，後四句不佳。

風吹紫荆樹，（**汪琬甲本紅眉**）三荆同株，三田事。色與春庭暮。（**魯一同評**）語質味長，五六稍淺白。花落辭故枝，風迴返無處。骨肉恩書重，（**嚴復墨眉**）“恩書”無理，疑是恩愛之訛，草書愛作“爱”（輯者按，草字），甚□行書“書”（輯者按，行書）字也。漂泊難相遇。猶有淚成河，經天復東注。（**李念慈紅眉**）却以比興入手，首四句絶類太白。（**奚禄詒甲本尾批**）興而賦也。（**魯一同評批詩後注釋**）此注與詩意不合。

送李校書二十六韻

方拱乾評：也只尋常贈送詩，却有許多性情在。○順局。

錢陸燦乙本紅眉：蹊徑。

申涵光甲本評：全首冗薄。"堂上會親戚""對酒不能吃"二語，可發一笑。

陳治紅眉：陌、錫通用。

吴廣霈墨眉：妥帖深穩，但欠精警。

沈巖眉：少年而席高門，據清峻，負盛譽，皆悔吝之媒也。前半非復泛然鋪叙，中四句正見愛之深，故誨之切。

代北有豪鷹，生子毛盡赤。（**張雖敬墨旁**）起是興體，蓋興亦當有帶比意者。（**奚禄詒甲本眉**）以興起。渥洼騏驥兒，尤異是龍脊。李舟名父子，（**張雖敬墨旁**）"名父"二字連，"子"字單用。清峻流輩伯。（**李念慈紅眉**）通家子弟，詩中直呼其名，又以二男相比，想見古風。（**王士禛評**）"流輩伯"三字不佳，"蹊徑"亦平。（**秦應逵墨眉**）"流輩伯"三字不佳，"蹊徑"亦平。（**奚禄詒甲本墨旁、乙本墨旁**）叶必。人間好少年，不必須白晰。（**陳治紅眉**）皙、系，屑韻。十五富文史，十八足賓客。（**奚禄詒甲本墨旁、乙本墨旁**）叶乞。十九授校書，二十聲輝赫。（**奚禄詒甲本墨旁、乙本墨旁**）叶隙。衆中每一見，使我潛動魄。（**方拱乾評**）前輩老成語，遊園亭必想到自己隱居，贊人家子弟必想到自己兒女，□至之情也。情至文自痛切。（**奚禄詒甲本墨旁、乙本墨旁**）叶偪。(張甝敬墨旁)愛羡無窮之心,只此兩句寫出。自恐二男兒,(魯一同評)背襯法。辛勤養無益。乾元元年春,(沈巖旁)此等健句,最不易得。萬姓始安宅。(魯一同評)接法大方。(奚禄詒甲本墨旁、乙本墨旁)叶直。舟也衣綵衣,告我欲遠適。倚門固有望,斂衽就行役。南登吟《白華》,已見楚山碧。(奚禄詒甲本眉)《白華》詩,孝子之潔白也。(魯一同評批注解)彝按:隴西乃李之郡名,不必家隴西也。(沈巖眉)"碧"字似用春草碧色與後"緑野"相應。藹藹咸陽都,冠蓋日雲積。何時太夫人,堂上會親戚。汝翁草明光,天子正前席。歸期豈爛漫,(方拱乾評)後會不遠,别意難堪。(王伯沆紅眉)"爛漫"似是"汗漫"。别意終感激。(奚禄詒甲本墨旁)謂反京師。(奚禄詒乙本墨旁)謂反京師。顧我蓬屋姿,謬通金閨籍。小來習性懶,晚節慵轉劇。(方拱乾評)道氣語。(沈巖眉)"慵""懶"二字暗代驕亢。每愁悔吝作,如覺天地窄。(李念慈紅眉)是老人語。(奚禄詒甲本墨旁、乙本墨旁)叶戢。(奚禄詒甲本眉)後二段總不警策。(張甝敬墨旁)現身説法,全是勗勉意思。羡君齒髮新,(方拱乾評)又到自己,更深一層。行己能夕愓。(方拱乾評)挽潛動魄,又深一層。(沈巖眉)"夕愓"者,少年者所難,公欲以爲贈,故先以身歷者警之,羡其能者,正處其未能也。可謂詞不迫而意獨至矣。○及"時哉高飛"下,復叙重來道途所經,反起匆遽,頓挫有力。臨歧意頗切,對酒不能喫。(秦應逵墨眉)比也。迴身視緑野,(方拱乾評)忽作文語。慘澹如荒澤。(奚禄詒甲本墨旁、乙本墨旁)叶直。(沈巖旁)此即孟嘗君所謂使文主爲亡國之人者也。老雁春忍飢,哀號待枯麥。(奚禄詒甲本墨旁、乙本墨旁)叶密。(張甝敬墨旁)此六句承"顧我",六句作比意。時哉高飛燕,絢練新羽翮。(奚禄詒甲本墨旁、乙本墨旁)叶覡。(張甝敬墨旁)此兩句承"羡君"兩句作比意,其格局變化而井井有法又如此。長雲濕褒斜,(方拱乾評)全用秀調。漢水饒巨石。無令軒車遲,衰疾悲夙昔。(奚禄詒甲本眉)以比結。

（**魯一同評**）猶近應酬。（**嚴復紅眉**）漁洋云：比。（**沈巖尾**）夙昔已衰，况過此乎？

【彙評】

陳訏紅眉批仇注"李去而後顧也，自歎其貧"處："回身視緑野"，上文承"臨歧""對酒"來，蓋送別之後，公回身而視郊野之荒，因念鴻雁號飢，羡李校書之行如翱翔雲表也。李父眉州刺史，省親於蜀。故"褒斜""漢水"，指途中所歷而言，而望其早還，意雖曲折，自極明顯。注云："回身"，李去而回顧也；"飢雁"，公自歎也。夫果此，李去回顧見此饑荒，下句必應念公之貧矣，何以又指"飢雁"句謂公自歎？使但回顧，見此饑荒而不念公，則回顧無謂。且去者自去，送者自回，詩言"回身"，不言"回顧"，今强作"回顧"解，情事牽强，詩亦索索斷矣。

偪仄行

方拱乾評：老直。〇老極。

丁耀亢藍眉：全用真樸，筆古，不覺其陋。

錢陸燦甲本眉：董曰：直寫時事，筆力漢魏，而多本鮑《行路難》。

錢陸燦甲本眉：鐵牛曰：案，朱子論唐制頗仿《周禮》，城闕市巷，最有條理，城中畿輔，每坊各有墻，圍如子城。然坊巷一門出入，□凡宫門城角有□士分守，日暮門閉，五更三點，鼓自内發，諸街鼓承振，坊市皆啓，若有奸盜，自無所容。蓋坊内皆是常居之民，外面人來皆可知。如殺宰相武元衡於靖安里門外，分明載元衡入朝，出靖安里，未明，乘暗害之，亦可見坊門不可胡亂入，只在大官街上被殺耳。杜詩云"我居巷南子巷北。可恨鄰里間，十日不一見顔色”，亦是出一坊，入一坊，非特特往來不可。

錢陸燦乙本紅眉：直寫時事，摹漢魏而多本鮑《行路難》。

奚禄詒甲本眉：即在爲官之時，情景無不可憐。

陳治紅眉：前半云、職韻獨用。

秦應逵墨眉：此等歌行另開一境，一空板重之迹，昌黎頗祖此意，至東坡乃益暢之，而七言之變態極矣。

沈伯沆紅眉：注家云，古詩酒價一斗十千，疑此詩末二句未必實價。又引楊松玠《談藪》載，北齊盧思道嘗云：“長安酒賤，斗價三百。”疑杜用此。案，杜在上文云“街頭酒價常苦貴”，則一斗三百，自是實價。公詩作於乾元元年，時尚未有官酤，而價與德宗時官價等。

沈巖旁：學鮑。

偪仄何偪仄，我居巷南子巷北。（**錢載評**）唱起。可恨鄰里間，十日不一見顔色。（**錢載評**）熟極乃作得此詩。自從官馬送還官，行路難行澀如棘。（**奚禄詒乙本墨旁**）叶結。我貧無乘非無足，（**方拱乾評**）此一轉妙，是法。昔者相過今不得。（**方拱乾評**）閑二句，養氣養緒。（**錢載評**）全是唱出。（**李以峙墨眉**）（相過）按“遇”，形似而訛。實不是愛微軀，又非關足無力。（**方拱乾評**）生瀾。（**錢陸燦乙本紅旁**）二句□出下“徒步”句。（**吴廣霈墨旁**）二句可省。（**吴廣霈墨眉**）仇滄柱本去“實”字、“又”字，稍安。（**奚禄詒乙本墨旁**）叶列。（**王鳴盛墨眉**）梁莊肅公家本無“實”“又”二字。徒步翻愁官長怒，此心炯炯君應識。（**錢載評**）仄十二句，平十四句，中加兩韻，此章法之自然也。（**吴廣霈墨眉**）“徒步”二句言從大夫之後，不可徒行也。（**奚禄詒乙本墨旁**）叶説。曉來急雨春風顛，睡美不聞鐘鼓傳。（**吕留良紅眉**）四句古樸，最難造句。東家蹇驢許借我，泥滑不敢騎朝天。已令請急會通籍，(沈巖旁)起“相就”。男兒性命絶可憐。(汪琬丙本評)急轉好。(奚禄詒甲本眉)謂雖請假，通籍亦拘絏不能出門，故云“性命絶可憐”。(奚禄詒乙本墨眉)謂雖請假矣，亦拘縂不得出門，故云“性命可憐”。(李以峙墨眉)(性命)按“信”音同而誤。焉能終日心拳拳，(朱方藹紅旁)轉。憶君誦詩神凛然。(朱方藹紅旁)轉。(吴士模墨眉)急轉好。辛夷(汪琬甲本紅眉)木筆。始花亦已落，(朱方藹紅旁)轉。(朱方藹紅眉)急轉好。(沈巖旁)逼出“速”字。(沈巖眉)錢云：“始花”之“始”照《月令》讀作“試”，言初開之花尚且落矣，况我與子原非壯年，一字亦有呼應。况我與子非壯年。(錢陸燦甲本尾批)鐵云：“始花”之“始”照《月令》讀作“試”，言初開之花尚且落矣，况我與子原非壯年，一字亦有照應。(錢陸燦丙本評)錢云：“始花”之“始”照《月令》作“試”，言初開之花尚且落矣，况我與子原非壯年，一字亦有照應。街頭酒價常苦貴，方外酒徒稀醉眠。(方拱乾評)樸結力重。速宜相就飲一斗，(秦應逵紅旁)反應“不見”。恰有三百青銅錢。(奚禄詒甲本尾批)賦也。(錢載評)必須對矣。

【彙評】

沈伯沆紅眉：宜公之苦其貴也，但公以三百爲貴，盧以三百爲賤，意者盧生割據□亂之時，米價極貴，故以斗酒三百爲賤；公承天寶以來，斗米十三錢之後，至此酒價驟增，故見爲貴耳。

贈畢四曜

題鮮于樞評：詩言畢四才大，爲當今之詩伯，但家貧而宦卑耳。第二聯承第二句，而形容其栖栖之狀。三聯應首句，而歎同袍無知之者，惟自笑耳。末乃言但得有子以傳家學，則窮達非所恤矣。

賦也。

方拱乾評：一首全爲詩。○如此詩只爲詩伯中間點綴“貧”“卑”耳。

丁耀亢紅眉：疑。

朱方藹紅眉：公在京與畢比鄰，故贈詩如此。○空同論詩貴真，此之謂也。“爲”字好，未到老翁而顏色已然，故曰“爲”也。

嚴復墨眉：前半蒼樸可喜，五六稍率，結語殊不了了。

吴廣霈墨眉：此首畢竟不佳。

奚禄詒甲本旁：前四句説畢，其實自寓也，故以“相顧”句結之。

奚禄詒甲本眉：絶句中有“畢曜仍傳舊小詩”之句。

奚禄詒乙本墨眉：方采山云，“爲”字下得好，寫出驚愕之意。○前六句説畢曜，實自寓也，故以“相顧”句結之。

王鄰德墨眉：公與畢曜相顧，飢寒流落，一事無成，惟詩卷堪留，獨免無兒之歎。

才大今詩伯，家貧苦宦卑。 飢寒奴僕賤，顏狀老翁爲。(**方拱乾評**)“爲”字奇。(**吴廣霈墨眉下**)“爲”字韻畢竟不穩。同調嗟誰惜，論文笑自知。(**奚禄詒甲本旁**)含蓄。流傳江鮑體，相顧免無兒。(**方拱乾評**)七八句從六句中出。(**奚禄詒甲本旁**)賦也。(**王鄰德墨尾**)嗟誰、惜誰，惟畢與公爲知己，“相顧”二字正是照應同調處。

題鄭十八著作文

方拱乾評：七排。○公之七排少，亦復踞絶頂。

俞瑒乙本評：七言排律，難得此筆意疏宕。

屈復評：少陵七言長律只數篇，不作和平中正之音，又皆吴體，而雜以俚俗生硬字，將毋以此體斷不可作，偶戲題耶。○起句猶是盛唐風格，諸名家類能之；結句俚中見雅，皆不能也。①

奚禄詒甲本旁：似是借筆。

奚禄詒乙本墨眉：前篇以其人尚在，而尾後却以悼亡，且中多俗句，定是王安石僞作。

方貞觀墨眉：處處設色，而藻繪不掩其清真；字字諧聲，而音律不傷其古調。結語更涉筆成趣，使通體靈動，排律中良規也。

秦應逵紅眉：少陵七排止數篇，不作和平中正之音，又皆吴體，而雜以生硬俚俗字，將無以此體斷不可作，偶戲題耶。

吴廣霈墨眉：七排始此，止八首耳。

沈巖眉：此七排也，杜集不多作此體。

嚴復墨眉：朱瀚謂，懶舞、誰拽、恨水、愁亭，皆迎腐俗，誠然。而"結愁亭"尤趁韻不工。

台州地闊海冥冥，雲水長和島嶼青。亂後故人雙别淚，春深逐客一浮萍。（**李念慈紅眉**）詩方匀稱而氣勢遂減，故知七排之難也。酒酣懶舞誰相拽，詩罷能吟不復聽。第五橋東流恨水，皇陂岸北結愁亭。（**丁耀亢藍眉**）一首絶佳七律。（**奚禄詒乙本墨旁**）俗。賈生對鵩傷王傅，（**嚴復墨眉**）"賈生傷王傅"句亦不工。蘇武看羊陷賊庭。（**方拱乾評**）七排中出此二語，誰人能？誰人能？○二語堪作鄭虔自雪疏，堪作鄭虔誌銘。可念此翁懷直道，也霑新國用輕刑。禰衡實恐遭江夏，方朔虚傳是歲星。窮巷悄然車馬絶，案頭乾死讀書螢。（**奚禄詒甲本尾批**）賦也。（**吴廣霈墨尾**）結二語悲凉意遠。

① 校注："只"杭本作"止"；"毋"杭本作"無"。

【彙評】

方拱乾評:公不多作七言排,如此排,他人豈能道一字?

秦應逵紅尾:起句是盛唐風味,諸名家類能之。結句俚中見雅,非人所能。

張雒敬墨旁:前虛後實,絶好章法。

義鶻行

方拱乾評:作記手却敘中帶論,古今惟史遷能之,然文易而詩難。鶻智、鶻品、鶻勇、鶻肝膽、鶻道氣,歷歷如見。○古。一路用作記手,末發議論。

錢陸燦甲本眉:方曰:此叙事如魏晉樂府,其意不在蒼鷹而在義鶻爲其報仇而飄然以去也。末云"此事樵夫傳",説明所以作詩之故,則此詩非妄作矣。凡叙事詩須知此法。

錢陸燦乙本墨眉:方曰:此詩序事似魏晉樂府,其意不在蒼鷹而在義鶻爲其族報仇而飄然以去也。末云"此事樵夫傳",説明所以作詩之故,則此詩非妄作矣。凡作叙事詩者,須知此法。

錢陸燦丁本評:叙事如晉魏樂府,其意不在蒼鷹而在義鶻爲其報仇而飄然以去也。借事比興,主意在末數語。然正於本事説得暢,寫得出,後一點便足,凡叙事詩須知此法。

汪琬乙本評:奇事奇文,不難其奇,其老氣縱横無敵爲貴耳。

吕留良紅眉:怪事癡語,漫寄感慨。

吴農祥評:似寫劍客俠士,鬚眉照人,最發神智,他家必逞秀媚,無此氣魄也。

俞瑒乙本評:寫出"義"字透,分明爲俠士寫照。

嚴虞惇紅眉:叙事如魏晉樂府。

屈復評：偶有此事，托物起興，用捨之意，躍躍飛動，若從漁洋删去後半，大妙。①

盧見曾紅旁：評此詩者，以《史記》戰鉅鹿、刺秦王擬之，筆墨真覺相似。至云“功成失所往，用捨何其賢”，直目此鶻爲魯仲廉[連]輩人矣。或欲删此下數句，尤有餘味。王嗣奭曰：借端發議，時露作者品格性情。

朱方藹紅眉：奇事奇文，不難其奇，其老氣縱横無敵爲貴耳。

題張問陶墨眉：雌鳴雄憤，寫兩鷹情狀如生。

陳治墨眉：奇事奇文。

秦應逵紫眉：若從漁洋删去，後半大妙。

沈巖旁：宋刻諸本皆曰“義鶻行”，惟吴若本無“行”字。〇以結句觀之，宜有。

陰崖有蒼鷹，養子黑柏顛。白蛇登其巢，吞噬恣朝餐。(**李以峙墨眉**)(恣)按“資”不及“恣”。雄飛遠求食，雌者鳴辛酸。(**方拱乾評下**)先、寒、元並用。力强不可制，黄口無半存。(**奚禄詒乙本墨旁**)叶金。其父從西歸，(**嚴虞惇紅旁**)此處省筆。翻身入長煙。(**魯一同評**)五字有神。(**沈巖旁**)摹寫《史記》鉅鹿之戰。斯須領健鶻，痛憤寄所宣。斗上捩孤影，(**吴廣霈墨眉**)斗，即“陡”也。二句寫得健鶻氣勢出。嗷哮來九天。(**孫承澤墨眉**)如史遷寫鉅鹿之戰。(**魯一同評**)形容處有姿有骨，妙帶整句，便不傷於俊。(**李以峙墨眉**)(嗷哮)按作“無聲”形容較真，但論句則如彼較健。修鱗脱遠枝，巨顙拆老拳。(**方貞觀紅眉**)寫得出。(**汪琬甲本紅眉**)老拳毒手。(**題張問陶墨眉**)傳神之筆，《史記》鉅鹿之戰、荆軻刺秦王有此種筆墨。(**嚴復墨眉**)是寫生手。

---

① 校注：“托物起興”杭本作“托物比興”。

(**沈巖眉**)鶻之擊以拳,非借用語。**高空得蹭蹬,短草辭蜿蜒。**(**錢陸燦甲本眉批下**)描寫得出。(**汪琬乙本評**)"高空得蹭蹬"寫出神俊,如《南華》稱"列子御風而行"。(**朱方藹紅眉**)"高空得蹭蹬"寫出神駿,如《南華》稱"列子御風而行"。**折尾能一掉,飽腸皆已穿。生雖滅衆鶵,死亦垂千年。**(**孫承澤墨旁**)誕得有趣。(**嚴虞惇紅旁**)句未明。(**方苞眉批**)"死亦垂千年"句凑。(**奚禄詒甲本旁、乙本墨旁**)何垂之有?(**沈巖眉**)"垂千年"似謂垂戒千年,然亦惜矣,不遇千年修蛇一朝而斃耳。(**吴廣霈墨眉下**)"死亦垂千年"句未免小疵,若節去此二句,似較妥善。(**嚴復墨眉**)"死亦垂千年"句終是笨伯鈍置意,但言蛇死不能後活耳。□□之若言烈士一瞑,千秋流傳也者,故爲頓挫。**物情有報復,**(**沈巖旁**)此句指鷹。**快意貴目前。**(**魯一同評**)時有俠氣。**兹實鷙鳥最,急難心炯然。**(**沈巖旁**)透"義"字。**功成失所往,**(**魯一同評**)出色寫照。**用捨何其賢。**(**王鐸評**)以下删。(**孫承澤墨眉**)似鴟夷、赤松贊。(**孫承澤墨旁**)盡可住。(**方拱乾評**)初疑此處可結,近乃知其不可結。(**申涵光甲本評**)情事俱足。(**汪琬甲本紅旁**)可止。(**汪琬甲本墨眉**)鍾云:住此便有味有法,多下一段可恨。(**李念慈紅眉**)即事索出妙義。(**沈巖旁**)是上意,非有所利益見其爲義也。**近經潏水湄,**(**嚴虞惇紅旁**)倒叙。(**吴廣霈墨眉**)"近經"一段,倒裝法。點出事實之傳聞,何可删耶?伯敬小兒,豈知詩者?固不是責爾。**此事樵夫傳。**(**方拱乾評**)止此何如?細看却止不得於此,見公之神。**飄蕭覺素髮,凛欲衝儒冠。**(**王士禛評**)目此鶻爲仲連輩人矣,便住更不盡。**人生許與分,**(**李以峙墨眉**)(許與)按作"計有"不通。**只在顧眄間。**(**方拱乾評**)爲此二句耳。(**方拱乾評**)二句力方足。(**陳治墨眉**)補出正意。**聊爲義鶻行,用激壯士肝。**(**方拱乾評**)鷹用鶻之妙,竟如漢高將將,誰今詩中見此大天地?(**錢陸燦乙本紅眉**)删。(**奚禄詒甲本尾**)賦也。(**奚禄詒甲本眉、乙本墨眉**)以鶻礪時人。(**吴騫墨眉**)目此鶻爲仲連輩矣,便住更不盡。(**吴廣霈墨眉下**)結出詩旨。(**沈伯沆紅眉**)末四語可删。

【彙評】

題張問陶墨眉：末記所聞，以激人心。○吴山民曰：子美平生要借奇事以警，故每每説得精透，如此詩説老鶻仁慈義勇，所以感動人情，而其慷慨激昂，正欲使毒心人斂威奪魄。

畫鶻行

方拱乾評：詠畫總此一法，却用之不同。畫説真，真説畫。

錢陸燦甲本眉：題是"畫鶻"，詩却是"生鶻"。○二解方知是畫。

錢陸燦丁本評：倒出"畫"字。

汪琬丙本評：好在極力形容，而筆力寬然有餘，不露其迹。"長翮"四句，並寫其志意如此。

奚禄詒甲本眉：末忽歎到自家。

奚禄詒甲本墨旁、乙本墨旁：凡賦畫定然要説到活處。

朱方藹紅眉：好在亦用形容，而筆力寬然有餘，不露其迹。

徐昂發評：與"堂上不合生楓樹"同一法。

陳治紅眉：質、物、月通用。

吴廣霈墨眉：劈口竟道是生鶻，乃能掠起下二句也。下再掠出四句，始贊畫鶻之妙，此加倍寫法也。

高堂見生鶻，（**李以峙墨眉**）（生鶻）按"老"不如"生"。颯爽動秋骨。（**孫承澤墨眉**）起得突兀。（**傅山紅眉**）突兀。（**張雝敬墨旁**）傳神。（**沈巖旁**）"動"字頂"生"字。初驚無拘攣，（**嚴虞惇紅旁**）不知其爲畫也。（**魯一同評**）透過筆。（**李以峙墨眉**）（攣）按"卷"字非。何得立突兀。乃知畫師妙，（**嚴虞惇紅旁**）二解方知是畫。（**嚴虞惇紅旁**）倒出"畫"字。

功刮造化窟。（魯一同評）用意過劣。（秦應逵紫旁）折出“畫”字，與《劉少府畫幛》起筆同。（沈巖旁）從“畫”字兜轉“生”字。寫此神駿姿，充君眼中物。（沈巖旁）又顧上“見”字。烏鵲滿樛枝，（嚴復墨眉）木下曲曰“樛”。（沈巖旁）“生”字餘韻。軒然恐其出。（汪琬乙本評）極用形容，而筆力寬然有餘，不露其迹。（嚴虞惇紅眉）此即“鵬礙九天須却避，兔藏三窟莫深憂”之意，並寫其志意如此。（魯一同評）開合跌宕，用意總得透過一層法。（奚禄詒乙本墨旁）叶竹。（張雝敬墨旁）句法生得妙。側腦看青霄，寧爲衆禽没。（沈巖眉）“没”猶乾没之没，言意不在逐禽也。長翮如刀劍，人寰可超越。（奚禄詒乙本墨旁）叶忍。（沈巖旁）人不可拘。乾坤空峥嶸，粉墨且蕭瑟。（沈伯沆紅眉）意甚悲憤。（奚禄詒乙本墨旁）叶贖。緬思雲沙際，（沈巖旁）“生鶻”結。自有煙霧質。（奚禄詒乙本墨旁）叶逐。（汪琬甲本紅眉）煙□霧凝，若無毛質。吾今意何傷，顧步獨紆鬱。（孫承澤墨眉）寄懷甚遠。（方拱乾評）推開一步。（方拱乾評）即“堂上不合生楓樹”之意。（錢陸燦乙本紅旁）應鳥物之志。（奚禄詒甲本眉）思爲真鶻，所以自喻。（奚禄詒乙本墨旁）叶郁。（奚禄詒乙本墨眉）傷人耶？己耶？（沈巖尾）一篇波瀾，寄託總在拘攣句内生出。（佚名戊紅旁）完圖起意，却是如此。

端午日賜衣

題鮮于樞評：此詩第二聯應“宫衣”，第三聯應“被恩榮”“亦有名”，末言所賜之衣不長不短，極是稱適，於是終身感荷聖恩。賦也。

方拱乾評：看緒看法。緒與法是一是二，不合緒，不可以言法。“終身”二字應七句，又應二句，天然之緒，妙不可言。“稱”字當讀去聲，可見古人寧拗一字以成詩。王、李之曰宫音、曰元響，淺之乎論詩矣！〇又冠冕又性情。只此一首，作五律之法、之體俱備。

錢陸燦丁本評：“自天”“當暑”，以經對經，典麗精工，無一字不佳。

汪琬乙本評：直起老，頸聯極力形容，結出終字，更進一步。〇“當暑著來清”，寫得好，君恩能移造化，恰又回抱平日。

王士禛評：何大復極贊此首，吾所不知。

屈復評：“亦”字自幸之意。五句衣上題名也，應首句。七句言天恩珍重，不是苟且了事，雖非極致，亦有可賞。①

奚禄詒甲本旁：“自天題處濕”，更感切，謂題名之字從未乾也。

奚禄詒甲本眉：“濕”字下得奇而切。〇七句珍重，感切俱有。

申涵紅眉：穩細而典。

申涵紅旁：“亦有名”者，謂亦與賜衣之列有名字也。只此已有多少感幸，蓋意若望外者。

錢載評：“題”字醒，出“亦有名”。

朱方藹紅眉：直起老，次聯極力形容，結出終身，更進一步。

吴騫墨眉：何大復極贊此，吾所不知。

吴錫麒紅眉：通首句句巧合，筆筆穩愜。“老去漸於詩律細”，猶非子美知己。

陳治紅眉：何大復極贊此詩，吾所不知。

陳治墨眉：朱愚庵云，“題”謂“題名衣上”。

嚴復墨眉：此正村夫子之詩矣。

吴廣霈墨眉：熨帖渾成，自然入妙。

王鄰德紅眉：賜衣孰非如此？别是看得好，寫得著，故自濃厚耳。

---

① 校注：“題名”，杭本作“題題名”，疑衍字。

倪象占藍眉:賜時有名在列也。"亦有"字欣幸之志。

沈巖眉:何大復極贊此,吾所不解。

宮衣亦有名,(**方拱乾評**)即公名。(**俞瑒甲本評**)叙題。(**王鄰德紅旁**)"亦"字有望外之意。端午被恩榮。細葛含風軟,(**方拱乾評**)二句定要斷,少不得。(**題商盤紅旁**)層折句。(**王鄰德紅旁**)温細。香羅疊雪輕。(**俞瑒甲本評**)承"宫衣"。自天題處濕,(**俞瑒甲本評**)承"有名"。(**題商盤紅旁**)折腰句。(**奚禄詒甲本旁**)五頂首二句。(**奚禄詒乙本墨眉**)"濕"字下得奇而切,感之至矣。○第七句珍重,謂題之册,字猶未乾。當暑著來清。(**俞瑒甲本評**)承"端午"。(**奚禄詒甲本旁**)六頂三四句。(**厲鶚評**)"自天""當暑",剪裁經史,何其愜理厭心。(**朱方藹紅旁**)"當暑著來清"摹寫得好,見君恩能移造化,恰好回抱"午日"。(**王鄰德紅旁**)"自天""當暑",用字典甚。意内稱長短,(**李以峙墨眉**)(意内)按優於"恰稱身",况下有"身"字。(**王伯沆紅眉**)史氏曰:"意内"句亦自有本。《南齊書·張融傳》:太祖手詔賜融衣曰:"是吾所著,已令裁減,稱卿之體。"則古真有其事矣。終身荷聖情。(**方拱乾評**)"身"字跟"稱長短","情"字跟"意"字。(**俞瑒甲本評**)承"被恩榮"。(**奚禄詒甲本旁**)賦也。(**吴廣霈墨尾**)結尤入妙。

【彙評】

張學仁參定:典麗風華,是一道謝表。

嚴復紅眉:王云:何大復極贊此詩,吾所不知。

沈巖尾:字字熨貼,忠悃不待言。

酬孟雲卿

題鮮于樞評:公言朋友相知樂極而傷老大、夜深而愛燭明者,第以相會難繼,不可遽别,是以但恐天曉,寧辭酒盡,若明朝則皆牽世故,灑淚而各各西東矣。賦也。

朱方藹紅眉:帶景説自佳,天明則河落,"落"字奇。

樂極傷頭白,(**俞瑒甲本評**)主意在此。更長愛燭紅。(**申頲墨眉**)首二句佳。相逢難衮衮,(**俞瑒甲本評**)是酬孟語。(**奚禄詒甲本旁**)以下即率語。告别莫匆匆。(**嚴復墨眉**)必以"衮衮"形容數見,此亦當時語耳。(**王鄰德紅旁**)應第一句。但恐天河落,(**俞瑒甲本評**)更深後。寧辭酒盞空。(**王鄰德紅旁**)應第二句。明朝牽世務,(**俞瑒甲本評**)應"更深"。揮淚各西東。(**俞瑒甲本評**)應"傷"字。(**奚禄詒甲本旁**)賦也。(**王鄰德紅旁**)總結上文。

卷　五

至德二載，甫自京金光門出，問道歸鳳翔。乾元初，從左拾遺移華州掾，與親故別，因出此門，有悲往事

方拱乾評：觸景引痛，天然悲響。

錢陸燦甲本眉：集載此詩之箋爲長宜周侍郎元亮，疑此爲訛書也。

錢陸燦戊本評：題即叙也，言外凄愴。○公自賊中間關九死得達行在近侍，未幾移官遠出，蓋深歎肅宗之少恩也。

李念慈紅眉：此詩可以證《新書》之誤。

奚禄詒甲本旁：題已可感。

奚禄詒甲本眉：追昔之歸，則今日之去爲可傷，然怨而不怒。末句有"豈捨王哉"之心。

奚禄詒乙本墨眉：題如《史記》，讀之已可憐矣。○方采山云：此詩有介子從龍之感，而意歸於厚。○追昔之入，則今之出爲可傷，然怨而不怒。

盧見曾紅旁：詞意婉曲，昔之忠款、今之眷戀皆見。怨而不怒，忠厚之道。顧宸[曰]：公疏救房琯，詔三司推問，以張鎬力救，敕放就列。次年，與房琯、嚴武俱貶，坐琯黨也。此公事君交友、生平出處之大節。曰"移官豈至尊"，不敢歸怨於君也。王維詩云"執政方

持法，明君無此心”，與此同意。所謂“詩可以怨”也。

朱方藹紅眉：其情感慨，其語渾融。

題張問陶墨眉：五句不敢歸怨於君也。當時讒毁，不言自見。又以無才自解，至見深厚。王維詩云“執政方持法，明君無此心”，與此同意，而老杜尤爲渾成。

陳治墨眉：公之出明是肅宗惡房相而連及之，乃曰“移官豈至尊”，何等厚道。

秦應逵墨眉：不無少望，然淡淡直叙，怨而不怒，諷刺體之聖也。

沈巖眉：怨而不怒，真是《三百篇》種子。

沈巖旁：命題妙，可以悟主。

王鳴盛墨眉：公上疏救房琯，詔三司推問，以張鎬力救，敕放就列。次年，與房琯、嚴武俱貶，坐琯黨也。曰“移官豈至尊”，不敢歸怨於君。

此道昔歸順，(**俞瑒甲本評**)追昔。(**奚禄詒甲本旁**)不倫。(**奚禄詒乙本紅旁**)二字不倫。**西郊胡正繁。至今殘破膽，應有未招魂。**(**吕留良紅旁**)對無迹。(**俞瑒甲本評**)悲往事。(**嚴復墨眉**)撫今追昔，語特蒼凉。(**吴廣霈墨眉**)“上”字、“猶”字仍應正作“殘”字。○“應”字一本作“猶”，似勝。**近侍歸京邑，移官豈至尊？**(**丁耀亢紅眉**)怨。(**吕留良紅眉**)問一“豈”字，而無限感傷盡在言外。詩可以怨，近體能騷。(**俞瑒甲本評**)感今。(**俞瑒甲本評**)顧宸曰：公貶坐琯黨也。(**方貞觀墨眉**)“移官豈至尊”，意深語淺，較之王右丞“執政方持法，明君無此心”，直不堪與之作奴。(**朱方藹紅眉**)公之出明是肅宗因惡房相而連及之，乃曰“移官豈至尊”，何等厚道！(**嚴復墨眉**)“近侍歸京邑”，注家以爲即言由拾遺左遷州掾之事，然杜當日何以不用“遷”字，或即用“移”字，而必用“歸”字，則解爲之當日還京之事，蓋爲無理。(**李以峙墨眉**)(“豈”)字有意，“遠”則平淺。**無**

才日衰老，駐馬望千門。（**奚禄詒甲本尾批**）賦也。（**奚禄詒乙本墨眉**）末句有“豈捨王哉”之心。（**屈復評**）比王右丞“執政方持法，明君無此心”更簡練。①（**秦應逵墨尾**）與右丞“執政方持法，明君無此心”同。（**吴廣霈墨尾**）江湖衛[魏]闕之情，芳芬悱惻，讀之三歎。

【彙評】

李念慈紅眉批錢注“此公事君交友”：宜知論其世，考其行，可以讀其詩。

俞瑒甲本評：慘然。

俞瑒甲本評：三四極警，一結更深。

王伯沆紅眉：忠厚渾成。

沈巖尾：孤忠煢煢，當與《涉江》《哀郢》並傳。

寄高三十五詹事適

題鮮于樞評：言吾與高爲交友，兵亂以來，離索久矣，年來知爾宦達，且復安穩，相看皆半百之人，交情固不可疏，非無魚雁，何爲不寄一行書邪？始責高交情之疏也。

方拱乾評：一篇妙在“安穩”二字，幾虚字見調笑之意。

奚禄詒甲本旁：信手稱意。

奚禄詒乙本墨眉：意雖責望，真是真交情。

朱方藹紅眉：真情藹然，正見古人之厚。

吴廣霈墨眉：古道交遊，不同後來流俗。

吴廣霈墨旁：高適於至德二載左遷太子詹事。○詩有慰勉意。

① 校注：“比”，杭本作“與”。

嚴復墨旁:達夫由淮南節度左遷爲太子少詹事。

安穩高詹事,(**奚禄詒甲本眉**)"安穩"二字唤起通章。(**奚禄詒乙本墨眉**)"安穩"二字唤盡通章。胡孝轅云無謂,非矣。(**奚禄詒乙本墨旁**)以下皆言"安穩"之故。(**王鄰德墨眉**)"安穩"二字寓譏意。兵戈久索居。(**錢載評**)起亦是對。時來如宦達,歲晚莫情疏。(**嚴復墨眉**)高左遷而云"時來""宦達",以未來慰之耶?抑唐重内官,不以降任爲意耶?(**王鄰德紅眉**)譏其居要路而忘貧賤之交也。天上多鴻雁,池中足鯉魚。(**丁耀亢墨眉**)二句一意。(**吕留良紅旁**)容易,用事可厭。相看過半百,不寄一行書。(**奚禄詒甲本旁**)賦也。(**奚禄詒乙本紅旁**)這等安穩耶?(**申頲墨眉**)警句。

題鄭縣亭子

方拱乾評:氣質亦極摹此等句,却不能堅,不能動,不能高迥。

俞瑒乙本評:中四句景,遠近都到,細大相涵,是詩家對偶之法。

屈復評:即自"發興"起,三四大景,五六小景,情結傷神,應"發興"。①

奚禄詒甲本眉:三四遠景,五六近景,有比。此正出爲華州功曹時也。《至日》詩亦同時。

奚禄詒甲本旁:即遊春亭。○長春宫,周宇文護所建。

奚禄詒乙本紅眉:此出爲功曹之時。

奚禄詒乙本墨眉:三四遠景,五六近景,中有比,五六正是末句

① 校注"自"杭本作"目";"三四"杭本作"二三"。

“傷神”之故。

盧見曾紅旁:仇兆鰲曰:中四寫景,先賦後比,五六喻意,所以自傷幽獨也。

題張問陶墨眉:雀欺燕而曰“巢邊”,懼其奪己巢也;蜂趁人而曰“花底”,據花爲己有也。小人持禄竊位,而因以肆其謡諑,其情態如此,然則公之貶華,固由小人之妬寵也。

秦應逵紅眉:二三大景,五六小景,“傷神”應“發興”。

王伯沆紅眉:是時出爲華州司功,故中二聯以喻群小之讒譖也。

鄭縣亭子澗之濱,(**方拱乾評**)起句高老。前四句力勝,後四句只合如此。户牖憑高發興新。雲斷岳蓮臨大路,(**俞瑒甲本評**)登亭之景。(**奚禄詒甲本旁**)不似玄宗行幸之時。(**奚禄詒乙本紅旁**)地名。(**嚴虞惇紅旁**)憑高。(**嚴虞惇紅旁**)地名。(**許蓌聚紅旁**)憑高。天晴宫柳暗長春。(**傅山紅眉**)無味。巢邊野雀群欺燕,(**俞瑒甲本評**)用比意起下。(**嚴虞惇紅旁**)發興。花底山蜂遠趁人。(**吕留良紅旁**)隨意點綴,亦自新奇。(**奚禄詒甲本旁**)五六比,出人情之炎冷。(**奚禄詒乙本紅旁**)比,出人情炎冷。(**吴廣霈墨眉**)五六有所感觸而寄慨也。(**嚴復紅眉**)王云:比也。更欲題詩滿青竹,(**方拱乾評**)另生一結。(**許蓌聚紅旁**)顯。晚來幽獨恐傷神。(**方拱乾評**)亦幽細,映“發興”句。(**俞瑒甲本評**)應五六説。(**奚禄詒甲本旁**)應五六之比。(**奚禄詒甲本旁**)賦也。○五六正傷神之故。大路,地名。長春,宫名。(**錢載評**)不題也,此是活句。(**王士禛評**)比也。(**倪象占藍眉**)郭云:第八句興盡。○九山云:掉尾有餘神。

【彙評】

方拱乾評:弇州曰:七律虚響易工,沈實難至,取“玉露凋傷”“風急天高”爲壓卷。竟陵曰：凡雄者貴沈，老去悲秋，昆明池水，勝之皆非定論也。七律非公絶頂詩，七律亦無絶頂位，必執二論求之，尚不可論他人詩，况公之詩無可無不可也？

李念慈紅眉批錢注“其地有官道旁”：“地有”二字疑是“池在”之誤。

望　岳

方拱乾評：老中又帶一分高氣奇氣，七律絶頂矣。○渾雄樸老，以歌行體氣作律，誰敢？此豈王、高所能望？

錢陸燦甲本旁：無一句與後人《登華》同。○移不得岱宗嵩衡。

錢陸燦甲本眉：通首是“望”，然以登臨意反映之。○于皇曰：千古望岳諸詩之冠。

錢陸燦丙本評：錢云：無一句與後人《登華山》同，移不得岱宗嵩衡去。通首是“望”，以登臨意反應之。

屈復評：通首寫“望”字。一二岳之高，三四歎其不能登，五無路可登，六有門可登，結必欲一登，秋以爲期耳。全是“望”字神理，筆甚曲折。①

奚禄詒甲本眉：言西岳已崚嶒矣，而竦然“獨尊”者，南峰也。一句二折，以下句句是形容首句。

奚禄詒甲本旁：是望岳，不是登岳。○體小變而氣格高，非詩律之細者不能。

奚禄詒乙本墨眉：極□縱中却極鍛煉，變體似此，非庸輩所及。

奚禄詒乙本墨旁：是望岳不是登岳。

奚禄詒乙本紅眉：首句乃兩折，謂西岳也崚嶒矣，而竦處之。

① 校注：“可”杭本作“難”。

“獨尊”者，指南峰也，以下皆發揮此句。

奚禄詒乙本墨眉：余登華山，見公親筆石搨，在西岳廟中。

盧見曾紅眉：遂無一字猶人，蒼老渾勁，行神如空，行氣如虹。昔元好問論秦觀《春雨》詩曰：“拈出退之山石句，始知渠是女郎詩。”詩人不識大家氣象，争柔鬥葩，氣萎體瘵，誦此寧不變色？

王士禛評：無一句與後人《登華》同。○别甚。

嚴虞惇紅旁：移不得岱宗嵩衡。

嚴虞惇紅眉：通首是“望”，結以登臨意反映之，五六就望中作一轉。

厲鶚評：句句是“望”字，奇崛震聳，不可名狀。

題張問陶墨眉：五六乃形容語。路徑險仄，車不能回，狹而且長，有似箭筈，不必泥於地名。“入谷無歸路”，則紅塵隔絶，“通天[有]一門”，則帝謂呼吸，故下聯接云云。○以噴薄凌厲之氣運查牙瘦硬之筆，真奇觀也。

秦應逵墨眉：王云：無一句與後人《登華》同，别甚。

許蓌聚紅眉：通首是“望”，然以登臨意反映之。

許蓌聚紅旁：無二句與後人《登華》同，移不得岱宗嵩衡。

沈巖眉：無一句與後人《登華》同。○蒼老渾勁，此種氣候極是難到。

嚴復紅眉：王云：無一句與前人《登華》同。

西岳崚嶒竦處尊，（**奚禄詒甲本旁**）南峰獨高。諸峰羅立如兒孫。（**李念慈紅眉**）“諸峰”奇句，全首氣力有堪與岳争壯，而瀟灑自在，不爲題所壓制，末繳還“望”字，千古傑作。（**奚禄詒甲本旁**）在旁之山。（**申頲紅眉**）奇想，開後人惡道。（**錢載評**）必是“如”字，既用“如”字，則三四自然拘矣。無造作，無停滯。安得仙人九節杖，（**俞瑒甲本評**）寫“望”字意。

(秦應逵旁批)已含下"尋"字。**拄到玉女洗頭盆。車箱入谷無歸路，**(**俞瑒甲本評**)承上啓下。**箭栝通天有一門。**(**奚禄詒甲本旁**)一云武帝在少室見女仙。(**錢載評**)五六平正開拓,所以消上之拗也。(**吴廣霈墨眉**)"車箱"句猶可想得到,"箭筈"句令人思路欲絶。(**許蔓聚紅眉下**)五六即就望中作一轉。(**李以峙墨眉**)(箭栝)按古本如是,朱改"柏"亦可從,至"閤""闕"皆非。**稍待西風凉冷後,**(**俞瑒甲本評**)待秋。**高尋白帝問真源。**(**俞瑒甲本評**)與次聯應。(**奚禄詒甲本旁**)即秦昭王用鉤梯處。(**奚禄詒甲本旁**)賦也。(**奚禄詒甲本旁**)天井即今呼爲百尺丈[峽],在同心石之上。(**秦應逵墨眉**)"高"字與"竦"字應,"白帝"字亦與"尊"字應。

【彙評】

李念慈紅眉批錢注"九節杖":"將錢出"三字未明。

張學仁參定:通首全寫"望"字之神,句更森挺。

錢載評:安得稍待是望,然亦心口相得於自然,非由造作,後人造作即本安排,悟此即大矣。蓋安排即是葛藤。

秦應逵墨秦應逵旁批"以華頂比帝居":愚意此俱强解。自記。

早秋苦熱堆案相仍時任華州司功

方拱乾評:直樸而不俚,所以難,所以勝人。○樸直而俚,轉不如繁縟多矣。

傅山紅眉:徑是平詩。

奚禄詒甲本旁:拗體。

奚禄詒甲本眉:粗服亂頭俱好,但後人不可效耳。

奚禄詒乙本墨眉:劉須溪云:本屬無稽,筆縱至此。

申涵光甲本評:此首太潦倒,啓後人指摘。"自足蝎""轉多蠅”,更俚。

吴廣霈墨眉:此雖老筆,却嫌直率寡味,王抹固不必,吴賞亦謬。

倪象占藍眉:宜入律。

王伯沆紅眉:拙澀。

七月六日苦炎熱,對食暫餐還不能。每愁夜中自足蝎,况乃秋後轉多蠅。束帶發狂欲大叫,簿書何急來相仍。南望青松架短壑,安得赤脚蹋層冰。(**方拱乾評**)辣甚。(**奚禄詒甲本旁**)賦也。

【彙評】

錢陸燦乙本紅旁:此首入律。

陳訏紅眉批仇注“長官自宜破格相視。是以常掾畜之,殊失大體”處:“束帶”“簿書”,自是居官事,苦熱故不能耐,何必波及長官,且妄臆不能破格相待耶?

觀安西兵過赴關中待命二首

奚禄詒甲本旁:其一止於序題。

王鄰德紅旁:時安西節度李嗣業也。

嚴復墨眉:鶴注謂是乾元二年秋在華州作。○龜兹、于闐、疏勒、焉耆四鎮都督府,皆安西都護所□,故云。○至德元載,安西節度改名鎮西,而乾元元年六月命李嗣業爲懷州刺史,充鎮西北庭節度使。八月,同郭子儀步騎廿萬討安慶緒。此二篇皆頌李之作。

其　一

題鮮于樞評：言安西之兵，精鋭且多，皆足以摧鋒靖亂，乃以老馬、飢鷹比之。且曰臨危而經久戰，始知其用意之神矣。賦兼比也。

題張問陶墨眉：首章見安西兵過，而歸美李公。

吴廣霈墨眉：遒勁老横。

四鎮富精鋭，（**俞瑒甲本評**）安西兵。（**俞瑒甲本評**）李嗣業以鎮西北庭兵討安慶緒。（**奚禄詒甲本旁**）"富"到底不穩，不如"多"字。（**王鳴盛墨眉**）李嗣業統龜兹、于闐、焉耆、疏勒四國，謂之四鎮。摧鋒皆絶倫。還聞獻士卒，（**奚禄詒甲本旁**）"還聞"承四鎮，而轉出節度之兵。（**李以峙墨眉**）（獻）按作"就"，大謬。足以静風塵。（**奚禄詒乙本墨眉**）"還聞"者承"四鎮"，轉出嗣業也。（**方拱乾評**）前四句贊其軍馬之盛，後四句以久戰望之，當時兵多臨敵潰散，故云。"老馬""蒼鷹"，皆其軍中之物。老馬夜知道，（**俞瑒甲本評**）喻主帥。（**奚禄詒甲本眉**）"老馬"豈可與李嗣業耶？○全無筆力。○老馬知道，齊桓伐孤竹失道，管仲云。蒼鷹飢著人。（**俞瑒甲本評**）喻軍士。（**奚禄詒甲本旁**）指慶緒。（**奚禄詒乙本紅眉**）安慶緒。（**朱方藹紅眉**）五六寓意深妙。（**汪琬乙本評**）五六寫得深妙。（**李以峙墨眉**）（飢）按"秋"亦不是。臨危經久戰，用急始如神。（**俞瑒甲本評**）應"精鋭"來。（**陳治紅眉**）"如"一作"知"。（**奚禄詒甲本旁**）賦也。（**奚禄詒乙本墨旁批錢箋引《魏志》"陌刀"**）"陌刀"，兩刃刀也，亦作"鉬"。（**李以峙墨眉**）按"急"當從"意"，至"始"作"使"，"如"作"知"，並非。

其　二

題鮮于樞評：言奇兵固不在多，今安西以萬馬而救中原，誠奉至尊,則談笑可無河北,況其殺氣盛而飛鳥亦避之歟！苟若是,“竟日留歡樂”則城池未覺其喧矣。賦也。

方拱乾評:公頌人往往如此,今人感而不愧,正諷其騷擾也。

錢陸燦甲本眉:鐵曰:“之子于征,有聞無聲”之意,言將兵之得人也。三四句本於左思《詠史》:“志若無東吴。”東坡故云:“似聞指揮築上郡,已覺譚笑無西戎。”

錢陸燦丙本評:錢云:奇兵原不在衆,今有萬馬以救中原,故談笑之中,氣吞河北,心膂之寄,誠奉至尊也。而節制之嚴,則殺氣滅,雲鳥不敢過,所以萬人留此歡樂竟日,而城事不變也。

方貞觀墨眉:五六句寫軍容之盛,七八句寫紀律之嚴。

題張問陶墨眉:次章稱李公忠勇,而誌其紀律。

吴廣霈墨眉:沉雄悲壯,一結稍遜。

王鄰德紅眉:少陵不獨詩才獨步,亦且知兵。

奇兵不在衆,(**奚禄詒甲本眉**)起二句應“四鎮富精鋭”。(**奚禄詒甲本旁**)亦是諷用四鎮。萬馬救中原。(**吕留良紅眉**)感慨激烈,却成佳句。(**俞瑒甲本評**)寫“過”字精采。(**吴錫麒紅眉**)“奇兵不在衆”,是明於韜略之語,一起一承,真寫得出名將雄略。(**奚禄詒乙本墨眉**)首二句言不在用四鎮之夷兵。(**沈巖眉**)軍令具見。談笑無河北,(**奚禄詒甲本旁**)指節度。(**奚禄詒乙本墨旁**)指李節度。心肝奉至尊。(**汪琬乙本評**)“心肝”句奇,末更寫得好。○人不忘故國而喜於得兵,寓目之間,真有其事。(**俞瑒甲本評**)表出李公忠勇。(**奚禄詒乙本墨旁**)以下贊軍律之肅。孤雲隨殺氣,(**奚禄詒甲本旁**)唤末句。飛鳥避轅門。竟日留歡樂,(**李以峙墨眉**)(歡樂)按,“觀”明係形似而誤。城池未覺喧。(**方拱乾評**)十字説節制之兵,輕而趣。(**錢陸燦丙本評**)錢云:即“之子于征,有聞無聲”之意,言將兵之得人也。(**奚禄詒甲本眉**)末句美中帶諷。七八言其令嚴,故不喧也。(**奚禄詒甲本旁**)賦也。○"奇兵"二字果然未善,是新樂之時耶?(**李念慈紅眉**)結頌將佳語。(**俞瑒甲本評**)切待命收。(**倪象占藍眉**)末句御衆以静,知其軍令嚴肅也。

【彙評】

朱方藹紅眉:"心肝"句奇,末更寫得好,人不忘故國而喜於得兵,寓目之間,真有其事。

留花門

方拱乾評:典謨經國之語,乃出以詩,經生自然説不出,大經濟語,真詩人之旨。杜公之意謂其不當留花門也。抑知當日中興,新造殘冠,未殄兵殘將殘,國威難振,秉國者必有無限苦心,非詩人所能知者,所謂議事易,任事難。○不欲留花門也,却諷而不露。

錢陸燦甲本眉:鐵曰:公詩累用"此物"字。《兩漢紀聞》:開皇中,靺鞨遣使首獻,文帝宴勞之,其屬起舞於前,皆爲戰鬥之狀,上謂侍臣曰:"天地間那有此物?"可見此老真無一字無出處也。

錢陸燦丙本評:錢云:公詩屢用"此物"字。《兩漢紀聞》:開皇中,靺鞨遣使首獻,文帝燕勞之,其屬起舞於前,曲折皆爲戰鬥之狀,上謂使臣曰:"天地間那有此物?"可見此老真無一字無出處也。

錢陸燦丁本評:此詩言戎狄之兵不可恃以戡亂,適足擾民,且是時餘孽易靖,不必更留之中夏耳。

汪琬乙本評:以開國是取之。

汪琬丙本評:花門山堡,所以控扼回紇者,追歎沙苑之留爲失計,故作《留花門》,以"花門"代"回紇"字也。

屈復評:收復兩京,實得回紇之力。少陵目睹,非不知也,意中蓋謂當有善後事宜耳。①

奚禄詒甲本眉:《五代史》:劉言攻潭州,諸將欲召酋長符彦通,周行逢曰:"惡用此物以暴殄百姓!"公"隱忍"句本此。而鄭云押韻,蓋未見此耳。○漢元封中以王建女細君爲公主,嫁烏孫,公主歌曰:"居常土思兮心内傷,願爲黄鵠兮歸故鄉。"時肅宗以女寧國公主嫁回鶻。

奚禄詒甲本旁:此六月轉通叶之韻,惟日室瑟在四質,想唐韻亦通用也。

奚禄詒乙本墨旁:亦是樂府。

盧見曾紅旁:張潛曰:經國之計,憂深慮遠,豈尋常韻體?

徐昂發評:此詩爲花門不當留而作。末言"胡塵既逾太行,雜種復抵京室",留此必至蕭瑟也。

吴士模墨眉:花門在回紇東南,置堡於此,以爲控扼,今謂回紇曰"花門",以其從此而入也。

吴士模墨眉:屈批:收復兩京,實得回紇之力,少陵目睹,非不知也,意中蓋謂當有善後事宜耳。至今回種半中國,不知將來作何景況? 世有高明,必當見及。

題張問陶墨眉:"公主"二語説得可憐可羞,"田家""原野"二語説得亦憂亦憤。

陳治紅眉:質、物、月、屑通用,與《北征》詩中"此輩少爲貴"同,具有先見之明。

陳治墨眉:唐欲平安、史,用李、郭足矣,借師回紇,大是失著,

---

① 校注:"善後事宜耳",杭本作"善後事宜平耳",吴本與余本同。"平"字或爲杭本衍字;杭本和吴本在此批語後另有"至今回種半中國,不知將來作何景況? 世有高明,必當見及"四句。

雖果立功而元氣從此益薄矣。

花門天驕子，飽肉氣勇決。（魯一同評）彝按："北門"又作"北方"。高秋馬肥健，挾矢射漢月。（奚禄詒乙本墨眉）知此詩之妙，則知《綱目》書回鶻歸國之旨。自古以爲患，詩人厭薄伐。（孫承澤墨眉）似奏疏。修德使其來，（奚禄詒乙本墨旁）叶燓。羈縻固不絶。（宋犖紅眉）留之之故。（吴錫麒紅眉）引古證今，言外之旨可尋，所爲此輩可□亦可慮。（嚴復墨眉）用筆如屈鐵。（張雝敬墨旁）經國遠猷，千古正論。胡爲傾國至，出入暗金闕。中原有驅除，隱忍用此物。（吴廣霈墨眉）"中原"二句要言不煩。○"此物"妙，竟不以人數視之也，何趁韻之有？（沈伯沆紅眉）"此物"言不齒於人也。下二句括盡一時要結之醜。（奚禄詒乙本墨旁）叶禨。（張雝敬墨旁）萬不得已，尚猶惡之，慮無故而弛中外之防者哉！公主歌黄鵠，君王指白日。（奚禄詒乙本墨旁）叶蓺。連營屯左輔，百里見積雪。（奚禄詒甲本旁）兵皆白旗。（汪琬甲本紅眉）回紇之人，衣冠皆白。（宋犖紅眉）留之之憂。（沈巖眉）回鶻皆白帽，故望之若雪。長戟鳥休飛，哀笳曙幽咽。田家最恐懼，麥倒桑枝折。（沈伯沆紅眉）下言騷擾被禍之狀。沙苑臨清渭，泉香草豐潔。渡河不用船，千騎常撇捩。胡塵逾太行，（奚禄詒甲本眉）太行山始河内，至幽州凡九陘。（奚禄詒甲本旁）史思明敗相州，又陷大梁、洛陽。雜種抵京室。（奚禄詒甲本眉）丘遲書："姬漢舊邦，無取雜種。"（奚禄詒乙本墨旁）叶設。（徐昂發評）"胡塵"句指安史，"雜種"句指回紇。花門既須留，（張雝敬墨旁）無可奈何。原野轉蕭瑟。（奚禄詒甲本旁）賦也。知此詩之妙，則知《綱目》書回紇歸國之旨。（奚禄詒乙本墨旁）叶色。（吴廣霈墨眉）篇末一語結出正旨。○一筆斡旋，是爲才力之雄，其妙處全在一"既"字、一"轉"字，須著眼。

【彙評】

錢陸燦甲本眉批錢箋“積雪”：或云哥舒翰白衣甲，一軍皆白也。總不如“白沙”之穩。

錢陸燦戊本評：“積雪”喻哥舒之夜甲白。

九日藍田崔氏莊

方拱乾評：此詩自佳，必欲以爲老杜七律之冠則拘矣，詩豈有冠耶？元遺山詩“重來未必春風在，更爲梨花立少時”，堪爲末句作解。○虚響易工，沈實難至，此却兼虚實之勝。

汪琬乙本評：□如此二詩，氣象從容，豈陷賊時作？妄揣數百載上，如親見而記之，穿鑿可笑。○三四“冠”字與“帽”字相犯。

宋犖紅眉：舊評以“吹帽”“正冠”爲合掌。○末句遂開宋派。

屈復評：李滄溟本抹五六，不可解。○“看”即看五六山水也，若作“看茱萸”，則五六爲無着矣，宜李之抹也。結言明年把茱萸酒看此山水，不知誰健在，言下有不健者，見人壽難知，正應“老去”“興來”耳。①

盧見曾紅眉：意頗頽唐，筆則老健。頸聯撑拄，自是截斷衆流之句。劉禹錫曰：詩中用“茱萸”字者凡三人，杜子美云“醉把茱萸子細看”，王右丞云“遍插茱萸少一人”，朱放云“學他少年插茱萸”。三君所用，子美爲優。陳師道曰：頷聯文雅，曠達不減昔人。故謂詩非力學可致，正須胸中度世耳。

吴錫麒紅眉：寫景闊大。○“把茱萸”句倒縮，五六句精神健絶。

---

① 校注：“不健者”杭本作“不健在者”。

題張問陶墨眉：五六句筆力振拔，足助通篇之勢，而句法亦渾成，無雕琢之痕。

陳治墨眉：二詩氣象從容，决非陷賊時所作。

吴廣霈墨眉：一氣呵成，興到神來之筆，妙處不可思議，群鴻戲海，香象渡河，庶可比擬。

奚禄詒乙本墨眉：鄭繼之、胡孝轅皆駁中二聯以爲絶無生韻，大類許用晦塞白語，不是。〇倩人正冠恰有致，蓋亦是日實事，非翻案也。五六見山水長在而人壽幾何。〇一氣而下，以下句句應着起手。

奚禄詒乙本墨旁：藍田，嶢關在焉。

倪象占藍眉：郭云：帽冠既重，落帽有致正冠，何爲翻案之説？不然。〇郭"明年"句淺而真。

老去悲秋强自寬，（**沈巖旁**）一字一層。興來今日盡君歡。（**錢載評**）起亦是順疊。（**陳治墨眉**）"强自寬"，用列子"善自寬"語，"强"則非能善也。（**奚禄詒乙本墨旁**）此句以下却轉出，然而無興矣。羞將短髮還吹帽，（**俞瑒甲本評**）老去。（**奚禄詒甲本旁**）十四字是一句。（**厲鶚評**）翻吹帽事妙。（**秦應逵墨旁**）次聯點化風日，故事仍雙關悲歡。笑倩傍人爲正冠。（**方拱乾評**）三四句不過就老景一闗會時節，有何翻案不翻案之嘵嘵耶？（**傅山紅眉**）皆是套語。（**俞瑒甲本評**）自寬。（**奚禄詒甲本眉**）"傍人""正冠"，想是日實有其事，非翻案也。五六見山水長在而人壽幾何，唤七八耳。（**秦應逵墨眉**）"冠"犯"帽"，李滄溟抹，王亦不可解。前半跌宕曲折，體勢最佳。（**嚴復墨眉**）二聯意單語騙，必得五六雄整救之，此章法也。藍水遠從千澗落，（**奚禄詒甲本眉**）《三秦記》：藍田有水北流，出玉石。（**厲鶚評**）虚字有力。玉山高並兩峰寒。（**奚禄詒甲本眉**）《華山志》：岳東北有雲臺山，兩峰峥嶸，非秦山、華山也。（**沈巖眉**）"冠"犯"帽"。明年此會（**俞瑒甲本評)對“今日”。**知誰健，**(**俞瑒甲本評**)應首句。(**厲鶚評**)應起。(**李以峙墨眉**)(誰健)按,“誰在”平直,當從“健”。**醉把茱萸子細看。**(**方拱乾評**)茱萸酒、仔細看,屬“藍水”“玉山”。(**俞瑒甲本評**)切“九日”。“看”字縮上“藍水”“玉山”言之。(**奚禄詒甲本旁**)賦也。(**奚禄詒乙本紅旁**)末仍是悲而不寬。(**李以峙墨眉**)(醉把)按,“再”不如“醉”。(**嚴虞惇紅尾**)故須今日盡懽也。(**王伯沆紅眉**)無限淒其。

【彙評】

方拱乾評:《誠齋詩話》云,“羞將”“短髮”二句,將一事翻騰作一聯,又孟嘉以落帽爲風流,少陵以不落爲風流,番[翻]盡古人公案。

李念慈紅眉:茱萸、落帽,熟爛人口,一經變换,俱作新奇,而氣味音節都沉厚安和。

俞瑒甲本評:五六高亮,全體俱振,結句把茱萸、看山水,有俯仰無窮之概。

張學仁參定:王世貞謂五言律、七言歌行,子美神矣;七言律,聖矣。五七言絶,太白神矣;七言歌行,聖矣。愚謂近體詩惟七言律實難,五十六字中氣骨神韻無法不備,而又極其變化。盛唐諸公種種備美,所少者變化耳。惟杜公有照應,有開闔,有關鍵,有頓挫,有暗伏,有倒插,入乎規矩之中,復神明於規矩之外,雄深變幻,七言律信是神品。

秦應逵紅眉:“看”即看五六山水,非看茱萸也。言明年把茱萸酒,看此山水,不知誰健在? 見人壽難知,正應“老去”“興來”耳。

倪象占藍眉:劉云:此詩經誠齋説盡。舊曾手寫,誤作“好把”,便覺情性甚遠,因贊其妙。

崔氏東山草堂

傅山紅眉:無滯氣。

汪琬乙本評：既陷賊矣，不必鴉谷之栗，泥坊之芹，猶具於崔氏學堂也。

屈復評："自發"，自然而發，不用人發也。前四草堂景，五六款客之物，結抑彼揚此也。

奚祿詒甲本旁：即玉山。○清空一氣。

奚祿詒甲本眉：幽居幽事，説來灑落。○"西莊""空閉"，則"王給事"不能静矣，以客結主。

奚祿詒乙本墨眉：三四句劉須溪云漸覺渾成，天趣自見。方采山云正言其静。○"西莊""空閉"五不能静矣，以客給主，不是又譏别人。○末句説今人，又恰似弔古。

王士禛評：頷聯正承"静"字。

盧見曾紅旁：甫集特多拗律，然其聲調自有一定之法。如此詩及"西岳崚嶒竦處尊""錦官城西生事微""掖垣竹埤梧十尋""城尖徑仄旌旆愁"諸篇，以古調入律，所謂蒼莽歷落中自成音節者。然此及《西岳》篇收入律調爲正法，猶後二篇八句全拗，又拗體之變格，不易學也。若並不識七古聲調，而以語拗體，難矣。他如"澗道餘寒歷冰雪""傳語風光共流轉"及"映階碧草自春色""九江日落醒何處"諸體，乃單拗雙拗正法。宋人胡仔謂：平仄固有定體，衆共守之，然不若時用變體，如兵之出奇，變化無窮，以驚世駭目。王世懋則疑爲變風變雅，皆恍惚之語耳。王嗣奭曰：《藍田》詩悲壯，《東山》詩渾成，皆不煩繩削，自有蕭散之致。

申頲墨眉：寫出無限清幽。

題張問陶墨眉：前詩悲壯，此則渾成，不煩繩削，自有蕭散之致，各見其妙。

秦應逵紅眉：前四草堂景，五六款客之物，結抑彼揚此也。

吴廣霈墨眉：三四情景兼列，"有時"句更匪伊所思，可神會而不可言詮也。

倪象占藍眉:劉云:杜七言每縱,亦是一體。○三四漸覺渾成,天趣自見。

愛汝玉山草堂静,(**俞瑒甲本評**)記地。高秋爽氣相鮮新。(**方拱乾評**)起確宕。"相鮮新"三字妙極。(**俞瑒甲本評**)計時。(**錢載評**)都是直起。○不是直起便是烘托起,須知烘托起亦即是直起。有時自發鐘磬響,(**奚禄詒甲本旁**)承首句。(**厲鶚評**)草堂之見聞。(**秦應逵墨旁**)頂上"静"字。落日更見漁樵人。(**方拱乾評**)二聯尋常耳,入公手便有許多幽奇之景。(**李念慈紅眉**)歎其有此莊而不能歸隱,纏綿仕宦,以及兹患也。(**俞瑒甲本評**)堂外之景。(**奚禄詒甲本旁**)承次句。(**吴騫墨眉**)領連正承"静"字。(**沈巖眉**)領聯正承"静"字。盤剥白鴉谷口栗,(**厲鶚評**)草堂之物産。(**秦應逵墨旁**)不受賊禄也。飯煮青泥坊底芹。(**俞瑒甲本評**)堂中之物。《别裁》云:"芹"字出韻,應是"蓴"字。何爲西莊王給事,(**方拱乾評**)偶及王耳,何必作諷解?(**方拱乾評**)當時偶憶及王耳,何必作譏諷看?(**俞瑒甲本評**)帶説王維,諷之也。(**厲鶚評**)與草堂鄰。柴門空閉鎖松筠。王維時被張通儒禁在東山北寺,有所歎惜,故云。(**方拱乾評**)推開,結亦一法。(**奚禄詒甲本旁**)末句説今人,恰似弔古。(**陳治墨眉**)□與王同没賊中,"何爲"二字用不着。(**秦應逵墨旁**)用"松筠"字好,諷其見幾不早,墮歲寒之節也。(**倪象占藍眉**)九山云,借西莊陸雜也。

【彙評】

張學仁參定:此是七律拗體,另開一派。

瘦馬行

方拱乾評:便瘦馬耳,何必有所爲?偶句多却不是排。○若有所爲,决不如此做法。

錢陸燦甲本眉:何必爲房琯作?

錢陸燦乙本墨眉:何必爲房琯而作?

錢陸燦丁本評:畢竟是指房琯喪師,惜之而作。玩"當時"二句,可見牧翁幕府求知之語未確。

申涵光甲本評:舊注以爲爲房琯作,細看亦似自況,緣有"當時歷塊誤一蹶",故疑爲琯發耳。其實老杜實見此病馬而哀之,非胸中有所感慨,設爲病馬之詞。凡古今失路人,情事皆同,不必定其爲誰發了。

汪琬乙本評:自是觸目瘦馬,以比房琯,何也?

宋犖紅眉:昌黎似此。

屈復評:借馬寓感,人多有之,而詩具哀音,非人所能也。①

盧見曾紅旁:藹然仁者之言,正不必有寄託。

申頲紅旁:此爲房琯作。琯喪師陳濤斜,罷相出爲邠州刺史,時論多惜之,謂其可以用也。

錢載評:平韻。七言到底。○須知皆是對。

朱方藹紅眉:格調整,結更有味。○自是觸目瘦馬,人以爲比房琯,何也?

吴士模墨眉:格調整,結更有味。

徐松紅眉:舊説以爲公自傷貶官而作。

陳治墨眉:馬無復收養之望,旁觀者自惜之耳。通篇只此一層。

秦應逵墨眉:不用轉韻,此種格調至昌黎暢之。

沈伯沆紅眉:此詩爲房琯作,純用比體。

---

① 校注:"詩具哀音",杭本作"詩其哀音",余本是。

奚禄詒甲本眉：即杜公所遇，亦宜有此。○如房琯、鄭虔、李白諸人皆在其中。○一片憐才之心，凄動千古。○能讀此詩，可去作相。○“誰家”二字頗狠，有譏君相之意。

奚禄詒乙本墨眉：本田子方來。○一片憐才之心，凄動千古，能議此詩，可與作相。胡孝轅云：“輾轉沉著，忠厚惻怛。”此八字確切。

沈巖旁：豈救房琯失戰，故以之自比耶？

沈巖眉：此公詩之一韻到底者。

佚名己紅眉：悲絶處有無限傷心，壯士窮途亦少慰矣。

東郊瘦馬使我傷，骨骼硉兀如堵墻。（**錢陸燦甲本旁、乙本墨旁**）已上初見瘦馬。（**李以峙墨眉**）（骨骼）按“骸”，形近而訛。絆之欲動轉敧側，此豈有意仍騰驤？（**方貞觀墨眉**）“有意”猶言有志，二語深微可思。（**吴廣霈墨旁**）真狀得出雄駿之馬瘦餓至此者。細看六印帶官字，衆道三軍遺路傍。皮乾剥落雜泥滓，毛暗蕭條連雪霜。去歲奔波逐餘寇，驊騮不慣不得將。（**錢陸燦甲本旁、乙本墨旁**）已上問其來歷。（**嚴復墨眉**）“不慣不得將”言未調習者不用，以此及前六，即故諛其爲内厩乘黄也。士卒多騎内厩馬，惆悵恐是病乘黄。（**丁耀亢紅眉**）大可。（**申頲紅眉**）有謂是老杜自況者，觀“誤蹶”一語，爲琯無疑。（**朱方藹紅眉**）格調整結，更有味。（**吴廣霈墨眉**）傷馬乎？傷人乎？傑士雄才之不遇者，概如此馬矣。當時歷塊誤一蹶，委棄非汝能周防。（**錢陸燦乙本墨旁**）已上叙其事所訴也。（**李念慈紅眉**）不勝失路棄置之感。（**吴錫麒紅眉**）功大罪小，不蒙明察，放廢之士，應教一慟。詩不徒作，此類是也。見人慘澹若哀訴，失主錯漠無晶光。（**錢陸燦甲本旁**）已上叙其事。天寒遠放雁爲伴，（**錢陸燦甲本旁、乙本墨旁**）已下承“無晶光”。日暮不收烏啄瘡。（**吕留良紅眉**）形容至此，鬼神可泣。（**錢載評**）又對，則筆力更出。**誰家且養願終惠，**(**吴廣霈墨旁**)"且"字不如"收"字妥帖。(**奚禄詒乙本墨眉**)"誰家"二字是譏君相意。**更試明年春草長。**(**方拱乾評**)忽出趣句。(**錢陸燦甲本旁、乙本墨旁**)落句亦馬説，亦公説馬意。(**奚禄詒甲本尾批**)賦也。(**吴廣霈墨眉**)鮑照《行路難》云："今日見我顔色好，眼花錯莫與先異。"〇范静妻沈氏詩曰："風彌葉落未離索，神往形返情錯莫。"〇劍按："錯莫"猶"落寞"，"牢落""落拓"等爾。(**沈巖尾**)此詩以爲自謂者得之，"不慣"即所謂我不慣與小人乘也。

【彙評】

方拱乾評：此詩爲房琯作。琯喪師陳濤斜，罷相，出爲邠州刺史，時論多惜之，謂其可以用也。

遣興三首

奚禄詒甲本旁：亦在華州作。

王嗚盛旁：《阮隱居》後，《留花門》前。

其　一

吴廣霈墨眉：佳篇。

奚禄詒乙本墨眉：絶無一種苦怪句，有魏人風格。

我今日夜憂，諸弟各異方。不知死與生，何況道路長。避寇一分散，飢寒永相望。豈無柴門歸，欲出畏虎狼。仰看雲中雁，(**嚴虞惇紅旁**)比。**禽鳥亦有行。**(**李念慈紅眉**)"雁行"語用在末尾，便以作結，意更不盡。(**奚禄詒甲本旁**)賦也，仍以比結。(**奚禄詒乙本紅眉**)不如雁矣。(**魯一同評**)收語漢魏習，見公亦不免耶？

【彙評】

魯一同評批《心解》"詩爲步兵"處:陋。此爲詠懷體耶?

其　二

蓬生非無根,(奚禄詒甲本旁)意本曹子建。(嚴虞惇紅旁)比。漂蕩隨高風。(奚禄詒乙本紅眉)興得下文起。〇意本於曹子建。天寒落萬里,不復歸本叢。客子念故宅,(沈巖眉)故宅即下篇洛陽。三年門巷空。悵望但烽火,戎車滿關東。生涯能幾何,常在羈旅中。(李念慈紅眉)予心戚戚。(奚禄詒甲本旁)興而賦也。(吴廣霈墨尾)二語讀之銷魂,非常身歷者,不能知其苦,亦且苦之而弗信也。(沈巖尾)可惡。

【彙評】

魯一同評批《心解》"類魏晉氣體":何謂魏晉氣體?

其　三

昔在洛陽時,(奚禄詒甲本眉)公故里在洛。親友相追攀。送客東郊道,遨遊宿南山。煙塵阻長河,樹羽成皋間。回首載酒地,豈無一日還。(方拱乾評)"豈無"二字悲極帶恨。悲。丈夫貴壯健,慘戚非朱顔。(奚禄詒甲本眉)因愁得病,因病得老也。(奚禄詒甲本旁)賦也。(魯一同評)豪語有深悲。(吴廣霈墨眉)强自寬解,愈足悲矣。(沈巖尾)自悲自解。(佚名己紅眉)"非"字妙。

【彙評】

魯一同評批《心解》"以龍擬安史,以馬喻李郭"處:妄語。

至日遣興奉寄北省舊閣老、兩院故人二首

方拱乾評：兩首未免復近，細看乃知其分寄兩人耳。前首寄閣老，後首寄兩院故人。

奚禄詒甲本眉：其一意在朝士，故其詞惋悼；其二意在朝廷，故其詞渾厚。

奚禄詒乙本墨眉：其一意在朝中故人，故其詞婉悼。○其二意在朝廷，故其詞温厚。

嚴復墨眉：二詩途中漫興，但見質直有氣而已，無甚精深意味也。○王道思、郭青螺諸家嘗指杜雜疵纇，此其一也。○朱瀚極以此首爲贋作。

其　一

俞瑒乙本評：時公出爲華州掾而作。中四句因今溯昔，見懷友自傷之意，交互言之。

俞瑒乙本評："憶昨"二字領起下六句，只末二句收到當日，無限感慨。

嚴復墨眉：此首自是杜詩，但去《秋興》諸篇，亦有上下床之别。

去歲兹辰捧御床，(**俞瑒甲本評**)用意在此。五更三點入鵷行。(**方拱乾評**)起句作題。"欲知""正想"情深，與"無路""有時"緊相呼應。(**丁耀亢紅眉**)一氣到底格，似平而樸。(**傅山紅眉**)意語俱陋。(**吕留良紅旁**)大家隨口語，不妨。(**奚禄詒甲本旁、乙本墨旁**)眼。(**倪象占藍眉**)郭云：清空一氣如話。(**李以峙墨眉**)(入)按作"出"，大謬。欲知趨走傷心地，(**俞瑒甲本評**)今日。(**奚禄詒甲本旁、乙本紅旁**)今也。(**許蓌聚紅旁**)奉寄。(**倪象占藍旁**)九云：奇句。正想氛氳滿眼香。(**俞瑒甲本評**)去

歲。(奚禄詒甲本旁、乙本紅旁)昔也。**無路從容陪語笑,**(俞瑒甲本評)想故人。(奚禄詒甲本旁)應第四句。**有時顛倒著衣裳。**(奚禄詒甲本旁)應第三句。(奚禄詒乙本墨旁)正趨走之苦。(奚禄詒乙本墨眉)五應四,六應三。(錢載評)此處未免有疑。**何人錯憶窮愁日,**(俞瑒甲本評)切"至日"。(奚禄詒甲本旁、乙本紅旁)"錯"字下得狠。(李以峙墨眉)(却憶)按不如"錯認"之醒豁。**愁日愁隨一綫長。**(吕留良紅旁)稍作兒態。(汪琬甲本紅眉)增一綫。(李念慈紅眉)用日長事入化。(俞瑒甲本評)傷心。(奚禄詒甲本旁)賦也。(申頲紅眉)醜語。(吴廣霈墨眉)一本作"日日愁隨一綫長",勝。(許蔆聚紅旁)以至日倒煞。

【彙評】

方拱乾評:"趨走傷心"屬今日"氤氲滿眼",去歲冬至謂"窮愁日"。

錢陸燦丁本評:二詩温厚圓婉,愈諷愈覺情深,用筆縱横,而體格仍復森然。以至日倒結,至日陽長陰消,謂之愁盡日。

俞瑒甲本評:時公出爲華州掾,不得預至日朝賀。中四語因今訴昔,懷友自傷之意,交互言之。

其 二

奚禄詒甲本眉:二首至日之最佳者。○五六唤出七八,詞莊而意惻。

題張問陶墨眉:中四皆當日供奉時所見者,但三四只是平叙當日,五六則作今日摹擬之詞,曰"由來天北極",蓋遥遥不可即矣;曰"只在殿中間",的的其在目也。抑揚低徊,已有腸斷之意,故有接之云云。

憶昨(俞瑒甲本評)二字領下。**逍遥供奉班,去年今日侍龍顔。**

(**奚祿詒甲本旁、乙本墨旁**)眼。(**吴錫麒紅眉**)多從舊日着筆,至末兩句拍合,通筋骨,力大於身。(**許葰聚紅旁**)至日。(**李以峙墨眉**)(今日)按,二字有情致,直説“冬至”便少味,學者正不可不知。**麒麟不動爐煙上,**(**題商盤紅眉**)麒麟即香爐,何須言不動?要知正寫香爐歷亂之狀,疑其欲動,諦視之,則固未嘗動耳。(**題商盤紅旁**)明暗句。(**俞瑒甲本評**)承。(**奚祿詒甲本旁**)承首二句。(**奚祿詒甲本眉**)《晉禮儀》:大朝會設九尺麒麟爐。**孔雀徐開扇影還。**(**奚祿詒甲本眉**)翟羽扇,開元時名孔雀扇。(**吴廣霈墨眉**)感舊思君,忠悃如揭,結句尤佳。(**許葰聚紅眉**)“上”字、“還”字,兩句精神注此。〇將升而合,既升而開,故用“還”字,言左右復其故處也。**玉几由來天北極,**(**李念慈紅眉**)“几”作“座”好,且“几”字嫌用顧命中字。(**奚祿詒甲本眉**)《西京雜記》:天子玉几,冬加錦於上,謂之綈几。**朱衣只在殿中間。**(**沈巖眉**)“玉几”二句開合跌宕,無限感泣,極盡律詩能事。**孤城此日堪腸斷,**(**俞瑒甲本評**)對去年看。(**奚祿詒甲本旁**)華州。**愁對寒雲雪滿山。**(**俞瑒甲本評**)黯然傷心。(**奚祿詒甲本旁**)賦也。〇公有王佐之才,不堪吏事而乃屈爲功曹,朝廷豈能用賢乎?(**奚祿詒乙本墨眉**)五六總是趨下,七八句調莊而心惻。(**錢載評**)此亦尚非其至。(**許葰聚紅旁**)至日。(**李以峙墨眉**)(落句)按,究竟是“白”是“雪”,安得起公而問之?就今人作法,不作“白滿山”,定改“寒雲”方妥。

【彙評】

方拱乾評:中四句人未有不豔稱者,須知賓不是主。

俞瑒甲本評:前六句以“憶昨”二字領下,皆以去年言之。末二句收到此日,無限感慨。

張學仁參定:結句止寫景高絶。

路逢襄陽楊少府入城戲呈楊員外綰甫赴華州日,許員外茯苓

方拱乾評:泛筆,一幅尺牘。樸不難,堅難。直不難,厚難。老而盡情事,難,難。○四十字如口説,他人爲此便率薄。

錢陸燦甲本眉:方曰:路逢少府是冬日,不采茯苓,約以二月寄之,並寄藤杖也。律詩至此神化矣。杜於皇□直當説話,所以爲真詩。鐵牛曰:此等詩,爾止之所宗於香山者,然去初盛,亦自此始受病不小矣。

錢陸燦丙本評:錢云:真似寫家書矣。方爾止云:路逢少府是冬日,不采茯苓,約以二月寄之,並寄藤杖也。律詩至此神化矣。鐵牛云:此等詩,爾止之所宗於香山者,然去初盛,亦自此始受病不小。

吕留良紅眉:因茯苓成篇,渾然一氣,似言似柬,不失佳句。

方貞觀墨眉:此詩開中晚無數法門,余終不取。

嚴復墨眉:此所謂以詩代劄,可爲一格。

寄語楊員外,山寒少茯苓。歸來稍暄暖,(**題商盤紅旁**)重字助句。○流水對。當爲斸青冥。翻動神仙窟,封題鳥獸形。(**題商盤紅眉**)《本草》:茯苓以鳥獸形者爲尚,難得"神仙窟"三字作對。茯苓未寄,偏又許寄藤杖,詩人癡趣在此。兼將老藤杖,扶汝醉初醒。(**吕留良紅旁**)此是戲意。(**奚禄詒甲本旁**)賦也。(**嚴復墨眉**)結語别拓意境,此乃要法。

【彙評】

李念慈紅眉:看他一氣如畫,而不覺膚淺。

李念慈紅眉批錢注"茯苓":《本草》云,華山出□茯苓,近絶少,此詩

可證其有,但人不知取耳。

題商盤尾:八句一氣敘完,酷似途中立寄口信之語。

閿鄉姜七少府設鱠,戲贈長歌

李念慈紅眉:凡體物賦事,俱畢盡情事而不傷刻劃。

方貞觀紅眉:通幅格調卑鄙。

姜侯設鱠當嚴冬,昨日今日皆天風。(**佚名己紅眉**)起亦别。河凍未漁不易得,(**吴廣霈墨眉**)"味魚"但正作"求魚"即妥,不必因訛襲謬,爲前人所欺紿也。(**吴廣霈墨旁**)劍按:"味"字當是"求"字之訛爾。(**吴廣霈墨眉下**)[河凍]一作"黄河","味魚"一作"美魚"。(**李以峙墨眉**)("河凍"句)按紛紛異字,無關緊要。鑿冰恐侵河伯宫。 饔人受魚鮫人手,洗魚磨刀魚眼紅。 無聲細下飛碎雪,(**李以峙墨眉**)(碎雪)按"素",不"碎"。有骨已剁觜春葱。(**吕留良紅旁**)怪,平聲。虚用纔合。(**嚴復墨眉**)詳叙作鱠可玩。"觜"音"貲",雜拌也。(**吴廣霈墨眉**)"觜"疑"齊"字之訛,"齊"與"劑"亦通也。偏勸腹腴愧年少,(**吕留良紅旁**)人情。(**沈巖眉**)《周禮·籩人》注:燕人膾魚,方寸切,其腴以啖所貴。(**沈巖旁**)二句方見特爲公設,所謂"情屢極"也。軟炊香飯緣老翁。(**方拱乾評**)寫出老景。落碪何曾白紙濕,(**奚禄詒甲本眉**)"白紙濕"畢竟牽强,豈有來歷?(**奚禄詒乙本墨旁**)亦牽强。(**奚禄詒乙本墨旁**)"白紙濕"言魚質清白乎?(**沈巖旁**)束"無聲"二句。(**王鳴盛墨眉**)"落砧"二句移"春蕪"下。(**嚴復墨眉**)"砧"今語作釘板。放筯未覺金盤空。(**嚴復墨眉**)"未覺"若出今人當作"已覺"。(**沈巖旁**)束"偏勸"二句,並起"飽"字。新歡便飽姜侯德,清觴異味情屢極。(**方拱乾評**)轉處生結,却非有心。(**奚禄詒甲本眉**)非爲"清觴異味",止是"好心事""真顔色"也。(**奚禄詒乙本墨眉）非爲"清觴異味"，只是承"好心事""真顔色"也。（沈巖眉）重在"設鱠"，"清觴異味"，只用帶叙。**東歸貪路自覺難，**（李以峙墨眉）（貪路）按"貧"，形似之訛。**欲别上馬身無力。可憐爲人好心事，於我見子真顔色。**（王士禛評）言我已衰而子乃貴也。**不恨我衰子貴時，**（沈巖旁）少府微官，獨重其情耳，豈結納它日哉？亦戲之也。**悵望且爲今相憶。**（汪琬丙本評）末段懈，尾二句弱，末句尤湊。詩最忌趁手寫，即少陵亦不能免。（奚禄詒甲本尾批）賦也。

戲贈閿鄉秦少公短歌

錢陸燦乙本墨眉：八句中亦有對。

嚴復墨眉："閿"當作"闃"。

沈巖眉：同爲兩省官，今年則杜爲功曹，秦爲縣尉，俱以直廢，艱危扈從，時清而反不録，無所歸咎，故相以才爲身累也。〇出之以"戲"，故曰可以怨；爲樂止於昨夜，則他日之悲可知也。

去年行宫當太白，（沈巖旁）作用寓此二句中。**朝迴君是同舍客。**（奚禄詒甲本旁、乙本墨眉）肅宗在鳳翔。**同心不減骨肉親，每語見許文章伯。**（方貞觀紅旁）豈成句？（沈巖旁）伏"多才"。（佚名己紅眉）感人在此。**今日時清兩京道，相逢苦覺人情好。**（嚴復墨眉）"苦覺好"是當時語。**昨夜邀歡樂更無，多才依舊能潦倒。**（奚禄詒甲本眉）容止藴藉爲潦倒。（奚禄詒甲本尾批）賦也。（申涵光甲本評）"能"字妙，説得潦倒鄭重，無才人潦倒不得。（李以峙墨眉）（潦倒）按"傾倒"較好。（吴廣霈墨尾）"能潦倒"妙，見凡才反往往不會潦倒也。

湖城東遇孟雲卿，復歸劉顥宅宿，宴飲散，因爲醉歌

方拱乾評：看他順反開闔出題。此法也，後段遂容易。人祇知後段好，妙在前六句。○反起不多見，是法，亦是情所當。然全要力、要識，不可輕言。出題分明，却又錯落，全是法。

錢陸燦丁本評：從殘局中翻出新局，賓主友朋，相視而笑，此一段光景，令人回環，詩焉得不佳？

汪琬丙本評：緩接好，又點景，字字鎔鑄。

奚禄詒甲本眉：起以寫景作興，便有"天開"二句之意。

厲鶚評：即事爲題，脱盡蹊徑。

秦應逵墨眉：隨事順叙，須看其中有筆法頓挫處。

嚴復墨眉：此二首皆老硬質澀，人正不喜，心却是醫俗聖草，江西諸老常向此中討消息也。

沈巖眉：二句就冬盡春回上點化，上承"艱難"，下起"同軌"。天開地裂，自子而丑也。變"闢"爲"裂"，古人用字常有此體。

疾風吹塵暗河縣，行子隔手不相見。（**吴廣霈墨眉**）一起便佳，第二句尤妙。湖城城東一開眼，駐馬偶識雲卿面。况非劉顥爲地主，（**李以峙墨眉**）（向）按作"况"顯謬。懶迴鞭轡成高宴。（**吕留良紅旁**）突兀。劉侯歎我攜客來，（**方拱乾評下**）若一順叙，便覺無情。置酒張燈促華饌。（**佚名己紅眉**）可喜在此。且將款曲終今夕，（**李以峙墨眉**）（終今夕）按"經今夕"必係庸人傳寫之訛。休語艱難尚酣戰。（**朱方藹紅眉**）緩接好，又點綴景。照室紅爐促曙光，縈窗素月垂文練。（**吕留良紅旁**）細。（**李念慈紅眉**）瑣屑事鑄詞亦不猶人。（**錢載評**）"照室"一聯，自然對寫細净，非此一聯則下一聯亦拓不出大筆來。天開地裂長安陌，（**奚禄詒甲本旁**）《京房易》：天開陽不足，地裂陰有餘，皆兵起下害

上之象。（**奚禄詒乙本墨眉**）又思及長安，何日忘君也。（**李以峙墨眉**）（長安陌）按此對下"殿"字，作"春"便不是。**寒盡春生洛陽殿。**（**方拱乾評**）看"駐馬"七字，便覺當反出題面，此中難言。（**奚禄詒甲本眉**）長安昔日之陷，今并東都皆克復矣。（**秦應逵墨旁**）自子而丑也。變"闢"爲"裂"，古人用字常有此體。（**李以峙墨眉**）（寒盡春生）按作"紫陌春寒"則不對上句四字，且本句亦欠通。**豈知驅車復同軌，可惜刻漏隨更箭。**（**奚禄詒甲本眉**）陸倕《刻漏銘》：銅史司刻，金徒抱箭。**人生會合不可常，庭樹雞鳴淚如綫。**（**方拱乾評**）結得自然。（**汪琬丙本評**）此"淚"亦湊韻。（**吕留良紅眉**）偶出古詩，無出亦好。（**奚禄詒甲本旁**）賦也。（**吴廣霈墨眉**）收亦好。（**吴廣霈墨尾**）收到將復别，意不禁黯然渾銷矣。（**沈巖尾**）"雞鳴"句，用祖、劉事兼寓雞棲樹。

李鄠縣丈人胡馬行

方拱乾評：盡人情乃能極致。

奚禄詒甲本墨眉：雖不及《高都護》之雄渾，却亦磊落。

奚禄詒乙本墨眉：通章也來得磊落。

吴廣霈墨眉：公詩亦如神驥，一展足便爾絶塵。諸家皆成駑駘，無由追蹤躡影。

沈巖旁：相士失之貧，相馬失之瘦，通篇託意在是。

丈人駿馬名胡騮，前年避胡過金牛。（**朱方藹紅眉**）樸老中有激發之致。（**嚴復墨眉**）梁州金牛縣，漢葭前地。**迴鞭却走見天子，**（**沈巖旁**）過金牛。**朝飲漢水暮靈州。**（**奚禄詒甲本旁、乙本紅旁**）即靈武。（**沈巖旁**）見天子。**自矜胡騮奇絶代，乘出千人萬人愛。一聞說盡急難材，轉益愁向駑駘輩。**（**方拱乾評**）避胡見天子即"急難材"。（**方

貞觀紅旁)意非不佳,句法庸劣。(**朱方藹紅眉**)患難時忠僕良馬,每令人耿耿不忘,事平述之,直可懶對一切。頭上鋭耳批秋竹,脚下高蹄削寒玉。(**方拱乾評**)可以悟文。始知神龍别有種,不比俗馬空多肉。(**吴廣霈墨眉下**)"俗"一本作"凡",勝。洛陽大道時再清,累日喜得俱東行。鳳臆龍鬐未易識,(**張雖敬墨旁**)未易識其狀,誰能識其神?側身注目長風生。(**方拱乾評**)可作詩文字畫之箴。(**奚禄詒甲本眉**)結句之妙,注自在馬,而注心在己耶。(**奚禄詒甲本旁**)含蓄得多。(**奚禄詒甲本尾批**)賦也。(**奚禄詒乙本墨眉**)注自在馬,却不在馬。(**奚禄詒乙本墨旁**)含畜[蓄]得好。(**李念慈紅眉**)寫出神駿。

憶弟二首 時歸在河南陸渾莊

奚禄詒甲本眉:第二首好。

其 一

題鮮于樞評:詩言當此喪亂之時,雖聞吾弟在濟州,奈何往來人少而書信不通,亂兵尚在而相見無由,獨憶向時之昇平,歡狂而催走,多病而無憂,今也别離,多恨之心惟共水東流耳。無可奈何之詞也。

朱方藹紅眉:一首純用白描,然無攔入之病,故可貴也。

喪亂聞吾弟,(**李以峙墨眉**)(書)按"吾"顯謬。飢寒傍濟州。(**嚴復墨眉**)起語以十字作一句,此在五言多有,七言稍難。人稀吾不到,兵在見何由?(**王士禛評**)三句樸,四句似不成句。(**嚴復紅眉**)王云,樸。(**王鄰德紅眉**)倒一字雅健,今人不能。(**王鄰德藍旁**)此苦真難爲不知者道也。憶昨狂催走,無時病去憂。即今千種恨,惟共水東

流。（**奚禄詒甲本眉**）時公歸在洛，而弟在濟，濟在洛之東，故曰“東流”。公無閑字。（**奚禄詒甲本尾批**）賦也。

其　二

題鮮于樞評：時郭子儀等收復東京，而河南已定，惟鄴城未下，且百戰之餘，今誰在哉？望汝之歸已三年矣。“故園”“春日”，惟花鳥得遂其生耳。然人煙斷絶之久，是以東西消息稀少。賦也。

盧見曾紅旁：《憶弟》與《得弟消息》二詩意真語苦，未有篤於君父而薄於手足者。甫之過人，豈徒詩乎？仇兆鰲曰：花發鳥飛，即濺淚、傷心之意。附《得弟消息》詩：“近有平陰信，遥憐舍弟存。側身千里道，寄食一家村。烽舉新酣戰，啼垂舊血痕。不知臨老日，招得幾人魂。”

嚴復墨眉：《韻語陽秋》謂少陵多用“自”字，如“村村自花柳”“寒城菊自花”“故園花自發”“風月自清夜”“虚聞自松聲”“孤槎自客星”等句是也。

且喜河南定，不問鄴城圍。（**奚禄詒甲本眉**）九節度兵圍安慶緒於鄴。**百戰今誰在？　三年望汝歸。　故園花自發，春日鳥還飛。**（**李念慈紅眉**）至情語。（**朱方藹紅眉**）高處每以淡寫，悲情彌見其老。好在“自”字、“還”字，上下二聯俱動，知老手景不虚拈也。（**王鄰德藍眉**）兄弟重情，讀之酸鼻。**斷絶人煙久，東西消息稀。**（**奚禄詒甲本尾批**）賦也。亂中斷絶消息，比比如此。

得舍弟消息

方拱乾評：直寫得苦。

奚禄詒甲本眉:起以慰藉之意振動後半苦景。

奚禄詒甲本旁:用二“汝”字,又一練句之格。

奚禄詒乙本墨眉:劉云:率然喜幸,備此二句。

奚禄詒乙本紅眉:“與”字好,言欲與俱存亡也。

盧見曾紅旁:劉會孟曰:苦心怨調,使人凄然。

亂後誰歸得,他鄉勝故鄉。(**傅山紅眉**)無聊極矣。(**朱方藹紅眉**)轉一解更悲。(**嚴復墨眉**)發端二語,吾今身歷之。(**王鄴德紅旁**)卒然喜恨之意,備此兩言。(**王鄴德紅眉**)故鄉之亂可知。**直爲心厄苦,久念與存亡。**(**李以峙墨眉**)(久念)按“得”字非。**汝書猶在壁,汝妾已辭房。**(**王伯沆紅眉**)“汝書”二句創格,不宜學。**舊犬知愁恨,垂頭傍我床。**(**錢陸燦甲本旁**)鐵曰:落句亦暗用黄耳事也,妙。(**申頲紅尾**)二語爲俗子鼓吹。(**奚禄詒甲本尾批**)賦也。○借陸機舊犬事翻出慘景。(**奚禄詒乙本紅眉**)末借陸事翻出慘景。(**奚禄詒乙本墨旁**)創意極苦。(**王鄴德紅旁**)創意苦甚,亦不可讀。

觀　兵

題鮮于樞評:詩言回紇助順,數既不少,蓋其舊時精鋭固已無敵,則今日邊隅,其將若之何哉?喜懼交至之辭也。且妖氛擁白馬而爲亂,此何時邪?元帥待彫戈而進兵,夫何意乎?此元帥指回紇將兵之人耳,非廣平王也。今郭李之兵足破鄴城,故云莫守而欲斬鯨於遼海也。按十五載十月,回紇遣葛邏支將兵入援,而吐蕃陷威戎等軍、石堡等城。至德二載,陷西平。乾元元年,陷河源。其勢方張,故有斬鯨之喻。

方拱乾評:不守鄴城,直搗思明之巢穴,詩人猶知此策,而當時不行，何也？

錢陸燦丁本評：亡友顧雲鴻云："親朋"一聯，送遠之事盡矣。歸而思之，草木之歲月如彼，關河之霜雪如此，而别離之况，倏已今日，因以見古人之情，莫深於送别，良有以也。

汪琬丙本評：五六宕開，寫得高。若後人必緊連上二句。所謂一味攔入，意味便索然矣。

奚禄詒甲本眉：意在諷刺元帥。

奚禄詒乙本墨眉：遯叟云：此詩爲九節度會討安慶緒作。北庭即李嗣業將鎮西北庭兵也。五指慶緒，六指廣平王，欲其直擣漁陽也。較是。

盧見曾紅旁：朱鶴齡曰：是時九節度圍相州，李光弼與諸將議曰："思明得魏州而按兵不動，此欲以精鋭掩吾不備也。請與朔方兵同逼魏州，彼懲嘉山之敗，必不敢輕出。曠日引久，則鄴城必拔矣。"魚朝恩不可而止。公詩末句正與光弼意合，言當直擣幽燕，傾思明之巢穴，不當老師鄴城之下也。

王鄰德藍旁：此即九節度直指漁陽，勿僅易鄴城也。

王鄰德墨眉：以夷之不可恃，今雖送壯士，而我之邊隅近竟何如耳？且元帥坐守鄴城，置鯨鯢而不問，一旦師老兵挫，果有九節度之敗，公之卓識爲何如哉？

北庭送壯士，（**奚禄詒甲本旁**）北庭即李嗣業將鎮西北庭兵。貔虎數尤多。精鋭舊無敵，邊隅今若何？（**奚禄詒甲本旁**）四句結得警。妖氛擁白馬，元帥待彫戈。（**王鄰德紅旁**）有風。莫守鄴城下，（**奚禄詒甲本旁**）經濟。斬鯨遼海波。（**奚禄詒甲本旁**）賦也。（**嚴復墨眉**）結語謂當擣思明於燕也。

【彙評】

秦應逵墨旁:落句即李愬取蔡之心。□時,李泌請命,郭子儀並塞北出,直擣范陽。

不　歸

題鮮于樞評:首言從弟從戎没於行陣,而我有終身之恨也。次言從弟俊邁聰明,而可憐可愛,今汝骨埋没於空城之中,於今三年而宿草生焉。賦也。

丁耀亢紅眉:從弟必有没於外而未葬者。

李念慈紅眉:悲痛。

王鄰德紅旁:禄山自范陽,及河北諸郡,望風瓦解,公之從弟死於城中,故公有感而作此詩。

河間尚征伐,汝骨在空城。 從弟人皆有,終身恨不平。(**嚴復墨眉**)第四語接最不測,上下二句中函多少語言在。**數金憐俊邁,**(**徐昂發評**)"數金"句未解。(**陳治墨眉**)申云:"金"字似"齡"字之誤。(**嚴復墨眉**)"數金"句終不可解。(**王鳴盛墨眉**)"數金"謂幼時識數錢也。公偶憶此事,憐而憂之。**總角愛聰明。 面上三年土,春風草又生。**(**孫承澤墨眉**)春草事用在此處,更覺酸絶。(**奚禄詒甲本尾批**)苦中自佳。○賦也。(**李以峙墨眉**)(草)按作"吹",則所吹者何物? 顯謬。(**沈巖眉**)結得痛心。(**嚴復墨眉**)結聯最沉痛。

【彙評】

方貞觀墨眉:沉痛之極。如此等句皆造化元氣結撰而成,偶於作者筆端出之,非人力可得而致者也,子美集中亦不數見。

獨　立

題鮮于樞評:此言“空外一鷙鳥”則“飄颻搏擊便”,而“河間雙白鷗”則“容易往來遊”,言白鷗不知鷙鳥將擊之也。且曰草露多濕,蛛絲未收,必有幽人受禍而羅織仍未已者,如太白、鄭虔輩人,故曰“天機近人事,獨立萬端憂”。比而賦也。本趙、劉二氏説。

方拱乾評:前六句散,第七句總,第八句收法變。六句景,兩句情,又一法。想見其擊目縈懷之狀。

錢陸燦丙本評:錢云:此即所見而寓意,通首皆喻言也。

奚禄詒甲本旁:意在大曆間用豪强之吏,而民多流亡者。

奚禄詒甲本眉、乙本墨眉:病在比而又比。

奚禄詒乙本墨眉:意在大曆間用豪强之吏,而民多流亡。

題張問陶墨眉:此詩託物興感,有憂讒畏譏之意,必有幽人受禍而羅織仍未已者,如李白、鄭虔是也。

王鄰德紅眉:喻意自深。

王鄰德墨旁:此公初貶華州作也。雖或獨立之際,偶有所見,然喻意顯然。

沈巖旁:結句沉著,確是“獨立”之情。

王鳴盛墨眉:首句喻小人在高位;次喻君子在下僚;三喻小人加害君子,承首句;四喻君子不提防小人,承次句;五六句言小[人]羅織尚未已,意承上而事不承上。

王鳴盛旁:此公初遭貶華州作,黄鶴曰乾元二年。

嚴復墨眉:此詩爲賢者搏擊並與羅織也。

空外一鷙鳥,河間雙白鷗。(**陳治墨眉**)鷙鳥喻小人,白鷗自喻。(**奚禄詒乙本紅旁**)屈原《九歌》亦有比而又比者,然每句另一意,故佳。飄

飄搏擊便，（**俞瑒甲本評**）雙承。（**奚禄詒甲本旁**）項首句。（**奚禄詒乙本墨旁**）承首。（**沈巖旁**）雙承。**容易往來遊？**（**奚禄詒甲本旁**）項次句。（**奚禄詒乙本墨眉**）承次。（**嚴復墨眉**）容易往來遊，危白鷗也。草露以喻嫌疑，蛛絲以喻羅網，其旨甚微。**草露亦多濕，**（**俞瑒甲本評**）轉。**蛛絲仍未收。**（**俞瑒甲本評**）上六寫景。**天機近人事，獨立萬端憂。**（**方拱乾評**）深湛難解。（**方拱乾評**）末二句深藴，可想不可解。（**俞瑒甲本評**）一結感情。（**奚禄詒甲本尾批**）比也。前六句皆興。

【彙評】

俞瑒甲本評：結句沉著，確是"獨立"之情。朱鶴齡曰：此詩與《鄭縣亭子》"巢邊野雀群欺燕"皆有憂讒畏譏意。

秦應逵墨尾批《心解》後：水鳥猶屢搏擊，況人事有甚此者乎？

洗兵馬收京後作

方拱乾評：乾元二年自東都回華州以後所作。

錢陸燦甲本眉：方曰：此詩分四段，每段七韻，平仄相間，又字字對，如七言排律，又一體也。前段謂山東諸郡悉平，只相州未下，亦不日可復矣。二段言成王、李、郭、思禮恢復之功，曠才向用，朝儀復舊也。三段言蕭華、張鎬之賢而鎬更爲奇俊。四段言天下恢復，山川獻瑞，淇上健兒有不得已而從賊者，函宜歸正，正不必言。君臣大義，第以室家私情招之，未有不心動者，結前"祇殘鄴城"句也。牧翁謂此詩全譏肅宗，似未必然。

錢陸燦乙本墨眉：方曰：此詩分四段，看每段七韻，平仄相間，又字字對，如七言排律，是古詩中又一體也。前段謂山東諸郡悉平，只相州未下，乃不日可復矣。二段言成王、李、郭、思禮恢復之功，曠才向用，朝儀復舊也。三段言蕭華、張鎬之賢而鎬更爲奇俊。四段言天下恢復，山川獻瑞，淇上健兒有不得已而從賊者，函宜歸正不必言。鶴駕通宵，君臣大義，第以室家私情招之，未有不心動者，結前“祇殘鄴城”句也。牧老謂此詩全譏肅宗，恐未必然。

錢陸燦丙本評：錢云：此詩分四段，每段七韻，平仄相間，又句句對，七言排律之變體也。第一段謂山東諸郡悉平，只相州未下，亦可不日可復矣。第二段言成王等恢復之功，賢才向用，朝廷可復也。第三段言蕭、張之美，而張更爲奇俊；第四段言天下恢復，山川獻瑞，淇上健兒有不得已而從賊者，急宜歸正不必言。君臣大義，第以室家私情招之，未有不心動者，結前“祇殘鄴城”句也。結處點題，然借上征夫思婦之詞，以寓休兵之意。

錢陸燦丁本評：此詩分四段，每段七韻，平仄相間，又字字整對，七言排律又一體也。首段謂山東諸郡悉平，只相州未下，亦不日可復矣。二段言成王、李、郭、思禮之功，賢才向用，朝廷復舊也。三段言收京後，宜任賢相，言房琯、張鎬之賢，可致中興也。四段言天下恢復，山川獻瑞，人民安業，淇上健兒，亟宜歸正，正不必言。君臣大義，第以室家私情感之，未有不動心者，結前“祇殘鄴城”句也。牧翁謂此詩全譏肅宗不能盡子道，恐未必然。

汪琬乙本評：此篇頗存初唐之法，然亦未爲杜之絶調，諸家毁譽皆過。

吕留良紅眉：似歌似律，又是一體。初唐又勁，排律又雜。

吴農祥評：此杜集七言中極整麗可法者。

王士禛評：此杜集中七言古極整麗可法者。

宋犖紅眉：此詩以“中興”字爲主，望重致太宗之盛也。前半歸功諸將，後半深望相臣。微帶初唐聲律。

嚴虞惇紅眉：《魏都賦》：洗兵海島。梁簡文詩：洗兵逢驟雨。〇此詩分四段，每段七韻，平仄相間，又用對仗，如七言長律之體。

屈復評:平鋪直叙,諸家多學之。然少陵力大氣深,不覺冗長,學之者無其氣力,惟見平庸耳。①

方苞眉批:錢云:崆峒是朔方回鑾之地,所謂愿君無忘在營也。"成王"一段,見收復兩京皆玄宗舊人,二三豪傑之力,於靈武諸人何與?斥之曰"汝等",賤而惡之之詞。時李泌雖在肅宗左右,寔乃心上皇,以避禍還山。〇以上方皆句讀。

奚禄詒甲本旁:此題亦不宜在此處,宜在末後。

奚禄詒甲本眉:語多聒亂。

奚禄詒乙本墨眉:竟是彈詞,安得爲詩?定是王安石之僞手。

盧見曾紅旁:平仄相間,對偶整齊。王李高岑,上及唐初,聲調如是,乃杜集七古之整麗可法者。至於此詩之作,自是河北屢捷,賊勢大蹙,特爲工麗之章,用志欣幸。中間略有寄意,全無譏諷,而論者以爲直刺肅宗,步步文致,殊傷子美之志。昔人謂甫詩一飯不忘君,遂穿鑿附會,欲令篇無虚設,可謂不善説詩。朱鶴齡曰:中興大業,全在將相得人。前曰"獨任朔方無限功",中曰"幕下復用張子房",此是一詩眼目。使當時能專任子儀,終用張鎬,則洗兵不用旦夕可期矣。若玄、肅父子之間,公爾時不應遽加譏切也。浦起龍曰:此篇是初唐四家體,貌同而骨自異。今人好以亂頭粗服優孟少陵,而於四家之清詞麗句妄加嗤點,不知少陵固嘗爲之,曾不貶損其氣格也。

方貞觀墨眉:章法散漫,句法湊直。子美平時高卓奇傑之致,曲折頓挫之體,全不似此,有疑此詩爲僞託,見亦不謬。

申頲紅眉:四語音節弘亮,絶妙律聯。〇功大心小,説盡功臣本領妙用。〇"謀深"説汾陽,極確,然不足盡之。

① 校注:"不覺冗長"杭本作"不學冗長",余本是。

錢載評:整整六韻,一轉吟歎不盡,節次發足,骨幹是唐而機轂從南朝來,所以不薄庾信也。

吴騫墨眉:此杜集七言古中極整麗可法者。

徐昂發評:言"山東諸將",言"獨任朔方",而此云"回紇喂肉葡萄宫",正刺其誤用也。

吴錫麒紅眉:通篇工整處猶襲唐初四子之風,下開長慶一派,特沉雄蒼秀,别是少陵本色。

吴士模墨眉:全是律調。〇玩詩意,是明皇方歸,離未甚之時,不必據後事鑿説。〇玩此亦是房琯未貶、李泌未走之時,子房喻泌,非鎬也。下文張公乃鎬耳。〇玩此亦是鎬未罷之時。

題張問陶墨眉:此篇有典有則,雄渾闊大,足稱唐雅。

徐松紅眉:唐汝詢曰:有典有則,雄渾闊大,足稱唐雅。

陳治紅眉:此杜集中極整麗可法者。

陳治墨眉:潘次耕曰:《洗兵馬》一詩乃初聞恢復之報,不勝欣喜而作,寧有暗含譏刺之理?

王鳴盛墨眉:《洗兵行》。

秦應逵墨眉:此杜七言古中極整麗可法者。〇云"收山東",其實只收兩京耳。"獨任朔方"則兵馬可洗,公知廟謀已不專任郭相矣。

嚴復紅眉:漁洋云:此杜七言古極整麗可法者。

嚴復墨旁:《杜臆》作《洗兵行》。

吴廣霈墨眉:此篇亦自是極意吟成,然人工到而天巧未隨,固未爲杜老平生傑出之作。

沈巖眉:"獨任朔方"則兵馬可洗,公蓋知廟謀已不專委郭相,故因已成之功期後效也。

沈巖旁:齊梁體。〇本云四段,段六韻,却不可截然分開。

王伯沆紅眉:雖叙一時喜慶事,而意乃諷肅宗,所謂"主文而譎諫”也。

佚名己紅眉：收復西京皆二三豪俊之力，原與靈武諸人無與，而乃攀附，化爲侯王，此爲庸庸多福，故公斥言之，所以刺肅宗也。

中興諸將收山東，（**沈巖旁**）“收山東”，其實所收止兩京耳。自注正合《春秋》書事之法。**捷書日報清晝同。**（**方拱乾評**）“同”字每妙。（**李以峙墨眉**）（夜報）按作“日報”不可通。（**佚名戊紅眉**）“日報清晝同”，如言四面捷書同時而至，語意自佳也。**河廣傳聞一葦過，胡危命在破竹中。**（**奚禄詒甲本眉**）定出俗手。◯《杜預傳》：今兵威已盛，辟如破竹，數節之後，迎刃而解。（**陳治墨眉**）“危”，俞作“兒”。（**沈巖眉批下**）鄴在河南，尚不能下，乃一葦可杭乎？危之也。**祇殘鄴城不日得，**（**錢陸燦甲本旁**）鐵曰：“殘”字唐人作“餘”字用。（**嚴虞惇紅旁**）“殘”字唐人作“餘”字用。（**奚禄詒甲本旁**）安慶緒守鄴城。**獨任朔方無限功。**（**奚禄詒甲本旁**）郭子儀。**京師皆騎汗血馬，回紇喂肉蒲萄宫。已喜皇威清海岱，**（**奚禄詒甲本旁**）肅宗。**常思仙仗過崆峒。**（**屈復評**）“常思”三句，追憶之詞。（**宋犖紅旁**）思避賊幸蜀事也。（**奚禄詒甲本旁、乙本墨旁**）玄宗。（**沈巖眉**）“常思仙仗遇崆峒”，牧翁云所謂“願君無忘在莒”也。“已喜”者，刺其天下未平，但收兩京，志已驕盈，起下小心深謀之意。“清海岱”，謂收地僅至淄、清，滄、景以北，仍爲賊蔽也。（**嚴復墨眉**）忽入四律句。（**王伯沆紅眉**）安不忘危，淋漓悲壯。**三年笛裏關山月，萬國兵前草木風。**（**吕留良紅旁**）是律調，入律更壯，倒用亦壯。（**奚禄詒甲本旁**）此宋句，人皆膾炙，只實不佳，誤了後人多少。（**奚禄詒乙本墨旁**）真是宋口氣。（**奚禄詒乙本墨眉**）此二句人皆膾炙，其實犯做，自是宋句，如《胡笳十八拍》，定知唐人僞作。（**李念慈紅眉**）“三年”二句少一停息，以緩□氣□，工緻雄偉，足以稱去聲前後。（**錢載評**）越平調越對，越發足越大。（**徐松紅眉**）錢牧齋曰：“已喜”二句所謂願君無忘在莒者也。◯王嗣奭曰：“三年笛裏”，軍士久征，悲之也；“萬國兵馬”，如風卷葉，喜之也。（題張問陶墨眉）軍士從征，已經三載，曰“三年笛裏”，悲之也；會兵鄴城，如風卷葉，曰“萬國兵前”，喜之也。**成王功大心轉小，**（方拱乾評）此轉妙。（嚴虞惇紅旁）廣平王俶。（沈巖旁）指諸將。（奚禄詒甲本旁）廣平王俶改封成王。**郭相謀深古來少。**（奚禄詒甲本旁）子儀。（嚴虞惇紅旁）郭子儀。（錢載評）對疊轉最有力。**司徒清鑒懸明鏡，**（奚禄詒甲本旁）李光弼。（嚴虞惇紅旁）光弼。**尚書氣與秋天杳。**（奚禄詒甲本旁）王思禮。（嚴虞惇紅旁）王思禮。（徐松紅眉）陶開虞曰：雄亮悲壯，恍如江樓聞笛，關塞鳴笳。**二三豪俊爲時出，整頓乾坤濟時了。**（錢陸燦乙本紅旁）關鍵。（奚禄詒甲本旁）不成。（李念慈紅眉）“了”字難下。**東走無復憶鱸魚，**（沈巖旁）此謂朝士。**南飛覺有安巢鳥。**（錢載評）是賦家情緒。（秦應逵墨眉）此謂靈武倉促，本出權宜，自今兩宫相見，當極天下之養。（沈巖眉）此謂靈武倉猝，本出權宜，自今兩宫相見，當極天下之養也。**青春復隨冠冕入，紫禁正耐煙花繞。**（吴騫墨眉）時玄宗已歸也。（李以峙墨眉）（紫禁）按下有“鶴駕”，且“禁駕”近杜撰。**鶴駕通宵鳳輦備，**（汪琬甲本紅眉）鶴駕，鶴宫，鶴禁。（宋犖紅眉）通篇只“鶴禁”二語微示書法，前後鋪陳暢麗，詞旨顯白，何至如箋解之鈎穴乎？肅宗於上皇自不能無罪，必欲處處以杜詩傅會，則失詩解矣。此非論史之過，乃説詩之繆也。（奚禄詒甲本旁）白鶴宫，太子所居。（嚴復墨眉）“霄”當作“宵”。**鷄鳴問寢龍樓曉。**（錢陸燦戊本評）引太子問安之禮以諷也。（奚禄詒甲本旁）此四句少可。（王士禛評）時玄宗已歸也。（題張問陶墨眉）中興大業，全在將相得人。前曰“獨任朔方無限功”，中曰“幕下復用張子房”，此是一詩眼目。使當時專任子儀，終用張鎬，則洗兵不用旦夕可期，而惜乎肅宗之非其人也。（李以峙墨眉）（龍樓）按作“蛇”大謬。**攀龍附鳳世莫當，天下盡化爲侯王。**（錢載評）必雙接。○奇絶，“龍”“鳳”蟬聯來，所謂當時體也。（徐昂發評）前既推美數公，此處言其餘，皆屬偉位也。（吴錫麒紅眉）李輔國、張良娣表裏爲奸，少陵在朝，夫豈不知？必待南内凄凉，兩宫有隙，能鑿之言之，非知幾士矣。愚謂此詩爲譏諷亦可，爲危時亦可。牧齋之評，當是的解。歸愚非之，恐不過翻前人案耳。（**徐松紅眉**）朱鶴齡曰：中興事業，全在將相得人，前曰"獨任朔方無限功"，中曰"幕下復用張子房"，此是一詩眼目。使當時專用子儀，終用張鎬，則洗兵旦夕可期，而惜乎肅宗之不能也。王荆公選工部詩以壓卷，其大旨不過如此，若玄肅父子之間，公爾時未必遂加議論也。（**沈巖眉**）"鄴城反覆不足怪，關中小兒壞紀綱"，甲兵未戢，所憂在汝等耳。"關中"以下，勸帝與南衙大臣謀扶顛之策，勿聽宦豎邪説，致中興之業不竟也。**汝等豈知蒙帝力，**（**錢陸燦乙本紅旁**）直寫胸臆。（**嚴虞惇紅旁**）李輔國之類。（**李以峙墨眉**）（蒙）按"象"，形似之誤。（**陳治紅眉**）"汝等"正指李輔國一流。**時來不得誇身强。**（**嚴復墨眉**）"時來"逗實，謂此皆時命之所爲，不得誇張□事云由身强也。**關中既留蕭丞相，**（**奚禄詒乙本墨眉**）舊注云蕭華留守。（**嚴虞惇紅旁**）房琯。**幕下復用張子房。**（**方拱乾評**）"蕭丞相""張子房"遂成千古套本。（**奚禄詒甲本旁**）《唐書》：肅宗軍平凉，杜鴻漸首建興復之計，録軍資器械貯倉上之。肅宗喜曰："靈武，吾之關中；卿乃吾之蕭何也。"舊以爲蕭華，不知孰是。至錢牧齋，謂是房琯自蜀中奉册相肅宗，則胡説矣。（**嚴虞惇紅旁**）張鎬。（**陳治紅旁**）舊臣或作蕭華，或作房琯。**張公一生江海客，**（**王士禛評**）張公乃張鎬，茌平人。**身長九尺鬚眉蒼。**（**吕留良紅旁**）竟承上，實用。（**錢載評**）此句尚是對，"張公"句純以一振起，尤崚嶒。**徵起適遇風雲會，**（**方貞觀紅旁**）不成句。**扶顛始知籌策良。**（**方貞觀紅旁**）弱句，嫩句，不似公手筆。**青袍白馬更何有？**（**奚禄詒甲本眉**）侯景皆青袍白馬。先是，童謡云"青絲白馬壽陽來"。**後漢今周喜再昌。**（**王伯沆紅眉**）此下皆以中興望君之詞。"寸地"四句，喜躍之詞。**寸地尺天皆入貢，奇祥異瑞争來送。**（**錢載評**）雙接又雙轉，不獨香山得之。**不知何國致白環，**（**汪琬甲本紅眉**）西王母作白環。（**奚禄詒甲本眉**）帝舜九年，王母來朝，獻白環玉玦。**復道諸山得銀甕。** **隱士**

休歌紫芝曲，(**嚴虞惇紅旁**)李泌。詞人解撰清河頌。(**奚禄詒甲本眉**)《南史》：宋元嘉中，河濟俱清，鮑照作《河清頌》。(**奚禄詒甲本旁**)此段更牽曳，必是安石亂談。(**錢載評**)發足。(**李以峙墨眉**)(清河)按當作"河清"，倒轉便不是。田家望望惜雨乾，布穀處處催春種。(**李念慈紅眉**)寫太平此方極。(**錢載評**)吟歎不足，此體從來如是，所謂"不廢江河萬古流"也。淇上健兒歸莫懶，(**錢載評**)"懶"字必要仄聲。城南思婦愁多夢。(**方貞觀墨眉**)"歸莫懶""愁多夢"皆凑句，無深意。(**王伯沆紅眉**)言人思歸蜀也。(**沈巖眉**)"淇上健兒"即鄴城之將潰者也。"歸莫懶"與"三年""不日"遥應，戒其將有輿屍鑿逆之患，而托其詞於"莫懶"，又不忍遽料其然，而託於室家愁思、夢魂變異，微婉深厚。癸未。安得壯士挽天河，净洗甲兵長不用！(**方拱乾評**)結住萬鈞。(**錢陸燦甲本尾批、乙本紅眉**)結處點題，然借上征夫思婦之詞以寓休兵之意。(**奚禄詒甲本旁**)賦也。(**李念慈紅眉**)結壯闊有大力。(**俞瑒乙本評**)一結氣傑神旺，廊廟之臣，一洗兵氛以致太平，成中興之功也。(**厲鶚評**)末句深望太平，故以"洗兵馬"爲題。(**王伯沆紅眉**)言戍卒之歸休，室家之思憶，叙其喜躍，不嫌於褻也。(**沈巖尾**)兩京雖收，河北之平尚未有期，師老而權分，公知鄴城之將喪師，而洗兵之難冀也，故因頌而致善後之思焉。

【彙評】

方拱乾評：有言此詩爲王介甫作者，看來介甫必不能爲此，然非公絶頂詩。

錢陸燦甲本眉：梁簡文詩："洗兵逢驟雨，送陣出黄雲。"《裴行儉碑》曰："洗兵諸真之水，刷馬草心之山。"

錢陸燦甲本眉批錢箋：此等議論，關係萬古人倫，所謂爲人君者不可以不知《春秋》。

李念慈紅眉批錢箋：此箋詳核，深悉事情，足以闡幽，足以正史，不可磨也。

陳治紅眉批箋注：箋太鑿。

陳治墨眉批箋注：靈武即位，苦人雖有遺議，子美既亂謁行在，官備禁近，豈有矢口刺譏？鶴禁龍樓，無過叙還奉養之事，乃云援初謂以諷諭論事，無乃太刻乎？○於聖王爲忠、於陛下爲不忠二語，於天理人情，俱講不去，何昏瞶若此？

題張問陶墨眉：詩凡四轉韻，十二句，句兼排偶，自成一體，而筆力矯健，詞氣老蒼，喜躍之意浮動筆墨間。

吴廣霈墨眉批集評“李云”：李批得之。

沈巖眉批詩後錢謙益箋注：兩京克復，上皇還宫，正臣子欣幸之時，安有預操移宫之事，而加以誹刺乎？牧齋所箋，欲比之商臣、隋廣，未免深文，少陵忠愛，必不若是。

重題鄭氏東亭在新安界

方拱乾評：匀雅。

錢陸燦丁本評：幽情逸致。

屈復評：第三句真景險景，從無人能寫。

題張問陶墨眉：上六亭前佳景，末言遊罷晚歸也。

陳治墨眉：豪健。

吴廣霈墨眉：清穩，結句尤妙。

黎維樅紅眉：《鏡銓》編此詩在《洗兵馬》後，注云“此詩明是亂後無人之景，一片荒凉，且注‘在新安界’四字，當亦自東都返華時作”，“曰重題者，或先有詩而今逸之”。按：此當是乾元二年詩。

華亭入翠微，（**王鄰德紅旁**）見亭幽深據山之勝。**秋日亂清輝。**

（奚禄詒甲本眉、乙本墨眉）“亂”字從上“翠微”生出。（王鄰德紅旁）時日之美。**崩石欹山樹，**（俞瑒甲本評）亭枕山。**清漣曳**（奚禄詒乙本墨旁）音衣。**水衣。**（俞瑒甲本評）亭瞰水。（張雝敬墨旁）句句有眼，是刻意求工之作。（王鄰德紅旁）二句登亭所見。○水衣，萍苔之屬。**紫鱗衝岸躍，**（俞瑒甲本評）承“水”。（奚禄詒甲本旁）承四句。（王鄰德紅旁）貼“水”。**蒼隼**（奚禄詒乙本墨旁）音筍。**護巢歸。**（方拱乾評）生結。（俞瑒甲本評）承“樹”。（奚禄詒甲本旁）承三句。（王鄰德紅旁）貼“樹”。（王鳴盛墨眉）“衝岸”“護巢”寫出魚鳥精神。**向晚尋征路，殘雲傍馬飛。**（俞瑒甲本評）承“秋日”，收。（奚禄詒甲本旁）賦也。（錢載評）結是順疊。（吴廣霈墨尾）結句秀勁。（王鄰德紅旁）晚歸之景。（王鄰德墨眉）一“尋”字襯出翠微深邃。

【彙評】

張學仁參定：“欹”字、“曳”字、“衝”字、“護”字，開詩家煉字法。

王鄰德墨尾：畢致中曰：此詩得力處，全在詩腰數字，能使全首改觀。著一“欹”字，如見巉岩參錯。著一“曳”字，宛然藻荇交横。曰“衝岸”，曰“護巢”，則跳突排涌，惟恐墮岸，急飛疾赴，惟恐失巢，並魚鳥精神，俱爲寫出。此詩家煉字法也。

新安吏收京後作。雖收兩京，賊猶充斥

方拱乾評：古。兩吏、三别膾炙人口，其中曲直婉刻，各情各體各意亦自不同。

錢陸燦甲本眉、乙本墨眉：此等詩俱祖《木蘭》等古詩來。

汪琬乙本評：樂府遺音，擬欲節數語，使之緊湊。

宋犖紅眉：王深父云：古者遣將，有推轂分閫之命，今棄師於敵

也，虐至於無告，其君臣豈不可刺哉？子儀猶寬度德衆，故卒美焉。○事取乎新，文從乎古，絶作也。

方貞觀墨眉："縣小更無丁"以下至"青山猶哭聲"，新安吏之語也。"莫自使眼枯"至末，行客之語也。

奚禄詒甲本眉：相州之敗，由於肅宗以魚朝恩爲觀軍容，統攝郭、李，所以敗也。

奚禄詒甲本旁：尋安慶緒爲史思明所殺。○此八庚、十一真及青、蒸、侵通用之韻。

奚禄詒乙本紅眉：公集中獨無哀睢陽之詩，必是遺逸耳。

奚禄詒乙本墨眉：相州之潰，由於肅宗以魚朝恩爲觀軍容，統攝郭、李，所以敗也。相州，今之彰德府。

盧見曾紅旁：張綖曰：此等詩不專是刺。蓋兵者凶器，聖人不得已而用之，故可已而不已者則刺之，不得已而用者則慰之哀之。若《兵車行》、前後《出塞》之類，皆刺也；若《新安吏》之類，則慰也；《石壕吏》之類，則哀也。然天子有道，守在四夷，則所以慰哀之者，是亦刺也。

曹炎旁：收京後作。雖收兩京，賊猶充斥。

朱方藹紅眉：樂府遺音。

徐松紅眉：陸時雍曰：少陵五古精矣，刻矣，高矣，卓矣，然而未齊於古人者，以意勝也。意死而情活，意近而情遠，意遠而情神。假會以《古詩十九首》與少陵作，便是首首皆意假會；以《新安》《石壕》諸什與古人作，便是首首皆有神往神來，不知而至之妙。

陳治墨旁：樂府遺音。

魯一同評：按：公舊宅在東郡土婁莊，乾元二年六月由左拾遺出爲華州司功，冬間至東都，故鄉已毀，所以明年回華後有秦州之行也。《三吏》則途中目擊之事，《三别》則大都故鄉殘後見聞所及，故言之親切乃爾。

張裕釗眉：昔人謂《古詩十九首》驚心動魄，子美深得此秘。《三吏》《三别》，尤其至者。

嚴復墨眉：此下六詩皆言相州師潰後事。

嚴復墨旁：新安，隋縣，貞觀二年，屬河南府。

吴廣霈墨眉：《三吏》《三别》皆與前、後《出塞》相表裏，杜集中傑作，天壤間至文也。

沈巖旁：不曰關以内，而曰"新安"，不曰詔書，而曰"府帖"，諱之也。

沈巖旁：以下六詩皆言相州師潰後事。

佚名己紅眉：一字一淚。

客行新安道，喧呼聞點兵。借問新安吏，縣小更無丁？（**奚禄詒甲本眉**）"縣小"以下皆借吏口中以慰其丁夫，詞甚悲惋，又一格。（**嚴復墨眉**）唐制：人有丁、中、黄、小之分，十八以上爲中男，廿三以上乃成丁。府帖昨夜下，（**沈巖旁**）古樂府體。次選中男行。（**吕留良紅旁**）字字古色。（**徐昂發評**）無丁選中男，可補史家之缺。（**秦應逵紫旁**）不曰"詔書"，而曰"府帖"，諱之。（**沈巖眉**）十八歲曰"中"。（**沈巖旁**）唐制：十八以上爲中男，二十二成丁。中男絶短小，何以守王城？（**李念慈紅眉**）"中男"二句風人之遺。（**沈巖眉**）"王城"謂洛陽，即下所謂舊京也。肥男有母送，瘦男獨伶俜。（**方拱乾評**）"肥男""瘦男"奇。（**丁耀亢紅眉**）苦。白水暮東流，青山猶哭聲。（**吕留良紅旁**）忍不住。○唐人點綴，忽露本色。（**奚禄詒甲本旁**）語似緩却警。（**沈巖眉批下**）更無送者，徒有白水；雖隔青山，猶聞哭聲也。莫自使眼枯，收汝淚縱横。眼枯即見骨，天地終無情。（**錢陸燦丁本評**）"哭聲直上干雲霄"在咸陽喧市，此哭在白水縣青山中。○云天地不敢斥言上也。（**吕留良紅眉**）怨恨無限，語自渾渾。（**題張問陶墨眉**）悲壯。（**吴廣霈墨眉**）沉痛至此，天地亦當哭矣。

（**張雎敬墨旁**）呼搶無門，肝腸斷裂，而出以旁人之口，説得十分冰冷，更覺十分悲酸。（**沈巖眉**）言天地無情以抒其怨，僕射父兄以寬其憂。**我軍取相州，日夕望其平。**（**奚禄詒甲本旁**）九節度退歸也。（**陳治紅眉**）“取”一作“收”。**豈意賊難料，歸軍星散營。**（**奚禄詒甲本旁**）師潰。**就糧近故壘，練卒依舊京。**（**徐昂發評**）“就糧”數語，皆指郭令留守事。（**奚禄詒甲本旁**）守東都。（**奚禄詒乙本墨旁**）以下慰之，正悲之深也。**掘壕不到水，牧馬役亦輕。**（**奚禄詒甲本旁**）時築二城。（**申涵光甲本評**）“就糧”四語，極苦事却作慰藉語，妙於立言。（**吴錫麒紅眉**）少陵身逢艱厄，每於衰颯中見剥復否傾，意象雖主實臣良而冀望之情□亦不期而然。**況乃王師順，撫養甚分明。送行勿泣血，僕射如父兄。**郭子儀也。（**方拱乾評**）天地無情而僕射如弟兄，可想其光景及無聊輾轉、畏死偷生之情。（**傅山紅眉**）慘極語。（**奚禄詒甲本眉**）肅宗因魚朝恩惡子儀，召還京，士卒涕泣請留。（**方拱乾評**）慰語更悲。（**丁耀亢紅眉**）厚。（**汪琬乙本評**），結語深厚，明郭汾陽爲僕射。（**吕留良紅旁**）得體。（**奚禄詒甲本眉**）慰之甚，正痛之深耳。（**奚禄詒乙本墨眉**）肅宗因魚朝恩惡郭子儀，詔還京師，士卒涕泣請留，故云“如父兄”。（**張雎敬墨旁**）作安慰語，益深痛切。（**申頲藍眉**）美中有規，僕射即欲不作好人不可得。（**朱方藹紅眉**）結語深厚，時郭汾陽爲僕射。（**沈伯沆紅眉**）愈慰之而愈可哀。（**沈巖眉**）“僕射如父兄”，此汾陽所以收再造之功也。更思侯景，此僧辯所以身敗而國隨之也。

【彙評】

方拱乾評：兩吏、三别同一局，復各成一局，純是漢魏，却無一字是漢魏，所謂得其神，不襲其貌。

錢陸燦丁本評：此數詩得之王粲《七哀詩》，即目前實事實情，寫得出便是樂府，可稱絶調。〇古宕樸老，事取乎新，文從乎舊，得古人引事諷諫之義。

題張問陶墨眉：説得愷至動情。○自此篇以下，述當時征戍之苦，其源出於變風變雅，而植體於蘇、李、曹、劉之間。

嚴復墨眉：句句作寬警語，而沉痛益至。

吴廣霈墨尾批集評"李云"：此等詩並無凑句，何可節也？

沈巖尾：諸詠身所見聞事，運以古樂府神理，驚心動魄，疑鬼疑神，千古誰能措手？

石壕吏

方拱乾評：古。全從樂府中來，却無一字摩樂府。

丁耀亢紅眉：古詩。

錢陸燦甲本眉：董曰：石壕離陜不一舍。

錢陸燦乙本紅眉：過石壕離陜不一舍。

錢陸燦丁本評：古樸勁直。○豈無實事實言，要寫得出，話得好。

汪琬乙本評：急弦則響悲，促節則意苦，最近漢魏。○末段言嫗從吏去，老翁夜歸，公天明登途，獨與翁别也。

吕留良紅眉：古樸可諷。

屈復評：四句本是"老婦出門看"，"看"與"人"正是古韻，秀才不通古韻，遂以爲不叶，改"門"字爲韻，誤矣。①

奚禄詒甲本眉：《新安》《石壕》二首皆從吏與歸口中説，所以不爲議論。○讀其詞，亦如聞其幽咽耳。○"聽婦"以下十四句皆作婦語。

---

① 校注：此批語杭本闕"四句本是'老婦出門看'"一句，後面文字亦有不同，作："'看'與'人'是古韻。《[讀]杜心解》不通古韻，以爲不叶，改爲'出看門'叶韻，誤矣。"

奚禄詒甲本旁：賦也。○有漢氣骨。

奚禄詒乙本墨眉：石壕在新安之西。澠池有二崤，東爲土崤，西爲石崤，太王遷岐，即築之。

奚禄詒乙本墨旁：有漢風格。

盧見曾紅旁：李因篤曰：響悲意苦，最近漢魏。

盧見曾墨旁：王嗣奭曰：夜捉夜去，何其急也。此婦倉卒之際，既脱其夫，仍免其身，具此智謀膽略，真可謂女中丈夫。而公詩詳述之，已洞知其意中曲折矣。

朱方藹紅眉：急絃則響悲，促節則意苦，最近漢魏。○先輩云役及婦人則更慘於閭左矣。

題張問陶墨眉：其事何長，其言何簡，"吏呼"二語，便當數千言。文章家所云要會，以去形而得情，去情而得神故也。○古者有兄弟，始遣一人從軍。今驅盡壯丁，及於老弱。一家之中，父子、兄弟、祖孫、姑媳，慘酷至此，民不聊生極矣，唐祚亦岌岌乎哉！

陳治墨眉：俞云："看"字古韻自通。○汪云：急弦則響悲，促節則意苦，最近漢魏。○先輩云：役及婦人，則更慘於《新安吏》矣。

魯一同評：庚申重校加三圈。

秦應逵紫旁：或疑"門看"爲不叶，不知真、文、元、寒、删、先同收上齒音，古詩如此叶者，多矣。

沈伯沆紅眉：《日知録》謂：下二句無韻。錢竹汀《養新録》謂：寒、桓與魂、痕古韻本通，是也。《彭衙》二十三韻，其十六韻在寒、桓、删、先、仙部，其七韻在真、文、魂部，參錯用之，絶非换韻，正與此同。

沈巖旁：兼點中男，故曰"室中更無人，惟有乳下孫"。○"泣幽咽"者，婦思其姑也。面面寫到。

暮投石壕村，有吏夜捉人。老翁逾墻走，(張雝敬墨旁)出相。老婦出門看。(吕留良紅旁)不整不韻，正是古意。(奚禄詒甲本眉)人，如延切。看，丘虔切，在一先中。《毛詩》有此。(申涵光甲本評)起四句樸甚。"老婦出門看"句不用韻，不知何故？(沈巖眉)蘇潤公本作"出看門"，蓋疑"看"字爲不叶，不知真文、元寒、山先同收上齶音，古詩如此爲叶者多矣。近世名儒又或疑此句爲無韻，更拘滯也。(王鳴盛墨眉)蘇潤公本作"出看門"。吏呼一何怒，婦啼一何苦。(李念慈紅眉)鬼神可泣。(張雝敬墨眉)本"嗁"字，今作"啼"，乃即"啻"字，其誤久矣。聽婦前致詞，三男鄴城戍。(奚禄詒乙本墨眉)讀其詩，亦如聞其幽咽。(奚禄詒乙本紅旁)此婦言。一男附書至，二男新戰死。存者且偷生，死者長已矣。(吕留良紅旁)著二句，覺勢駿。室中更無人，惟有乳下孫。(佚名己紅眉)此語痛心。有孫母未去，(魯一同評)一作"孫有"。出入無完裙。(張雝敬墨旁)不是訴其貧，見得如此模樣，自不便應役，唯有自己請得耳。(沈巖眉)"無完裙"則喪亂時尚有裙也，然猶不可以出入。今太平無事，而長淮以北，婦人多不穿裙，乃金元以後習俗，唐宋之盛，惡有是哉！老嫗力雖衰，請從吏夜歸。(吕留良紅旁)豈無實事？實言要寫得出，話得好。急應河陽役，猶得備晨炊。(奚禄詒乙本紅旁)婦言止此。夜久語聲絶，如聞泣幽咽。(沈伯沆紅眉)慘甚。天明登前途，獨與老翁别。(方拱乾評)結法。(錢陸燦乙本墨尾)言其道也，老翁則逾墻走矣。(吕留良紅眉)結更痛絶。(吴錫麒紅眉)是目擊事，"獨與老翁别"一語皦明。(盧見曾墨旁)婦隨吏訴官，故其媳泣聲；吏驅婦夜去，故其夫曉回。前途别乃公與之别，非婦與翁别也。(吴士模墨眉)結句妙極。(奚禄詒甲本旁)賦也。

【彙評】

錢陸燦丁本評："獨與老翁别"則老嫗之去可知，此下更不添一語，是古樂府節奏。〇此數詩得之王粲《七哀詩》“路遇飢婦人，抱子棄草間”語意。公更推擴出來，道盡當時戍役之苦，驚心動魄，使讀者噤聲，可以嗣音變雅。

朱方藹紅眉：末段言嫗從吏去，老翁夜歸，公天明登途，獨與翁别也。

陳治紅眉批箋注後：按《九域志》及《輿地廣記》，石壕作崤縣，唐改爲峽石。

魯一同評批《心解》“其地在河以南”：浦説甚長。

吴廣霈墨眉：劍按：此當是言老嫗與翁别耳。李云公與翁别，恐誤。

沈巖眉：古者有兄弟，始遣一人從軍。今盡彼壯丁，及於老幼婦女，民不堪命矣。

潼關吏

方拱乾評：是六朝漢魏而摯遇之。〇六朝寓託，而公則直而真。〇老質。〇似晉人吻。〇堅甚，痛甚。

錢陸燦甲本眉、乙本墨眉：方曰：公在羌村聞收京之信，即往長安朝參，過潼關而有此作。“連雲”八句乃關吏口中語。如此形勢，止宜固守，敵自不能入，而哥舒玩敵輕戰，致喪百萬之衆，傷哉，傷哉！

錢陸燦丙本評：錢云：公在羌村聞收京之信，即往長安朝參，過潼關而有此作。

奚禄詒甲本眉：哥舒翰固守潼關，楊國忠疑其圖己，趣之戰，遂敗。士卒之勞，只一句了了。

奚禄詒甲本旁：以下三首皆克復東西京後之事。

奚禄詒乙本墨眉：士卒之勞，只首句便止，下但言關險可守，趨歸結句也，怨在歌舒矣。

盧見曾紅旁：以叙述爲議論，漢魏每有此體。“連雲”句以下皆吏答詞。以末爲答吏者，非也。

汪琬乙本評：以叙述爲議論，自見手筆。○“連雲”以下，直以吏答終篇，與漢人《董嬌嬈》篇用花謝彼姝同法。

李念慈紅眉：此等詩詞，氣雖無甚奇拔處，而其中諷刺規戒大有關係，謂公詩爲史，正在此等，不可忽過。

朱方藹紅眉：以叙述爲議論，自見手筆。

題張問陶墨眉：潼關之敗，由楊國忠促戰所致，使堅壁固守，長安可保無恙。此詩眼目在“胡來但自守”一句，其云“修關還備胡”，是歎焦頭爛額後而爲曲突徙薪計也。

陳治墨眉：草草，用力貌。○汪云：“連雲”以下，直以吏答，終篇與漢人《董嬌嬈》篇用花謝彼姝同法。○俞云：守關以人不以險，桃林之戰，非不憑險也，哥舒老將用之，不得其道耳。

士卒何草草，（**汪琬丙本評**）草草，用力貌。築城潼關道。（**奚禄詒甲本旁**）乃增脩也。（**奚禄詒甲本旁**）關西一里有潼水。（**嚴復墨眉**）前二用《詩》“勞人草草”。大城鐵不如，小城萬丈餘。（**汪琬甲本紅眉**）《世説》云：湯池鐵城，無可攻之處。（**沈巖旁**）高與厚，二句中互見之。借問潼關吏，修關還備胡？（**沈巖眉**）能守潼關，尚恐自河東徑渡，無補西都之存亡，况如哥舒之不能扼險乎？但“自守”句又暗藏一面議論在。要我下馬行，爲我指山隅。（**奚禄詒甲本眉**）其險如此，哥舒翰自棄之也。○不言築關之苦，而但言其險，趨歸末句也。（**奚禄詒乙本紅旁**）以下十二句皆在吏口中。連雲列戰格，（**吳廣霈墨眉**）戰格，防堵之物，古今各有不同，不必强定爲何物也。（**沈巖旁**）即戰栅。（**佚名己紅眉**）“連雲”下八句述關吏之苦也，此亦樂府體。飛鳥不能逾。（**錢陸燦丁本評**）八句乃關吏口中語。如此形勢,正宜固守,敵自不能入也。(**朱方藹紅眉**)"連雲"以下直以吏答,終篇與漢人《董嬈嬌》用花謝彼姝同法。**胡來但自守,豈復憂西都。** **丈人視要處,**(**李以峙墨眉**)(丈人)按"大",形訛。(**吴廣霈墨旁**)此托吏口稱自己也。**窄狹容單車。**(**奚禄詒乙本墨眉**)馬散華山之陽,潼關是也;牛放桃林之野,靈寶西原是也。(**李以峙墨眉**)(窄狹)按"穿",亦形訛。**艱難奮長戟,千古用一夫。** **哀哉桃林戰,**(**奚禄詒甲本旁**)哥舒遇賊將於靈寶西原,即桃林也。**百萬化爲魚。**(**奚禄詒甲本旁**)上誅哥舒,下戒覆轍,史筆也。**請囑防關將,慎勿學哥舒。**(**方拱乾評**)四句結一首,末二句又結"哀哉"二句。(**奚禄詒甲本眉**)馬散華山之陽,潼關是也;牛放桃林之野,靈寶西原是也。秦函谷關在焉。(**奚禄詒甲本旁**)賦也。(**嚴復墨眉**)桃林,今陝西靈寶西原。○案《哥舒翰傳》,翰次靈寶西原,爲□正乘舟相□□墜黄河者數萬人,故云"爲魚",非趁韻也。(**沈巖旁**)言宜守,不可輕戰。

【彙評】

錢陸燦乙本墨旁批錢箋"翰不得已撫膺慟哭……":翰此時請固守,與其死於安禄山,何如死於死守?

陳治墨尾:錢云:此在收京後往長安朝參,過潼關而作。

沈巖尾:若似哥舒築城,何爲潼關天險不得其人爲守將,無事此勞費。

魯一同評批《心解》引《杜闡》處:《杜闡》之説,不爲無見,上云"胡來但自守",下云"哀哉桃林戰"。"戰""守"二層,明明相形,此時九節度師潰相州。○郭公斷河陽橋,東都危在旦夕,故急爲守關之備。

新婚别

方拱乾評:真正樂而不淫,哀而不傷。○古。此篇口吻獨嬌婉,神肖,神肖。似六朝漢魏諸什,入其胎骨釀結,而衝口出之,非有意也。○五言古妙在直,公却以曲爲直;妙在樸,公却以深高縱横爲樸。讀此數首,方見公之融會漢魏精髓而不假其衣冠,遂令漢魏退位。

丁耀亢紅眉:《三百篇》。

錢陸燦甲本眉、乙本墨眉:方曰:此詩起結俱用比興,大似漢人樂府,新婦送别之言,怨而不失其正,真得《三百篇》之遺。浪放人曰:"未分明"三字,人往往看過,此寫出新婚未成人之狀,多少艱難羞澀,一篇精神,此其頰上三毛乎?

錢陸燦丁本評:此詩起結俱用比興,大似漢人樂府,新婦送别之言,怨而不失其正,風人之旨。

汪琬乙本評:既用新婦自言,則暮婚晨别,義宜含蓄,而發乎情,止乎禮義,得風人之正焉。○删四句,更覺渾然。

汪琬丙本評:人情所難言,寫得曲折詳至,凡七轉,愈轉愈深,知禮達命,情真態得。

李念慈紅眉:怨傷不迫,所謂温柔敦厚詩教也。

吕留良紅眉:古雅蒼邁,情深態。將此篇置之漢魏間,亦自峥嶸。

嚴虞惇紅眉:起結俱用比興,似漢人樂府。

方貞觀墨眉:先王之政,新有婚者免其役。此云"新婚别",是明明怨王政之不古。詩則發乎情,止乎禮義,怨而不怒,《三百》之遺也。

題商盤紅眉:起結比興,筆法妙絶,"勿爲新婚"以下,發乎情,止乎禮義,何減《三百篇》之旨。

題商盤紅旁:起意謂兔絲當附松柏,而乃附蓬麻,爲不得其所矣。

盧見曾紅眉:讀《東山》之四章,曰"其新孔嘉,其舊如之何",曲盡人情如此,此王者之以人道使人也。暮婚晨别,民之不幸,非上之過耶?然而發乎情,止乎禮義。甫之立言,與風雅何以異哉?真德秀曰:先王之政,新有婚,期不役政。此詩所怨,盡其常分,而能不忘禮義。羅大經曰:《國風》"豈無膏沐,誰適爲容",蓋古之婦人,夫不在家,則不爲容飾,此遠嫌防微之意也。杜詩云"羅襦不復施,對君洗紅妝",尤可悲矣。《國風》之後,唯杜陵不可及者,此類是也。朱鶴齡曰:陳琳《飲馬長城窟行》設爲問答,此《三吏》《三别》諸篇所自來也。而《新婚》一章叙室家離别之情,及夫婦始終之分,全祖樂府遺意,沉痛更爲過之。

題張問陶墨眉:篇中"君"字凡七見,頻頻呼之,幾於一聲一淚。

奚禄詒甲本眉:起興得《三百篇》遺意。○若令元、白爲之,必做出"春風桃李花開夜,秋雨梧桐葉落時"之調矣,由其不知理耳。

奚禄詒甲本旁:有關風教。

奚禄詒乙本墨眉:王深義云:先王之政,新婚期不役政,出於刑名,則一切便事而已。此詩所怨盡其常分,而能不忘禮義,爲足録也。

奚禄詒乙本墨旁:有關風化之章。

陳治紅眉:發乎情,止乎禮,固是《三百篇》之遺。

沈巖眉:與《東山》"零雨"之詩並設,時之盛衰可知也。

王鳴盛墨眉:《杜詩分類》已屬不通,而此詩乃入在姻戚類中,真不通之至矣!

兔絲附蓬麻,引蔓故不長。(**吕留良紅旁**)略爲比興,便露感慨。(**奚禄詒甲本旁**)在草爲菟絲,在木爲女蘿。"蓬麻"與"征夫"。(**吴錫麒紅眉**)引起正意,方言哀而已悲,得詩人興體。嫁女與征夫,不如棄路傍。(**傅山紅眉**)婉折詳至,聲淚俱下。(**吕留良紅旁**)只二句,恨極。(**張

雖敬墨旁)有調有法,神足氣足,調法在詞意之中,神氣在字句之外。(**佚名己紅眉**)苦正説不出。**結髮爲妻子,**(**嚴虞惇紅旁**)以下俱女子之詞。**席不暖君牀。**(**吕留良紅旁**)閨怨凄惻,如聞哀訴。(**奚禄詒甲本旁**)以下皆在婦口中。**暮婚晨告别,**(**奚禄詒甲本旁**)申上句。**無乃太匆忙。君行雖不遠,守邊赴河陽。妾身未分明,**(**奚禄詒甲本眉**)"未分明"指暮婚晨别。(**吴士模墨眉**)"未分明"妙極難言。**何以拜姑嫜?**(**吕留良紅眉**)六句人情所難言處,説得痛快!(**嚴虞惇紅眉**)"未分明"三字寫出新婚未成人,多少艱難羞澀之狀。(**奚禄詒乙本紅眉**)"未分明"指暮婚晨别。**父母養我時,**(**沈巖眉**)"父母"以下專寫别,故又將"新婚"一唤。○丙子。**日夜令我藏。**(**吴廣霈墨眉**)"臧"誤作"藏",大謬。"臧"者,善也,言父母夜望我之嘉善也。(**李以峙墨眉**)(日夜)按作"月"大謬,此形似之誤。**生女有所歸,雞狗亦得將。**(**吕留良紅旁**)本是俗諺,却成古句。(**徐昂發評**)言疛時亦得將以俱往也。(**魏源評**)"勿爲"二句特申"欲隨君去"之義,而解者以爲勉勵其先知大義處,附會語横隔氣脈,凡讀杜詩,處處欲牽合,公一生忠義,此正膠固之見也。**君今往死地,**(**方拱乾評**)"死"字虚,猶言黑白髮也。"死"字活得妙。(**沈巖眉**)"君今往死地"以下,層層轉换,皆發乎情、止乎禮義之語,真得《國風》之旨,所謂"言奪蘇李,氣吞曹劉"者,洵非虚美。**沈痛迫中腸。**(**題張問陶墨眉**)以下層層轉换,發乎情,止乎禮義,得《國風》之旨。(**沈巖眉**)句句是新婚,詞意不在□字。○庚辰。**誓欲隨君去,形勢反蒼黄。**(**嚴復墨眉**)"形勢反蒼黄"句未穩,"反"字可商。(**沈巖眉批下**)"蒼黄"與"倉皇"同。**勿爲新婚念,**(**李以峙墨眉**)(勿爲)按,改字非。**努力事戎行。**(**厲鶚評**)纏綿中忽作壯語。(**吴錫麒紅眉**)與《小戎》詩對看,是皆止乎禮儀而得性情之正。温柔敦厚,此方不愧。(**秦應逵紫旁**)發乎情,止乎禮義。(**奚禄詒乙本墨眉**)使元、白爲之,必做出"春風桃李花開夜,秋雨梧桐葉落時"之調矣,由其不知理耳。**婦人在軍中,兵氣恐不揚。**(**丁耀亢紅眉**)厚。(**吕留良紅眉**)此一轉更有力量，它詞家見不到此。（**吕留良紅旁**）用事無迹。（**吴士模墨眉**）“婦人”句緊接“隨君”去，“却將”句爲新婚念，十字隔斷，妙有離合。（**佚名己紅眉**）句句苦，唐人征婦詩無出此矣。**自嗟貧家女，久致羅襦裳。**（**奚禄詒甲本眉**）終篇八轉曲。**羅襦不復施，對君洗紅妝。**（**徐松紅眉**）羅大經曰：即“誰適爲容”意。《國風》之後，惟杜陵不可及者，此類是也。**仰視百鳥飛，**（**奚禄詒甲本旁**）入此二句，脈纔不急促。**大小必雙翔。**（**奚禄詒甲本眉**）折盡情。（**秦應逵紫旁**）以比興結，應前。**人事多錯迕，**（**奚禄詒甲本旁**）人不如鳥。**與君永相望。**（**錢陸燦甲本尾、乙本墨尾**）古詩結法。（**奚禄詒甲本旁**）末句致望，語更凄。（**奚禄詒甲本尾批**）賦也。孔子删詩，必首取老杜。（**奚禄詒乙本紅眉**）末句致望，更慘。

【彙評】

錢陸燦丁本評：亂離之際，有此知禮之人，亦“哀而不傷，怨而不怒”之遺。“洗紅妝”即“誰適爲容”意。

題張問陶墨眉：蔡琰《笳曲》：“我與兒兮各一方，日東月西兮徒相望。”陳琳《飲馬長城窟行》設爲問答，此《三吏》《三别》諸篇所自來也。而《新婚》一章，叙室家離别之情，及夫婦始終之分，全祖樂府遺意，而沉痛更爲過之。〇《東山》詩云：“其新孔嘉，其舊如之何？”先王曲體人情如此，讀公此詩，蓋念范氏人道使民之説。

王伯沆紅眉：怨而不怒，節義何讓《三百》？

張䍿敬批：漢時古詩，即是樂府，魏晉已降，乃分爲二。唐時樂章率用絶句，其五言長篇及長短句、歌行，概不入樂府，故止目爲古詩，而樂府之名忘矣。然作者於名題下筆時，其古詩、樂府，體制原自有别，較若黑白，不可得而亂也。大約樂府句可入古詩，古詩句斷不可入樂府，此其概已。如《三吏》《三别》，的是樂府，政不得混以古詩目之。分别體裁，是作詩第一要。余每欲將老杜諸古詩，以類相衡，清其體制而未逮，故於此略言之。

垂老别

方拱乾評:古。

錢陸燦甲本眉:《石壕》婦别老翁,此老翁别老妻。

錢陸燦丁本評:《石壕》婦别老翁,此老翁别婦也。○老人强作壯語,悲甚。中間老妻一段,正爲垂老點綴。

汪琬乙本評:語足起哀。○“幸有齒牙存”二句,閑話也。“孰知是死别”與“此去必不歸”意複,且接上太緊,并删去。

李念慈紅眉:言下愈悲壯,言外哀怨愈深。

嚴虞惇紅眉:此數詩大抵得之王粲《七哀》。

方貞觀紅旁:“男兒既介胄”以下殊欠緊策,抑且眉目不清。

奚禄詒甲本旁:此一先與上平、下平通用。

盧見曾紅旁:王粲《七哀》實此詩之權輿。古詩“十五從軍征”一首,則《無家别》所自出也。胡夏客曰:《新安》《石壕》《新婚》《垂老》諸詩述軍興之調發、寫民情之怨哀詳矣,然作者之意,又不止此。國家不幸多事,猶幸有繕兵中興之主。上能用其民,下能應其命,至殺身棄家不顧,以成一時恢復之功。故娓娓言之,義合風雅,不爲誹謗耳。

陳治墨眉:《新昬[婚]》燕婉之情,《垂老》激昂之氣,寫來各自入情。

四郊未寧静,垂老不得安。(**吴士模墨眉**)語足起哀。子孫陣亡盡,(**奚禄詒甲本旁**)慘極。(**申頲藍眉**)“盡”字凄然。焉用身獨完?(**奚禄詒乙本墨眉**)“老”者亦爲甲胄,致閭左之戍更甚。投杖出門去,

(申涵光甲本評)"投杖出門去",畫出老人激憤。然以此等人作戍卒,草草塞責,兵政可知。同行爲辛酸。(奚禄詒甲本旁)老當益壯也。幸有牙齒存,所悲骨髓乾。男兒既介胄,(佚名戊紅眉)介胄之士,不拜周亞夫。長揖别上官。(吕留良紅旁)悲壯。(題張問陶墨眉)"介胄""長揖"猶帶倔强意氣。(奚禄詒乙本紅旁)故作壯語。(張雝敬墨旁)極寫痛憤,不是壯烈。(沈巖旁)旁襯"别"字。老妻卧路啼,歲暮衣裳單。(傅山紅眉)一字一血。(錢陸燦乙本墨旁)此下叙其去時之語。(吕留良紅眉)死生衣食,反露傷感,只是一意,下二句,較警策。(申頲紅眉)二語自佳,然覺氣緩事□省之,更凄緊。孰知是死别,(傅山紅旁)妙。(沈巖旁)"孰"與"熟"同。(沈巖眉)"孰知"四語,互相慰藉,而又減去問答之詞。且復傷其寒。(方拱乾評)狠苦。○"傷其寒",翁傷妻也;"勸加餐",妻傷翁也,竟陵草草讀過。説到"還聞勸加餐"已刻骨到十分,更無可著語着想矣。所以轉"土門"四句,又盡矣,所以又轉"人生"數句。結緒之妙,操縱死活,雖變化□,却有一天然之緒。(奚禄詒甲本眉)互惜飢寒,一字一泣。(申涵光甲本評)"孰知是死别,且復傷其寒",是從古傷心盡頭語。(徐昂發評)"傷其寒",夫傷妻也;"勸加餐",妻勸夫也。(沈伯沆紅眉)慘痛乃至此。(張雝敬墨旁)真不忍讀。(佚名己紅眉)痛極。此去必不歸,還聞勸加餐。(傅山紅旁)再著此句,並上句亦不妙。(申涵光甲本評)"此去必不歸,還聞勸加餐",去此二語,更覺凄緊。(吴錫麒紅眉)曲折而達,筆妙如環,讀至此真令鐵石傷心。(嚴復墨眉)處處作慰語,而悲痛彌至。即聲情亦覺敦厚,合於風人之旨。此與《新安吏》同法。土門壁甚堅,(方拱乾評)此一轉妙。(奚禄詒甲本旁)即井陘。(奚禄詒甲本旁)太行有九陘,井陘乃第五陘。杏園度亦難。(奚禄詒甲本旁)在汲縣。(奚禄詒甲本眉)"土門"四句寬解其妻,以下又自爲寬解,終之以决絶。(魯一同評)每律以實事。勢異鄴城下,縱死時猶寬。(傅山紅眉)説盡,無味。人生有離合,豈擇衰老端。憶昔少壯日,(奚禄詒乙本墨旁)開元時也。

(**沈巖眉**)憶少壯者,思太平也。**遲迴竟長歎。**(**嚴復墨眉**)“憶昔少壯日”十字稍弱,原是屬上段起,似挈起下文,遂不了了。(**奚禄詒乙本墨眉**)互惜飢寒,一字一泣。**萬國盡征戍,烽火被岡巒。積屍草木腥,流血川原丹。**(**吴錫麒紅眉**)沉痛時事可知。**何鄉爲樂土? 安敢尚盤桓! 棄絶蓬室居,塌然摧肺肝。**(**奚禄詒甲本旁**)賦也。

【彙評】

題張問陶墨眉:結有敵愾勤王意。〇《周禮》卿大夫之職,其所任者,其老者皆舍。勾踐伐吴,有父母耆老、無昆弟者,皆遣歸。魏公子無忌救趙,亦令獨子無兄弟者,皆歸養。子孫亡盡,老者從戎,如《垂老别》者,亦可傷矣。

無家别

方拱乾評:古。苦在“永痛”句而從前曲折,遂令痛不可支。千古而下作征夫曠女詩,然一字出其範圍乎?

錢陸燦甲本眉:方曰:此鄴城戰敗之卒,幸而苟存,歸其故里也。數詩要得之王粲《七哀》“路遇飢婦人”等句意。

錢陸燦乙本墨眉:方曰:此鄴城戰敗之卒,幸而苟存,歸其故里也。

錢陸燦乙本紅眉:此詩要得之王粲《七哀》“路遇飢婦人”等句。

錢陸燦丁本評:此鄴城戰敗之後,士卒有幸而苟存,歸其故里也。

方貞觀墨眉:《三吏》《三别》,機軸相似。《垂老》《無家》二篇,略欠精警,六章以《新婚别》爲最。公無樂府,此即公之樂府題也。

奚禄詒甲本眉:開口曰“天寶後”,追思甚遠。末曰“何以爲蒸黎”，是誰之咎歟？○自《新安吏》至《無家别》，皆乾元二年九節度□□之事。

奚禄詒甲本旁：通篇皆代本人之語。

奚禄詒乙本紅眉：通章皆帶本人語。

盧見曾紅旁：漢魏樂府，因事立言，言與事比，有風詩遺意。後人轉相仿效，文勝而情隱矣。甫以馳騁今古之才，奮乎前人窠臼之外，隨所感觸，作爲詩歌。《新安吏》諸篇，上繼風雅《陟岵》《鴇羽》之怨，《苕華》《草黄》之哀，殆不是過，非漢魏所得有也。《記》曰：“亡國之音哀以思，其民困。”故曰：音之起，由人心而生，自然以發，音之至也。安史之亂，唐之不亡，幸耳。相州一潰，河陽危迫，驅民從役，勢不得已，然其困亦極矣。甫於行役所經，傷心慘目，上憫國難，下痛民窮。加以所遇不偶，懷抱抑鬱，程形賦音，幾於一字一淚，覺千古不可磨滅。使孔子删《詩》，當在變雅之列，豈復區區字句之間、聲調之末，與他人較工拙哉？

盧見曾紅眉：范温曰：建安詩辯而不華，質而不俚，風調高雅，格力遒壯，得風雅、騷人之氣骨，最爲近古者也。唐諸詩人，高者學陶謝，下者學徐庾。惟老杜、太白、退之皆學建安，晚乃各自變成一家。如老杜“崆峒小麥熟”“人生不相見”，《新安》《石壕》《潼關吏》、《新婚》《垂老》《無家别》、《夏日》《夏夜嘆》，皆全體作建安語。今集第一、第二卷中頗多，退之亦多此體，但頗自加新奇。太白多建安句法而罕全篇，多雜以鮑明遠體。前輩皆留意於此，近來學者遂不講耳。

厲鶚評：少陵新樂府即時事以命題，眼空千古，繼風雅之後，惟公一人而已。

陳治紅眉：《石壕》《新婚》《垂老》等篇情已慘矣，然尚有父母妻子，彼此相憐，惜至此則孑然一身，其慘痛百倍常情。

魯一同評：“雖從本州役，内顧無所攜”，寫無家已足。“近行止一身”，即上“無所攜”也，妙由“近”字生出“遠”字，用排宕遞下之句，見雖無家亦畏遠别，隨加一轉，遠近一揆，以家鄉既盡，故情思紆鬱，文執回復。

吴廣霈墨眉：此等新樂府，不落一毫模仿，前人陳陳相因之作，筆墨沉著新穎，脱盡舊調，而又絶不傷雅，非老杜大家，何能爲之！後之白香山雖極力仿效，而才力薄弱，不如遠矣。

沈巖眉：自天寶以後，困於徵發，逃亡已多，及禄山亂後，則生民略盡矣。發端原其本始言之。

寂寞天寶後，園廬但蒿藜。（**奚禄詒甲本旁**）玄宗之過。（**奚禄詒乙本墨眉**）開口曰“天寶後”，追思正遠。末曰“何以爲烝黎”，是誰之咎歟？我里百餘家，（**李以峙墨眉**）（百餘家）按正是村落光景，“萬餘家”恐太多。世亂各東西。（**錢陸燦甲本旁**）言其世處，不然非獨“吾里”。（**錢陸燦乙本紅旁**）言其重處，不然非獨“我里”。（**魯一同評**）雖代無家者之詞，恐即是公舊居婁莊之事。存者無消息，死者爲塵泥。賤子因陣敗，歸來尋舊蹊。久行見空巷，日瘦氣慘凄。（**方拱乾評**）日何以瘦？（**汪琬甲本紅眉**）日瘦。（**申頲藍眉**）“日瘦”真古樂府，最奇奥，字面荒凉，空巷中的的是此氣象。（**張雝敬墨旁**）一路無人，荒凉在目。（**沈巖眉批下**）日瘦，言其光之薄也。但對狐與狸，竪毛怒我啼。（**吕留良紅旁**）虚景。（**沈巖眉**）狐狸敢於鼓怒向人，則已成鬼窟可知也。四鄰何所有，一二老寡妻。（**吕留良紅旁**）實景。宿鳥戀本枝，安辭且窮棲。（**魯一同評**）句法磬折。方春獨荷鋤，日暮還灌畦。縣吏知我至，召令習鼓鞞。（**申頲藍眉**）寂寞無聊光景在目。（**題張問陶墨眉**）語意輾轉悲痛。（**奚禄詒乙本墨旁**）還饒不過。（**沈巖眉**）方欲斬刈蒿藜，而復召習鼓鞞，孑遺僅存，何從得食？生民之窮，至此真無所復之也。雖從本州役，内顧無所攜。（**奚禄詒甲本旁**）六句五轉。（**嚴復墨眉**）“無所攜”猶言無睽離。○"雖從"以下三韻,從"召習鼓鞞"發論,意謂有家之人則當以近爲喜,以遠爲悲,至於無家之人,於遠近何擇乎?意極精警,惜乎其辭不甚達也。○以母死坐實無家。**近行止一身,遠去終轉迷。**(**吕留良紅眉**)怨歌委屈,自感自遣,寫情入骨。(**申頲紅眉**)寫得無家人毫髮俱盡,思神可泣。(**厲鶚評**)强作達語,轉覺其悲。(**題張問陶墨眉**)轉作曠達語,彌見沉痛。**家鄉既盪盡,遠近理亦齊。**(**徐松紅眉**)歸愚曰:轉作曠達語,彌見沉痛。(**王伯沆紅眉**)"無家"一字寫盡。**永痛長病母,五年委溝谿。生我不得力,終身兩酸嘶。**(**吴錫麒紅眉**)是孝子役行諸章化出,寫無家意真是渾成。(**張雖敬墨旁**)鮮民之痛,奚翅《蓼莪》。(**佚名己紅眉**)有聲有淚。**人生無家别,何以爲蒸黎?**(**方拱乾評**)"何以爲"三字妙,細看妙處全在轉。今人襲漢魏直承無情,是謂漢魏之賊。(**錢陸燦乙本墨旁**)二句詩人微之之詞。(**錢陸燦丙本評**)錢云:末二句詩人微之之詞。(**汪琬甲本墨眉**)鍾云:即《小雅》"民靡有黎"意,翻得纖妙。(**汪琬丙本評**)怨歌委曲,自裁自遣,入情入骨。(**吕留良紅眉**)聲氣俱當。(**沈伯沆紅眉**)至性淋漓,一結所以責有位者深矣。(**沈巖尾**)天下之民,至於不復能有其生,人主安能復有其民哉?結句危痛之甚,無以加也。

【彙評】

方拱乾評:五首同一情而各爲緒,見詩之不襲,用韻如律,一字不通用。

題張問陶墨眉:上章以忠結,此章以孝結,想見杜老胸次。王嗣奭曰:上數篇詩非親見不能作。公往來東都,目擊成詩,若有神使之,遂下千年淚。○《新安》憫中男也,其詞如慈母保赤;《石壕》作老婦語,《新婚》作新婦語,《垂老》《無家》其苦自知,而不能自達,一一刻畫,宛然同工異曲,隨物賦形,真造化手也。

吴廣霈墨尾:别至無家,困窮到極地矣,故杜君之詩亦止於此也。

奚禄詒乙本墨眉：太白以樂府古題言時事，公以時事自作樂府。○自《新安吏》以下至此，及前、後《出塞》，皆公之自爲樂府，首首皆可歌。

贈衛八處士

王鐸評：有古人面貌脚步在。

方拱乾評：公不摹漢魏之貌，而得其神、用其法。此則貌亦是矣。○古。○竟是《十九首》。

錢陸燦甲本眉：董曰：樸於陶令，高於建安。

錢陸燦乙本紅眉：有古人面貌脚步在。○樸於陶令，高於建安。

錢陸燦丁本評：真情真境，頓挫入神。得西漢人風氣，高於建安，樸於陶令。

汪琬甲本墨旁：甫與李白、高適、衛賓相友善，時賓年最少，號小友。

汪琬乙本評：老氣古質，平叙中有岑崎歷落之致。感今懷舊，如風行水上，自然成文，若涉一毫客氣，便成兩橛。

汪琬丙本評：老氣古質，平叙中有岑崎歷落之致。○兩叙兒女，如聞其聲。

吕留良紅眉：此篇甚有古意。

宋犖紅眉：此等詩爲少陵傑作，烜赫千古，正無庸摘句稱佳，特於題上着兩圈以識之，後仿之。

屈復評：通首真情，雖無高遠之致，亦非淺近者所能到。

奚禄詒甲本旁：如《贈韋》及此首纔是正調，不似子美他作之苦。

奚禄詒乙本墨旁：是古詩之正派。

奚禄詒乙本墨眉：是真語者，如語者而欲歌欲哭之情，不獨在作者也。

盧見曾紅旁：仇兆鰲曰：《漫齋[叟]詩話》云，"怡然敬父執"以下，他人須臾有數句。"問答未及已，兒女羅酒漿"，直有抔土障黄流氣象。

錢載評：通首《選》調。

朱方藹紅眉：老氣古質。〇平敘中有岑崎歷落之致。

吴士模墨眉：老氣古質，平叙中有岑崎歷落之致。古質可愛。

題張問陶墨眉：古趣盎然，少陵别調。"問我來何方"下便接"問答未及已"二句，真有抔土障黄流氣象。

陳治紅眉：句句轉。

陳治墨眉：汪云：老氣古質，平叙中有岑崎歷落之致。

魯一同評：古質渾成，不善學者，恐入易境，故已選而復去之。彝按：此詩有韻控語，仍以選爲是。

張裕釗眉：此等詩純任自然，純是清氣往來，然其造句及通體接换處固極精彩。

秦應逵紫旁：雖無遠致，亦非淺近可到。

嚴復墨眉：記七八歲時讀此詩，師言此在杜詩層次最爲分明，極便初學，然其中亦有頓挫叫應，不是順序挨着説也。

人生不相見，動如參與商。（**方拱乾評**）終是公之漢魏。（**奚禄詒甲本眉**）《左傳》：遷閼伯於商丘，主辰，故辰爲商星；遷實沈於大夏，主參，故參爲晉[唐]星。（**黎維樅紅眉**）起得鄭重纏綿。（**黎維樅紅眉批仇注"參商"處**）曹植詩："曠若參與商。"今夕復何夕，（**題商盤紅旁**）接出。（**黎維樅墨旁**）驚喜語。共此燈燭光。（**方拱乾評**）元氣。少壯能幾時？（**題商盤紅旁**）申寫是頓。鬢髮各已蒼。 訪舊半爲鬼，（**李以峙墨眉**）（訪舊)按,作"訪問"便不醒。(**錢陸燦乙本墨眉下**)古詩。**驚呼熱中腸。**(**厲鶚評**)叙故舊親切有味。(**王伯沆紅眉**)非真到極處不能厚也。(**李以峙墨眉**)(驚呼)按,作"嗚呼"不如"驚呼"有神。**焉知二十載,**(**題商盤紅旁**)收入是跌,"焉知"字通貫。四句又爲叙事緣起。(**黎維樅紅旁**)開合今昔。**重上君子堂。**(**奚禄詒甲本眉**)寫得淋漓婉摯。(**吴廣霈墨眉**)婉曲如聆面語,此等詩非天性真摯,人不能爲也。(**黎維樅紅眉**)撫今追昔,有二十年情事在内,正於虚處傳出,妙甚。**昔别君未婚,兒女忽成行。**(**孫承澤墨眉**)清空,一氣呵成。(**錢陸燦甲本眉批**)兩叙兒女。(**黎維樅紅旁**)十字包却二十年。**怡然敬父執,問我來何方。**(**方拱乾評**)看轉法。**問答乃未已,兒女羅酒漿。**(**黎維樅紅眉**)陡接,撇去累贅之句,剪裁净煉。〇蔣云:處士家風宛然。(**錢陸燦乙本紅眉**)兩高兒女。(**再生翁評**)應前兒女。**夜雨剪春韭,新炊間黄粱。**(**李念慈紅眉**)尋常物事點綴,緩氣出口,清雅不留點塵。(**奚禄詒甲本眉**)郭林宗友半夜冒雨剪韭作餅。(**陳治紅眉**)宋子京書作"聞黄粱",非常生動。(**李以峙墨眉**)(新炊)按,"晨"字謬,"聞"字恐亦傳抄之訛。(**吕留良紅旁**)此近體中佳句,古詩有態矣。(**沈巖眉**)雖然倉卒薄設,猶必冒雨剪韭,所以見其慕也。(**沈巖眉批下**)宋子京書作"聞",非常生動。(**佚名己紅眉**)此公得意處。**主稱會面難,一舉累十觴。**(**李以峙墨眉**)(累)按,"蒙"顯謬。(**陳治墨眉**)感今懷舊,如風行水上,自然成文。(**題商盤紅旁**)情事夾寫,暗承起意。**十觴亦不醉,**(**李以峙墨眉**)(千觴)按,緊接上句,不合作"百"。**感子故意長。明日隔山岳,世事兩茫茫。**(**題商盤紅旁**)題後見客途經此。(**奚禄詒甲本旁**)賦也。(**黎維樅紅旁**)回應起四句。

【彙評】

方拱乾評:深永。〇結非草草。〇公古詩不全似《十九首》,睹此而知公從此中來,變而化之,存乎其人。〇漢魏詩不肯痛,公落筆便痛,所謂得其神，不襲於貌。

錢載評：尚未融倒，不在起。

吴廣霈墨眉批集評：非人不道，實人人道不出耳。

奚禄詒乙本墨眉：唐人詩中不復見此。

再生翁評：蒼茫古直，上逼曹劉。

夏日歎

奚禄詒甲本眉：《舊唐書》：乾元二年四月久旱。又《通鑑》：天下饑饉，九節度圍鄴城，諸軍乏食思潰。正與此合也。

朱方藹紅眉：《夏日》，《匪風》《下泉》之感；《夏夜》，悲天憫人之懷。

徐松紅眉：盧元昌云：李輔國專掌禁兵，事無大小，制敕皆其所爲，詩云"號令乖"指此。若李揆執子弟禮於輔國，呼爲五父，吕諲、第五琦率皆碌碌庸臣，此所以思貞觀諸賢也。

陳治墨眉：《夏日》，《匪風》《下泉》之感，《夏夜》，怨天憫人之懷。

吴廣霈墨眉：詩平。

夏日出東北，陵天經中街。（**奚禄詒甲本旁**）"中街"即中道，即黄道也，日之所行爲中道，七曜皆隨之。"陵天經中街"者，正所謂黄道帶天之腹也。《易傳》曰："當雷不雷，陽德弱也。"（**奚禄詒乙本墨眉**）"經中街"正所謂黄道帶天之腹。（**沈巖旁**）舊注：中街，黄道之所經也。（**嚴復墨眉**）中街，舊説以爲黄道。朱光徹厚地，鬱蒸何由開？上蒼久無雷，無乃號令乖？雨降不濡物，良田起黄埃。（**奚禄詒甲本眉、乙本墨眉**）即以爲舍朝家，賞罰亦可。飛鳥苦熱死，池魚涸其泥。（**陳治墨眉)“泥”字四支韻。**萬人尚流冗，舉目唯蒿萊。至今大河北，化作虎與豺。浩蕩想幽薊，王師安在哉？**（**奚禄詒甲本眉**）因夏熱而俯時。(**沈巖眉**)本思貞觀之主，而但羨貞觀之臣，得體。**對食不能餐，我心殊未諧。眇然貞觀初，**（**傅山紅旁**）無涉。**難與數子偕。**（**奚禄詒甲本眉**）“難與數子偕”，雖思貞觀，亦自歎不得爲相，且譏時相也。(**奚禄詒甲本旁**)比而賦也。〇艱苦之氣未除。(**奚禄詒乙本墨眉**)“難與數子偕”是思貞觀，亦自歎不得爲相，且譏時相也。(**沈巖尾**)二詩亦逼似漢魏。

【**彙評**】

錢陸燦甲本眉、乙本紅眉錢箋：四遊之説不足據。

錢陸燦丁本評：此爲權臣當國，澤不下逮而作，故追思太宗時房、杜、王、魏諸賢也。

朱方藹紅眉：睪然高至。

嚴復墨眉：亂極思治，猶大旱之年，雲雷全體皆成比矣。

夏夜歎

方拱乾評：公每如此。在公爲感時至情，讀之似是套本，且覺重出。

奚禄詒甲本眉：無非愛國憂民之言，與前篇一體。

申頲紅眉：此章頗似六朝而無滯氣。

吴廣霈墨眉：此著勝前一章。

魏源評：“物情”二句造化語，恰好跌起下文。

嚴復墨眉：詩之爲道，於眼前物事無不可言，然獨貴興象。興象云者，於小處見大，近處見遠，所謂“手揮五弦，目送飛鴻”，而後爲佳。

永日不可暮，(吕留良紅旁)古。炎蒸毒我腸。安得萬里風，飄飖吹我裳。昊天出華月，茂林延疏光。(李念慈紅眉)一"華"字、"疏"字、"延"字便覺清異。(吕留良紅旁)似謝。(沈巖旁)夏月妙句，"疏"字中即帶風在内。仲夏苦夜短，(沈巖眉)"苦夜短"上顧"永日"，下起"笳發"。開軒納微凉。(吕留良紅旁)似陶。虚明見纖毫，羽蟲亦飛揚。(奚禄詒甲本眉)以"羽蟲"自道，興起窮年荷戈之士。(奚禄詒甲本旁)羽蟲飛揚，隱含細人得志耶？物情無巨細，自適固其常。(李念慈紅眉)因物自適而念及荷戈之士，固無刻忘世也。(奚禄詒乙本紅旁)比也。(奚禄詒乙本墨旁)興荷戈之士。(張雝敬墨旁)於絶不聯屬中而聯屬之，只是吾胞吾與，看得一致耳。念彼荷戈士，窮年守邊疆。何由一洗濯，執熱互相望。(傅山紅旁)無涉且太多。(魯一同評)古人用經多隨意節取，如友于、孝乎、□其、貽厥之類，此"執熱"不過借作"甚熱"，非用字之奥也。(嚴復墨眉)"何由"二句是倒叙法。竟夕擊刁斗，喧聲連萬方。青紫雖被體，不如早還鄉。(奚禄詒甲本眉)"青紫"句謂當時以官爵收散卒，却還是自言工部耶？(奚禄詒甲本旁)不必此二句，此轉太開了。北城悲笳發，鸛鶴號且翔。况復煩促倦，激烈思時康。(申頲紅眉)此老忠愛出於天性，故每當寒暑便及戍役之難。(奚禄詒甲本旁)比而賦也。(奚禄詒乙本紅眉)夜之所聞。

立秋後題

方拱乾評：古。

錢陸燦丁本評：質樸瀟灑，頗似阮嗣宗。

朱方藹紅眉：居然江左之逸，細繹之如漢人郊祀，仿佛雅頌也。

吴廣霈墨眉：此罷官後作，短勁絶倫。

奚禄詒乙本墨眉："罷官亦由人"，短語名言。

沈巖旁:此篇亦似在嚴幕作。

日月不相饒，節叙昨夜隔。(**呂留良紅旁**)古樸。(**佚名己紅眉**)起句字便難正。玄蟬無停號，(**奚禄詒甲本旁**)自寓。(**魯一同評**)風致。秋燕已如客。(**方貞觀紅旁**)似齊梁人語。(**奚禄詒乙本紅旁**)自喻其老。(**魏源評**)用意深微,恰起下四句意。平生獨往願，惆悵年半百。(**佚名己紅眉**)"惆悵"二字好。罷官亦由人，何事拘形役。(**呂留良紅旁**)練達。(**張雝敬墨旁**)自咎自悔,愈婉愈深。(**奚禄詒甲本旁**)賦也。"役",叶悦。

遣興三首

奚禄詒甲本眉:以古戰場興起鄴中事,二首一氣而下。

盧見曾紅旁:遒文壯節,抑揚哀怨。遠之源於《小雅》,近亦比肩子建,抗行嗣宗。"豐年"一篇,比興婉微,足以息競躁而慰晚達,士大夫不可不知此意。申涵光曰:杜云"諸將已茅土,載驅誰與謀",高適亦云"豈無安邊策,諸將已承恩",皆言恩寵太過,將驕不可用也。黄希曰:諸將不指李、郭,如封朔方大將軍孫守亮等九人爲異姓王、李商臣等十三人爲同姓王是也。

其　一

吴廣霈墨眉:亦有樂府餘韻。

奚禄詒乙本墨眉:此公去秦州時之所經也。

佚名己紅眉:"穴"字好。"尚"字、"互"字又妙在用虚。

下馬古戰場，四顧但茫然。(**方拱乾評**)"但"字、"尚"字、"互"

字,皆以虚字妙,却各有妙處不同。(**方拱乾評**)五字悲極。(**陳治紅眉**)考《地志》,秦州有諸葛壘在城東,曰下幕城,旁有司馬懿壘,曰上幕城,古戰場當指此。(**奚禄詒乙本墨眉**)以古戰場與鄴中事,二首一氣而下,意在諷諸將。**風悲浮雲去,黄葉墜我前。**(**方拱乾評**)似黄葉有意。(**奚禄詒甲本旁**)二句可駭。(**嚴復墨眉**)"風悲""浮雲去""葉墜"是三件事。**朽骨穴螻蟻,**(**方拱乾評**)"穴"字奇。**又爲蔓草纏。故老行歎息,今人尚開邊。**(**方拱乾評**)一字之史。**漢虜互勝負,封疆不常全。安得廉頗將,**(**傅山紅旁**)一改俗死。(**奚禄詒甲本眉、乙本墨眉**)"廉恥"二字正與下"諸將已茅土"射。劉須溪改"頗"字,覺無謂,然"頗"字不犯做,"恥"字犯做,皆不妙。(**沈巖眉**)廉者不貪殺人之功,恥者不逢時主之顧。**三軍同晏眠。**(**奚禄詒甲本旁**)賦也。〇封疆不全,罪在諸將。(**吴廣霈墨尾**)收句歎邊才之難得也。(**沈巖尾**)能廉不剥,知恥不避難,如此封疆自安矣。

其　二

陳治墨眉:俞云:鄴城之潰,非無良將統御之,失其道也。貪功固寵之徒,有陰爲自全之計者,此詩所由感也。即僕固懷恩可見。

高秋登塞山,(**魯一同評**)彝按,"寒"一作"塞",是。**南望馬邑州。**(**沈巖尾**)鮑欽止注:馬邑州在成州界。**降虜東擊胡,壯健盡不留。穹廬莽牢落,上有行雲愁。**(**方拱乾評**)"愁"字屬"雲","莽"字妙。(**吴廣霈墨眉**)慨禦侮之乏人也。(**佚名己紅眉**)"愁"屬"行雲",所以妙也。**老弱哭道路,願聞甲兵休。鄴中事反覆,**(**奚禄詒乙本紅眉**)指師潰。**死人積如丘。**(**奚禄詒甲本眉**)諸君何以爲情?**諸將已茅土,載驅誰與謀。**(**方拱乾評**)"已"字應"誰"字,妙,妙在"已"字,不在"誰"字。(**申涵光甲本評**)末二句説盡末流御將之失。高適詩云:"豈無安邊策,諸將已承恩。"正此意。(**吕留良紅眉**)傷時得體。(**奚禄詒甲本旁**)賦也。末章與上絶不相倫，蓋感時事而欲忘機也。(**嚴復墨眉**)只淡淡著一語便止，故佳。

其　三

奚禄詒甲本眉：氣勢不舒。

豐年孰云遲，甘澤不在早。(**方拱乾評**)妙在以此首綴前二首，而總曰"遣興"，可想當日作詩之意。(**錢陸燦丁本評**)此王恢誘匈奴之馬邑也。在《韓安國傳》。(**申頲藍眉**)中落第二首，何也？耕田秋雨足，禾黍已映道。春苗九月交，(**沈巖旁**)日至皆熟。顏色同日老。(**奚禄詒乙本墨眉**)此作氣勢不舒。勸汝衡門士，忽悲尚枯槁。(**陳治墨眉**)時當艱虞，正才士立功之日，如李鄴侯固請還山，豈真忘世者乎？時來展材力，先後無醜好。但訝鹿皮翁，(**奚禄詒甲本眉**)自居鹿皮翁耶？忘機對芳草。(**奚禄詒甲本旁**)興而賦也。鹿皮翁隱於淄川岑山，後淄水漲，呼宗族上山，一郡盡没。後百餘年，下賣藥齊市。(**奚禄詒乙本墨眉**)末章與上不倫，蓋感時而欲忘機也。(**吴士模墨眉**)更高一層。(**吴廣霈墨眉**)羡高隱之脱俗也。(**沈巖尾**)本子建"良田無晚歲，膏澤多豐年"。

佳　人

方拱乾評：古。當是比體，看來又似有此事。○公五古所以不直率者，每於情景極緊時，忽説道理。

錢陸燦甲本眉：方曰：此佳人乃蕩子之妻見棄者。"在山"二句以水自比，在山則喜其清而酌之，出山則嫌其濁而棄之矣。"天寒"二句畫中神品。錢曰：落句無聊中寓其節操。

錢陸燦乙本墨眉:方曰:此佳人乃蕩子之棄婦也。"在山"二句以水自比,在山則喜其清而酌之,出山則嫌其濁而棄之矣。"天寒"二句畫中神品。圓沙曰:落句無聊中寫其節操。

錢陸燦丁本評:此佳人乃蕩子之棄婦也。"在山"二句以水自比,在山則喜其清而酌之,出山則嫌其濁而棄之矣。深得古樂府遺意。落句無聊中寫其節操,應"依草木"句收。

汪琬丙本評:此喻當日貴介之族,遭亂零落,必有所見而作。

宋犖紅眉:舊評似悲似訴,自言自誓,矜持慷慨,修潔端麗,畫有所不如,論有所不及。

屈復評:此首全學樂府,不肯酷摹句調,略得其意,正是善學處。①

奚禄詒甲本眉:似魏樂府。

奚禄詒甲本旁:紀事。意在言外。○興賢者之見放。

奚禄詒乙本紅眉:正是魏樂府。

奚禄詒乙本墨眉:亦是紀當時實事,却意在言外。

盧見曾紅旁:劉會孟曰:字字矜到。仇兆鰲曰:天寶亂後,當是實有是人,故形容曲至。舊謂托詞而作,恐非是。楊億詩"獨自憑闌干,衣襟生暮寒"本自末句,而低昂自見,彼何以不服杜耶?浦起龍曰:"在山"二句可謂貞士之心,化人之舌,建安而下無此語也。只以寫景作結,脱盡色相。

厲鶚評:天寶亂離,有故家之女爲夫所棄者,故少陵作此悲之。蓋仳離啜泣之遺意也。

題商盤紅旁:偶然有此人、有此事,適切放臣之感,故作此詩。全是托事起興,故題但云"佳人"而已。

① 校注:"不肯酷摹句調"吴本作"不宜酷摹句調",杭本與余本同。

朱方藹紅眉:比興相兼,冰心玉質,可以怨,可以觀。

吴士模墨眉:此首全學古樂府,不宜酷摩,句調略得其意,正是善學處。○落落穆穆,寫出幽貞本色。

張裕釗眉:按此詩公以自況也,意格從楚騷化出。

秦應逵紫眉:此全學古樂府,而不摹句調。

吴廣霈墨眉:猶是靈均美人香草之意,寫得凄婉高潔,寄託不凡。

沈伯沆紅眉:此詩殆自寫也。

佚名己紅眉:以樂府作古體,無限纏綿。

絶代有佳人,幽居在空谷。(**方拱乾評**)一二句或詠歎。一二句非十分力、十分養不能。(**陳治墨眉**)此托喻之詞。自云良家子,零落依草木。 關中昔喪敗,(**題商盤紅旁**)追叙。(**吴廣霈墨眉**)"敗"一本作"亂",勝。兄弟遭殺戮。 官高何足論,不得收骨肉。 世情惡衰歇,(**題商盤紅旁**)頓二語轉下。(**奚禄詒乙本紅旁**)二句轉出夫情輕薄。萬事隨轉燭。(**奚禄詒甲本旁**)二句正轉出夫婿輕薄。夫婿輕薄兒,新人美如玉。(**厲鶚評**)叙爲夫所棄。(**吴錫麒紅眉**)《離騷》香草美人之意,惟少陵差足當之。(**沈巖眉**)比賦參錯。合昏尚知時,(**汪琬甲本紅眉**)合昏。(**題商盤紅旁**)筆筆頓。鴛鴦不獨宿。 但見新人笑,那聞舊人哭。(**方拱乾評**)聞説道理,二句方見緒妙。(**吕留良紅眉**)古不足,今有餘,無非佳句。(**吕留良紅旁**)六句古意。(**嚴復墨眉**)前語猶人所能到,至入後四韻,真不知此老當日執筆時如何落想。在山泉水清,(**奚禄詒乙本紅旁**)新人。出山泉水濁。(**孫承澤墨旁**)似古樂府。(**吕留良紅旁**)二句更古。(**汪琬乙本評**)落落穆穆,寫出幽貞本色。(**嚴虞惇紅眉**)"在山"二句以水自比。(**張雝敬墨旁**)若斷若續,筆以神行。(**題商盤紅旁**)緊承上意,再頓二語接下。(**題商盤紅眉**)在山守貞也,出山改適也。總頂舊人説，言此人有守貞之操，豈肯同改適之事乎？○二句似喻非喻，最是樂府妙境。（**奚禄詒甲本眉**）泉水分□□舊。○“泉水”二句婉似樂府而脈絡亦妙絶。（**奚禄詒乙本紅旁**）舊人。（**厲鶚評**）一句喻己之堅貞，不肯他適。（**秦應逵紫旁**）入比興自遠。（**沈巖眉**）自寫自挈，或以“在山”比新人，“出山”比自己，即詩人涇明渭濁意，亦可。**侍婢賣珠迴，牽蘿補茅屋。**（**吕留良紅眉**）以下六句，頗着點綴，清新秀麗，而貞淑傷感，盡在言外，妙占上等。（**厲鶚評**）歷叙零落之苦。（**錢載評**）亦中插樂府調。（**吴錫麒紅眉**）是衡泌自樂守貞不字光景，結法高絶。（**陳治墨眉**）寫出幽貞本色。（**魯一同評**）“賣珠”“牽蘿”，今人熟誦，不覺當日落筆時真可謂簇簇生新也。（**沈巖旁**）補屋則有終焉，空谷之志矣。**摘花不插髮，**（**吴廣霈墨眉**）“鬢”一本作“髮”，似勝。以“髮”字響、“鬢”字啞也。（**奚禄詒乙本墨旁**）高致。（**沈巖旁**）摘花不插，不復事人也。**采柏動盈掬。**（**奚禄詒甲本旁**）“摘花”“采柏”二句，閑中有藴蓄，結句亦悠長。○賦而比也。（**奚禄詒乙本紅旁**）比夫婿之有棄取也。（**奚禄詒乙本墨眉**）“泉水”二句隱躍婉妙，而脈絡井井。“摘花”“采柏”，閑中有藴蓄。（**朱方藹紅眉**）落落穆穆，寫出幽貞本色。（**沈巖眉**）以下言門户雖衰，節操益厲，庶幾幽居自守以完晚節，斥賣珠玉不禦□□□□蘿躬采柏，不憚勞悴，期保歲寒而已。**天寒翠袖薄，日暮倚修竹。**（**李念慈紅眉**）寫出幽貞端潔。結句較□，但有淚痕多。（**王士禛評**）一結更有餘味。（**嚴虞惇紅眉**）落句無聊中寓在節操。（**題商盤紅旁**）末二語嫣然有韻。本美其幽閑貞静之意，却無半點道學氣。（**題張問陶墨眉**）結句不着議論，而清潔貞正意隱然言外，是爲詩品。（**秦應逵紫尾**）結不着議論更妙。（**張雝敬墨旁**）顯寫殊麗，暗寫凄凉。一筆作兩筆，用是見有身外身者。（**沈巖尾**）不得不大議論，而言外可思。（**沈巖旁**）“依草木”。

【彙評】

方拱乾評：好畫。斷學不得，醖釀久之，其庶乎？

錢陸燦甲本尾：董曰：猶子建“南國有佳人”，通首比喻，奪胎漢魏樂府。

錢陸燦乙本紅尾：猶子建"南國有佳人"，通首比喻，奪胎漢魏樂府。

汪琬丙本評："賣珠"以下，頗着點綴，清新秀麗，而貞淑傷感，盡在言外。○"天寒"二句，畫中妙品。

夢李白二首

方拱乾評：古。真知己。不可思議。○少陵夢太白，合當有此詩。

錢陸燦甲本眉：方曰：是時公在秦州，白在江州，相去數千里，不得其生死消息，故作是詩。首二句泛言常理，三四句方言太白，"恐非"六句疑其死也。"落月"二句是公乍醒時無所見，但見微月在屋梁之上，夢境恍恍忽忽，猶覺其顏色在眼中也。舊注謂太白丰神似屋梁之月，謬甚。

錢陸燦乙本墨眉：方曰：是時公在秦州，白在江州，相去數千里，不得其生死消息，故作是詩。首二句泛言常理，三四句方及太白，"恐非"六句疑其死也。"落月"二句是公乍醒時無所見，但見微月在屋梁之上，夢境恍恍惚惚，猶覺其顏色在眼中也。舊注謂太白丰神似屋梁之月，謬甚。

錢陸燦丁本評：是時公在秦州，白在江州，相去數千里，不得其消息，故作是詩。○"落月"二句是乍醒時無所見，但見微月在屋梁之上，夢境恍忽，猶覺顏色在眼中也。舊注謂太白丰神如屋梁之月，謬。

汪琬乙本評：《夢太白》述遠道之苦，則青楓黑塞，宛在深宵。《懷台州》極謫居之危，則山鬼長蛇，幽然絶域。筆端真自有一造化。○古人交遇，生死不渝，三詩幽峭沉綿，寫夢覺更盡其致。

李念慈紅眉：二詩沉痛往復，古人交情深摯，才士相憐如此。

奚禄詒甲本旁：太白集中憶子美詩甚少，亦不情至。

奚禄詒乙本紅眉：神品。

盧見曾紅旁：沈痛之音，發於至情。情之至者，文亦至。友誼如此，當與《陳情》《出師》二表並讀，非僅《招魂》《大招》之遺韻也。月落屋梁，千秋絶調。楊慎以"夢中魂魄猶言是，覺後精神尚未回"壹語比之，未爲知言。仇兆鰲曰：千古交情，此爲獨至。首篇云"逐客無消息"，故有路遠之憂、水深之慮；次篇云"情親見君意"，故局促之情、憔悴之態，皆章法照應也。何焯曰：此詩之作，當在太白繫獄時。

王士禛評：安得不下淚，情深至此。

朱方藹紅眉：《夢太白》述遠道之苦，則青楓黑塞，宛然在目；《懷台州》極謫居之危，則山鬼長蛇，悠然絶域。筆端真自具一造化。

朱方藹紅旁：古人交道，生死不渝，二詩幽峭沉綿。○寫夢覺各盡其致。

吴士模墨眉：安得不下淚。

陳治紅眉：職韻獨用。

陳治墨旁：此詩之作，當在太白繫獄時。

陳治墨眉：俞云：二首見生死交情，不以道遠而隔，千秋萬歲間齊名李杜者，豈易得哉？

嚴復墨眉：二詩皆情至語，讀之□人氣厚。

吴廣霈墨眉：李杜生死交情，實亦從文字因緣得來。三生石上自有精靈，非淺人所能喻詩，沉痛至此，宜哉！○時李當在潯陽獄中。

沈巖旁：此白長流夜郎後事。

其　一

方貞觀墨眉：空中結撰，無一字著實，而夢寐之恍惚，交情之深痛，千載而下，令讀者淚落。

題張問陶墨眉：沉鬱。○點綴《楚詞》，恍恍惚惚，使讀者惘然如夢。

沈伯沆紅眉：以夢爲真，奇絶。

死别已吞聲，生别常惻惻。（**方拱乾評**）杜之憶李。（**吕留良紅眉**）以死别形生離，愈益老苦。（**吴騫墨眉**）情深至此，安得不下淚。（**秦應逵紫旁**）開口便沉痛。（**吴廣霈墨眉**）文字至此，可以泣鬼神矣，寧止擲地作金聲而已。（**奚禄詒乙本墨眉**）二首起句，千言萬恨。（**倪象占藍眉**）已，止也。江南瘴癘地，（**方拱乾評**）因患難而情深，不獨爲生平也。逐客無消息。（**李以峙墨眉**）（逐客）按"遠客"便不是。故人入我夢，（**方拱乾評**）"入我夢"乃曰明我魂來。四句頂，不可測，猶殘照顔色，真知李白之魂，故以末二句囑之，總是情至。却又與《示從孫》《飲田父》二詩有别。明我長相憶。（**屈復評**）"明我長相憶"下，即當接"君今在羅網"二句。"魂返關塞黑"下，始當接"落月"二句。今皆錯綜寫出，正倒叙法也。反復（輯者按，朱筆點掉）寫疑信情景，乃見真至之極。①（**吴士模墨旁**）"明我長相憶"下即當接"今君"二句，"魂返關塞黑"下即當"落月"二句，今皆錯綜寫出，正倒叙法也。（**徐松紅眉**）鍾伯敬曰："明我長相憶""情親見君意"是一片，何等精神往來。恐非平生魂，路遠不可測。（**方貞觀墨眉**）神光離合，乍陰乍陽，詩歌中乃有此境界耶？氣體是從《九歌》來。魂來楓林青，魂返

---

① 校注："即當接'君今在羅網'二句"，吴本作"即當接'今君'二句"，杭本與余本同。"始當接'落月'二句"，吴本作"即當'落月'二句"，杭本與余本同。"反復寫疑信情景，乃見真至之極"，吴本闕，杭本與余本同。

關塞黑。（吕留良紅旁）二句稍著色。（吴錫麒紅眉）可抵一篇《招魂》楚些。（張雝敬墨旁）寫得有鬼氣怕人，全是從上二句生出，所謂境由心造。（李以峙墨眉）（魂返）按，"夢"字顯謬。（沈巖旁）點綴《楚詞》，恍恍惚惚，使讀者惘然如夢。今君在羅網，何以有羽翼？（申頲紅眉）按，赦邊潯陽，復坐事下獄，故云"今君在網羅"。（嚴復墨眉）"今君"二句，黄生强作解事，移置"長相憶"下，以爲必如此語氣相順，不知古人落想，正不必淺人所謂順也。（奚禄詒乙本墨眉）人情鬼語，極盡苦味。（李以峙墨眉）（何以）按"似"形誤。（王嗚盛墨眉）黄生本"今君在網羅"二句移在"長相憶"下。（佚名己紅眉）只是無聊。落月滿屋梁，猶疑照顔色。（錢載評）極筆。（張雝敬墨旁）結語既殷，無幻非真。（沈巖旁）二句横亘在中間，生動曲折。水深波浪闊，無使蛟龍得。（錢陸燦甲本尾、乙本紅尾）"落月"二句，覺彼知其爲夢，猶疑非夢也。（吕留良紅眉）形容夢境，忽落佳句，作者亦不知所謂。（奚禄詒甲本眉）千想萬想，復千疑萬疑，無非惻惻。（奚禄詒甲本尾批）賦也。（奚禄詒乙本墨眉）二首千想萬想，千疑萬疑，無非惻惻。（魯一同評批《心解》）評皮傳。（沈巖尾）夢疑非覺，後疑是恍惚凄切。○"明我長相憶""情親見君意"，上下呼應。

【彙評】

陳訏紅眉批仇注"黄生本移在此處，於兩段語氣方順"處：逐客久無消息，忽入我夢，疑非平生魂，蓋久處瘴地，慮其死也。路遥不測，而魂去魂來如此。念其網羅未解，何以似有羽翼？宛轉念慮，正是交情深處。今改"網羅"二句在"入夢"之下，淺無意味。

其　二

方拱乾評："浮雲""行子"，李白之詩。轉説故人情親，以見其深至，此借賓出主法。字字肝膽道義，不獨情深。後六句即白自道，亦不能。可見交之厚，詩之真。真交情，真感慨，此豈《十九首》

所能耶？〇厚極，曲極，渾極，痛極，和平極。

汪琬乙本評："入夢"明我之相憶，"頻夢"又見君之情親，是兩首次第。

吕留良紅眉：少陵五言古，才情狼藉，於古道雖不純粹，然此老氣力高大，出言成家，譬秦始、漢高，目空前聖，自可開天立法。今世自李北地來，争尚摩擬，惹出閑神野鬼，規行矩步，塗抹殘脂剩粉，便以爲高出李杜，是子噲子之習爲禪受，挾堯舜而笑湯武也。優人介胄，欺駭小兒，令人絶倒。

吴騫墨眉：上云"明我長相憶"，此又言"情親見君意"，夢魂相接，至真至苦。

題張問陶墨眉：憒極。〇是魂是人，是夢是真，都覺恍惚無定，親情苦意，無不備極矣。

王伯沆紅眉：寫盡生死交情。

浮雲終日行，遊子久不至。（**方貞觀墨眉**）此篇意義，前首含括已盡。試想"無使蛟龍得"以下，豈容更有一首？三夜頻夢君，情親見君意。（**方拱乾評**）"頻夢君"乃曰"見君意"。（**汪琬丙本評**）"入夢"明我之相憶，"頻夢"又見君之情，是兩首次第。（**方貞觀墨眉**）細味"三夜頻夢君"二句，當是再夢再作，决非前題之次章，編者誤附於前題耳。（**朱方藹紅眉**）"入夢"明我之相憶，"頻夢"又見君之情親，是兩首次第。告歸常局促，（**方拱乾評**）"告歸"六句，夢中之事。（**沈巖眉**）將前篇來返倒轉。苦道來不易。（**錢陸燦丁本評**）"告歸"六句述夢中事，將夢中語入詩，乍疑乍信，似真似假，反覆盡情。（**屈復評**）"告歸"下四句是李夢中語，"出門"四句是杜自寫夢中見李情景，結二句爲千古志士一痛。① 江湖多風波，舟

① 校注："結二句爲千古志士一痛"，杭本爲"結二句爲千古志士一痛也"。

楫恐失墜。（奚禄詒甲本眉）不如是曲折，必不能書如是之情。（沈巖眉）白寄元云“舉目争能不惆悵，高車大馬滿長安”，蓋出於此也。出門搔白首，若負平生志。（魯一同評）上二句夢中白出門語，此二句杜老語也。（嚴復墨眉）“出門”十字尤爲接□無痕。（王伯沆紅眉）無謂愛惜。冠蓋滿京華，（奚禄詒乙本紅眉）冠蓋愧否？斯人獨顦顇。孰云網恢恢，將老身反累。千秋萬歲名，寂寞身後事。（沈巖眉）天網不恢，兔爰雉罹。不能致君，從焉憶友？所謂苦負平生志，不獨久□之云也。○言身後之名，正以傷當時之政，公於君臣朋友之誼，可謂兼至矣。（方拱乾評）結妙。雖有身後之名，其如生前之苦何？（吕留良紅旁）名言，怨語。（俞瑒乙本評）前云“明我”，此云“見君”，各有至情。（俞瑒乙本評）恐成死别，與首句應。（奚禄詒甲本眉）結得陡，又有餘情。（奚禄詒甲本尾批）賦也。○讀不得，評不盡。（奚禄詒乙本墨眉）結語慘極，語塞止如□。（錢載評）竟似讖。（沈巖尾）“孰云網恢恢”應前篇“在羅網”。（王伯沆紅眉）一結慘黯。

【彙評】

陳治墨尾：汪云：“入夢”明我之相憶，“頻夢”又見君之情親，是兩首次第。

嚴復墨眉：李之千秋，杜所早許，不似今人貴耳賤目。

吴廣霈墨眉：如此交情，或猶造言生事，謂李杜互相譏刺，是何居心？小人不幾成人之美，大抵然耳。

有懷台州鄭十八司户虔

方拱乾評：虔亦公意中人矣，諸體皆有詩。每作鄭、李詩，必多方洗雪，見公之交，見公之厚。

吕留良紅旁：此老多情，憐才於鄭虔，李白更纓纓。

奚禄詒甲本眉：不是寫越俗，正見虔之苦。○“故人遇”者謂一杯酒即是故人之遇合也。

曹炎旁：時坐污贓，貶台州司户。

題張問陶墨眉：此詩想像鄭公孤危之狀，如親見，亦如身歷，説到離别之傷，死生之痛，從肺腑交情流露出來，幾於一字一淚。

陳治墨旁：虔時坐污贓，貶台州司户。

陳治墨眉：汪云：《夢太白》述遠道之苦，則青楓黑塞，宛在深宵；《懷台州》極謫居之危，則山鬼長蛇，幽然絶域。筆端真自具一造化。

張裕釗眉：此與《夢李白》二首皆騷人之遺。

佚名己紅眉：寫得冤痛。

天台隔三江，風浪無晨暮。鄭公縱得歸，老病不識路。(**吴廣霈墨眉**)不曰“不得歸”，而曰縱得歸亦不識路，此加一倍寫法，深人自無淺語。昔如水上鷗，今如罝中兔。(**奚禄詒乙本墨眉**)不是寫越俗，正見虔之苦。性命由他人，悲辛但狂顧。(**錢陸燦甲本眉批**)“狂顧”寫出鬼惡。(**錢陸燦乙本紅眉**)“狂顧”寫出鬼。(**李念慈紅眉**)可傷。(**王伯沆紅眉**)是束手光景。山鬼獨一脚，蝮蛇長如樹。(**吕留良紅旁**)故作奇語，惱俗。呼號旁孤城，歲月誰與度？(**朱方藹紅眉**)至情苦語，讀之酸咽。從來禦魑魅，多爲才名誤。(**吕留良紅旁**)歷世名言。夫子嵇阮流，更被時俗惡。海隅微小吏，眼暗髮垂素。黄帽映青袍，非供折腰具。平生一杯酒，見我故人遇。(**奚禄詒乙本墨旁**)謂一杯之酒即是我故人之遇也。相望無所成，乾坤莽迴互。(**錢陸燦甲本尾、乙本紅尾**)鮑照詩：“前[昔]如鞲上鷹，今似檻中猿。”(**錢陸燦戊本評**)王元美詩：“途窮萬事輕相讓，意盡千秋莽自哀。”“莽”字本此。(**奚禄詒甲本尾批**)賦也。鄭虔猶有一杯之遇，今人並無此矣。(**奚禄詒乙本墨眉**)結句與李語同一慘憤。(**錢載評**)中有“細雨檐花”一段舊况在。(**吴廣霈墨

眉下)末句天外飛來。

所　思得台州鄭司户虔消息

題鮮于樞評:此詩首言鄭司户消息,中四句即所傳之信也。末言鄭老之竄台州,如龍泉之埋土中,徒望斗牛之間有劍氣,然無計可掘而出之。賦而比也。

錢陸燦丙本評:錢云:結以龍泉比司户,而自傷汲引無策。

奚禄詒甲本旁:情至之詩。

朱方藹紅眉:雖短篇,具見鄭公身分,却無露語,最高。

鄭老身仍竄,(**奚禄詒甲本眉**)"仍"字是嘆其久不賜環,正與末句叫應。台州信所傳。(**嚴復墨眉**)言信即述信中語,此亦慣法。爲農山澗曲,卧病海雲邊。(**奚禄詒甲本旁**)此信之傳也。世已疏儒素,人猶乞酒錢。(**陳治墨尾**)"乞"音氣,與人以物曰"貣",求人之物曰"乞"。徒勞望牛斗,(**奚禄詒甲本旁**)台州是牛斗分野,故云。(**王鄰德藍旁**)按台州屬吴,吴乃斗牛之分野也。無計斸龍泉。(**奚禄詒甲本旁**)賦也。(**嚴復墨眉**)龍泉,龍淵也,避唐諱。龍淵、太阿,歐冶所鑄劍,見《越絶書》。

遣興五首

方拱乾評:古。

奚禄詒甲本旁:較前三首更佳。棄官之秦州以後作。

奚禄詒甲本眉:五章。

其　一

陳治墨眉:俞云:前二首見不寓之感,後三首深亂離之悲。

吴廣霈墨眉:凝練是工部本色,而此復兼之以疏宕,音節殊遠。

蟄龍三冬卧,(**嚴虞惇紅旁**)比。老鶴萬里心。(**方拱乾評**)蘊藉。(**奚禄詒甲本眉**)首二句總起。(**吴士模墨眉**)屈批:"嵇康"承"老鶴","孔明"承"蟄龍"。昔時賢俊人,(**王鐸評**)弱。未遇猶視今。(**錢陸燦乙本紅眉**)弱。嵇康不得死,(**錢陸燦乙本紅旁**)不得其死也。(**奚禄詒甲本眉**)鍾會譖康於文帝曰:"康卧龍,不可起。"謂欲與毋丘儉反,殺之。(**李以峙墨眉**)(不得死)按"且不死"欠通。孔明有知音。(**吕留良紅旁**)如此用事亦晦。(**屈復評**)"嵇康"承"老鶴","孔明"承"蟄龍"也。〇《世説》:有人語嵇延祖如野鶴之在雞群,王戎云:卿未見其父耳。又如壟坻松,(**嚴虞惇紅旁**)比。用捨在所尋。(**方貞觀紅旁**)句不穩。大哉霜雪幹,歲久爲枯林。(**方拱乾評**)嵇康、孔明俱有卧龍之稱,一得一失,故並言之。(**奚禄詒甲本旁**)賦也。(**嚴虞惇紅尾**)嵇康不得其死而死,明有知音用捨之故耳。(**張裕釗眉批**)收句高奇,非常音所緯。

其　二

盧見曾紅旁:用世之志,保身之哲,具見於此。此所謂以意爲主,以文傳意者。"林茂"二句雖用龐公語,然其指自是孟子"民之歸仁""士願立朝"之義,而用筆跌宕,彌覺深遠。浦起龍曰:嗣宗《咏懷》、太冲《咏史》、延年《五君咏》,公蓋兼而用之。

陳治墨眉:建安高調。

佚名己紅眉:説龐公有體。

昔者龐德公,(**奚禄詒甲本眉**)善於論龐。未曾入州府。(**方拱乾評**)善爲人地。(**錢陸燦丁本評**)以下四首,俱因第一首感歎而及之。(**汪琬丙本評**)"林茂"二句忽宕開,氣勢便寬展。(**朱方藹紅眉**)建安高調。(**沈巖

眉)裴松期[之]《三國志》注引《襄陽記》:德公子字山民,亦有今名,娶諸葛孔明小姊,爲魏黄門吏部郎,早卒。蓋"遺安"之語,終不能得之其子也。**襄陽耆舊間,處士節獨苦。**(**李以峙墨眉**)(獨苦)按"猶"字非。**豈無濟時策? 終竟畏羅罟。**(**題商盤紅眉**)"羅罟"即起下"魚鳥"二句,並關合結"取"字,用韻之妙如此。(**佚名己紅眉**)説龐公有體。**林茂鳥有歸,**(**王士禛評**)"林茂"二字即用龐公語意。(**嚴虞惇紅旁**)比。(**李以峙墨眉**)(歸)按,"掃"形近而誤。(**張裕釗眉批**)插二語妙。**水深魚知聚。**(**錢陸燦甲本眉、乙本紅眉批**)"水凉魚極樂,林茂鳥知歸"語同。(**朱方藹紅眉**)"林茂"二句忽一宕。**舉家隱鹿門,劉表焉得取?**(**方拱乾評**)"取"字妙絶,一字見身分,奇穩無倫。(**奚禄詒甲本旁**)賦也。

其　三

方拱乾評:要知不是貶陶,非鄙陶乃更進一步耳。

申涵光甲本評:陶公高風亮節,千古無二,杜老以爲未達道,不知道是何物,公於何處見其未達也?"觀其著詩集,頗亦恨枯槁",陶之質任自然,卷舒物外,何嘗以枯槁爲恨?"有子賢與愚,何其挂懷抱",陶以子之賢愚委諸天命。杜於諸子贊不去口,正所謂有譽兒癖者,而反謂陶爲挂懷抱,豈不可笑? 觀杜此作,似全不知陶者,大抵詩人偶借一人以寫其心事,不必果於陶公有未足也。

李念慈紅眉:此公傷兒子不能嗣美,而爲反言以自解也。

吕留良紅眉:借陶嘲弄,真是遣興。

王士禛評:陶亦欲子不仕宋耳,非挂懷真愚也。

徐松紅眉:黄山谷云:子美往往譏宗文、宗武失學,故寄之淵明以解嘲耳,詩名"遣興"可解耳。

陳治墨眉:汪云:正復自然,如云譏陶則蠡測耳。

陶潛避俗翁，未必能達道。（**奚禄詒甲本眉**）聊以自感，非駁潛也。（**沈伯沆紅眉**）非陶處，似過矣。觀其著詩集，頗亦恨枯槁。達生豈是足？默識蓋不早。（**奚禄詒乙本墨眉**）聊以自解，豈駁潛乎？有子賢與愚，何其挂懷抱？（**錢陸燦乙本紅眉**）陶不欲仕耳，非挂懷賢愚也。（**奚禄詒甲本旁**）賦也。前兩古人，後兩今人，皆自况也。（**嚴復墨眉**）此二語最深遠，故聞得陶公責子之賢愚，固不重於方之聞道。

其 四

賀公雅吴語，在位常清狂。（**朱方藹紅眉**）藴藉風流。上疏乞骸骨，黄冠歸故鄉。爽氣不可致，斯人今則亡。（**孫承澤墨眉**）"爽氣"二字寫出高人神采。（**奚禄詒乙本墨眉**）誰能於一茅宇中具江海之量？山陰一茅宇，江海日凄涼。（**奚禄詒甲本眉**）誰能於一茅宇中具江海之量也？（**奚禄詒甲本旁**）賦也。此後用二今人，亦似吊古。（**吴廣霈墨旁**）十字即是令四明不朽。

其 五

方拱乾評：襄陽當受不起。襄陽之詩，於公何有？而公且諛之，思之可見古人之交情，古人詩文之自處與處人也。

朱方藹紅眉：賀公篇便肖其狂，孟公篇便得其簡，如太史公傳屈原、相如，文亦略同，唯其有之，是以似之。

吾憐孟浩然，裋褐即長夜。賦詩何必多，（**王鐸評**）孟集一卷，止二十首可存耳。（**王鐸評**）不然，不然。（**錢陸燦乙本紅眉**）不然，不然。往往凌鮑謝。（**錢陸燦乙本紅旁**）孟集一卷，止二十首可存耳。（**朱方藹紅旁**）二語可贊襄陽。（**沈伯沆紅眉**）此論甚確。（**奚禄詒乙本墨眉**）"賦詩"二句本浩然語。清江空舊魚，春雨餘甘蔗。（**吕留良紅旁**）奇。每望東南雲，（**奚祿詒乙本墨眉**）大緩。令人幾悲吒。（**奚祿詒甲本旁**）賦也。（**奚祿詒甲本眉**）後四句似吊古，乃歎其人之不得見耳。（**奚祿詒乙本墨眉**）其詞似吊古。（**陳治墨旁**）汪云："賦詩何必多"二語，可贊襄陽。（**吴廣霈墨旁**）悲孟公竟以布衣老也。

【彙評】

錢陸燦甲本眉：王覺斯謂，孟詩全集，佳者不過廿首，殆非知言。

遣興二首

方拱乾評：古。

其 一

題鮮于樞評：此詩言天用莫如神龍，然猶有時縶於扶桑。"頓轡海徒涌"者，蓋有神人在焉。苟或"頓轡"，而性命不存，徒自强耳，以比聖賢之處困厄，苟全性命於亂世可也。倘或不然，自取喪亡，則何益矣？故云"吞聲勿復道，真宰意茫茫"，若曰"天難忱"云耳。

方貞觀墨眉：詩人偶爾寄興，本不欲後人盡得其解。讀古人書，本不能盡解，惟可解者解之，不可者存之，何必曲爲之解，妄爲之解？如此詩，子美自非無故發論，而解者必以爲前首警祿山，次章風肅宗專用李、郭，亦何其迂且愚也！《喜聞官軍已臨賊境》云"穴蟻更何逃"，又曰"乞降那更得，尚詐莫徒勞"，不啻大聲疾呼，而不能省喻，乃欲以可解不可解之句，以警惕之耶？明白剴切之句，且不能感勸衣冠之士，乃欲以晦澀比警語，警桀驁不識字之武夫耶？真不直一笑。

奚禄詒甲本眉：此分明是乾爲天、爲龍、爲君，苟至於亢龍之悔，則其血玄黄矣；坤爲地、爲馬、爲臣，當順承天也。但詩多艱苦語，爲當時君驕臣佞而作。

奚禄詒甲本旁：後人不善學古，乃以此種爲佳。

徐松紅眉：朱注：此詩深警安史之徒。○王嗣奭曰：末二句乃十字成句，言天道不爽也。

嚴復墨眉：此二首舊注謂一驚安、史，一美李、郭，皆一□虚擬之詞，吾意有以□知其不然。大抵詩人思來無端，當其有述，公亦千古，不必僅爲時發，若必首首穿鑿，必使風雅道喪。

天用莫如龍，有時繫扶桑。（**方拱乾評**）警亂賊之徒而作也。（**奚禄詒乙本墨眉**）二首艱晦，無神氣。○此分明是乾爲天、爲龍、爲君之意，苟至於亢龍之悔，則其血玄黄矣。古無此體，止可謂公之創局，不可學。頓轡海徒涌，神人身更長。（**奚禄詒甲本旁**）何指？性命苟不存，英雄徒自强。吞聲勿復道，真宰意茫茫。（**奚禄詒甲本旁**）比也。○自華州至秦州時作。

其　二

徐松紅眉：朱注：當時惟郭、李足以當此。

地用莫如馬，無良復誰記？（**方拱乾評**）爲當時大將而作也。（**奚禄詒乙本墨眉**）坤爲地、爲馬、爲臣，當順承天也。此日千里鳴，追風可君意。君看渥洼種，態與駑駘異。不雜蹄齧間，（**李念慈紅眉**）"雜"當作"離"。逍遥有能事。（**奚禄詒甲本旁**）比也。○古無此種。（**吴廣霈墨尾**）末二句真寫得良馬出俗不絶，不解此意。

【彙評】

錢陸燦甲本尾:前首露正意,此只寫主結句。

錢陸燦乙本紅尾:前首露下首,此只寫首結句。

錢陸燦丙本評:錢云:前首露正意,此只寫意結。

遣興五首

方拱乾評:忽憤忽達忽曠,滿肚皮不合時宜。○似子昂,而辣過之。

方苞眉:五章皆直率少意味。

奚禄詒甲本"卷第二"處旁批:可恨在不序年譜。

張裕釗眉:五首純是鬱律不平之氣,而妙有含蘊。

其　一

奚禄詒甲本眉:起興包括廣,不止爲己。

陳治墨眉:俞云:五詩歎老之詞,見勢力之不足恃也。錢云:意本《白馬篇》。子建。

朔風飄胡雁,慘澹帶砂礫。長林何蕭蕭,秋草萋更碧。(**方拱乾評**)六朝佳句。(**奚禄詒甲本旁**)起四句興亂世。(**吴廣霈墨旁**)佳句。北里富薰天,高樓夜吹笛。(**吕留良紅旁**)奇。焉知南鄰客,九月猶絺綌。(**奚禄詒甲本尾批**)興而賦也。○此猶在華州司功時作,公貶於此。(**奚禄詒乙本墨旁**)包括廣,不止爲自家。

其　二

方貞觀墨眉:浦起龍謂此篇爲亂後武夫得志而作,此説頗通。

奚禄詒甲本眉:時里閈少年多暴得志者,感慨不露。

長陵鋭頭兒,(**奚禄詒甲本旁**)《春秋後語》:平原君曰:"澠池之會,吾觀武安君小頭而鋭,難與争鋒。"**出獵待明發。**(**奚禄詒乙本墨眉**)首四句興亂世。○首二章言其富貴,中二章又及零落,然正不必明言,末章及其身後,總公眼中看不過意耳。**騂弓金爪鏑,白馬蹴微雪。**(**吕留良紅旁**)雋逸。**未知所馳逐,但見暮光滅。**(**吴廣霈墨眉**)世亂則重武輕文,言之增慟。**歸來懸兩狼,門户有旌節。**(**方拱乾評**)止得妙。(**奚禄詒甲本旁**)妙在只言豪爽,不問煞稍。賦也。(**奚禄詒乙本紅旁**)妙在直言豪爽,不言殺稍。(**張雛敬墨旁**)總不明説,極有含蓄。(**沈巖尾**)從獵無厭化自五陵,刺在上者政事廢亂,唯有馳逐。

【彙評】

錢陸燦甲本紅尾、乙本紅尾:近鮑照,意本子建《白馬》。

陳治墨旁:汪云,諷而不露。

其　三

奚禄詒甲本眉:寶應元年,李輔國怨蕭華,罷其同平章事,然亦非京兆尹也。且是詩作於乾元元年,先寶應五年矣。○但存其意,不必求其人,然正非佳。○首二章言其豪富,中二章纔及零落,然正不必明。

佚名己紅眉:前四句意與後四句意絶不相涉,而用意之妙,推能者知之。

漆有用而割,(**錢陸燦甲本旁**)本《莊子》。(**錢陸燦乙本紅旁**)本《莊》。**膏以明自煎。**(**方拱乾評**)前四句與後四句絶不相綰,當是極相綰。(**傅山紅眉**)陳言。(**申頲紅眉**)家隱君曰:似子書中語,却帶腐意。(**吴廣霈墨眉**)此等仍是學《選》體。(**奚禄詒乙本墨眉**)但存其意,不必亦其人。**蘭摧白露下,**(**錢陸燦甲本旁、乙本紅旁**)近曲江。**桂折秋風前。府中羅舊尹,**(**方拱乾評**)忽接奇妙。(**奚禄詒甲本簽條批**)天寶八載,京兆尹蕭炅坐贓應遷。又于兢《大唐傳[載]》:天寶三年,蕭京兆炅奏,於要路築甬道,載沙寔之,至於朝堂是也。又唐京兆尹多宰相私人,故曰"羅舊尹"云。**沙道尚依然。**(**王鳴盛墨眉**)蕭炅黨於李林甫,爲其所網羅,故云"羅舊尹"。○天寶三年,因京兆尹蕭炅奏,於要路築甬道,載沙實之,屬於朝堂。**赫赫蕭京兆,今爲時所憐。**(**奚禄詒甲本旁**)興而賦也。○太露。

其　四

方拱乾評:直而狠。

傅山紅眉:太直致,無藴藉。

錢陸燦甲本眉:開元白一派。

錢陸燦乙本紅眉:快開元白一派。

錢陸燦丙本評:錢云:開元白一派。

錢陸燦丁本評:開出元白一派。昌黎《猛虎行》本此。

王鳴盛旁:此首蓋指吉温之流。

沈伯沆紅眉:説破反未深。

猛虎憑其威,往往遭急縛。(**吴廣霈墨眉**)"猛虎"八句未免傷雅,餘四首均佳。**雷吼徒咆哮,枝撑已在脚。忽看皮寢處,無復睛閃爍。人有甚於斯,**(**孫承澤墨旁**)不説明更好。**足以勸元惡。**(**奚禄詒甲本尾批**)比也。太露,不言末句,於古體纔合。(**奚禄詒乙本墨眉**)不露末句纔好。(**沈巖尾**)此剖酷吏。

其　五

奚禄詒甲本眉：真是漢風。○末章又及身後。

陳治墨眉：錢云：近陶而勁鋭過之。

朝逢富家葬，前後皆輝光。（**方拱乾評**）達觀至理説來，奇快驚人。（**錢陸燦甲本眉、乙本紅眉**）近陶而勁鋭過之。（**錢陸燦**）近陶而勁鋭過之。（**錢陸燦丙本評**）錢云：近陶而勁鋭過之。（**秦應逵紫眉**）達甚。（**奚禄詒乙本墨眉**）此首乃古樂府之妙者。**共指親戚大，**（**申頲紅眉**）"大"字愚蠢得妙，有口氣。**緦麻百夫行。送者各有死，不須羨其强。**（**丁耀亢紅眉**）酷口。**君看束縛去，**（**魯一同評**）語憤而諧。**亦得歸山岡。**（**方拱乾評**）看其眼孔，想其胸次。（**錢陸燦甲本尾、乙本紅尾**）意類《十九首》"萬歲更相送"數語。（**錢陸燦丁本評**）末首申言富貴貧賤同歸於盡，以終前四章之意。（**李念慈紅眉**）語固自達。（**奚禄詒甲本旁**）賦也。（**奚禄詒乙本紅眉**）袁君山輩好歌《薤露》，亦此意也。（**陳治墨眉**）達者之言。（**沈巖尾**）人云近陶，我云似鮑。

【彙評】

奚禄詒甲本眉：止前二章、後一章可取。

奚禄詒乙本墨眉：劉須溪云：曠然老，外沉著，中却痛快。

嚴復墨眉：詼詭譎怪。

嚴復紅眉：漁洋云達。

吴廣霈墨尾：陸批得間。

卷　六

秦州雜詩二十首

方拱乾評：廿首各自爲詩，各自爲體，細看當得其妙，當逐首看其興會體裁。

錢陸燦丙本評：錢云，《秦州雜詩》殊不見佳。

俞瑒乙本評：詩以“雜”名，不必强爲倫次，然大意在感世亂而思隱身，故歎息干戈，而遲回崖谷也。

盧見曾紅眉：題曰“雜詩”，所感非一事，其作非一時。蓋甫棄官遊秦，情非得已，身世之感，一寓於詩。即事命意，觸景成文，或繫於國，或繫於己，要以達其性情則一。然其遇彌困，而思則彌深；其心益苦，而言則益工。縱出横飛，涵今茹古。昔人謂其秦州以後，法律尤精，蓋所遇有以激發之也。學者求其本源之所在，而參時世以觀之，庶有以窺其籓籬耳。劉克莊曰：唐人遊邊之作，數十篇中間有三數篇，一篇間有一二聯可采，若此二十篇，山川城郭之異，土地風氣所宜，開卷一覽，盡在是矣。綱山詩云“杜陵詩卷是圖經”，信然。

吴廣霈墨眉：二十首拉拉雜雜，寫來都有條例，感時傷世，兼以自傷也。

奚禄詒乙本墨旁：曰“雜”，原無序次，亦後人所集。

王鄰德紅旁：《唐志》：秦州天水郡。屬隴右道，又《州記》云：前臨湖水，夏不溢，冬不縮。

其　一

汪琬乙本評：題曰“雜詩”，則先後各不相蒙，乃此首實有籠蓋全詩之意。

朱方藹紅眉：題曰“雜詩”，則前後各不相謀，乃此詩實有籠蓋全詩之意。五六曰“落”、曰“空”，自非泛泛拈景，而上下俱動矣。

題鮮于樞評：言生事滿目可悲，“悲”字乃一篇之骨子。“因人作遠遊”“度隴怯”“及關愁”“水落”“山空”而問西征之烽火，皆滿目可悲之事，故此淹留而心折也。“此淹留”結“作遠遊”，“心折”結“悲”字，賦也。

屈復評：“滿目”言事之堪悲，即遠遊一事，亦是因人，實破題上秦州也。次聯情，三聯時景。“心折”，猶魂斷也。問烽火而淹留，不應淹留而淹留也。

盧見曾紅旁：意極哀頓，氣則渾含，自足領起諸篇。

題張問陶墨眉：此説初至秦事。

嚴復墨眉：起語挈得起，此與“大江流日夜”皆工。發端彼以景，此以情也，壯闊相如。第三聯極整贍之能事，岑嘉州七言有“魚龍川北盤涇雨，鳥鼠山西洮水雲”之句。

沈巖眉：是廿首發端，以下乃每首各詠一事。

滿目悲生事，因人作遠遊。（**方拱乾評**）無意於起而似爲廿首之起。（**錢陸燦甲本眉批**）惜不得其何人。（**李念慈紅眉**）喪亂流離，播遷困厄之苦，有聲有淚。（**俞瑒甲本評**）赴秦之由。（**奚祿詒甲本旁**）首句起盡二十首。（**奚祿詒乙本墨眉**）首句起盡二十首，“遲回”喚起“怯”字，“浩蕩”喚起“愁”字。（**王伯沆紅眉**）時關輔大饑，子美棄官客遊，故首二句標出。**遲迴**

度隴怯，（**俞瑒甲本評**）到秦州。**浩蕩及關愁。**（**奚禄詒甲本眉**）“遲回”唤起“怯”字，“浩蕩”唤起“愁”字。五六是太白所少。（**吕留良紅旁**）悲壯。（**題商盤紅旁**）明暗句。**水落魚龍夜，**（**題商盤紅旁**）兩截句，呼應句。**山空鳥鼠秋。**（**方拱乾評**）《水經注》：魚龍以秋爲夜。此隨地隨時而成，無照應，無倫次，細看來，一首合當是起，廿首合當是結，即謂之有次第，亦可於此見公之神。（**吕留良紅旁**）雋逸。（**俞瑒甲本評**）秦州山水。（**題商盤紅眉**）五六本以魚龍水、鳥鼠山見地，及折而用之，則魚龍鳥鼠皆成活物，又因以見時，造句之巧，誠莫逾杜公者矣。（**吴錫麒紅眉**）喻語警辟。（**王伯沆紅眉**）“水落”一聯，造句入妙。（**奚禄詒乙本墨旁**）比也。（**王鄰德紅旁**）清壯而幻。（**李以峙墨眉**）（山空）按“山通”不佳。**西征問烽火，**（**俞瑒甲本評**）憂吐蕃。（**題商盤紅旁**）硬插句。（**奚禄詒甲本旁**）吐蕃之亂。**心折此淹留。**（**奚禄詒甲本尾批**）賦也。〇唐人皆不能此種詩。（**佚名丁墨旁**）竺云：“西征”言己西遊，用潘岳“西征”語。《晉書》：岳爲長安令，作《西征賦》。岳家在鞏縣東，故言西征。時吐蕃陷西平、河源，此言中原喪亂饑饉，吾逃避西征，乃問知西亦有烽火之警，此所以折此淹留也。

【彙評】

錢陸燦丁本評：五六紀其地，紀其時，並紀其事也。曰“落”，曰“空”，非泛泛拈景而上下俱動。

汪琬丙本評：此首有籠蓋全詩之意。岑參詩“魚龍川北盤溪雨，鳥鼠山西洮水雲”，正與暗合。

俞瑒甲本評：與末首相照。〇確是第一首，見淹留之意。

俞瑒乙本評：確是第一首，見淹留之故。

張學仁參定：魚龍水、鳥鼠山，皆秦地名，對仗典切精工，不讀破萬卷書，焉能下筆？

王鄰德藍尾：秦州詩在集中更有一種清冷幽秀之氣，當與柳州游山諸記並看。其摹寫關塞風土情形,娓娓詳細,又純似酈道元《水經注》。

王鄰德墨尾:以下五十五首,皆秦州作。

佚名丁墨尾:初謂雜詩無倫次,及仔細尋繹,煞有條理。二十首大概只是悲世、藏身兩意。其前數首悲世語居多,其後數首藏身語居多。惟其值世多變,是以爲身謀隱也。至如首尾兩章,固顯然爲起結照應矣。○其一爲二十首之冒,首言"生事""因人",籠後藏身等篇;末言"烽火""心折",籠後悲世等篇。此蓋以自明來秦之故也。○起聯字字清澈"生事"而曰"滿目悲",爲世亂可知。"因人"之人,或即指侄佐。公之來此,以侄佐在東柯也。三四縈前透後,開擺開也,撥也,排而振之也。非常。不獨來路艱難,而"問烽"之神已攝。五六乃貼秦州。"問烽火"者,向久歷中原之亂,今更恐蕃冠之逼。著一"問"字,覺一路驚惶,姑就此棲託矣。

佚名丁墨眉:其第二十詩云:"唐堯真自聖,野老復何知。曬藥能無婦?應門幸有兒。藏書聞禹穴,讀記憶仇池。爲報鴛行舊,鷦鷯在一枝。"

其　二

錢陸燦甲本眉:此首專爲城北而作,秦州古迹,無逾此寺。

汪琬乙本評:五六借云自況,傷其漂泊無歸也,故末句云云。"獨向東","獨"字正與二聯呼出。

吕留良紅旁:曰寺曰宫,便成感慨。

屈復評:前半遊寺,五六時景,結情。寺遊至晚而猶未歸,愁可知矣。正寫淹留也。

題商盤紅眉:程公如曰:"古"字著"苔蘚"説,"空"字著"丹青"説,"空"謂丹青剥落無存也。"山門""野殿",並横插字。三四順承一二,言寺已稱古,則宫殿之非其舊可知。○長安在東,人不能東而水獨東,愁時對之,更覺難堪。"無情",言其不解人愁也。中二聯寫寺景,結聯則因登眺所見以寓意。

題張問陶墨眉:此詠秦北寺也。○三四眼在句尾,五六眼在腰中。

王鄰德紅眉:渭水無情,而知東向,臣子有人性,而不知尊王之義。此少陵愁時便有取於水也。

秦州城北寺,(**方拱乾評**)城北寺。(**俞瑒甲本評**)點出秦州。**勝迹隗囂宫。**(**奚禄詒甲本眉**)埋怨渭水東流,情深語切。(**奚禄詒乙本墨眉**)以隗宫爲寺,正好帶諷。(**奚禄詒乙本墨眉**)"傳是"二字老成,不重"勝迹",况"隗宫"不可謂勝迹乎?○理愁渭東流,情深語切。(**吴廣霈墨眉**)點出秦州,眉目清朗。**苔蘚山門古**,(**俞瑒甲本評**)寺猶存。**丹青野殿空。**(**俞瑒甲本評**)宫已没。(**題商盤紅旁**)横插句,近景。**月明垂葉露**,(**方拱乾評**)此折腰句法。(**題商盤紅旁**)層折句,遠景。**雲逐渡溪風。**(**丁耀亢墨眉**)細。(**李念慈紅眉**)"月明"二句工巧而不纖。(**俞瑒甲本評**)會起"愁"字。(**俞瑒甲本評**)仇注:"古"字、"空"字,眼在句尾;"明"字、"逐"字,眼在腹中。**清渭無情極,愁時獨向東。**(**方貞觀墨眉**)結語即魏永熙帝"此水東流,而朕西上"意。注引《水經》何涉?詩中"東"字對本身西向而言,豈本《水經》"東"耶?(**題商盤紅旁**)意在言外。(**奚禄詒甲本尾批**)五六傷巧。(**奚禄詒乙本墨旁**)歎己不得東回。(**吴廣霈墨尾**)渭水向東而身獨滯留,所以可悲也。(**王鄰德藍尾**)兩句中用風雲月露,偏竟飄逸,非工部不能。(**嚴復墨眉**)人於極愁,每取無相涉之物而怨之。

【彙評】

錢陸燦丁本評:借雲月自况,傷其漂泊無歸也。故末句"獨"字正與上聯應。

吕留良紅尾:深沉超脱,兩到。

宋犖紅旁:何等渾厚。

俞瑒甲本評:清渭向東而身留於此,正以萬方多難耳。

俞瑒乙本評:清渭向東而身獨淹留,爲可悲也。寫景處却寓情,寄情處却寫景,融合入化,知老手景不虚構也。

朱方藹紅眉:五六借雲月自況,傷其漂泊無歸也。故末二句"獨向東","獨"字正與上聯叫應。

秦應逵墨旁:身不能偕渭水而東,故怨其無情。

吴廣霈墨眉:末二句實無理之思想,却寫來入妙。

佚名丁墨尾:其二就秦詠秦,明點出"秦州"字,意在通盤布局安頓,但就其名勝處,述而志之,不專爲寺詠也。故下半不黏寺説,仍就"清渭無情"縈拂"遠遊"一筆。

其　三

題鮮于樞評:言秦州兼領同谷,而其驛道可出流沙,故以"降虜"承第二句,"居人"應首句也。其下皆言驛道所見之事,而西來之臨洮,子亦自誇其勇悍,賦也。

盧見曾紅旁:五六入喻,筆意幽細,結極悲涼。

題張問陶墨眉:此詠降戍也,亦自誇,乃諷詞。

州圖領同谷,驛道出流沙。(**奚禄詒甲本眉**)唐人不及。○句句有關要害。○三四以下序虜與臨洮年少者,見當有控制關隘之法。○五六虜多人少。(**奚禄詒乙本墨眉**)正是形勢要害,有控制關係,不是説山川風俗之險而且剽也。"朱汗"對"白題"亦切。(**陳治墨眉**)書觸目而寓意甚微。

降虜兼千帳,居人有萬家。(**方拱乾評**)"千帳"言其多,"萬家"言其少。(**錢陸燦丁本評**)千帳之人,轉多於萬家也。(**俞瑒甲本評**)專詠降虜。(**朱方藹紅眉**)書觸目而寓意甚微。(**王鄰德紅眉**)此言華夷不辨之害。(**佚名丁墨旁**)虜以氈帳爲住,"千帳"猶言千家,言州中居人萬家,而中有虜氏千帳也。兼千虜，足萬數，極言異俗之多，不必謂單弱也。一［以］下叙異俗。**馬驕珠汗落，胡舞白蹄斜。**（**吕留良紅旁**）新奇。（**俞瑒甲本評**）申降虜之强。（**嚴復墨眉**）白題，以白纏頭，是奉火教者。波斯、阿富汗、卑洛支皆有之，非氊□也。（**李以峙墨眉**）（白題）按，"蹄"字非，音同而誤。**年少臨洮子，西來亦自誇。**（**方拱乾評**）臨洮之年少，皆習馳馬、胡舞。○自題□名。

【彙評】

汪琬丙本評：書觸目而寓意甚遠，起二句見其控扼要害而形勢關緊之意。

俞瑒甲本評：爲居人諷。

佚名丁墨尾：其三以下雜詠邊事，吾所謂悲世事等篇，顧宸所謂在西言西者也。其後有帶慨河北處，亦由本地觸發。○此志地界土俗。同谷領於本州，故曰"領"。流沙遠出西北，故曰"出"。蓋言地當衝要，所以羌民雜處也。而俗近蕃風，但見驕悍成習，亦重地矣。○此首將秦州地勢總寫。

其　四

題鮮于樞評：言鼓角於緣邊之郡，欲夜之時聽之，則殷地發而入雲悲矣。"蟬静""鳥遲"應"欲夜時"。末言不獨秦州有鼓角之聲，而萬方一概，則吾道其窮矣。

屈復評：前四句聞鼓角而發慨，鼓角自喧，寒蟬自静，飛鳥自遲，有"樂子無知"之感，然自寫眼前秋景，景中見情也。①

題張問陶墨眉：此詠鼓角也。

① 校注："自"杭本作"是"。

嚴復墨眉：此章全體悲壯。“緣邊”連讀。《後漢·隗囂傳》：緣邊之郡，江海之微。〇三句詠鼓，四詠角，三聯接第二句詮發。

王嗚盛墨眉：寫出鼓角魂魄，俗謂此乃寫“欲夜時”，一何無味！

鼓角緣邊郡，（**俞瑒甲本評**）與“烽火”應。**川原欲夜時。**（**方拱乾評**）鼓角。（**汪琬乙本評**）五六自况。（**吕留良紅眉**）字字深入。（**奚禄詒乙本墨眉**）此首專言鼓角。（**王鄰德紅眉**）此篇鼓角以見世亂之極。**秋聽殷地發，**（**俞瑒甲本評**）承“鼓角”。（**吴廣霈墨眉下**）“殷”讀“班”。**風散入雲悲。**（**吕留良紅旁**）秋聲四起，俯仰颯然。（**吕留良紅眉**）從鼓角後得此二句，更幽棲歎感。（**吴廣霈墨旁**）二句承“鼓角”來。（**奚禄詒乙本紅旁**）承“秋”。**抱葉寒蟬静，**（**俞瑒甲本評**）承“夜時”。（**奚禄詒乙本紅旁**）承“風”。**歸山獨鳥遲。**（**奚禄詒甲本尾批**）五六人民蕭瑟，惟聞鼓角耳。（**奚禄詒甲本眉**）“萬方”不止邊郡矣。（**奚禄詒乙本墨眉**）五六説人民蕭瑟，惟聞鼓角。（**朱方藹紅眉**）五六自况。（**李以峙墨眉**）（歸山）按“來”不對上句，非也。（**秦應逵墨旁**）二句有“樂子無知”之感。（**吴廣霈墨眉**）“抱葉”二句自况也。（**王鄰德藍旁**）二句應“川原”。（**墨筆旁批**）蟬聲、鳥歸，正欲夜之景。**萬方聲一概，**（**李以峙墨眉**）（萬方）按“年”字大謬。（**佚名己紅眉**）用一“聲”字唤回全詩之意。**吾道竟何之。**（**吕留良紅尾**）收接寬闊。（**俞瑒甲本評**）寄慨更遠。（**秦應逵紅旁**）萬方皆鼓角聲。（**吴廣霈墨眉**）結語深滿天下。（**王鄰德藍尾**）結言鼓角，不獨在邊郡。（**佚名丁墨旁**）謂吾生分。“久客應吾道”“藜杖全吾道”可併。按：“吾道”猶言吾生，詩中多有之，注家不知斯箋，往往謬解。

【彙評】

佚名丁墨尾：其四言此地亦多邊警，試聽鼓角而慨然矣，莫認作詠鼓角死句。曰“夜”，曰“秋”，曰“風”，都爲邊聲託出凄苦。五六唤起“何之”，結意更悲。本因避亂而來，到此仍無寧宇，直是無處安身。

其　五

丁耀亢墨眉：氣概何妙，雄駿。

錢陸燦丙本評：錢云：“龍種”謂肅宗，“驌驦”公自謂，不忘報國也，即賦老馬之意。

汪琬乙本評：今昔盛衰之慨，八句一氣直下。

吕留良紅眉：豈不自喻喻人，但可意會，不可言泥。

朱方藹紅眉：今昔盛衰之感，念此慨然，八句一氣説下。

屈復評：前半明言昔日馬本最多，自連陣没後，則秋草遍山長矣。若言馬多，秋草安得遍山哉？接以“聞説”，則不見可知。若眼中親見，何云“聞説”哉？“仍殘”即作“仍餘”解，亦云凡馬盡而神馬在，故迴立而思戰鬥也。①

盧見曾紅旁：沈德潛曰：伏櫪長鳴，隱然自寓。錢謙益：按《通鑑》，是年春三月，九節度之師潰於鄴城，戰馬萬匹，惟存三千。此詩“浮[雲]連陣没”，正其事也。秦州乃出西域之道，故感天馬事而賦之。

題張問陶墨眉：此借天馬以喻意。

嚴復墨眉：蔡夢弼謂，“南使”爲沙苑谷名，蜀有所據，若改“西使”，似無[依]。而“宜”字作何交代耶？“浮雲連陣没”，自是指九節度喪河之事。

南使宜天馬，（**俞瑒甲本評**）蔡注：以南使爲地名，無據依。張遠作“西使”，殘餘也。（**奚禄詒甲本旁**）“宜”字不穩。（**佚名丁墨旁**）“南使”猶言

---

① 校注：“徧”，杭本作“偏”；“徧山哉”，杭本作“偏山長哉”；“云”，杭本作“言”。

漢使。張騫通西南彝,可言西,亦可言南。竺云:"南使"謂虜使入中國者,蔡夢弼以爲沙苑别名,未知是否。"宜"是土宜之"宜",謂其所産也。一二言古來貢胡馬者由此道,其行甚盛也。(**方拱乾評**)南使,苑名馬。**由來萬匹强。**(**吴錫麒紅眉**)報國餘忠,處處不忘。(**奚禄詒甲本眉**)前四句言使者絶而寫不成矣。(**奚禄詒乙本墨眉**)四句言南使絶而馬不來。**浮雲連陣没,**(**俞瑒甲本評**)傷馬少。(**奚禄詒甲本旁**)意味自可詠。**秋草遍山長。**(**題商盤紅旁**)拖法。(**王鄰德紅眉**)此借"天馬"喻當時之將士。(**佚名丁墨旁**)排列曰"陣",謂南使將群馬行宿排列之狀。三四言今絶無其事也。"草"字亦緑,馬用之。**聞説真龍種,**(**方拱乾評**)"真龍種"指代宗,"老驌驦"指汾陽,亦是。有云専賦鄴城戰馬萬匹,只餘三千,亦是。(**俞瑒甲本評**)從馬提起。**仍殘**(**吴廣霈墨旁**)二字一作"空餘"。**老驌驦。**(**李念慈紅眉**)五六乍接,如麟龍崛起。(**題商盤紅旁**)流水對。(**陳治墨眉**)錢云:"龍種"謂肅宗,"驌驦"公自謂,不忘報國也,即賦老馬之意。(**奚禄詒乙本墨眉**)唐人"殘"字解作"餘"字,此四句言今日監中猶餘得有由來之老馬,當思出戰也。○唐牧監在隴右,因有此賦,意不過謂時亂而貢馬不來矣。(**佚名丁墨旁**)秦州清水縣有馬池水,龍馬所生。五六以下,擬此言之。此詩事因秦州之地,意言鄴城之敗。按鄴城之敗,戰馬萬匹,惟存三千,此詩所言正其意也。郭子儀因鄴城之敗,召還京師,廢黜。五六以"老驌驦"比郭,□推其志,重惜之。**哀鳴思戰鬥,**(**俞瑒甲本評**)頂五六收。**迥立向蒼蒼。**(**吕留良紅旁**)雅。(**題商盤紅旁**)倒收。(**奚禄詒甲本尾批**)賦而比也。(**王鄰德藍尾**)怨而不怒,《三百篇》之遺。(**佚名己紅旁**)後四句譬人憐衰亂之世,雖有豪傑之□,而人不識,不得自效於時,惟仰天哀歎之。

【彙評】

俞瑒甲本評:秦州城外多馬,後四句極見激昂。

張學仁參定:三四是自傷馬少,《心解》强作馬多。上句"由來",下句“聞説”，神氣全隔。至朱注謂鄴城之潰，戰馬惟存三千，正指其事，泥矣。惟盧注以“龍種”比廣平王，以“驌驦”比汾陽，良是。

俞瑒乙本評：隴外多馬，故以天馬言，後半寫意激昂沉痛，伏櫪長鳴，亦隱然寓意。

陳治墨尾：汪云今昔之感慨然。

佚名丁墨尾：其五見秦州牧馬，而動殄寇之思。起二只是借漢事點馬之多，以此地爲西域途經之處，故借以發端，亦興體也。三四正形其多，言馬群如雲，秋原盡掩，忽然没去，見草色青青滿山也。諸解不悟“没”字，而扯入鄴城軍潰，誤矣。五六就馬群中提出異種，以起下文。七八乃因神馬而思建功，衹就馬説，壯心自顯。〇朱氏倡爲鄴潰馬盡之説，説者靡然從之，則是眼不見馬，感觸無端，懸空駕到鄴事，萬無是理。要知此首與後“胡笳”“尋源”二首各意。

其　六

題鮮于樞評：言城上胡笳發則山邊漢節歸，於是奉詔發金徽之卒赴渤海而防河也。“形骸黑”而士卒勞苦，“鳥獸稀”而林木疏少，故不堪於往來征戍，而恨解鄴城之圍也。蓋言鄴圍若不解，豈今吾遠戍哉？賦也。

方拱乾評：發兵。“恨解”句注未確，當是恨鄴城之圍潰耶？“解”字又漸礙。有言此首專爲防吐蕃也，戍卒怨極。言鄴城之圍若不解，豈今吾遠戍哉？

吕留良紅眉：直遂，然終是大家口。

朱方藹紅眉：大概言幽燕未靖，將士遽歸，其初本起防河之卒，奉詔東征，戰戍已久，至形枯野空而無成功，一旦輕棄之也。

題張問陶墨眉：此詠防河戍卒也。

城上胡笳奏，山邊漢節歸。（**奚禄詒甲本眉**）漢節方歸，即有防河之詔，和議可惜。（**奚禄詒乙本墨眉**）漢節方歸而即有防河北之詔，和虜何益？調安西之戍以救鄴，故西邊更番之卒，恨復以我解鄴之圍也。（**王鄰德墨旁**）此章專詠吐蕃之亂。（**王鄰德墨眉**）胡笳反奏於城上，漢節轉在於山邊，兵敗圍解，故征戍不息。**防河赴滄海，**（**俞瑒甲本評**）專詠防卒。**奉詔發金微。**（**李以峙墨眉**）（金微）按"黴"，形近而誤。**士苦形骸黑，**（**俞瑒甲本評**）起下恨家。**林疏鳥獸稀。**（**李念慈紅眉**）"疏"字恐訛。（**李以峙墨眉**）（林疏）按作"旌疏"，通首一綫，"林"字非也。**那堪往來戍，**（**俞瑒甲本評**）應第三句。（**王士禛評**）第七句語氣未圓。**恨解鄴城圍。**（**俞瑒甲本評**）顧宸曰："解圍"一語實關唐之興亡。（**奚禄詒甲本尾批**）賦也。往來者，西邊更番之兵也。（**屈復評**）"解"，潰散也。（**秦應逵墨旁**）"解"，潰散也。（**王鄰德紅尾**）言鄴城圍解，而士卒罷征戍之苦也。

【**彙評**】

佚名丁墨尾：其六徵兵入援之事。事雖繫於河北，而途則經於秦州，故因目擊而詠之。考史，自武德以來，地連西域，開元中置朔方、隴右、河西、安西、北庭諸節度統之，歲發山東丁壯爲戍。及禄山反，邊兵皆徵發入援，留兵單弱，據此，則是時常有徵兵西北之事。兹因鄴潰而再徵，詩箋瞭然。錢箋指爲遣戍河西，直不足辯矣。結局點清徵兵之由。"圍"不曰"潰"而曰"解"，諱之也。○或因此詩言邊兵單少，疑前首秦州之馬未必尚多，拙解亦恐不的。余曰：不然。其所徵發，皆在邊外，來往經臨於此，故及之，詩固未言秦亦單少也。更觀前詩"馬驕汗落"等句可悟。

其　七

題鮮于樞評：言秦州在萬山之間，正當關塞之要衝，乃怪屬國之歸何晚，第樓蘭之斬未還耳，故我獨長望於煙塵之際而悲傷也。

錢陸燦甲本眉：此首言使客雖多，未有如蘇武、傅介子之賢者。

錢陸燦丙本評：錢云：此首言使客雖多，未有如蘇武、傅介子之賢者。

屈復評：前四所處荒涼之景，後四憂時之心。①

盧見曾紅旁：氣調蒼深。吴昌祺曰：如雕鶚盤空，雄健自喜。沈德潛曰："無風""不夜"，奇景偶然寫出。或以爲地名，不但穿鑿，亦令杜詩無味。

題張問陶墨眉：此詠使臣未還也。〇壁立萬仞。三四奇景，偶然寫出。

吴廣霈墨眉：悲壯蒼凉，邊塞絶唱。

王鄰德紅眉：前四句異方之景，後四句感時之情。

沈巖眉：氣調蒼凉。

莽莽萬重山，孤城山谷間。（**吕留良紅眉**）兩句畫出山城陰森慘澹氣象。（**李念慈紅眉**）首二句秦州真景，經到始知其工。（**俞瑒甲本評**）秦州。（**題商盤紅旁**）語含比興。硬裝句。（**奚禄詒甲本眉**）以下五首皆承"驛道出流沙"來。（**李以峙墨眉**）（山谷）按二語緊相承接，必用"山"字，改作"石"，便點金成鐵。無風雲出塞，（**嚴虞惇紅旁**）谷名。不夜月臨關。（**嚴虞惇紅旁**）城名。（**奚禄詒甲本旁**）自然有味。（**奚禄詒乙本墨眉**）三四不問地名，自然佳。（**王鄰德紅旁**）妙處舉目得之。屬國歸何晚？（**方拱乾評**）"屬國"指李之芳事。（**俞瑒甲本評**）蘇子卿。（**題商盤紅旁**）設爲問答，借古爲喻。樓蘭斬未還。（**汪琬乙本評**）"樓蘭"句借用，未見妙。（**俞瑒甲本評**）傅介子。（**奚禄詒甲本旁**）主意在此二句。（**奚禄詒乙本墨

① 校注："'解'，潰散也"，杭本闕。

旁)西番所執之使,意在此二句。(**嚴復墨眉**)“屬國”“樓蘭”一聯是杜老摹《選》句法,未必實有其事也。**煙塵獨長望,**(**李以峙墨眉**)(一長望)按“獨”字亦可,然“一”字較響。**衰颯正摧顏。**(**錢陸燦丁本評**)此言奉使雖多,未有如蘇武、傅介子之賢者。(**吕留良紅尾**)用事活,寄興深。(**俞瑒甲本評**)歎使臣未還。(**奚禄詒乙本墨眉**)一路五首皆承“驛道出流沙”來。(**李以峙墨眉**)(摧顔)按作“催”者,形聲相近而訛。

【彙評】

俞瑒乙本評:大概言幽燕未靖,將士遽歸,徵隴右兵防河,又奉詔東戍,留兵單弱,至形枯野空、全無防禦也。

張學仁參定:《邵氏聞見録》:無風,谷名;不夜,城名。趙次公謂後人因杜詩而爲之名耳。不如作寫景説,極其慘澹凄凉。

題商盤尾:五六指李之芳奉使事,可謂妙於立言。接聯亦暗寓比興。三寓國中遣使之弱,四則陰盛之喻耳。“長望”二字綰全篇。

佚名丁墨尾:其七憂吐蕃之不庭也。一二身所處,三四警絶,一片憂邊心事,隨風飄去,隨月照着矣。五六言西人向化無期也。“長望”“摧顔”,憂何時解?

其　八

題鮮于樞評:言聞道漢使乘槎經天,漢使西域而宛馬來。今也一望則幽燕隔絶,郡國何時其開通邪?且東征之健兒已盡,故羌笛暮吹而可哀也。蓋傷無使以喻德,意無兵以征□庭耳。

錢陸燦甲本眉:此首專詠張騫而作,傷時無其人也。

錢陸燦丙本評:錢云:此首專爲張騫作,傷時無其人。

吕留良紅眉:在張騫若刺,於時事乃風,意不主張。

題張問陶墨眉:此借漢使以慨時事。

徐松紅眉：趙汸曰：因秦州爲西驛道，歎漢以一使窮河源且通大宛，如此其易，今以天下之力，不能戡定幽燕，至今壯士幾盡，是可哀也。

王鄰德藍眉：時安史作亂，幽燕諸郡尚未平，故言倘有使如張騫，則郡國不隔，而師徒亦不至潰敗。

佚名己紅眉：有諷刺。

聞道尋源使，（**俞瑒甲本評**）借漢使説起。**從天此路迴。**（**吕留良紅旁**）萬里客程，五字提醒。（**奚禄詒甲本墨眉**）承上首，言安史未靖，不當有事於西。（**奚禄詒乙本墨眉**）承上首，言安史未靖，不必屢使西番。（**吴廣霈墨眉**）"尋源"，尋河源也。故下接"牽牛"句。（**嚴復墨眉**）用今日作起，便有失喜望外氣象。**牽牛去幾許？　宛馬至今來。**（**吕留良紅旁**）對得圓活，而嚴整恰好。（**奚禄詒乙本紅眉**）"至今來"者言回鶻助順之馬。**一望幽燕隔，**（**俞瑒甲本評**）感慨在此。**何時郡國開？**（**吕留良紅旁**）特借張騫起興，發後四句感慨。**東征健兒盡，羌笛暮吹哀。**（**方拱乾評**）一"盡"字慘。（**方拱乾評**）羌笛之吹，用兵未已。（**俞瑒甲本評**）貼秦州風土。（**奚禄詒甲本尾批**）賦也。○禄山反，募兵十萬，也號"天武健兒"。

【彙評】

張學仁參定：前云昔人開邊之易，下云今人平燕之難。以上半影下半，另是一格。

佚名丁墨尾：竺云：此首率看，五六似不與上接。蓋言聞古有尋河源至天河者，乃從此路往來，則雖星斗所在，幾不相遠，況胡馬往來乎？然此路通達如斯，而今則雖中國之域，亦相隔絶，何哉？起句以"聞道"二字，自無中説起，且用"牛""馬"字面作對，杜公波瀾佚蕩之態。○其八心感秦州故事，神傷河北擅兵，架空立説，不離乎宗。趙汸曰：因秦州爲西域驛道，歎漢以一使窮河源，且通大宛，如此其易。今以天下之力，不能勘定幽燕，至令壯士幾盡，一何難耶！是可衰也。〇“去幾許”言用力甚省。〇此詩之格絶奇，以上半作對面影子，下半翻轉印證。

其　九

王士禛評：但見其喧呼而已。

題張問陶墨眉：此詠秦州驛亭也。

今日明人眼，臨池好驛亭。（**俞瑒甲本評**）詠驛亭。（**奚禄詒甲本眉**）幽事之後，兀入“喧呼閱使星”，因了驛亭，而感慨繫之。（**奚禄詒甲本旁**）出隴矣。（**奚禄詒乙本墨旁**）出隴右矣。（**朱方藹紅眉**）託興頗長。（**王鄰德墨旁**）此詠秦州驛亭也。**叢篁低地碧，高柳半天青。**（**方拱乾評**）“低”“半”二字有力。（**俞瑒甲本評**）驛亭之景。（**奚禄詒甲本旁、乙本墨旁**）此處獨未蹂躪。**稠疊多幽事，**（**奚禄詒乙本墨旁**）承上。**喧呼閱使星。**（**俞瑒甲本評**）驛亭之事。（**奚禄詒甲本旁**）六句是作詩變化之法。（**奚禄詒乙本墨旁**）此句忽出，似上下不屬，然却是作詩變化。（**沈巖眉**）但見其喧呼而已。**老夫如有此，不異在郊坰。**（**方拱乾評**）“有此”當指亭耶？（**吕留良紅眉**）淺淺感興。（**俞瑒甲本評**）收稍直致。（**奚禄詒乙本墨眉**）此語可愧素餐者。〇用不得此等語結。

其　十

屈復評：起二句雨，中四句時事，結對雨傷時事也。①

題張問陶墨眉：此詠秦州雨景也。

王鄰德墨旁：言羌童猶看渭水東向長安，使客亦赴河源馳驅王

① 校注：“雨”，杭本作“雨中”。

事，而我羈棲關塞，雜處煙火牛羊之中，秋日閉門，不得一哀王事也。

雲氣接崑崙，涔涔塞雨繁。（**俞瑒甲本評**）詠雨景。**羌童看渭水，使客向河源。**（**俞瑒甲本評**）雨中之事。（**李以峙墨眉**）（使客）按"估"，形近而訛。（**李以峙墨眉**）（向）按"尚"字不通，亦形近而訛。（**吴廣霈墨眉下**）四句一口氣直下，老健無匹。（**奚禄詒甲本眉**）廿首之中，公屢言使者，可見兩蕃和議反復無定，故屢歎之。（**奚禄詒乙本墨眉**）廿首中屢言使者，見兩蕃和議反復，故屢歎之。**煙火軍中幕，牛羊嶺上村。**（**吕留良紅旁**）畫意。（**俞瑒甲本評**）雨中之景。**所居秋草净，**（**吴廣霈墨眉下**）"静"，錢本作"净"。**正閉小蓬門。**（**俞瑒甲本評**）雨後自傷。（**奚禄詒甲本尾批**）賦也。○"羌童看渭水"，無緊要，而公説得緊要。鄯州有河源軍。（**奚禄詒乙本紅旁**）指村民。

【彙評】

錢載評：此詩雨中所作，唯水勢盛，故野童喜兒看之，使客迎而向之也。其頸聯亦雨中景，唯見煙火，始知有幕，唯見牛羊，始知有村，否則不免爲雨所掩也。

其十一

題鮮于樞評：言"古塞冷"而"秋雲低"，雲低而雨作，故黄鵠、蒼鷹不得食。"薊門誰自北"而行師，"漢將獨征西"而出塞，然我不意老而厭亂如此，蓋傷久亂而文武百官皆困於征役，妖氛未息，乃厭鼓鼙耳。比而賦也。

錢陸燦丁本評：按上首寫雨。

屈復評：首二句秋塞，次聯景物，有比意。三聯時事，結身世離亂之感。①

盧見曾紅旁:浦起龍曰:蒼蒼莽莽,以古爲律。此前多言世亂,此後多爲身謀,此乃前後關鍵也。

題張問陶墨眉:此對雨傷寇亂也。

徐松紅眉:浦起龍曰:起四句興而比也,此章乃前後關鍵。

蕭蕭古塞冷,漠漠秋雲低。(**李以峙墨眉**)(秋雲)按風不可言"漠漠",顯誤也。**黄鵠翅垂雨,**(**俞瑒甲本評**)比興。(**奚禄詒甲本旁、乙本紅旁**)比也。(**王鄴德紅旁**)時景蕭索。**蒼鷹飢啄泥。**(**吕留良紅旁**)當有感諷。(**俞瑒甲本評**)上四寫景。(**奚禄詒甲本眉、乙本墨眉**)三四乃蕭瑟之景,五六可愧諸臣。(**王鄴德墨眉**)或以"黄鵠"句爲喻諸將,"蒼鷹"句爲喻□□,未免費解。(**王鄴德紅旁**)託物自喻。**薊門誰自北?**(**俞瑒甲本評**)東征。**漢將獨征西。**(**俞瑒甲本評**)西征。**不意書生耳,**(**李以峙墨眉**)("不意"句)按此語正以虚字跌宕生姿,誤認作耳目之"耳",妄者遂又誤作"眼",非是。**臨衰厭鼓鞞。**(**方拱乾評**)厭,飫也。(**方拱乾評**)有飽飫意。"厭"字豈有心得來?此所謂神也。(**俞瑒甲本評**)心折淹留之故。(**奚禄詒甲本尾批**)興而賦也。〇五六即是前首"一望幽燕"四句之旨。(**吴廣霈墨眉下**)余亦有同感焉。(**李以峙墨眉**)(厭)按兵戈習見,故"厭"字妙於"見"字。(**嚴復墨眉**)"厭"通"饜",足也,不作厭惡解。注家皆失之,故遂改"耳"爲"眼",改"厭"爲"見"。(**佚名丁墨旁**)七八言西北兵事不休,士或當從軍立功,而書生如我者無用,於時只營艱難,厭於鼓鞞之聲已。"耳"訓已而,亦含耳聽之意,此自音辭之妙,解爲書生之耳,俗矣。

【彙評】

俞瑒甲本評:時爾激昂,時爾悲歎,總見一片真情。

---

① 校注:"離亂",杭本作"亂離"。

俞瑒乙本評:薊門爲史思明所據,而北來無□□,吐蕃叛服不常而西征也。

佚名丁墨尾:其十一蒼蒼莽莽,以古爲律,乃前後關鍵也,舊解與諸篇一例,全不曉斷制。○前四興而比也,身值此世,殊無活計矣。後四見作法。蓋此前多世亂,故以"自北""征西"雙舉作繳。此後多説身謀故"書生耳""厭"提破作引。

其十二

屈復評:"寺""水"對起,下二句分應,五六"寺",結"水","俯仰"二句一總。①

盧見曾紅旁:楊德周曰:秦州詩憂憤悱惻,都非文人伎倆。即"歸山獨鳥遲""老樹空庭得"二語,亦令人閣[擱]筆。

題張問陶墨眉:此詠秦州南郭寺也。

王鄰德墨旁:此詠秦州南郭寺也。

王鄰德墨眉:通章寓俯仰。

王鄰德紅眉:此上四首,二首晴,二首雨。

山頭南郭寺,(**嚴復墨眉**)南郭寺。**水號北流泉。**(**方拱乾評**)北流泉。兵戈之後,樹木伐盡,惟寺中空庭,乃得此老樹。(**汪琬乙本評**)詩至不可解則妙,"老樹空庭得"是也,然有至理。(**俞瑒甲本評**)奇句。(**題商盤紅眉**)中四語寫景並精,三四分承一二,五六再寫寺中之景,而結一"溪"字,又挽到流泉上,非此則不成爲杜律矣。**老樹空庭得,**(**方拱乾評**)"得"字妙。(**俞瑒甲本評**)承"寺"。(**題商盤紅旁**)順承一二。(**陳治墨眉**)汪云:詩至不可解則妙,"老樹空庭得"是也。(**秦應逵紅旁**)奇句。(**王伯沆紅眉**)

---

① 校注:"句",杭本作"字"。

“得”字奇妙。（**王鄰德紅旁**）妙在寫影。**清渠一邑傳。**（**李念慈紅眉**）“空庭得”極妙。（**吕留良紅眉**）神聚一字，所謂詩眼。（**俞瑒甲本評**）承“水”。（**奚禄詒甲本眉**）“得”字、“傳”字好。（**奚禄詒乙本墨眉**）“傳”字也承。（**朱方藹紅眉**）須溪云：詩至不可解則妙，“老樹空庭得”是也，然有至理。（**吴廣霈墨眉下**）“老樹”句，奇句也。“得”字在可解不可解之間，故妙。**秋花危石底，**（**方拱乾評**）“危”字屬“花”，乃妙。（**俞瑒甲本評**）蕭索之景。**晚景卧鐘邊。** **俯仰悲身世，**（**俞瑒甲本評**）作詩大意。**溪風爲颯然。**（**吕留良紅旁**）飄脱。（**奚禄詒甲本尾批**）賦也。（**奚禄詒乙本墨眉**）風之颯然，亦覺是爲我之然也。（**吴廣霈墨尾**）不獨自悲風，亦爲我颯然而悲鳴也。

【彙評】

俞瑒甲本評：忽入幽境，總增身世之感。

王鄰德墨尾：以上四首，“驛亭”與此首是晴，中二首是雨，此公在寺中作也。或因北寺而愁，或因孤城而悵，又因南寺而悲，故曰“雜詩”。

其十三

屈復評：此首從五柳先生《桃花源記》出。

盧見曾紅旁：趙汸曰：起用“傳道”二字，則以下景物皆是未至谷中先述所聞，末方言泛舟往遊，恐如桃源之迷路也。王知彰曰：工部棄官，寓東柯谷侄佐之居。

題張問陶墨眉：此遊東柯谷也。

佚名己紅眉：用“傳道”二字，則下七句所寫景物皆是未至谷中，先述所聞也。

傳道東柯谷，（**俞瑒甲本評**）秦州谷。**深藏數十家。**（**方拱乾評**）

東柯谷。(**奚禄詒甲本旁**)"傳道"以下皆舟人相近而報者,故末句急欲到耳。(**奚禄詒乙本墨眉**)劉須溪云:一景物獨寫得流麗。(**陳治墨眉**)隱隱以桃源擬之。(**魏源評**)以下探幽尋寓,即首章所謂"生事",此思爲桃源之避世也。(**嚴復墨眉**)東柯谷。**對門藤蓋瓦,映竹水穿沙。**(**俞瑒甲本評**)承谷中説。**瘦地翻宜粟,陽坡可種瓜。**(**嚴復墨眉**)只寫正面,而覓地避亂之思溢於言外。**船人近相報,**(**俞瑒甲本評**)應"傳道"。**但恐失桃花。**(**丁耀亢墨眉**)"失"字新絶。(**李念慈紅眉**)用桃源事入化,一本作"相近",似更自然。(**俞瑒甲本評**)用避秦事。(**奚禄詒甲本眉**)欲卜居矣。○末句謂恐如桃源之不可入。(**奚禄詒甲本尾批**)賦也。(**奚禄詒乙本紅旁**)欲卜居也。(**朱方藹紅眉**)隱隱以桃源擬之。(**吴廣霈墨尾**)何處有此桃花源?吾甚羡之,疑之。(**錢陸燦丁本評**)上六句是傳聞,船人更報以桃花之盛,不可不一往耳。隱隱以桃源擬之。(**佚名己紅旁**)泛舟往遊,恐如桃源之迷路也。

【彙評】

錢陸燦甲本眉:鐵曰:雖雜詩,亦必一時所編。前云秋莫、秋雷,此不應見桃花,而報我或即桃酒□耳。

王瀣德墨旁:以上所云景物,公皆得自傳聞,尚未身至其地。時公必覓船,欲往東柯,先就船人而問之,船人特就其近處相報云爾。恐更有幽僻如桃源可避亂者,彼或失之,須公自覓。

佚名丁墨尾:其十三未到東柯,就傳聞語預寫其勝,有運實於虚之妙。○東柯爲侄佐所居,傳道其幽勝久矣。囑船人將近即報,如恐失之者,意此中果可避世,非止急於一遊也。○家藏於谷,屋又藏於藤,水又藏於竹,而又宜粟宜瓜,直將桃源畫出,故知落句有根。

其十四

盧見曾紅旁:朱鶴齡曰:前聞東柯谷之勝而欲卜居,此述仇池穴之勝而欲卜居也。觀卒章"讀記憶仇池",則前六句皆是引記中語。浦起龍曰:前後三篇皆言東柯,此以仇池隔斷,章法變化。

題張問陶墨眉:此詠仇池穴也。觀末章"讀記憶仇池",則前六句皆是引記中語。

王鄰德紅眉:前詩稱東柯谷之勝而欲卜居,此稱仇池穴之勝而欲卜居也。

萬古仇池穴,(**汪琬甲本紅眉**)仇池。**潛通小有天。**(**方拱乾評**)仇池。(**奚禄詒甲本眉**)承上首。(**朱方藹紅眉**)仇池勝地,詩之高老,足以發之。(**吴廣霈墨眉**)兆豐世亂,有避地桃源之意,"仇池"真其地也。但至此"送老",亦正自非易事耳。(**魏源評**)意同前章。(**嚴復墨眉**)仇池穴。**神魚人不見,**(**俞瑒甲本評**)仇池之勝。**福地語真傳。近接西南境,長懷十九泉。**(**奚禄詒乙本墨眉**)近而懷之,猶未到。(**嚴復墨眉**)注家謂仇池有九十九泉,今云"十九",乃省語。吾意殊不謂然,杜時但有十九泉著耳。**何時一茅屋,**(**俞瑒甲本評**)收到自己。**送老白雲邊。**(**吴廣霈墨尾**)仇池今亦非昔,不復能避亂矣。嗟乎!(**奚禄詒甲本尾批**)賦也。(**奚禄詒乙本墨旁**)從建安中氐羌楊駒曾授此。

【彙評】

張學仁參定:"東柯"言"傳道","仇池"言"長懷",皆是虚擬之詞。

其十五

題鮮于樞評:言未暇泛海而悠悠於兵馬間者,以塞門客舍風雨多故也。昔阮籍之行多興,龐公之隱不還,吾將遂疏懶於東柯,休鑷白而隱處,不必浮海矣。

題張問陶墨眉:此在秦州而羨東柯也。

王伯沆紅眉:"長江風送客,孤館雨留人",晚唐人佳句也。少陵"塞門"一聯,則留人送客又不待言矣。

王鄰德墨眉:通章以"未暇"爲意。

王鄰德紅眉:承上言東柯之勝,可終老也。

未暇泛滄海,悠悠兵馬間。(**方拱乾評**)承上二首來。(**吕留良紅眉**)頗有乘桴之興。(**奚禄詒甲本眉**)此數首皆已卜居。(**奚禄詒乙本墨眉**)此下似已卜居之作。**塞門風落木,**(**李以峙墨眉**)(塞門)按"寒門"雖有典,然明是"塞"字之訛,又别本云云,不如本句。**客舍雨連山。**(**俞瑒甲本評**)客居之況。(**吴廣霈墨眉**)"塞門"二句,調高格老。(**奚禄詒甲本旁**)景令人凄。(**奚禄詒乙本墨眉**)三四句景冷人凄。○三句五字下得奇。**阮籍行多興,**(**俞瑒甲本評**)避地之思。**龐公隱不還。東柯遂疏懶,**(**俞瑒甲本評**)起東柯。**休鑷鬢毛斑。**(**方拱乾評**)可見烏鬚□之不宜於□矣。(**奚禄詒甲本尾批**)賦也。

【彙評】

佚名丁墨尾:其十五定東柯而作。首句翻乘桴浮海意。次句有吾何爲於此意。三四兵馬間所值,皆追寫以剔後半也。下四正文,結即上篇"送老"、下篇"將老"意。

其十六

題商盤紅眉:三四景中寓意,即陶公所謂"倦飛知還""無心出岫",見此中可終老也。後半言野人勿矜險絶,水竹會與平分,我將不謀於妻子,決計終老於此矣。"矜險絶"謂此中深可避亂也。末句決計之意,人多不得其解。

題張問陶墨眉:此欲卜居東谷也。○"邀"字、"卷"字句眼。

王鄰德藍旁：日落鳥歸，若有邀之者，着想奇絶。

東柯好崖谷，不與衆峰群。（**錢陸燦丁本評**）接上寫東柯之景。前此傳聞，此是目擊，一綫貫串。（**汪琬乙本評**）體物入微。（**朱方藹紅眉**）體物入微。**落日邀雙鳥，**（**題商盤紅旁**）語含比興。（**奚禄詒甲本旁**）幽雅。**晴天卷片雲。**（**錢陸燦甲本眉批**）鳥是望東日而飛，暮西歸，故“邀”字妙。箋曰：“晴天養片雲”，一本作“卷”。吴季海云作“卷”，時天無雲，而養片雲於谷也，見崖谷之深峻可知矣。山深多藏畜，山川出雲，皆叶“養”字之義。“養”字似新而實穩，所以爲佳。（**錢陸燦丙本評**）錢云：鳥是望日而飛，暮而西歸，故“邀”字妙。晴天無雲，而養片雲於谷内，則崖谷之深峻可知。“養”字似新而實穩，所以爲佳。如以尖新之見取之，即此一字，不知添詩家數丈魔矣。（**李念慈紅眉**）“養”字無理。（**俞瑒甲本評**）東柯之景。（**奚禄詒甲本眉**）“邀雙鳥”三字下得妙。（**吴廣霈墨眉下**）“卷”，一本作“養”，似勝。錢箋本正作“養”。（**王鄰德墨眉**）“卷”一作“養”，云晴天無雲，而養片雲於谷中，則深峻可知。（**李以峙墨眉**）（卷）按“養”字妙。**野人矜險絶，**（**俞瑒甲本評**）卜居之意。（**題商盤紅旁**）縮脈句。（**李以峙墨眉**）（矜）按“吟”，形似之誤。**水竹會平分。**（**嚴復墨眉**）“矜險絶”言其地之源，固水竹平分，喜因緣之可遇。（**奚禄詒乙本墨眉**）已親歷其地矣。**采藥吾將老，童兒未遣聞。**（**方拱乾評**）可見兒童之不喜□矣。（**吕留良紅眉**）並上三結一意。（**俞瑒甲本評**）承五六，收。（**奚禄詒甲本尾批**）賦也。（**王鄰德紅尾**）承上句，言己欲終老於東柯，而不使人知也。（**嚴復墨眉**）結句用右軍語意。

【彙評】

張學仁參定：此首方實賦在東柯情景。

佚名丁墨尾：其十六纔是在東柯寫景言情之作。“野人”自謂，“矜險絶"謂可不與世通。結言此意非兒輩所知，言下有裝聾作啞，由他背後嘖嘖之慨。

其十七

王士禛評：西樵曰"不成句"。

題張問陶墨眉：此詠山居苦雨也。

邊秋陰易久，（**奚禄詒乙本墨旁**）（易夕）谷深則晨光已遲，又易夕，故不辨也。是"夕"字有情。**不復辨晨光。**（**方拱乾評**）陰夕。（**方拱乾評**）三字三意。（**吕留良紅旁**）密。（**王鄰德墨旁**）前四句極狀其陰。**檐雨亂淋幔，山雲低度墙。**（**俞瑒甲本評**）雨中景。（**奚禄詒甲本眉**）三四不緊要，却是佳句。（**錢載評**）後六句純是雨景。（**嚴復墨眉**）詠所居之陰濕。**鸕鷀窺淺井，蚯蚓上深堂。**（**俞瑒甲本評**）雨中物。（**奚禄詒乙本墨眉**）五六不緊要，語却有味。**車馬何蕭索，門前百草長。**（**李念慈紅眉**）寫雨情逼真。（**俞瑒甲本評**）苦雨愁悶。（**奚禄詒甲本尾批**）賦也。

其十八

題鮮于樞評：言秦州秋將盡，而客未歸，因塞雲之斷續多，故邊日之光輝少也。托秋景以比也。且吐蕃外甥，何得相犯邪？以義責之。賦兼比也。

題張問陶墨眉：此客秦而憂吐蕃也。末反言以見和親之無益。

徐松紅眉：浦曰：就寓中再將世事兜裹，所謂規重矩疊也。

吴廣霈墨眉：聲調高抗入雲。

地僻秋將盡，山高客未歸。（**俞瑒甲本評**）應"遠遊"。（**朱方藹紅眉**）疏疏莽莽，語意却自相承。**塞雲多斷續，邊日少光輝。**（**俞瑒甲

本評)邊秋之景。(**奚禄詒甲本旁**)慘淡之情。(**奚禄詒乙本墨眉**)三四承首句,五六承次句。(**屈復評**)"邊日少光輝"比劉長卿"幽州白日寒"更妙。(**秦應逵紅旁**)警句,比"幽州白日寒"更妙。(**嚴復墨眉**)次聯沉壯。**警急烽常報,傳聞檄屢飛。**(**方拱乾評**)五字妙絶,寫盡當時。(**俞瑒甲本評**)轉入邊警,起末聯。(**王鄰德紅眉**)唐屢以公主下嫁夷狄,故云。**西戎外甥國,何得迕天威。**(**方拱乾評**)諷得盡情。(**吕留良紅旁**)風刺得體。(**俞瑒甲本評**)應起首征西。(**奚禄詒甲本眉**)末二句深刺和親。(**奚禄詒甲本旁**)感在"何得"二字。(**奚禄詒乙本墨眉**)"外甥"二字下得狠。"近"字含蓄,"迕"字率了。(**吴廣霈墨尾**)唐嘗與吐蕃和親,故曰"外甥國"也。(**吴廣霈墨眉下**)"迕"一本訛作"近",真可笑也。(**王伯沆紅眉**)相視無益,意在言外。

【彙評】

俞瑒甲本評:仍以"西征""烽火"言,見"悲生事"之意。

佚名丁墨尾:其十八亦在東柯作,從谷中想着外間邊警也。一二就谷中寫,三四引到邊塞,五六落出烽檄,七八點明吐蕃,妙在逐層拓出。

其十九

題鮮于樞評:此公傷邊庭未静,而思拜李廣爲將以征之。賦也。

錢陸燦甲本眉:此首言西北之亂未平,恨不得飛將軍專任之耳。

錢陸燦丙本評:錢云:此首言西北未平,恨不得飛將軍專任。

汪琬乙本評:語語沉實,盛唐正調,公直兼諸子矣。

屈復評:首二句蕃警,次二句師老,三聯殺氣陰慘,結期望之詞。

題商盤紅眉：鳳林關、魚海縣，皆入吐蕃之路，地名佳甚。凡地名入詩，本以助色，不佳則難入也。○"戈未息"故"時舉火"，"路常難"故必"懸軍"，然曰"幕井乾"則師之不出者久矣。五六故暗藏比興，言西戎殺氣之盛，陰慘如此，當此之時，非得飛將以禦之不可。築壇之舉，不識何時一慰故老之望乎？

盧見曾紅旁：此與上章全指吐蕃，注家所引未的。

吴騫墨眉：語語實沉，盛唐正調。

題張問陶墨眉：此憂亂而思良將也。

鳳林戈未息，（**俞瑒甲本評**）接上首來。**魚海路常難。**（**奚禄詒甲本眉**）是年，郭子儀以魚朝恩之譖，閑居京師。"飛將"指郭。○早見到吐蕃入寇。（**吴錫麒紅眉**）蕭瑟光景，時事可知。（**王鄰德紅眉**）此厭亂思治之意。（**沈巖旁**）通首寫路難。**候火雲峰峻，**（**俞瑒甲本評**）承"戈"。（**題商盤紅旁**）順應一二，呼應句。近景。（**沈巖旁**）路難。**懸軍幕井乾。**（**吕留良紅旁**）奇峭。（**俞瑒甲本評**）承"路"。（**李以峙墨眉**）（幕井）按"幕"，形似而誤。（**沈巖旁**）"戈未息"。路難。**風連西極動，**（**俞瑒甲本評**）吐蕃西警。（**題商盤紅旁**）雙眼句。遠景，語含比興。**月過北庭寒。**（**方拱乾評**）五句妙在"動"字，六句妙在"過"字。（**李念慈紅眉**）五六壯闊。（**俞瑒甲本評**）北庭無將。（**朱方藹紅眉**）語語實沉，盛唐正調，公兼諸子矣。（**嚴復墨眉**）三聯亦悲警。（**奚禄詒乙本墨眉**）中四句正是"路常難"。○早見到吐蕃之入寇。（**王鄰德紅旁**）上句妙在"動"字，下句妙在"過"字。（**沈巖眉**）警健句，精神在"連"字、"過"字。風聲、月影俱是干戈，路難何如！**故老思飛將，**（**俞瑒甲本評**）承五六。（**題商盤紅旁**）對結。**何時議築壇。**（**方拱乾評**）"飛將"指汾陽。（**俞瑒甲本評**）結有力。（**奚禄詒甲本尾批**）賦也。（**曹炎眉**）漢高帝築壇，拜韓信爲大將軍。（**吴廣霈墨眉下**）"時"一本作"人"。（**吴廣霈墨尾**）慨將才之乏人也。（**王伯沆紅眉**）句中有意，不得作寫景會。末二句謂子儀在京也。

【彙評】

俞瑒甲本評：雖厭鼓鼙而憂國之心未能暫忘也，於此二詩見之。

陳訏紅眉批仇注"謂吐蕃西競，謂北庭無將。今依盧注另爲之解，於末句思飛將意，却有關合"處：干戈未息，邊塞懸軍，當此秋高，人思飛將，詩意自極融貫。注以五六貼土蕃西競，北庭無將，村夫子解詩爾爾。〇末句"思飛將"，通首神情皆注此句，豈止五六有關合耶？況盧注强解。

題商盤尾：此詩通首精警不必言，難在轉聯措詞費力耳。此直作寫景影掠過去，設讀者不知言外之意，則良工之心真苦矣。

陳治墨尾：語語沉實，真盛唐氣魄。

王鄰德墨尾：此因邊庭未静而思辟李廣爲將也。

佚名丁墨尾：其十九與前首相連，故接蕃警申説，至後半則明頂西陲，并暗籠全勢矣。左瞻右矚，眼眄登壇，筆飛墨舞，至是乃包裹完密耳。〇曰"連西極"，則烽檄之連延而起者，不止西極也；曰"過北庭"，如所云發金微以戍中原者，皆過北庭而來也。外攘内寧，思一舉以奠四國，忠誠藴結，情文旁暢，至哉詩乎，觀止矣！

其二十

方拱乾評：感慨極。無意於結而似爲二十首之結。

錢陸燦丙本評：錢云：此首結體。

汪琬乙本評：亦自收拾全詩。"唐堯"二句，亦微諷明皇之輕禪也。三四窮相高致。

吕留良紅旁：此老於東柯、仇池垂涎縷縷，避世多感，吾亦嘗云。

吕留良紅眉：末首意境，當如此結束，但風格在廿首中亦末耳，然選不可少。

題商盤紅眉：此章二十首，閔時傷亂者半，卒章放鬆一步，謂上有唐堯，天下無憂不治，野老何用與知時事耶？

屈復評：全首字字身隱，言外却有一段不其然之意，在讀者心會耳。

題張問陶墨眉：末章憤世，不見用而羈棲異地也。○以入秦起，以去秦終，中皆言客秦景事。

吴廣霈墨眉：此什恰是總結之詩，將以上無限慨思閑情，一齊收檢。

王伯沆紅眉：一起一結，憂心如繪。

沈巖眉：是廿首結意，雜詩章法如是。

唐堯真自聖，（**俞瑒甲本評**）不忘君國。（**題商盤紅旁**）對起。（**奚禄詒乙本墨旁**）怨而婉。（**佚名己紅眉**）君自聖則忠讜不聞，公微言以託諷也。野老復何知。（**秦應逵紫眉**）首句用“唐堯”，故末用“鴛行”，若作投寄看，真癡人説夢矣。（**嚴復墨眉**）此首謂其君終可恃，而己之頽邁，祇令防耳。他注以發端爲頰，豈成杜意？（**奚禄詒乙本墨眉**）堯比玄宗之禪。“亦”字乃應“能無”，的“幸”字無照管。（**王鄰德藍眉**）忠君愛國四□時故不忘，後但知公之詩，而不識公之心也。曬藥能無婦？（**題商盤紅旁**）背面對。應門幸有兒。（**朱方藹紅眉**）亦是收拾全詩，“唐堯”二句亦微諷明皇之輕禪也。三四窮相高致。藏書聞禹穴，（**俞瑒甲本評**）禹穴在蜀之石紐，仇池在秦之同谷，公已自記行蹤矣。（**奚禄詒甲本眉**）禹生於蜀之石紐村，地有石泉，故名禹穴。讀記憶仇池。（**俞瑒甲本評**）切秦州。（**李以峙墨眉**）（憶）按“悟”字非。爲報鴛行舊，（**奚禄詒乙本墨旁**）何必巧。鷦鷯在一枝。（**俞瑒甲本評**）總結。（**奚禄詒甲本尾批**）賦也。○唐堯以比玄宗之禪位。(**秦應逵墨尾**)此首應發端"悲生事"。

【彙評】

錢陸燦甲本眉:此首結體。○鐵曰:《秦州雜詩》殆不見佳。

俞瑒甲本評:結諸詩以見淹留之故。詩以"雜"名,不必强爲倫次,大意在感世亂、思隱身,故歎息干戈而遲回崖谷也。

張學仁參定:秦州詩饒有奇句,亦隨意抒寫,然以入秦始,以去秦終,中間皆客秦景事,自成結構。

陳治墨尾:汪云:"唐堯"二句亦微諷明皇之輕禪也。

吴廣霈墨尾:與前《仇池》一首相應,志在一枝之安棲而已。起結皆層次井井,雖曰"雜詩",實不亂其法度也。

王鄰德墨尾:是詩爲二十首總結。首章敘來秦之由,其餘皆至秦所見所聞也。或遊覽,或感懷,或即事,大約在西言西,反復於吐蕃之驕横,使節之絡繹,恨無能爲朝廷效一臂者。總結以唐堯自聖,則國事自有聖君,應門有兒,則家事應付兒子,野老此身復何所爲,惟探書覓勝,窮愁卒歲而已,寄語鴛行諸公,無復有立朝之望也。噫,公之志悲矣!

月夜憶舍弟

題鮮于樞評:此詩前四句言月夜,後四句憶舍弟,盖以嚴□之際,行人斷絶,所聞見者,惟雁聲月露耳。於是念諸弟之分散而存亡不知,况兵戈未定而寄書不達,其何以爲懷哉? 賦也。

方拱乾評:幾虚字妙。

錢陸燦甲本眉:時公之三弟在齊、許二州。

錢陸燦丙本評:錢云:時公之三弟在齊、許二州。又云:是日必白露節,故有第三句。

錢陸燦丁本評:如此起結,奇絶。

汪琬乙本評:情景相關,細尋始得。○起處無人,獨坐閒庭而動在原之思。○白露後則秋清而月倍明,曰"故鄉"乃硬下語,然不照骨肉則虚也。

李念慈紅眉:沉鬱悲惋,不堪再讀。

紀曉嵐評:平正之中,自饒風致。

題商盤紅眉:前後分兩截叙題。○"一"字即平聲,"孤"字一二起得響,以"一"字换"孤"字,更響。"露從今夜白",晨朝降白露,皆紀八月之候也。○一二句見分散,又更一秋。四句見故鄉,空懸明月,景中見情,已暗度下意。

盧見曾紅旁:王彦輔曰:子美善用故事及常語,多顛倒用之,語峻而體健,如"露從今夜白"一聯之類是也。吴昌祺曰:"月是故鄉明"勝"隔千里兮共明月"。

朱方藹紅眉:情景相關,細尋始得。○起處無人,獨坐聞雁而動在原之思。白露後則秋清而月倍明,曰"故鄉明"乃硬下語,然不照骨肉則虚也。

吴錫麒紅眉:欲説有弟分散,先寫露白月明句,接入倍覺神傷。

題張問陶墨眉:傷心折腸之語,令人讀不能終篇。

陳治墨眉:錢云:時公之三弟在齊、許二州。○是日必白露節,故有第三句。

嚴復墨眉:乾元二年,史思明陷東京,杜老二弟皆在河南,一在洛,一在嵩也。

吴廣霈墨眉:格調緊嚴,字句遒健,五律正宗。

王鄰德墨眉:看起句可悟意在題中,神照題先之妙。

王鄰德紅眉:淺淺語使人愁。

戍鼓斷人行，（俞瑒甲本評）是月夜。邊秋一雁聲。（方拱乾評）“一”字妙，三四句皆從此生。（奚禄詒甲本旁）起二句已含盡一章之情。（奚禄詒乙本墨眉）起二句已含一章之情。（錢載評）起亦是順疊。（吴廣霈墨眉下）“邊秋”一作“秋邊”，似勝。（奚禄詒甲本眉）起已不堪讀。露從今夜白，（俞瑒甲本評）引出對月憶弟之情。（題商盤紅旁）折腰句。月是故鄉明。（吕留良紅旁）看句法變化便雅。（俞瑒甲本評）仇注：“故鄉”句爲上下關紐。（朱方藹紅旁）“月是故鄉明”正以照故鄉之人也，月是人非，故思鄉益切。（嚴復墨眉）次聯大見句法。“月是故鄉明”猶云月明如故鄉也。李詩“今月曾經照古人”乃於時説月，杜之“月是故鄉明”乃於地説月，兩各極其妙如此。（奚禄詒乙本墨旁）淺淺語使人愁。（王鄰德紅旁）只説境含情，往復不可言。有弟皆分散，（方拱乾評）同前首出題法。（俞瑒甲本評）緊承“故鄉”。（李以峙墨眉）（分散）按作“羈旅”便是劣句。無家問死生。（傅山紅眉）真樸。（奚禄詒乙本墨眉）“羈旅”與“分散”大不同。寄書長不達，（傅山紅旁）此爲藴藉。（李以峙墨眉）（不達）按“避”，明係形訛。况乃未休兵。（俞瑒甲本評）應起更深。（題商盤紅旁）意在言外。（奚禄詒甲本尾批）賦也。（王鄰德藍尾）“不達”句不身歷不知此詩之妙。

【彙評】

錢陸燦丁本評：起得奇矯，結亦不測。

俞瑒甲本評：“戍鼓”爲休兵伏筆，“雁聲”爲憶弟起興，一字不苟下。

張學仁參定：唐人五律，五六每苦疲薾，公獨出以挺拔，一結更曲折動人。

題商盤尾：後四句本一氣説下，却有言外之意未抒，直率處仍有含蓄。

王伯沆紅眉：一氣寫來，仍有含蓄。

佚名丁墨尾：上四突然而來，若不爲弟者，精神乃字字憶弟，句裹有魂也。“書長不達”，平時猶可，“况未休兵”，可保無事耶？二句從五六申寫。○不曰“月傍”，而曰“月是”，便使兩地皆懸。

天末懷李白

題鮮于樞評：此詩殆傷太白流夜郎而懷之歟？興而賦也。

方拱乾評：“喜”字之痛難言，注尚未盡。

錢陸燦戊本評：此《招魂》之意。

汪琬乙本評：清空悲壯。憶其人，便得其人。次聯有俯仰乾坤之概，然是拈景説，故自藴藉。太白才高遇阨，只末句便是。

李念慈紅眉：情深。

吕留良紅眉：怨恨深曲。

王士禛評：文本知己，一字一淚，而味在字句之外，所謂“羚羊掛角，無迹可尋”也。

俞瑒乙本評：起得超忽，五六沉著動人，故有“汨羅”之比。

嚴虞惇紅旁：陸士衡詩：“佳人眇天末。”

屈復評：起二句問訊，下言秋水正多，鴻雁不易到，後言無罪之冤，文章自憎命達，魑魅自喜人過，此冤惟汨羅可語耳。○一天末，二懷李，三四承一，五六承二，七八承五六結。

題商盤紅眉：前半問訊謫居之況，後半慰藉含冤之情。○“文章憎命達”，猶言詩能窮人也。《招魂》云：“此皆甘人。”以“喜”字代“甘”字。五六可謂怨而不怒，只“冤魂”字略露意，然亦深且婉矣。○不曰“弔”，而曰“贈”，説得冤魂活現。

盧見曾紅旁：悲歌慷慨，一氣卷舒。李杜交好，其詩特地精神。浦起龍曰：五六直檃括《天問》《招魂》兩篇。

朱方藹紅眉：清空悲壯。懷其人，便得其人。〇次聯有俯仰乾坤之概，然是拈景説，故自藴藉。〇狀太白才高遇阨，只末一語便盡。

題張問陶墨眉：超忽。〇五六沉著。

徐松紅眉：鍾伯敬曰：第二聯真元氣。〇沈歸愚曰：頸聯沉鬱。〇譚元春曰："贈"字説得精神，與古人相關，若用"吊"字則淺矣。

陳治墨旁：以其在夜郎也，故曰"天末"。

秦應逵紅眉：起得超，五六沉著動人，末句疑白已死，與三閭相酬贈也。

嚴復墨眉：至德二載，白坐永王璘事謫夜郎。〇律詩無論五七言，其上半皆須有騰擲蕩泄之勢，如此詩首四句可謂騰擲而出矣。第四句尤神妙。

吴廣霈墨眉：真是懷李詩，不可遂之他人。〇一起超忽不群，出人意表。

沈巖眉：如此詩乃可以懷李。

佚名丁墨旁：陸機詩"遊子渺天末"。竺云：此用《三百篇》法爲題。

凉風起天末，君子意如何？（**俞瑒甲本評**）起得超然。（**奚禄詒甲本旁**）起句頗似子建風味。〇意可唤起全首。（**奚禄詒乙本墨眉**）陸士衡有句"凉風起天末，爾意將如何"。（**陳治墨眉**）錢云：落句疑白已死。鴻雁幾時到，（**題商盤紅旁**）倒叙聯。江湖秋水多。（**俞瑒甲本評**）是天末。（**奚禄詒乙本墨旁**）二句言書亦不達也。（**王鄰德紅旁**）四句不可多讀。文章憎命達，（**題商盤紅旁**）實眼聯。魑魅喜人過。（**方拱乾評**）痛極。（**俞瑒甲本評**）沉著。（**奚禄詒甲本眉**）凄凉不可讀，當是夜郎時。凡命之不達者，定是文人。（**奚禄詒乙本紅眉**）魑魅猶喜，朝士不如鬼多矣。（**嚴虞惇

紅旁)一説喜其來而擇人以食也,一説鬼魅喜人過而人反憎之,謂人不若鬼也。(**陳治墨眉**)一喜一憎,遂令文人無置身地。(**王鄰德紅旁**)觀"憎"字便見作者之意,痛快!(**王鄰德紅眉**)不謂"魑魅喜人"慰其寂莫[寞],乃魑魅猶能知此人之來以爲喜,則朝廷之士不如魑魅多矣。**應共冤魂語,**(**題商盤紅旁**)意中審度。**投詩贈汨羅。**(**俞瑒甲本評**)應。(**奚禄詒甲本旁**)賦也。(**奚禄詒乙本墨眉**)凡命之不達者,定是文人。(**奚禄詒乙本紅眉**)"贈"字説詩精神。(**王鄰德紅旁**)"贈"字精深,"弔"字則淺矣。(**王鄰德墨尾**)屈原之死至今而其冤未伸,李白坐永王璘而謫夜郎,得罪之枉,其心事惟原得以知之,得以語之,故欲白投詩以問之也。(**沈巖尾**)榕村解可玩。(**王伯沆紅眉**)一何深痛。

【彙評】

錢陸燦甲本眉:落句疑白已死,地下當與三間相酬贈也。據此則白似死於水,然曾子固叙白以病死於當塗,亦因其夜郎之謫,故有"汨羅"之比耳。

錢陸燦丙本評:錢云:落句疑白已死,地下當與三間相酬贈也。

錢陸燦丁本評:此太白才高遇阨,落句疑白已死,當與三間相贈答也。

張學仁參定:夜郎放逐,冤似汨羅,寄懷詩説得如許悲痛,千古傷心人於此腸斷續。

吴士模墨眉:有文章者多窮,故曰"文章憎命達",人有過失則鬼魅往往以爲喜,此公陵暴萬類、雕搜萬理之句也。

張雝敬墨旁:頸聯風骨高古,直是化工,腹聯語意奇峭,猶是畫耳。

佚名丁墨尾:太白仙才,公詩起四句,亦便有仙氣,竟似太白語。五六直隱括《天問》《招魂》兩篇。七八,顧云"冤魂"指屈原。白得罪之枉,其心事惟原得以知之而語之,故欲白投詩以問之也。鍾云:"贈"字説得情神,若用"弔"字則淺矣。

赤谷西崦人家

方拱乾評:古。此等題最忌作態,公則隨筆自然。○畫。

奚禄詒甲本旁:簡净得好。

朱方藹紅眉:整利可誦。

翁方綱評:予每按行山郡時,見嶺曲村塍,輒憶此詩,慨然有感。

題張問陶墨眉:五六句説山家景物正幽。○通首寫遠近幽景,如一幅《桃花源記》。

陳治墨眉:絶似儲、王集中之變調也。

吴廣霈墨眉:短勁隱露。○查批具眼。

沈巖旁:如畫。

躋險不自喧,(**嚴復墨眉**)"不自喧"猶言已去喧□。(**李以峙墨眉**)(不自安)按"喧"字非,"宣"字更謬。仇失正。出郊已清目。(**奚禄詒乙本墨旁**)出郊則安也。已下隴矣。溪迴日氣暖,徑轉山田熟。(**吕留良紅旁**)幽致。鳥雀依茅茨,藩籬帶松菊。如行武陵暮,欲問桃花宿。(**奚禄詒乙本墨眉**)"桃花宿"三字拈不合。(**奚禄詒甲本旁**)賦也。亦是謂仄韻之律。(**奚禄詒乙本墨眉**)簡净得好,亦可謂仄韻律詩。

宿贊公房 京中大雲寺主,謫此安置

題鮮于樞評:首二句起下六句,第二聯承第二句,第三聯應第一句,末聯言於此相逢夜宿之時,而況隴月向人又圓乎?賦也。

方拱乾評:若他人必以五六句作結矣。

錢陸燦丙本評:錢云:首句起下,謫置之案。

屈復評:景中有情,句又健甚。

題商盤紅眉:起語問得無端,却不急答,至五句始輕應"放逐"二字,若不敢過激其辭者。詩與題注並無一字及房,使人讀之謂贊公以方外人而得竄逐,真不可解。其旨深而意切矣。

奚禄詒甲本旁:贊亦因房琯而敗,時住西枝村。

奚禄詒乙本墨旁:因房琯之交而放之。

奚禄詒乙本墨眉:起二句包得放逐,三四乃興體,各有三層。

曹炎旁:贊,京師大雲寺主,謫此安置。

朱方藹紅眉:叙舊論禪,四面俱徹。

佚名丁墨旁:原注:贊,京師大雲寺主,謫此安置。○汸注:贊亦房相之客。朱云:此語未詳所本。

佚名己紅眉:贊公從房琯遊,琯得罪,贊公亦被謫於秦州。

杖錫何來此? (**俞瑒甲本評**)"何"字是問詞。(**奚禄詒甲本眉**)起四句興得妙,逐意出。(**李以峙墨眉**)(來此)按"久"字非。秋風已颯然。(**題商盤紅旁**)見時。(**錢載評**)起實是對。雨荒深院菊,(**俞瑒甲本評**)應次句。(**題商盤紅旁**)層折句。三四承次句。霜倒半池蓮。(**奚禄詒甲本旁**)三四興體,各有三層。(**佚名丁墨旁**)二句深秋之景。放逐寧違性? (**方拱乾評**)贊公。(**李念慈紅眉**)"違"字活,"虧"字死,嗚呼,此際微妙,誰復辨之?(**俞瑒甲本評**)應起句。(**題商盤紅旁**)五六承首句。反裝對。虚空不離禪。(**嚴復墨眉**)甚麽叫"虚空不離禪"? 案,"禪"字由禪那梵語來,此翻聲□,亦云思惟修,由是有三學之禪定,有楞伽之四禪。(**方拱乾評**)自謂。(**奚禄詒乙本墨旁**)緊頂上二句。相逢成夜宿,(**俞瑒甲本評**)醒"宿"字。隴月向人圓。(**孫承澤墨眉**)見道之言。(**方拱乾評**)"隴月"應起句。(**題商盤紅旁**)見月。(**奚禄詒甲本旁**)賦也。○煞句淡中有慨,泠然善也。(**奚禄詒乙本墨眉**)末句泠然善也。○一氣而下。(**吳廣

霈墨眉)收筆幽秀絶人。(**佚名丁墨尾**)“向人圓”三字妙通佛理,寫出五六意況。

【彙評】

題商盤尾:按:贊公與房相相往還,故並得譴。房以乾元元年六月貶,杜以是月左官華州,意贊公安置亦在此時。次年杜來秦州,與贊公會,屈指已一年矣,此“秋風”之句所由興也。

佚名丁墨尾:同病相憐之作也。有驚愕意,有贊意,有聊相慰藉意,無怨意。

西枝村尋置草堂地,夜宿贊公土室二首

方拱乾評:此等題誰人能作長排?體如此而必曰是古非排,余將欲唾其面矣。○古。

汪琬乙本評:三謝正格,如此方稱雋永。

奚禄詒甲本眉:此時贊公被謫在秦州,公自華至秦,欲留居,故尋置草堂地。

陳治紅眉:西枝村未詳在何處,或云在秦州城外。

陳治墨眉:的是三謝正格。

其　一

出郭眄細岑,披榛得微路。(**奚禄詒甲本旁**)在秦。**溪行一流水,曲折方屢渡。**(**魯一同評**)清微,李頎、常建時得之。(**張甝敬墨旁**)余曾有句云“一澗屢回再三渡”,偶然隨境得之,却與此暗合。**贊公湯休徒,好静心迹素。**(**朱方藹紅眉**)三謝正格,如此始稱雋永。(**魯一同評**)學陶,瑣帶澀味,愈澀愈雋。唐時它手學陶多嫌標緻,骨味便減。**昨枉**

霞上作，盛論巖中趣。怡然共攜手，恣意同遠步。（奚禄詒乙本墨眉）寫景曲折。捫蘿澀先登，陟巘眩反顧。（吕留良紅旁）似謝。（沈巖眉）方曰：絶似康樂"回顧眺右狹"。（魯一同評）字字用意。要求陽岡暖，苦陟陰嶺沍。（吴廣霈墨眉）下字法，細斟不苟。（奚禄詒乙本墨旁）由南崗往北嶺。惆悵老大藤，（魯一同評）字法句法。沈吟屈蟠樹。（王士禛評）生情又在"惆悵""沉吟"字，言愛此藤樹而不能留也。（吴騫墨眉）生情又在"惆悵""沉吟"字，言愛此藤樹而不能留也。卜居意未展，杖策回且暮。（陳治墨眉）前一日事。（奚禄詒乙本墨旁）欲另尋。（沈巖眉）無一語是死景，字字有尋置神味在。層巔餘落日，早蔓已多露。（奚禄詒甲本旁）賦也。（魯一同評）草蔓多露，常語耳，襯以"餘落日"三字，分外清冷。

【彙評】

錢陸燦甲本眉：絶似康樂"回顧眺右狹"。

錢陸燦乙本紅眉：絶似康樂"回顧眺右狹"。

錢陸燦丙本評：錢云：絶似康樂。

吴士模墨眉：生情又在"惆悵""沉吟"字，言愛此藤樹而不能留也。

嚴復墨眉：吾友有絶句云："一世詩中豪，用意常在小。永叔故可人，舉頭驚飛鳥。"藤而云"惆悵"，樹而云"沉吟"，皆此意也。

其　二

方拱乾評：若以爲古，便無滋味。

盧見曾紅旁：起語亦陶謝之遺。

吴廣霈墨眉：李評確當。

天寒鳥已歸，月出山更静。（奚禄詒甲本旁）次首承上來。（奚

禄詒乙本墨眉)歸院也。(**李念慈紅眉**)"天寒"二句深静之極,讀之已足發情。(**李以峙墨眉**)("月出"句)按"人"不如"山","已"不如"更"。(**陳治墨眉**)當夜事。(**魯一同評**)陶、謝菁華。**土室延白光,松門耿疏影。**(**奚禄詒乙本墨旁**)二句承月光。(**張裕釗眉批**)杜公中年詩尤不免規橅大謝。**躋攀倦日短,語樂寄夜永。**(**魯一同評**)二句合看殊妙。**明燃林中薪,暗汲石底井。大師京國舊,德業天機秉。從來支許遊,興趣江湖迥。數奇謫關塞,道廣存箕潁。**(**張雖敬墨旁**)"存"字厚甚。**何知戎馬間,復接塵事屏。幽尋豈一路?遠色有諸嶺。晨光稍曚曨,更越西南頂。**(**奚禄詒甲本旁**)賦也。(**俞瑒乙本評**)結二句爲夜宿去路,仍覺有餘不盡。(**陳治墨眉**)後一日事。

寄贊上人

方拱乾評:宛轉盡致。○古。○竟是一幅尺牘。

奚禄詒甲本眉:乃是託上人卜居劄子。

奚禄詒乙本墨眉:公詩無一字無著落,輕易改他不得,只是托卜居劄子,不必佳。

奚禄詒甲本旁:此在瀼時。

魯一同評:詩無甚警特,而清遠自然,非老手不能臻此境地。

吴廣霈墨眉:小有致。

一昨陪錫杖,卜鄰南山幽。年侵腰脚衰,未便陰崖秋。重岡北面起,(**方拱乾評**)此贊公所卜。**竟日陽光留。茅屋買兼土,斯焉心所求。**(**佚名己紅眉**)此四句言贊公所卜地也。**近聞西枝西,**(**方拱乾評**)此公自卜處。**有谷杉漆稠。**(**陳治墨眉**)"黍"疑訛。**亭午頗和暖,石田又足收。當期塞雨乾,宿昔齒疾瘳。徘徊虎穴**

上，面勢龍泓頭。柴荆具茶茗，徑路通林丘。與子成二老，來往亦風流。（**奚禄詒甲本尾批**）賦也。

太平寺泉眼

方拱乾評：瀾。○古。

奚禄詒甲本眉、乙本紅眉：氣宇清亮，無晦氣。

朱方藹紅眉：尺波寸瀾以詠海之才運之。○氣老詞雄，足潤金石。○真有神龍繞其筆端。

吴士模墨眉：真有神龍繞其筆端。

陳治墨眉：汪云：尺波寸瀾，以詠海之才運之，氣老詞雄，足潤金石。

魯一同評：庚申加夾圈。○寫怪異不爲惝恍之詞，而質實中自含靈變。

招提憑高岡，（**嚴虞惇紅旁**）寺。疏散連草莽。（**魯一同評**）五字便精妙，如見其地。出泉枯柳根，（**嚴虞惇紅旁**）泉。汲引歲月古。石間見海眼，（**嚴虞惇紅旁**）刻出泉眼。天畔縈水府。（**魯一同評**）二句合看。廣深尺丈間，宴息敢輕侮？（**錢陸燦乙本紅眉**）四句刻出。（**奚禄詒乙本墨旁**）"輕侮"句喚下"雲雨"意。青白二小蛇，（**傅山紅旁**）何説？（**奚禄詒甲本旁**）實事。幽姿可時睹。（**丁耀亢紅眉**）奇。如絲氣或上，爛漫爲雲雨。（**魯一同評**）句法自然得之，又百煉。（**嚴復墨眉**）漫似無從火去。山頭到山下，鑿井不盡土。取供十方僧，（**奚禄詒乙本墨旁**）管閒事耶？香美勝牛乳。北風起寒文，弱藻舒翠縷。（**魯一同評**）"北風"二十字，栩栩欲活，真寫到妙不喫力，而其境至今可想。明涵客衣净，細蕩林影趣。（**錢陸燦乙本墨眉下**）奇。（**魯一同

評)細微研妙,公中年詩句法最精。何當宅下流,餘潤通藥圃。 三春濕黄精,一食生毛羽。(**方拱乾評**)是假結,却妙。(**奚禄詒甲本旁**)賦也。(**奚禄詒乙本墨旁**)不必。

東　樓

題鮮于樞評:此傷邊庭不静,今也傳聲朝廷,遣使與吐蕃修好,庶幾息華夷生靈戰伐之苦歟。賦也。

俞瑒乙本評:三四沉著,結以淡語收之,更有不盡之致。○只紀時事,非賦東樓也。若止就城樓言,豈復有此遠神?

盧見曾紅旁:亦自前事耳。征戰之苦,言之何其慘也。

錢載評:須知總是對,所謂隨手之變也。

秦應逵紅旁:感時事,非賦東樓也。此等更有一種筆法。

吴廣霈墨眉:沉著痛快。

沈巖眉:三四沉著,末句只以淡筆,更有不盡之意。

沈巖旁:只是紀事,非爲賦東樓也。此等題更自一種筆法。

萬里流沙道,西征過此門。 但添新戰骨,(**俞瑒甲本評**)沉著。不返舊征魂。(**俞瑒甲本評**)承"西征"説。(**奚禄詒甲本眉、乙本墨眉**)"戰骨""征魂"而猶然使節,朝廷可知。(**王鄰德紅旁**)多少慨歎,含蓄不盡。樓角凌風迥,(**俞瑒甲本評**)寫樓景。(**沈巖旁**)襯得好。城陰帶水昏。(**奚禄詒乙本墨旁**)塞上多風雨也。傳聲看驛使,(**俞瑒甲本評**)慨然。(**俞瑒甲本評**)時遣使與吐蕃和好。送節向河源。(**方拱乾評**)結直而深。(**吕留良紅眉**)結古淡,不稱前意,似須痛快。(**奚禄詒甲本旁**)結亦冷,然有味。(**奚禄詒甲本尾批**)賦也。○虜愈驕而愈和議也。(**王鄰德紅尾**)河源在西,流沙在西極,故及之,不必泥定用張事。(**佚名丁墨尾**)竺云:七八句時有馳使奉節向河源者，故傳語其看之者，欲使其殷勤送之也。“傳聲”與“傳語寄聲”同也。《詳注》：七句言聞馳使傳呼之聲而往看也。（**佚名己紅旁**）時遣使與吐蕃和好。

【彙評】

俞瑒甲本評：三四沉痛，末句只以淡筆作收，更有不盡之致。

張學仁參定：只是紀時事，非爲賦東樓也。此種題更有一種筆法。

佚名丁墨尾：通首先遠而後近，故有闊勢；先往事而後今事，蓋見可悲。蓋言昔之去者無還矣，今云又去者，其謂之何？

雨　晴

題鮮于樞評：此詩首言天際雲薄，而風從西來，則今日晴矣。雨雖久，並不妨農事，言秋雨久，禾不生耳。次以塞柳、山梨之紅翠狀景，末以胡笳發而雁入高空結之，見雲盡煙消而太虛湛然，非晴景歟。

方拱乾評：王、高佳句。

奚禄詒乙本墨旁：全首皆無情。

奚禄詒乙本墨眉：如浮雲暮，南征可望不可扳，雖緩而却緊，此結則緩漫無情。

天際秋雲薄，（**李念慈紅眉**）“際”字好。從西萬里風。　今朝好晴景，久雨不妨農。（**奚禄詒甲本眉**）“農”字非出韻，乃唐人《廣韻》如此。（**陳治墨眉**）杜詩無出禮部韻者，此“農”字必訛。塞柳行疏翠，（**奚禄詒甲本旁**）“行”字正寫出柳堤之長遠，不音杭，是實字，與“結”字對。山梨結小紅。　胡笳樓上發，一雁入高空。（**奚禄詒甲本旁**）賦也。

○結中句，乃説心中事，比也。（**奚禄詒乙本墨旁**）末句另結，亦無情。（**朱方藹紅眉**）一雁高空，惟初晴見之。（**嚴復墨眉**）“行”故“疏”，“結”故“小”，四字見字法。

寓　目

題鮮于樞評：言蒲萄、苜蓿、胡兒、羌女皆非中國所有，今也無處無之，故曰“自傷遲暮眼，喪亂飽經過”也。題曰“寓目”，有以哉？《左傳・僖二十八年》：子玉請戰，曰：“請與君之士戲，君馮軾而觀之，得臣與寓目焉。”

方拱乾評：六句景，兩句結，是一法。

錢陸燦甲本眉：愚謂：此書秦州所見，故題曰“寓目”。上六句其寓目之物色也，落句結出題面，以蒲萄、苜蓿興五六之意。

錢陸燦丙本評：錢云：此書秦州所見，故題曰“寓目”。上六句其寓目之物色也，落句結出題面，以蒲萄、苜蓿興五六之意。耳曰“厭”，目曰“飽”，意同而語妙。

錢陸燦丁本評：此書秦中所見，故曰“寓目”。前六句寓目之物色也，末結出題面。○以苜蓿、蒲萄興起五六。

奚禄詒甲本眉：眼中看不過意。○“飽”字苦，上下數十年。

奚禄詒甲本旁：但將邊境述過，無限情深。

盧見曾紅旁：朱鶴齡曰：當與“州圖領同谷”一首參看。關塞無阻，羌胡雜居，乃世變之深可慮者，公故感而歎之。未幾，秦隴果爲吐蕃所陷。

王士禛評：制如古制，“制梃以撻秦楚”與“有制之師”之“制”。

吴騫墨眉：制如王制，古之“制梃以撻秦楚”“有制之師”之“制”。

題張問陶墨眉：此詩當與“州圖領同谷”一首參看。關塞無阻，羌胡雜居,乃世變之深可慮者,公故感而歎之。未幾,秦隴果爲吐蕃所陷。

陳治墨眉:錢云:此書秦州所見,故曰"寓目"。

嚴復墨眉:通首是目治事,於結聯點出"眼"字,此章法也。

奚禄詒乙本墨眉:首四句羌景如畫,亦見其俗之難控。

王粼德墨眉:傷所見也。

王粼德藍眉:觸目憂時,徘徊無限。

沈巖眉:"蒲萄""苜蓿""羌女""胡兒"皆喪亂後景象。

一縣蒲萄熟,(**王鳴盛旁批**)二語言草木之異。秋山苜蓿多。(**嚴虞惇紅眉**)"蒲萄""苜蓿"皆從外國來,此故題云"寓目"。上六句皆寓目之物色也。(**王粼德紅旁**)二物皆遠致,今溢於中國,寓目喟然。關雲常帶雨,塞水不成河。羌女輕烽燧,(**王鳴盛旁批**)人物之異。(**李以峙墨眉**)(輕)按"輕"字是見慣之意,"摇"字非。胡兒掣駱駝。(**俞瑒甲本評**)六句皆目中所見。(**李以峙墨眉**)(掣)按此當從"製",山谷好奇改之,而不知其欠通也。自傷遲暮眼,(**俞瑒甲本評**)醒目字。喪亂飽經過。(**錢陸燦丁本評**)制即制梃之制,山谷作"掣"字誤。(**奚禄詒甲本尾批**)賦也。(**奚禄詒乙本墨眉**)眼中看不過意,"飽"字極苦,上下數十年。

【彙評】

佚名丁墨尾:朱注謂以羌胡雜處、關塞無阻而發是也。一二屬興。三四屬比,逗出"關塞"二字,更著"常帶""不成"四字,見界限不清之象。下四屬賦,具神理,上四都已領出。

山　寺

方拱乾評:通篇一"高"字。

呂留良紅旁:此題得注,蓋見詩好。

俞瑒乙本評:"麝香"二句,山園中景,正見僧之少也。

奚禄詒甲本眉:三四頂首句,五六以下頂次句。

題張問陶墨眉:三四本言寺之荒蕪,以秦隴所産禽獸、花木言之,語反精麗。

陳治墨眉:琢煉極工而出之若無意,所以難到。

王鄰德藍眉:或有以"麝香"二句爲腐俗而抹之者,此真癡人説夢也。今人詩中欲故作的句,請以此較。

野寺殘僧少,山園細路高。(**嚴復墨眉**)起二句直挈是首之意。麝香眠石竹,(**方拱乾評**)僧少。(**奚禄詒甲本旁**)見得寺僧少耳。(**奚禄詒乙本墨旁**)不佳。(**王鄰德藍旁**)石竹,繡竹花葉,僧舍多種之。(**墨筆旁批**)竺云:麝香言"眠",非鳥明矣。鸚鵡啄金桃。(**俞瑒甲本評**)承首句。(**奚禄詒甲本旁**)不佳。(**奚禄詒乙本墨眉**)三四頂首句,五六頂次句。○字字險而切。(**王鄰德紅旁**)麗句。亂石通人過,(**奚禄詒甲本旁**)亂水如《詩》"涉渭爲亂"之"亂"。(**秦應逵紅旁**)細路。(**王鄰德紅旁**)奇景。(**王鄰德藍旁**)句亦奇。懸崖置屋牢。(**呂留良紅旁**)"置""牢"二字似拙,在此無妨,以其恰好。(**李念慈紅眉**)"過""牢"二字下得好,妙在俱作落字。(**俞瑒甲本評**)承次句。(**奚禄詒甲本旁**)"牢"字險而切。(**嚴復墨眉**)"人過"是□冒事所可言者,以其通諸亂石;"屋牢"亦□冒事所可言者,以其置在懸崖也。觀此則知《選》語之法。(**墨筆眉批**)山野荒墟中,廢寺如畫。上方重閣晚,百里見秋毫。(**呂留良紅眉**)此景能畫,十字更難。(**吴廣霈墨眉下**)此等句非獨煉字,唯能煉意,故妙。(**奚禄詒乙本墨眉**)本是"纖毫","秋"字未嘗不穩。纖,思廉切,音暹。

【彙評】

張學仁參定:"麝""眠"兩句見殘僧之少,下四句見細路之高,詩用分承，脈極細密，詞反穠麗。

即　事

題鮮于樞評：時史朝義誘回紇入寇索戰，而和親之事非矣。故人憐公主之歸，"抛雲髻""賸寶衣"，而以"回首意多違"結之，其憂國之心，見於辭氣之表。惟須溪謂"腰支"語不典，豈其所以賦漢公主者邪？評得是。

吕留良紅眉：極感慨，少蘊藉。

嚴復墨旁：寧國公主以乾元二年八月自回紇歸國。

聞道花門破，和親事却非。（**嚴復墨眉**）毗加闕可汗於二年三月從郭子儀戰相州，勝，辭西京。四月，可汗死，公主不從其殉葬，□但剺面歸。（**奚禄詒乙本墨眉**）"和親"句與"衣冠却扈從"句同妙。"却"字妙，前此之覆轍，後之鑒戒，皆具所謂煉字之法。（**王鄰德紅旁**）直言其非。**人憐漢公主，**（**奚禄詒乙本墨旁**）從己非矣。**生得渡河歸。**（**奚禄詒甲本旁**）可汗死，牙官司欲以公主殉葬。公主以中國禮拒之，剺面大哭，乃得歸。**秋思抛雲髻，腰支勝寶衣。**（**李以峙墨眉**）（賸）按"勝"，形似之誤。**群凶猶索戰，**（**嚴復墨眉**）群凶，指史思明輩。**迴首意多違。**（**方拱乾評**）"群凶"指史思明輩。和親回紇，原欲資其力以討賊，今群凶未平而回紇之好中斷，則和親之意若何？（**錢陸燦甲本旁**）可與唐"那堪將鳳女，還以嫁烏孫"並垂，諷諭。（**錢陸燦丙本評**）可以與"那堪將鳳女，還以嫁烏孫"並垂，諷諭妙。（**吕留良紅尾**）結甚得體。（**奚禄詒甲本眉**）"意多違"者，與和親之意違也。（**奚禄詒甲本旁**）賦也。（**奚禄詒乙本墨旁**）和親之意，不欲戰耳。

【彙評】

王鄰德紅尾：回紇助討安禄山，功成請婚，肅宗以寧國公主下嫁。

可汗死，公主以無子得還。題不明言其事，而詩中自見。

佚名丁墨尾：《留花門》詩云"公主歌黄鵠"，方出降之始，不敢斥言其非也。至是卒歸，恩斷失策見矣，故歎之。

遣懷

題鮮于樞評：言愁眼見此霜露之中，菊開而柳断，是以聞清笳而客淚之墮，不能自已。及水净山昏，而既夕鳥歸已盡，故後棲之鴉，不勝其悲。賦而比也。

方拱乾評：公慣用"自"字，妙。慣用"同"字，妙。〇公寄身兵戈，感時對物，悲傷繫之，故作詩多用一"自"字。《田父泥飲》詩云"村村自花柳"，《遣懷》詩"寒城菊自花"，《憶弟》詩"故園花自發"，《日暮》詩"風月自清夜"，《滕王亭子》詩"虚閣自松聲"，言人對情景，自有悲喜，初不能累無情之物也。

錢陸燦甲本眉：比興多在言外。

錢陸燦丙本評：錢鐵牛云：比興多在言外。

俞瑒乙本評：四句寫景，用一正一倒句法。

奚禄詒甲本眉：五句下因乎上，六句上因乎下。〇字字從苦中出，然却出得不苦。

奚禄詒甲本旁：如此沉苦，杜自熟爲之。

屈復評：他人所不寫者。

朱方藹紅眉：感興俱深，好在不雜懷抱，雜之則淺矣。

吴廣霈墨眉：音節高寒，得意之作。

王鄰德藍旁：句句是遣懷，句句是有懷無以遣。甚矣，作詩之難！

王鄰德紅眉：老杜寄身於兵戈騷屑之中，感時對物，則悲傷繫之,如“感時花濺淚”是也。故作詩多用一“自”字,如《田父泥飲》詩云“步屧隨春風,村村自花柳”,《憶弟》詩云“故園花自發,春日鳥還飛”,《日暮》詩云“風月自清夜,江山非故園”,《滕王亭子》詩云“古墻猶竹色,虚閣自松聲”,言人情對景,自有悲喜,初不能累無情之物也。

沈巖眉:結本不佳,若以爲托喻則更淺。

愁眼看霜露,(**俞瑒甲本評**)“愁眼”二字,直貫八句。寒城菊自花。(**陳治墨眉**)比興多在言外,好在不雜懷抱。(**嚴復墨眉**)第二句用一“自”字,而草物之無聊自見。(**王鄰德紅旁**)代秋蔬言,妙。天風隨斷柳,客淚墮清笳。(**王鄰德紅旁**)誦此二語,不惟銷盡粗浮,並渾□,亦用不著。世人以工麗自矜者,至此不廢,然反更不當與之言詩。水净樓陰直,(**俞瑒甲本評**)中有深感。山昏塞日斜。(**汪琬甲本紅眉**)皎然:“秋天月色正。”(**方拱乾評**)“直”“斜”二字,自然之妙,却非有心。(**嚴復墨眉**)中四句皆上下相爲因果,或上因下,或下因上,此又句法。(**奚禄詒乙本墨眉**)五句下因乎上,六句上因乎下。(**奚禄詒乙本墨旁**)“直”“斜”二字好。夜來歸鳥盡,啼殺後棲鴉。(**俞瑒甲本評**)比興意以見所懷。(**奚禄詒甲本尾批**)賦也。(**奚禄詒乙本墨眉**)感時寫物,悲悼繫之。○通篇工苦特甚,却出詩不苦。(**吴廣霈墨眉下**)結句悲以自况也。

【彙評】

俞瑒甲本評:詩中用比興最深,然不得强爲經解。

天　河

題鮮于樞評:此公詠天河以自喻,言天河常時雖有明晦,然秋至則愈明，而不可掩，或含星而動雙闕，或伴月而落邊城，或渡牛女，則風浪何曾起耶？其忠愛之情，藹然見於言外。比也。

方拱乾評：一作此便索然矣。

汪琬乙本評：層層透徹，不離不拈，以爲無所寄託可，以爲有所寄託亦可。〇結語癡而好。

俞瑒乙本評：八句一氣，全於真際摹寫，不著色相語，而刻劃已至，妙在一字移動不得。

屈復評：此等題若無寄託則可不作。前六句人所盡解，結句以天上無風浪，見人世之有風浪也。〇一二虚籠天河，三四順承，五六實寫，七八承五六結。[①]

題商盤紅旁：摹寫清真刻□，其是開宋人之風者。

題商盤紅眉：前四句暗寫，用一縱一擒、一開一合之筆，後方實寫詮明，合全篇則由暗而明，由虚而實也。〇五六非“含星”“伴月”四字不能顯題。杜善寫難寫之景，全以旁目側出取之。

奚禄詒甲本眉：舊亦以爲比肅宗，甚非。〇《江月》《天河》皆是思家。

奚禄詒甲本旁：與《初月》同一可味。

奚禄詒乙本墨眉：《江月》《天河》，止是思家。

盧見曾紅旁：此與《初月》詩確有寄託，用意不即不離，窅然而深。如以爲但咏本題，則失之矣。洪仲曰：《天河》《初月》二詩，皆暗寫題意，不露題字。仇兆鰲曰：此直咏天河，而寓意在言外。頷聯似爲小人讒妬而發。

朱方藹紅眉：層層透徹，不離不拈，以爲無所託寓可，以爲有所託寓亦可。結語癡而妙。

---

① 校注：“則可不作”，杭本作“則不作”；“無風浪”“有風浪”，杭本作“無風波”“有風波”；“人世”，杭本作“世人”。

吴錫麒紅眉:詠天河改以自詠,爲後來開絶大法門。

題張問陶墨眉:"微雲掩""風浪生",似爲小人讒妬而發。

陳治墨眉:汪云:不離不粘,以爲無所託寄可,以爲有所託寄亦可。

秦應逵墨眉:字字比興,偏字字切題。

秦應逵紅眉:此等題若無寄託則不作。

吴廣霈墨眉:寄託遥深,自喻清潔。

吴廣霈墨旁:天河以秋後更明顯,此常人所不著意者也。

王鄰德墨眉:此詩喻玄宗貴妃。

王鄰德紅眉:句意渾渾稱題。

嚴復墨眉:此與下《初月》皆詠物正體,暗□題意,不露題字。

王伯沆紅眉:公時自拾遺出爲華州司功,故託言自喻如此。

常時任顯晦,(**俞瑒甲本評**)四句一氣説下。(**題商盤紅旁**)對起。(**王鄰德紅旁**)三字深。**秋至輒分明。**(**錢陸燦丁本評**)語意殆與"歲寒知松柏"同。(**奚禄詒乙本墨眉**)大約皆自況。**縱被微雲掩,**(**題商盤紅旁**)流水對。**終能永夜清。**(**吕留良紅旁**)竟説天河,它意自有,不必强證。(**奚禄詒甲本旁**)承"分明"。(**李以峙墨眉**)(終能)按"輸"字謬。(**王伯沆紅眉**)意兼賦比。**含星動雙闕,伴月照邊城。**(**李念慈紅眉**)"邊"一作"孤",較勝。(**俞瑒甲本評**)略襯。**牛女年年渡,**(**俞瑒甲本評**)應"秋"字。**何曾風浪生。**(**方拱乾評**)結飄逸又穩。(**奚禄詒甲本眉**)結句與《江月》同。(**奚禄詒甲本旁**)賦也。○兩河之間爲雙闕。○五六以下皆比。(**奚禄詒乙本墨眉**)末句癡,却有致。(**吴士模墨眉**)以天上之無風浪見世人之有風浪也。(**王鄰德紅旁**)翻得靈活。

【彙評】

錢陸燦丙本評:錢云:昔在朝見含星動於雙闕,今塞上見伴月落於邊城。

俞瑒甲本評:絶不作色相語而刻劃微至,一字移動不得。

張學仁參定:能於空際摹寫,絶佳。

題商盤尾:賦而比也。一二所謂士窮見節義,世亂識忠臣也。三四言讒邪蔽明,君子之操行終不改。五六則仕路升沉之喻。七八又反言以比陸地之風波耳。

陳治墨尾:吴云:"掩""清""動""落"以字法爲章法,皆作癡語,亦復不盡。

秦應逵紅尾:絶不作色相語而刻畫已至,一字移動不得。

嚴復墨眉:詩人下語,雖無關涉處,皆占身分。初不必定吾所指,如此詩之上四句是已。

初　月

題鮮于樞評:此詠初月。首言"弦欲上""輪未安",而光影微細偏斜以形容之。次言微升古塞之外,已隱暮雲之端,書所見也。第五句應首聯,第六句應次聯,末言露下而澤物。賦也。

方拱乾評:看虚字便知其摹"初"字。

錢陸燦甲本眉:必以此爲新君肅宗,惑於宋人詩史見解。

錢陸燦丙本評:錢云:必以此篇爲新君肅宗,惑於宋人詩史見解。

錢陸燦丁本評:五六旁見側出,得初月之神。必以此爲新君肅宗,惑於宋人詩史見解。

俞瑒甲本評:張遠注:句句有一"初"字意。

俞瑒乙本評:無一句不是初月。少陵詠物,得風人比興之旨,婉轉附物,怊悵切情,劉舍人所謂"造懷指事,不求纖密之巧;驅辭逐貌，惟取昭晰之能”是也。

屈復評：前四初月，後半皆承“已隱暮雲端”而言，三承“影斜”，四承“光細”。有謂此自喻方官拾遺，旋即罷去者，丹心如故，流落堪悲，而身隱矣，亦通。①

題商盤紅旁：此公託初月以自喻，言官之卑不能自安於朝廷，道之晦不能見施於天下，由人主闇蔽，榮枯雨露，偏則君子之失位宜也。

題商盤紅眉：前賦初月之景，後描初月之神，“關山隨地遠[闊]，河漢近人流”，與此五六，一寫滿月，一寫初月，皆使人得之於言，不著色相，其味無窮。結更精巧，巧在一“暗”字挽合。○若字字刻畫初月，筆下全無開合，詩家景趣如頑山死水矣。妙在後半只承第四句跳出題外，而未嘗不在題中。字字開却字字合，此詠物詩至訣，然惟子美獨擅其長。

奚禄詒甲本旁：字字初月。此住秦州東柯谷作。

奚禄詒甲本眉：前四句寫初月，後四句承“已隱”説。

奚禄詒乙本墨眉：前四句寫初月，後四句承“已隱”説。字字是初月，所以妙。

奚禄詒乙本墨旁：劉辰翁云：山谷句句欲比，却如何處他末句？

盧見曾紅旁：黄庭堅曰：王原叔説此詩爲肅宗而作。張遠曰：句句有一“初”字意。

朱方藹紅眉：著意寫“初”字，却自圓動無痕，妙絶之篇。起賦其體，次聯指其地，三聯詠其光，結又帶出時序，筆筆俱到，當看其層次。

題張問陶墨眉：此詩句句有一“初”字意。河漢色明，見月影忽

① 校注：“罷去者”，杭本作“罷去”。

沉;關山自寒,見月光全没。末點“暗”字,總見無月可窺矣。

王鄰德紅眉:或謂此詩意主肅宗,謬矣。凡詩孰無寄託,但觀者不必如穿鑿耳。

嚴復墨眉:又作詩者,非有所厚,即有所戒,亦不必定有刺譏。如此詩宋人謂爲肅宗而作,亦揣度之詞耳。

光細弦欲上,(**俞瑒甲本評**)初月之時。(**嚴虞惇紅旁**)初。(**題商盤紅旁**)對起。(**李以峙墨眉**)(光細)按“常”字大謬。(初上)按“欲”“豈”皆不妥。影斜輪未安。(**王鄰德墨眉**)“輪未安”喻意可味。微升古塞外,(**題商盤紅旁**)流水對。(**奚禄詒甲本旁、乙本墨旁**)承上。已隱暮雲端。(**方拱乾評**)一作比喻便覺味淺。(**奚禄詒甲本旁**)起也。(**奚禄詒乙本墨旁**)起下。河漢不改色,(**俞瑒甲本評**)承月隱説。關山空自寒。(**吴廣霈墨眉**)“河漢”二句,淡而彌永,且極自然,耐人尋味。庭前有白露,(**吴廣霈墨眉下**)“有”,各本作“霏”,是也。從正。暗滿菊花團。(**錢陸燦戊本評**)李空同詩“風急愁聞木葉下,秋清淚滿菊花團”本此。(**奚禄詒甲本旁**)賦也。〇宋只有蘇長公多事。(**朱方藹紅眉**)初月光景不多,故結以“暗滿”。(**佚名戊墨眉批箋注“趙云,白露則以著言初秋時矣,蓋月令孟秋之月,白露降也。……”**)露則言恩澤也,言天恩及小物也,此流穿鑿太甚。

【彙評】

傅山紅旁批詩後注解“宋人評老杜詩”:穿鑿。

錢陸燦丁本評:不必有托,而初月風景,自是親切。

張學仁參定:《天河》《初月》,兩詩皆不露題字而題意自顯,謂之暗格。

擣　衣

題鮮于樞評:此言夫出戍,婦居室,婦因擣衣之時,念夫征戍之苦也。賦也。

方拱乾評:意在題先。試想五六句,若再苦做,二句便死,却不能結矣,妙,妙。此"君"字一著良人便舛矣。如"君知天地干戈滿"之"君"。〇結句是古德公案語,乃出以詩。晚唐人必不肯作五六句矣,此中可悟。

錢陸燦甲本旁:惟其不返而猶寄之,所以爲情之至。落句"君聽"猶不聽也。

錢陸燦甲本眉:易農曰:不落六朝、初唐擣衣窠臼。

錢陸燦丙本評:錢云:不落六朝、初唐擣衣窠臼。雖知其不返而猶寄之,所以爲情之至。落句"君聽"猶言不聽也。

錢陸燦丁本評:惟知其不返而猶寄之,所以爲情之至。落句"君聽"猶不聽也。

汪琬乙本評:《擣衣》一篇,純是内寫,清商之奏,嫋嫋有餘音。〇"君"指所寄者,就其地而得空外之音,可以思歸矣。

李念慈紅眉:首句沉痛,落句情思不盡。

屈復評:明知不返,尚爲寄衣,意外猶望生還也。六句皆寫苦心,結作者憫其苦心,言君聽此音,則知其力盡,力盡則知其心苦矣。〇一題前,二點題,三承二,四承一,五承三,六承四,七八本題結。

方貞觀紅眉:當與"年年得衣慣,且試莫裁縫"參看。

題商盤紅眉:題至五句始見,此養局之法,與《惡樹》篇同。〇望歸而寄衣者,常情也。知不返而必寄衣者,至情也,亦苦情也。安此一句於首,便覺通篇字字是至情,字字是苦情。人臣具此至情，必不敢敝屣其君；人君具此至情，必不敢草菅其臣庶。此一詩也，而興觀群怨具矣。

奚禄詒甲本眉：情至可思，轉折含蓄，全在虚處。

奚禄詒甲本旁：全篇從閨人口中寫出，字字轉折。

奚禄詒乙本墨眉：清空一氣。○全首從閨人口中寫出至情。

盧見曾紅眉：鏘然清響。"亭皋葉下，隴首雲飛"，故當遜其真至。

盧見曾紅旁：沈德潛曰：通首代戍婦之詞，一氣旋折，全以神行。

朱方藹紅眉：《擣衣》一篇純自内寫，清商之奏，嫋嫋有餘音。

吴錫麒紅眉：通首一氣流轉，絶大筆力。

題張問陶墨眉：一氣旋折，全以神行。

魏源評：似五古，又似樂府，意中有意，味外餘味。此律詩神境，直逼《三百篇》者，於此參入，便可超凡入聖。

吴廣霈墨眉：通首一氣迴旋清矯，由乎骨健。○此等作所謂"語不驚人死不休"也。看如容易，不知剥落多少等，詞乃能一氣迴旋，類高格調，豈世俗餖飣手段所可夢見？

王鄰德藍旁：悲切懇摯，讀之可興可觀。

嚴復墨眉：此首精神在數虚字，公如"亦知"，如"已近"，如"況經"，如"寧辭"，遂覺格外深厚。○趙汸嘗用順解法注釋此詩，極便初學。

佚名丁墨旁：爲寄寒衣也。古樂府《搗衣》篇皆託從軍者之婦言。

亦知戍不返，(**俞瑒甲本評**)前一層。(**秦應逵紅旁**)前一層。秋至拭清砧。(**墨眉**)起法。(**宋犖紅旁**)起句悲甚。(**王鄰德紅眉**)二語一字不及擣衣，掩題思之，却字字是擣衣，以情與景映出事來，筆端深妙。（**沈巖眉**）起語甚悲。（**吕留良紅眉**）閨人怨恨，開口便盡。**已近苦寒月，**（**俞瑒甲本評**）擣衣之由。**况經長别心。**（**吕留良紅旁**）意外象外。**寧辭擣熨倦，**（**俞瑒甲本評**）正點。**一寄塞垣深。**（**方拱乾評**）五六句出題一法。（**傅山紅旁**）二語具深□。（**王鄰德紅旁**）涵蓄淵永，意出紙外，此晚唐極力仿佛者。**用盡閨中力，**（**俞瑒甲本評**）後一層。（**嚴虞惇紅旁**）得此一轉，覺砧中聲聲有淚，上六句皆從此摹出。**君聽空外音。**（**方拱乾評**）"君"字不必苦索解。（**傅山紅旁**）未豁。（**張雝敬墨旁**）結以下句原上句，法固妙絶，語猶俊極。（**奚禄詒甲本尾批**）賦也。一直趕下去，正是練局。（**朱方藹紅眉**）"君"指所寄者，就其地而得空外之音，可以思歸矣。（**秦應逵紅旁**）後一層。

【**彙評**】

吕留良紅尾：劉云：此晚唐極力仿佛之者。

俞瑒甲本評：只是説擣衣之情，筆筆用轉。

張學仁參定：八句一氣盤旋而下，全以神行。仇注：三四承首句，五六承次句，七應"拭清砧"，八應"戍不返"，分之各有條緒，合之一氣貫通，杜律所以獨至。

題商盤紅旁：對收，倒收。

題商盤尾：倒收有法有力。"君"字乃詩人代爲之辭，趙謂全首皆託爲戍婦之辭，非也。《豳》《雅》之勞還，率皆代念其室家之情，此詩意正如此。

王鄰德紅尾：樂府有《擣衣篇》，蓋戍婦詞也。

王鄰德墨尾：通首俱托爲戍婦之詞，文中有代筆，詩亦有此，可悟詩文原非兩途。

佚名丁墨尾：上四俱在題前領意，趕至五六纔以落題爲點題，却仍是淩架[駕]過去,雖兩字明點,實不曾著紙也。結聯乃詠歎法。旅農云,全以神行。

歸 燕

題鮮于樞評:言歸燕知時識機,不忘故主,是以秋歸而春來,儻舊巢未毁,會傍主人而飛矣,喻君子能知時念主。比也。

方拱乾評:諸詩各有天地,各極性情,以全身入一物中,復出其外,千古詠物,無出其右。○詠物詩千古惟公稱最。即則俗、則鑿、則著;離則漫、則僻、則支。是比又不是比,又妙在比。不即不離,神在内外。

吕留良紅眉:亦屬删例。

屈復評:此寄託戀闕之心。

題商盤紅眉:杜公詠物諸詩,皆因所見以起興,與後人泛泛括題者自别,是故己之性情出,而物之物色生態亦出。

奚禄詒甲本旁:只説自家話。

奚禄詒乙本墨眉:字字是自况。

王鄰德紅眉:前六句説他慧心,末二句勉他厚道。

王嗚盛墨眉:後四語反説其來,妙。

王伯沆紅眉:意甚深遠。

不獨避霜雪,其如儔侣稀。(**朱方藹紅眉**)次句與結聯意同,亦亂離之感也。(**陳治墨眉**)公賦物不沾沾於一物,當用廣大心、悲憫心、利益心、讚歎心觀之。(**嚴復墨眉**)詩因物託興,其中必有所不平。(**吴廣霈墨眉**)一起便不落凡響,掃净浮詞,獨存神骨。(**王鄰德紅旁**)至情至理。四時無失序,(**題商盤紅旁**)走馬對。八月自知歸。(**吕留良紅旁**)古,率易。(**方貞觀墨眉**)必著一二累句,可恨。**春色豈相訪,**(**題商盤紅旁**)走馬對,虛眼句。**衆雛還識機。**(**方拱乾評**)五應首句,六應次句。**故巢儻未毁,**(**秦應逵紅旁**)寄託戀闕之心。**會傍主人飛。**(**題張問陶墨眉**)末乃自寓己意,身雖棄官,心仍戀主也。(**奚禄詒甲本尾批**)賦也。○"春色"以下謂明歲之後來也。(**奚禄詒乙本墨眉**)末句正慘切。(**王鄰德藍尾**)興體也,與《歸雁》同一感傷。(**王鄰德墨尾**)説得燕子多情,亦爲棄婦逐臣洗發心事。

【彙評】

錢陸燦甲本旁:預望其來,所謂"社日遠看人",是相訪也。

錢陸燦丙本評:錢云:預望其來,所謂"社日遠看人",是相訪也。

錢陸燦丁本評:相訪,所謂"社日遠看人"也。"衆雛"指新燕説,二句承上起下。

俞瑒乙本評:托物見志,起結分明。

題商盤尾:五六承上啓下之詞,言其來與否,總視主人之情之薄厚耳。○春來、秋去最易作對,却分開兩截。

嚴復墨眉:凡是詩人,莫不思厚,觀結語可悟詩教。

吴廣霈墨眉:收筆妙,其作於將返成都草堂之時耶?

促　織

題鮮于樞評:言促織之爲物甚微,而其哀音何能動人若是邪?蓋自在野至於床下,其聲豈得不動人乎?第二聯應"哀音",第三聯應"動人",末以悲絲急管,皆能動人,而天真之於人爲則異耳。賦也。

汪琬乙本評:直寫出性情功效來。末推説,妙相關會。

李念慈紅眉：詠物，起句直出其物大方，惟公有此。

宋犖紅眉：詠物有二種：一種刻畫，如畫家李小將軍，則李義山、鄭谷、曹唐諸人是也；一種寫意，工者頗多，要以少陵爲正宗。必如子湘言，詠物非少陵至處，豈《房兵曹馬》《蕃劍》《螢火》諸什，猶有所不足乎？眉山云此語不公，吾不憑，請爲子湘誦之。

王士禛評：《漢書·朱買臣傳》：故妻與夫家俱上冢。"故"字是。

俞瑒乙本評：此是興體，只寫哀音動人處。

屈復評：一點題，二點音聲，三四哀音，五六動人，七八承五六結。

題商盤紅眉：三四切緊寫題，五六開一步，結用"天真"字收合，此公詠物家數。四用經語無痕，"得無"字硬得好，"難及"字軟得好。起語若嗔怪之辭，結處始解明之。

奚禄詒甲本眉：五六賦促織，真切而脱套。

奚禄詒甲本旁：五六切當。

奚禄詒乙本墨眉：二句以後，總是哀音動人。○句句切促織，以"久客""故妻"賦促織，神妙。

盧見曾紅旁：此等詩全用比興，風詩之草木昆蟲、《離騷》之香草美人，此物此志爾。

朱方藹紅眉：直寫出性情功效來，末推説，妙相關會。

吴騫墨眉：《漢書·朱買臣傳》：故妻與夫俱上冢。"故"字是。○故，集作"放"。

題張問陶墨眉：五六工於用虚。○結尾借物相形，抑彼伸此，是謂尊題格。

沈巖旁：此是興體，只寫音動人處。

沈巖眉：《促織》以下六首皆詠物體也，自是大家數，不至墮落，然已非少陵至處，可見詠物之難。

嚴復墨眉:此首全體皆率,故後人亦無學之者。

促織甚微細,哀音何動人!(**俞瑒甲本評**)立意。(**秦應逵紅旁**)主意。(**王鄰德紅旁**)"何""甚"之詞,或爲問答之詞,大謬。**草根吟不穩,**(**俞瑒甲本評**)承次句。(**嚴虞惇紅旁**)哀音。(**題商盤紅旁**)三四承首句。**牀下夜相親。**(**錢陸燦甲本眉批**)"草根"二句,化《豳風》之妙。(**錢陸燦丁本評**)"草根"二句,點化《邠風》,妙。(**吕留良紅旁**)何草草。(**王鄰德紅旁**)不似詠物,只似寫情,却移用作寫情詩不得,可爲用虚之法。**久客得無淚?**(**俞瑒甲本評**)應"人"字。(**題商盤紅旁**)縮脈句。**故妻難及晨。**(**嚴虞惇紅旁**)動人。(**題商盤紅旁**)分裝對,五六承次句。借彼形此。(**沈巖眉**)《漢書·朱買臣傳》:故妻與夫家俱上冢。"故"字是。**悲絲與急管,**(**俞瑒甲本評**)應"哀音"。**感激異天真。**(**俞瑒甲本評**)旁發。(**奚禄詒甲本尾批**)賦也。全旨總言,哀音動人。(**陳治墨尾**)末推説得妙。(**嚴復墨眉**)謂促織與悲絲急管雖異,而感人則同,固矣,但"天真"二字又將何處安頓耶?

【彙評】

錢陸燦丙本評:鐵牛云:"草根"二句,化《豳風》之妙。"難及晨"猶言秋天不宵明也。

俞瑒甲本評:此是興體,只寫哀音動人處。

張學仁參定:結尾借物相形,爲尊題格。

題商盤尾:絲竹總悲,人也;促織總細,天也。天則真,人則不真。此語詩流不能道,學究亦不能道。

佚名丁墨眉:"哀音"爲一詩之主,而曰"不穩",曰"相親",又表出不認遠離,常期相傍意。爲"哀音"加意推原,則聞之而悲,在作客被廢之人爲尤甚。感以其類,故深也,絲管不足擬矣。識得根苗在三四,則落句不離。

○音在促織,哀在衷腸,以衷心聽之,便派與促織去,《離騷》同旨。

螢　火

題鮮于樞評:言螢火幸托腐草以生,不敢近太陽而飛,隨風帶雨,故未足以臨書卷,有時能點客衣耳。苟十月霜重,則亦不知所歸矣。夫螢,陰物也,公托之以比小人,能眩昏暗之主,不敢近聖明之君耳。"因"即"因徐辟求見孟子"之"因","因"猶托也。

錢陸燦甲本眉:"臨書卷"用車胤事不覺,下句不必有實事,自妙。

錢陸燦丙本評:錢云:"臨書卷"用車胤事不覺,下句不必有實事,自妙。

汪琬乙本評:詞確格高,當家之作。

李念慈紅眉:此刺宵小也。

吕留良紅眉:若有所喻。

俞瑒乙本評:用虚字活。

題商盤紅眉:汪幾希曰:此亦所見止一螢,偶然止於衣上,故三四云云,與七言之"添個個""弄輝輝"者自别。○前半代物之語,後半憐之之辭。"敢",不敢也。

盧見曾紅旁:仇兆鰲曰:黄鶴注謂指李輔國,結以宦者近君而撓政也。按,"腐草"喻刑餘之人,"太陽"乃人君之象,比義顯然。此輩真置身吾地矣。

朱方藹紅眉:詞確格高,當家之作。

題張問陶墨眉:"腐草"喻腐刑之人,"太陽"乃人君之象,比義顯然。

嚴復墨眉:此詩必有所指,前注家以爲刺閹寺,乃從首二語看出,想當然也。

奚禄詒乙本墨眉：余以爲比小人，而胡孝轅謂爲謙言，胡説。○一切賦物，無不切實。

王鄰德墨眉：喻小人也。

王鄰德紅眉：説者謂此“腐草”“太陽”以譏李輔國，凡評詩，正不必如此刻切拘泥。言之者無罪，聞之者足以戒。大丈夫耿耿者，不爲螢爝微光，況於此自無相關。世之近明忽晦不常，又豈止一輔國？則見此詩而自愧矣，學者當觀其大指可也。①

佚名丁墨旁：《爾雅》：螢火一名即照。《古今注》：一名暉夜，一名宵燭。

幸因腐草出，(**佚名丁墨旁**)《爾雅》注：腐草得暑濕之氣爲螢。敢近太陽飛。(**吕留良紅旁**)悲傷得體。未足臨書卷，(**俞瑒甲本評**)用事活。(**王鄰德紅旁**)安卑之語，代他謙得妙，不啻口出。時能點客衣。(**俞瑒甲本評**)近看。隨風隔幔小，(**俞瑒甲本評**)遠看。(**吴廣霈墨眉**)“隔”，一本作“沾”，亦佳。帶雨傍林微。十月清霜重，(**俞瑒甲本評**)諷刺顯然。飄零何處歸？(**奚禄詒甲本尾批**)賦也。(**王鄰德藍尾**)諷刺入微。(**王伯沆紅眉**)諷刺語。

【彙評】

俞瑒甲本評：寫盡纖微之態。

佚名丁墨尾：“幸因”，微之也；“敢近”，斥之也；“未足臨”，不齒於《爾雅》也；“能點客”，懼其陰賊也；“隔幔”“傍林”，仇氏所謂潛形而匿迹；“十月”“飄零”，乃以末梢澌滅警醒之。黄鶴云：指李輔國輩，良不爲鑿，蓋以“腐草出”比刑餘也。

① 輯者按，此條又見方回《瀛奎律髓》卷二十七，爲方回評。

佚名丁墨尾:竺云:通篇有惻惻意,蓋以喻貧賤無聊者,若以爲刺群小,太涉不雅。

蒹葭

題鮮于樞評:言蒹葭當秋風吹之,則摧折不能自守。雖"暫時花載雪",然"處處葉沉波"矣,應首二句。次言春來,其苗生長,而多雨露,在江湖雖後摇落,亦恐歲暮摧折,不能自守焉。喻小人雖得志一時,終不免淪胥以亡耳。比也。

方拱乾評:詠物詩於小題中現大天地,又各現一天地,是比却不是比,有意却非有意,既靈復奥,既虚復實,是之謂神。

錢陸燦丙本評:錢云:不求故實而自工也。

王士禛評:句句太切。

俞瑒乙本評:亦是比體,只在不自守生情,見摇落之感。

題商盤紅眉:此詩當在夔州作。蓋此地獨暖,摇落稍後,故感蒹葭而成詠,意言此物無後凋之節,雖暫時自植,歲晚終難自保耳。

奚禄詒甲本墨眉、乙本墨眉:前四句抑,五六揚。○末應首句。

朱方藹紅眉:此正以蒹葭比伊人,時手必點出,淺矣。

題張問陶墨眉:秋風摧折如彼,而遠記江湖者,亦復蹉跎於歲暮乎?末二句隱然有自傷意。

陳治墨眉:汪云:此正以蒹葭比伊人,時手必拈出,淺矣。

王鄰德墨眉:喻佞幸也。

沈巖旁:亦是比體,只在"不自守"句生情,見摇落之感。

沈巖眉:句句太切。

摧折不自守,(**俞瑒甲本評**)大意在此。(**王鄰德紅旁**)便異。(**沈巖**

旁)本意在此。**秋風吹若何!**(**奚禄詒甲本眉、乙本墨眉**)"不自守"與"亦自守"二"守"字下得奇。"亦"字應"後"字。**暫時花戴雪,**(**吕留良紅旁**)雅。(**俞瑒甲本評**)承。(**題商盤紅旁**)順承一二。(**王鄰德紅旁**)危語妙甚。**幾處葉沉波。**(**錢陸燦甲本眉批**)不求故實而自工也。(**錢載評**)即歎决明意。(**嚴復紅眉**)王云:句句太切。**體弱春風早,**(**題商盤紅旁**)下因句。(**倪象占藍眉**)"苗"字好。**叢長夜露多。** **江湖後摇落,**(**俞瑒甲本評**)合。(**俞瑒甲本評**)應"摧折"。(**沈巖旁**)合"摧折"。**亦恐歲蹉跎。**(**錢陸燦甲本旁、丙本評**)與人俱有遲暮之感。(**俞瑒甲本評**)應"秋風"。(**奚禄詒甲本尾批**)賦而比也。○末應轉起手。(**王鄰德紅旁**)蒹葭有知,當悲此語。

【彙評】

俞瑒甲本評:亦是比體,只在"不自守"句生情,見摇落之感。

題商盤尾:運筆精妙,寓興深微,詠物之聖手也。

苦　竹

王士禛評:一性情,二形質,三四順承一二,五六順承三四,七八應一二。

俞瑒乙本評:纖細中幾許旋折,與上《蒹葭》詩同看益佳。

屈復評:夏蟲避而不食,春鳥疑而不棲,所謂世棄君平也。五六位卑易斥也。結根得近幽人,亦幸甚矣。全篇自喻。[①]

題商盤紅眉:前篇喻柔脆之士,此篇喻貞素之人,而已在其中。

奚禄詒甲本眉:此公屋邊之苦竹也。

① 校注:杭本此批語後多"一性情,二形質,三四順承一二,五六順承三四,七八應一二"一句。

奚禄詒甲本旁:喻貧賤而自寫者也。○"自守"者,竹也。"强扶持"者,人也。"青冥亦"三字,正喚下"近幽人屋"也。末二句可與"因不失其親"參看。

盧見曾紅旁:王嗣奭曰:前章不自守,言遭時之窮;此章亦自守,見保身之哲。讀二詩,知公去就之間,善於審處也。仇兆鰲曰:《蒹葭》,傷賢人之失志者;《苦竹》,嘉君子之避世者。

朱方藹紅眉:下字俱奇,寫得"苦"字出,結出正意。

題張問陶墨眉:次句包許多小心謹畏、堅忍寧耐意。○剪伐無詞,何等謙厚,"幽人屋"亦自寓,有欲與偕隱之意。

陳治墨眉:俞云:纖細中幾許旋折。

秦應逵紅眉:全首自喻。

嚴復墨眉:案:《蒹葭》《苦竹》二詩必係同時之作,知者以其第一語一云"不自守",一云"自守"也。豈二詩皆爲不得志之貧士而發? 然其一以"不自守",雖暫花而摧折摇落;一以"自守",雖危遭剪伐,猶得扶持,而結根以近幽人,其分流之詣甚明白也。

王鄰德紅旁:高士贊。

王鄰德墨眉:自喻也。

沈巖旁:纖細中幾許旋折,與《蒹葭》首同看益佳,"不自守"亦"自守",説得揚情入妙。

青冥亦自守,(**題商盤紅旁**)對起。(**沈巖旁**)總。軟弱强扶持。(**錢陸燦丁本評**)"不自守""亦自守",説得物情入妙。(**俞瑒甲本評**)總意。(**奚禄詒乙本墨眉**)"自守"者,竹也;"扶持"者,人也。"青冥亦"三字,正喚下"近幽人屋"也。末二句可與"因不失其親"參看。(**王鄰德紅旁**)説得有品。味苦夏蟲避,(**題商盤紅旁**)上因句,歇後句。(**王鄰德紅旁**)二語正自贊其孤清。(**沈巖旁**)自守。叢卑春鳥疑。(**俞瑒甲本評**)自守。(**王伯沆紅眉**)"疑"字有味。軒墀曾不重,(**方貞觀紅旁**)不成句。剪伐欲

無辭。（**俞瑒甲本評**）並透"亦"字意。（**王鄰德紅旁**）"欲無辭"三字，人事物理俱在内，寄託深遠。（**沈巖旁**）並透"亦"字意。**幸近幽人屋，**（**題商盤紅旁**）上因結。**霜根結在兹。**（**方拱乾評**）結得趣。（**俞瑒甲本評**）亦"自守"處。（**奚禄詒甲本尾批**）賦而比也。○中四句正見自守扶持之故。

【彙評】

俞瑒甲本評：纖細中幾許旋折，與《蒹葭》一首同看益佳。

張學仁參定："不自守""亦自守"，説得物情入妙。

吴廣霈墨尾：間關離亂，終免於無妄之禍，即可於此詩占之。

除　架

錢陸燦甲本眉：比。末句因除架而悟人生消息之理，有初必有終，正不必説出也。

錢陸燦甲本尾：秋蟲暮雀，亦灌夫、任安之流。

錢陸燦丙本評：錢云：比也。秋蟲暮雀，亦灌夫、任安之流。

俞瑒乙本評：興體，言蟲鳥猶有故物之感戀，人可以不念厥初哉？動人警悟。

屈復評：此因除架而感人生也。瓠葉蕭疏，理應除矣，然白花未結子，則除有遺恨。今已了矣，除亦莫辭。彼秋蟲暮雀，去留任之而已。然方今時當牢落無事，不有結局，人生初亦欲立功當世，而一事無成，年已晚暮，遺恨何言？功成身退，天道也。一"幸"字見有大不然者在。①

題商盤紅眉：前半代物言，後半作己説。七句關住本題，八句

① 校注："人生初"，杭本作"人生"；除此批語外，杭本另有"一架，二架上瓠葉，三承二，四承一，五六開，七結上，八自慨"數句。

轉出正意，言人生盛必有衰，新必有故，由末路想初時，亦與瓠架同感而已。〇凡物先花後實，實即花之實，故言"幸結白花了"，則實自見矣。寫此物，結實頗難措辭，五字何等俊妙！

朱方藹紅眉：起處已見當除之時，二聯寫不得不除之意，五六借蟲鳥喻其惓惓，結則推而言之。公生平厚道深情，閱歷學問俱在此。

題張問陶墨眉：唐人工於寫景，杜詩工於摹意，"寧辭"句能代物揣分，"豈敢"句能代物安命，不獨《麂》《燕》詩善訴哀情也。

陳治墨眉：汪云：前寫當除之意，五六借蟲鳥寓其惓惓，結則推而言之。公平生厚道深情，閱歷學問俱在此。

奚禄詒乙本墨眉：人生有初應瓠之零落，因物而歎人生之有初而鮮終者。

王鄰德墨眉：亦前章意。

沈巖旁：此體自有深感，結語動人警悟，可爲入道之機。

束薪已零落，(**沈巖旁**)除架之由。瓠葉轉蕭疏。(**俞瑒甲本評**)除架之由。幸結白花了，(**傅山紅旁**)妙。寧辭青蔓除！(**俞瑒甲本評**)實點。秋蟲聲不去，(**王鄰德紅旁**)細。暮雀意何如？(**傅山紅眉**)説得可憐。(**俞瑒甲本評**)感物。(**奚禄詒甲本旁**)此除後。(**奚禄詒乙本墨旁**)此除後之景。(**奚禄詒乙本墨眉**)"意何如"想像得妙。(**嚴虞惇紅旁**)灌夫、任安之流。(**王鄰德紅旁**)遠。寒事今牢落，(**沈巖旁**)感人。人生亦有初。(**方拱乾評**)遠結。(**奚禄詒甲本眉**)結句可念可畏。(**奚禄詒甲本尾批**)賦也。"暮雀"句可想在"意何如"三字。(**奚禄詒乙本墨旁**)結句可念可畏。(**王鄰德紅旁**)此五言古至處，入律更深奥有力量。(**沈巖眉**)結有遠神。(**嚴復墨眉**)結是歇後語，此又一法門。

【彙評】

錢陸燦丁本評:秋蟲暮雀,必是灌夫、任安之流。

俞瑒甲本評:感人。○興體自有深感,結語動人警悟,可爲入道之機。

張學仁參定:末言蟲鳥猶有故物之感,人更當悟。

嚴虞惇紅尾:因除架而怪人生消息之理,有初必有終,不必説盡也。

題商盤尾:前半題事已完,若急接結意,七八如何進步?設演爲四句,則調易枯率矣。妙在五六開一步作二景語,仍含比興,用筆寬然有餘。

秦應逵墨尾:因除架而悟人生消息之理,有初必有終也,亦正不必説盡。

廢　畦

方拱乾評:曰"汝",又曰"君",妙,妙。

屈復評:古詩"委身玉盤中,歷年冀見食",此言不能再也。○一二破題,三四承一,五六承二,七八從未廢,反結。

題商盤紅眉:古詩"委身玉盤中,歷年冀見食",此言"悲君白玉盤",委身知不再,歇後成句。徑押"白玉盤"三字,尤見渾峭。○前詩炎涼之感,此詩榮落之感。起結俱代物説,中聯作己言,問答處纏綿曲至,而己之生意凄涼之況,自在言外。

奚禄詒甲本墨眉、乙本墨眉:《廢畦》《除架》皆憐之也。

奚禄詒甲本墨旁、乙本墨旁:末句掉轉次句。

王鄰德墨眉:公自傷放謫不見用,以"香蘭"自喻,以"緑霑泥滓"喻時流。

盧見曾紅旁:君門萬里之感,於小物發之。此自爲寫照也。浦起龍曰:《除架》"除"字説得和平,此章"廢"字寫得感慨。

朱方藹紅眉：廢畦甚微，却寫得大，所感則觸物有寓也。

題張問陶墨眉：風霜曰“纏”，日月曰“夾”，霜露曰“擁”，常字新用，出人意外。嗣奭曰：糞田爲“擁”，霜露擁蔬，即殺氣亦屬天恩，凋殘豈敢自惜？哀而不怨，有順命意。

嚴復墨眉：此詩題不當作“廢畦”，當作“秋蔬”。

秋蔬擁霜露，豈敢惜凋殘？（**佚名己紅旁**）有感慨。**暮景數枝葉，天風吹汝寒。**（**屈復評**）葉已數枝，言最少也。故風吹易寒，即“歸雁儔侶稀”意。①（**奚禄詒甲本旁、乙本墨旁**）此凋殘也。**緑霑泥滓盡，香與歲時闌。生意春如昨，悲君白玉盤。**（**張雝敬墨眉**）鍾、譚於詠物詩，凡用“汝”字者，輒以爲大好，余未之解也。（**奚禄詒甲本眉**）即“人生亦有初”之意。（**奚禄詒甲本旁**）末掉轉結。（**奚禄詒甲本尾批**）賦也。“豈敢惜凋殘”與“剪伐欲無辭”微累。（**奚禄詒乙本墨眉**）結即“人生亦有初”之意。（**吴士模墨眉**）古詩“委身白玉盤，歷年冀見食”，此言不能再也。

夕　烽

題鮮于樞評：言夕烽之來甚遠，曾每日報平安，然聞宫闕之内，立馬以望。吁，此何時哉！首二句生中四句，而以“闻道蓬萊”“立馬看”結之，詞不迫而意獨至。賦也。

汪琬乙本評：起直點，接正寫，五句見夕烽之設，本以“報平安”兼“通警急”，而意始滿，對句何限感慨，結則明其關係。

李念慈紅眉：紀事感時。

屈復評：三句承首句，四句承次句，五六見時方多事，結言在野

① 校注：此二條批語杭本闕，吴本僅有“古詩‘委身白玉盤，歷年冀見食’，此言不能再也”數句。

而憂朝廷也。

題商盤紅眉:此詠目前所見,然有來處,有去處,筆下脈絡分明。以第四句爲主,惟目前僅見其落點也。然其來本不近,故承以三句,而四之承次可知。此去則直達長安,故接以"過隴""照秦",而歸宿於禁旅宵嚴之處,亦見時方多故,内中難爲甘寢也。

奚禄詒甲本旁:結句是憂患之,原不是追玄宗之夕火不至,乃在隴言隴也。

奚禄詒甲本眉:過隴艱難者,夕烽情叵測耳。

奚禄詒乙本墨眉:人人只解事詞,不究立言之意,所謂誦詩讀書,不知其人矣。吾不知愛詩者所愛之何。

奚禄詒乙本墨眉:原不是追玄宗時事,乃在隴言隴也。細將《秦州雜詩》合看,纔知其旨。

盧見曾紅旁:儼然有宗社安危之慮。乃心王室,不覺流露。其後吐蕃卒犯長安,知甫深思遠慮矣。

朱方藹紅眉:直點起,接正寫,五句見夕烽之設,本以"報平安"兼"通警急",而義始備,對句何限感慨,結則明其關係,賦此物無餘憾矣。

吴廣霈墨眉:江湖魏闕之情,每飯不忘之意,於此可見一班。

沈巖旁:結意極警。使朝廷望夕烽而驗平安,旰食可知,所謂"獨使至尊憂社稷"也。

夕烽來不近,每日報(**吕留良紅旁**)要注。平安。塞上傳光小,(**俞瑒甲本評**)承"平安"説。(**題商盤紅旁**)順承一二。(**李以峙墨眉**)(傳光)按"聲"字大謬。〇又按,别本云云,皆庸人妄作,此杜詩之厄。雲邊落點殘。照秦通警急,(**俞瑒甲本評**)與"平安"反對。(**題商盤紅旁**)倒叙聯。過隴自艱難。(**方拱乾評**)"自"字妙。是諷,是痛,是嘲。

(嚴復墨眉)案:"過隴艱難"句是言烽過艱難耶?抑賊過艱難耶?《杜臆》云:失報、誤報皆有罪,故曰艱難亦迂□。**(王鄉德紅眉)**"艱難"二字著夕烽上妙。**聞道蓬萊殿,**(**題商盤紅旁**)意餘言外。**(秦應逵紅旁)**沉著。**千門立馬看。**(**錢陸燦甲本眉批**)落句禦我無策,在馬望風思走之意。**(奚禄詒甲本尾批)**賦也。**(奚禄詒乙本墨旁)**結句是憂患之心。**(嚴復墨眉)**結語亦寫太□闊,與前不稱。

【彙評】

俞瑒甲本評:結意極警。使朝廷望"夕烽"而驗"平安",宵旰可知,所謂"獨使至尊憂社稷"也。

張學仁參定:唐人詠物詩工於寫景,少陵獨工用意,摹色揣稱,後人不能學步。

俞瑒甲本評:寫出警急來。

題商盤尾批箋注後:三四寫題甚雅,"艱難"以道路言,然著烽火説,纔有詩意。○一結言外有深宫宵旰、草野關心之意。

佚名丁墨尾:本詠平安火也,乃從平安内看出警急,深致戒於守者,是綢繆未雨深心。○上半寫所見平安之火,但借來作一鬆步,以跌重下文。言今日"光小""點殘",可幸無事矣。然惟邊將"照秦"知警,則蕃兵"過隴"斯難,所謂"將軍且莫破愁顔"也。結更將廟廊憂思醒惕守者。曰"蓬萊""立馬",恍見君心安不忘危之象,足使聞者矍然。此詩杜漸防微,憂深思遠,自解者劃作兩橛,深負婆心矣。

秋　笛

題鮮于樞評:此詩首二句乃一篇之主,次聯承之,後四句應首句,亦傷時之作。賦也。

方拱乾評：著力苦做。

傅山紅眉：全無味矣。

汪琬丙本評：中二連寫笛之哀怨，句滯。

奚禄詒甲本眉：言笛聲之微，猶且悲感入風雲，况盡奏乎？

奚禄詒甲本旁：聞笛而悲秋耳。

奚禄詒乙本墨旁：詞而悲秋耳。笛原是《塞上曲》。

方貞觀墨眉：用意非不深曲，遣詞拙澀，遂失風人之致。

吴士模墨眉：通首不點題。"白骨"字豈可用於此題？

清商欲盡奏，（**王鄰德紅旁**）笛外笛。奏苦血霑衣。（**李念慈紅眉**）"血"一作"淚"，佳。（**嚴復墨眉**）首二語是漢魏古樂府。他日傷心極，征人白骨歸。（**奚禄詒乙本墨眉**）二以下皆欲盡不肯盡之意。相逢恐恨過，（**吕留良紅旁**）句滯。故作發聲微。（**孫承澤墨眉**）一往情深。不見秋雲動，悲風稍稍飛。（**奚禄詒甲本尾批**）"恨過"不穩，"相逢"亦不穩。（**吴廣霈墨眉**）結句獨佳。（**嚴復墨眉**）"不見秋雲動"所謂過雲之箸也。

空　囊

題鮮于樞評：言食柏餐霞者，神仙之事也。蓋世人皆鹵莽而莫之顧，惟吾道屬艱難而餐食之焉。是以不爨而井凍、無衣而床寒也。然留一錢於空囊中者，恐其羞澀故耳。蓋言貧甚無以自給之意。賦也。

方拱乾評：窮得趣。

錢陸燦甲本旁、丙本評：騷人之音。

吕留良紅眉：有古遊仙意，顧作空囊。起亦奇。

題商盤紅眉：陡從食柏餐霞煉對突起，是公詩筆異人處，他人定以此意入中聯，便説得好，亦覺無奇矣。○三四老甚，結趣正。

奚禄詒甲本眉：首二句疏潔之極，然已含艱難意，五六以下皆承“艱難”。

奚禄詒乙本墨眉：公詩自承，只爲人解懷耳。

王士禛評：“鹵莽”猶言草略也。

朱方藹紅眉：其阨甚矣，寫來却自高致。

嚴復墨眉：上半真成高調，無根柢人作不得此語也。次聯尤樸老□貴。

翠柏苦猶食，（**題商盤紅旁**）對起，折腰句。**晨霞高可餐。**（**俞瑒甲本評**）是空囊。（**題商盤紅旁**）下關互。（**陳治墨眉**）騷人之音，寫來却自高致。**世人共鹵莽，**（**沈巖眉**）“鹵莽”猶言草略也。（**佚名丁墨旁**）竺云：舊説既通，余又謂食柏實之苦，餐明霞之高，是世人所恬神仙事，然亦平居泛漫之談，正當飢困時，將何所用？故曰“世人共鹵莽”，極是悲憤之言。**吾道屬艱難。**（**俞瑒甲本評**）空囊之故。**不爨井晨凍，**（**俞瑒甲本評**）轉。（**題商盤紅旁**）上因句。**無衣床夜寒。** **囊空恐羞澀，**（**俞瑒甲本評**）收出本題。**留得一錢看。**（**錢陸燦甲本旁**）不如食柏餐霞語矣。（**錢陸燦丁本評**）偏以不空作結，自戲自嘲。（**吕留良紅尾**）“一錢”結空囊，更妙。（**俞瑒甲本評**）《杜臆》：“看”作“看守”解。（**奚禄詒甲本尾批**）賦也。○結句有餘思。“看”字且鄭重，且苦惱。趙壹詩：“文籍雖滿腹，不如一囊錢。”（**吴廣霈墨眉**）用劉寵□錢事。（**嚴復墨眉**）結“看”字乃“看守”之看，此語已成慣用。（**王伯沆紅眉**）如此不空，亦復可憐。

【彙評】

題商盤尾：結語本屬起語，轉聯本屬接聯，前半本屬後半，章法倒換，略與《歸雁》《洞房》二作相似。○一二“猶”“可”二字，上下關互。

題商盤尾批箋注後：五言飢，却該得炊、汲二事，六言寒，却該得寢、興二事，煉句入化。

佚名丁墨尾：拈結聯爲題，總皆自嘲自解之詞。俗語嘲不食者爲升仙，起即此意。三四原其故，却以莊語見清操，五六實拈，末則所謂解嘲者也。

病　馬

題鮮于樞評：言此馬乘之亦已久矣，況當關塞之深，而天又寒歟？故念其老於塵中，既已盡厥力，則病於歲晚，寧不傷我心乎？且毛骨馴良，猶有可取者焉。是其物雖微，而意實深，見者能不爲之沉吟乎哉？賦兼比也。

方拱乾評：五六意已盡，不能再開，只得如此結。〇自然是比，非有意。

王士禛評：比也。

俞瑒乙本評：是比體。

奚禄詒甲本眉：起句含蓄，五六贊歎，末少推開，無限思量。

奚禄詒甲本旁：仁者之言。

奚禄詒乙本墨眉：前半撫今追昔。

奚禄詒乙本墨旁：意本田子方。

方貞觀墨眉：此詩用筆最妙，前三句寫所以得病之由，四句點題，後四語詠歎感慨以足之。

陳治墨眉：汪云：五六抑一步便自惻惻動人，結則直而淺矣。〇一篇之中，多少感慨寄託，令讀者玩味不盡。

吴廣霈墨旁：少盡其力，老而棄之，已大不可，況乎老盡力者，而任其晚病傷心耶？此深一層寫法，筆力直可入木三分。

王鄰德墨旁：此賦乘馬也。乘爾已久，非獨乘於關塞之地，今天既寒，又值塞垣之際，馬所由病也。

王鄰德紅眉：同一愛馬、買死馬者，英雄牢絡之徵，故贖老馬、憐病馬者，聖賢悲憫之深意。

嚴復墨眉：申鳧盟曰：杜老每遇廢棄之物，便説得性情相關，如《病馬》《除架》是也。

王伯沆紅眉："塵中"句係用《韓詩外傳》：田子方出，見老馬於道，喟然曰："少盡其力，老棄其身，仁者不爲也。"束帛以贖。

乘爾亦已久，（**奚禄詒乙本墨旁**）起念舊。**天寒關塞深。**（**傅山紅眉**）愴然。**塵中老盡力，**（**俞瑒甲本評**）承"乘久"。（**奚禄詒乙本墨旁**）三承上。**歲晚病傷心。**（**李念慈紅眉**）二語傷心。（**俞瑒甲本評**）承"天寒"。（**奚禄詒乙本墨旁**）四出病，起下。**毛骨豈殊衆？**（**奚禄詒乙本墨旁**）神駿猶在。**馴良猶至今。**（**朱方藹紅眉**）五六抑一步，更自惻惻動人。（**王鄰德紅旁**）情在五字内，是知己之言。（**佚名丁墨旁**）竺云：毛骨非與它馬異，而感傷者以久爲吾用且馴良也。**物微意不淺，感動一沉吟。**（**方拱乾評**）是一法，不是湊。（**奚禄詒甲本尾批**）賦也。（**奚禄詒乙本墨眉**）結句推開，無限思量。（**秦應逵紅尾**）比也。（**王伯沆紅眉**）不作憤語，而意更深。

【彙評】

張雛敬墨旁：他人看道理，只見得一面，此老翁看道理，却隨處都是囫圇的。

佚名丁墨尾：即上篇"吾道屬艱難"之意也。此所云"病"，多從勞苦困頓中來。感不在病，而在致病之先。其力盡，故其心傷也。五六莫淺看，直與"恒産恒心""歲寒後凋"同旨，言此豈獨堪磨折，而竟能不改貞操。所謂"意不淺"者，正謂此。"沉吟"非謂吟詩之謂，蓋傷之也。後半又從病中特表其志節，舊説亦莫有合者。

蕃　劍

題鮮于樞評：此詩首四句問之之詞，末四句答之之詞。賦也。

方拱乾評：翻起順結是一法。

傅山紅眉：前四語却不俗，後四語却俗。

盧見曾紅旁：不妨樸直，自有氣魄。

俞瑒乙本評：一氣團結，筆筆相生，詠物神品。

吴錫麒紅眉：草莽英奇，一齊吐氣。

奚禄詒甲本旁：即此異才之士耳。

奚禄詒乙本墨眉：即此異才之士，亦是賦劍寓意。

吴士模墨眉：以駕馭爲點題。

題張問陶墨眉：不粘不脱，寫一物而全副精神皆見。

王鄰德紅眉：妙在用樸用拗，一氣而成。奇壯不必言。在他人苦思不出語，一筆寫出，不見其工。

沈巖眉：首二句以況草茅中人，跌起下文。〇精悍踔厲，氣格蒼然。

嚴復墨眉：上半雄直極矣，然而微傷輕快。"虎氣"二語有排奡磐硬之致，故壓得住。末將正意寫出，遂成合作。

致此自僻遠，（**俞瑒甲本評**）蕃。又非珠玉裝。（**俞瑒甲本評**）劍。（**吴廣霈墨旁**）首抑之。如何有奇怪，（**奚禄詒甲本墨旁、乙本墨旁**）"怪"問得好。每夜吐光芒？（**吴廣霈墨旁**）次揚之。思若連環，不可斷絶。虎氣必騰趠，龍身寧久藏。（**吕留良紅旁**）二句拙。（**眉批**）英雄在塵埃，人自不識耳。（**吴廣霈墨眉**）光芒萬丈，寄託遥深。風塵苦未息，持汝奉明王。（**奚禄詒甲本尾批**）賦而比也。（**吴廣霈墨尾**）此亦比興體也。（**王鄰德紅尾**）此詩寓意深厚。

【彙評】

錢陸燦丙本評:錢云:虎丘常有劍光,狀如虎。

錢陸燦丁本評:前六句俱説蓄劍,結收到"致此"二字。

俞瑒甲本評:何等慷慨。〇一氣團結,筆筆相生,詠物神品。

奚禄詒乙本墨眉批仇注"《吴越春秋》:闔閭死,葬以扁諸之劍":只是扯拽多事。

張雖敬墨旁:以獅子搏象氣力成得此八句詩,莫謂只如説話,便是詩家妙境也。

銅　瓶

題鮮于樞評:復按,此詩首四句言銅瓶當清平之時,用以汲井於瑶殿之中,而轆轤有聲。及亂後,瓶既失水,而碧井亦廢矣。末四句言美人側想其廢棄,聚磚修井而出之,則銅瓶蛟龍之文雖半缺落,然得折黄金以修補之,尚可用也。

錢陸燦甲本眉:宫中取水之具,蛟龍瓶上取鏤刻之形,"半缺落"猶值得黄金也。

錢陸燦丙本評:錢云:瓶,宫中取水之物,其蛟龍瓶上所刻之形,"半缺落"猶值得黄金也。結句方寫正意,與首句兩意相關。

錢陸燦丁本評:六句俱是以前,下二句現在也。

吕留良紅眉:幽深温婉,竟託何處?

俞瑒乙本評:一銅瓶耳,能於前後事情,推出無限廢興之感。

嚴虞惇紅旁:瓶從廢井出。

屈復評:首句因亂井廢,次句思未亂時,中四皆承次句,結方承首句,與王無功《野望》同格。銅瓶從廢宫井中撈得者,故言今井已廢,昔未廢時,瑶殿深秘,彼時失手,銅瓶落水,側想美人之意,何等憐惻！今日亂後宫廢，竟爲民間撈出，蛟龍已半缺落，猶得折用黄金。若時不亂，宫井不廢，又安能至此哉？①

奚禄詒甲本眉：即黄金蛟龍，其爲釵鈿可知。

奚禄詒乙本墨眉：意盡索然。

盧見曾紅旁：唐汝詢曰：張潛［籍］《楚妃怨》："梧桐葉落黄金井，横架轆轤牽素綆。美人初起天未明，手拂銀瓶秋水冷。"讀籍詩，杜義自明。黄生曰：感物傷時，沉鬱頓挫。

吴士模墨眉：第三句出題。

題張問陶墨眉：突起一句，隨手撇開，至結尾方挽合，乃古文遥呼徐應之法。

秦應逵尾批：洪容齋極稱此詩曲折宛轉，細讀果自異人。

王鄰德紅旁：汲水之瓶。

王鄰德墨旁：因秦州之故宫廢井，有感而賦也。

嚴復墨眉：三四不過言得用之時，井幹□虚有聲□耳，顧寫得高華清逸如是，五六尤得文家課虚三昧。

王伯沆紅眉：此謂瓶爲宫中物，亂後散於民間，故意更沉鬱。

佚名己紅眉：洪容齋云：此篇蓋見故宫井内汲者得銅瓶而作。首句説廢井，下文翻覆鋪叙，曲折宛轉如是，他人畢一生模寫，不能到也。

亂後碧井廢，（**俞瑒甲本評**）原題。（**嚴虞惇紅眉**）首五字獨作一句，不與下連，追寫時清未失水時，有下五句妙。（**題商盤紅旁**）對起。時清瑶殿深。（**題商盤紅旁**）開法。銅瓶未失水，（**方拱乾評**）未廢時。（**題商

① 校注："首句因亂井廢，次句思未亂時，中四皆承次句，結方承首句，與王無功《野望》同格"，杭本闕；"瓶"，杭本作"並"；"憐惻"，杭本作"憐惜"。

盤紅旁)不對而對。**百丈有哀音。**(**俞瑒甲本評**)"哀音"連"百丈"言。(**奚禄詒乙本墨旁**)"未"字唤不起"哀音"。**側想美人意,**(**俞瑒甲本評**)原意。(**俞瑒甲本評**)張籍詩:"美人初起天未明,手拂銀瓶秋水冷。"可證杜義。(**嚴虞惇紅旁**)流水。(**題商盤紅旁**)流水對。(**秦應逵紅旁**)從亂後追想前事,無限凄感。**應悲寒甃沉。**(**俞瑒甲本評**)沈謂銅瓶沉也。(**李以峙墨眉**)(悲)按"非",形近而誤。**蛟龍半缺落,**(**方拱乾評**)即銅瓶。(**題商盤紅旁**)情换結。**猶得折黄金。**(**錢陸燦丁本評**)瓶是宫中取水之具,蛟龍瓶上刻鑄之形,雖缺落而猶值黄金也。(**俞瑒甲本評**)結題。(**奚禄詒甲本尾批**)賦也。(**奚禄詒乙本墨眉**)《楚妃怨》雖齊梁體,却是漢側調。○張詩□可入樂府。(**奚禄詒乙本墨尾**)不露一愁字,□近太白《玉階愁》。(**倪象占藍眉**)"折"即俗語準换意。(**嚴虞惇紅旁**)結句方寫正意。○蛟龍瓶上鏤刻之形也,"半缺落"猶值得黄金。

【彙評】

俞瑒甲本評:一銅瓶耳,能從亂後追想前時,推出無限凄感。

張學仁參定:起一句頓斷,中四句應"時清"説,結二句方挽合"亂後",遥伏徐應,全是古人作法。瓶涉美人之句,今乃流落民間。然瓶上缺落蛟龍,猶得準折黄金,故睹故宫舊物,不覺悲從中來。

題商盤尾:因蛟龍思銅瓶,因銅瓶思美人,然皆非其思之所注也。注思在太平之世不可復見耳。如此詩,乃可當"沉鬱頓挫"四字。

吴士模墨眉:詠物者,詩家比體也。若無深情寄託,縱極盡形容,皆爲徒作,視諸詩可以悟矣。以上諸詩當知其命意所在,得其意矣。再看用筆,或正或反,或明或暗,或旁襯,則可知其變化矣。

吴士模墨尾批《心解》:借汲井之人爲知己之歎,則美人仍指宫人耳。詩固無呆詠一物者,言外之意在讀者自得之,未可便以一己之見責前人之非。

沈巖尾:首句言此時幾不得出,二句言今日不得用也。忽然返溯前日見用時，如聞其音，如聽其哀，令人想蹇蹇匪躬之臣，無限涕泣。五六又撇然放下銅瓶，説到美人如見，其攢局惆悵，何異君思戀戀。用筆真龍號虎伏。末方言雖已廢棄，尚得折金，收出題面。他人通幅經營，只説得末二句。

日　暮

題鮮于樞評：此詩主意在首一句，其下三句應風起，後四句應日落，言日落風起而烏尾訛，雲未動而水揚波。當是時，羌婦哭，胡兒歌，則將軍擁雕戈、别上馬而夜出焉。賦也。

方拱乾評：八句皆景，意在言外。

吕留良紅眉：風塵蕭颯，恍惚將軍出塞，小幅大圖，丹青許許。

屈復評：無一字言愁，却字字是愁。[1]

方貞觀墨眉：雖出經傳，終不可入五言近體。

奚禄詒甲本旁：有兵亂也。

奚禄詒乙本墨眉：羌胡喜亂，而鎮將又别擁雕戈，不以亂爲意也。起句興也。○後四句乃日夕之所見，甚有諷刺，責在將軍矣。

日落風亦起，(**奚禄詒乙本墨旁**)已亂耳。**城頭烏尾訛。**(**吕留良紅旁**)奇。**黄雲高未動，**(**奚禄詒甲本旁、乙本墨旁**)虜未去。**白水已**(**吕留良紅旁**)應"未"字。**揚波。**(**奚禄詒甲本旁、乙本墨旁**)兵又亂。**羌婦語還哭，**(**奚禄詒甲本旁**)"哭"字，惟有孫月峰本作"唤"字，却近是。(**奚禄詒乙本墨旁**)孫月峰易"哭"爲"笑"字，近是。(**李以峙墨眉**)按"語笑"即輕烽燧之意，"哭"字謬矣。**胡兒行且歌。將軍别换馬，夜出擁雕戈。**(**奚禄詒甲本旁**)賦也。○後四句蓋日暮所見者也，正有諷刺，責在將

① 校注：此批語吴本更詳，作"無一字言愁，却字字是愁。换馬夜出，則終日之馳騁可知，止一'换'字、'夜'字，能使句前有句，識此則文筆厚而曲矣"。杭本與余本同。

軍矣。(**奚禄詒乙本紅眉**)所謂"城外平人軀已盡,軍中猶打滚花毬"。

【彙評】

佚名丁墨尾:上四皆興也,析觀之,又以"日落風"起興三四,"城烏尾訛"興五六。"語哭""行歌",得志之象。結聯是勇敢,是急劇,兩墻頭語,妙極。然則彼得志,而我可憂矣。

野望

題鮮于樞評:此詩首四句交加相應,第三聯結上起下,末言獨鶴之歸何晚,而昏鴉之棲已滿林矣。皆寫野望之景物也。

汪琬乙本評:氣格蒼凉,絶不落晚唐之薄。

李念慈紅眉:此詩豈不淡遠,然其音仍復沉厚。

陳治墨旁:每句看他煉字之法,氣極荒老,不落晚唐之薄。

題商盤紅眉:以"望"字領起全篇,結處即景寓意,寫景處不易到,寓意處尤不易到。"夜來歸鳥盡,啼殺後棲鴉",意亦猶此,而此較婉切矣。○中二聯字法極精切,秋風自上而下,故曰"落","風更落",葉愈稀矣。"迥"猶遠也,山遠則落照亦遠,故曰"日初沉"。五倒因,六順因。

奚禄詒甲本眉:起二句唤起下四句。

奚禄詒甲本旁:三四雖是兩景作一句,讀之其意纔貫,謂迢遞之外,水與天自净,而孤城獨深霧也。

奚禄詒乙本墨眉:首二句已唤起下四句耳,三四雖是兩景作一句,讀之其意纔貫,謂迢遞之外,水與天自净,而孤城獨深霧也。

奚禄詒乙本墨旁:景中有情,即謂之比亦可。

盧見曾紅旁:孫僅所云"夐邈高聳,若鑿太虚而噭萬竅",此類是已。流連光景，何足語此？朱鶴齡曰：按史，是時分劍南爲兩節度，而西山三城列戍，百姓罷於調役。高適嘗上疏論之，不納。公詩當爲此作，故有人事蕭條之嘆。

朱方藹紅眉：氣格蒼涼，終不落晚唐之薄。

題張問陶墨眉："望不極"不能極遠也，緊照下句。〇杜公下字善於用虚，如《晚出左掖》篇"融濕""去低"，此篇"兼净""隱深"，俱沉細可想。

嚴復墨眉：沉細。

吴廣霈墨眉：清而腴，疏而宕，晚唐諸人，何能望其肩背？

王瓣德墨旁：通首俱是野望所見。

清秋望不極，（**吴廣霈墨旁**）"不極"即無際意也。迢遞起曾陰。（**王瓣德紅旁**）此句是眼，下俱承此。遠水兼天净，（**俞瑒甲本評**）承上。（**題商盤紅旁**）層折句。（**奚禄詒甲本旁**）遠景。（**奚禄詒乙本墨旁**）此遠景。孤城隱霧深。（**王瓣德紅眉**）感深。葉稀風更落，（**題商盤紅旁**）下因句。（**奚禄詒甲本旁**）近景。（**奚禄詒乙本墨旁**）此近景。山迥日初沉。（**俞瑒甲本評**）起下。（**題商盤紅旁**）上因句。獨鶴歸何晚，（**題商盤紅旁**）語含比興。（**王瓣德紅旁**）不必自來處，自是好。昏鴉已滿林。（**吕留良紅眉**）比賦皆得，不必有注有爲。（**奚禄詒甲本尾批**）賦也。皆望中之景，情在中矣。（**奚禄詒乙本墨眉**）末二句另結，亦是望中之暮景，傷意不在鶴歸之晚。（**俞瑒甲本評**）比意。（**秦應逵紅旁**）此景自喻，不止寫景。

【彙評】

俞瑒甲本評：字字從望中説出，末句更有感慨，不獨寫景。

張學仁參定：唐汝詢謂，杜公下字善於用虚，如《左掖》篇之"融濕""去低"，此篇之"兼净""隱深"，皆沉細可想。

吴廣霈墨尾:君子何漂泊,小人已盈廷矣。此比而興也。

佚名丁墨尾:邊秋晚望之作。首聯總領。“望不極”,猶云望不盡也,故以“迢遞起”三字承之,言層疊到眼也。中四皆所謂“迢遞起”者。結亦“望”中事,然帶比意。凡鳥有巢而鶴獨遲歸,以况己之無家也。

送　遠

題鮮于樞評:言盗賊充斥,而君遠行,惟將“鞍馬去孤城”,欲何爲哉? 故“親朋盡一哭”以止之,而其人若曰“草木歲月晚”,則大材成,“關河霜雪清”,則邊塵息,今將别離,以行所志耳。故曰“别離已昨日,因見古人情”。賦也。

方拱乾評:慘在“盡”字。○曰古人有别離之句,亦妙。曰無是句而因昨日生古人之情,更妙。

嚴虞惇紅眉:顧雲鴻朗仲曰:親朋一哭,鞍馬孤城,送遠之事盡矣。歸而思之,草木之歲月如彼,關河之霜雪如此,而别離之况□□□□□以見古人之情莫深於送别,良有以□。

屈復評:起不當遠行之時而遠行也,次聯别時慘景,三聯道路時慘景,結追憶昨日别情也。蘇武詩:“行役在戰場,相見未有期。”江淹詩:“送君如昨日,檐前露已團。不惜蕙草晚,所思道路寒。”石崇《思歸引序》:“倘古人之情,有同於今。”此首兼用其意。○一時事,二遠行,三四順承,是送,五六途中景,七八情。○送遠。①

題商盤紅眉:江淹《古别離》詩:“送君如昨日,檐前露已團。”題

① 校注:“道路時慘景”,杭本作“道路慘時慘景”;“送遠”,杭本闕。

曰“送遠”，即“古别離”而變其名耳，因借江淹詩作案。所謂“古人情”者，即古别離之情也。“如昨日”者，久别之情；“已昨日”者，初别之情。今我纔一分手，已是昨日，已覺情緒難堪，則知傷離怨别之情，古今信有同然耳。

題商盤紅旁：别離在亂世，感傷自增一倍。起十字已寫萬難分手，接聯更作一幅關河送别圖，覺班馬悲鳴，風雲變色，使人黯然銷魂。

奚禄詒甲本眉：人所不肯言，然此獨真致。

奚禄詒乙本墨眉：三四轉，五六又轉。○言人不敢言，纔見真致。

張雝敬墨旁：“盡”字須作有力字看。○結有無數曲折在内，雖下數十言注脚，猶不能悉，此之謂厚。若含糊而無曲折，直是晦而已矣。世之人不誤以晦爲厚者幾希。

盧見曾紅旁：黄生曰：起二句寫得萬難分手，接聯更作一幅關河送别圖，頓覺班馬悲鳴，風雲變色，使人設身其地，亦自黯然魂消。所謂“古人情”者，即古人别離之情也。

吴錫麒紅眉：此時正不宜遠行，而君却遠行，此親朋之所以共一哭也。一氣直下，似話似訴。

題張問陶墨眉：何等起手！讀杜詩要從此着眼。○杜七律謂“古往今來皆涕淚”，足與結語相參證。

徐松紅眉：黄生曰：起二句寫得萬難分手，接聯更作一幅關河送别圖，頓覺斑馬悲鳴，風雲變色。所謂“古人情”者，即古離别之意也。

陳治墨旁：江淹詩：“送君如昨日，檐前露已團。”

吴廣霈墨眉：不言所送，公其自送也爾。○通首警煉。

王鄰德紅眉：八句佳處尋不出，説不破。○深甚，不在不可解，而在使人思，若以不可解求深，則淺矣。

沈巖眉:看他一氣轉折。

嚴復墨眉:新城極賞此篇,以謂與右丞之"萬壑樹參天"同爲盛唐高調絶唱,後人未易及也。○仇滄柱謂此詩乃既行後作此以寄行者。其説殆無以易,蓋必如此而後,後半有著落也。憶吾少讀此詩,至後半飄□然,且往往不能成誦,坐不知此耳。但其結語任如何説解,終爲率結。

帶甲滿天地,(**俞瑒甲本評**)感激在此。胡爲君遠行?(**錢載評**)消納。(**陳治墨眉**)起得矯健。親朋盡一哭,(**俞瑒甲本評**)送。(**倪象占藍眉**)盡此一哭。鞍馬去孤城。(**俞瑒甲本評**)遠。(**王鄰德藍旁**)二語足勝《别賦》一篇。(**王鄰德紅旁**)如畫出塞圖矣。草木歲月晚,關河霜雪清。(**方拱乾評**)下句更妙,更可想。(**俞瑒甲本評**)别後之情。(**朱方藹紅眉**)五六宕開寫最高,若後人必緊連上二句所云,一味攔入,便索然矣。(**陳治墨眉**)五六推開寫最高。别離已昨日,因見古人情。(**方拱乾評**)妙在"已"字。(**俞瑒甲本評**)古詩:"送君如昨日。"(**奚禄詒甲本尾批**)賦也。别離已在昨日,不待今日而然,言其情之深也,故曰"因見古人"。(**奚禄詒乙本墨眉**)言别情已在昨日,不待今日而然,曰"因見古人",自歎其情之悲也。(**李以峙墨眉**)(古人)當從"故人"。

【彙評】

俞瑒甲本評:開口便自痛切,次聯黯然消魂,多少送行詩,那得如許刻摯!

王鄰德藍尾:送别詩誰能如此做?抑誰肯如此做?索學詩者不於此中窮究何?

佚名丁墨尾:不言所送,蓋自送也,知公已發秦州。玩下四,當是就道後作也。上四從道中追寫起身之情事,感慨悲歌,盡空作者。五六乃眼前身歷之景。結聯尤有味。回想親朋執别，鞍馬臨分，雖甚難堪，猶覺熱鬧，至此四顧蕭然，聲淚俱絶矣。不曰“故人情”，而曰“古人情”，不獨聚散之悲，兼見炎凉之態，又知公在秦州，人情冷落也。

送人從軍

題鮮于樞評：詩言自弱水、陽關而渡沙磧，則累月無人烟，言僻且遠也。然既好武，寧復論命耶？則其封侯且不記年，言其盡忠而不急功也。且此行雪將没馬，當防失道，戒之之詞。賦也。

汪琬乙本評：正是壯語。

吕留良紅眉：悲壯奇邁，無所不有。

題商盤紅旁：味此題，蓋亦擬作者深憂征西之役無功，故以此詩寓意，要知《送遠》即擬《古别離》，《送人從軍》即擬《古從軍行》耳。

題商盤紅眉：“已近天”言是天邊頭，“應無地”言是地盡處。一二極言所歷之遠，三四極言所經之慘，合來不過寫得“胡爲君遠行”五字。五六則代述其意，七八又爲微詞以諷之，總見拼死以博功名之爲非計耳。〇末五字足上句意，極慘澹事偏作極濃麗語，全詩皆有色矣。

奚禄詒甲本眉、乙本墨眉：前半憐之，後半勖之。

吴士模墨眉：正是壯語。

徐松紅眉：沈云：五六悲壯，通體皆振，不知起手氣脈宏，不藉此也。

吴廣霈墨眉：忼慨磊落，不可思議。

魏源評：起四句一氣直下，太白、右丞有此格，五六自是警句。

嚴復墨眉：注家謂其以濃麗語寫極慘澹事，誠然！此詩家五言著色法也。

弱水應無地,(**題商盤紅旁**)倒起。對起。陽關已近天。(**沈巖旁**)四語作一氣讀。今君渡沙磧,(**俞瑒甲本評**)送人。累月斷人煙。好武寧論命,(**俞瑒甲本評**)從軍。(**題商盤紅旁**)反裝對。封侯不計年。(**李念慈紅眉**)諷之也。(**朱方藹紅眉**)正是壯語。(**吴錫麒紅眉**)英雄語亦是悲苦語。(**陳治墨眉**)正是壯語。馬寒防失道,(**題商盤紅旁**)立言虚婉。足法。雪没錦鞍韉。(**方拱乾評**)只得如此結。(**俞瑒甲本評**)結得藴藉。(**奚禄詒甲本尾批**)賦也。(**吴廣霈墨尾**)二句非獨壯語,亦骫骳語也。(**王鄰德紅眉**)意氣浩然,可以勸忠,非淺淺丈夫者。

【彙評】

張學仁參定:"好武"一聯接得悲壯,惟少陵能作此振拔語。

示侄佐佐草堂在東柯谷

題鮮于樞評:詩首自言多病,至秋深,賴爾來慰我,故子侄中覺爾惟賢也。第三聯應第三句,末章應第四句及第二句。賦也。

方拱乾評:二句生七八句,人乃以爲復,奈何!〇五六句茅屋趣。

奚禄詒甲本旁:即不佳,還未失體。

王士禛評:不親見不知其妙。

多病秋風落,君來慰眼前。(**王鄰德墨眉**)七月秋風起,八月風高,九月風落。(**沈巖旁**)如何解,却妙。自聞茅屋趣,只想竹林眠。(**奚禄詒乙本墨眉**)"竹林"是阮咸事,然四句止泛説,不可執爲事,與末犯。

滿谷山雲起，侵籬澗水懸。（**嚴復墨眉**）第三聯即承第三句而詮，作詩得此法，自能層出不露，虛實兼到。**嗣宗諸子侄，早覺仲容賢。**（**奚禄詒甲本尾批**）賦也。○“竹林”不必即是故事。

【**彙評**】

佚名丁墨尾：此似卜寓東柯時所示。觀此及後三首，知吾“生事”“因人”之解，即指侄佐，非無據也。

佐還山後寄三首

方拱乾評：歸東柯谷。

方貞觀墨眉：余謂子美詩有最卑鄙者，此類是也。

佚名丁墨旁：公寓東柯，侄佐先在東柯，當是附近而別居者。《舊譜》俱云在西枝村，及閱五古《西枝村尋置草堂地》等篇，訖未有所就，《譜》不足信也。○本集有三首。

其　一

題鮮于樞評：言佐還山時日將晚，故恐其迷路。第三句承次句，第四句應首句。三聯言佐山居之景物，且汝素知我之疏懶，尚須携我一行，以觀東柯野客之田家。賦也。

王鄰德紅眉：此爲佐訪已還山而作。

山晚浮雲合，（**俞瑒甲本評**）山。**歸時恐路迷。**（**俞瑒甲本評**）還。**澗寒人欲到，村黑鳥應棲。**（**俞瑒甲本評**）還山時景。（**奚禄詒甲本眉、乙本墨眉**）三四申首晚歸，五六轉下。（**吴士模墨眉**）三四十字只作一句，人到當在村黑鳥棲時也。（**吴廣霈墨眉下**）“黑”一本作“密”，似勝。（**嚴

復墨眉)"澗寒"句費解。**野客茅茨小，田家樹木低。**（**俞瑒甲本評**）山居。**舊諳疏懶叔，須汝故相攜。**（**方拱乾評**）結句出題。(**俞瑒甲本評**)切"佐"收。

【彙評】

佚名丁墨尾:首篇追想其還山時之景,歷歷在念,具見關情。結聯引動下二首。疏懶則拙於生計,故須汝提攜,即所云"生事""因人"者也。

其　二

題鮮于樞評:言佐許送黄粱而未見寄者,故我想其舂得細而香味可愛,它日必"滑流匙"矣。賦也。

王鄰德紅眉:此爲索稻粱而作。

白露黄粱熟，（**俞瑒甲本評**）通首以望佐寄來言。**分張素有期。**(**方拱乾評**)二首向索正爲山之可隱而欲相攜也。實有此景,有此想。(**方拱乾評**)家常語,只覺其真,不覺其率。(**俞瑒甲本評**)"分張",分構也。(**嚴復墨眉**)"分張"他處皆作□□蒙,此豈作分餉解耶? **已應舂得細，頗覺寄來遲。**（**俞瑒甲本評**）嫌其寄遲。**味豈同金菊?**（**俞瑒甲本評**）陪襯。(**奚禄詒甲本眉**)金菊未可形黄粱。**香宜配緑葵。**（**嚴復墨眉**）忽然以金菊擬米,則何物不可擬耶?(**奚禄詒乙本墨眉**)乞米耳。**老人他日愛，正想滑流匙。**（**俞瑒甲本評**）應"有期"收。(**奚禄詒甲本尾批**)賦也。○此乞米也。

其　三

題鮮于樞評:言澆圃之泉落幔坡,故"秋葉少"而"野雲多"。

“沼連香芰”“林帶女蘿”，皆寫圃之幽致。且聞有薤，可重見惠否？賦也。

王鄰德紅眉：此爲索蔬果而作。

王鳴盛墨眉：顧修遠謂：蔬果成熟之時，設幔以防鳥雀，或遮日光於坡，公交横而設也。其説近是。

幾道泉澆圃，（**俞瑒甲本評**）此以寄薤言。交横落幔坡。（**方拱乾評**）一路平衍，結句嶢合。葳蕤秋葉少，隱映野雲多。（**吴廣霈墨眉下**）二句頗有騷意。隔沼連香芰，（**俞瑒甲本評**）襯起“霜薤”。通林帶女蘿。甚聞霜薤白，重惠意如何？（**俞瑒甲本評**）“重”字承“黄粱”説。（**奚禄詒甲本尾批**）賦也。〇末亦乞薤。

【彙評】

張學仁參定：三詩如家書一通，自有别致。

從人覓小胡孫許寄

吕留良紅眉：老癡無滯，留下口號，誤殺小兒。

方貞觀墨眉：言之無文，行之不遠，風雅中豈應有此種？

奚禄詒甲本旁：不必作此。

王鄰德紅眉：有是題故有是詩，未爲不可。或云此等詩甚無可敵，蓋亦求之大過。

嚴復墨眉：如此等詩真不必作，以□□墨不可以老杜□□。

人説南州路，山猨樹樹懸。（**傅山紅眉**）戲筆。舉家聞若駭，（**方拱乾評**）“舉家”句從虚摹，所以妙。（**李以峙墨眉**）按此句異字都可通。

童稚捧應癲。（奚禄詒甲本尾批）賦也。預哂愁胡面，初調見馬鞭。（李以峙墨眉）（初調）按“何”字非。許求聰惠者，（李以峙墨眉）（聰慧）按“惠”音同而誤。爲寄小如拳。

【彙評】

方拱乾評：句句是許寄。

陳治墨尾：阮亭云：第四句與第八句更换，於文理較順。

吴廣霈墨眉：率筆無足取，此等作未肯割愛删草，殊爲惜之。

貽阮隱居

方拱乾評：古。○想見其人。○“車馬入鄰家”，昉身分也。“尋我草徑微”，公身分也。即從昉見公身分也。○贈送詩要見人身分，要見己身分，又要從人身分見己身分。若人不足見身分，不如無贈。○近一味誇己貶人，竟成惡道，何足語於詩？一諛一刺便失人，一矜一誕便失己。○贈人而刺者，薄也。諛人而過者，諂也。只言人而不關己者，泥也。只言己而不關人者，傲也。○有人欲我贈而贈之者，有人不必我贈而我得贈之者，有人必欲我贈我可以不贈而贈之者，有我不欲贈人亦未必欲我贈而不得不贈之者。此中幾漸開口便見。此則公欲贈阮，阮亦欲公贈以爲重也。

吴士模墨眉：寫古心古貌，生新之甚。

陳治墨眉：汪云：中多悟道語。

吴廣霈墨眉：亦有六朝餘韻。

沈巖眉：慕榮貴，則能動而不能静，人物所以日陋。阮生嘉遯，蓬蒿避喧，境之静也。鬚眉蒼古，貌之静也。苦心近道，中之静也。鄰家車馬自以爲榮貴，亦知世所數者，乃此阮生乎？

陳留風俗衰，人物世不數。塞上得阮生，（奚禄詒甲本旁）謂阮瑀諸人。迥繼先父祖。貧知静者性，（張雒敬墨旁）即境知心，看人要法。自益毛髮古。（屈復評）“貧知”二句，寫古貌古心，生新之至。①（方貞觀墨眉）“貧知”二句，不過言其性情與形貌耳。如此晦澀，豈復成句？（奚禄詒甲本眉）以下皆隱對“風俗衰”。（朱方藹紅眉）中多悟道之語。（沈伯沆紅眉）“古”韻妙。（李以峙墨眉）（白）按作“自”，形近而誤。車馬入鄰家，（方拱乾評）人身分。蓬蒿翳環堵。（奚禄詒乙本墨眉）以下皆對“風俗衰”，字字仔細些。清詩近道要，（張雒敬墨旁）作詩秘訣，那得輕易説破！識子用心苦。（李念慈紅眉）“近道要”是作詩根本。語雨著一“寒”字便别。（題商盤紅旁）或云昉善篆隸。尋我草徑微，（方拱乾評）己身分。褰裳踏寒雨。（申頲紅眉）惡喧之甚也。（吴廣霈墨眉）“寒裳”句獨幽秀。（沈巖旁）忽逢俗客，又雨窗可以静對耳。更議居遠村，避喧甘猛虎。（屈復評）“避喧”者，避入林車馬之喧也。②（吴士模墨眉）“避喧”者，避人鄰車馬之喧也。（沈巖旁）“避喧”，避車馬也。足明箕潁客，榮貴如糞土。（方拱乾評）老，實結。○避喧而尋我，可以知人身分，自己身分。○“喧”乃猛於虎。（王士禛評）結説盡了。（奚禄詒甲本旁）賦也。（秦應逵墨眉）説盡。（嚴復紅眉）漁洋云：結説盡。

秋日阮隱居致薤三十束

方拱乾評：以三四寫題，公每用此法。

奚禄詒甲本旁：一氣直序。

---

① 校注：“古貌古心，生新之至”，杭本、吴本均作“古心古貌，生新之甚”。

② 校注：“避入林車馬之喧也”，杭本作“入鄰車馬之喧也”，吴本作“避人鄰車馬之喧也”。

王士禛評:亦別。

方貞觀紅眉:此便不惡。

沈巖眉:亦別。

隱者柴門内,畦蔬繞舍秋。盈筐承露薤,(**方拱乾評**)以聯出題。不待致書求。(**方拱乾評**)四句承起句,看方有意。束比青芻色,(**嚴虞惇紅旁**)薤本。(**秦應逵紅旁**)薤本。圓齊玉筯頭。(**嚴虞惇紅旁**)薤末。(**秦應逵紅旁**)薤末。衰年關鬲冷,味煖併無憂。(**方拱乾評**)看七八句可知結法。(**奚禄詒甲本尾批**)賦也。

秦州見敕目,薛三璩授司議郎,畢四曜除監察,與二子有故,遠喜遷官,兼述索居,凡三十韻

方拱乾評:排律看段落,又看其暗逗處,清楚而無痕,至偶比之工而流,又其次矣。排要整又要流,要工又要變;要格在意中,要意在格外;要有人所無,又要無人所有:千古惟公兼之。然公之勝場却在五律、五古,不在排也。○排不以富麗爲奇,人動曰少陵博,博不過公之一端耳。人惟以博歸排,遂令柱礎不清,前後錯亂,彼己顛倒。大約排能流即佳。

盧見曾紅旁:排律長篇,創自老杜,其義緒宏深,波瀾老成,非後人所及。若徒觀其排比鋪疏,則元好問所謂"捨連城而識珷玞"者也。篇中"萍"字重用,蓋義迴不同故耳。

申頲紅眉:徘(排)律長者,要處處有警語,所以爲難。此章雖無精拔處,然平穩可觀,未若後人之拖遝可厭也。

大雅何寥闊,(**吕留良紅旁**)磊落。斯人尚典刑。(**錢陸燦丁本

評)起得磊落。(奚禄詒甲本眉)起句卓然。(嚴復墨眉)此段賓主並提,了題中"與二子有故,遠喜遷官,兼述索居"十三字大意作冒。**交期余潦倒,材力爾精靈。**(嚴復墨眉)"交期"二字用同交遊,謂交遊之中,已獨潦倒也。**二子昇同日,諸生困一經。**(陳治墨眉)"聲"一作"陞"。(奚禄詒乙本墨眉)此段序同遷。(奚禄詒乙本墨旁)二子之平日。**文章開突奥,**(李以峙墨眉)(宊奥)按"隩"字非。**遷擢潤朝廷。舊好何由展,新詩更憶聽。**(奚禄詒甲本墨旁)承"交期"。(奚禄詒乙本墨旁)承"交期"。**别來頭併白,**(方拱乾評)分頂。**相見眼終青。**(王伯沆紅眉)包括甚多,作一小結束。**伊昔貧皆甚,同憂心不寧。**(奚禄詒乙本墨旁)近往。**栖遑分半菽,**(奚禄詒乙本墨旁)曾分米。**浩蕩逐流萍。**(嚴復墨眉)"半"同"拌",故對"流萍",見《項羽列傳》:歲饑人貧,卒食半菽。**俗態猶猜忌,**(奚禄詒乙本墨旁)林甫。**袄氛忽杳冥。獨慚投漢閣,俱議哭秦庭。**(嚴復墨眉)此數回叙昔日亂離,以爲開合之地。(奚禄詒乙本墨旁)己也。不爲賊執二子也。**遠蜀祇無補,**(陳治紅眉)"補"一作"益"。**囚梁亦固扃。**(王伯沆紅眉)此言扈從遭謫,如鄭虔、王維諸人也。**華夷相混合,宇宙一羶腥。帝力收三統,天威總四溟。**(嚴復墨眉)此段叙收京,順入新朝用人之政。(奚禄詒乙本墨眉)序肅宗先復。**舊都俄望幸,清廟肅惟馨。雜種雖高壘,**(李以峙墨眉)(高壘)按"壁",形似而誤。**長驅甚建瓴。焚香淑景殿,漲水望雲亭。法駕初還日,群公若會星。**(倪象占藍眉)對法。**宫臣仍點染,**(奚禄詒乙本墨旁)議郎。**柱史正零丁。**(方拱乾評)自謂。(奚禄詒甲本墨眉)觀"點染"及後"埋獄"字,則薛有議,故末又云"原情類鶺鴒",言思二子如弟兄也。(奚禄詒乙本墨旁)監察。(奚禄詒乙本墨眉)觀"點染"及"埋獄"則薛曾有議,故末又云"原情脊令(鶺鴒)"。(嚴復墨眉)此段自述索居。**官忝趨栖鳳,**(奚禄詒乙本墨旁)己爲拾遺。**朝回歎聚螢。**(吕留良紅眉)新奇。(奚禄詒乙本墨眉)言己爲拾遺時,逢人吹薦二子,惜二子之過時不嫁也。(**奚禄詒乙本墨旁**)無謂。**唤人看騕褭,不嫁惜娉婷。**(**方拱乾評**)"騕褭""娉婷"指畢、薛言,"掘劍""提刀"指除目言,"侏儒""漁父"又拓開言。(**嚴復墨眉**)"唤人看騕褭"一聯乃篇中警句。上句謂自薦如韓退之之《上宰相書》,下句謂不屑奔競,此二語□非等閒人所能道?**掘劍知埋獄,提刀見發硎。**(**吴廣霈墨眉**)"掘劍"二句指二子之雪謗被擢也。**侏儒應共飽,**(**奚禄詒乙本墨旁**)今遇矣。承上二子。**漁父忌偏醒。**(**王伯沆紅眉**)此言二子尚未見用,正題中與二子有故意。(**奚禄詒乙本墨旁**)起下自序。**旅泊窮清渭,長吟望濁涇。羽書還似急,烽火未全停。**(**奚禄詒甲本眉、乙本墨眉**)又入時事。**師老資殘寇,戎生及近坰。**(**嚴復墨眉**)"戎生及近坰"用《老子》"戎事生於郊"語。**忠臣辭憤激,烈士涕飄零。**(**嚴復墨眉**)此段叙戎馬未安,□城之潰,有聞聲思收之意。**上將盈邊鄙,元勳溢鼎銘。仰思調玉燭,誰定握青萍。**(**奚禄詒甲本眉**)"仰思"二句譏上將元勳也,或是鸚鵡喻己。(**奚禄詒乙本墨眉**)"仰思"二句譏上將元勳。(**嚴虞惇紅眉**)"萍"韻複。(**錢載評**)"萍"字複押。(**陳治墨眉**)"萍"字重押。**隴俗輕鸚鵡,**(**奚禄詒乙本紅旁**)稱衡。**原情類鶺鴒。**(**方拱乾評**)二句雙結妙。(**奚禄詒乙本墨旁**)己思二子如兄弟。**秋風動關塞,高卧想儀形。**(**方拱乾評**)望畢、薛言時事,二公何以報國。(**吴廣霈墨眉**)結亦穩稱。(**王伯沆紅眉**)此言諸將不足定亂,國無主持之人,已爲人所輕也,而獨與二子交好耳。

寄彭州高三十五使君適、虢州岑二十七長史參三十韻時患瘧病

方拱乾評:排。○高岑得此,愧乎?感乎?○開闢大議論,乃以排出之。千古感愧,累千百言不能盡者,乃以十字出之。

俞瑒乙本評:前後叙二公交情宦遊,中間自叙,章法相映入化。

高岑同朝，皆以詩名，故篇中以詩文爲關鍵。

奚禄詒甲本眉：排律之灑落者。

奚禄詒乙本墨眉：落落無排律次序格套，與詩家所長另出一體，公真不易料也。

曹炎旁：時患瘧病。

陳治墨旁：高岑同朝，皆以詩名，故篇中關健[鍵]在此。

佚名己紅眉：字字可誦。〇一段總起，二段自叙，三段言彭虢之遠，四段總收，而波瀾渾成，不令人輕易摸索。

故人何寂寞，（**俞瑒甲本評**）總起。賓。（**李以峙墨眉**）按"古人"非。今我獨凄凉。（**俞瑒甲本評**）主。（**奚禄詒甲本眉、乙本墨眉**）總起交情。（**吴廣霈墨眉**）一起逸超如仙。（**嚴復墨眉**）首段總挈以起。〇注家謂"何寂寞"者猶言何嘗寂寞，吾意不然，"何寂寞"者怨不嗣音也。（**嚴復紅旁**）王少伯律句"故人何寂寞，久已乖清言"，可證注家之誤。老去才難盡，秋來興甚長。（**俞瑒甲本評**）重在詩文。（**錢載評**）"秋興"之題已發源於此。物情尤可見，辭客未能忘。（**奚禄詒乙本紅旁**）詞客指二子。海内知名士，（**奚禄詒乙本紅旁**）承"詞客"。雲端各異方。（**方拱乾評**）寬二句出下，方有步。（**俞瑒甲本評**）用意在此。（**奚禄詒甲本眉、乙本墨眉**）入高岑詩價。高岑殊緩步，（**俞瑒甲本評**）承出高岑。沈鮑得同行。（**俞瑒甲本評**）此段應"故人"。（**吴廣霈墨眉**）首尾一綫穿珠，筆妙有類神工。（**李以峙墨眉**）（同行）按"周"，形似而訛。意愜關飛動，篇終接混茫。（**丁耀亢紅眉**）二語盡詩家之秘。（**李念慈紅眉**）二語甚微妙。（**吕留良紅眉**）妙處通神，又能指出。（**奚禄詒乙本紅眉**）如此談詩即公自道，可謂悟入，以富吴相慰。舉天悲富駱，（**奚禄詒乙本墨旁**）即下句所云前賢也。近代惜盧王。（**吕留良紅旁**）奇妙。（**嚴復墨眉**）次段乃揚其才藻，"意愜""篇終"一聯最警策而尤妙絶者，則插入"富駱""盧王"，别深懷抱，又爲文外遠致，見其力餘於身矣。此爲杜老所獨,他家無此。○“富”者,富嘉謨,武功人。(**俞瑒甲本評**)富嘉謨與吴少微稱爲富吴體。(**奚禄詒甲本眉**)沈約、鮑照、富嘉謨、盧駱王楊輩,用前以美二子,後傷不遇,略不同。(**陳治墨眉**)“王楊盧駱”,公詩亦曾並舉,此云“富駱”,蓋指富嘉謨。(**王伯沆紅眉**)似悲似慰。**似爾官仍貴,前賢命可傷。**(**方拱乾評**)轉傷家賢,非傷前賢也。(**吕留良紅眉**)如此命意,真是創見。(**俞瑒甲本評**)妙於立言。(**俞瑒乙本評**)“似爾”二句,好於立言,極藴藉有味。(**奚禄詒乙本墨旁**)亦自況。**諸侯非棄擲,**(**俞瑒甲本評**)使君。(**奚禄詒乙本墨旁**)高也。**半刺已翱翔。**(**俞瑒甲本評**)長史。(**奚禄詒乙本墨旁**)岑也。**詩好幾時見,書成無信將。**(**嚴虞惇紅旁**)二句過下。**男兒行處是,**(**俞瑒甲本評**)此下自叙。**客子鬥身强。**(**俞瑒甲本評**)此段應“今我”。(**奚禄詒乙本墨眉**)“男兒”二句神行。(**奚禄詒乙本紅旁**)看他□下之妙。(**李以峙墨眉**)(鬥身强)按“問”,形近而訛。**羈旅推賢聖,沉綿抵咎殃。**(**奚禄詒乙本墨旁**)此身不强。**三年猶瘧疾,一鬼不銷亡。**(**吕留良紅眉**)極其形容。(**吕留良紅旁**)對得起便别。**隔日搜脂髓,增寒抱雪霜。**(**方拱乾評**)蜀俗,避瘧以粉朱粧面。(**嚴復墨眉**)此段自述以病瘧爲波瀾。“行處是”三字頗費解意。“處”是連讀,以挈下“羈旅”,斷“有靦”句,必言避虐之事。**徒然潛隙地,有靦屢鮮妝。**(**丁耀亢紅眉**)絶倒。**何太龍鍾極,**(**奚禄詒乙本墨旁**)承上。**於今出處妨。**(**奚禄詒乙本墨旁**)起下。**無錢居帝里,盡室在邊疆。**(**俞瑒甲本評**)時在秦州。**劉表雖遺恨,龐公至死藏。**(**嚴復墨眉**)此段正述客况。○由“劉表”一聯言當時之地,主人必非善類,故有“怯豺狼”等語,應公物情,尤可見句。**心微傍魚鳥,肉瘦怯豺狼。**(**奚禄詒乙本墨眉**)以上序己在隴之苦。**隴草蕭蕭白,洮雲片片黄。**(**俞瑒甲本評**)“洮”“隴”本公所居之地。即借寫景轉下,何等神妙。**彭門劍閣外,虢略鼎湖傍。**(**俞瑒甲本評**)憶兩公所居之地。(**奚禄詒甲本眉、乙本墨眉**)又入高、岑。(**嚴復墨眉**)此數更寫高、岑應“雲端各異方”句。荆玉簪頭冷，（**俞瑒甲本評**）虢。（**奚禄詒乙本墨旁**）虢州出此。巴牋染翰光。（**俞瑒甲本評**）彭。（**奚禄詒乙本墨旁**）彭州出此。（**沈巖旁**）此句謂高。烏麻蒸續曬，（**俞瑒甲本評**）此段應“各異方”。丹橘露應嘗。（**李念慈紅眉**）藻麗。豈異神仙宅，俱兼山水鄉。竹齋燒藥竈，花嶼讀書床。（**奚禄詒乙本紅旁**）灑落得妙。更得清新否，遥知對屬忙。（**丁耀亢紅眉**）妙。（**奚禄詒甲本眉**）謂人事更得清新否？遥知其對官屬而忙，是如此解。（**奚禄詒乙本墨眉**）謂人事更得清新否？遥知其對官屬而忙耳。（**嚴復墨眉**）“更得”“遥知”一聯極飛動。舊官寧改漢，（**奚禄詒乙本墨旁**）刺史。淳俗本歸唐。（**俞瑒甲本評**）以感時意收。濟世宜公等，安貧亦士常。（**方拱乾評**）雙結。（**俞瑒甲本評**）自况。蚩尤終戮辱，（**奚禄詒乙本墨眉**）蚩尤比禄山，亦切其地。胡羯漫猖狂。（**吕留良紅眉**）好對法。（**俞瑒甲本評**）此段應“詞客未能忘”。會待妖氛静，論文暫裹糧。（**俞瑒甲本評**）應起，總結。（**吴廣霈墨眉下**）結句頗佳，何可抹也。（**奚禄詒乙本墨眉**）誰能於排律如此放筆？（**佚名己紅眉**）此處雙收，仍以“論文”照應篇首。

【彙評】

方拱乾評：以“論文”結，方於起有情。

錢陸燦甲本眉批錢箋“烏麻”：鐵曰：“烏麻”當即是胡麻耳。食者以其蒸曬，且對丹橘也。此引乃“麻□”之“麻”。

錢陸燦丁本評：前“意愜”二句，推言已極，此云更得清新否？乃見良友規益至情。蓋詩必清新而後雄爲真雄。

俞瑒甲本評：一起清切入情，正以詞客同時之故。前後叙二公交情、宦迹，而中間自叙相映，章法入化。

張學仁參定：仇注謂此篇用四語標眼，下用四段分應；下篇用兩語提綱，後用兩扇對承。足見大家之詩雖煌煌巨篇，無不細針密縷，斷非率爾操觚。

嚴復墨眉:末數總收。一官,二地,三高岑,四自己,五時局,六後會。

王伯沆紅眉:全篇極流動變化之致。

寄岳州賈司馬六丈,巴州嚴八使君兩閣老五十韻

方拱乾評:排。○入題見法,兩偶又一法,是雙列體。看其忽分忽合,忽一句轉,忽一轉幾句之妙。○蒼莽不見其難轉,漸蕩不見難收,奇哉,神哉!

李念慈紅眉:舂容典重,不迫不浮,大篇若此,真無遺恨矣。

嚴虞惇紅眉:長篇必提盡題事,此少陵格也。

盧見曾紅旁:間架分明,綫鎖靈動,長律之善則也。李因篤曰:叙事整贍,用意深苦,章法秩然,五十韻無一失所,如左、馬大篇文字,精神到底。

陳治墨眉:汪云:此詩分九段。一段總叙二公之出,二段亂後,三段收復,四段登仕,五段言與二公交契,而悲其遷謫,六段言己亦得罪並去,七段懷二公,八段相戒期歸,九段自述近履兼寄二公也。○朱愚庵云:"流落"句即"金杯出人間"意,時西京陵墓多爲賊發,故云。

嚴復墨眉:賈至以棄汝州貶,嚴武以房琯貶。

沈巖眉:排律長篇,前此未有,爲老杜創格。鋪叙匀穩,波瀾老成,要是不可及。

佚名己紅眉:此雙賑法,看其分叙合叙、轉句用意之妙。

衡嶽啼猿裏,(**俞瑒甲本評**)雙起。巴州鳥道邊。(**奚禄詒甲本**

眉)總大意起。(奚禄詒乙本紅旁)直起。(嚴復墨眉)□□總起。一地,二情事,三詩旨,四切姓。故人俱不利,(李以峙墨眉)(不利)按"别",形近而誤。謫宦兩悠然。開闢乾坤正,榮枯雨露偏。長沙才子遠,(方拱乾評)王、李但學此耳。(俞瑒甲本評)貫。(奚禄詒乙本紅旁)貫也。釣瀨客星懸。(俞瑒甲本評)嚴。(陳治墨眉下)謫宦之,故隱然言外,可謂怨而不怒。(嚴復墨眉)用古人同姓者以寫今人,唐□尚少,於此創見之。○"開闢"一聯極微婉,得詩人之義矣。(奚禄詒乙本紅旁)嚴也。憶昨趨行殿,(俞瑒甲本評)追述。(奚禄詒乙本紅旁)序亂。殷憂捧御筵。(王鳴盛墨眉)此段言天寶之末,目擊亂離,收京以後,同爲近侍,所謂"開闢乾坤正"也。討胡愁李廣,(俞瑒甲本評)比哥舒。(方貞觀紅眉)何景明云"愁李廣"當是指房琯言。奉使待張騫。(俞瑒甲本評)借回紇。無復雲臺仗,虚修水戰船。蒼茫城七十,流落劍三千。(吕留良紅旁)險。(秦應逵紅旁)魚腸之劍三千。(王伯沆紅眉)寫亂事甚渾。畫角吹秦晉,(俞瑒甲本評)兩京俱隔。(李以峙墨眉)(吹秦晉)按"欹"字形訛,對下"澗瀍","塞"字非。旄頭俯澗瀍。(嚴復墨眉)自"憶昨"至"牋"韻,皆言天寶末亂離,及收京後同爲近侍之前事,應"開闢乾坤正"句。小儒輕董卓,有識笑苻堅。浪作禽填海,那將血射天。(李以峙墨眉)按當從"矢"。萬方思助順,一鼓氣無前。(奚禄詒乙本墨眉)肅宗恢復。陰散陳倉北,(俞瑒甲本評)薛景仙功。晴熏太白巔。亂麻屍積衛,破竹勢臨燕。(奚禄詒甲本眉)肅宗恢復。法駕還雙闕,王師下八川。(俞瑒甲本評)復西京後事。此時霑奉引,佳氣拂周旋。(錢陸燦丁本評)克復兩京,所謂"開闢乾坤正"也。(奚禄詒甲本眉、乙本墨眉)追昔同官。貔虎開金甲,麒麟受玉鞭。(嚴復墨眉)麒麟當從"馬"。(奚禄詒乙本墨旁)言"已去"二字。侍臣諳入仗,厩馬解登仙。(奚禄詒乙本墨眉)言馬仍舞《登仙曲》。花動朱樓雪,城凝碧樹煙。（墨眉）豔。衣冠心慘愴，故老淚潺湲。（嚴虞惇紅眉）一悲一喜，寫得濃至。哭廟悲風急，朝正霽景鮮。月分梁漢米，（奚祿詒乙本紅旁）分俸。春得水衡錢。（陳治墨眉）通篇叙事整贍，用意深苦，有點綴，有分合，章法秩然，五十韻無一失所，如左、馬大篇文字，精神到底，卓絶百代。（奚祿詒乙本墨眉）此言宫殿之景，謂亦得出入也。内蕊繁於纈，宫莎軟勝綿。恩榮同拜手，出入最隨肩。（俞瑒甲本評）合入兩公。（嚴虞惇紅旁）入二公。晚著華堂醉，寒重繡被眠。（奚祿詒乙本墨眉）唐制：兩省拾遺補缺日，有女侍伺香爐几席，故得言"繡被"。（佚名己紅眉）纔得收京，便有此樂，如行者思休，自然如此。轡齊兼秉燭，（李念慈紅眉）"兼秉"猶雙秉也。（嚴復墨眉）"兼秉"二字連讀。書枉滿懷牋。每覺升元輔，（奚祿詒乙本墨旁）猶憶大用。深期列大賢。（俞瑒甲本評）指諸公。（嚴復墨眉）自此至"邅"韻，皆言罪貫與己之遷謫羈旅，□□□□所謂"榮枯雨露偏"也。（吴廣霈墨眉）"每覺"數句言方期大用，乃不陟而降，且被謗獲罪，成不測也。（王鳴盛墨眉）此段言方登仕籍，旋被謫遷。在嚴、賈不免憂讒畏譏，在己必云衰頹羈旅，所謂"榮枯雨露偏"也。秉鈞方咫尺，鎩翮再聯翩。（秦應逵紅旁）叙左遷。（奚祿詒乙本墨旁）言己與二子亦旋貶。禁掖朋從改，微班性命全。（俞瑒甲本評）言謫官之由，以房琯故。青蒲甘受戮，（俞瑒甲本評）自謂。白髮竟誰憐？（嚴虞惇紅旁）自叙。弟子貧原憲，（方拱乾評）用字法。諸生老伏虔。（奚祿詒甲本眉）"弟子"四句，舊解、新解皆委曲逆志，然究竟是病處。（奚祿詒乙本墨眉）"弟子"，諸生自謙也。謂己以師資事二子，而二子不受，未得達己之情，然修鄉黨之教，當先二子也。究竟是冗句。（陳治墨眉）濟南伏生名勝，後漢有服虔，非伏也。（秦應逵墨旁）自是誤用。師資謙未達，鄉黨敬何先。舊好腸堪斷，新愁眼欲穿。（秦應逵紅旁）"舊好""新愁"，綰上起下。（李以峙墨眉）（新愁）按"秋"字非。翠乾危棧竹，（俞瑒甲本評）巴。（嚴虞惇紅旁）蜀。紅膩小湖蓮。（俞瑒甲本評）

岳。(嚴虞惇紅旁)楚。(嚴復墨眉)“翠乾危棧竹”當是言嚴之赴巴,“紅膩小湖蓮”似指賈之赴岳,然不甚切。**賈筆論孤憤,嚴詩賦幾篇。**(錢陸燦丁本評)“賈筆”八句,以詩文之禍爲戒。鶻,鷹屬也。謂兩公如浦鷗,讒言如霜鶻,鶻不空拳,則鷗有碎首矣。(宋犖紅眉)此段特寫賈、嚴二閣老,寓避禍之意。**定知深意苦,**(方拱乾評)真相愛。(李以峙墨眉)(苦)按“好”字謬。**莫使衆人傳。**(方拱乾評)《漢書》有嚴君字,人遂以爲公用字之博,其實偶然耳,公詩不在此。(俞瑒甲本評)此段特寫二公,寓避禍之意。數語深思有種豆種桃之禍,非身罹讒謫者不解讀斯語。(奚禄詒甲本眉)“莫使衆人傳”,已逗出貝錦,世人忌才也。(王伯沆紅眉)囑其緘默,情愛愈深切。**貝錦無停織,**(奚禄詒乙本紅旁)此句已逗出“貝錦”。**朱絲有斷弦。**(李念慈紅眉)憂讒畏禍,悄悄堪憐。(俞瑒甲本評)讒言可畏。(嚴復墨眉)六朝人以無韻之文爲筆,有韻之文爲詩,故《沈約傳》云:玄暉善爲詩,彦昇工於筆,約兼有之。不自杜牧之詩始有此稱也。(王鳴盛墨眉)從來以文賈禍,每在才人失意之時,讀此二語,宜書石壁。**浦鷗防碎首,霜鶻不空拳。**(吕留良紅眉)意新詞老,應世名言。(錢載評)“浦鷗”二句一氣。**地僻昏炎瘴,山稠隘石泉。**(奚禄詒乙本墨旁)自言二子之巴、岳。**且將棋度日,應用酒爲年。**(奚禄詒甲本眉)序懷二子。(奚禄詒乙本墨眉)序懷二子,“定知”二句申上二句。**典郡終微眇,**(俞瑒甲本評)使君。(奚禄詒乙本墨旁)嚴也。**治中實棄捐。**(方拱乾評)始終惋惜。(俞瑒甲本評)司馬。(奚禄詒乙本墨旁)賈也。**安排求傲吏,比興展歸田。**(吕留良紅眉)神境。(嚴復墨眉)“安排”一韻似杜自寫。**去去才難得,蒼蒼理又玄。古人稱逝矣,吾道卜終焉!**(奚禄詒乙本墨旁)日月逝矣。此上序遠放。**隴外翻投迹,**(俞瑒甲本評)時公在秦州。**漁陽復控弦。笑爲妻子累,甘與歲時遷。**(吕留良紅眉)練達老成,有情有態。(俞瑒甲本評)以自叙結。應起處收轉,何等筆力!(奚禄詒甲本眉)誰能於排律中放筆如此,故多累句?(奚禄詒乙本墨眉)世人忌才，"鷗"喻二子，"鶻"喻貝錦之人，寫憂讒畏譏之情欲盡。**親故行稀少，兵戈動接聯。他鄉饒夢寐，失侶自迍邅。**（**俞瑒甲本評**）映帶。**多病加淹泊，長吟阻静便。如公盡雄俊，志在必騰騫。**（**方拱乾評**）如此起，當如此結。（**俞瑒甲本評**）挽歸賈、嚴二公。（**奚禄詒甲本尾批**）賦也。（**陳治墨尾**）重叶騫字。（**李以峙墨眉**）（末二句）按别本末句皆欠妥。（**王鳴盛墨眉**）兩"騫"字韻，可知字同義異，唐人不避。（**佚名戊紅旁批箋注"趙云，此言二公不久當復用也。一作云'公如盡憂患，何事有陶甄'。句法費力，非是。然不應押兩'騫'字"**）張騫字從馬，騰騫字從鳥，恐可雙押。

【彙評】

俞瑒甲本評：一起總冒，下乃以憶昨追敘言之。前半言昔日同官，後半言今時同貶，深寓感慨。

張學仁參定："憶昨趨行殿"，公自敘謁肅宗於行在也。"無復雲臺仗"，言行宫草創，不復嚴整法仗也。"蒼茫城七十"，謂禄山反，河北十餘郡皆棄城走。"劍"，指劍閣言。玄宗幸蜀，歷三千里之遠。"畫角"，言秦晉之間皆吹角以節兵。"旄頭"，胡星也。"俯澗瀍"，言東都爲賊所陷。"董卓""苻堅"，皆指安史。"填海""射天"，惡其不自量也。"陳倉""太白"，俱在鳳翔，言肅宗駐蹕之所。"衛"，河北也，"燕"，范陽也。關内八水，"王師下八川"，謂長安收復也。"奉引"，謂公爲左拾遺，扈從還京。《職儀》云：黄帝駕乘黄而仙去。《後漢書》：章帝分梁漢儲米給民。《漢書》：宣帝以水衡錢，爲徒民起宅。"内蕊"，宫花也。高、岑之彭、虢，除授也。故美其官職；賈、嚴之巴岳，遷謫也，故惜其棄捐。同一寄友，命意各殊，可知古人作詩必先立意。

俞瑒乙本評：前半言昔時同官，後半言今時同貶，末自叙近況，仍挽合起處結。

陳治墨眉批箋注：箋妙補至事，此首深意方曉然。

奚禄詒乙本墨眉批仇注"則借嚴助事":《漢·藝文志》:嚴助賦三十五篇。助稱"君"者,用"武帝賜書,君厭承明之廬"的"君"字。

張雕敬墨旁:句敲字琢,排律所難。

寄張十二山人彪三十韻

方拱乾評:排。

錢陸燦甲本眉:箋曰:借晉漢以爲喻,而宗廟之焚毁,闕廷之匡復,皆盡於十字之中矣。叙事簡妙,若此真攢簇五行手也。當天地翻覆之時,耕岩結草,想青龍而騎白鹿,静者之妙如此。此數句隱顯映帶,其妙處未易名言,亦可以悟作律之法。

錢陸燦丙本評:錢云:"世祖"二句借晉漢以爲喻,而宗廟之焚毁,闕廷之匡復,皆盡於十字中矣。叙事簡潔,若此真攢簇五行手也。當天地翻覆之時,耕岩結草,想青龍而騎白鹿,静者之妙如此。此數句隱顯映帶,其妙處未易明言,亦可以悟作律之法。

俞瑒乙本評:長篇叙事,前後總挈,中間隨段平叙,自爲正局,山人將母避亂,故篇中以此爲關鍵。

奚禄詒甲本眉:潔而嗇。○一段以張起,二段言相與之情,三段言其才與隨其母。○舊以爲禄不及張,非。○此序其淪落。○末序事實,正自歎浮生也。○總結。

陳治墨眉:俞云:山人將母避亂,故通首以此爲眼目。

嚴復墨眉:彪詩云:"善道居貧賤,潔服蒙塵埃。慈母憂疾疹,至家念棲哀。"又云:"長老思養壽,後生笑寂寞。五穀非長年,四氣乃靈藥。"其人蓋潁洛高壽者也。

獨卧嵩陽客,三違潁水春。(**奚禄詒乙本墨眉**)一段以張超。

“此物”字到底不穩。艱難隨老母，(秦應逵紅旁)二句重。慘澹向時人。(秦應逵紅眉)山人將母避亂，故以此爲眼。謝氏尋山屐，陶公漉酒巾。群凶彌宇宙，此物在風塵。(方拱乾評)“此物”二字用在此處，蓋覺尊重珍貴，“在”字尤妙。(佚名己紅眉)“此物”指上屐、巾而言。歷下辭姜被，(奚禄詒乙本墨旁)已别。關西得孟鄰。(奚禄詒乙本墨眉)二段言相與之情。(奚禄詒乙本墨旁)又會。早通交契密，(奚禄詒乙本墨旁)歷下。晚接道流新。(吕留良紅眉)轉折妙。(奚禄詒乙本墨旁)關西。静者心多妙，(李以峙墨眉)(妙)按，作“好”便不成語。先生藝絶倫。(嚴復墨眉)此段叙其能事。(奚禄詒乙本墨眉)三段言才與隨母。草書何太古，詩興不無神。曹植休前輩，張芝更後身。數篇吟可老，(吕留良紅旁)新。一字買堪貧。(李念慈紅眉)頌詩妙語。將恐曾防寇，(方拱乾評)“將恐”以下皆公自叙，謂曾因避寇欲與山人偕隱，故習聞其厚行如此。奈因名誤，遂不能握而“馳驅喪我真”耳。深潛託所親。(奚禄詒乙本墨旁)隨母。寧聞倚門夕，(沈巖旁)顧將母意。盡力潔餐晨。(嚴復墨眉)此段叙離合。疏懶爲名誤，驅馳喪我真。(奚禄詒乙本墨眉)此自序。(佚名己紅眉)十字可以墮淚。索居猶寂寞，相遇益悲辛。流轉依邊徼，逢迎念席珍。(奚禄詒乙本墨旁)念張。時來故舊少，亂後别離頻。(嚴復墨眉)此段言山人得□故居，惜已不見。世祖修高廟，文公賞從臣。(嚴虞惇紅眉)“世祖”二句叙事簡妙，宗廟之焚毁，闕庭之匡復，皆盡於此。(奚禄詒乙本墨眉)“文公”句自言禄不及，非言張。商山猶入楚，(方拱乾評)亦公自謂。(奚禄詒乙本墨旁)指故鄉。渭水不離秦。(方拱乾評)忽大忽小，見法，見力。(丁耀亢墨眉)不解。(錢陸燦丁本評)借晉漢爲喻，以括焚毁收復諸事，何等簡潔。(奚禄詒乙本墨旁)指京師。(李以峙墨眉)(“渭水”句)按，“渭”作源，則“離”當作“知”方協。至“湍水”句無可取。存想青龍秘，(奚禄詒乙本墨旁)志君道術。騎行白鹿馴。耕岩非谷口,結草即河濱。肘後符應驗,囊中藥未陳。(奚禄詒乙本墨眉)此序張。(沈巖眉)此處自叙,結句正見寄詩之意。旅懷殊不愜,良覿渺無因。(沈巖旁)説到自己。自古皆悲恨,浮生有屈伸。(方拱乾評)如此等句,惟排乃妙。(奚禄詒乙本墨眉)此序時事以自感。此邦今尚武,何處且依仁。(吕留良紅眉)二字甚俗,用得脱俗。(嚴復墨眉)此段自述在秦州情事,因而寄意。鼓角凌天籟,(沈巖旁)以秦州言。關山信月輪。官場羅鎮磧,(李以峙墨眉)(鎮磧)按作"錦",形似之誤。賊火近洮岷。蕭索論兵地,蒼茫鬥將辰。大軍多處所,(李以峙墨眉)(多處所)按,"無"字謬。餘孽尚紛綸。高興知籠鳥,斯文起獲麟。(方拱乾評下)斷斷是排語,不是律語。(李以峙墨眉)(起)按"豈",音同而誤。窮秋正摇落,回首望松筠。(方拱乾評)十字纔結得住。(奚禄詒甲本尾)賦也。(李以峙墨眉)(松筠)按,作"湘"必好奇者妄改,不自知其欠通。(沈巖旁)不忘故里。

【彙評】

吴廣霈墨眉:此篇亦極斷續安插起結之妙,可爲長律楷模。

寄李十二白二十韻會稽賀知章一見白,號爲天上謫仙人

方拱乾評:排。通篇就白説,竟不及交情、懷想一字。

汪琬乙本評:分四段:一段贊其遇合;二段放歸,公與之遊也;三段太白得罪,流夜郎;結因寬慰之。○惓念高人,綢繆夙行,格辭尊重,如應制之篇。○"未負幽棲"二句,抬得起,説得徹。○收忽一宕,遠而彌真。

俞瑒乙本評:太白以詩重,故入手即提起。"筆落"二句畫出李

謫仙。

屈復評:特明爽,不須注。①

奚禄詒甲本旁:體裁灑落。

奚禄詒甲本眉:首言詩才,次言恩遇。

奚禄詒乙本紅旁:通首皆序白,體裁灑落。

盧見曾紅旁:"落筆驚風雨",白實不愧斯言;"詩成泣鬼神",甫詩乃可當之。孟棨曰:杜贈白二十韻,備叙白事。讀其文,盡得其故迹。杜逢禄山之亂,流離隴蜀,畢陳於詩,推見至隱,殆無遺事,故當時號爲"詩史"。王嗣奭曰:此詩分明爲李白作傳,其生平履歷備矣。如"未負幽棲志,兼全榮辱身"及"楚筵辭醴""梁獄上書"等句,皆刻意别明,與"一病緣明主,三年獨此心"相同。

方貞觀墨眉:通篇委曲條達,如春流赴壑,自然成文。

吴騫墨眉:亦猶人耳。

秦應逵墨眉:不獨惜其身且白其節,古人厚於朋友如此。

吴廣霈墨眉:一起筆亦已驚風雨、泣鬼神已。

沈巖旁:此詩前叙其文采風流,後極辨永王之誣,言極親切。

昔年有狂客,(**吴廣霈墨旁**)"狂客"即賀四明也。號爾謫仙人。(**嚴復墨眉**)起叙白之才而□知當寧。(**奚禄詒乙本墨眉**)首言詩才。(**沈巖眉**)太白以詩重,故入手便提起。筆落驚風雨,(**李以峙墨眉**)(驚)按"聞"字便平。詩成泣鬼神。(**方拱乾評**)二句乃昔年語。(**俞瑒甲本評**)二語畫出謫仙。(**秦應逵紅旁**)非此二句,承謫仙不來。(**沈巖旁**)一語畫出謫仙。(**沈巖旁**)亦狂人耳。聲名從此大,(**俞瑒甲本評**)聲望。汩没一朝伸。 文彩承殊渥,流傳必絶倫。 龍舟移棹晚,獸錦奪袍新。

① 校注:"特明爽",杭本作"詩特明爽"。

（俞瑒甲本評）寵遇。（嚴復墨眉）此段叙交契之所□。（奚禄詒乙本墨眉）次言恩遇。白日來深殿，青雲滿後塵。乞歸優詔許，遇我宿心親。（方拱乾評）"乞歸"從"青雲"句生下，"遇我"以下，公序昔遊交情。（俞瑒甲本評）交情。未負幽棲志，（李以峙墨眉）（未負）按作"遂"則與下句不協。兼全寵辱身。（奚禄詒乙本墨眉）此言交情。（沈巖眉）見當時相遇之情，爲寄詩之所由也。劇談憐野逸，嗜酒見天真。醉舞梁園夜，（沈巖旁）同遊時。行歌泗水春。（方拱乾評）此却爲青蓮洗冤，不獨爲文章交情，竟是代爲青蓮自上一疏矣。○代爲之□冤，是一篇《雪冤疏》。即白自道不是過，見古人交情之厚。（錢陸燦丁本評）折到被放，筆力如屈鐵，下叙其流徙失意事，與上聲名一段反對。（俞瑒甲本評）同遊時。才高心不展，道屈善無鄰。（奚禄詒甲本眉）序被遣。（奚禄詒乙本墨眉）序被放。（嚴復墨眉）此段叙其遭誣被謫。處士禰衡俊，諸生原憲貧。稻粱求未足，薏苡謗何頻。（俞瑒甲本評）永王之誣。（秦應逵紅旁）永王之誣。（吴廣霈墨眉）此段叙白被冤遠謫，沉痛悲凉。（沈巖旁）永王之誣。五嶺炎蒸地，（方拱乾評）以下叙李放逐事。三危放逐臣。（俞瑒甲本評）夜郎之行。（秦應逵紅旁）夜郎之行。（沈巖旁）夜郎之行。幾年遭鵩鳥，獨泣向麒麟。（陳治墨眉）數語可爲太白訟冤疏。（嚴復墨眉）此段獨直其枉。蘇武先還漢，（李以峙墨眉）（元）按作"先"欠妥。黄公豈事秦。（俞瑒甲本評）辨其不爲永王所致。（吴廣霈墨眉）此詩當是太白放流未赦回時所作。（奚禄詒乙本墨眉）爲白解嘲。（沈巖旁）辨其不爲永王所致。楚筵辭醴日，梁獄上書辰。（吕留良紅眉）引事自寬，種種切到。已用當時法，誰將此義陳？（方貞觀墨眉）明快無比。（王伯沆紅眉）渾妙。老吟秋月下，病起暮江濱。（俞瑒甲本評）自謂。（沈巖旁）自詠。莫怪恩波隔，（俞瑒甲本評）與前段寵遇呼應。（沈巖眉）"恩波"字與起段相關。末句言欲叩帝閽而不得也。乘槎與問津。（俞瑒甲本評）"問津"，上訴於天也。（奚禄詒甲本尾批）賦也。通首皆序太白。(**奚禄詒乙本紅眉**)末段言赦還而遊於暮江秋月,不如歸隱,因白□仙,故引貫月槎事。(**陳治墨眉**)末句言欲叩帝閽而不得也。(**秦應逵墨尾**)結句反用天不可問之意。(**沈巖旁**)與前呼應。

【彙評】

方拱乾評:用字用句,苦心斟酌,不獨欲詩之傳也。

錢陸燦丁本評:"蘇武"六句,引古洗雪,種種切到。看他用事入化,元遺山所謂"古雅難將子美親",此等是也。

俞瑒甲本評:太白以詩重,故入手便提起,後極辨永王之誣,言之清切。

張學仁參定:"已用當時法"數語即太史公《報任安書》意,深爲太白辨誣,知杜公天性篤厚,不肯使一代才人含冤地下。

俞瑒乙本評:前半叙其文采風流,後半極辨其永王璘之誣,言言親切。末句言欲叩帝閽而無由也。

吴廣霈墨眉:公贈懷太白詩,語語出自血性,其情深交摯可想,何世人猶疑其相傾相嫉耶?

吴廣霈墨尾:此詩直可當太白一生行述讀。

奚禄詒乙本墨尾:全章皆序太白。

别贊上人

方拱乾評:有諷意。是詩禪,是禪詩。○古。

吴士模墨眉:一起有意味。

魯一同評:公與贊公一聚於京師,再聚於秦州,今又將别,則陳迹都非,故有"古來聚散地"二語。

魏源評:倒裝。"百川"句前言己之飄蕩如之耳與,《宣城》"大江流日夜”二句語同境異。○流水、行雲皆蹤舊矣。此則分記兩人，又能以參差出之，語意一新。

沈巖旁：“熟”字是以“屋”與“職”通押。

佚名己紅眉：先從“我生”出起，次第出題，亦一法也。

百川日東流，客去亦不息。我生苦漂蕩，（**方拱乾評**）先説“我”，是入題次第法。何時有終極。贊公釋門老，放逐來上國。（**奚禄詒甲本旁、乙本紅旁**）叶崛。（**奚禄詒甲本眉**）“隴西”不可言“上國”。還爲世塵嬰，頗帶憔悴色。（**奚禄詒甲本旁**）叶式。（**奚禄詒乙本紅旁**）叶式。楊枝晨在手，豆子雨已熟。（**陳治紅眉**）“熟”字叶職韻，不知所本。（**嚴復墨眉**）“楊枝”見《華嚴·净行品》，“豆子”見《華嚴疏鈔》，“是身如浮雲”，□《維摩詰所説經》語。此老於内典，淹通如此。（**吴廣霈墨眉**）此即言“豆子熟時雨”也，不必穿鑿聚訟。（**奚禄詒乙本紅旁**）無謂。叶窋。（**倪象占藍眉**）“熟”字不在韻内，當查。（**李以峙墨眉**）（雨）按作“兩”醱解。（**沈巖眉**）“豆子”句未詳。是身如浮雲，安可限南北。（**奚禄詒甲本旁、乙本紅旁**）叶必。（**奚禄詒乙本紅眉**）舊引僞蘇注，以豆子爲眼珠，或又以爲禪語，皆非，也不倫，何解？總不爲佳。（**吴廣霈墨眉**）亦無聊應酬之作。然憶境逼真，豈同泛泛送别之言？異縣逢舊友，初欣寫胸臆。天長關塞寒，歲暮飢凍逼。野風吹征衣，欲别向曛黑。（**奚禄詒甲本旁、乙本紅旁**）叶翕。馬嘶思故櫪，歸鳥盡斂翼。古來聚散地，宿昔長荆棘。相看俱衰年，出處各努力。（**方拱乾評**）衰年矣，而又努力，努力何事？看“古來”二句可知可想。

卷　七

發秦州乾元二年，自秦州赴同谷縣紀行十二首

方拱乾評：古。向使先言此邦，後言南州，則一路順叙，便覺索然。此公與□山之辨也。

錢陸燦甲本眉：此《發秦州》至《成都府》三十一篇，寫盡山水之奇、道路之險與行路之難，公詩絶技，應另録作一□□遊記底本。○方曰：此詩以“衣”“食”二字爲眼。“漢源”四句言其地之暖，可以省衣也；“栗亭”四句言其産物之多，不須憂食也；“密竹”四句言其光景更妙，可以旅寓也；“此邦”八句言秦州之不可居也；“日色”八句乃發秦州之時。○東坡云：老杜自秦州越成都，所歷輒作一詩，數千里山川在人目中，古今詩人殆無可擬者。獨唐明皇遣吴道子乘傳畫蜀道山川，歸對大同殿，索其畫，無有，曰：“在臣腹中，請疋素寫之。”半日而畢。後明皇幸蜀，皆默識其處，惟此可比耳。

錢陸燦乙本墨眉：方曰：此詩以“衣”“食”二字爲眼。“漢源”四句言其地之暖，可以省衣也；“東亭”四句言其産物之多，不須憂食也；“密竹”四句言其光景更妙，可以旅寓也；“此邦”八句言秦州之不可居也；“日色”八句乃發秦州之時。

錢陸燦丁本評：此詩以“衣”“食”二字作眼。“漢源”四句言其地之暖，不須憂衣也；“栗亭”四句言其物産之多，不須憂食也；“密

竹”四句言其景物清幽，可以旅寓也；“此邦”以下言秦州之不可居，敘臨發之情景也。

王士禛評：友人有爲予言，成縣無異江南，橘柚筍蘁皆所不乏，而少陵云“漢源十月交，天氣如凉秋[凉如秋]”，其暖過長安遠矣。此詩不言橘柚，豈今有而昔無耶？

嚴虞惇紅眉：《發秦州》至《成都府》詩，寫盡山水之奇、道路之險與行役之艱難。五七言共三十一篇，今録五言十七篇，七言七篇。〇此詩以“衣”“食”二字爲眼，“漢源”四句言地之暖，可以省衣也；“栗亭”四句言産物之多，不憂食也；“密竹”四句言光景清嘉，可旅寓也；“此邦”八句言秦州不可居也；“日色”八句乃發秦州之時。

宋犖紅眉：舊評：紀行詩筆力變化，當與太史公諸贊方駕。

屈復評：“天氣”四句承“無衣”句，“良田”六句承“無食”句。①

奚禄詒甲本眉：凡寫山川雲物，惟工部能盡其變化，而造意造局，唐人不及。〇大意總起，且不説秦州，先入“栗亭”一段，然後上題序去秦州之故，而結以晚發之景。

奚禄詒乙本墨眉：朱晦庵謂，公自秦州入蜀詩，晚年放逸不可當。〇大意總起，且不説秦州，先入“栗亭”一段，然後上題序去秦州之故，而結以晚發之景。

盧見曾紅旁：朱熹曰：觀杜詩，初年甚精細，晚年曠逸不可當。如自秦州入蜀諸詩，分明如畫，乃其少作也。王嗣奭曰：此詩難於作結。“大哉乾坤内，吾道長悠悠”，亦近亦遠，收得恰好，與“飄蕩雲天闊”同意。

王鳴盛旁：至《鳳凰臺》共十二首。

朱方藹紅眉：萬里行役，其中山川之夷險，歲月之暄凉，交遊之

① 校注：此條批語杭本、吴本無。

違合，靡不曲盡，直詩史也。

陳治墨眉：俞云：前半預擬同客之佳，後半乃言秦州事，此等章法自好。

魯一同評：此詩頗近《選》體，尤似建安，惟點綴景色新警疏動，便欲突過前人。〇先述同谷風景，再言秦州之難久留，順逆相生，局執緊湊生動。

張裕釗眉：極蒼凉慘澹之境，寫來却有無窮興象，洵奇絶也。

秦應逵墨眉：秦州紀行及入蜀諸作，極沉鬱頓挫之致。

倪象占藍眉：纔發秦州耳。開首一詩，已冒起一路數十首之勢，才之大者，洵無所不包。

佚名己紅眉：先言南州，後及此邦，是倒應法。

我衰更嬾拙，（**方拱乾評**）三字三意。生事不自謀。（**陳治紅眉**）舊評：紀行詩筆力變化，當與太史公諸贊方駕。（**吴廣霈墨眉**）此是紀行總冒，下則次第闡發，首尾章法井然。無食問樂土，（**方拱乾評**）捨秦州往同谷之故。無衣思南州。（**方拱乾評**）已度。（**方拱乾評**）南州入得有力，却不費力。漢源十月交，（**方拱乾評**）賓勝主，不覺其重。（**奚禄詒甲本旁**）地居成州。天氣如涼秋。（**方拱乾評**）應"無衣"。（**嚴復墨眉**）漢有二源，東出武都氐道，西出嶓冢，此蓋西源。（**嚴復墨眉**）"天氣凉如秋"宜易"天氣如初秋"更協。草木未黄落，（**錢陸燦乙本紅旁**）是南州之暖。况聞山水幽。（**方拱乾評**）應"樂土"，起"要衝"句。（**魯一同評**）一路虚字曲折，妙極自然。栗（**李以峙墨眉**）按，"東"字非。亭名更嘉，下有良田疇。（**方拱乾評**）應"無食"。（**奚禄詒甲本旁**）至彼之故，亭在同谷。充腸多薯蕷，崖蜜亦易求。密竹復冬筍，清池可方舟。（**方拱乾評**）先言所欲適之地，後言所發之地，是一法。是逆局，局逆乃奇。試想若一順便不成話。（**方拱乾評**）起"登臨"句。雖傷旅寓遠，庶遂平生遊。（奚

禄詒甲本眉)因風行役之什,不過如此。**此邦俯要衝,**(**方拱乾評**)秦州。(**奚禄詒甲本旁、乙本墨旁**)秦州。**實恐人事稠。**(**方拱乾評**)應"幽"。(**嚴復墨眉**)此首據意直出,無往復頓挫之處,詩家以爲變化精細,亦言而過矣。(**奚禄詒乙本墨旁**)去之故。(**奚禄詒乙本墨眉**)序去此之故。(**奚禄詒甲本旁**)去此之故。**應接非本性,登臨未銷憂。**(**陳治墨眉下**)汪云:去四句,以與上"漢源""栗亭"二句有礙也。**谿谷無異石,**(**陳治紅眉**)"石"一作"名"。(**魯一同評**)與前反照。**塞田始微收。**(**方拱乾評**)應"良田"。**豈復慰老夫,惘然難久留。**(**方拱乾評**)纔入題。**日色隱孤戍,烏啼滿城頭。**(**魯一同評**)情事相稱。**中宵驅車去,飲馬寒塘流。**(**孫承澤墨眉**)末段始覺曠宕。(**陳治墨眉**)秦州記行及入蜀諸作,極見沉鬱頓挫之致。**磊落星月高,**(**佚名己紅眉**)"磊落"二字妙。**蒼茫雲霧浮。** **大哉乾坤内,**(**魯一同評**)收意雄渾。**吾道長悠悠。**(**方拱乾評**)結句應起。(**奚禄詒甲本眉**)吾道實乾坤之所不容。(**奚禄詒乙本墨眉**)吾道本乾坤之所不容。(**汪琬丙本評**)結語便含下數十作在内。(**陳治墨旁**)結語便含下數十作在内。

【**彙評**】

徐松紅眉:王嗣奭曰:此詩難於作結,"大哉"二句亦迫亦遠,收得恰好,與"飄蕩雲天闊"同意。

魯一同評:鳳翔諸詩,精力彌滿,體大而神完,無以加矣。《發秦州》以後,更有隨手之妙,因事曲折,如承蜩轉丸,得之心而應之手。此篇數十曲折,略不經意,自然抗墜抑揚,爲前此未開之境。

赤　谷

方拱乾評:古。秦州近境。〇考亭最喜公此一帶語。直序是記體。

錢陸燦甲本眉:按,秦州至成都三百餘里,皆行萬山中,險艱自赤谷始,故云村墟炊煙少,未免飢餓,加以貧病零落,故有性命之憂,非久客者不知其痛。

錢陸燦乙本墨眉:按,秦州至成都三百餘里,皆行萬山中,險艱自赤谷始,故云村墟遠、炊煙少,未免飢餓,加以貧病零落,故有性命之憂,非久客者不知其痛。

錢陸燦丙本評:鐵牛云:村墟炊煙少,未免飢餓,加以貧病零落,故有性命之憂,非久客者不知其痛。

錢陸燦丁本評:按,秦州至成都三百餘里,皆行萬山中,險難自赤谷始,故曰村墟炊煙少,不免飢餓,加以貧病,故有性命之憂,非久客者不知其痛。

俞瑒乙本評:恰是發足之初。

屈復評:自傷暮年生還難,必然險艱自兹方始,恐死道路,又進一層,極悲痛,極曠達。俗子多忌諱,豈敢道隻字哉?①

朱方藹紅眉:古調鏗然,有空山清罄之音。

陳治墨旁:古調鏗然,有空山清罄之音。

魯一同評:純是東京氣脈。

天寒霜雪繁,遊子有所之。(**方拱乾評**)慘在此三字,通篇所以悲。豈但歲月暮,重來未有期。(**奚禄詒甲本旁**)"重來"非無故,意欲溯此而歸西京耳。(**奚禄詒甲本眉**)一路寫去,俱是苦景,豈獨末句之悲而已!(**奚禄詒乙本墨眉**)"重來"謂溯此而還西京。(**奚禄詒乙本墨眉**)一路寫去,俱是苦境,不獨末句之悲。晨發赤谷亭,險艱方自兹。(**奚禄詒甲本旁**)登大隴歷九四坂。(**秦應逵紫旁**)恰似發程之頭一步。亂石無改

---

① 校注:"然險艱自兹方始"杭本作"險艱自兹方始";"豈敢道隻字哉"杭本作"豈敢下隻字哉"。

轍，（**錢陸燦乙本紅旁**）子建詩："改轍登高崗。"我車已載脂。 山深苦多風，落日童稚飢。（**方拱乾評**）道險而人飢。悄然村墟迥，煙火何由追。 貧病轉零落，故鄉不可思。 常恐死道路，（**佚名己紅眉**）古人常有此恐。永爲高人嗤。（**方拱乾評**）狠苦。（**朱方藹紅眉**）苦語每爲廢讀。（**奚禄詒甲本旁**）賦也，以杜陵爲故鄉也。（**奚禄詒乙本墨眉**）應"重來"，以杜陵爲故鄉。

鐵堂峽

方拱乾評：古。考亭最服公此一帶詩。

錢陸燦甲本眉批、乙本墨眉：方曰：峽形似堂，壁立如鐵，故謂之鐵堂峽。山氣險寒，重以冬月，故行哀壑而徒旅悲，涉層冰而我馬瘏也。

俞瑒乙本評：通首總見險絶。

屈復評：寫山水險峻到十分處，則經歷辛苦亦到十分，不言而喻，"徒慘""馬折"，一筆便足。

奚禄詒甲本眉：健老。起得凄然。

奚禄詒乙本墨眉：悲苦感慨，盡行旅之苦。

陳治紅眉：通篇叶屑韻。

陳治墨眉：俞云："鐵堂"二字如此分寫，何等熨帖。

張裕釗眉：諸詩縋幽鑿險，獨辟異境。

吴廣霈墨眉下：五仄韻字練，一句真奇絶，險絶。

山風吹遊子，縹緲乘險絶。（**方拱乾評**）動在"吹"字。（**汪琬乙本評**）起語佳。（**朱方藹紅眉**）起語佳。（**吴騫墨眉**）起得甚妙。（**奚禄詒乙本墨眉**）起得凄然。硤形藏堂隍，（**魯一同評**）"堂隍""積鐵"，偶用疊韻。

壁色立積鐵。（方拱乾評下）鐵堂峽。（吕留良紅眉）畫。（嚴虞惇紅旁）謂山臺如堂隍硤藏於兩山之間也。（吴廣霈墨眉）“積鐵”一本作“精鐵”，亦通。徑摩穹蒼蟠，石與厚地裂。（吴廣霈墨眉）險勁之筆，深峭之思。修纖無垠竹，嵌空太始雪。（奚禄詒甲本眉）此語他人説不出。（奚禄詒乙本墨眉）造語奇妙。威遲哀壑底，徒旅慘不悦。（李以峙墨眉）按，别本句雖可通，然與上下意不協。水寒長冰横，我馬骨正折。（吴廣霈墨眉）此僕痡馬瘏之嗣響也。生涯抵弧矢，（嚴復墨眉）“抵”，丁也，當也。盗賊殊未滅。（方拱乾評）生當此時。飄蓬逾三年，回首肝肺熱。（奚禄詒甲本旁）賦也。

【彙評】

陳訏紅眉批仇注“按本句五字皆入聲，讀不順口，作‘精鐵’爲是”處：“壁色立積鐵”，創語奇崛，古人已有拈出論之者。今因五字皆入，改爲“精鐵”，真所謂“點金成鐵”矣。

鹽　井

方拱乾評：古。排。〇考工語。有言唐詩只有景，宋詩乃言理，宋之不如唐，夫理與景亦何定哉？宋之不如唐，豈在言理哉？世豈有離景之理？亦豈有離理之景？如此首“君子”二句是理是景，若芟去便不能結，請細思之。

錢陸燦戊本評：鍾評只如太史公《貨殖》及趙充國屯田叙事法。

汪琬乙本評：直而鈍。

奚禄詒甲本眉：言鹽徒逐利，商民俱困，第五琦致之也。

盧見曾紅旁：鹽筴之利，管之在官，乃所以止民之争，俾得流通以足食而已。其留之在民者，未嘗不厚。天寶以來，鹽價猶賤。自第五琦輩立法增直，而十錢者爲三百七十，官取多則民食貴，而趨利者喧闐益甚。“止足”之戒，宜有慨乎言之。

陳治墨旁：不説行彼，止賦鹽井，筆法自變。

吴廣霈墨眉：此首雖直而寡味，然紀行中亦復不可少，或删之非也。

鹵中草木白，青者官鹽煙。（**方拱乾評**）奇在“者”字。（**吕留良紅旁**）奇景能道。（**王士禛評**）起得甚妙。（**徐松紅眉**）鍾伯敬曰：“青者官鹽煙”寫得荒遠。又曰：“自公”二句質得妙，只如史公《貨殖》及充國屯田敘事法。（**奚禄詒甲本眉、乙本墨眉**）寫土俗。**官作既有程，煮鹽煙在川。**（**屈復評**）“在”字無謂。（**秦應逵紫旁**）“在”字無謂。**汲井歲搰搰，**（**方拱乾評**）煮鹽。**出車日連連。自公斗三百，轉致斛六千。君子慎止足，小人苦喧闐。我何良歎嗟，**（**嚴復墨眉**）“良”字猶後來人用“須”字。**物理固自然。**（**錢陸燦甲本旁**）鮑照：“君子樹令名，小人效命力。”（**錢陸燦乙本紅旁**）鮑照：“君子樹令名，小人效命力。”漁洋抹之，何也？（**奚禄詒甲本旁**）不必如此結。（**奚禄詒乙本墨眉**）言鹽徒逐利，商民俱困。（**沈巖尾**）小人道長必漁利以病民，若欲轉移，其待君子當路乎？此公之所歎也。

寒　硤

方拱乾評：古。〇苦在實字。怨極。

屈復評：以上數詩，將行旅艱辛説到山窮水盡處，故此首結句著一筆自解，其勢然也。①

---

① 校注：此批語吴本作“‘野人’二句幽絶，以上數詩將[行]旅艱辛已説到山窮水盡，此首結句著一筆自解”，杭本與余本同。

吴士模墨眉:山勢多端,若尋常語而極刻劃。

盧見曾紅旁:劉會孟曰:怨傷忠厚,得詩人之心。

徐松紅眉:鍾曰:唐人寫山水妙遠,往往用"無端倪"三字,此又曰"勢多端",各有其妙。

奚禄詒甲本眉:哀而不傷。

奚禄詒乙本墨眉:怨詩忠厚,得詩人之遺。

行邁日悄悄，山谷勢多端。雲門轉絶岸，積阻霾天寒。寒硤不可度，我實衣裳單。况當仲冬交，泝沿增波瀾。野人尋煙語，(**沈巖眉**)"尋煙"語謂山峽中無不向火之人,則泝沿者之寒可知也。行子傍水餐。(**申頲紅眉**)"尋煙"有景,余亦有"院夕鳥棲煙"。(**吴士模墨眉**)"野人"二句幽絶。以上數詩將旅艱辛已説到山窮水盡,此首結句著一筆自解。此生免荷殳，未敢辭路難。(**錢陸燦甲本旁、乙本紅尾**)安於義命。(**錢陸燦丁本評**)安於義命,得詩人之正。(**汪琬乙本評**)束語自寬,全篇一掉。(**吕留良紅眉**)意外結行路難,有味。(**奚禄詒甲本旁**)賦也。(**朱方藹紅眉**)束語自寬,全篇一掉。(**陳治墨眉**)詩人忠厚之遺風。(**佚名己紅眉**)如聞其聲。

法鏡寺

方拱乾評:古。排。

錢陸燦甲本旁、乙本紅旁:畏途中忽得清凉界。

錢陸燦甲本眉批、乙本墨眉:方曰:前此山行深寂,悄然神傷,乍經崖寺,旅愁頓破,故侵晨而入,亭午而出,遂忘前路之久待也。

錢陸燦丙本評:錢云:前此山行深寂,乍經崖寺,旅愁頓破,故侵晨而入,亭午而出,遂忘前路之久待也。

錢陸燦丁本評：畏途之中，忽然得此清凉境界，不覺旅愁頓破。故清晨而入，亭午而出，忘前路之久待也。

汪琬甲本墨眉：鍾云：老杜蜀中詩，非惟山川陰雷、雲日朝昏寫得刻骨，即細草敗葉、破屋危垣，皆具性情，千載之下，身歷如見。

汪琬乙本評：危苦處殊有點綴。

宋犖紅眉：於危險中寫出破愁幽境，奇絶。

屈復評：山水準遠幽清，行旅至此，偶一閑暢，筆墨亦稍休息也。①

盧見曾紅旁：張溍曰：諸詩結皆寓意感慨，此詩獨以實景收，是用筆能變處。

朱方藹紅眉：危苦處殊有點綴。

徐松紅眉：鍾曰：老杜蜀中詩，非惟山川陰晴、雲日朝暮寫得刻骨，即細草敗蓁、破屋垝垣，皆具性情，千載之下，身歷如見。

陳治墨眉：俞云：筆法變换。

魯一同評：此詩直似小謝，妍眇殆於過之。

奚禄詒甲本眉：音俏節短，皆由哀心所致。

奚禄詒甲本旁：久遊纔知起四句之妙。

奚禄詒乙本紅眉：音俏節短，哀心所致。

佚名己紅眉：如画。

身危適他州，勉强終勞苦。 神傷山行深，（**魯一同評**）沉著。愁破崖寺古。（**嚴虞惇紅旁**）山行深寂，悄然神傷，乍經崖寺，旅愁頓破。嬋娟碧鮮浄，（**陳治紅眉**）"鮮"作"蘚"。（**奚禄詒乙本墨眉**）若作"鮮"，則五字皆是形容，故無此體，乃竹蘭苔也。（**李以峙墨眉**）（蘚）按"鮮"，明是傳寫脱

① 校注："稍"，杭本作"少"，吴本與余本同。

誤。(**沈巖旁**)暗藏雨後。蕭摵寒籜聚。回回山根水,(**吴廣霈墨眉**)“回回”一本作“洄洄”。冉冉松上雨。(**錢載評**)活於靈運,深於明遠。(**吴士模墨眉**)山水準遠幽深,行旅至此,偶一閑暢筆墨,亦稍休息也。(**魯一同評**)字字幽妙。洩雲蒙清晨,(**汪琬丙本評**)“洩”與“泄”同,猶出也。初日翳復吐。(**方貞觀紅眉**)子美如此等句法頗多。(**吴士模墨眉**)是清曉山中望遠寺之景,畫亦難到。(**沈伯沆紅眉**)寫景絶佳妙。朱甍半光炯,户牖粲可數。拄策忘前期,(**李以峙墨眉**)(拄)按“柱”,形似而誤。出蘿已亭午。(**李以峙墨眉**)(出蘿)按,“高”字非。冥冥子規叫,微徑不復取。

【彙評】

陳治墨眉:錢云:前此山川深寂,悄然神傷,乍經崖寺,旅愁頓破,故侵晨而入,亭午而出,遂忘前路之久待也。

魯一同評:中間朱甍光炯,景色暄朗,結變爲森竦之境,有移宫换羽之妙。

青陽峽

方拱乾評:古。

汪琬乙本評:整而不排。

俞瑒乙本評:前首清迥,此以險峻相繼,如畫家濃淡相間之法。

盧見曾紅旁:力鑿隘艱,彼地山川,非此莫稱。後人刻意摹之,過於險怪,非杜之過也。

朱方藹紅眉:整而不排。

吴士模墨眉:整而不排。○能使讀者如身至峽中。

題張問陶墨眉:險絶。

徐松紅眉：江盈科《雪濤詩評》曰：少陵秦州以後詩，突兀閎肆，迥異昔作，非有意換格，蜀中山水自是挺特奇掘[崛]，獨能象景傳神，使人讀之，山川歷落，居然在眼。

陳治墨眉：俞云：前首清迥，此以險峻相繼，正如畫家濃淡相間之法。

秦應逵紫眉：前首清迥，此首沉實，是畫家濃淡相間之法。

奚禄詒甲本眉、乙本墨眉：峭刻似《鐵堂》篇。

沈巖眉：後半極好。

塞外苦猒山，南行道彌惡。岡巒相經亘，雲水氣參錯。林迴硤角來，天窄壁面削。（**吴錫麒紅眉**）險語已開昌黎一派。真是詩中之聖，無體不包。（**吴廣霈墨眉**）余曾有詩云："驅車過窄徑，回首崩岩落。"亦可想見其危險矣。（**李以峙墨眉**）（天窄）按"穿"，形誤。溪西五里石，奮怒向我落。（**吕留良紅眉**）奇景妙筆。（**魯一同評**）自然險峻，不得巉刻。仰看日車側，俯恐坤軸弱。魑魅嘯有風，霜霰浩漠漠。昨憶踰隴坂，高秋視吴嶽。（**嚴復墨眉**）雍州，其鎮嶽山。注是嶽也。（**奚禄詒乙本墨眉**）"昨憶"六句述吴嶽以形之。（**佚名己紅眉**）快句。東笑蓮華卑，北知崆峒薄。（**錢陸燦乙本墨眉、丙本評**）"北知"二字本《知北遊》。（**陳治墨眉**）錢云："北知"二字本《莊子・知北遊》。超然侔壯觀，已謂殷寥廓。（**秦應逵紫旁**）虚字旋轉得妙。突兀猶趁人，及兹歎冥莫。（**方拱乾評**）昨視"吴嶽"已謂極高，及兹而猶歎。"冥寞"言不及此山之險也。（**方拱乾評**）"殷"音隱，趁字奇。（**屈復評**）結言青陽比吴嶽更高大，而用筆特曲折。○"薄"，猶小也。唐人用字多如此。[①]（**吴士模墨眉**）

① 校注："更高大"，吴本作"更高"，杭本與余本同。"'薄'，猶小也。唐人用字多如此"一句，杭本和吴本均闕。

結言青陽，比吴嶽更高，而用筆特曲折。（**嚴復墨眉**）“冥漠”猶言造化之神。（**吴廣霈墨眉**）平生未窺奇險，不免眇視行路之難，及此乃不禁有望洋之歎爾。（**李以峙墨眉**）（歎）按“谷”字非。（**奚禄詒甲本旁**）賦也。“昨憶”六句述吴嶽以形之。

龍門鎮

方拱乾評：古。

錢陸燦甲本眉：方曰：過古鎮而見戍卒，旌竿慘澹，白刃鏽澀，笑彼屯成臯，此防龍門，豈相及哉？故宿其地而聞中夜之泣也。

錢陸燦乙本墨眉：方曰：古鎮而見戍卒，旌竿慘澹，白刃鏽澀，因歎彼屯成臯，此防龍門，豈相及哉？故宿其地而聞中夜之泣也。

屈復評：用意高數層。

奚禄詒甲本眉：謂防戍之不得其要。

盧見曾紅旁：結處有識語，亦淒絶。黄淳耀曰：時東京爲史思明所據，故龍門鎮兵有石門之守。然此地與成臯遠不相及，而防戍於此，亦何爲哉！

陳治紅眉：緝韻獨用。

陳治墨眉：《龍門》《石龕》皆指事賦之。《龍門》言冗兵，《石龕》言苛斂也。

細泉兼輕冰，沮洳棧道濕。不辭辛苦行，迫此短景急。石門雪雲隘，（**奚禄詒乙本墨旁**）言其窄耳。（**李以峙墨眉**）（“石門”句）按“雷”“溢”，皆形近之誤。古鎮峰巒集。旌竿暮慘澹，風水白刃澀。（**吴士模墨眉**）用意高數層。（**嚴復墨眉**）“風水白刃澀”，鋪也。若改作“白刃風水澀”，當更明順耳。胡馬屯成臯，防虞此何及。（**王士禎評**）用意高數層。**嗟爾遠戍人，山寒夜中泣。**（**孫承澤墨眉**）身歷艱阻，而念及戍人之寒。（**方拱乾評**）戍人之無益。一路皆行道之詩，隨地隨景錯落，游刃而成，當另作一觀。（**奚禄詒甲本旁**）賦也。（**奚禄詒乙本墨眉**）謂防戍不得其安。

石　龕

方拱乾評：古。樂府。

汪琬乙本評：竟似兩截詩。

俞瑒乙本評：題本無可刻畫，只就所見伐竹者，發抒許多感慨，更是一法。○本古樂府句法，極古雋。"天寒"二語接得慘澹。

屈復評：不寫石龕景像，而寫行客所遇天色物事，又一法也。

陳治墨眉：前數首俱從實處刻畫，此空靈之作，不特筆氣超越，章法益覺動蕩。

魯一同評：此篇獨用虚響起，筆墨變换。

秦應逵紫眉：不寫石龕景象，而寫所遇之天色人事，又一法也。

吴廣霈墨眉：得《離騷》之神味，不必學其外貌也。

奚禄詒甲本眉：只就客行言，即宜如此起，律以采竹箭則無謂矣。

奚禄詒甲本旁：謂伐竹箭之苦。

奚禄詒乙本墨眉：只就客行，即宜如此起法。律以采竹箭則無味矣。

沈巖眉：四面皆石，盡出"龕"字。天寒日淡，遠道絶堅，怪石四合，皆如奇鬼猛獸，森然搏人，非公不能刻酷伐嶮，寫此難狀之景。

熊羆咆我東，虎豹號我西。（**吕留良紅旁**）故作奇語，句恣。（**申**

涵光丁本評)氣勢奇崛,若安放中間,亦常語耳。(吴錫麒紅眉)劈空而來,□落九天。(秦應逵紫旁)語意極古。(奚禄詒乙本墨旁)樂府句法。我後鬼長嘯,我前狨又啼。(傅山紅旁)佳甚。(申涵光甲本評)四語作起便奇,若安放中間,亦常語耳。劉琨《扶風歌》云:“麋鹿遊我前,猿猴戲我側。”語與此同,新城所謂虎頭者是也。(嚴復墨眉)起四語極陰森之致矣。然是當時情事耶。(佚名己紅眉)四語是漢魏人筆法。(方貞觀紅眉)著此四語,不過甚言其地險惡,襯托伐竹之苦耳,究竟淺直。(盧見曾紅旁)申涵光曰:起勢奇崛,若安放在中間,即常語耳。(申頲紅眉)四句自是樂府奇語,若放在中間,反削色矣。不可不知。天寒昏無日,山遠道路迷。驅車石龕下,仲冬見虹蜺。(吕留良紅旁)古。伐竹者誰子?(奚禄詒甲本旁)至此偶見伐竹者。(魯一同評)掩映。(吴廣霈墨眉)“伐竹”,一本作“伐木”,非也。以下句明接“采美箭”也。悲歌上雲梯。(方拱乾評)采箭之人苦。爲官采美箭,五歲供梁齊。苦云直簳盡,無以充提攜。奈何漁陽騎,颯颯驚蒸黎。(方拱乾評)只就伐竹結。(奚禄詒甲本旁)賦也。(吕留良紅眉)此老津津好説時事,惹得人稱詩史。

【彙評】

吴廣霈墨尾批集評之“李云”:此批亦謬。

沈巖尾:仲冬猶虹見,則陽氣不收,無以伸肅殺之威,使蒼生安枕矣。篠簜且盡,師老無成,故假伐竹者以攄其悲也。

積草嶺

方拱乾評:作排讀更覺趣勝。出地名清楚。諸詩皆逐境而成,公此一時當是刻畫多而軒豁少,胸次寧之。○古。反排。排不必言之。同谷界,公欲居之。

錢陸燦甲本旁、乙本墨眉:公自注:同谷界。

錢陸燦甲本眉、乙本墨眉:方曰:同谷諸彦,公尚未面,先以書候之,報章欣然相迎,故有此喜。"食蕨"云云,但有草蔬充腸足矣,無他望也。"茅茨眼中見",相去不遠,旦晚可晤也。

錢陸燦丁本評:同谷諸彦,公尚未面,先以書候之,報章欣然相迎,故有此喜。"食蕨"云云,但有草蔬充腸足矣,無他望也。將卜居同谷,茅茨如或見之,言相去不遠,旦晚可晤也。

俞瑒乙本評:説到佳主人,漸至同谷矣。

曹炎旁:同谷界。

朱方藹紅眉:此《選》體也,其造語具見公本色。

連峰積長陰,白日遞隱見。(**吕留良紅眉**)工。(**魯一同評**)此用實境起。颼颼林響交,慘慘石狀變。(**錢載評**)俱是對。(**魯一同評**)刻畫。山分積草嶺,路異明水縣。 旅泊吾道窮,(**李以峙墨眉**)(吾道窮)按"東"字非。衰年歲時倦。 卜居尚百里,(**沈巖眉**)"尚百里"而茅茨已如眼中見,以來書眷我之深也。休駕投諸彦。 邑有佳主人,情如已會面。(**朱方藹紅眉**)竟如面談。來書語絶妙,遠客驚深眷。 食蕨不願餘,茅茨眼中見。(**方拱乾評**)同谷宰以書來迎。(**奚禄詒甲本眉**)食蕨且不願餘,固云廉矣,然正見爲客之苦。(**奚禄詒乙本墨眉**)食蕨且不願餘,固云廉矣,然正是爲客之苦。(**張甝敬墨旁**)語本淺而故深之,意本直而故曲之。(**倪象占藍眉**)"食蕨"定是來書中語。(**沈巖尾**)末二句言粗有居食便可息肩,不必更投足百里之外矣。"眼中見"三字叙致變化,即指惓休之地也。

泥功山

方拱乾評:太琢太直。

錢陸燦甲本眉：鐵曰：馬入泥，白者黑也，奇語。○方曰：小兒陷於泥中，不能自出，亦似老翁之力竭也。

錢陸燦乙本墨眉：小兒陷於泥中，不能自出，亦似老翁之力竭也。

魯一同評：此詩在諸首中最爲率筆。

沈伯沆紅眉：史氏《瑣證》曰：案王延壽《王孫賦》："或群跳而電透。"左思《吴都賦》説猿狖之離云："驚透沸亂。"劉逵注引《方言》："透，驚也。"蓋杜所本。

奚禄詒甲本旁：用拙太過，不似工部，必僞作也。

奚禄詒乙本墨眉：用拙太過，不似工部。

奚禄詒乙本紅眉：公集中僞作，王安石三十餘首。

朝行青泥上，暮在青泥中。（**沈巖眉**）起本"三朝三暮，黄牛如故"。泥濘非一時，版築勞人功。（**奚禄詒甲本眉**）欲客泥淖，太刻畫。不畏道途永，（**方拱乾評下**）苦泥。乃將汩没同。（**沈巖眉批下**）"乃將"佳。白馬爲鐵驪，小兒成老翁。（**吕留良紅旁**）稚。（**秦應逵紫旁**）不成語。哀猿透却墜，（**吴廣霈墨眉**）"透"疑"過"字之訛。（**沈巖眉**）《説文》：透，跳也。死鹿力所窮。（**吕留良紅旁**）拙。（**王士禛評**）不成語。（**宋犖紅眉**）《南齊書》：武帝游華林園，見一猿透擲悲凉。（**嚴復墨眉**）"透却墜"是底語耶？寄語北來人，後來莫匆匆。（**吴廣霈墨旁**）"投足毋"。（**吴廣霈墨眉**）此等處必有舛誤，三字故徑正之。（**吴廣霈墨尾**）結二語自是欠妥，意是而詞未顯也。若改爲"寄語行役人，投足毋匆匆"，或少安爾。

【彙評】

沈巖尾：方云：小兒陷於泥中，不能自出，亦似老翁之力竭也。

鳳凰臺山峻,不至高頂

王鐸評:似孟郊。又云:不必,不必。

方拱乾評:從鳳作解,未免着些,終不豁,終不老。

錢陸燦甲本旁:以鳳雛託命中興,不忘君之旨。

錢陸燦甲本眉:方曰:此詩因鳳皇之名而有感也。鳳皇,王者之嘉瑞,世無王者,焉得有鳳皇乎? 如果山中有鳳皇,我願剖心血以飲啄之。總之,祈望太平之極,故作此癡想癡語。鐵曰:聞程孟陽歎此詩奇絶,云句句以鳳皇自期待。

錢陸燦乙本墨旁:此詩感建寧事而作。

錢陸燦乙本紅旁:以鳳雛託命中興,不忘君之旨。

錢陸燦乙本墨眉:方曰:此詩因鳳皇之名而有感也。鳳皇,王者之嘉瑞,世無王者,焉得有鳳皇乎? 如果山中有鳳雛,我情願剖心血以飲啄之。總之,祈望太平之極,故作此癡想癡語。圓沙又聞程孟陽先生歎此詩奇絶,云句句以鳳皇自期待。○瞎説。

錢陸燦丙本評:錢云:此詩因鳳皇之名而有感也。鳳皇,王者之瑞也,無王者,焉得有鳳皇乎? 如果山中有鳳雛,吾將剖心血以飲啄之。總之,祈望太平之極,故作此癡想癡語。

錢陸燦丁本評:此詩因鳳皇之名而有感於中興之望也。鳳爲王者之瑞,世無王者,焉得有鳳皇乎? 如果山中有鳳雛,我願剖心血以飲啄之。總之,期望太平之極,故有此癡想。○程孟陽歎此詩奇絶,句句以鳳凰自期待。

李念慈紅眉:此等詩太信筆。

吴農祥評:似孟郊。

王士禛評:似孟郊。

俞瑒乙本評:此爲《發秦州》十二首之末章,借"鳳皇"字爲比興，所以結前文，而歸之於中興之望也。

方貞觀墨眉：文章之道，貴直質，或托之比興，亦在不即不離之間，似此一片荒誕浮漫之言，竟是病熱人作囈語，庸陋之士，且謂子美憂國之心，不惜剖心瀝血以期國運中興，不知士君子胸懷經濟，事權在手，則傾底藴以報國，時不可爲，託之歌詩，當使得爲者可取以措諸施行，惡在作老嫗禱祝語耶？

吴士模墨眉：凡詩之托喻者，全在超脱，即不作正講，亦妙，如孤雲之群遊之類是也。似此徒費精力耳。

徐松紅眉：盧注：肅宗聽張良娣之譖，既去建寧王倓，又欲總廣平王俶，俶母吴氏生子而亡，故云"無母雛"。按：心瀝血欲獻忠肝以保護之耳。

魯一同評：《鳳皇臺》《萬丈潭》皆至同谷後作，不在紀行之數。

秦應逵墨眉：似孟郊。

嚴復紅眉：漁洋云，似孟郊。

魏源評：此近樂府，又於秦蜀諸詩外另一體。

奚禄詒乙本墨眉：黄山谷偏學此種。

奚禄詒乙本墨旁：此等詩意、詩格真癡也。

沈巖旁：此詩極變。

沈巖眉：公之志蓋在長養人才，以光中業之興，而自傷爲小人所忌，不得入朝，又不欲斥言，故託之群盗爲梗，阻絶淹留也。西伯寂寞，群盗淹留，彼此暗暗激射，亦以二老天下之父自待也。

王鳴盛墨眉：此首在紀行《泥功山》後。

亭亭鳳凰臺，北對西康州。（**倪象占藍眉**）此"鳳皇"二字發議論。西伯今寂寞，鳳聲亦悠悠。山峻路絶蹤，石林氣高浮。安得萬丈梯，爲君上上頭。（**魯一同評**）古拙荒奥，西京樂府之遺。（**嚴復墨眉**）

解得此法,何題不可做耶? **恐有無母雛,**(**奚禄詒甲本眉、乙本墨眉**)"無母雛"一段,是爲張良娣之譖廣平王耶?(**奚禄詒甲本眉**)"無母雛"既無所寓,又無來歷。**飢寒日啾啾。**(**秦應逵紫旁**)兼比興。**我能剖心出,飲啄慰孤愁。**(**吴錫麒紅眉**)忠愛之意,長歌正可當哭,彼無憂國心者,哪能道得出隻字?(**張裕釗眉批**)孤恨偉抱,忽爾噴溢成此奇境,此自關真實本原,非尋常浮華淺薄之徒所能襲取萬一也。**心以當竹實,**(**汪琬甲本紅旁**)奇想。(**沈巖眉**)復"心以當竹實"等句,□然應是明犯,古樂府中有此。**炯然忘外求。**(**嚴復墨眉**)退之"兩鳥"同此機括。**血以當醴泉,**(**吴騫墨眉**)不必。**豈徒比清流。**(**吕留良紅眉**)老癡鬼話可歎。(**王士禛評**)不必。(**吴廣霈墨眉**)忠臣愛國之慨,發於情不自禁,非故作玆囈談誕語也。(**佚名己紅眉**)事有小念,情有必至,不可作怪語讀。**所重王者瑞,敢辭微命休。坐看綵翮長,舉意八極周。自天銜瑞圖,飛下十二樓。**(**王士禛評**)不成語。**圖以奉至尊,鳳以垂鴻猷。**(**吴士模墨眉**)不成語。(**魯一同評**)句法愈復愈妙。(**嚴復墨眉**)措語有寒拙處,如流韻、猷韻,皆未細穩也。**再光中興業,一洗蒼生憂。深衷正爲此,群盜何淹留。**(**奚禄詒甲本眉**)肅宗已中興,豈望廣平之再見乎?(**奚禄詒甲本眉**)此必僞筆效之,故大敗。(**奚禄詒甲本旁**)賦而比也。(**俞瑒乙本評**)結歸時事,收束前文。(**奚禄詒乙本墨眉**)肅宗已中興,豈望廣平乎?

【彙評】

錢陸燦乙本紅尾:似孟郊。不必,不必。

吴士模墨眉:縱使想入非非,詩實不佳。

秦應逵紫眉《心解》後:因鳳凰之名而有感。鳳皇,王者之瑞,山中有此,吾將剖心血以飲之啄之,總之期望太平之極,故作此癡語。

奚禄詒乙本墨尾:必僞作。

張雝敬墨旁:讀此詩一字不可著相,其意蓋在無字處也。

沈巖尾:"無母兒"指廣平王俶,時王母吴氏生子而亡也。肅宗聽張良娣言,已去建寧王倓矣,又欲推動廣平,賴李泌言之得免,詩意與泌同一指也。

乾元中寓居同谷縣作歌七首

方拱乾評:《七歌》何嘗不佳? 乃效顰者胸中無可歌而必欲歌之,"七"之遂令人厭作俑矣。《秋興》亦然。

錢陸燦甲本眉、乙本墨眉:公居同谷僅一月。

申涵光甲本評:《同谷七首》頓挫淋漓,有一唱三歎之致,從《胡笳十八拍》并《四愁詩》得來,是集中得意之作。《詩歸》并盧南村選皆黜之,不知何故。豈效之者濫,并原作亦厭耶? 二歌便呼"長鑱",奇甚。"此時與子空歸來","與"字妙! 只如良友相依。

汪琬乙本評:《七歌》高古樸淡,洗盡鉛華,獨留本質,以此方平子《四愁》,得其神矣。○須溪評一歌呼子美,二歌呼長鑱,奇絶横絶,長鑱宛如良友。

汪琬丙本評:《七歌》高古樸淡,洗盡鉛華,獨留本質,以方平子《四愁詩》,得其神矣。

宋犖紅眉:舊評太白《遠别離》《蜀道難》與子美《同谷七歌》皆風騷之極致,不在屈原下也。

李念慈紅眉:《七歌》叙厄窮流轉,所謂長歌代泣也。

吕留良紅眉:《七歌》備收,可創奇格。

屈復評:《七歌》本之《胡笳十八拍》而稍變化,其體似創。然《十八拍》語多凡近浮漂,疑是僞作,不如《七歌》之沉著古雅。①

① 校注:"《七歌》本之《胡笳十八拍》",杭本作"少陵《七歌》本之《胡笳十八拍》"。

奚禄詒甲本旁:《七歌》總不可置去取。

奚禄詒甲本眉:《積草嶺》詩云“邑有賢主人”,以書通之,而七首皆如此之哀,其人必口惠而實不至者。〇首章唤子美,次章唤長鑱,真奇崛。惟三、五、七結句甚淪,轉結尚寬些。

奚禄詒乙本墨旁:七首不可置去取。

奚禄詒乙本墨眉:是賢主人以書迎之,而《七歌》如此之衰,其人亦口惠而實不至此也。

盧見曾紅旁:《舊唐書》:時穀食踴貴,甫寓居成州同谷縣,自負薪采梠,兒女餓殍者數人。

朱方藹紅眉:《七歌》高古樸淡,洗盡鉛華,獨留本質,以此方平子《四愁》,得其神矣。

吴士模墨眉:千秋絶調,學步難工。〇《七歌》高古淡樸,洗盡鉛華,獨留本質,以此方平子《四愁》,得其神矣。

題張問陶墨眉:《七歌》頓挫淋漓,有一唱三歎之致,從《胡笳十八拍》及《四愁》詩得來,是集中得意之作。

陳治紅眉:與太白《遠别離》《蜀道難》皆騷之極致,不再[在]屈宋下也。

陳治墨眉:俞云:《七歌》乃《九辯》之遺音,“四離”之變調,意致蒼凉,聲情凄急,尤妙在末句换韻,轉折生情,自成節奏。

陳治墨旁:汪云:《七歌》高古樸淡,洗净鉛華,獨留本質,以此方平子《四愁》,其得其神矣。

嚴復墨眉:公居同谷縣之西枝。

吴廣霈墨眉:如《七歌》便是天巧、人工一齊均到之作。

吴廣霈墨旁:秦州西南至成州二百六十五里。

沈巖旁:《七歌》以擬《四愁》,其音節則《胡笳十八拍》,而奇健勝之。

沈巖眉:平子。〇原本《四愁》《明遠》《行路難》等篇,然能神明變化,不屑屑於摹仿,斯爲大家。

沈伯沆紅眉:《七歌》家國之感,無不包括,故是絶調。

佚名己紅眉:《七歌》悲怨,真得風人之遺,但被後人效之,作沿門持鉢矣。

其　一

方貞觀墨眉:前章總冒,悲身世也。

盧見曾墨旁:此首從自叙説起。

題張問陶墨眉:首二顧意,中四叙事,末二感慨悲歌,七首同格。○《七歌》結語皆本蔡琰《胡笳十八拍》。

徐松紅眉:浦曰:一歌,諸歌之總萃也。胡應麟曰:《七歌》亦仿張衡《四愁》,然《七歌》奇崛雄深,《四愁》和平婉麗,各爲絶唱。

有客有客字子美,白頭亂髮垂過耳。(**沈巖眉**)《七歌》以第一篇作領,下六篇乃分言之。歲拾橡栗隨狙公,天寒日暮山谷裏。(**朱方藹紅眉**)窮至拾橡自給,寫來彌見其雄視陶靖節《乞食》之篇,無分今古。中原無書歸不得,(**李以峙墨眉**)(無書)按"無主"便直遂無味,且悖理傷道,公豈爲此言?(**沈巖眉**)"中原無書"爲弟妹遠隔起本。手脚凍皴皮肉死。(**吕留良紅旁**)下一"死"字妙絶。嗚呼一歌兮歌已哀,悲風爲我從天來。(**奚禄詒甲本旁**)賦也。○悲歌足感天風。

【彙評】

沈巖尾:"拾橡栗""劚黄精"皆言不可倚仗他人,固窮獨立之意。知我者天,亦惟自守以俟天命而已。首尾兩"天"字相應。

沈巖眉:方曰:《七歌》結句俱有深意,其言"爲我"者四;悲風自天,天憐之也;鄰里色悵,人憐之也;林猿晝啼,物憐之也;溪壑回姿,地憐之也。至“皇天白日速”,天不我憐,人物又何問焉?前後互應用。

其 二

方拱乾評:一歌呼子美,二歌呼長鑱,奇崛。連呼“長鑱”,兩呼“子”字,妙,妙。

方貞觀墨眉:二章悲生計也。

盧見曾紅旁:仇兆鰲曰:此歌則爲救飢而言,主黄獨爲是。

盧見曾墨旁:上章自歎凍餒,此并痛及妻孥也。

朱方藹紅眉:須溪先生云:一歌呼子美,二歌呼長鑱,奇絶横絶,説長鑱宛如良友。

題張問陶墨眉:上章自歎凍餒,此并痛及妻孥也。〇呻吟既息,四壁悄然,寫得淒絶。

徐松紅眉:浦曰:二歌悲家計也。申食拾橡栗,鄰里有周給之義,故必於家計言之。

奚禄詒乙本紅眉:一歌唤子美,二歌唤長鑱,真是奇特。

奚禄詒乙本墨眉:公以仲冬至此,而季冬即去,則寓居不至一月耳。

長鑱長鑱白木柄,我生託子以爲命。(**錢陸燦甲本眉、乙本墨眉、丙本評**)“子”謂長鑱。(**錢陸燦丁本評**)子謂長鑱也,奇絶。(**吕留良紅眉**)更奇。(**吴士模墨眉**)後人擬者,多不講此。(**沈巖眉**)意殊慘。〇雜如“長鑱”一章,章法甚奇。黄精無苗山雪盛,(**奚禄詒甲本眉**)黄獨似羊可食,故從犬。黄精爲是。(**吴廣霈墨眉下**)“黄精”一作“黄獨”,可兩通。(**王鳴盛墨眉**)山谷作“黄獨”。短衣數挽不掩脛。此時與子空歸來,(**方貞觀墨眉**)直呼曰“子”,妙。男呻女吟四壁静。嗚呼二歌兮歌始放,鄰里爲我色惆悵。(**錢陸燦甲本眉批**)尤奇。(**奚禄詒甲本旁**)賦也。○公以仲冬至此，十二月朔即去，則寓居不過一月耳。

【彙評】

方拱乾評：兩"子"字下得珍重，益見其悲。

錢陸燦甲本眉批錢箋"黄獨"：《後山詩話》謂《本草》"赭魁"注：黄獨，肉白皮黄，巴漢人家食之，江東謂之土芋。余求之江西，謂之土卵，煮食之，類芋魁。

奚禄詒乙本墨旁批仇注"黄獨狀如芋子"：黄獨有二種，一似羊之物，此是"精"字。

其　三

方貞觀墨眉：三章悲諸弟也。

盧見曾紅旁：趙傁曰：公四弟，曰穎、觀、豐、占，各散在他郡，惟占從公入蜀。

盧見曾墨旁：此章歎兄弟各天也。

朱方藹紅眉：至性相形。

題張問陶墨眉：此章歎兄弟各天也。

徐松紅眉：浦曰：三歌悲諸弟也，申"中原無書"之一。

吴廣霈墨眉："三發"二字仍未工，或作轉急何如?

有弟有弟在遠方，三人各瘦何人强。（**方拱乾評**）妙在"各"字。七歌偶然耳，遂成千古套本，無可歌而不得不歌，本無可七而不得不七之矣。（**錢陸燦丁本評**）即詩人"終遠兄弟"之悲，而喪亂不寧，具見乎詞。（**汪琬乙本評**）至性相形。（**錢載評**）七首中之轉折有法必備矣。（**奚禄詒乙本紅眉**）滿目皆非類矣。（**奚禄詒乙本墨眉**）安得送我哉? 生别展轉不相見，胡塵暗天道路長。 東飛駕鵝後鶖鶬，（**汪琬甲本紅眉**）駕鵝。

安得送我置汝傍。 嗚呼三歌兮歌三發，汝歸何處收兄骨。（**宋犖紅眉**）每於末二句换韻，見聲調。（**吴士模墨眉**）末飛句夾入妙。（**奚禄詒甲本眉**）末句特慘。（**奚禄詒甲本旁**）賦也。（**奚禄詒乙本紅眉**）末句獨慘。（**奚禄詒乙本紅旁**）叶厥。

【彙評】

題張問陶墨眉：《七歌》創作原不仿《離騷》，而哀實過之，則以節短而聲促也。

其　四

錢陸燦甲本眉、乙本墨眉："近聞韋氏妹，迎在漢鍾離"，良人既殁，是誰迎之？當是良人之兄，官於鍾離，遣使歸迎，其孤孀就養於官署也。舊注以郎伯爲妹夫，未考此詩耳。

汪琬乙本評：嗚咽悱惻，如聞哀泣。〇舊解：林猿，鳥名，惟秦隴有之。

方貞觀墨眉：四章悲寡妹也。

盧見曾紅旁：朱鶴齡曰：猿多夜啼，今啼清晝，極言其悲也。解作竹林，穿鑿難信。

盧見曾墨旁：此章歎兄妹異地也。

朱方藹紅眉：嗚咽悱惻，如聞哀絃。〇淡至矣，而文彩爛然；雄至矣，而聲色俱化。

題張問陶墨眉：此章歎兄妹異地也。

徐松紅眉：浦曰：四歌悲寡妹也，申"中原無書"之二。

吴廣霈墨眉：風蕭雨颯，天地變色，虎嘯龍吟，一時並作，不復辨是詩是人，是歌是哭，是淚是血矣。僕亦恨人，讀此每欲唾壺擊碎。

有妹有妹在鍾離，良人早歿諸孤癡。（奚禄詒乙本紅眉）四歌唤猿，爲猿啼三聲斷腸也。長淮浪高蛟龍怒，十年不見來何時。扁舟欲往箭滿眼，杳杳南國多旌旗。嗚呼四歌兮歌四奏，林猿爲我啼清晝。（方拱乾評）他本多一“竹”字，音節高會。（丁耀亢墨眉）竹林，鳥名。（奚禄詒甲本旁）賦也。（嚴虞惇紅尾）“林猿”一作“竹林”，鳥也。（李以峙墨眉）（林猿）按“竹林”必好奇者所改。猿聲正與哀歌相協。（佚名戊紅旁批箋注“蔡氏《西清詩話》云，林猿古本作竹林，後人不知，乃易爲林猿……趙云，同谷無深林，自是無猿，當以西清爲是”）蔡説未敢以爲然。

其　五

方拱乾評：局變。

錢陸燦甲本眉：公至同谷，正當雨雪寒江時。

錢陸燦乙本墨眉：公至同谷，正當雨雪寒江時。古城即指同谷，舊爲西康州也。

錢陸燦丁本評：公至同谷，正當雨雪江寒時。古城即指同谷，西康州也。

吕留良紅眉：幽奇玄古，感傷無限。

方貞觀墨眉：五章悲流寓之地也。

盧見曾紅眉：仇兆鰲曰：此歌忽然變調，寫得山昏水惡，雨驟風狂，荒城晝暝，野狐群嘯，頓覺空谷孤危，萬感交迫。招魂於生前，收骨於死後，見存亡總不能自必矣。

盧見曾墨旁：此章詠同谷冬景也。

朱方藹紅眉：怨而不怒。

題張問陶墨眉：此章詠同谷冬景也。〇末句有謂身在他鄉而魂歸故鄉，反若拈之不來者，此倒句也。依此説翻古出新，語尤奇警。

徐松紅眉：浦曰：五歌悲流寓也，申“天寒山谷”。古曰“招魂”，今曰“魂招不來”，翻用更深。

四山多風溪水急，（**奚禄詒甲本眉、乙本墨眉**）即此首，則此中人情惡矣。（**秦應逵墨旁**）比興也。**寒雨颯颯枯樹濕。黄蒿古城雲不開，白狐跳梁黄狐立。**（**秦應逵墨旁**）黄白之狐指禄山作逆，兩京爲賊藪也。（**沈巖眉**）黄白之狐，指禄山作逆，兩京皆爲賊藪也。**我生胡爲在窮谷，中夜起坐萬感集。**（**張裕釗眉批**）長歌當哭，可泣鬼神。**嗚呼五歌兮歌正長，魂招不來歸故鄉。**（**奚禄詒甲本旁**）興而賦也。〇蘇長公、楊用修好自穿鑿。（**奚禄詒乙本紅眉**）末句二層，魂招不來耶？歸故鄉也。

其　六

丁耀亢紅眉：似《離騷》諸篇化來。

吕留良紅眉：此歌此意，自不可少。

嚴虞惇紅眉：吴若本注云：此篇爲明皇作。

方貞觀墨眉：六章睹時序而思剥復也。

盧見曾紅眉：王道俊曰：前後六章皆自叙流離之感，不應此章獨譏時事，蓋詠同谷萬丈潭之龍也。郭知達引蘇注云：此詩“南有龍”，喻明皇在南内。東坡必無是言。

盧見曾墨旁：此章詠同龍湫也。

朱方藹紅眉：寓託忠厚。〇以清廟明堂之文，寫麥秀黍離之意，不當作變風變[雅]讀。

題張問陶墨眉：此章詠同谷龍湫也。〇前五歌意俱竭，此則不得不逢，則從容婉轉，溪壑亦若回春，窮而必變天之道也。

徐松紅眉：浦曰：六歌悲值亂也，申歸不得。各首住句説悲，此獨言“溪壑回春姿”，厭亂故望太平乎？

沈巖眉：此詠萬丈潭之龍湫，言外有君子潛伏、小人横行之意。

南有龍兮在山湫，（**奚禄詒甲本眉**）《杜詩博議》駁蘇長公以此爲比玄宗在南内，云前後六章皆自序流離之苦，不應此首獨議時事，此蓋詠萬丈潭之龍耳。龍蟄而蝮來，不過自傷龍蛇之混，初無指切也。古人詩文取喻於龍者不一，未嘗專指九五也。（**秦應逵墨旁**）比也。**古木巃嵸枝相樛。**（**汪琬乙本評**）以清廟明堂之文，寫麥秀黍離之意，不當作變風變雅讀。（**奚禄詒乙本墨眉**）東坡以此比君在南内，大可笑。總之，蘇東坡、黄山谷論詩，事事求比耳。（**奚禄詒乙本墨眉**）萬丈潭有龍飛去。**木葉黄落龍正蟄，蝮蛇東來水上游。**（**秦應逵眉批**）蝮蛇比小人，蟄龍自比。（**沈巖眉**）龍之蟄也，時至則伸。蝮蛇比盗賊、小人，蟄龍自比也。**我行怪此安敢出，拔劍欲斬且復休。**（**宋犖紅眉**）舊注云：願車駕反正也。**嗚呼六歌兮歌思遲，溪壑爲我回春姿。**（**奚禄詒甲本旁**）比也。（**吴廣霈墨眉**）“溪壑”句尤妙，出人意想之外。（**沈巖眉批下**）爲明皇鑿甚。

其 七

錢陸燦甲本眉：方曰：《七歌》結句俱有深意，其言“爲我”者四。悲風自天，天憐之也；鄰里惆悵，人憐之也；林猿晝啼，物憐之也；溪壑回姿，地憐之也。至“皇天白日速”，天不憐我，人物又何問焉？前後互應，用意殊慘。

錢陸燦乙本墨眉：方云：《七歌》結句俱有深意，其言“爲我”者四。悲風自天，天憐之也；閭里惆悵，人憐之也；林猿晝啼，物憐之也；溪壑回姿，地憐之也。至“皇天白日速”，天不憐我，人物又何問焉？前後互映，用意殊慘。

錢陸燦乙本紅旁：易農曰：七首略似鮑《行路難》，結處尤襲其語意。

方貞觀墨眉：七章傷遲暮也，言回春有日，老不及待。

盧見曾紅眉：李廌曰：太白《遠别離》《蜀道難》，與子美《同谷七歌》，風騷極致，不在屈宋之下。胡應麟曰：杜《七歌》亦仿張衡《四愁》，然《七歌》奇崛雄深，《四愁》和平婉麗。漢唐短歌，各爲絶唱，所謂異曲同工。王嗣奭曰：《七歌》之作，原不仿《離騷》而哀實過之。讀《離騷》未必墮淚，而讀此不能終篇，則以節短而聲促也。仇兆鰲曰：《七歌》結語皆本蔡琰《胡笳曲》。

盧見曾紅旁：慷慨悲歌，足以裂山石而立海水，殆所謂自鑄《離騷》者。史遷云："人勞苦倦極，未嘗不呼天也；疾痛[慘]怛，未嘗不呼父母也。"甫之遇爲何如哉？流離困頓，轉徙山谷，仰天一呼，萬感交集，而筆之奇、氣之豪，又足以發其所感。淋漓頓挫，自成音節。自古及今，不可有二。宋祁云："莫肯念亂小雅怨，自然流泣袁安愁。"此之謂矣。歌中思及弟妹，字字至情。"南有龍"一篇，感時憫亂，實有寓意。若謂爲明皇而作，則不免牽合耳。

盧見曾墨旁：此章仍以自嘆作結，蓋窮老流離之感深矣。

朱方藹紅眉：愈淡愈真，愈真愈厚，愈樸愈古，千古絶調也。妙在悠然不盡，一片空靈，無復聲色臭味之可尋矣，然非其人不知。

題張問陶墨眉：此章仍以自歎作結，蓋窮老流離之感深矣。○《七歌》亦仿張衡《四愁》，然《七歌》奇崛雄深，《四愁》和平婉麗。漢唐短歌，各爲絶唱，此謂異曲同工也。

徐松紅眉：浦曰：《七歌》仍收到窮谷作客之感，與首章"白頭""肉死"相呼應。

陳治墨眉：結語悠然。七首一片空靈，無復色聲臭味之可尋，真千古絶調也。

吴廣霈墨眉：《七歌》變徵之聲，工部創調也。前之《七發》《四愁》不能媲美，而况其他？

奚禄詒乙本紅眉：《七歌》煞句無不首首切當，聲淚俱盡。

沈巖眉：若我未亂之時得致卿相，則天下當不至此。此共話夙昔懷抱，增傷也。然天意亦當厭亂矣。"白日速"者，回春不久也。

男兒生不成名身已老，三年飢走荒山道。長安卿相多少年，富貴應須致身早。山中儒生舊相識，但話宿昔傷懷抱。嗚呼七歌兮悄終曲，（**沈巖旁**）"七"者，後之數也。仰視皇天白日速。（**奚禄詒甲本旁**）賦也。（**沈巖旁**）今我悄然其悲，想知我有終期矣。

【彙評】

方貞觀墨眉：此子美樂府也。實從《九歌》《四愁》《十八拍》變化而出，音韻之妙不可言。

吴廣霈墨眉批集評：數批各得其妙，唯此詩一片神行渾化，無迹可尋，雖仙才如太白，見此亦當氣沮，况常人哉？

萬丈潭同谷縣作

方拱乾評：是摹景體，作排看更見其妙。"知"字"見"字妙，若作古則索然矣。○古。《選》體爲排。作古讀一謝靈運能儷之，作排讀則百靈運不能望後塵，於此可以悟矣。

汪琬乙本評：調整而暇，詞典以則，然自有奇氣行之，即謝、鮑不易構。○尤妙無一語閑設。

俞瑒乙本評：潭之奇險在龍之窟穴，極寫"萬丈"二字，有杳冥不測之勢。

屈復評：登臨之作，起法迥别乃爾。○一起寄託遥深，以下全不承接，直至結句始應，法妙。○"孤雲"二句刻絶。①

盧見曾紅旁：刻意模範，視鮑謝山水諸詩，鑱削過之。楊德周曰：刻劃之中，元氣渾淪；窈冥之内，光怪迸發。

朱方藹紅眉：調整而暇，詞典以則，然自有其氣行之，即謝、鮑不易構。尤妙處無一語閑設。

吴士模墨眉：一起寄託遥遠，以下全不承接，直至結始應，法妙。

陳治紅眉："泰""隊"二韻合用。

秦應逵墨眉：西樵云：語老絶。

奚禄詒甲本眉：奇險之筆纔能寫此奇險之景。○潭在子美宅西，此遊潭之作也。

奚禄詒乙本墨眉：遊潭之作。○以奇險之筆寫奇險之景。

青溪合冥寞，(**吴廣霈墨眉**)"含"，孫抄本作"合"，然"含"字自佳，毋勞紛改。神物有顯晦。龍依積水蟠，窟壓萬丈内。跼步凌垠堮，側身下煙靄。(**方拱乾評**)字字斟酌。(**錢陸燦甲本眉、乙本紅眉**)"跼步"四句上下前後刻畫康樂，左闊右狹。(**錢陸燦丙本評**)"跼步"四句刻畫康樂。(**嚴虞惇紅眉**)"跼步"四句上下前後刻畫康樂，左闊右狹。前臨洪濤寬，(**方拱乾評**)有景。却立蒼石大。(**魯一同評**)"洪濤"即後遠川源通於潭者也。山危一徑盡，崖絶兩壁對。(**嚴復墨眉**)深阻杳冥，光怪迸發。(**吴廣霈墨眉**)此等險絶之路，非行過者不能知也。削成根虚無，倒影垂澹瀬。(**丁耀亢紅眉**)刻畫。(**陳治墨眉**)刻畫"萬丈"二字，

① 校注："直至結句始應"，吴本作"直至結始應"，杭本與佘本同。吴本内容有删節，僅有"一起寄託遥遠，以下全不承接，直至結始應，法妙"一句。

有杳冥不可測之勢。**黑知灣澴底，清見光炯碎。**（**魯一同評**）字字細切。（**佚名己紅眉**）看他用“知”字、“見”字法。（**佚名己紅旁**）奇語。**孤雲到來深，**（**李以峙墨眉**）（孤雲）按“孤峰”便常語，“到”當作“倒”爲是。**飛鳥不在外。**（**王鐸評**）奇語。（**錢陸燦乙本紅眉**）奇語。（**錢陸燦乙本墨旁**）奇。（**王士禛評**）“孤雲”二句刻絶。（**秦應逵墨旁**）二句刻絶。（**吴廣霈墨眉下**）二句形容得出潭之深大。（**沈伯沆紅眉**）精能之至。（**奚禄詒甲本眉**）“内”“外”二字今音皆叶泰，今人濁也，其實内當如字，泥，去聲也。外叶僞，而古皆叶志者，非也。四寘、五未、八霽、十一隊、九泰、十卦通轉之韻，古音清，與今不同。（**奚禄詒乙本墨眉**）“内”“外”二字今皆叶泰，古皆叶志。今人濁，固然，其實内當如字賦□同外，宜叶僞，而古皆叶志者，未盡是。**高蘿成帷幄，寒木疊旌旆。遠川曲通流，嵌竇潛洩瀨。造幽無人境，發興自我輩。**（**吴士模墨眉**）“造幽”二句妙極，凡奇絶之境，必在無人之地，造物若故閟之，惟一二好奇者能搜剔之，有才者能傳之耳。（**王士禛評**）西樵曰：語老絶。**告歸遺恨多，將老斯遊最。**（**吕留良紅眉**）看得情狀。**閉藏修鱗蟄，出入巨石礙。何事炎天過，快意風雨會。**（**秦應逵墨旁**）結以潛龍之見自喻。（**吴廣霈墨眉**）於此而遇風雨，雖洗濯炎熇，可以快意，然危險則愈甚爾。（**沈巖眉**）結以潛龍之見自喻。

兩當縣吴十侍御江上宅

方拱乾評：古。情始義終，詩中大天地。

錢陸燦甲本眉：方曰：侍御不知何處人，想亦非避難之故而寄居兩當者。〇侍御不肯誣良民爲賊，寧受遷斥，必爲諫臣不能辨救，故曰“於公負明義”，數年後猶賦此表章之。

錢陸燦乙本墨眉：方曰：侍御不知何處人，想亦非避難之故而寄居兩當者。〇侍御不肯誣良民爲賊，寧受遷斥，必爲諫臣不能辨救,故曰“於公負明義”,數年後猶賦此表章。

錢陸燦丁本評:古風長篇,只起四句寫盡景物,語仍狀健。東坡每學之。

申涵光甲本評:“持斧翁”稱御史,新甚。“朝廷非不知,閉口休歎息”,朝廷不知,尚冀其知;迨知而不問,國事不可爲矣。“余時忝諍臣”四語,真情實語,聲淚俱下。摩詰云:“知爾不能薦,羞稱獻納臣。”兩公心事,如青天白日,他人便多回護。

奚禄詒甲本眉:前六句了題,以下序往事。

奚禄詒甲本旁:興而賦也。名郁。

盧見曾紅旁:直起老到,若從昔日叙起,轉筆定拖沓矣。不忍殺無辜,所以分白黑,凛如秋霜,皎然明白。末乃引咎於已,寄慨獨深。申涵光曰:“知爾不能薦,羞稱獻納臣”,兩公心事如青天白日,他人更多回護矣。

陳治紅眉:全篇“陌”“錫”通用,惟“息”字是職韻。

陳治墨眉:中云“借問持斧翁”,稱侍御新甚。“白黑”,《詩紀》作“黑白”,“歎息”之字當是“惜”字之訛,“黑”“息”俱在職韻,或云如作“黑白”,與末韻重出,不知寧重一韻,不可出韻。

沈伯沆紅眉:揆《水經》,西漢水至槃頭郡南與濁水合,東南與河池水合。又東南有兩當水注之。兩當水出陳倉縣之大散嶺,縣之得名以水也。

佚名己紅眉:公與侍郎昔在□職,侍御因辯論間諜,竟忤上官得罪,公不能救之。結處自責,亦見真貌。

寒城朝煙澹,山谷落葉赤。(**方拱乾評**)起十字便不同。(**奚禄詒甲本旁**)興,得出遷斥之意。(**奚禄詒乙本墨眉**)起句興,得出斥責意。(**吴士模墨眉**)開口便是空宅。(**吴廣霈墨眉**)起亦整煉遒秀,全篇可誦。**陰**

風千里來，吹汝江上宅。（方拱乾評）取景異，真得興法。（奚禄詒乙本墨旁）叶直。（佚名己紅眉）“汝”即翁也。鶗雞號枉渚，（奚禄詒甲本眉）古陽溝巨鶗，三尺雞也。（嚴復墨眉）枉渚在湘州東十七里，□口有小灣，故名。日色傍阡陌。（奚禄詒乙本墨眉）前六句了題，以下常往事。（奚禄詒乙本墨旁）叶密。借問持斧翁，（汪琬甲本紅眉）持斧翁。幾年長沙客？（方拱乾評）閑得妙。（方拱乾評）忽“汝”忽“翁”，妙。（奚禄詒甲本旁）侍御被謫。（奚禄詒乙本墨旁）叶乞。哀哀失木狖，（奚禄詒甲本旁）正爲遷斥。矯矯避弓翮。（奚禄詒乙本墨旁）叶戟。亦知故鄉樂，未敢思夙昔。（方拱乾評）逗得妙。（方拱乾評）入手即有一段異聲異色，與尋常不同，是所謂興也。（佚名己紅眉）未敢思宿其友，逗出許多心事來。昔在鳳翔都，共通金閨籍。（沈巖眉）當國家紛紜之際，慎恤無辜，即所以安反側，招攜貳，使之長居臺諫，未爲無補。天子猶蒙塵，東郊暗長戟。兵家忌間諜，（沈巖眉）不必事外遠索，致虞山餘唾也。庚辰。此輩常接迹。（方拱乾評）將行狀入詩，誰敢？臺中領舉劾，君必慎剖析。（奚禄詒甲本旁）吴也。不忍殺無辜，所以分白黑。（汪琬丙本評）白黑，當依《詩紀》作“黑白”，歎息，“息”字當是“惜”字之訛。黑、息皆在職韻，不與此韻通。或謂“黑白”與末韻重，不知寧重一字，不可出韻也。（方拱乾評下）“黑白”當作“白黑”，寧出韻，無重韻之理。（吴士模墨眉）只二句而侍御一生心地、丰采俱見。（吴廣霈墨眉）“黑白”二字應已正。（沈巖眉）一夫無辜，猶必剖析，况宰相誣枉斥逐乎？公意蓋歌兩省不復有如吴郡者，只救房琯，故追論其事而謂昔實負之，不留與同諫諍也。○丙子。上官權許與，失意見遷斥。（沈伯沆紅眉）寫出奸人心術。仲尼甘旅人，向子識損益。（奚禄詒甲本眉）王弼《易傳》：仲尼旅人，國可知矣。○向長字子平，讀損益二卦，［歎云：］“吾知富不如貧，貴不如賤，但未知死何如生耳。”朝廷非不知，（方拱乾評下）朝廷之人。（王鳴盛墨眉）“朝廷”二句移“仲尼”二句上。閉口休歎息。（方拱乾評）義甚於情，轉令情摯。(**吴士模墨眉**)人不肯道。**余時忝諍臣，丹陛實咫尺。**(**奚禄詒甲本旁**)悵當時未能一諫以救之。(**吴廣霈墨旁**)此是作詩本意。**相看受狼狽，**(**嚴復墨眉**)“狼狽”作“枉屈”用。(**沈巖眉批下**)當從樊本，言吴固安之，於我則多負諍臣也。意更曲折，語更從順。**至死難塞責。**(**沈伯沆紅眉**)真實語。**行邁心多違，出門無與適。於公負明義，惆悵頭更白。**(**方拱乾評**)結得小，結得大，又一法。〇通篇只爲胸中有“余時忝諍臣”四十字，前後原點綴耳。(**李念慈紅眉**)引過咎心，誰肯自言?(**吕留良紅眉**)能自言其不能，乞詩見長者。(**奚禄詒甲本旁**)兩押“白”字。(**奚禄詒乙本墨眉**)公謂己正在拾遺，不□言以救之，故云“負義”。〇兩押“白”字，公非不知，蓋□於作詩，只取韻義之穩順，不必拘也。(**陳治墨旁**)侍御罷官之故，坐不妄殺人，夫復何憾?(**吴廣霈墨眉**)古道直筆，肝膽照人，不負九原至友。

發同谷縣乾元二年十二月一日，自隴右赴劍南紀行

方拱乾評:古。〇亦排。〇又是紀行體，當同《發秦川》諸作共看。

錢陸燦甲本眉:按公詩，以是年十一月來同谷，十二月朔即往成都，則居同谷未及旬日耳，故有“不黔突”之語。“臨歧别數子”，當是同谷諸彦。所謂“來書語絶妙”者，然未聞有周恤之情，則其人亦不足數矣。

錢陸燦乙本墨眉:方云:按公詩，以是年十一月來同谷，十二月朔即往成都，則居同谷未及旬日耳，故有“不黔突”之語。“臨歧别數子”，當是同谷諸彦。所謂“來書語絶妙”者，然未聞有周恤之情，其人亦不足數矣。

錢陸燦丁本評:按，公以是年十一月至同谷，十二月朔即往成

都，則居同谷未及旬日，故有“不黔突”之語。

俞瑒乙本評：總領其諸篇，見所以去此之由。○自同谷至成都，與《發秦州》諸作，各自争奇競爽，合看乃見其妙。

奚禄詒甲本眉：此時七歌。○敗筆。○宰先有出迎，故爲隙末耶。○是年春，自東都回華，秋自華客秦，冬自秦州赴同谷，今又自同赴劍南，是四行矣。

朱方藹紅眉：可稱大雅之音。

曹炎旁：自隴右赴劍南紀行。

陳治墨眉：俞云：入蜀諸詩，與秦州紀行相接，章法亦是一例。

王鳴盛旁：至《成都府》共十二首。

魯一同評：前未至同谷時則云“邑有佳主人，情如己會面”，又云“來書語絶妙，遠客驚深眷”，宜乎，可以久託矣！兹復捨此而去，必有不合之故。公詩一則曰“飢愚人”，再曰“迫物累”，絶無幾微見於詞氣之表，而終之以“交情無舊深”二語，何公之責己而恕人如此也。

嚴復墨眉：公居同谷不逾月即赴成都。

吴廣霈墨眉：杜老獨工而爲艱深幽苦之詞，以其所遭然也。

賢有不黔突，聖有不暖席。（**吕留良紅旁**）變化。况我飢愚人，（**申頲紅眉**）“飢愚”合得妙。焉能尚安宅。始來兹山中，休駕喜地僻。奈何迫物累，一歲四行役。（**張雝敬墨旁**）夏發華州，冬離秦州，十一月成州，十二月發同谷。忡忡去絶境，杳杳更遠適。停驂龍潭雲，回首白崖石。臨岐别數子，握手淚再滴。（**錢陸燦丁本評**）當時同谷諸彦，未聞有周恤之情，則其人亦不足數矣。交情無舊深，（**曹炎旁**）惟舊情深知。（**王鳴盛旁批“惟交舊情深”一句**）交情無舊深。（**李以峙墨眉**）（“交情”句）按别本云云，皆不如本句。窮老多慘慼。（**朱方藹紅眉**）透入骨髓。（**張雝敬墨旁**）直寫中情，不作飾語。平生嬾拙意，

偶值棲遁迹。(**張雝敬墨旁**)亦是實語。**去住與願違，仰慚林間翮。**(**呂留良紅眉**)情景宛然。(**魯一同評**)仍言"去住與願違",似有不欲捨者,一味忠厚不可及。(**奚禄詒甲本旁**)無味。〇仲冬至同谷,二月即行,故起句云云。

【彙評】

屈復評:"交情""去住"二語,傷心之極,非親歷者不知也。①

吴廣霈墨尾批集評後:何至此喻者？過也。"蝮蛇"等語皆比一切亂賊也,胡可以擬同谷主人？作此説者,皆喜亂賊而恨善良者也。

木皮嶺

方拱乾評:古。〇山險。諸詩皆觸目隨足而成絶,未經鍛煉,不一體,不一法,只是説得出或情、或景,或大、或細,政如坡公之文。

錢陸燦甲本眉、乙本紅眉:如讀柳州諸小記。

錢陸燦丁本評:如讀柳州諸小記。愈出愈奇,險峭在目。

汪琬乙本評:語皆錘煉,却有疏疏落落之致,老於古體者知之。

俞瑒乙本評:起四句便將路途逐一寫出,來路去路瞭然,補前首之未及。

朱方藹紅眉:語皆錘煉,却有疏疏落落之致,老於古體者知之。

陳治墨眉:語皆錘煉,却有疏疏落落之致。

魯一同評:"遠岫"四句,寫嶺之高;"仰干"八句,旁及登降高下之險;"西崖"以下,則又身所未至而目中遥領之景,與中間作激射

① 校注:"不知",杭本作"不可知"。

之勢。

沈巖眉:孟冬野所云"南山塞天地,日月石上生",即此景。

首路栗亭西,(**陳治墨眉**)"首"字去聲。尚想鳳凰村。季冬攜童稚,辛苦赴蜀門。(**吴廣霈墨眉**)蜀門即劍門也。南登木皮嶺,艱險不易論。(**王士禛評**)語亦不類。汗流被我體,祁寒爲之暄。遠岫争輔佐,千巖自崩奔。始知五岳外,别有他山尊。(**錢陸燦甲本眉批**)愈出奇語。(**吴錫麒紅眉**)亦是寫道路所經,難在意興飆舉,筆筆峭削。仰干塞大明,(**李以峙墨眉**)(仰干)按"看"不如"干"。俯入裂厚坤。(**嚴復墨眉**)頓挫。再聞虎豹鬥,(**沈巖旁**)帶艱險。屢跼風水昏。高有廢閣道,摧折如短轅。下有冬青林,石上走長根。(**李念慈紅眉**)余在華岳見磐石上有檀二十餘株,根皆顯露,若蛇虺交結,極力刻劃,莫盡其狀,公一"走"字盡之,愈知公詩之不可學而至也。西崖特秀發,焕若靈芝繁。(**俞瑒乙本評**)詠西崖之幽秀,筆法變换。潤聚金碧氣,清無沙土痕。(**吴騫墨眉**)語亦不類。(**吴錫麒紅眉**)煉句。(**王伯沆紅眉**)筆亦光怪陸離。憶觀崑崙圖,(**李以峙墨眉**)(圖)按,"墟"字非。目擊玄圃存。(**屈復評**)結言"西崖"與"昆侖"無異,今至此而不能住,年已暮矣,尚欲何適乎?故黯然傷魂也。對此欲何適,默傷垂老魂。(**方拱乾評**)"默"字妙。(**奚禄詒乙本紅眉**)傷魂者,謂不得遊仙之圃也。(**奚禄詒甲本眉**)傷魂者,謂不得遊仙玄圃也。(**奚禄詒甲本旁**)賦也。(**佚名己紅眉**)"默"字妙。

白沙渡

方拱乾評:古。以此作排,自甘癖矣。

錢陸燦甲本眉、乙本墨眉:方曰:蜀江之水,發源於秦,故云"畏途隨長江”；傍岸而行，至此過渡，故云“渡口下絶岸”。“差池”十句則舟中所見；“高壁”四句則抵岸而上馬矣。

錢陸燦丁本評：蜀江之水，發源於秦，故云“隨長江”；傍岸而行，至此過渡，故云“下絶岸”。“差池”下十句是舟中所見之景；“高壁”四句則抵岸上馬矣。

俞瑒乙本評：前半從陸入舟，此又從舟登陸，中間寫得蒼茫可畏，故云“洗愁辛”也。

朱方藹紅眉：尚有《選》意。

奚禄詒甲本旁：屬劍州，長江、嘉陵江即漢水。

魯一同評：“三渡”“三閣”皆稱精妙。《白沙渡》之雄渾，《水會渡》之幽迥，《桔柏渡》之詞雋，殆難軒輊，而《水會》尤爲入神。《飛仙》《石櫃》寫景驚絶，《龍門閣》一篇奇險在目，殆疑神工，則山川與文章相發，非可力構者也。

沈巖旁：層次無一字不工細。

畏途隨長江，(**嚴復墨眉**)“畏途”即陸行也。(**吴廣霈墨旁**)長江，嘉陵江也。渡口下絶岸。(**吴廣霈墨眉**)前是山路之險，此係水途之艱。悲哉！遠役殆無一而可也。差池上舟楫，杳窕入雲漢。(**方拱乾評下**)上舟復登岸。天寒荒野外，日暮中流半。(**嚴虞惇紅旁**)渡。我馬向北嘶，山猿飲相喚。(**張裕釗眉批**)“我馬”二句與後“好鳥”二句異曲同工。水清石礧礧，沙白灘漫漫。迥然洗愁辛，(**沈巖旁**)類推。(**沈巖眉**)“洗愁辛”反對“畏途”，“復三歎”則前途何可畏也。多病一疏散。高壁抵嶔崟，洪濤越凌亂。(**嚴虞惇紅旁**)渡迄。(**嚴復墨眉**)水遇石則瀾起，故有“高壁”“洪濤”之句。(**吴廣霈墨眉**)至此則復捨舟就陸矣。臨風獨回首，攬轡復三歎。(**奚禄詒甲本旁**)結句率。賦也。(**奚禄詒乙本紅眉**)結句卑。

【彙評】

沈巖尾:退之云:張籍詩乃規仿此種,聯爲長篇,不露痕迹耳。

水會渡

方拱乾評:古。

錢陸燦甲本旁:通篇獨行之景。

錢陸燦甲本眉:方曰:公十一月發同谷,至此是上弦,微月已没,而客行不息,爲"山中有常程",不到其處,不敢宿也。夜渡水會,懷憂千端,而舟人歌嘯,能不介意?

錢陸燦乙本紅旁:通篇獨行之景。

錢陸燦乙本墨眉:方曰:公十一月一日發同谷,至此是上弦,微月已没,而客行不息,乃"山中有常程",不到其處,不敢宿也。夜渡水會,懷憂千端,而舟人歌笑,能不介意?

錢陸燦丙本評:鐵牛云:舟行積水,衆星皆濕,猶言日月沐浴,出入昆明,今登山回眺,始知是乾耳。○通篇獨行之景。

錢陸燦丁本評:公十二月一日發同谷,至此是上弦,微月已没,而客行不息,爲"山中有常程",不到其處,不敢宿也。○"大江"六句渡水,"入舟"四句登岸。○舟行積水,衆星皆濕,猶言日月沐浴,出入昆明,今登山回眺,始知是乾耳。

俞瑒乙本評:同一渡也,須看其筆法變换,不犯重遝之妙。

奚禄詒甲本旁:銜口皆是苦境。

盧見曾紅旁:仇兆鰲曰:曹孟德詩"星漢燦爛,若出其裏",與杜句參看。

題張問陶墨眉:陸放翁句"水浸一天星"與"水外衆星乾"參看更明。

陳治墨眉:俞云:二詩同是渡水,須看其筆法之變。○曰"衆星”，曰“月没”，總見夜行之險。

魯一同評：“天寒荒野外，日暮中流半”，晚景入畫。“篙師暗理楫，歌笑輕波瀾”，更如見其人，如聞其聲矣。余嘗謂作詩忌寫死景，句雖工而無神，景雖佳而無韻，皆死景也。少陵一描寫，便栩栩欲活。

吴廣霈墨眉：月黑山深不堪設想，寫來真足駭人遊魂。

吴廣霈墨旁：至此又復入水程，旅行之苦如此，可勝慨哉！

山行有常程，中夜尚未安。微月没已久，崖傾路何難。（**方拱乾評下**）山行又登舟。（**汪琬乙本評**）善用形容。大江動我前，（**李念慈紅眉**）“動”字他人不能下。洶若溟渤寬。（**朱方藹紅眉**）善用形容。（**吴士模墨眉**）“動”字好。（**魯一同評**）“動”字妙。中夜渡江，祇學其動耳。篙師暗理楫，歌嘯輕波瀾。（**魯一同評**）反襯入神。（**奚禄詒甲本眉**）“暗理楫”頂中夜月没，操舟若神，故輕波瀾，二句極盡情。（**奚禄詒乙本墨眉**）“暗理楫”頂月没，操舟若神，故輕波瀾，二句格盡情。（**奚禄詒乙本紅旁**）舟人性情。霜濃木石滑，風急手足寒。入舟已千憂，陟巘仍萬盤。（**吴廣霈墨旁**）長途未已，遊子奈何。回眺積水外，（**李以峙墨眉**）（“回眺”句）按，“眺”作“出”非，“水”作“石”謬。始知衆星乾。（**方拱乾評**）奇在“乾”字。（**汪琬甲本紅眉**）星乾。（**汪琬乙本評**）狀出水渡。（**嚴虞惇紅眉**）舟行積水，衆星皆濕，猶言日月沐浴，出入昆明，則今登山回眺，始知是乾耳。（**屈復評**）“乾”字妙，從無用者。（**方苞眉批**）張溍注：正渡時若天與水連，星在水面；已渡回望，乃知相隔之望。〇望溪句圈。（**吴士模墨眉**）狀出水渡。（**魯一同評**）得此險句，以振起前半，不落寞。（**奚禄詒甲本旁**）言水勢洶涌，星漢如出其中，至上岸回眺水外，始知天水爲二。（**奚禄詒乙本紅眉**）“乾”字亦巧。（**奚禄詒乙本墨眉**）“乾”字應“積水外”。（**沈巖眉**）“乾”字不穩而穩。（**王伯沆紅眉**）奇思。（**佚名己紅眉**）“乾”字奇正。遠遊令人瘦，衰疾慚加餐。（**錢陸燦甲本尾批乙本墨尾錢箋“爲山行之

始”）玩此注，知公自此陸行山路矣。（**申頲紅眉**）人情必至語，大家正不故避，但“瘦”字不如“老”字。（**徐松紅眉下**）押“乾”字老横。

【**彙評**】

錢陸燦甲本眉：鐵曰：舟行積水，衆星皆濕，猶言日月沐浴，出入昆明，則今登山回眺，始知是乾耳。

錢陸燦乙本紅眉：舟行積水，衆星皆濕，猶言日月沐浴，出入昆明，今登山回眺，知衆星乾耳。

汪琬丙本評：寫昏夜渡水，懷憂百端，而舟人歌笑，殊不介意，情事逼真。

吴士模墨眉：“飛走使我高”二字及此“乾”字，從來評者極賞之，余意以爲未妥。白鷺群飛太劇，“乾”亦與此同，究屬拙句。

題張問陶墨眉：少陵入蜀紀行諸作，雄奇崛壯，蓋其辛苦中得之益工耳。○蜀道山水奇絶，若作尋常覽勝語，亦猶人耳。少陵搜奇抉奥，峭刻生新，各首自闢境界，後來天台方正學入蜀對景閣[擱]筆，自歎無子美之才，何况他人乎？

沈巖尾：湘靈曰：舟行積水，衆星皆濕，猶云日月沐浴，出入昆明，則今登山回眺，始知是乾耳。

飛仙閣

方拱乾評：古。○似關題復不關題，妙絶，悲絶。

錢陸燦甲本眉、乙本墨眉：方曰：閣道雖險，而結構堅牢，且有闌幹在旁，故奔濤出其下，亦不足畏也。惟是歇鞍之後，回望所歷，始覺其高峻。“往來雜坐卧”是日暮投店之景，因顧謂妻子，吾與汝曹何事僕僕於此，不過爲飢軀耳，可勝歎哉！

錢陸燦丙本評：閣道雖險，而結構堅牢，且有闌幹在旁，故奔濤出其下，亦不足畏也。惟是歇鞍之後，回望所歷，始覺其高峻。“往來雜坐卧”是日暮投店之景，因顧謂妻子，我與汝曹何故僕僕於此，不過爲飢驅耳，可勝歎哉！

錢陸燦丁本評：閣道雖險，而結構堅牢，又翼以闌幹，故奔濤出其下，亦不足畏也。惟是過閣後，歇鞍回望，始覺所歷之高峻。“往來雜坐卧”是日暮投店之景，因顧謂妻子，不過爲飢驅耳，可勝悼哉！

汪琬乙本評：太白詩“富貴與神仙，蹉跎成兩失”，公此詩結語，俱令壯士三歎。

俞瑒乙本評：棧道之險，始於此見，故一結特見傷感。

屈復評：飛仙險峻，結以側筆寫之。①

奚禄詒甲本眉：極苦處寫來，亦是佳境。

朱方藹紅眉：太白詩“富貴與神仙，蹉跎成兩失”，公此篇結語，俱令壯士三歎。〇實歷語，寫出却絶妙。

徐昂發評：一幅棧道圖。

陳治墨旁：俞云：出語爽健，不事鋪排而刻畫已至，故爲老筆。

秦應逵紫眉：刻畫棧道之險，須看其用筆之妙，每篇不同。

土門山行窄，（**李以峙墨眉**）（土門）按，作“出”謬。微徑緣秋毫。（**吴廣霈墨眉**）一句便知其閣道之險。棧雲闌干峻，梯石結構牢。（**沈巖眉**）雖知其牢，然勢則危矣。曲折入神。〇倒醒飛閣。萬壑欹疏林，積陰帶奔濤。（**方拱乾評**）山行閣道之險。寒日外澹泊，長風中怒號。（**奚禄詒乙本墨眉**）極苦處寫來，亦是佳景。歇鞍在地底，始覺所歷高。（**魯一同評**）每用背襯法。（**佚名己紅眉**）看句法。往來雜坐卧，

① 校注：“寫之”，杭本作“寫出”。

人馬同疲勞。浮生有定分，飢飽豈可逃。（**錢陸燦乙本紅旁**）刻畫。（**申頲紅眉**）"浮生"二句，情辭極是陶詩。**歎息謂妻子，我何隨汝曹。**（**方拱乾評**）怪得妙。（**李念慈紅眉**）醒語，足以啓迷。（**吕留良紅眉**）調笑感歎，極致。（**朱方藹紅眉**）如人之所欲言。（**吴士模墨眉**）途中作也。不曰"汝曹何隨我"，而曰"我隨汝曹"，憂傷之甚。（**王伯沆紅眉**）曲盡征途怨苦。（**墨眉**）末句激。賦也。魏武所謂漢中咽喉。（**奚禄詒乙本墨眉**）末句激。（**沈巖眉**）安溪云："汝曹何隨我"，倒□法，言"我何相隨，有汝曹乎?"（**沈巖尾**）方云："往來雜坐卧"是日暮投店之景。

【彙評】

汪琬乙本評：實歷語，寫出却妙絶，如人人之所欲言。

俞瑒乙本評：出語爽健，不事鋪排，而刻劃已至，故爲老筆。

陳治墨尾：汪云：太白詩"富貴與神仙，蹉跎成兩失"，公此篇結語，真令壯士三歎。

吴廣霈墨尾：流離轉徙時確有此歎，但少能道得出爾。

五　盤

方拱乾評：古。

錢陸燦甲本旁：魯曰：棧道盤互有五里。

錢陸燦甲本眉：方曰："地僻無罔罟"，故魚鳥各適其性；"野人半巢居"，故風俗淳樸，有上古之遺。因見此地人家聚集，忽憶弟妹散於四方，即抵成都，固不如故鄉之樂也。

錢陸燦乙本墨旁：魯曰：棧道盤曲有五里。

錢陸燦乙本墨眉：方曰："地僻無罔罟"，故魚鳥各適其性；"野人半巢居"，故風俗淳樸，有上古之遺。因見此地人家聚集，忽憶弟妹散於四方，即抵成都，終不如故鄉之樂也。

錢陸燦丁本評：另開一境，又作一種風氣。因見人家聚集，忽憶弟妹散處，即抵成都，不如故鄉之樂也。

屈復評：寫五盤即是桃源，此人所能者；"好鳥不妄飛"五字，不易能也。

朱方藹紅眉：令人有桃源、仇池之想。

吴士模墨眉：令人有桃源、仇池之想。

奚禄詒乙本紅眉：五盤與七盤是二處。

沈巖旁：魯曰：棧道盤亙有五里。

五盤雖云險，山色佳有餘。（**魯一同評**）一篇主旨。仰凌棧道細，俯映江木疏。（**沈巖旁**）襯出閣道之高。〇頂"俯"字。地僻無罟網，水清反多魚。好鳥不妄飛，野人半巢居。（**魯一同評**）寫出魚鳥性情，太古在目。喜見淳樸俗，（**沈巖眉**）已伏故庭歸思。坦然心神舒。東郊尚格鬥，巨猾何時除。（**奚禄詒甲本旁**）轉開正爲末句。（**魯一同評**）凡情景須慘夷相形，則分外出色，杜詩多有此，他家不解也。（**李以峙墨眉**）（巨猾）按作"臣"，明是形訛，仇失正。故鄉有弟妹，（**方拱乾評**）先出二句生結。流落隨丘墟。成都萬事好，豈若歸吾廬？（**方拱乾評**）傷結。（**汪琬丙本評**）此首清疏又别，末先插入成都一筆，伏末章之脈。（**吴廣霈墨旁**）與太白之"錦城雖云樂，不如早還家"，是一鼻孔出氣。（**奚禄詒甲本旁**）賦也。（**奚禄詒乙本紅眉**）到底未坦然。（**沈巖尾**）結句已到自然。（**佚名己紅眉**）因故鄉弟妹生出結句。

龍門閣

方拱乾評：古。

錢陸燦甲本眉：方曰：蜀江之下，龍門與天對峙，仰望雲天，只一綫縷耳，不知何人鑿此。滑石以繫浮梁，過渡時頭目摇眩，稍失足則不可起矣。往聞瞿塘、大庾之險，而未曾經耳。歷此險以後，若數恐懼，當從此始也。

錢陸燦乙本墨眉：方曰：蜀江之下，龍門與天對峙，仰望雲天，只一綫縷耳，不知何人鑿此。滑石繫浮梁，過渡時頭目摇眩，稍失足則不可起矣。往年瞿塘、大庾之險，而未曾經耳。歷此險以後，若數恐懼，當從此始也。

汪琬乙本評：雄渾。

俞瑒乙本評：飛仙之險在山，龍門之險則兼有江山之阻，作法自别。

奚禄詒甲本眉：他棧山腰猶有微徑，此獨石壁陡立，鑿石孔而架木耳。○《水經注》：棧道千梁無柱，孔明死，魏延先退而焚者，此也。

奚禄詒乙本墨眉：寫險盡致。

清江下龍門，絶壁無尺土。長風駕高浪，(**李以峙墨眉**)(高浪)按，"白"不如"高"。浩浩自太古。(**傅山紅眉**)極善形容。(**朱方藹紅眉**)寫得出雄渾。危途中縈盤，仰望垂綫縷。(**王士禛評**)"危途"四句寫龍門之險，刻而巧。(**吴廣霈墨眉**)以勁健之筆，寫奇險之景，他人到此，絶不能再作詩爾。滑石欹誰鑿，浮梁裊相拄。(**屈復評**)"危途"四句，寫龍門之險刻而巧。○百年之壽，固不敢料，一墜之速，又何爲乎？自咎之意。①(**吴錫麒紅眉**)少陵入蜀諸詠，險韻硬句有□刻造化之妙，窮者益工，其信然歟？目眩隕雜花，頭風吹過雨。(**吕留良紅旁**)奇。(吴

① 校注："一墜"，杭本作"已墜"。

廣霈墨旁)奇句實景,在似解匪解之間。(**沈巖眉**)寫艱險乃爾細麗。**百年不敢料,一墜那得取。**(**王士禛評**)百年之壽,固不敢料,已墜之速,又何爲乎?自咎之意。(**吴廣霈墨眉**)余爲過来人,乃知此詩之妙。今日讀之,猶心悸也。(**奚禄詒甲本眉**)"百年"二句,行己處世,何事不然?公立身之高正在此。(**奚禄詒乙本墨眉**)"百年"二字豈獨客行處世,何事不然?公立身之高正在此。(**佚名己紅眉**)俚語亦佳。**飽聞經瞿塘,足見度大庾。終身歷艱險,恐懼從此數。**(**吴廣霈墨尾**)此等艱險,寧堪終身涉歷耶?(**墨眉**)賦也。〇以瞿唐、大庾相形。(**奚禄詒乙本墨眉**)以瞿唐、大庾相形。

【彙評】

魯一同評:"花"乃目中之花,"雨"則湍激瀑濺,孰將過繞也。

魯一同評批《心解》"亦未免虚摹多,實際少":蜀道難急别,有□□□刻畫,此評未爲知言。

石櫃閣

方拱乾評:古。

錢陸燦甲本眉、乙本墨眉:方曰:"信甘"二句,蓋言山水幽異處,不能停息,往探其奇,雖由行李催迫,亦因有負孱懦,乏濟勝之具耳,所以深有愧於陶謝也。

俞瑒乙本評:忽入幽雋,與前首章法又變,似謝宣城。

屈復評:此杜之雅細者。〇山水之佳如此,身與陶、謝性同好,而不能如其自由,爲可傷也。①

① 校注:"性同好",吴本作"性同",杭本與余本同。

盧見曾紅旁："暝色帶遠客"，造語入妙。《光禄坂行》云"暝色無人獨歸客"，情致減矣。

奚禄詒甲本眉："遠客"在"暝色"中加一"帶"字，便添趣味。○"羈棲"以後無味。

朱方藹紅眉：佳處如畫，畫亦不到。

吴士模墨眉：山水之佳如此，身與陶謝性同而不能如其自由，爲可傷也。

陳治紅眉：巧韻獨用。

吴廣霈墨眉：讀杜老紀遊諸詩，勝讀《入蜀記》一編也。○"石櫃"疑即所謂石棺，鐵棺峽也，余亦曾過之。

王伯沆紅眉：真有陶謝味。

沈巖旁：《唐子西詩話》：最愛"暝色帶遠客"五字。

季冬日已長，山晚半天赤。（**錢陸燦乙本紅旁**）庾信詩："水光極蕩壁。"（**魯一同評**）"季冬日已長"便妙，若云"季夏日已短"，豈不成可笑耶？（**魯一同評**）五字簡而盡。蜀道多早花，（**李以峙墨眉**）（早花）按對"奇石"，當作"早"，"草"乃形近而訛。江間饒奇石。（**吴廣霈墨旁**）此語非曾經蜀道者，不知之也。石櫃曾波上，臨虚蕩高壁。清暉迴群鷗，暝色帶遠客。（**吕留良紅眉**）新奇。（**方拱乾評**）"帶"字妙，較"回"字更妙。（**丁耀亢紅眉**）佳句可畫。（**錢陸燦甲本旁**）錢曰，《唐子西詩話》：最愛"暝色帶遠客"五字。（**錢陸燦乙本墨眉下**）《唐子西詩話》：最愛"暝色帶遠客"五字。（**李念慈紅眉**）"暝色"句不可詮解，妙入虚無。（**嚴虞惇紅眉**）《唐子西詩話》：最愛"暝色帶遠客"五字。（**吴廣霈墨眉下**）一"帶"字妙。（**奚禄詒乙本墨眉**）"遠客"在"暝色"中加一"帶"字，便添趣味。羈棲負幽意，感歎向絶迹。（**奚禄詒乙本墨眉**）以下無味。信甘孱懦嬰，不獨凍餒迫。（**魯一同評**）二語急切，不得其意緒之所寄。優遊謝康樂，放浪陶

彭澤。 吾衰未自安，謝爾性有適。（**方拱乾評**）歎不能如陶謝之適性也。（**奚禄詒甲本旁**）賦也。謂己立危途，不如陶謝之放宕也。○"爾"指陶謝。

【彙評】

魯一同評：忽用五平五仄之句，妙於不覺，讀之只覺牙齒清泠，景色明滅。"山晚半天赤"及"清輝"二句景色，乃似夏秋天氣所宜，公特爲蜀地冬暖寫照也。

桔柏渡

方拱乾評：排。

錢陸燦甲本眉、乙本墨眉：方曰：《白沙》《水會》二渡從舟，《龍門》《桔柏》二渡從浮梁。《龍門》水急而橋短，《桔柏》水闊而橋長，故詠歎各異。

錢陸燦甲本眉、乙本紅眉："笮"即竹橋之義，"連笮"二句刻出渡竹橋時景。

錢陸燦丁本評：《白沙》《水會》二渡從舟，《龍門》《桔柏》二渡從浮梁。《龍門》水急而橋短，《桔柏》水闊而橋長，故詠歎各異。"笮"即竹橋之義，"連笮"二句狀出渡竹橋時景。○急流故散，絶岸故驕。

俞瑒乙本評：與前二渡更自不同。"征衣"句刻劃出渡竹橋時光景，輕清雋永，又是一格。

陳治墨眉：俞云：此爲江路，總收下文，便是入劍門矣。

吴廣霈墨眉：架竹爲橋，人行其上，竹竿乃嫋嫋動也。

沈巖眉：就"渡"字一縱，不測。○寒江東逝，尚得朝宗，若余則方竄走窮山西轅，未知所税也。妙在隱躍有餘味。

青冥寒江渡，駕竹爲長橋。竿濕煙漠漠，江永風蕭蕭。（沈巖眉批下）“永”字方可起“連”字。連笮動嫋娜，征衣颯飄颻。（嚴虞惇紅眉）“笮”即竹橋之義，“連笮”二句刻出渡竹橋時景。急流鴇鷁散，絶岸黿鼉驕。（錢陸燦甲本旁、乙本紅眉）流急故散，岸絶故驕。（吴廣霈墨旁）其險如此，能無畏哉！（沈巖眉批下）方云：流急故散，岸絶故驕。西轅自兹異，（屈復評）“西轅”以下意最深隱。東逝不可要。（沈巖眉批下）吴本作“不可要”，側注一作“不”，三字□□不見所出更秀。高通荆門路，闊會滄海潮。孤光隱顧眄，遊子悵寂寥。（奚禄詒甲本眉）“孤光隱顧眄”可與“暝色帶遠客”並美。無以洗心胸，前登但山椒。（汪琬甲本紅眉）山椒。

【彙評】

俞瑒乙本評：前半見清曠之氣，結句仍入險途。

嚴復墨眉：結句“前登但山椒”與“西轅自兹異”相呼應。《杜臆》謂八句作一句説，誠然。

沈巖尾：方云：“連笮”二句刻出渡竹橋時景。

劍　門

方拱乾評：古。○《國策》語，恣。恐此偶然重歸人事。

錢陸燦甲本眉：寫景設色，逐節相生。

錢陸燦甲本眉、乙本紅眉：唐人“三晉雲山皆北向”括數千里，此亦括數十百里。

錢陸燦乙本紅旁：寫景設色，逐節相生。

錢陸燦丁本評：寫景發議，逐節相生。○唐人“三晉雲山皆北向”該括數千里，此亦然。

汪琬乙本評:文彩自雄,遂超議論之劫。假令後人爲之,便多露語,由其筆力不逮耳。

俞瑒乙本評:通首以設險意言,獨入議論,作法一新。

屈復評:唐時蜀之富饒甲天下,往往爲宰相回翔之地。明皇幸蜀,實爲天下之奥區,故杜此首深以來遠爲戒也。①

奚禄詒甲本眉:起自好,句亦壯。○"珠玉"二句起下八句,下文正是凄愴之故。○後來蜀中之亂,此已早見之矣。○"罪真宰"深歎併吞割據之事。

盧見曾紅旁:危時之慮,與《劍閣銘》固自有異。若李商隱《井絡》一首,乃用銘意者。江盈科曰:少陵秦州以後詩,突兀宏肆,迥異昔作,非有意换格,蜀中山水,自是挺特奇崛,獨能象景傳神,使人讀之,山川歷落,居然在眼。所謂春蠶結繭,隨物肖形,乃爲真詩人真手筆也。胡夏客曰:《劍門》詩因《劍閣銘》而成,但銘詞出以莊嚴,此詩尤加雄肆。用古而能勝於古人,方稱作家。朱鶴齡曰:蜀爲財賦所出,自明皇臨幸,供億不貲,民力盡矣。民力盡而寇盜乘,晉李特流人之禍,可爲明鑒。此詩故有岷峨凄愴與英雄割據之虞也。

朱方藹紅眉:文彩自雄,遂超議論之劫。假令後人爲之,便多露語,由其筆力不逮耳。俛仰古今,當與劍門並峙。

陳治墨眉:汪云:文彩自雄,遂超議論之劫。假令後人爲之,便多露語,由其筆力不逮耳。

沈巖旁:宋子京知成都,過之,謂人曰:"老杜'連山'云云,此四句蓋劍閣實録也。"

張裕釗眉:退之云:"若使乘酣騁雄怪,造化何以當鐫鑱。"獨於

① 校注:"天下之奥區",杭本作"天下之奥區也";"來遠",杭本作"柔遠"。

杜公見之耳。

佚名己紅眉：《禹貢》：九州變亂者，惟荆、揚、青、冀爲甚。

惟天有設險，劍門天下壯。（**魯一同評**）崇杜稱情。連山抱西南，石角皆北向。（**方拱乾評**）劍門之險壯。（**嚴虞惇紅旁**）宋子京知成都，過之，謂人曰："此四句劍閣實録也。"（**王伯沆紅眉**）字有鋒棱。兩崖崇墉倚，刻畫城郭狀。（**吴廣霈墨眉**）吾昔經蜀道，心中所欲言而未能成詩者，已早於老杜見之，奇哉！（**吴廣霈墨眉下**）五六可作仄聲，此抹非也。一夫怒臨關，百萬未可傍。珠玉走中原，岷峨氣凄愴。（**汪琬乙本評**）"珠玉"二句，與上不屬意，宜去之。（**吕留良紅眉**）此老感時懷古，無處不著識見，亦得斤兩。（**王鳴盛墨眉**）"川岳儲精英，天府興寶藏。"舊手卷"珠玉"上有二句。（**嚴復墨眉**）或云："珠玉"之前有"川岳儲精英，天府興寶藏"一韻。（**沈巖眉**）"珠玉走中原"，謂其險而富；"岷峨氣凄愴"，所謂漏天也。三皇五帝前，雞犬各相放。（**孫承澤墨眉**）俯仰跌宕。（**李以峙墨眉**）（各相）按，作"莫自"皆非。後王尚柔遠，職貢道已喪。（**魯一同評**）言後之非不柔遠，而職貢之道已喪，則謀求之過也。（**陳治墨眉**）"王"字平聲。（**魯一同評**）開合句。（**奚禄詒乙本紅眉**）後來蜀中之亂，早已見之。（**宋犖紅眉**）舊注云：遠人雖修職貢，而太古淳樸之道已喪。至今英雄人，高視見霸王。（**方拱乾評**）因地推開發論，實有此景。（**錢陸燦乙本紅眉**）"王"平聲。（**吴騫墨眉**）"王"平聲。（**秦應逵墨眉**）"王"本聲。（**嚴復紅眉**）漁洋抹"王"字，批云平聲。併吞與割據，極力不相讓。吾將罪真宰，意欲鏟疊嶂。（**奚禄詒乙本墨眉**）"罪真宰"深歎併吞割據之事。（**沈巖眉**）盜賊據嶮，君失其德之罪也。"默惆悵"三字，包蘊無限意思。恐此復偶然，臨風默惆悵。（**丁耀亢紅尾**）去此二語更覺老。（**錢陸燦乙本紅眉**）勝《劍閣銘》。（**吕留良紅旁**）自戲自感，必如此結束，方有風騷氣味，不落俗儒套語。（**俞瑒乙本評**）隨結隨解，意味深長，故不落議論之劫。

(**奚禄詒甲本旁**)賦也。太白《蜀道難》即此意。(**吴錫麒紅眉**)"篇終接混茫",此爲辭達。(**嚴復墨眉**)"恐此復偶然"句意終未離。(**吴廣霈墨眉**)惟□之不得,只可藉詞自能爾。〇巉岩不可平,真宰終茫茫,吾其奈之何哉?(**沈巖旁**)到此説明,不得故謬其詞。(**沈巖尾**)"恐此復偶然",恐復有竊據事。

【彙評】

陳訏紅眉批仇注"往見舊人手卷,此句上有'川岳儲精英,天府興寶藏'二句,方接以'珠玉'云云"處:"珠玉"句上似應有注,中"川岳"句方不嫌突。

題張問陶墨眉:此詩因《劍閣銘》而成,但銘詞出以莊嚴,此則尤加雄肆,用古而能勝於古人,方稱作家。

陳治墨眉:與張載《劍閣銘》各出機杼。張是設戒語,其旨和平;公是防漸語,其意憤激。

魯一同評批《心解》"角北向見"處:此解精細。

奚禄詒乙本墨眉:太白《蜀道難》之首即公詩之旨。

鹿頭山

方拱乾評:古。

錢陸燦甲本旁、乙本紅眉:易農曰:余過太行詩"萬壑見中原,俯豁平田疇"。

屈復評:歷盡險阻,方至脂膏之地,慨想揚、馬而云何處埋骨,隱然傷己之終難還秦也。然重鎮得人,不至爲亂,則亦幸甚耳。①

① 校注:"方至脂膏之地",杭本作"而方至脂膏之所";"揚",杭本作"楊";"還秦",杭本作"還泰"。

奚禄詒甲本眉：以“天下一家”一段拍出冀公，以楊、馬一段拍出自己。

朱方藹紅眉：讀之心目俱豁，蓋詩亦自險，而平中含超曠之致，公直以山川爲性靈耳。

徐松紅眉：李長祥曰：自秦州至此，山川之奇險已盡，詩之奇險亦盡，乃發爲和平之奇情，移於境不可强也。

陳治墨旁：“月”“曷”通用。

陳治墨眉：俞云：用“連山”，前是當險，此是出險，筆法分明如畫。

張裕釗眉：文外曲致。

鹿頭何亭亭，是日慰飢渴。連山西南斷，俯見千里豁。(**孫承澤墨旁**)如畫。(**方拱乾評**)盡日險阻，忽得平地。(**錢陸燦乙本紅旁**)只此二句佳。(**吴廣霈墨眉**)連山忽斷，豁然開朗，已將近成都矣。遊子出京華，劍門不可越。及兹阻險盡，始喜原野闊。殊方昔三分，霸氣曾間發。天下今一家，雲端失雙闕。悠然想楊馬，(**奚禄詒甲本旁**)兀入揚、馬。繼起名硉兀。(**方拱乾評**)當有此一想。有文令人傷，何處埋爾骨。(**魯一同評**)隨事感慨。○又一義。(**奚禄詒乙本墨眉**)自傷也。紆餘脂膏地，慘澹豪俠窟。(**李念慈紅眉**)望古遥思，惆悵凋謝，愛才之深望其境，不覺興歎，不特過墓墟吊故里矣。杖鉞非老臣，宣風豈專達。冀公柱石姿，論道邦國活。(**方拱乾評**)歸贊裴冕。斯人亦何幸，(**吴士模墨眉**)“斯人”謂蜀民。公鎮逾歲月。僕射裴冀公冕。(**徐松紅眉**)《舊唐書》：右僕射，封冀國公，乾元元年六月，拜成都尹，充劍南西川節度使。(**王鳴盛墨眉**)時裴冕拜成都府尹，劍南西川節度使。(**錢陸燦乙本墨眉**)入蜀爲依裴冕，故有末句。(**魯一同評**)收老致。(**沈巖眉**)“逾歲月”而已，爲幸者傷。前此非人，而又恐公生而無其繼也。

【彙評】

吴士模墨眉:前諸詩形容山水形勢,令讀者如身歷其間,所以爲妙。若必身歷始知,便是當下索然矣。王公往往以此欺人,語不可信。

題張問陶墨眉:自秦州至此,山川之奇險已盡,詩之奇險亦盡,乃發爲和平之音,使讀者至此,别一世界,情移於境,不可强也。

成都府

方拱乾評:古。是漢魏,是公之漢魏。

錢陸燦甲本眉、乙本墨眉:方曰:紀行廿四首,無非憂懼之辭矣。"翳翳桑榆日",便覺歡懌,蓋至成都則妻子有所託,無復憂矣。自古有羈旅,雖云自寬,亦喜之至也。

錢陸燦丁本評:紀行廿四首,無非哀懼之辭。至"翳翳桑榆日",便見歡愉,蓋既達成都,則妻子有所托,無復憂矣。自古有羈旅,雖云自寬,亦喜之至也。

盧見曾紅旁:語意多本古人,較途中諸作,雖氣度少舒,而憂思未嘗忘也。"初月"兩語,上承"中原"一句。王應麟以謂肅宗初立,盗賊未息,最爲得解。蓋至此身事少定,不覺念及朝廷,甫豈須臾忘君者哉?

題張問陶墨眉:此詩寄意含情,悲壯激烈,政復有俯仰六合之想。○少陵入蜀諸篇,絶脂粉以堅其骨,賦豐神以實其髓,破繩格以活其肢,首首摘幽擷奥,出鬼入神,詩運之變,至此極盛矣。

徐松紅眉：楊德周曰：此詩寄意含情，悲壯激烈，復有俛仰六合之想。

陳治墨旁：《舊書》：成都府在京師西南二千三百七十九里，去東都三千二百一十六里。

陳治墨眉：俞云：音調全似建安，其筆法之變化，頗似柳子厚永州遊記。

魯一同評：此篇純是建安風調。以上二十四首，大都刻畫棱露，此篇高朗渾脱。

吴廣霈墨眉：忽然有《古詩十九首》意。

倪象占藍眉：自《發秦州》至此，凡五古二十四首，可作一首讀。有襟抱，有寄託，流離辛苦，長歌可以當哭，信不虛也。

沈巖旁：正用仲宣《七哀》之旨。落句故謬其詞，"東流"二句與《桔柏》詩意同。

沈巖眉：玄宗晚而幸蜀，故名曰南京，升爲成都府，故云。○臣子一例，故以肅宗比月。○此時肅宗之立已久，厚齋説乃宋人喜附會耳。己卯冬。○初立之説固非，然作者託寄自在王室微弱，故結句云"自古有羈旅，我何苦哀傷"，此魯連所謂"衆人不知，則爲一身"者也。庚辰。

佚名己紅眉：秦州諸詩，至此結穴。

翳翳桑榆日，照我征衣裳。（**方拱乾評**）十字真興體。（**吕留良紅眉**）得兩古句。（**魯一同評**）情景自然，無不會意。（**奚禄詒甲本眉**）起句景慘，風味亦似魏。（**奚禄詒甲本旁**）首二句已括盡了全旨，"桑榆日"與己之年老。（**奚禄詒乙本墨眉**）起句景亦慘，風味亦似魏晉。首二句已括盡了全旨。我行山川異，（**方拱乾評**）承得妙。忽在天一方。（**錢陸燦甲本旁、乙本紅旁**）初至成都。但逢新人民，未卜見故鄉。大江東流去，遊子去日長。（沈巖旁）故鄉在東，下云"側身望川梁"，自恨不如此水也。曾城填華屋，季冬樹木蒼。（吴廣霈墨眉）諸險歷卷，乃造平夷，豁然開朗，回頭一望，經過已來之山川，不覺痛定思痛也。喧然名都會，吹簫間笙簧。信美無與適，（沈巖旁）所謂"信美非吾土"。側身望川梁。鳥雀夜各歸，（沈巖旁）此句興"羈旅"，應"未卜見故鄉"。中原杳茫茫。（魯一同評）發興都妙。（奚禄詒乙本紅眉）憤然悲感，應轉首二句。初月出不高，（奚禄詒甲本眉）桑榆日落，而月初出也。衆星尚爭光。（吕留良紅旁）可比不必比，劉評最得。（王士禛評）自解蓋自傷。（嚴虞惇紅眉）"初月"二句喻肅宗初主，盗賊未息也。（屈復評）"初月"喻朝廷，"衆星"喻群盗，以見歸朝無日，爲下句自寬作地耳。① （魯一同評）用意在有意無意間。（奚禄詒甲本旁）應首二句。（奚禄詒乙本墨眉）"初月"二句，劉辰翁以爲寫景。（奚禄詒乙本墨旁）應首句。自古有羈旅，我何苦哀傷。（吕留良紅眉）善自遣興。（吴騫墨眉）自解蓋自傷。（奚禄詒甲本旁）賦也。○勉强忍之，其實哀極。（奚禄詒乙本墨旁）勉强忍之也，其實哀之極。（沈巖尾）厚齋云："初月出不高，衆星尚争光"謂肅宗初立，盗賊未息也。胡文定《通鑒舉要補遺》序"日谷冥濛，衆星争曜"語本於此。

【彙評】

吕留良紅旁：劉云：語次寫景，注者屑屑附會，可厭。

俞瑒乙本評：此諸篇之結，以"羈旅"字應焉能安宅意。凡紀行數首，古人亦自有章法次第行乎其間。

錢載評：《困學紀聞》以爲比體，良是。

魯一同評批《心解》：按：公《發同谷縣》詩自注云"乾元二年十二月十一日自隴右赴成都紀行"，故《水會渡》詩云"微月没已久"也。計至成

① 校注："作地耳"，杭本爲"作地乎"，吴本爲"作地"。

都當在望後，此詩反云“初月出不高，衆星尚争光”，知是假以設喻，非實景也。朱氏何以《困學》爲曲説耶？

秦應逵紫尾：此時肅宗之立已久，厚齊説乃宋人喜附會耳。

酬高使君相贈

題鮮于樞評：首二句起中四句，次聯承次句，三聯應首句。此六句答高“傳道招提客”等句，末答高“草玄”之句，公自謙不敢當子雲，賦似相如或可耳。賦也。

方拱乾評：酬詩不用來韻，於此可見。

奚禄詒甲本旁：平稱而已。

奚禄詒乙本墨眉：句句答高，如今之回書。

奚禄詒乙本紅眉：“似相如”，公自謙爲雕蟲之技耳。

申涵墨眉：樸拙無文。

朱方藹紅眉：詩有真氣，與高却自針鋒。

沈巖眉：是酬句體。

古寺僧牢落，空房客寓居。故人供禄米，鄰舍與園蔬。雙樹容聽法，三車肯載書。（**嚴復墨眉**）三車，注家或謂法華三車：羊車聲聞，鹿車緣覺，牛車菩薩。錢箋則以爲用《慈恩窺基傳》事。草玄吾豈敢，（**奚禄詒甲本旁**）賦對草玄言。賦或似相如。（**奚禄詒甲本眉**）“似相如”，公蓋自謙爲雕蟲之技耳。若云授簡於高，則上説不确。○揚雄文似相如，安得語不敢當？（**吕留良紅眉**）此結要注，要原作，乃有味。（**王鄰德紅尾**）佛書言，世尊説法雙樹間，又以牛、羊、鹿三車喻火宅。

【彙評】

佚名丁墨尾：仇云：與高詩逐聯分答。

卜 居

錢陸燦甲本眉、丙本評:蜻蜓之上下必齊,鸂鶒之浮沉必對。

錢陸燦丁本評:筆意疏宕,較前又换一格。○肆筆縱横,有疏野氣。

錢陸燦戊本評:合觀公詩,草堂背成都郭,在西郊碧雞坊外,萬里橋南,百花潭北。"浣花""水西",歷歷可考。陸放翁老於蜀,謂公有二草堂,一在百里橋,一在浣花,然公在成都寔無二草堂也。

李念慈紅眉:方卜居即有東行萬里之興,可知未嘗一日忘歸也。

奚禄詒甲本眉、乙本墨眉:氣宕而渾,致亮而幽,律詩即此已足。

奚禄詒甲本眉:不願老蜀,只是思秦,於越説不去。

奚禄詒甲本旁:纔似初卜居。○三四止承得首句,以下全抛却次句。

奚禄詒乙本墨眉:初至成都,有人爲之營室,未嘗不有喜意。

奚禄詒乙本墨眉:舊説謂卜居即想東行,"此生那老蜀"之素志,胡説。

奚禄詒乙本墨眉:余曰:"山陰"非越之山陰也,謂東行至萬里橋須乘興而游於山之北也,看"萬里橋西草堂"句便明。

盧見曾紅旁:黄生曰:結聯暗用孔明、子猷語,融會入妙。

朱方藹紅眉:格調高,字句健。

許蔓聚紅旁:裴冕爲公卜居,而公已欲去矣,其中有所不自得也。

王鳴盛旁:大曆二年三月,自赤甲遷瀼西。

吴廣霈墨眉:此不過率然寫景,抒情之作,非得意之筆也。

嚴復墨旁:上元元年,卜成都西郭浣花溪以居。

嚴復墨眉:此是拗律,然其拗在第一句,其餘皆於第三字互易平仄。

王伯沆紅眉:公初至蜀時,裴冕爲劍南節度使,爲卜居於浣花溪上,題曰"江上草堂",詩中"主人"謂冕也。

浣花流水水西頭,(**申頲紅眉**)疊一"水"字,有致。主人爲卜林塘幽。(**奚禄詒甲本眉**)起二句只説得懷故土,於全首未甚冷。已知出郭少塵事,(**俞瑒甲本評**)承"幽"字。更有澄江銷客愁。(**俞瑒甲本評**)應"水西"。(**申頲墨眉**)走對。(**題商盤紅旁**)流水對。無數蜻蜓齊上下,(**秦應逵紅旁**)蜻蜓之上下必齊。一雙鸂鶒對沉浮。(**秦應逵紅旁**)其浮沉必對。(**許蓌聚紅眉**)蜻蜓之上下必齊,鸂鶒之浮沉必對。東行萬里堪乘興,(**俞瑒甲本評**)已有遠意。(**題商盤紅旁**)倒裝句。須向山陰上小舟。(**題商盤紅旁**)倒剔句。(**奚禄詒甲本尾批**)賦也。(**奚禄詒甲本旁**)東行山陰非越中之山陰也,謂東行至萬里橋須乘興而游於山之北也。(**陳治紅眉**)"上"一作"入"。(**王伯沆紅眉**)"須",言何須也。(**許蓌聚紅旁**)虚用。

【彙評】

張學仁參定:公到成都,裴冕爲卜浣花溪作草堂。然玩詩意,主人究當作公自謂。

王十五司馬弟出郭相訪兼遺營茅屋貲

汪琬甲本紅旁:好友。

方拱乾評:將聯出題,又一法,與《致薤》同。《致薤》第二聯,此則三聯。

奚禄詒乙本墨眉:明蜀王重修草堂,方孝孺先生推公謂王佐之才,可謂切當。

盧見曾紅旁:語意寬閑,頷聯托興,風趣絶佳。

客裏何遷次,江邊正寂寥。(**嚴復墨眉**)"遷次"二字是當時語。先見陳樂玉公主詩"今日何遷次,新官對舊官"。(**奚禄詒乙本墨旁**)振起全勢。肯來尋一老,愁破是今朝。憂我營茅棟,攜錢過野橋。(**方拱乾評**)亦五六出題。(**方拱乾評**)直述老甚。(**丁耀亢紅眉**)真。他鄉唯表弟,(**方拱乾評**)三意。還往莫辭遥。(**方拱乾評**)幾虚字相應。(**方貞觀紅眉**)是謂之率。(**奚禄詒甲本旁**)賦也。(**奚禄詒乙本墨眉**)首尾有情。

【彙評】

嚴復墨眉:陶開虞謂杜有四草堂:一西枝村,未成,二浣花,三瀼西,四東屯。

蕭八明府實處覓桃栽

朱方藹紅眉:有點綴。

題張問陶墨眉:公無日不思鄉,而種榿栽松若爲久住之計,其襟情可想。然浣花一草堂,遂爲千古宅,豈偶然哉?諸章皆以詩代劄,乃公戲筆。

奚禄詒乙本墨眉:以下六首不過乞樹劄子。

奉乞桃栽一百根，春前爲送浣花村。 河陽縣裏雖無數，濯錦江邊未滿園。

從韋二明府續處覓綿竹

吕留良紅眉：七言尺牘，多可發歎。

華軒藹藹他年到，綿竹亭亭出縣高。（**奚禄詒甲本眉**）讀詩似是竹，非艸也。（**嚴復墨眉**）“他年”指前年，此古語，如今人云“他年”，則後來之年矣。江上舍前無此物，幸分蒼翠拂波濤。（**汪琬甲本紅眉**）斫取青光。

憑何十一少府邕覓榿木栽

奚禄詒甲本眉：此種皆非作詩，只算代劄口號。

陳治墨眉：公自注：蜀人以榿爲薪，二年可燒。○“榿”字，王介甫與“移”同押，則當從邱宜切，作上聲者非。

嚴復墨眉：松之所異，豈但欅柳楊梅而已。隨雜二物以之亦别，雖詩家所可，終嫌稚氣。

草堂塹西無樹林，非子誰復見幽心。 飽聞榿木三年大，（**汪琬甲本紅旁批“榿”字**）平聲。與致溪邊十畝陰。

憑韋少府班覓松樹子栽

落落出群非欅柳，青青不朽豈楊梅？（**奚禄詒甲本旁**）形其不妙。欲存老蓋千年意，爲覓霜根數寸栽。（張雒敬墨旁）取其意勝。

又於韋處乞大邑瓷盌

呂留良紅眉：幾絶代簡，率漫無味。

朱方藹紅眉：本色語，却自不拈。

沈巖眉：上數首皆無意味。

大邑燒瓷輕且堅，扣如哀玉錦城傳。君家白盌勝霜雪，急送茅齋也可憐。（**嚴復墨眉**）結殆不成語。

詣徐卿覓果栽

沈巖眉：以上數絶皆率筆。

草堂少花今欲栽，不問緑李與黄梅。石筍街中却歸去，果園坊裏爲求來。

堂　成

奚禄詒甲本眉：《諸將》詩以雄浩勝，然猶帶議論，如此等清新宕逸，足以爲法也。

奚禄詒甲本眉、乙本紅旁：字字是堂之初成。

奚禄詒甲本旁：《卜居》以下諸詩極是絶調。

奚禄詒乙本紅眉：清新宕逸，足以爲法。

奚禄詒乙本墨眉：公每詩無浪賦之句。

屈復評：六句皆景，兩句情，此格屢用。

秦應逵紅眉：六句景，兩句情，屢用此格。

吴廣霈墨眉：此詩前四亦常套，後四轉勝，收尤警妙。

倪象占藍眉：九山云：榿林之葉，礙日吟風；籠竹之梢，和煙滴露。句法當如是讀。

嚴復墨眉：此詩與前《卜居》，《卜居》擇地，故多言外景；《堂成》寫人力所致，故多言内景。

背郭堂成蔭白茅，緣江路熟俯青郊。榿林礙日吟風葉，（**俞瑒甲本評**）緣江竹樹。**籠竹和煙滴露梢。**（**嚴復墨眉**）籠竹節有容七八寸者。**暫止飛烏將數子，**（**俞瑒甲本評**）以堂成言。（**嚴虞惇紅旁**）自比。**頻來語燕定新巢。**（**錢陸燦丁本評**）"暫止"二句，公自比。○王筠詩"庭禽挾子棲"。將，領也，即"挾"字意。末翻用蜀中楊雄宅事，極現成却又生新。下半見公卜居草堂，不過暫時托處，非欲久居成都也。（**吕留良紅眉**）翻事勝。（**秦應逵紅旁**）以堂成故。（**嚴復墨眉**）第三聯有物我皆遂之意，氣象極高。杜詩所不可及者，往往在此等處，須細味也。瞻烏爰止，燕春社來。梁吴筠詩亦有"一燕海上來"之語。**旁人錯比揚雄宅，**（**俞瑒甲本評**）應"堂成"。**懶惰無心作解嘲。**（**李念慈紅眉**）"惰"字厚，"慢"字便輕。（**奚禄詒甲本旁**）賦也。○總見無嘲可解。（**吴廣霈墨眉**）他本有作"懶惰"者，遜此作"懶慢"也。

【彙評】

朱方藹紅眉：後四語更老，有興有比。

張學仁參定：起聯言堂之規制，中四言堂之景物，末以揚雄宅相比，足見古人就題命意，語無他及，章法井井有條。

陳訏紅眉批仇注"上半句變化"處：若云"背郭成堂""緣江熟路"，則俚甚矣，何待變化。

蜀相

方拱乾評：起承絶唱。○妙在起句，然後人襲之便厭。

汪琬丙本評：高老絶倫。○三四點景，語淡而悲。

俞瑒乙本評：激昂痛快，八句便抵一篇絶大文字。

屈復評：前祠堂，後議論。凡祠廟陵墓等詩，憑弔爲上，讚頌次之，述事爲下，議論乃下之下者。近人於此等題，述事爲多，議論更多。漁洋亦然。故圈五六兩句也。○"自春色""空好音"，即憑弔意。①

奚禄詒甲本旁：三四通□寫景，亦宜□切。三四見其"身先死"耳。

奚禄詒乙本墨眉：三四還宜切些。○五六説出王佐之才。○後四句足令人感動。

奚禄詒乙本墨眉：遯叟謂此爲學究，非矣。

盧見曾紅眉：老杜入蜀，於孔明三致意焉，其志有在也。詩意豪邁哀頓，具有無數層折。後來匹此，惟李商隱《籌筆驛》耳。世人論此二詩，互有短長，或不置軒輊，其實非有定見，今略而言之。此爲謁祠之作，前半用筆甚淡，五六乃寫出孔明身分，七八折轉而下，當時後世，悲感並到，正意注重後半。李詩因地興感，故將孔明威靈攝入十四字中，寫得十分滿足。接筆一轉，幾將氣焰掃盡。五六兩層折筆，末乃收歸本事，非有神力者不能。二詩局陣各異，工力悉敵，悠悠耳食之論，未足與議也。

盧見曾紅旁：劉會孟曰：一字一淚，寫得使人不忍讀，故以

---

① 校注："祠廟"，杭本作"祠堂"。

爲至。

盧見曾墨旁:楊慎曰:正德戊寅,於武侯祠見壁間有詩云:"劍江春水緑澐澐,五丈原頭日又曛。舊業未能歸後主,大星先已落前軍。南陽祠宇空秋草,西蜀關山隔暮云。正統不慚傳萬古,莫將成敗論三分。"此詩始終皆武侯事,雖子美或未過之,惜不知其姓氏耳。

朱方藹紅眉:高老絶倫。三四點景,語淡而意大,便有俯仰乾坤之概。五六用事,不偏不漏,非公未能如此之簡而該也。結語爲萬古英雄才高不遇者統一灑淚。

吴錫麒紅眉:檃括生平而以蒼凉健筆出之,遂爲諸家之冠。

題張問陶墨眉:直書"丞相",尊正統名臣也。朱子《綱目》大書"丞相亮出師",與此同旨。"三顧"句,以先主陪説,惟"三顧頻煩",故以"兩朝開濟"者報之耳。

秦應逵紅眉:上四祠堂,下四議論。凡祠廟陵墓等詩憑弔爲上,讚頌次之,述事爲下,議論乃下之下者。近今此等題多用,漁洋亦然,故圈五六句也。"自春色""空好音",憑吊意。

吴廣霈墨眉:蜀相,"蜀"字涉題致訛,正作"丞"。○此詩傳誦,盡知其妙,然一起超卓不凡,三四就祠景生情,"自春色""空好音",寄慨遥深,緊接下四句,信加沉痛,此跌襯法也,後人罕能效顰矣。

倪象占藍眉:郭云:用議論。○劉云:全首如此,一字一淚矣。

沈巖眉:牢壯渾勁,此爲七律正宗。

嚴復墨旁:此老杜初至成都之作,蓋乾元二年十二月也。

王伯沆紅眉:此詩有志者作警惕讀,曠達者作悟達讀,皆得,不僅作感慨讀也。

丞相祠堂何處尋?(**題商盤紅旁**)設爲問答。(**奚禄詒甲本眉**)起句有餘味。(**許蓤聚紅旁**)前解詠祠堂。錦官城外柏森森。(**錢陸燦丁

本評)柏疑武侯手植。(**嚴復墨眉**)起極莊嚴,足知崇拜。**映階碧草自春色,**(**俞瑒甲本評**)承堂。(**奚禄詒乙本墨旁**)歎其先死。(**倪象占藍旁**)"映階",柏映也,與"隔葉"對。**隔葉黄鸝空好音。**(**李念慈紅眉**)"自"字、"空"字,悵人之云亡而但見草色、聞鳥音也。"多"字何義?(**俞瑒甲本評**)承柏。(**嚴復墨眉**)山谷詠古諸作,如《徐孺子祠》《樊侯廟》等多同此機栝。(**許蓌聚紅旁**)二語但見祠堂之凄凉,而無祠堂也。(**李以峙墨眉**)(空好音)按,"多"不如"空"。**三顧頻煩天下計,**(**奚禄詒甲本眉**)後四句尚論有識。(**許蓌聚紅旁**)後解詠丞相。**兩朝開濟老臣心。**(**方拱乾評**)"開濟"二字出《晉書·劉琨傳》。(**俞瑒甲本評**)括盡當時情事。(**陳治墨眉**)"三顧"句言出處,"兩朝"句言勳名,簡而該,高老絶倫。"頻繁"即"頻煩",庾亮《讓中書令表》:"頻繁省闥,出總六軍。"**出師未捷身先死,**(**俞瑒甲本評**)最可惜處。(**秦應逵紅旁**)漁邨惟圈此。(**李以峙墨眉**)(未捷)按"用"字謬。**長使英雄淚滿襟。**(**傅山紅眉**)二語却不學□,"淚滿襟"三字甚陋,此□内得着矣。(**屈復評**)結意亦好,何草率乃爾?○王弇州將三四、五六易地,甚有所見。○《晉書》庾亮《表》:"頻煩省圖,出總六師。"①(**奚禄詒甲本旁**)賦也。(**秦應逵紅尾**)結意好,但語句何草率乃爾?(**吴廣霈墨眉批"吴云"**)包括頓挫,允爲確論。(**奚禄詒乙本墨旁**)即"伯仲之間見伊吕"之意。(**許蓌聚紅眉**)"未"字、"先"字妙,竟似後曾恢復而老臣未及身見之,體其心而爲言也。(**王伯沆紅眉**)安得古今人事一一就緒而後叙耶?(**佚名戊紅旁**)此詩音節悲壯,令人感慨,可以起諸葛公於九泉之下。

【彙評】

方拱乾評:一套之便厭極,其故可思。

俞瑒甲本評:激昂慷慨,八句詩抵得一篇大文字。

---

① 校注:"何草率",杭本作"句何草率";"《晉書》庾亮《表》:'頻煩省圖,出總六師。'"一句,杭本闕。

張學仁參定：上四寫祠堂之景，極其荒涼；下四寫丞相之事，極其悲壯。宗忠簡公臨殁時誦結句二語，千載英雄同此一哭。

秦應逵墨尾批心解：《順宗實録》中作“出師未用身先死”，“未用”，未展其用也，作“未捷”無味矣。讀袁子論武侯語，自知。

張雒敬墨旁：此詩惜被人鈔得爛熟耳。

梅　雨

題鮮于樞評：言四月梅熟而有冥冥之雨，茅茨易濕，雲霧不開，是以犀浦、長江，“盤渦與岸回”而漲，故蛟龍爲之喜。賦兼比也。

奚禄詒甲本旁：總是無味。

王鄰德紅旁：夏至前名黄梅雨。

南京西浦道，（**李以峙墨眉**）（犀浦）按“西”，音近而誤。（**佚名己紅旁**）成都有犀浦縣。四月熟黄梅。（**陳治墨眉**）明皇幸蜀，收成都爲南京。（**嚴復墨眉**）至德二年，以成都爲南京。湛湛長江去，（**佚名丁墨旁**）竺云：“湛湛長江水”，以“去”一字爲近體，且對下“來”字，不漫，可見非徒偷古人句。冥冥細雨來。（**方拱乾評**）“去”“來”二字不草草。（**奚禄詒甲本旁**）小小滋味。茅茨疏易濕，雲霧密難開。竟日蛟龍喜，（**奚禄詒甲本旁**）雨不止也。（**奚禄詒乙本墨旁**）水長也。盤渦與岸迴。（**奚禄詒甲本旁**）水又長。〇賦也。（**奚禄詒乙本墨眉**）後半全無味。（**秦應逵墨旁**）暗藏苦雨之人在内。

【彙評】

佚名丁墨尾：公在北方，無此蒸濕之象，故特以首句全領通篇，志風土也。

爲　農

題鮮于樞評：言於錦里烟塵外之江村僅數家，當圓荷浮葉、細麥落花之時，於此卜宅而爲農。然去國已遠，故慚葛洪之爲勾漏令而鍊丹砂。賦也。

錢陸燦丁本評：細嫩工緻，正見公之大家，無所不有。

李念慈紅眉：二三清冷巧妙，而氣仍不減。

奚禄詒甲本旁：此在浣花後。

題張問陶墨眉：吕氏《童蒙訓》曰：潘邠老云，七言詩第五字要響。"返照入江翻石壁，歸寒擁樹失山村"，"翻"字、"失"字是響字也。五言詩第三字要響，如此詩三四"浮"字、"落"字是也。竊以爲字字當活，活則字字自響。

嚴復墨眉：亂世卜居，得免兵戈之苦，故全首有喜意。

錦里煙塵外，江村八九家。（**俞瑒甲本評**）一詩之骨。圓荷浮小葉，細麥落輕花。（**方拱乾評**）細景寫得出。（**吕留良紅旁**）細嫩。（**宋犖紅眉**）"圓荷"一聯尚不傷纖，與仰蜂行蟻、芹泥花蕊有别，細玩自知。（**俞瑒甲本評**）跟"江村"説。（**朱方藹紅眉**）三四細緻，不妨偶一爲之，正見公之大，無不有、無不可也。卜宅從兹老，爲農去國賒。（**俞瑒甲本評**）有終老之志。遠慚勾漏令，不得問丹砂。（**奚禄詒甲本旁**）結不住上。（**奚禄詒甲本尾批**）賦也。（**奚禄詒乙本墨眉**）益州與"勾漏令"近，故引之。（**王鄰德紅尾**）晉葛洪聞交趾出丹砂，求爲勾漏令。

【彙評】

張學仁參定：潘邠老謂：五言詩第三字要響，如"浮"字、"落"字是響字也。後人欲成詩家，當先從響字着力。

佚名丁墨尾:《杜臆》:首句"煙塵外"爲一詩之骨。遍地兵戈,江村獨在煙塵之外,故有終老之志。煙塵不到,便同仙隱,乃以不得丹砂爲慚,戲詞也。

有　客

方拱乾評:疏直。〇不是沈宋,又不是元白。

錢陸燦甲本旁、丙本評:江干地僻,老病才盡,聞人足音而喜,幾於清談不饜矣。"百年粗糲",猶云家常茶飯也。

錢陸燦甲本眉:古本《賓至》後有《客至》詩。賓至,貴客也,慕公而來,竟不知,故進粗糲之飯,此人坐久而飢,飽餐而去,故有末句。"漫"字必"謾"字之誤。"謾","謂"字之義。藥闌必芍藥之闌。

汪琬乙本評:通篇順叙,結語一宕。

李念慈紅眉:詞氣倔强,音節沉痛。

王士禛評:作聲價却有致。

俞瑒乙本評:此首爲貴介之賓,後《客至》爲相知之客,二詩各見用意。

奚禄詒甲本眉:風流儒雅。

奚禄詒甲本旁:開手先占地步。

奚禄詒乙本紅眉:四句自處有地步,詩中不可無此風旨。

屈復評:一二是相見後語意,當在三四下,亦倒叙法。①

申頲墨眉:首尾皆佳,可稱完璧。

朱方藹紅眉:通篇順叙,結語一宕。

吴騫墨眉:作身價却有致。

---

① 校注:此批語杭本闕。

題張問陶墨眉:此詩叙情事而不及於景,乃七律獨創之體,不拘唐人成格矣。

陳治墨眉:與後《客至》同一章法,但覺彼善於此。

吴廣霈墨眉:不當凝練,自而丰神絶世,由其骨重神寒也。

沈巖眉:作聲價却有致。○《有客》蒼老,《狂夫》蕭散,各是一種風格。

幽棲地僻經過少,(**俞瑒甲本評**)反起。老病人扶再拜難。(**俞瑒甲本評**)前一層。豈有文章驚海内,(**俞瑒甲本評**)開。漫勞車馬駐江干。(**俞瑒甲本評**)合。(**題商盤紅旁**)流水對。(**錢載評**)《新序》:魏文侯見箕季進糲餐之食,瓜瓠之羹,文侯曰:"食我以糲餐者,季豈不能具五味哉?教我無多斂於百姓,以省飲食之養也。"六句蓋用此事。江干車馬客,必達官,非但自謙,兼帶諷意矣。竟日淹留佳客坐,(**俞瑒甲本評**)正轉。(**題商盤紅旁**)呼應句。百年粗糲腐儒餐。(**嚴復紅眉**)王云:作聲價却有致。不嫌野外無供給,(**陳治紅眉**)"不"一作"莫"。乘興還來看藥欄。(**俞瑒甲本評**)後一層。(**奚禄詒乙本墨眉**)"闌"字不用木傍。

【彙評】

張學仁參定:仇注謂:上四賓至,下四留賓而不及寫景,此七律獨創之體。

賓　至

題鮮于樞評:自言久病肺,而臨江卜宅,方將避俗之喧卑,頗亦宜人而疏快,應首聯。次乃言有客過而正巾,小摘園蔬,盖爲情親不嫌貧薄故耳。賦也。

方拱乾評:與右丞"雙童逐老身"同一景,一樣活現。

吕留良紅旁:老杜兩字題,或即詩,或用意,往往入妙。

奚禄詒甲本旁:前後二首,氣概相似。

奚禄詒甲本眉:五句纔入"有客",先以幽快振起。

盧見曾紅眉:顧宸曰:詞人聲價,高士性情,種種具見。朱瀚曰:一主一賓,對仗成篇,而錯綜照應,極結構之法。

盧見曾墨旁:此章見相款之情。上四賓至,下四留賓,直叙情事而不及於景。此七律獨創之體,不拘唐人成格矣。

患氣經時久,臨江卜宅新。(**方拱乾評**)鬆二句有地。(**嚴復墨眉**)"患氣",注家皆以爲指肺疾,吾以爲指時事。〇注家不誤,非指時事也。喧卑方避俗,疏快頗宜人。有客過茅宇,呼兒正葛巾。自鋤稀菜甲,小摘爲情親。(**汪琬甲本紅眉**)小摘。(**奚禄詒甲本旁**)賦也。(**奚禄詒乙本墨眉**)末即郭林宗雨中摘韭之情。

【彙評】

佚名丁墨尾:趙汸曰:自一句順説,至八句散淡率直,偶爾成章,而厭世避喧、少求易足之意,自在言外,所以爲不可及。

狂　夫

錢陸燦戊本評:此詩以"狂夫"爲題,前四言疏狂之意,後四言憶舊思家之情,狂中之窮愁也。

吕留良紅眉:題有詩意。

張雝敬墨旁:七言律起聯最難得佳,全集中如此者亦少。

奚禄詒甲本眉:雖摘詩中二字爲題,細看"萬里"四句皆有狂意,“籬前”四句皆有野意,正“晚節詩律細”也。

奚禄詒乙本墨眉:雖摘詩末二字爲題,其實是寫狂。〇細看句句有狂意。

盧見曾紅旁:盧元昌曰:因草堂而興感,詩成之後,用末句“狂夫”爲題。

盧見曾墨旁:此詩因草堂而興感,上四言草堂之景,聊堪自適;下四客况艱難,而記爲笑傲之詞。

朱方藹紅眉:興到之篇。

題張問陶墨眉:次聯上句風中有雨,下句雨中有風,蓋“涓涓静”,雨所挹也;“冉冉香”,風所送也。此爲互體。〇五六語最沉痛,然身瀕溝壑,而唯自笑疏狂,終不怨恨故人,可見公之曠懷矣。

陳治墨旁:興到之作。

吴廣霈墨眉:直抒胸臆,天趣盎然,此等詩並不得以律調繩之也已。

許㚒聚紅眉:此亦有感於裴冕而作。

王伯沆紅眉:高懷。

萬里橋西一草堂,(**奚禄詒甲本旁**)即此首句可以解前“東行萬里”句矣。百花潭水即滄浪。(**奚禄詒甲本眉**)起四句正有狂意。(**奚禄詒甲本旁**)即浣花溪。(**倪象占藍眉**)“萬里橋西”“百花潭水”,狂夫在此,故人知否?(**嚴復墨眉**)滄浪水在襄陽府。風含翠篠娟娟静,(**俞瑒甲本評**)景。(**奚禄詒甲本旁、乙本紅旁**)風中有雨。(**許㚒聚紅旁**)風中有雨。(**陳治紅眉**)“静”一作“净”。(**李以峙墨眉**)(净)按“静”形相近,然“静”字非。雨裛紅蕖冉冉香。(**奚禄詒甲本旁、乙本紅旁**)雨中有風。(**許㚒聚紅旁**)雨中有風。厚禄故人書斷絶,(**俞瑒甲本評**)情。(**張雝敬墨旁**)有觖望意,然不徑露。恒飢稚子色凄凉。(**朱方藹紅眉**)取其直率。欲填溝鬖唯疏放，自笑狂夫老更狂。（俞瑒甲本評）結出。（奚禄詒甲本眉）以疏放處飢寒，安往而不得貧賤哉？正是文人家法。（奚禄詒甲本旁）賦也。○詩成而以“狂夫”“野老”爲題。（李念慈紅眉）語憤。（嚴復墨眉）“惟”字其用同“猶”。（王伯沆紅眉）怨而不怒。

【彙評】

俞瑒甲本評：狂夫野老，或起或結，只是即事寫景之作。

張學仁參定：楊升庵謂詩中疊字實難下，愚謂如少陵所用，直與《詩經》“楊柳依依”“馬鳴蕭蕭”比美，體物之妙，幾於化工。

奚禄詒乙本墨眉：以疏放處飢寒，焉往而不得貧賤哉？正是文人家法。

奚禄詒乙本墨眉批仇注：“緣江路熱俯青郊”，堂在東郊，錢箋安得爲在西郊？

田　舍

題鮮于樞評：言田舍幽僻，而景物瀟灑。蓋曰田舍、柴門，當清江古道之傍，而“草深”“地僻”，“迷市井”“嬾衣裳”，且有櫸柳、枇杷，鸕鷀曬翅於漁梁之上，豈不佳哉？

方拱乾評：七句景却實中有虚。○可見以虚實論者猶淺也。

奚禄詒甲本眉：閑中有味。

奚禄詒甲本旁：句句轉下。

奚禄詒乙本墨眉：幽閑有味。○出他人之手，必寫得尖酸。

田舍清江曲，柴門古道旁。草深迷市井，（奚禄詒甲本旁）亦雅。地僻嬾衣裳。櫸柳枝枝弱，枇杷樹樹香。（王鳴盛墨眉）“樹樹”一作“對對”。**鸕鷀西日照，曬翅滿魚梁。**（**方拱乾評**）轉景結。（**奚禄詒甲本旁**）幽雅。（**奚禄詒甲本旁**）賦也。

【彙評】

佚名丁墨尾：敘意在前，綴景在後，倒格見致。

江　村

方拱乾評：通首一“幽”字。中四句“事事幽”也。○元白定不能到。開元白之先，而深厚非所能及。

傅山紅眉：通是惡道，與宋詩何□？

吕留良紅旁：意亦清淺閑曠，但格調卑弱逼宋耳。

盧見曾墨旁：“燕”“鷗”二句見物我忘機，“妻”“子”二句見老少各得。蓋多年匍匐，至此始得少休也。

申頲紅眉：家隱君曰：杜集中只此一首俗詩，選《千家詩》者，却便尋去，亦大奇事。

錢載評：有言五六開宋派，非真知也，掃開塵翳乃可獨造唐宋之分哉？詩之通者，讀過後紙上乃無一字。

題張問陶墨眉：語語清真有味，不得以其開宋派而少之。○杜詩不難於老健，而難於輕鬆，此詩見瀟灑流逸之致。

吴廣霈墨眉：起好，下六平庸未稱，已稍嫌開宋派。

奚禄詒乙本紅旁：自然閑雅。

許菱聚紅眉：我無人去來，則自去自來有梁間之燕；我無人親近，則相親相近有水中之鷗。

倪象占藍眉：郭云：清空一氣如話。

清江一曲抱村流，長夏江村事事幽。（傅山紅旁）太率意則無味。（錢陸燦戊本評）疊字法。只作"事事幽"三字，而江村互用於其中。（俞瑒甲本評）起下。（題商盤紅旁）領起。（奚禄詒甲本眉）六月謂之長夏，"長"音鬯。（奚禄詒甲本旁）以下皆"事事幽"也，以"江村"二字分合也。（奚禄詒乙本墨眉）"長"音暢，六月也，人皆不知。（王伯沆紅眉）雖云"事事幽"，益見無聊之甚耳。自去自來堂上燕，（俞瑒甲本評）村。（題商盤紅旁）分疏句。（題商盤紅旁）掉字句。（奚禄詒甲本旁、乙本紅旁）村也。（奚禄詒乙本墨旁）下面正是"事事幽"。（李以峙墨眉）（自來）按，"歸"字不響。（陳治紅眉）"堂"一作"梁"。相親相近水中鷗。（俞瑒甲本評）江。（奚禄詒甲本旁、乙本紅旁）江也。老妻畫紙爲棋局，（俞瑒甲本評）村。（奚禄詒甲本旁、乙本紅旁）村也。稚子敲針作釣鈎。（俞瑒甲本評）江。（屈復評）棋局本以木爲之，今以紙，取簡便也，故與"敲針"對方工。①（奚禄詒甲本旁、乙本紅旁）江也。（奚禄詒甲本眉）五六自然閑雅。（嚴復墨眉）荆公《悼王隱士詩》云："老妻稻下收遺穗，稚子松間拾墮樵。"學此。多病所須唯藥物，（王鳴盛墨眉）七句《英華》作"但有故人供禄米"。微軀此外更何求？（方拱乾評）結句若在他人即是湊，在公即是真，可思可思。（吕留良紅眉）結更弱。（奚禄詒甲本旁）賦也。○藥物之外無求，不獨知足知止，眼見藥物亦不能有也。苦哉！（奚禄詒乙本紅眉）藥物之外無求，不獨知足，眼見藥物亦不能有也。苦哉！

【彙評】

錢陸燦丁本評：意亦清淡閑曠，但格調卑弱近宋耳。閱此知杜詩無所不有，故爲大家。

張學仁參定：中四切"事事幽"說，筆意鬆活，已闢宋人門徑。然宋

① 校注："以木爲之"，杭本作"木爲之"。

人如荆公、東坡、山谷、無己、莘老、放翁莫不宗杜，皆有名論，自後人不善學之，專仿直率生硬之句，遂至分唐界宋，判若兩途。

倪象占藍眉：劉云：全首高曠，真野人之能言者。

江　漲

方拱乾評：通首一"急"字。

俞瑒乙本評：三四言其急，下則漲定後，別開境界矣。

奚禄詒甲本眉：五六斷是形下，"小楫"若實指鷗燕，於江漲一步説不去。

奚禄詒乙本墨眉：謂之"江漲"，安得有細動之燕、輕摇之鷗？二句是形容下面小艇耳。○五六起下，言小艇之如燕如鷗。

盧見曾紅旁：落落寫來，極有聲勢。他人一經模畫，便覺與題不似。

題張問陶墨眉：動曰"細"，摇曰"輕"，因鷗燕之得趣，亦水使之然，此於無情中看出有情。

題張問陶墨眉：三四句意警拔，全在"吹""蹴"字下得奇。

江漲柴門外，兒童報急流。下牀高數尺，倚杖没中洲。（**朱方藹紅眉**）三四言其速，下聯則漲已定後，別開一景界矣。（**佚名戊紅旁**）"下床""倚杖"二句，言江漲之急，在瞬息之間耳。細動迎風燕，輕摇逐浪鷗。（**嚴復墨眉**）"細"字就燕説，"輕"字就鷗説，非就江漲説，亦非就"動""摇"二字説也。○本是"細燕迎風動，輕鷗逐浪摇"，而煉之成此。（**奚禄詒乙本墨旁**）急趨下去。漁人縈小楫，容易拔船頭。（**李念慈紅眉**）縈，繫也，與"拔"字相應，"捩"字何以相貫？（**奚禄詒甲本尾批**）五六貫下，乃形容小楫語。○賦也。

野　老

方拱乾評:"關心""何意",非草草下筆,佳句。

錢陸燦丁本評:寫臨江之景,遠近相涵,淺碧輕紅,可作畫本。○下,上聲,漁人下網也。

汪琬乙本評:眼前景物道破,非老手不能。中二聯相承,虛實俱妙。

李念慈紅眉:前半如畫,後半出公憂時本懷。

題商盤紅眉:前半賦景,後半寫懷。當此時,對此景,抱此懷,提筆一直寫就,詩成乃拈二字爲題,此類皆漫興之作。

奚禄詒甲本旁:江村之景如畫。

奚禄詒乙本墨眉:前四句江村之景,後四句感慨,有不如漁人、賈客之意。

盧見曾紅旁:劉會孟曰:前半句句洗削。黄生曰:前摹晚景,真是詩中有畫;後説旅情,幾於淚痕濕紙矣。

屈復評:前景後情,次句寫景如畫。

朱方藹紅眉:眼前景色道破,非老手不能。中二聯相承,實虛俱妙。

吴士模墨眉:眼前景色道破,非老手不能。中二聯相承,虛實俱妙。

吴農祥評:三四濃煉。

題張問陶墨眉:"長路關心",既傷入蜀;"片雲何意",又嫌留蜀。下句作比喻。○前幅摹晚景,真是詩中有畫;後幅説旅情,幾於淚痕濕紙矣。

秦應逵墨眉:前四景,後四情。

吴廣霈墨眉:"柴門不正"四字寫得出天然景象。○"片雲"句何處得來，神到興隨，思入風雲變態中矣。

倪象占藍眉：郭云善叙事。〇劉云句句洗削。〇第七句，劉云亦與人無異。

野老籬前江岸回，（**題商盤紅旁**）上因起。柴門不正逐江開。（**汪琬甲本紅旁**）村徑逐門成。（**方貞觀紅旁**）杜習。（**申頲紅旁**）寫露居景風致，却如許嫵媚。（**秦應逵紅旁**）如畫。（**王伯沆紅眉**）入妙。漁人網集澄潭下，（**錢陸燦甲本眉批**）下，上聲，漁人之網也。與"麒麟不動爐煙上""上"字參看。（**錢陸燦丙本評**）鐵牛云：下，下網也。（**俞瑒甲本評**）承"江"説。（**嚴虞惇紅旁**）下，下網也。（**題商盤紅旁**）折腰句。（**奚禄詒甲本旁**）"下"是下網也。（**許蓤聚紅眉下**）讀斷而一時之景在其中矣。（**許蓤聚紅旁**）下，漁人下網也。賈客船隨返照來。（**孫承澤墨旁**）如畫。（**申頲紅眉**）堪畫。（**申頲墨眉**）二句真切。長路關心悲劍閣，（**俞瑒甲本評**）野老之情。（**題商盤紅旁**）歇後句。（**奚禄詒甲本旁**）承四句轉。（**奚禄詒甲本旁**）"關心悲劍閣"者，憶從劍閣而歸秦也。（**奚禄詒乙本墨眉**）"關心悲劍閣"，憶從此而歸秦也。片雲何意傍琴臺？（**奚禄詒甲本旁**）承三句轉。（**奚禄詒甲本旁**）五六正是"此生那老蜀"之素志。（**秦應逵墨旁**）片雲，比也，自謂。（**嚴復墨眉**）琴臺，相如琴臺，在浣花溪北。王師未報收東郡，（**俞瑒甲本評**）所以居此。（**奚禄詒甲本旁**）洛陽也。城闕秋生（**俞瑒甲本評**）洪仲謂"生"字屬"秋"説。畫角哀。南京同兩都，得云城闕也。（**奚禄詒甲本眉**）結二句是兩意，言京洛諸郡未能克復，而蜀中亦不平安，正與五六相應。（**奚禄詒甲本旁**）賦也。（**奚禄詒乙本墨眉**）結二句是兩意。東郡是京洛諸郡，城闕是成都，因玄宗之幸得稱城闕，言東郡未能克復，而蜀中又不安靖。（**奚禄詒乙本紅旁**）二句正應五六。

【彙評】

題商盤尾：劍閣乃由蜀入京之道，因盜賊未寧，歸路有梗，故作歇後云。“長路關心”，悲劍閣之難越；“片雲何意”，傍琴臺而不歸。

張學仁參定：上四摹寫江景，已極工致，更得結語一振，通體俱健，覺皇甫冉“聞道王師猶轉戰”一聯尚無力。

沈巖尾：上半首如此幽偪穩樂，下半首却如此心事，便是天下爲心，非欲自有餘而已，分明稷契自待。題曰“野老”，益苦耳。

雲　山

題鮮于樞評：言兩京無消息，思念不已，心神空交於作賦之客，而目力已盡於望卿之臺。況吾以老病卧此江邊，雖有親朋，當日暮而各回。末章若曰，我本投閑致[置]散之人，何事憂國若是之深乎？賦而比也。

汪琬丙本評：意緒甚雜。

題商盤紅眉：不言己而言物，不言己復哀而言物不宜哀，此之謂意深，此之謂筆曲。“水宿”二字反照“雲山”，回挽之法，尤入化境。

王鄰德墨眉：言兩京無消息，思念不已，心神空交於作賦之客，而目力已盡於望鄉之臺，況吾以老病卧於江邊，雖有親朋，當日暮而各回矣。末聯若曰，我本投閑致[置]散之人，何事憂國若是之深乎？

京洛雲山外，音書静不來。（**奚禄詒甲本旁**）“不來”只好説静，正是無聊之極。（**奚禄詒乙本墨眉**）“静不來”是無聊之詞。神交作賦客，（**題商盤紅旁**）藏頭句。倒承一二。（**奚禄詒甲本旁、乙本墨旁**）非楊、馬。力盡望鄉臺。隋蜀王秀所築。（**奚禄詒甲本眉**）“京”是長安，“洛”是洛陽。班孟堅有《西都》《東都賦》，張衡有《西京》《東京賦》。“神交”二客者，所以思兩都也。(**奚祿詒乙本墨旁**)三承上，四轉下。(**奚祿詒乙本墨眉**)班孟堅有《西都》《東都賦》，張衡有《西京》《東京賦》。公思兩都，故曰"神交"二客。(**嚴復墨眉**)"望鄉臺"在成都，隋蜀王秀所築。**衰疾江邊卧，親朋日暮回。白鷗元水宿，**(**題商盤紅旁**)意在句前。**何事有餘哀？**(**方拱乾評**)結句應起句，合看乃妙。(**奚祿詒甲本尾批**)賦也。(**奚祿詒乙本墨眉**)末句是自寬之詞，非自慰也。(**王鄰德紅尾**)此章詞旨甚明，舊注牽强，俱無可取。(**佚名丁墨旁**)竺云：適當日暮送親朋，别情依依，時而白鷗之鳴，亦似有哀，故偶然言此爾。

【彙評】

佚名丁墨尾：懷故鄉也。全首都打入末句"哀"字中，而末句却又撇開，使人不可捉摸。一二哀之，由神交將以寄哀，力盡將以舒哀。五六莫可言哀，如此則哀甚矣。末乃借眼底江鷗以自況自解，通首俱化煙雲。

遣　興

題鮮于樞評：言干戈未定，而弟妹分離，且己衰老多病，非久於人世者。奈何天地闊遠，恐無相見之期，故傷悲而血霑衣耳。賦也。

方拱乾評：狠苦直寫。

李念慈紅眉：淒婉。

俞瑒乙本評：情至之語，五六言所處不堪，悲切動人。

奚祿詒甲本眉：懷弟妹也。"天遠暮江遲"，真不可及。

奚祿詒乙本墨眉：慘不可讀。〇五六已吸起"無見時"。

奚祿詒乙本紅眉：一氣而下。

盧見曾紅旁：五六悲慨之言，又極沉雄。

朱方藹紅眉：其語甚悲，而其意則甚平，《小雅》之餘，怨而不怒。

王鄰德墨旁：通首是憶弟妹，憶而淚沾，憶而頭白，然地荒天遠，身又衰病，應無見汝之期矣。

王鄰德墨眉：衰老他鄉，天遠江遲，於干戈未定之秋，自傷弟妹，未知所止，多應無相見之期也。題以"遣興"，安能遣哉？

沈巖旁：情致之語，無容雕飾，只假借不得便他處便佳。

干戈猶未定，弟妹各何之？（**俞瑒甲本評**）主句。拭淚霑襟血，（**俞瑒甲本評**）承憶弟妹說。梳頭滿面絲。 地卑荒野大，天遠暮江遲。 衰疾那能久，（**俞瑒甲本評**）應第四句。應無見汝時。（**方拱乾評**）結太悲，轉覺易盡。（**方拱乾評**）結語狠苦直寫。（**俞瑒甲本評**）收"弟妹"。（**奚祿詒甲本尾批**）賦也。○八句皆懷。五六景中有無限之情。（**吴廣霈墨眉**）結語沉痛欲絶。（**王鄰德藍尾**）今昔同慨，讀之欲淚。

【彙評】

張學仁參定：情至之語，全無雕琢，只是借不得他處。

佚名丁墨尾：傷離歎老，一詩之幹。以三四作轉樞。"霑巾[襟]血"申上"弟妹""何之"之慘，"滿面絲"起下"衰疾""那久"之悲，既以亂而分離，且恐老而長別，誰能堪此乎？

石筍行

錢陸燦乙本紅眉：如此等作皆宋初人所謂"村夫子"者也。○只説治水不在厭勝，水患終藉堤防，調燮陰陽，自無水患矣。

錢陸燦丁本評:《石筍行》《杜鵑行》,純以議論成文,雖刻苦出奇,難以爲工,宜其起宋人江村派也。

汪琬丙本評:此等句在大家不妨,然不可學。

嚴虞惇紅眉:詩作於上元年,時李輔國離開兩宫,故賦石筍以譏之。

屈復評:比擬不快。①

奚禄詒甲本眉:《石筍》《石犀》,詩體雖變,關係可取。

錢載評:此種讓公獨作不能有,老筆至此。

陳治墨眉:比擬不快。

嚴復墨眉:注家以此詩爲李輔國而作,亦或有之,但中間牽合處殊强,讀之令人索然,不能隨衆爲諛頌也。

君不見益州城西門,(**奚禄詒甲本旁**)漢武改梁州爲益州。陌上石筍雙高蹲。(**方拱乾評**)起得高老,他人斷斷不能。(**奚禄詒甲本旁**)南北二柱。古來相傳是海眼,苔蘚蝕盡波濤痕。(**奚禄詒甲本眉**)止於辨惑,不必附會。(**奚禄詒乙本墨眉**)卓識足以辨惑。雨多往往得瑟瑟,(**嚴虞惇紅尾**)瑟瑟,碧珠也。此事恍惚難明論。(**申頲紅眉**)唐人好紀怪誕不經事,只是識卑學淺,二語可破其鄙。恐是昔時卿相墓,立石爲表今仍存。(**申涵光甲本評**)二語省世人多少迷惑!凡於世間怪誕事,當作此想。惜哉俗態好蒙蔽,亦如小臣媚至尊。政化錯迕失大體,坐看傾危受厚恩。(**奚禄詒甲本眉**)卓識老筆,足以辨惑。(**奚禄詒乙本墨眉**)却饒不過時人。嗟爾石筍擅虚名,後來未識猶駿奔。安得壯士擲天外,使人不疑見本根。(**奚禄詒甲本旁**)賦也。

---

① 校注:此批語杭本、吴本無。

【彙評】

奚禄詒乙本墨眉:《石犀》《石筍》《最能行》等篇體格雖變,然關係處尚未失本分,若《牽牛織女》則牽纏矣。○《石筍》《石犀》意在辨惑,真有關大風化。

石犀行

方拱乾評:與《石筍》同。"忽迂"二句,妙,妙。

錢陸燦乙本紅眉:用鮑語意記時事。

奚禄詒甲本眉:與《石筍》同體,必工部盛年之作。○《石筍》《石犀》二作意在辨惑,未免著了議論。○宋人不善學工部,學者宜知。

奚禄詒乙本墨眉:何大復謂詩法䕫杜,雖不可謂之亡,如《石筍》等篇,體亦大變矣,宜其起宋人一種村惡之派。余曰:宋人不善學杜,公自老。公自晚年筆力縱横,詩律却細,而旨趣多近二雅,大復何淺之乎窺杜也?

盧見曾紅旁:斥不經之談,歸之正道。筆力傑奡,不落言筌。視《石笋行》,尤爲擅勝。

汪琬丙本評:純涉議論,抹其甚者。

嚴虞惇紅眉:此詩譏廟堂無經濟之人。

陳治墨眉:議論正大光明。

君不見秦時蜀太守,刻石立作三犀牛。(**奚禄詒甲本眉**)《元和郡國志》:灌口山在彭州導江縣,文翁穿湔江灌溉。○李冰作犀牛五頭,後止二犀可致。(**吴廣霈墨眉**)或云當作"五犀牛",則"三"字應是訛字。自古雖有厭勝法,(**汪琬甲本紅眉**)"厭勝"二字知誤出。天生江水向東流。蜀人矜誇一千載,泛溢不近張儀樓。(**汪琬甲本紅眉**)少城。(**李念慈紅眉）可以辟妄。今年灌口損户口，此事或恐爲神羞。終藉堤防出衆力，（李以峙墨眉）（修築）按作"終藉"是，形近而訛，然亦甚説得去，此則誤而無礙者也。高擁木石當清秋。（奚禄詒乙本墨眉）明人言詩，只要不作議論，此固然耳。然至古詩有關係者，雖加論，亦是史法。（沈巖眉）就正道中又有本末，堤防者隨時補救之，方調和元氣，則先事而圖於未形也。先王作法皆正道，詭怪何得參人謀。（嚴復墨眉）有大招褒衣氣象。嗟爾三犀不經濟，缺訛只與長川逝。（奚禄詒甲本眉）正逆承"堤防"二句。（嚴復墨眉）"不經濟"是今日新名，詞見甲寅年《甲寅雜誌》《庸言報》。但見元氣常調和，自免洪濤恣凋瘵。安得壯士提天綱，（李以峙墨眉）（壯士）按此與上篇一體，當從"壯士"。再平水土犀奔茫。《後漢書》：户口減如毛米。（奚禄詒甲本旁）賦也。（李以峙墨眉）（奔茫）按二字殆公自造，即奔逃之義，作"蒼茫"則費解矣。（沈巖旁）總收"天人"二字。

杜鵑行

方拱乾評：奇恣不可方物。

錢陸燦甲本旁：用鮑語意記時事。

汪琬乙本評：鈍。○結多事意，在照應首段，然無味。

吕留良紅眉：奇怪備疑。

盧見曾墨旁：此詩託諷顯然，鶴注援事證詩，確乎有據。張綖疑"帶羽翮""傷形愚"句謂非所以喻君父，亦太泥矣。蓋託物寓言，正在隱躍離合間，所謂言之者無罪也。

吴廣霈墨眉：李杜齊名，各有獨到之作。李之一生得意之作，杜不能爲；杜老一生得意之筆，李亦不能到也。唯其獨到，各有擅場，所以爲異曲同工也。否則，一丘之貉而已，何所異，亦何所同哉？

奚禄詒甲本眉：觀"羞帶羽翮傷形愚"，必非悼玄宗明矣。有以此爲玄宗而賦者，余謂其太褻，不如止作詠杜鵑自老。

奚祿詒甲本旁：題有三首。

奚祿詒乙本墨眉：杜公止是賦杜鵑，豈敢以鳥比君乎？即悲鳥鳴事，可見望帝化鳥，亦是妄傳，如鮑明遠詩，豈亦比何王乎？宋人論詩，只要處處作比，可笑。

奚祿詒乙本墨旁：此題有二首，一首司空曙作，誤入。

沈巖旁：不如鮑明遠。

沈巖眉：應爲李輔國遷劫上皇而作。時父子暌隔而玉真公主又出居於外，所謂"骨肉滿眼身羈孤"，用意顯悲。

君不見昔日蜀天子，化作杜鵑似老烏。寄巢生子不自啄，群鳥至今與哺雛。雖同君臣有舊禮，骨肉滿眼身羈孤。（**錢陸燦甲本眉批下**）此亦寫明皇西内之苦。（**錢陸燦丙本評**）此寫明皇西内之苦。（**奚祿詒甲本旁**）生不能事、死不能祭者，謂"骨肉滿眼身羈孤"也，讀之慨然。（**奚祿詒乙本紅旁**）應"寄巢生子"句。（**嚴復墨眉**）既"骨肉滿眼"，則不得云"孤"。今乃云"骨肉滿眼身羈孤"，造語可思。業工竄伏深樹里，四月五月偏號呼。其聲哀痛口流血，所訴何事常區區。（**嚴復墨眉**）"常區區"猶云常如是也。爾豈摧殘始發憤，（**奚祿詒乙本紅旁**）應"口流血"句。（**李以峙墨眉**）（豈）按當從"豈"，"惟"字無力。（**李以峙墨眉**）（始）按作"如"，形近而訛。羞帶羽翮傷形愚。（**丁耀亢紅眉**）正説玄宗入大内一段心事。（**汪琬甲本紅眉**）形愚，骨癡。蒼天變化誰料得，萬事反覆何所無。萬事反覆何所無，（**方拱乾評**）申一句，聲如曼曼，乃悲。豈憶當殿群臣趨。（**汪琬甲本墨眉**）喚起劉禪、陳叔寶、隋煬諸人。（**汪琬丙本評**）結意在照應首段，然無味。〇本鮑照《行路難》。（**呂留良紅眉**）必得此結。（**奚祿詒甲本尾批**）賦而比也。（**奚祿詒乙本墨眉**）結後是正意。〇此作總是富貴生死無定之意。（**吴錫麒紅眉**）仍責以自作之孽，通篇方有歸宿。

【彙評】

張酟敬墨旁:此的爲明皇遷居西内而作。

題壁畫馬歌韋偃畫

方拱乾評:樸而嚴。五六句豈元白所能望?

汪琬乙本、丙本評:樸老絶倫。

宋犖紅眉:東坡《韓幹十四馬》作實從此出。

奚禄詒甲本眉:乃畫於子美室壁間。

盧見曾紅旁:屹然健筆,轉出命意,乃詩人之旨。

朱方藹紅眉:樸老絶倫。

吴士模墨眉:樸老絶倫,數語亦自不同。

吴廣霈墨眉:勢勁節短,此徐夫人之匕首也。

韋侯别我有所適,知我憐君畫無敵。(**方拱乾評**)十四字有許多奇氣古色,人學不及。戲拈秃筆掃驊騮,欻見騏驎出東壁。(**錢陸燦甲本簽條夾批**)騏驎,《戰國策》:王斗曰:"世無騏驎騄耳,王之駟已備矣。"吴若本注陋甚,權商仍之何耶?豈以其近而忽之耶?卷四第五頁注。(**申頲紅眉**)戲拈秃筆,乃名士之致,所以異於畫工。(**張酟敬墨旁**)兩匹馬側串,寫出因宋人之疑,益見其用筆之妙,輒不禁高誦曰:"晚看作者意,妙絶與誰論。"一匹齕草一匹嘶,坐看千里當霜蹄。(**張酟敬墨旁**)"一匹齕草一匹嘶"承上二句意,一爲"掃驊騮","欻見騏驎"爲是語病,至聚訟不决。時危安得真致此,與人同生亦同死。(**方拱乾評**)結馬却是結畫。(**方拱乾評**)一"真"字見畫。(**張酟敬墨旁**)短篇而有長江大河之勢,氣足故也。(**奚禄詒甲本尾批**)賦也。(**李念慈紅眉**)結遒勁有力。(**吴廣霈墨眉**)收筆忼爽不凡,沉著痛快。

【彙評】

錢載評:短幅遂以極筆收,亦偶然耳,不學可也。

吴廣霈墨尾:欲韋畫松乃偏,不畫松而爲之畫馬亦奇,安得無此奇作?

戲題畫山水圖歌王宰畫,宰丹青絶倫

方拱乾評:老在行。

錢陸燦丁本評:"能事"句深體作者興趣,而本領亦在内,憑空結撰,却似成語。

李念慈紅眉:一氣舒卷,壯闊綿邈,莫不盡神。結意生象外,突勁。

屈復評:章法簡練,意甚高遠,杜題畫中上乘也。○何等神骨。①

奚禄詒甲本眉:起説得珍重。○"巴陵"二句喚起下六句來。○收得脱灑。

奚禄詒甲本旁:開口矯之,到底名手。

盧見曾紅旁:如"男兒既介胄,長揖别上官"用"介胄之士不拜","婦人在軍中,兵氣恐不揚"用"軍中豈有女子乎",皆用其事而隱其語。

盧見曾墨眉:首段贊王宰圖畫,中段記圖中山水,末段將看畫作結,蓋玩賞不忍釋也。

朱方藹紅眉:直是自抒性靈,山川走其腕下。

吴錫麒紅眉:故作遅難之筆,是戲王宰,是争身分。

① 校注:"何等神骨",杭本闕。

題張問陶墨眉：不受迫促，方得從容盡其能事，此見王宰品格，亦見主人知音。

秦應逵紅眉：章法簡煉，意甚高遠，杜題畫中上乘。

王伯沆紅眉：有意到筆隨之妙。

十日畫一水，五日畫一石。（**吕留良紅眉**）起便奇妙。（**題商盤紅旁**）就畫工説起。（**奚禄詒乙本墨眉**）説得尊重。能事不受相促迫，王宰始肯留真迹。（**吕留良紅旁**）最得人情理趣。（**張雝敬墨旁**）將畫家人品、心性一齊寫出，真所謂“前身應畫師”也。壯哉崑崙方壺圖，（**題商盤紅旁**）跌入。挂君高堂之素壁。巴陵洞庭日本東，（**嚴虞惇紅旁**）題畫。（**厲鶚評**）形容山水圖。赤岸水與銀河通，（**李以峙墨眉**）（赤岸）按此連用地名，“南”字非。（**嚴復墨眉**）“巴陵洞庭”而接以“日本東”三字，此何異莊周言“我知天下之中央，越之南，燕之北”耶？中有雲氣隨飛龍。（**吕留良紅眉**）玄語忽從空來。（**秦應逵紅旁**）忽插一單句，筆致別。（**沈巖眉**）“中有雲氣”句一本無之，二句乃風雨欲來之景，豈可無此句耶？舟人漁子入浦漵，山木盡亞洪濤風。（**方拱乾評**）宕開，推一步作結。（**李以峙墨眉**）（亞）按“帶”字便平庸。（**佚名戊紅眉**）此句真得畫之妙趣。尤工遠勢古莫比，（**嚴虞惇紅旁**）用餘文洗剔。（**題商盤紅旁**）足出另一長卷。（**盧見曽墨旁**）蔡絛《西清詩話》曰：“梁蕭文奂善畫，於扇上圖山水，咫尺之内，便覺萬里爲遥。”“尤工遠勢”二句，即暗用此事也。咫尺應須論萬里。（**張雝敬墨旁**）論畫妙訣。焉得并州快剪刀，（**厲鶚評**）豪語。（**沈巖旁**）收出“戲”字，與促迫反對。剪取吴松半江水。（**方拱乾評**）公曾遊吴，思之不忘，故欲剪吴淞江水也。（**王士禛評**）結見題中“戲”字。（**題商盤紅旁**）結出“戲”字意。（**奚禄詒甲本尾批**）賦也。（**奚禄詒乙本紅眉**）收得脱灑，神亦曠然。（**張雝敬墨旁**）通首高老無匹，俊逸倍常。（**徐昂發評**）末二句即上咫尺萬里意。（**吴士模墨眉**）奇絶。（**秦應逵紅尾**）結見“戲”字。

（吴廣霈墨尾）一結儁妙，出人意表。

【彙評】

錢陸燦甲本眉：《益州畫記》：宰大曆中家於蜀，與杜同時，此歌又語成都時作，其許與益知不妄。

錢陸燦乙本墨眉：《益州畫記》：宰大曆中家於蜀，杜與同時，此歌又居成都時作，其許與益知不妄。

李念慈紅眉批錢箋注釋：注内評畫多妙。

吕留良紅眉：奇絶。

戲爲雙松圖歌韋偃

方拱乾評：樸而□，非公不能。太白一樸即鄙。

丁耀亢紅眉：千載光芒，如劍在匣。

錢陸燦丁本評：突兀起，不妨平接；平調起，必須用警語接。此作古風之法。“兩株”四句寫枝寫幹寫葉，造語險怪，“葉裏松子”句又極幽巧。

李念慈紅眉：與前首同一機軸，而此首用筆較辣。

吕留良紅眉：看它題畫歌行，篇篇奇，篇篇别，老語玄思，李翰林不及。

吴農祥評：便老放。〇看此老筆底畫意。

奚禄詒甲本眉：通篇磊落不群。

盧見曾紅旁：題畫諸篇，刻意冥搜，積思獨造，與太白《觀粉圖山水》諸篇並駕齊驅，遂爲此題之祖。至於思業高奇，縋幽鑿險，則杜老又似稍優者。蓋其詣力所近，更覺良工心獨苦也。沈德潛曰：突兀起，不妨平接，如“堂上不合生楓樹”，下云“聞君掃却赤縣圖”

是也。平調起，必驚語接，此詩是也。學者如此求之，思過半矣。

盧見曾墨眉：首段贊韋畫松，二段摹古松之狀，三段記松下僧人，末段索韋畫松以戲之也。

申頲紅眉：氣概磊落。

吴錫麒紅眉：爲畫松張惶，接法奇崛。

題張問陶墨眉：突兀起，不妨平接，如"堂上不合生楓樹"，下接"聞君歸却赤縣圖"是也。平調起，必須用警語接，如"天下幾人畫古松"，下接"絶筆長風起纖末"是也。學者於此求之，思過半矣。〇湯文圭《九華雨吟》"雷劈老松疑虎怒，雨衝陰洞覺龍腥"，造句奇峭，足以相當。

徐松紅眉：歸愚曰：突起不妨平接，如"堂上不合生楓樹"是也；平調必須警接，此詩是也。

陳治墨眉：老筆奇氣，足排萬人。

吴廣霈墨眉：險怪之筆，陸離之思，正所謂"語不驚人死不休"也。

天下幾人畫古松，(**李以峙墨眉**)(古松)按此正點題，"樹"字便非。畢宏已老韋偃少。(**朱方藹紅眉**)老筆奇氣，足排萬人。(**吴騫墨眉**)起便老放。(**嚴復紅眉**)漁洋云：起便老放。絶筆長風起纖末，(**奚禄詒乙本紅眉**)起得磊落。(**沈巖旁**)虛勢先合，枝枝交錯。(**沈巖眉**)先從松針説起。(**沈巖眉**)突兀起，不妨平接，如"堂上不合生楓樹"，下接"聞君掃却赤縣圖"是也。平調起，必須用警語，如"天下幾人畫古松"，下接"絶筆長風起纖末"是也。學者於此求之，古風之法得矣。滿堂動色嗟神妙。(**方拱乾評**)四句來路。(**厲鶚評**)此泛叙韋郎平日。(**錢載評**)極清楚。(**墨眉**)詩意乃謂絶妙之筆，非獲麟之絶筆也。兩株慘裂苔蘚皮，屈鐵交錯迴高枝。(**錢載評**)刻劃寫足。(**吴騫墨眉**)看此老筆底畫意。(**吴錫麒紅眉**)刻畫語鎮□□定。**白摧朽骨龍虎死，**（**方拱乾評**）崆峒得此矣。（**厲鶚評**）奇語。（**沈巖旁**）承“皮裂”，透出“古”字。**黑入太陰雷雨垂，**（**方拱乾評**）八句題畫。（**朱方藹紅眉**）似古樂府。（**奚禄詒甲本眉**）“白摧”二句言骨幹之老與氣勢之森。《史記》：極南爲太陽，極北爲太陰。（**奚禄詒乙本紅眉**）真思玄構，畫者不及。（**張甝敬墨旁**）刻畫險怪，即公所自謂“語不驚人死不休”者也。**松根胡僧憩寂寞，**（**厲鶚評**）補松下僧。**龐眉皓首無住著。**（**錢陸燦乙本紅旁**）昌黎遠不能到。（**吴廣霈墨眉**）筆老氣蒼，穩稱畫松。（**張甝敬墨旁**）老氣無敵。**偏袒右肩露雙脚，葉裏松子僧前落。**（**王鐸評**）可止。（**方拱乾評**）是絶妙佛法語，却是瀾，不是正意。公之禪，詩禪也，非禪也。（**方拱乾評**）静細居然佛法。（**錢陸燦乙本紅旁**）可止。（**李念慈紅眉**）“葉裏”句神妙入化。（**奚禄詒甲本紅眉、乙本紅眉**）閑遠。（**張甝敬墨旁**）凡題畫詩要有生動意，人皆知之，然未免着力摹擬得似失真，若“葉裏松子僧前落”七字，則似絶不經意者，故妙。（**嚴復紅眉**）漁洋云：看此老筆底畫意。**韋侯韋侯數相見，**（**厲鶚評**）拓開作結。（**錢載評**）極清楚。**我有一匹好東絹，重之不減錦繡段。**（**方拱乾評**）四句去路。**已令拂拭光凌亂，**（**沈巖眉**）“光凌亂”並映前“風起”。**請公放筆爲直幹。**（**方拱乾評**）歷看幾首題畫之結可悟。（**奚禄詒甲本尾批**）賦也。（**奚禄詒乙本紅眉**）如此起結，吞吐顛倒。（**吴騫墨眉**）或云末五句可去，而題曰“戲韋偃”，固不妨作此跌宕也。（**沈巖尾**）“絶筆”“放筆”，前後關鎖。（**沈巖尾**）結句有寓意。

【彙評】

汪琬丙本評：老筆奇氣，辟易萬人。

吴廣霈墨眉：詩亦老幹無枝，放筆爲直幹已。

吴廣霈墨眉下：五句連押一韻，氣自緊勁。

北　鄰

題鮮于樞評：北鄰其王明府歟？言明府豈是任滿而辭去，乃欲藏身而告勞耳，故以錢買野竹，而岸幘江皋，且愛酒能詩如山簡、何遜，時時步屧來相訪於蓬蒿之間。賦也。蓋言明府辭榮好静，時來枉顧衰老也。

方拱乾評：題妙。○公慣用此體。

李念慈紅眉：此君固自高。

嚴復墨旁：此北鄰蓋王明府縣令也。縣令稱"明府"，太守不加此稱。

王伯沆紅眉：一筆所成。

奚禄詒乙本紅眉：三四應"藏身"，五六應"明府"。

奚禄詒乙本墨眉：三四其人之高潔可想。

沈巖旁：此指草堂之作。

王鳴盛旁：即王明府。○謝奕爲桓温司馬，岸幘嘯詠。岸幘，謂頹其巾。

明府豈辭滿，（**奚禄詒甲本眉**）《後漢·張堪傳》注：韓延壽爲東郡太守，門卒稱曰明府。漢以稱太守，唐以稱縣令。縣令，漢謂之明府。藏身方告勞。青錢買野竹，白幘岸江皋。（**汪琬甲本紅眉**）江樓岸醉中。放翁。（**奚禄詒甲本旁**）其人可想見。○岸幘始於王莽，額廣。《晉書》：謝奕爲桓温司馬，岸幘嘯詠。（**嚴復墨眉**）杜詩往往有借對、巧對，然不入小家。愛酒晉山簡，（**方拱乾評**）説開一步。能詩何水曹。（**方拱乾評**）又一體。（**吕留良紅旁**）轅對法。（**王鳴盛墨眉**）山水借對。時來訪老疾，步屧到蓬蒿。（**奚禄詒甲本旁**）賦也。

【彙評】

佚名丁墨尾：美其薄官而耽隱，喜得高懷爲近鄰。

南　鄰

方拱乾評：倘定以一人配明府，便俗矣。自然到此，却非元白。

錢陸燦甲本眉：方曰：錦里先生即朱山人也。三句言其好客，四句言其忘機，末二句别時之景。

錢陸燦丙本評：錦里先生即朱山人也。三句言其好客，四句言其忘機，末句别時之樂。

錢陸燦丁本評：全用樸語，却無俗氣，畫出一幅高士圖。○錦里先生即朱山人也。

汪琬乙本評：清健渾圓，有霜飛木脱、潦縮水澄之致。

吴農祥評：活脱自在。○此種宋人所宗，然宋人必露議論，或講道理，此却不然。

俞瑒乙本評：通首意在賓客，“鳥雀”句陪。

屈復評：前先生高逸之品，後相别時景，未至十分貧也，若全貧又安能看客？一爲好客留地，一見貧而好客爲高也。兒童亦喜客，鳥雀亦忘機，先生之高可知。六句寫江村，妙。①

題商盤紅眉：杜攜客訪主人，主人置酒相款，題只用“南鄰”二字，詩中叙法亦入化。○“烏角巾”三字押得渾峭，又與“錦里”相映，在七律起語尤妙耳。此乃隱士之服，三字便見其高尚。○此言“未全貧”，其貧亦可知矣。語趣較妙。○三見兒童，化其好客；四見鳥雀，與爲忘機。○五六漸近自然，只“受”字略用意，然亦杜熟手字。

① 校注：“未至十分貧”前，杭本另有“未全貧”。

題商盤紅旁：前半叙事，語簡而意深；後半寫情，語妙而意淺。前將山人逸韻高情一一寫出，却只是四句；後不過寫一"別"字，却亦是四句。淺深繁簡之間，却是一篇極有章法古文也。

奚禄詒甲本旁：正調。

奚禄詒甲本眉：《客至》亦與此同體。〇寫情寫景，《國風》之遺。

盧見曾紅眉：申涵光曰："秋水纔深四五尺，野航恰受兩三人"，語疏落而不酸。今人作七律，堆砌排偶，全無生氣，而矯之者又單弱無體裁。讀杜諸律，可悟不整爲整之妙。

盧見曾墨旁：顧宸曰：南鄰，朱山人。後有《過朱山人水亭》詩。〇申涵光曰："秋水纔深四五尺，野航恰受兩三人"，語疏落而不酸。今人作七律，堆砌排偶，全無生氣，而矯之者又單弱無體裁。讀杜諸律，可悟不整爲整之妙。

朱方藹紅眉：清健渾圓，有霜飛木脱、潦縮水澄之致。

吴士模墨眉：清健渾圓，有霜飛木脱、潦縮水澄之致。〇律詩之妙，適如其分，過猶不及，其失均也。吾尤怪負逸群之才，不試於康莊，一行千里，而矜以峻坂自困，何哉？

題張問陶墨眉：不作裝頭，不作煞尾，迤迤邐邐叙將去，事畢而詩亦止，大是遊行自在。〇三四澀得好，五六滑得妙。"澀"豈艱澀之澀？"滑"豈油滑之滑？澀以理勝，滑以境勝。

陳治墨旁：汪云：清健渾圓，有霜飛木脱、潦縮水沙之致。

秦應逵紅旁：畫出山人小像，村居送客圖。

沈巖旁：畫出山人小像，村居送客圖。

沈巖眉：詩致亦新。

王伯沆紅眉：寫出鄰翁高逸氣象。

錦里先生烏角巾，（**方拱乾評**）“南鄰愛酒伴”，即朱山人。園收芋栗不全貧。（**李念慈紅眉**）“不”一作“未”，佳。（**奚祿詒甲本旁**）“芋”本“茅”字，“不”字還宜“未”字，輕唇音也，纔亮。（**奚祿詒乙本紅眉**）前人皆謂宜“不”字，余否“不”字，重唇音不如“未”字輕唇音爲亮。（**申頲紅眉**）不説貧却又不是説不貧，三字如此圓活。（**嚴復墨眉**）以“未全貧”言貧，此立言狡獪處。慣看賓客兒童喜，（**俞瑒甲本評**）伏。（**題商盤紅旁**）呼應句。（**李以峙墨眉**）（賓客）按“門户”謬。得食階除鳥雀馴。（**李念慈紅眉**）卜居得好鄰，大是快事。（**奚祿詒乙本紅眉**）三四、五六，景殊可想，然非杜公亦不能畫，並不能作對。秋水纔深四五尺，（**俞瑒甲本評**）四句連下。（**陳治紅眉**）“深”一作“添”。（**李以峙墨眉**）（纔深）按“添”不如“深”，前人已言之。野航恰受兩三人。（**厲鶚評**）少陵每善用“受”字。（**秦應逵墨尾**）“航”，山谷作“艇”，“艇”字爲穩。（**嚴復墨眉**）此種句法已開晚唐、宋人門户，然宋人更巧，巧斯薄。（**吴廣霈墨眉**）五六得天然妙趣，情景兼到。（**李以峙墨眉**）（航）按，“艇”字失粘，如此圓轉流美之詩，必不故著一拗字，此山谷之欺人處。白沙翠竹江村暮，（**李以峙墨眉**）（江村）按，“山”字謬。相對柴門月色新。（**俞瑒甲本評**）應“賓客”。（**奚祿詒甲本旁**）賦也。○學詩者當以此種爲法。（**吴廣霈墨眉**）收亦佳。（**倪象占藍眉**）劉云：看幾遇後，見朱韋齊學此，倍覺有懷，有濃有淡，當由實歷故見。（**李以峙墨眉**）（相送）按，“對”字亦非。

【彙評】

俞瑒甲本評：畫出山人小像，村居送客圖。

張學仁參定：前半叙事數層，括以四語。後半寫景，妙在秋水。“野航”用流水對法，化板爲活，足洗堆砌之失。

陳訏紅眉批仇注“豈可云‘未全貧’乎？還作芋栗爲當”處：“未全貧”正是説貧，乃詩家言語之妙，若以“芧”與“芋”較量，定爲“全貧”“未全貧”,殆是麥粞之見。

題商盤尾:七律以氣脈深渾、綫索不露爲上。此詩較“花近高樓”“露下天高”等作,斤兩雖稍遜,而渾蓄淵永殆過之矣。

陳治墨眉:錢云:錦里先生即朱山人也。三句言其好客,四句言其忘機。○五六化盡律家對屬之痕。

因崔五侍御寄高彭州一絶

丁耀亢紅眉:可哭,可笑。

百年已過半,秋至轉飢寒。爲問彭州牧,何時救急難?

【彙評】

屈復評:仇注:《詩》“兄弟急難”,叶“況也永歎”,俱讀平聲。屈云:“難”“歎”二字,俱有平音,不在叶例,不知韻學,强作解事,往往多此等注。①

奉簡高三十五使君

題鮮于樞評:言若論當代之才子,如高公者幾何人哉?首以“驊騮”“鷹隼”比其才德,賦而比也。次言我於行色,則秋將晚;君於交情,則老更親。天涯喜獲相見,此情披豁而對吾甚真。賦也。

錢陸燦丁本評:翩翩秀氣凌雲。

吴士模墨眉:杜已家蜀,得稱使君。

王鄰德墨眉:言若論當代之才子,如高公者幾何人哉?先以

① 校注:此批語杭本闕。

"驊騮""鷹隼"此其才德。次言我於行色,則秋將晚;君子交情,則老更親。天涯喜獲相見,此情披豁而對吾甚真。

沈巖旁:一起聳拔,然非其人不足當也,可見古人分寸。

佚名丁墨旁:竺云:時高由彭州遷蜀州,與公近,將相見,故簡此詩也。

當代論才子,如公復幾人。驊騮開道路,(**俞瑒甲本評**)才調。**鷹隼出風塵。**(**方貞觀紅眉**)"驊騮"二句同贈鮮于京兆,排律第七八句。(**奚禄詒乙本墨旁**)套些,公多此等。**行色秋將晚,交情老更親。**(**俞瑒甲本評**)交情。**天涯喜相見,披豁對吾君。**(**李念慈紅眉**)可歎。(**張雝敬墨旁**)五字只是一"真"。高爽之極,緣其氣足。

【彙評】

俞瑒甲本評:一起聳拔,然非其人不足當也,可見古人分寸。

張學仁參定:《舊唐書》:詩人之達者,唯適而已。公之格外稱賞。

佚名丁墨尾:晤後而簡之也。一二不獨贊其才,言才子之淪落者多矣,如公之致位通顯者,有幾人乎?故三四節拍緊凑。"驊騮""鷹隼"比其才,"開路""出塵"美其遇也。如此而能垂盼窮交,乃爲真氣誼。結語寫出坦白襟懷,喜可知矣。

和裴迪登新津寺寄王侍郎王時牧蜀

題鮮于樞評:言裴何所恨而倚山木、當葉黄,蟬聲、鳥影集古寺、度寒塘之時,而吟詩乎?蓋以風物之悲,遊子登臨而憶侍郎耳。此言和裴登寺寄王侍郎也。若夫我之貪佛,則隨意宿僧房以自適耳。

屈復評：起問，中四代爲之答，末述己近懷。○此詩讀一過，全無好處，細玩方知曲折深陰，有言外意。用筆用意，皆不令淺人易窺也。○言何所恨而秋日苦吟乎？窮途感秋，因憶侍郎耳。結言我昔亦曾仗賴友朋，全無用處，遂不復作是想，惟任運而已。言外見侍郎不能釋遊子之恨。①

厲鶚評：老杜五律，工於煉字。

朱方藹紅眉：題數層俱出，三四盛唐正聲也。

嚴復墨眉：發端突兀。

佚名丁墨旁：竺云：公蓋同遊，席上和之，故有七八句。

何限倚山木，（**李念慈紅眉**）“限”字難解，“恨”字亦未佳。（**俞瑒甲本評**）起得陡。（**題商盤紅旁**）混裝起。（**奚禄詒甲本眉**）“何恨”二字喚起，下皆是恨意，即“隨意宿”亦是恨。（**李以峙墨眉**）（何恨）按，“限”形近而誤。（**王鳴盛墨眉**）黄、蔡本皆作“限”，言迪倚山木而吟，有無限之□也。吟詩秋葉黄。（**題商盤紅旁**）硬押句。（**奚禄詒乙本紅眉**）“何恨”二字喚起，下面皆是恨意，即“隨意宿”亦是恨。蟬聲集古寺，（**俞瑒甲本評**）登新津寺。（**王鄰德紅旁**）自然。鳥影度寒塘。（**錢載評**）第五句指裴。風物悲遊子，（**俞瑒甲本評**）和裴。（**俞瑒甲本評**）《心解》：“登新津”以下八字入裴原題，不屬杜公。（**題商盤紅旁**）倒裝句。登臨憶侍郎。（**俞瑒甲本評**）寄王。（**王鄰德紅眉**）官人、侍郎皆故用俗，故不俗。老夫貪佛日，（**汪琬甲本紅眉**）貪佛。（**題商盤紅旁**）對結。（**秦應逵旁批**）“貪佛”較“佞佛”新甚。（**李以峙墨眉**）（貪）按，“賞”“貴”皆形訛。隨意宿僧房。（俞

① 校注：“此詩讀一過，全無好處，細玩方知曲折深陰，有言外意。用筆用意，皆不令淺人易窺也”，杭本作“此詩一過，全無用意，皆不令淺人易窺也”；“窮途感秋，因憶侍郎耳”，杭本作“因憶侍郎耳”；“釋遊子之恨”後，杭本尚有“‘何憶’爲本裴原題，少陵和之，其意如此”數句。

瑒甲本評)與“恨”字反照。(**題商盤紅旁**)意餘言外。(**奚禄詒甲本旁**)賦也。○裴迪,裴天恩之後。

【彙評】

張學仁參定:趙、單兩注,將上六句作述裴語,殊涉呆相,使起句全無神氣。

佚名丁墨尾:仇氏概指自言,以“遊子”指裴,不合吻。詩言:“僕本恨人”耳,君復“何恨”而爲此乎?意者撫景而且悲且憶,因爲此苦吟乎?結乃示以己懷,言我則任運安之而已。“隨意”,正與“彼何恨”對。畢竟此之恨深於彼,詩却以翻寫見超。○玩詩意,知題中“登新津”以下八字乃裴原題,仇則誤以寄王屬公耳。

泛　溪

方拱乾評:古。○即浣花溪。○偶處多且佳,却不是排。

吴廣霈墨旁:此即當是浣花溪也。

落景下高堂,進舟泛迴溪。誰謂築居小,未盡喬木西。遠郊信荒僻,秋色有餘凄。練練峰上雪,(**吕留良紅旁**)清雅。纖纖雲表霓。(**魯一同評**)觸之生春。童戲左右岸,罟弋畢提攜。翻倒荷芰亂,指揮徑路迷。得魚已割鱗,(**李以峙墨眉**)(割鱗)按,“劇”明是形訛。採藕不洗泥。人情逐鮮美,物賤事已睽。(**佚名己紅眉**)亦是快事。吾村靄暝姿,異舍雞亦棲。蕭條欲何適,出處無可齊。衣上見新月,(**申涵光甲本評**)月在衣上便别。(**汪琬甲本紅眉**)衣上月。(**魯一同評**)陶集中精語。霜中登故畦。(**吴廣霈墨眉**)自然添姿。濁醪自初熟,(**佚名己紅眉**)“自”字妙。東城多鼓鼙。(**方拱乾評)"自"字不苟。(**奚禄詒甲本旁**)賦也。(**沈巖尾**)酒自熟而人無好懷也。

【彙評】

李念慈紅眉:句清新若脆藕鮮菱,都無汁滓。

魯一同評批《心解》"兼陶謝風味":全不類謝。

出　郭

題鮮于樞評:言出郭當霜露之晚,則高天逐望而低,見遠烟乃鹽井之上,看斜日乃雪峰之西。且故國他鄉,兵戈未定,則江城今夜之客,還與舊烏啼矣。盖自傷爲客,而兵變未息也。賦也。

奚禄詒甲本旁:此必成都之郭,前首必在白帝城。

朱方藹紅眉:其老存乎氣候,不必以意爲古樸也。

嚴復墨旁:仇注謂:草堂在郭外,杜從城中復歸草堂。

佚名丁墨旁:竺云:此葢自青城還,出成都郭而歸草堂也,故有七八句。

霜露晚凄凄,高天逐望低。(**奚禄詒甲本眉**):怨極不露,此句已有故國他鄉之感,"低"字形容遠天恰好。(**奚禄詒乙本紅眉**)此句已有故國他鄉之感,"低"字形容遠天恰□。**遠煙鹽井上,斜景雪峰西。**(**俞瑒甲本評**)郭外之景。**故國猶兵馬,他鄉亦鼓鼙。**(**俞瑒甲本評**)郭外之情。(**吴廣霈墨眉**)十字令人神傷。**江城今夜客,還與舊烏啼。**(**方拱乾評**)"舊烏"妙。(**俞瑒甲本評**)應"晚"字。(**奚禄詒甲本尾批**)賦也。○末句是賣豆腐意,故國他鄉,思量千條路矣。(**奚禄詒乙本紅眉**)末句分明是賣豆腐意,故國他鄉,思量千條路矣。(**吴廣霈墨眉下**)"與"一本作"聽",亦佳。

【彙評】

張學仁參定:“還”字跟“猶”字“亦”字説,下便有情。

王鄰德墨尾:言出郭當霜露之晚,則高天逐望而低,見遠煙乃鹽井之上,斜日乃雪峰之西。且故國他鄉,兵戈未定,則江城今夜之客,還與舊烏啼矣。蓋自傷爲客,而兵變未息也。“仍”字、“亦”字、“還”字,最宜細玩。

佚名丁墨尾:散步傷世之作,下四與“萬方聲一概”同旨。

恨　別

方拱乾評:公有四弟,穎、豐皆在他鄉,惟占從。

錢陸燦甲本眉:公雖秦人,而先世居洛,亦故鄉也。“四千里”言其遠,“五六年”言其久。“行劍外”承“四千里”,“老江邊”承“五六年”。“思家”二句結“洛城”,“聞道”二句結“胡騎”。晝眠夜立,總見其别恨之深。

錢陸燦丙本評:“四千里”言其遠,“五六年”言其久。“行劍外”承“四千里”,“老江邊”承“五六年”。“思家”二句結“洛城”,“聞道”二句結“胡騎”。晝眠夜立,總見其别恨之深。〇公雖秦人,而先世居洛,亦故鄉也。

錢陸燦戊本評:一意格。

俞瑒乙本評:本爲恨别而所以别者,亂故也。全首用意在此,故結聯警甚。

屈復評:前四别之極,“清宵”步而又立,“白日”看而又眠,日夜顛倒,正寫“恨”字。結期望之詞,蓋破幽燕則洛城可歸,骨肉相聚,應首句也。①

奚禄詒甲本眉：前六句皆别恨，末則思解此恨耳。

奚禄詒乙本墨眉：前六句皆别恨也，末則思解此恨也。

盧見曾紅旁：老筆空蒼，任華所云“勢攫虎豹，氣騰蛟螭”者，尺幅中能有其象。至於直搗幽燕之舉，未嘗無計及者，而良謀不用，莫展膚功，甫詩蓋屢及之。此用兵得失之機，足見甫之識略矣。若建都荆門，甫尤以爲非計。彼其流離漂泊，衣食不暇，而關心國事，觸緒輒來，所謂發乎性、止乎忠孝者。尋常詞章之士，豈能望其項背哉！朱鶴齡曰：《李光弼傳》：乾元二年冬十月，光弼悉軍赴河陽，大破賊衆。上元元年，進圍懷州。《通鑑》：上元元年三月，光弼破安太清於懷州城下。四月，又破史思明於河陽西渚。

申涵墨眉：情境兼有。

曹炎旁：公棄官入蜀，未得所依，故以爲别恨，此詩是一意對格。

錢載評：詩須開口，不必從喉嚨出，而無不從喉嚨來。○無一字不着實直吐出，開拓鬱盤，大筆段應如此。

許葼聚紅眉：公雖秦人，而先世居洛，亦故鄉也。“四千里”言其遠，“五六年”言其久。“行劍外”承“四千里”，“老江邊”承“五六年”。“思家”二句結“洛城”，“聞道”二語結“胡騎”。晝眠夜立，總見其反覆恨别之深。燮堂□。

倪象占藍眉：郭云：清空一氣如話。

沈巖眉：格老氣蒼，律家上乘。

嚴復墨眉：題曰“恨别”，所恨之别即四千里之洛城也。别而亂，亂而流離，流離而浮寄，浮寄而不得歸，不得歸而思家憶弟，此

---

① 校注：“詞”，杭本作“辭”。

所以皆勝而喜，而大有希望於司徒也。

洛城一别四千里，（**俞瑒甲本評**）寫别。（**題商盤紅旁**）對起。（**奚禄詒甲本旁、乙本墨旁**）遠也。**胡騎長驅五六年。**（**吕留良紅旁**）却自大家。（**俞瑒甲本評**）所以别故。（**奚禄詒甲本旁、乙本墨旁**）久也。（**曹炎旁**）指禄山之亂。（**陳治墨眉**）錢云：公雖秦人，而先世居洛，亦故鄉也。（**沈巖旁**）積恨而□，一起如黄河落天。**草木變衰行劍外，**（**俞瑒甲本評**）承第一句。（**嚴虞惇紅旁**）四千里。（**奚禄詒甲本旁**）久而遠。（**曹炎旁**）蜀劍閣之外。（**題商盤紅旁**）三四承次句。分裝對。（**陳治墨旁**）承“千里”。**兵戈阻絶老江邊。**（**吕留良紅眉**）老邁。（**俞瑒甲本評**）承第二句。（**奚禄詒甲本旁**）遠而久。（**嚴虞惇紅旁**）“五六年”。（**陳治墨旁**）承“五六年”。**思家步月清宵立，**（**俞瑒甲本評**）做“恨”字。（**嚴虞惇紅旁**）二句結“洛城”。（**題商盤紅旁**）五六承首句。三折句。**憶弟看雲白日眠。**（**奚禄詒乙本墨眉**）清宵宜眠而曰“立”，白日宜立而曰“眠”，正爾苦惱。（**奚禄詒乙本墨旁**）遠且久也。**聞道河陽近乘勝，**（**奚禄詒甲本旁**）《通鑒》：上元元年二月，破安太清於懷州；四月，又破思明於河陽西渚。“乘勝”以除其根。（**嚴虞惇紅旁**）二句結“胡騎”。（**沈巖旁**）將喜意結恨。**司徒急爲破幽燕。**（**俞瑒甲本評**）“破幽燕”，郭子儀、李泌曾言之，下一“急”字，更見萬不容緩。（**奚禄詒甲本眉**）公詩每每苦心結構。（**奚禄詒甲本旁**）賦也。○清霄宜眠而曰“立”，白日宜立而曰“眠”，正自苦惱。（**曹炎眉**）河陽乘勝，司徒李光弼敗史思明於河陽，乾元二年也。幽燕，思明窠穴也。（**題商盤紅旁**）意餘言外。（**吴廣霈墨眉**）收好。（**沈巖旁**）刻不容緩。（**沈巖眉**）結句當看注。

【彙評】

俞瑒甲本評：詩爲恨别而作，以避亂故也。全首用意在此，故結聯自警。

張學仁參定：清宵獨立，白晝翻眠，顛顛倒倒，"恨"字寫得十分滿足。

散愁二首

俞瑒乙本評：二詩共爲起結，可悟章法之妙。

奚禄詒甲本旁：史思明在東都，范陽必虚，公願李乘河陽之捷，王經澤、潞之兵合取范陽也。

奚禄詒甲本眉：曰"下燕趙"，又曰"通薊北"，蓋望諸公之傾其巢穴也。

朱方藹紅眉：二詩襯得起，推得開，景有配情，不似後人一滚入事也。

吴士模墨眉：二詩以開廟計取之，然襯得起，推得開，景有配情，不似後人一滚入事也。

沈巖旁：二首共爲起結，不容去取，觀此可悟章法之妙。

其　一

題鮮于樞評：言久客之旆宜旋，而興王之戈未息，且又雨多星隱，賦兼比也。況百萬之師轉深入者，則司徒欲下燕薊，而收取舊山河耳。然則寰區之望，正爲此也，豈有它哉？賦也。

盧見曾紅旁：王士正曰：首篇頸聯，不至蜀者不知其確。

久客宜旋旆，興王未息戈。蜀星陰見少，(**俞瑒甲本評**)承"久客"。江雨夜聞多。(**奚禄詒乙本墨眉**)三四應"久客"。(**奚禄詒乙本墨旁**)恰似土風。(**奚禄詒甲本旁**)三四恰是蜀景，應"久客"。(**王鄰德紅眉**)蓋是"江雨"，又是"夜聞"，"多"字所以入妙，非着意對。百萬傳深入，

(**俞瑒甲本評**)轉入時事,承“未息戈”。(**奚禄詒甲本旁**)“未息戈”。**寰區望匪它。**(**方拱乾評**)六句起七八句,言無他望,只望收舊山河耳。(**俞瑒甲本評**)“望匪他”起下“司徒”。(**奚禄詒甲本旁**)“望匪他”趨下二句,然句不煉。**司徒下燕趙,**(**俞瑒甲本評**)李光弼。**收取舊山河。**(**方拱乾評**)“舊”字應“望匪他”三字。(**方拱乾評**)七八句“望匪他”也。(**奚禄詒甲本旁**)賦也。○以王、李二帥,分二首。(**奚禄詒乙本墨眉**)即“司徒急爲破幽燕”。

【彙評】

佚名丁墨尾:二詩與七律《恨别》同旨。時以避亂作客,聞官軍捷於河,懷望其急進,主意仍歸到亂定還鄉上。以兩首爲起結。○首句正提,三四次句反呼,下截總是翹首切望之詞。

其　二

題鮮于樞評:言聞道太原王思禮練兵整肅,幾時能收薊北乎?苟能收復,當日使人報關西而容我知之。何哉?蓋我戀闕而丹心破,霑衣而皓首啼,則其忠誠可知矣。末言第恐歸路長迷,而老魂不可招耳。賦也。

朱方藹紅眉:並其聲情寫出。前首公自起,以司徒結;此首尚書起,以公自結。前首頷聯點景,此首在頸聯。

聞道并州鎮,(**奚禄詒甲本旁**)天寶間曰北京。**尚書訓士齊。**(**俞瑒甲本評**)王思禮。(**奚禄詒甲本眉**)“齊”字未穩。(**奚禄詒甲本旁**)王思禮。(**沈巖旁**)接上章來。**幾時通薊北,當日報關西。戀闕丹心破,**(**俞瑒甲本評**)轉到自己。(**奚禄詒甲本眉**)後四句望之極而惟恐其不遂也。(**沈巖旁**)轉到自身。**沾衣皓首啼。**(**奚禄詒甲本眉**)愁仍未散。

老魂招不得，歸路恐長迷。（**俞瑒甲本評**）應"久客"收。（**奚禄詒甲本旁**）賦也。（**奚禄詒乙本墨眉**）後四句望之極而惟恐不遂也。（**沈巖旁**）應"久客"。

【**彙評**】

方拱乾評：鄴城師潰，惟李光弼、王思禮軍獨完，尋破思明萬餘衆。曁李光弼徙河陽，思禮代爲河東節度，治太原。

張學仁參定：前首總起，後首總結，皆見愁之未散也。中間以"司徒""尚書"爲聯絡，章法絶妙。前首曰"下燕趙"，次首曰"通薊北"，公意蓋欲乘河陽之捷傾其根本也，即《恨别》詩"司徒急爲破幽燕"意。

佚名丁墨尾：與前首作倒轉勢，以上半配前首下半，以下半配前首上半，合兩首而觀，恰好將靖亂意包在中間，將思歸意管在兩頭。○外引朱注，今略之。

贈蜀僧閭丘師兄

方拱乾評：重在世交。○行狀、誌銘手筆。

奚禄詒甲本眉：銅梁山在涪江南。○揚雄賦序，藉翰林爲主人，子墨爲客卿。○六朝人以有韻者爲詩，無韻者爲筆。《任昉傳》：時人云"沈詩任筆"。《庾肩吾傳》：謝朓、沈約之詩，任昉、陸倕之筆。故下文所言皆詩文，非字也。○杜田曰：東蜀牛頭山有閭丘均聖瑞寺摩崖碑。

曹炎旁：太常博士均之孫。

厲鶚評：叙閭丘而以"吾祖"夾入，見同以詞章爲天后所賞。

陳治墨眉：語有諷刺而含蓄不露。

魯一同評：博士以文章附權戚，與膳部同仕女主，知名當世，無他功業，公詩雖極力恢張，而情詞殊乏精采。

嚴復墨眉：六朝人以有韻爲詩，無韻爲筆。《庾肩吾傳》"謝朓、沈約之詩，任昉、陸倕之筆"可證。

大師銅梁秀，籍籍名家孫。嗚呼先博士，炳靈精氣奔。惟昔武皇后，臨軒御乾坤。（**奚禄詒甲本旁**）項"先博士"。多士盡儒冠，墨客藹雲屯。當時上紫殿，不獨卿相尊。世傳閭丘筆，峻極逾崑崙。鳳藏丹霄暮，（**奚禄詒甲本旁**）言均歿也。龍去白水渾。（**方拱乾評**）"鳳藏"指均之亡，"龍去"指武后。（**方拱乾評**）文而渾。（**方拱乾評下**）十字銷得妙，包括得深。（**魯一同評**）似言博士如"鳳藏""龍去"也。青熒雪嶺東，碑碣舊制存。斯文散都邑，高價越璵璠。晚看作者意，妙絶與誰論。（**方拱乾評**）瀾。（**錢陸燦甲本眉批**）正謂一文一詩。（**吴廣霈墨眉**）中間□詞費，稍節之則警策矣。（**張雖敬墨旁**）深歎作者之妙，與自己有所獨得處，都在"晚看"二字。吾祖詩冠古，（**佚名己紅眉**）出"吾祖"等字，可見世交已久，所以"即諸昆"也。同年蒙主恩。（**徐渭墨眉**）少一句。（輯者注：徐渭評點原本缺"吾祖詩冠古"一句。）（**方拱乾評**）入"吾祖"一句，方有情有力。（**奚禄詒甲本旁**）入己極，與博士同時。豫章夾日月，（**題商盤紅旁**）轉。歲久空深根。（**題商盤紅眉**）"豫章"句，若作"蔽"字，便屬凡筆。二語從乃祖轉到己身，不用詞費。（**屈復評**）"豫章"句收上，"歲久"句起下。（**奚禄詒甲本旁**）言二公皆死。下序己與閭丘往來之懷。（**魯一同評**）暗轉。小子思疏闊，豈能達詞門。窮愁一揮淚，相遇即諸昆。（**方拱乾評下**）昔之相遇。（**方拱乾評**）此贊中佳語耳。竟陵獨從此五字發一大論，宜人之嗤之也。○應"吾祖"句。我住錦官城，兄居祇樹園。（**方拱乾評**）承"諸昆"句。（**方拱乾評**）重在世系。地近慰旅愁，往來當丘樊。（**沈巖眉**）"當"字未詳。天涯歇滯雨，粳稻卧不翻。（**汪琬甲本紅眉**）秔。漂然薄遊倦，始與道旅敦。

(李以峙墨眉)(始與)按“如”,形近之誤。**(陳治墨眉)**全用陶語。**(秦應逵墨眉)**稍易而又全用陶語。**景晏步脩廊,而無車馬喧。** **(王鐸評)**删。**(錢陸燦乙本紅眉)**删。**(王士禛評)**稍易,又用陶全語。**夜闌接軟語,** **(奚禄詒甲本眉)**《維摩經》所言常以軟語。**落月如金盆。** **(李以峙墨眉)**(夜闌句)按“如”,别本殊不成語。**(方拱乾評下)**今之相見。**(奚禄詒甲本眉)**“夜闌”二句興味正與陶淵明“采菊東籬下,悠然見南山”相似。**(李念慈紅眉)**奇句。**漠漠世界黑,** **(徐昂發評)**“黑”字未經人道。**(李以峙墨眉)**(黑)按,“空”“冥”可通,“穴”字顯謬。**驅驅争奪繁。** **(吴廣霈墨眉)**一起與此結俱好。**惟有摩尼珠,** **(奚禄詒甲本眉)**《圓覺經》:清净摩尼寶珠,映於五色,隨方各現。**可照濁水源。** **(方拱乾評下)**以僧結,完密。**(奚禄詒甲本旁)**賦也。氣多跛蹋。○“夜闌”二句可惜,“如金盆”三字落了形似。**(吴士模墨眉)**不特全用陶句不妥,而字與上句亦不應也。**(王伯沆紅眉)**入禪悟,妙,妙。**(佚名己紅眉)**以僧作結,始完密。

【彙評】

方拱乾評:以家世起,以僧結,妙合矩則。他人便從僧發論矣,便小矣。

教育部人文社會科學重點研究基地
復旦大學中國古代文學研究中心 叢刊

杜詩彙評

伍

黃霖 陳維昭 周興陸 主編
曾紹皇 輯著

鳳凰出版社

卷十七

秋野五首

方拱乾評：五首相承。○試看其相生之緒，天然自然。

李念慈紅眉：五首不獨江山景物各盡其妙，而物理人事，懷抱低昂，一切見於言外，可群可怨，豈可但於詞致求之？

王士禛評：五首若安分適意，結以自嘲語，皆自慰自釋可知也。

題商盤紅旁：五首並漫興之作，摘首字爲題耳。

奚禄詒甲本眉：五首皆首首相頂而下。

吴士模墨眉：五首俱選，分别觀之。

佚名丁墨旁批"秋野二首"：本集有五首。首篇第一句云"秋野日疏蕪"，摘篇首二字爲題也。

其　一

題鮮于樞評：言秋野卜宅，則在於楚之村墟；寒江繫舟，則在於蠻之井絡。然"棗熟""葵荒"應首句，而"分食"以及"溪魚"應次句，其仁民愛物之心，見於言外。賦也。

題商盤紅眉：謝朓詩"邑里向疏蕪"，《蜀都賦》"岷山之精，上爲井絡"。予謂此處不必用此，疑是"井落"字之誤耳。"井落"猶鄉落。○五言公味於人，六言任力於己。七八言人欲飱，物亦欲食，人情物理不甚相遠，但具其事，未盡其意，故復有下章。

盧見曾紅旁：王嗣奭曰：棗從人打，則人己一視。葵欲自鋤，則貴賤一視。食及溪魚，則物我一視。此皆見道語。

題張問陶墨眉：秋野凋疏，無所壅散，故見江之"動碧虚"，而野疏江寒，正剥棗刈葵之候，前景後事，正自相因。

秋野日疏蕪，（**俞瑒甲本評**）實拈"秋野"起。**寒江動碧虚。**（**汪琬乙本評**）溪魚至賤，猶分減及人，其貧可知，亦可不私一物矣。（**李念慈紅眉**）"動"字妙。（**奚禄詒乙本墨眉**）"動碧虚"三字高老壯健。**繫舟蠻井絡，**（**吕留良紅旁**）用得化。（**俞瑒甲本評**）承"江"。（**題商盤紅旁**）分裝對。（**奚禄詒甲本眉**）《蜀都賦》：岷山之精，上爲井絡。**卜宅楚村墟。**（**俞瑒甲本評**）承"野"。（**奚禄詒乙本墨眉**）相如曰"臣楚人也"，則成都亦可稱楚。**棗熟從人打，**（**題商盤紅旁**）呼應句。（**李以峙墨眉**）（從）按"行"形之訛。**葵荒欲自鋤。**（**奚禄詒甲本旁、乙本墨眉**）五六以下有萬物一體之象。（**李以峙墨眉**）（自鋤）按對上句從"自"，不從"且"，"且"亦形訛。**盤飧老夫食，**（**俞瑒甲本評**）淡泊可知。**分減及溪魚。**（**奚禄詒甲本旁**）賦也。

【彙評】

俞瑒甲本評：五首亦是連看乃佳，久居夔府不得意而作此。

其　二

題鮮于樞評：首聯爲綱，次聯承第二句，後四句應首句。賦也。

題商盤紅眉：此首直接上章之意而申之。"水深""林茂"，生意存焉耳。上章因人以知物，故曰"難教一物違"；此章因物以知人，故曰"易識浮生理"。

盧見曾紅旁：用龐公語，得委運之旨，與《遣興》篇不同。

題張問陶墨眉：人物皆是浮生，諸注以浮生專屬己，以物方術魚鳥，故多費周折。

陳治墨眉：俞云：如此起法，自然是接上首來，不是突起。

易識浮生理，（**題商盤紅旁**）對起。難教一物違。（**方拱乾評**）看緒。（**俞眉**）以下數章多以首二句爲主。（**奚禄詒甲本眉**）起二句括盡一首。○頂其一而來，以物興己。（**奚禄詒乙本墨眉**）首二句分看是兩意，合看是一物，不違正是浮生之理。（**奚禄詒乙本墨旁**）承上起。（**王伯沆紅眉**）觀物有得之言。水深魚極樂，（**俞瑒甲本評**）比。林茂鳥知歸。（**俞瑒甲本評**）三四承次句。（**奚禄詒甲本旁**）帶比。（**奚禄詒乙本墨旁**）帶比也。（**奚禄詒乙本墨眉**）三四頂四句，五六以下頂首句。（**嚴復墨眉**）此真道學人語。吾老甘貧病，（**俞瑒甲本評**）承首句。榮華有是非。（**奚禄詒甲本旁**）三四頂次句，五六以下頂首句。一物不違，正是浮生之理。（**吴騫墨眉**）淺。（**王伯沆紅眉**）省悟人語。秋風吹几杖，不厭此山薇。（**奚禄詒甲本旁**）賦也。（**奚禄詒乙本墨眉**）五首首首相承而下。

【彙評】

俞瑒甲本評：如此起法，自然是接上首來，不是突起。

俞瑒乙本評：如此起法，自然接上首來，不是突起。

題商盤尾：一肚皮社稷君民，不甘老病自諉，此章忽若盡情放下，要亦知自寬自釋之詞。○五與七相唤應，六與八相唤應。"有是非"猶言有憂患也。"几杖"承"老"字來，用經史字入詩。"不厭"因"秋風吹"三字，運筆有致故。

佚名丁墨尾：次章言所以居此者，避世故也。首句提出正意，另作一頓，乃下半首之根。次句引入喻意，魚鳥藏身，正物性難違處，即投老山薇影子也。浮生之理，故應如此，是以甘而不厭也，彼榮華是非，何有於我哉!

其　三

題鮮于樞評:言"禮樂攻吾短",故"山林引興長",以下六句皆"攻吾短""引興長"之事。賦也。

題商盤紅眉:起聯亦承上章來。"禮樂"者,榮華之士之所梏;"山林"者,魚鳥之性之所適也。下文遂長言之以申其意。○"禮樂"猶言世法。"禮樂"字如何入詩? 此詩如何入得"禮樂"字? 要不過即"世法"二字變文,以硬用見老見趣。首句意本老莊,句則自造,似正似諧,此杜公真本事,使矯僞者無所措手。○"竹書",竹上所題之字也。古人不以刻竹爲俗,公詩中屢言之。釋以"竹簡",迂陋至此! "愛竹遣兒書",公已自注矣。"光"謂日色,從"曝背"映出。偃曝竹下,偶掉頭看此,竹枝所罣,帽爲之側,亦忘形適己之一端也。五六通言山林之興,七八云云,時而偃曝竹下,時而駐屐花間,禮樂去身,山林喪我矣。○三四與"吟詩坐回首,隨意葛巾低"正可參看。第此係走馬倒叙,與"山鬼吹燈滅,厨人語夜闌"同是一種奇句。人多不知串讀,故失其意耳。

題張問陶墨眉:前章記秋野景事,次章言秋野可以避世,三章言秋野可以自娱,承上"此山薇"來。四章見秋野無羨於榮禄,承上"山林興"來。五章身在秋野而自傷留滯也,承上"隔南宫"來。

嚴復墨眉:"禮樂攻吾短"較用"路遠思恐泥"更現不去。"曝背"下接"竹書光",亦不知所謂。○"禮樂"句猶言吾短於禮樂,乃今治之曝背。"竹書光"者,凡人曝背,日在其後,所持之書正受日影,故曰"竹書光"也。杜詩有極曲折處,不可輕易讀過。

禮樂攻吾短,山林引興長。 (**吕留良紅旁**)用得不俗,更覺老成。

（俞瑒乙本評）"禮樂"句伏下末章意，猶云世法軒冕之謂。（題商盤紅旁）對起。（奚禄詒甲本眉）頂其二來。（奚禄詒乙本墨眉）首句謙厚，典型藹然。**掉頭紗帽仄，**（嚴虞惇紅旁）短於禮樂。（題商盤紅旁）倒敘。（奚禄詒甲本旁）以下皆山林之興。**曝背竹書光。**（俞瑒甲本評）承首句，言短於禮樂。（題商盤紅旁）走馬對。（奚禄詒甲本眉）竹書，漢初纔有之，唐無矣。（奚禄詒甲本旁）竹書乃古時所有，不過因紗帽而强對耳。**風落收松子，**（俞瑒甲本評）承次句。（嚴虞惇紅旁）長於山林。（題商盤紅旁）上因句。**天寒割蜜房。**（奚禄詒乙本墨眉）五六幽事楚楚，不是郊、島。**稀疏小紅翠，駐屐近微香。**（方拱乾評）"紅翠"是花。（張雝敬墨旁）雲中孤鶴，天外冥鴻，豈樊籠所可拘束者？

【彙評】

俞瑒甲本評：如此結法，自然是留向下首去，不是即此便足。

俞瑒乙本評：如此結法，自然留向下首去，不是即此便足也。

佚名丁墨尾：三章言吾所以目此者，以山林之趣，引興正長耳。此句是主，首句陪説，蓋榮華之途既遠，則禮樂之士亦疏，掉頭而獨吟，曝背而獨樂，正不妨於見短也。下四詳言引興之長。

其　四

題鮮于樞評：此言秋野之晚。首四句交互相應，言秋野寒江。後四句言砧響樵歌，而懷南宫之賜被，謂不得歸朝而流轉於此。興而賦也。

方拱乾評：首首相生之妙，可見古人作詩之樂。

錢陸燦丁本評：前二首日間事，此首將晚矣。〇三四本曹操《與孫權書》"濯鱗清流，飛翼天衢"意，妙以寓目寫出，感托甚深。

盧見曾紅旁：三四目擊道存，中藏感興，又與次篇殊旨。字法精稳,句有氣象。

題張問陶墨眉:前六句總屬秋野之景,以興末聯。

吴廣霈墨眉:《秋野五首》,末二句尤佳。

吴廣霈墨旁:調高格老,字字響,亦字字勁。

遠岸秋沙白,(**俞瑒甲本評**)跟上"山林"説。連山晚照紅。(**奚禄詒乙本墨眉**)五首中首首寓意,宜是在嚴武幕中時事,不當收在此處。潛鱗輸駭浪,(**俞瑒甲本評**)比。(**奚禄詒甲本旁**)承首句。(**奚禄詒乙本墨旁**)應首句。歸翼會高風。(**奚禄詒甲本旁**)承次句。(**奚禄詒甲本眉**)三四是比興,"輸""會"二字皆有力。(**奚禄詒乙本墨旁**)應次句。(**李念慈紅眉**)"會"字妙。(**錢載評**)此"鱗""翼"較前有虚實之别。砧響家家發,樵聲箇箇同。(**奚禄詒乙本紅旁**)此四句應"秋晚"。飛霜任青女,(**奚禄詒甲本眉**)青腰玉女,天神,主霜雪。賜被隔南宫。(**俞瑒甲本評**)不能無憾。(**奚禄詒甲本旁**)賦也。○頂"駐屐"來,所以□遠景。"賜被",尚書郎事。

【彙評】

俞瑒甲本評:前二首虚接第一首言之,此首仍合到"秋野"説。

其　五

題鮮于樞評:言平生自許立功,將圖形麒麟,而衰年得爲省郎,今又流寓於此,而以江峽錯綜爲句,以寫秋野之景物。末云"兒童解蠻語,不必做參軍",其詞愈緩而意愈悲。賦也。

盧見曾紅旁:浦起龍曰:五詩俱見安貧適志氣象,此變風之正聲。

身許騏驎晝，(**俞瑒甲本評**)接上首來。(**奚禄詒乙本紅旁**)承上末句來。**年衰鴛鷺群**。(**方拱乾評**)可見性情觸隱，起止一毫强不得。(**奚禄詒甲本旁**)頂"隔南宫"來。(**秦應逵紅眉**)歸結在此。(**嚴復墨眉**)第一句即許身稷契，自許□□意。**大江秋易盛**，(**俞瑒甲本評**)切入秋野。**空峽夜多聞**。(**李念慈紅眉**)"空峽"句身歷始知。(**王伯沆紅眉**)"空峽"句惟静者知其妙。**徑隱千重石**，(**俞瑒甲本評**)承"峽"。**帆留一片雲**。(**俞瑒甲本評**)承"江"。(**奚禄詒甲本旁**)五頂峽，六頂江。(**奚禄詒乙本墨旁**)氣概老成。(**奚禄詒乙本墨眉**)索意非不苦，而氣概老辣。"聞"字下得深遠。**兒童解蠻語**，(**俞瑒甲本評**)應"蠻井絡"收。(**奚禄詒甲本眉**)郝隆爲蠻府參軍，上巳詩曰："娵隅躍清池。"桓温問："娵隅是何物。"答曰："蠻名魚爲娵隅。"温曰："何爲作蠻語。"隆曰："千里投公，僅得蠻府，那得不作蠻語也！"**不必作參軍**。(**奚禄詒甲本旁**)賦也。(**錢載評**)結句開山谷打諢法。(**秦應逵紅尾**)皆自嘲自□之意。(**吴廣霈墨尾**)結句善戲謔，不爲瘧兮？

【彙評】

俞瑒甲本評：歸結在此身棲南土而路隔南宫，能無感慨？

俞瑒乙本評：久居夔府，不得意而作，故首章有繫舟、卜宅之詞，末有蠻語、參軍之歎也。

課小豎鉏斫舍北果林，枝蔓荒穢净訖，移床三首

方拱乾評：當想見其吟詩獨坐之狀。

傅山紅眉：題佳而詩殊無味。

奚禄詒甲本旁：前人作詩，字字道題如此，今只亂道。

其　一

俞瑒乙本評:第一首已見題意,下二首將移床後朝暮景色一齊寫出,瀟灑疏爽。

屈復評:雉性喜鬥,猿性喜獨,十百爲群者名王孫,此以雉喻惡俗,猿自喻也。○"病枕"起"移床","背堂"即舍北也。五六比也,"隱几"應"病枕"。○前四題事,後四移床,所見以寄意也。

屈復評:《歸去來辭》"雲無心以出岫","高不去",不出岫也。隱几無心,與雲同也。

題商盤紅眉:此首正做本題,餘興未盡,故復有後二首。○前寫題事,後發題意。題雖長,只是"芟除"與"移床"二事,直述即難收拾,此妙在先安下"病枕"二字,已起"移床"之意,與結"隱几"字遥相照應。章法至此,真不煩繩削而自合矣。○"病枕""荒鉏",字法俱妙。三應"果林"字,四應"茅棟"字。"茅棟",猶茅屋也。"背堂",堂之背,猶舍北也。此地僻遠,果不易致,言樹之背,足所資矣。"在野"字緊貼"茅棟",其意即變"山林引興長"耳。○以"猿"自喻,以"雉"喻群輩。

吴廣霈墨眉:三四能收幽細之景,人所不能想到者。

病枕依茅棟,(**嚴復墨眉**)"茅棟"二字亦可商。荒鉏净果林。(**吕留良紅眉**)與上"秋屐""夕畦"同妙。(**俞瑒甲本評**)二語盡題。背堂資僻遠,(**奚禄詒乙本墨旁**)舍北。在野興清深。山雉防求敵,江猿應獨吟。(**奚禄詒甲本墨眉**)"雉""猿"二句寫除芷[枝]蔓入細。"山雉""江猿"二句謂"净訖",則能如此。○"防"字、"應"字好。(**奚禄詒乙本墨眉**)"山雉""江猿"句"净訖",亦能如此。○"防"字、"應"字形得盡。洩雲高不去,(**汪琬甲本紅眉**)洩雲。隱几亦無心。(**吕留良紅眉**)有事便用,絶不自顧,亦不顧人。(**奚禄詒甲本尾批**)賦也。(**王士禎評**)《歸去來辭》:"雲無心以出岫。""高不去",不出岫也。隱几無心,與雲同也。(**沈巖眉**)惟洩雲不去,則下皆静訖也。(**嚴復墨眉**)"泄雲去"不極是鮑照語。

【彙評】

俞瑒甲本評:只第一首已盡題意,後二首將移床風景一齊寫出。

張學仁參定:《詩經》"言樹之背"謂"北堂"也,切"舍北"説。

其 二

錢陸燦丁本評:前首叙題已完,此首移床以後之朝景。

汪琬乙本評:説出作用,起處已見,任時序之自然。

屈復評:前四净訖移床,次日朝景,五六處薄俗之情,結聊以自適。①

題張問陶墨眉:此章言舍北朝景,有絶人避世之意。〇五六上句以人面映獸心,下句以篇名括篇意,如此用事,真入神化矣。

衆壑生寒早,(**俞瑒甲本評**)荒。**長林卷霧齊。**(**俞瑒甲本評**)已净。(**陳治墨眉**)寫物情纖細入微。(**秦應逵紅眉**)此種是山林詩本色,正以句法整煉爲佳。(**王伯沆紅眉**)二首二句無一字可易。(**沈巖眉**)妙是鉏斫後語。(**佚名丁墨旁**)竺云:二句言既伐,樹枝整齊也。**青蟲懸就日,**(**俞瑒甲本評**)舍北朝景。**朱果落封泥。**(**佚名丁墨旁**)竺云:三四句叙"净訖",偶所睹已,注以爲荒穢,非也。**薄俗防人面,**(**俞瑒甲本評**)以人事言。〇《左傳》:人心之不同,如其面焉。《莊子·馬蹄篇》。(**李以峙墨眉**)(人面)按"狸面"不知有典否,恐好奇者所爲。(**佚名丁墨旁**)竺云:"防人

① 校注:"次日朝景",杭本作"次日之朝景"。

面”只言不欲見人，引人面獸心，箋非。**全身學《馬蹄》。**（**呂留良紅眉**）“人面”不必有出，有出亦得。（**嚴虞惇紅眉**）“馬蹄”，《莊子》養生之旨。（**奚禄詒甲本眉**）“人面”“馬蹄”總不必泥注。（**奚禄詒甲本旁**）此移床以後之朝景。（**奚禄詒乙本墨眉**）“馬蹄”亦宜會其大意。（**錢載評下**）按，人面獸心之解，似太過，當以《左傳》“人心不同，有如其面”較雅。今也安貧樂志之寓公，與世無争，何必畏人如獸？（**嚴復墨眉**）以“人面”半邊語當“人面獸心”，究不妥當。杜詩有極刻畫語，此類是也。**吟詩坐回首，隨意葛巾低。**（**題商盤紅旁**）《楊子法言》云：“貌則人，心則獸。”“馬蹄”，《莊子》篇。不此言薄俗人心叵測，己惟從渾同之道處之。上句以“人面”影獸心，下句以篇題括篇意，如此用事，真出神入妙矣。（**奚禄詒甲本眉**）其二、其三皆移牀後情景。（**沈巖尾**）“學《馬蹄》”。楊云：此謂《莊子·馬蹄篇》也。

【彙評】

佚名丁墨尾：次章上四，仇云：舍北朝景。愚按：此正移床所得者，下四申首章五六意。防面學蹄，求敵其可鑒也；回守巾低，獨吟聊自適也。

題商盤紅眉：此首與前首同一布置，前半則衍“荒鉏净果林”之餘意也。因“寒早”，故果收；因霧斂，故日出。三四貼一二之事。三四人所不肯寫者，然點“枝蔓荒穢”之景，正復雅妙。

其　三

屈復評：此倚杖徘徊之晚景，倒叙法。“水光”從“日斜”來，“更”字，“曛黑”猶未歸也。起二句即倚杖所見。[①]

---

① 校注：“更字”，杭本作“更翠”，余本是。

籬弱門何向，(**俞瑒甲本評**)清曠可知。(**題商盤紅旁**)對起上句，因下句。沙虛岸只摧。(**汪琬乙本評**)净訖後却有無限低徊，略如《除架》後半。(**奚禄詒甲本墨眉、乙本墨眉**)幽趣婉轉。日斜魚更食，(**俞瑒甲本評**)舍北晚景。(**題商盤紅旁**)走馬對。意在言外。客散鳥還來。(**沈巖眉**)三四眼前無俗物，魚鳥皆來親人也。“日斜”“客散”，互文見意。寒水光難定，秋山響易哀。(**吴廣霈墨眉**)“寒水”二句絶唱。天涯稍曛黑，(**俞瑒甲本評**)應“日斜”。(**題商盤紅旁**)重字助句。倚杖更徘徊。(**方拱乾評**)重更妙。(**方拱乾評**)只合輕結。(**奚禄詒甲本眉**)首二章曰“隱几”，曰“坐回首”，猶在林内。末章曰“倚杖”，則出林外矣。(**奚禄詒甲本尾批**)賦也。〇兩押“更”字，古人不忌。(**奚禄詒乙本墨旁**)“倚仗[杖]”則出林外矣。(**秦應逵紅尾**)結法似複。(**沈巖尾**)“光難定”爲風多也，與第六一穿，非死對也。

【彙評】

俞瑒甲本評:此種是山林詩本色，正以句法警煉爲難。

題商盤紅眉:前二詩題事已完，此首又“在野興清深”之餘意也。掃除既畢，倚杖籬門，閑觀晚景，作者起居性情，至今如見，何必先拈“秋日”爲題，而後賦三詩以實之哉？〇因“沙虛”，故岸善摧；因“籬弱”，故門難卜向。五字意相因，又通十字意相因。當時本信口而吟，讀者覺字字匠心而出。“弱”字、“只”字尤不易下。

題商盤紅旁:秋山何響？公詩所謂“山虛風落石”也。〇“倚杖”字照轉“籬門”，“曛黑”字收盡一篇之意。由日斜而倒景，由倒景而曛黑，倚杖之際，晚色可人，故徘徊而未入門焉。

解悶十二首

奚禄詒甲本旁:皆不可選。

奚禄詒甲本眉:前二首言懷,中五首懷友,首次二首亦竹枝類。

盧見曾紅旁:《杜臆》:公當悶時,隨意所至,吟爲短章,以自消遣耳。當是大曆元年在夔州作。

其　一

奚禄詒乙本墨眉:二首皆流麗,逍遥正可歌。

盧見曾紅旁:此從夔州風景敘起。上二句山水對言,山禽引子,山間之景;溪女留魚,溪邊之事。《杜臆》:草閣,公所居。"山禽"句見與物俱適,"溪女"句見人我兩忘。

草閣柴扉星散居,浪翻江黑雨飛初。(**嚴復墨眉**)"星散居"本庾開府"客國星散居"語。山禽引子哺紅果,溪友得錢留白魚。(**李念慈紅眉**)江村幽事宛然。(**申頲紅眉**)得錢留魚稱不得友了,或作"女"字是。(**題商盤紅旁**)對結。

其　二

盧見曾紅旁:連環句搭,亦絶句用筆之法,大家時一爲之耳。

商胡離别下揚州,憶上西陵故驛樓。(**嚴復墨眉**)西陵,吴越改西興矣,稱蕭山也。爲問淮南米貴賤,老夫乘興欲東流。(**錢陸燦甲本眉批**)鐵曰:"米貴賤"亦用《晉書》王導問王述江東米價。(**錢陸燦丁本評**)前二首即事感懷,中五首懷詩人也。

其　三

一辭故國十經秋,每見秋瓜憶故丘。(**奚禄詒甲本眉**)甚無味,甚小家。(**奚禄詒乙本墨眉**)甚無味,又小家。○因"秋瓜"而興"瓜州",公何遂至此卑靡。(**沈巖眉**)“故丘”,公自謂也。注牽率。今日南湖采薇蕨,何人爲覓鄭瓜州。 今鄭監審。(**李念慈紅眉**)見瓜而憶鄭瓜州,奇。(**吕留良紅旁**)奇。(**奚禄詒甲本眉**)鄭審。(**奚禄詒甲本旁**)牽强。(**曹炎旁**)今鄭秘書審。(**沈巖眉**)“瓜”當依注作“袁”爲長。

【彙評】

陳治墨眉:按:瓜州,唐時屬潤州,並非金陵,且其字作“洲”,非“州”也。本文並無金陵,而今秘監流寓金陵,遂可以二百里外江中之一洲爲此君名號乎?《地理志》:瓜州,晉昌郡《蕭嵩傳》:開元十五年,吐蕃陷瓜州。蓋必鄭審官此州,故以是稱之,今不可考矣。《左傳》:昔秦人迫逐乃祖吾離於瓜州。住地在今燉煌。

嚴復墨眉:以下四詩,人大抵皆用其成語入詩,此又爲後人開一法門。

其　四

沈范早知何水部,曹劉不待薛郎中。(**奚禄詒甲本眉**)薛據。〇只是懷薛,以何興之,下蘇李亦然,不必另外設比。獨當省署開文苑,兼泛滄浪學釣翁。 水部郎中據。(**嚴復墨眉**)“省署開文苑,滄浪學釣翁”,即薛璩詩。

其　五

李陵蘇武是吾師,孟子論文更不疑。(**嚴復墨眉**)首句疑亦孟雲卿語。一飯未曾留俗客,數篇今見古人詩。 校書郎孟雲卿。

其　六

盧見曾紅旁:王士正曰:子美與浩然詩不同調,此詩可謂具眼,

“不見高人”篇亦具眼。公論古人，不必苟同也。

復憶襄陽孟浩然，清詩句句盡堪傳。即今耆舊無新語，漫釣槎頭縮頸鯿。（**嚴復墨眉**）“槎頭縮頸鯿”即孟公語。（**奚禄詒乙本墨眉**）謂今日但鯿魚，無復有詩也。

其　七

陶冶性靈在底物，新詩改罷自長吟。（**奚禄詒乙本墨眉**）自言。孰知二謝將能事，（**嚴復墨眉**）“將能事”是當時語。頗學陰何苦用心。（**李念慈紅眉**）今人輕易爲詩者，宜三復此章。（**奚禄詒甲本旁**）自言也。

其　八

不見高人王右丞，藍田丘壑漫寒藤。（**嚴復墨眉**）以上六首是杜論詩絶句，以下四首直荔枝詞耳。最傳秀句寰區滿，未絶風流相國能。右丞弟，今相國縉。（**丁耀亢墨眉**）相國爲王縉也，維之兄。（**奚禄詒甲本眉**）前此五首皆懷友，此下懷君。（**奚禄詒乙本墨眉**）前六首思友，以下思君。

其　九

盧見曾紅旁：仇兆鰲曰：寄諷微婉。

先帝貴妃今寂寞，荔枝還復入長安。（**奚禄詒甲本眉**）側生者謂荔枝，生於野岸江浦，猶言偏僻之意。而楊用修乃謂爲隱語，以避時忌，後人遂以爲荔枝之名殊爲不合，不知首二章“先帝貴妃今寂寞”“憶過瀘戎摘荔枝”云云，杜公已明言正論。又“布衣”句亦感歎極矣。大約蘇長公、楊用修解詩,抑古人以就己意,往往如此。**炎方每續朱櫻獻,**(**汪琬甲本紅眉**)含桃。(**王伯沆紅眉**)"纓"當作"櫻"。**玉座應悲白露團。**(**奚禄詒甲本眉**)"先帝""側生"二首,感事大有關係。(**奚禄詒乙本墨眉**)謂"玉座"應有霜露之感,意諷肅宗。○炎方遠獻,玉座何悲。(**奚禄詒乙本墨眉**)"先帝"以下四首,大有關係,不可不傳。

其　十

盧見曾紅旁:錢謙益曰:張曲江《荔枝賦》曰:"何斯美之獨遠,嗟爾命之不逢。每被銷於凡口,罕獲知於貴躬。"即此詩之旨也。

憶過瀘戎摘荔枝,青峰隱映石逶迤。(**奚禄詒乙本墨眉**)言採訪之難,而君但自知酸甜,不知民苦。(**奚禄詒乙本墨旁**)言瀘戎來遠。**京中舊見君顏色,紅顆酸甜只自知。**(**奚禄詒乙本墨眉**)"只自知",諷豈知人乎?

其十一

翠瓜碧李沈玉甃,(**汪琬甲本紅旁**)井。**赤梨蒲萄寒露成。**(**奚禄詒乙本墨眉**)上二句形起荔枝,下二句言與上四物未嘗不同,此物獨"遠生",故下首以"側生"接之。**可憐先不異枝蔓,此物娟娟長遠生。**(**奚禄詒乙本墨眉**)"遠生"故不及知。

其十二

王伯沆紅眉:史氏曰,此詩十二首,首句不用韻者凡五,此當作"浦"爲是,非與下"壺"字爲韻也。

奚禄詒乙本墨眉:楊用修謂"側生"爲隱語,以避時諱,真是可笑。

前二首明明賦完荔枝事，如何末後反諱，遂使後人以“側生”爲荔别名。總之，用修解詩，與蘇長公同一無理，往往抑古人以就己耳。

側生野岸及江浦，不熟丹宫滿玉壺。（**嚴復墨眉**）此猶退之《感二鳥賦》也，意厚理多而詞拙。**雲壑布衣鮐背死，勞生重馬翠眉須。**（**錢陸燦甲本眉批**）“駘”似“鮐”之誤，老人鮐背，皆有文如鮐也。兒齒，鯢齒也，齒落更生，細如鯢魚之齒。詩人狀物曲盡如此。“鮐”與“鯢”對也。（**王伯沆紅眉**）意則渾而句太澀。

【彙評】

奚禄詒乙本墨眉批仇注後：余以“瀘戎”一首比民，“側生”一首比士，牧齋之説亦通。

洞　房

題鮮于樞評：此公在峽舟中，秋夕懷長安也。言洞房、玉殿，秋風起而“環珮冷”，秦地亦“應新月”，龍池則“滿舊宫”，今夜雖繫舟於此，與長安固相遠，然清漏則與往時無異。其尤可痛者，園陵在黄山北之白露中耳。賦也。

錢陸燦丁本評：《洞房》以下數詩，公在巫峽舟中見新月、聞清漏，因懷長安而作，與《秋興八首》同時所賦也。第一首故有“今夜”“往時”之句，餘則直述往事，而不及今夜矣。

吴農祥評：《洞房》《宿昔》諸詩，俯仰盛衰，自是子美絶作。

王士禛評：《洞房》《宿昔》《驪山》《鬥雞》諸篇，俯仰感哀，深情隱痛，自是子美絶作。

嚴虞惇紅眉：方曰：《洞房》八首，公在巫江舟中見新月、聞清漏，因懷長安而作也。此第一首，故有“今夜”“往時”之句。

屈復評：少陵感明皇知遇之恩，雖漂泊天涯，春露秋霜，終身不忘。“洞房”“玉殿”，陵寢也。“園陵”者，秦陵也。若將後四句移前，則意易明白，此倒敘法。〇前四長安往日之思，五六客情，七八應前四。①

題商盤紅眉：“洞房”“玉殿”，指陵上寢殿而言，内有守陵宫人，故著“環佩冷”字。因霜露之感，思及園陵，故用以起興。新月雖照，南内無人，龍池雖滿，神物已去。曰“舊宫”者，傷之也。同此清漏而所聞之地不同，孤臣萬里，暗愴中情矣。一結點醒起意。“園陵”單指玄宗，四句特言興慶龍池，則其懷之所在，自有專屬。盲者牽連玄肅，總昧杜公心事耳。公受知先帝，被斥乾元，於肅雖不敢怨，於玄則没世不忘，細讀本集自見。

奚禄詒甲本旁：此首從末二句倒讀去纔得，亦創體也。

奚禄詒甲本眉：不言悲怨，而字字悲怨，安得詩盡如此？

奚禄詒乙本墨眉：此作從末二句倒讀，至首纔得其旨，亦是創體。意在龍池，不在黄山，明明是思玄宗，何嘗借漢？

盧見曾紅旁：《洞房》《宿昔》諸篇，風調清深，詞意凄惻，純是忠臣孝子之心自然流露。俯仰盛衰，含情無限，自是子美絶作。

朱方藹紅眉：無限悲思，鬱然言外，結語仍多含蓄，直匹《二南》矣。〇公詩多有感於玄宗，其中寓意甚深，非熟唐史者不知也。

吴騫墨眉：《洞房》《宿昔》《驪山》《鬥雞》諸篇，俯仰盛衰，自是子美絶作。

吴錫麒紅眉：因見月而思往時清漏，白露園陵，又奚止《黍離》《麥秀》之歌，爲忠義所不忍卒讀哉？

① 校注：“陵寢”，杭本作“園陵”；“意易明白”，杭本作“意明白”。

吴士模墨眉：無限悲思，鬱然言外，結語仍多含蓄，宜匹《二南》矣。〇公詩多有感於玄宗，其中寓意甚深，非熟於唐史者不知也。

徐松紅眉：歸愚曰：此因舟中見月，感宫掖凄凉而作。詩中無悲凉痛楚字，而情致黯然，一結尤覺淚和筆下。

陳治紅眉：《洞房》至《驪山》八首，皆追憶開元、天寶時事，語含諷刺而藴藉不露，深得《小雅》詩人之遺。

秦應逵墨眉：《洞房》《宿昔》《驪山》《鬥雞》諸篇，俯仰情深，自是子美絶作。

嚴復墨眉：趙汸及《杜臆》皆云，以下八篇蓋一時所作，皆近憶長安往事，語兼諷刺。

沈巖眉：方云：《洞房》八首，公在巫江舟中見新月、聞清漏，因懷長安而作也。此第一首，故有"今夜""往時"之句，其餘則直往事矣。

王鳴盛旁：此篇思長安而傷秦陵也。〇自《洞房》至《提封》八首皆感傷開元、天寶遺事，梁權道編爲大曆元年作。

洞房環佩冷，(**俞瑒甲本評**)以宫中言。(**秦應逵墨旁**)指奉陵之人。(**佚名丁墨旁**)竺云："洞房"蓋指南内椒房，"冷"字見宫人無有歡樂之狀。玉殿起秋風。(**李念慈紅眉**)悲感。秦地應新月，龍池滿舊宫。(**奚禄詒甲本旁**)龍池在興慶宫，玄宗在藩邸之居也。(**奚禄詒乙本墨旁**)玄宗邸第。(**李以峙墨眉**)(龍池)按"蛇"明係形訛。繫舟今夜遠，(**俞瑒甲本評**)應"新"。清漏往時同。(**俞瑒甲本評**)應"舊"。(**奚禄詒甲本旁**)三字無限感慨。萬里黄山北，(**奚禄詒甲本眉**)漢黄山宫在興平縣，武帝茂陵亦在焉，借以思玄宗也。園陵白露中。(**俞瑒甲本評**)凄然。〇"園陵"指上皇説，緊接"往時"遞下。

【彙評】

俞瑒甲本評：傷感之詞，言昔盛而今不同耳。

題商盤尾:此詩以前半意翻叙於後,顛倒互易成篇。只一"應"字屬虚字,筋骨全然不露。如此起,如此承,如此轉,如此結,章法、句法、字法皆極渾淪無迹,五言律品上之上者也。

題商盤尾批後:此詩除五六外,句句皆有應字,總以一"應"字映之,覺思腸回結,輾轉莫釋,讀者當得之言外。

嚴復紅眉:王云:《洞房》《宿昔》諸詩,俯仰盡盛衰,自是子美絶作。

沈巖尾:次連謂月露凛,秋風號,樹影滿龍蛇也。"環佩"指奉陵之人。

佚名丁墨尾:起四句遥想長安秋夜之景,而冠之以"洞房""玉殿",所感乃在天寶已事,今不復睹也。著"新""舊"字,所謂物是人非之感。五六逗出切身之思。"繫舟"非在舟中,即"孤舟一繫"意。"清漏"待制集賢時亦聞之,不泥爲拾遺時,蓋爲明皇言也。今夜而念往時,不覺魂飛秦陵矣。○此亦八詩總意。下三章皆舊宫往時之樂事也,後三章則秦地往時之慘事也,其末章則以正論收之,位置必不可紊。

宿　昔

題鮮于樞評:言天寶間,青門之内,"蓬萊仗數移"者,或花"迎雜樹",或龍"出平池",或"留王母",或"倚少兒",然而宫中行樂甚秘,外人知者鮮矣。賦也。

丁耀亢墨眉:大言如《秋興》紀事,而語多直。

嚴虞惇紅眉:此詠天寶時事。

屈復評:少陵於明皇終身感恩,但有痛惜,惟此後四略有諷刺,然亦含蓄。①

題商盤紅眉:"蓬萊仗移",言爲興慶之遊也。三影帶花蕚樓,

---

① 校注:"但有",杭本作"有"。

與四皆興慶之景。“王母”喻貴妃,“少兒”喻諸姨,時從遊興慶,日晚當留宿於此。雖曰宫中事秘,外人少知,而醜聲已播中外矣。○此首略見風刺,然其辭微而婉,如“禄山宫裏”“虢國門前”之句,非惟失風人之意,亦全無臣子之禮矣。

奚禄詒甲本旁:語少侵褻,近於太白《宫詞》。

奚禄詒甲本眉:還老成,近太白《宫詞》。

奚禄詒乙本紅眉:猥褻不凡,還老成,近太白《宫詞》。

盧見曾紅旁:黄生曰:此章略見風刺,然其詞微而婉。如“禄山宫裏”“虢國門前”之句,非唯失風人之意,亦全無臣子之禮矣。

朱方藹紅眉:託諷甚微,然八面解俱得,故自渾然不覺,純乎《國風》矣。

吴士模墨眉:托諷正微,然八面解俱得,故自渾然不覺,純乎《國風》矣。以爲行樂之秘,外人少知,然究無不知者,著戒在此。

嚴復墨眉:宫室掖事,而端典如是。

王嗚盛墨眉:此言玄宗荒淫無度。

宿昔青門裏,(**俞瑒甲本評**)長安東門。(**佚名丁墨旁**)竺云:蓬萊之仗屢移於青門之裏也,言數幸興慶也。蓬萊(**俞瑒甲本評**)殿名。仗數移。花嬌迎雜樹,(**佚名丁墨旁**)竺云:春華於雜樹中,嬌嬌相向,似迎玉輦。龍喜出平池。落日留王母,(**俞瑒甲本評**)意指貴妃。(**題商盤紅旁**)借古爲喻。(**李以峙墨眉**)(落日)按“月”字非。(**佚名丁墨旁**)竺云:“王母”疑指玉真、金仙二公主,或虢國、韓國之類;“落日留”三字,明是自外來者。微風倚少兒。(**李念慈紅眉**)風刺出於忠愛。(**奚禄詒甲本旁**)此二句承三四説下。(**佚名丁墨旁**)竺云:此則謂貴妃,言“少兒倚微風”也,暗用《飛燕外傳》事。宫中行樂秘,(**俞瑒甲本評**)刺意自見。少有外人知。(**奚禄詒甲本旁**)賦也。○“花嬌”“龍喜”已比出明皇、貴妃。(**錢載

評)以爲行樂之秘,外人少知,而究無不知者,著戒在此。(**朱方藹紅眉**)以爲行樂之秘,外人少知,然究無不知者,著戒在此。(**秦應逵紅旁**)本是人無不知。○語妙。(**張雝敬墨旁**)更有許多不可言者在,非真秘而不可知也。

【彙評】

錢陸燦丁本評:此詠天寶時事,微而婉,不失風人之旨。

俞瑒甲本評:諷刺之詞,指明皇好神仙也。

張學仁參定:《洞房》八章皆雜詠開元之事,以寄傷感。諸本序次各異,今録其二。

沈巖尾:本是人無不知,語妙。"花"興"王母""少兒","龍"興"留"之、"倚"之者。衆妾而不敢當,夕月落尚留,言專寵之也。

佚名丁墨尾:"仗數移",遊幸無度也,而語却渾然。"花嬌""龍喜",天正以此表奢淫之應,而厚耽樂之毒者,句意則謂天公亦爲之助興也。"王母"比妃子,"小兒"比諸姨,只此兩句實拈。結云"行樂""少知",其事若託諸有無之間,絶不傷厚。

能　畫

題鮮于樞評:言能畫如毛,則"復似物皆春";投壺如郭,則"每蒙天一笑"。若夫政平如水,皇斷若神,雖時時用此爲戲,亦未致亂。興而賦也。

屈復評:政治明斷,雖遊戲不至於亂,言歸罪楊氏也。

題商盤紅眉:此言開元中天子留心政事,政治清明,使克善所終,則雖有倡優抵戲之樂,無損於治,亦何至風塵澒洞,成天寶之亂哉? 言外見明皇昏惑,皆楊氏爲之厲階,使内無妃子,外無國忠,晚年必不狼狽至此也。○從半腰説起,轉法始不費力,若先頌開元治化，叙手必拖遝矣。

奚禄詒甲本眉：開宋元一流。〇後四句謂假使"政化平""皇恩斷"，即用此俳優抵戲之人，亦未爲大壞，何至蒙塵乎？

盧見曾紅旁：平平叙去，論斷亦允。自古國家未有不失政而後致亂者，使明皇卒任姚、宋、九齡諸人，即此二者，誠屬細事。至於所任非人，林甫、國忠繼進，而鬥鷄、舞馬與一切喪志之具罔不類聚，而大亂隨之矣。甫蓋身歷治亂之交，故言之切當如此。黄生曰：政平、明斷，自指開元之治。從半腰説起，轉折方不費力。若將此意頓在前，叙事必拖沓矣。

朱方藹紅眉：歸罪政柄，使權奸無所藉口，後四句轉折如神，明皇未委政林甫，致太阿倒持，坐隳邊防，萬事不理，馴有安史之亂。蓋一奸相，興亂有餘矣，如李龜年、張野狐、賀懷智輩，正何足責？

吴士模墨眉：歸罷政柄，使權奸無所藉口，後四句轉折入神，明皇未委政林甫，致太阿倒轉，坐隳邊防，萬事不理，馴有安史之禍。蓋一奸相，興亂有餘矣，如李龜年、張野狐、賀懷智輩，正何足責？

陳治墨眉：汪云：明皇末，委政林甫，致太阿倒持，坐隳邊防，萬事不理，致有安史之禍。蓋一奸相，興亂有餘矣，如李龜年、張野狐、賀懷智輩，正何足責？

沈巖旁：待詔翰林及宜春梨園子弟。

王鳴盛墨眉：此言天寶以前姚、宋作相時。

能畫毛延壽，投壺郭舍人。（**題商盤紅旁**）對起。借古爲喻。（**佚名丁墨旁**）竺云：毛與郭，必有於當時所指。**每蒙天一笑，**（**題商盤紅旁**）倒承上聯。（**奚禄詒甲本旁**）東王公與玉女投壺，有入而不出者，天爲之笑。**復似物皆春。**（**李以峙墨眉**）（四句）按"似"作"以"謬。"初"字亦非。**政化平如水，皇恩斷若神。**（**李以峙墨眉**）（皇明）按"恩"不如

“明”。**時時用抵戲，亦未雜風塵。**（**孫承澤墨眉**）用諷意厚。（**李念慈紅眉**）回復語。（**奚禄詒甲本旁**）賦也。〇不曰“蒙塵”而曰“雜塵”，諱之也。（**沈巖尾**）角抵本西域胡舞，故是風塵之徵也。（**嚴復墨眉**）後幅用設意反寫法，意謂使能如是，即時時抵戲，亦無妨也。

【彙評】

佚名丁墨尾：上四一氣讀下，見褻恩濫賞之失。下四又遮護之，言當日久享清宴，政非阻化也，皇非不明也，而時時進用雜技，亦未值非意之警，乃昇平遊戲之常耳。特爲曲諒之詞，語氣含蓄，意味深長。容齋説，此四句用然使一轉，謂若治要既得，則抵戲無妨，未免語弊而神減也。〇“能畫”“投壺”，亦借漢言唐，節舉技巧，以概其餘耳。“抵戲”則總統言之，非於起聯外别生枝指也。

鬥　雞

題鮮于樞評：此詩追念鬥雞、舞馬爲樂之盛，時宫人、御柳如此；今也君既仙遊，女樂無香，驪山寂寞，而草木黄落矣。興而賦也。

錢陸燦丁本評：前半極其繁華，後半極其寂寞。二章言及宫中秘戲雜技，括盡數十年盛衰之感。

題商盤紅眉：前半叙樓前雜陳百戲，縱宫人出觀，舉鬥雞、舞馬，則餘可概見。後半諱言明皇之崩，若仙隱而去，當時傳上清之曲者，亦香銷粉滅久矣。遥想驪山御道，秋氣堪悲，能不動人以盛衰之感乎？〇五句是通盤一大關節，蓋不以荒宴直接播遷，徑及崩駕之感，則有傷痛而無刺譏，是温柔敦厚之遺教也。

奚禄詒甲本眉：五六近謗。

盧見曾紅旁：浦起龍曰：前後轉關處，述明皇兩頭事，中間播遷一段，泯然隱起，盛衰存没之間，滿目淚痕矣。假使單讀此詩，似明皇無失國之慘者。此意非元白所曉。黄生云：不以荒宴直接播遷，則有傷痛而無譏刺，是温柔敦厚之遺教，洵篤論也。

朱方藹紅眉：叙事數十語，所難盡者，詩只一句帶出之，而分明如在目前。至其寓悲寓諷，渾涵不露，筆有化工矣。

吴士模墨眉：叙事數十語，所難盡者，詩只一句盡之，而分明如在眼前。至其寓悲寓諷，渾涵不露，筆有化工矣。

陳治紅眉：按崔令欽《教坊記》：明皇時，有樓下戲將出隊，宜春院人少，則以雲韶添之。雲韶謂之宫人，蓋賤隸也。内人帶魚，宫人則否。注以宫人爲宫女，誤。

沈巖眉：首二句接上角抵來，豈知遂以此爲事乎？

王鳴盛墨眉：明皇以乙酉生，而喜鬥雞。○舞馬事見《明皇雜録》。

鬥雞初賜錦，舞馬既登牀。（**奚禄詒甲本眉**）舞馬於勤政樓下。（**王鳴盛旁批**）“鬥雞”“舞馬”是明皇爲樂極盛時也。簾下宫人出，樓前御柳長。（**錢載評**）按崔令欽《教坊記》：明皇時，有樓下戲將出隊，宜春院人少，則以雲韶添之。“雲韶”謂之宫人，蓋賤隸也。内人帶魚，宫人則否。觀少陵詩云云，正用此事。乃教坊之樂，非上之宴也。錢注不引此條，誤認“宫人”爲宫女，一字之訛，遂至失實，特爲駁正。（**吴士模墨眉**）“樓前”句，虚陪句，妙。（**李以峙墨眉**）（御曲）按定當從“曲”，與通首相關，“柳”字非也。仙遊終一閟，（**奚禄詒甲本旁**）玄宗死矣。女樂久無香。（**奚禄詒甲本眉**）曲名《傾杯》，又名《紫雲回》。（**嚴復墨眉**）於第五句轉關，渾脱。寂寞驪山道，（**奚禄詒乙本墨旁**）即温泉之華清宫。清秋草木黄。（**奚禄詒甲本旁**）賦也。○“仙遊”言月宫事。○末句正淒。（**奚禄詒乙本墨眉**）末句正凄。(**沈巖尾**)"御曲"指"霓裳羽衣"三節,獨歸重女樂言之。

【彙評】

佚名丁墨尾:此首前後轉關處,述明皇兩頭事,中間播遷一段,泯然隱起,俟後兩篇叙出,但將上下半篇一翻轉看,盛衰存没之間,滿目淚痕矣。驪山,華清宫在焉,尤臨幸繁華處,故末用爲慨。○假使單讀此詩,似明皇一生無失國之慘者,此意非元、白輩所曉。○黄生曰:第五句是通盤一大關節,蓋不以荒晏直接播遷,徑及崩駕之感,則有傷痛而無刺譏,是温柔敦厚之遺教也。愚按:黄生此言,洵篤論也。更由此通觀各章位置:此前二章,言荒樂之過,絶不牽連禍亂;此後二章,言禍亂之來,絶不皈[歸]咎荒樂。但將前盛後衰,逐章開列,令人次第讀去,隱然見荒樂爲喪敗之源,禍亂乃滔淫之報。意言之表,人自得之,作者不欲一語指斥也。其爲温柔敦厚,轉益入微,詩教不墜,殂豆千年,宜哉!

歷　歷

題鮮于樞評:言開元全盛之事,分明歷歷在人耳目,無端安史之亂起,忽已多年,然我白首爲郎,客居巫峽而憶長安,卧病數秋,亦已久矣。賦也。

吕留良紅旁:用得恰好。

嚴虞惇紅眉:此首結上五章。

屈復評:此起點明,則知園陵專指秦陵。

題商盤紅旁:《杜詩説》編次《歷歷》《能畫》《宿昔》《鬥雞》《驪山》《洛陽》《提封》《江上》以爲五言,言《歷歷》八首,竟可與七言之《秋興八首》並觀。

奚禄詒甲本眉:起句富哉,可以包括前後數首。

奚禄詒甲本旁:起句見天寶之不如開元。

奚禄詒乙本墨眉:起句見天寶之不如開元,可包前後數首。

沈巖旁:方云:《歷歷》"分明",又言"無端"者,爲尊者諱也。"數"字與"歷歷"對照。

歷歷開元事,分明在眼前。(**李念慈紅眉**)首二句低回無限。(**沈巖眉**)起二句結束前四首。**無端盜賊起,**(**秦應逵紅旁**)二字爲尊者諱也。**忽已歲時遷。**(**題商盤紅旁**)流水對。**巫峽西江外,**(**奚禄詒甲本旁、乙本墨旁**)己也。**秦城北斗邊。**(**孫承澤墨眉**)崆峒山上對北斗。(**題商盤紅旁**)長安城名。(**奚禄詒甲本旁**)朝也。○秦爲北斗城。(**奚禄詒乙本墨旁**)朝也。**爲郎從白首,卧病數秋天。**(**奚禄詒甲本旁**)賦也。○"數"字正用得妙。(**佚名丁墨旁**)竺云:"天"猶言"日",俗語謂"日日"爲天天。

【彙評】

吴士模墨眉:後四句太散了。

佚名丁墨尾:此首亦在中腰,故自治及亂,由國及身,該括十餘年事,便凑理一總。○明皇之失在天寶,而轉提開元者,舉盛以蔽其失也。"無端"直接盛世來,將天寶事一齊蓋却,言若出於不及料者。"忽已"句是急遞法,作"居無何"三字用。五六即《秋興》"孤城""依斗"意。結言老署郎銜,長違故國,此情耿耿,秋復一秋,有黯然神傷者矣。○將亂端徑接開元,閣起天寶,亦非元、白輩所曉。

洛　陽

題鮮于樞評:此追念禄山之亂,明皇幸蜀及還宫,而都人故老既悲且喜之意耳。玩其“犯潼關”“初愁思”六字，則其辭之悲婉爲何如哉？賦也。

屈復評：前倉卒出京，後賊退還京。①

題商盤紅旁：天寶十四載，禄山陷東京洛陽，次年遂陷潼關。

吴士模墨眉：無深婉之致。

沈巖旁：“犯潼關”而始知愁，諷刺深矣。〇“幸再攀”言意外之事也。

佚名丁墨尾：歷叙陷京幸蜀事，還京只尾聯一帶，蓋此處本意，重在失國一邊也。“初”字微詞，至是始愁也。五六分頂上四，而摇曳嗟歎之，若曰：胡馬之向闕，相去不知幾何，而天子則竟出矣。結云“流涕”“幸攀”，固是慶其復國，言下則謂車駕之得再返也，亦天幸耳。

洛陽昔陷没，胡馬犯潼關。 天子初愁思，(**李念慈紅眉**)“初”字有意，言前此不能憂國也。(**秦應逵紅旁**)漁洋直之。都人慘别顔。(**陳治墨眉**)“初”字妙有含蓄。(**王伯沆紅眉**)平日荒淫，無備可知。清笳去宫闕，翠蓋出關山。 故老仍流涕，(**奚禄詒甲本眉**)“仍流涕”者，言玄宗歸而即崩也。龍髯幸再攀。(**奚禄詒甲本旁**)賦也。〇末句謂玄宗自蜀而歸，西内之死不明耳，言諷肅宗。(**奚禄詒乙本墨眉**)“仍流涕”者，言玄宗歸即崩於西内。(**李念慈紅眉**)曰“幸”，猶倖也。

驪　山

題鮮于樞評：言明皇宴駕之後，則驪山花萼“絶望幸”“罷登

① 校注：“出京”，杭本作“出幸”。余本是。

臨”，是以“無朝燭”而“有賜金”，及夫“龍去遠”“雁來深”，則“萬歲蓬萊日，長懸舊羽林”矣。然其詞愈緩而愈深。賦也。

吕留良紅眉：感慨詩，難如此壯麗。

屈復評：句句是明皇仙遊，園陵冷落，却能不復，結語更痛。

題商盤紅旁：叙晏駕事本難措辭，此詩當看其出手處，刻畫匠心，曲折盡意，洵非大手筆不辦。○此章率土同悲，《洞房》章則孤臣獨泣。

奚禄詒甲本眉：追思玄宗，還有臣子之體，不似晚唐諸人。

奚禄詒乙本紅眉：深得人臣之體。

奚禄詒乙本墨眉：感念深遠。

盧見曾紅旁：黄生曰：此章即申前章園陵宿露之感，而言更深切。

朱方藹紅眉：借秦隋事寓感泰陵，見主恩甚深，悲群臣之莫知報塞也。語皆渾妙，故讀者茫然。

吴士模墨眉：借陳隋事感寓泰陵，見主恩甚深，恐群臣之莫知報塞也。語皆渾妙，故讀者茫然。

陳治墨眉：汪云：借秦隋事感寓泰陵，見主恩甚深，悲群臣之莫知報塞也。

吴廣霈墨眉：煉金躍冶，自是不靡之作。

沈巖旁：驪山南苑，晚歲政荒，萬騎羽林，卑乎内難，功過不掩，可戒可思。起結包括一卷《玄宗本紀》也。

驪山絶望幸，（**題商盤紅旁**）對起。花萼罷登臨。地下無朝燭，（**奚禄詒甲本旁**）轉出玄宗已崩。（**陳治墨眉**）“朝”音“潮”。人間有賜金。（**奚禄詒甲本眉**）玄宗賜臣下金玉，今尚在人間。（**佚名丁墨旁**）“人間有賜金”言生前之盛，“地下無朝燭”言崩後之寞。語换前後，注似説夢。**鼎湖龍去遠，銀海雁飛深。**（**嚴復墨眉**）“深”字押韻，最足咀味。蓋若天上之飛，必無此字。（**吴廣霈墨眉**）“鼎湖”十字奇警。**萬歲蓬萊日，長懸舊羽林。**（**奚禄詒甲本旁**）賦也。（**奚禄詒乙本墨眉**）“羽林軍”，守陵軍也。（**李念慈紅眉**）故君之感，温厚凄惻。（**佚名丁墨尾**）竺云：“舊羽林”以朝廷儀衛言之，曰羽林守陵寢何擬？

【**彙評**】

佚名丁墨尾：《洞房》落句云“園陵白露中”，是首章總統言哀之語。此章乃正詠園陵，蓋傷之也。首以臨幸不再發端，中四俱就園陵永閟後，深致其悲。結又回到平時臨御處，言舊時儀仗，長戴恩光，迄今猶在臣民目中也。其味油然而長。

提　封

題鮮于樞評：此詩其爲吐蕃入寇，發兵守險而作歟？蓋曰“萬國同心”，君惟以儉德臨之，而徵賢以共理，則何患乎犬羊之見侵而守險也哉？且願以用兵爲戒，則恩加四海，亦云深矣。賦也。

李念慈紅眉：自《洞房》起至此，雖各自標題，實同一什。前五首未亂前事，後二首言亂及感明皇之歿。《歷歷》一首在中爲前後關鍵，總上起下。《提封》乃總結，歎其不崇德用賢，而又戒後以偃武尚德也。

屈復評：此首言民心尚未忘唐，以往事爲鑒，猶可長保天下也。

題商盤紅旁：此章與《有感》諸章相表裏，見罷兵息民、用賢尚儉爲當今之急務。老成經國，字字訏謨，後之讀公詩者，不能推論及此，而徒以詩史見稱，何哉？

奚禄詒甲本眉：《提封》《即事》二首，乃諷肅宗以刻□□□。

奚禄詒乙本墨眉:意謂不能用賢以愛民戢兵。

奚禄詒乙本墨旁:"尚"字指肅宗時。

盧見曾紅眉:忠君愛國,直攄讜議,自是告戒當時。他詩云"不過行儉德,盗賊本王臣",與此正合。非謂代宗之時,可以罷兵不用也。王嗣奭曰:堂堂正正,即孟子所以告齊梁之君者。自許稷契以此。

盧見曾紅旁:仇兆鰲曰:《秋興》及《洞房》諸詩,有關國家治亂興亡,寄託深長。《秋興》氣象高華,聲節悲壯,讀之令人興會勃然。《洞房》諸詩意思沈鬱,詞旨凄凉,讀之令人感傷欲絶。此皆少陵聚精會神之作,故能舌吐風雲,筆參造化,千載之下,猶可歌而可涕也。

錢載評:八詩隨觸所見,各有懷抱。

吴士模墨眉:理非不確,而於詩轉隔一層。

陳治墨眉:此首專爲玄宗幸蜀而發,細玩語氣自見。

沈巖旁:"萬國尚同心"戴之者,以祖宗舊德,兼懷開元初政也。不急行儉德,以新恩繫結之,則人困而斂益急,方且不戢自焚,將轉而屬之他人矣。豈止安史草竊,能使所在失守乎?

提封漢天下,萬國尚同心。借問懸車守,何如儉德臨。(**嚴復墨眉**)"懸車守"猶云恃險。時徵俊乂入,莫慮犬羊侵。(**李以峙墨眉**)(莫慮)按"草竊"謬。願戒兵猶火,恩加四海深。(**孫承澤墨眉**)老成至計。(**奚禄詒甲本旁**)賦也。〇其謂不能用賢以愛民戢兵也。

【彙評】

題商盤尾:八章專述開元以來之事,借古喻今,美惡不掩,風人之旨盡於此矣。他詩有連及者,固無刺譏之意,以謂是非具在國史,非臣子所得而私議，至受恩先帝，没齒不忘，則時有之。

佚名丁墨尾：前詩皆叙事，此爲八詩之結，特申正論。中四鑒往，起訖告今，可知前七首皆非徒作。措詞雖婉，垂誡無窮也。〇起勢高渾，就現在言，見累朝世業，永繫人心，保治之道，正須講求耳。往事其可鑒已，黷武而邊衅開，窮奢而戎心啓，前轍彰彰。曰"借問"，曰"何如"，婉詞以悟之也。五六又設爲懸想，言當時若能進用忠良，則戢兵行儉，亂端無自而召矣。末乃重爲誥誡，非謂代宗時可以寢兵不用，而能深戒乎此，則知兵者，不得已而用之，民亦受其福矣。意收天寶，語告時君，勤勤懇懇，身雖斥遠，不愧三朝老臣。〇天都黄氏"有傷痛而無刺譏"一語，足以蔽此八詩。公於明皇，遇合雖淺，受知最深，不獨以温柔敦厚，上接風人，誼亦有不忍斥言者也。至其鋪陳始終，思深旨遠，足與國史並垂。〇太白有《宫中行樂》八首，與此參校，兩家伯仲定矣。

鸚鵡

題鮮于樞評：首二句生第三聯，末二句結第二聯，是亦戒其沉晦以免患之意。比也。

王士禛評：五遠一句，法妙。

奚禄詒甲本眉：小智而有文采者，宜自驚。

奚禄詒甲本旁：中四句申明首二句，末傷世情。

奚禄詒乙本墨眉：祗是賦鸚鵡，而隱以戒小智而有文采者，中四句申明首二句。

盧見曾紅旁：《鸚鵡》，曰分明有才人失路、托身異族之感。

吴士模墨眉：前二句寫其性情，次寫其狀，又次則兼寫時地，雖微夾議論，而大段歎息，語故不傷。

嚴復墨眉：此詩朱鶴齡以爲隱括禰賦而作讖然。

沈巖眉:此詩注引《明皇雜録》,微似附會,不若他本以《洞房》至《提封》八首同編,此作另編之爲得也。

沈巖旁:此篇亦詠開元舊事。

鸚鵡含愁思,(**俞瑒甲本評**)括盡禰衡一賦。(**題商盤紅旁**)流水對起。聰明憶别離。(**俞瑒甲本評**)一句拈定。翠衿渾短盡,(**題商盤紅旁**)順承一二。(**奚禄詒甲本旁**)承"愁思"。(**奚禄詒乙本墨旁**)頂"愁思"。紅觜漫多知。(**奚禄詒甲本旁、乙本墨旁**)頂"聰明"。(**錢載評**)"多智"與"聰明"並不相犯。(**沈巖旁**)頂"聰明"。未有開籠日,(**俞瑒甲本評**)别離。(**題商盤紅旁**)再應一二。(**奚禄詒甲本旁**)頂上"别離"。(**奚禄詒乙本墨旁**)二句頂"别離"。(**沈巖旁**)頂"别離"。空殘舊宿枝。(**題商盤紅旁**)流水對。世人憐復損,(**佚名丁墨旁**)竺云:世人之憐鸚鵡,只足使其傷損也。何用羽毛奇。(**孫承澤墨眉**)才人以羽毛損折,只因輕受人憐。(**奚禄詒甲本尾批**)賦而比也。(**奚禄詒甲本旁、乙本墨旁**)文采無益。

【彙評】

李念慈紅眉批錢注"鸚鵡":此云"翠矜",未必即指白鸚鵡也。

俞瑒甲本評:少陵詠物多用比興。興者,因物生感;比者,以物比人。如此種全是比體。

張學仁參定:句句是含愁思。顧宸謂分明有才人失路之感,信然。

佚名丁墨尾:寓失路羈棲之感,似自嘲小兒女之詞。篇名一作《剪羽》,詩全從此發意也。○此小小者,亦知憶别,翮已短矣,多知何爲?既羈於此,懷想舊棲,亦虚願耳。結又就剪羽解嘲,言正不須豐滿見奇,有憐而收汝者,將復損之,不如息意於此。

孤 雁

汪琬乙本評:著意寫"孤"字,直探其微,而無一筆落呆。

李念慈紅眉:聲調嗚咽。

俞瑒乙本評:中四句直寫"孤"字之神。

屈復評:前四孤雁之聲影,後四感孤雁之情懷,五六作者自感之意。

奚禄詒甲本旁:字字傷感。

奚禄詒甲本眉:"似猶見""如更聞",言孤雁如聞見其所失之侣,野鴉翻來相惱耳。

奚禄詒乙本墨眉:"似猶見""如更聞",言孤雁如聞見其所失之侣,野鴉反來相惱耳。

盧見曾紅旁:師氏曰:鮑當《孤雁詩》云"更無聲斷續,空有影相隨",孤則孤矣,豈若此詩"孤"之中仍有"不孤"之意乎?

吴士模墨眉:著意寫"孤"字,直稱其微,無一筆落呆。

題張問陶墨眉:寫"孤"字不遺餘力。

陳治墨眉:俞云:直寫"孤"字之神,末聯反襯,愈見孤雁之品。

吴廣霈墨眉:一氣盤旋,筆遒氣清,賦物傑作。

沈巖旁:此篇亦自喻,差池流落,遠去王室也。

王伯沆紅眉:史氏曰:梁簡文帝有《夜望單飛雁》詩云:"早知半路應相失,不如從來本獨飛。"真杜公所本也。

佚名丁墨旁:竺云:此詩全感於兄弟之分離也。

孤雁不飲啄,(**俞瑒甲本評**)品自高。飛鳴聲念群。(**王伯沆紅眉**)"念群"正是寫孤。誰憐一片影,(**俞瑒甲本評**)是孤雁。相失萬重雲。(**吕留良紅旁**)詠物詩難得如此佳句。無色相,有意味,玄而不脱,乃勝。(**秦應逵紅旁**)漁邨讀本不賞之,何也? **望盡似猶見,**(**俞瑒甲本評**)承"念群"。**哀多如更聞。**(**嚴復墨眉**)海莊樓嘗以此首三聯爲極警動魄□。(**李以峙墨眉**)(六句)按"更復"不如"如更"。**野鴉無意緒,鳴噪自紛紛。**(**李念慈紅眉**)"自"别本作"徒",佳。(**吕留良紅尾**)起結大是押韻,與"孤雁"不切,亦不妙。(**俞瑒甲本評**)反襯"孤"字。(**錢載評**)此亦是公所獨得。(**秦應逵紅尾**)寫"孤"字之神。(**張雔敬墨旁**)只從看者目中、耳中、意中將孤雁之可憐處傳出,是以題之側面寫正面也。○憐此憎彼,抑復何心?

【彙評】

張學仁參定:流落堪悲,全爲自己寫照。

佚名丁墨尾:寓同氣分離之感。兒女相聚則嘲之,兄弟相暌則痛之也。精神全注一"孤"字。○"飛鳴聲念群",一詩之骨。"片影""重雲",失群之所以結念也。惟念故飛,"望斷"矣而飛不止,"似猶見"其群而逐之者。惟念故鳴,"哀多"矣而故鳴不絶,"如更聞"其群而呼之者。寫生至此,天雨泣矣。末用借結法。仇云:此乃題之外象。

社日兩篇

盧見曾紅旁:仇兆鰲曰:慨古傷情,其自負原不淺也。

其　一

吴士模墨眉:通詩莊重,末路正戀闕之心,託時序以寓言。

九農成德業,(**李以峙墨眉**)(九農)按對"百祀"不當作"秋豐"。**百祀發光輝。**(**奚禄詒乙本紅眉**)起莊健。**報效神如在,馨香舊不**

違。南翁巴曲醉，北雁塞聲微。（吴廣霈墨眉）“北雁”一句佳。**尚想東方朔，詼諧割肉歸。**（奚禄詒甲本眉）秦德公始置伏磔狗於四門以壓蠱。（奚禄詒甲本旁）賦也。〇兩首一氣而下。（奚禄詒乙本紅旁）想朝也。

其二

題鮮于樞評：此二詩公於夔府遇社日，因想往時在京，嘗蒙賜從臣肉，今也不獲與祭，感歎而作歟。賦也。

陳平亦分肉，（奚禄詒甲本旁）社日事。**太史竟論功。**（吕留良紅旁）起得老蒼。（奚禄詒甲本旁）拙。（奚禄詒乙本紅眉）二首一氣。**今日江南老，他時渭北童。歡娱看絶塞，**（沈巖尾）“看絶塞”言看峽中之人自歡娱也。**涕淚落秋風。鴛鷺迴金闕，誰憐病峽中。**（奚禄詒甲本旁）賦也。

八月十五夜月二首

沈巖旁：四篇中皆有夔州在。

其一

題鮮于樞評：首言見月思歸，而以轉蓬攀桂承之。末四句形容月光之明。賦也。此詩殆詠初出之月耳。

奚禄詒甲本旁：恰是八月十五。〇止存其一可也。

奚禄詒甲本眉：兩首從月起説到落時。

吴士模墨眉：只首句直賦，用一“飛”字，便化平爲奇。次聯就所處，承上句言。之下二句純用虚描，而無一意非月，無一意非秋分之月，横絶古今矣。結徑就月説，而萬象俱含，非此，則寫八月十五夜月，千萬言不澈也。

沈巖眉：第一首上半夜。

沈巖旁：破“十五夜”。

滿目飛明鏡，（**奚禄詒甲本旁**）前四句言懷。（**佚名丁墨旁**）竺云：起句亦自“破鏡飛上天”語來。**歸心折大刀。**（**李念慈紅眉**）如此等所謂毫髮無遺憾也。（**盧見曾紅旁**）起語突兀，可謂工於發端。**轉蓬行地遠，攀桂仰天高。**（**奚禄詒甲本眉**）“轉蓬”言己之流離，“攀桂”已説到漢家矣。（**奚禄詒乙本紅眉**）三四應“歸心”，五六以下應“明鏡”。（**奚禄詒乙本墨眉**）“轉蓬”言己扳桂，已想到漢家矣。**水路疑霜雪，**（**奚禄詒甲本旁**）不形虚明。（**奚禄詒乙本墨旁**）下形其明。（**沈巖旁**）明鏡。**林棲見羽毛。**（**傅山紅眉**）二語方爲詠月，若一切白兔、蟾蜍、明鏡、桂華、弓弦、魄輪、姮娥、金波等惡套，直一覽歌嘔矣。（**王伯沆紅眉**）“林棲”句寫月尤明。**此時瞻白兔，**（**沈巖旁**）滿目。**直欲數秋毫。**（**汪琬丙本評**）末二句與“見羽毛”句複。（**奚禄詒甲本旁**）賦也。（**奚禄詒甲本旁**）“秋毫”指月中之兔毫，與“羽毛”不同。（**奚禄詒乙本墨眉**）“秋毫”指月中之兔，與“羽毛”不同。（**佚名丁墨旁**）竺云：結句言欲數白兔之毫也，極言月光明微。邵引僞蘇杜撰，可笑。

【彙評】

佚名丁墨尾：此正詠當空之月，先情而後景。○“折”，歸心摧折也，與《秦州詩》“心折此淹留”同意。顧宸謂如大刀之折，滯甚。三四承之説下，後半極言其明皎。

其　二

題鮮于樞評：此詩蓋詠將落之月也。其曰“稍下”“猶銜”“氣沈”“輪側[仄]”“刁斗”“催曉”“蟾蜍”“自傾”及“倚殘魄”,可見是言落月矣。賦也。

吴士模墨眉:次首就將曉説,則公愛此空明,永夜不眠,不知所謂,寫到結尾而無遺憾。

題張問陶墨眉:前首詠當空之月,先情而後景;此首詠將落之月,先景而後情。

王鳴盛墨眉:此首詠落月,字字入妙。

稍下巫山峽,(**沈巖旁**)下半夜。猶銜白帝城。(**李念慈紅眉**)此首又是缺月,未解何故。氣沈全浦暗,(**奚禄詒甲本旁**)頂首句。輪仄半樓明。(**奚禄詒甲本旁**)頂次句。刁斗皆催曉,蟾蜍且自傾。(**奚禄詒甲本旁**)此句比也。張弓倚殘魄,(**王鐸評**)句句切耳,解非。不獨漢家營。(**錢陸燦丁本評**)沉雄宏偉,唐人月詩盡落後塵。(**錢陸燦戊本評**)中秋無月如弓之理。(**俞瑒乙本評**)挽前首“歸心”“轉蓬”句收。(**奚禄詒甲本眉**)“不獨漢家營”,愁兵未能剿賊耳。(**奚禄詒乙本墨眉**)“不獨漢家營”,愁兵之未能剿賊也。(**奚禄詒甲本旁**)此首用比。○時僕固懷恩及吐蕃、回紇入寇,公去成都,在夔州時也。(**奚禄詒乙本墨眉**)時僕固懷恩與回紇、吐蕃入寇。(**沈巖眉**)將曉猶清,方是八月望夜月。

【彙評】

佚名丁墨尾:此又詠將落之月,先景後情。○“氣沈”頂“稍下”,“輪仄”頂“猶銜”。浦暗於峽下,樓明於城上,月落時之景也。下半言月非自傾,刁斗催之使傾,何軍旅繁興,久無休息耶? ○前詩傷阻歸,此詩傷久亂,只是詠月,故妙。

佚名丁墨旁:竺云:“張弓倚殘魄”,“倚”,言掛也。營上張弓,如殘魄之半銜山也。結句言漢營既然,則虜營亦然,含漢雖有備,虜亦侵入之感也。弓之張滿,亦況月之盈然,非今義。

十六夜翫月

題鮮于樞評:首言往昔翫月之樂,今也則關山隨地而闊,言故鄉遠也;河漢則近人而流,言夔州地勢高也。谷口樵歸而唱,孤城笛起而愁,且巴童乘月行舟而不寐,紀一時之實耳。賦也。

屈復評:四寫月妙句。

奚禄詒甲本眉:"舊"字指十六夜前。○以三四唤五六,在隱躍之間,乃見公詩律之細。

奚禄詒乙本墨眉:"舊"字指五夜,以三四唤起五六,在隱躍之間。

盧見曾紅旁:胡應麟曰:咏物起自六朝,唐初沿襲,雖風華競爽,而獨造未聞。唯杜公諸作,自開堂奥,盡削前規。如咏月,則"關山隨地闊,河漢近人流";咏雨,則"野徑雲俱黑,江船火獨明";咏雪,則"暗度南樓月,寒深北渚雲";咏夜,則"重露成涓滴,稀星乍有無":皆精深奇邃,前無古人。

吴士模墨眉:起處"金波"指月,而"玉露"謂秋分,以對語拈出,妙絶。關山以月之明,故無不見,是隨地而闊也。河漢亦以其明,上下一色,是近人而流也。後四句總言其明,而此上有虚實在。寫月之大,無如"關山"二句,公祖孫皆絶唱也。

陳治墨眉:汪云:寫月之妙,無如"露濯清輝苦,風飄素影寒";寫月之大,無如"關山"二句。公祖孫皆絶唱也。

吴廣霈墨旁:不寫月而自見月之妙景,此意俗人莫解。

沈巖旁:"舊挹"句切十六夜,"玉露秋"爲玩月至半夜也。○當空正圓,高下深阻,一片皆明,故曰"隨地闊"。

沈巖眉:下語皆切“玩”字。○“玩月”“不寢”却借“巴童”點出,又照顧“夔州”也。

王鳴盛抹去“中秋後”三字並旁批:不消注。

舊挹金波爽,皆傳玉露秋。(**奚禄詒甲本旁**)無著。**關山隨地闊,**(**奚禄詒乙本墨旁**)可詠可歎。**河漢近人流。**(**奚禄詒甲本旁**)可詠可感。**谷口樵歸唱,**(**奚禄詒甲本旁**)承四句。**孤城笛起愁。**(**奚禄詒甲本旁**)承三句。**巴童渾不寢,**(**陳治紅眉**)“寢”一作“寐”。**半夜有行舟。**(**奚禄詒甲本旁**)賦也。○巴童有行舟,嘆己之不得出夔也。○關山雖遠,河漢猶近人,雙關荆夔之意。(**奚禄詒乙本紅眉**)“巴童”“行舟”,歎己不得出巴也。(**李念慈紅眉**)景事絶真。

十七夜對月

題鮮于樞評:公自言江村老身,獨對十七夜月。或捲簾則照客,或倚杖則隨人。或光射潛虬,或明翻宿鳥。然我茅齋則依橘林,而林之露華,清切可愛。賦也。

方拱乾評:字字“十七夜”。○“仍”字、“還”字、“更”字,皆十七夜。

俞瑒乙本評:善用虛字,剔出十七夜來。

奚禄詒甲本眉:“光”“明”二字對,用未克復。

盧見曾紅旁:李因篤曰:只“仍圓夜”三字,説“十七夜”已足,再添便爲俗筆。

吴士模墨眉:只二字寫“十七夜”,已是稍添,便爲俗筆,詩之高渾與前當夜作相敵。

題張問陶墨眉:下六句自近而遠,復自遠而近,都寫出江村月下之景，老身對月之情。

秦應逵墨眉：月之光彩在後半細寫，不惟避前篇，亦是"十七夜"，夜久漸上神理。

吴廣霈墨眉：忽圓，妙以其題爲"十七夜"，盈而將缺之時也。"仍"字對"獨"字，盡他煉字法，迥異小家數，此所以名冠全唐，不虛也。

沈巖眉：將月之光彩在後半細寫，不惟避前三篇，亦是"十七夜"，夜久漸上神理也。後四句著意寫半夜，是"十七夜"。

王嗚盛抹去"中秋後二夜"並旁批：不消注。

秋月仍圓夜，(**題商盤紅旁**)對起。(**沈巖旁**)十七夜月。**江村獨老身。**(**奚禄詒乙本紅眉**)月仍圓而身獨老，起下二句。(**沈巖旁**)反破"對"字。**捲簾還照客，**(**題商盤紅旁**)虛眼句。(**秦應逵墨旁**)"對"字出。(**沈巖旁**)"對"字出。**倚杖更隨人。**(**題商盤紅旁**)承次句。(**奚禄詒甲本旁**)愁中見之，并月亦不喜虛照。(**奚禄詒乙本墨旁**)愁中見之，并月亦不喜，其照且隨。(**吴廣霈墨旁**)"還"字、"更"字皆警煉非凡。**光射潛虬動，**(**題商盤紅旁**)折腰句。(**沈巖旁**)句中有眼。**明翻宿鳥頻。**(**題商盤紅旁**)承首句。(**奚禄詒甲本旁**)"潛虬"指蜀中叛將，"宿鳥"指難民。(**奚禄詒乙本墨旁**)"光""明"二字犯複。**茅齋依橘柚，清切露華新。**(**李念慈紅眉**)月義愈索愈出，"吟多意有餘"，公真能自道者。(**奚禄詒乙本紅旁**)應"仍圓夜"。(**沈巖旁**)有眼。(**沈巖尾**)唐子西最稱公"天欲今朝雨，山歸萬古春"之句，在上《白帝城》長律中。

【彙評】

佚名丁墨尾：此首上四却從"十七夜"落想。"仍圓"，已不圓也。"還照""更隨"，連宵得月而喜也。此四句將月與身膠黏説。五六單就月所照説，七八月與身仍復膠黏，了無塵氣。

日　暮

題鮮于樞評：首六句皆寫日暮之景物，而歎巫峽非故山。末章蓋以燈花能報喜，故謂頭顱如許，何喜之可報耶？賦而興也。

汪琬乙本評：清澈最爲詩之高調，非深於《選》者不能。

李念慈紅眉：題似當作“夜”。

吕留良紅眉：劉云：人人能言，人人不能言，與“可惜歡娱地”同耳。

王士禛評：結翻案，新而渾成。

俞瑒乙本評：只起二句日暮，餘俱夜景。

屈復評：六幽絶，亦人所不寫。

奚禄詒甲本旁：清空一氣。

奚禄詒乙本墨眉：三四人人能言，人人不能言，與“可惜歡娱地”同。

朱方藹紅眉：清徹最爲詩之老境，非深於《選》者不能。

吴士模墨眉：清澈最爲詩之高境，非深於《選》者不能。

題張問陶墨眉：三四爲王孟所不到。○本是“暗泉流石壁，秋露滴草根”，却用顛倒出之，覺聲諧而句警。

陳治墨眉：清澈如王孟一派。

沈巖旁：《北征賦》：“日晻晻其將暮兮，睹牛羊之下來；悟怨曠之傷情兮，哀詩人之歎時。”此不題曰“日夕”而曰“日暮”也。

牛羊下來久，(**李以峙墨眉**)(久)按“夕”亦通，然此形似之誤。各已閉柴門。(**奚禄詒乙本紅旁**)“日暮”起。(**沈巖眉**)起二句破“日暮”，即籠起"非故園"。《詩》"于役",鄭箋云,言畜産出入,尚有期節,至於行役者,乃反否也。**風月自清夜,**(**題商盤紅旁**)虚眼句。流水對。**江山非故園。**(**嚴復墨眉**)杜律用"自"字多警句。**石泉流暗壁,**(**題商盤紅旁**)鹿盧句。(**吴廣霈墨眉**)"石泉"一能[聯]狀幽秀之景。**草露滴秋根。**(**申頲藍眉**)"根"字誤作"原"。(**奚禄詒乙本紅旁**)"滴秋根"細而有味。(**李以峙墨眉**)(六句)按"淌"不如"滴","原"不如"根"。**頭白明燈裏,**(**題商盤紅旁**)意在言外。**何須花燼繁。**(**題商盤尾批**)五六抽换之,可得四聯。(**奚禄詒甲本旁**)賦也。(**奚禄詒甲本眉、乙本墨眉**)"燈""花"亦是常景,公自説得愁人。(**張雒敬墨旁**)風骨蒼然。(**秦應逵墨旁**)翻案新而渾成。(**沈巖尾**)腹連作倒裝句,流水對看,似更有意。

反 照

題鮮于樞評:首二句生中四句,皆所以委曲形容"反照"之美。末言既夕則牛識牧童之呼而應之,以結上六句。賦也。

吕留良紅眉:即相離相,個中有神。

題商盤紅眉:以次句立意,中二聯並分承"有""無"説,結云"既夕"則全無矣。三四粘題,五六開一步,結處只用一兩字綰合,與《初月》《喜雨》等章法全同。○"孤樓[樓孤]屬晚晴""不盡白鹽孤",字並入神。○"荻岸如秋水",狀其拜風之勢,寫無處亦精,秋水色白故也。"松門似畫圖",其有處令人意會,皆傳神之筆。

朱方藹紅眉:起句已盡"反照"之妙,次聯以虚字實描,五六點綴形容,結尤本色更拈一意,面面俱徹,覺畫亦不到此玲瓏也。

吴士模墨眉:起處已盡"反照"之妙,次聯以虚字實描,五六點綴形容,結就本色更拈一意,面面俱徹,覺畫亦不到此玲瓏也。

奚禄詒乙本墨眉:瀟灑可意。

反照開巫峽，（題商盤紅旁）見地。寒空半有無。（俞瑒甲本評）從此句寫。（嚴虞惇紅旁）"半無"。（題商盤紅旁）"無"。（吴廣霈墨旁）此句匪伊所思，三複之，始覺其妙。已低魚復暗，（俞瑒甲本評）承"半有無"。（嚴虞惇紅旁）浦。（題商盤紅旁）上因句。"有"。（沈巖旁）承"半無"來。不盡白鹽孤。（嚴虞惇紅旁）"半有"。（嚴虞惇紅旁）山。（沈巖旁）承"半有"來。荻岸如秋水，（題商盤紅旁）無。（佚名丁墨旁）言天暗，水岸不分，"如"猶"合"也。绿楊著水草如煙，亦然。松門似畫圖。（俞瑒甲本評）從反照見。（題商盤紅旁）有。牛羊識童僕，既夕應傳呼。（吕留良紅旁）下句人定道得，此句難耳。（俞瑒甲本評）反照時。（題商盤尾批）"既夕"二字尤工，收合一篇之意。此時已不辨色，但熟其聲音，即應傳呼而至，模寫刻入。（奚禄詒乙本墨眉）末另結主，以"既夕"二字承之。（沈巖尾）荻花映日，一片水明，此句明處似無；松門浮光，相錯金翠，此句暗處似有。

【彙評】

俞瑒甲本評：三四兩句一水一山，五六雙頂説下，自好。

張學仁參定：《杜臆》將中四句各分有、無之半，殊涉呆相，未能合看以盡其妙。

佚名丁墨尾：此專詠也，與七律《反照》不同。"半有無"領中四，但舊説四句俱以有無劈分，尚是混解。蓋"已低""不盡"，則一無一有，是分寫；"如水""似煙"，乃在有無之間，須合看。結更透後一層。"既夕"，則光全歛矣。"識僮僕"，各識其牧豎之聲，非識其狀也，故曰"應傳呼"。

自瀼西荊扉且移居東屯茅屋四首

錢陸燦丁本評：前四句畫出東屯。○通首作對，而一氣流轉，使人不覺。

俞瑒乙本評:第一首先從東屯説起,第二首是瀼西移居,第三首東屯之鄰,第四言懷也。

奚禄詒甲本眉:朱子謂夔州以後詩多不好,正是瀼西此類。

其　一

題鮮于樞評:言東屯當白鹽之北,赤甲之東,其地平易則"一川穩",而"秔稻熟天風"矣。其山高聳則"四面同",而"煙霜凄野日"矣。今我避地而自傷轉蓬,將於此"守桂叢"而居焉。賦也。

屈復評:前四東屯之勝。

題張問陶墨眉:五六句一順一逆,五承"高山",六承"平地"。

白鹽危嶠北,赤甲古城東。平地一川穩,高山四面同。(**方拱乾評**)"同"字又妙。**煙霜凄野日,秔稻熟天風。人事傷蓬轉,吾將守桂叢。**(**奚禄詒甲本尾批**)賦也。○桂叢爲招隱而不用也。(**奚禄詒乙本墨旁**)欲隱於此耶?

【**彙評**】

佚名丁墨尾:首章叙述先言東屯之勝,五六帶時序而逗本事,末結到移居,其移居之故尚未露,俟下章點出。

其　二

題鮮于樞評:言東屯、瀼西兩地,一般青溪,而往來淹留於其間者,爲稻田茅屋耳。夫市喧則宜近利,然非吾所好。此雖地僻無蹊,絶勝西居之近市,若膹客欲訪衰翁,路亦須迷。言此地清幽也。賦也。

屈復評:一二三皆並説,四單落東屯,五回顧瀼西,六七八單落本地。①

題張問陶墨眉:前半以三句夾一句,又參差,又整齊,極變化之妙。

東屯復瀼西,一種住青溪。(**嚴復墨眉**)“一種”是當時語,猶云一樣。(**奚禄詒乙本墨眉**)下三首皆敗。來往皆茅屋,(**李以峙墨眉**)(皆)按“兼”亦“皆”意,然替不得“皆”字。淹留爲稻畦。 市喧宜近利,西居近市。(**吕留良紅旁批注脚“西居近市。《易》:巽爲近利,市三倍。《左氏傳》晏子對景公語**)俗甚。(**曹炎眉**)西居近市。《易》:巽爲近利,市三倍。林僻此無蹊。 若訪衰翁語,須令賸客迷。(**嚴復墨眉**)“剩客”見陸機詩“遊賞愧剩客”,“剩”,多也。(**王伯沆紅眉**)陸機詩“遊賞愧賸客”,謂佳客也。

其　三

題鮮于樞評:首句不可曉,或曰“道北”乃馮都使之宅,而“高齋見一川”,馮子能“渠細石”,而我亦“沼清泉”,故紫荆亦得枕帶渠沼而有之。首二句生次聯,而三聯則承上以起下,末言解纜不知何年,故斫畬開荒應須費日,謂未有歸期而然也。賦也。

道北馮都使,高齋見一川。(**錢陸燦丁本評**)馮都使不知何人,乃東屯住家者,公欲訪渠爲高齋清供。(**李念慈紅眉**)頗有賈、胡之意。子能渠細石,吾亦沼清泉。(**方拱乾評**)“渠”“沼”二字虚用,又押,“焉”字却不妨巧。開晚唐矣,却不是晚唐。用字之妙,虚者實之,實者虚之,遂

---

① 校注:“本地”,杭本作“本題”,杭本是。

令今古死活在其筆端,惟公能之。**枕帶還相似,**(**李以峙墨眉**)(枕帶)按"枕席"謬,"帶席"亦形似之訛。**柴荆即有焉。**(**奚禄詒甲本旁**)敗。(**嚴復墨眉**)"柴荆即有焉"或以爲新雋,或以爲不成句法,以余觀之,後説爲是。(**王伯沆紅眉**)"柴荆"句疑有訛。(**奚禄詒乙本墨眉**)三字强押。**斫畬應費日,解纜不知年。**(**方拱乾評**)中聯虚字多,乃以偶句結。(**奚禄詒甲本尾批**)賦也。(**沈巖旁**)應對"一川"。(**沈巖尾**)四韻中亦押語助,以四首成章,得用長詩中句法。

其　四

題鮮于樞評:言茅屋卜居於"西江外""北户間"者,蓋以"久遊""卧病"於巴楚故耳。且愛其地"幽獨""清深",故"移佳境"而"隔遠關"。末言於"寒空見鵷鷺",而想朝班若公者,豈非身江湖而心魏闕者耶?賦也。

牢落西江外,參差北户間。久遊巴子宅,(**李以峙墨眉**)(國)按"宅"字非。**卧病楚人山。**(**奚禄詒甲本眉**)相如對武帝曰:臣楚人也。則蜀亦可稱楚。○意雖是朝,却勉强遷就,正不必。**幽獨移佳境,清深隔遠關。寒空見鴛鷺,迴首憶朝班。**(**李念慈紅眉**)還有這個在。(**奚禄詒甲本尾批**)賦也。(**陳治墨眉**)查浦云:結意屢見,乃此老不能免俗處。

曉　望

題鮮于樞評:公在巫峽,書將曉所見之景物。末章盖曰將與木石居,與鹿□遊,自寬之詞耳。賦也。

汪琬乙本評:當早行東望,始悟此詩之工,"天清木葉聞"更爲微妙。

王士禛評：結句牽動通首，意在言外。

屈復評："應共"二字，口角微露厭意。

奚禄詒甲本旁：三四"寒""宿"二字有力，五六"隱""聞"二字有力。

奚禄詒乙本墨眉：三四"寒""宿"二字有力，五六"隱""聞"二字有力。第六句至不可解纔妙，纔妙。

盧見曾紅旁：李因篤曰：寫景最工，"天清木葉聞"更爲微妙。

朱方藹紅眉：嘗早行東望，始悟此詩之工，"天清木葉"更爲微妙。

吴騫墨眉：嘗早行東望，始悟此詩之工，"天清木葉聞"尤爲微妙。

吴士模墨眉：嘗早行東望，始悟此詩之工，"天清木葉聞"尤爲微妙。

題張問陶墨眉："寒"字作活字用。"寒""宿""隱""坼""清""聞"字俱是詩眼。胡應麟曰：盛唐句法渾涵，如兩漢之詩，不可以一字求，至老杜而後，句中有奇字爲眼，纔有此句，句法便不渾涵。昔人謂石之有眼，爲石之一病，此説甚精，然學者須從第二義入手，蓋必有稜角峭厲之概，而後可學渾涵融洽之神也。

白帝更聲盡，（**題商盤紅旁**）對起見地。陽臺曙色分。（**奚禄詒乙本紅旁**）襄王之昭陽臺。高峰寒上日，（**丁耀亢墨眉**）"上"字作上聲讀。（**吕留良紅旁**）一作"上寒"，則眼在"上""宿"。（**題商盤紅旁**）横插句。（**奚禄詒乙本紅旁**）承上。疊嶺宿霾雲。（**方拱乾評**）"寒"字活對"宿"字看乃妙。（**方拱乾評**）十字只"寒""宿"二字是虚字，搏捖。（**李念慈紅眉**）"上日"二字奇穩。（**吕留良紅眉**）"宿"字猶言隔宿、信宿，對"寒"字也。（**奚

禄詒乙本紅旁)起下。**地坼江帆隱,**(**題商盤紅旁**)上因句。**天清木葉聞。**(**方拱乾評**)"隱"字妙,"聞"字更妙。(**奚禄詒甲本眉**)"天清木葉聞",惟曉望更切更妙。(**奚禄詒甲本旁**)非"坼"字喚不起"隱"字,非"清"字喚不起"聞"字,杜詩往往如此。(**奚禄詒乙本墨眉**)非"坼"字喚不出"聞"字,所謂"詩律細"也。**荆扉對麋鹿,應共爾爲群。**(**奚禄詒甲本尾批**)賦也。(**奚禄詒乙本紅旁**)亦指麋鹿。(**秦應逵墨旁**)漸露厭意。

【彙評】

吴廣霈墨尾:雖多是寫景,五六却是從人目中看出,從人耳中聽來,故自不患重疊。

張甝敬墨旁:高渾清遠。

佚名丁墨尾:一二曉之候,三四曉之景,五六景中帶情,引動末聯。"地坼帆隱",峽内仍淹矣;"天清葉聞",山空無伴矣。如此則但當與麋鹿爲群。語似且留,而意實厭居於此。

暝

題鮮于樞評:言日落山陰而牛羊歸徑、鳥雀聚枝,山庭風急而收書正枕、以動琴劍,扉半開欲掩則見燭影清砧,皆書秋晚之事。賦也。

方拱乾評:細看有一結草草否?有一結牽强凑泊否?

王士禛評:用"見"字奇。

題商盤紅眉:三四倒押句,與"飛星過水白"二句同法。星,劍飾,玉,琴飾,故是工對。"動",動其絃也。公筆能鉅能細,鉅則函蓋乾坤,細乃析分絲理,如五六叙瑣事精妙乃爾。晚唐人自宜拱手而服,此無故,以煉字大力故也。〇洪方舟云:"見"即"聞"也。砧以聲著,不可言"見"。或曰:如此何不用"聽"字?余曰:"聽"與"聞","見"與"看",並有心無心之别,故不可言"聽"也。

奚禄詒甲本眉:清真無疵。

奚禄詒乙本紅旁:無一毫疵。

日下四山陰,山庭嵐氣侵。牛羊歸徑險,(**紅旁**)倒押句。**鳥雀聚枝深。**(**奚禄詒甲本旁**)"險""深"二字押得穩。(**奚禄詒乙本紅眉**)"險"字、"深"字纔切,"暝"與"晚"不同。**正枕當星劍,**(**紅旁**)實根句。**收書動玉琴。半扉開燭影,欲掩見清砧。**(**奚禄詒甲本眉**)"見清砧",無大情景。(**奚禄詒甲本旁**)"清砧"上著一"見"字,承"開燭"來。(**奚禄詒甲本旁**)賦也。(**奚禄詒乙本紅眉**)"見清砧"驚愁也。(**倪象占藍眉**)蓋"半扉開"欲掩燭影"見清砧"耳。看他字字中調度得活現,真無法不備也。

晚

題鮮于樞評:自言晚則杖藜而尋巷,寒則炙背以近墻。他人雖見我幽居之僻,吾則自知其養拙之尊。朝廷之事,則"問府主";力田之事,則"學山村"。至於鳥棲,則亦閉門而上燈矣。此亦隨所遇而安之意耳。賦也。

屈復評:"尋"字好,二應一,倒叙法。

題商盤紅眉:初貪偃曝,傍晚始歸,一"尋"字畫出老子暗中捫索矣。三承上,四起下,"拙養"即"養拙","尊"猶"貴"也。因一"巷"字,三四遂暗用"在陋巷"三句之意。而變化其語如此,通篇見"拙養"意。"學稼"見《論語》。"歸翼"且飛且棲,皆已定息,吾亦呼燈閉門,與物共息而已。"燈"字應"巷晚","寒"字應"墻暄",詩律之細,宜公自道也。朝廷之事,但一問府主而已,不復如往日關心社稷,逢人訪詢,言外有耕鑿作息、帝力何有之意。雖曰養拙自安,要知皆即事遣興之辭。

奚禄詒甲本眉:三四覺自寬,末後仍不爾也。

奚禄詒乙本墨眉:三四竟自寬,末後仍不寧。

吴士模墨眉:有道之言,正取其前後不照管此句也。

杖藜尋晚巷,(**題商盤紅旁**)倒起。對起。炙背近墻暄。人見幽居僻,(**題商盤紅旁**)走馬對。(**奚禄詒甲本旁**)有地步。吾知拙養尊。(**奚禄詒乙本墨旁**)有地步。朝廷問府主,耕稼學山村。(**奚禄詒乙本墨眉**)"朝廷問府主"是思君,更是自惜。(**奚禄詒乙本墨旁**)以下"養拙"也。歸翼飛棲定,寒燈亦閉門。(**奚禄詒甲本旁**)賦也。○"朝廷問府主",是思君,更是自惜。

奉賀陽城郡王太夫人恩命加鄧國太夫人

王鐸評:淺率多陳言,不似此老手腕。

李念慈紅眉:華稱。

王士禛評:在公應酬之作。

秦應逵墨眉:應酬之作。

陳治墨眉:以"銜恩"起,以"報主"結,得體。

嚴復墨眉:此亦老杜之應酬詩,然却□様有氣。

吴廣霈墨眉:深穩清高,恰如題分。

衛幕銜恩重,(**奚禄詒甲本旁**)銜恩。潘輿送喜頻。(**奚禄詒甲本旁**)潘岳。(**奚禄詒甲本眉**)潘岳《閑居賦》:太夫人御板輿,升輕軒。(**陳治紅眉**)句句雙承,妙在側重陽城。濟時瞻上將,錫號戴慈親。富貴當如此，尊榮邁等倫。(丁耀亢紅眉)平熟應俗。郡依封土舊，國與太名新。紫誥鸞迴紙，清朝燕賀人。(方拱乾評)香貴之句，銜口而成。(奚禄詒甲本眉)《淮南子》：大厦成而燕雀相賀。遠傳冬筍味，(奚禄詒甲本眉)冬筍事，公好用之，皆未妥。更覺綵衣春。(汪琬甲本紅眉)大家。奕葉班姑史，芬芳孟母鄰。義方兼有訓，詞翰兩如神。委曲承顔體，騫飛報主身。(李念慈紅眉)"騫"誤從馬。可憐忠與孝，(奚禄詒甲本旁)"憐"字，唐皆作"愛"字用。雙美畫麒麟。(奚禄詒甲本旁)賦也。

送田四弟將軍將夔州柏中丞命起居江陵節度使陽城郡王衛公幕

題鮮于樞評：言田氏飲餞於中丞，座而起□者，乃馳牋起居於陽城郡王也。末言發寒塘之景物，而以"空醉""遥憐"結之，其離愁旅思，見於言外。賦也。

李念慈紅眉：工麗，但七句又用"酒"字落脚，必有傳訛。

奚禄詒甲本眉：無味。

離筵罷多酒，起地發寒塘。(嚴復墨眉)"地"字是"柂"之誤。(奚禄詒乙本紅眉)罷酒客，多酒不可。迴首中丞座，馳牋異姓王。燕辭楓樹日，雁度麥城霜。空醉山翁酒，(李以峙墨眉)(定)按"空"形訛。遥憐似葛强。(吕留良紅旁)重此處亦可。

九月一日過孟十二倉曹十四主簿兄弟

方拱乾評：盡屬秋爲妙。

屈復評：三承一，四承二。

陳治墨眉：即前所云"孟氏好兄弟"也。

題商盤紅眉：起聯一己一彼，三四承己説，五六承彼説，結彼、己雙綰，與《酒醬》篇皆賓主分明之謂也。○"寒露"字雖點曙色，亦見九月一日正交此節。○"稀"即乏，"困"即倦，二語在一時一處。○地一隅曰"偏"，人一意亦曰"偏"，重其孝友，故偏來此。

奚禄詒甲本眉：三句猶在途，四句則到矣。五六以下美其人。

奚禄詒乙本墨眉：語語稱意。

錢載評：隨手從杜家説到孟家，至文亦是至味，蓋其謹嚴即在隨手得之，並無勉强，所以爲自然也。詩須撒手行，又何苦拖泥帶水。

吴士模墨眉：老健清圓，真□到即化境也。

題張問陶墨眉："撥書"謂撥書取隙而眠也，解作"抛書"者非。

吴廣霈墨眉：通首皆佳，唯"偏"字趁韻未穩。

沈巖眉：經秋追隨，九過其六，故覺將盡也。

藜杖侵寒露，(**題商盤紅旁**)對起。(**奚禄詒甲本旁**)九月出門。蓬門啓曙煙。(**吕留良紅眉**)字字著意。(**題商盤紅旁**)實眼句。硬押句。(**奚禄詒乙本墨旁**)出門。力稀經樹歇，(**吕留良紅旁**)用"稀"字生奇。(**奚禄詒甲本旁**)路上。(**奚禄詒乙本墨旁**)途間。老困撥書眠。(**方拱乾評**)神來之句，却又盡情。(**奚禄詒甲本旁、乙本墨旁**)到孟宅。(**嚴復墨眉**)第四聯非老年人不知此境。(**王伯沆紅眉**)情態俱真。秋覺追隨盡，(**題商盤紅旁**)倒剔句。(**佚名丁墨旁**)竺云：言相追隨以盡秋也。來因孝友偏。(**題商盤紅旁**)倒叙聯。(**奚禄詒乙本墨眉**)追隨無他人，因孝友而偏來也。掃劫一切。清談見滋味，(**題商盤紅旁**)套裝結。爾輩可忘年。(**吕留良紅尾**)"孝友"本俗，下一"偏"字，形神俱變。(**題商盤紅旁**)歇後句。(**奚禄詒甲本旁**)爲忘年交矣。(**奚禄詒甲本旁**)賦也。○五六寫秋來之追隨無可人，獨因二孟之孝友而偏來也。“偏”字與“盡”字應，若用全韻則俗矣。（**錢載評**）神妙。

【彙評】

佚名丁墨尾：逐句敘下，歷歷如話。策杖侵露，出門見煙，在中途則傍樹而歇，到孟舍則拋書而眠。“追隨盡”，寒温大意；“孝友偏”，周旋所仰。“清談味”，心醉於娓娓之後；“忘年”契，心許於款款之餘。黄生以“力稀”句即在孟園中説，未合。

孟倉曹步趾領新酒醬二物滿器見遺老夫

屈復評：酒有典，醬無典，以虚對實，法妙。○一二時地，三四二物，五承四，六承三，合結。

題商盤紅眉：題云“酒”，詩云“糟”，知所遺者酒母，飲時任意旋入水耳。“滓”即糟，汁其漿也。酒事有典，已成佳句；“醬”字無典，頗難措手。看他虚對“落提攜”三字，通括上句，造聯之妙，真匪夷所思。五句“醬”字影掠亦佳，六句用周澤事，虧三字鎚得老。八句“報”字如聞其聲，酷似由客細詢，呼老妻記之。

奚禄詒甲本眉：也還樸白，宜如此。

奚禄詒乙本紅旁：只宜如此。

盧見曾紅旁：二詩本色。愛其涉筆成趣，饒有逸致。

吴士模墨眉：公大處在一飯不忘君，固矣。高處又在庾人盤餐之雅，即見諸篇章，是知坦然相忘者，非愚即妄，而公此氣乃不特不求之本。

題張問陶墨眉：七句是先輩踏實語。

楚岸通秋屐，(題商盤紅旁)倒對起，見地見時。(奚禄詒甲本旁)從“步趾”起。(奚禄詒乙本紅旁)孟來。胡牀面夕畦。(吕留良紅眉)四字迭出，自雅。(題商盤紅旁)見時。(奚禄詒乙本紅旁)己正坐也。藉糟分汁滓，(嚴虞惇紅旁)酒。甕醬落提攜。(嚴虞惇紅旁)醬。飯糲添香味，(嚴虞惇紅旁)承。(題商盤紅旁)倒應三四。朋來有醉泥。(吕留良紅旁)用事强梁。理生那免俗，方法報山妻。(題商盤紅旁)重字助句。(奚禄詒甲本旁)賦也。

送孟十二倉曹赴東京選

題鮮于樞評：言君行別老親而去者，何哉？第苦家貧爲禄仕耳。次聯承起聯語，言其赴東京選也。三聯言孟自夔往東京之景物。末言“應宜綵服新”，以慰高堂老親朝夕之念。賦也。

奚禄詒甲本眉：藻鑑者可恥。

奚禄詒乙本墨眉：字字入情。

吴士模墨眉：“京選”意只輕輕帶，而末以親老動之，二聯當地合之，且妙用推宕也。

君行別老親，此去苦家貧。藻鏡留連客，江山憔悴人。(奚禄詒乙本墨眉)“留連”“憔悴”以從前言，承“親老[老親]”“家貧”。秋風楚竹冷，夜雪鞏梅春。(奚禄詒甲本旁)五六承“親老”“家貧”。(奚禄詒乙本墨旁)因“秋風”“夜雪”動高堂之念。朝夕高堂念，應宜綵服新。(奚禄詒甲本尾批)賦也。○時人有一説，五六亦見“留連”“憔悴”，非也。“秋風”“夜雪”乃唤高堂之念也。

憑孟倉曹將書覓土婁舊莊

王鐸評:土婁在今偃師西十里。

王士禛評:土婁,今偃師城西十里。

吴士模墨眉:土婁,今偃師城十里。○寫"憑""覓"二字俱暢。

沈巖旁:方云:土婁在今偃師四十里。

平居喪亂後,(**沈巖旁**)伏"十載"。不到洛陽岑。(**奚禄詒乙本紅旁**)土婁也。爲歷雲山問,(**奚禄詒乙本紅旁**)託覓也。(**沈巖旁**)憑覓。無辭荆棘深。北風黄葉下,(**奚禄詒乙本紅旁**)逗"十載客"。南浦白頭吟。十載江湖客,(**沈巖旁**)收足"無辭"意,見憑仗不淺也。茫茫遲暮心。(**奚禄詒甲本尾批**)賦也。

簡吴郎司法

吕留良紅眉:一聯可人,通篇難置。

奚禄詒甲本旁:自《江閣》以下三首,誤盡多少後人,自鍾、譚始也。

有客乘舸自忠州,遣騎安置瀼西頭。古堂本買藉疏豁,借汝遷居停宴遊。雲石熒熒高葉曙,風江颯颯亂帆秋。(**吕留良紅眉**)新奇。(**吕留良紅旁**)它只兩字重疊,每每弄出無邊佳致。(**吴廣霈墨眉**)一句絶佳。却爲姻婭過逢地,許坐曾軒數散愁。(**奚禄詒甲本旁**)賦也。(**吴士模墨眉**)"許坐"又指吴言。

又呈吴郎

方拱乾評:樸而婉,却不是元白。爲此首,少不得存前首。

錢陸燦丁本評:情事俚言,偶戲簡牘,不合成章,説者顧取其仁物,則六經可繞却矣。

錢陸燦戊本評:吴郎編籬以謝撲棗之婦,故又作詩以呈吴郎。

汪琬乙本評:盛唐惟公有此等詩,未見超脱。○此嫠婦與公比鄰日久,故直撲棗堂前,而不自嫌,吴郎新至,彼此未洽,故不免恐懼,插籬自防,公告之云云。

李念慈紅眉:仁愛。

吕留良紅眉:瑣事俚言,偶戲簡牘,不合成章,遂爲弊首與《桃樹》詩等,説者顧取其仁物,則六經可繞却矣。

吕留良紅旁:語曰:大賈肆中,長餘千金萬金至寶,亦有一銖二銖惡物。豈謂杜少陵耶?

俞瑒乙本評:此囑吴郎勉容此婦也。"寧有此"指撲棗言。李云:盛唐中惟公有此等詩,然未見超脱。

奚禄詒甲本旁:格調稍靡,必是僞作。

奚禄詒甲本眉:此是貫休之類。

奚禄詒乙本墨眉:鄭云:不成章。

奚禄詒乙本墨旁:鍾、譚之首選也。

朱方藹紅眉:盛唐惟公有此等詩。

吴士模墨眉:盛唐惟公有此等詩,未見超脱。"寧有此"指撲棗言。此嫠婦與公比鄰日久,故直撲棗堂前,不自嫌,吴郎新至,彼此未洽,故不免恐懼,插籬自防,公告之云云。

題張問陶墨眉:以瘦硬通神之筆,寫瘝瘝在抱之素,其曲盡人情處,真令千載下讀之猶感激欲泣也。

秦應逵墨旁：公堂前有棗，鄰婦得取，及吴來居，則婦不敢至，而吴又編籬以斷往來，故公以此囑之。

吴廣霈墨眉：此等詩在杜老當時必作，在我輩今日可不必讀。

沈巖旁：二泉云：公堂前有棗，鄰婦得取以爲食，及吴郎來居，則婦不敢至，而吴又編籬以斷往來，故公賦此囑之。

沈巖眉：痌瘝一體意，却不涉庸腐，末並見誅求之酷。亂離之慘，所謂"其言藹如"者耶？

王伯沆紅眉：意甚真，格不足法也。

堂前撲棗任西鄰，（**奚禄詒甲本旁**）不成章。無食無兒一婦人。（**傅山紅旁**）真極樸極。（**俞瑒甲本評**）通親之骨。不爲困窮寧有此？秖緣恐懼轉須親。（**俞瑒甲本評**）上四憫鄰婦。（**錢載評**）仁者之言。即防遠客雖多事，使插疏籬却甚真。（**嚴復墨眉**）"插籬"何必分真假，"撲棗"豈能救困窘？（**李以峙墨眉**）（便）按"使"形訛。（**李以峙墨眉**）（任真）按恐是刻誤，當作"認"。（**沈巖眉批下**）"甚"作"任"。已訴徵求貧到骨，正思戎馬淚盈巾。（**俞瑒甲本評**）下四諭吴郎。（**奚禄詒甲本旁**）賦也。○詩雖不成，意却仁恕。

【彙評】

張學仁參定：仇注謂，直寫真情至性，唐人無此格調，然語淡而意真，藹然仁者之言。

張雝敬墨旁：體諒備至，足見覆幬莫外之量。○後四句不稱。

沈巖眉：二泉云：此婦心懷畏怯，非反親之，彼安得安心取之耶？下言原此婦之意，因吴郎遠客，恐其見阻，不來撲棗，雖爲多事，緣是吴郎之意，編籬以别嫌疑，其意甚真。"真"，猶正也。視公所處，則欠委曲矣。此句放吴郎一步。末言婦處日嘗訴官府徵求，貧已極矣。時我正思天下兵戈,若婦之窮困者甚衆,爲之墮淚。欲兼濟而不可得也,况此一人,可不少濟之乎?此二句亦倒用法。

晚晴吴郎見過北舍

奚禄詒甲本眉:清真。

沈巖旁:俚俗語轉多雅韻。○清坐相看,暗藏一"愧"字,中以"明日"繳出作用之妙,獨爲蘊藉。

沈巖眉:貧家客遇不能設食,顧視日影,無以爲情,"欲棲"一連寫生入妙。

圃畦新雨潤,愧子廢鉏來。竹杖交頭拄,(**題商盤紅旁**)倒押句。柴扉隔徑開。(**奚禄詒甲本旁**)今人不能比。(**錢載評**)三四畫出"晚晴","隔"字更妙。欲棲群鳥亂,(**題商盤紅旁**)明暗句。未去小童催。(**李念慈紅眉**)瑣事拈來,便入妙境。(**題商盤紅旁**)兩截句。明日重陽酒,相迎自醱醅。(**奚禄詒甲本旁**)賦也。

【彙評】

陳訏紅眉批仇注"吴取捷徑而來,叩其後扉。而題曰舍北,即所謂鉏舍北果林枝蔓者也"處:公自瀼西移居東屯,以瀼西草堂爲吴郎借居,卷中《簡吴》"有客乘舸自忠州,遣騎安置瀼西頭",又云"借汝遷居停宴遊"是也。東屯、瀼西相去不遠,《移居》詩"一種住青溪,來往皆茅屋",此詩"欲棲群鳥亂,未去小僮催",可見其近也。東屯在白鹽之北,《移居》"白鹽危嶠北"是也。地近而名東屯爲北舍,蓋因在瀼西草堂之北而名之,猶二陸之住東頭、西頭也。黄注乃云"叩其後扉""而題曰舍北",俚想天開,又武斷北舍爲舍北,真可噴飯。至云"即所謂鋤斫舍北果林枝蔓”，則此詩（輯者按，指《課小豎鉏斫舍北果林，枝蔓荒穢，净訖移床三首》）乃瀼西未移居之作。第三首有“沙虚”“岸摧”語，可見瀼西之居臨江；東屯則《移居》詩云“平地一川穩”，可見東屯之居平地。地勢不同，詩句各别，不容混看。今以瀼西之舍北誤認東屯之北舍，而附會從後扉進，如此注杜，可謂杜詩遭劫。

復愁十二首

方拱乾評：公五絶亦别成一體，不事古拙，獨趨秀婉。

其　一

人煙生處僻，虎迹過新蹄。（**錢陸燦丁本評**）二首詠景。（**奚禄詒甲本眉**）非輕詠也。○首二絶已興起後十首。（**奚禄詒甲本旁**）總是堪愁之處。**野鶻翻窺草，村船逆上溪。**（**奚禄詒甲本尾批**）第二句太明，以下方渾。（**陳治墨尾**）四句各道一景，似樂府體。（**嚴復墨眉**）蘇戡［輯者按，鄭孝胥字蘇戡］有云，“一世詩中豪，用意常在小”，此二詩之謂。

其　二

釣艇收緡盡，昏鴉接翅稀。（**申頲紅眉**）俗句，只似太白《宫中行樂詞》。（**奚禄詒乙本墨眉**）前二首已興起後十幾首，似非雜賦。（**李以峙墨眉**）（鴉）按作“鷗”定非。**月生初學扇，雲細不成衣。**（**吕留良紅旁**）對法活。（**奚禄詒甲本旁、乙本墨旁**）晚唐佳句，亦比得渾。（**奚禄詒甲本尾批**）賦也。

其　三

嚴復墨眉：此下七首，皆明詠時事。

萬國尚防寇，故園今若何？（**錢陸燦丁本評**）二首言情。（**奚禄詒甲本眉**）約而能盡。（**沈巖眉**）如此説轉自悲凉。○偏留餘味，復字亦醒。昔歸相識少，（**方拱乾評**）今又可知。（**奚禄詒乙本墨旁**）今更可知矣。早已戰場多。（**俞瑒甲本評**）《别裁》云："早已"二字，無限深情。（**奚禄詒甲本尾批**）賦也。

【彙評】

張學仁參定：似用散對格，自渾成。

其　四

身覺省郎在，（**方拱乾評**）"覺"字妙，有幾層意。家須農事歸。年深荒草徑，（**奚禄詒甲本旁**）凄語。（**奚禄詒乙本墨旁**）約而能盡。○凄語。老恐失柴扉。

其　五

金絲鏤箭鏃，皂尾製旗竿。（**錢陸燦丁本評**）以下五首，皆亂後事也。（**李以峙墨眉**）（一二句）按"鏤""掣"皆形訛。一自風塵起，猶嗟行路難。

其　六

胡虜何曾盛，干戈不肯休。（**奚禄詒甲本旁**）下二句正是"不肯休"。（**奚禄詒乙本墨眉**）小子封侯，乃不得休也。（**沈巖眉**）此言中國習於逆亂，人心不靖，乃更可憂。閭閻聽小子，談話覓封侯。（**奚禄詒甲本尾批**）小子封侯，乃不得休也。

其　七

貞觀銅牙弩，（**方拱乾評**）重在紀年。惜物也，非惜物也？（**陳治墨尾)朱愚庵云:貞觀宋本避諱作“正”,今宜改“貞”。**開元錦獸張。**(奚禄詒甲本眉)有中衰外盛之感,又有老將新進之感。(奚禄詒乙本墨眉)有中衰外盛之恨,又有老將新進之感。(秦應逵墨眉)此詩出處,多不可得而詳。(沈巖眉)此言不應反棄中國之長技,若回鶻戰□,又何以禦之也?**花門小前好,**(李以峙墨眉)(箭)按“前”形訛。(吕留良紅旁)“張”從弓,當是弩類。**此物棄沙場。**(方拱乾評)非惜物也。

其 八

盧見曾紅旁:仇兆鰲曰:《有感》詩云“大君先息戰”,不當息而息也。此云“無勞問河北”,當問而不問也。俱屬諷詞。

嚴復墨眉:此首有陶鑄人才意。

今日翔麟馬,先宜駕鼓車。(錢陸燦丁本評)此言外兵之宜罷,下首言内兵之宜罷也。(奚禄詒甲本眉、乙本墨眉)大將閑居而諸藩自擅。**無勞問河北,諸將覺榮華。**(李以峙墨眉)(角)按“擢”“覺”皆謬。(沈巖尾)此篇羅大經所解最有味。

其 九

盧見曾紅旁:盧元昌曰:當時漕運取給江淮,故史有“唐得江淮濟中興”之語。若宿衛冗軍不裁,立見其匱也。至唐制,府兵最爲近古。自張説建議,召募宿衛,更番上下,兵農遂分。神策軍尤爲非古。時魚朝恩以神策軍屯禁中,居北軍之右。公詩隱述祖制,以諷時事。

任轉江淮粟,休添苑囿兵。(奚禄詒甲本眉)當轉漕以實京師,何用添兵?(秦應逵墨眉)言軍無實籍也。禁兵豈可單弱?此詩闊於事情。

(**沈巖眉**)藩鎮勢重,禁兵復單寡,本先撥矣。此詩固自闊於事情也。**由來貔虎士,不滿鳳皇城。**

其　十

王士禛評:言軍無實籍。

嚴復墨眉:此欲其變革而不得見也。

江上亦秋色,火雲終不移。(**錢陸燦丁本評**)此三首仍詠目前景物。(**奚禄詒甲本旁**)天子有道,尚在四夷,況中人典兵乎?**巫山猶錦樹,南國且黄鸝。**(**奚禄詒甲本尾批**)比也。

其十一

每恨陶彭澤,無錢對菊花。如今九日至,自覺酒須賒。(**奚禄詒甲本尾批**)臨得到我頭上來。

其十二

奚禄詒乙本墨眉:凡詩只淡淡寫情事,自然興味悠長,不是惡寓言。絶句更要平穩。

沈巖眉:數詩之中,多感慨時事,所謂"意有餘"也。落句自謂嘗從大夫之後,視國家傾危,不敢以身在事外而置不聞也。

病減詩仍拙,吟多意有餘。(**李念慈紅眉**)論詩要訣。**莫看江總老,猶被賞時魚。**(**奚禄詒甲本眉**)公言我亦佩魚,如江總加"莫看"二字,明是恨其從佩魚也。(**吕留良紅旁**)即此,見别處詩陳江總無他意。(**奚禄詒甲本尾批**)不必自喻江總。(**奚禄詒乙本墨旁**)不必以總自比。

九日五首闕一首

方拱乾評：妙在一日五首而三體，可知古人作詩之興。○古人作詩只争傳，不争名。名與傳異乎？異也。有名而傳者，有傳而不必名者，有名而不傳者。大約有争名之心必不能傳，有求爲可傳之心則自然傳、自然名矣。争名者，爲人也。争傳者，爲己也。争名者爲目前也，争傳者爲萬世也。爲人者僞而短，爲己者真而遠也。然不可語於應制體。應制體，今之墨卷也。雖爲己不得爲人，雖爲人亦不可爲己，此中難言。小子終身事之，到工候有自得處，方可悟也。

汪琬乙本評：太煞。

其　一

奚禄詒甲本眉：首四句不悲而自悲，究竟雄浩之氣不減。

奚禄詒甲本旁：上《九日》思朝，此《九日》思家。

屈復評：抱病獨酌，佳節無聊，忽而輟飲，自起登高，因歎竹葉無分，怨及花開，正見無聊之甚也。猿哭殊方，雁來故國，骨肉之感既深，而老經亂離，其無聊更當何如？

屈復旁：一二叙事，三四情，五六景，結情。①

盧見曾紅眉：悲塞矣而聲情高亮，後人九日詩，無及之者。黄生曰：岑參詩云“見雁思鄉信，聞猿積淚痕”，與五六意同，而此之融會蘊藉，更過彼十字也。

盧見曾紅旁：此章思弟妹也。上四叙事傷情，下四對景有感。“竹葉”，名酒，本是登臺酌酒，用例叙法耳。曰“獨酌”，意中便想及

① 校注：“既深”，杭本作“深”；“亂離”，杭本作“離亂”；“更當”，杭本作“正當”。

弟妹矣;曰“人無分”,恨弗同飲;曰“不須開”,恨弗同看。殊方猿哭,益增獨處之悲;故國雁來,適動雁行之念。兩句緊注末聯。干戈既侵,衰謝又迫,恐兩相催逼,終無聚首時也,結意十分慘切。

張裕釗眉:鬱勃煩冤,沉雄激宕,楚騷之遺。

重陽獨酌杯中酒,(**俞瑒甲本評**)已含弟妹。(**題商盤紅旁**)對起。(**李以峙墨眉**)(獨酌)按作“少顧”不通。抱病起登江上臺。(**吴廣霈墨眉**)高寒凝練,得意之筆。(**奚禄詒乙本墨旁**)第一首已盡,不必五首。(**奚禄詒乙本墨眉**)首四句不悲而自悲,究竟雄浩之氣不減。(**李以峙墨眉**)(起登)按“豈”音同而誤,“獨”字複,上皆非。(**沈巖旁**)伏“衰謝”。竹葉於人既無分,(**俞瑒甲本評**)已“抱病”故。(**嚴虞惇紅旁**)“獨酌”。菊花從此不須開。(**俞瑒甲本評**)爲重陽感。(**嚴復墨眉**)次聯之意,但謂不得與親戚共此佳節,則景物於人無分,與其意中之弟妹無分也。(**王伯沆紅眉**)悲哀之至。(**張誰敬墨旁**)説得無理,轉生趣致。殊方日落玄猿哭,(**俞瑒甲本評**)轉下。(**嚴虞惇紅旁**)登臺。(**沈巖旁**)伏“干戈”。舊國霜前白雁來。(**汪琬甲本紅眉**)霜信。(**奚禄詒甲本眉**)趙石虎時,白雁集馬道之南,太史令曰:白雁集,宫室將空之象。唐長安宫室已焚,故曰“舊國白雁來”也。弟妹蕭條各何往,(**李以峙墨眉**)(在)按“往”形近訛。干戈衰謝兩相催。(**俞瑒甲本評**)應。(**題商盤紅旁**)對結。(**錢載評**)亦對收。(**奚禄詒甲本旁**)賦也。(**奚禄詒乙本墨眉**)思家之妹弟猶是餘意,全是無所不包。

【彙評】

錢陸燦丁本評:獨酌無聊,登臺極目,信“聞猿積淚痕”暗合。此更渾含不露。

張學仁參定:顧注謂五六緊注末聯,結意更十分慘切。

其　二

題鮮于樞評:此憶舊日重陽在家之會集,及在朝賜宴賜茱萸,而今日不可復得矣,故既老而有愧於菊花焉。賦也。

王士禛評:即前首"重陽獨酌杯中酒"之意,而正言之。

朱方藹紅眉:體格既佳,前後融爲一片,使入後人手,必成兩截。

吴士模墨眉:體格既佳,前後融成一片,使[入]後人手,恐成多截。

舊日重陽日,傳杯不放杯。(**奚禄詒甲本眉**)何必以兩"日"字、兩"杯"字見巧?(**奚禄詒甲本旁**)稚。即今蓬鬢改,(**奚禄詒甲本旁**)轉。但愧菊花開。(**嚴復墨眉**)起有氣勢。然作"舊日""即今"四字,亦無從措手也。(**吴廣霈墨眉**)四句一口氣吐出,渾成疏宕,得未曾有。北闕心長戀,(**奚禄詒甲本旁**)申上意。西江首獨迴。茱萸賜朝士,(**奚禄詒甲本旁**)漢制,賜茱萸囊。(**沈巖旁**)收"舊"字。難得一枝來。(**方拱乾評**)是感時,非自感也。(**奚禄詒甲本旁**)賦也。○思朝。(**奚禄詒乙本墨眉**)思朝。

【彙評】

吴廣霈墨眉:通首一氣呵成,渾成老煉,後人百學不能到。

沈巖尾:第四即所謂"潦倒新停濁酒杯",暗出更妙。

其　三

題鮮于樞評:此憶與蘇、鄭舊日歡娱,而今寂寞,惟"西北有孤雲"。

朱方藹紅眉：上篇思君，此首思友，而並寓盛衰之感。

吴士模墨眉：上首思君，此首憶友，而並寓盛衰之感。

舊與蘇司業，兼隨鄭廣文。（**錢載評**）好。（**陳治墨眉**）上首思君，此首憶友，兼寓盛衰之感。（**嚴復墨眉**）起聯點清舊事，中二聯皆述其情景，結聯到題，此乃章法，但此結較渾深。采花香泛泛，坐客醉紛紛。（**奚禄詒甲本旁**）四句追往事。（**李念慈紅眉**）論文好友，隨事有懷。野樹歌還倚，秋砧醒却聞。（**吴廣霈墨眉**）"野樹"句已妙，下句更佳。歡娱兩冥莫，西北有孤雲。（**奚禄詒甲本旁**）賦也。○思友。（**奚禄詒乙本墨眉**）思友。（**吴廣霈墨尾**）此排當是。

其　四

故里樊川菊，登高素滻源。（**奚禄詒甲本眉**）起以往事。（**奚禄詒乙本紅眉**）杜曲之故里。（**嚴復墨眉**）四首之中，第一首意存弟妹，第二意存朝廷，第三意存朋友朝士，第四乃總結之。他時一笑後，今日幾人存？ 巫峽蟠江路，（**奚禄詒甲本旁**）在蜀。終南對國門。（**奚禄詒甲本旁**）思秦。（**嚴復墨眉**）"巫峽"一聯即《秋興》"瞿唐峽口曲江頭"意也。繫舟身萬里，伏枕淚雙痕。 爲客裁烏帽，（**奚禄詒甲本旁**）不落帽矣。從兒具緑樽。（**奚禄詒甲本旁**）無白衣人矣。佳辰對群盜，（**李以峙墨眉**）（對）按"帶"字謬。愁絶更堪論！（**方拱乾評**）"從兒"句應"竹葉"句。重"對"字皆在第三字。（**奚禄詒甲本旁**）賦也。

登　高

汪琬乙本評：高調古質，足冠正聲。三四用虚字，愈增其勁直，是筆力過人。

屈復評:前景後情,起結俱板,亦無深意。嘉、隆專學此類,胡應麟稱爲古今第一,可知矣。①

奚禄詒甲本眉:壯涼之極。

奚禄詒甲本旁:三四兩層,五六四層,公每不肯輕造句也。

奚禄詒乙本紅奚禄詒乙本眉批"朱注:……定爲夔州作":定爲夔州,却是拘於"猿啼三聲斷人腸"之句。

奚禄詒乙本紅旁:成都何嘗無猿?

奚禄詒乙本墨眉:句句雄暢,五六分看,各有四層,合看又有二層,法本《楚詞》。

盧見曾紅眉:氣象高渾,有如巫峽千尋,走雲連風,誠爲七律中希有之作。後人無其骨力,徒肖之於聲貌之間,外强而中幹,是爲不善學杜者。胡應麟曰:五十六字如海底珊瑚,瘦勁難移,沈深莫測,而精光萬丈,力量萬鈞。通章章法、句法、字法,前無昔人,後無來者,此當爲古今七律第一。

盧見曾紅旁:上四,登高聞見之景;下四,登高感觸之情。猿嘯、鳥飛,落木、長江,各就一山一水對言,是登臺遥望所得者。而上聯多用實字寫景,下聯多用虚字摹神。明人胡應麟曰:五十六字如海底珊瑚,瘦勁難移,沈深莫測,而精光萬丈,力量萬鈞。通章章法、句法、字法,前無昔人,後無來者,此當爲古今七律第一。○元人評曰:一篇之内,句句皆奇;一句之中,字字皆奇。

李念慈紅眉:沉鬱。

吴農祥評:八句俱對,一氣折旋,意含百煉而成,句用千回而就。此詩惟胡明瑞知其奇絶,他人苛細,皆不知也。

錢載評:只管讀。

① 校注:"古今第一",杭本作"第一"。

朱方藹紅眉：高調古質，足冠正聲。三四用虚字，愈增其勁，直是筆力過人處。

吴錫麒紅眉：憑高無限，只以"萬里悲秋"一句主之，而通首之神情，彌覺悲壯出色，此等詩真是無懈可擊。

題張問陶墨眉：首二每句三事，二句只十四字，寫六事而不嫌其累重，氣勝故也。居卑而望，木落有邊，江流有盡，以阻於見也，故知三四句是高望之景。○五六十四字之間，含八意，而對偶又精確。

吴廣霈墨眉：氣吞雲夢，淚雪山川，乃有此作。

沈巖眉：前半先寫登高所見，第五横插出萬里作客，呼起艱難，然後點出登臺在第六句中，見排奡縱横。第三興秋至而身歷飄零，第四興年□而未知所厲。腹連羅大經謂，十四字之間含八意。○高渾，妙在一氣。

王鳴盛旁：舊取作《九日五首》之第五。

風急天高猿嘯哀，（**題商盤紅旁**）三折句。（**張裕釗眉批**）此孫僅所謂夐邈高聳，若鑿太虚而號萬竅者。渚清沙白鳥飛迴。（**傅山紅旁**）太堆。（**吕留良紅旁**）其不覺對者，有韻振起也。比仄起不同，所不妨者。（**吕留良紅眉**）兩聯句法不同，各極其妙，然上聯疏莽，下聯精緊，下聯縱人爲可造，上聯自天成難就。（**陳治墨眉**）對起有颯遝之勢。（**秦應逵紅眉**）前景後情，起結俱板，無深意。無邊落木蕭蕭下，（**奚禄詒甲本眉**）七字之句必有兩三折法，本《楚詞》。（**沈巖旁**）筆端如有神助。不盡長江滚滚來。（**俞瑒甲本評**）羅大經曰：十四字中含有八意。（**俞瑒甲本評**）登高之景。萬里悲秋常作客，（**題商盤紅旁**）三折句。百年多病獨登臺。（**申頲墨眉**）壯亮。（**秦應逵墨旁**）在此句見排奡縱横。艱難苦恨繁霜鬢，（**俞瑒甲本評**）承久客。潦倒新停濁酒杯。（**錢陸燦甲本眉批**）錢曰：用《文選》嵇康《與山巨源絶交書》"濁酒一杯""潦倒粗疏"。(**錢陸燦丁本評**)《絶交書》"濁酒一杯""潦倒粗疏",非用《北史》也。(**俞瑒甲本評**)承"多病"。(**俞瑒甲本評**)登高之情。(**奚禄詒甲本旁**)賦也。〇此《九日》悲老。(**錢載評**)結是對也,不如是則上六句之七寶樓臺亦卸下矣。(**張甝敬墨旁**)沉著痛快,是兼有之。

【彙評】

吕留良紅尾:大抵七言律,寧中聯盡散而豪暢,無寧首尾皆對而局促。彼傷格,此傷氣。結對尤爲不宜,此結便弱。起賴一"哀"字耳。"新停"更弱,若作"新亭",便成壯句,然非本格本旨。

俞瑒甲本評:前四句連下登高所見,後四句連下登高所感,調高氣雄,不易多得。

張學仁參定:八句對起對收,神完氣足,惟杜公有此神力。看似一氣貫注,却又字字對穩,銖兩悉稱,古今絶唱。

秦應逵紅眉:嘉、隆人專學此類,胡應麟稱爲古今第一,可知矣。

王伯沆紅眉:嗚咽之至。

覃山人隱居

李念慈紅眉:諷刺,兼惜之也。

俞瑒乙本評:此山人已亡,公過其隱居而感賦也。

屈復評:此人已没,過其舊居而作也。南極老人空自有星,《北山移文》誰用勒銘?故松菊雖在而庭户無光矣。五自己爲貧入幕,六山人出處之正,結深惜之也。①

奚禄詒甲本眉:深譏顯刺。

① 校注:"空自有星",杭本作"空有星";"庭户",杭本作"虚户";"五",杭本作"七";"六",杭本作"八";"出處",杭本作"幽處"。

奚禄詒乙本墨眉:深譏顯刺,是應徵聘而去。

吴士模墨眉:觀"北山移文"句及末聯,明有譏諷,然用意亦原與後人之言不同。

陳治墨旁:觀"北山移文"句及末聯,明有譏諷意。

沈巖旁:我厭亂離而思處子,未悟傾覆而求出,然何不問之?已經歷者,徒效周子之僕僕也。

嚴復墨眉:覃山人蓋隱而不終者,故語涉諧諷。

南極老人自有星,(**題商盤紅旁**)對起。縮脈句。《北山移文》誰勒銘? 徵君已去獨松菊,(**題商盤紅旁**)混裝對。哀壑無光留户庭。 予見亂離不得已,子知出處必須經。(**王伯沆紅眉**)"必須"言"不必須"也。(**沈巖眉批下**)第六委婉曲折,蓋其人亦非必碌碌乾沒也,但惜其不量時耳。高車駟馬帶傾覆,(**李以峙墨眉**)(帶)按當從"常","帶"字晦澀。悵望秋天虚翠屏。(**奚禄詒甲本旁**)賦也。

柏學士茅屋

丁耀亢紅眉:何事粗俚如此?

丁耀亢紅旁:定是贋作。

錢陸燦戊本評:柏學士棄官歸隱,其年方少,而進學不已,故賦以獎之勉之也。

申頲墨眉:令人警醒。

奚禄詒乙本墨眉:在茅居中爲柏之子弟題也。

沈巖旁:岩居深静清曠,更無塵集經心到眼也。

碧山學士焚銀魚,白馬却走身巖居。(**吕留良紅眉**)不曰出處,自是佳句。(**嚴復墨眉**)碧山學士蓋仕而歸隱者。**古人已用三冬足，年少今開萬卷餘。晴雲滿户團傾蓋，**(**奚禄詒甲本旁**)有何好處？**秋水浮階溜決渠。**(**王伯沆紅眉**)"晴雲"一聯最有意味，不得作寫景理會。**富貴必從勤苦得，**(**奚禄詒甲本旁**)開宋氣。**男兒須讀五車書。**(**呂留良紅尾**)梁學士張褒不供識，御史劾之，曰"碧山不負吾"，乃焚章長嘯而去。唐制：章服之等，紫衣佩金魚，緋衣佩銀魚。(**奚禄詒甲本旁**)賦也。

題柏大兄弟山居屋壁二首

其一

題鮮于樞評：言柏大兄弟乃朱門之貴胄，却於山居以精典籍，且文雅而涉風騷，豈非所謂"玉樹高"者耶？次自言江漢將終吾老，而雲林乃得爾曹以慰吾幽獨，非俗人比，故爲之一操《白雪》，而音繞哀絃。賦而比也。

王士禛評：時人應酬語。

朱方藹紅眉：語語老當，身分地步，正自悠然。"朱門"正應"山居"，"玉樹"却應"叔父"，百思不可易。

吴士模墨眉：語語老當，身分地步，正自悠然。"朱門"正應"山居"，"玉樹"却應"叔父"，百思不可易。

陳治墨眉：汪云："朱門"正映"山居"，"玉樹"却應"叔父"，上首就柏兄弟説，此首就山居説，而結仍抱首篇。

沈巖眉：言我滯留江漢，方爲爾曹口講指畫，庶幾後生復窺風騷旨格，拔出朱門流俗之外也。

叔父朱門貴，郎君玉樹高。(**方拱乾評**)如此應酬，亦復雅飭。

(奚禄詒甲本旁)俗。山居精典籍，文雅涉風騷。江漢終吾老，雲林得爾曹。哀絃繞《白雪》，未與俗人操。(奚禄詒甲本旁)賦也。

其 二

題鮮于樞評:言山居内外景物之清雅,而人品異常。首二句生中四句,末以良馬比柏大兄弟之異常。賦而比也。

朱方藹紅眉:上首就柏兄弟説,此首就山居説,而仍抱前。次聯寫一高人居處。

吴士模墨眉:上首就柏兄弟説,此首就山居説,而結仍抱前篇。次聯寫一高人居處。

野屋流寒水，山籬帶薄雲。(方拱乾評)滿吻貴氣。〇八句對。(錢載評)最好。静應連虎穴，喧已去人群。(奚禄詒甲本旁)不必言此。筆架霑窗雨，(丁耀亢墨眉)晚。書簽映隙曛。(王伯沆紅眉)寫得細極。蕭蕭千里足，個個五花文。(奚禄詒甲本旁)賦也。(奚禄詒乙本墨旁)俗。(吴廣霈墨尾)末二句晦滯堆垛欠醒,故不佳。説人耶?説馬耶?此則真不可横抹矣。(嚴復墨眉)結喻柏家兄弟。

寄柏學士林居

奚禄詒甲本眉:一段序柏,二段序己,末二句人、己總收。

吴廣霈墨眉:前半未佳,後半入妙。

自胡之反持干戈，(吴廣霈墨旁)四字太直率。天下學士亦奔波。(吴廣霈墨旁)句俗。歎彼幽棲載典籍，蕭然暴露依山阿。青山萬里静散地，白雨一洗空垂蘿。亂代飄零余到此，古人成敗子如何？荆揚春冬異風土，巫峽日夜多雲雨。赤葉楓林百舌鳴，（**倪象占藍眉**）五律《百舌》云“過時如發口，君側有讒人”，此則非時鳴矣。黄泥野岸天雞舞。（**李念慈紅眉**）可考風土。（**奚禄詒乙本紅眉**）鳴非其時矣。盗賊縱横甚密邇，形神寂寞甘辛苦。幾時高議排金門，各使蒼生有環堵。（**奚禄詒甲本尾批**）賦也。

寄從孫崇簡

方拱乾評：僵氣乃能作排。

奚禄詒甲本旁：率筆。

沈巖眉：公欲依崇簡以居，而恐其不納，故落句託樵牧以覿其意。

嵯峨白帝城東西，南有龍湫北虎溪。吾孫騎曹不騎馬，（**奚禄詒甲本旁**）累句。（**奚禄詒甲本眉**）謂苦爲騎曹，今“不記馬”而隱也。（**奚禄詒乙本墨眉**）“不騎馬”謂向爲騎曹，今隱矣。（**李以峙墨眉**）（不記）按此正用典，“不騎馬”非矣。業學尸鄉多養雞。（**方拱乾評**）對處工而變。（**方拱乾評**）不作排讀，安見此二句之妙？（**吕留良紅旁**）兩事一隱一見，用得好。（**汪琬甲本紅眉**）尸鄉。龐公隱時盡室去，（**吕留良紅旁**）又見。武陵春樹他人迷。（**吕留良紅旁**）又隱，例用上法。（**沈巖旁**）言惟外人不容有再至耳。與汝林居未相失，近身藥裹酒長攜。（**沈巖旁**）二句承“盡室去”。牧豎樵童亦無賴，莫令斬斷青雲梯。

季秋蘇五弟纓江樓夜宴崔十三評事韋少府侄三首

奚禄詒甲本眉：三首皆未可選。

其　一

題鮮于樞評：言峽險則怪江流之急，樓高則倍月華之明，况兼於此物换星移之，以今夕一時之會，其如故鄉萬里之情何？且我老病酒，堅坐不飲，惟看諸公高酌而已。賦也。

屈復評：一二江樓，三四他鄉親友夜宴，五六季秋，己情結。

題商盤紅眉：一二寫江樓，五六寫季秋，三四渾叙主賓，七八專叙自己，作客遇鄉人，情、事千載如見。○五六地名中見人名，已極有色。又貼"星"字、"秋"字，工甚巧甚，與"水落魚龍夜，山空鳥鼠秋""地闊峨眉晚，天高峴首春"，皆名對也。○"漫看年少樂，忍淚已霑衣"，令人刻不可耐。"老人因酒病，堅坐看君傾"，令人戀不忍捨。

吴廣霈墨眉：詩境澹而彌永，如龍眠白描手段，此等地位不易到也。

峽險江驚急，樓高月迥明。（**題商盤紅旁**）倒剔句。（**沈巖眉**）雖酒病不飲，然猶堅坐竟夕者，重其有故鄉之情也。**一時今夕會，**（**題商盤紅旁**）藏頭句。**萬里故鄉情。** **星落黄姑渚，**（**題商盤紅旁**）見時見地。**秋辭白帝城。**（**奚禄詒甲本旁**）五六已是生病，不獨在酒。**老人因酒病，堅坐看君傾。**（**李念慈紅眉**）盡題而詞意華贍。（**張雝敬墨旁**）高老愜當。（**奚禄詒甲本旁**）賦也。○細看纔有味。

其　二

題鮮于樞評：言明月自好，奈何浮雲漸見遮蔽，雖然其光照邊塞，動酒杯，隨海査，亦無損其明焉，然我瞻白兔、憶京華，悄悄不能爲懷，"百過落烏紗"耳。興而賦也。

王士禛評:遠遜首作。

俞瑒乙本評:此承上首"樓高月迴明"句,通首詠月,止"杯中"句點夜宴。

吴士模墨眉:前首詠江樓之月,此則詠月也。

明月生長好,(**奚禄詒甲本眉**)全首言月。**浮雲薄漸遮。**(**秦應遠紅眉**)遜首作。**悠悠照邊塞,悄悄憶京華。**(**奚禄詒甲本眉**)傷語。**清動杯中物,高隨海上查。**(**李念慈紅眉**)忽著月作一首,奇。(**奚禄詒甲本旁**)比時專使外者耶?(**申頲紅眉**)"杯中物"雖經古人用過,入律則不典,可以類推。**不眠瞻白兔,百過落烏紗。**(**吕留良紅旁**)猶言"百通"耳,然怪。(**奚禄詒甲本旁**)"百過"何解?"落烏紗"亦不好。(**奚禄詒甲本旁**)賦也。

其　三

題鮮于樞評:言今也江樓夜宴,對月有酒則樽"相續",登樓有江則鷗"並雙",惟我"聽歌""笑舞",則自驚其老耳。且憐諸君盡醉倒,而我心則降矣。賦也。

對月那無酒,登樓况有江。(**錢陸燦丁本評**)第一首詠江樓之宴,次首詠月,此首合上二意詠之,結到主人,正所云終宴不知疲也。(**宋犖紅眉**)句法好。(**申頲紅眉**)窄韻,忌用。**聽歌驚白鬢,笑舞拓秋窗。**(**奚禄詒甲本旁**)"拓",推也。(**吴廣霈墨眉**)四句一氣旋轉,調高格老,興致淋漓。(**沈巖旁**)字妙。**樽蟻添相續,沙鷗並一雙。盡憐君醉倒,更覺片心降。**(**奚禄詒甲本旁**)賦也。

戲寄崔評事表侄蘇五表弟韋大少府諸侄

俞瑒乙本評:此詩雨中所寄,首二句以誇大爲戲也。結語與前

《江樓》《夜宴》詩照應。

奚禄詒甲本眉、乙本墨眉:不佳。

奚禄詒乙本墨旁:僞。

隱豹深愁雨,潛龍故起雲。泥多仍徑曲,心醉阻賢群。忍待江山麗,(**李以峙墨眉**)(對)按作"待"便費詮解。還披鮑謝文。高樓憶疏豁,秋興坐氛氳。(**奚禄詒甲本尾批**)興而賦也。

季秋江村

題鮮于樞評:言江村季秋景物之美,雖云遠遊寂寞,如此山川固亦難得,自寬自慰之詞耳。賦也。

錢陸燦丁本評:與王右丞"賴諳山水趣,稍解别離情"意味略同,而氣格迥異。

宋犖紅眉:刻意摹寫,却非中晚。

沈巖旁:坡翁"九死南荒吾不恨,兹游奇絶冠平生",分明學此,却覺痕迹少味。遠遊是己事,投荒不恨,是以君命爲戲也。

喬木村墟古,疏籬野蔓懸。清琴將暇日,(**方拱乾評**)"將"字有力。(**張雝敬墨旁**)"將"字極平常,用來殊覺生新,以其爲倒句法也。白首望霜天。(**秦應逵墨眉**)坡翁"九死南荒吾不恨,兹遊奇絶冠平生",意似此却覺痕迹少味,蓋遷謫而因此不恨,是以君命爲兒戲也。登俎黄甘重,(**奚禄詒甲本旁**)未穩。支牀錦石圓。遠遊雖寂寞,難見此山川。(**吕留良紅尾**)此結與王右丞"賴諳山水趣,稍解别離情"意味略同,氣格迥異。(**奚禄詒甲本旁**)賦也。○非鑑賞山川,却是深忱寂寞。

小 園

題商盤紅眉:此爲小園而賦,詩中不見"園"字,以"買"字見之。○對起劈分二扇,接聯各承以解其意,公律多此法。但以起處無"園"字,故少費解。言我由來欲下巫峽,所以留此者,因就其醫藥之便耳。此園本楚人家物,所以買之者,爲愛其花果之盛耳。五補"果"字,見園所有,六見園所在,結以"問俗"字應"楚人",以"物華"字應"春深"。一三本客意襯對,故單收二四,以終題意焉。

題商盤紅旁:此秋時之作。蓋買園之時,花事已過,目下屈指冬春易序,懸吟興以"待物華",其渴欲看花之心可想矣。

奚禄詒甲本眉:詩意謂我之自春而來住於此,至今已秋,不能不去,只得將"營寒"可以卒歲矣。

奚禄詒甲本旁:詩自秋作,前後春寒等句乃追往思來,後評未是。

奚禄詒乙本墨眉:意謂我自春而來,至今已秋,不能去,只得營寒事以卒歲耳。然雜遝四序,亦是語疵。

由來巫峽水,(**題商盤紅旁**)對起。本自楚人家。客病留因藥,(**方拱乾評**)佳句,與"緑垂風折筍"堪倒讀。(**題商盤紅旁**)順承一二。春深買爲花。(**題商盤紅旁**)折腰句。(**奚禄詒甲本旁**)三四"因""爲"二字倒裝。(**嚴復墨眉**)三四又是一種句法。(**吴廣霈墨眉**)三四倒裝句法。新奇。秋庭風落果,瀼岸雨頽沙。問俗營寒事,(**題商盤紅旁**)對結。(**沈巖旁**)應"本自楚人家"。將詩待物華。(**方拱乾評**)"將"字鄭重。(**奚禄詒甲本旁**)結明年之物華也。(**奚禄詒甲本旁**)賦也。(**李念慈紅眉**)人皆有此,但説來不得渾暢。

寒雨朝行視園樹

方拱乾評:排。如此題作排,誰人能? ○一句隨一句,如珠脱綫。

錢陸燦丁本評:七言排律,整而不板,已稱能事。

翁方綱評:純用比興,句句穩重。

柴門雜樹向千株,丹橘黄甘此地無。江上今朝寒雨歇,籬中秀色畫屏紆。桃蹊李徑年雖故,梔子紅椒豔復殊。(**嚴復墨眉**)全説雜樹、果樹,不是説花草,須加分别。鎖石藤梢元自落,倚天松骨見來枯。林香出實垂將盡,葉蔕辭枝不重蘇。愛日恩光蒙借貸,清霜殺氣得憂虞。(**秦應逵墨旁**)收足"寒雨"。(**嚴復墨眉**)山谷"朝露借恩光"用此。衰顔更覓藜牀坐,(**秦應逵墨旁**)行視。緩步仍須竹杖扶。(**方拱乾評**)想見。散騎未知雲閣處,啼猿僻在楚山隅。(**奚禄詒甲本尾批**)賦也。

傷秋

方拱乾評:排。○如此用字之妙,豈有心? 豈無心? 所謂神也。

沈巖眉:發端籠罩無歸。

林僻來人少,山長去鳥微。(**奚禄詒甲本旁**)起便可傷。(**奚禄詒甲本眉**)起秋景,下所以傷也。高秋收畫扇,久客掩荆扉。懶慢頭時櫛,艱難帶減圍。將軍猶汗馬,(**奚禄詒甲本旁**)兀入二句。天子尚戎衣。白蔣風飆脆,(**錢載評**)"蔣"字,此又作上聲。(**錢載評**)

蔣,《説文》:苽蔣也,從艸,將聲,子良切,又即雨切。《玉篇》:子羊切,其實雕胡也。又子雨切,國名。**殷檉曉夜稀。**(**佚名戊紅旁**)殷,紅也。《左傳》:"左輪朱殷。"**何年減豺虎,似有故園歸。**(**奚禄詒甲本旁**)賦也。○"似有"二字傷心。(**佚名己紅眉**)"減"字傷心,"似有"字更沉痛。

即　事

方拱乾評:一味氣僵。

錢陸燦丁本評:前四句即事,情境淒寂。

錢陸燦戊本評:亦歸題格也。

奚禄詒甲本旁:前半即景,後半即情,皆即事也。三四似有興致,而却多惆悵。

奚禄詒乙本墨眉:三四似有興致,而却多惆悵。

盧見曾紅旁:此即孤亭風雨而發長鋏之嘆。上四景物,下四感懷。起聯言客居之蕭瑟。"白魚"承"江","黄甘"承"山",不釣、猶青,言食味艱難。"多病""窮途",而當秦地用兵,則歸京無日,所以腸斷耳。

曹炎旁:一作《天畔》。

曹炎眉:柑以三寸者入貢。○司馬相如字長卿。○"濁涇",喻時之亂也。○前四句即物之事,第三聯即事之事,送[尾]聯即時之事。

錢載評:激宕作響。

沈巖眉:"風雨"指小人爲亂者,亦水深雪霧之意。

天畔群山孤草亭,江中風浪雨冥冥。一雙白魚不受釣,(**奚禄詒甲本旁**)頂"江"。(**奚禄詒乙本墨旁**)江中。**三寸黄甘猶自青。**(**奚禄詒甲本旁)頂"山"。(奚禄詒甲本眉)三四正喚出五六。(奚禄詒乙本墨旁)草亭。**多病馬卿無日起,**(題商盤紅旁)借古爲喻。(奚禄詒甲本眉)"多病""窮途"有不如"白魚""黄甘"者矣。**窮途阮籍幾時醒?**(申頲墨眉)馬卿、阮籍。**未聞細柳散金甲,**(奚禄詒甲本旁)此"多病""窮途"之故。**腸斷秦川流濁涇。**(奚禄詒甲本旁)賦也。(奚禄詒乙本墨眉)此"多病""窮途"之故。

夜

題鮮于樞評:言巫峽客居寒夜之景物,於是獨坐哀歌,"親雄劍""歎短衣"者,何哉?蓋以我之壯心,本欲匡君濟時,今也老無能爲,而朝廷之亂未息故耳。興而賦也。

汪琬乙本評:感物悲身,憂時戀闕,意相承而不雜。

奚禄詒甲本旁:全首好氣概。

奚禄詒甲本眉、乙本墨眉:三四凄凉,五六氣概,亦喚動七八。

奚禄詒乙本紅旁:步步轉。

朱方藹紅眉:調整詞清,最爲合作。感物悲身,憂時戀闕,意相承而詞不雜。

吴士模墨眉:調整辭清,最爲合作。感物悲身,憂時戀闕,意相承而不雜。

題張問陶墨眉:"親雄劍",尚思救世;"歎短衣",不能庇身矣。

沈巖旁:"親"字起"壯"字,"歎"字起"違"字,"雄劍"承"獨坐","短衣"承"雄劍",如此氣脈,王、李何曾夢見?

絶岸風威動,寒房燭影微。嶺猿霜外宿,(方拱乾評)分頂。**江鳥夜深飛。**(徐渭墨旁)凡。(方拱乾評)景幽深冷細。**獨坐親雄**

劍，（**方拱乾評**）“親”字可想見，結句於此句生。**哀歌嘆短衣。**（**奚禄詒甲本旁**）三四承首句，五六承次句。**煙塵繞閶闔，**（**奚禄詒乙本墨旁**）吐蕃入京。**白首壯心違。**（**錢陸燦丁本評**）六句皆從夜中事，末二句夜中之懷。（**奚禄詒甲本旁**）賦也。

【彙評】

佚名丁墨尾：此蓋在寒房燭影下所成。猿宿鳥飛，聞聲而知，非書所見也。欲“親雄劍”，却“歎短衣”，志盛而身蹇，是以徒驚塵擾，長恨心違耳。

耳　聾

題鮮于樞評：公自言耳聾，既如鶡冠子矣。眼復幾暗，猶《詩》所謂“尚寐無聦”之意也。今則猨鳴雀噪皆不聞，而無愁無淚矣。尚有眼之爲累耳，故末句云然。賦也。

汪琬甲本紅眉：耳聾須盡字。

方拱乾評：傷在言外。〇五句眼，六句耳，七八句專結耳。

李念慈紅眉：五六頗雕鑿，而工練泯迹，仍歸渾成。

屈復評：前半以眼襯耳，後半聞見夾寫，應三四。

奚禄詒甲本眉：未説耳聾，先言眼暗，又著生年歎老，老語在首，乃聾之所由生也。

奚禄詒乙本墨旁：寫聾處未嘗不巧，然不似晚唐之巧。

奚禄詒乙本墨眉：雖“鶡冠”“鹿皮”，自此而云“生年”“歎世”，自寓生之不良，值尚武之時，又見四人陷没，如鹿皮翁之宗族溺淄水，非僅自言其隱。未説耳聾，先言眼暗，又著生年嗟老句，乃聾之所由也。

盧見曾紅旁:此傷年老遯世,欲付之不見不聞也。下四寫耳聾之狀,但五六屬無聞,七八説有見,仍與眼耳相關。

吴士模墨眉:發端古曠,眼垂暗而耳已聾,故以"耳聾"爲題。結正與"耳聾"相應。

題張問陶墨眉:"生年"字含衰老意,"歎世"字含厭棄意。舉二隱者,意存乎絶俗也。三四不惟倒入有力,亦且賓主分明。

秦應逵墨眉:後四句刻畫極矣。

沈巖旁:無復歎世,獨有憂生,則吾哀久矣。後半乃非癡狀頑聾。

生年鶡冠子,(**題商盤紅旁**)對起。借古爲喻。歎世鹿皮翁。(**朱方藹紅眉**)發端高曠。(**陳治墨眉**)發端古曠。(**王鳴盛墨眉**)鶡冠子,楚隱士;鹿皮翁,年百餘,隱菑川岑山。眼復幾時暗,(**題商盤紅旁**)倒叙。承首句。耳從前月聾。(**題商盤紅旁**)流水對。(**朱方藹紅眉**)眼垂暗而耳已聾,故以"耳聾"爲題。結正與耳聾相映。猿鳴秋淚缺,(**題商盤紅旁**)呼應句。雀噪晚愁空。(**吕留良紅旁**)太色相,太拘泥,只末句足矣,何必如此。(**題商盤紅旁**)承次句。黄落驚山樹,呼兒問朔風。(**吕留良紅尾**)劉云:不聞風聲,唯見落葉。(**奚禄詒甲本尾批**)賦也。○後四句不可謂不巧,寫聾處未嘗不巧,然不似晚唐之巧。(**吴廣霈墨尾**)實做耳聾,故朔風亦聽不得,須問兒輩也。

獨坐二首

奚禄詒甲本旁:前首雨,後首初晴。

其　一

題鮮于樞評:言終日冥冥雨,而"雙崖洗更青"矣。是以"水花寒”則落岸，“山鳥暮”則過庭。吾於獨坐之際，“須燕玉”以暖老，“憶楚萍”以充飢，忽聞胡笳之哀怨而不忍聽。興而賦也。

朱方藹紅眉：獨坐多奇思，公不虚此會，追之於筆。三四正獨坐時眼界，頸聯所謂奇思，忽以哀笳亂之，知無復能遂也。

吴士模墨眉：獨坐多奇思，公不虚此會，追之於筆。三四正獨坐時眼界，頸聯所謂奇思，忽以哀笳亂之，知無復能遂也。

題張問陶墨眉：人到無可奈何處，偏多妄想，自歎自笑，深情無限，正在個中。〇言一纊一餐，幾如燕玉、楚萍，猝不得致也。

陳治墨眉：汪云：獨坐多奇思，公不虚此會，追之於筆。三四正獨坐時，眼界忽以哀笳亂之，知無復能遂也。

吴廣霈墨眉：通首整潔深穩，聲調之細，無一字不響。作詩句陋者，應以此等藥之。

王鳴盛墨眉：燕玉、楚萍，言必不得之數。錢湘靈云：人到無可奈何時，偏多妄想。

竟日雨冥冥，雙崖洗更青。（**奚禄詒甲本眉**）前獨坐之景，後獨坐之情。七八正坐中之懷。（**奚禄詒乙本墨眉**）前獨坐之景，後獨坐之情。（**沈巖眉**）但對雙崖，則是獨坐也。水花寒落岸，（**奚禄詒甲本旁、乙本墨旁**）雨也。山鳥暮過庭。（**吕留良紅眉**）如此剪裁，用事奇絶，它人不敢，敢亦發笑。（**奚禄詒甲本旁、乙本墨旁**）崖也。煖老須燕玉，（**汪琬甲本紅眉**）煖老。充飢憶楚萍。胡笳在樓上，哀怨不堪聽。（**方拱乾評**）一“在”字深妙。（**奚禄詒甲本尾批**）賦也。（**沈巖尾**）老至而待種玉，飢虚乃憶得萍，皆言其不可必也。

【彙評】

錢陸燦丁本評：剪裁、用事奇絶，他人不敢，敢亦發笑。

李念慈紅眉批錢注"燕玉":從古詩甚易而近,從《搜神》甚難而非,何苦乃爾?

其　二

題鮮于樞評:言東屯瀼西之地,白狗峽斜臨其北,黄牛峽更在其東,而"峽雲常照夜,江月會兼風",叙其地之景物也。次言曬藥欲以安垂老之疾病,應門則以試小童之能否,然亦自知行之不逮,且恨耳聾而獨坐耳,故其辭愈緩而意愈悲。賦也。

屈復評:景中情。

白狗斜臨北,黄牛更在東。(**錢陸燦丁本評**)"白狗""黄牛"接上"雙崖"句。(**奚禄詒甲本眉**)首二句承上"雙崖"來。"峽雲""江月"形容入微。此在瀼西之時。**峽雲常照夜,**(**汪琬甲本紅眉**)雲照。**江月會兼風。**(**錢載評**)此"會"字不知其然而然,乃化工之筆。(**奚禄詒乙本墨眉**)"峽雲""江月"形容入微。**曬藥安垂老,應門試小童。**(**朱方藹紅眉**)"安"字貼"垂老","試"字貼"小童",煉句之工,無一苟下者。(**吴士模墨眉**)"安"字貼"垂老","試"字貼"小童",煉句之工,無一苟下者。(**奚禄詒乙本墨眉**)五六閑趣有商略。(**王鳴盛旁批**)"曬藥"者既於藥,"應門"者復供應於門,豈復有□隅不乎?此正從有人中看出無人。**亦知行不逮,苦恨耳多聾。**(**方拱乾評**)"行不逮"屬小童耳,"多聾"屬杜老。○從六句中申以反結,又一法。(**方拱乾評**)側結法。(**奚禄詒甲本尾批**)賦也。(**吴廣霈墨尾**)此則太嫌直率。

月

題鮮于樞評:首四句形容殘月,而以"匣元開鏡""簾自上鈎"喻之。末四句言月應疑我之鶴髮而興悲，然亦戀我之貂裘，而不忘量彼姮娥之寡居，其奈九秋何？賦兼比也。蓋月有臣道焉，有妻道焉，其必有所指歟？

方拱乾評：中四句琢，只得另尋一意，方結得住。另尋一意却自六句生。○好在前二句。

丁耀亢紅眉：宋元一路。

錢陸燦丁本評：當四更而吐之月，月已下旬，缺光多矣。乃照水而樓爲之明，即東坡所云“明月入華池，返照[池]上堂”意。側影半規，若畫鏡之初啓；一痕斜掛，映簾如上鈎也。

吕留良紅旁：塵匣不開而鏡，風簾不上而鈎，不過形容樓月之好耳，故作幻語弄奇。

題商盤紅眉：月本照水，樓中虚白，又水光爲之，故曰“水明樓”。起句之妙，從次句襯出。次句寫景逼真，誦之令人心魂肅肅，毛骨俱清耳。○三四比而兼賦。此下絃之月，如匣鏡半開，故曰“元開鏡”，言非人開之也。庾信《燈賦》：“瓊鈎半上。”月既懸鈎，風又動簾，如月欲上鈎者。而人之捲簾看月，在言外矣。此句又兼賦也。前六句各各分承，月從山吐，如鏡出匣，然不須人開，故曰“元開鏡”。對鏡則見白髮矣，故承五云云。樓明如水，捲簾乃見，然是夜有風，簾時不定，如月欲上鈎者，風色增寒，故承六云云。○“蟾”“兔”皆姮娥之别稱。“疑”，似也，非猜疑之疑。“寡”字對“鶴髮”而言，“寒”字承“貂裘”而言，曰“應”、曰“亦”，正“斟酌”之意。孤臣寡婦，情況如一，故轉爲姮娥斟酌之。後半又賦而兼比也。此詩寫景極精切，布格極整密，運意又極玲瓏。

奚禄詒甲本眉：世外之月，坐至四更，心苦矣。

奚禄詒甲本旁：第二句佳，六句强。

盧見曾紅旁：起聯之妙，不可形容。東坡稱爲絶唱，不虚也。○姚寬曰：“塵匣”二句，本沈雲卿《月》詩“臺前疑挂鏡，簾外自懸鈎”之句。

錢載評:出神之作,一層進於一層。後人但賞其起句者,未之知也。

吴士模墨眉:起語妙絶千古,直綴化工矣。通體慘澹經營,總非恒想所及。“兔疑鶴髮”謂老人不耐露坐,如月疑而避之;“蟾戀貂裘”,惟富貴者清霄久坐,是月亦愛之不舍也。結又帶出凉秋,又進一層。○“斟酌姮娥寡,天寒奈九秋”,公直自言其孤高,有美人遲暮之感。

題張問陶墨眉:“鏡”,真鏡也,“鈎”,真鈎也,注家不得其解,並謂以鏡鈎比月,不知四更之月,以爲如鈎則得矣,鏡則何居?且“元開”“自上”四字,又作何著落耶?總緣不解此聯之意,便將下半都作尋常詠月觀,而不能領會其趣矣。

陳治墨眉:東坡衍作五首,終遜此二語。

嚴復墨眉:《潘養一詩話》細評此首,謂“斟酌”二字下得絶可笑。然當時語未必與今人同。

吴廣霈墨眉:起二句獨擅全首之勝。

沈巖旁:“山”字、“樓”字,兩句中照應得妙。○若作“水明”即非物理。落句以奔月自比竄身在遠。

王鳴盛紅眉:絶唱。

王鳴盛旁:此亦偶然入妙耳,東坡作“一更山吐月”等五首,極聰明人,每多癡呆想頭。

四更山吐月,(**俞瑒甲本評**)是殘月。(**題商盤紅旁**)對起。(**奚禄詒甲本旁**)人人贊“吐”字,然不知好處不在此,在下句收得好。殘夜水明樓。(**孫承澤墨眉**)起句妙甚。(**傅山紅旁**)空寥之景,非眼底不敘。(**屈復評**)古今同賞,何止東坡?(**王伯沆紅眉**)“殘夜”句令人神遠。(**奚禄詒乙本墨眉)人人贊“吐”字,不知好處不在此,在下句接得好。(張雝敬墨旁)東坡最善此聯,以爲古今絶唱。**塵匣元開鏡,**(俞瑒甲本評)承“吐月”。(題商盤紅旁)虚眼句。(奚禄詒甲本旁)“開鏡”,非下弦之月。**風簾自上鈎。**(俞瑒甲本評)承“明樓”。(題商盤紅旁)順承一二。(奚禄詒乙本墨旁)下弦之月。**兔應疑鶴髮,**(方拱乾評)“疑”字妙,兔亦疑其老,而愛月之久。(俞瑒甲本評)自憐。(題商盤紅旁)折腰句。**蟾亦戀貂裘。**(題商盤紅旁)順承三四。(奚禄詒乙本墨旁)無味。**斟酌姮娥寡,**(吕留良紅旁)奇。(汪琬甲本紅眉)“斟酌”,旅情孤。(題商盤紅旁)直接五六。(奚禄詒乙本墨旁)“斟酌”二字,“姮娥寡”似謔。**天寒奈九秋。**(題商盤紅旁)倒裝句。(奚禄詒甲本旁)賦也。○“斟酌”二字好,不偶之士高如姮娥。○蟾蜍三千歲老,頭有角,領有丹書。(奚禄詒乙本墨眉)不是説姮娥,是説自己難進而易退。(吴廣霈墨眉)四句亦佳,惜全體未稱耳。(張雝敬墨旁)斟酌妙諺,所謂贊古人耽憂也。(王伯沆紅眉)意兼賦比。

【彙評】

錢載評:鄭獻甫云:“疑鶴髮”者,謂老人不耐露坐,如月疑而避之;“戀貂裘”,惟富貴者清宵久坐,是月亦戀之不舍也。

張學仁參定:描寫殘月妙想,未經人道,宜東坡稱爲絶唱。起用遞下對,屬絶無痕迹。

題商盤紅尾:結句如此,始見杜公身分。若“姮娥應悔偷靈藥,碧海青天夜夜心”,便屬惡謔矣。

佚名丁墨尾:一二心鏡雙瑩,得此十字,在老杜亦不多有,東坡歎爲絶唱。次聯分頂以申之,五六貼身用意,七八借月暗傷。○仇謂:二十四五夜月,蓋泥於“四更山吐”之句耳。其實不然,看全首何等光爍。

秋　峽

題鮮于樞評：公自言□中病叟，居巫峽，又逢秋矣。是以“不寐”則“防巴虎”，“全生”則“狎楚童”，“衣裳”則“垂素髮”，“門巷”則“落丹楓”。以上言衰翁之在秋峽也。末言常怪商山之老，能存翊贊之功，然我豈徒老哉？興也。

李念慈紅眉：隱不忘世，莫知奈何。

朱方藹紅眉：《小雅》怨誹而不亂，正寫、翻寫俱得之。

吴士模墨眉：《小雅》怨誹而不亂，正寫、翻寫俱得之。

奚禄詒乙本墨旁：老矣，且不忘翊贊。

奚禄詒乙本墨眉：狎至樵牧，全生之苦如是乎？

王鳴盛旁：峽中人情之險，雖童稚亦巴虎同，衰翁其何以堪？

江濤萬古峽，肺氣久衰翁。（**吕留良紅旁**）不顧斤兩，直如此作對，多少豪横。（**宋犖紅旁**）上下了不相屬，杜往往有此，無妨大家。**不寐防巴虎，**（**吕留良紅旁**）亦奇。**全生狎楚童。**（**吕留良紅眉**）劉云：狎至樵豎，且以自全。（**秦應逵紅旁**）正是不能忘世，激爲詭辭。**衣裳垂素髮，門巷落丹楓。常怪商山老，兼存翊贊功。**（**宋犖紅旁**）結有意。（**奚禄詒甲本眉**）末句謂己之不如商山老也，亦見肅宗之不能用。（**奚禄詒甲本尾批**）老矣，且不忘翊贊。（**奚禄詒甲本尾批**）賦也。（**奚禄詒乙本墨眉**）末謂己之不如四皓，亦見肅宗之不能用。

秋　清

題鮮于樞評：首言秋高病愈，自能梳櫛，藥餌惡加減之無效，門庭怒掃，除之不净。杖藜以答客拜，愛竹則遣兒書。末言江平穩而舟可進矣，謂病愈可以出峽。賦也。

方拱乾評：身歷乃知真。

奚禄詒甲本眉、乙本墨眉：一氣説去。

李念慈紅眉：幽居情事。

吴士模墨眉：家相高致，“藥餌”於憎中加減，“門庭”於悶中掃除，直得其情，又示一句法。

秦應逵墨眉：此等詩太嫌其頹然自放。

沈巖眉：此等詩太嫌其頹然自放。

高秋蘇肺氣，白髮自能梳。藥餌憎加減，門庭悶掃除。(**奚禄詒甲本旁**)“憎”“悶”二字，又深一步。(**奚禄詒乙本墨眉**)“憎”“悶”二字，又深一層。(**朱方藹紅眉**)窮相高致。“藥餌”於憎中加減，“門庭”於悶時掃除，直得其神，又示一句法。杖藜還客拜，(**題商盤紅旁**)順承三四。(**奚禄詒甲本旁、乙本墨旁**)應三句。愛竹遣兒書。(**奚禄詒甲本旁、乙本墨旁**)應四句。(**吴廣霈墨眉**)五六名句自然，結筆更妙。十月江平穩，(**題商盤紅旁**)重字助句。輕舟進所如。(**奚禄詒甲本旁**)賦也。○末句將去夔。

雲

方拱乾評：是賦體。通篇不點題。

王士禛評：不成語。

朱方藹紅眉：秋雲多巧思，正寫得一“秀”字。公詩則兼時地説，而次聯並括始終。

吴士模墨眉：秋雲多巧思，正寫得一“秀”字。公詩則兼時地，而次聯並括始終。

沈巖旁:上六句都是憑高下視之雲氣,非身在千岩萬壑中點綴不出。〇五六轉搏無雲時,反襯上連"終"字、"每"字,更覺精神。

龍以瞿唐會,(**奚禄詒甲本旁**)起句不老,成語"云從龍"耳。(**沈巖旁**)雲之所起。江依白帝深。(**奚禄詒乙本墨眉**)首句不老成,謂雲從龍耶?終年常起峽,每夜必通林。(**奚禄詒甲本旁**)湊。(**奚禄詒乙本眉批**)湊。收穫辭霜渚,(**沈巖旁**)承"終年"句。分明在夕岑。(**奚禄詒甲本旁**)晦。高齋非一處,(**奚禄詒甲本旁**)何趣。秀氣豁煩襟。(**奚禄詒甲本旁**)賦也。

夜二首

其 一

朱方藹紅眉:散散開説,惟老手能用疏而意自相承,時賢盡失於緊,未免一路攔入,細按之,轉自支離。

吴士模墨眉:散散開説,惟老手能用諫而自相承,時賢盡失於緊,未免一路攔入,細按之,轉自支離。

題張問陶墨眉:張翰之憶鱠,子猷之訪戴,皆吴越事。

白夜月休弦,(**奚禄詒甲本眉**)"白夜"醜,"休弦"更醜。(**李以峙墨眉**)(向)按"白"不如"向"。燈花半委眠。(**奚禄詒甲本旁**)起二句氣澀。(**陳治紅眉**)"白"一作"向"。號山無定鹿,落樹有驚蟬。(**奚禄詒甲本旁**)二句帶比。暫憶江東鱠,兼懷雪下船。(**奚禄詒乙本紅旁**)欲下吴楚。蠻歌犯星起,重覺在天邊。(**方拱乾評**)"重"字頂五六句看,已江東又雪,下忽天邊,妙極,妙極。〇"重"字有作"起"字,非。(**奚禄詒甲本

眉)“重覺”下得有根。(**奚禄詒甲本旁**)賦也。○公將有吴越之游,故五六云然。(**奚禄詒乙本紅眉**)“重”字下得有□纔好。(**沈巖尾**)不眠妄想,姑以撥遣旅懷。蠻歌觸耳,忽又百端交集。凡有三層轉折。

其　二

朱方藹紅眉:此首從遠而近,而格則略同。

吴士模墨眉:前首從近而遠,此首從遠而近,而格則略同。

城郭悲笳暮,村墟過翼稀。(**錢載評**)次首起句乃追言之,末句與前首起句相應,而兩“休”字,語勢不同。(**奚禄詒乙本紅眉**)主意在三四,前後皆人民蕭瑟。“鵲休飛”與“過翼稀”不同,□是喚“賦斂夜深”,末句言下弦之月。“鵲休飛”,“休”字是用力字,謂甲兵久,亦當歇也。**甲兵年數久,賦斂夜深歸。**(**奚禄詒甲本眉**)主意在三四句,前後皆人民蕭瑟之意。○“鵲休飛”與“過翼稀”不同。“休”字用力字。“月細”乃下弦月之細,而“鵲莫[休]飛”,寫甲兵久亦當息矣。**暗樹依巖落,明河繞塞微。**(**奚禄詒甲本旁**)天明。**斗斜人更望,月細鵲休飛。**(**方拱乾評**)八句對。(**奚禄詒甲本旁**)賦也。

雨四首

方拱乾評:想見其久客無聊,對雨萬端,不能消遣之意。通篇是漸雨,無一雨料語。○一題幾首,必總起總結,初學當用心爲之,久則無心自洽。題合當幾首,胸中合當幾首,俱有自然之緒,一毫湊泊牽强不得。

奚禄詒乙本墨旁:本是四題,不在此一處。

沈巖旁:每首皆切“微雨”。

其一

盧見曾紅旁:黄生曰:前半不煩繩削,後半極力經營。自起句外,止"霑影"二字著雨,其餘俱是襯説。此文家避實擊虚法也。

微雨不滑道,(**題商盤紅旁**)對起。(**張雝敬墨旁**)後聯承此。斷雲疏復行。(**錢陸燦丁本評**)"微雨"俱於四面寫出,與"河漢不改色,關山空自寒",並於題外取神。(**奚禄詒乙本墨眉**)起二句閑遠而甚煉,三四輕清。(**張雝敬墨旁**)頸聯承此。紫崖奔處黑,(**題商盤紅旁**)承次句。(**奚禄詒甲本旁**)三句本何遜"城陰度塹黑"來,沉著之中,却自疏奕。○行也。白鳥去邊明。(**題商盤紅旁**)折腰句。(**張雝敬墨旁**)兩句作一事看,始見其流動。(**奚禄詒甲本旁**)疏也。(**嚴虞惇紅旁**)鳥飛於雨中,更覺其白,"去邊明"三字甚妙。(**吴士模墨眉**)"白鳥去邊明"寫□□而吾推原所自,曰非胸破萬卷者不能。秋日新霑影,(**題商盤紅旁**)承首句。寒江舊落聲。(**張雝敬墨旁**)"影"云"霑""聲"云"落",奇矣。又分出個新舊來,更奇。(**奚禄詒甲本眉**)三四承次句,五六承首句,字字"微雨"。(**奚禄詒甲本旁**)亦是暮秋。(**嚴虞惇紅旁**)江舊有聲,因水涸無聲,今雨後復有聲也。柴扉臨野碓,半得搗香杭。(**奚禄詒甲本旁**)賦也。(**奚禄詒乙本墨眉**)因雨而日影朦朧,爲霑矣。"寒江舊落聲",亦是暮秋。(**李念慈紅眉**)結處最是雨中情事。(**李以峙墨眉**)(濕)按"得"字謬。

其二

江雨舊無時,天晴忽散絲。(**吴士模墨眉**)轉接甚佳。較前首則彼拈雨景,此兼寫對雨之人矣。(**奚禄詒乙本墨旁**)字字微雨。暮秋霑物冷,(**奚禄詒甲本旁**)承首句。今日過雲遲。(**奚禄詒甲本旁**)承次句。(**奚禄詒乙本墨眉**)三四承上二句。上馬迴休出,看鷗坐不辭。(**奚禄詒乙本墨眉)"休出"不輕移,牽率成句。高軒當灩澦,潤色静書帷。(奚禄詒甲本旁)賦也。(奚禄詒甲本旁)"休出""不辭"四字,似牽率成句。(沈巖旁)微雨。"静"字妙。

其　三

物色歲將晏,(奚禄詒甲本旁)因雨言懷,不是詠雨。天隅人未歸。(方拱乾評)句句是雨。(吴士模墨眉)較次首則步步推開,結處因懷朋舊,以無書憶有凋喪,然倒用之而意始安,否則近於詛詞。朔風鳴淅淅,寒雨下霏霏。多病久加飯,衰容新授衣。(方拱乾評)多病而久加餐,可想。時危覺凋喪,故舊短書稀。(方拱乾評)"覺"字妙,自然起結,妙,妙。(奚禄詒甲本旁)賦也。(沈巖尾)風雨思朋友,落句深渾。

其　四

屈復評:中四寫雨,承首句,七句承次句。①

楚雨石苔滋,京華消息遲。(奚禄詒甲本旁、乙本墨旁)如何接上句?山寒青兕叫,(奚禄詒甲本旁)有比。江晚白鷗飢。神女花鈿落,(奚禄詒甲本旁)無善落。鮫人織杼悲。(奚禄詒甲本眉)祁□鮫人賦雨,是尖句,又非比也。繁憂不自整,終日灑如絲。(方拱乾評)末二句通結四首,以見詩緒之妙。(奚禄詒甲本旁)賦也。

戲作俳諧體遣悶二首

曹炎眉:頃歲,自秦涉隴,從同谷縣出遊蜀,留滯於巫山也。

---

① 校注:"承",杭本作"皆承"。

其　一

題鮮于樞評:此歎夔州俗異可怪,人難並居。次聯應首句,三聯應次句,末言我惟耕鑿以治生耳,就有此異俗,斯人亦與渠不相關,所謂遣悶者是也。賦也。

王鳴盛墨眉:老杜以此爲吴俗,那知今日乃尋常風俗耶?

異俗吁可怪,斯人難並居。(**吕留良紅眉**)用方言、土物、風俗俱妙。戲作徘諧,益見作手。(**陳治紅眉**)"可吁"一作"吁可"。**家家養烏鬼,頓頓食黄魚。**(**孫承澤墨眉**)"烏鬼"出《夔州圖經》,稱峽中人謂鸕鷀爲"烏鬼",養之使捕魚。(**王鳴盛墨眉**)巴俗以烏爲神,祠而祀之,養去□□。**舊識能爲態,**(**沈巖眉**)"能"字有味。**新知已暗疏。**(**奚禄詒甲本眉**)"暗疏"盡括人情。(**奚禄詒乙本紅眉**)"暗疏"括盡人情。**治生且耕鑿,只有不關渠。**(**方拱乾評**)"渠"當屬水。○賴此事不關渠耳。(**奚禄詒甲本尾批**)賦也。(**嚴復墨眉**)"不關渠"謂置舊識新知於不□不議之能也?(**李以峙墨眉**)(關)按"開"形訛。

【彙評】

方拱乾評詩後評語:解杜詩者多如此,豈不可笑?何必!○"烏鬼"之説有四:曰鸕鷀,曰猪,曰烏野神,曰烏蠻鬼。沈存中《筆談》謂:鸕鷀爲烏鬼,以頸繩繫其頸,使捕魚,得魚,則倒提出之。《漫叟詩話》云:川人每呼猪則作烏鬼聲,故號爲"烏鬼"。其曰"烏野神"者,見《蔡寬夫詩話》引元微之《江陵詩》云:"病賽烏稱鬼,巫占瓦代龜。"則"養"字讀爲供養之養。其曰"烏蠻鬼"者,見《冷齋夜話》云:"川峽路民多,供事烏蠻鬼。"以臨江故"頓頓食黄魚"耳。

錢陸燦丁本評:五六與"故人書斷絶""小吏最相輕"意同,言難久處也。

奚禄詒乙本墨眉批仇注：今湖南人好巫，每祈禳必迎一黑貎神，大約邵説爲是。

其　二

題鮮于樞評：言西歷、南留、於菟、秬籹、瓦卜、畲田，且是非之不定，此皆可悶者，惟浮生高枕，一笑以遣之耳。賦也。

西歷青羌坂，（**李以峙墨眉**）（坂）按"板"形訛。南留白帝城。（**吕留良紅眉**）選得好料。於菟侵客恨，秬籹作人情。（**嚴復墨眉**）"於菟侵客恨"難説"費火聲"，亦未穩。瓦卜傳神語，畲田費火聲。（**李以峙墨眉**）（耕）按"聲"字非。（**吕留良紅旁**）二字甚新。（**沈巖眉**）"聲"字佳。○"畲田"，今浙中即有之，其人皆蠻種，謂之畲客。是非何處定，高枕笑浮生。 頃歲自秦涉隴，從同谷縣出遊蜀，留滯於巫山也。（**錢陸燦戊本批錢箋"秬籹"**）以蜜和米起煎作之。（**吕留良紅眉**）十字奇絶，結感慨無限。（**吴廣霈墨旁**）徘俗俚鄙之體，而以此語作結，可謂曲終雅奏矣。

【彙評】

錢陸燦丁本評：拙樸，氣格自在，結感慨無限。

俞瑒乙本評：兩起兩結，中四句實叙題，云"俳諧體"，而劉須溪以"秬籹作人情"爲俚，何耶？

昔　遊

方拱乾評：古。

丁耀亢紅眉：全佳。

錢陸燦甲本旁:此亦太白詩之遊仙之意。公詩"蓬萊如可至,衰白問群仙",蓋寓意也。

錢陸燦乙本墨眉:方曰:此詩有三段,前段與高、李登單父所見所聞之景也;中段言明皇時,天下富强,士大夫人人有功名之望;末段言天下變亂,高、李已亡,而吾亦老矣。我雖老猶可備顧問,如商山、隆中故事,而久客楚蜀,去住靡定,惟有終老於鹿門而已,豈我之初心也哉?

錢陸燦丁本評:詩分三段,前段與高、李輩在單父臺所聞見之景也;中段言明皇時天下富强,士大夫人人有功名之望;末段言變亂以來,高、李已亡,吾亦老矣。吾雖老猶可備顧問,如商山、隆中故事,而久客楚蜀,去住無定,惟有終老鹿門,豈我之心哉?

屈復評:《昔游》,懷友之作,故篇中三致意焉。"吕尚"二句,有不並時想也,玩"已"字可見。①

奚禄詒甲本眉:起言"華蓋君",中歸落在伏事"董先生"上,終又歸落到"入廬霍"上,總是不得志而衰老,吾將隱焉之意。○舊謂華蓋君即王喬,似誤。詳華蓋君當是公同時人,及公謁之,而君已死。中段雖云"王喬下天壇",乃公夜宿而想象,若有仙人來耳。不通詩之波瀾。

奚禄詒甲本旁:思引去矣。

陳治墨眉:汪云:遊仙詩以陳拾遺、李供奉爲正,公集如此篇高脱,不多得也。

陳治墨旁:汪云:"吴門"二句與"雲帆轉遼海,粳稻來東吴",並爲唐時海運之證,足補正史闕漏。

嚴復墨旁:《杜詩詳注》云是處夔州時作。

---

① 校注:"不並時想",杭本作"不足時相"。

吴廣霈墨眉:此章平平。

沈巖眉:合此篇與《後出塞》第四篇徵之,可信唐之嘗用海運矣。前輩多引之。

昔謁華蓋君,深求洞宫脚。(**丁耀亢墨眉**)起法聳豁。(**朱方藹紅眉**)神仙皆英雄,退步固具,須此胸襟。(**魯一同評**)五字便奇警。○以質語寫靈境,令人神思迷惘,若有所遇,一洗遊仙塵劫。(**嚴復墨眉**)"脚"但是山足。(**吴廣霈墨眉**)二句終不妥。(**吴廣霈墨旁**)草堂本作"深求洞宫脚"。○以尋其英處,故下接"玉棺已上天"也,則語差可解。唯亦不佳,若此語必訛誤爾。玉棺已上天,(**吕留良紅旁**)奇。(**汪琬甲本紅眉**)玉板。白日亦寂寞。(**李念慈紅眉**)"亦"一本作"空"字。暮升艮岑頂,巾几猶未却。(**魯一同評**)訪道尋真,乃得悲慘,向來詩人未寫到此。弟子四五人,入來淚俱落。(**奚禄詒甲本旁**)"入來"二字稚,何不曰"入門"? 余時遊名山,發軔在遠壑。(**嚴復墨眉**)謂謁王屋而華蓋君已去。良覿違夙願,含凄向寥廓。林昏罷幽磬,竟夜伏石閣。王喬下天壇,微月映皓鶴。(**錢載評**)杜公又自兼常、章之幽迥。晨溪嚮虚駃,(**李念慈紅眉**)"駃"别本作"駛",佳。歸徑行已昨。豈辭青鞋胝,(**方拱乾評**)説得惝怳有景,而不幻誕,不似太白之厭。悵望金匕藥。東蒙赴舊隱,尚憶同志樂。(**魯一同評**)又尋一波。(**嚴復墨眉**)後往東蒙訪董煉師。休事董先生,(**李以峙墨眉**)(伏)按"休"形訛。於今獨蕭索。胡爲客關塞,道意久衰薄。妻子亦何人,丹砂負前諾。(**李念慈紅眉**)深省語。(**吕留良紅眉**)妻子何人,丹砂竟負,盧霍猶青,少陵已矣,轉覺白髮新詩無謂。(**嚴復墨眉**)言將棄妻子求仙。雖悲鬒髮變,未憂筋力弱。扶藜望清秋,有興入廬霍。(**汪琬甲本紅眉**)衡霍。(**奚禄詒甲本旁**)賦也。(**沈巖尾**)錢以吕爲房琯,鑿甚。高山曰,句當闕所疑。

【彙評】

奚禄詒甲本旁:《七歌》中亦有謁華蓋君詩,蓋屈原之志也。○王喬之華蓋山在温州永嘉縣,此華蓋山在王屋,"艮岑"即王屋山,王屋絶頂曰天壇,濟水發源處。○漢時袁玘自言死後當仙去,痛飲,一夕卒,忽夜風雨,失其棺槨。"人棺已上天"句,公或用此事,若王子晉則乘鶴而去也。即此可見華蓋君另是一人,非子晉矣。○公五言古詩,艱苦者頗多。

魯一同評批《心解》上:謁華蓋與董先生,一遇一不遇,今則並遇者,亦不可得見。兩事牽連入詠,無所謂賓主也。

魯一同評批《心解》"東蒙以下入"處:恐未然。

大覺高僧蘭若和尚去冬往湖南

吕留良紅眉:亦是一格。

奚禄詒甲本眉:此僧遠遊去廬山,不在巫山也。終是晦。

盧見曾紅旁:風調清迥,大似摩詰。

曹炎旁:和尚去冬往湖南。

巫山不見廬山遠,松林蘭若秋風晚。一老猶鳴日暮鐘,諸僧尚乞齋時飯。香爐峰色隱晴湖,種杏仙家近白榆。飛錫去年啼邑子,獻花何日許門徒?(**奚禄詒甲本尾批**)賦也。

東屯月夜

方拱乾評:排。奇穩。但覺對句勝,却以起句勝。

錢陸燦丙本評:錢云:末句與首句應,可見客中多愁,一夜未睡也。

汪琬乙本評：分二段：上段屯居，下段自叙。○容居對明月，憂來無方，人莫之知，非老手，焉能如此闊脱？

李念慈紅眉：七八極新而老，練句之妙也。

屈復評：首四漂萍東屯，五出時，六出地，七八月夜。"喬木"四句月夜景，末四天明不寐，情結。然景中有情，情中有景。①

盧見曾紅旁："月掛客愁村"，極刻畫之妙。黄生曰：首尾見羈旅之意，妙在先安首五字，覺全篇字字寫景，字字寫情。

嚴復墨眉：此詩所以成爲杜詩者，全在首尾，不然則家塾小兒屬對耳。

沈巖眉：題是"月夜"，然非玩月，乃徹夜不寢，見其升，復見其落耳。不寢由於愁，然觸於風，點"愁"字在中間，以"風"字襯托兜裹，細巧無匹。

沈巖旁：魂亦難寄，則此身飄萍，愁苦不言，可知舉夜以見日也。

抱疾漂萍老，防邊舊穀屯。（**奚禄詒甲本旁**）白帝，屯糧之處，故二句云然。（**奚禄詒乙本墨旁**）白帝，屯糧之處。（**沈巖旁**）從東屯起，伏"愁"字之根。**春農親異俗，**（**題商盤紅旁**）倒應上聯。**歲月在衡門。青女霜楓重，**（**奚禄詒甲本旁**）入秋。（**沈巖旁**）領"天寒"。**黄牛峽水喧。**（**沈巖旁**）入"風"字。**泥留虎門迹，**（**沈巖旁**）此句亦藏"風"字。**月掛客愁村。**（**方拱乾評**）"客愁村"奇妙。（**吕留良紅旁**）奇。（**沈巖旁**）驚人語。**喬木澄稀影，**（**沈巖旁**）月中帶風。**輕雲倚細根。**（**奚禄詒甲本眉**）"根"字謂雲根也，不承"喬木"。（**錢載評**）"喬木"一聯乃真能寫月之神

① 校注："飄萍"，杭本作"漂泊"；"月夜"，杭本作"月"。

者。**數驚聞雀噪，**（**沈巖旁**）風中見月。**暫睡想猿蹲。**（**吕留良紅旁**）可歎。（**奚禄詒甲本旁**）謂猿不睡也。（**沈巖旁**）"數驚""暫睡"起"不成睡［寢］"。（**佚名己紅眉**）"暫睡"二字生出結意。**日轉東方白，**（**題商盤紅旁**）倒叙。（**奚禄詒甲本旁**）比也。（**沈巖旁**）收"月"。**風來北斗昏。**（**沈巖旁**）補"風"。**天寒不成寢，**（**沈巖旁**）收足"飄萍"。**無夢有歸魂。**（**方拱乾評**）十二句生結。（**錢陸燦甲本尾批**）末句與首句應，可見客中多愁，一夜不睡也。（**錢陸燦丁本評**）末句與首句應，可見客中多愁，一夜未睡，善寫羈旅情况。（**李念慈紅眉**）"寄"字新穩。（**奚禄詒甲本旁**）賦也。○青腰玉女，司霜雪之神。（**李以峙墨眉**）（寄）按"有"字謬。

東屯北崦

奚禄詒甲本眉：八句皆對。

王士禛評：五六從三四出。

屈復評："異俗"，北崦也。起言荒凉之由，中四應之，結言不堪回首也。

佚名丁墨旁：竺云："崦"字解不明，疑當作"庵"，即謂己所居。

盜賊浮生困，（**奚禄詒甲本墨旁、乙本墨旁**）己也。**誅求異俗貧。**（**奚禄詒甲本旁、乙本墨旁**）人也。（**佚名丁墨旁**）竺云：公在東屯耕田，"異俗"猶言異客，自謂。**空村惟見鳥，落日未逢人。**（**奚禄詒甲本旁**）五六"浮生困"也，三四"異俗貧"也。（**奚禄詒乙本墨眉**）三四是一意，愈覺蕭索。三四承"異俗貧"，五六承"浮生困"。末乃貧困之故。**步壑風吹面，看松露滴身。**（**李念慈紅眉**）句清新不浮。（**秦應逵紅眉**）五六從三四出。**遠山回白首，戰地有黄塵。**（**方拱乾評**）"回首"用一"白"字，便覺奇刻。（**奚禄詒甲本尾批**）賦也。（**嚴復墨眉**）一結通體皆警，詩當於此等處著眼力也。

【彙評】

佚名丁墨尾:經東屯之北崦而作也。因北崦人居稀少,遂寄遠概焉。中四所值荒凉之景,首尾推言荒凉之故。○一二不平,惟盗賊故誅求,惟誅求故俗貧,意相因也。惟因盗賊而我生轉徙,且因轉徙而見此俗貧,事相因也。"盗賊"泛指,舊指崔旰,非。看結處"回首""黄塵",所傷者遠。

從驛次草堂復至東屯茅屋二首

其 一

題鮮于樞評:首六句應題意,末言於東屯築場看斂積,一一學楚人之所爲。賦也。

朱方藹紅眉:出題輕妙,次聯正寫歸屯,而自見曠懷,三聯推言,結與前半一反正説。

峽内歸田客,江邊借馬騎。(**奚禄詒乙本墨旁**)拙。非尋戴安道,(**沈巖旁**)以船襯馬。似向習家池。(**佚名丁墨旁**)竺云:"非""似"二字,錯綜言,似遊興而非遊興也。山險風煙僻,天寒橘柚垂。(**沈巖眉**)既避峽險,又看橘柚,是所以借馬之故。落句收轉"歸田"。築場看斂積,一學楚人爲。(**方拱乾評**)"一"字妙。(**奚禄詒甲本尾批**)賦也。(**朱方藹紅旁**)與"樂任主人爲","爲"字俱妙。

【彙評】

陳訏紅旁批仇注"道池假對,句法亦奇"處:凡假對,必兩句文理一樣,今習家之池豈可對戴安之道乎?一笑。

陳訏紅眉批仇注:"非尋戴安道",是不從江内泛舟,"似向習家池",是足上"借馬騎",只此意足。注云"道池假對",穿鑿不通。

佚名丁墨尾:時近收稻而來也。此首衹叙來到之事,三四陪襯法,五六布景法,結聯點出所事。

其　二

題鮮于樞評:言短景衰年,實難高卧,故强此身以出,而山家野飯,則蒸栗射麋爲具,以相款洽,於世道固知交態之薄,於門庭則畏過客之多,故與牧童、田父相接爲鄰,豈不可哉?賦也。

短景難高卧,衰年强此身。(**吴廣霈墨眉**)起二句高唱入雲,聲可裂石。**山家蒸栗暖,野飯射麋新。**(**沈巖眉**)"山家"一連,義與風景頗相似。**世路知交薄,門庭畏客頻。**(**吴廣霈墨眉**)世愁盡此十字。**牧童斯在眼,田父實爲鄰。**(**方拱乾評**)七八句申六句以結,結法變又自然。(**方拱乾評**)七八句即五六句。(**奚禄詒甲本眉**)謝交畏客,寧與牧童爲群,古今同歎。(**奚禄詒甲本旁**)"牧童斯在眼",交遊不足眼矣。(**奚禄詒乙本墨眉**)謝交畏客,寧與牧童爲侣,古今同歎。牧童在眼,交遊不是眼矣。

【彙評】

佚名丁墨尾:此首發意"難高卧",不得安寢也。"强"猶俗云"裝强"。"强此身",打熬氣力也。二句質言之,只是窮健而老苦。三四言飽餐逐獸,正頂"强此身"來。五六第三字讀,二句乃跌起結意。言交之薄,吾既知之,故客之頻,吾甚畏之,惟牧童、田父,斯其常在眼而可爲鄰者,吾年雖老,亦偕此輩以黽勉此身,相與圖維生計而已。四句四虚字,緊相呼應。

暫往白帝復還東屯

題鮮于樞評：首二句入題意，以起中四句，而有仁民愛物之意。末言作飯可加餐以扶老，而倉廩實足慰飄蓬。賦也。

方拱乾評：意在起結，竟陵乃極贊三四句，僻矣。

題商盤紅眉："殘"字即仄聲"剩"字。起聯已見題意，接聯言收穫之事，轉聯言穫後之事，結聯言積貯之事，而穫稻之功畢矣。衰憊之感，羈旅之懷，借此自慰，亦無聊之思。

奚禄詒甲本眉：客途中所難得。

朱方藹紅眉：有道理，有作用，其句法甚佳，余正以佳句取之。

復作歸田去，（**題商盤紅旁**）對起。猶殘穫稻功。（**方拱乾評**）二句乃東屯中事耳。竟陵遂曰佛心仁政，迂矣！（**陳治墨眉**）查浦云："殘"字，唐人作"餘"字用。築場憐穴蟻，（**題商盤紅旁**）實眼句。（**奚禄詒甲本旁**）以下皆"穫稻"。（**奚禄詒乙本墨旁**）仁言。拾穗許村童。（**孫承澤墨旁**）仁人之言。（**李念慈紅眉**）愛物仁民之端。（**盧見曾紅旁**）邵寶曰：三四見仁者愛物之意。（**嚴復墨眉**）三四詩教。落杵光輝白，除芒子粒紅。（**奚禄詒乙本墨旁**）此下皆"穫稻"。（**李以峙墨眉**）（除）按"殊"音近而訛。加飡可扶老，倉庾慰飄蓬。（**奚禄詒甲本尾批**）賦也。

茅堂檢校收稻二首

奚禄詒甲本旁：此在瀼西之茅堂。

其　一

香稻三秋末，平田百頃間。喜無多屋宇，幸不礙雲山。

(**吕留良紅旁**)句法。御裌侵寒氣，嘗新破旅顔。紅鮮終日有，玉粒未吾慳。(**奚禄詒甲本尾批**)“未吾慳”“色如銀”，老杜亦有强押之句。(**奚禄詒甲本尾批**)賦也。(**奚禄詒乙本墨眉**)“未吾慳”軟句。

其　二

稻米炊能白，(**方拱乾評**)自然生結。秋葵煮復新。(**嚴虞惇紅眉**)此首承上“玉粒”而言。誰云滑易飽，老藉軟俱匀。(**奚禄詒甲本眉**)“軟俱匀”敗甚。種幸房州熟，苗同伊闕春。無勞映渠盌，自有色如銀。(**奚禄詒甲本尾批**)賦也。(**奚禄詒乙本墨眉**)“色如銀”，公每有此强押。

大曆二年九月三十日

題鮮于樞評：言爲客未得歸，故向夜終而悲秋，此地雖瘴餘霜薄，而草翠花紅，蓋夔楚之國，每年“小摇落”，自與故園不同。賦也。

吕留良紅眉：若非九月卅，則“夕”字無力，對上句不過矣。

屈復評：“小摇落”收中四，承次句，八承首句，此法少陵屢用之。①

題商盤紅眉：凡杜公有題事，有心事，因不能悉以心事爲題，故借諸題以帶見心事，而巧生乎規矩之中，則有單抛雙綰之法。如此詩首句，心事也，次句，題事也。中二聯止承次句，則首句是單抛，至尾聯則題事、心事雙綰。詩中多用此法，即此可例。○題作特書之體，託爲客之歲月，便自具文見意。○昔人感摇落而悲秋，此地

① 校注：“承次句”，杭本作“中四承次”。

瘴多霜薄，秋令已去，花草尚妍，宜若可殺其悲者，特因摇落不同故園，天涯久客，倍覺傷心觸目。秋雖“向夕終”，悲其能向夕終耶？

奚禄詒甲本眉：後六句寫巴俗。

盧見曾紅旁：黄生曰：題作特書之體，託爲客之歲月，便自具文見意。〇浦起龍曰：起法跳脱。

錢載評：層層開合，仍只是一大開合。

題張問陶墨眉：賈浪仙《三月卅日》詩云：“與君今夜不須睡，未到曉鐘猶是春。”尚從此詩第二句脱胎。

吴廣霈墨眉：起二句沉痛非凡，通首清潔。

爲客無時了，悲秋向夕終。（**嚴虞惇紅旁**）刻入“三十日”。（**沈巖眉**）起句掀得起。**瘴餘夔子國，**（**題商盤紅旁**）倒裝句。**霜薄楚王宫。**（**吕留良紅旁**）兩聯句法略同。（**奚禄詒甲本旁**）迫也。（**奚禄詒乙本墨旁**）“薄”，迫也。**草敵虚嵐翠，**（**秦應逵墨旁**）“敵”字法創。**花禁冷葉紅。**（**奚禄詒甲本旁**）此正“小摇落”也。〇“禁”，當也，勝也。（**奚禄詒乙本墨旁**）此即“小摇落”。**年年小摇落，不與故園同。**（**題商盤紅旁**）意餘言外。（**奚禄詒甲本旁**）賦也。〇也有風味。〇夔土風不甚寒，故云“小摇落”。（**奚禄詒乙本墨眉**）夔土風暖，故云“小摇落”。（**嚴虞惇紅尾**）花草不似故園摇落之甚也。（**倪象占藍眉**）謂南方不甚寒也。

【彙評】

錢陸燦丁本評：前半刻劃出“三十日”字，後言花草不與故園同，摇落之甚也。

李念慈紅眉：悲秋者每以摇落生感，今反因不摇落有感，可見物候無心，人情自觸忤耳。

題商盤紅尾：“冷蕊疏枝半不禁”，“不禁”，欲笑也。“花禁冷蕊紅”，

“禁”,冷而開也。〇起得悲婉,承得大方,轉得鮮妍,結得雋永,何故諸選從未刮目?

題張問陶墨旁:杜詩有題事,有心事,因不能悉以心事爲題,故借題以見心事,而巧生於規矩之中,則有單抛雙綰之法。如此詩首句,心事也,次句,題事也。中二聯止承次句,則首句是單抛,至末聯則題事、心事雙綰。詩中多用此法,即此可例。〇甲戌秋九月既望,船山張問陶並題於西泠。

沈巖尾:中四句“不與故園同”也。“年年”二字收轉“無時了”,秋盡而小作摇落。

十月一日

題鮮于樞評:言十月一日,此地“有瘴非全歇”,則“夜郎溪日暖”,“爲冬亦不難”則“白帝峽風寒”。是日也,南國之所重者。土俗以蒸裹、燋糖饋遺,以相歡洽。蓋紀夔之氣候、風俗、節物也。賦也。

錢載評:竟似承上一首作開合者。

沈巖眉:望冬甚難,瘴仍未歇。

有瘴非全歇,(**奚禄詒甲本旁**)累句。爲冬不亦難。(**奚禄詒甲本旁**)首二句了“十月一日”。夜郎溪日煖,(**奚禄詒甲本旁**)承首。(**奚禄詒乙本眉批**)承首。白帝峽風寒。(**奚禄詒甲本旁**)承次。(**錢陸燦丁本評**)四句時序,四句節物。(**奚禄詒乙本墨旁**)承次。蒸裹如千室,(**奚禄詒甲本旁**)“如千室”三字費力。燋糟幸一柈。(**墨眉**)皆食物也,可笑。(**奚禄詒甲本旁**)“千室”皆如此也。(**嚴復墨眉**)“蒸裹”“焦糖”,出物入詩。(**李以峙墨眉**)(糖)按“糟”字非。兹辰南國重,舊俗自相歡。(**奚

禄詒甲本旁)賦也。○俗自歡,吾不然也。(**奚禄詒乙本墨眉**)“俗自相歡”,吾不與焉。(**沈巖眉**)末句藏獨不歡一面。

刈稻了詠懷

錢陸燦甲本眉:“寒風”二句正“刈稻了”之景,此時忽有野哭,乃初聞戰抽兵也。壯夫既爲兵,則樵歌少矣。“稍”即“少”,音義皆同。末句自傷流落也。

錢陸燦丙本評:錢云:“寒風”二句正刈稻光景,此時忽有野哭,乃初聞戰抽兵也。壯夫既爲兵,則樵歌少矣。“稍”即“少”字之義。末句自傷也。

錢陸燦丁本評:前半“刈稻了”真景,體勘入微。後半則所懷也。

汪琬丙本評:“疏”“散”二字生動,昔人所謂詩眼也。

屈復評:前景後情。

題商盤紅眉:此感歸期無日,終年旅食於此,故因穫稻以起興。一二刈稻了,七八詠懷,三四承上,五六起下,此兩截之正格。○《東渚耗稻詩》“豐苗亦已穊,雲水照方塘”,此苗在水中之景;今稻穫則雲水更空廓矣。“石門”,水中石對立如門,水落而後石出,故曰“川平對石門”。

奚禄詒甲本眉:上半刈稻了,下半詠懷。“信乾坤”聲意俱絶。

奚禄詒甲本旁:秋淺草木未盡落,故曰“疏”;日初出,雞豚皆就曝,故曰“散”。八句皆對。

奚禄詒乙本墨眉:秋淺草木未盡落,故“疏”;雞豚皆曝日,故曰“散”。○劉云:初聞其戰,復見野哭而已。五字悲切,“稍”字尤蕭索可憐。結意沉著,非託之悠悠者,聲淚俱盡。

朱方藹紅眉:胸有造化,體撰入微,後半則所懷也。

吴錫麒紅眉:一幅田家畫景,可作《豳風圖》觀。

題張問陶墨眉:三四承上,五六起下,是兩截正格也。

吴廣霈墨眉:此首絶唱,格調緊嚴,可入選本。

沈巖眉:上四句刈稻,下四句詠懷。

沈巖旁:草堂本此篇編於《自瀼西》《荆扉》《移居東屯》《茅屋》四首之後,後四句即以終前《移居》之意,非與前四句了不相關也。

佚名丁墨旁:質言:此在東屯作,注爲瀼西,非也。

稻穫空雲水,(**題商盤紅旁**)對起。川平對石門。(**方拱乾評**)三字乃"刈稻了"之真景。(**題商盤紅旁**)見地。(**佚名丁墨旁**)竺云:"石門"正謂所居止門,"石門斜日到林丘"與此同。寒風疏草木,(**俞瑒甲本評**)刈稻後之景。(**李以峙墨眉**)(草木)按對"雞豚"不當作"落木"。(**沈巖旁**)刈稻之時。旭日散雞豚。(**題商盤紅旁**)三四承上,見對。(**題商盤紅旁**)逼真。(**沈巖旁**)刈稻之景。野哭初聞戰,(**俞瑒甲本評**)詠懷。(**題商盤紅旁**)五六起下。(**沈巖旁**)起"無家"。(**佚名丁墨旁**)竺云:此間兵塵未及,而忽有野哭之聲,則知有從軍遠戍一家訣别者,故曰"初聞戰"。樵歌稍出村。(**方拱乾評**)一"稍"字有意。(**沈巖旁**)抱"落木"。無家問消息,(**題商盤紅旁**)對結。作客信乾坤。(**張雝敬墨旁**)宛有一村莊在目。(**奚禄詒甲本尾批**)賦也。(**沈巖旁**)"信乾坤"與"空雲水"對。

【彙評】

俞瑒甲本評:三四疏散生動,昔人所謂詩胎也。

張學仁參定:黄注謂三四承上,五六起下,是兩截正格。

題商盤尾:"初",猶"率"也。"野哭"皆因戰伐之故,所聞大率如此,若"樵歌"則稍稍有出村者而已。須溪不識"初"字。〇七八承"戰"字,而下言兵戈阻絶,不知家鄉存否,則亦任飄蓬於乾坤之内而已。此亦勉强自寬之詞。

孟　冬

宋犖紅眉:新警。

王伯沆紅眉:史氏云:一作"破瓜霜落刃",今作"破甘"句,以孟冬無瓜故也。然此詩前後,極言其風俗殊異,方冬不寒,或竟作"破瓜"句,亦未嘗無理也。

殊俗還多事,(**奚禄詒甲本旁**)拙甚。方冬變所爲。(**奚禄詒甲本旁**)嫩。(**奚禄詒乙本墨旁**)拙。破甘霜落爪,(**沈巖旁**)頂"多事"。嘗稻雪翻匙。巫峽寒都薄,烏蠻瘴遠隨。終然減灘瀨,(**奚禄詒甲本旁**)結不接續。暫喜息蛟螭。(**奚禄詒甲本眉**)結亦拙。"蛟螭"也不穩。(**奚禄詒甲本旁**)賦也。○"霜""雪"二字皆不恰。(**奚禄詒乙本墨旁**)不接。(**沈巖尾**)以"暫喜"反見無歡也。

鷗

奚禄詒甲本旁:豈以自喻? 即"白鷗波浩蕩"之意。

奚禄詒甲本眉:"無他自饒",除非到滄海之上。○"還須""一任",仍舊是自饒。

奚禄詒乙本墨眉:將以自喻,即"白鷗波浩蕩"之意。想到滄海,益見高蹈。

奚禄詒乙本墨旁:必到滄海纔得,無他自饒。

王士禛評:言有鷗亦足也。

錢載評:羽毛之暗,尚可濯也。風颷之駛,不能持也。"風"字却轉從滄海倒卷出之。

吴廣霈墨眉:以下似可不作。

江浦寒鷗戲,無他亦自饒。却思翻玉羽,隨意點春苗。雪暗還須浴,(**李以峙墨眉**)(浴)按"落"形似之誤。**風生一任飄。**(**吕留良紅旁**)實無好致。(**俞瑒乙本評**)"風""雪"應起句"寒"字。(**嚴復墨眉**)"雪暗還浴",言其高潔;"風生任飄",言其閒適。(**佚名丁墨旁**)竺云:"落"一作"浴",非也。言風雪之凛冽,須落而猶飄也。**幾群滄海上,**(**沈巖旁**)對江浦,拓開。**清影日蕭蕭。**(**孫承澤墨眉**)比君子之在江湖。(**李念慈紅眉**)結方繳還鷗,言外大有餘意。(**奚禄詒甲本尾批**)賦而比也。〇次句是無心自得之意。(**奚禄詒乙本墨眉**)次句是無心自得也。〇中四句皆寫"自饒"。

【彙評】

吕留良紅眉:有以格力勝者,有不及纖巧者。

吕留良紅尾:劉云:子美賦物,别自爲體,異於唐人纖巧。

吴廣霈墨眉:杜集五律本最多,而其中不可存者亦實不鮮,删其淺率而拙者,斯可誦矣。

沈巖尾:第三連承"寒"字。次連陡將春暖之戲翻轉作襯,感慨起伏極妙。〇次連若作結意,即减價。

佚名丁墨尾:羨其閑而自得,傷己之觸處多愁多障也。全從反面照出自身。〇"無他"句,初看似不成語,通看八句,結從此出。惟其心裏無他,所以寬饒也。下皆描寫此句之趣。羅大經以"翻羽""點苗"爲逐逐於謀食,則失江鷗之本色矣。

猿

題鮮于樞評:此詩戒其全身遠害。比也。

俞瑒乙本評:只起二句實拈,下從空際著筆,何處得此微妙?

屈復評:起寫其全生之方,三四知艱難而能隱現,五六從衆用奇,天性如此,結戒之。〇三四人猿交互,言有艱難固所不免,隱見本人所知意。〇結不惟淺易,與次聯不應。①

奚禄詒甲本眉:思致峭刻。〇首二句寫出艱難,三承上,四起下。

奚禄詒甲本旁:自寓。〇後六句全用叮嚀告戒,言外藹然。

奚禄詒乙本墨眉:思致峭刻。〇首二句寫出艱難,三四承上,或自喻也。後四句全是叮嚀告戒,言外藹然。

盧見曾紅旁:詠猿,稱其有見機之智。"隱見"二字爲通章之眼。啼壁,聲相近。掛枝,形尚遠。此爲隱見發端。人不如猿,取其用智以脱險也。從衆,能掛枝;用奇,能騰踔。此爲隱見指實。父子不離,取其用智以全身也。《杜臆》:人於亂世,往往父子不保,公嘗攜子避亂,而恐其不能兩全,具見苦情。

吴士模墨眉:何從得此微妙? 貫乎化工矣。

裊裊啼虚壁,(**俞瑒甲本評**)是實拈。(**題商盤紅旁**)對起。蕭蕭掛冷枝。艱難人不免,(**俞瑒甲本評**)用意在此。(**題商盤紅旁**)交互對。(**李以峙墨眉**)(不免)按"見"形近而訛。隱見爾如知。慣習元從衆,(**俞瑒甲本評**)是虚運。(**題商盤紅旁**)倒應三四。全生或用奇。(**孫承澤墨眉**)非經歷人不知"用奇"語之深。前林騰每及,(**俞瑒甲本評**)"全生"

---

① 校注:"言",杭本作"五言";"隱見",杭本作"隱現";"結不惟",杭本作"結又惟";"與",杭本作"且與"。

意。**父子莫相離。**（**奚禄詒甲本尾批**）賦而比也。（**秦應逵紅尾**）結太淺易。

【彙評】

俞瑒甲本評：只起二句實寫，下便從容著筆。

張學仁參定：公嘗攜子避亂，想不能保，故於猿之全生寫出苦衷。

鹿

題鮮于樞評：言鹿別清溪而充玉食，且自言無才而逐仙隱，甘爲烹庖，非所恨也。因嘆“世亂輕全物”，而敢殺“微聲”，即“及禍機”，而見獲食之爲一餉之樂耳。“衣冠”結“玉饌”句，“盜賊”結三聯意。賦也。

孫承澤墨眉：代鹿致詞，字字憤痛，末句罵得甚狠。

傅山紅眉：前四語一字一珠，後四語却少蘊藉。

錢陸燦丁本評：《猿》詩羡其見幾，《鹿》詩痛其遭害，公之托戒深矣。

李念慈紅眉：詞婉意饒，怨而不怒。

吕留良紅旁：若有所喻。

王士禛評：《國語》“三犧皆用”本此，又云：全與人別，初看不似詠物。

俞瑒乙本評：於八句中行大議論，惟少陵能之。

屈復評：前代鹿自訴，詞若謙而意甚慘；後感時而歎，不止鹿一物也。○結言衣冠、盜賊，俱因此物微聲，所以及禍也。[1]

---

① 校注：“結言”一句，杭本闕。

奚禄詒甲本眉:"蒙"字、"不敢"字寫得可憐。○句句轉折,句句新脱,句句又是一意。○非。

奚禄詒乙本墨眉:本是烹麑,但詩題著不得"烹"字。○"蒙"字、"不敢"字寫得可憐。○句句轉折,句句新脱,句句又是一意,處亂世宜三緘其口。○非熟見寇亂説不出,五六句禍及山林。○饕餮之形,有口無身。

盧見曾紅旁:詠麑,嘆其不當鳴而鳴。一二作痛心語,三作自責語,四作自解語。亂世,歎其生不逢辰。微聲,推出致禍之本。衣冠乃食肉者,盗賊乃捕獸者。徇口腹之欲,而戕命於斯須,則衣冠亦等於盗賊矣。黄生:此物頗難入詠,前半寫得如許風致,妙在以"清溪"字陪對"玉饌",以"仙隱"字陪對"庖厨",遂覺煙火之氣都盡。後半慨世,不離詠物,而却不徒詠物,此之謂大手筆。

盧見曾紅眉:顧宸曰:中郎之於董卓,中散之於司馬,及禍雖異,其以微聲致累則同也。此"苟全性命於亂世,不求聞達於諸侯",隆中所以獨高千古,二語感慨甚大。

吴士模墨眉:托戒正大,謀格尤高。□評云,以"衣冠"與"盗賊"並言,罵盡口腹輩。公《麑》詩獨重言之,豈爲仙人惜此物也?

題張問陶墨眉:起句便有不堪回首之意,上蔡黄犬,華亭鶴唳,與此同聲一痛。孔北海、禰正平、楊德祖之輩,總不出"微聲及禍樞"五字。

秦應逵墨眉:全與人别,初看不似詠物。

永與清溪别,(**題商盤紅旁**)對起。蒙將玉饌俱。(**俞瑒甲本評**)可憐。(**秦應逵紅旁**)可憐。(**奚禄詒乙本墨旁**)十字無限徘徊。無才逐仙隱,(**題商盤紅旁**)順承一二。(**奚禄詒乙本墨旁**)仙隱,麑也。(**奚禄詒乙本墨旁**)承首句。不敢恨庖厨。(**俞瑒甲本評**)尤可憐。(**奚禄詒乙本墨

旁)承次句。**亂世輕全物,**(**題商盤紅旁**)流水對。**微聲及禍樞。**(**題商盤紅旁**)走馬對。(**錢載評**)五六非後人所能及,此力量亦從自然中出,一勉强即落腔套矣。(**奚禄詒乙本墨旁**)不必。**衣冠兼盜賊,**(**俞瑒甲本評**)罵世。(**題商盤紅旁**)對結。(**秦應逵紅旁**)罵世。**饕餮用斯須。**(**奚禄詒甲本尾批**)賦也。○五六處亂世宜三緘其口。(**奚禄詒乙本墨旁**)衣冠可愧。

【彙評】

俞瑒甲本評:於八句中含絶大議論,惟老杜能之。

張學仁參定:此題頗難著筆,寫得如此風韻,似爲禰正平、嵇中散寫照。

秦應逵紅尾:八句中含大議論,惟老杜能之。

雞

題鮮于樞評:此詩以雞鳴之失時,比人工之失職也,故云"聽有異""曉無慚",不然殆殊方禀氣之際,不足於造化之理耶。疑之之詞也。其末句下一"漏"字可知矣。且問俗則人情相似,若此雞則充庖,若此人則誅之可也。賦而比也。

李念慈紅眉:四句妙刺,六句毒詈。

吕留良紅眉:老杜詠物詩,多可發笑,此首即寓大意,亦不免村學究祖師也。

奚禄詒甲本旁:借題罵蜀。是蜀雞,題中不便用"蜀"字。

奚禄詒乙本墨眉:罵夔人耶? 罵當路耶?

王士禛評:起似微傷雅,五六亦然。

屈復評:玩"無慚"字、"亭育"字,似刺宰相無燮理之才也。

吴士模墨眉:寫至此,鈍矣。

題張問陶墨眉:本以雞比人,五句反以人襯雞,此爲倒主作賓之法。

秦應逵墨眉:起似傷雅,五六亦然。

吴廣霈墨眉:無足取。

沈巖旁:此刺素附君子而以喪亂改其度者。

紀德名標五,(**題商盤紅旁**)對起。初鳴度必三。 殊方聽有異,(**題商盤紅旁**)倒應一二。失次曉無慚。 問俗人情似,(**題商盤紅旁**)呼應句。充庖爾輩堪。 氣交亭育際,(**題商盤紅旁**)意餘言外。(**奚禄詒乙本墨眉**)"亭"者形其品,"育"者成其質。巫峽漏司南。(**奚禄詒甲本尾批**)比而賦也。〇自昏而睡,正造化氣候所交。"亭"者只其形,"育"者成其質,即"亭育"也。

黄　魚

奚禄詒甲本旁:大而無當之物。

奚禄詒甲本尾:有血肉之軀者,當戒之。

奚禄詒乙本墨眉:大而無當之物。〇有血肉之軀者,當戒之。

錢載評:雖長大而不能自保其身也。

吴士模墨眉:亦寓警戒。

吴廣霈墨眉:瑣屑無味。

日見巴東峽,黄魚出浪新。 脂膏兼飼犬,長大不容身。 筒桶相沿久,風雷肯爲神。 泥沙卷涎沫,回首怪龍鱗。(**李念慈紅眉**)怨望沉著。(**奚禄詒甲本尾批**)賦也。

白　小

題鮮于樞評：言白小之爲物，水族之至微者，民俗以當園蔬，其生成如此，尚猶不免於拾卵而盡取之，其於愛物之義爲何如哉？賦也。

屈復評："白小"二字總起，三四"小"，五六"白"，結"生成"即"群分命"，"盡取""當園蔬"也。

題商盤紅眉："分命"字可憐，然實生物至理，雖極細微，孰非生成化育中物？乃人至以"園蔬"視之，能無憬然？○"命"字預含結意，"群分命"就生成説，"沾水族"就本物説。此物長短率不過二寸，故下"天然"字。"虚"猶輕也。三四形容小也，五六形容白也。超秀之甚，非杜不辦。

奚禄詒甲本墨眉、乙本墨眉：即銀魚，亦謂之膾殘魚。

盧見曾紅旁：舊注：即今麵條魚。○詠白小，嘆細微之不免。《杜臆》：此詩起結，藹然有萬物一體之念。物雖細微，同霑水族，乃俗當園蔬，用之賤矣。亂肆傾筐，取之多也。但此群分之命，亦屬造物生成，今猶拾卵而盡取之，有傷於義矣。三四形容其小，五六形容其白，語甚鬆秀。

吴士模墨眉：直賦其質，五六虚摹，尤佳。

題張問陶墨眉：前後詠物諸詩，今作一處讀，始見其本領之大，體物之精，命意之遠，説物理人情，即從人事世法勘入，故覺篇篇寓意含蓄無限。

吴廣霈墨眉：不成句。

白小群分命，(**俞瑒甲本評**)伏末章。(**張雝敬墨旁**)道理看到十分圓足，纔説得出三個字出。天然二寸魚。(**奚禄詒甲本眉、乙本墨眉**)群分天命，何忍盡取？細微霑水族，(**俞瑒甲本評**)切"小"字。風俗當園

蔬。（**題商盤紅旁**）走馬對。**入肆銀花亂，**（**俞瑒甲本評**）切“白”字，好妝點。（**題商盤紅旁**）呼應句。**傾箱雪片虚。**（**李念慈紅眉**）仁者之言，足警殘忍。（**題商盤紅旁**）比賦句。**生成猶拾卵，**（**俞瑒甲本評**）應“分命”。（**李以峙墨眉**）（拾卵）按“捨”形訛。**盡取義何如？**（**傅山紅眉**）大識見。（**俞瑒甲本評**）感慨。（**奚禄詒甲本旁**）貪婪之人，何肯遺一小利？即衣冠盗賊之意。〇禍及江湖。（**奚禄詒甲本眉**）末句凛然。（**奚禄詒甲本尾批**）賦也。仁人君子之言，通首正生成“拾卵”之意。（**奚禄詒乙本墨眉**）仁人君子之言，通首正生成“拾卵”之意。〇禍及江湖。（**奚禄詒乙本墨旁**）貪婪之人，何曾遺一小利？（**錢載評**）此襟懷是公所獨。

【彙評】

俞瑒甲本評：此直賦其事也，用意在末二句。

張學仁參定：詠物詩若止對仗工穩，全無生趣，諸作皆托物寫懷，信是小中見大。

俞瑒乙本評：此是賦體，而用意在末二句。

題商盤紅尾：七八言此物既分命“生成”，便屬有知，豈無痛楚？今乃“盡取”之，猶獲拾然，匪惟不仁，兼亦不義矣。不曰“仁”而曰“義”者，鮮食固所難禁，但盡取以當園蔬，則害義之甚矣。

向　夕

題鮮于樞評：首六句皆模寫江村向夕之景物，末言散琴書於明燭之下，乃可以消遣長夜，亦無可奈何之辭。賦也。

奚禄詒甲本眉：中四句有比。〇寫夕景精細有情。

奚禄詒甲本旁：三四句中下三字從上二字生出。

奚禄詒乙本墨眉：寫“夕”精細有情。〇三四句中下三字從上二字生出。

盧見曾紅旁:深情畢露,三四用字體物入微。

吴士模墨眉:"同"字、"終"字俱無深味。

吴廣霈墨眉:他人縱能老,而不能細膩;縱能雄,而不能秀俊。惟老杜兼之。

畎畝孤城外,(**題商盤紅旁**)對起。**江村亂水中。深山催短景,**(**題商盤紅旁**)縮脈句。**喬木易高風。**(**奚禄詒甲本旁**)三四亦衰。(**吴廣霈墨旁**)音節悲涼,如聞潯陽琵琶曲也。**鶴下雲汀近,**(**題商盤紅旁**)折腰句。(**李以峙墨眉**)(汀)按"河"形訛。**雞棲草屋同。**(**方拱乾評**)"同"古,又妙。(**吕留良紅旁**)鶴鄰雞侶,極言幽僻。**琴書散明燭,**(**奚禄詒甲本旁**)"散"字亦下得妙。**長夜始堪終。**(**方拱乾評**)"始堪"二字有幾層意。(**方拱乾評**)"始堪"字之妙易知,"同"字之妙難知。(**奚禄詒甲本旁**)賦也。(**奚禄詒乙本紅眉**)長夜若不親琴書,何以遣愁?(**陳治墨眉**)汪云:"同"字、"終"[字],俱無深味。

雷

題鮮于樞評:言巫峽十月而終夜動雷,故蛟龍當蟄伏而不蟄伏,天地當閉塞而不閉塞。次乃形容雷之蟠礴,擊楚臺而妒雲雨。興而賦也。

嚴虞惇紅眉:紀異。

屈復評:炎方十月雷,殊非異事。①

奚禄詒甲本旁:全首賦雷,所以紀變也。

① 校注:此批語後,杭本另有"然'妒雲雨'句必非無謂"。

朱方藹紅眉:題雲便有秀蔚之色,詠雷如聞砏磕之聲。以"劃"字寫電光,何等簡括淵妙。

吴士模墨眉:題雲便有秀蔚之色,詠雷如聞砏磕之聲,以"劃"字寫電光,何等簡括淵妙。妙在單寫雷,入他手必兼雨矣。

陳治墨眉:查浦云:中間"動"字、"劃"字、"碾"字、"蟠"字,味之覺隱隱有聲。

秦應逵墨眉:山谷專學此種,所以偏枯。

吴廣霈墨眉:起首陡險得勢,三四奇想天開,真所謂"語不驚人死不休"也。

巫峽中宵動,(**題商盤紅旁**)分裝對起。(**奚禄詒甲本旁**)唤次句。滄江十月雷。(**孫承澤墨眉**)十月而雷,紀變也。(**李念慈紅眉**)二句紀異。(**奚禄詒乙本紅旁**)申上句。龍蛇不成蟄,(**題商盤紅旁**)三四應次句。天地劃争迴。(**奚禄詒乙本紅眉**)三四有氣魄,變化目前。却碾空山過,深蟠絶壁來。(**李念慈紅眉**)"過""來"字真景,人自不能道。(**題商盤紅旁**)倒叙聯。何須妬雲雨,(**題商盤紅旁**)語含比興。霹靂楚王臺。(**孫承澤墨眉**)譏宫中有女妖也。(**奚禄詒甲本旁**)賦也。○自然老辣。(**奚禄詒乙本紅眉**)自然老辣。(**沈巖眉**)落句言中宵驚覺,不成夢也。○山谷專學此種,所以偏枯。

朝二首

其一

題鮮于樞評:言楚宫之南,清曉之時,惟霜空含容萬嶺,其中野人獨往,雲木相參,鶻過無聲,烏貪下食而已。然我病身在此,終不可動，亦任其摇落，無可奈何之詞。興也。

吴士模墨眉：天光物理，寫之無不入微，而所感深矣。

清旭楚宫南，（**題商盤紅旁**）混裝起。霜空萬嶺含。（**奚禄詒甲本眉**）"霜空萬嶺含"五字精練。若無前句，亦唤不出，三四亦接得流落。（**奚禄詒乙本墨眉**）遯叟云："含"字誰能下？余云：若無首句，亦唤不出。（**朱方藹紅眉**）天光物理，寫之無不入微，而所感深矣。野人時獨往，（**宋犖紅旁**）對法流走。（**題商盤紅旁**）走馬對。雲木曉相參。（**汪琬甲本紅眉**）參。（**奚禄詒甲本旁**）寫朝旭妙。○前四句，任人不能造。（**奚禄詒乙本墨旁**）寫朝旭灑落。俊鶻無聲過，（**題商盤紅旁**）語含比興。飢烏下食貪。（**奚禄詒乙本墨旁**）比也。病身終不動，（**題商盤紅旁**）反言見意。意餘言外。摇落任江潭。（**奚禄詒甲本旁**）賦也。

其　二

題鮮于樞評：言巫峽清晨，浦舟初發而鷗來，郊扉未開而葉落，且礎潤而將濕，雲晴而欲回。又昨夜有雷，此其地冬日可怪者。興而賦也。

朱方藹紅眉：其淡處每有闔會，在可解不可解間，即襄陽亦限於名家矣。

吴士模墨眉：其淡處每有開合，在可解不可解間，即襄陽限於名家矣。

沈巖眉：前四句都是雨後，結句收出"昨夜"，反醒"朝"字，末句藏過暴雨，只説奔雷，變化。

浦帆晨初發，郊扉冷未開。（**陳治紅眉**）"帆"字去聲。村疏黄葉墜，（**李以峙墨眉**）（林）按"村"形近而訛。（**沈巖眉批下**）作"林疏"了無味矣。

野静白鷗來。 礎潤休全濕，（**奚禄詒甲本旁**）公慣用“休”字，穩當者少。雲晴欲半迴。（**奚禄詒乙本紅眉**）紀異。巫山冬可怪，昨夜有奔雷。（**奚禄詒甲本旁**）未紀變。○賦也。（**沈巖尾**）第六本庚子山“山晴雲倒回”。

悶

題鮮于樞評：言三蜀百蠻之地，風雲瘴癘之多，卷簾隱几惟“白水”“青山”，淡然無事耳。然其猿則捷於扳援而難見，鷗則輕於去就而不還，今我爲客而無錢，任其留滯而催老耳。賦兼比也。題曰“悶”，有以也夫！

奚禄詒甲本旁：五六頂三四，轉帶比興。“難見”從“捷”字生出，“不還”從“輕”字生出。

朱方藹紅眉：全詩寫悶易見。次聯亦正寫殊方之索漠，却用興象語點綴之。

吴士模墨眉：全首寫悶易見。次聯亦正言殊方之索莫，却用興象語點綴之。

題張問陶墨眉：“惟”字、“亦”字皆厭詞。

王鳴盛墨眉：猿惟捷，故巧於避人，往來如飛，不難高□而去。鷗惟輕，故若於游泳，隨潮上下，不難一往而行。我則一無所就，惟作“滯客”而已。客既滯而顔日老，安得不悶？

瘴癘浮三蜀，風雲暗百蠻。（**沈巖旁**）“浮”字起“暗”字。卷簾唯白水，（**沈巖旁**）伏“滯”字。隱几亦青山。（**屈復評**）情中景。○“青山”“白水”，從無此用法。①（**奚禄詒甲本紅眉**）三四如岸花送客、檣燕留人

---

① 校注：“此”，杭本作“如此”。

之意。(**奚禄詒乙本紅眉**)三四如"岸花飛送客"二句之意。(**嚴復墨眉**)山水,佳興也,用"唯""亦"二字而悶境出。**猿捷長難見,**(**奚禄詒乙本紅旁**)比。(**沈巖旁**)與"滯"反。**鷗輕故不還。**(**奚禄詒甲本旁**)"輕""捷"二字説猿、鳥甚穩。(**奚禄詒乙本紅旁**)比。(**奚禄詒乙本紅旁**)"難見"從"捷"字生,"不還"從"輕"字生。(**嚴虞惇紅眉**)滯客不如猿鳥之輕捷。**無錢從滯客,有鏡巧催顔。**(**錢陸燦丁本評**)"滯客"言不如猿鳥之輕捷也。(**奚禄詒甲本眉**)末二句不如猿鳥矣。(**奚禄詒甲本尾批**)賦也。(**奚禄詒乙本紅眉**)故爲俳語送之,結言不如猿鳥也。(**沈巖旁**)此偏不滯,所以悶也。

【彙評】

佚名丁墨尾:亦爲淹久於夔而悶也。先著"瘴""蠻"兩句,則"白水""青山",亦是限隔行人之阱矣。是以見猿鷗之輕捷,而傷己之滯且老也。下語偏瀟灑。

寄杜位 頃者與位同在故嚴尚書幕

題鮮于樞評:首四句比而賦也。主意在首二句,末四句雖自寬,而實自傷,故結尤可哀。賦也。

奚禄詒甲本眉:《世説》:窮猿奔林,豈暇擇木。

寒日經檐短,窮猿失木悲。(**奚禄詒乙本紅旁**)比己。**峽中爲客恨,**(**李以峙墨眉**)(峽中)按"中"作"筵"謬甚,"久恨"俱可從。**江上憶君時。**(**奚禄詒甲本旁、乙本紅旁**)次句出得陡。(**李以峙墨眉**)(江上)按作"並"不可解。**天地身何往,風塵病敢辭。**(**嚴復墨眉**)"風塵病敢辭",猶云雖病而不免風塵之苦。**封書兩行淚,霑灑裛新詩。**(**奚禄詒

甲本尾批)賦也。〇"敢"字便見風塵之苦。

玉腕騮

奚禄詒甲本眉:四句説馬,志頗大。

奚禄詒乙本墨眉:中四句説馬,志頗大。

曹炎旁:江陵節度衛公馬也。

朱方藹紅眉:非此壯句,賦尚書之馬不稱。

吴士模墨眉:非此壯語,尚書之馬不稱。

題張問陶墨眉:末二即"青絲絡頭爲君老,何由却出橫門道"之意。

吴廣霈墨眉:筆力老健,氣勢沉雄,所詠方能得體。

沈巖旁:第三言其駿,第四言其馴。

聞説荆南馬,尚書玉腕騮。頓驂飄赤汗,跼蹐顧長楸。胡虜三年入,乾坤一戰收。(**李念慈紅眉**)六句不粘馬,而神氣暗屬,生色壯觀。舉鞭如有問,欲伴習池遊。(**奚禄詒甲本尾批**)賦也。〇末句雖顧衛公,正惜其未用於一戰,所以有跼蹐之顧也。(**奚禄詒乙本墨眉**)末句雖顧衛公,正惜其未用於一戰,所以跼蹐之顧,未免有微諷耳。(**沈巖尾**)落句寓銷兵歸馬之意,非閑語也。

上卿翁請修武侯廟遺像缺落,時崔卿權夔州

丁耀亢墨眉:贋作。

奚禄詒甲本眉:不止追感武侯,亦諷崔矣。

大賢爲政即多聞，（奚禄詒甲本旁）不成。刺史真符不必分。（嚴復墨眉）第二句謂崔卿權夔州，故非真符。尚有西郊諸葛廟，卧龍無首對江濆。（嚴復墨眉）但言剥落，而請修之意自見。

奉送卿二翁統節度鎮軍還江陵

李念慈紅眉：古人用字，取其肖物而已。若今人必云“嘹唳”是雁聲，如何説笳？

火旗還錦纜，（奚禄詒甲本旁）不妥。白馬出江城。嘹唳吟笳發，蕭條别浦清。寒空巫峽曙，落日渭陽明。（方拱乾評）五字深極。（吕留良紅旁）借對。留滯嗟衰疾，何時見息兵？（方拱乾評）應首句。（奚禄詒甲本尾批）賦也。

久雨期王將軍不至

方拱乾評：樸句生色。○奇情、奇句、奇緒。○細看若無此句，便覺前後不生動。

奚禄詒甲本旁：僞筆。

奚禄詒甲本眉：宋人如黄山谷、王安石好作此種。

錢載評：前後各六韻，而换韻處意却相連，與《大食刀歌》中間宛轉接下韻處同法。

題張問陶墨眉：此詩奇突豪邁，直可追風掣電。

沈巖旁：前半“得”字亦以職韻入屋、沃中。

天雨蕭蕭滯茅屋，（李以峙墨眉）（滯）按“帶”脱筆之訛。空山無以慰幽獨。 鋭頭將軍來何遲，令我心中苦不足。（**吴廣霈墨眉**）起四句俶儻。數看黄霧亂玄雲，時聽嚴風折喬木。 泉源泠泠雜猿狖，泥濘漠漠飢鴻鵠。 歲暮窮陰耿未已，人生會面難再得。（**錢載評**）只叙射鹿一事，而前後精彩飛動，與《夔府詠懷》中間閑叙柏中丞筵間歌一段同法。（**吴士模墨眉**）“得”字十三職，與屋、沃、覺通，非叶也。憶爾腰下鐵絲箭，（**方拱乾評**）先出此二句，纔入“坐皮”句妙緒。射殺林中雪色鹿。（**錢陸燦甲本眉、乙本紅眉**）曲而勁。（**錢陸燦丁本評**）“憶爾”下追叙將軍射獵事，曲而勁。前者坐皮因問毛，（**方拱乾評**）七字不獨是瀾，竟是筋矣。知子歷險人馬勞。（**陳治墨眉**）空中樓閣。異獸如飛星宿落，應弦不礙蒼山高。（**吴廣霈墨眉**）二語贊王將軍之善射也。安得突騎只五千，崒然眉骨皆爾曹。 走平亂世相催促，一豁明主正鬱陶。（**李念慈紅眉**）“正”字當是“心”字。憶昔范增碎玉斗，未使吴兵著白袍。（**方拱乾評下**）用白衣搖櫓事也。（**沈巖眉批下**）“憶昔”二句未詳。昏昏閶闔閉氛祲，十月荆南雷怒號。（**錢陸燦甲本眉批**）忽繳到“久雨”，結意超然。（**錢陸燦乙本紅眉**）忽縮到“久雨”，結意超忽。（**奚禄詒甲本眉**）此段轉得無味，細看仍是僞作。（**奚禄詒甲本旁**）無所謂。（**奚禄詒甲本尾批**）“碎玉斗”二句意謂君不納諫以致亂賊，如此湊泊，定是王安石。（**錢載評**）從“久雨”作結，沉鬱之極。（**吴廣霈墨眉**）末言恨不能總師幹而平亂賊也。

【彙評】

奚禄詒乙本紅眉：此篇與《洗兵馬》之氣味無一，故知是王安石僞作。

謁真諦寺禪師

題鮮于樞評：首四句言真諦寺之景物，末四句言謁禪師而問法,故反觀自身,而詩酒皆妄,乃欲卜宅前峰,但未能割妻子之愛而然耳。賦也。

吕留良紅眉:亦悟亦活,詩意禪意。

宋犖紅眉:令人歎其清絶。

題商盤紅眉:前述到寺之景,後叙進謁之意。〇首句言"高",次句言"深"。"高"明説,"深"暗説。結用"前峰"字應轉。〇三四景中見時,與右丞"泉聲咽危石,日色冷青松"同一句法。然彼工在"咽"字、"冷"字,此工在"凍"字、"晴"字。〇身妄故一切俱妄,平日所最耽者,莫如詩酒,今亦索然無味。"妄"字却不安在"觀身"上,看其煉句琢字之妙。

盧見曾紅旁:三四與"泉聲咽危石"相似,特意近自然耳。

朱方藹紅眉:見道之言,寫來却自疏放。晉人言情與詩近,宋人言理與詩遠,公兼其長而去其病。

吴士模墨眉:見道之言,寫來却自疏放。晉人言情與詩近,宋人言理與詩遠,公兼其長而去其病。"晴"字妙。煉句多在第二字。"晴雪落長松",在於起頭著意,尤所難也。

蘭若山高處,煙霞嶂幾重。凍泉依細石,(**題商盤紅旁**)鶴膝句。晴雪落長松。(**孫承澤墨旁**)如畫。(**李念慈紅眉**)真。問法看詩妄,(**孫承澤墨眉**)"妄"字深於理道,不獨詩僧,盡可犁舌。(**題商盤紅旁**)順因句。(**李以峙墨眉**)(妄)按"忘"字顯謬,此形聲皆近,傳寫之訛。(**沈巖眉**)合"觀身"句,當作"妄"。觀身向酒慵。(**題商盤紅旁**)分裝對。(**奚禄詒甲本旁**)似佞佛,亦不必。未能割妻子,(**題商盤紅旁**)藏頭結。卜宅近前峰。(**錢陸燦丁本評**)見道之言,却自寫來疏放。(**題商盤紅旁**)意餘言外。(**題商盤紅尾**)他皆可割,只妻子不能割。在禪師前不作誑語,只此一事,便可入道。(**錢載評**)獨得之句。

【彙評】

吴廣霈墨旁批“李云”:“疏放”二字之批得之。

佚名丁墨尾:黄云:平日所最耽者,莫如詩酒,今亦索然無味,此作悟後語。

卷十八

虎牙行

奚禄詒甲本眉:本是虎牙阻風,而眼中所見外兵屯戍,故感懷及之,正是"晚節漸於詩律細"也。

奚禄詒乙本墨眉:本是虎牙阻風,而目中所見則屯戍也。

曹炎旁:灘名,嶮絶。蕭銑僭江陵日,屯兵於此,後常爲屯戍之地。

吴士模墨眉:陌、屑、職正與屋、沃通,何叶之有?

沈巖眉:虎牙是山名,在峽口,與荆門相對。

秋風欻吸吹南國,天地慘慘無顔色。洞庭揚波江漢迴,虎牙銅柱皆傾側。巫峽陰岑朔漠氣,峰巒窈窕溪谷黑。(**吴廣霈墨眉**)深於騷體,乃能煉此奇語。杜鵑不來猿狖寒,山鬼幽憂雪霜逼。(**方拱乾評**)長吉自然不能道隻字。斑駁。(**丁耀亢墨眉**)幻。楚老長嗟憶炎瘴,(**李念慈紅眉**)此紀異,十月不應大寒,乃暴風苦寒若此,故炎瘴人之所惡,而今反思憶之也。(**錢陸燦乙本紅眉**)入事無迹。三尺角弓兩斛力。壁立石城横塞起,金錯旌竿滿雲直。漁陽突騎獵青丘,犬戎鎖甲聞丹極。(**李以峙墨眉**)(圍)按"聞"字非。八荒十年防盜賊,(**奚禄詒甲本旁**)下似有脱句。征戍誅求寡妻哭,(**奚禄詒甲本眉**)因漁陽之亂，誅求及楚地。**遠客中宵淚霑臆。**

錦樹行

方拱乾評：歌行妙在起，難在起。

李念慈紅眉：此篇傷文儒之窮困也，故末有"膂力""富貴"之語。

吕留良紅旁：題曰"錦樹"，使人刮目。

奚禄詒甲本旁：此公老年之作，當取其健。

奚禄詒乙本墨眉：劉辰翁云：言多亂雜，有適當然者，當通前後看。

宋犖紅眉：舊評：題曰"錦樹"，使人刮目。〇起有無限抑鬱，亦似太白。

陳治墨眉：憤語以壯氣行之，渾脱排宕。

今日苦短昨日休，歲云暮矣增離憂。（**朱方藹紅眉**）悲語以壯氣行之，通首渾脱排宕，惟杜能然。（**吴廣霈墨眉**）起何沉痛乃爾！（**奚禄詒乙本墨旁**）此四句足興通章。**霜凋碧樹作錦樹。**（**李以峙墨眉**）（作）按"行""待"皆形訛。**萬壑東逝無停留。**（**奚禄詒甲本眉**）首四句已含盡全章。（**奚禄詒甲本旁**）四句説完"錦樹"，興起非雜亂也。**荒戍之城石色古，東郭老人住青丘。**（**奚禄詒甲本眉**）老筆自妙。或蜀亦有青丘。（**奚禄詒甲本旁**）自言也。**飛書白帝營斗粟，**（**吕留良紅眉**）"白帝"，一城名耳，當時偶好，却添它幾處詩態，處處自好。（**奚禄詒甲本眉**）青丘在洛陽，與夔遠甚，安得作書營粟？或者即青城山。（**佚名己紅眉**）遠道而營斗粟，亦可笑也。**琴瑟几杖柴門幽。**（**奚禄詒甲本旁**）句近起。（**奚禄詒乙本墨眉**）青丘去白帝遠，安能飛書營粟？想指青城山。**青草萋萋盡枯**

死，天馬跛足隨氂牛。（奚禄詒甲本旁）比也。“犛牛”非浪用，在蜀中故也。（奚禄詒乙本墨眉）“氂牛”非浪用，蜀之産也。自古聖賢多薄命，奸雄惡少皆封侯。（王伯沆紅眉）“封侯”句太率。（奚禄詒乙本墨眉）鄭繼之云：次第無端由處，足見一種感慨。故國三年一消息。終南渭水寒悠悠。（沈巖眉）垂白之年，思見太平而亂猶未彌，若此所以當急景而增憂也。五陵豪貴反顛倒，鄉里小兒狐白裘。（吴廣霈墨眉）振古如兹，今猶惜爾，何足介吾人之意。（佚名己紅眉）詩亦不妨顛倒直切。生男墮地要膂力，一生富貴傾家國。莫愁父母少黄金，天下風塵兒亦得。（奚禄詒甲本旁）興而賦也。（吴廣霈墨眉）調侃不少，嘻笑足當怒罵。（吴廣霈墨尾）今之革命偉人，亦無非均爲此耳。

【彙評】

方拱乾評：朱言風塵之時，男兒亦好，豈必生女能致富貴乎？世變之感，愈深愈痛。

方拱乾評：當是女口中語乎？憤極。

吕留良紅眉：通篇無他，只是悲怨，做得慷慨豪邁，不可滯泥。

自　平

方拱乾評：傷善後之不得其人耳。

錢陸燦甲本眉、乙本紅旁：硬句横空。

俞瑒乙本評：前半言校獵，後半推言其勇决，當急於勤王也。末句聲情激烈，真有涕淚俱下之致。

奚禄詒甲本旁：爲東南而致警。

奚禄詒甲本眉：當時極力西北，而置東南不問，公之留心時變如此。

奚禄詒乙本墨眉：此即"回首扶桑銅柱標"互自之意。○當時極力西北，而置東南不問，公之留心時變如此，言南海不貢，將必至於叛而起兵。"伏波"是平蠻者，故囑諸將有伏波之才者，不得兵驕將惰，而不先爲經略也。

吴廣霈墨眉："中官"，閹官也。"吕太一"即閹長也。别本或誤作"中宫"，遂謂唐有自平宫，豈不謬哉？吕太一叛誅，故曰"自平"，言從平定中官吕太一之亂也。

自平中官吕太一，（**汪琬甲本紅眉**）吕太一叛於嶺南。**收珠南海千餘日。近供生犀翡翠稀，復恐征戎干戈密。**（**李以峙墨眉**）（戎）按"戎"形訛。**蠻溪豪族小動摇，**（**李以峙墨眉**）（小）按"山"形訛。**世封刺史非時朝。蓬萊殿前諸主將，才如伏波不得驕。**（**奚禄詒甲本旁**）賦也。○恐南蠻之反而禍及主將也。

【彙評】

錢載評：《避暑録話》：韓宗武云：杜詩："自平宫中吕太一。"《代宗紀》：廣州市舶使吕太一反，逐其節度張休。或疑"宫中"二字恐誤。讀《韋倫傳》，言宦者吕太一，則蓋中人而爲宫市於嶺南者爾，故稱"市舶使"。此詩以爲歌舒晃作。太一以廣德二年反，晃大曆八年以循州刺史反，殺嶺南節度使吕崇賁，相去蓋十年。自此詩而上至《青絲》五篇，疑皆失其題，故但以句首語名之，所以讀者多不能遽了也。

寄裴施州

方拱乾評：雖應酬裝點詩，亦復直老。

錢陸燦丁本評：金鐘玉衡，言其爲廊廟之器也，贊其品格歸重，神宇清澈，造語特妙。

宋犖紅眉：是謂《大雅》。

申頲紅眉：家隱君曰：全首調卑氣弱。

吴士模墨眉：大哉杜乎！

沈巖眉：語自佳。

廊廟之具裴施州，宿昔一逢無此流。（**李以峙墨眉**）（比）按"此"形訛。（**佚名己紅眉**）起尚突兀，接亦自然。金鐘大鏞在東序，冰壺玉衡懸清秋。（**奚禄詒甲本眉**）三四亦是海語耳。（**奚禄詒乙本墨眉**）三四亦是海語，前人何必贊之？（**申頲紅旁**）尋常誇語。（**吴廣霈墨眉**）二句典重爾皇，有《雅》《頌》之遺音。自從相遇減多病，（**李以峙墨眉**）（減）按"感"形近而誤。三歲爲客寬邊愁。 堯有四岳明至理，漢二千石真分憂。 幾度寄書白鹽北，苦寒贈我青羔裘。（**方拱乾評**）堅剛如鐵。霜雪迴光避錦袖，龍蛇動篋蟠銀鉤。（**錢陸燦丁本評**）以素衣爲裼，故霜雪爲之回光也。（**奚禄詒甲本眉**）蛟龍，蓋裘面所繡者。紫衣使者辭復命，（**李以峙墨眉**）（辭）按"辟"形訛。再拜故人謝佳政。 將老已失子孫憂，後來况接才華盛。（**奚禄詒甲本尾批**）賦也。

鄭典設自施州歸

奚禄詒甲本旁：詞氣甚灑落。

吴廣霈墨眉：此亦晦澀，不足誦。

佚名己紅眉：陌、錫、昔三韻通用。〇聞裴施州愛客，便欲自往，窮途亦可憐也。

吾憐滎陽秀，冒暑初有適。 名賢慎出處，不肯妄行役。 旅茲殊俗遠，竟以屢空迫。 南謁裴施州，氣合無險僻。（李念慈紅眉）"氣合"妙。（張雝敬墨旁）歷歷落落，直而有曲，致其過遞承接處、折照應處，了無痕迹。攀援懸根木，登頓入天石。（奚祿詒甲本旁）行路承"無險"句。青山自一川，城郭洗憂慼。 聽子話此邦，令我心悅懌。 其俗則純朴，（奚祿詒甲本旁）以下聽其話也。（奚祿詒乙本墨旁）以下聽其話。不知有主客。（俞瑒乙本評）下俱鄭所話也，述裴公相與之情。溫溫諸侯門，禮亦如古昔。（方拱乾評）典設所話。敕厨倍常羞，杯盤頗狼籍。（奚祿詒甲本眉）初聞裴施州之好客，不是裴冕。（奚祿詒乙本墨旁）鄭話止此。時雖屬喪亂，事貴賞匹敵。 中宵愜良會，裴鄭非遠戚。（奚祿詒乙本墨眉）言裴、鄭相投。群書一萬卷，博涉供務隙。 他日辱銀鈎，森疏見矛戟。（奚祿詒乙本墨眉）此言裴曾寄書與己。倒屣喜旋歸，畫地求所歷。（李念慈紅眉）"畫地"句情事逼真。（奚祿詒乙本墨眉）問路程。乃聞風土質，又重田疇闢。 刺史似寇恂，列郡宜競借。（沈巖眉）吴本注"一作借，音迹"，是也。《廣韻》二十二昔中有此，下注假借。（沈巖眉批下）吴本作"惜"，誤也。北風吹瘴癘，羸老思散策。（奚祿詒甲本眉）此段自序。（奚祿詒乙本墨眉）聽裴之好客，己便欲往，且打算行具，窮途未來帳，令人心惻。（嚴復墨眉）自私意佳施。渚拂蒹葭塞，（李以峙墨眉）（寒）按"塞"形訛。（沈巖眉）"塞"，一云"寒"，吴本作"塞"，乃與"拂"字相應，亦與下句"穿"字、"冪"字相對。嶠穿蘿蔦冪。 此身仗兒僕，高興潛有激。（奚祿詒甲本眉）窮途未來帳，令人心惻。孟冬方首路，强飯取崖壁。 歎爾疲駑駘，汗溝血不赤。 終然備外飾，駕馭何所益。 我有平肩輿，前途猶準的。 翩翩入鳥道，庶脱蹉跌厄。（奚祿詒甲本旁）賦也。

【彙評】

陳訏紅眉批仇注"往事尊貴，適當匹敵之人。不如前解。向曾寄書

於公"處：此説是。下聯"非遠戚"，即"相匹敵"也。《杜臆》言：事貴人與下句意不貫。"銀鈎"句，若言寄書與公，則此段是説崔、鄭，不應公自夾入，此句無情無緒。

寫懷二首

方拱乾評：滿肚皮塊壘，説出却是至理。悟後至理出以韻言。○有一義而堪今人可作二三解者，漸言也，却非可以謎語亂之。今則有通篇而不能成一解者，豈不可笑？

錢陸燦甲本眉：二詩阮公風調，蒙莊寓言。

奚禄詒甲本眉：二首皆苦於用議。

屈復評：《寫懷二首》皆處困而放言，聊以自遣，非真能脱然物外者，故其語中有棱也。誤。①

盧見曾紅旁：貌古心遠，見道之言，非關矯語。

王士禛評：二首皆處困而故言，聊以自遣，非真能脱然物外者，故其語中有棱也。

陳治墨眉：汪云：首作在盧、駱之間，次作直追靖節矣。

嚴復墨旁：此真達者語，何減陶靖節！

吴廣霈墨旁：《鏡銓》云：此久困於變而爲此達觀任運之詞。

吴廣霈墨眉：此差可，然亦非精心獨到之作。

其　一

勞生共乾坤，何處異風俗。（**奚禄詒乙本墨眉**）首八句四轉已起了。二章雖是憤語，却入人情。冉冉自趨競，行行見羈束。（**奚禄詒**

① 校注：此批語杭本闕。

甲本旁)此所以"異風俗"也。(**錢載評**)亦可謂驚心動魄矣。(**嚴復墨眉**)二句本阮嗣宗語,見《大人先生傳》。**無貴賤不悲,**(**方拱乾評**)"無貴賤不悲"二句難解,從下句解上句,知曠達之言,直參內典,動與佛合。**無富貧亦足。**(**方拱乾評**)縱横放浪,無復詩體。(**錢陸燦乙本紅眉**)删二語。(**李念慈紅眉**)富貴相耀,使人勞生改行以相逐,風俗由之而敗,禍亂由之而成,苟思終"一骸骨",狂疾庶可瘳乎?公此詩真堪醒世。(**奚禄詒甲本眉**)一味議論,未是正體。(**奚禄詒乙本墨旁**)此所以"異風俗"。(**張𧰼敬墨旁**)跌宕。**萬古一骸骨,鄰家遞歌哭。**(**奚禄詒甲本眉**)首八句總起上章。(**奚禄詒甲本旁**)首八句四轉。(**奚禄詒乙本墨旁**)人可起悟入本意。(**王伯沆紅眉**)精鑿似子。**鄙夫到巫峽,三歲如轉燭。**(**奚禄詒甲本旁**)入本旨。**全命甘留滯,忘情任榮辱。朝班及暮齒,日給還脱粟。**(**奚禄詒乙本墨眉**)此正"忘情任榮辱"。**編蓬石城東,采藥山北谷。用心霜雪間,**(**張𧰼敬墨旁**)高致遠神。(**奚禄詒甲本旁**)苦語承采藥。**不必條蔓緑。**(**奚禄詒甲本眉**)"用心"二句乃忘情榮辱,自安貧賤。**非關故安排,曾是順幽獨。達士如弦直,小人似鈎曲。**(**錢陸燦乙本紅眉**)又删此二語。(**奚禄詒甲本旁**)不化。**曲直我不知,負暄候樵牧。**(**奚禄詒甲本眉**)後四句可删。(**奚禄詒甲本旁**)賦也。(**奚禄詒乙本墨旁**)安貧也。(**王伯沆紅眉**)眼高。

【彙評】

張𧰼敬墨旁:隨境而安,是絶大學問,非"曠達"二字可以目之也。○是何等心腸。○有議論而不露議論,有感慨而不形感慨,深便深到十分,厚便厚到十分,然求其何一字可得也?此謂真深真厚。

其　二

徐松紅眉:張綖曰:前篇處困而亨,是聖賢大道;此篇絶聖棄智，是老莊玄談。前篇説得平實，是身歷之詞；此説得放曠，是憤俗之語，觀者勿以辭害意也。

陳治墨眉：渾古橫放，直造自然。

嚴復墨眉：上半是陶公，下半是莊子。

吴廣霈墨眉：此首似勝前。

佚名己紅眉：大致似阮嗣宗。

夜深坐南軒，明月照我膝。（**奚禄詒甲本旁**）承上首來。（**奚禄詒甲本眉、乙本墨眉**）起句似子建。驚風翻河漢，梁棟已出日。（**張雝敬墨旁**）只昏曉相推意，寫得殊有新致，妙。群生各一宿，飛動自儔匹。（**方拱乾評**）覺四散無一物不可入詩，無一理不可歸詩。吾亦驅其兒，營營爲私實。（**奚禄詒乙本墨眉**）有阮籍之風流。（**張雝敬墨旁**）天地一體、物我一致的道理，輕輕道出。天寒行旅稀，歲暮日月疾。（**奚禄詒甲本旁**）以“天寒”“歲暮”與起世亂。榮名忽中人，世亂如蟣虱。（**陳治墨眉**）意本蒙莊。（**奚禄詒乙本墨眉**）語雖近莊生，却是屈子之志。古者三皇前，滿腹志願畢。（**方拱乾評**）絶世之論。（**秦應逵紅眉**）阮公風調，莊蒙寓言。（**吴廣霈墨眉**）有激而言。胡爲有結繩，（**奚禄詒甲本眉**）“結繩”二句亦即冉冉趨競、行行羈束之意。陷此膠與漆。（**孫承澤墨眉**）放言似莊蒙。禍首燧人氏，厲階董狐筆。（**方拱乾評**）文章已難，况詩乎？開闢之論，宋儒所不能發者。（**奚禄詒甲本眉**）恰似莊周，却是屈原之志。（**嚴復墨眉**）是無可奈何語。人到厭世時，往往有此□氣也。君看燈燭張，轉使飛蛾密。（**張雝敬墨旁**）將古來聖人一齊貶倒，乃是有激而言，老莊之掊擊聖人，意亦類此，而俗儒駭之，蓋未察其立言之旨也。放神八極外，（**張雝敬墨旁**）妙喻醒極。俯仰俱蕭瑟。（**吴廣霈墨眉**）此亦故作曠達之詞爾。公之愁苦，殆不能須臾妄也。終契如往還，（**李以峙墨眉**）（“終契”句）按别本云云，不甚醒豁。得匪合仙術。（**方拱乾

評)口吻如孔文舉,而流穆過之。○如許精議乃於詩中見之,真開闢手。(**錢陸燦乙本紅眉**)二詩阮公風調,蒙莊寓意。(**奚禄詒甲本旁**)禄山亂兩都,神主亡失,肅宗復建主作廟於上都。其東都之主,大曆中始於人間得之。天寶十五載七月九日,禄山令張通儒害霍國公主、永王妃、駙馬楊朏等八十餘人,又害皇孫、郡縣主三十六人。(**嚴復墨眉**)金仙是佛號,是内典。(**李以峙墨眉**)(末句)按"歸合"字皆非。(**吕留良紅眉**)意旨名言,從《莊子》來。(**奚禄詒甲本旁**)不確狀。(**奚禄詒甲本旁**)賦也。(**王伯沆紅眉**)超然高世之想。

可　歎

吕留良紅眉:率率序事,無甚風味。

奚禄詒甲本眉:意止謂高賢不得特達,而時相皆無才無德之輩,故以"白衣""蒼狗"起興。即"河東女兒"棄其夫,亦不過王、李朋友不渝之一證。如王、李者,乃可以當國者也。但出語少經,亦老人常愁耳。

奚禄詒甲本旁:興而比,比而賦。此等詩才,可謂雜亂不倫。

奚禄詒乙本墨眉:舊説爲河東之女,非也。○意只爲高賢不得特達,而時相皆無才無德,故以"白衣""蒼狗"興之,即"河東女兒",亦不過借比王、李朋友不渝之一證。如王、李者,乃可以相矣。

奚禄詒乙本墨旁:客也,不是正意。

陳治墨眉:汪云調冗。

吴廣霈墨眉:發端自佳,惜全篇未稱爾。

佚名己紅眉:題意妙。○客子如此,而太守敬之,皆不可以尋常目之者。公非嘆"河東女兒",正嘆太守之難得也。柳氏亦何損於客子哉?

佚名己紅旁:言河東不下注脚,直接王季友甚珍希。

天上浮雲如白衣，斯須改變如蒼狗。（奚禄詒甲本旁）見王、李之交不變。（嚴復墨眉）喻意創幻，詩未曾有。古往今來共一時，人生萬事無不有。近者抉眼去其夫，（李以峙墨眉）（夫）按作“�”大謬。此好奇而改，不自知其不通也。河東女兒身姓柳。（嚴復墨眉）見柳氏之下堂而歎人事之不可知，由是盛稱其夫之才之不可倚顧。後幅乃轉入李太守之真，於起歎之事絶不回照。如此結構，豈得云然？此真老年漫興詩耳，不必强爲□陳也。丈夫正色動引經，（奚禄詒乙本墨旁）即接正意。酆城客子王季友。（汪琬甲本紅眉）王季友。群書萬卷常暗誦，《孝經》一通看在手。貧窮老瘦家賣屐，好事就之爲攜酒。（奚禄詒乙本墨眉）但誇王、李不倫。豫章太守高帝孫，（奚禄詒甲本旁）李勉，刺史洪州。引爲賓客敬頗久。聞道三年未曾語，（李以峙墨眉）（聞）按“問”形訛。小心恐懼閉其口。太守得之更不疑，人生反覆看亦醜。明月無瑕豈容易？紫氣鬱鬱猶衝斗。時危可仗真豪俊，二人得置君側否？太守頃者領山南，（奚禄詒甲本旁）又爲梁州刺史。邦人思之比父母。王生早曾拜顔色，高山之外皆培塿。（秦應逵墨眉）語多太過。用爲羲和天爲成，用平水土地爲厚。（丁耀亢紅眉）未免粗疏。（奚禄詒甲本旁）稱二人，太過分。（奚禄詒乙本墨眉）稱二人太過。王也論道阻江湖，李也丞疑曠前後。（王士禛評）語多太過。（嚴復墨眉）分點姓名。（奚禄詒乙本墨眉）此公之心事。死爲星辰終不滅，致君堯舜焉肯朽。（奚禄詒甲本旁）稱亦太過，二人未必遂佳。或借以自況。吾輩碌碌飽飯行，風后力牧長回首。（奚禄詒甲本眉）末句，公以王佐自命矣。（奚禄詒乙本墨眉）此正以王佐自命。

觀公孫大娘弟子舞劍器行並序

方拱乾評序言：著意爲序，序妙於詩。有言渾脱瀏漓是舞名。

恁鄭重。古人作詩序多另出一意,不必拘拘與詩照應。

方拱乾評:古人詩多不與序合,贊多不與記合。

錢陸燦甲本眉:方曰:此詩本爲李十二娘作,却不言李氏舞態,先將公孫氏形容曲盡,而李氏在其中矣。此借賓形主之法。

錢陸燦乙本墨眉批序言"渾脱":"渾脱",劍器之名也。鍾伯敬《詩歸》連圈"渾脱"以下六字,批六字云云,其不考究如此,後注明矣。

錢陸燦乙本紅眉:王孟津亦六字連圈,誤。

錢陸燦丙本評批序言"渾脱":鐵牛云:"渾脱",劍器之名也。孟津六字連圈,誤。

錢陸燦丁本評:此詩本爲李十二娘作,却不言李氏舞態,先將公孫氏形容曲盡,而李在其中矣。

錢陸燦戊本評:"渾脱",劍器名。

汪琬乙本評:縱横排蕩,如韓信背水破趙,純以奇勝。不難其壯,難其工;不難其工,難其老。○"先帝侍女"以下,如駿馬下九折坂,《十九首》所云"音響亦[一]何悲,弦急知柱促"也。

吕留良紅眉:此序亦得。○序尾有詩意,詩却不及此事。

俞瑒乙本評:序極古宕簡妙,接入張旭,筆有餘情。

奚禄詒甲本眉:舞法從大娘寫出,而弟子自在其中,見淵源之有自,而先帝亦振動矣。○即□元特宅作結,以自悲序中"余白首"是也。

奚禄詒乙本墨眉:《詩歸》圈點,將"渾脱"二字屬下連讀,"渾脱瀏漓頓挫",吾不知二公何以評詩?○劉辰翁云:濃至慘澹,如野笛中斷,聞者不堪也。○犁眉公《題千雁圖歌》仿此體。

盧見曾紅旁:前如山之嶙峋,後如海之波瀾。前半極其濃,至後半感嘆,"音響一何悲,絃急知柱促"也。劉克莊曰:此篇與《琵琶行》,一如"壯士軒昂赴敵場",一如"兒女恩怨相爾汝"。○王嗣奭曰:此見舞劍器而傷往事,全是爲開元、天寶五十年間治亂興衰而發。王士正曰：陳暘《樂書》云：樂府諸曲，自古不用犯聲。自則天末年，劍器入渾脱，爲犯聲之始。劍器宫調，渾脱商調，以臣犯君，故爲犯聲。又唐多用解曲，如柘枝用渾脱解之類。觀此，則劍器、渾脱各爲舞曲之名。今人誤讀杜序，以"渾脱瀏灕頓挫"六字爲句，文字中往往連綴用之，可笑也。

申頲紅眉：有意造古，遂使生氣索然。

吴士模墨眉：序從李十二娘起，所以序其原委，若詩復從李起，返叙公孫，便嚼蠟矣。須玩其布置，絶不相犯。

題張問陶墨眉：詠李氏思及公孫，因公孫思及先帝，身世之感，興亡之感，交赴腕下。若就題還題，有何興會？

徐松紅眉：劉後邨曰：此與《琵琶行》，一如"壯士軒昂赴敵場"，一如"男女恩怨相爾汝"。

陳治紅眉：按：陳暘《樂書》云：樂府法曲，自古不用犯聲。唐歲則天末年，劍器入渾脱，爲犯聲之始。劍器宫調，渾脱商調，以臣犯君，故爲犯聲，又唐多解曲，如柘枝用渾脱解之類。觀此，則劍器、渾脱自各爲舞曲之名。今人誤讀杜詩序，以"劍器"爲句，而以"渾脱瀏漓頓挫"六字爲句，以爲皆讚歎舞劍器之妙，謬甚。

陳治墨眉："渾脱"，"脱"字音"駝"，李中麓太僕《塞上曲》作平聲，然後渾脱舞、渾脱帽皆當作平也。

秦應逵墨旁批"渾脱"句：劍器名。

秦應逵墨尾：序極古宕，不涉一弱筆。

秦應逵墨眉：詩本爲李十二娘作，却不言李氏舞態，先將公孫氏形容曲盡，而李在其中矣。此借賓形主法。

嚴復墨眉："劍器"，特舞名，舞者空手，故非兵器。○"渾脱"，亦舞名。時於長孫無忌氈帽號"趙公渾脱"。

嚴復墨旁："高頭"，二字各家均無注，不審何語。○"況"，比也。"余白首"如云余白首。申鳧監不得其解，遂云剥落，不知此序乃杜集中最爲可讀之筆也。

吴廣霈墨眉：此什久經傳誦，人但知其妙在寫舞劍器，而不知其妙在先帝侍女一轉也。

沈巖眉：序亦曲折三致。○序古，同時雅。元次山亦然。○詠李氏思及公孫氏，公孫念及先帝身世之戚，興亡之感，交集腕下，若就題道題，有何興矣？

沈巖眉批"波瀾莫二"處：詩爲李十二却只道公孫，以感念王室，兼之"波瀾莫二"故也。

沈巖眉批下：前輩或於數字絶句。

佚名己紅眉：王元美謂劍器是空以手舞，引此詩爲證，今觀"燿如"四句，是真有劍，非手舞也。○古人作詩多不與序合，贊多不與記合，皆别出一意，不似今人拘拘相應也。

大曆二年十月十九日，夔府别駕元持宅，見臨潁李十二娘舞《劍器》，壯其蔚跂，問其所師，曰："余，公孫大娘弟子也。"開元五載，余尚童稚，記於郾城觀公孫氏舞《劍器渾脱》，瀏漓頓挫，(**申頲紅眉**)渾脱瀏漓頓挫：六字好，詩文妙評。獨出冠時。自高頭宜春、梨園二伎坊内人，洎外供奉，曉是舞者，聖文神武皇帝初，公孫一人而已。玉貌錦衣，况余白首。今兹弟子，亦匪盛顔。既辯其由來，知波瀾莫二。(**方苞眉批**)《歎逝賦》："苟性命之不殊，豈同波而異瀾。"此雖名篇，而意味實淺。撫事慷慨，聊爲《劍器行》。往者吴人張旭善草書書帖，數嘗於鄴縣見公孫大娘舞《西河劍器》，自此草書長進，豪蕩感激，即公孫可知矣。

昔有佳人公孫氏，(**錢陸燦乙本紅眉**)公孫。(**嚴虞惇紅旁**)公孫氏。**一舞劍氣動四方。**(**錢陸燦乙本墨眉**)方曰：此詩本爲李十二娘作，却不言李氏舞態，先將公孫氏形態曲盡，而李氏在其中矣。此借賓形主之法。(吕留良紅旁)二句直率。(嚴虞惇紅眉)逐節叙。(屈復評)五句俱寫舞劍器之妙,第五句乃寫美人舞劍器之妙。(嚴復墨眉)嘗謂唐代文章之秘,純從小學識字得之,觀杜詩、韓筆可見。**觀者如山色沮喪,天地爲之久低昂。**(吕留良紅旁)二句倔强。(吕留良紅眉)四句體别狀别,以神化肖物,是吴道子寫意筆耳。(張雝敬墨旁)是"舟行覺山移"神理。(沈巖旁)六句先賦劍器。**㸌如羿射九日落,矯如群帝驂龍翔。**(申頲紅眉)開摹寫悪道。(題商盤紅旁)二句狀舞時。**來如雷霆收震怒,**(題商盤紅旁)將舞。(李以峙墨眉)(來)按"末"形訛。**罷如江海凝清光。**(李念慈紅眉)形容舞劍,可謂備極奇詭雄麗矣。更進以思君懷故之感,義大情深,往復百回,未有厭也。(題商盤紅旁)舞罷。(朱方藹紅眉)縱横排宕,如韓信背水破趙,純以奇勝。◯不難其壯,難其工;不難其工,難其老。(吴士模墨眉)直從公孫起,李十二娘只一帶,以下總是感時撫事,即公孫亦借徑也。(張雝敬墨旁)渾脱瀏漓頓挫,詩亦有之。(張裕釗眉批)四語恰是杜公真際。**絳唇珠袖兩寂寞,**(題商盤紅旁)轉入弟子,反只輕還。**况有弟子傳芬芳。**(錢陸燦甲本眉批)逐節叙。(錢陸燦乙本紅眉)弟子。(嚴虞惇紅旁)李氏。(李以峙墨眉)(晚)按"脱""况"皆形訛。**臨潁美人在白帝,妙舞此曲神揚揚。**(秦應逵墨眉)意在感時撫事,全爲先帝一段情事而作,看其安頓之妙。**與余問答既有以,感時撫事增惋傷。**(題商盤紅旁)帶起。(題商盤紅眉)後段深寓身世盛衰之感,特借女樂以發之,其所寄慨,初不在"絳脣朱袖"間也。(吴廣霈墨眉下)二句中間過脈。**先帝侍女八千人,**(錢陸燦乙本紅眉)先帝,逐節序"公孫劍器初第一"。(嚴虞惇紅旁)先帝。(題商盤紅旁)再頓。(題商盤紅旁)增惋傷者以此。**公孫劍器初第一。**(申頲紅眉)無一快語。(朱方藹紅眉)"先帝"至末如駿馬下九折之坂,《十九首》云"音響一何悲,絃急知柱促"也。(吴錫麒紅眉)提出先帝,轉入感傷,與前半始有筋提脈□之妙。**五十年間似反掌,風塵澒洞昏王室。**(陳治墨眉)俞云:意在感時撫事,全爲先帝一段而作,看其安頓之妙。(**沈巖眉**)感時撫事處,只平平叙過,却就自己一時上,點出“樂極哀來”四字作斷案。王室傾覆,民皆無家,末二句從自己一身上,指陳再世而亂猶未彌,皆《春秋》微而顯之法也。**梨園子弟散如煙,**(**張雖敬墨旁**)“梨園弟子”誤作“子弟”,他書往往皆然,不獨此詩也。兹爲改正。**女樂餘姿映寒日。**(**吴錫麒紅眉**)唐人賦樂工伎女,每以盛衰興廢間,徘徊感激,令人不能卒讀。此雖猶是常徑,而纏綿斐惻之思,不著一點淚痕,自與“白頭宫女”“青衫司馬”同一情深。於此别盛、晚唐之格。(**秦應逵紅眉**)方以李氏作“餘波”收。(**吴廣霈墨眉**)盛極必衰,寫來令人魂驚骨悚。(**奚禄詒乙本墨眉**)自然有此感慨,不是題外生情。**金粟堆南木已拱,瞿唐石城草蕭瑟。**(**宋犖紅旁**)忽然收轉,真是筆有神助。(**張裕釗眉批**)“瞿塘”一語收入,筆力超絶,著語不即不離,尤極渾妙。它手爲之,便不免鈍滯。(**嚴復墨眉**)朋曰,泰陵在蒲城東南金粟山。**玳筵急管曲復終,**(**題商盤紅旁**)收轉。**樂極哀來月東出。**(**嚴虞惇紅旁**)以李氏作波收。**老夫不知其所往,足繭荒山轉愁疾。**(**題商盤紅旁**)緊承上句,再申一筆收住。(**奚禄詒甲本尾批**)賦也。〇唐一代治亂皆在其中,極有關係。(**吴廣霈墨尾**)“寂”,一本作“疾”,似勝。孫淵明抄本正作“疾”,是也。從正。

【彙評】

錢陸燦丁本評:“玳筵急管”遥接“妙舞”句,方以李氏作餘波收,以熱鬧起,以寂寞結,又以老夫作佳人對照,絶妙章法。

吕留良紅眉:一事感慨,百懷雜遝,亦深情,亦妙手,機在脱劍、着劍。〇劉云:濃至慘黯,如野笛中斷,聞者獨不堪也。

題商盤紅眉:末四句言當此酒闌曲罷之時,正我興往哀來之際,雖有明月,猶迷其歸路而老病彌添耳。

吴士模墨眉:當知從公孫説起,中間順入弟子,復從先帝挽入公孫,便得離合之妙,此謀篇之法也。

冬　至

錢陸燦丁本評:此因冬至思長安而作也。

汪琬乙本評:觸時隨地,見其忠棐之情。

錢載評:亦疊亦對。

朱方藹紅眉:觸時隨地,具見其忠愛之情。

吴士模墨眉:觸時隨地,見其忠概之情。

吴廣霈墨眉:以下數首皆一時率意之作,寡味無足取。

年年至日長爲客,忽忽窮愁泥殺人。(**嚴復墨眉**)"泥",今語作"膩",謂欲其了而不了也。江上形容吾獨老,(**奚禄詒甲本眉**)三四盡人己之變態。(**奚禄詒甲本眉**)"吾"字還可,"丹"字不妥。天涯風俗自相親。(**丁耀亢紅眉**)樸老。(**奚禄詒乙本紅眉**)三四盡人己之變。杖藜雪後臨丹壑,(**奚禄詒甲本旁**)今日。鳴玉朝來散紫宸。(**奚禄詒甲本旁**)追昔。已起八句。(**奚禄詒乙本紅眉**)"吾"字、"丹壑"字可議。(**李以峙墨眉**)(鳴玉)按作"明主",一音訛,一形誤。(**嚴復墨眉**)"杖藜"一聯,所謂"手揮五弦,目送孤鴻"者也。心折此時無一寸,(**奚禄詒甲本旁**)承五句。路迷何處是三秦?(**奚禄詒甲本旁**)承六句。(**奚禄詒甲本旁**)賦也。(**嚴復墨眉**)"心折"一語在可解不可解間。

小　至

屈復評:"待""將"字著"柳""岸",猶在人意中;"意""欲"字著"山",出人意外。①

① 校注:"'柳''岸'",杭本作"'岸''柳'";"山",杭本作"山梅";"出人意外",杭本作"出人意外矣"。

奚禄詒甲本旁:開明詩之漸。

奚禄詒甲本眉:三四是後人用事套子,王、李頗效之。

奚禄詒乙本紅眉:用事套子,開明詩之漸。

盧見曾紅旁:《唐雜録》:唐宫中以女工揆日之長短,冬至後,日晷浙長,比常日增一綫之功。《漢書》:以葭莩灰實律管,候至則灰飛管通。冬至之律,爲黄鐘也。葭,蘆也。琯以玉爲之,凡十有二。六琯,舉律以該吕也。《律曆志》:候氣之法,爲室三重,布緹縵,木爲案,内庳外高,加律其上,以葭莩灰抑其内端。按,律候之氣至者,灰去覆杯盡飲之義。

王士禛評:三四板,五六字法曲折精練。

錢載評:細净之甚。

朱方藹紅眉:轉接虚實,遠近秩然有章,篇法極好。

吴士模墨眉:此至日晴景,語不旁溢,然非後人貪用故實者可比。○轉接虚實,遠近秩然有章,篇法極好。

題張問陶墨眉:岸有何容?待臘而將舒柳,即岸之容也。山有何意?銜寒而欲放梅,即山之意也。以客寫岸,復以"待"字寫岸之客,復以"銜"字、"欲"字寫山之意,可謂作意刻劃。

嚴復墨眉:通體調適,然無奇特處,宋人之所及也。

天時人事日相催,冬至陽生春又來。(**秦應逵墨眉**)三四板,五六字法曲折精煉。刺繡五紋添弱綫,(**奚禄詒甲本旁**)應付之句。(**嚴虞惇紅旁**)陽生。(**沈巖旁**)陽生。吹葭六琯動浮灰。(**李以峙墨眉**)(飛灰)按"浮"字不響。岸容待臘將舒柳,(**嚴虞惇紅旁**)春來。(**沈巖旁**)頂"春又來"。山意銜寒欲放梅。(**李以峙墨眉**)(放梅)按"放"作"破",形近而誤。雲物不殊鄉國異,(**奚禄詒甲本眉**)《周禮·保章氏》:登靈臺,望雲物。教兒且覆掌中杯。(**奚禄詒甲本旁**)賦也。

【彙評】

陳訏紅眉批仇注“似是而非。首句‘天時人事’，原從已往説到現在，且三四亦正言天時”處：“冬至陽生春又來”，足上“相催”二字，而“添綫”“飛灰”“舒柳”“放梅”皆“天時人事日相催”也。注分承“冬至”“春來”，未識詩之神理。〇“天時人事”總冒通首，注以三四貼“人事”爲非，則通首俱貼“天時”矣。四字提起，兩字落空，老杜必無此詩法也。

王伯沆紅眉：末二句怨甚、樂甚，亦狂甚。

張睢敬墨旁：實景虛之，死物靈之，是謂筆有造化。

柳司馬至

方拱乾評：一筆氣緒流渾。

李念慈紅眉：詩史。

奚禄詒甲本眉：首柳司馬至，次皆所言兩京事，末自言其懷，謂寸心隨霜天到闕也。

奚禄詒甲本旁：中四句就問中答出兩京皆亂。

盧見曾紅旁：黄鶴云：大曆二年九月、十月，京師以吐蕃入寇而戒嚴，故作此詩。

王士禛評：句若淺顯，却有深意。

有使歸三峽，（**奚禄詒甲本旁、乙本紅旁**）柳。相過問兩京。函關猶出將，（**奚禄詒甲本旁**）此柳之言也。渭水更屯兵。（**奚禄詒乙本墨眉**）中四句就問中答出兩京皆亂。“幽燕”句雖説荒亂，却含人臣不扈從，故結言己之戀主以應之。設備邯鄲道，和親邏逤城。（**王鳴盛墨眉**）吐蕃之都城號邏些。幽燕唯鳥去，（**奚禄詒甲本旁**）比也。商洛少人行。（**奚禄詒乙本墨旁**）二句看不得。衰謝身何補，蕭條病轉嬰。

(王士禛評)句奇,下句解之。霜天到宫闕,戀主寸心明。(方拱乾評)“到”字奇穩圓妙,令通篇動。(方拱乾評)“到”字妙,妙以無可著。(奚禄詒甲本旁)賦也。○“幽燕”二句雖説荒亂,却含人臣不扈從也,故結處言己之戀主以應之。(奚禄詒乙本墨旁)寸心之明,隨霜天而到宫闕也。二句倒裝。

送高司直尋封閬州

吴廣霈墨眉:前半亦佳,惜後半收結不稱。

丹雀銜書來,暮棲何鄉樹? 驊騮事天子,辛苦在道路。 司直非冗官,荒山甚無趣。(吴廣霈墨旁)太率寡。借問泛舟人:胡爲入雲霧? 與子姻婭間,既親亦有故。 萬里長江邊,邂逅一相遇。 長卿消渴再,公幹沉綿屢。 清談慰老夫,開卷得佳句。時見文章士,欣然澹情素。(吴廣霈墨眉下)“澹”當作“談”。伏枕聞别離,疇能忍漂寓。 良會苦短促,溪行水奔注。 熊羆咆空林,遊子慎馳騖。(李念慈紅眉)有規戒。西謁巴中侯,艱險如跬步。主人不世才,先帝常特顧。 拔爲天軍佐,崇大王法度。 淮海生清風,南翁尚思慕。 公宫造廣厦,木石乃無數。 初聞伐松柏,猶卧天一柱。 我病書不成,成字讀亦誤。 爲我問故人,勞心練征戍。(奚禄詒甲本尾批)興而賦也。

奉送韋中丞之晉赴湖南

題鮮于樞評:詩送韋赴潭州刺史,而以“徵黄”“借寇”之事美其恩寵。其曰“安背水”,言其曾爲湖南都團練使故也。“憶行春”,言其曾作守峽中也。且言王室仍舊多故,而蒼生惟倚大臣,尚宜招賢下士,如陳蕃可也,勉之之詞。賦也。

奚禄詒甲本眉:水之南爲陰,故曰“背水”。

吴士模墨眉:發端用意,結可謂贈人以言矣。

吴廣霈墨眉:應酬套語,習見不鮮。

沈巖旁:“安背水”言中丞能安於外,不以棄遠爲嫌也。

沈巖眉:“徵黄”“借冠”,以腹連觀之,乃非熟俗。

佚名丁墨旁:竺云:此送韋爲湖南團練觀察使、衛州刺史,輯注。

寵渥徵黄漸,權宜借寇頻。(**佚名丁墨旁**)竺云:一句言上之用才,當進京官;二句言下之懷德,不可去此。寇恂爲衛州刺史,即地用之。**湖南安背水,**(**佚名丁墨旁**)竺云:“背水”借用,爲其地以洞庭湖爲北也。“安”言鎮静之也。注家以爲破盜剪寇之功,“安”字不通,且此詩送韋新赴湖南,注曰“曾爲”,非也。**峽内憶行春。**(**汪琬甲本紅眉**)郡守四馬駕車,一馬行春。(**佚名丁墨旁**)竺云:峽内即夔州、巴州地,韋曾爲其刺史。**王室仍多故,蒼生倚大臣。** **還將徐孺榻,**(**李以峙墨眉**)(榻)按“子”不如“榻”。**處處待高人。**(**李念慈紅眉**)勸其禮賢也。(**奚禄詒甲本尾批**)賦也。(**佚名丁墨旁**)竺云:韋之在峽,蓋有厚待賢者,或已在其中,故七八言如此。

【彙評】

沈巖尾:朝廷正當乏才,故不得已而有借寇之舉。落句望其求賢自輔,共獎王室,濟此多難,天下事非一人所能獨任也。

佚名丁墨尾:此送而勉之,亦兼寓出峽之意。首二一起一落,言漸將内召矣,權復刺郡也。“安背水”者,湖南背湖爲治,而韋又有領軍制寇之責,故借用此二字;"憶行春",記取峽中治效,望其新政有光舊績也;"仍多故",則兵食須供;"倚大臣",則民窮宜恤。結聯勖其延訪諮諏,而南下之本心亦見焉。

送鮮于萬州遷巴州

京兆先時傑,琳琅照一門。朝廷偏注意,(**李以峙墨眉**)(注意)按"雹"字必訛。接近與名藩。(**沈巖旁**)自萬而巴,故曰"接近"。祖帳排舟數,(**李以峙墨眉**)(排舟)按"維"亦可,"雜"字非。(**吕留良紅旁**)"數"字得送行態。寒江觸石喧。看君妙爲政,他日有殊恩。(**奚禄詒甲本尾批**)賦也。(**奚禄詒乙本墨旁**)周旋語。

奉送十七舅下邵桂

題鮮于樞評:公自言老病,客於殊方,所親者惟舅氏而已,非他人比。今舅氏又携母而之邵桂,有雲水之阻,是以於辭别之際,感之深而至於傷神。賦也。

題張問陶墨眉:"感深"二字,上下俱關。

絶域三冬暮,浮生一病身。(**奚禄詒乙本墨眉**)起句淒冷。感深辭舅氏,别後見何人? 縹緲蒼梧帝,推遷孟母鄰。(**俞瑒乙本評**)"縹緲"句切"下邵桂"。下句因舅而憶母也。昏昏阻雲水,側望苦傷神。(**奚禄詒甲本尾批**)賦也。○因舅而思母,未可云"孟母鄰",必□自收母也。

【彙評】

佚名丁墨尾:若常格,則先叙"十七舅",次叙"下邵桂",然後作送别語矣。詩乃從客中親故别去之情,觸口流出,正是旅人送舅氏語,不須作文飾舊套也。〇"孟母"句借用,蓋舅自有母,又在夔嘗與公爲鄰,語意只謂如此賢母之鄰,今别去矣。然終帶牽强。

舍弟觀赴藍田取妻子到江陵喜寄三首

盧見曾紅旁:首章,弟到江陵而喜,下半叙欲往之志。"鴻雁影來",承"消息"句;"鶺鴒飛急",承"荆州"句。弟到沙頭,則嶢關不見其遠;身在寒江,則穩流正月出峽。從此乘舟東下,無頻報書峽中也。庾信詩:"春江下白帝,畫舸向黄牛。"〇次章憫弟遠來之情,下半寫喜慰之意。他鄉就我,故國移居,還題明净而意更温柔,歡劇喜多。尚與弟相隔許程,於是步繞檐楹,索梅花共笑。此詩梅花半開,即冷蕊疏枝,亦若笑不能禁。説得無情有情,極迂極切。〇三章謀卜居江陵,下半喜同室聚首也。庾、羅舊宅,久歷春秋,未知今屬誰家。倘故宅猶存,雖一草一木,亦不忍傷。若須别爲營構,亦當開蔣徑以迎客,學邵瓜而治生。兄弟勸酬,乃預道新居樂事。

其一

吴士模墨眉:詩有句句滚注之勢,於此見公友于至情。

汝迎妻子達荆州,(**傅山紅旁**)真。消息真傳解我憂。(**俞瑒甲本評**)恐尚未至。(**朱方藹紅眉**)詩有語語滚注之勢,於此見公友于至情。(**沈巖眉**)但傳消息已解我憂,况其達也。鴻雁影來連峽内,(**俞瑒甲本評**)承"消息"句。鶺鴒飛急到沙頭。(**方拱乾評**)慣用"鴻雁""鶺鴒"而不雷同，所以妙。（**俞瑒甲本評**）承"荆州"句。**嶢關險路今虚遠，禹鑿寒江正穩流。**（**俞瑒甲本評**）峽中。**朱紱即當隨綵鷁，**（**俞瑒甲本評**）言當往江陵也。（**奚禄詒甲本眉**）五赴藍田，六到荆州。（**奚禄詒乙本墨旁**）亦當對法。（**秦應逵紅旁**）言即往江陵也。（**沈巖旁**）言我當就汝也。**青春不假報黄牛。**（**李念慈紅眉**）精工强力。（**奚禄詒甲本尾批**）"朱紱""彩鷁"，"青春""黄牛"，公何遂有此襯貼。（**奚禄詒乙本墨眉**）三首中未來帳皆是喜意，亦思家之切也。（**王伯沆紅眉**）一結喜甚之詞。

【彙評】

俞瑒甲本評：此詩專寫本題大意。

其　二

屈復評："索"，猶俗言須索也，七絶"不是看花即索死"，與此正同。"不禁"，應上"笑"字。

盧見曾紅眉：盧世㴶曰：次聯還題明净，而意更温深。○黄生曰："浣花溪裹花饒笑，肯信吾兼吏隱名"，言其不信已。"巡檐索共梅花笑，冷蕊疏枝半不禁"，言其善會人意。此嚴滄浪所謂"詩有别趣，非關理也"。

題張問陶墨眉："浣花溪裹花饒笑，肯信吾兼吏隱名"，言其不信已衷。此"巡檐"二語言其善會人意，嚴滄浪所謂"詩有别趣，非關理"也。

陳治墨眉：俞云：此首從故國至他鄉，又云始祖預鎮荆襄，子孫遂世居之，則江陵亦公之故國也。觀下《卜居》，不忘首丘之意。

馬度秦關（**俞瑒甲本評**）藍田。**雪正深，**（**李以峙墨眉**）（度）按"瘦"形訛。**北來肌骨苦寒侵。**（**奚禄詒甲本眉**）起得關心。○五六下五字申上二字也。(**朱方藹紅眉**)真有喜不自持之意,正以無事修飾爲妙。(**吴廣霈墨眉**)即景生情,興復不淺。**他鄉**(**俞瑒甲本評**)到江陵。**就我生春色,故國**(**俞瑒甲本評**)指藍田。**移居見客心。**(**方拱乾評**)“他鄉”屬弟,“故國”屬自己。**剩欲提攜如意舞,喜多行坐白頭吟。**(**方拱乾評**)“白頭吟”乃白首放歌之意。(**宋犖紅眉**)丰致泠然。(**錢載評**)妙境。**巡檐索共梅花笑,**(**俞瑒甲本評**)白山云:“索”,須得也。是公自謂,非用索笑典故。**冷蕊疏枝半不禁。**(**俞瑒甲本評**)結真丰致。(**秦應逵紅尾**)“索”猶俗言須索也。七絶不是看花,即索此與此同。(**王士禛評**)“索”猶俗言須索也,七絶“不是看花即索死”,與此正同。“不禁”,應上“笑”字。(**李以峙墨眉**)(冷蕊)按從“冷落”便失風趣。(**沈巖尾**)“半不禁”言似知人意,不待春而發也。○方云:“梅花笑”三字,隋煬帝詩。

【彙評】

俞瑒甲本評:此言從故國至他鄉。

張學仁參定:盧世㴶曰:三四還題明净,寓意藴深,結更説得無情有情。

吴士模墨眉:真有喜不自持之意,正以無事修飾爲妙。

其　三

屈復評:喬木難得,諸花易栽,故云“喬木如存可假花”。①

庾信羅含俱有宅,(**俞瑒甲本評**)江陵。(**沈巖旁**)江陵。**春來秋去作誰家?**(**方拱乾評**)一首用四人名,偶然耳,不可爲法。(**錢陸燦戊本評**)落句言歸秦之樂,舊注以爲思卜居荆南,踵庾信、羅含之迹,失之遠矣。

---

① 校注:“喬木如存可假花”,杭本作“喬木如存可假”。

（俞瑒甲本評）皆暫寓也。**（奚禄詒甲本眉）**磊落。〇公襄陽想有故宅，特借庾信、羅含以形之耳，非庾、羅真有宅在也。**（奚禄詒乙本墨眉）**即五六，乃公襄陽有故宅在，特借庾信、羅含以形之，非庾、羅真有宅。**（沈巖眉）**真切濃至，夔州詩之極筆。**（嚴復墨眉）**全體腐拙。〇“若在”“如存”未免合掌，即句意亦未清。**（吴廣霈墨眉）**可删。短墻若在從殘草，喬木如存可假花。**（錢陸燦丁本評）**“短墻”二句指秦中故居，五六指江陵言。**（俞瑒甲本評）**指秦中故居。**（王士禛評）**喬木難得，諸花易栽，故云“喬木如存可假”。**（秦應逵紅旁）**喬木難爲，諸花易栽，故云。卜築應同蔣詡徑，爲園須似邵平瓜。**（俞瑒甲本評）**切秦中。**（俞瑒甲本評）**庾信、羅含俱寓□，蔣詡、邵平，俱長安人。兩兩對照。**（吴士模墨眉）**五六泛語，故不取。**（沈巖旁）**二句言但兄弟團圓，便與故國不異也。比年病酒開涓滴，弟勸兄酬何怨嗟？**（方拱乾評）**樸老。**（錢陸燦丁本評）**湘靈云：江陵未到，先説歸來，乃太早計，箋注非。**（奚禄詒甲本尾批）**未來帳皆是喜意。〇賦也。**（王伯沆紅眉）**卜宅大有意在。

【彙評】

李念慈紅眉批錢箋：二句仍説羅、庾之宅，今作“誰家”也。箋謂子美自言其家，無此上呼下不應文法。

俞瑒甲本評：此言他鄉不能忘故國。

張學仁參定：句句是“喜”，句句是“寄”，三首皆不脱“喜寄”意，方爲肖題。

夜　歸

方拱乾評：其實只一意，他人則不能望，不能望。〇直而不率，樸而不俚，真老手。〇此豈王、孟、沈、宋所能望？試細讀此首，與下諸首體裁，畢竟漸有差別。

錢陸燦甲本眉：二首空同所力摹。

錢陸燦丁本評：李空同每學此種。〇句句是夜，令人悄然。押“大”字險而穩。

吕留良紅眉：頗似山謡，亦自豪快。

奚禄詒甲本眉：樸老。

奚禄詒甲本旁：如《夜歸》《復陰》二首，不帶一議論比擬，自有含詠，正佳法也。

申頲紅眉：此拾遺戲筆也，人不可學。

陳治墨眉：瀏亮樸率。

佚名己紅眉：故作此種質朴，以盡詩之變。

夜來歸來衝虎過，山黑家中已眠卧。傍見北斗向江低，（**奚禄詒乙本紅眉**）本城不是江。仰看明星當空大。（**孫承澤墨眉**）是蘇子瞻發源處。庭前把燭嗔兩炬，（**奚禄詒甲本旁**）“嗔兩炬”，亦貧人之態。（**奚禄詒乙本墨眉**）此“炬”即蠟炬也。峽口驚猿聞一箇。（**錢陸燦乙本紅眉**）跳躑之筆，空同輩有意彷之，粗矣。白頭老罷舞復歌，杖藜不睡誰能那。（**方拱乾評**）老真悲壯。（**奚禄詒甲本旁**）賦也。

【彙評】

張甝敬墨旁：故押俗韻，非老手不能，後人彷之，便爾露醜。

前苦寒行二首

奚禄詒甲本旁：不佳。

吴廣霈墨眉：語奇骨重，如古松屈曲，鐵幹横斜，不可修削也。

其　一

漢時長安雪一丈，牛馬毛寒縮如蝟。（**李念慈紅眉**）此太紀異之作，可資故實。楚江巫峽冰入懷，虎豹哀號又堪記。（**奚禄詒甲本旁**）湊。（**奚禄詒甲本眉**）"又堪記"應"漢時"也。（**奚禄詒乙本墨眉**）"又堪記"對"漢時"。秦城老翁荆揚客，慣習炎蒸歲絺綌。玄冥祝融氣或交，（**奚禄詒甲本旁**）寒極思暖。手持白羽未敢釋。（**奚禄詒甲本旁**）賦也。（**朱方藹紅眉**）末二句可爲南海諸君子解嘲。（**吴士模墨眉**）末二句可爲南海諸君子解嘲。

其　二

去年白帝雪在山，今年白帝雪在地。（**錢陸燦甲本眉批**）"雪在山"，公云"南雪不到地"。（**錢陸燦乙本紅眉**）"雪在山"，公詩云"南雪不到地"。（**沈巖眉**）"雪在山"，公云"南雪不到地"。凍埋蛟龍南浦縮，（**朱方藹紅眉**）"縮"字妙。（**吴士模墨眉**）"縮"字妙。寒刮肌膚北風利。楚人四時皆麻衣，楚天萬里無晶輝。（**李以峙墨眉**）（萬里）按以"頃"屬"天"，終欠妥，可斷作謬妄。三足之烏足恐斷，（**奚禄詒甲本眉**）日中踆烏。（**奚禄詒甲本旁**）亦非佳句。羲和送將安所歸？（**奚禄詒甲本旁**）賦也。

後苦寒行二首

奚禄詒甲本眉：一首雪，一首風，皆爲楚蜀之亂。

奚禄詒乙本墨眉：一首雪，二首風，皆喻楚蜀之亂。

盧見曾紅旁：節短勢險，别成格調。張溍曰：命意用筆，善於轉換。

其　一

南紀巫廬瘴不絶，太古以來無尺雪。蠻夷長老怨苦寒，崑崙天關凍應折。玄猿口噤不能嘯，白鵠翅垂眼流血。安得春泥補地裂。(**奚禄詒甲本旁**)賦也。(**李念慈紅眉**)西戎俱西來，至太華而分。(**吴廣霈墨眉**)奇想天開。

其　二

晚來江門失大木，猛風中夜吹白屋。(**俞瑒乙本評**)此言雪後。(**吴廣霈墨眉**)追出苦寒之所由，奇突驚人，匪夷所思。(**魏源評**)即《北征》"天積霜落"四句意。"回斡"明映"天兵斬斷"之語，仇注以爲慮患將來，而引楊子琳襲成都事以附會之，殊失詩意。天兵斬斷青海戎，(**傅山紅眉**)有何佳處？(**奚禄詒甲本旁**)吐蕃。殺氣南行動地軸，不爾苦寒何太酷。巴東之峽生凌澌，彼蒼回斡人得知。(**錢陸燦乙本紅尾**)"得知"，不得而知也。(**張雝敬墨旁**)"人得知"三字正講亦好，反講亦好，俱有妙理，注脚難盡。(**奚禄詒甲本眉**)末謂峽生凌澌，其冰漸解，或天之回斡，而人豈得知乎？(**奚禄詒甲本旁**)賦也。(**李以峙墨眉**)(斡)按"軻""軒"皆形近致誤。

晚　晴

丁耀亢墨眉:此作少氣概。

高唐暮冬雪壯哉，(**汪琬甲本紅眉**)雪壯。舊瘴無復似塵埃。(**朱方藹紅眉**)即景自佳。崖沈谷没白皚皚，江石缺裂青楓摧。南天三旬苦霧開，赤日照耀從西來，六龍寒急光徘徊。(**李念慈紅

眉)"從西來",暮時也。"忽落地",見影也。照我衰顔忽落地,(**奚禄詒甲本旁**)地上影也。(**佚名己紅眉**)詞有不必盡者,此段語是也。口雖吟詠心中哀。(**朱方藹紅眉**)竟住,自□更老。未怪及時少年子,(**奚禄詒甲本眉、乙本墨眉**)説"未怪",正是怪。揚眉結義黄金臺。洎乎吾生何飄零,支離委絶同死灰。(**奚禄詒甲本旁**)賦也。(**翁方綱評**)結句是極精警,語非衰颯語也。

【彙評】

錢陸燦丁本評:夔以後詩,語多硬澀,而風華嫵媚者絶少,骨格蒼老,信手拈來,愈出愈奇。

復陰

方拱乾評:妙在不多作一句。

奚禄詒甲本旁:楚人滅夔,以夔爲縣,今秭歸有故墟。

沈巖眉:"白"者,疑翻江濤;"黄"者,疑卷灘沙。豈知陰晦中雲雪隨風大作,已埋山也。"江濤"句半虚半實,怪怪奇奇。

方冬合沓玄陰塞,昨日晚晴今日黑。萬里飛蓬映天過,孤城樹羽揚風直。江濤簸岸黄沙走,(**李以峙墨眉**)(簸)按作"欺"形近而誤。雲雪埋山蒼兕吼。(**錢陸燦乙本紅眉**)以吼□走。君不見夔子之國杜陵翁,(**奚禄詒甲本眉**)夔國、楚國同姓,治在今秭歸城東。牙齒半落左耳聾。(**汪琬甲本紅旁**)"右臂偏枯半"。(**李念慈紅眉**)齒落耳聾,豈陰寒之罪哉?(**奚禄詒甲本旁**)夔人何以自解?○賦也。(**奚禄詒甲本眉**)更不復造一句,住得住。(**奚禄詒乙本墨眉**)更不進一句,其聲絶矣。

有歎

題鮮于樞評:公自言壯心零落已久,老猶僑寓他鄉,且天下之兵未息,而江東之客未還。時公弟在江東也,是以如窮猿失木而號雨雪,老馬知途而望關山也。及想武德、開元之盛世,則今日蒼生,豈能復見之耶? 題曰"有歎",良以是夫。賦兼比也。

李念慈紅眉:次句甚悲,通首沉鬱,結念世心,普視自傷,又深厚廣大。

奚禄詒甲本旁:俛仰無窮。

奚禄詒甲本眉:首二句總起,五六自比。第三句轉,五六應四句,七八應三。

盧見曾紅旁:有慨乎其言之,是爲《匪風》《下泉》之緒。

朱方藹紅眉:格雄以老,詞淡而悲。敻乎大家之篇。五六忽用比體,於全詩則爲開宕,寬以養局也。

吴士模墨眉:格雄以老,辭淡而悠,卓乎大家之篇。五六且用比體,於全詩則爲開宕,寬以養局也。結語寓深悲於藹然唱歎之中,真太廟朱弦也。

陳治墨眉:格雄以老,辭淡而悲。

吴廣霈墨眉:悲壯沉雄,五律中出色得意之作。

壯心久零落,白首寄人間。(**方拱乾評**)一"寄"字悲極,已括全首。(**吕留良紅旁**)"人間""天下"亦自不妨。天下兵常鬥,(**丁耀亢紅旁**)老。江東客未還。窮猿號雨雪,老馬泣關山。(**申頲墨眉**)二句蒼老。(**佚名丁墨旁**)竺云:"老馬泣關山"言畜馬之有歸心。公嘗有老馬詩,窮猿、老馬,並亦自況。武德開元際,蒼生豈重攀?(**奚禄詒甲本尾批**)賦也。(**沈巖尾**)所歎非爲羈窮,壯心零落,不得致主重見武德、開元之治,使蒼生各有家耳。

【彙評】

佚名丁墨尾:此因衰年羈旅而歎兵端之未靖,客路之多艱也。追想盛時,穆然神遠。仇云:猶《下泉》之念周京歟。○"江東"謂吳楚也。吴楚爲公舊遊,今又思往其地,故曰"還"。朱、盧諸家將"江東客"三字連讀,生幾許穿鑿。

峽　隘

題鮮于樞評:公在峽中,道江陵府景物之美如此,欲往而未能之辭。賦也。

錢陸燦丁本評:此因"雲沙"句想及弟觀,約會於仲宣樓,今望遠湖之樹,人又在何處之船乎?

奚禄詒甲本旁、乙本墨眉:思南下耳。

嚴復墨眉:此首詮題,至上另是一種筆法,蓋前六句但説江陵風物之佳,生事之便,末只一點,而峽中之隘全體悉現,此真巧不可階也。

沈巖旁:每思飛去,而苦道梗,不得已而謬歸其咎於峽路之隘也。

聞説江陵府,雲沙静眇然。白魚如切玉,朱橘不論錢。水有遠湖樹,人今何處船? 青山各在眼,却望峽中天。(**奚禄詒甲本尾批**)賦也。○六句卸下。

别李義

方拱乾評:古。○看序法。○與"梁公之孫我姨弟"同一局。○看其叙法,一綵不漏,却又賓主分明。

吴士模墨眉:叙次不甚順。

陳治紅眉:此頹唐之作。

佚名己紅眉:看其叙次開源之法。

神堯十八子,(**奚禄詒乙本墨旁**)高祖。十七王其門。道國洎舒國,實惟親弟昆。(**李以峙墨眉**)(實)按"督"字謬,此亦形近傳寫致誤。中外貴賤殊,余亦忝諸孫。(**吴廣霈墨眉**)何義門云:退之碑版,每學此等筆法。丈人嗣王葉,(**李以峙墨眉**)(三葉)按"三"作"玉",形訛。之子白玉温。道國繼德業,請從丈人論。丈人領宗卿,肅穆古制敦。先朝納諫諍,直氣横乾坤。子建文筆壯,河間經術存。爾克富詩禮,(**陳治紅眉**)"爾"一作"温"。(**吴廣霈墨眉**)此當作"温克"爲是。(**李以峙墨眉**)按"温"字謬。骨清慮不喧。洗然遇知己,談論淮湖奔。(**奚禄詒甲本眉**)不言"河海"而言"淮湖",何也?(**吴廣霈墨眉**)"奔"字韻欠温。憶昔初見時,小襦繡芳蓀。(**李以峙墨眉**)(褥)按"襦"形訛。長成忽會面,慰我久疾魂。(**方拱乾評**)瀾。三峽春冬交,江山雲霧昏。正宜且聚集,恨此當離罇。莫怪執杯遲,我衰涕唾煩。重問子何之?西上岷山源。(**方拱乾評**)道義骨肉語。願子少干謁,蜀都足戎軒。(**李念慈紅眉**)以所經歷爲親故告,情真語直。誤失將帥意,不如親故恩。(**奚禄詒甲本眉**)時亂則將帥驕,古今同歎。少年早歸來,梅花已飛翻。(**方拱乾評**)公此時胸中已有《送魏六丈》詩内一段壘塊矣。(**丁耀亢紅眉**)情多。努力慎風水,豈惟數盤飧。猛虎卧在岸，蛟螭出無痕。王子自愛惜，老夫困石根。（**吴廣霈墨眉**）"困石根"三字亦凑韻，故下句遜上句。生别古所嗟，發聲爲爾吞。（**奚禄詒甲本尾批**）賦也。（**吴廣霈墨尾**）聲出復吞，不悲愈悲。

元日示宗武

方拱乾評：排。

王士禛評：杜每以此等題作長律體，無一可者。

秦應逵墨眉：杜每以此等題作長律，無一可也。

汝啼吾手戰，吾笑汝身長。處處逢正月，迢迢滯遠方。飄零還柏酒，（**李以峙墨眉**）（柏酒）按"葉"字已非，"漿"字更謬，仇何不正？衰病只藜牀。（**汪琬甲本紅眉**）藜牀。訓喻青衿子，（**錢載評**）"諭""喻"唐人通用。名慚白首郎。（**嚴復墨眉**）"漸"或是"慚"字。賦詩猶落筆，（**方拱乾評**）應"手戰"。獻壽更稱觴。不見江東弟，高歌淚數行。第五弟豐漂泊江左，近無消息。（**方拱乾評**）合當如此結。（**丁耀亢墨眉**）古人之厚。（**奚禄詒甲本旁**）賦也。

又示宗武

方拱乾評：排。

丁耀亢紅眉：雖曰訓話小子，亦非詩體。

錢陸燦丁本評：前首正寫生日情事，此首加訓諭也。

奚禄詒甲本眉：訓子之語，只得如此，不作陶元亮以放達寄慨。

陳治墨旁："案"，音宛，即今之飯供。

沈巖眉:李善《文選》注:"玉案",君所憑倚,喻大臣亦爲天子所恃。"紫羅囊"用謝安事,注蔓引。

覓句新知律,攤書解滿牀。(**沈巖旁**)伏文章。試吟青玉案,(**奚禄詒甲本旁**)張衡《四愁詩》:"美人贈我錦繡段,何以報之青玉案。"(**秦應逵紅旁**)"案",音宛,即今人之飯供。莫羨紫羅囊。(**奚禄詒甲本旁**)謝安事。(**奚禄詒乙本墨眉**)不作陶元亮以放達寄慨。(**陳治紅眉**)"紫羅囊"用謝安故事。假日從時飲,(**李以峙墨眉**)(暇)按"假"形訛。(**沈巖旁**)二句慈嚴具備。明年共我長。(**吕留良紅旁**)老態兒情。(**沈巖旁**)如話。應須飽經術,(**沈巖旁**)起下。已似愛文章。(**沈巖旁**)綰上。十五男兒志,三千弟子行。(**吕留良紅旁**)老成句。曾參與游夏,(**沈巖眉**)許身比稷契,立志躋游夏。達者得升堂。(**奚禄詒甲本旁**)賦也。○謝玄少時好佩紫蘿香囊,叔父謝安不欲傷其意,因戲賭取之。(**秦應逵墨尾**)詩雖無佳處,此抹似太過。(**秦應逵紅旁**)應用硃筆。

遠懷舍弟穎觀等

方拱乾評:恰恰是示宗武,後一筆寫出情事,宛然如見。

王士禛評:通篇雖無佳處,此抹却似太過。

奚禄詒甲本旁:亦是元日作。

奚禄詒乙本墨眉:只是真,自然好。

陽翟空知處,(**奚禄詒甲本旁**)"陽翟"屬洛陽。荆南近得書。積年仍遠别,多難不安居。江漢春風起,冰霜昨夜除。(**陳治墨眉**)"江漢"二句,點出時序,絶不費力。(**秦應逵墨旁**)不似屬對矣。雲天猶錯莫,花蕚尚蕭疏。(**秦應逵紅旁**)賦而比。(**嚴復墨眉**)"错莫"是當時語,見太白詩。對酒都疑夢,吟詩正憶渠。舊時元日會,鄉黨羨吾廬。(**孫承澤墨尾**)蓋九日懷其弟也。(**方拱乾評**)轉説舊時,妙絶,悲絶。(**奚禄詒甲本旁**)賦也。(**李念慈紅眉**)悲感。(**佚名己紅眉**)轉接舊時,甚於慟哭。

續得觀書,迎就當陽居止,正月中旬定出三峽

方拱乾評:字字是欲出峽就弟。通篇總答"數唤吾"。○排。

自汝到荆府,書來數唤吾。頌椒添諷詠,(**奚禄詒甲本旁**)言寒食時可相會。禁火卜歡娱。舟檝因人動,形骸用杖扶。(**李念慈紅眉**)"舟檝"句情事極直。天旋夔子國,春近岳陽湖。發日排南喜,傷神散北吁。(**奚禄詒甲本眉**)"南喜""北吁"成何话説?飛鳴還接翅,行序密銜蘆。(**李念慈紅眉**)用鶺鴒雁行事若不經意,入化。(**奚禄詒甲本旁**)以雁喻兄弟可也,後曰"銜蘆"不可。(**奚禄詒乙本墨眉**)"南喜""北吁""銜蘆",成何話乎?俗薄江山好,時危草木蘇。(**王士禛評**)二語頓挫法。(**吴廣霈墨眉**)二句好。馮唐雖晚達,終覬在皇都。(**奚禄詒甲本旁**)賦也。(**奚禄詒乙本墨眉**)無情者不變。

【彙評】

沈巖尾:"江山"句刺藩屏,"草木"句悲民生也。

太歲日

方拱乾評:排。○"閶闔"四句乃言朝廷當此日耳,非不冠冕,乃詩中襯貼語,而近人動奉爲少陵絶頂詩,傷哉!

汪琬丙本評:歲在戊申,此則戊申日也。○大曆三年戊申正月,去夔出峽,三月至江陵,秋在荆南,移居公安,冬晚之岳陽。

奚禄詒甲本眉:太白於太歲詩,必用東方割肉事,老杜能過之。

奚禄詒甲本旁:排律如此跌宕者絶少。

奚禄詒乙本墨眉:跌蕩之極。

陳治紅眉:唐制:於太歲日行夢賀禮。

楚岸行將老,巫山坐復春。(**奚禄詒甲本旁**)《尚書中候》:堯時榮光出河,休氣四塞。病多猶是客,謀拙竟何人?(**奚禄詒乙本紅旁**)自謫之語。閶闔開黄道,(**吕留良紅旁**)追賦自歎。(**奚禄詒甲本眉**)次段序太歲日朝禮。(**奚禄詒甲本旁**)實指太歲日。衣冠拜紫宸。榮光懸日月,賜與出金銀。愁寂鴛行斷,(**吕留良紅旁**)挽上四句。(**奚禄詒甲本旁**)撫今。參差虎穴鄰。(**吕留良紅旁**)正言。西江元下蜀,北斗故臨秦。(**奚禄詒甲本眉、乙本墨眉**)"西江""北斗"二句,苦在"元下""故臨"二字。(**嚴復墨眉**)"北斗"句即"朝廷不改"意。散地逾高枕,生涯脱要津。(**奚禄詒乙本墨旁**)聊以自鬱。天邊梅柳樹,相見幾回新。(**奚禄詒甲本眉**)結句應首二句甚警。(**奚禄詒甲本旁**)賦也。○當時以是日爲慶。(**奚禄詒乙本墨眉**)結得渾而警。

人日兩篇

其　一

題鮮于樞評:詩言元日至人日皆陰寒冰沍,恐人民、畜産皆不得以遂其生成而傷之耳。然我衰憊已久,"無勞比",鶴髪之長年矣。賦兼興也。

丁耀亢墨眉:詩史紀□。

錢陸燦甲本眉:鐵牛曰:《漢書·天文志》:"歲惡,或從正月旦比數雨。率日食一升,至七升而極。"孟康注:正月一日雨而民有一升之食,二日雨民有二升之食,如此至七日已來驗也。杜詩本此。

俞瑒乙本評:中四句寫陰景。

奚禄詒甲本旁:入春未久,故尚可言"白水""紫山"。

盧見曾紅旁:上四寫陰慘之像,下乃觸景增憂。○當人日而思出峽也。琴劍乃隨身之物,醉後拔劍鳴琴,江湖興動,真謂行路無難矣。

元日到人日,(**奚禄詒甲本眉**)起句紀變。未有不陰時。(**李念慈紅眉**)憂時也。(**申頲紅眉**)不嫌其直。(**吴士模墨眉**)語亦超乎,未見其工。(**奚禄詒乙本紅眉**)首句紀變。冰雪鶯難至,春寒花較遲。雲隨白水落,風振紫山悲。(**申頲紅眉**)醜極語。蓬鬢稀疏久,無勞比素絲。(**吴士模墨眉**)結泛。(**奚禄詒乙本墨旁**)元是兩題。(**沈巖旁**)"稀"已不堪,况加"白"乎?"無勞"此語妙。

其 二

奚禄詒甲本旁:舊解作柳下惠直道而行,於"無憂"説不去,與上"江湖"句亦不合。

此日此時人共得,(**奚禄詒甲本旁**)此老多不避,此人不能學也。一談一笑俗相看。(**申頲墨眉**)勝。樽前柏葉休隨酒,勝裏金花巧耐寒。(**奚禄詒甲本旁**)人日。(**錢載評**)新境。佩劍衝星聊暫拔,(**奚禄詒甲本旁**)不甚切。匣琴流水自須彈。(**奚禄詒甲本旁**)漫對。(**吴廣霈墨眉**)一句尚可。(**沈巖眉**)五六設爲將有用我之詞。早春重引江湖

興，直道無憂行路難。（**奚禄詒甲本眉**）末二句言引江湖之興，正恐行路之難，乃自慰之，曰“直説無憂行路難”耳。（**奚禄詒甲本旁**）賦也。○“直道”二字甚苦。（**奚禄詒乙本墨眉**）言引江湖之興，正恐行路之難也，乃自慰之曰“直説莫憂其難”耳。舊解謂直道而行，可笑。（**沈巖眉**）言“無憂”者正有憂也，且直如此道耳。

【彙評】

方拱乾評：不得於俗而發慨，因人日而偶及耳，不必深求。

王伯沆紅眉：公此時正出夔州，下江陵，故寫來行色勃勃，大有喜心。

喜聞盗賊蕃寇總退口號五首

俞瑒乙本評：亂由安史，功歸郭李，此公之所以爲詩史也。

奚禄詒乙本墨眉：五首不過紀時，未必佳。

其　一

俞瑒乙本評：首言吐蕃新退也。

沈巖眉：此紀吐蕃之新退。

蕭關隴水入官軍，青海黄河卷塞雲。（**李念慈紅眉**）史。（**嚴復墨眉**）楊嗣榮破吐蕃於蕭關。**北極轉愁龍虎氣，西戎休縱犬羊群。**

其　二

沈巖眉：此言開元盛時，本爲恭順，壞於誤國之將横挑邊釁也。

贊普多教使入秦，數通和好止煙塵。（**方拱乾評**）似説收九曲舊事。（**李念慈紅眉**）史。（**嚴復墨眉**）吐蕃邊□□於贊普，故云。（**李以峙墨眉**）（止）按“尚”字非。朝廷忽用哥舒將，殺伐虛悲公主親。

其　三

沈巖眉：此言吐蕃乘亂陷我河湟之地，今爲中國所破，庶幾其遠徙也。

崆峒西極過崑崙，駝馬由來擁國門。逆氣數年吹路斷，蕃人聞道漸星奔。

其　四

沈巖眉：此言開元盛時，安西諸蕃各貢方物，今天下太平，宜復畢來也。○注於上二句附會可笑，注杜詩乃作《西域記》證疏耶？注下二句謂輕禮重貨，亦支離。按，“千堆寶”而僅少答之以“萬匹羅”，蓋以志國家威靈及遠，非刺勃律、堅昆之輕禮重貨也。

勃律天西采玉河，堅昆碧碗最來多。（**嚴復墨眉**）勃律近于闐，堅昆即黠戛斯也。舊隨漢使千堆寶，少答胡王萬匹羅。（**李以峙墨眉**）（胡）按“朝”形訛。

其　五

沈巖眉：此所謂遂開明堂，坐以治之。

今春喜氣滿乾坤，南北東西拱至尊。（**錢陸燦甲本旁**）王建《宫詞》頗似此。（**錢陸燦丙本評**）錢云：王建《宫詞》頗似此。大曆三年調玉燭，玄元皇帝聖雲孫。（**錢載評**）方爲史筆。（**奚禄詒甲本旁**）何必玄元？

【**彙評**】

秦應逵紅尾：王建《宫詞》似此。

王伯沆紅眉：此因代宗諷明皇，追宗老子之非。

送大理封主簿五郎親事不合，却赴通州。主簿前閬州賢子，余與主簿平章鄭氏女子，垂欲納采，鄭氏伯父京書至，女子已許他族，親事遂停

方拱乾評：此題乃作此體。

丁耀亢墨眉：此題並詩，皆可不存。

傅山紅眉：何必！

李念慈紅眉：温雅盡事情。

吕留良紅眉：題甚拙樸，然它人不能。〇詩亦無甚發揮。

奚禄詒甲本眉：多事。

奚禄詒甲本旁：一敗至此耶？

奚禄詒乙本墨眉：題且不必有，況詩乎？

陳治墨眉：查浦云：以執柯爲平章，韻甚。

秦應逵墨眉：題本韻而詩未能副之。

沈巖眉：公詩乃無事不有。

禁臠去東牀，趨庭赴北堂。風波空遠涉，琴瑟幾虚張。渥水出騏驥，崑山生鳳皇。兩家誠款款，中道許蒼蒼。（**嚴復墨眉**）“中道”句頗拙滯，“蒼蒼”不知何指，注家謂指□以□□爾，豈得中變耶？

頗謂秦晉匹，從來王謝郎。青春動才調，白首缺輝光。（**嚴復墨眉**）"白首缺輝光"慚平室之無效也。○"玉潤"一聯乃指明正意。玉潤終孤立，珠明得闇藏。餘寒折花卉，恨別滿江鄉。（**奚禄詒甲本尾批**）賦也。

將赴荆南寄别李劍州

題商盤紅眉："高誼[義]"，待己之高誼也。"驅"即並驅爭先之意，言其交誼可並古人也。句法挺健，在此一字。"寥落"言其不得遷官，亦非"坐"字不顯寥落之意。"文翁"况其官，"李廣"况其姓，"未封侯"言其數奇不偶也。有善政而官不達，非數奇而何？"雙蓬鬢""一釣舟"，上下俱可移易，特分裝成對耳。又與七八俱硬裝句。老身飄泊又值時艱，會面無期，此去誰復高誼如使君者？仲宣樓上，能無分領相望耶？

奚禄詒甲本旁：穩稱。

奚禄詒甲本眉：五六渾而宕，先序寄李，後序赴荆。

奚禄詒乙本紅眉：如題穩稱。

王士禛評：悲壯，是杜之本色。

盧見曾紅旁：申涵光曰：王、李七子，全學此五六句法。

錢載評：讀讀，讀讀。○振筆直書而仍沉著。

朱方藹紅眉：老氣横披，我尤愛其後半。

吴錫麒紅眉：先寫李劍州，次寫赴荆，結末一點寄别。□題神化，生氣滿紙。

吴廣霈墨眉：筆勢遒勁。○"天入滄浪"句有神，悟不可落言詮[筌]也。

使君高義驅今古，寥落三年坐劍州。（**陳治墨眉**）老氣横批，吾尤愛其悲婉。但見文翁能化俗，（**俞瑒甲本評**）切官。（**題商盤紅旁**）借古爲喻。焉知李廣未封侯。（**丁耀亢墨眉**）《選》句。（**俞瑒甲本評**）切姓。路經灩澦雙蓬鬢，（**題商盤紅旁**）分裝對。天入滄浪一釣舟。（**錢陸燦丙本評**）錢云：五六句赴荆南之路。（**錢陸燦丁本評**）"路"，蜀路，"天"，楚天，將赴荆南，故末用王仲宣事。（**錢陸燦戊本評**）義山詩"永憶江湖歸白髮，欲回天地入扁舟"本此。（**俞瑒甲本評**）將赴荆南。（**題張問陶墨眉**）五六倒裝句法。（**秦應逵墨眉**）悲壯，是杜本色。（**嚴復墨眉**）三聯句法，明人極學步。戎馬相逢更何日，（**俞瑒甲本評**）寄别。（**題商盤紅旁**）硬裝。春風回首仲宣樓。（**俞瑒甲本評**）切荆州。（**題商盤紅旁**）硬裝。（**奚禄詒甲本尾批**）賦也。

【彙評】

張學仁參定："釣舟"七字百煉，義山"欲回天地入扁舟"句，從此脱胎。

題商盤尾：前後分二截叙題，題順詩倒，而以首尾二句爲針綫，呼應成局。

吴廣霈紅尾：全首皆佳妙，詎止後半可愛。

將别巫峽，贈南卿兄瀼西果園四十畝

方拱乾評：與"名參漢望苑"同一局。〇看安頓出題法。〇筋運肉中，情詞宛暢，排中微境。

屈復評：起四句感往日之别，"林廬"爲今日之慨，"雜蕊"四句，此園他時更佳，此别不能忘也。"正月"四句，將别之時園景。結四句贈園，而自歎不知税駕何方也。

王伯沆紅眉：妙在句句流動不板。

奚禄詒乙本墨眉：起結八句，殊可念可憐。○遯叟云：除"梅柳"一韻外，並語對意不對，極貫珠之妙。

倪象占藍眉：高誼雅句，隨手寫來，纏綿有致，掩抑多情。

沈巖眉：無句不妙。

佚名己紅眉：佳事。○看其出題之法。

苔竹素所好，（**題商盤紅旁**）對起。萍蓬無定居。（**奚禄詒甲本眉**）開口便可憐。遠遊長兒子，（**題商盤紅旁**）倒應上聯。幾地別林廬。（**吕留良紅旁**）真率有情。雜蕊紅相對，（**題商盤紅旁**）套裝對。他時錦不如。具舟將出峽，巡圃念攜鋤。（**吕留良紅旁**）宛然。（**題商盤紅旁**）參差對。正月喧鶯末，（**李念慈紅眉**）"末"一本作"未"，是。（**奚禄詒甲本眉**）詞淨而執折。茲辰放鷁初。雪籬梅可折，風榭柳微舒。（**沈巖眉**）"雪"字，梅之色；"風"字，柳之態。（**沈巖眉批下**）末無也。託贈卿家有，因歌野興疏。（**奚禄詒甲本眉**）"野興疏"吊起末二句。（**奚禄詒乙本紅眉**）"託贈"句有"非其人不令其有"之意。殘生逗江漢，（**題商盤紅旁**）對結。何處狎樵漁？（**李念慈紅眉**）從後謀生，情詞慘然。（**沈巖尾**）無限起伏。（**佚名己紅眉**）末二句尚有餘勁。

巫山縣汾州唐使君十八弟宴別，兼諸公攜酒樂相送，率題小詩，留於屋壁

丁耀亢紅眉：樸直。

題商盤紅眉：一二自叙，三四入唐，五六點"宴别"兼"酒樂"，七八帶出"諸公"。一"擁"字見所攜之盛，言簡而意透。"光輝"字反映老病，不縮而縮。獨稱唐人爲"故人"，其餘以"諸公"概之，筆下

自分涇渭。對故人語極悲凉，對諸公語如欣荷。悲凉者情真，欣荷者意深。本集云“取别隨厚薄”，其此之謂歟？五景真而語工，六自難乎爲對，然分點“酒樂”，直接“諸公”，叙題極見周匝。

吴士模墨眉：“前[兹]日倍多違”，自此一别，相去更遠也。

吴廣霈墨眉：平淺。

卧病巴東久，今年强作歸。故人猶遠謫，兹日倍多違。(**題商盤紅旁**)走馬對。接宴身兼杖，聽歌淚滿衣。(**奚禄詒乙本墨眉**)五六得心應手。諸公不相棄，擁别惜光輝。(**李念慈紅眉**)“擁别”字新，如此等只要愜當，不妨自我創用。公往往創字，讀之不覺。(**奚禄詒甲本尾批**)賦也。

敬寄族弟唐十八使君

方拱乾評：自夔州往江陵。〇直局亦自樸老。

王鳴盛墨眉：按《左傳》，豕韋、唐、杜與劉氏皆出陶唐後。

與君陶唐後，盛族多其人。聖賢冠史籍，枝派羅源津。(**奚禄詒乙本墨旁**)不成。在今氣磊落，(**吴廣霈墨眉**)“氣”，《鏡銓》作“最”。巧僞莫敢親。介立寔吾弟，濟時肯殺身。物白諱受玷，行高無污真。得罪永泰末，放之五溪濱。(**汪琬甲本紅眉**)五溪，辰州。鸞鳳有鎩翮，先儒曾抱麟。(**錢陸燦乙本紅旁**)比不得。雷霆霹長松，骨大却生筋。一失不足傷，念子孰自珍。泊舟楚宫岸，戀闕浩酸辛。(**奚禄詒甲本旁**)此序唐將入朝。除名配清江，厥土巫峽鄰。(**奚禄詒甲本旁**)與己近也。登陸將首途，筆劄枉所申。歸朝跼病肺，叙舊思重陳。(**奚禄詒甲本旁**)此序己欲往送唐也。春風洪濤壯，穀轉頗彌旬。我能泛中流，搪突鼉獺瞋。（**奚禄詒甲本眉**）不成詩。長年已省柂，慰此貞良臣。（**方拱乾評**）結老重。

春夜峽州田侍御長史津亭留宴得筵字

奚禄詒甲本旁：公出峽，爲公餞行者。

朱方藹紅眉：急絃緩撫，寫留筵之情，如在目前。

吴士模墨眉：急弦緩拊，寫留宴之情，如在目前。

北斗三更席，西江萬里船。杖藜登水榭，揮翰宿春天。（**嚴復墨眉**）“揮翰宿春天”，真不知作麽解。（**嚴復鉛筆眉**）“宿”是“寫”字之訛。白髮煩多酒，（**沈巖眉**）“須”，言何須也。明星惜此筵。（**方拱乾評**）五句生結。始知雲雨峽，忽盡下牢邊。（**奚禄詒甲本旁**）末二句言别去，了題中“留”字。

【彙評】

佚名丁墨尾：恐是宴罷入舟後所成，非席上作。“三更”，舉席終而言。散步仰觀，見斗柄所指而識更次也。次句，已登舟矣。“杖藜”，追寫就宴時。“揮翰”，正舟宿興來之趣。五六醉後回思語。結意惟在舟中有此，有悵然相捨意。

大曆三年春，白帝城放船出瞿唐峽，久居夔府，將適江陵，漂泊有詩，凡四十韻

方拱乾評：排。〇聞貼二句，見章法，見筆力。〇全篇以所歷

山水作眼目，活句作轉。

吕留良紅眉：可惜千里好景，在大匠手頭，顧汩汩道漂泊羈愁，不及摩寫之也。恨，恨！

俞瑒甲本評：前半叙出峽次第，後半叙出峽事情。

俞瑒乙本評：前半説出峽次第，後半説峽中事情，情景兼到。長律大篇，當玩其精神搏捖處。

嚴虞惇紅眉：從夔州放船出峽至江陵，一路説來，結是用意收。

屈復評：久厭居夔，一二有喜意，三四不樂長吁，是入舟而興漂泊之感，非戀夔也，遥透結"山林"二句意。

屈復評：起四句久居將適，悲喜交集。"窄轉"一段，白帝放船行峽内之景；"擺闔"一段，出峽外將近江陵情景；"意遣"一段，述漂泊之感，適江陵之喜；"朝士"一段，所以適江陵之故。結四句民困時危，恐江陵亦難久居也。①

奚禄詒甲本眉：排律以此爲第一。〇排律長篇，如此開合，纔不板不泥。〇一篇用筆放宕却又縝密，非才大安得如此長篇？讀之令人拜倒。

奚禄詒甲本旁：百回讀之不倦。

奚禄詒乙本墨眉：用筆放宕，却又鎮（縝）密，大才力前後人所少。

盧見曾紅眉：争權將帥，如成都之郭英乂、崔旰互相殺伐，襄陽之來瑱、裴茂謀奪節鎮，皆是未幾。湖南有臧玠之亂。公之明炳幾先如此。

盧見曾紅旁：首從夔州放船叙起。次段言放船佳景。峽窄船轉，時聞猿狖啼深；虚舟隨水，每見浴鳧驚亂。二句山水並言。石

① 校注："'擺闔'一段，出峽外將近江陵情景"，杭本作"'擺闔'一段，峽中險景；'不有'一段，出峽外將近江陵情景"。

苔若"凌几杖",空翠直"撲肌膚",二句舟行傍岸。峭壁排劍,飛泉濺珠,藤垂上下,樹間榮枯,此舟中近見者。神女之峰,雲雨夢杳,昭君之宅,琵琶留恨,此舟中遠望者。多恨少歡,借二女以自慨也。神女祠正對巫山,峰巒上插霄漢,山脚直入江中,神女峰最爲奇峭。《寰宇記》:"歸州巴東,有王昭君宅。"三段言放船經險。盤渦之沸,轟若風雷。激浪所輸,白如冰雪。過鹿角、狼頭,寧免變色,誠恐猝罹水患,負此殘軀也。傾壓幾危,故以死地得生爲幸。四段出峽所見景物。起二句反接陡健,峽過則川平矣。因水行之快,故知衆流所趨。"霾漲海",形其渺茫;"洗春蕪",言其嫩緑。鷗鳥群飛,有類牽絲;驪龍出水,麗如灌錦。落霞映於綺波,殘月没於金樞,皆平川中變幻也。荻筍含泥,蒲茸出沙,雁争水馬,燕逐檣烏,平川中生動之致也。絶島之中,能"容煙霧",環洲之外,常"納曉晡",平川之大觀盡矣。陶牧可辯,江陵近也;宜都將拂,夷陵至也。出宜都縣郭,則南畿在前;登峽州津亭,則長安在北。五段自叙漂泊苦情。六段上文歷叙中途情景,下文又寫到荆州事,乃上下關鍵。近寺披圖,想古蹟依然;經渚泣帝,傷聖治難逢。七段至末,皆申明不樂長吁之故。此爲遭世亂而思救時也。

陳治墨眉:俞云:長律全在精神搏控、情景兼至爲妙境。此首前半叙出峽,後半叙出峽事情。

陳治墨眉:汪云:"喜近天皇寺"與"應經帝子渚"對,"先披古畫圖"與"同泣舜蒼梧"對,此隔句對法。

老向巴人裏,(**俞瑒甲本評**)總起放舟之意。**今辭楚塞隅。**(**奚禄詒甲本旁**)出瞿唐。(**秦應逵紅旁**)總起放舟之意。**入舟翻不樂,**(**奚禄詒甲本旁**)久客而惜别。**解纜獨長吁。**(**俞瑒甲本評**)二語包括。(**申頲紅眉**)全詩大意,盡此一語。(**嚴復墨眉**)四句順冒。(**奚禄詒乙本墨旁**)

久客而惜别。(**佚名己紅眉**)公在夔且甚久,有不欲别之意,故不樂也。**窄轉深啼狖,**(**奚禄詒甲本旁**)山也。(**秦應逵紅旁**)此未出峽。**虚隨亂浴鳬。**(**俞瑒甲本評**)此未出峽。(**奚禄詒乙本墨旁**)水也。**石苔凌几杖,**(**奚禄詒乙本墨旁**)此一段山。**空翠撲肌膚。**(**嚴復墨眉**)入後乃言出峽之險。(**吴廣霈墨眉**)"空翠"句爽秀絶人,勝上句。**疊壁排霜劍,**(**奚禄詒甲本旁**)此段山也。**奔泉濺水珠。 杳冥藤上下,濃淡樹榮枯。**(**嚴虞惇紅旁**)一字一義。**神女峰娟妙,昭君宅有無。**(**奚禄詒甲本旁**)雖用兩事,却是比己。(**俞瑒甲本評**)出峽所經。(**嚴復墨眉**)"神女"二聯,文家絶重,以爲文外遠致,惟大家能之。**曲留明怨惜,**(**丁耀亢紅旁**)應上二句。(**俞瑒甲本評**)昭君。**夢盡失歡娱。**(**李念慈紅眉**)"曲留"二句分承上二句。(**俞瑒甲本評**)神女。(**錢載評**)"神女峰""昭君宅",與後幅之"天皇寺""帝女渚"不必相應也,而自然有此章法。(**奚禄詒甲本眉**)"曲留""夢盡",指昭君神女,意不在此。○"風雷"二句,壯哉!(**奚禄詒乙本墨眉**)"曲留""夢盡"指昭君、神女,然意在自喻。**擺闔盤渦沸,**(**奚禄詒甲本旁**)此段水也。(**奚禄詒乙本墨旁**)此段水。**欹斜激浪輸。**(**陳治墨眉**)《鬼谷子》有《捭闔篇》,"捭""擺",古今通用。**風雷纏地脈,冰雪耀天衢。**(**方拱乾評**)極狀其險。**鹿角真走險,**(**丁耀亢紅眉**)喻水勢之險。(**奚禄詒乙本墨旁**)用經傳巧而切。(**曹炎旁**)虎角、狼頭,二灘名。(**王鳴盛墨眉**)鹿角、狼頭、麂鬐三灘在夷陵州,最險。**狼頭如跋胡。**(**李念慈紅眉**)"走"字作平用。(**俞瑒甲本評**)鹿角、狼頭皆灘名。(**嚴虞惇紅旁**)俱灘名。**惡灘寧變色,高卧負微軀。 書史全傾撓,**(**李念慈紅眉**)"撓"字仄用。(**奚禄詒甲本旁**)言灘之險。**裝囊半壓濡。**(**奚禄詒乙本墨旁**)言灘之險而下峽之速。**生涯臨臬兀,死地脱斯須。**(**奚禄詒乙本墨眉**)言遇此惡灘,惟不變色,而高卧至舟中,書史盡倒,衣囊皆濕,如此臬兀,幸而下灘之速耳。(**奚禄詒甲本旁、乙本墨眉**)上山水二段,在舟之景。

不有平川决，（秦應逵紅旁）此已出峽。（奚禄詒乙本墨旁）不得平川。焉知衆壑趨？（俞瑒甲本評）此已出峽。（嚴復墨眉）三數聯出險後景物。乾坤霾漲海，（奚禄詒甲本旁）句似比。雨露洗春蕪。（錢陸燦丁本評）上段寫入峽之險隘，此段寫出峽之平曠，一危一安，兩兩相形，華縟有致，本郭景純《江賦》來。（奚禄詒甲本眉）"乾坤"句承上，"雨露"句起下。鷗鳥牽絲颺，（奚禄詒甲本旁）以下平川之景。（奚禄詒乙本墨旁）以下川之景。驪龍濯錦紆。落霞沉緑綺，（奚禄詒甲本旁、乙本墨旁）夜景。殘月壞金樞。（方拱乾評）如此琢句，六朝不能。（奚禄詒乙本墨眉）"沉""懷"言川之蕩漾。泥筍苞初荻，（丁耀亢紅眉）小景如畫。（奚禄詒甲本旁、乙本墨旁）春景。沙茸出小蒲。雁兒争水馬，（汪琬甲本紅眉）水馬，海馬。（奚禄詒甲本旁）晚唐句。燕子逐檣烏。絶島容煙霧，環洲納曉晡。（奚禄詒甲本旁）日出入。（奚禄詒甲本眉）以"絶島""環洲"比此地山水。（奚禄詒乙本墨眉）"絶島"二句結上山水。（奚禄詒乙本墨旁）日出入。前聞辨陶牧，（奚禄詒甲本旁）此段出峽。（奚禄詒乙本墨旁）此段出峽矣。（王鳴盛墨眉）《登樓賦》"北彌陶牧"，注："陶"，鄉名；郭外曰"牧"。《荆州記》：江陵縣西有陶朱公冢。轉眄拂宜都。縣郭南畿好，（沈巖眉）時方以江陵爲"南畿"。（俞瑒甲本評）路入松滋縣。（奚禄詒甲本眉）上元元年建荆州爲都，故稱"畿"。津亭北望孤。（嚴復墨眉）以"北望孤"三字挈起寫懷。

勞心依憩息，（奚禄詒甲本旁、乙本墨旁）此段言懷。朗詠劃昭蘇。（俞瑒甲本評）此處見久居夔府，將適江陵之意。意遣樂還笑，（俞瑒甲本評）自叙行止。衰迷賢與愚。（吕留良紅眉）深厚宛轉，感慨得體，蓋近體《風》《騷》也。（沈巖旁）此句起下"甲卒""書生"。飄蕭將素髮，汩没聽洪爐。（沈巖眉）本不求仕，但文章當作爲《雅》《頌》，薦之郊廟。雖耽丘壑，未擬窮途，深婉有意味。四句無窮起伏。丘壑曾忘返，文章敢自誣。（丁耀亢墨眉）以下多湊，何如從簡？古人不忍割，亦有此病。(李念慈紅眉)所謂"得失寸心知"也。(奚禄詒甲本旁)有身分。(錢載評)"丘壑"以下,句句頓挫出之。(秦應逵紅旁)追叙往事,述漂泊之感。此生遭聖代,(奚禄詒甲本旁)渾厚。誰分哭窮途。(奚禄詒甲本旁)此近懷。(奚禄詒乙本墨旁)深厚有體。(奚禄詒乙本墨眉)文章敢自誣,有身分。(吴廣霈墨眉)"此生"二句,可爲慟哭。卧疾淹爲客,蒙恩早厠儒。(秦應逵紅旁)以"出塵""歷塊"之根也。(沈巖旁)此四句所謂"出塵""歷塊"之根也。廷争酬造化,(吕留良紅旁)竟作平聲用。樸直乞江湖。(奚禄詒甲本旁)不曰因諫而貶,而曰"乞江湖",妙。灩澦險相迫,(俞瑒甲本評)切到本題。滄浪深可逾。(奚禄詒乙本墨眉)此段往事。浮名尋已已,(奚禄詒甲本旁)此段往事。(沈巖眉批下)乞與也。懶計却區區。

喜近天皇寺,(奚禄詒甲本眉)他人必不能作,"丘壑"以下一段即接云"天皇寺"矣,此正見筆力。(奚禄詒甲本旁)近江陵。(曹炎眉)寺有王右軍書、張僧繇畫孔子十哲形像。先披古畫圖。此寺有晋右軍書、張僧繇畫孔子洎顔子十哲形象。(方拱乾評)已到荆州。(李念慈紅眉)"喜近"二句以二句對二句,又一法。(吕留良紅眉)此寺此山川,又有此字、此畫,奈何草草?(嚴虞惇紅眉)"喜近天皇寺"亦兩句對格。(秦應逵紅眉)蜀將至江陵。(嚴復墨眉)忽然插入□支意境,遂異樣閑遠。應經帝子渚,(奚禄詒乙本墨旁)近江陵。同泣舜蒼梧。(俞瑒甲本評)隔句對。(奚禄詒乙本墨旁)思玄宗。(沈巖旁)對上"卧疾"二連。(沈巖眉)"天皇""帝子"四句兩連扇對,長詩當如此變法,沈詩中已有之也。朝士兼戎服,(秦應逵紅旁)以下詠時事,感慨在此,故以爲一篇之結。君王按湛盧。(俞瑒甲本評)以時事寓意。(沈巖眉)"朝士"四句亦扇對,"兼"字對"初"字也。旄頭初俶擾,鶉首麗泥塗。甲卒身雖貴,書生道固殊。(奚禄詒甲本眉)甲卒、書生之異,亂世往往如此。(奚禄詒乙本墨旁)言自秦漂泊至此。出塵皆野鶴,(奚禄詒甲本旁)二句言道固殊。歷塊匪轅駒。(秦應逵紅旁)二句頂“書生”。(嚴復墨眉)以絶有斤兩語作結,排律至此嘆觀止矣。(奚禄詒乙本墨旁)言道困殊。(沈巖眉)“皆野鶴”對“樸直”句,“匪轅駒”對“廷諍”句。伊吕終難降,(俞瑒甲本評)相庸。(秦應逵紅旁)相庸。韓彭不易呼。(俞瑒甲本評)將驕。(俞瑒甲本評)感慨在此,故以爲一篇總結。(秦應逵紅旁)將驕。〇頂“甲卒”。(奚禄詒乙本墨旁)落落自負。(沈巖眉批下)《刑法志》:伊吕之將。呼用如呼小兒之語。五雲高太甲,(奚禄詒甲本眉)帝車南指,遁七曜於中階;華蓋西臨,藏五雲於太甲。《酉陽雜俎》謂,公常訪之一行,一行言北斗建午,七曜在南方,有是祥,聖人出。(奚禄詒甲本旁)猶未得解。《晉·天文志》:六甲分陰陽而配節候。〇《京房易傳》云:五色雲亦名華蓋,若見於四方,賢人隱。六月曠摶扶。(錢載評)“五雲高太甲”一聯,大意感歎將相無人。回首黎元病,争權將帥誅。(丁耀亢紅眉)直了。(俞瑒甲本評)謂崔、楊之亂。山林託疲苶,(沈巖旁)反應“勞心依憩息”二句。未必免崎嶇。(吕留良紅眉)此篇亦多困韻脚。(俞瑒甲本評)結還飄泊。(奚禄詒甲本旁)賦也。句法自是排體,不可入近體。(秦應逵紅尾)結歸漂泊。

【彙評】

李念慈紅眉批錢注“筍蒲”:此方春,如何有蒲華?况明云“小蒲”,正與“新蒲”句合。

俞瑒甲本評:長律大篇全在精神摶挖、情景兼至,方臻妙境。

張學仁參定:五排至杜公,空前絶後,繼起未有敵手。七排無佳者,故不録。

奚禄詒乙本墨眉:“五雲”句自歎不得意於蜀而去,回首五雲空高。“六月”句言此去南徙,無復摶扶風力可借,故曰“曠”。“回首黎元”後言其時黎元之病,將帥之誅,己即托在山林,亦未必免於崎嶇。若云分固應爾,借□種人自寬也。

泊松滋江亭

題鮮于樞評：言扁舟隨鷗而泊此亭，次聯承之。次言去荆州則近，而高唐不再來矣，何哉？自今已後，"甘作老人星"於南極之外故耳。賦也。

方拱乾評：詩有喜意。

錢陸燦丁本評：起得飄然。

宋犖紅眉：自然好句。

奚禄詒甲本旁：初至荆南。

吴士模墨眉：如作"一柱應全近"，則對下句爲工。

題張問陶墨眉："全應近"，喜詞也。"莫再經"，戒詞也。

紗帽隨鷗鳥，（**吕留良紅旁**）飄然。扁舟繫此亭。（**俞瑒甲本評**）泊江亭。江湖深更白，（**俞瑒甲本評**）寫景。松竹遠還青。（**李念慈紅眉**）"微""還"同意，而"微"字音節較勝。（**吴廣霈墨旁**）二句可稱，隱秀在骨。一柱全應近，（**俞瑒甲本評**）感懷。（**題商盤紅旁**）藏頭句。高唐莫再經。（**陳治墨眉**）如作"一柱應全近"，則對下句似工。今宵南極外，甘作老人星。（**奚禄詒甲本尾批**）賦也。

【彙評】

張學仁參定：此言出峽之喜。

行次古城店汎江作，不揆鄙拙，奉呈江陵幕府諸公

汪琬丙本評：時陽城郡王衛伯玉爲江陵節度使。

吕留良紅旁：簡札語，不令入題。

宋犖紅眉:細而不纖。

屈復評:起四句行次古城,中四句泛江,結四句呈幕府諸公。“行色”四句收上兩段,“泛愛”收幕府才賢。①

盧見曾紅旁:“風蝶”一聯,寫物色何其新雋。

曹炎眉:時陽城郡王衛伯玉爲江陵節度使。

沈巖眉:下水而復得風,船至鷗不及避,却用“懶”字,妙。落句有説不出、寫不盡情事在内,讀之不禁涕零。

沈巖旁:以今朝行色,可卜相合。以老人多病,又恐不宜。然業已渡江,無暇復爲擇審,故聊以此詩試觀其相待之意。落句深婉之至。

老年常道路,遲日復山川。白屋花開裏,孤城麥秀邊。濟江元自闊,(**奚禄詒甲本旁**)未是佳。(**奚禄詒甲本眉**)“濟江”二句,公好作此等,然不及“地平江動蜀”二句矣。下水不勞牽。(**方拱乾評**)皆有出險之樂。風蝶勤依槳,(**李念慈紅眉**)“勤”字滯礙,正嫌對下“懶”字太工。一本作“輕”字,妙。(**吕留良紅旁**)新妙。(**題商盤紅旁**)實眼句。春鷗懶避船。(**嚴虞惇紅眉**)舟行妙景,人刻不出。(**秦應逵紅旁**)下水而復得風,鷗不避船,却用“懶”字,妙。(**張雝敬墨旁**)只兩字畫出物性。王門高德業,(**丁耀亢紅眉**)腐字。(**丁耀亢紅旁**)以下世俗語,故不佳。幕府盛才賢。行色兼多病,蒼茫汎愛前。(**張雝敬墨旁**)“泛愛”是以庸衆自待,乃謙詞。伯敬爲自傷之詞,則是譏人之薄待己也,豈投贈立言之體哉?(**奚禄詒甲本旁**)曰“蒼茫泛愛”,即是無愛。(**奚禄詒甲本旁**)賦也。(**申頲紅眉**)二語字字有意。

---

① 校注:“‘行色’四句”,杭本作“‘行色’句”。

乘雨入行軍六弟宅

題鮮于樞評:首四句言春城朝雨之景物,末四句稱美六弟之賢,而自述飄零衰老之情話,應題意。賦也。

吴士模墨眉:前二聯句法亦相似,後則常調耳。

曙角凌雲罷,春城帶雨長。水花分塹弱,巢燕得泥忙。(**沈巖旁**)對"萍漂"。令弟雄軍佐,(**奚禄詒甲本旁**)率。凡才污省郎。(**吕留良紅旁**)自謂。萍漂忍流涕,衰颯近中堂。(**奚禄詒甲本旁**)賦也。

上巳日徐司録林園宴集

題鮮于樞評:首言鬢白花紅而語不衰□,乃承之曰:我以老年而廢遨遊,公以令節而招宴集。次言上巳天氣、時服。卒章言司録留我攀桂則有喜,問我轉蓬則無勞。賦也。

奚禄詒甲本旁:五六恰稱上巳。

吴士模墨眉:題蘊俱出,老人畏風,一"受"字寫來入妙。"攀桂"指花則太早,指月則未明。

鬢毛垂領白,花蕊亞枝紅。欹倒衰年廢,(**方拱乾評**)分項。(**奚禄詒甲本旁**)承首句。(**奚禄詒乙本墨旁**)正切"上巳"。招尋令節同。(**方拱乾評**)"同"字又妙。(**方拱乾評**)還題。(**奚禄詒甲本旁**)承次句。薄衣臨積水,(**李以峙墨眉**)(薄)按"蕩"形似而誤。吹面受和風。(**奚禄詒甲本旁**)"吹"字穩切。(**李念慈紅眉**)"蕩"字亦未佳,猶不若"解衣",當再尋善本考之。有喜留攀桂,(**奚禄詒甲本旁**)醜。○"攀桂"如何起？（**佚名丁墨旁**）竺云："攀桂"用《招隱》語，稱徐園林□以爲轉蓬，對言有喜見留於攀桂之地也。**無勞問轉蓬。**（**奚禄詒甲本旁**）賦也。（**奚禄詒乙本墨眉**）五六恰别，結句何干？

【彙評】

佚名丁墨尾：鬢白花紅，相形失笑；衰年令節，相值開懷。兩聯層遞而下，自饒生趣。當此水清風暖之辰，攀留色喜，便若好處安身矣。一語問及行蹤，又不免憮然增慨，故反以"無勞問"杜其口也。旅人多感，身歷乃知。

宴胡侍御書堂李尚書之芳鄭秘監審同集歸字韻

題鮮于樞評：首句生第四句，言春暮；而第三句承次句，言書堂及晚景；三聯美主賓之賢，而以今夜文星醉不歸結之。賦也。

奚禄詒甲本旁：莫怪宋人，老杜開之也。

江湖春欲暮，墻宇日猶微。闇闇春籍滿，（**李念慈紅眉**）"籍"字作平聲用，俟考。**輕輕花絮飛。翰林名有素，**（**奚禄詒甲本旁**）俗，似宋。**墨客興無違。**（**丁耀亢紅眉**）應酬套語。**今夜文星動，吾儕醉不歸。**（**奚禄詒甲本旁**）賦也。○竟不成語，老杜故爲有此醜態。

書堂飲既夜復邀李尚書下馬月下賦絶句

奚禄詒甲本眉：欲飲至五更，而先言年老，大是感憤。

盧見曾紅旁："野鶴如霜鬢"，正云"霜鬢似野鶴"。如前云"黄鵠高於五尺童，化爲白鳧似老翁"，正云"五尺童高如黄鵠，化爲老翁似白鳧”耳。此詩家用筆之妙。

王士禛評：不可言鬢如野雀。

湖水林風相與清，（李以峙墨眉）（湖月）按“水”不如“月”，升庵本爲當。殘樽下馬復同傾。久拚野鶴如雙鬢，（李以峙墨眉）（雙鬢）按“雙”以對“五”，但不如“霜”字之醒。（沈巖眉）若云“霜鬢如野鶴”，即凡俗語。遮莫鄰雞下五更。（汪琬甲本紅眉）遮莫。（吴騫墨眉）不可言“鬢如野鶴”。（嚴復墨眉）是厭夜飲意。（李以峙墨眉）（下五更）按改作“不”則語意不順，仇公却未之思。

【彙評】

張學仁參定：老健。

奉送蘇州李二十五長史丈之任

星坼台衡地，曾爲人所憐。公侯終必復，經術昔相傳。食德見從事，克家何妙年。一毛生鳳穴，三尺獻龍泉。赤壁浮春暮，姑蘇落海邊。客間頭最白，惆悵此離筵。（奚禄詒甲本尾批）賦也。

暮春江陵送馬大卿公恩命追赴闕下

奚禄詒乙本墨眉：無致。

自古求忠孝，名家信有之。吾賢富才術，此道未磷緇。玉府摽孤映，（奚禄詒甲本眉）馬或爲司農卿，故云“玉府”。霜蹄去不疑。激揚音韻徹，籍甚衆多推。潘陸應同調，孫吴亦異時。北辰徵事業，南紀赴恩私。卿月昇金掌，王春度玉墀。（**汪琬甲本紅眉**）晉暉卿月。薰風行應律，湛露即歌詩。天意高難問，人情老易悲。（**奚禄詒甲本眉**）看他轉入自己，何其快捷。（**沈巖眉**）收得深渾，有餘味。樽前江漢闊，後會且深期。（**李念慈紅眉**）典藻。（**奚禄詒甲本尾批**）賦也。（**秦應逵墨眉**）收得深渾，有餘味。

和江陵宋大少府暮春雨後同諸公及舍弟宴書齋

吴士模墨眉：字句多凑。

沈巖旁：此老下峽後詩每澹乎寡味，亦才氣衰退之驗乎？

沈巖眉：託末契於後生，遊宴則厭其老耄，又强求其詩句以爲名高，後半亦自有無窮感歎在言外。

渥洼汗血種，（**奚禄詒甲本旁**）舍弟起。天上麒麟兒。（**丁耀亢紅眉**）訓詁語。才士得神秀，書齋聞爾爲。（**方拱乾評**）生結。棣華晴雨好，綵服暮春宜。朋酒日歡會，老夫今始知。（**方拱乾評**）一結令全首動。（**奚禄詒甲本旁**）興而賦也。（**李念慈紅眉**）高興忘年。（**吴廣霈墨尾**）亦嫌直率寡味，如食刀豆。

暮春陪李尚書季中丞過鄭監湖亭汎舟得過字韻

朱方藹紅眉：天涯夙契，勝地芳樽，無一意不暢滿言之。看其下字自得。

吴士模墨眉：天涯夙契，勝地芳芬，猶無一意暢滿言之。

沈巖眉批下：不當有“韻”字。

海内文章伯，湖邊意緒多。玉樽移晚興，桂楫帶酣歌。春日繁魚鳥，（奚禄詒甲本旁）亦無致。江天足芰荷。鄭莊賓客地，衰白遠來過。（張雝敬墨旁）平安之中饒有秀致。（奚禄詒甲本旁）賦也。

宇文晁尚書之甥崔彧司業之孫尚書之子重泛鄭監審前湖

傅山紅旁：何味？

奚禄詒甲本旁：題不成，詩亦不成。

朱方藹紅眉：格以整而宕，意以工而圓，似初唐諸名手之篇。

郊扉俗遠長幽寂，野水春來更接連。錦席淹留還出浦，葛巾欹側未回船。樽當霞綺輕初散，棹拂荷珠碎却圓。（奚禄詒甲本眉）五六醜。（奚禄詒甲本眉）後四句大敗。（吴廣霈墨眉）一句殊佳，餘惜未稱。不但習池歸酩酊，（奚禄詒甲本旁）不當。君看鄭谷去夤緣。（奚禄詒甲本旁）賦也。

歸　雁

題鮮于樞評：言聞道今春歸雁來自交廣，蓋其避雪則南來，而到羅浮見花，則北向而辭，漲海故也。既而又歎是物皆關兵氣，何時可免客愁？蓋以殺氣盛而霜露嚴，故近年鴻雁不過五湖。今也來自交廣，則玉燭將調而客愁可釋矣。興兼賦也。

吕留良紅旁：賦物自傷，情景俱絶。

俞瑒乙本評：句句是歸雁，一語移動不得。

屈復評：一二事，三四景，五六事，七八景。五六本是結意，結本起意，如此方見作法。

題商盤紅眉：雁木落南翔，冰泮北徂。“辭漲海”，北徂也。“到羅浮”，南翔也。今避雪極南，實窮陰沍寒□之，是即兵氣所感也。雁本至衡陽則回，此“五湖”指洞庭湖言。○明年果有湖南兵馬臧玠之亂。○五六本屬結意，却作中聯。七八本是發端，翻爲結語。前半更先言“歸”，次言“辭”，後言“到”，終乃言“不過”，章法層層倒卷，矯變異常。

奚禄詒甲本旁：“聞道”二字爲末“年年”“不過”而設也。

盧見曾紅旁：黄生曰：五六本屬結意，却作中聯，矯變異常。

題張問陶墨眉：羅浮，在今惠州府，連廣州境。○五六本屬結意，却作中聯。七八本是發端，翻爲結語。前半先言“歸”，次言“辭”，後言“到”，終乃言“不過”，章法層層倒卷，矯變異常。

吴廣霈墨眉：每有人極賞此什，其實平平，非工部佳作也。

沈巖眉：要是紀異。

王鳴盛旁：大曆三年作。

聞道今春雁，南歸自廣州。（**題商盤紅旁**）倒押句。（**奚禄詒乙本墨眉**）“聞道”爲“年年”二句設。**見花辭漲海，**（**吕留良紅旁**）當句倒裝，因用韻耳。**避雪到羅浮。**（**題商盤紅旁**）倒叙。**是物關兵氣，**（**奚禄詒甲本眉**）五句深長。（**奚禄詒乙本墨眉**）第五句深長。**何時免客愁？**（**李念慈紅眉**）感物憂時。（**吕留良紅眉**）“是物”因雁開説，猶言凡物、物物耳。（**題商盤紅旁**）走馬對。**年年霜露隔，不過五湖秋。**（**吕留良紅尾**）結亦借雁自謂。（**題商盤紅尾**）事起景接，事轉景收，亦虚實相間格。（**奚禄詒甲本尾批**）賦也。（**陳治墨眉**）箋妙，不然不知此意。

【彙評】

佚名丁墨尾：竺云：注解引《唐會要》大曆二年陽雁來嶺南事，此詩謂是也。言年年之雁,雖避霜雪,未嘗過五湖以南也。而今如是,豈非西北兵氣甚盛故乎?是物且然,况人乎?所以深感物變也。“隔”猶言“避”。錢箋云:史稱浩貪而佞,公蓋深譏之。朱注云:浩以爲祥,公以爲異耳。○三四言今春之歸也,雖長謝極南之漲海;而去秋之來也,已曾至嶺表之羅浮。兩句作一縱一擒勢。五六全無依傍,直下斷語,老氣無敵。七八據常理反剔而醒,筆端矯變。○《杜臆》云:禽鳥得氣之先,後果有潭州臧玠、桂州朱濟時之亂,此與邵子洛陽聞杜鵑無異。

短歌行贈王郎司直

方拱乾評:諸注皆以王欲薦公,總誤認“拔”之一字耳。予只隨章順口氣解之,即曰公薦王於嚴,亦未可知,何必割裂穿鑿,將我、爾、子、吾四字溷屬不通乃爾?明是公愛王郎,何故云王郎援公?將詩氣斷塞,主客不清。且公此時方受知於嚴,豈假王援耶?

丁耀亢紅眉:極得慷慨頓挫之妙,可歌可詠。

錢陸燦甲本眉:方曰:舊注王司直時爲蜀中刺史,非也。愚意玩詩必罷官而游於蜀,蜀諸侯不爲之禮,故有“拔劍斫地”之悲也。“豫章”二句,比其才大而難用,王郎負大才而不見用於世,遂解佩劍脱身以去,絶無徘回顧戀之意。“西謁”一字,諸本作“得”,欠通。言王郎西謁諸侯而“棹錦水”,諸侯不爲禮,更向何門“跋珠履”乎?惟過我寓樓,飲酒高歌而已。末又言我老無知己,亦望青眼視之也。“仲宣樓”不必泥荆州,凡樓可借稱。

錢陸燦乙本紅旁:沉鬱頓挫。

錢陸燦乙本墨眉:方曰:舊注王司直時爲蜀中刺史,玩詩,非也。愚意王郎必罷官而游於蜀,蜀諸侯不爲之禮,故有“拔劍斫地”之悲也。“豫章”二句,比其才大而難用,王郎負大才而不見用於世，遂解佩劍脱身以去，絶無徘回顧戀之意。“西謁”一字，諸本作“得”，欠通。言王郎西謁諸侯而“棹錦水”，諸侯不爲禮，更向何門“跋珠履”乎？惟過我京樓，飲酒高歌而已。末又言我老無知己，亦望司直青眼視之也。“仲宣樓”不必泥荆州，凡樓可借稱。

汪琬乙本評：如此可稱悲壯。○“豫章”二句，乃見杜身分。

吕留良紅眉：長句起，奇放又别。

方苞眉批：張溍注：“徘徊”上述王所言，欲特薦公；“西得”下公語，欲王早拔之。○望溪連圈。○［姚永］概案：前説似是，後説太謬。公何至乞收於王郎乎？蓋公言翻風撥浪望之爾輩少年，吾老矣，不能爲矣，且有傲兀之意。

奚禄詒甲本眉：王郎歌曰“爾莫哀也，我能拔爾”云云，是如此解，如昌黎《送李愿文》體。自“歌莫哀”至“徘徊”，皆託王郎之言，以下乃自言其望王之意。○司直亦是子、男之諸侯，謂“西得”，王郎知我之更欲往何門乎？

奚禄詒甲本旁：司直已是官，非客。賦也。○因吾老矣，故加“短歌行”三字。

奚禄詒乙本墨眉：公非真望王也，不過美其好情耳。○自“歌莫哀”至“徘徊”，皆託王郎之言。王郎拔劍而歌曰“爾莫哀，我能拔爾”云云，如韓愈《送李愿文》之體。末是公美王郎之深情，而曰“吾將望之”也。

奚禄詒乙本墨旁：王本是司直之官。

盧見曾墨旁：盧注：首句“歌莫哀”，王郎之歌；后面“青眼高歌”，公自歌也，即題中所云“短歌”。○此歌上下各五句，於五句中間隔一韻脚，則前後叶韻處不見其錯綜矣。此另成一章法。

王士禛評：“西得諸侯”，是已得西諸虞之辟，非將干也。“棹錦水”，由水路也，又點出蜀地也。仲宣樓，别地；春色，别時也。《國語》中行宣子謂趙文子曰：“美哉！惜也，吾老矣。”○王郎自負其才，不願幕職，故拔劍斫地，酒酣哀歌，哀號知己也。少陵勸其莫哀無知己，我便能識爾之奇才。“豫章”二句，正寫奇才既有賞識之人，何必哀歌？且脱劍佩，休更徘徊，既得西諸虞之辟召，即當棹向錦水而去，不然，更歌向何門“跛朱履”哉？我今在此高歌，望子必有得志之日，但恐吾老矣，不及見子之得志也。

錢載評：必對是正格，人尚不遵則焉，“有弟”三句之神理音節，於是乎只管五指一縱，又衍數行，白日甚長而作此生活，蓋坐不知也。然執裾而告之，卒難轉頭。

吴錫麒紅眉：提刀直入，便有辟易千人之概。非此詩不足以寫奇才，非奇才不足以當此詩。

陳治墨眉：查浦云：不知其於意云何，前半老驥嘶風，後半孤鳴戾月。

魏源評：一起拔地倚天，惟曹公有此蒼莽。〇答意只一句便住，看前面如此奇偉，結處作悲哀語不必，作忻羡語亦淺，惟此，恰含蓄不盡。

沈巖旁：上下各五句，復用單句相間，亦是創格。〇應是王將遊蜀，公作歌以慰之，望其□之有合也。

沈巖眉：一起感激豪宕。〇公不居銓衡而曰“我能拔爾”，教之使自拔於使府耳。豫樟勝任明堂，鯨魚濯鱗天池，吾老不能去，王郎少年，何爲淹留此乎？〇“春已深”言王路方平，可以高衢騁力，不必輕踏侯門也。世亂多猜，不敢竟其詞焉，故命之曰“短歌行”。

嚴復墨眉：咫尺有千里之勢，短篇七古，此爲最善。〇有謂□半皆王郎語者，要亦不爲無見。

王郎酒酣拔劍斫地歌莫哀，（**方拱乾評**）“拔”即賞鑒意耳。（**傅山紅旁**）雄。（**奚禄詒甲本旁**）王戎年少，故稱王郎。（**秦應逵紅旁**）王郎不願幕職,故酒酣哀歌。**我能拔爾抑塞磊落之奇才。**(**李念慈紅眉**)起跌宕雄偉。(**朱方藹紅眉**)如此可稱悲壯。(**陳治紅眉**)十一字長句,太白所未有。(**秦應逵紅旁**)賞識也。(**吴廣霈墨眉**)横戈直入萬人群,有此氣概。(**沈巖旁**)呼而告之,徘徊哀歌,真長醉耶?**豫樟翻風白日動,**(**奚禄詒乙本墨旁**)三句申上"奇才",以美公也。(**曹炎眉**)城南有高大樟樹。**鯨魚跋浪滄溟開。**(**朱方藹紅眉**)"豫樟翻風"二句乃見杜身分。**且脱佩劍休徘徊!**(**奚禄詒乙本墨旁**)不得徘徊悒鬱。王之歌至此句止。(**沈巖旁**)"脱劍佩",棄以奏之官也。**西得諸侯棹錦水,**(**傅山紅旁**)以下弱甚。(**秦應逵紅旁**)是已得諸侯之辟,非干也。(**吴廣霈墨旁**)此句一蕩,蕩得妙。**欲向何門趿珠履?**(**奚禄詒乙本墨旁**)公言我昔得遇嚴武,今日更向何門耶?惟望子之深情矣。(**曹炎眉**)司直知我,捨此何向?〇春申君上客皆躡珠履。(**李以峙墨眉**)(趿)按"颯"音近之訛。**仲宣樓頭春色深,**(**奚禄詒乙本墨眉**)"仲宣"三句是公自言,本只取王姓以比王郎,不重荆州。**青眼高歌望吾子。**(**曹炎眉**)仲宣,魏王粲字,嘗登樓而賦。〇阮籍能爲青白眼。**眼中之人吾老矣!**(**方拱乾評**)末二句作公愛王郎,何等妙!若作望其援則鄙俗不成話矣。(**吕留良紅眉**)此句法,老杜常有,它人少能倖,李北地或見耳。(**朱方藹紅眉**)竟住老,不惟含蓄,餘情亦且掉動上意。(**吴錫麒紅眉**)收法宕住,與起法相助,乃不同一味粗豪。(**吴士模墨眉**)結句"吾"字非杜公自謂,乃用《論語》作歇後。(**秦應逵紅旁**)望其必得志。(**吴廣霈墨眉**)一綱情深,住語奮力一揮,七條冰弦俱斷矣。(**吴廣霈墨尾**)如唱"風蕭蕭兮易水寒"之曲,令人氣絶心死。

【彙評】

錢陸燦丙本評:錢云:仲宣樓,凡樓俱可借稱,不必泥荆州。

汪琬丙本評:短歌有氣,可稱悲壯。竟住老,不惟含蓄,餘情且掉動上意。

嚴復墨眉:朱編據"仲宣樓"句編入大曆三年荆州諸詩。

張雖敬墨旁:意在言外,令人會悟者,謂之遠;意盡言中,耐人咀味者,謂之厚。末句有無所冀望、無限急切情事在内,深入而淺出之,厚極矣。

憶昔行

錢陸燦丙本評:錢云:班固《王命論》。

屈復評:平叙到底,句有勁氣。昌黎宗此派而過於生硬,故不能及。○謝客詩:"眷西謂初月,顧東疑落日。"言方向俱迷也。"落日"二句本此,而更有神彩。①

奚禄詒甲本眉:此即公之游仙詩,亦無實,落落不似太白之渺冥。

奚禄詒乙本墨眉:竟是漢回。

申頲紅眉:語氣艱澀。

秦應逵紅眉:平叙到底,句有勁氣。昌黎宗此派而過於生硬,故不能及。

沈巖旁:韓多法此。○《類本》云:今昔、南北,用得不覺。

憶昔北尋小有洞,洪河怒濤過輕舸。辛勤不見華蓋君,艮岑青輝慘么麽。(**錢陸燦乙本墨眉**)"么麽"見□同一□論。千崖無人萬壑静,三步回頭五步坐。(**佚名己紅眉**)人人神往。秋山眼冷魂未歸,仙賞心違淚交墮。(**嚴虞惇紅眉**)一段入山。弟子誰依白茅

① 校注:"'落日'二句",杭本、吴本均作"二句"。吴本闕"平叙到底,句有勁氣。昌黎宗此派而過於生硬,故不能及"數句。

室，盧老獨啓青銅鎖。巾拂香餘擣藥塵，（沈巖眉）"塵"字故實，此爲佳據。階除灰死燒丹火。（奚禄詒甲本旁）此段六句甚轉折。（吴廣霈墨眉）"巾拂"二語點綴佳妙，却又不脱"憶"字。玄圃滄洲莽空闊，金節羽衣飄婀娜。（奚禄詒乙本墨眉）"玄圃"六句甚轉折，言華蓋君已婀娜於仙境矣，然"落日初霞"之時，或往來於朝夕東西之間，偶至小有，亦未可知，然終不可見，惟見松風澗水、青兕黄熊而已。落日初霞閃餘映，（奚禄詒甲本眉）"落日初霞"之句頂"金節羽衣"來，言華蓋君之仙蹤，或往來於朝夕東西之間，亦未可知，然終不可見，惟松風澗水、青兕黄熊而已。倏忽東西無不可。（吴士模墨眉）謝客詩："眷西謂初月，顧東疑落日。"言方向俱迷也。二句本此，而更有神彩。松風澗水聲合時，青兕黄熊啼向我。（李念慈紅眉）空山妙境，如聞海水汩没。（嚴虞惇紅旁）一段山中。（奚禄詒乙本墨旁）此句不是他處，竟言或往來於本山。徒然咨嗟撫遺迹，（佚名己紅眉）應"憶昔"字。至今夢想仍猶作。（奚禄詒乙本墨眉）胡仔云：王屋山中，日西落，人影或西；日東出，人影或在東，然不可拘此。公亦非用此，但"落日"二句斷指華蓋君或往來於王屋之間，不是遊於他處。（李以峙墨眉）（左）按作"佐"，形聲並同之訛。秘訣隱文須内教，晚歲何功使願果。更討衡陽董鍊師，南浮早鼓瀟湘柂。（奚禄詒甲本旁）賦也。（奚禄詒乙本墨眉）此即公遊仙詩，即説得實落處，讀者亦不可認真，惟"南浮瀟湘"一句倒是真語者。（翁方綱評）四日閲此卷畢。

卷十九

惜别行送向卿進奉端午御衣之上都

李念慈紅眉：後方説出向卿，此爲"芮"字之訛無疑。

奚禄詒甲本眉：體制老成，勝過答裴道州手劄。

肅宗昔在靈武城，指揮猛將收咸京。向公泣血灑行殿，佐佑卿相乾坤平。逆胡冥寞隨煙燼，卿家兄弟功名震。麒麟圖畫鴻雁行，（**方拱乾評**）染色。〇俊句，爲中晚人所不能及，然公詩不在此。紫極出入黄金印。（**李念慈紅眉**）高華典重。尚書勳業超千古，雄鎮荆州繼吾祖。裁縫雲霧成御衣，拜跪題封向端午。（**李念慈紅眉**）叙事雅稱。向卿將命寸心赤，（**方拱乾評**）十二句後方入題。青山落日江潮白。卿到朝廷説老翁，漂零已是滄浪客。（**俞瑒乙本評**）結語凄然。劉夢得詩"若問舊人劉子政，而今白頭在南徐"本此。（**奚禄詒甲本眉**）"滄浪"不止用漁父事，亦是楚地。（**奚禄詒甲本尾**）賦也。（**奚禄詒乙本墨眉**）"滄浪"不止用漁父事，亦是地名。（**吴廣霈墨眉**）結得凄婉蒼凉。

夏日楊長寧宅送崔侍御常正字入京得深字韻

奚禄詒甲本眉：秦京爲北斗城。

吴士模墨眉:無謂。

醉酒揚雄宅，升堂子賤琴。不堪垂老鬢，還對欲分襟。(**吴廣霈墨眉**)三四兩句情真語摯,可誦。餘遜。天地西江遠，星辰北斗深。(**沈巖眉**)"深"字穩愜。烏臺俯麟閣，長夏白頭吟。(**奚禄詒甲本尾批**)賦也。

夏夜李尚書筵送宇文石首赴縣聯句

王士禛評:淺近通套,諸公何以有此?

盧見曾紅旁:石首縣在江陵府東南二百里。題中"宇文石首",即宇文晁也。詩"彧"者,即瞿彧也。公與彧同在李尚書筵中送宇文石首,故有"宅相""令宰"等句,以美晁也。舊本俱作宇文彧,誤耳。首聯李餞宇文,次聯筵宴之事,三聯宇文赴縣,四聯送别時景,五聯同席聯句,六聯句中惜别,七聯記宇文之賢,八聯記送别之情。"宅相"比宇文晁,此用魏舒事。

秦應逵墨眉:淺近通套,諸公何乃有此?

吴廣霈墨眉:雖如出一口,却無佳處。

奚禄詒乙本墨眉:聯句當附於集後。

愛客尚書重，之官宅相賢(子美)。(**汪琬甲本紅眉**)宅相。酒香傾坐側，帆影駐江邊(之芳)。翟表郎官瑞，鳧看令宰仙(彧)。雨稀雲葉斷，夜久燭花偏(子美)。(**汪琬甲本紅眉**)雲葉。數語欹紗帽，高文擲彩牋(之芳)。興饒行處樂，離惜醉中眠(彧)。單父常多暇，河陽實少年(子美)。客居逢自出，爲别幾凄然(之芳)。

多病執熱奉懷李尚書之芳

李念慈紅眉：説"熱"無一熟俗字，通篇雅重，結諧不失體。

奚禄詒甲本眉：江雨多病，二首氣味苦澀，非正調。

錢載評：穩極。

朱方藹紅眉：公自云"晚節漸於詩律細"，細實生於工整，觀此類諸作可知，未易爲淺人道也。

衰年正苦病侵凌，首夏何須氣鬱蒸。大水淼茫炎海接，（**奚禄詒甲本旁**）比擬多事。奇峰硉兀火雲昇。（**沈巖眉**）所謂"峽雲多奇峰"也。思霑道暍黄梅雨，（**奚禄詒甲本旁**）寄慨。敢望宫恩玉井冰。（**奚禄詒甲本旁**）《魏略》：昭帝九龍殿前有玉井。戴延之《述征記》：冰井在凌雲臺。不是尚書期不顧，山陰野雪興難乘。（**奚禄詒甲本旁**）費周旋。（**奚禄詒甲本旁**）賦也。○陳遵，字孟公，每飲宴，必閉門，投轄於井。北郭刺史有尚書奏事，期會不得出，叩頭於其母，乃出。

水宿遣興奉呈群公

方拱乾評：排。細而鬱。

奚禄詒甲本旁：即前題中江陵群公也。

魯鈍仍多病，逢迎遠復迷。耳聾須畫字，（**丁耀亢紅旁**）可歎。（**奚禄詒甲本旁**）承老病。髮短不勝篦。澤國雖勤雨，（**奚禄詒甲本旁、乙本墨旁**）此段遣興。炎天竟淺泥。小江還積浪，弱纜且長堤。歸路非關北，（**奚禄詒甲本旁**）凄語。行舟却向西。暮年漂泊恨，今夕亂離啼。（**佚名己紅眉**）百端横集。童稚頻書劄，（**奚禄詒甲本旁)追家中。盤飧詎糝藜。(奚禄詒乙本墨旁)念家中。(奚禄詒乙本墨眉)孔子藜羹不糝。(沈巖眉)暮年久客,屈意童稚,而無一人應其緩急者,公抱負何如,而到此安得不悲憤耶?我行何到此?物理直難齊。高枕翻星月,(奚禄詒甲本旁)四句水宿。嚴城疊鼓鼙。風號聞虎豹,水宿伴鳧鷖。(沈巖旁)出題。異縣驚虛往,(奚禄詒甲本旁)已往縣邑諸友。同人惜解攜。蹉跎長汎鷁,輾轉屢鳴鷄。嶷嶷瑚璉器,(李念慈紅眉)"璉"字本上聲,此作平用。(奚禄詒甲本旁)至此諸公。(奚禄詒乙本墨旁)比諸公。陰陰桃李蹊。餘波期救涸,費日苦輕齎。支策門闌邃,(奚禄詒甲本眉)"杖策"二句可見長途,傷哉!肩輿羽翮低。自傷甘賤役,誰愍强幽棲。巨海能無釣,(丁耀亢紅眉)興語。(奚禄詒甲本眉)到底存氣岸。(奚禄詒甲本眉)任公以十五犗爲餌,一釣六鼇。○魯肅指三十囷粟與周瑜。(奚禄詒乙本墨旁)以下自言。浮雲亦有梯。(沈巖旁)以下皆姑以自遣也。勳庸思樹立,語默可端倪。贈粟囷應指,(汪琬甲本紅眉)指囷。(奚禄詒甲本眉)"贈粟"三句頂"勛庸"句,末頂"語默"句。(奚禄詒乙本墨眉)"贈粟"三句頂"勳庸",末二句頂"語默"。登橋柱必題。(丁耀亢紅旁)弱。(奚禄詒甲本旁)司馬相如題橋。丹心老未折,時訪武陵溪。(奚禄詒甲本旁)賦也。

寄李十四員外布十二韻新除司議郎兼萬州别駕,雖尚伏枕,已聞理裝

方拱乾評:情緒宛然。○真正覺有神。乃知其病,欲留行而拈之來。○竟是一封折柬相拈,漢魏人所亦能。○句句關病,句句關行,所以妙。○却一毫不鬆緩,元、白定不能。○如聞其聲,作律已難,况排乎?○排。

奚禄詒甲本眉:從員外起。○"方期"以下約其來而後去。

嚴復墨眉:以"望苑"當"博望苑",漢武爲太子立博望苑,使通

賓客司議,爲東宫官,故用。○景,周景也,爲豫州刺史,辟陳蕃爲别駕,不就,景題其輿曰"陳仲舉座",蕃不得已視職。此切别駕。○以此見老杜用事極不苟,必求典切,然亦稍努力矣。

名參漢望苑,職述景題輿。巫峽將至郡,荆門好附書。遠行無自苦,内熱比何如。(**秦應逵墨旁**)以上完題,下叙情事。(**沈巖眉**)"内熱"用《莊子》沈諸梁事。正是炎天闊,那堪野館疏。(**倪象占藍眉**)所以公自注要知。黄牛平駕浪,畫鷁上凌虚。試待盤渦歇,方期解纜初。(**秦應逵墨旁**)此段應"遠行無自苦"。悶能過小徑,自爲摘嘉蔬。渚柳元幽僻,村花不掃除。宿陰繁素棟,過雨亂紅蕖。(**陳治墨眉**)時李將觸熱發裝赴萬州,故先生以詩招之過草堂,候秋涼乃發也。寂寂夏先晚,泠泠風有餘。江清心可瑩,竹冷髮堪梳。(**秦應逵墨旁**)此段應"那堪野館疏"。(**倪象占藍眉**)"竹冷"句亦正從上"内熱"來。直作移巾几,秋帆發弊廬。(**佚名己紅眉**)知其癖而招之。

【彙評】

方拱乾評:結句萬鈞。○句句關炎天,關病。○真正清空一氣如話,却是千錘百煉而成。

嚴復墨眉:以其伏枕,天熱水大,勖其暫緩遠行,"移巾几"以就所居,待秋涼而後去也。

遣　悶

方拱乾評:排。

奚禄詒甲本眉:篇法、句法流動。

奚禄詒甲本旁:此在成都入舟乘凉而作。

奚禄詒乙本紅旁:甚溜利。

沈巖旁:"遣悶"者,不可遣也。

地闊平沙岸,舟虚小洞房。(**張溍敬墨旁**)"平"字、"小"字俱是著力字眼。(**奚禄詒甲本旁**)不當。"小洞房"三字不見大家數。使塵來驛道,城日避烏檣。(**俞瑒乙本評**)起四句是初泊舟傍晚之景。(**奚禄詒甲本旁**)日落泊舟。(**奚禄詒乙本墨旁**)日落避舟。(**李以峙墨眉**)(檣)按"墻"形聲並同之訛。暑雨留蒸濕,江風借夕凉。(**奚禄詒甲本旁**)入舟中景。行雲星隱見,疊浪月光芒。螢鑒緣帷徹,(**奚禄詒甲本旁**)夜景頗確。蛛絲罥鬢長。(**奚禄詒甲本旁**)舟小,故有蛛絲罥鬢。(**奚禄詒乙本墨眉**)以上悶景,以下悶懷。哀箏猶憑几,(**奚禄詒甲本旁**)所聞。(**沈巖旁**)言欲遺[遣]不得。鳴笛竟霑裳。(**奚禄詒甲本眉**)以上悶景,以下悶懷。倚著如秦贅,(**李念慈紅眉**)"倚著如贅",奇。(**奚禄詒甲本旁**)不切。過逢類楚狂。氣衝看劍匣,(**沈巖旁**)反呼"蹋"字。穎脱撫錐囊。妖孽關東臭,(**沈巖眉**)桓温所謂遺臭。兵戈隴右瘡。時清疑武略,世亂蹋文場。(**方拱乾評**)如此等句,能議其纖否?餘力浮於海,端憂問彼蒼。(**奚禄詒甲本眉**)"於海"對"彼蒼"恰好。百年從萬事,(**李念慈紅眉**)猶云"逐萬事"也。故國耿難忘。(**方拱乾評**)"端憂"句從"百年"句,一"從"字悲不可忍。(**奚禄詒甲本旁**)賦也。(**奚禄詒乙本墨眉**)百年萬事不足論,惟故國難忘,真此悶終不可解。

【彙評】

張溍敬墨旁:眼前常境,一經陶鑄,便異樣奇妙。○句句苦吟而得,絶不輕下一字。

舟月對驛近寺

丁耀亢紅眉:平。

盧見曾紅旁:以四句了題。舟夜遣懷,詞意清麗乃爾。

朱方藹紅眉:起聯“舟月”,頷聯“對驛近寺”也。五六分頂上二句,語意亦自推開。

吴士模墨眉:法度森嚴,起言“舟月”,頷聯“對驛近寺”也。五六分頂上二句,語意亦自推開。結仍説到舟中,又近一層寓感慨矣。

陳治墨眉:法度森然。

王伯沆紅眉:灑脱可法。

更深不假燭,月朗自明船。金刹青楓外,朱樓白水邊。城烏啼眇眇,(**奚禄詒甲本旁**)承三。野鷺宿娟娟。(**奚禄詒甲本旁**)承四。皓首江湖客,鈎簾獨未眠。(**奚禄詒甲本旁**)賦也。五六唤下文。

舟　中

奚禄詒甲本眉:詩之忌緩者,如後四句是也。

奚禄詒甲本旁:舟泊荆州。

翁方綱評:亦是連數首爲一片之章法。

嚴復墨眉:此等詩設非有所寄託,實無庸作,作成亦孩子語耳,何關風雅耶?

沈巖旁:此湖南詩。

風餐江柳下,雨卧驛樓邊。(**吴廣霈墨眉**)“風餐”二句收得行舟景象出。**結纜排魚網，連檣並米船。**（丁耀亢紅旁）樸而近俚。（吕留良紅旁）亦江湖常事，人不能道，道出如畫。**今朝雲細薄，昨夜月清圓。飄泊南庭老，秖應學水仙。**（李念慈紅眉）此必用陶峴載伎樂，隨風放舟，日爲遊樂事，人亦號爲"水仙"也。（奚禄詒甲本尾批）賦也。

江陵節度陽城郡王新樓成，王請嚴侍御判官賦七字句，同作

丁耀亢紅眉：應酬之不可存如此。

李念慈紅眉：稱題雅麗。

俞瑒乙本評：前半詠新樓，後半節度請賦詩。

奚禄詒甲本眉：一味應付。○兩截不貫。

奚禄詒乙本墨眉：一味應付。

盧見曾紅旁：陽城郡王，即尚書衛伯玉。初，代宗幸陜，衛有幹略，可當方面，任大事，拜荆南節度使。《杜臆》：題云"七字句"，知當時無律詩之句。王特請賦，亦以七言爲難也。○黄生曰：首句見時，結句見地，此杜詩章法。其全篇温潤和雅，非公平日本色，却是盛唐正宗。又曰：杜詩喜用"清"字，如"當暑著來清"，以清爲凉；"關河霜雪清"，以清爲寒；"天清木葉聞"，以清爲静；"沙亂雪山清"，以清爲明；"天清皇子陂"，以清爲霽；"侍立小童清"，以清爲秀也；"衣乾枕席清"，以清爲爽；"投壺散帙有餘清"，以清爲閑也。

朱方藹紅眉：首聯詠樓新成，"炎天"即帶時序，"冰雪生"，其高可知。三四"宿霧""浮雲"緊承上意。五六推開，歸美郡王，然語氣仍不離樓上。結二句更進一層，盡美盡善之作。

吴士模墨眉：首聯詠樓新成，"炎天"即帶時序，"冰雪生"，其高可知。三四"宿霜""浮雲"緊承上意。五六推開，歸美郡王，然語氣

仍不離樓上。結二句更進一層，盡美盡善之作。

沈巖旁：次連頂出"冰雪生"，下復以"有餘清"收縮。

王伯沆紅眉：陽城郡王，衛尚書伯玉也。

樓上炎天冰雪生，（**奚禄詒甲本旁**）率起。**高盡燕雀賀新成。碧窗宿霧濛濛濕，朱栱浮雲細細輕。**（**屈復評**）羊球《登西城賦》："畫棟浮細細之輕雲，朱栱濕濛濛之飛雨。"**杖鉞褰帷瞻具美，投壺散帙有餘清。自公多暇延參佐，江漢風流萬古情。**（**奚禄詒甲本旁**）湊。（**奚禄詒甲本旁**）賦也。

又作此奉衛王

方拱乾評：即此亦非沈宋所能望，況其下乎？

李念慈紅眉：此首則高朗沉雄，非同時諸公所能均敵矣。

奚禄詒甲本眉：公自知前首不佳，故又有此作。

奚禄詒甲本眉：典重之章。

盧見曾紅旁：首章志新樓落成而稱陽城韻事，次章詠登樓景事而作謙己之辭。○顧箋：山岳分峙曰開，江湖流別曰散，此句見楚中形勝。樓極高，故二儀各還其高下；樓最凉，故三伏莫定其有無。鎮静則能愛民，文儒則知好士。○末用梁王授簡事。

申頲紅眉：大勝前作，以無應酬俗語也。

朱方藹紅眉：首句"雄楚都"，已推到大處，次句因極言之。三四俯仰"二儀"，周回"三伏"，更推而遠之、久之。五六"幾年""終日"，並是較前進一步法。末結到公賦詩。覺兩首皆另有脱换，妙不可言。

朱方藹紅旁：與前篇同一結構，更有自近及遠之妙，末聯又换出新意,皆絶作也。

吴士模墨眉:與前篇同一結構,更有自近及遠之妙,末意又换出新意,此絶作也。首句“雄楚都”,已推到大處,次句因極言之。三四俯仰“二儀”,周回“三伏”,更推而遠之、久之。五六“幾年”“終日”並是轉前進一步法。末結到公賦詩,覺兩首句皆另有脱换,妙不可言。

沈巖旁:前詩與嚴同作,故再賦。

沈巖眉:升高曠,望群峰,但見其尖,故下“開”字;衆流歷分其境,故下“散”字:真意外驚人語。

嚴復墨眉:雄深雅健。

西北樓成雄楚都,遠開山岳散江湖。(**秦應逵墨旁**)頂“雄”字。(**奚禄詒乙本墨眉**)起手高傑,江風山月,何足陳哉?(**沈巖旁**)頂出“雄”字。二儀清濁還高下,(**奚禄詒甲本旁**)渾噩之氣,高傑之句。三伏炎蒸定有無。 推轂幾年唯鎮静,曳裾終日盛文儒。(**秦應逵墨旁**)二句奉衛王。(**沈巖旁**)二句奉衛王。白頭授簡焉能賦,(**奚禄詒甲本旁**)切當。愧似相如爲大夫。(**奚禄詒甲本旁**)賦也。○王、李效而難到。(**錢載評**)此則未見其妙。

江邊星月二首

奚禄詒甲本眉:此在舟出夔時,却無大味。

其 一

驟雨清秋夜,金波(**汪琬甲本紅旁**)月。耿玉繩。(**汪琬甲本紅旁**)星。(**吴士模墨眉**)俱貼“江邊”説天光水色,一望迷離。天河元自白，江浦向來澄。（**朱方藹紅眉**）俱貼“江邊”説，天光水色，一望迷離。（**沈巖眉**）“元自”“向來”承明雨後，以“天河”襯出江邊，氣脈承接一綫。（**沈巖旁**）“江浦”切“邊”字。映物連珠斷，（**汪琬甲本紅旁**）星。（**沈巖旁**）景。緣空一鏡升。（**丁耀亢紅眉**）宋人語。（**丁耀亢紅旁**）注疏。（**汪琬甲本紅旁**）月。（**李念慈紅眉**）麗句。（**奚禄詒乙本紅旁**）太比擬。（**沈巖旁**）月。餘光隱更漏，（**李以峙墨眉**）（隱）按“憶”字非。（**沈巖旁**）結包下半夜，又暗藏一客舟。況乃露華凝。（**奚禄詒甲本旁**）賦也。（**沈巖尾**）“露華”兼收到“清秋”。

其　二

江月辭風纜，（**李以峙墨眉**）（纜）按“檻”形訛。（**沈巖旁**）上總破，此分破，上逆此順。江星别霧船。（**李念慈紅眉**）“别”一作“隱”，佳。（**吴士模墨眉**）上首從星月寫江邊，此從江邊寫星月，亦用倒轉法，而語意略同。（**沈巖眉**）辭纜則船暗，醒“邊”字，又爲“客”字藏針。雞鳴還曙色，（**沈巖旁**）曉。鷺浴自清川。歷歷竟誰種，（**汪琬甲本紅旁**）星。（**奚禄詒甲本旁**）有感。悠悠何處圓。（**汪琬甲本紅旁**）月。（**奚禄詒乙本紅旁**）有感。客愁殊未已，他夕始相鮮。（**奚禄詒甲本旁**）稚而湊。○賦也。

秋日荆南述懷三十韻

李念慈紅眉：怨而不怒。

屈復評：一段罷官之懷，二段漂泊之懷，三段時事之懷，結胸可得而懷，口不可得而言也，正與起一段以言得罪相應。

奚禄詒甲本眉：閲此評，則此律與《北征》詩皆大有關係。○一段自序，二段時事，三段結時事，四段結自序。○此詩真是《大雅》遺響，沉雄典雅。以《八哀》詩較之，不啻天人之别。而前人皆推

《八哀》，謬矣。〇篇法甚莊重。〇此首較《白帝》《放船》更高。

奚禄詒甲本旁批注釋"甫之不安於朝"處：此注好。

奚禄詒乙本紅眉：公一生心事，此篇吐盡，不是爲房琯解嘲，深見三代封建之不可廢，漢代和親之大失策，真王佐之道也。豈爲肅、代之針砭哉？諸公何獨知贊《北征》詩耶？

陳治墨眉：汪云：明皇雖自蜀幸歸，而羈居南内，受制閹豎，已失其尊，以望帝比之，哀之也。明肅鬱鬱而死，代宗不能明正輔國之罪，故又以昭王南征不復傷之。"蛟螭"下承上言，自此禍亂相尋，漂流無已，"素業"至"衆人咍"，皆自述困阨也。下謂時之得喪難識，而己之榮枯易曉，因悲當時，竟起諸人來，必悉當追嘆和親之非計，罷相之不公。至今空瘁群材，獨勞聖慮，而勉之以慎易相廣，宗藩期君德之寬，致中興之望。末又申明自甘終隱，凡所諄諄者，爲國家而已。〇此篇哀而不傷，怨而不怒，真近體中《南》《雅》也。

王伯沆紅眉：此篇全爲琯事以自述也。

佚名己紅眉：上叙己之漂泊，下則追言房琯建分封之議，未可非也。

昔承推奨分，（**奚禄詒甲本旁**）在朝。（**嚴虞惇紅旁**）受知房琯也。**愧匪挺生材。**（**奚禄詒甲本旁**）八句總挈大意。（**奚禄詒乙本紅眉**）起手已明本旨。（**奚禄詒乙本墨眉**）八句總起大意，沉雄典則，真《大雅》受釐陳戒之章。（**嚴復墨眉**）自蒙塵説起。〇全篇感慨次律。**遲暮宫臣忝，艱危衮職陪。**（**沈巖眉**）遺補同寮，故曰"衮職陪"。庚辰。〇此"衮職"即指房琯。言始爲房琯所推奨，及琯被讒，與之同貶，共其艱危也。壬午。**揚鑣隨日馭，折檻出雲臺。**（**奚禄詒甲本眉**）"揚鑣""折檻"二句雖序往事，却譏肅宗，已起一篇主意。（**奚禄詒甲本旁**）已點眼。（**嚴虞惇紅眉**）首十句言奔赴行在，授左拾遺，以諫房琯事出貶，蹉跎歲暮也。（**陳治墨眉**）

“折檻”指救房琯，獲罪而出也。罪戾寬猶活，干戈塞未開。（秦應逵墨旁）領起通篇。（奚禄詒乙本墨旁）言救琯。星霜玄鳥變，（奚禄詒甲本旁）入秋日。身世白駒催。伏枕因超忽，（奚禄詒甲本旁）承上。扁舟任往來。（奚禄詒甲本旁）起下。（秦應逵墨旁）結上。（沈巖眉批下）“超忽”即上所謂催變也。九鑽巴噀火，三蟄楚祠雷。（嚴復墨眉）以乾元入蜀，於大曆二年下峽，故曰“九鑽”。大曆元年秋至雲安，於三年下峽，故曰“三蟄”。（丁耀亢紅眉）用欒巴事。（王伯沆紅眉）公在蜀九年，在夔三年。（沈巖眉批下）蟄雷似用石喜事，更考。（沈巖眉）“巴”用欒巴事，與“楚祠”借對。下二句乃分頂蜀、楚。望帝傳應實，（奚禄詒甲本旁）比體。（奚禄詒乙本紅旁）此二句似阮籍。昭王問不迴。（王伯沆紅眉）玄宗爲輔國劫，遷西内，悒悒而崩，故以喻之。（奚禄詒乙本紅旁）不止是切楚、蜀。蛟螭深作横，（奚禄詒乙本墨旁）賦也。豺虎亂雄猜。（奚禄詒乙本墨旁）藩臣也。素業行已矣，浮名安在哉？（嚴虞惇紅眉）此段廿四句，言楚蜀漂零之苦也。琴烏曲怨憤，庭鶴舞摧頹。（奚禄詒甲本眉）《烏夜啼》，宋臨川王義慶作。義慶爲江洲刺史，文帝徵之，家人大懼，姬妾夜聞烏啼，憂思而爲曲。◯《韓非子》曰：師曠援琴奏流徵，有玄鶴鳴舞於庭。（奚禄詒乙本紅眉）排律插此蕭颯之句，語凄而氣宕。秋水漫湘竹，（李念慈紅眉）當作“秋水漫湘竹”。陰風過嶺梅。（沈巖眉）“秋雨漫湘水”，水深雪雺比小人，言此日湖南群小自擅兵氛，且遍嶺外也。苦摇求食尾，（丁耀亢紅眉）可憐。（吕留良紅旁）句工意苦。常曝報恩腮。（奚禄詒甲本眉）昆明池釣魚，魚絶倫去。夢於武帝，求去，後報以明珠。（李念慈紅眉）古人不自諱如此。（吕留良紅旁）太可憐生。結舌防讒柄，探腸有禍胎。（奚禄詒乙本紅旁）受讒之至。蒼茫步兵哭，輾轉仲宣哀。（王伯沆紅眉）此序客居楚蜀之況。飢藉家家米，愁徵處處杯。休爲貧士嘆，任受衆人咍。（方苞眉批）《楚辭》：“又衆兆之所咍也。”（奚禄詒甲本眉）楚詞［人］謂調笑曰“咍”。咍，音苔，今韻無此。

(沈巖眉)哈我者以榮枯劃分,然得喪在榮枯之外,非衆人之識所該也。**得喪初難識,榮枯劃易該。**(奚禄詒甲本旁)諷官資太濫。(奚禄詒甲本眉)"該"字當"解"字看。(奚禄詒乙本墨旁)此得喪之難識。**差池分組冕,**(奚禄詒甲本旁)振起下房琯。指崛起在位者。**合沓起蒿萊。**(李念慈紅眉)"差池"以下四句,接連一意。(王伯沆紅眉)此諷官資濫進。**不必伊周地,皆知屈宋才。**(奚禄詒甲本旁)肅宗斥棄賢臣。(嚴虞惇紅眉)此下廿六句言聖主興朝,人争向用,而我獨困於岩壑。自古賢士多如此,亦不復致恨也。(李以峙墨眉)(登)按"知"字非。**漢庭和異域,晉史坼中台。**(奚禄詒甲本眉)讀至"坼中台",則爲琯之意明矣。(沈巖眉)"漢庭"二句暗指李揆使吐蕃、元載死東市。**霸業尋常體,**(奚禄詒甲本旁)應和議。(奚禄詒甲本旁)"尋常體"猶言下策略。余每謂公有王佐之才,於此益見。**宗臣忌諱災。**(奚禄詒甲本旁)應中台。(奚禄詒乙本墨旁)言和戎始繼霸之晉悼。(奚禄詒乙本墨旁批仇注"劃然之間,榮枯易見")次句言琯以諸王分守犯忌。(嚴虞惇紅旁)房琯病卒。**群公紛戮力,**(奚禄詒乙本墨旁)臣無策。**聖慮窅徘徊。**(奚禄詒乙本墨旁)君獨勞。(李以峙墨眉)(窅)按"睿"形訛。**數見銘鐘鼎,真宜法斗魁。**(奚禄詒甲本旁)"斗魁"下列三台。(奚禄詒乙本墨眉)宜用賢相,群公不足意。(沈巖眉)十句一氣涌出,所謂"詩看子建親"者,此類是也。**願聞鋒鏑鑄,莫使棟梁摧。**(秦應逵墨眉)十句一氣涌出,所謂"詩看子建親"也。**磐石圭多翦,**(奚禄詒甲本眉)"磐石"二句極言封建善於藩鎮。**凶門轂少推。**(奚禄詒甲本眉)《淮南子》:大將已受命,則設明衣,剪指爪,鑿凶門而去。(奚禄詒甲本眉)此下致願也。(嚴復墨眉)"磐石"句仍持次律之議。**垂旒資穆穆,祝網但恢恢。**(沈巖眉)"祝網"句,言罪廢者亦當收用,勿以一眚永棄,則自有什佰於群公者出,戢干戈而鳴鐘鼎,以慰聖慮。然我斯言豈自爲哉?内顧非傅説挺生之材,難爲中興輔佐,心若死灰,久已擺撥浮名矣,所以惓惓不忘者,徒念肅宗寬不即誅之恩,思效忠其子,如屈宋之於頊襄耳。赤雀翻然至，黄龍詎假媒。（汪琬甲本紅眉）黄玉。（奚禄詒乙本墨眉）以上十句見大經濟。賢非夢傅野，（奚禄詒甲本眉）君能安邦寬大，則賢人至矣。隱幾鑿顔坏。自古江湖客，冥心若死灰。（奚禄詒甲本旁）賦也。（奚禄詒甲本尾批）賦也。（奚禄詒乙本墨眉）末謂已無入夢之思，有鑿坏之隱，冥心於江湖而已。

【彙評】

錢陸燦丁本評：倘群公戮力，天子軫憂，爲將者功銘鐘鼎，爲相者法執斗魁，則鋒鏑全消，棟梁不壞。已固磐石之宗，何必屢求推轂之將乎？以見天子穆穆，王仁恢恢，赤雀來，黄龍至，太平可致矣。

陳治墨尾：“赤雀”二句非公自喻，乃屬望之詞，至“隱類”以下，方説到淪落。

陳治墨眉：肅宗疏忌宗室，以封建之議，憾房琯而罷之，請防功臣，使不得展其力，斯二者大亂之所以不平也。

秋日荆南送石首薛明府辭滿告别，奉寄薛尚書頌德叙懷斐然之作三十韻

奚禄詒甲本眉：此篇才無字句之累。○代宗討史朝義，金吾大將軍薛景仙以勇士二萬人敗賊，此滏口之會師也。○總起完題，下序景仙，不止和吐蕃一事，而頌德叙懷之中，隱隱感己與景仙同扈從入朝，同官宫僚，而己獨不得同與恩遇，却一意不露。○銅雀臺皆鴛鴦瓦。○漢武帝招仙臺以翠羽麟毛爲簾。○收東京時，景仙會師滏陽，收功何似矣。○此下亦歎尚書獨承恩遇，而流落之感寓焉，不止言斐然之作也。

俞瑒乙本評：起數語，叙明府寄書意，下直以尚書言之，所謂

"頌德叙懷"也。

秦應逵紅眉:起叙明府寄詩意,後直以尚書言之。

南征爲客久,(**嚴虞惇紅旁**)叙題起。(**沈巖旁**)荆南。西候别君初。(**奚禄詒乙本墨眉**)總起完題,下序尚書,不獨和親一事,而頌德叙懷之中,隱隱感己之不得與尚書同恩遇,却一毫不露。歲滿歸鳧舄,秋來把雁書。(**奚禄詒乙本墨旁**)言明甫代己傳尚書之書。荆門留美化,姜被就離居。(**丁耀亢紅眉**)不化。(**奚禄詒乙本墨旁**)歸見尚書。聞道和親入,垂名報國餘。(**奚禄詒乙本墨旁**)尚書使吐蕃。連枝不日並,(**奚禄詒乙本墨旁**)弟兄。八座幾時除。往者胡星孛,恭惟漢網疏。(**錢陸燦丙本評**)錢云:"往者"以下十句言尚書未立功以前事。(**陳治墨眉**)錢云:"往者"以下言尚書未立功以前事。(**奚禄詒乙本墨眉**)以上序了明府,以下並言尚書。風塵相澒洞,天地一丘墟。殿瓦鴛鴦坼,宫簾翡翠虚。鉤陳摧徼道,槍櫐失儲胥。文物陪巡守,親賢病拮据。公時呵獩貐,(**丁耀亢紅眉**)以下述功。首唱却鯨魚。(**陳治墨眉**)此叙尚書之勳勞。(**秦應逵紅眉**)此段叙尚書。勢惬宗蕭相,(**嚴虞惇紅旁**)郭令公。材非一范睢。諸名將。(**曹炎眉**)秦拜范睢爲客卿,卒聽其謀,使五大夫綰伐魏、拔韓。其相秦也,東伐韓少曲、高平,拔之。又以其謀縱反間於趙,趙以馬服子代廉頗,大敗趙於長平,皆睢之謀。故以比諸將。公舊執金吾,新受羽林前後二將軍。(**嚴虞惇紅旁**)諸名將。屍填太行道,血走浚儀渠。(**沈巖眉**)秦昭王臨朝,歎息曰:"物不素具,不可以應卒,今武安君既死,而鄭安平等叛,内無良將而外多敵國,吾是以憂。"欲以激厲應侯。應侯懼,不知所出。公意蓋指此。名將猶在,可以收用,非若止餘一范睢也。滏口師仍會,函關憤已攄。紫微臨大角,皇極正乘輿。(**奚禄詒乙本墨眉**)以上序尚書。下四句承應徐意言尚書猶鳳集,而己不得追扳如衆狙也。不止言斐然之作。賞從頻峨冕，殊私再直廬。公舊執金吾，新授羽林前後二將軍。（錢陸燦丙本評）錢云：三四句明府。（吕留良紅眉）平仄任用，故是詞家横處。然法自可活，不足病也。（陳治紅眉）“私”一作“恩”。豈惟高衛霍，曾是接應徐。（奚禄詒乙本墨旁）此尚書斐然之作。降梟翻翔鳳，追攀絶衆狙。（嚴虞惇紅眉）已上頌德，已下叙懷。（陳治墨眉）四句明府。侍臣雙宋玉，戰策兩穰苴。（奚禄詒乙本墨旁）雙言尚書之文與功也。鑒徹勞懸鏡，（奚禄詒乙本墨旁）尚書顧也。荒蕪已荷鋤。（俞瑒乙本評）此下自叙，所謂叙懷也。（陳治墨眉）“鑒澈”四句謂尚書清鑒。（奚禄詒乙本墨旁）已也。（奚禄詒乙本墨眉）以下感已之意也。嚮來披述作，石首處見公新文一卷。（曹炎眉）名首處見公新文一卷。重此憶吹噓。白髮甘凋喪，（奚禄詒乙本墨旁）已也。青雲亦卷舒。經綸功不朽，（秦應逵紅旁）公之念薛。（奚禄詒乙本墨旁）尚書。跋涉體何如。（曹炎眉）公頃奉使和吐蕃。應訝耽湖橘，（秦應逵紅旁）薛之念公。（奚禄詒乙本墨旁）已也。常餐占野蔬。十年嬰藥餌，萬里狎樵漁。揚子淹投閣，鄒生惜曳裾。但驚飛熠燿，不記改蟾蜍。煙雨封巫峽，（奚禄詒乙本墨旁）言已將下峽。江淮略孟諸。（奚禄詒乙本墨眉）以上自序，並懷尚書。湯池雖險固，遼海尚填淤。（秦應逵紅旁）以報國意結，歸重尚書。努力輸肝膽，休煩獨起予。（俞瑒乙本評）以報國意歸重尚書結。

獨　坐

奚禄詒甲本眉、乙本紅眉：三四承首句秋景，五六下承次句，了“獨坐”。

奚禄詒甲本旁：三四皆下因乎上。

朱方藹紅眉：起處乃獨坐之由，頷聯獨坐時所見，五六其所思也。坐則仰而視鳥,語格並工。結又點出晚景。

悲愁迴白首,倚杖背孤城。江斂洲渚出,天虚風物清。(奚禄詒甲本旁)三四皆下因乘上。滄溟服衰謝,(李念慈紅眉)"服"猶云習而安之也,"恨"字則淺。朱紱負平生。仰羡黄昏鳥,投林羽翮輕。(奚禄詒甲本旁)賦也。

暮　歸

方拱乾評:此體惟公勝。

錢陸燦丁本評:律體兼古意之最適者,三四極著意,煉得極自然。

汪琬乙本評:古色彪炳,餘音鏗鏘,使人穆然如對商周遺器。

申涵光乙本評:超忽變化,七律至此,不可捉摸。首句"黄""碧""白"三字,看他安插頓挫。句句是客中暮歸,只説入門,不説入門後。當下如何,即預想到明日不堪,是兩邊夾映法。

俞瑒乙本評:拗體,可與《曉發》一首參看。

屈復評:"月皎""風凄",在入門搗練時同是一景,所以分者,"月皎"入門所見,"搗練"風吹所聞也。①

奚禄詒甲本旁:卓然千古。

奚禄詒乙本紅眉:雕刻之工,反復自然。○後半是"夜裏思量千條路,明朝依舊賣豆腐"。

盧見曾紅眉:盧世㴶曰:全首矯秀,無一點悲愁潺氣,讀去如竹枝樂府,七言律中散仙也。

---

① 校注:"一景",杭本作"一境"。

盧見曾紅旁:上四,暮歸見聞之景。下四,暮歸流落之感。“闕舟楫”,無錢雇船。“多鼓鼙”,吐蕃爲寇。杖藜看雲,可謂安時而處順者。朝出於斯,暮歸於斯,南渡不可,北歸不能,年老客居失意,可勝道哉!起一“復”字,結一“還”字,見日日如是,皆無可奈何之詞。

錢載評:新趣妙趣,穩愜極矣。

朱方藹紅眉:古色彪炳,餘音鏗鏘,使人穆然,如對商周遺器。

吴士模墨眉:古色彪炳,餘音鏗鏘,使人穆然,如對商周遺器。

題張問陶墨眉:杜集拗律當以此爲第一。○傾欹歷落,不□不履。三四清矯。

陳治墨眉:古色彪炳,餘音鏗鍧,使人穆然,如對商周遺器。

吴廣霈墨眉:拗體一氣呵成,如此乃當得古拗清超。

沈巖眉:此詩中拗體也,可偶一爲之,亦就生避熟之法。○方云:且預寫明日無聊。杖藜看雲,庶幾可以散愁也,不是説無聊。

沈巖旁:“月皎皎”恨無酒,“風凄凄”苦無衣,是爲不稱意也。

霜黄碧梧白鶴棲,(**俞瑒甲本評**)暮。(**奚禄詒甲本眉**)起已不常,句句轉折。(**奚禄詒甲本旁**)如此嚴重,却字字能轉。(**秦應逵墨旁**)暮。城上擊柝復烏啼。(**申頲紅眉**)看他“黄”“碧”“白”三字安頓之妙。(**秦應逵墨旁**)歸。客子入門月皎皎,(**俞瑒甲本評**)歸。(**嚴虞惇紅旁**)此寫題暮歸。(**題商盤紅旁**)分裝句。誰家搗練風凄凄。(**吕留良紅眉**)天然景,天然句。南渡桂水闕舟楫,(**俞瑒甲本評**)轉出“不稱意”。(**嚴虞惇紅旁**)此下俱寫明日。(**秦應逵墨旁**)轉出“不稱意”。北歸秦川多鼓鼙。(**申頲紅眉**)超忽變化,不可捉摸,全妙在一毫不似歌行。年過半百不稱意,明日看雲還杖藜。(**俞瑒甲本評**)應“暮歸”意。(**俞瑒甲本評**)玩“復”字、“還”字,無聊之思可見。(**題商盤紅旁**)倒押句。(**奚禄詒甲本眉**)

末句分明"賣豆腐"意，五六即"思量千條路"矣。(**奚禄詒甲本旁**)賦也。○堅老高潔，又一格也。(**申頲藍眉**)至老至宕，亦復至深，細極拗體之妙。(**錢載評**)玲瓏透澈。(**秦應逵墨尾**)筆力與胸懷相副。(**沈巖旁**)"暮"字反收，忽然拓開，筆力與胸襟相别。

【彙評】

俞瑒甲本評:拗體，可與《曉發》一首參看。

張學仁參定:三四似不衫不履，却能聲調和諧，毛奇齡所謂通人必知音也。

江　漢

題鮮于樞評:公自言江漢思歸之客，如片雲之與天共遠，於永夜則與月同孤，雖曰"乾坤一腐儒"，然"落日心猶壯"，且"秋風病欲蘇"，尚堪一用，是以"古來存老馬，不必取長途"，言不用其力，用其智耳。賦而比也。

汪琬乙本評:東坡《南歸詩》"浮雲世事感[改]，孤月此心明"，與老杜千載相合。

俞瑒乙本評:三四"遠"字、"孤"字雙承起聯，絶妙。

屈復評:起情、地，三承江漢，四承思歸，五六猶堪用世，結引古自喻。①

吴錫麒紅眉:是從羈旅中會心而出，非止寫江漢景也。

奚禄詒甲本眉:三句乾坤、江漢，四句腐儒、歸客，怨而不怒。後四句正烈士暮年，壯心不已。

---

① 校注:此批語杭本闕。

奚禄詒甲本旁：晚唐間筆。

盧見曾紅眉：趙汸曰：中四句情景混合入化。○胡應麟曰：含闊大於沉深，高岑瞠乎其後。

盧見曾紅旁：遠注：全首是“老驥伏櫪，志在千里。烈士暮年，壯心未已”意，此身滯江漢而有感也。上四言所處之窮，下四言才猶可用。○思歸之旅客，乃當世一腐儒，自嘲亦復自負。“天共遠”承“江漢客”，“月同孤”承“一腐儒”。心壯病蘇，見腐儒之智可用，故以老馬自方。周甸曰：“不必取長途”，取其智而不取其力。

吴士模墨眉：乾坤作客，重霄灑然，然八面俱澈，思參造化，筆奪天工。後四句猶思爲世用也。老馬智能識道，而不必於馳驅，喻用老馬之道。有議者[云]是篇中二聯相礙者，不知其泛詠羈愁，非定爲夜作也。

題張問陶墨眉：三句以“雲”字爲主，四句以“月”字爲主，此處看他手法。

吴廣霈墨眉：牢騷憤悶，有“對酒當歌，人生幾何”之慨，故其詞雄，其氣勁，其心悲，其音噍殺而激昂也。

沈巖旁：定翁單點起連，恐未熟讀《解嘲》。

沈巖眉：“一腐儒”謂世人以腐儒見待，若乾坤之内有不加多，無不加少，此一老真無復當世之用也。○公詩呼應處用意渾成，不宜露骨，第二不參活句則通篇死板，北地等所以未夢見也。

江漢思歸客，（**題商盤紅旁**）對起。乾坤一腐儒。（**申頲紅眉**）此等累句，學杜者每以爲佳，受害不淺。（**朱方藹紅眉**）乾坤作客，日月懷歸，重霄灑然，然八面俱徹，思參造化，筆奪天工矣。（**陳治紅眉**）東坡《南歸詩》：“浮雲世事改，孤月此心明。”千載相合。（**沈巖旁**）直呼起後四句。片雲天共遠，（**俞瑒甲本評**）承首句。（**題商盤紅旁**）三四承首句。參差對。

(**佚名丁墨旁**)竺云:"片雲"喻身。**永夜月同孤。**(**吕留良紅旁**)四句句法相似,非世俗所病拘也。(**俞瑒甲本評**)承次句。(**奚禄詒甲本旁**)傷心之至。(**陳治墨旁**)吴云:"片雲""落日"兩聯句調相犯,不可不知。○汪云:蘇錢箋易"疏"字出韻,不可從。**落日心猶壯,**(**俞瑒甲本評**)見腐儒可用。(**題商盤紅旁**)硬裝句。(**佚名丁墨旁**)竺云:"落日"謂暮年。**秋風病欲蘇。**(**吕留良紅眉**)"夜月""落日"亦似倒置,正不妨者。(**題商盤紅旁**)承次句,起七八。(**倪象占藍眉**)"蘇"字在七虞,宜從。**古來存老馬,**(**題商盤紅旁**)對結。意在言外。**不必取長途。**(**奚禄詒甲本尾批**)賦也。○氣概擊碎唾壺。(**沈巖尾**)言所以思歸者,非懷安也,廟堂勿因其老以安用腐儒見棄,則猶可以端委而折衝也。

【彙評】

俞瑒甲本評:三四"遠"字、"孤"字,雙承起聯來,絶妙!

張學仁參定:"雲""月""風""日",景也,"共遠""同孤""猶壯""欲蘇",情也。四句中情景兼貫,後人不能學步。

題商盤尾:前輩有謂此詩日月並見者,不知此詠物,非寫境,何病之有?○古詩"老驥伏櫪,志在千里",杜用其意,而"不必長途",又别有義乃工也。

佚名丁墨尾:公到江陵,本欲北歸,此詩見志。○前四直下,後四掉轉。前見道遠而孤,後見氣盛宜返。結聯云云,寓不應遠棄萬里意。○黄生曰:有病此詩日月並見者,不知落日乃借喻暮,鑿。

哭李常侍嶧二首

陳治墨眉:此二詩當依朱本,編入荆州。

其　一

一代風流盡，修文地下深。（**吴廣霈墨眉**）語長心鄭重，激楚之音，讀之令人嗚喑不已。斯人不重見，將老失知音。短日行梅嶺，寒山落桂林。（**李念慈紅眉**）知己之感，過於受恩。（**李以峙墨眉**）（山）按當從“江”。長安若箇畔，（**佚名丁墨旁**）竺云：“畔”一作“伴”，似是，謂昔時官僚若箇□□。猶想映貂金。（**奚禄詒甲本眉**）結句公在省中，時與李同官，故下亦曰“青瑣雲”。

【彙評】

佚名丁墨尾：首章泛就常侍身殁歸櫬，致其哀情。下四句一氣讀，以他人之情形出己情。扶櫬者已自梅嶺、桂林而來，而長安舊伴，猶想生還也。説採仇。

其　二

吴士模墨眉：言李之賢，不愧史筆。

青瑣陪雙入，銅梁阻一辭。風塵逢我地，江漢哭君時。次第尋書劄，呼兒檢贈詩。（**奚禄詒甲本眉**）尋劄檢詩，情事難堪。（**奚禄詒乙本墨眉**）五六情事難堪。（**佚名丁墨旁**）五六呼兒次第尋檢書詩也。發揮王子表，不愧史臣詞。（**奚禄詒甲本尾批**）賦也。

【彙評】

佚名丁墨尾：次章將舊交投贈之誼，屢屢叙出。在京則嘗同官，在渝則過其地，而闕於叙别，意謂後當重見也。乃今逢我之地，竟成哭君之時，誰能堪此乎？追維宿好，贈劄如新；逆料後名，史書不泯。殁者之目可瞑,而存者之悲何能已已。

呀鶻行

奚禄詒甲本眉:與《瘦馬行》同一沉著。

病鶻孤飛俗眼醜,每夜江邊宿衰柳。(**翁方綱評**)"俗眼"見爲醜也。清秋落日已側身,過雁歸鴉錯迴首。緊腦雄姿迷所向,疏翮稀毛不可狀。(**丁耀亢墨眉**)"狀"字改"壯"。强神非復皂雕前,俊材早在蒼鷹上。風濤颯颯寒山陰,熊羆欲蟄龍蛇深。(**李以峙墨眉**)(蟄)按"摯"形訛。念爾此時有一擲,失聲濺血非其心。(**奚禄詒甲本尾批**)賦而比也。(**吴廣霈墨尾**)獅子豈用全力搏兔哉?可悲可恨。

送覃二判官

沈巖旁:肅宗於公雖一斥不復,然録用之恩,思報之其子,迹似屈、宋之事頃襄王也。

先帝弓劍遠,小臣餘此生。(**奚禄詒甲本旁**)起亦慨。蹉跎病江漢,不復謁承明。餞爾白頭日,永懷丹鳳城。遲遲戀屈宋,渺渺卧荆衡。魂斷航舸失,天寒沙水清。肺肝若稍愈,(**沈巖旁**)應"病"字。亦上赤霄行。(**奚禄詒甲本尾批**)賦也。(**沈巖旁**)應"謁"字。

久　客

題鮮于樞評：首言久客乃知交態，見俗情之相輕，惟自哂而已。是以去國則哀王粲，傷時則哭賈生。若小吏者，特狐狸耳，何足道哉？況今正豺虎縱横，言兵亂正甚，所可哀、可哭者，此耳。賦而比也。

汪琬甲本紅眉："客子常畏人。"

李念慈紅眉：賴有結歸大義，不然則止是一恨小詩矣。

吕留良紅旁：題曰"久客"，正見人情物態。

奚禄詒甲本旁：旨在當路者。

王士禛評：太露。

朱方藹紅眉：語自渾然，故不傷議論。○從學問寫俗情，不難其深入，而難其淺出，中晚人何足與言？

陳治墨眉：真閱歷語。

沈巖旁：定翁云：落句好。

羈旅知交態，淹留見俗情。（**丁耀亢紅眉**）真。（**奚禄詒甲本眉**）首句指朋友，次句指土風。衰顔聊自哂，小吏最相輕。（**傅山紅眉**）無聊駡人，近於可恥。（**奚禄詒甲本紅旁、乙本紅旁**）説盡俗語。去國哀王粲，傷時哭賈生。（**吴廣霈墨眉**）雖傷時嫉俗而泛論並無的指，可以怨矣。狐狸何足道，豺虎正縱横。（**奚禄詒甲本尾批**）賦而比也。○"狐狸"太狠，駡。（**吴廣霈墨尾**）此用《漢書》埋輪事。

地　隅

題鮮于樞評：言江漢之間，乃地之一隅，而重重山阻，自蜀至荆州，固非一年，亦非一處，故云然。蓋因遭亂，悲凉如王粲、屈宋輩，且不已於行，而心折矣。賦也。

奚禄詒甲本眉：五六恰好。

奚禄詒甲本旁：詩成而取二字爲題。

王鳴盛墨眉：謝靈運《擬魏公子鄴中詩序》云，王粲家本秦川貴公子。粲依劉表於荆州，屈原又是大夫，□二子亦自沉，正"江漢思歸客"意。

江漢山重阻，風雲地一隅。（**丁耀亢紅眉**）何其苦痛。**年年非故物，處處是窮途。**（**吕留良紅旁**）隨口語，有味在。**喪亂秦公子，悲凉楚大夫。**（**李念慈紅眉**）此思下楚而慮道路之多榛梗也。**平生心已折，行路日荒蕪。**

【彙評】

佚名丁墨尾：仇云：上客遊之迹，下漂泊之情。愚按："非故物"，地與景與身俱非舊也；"心已折"，不作歸想矣；"路荒蕪"，轉徙難堪也。

舟中出江陵南浦，奉寄鄭少尹審

屈復評：非終身流落天涯者，不知此段苦衷。起四句。①

奚禄詒甲本眉：起句已有鄙薄之意。〇通篇序舟出江陵南浦之懷，末數句了寄少尹。

奚禄詒乙本墨眉：通章序舟出南浦之懷，末以數句纔及寄鄭。

秦應逵墨眉：悲壯。

① 校注："苦衷"，杭本作"苦衷也"；"起四句"，杭本闕。

更欲投何處？飄然去此都。（丁耀亢紅眉）起老。（吕留良紅旁）開口旅情無限。（申頲紅眉）起得凄然。（秦應逵墨旁）舟出江陵。形骸元土木，舟楫復江湖。社稷纏妖氣，干戈送老儒。（李念慈紅眉）“送”字甚悲。一本注云“如送葬之送”，深得此解。百年同棄物，萬國盡窮途。（吴廣霈墨眉）“百年”二句寫得入情，令人難堪。雨洗平沙静，（奚禄詒甲本紅旁、乙本紅旁）南浦。天銜闊岸紆。（吕留良紅旁）甚奇。（陳治墨眉）精煉。鳴蜚隨汎梗，别燕起秋菰。（李以峙墨眉）（起）按“赴”形訛。（吕留良紅旁）新。棲託難高卧，飢寒迫向隅。（李念慈紅眉）纏綿沉雄。寂寥相呴沫，浩蕩報恩珠。（吕留良紅旁）辭佳意苦。溟漲鯨波動，衡陽雁影徂。（丁耀亢紅眉）極盡流離依人之痛。南征問懸榻，東逝想乘桴。（秦應逵墨眉）“南征”“東逝”，不知所往，俱從“更欲投何處”生來。（沈巖眉）“南征”“東逝”，不知所適，俱從“更欲投何處”生下。濫竊商歌聽，時憂卞泣誅。經過憶鄭驛，斟酌旅情孤。（吕留良紅旁）恰好。（奚禄詒甲本眉）“斟酌”不止憶鄭，並前生所遇亦在斟酌不肯輕投之中。（奚禄詒甲本旁）“商歌”之下即接“汴泣”，“鄭驛”之下即接“斟酌”句，皆是譏也。（奚禄詒甲本尾批）末纔及鄭，恐前途亦似鄭也。（奚禄詒乙本墨眉）“斟酌”不止憶鄭，前途所遇無不在中。

【彙評】

奚禄詒甲本尾：鄭審，公故交也，乃不能下，獨留公而令其去夔，可謂薄矣。故篇中如“萬國窮途”“鳴蛩别燕”“南征問榻”“斟酌旅情”，皆隱隱帶諷。

山　館

紀曉嵐評：三句醒“山”字，四句醒“館”字，五六寫景陰慘，合七八句觀之,正言一夜無眠耳。却不説破,絶有含蓄。

王士禛評:一二時,三四事,五六景,結情。

朱方藹紅眉:却是眼前拈出幽細,亦復絶倫。

題張問陶墨眉:六句寫早起之景如畫。昔人詠燈云:"朱門人語上朝時。"不同境而同其妙。

奚禄詒甲本眉:前七句隱隱皆不安之景,故以末句結之。

奚禄詒乙本紅眉:前六句皆不安之景,故末云云。

佚名丁墨旁:竺云:詳考詩意,此似未移居前作。

南國晝多霧,(**題商盤紅旁**)對起見地。北風天正寒。(**題商盤紅旁**)見時。(**沈巖眉**)起連便覺山鬼欲出。路危行木杪,(**題商盤紅旁**)呼應句。身遠宿雲端。(**俞瑒甲本評**)起"夜"字。(**李以峙墨眉**)按"迴""遠"皆可,"迴"則謬極。山鬼吹燈滅,(**嚴虞惇紅旁**)幻。(**題商盤紅旁**)倒叙。厨人語夜闌。(**嚴虞惇紅旁**)真。(**申頲紅眉**)"語夜闌"是小人情性。(**吴廣霈墨眉**)"山鬼"句奇語,可謂石破天驚。(**佚名丁墨旁**)竺云:"厨人"是逆旅者。雞鳴問前館,(**俞瑒甲本評**)應"晝"字。(**佚名丁墨旁**)竺云:七句曰"雞鳴問前館",即所移居處。世亂敢求安?(**李念慈紅眉**)途次情事如睹。(**俞瑒甲本評**)得力在結句,通首注意於此。(**俞瑒乙本評**)得力在結句,通首意注於此。(**題商盤紅旁**)反言見意。(**奚禄詒甲本尾**)賦也。

【彙評】

陳訏紅眉批仇注"厨人夜起,因手燈吹滅,戲語爲鬼所吹。細人口角如此"處:此等想頭,令人欲嘔。

佚名丁墨尾:似是未至館之前夜,託宿山中時所作。上四從途次説到投宿,五六就投宿處寫景。"吹燈滅"上著"山鬼"字,此地之黯慘可知。"語夜闌"上著"厨人"字,此時之闃寂可知。"前館"乃是題中"山館",今所宿之境如此,則山館之凄苦亦可知。問之必有云不安者,故解之曰"世亂敢求安"。此二句記凌晨將赴館事。

哭李尚書

王士禛評:哭友詩,亦非此體所盡。

秦應逵墨眉:哭友詩,非此體可盡。

嚴復墨眉:之芳,蔣王惲之子庶,《唐書》稱其"身有令譽,頗善五言詩,宗室推之"。

奚禄詒乙本墨眉:極其傷痛。

佚名己紅眉:此語痛心。

漳濱與蒿里,(**奚禄詒乙本墨眉**)漳濱,貶地也。(**奚禄詒乙本墨旁**)貶之年即死。逝水竟同年。(**奚禄詒甲本眉**)"同年"者,遭貶之年即死也。欲掛留徐劍,猶回憶戴船。相知成白首,此别間黄泉。(**佚名己紅眉**)此語痛心。風雨嗟何及,(**題商盤紅旁**)倒應上聯,硬裝句。江湖涕泫然。(**奚禄詒甲本眉**)不可讀。修文將管輅,奉使失張騫。(**題商盤紅旁**)倒應上聯。(**陳治紅眉**)《困學紀聞》:李之芳,廣德初兼御史大夫,使吐蕃,留二載乃得歸,故少陵有"奉使致失張"及"史閣行人在"之句。史閣行人在,詩家秀句傳。(**錢載評**)《困學紀聞》云:李之芳,廣德初兼御史大夫,使吐蕃,留二載乃得歸,故少陵詩有"奉使失張騫"及"史閣行人在"之句。客亭鞍馬絶,旅櫬網蟲懸。復魄昭丘遠,(**李以峙墨眉**)(魄)按"塊"形訛。歸魂素滻偏。樵蘇封葬地,喉舌罷朝天。(**奚禄詒甲本眉**)復,始死之復祭,故是魄,不是魂,魂即葬地耳。秋色凋春草,王孫若箇邊。(**汪琬甲本紅眉**)若箇。(**陳治墨眉**)

屈原與楚同姓,故曰"王孫"。(**嚴復墨眉**)之芳天潢,故云"王孫"。

重　題

錢陸燦丁本評:殘生幾何,自悲悲人,情景衰颯,語淡而悲深。

汪琬乙本評:與前十韻同一結構,語淡而悲涼。

李念慈紅眉:傷人自感,情緒慘深。

題商盤紅眉:憶昔"兒童相顧盡",回思"宇宙此生浮",此洗發上文"餘"字,見所交皆在童稚,忽然轉眼無存。入骨之意,古今同感,因以"浮生"二字拆用,句遂稱佳。

奚禄詒甲本眉:三四緊頂次句。

奚禄詒乙本紅旁:悵然何所不盡。

吴錫麒紅眉:沉痛語,是淚、是血,不似今人作哀挽詩,一概白楊宿草,爲門面了事已也。

吴士模墨眉:與前十韻同一結構,語淡而悲深。

題張問陶墨眉:"太子"而以"客減"爲傷,則舊交益宜以友亡增痛,恰與上截關生。

涕泗不能收,(**佚名丁墨旁**)起句見所以重題之意。**哭君餘白頭。**(**丁耀亢紅眉**)真。(**奚禄詒乙本紅眉**)是重題起句。(**沈巖眉**)"余"作"餘",二字工拙懸絶。**兒童相顧盡,**(**題商盤紅旁**)藏頭句。(**李以峙墨眉**)按此語極悲。作"相顧"失之遠矣,此必傳寫者之訛。從來讀詩者不必盡知詩也。**宇宙此生浮。**(**吕留良紅旁**)殘生幾何,自悲悲人,情景衰颯。兩句承上"餘白頭"來,同交死盡。(**嚴復墨眉**)兒童相識,猶云總角之交。**江雨銘旌濕,**(**題商盤紅旁**)呼應句。**湖風井徑秋。**(**吕留良紅眉**)"井徑""應劉",不可無注。(**佚名丁墨旁**)竺云:李蓋在荆州死,荆州府城北有東湖，井徑正用"井徑減兮丘壠殘"語，言靈櫬所經秋色荒凉之狀。**還瞻魏太子，**（**佚名丁墨旁**）竺云：蓋謂□宗爲太子也。**賓客減應劉。**（**吕留良紅旁**）用得恰好，下"减"字更妙。（**奚禄詒甲本尾批**）賦也。

【彙評】

佚名丁墨尾：五排之悲爲李悲，此篇之悲并爲身悲矣。"相識盡""此生浮"，已近死而更漂流也。"江雨""湖風"，爲歸櫬設色。"賓客""應劉"，又就官職生情。"太子"而以"客減"爲傷，則舊交益宜以友亡增痛，恰與上截關生。

醉歌行請顧八題壁贈公安顔少府

錢陸燦甲本旁："八"字以下，恐有"分"字。

錢陸燦甲本眉：方曰：此公醉後作詩，欲顧八分爲之書壁也。公自注顧汜吴人，而劉辰翁於"中郎石徑後"詩云，卒不知顧何名，亦粗甚矣。

錢陸燦乙本墨眉：方曰：此公醉後作詩，欲顧八分爲之書壁也。公自注顧汜吴人，而會孟於"中郎石徑後"詩云，卒不知顧何名，亦粗甚矣。

錢陸燦丁本評：此公醉後作歌，欲顧八分爲之書壁也。

汪琬乙本評：樸老極矣，彌覺其雅貼。前著兩"不見"，突兀之甚。末後一語竟住，有萬鈞之力。

奚禄詒甲本眉：兩"君不見"説顧去己，亦妙。

盧見曾紅旁：偶然酬應，必挾奇氣而出。隨筆所至，皆臻妙境。

朱方藹紅眉：樸極矣，彌覺其雅。〇眼前人著"君不見"，突兀之甚。

陳治墨眉：遒勁中亦復磊落。

嚴復紅眉：王云：樸。

沈巖眉批下：“八”下疑脱“分”字。

佚名己紅眉：顧八名誠奢。

神仙中人不易得，顏氏之子才孤標。（**丁耀亢紅眉**）太白作此等語，另有妙境。（**汪琬甲本紅眉**）仙尉。（**奚禄詒甲本旁**）興起顏氏。（**奚禄詒乙本紅旁**）二句言其才。（**吴廣霈墨眉**）起得好。天馬長鳴待駕馭，秋鷹整翮當雲霄。（**李念慈紅眉**）二句可想見其人俊朗。（**沈巖旁**）此才而止一尉，則時可知矣，然不見吾二人乎？君不見東吴顧文學，君不見西漢杜陵老。（**吕留良紅眉**）劉云：眼前人著兩“不見”，唐突可人。（**徐松紅眉**）歸愚曰：杜詩每有此種接法。（**吴廣霈墨眉**）接以兩“君不見”，突兀亦佳。（**奚禄詒乙本墨眉**）“君不見”著在己與顧上，亦創。（**佚名己紅眉**）公與顧却雙叙，又一格也。詩家筆勢君不嫌，詞翰升堂爲君掃。（**沈巖旁**）言當世所知止此，實可憐傷，君不嫌其鄙事而請之，則聊爲題也。是日霜風凍七澤，烏蠻落照銜赤壁。（**李念慈紅眉**）借入震蕩。（**屈復評**）“是日”二句一宕。① （**奚禄詒甲本旁**）此句未叶，至下句纔叶韻。酒酣耳熱忘頭白，感君意氣無所惜，一爲歌行歌主客。（**沈巖眉**）因主以見客，三人者皆神仙中人也。然而天地閉，賢人隱，頭白不遇，獨其同類意氣相惜耳。（**吕留良紅眉**）豪氣皦人。（**奚禄詒甲本尾批**）比而賦也。（**吴廣霈墨眉**）作歌詩亦復須感人之意氣而作，豈對妄人作剖心語哉？收得真好。（**吴廣霈墨尾**）此所謂樸不傷雅也。（**李以峙墨眉**）（末句）按從《英華》添“醉”字，音節失諧。

---

① 校注：杭本此句作“‘是日’二句一宕，大有力，法妙”。

送顧八分文學適洪吉州

屈復評:少陵憂國憂民,首首有之,此結亦然,不足奇。文學以書法顯當代,起一段所必叙,人人如此。惟中間論友朋凶終隙末,言之痛切,是此首命意在此。①

奚禄詒甲本眉:述往事以贊顧。○"不相棄"之下插"驊騮"二句,自然上下相貫,妙筆也。"朋友"二句已吊起下文。○"舟楫"八句正入世之高術,應"失墜"意。"使臣"四句稱洪異於東諸侯,末又云"猛虎行",未免譏□□。"猛虎行"應"東諸侯"二句。

奚禄詒乙本墨眉:送人之中,有許多告喻,真仁人厚道。述往事以贊顧。

盧見曾紅旁:振筆直書,縱横歷落,行乎其所當行,止乎其所不得不止。詩境至此,亦從心不逾矩時也。王嗣奭曰:全篇無一字虚飾,可以知其相與之情,而愛民之真懇、規友之直諒,又兩見之矣。

曹炎眉:明皇師韓擇木,嘗於彩牋上八分書,賜張説。

張裕釗眉:一語道盡藝事秘鑰。

吴廣霈墨眉:此首差可讀。○沉鬱頓挫,淋漓盡致。○後段嫌太冗長,而乏精彩簡練,截短之,便完璧矣。

嚴復墨眉:當是與前《醉歌行》顧八爲一人,題中"分"字,因詩而衍。

嚴復墨旁:此老不以書名,然論書語皆入三昧。

中郎石經後,八分蓋憔悴。顧侯運爐錘,筆力破餘地。

① 校注:"少陵憂國憂民,首首有之",杭本作"憂國憂民,少陵首首有之";"人人如此",杭本作"人之如此";"在此",杭本作"所在"。

（吴士模墨眉）五字精妙，猶云“詩罷地有餘”，而此更警。“詩罷地有餘”是神味，“筆力破餘地”是魄力。昔在開元中，韓蔡同贔屭。玄宗妙其書，是以數子至。御札早流傳，揄揚非造次。三人併入直，恩澤各不二。顧於韓蔡内，辨眼工小字。（秦應逵紅旁）二字細潤。（沈巖眉）“工小字”上以“辨眼”綴之，頓覺細潤。分日示諸王，（奚禄詒乙本墨旁）想玄宗以書示諸王。鈎深法更秘。（錢陸燦甲本眉批）此言顧與韓、蔡同被玄宗之知，而顧又工小楷，爲諸王之師也。（錢陸燦乙本墨眉）此段言顧與韓、蔡同被玄宗知，而顧又工小楷，爲諸王之師也。（吴廣霈墨眉下）此句言其工鈎搨也。文學與我遊，蕭疏外聲利。（孫承澤墨眉）書學非聲利中人所能工。（奚禄詒乙本墨旁）入交情。（佚名己紅眉）一转有力，此見顧不獨以八分見長。追隨二十載，浩蕩長安醉。（翁方綱評）今日所見八分小字，惟《孝經注》及《龍角山碑》鈎深法秘，確是爾時小字八分也。高歌卿相宅，文翰飛省寺。視我揚馬間，白首不相棄。（奚禄詒乙本墨眉）“不相棄”之下插“驊騮”二句，自然上下相貫，妙筆也。“朋友”二句已吊起下文。驊騮入窮巷，必脱黄金轡。一論朋友難，遲暮敢失墜？古來事反覆，相見横涕泗。嚮者玉珂人，（奚禄詒乙本墨旁）雙形。誰是青雲器？（奚禄詒乙本墨旁）顧與己也。才盡傷形體，（奚禄詒乙本墨旁）自序。病渴污官位。故舊獨依然，時危話顛躓。（錢陸燦甲本眉、乙本墨眉）此段言己與顧爲詩酒之友，而顧復以我爲揚、馬，每過窮巷，必停車也。“玉珂”二句言嚮時同朝之人，誰爲青雲之士可以附託者？獨公不忘舊交，猶依依相念耳。我甘多病老，子負憂世志。胡爲困衣食，顏色少稱遂。（奚禄詒乙本墨眉）應“失墜”意。遠作苦辛行，（奚禄詒乙本墨旁）言顧此行。順從衆多意。（李念慈紅眉）“順從”句盡厄苦中情事。舟楫無根蔕，蛟鼉好爲祟。况兼水賊繁，特戒風飆駛。崩騰戎馬際，（李以峙墨眉）（際）按“險”形訛。往往殺長吏。子干東諸侯，勸勉防縱恣。（孫承澤墨眉)古道。(奚禄詒乙本墨眉)告其勸勉東諸侯。(李以峙墨眉)(勸)按"勤"形訛。(佚名己紅眉)此正憂世語,勿作沓拖看過。邦以民爲本，魚飢費香餌。(李念慈紅眉)告誡勗勉,古道照人。(王伯沆紅眉)愛人以德,固應爾爾。請哀瘡痍深，告訴皇華使。(孫承澤墨眉)送文學諄諄以瘡痍誅求爲言,是大儒匡濟本懷。(奚禄詒甲本旁)洪爲采訪使,故云"皇華"。(奚禄詒乙本墨眉)洪爲採訪使,故云"黄[皇]華"。使臣精所擇，進德知歷試。(奚禄詒乙本墨眉)言洪□□東諸侯。惻隱誅求情，固應賢愚異。列士惡苟得，(李以峙墨眉)(烈)按"列"脱誤。俊傑思自致。贈子猛虎行，出郊載酸鼻。(奚禄詒乙本墨眉)結以"猛虎行",正應上"東諸侯"。

【彙評】

錢陸燦甲本眉、乙本墨眉:此段言我甘衰病,無志於用世矣。顧有用世之才,胡爲亦困於衣食而辛苦於人乎?且行路者有兵戎盜賊風波之憂,宜見保慎。其於洪吉州,尤宜軫恤民隱,上聞於採訪,使賢愚之分,只在於惻隱誅求而已。如吉州不去,則當隱身而去,勿及於難。"猛虎行",所謂"熱不息惡木陰"也。

錢陸燦丁本評:此段言我甘衰病,無志用世。顧有用之才,胡爲亦困於衣食而辛苦於人乎?且行路有兵戎風波之憂,宜自保慎。其見洪吉州,則尤宜軫惜民隱,上聞於採訪,使賢愚之分,只在於惻隱誅求而已。如吉州不聽,則當隱身,勿及於難。"猛虎行",所謂"[熱]不息惡木陰"也。

官亭夕坐戲簡顏十少府

王士禛評:次句寫尋常景,句特奇妙。五六妙。

屈復評:三亦妙。①

奚禄詒甲本眉:《夕坐》《苦風》二首皆有望於地主。

朱方藹紅眉:只一無酒耳,寫來如許牽情,似迫似寬,悠然不盡。求飲於少府,故題曰"戲簡"。曰"調",見南國之温。曰"浸",見西江之大。

吴士模墨眉:只一無酒耳,寫來如許牽情,似迫似寬,悠然不盡。求飲於少府,故題曰"戲簡"。曰"調",見南國之温。曰"浸",見西江之大。

南國調寒杵,西江浸日車。(**奚禄詒甲本旁、乙本墨旁**)夕也。客愁連蟋蟀,(**沈巖旁**)方云:公又有"流年疲蟋蟀"句,各妙。亭古帶蒹葭。(**奚禄詒甲本旁**)句好。○也稱。(**奚禄詒乙本墨眉**)三四佳句,有二層。不返青絲鞚,虚燒夜燭花。老翁須地主,細細酌流霞。(**奚禄詒甲本旁**)賦也。○中四句皆"須地主"之情事。

移居公安敬贈衛大郎鈞

屈復評:衛大郎一年少,晚托末契,此詩有望外之喜,然亦不過"供宴語""伴棲遲"耳。非有裴行儉兩船之贈,魯子敬指囷借宅之深,徐元直舉以自代之厚,何至贈詩如此?全集中交遊贈答,軒冕幾遍天下,今皆何在?竊爲少陵恥之。吾將盡焚平生贈答之作,詩如可存,亦隱其姓,毋令後人復吾恥也。②

---

① 校注:此批語杭本闕。

② 校注:"然亦不過",杭本作"然不過";"軒冕幾遍天下",杭本作"交遊幾遍天下";"姓",杭本作"姓名";"毋令",杭本作"無令"。

奚禄詒甲本眉:前贈衛大,後移居公安,末句應轉首句。

奚禄詒乙本墨眉:前贈衛大,後移居,末句應轉首句。

沈巖眉:“雅量含高遠”,自負不易知也。“等夷”,自謙也。

佚名己紅眉:衛侯與公親昵如此,真不易得。

衛侯不易得,余病汝知之。(**王伯沆紅眉**)老壯故態。(**奚禄詒乙本紅旁**)有狂態。雅量涵高遠,(**汪琬甲本紅旁**)細甚。(**題商盤紅旁**)接首句。(**奚禄詒甲本旁**)承“汝知之”轉出。(**奚禄詒乙本紅旁**)有深趣。(**佚名己紅旁**)看承接法。清襟照等夷。平生感意氣,少小愛文辭。河海由來合,(**題商盤紅旁**)倒應上聯轉下。(**奚禄詒甲本旁**)承上。風雲若有期。(**奚禄詒甲本旁**)起下。(**陳治墨眉**)“河海”一作“江海”。形容勞宇宙,(**題商盤紅旁**)接次句。質樸謝軒墀。自古幽人泣,(**題商盤紅旁**)倒應上聯。流年壯士悲。(**李念慈紅眉**)淒婉感人。水煙通徑草,(**奚禄詒甲本眉**)“水煙”二句移居之地。秋露接園葵。入邑豺狼鬥,(**奚禄詒甲本旁**)此比輕薄者。傷弓鳥雀飢。白頭供宴語,烏几伴棲遲。(**沈巖眉**)即成佳話,真可悲也。交態遭輕薄,今朝豁所思。(**丁耀亢紅眉**)“交態”未有不輕薄者。(**奚禄詒甲本旁**)賦也。(**佚名己紅眉**)應起句。

公安送韋二少府匡贊

丁耀亢紅眉:情至而樸。

屈復評:“黄塵”本因兵甲而生,“白髪”遠在江湖之上,乃云“黄塵裹”“白髪前”,倒法也。〇黄生云:愛其詩而不恤其人,不如勿愛。公之交遊雖廣,浮慕者多,敦篤者少,是以萍蓬無定,困阨終身。此欲其寄信而不欲其傳詩，寄慷慨矣。①

奚禄詒甲本眉：五六以下淒，其五指韋，六言己，故七八以皆各二意結之。

錢載評：七言不可作七言讀，纔是七言，一頓一跌，句成而篇成。

朱方藹紅眉：公暮年七律漸近自然，如此首之高渾，非老手不能。

逍遥公後世多賢，（**沈巖旁**）韋二少府。（**王鳴盛墨眉**）《北史》：周韋夐養高不仕，明帝號爲"逍遥公"。**送爾維舟惜此筵。**（**題商盤紅旁**）領起。（**錢載評**）起是正格。**念我能書數字至，將詩不必萬人傳。**（**錢載評**）歎如此，乃是勁也，非歎，熟讀即知其不歎矣。（**吴廣霈墨眉**）出句每遜對句。（**奚禄詒乙本墨旁**）慎之也。**時危兵甲黄塵裏，**（**題商盤紅旁**）三折句。（**奚禄詒乙本墨旁**）承四。（**沈巖旁**）淒壯。**日短江湖白髮前。**（**錢載評**）五六亦是正格。（**奚禄詒乙本墨旁**）承三。（**奚禄詒乙本墨眉**）五承"不必萬人傳"，六承"念我"，言時危宜慎，我老又宜念。**古往今來皆涕淚，**（**題商盤紅旁**）倒收。（**錢載評**）不如此，則豈能足哉？（**沈巖旁**）如此對結，何曾費力。**斷腸分手各風煙。**（**題商盤紅旁**）對結。（**奚禄詒甲本尾批**）賦也。〇五應四句，六應三句。（**奚禄詒乙本紅旁**）淒惻。（**錢載評**）亦順疊。〇到此亦焉有不順疊者？然後知他人皆斷而不接者，速速回頭，速速回頭。

公安縣懷古

題鮮于樞評：言在公安見劉備城，則懷其君臣之契合；今則深

---

① 校注："寄慷慨"，杭本作"寓慨深"。

江，惟"風浪與雲平"耳。見吕蒙營，則懷其戰伐之名聲；今則曠野，惟"寒天催日短"耳。故維舟於前浦，爲之含情而長嘯焉。賦也。

丁耀亢紅眉：浩蕩。

錢陸燦丁本評：唐人詩尚氣格，此類正合。〇著"灑落""飛騰"，句便迥别。

汪琬乙本評：首二句失檢點。

李念慈紅眉：懷古只略點明其人，概括其迹，而述己望古之情。今人凡懷古必刺，刺其人己事，是賦其人如詠史，非懷古矣。

奚禄詒甲本旁：穩當。〇感劉、吕之君臣征伐而嘆己之不遇。

奚禄詒乙本墨旁：穩當含畜[蓄]。

盧見曾紅眉：先主得公安，使羽守之。及羽討樊城，吕蒙乘虚襲之。孫劉之戰争，始自公安；漢室之不振，亦撓於公安。公至其地，故吊古而有慨。

盧見曾紅旁：前二遺迹，三四時景，下述懷古之意。先主之待關張，誼同兄弟；其得孔明，歡如魚水：所謂"灑落君臣契"也。吕蒙之破皖城，軍士皆騰躍而升；其擒廬陵賊帥，孫權稱其"百鳥不如一鶚"：所謂"飛騰戰伐名"也。〇黄生注：綰。以"前浦"二字綰住前半，以"含情"雙綰後半，章法極整。〇黄生曰：章法最整。

吴士模墨眉：首二句失檢點。

題張問陶墨眉：天寒催日暮，言外有英雄安在之感。"風浪雲平"句，間有人物淘盡之悲。〇"灑落"字妙絶，覺膠漆、魚水，不足以盡之。

吴廣霈墨眉：通首警煉。

野曠吕蒙營，（**俞瑒甲本評**）切"公安"起。江深劉備城。（**吕留良紅旁**）老，有力。（**吴騫墨眉**）首二句失檢點。寒天催日短，（**俞瑒甲本評)承“野曠”。**風浪與雲平。**(俞瑒甲本評)承“江深”。**灑落君臣契,**(俞瑒甲本評)指劉。(奚禄詒甲本旁)劉也。(奚禄詒乙本墨旁)公心事在此。**飛騰戰伐名。**(吕留良紅旁)著“灑落”“飛騰”,句便迥别。(俞瑒甲本評)指吕。(奚禄詒甲本旁)吕也。(沈巖旁)從上“風雲“二字,忽然接下。**維舟倚前浦,**(俞瑒甲本評)收前半。(沈巖旁)先接“維舟”,曲折變化。**長嘯一含情。**(俞瑒甲本評)收後半。(奚禄詒甲本旁)賦也。〇公亦有自比管樂之志。(奚禄詒乙本墨眉)五六承劉、吕,末句羡之、歎之皆有。〇初,玄德爲左公,居此,故名“公安”。(錢載評)此筆之上更無筆。

【彙評】

張學仁參定:憑弔遺迹,寫出懷古之意,章法齊整。

佚名丁墨尾:上言古,下言懷也。言古處接景,言懷處接情,章法相配。〇營已無存,故曰“野曠”;城在江邊,故曰“江深”。“寒天”“風浪”不分項。“君臣”謂劉,“戰伐”謂吕,指出當年氣誼功名來,正是懷處。結云“一含情”,爲此也。其間夾入“維舟”句,黄生謂以“前浦”二字縮住前半者也。

宴王使君宅題二首

其　一

題鮮于樞評:首言今日世事艱難,故吾徒漂泊,當如追韓以削亂,起謝以爲治。次自言不才在他鄉,逆旅高卧,豈若泥蟠之龍耶?乃蒙使君招邀,以寬愁緒,感激之詞。賦也。

奚禄詒甲本旁:發韓、謝自况。

吴士模墨眉:起二句爲王使君必有所指,當是其罷郡後也。

沈巖旁:第四言亦無下手處,自合漂泊,難比二子也。

漢主追韓信,蒼生起謝安。(**丁耀亢紅旁**)反起,太實。(**吕留良紅旁**)言事磊落。(**奚禄詒甲本眉**)起句套語,後套語。(**奚禄詒乙本紅眉**)起得無謂。**吾徒自漂泊,**(**佚名丁墨旁**)竺云:一二句於王事實有所指。**世事各艱難。**(**錢陸燦丁本評**)"自"字"各"字,多少煉達。(**吕留良紅旁**)兩句多少鍛煉。(**吴廣霈墨眉**)"吾徒"二句沉著。**逆旅招邀近,**(**佚名丁墨旁**)竺云:五句蓋王宅與公館近,因適招邀也。**他鄉思緒寬。不才甘朽質,高卧豈泥蟠?**(**奚禄詒甲本旁**)興而賦也。(**沈巖尾**)余平日自知如此,若公則平居許身稷契,落句乃謙詞也。

【彙評】

佚名丁墨尾:首章抒寫酒間相感歎之語,起勢雙籠,負氣絶高,見賢豪遇主,今不如古矣。五六略帶題面,七八由我及彼,逆勢雙兜,言外見我則已矣,君亦長此廢棄耶? 神味悠然。

其　二

題鮮于樞評:公自言在他鄉,惟吟詩以送老,乃蒙使君相愛,"留歡上夜"以設宴會,勸酒以"開我顔"。今也戎馬未息,鄉園何在? 宴罷扶歸,則月落江湖矣。應"上夜""開顔"等句。賦也。

屈復評:起句若自謙,却目無餘子。

吴士模墨眉:"極宴娱心意,凄凄[戚戚]何所迫",高人胸次,咄咄在毫端矣。

汎愛容霜髮,(**題商盤紅旁**)對起。**留歡上夜關。**(**奚禄詒甲本旁**)牽强。(**陳治墨眉**)"閑"字當從"月","閒"字,《説文》:"閒",隙也。閒暇之"閒",本從隙生義。**自吟詩送老,**(**題商盤紅旁**)折腰句。順承一二。**相勸酒開顔。**(**佚名丁墨旁**)竺云:三四上三下二句。**戎馬今何地?**(**題商盤紅旁**)藏頭句。(**沈巖旁**)身莫任。(**佚名丁墨旁**)竺云:"何地",言何地可避也。**鄉園獨舊山。**(**李以峙墨眉**)(在山)按當從"舊山"。(**秦應逵紅旁**)一身不保。◯無家可歸。(**沈巖眉**)更無鄉園,只在三峽中矣。作"在山"勝。(**沈巖旁**)無家可歸。(**佚名丁墨旁**)竺云:"舊山"謂王能家居也。**江湖墮清月,**(**李念慈紅眉**)"墮"字辣。**酩酊任扶還。**(**奚禄詒甲本旁**)賦也。(**張雝敬墨旁**)生硬之句,反覺有趣。(**吴廣霈墨眉**)言故鄉所餘,止有舊日青山而已。(**沈巖旁**)安得不以酒自寬?

【彙評】

佚名丁墨尾:次章乃詳叙留宴,叙事之中,言情寓焉。"自吟",莫相恤也,"相對",罄交歡也。"今何地",幾無措足,傷之也。"獨舊山",王有寧居,羡之也。七八仍迴合宴事,而無家之狀,自在言下。

公安送李二十九弟晉肅入蜀余下沔鄂

朱方藹紅眉:瀕行送客,意徹詞圓。"南紀"就别地説,"西江"則李所之也。起分説,三四合言之。頸聯趨重送客一邊,末遂以"入蜀"單結,章法絶妙。

吴士模墨眉:頻行送客,意澈辭圓。"南紀"就别地,"西江"則李所之也。分説起,三四合言之。頸聯却趨重送客一邊,以"入蜀"單結,章法最妙。

奚禄詒甲本眉:末句憑晉肅而卜己之飄泊也,正是凄語。

奚禄詒乙本紅眉:三句自警策,末句自凄其。

正解柴桑纜，（李念慈紅眉）“柴桑”在九江，今下沔鄂，用之未解。（奚禄詒甲本旁）己也。（奚禄詒乙本紅旁）己。仍看蜀道行。（奚禄詒甲本旁）李也。（奚禄詒乙本紅旁）李。檣烏相背發，塞雁一行鳴。（奚禄詒甲本旁）自歎之句。南紀連銅柱，（奚禄詒甲本旁）鄂也。（奚禄詒乙本紅旁）鄂。西江接錦城。（奚禄詒甲本旁）蜀也。（奚禄詒乙本紅旁）蜀。憑將百錢卜，飄泊問君平。（奚禄詒甲本尾批）賦也。〇末句可思。

【彙評】

佚名丁墨尾：“柴桑纜”，舉欲往之處言。三四由合而分也。銅柱在南，與柴桑各路，下一“連”字，見此行不東下即南下矣。此申首句，乃自謂。“接錦城”申次句，謂晉肅。結就送入蜀邊，借商己之所往，筆筆活。

留别公安太易沙門

奚禄詒甲本眉：五六點景，亦雅。

朱方藹紅眉：情景相配，愈老愈嚴，公所云“漸於詩律細”“得失寸心知”也。

吴士模墨眉：情景相配，愈老愈嚴，公所云“漸於詩律細”“得失寸心知”矣。

隱居欲就廬山遠，麗藻初逢休上人。數問舟航留製作，長開篋笥擬心神。沙村白雪仍含凍，江縣紅梅已放春。（丁耀亢紅眉）氣格。先踏爐峰置蘭若，徐飛錫杖出風塵。

【彙評】

陳訏紅眉批仇注“言太易當築室廬峰，以俟道成飛舉。其説非也”處：舊解是也。此詩是公留别，公則將去公安，而太易尚在公安，若依澤州，解末二句言太易，不當云“先踏爐峰”矣。

冬　深

王鐸評：二“隨”僭易一字。

李念慈紅眉：二三微妙。

奚禄詒甲本旁：公在夔諸體詩皆不甚佳。

奚禄詒乙本墨眉：“隨類影”“各依痕”立意要煉，都失煉法，惟鍾、譚小巧好之。

王士禛評：前四幽折微妙。

屈復評：前景後情。

吴士模墨眉：幽細極矣，然中有老氣深情，終當度越諸家。

花葉隨天意，（**奚禄詒甲本旁**）下不相接。江溪共石根。（**吴廣霈墨眉**）首句妙，匪伊所思。（**沈巖眉批下**）起句未詳。早霞隨類影，（**奚禄詒甲本旁**）句晦。寒水各依痕。（**方拱乾評**）重“隨”字。（**奚禄詒甲本眉**）“早霞”“寒水”二句，舌本未免間强，鍾、譚偏愛之。（**秦應逵紅旁**）幽折漸至。易下楊朱淚，（**奚禄詒甲本旁**）上下兩斷。難招楚客魂。風濤暮不穩，捨棹宿誰門？（**奚禄詒甲本旁**）賦也。○下承江漢。首句置之無用，玩末句，當是在湖南泛宅之日。

曉發公安數月憩息此縣

錢陸燦甲本眉：鐵曰：三句詠“曉”，駒隙之謂；四句詠“發”，轉蓬之謂。

錢陸燦丙本評：鐵牛云：四句詠“曉”，駒隙之謂；四句詠“發”，轉蓬之謂。

錢陸燦戊本評：上四句觸“曉發”時之見聞而歎，下四句敘舟居。○大曆三年秋，移居公安數月，歲暮泛舟岳陽，此公舟居之始也。

奚禄詒甲本眉：胸中不快於公安，一字不露。

奚禄詒乙本墨眉：大不快於公安，“復”“亦”二字無謂。

曹炎眉：起聯對耦而次聯不對，唐人謂之偷春體。“野哭”對“鄰雞”，“生態”對“物色”，又爲就句對格。

嚴虞惇紅旁：公自注：數月憩息此縣。

錢載評：句句老實，全不用一分巧思，若用巧思，便是做造，大方家豈可做造？

錢載評：至味，知此者鮮矣。

朱方藹紅眉：古而拙。其古可知，其拙不可及。

吴士模墨眉：公暮年七律漸近自然，如此首之高渾，非老手不能。○古而拙。其古可知，其拙不可及。

題張問陶墨眉：從無可奈何處逼出達觀，却正是打熬不過也。此爲九[曲]之腸，此爲百折之筆。

秦應逵紅旁：拗體，自成風調。

北城擊柝復欲罷，（**嚴虞惇紅旁**）初發。（**沈巖旁**）“曉”字起。東方明星亦不遲。（**奚禄詒甲本眉**）“復”“亦”二字無謂。（**秦應逵墨旁**）曉。鄰雞野哭如昨日，（**奚禄詒甲本旁**）以曉景爲比。（**奚禄詒乙本紅旁**）此句太狠。物色生態能幾時，（**俞瑒甲本評**）曉景。（**李以峙墨眉**）（生態）按“生生”當是傳寫之訛。舟楫眇然自此去，（**嚴虞惇紅旁**）既發。（**秦應

逵墨旁)發。(**沈巖旁**)轉到"發"字。江湖遠適無前期。(**李念慈紅眉**)居行不能自主,此二語最可感。(**俞瑒甲本評**)發舟。出門轉眄已陳迹,藥餌扶吾隨所之。(**俞瑒甲本評**)指公安。(**奚禄詒甲本旁**)賦也。

【彙評】

俞瑒甲本評:全詩歸"已陳迹"言,慨然有感。

發劉郎浦

錢陸燦甲本眉、乙本墨眉:方曰:公自荆州下荆湘,必須南風,十日北風,船不得開,悶坐舟中不可耐,意欲登岸而走也,故云云。《涌幢小品》云:蕪湖江心有磯,磯上有祠,祠孫夫人,曰蟂磯,甚靈。孫夫人至此磯,聞先主崩,摧哭自沉。又曰:孫劉有隙,夫人歸吴,艤磯下,不忍見仲謀,遂殁於此。

奚禄詒甲本眉:《光禄坂》以下三詩,體制如一。

吴廣霈墨眉:勢勁節短,如鐵弩之射寒潮,筆力可想。

掛帆早發劉郎浦,疾風颯颯昏亭午。舟中無日不沙塵,岸上空村盡豺虎。十日北風風未迴,客行歲晚晚相催。(**李以峙墨眉**)(晚)按當從疊字,不作"尤"。白頭厭伴漁人宿,黄帽青鞋歸去來。(**奚禄詒甲本尾批**)賦也。(**李念慈紅眉**)苦行路而思歸隱也。

别董頲

李念慈紅眉:平淡温厚之極。

盧見曾紅旁:情意稠疊,深得贈言之義。

吴廣霈墨眉:佳什可誦。

窮冬急風水,逆浪開帆難。(**奚禄詒甲本墨旁、乙本墨旁**)指董。士子甘旨闕,不知道里寒。(**佚名己紅眉**)説出遊却有身分。有求彼樂土,南適小長安。(**汪琬甲本紅眉**)小長安。别我舟檝去,(**李以峙墨眉**)(别)按"到"形訛。覺君衣裳單。(**沈巖眉**)非不覺董君之窮,其如我亦欲遠就食何?殊難爲懷,又不得不聽其去,十字中無窮藴藉。素聞趙公節,兼盡賓主歡。(**奚禄詒甲本眉**)當時董頲省親而並得赴趙公。已結門廬望,無令霜雪殘。老夫纜亦解,脱粟朝未餐。飄蕩兵甲際,幾時懷抱寬。(**佚名己紅眉**)無限悲慨。漢陽頗寧静,峴首試考槃。當念著白帽,采薇青雲端。(**奚禄詒甲本尾批**)賦也。(**沈巖眉**)窮愁語,然能俊麗。(**沈巖尾**)言愧我亦值飢窮,不能相恤視,董冒寒遠求甘旨,君當諒此别懷也。

夜聞觱篥

汪琬乙本評:忽轉忽宕,如怨如訴。結二句亦自一貫,然分説却有趣。

李念慈紅眉:此與前首俱即景生文,鬱惋悲壯。

吴士模墨眉:觸緒悲凉。結處忽轉忽宕,如怨如訴。結二句亦自一貫,然分説却有趣。

吴廣霈墨眉:此與李白《吴會吟》一篇同爲絶唱,粗心人罕識其妙。○□短音長,悲風激楚,令人讀之淚下。○古風不難於長篇而難於短什,以三尺長劍煉爲尺許匕首,非鎔净金精、陶鑄陰陽不可。此意後世詩家罕能知之。

奚禄詒乙本紅眉:後半皆路難之景,所以悲傷。

佚名己紅眉:有神。

夜聞觱篥滄江上,衰年側耳情所嚮。(**奚禄詒甲本眉**)幽然而悲。○君知干戈滿地矣,獨不見我江湖之客行路難乎?此所以多感傷也。(**朱方藹紅眉**)觸緒悲凉。**鄰舟一聽多感傷,塞曲三更欻悲壯。**(**陳治墨眉**)汪云:忽轉忽宕,如怨如訴。**積雪飛霜此夜寒,**(**張雛敬墨旁**)轉韻處便勢成破竹,唐人歌行皆用此法。**孤燈急管復風湍。君知天地干戈滿,**(**方拱乾評**)"君"字何所屬?**不見江湖行路難。**(**方拱乾評**)結句深遠,若如注解,淺極矣。(**奚禄詒甲本尾批**)賦也。(**朱方藹紅眉**)結處忽轉忽宕,如怨如訴。○二句亦自一貫,然分説却有趣。(**沈巖眉**)結言未見我於衰亂之中,重遭此險阻也。○本言行路之難,而以干戈之滿形之,則不見其朝矣,此透過一層法。□□既蕩盡遠近,理亦齊之復如□。

【**彙評**】

吴廣霈墨尾:八句中多少轉折!作字須一波三折,作詩文亦猶是爾。自古只有文曲星,斷無文直星也。此其故可思也。

吴廣霈墨眉下:"此"字"復"字,皆用字法,知此始促得緊、拍得響。

歲晏行

李念慈紅眉:可備故實。

王士禛評:喜其氣老,只在參錯中。

錢載評:此亦不必學,不能學而學之,遂成拙手。

陳治墨眉:喜其氣老,只在參錯中。

奚禄詒甲本旁:不必以意逆志,本自了了。

奚禄詒甲本眉:不接續中間有接續變化之妙。○人謂工部晚作爲輕,吾謂開闔盡妙,非寸步不失者所能望其項背。

奚禄詒乙本紅眉:前人皆謂此行雜亂,不過老人語態。余曰篇法開闔盡妙。〇楚俗重魚,天寒不能取魚,無以易米,米且不得,至鬻兒女以完賦,莫徭亦枉射雁,無益於民。米賤則鑄貴,以致私鑄濫錢,總爲兵興所困也。

盧見曾紅旁:聲哀厲而彌長,其氣之老,正在參錯間。

沈巖旁:土著之民,維涸澤而漁,已無所出,其禍將及於客户,次連蓋以爲比也。

沈巖眉:去年荒亂,至今年年終,仍然如故,且加以錢荒之患,然則竟何所終耶? 結句主"歲晏",最深渾。

歲云暮矣多北風,(**沈巖旁**)詩序,北風刺虐也。瀟湘洞庭白雪中。(**李以峙墨眉**)(白雪)按"雲"形訛。(**嚴復紅眉**)王云:喜其氣老,只在參錯中。漁父天寒網罟凍,莫徭射雁鳴桑弓。(**汪琬甲本紅眉**)莫徭。(**王嗚盛墨眉**)長沙郡雜有夷蠻,名曰"莫徭",自言其先祖曾有功,免徭役故。(**奚禄詒甲本旁**)長沙郡雜有夷蠻,"莫徭"其一也。(**王伯沆紅眉**)"莫徭"之見於唐詩者,尚有常建《空靈山應田叟》云"莫徭射禽獸,浮客烹魚鮫",又劉禹錫亦有《莫徭歌》云"莫徭自生長,名字無符籍"。去年米貴闕軍食,今年米賤大傷農。高馬達官厭酒肉,此輩杼軸茅茨空。(**奚禄詒甲本旁**)漁父也。楚人重魚不重鳥,(**奚禄詒甲本旁**)魚可易米。汝休枉殺南飛鴻。(**奚禄詒甲本旁**)莫徭也。(**沈巖旁**)重告莫徭。況聞處處鬻男女,割慈忍愛還租庸。(**錢陸燦乙本紅旁**)末賦傷農。(**李念慈紅眉**)詩史。(**奚禄詒甲本眉**)本爲天寒,見不能取魚,故云"重魚"而"米賤",要無以應租庸也。(**秦應逵紅眉**)如此寫俗事,非杜公不能。(**沈巖眉**)汝厭酒肉,民罹死亡,好惡相蒙,焉保不亂耶? (**沈巖旁**)米賤傷農。往日用錢捉私鑄,(**奚禄詒甲本旁**)米賤不值錢。今許鉛錫和青銅。

(陳治墨眉)錢法之壞,古今一轍。**刻泥爲之最易得,好惡不合長相蒙。** **萬國城頭吹畫角,**(奚祿詒甲本旁)城頭畫角,上應"軍食"句,劉評不當。**此曲哀怨何時終?**(奚祿詒甲本旁)賦也。

【彙評】

錢陸燦丙本評:錢云:如此寫俗事,非杜公不能。

錢載評:相關切實,所以近於風人。

泊岳陽城下

錢陸燦甲本眉:鐵曰:玩"寒"字,何見非雪?吾不敢病此説。按同時作《歲晏行》,則真雪也。又公安相去岳陽,數月憩息,此景則其爲雪候無疑。《歲晏行》云"瀟湘洞庭白雪中",可證。

錢陸燦丙本評:方云:此言岳州所轄正遠,而其城正低,是夜大風吹浪如雪,非真雪也。鐵牛云:玩"寒"字,何見非雪?且同時作《歲宴行》云"瀟湘洞庭白雪中",可以證此。

汪琬乙本評:至勝地則詩益壯,江山皆輸效矣。○"留滯"十字,寫岳陽城吞吐煙濤之妙。

奚祿詒甲本眉:前四句早見留滯艱虞。

奚祿詒甲本旁:此泊舟也,去豈不同。

奚祿詒乙本紅旁:是泊城下,與登樓不同。

朱方藹紅眉:至勝地則詩益雄,江山皆輸效矣。"留滯才難盡,艱危氣益增",即此十字,寫岳陽城有吞吐煙濤之妙。

吴士模墨眉:至勝地則詩亦壯,江山皆輸效矣。

吴廣霈墨眉:薑桂之性,老而愈辣;工部之詩,老而愈壯。○才難盡,氣益增,造化之困我無權矣。

沈巖眉:殊不肯放下,然賢於夢得者,懷忠思效故也。

江國逾千里,山城僅百層。(**俞瑒甲本評**)是岳陽城。(**李以峙墨眉**)(近)按"僅"自不如"近"。(**王鳴盛墨眉**)言所逾江國雖多,其高城僅見此耳。正是言其最雄處。岸風翻夕浪,(**俞瑒甲本評**)泊舟之景。舟雪灑寒燈。(**丁耀亢墨旁**)工細。(**李念慈紅眉**)佳句。留滯才雖盡,(**俞瑒甲本評**)自感。(**王鳴盛旁批**)對此城,才益發。艱危氣益增。(**吕留良紅旁**)沉雄。(**陳治墨眉**)"留滯"二句,寫岳陽城有吞吐煙濤之妙。圖南未可料,變化有鯤鵬。(**李念慈紅眉**)壯語自慰。(**奚禄詒甲本尾批**)賦也。(**奚禄詒乙本紅眉**)在泊舟纔可用此末句。

【彙評】

佚名丁墨尾:首句漂流之遠,次句仰眺之神,三四之景,正從五六之"留滯""艱爲"寫出,而忽以才氣變化,結出壯往興致,蓋因向南觸起,亦聊以自豪也。

纜船苦風,戲題四韻,奉簡鄭十三判官

奚禄詒甲本眉:與《官亭夕坐》意味略同。

楚岸朔風疾,(**沈巖旁**)"岸"字藏"攬船"。天寒鶬鴰呼。(**沈巖旁**)"寒"字起"覓酒"。漲沙霾草樹,舞雪渡江湖。吹帽時時落,(**奚禄詒乙本墨眉**)五句以上皆賦"朔風"。維舟日日孤。(**奚禄詒甲本旁**)趨下。(**沈巖旁**)出"纜船"。因聲置驛外,(**沈巖旁**)鄭判官。爲覓酒家壚。(**奚禄詒甲本旁**)賦也。○二至五皆賦"朔風疾"。(**沈巖旁**)反醒"苦風"。

登岳陽樓

題鮮于樞評:首言登岳陽樓,乃見洞庭湖之巨□,次言遭亂流寓,惟托孤舟,而親朋消息不通,故憑軒流涕耳。賦也。

錢陸燦丁本評:高古沉雄,有吞吐湖山之氣,那得不與岳陽樓並傳千古!八句似各有一意,全篇仍自渾然,相貫相承,讀之覺浩浩漭漭,故爲絶唱。

汪琬乙本評:八句似各一意,全篇仍自渾然,相貫相承,故爲絶調。

李念慈紅眉:博大雄渾,他人累數百言不能盡者,公但以三四十字盡之。前後綽有餘閑,叙事言情,縱横如意,末歸於傷時憂國,立義正大,此所以爲詩聖也。

宋犖紅眉:起二句籠罩全詩,誰復可及!

屈復評:"乾坤日月浮",胸中吞却幾雲夢矣,高於《兖州城樓》不知幾里。①

題商盤紅眉:因是海内名處,故起語云云。三四吴在東,楚在南,而洞庭坼其間,覺乾坤日夜浮於水上,其爲宇内大觀,信不虚矣。但憑軒北望,國難方殷,雖念切歸朝,其如老病飄零,親朋見棄,其能免於涕泗之横流乎?後半開一步,以"憑軒"字綰合。○三四並極力形容之語,三語巧,四語渾。

題商盤紅旁:必如此詩,纔與岳陽氣勢相敵。○戎馬在關山之北,乃五六所以然之故。○岳陽之勝在洞庭,首句安放得妙,且使三四句有根。

奚禄詒甲本眉:前半寫景,後半寫情,自極其妙,他人便極力作

---

① 校注:"《兖州城樓》",杭本作"《兖州城樓》詩"。

氣象語矣。○岳陽詩惟子美、浩然二作，卓絶千古。

奚禄詒甲本旁：每山川不宜賦小景。

奚禄詒乙本墨旁：凡大山川用不着寫景語。

奚禄詒乙本墨眉：唐子西云：詩不過四十字耳，氣象閎放，涵畜深遠，與洞庭争雄。太白之輩，極其筆力，終不及也。

盧見曾紅眉：黄生曰：前半寫景如此闊大，五六自叙如此落寞，詩景闊狹頓異，結語凑泊，極難轉出。"戎馬關山北"五字，一等相稱，宜使後人擱筆矣。

盧見曾紅旁：元氣渾淪，不可泊凑，千古絶唱。

朱方藹紅眉：氣象直與洞庭争雄，而語語有筋有骨，讀之覺浩浩漭漭，塞天地而亘江湖，自可踞厠召高、岑，不冠見王、孟，無論諸子矣。尤妙俯仰徘徊，俱與樓有關會。

吴錫麒紅眉："吴楚"兩聯，寫盡岳陽形勢，真所謂"崔顥題詩在上頭"也。

吴士模墨眉：八句各一意，全篇仍自渾然相貫相承，故爲絶調。

題張問陶墨眉：三四已盡大觀，後來詩人何處著手？"江山有巴蜀"，此"有"字何其多；"老病有孤舟"，此"有"字何其少。

陳治墨眉：字字精煉，却又縱口成之，孟襄陽作則培塿矣，况劉隨州耶？

秦應逵墨眉：上下似□□□□□，渾成一氣，非公筆力，鮮不顧此失彼。

沈巖眉：自公安至湖南詩，此爲至矣。○洞庭天下壯觀，此樓誠不可負，故有前四句，然我何緣至此哉？故後四句又不禁仲宣之感也。詩至此乃面面到矣。

沈巖旁：定遠云：破題筆力千鈞，岳陽樓因洞庭湖而有，先點"洞庭"，後破"登"字，迎刃之勢。

王鳴盛墨眉：是年，郭子儀將兵五萬屯奉天，備吐蕃，白元光、李抱真各出兵擊之,是"戎馬關山北"也。

昔聞洞庭水,(**題商盤紅旁**)交互對起。**今上岳陽樓。**(**俞瑒甲本評**)切"登"字起。(**秦應逵紅旁**)杜之勝在"洞庭"安頓好。**吴楚東南坼,**(**俞瑒甲本評**)寫景闊大。(**秦應逵紅旁**)登樓所望。**乾坤日夜浮。**(**宋犖紅旁**)警語不易得。(**吴廣霈墨眉**)"坼"字尚可想到,"浮"字真不可思議。(**王伯沆紅眉**)劉長卿"疊浪浮元氣,中流没太陽",亦是傑句。(**沈巖眉批下**)上下四句直似不相照顧,仍復渾成一氣,非公筆力天縱,鮮不顧此失彼。**親朋無一字,**(**俞瑒甲本評**)言情。**老病有孤舟。**(**宋犖紅旁**)接得好。(**嚴虞惇紅眉**)妙在五六句情懷恰與境稱。**戎馬關山北,**(**俞瑒甲本評**)接筆勁。**憑軒涕泗流。**(**宋犖紅旁**)結又恰合。(**俞瑒甲本評**)應"登樓"收。(**題商盤紅旁**)重字助句。(**奚禄詒甲本尾批**)賦也。○太白登泰山爲詩數首,總不及子美《望嶽》一首,豈獨《岳陽樓詩》哉!(**吴廣霈墨眉**)四十賢人無一字不警策,烹煉而出之,真可謂一字一珠。(**王伯沆紅眉**)江湖魏闕之思。

【彙評】

俞瑒甲本評:三四極開闊,五六極黯淡,正於開闊處俯仰一身,淒然欲絶。○岳陽之勝,在"洞庭"第一句安頓極好。

張學仁參定:律詩第三聯筆勢最難振拔,若杜公"親朋""戎馬"十字,何等魄力,在盛唐諸公中亦無敵手。

題商盤紅尾:蔡寬夫云:洞庭天下大觀,題詠正多,如"水涵山影闊,山拔地形高","四顧疑無地,中流忽有山","鳥飛應畏墜,帆遠却如閑",注見稱,然未若"氣蒸雲夢"二句,及讀此詩,又吞幾雲夢矣。

張雝敬墨旁:奇景大觀,於起聯中包括都盡,真是繪景繪神之筆,世人但知賞其頸聯耳。

佚名丁墨尾:黄生云:寫景如此闊大,自叙如此落莫[寞],詩境闊狹頓異,結語湊泊極難,轉出“戎馬”五字,胸襟氣象,一等相稱。愚按:不闊則狹處不苦,能狹則闊境愈空。然玩三四,亦已暗逗遼遠漂流之象。○趙汸曰:公此詩,同時惟孟浩然足以相敵。孟詩云“八月湖水平”云云。愚按:孟詩結語似遜。

陪裴使君登岳陽樓

李念慈紅眉:清深安穩。

王士禛評:平正之作。

題商盤紅眉:“屬”,當也。自上而下曰“加”,自下而上曰“接”。四句句眼,並極工煉。○起二語可當岳陽樓圖。“兼雲霧”,尤覺浩渺不窮,尺幅萬里。“屬晚晴”,見湖光已暮,惟高樓獨當夕陽之中。若以“高”字易却“孤”字,反不能發其意矣。○漁父對屈原有“與世推移”之語,今公漂泊無定,託言與世推移,故曰“敢違”云云。五六亦暗寓比興,因篇中有浩、白、泊、泥等字,隱取其意入詩。“南征”字亦出《楚辭》。○此虚實相間格。一二目前景,所以興三四;五六意中景,所以起七八。格局莊整,句法精煉,旨詞深渾。從來人止賞前作,蓋彼詩之妙易見,此詩之藴難窺也。

秦應逵墨眉:平正之作。

沈巖眉:岳陽樓是城西門樓,故恰使“晚晴”二字。宣城有謝朓北樓,第四亦非泛引。

湖闊兼雲霧,(**題商盤紅旁**)對起,實眼句。**樓孤屬晚晴**。(**屈復評**)“孤”字形樓之高。(**秦應逵墨旁**)岳陽樓是城西門,故用“晚晴”二字。**禮加徐孺子**,(**題商盤紅旁**)借古爲喻彼。**詩接謝宣城**。(**奚禄詒甲本旁)不切。(奚禄詒甲本眉)公亦有湊句。雪岸叢梅發,(題商盤紅旁)語含比興。春泥百草生。敢違漁父問,(題商盤紅旁)反言見意。從此更南征?(題商盤紅尾)一二地,五六時,三四人,七八己,詩法之整,無如此篇。(奚禄詒甲本旁)賦也。

南征

題鮮于樞評:言春水漲而舟行,乃自傷"偷生""適遠"者,何哉?我雖"老病南征",而君恩不能自忘故耳。末章其自傷也至矣。賦也。

方拱乾評:桃花、楓樹言避地之久,故曰"長",又將南征,故曰"更霑襟"。五句點題,六句大言,七八平結。

丁耀亢紅眉:老。

奚禄詒甲本眉:在舟中寫懷,詩成而取"南征"爲題。

奚禄詒乙本墨眉:此等不忍再讀。○五六分承三四。

王嗚盛墨眉:楊升庵云:首句用秦人桃源事,次句用《楚詞·招魂》事,三接首句,四接次句。"南征""北望"又接前聯。

春岸桃花水,雲帆楓樹林。(沈巖旁)此句中藏"秋"字。偷生長避地,(奚禄詒甲本旁)三勝於四。適遠更霑襟。老病南征日,君恩北望心。百年歌自苦,未見有知音。(吕留良紅旁)不意此公猶感慨如此,豈所謂"調高知音稀"耶?雖百世可知也。(奚禄詒甲本尾批)賦也。○五六分頂三四。

歸夢

題鮮于樞評:言兵亂涉三朝而未息,是以道路時通時塞,而江山寂寥，故我避地偷生於此，當雨急青楓之暮，夢歸□杜之黑水，而道梗不得歸，何必《楚辭》招之耶？賦也。

題商盤紅眉：三四歇後句。伐叛三朝，尚無寧宇；偷生一老，豈敢偷安？實因道路艱關，以故歸期無日。此以三句暗應首句。○秦中，古雍州地。《禹貢》：黑水屬雍州。"夢歸"謂歸秦，而地名獨採此，夢境陰慘，令人毛竪矣。後人縱有萬卷之胸，其如神之筆，安可學哉？五六以夢中所歷暗應次句，直喚七八夢中迷路，尚且欲歸不得，雖效《楚詞》相招，亦何益乎？

題商盤紅旁：前半暗言身不能歸，七句只言夢歸未得，而意自見，又所謂一層語兩層意也。

盧見曾紅旁：極沉鬱逸宕之妙。

吴士模墨眉：五六寫來夢境。

吴廣霈墨眉：壯節凄音，如聞其聲，如見其人矣。

奚禄詒乙本紅眉：《禹貢》：華陽黑水惟梁州。

道路時通塞，（**題商盤紅旁**）對起。江山日寂寥。偷生唯一老，（**題商盤紅旁**）倒叙聯，歇後句。三四承一。（**沈巖眉**）"偷生唯一老"，言天下生民將盡也。伐叛已三朝。（**奚禄詒甲本旁**）"三朝"，玄、肅、代也。雨急青楓暮，（**方拱乾評**）夢往來之路。（**題商盤紅旁**）兩截句。五六承二。（**佚名丁墨旁**）竺云："青楓"謂樹，非以地名。雲深黑水遥。（**奚禄詒甲本旁**）華陽也。（**沈巖眉**）"黑水"概指梁、益言之。（**沈巖旁**）二句暗入招魂不得。夢歸歸未得，（**題商盤紅旁**）反言見意。（**李以峙墨眉**）（未得）按"亦"字非。不用《楚辭》招。（**奚禄詒甲本旁**）賦也。（**王伯沆紅眉**）一語有怨憤無聊之意。

【彙評】

題商盤尾：五六語境與"魂來楓林青，魂返關塞黑"相似。此首不出

"魂"字,用意尤妙。七八即"老魂招不得,歸路恐長迷"意,然彼猶作疑詞,此直作決詞,意愈悲矣。

佚名丁墨尾:一與四應,二與三應。路之通塞,叛者疊起也;身之寂寥,生常匿迹也。老矣羈人,頻經喪亂,是以夢魂長結京國。五六正摹夢境,七八并夢亦不得。歸魂雖招而無益,撇開題面,更深。

過南岳入洞庭湖

盧見曾紅旁:此舟過南岳也。湖水争道而趨,以江湖異流故也。鄂在北,故曰"分";衡在南,故曰"引"。二句言江湖之異。"蔣牙""蒲節",春時景物。二段入於洞庭也。"壤童"二句,近岸景事。風健則帆飽而舟帶敧斜,行速故回顧而水驛微小。"帝子"承"蒼梧","曹公"承"赤壁",此遠覽古迹也。末乃撫時感懷。"聖朝"二句,言代宗雖復長安,而吐蕃猶未息也。

翁方綱評:古人有詠五色字而以"黑"字命題者,似此詩,應亦以一"黑"字評之。

洪波忽争道,(**奚禄詒甲本眉**)起切。岸轉異江湖。(**奚禄詒甲本旁、乙本紅眉**)九江争入此湖,故起二句不可及。鄂渚分雲樹,衡山引舳艫。翠芽穿裛槳,(**李以峙墨眉**)(蔣)按"槳"字非。碧節吐寒蒲。病渴身何去? 春生力更無。(**奚禄詒甲本眉、乙本紅眉**)苦語。壤童犁雨雪,(**奚禄詒甲本旁**)恰當。漁屋架泥塗。敧側風帆滿,微冥水驛孤。(**李念慈紅眉**)如節制之兵,步武安徐,壁壘整嚴,初無競躁之氣,而雄武神威,行間具足。悠悠迴赤壁,(**奚禄詒甲本旁**)此下皆未佳。浩浩略蒼梧。帝子留遺恨,曹公屈壯圖。聖朝光御極,殘孽駐艱虞。(**奚禄詒甲本旁**)湖北降將。才淑隨厮養,(**奚禄詒甲本旁)此二句猶泛指。**名賢隱鍛鑪。**(**陳治墨眉**)汪云:"才淑隨厮養",似用古人邯鄲才人嫁爲厮養卒婦事。又邵平入漢止喻其先識張翰,歸吴止喻其還鄉,詞俱不可泥。(**沈嚴眉**)"才淑"句以比賢者失所,非"内人紅袖泣"之意。**邵平元入漢,**(**奚禄詒甲本旁**)此二句自謂不切。**張翰後歸吴。**(**奚禄詒乙本紅旁**)雖自比,却不比楚。**莫怪啼痕數,危檣逐夜烏。**(**屈復評**)結太弱。(**奚禄詒甲本旁**)賦也。○題當有好景寫,不宜止此。(**秦應逵紅尾**)結太弱。(**張雝敬墨旁**)句句有眼,所以矯健。(**沈嚴尾**)召平入漢,事二姓也。張翰後歸,不見幾也。此等既難復用,在野者又未知名,然則吾君誰與共天下乎?此時而老病萍梗,所以下憂國之淚也。

【彙評】

錢陸燦丁本評:自岳陽而南至潭,自應入湖,南岳更在湖南。題曰"過"者,謂將欲過彼,故入此湖也。鄂,今之武昌。岳州北連鄂渚,故曰"分";斯遊將抵衡山,故曰"引"。注家以前八句爲南岳者,誤。

李念慈紅眉批錢箋:箋注内所引每用"矣"字處,文義多不合,未解何故。

宿青草湖

屈復評:"倚薄"上著"争"字寫寒冰,若有恨者然;"遞"字寫雲月,若有情者然。正寫舟宿不寐也。

題商盤紅眉:三四見岸上有驛,驛邊有農家,倒承一二,以"農事"與"青草"相映。"水程"自指洞庭可知,見程途已遠,洞庭在目。於"猶"字更醒,洞庭之大益可知。此時農尚無事,"農事"只當"田舍"字用,然用"田舍"字便庸。"郵籤"乃驛舍所標,以紀水程者。工在"報"字。"薄",迫也。"寒"與"冰"争倚争薄,"雲"與"月"遞微遞明。“倚薄”二字，言下了然，此神來之筆。六句之妙易見。人南故怨雁北。結補“湖”字，應轉起聯。詩律之細如此。

奚禄詒甲本眉：纔是“宿”。○人不得北赴朝廷，只得埋怨北雁。

朱方藹紅眉：起語正見洞庭、青草爲一，而湖之大可知。中二聯並於言外見此意，結則悲己之遠征也。“宿槳”二句總言入湖，餐宿甚長，非旦暮事。下聯“争”字、“遞”字又見湖水之寬。

吴士模墨眉：起語正見洞庭、青草爲一，而湖之大可知。中二聯並於言外寓此意，結則悲己之遠征也。“宿槳”二句總言入湖正長，非旦暮事。下聯“争”“遞”二字又見湖之大。有意寫大而大見，《岳陽樓》作是也。無意寫大而大見，《青草湖》作是也。有意不露痕迹，無意矣正堪□繹。

洞庭猶在目，(**題商盤紅旁**)對起。青草續爲名。(**吕留良紅旁**)拙。宿槳依農事，(**題商盤紅旁**)倒承一二，實眼句。(**奚禄詒乙本紅旁**)句亦雅。郵籤報水程。(**佚名丁墨尾**)朱注：“郵籤”，驛館更籌也。乃云“郵籤報水程”，以“郵”字，程子按之，蓋水路立標以記程者，即下題所謂“過湖南五里”是也。寒冰争倚薄，(**題商盤紅旁**)實眼句。雲月遞微明。湖雁雙雙起，人來故北征。(**題商盤紅旁**)意在言外。(**奚禄詒甲本尾批**)賦也。(**奚禄詒乙本紅眉**)人不得北去，只好埋怨雁。(**倪象占藍眉**)故意北飛，似感旅人之宿也。(**沈巖眉**)結超絶。

【彙評】

佚名丁墨尾：一二點地，三四點宿。“依農事”者，依泊之處，適傍農莊。“報水程”者，報更之聲，時到水驛也。結聯，顧宸云：湖雁豈爲我南征，故意以北征示人耶？見南行非本願矣。

宿白沙驛初過湖南五里

題商盤紅眉：曰“仍”曰“復”，見水程非止一日，結“無限好[月]”正應此。三四即景見地見時，五六即景見事見意，巧法兼備。枯木爲槎，故不被春氣，喻天澤之不己霑也。七八即承“孤槎”句，暗反庾賦語，然亦勉强自寬之詞。○前詩先見地，後點“宿”字，此詩反之，是章法變化處。

奚禄詒甲本眉：“仍”“復”二字相呼應，三四正承上二句。

奚禄詒乙本紅眉：三四閑冷，五六淒切。

翁方綱評：杜公詩到湖湘，黯然峭絶矣，而更含蓄，生氣於内，此不可解。

吴士模墨眉：初離湖水，尚涌煙景之雄，其氣魄自學問而之，故沉實而非虚響。

題張問陶墨眉：驛邊之沙舊白，而白沙固驛名也。湖外之草新青，而青草亦湖名也。此與“水落魚龍夜，山空鳥鼠秋”同一機軸。白沙驛、青草湖，於本句中各將三字倒卷而上，巧妙絶倫，而無痕迹，總是地名與詩意，偶相湊泊，遂成妙絶。

水宿仍餘照，人煙復此亭。（**題商盤紅旁**）對起。虚眼句。（**佚名丁墨旁**）竺云：此蓋出舟而宿驛亭也。一句言在舟，一句言在亭，復應上句。注不知“復”字義。驛邊沙舊白，湖外草新青。（**吴廣霈墨旁**）此種句只小巧而已，因嫌落套也，而淺人往往賞之。（**倪象占藍眉**）“白沙”“青草”，以地名逆用。萬象皆春氣，（**題商盤紅旁**）虚眼句。（**盧見曾紅旁**）“萬象皆春氣”五字，闊大中有實在處，精神正在下句。孤槎自客星。（**李念慈紅眉**）五句物情化理。（**屈復評**）五六語壯意悲。隨波無限月，的的近南溟。（**題商盤紅尾**）庾信《哀江南賦》：“舟楫路窮，星漢非繫槎可上。”(**奚禄詒甲本尾批**)賦也。○結句是浮海意,與《岳陽》圖南不同。同一事也,而用各不同。

【彙評】

佚名丁墨尾:一二點宿之候,三四拆點地名,以“沙舊白”形起“草新青”,春意已逗矣。五六即物之得“春”呈“象”,慨己之作“客”偏“孤”。結又悄然。○黄生云:前詩先見地,後點宿,此詩反之,是章法變化處。愚按:前詩以雁“故北征”,傷己之向南,此詩又以月“近南溟”,傷己之遠北,亦變化法也。“的的”字含的爍、的確兩意,有若從迷而得醒者,蓋至是始悟無還理也。

湘夫人祠

題商盤紅眉:此近體之《九歌》也。結以夫婦喻君臣,意易見。春時僅空墻、碧水,荒凉可想。三四再寫二語。景雖荒,語轉濃。五事實,六意虚。結倒叙,用本色作收,而自喻之旨自見。○四因舜事,直取《虞書》“舞”字入句。蟲書葉成字事,出《漢書》,對亦不苟。

奚禄詒甲本旁:平平不出色。

奚禄詒乙本墨眉:此題宜有好詩。○平平不出色。

盧見曾紅旁:王嗣奭曰:臣望君,不啻妻望夫。蒼梧之恨,不爲夫人發也。

吴士模墨眉:貼寫處饒遠神,推開處有關合,在湘祠尤稱得體。夾議論一語,即天涯矣。

題張問陶墨眉:前用“肅肅”二字,令人凛然起敬。○三四本屬荒凉,語轉濃豔。

沈巖旁:此詩作於代宗即位之後,落句公自謂也。

王鳴盛旁批"娥皇女英":本王逸《楚詞注》。韓昌黎謂湘君爲娥皇,湘夫人爲女英。

佚名戊紅眉:"碑"曰湘夫人碑,今驗其文,乃晉太康九年,又題。

肅肅湘妃廟,(**題商盤紅旁**)見題。空墻碧水春。(**題商盤紅旁**)見時。蟲書玉佩蘚,(**丁耀亢墨旁**)小巧。(**汪琬甲本墨旁**)琢句。(**題商盤紅旁**)見景。層折句。燕舞翠帷塵。(**傅山紅旁**)無味。晚泊登汀樹,(**題商盤紅旁**)見事。見意。微馨借渚蘋。(**奚禄詒乙本墨旁**)已薦去人。(**李以峙墨眉**)(六句)按"香"爲馨之半,"惜"乃借之訛,一部杜詩,異字可以類推。蒼梧恨不盡,(**題商盤紅旁**)倒收。染淚在叢筠。(**題商盤紅旁**)言外之意。(**奚禄詒甲本旁**)賦也。○空有佳句,胡爲止此耳?

【彙評】

題商盤紅尾:開口"肅肅"二字,即令人凛然,較李群玉之輕薄二女遠矣。公迹藉三唐,即二字可見。○"微馨"用"黍稷馨香","渚蘋"用"蘋蘩可薦"。不曰"薦"而曰"借",表已薦之誠。

沈巖眉:第五是即目語,人却做不到,"結纜排魚網",亦其類也。

佚名丁墨尾:上四,黄生謂:本屬荒凉,語轉濃麗也。下四一氣遞出,言此未登謁,别無長物,惟"借渚蘋"薦馨,蓋妃之恨,猶我之恨。《杜臆》所云"臣望君不減妻望夫"是也。

祠南夕望

王鳴盛旁:即湘夫人祠之南。

宋犖紅眉:善於取料,千古如新。

屈復評:起夕,三四望,五六景,祠南結。〇祠南花竹,著"山鬼""湘娥"字,本地典也。

奚祿詒甲本眉:"色"字高老,纔喚出下三句。〇屈原有《山鬼》《湘夫人》歌,故用此。

奚祿詒甲本旁:"猶"字是無聊賴意,"更"字是無了休意。

盧見曾紅旁:秀色中含老氣,何景明之淵源也。

朱方藹紅眉:老而秀,麗而清,所以爲佳。大家老手,彌歎其對屬之工。以"山鬼"對"湘娥",微詞入妙。

吴士模墨眉:老而秀,麗而清,所以爲佳。大家老手,深歎其對屬之工,以"山鬼"對"湘娥",微詞入妙。

題張問陶墨眉:五六句,如《渼陂行》詩云"漢女湘妃出歌舞,金支翠旗光有無",《玉臺觀》詩云"遂有馮夷來擊鼓,始知瀛女善吹簫",俱是恍惚迷離之景,認真執著不得。

陳治墨眉:老而秀,麗而清,大家老手,彌歎其對屬之工,以"山鬼"對"湘娥",微詞入妙。

吴廣霈墨眉:詩有騷心。

沈巖旁:寫得杳冥恍惚,是夕望神致。

百丈牽江色,(**奚祿詒乙本墨眉**)"色"字高老,纔喚起下三句。孤舟泛日斜。(**題商盤紅旁**)分裝對起,倒押句。興來猶杖屨,(**題商盤紅旁**)虚眼句。目斷更雲沙。(**題商盤紅旁**)歇後句。(**奚祿詒乙本墨眉**)"猶"字是無聊賴也,"更"字是無了休也。山鬼迷春竹,(**題商盤紅旁**)實眼句。湘娥倚暮花。(**李念慈紅眉**)二語妙在不用"想像""或然"等字,直書如見。(**宋犖紅旁**)幽秀。(**秦應逵紅旁**)"山鬼""湘娥",本地典也。湖南清絶地,萬古一長嗟。(**奚祿詒甲本尾批**)賦也。〇五六取湘妃竹翻出，景情却凄。

【彙評】

陳訏紅眉批仇注“猶如昨日”處：“舟泛日斜”，猶乘輿杖履登岸，注云“猶如昨日”，殊不可解。

佚名丁墨尾：上四，清還題事。下四，黄生謂：如見靈均所賦，妙有微會，蓋“山鬼”“湘娥”皆屈賦寓言，今於“夕望”“清絶”之餘，恍然遇之。此日之含情，即當年之託興，故曰“萬古一長嗟”。不如此會，結便索然。

登白馬潭

丁耀亢紅眉：趣。

丁耀亢墨眉：真句。〇後四句胡説，可恨。

奚禄詒甲本眉：竟是四截。

奚禄詒甲本旁：此種可不作。

水生春纜没，日出野船開。宿鳥行猶去，叢花笑不來。（**丁耀亢紅旁**）新。（**吕留良紅旁**）句法雅。（**沈巖旁**）對句奇。人人傷白首，處處接金杯。（**奚禄詒甲本墨眉、乙本墨眉**）竟是四截。莫道新知要，南征且未回。（**奚禄詒甲本尾批**）賦也。〇“要”想是久要意，却不穩。（**沈巖尾**）方云：“樂莫樂兮新相知”，“要”字疑爲“樂”字。

上水遣懷

傅山紅眉：此作何解？若以高人言，有何意味？而鍾、譚亟稱之，何也？

宋犖紅眉：起結不凡。

奚禄詒甲本眉：前段序懷，中序上水，末結。

奚禄詒甲本旁：去"善知"四句，意更含蓄。

錢載評：老筆纖筆，視此何以當。

張裕釗眉：寄興無端，别有懷抱。

我衰太平時，身病戎馬後。（錢陸燦甲本眉、乙本紅眉）衰於太平之時，更病於戎馬之後，分兩層。（錢陸燦丁本評）衰於太平時，更病於戎馬之後，分兩層説起便悲。（宋犖紅旁）十字傷心。（奚禄詒甲本眉、乙本墨眉）起二句能盡章旨。蹭蹬多拙爲，安得不皓首？驅馳四海内，童稚日餬口。但遇新少年，少逢舊親友。（沈巖眉）"所遇無故物，焉得不速老？"（沈巖眉批下）託童稚以餬其口也。低顔下色地，故人知善誘。（錢陸燦甲本旁、乙本紅旁）思舊親友。（嚴虞惇紅旁）思舊親友。（吴廣霈墨眉）劍以爲"低頭"二句可去。後生血氣豪，（錢陸燦甲本旁、乙本紅旁）苦新少年。（嚴虞惇紅旁）苦新少年。舉動見老醜。（奚禄詒甲本眉）傷感。窮迫挫曩懷，常如中風走。（李念慈紅眉）"挫曩懷"可悲。（嚴復紅眉）王云：二語真。一紀出西蜀，於今向南斗。（錢陸燦甲本旁、乙本紅旁）猶劉越石云百煉剛繞指柔也。（奚禄詒甲本旁）南下矣。孤舟亂春華，（沈巖眉批下）"春"疑作"青"。暮齒依蒲柳。（吴廣霈墨眉）氣雄詞健，唯惜中多累句爾。冥冥九疑葬，聖者骨亦朽。蹉跎陶唐人，鞭撻日月久。（孫承澤墨眉）吊古，甚磊落。（嚴復墨眉）望古遥□遂深，文外遠致。中間屈賈輩，讒毁竟自取。（李念慈紅眉）"自取"二字責之，正惜之。（奚禄詒甲本眉）既想陶唐，又傷屈賈，身世俱無望矣。（奚禄詒乙本墨眉）既溯陶唐，又思屈賈，身世俱無望矣。鬱没二悲魂，蕭條猶在否？崷崒清湘石，逆行雜林藪。（王士禛評）西樵言，鄭繼之謂此等爲杜公滯處，良是。

（奚禄詒甲本旁）上水。篙工密逞巧，氣若酣杯酒。（錢陸燦甲本眉、乙本紅眉）“篙工”八句寫操舟，巧法兼至。（嚴虞惇紅眉）“篙工”八句寫操舟，巧法兼至。（秦應逵紅眉）“篙工”八句寫操舟，巧法兼至。（吴廣霈墨眉）此“篙工”等句均欠精整而成疵累，韻亦不穩。（奚禄詒甲本眉）“篙工密逞”以上七八行，頗佳。（奚禄詒甲本眉）説“篙工”句太多，遂漸漸開遠，收結不來。後入“熊”“虎”一段，雖或目中所見，然與上總不相洽，遂令煞句無味。（奚禄詒乙本墨眉）説“篙工”太煩，遂漸漸推遠，已收結不來。復入“熊”“虎”段，或目中所見，然與上總不相洽，遂令煞句無味。歌謳互激遠，（李以峙墨眉）（越）按“遠”字非。回斡明受授。（錢載評）老筆、拙筆、秃筆，蓋已到巔頂也。（陳治紅眉）“回斡”五字已是不必，下四句鄭繼之謂此等爲杜公滯處，良是。（嚴復紅眉）王云：“回斡”二字已是不必，上四句鄭繼之謂此等爲杜公滯處，良是。（奚禄詒乙本墨旁）以上頗佳。善知應觸類，（李以峙墨眉）（善）按“蓋”形近而誤。各藉穎脱手。（秦應逵墨眉）西樵言，鄭繼之謂此等是杜公滯處，良然。古來經濟才，何事獨罕有。蒼蒼衆色晚，（奚禄詒甲本旁）目中所見。熊掛玄蛇吼。（奚禄詒甲本旁）却也是比。黄羆在樹顛，正爲群虎守。（秦應逵墨旁）“黄羆”自喻，“群虎”乃童稚也。（沈巖眉）以老羆自喻，“群虎”則童稚也。羸骸將何適，履險顔益厚。庶與達者論，吞聲混瑕垢。（李念慈紅眉）“混瑕垢”三字有學問，有道力，不同屈賈，取禍在此。（奚禄詒甲本旁）結得率。〇末句亦可删。（奚禄詒甲本旁）賦而比也。（吴士模墨眉）滯者見之謂之滯。

遣　遇

吴士模墨眉：妙在起處先述冒險，涉波濤之險苦，此一折遂更深。

吴廣霈墨眉:此什殊佳。

奚禄詒甲本眉:較前二首稍無滯氣,序舟行所遇,而前後未甚照。

奚禄詒甲本旁:遇采蕨之女而作,故曰"遣遇"。

奚禄詒乙本墨眉:總爲遇采蕨之女而作。

張裕釗眉:孔子曰:"詩可以怨。"又曰:"不學詩,無以言。"似此庶幾風雅之遺耳。

佚名己紅旁:公自潭之衡州也。

磐折辭主人,開帆駕洪濤。(**佚名己紅眉**)以不著緊語作起。春水滿南國,朱崖雲日高。舟子廢寢食,飄風争所操。(**錢陸燦乙本紅旁**)長年東風真境。我行匪利涉,謝爾從者勞。石間采蕨女,鬻菜輸官曹。(**李念慈紅眉**)傷時憫人,公詩中有此直書一種,所以稱史。又不可以温厚含蓄概而論之,皆《三百篇》所有也。丈夫死百役,暮返空村號。聞見事略同,刻剥及錐刀。貴人豈不仁,視汝如莠蒿。索錢多門户,喪亂紛嗷嗷。(**孫承澤墨眉**)貪以賈亂,今古同轍。奈何黠吏徒,漁奪成逋逃。自喜遂生理,花時甘緼袍。(**錢陸燦甲本尾、乙本紅眉**)寫得出巧心,結得出章法。(**俞瑒乙本評**)借自寬反折二句,益見此輩之苦。(**奚禄詒甲本眉**)權以自遣。(**奚禄詒甲本眉**)賦也。(**錢載評**)稷契一輩人語也。(**李以峙墨眉**)(甘)按作"貰"非。

解　憂

錢陸燦甲本眉、乙本墨眉:方曰:人當險難之時,賴衆力以濟,豈可脱險而忘之乎?"減米散同舟"當與"西成聚必散""廣厦千萬間”二詩參看。

李念慈紅眉:念勞分惠,防危戒怠,即事見道。

盧見曾紅旁:出險思憂,真更事之言。

錢載評:通首收合“得失”句。

徐松紅眉:鍾伯敬曰:“衆力亦不細”,事後此語,使人忘死。

陳治墨眉:汪云:筆力高,故所揮如意。

吴廣霈墨眉:意雖正大,而入詩則未免腐氣可掬矣。

減米散同舟,(**孫承澤墨旁**)仁人。路難思共濟。(**奚禄詒甲本旁**)起得好。鍾、譚何所取?(**奚禄詒乙本墨眉**)言外款曲。向來雲濤盤,(**曹炎眉**)“雲濤盤”,灘名,極險。衆力亦不細。(**奚禄詒甲本眉**)仁者之濟,賞功之法,在四句中盡之。呀坑瞥眼過,(**李以峙墨眉**)(坑)按“帆”“吭”皆謬。飛櫓本無蔕。得失瞬息間,致遠宜恐泥。(**吕留良紅眉**)屢用“恐泥”,公可失笑,此句爲甚。彼家爐錘,累且如此,學問可易著哉!(**奚禄詒甲本旁**)稚句。(**奚禄詒乙本墨眉**)自“致遠”以下真村陋。(**王士禛評**)“恐泥”常用而未佳。(**陳治紅眉**)《東坡詩話》:“宜”作“思”。(**秦應逵墨旁**)未佳。百慮視安危,(**奚禄詒甲本眉**)“百慮”四句,杜公最可恨者在此。分明曩賢計。兹理庶可廣,(**傅山紅旁**)腐。拳拳期勿替。(**奚禄詒甲本旁**)以下又談道學,皆屈意爲之。(**奚禄詒甲本旁**)賦也。(**陳治墨眉**)學問中語,推之即情之功。

入喬口長沙北界

題鮮于樞評:詩首言舊京愈遠而歸路愈賒者,蓋以衰年傍水國而對春華,見早蜂輕燕於樹蜜江泥之間。今入喬口則近長沙,於是懷賈生而淒惻焉。

屈復評:三收上,四起下,言是物皆有生意,而己獨凄惻也。①

題商盤紅眉:一二步步入南,心心懷北,寫出此行萬非得已。三足上,四起下,五六又倒貼三四。結見地,應轉起語。中聯言是物皆有生意,而己獨迫殘年,近此賈生葬骨之地,彼少年且爾,吾其能免乎?"凄惻"二字,如見其神色慘沮之意。而此一詩竟成自讖,可哀也已!

題商盤紅旁:《史記》屈、賈同傳,賈之志猶屈志,己之志猶賈志也,故弔屈必弔賈也。

朱方藹紅眉:以懷歸寫遠涉,以寫景點早春,以憶古點地圖,俱是兩層意,故曰善賦者不爲直率也。

漠漠舊京遠,(**題商盤紅旁**)對起。(**佚名丁墨旁**)竺云:"舊京"謂洛陽、長安,以己故鄉也,注誤。**遲遲歸路賒。** **殘年傍水國,**(**題商盤紅旁**)承上。**落日對春華。**(**題商盤紅旁**)起下。**樹蜜早蜂亂,**(**題商盤紅旁**)硬裝句。**江泥輕燕斜。**(**嚴虞惇紅旁**)春華。(**題商盤紅旁**)語含比興。(**奚禄詒甲本旁**)二句承"春華""水國"。(**奚禄詒乙本墨旁**)承"春華""水國"。**賈生骨已朽,**(**題商盤紅旁**)藏頭句。**凄惻近長沙。**(**嚴虞惇紅旁**)自寓。(**題商盤紅旁**)意餘言外。(**奚禄詒甲本眉**)末句寄興可傷。(**奚禄詒甲本尾批**)賦也。(**奚禄詒乙本墨眉**)寄興,傷哉!(**沈巖眉**)賈生在長沙不過二載,而我遲遲已及黄髮,故凄惻也。

【彙評】

佚名丁墨尾:前只叙事寫景之文。結聯,胡夏客曰:賈生没後,又有"近長沙"而"凄惻"者,非歎賈也。

① 校注:"言是物",杭本作"物"。

北　風新康江口信宿方行

奚禄詒甲本眉:寫北風雄偉。

奚禄詒乙本墨眉:劉云:使晚唐人作《北風》詩,形容蹇縮,必不能有豪氣。

曹炎旁:新康江口信宿方行。

春生南國瘴,氣待北風蘇。向晚霾殘日,初宵鼓大鑪。爽攜卑濕地,聲拔洞庭湖。(**丁耀亢墨眉**)"拔"字奇絶。(**屈復評**)"聲拔"句寫風勢,奇。"滌除"句言不敢順風掛帆之心也。①(**秦應逵紅眉**)"聲拔"句寫風勢奇。(**秦應逵紅旁**)"拔"字奇。萬里魚龍伏,三更鳥獸呼。(**李念慈紅眉**)聲情蕩激。滌除貪破浪,愁絶付摧枯。執熱沉沉在,(**奚禄詒甲本旁**)謂須北風改熱,與首句犯複。凌寒往往須。(**奚禄詒甲本眉**)"凌寒"句較上"執熱"句,覺相矛盾。(**奚禄詒乙本墨眉**)須北風解塞熱,却與首句犯。且知寬疾肺,不敢恨危途。再宿煩舟子,衰容問僕夫。今晨非盛怒,(**奚禄詒甲本旁**)指風。便道即長驅。(**陳治墨眉**)終嫌太著。隱几看帆席,雲山涌坐隅。(**奚禄詒甲本旁**)賦也。

銅官渚守風

陳治紅眉:足覘土風。

吴士模墨眉:觸目所得,以手返之。其語工,故足傳也。兼藉志土風方物矣。

---

① 校注:"不敢順風",杭本作"不敢蒙順風"。

不夜楚帆落，（**吕留良紅旁**）起句就得。避風湘渚間。（**李以峙墨眉**）（不夜）按作“亦”謬。水耕先浸草，（**奚禄詒甲本旁**）土俗如此耳。（**沈巖旁**）連日守風所歷。春火更燒山。早泊雲物晦，逆行波浪慳。（**題商盤紅旁**）倒叙。飛來雙白鶴，過去杳難攀。（**吕留良紅眉**）以飛鶴結守風，妙絶。（**奚禄詒甲本眉**）羡鶴之能去，而己猶有此耶？（**奚禄詒甲本尾批**）結意竟不可解，與全篇何涉？（**奚禄詒乙本墨眉**）末句竟不可解，何以結又何所比？（**沈巖眉**）落句守風之悶，自在言外，“杳”字仍與上“晦”字不礙，確是“飛來”，又醒出“守風”也。（**沈巖旁**）落句若從“破去帆”，即俗肺腸矣。

【彙評】

佚名丁墨尾：首聯清還“守風”，三四其時所見。五六從首聯申説出阻滯意來，以起下文。結乃借物慨己，纔“飛來”便已“過去”，我之阻滯，不如白鶴遠矣。都從“守”字作意。

雙楓浦

吴士模墨眉：雖影“雙楓”，説楓“已摧”，則仍湊也。

奚禄詒乙本墨眉：僞作。

輟棹青楓浦，雙楓舊已摧。自驚衰謝力，不道棟梁材。浪足浮紗帽，皮須截錦苔。江邊地有主，暫借上天回。（**錢陸燦丁本評**）通首用喻，殊費解耳。（**吕留良紅眉**）奇邁。（**奚禄詒甲本眉**）末句謂借作浮槎耶？（**奚禄詒甲本尾批**）敗甚，必僞作。○八句與七句不相貫。（**奚禄詒乙本墨旁**）大不妥。

岳麓山道林二寺行

吕留良紅眉:不排不行,又是一體。

奚禄詒甲本旁:此篇大約俗筆。

奚禄詒甲本眉:此定爲宋人俗筆無疑,與《洗兵馬》一例。

奚禄詒乙本墨眉:定是村俗之筆無疑,杜公老年粗枝大葉,文字絶非此種,筆力不可假也。

盧見曾紅旁:排比綿麗。〇王嗣奭曰:全篇一氣抒寫,如珠走盤。

秦應逵紅眉:此自是七言歌行,與長律大不相同,强入七排,何也?

玉泉之南麓山殊,道林林壑争盤紆。寺門高開洞庭野,殿脚插入赤沙湖。(**吕留良紅眉**)"赤"字得平聲更妙。五月寒風冷佛骨,(**李以峙墨眉**)(佛)按"拂"形訛。六時天樂朝香爐。地靈步步雪山草,僧寶人人滄海珠。塔劫宫墻壯麗敞,(**李以峙墨眉**)(劫)按本當作"級",故劫音訛。香厨松道清涼俱。(**李以峙墨眉**)(涼)按作"崇",恐非。蓮花交響共命鳥,(**汪琬甲本紅眉**)共命鳥。金榜雙回三足烏。(**嚴虞惇紅旁**)已上詠二寺。方丈涉海費時節,(**嚴虞惇紅旁**)已下寫二寺行,而爲終焉之計。玄圃尋河知有無。暮年且喜經行近,春日兼蒙暄暖扶。飄然斑白身奚適,傍此煙霞茅可誅。桃源人家易制度,橘洲田土仍膏腴。潭府邑中甚淳古,(**奚禄詒甲本旁**)不見及此。太守庭内不喧呼。(**奚禄詒甲本眉**)此等謂之輕亂。昔遭衰世皆晦迹,今幸樂國養微軀。依止老宿亦未晚,富貴功名焉足圖。(**李念慈紅眉**)周顒好處山舍,與"誅茅依老霜"意相合,何必牽强顒建草堂事耶?(**奚禄詒甲本旁**)此亦可止。久爲野客尋幽慣,(吕留良紅眉)“野”作“謝”,是。細學何顒免興孤。(陳治墨眉)《道書》載内洞天福地,其中便闕疏窗,玲瓏鉤貫,一重一掩,如人肺腑,乃知杜老無一字無來處也。(秦應逵墨眉)公詩中凡用“周顒”,傳寫皆誤爲“何顒”。(沈巖眉)公詩中凡用“周顒”,傳寫皆誤爲“何”。(佚名戊紅眉)官帖載褚遂良書,亦有潭府下濕之語。一重一掩吾肺腑,(紅旁)奇語。山鳥山花吾友于。(吕留良紅旁)畢竟不好。(奚禄詒甲本旁)若出自真筆,太敗興矣。醜語。宋公放逐曾題壁,(嚴虞惇紅旁)宋之問。物色分留與老夫。(奚禄詒甲本旁)考其氣格,定出王安石之手。(錢載評下)草堂本公自注云:宋之問之貶也,途經於此,有詩尚在壁間。

【彙評】

錢陸燦甲本眉批錢箋“何顒”:鐵曰:王安石詩:“周顒宅作阿蘭若,婁約身歸窣堵波。”

錢陸燦乙本墨眉批錢箋“何顒”:王安石詩:“周顒宅作阿蘭若,婁約身歸窣堵波。”

王伯沆紅眉:錢竹汀曰:唐人精聲律,肺腑、友于皆雙聲,故可屬對,猶《滕王閣詩序》以“邱墟”對“已矣”。○杜氏又曰:《漢書》:衛青曰:“吾得以肺腑待罪行間。”今《漢書》作“胏附”字,與“肺腑”同。師古云:“胏附”言親戚也。因悟杜以“友于”對“肺腑”,猶以“兄弟”對“親戚”,其不嫌於以虚對實者,則雙聲之説得之。

清明二首

李念慈紅眉:七排二首,俱以結句勝。前結鄭重樸老,後首脱灑風流。

吕留良紅眉:七言排律,詩體之最難者,此亦單弱,李空同一篇絶佳。

俞瑒乙本評：此首從清明説起，次寫遊人，點楚地，接入自己。下首接上末句，自叙起，次寫清明景物，回憶長安，收轉洞庭結。二首總如一首。

奚禄詒甲本眉：二首亦似爲新句者。

奚禄詒乙本墨眉：兩首似爲新句耳。排律還宜莊老。

沈巖旁：次篇尾句與起句接對，作章法。

王鳴盛墨眉：此二詩非杜公本色，贋作無疑。

其　一

王士禛評："爲寒食"對"賣卜錢"，亦未工。

盧見曾紅旁：此章先詠長沙景事，後及清明感懷。"新火""春光"，點叙清明。鳥銜花，兒騎竹，童裝胡服，女作細腰，此皆舟前所見者。"定王城""賈傅井"，思長沙遺迹也。寒食之時，周舉雖開火禁，而舟鮮熟食，故曰"虚霑"。此皆無錢之故，因思君平賣卜以自給。濁酒粗飯，即舟中飲食。

陳治墨眉：俞云：此七言長律，亦是一體，元白頗祖其風調。

朝來新火起新煙，湖色春光净客船。（**奚禄詒甲本眉**）歎老。（**錢載評**）元遺山云："别有洞天君不見，鵲山寒食泰和年。"得其一枝一節，遂成絶調。繡羽銜花他自得，（**李以峙墨眉**）（銜）按"銜"形訛，然亦可通。紅顔騎竹我無緣。胡童結束還難有，楚女腰支亦可憐。不見定王城舊處，長懷賈傅井依然。虚霑焦舉爲寒食，（**王鳴盛墨眉**）"焦"應作"周"。（**李以峙墨眉**）（周舉）按"焦"字非。實藉嚴君賣卜錢。（**秦應逵墨眉**）爲"寒食"對"卜錢"，亦未工。鐘鼎山林各天性，濁醪粗飯任吾年。（**奚禄詒甲本尾批**）賦也。

其　二

盧見曾紅旁：次章先慨飄流之迹，後歎清明景事。“繫舟”承“飄泊”，“左書空”應“右臂枯”。“將雛遠”，遠在楚中；“習俗同”，同於長安。“紫塞雁”，仍指長安；“青楓火”，又指楚中。“秦城”“漢主”，思長安而不見也；“洞庭”“白蘋”，歎楚中之淹滯也。

此身飄泊苦西東，右臂偏枯半耳聾。（**奚禄詒甲本眉**）思朝。寂寂繫舟雙下淚，悠悠伏枕左書空。（**王士禛評**）“左書空”傷巧，非稱也。（**佚名己紅眉**）與“右臂”句相應。十年蹴踘將鶵遠，萬里鞦韆習俗同。旅雁上雲歸紫塞，家人鑽火用青楓。秦城樓閣煙花裏，漢主山河錦繡中。風水春來洞庭闊，白蘋愁殺白頭翁。（**奚禄詒甲本尾批**）賦也。（**申頲紅眉**）兩“白”字互映得俗。（**佚名己紅眉**）兩結俱勝。

發潭州

錢陸燦甲本眉：賈、褚遷此最著，故過而懷之。

錢陸燦丙本評：錢云：賈、褚遷此最久，故遇而懷之。

盧見曾紅旁：楊慎《丹鉛録》以此頷聯爲賈島逸句所本，然在杜集，亦尋常句耳。郊島輩非無警句，而氣體寒餒，以視李杜大家，真類蟲吟草間矣。

盧見曾紅旁：《名勝志》：湘水在潭州之西，環城而下。○賈、褚立朝，各有鯁亮之節。但舉才名、書法者，蓋借以自方耳。二人固爲前後，公於二賢亦前後事也，故有回首傷神之歎。○楊氏《丹鉛録》云：賈島詩“長江風送客，孤館雨留人”二句爲平生之冠，而集中不載,僅見於坡詩注所引。今按,杜詩"岸花飛送客,檣燕語留人",實賈句所本。而何仲言詩"岸花臨水發,江燕遶檣飛",則又杜句所本。固知詩學遞有源流也。

吴士模墨眉:亂世人情之薄,殊方吾道之悲,俱於言外見之,正自蘊藉。

陳治墨眉:錢云:賈、褚遷此最久,故過而懷之。

沈巖眉:賈傅、褚公猶然流落,豈時遭薄俗,止有"岸花""檣燕"如相識哉?

夜醉長沙酒,曉行湘水春。岸花飛送客,(**俞瑒甲本評**)發舟之景。檣燕語留人。(**屈復評**)花送燕留,無人可知法從《楚詞·河伯》"波滔滔兮來迎,魚鱗鱗兮媵予"來。(**吴廣霈墨旁**)工巧俊逸。(**佚名丁墨尾**)竺云:三四句意似捨舟而陸行者。賈傅才未有,(**俞瑒甲本評**)舟中所感。褚公書絶倫。(**奚禄詒甲本眉**)分明是以賈、褚自况。(**錢載評**)"賈""褚"緊承"人"字,妙是拓開。(**王鳴盛墨眉**)獨懷二子,則潭州人情可知。高名前後事,(**沈巖旁**)"後"字自謂,非指褚公也。(**沈巖尾**)"後"字自謂也。如賈、褚者,置其大節,即文章、翰墨亦一代光華,然放逐流落,曾無遇而問之者,此前後有同慨也。回首一傷神。褚永徽末放此州。(**奚禄詒甲本尾批**)賦也。

【彙評】

張學仁參定:三四意極寥落,詞極清新,與"感時花濺淚"一聯同一用意。

張雝敬墨旁:頸聯本非此老佳處,世所稱許,故存之。

佚名丁墨尾:三四發船之景,洪仲所謂託物見人者也。蓋人情冷淡,在言下也。五六賈傅、褚公略讀。"才何有",謂而今安在;"書絶倫”，謂只此流傳。上二字見昔皆名臣，下三字見其人已往，正與七八呼應。洪仲云借人形己，是也。蓋前後事内，己亦包含也。舊但作贊詞解，遂將“何”字改作“未”字，既使聲韻不諧，復與末聯少會。

早　行

錢陸燦甲本眉：董云：旨近《南華》，氣本西漢。

錢陸燦乙本紅眉、丁本評：旨近《南華》，氣本西漢。

王士禛評：“前王”二句亦是警語，“碧藻”句語勢未亮，“高帆”句竟接不倫。

俞瑒乙本評：比興之遺。

歌哭俱在曉，行邁有期程。（**吴士模墨旁**）起句似有神助，不能學也。孤舟似昨日，聞見同一聲。（**錢陸燦乙本紅眉下**）“聞見”如昨日，“歌哭”夷歌，五更悲壯之聲。（**奚禄詒甲本旁**）承“歌哭”。（**奚禄詒甲本眉**）“一聲”押，“聞見”高筆。（**奚禄詒甲本旁**）起四句若與篇後不相屬，而氣脈自貫，學者宜熟之。飛鳥數求食，（**奚禄詒乙本墨旁**）比。潛魚亦獨驚。（**奚禄詒甲本旁**）比二句。（**魏源評**）“飛鳥”二句串説，因鳥飛而魚驚，喻上誅求而民散。“前王”二句旨涉莊老，亦憤世之辭。（**秦應逵紅旁**）比興之遺。（**吴廣霈墨眉**）中有好句，惜全首未稱。前王作網罟，設法害生成。（**奚禄詒甲本旁**）所以歌哭不齊也。（**奚禄詒乙本墨旁**）所以歌哭不等。碧藻非不茂，高帆終日征。（**吴士模墨眉**）“碧藻”句晦，“高帆”句竟接不倫。（**秦應逵墨眉**）“碧藻”句語勢未亮，“高帆”句竟接不倫。（**嚴復紅眉**）王云，亦是警語。“碧藻”句不凡，下句覺接不倫。干戈未揖讓，（**奚禄詒甲本旁**）從上比説出本意。崩迫開其情。（**汪琬甲本紅眉**）崩迫。（**李念慈紅眉**）“未”字無理，“異”字亦未佳，“開”字，“網罟”興起，不可改"闢"。(**奚禄詒甲本旁**)賦也。○"歌哭"者,法之害也。(**李以峙墨眉**)(闢)按作"開"形訛。(**佚名己紅眉**)忽念及此。

【彙評】

錢陸燦甲本尾批:"聞見"如昨日,"歌哭"夷歌,五更悲壯之聲。

野望

題鮮于樞評:詩言流寓之遠,乃知乾坤之大,望遠則"雲山兼五嶺,風壤接三苗",視近則"野樹侵江闊,春蒲長雪消"。今我空老於孤舟之上,無補於朝廷耳。賦也。

錢陸燦丁本評:三四遠中有揮斥萬里、嘘吸風雲之致。

屈復評:三四順望,一二大景,五六起下扁舟小景,皆野望也,以情結。①

題商盤紅眉:"納",容也。納而又納,無所不容也。五嶺、三苗,皆在包涵之内,乾坤之大可知。"行行"直至於此,郡國之遥可知。三四極目之景,應起句;五六目前之景,起"扁舟"。七八又挽次句。○三四如畫家寫境。五嶺,深遠也,三苗,平遠也。深遠故曰"兼",平遠故曰"帶"。五六江漲直侵野樹,前此樹在岸也;雪消始長春蒲,前此爲雪掩也。倒押成句。

奚禄詒甲本旁:三四情自深遠,句亦壯賦也。此必在湖南作。

奚禄詒甲本眉:五六句法倒裝,甚穩辣。

奚禄詒乙本墨眉:情深句壯。○三四遠景,五六近景。○大庾、始安、臨賀、桂陽、揭陽,五嶺。

① 校注:"順望",杭本作"順承"。

盧見曾紅旁:壯士拂劍,浩然彌哀。五六情雖間入,氣自孤行,此殆非人力可幾。張溍曰:三四自然壯麗,七子之祖。

朱方藹紅眉:語語是“野望”,移動不得,其位置亦然。中二聯有遠近之分,結語抱起聯,故不傷雅。

吴士模墨眉:語語“野望”,移動不得,其位置亦自然。中二比有遠近之分,結語抱起聯,故不傷雅。

吴廣霈墨眉:調高格勁,響遏行雲。

王伯沆紅眉:第二聯壯麗,明七子之祖。

納納乾坤大,(**嚴虞惇紅旁**)“納納”字出楚詞。(**題商盤紅旁**)對起。下因聯。(**陳治墨眉**)查浦云:“納納”二字出楚詞。(**沈巖旁**)“納納”二字出楚詞。行行郡國遥。雲山兼五嶺,(**汪琬甲本紅眉**)五嶺。(**題商盤紅旁**)遠景,大景。(**奚禄詒甲本旁批“自注”**)在粤黔之間,必非公自注。大庾、始安、臨賀、桂陽、揭陽,五嶺也。風壤帶三苗。(**俞瑒甲本評**)遠望,承首聯。(**題商盤紅旁**)實眼句。(**奚禄詒乙本墨旁**)此等語不易得。野樹侵江闊,(**俞瑒甲本評**)近望,起末聯。(**題商盤紅旁**)近景,小景。春蒲長雪消。(**題商盤紅旁**)倒押句。(**沈巖眉**)“雪消”“江闊”是倒裝句,恰收上“野望”,起下“扁舟”也。扁舟空老去,無補聖明朝。(**李念慈紅眉**)愀然生感。(**題商盤紅旁**)意在言外。(**錢載評**)新句法。

【彙評】

俞瑒甲本評:首四句氣概闊大,正以連看爲佳。

題商盤紅尾:“扁舟空老”,“無補聖明”,明從國事起,見止作自咎之語。讀《諸將》第三首、第四首,即知此首言外之意矣。

吴廣霈墨眉批“吴云”:吴批精煉是也。然通首不離“野望”本題,而寄託遥深,並不爲題所囿,此識力之超、筆勢之渾成故也。

佚名丁墨尾：斗然而來，飄然而去，格勢絶佳。其脈理則首句虚懸，次句總含下六。○三四正是野望，五六乃引下舟行。

宿鑿石浦

王士禛評："少恩惠"妙語，不嫌其真。"死分翳"，言燈光不明，若與缺月共翳然者。

屈復評：聖哲經憂患而"垂彖繫"，已遭亂世而"草草卒歲"，不能著述，可傷。

奚禄詒甲本旁：賦也。

吴廣霈墨眉：此首可存。

早宿賓從勞，仲春江山麗。（**佚名己紅眉**）説仲春好。飄風過無時，（**沈巖旁**）"飄風"，暴起之風，與下"少恩惠"句。江山雖麗，不足投足一宿，猶多疑畏也。舟檝敢不繫。（**沈巖眉**）若作"不敢繫"則死句矣。回塘澹暮色，日没衆星嘒。缺月殊未生，青燈死分翳。窮途多俊異，亂世少恩惠。（**秦應逵墨眉**）"少恩惠"妙語，不嫌其空。（**沈巖旁**）謂眼見"俊異"多遭殘害，不忍盡言，故但言"少恩惠"也。鄙夫亦放蕩，草草頻卒歲。（**李念慈紅眉**）"草草"句無限感慨。（**沈巖旁**）《詩》鄭箋："草草"，憂將要得罪也。斯文憂患餘，（**張雖敬墨旁**）所見極遠，措詞更厚。聖哲垂彖繫。（**李念慈紅眉**）"賓從勞"及"少恩惠"，未解，豈題下有注逸耶？（**奚禄詒甲本眉**）因"憂患"二字扯出"彖繫"。（**奚禄詒乙本墨眉**）"彖繫"扯得陡。（**錢載評**）杜公每每發此大言。（**沈巖眉**）"繫"字兩義重押。

【彙評】

陳訏紅眉批仇注“風狂浪急，故不敢繫舟，而移入回塘以避之。非是。‘不敢’，易作‘敢不’”處：“飄風”並非狂風，何云舟不敢繫？“回塘”自寫暮色，何云移舟入此？强解妄添枝節。

張雝敬墨旁：清麗明净之作。

詠懷二首

錢陸燦甲本眉：宋王楙《野客叢談》：杜詩所載房、杜來沽酒留飲之事，正與傳文同，然傳言母李，而詩言妻杜，有以知婦、姑皆賢，高識遠見，非常人所及。母見房、杜，則謂“二客公輔才，汝貴不疑”。妻見太宗，則謂“子等成大名，皆因此人手”。其事甚異。詩、傳互相發明，不可泥而廢一也。

奚禄詒甲本眉：此以後皆適楚之作。○二詩皆心中有懷而筆興不到。

奚禄詒甲本旁：公常有此種詩，覺風雅破壞，開宋人。

張裕釗眉：子美詩每及時事，非若後人虛作感憤語，其深心古誼，訐謨讜論，直是名臣奏議，所以高出古今。

其　一

吴廣霈墨眉：平妥，未見精采。

人生貴是男，丈夫重天機。（**錢陸燦乙本紅旁**）男子生而有志四方。（**李念慈紅眉**）出不成出，處不成處，此公所以自傷耳。未達善一身，得志行所爲。（**奚禄詒乙本墨眉**）公常有此種，所以開来人。嗟余竟轗軻，將老逢艱危。（**佚名己紅眉**）此言老後尚不得志也。胡鷁逼神器，逆節同所歸。河洛化爲血，公侯草間啼。西京復陷没，翠蓋蒙塵飛。萬姓悲赤子，兩宫棄紫微。倏忽向二紀，奸雄多是非。（沈巖眉）奸雄反覆，赤子糜爛，遂至二紀，如我者歲月蹉跎，得志無期，又將何語拯救之哉？本朝再樹立，未及貞觀時。日給在軍儲，上官督有司。高賢迫形勢，豈暇相扶持。（李念慈紅眉）不意於吾身親見。（沈巖旁）痛此得志而不能行者也。疲苶苟懷策，棲屑無所施。先王實罪己，愁痛正爲兹。歲月不我與，蹉跎病於斯。夜看酆城氣，（奚禄詒甲本旁）兀出。回首蛟龍池。（沈巖眉）"回首蛟龍池"言將與物化也。齒髮已自料，（沈巖旁）終於轗軻不得志者也。意深陳苦詞。（奚禄詒甲本旁）賦也。（吴廣霈墨尾）結佳。（李以峙墨眉）（苦）按"昔"明是形近而訛。（沈巖尾）豐城之劍，有時騰化，獨我蹉跎，沉埋莫問。齒髮日衰，致君無日，徒托深意於苦詞耳。

其　二

邦危壞法則，聖遠益愁慕。（俞瑒乙本評）上首天下之懷，此篇一人之懷。飄颻桂水遊，悵望蒼梧暮。（錢陸燦甲本旁）猶《楚詞》"就重華而陳詞"。（錢陸燦乙本紅旁）猶《楚詞》"就重華而陳詞"也。潛魚不銜鈎，（奚禄詒甲本旁）自比。走鹿無反顧。皦皦幽曠心，拳拳異平素。衣食相拘閡，朋知限流寓。（沈巖眉）堯舜之君不可逢，即我爲亦欲苟全自活，獨善一身，棲幽曠而異平素矣。風濤上春沙，千里浸江樹。（錢陸燦甲本旁、乙本紅眉）大謝：春江壯風濤。（奚禄詒甲本眉）承"桂水遊"。（李以峙墨眉）（千里）按從"十"爲妥。逆行少吉日，時節空復度。井竈任塵埃，舟航煩數具。牽纏加老病，瑣細隘俗務。（李念慈紅眉）"隘"字妙，較"拘閡"又深一步。萬古一死生，胡爲足名數。（奚禄詒甲本眉）句高。（奚禄詒乙本墨眉）此句高。（翁方綱

評)“胡爲足名數”言不得徒算數也。自許稷契之意氣,翻倒極矣。(**沈巖眉**)言不惟渡湖,且將逾嶺也。多憂污桃源,拙計泥銅柱。未辭炎瘴毒,擺落跋涉懼。虎狼窺中原,焉得所歷住。葛洪及許靖,避世常此路。(**奚禄詒甲本眉**)孫策渡江東,許靖偕親族避亂往交趾。賢愚誠等差,自愛各馳騖。(**李以峙墨眉**)(合受)按倒轉便不通,“至愛各”似可通,然畢竟勉强。羸瘠且如何? 魄奪針灸屨。擁滯僮僕慵,稽留篙師怒。(**李念慈紅眉**)情事逼真。終當掛帆席,天意難告訴。南爲祝融客,勉强親杖屨。結託老人星,羅浮展衰步。(**陳治墨眉**)山中有老人峰,相傳老人星降精結托於此也。(**奚禄詒甲本旁**)賦也。(**沈巖尾**)“結託老人星”,正謂此去亦何所因依也。

過津口

奚禄詒甲本眉:子美好用“而”字,太白好用“之”字。

奚禄詒乙本墨眉:湘北流入洞庭,會於江,然後入於海。

盧見曾紅旁:紀行諸詩,一片老境,有如天降時雨,山川出雲,木葉盡脱,石氣自青,視入蜀詩,别一境界,盖渾用力之迹而臻於化矣。

錢載評:仍是“鄂渚分雲樹”之意。

張裕釗眉:《莊子》云道在瓦礫,此語殊妙。俗手喜作峨冠大裙語,乃終身不解也。

南岳自兹近,湘流東逝深。(**孫承澤墨旁**)如身歷其境。(**奚禄詒乙本墨眉**)湘水北流,的想至津口而東耶?(**沈巖旁**)南岳影在湘水,頂“近”字神妙。和風引桂楫,春日漲雲岑。(**王伯沆紅眉**)光景如繪。回首過津口,而多楓樹林。(**沈巖眉**)得風,故回首已過也。白魚困密網，（奚禄詒甲本旁）二句起下二句。黄鳥喧嘉音。（屈復評）"白魚"四句即景有會，寄慨遥深，信手拈來者。① 物微限通塞，惻隱仁者心。（吕留良紅旁）儒者頭巾語。（奚禄詒甲本旁）子美好説此等話。甕餘不盡酒，膝有無聲琴。（沈巖旁）二句是與客遂其性，庶幾不遂寂寞也。聖賢兩寂寞，眇眇獨開襟。（奚禄詒甲本旁）末四句少可。（奚禄詒甲本旁）賦也。（佚名己紅眉）曠極。

【彙評】

錢陸燦丁本評：興悲興感。〇"聖賢"跟上"仁者"來，言仁者雖有德澤及人，而此身同歸於盡，何如琴酒自適以快目前乎？

李念慈紅眉批錢注"津口"："津口"同名自多，此豈得在江陵耶？

題商盤尾："聖賢"字跟"仁者"來，結復轉一意，言聖賢雖有德澤及人，而此身同歸於盡，何如琴酒自適以快目前乎？

次空靈岸

吕留良紅旁：空舲峽，花石戍，好地名，正是詩料。酈元《水經注》："湘水縣有空舲峽。"當作空舲。

屈復評：前段八句亦倒叙法，讀者不覺。"向者"二句，言往時水順舟疾，誤却多少清眺，今日乃得一雪前恥也。"領其要"，言向者未嘗領略也。②

奚禄詒甲本旁：在夔、荆之間。

陳治墨眉：查浦云：上水空境。

---

① 校注："信手拈來者"，吴本闕，杭本與余本同。

② 校注："水順舟疾"，杭本作"順水舟疾"；"一雪前恥也"，杭本作"一雪前恥"；"領其要"，杭本闕；"未嘗"，杭本作"未暇"。

吴廣霈墨眉:此佳什也,可以謂之隱秀。

沈巖旁:夢弼云:"空靈"當作"空舲"。《水經注》:湘水縣有空舲峽。

沄沄逆素浪,落落展清眺。幸有舟楫遲,得盡所歷妙。(**錢陸燦甲本眉、乙本紅眉**)反幸其遲。(**錢陸燦丁本評**)起四語未至空舲,舟中遥望之景。空靈霞石峻,楓栝隱奔峭。(**徐松紅眉**)譚元春曰:必解領要,方可作山水間記,不然則一處寫數句,便是路程本子。(**奚禄詒甲本旁**)即峻石也。(**李以峙墨眉**)(栝)按作"枯"明是脱筆。青春猶無私,(**奚禄詒甲本旁**)承上句。(**李以峙墨眉**)("青春"二句)按"無"作"有",則"已"當作"亦"。白日亦偏照。(**題商盤尾批**)峭壁隱天,故有"白日偏照"之語。(**奚禄詒甲本眉**)"楓栝""白日"俱隱於峻石中也。可使營吾居,終焉託長嘯。(**奚禄詒甲本旁**)欲住此耶? 毒瘴未足憂,兵戈滿邊徼。(**錢陸燦甲本眉、乙本紅眉**)欲延其賞。(**奚禄詒甲本旁**)此四句追嚮者未得終隱耳。嚮者留遺恨,恥爲達人誚。回帆覬賞延,佳處領其要。(**奚禄詒甲本眉**)煞句好。(**奚禄詒甲本旁**)賦也。(**奚禄詒甲本旁**)"領其要"固善賞延者,又有恨其未能全領意。(**陳治墨眉**)可悟讀書法。(**秦應逵紅旁**)應"所歷"。

【彙評】

錢陸燦乙本墨旁批錢箋"夢弼曰":不應下亦作"靈",如劉伶作"劉靈",古人文往往如此。

題商盤尾:入蜀及湖南諸詩,一邊述征行,一邊志賞眺,襟次已越俗流,然猶云"恥爲達人誚",尚有"經過草草"之憾也。

宿花石戍

錢陸燦甲本眉：鐵曰：柳子厚記上下篇法。

錢陸燦丁本評：似《選》體詩。

盧見曾紅旁：體兼鮑謝，義入風詩。

錢載評：孟子曰："天下之生久矣，一治一亂。"斯蓋稷契一輩人胸次，環回已久，非丙吉問牛喘所能及也。

吴士模墨眉：閑話又墮議論。〇南中山稠水濕，風氣蒸溽，故熱鬱嘗多，若以寒暑之常言之，則氣候爲交錯回互矣。由是而推治亂恒數，而因有因人事而參錯者，不可一概論也。〇偏以泉注器存寫人民亡散，愈覺空村景象，慘然在目。

秦應逵紅眉：水所見而念切國計民生，不失風人遺旨。〇"平分"，恒數也；"回互"，非恒數也，理亂亦然。

嚴復墨眉：極□□是□字，然則犯改"赴春愁"作"起春愁"之誚，不能妄改。

吴廣霈墨眉：此首亦可。

午辭空靈岑，夕得花石戍。岸疏開闢水，(**李以峙墨眉**)(水)按作"山"謬。木雜今古樹。(**奚禄詒甲本眉**)詩中若無此等句，氣便局促了。(**奚禄詒甲本旁**)健句。地蒸南風盛，春熱西日暮。四序本平分，(**奚禄詒甲本旁**)從"四序"二句轉出理亂。氣候何迴互。(**屈復評**)"四序""平分"，恒數也；"回互"，非恒數也，"理亂"亦然。茫茫天造間，(**李以峙墨眉**)(間)按作"開"，形訛。理亂豈恒數。繫舟盤藤輪，策杖古樵路。罷人不在村，(**奚禄詒甲本眉**)"罷人"四句證役之慘，不啻鄭圍。野圃泉自注。(**李念慈紅眉**)憫人之困，而莫能爲力，故以誰能望之。(**奚禄詒乙本墨眉**)"罷人"二句畫不能極，令人淒然。柴扉雖蕪没，農器尚牢固。山東殘逆氣，吴楚守王度。（**沈巖旁**）見及今尚可招徠，只在減其徵調也。（**沈巖眉**）言“守王度”者，僅存此土，不當迫之散走，復爲賊用也。誰能扣君門，下令減征賦。（**奚禄詒甲本旁**）“守王度”即“下征賦”也。（**奚禄詒甲本旁**）賦也。此纔是正體。

【彙評】

陳訏紅眉批仇注“舟纜盤岸，圓若藤輪也”處：藤蔓攀屈如輪，舟因纜之，何必故作不通之解？

早　發

錢陸燦甲本眉、乙本墨眉：方曰：“有求常百慮”必是古語，“斯文亦吾病”者，吾乃不能無求於人，所以憂慮百端，正愧斯言耳。“言”字作“文”非。〇公是時必涉遠干人而不得意，故在路有風波寇盗之憂，對鏡有衰老之慚也。末則自傷不能忍餓如夷齊，不能遊説如張儀，所以白頭漂零而無所遇耳。

王士禎評：“直”字尤妙，非杜公不能爲此語。

屈復評：奔走衣食，歲無寧日，歷危冒險，不堪自問，能盡情寫出。

吴廣霈墨眉：此首佳。

奚禄詒乙本墨眉：人人有此語，人人説不出。

沈巖旁：所謂“百慮”，即慮雖斯文，以“有求”傷直，亦爲病也。結句“疑誤”二字，收“足爲慮”意。

張裕釗眉：子美晚年湖南行旅之作，尤爲微妙蕭颯，視蜀中詩又變一格矣。

有求常百慮，斯文亦吾病。（錢陸燦甲本旁）“有求”二句，老杜自言有衣食之求，及文學之逋，所以朋故日多，二者驅馳併，所以久不能發，而今始去也。老方以“文”字爲“言”字承上句，非也。更以上句爲成語，殆是穿鑿，曲□己説。（奚禄詒甲本眉）人人有此語，人人未説。以玆朋故多，（奚禄詒甲本旁、乙本墨旁）“朋故”何益？窮老驅馳併。（錢陸燦甲本旁）起四句如論冒，公善用此法。（奚禄詒甲本眉）窮老而馳驅，“朋故”安在？（錢陸燦乙本紅旁）起四句如論冒。（錢載評）所謂“驅馳喪我真”也。早行篙師怠，席掛風不正。（李念慈紅眉）此□□風折戧也，舟子懶牽利進而爲之。昔人戒垂堂，（奚禄詒甲本旁）慣用此等。今則奚奔命？濤翻黑蛟躍，日出黄霧映。煩促瘴豈侵，頹倚睡未醒。僕夫問盥櫛，暮顔靦青鏡。（丁耀亢墨眉）新。（李以峙墨眉）（顔）按“未”字非。隨意簪葛巾，仰慚林花盛。側聞夜來寇，幸喜囊中净。（沈巖眉）無主之花，尚恐輕折，況因人干請乎？艱危作遠客，干請傷直性。（秦應逵紅旁）“直”字妙。薇蕨餓首陽，粟馬資歷聘。賤子欲適從，疑誤此二柄。（錢載評）“二柄”已該在百慮内矣。（奚禄詒甲本旁）還就韻脚致敗筆。（奚禄詒甲本旁）賦也。借用韓非《二柄篇》。（陳治墨旁）“薇蕨”則恥干請，“粟馬”則叶干請，故曰“二柄”。（秦應逵紅旁）收前“慮”字。（吴廣霈墨尾）“二柄”字用《韓非子》語。

【彙評】

吴士模墨眉：每讀此篇，結語慨然，泣下沾衣。

沈巖尾：寧爲伯夷之隘，而不敢藉口於南宫之粟馬，蓋恐傷直性，雖斯文輕有假借，如早歲於鮮于太常之徒，亦足病也。結句紆回其旨，所謂言之無罪，詩道之温柔固然歟。

次晚洲

錢陸燦丙本評：錢云：“散帙”是書帙之自散者，“折花”是花枝之自折者，言沙岸之危者，有折樹以當之，不至於崩也。“花當”二字，不可連用。

陳治墨眉：錢云：“散帙”是書帙之自散者，“折花”是花枝之自折者，言沙岸之危者，有折樹以當之，不至於崩也。二字不可連用。

參錯雲石稠，坡陀風濤壯。晚洲適知名，秀色固異狀。（**沈巖旁**）先點洲名，爲“次”字遠勢。**棹經垂猿把，身在度鳥上。擺浪散帙妨，危沙折花當。**（**屈復評**）用“當”字甚險，却有致。（**申頲紅眉**）難解。（**奚禄詒甲本旁**）言沙崩而於花之根也。（**奚禄詒甲本眉**）字書：蒂者，當也，即花之根莖也。□得□若云我□花以當□沙，身在風濤舟中，安能自然？（**錢載評**）“當”猶抵也，或以爲花蒂，非。（**錢載評**）鄭獻甫云，《埤雅》：瓜當謂之蒂，瓜之繫蔓處。“花當”即花蒂也。“折”字疑當作“拆”，注牽强不足取。（**李以峙墨眉**）（折）按“拆”形訛。（**陳治紅眉**）《埤雅》云：“瓜當”謂之蒂，瓜之繫蔓處；“花當”即花蒂也。“折”字疑當作“拆”，注中牽强不足取。（**沈巖眉**）“危沙”句，始得旁洲沚也。如此出題，明暗奇變。**羈離暫愉悦，**（**倪象占藍眉**）匀稱奧耳，何可批硃筆？殆未曾一讀《選》體耳，故妄如此。**羸老反惆悵。中原未解兵，吾得終疏放。**（**錢陸燦甲本旁、乙本墨眉錢箋“花當”處**）沈石田詩亦作“底”字義用。（**錢陸燦甲本旁、乙本紅旁**）康樂“愉悦偃東扉”。（**奚禄詒甲本旁**）賦也。（**錢載評**）是十詩收束處，層層節族。（**沈巖眉批下**）“得”者，屢其不得也。

望　岳

傅山紅眉：樸穆之事而無味。

錢陸燦甲本眉：五岳惟恒、嵩無詩，然三山俱未登臨，而《望岳》三首各極詠略之妙。〇此等詩有《尚書》、有《雅》《頌》。

錢陸燦乙本紅眉：五岳惟恒、嵩去得，然三山俱未登臨，而《望岳》三首各極詩略之妙。

汪琬甲本墨旁：鍾云：岱宗喬岳，着山水清妙語、奇壯語，便是一丘一壑，文士登玩□孔，須胸中典故，筆下雍穆，有郊壇□歆氣象始稱。

屈復評：少陵《望岳》一題，詩凡三見而意各不同，皆切"望"字。東岳以小天下爲意，西岳以問真源爲意，此以修祀典爲意。前二首皆不及此用意深厚。○"紫蓋"二句，寫"望"字妙。[1]

盧見曾紅眉：黄生曰：衡、華、岱皆有《望岳》作。岱以小天下立意，華以問真源立意，衡以修祀典立意，旨趣各别，而此作尤見本領。文士無其學，儒者無其才，故須兩讓之。

盧見曾紅旁：從南岳叙起，次段記南岳之景，"泊吾"四句述過岳情事，"祝融"四句言岳前形勢，"恭聞"四句言嶽内神奇。

朱方藹紅眉：古樸渾融，足與奇岳相配。

題張問陶墨眉：靈光縹緲，氣象肅穆，漢人《練時日》《帝臨》諸篇是此詩原本。

吴廣霈墨眉：起四句頗好。○詞句猶欠净煉，故難入誦。

沈巖旁：此衡岳即峋嶁山也。

沈巖眉：靈光縹緲，氣象肅穆，漢人《練時日》《帝臨》等章是此詩原本。

王伯沆紅眉：此詩整而有法。

南岳配朱鳥，(**沈巖旁**)赤帝其精爲朱鳥。秩禮自百王。(**嚴虞惇紅眉**)湘曰：此等語，有《尚書》，有《雅》《頌》。(**嚴虞惇紅旁**)《天官書》：南

① 校注："不及此"，杭本作"不及其"；"二句"，杭本作"二字"。

宫朱鳥。欻吸領地靈，澒洞半炎方。邦家用祀典，在德非馨香。巡守何寂寥，有虞今則亡。（吴士模墨眉）奇語。（奚禄詒甲本眉）健拔。（奚禄詒乙本紅眉）大儒之言。（沈巖眉）如此領起，望參靈之妙。洎吾隘世網，（奚禄詒乙本墨眉）《離騷》："汩余若將弗及兮。"又"汩吾南征"，亦可作語助詞，杜屢用之。（倪象占藍眉）"汩"字本《楚辭》，可從。（李以峙墨眉）（洎）按"汩"形訛。行邁越瀟湘。渴日絶壁出，（汪琬甲本紅眉）渴日。漾舟清光旁。（奚禄詒甲本眉）旭日出海如渴。祝融五峰尊，（汪琬甲本紅眉）五峰。（李以峙墨眉）（五）按"三"脱誤。峰峰次低昂。（丁耀亢墨眉）氣格。紫蓋獨不朝，争長業相望。（嚴虞惇紅眉）五峰、芙蓉、紫蓋、石廪、祝融，岳之諸峰皆朝祝融，獨紫蓋一峰，勢轉東去。○魏夫人位紫虚玄君，領上真司命南岳夫人，比秩仙公。恭聞魏夫人，群仙夾翱翔。（李以峙墨眉）（夾）按"來"形訛。有時五峰氣，散風如飛霜。（徐松紅眉）鍾伯敬曰："散風如飛霜"，靈氣縹緲。○又曰：□□是望岳，不是登臨，尤妙。（奚禄詒乙本墨眉）前後皆大儒之言，兀插"魏夫人"二句，淫祀之語，蓋五岳主天地四時之氣，以主宰言之，謂之帝也。何妃配之有封禪，且不足言，况魏舒之女乎？牽迫限修途，未暇杖崇岡。（錢陸燦乙本紅旁）結"望"字。（李念慈紅眉）余亦有此歎。（秦應逵紅旁）"望"字。歸來覬命駕，沐浴休玉堂。（奚禄詒甲本旁）"玉堂"何指？想是山下更□之神祀。三嘆問府主，曷以贊我皇。（奚禄詒甲本旁）謂在往也。（錢載評）"府主"乃岳廟中道士也。謂指岳神者，非謂指太守者，猶支離。（錢載評）此三歎覬擬之詞。牲璧忍衰俗，（李以峙墨眉）（忍）按"忍""感"形亦相近，必有一誤。總之，語意欠醒豁。神其思降祥。（吴士模墨眉）"忍"字極妙，與"在德馨香"句相應，冀神之忍此，而仍降祥，非反言以决也。（奚禄詒甲本旁）魏舒女。賦也。（奚禄詒甲本旁）魏夫人本幻妄，如此莊嚴之題，不可著孟浪語。（奚禄詒乙本墨旁）正應"祀典"二句。（奚禄詒乙本墨眉）"府主"指主□之刺史，所問即下二句也。○

若説問岳神,便是幽冥鬼神之陋意,問府主勖以在酒也。(**沈巖眉**)明德惟馨,豈忍衰俗之爲,而徒事牲壁?

【彙評】

錢陸燦乙本墨尾:此等詩有《尚書》,有《雅》《頌》。

錢陸燦丙本評:鐵牛云:此等詩有《尚書》,有《雅》《頌》。

題商盤紅眉:"三歎"四句,言衰俗祀典不中古禮,況又無德以將之乎? 欲神降祥,當贊人主以修德,禮之從俗,或者神亦鑒之耳。

酬郭十五受判官

丁耀亢墨眉:用典不高。

錢載評:老筆。

朱方藹紅眉:酬人贈詩與泛常讚美不同,然内外賓主,不失其分。

吴士模墨眉:酬人贈詩與泛常讚美不同,然内外賓主,不失其分。

沈巖眉:按,郭詩序云"杜員外兄垂示詩因作此寄",上句"還成"指前所示郭詩也。

王鳴盛墨眉:《唐詩紀事》:郭受大曆間爲衡陽判官,據此當是發潭以後、未到衡州時作。謂郭在潭,誤。

才微歲老尚虚名,(**陳治紅眉**)"老"一作"晚"。卧病江湖春復生。 藥裹關心詩總廢,(**沈巖旁**)頂"卧病"束上。花枝照眼句還成。(**沈巖旁**)頂"春生"起下。只同燕石能星隕,(**奚禄詒甲本旁**)比己詩。(**奚禄詒甲本眉**)"星隕"亦本"隕石於宋五"來。(**嚴虞惇紅旁**)自比。

(秦應逵墨旁)自謂也。自得隋珠覺夜明。(奚禄詒甲本旁)比郭詩。(王士禛評)五自謂,六稱郭。(嚴虞惇紅旁)比郭。(秦應逵墨旁)稱郭也。(李以峙墨眉)(隋)按"隨"非。喬口橘洲風浪促,繫帆何惜片時程。(奚禄詒甲本旁)賦也。

衡州送李大夫赴廣州

屈復評:前送李,後客况。○日月留滯,如籠中之鳥;乾坤漂泊,似水上之萍。①

題商盤紅眉:前後兩截格,分叙彼己。前半極其雄邁,五六意悲而語則壯,必得此始相稱。結亦不覺衰颯,此章法湊泊之妙。○入廣必度嶺,故有起句。右丞云"鐃吹喧京公,風波下洞庭",似可敵首二語而微遜者。此起即用韻,其響雄亮故也。又"樓船"將軍,正粤中事,二語故極堅確。三四就承一二而下,譽其才兼文武,出語亦迥異。五六云羈棲日月,似籠中之鳥;飄泊乾坤,似水上之萍。句法兼藏頭、硬裝、比賦三種。○王孫屬我丈人行,忍見垂老尚飄零,言外有冀其盼睞之意。唐人最重中表,此目勉爲丈人行,蓋中表之尊屬也。

吴士模墨眉:冠冕沉雄,與偉人相副。"日月"二句歎辭有深贊之者,又有抹之者,不知正以起結聯也。贊之謂爲壯語,抹之厭其熟,皆通也。

題張問陶墨眉:前半烜赫有勢,後半悲惋動情。

張雒敬墨旁:腹聯世但驚其氣象闊大耳,至問其妙處安在,則茫然也。盍分作兩解讀之。

---

① 校注:"留滯",杭本作"滯留"。

沈巖眉：五六自傷垂老飄零，却翻作壯語，真怪怪奇奇也。日月不居，長似籠中之鳥；乾坤至大，還同水上之萍。下三字皆賦公之身世，若解成籠鳥比日月，水萍比乾坤，成何文義耶？

沈巖旁："籠中鳥"遭亂流落，雖欲歸朝，不能奮飛也。

斧鉞下青冥，（**題商盤紅旁**）對起。樓船過洞庭。北風隨爽氣，（**題商盤紅旁**）實眼句。南斗避文星。（**題商盤紅旁**）倒承一二。日月籠中鳥，（**題商盤紅旁**）藏頭句兼硬裝句、比賦句。乾坤水上萍。（**傅山紅旁**）原佚俗語，不在後人熟套也。（**李念慈紅眉**）五六自是警句，但爲人誦熟耳。（**吕留良紅旁**）玄奇。（**嚴虞惇紅旁**）即下"飄零"意。（**申頲紅眉**）樂天語。（**嚴復墨眉**）於時間則云"日月"，於空間則云"乾坤"，"籠中鳥""水上萍"，皆照己身世也。（**王鳴盛墨眉**）羅大經云：拘束以度日月，若鳥在籠中；漂泊泛於乾坤間，若萍浮水上。本是形容凄凉之意，乃翻作壯麗語。王孫丈人行，（**題商盤紅旁**）意餘言外。垂老見飄零。（**張雝敬墨旁**）觀止矣。（**奚禄詒甲本尾批**）賦也。○五六喚"飄零"句。（**沈巖尾**）結句更不須多語，如此顯位，加以故舊，忍視其窮老耶？

【彙評】

題商盤尾："弓抱關西月，旗翻渭北風"，嘉州壯語也，"南斗"一聯，風神過之。

佚名丁墨尾：上寫李來，聲勢光彩，使人耳改目化。下四乃以漂零之狀告之。日月，至動也，自留滯者值之，覺年年坐困。乾坤，至常也，自流離者處之，覺在在無根。似此苦況，乃以丈人而見之耶？妙在不説破望援意。

卷二十

哭韋大夫之晋

奚禄詒甲本眉:謂己弱冠之年,叨韋之禮而周於文律之間也。我雖有貢禹彈冠之喜,而音容間隔;韋雖有馮唐白首之招,而疾病留連。

陳治墨旁:此哭於喪次也,當依朱本在《送盧侍御》前。

沈巖旁:叙致入神。〇公在夔州有《送韋中丞赴湖南》八韻,觀此篇,則當日乃遥送也,故曰"峽内憶行人[春]"。

淒愴郇瑕色,差池弱冠年。(**奚禄詒甲本旁、乙本墨旁**)序生前。丈人叨禮數,(**李以峙墨眉**)(丈人)按"大士"皆非。文律早周旋。臺閣黄圖裏,簪裾紫蓋邊。尊榮真不忝,端雅獨翛然。貢喜音容間,馮招病疾纏。(**吕留良紅眉**)"貢喜""馮招"亦險。(**嚴復墨眉**)"貢喜""馮招"此等句法,惟排律可以用之。(**沈巖眉**)"馮公豈不偉,白首不見招。"南過駭蒼卒,(**李以峙墨眉**)(倉卒)按"蒼"非。北思悄聯綿。(**沈巖眉**)公南行依韋,至則適韋已没,似踐巨卿之約,承無舟再見之望。鵩鳥長沙諱,犀牛蜀郡憐。素車猶慟哭,寶劍欲高懸。漢道中興盛,韋經亞相傳。(**陳治墨眉**)韋湖南加御史大夫,漢之亞相也。乃以賢次子解之,謬矣。冲融摽世業,磊落映時賢。城府深朱夏,江湖眇霽天。（奚禄詒甲本旁、乙本墨旁）言今已矣。綺樓關樹頂，飛旐汎堂前。帟幕疑風燕，笳簫急暮蟬。（沈巖眉）“風燕”即石燕，此句亦喻已之無所托也。“喧卑”句追恨至之，不卑。興殘虚白室，（奚禄詒乙本墨眉）《莊子》：虚室生白。迹斷孝廉船。（奚禄詒甲本旁、乙本墨旁）不仿已也。童孺交遊盡，喧卑俗事牽。老來多涕淚，情在强詩篇。（沈巖眉）健兒擁旌相望，如之晉者，間以一二衣冠分閫，故有難繼之歎。誰寄方隅理，朝難將帥權。《春秋》褒貶例，名器重雙全。（奚禄詒甲本眉）煞處老成。（翁方綱評）杜老亦以例言《春秋》矣。征南，其遠祖也。

湘江宴餞裴二端公赴道州

白日照舟師，朱旗散廣川。（奚禄詒甲本眉）是錢大老起法。（佚名己紅眉）起得壯。群公餞南伯，肅肅秩初筵。鄙人奉末眷，佩服自早年。義均骨肉地，懷抱罄所宣。盛名富事業，無取愧高賢。不以喪亂嬰，保愛金石堅。計拙百寮下，氣蘇君子前。會合苦不久，哀樂本相纏。交遊颯向盡，宿昔浩茫然。促觴激萬慮，掩抑淚潺湲。熱雲集曛黑，缺月未生天。白團爲我破，華燭蟠長煙。（王士禛評）“白團”句，語亦不明。（秦應逵紅旁）句亦欠亮。（吴廣霈墨眉）或注白團扇也。鴰鶡催明星，解袂從此旋。上請減兵甲，下請安井田。永念病渴老，附書遠山巔。（錢陸燦乙本紅旁批錢箋“鴰鶡”）梟鳴聲耳。

潭州送韋員外牧韶州迢

奚禄詒甲本眉：固清真矣，詩體亦不盡如此。

朱方藹紅眉:如老人説事的當,意不求奇,只四韻耳。情景時地皆相涵,能不以對待出更好。

吴士模墨眉:如老人説事的當,意不求奇,只四韻耳。情景時地相涵,能不以對待出更好。

沈巖眉:杜詩如此種,淡處最有味。

炎海韶州牧,風流漢署郎。分符先令望,同舍有輝光。白首多年疾,秋天昨夜凉。洞庭無過雁,書疏莫相忘。(**奚禄詒甲本尾批**)賦也。

酬韋韶州見寄

錢陸燦丁本評:自叙、酬人,上下遥相聯貫,結構密而詩意通脱自在,能寬然有餘。

陳治墨眉:自叙、酬人,上下遥相聯貫。

吴士模墨眉:自叙、酬人,上下遥相連貫,格調略同前作。〇照韋詩起"養拙",答"故人湘外客"也。"朝廷"句,答曰"白首尚爲郎"也。次聯上句叙前,下句重寄也。五六又分頂上二聯,正答韋。末二句結構最密而意寬,然有餘。

養拙江湖外,朝廷記憶疏。(**奚禄詒甲本眉**)首二句振起韶州之見寄也。(**王士禛評**)起老。(**秦應逵墨眉**)起句老。(**嚴復紅眉**)王云:起老。深慚長者轍,重得故人書。(**奚禄詒甲本旁**)三四皆韋。白髮絲難理,(**李以峙墨眉**)(理)按"並"不如"理"。新詩錦不如。(**汪琬甲本墨旁**)織。(**奚禄詒甲本旁**)韋也。雖無南去雁,(**奚禄詒甲本旁**)囑其後。看取北來魚。

【彙評】

佚名丁墨尾：韋復寄詩，而公復酬之也。韋寄詩與公前詩後四針對，此詩又與韋詩後四針對。仇氏所謂前後贈答，如塤篪相應者也。

樓　上

題商盤紅眉："天地"二字硬裝。三四猶云天之南、地之北，始知是突喚此二句。突喚得奇，硬裝得更奇。二字之下，却押一極細之事，讀之失笑，然作者始吟出口，必定失聲欲哭也。"天地"二字已奇，更奇在"空搔首"之下，仍接次句五字，其辭愈緩，其意愈悲矣。〇戀闕雖勞肝肺，論材自愧杞楠，即其素懷濟世，而亂離之際，一身尚難自救，而欲望朝廷之收録，得乎？庶幾終老湘潭，絶意北歸可也。

朱方藹紅眉：語淡而雄，雄而悲，於此見大家身分。險韻穩押，又其餘也。

吴士模墨眉：語淡而雄，雄而悲，於此可見大家身分。險韻穩押，又其餘也。

題張問陶墨眉：詩絶不粘"樓上"，而句句是樓上遠望，感傷之神。

天地空搔首，(**題商盤紅旁**)硬裝句。頻抽白玉簪。(**題商盤紅旁**)足法。(**王伯沆紅眉**)奇語。皇輿三極北，身事五湖南。戀闕勞肝肺，(**題商盤紅旁**)順承三四。論材愧杞柟。亂離難自救，終是老湘潭。(**題商盤尾批**)"老"字應起意，起即"白頭搔更短，渾欲不勝簪"之意。

千秋節有感二首

奚禄詒甲本眉:堯之論道曰"譬",猶中衢置樽,過者酌之,亦謂之"堯樽"。

奚禄詒甲本旁:張九齡獨獻《金鏡録》。

盧見曾紅旁:極哀栗之情,包理亂之故,妙有含蓄。

沈巖眉:吴本編二詩於潭州諸詩中,蓋作於大曆紀元之後。按,代宗以開元十四年十月十三日生於東都上陽宫,永泰二年十月降誕日,諸道節度使進獻珍玩、衣服、名馬二十餘萬計,以陳上壽,自是歲以爲常。大曆二年十月降誕日,宰臣及常參官率錢修齋,度僧尼道士凡數百人。三年十月降誕日,諸道節度使上壽,各獻衣服、名馬及綾絹凡百餘萬。夫千秋爲節,宴賜臣民,雖曰泰侈,未傷國體,所進止於金鏡綬節,士庶結承露囊相遺餉,聊紀風俗節序。今乃不聞宴賜,取貨無藝,假天子生日之名以爲利,不亦鄙乎!思先代亦以諷今王也。人主聚斂,必藉口時艱,他年此日,微詞中疾矣。

王士禛評:此等則李滄溟之濫觴也。

沈巖旁:天寶七年七月,群臣上表請改"千秋節"爲"天長節",從之。仍云"千秋節"者,紀其太平最盛之時也。

其　一

王伯沆紅眉:感時懷君,中有多少情事。

自罷千秋節,頻傷八月來。(**秦應逵墨眉**)此等則李滄溟之濫觴也。(**嚴復紅眉**)王云:此等則李滄溟之濫觴也。**先朝常宴會,壯觀已塵埃。鳳紀編生日,龍池塹劫灰。**(**奚禄詒甲本眉**)玄宗在藩邸有龍池,非借昆明也。(**奚禄詒甲本眉**)"劫灰"指玄宗崩。**湘川新涕淚,秦樹遠樓臺。**(**奚禄詒甲本旁**)即花萼樓。**寶鏡群臣得,金吾萬國迴。 罇樽不重飲,白首獨餘哀。**(**奚禄詒甲本旁**)隱隱有西内之感。

其 二

御氣雲樓敞,(**奚禄詒甲本眉**)述是日之往。**含風綵仗高。**(**奚禄詒乙本墨眉**)追感玄宗,當有雅頌之詞,不宜用此。**仙人張内樂,王母獻宫桃。**(**吕留良紅眉**)四句寫得俊秀。(**沈巖眉批下**)注中"内樂"一條,按開元二十四年千秋節,帝御廣達樓,宴群臣,奏九部樂,内出舞人、繩伎,頒賜有差,又召京兆父老等宴賜。注家引《明皇雜録》事,謬矣。"金羈"句則兼指舞馬也。張燕公有《舞馬千秋萬歲樂府詞》。**羅襪紅蕖豔,**(**奚禄詒甲本眉**)事恰似帶諷,當爲雅頌之言纔是。**金羈白雪毛。 舞階銜壽酒,**(**吕留良紅旁**)應馬。(**奚禄詒甲本旁**)承"金羈"句。**走索背秋毫。**(**汪琬甲本紅眉**)走索戲。(**吕留良紅旁**)應女。(**李念慈紅眉**)"舞階"二句分承法。(**奚禄詒甲本旁**)承"羅襪"句。(**李以峙墨眉**)(背)按此字本欠醒豁,致人欲改字,然可不必也。**聖主他年貴,邊心此日勞。**(**王伯沆紅眉**)奢淫啓禍,用意最深渾。(**佚名己紅眉**)宛然有泡影之感。**桂江流向北,滿眼送波濤。**(**錢陸燦丁本評**)次首細寫當日聲樂之盛,"羅襪"二句,寫來俊秀清麗。(**宋犖紅眉**)結與"清渭無情極"同一機軸。(**奚禄詒甲本旁**)賦也。○亦未盡情。(**翁方綱評**)詳略虚實相爲乘承,此二者自然之節族。

奉贈盧五丈參謀琚時丈人使自江陵在長沙待恩旨先支率米錢

屈復評:通首合看,深有諷意。"流年"一聯一反一正,貧困意千變萬化,無微不入,令後人無處著筆。

奚禄詒甲本旁:參謀之母與公母皆崔氏。

曹炎旁：時丈人使自江陵，在長沙待命恩旨，先支給錢米。

沈巖眉：公祖母盧氏。

恭惟同自出，妙選異高標。（**嚴復墨眉**）皆以崔氏爲外家。（**佚名己紅眉**）以莊起亦奇。入幕知孫楚，披襟得鄭僑。丈人藉才地，門閥冠雲霄。（**奚禄詒甲本旁**）以上言盧。老大逢迎拙，（**奚禄詒甲本旁**）自序。（**奚禄詒乙本墨旁**）自言。相於契託饒。賜錢傾府待，（**奚禄詒甲本旁**）盧支錢米。（**奚禄詒乙本墨旁**）序參謀。争米駐船遥。（**錢陸燦丙本評**）"争米"，鐵牛作"俸米"。（**陳治墨眉**）"争米"，鐵牛作"俸米"。鄰好艱難薄，氓心杼軸焦。（**奚禄詒甲本眉**）時必有錢米應輸江陵，盧爲請旨支給本郡，故言民心焦嗷。客星空伴使，（**奚禄詒乙本墨旁**）言己伴盧。寒水不成潮。素髮乾垂領，銀章破在腰。説詩能累夜，醉酒或連朝。（**陳治墨眉**）《左傳》：晉滅偪陽，荀偃曰："牽牽老夫，以至於此。"是勉强意。（**沈巖眉**）不復有對屬痕。藻翰惟牽率，（**奚禄詒甲本旁**）承"説詩"。湖山合動摇。（**奚禄詒甲本旁**）承"醉酒"。時清非造次，（**奚禄詒甲本旁**）六句入時事。興盡却蕭條。天子多恩澤，蒼生轉寂寥。（**丁耀亢墨眉**）切。（**奚禄詒乙本墨旁**）入時事。（**沈巖旁**）十字可歎可味。休傳鹿是馬，（**奚禄詒甲本旁**）二句不切。莫信鵩如鴞。（**奚禄詒甲本眉**）"鹿""馬"承"天子"句，"鵩""鴞"承"蒼山"句。（**奚禄詒乙本墨眉**）鵩鳥可，鹿馬不可。未解依依袂，（**奚禄詒甲本旁**）下自序。還斟汎汎瓢。流年疲蟋蟀，（**奚禄詒甲本眉**）"流年"二句亦煉。體物幸鷦鷯。辜負滄洲願，誰云晚見招。（**奚禄詒甲本旁**）賦也。

惜别行送劉僕射判官

奚禄詒甲本墨眉：借馬説人。考《唐志》，襄州襄陽郡乃山南東道節度使所治。廣德初,梁崇義據襄州,代宗不能討,因拜梁爲節度,至建中元年爲李希烈所殺,則梁公即崇義也。史稱其地褊兵少,法令最治,折節下士,自振襄漢間。

吴士模墨眉:諷意未見。

聞道南行市駿馬,不限匹數軍中須。襄陽幕府天下異,主將儉省憂艱虞。祇收壯健勝鐵甲,豈因格鬥求龍駒。而今西北自反胡,騏驎蕩盡一匹無。(**奚禄詒乙本墨眉**)借馬寓言。龍媒真種在帝都,子孫永落西南隅。向非戎事備征伐,君肯辛苦越江湖。江湖凡馬多顦顇,衣冠往往乘蹇驢。梁公富貴於身疏,(**奚禄詒乙本墨旁**)主將。號令明白人安居。俸錢時散士子盡,府庫不爲驕豪虛。以兹報主寸心赤,氣却西戎回北狄。羅網群馬藉馬多,(**李以峙墨眉**)(馬籍)按"馬藉"皆形訛。氣用驅除出金帛。劉侯奉使光推擇,滔滔才略滄溟窄。杜陵老翁秋繫船,扶病相識長沙驛。强梳白髮提胡盧,手兼菊花路傍摘。(**李以峙墨眉**)(把)按"兼"字非。九州兵革浩茫茫,三歎聚散臨重陽。當杯對客忍涕淚,君不覺老夫神内傷。(**奚禄詒甲本尾批**)賦也。

重送劉十弟判官

奚禄詒甲本旁:太易。

沈巖旁:稱"十弟",亦如"唐十八使君"得稱族弟之義。

分源豕韋派,别浦雁賓秋。年事推兄忝,人才覺弟優。經過辨酆劍,意氣逐吴鈎。垂翅徒衰老,先鞭不滯留。本枝凌歲晚,高義豁窮愁。他日臨江待,長沙舊驛樓。(**奚禄詒甲本尾批**)賦也。

登舟將適漢陽

丁耀亢紅眉:流離在目。

屈復評:一有凄然意,二有喜意,三四催客之意,"有心"句即遲暮素心違也。

春宅棄汝去,(**張雒敬墨旁**)"春宅"二字作一句,是呼之之聲,有多少歎息在内,須知此五字必不可一句讀也。(**奚禄詒甲本眉**)"春宅"二字凑。秋帆催客歸。庭蔬尚在眼,浦浪已吹衣。(**丁耀亢墨旁**)真流離人語。生理飄蕩拙,有心遲暮違。(**李念慈紅眉**)二句内"蕩"字、"有"字必係訛誤。(**吕留良紅旁**)非無心者。(**張雒敬墨旁**)"生理""有心"亦當讀斷。中原戎馬盛,遠道素書稀。塞雁與時集,檣烏終歲飛。鹿門自此往,永息漢陰機。(**奚禄詒甲本旁**)賦也。

湖南送敬十使君適廣陵

奚禄詒甲本眉:上下數十年之恨。

王鳴盛墨眉:當是敬超先。

相見各頭白,其如離别何? 幾年一會面,今日復悲歌。少壯樂難得,歲寒心匪他。氣纏霜匣滿,冰置玉壺多。遭亂實漂泊,濟時曾琢磨。形容吾較老,膽力爾誰過。秋晚岳增翠,風高湖涌波。騫騰訪知己,淮海莫蹉跎。(**奚禄詒甲本尾批**)賦也。

蘇大侍御訪江浦賦八韻記異並序

錢陸燦甲本眉、乙本紅眉、丁本評:"詩成泣鬼神",故云

“紀異”。

俞瑒乙本評:先出“今晨”,後出“昨夜”,兩段作章法。

汪琬甲本墨眉:杜詩退瘖陳□愈風不如蘇詩,“變髮”作想奇絶。

奚禄詒甲本眉:涣之品與詩皆不足録,何子美若是之諛耶?

奚禄詒甲本旁:當時稱涣爲“白跖”。

奚禄詒甲本尾:此評與余合。○賦而比也。

奚禄詒乙本墨眉:蘇本非正人,公空費此詩,不知公何故美之?豈因其一訪而然乎?

盧見曾紅旁:結語奇妙,耐人尋味。○仇兆鰲曰:詩止七韻而題云“八韻”,用韻取耦不取奇也。○孫光憲曰:涣有變律詩十九首上廣帥李公。唐人謂涣詩長於諷刺,得陳拾遺一鱗半甲。後以作亂伏誅。

錢載評:題云“八韻”,詩只七韻。

吴士模墨眉:第一層叙誦詩,只平平贊過。第二層反從今晨髮白變黑説來,已屬奇想。第三層又轉從昨夜説起,真是奇絶。

陳治紅眉:子美於人,豈輕易許可者?乃考涣之生平,曾煽動嶺表與哥舒晃作亂,殊不可解。

陳治墨眉:陳君謙山曰,《唐志》注:涣喜剽盜,善用白弩,巴商苦之,號“白跖”,以比莊蹻。據陳所云,公無乃獎太過乎?及讀錢箋,乃知謙山尚未盡本末也。

王鳴盛墨眉:此老杜序之最朗朗者。

佚名己紅眉:公如此傾倒於蘇,必其人大有異也。

蘇大侍御涣,静者也,旅于江側,凡是不交州府之客,人事都絶久矣。肩輿江浦,忽訪老夫舟楫而已。(**沈巖眉**)“舟楫而已”

言惟訪我之舟楫也。茶酒内，余請誦近詩，肯吟數首，才力素壯，詞句動人，接對明日，憶其涌思雷出，書篋几杖之外，殷殷留金石聲，**（沈巖眉）**文筆須如此。賦八韻記異，亦記老夫傾倒於蘇至矣。**（沈巖眉）**詩但七韻。○此莊生所謂"逃虚者"也。非公之先人。

龐公不浪出，（**奚禄詒甲本眉**）大盗也，仍云"龐公"。**蘇氏今有之。** **再聞誦新作，**（**吴廣霈墨眉**）"再"一本作"比"。**突過黄初詩。**（**奚禄詒甲本旁**）未必。**乾坤幾反覆，**（**李以峙墨眉**）（幾）按作"泊"謬。**揚馬宜同時。**（**吴廣霈墨眉**）雖贊蘇，實亦自負。**今晨清鏡中，**（**汪琬甲本紅旁**）江上也。**勝食齋房芝。**（**沈巖眉**）先"今晨"，後"昨夜"，乃有回環諷歎之味。丙子。（**佚名己紅旁**）古人文法顛倒，當細玩之。**余髮喜却變，白間生黑絲。**（**汪琬甲本紅眉**）白跖。（**汪琬甲本墨旁**）寫喜情絶妙。（**王鳴盛墨眉**）近本將"白間"句接"鏡中"，直率無味，不若元本妙。**昨夜舟火滅，**（**李以峙墨眉**）（火滅）按從别本，與下句不協。**湘娥簾外悲。**（**陳治墨眉**）汪云：缺一韻。（**沈巖眉**）叙云"接對明日，憶其"云云。**百靈未敢散，**（**李以峙墨眉**）（未敢）按作"永夜"與上句不相協。**風破寒江遲。**（**屈復評**）結亦"詩成泣鬼神"意。①（**奚禄詒甲本眉**）形容詩好，煞得别調，究不爲佳。（**嚴虞惇紅眉**）"詩成泣鬼神"，故曰"紀異"。（**秦應逵紅旁**）即"詩成泣鬼神"意。（**吴廣霈墨眉**）一結有餘韻。

【彙評】

陳訏紅眉批仇注"而題云八韻，用韻取耦不取奇也"處：用韻取耦不取奇，豈可七韻冒稱八韻耶？或中有脱簡不可知。

題商盤紅眉：髮白變黑，猶云"清吟可愈疾"也。結四句猶言"詩成

---

① 校注："亦"，杭本作"即"，吴本與余本同。

泣鬼神"也。皆極力形容之詞,奇在竟似當真説話。

張雕敬墨旁:"詩成驚鬼神",筆亦奪造化矣。

暮秋枉裴道州手札,率爾遣興,寄近呈蘇涣侍御

宋犖紅眉:宋人多摹此種。

屈復評:少陵名重天下,詩絶古今,而一身窮困。諸公方奔走勢利,於少陵不過浮慕而已,豈真知己哉? 在浮慕者,亦不過欲附青雲之士以傳後世,而又不肯援手飢寒,故"齒落"二句,言我非無心糊塗,不知汝輩之意,即令飢寒而死,豈肯向汝輩作窮途之哭乎? 寫筵上論兵壯氣,聲色俱動,有屋瓦皆飛之勢。①

奚禄詒甲本眉:蘇涣,時人呼爲"白跖",而子美屢稱之,何也? ○自六句以後,皆不成詩。

奚禄詒甲本旁:不是佳作。

久客多枉友朋書,素書一月凡一束。(**錢載評**)此八句叙得好。(**佚名己紅眉**)言言傷心。虚名但蒙寒温問,泛愛不救溝壑辱。(**丁耀亢紅眉**)古今人情之薄如此。(**汪琬甲本墨眉**)説出泛交朋友之弊,高人不免。(**吴廣霈墨眉**)此是一篇命意所在,心有感觸,不禁牢騷傾吐也。(**奚禄詒乙本墨眉**)以後不成。齒落未是無心人,舌存恥作窮途哭。道州手札適復至,紙長要自三過讀。(**錢載評**)前九韻,中六韻,後八韻,而前九之末二韻已開下二段,此亦前偏後五勢也。盈把那須滄海珠,入懷本倚崑山玉。(**傅山紅眉**)酸苦可頌。(**吴士模墨眉**)("盈把"

---

① 校注:"少陵名重天下",杭本作"名重天下";"勢利",杭本作"勢力";"即令",杭本作"即今"。

二句）抹處不可解，豈以“珠玉”字爲俗耶？撥棄潭州百斛酒，蕪没瀟岸千株菊。使我晝立煩兒孫，令我夜坐費燈燭。（奚禄詒甲本眉）喜其書之來，而忘飲酒看花，且晝立夜坐也。憶子初尉永嘉去，紅顔白面花映肉。（倪象占藍眉）五律有《送裴虬尉永嘉》詩。軍符侯印取豈遲，紫燕緑耳行甚速。聖朝尚飛戰鬥塵，濟世宜引英俊人。（錢載評）轉得妙。○精神團結至於如此，此所以異玉溪《轉韻》諸篇。黎元愁痛會蘇息，夷狄跋扈徒逡巡。授鉞築壇聞意指，頹綱漏網期彌綸。（吴廣霈墨眉）中間惜乏警策。郭欽上書見大計，劉毅答詔驚群臣。（沈巖眉）“答詔”即指可方桓、靈之語，對上“黎元愁痛”句。他日更僕語不淺，明公論兵氣益振。（王士禛評）寫筵上論兵，壯氣聲色俱動，有屋瓦皆飛之勢。傾壺簫管黑白髮，（李以峙墨眉）（動）按“理”字固非，“黑”字要費曲解，不如作“動”。舞劍霜雪吹青春。宴筵曾語蘇季子，後來傑出雲孫比。茅齋定王城郭門，（奚禄詒乙本墨旁）涣。藥物楚老漁商市。（奚禄詒乙本墨旁）己。市北肩輿每聯袂，（奚禄詒乙本墨旁）涣訪己。郭南抱甕亦隱几。（奚禄詒乙本墨旁）己往蘇。無數將軍西第成，（奚禄詒甲本旁、乙本墨旁）當時之人如此。早作丞相山東起。鳥雀苦肥秋粟菽，（奚禄詒甲本旁）我與蘇乃如此。蛟龍欲蟄寒沙水。天下鼓角何時休，陣前部曲終日死。附書與裴因示蘇，此生已愧須人扶。致君堯舜付公等，早據要路思捐軀。（孫承澤墨眉）要路人肯思捐軀，天下太平矣。（吴廣霈墨眉）結得好，只是贊死□難得，亦因天下人不能盡矢忠義如我公也。（佚名己紅眉）結得住。

奉贈李八丈判官曛

奚禄詒甲本眉：不見真情。

奚禄詒乙本墨眉:全無真情。

吴廣霈墨眉:此首可存。

我丈時英特,(**李以峙墨眉**)(“我丈”句)按上一字當從“時”。宗枝神堯後。珊瑚市則無,騄驥人得有。(**吴廣霈墨眉下**)此韻亦欠妥穩。早年見標格,秀氣衝星斗。(**陳治紅眉**)“衝”一作“通”。事業富清機,官曹正獨守。頃來樹嘉政,皆已傳衆口。(**吴士模墨眉**)取二句。艱難體貴安,冗長吾敢取。(**奚禄詒乙本墨旁**)判官耳。區區猶歷試,炯炯更持久。討論實解頤,操割紛應手。篋書積諷諫,宫闕限奔走。(**奚禄詒乙本墨眉**)當時不納諫矣。入幕未展材,秉鈞孰爲偶。所親問淹泊,泛愛惜衰朽。(**奚禄詒乙本墨旁**)自序。垂白亂南翁,(**李以峙墨眉**)(辭)按作“亂”形訛。(**陳治紅眉**)“亂”一作“慕”。委身希北叟。真成窮轍鮒,或似喪家狗。(**奚禄詒甲本旁**)不必用。秋枯洞庭石,風颯長沙柳。高興激荆衡,知音爲回首。(**奚禄詒甲本尾批**)賦也。(**吴廣霈墨眉**)結佳。

别張十三建封

錢陸燦甲本眉:方曰:前十句叙劉文静之功,其子孫當有爲將相者,今乃後嗣疏蕪,而外曾孫似之。後徐州功業,竟如公言,亦奇矣。“故人”乃指其父玠也。范雲、嵇紹即比建封,舊注謂公以其子託之,迂矣。末段□爲韋所辟,必有可觀,故以雲臺功業相期許也。“羽人”句未詳,疑有錯誤。○鐵曰:“羽人”句望其騰騫,“萬里雲霄一羽毛”之意。

錢陸燦甲本旁:湖南觀察使韋之晉,辟參謀。

錢陸燦乙本墨眉：方曰：前十句叙劉文静之功，其子孫當有爲將相者，今乃後嗣疏蕪，而外曾孫似之。後徐州功業，竟如公言，亦奇矣。"故人"乃指其父玠也。范雲、嵇紹即比建封，舊注謂公以其子託之，迂矣。末段□爲韋所辟，必有可觀，故以云臺功業相期許也。"羽人"句未詳，疑有錯誤。圓沙謂"羽人"句望其騰騫，"萬里雲霄一羽毛"之意。

錢陸燦乙本墨旁：湖南觀察使韋之晉，辟參謀。

奚禄詒甲本眉：一段張也，二段相見也，三段韋辟爲參謀也，四段勉其乃心王室也。

奚禄詒乙本墨眉：扯祖宗且不少，况扯外祖乎？此所以開宋明用姓俗套。〇一段張，二段相見，三段韋尉參謀，四段勉之也。

王士禛評：西樵曰：視《送王砯》詩，懸甚矣。

秦應逵墨眉：視《送王砯》詩，不如遠甚。

吴廣霈墨眉：李子德云：史才雄筆。

王鳴盛墨眉：《舊唐書》：道州刺史裴虬薦建封於湖南觀察使韋之晉，辟署參謀，授左清道兵曹參軍，不樂職，輒去，後爲徐泗濠節度使。

嘗讀唐實録，國家草昧初。劉裴建首義，龍見尚躊躇。秦王撥亂姿，（**李念慈紅眉**）三字足盡太宗才具。一劍總兵符。汾晉爲豐沛，暴隋竟滌除。宗臣則廟食，後祀何疏蕪。（**秦應逵紅眉**）叙及外祖，亦太遥遠。（**沈巖眉**）廢帝指高祖像云：渠大英雄。彭城英雄種，（**錢陸燦乙本紅旁**）張鎮徐州。宜膺將相圖。（**沈巖旁**）上並言劉、裴，此乃從劉入張。（**沈巖眉批下**）彭城，劉之望，讀者誤以張鎮徐州當之，此貞元間事耳。爾惟外曾孫，倜儻汗血駒。（**王士禛評**）叙及外祖亦甚崎嶇。眼中萬少年，用意盡崎嶇。相逢長沙亭，乍問緒業餘。（**秦應逵紅眉**）後徐州功名竟如公言，亦奇矣。乃吾故人子，童丱聯居諸。（**錢陸燦乙本紅旁**）何其倨。（**奚禄詒乙本墨眉**）用“居諸”“友于”，人、文皆可笑。（**奚禄詒乙本墨旁**）歇前語耶？揮手灑衰淚，仰看八尺軀。内外名家流，風神蕩江湖。（**錢陸燦丁本評**）建封自是奇士，只此“風神蕩江湖”五字，誰能當之？（**王鳴盛墨眉**）五字寫出建封奇士。（**佚名戊紅眉批箋注“‘名家流’，太史公《論六家要指》云，名家儉而善失真，然其控名實不可不察”處**）“名家”即名門也，不必泥《六家要指》字。（**佚名己紅眉**）此五字誰能當之？范雲堪晚友，嵇紹自不孤。（**丁耀亢墨眉**）泛漫神靡。（**奚禄詒乙本墨旁**）指韋與建封言。擇材征南幕，湖落回鯨魚。（**奚禄詒乙本墨眉**）感天下之事勢。〇鯨本在湖落中，今出爲參謀，則是“回鯨”矣。載感賈生慟，復聞樂毅書。主憂急盜賊，師老荒京都。（**李念慈紅眉**）勸其方主憂時危，當出爲世用，以就功名也。舊丘豈税駕，（**奚禄詒乙本墨旁**）“税”，音脱，勞勩也，見□□，言勞其駕而出也。（**李以峙墨眉**）（豈）按不當作“復”。大厦傾宜扶。君臣各有分，管葛本時須。（**奚禄詒乙本墨旁**）比世亂。雖當霰雪嚴，（**奚禄詒乙本墨旁**）比建封之才。未覺栝柏枯。高義在雲臺，（**李以峙墨眉**）（議）按“義”脱誤。嘶鳴望天衢。羽人掃碧海，功業竟何如？（**錢陸燦乙本墨尾**）弼曰：建封，劉文静外曾孫。（**錢陸燦丙本評**）錢云：“羽人”句望其騰騫，“萬里雲霄一羽毛”之意。（**奚禄詒甲本尾批**）賦也。〇從劉裴起手，真是無味，何不從乃翁張玠故交立論？（**吴廣霈墨尾**）結語冷峭。（**沈巖眉**）“掃碧海”，所謂海中乃復揚塵也。

北　風

吕留良紅旁：在近體中可當變格，甚有古意，入古詩則格下矣。

陳治墨眉:古調。

奚禄詒甲本旁:題雖"北風",而所感不在風。

奚禄詒乙本墨眉:題曰"北風",所感不在風。

北風破南極,朱鳳日威垂。(**李以峙墨眉**)(威)按當從"低"。**洞庭秋欲雪,鴻雁將安歸。 十年殺氣盛,六合人煙稀。 吾慕漢初老,時清猶茹芝。**(**李念慈紅眉**)淡永,使人意想不盡。(**王伯沆紅眉**)末一語甚悲憤。(**沈巖尾**)結句言羨其有芝可茹,得以全命亂世,直至時清也。痛語以曠達出之。

幽 人

錢陸燦甲本眉、乙本紅眉:言幽人棄我若遺,自懼非道流,而爲其所瑕疵,如雲漢起非仙才,要以爲李泌懼輔國之譖而請隱,上下文義不屬。末四句則言功成身退之意,差切李泌耳。

錢陸燦乙本紅旁:此亦太白能之,遊仙之意,公詩"蓬萊如可至[到],衰白問群仙"蓋寓言也。

宋犖紅眉:點染處如木難、結緑,總屬異寶。

屈復評:《幽人》蓋深痛房相扈從之功終於半途也。孤雲群游,喻友朋也。神物有歸,大才必有大用也。靈鳳來儀,喻房已入相也。滄州之期,喻稷契之志也。天高無息,房從明皇入蜀也。懼非道流,喻己自恐無中興之才,不足辱幽人之薦揚也。"蓬萊",青瑣之喻言。"東皇",天子之喻言也。"把東皇衣",喻拾遺天子近臣也。"煙霞微",官卑也。結言彼時已天下知名,而今日無足稱者,以爲相不久耳。"五湖",喻己今日之漂泊。故用"復"字,年雖已遲暮，而此心尚有餘悲也。[1] ○昔陷賊中，已浩蕩矣。後得奔行在爲拾遺，今又漂泊天涯，故云“復浩蕩”也。○少陵救房相而罷官，房之相不久，杜之拾遺亦不久，故“知名”二句，言房亦自歎也。

奚禄詒甲本旁：興而賦也。

盧見曾紅旁：憶舊懷人之作，一起高古，極似郭景純《游仙》格力。論者遂以爲游仙之詞，真皮相也。或以爲寓意闕庭，戀戀君父，又以幽人采芝爲指李泌云者，亦太穿鑿。詩自分明，末實自謂。行所無事以解之，斯得其指。

陳治墨眉：先生好仙術，詩中往往見之，《憶昔行》一篇是入山求道，此首是浮海。

嚴復墨旁：注家以篇末有江湖浩蕩，而謂必屬湖南時作。

孤雲亦群遊，神物有所歸。（**題商盤紅旁**）我。（**吴廣霈墨眉**）一起好。（**佚名己紅眉**）是興起。**麟鳳在赤霄，何當一來儀。**（**題商盤紅旁**）幽人。（**奚禄詒乙本墨眉**）公不得已而託爲遊仙，正不必佳。**往與惠荀輩，**（**奚禄詒甲本眉**）或惠遠、許詢乎？惠、詢想亦公同時隱者，正不必求詳。（**奚禄詒甲本旁**）幽人也。（**奚禄詒乙本紅旁**）此幽人。**中年滄洲**

---

① 校注：“大才必有大用”，杭本作“大才必有用”，吴本與余本同。“天高無息”，吴本作“‘天高’二句”，杭本與余本同。“喻己自恐無中興之才”，吴本作“喻己無中興之才”，杭本與余本同。“東皇，天子之喻言也”，吴本闕，杭本與余本同。“喻拾遺天子近臣也”，杭本、吴本均作“喻拾遺近臣也”。“官卑也”，杭本作“喻官卑也”，吴本與余本同。“故用‘復’字，年雖已遲暮，而此心尚有餘悲也”，杭本闕，吴本與余本同，僅“年雖已遲暮“作“年雖已暮”。另，吴本在此段批語後另有“○支離已極，遂使詩意全不連貫。總之，此詩不可强解。所謂必求其人以實之，則鑿也。《杜闡》（輯者按：即《杜詩闡》）所云尚不爲錯，然亦不必沾定，詩固有不必解爲佳者，此類是也”一段，從其採用“○”分隔符號來看，當爲吴士模就屈復評語發論的批語。

期。天高無消息，棄我忽若遺。内懼非道流，幽人見瑕疵。(錢陸燦丁本評)“内懼”二句，自省自咎，言幽人棄我若遺。(吴廣霈墨眉)中間恍惚幽緲，惜稍晦澀爾。(李以峙墨眉)(見)按作“在”非。(沈巖眉)“在”字佳。洪濤隱語笑，(奚禄詒甲本旁)指幽人。鼓枻蓬萊池。崔嵬扶桑日，照曜珊瑚枝。(孫承澤墨眉)似遊仙辭。風帆倚翠蓋，暮把東皇衣。(奚禄詒甲本旁)此等語正不必多。咽漱元和津，(奚禄詒甲本眉)《黄庭經》：口爲玉池，其液爲玉津。所思煙霞微。(吴廣霈墨眉)微韻亦强押。知名未足稱，局促商山芝。(奚禄詒甲本眉)“商山老”猶是知名者有迹，而無名斯爲真隱。(奚禄詒乙本墨眉)“商山老”猶知名有迹，無名乃爲真隱。五湖復浩蕩，歲暮有餘悲。(題商盤紅眉)“咽嗽元和”以下，皆自叙語，以未能爲滄州之遊，故致思煙霞而茹芝局促，不免於歲暮之悲也。與“内懼”二句相應。(吴廣霈墨眉)一結尚佳。(沈巖眉)望其不來而悲，終前失群之意。

晚秋長沙蔡五侍御飲筵送殷六參軍歸澧州覲省

題商盤紅眉：就殷起，就己結。三四以事見一己一彼，五六以景見一彼一己。蔡五侍御則安頓在“投轄”二字中。公蓋托殷寄書，詩故歸重殷，與他筵送客賓主分明者有别。此古文叙事詳略輕重之法也。〇起見殷倚傾蓋，此筵爲送其覲省，接見投轄而飲，非己所耐。“甘從”之者，以殷肯爲我致書澧州也。前有《送侍御四舅别之澧朗》詩，疑即致書此人。五羡殷矯翼如鳥，六悲己寒噤如蟬。六即拖七八，言病夫將禦冬於此，似即書中叙近況之語。

朱方藹紅眉：情不模糊，景尤㵐宕。

佳士欣相識，(題商盤紅旁)對起。慈顔望遠遊。甘從投轄飲，(**題商盤紅旁**)倒叙，順承一二。肯作置書郵。(**翁方綱評**)"置"，《會粹》作致。高鳥黄雲暮，(**題商盤紅旁**)硬裝句，景中見意。寒蟬碧樹秋。(**題商盤紅旁**)見時。(**吴廣霈墨眉**)下句勝上句。湖南冬不雪，(**題商盤紅旁**)見地。吾病得淹留。(**奚禄詒甲本尾批**)賦也。〇五比般，六比己。

送盧十四弟侍御護韋尚書靈櫬歸上都二十韻

奚禄詒甲本眉：以護靈櫬起，以送歸上都終。

沈巖旁：宦竪之竊柄，未有不始於人主之怠者，故曰"但促銅壺箭"也。方鎮之厚斂，未有不始於人主之貪者，故曰"儉約前王體"也。斯真稷契自許語，朝廷光輝，則衰朽芳菲矣。

素幕渡江遠，朱幡登陸微。(**奚禄詒乙本墨眉**)從護櫬起。(**佚名己紅眉**)雙起出題，然後叙尚書。悲鳴駟馬顧，失涕萬人揮。(**李念慈紅眉**)起四句鄭重還題内大頭腦，後入侍御。參佐哭辭畢，門闌誰送歸。從公伏事久，(**奚禄詒乙本墨旁**)盧。之子俊才稀。長路更執紼，此心猶倒衣。感恩義不小，懷舊禮無違。(**佚名己紅眉**)幸有針綫。墓待龍驤詔，臺迎獬豸威。深衷見士則，(**沈巖眉**)以下因其盡心所事，能有終始，故以致君之績期之。然侍御久於戎幕，頗見兵勢，尚未知今日所患，不在叛臣煽誘戎狄内侵，在朝廷無以服藩鎮之心，順地節將皆不用命，方日助賊爲聲勢，平復無期，民生益困，則邦本有不可保者。此則所當力規切諫，乃盡對揚之道耳。(**奚禄詒乙本墨旁**)此下言盧。(**李以峙墨眉**)(衷)按"哀"形訛。雅論在兵機。戎狄乘妖氣，塵沙落禁闈。(**奚禄詒甲本墨眉**)此段時事，然太説開，難於收上，公詩往往如此，屢入時事，亦是一病。(**奚禄詒乙本墨眉**)此段時事，然太説遠，難於收。往年朝謁斷，他日掃除非。（奚禄詒乙本墨旁）承上句言費時日而無謀。（沈巖眉批下）"掃除非"謂用程元振，今猶有魚朝恩，是遂非也。"黄閣老"謂郭尚父，"白登圍"謂永泰元年事。但促銅壺箭，休添玉帳旂。動詢黄閣老，肯慮白登圍。（奚禄詒乙本墨旁）代宗。萬姓瘡痍合，群凶嗜欲肥。（汪琬甲本紅眉）嗜欲肥。（奚禄詒乙本墨旁）時事止此。刺規多諫諍，端拱自光輝。（奚禄詒乙本墨旁）勉廬以諫。儉約前王體，風流後代希。對敭期特達，衰朽再芳菲。（奚禄詒乙本墨旁）言己亦有光。空裏愁書字，（奚禄詒乙本墨旁）自序。山中疾採薇。撥杯要忽罷，抱被宿何依。眼冷看征蓋，兒扶立釣磯。清霜洞庭葉，故就别時飛。（李念慈紅眉）結句有意致。（奚禄詒甲本眉）結四句自凄惋。（奚禄詒甲本尾批）賦也。

奉送魏六丈佑少府之交廣

奚禄詒甲本眉：首段序家聲，次段序六丈。〇深慨。〇引魏公正是深慨，與他不同。

奚禄詒乙本墨眉：此援鄭公，正是深慨，與他不同。

王士禛評：五字中，二東二庚亦語病。

陳治墨眉：魏佑，魏州曲城人，文貞公徵玄孫，開寶中家貧就仕，嘗爲雷州參軍，遷廉州長史，周遊交廣。

秦應逵墨眉：五字中，二東二庚亦語病。

吴廣霈墨眉：此等詩自有激賞之人，余則不取。

賢豪贊經綸，功成空名垂。（佚名己紅眉）起得如意。子孫不振耀，歷代皆有之。鄭公四葉孫，長大常苦飢。衆中見毛骨，猶是麒麟兒。磊落貞觀事，致君樸直詞。（吴廣霈墨眉）惜其世家名族,一朝衰微不振,非子弟之無才,實世運之陵夷爾。今人若爲此語得詩者,且以爲有揶揄,怒而不歡矣。家聲蓋六合,行色何其微。遇我蒼梧陰,忽驚會面稀。議論有餘地,公侯來未遲。虚思黄金貴,自笑青雲期。長卿久病渴,武帝元同時。季子黑貂敝,得無妻嫂欺。(奚禄詒甲本旁)言魏公之有才而不遇。尚爲諸侯客,獨屈州縣卑。南遊炎海甸,浩蕩從此辭。窮途仗神道,世亂輕土宜。解帆歲云暮,可與春風歸。(奚禄詒乙本紅旁)囑早歸。出入朱門家,(奚禄詒乙本紅旁)入時俗。(佚名己紅眉)送别至此,復生波瀾,可謂匪夷所思矣。由於公胸中久存此一段情事,忽借送魏發出,遂不覺淋漓而瑰異,無末十字結得住。華屋刻蛟螭。(吴廣霈墨眉)"刻蛟螭"句亦嫌趁韻。玉食亞王者,樂張遊子悲。侍婢豔傾城,綃綺輕霧霏。(奚禄詒甲本旁)望其早歸。(奚禄詒甲本眉)望其以士耳。(奚禄詒乙本紅旁)序俗止此。掌中琥珀鍾,行酒雙逶迤。(徐松紅眉)王嗣奭曰:上言"思黄金""笑青雲",可見此行所望於地主者不小,故縱談其所望而終致規諷焉。新歡繼明燭,梁棟星辰飛。兩情顧眄合,珠碧贈於斯。上貴見肝膽,(奚禄詒甲本眉)"上貴"以下八句,又教以作客之道。擊碎珊瑚,雖有豪氣,然賓主之儀,又不可不慎。○晉武以珊瑚樹賜王愷,愷以示石崇,崇以鐵如意擊碎。(奚禄詒乙本墨眉)"上貴"以下八句,又教以作客之道。下貴不相疑。心事披寫間,氣酣達所爲。(丁耀亢紅眉)語多規戒。(李以峙墨眉)(達)按作"遠"形訛。錯揮鐵如意,莫避珊瑚枝。(傅山紅眉)可歎。始兼逸邁興,(李以峙墨眉)(兼)按"無"字謬。終慎賓主儀。戎馬闇天宇,嗚呼生别離。(吴士模墨眉)另掇二句作結,奇極而語亦沉痛。(吴廣霈墨尾)結尚好。(王伯沆紅眉)英邁之氣,又須自處以正,公之胸次如見也。

舟中夜雪有懷盧十四侍御弟

錢陸燦甲本眉:鐵曰:弟者,必公祖母范陽太君之侄孫,公之表弟也。

汪琬乙本評:寫雪夜言言入微,舟中亦不略。○雪與雨異,雨則天暗,雪則天明,非細心人體認不到。

屈復評:雪厚則蓬上無聲,燭斜始見,寫舟中夜雪警絶。

題商盤紅眉:總是對雪懷人,以“雪”起,以“人”終。三四寫彼地之雪,意中想像。五六寫己地之雪,即事形容。情中景,景中情,融成一片,無象不可觀,此之謂化境。○三四不寫雪之意,而寫雪之神。如《初月》則曰“河漢不改色,關山空自寒”,《喜雨》則曰“野徑雲俱黑,江船火獨明”,皆傳神之筆也。“重”,猶厚也。雪厚則蓬上無聲,惟燭斜始見其密。二語寫雪之貌,亦刻畫精警。○“更”字即平聲“還”字。七用訪戴事,八用《鄭風·雞鳴》意,而皆反之,用事忌熟。

奚禄詒甲本旁:字字是舟中夜雪。

盧見曾紅旁:遂爲咏雪粉本。賦物如此,乃能使氣格超勝。

朱方藹紅眉:寫雪夜,言言入微,舟中亦不略。

吴士模墨眉:寫夜雪,言言入微,舟中亦不略。雪與雨異,雨則天暗,雪則天明,非細心人體認不到。

朔風吹桂水,大雪夜紛紛。(**李念慈紅眉**)首句“朔”字,一本作“北”。(**秦應逵墨眉**)遂爲詠雪粉本。(**沈巖旁**)夜雪。暗度南樓月,(**題商盤紅旁**)直述句。寒深北渚雲。(**奚禄詒甲本眉**)三承二句,四承首句。燭斜初近見,舟重竟無聞。(**丁耀亢藍眉**)細。(**奚禄詒甲本眉**)第六句微細。(**奚禄詒乙本紅眉**)六句細入。(**吴廣霈墨旁**)此句非曾宿雪夜扁舟者不能知其妙也。(**嚴復紅眉**)王云:遂爲詠雪粉本。(**王伯沆紅眉**)細而切。**不識山陰道,**(**沈巖旁**)舟中夜雪。(**沈巖眉**)“不識”句又按[暗]用夢中不識語。**聽雞更憶君。**(**奚禄詒甲本旁**)賦也。○此與下裴詩同體,懷人之絶唱也。(**錢載評**)即以禁體物語論之,此二語豈非千古獨立乎?(**吴騫墨眉**)遂爲詠雪粉本。(**沈巖旁**)懷盧。

【彙評】

題商盤紅尾:前有《哭韋大夫》詩,又有《送盧護韋靈櫬》詩,故用庾亮事影韋。月言“暗度”,明韋之不存也。“北渚”,歸途所經,雲曰“寒深”,憶盧之寥落也。此意直述,必費周折,妙在只就景中見人、見事、見情,詩來神助。

佚名丁墨尾:六□雪雨懷人,更句句切夜□,三四只寫意高絶。

對　雪

朱方藹紅眉:佳句本在目前,讓公拈出。
吴士模墨眉:佳句自在眼前,讓公拈出。

北雪犯長沙,(**奚禄詒甲本旁**)起句氣魄。(**佚名丁墨尾**)竺云:南地暖而今如此,是朔氣來犯也,暗含胡虜犯中原之意。**胡雲冷萬家。隨風且間葉,**(**李以峙墨眉**)(間)按“開”形訛。**帶雨不成花。金錯囊徒罄,銀壺酒易賒。**(**奚禄詒甲本眉**)“銀壺酒易賒”指富貴人,故接以“無人”二句。(**奚禄詒甲本旁**)望人送酒。(**奚禄詒乙本紅旁**)此指富人,以下接以“無人”二句。(**王鳴盛墨眉**)“易”,不易也。(**嚴復紅眉**)王云:囊罄不宜,尚有銀壺。**無人竭浮蟻,**(**奚禄詒甲本旁**)“竭”字不如“乞”字。**有待至昏鴉。**何遜詩云:“城陰度塹黑,昏鴉接翅歸。”(**奚禄詒甲本旁**)

賦也。

【彙評】

佚名丁墨尾:上章夜聞雪,此日聞雪也。〇本在南方,而曰"北雪""胡雲",知風從北來也,故恰好接"隨風"字。而對曰"帶雨",知非成片之雪也。隨手寫來,風景如見。下四寫雪中孤另之況,凡作三轉:曰"垂罄",則無酒資矣;而曰"易賒",則仍可得酒者,乃以無人與竭此壺;又且待而不賒。意曲而詞達。

冬晚送長孫漸舍人歸州

參卿休坐幄,蕩子不還鄉。(奚禄詒乙本紅眉)氣韻索然。南客瀟湘外,西戎鄂杜旁。 衰年傾蓋晚,費日繫舟長。 會面思來札,銷魂逐去檣。 雲晴鷗更舞,(丁耀亢藍眉)奇句。風逆雁無行。 匣裏雌雄劍,吹毛任選將。(丁耀亢藍眉)結弱。(奚禄詒甲本尾批)賦也。

暮冬送蘇四郎徯兵曹適桂州

奚禄詒甲本旁:醜。

飄飄蘇季子,六印佩何遲。(丁耀亢藍眉)起句落套。(奚禄詒乙本紅旁)拙。早作諸侯客,兼工古體詩。 爾賢埋照久,余病長年悲。 盧綰須征日,樓蘭要斬時。(沈巖眉)"盧綰"謂懷恩,"樓蘭"謂吐蕃也。歲陽初盛動,王化久磷緇。(沈巖眉)從"王化""磷緇"收出"適桂州",何等家數。爲入蒼梧廟,看雲哭九疑。(奚禄詒甲本尾

批)賦也。

客從

汪琬丙本評:通首譬喻,得古詩之遺意。

吴廣霈墨眉:此首勝,惜猶未精煉。

奚禄詒甲本旁:大曆四年三月,遣御史税商。

奚禄詒甲本眉:此爲當時徵吴綾而發。〇南海有鮫人,水居,不廢織作,即"泉客"也,常寓人家賣綃,臨去,向主人索盤,泣而出珠以與主人。

奚禄詒乙本紅眉:寓意淺些。

客從南溟來,遺我泉客珠。(**汪琬甲本紅眉**)泉仙,泉客。珠中有隱字,欲辨不成書。緘之篋笥久,以俟公家須。(**傅山紅眉**)俗。開視化爲血,哀今徵斂無。(**奚禄詒甲本旁**)比也。意仍淺淺,不是佳作。

【彙評】

李念慈紅眉:不能名其所指,但覺其中有格格欲吐不吐者。

蠶穀行

方拱乾評:直而永。

丁耀亢紅眉:亦是贋作。

俞瑒乙本評:句法參差有古意。

奚禄詒甲本旁:不減古樂府。〇此倒葫蘆體,本於庾、鮑。

盧見曾紅旁:有慨乎其言之。

錢載評:正派中聲。

天下郡國向萬城，無有一城無甲兵。焉得鑄甲作農器，一寸荒田牛得耕。牛盡耕，(**吴廣霈墨旁**)一本有“田”字,是。蠶亦成。不勞烈士淚滂沲，男穀女絲行復歌。(**丁耀亢紅尾**)直而無法。(**奚禄詒甲本旁**)賦也。

白鳧行

方拱乾評:起句似謡讖。○開口奇古。

汪琬甲本紅旁:自況。

李念慈紅眉:傷時危賢人隱迹,固窮守己,不□華膴漂寄異方也。

奚禄詒甲本旁:自喻。

盧見曾紅旁:託寄悱惻。○董斯張曰:魯門爰居,隱然有不饗太牢、不樂鐘鼓之態。此老倔强,百折不回。

朱方藹紅眉:寓意深惻。

徐松紅眉:董斯張曰:屈原《卜居》:“將泛泛若水中之鳧乎?”“將[寧]與黄鵠比翼乎?”公藉以自況,言行蹤飄蕩泛泛,若見腥膻,不合素心,了不爲變也。

陳治墨眉:汪云:寓意深惻。

秦應逵墨眉:自况也。末乃指當時公卿,特不欲斥言天子蒙塵耳。

倪象占藍眉:得志則爲虎,失志則爲鼠。

沈巖眉:壯盛意氣,遲莫摧頹,讀之可歎。

沈巖眉：鵜鶘今猶避風，黄鵠忍飢，所固然也，感慨中復能安分。

君不見黄鵠高於五尺童，（**吕留良紅眉**）亦是自謂。（**吕留良紅旁**）故作怪語。化爲白鳧似老翁。 故畦遺穗已蕩盡，天寒歲暮波濤中。（**錢陸燦乙本紅旁**）饑天所食也。鱗介腥膻素不食，終日忍飢西復東。 魯門鶢鶋亦蹭蹬，（**奚禄詒甲本眉**）鶢鶋是指鄭虔、李白耶？聞道如今猶避風。（**奚禄詒甲本旁**）比也。（**奚禄詒乙本墨眉**）既自悲，又自推及同病者，仁人之言，不必指是何人。（**徐松紅眉**）仇注："魯門鶢鶋"，傷北歸亦無安生之地也。（**吴廣霈墨尾**）結句公自謂也。（**沈巖尾**）"白鳧"自況，末乃指當時卿相，特不敢斥言天子蒙塵故耳。

【彙評】

吴錫麒紅眉：意在可解不可解之間，而作者之身分却自和盤托出，詩之所以不可及也。

朱鳳行

汪琬乙本評：悲天憫人，託物興起。

李念慈紅眉：傷小民迫於饑寒徵斂而從賊被殺戮者也。

俞瑒乙本評：全説比意，不露正旨，却高。

奚禄詒甲本眉：《白鳧行》自寓而因念友，《朱鳳行》自寓而念民。

奚禄詒甲本旁：舊以爲衡州刺史陽濟，非也。

徐松紅眉：朱鶴齡曰：劉楨詩："鳳凰集南嶽，徘徊孤竹根。豈不長勤苦，羞與黄雀群。"公詩似取其意而反之，"羞群"者，風采之高翔;下慜者,風德之廣覆也。

紅旁:仇注:《朱鳳行》自傷孤棲失志也。

陳治墨眉:用《白凫行》一首,全是比體。

秦應逵墨眉:亦公自況,全是比,不説正義更高。

君不見瀟湘之山衡山高,山巔朱鳳聲嗷嗷。(**朱方藹紅眉**)悲天憫人,託物寄興。**側身長顧求其群,**(**倪象占藍眉**)曹是。**翅垂口噤心甚勞。**(**李念慈紅眉**)"甚"一作"煩"。**下慜百鳥在羅網,**(**奚禄詒甲本旁**)指民。**黄雀最小猶難逃。**(**奚禄詒甲本旁**)網之密。**願分竹實及螻蟻,盡使鴟梟相怒號。**(**奚禄詒甲本眉**)與《白凫行》迥異。(**奚禄詒甲本旁**)末句謂當賑螻蟻而寧使鴟鴞怒號者,即所謂"驅除六合梟鸞分"之指。(**奚禄詒甲本旁**)賦也。(**錢載評**)"忍"字一作"盡",盡,上聲。(**沈巖尾**)朱鳳亦公自况,於時南伯無當之者。

追酬故高蜀州人日見寄並序

丁耀亢藍眉:情至之作。

錢陸燦甲本眉、乙本墨眉:方曰:此詩前仄後平,各十二句。前段因撿詩而傷常侍之死,後段自言老病,奔走道路,尚未知所託也。"鼓瑟"四句皆指漢中王,"長笛"二句指敬使君。叙王、敬並稱,而詩意尤屬意於王,細玩自見。

錢陸燦丙本評:錢云:此詩前仄後平,各十二句。前段因撿詩而傷常侍之死,後段自言老病,奔走道途,尚未知所托也。

錢陸燦丁本評:此詩前仄後平,各十二句。前段因撿詩而傷侍御之死,後段自言老病奔走,尚未知所託也。黄云:"嗚呼"八句痛高常侍,"東西南北"六句自傷,"鼓瑟"四句指漢中王,"長笛"二句指敬使君。詩序並稱，而詩意尤屬意於王，細玩自見。

汪琬乙本評：雄健。

奚禄詒甲本眉：序情自至，詩不爲佳。○只如題言事，前後不必相屬。老年人作詩，信其筆之所至而已。○分詠四句，醜在不失尺寸，可删。○"長笛"句暗用向秀事。

嚴虞惇紅眉：此詩前仄後平，各十二句，前段因檢詩而傷常侍之死，後段自言老病，奔走道路，未知所託也。"鼓瑟"四句指漢中王，"長笛"二句指敬使君，悲吊作結。

錢載評：是不差。○並非古也，本應如此，後人無事生煩惱，有許多牽纏，不必耳。

吴士模墨眉：言今愁思之動，惟有昭州詞翰可以招魂。

沈巖旁：本《追答劉沼》。

佚名己紅眉：好序。

開文書帙中，檢所遺忘，因得故高常侍適往居在成都時，高任蜀州刺史，人日相憶見寄詩。淚灑行間，讀終篇末。自枉詩已十餘年，莫記存没，又六七年矣。老病懷舊，生意可知。今海内忘形故人，獨漢中王瑀與昭州敬使君超先在。愛而不見，情見乎辭。大曆五年正月二十一日，却追酬高公此作，因寄王及敬弟。

自蒙蜀州人日作，(**宋犖紅眉**)叙題起。不意清詩久零落。(**錢載評**)安頓清楚，然有順逆在，所以妙。(**吴廣霈墨眉**)懷深感舊，氣咽風雲，一時獨到之作。今晨散帙眼忽開，迸淚幽吟事如昨。嗚呼壯士多慷慨，合沓高名動寥廓。歎我凄凄求友篇，感時鬱鬱匡君略。(**錢載評**)皆直叙而唱出去。(**王鳴盛墨眉**)"時"應作"君"，"君"應作"時"。錦里春光空爛漫，瑶墀侍臣已冥寞。瀟湘水國傍黿鼉，鄠杜秋天失雕鶚。（汪琬甲本紅眉）“鄠杜”，長安帝都。（奚禄詒乙本紅眉）此四句一己一高。（魏源評）高詩末句“愧爾東西南北人”，故此即承之而發感慨也。其淋漓酣恣，自是老杜本色。（佚名戊紅眉批箋注“……‘瀟湘水國傍黿鼉’，公今和詩之地在潭州，故言。‘鄠杜秋天失雕鶚’，則久離長安，每當秋時，不見鄠杜間縱放雕鶚之樂……”處）“失雕鶚”亦微嘆之云意，非但言失飛放之樂。東西南北更堪論，（秦應逵墨旁）高詩中語。（吴廣霈墨眉）孫淵如批云：“東西南北”即反用高詩“愧爾東西南北人”之句。白首扁舟病獨存。（宋犖紅眉）高詩云“愧爾東西南北人”，以此見追酬之意。“東西南北”字分列得妙。（奚禄詒乙本墨眉）只用“東西”“白首”二句自妙。九分四方醜之極。遥拱北辰纏寇盜，欲傾東海洗乾坤。邊塞西蕃最充斥，（李以峙墨眉）（羌）按作“猶”謬。衣冠南渡多崩奔。（錢載評）“邊塞”二句原歸拗，尤妙。其實越平和越諧，而實是拗也。越諧是越拗，此理須知。鼓瑟至今悲帝子，曳裾何處覓王門。文章曹植波瀾闊，（宋犖紅旁）比漢中王。（秦應逵墨旁）漢中王。服食劉安德業尊。長笛誰能亂愁思，（李以峙墨眉）（鄰家）按作“誰能”亦非。昭州詞翰與招魂。（奚禄詒甲本尾批）賦也。（秦應逵墨旁）我昭州。（吴廣霈墨尾）一結使人三意也。□真盪氣迴腸之作也。

【彙評】

吴廣霈墨眉：情深意摯，遂不禁長言以詠歎之，言易盡而意猶無窮也。〇此等之作本無意求工，而自然纏綿悱惻，無不工也。可見作詩者不求諸性情，以詞藻典故堆砌之，豈復有佳什哉？

送重表侄王砅評事使南海

丁耀亢藍眉：紀事體。

汪琬甲本墨眉:鍾云:前段不過叙中表戚耳,忽具一部開國大掌故,無頭重之病。自"往者胡作逆"以下,祇是亂離相依,飲食僕馬細故,無端無委,無轉無接,首尾不應,細大不倫,胸中潦倒,筆下淋漓,非獨詩,即看作一篇極奇文字亦可。

汪琬乙本評:前半太史公得意之文,後亦直叙,如長江出蜀,當看其一往浩瀚。○"上云""次問""下云",如大珠小珠迸盤,聲彩俱振。

李念慈紅眉:紀實叙事,述情言志,鴻篇巨筆。

吴農祥評:以紀傳體作贈詩,所謂"點竄《堯典》《舜典》字,塗改《清廟》《明堂》詩"者。"尚書"是王珪,"大夫"指李勉。箋語甚妙。○有議其前重後輕,於銖兩不均者,不知下半是賦時事,上半是追叙體也。有時事而後追叙,何爲不均?

申涵光丁本評:此詩似傳似記,聲律中有此奇觀,更是空人眼界。

俞瑒乙本評:前段不過叙中表親戚耳,忽具一部大掌故,故將一席帝王將相,流落不遇時,被一窮舍婦人口眼中稱量不爽,奇情卓識,可補國史之遺。後段就評事之身言之,患難相依,及飲食僕馬細故,以見今昔合離之感。首尾細大不倫,自成奇作。

屈復評:《文選》潘安仁《爲賈謐作贈陸機》四言詩,自"肇自初創"凡數十句始至陸生,甚無詩法。少陵此篇亦然。而不嫌頭重者,以題中有"重表侄"三字也。況以婦人識天下士於塵埃中,尤古今奇事,故借題記之,是客中之主,而送行反爲主中之賓矣。前半叙表侄,後半送使南海,章法宜然。少陵之識,過潘生、昭明遠甚。①

① 校注:"天下士",杭本作"天子";"主中指賓",杭本作"主中之客";"表侄",杭本作"重表侄"。

題商盤紅眉:送行詩。前半篇叙一大段,似乎頭重,但因題中"重表侄"三字,追叙其由,且以一婦人具如許眼力,塵埃中辨出天子、宰相,古今所罕,特借此詩傳之,意中實以此事爲主,送行之意反輕,所以章法如此。

吴士模墨眉:當作曾祖姑爲是。

題張問陶墨眉:志傳叙事體入詩,奇作,起語尤奇。

秦應逵墨眉:叙致有法,操縱漢略,無不如意。

秦應逵紅眉:《文選》潘安仁《爲賈謐作贈陸機》四言詩,自"肇自初創"凡數十句始至陸生,甚無詩法。少陵此詩亦然。而不嫌於頭重者,以題中有"重表侄"三字。且其事足傳,是客中主,而送行反爲主中客也。

吴廣霈墨眉:此等詩庸手見之却走,門外漢歎賞之,嘖嘖不去口,顧余有褊心,不能隨盲人啼笑也。〇起六句述舊則佳,中收惜不稱。

王伯沆紅眉:依"重表",則曾祖母爲是,所謂高祖母當爲高高祖母。《爾雅》高祖王母以上無稱謂耳。詩是五言,故有字耳。

奚禄詒乙本墨眉:遯叟云:此詩轉韻後,事詞俱不相屬,疑是二首。前首缺其後,後首缺其前。

我之曾老姑,爾之高祖母。(**錢陸燦乙本紅眉**)今人不學此等句法。(**沈巖眉**)王魏先事隱太子,傳聞異詞,當以史作房喬之母爲正。爾祖未顯時,歸爲尚書婦。隋朝大業末,房杜俱交友。長者來在門,(**奚禄詒甲本眉**)"長者"以下十句須一氣讀,此等筆執,不减左史。(**奚禄詒乙本墨眉**)"長者"以下十句宜一氣讀。荒年自糊口。家貧無供給,客位但箕箒。(**嚴虞惇紅眉**)此段言砯高祖母杜氏剪髮款客,識真主於户牖之間。後段言砯與公同客馮翊亂離之際,下馬相讓,故得脱走,所以感之，而有此贈。**俄頃羞頗珍，寂寥人散後。入怪鬢髮空，吁嗟爲之久。自陳剪髻鬟，鬻市充杯酒。**（**孫承澤墨眉**）片時聚合，君臣將相，一眼看盡，真千古奇人。（**錢陸燦甲本旁**）句法次第。（**錢陸燦甲本旁**）"鬢髮髻鬟"四字得左氏法，上自既剪而言，下自未剪而言。（**錢陸燦甲本眉、乙本墨眉**）方曰：此段言砅高祖母杜氏剪髮款客，識真主於户牖之間，光景如生。後段言砅與公同客馮翊，亂離之際，下馬相讓，故得脱，所以感之而有此贈也。（**錢陸燦乙本紅眉**）句法次第。（**錢陸燦乙本紅眉**）"鬢髮髻鬟"四字得左氏法，上自既剪而言，下自未剪而言。（**嚴虞惇紅眉**）"鬢髮髻鬟"四字，得左氏法，上自既剪而言，下自未剪而言。（**沈巖眉**）方云："鬢髮髻鬟"四字，得左氏法，上自既翦而言，下自未翦而言。（**沈巖眉批下**）叙致有法，操縱詳略，無不如意。**上云天下亂，宜與英俊厚。**（**丁耀亢藍眉**）《史記》筆法。（**錢陸燦乙本墨旁**）漢魏。**向竊窺數公，經綸亦俱有。**（**吴錫麒紅眉**）巾幗中有此巨眼，所以足志。（**陳治墨眉**）叙次明暢，真如鉅鹿之戰，讀之神往。（**奚禄詒乙本墨眉**）此等筆勢，不減《左史》。（**佚名己紅眉**）得甚。**次問最少年，虬髯十八九。**（**吕留良紅眉**）奇事。（**錢陸燦乙本墨旁**）唐太宗。（**題商盤紅旁**）秦王。（**奚禄詒甲本眉**）不減子長傳紀。（**錢載評**）未必十八九時輒有虬髯也，此段叙次極似史遷，亦史遷稱陳成子之類。（**王伯沆紅眉**）詩中亦□及珪母意。**子等成大名，皆因此人手。**（**吴錫麒紅眉**）曩見《紅拂傳》中備載此段意境，想彼處實胎息於此。（**秦應逵墨眉**）倒出"秦王"，作上下關紐，何等筆力。（**佚名己紅眉**）有氣焰。**下云風雲合，龍虎一吟吼。**（**奚禄詒甲本眉**）真氣候，真力量。（**吴廣霈墨眉**）"上云""下云"，亦落套可厭，乃李反賞之，怪哉！咄咄。**願展丈夫雄，得辭兒女醜。**（**題張問陶墨眉**）倒補此二句，史公筆法。（**沈巖眉**）倒出"秦王"，作上下關紐，何等筆力。**秦王時在坐，真氣驚户牖。**（**錢陸燦甲本旁**）申上文。"秦王"兩語，詩人斷而解之。（**錢陸燦乙本紅眉下**）"秦王"二語，詩人斷而解之。（**嚴虞惇紅旁**）"秦王"二語，詩人斷而解之。

(題商盤紅旁)補出,情事始明。(徐松紅眉)歸愚曰:倒插"秦王"二句,史公筆法。(王伯沆紅眉)杜氏爲珪妻,及房、杜之與珪交善,則無可疑也。**及乎貞觀初,尚書踐台斗。**(汪琬乙本評)坐坐真氣驚人,言之金聲玉振。(陳治墨眉)"尚書"是王珪,"大夫"指李勉。**夫人常肩輿,上殿稱萬壽。**(奚禄詒甲本眉)序高祖母之賢。**六宫師柔順,法則化妃后。**(沈巖眉)方云:此詩分兩段,每段皆十九韻,可見前人詩格精嚴如此。今人叙事詩,或前五,或後十,或前八,或後四,任意多少,且云古體不拘,皆未取古人詩詳味之耳。**至尊均嫂叔,盛世垂不朽。**(奚禄詒甲本眉)前段止不住,後段接不上。(奚禄詒乙本墨眉)此處真煞不住,下又接不來。(錢載評)仄聲十九韻。(秦應逵紅旁)以上叙重表侄。(嚴復墨眉)全篇用有□兩韻。

鳳雛無凡毛,(吴廣霈墨眉下)下半换韻,似另成一首者然。**五色非爾曹。**(孫承澤墨旁)妙接。(題商盤紅旁)轉。(秦應逵紅旁)以下送使南海。〇言豈非也?(吴廣霈墨旁)此句接得欠妥。(佚名己紅眉)接得妙。**往者胡作逆,**(吴廣霈墨眉)"胡作逆"不成語。**乾坤沸嗷嗷。**(奚禄詒甲本眉)自此以下不惟事情,不屬筆力,亦不加定,兩章各有缺也。(錢載評)後半篇内有此叙述生動,乃與前半遥相配,此亦自然之節族(輯者按:旁寫"章法"二字)也。**吾客左馮翊,**(李以峙墨眉)(左)按"在"形訛。雖無緊要,亦當辨别。**爾家同遁逃。**(吴廣霈墨旁)粗俚。**争奪至徒步,**(吴廣霈墨眉)"争奪"句亦不成文。**塊獨委蓬蒿。**(丁耀亢藍眉)細。**逗留熱爾腸,十里却呼號。**(錢陸燦乙本紅旁)如史遷叙戰事。(吴士模墨眉)"左""右"二句,一句搭上,一句搭下,見錯綜。**自下所騎馬,**(吴廣霈墨眉下)"下"字欠穩,造語均未雅馴,豈工部得意之作耶?**右持腰間刀。**(嚴虞惇紅眉)"左""右"二句,錯綜叙法,本陳思。**左牽紫遊韁,飛走使我高。**(錢陸燦甲本眉、乙本紅旁)"左""右"二句錯綜叙法,似本陳思。(吴廣霈墨眉)"高"字亦凑韻。**苟活到今日,寸心銘佩牢。**(嚴虞惇紅眉）方爾止曰：此詩分兩段，每段皆十九韻，可見前人格律精嚴如此。今人叙事詩或前五後十，或前八後四，任意多少，謂大體不拘，皆未取古人詩詳味耳。**亂離又聚散，宿昔恨滔滔。**（李念慈紅眉）予《漢江舟中》有句云："浪花似我頭先白，山色同人眼倦青。"三複公二語，以五字而尚有餘意，不覺自失。**水花笑白首，**（題商盤紅旁）己。（吴廣霈墨旁）無著落。（沈巖眉）"笑白首"，自歎相似也。**春草隨青袍。**（題商盤紅旁）彼。（奚禄詒甲本眉）左史之筆，不應輕此换語。○後半筆力少弱。盧奂、宋璟皆刺史之清白者。（奚禄詒乙本墨旁）不宜插此嫩句。**廷評近要津，**（奚禄詒甲本墨旁、乙本墨旁）王也。（嚴虞惇紅旁）評事。（吴廣霈墨旁）欠醒豁。**節制收英髦。**（錢陸燦甲本眉、乙本墨眉）方曰：此詩分兩段，每段皆十九韻，可見前人詩格精嚴如此。今人叙事詩或前五，或後十，或前八，或後四，任意多少，且云古體不拘，皆未取古人詩詳味之耳。**北驅漢陽傳，**（嚴虞惇紅旁）使南海。**南汎上瀧舠。**（奚禄詒乙本墨旁）王使南海。**家聲肯墜地，**（題商盤紅旁）二句顧轉處。**利器當秋毫。**（題商盤紅旁）並照前段。（陳治墨眉）俞云："家聲"句回顧前文，乃見縝密。**番禺親賢領，**（嚴虞惇紅旁）李勉。（題商盤紅旁）李勉。**籌運神功操。大夫出盧宋，**（沈巖眉批下）"大夫"謂其勉言勉行，繼盧奂、宋璟而出其上也。**寶貝休脂膏。**（嚴虞惇紅旁）勉性廉潔，耆老以爲可繼宋璟、盧奂。**洞主降接武，海胡泊千艘。我欲就丹砂，跋涉覺身勞。**（錢陸燦甲本紅旁）欲從勾漏而學仙也。（錢陸燦乙本紅旁）欲從勾漏爲學仙也。**安能陷糞土，有志乘鯨鰲。或驂鸞騰天，聊作鶴鳴皋。**（奚禄詒甲本眉）結處少不振，不盡别情。（奚禄詒乙本墨旁）也止不住。（奚禄詒乙本墨眉）結處不振，不盡别情。（沈巖眉）因交趾有丹砂，所以遊仙作結，亦送人一體。

【彙評】

錢陸燦甲本眉批批箋注"王珪":王珪之孫使南海,子美詩曰"家聲肯墜地""寶貝休脂膏"。魏徵之玄孫佑之交廣,子美詩曰"南遊炎海甸""世亂輕土宜"。子美愛惜王、魏,故戒其子孫却寶貨土宜也。至岑參《送人尉南海》,則曰"此鄉多寶玉,甚莫厭清貧",不免教貪,無子美薏苡□□之戒矣。

錢陸燦丁本評:此與送魏佑、張建封乃一肚皮國史實録,借題發泄,即與本人分上頗覺迂遠,亦不暇顧。

奚禄詒甲本眉批注釋"遯叟云":遯叟之評,亦是一説,存之。

錢載評:平聲亦十九韻。

題張問陶墨眉:因交趾有丹砂,故以遊仙意作結,亦送人一體。

奉贈蕭二十使君

奚禄詒甲本眉:起筆蕭爲尚書郎,後以他事貶縣令。○霍去病官秩與大將軍青等,青門下皆去,事去病,惟任安不去。○張老,張孟也,能存趙文子之家事。○任安,張赦之客,而錢以爲衛青客。○莊周家貧,貸粟於監河侯。

吴廣霈墨眉:亦未見精采。

沈巖旁:蕭二十惜失其名,以詩中所陳觀之,其誼士矣。

沈巖眉:蕭之與公,非獨久故,其義烈亦有過人者,歷叙其事,正見己之不輕受人惠也。

王鳴盛墨眉:蕭芝,孝子。

昔在嚴公幕,俱爲蜀使臣。(**曹炎眉**)嚴再鎮蜀郡,余後去幕府。

艱危參大府,前後間清塵。 嚴再領成都,余後參幕府。(**方苞眉批**)

取譬古人太多，亦格律衰颯處。起草鳴先路，乘槎動要津。王鳧聊暫出，蕭雉只相馴。終始任安義，荒蕪孟母鄰。聯翩匍匐禮，意氣死生親。嚴公殁後，老母在堂，使君温清之問，甘脆之禮，名數若己之庭闈焉。太夫人傾逝，藁事又首諸孫，主典撫孤之情，不減骨肉，則膠漆之契可知矣。（李念慈紅眉）表出高義，所謂可以風，可以觀，在此等處。張老存家事，嵇康有故人。（沈巖眉）"嵇康有故人"，謂存嚴氏之孤也。"食恩"二句乃杜自謂，方於"家事"下劃斷，非。食恩慚鹵莽，（奚禄詒乙本墨旁）言己也。鏤骨抱酸辛。（奚禄詒乙本墨眉）任安張敖之客，而此以爲青客，似非。巢許山林志，（奚禄詒乙本墨旁）己也。夔龍廊廟珍。（奚禄詒乙本墨旁）蕭也。鵬圖仍矯翼，熊軾且移輪。（汪琬甲本紅眉）熊軾。磊落衣冠地，（奚禄詒乙本墨旁）蕭也。蒼茫土木身。（奚禄詒乙本墨旁）己也。塤篪鳴自合，（奚禄詒乙本墨旁）言己與蕭契合。金石瑩逾新。重憶羅江外，（奚禄詒乙本墨旁）追昔。同遊錦水濱。結歡隨過隙，懷舊益沾巾。曠絶含香舍，稽留伏枕辰。（錢載評）"廊"字中間停蓄作紐，結尾四句亦無意中叶應之。停驂雙闕早，（奚禄詒乙本墨旁）分承上二句。回雁五湖春。不達長卿病，從來原憲貧。（奚禄詒乙本墨旁）蕭有贈。監河受貸粟，（王嗚盛墨眉）貸粟於監河侯，見《莊子》。一起轍中鱗。（奚禄詒甲本尾批）賦也。

奉送二十三舅録事之攝郴州崔偉

沈巖眉：郴州遠惡，非高門清流所宜屈，故先慰其勞，末復勉以所至必當盡其職也。

賢良歸盛族，吾舅盡知名。徐庶高交友，劉牢出外甥。泥塗豈珠玉，（**沈巖旁**）應“知名”。環堵但柴荆。衰老悲人世，（**沈巖旁**）應“盛族”。驅馳厭甲兵。氣春江上别，淚血渭陽情。舟鷁排風影，（**李以峙墨眉**）（丹）按當從“舟”。林烏反哺聲。永嘉多北至，勾漏且南征。必見公侯復，終聞盗賊平。郴州頗凉冷，橘井尚凄清。從役何蠻貊，（**李以峙墨眉**）（事）按“役”字非。居官志在行。

送魏二十四司直充嶺南掌選崔郎中判官兼寄韋韶州

李念慈紅眉：規戒忠告。

盧見曾紅旁：忠告款款，得古人贈言之義。凡爲使者，當書紳佩之。

秦應逵墨尾：此掌選乃土人首領。

沈巖旁：此掌選乃土人首領。

選曹分五嶺，使者歷三湘。才美膺推薦，君行佐紀綱。佳聲斯共遠，（**李以峙墨眉**）（“佳聲”句）按，“斯”當從“期”，“共”字作“不”，非。雅節在周防。（**汪琬甲本紅眉**）周防。明白山濤鑒，嫌疑陸賈裝。故人湖外少，春日嶺南長。憑報韶州牧，新詩昨寄將。（**李以峙墨眉**）（寄）按“夜”字謬。

送趙十七明府之縣

題鮮于樞評：言茂宰得才，如連城之寶，故有馴雉迎舟、種花滿縣，如魯恭、潘岳矣。然吾卧病愁春，及與明府論交，却相見之晚，若之縣必有仁惠之政，而南翁悦矣，其餘波將亦及我焉。賦也。

奚禄詒甲本眉：“山雉”“江花”兩用縣事，今人套子。

朱方藹紅眉:妥帖乃稱合作,頸聯一轉更佳。

吴士模墨眉:妥貼乃稱合作,頸聯一轉尤佳。

連城爲寶重,茂宰得才新。山雉迎舟楫,江花報邑人。(**汪琬甲本紅旁**)二語可作套詩。(**李念慈紅眉**)用馴雉、種花事脱化。(**奚禄詒乙本墨眉**)三四用全套。論交翻恨晚,卧病却愁春。惠愛南翁悦,餘波及老身。(**奚禄詒甲本尾批**)賦也。

【彙評】

佚名丁墨尾:前叙事而帶景,故色鮮;後寫意而切事,故情洽。

同豆盧峰貽主客李員外賢子棐知字韻

煉金歐冶子,噴玉大宛兒。符彩高無敵,聰明達所爲。夢蘭他日應,折桂早年知。爛漫通經術,光芒刷羽儀。謝庭瞻不遠,潘省會於斯。唱和將鸚曲,田翁號鹿皮。

歸雁二首

丁耀亢墨眉:似贋作。

盧見曾紅旁:楚調凄然,深情無限。

其一

題鮮于樞評:言在湖南二年,雁又北歸,雙雙南來,見我於客中,一一北向,背我而歸去。雲中相呼之急而歸者多,故沙邊獨宿者少也。末章以繫書初無别語,特愁故山之薇者,未得如雁之歸耳。

賦也。

盧見曾紅旁：自寫心事，與王勃《九日》一絶正堪對照。

吴士模墨眉：詠雁耶？悲人耶？不粘不離，洞乎其中，超乎其外，固絶調也。○清圓秀潤，老氣生姿。公北人，故以雁北爲歸，然雁哺子雁門，固其鄉也。二句傷人之不歸也。

陳治墨眉：汪云：公北人，故以雁北爲歸，然雁哺子雁門，固其鄉也。

沈巖眉："又"字暗藏久客在内。次連反從"雁"上帶出自己，用筆敏妙。

萬里衡陽雁，今年又北歸。（**奚禄詒甲本眉**）前首即屬言懷。（**朱方藹紅眉**）清圓秀潤，老筆生姿。雙雙瞻客上，一一背人飛。雲裏相呼疾，沙邊自宿稀。繫書元浪語，愁寂故山薇。（**奚禄詒甲本尾批**）賦也。"背人飛"已喚"思故鄉"。此思鄉。

其　二

題鮮于樞評：言雁每年欲雪南來，先花北去，今也日暮，洞庭高起則却過清渭，春盡必到塞北，若或傷弓則行斷，而其聲不堪聞矣。賦也。

吴士模墨眉：上章單就春歸説，此則推及當序之佳來，而寓意故國，並爲佳構。上二句分説，此二句合説，末句以鶴飛遞而哀鳴也。

欲雪違胡地，先花别楚雲。却過清渭影，高起洞庭群。塞北春陰暮，江南日色曛。（**奚禄詒甲本眉**）五六謂其不宜北去也。傷弓流落羽，行斷不堪聞。（**奚禄詒甲本尾批**）賦也。○此思君。（**吴廣**

霈墨眉)此語兄弟手足之離散也。

風雨看舟前落花,戲爲新句

錢陸燦甲本眉:三春百日,何嫌少待,又寒又雨,世界如此,卿乘千里馬欲先安之耶?潛被“勾引”,便受“倒吹”,中間何曾瞬息如意?我自輕出疏籬,於彼風雨又何尤焉?此唱經解之妙論。

方苞眉:此詩性情風格頗不似杜公,豈李商隱輩所爲竄入耶?

奚禄詒甲本眉:鍾、譚止知愛此種。○如盆花小草,祇可□目,未是大家,故公亦自謂爲戲也。

奚禄詒甲本旁:輕薄失身之士女若此。

奚禄詒乙本墨眉:意若爲輕薄失身之士女作戒,而音則近於師涓,學者不可以爲正聲。

屈復旁:“濕”字承水,“飛”字承風,“半欲[日]高”者,半逐風吹、半隨流水也。“縈沙惹草”,寫欲高而未高也,正寫落花。

屈復評:“細雨”“落花”,已自可惜,又爲水引風吹,傍我舟楫。“水光風力”,若俱相怯者,言我分明珍重其欲接,而“生[赤]憎輕薄”,非隨水流而下,即逐風吹。而“生情性”字、“偷眼”字,言蜂蝶諸物,俱偷眼落花,知其“生情性”本自憐惜,況人乎哉?諸物往來花間,若惜花者,非真皆知惜花也。①

錢載評:起四句,結二句,乃是必學者。

朱方藹紅眉:樂府遺音,似淡淡寫來,然其經營慘悴矣。

---

① 校注:“半逐風吹,半隨流水也”,杭本作“一半逐風吹,一半逐水流”;“正寫落花”後,杭本另有“《心解》誤解”一句;“傍我舟楫”,杭本作“遂傍我舟楫”;“即逐風吹”,杭本作“即逐風吹而上”。

徐松紅眉：鍾伯敬曰：他人只作“落花”詩便板，此作“看落花”詩便靈。

倪象占藍眉：比體也，得毋如崔護《題門》耶？

沈巖旁：子山體。

佚名己紅眉：公每不欲纖巧，故曰“戲作”。

江上人家桃樹枝，（**陳治紅眉**）“樹”一作“李”。春寒細雨出疏籬。影遭碧水潛勾引，風妒紅花却倒吹。（**錢陸燦甲本墨旁、乙本墨旁**）何等描畫。（**汪琬甲本紅眉**）花艷勾引落。古樂府。（**嚴虞惇紅旁**）一解寫無端失足。（**吴廣霈墨眉**）起四句竟疑七律。吹花困癲傍舟楫，水光風力俱相怯。（**張雒敬墨旁**）七字空靈娟秀，不可思議，故能將上下晦句一齊瞞過。赤憎輕薄遮入懷，（**丁耀亢墨眉**）似昆蟲小畫。（**錢陸燦甲本旁、乙本墨旁**）何等描畫。（**汪琬甲本紅眉**）赤憎。（**陳治墨眉**）“赤憎”義與“生憎”同。（**題商盤紅旁**）倒叙。珍重（**奚禄詒甲本旁、乙本墨旁**）心也。分明（**奚禄詒甲本旁、乙本墨旁**）眼也。不來接。（**嚴虞惇紅旁**）二解寫更無援救。（**王伯沆紅眉**）寫來入妙。濕久飛遲半欲高，（**李以峙墨眉**）（半欲）按“半日”非。縈沙惹草細於毛。（**吴廣霈墨眉**）“濕久”二句，誰能體會到此？真多才博物君子哉！蜜蜂胡蝶生情性，（**李以峙墨眉**）（性）按作“住”形訛。偷眼蜻蜓避伯勞。（**錢陸燦甲本尾批**）蜂蝶性情所鍾，而蜻蜓不致正視，亦避百勞之啄也。（**錢陸燦乙本紅尾**）蜂蝶性情所鍾，而蜻蜓不致正視，亦避百勞之啄也。《心解》誤解。（**奚禄詒甲本尾批**）“赤憎”乃方言，如“生憎”之類。賦而比也。（**張雒敬墨旁**）肖物性而得其神似。（**嚴虞惇紅旁**）三解遂不知所終也。（**嚴虞惇紅尾**）蜂蝶别生情性，蜻蜓亦不復來，深寫落花辭枝、漂泊無歸之况，以深託喻也。（**吴廣霈墨旁**）此亦疑有所指。

【彙評】

題商盤紅旁:鮮麗動人,便似温飛卿一派。

吴士模墨眉:"縈沙"句若止説雨,則與上下文不融貫,若説花則"細於花"三字不倫。

江南逢李龜年

方拱乾評:此絶獨有曼意。

汪琬乙本評:盛衰之感,只數虚字斡旋,可知其人。

李念慈紅眉:風流藴藉,輕重得體,佳辰高興及今昔之感,仍畢見於言外。

屈復評:杜全集贋作甚多,蓋唐宋陸續收集相似者,録之不能别也。此詩氣味必非杜作,注家苦欲推尊,故曲爲援引證據,殊不知去此首名不加損,存此首名不加益,似可已。①

奚禄詒甲本眉:包含無窮。

奚禄詒甲本旁:渾成,他人必不能。

奚禄詒乙本墨眉:一字無感而其感更深。

盧見曾紅旁:《雲溪友議》:明皇幸岷山,百官皆竄辱,李龜年奔迫江潭,杜甫以詩贈之。○言情在筆墨之外。悄然數語,可抵白氏一篇《琵琶行》矣。"休唱貞元供奉曲,當時朝士已無多",劉禹錫之婉情。"鈿蟬金雁皆零落,一曲伊州淚萬行",温庭筠之哀調。以彼方此,何其超妙。此千秋絶調也。○此詩撫今思昔,世道之離亂,人情之聚散,皆寓於其中。○黄生曰:此詩與《劍器行》同意。今昔盛衰之感,言外黯然欲絶,見風韻於行間,寓感慨於字裏。即使龍

---

① 校注:"收集",杭本作"收取";"存此首",杭本作"多此首"。

標、供奉操筆，亦無以過。乃知公於此體，非不能爲正聲也。

陳治墨眉：盛衰之感，只在數虚字斡旋，元白之祖。

吴廣霈墨眉：七絶中絶唱，不減龍標、太白，惜杜集中如此者不多見耳。

沈巖眉：方云：開元盛時，今已久矣，不意江南復與龜年相逢，故興感焉。四句渾渾説去，而世運之盛衰，年華之遲暮，兩人之流落，俱在言表。

王伯沆紅眉：感意、諷意、相輕意俱有。

岐王宅裏尋常見，（**題商盤紅旁**）對起。句中藏字。崔九崔九即殿中監崔滌，中書令湜之弟。堂前幾度聞。（**秦應逵紅眉**）在詩氣味，非杜作。正是江南好風景，（**俞瑒甲本評**）江南，即江潭，在江湘之間。（**題商盤紅旁**）見地。落花時節又逢君。（**題商盤紅旁**）見時。意在言外。（**俞瑒甲本評**）只一"又"字，凄然動人。（**秦應逵紅旁**）一"又"字凄然。

【彙評】

張學仁參定：盛衰聚散之感寓於言外，直可與龍標、供奉抗手，不得謂杜公七絶專爲别調。

燕子來舟中作

錢陸燦丁本評：前半言無異於燕，末二句更深一層。暫語復還，去來可自由也；暫穿復落，得失無介意也。若公則一留未必能去，一落未必能收，能無益沾巾乎？感興深厚宛轉，悱惻動人。

俞瑒乙本評：通首詠燕，舟中只於末句一點。

奚禄詒甲本眉：蘊深致婉。

奚禄詒甲本旁:字字是燕來舟中。

奚禄詒乙本墨眉:深婉。

盧見曾紅旁:上四客舟逢燕,下四對燕自傷。顧注:識主看人,世不憐公,而燕獨相憐。巢室託身,公方憐燕,而旋復自憐矣。暫語還去,燕若辭人,穿花貼水,仍不忍别,對此霑淚,傷人情之不如也。○盧世㴶曰:此子美晚歲客湖南時作。七言律詩以此收卷。五十六字内,比物連類,似複似繁,茫茫有身世無窮之感。

錢載評:老筆。

朱方藹紅眉:情至之篇,感興深厚。

吴士模墨眉:情至之篇,感興深厚。

題張問陶墨眉:似慧似癡,是□是淚,絶作也。○"巢君室",巢人室也。代燕指人而言。

沈巖眉:腹連是設爲燕語,與上"湖南爲客"相應。

湖南爲客動經春,(**俞瑒甲本評**)所感爲此。(**題商盤紅旁**)領起。燕子銜泥兩度新。(**錢載評**)豈知真是順疊耶? 舊入故園常識主,如今社日遠看人。(**俞瑒甲本評**)憐燕。(**錢載評**)"舊入"而以"如今"對,妙境。可憐處處巢居室,(**題商盤紅旁**)轉换對。(**錢載評**)"處處",真是處處。何異飄飄託此身。(**俞瑒甲本評**)自傷。(**錢載評**)"飄飄",真是飄飄。(**吴廣霈墨眉**)"可憐"二句,聊以自況爾。暫語船檣還起去,(**俞瑒甲本評**)是舟中。穿花落水益霑巾。(**俞瑒甲本評**)應"爲客"意。(**題商盤紅旁**)意在言外。(**奚禄詒甲本旁**)此結句可取。(**錢載評**)字字煉清,不熟讀不知也。

【彙評】

張學仁參定:句句詠燕,却句句自詠。是燕是人,出神入化。

小寒食舟中作

汪琬甲本紅旁:小寒如小至,謂前一日也。

奚禄詒甲本旁:無日不思朝也。

盧見曾紅旁:上四寒食舟景,下四即景感懷。頷聯分承上二。時逢寒食,故春水盈江;老景蕭條,故看花目暗。須於了無蹊徑處,尋其草蛇灰綫之妙。腹聯興起下二,戲蝶輕鷗,往來自在,而雲山萬里,空望長安,所以對景而生愁也。首尾又暗相照應,與"幾年逢熟食,萬里逼清明"參看。

申頲紅旁:小寒食如小至,謂前一日也。

錢載評:老筆。

吴士模墨眉:工麗似沈雲卿。

題張問陶墨眉:前二句舟中景事,後二句舟中之情,寒食只開頭一點,餘俱就舟中泛寫春景,不粘著。

吴廣霈墨眉:此首可存可誦。

沈巖旁:寒食次日爲小寒食,看首句自明。

佳辰强飯食猶寒,(**奚禄詒甲本眉**)"食猶寒","猶"乃後一日,非前一日。隱几蕭條帶鶡冠。(**俞瑒甲本評**)旅況可知。春水船如天上坐,(**俞瑒甲本評**)是寒食。(**題商盤紅旁**)折腰句。老年花似霧中看。(**宋犖紅旁**)老人真境。(**俞瑒甲本評**)是蕭條。(**陳治墨眉**)工麗似沈雲卿。(**奚禄詒甲本眉、乙本墨眉**)三四變化古詩,已出古人之上。(**沈巖旁**)此句貼"寒食"。娟娟戲蝶過閑幔,(**俞瑒甲本評**)承"花"。(**題商盤紅旁**)語含比興。實眼句。片片輕鷗下急湍。(**吕留良紅眉**)"片片""娟娟"著在鷗蝶上便妙。(**王士禛評**)五六語含比興。(**俞瑒甲本評**)承"水"。(**錢載評**)"開幔"正承"隱几"來,亦正承"看花"來,此猶言開幔而蝶過也。若作閑暇之"閑",則此處無著。(**秦應逵墨旁**)五六語含比興。**雲白山青萬餘里,**(**奚禄詒甲本旁**)率。**愁看直北是長安。**(**俞瑒甲本評**)感懷。(**題商盤紅旁**)意餘言外。(**奚禄詒甲本旁**)賦也。○"鶡冠"直作隱士看,意不謂武冠。(**錢載評**)從"娟娟""片片"之節次遞來,直拓開到結句,乃是漸漸大來。

【彙評】

張學仁參定:結處忽用振筆,語便突兀。

清　明

錢陸燦甲本眉、乙本墨眉:方曰:公在長沙湘西諸作,書是日之所見者,因而自傷弟侄離居,欲修禊事而不能也。意亦平常而聲調悠遠。

錢陸燦丁本評:意亦平常,而聲詞悠遠。

俞瑒乙本評:前半叙清明之事,後起身世之感。

奚禄詒甲本旁:有關風俗之時事,國風也。

奚禄詒乙本墨眉:有關風俗。

吴廣霈墨眉:此什無非每逢佳節思親之意爾。

沈巖旁:當此喪亂,猶以繁華相矜,以樂慆憂,不祥孰甚焉。公意所當祓除者,未有先於此也。

王嗚盛旁:當是大曆五年春在潭州作。

王伯沆紅眉:語意甚渾。

著處繁花矜是日,長沙千人萬人出。渡頭翠柳豔明眉,争道朱蹄驕齧膝。(**朱方藹紅眉**)語淡而悲,如不欲太多。**此都好遊湘**

西寺，諸將亦自軍中至。（奚禄詒乙本墨眉）諸將亦惰。馬援征行在眼前，葛强（張雖敬墨旁）山簡愛將也。親近同心事。金鐙下山紅粉晚，牙檣捩柂青樓遠。（張雖敬墨旁）工於設色，秀媚可人。古時喪亂皆可知，人世悲歡暫相遣。（佚名己紅眉）可以解愁。弟侄雖存不得書，干戈未息苦離居。（李以峙墨眉）（離）按"難"形訛。逢迎少壯非吾道，况乃今朝更祓除。（奚禄詒甲本眉）言已，亦暫遣而從俗。（奚禄詒甲本旁）賦也。（吴士模墨眉）"逢迎"非相逢也。

贈韋七贊善

奚禄詒甲本旁：全無趣。

盧見曾紅旁：上四叙韋杜家世，下則送韋而自慨也。"魁三象"，韋世爲三公；"尺五天"，杜同在帝京，衣冠舊契如此。今南北去留不同，故臨别傷心。悲公子韋北還，而不得見范蠡船。公在南而不得歸也。

錢載評：老筆。

朱方藹紅眉：語語老到，而意致彌新。

吴士模墨眉：語語老到，而意致彌新。

沈巖旁：湖南詩。

鄉里衣冠不乏賢，杜陵韋曲未央前。（沈巖旁）此句所謂同病相憐也。爾家最近魁三象，斗魁下兩兩相比爲三台。（俞瑒甲本評）切韋。（奚禄詒甲本旁）凑。時論同歸尺五天。俚語曰：城南韋杜，去天尺五。（俞瑒甲本評）切杜。（曹炎眉）斗魁下兩兩相比爲三台。俚語曰："城南韋杜，去天尺五。"（嚴復墨眉）"魁三""尺五"裁對最工。（李以峙墨眉）（同歸）按"因侵"謬。北走關山開雨雪，（俞瑒甲本評）韋北還。（題商盤紅旁)折腰句。(奚禄詒甲本旁)韋北來而至湖南。(沈巖眉)“北走”句言當歸之時也。南遊花柳塞雲煙。(俞瑒甲本評)公在南。洞庭春色(俞瑒甲本評)跟“花柳”。悲公子,(俞瑒甲本評)指韋。(奚禄詒甲本旁)韋也。(沈巖眉)“公子”即所謂秦川貴公子也。蝦菜忘歸范蠡船。(屈復評)結意深,法别。欲歸不得而曰“忘歸”,反詞也。(俞瑒甲本評)自傷。(奚禄詒甲本眉)任昉《述異記》:洞庭釣舟,范蠡遇風釣魚於此。(奚禄詒甲本旁)賦也。(錢載評)贈韋結明,而以自己拖住,穩重之極。(李以峙墨眉)(范蠡)按“萬里”音近而訛。(陳治紅眉)“范蠡”一作“萬里”。(沈巖尾)“蝦菜”亦何足以擬陸海?乃公以此忘歸,則秦川之荒亂饑饉可知矣。言韋而杜之自悲在其中。(嚴復墨眉)“蝦菜”自是鮭菜。

奉酬寇十侍御錫見寄四韻復寄寇

題鮮于樞評:言往昔於郇瑕之地,相别今四十年矣。而寇爲御史,相遇於洞庭,故見寄詩,相憶當深春把臂而傷心焉。□而又見黄頭郎,衹候乃知爾南按百越,又將别去,其離恨應爲何如哉?賦也。

往别郇瑕地,於今四十年。來簪御府筆,故泊洞庭船。詩憶傷心處,春深把臂前。南瞻按百越,黄帽待君偏。(汪琬甲本紅眉)“黄帽”,刺船郎。(奚禄詒甲本尾批)賦也。○末句公自謂非黄頭郎。“偏”字押得醜。

入衡州

丁耀亢藍眉:記事。

傅山紅眉：排叙無味，無一好句。

俞瑒乙本評：叙事老手，曲折頓挫，俱以神行，全用對句，而調自古拗，别是一體。

奚禄詒甲本眉：時糧儲兵馬使臧玠與判官達奚覯忿争，覯曰："今幸無事。"玠曰："有事何逃？"是夜玠遂犯州城，崔瓘惶走，逢玠兵遇害。〇首序臧玠之事，次序己逃難，三序入衡遇刺史陽濟，四序刺史麾下有蘇渙可以克賊，末序己歸尋阿舅以□寓也。

奚禄詒甲本旁：後半多事。

王伯沆紅眉：史氏曰，起言唐家不是衰時，何寇盗猖狂乃爾？首二句按《吕氏春秋·蕩兵》篇云："兵所自來者久矣，黄、炎故用水火矣，共工氏固次作難矣。五帝故相與争矣。遞興廢，勝者用事。"疑杜本此。

兵革自久遠，興衰看帝王。（**奚禄詒甲本旁**）名言。（**奚禄詒乙本墨眉**）總起。漢儀甚照耀，胡馬何猖狂。（**奚禄詒甲本旁**）前四句總起。（**佚名己紅眉**）可以悚然。老將一失律，（**奚禄詒甲本旁**）追哥舒。清邊生戰場。君臣忍瑕垢，河岳空金湯。重鎮如割據，輕權絶紀綱。軍州體不一，寬猛性所將。嗟彼苦節士，（**奚禄詒甲本旁**）崔瓘。素于圓鑿方。寡妻從爲郡，（**奚禄詒甲本旁**）民間亦得所也。兀者安短墻。凋弊惜邦本，哀矜存事常。旌麾非其任，府庫實過防。恕己獨在此，（**李以峙墨眉**）（恕）按"怒"形訛。多憂增内傷。偏裨限酒肉，卒伍單衣裳。（**奚禄詒甲本旁**）《三略》：良將統兵，恕己而治人。元惡迷是似，（**沈巖眉**）"迷是似"，藉以矜恤其下也。聚謀洩康莊。（**李以峙墨眉**）（謀）按"諜"形訛。竟流帳下血，大降湖南殃。（**陳治墨眉**）崔瓘以賢能見害於臧玠，本末於此詩頗詳，故存。（**吴廣霈墨眉下**）成何詩句。烈火發中夜，高煙燋上蒼。至今分粟帛，殺氣吹沅湘。福善理顛倒，明徵天莽茫。銷魂避飛鏑，(奚禄詒甲本旁)已避也。累足穿豺狼。隱忍枳棘刺，遷延胝趼瘡。(陳治墨眉)忍姤即姑息，是釀亂之本，唐後諸變皆此生。遠歸兒侍側，猶乳女在旁。久客幸脱免，暮年慚激昂。蕭條向水陸，汩没隨漁商。(錢陸燦甲本眉、乙本紅眉)王右丞[儲光羲]詩："所遇盡魚商。"報主身已老，入朝病見妨。悠悠委薄俗，鬱鬱回剛腸。參錯走洲渚，舂容轉林篁。(汪琬甲本墨旁)苦中領略。片帆左郴岸，通郭前衡陽。華表雲鳥埤，名園花草香。旗亭壯邑屋，烽櫓蟠城隍。中有古刺史，盛才冠巖廊。(汪琬甲本墨眉)説出刺史，風雅經濟。扶顛待柱石，獨坐飛風霜。昨者間瓊樹，高談隨羽觴。(奚禄詒乙本墨眉)此後多事。無論再繾綣，已是安蒼黄。劇孟七國畏，(奚禄詒甲本旁)指蘇生。馬卿四賦良。(奚禄詒甲本旁)《子虚》《上林》《大人》《哀二世》四賦。(奚禄詒甲本眉)劇孟以俠顯，公侯得之，隱若一敵國。蘇涣匪人，公何屢稱？門闌蘇生在，蘇生，侍御涣。勇鋭白起强。(奚禄詒甲本旁)以下何必插入三人？(吴廣霈墨旁)亦不成句。問罪富形勢，(奚禄詒甲本旁)刺史討玠。凱歌懸否臧。氛埃期必掃，蚊蚋焉能當。橘井舊地宅，(奚禄詒甲本旁)郴州有蘇耽井。(奚禄詒甲本旁)時公舅崔偉攝郴州。(李以峙墨眉)(橘)按"繘"形訛。仙山引舟航。此行猒暑雨，厥土聞清凉。諸舅剖符近，(佚名己紅眉)公舅崔伟攝郴州，故曰"近"。開緘書札光。頻繁命屢及，(李以峙墨眉)(頻繁)按"蘋蘩"謬甚。磊落字百行。江總外家養，(奚禄詒甲本旁)江總幼養外家蕭勵。謝安乘興長。(奚禄詒甲本眉)漸説開了，所以難結。(奚禄詒甲本旁)謝安放情丘壑。下流匪珠玉，擇木羞鸞凰。我師嵇叔夜，世賢張子房。彼掾張勸。柴荆寄樂土，(奚禄詒甲本旁)指郴州。鵬路觀翱翔。(奚禄詒甲本旁)指刺史。(奚禄詒甲本眉)一篇止能鋪叙,未見結構。(奚禄詒甲本旁)賦也。〇語都艱澁。

【彙評】

吴廣霈墨尾批集評"吴云":此詩實亦未詳其見害之本末也。

逃 難

方拱乾評:"已"音幾,有因身歎世之意。〇"復"字下得妙。〇悲在"從此"二字。古。〇身經艱難者乃知其苦。

奚禄詒甲本眉:此首少净。

奚禄詒甲本旁:臧玠之亂。〇與願、翰、諫、霰通用。

王鳴盛旁:編在《白馬》之前。

五十白頭翁,南北逃世難。疏布纏枯骨,奔走苦不暖。已衰病方入,四海一塗炭。(奚禄詒甲本旁)下三句病之根也。乾坤萬里内,莫見容身畔。妻孥復隨我,回首共悲歎。故國莽丘墟,鄰里各分散。歸路從此迷,涕盡湘江岸。(奚禄詒甲本旁)賦也。(吴廣霈墨眉)此非僞作,只是率筆。

白 馬

吴廣霈墨眉:後四句亦恐有訛字,不然何其文意之晦澀不明耶?

奚禄詒甲本眉:"空鞍",無人也;"貫箭",老馬也。五字兩折。

奚禄詒乙本墨旁:此公在江陵之詩也。

王鳴盛墨眉:《白馬》前當有《逃難》一首,此本不載。

白馬東北來，空鞍貫雙箭。（**奚禄詒甲本旁**）慘句。可憐馬上郎，意氣今誰見。近時主將戮，中夜傷於戰。（**奚禄詒乙本墨眉**）以“商於”爲正，不當拘“東北”二字，如“未望憂殷裹，終自誅褒妲”，詩人何嘗拘一字耶？喪亂死多門，嗚呼淚如霰。（**奚禄詒甲本旁**）賦也。（**奚禄詒甲本旁**）豈並不聞乎？

【彙評】

吴廣霈墨尾：此必有將士負屈受戮者，故傷之爾。

舟中苦熱遣懷，奉呈陽中丞，通簡臺省諸公

吴廣霈墨眉：劍叟以爲此詩亦不足存。

奚禄詒甲本眉：一段湖南逃亂，二段舟中苦熱，三段奉呈陽中丞，四段臺省諸公。五段謂賊黨表請節鉞，而李勉亦主其議。末言當斬刈以扶神器，以己意結。○上表請釋玠罪，楊子琳取賂而還兵，李勉亦表請釋玠。

奚禄詒乙本墨眉：一段湖南歷亂，二段舟中苦熱，三段呈陽中丞，四段諸公。五段謂賊黨表請節鉞，而李勉亦主其議。末言當斬刈以扶神器，以己意結之。

愧爲湖外客，看此戎馬亂。（**沈巖眉**）爲客則無討賊之權在手，若中丞與諸公，豈可坐視也？中夜混黎甿，脱身亦奔竄。平生方寸心，反掌帳下難。嗚呼殺賢良，不叱白刃散。吾非文人特，（**李以峙墨眉**）（丈夫）按“丈人”非。没齒埋冰炭。（**秦應逵紅旁**）言愧憤交迫也。（**沈巖眉**）“埋冰炭”，言愧憤交迫也。恥以風病辭，胡然泊湘岸。入舟雖苦熱，垢膩可溉灌。痛彼道邊人，形骸改昏旦。

中丞連帥職，(奚禄詒甲本旁、乙本墨旁)陽濟。封内權得按。身當問罪先，(沈巖旁)力足辦賊。縣實諸侯半。士卒既輯睦，啓行促精悍。似聞上游兵，(奚禄詒甲本旁、乙本墨旁)楊子琳。(沈巖旁)勿後鄰道。(佚名己紅眉)此謂楊子琳也。稍逼長沙館。憐好彼克脩，天機自明斷。南圖卷雲水，北拱戴霄漢。(李以峙墨眉)(戴)按"載"形訛。美名光史臣，長策何壯觀。驅馳數公子，(奚禄詒乙本墨旁)兼有諸子。(沈巖旁)通簡諸公。咸願同伐叛。聲節哀有餘，夫何激衰懦。(吴廣霈墨眉)"懦"，協愞，音軟。偏裨表三上，鹵莽同一貫。始謀誰其間，回首增憤惋。宗英李端公，(汪琬甲本紅眉)端公。(佚名己紅眉)李勉亦爲廣州刺史，同起兵討之。守職甚昭焕。變通迫脅地，謀畫焉得算。王室不肯微，凶徒略無憚。此流須卒斬，(沈巖眉)"國既卒斬"。神器資强幹。扣寂豁煩襟，(汪琬甲本紅眉)慂寂。皇天照嗟歎。(奚禄詒甲本眉)結正恨其表逆也。(王伯沆紅眉)議甚壯。(沈巖尾)結句謂吾言恐不足激此衰懦，庶幾天誘其衷也。

題衡山縣文宣王廟新學堂呈陸宰

盧見曾紅旁:氣體肅穆,便可作此邑《修學記》。○何焯曰:感慨頓挫,自成有韻之文。

陳治墨眉:汪云:極冠冕,極風雅,真大手筆,不負斯題。

吴廣霈墨眉:此尚可,而亦有未穩稱處,以其多□腐氣爾。

沈巖旁:以文爲詩題,固當如是也。

旄頭彗紫微，(沈巖眉)"新"字緣起。無復俎豆事。(沈巖旁)上不教也。金甲相排蕩，青衿一憔悴。嗚呼已十年，儒服弊於地。征夫不遑息，學者淪素志。（沈巖旁）下不學也。我行洞庭野，欻得文翁肆。（奚禄詒甲本眉、乙本墨眉）首言學政之廢，此段新學呈陸宰。（李念慈紅眉）詠此事易拘板，二語清新飛動。（沈巖旁）虚接“新”字。侁侁胄子行，若舞風雩至。（沈巖旁）對上“志”字。周室宜中興，孔門未應棄。（陳治墨眉）大論。是以資雅才，（沈巖旁）入陸宰。涣然立新意。（沈巖旁）出“新”字。衡山雖小邑，首唱恢大義。因見縣尹心，根源舊宫閟。（沈巖旁）以“舊”字詠歎“新”字。講堂非曩構，大屋加塗墍。（沈巖旁）又細寫新學堂。下可容百人，墻隅亦深邃。何必三千徒，始壓戎馬氣。（陳治墨眉）中有至理，咀之始出，光正謂公見道過昌黎，信然。（沈巖眉）“始壓”下收轉“旄頭彗紫微”，點綴學堂所有，兼紀新之時也。林木在庭户，密幹疊蒼翠。有井朱夏時，轆轤凍階戺。（奚禄詒乙本墨眉）“戺”“士”同，鉏里切。是上聲，此韻是去聲，叶征例切，音志。〇“士”字惟《洪武正韻》上去俱收，却無“戺”字在去聲。（汪琬甲本紅眉）“戺”，砌也。耳聞讀書聲，（沈巖旁）重言詠歎。殺伐災仿佛。（沈巖眉）“仿佛”，言仿佛殺伐已息也。喜極而反成悲咽，語不能終，非公不到。故國延歸望，衰顔減愁思。南紀改波瀾，（李以峙墨眉）（改）按“收”不如“改”。西河共風味。采詩倦跋涉，載筆尚可記。高歌激宇宙，凡百慎失墜。（吕留良紅眉）自負，自怨。（奚禄詒甲本眉、乙本墨眉）思及後來，可以千古。（佚名己紅眉）結得有體。

【彙評】

吴廣霈墨尾批集評“李云”：盲稱瞎贊，那得知詩？

吴廣霈墨旁批集評“吴云”：未必。

聶耒陽以僕阻水，書致酒肉，療飢荒江，詩得代懷，興盡本韻，至縣呈聶令，陸路去方田驛四十里，舟行一日，時屬江漲，泊于方田

錢陸燦甲本眉：此十七篠上聲韻正多，不旁溢巧、皓二韻，故曰“興盡本韻”。

錢陸燦乙本墨眉：公卒於耒陽。

錢陸燦戊本批錢箋“耒陽”處：湘靈云：諸説紛紛，斷以史志爲證。大曆三年下峽，由江陵、公安之岳，四年之潭，五年之衡，卒於耒陽，殯於岳陽。

奚禄詒甲本眉：若序年，此首不當在此，即序各體，亦不當在此。此選甚亂。

奚禄詒甲本旁：此公絶筆。

奚禄詒乙本墨眉：此公絶筆，江淹才盡矣。

曹炎眉：時臧玠殺崔瓘，長沙擾亂間，崔侍御潩乞師於洪府，師已至袁州北，楊中丞子琳問罪，將士皆自澧上達長沙。

錢載評：按“興盡本韻”者，蓋篇中所押之字皆《廣韻》三十小部，唐制：近體二十九篠、三十小通用。而此首專用小韻，不及篠韻，故云然。由是推之，可知劉平水并省之誤。○言近體通用者，近體猶然，古風可知，且《廣韻》同用指近體也。

吴士模墨眉：“興盡本韻”者，蓋篇中所押之韻字皆《廣韻》三十小部，唐制：二十九篠、三十小通用。而此首專用小韻，不及篠韻，故云然。由是推之，可知劉平水并省之誤。

陳治墨眉：汪云：“興盡本韻”者，蓋篇中所押之字，皆《廣韻》三十小部，唐制：二十九篠、三十小通用。而此首專用小韻，不及篠，故云。然由是推之，可知劉平水并省之誤。

吴廣霈墨眉:邵子湘批云此首不成詩,信然。以吾之尊杜,亦未能阿私所好也。

沈巖眉批標題"興盡本韻"處:方云:此十七篠上聲韻正多,不旁溢巧、皓二韻,故曰"興盡本韻"。

耒陽馳尺素,見訪荒江渺。義士烈女家,風流吾賢紹。(**錢陸燦甲本旁**)鐵曰:此必用聶政與其姊事也。(**錢陸燦乙本墨眉**)"義士烈女家",此必用聶政與其姊事也。(**奚禄詒甲本旁**)扯得遠。江淹才盡。(**奚禄詒乙本墨旁**)求淡。昨見狄相孫,許公人倫表。前期翰林後,(**李以峙墨眉**)(朝)按"期"形近而誤。屈迹縣邑小。知我礙湍濤,半旬獲浩溔。(**王伯沆紅眉**)"獲"字未妥。麾下殺元戎,(**王嗚盛墨眉**)一本以"麾下殺元戎"二句移在"方行郴岸"之上。湖邊有飛旐。孤舟增鬱鬱,僻路殊悄悄。側驚猿猱捷,仰羡鸛鶴矯。禮過宰肥羊,愁當置清醥。(**丁耀亢藍眉**)白酒牛脯。(**丁耀亢紅眉**)子美竟以此終。(**沈巖眉**)陋生因"禮過宰肥羊"之語,僞造爲牛炙白酒事。人非西喻蜀,興在北坑趙。方行郴岸静,未話長沙擾。崔師乞已至,澧卒用矜少。(**沈巖眉**)此詩去公之殁無幾,然汲汲惟以討賊定亂爲念,是以知其所存矣。問罪消息真,開顔憩亭沼。

【彙評】

奚禄詒甲本尾批"《杜詩通》卷第八終"處:四首。○共録七首。○公自夔以下詩,有放而極峭者,有輕而不潔者,老年信筆爲之,不屑捶鍊故也。

回 棹

王士禛評:皆人所不寫。

奚禄詒甲本眉:刻意用拙,亦他人所少。

奚禄詒乙本墨眉:刻意用拙,不佳。

沈巖眉:前賢身繫天下安危,故皇皇不已。若我散材,或者猶繫一物,是以畏天憫人。勞勞爲客,今多年無成,類荆湘之放逐,無魯連之排解,則吾命可知,自當息心回棹,不待宿昔之嘗試矣。蓋前此泊岳陽城下,猶有"圖南未可料,變化有鯤鵬"之語,至是乃無意於用世也。

宿昔世安命,(**李以峙墨眉**)(試)按"世"音訛。(**秦應逵墨旁**)語妙。自私猶畏天。(**嚴復墨眉**)"安命"下一"試"字。(**嚴復紅眉**)可思。勞生繫一物,(**嚴復墨眉**)所謂"一物",與前《樂遊園》詩"一物自荷皇天慈"恐皆指酒。爲客費多年。衡岳江湖大,蒸池疫癘偏。(**汪琬甲本紅眉**)蒸湘。散才嬰薄俗,有迹負前賢。巾拂那關眼,瓶罍易滿船。(**奚禄詒甲本旁**)謂浪籛。火雲滋垢膩,凍雨裛沈綿。(**李念慈紅眉**)無一事道來不真。(**李以峙墨眉**)(沉)按"塵"音訛。强飯蓴添滑,(**沈巖旁**)"滑"字妙。端居茗續煎。清思漢水上,(**奚禄詒甲本旁**)好回襄陽。(**秦應逵墨旁**)轉入"回棹"。凉憶峴山巔。順浪翻堪倚,回帆又省牽。吾家碑不昧,(**奚禄詒甲本旁**)應上"有迹"。王氏井依然。(**奚禄詒甲本旁**)負前賢。(**嚴復紅眉**)謂杜預。(**嚴復墨眉**)"王氏",王粲。(**佚名己紅眉**)此憶襄陽也。幾杖將衰齒,茅茨寄短椽。灌園曾取適,遊寺可終焉。遂性同漁父,成名異魯連。篙師煩爾送,朱夏及寒泉。(**奚禄詒甲本旁**)賦也。(**沈巖尾**)"寒泉"即上漢水、峴山。

江閣卧病,走筆寄呈崔盧兩侍御

客子庖厨薄,江樓枕席清。(**丁耀亢墨眉**)總是求食,可憐。衰年病秖瘦，長夏想爲情。滑憶彫胡飯，香聞錦帶羹。溜匙兼暖腹，誰欲致杯罌。（**奚禄詒甲本尾批**）賦也。○不必後綴後半。（**沈巖尾**）哀羸之人，豈堪日長忍飢？"想爲情"三字，欲兩侍御能念我也。末句言誰復更望得酒乎？

江閣對雨，有懷行營裴二端公

題鮮于樞評：首四句言南紀兵亂，是非不白。其曰野流行地，江入山雲，應風濤壯，陰晴不分，比也。後四句言江閣對雨，有懷行營裴二端公。賦也。

屈復評：前四雨前景，後四正雨景。三晴四陰，五六交互對，乃憑層閣，面長空之水文，聞長安之雷殷。結對雨有懷。

朱方藹紅眉：江閣雨懷，寫來暢滿，就南紀又開生面，非大家不能。

吴士模墨眉：江閣雨懷，寫來暢滿，就南紀又開生面，非大家不能。

題張問陶墨眉：由日而雲，由雲而雷，由雷而雨，煞有次第。

陳治墨眉：江閣雨懷，寫來暢滿，就南紀又開生面。

奚禄詒乙本墨眉：極有紀律，三四琢鍊。

王鳴盛旁：當是大曆五年作。

南紀風濤壯，（**奚禄詒甲本旁**）自云南至楚，皆漢之南紀。陰晴屢不分。（**題商盤紅旁**）語含比興。（**佚名戊紅眉**）説者援是詩以江漢爲南紀。野流行地日，（**題商盤紅旁**）層折句。（**奚禄詒甲本旁**）"流"字寫得出。江入度山雲。（**題商盤紅旁**）縮脈句。（**奚禄詒甲本旁**）三四琢練。（**奚禄詒乙本墨旁**）三四言不分。（**嚴虞惇紅旁**）句有三層意。（**沈巖旁**）句中有三層景，頂出“壯”。（**佚名丁墨旁**）竺云：“野流行地日”謂日光布散，此句言晴，下句言陰，共承第二句。**層閣憑雷殷，**（**丁耀亢墨眉**）“殷”上聲。（**題商盤紅旁**）混裝句。**長空水面文。**（**奚禄詒甲本眉**）極有紀律。（**李以峙墨眉**）（面水）按倒轉則非。**雨來銅柱北，**（**題商盤紅旁**）借古爲喻。（**奚禄詒甲本旁**）銅柱在今辰州，唐曰盧溪。**應洗伏波軍。**（**奚禄詒甲本旁**）賦也。

【彙評】

佚名丁墨尾：每句層遞而下，上截總在雨前，下截逐層還題。

過洞庭湖

題鮮于樞評：言“蛟室”則“圍青草”，“龍堆”則“隱白沙”，古木護堤，神鴉迎棹，書過洞庭所見之景物也。“回檣”“破浪”則“南風正”矣，特“畏日斜”而欲暮耳，言將歸秦而回船過之也。末言湖光遠與天連，直欲“泛仙槎”而升矣。賦也。

李念慈紅眉：此亦曾子美詩，結處當從草堂本。

奚禄詒甲本眉：三四五六起二字平頭。

奚禄詒甲本尾：大約僞作。

盧見曾紅旁：上四洞庭之景，下四舟過湖中。青草湖、白沙驛。湖包鮫室，故曰“圍”；堆藏白沙，故曰“隱”。

申頲墨眉：“湖光與天遠”可與“秋水長天一色”參觀之。

題張問陶墨眉：此詩得於洞庭石刻，不著姓名，山谷定爲少陵作，其雄深老練，信非少陵不能。○船山偶記。

王鳴盛旁：《岳陽風土記》云：巴陵鴉甚多，土人謂之神，無敢弋者。唐張裕《送韋整尉長沙》詩云：“風帆彭蠡疾，雲水洞庭寬。木客提蔬束,江烏接飯丸。”

鮫室圍青草,(**佚名丁墨旁**)《洞庭記》:楊子洲常苦蛟患,昔佽飛入水斬蛟而去。**龍堆隱白沙**。(**王鳴盛墨眉**)“鮫室”謂射蛟浦也。洞庭實圍青草,所謂重湖。金沙洲在洞庭中,一名“龍堆”,舊置白沙驛於此。**護堤盤古木,迎櫂舞神鴉。破浪南風正**,(**汪琬甲本紅眉**)風正。**回檣畏日斜**。(**丁耀亢墨眉**)細。**湖光與天遠,直欲泛仙槎**。

【彙評】

佚名丁墨尾:先景後事。〇此詩得於洞庭石刻,不著姓名,論者疑信相半。然擬微之誌“旋殯岳陽”之文,則五年夏秋間,當有向北入湖之事。

暮秋將歸秦留别湖南幕府親友

題鮮于樞評:言“蒼梧野”則水闊,“白帝城”則天高,此地皆不免有窮途之哭,况我身老,豈禁愁耶?是以有歸秦之思。且大府才能所集之地,而諸公德業俱優,今將北歸,衝冒雨雪,誰能憫其窮而濟之耶?賦也。

屈復評:前四傲岸悲壯,結稍不稱。

題商盤紅旁:一見地,二見時,留别詩如此起法,何等闊大!接聯及尾聯,口角愈悲傷,身分愈高傲,由其氣足以振之故也。識得“蒼梧野”三字有來歷,句乃堅確。三雖用阮事,然“哭”字又取湘江染淚意,故貼首句爲精。四以衰候映老景,故貼次句。結處字字應轉,前半篇章法精密。

錢載評:此乃正聲正格,何得以乞相目之!

吴士模墨眉：此白帝以時言。

秦應逵墨眉：前四儆岸悲壯，結稍不稱。

沈巖眉：所謂哭不盡也。

水闊蒼梧野，天高白帝秋。（**李念慈紅眉**）此“白帝”指少昊。（**陳治墨眉**）“白帝”以詩言。**途窮那免哭，**（**題商盤紅旁**）順承一二。**身老不禁愁。**（**沈巖眉**）亂離乏絶，聊以病告，與貶節請乞於無事時者不同。**大府才能會，諸公德業優。**（**題商盤紅旁**）直趨七八。**北歸衝雨雪，**（**題商盤紅旁**）倒裝句。**誰憫弊貂裘。**（**題商盤紅旁**）倒收。（**奚禄詒甲本尾批**）賦也。〇自是穩當。（**佚名丁墨旁**）竺云：“誰憫”二字深婉。注以爲激發，不知詩語法也。

【彙評】

題商盤尾：三四輕接起聯，五六直趨尾聯，故俱不甚用力。用力在一起一結，極其精猛。

佚名丁墨尾：泊湖凄苦，設爲歸秦之想，至是豈復能辨長途歸櫜哉！詩則思悲而聲壯。〇以“野”則闊，以“秋”則高，寫得時地曠眇，轉令窮老孤蹤，懸空無著，覺下四神魂，都已攝盡也。入下只消逗破，更不費力，然精彩故自相配。〇此詩主卒耒陽者，則編四年；主卒岳陽者，則編五年。究竟公之卒，不知何地何月，若耒陽阻水時，斷非遺蜕之日，説詳五古卷末兩篇。

長沙送李十一銜

汪琬甲本紅眉：李膺、杜密，又前有李固、杜喬、范滂，與李杜齊名。

奚禄詒甲本眉:前皆人己並序,故以李杜齊名承之。

奚禄詒乙本墨眉:中皆李己並序,故結以李杜句。

朱方藹紅眉:渾樸似初唐。

與子避地西康州,洞庭相逢十二秋。(**吕留良紅眉**)起亦矯健。遠愧尚方曾賜履,(**奚禄詒乙本墨旁**)李。竟非吾土倦登樓。(**奚禄詒乙本墨旁**)己。久存膠漆應難並,(**奚禄詒乙本墨旁**)李。一辱泥塗遂晚收。(**奚禄詒乙本墨旁**)己。李杜齊名真忝竊,朔雲寒菊倍離憂。(**奚禄詒甲本尾批**)賦也。(**沈巖眉**)末二句周匝悲壯。

風疾舟中,伏枕書懷三十六韻,奉呈湖南親友

奚禄詒甲本眉:起四句説風疾,起太突然,亦是開人手眼,不惟自興,兼興起時事。

奚禄詒乙本墨眉:起兀突,雖不佳,亦是開人手眼,並興起時事。

王士禛評:起超乎悲慨,聲淚俱下,通首氣慘語咽,讀之心痛。

陳治墨眉:分八段,一風疾,二土俗,三追述,四悲貧,五同諸親友,六寫懷,七稱諸公,八時事。

秦應逵墨眉:起超忽悲凉,通首氣慘語咽,不可卒讀。

軒轅休製律,(**奚禄詒甲本旁**)未免迂。虞舜罷彈琴。(**吕留良紅旁**)何必自注。(**曹炎眉**)伏羲造瑟,神農作琴,舜彈五弦,歌《南風》之篇。(**嚴虞惇紅眉**)猶言明王不作,孰能宗予。尚錯雄鳴管,猶傷半死心。(**嚴虞惇紅旁**)承"彈琴"句。聖賢名古邈,(**奚禄詒甲本旁、乙本墨旁**)承上。羈旅病年侵。(**奚禄詒甲本旁、乙本墨旁**)起下。舟泊常依震,

湖平早見參。（奚禄詒甲本旁）冬也。（李以峙墨眉）（早）按“半”形近而誤。如聞馬融笛，（奚禄詒甲本旁）馬融《笛賦》：“正瀏溧以風烈。”〇王粲《登樓賦》：“憑軒檻以遥望兮，向北風而開襟。”〇應郴爲汲令，請主簿杜宣，北壁縣赤弩照於杯中，宣見以爲蛇，遂病，郴知之，復延飲於故處，曰“此弩也”，宣乃瘉。（奚禄詒甲本旁）指荆南。若倚仲宣襟。故國悲寒望，（奚禄詒甲本旁）正是風疾。群雲慘歲陰。水鄉霾白屋，（李以峙墨眉）（屋）按“蜃”亦形訛。楓岸疊青岑。鬱鬱冬炎瘴，濛濛雨滯淫。鼓迎非祭鬼，（奚禄詒甲本旁）楚俗。（李以峙墨眉）（非）按“方”字非。彈落似鴞禽。（奚禄詒甲本旁）凑句。（嚴復墨眉）“非祭鬼”，“非祭”二字須連讀，猶云不當祭之鬼，句用《論語》，故與似鴞之禽作對。若改“非”作“方”，全失之矣。（沈巖眉）“非祭鬼”，非其鬼而祭之，言多淫祀也。興盡纔無悶，（奚禄詒甲本旁）伏枕之懷。愁來遽不禁。生涯相汩没，時物自蕭森。疑惑樽中弩，（奚禄詒甲本旁）久病。淹留冠上簪。（錢載評）此處一“冠”字，後半一“周”字，亦自相照應，而中間復有“錦”字，數字以和之，然首尾皆諧，逾十韻矣。著此於三十六韻之中央，豈非拊心惋傷、哀歌微吟之節族耶？（奚禄詒甲本旁）世不用。（奚禄詒乙本墨旁）不見用。牽裾驚魏帝，投閣爲劉歆。（陳治墨眉）“牽裾”指房琯事。（奚禄詒乙本墨旁）比房琯事。狂走終奚適，微才謝所欽。吾安藜不糝，汝貴玉爲琛。（奚禄詒甲本旁）“汝”，游南親友也。（奚禄詒乙本墨旁）指諸友也。烏几重重縛，鶉衣寸寸針。哀傷同庾信，（曹炎眉）庾信同《哀江南賦》。述作異陳琳。十暑岷山葛，三霜楚户砧。叨陪錦帳座，（奚禄詒乙本墨眉）郎官賜錦帳。久放白頭吟。反樸時難遇，忘機陸易沈。應過數粒食，得近四知金。（王鐸評）“粒”“知”不對。春草封歸恨，源花費獨尋。轉蓬憂悄悄，行藥病涔涔。（汪琬甲本紅眉）行藥。（奚禄詒甲本眉）鮑照有《行藥至東城橋》詩。〇涔涔，木多也。瘞夭追潘岳，持危覓鄧林。（沈巖眉）“潘”

"鄧""山""林"借對。蹉跎翻學步，感激在知音。却假蘇張舌，高誇周宋鐔。（奚禄詒甲本眉）此上"伏枕書懷"，下八句"呈湖南諸友"。（奚禄詒乙本墨眉）以上書懷，下呈諸友。納流迷浩汗，（奚禄詒乙本墨旁）即入諸友。峻址得嶔崟。城府開清旭，松筠起碧潯。披顔争倩倩，逸足競駸駸。朗鑒存愚直，皇天實照臨。（奚禄詒乙本墨眉）四句又言己。公孫仍恃險，（秦應逵紅旁）切時事。（奚禄詒乙本墨旁）四句亂。侯景未生擒。（奚禄詒乙本墨旁）楚亂。書信中原闊，干戈北斗深。（奚禄詒乙本墨眉）入時事。畏人千里井，問俗九州箴。戰血流依舊，軍聲動至今。葛洪尸定解，許靖力還任。家事丹砂訣，（秦應逵紅旁）以疾言之。無成涕作霖。彈五弦琴，歌《南風》之篇，伏羲造瑟，神農作琴，舜有矣。（李念慈紅眉批錢注"首二句"）"有矣"二字真不可解。（奚禄詒甲本眉）删其輕處，便成舊作。（奚禄詒甲本尾批）賦也。

杜詩評本提要[①]

一、《杜詩》不分卷，題元鮮于樞編，明朱絲欄抄本。朱筆圈點，墨筆評注。臺北故宫博物院藏。

題元鮮于樞編《杜詩》不分卷，一函四册，明朱絲欄抄本，朱筆圈點，墨筆評注。藏臺北故宫博物院。索書號：故善 003470—003473。《"國立故宫博物院"善本舊籍總目》著録(下册，第 1015 頁)。

該本封面題"元鮮于樞手録杜詩"，並標明册次。書高 20.8 厘米，寬 14.2 厘米，版框四周雙欄，黑口，雙魚尾。每半葉 10 行，行 20 字。據臺北故宫博物院著録稱，該抄本係清宫舊藏。批本用正楷抄寫，字體工整流麗，端莊大方，有館閣之氣，當係出自名家之手。正文有朱筆圈點，主要是句讀。每首詩歌下有評注。

關於該書之編撰者，該本封面題"元鮮于樞手録杜詩"，臺北故宫博物院目録亦著録稱"元鮮于樞編"。按，鮮于樞(1246—1302)，字伯機，號困學山民、直寄老人，大都(今北京)人。元代著名書法家，擅詩文，喜杜詩，著《困學齋雜録》一卷。有書法作品《杜工部行次昭陵詩卷》傳世，爲鮮于樞大字行書的代表之作。鮮于樞是否編撰和評注過杜詩，歷代書目未載，此或爲稀見之杜集版本，俟考。爲慎重起見，該書編撰者姑作"題元鮮于樞編"。

---

① 此爲《杜詩彙評》彙輯諸家評點所據之杜詩手批本提要。

批本的名稱不一，封面雖題“元鮮于樞手録杜詩”，但正文首頁處又題作“杜少陵五言律詩”。從批本抄録的杜詩來看，該書所録杜詩全爲五言律詩，故正文處標題當更緊扣抄本實際情況。

抄本正文内容用墨筆小楷抄録杜詩，詩後還有針對相關杜詩的評注。正文首行頂格題寫書名“杜少陵五言律詩”，换行低二格題寫杜詩詩題，再换行頂格書寫杜詩正文。正文後低一格書寫評注。評注分兩部分：前一部分爲箋注内容，主要羅列歷代諸杜詩注家對相關字詞的箋釋，或針對該詩背景、主題等的相關闡釋；後一部分爲評點内容，主要評論詩歌作法之類。前後兩部分之間，空一格以示區别。兹例列數則如下：

《**登兗州城樓**》：洙曰：兗州，漢之東郡。蔡夢弼曰：公父閑嘗爲兗州司馬。公時省侍，故云“趨庭”。是時張玠亦客兗州，有分好，玠子乃建封也。王禹偁曰：“海岱”，東海、泰山也。“青徐”，二州也，皆與兗相接。“秦碑”，《史》：始皇東行郡縣，上鄒嶧山，刻石頌功德，李斯作文。《唐志》：兗州，魯郡也。王文考《魯靈光殿賦序》：殿，漢恭王餘所立也。遭漢中微，自西京未央、建章之殿悉見隳壞，而靈光巋然獨存。○此詩叙事起，而大意在第二句，言縱目之初，遠則雲連海岱、野入青徐，近則孤嶂秦碑、荒城魯殿，而以古意、臨眺結之，其所感者深矣。賦也。○開元二十二年杜子自越中歸東都時作。

《**鬥雞**》：趙曰：明皇好鬥雞，有賈昌者，以善養雞蒙寵。當時爲之歌曰：“生兒不用識文字，鬥雞走馬勝讀書。賈家小兒年十三，富貴榮華代不如。”又嘗教舞馬四百蹄，目之爲“某家驕”，其曲謂之《傾杯樂》，奮首鼓尾，無不應節。又施三層木床，乘馬於上，抃轉如飛，命壯士舉馬於榻上。○此詩追念鬥雞舞馬爲樂之盛，時宫人、御柳如此，今也君既僊游，女樂無香，驪山寂寞，而草木黄落矣。興而賦也。

《送翰林張司馬南海勒碑》：公自注：相國製文。趙曰："冠冕"指張司馬，"南極"指南海。夢弼曰：《南部新書》：大明宫中有麟德殿，三面亦以三殿爲名。或曰三殿謂蓬萊、拾翠、紫微是也。鶴曰：《高帝紀》：百粤之兵。服虔注：非一種，若今言百蠻也。〇此詩首言張司馬往南海，故曰"冠冕通南極"，而文則相國所製，故曰"文章落上臺"。次聯承上文，蓋言製文勒碑皆奉詔也。三聯言張往南海水陸驛程之景物也。末言天遣此行，不知何時回朝耶。賦也。

該本中多有表示詩歌作年的提示語，如《對雨書懷走邀許主簿》一詩評注後有"開元二十九至天寶三載自齊趙往來東都時作"，《路逢襄陽楊少府入城戲呈楊四員外綰》評注後有"乾元二年杜子自東都回華州，七月去官，客秦州，十月往同谷，十二月入蜀"等記載。

二、《杜工部集》五十卷，殘存十八卷，戴覺民刊李杜合集本。明徐渭批點，南京圖書館藏。

明代徐渭批點《杜工部集》五十卷，共六册。藏南京圖書館。《中國古籍善本書目》未著録。該本爲黄色封皮，封頁書簽題"徐青藤批杜集"，落款署"吉園題"，並標明册數。徐渭批本爲戴覺民刊李杜合集本，六册中前四册爲杜集，後二册爲李集。二者均有徐渭批點。杜集部分書簽題"徐青藤批杜集"，李集部分題"徐青藤批李集"。徐渭所批《杜工部集》係殘本，現僅存 18 卷。從目録看，《杜工部集》當共有 50 卷，但考其實際，第一册爲序言及目次，第二册僅有前 8 卷，而第三册則直接從第 21 卷開始，中間缺第 9 卷至第 20 卷。另第 30 卷後，則全部闕如。故該本實際僅存 18 卷。

徐渭（1521—1593），初字文清，改字文長，號天池山人，山陰（今浙江紹興)人。徐渭天才超逸,性情豪放,二十歲考取山陰秀才,後連應八次鄉試都名落孫山,終身不得志於功名。

徐渭批點杜詩,自成風格,别具一體,呈現出明代杜詩評點的諸多風貌。從字體看,徐渭批杜以狂草書之,筆走龍蛇,磅礴大氣,憑藉其高超的書法藝術爲批杜文本增添了分量。從批點内容看,徐渭批點要言不煩,着眼大局,切中肯綮,稍後的郭正域批點《杜工部七言律》也具此特徵,或可視爲明代杜詩評點之整體風貌。從藝術追求看,徐渭批點杜詩追求真率性情,無矯揉造作之態,善於發表自我見解,對前人之論不盲從、不迷信,體現出鮮明的個性特徵,與其倡導"真我説"以開啓晚明文學先聲的文學主張一致。周采泉《杜集書録》中著録徐渭批《杜工部集》,並稱"此批以墨筆作草書,龍蛇飛舞,爲各批中所僅見",贊賞徐渭批點之藝術價值,認爲"現存名家批本,當以此爲第一"①。

該本鈐有"湘管齋""南京圖書館藏""南京圖書館善本圖書""南京圖書館珍藏善本"等藏書印多枚。周采泉據"湘管齋"印章,認爲該本曾藏陳焯湘管樓。恐誤。"湘管齋"爲徐渭室名别名。而楊廷福、楊同甫編《明人室名别稱字號索引》著録徐渭室名别稱爲"湘笈齋",實亦"湘管齋"之誤。

三、《杜工部集》二十卷,唐杜甫撰,清錢謙益箋注,清康熙六年季氏静思堂刻本。神生過録錢陸燦、王鐸、仇兆鰲等批校,復旦大學圖書館藏。

神生過録錢陸燦、王鐸、仇兆鰲等諸家批點《杜工部集》二十卷,一函六册,清康熙静思堂刻本,藏復旦大學圖書館。該本書長

① 周采泉《杜集書録》,上海古籍出版社 1986 年版,第 518 頁。

26 厘米，寬 16.7 厘米，版框半葉高 18.1 厘米，寬 13.8 厘米，天頭高 5.7 厘米，地脚高 2.2 厘米。黑口，四周雙邊，版心題書名、卷次和頁碼。

該本第一册封頁有墨筆題簽，標明該册主要内容和批校情況："箋注略例、諸家詩話、少陵年譜、目録；朱筆湘靈臨王覺斯閲本，藍筆以仇滄柱詳注參校，大紅圈遵王孟津。又志。"從此題識，我們可知該本主要有朱藍二色批點，朱筆是錢陸燦臨王鐸的批點，藍筆爲仇兆鰲的批點。但從字迹來看，該本批點字體飄逸，清秀美觀，乃大家手筆無疑，與錢陸燦草書批點絶然不同，故可知乃後來名家過録其批點無疑。其後每册封頁均墨筆標明該册册數、卷次與詩歌體裁以及本册相關内容。另外，《杜工部集目録》處有紅筆眉批"王覺斯先生共選四百五十一首"字樣。在《杜工部集目録》末尾處有紅筆批校，交代其過録批點的具體情況：

庚戌夏月，命二兒臨孟津王覺斯先生閲本，大紅圈筆。湘靈燦記。

甲辰仲冬，於黄天章處借得湘靈先生閲杜詩，對校其評點，頗以己意爲去取，不盡依錢本也。乙巳春二月二十日神生識。

凡王孟津評語，今標以"王曰"二字，湘靈先生評語，今標以"湘云"二字，其無"王云""湘云"者，則參考諸家之注而間以己意附焉者也。神生又識。

於此可知，此本實乃神生過録錢陸燦、仇兆鰲、王覺斯等諸家評語。按，神生生平事蹟不詳。

在該本扉頁處墨筆録有唐子西、蘇軾、嚴羽等諸家論杜之語，以作批點開篇之意。卷一前扉頁有松靈藍筆批注："湘靈先生臨王覺斯閲本不甚佳，甲寅夏復取仇滄柱詳注對校，更以己意去取。松靈

（輯者按，松靈二字爲墨筆）。”

就批點形式而言，有批，有圈，有點，亦有分隔號。批點爲紅、藍、墨三色，圈點主要是紅色，且多校勘之處。關於其藍筆批點，筆者曾核對其中幾首，發現其批點來自《杜詩詳注》無疑，只是對《杜詩詳注》中的批點進行了順序的調整和内容的删削，或將分散各處的批點集中在一起，或將衆多的批語挑揀部分進行過録，體現了其題識中的“更以己意去取”，幾乎没有夾雜自己的批點，故價值不甚大。其中墨筆主要是過録仇兆鰲和他人大段的批點，此外則用藍筆過録。共過録有仇兆鰲、王嗣奭、王鐸、錢陸燦、張綖、錢謙益、黄鶴等人的批點。其過録的王鐸批點較爲稀見，具有一定的文獻價值。另該本諸多字被挖，如“胡”“虜”“犬戎”“葫”“夷”“犬羊”等，校閲時用紅筆補上。

該本共鈐有“復旦大學圖書館藏”“庚子藏書”“峻尌”等印章。

四、《杜詩胥鈔》十五卷，唐杜甫撰，清盧世㴶輯，贈言一卷，清盧世㴶輯，大凡一卷餘論一卷，清盧世㴶撰，明崇禎七年盧氏尊水園刻本，清孫承澤批校並跋、清陳衍跋，南京圖書館藏。

清孫承澤批校並跋、清陳衍跋《杜詩胥鈔》十五卷，共六册，藏南京圖書館。批點底本爲明崇禎七年盧氏尊水園刻本。該本爲黄色封頁，孫承澤墨筆批點，有旁批、圈點等形式，圈點有圈有點，還有句旁分隔號等。

孫承澤（1592—1676），明末清初藏書家、學者。字耳北，一作耳伯，號北海，又號退谷、退谷逸叟、退道人、退谷老人等。祖籍上林苑（今河北大興），遷益都（今山東青州）。崇禎四年（1631）進士，官刑科都給事中。李自成攻克北京，任四川防禦使。入清，官至吏部左侍郎，加太子太保、都察院左都御史。精於鑒别書畫，家富收藏。在京師任職時,曾手抄經學書籍 200 餘册,藏於“萬卷樓”中。當時與河北梁清標以富藏書而並稱一時。其藏書印有“北平孫氏研山齋圖書印”等。孫承澤熟悉有明一代掌故,著有《庚子消夏記》《己亥存稿》《五經翼》《春明夢餘録》《尚書集解》《九州山水考》《學典》《四朝人物略》《畿輔人物志》《研山齋集》等各類著作 20 餘種。

就批點時間而言,該本多處有詳細記録。首册内扉頁有墨筆題“戊子閏四月初七日閱此本完”,另有殘頁墨筆題“閱於静軒之南楹□□□……□□□樂餌”。據孫承澤生卒年(1592—1676),“戊子”乃是清順治五年戊子(1648),此時孫承澤 57 歲。根據其“閱此本完”的記載可知,其批點當在閏四月初七日之前即開始了。另據第二册末尾(第六卷末尾)墨筆題識:“戊子夏四月廿九日閱完,是日久旱小雨,庭中花竹濕秀欲滴,因念關東士卒西遷,困頓泥土,又不勝泣然。”此處更明確指出其批點第二册的時間在“戊子夏四月廿九日”,亦即順治五年(1648),而根據前面“閏四月初七”批閱第一册來看,此處四月當指“閏四月”,故知其花費二十餘天批點了第二册杜詩。孫承澤批點完後,曾不斷重閱批點。第二卷末尾有墨筆題識記載了其重閱時情景:“庚寅十一月廿七日,宿司馬署中,重閱。時夜深霜重,擁被高吟,儼然廿年前借榻西山僧舍聽雪挑燈時。退庵澤記。”從此題識來看,孫承澤在清順治七年庚寅(1650)重閱自己的批點,並詳細記述了當時“夜深霜重,擁被高吟”的情形。而由“儼然廿年前借榻西山僧舍聽雪挑燈時”可知,孫承澤至少從明崇禎庚午(1630)開始,即高吟杜詩,着意於杜詩的研習了。

另外,在第一册末頁處有陳衍墨筆題識一則,題識内容與孫承澤批杜没有實際的聯繫,而是介紹其鄉賢著杜的情況。

陳衍(1856—1937),中國近代詩人。字叔伊,號石遺。福建侯官(今福州市)人。光緒八年(1882)舉人。通經史訓詁之學,長於作詩。

他與鄭孝胥同爲閩派詩的領袖，提倡三元説，即認爲古近體詩三個演變階段，第一個高峰是在唐玄宗開元年間，第二個高峰是在唐憲宗元和年間，第三個高峰是在宋哲宗元祐年間。著有《石遺室叢書》《石遺室詩話》《石遺室論文》《史漢文學研究法》等。又選有《近代詩鈔》24 册。

該本在不同地方鈐有“黄冠□□”“孫承澤印”“南京圖書館藏”“□子□□”等印章多枚。

五、《杜詩論文》五十六卷，殘存四十一卷，清吴見思撰，清潘眉評，清康熙十一年岱淵堂刻本，清方育盛跋並録方拱乾批注及跋。中國國家圖書館藏。

方育盛跋並録方拱乾批注《杜詩論文》五十六卷，殘存四十一卷（卷一至卷三十四，卷四十三至卷四十九），六册，藏中國國家圖書館。《中國古籍善本書目》著録該書，但周采泉《杜集書録》、鄭慶篤等《杜集書目提要》均未提及該批本。該本係安徽桐城人方拱乾批注，其子方育盛過録並撰寫跋語。

方拱乾（1596—1667），初名策若，字肅之，號坦庵、蘇齋，又號江東髯史、雲麓叟，晚年改號蘇庵，或稱蘇老人、蘇翁、蘇庵老學人，江南桐城（今屬安徽）人。

方育盛，字與三，别號栲舟，安徽桐城人。方拱乾第三子。其父方拱乾批點之《杜詩論文》即由他“敬照底稿，謄録清册”而得以流傳下來。

方拱乾批注《杜詩論文》一書爲黄色封皮，内扉頁有“杜詩”標題等相關内容。扉頁右邊墨筆楷書方拱乾的相關字號情況：“桐城方學士拱乾號甦庵，又甦翁、甦老人、雲麓老人、詩老人，皆别號也。”扉頁左邊題“杜詩一”書題，其下小字題“雲麓老人批注”六字。首頁有方拱乾序言及其子方育盛康熙十一年壬子(1672)三月的題識一則：

> 看老杜詩，要將我身化作老杜，親當其悲歡離合之境遇，真正是詩成若神助，但區區尋其詩律細猶淺矣，况字句乎？尋常字句佳，亦不可以言詩。詩之妙，在無字處，老杜詩猶妙在無字處，果能細心體認，通身攝入，恰恰此題當有此詩，此詩當有此起承轉合，所謂律也，神也。小子識之。
>
> 先大人閱杜詩，凡數絶編矣。品題丹黄，無不精覈，若神會少陵然。此則己丑春日批以訓小子者，書載行笥，廿餘年矣。拈簽時有脱落，今客芝山，公餘之暇，敬照底稿，謄録清册，以便時時翻誦云。壬子三月育盛拜書。

另外，在《杜詩論文》卷一前的諸天頭處，有方育盛過録方拱乾爲其批點杜詩撰寫的序言三篇。這些序言係方拱乾爲其不同兒子批本所撰寫的序言，頗具文獻價值與理論水平。

雖然方拱乾批注的《杜詩論文》最先是桐城方氏家族"批以訓小子者"的教科書，但其批點中所涉及的杜詩學和文學批評問題，却代表了清初杜詩學研究的價值取向和文學批評的時代精神，值得我們重視。從杜詩學角度看來，該本在龔鼎孳、潘眉、吴見思等人的序言和《杜詩論文目録》的天頭處有諸多成段眉批，涉及對杜詩諸多重要問題的探討，比如如何箋注杜詩、破除杜詩"詩史"觀念、選詩原則、看詩與作詩之區别、杜詩編年與分體、律詩起源、詩的做法、排與律之區别、名與傳之辨析等。方拱乾對這些詩學理論問題的較爲詳細的闡釋，尤堪重視。在方拱乾批點《杜詩論文》的諸多理論中，最爲别具匠心的是方拱乾提出了"緒"這個詩學範疇，並且很好地運用到自己的詩歌批評中。

方拱乾批注《杜詩論文》一書大致經歷了桐城方氏家藏、朱文鈞私藏到中國國家圖書館公藏這樣一個流傳過程，因爲在該批本的不同地方鈐有"蕭山朱氏所藏善本""翼盦鑑藏""寶素圖書"和"北京圖書館藏"等印鑒數枚。由此可知，該本曾被近代著名收藏家、文物鑒定家朱文鈞收藏。朱文鈞(1882—1937)，字幼平，號翼盦，浙江蕭山人。藏書多古校古鈔，尤富於集部，而以宋元人文集爲主。其所藏唐、宋、元人文集大多捐給北京圖書館。因此，從印章看，方拱乾批注《杜詩論文》應爲朱文鈞所捐之藏本無疑。

六、《杜工部集》五十卷，外集一卷，文集二卷，明鮑松輯，明正德八年新安鮑氏刻《李杜全集》本。清丁耀亢批，浙江大學圖書館藏。

清丁耀亢批《李杜全集》八十三卷，四函二十册，底本爲明鮑松輯《李杜全集》八十三卷，明正德八年新安鮑氏刻本。分《李翰林集》和《杜工部集》兩種，各兩函。《李翰林集》八册，《杜工部集》十二册。該本書長 27.9 厘米，寬 16.5 厘米，版框半頁高 18 厘米，寬 13.5 厘米，天頭高 8.1 厘米，地脚高 1.8 厘米，白口，無魚尾，版心題書名、卷次和頁碼。該本函封上墨筆題"正德刻李杜合集""明新樂王藏，丁野鶴手批"。

丁耀亢(1599—1665)，字西生，號野鶴，自稱紫陽道人。60 歲後患目疾，又號木雞道人。山東諸城人。清初文學家。他一生著述甚豐，其詩詞，"踔厲風發，少作即饒丰韻，晚年語更壯浪，開一邑風雅之始，縣中諸詩人皆推爲先輩"(《〔乾隆〕諸城縣志》卷三十六)。然其詩集却被列入《清代禁毁書目》之中，因其中有甚多"違礙之語"。丁耀亢著述頗豐，除了《續金瓶梅》和四種傳奇，尚有詩詞集《逍遥遊》《椒丘詩》《陸舫詩草》《江干草》《歸山草》《聽山亭草》，後三種被輯爲《丁野鶴遺稿》。

在《李翰林集》最後一册書末有墨筆跋語二則，一則爲行草書寫：

萬曆六年戊寅七月廿六日，侍御吉源房丈見貺清秋誠軒收藏，卯中我靈臺之丹元樓。

一則爲丁耀亢墨筆楷書書寫：

是書得之青州，明衡藩國除以後，市中所貨也。族侄赤岸收之海上，順治癸巳，予卜居海村，借而讀之，因記以丹鉛。甲午赴容城教署，攜爲客笥，睹前題固兩代七十有七載矣，感而書記。瑯耶丁野鶴耀亢題于容之椒軒，歲五十六。

從題跋可知，丁耀亢批點杜詩在清順治十年癸巳（1653），此時丁耀亢 55 歲。而其爲該本題跋則是一年以後的事情，即清順治十一年甲午（1654）。另外，從此二則題跋，亦可略知該本流傳情況，在明代即被丹元樓收藏，至清初，歸之丁耀亢，最後歸於杭州大學（今浙江大學）圖書館。

該本用朱筆批點和圈點。批點有朱、藍、墨三色，其中朱筆最多，藍筆和墨筆亦時有夾雜，從筆迹來看，當爲一人批點。可能是丁氏不同時期的批點。其批點與徐渭、傅山等人批點相似，内容都比較簡練，頗具明代批點的特點。

該本共鈐有“丁耀亢印”“陸舫”“新樂王書”“不□虚古人”“帝古右文”“國立浙江大學藏書”“杭州大學圖書館善本書藏印”等各類印章多枚。

七、《杜詩通》四十卷，明胡震亨撰，清順治七年朱茂時刻《李杜詩通》本。題清傅山批點，清翁同龢跋。上海圖書館藏。

清傅山批點《杜詩通》四十卷，共六册，藏上海圖書館。《杜詩通》爲胡震亨所輯，批點的底本爲清順治七年刻《李杜詩通》本，出版者爲朱茂時。該本係經折裝,版框大小爲12.9厘米×19.7厘米,白口,單魚尾,左右雙邊,半葉9行,行19字,小字雙行同。除有清傅山批點外,還有清翁同龢跋及其題簽。

傅山(1607—1684),字青竹,後改青主,别號頗多,諸如公它、公之它、朱衣道人、石道人、嗇廬、僑黄、僑松等。在詩、文、書、畫諸方面,傅山皆善學妙用,造詣頗深。傅山通曉經史、諸子、釋老、岐黄之學,著有《霜紅龕集》四十卷。傳世醫書有《傅青主女科》《傅青主男科》《傅氏幼科》等。《傅青主女科》是清代主要傳世之婦産科專著。

該批本封面有翁同龢題簽"霜紅龕舊物瓶生收庋　杜詩弟一""杜詩弟二""杜詩弟三""杜詩弟四""杜詩弟五""杜詩弟六都六册"等字樣。"瓶生"爲翁同龢晚年自號,該本前添加頁有翁同龢墨筆題簽:

> 傅青主手批杜詩
>
> 庚寅夏得此本於西苑朝房,諦審知爲青主先生評點。紙既浥脆,乃付潢匠背之。壬辰秋日,排比舊籍,以畀斌孫。一笏齋中何減霜紅龕裏耶?瓶叟記。

題記後面附有原書簽條,題"傅青主批杜詩,六册,瓶生裝"等字樣。該批本末頁《杜詩通》卷四十之末有翁同龢跋語:"杜詩四十卷,通體點定,青主傅先生筆也。紙斷爛,乃表背藏之。戊子十二月翁同龢記。"該本翁同龢題識的三個時間"戊子""庚寅""壬辰",分别是1888年、1890年和1892年。因此翁同龢從得到傅山批本到"表背藏之",是在1888年至1892年之間的五年之内。

該本批點用朱筆草書批點,有眉批、旁批,有圈、點、分隔號等。在諸多詩題的天頭處多題"鍾"字。

就印鑒言,該批本不同地方分别鈐有"常熟翁同龢印信長壽"

“翁同龢印”“紫芝百龜之室”等白文正方形印章和“常熟翁同龢藏本”“均齋秘笈”“上海圖書館藏”等朱文長方形印章多枚。從題識和鈐印來,該本曾經翁同龢鑒定和收藏。翁同龢(1830—1904),江蘇常熟人。字叔平,號松禪,别署均齋、瓶生、瓶廬居士、並眉居士等,别號天放閑人,晚號瓶庵居士。咸豐六年(1856)進士。官至協辦大學士,户部尚書,參機務。光緒戊戌政變後,罷官歸里。中國近代史上著名的政治家、書法家。

八、《杜工部集》二十卷,清錢謙益箋注,諸家詩話一卷唱酬題詠附録一卷,清康熙六年季氏静思堂刻本,清錢陸燦批點並跋,中國國家圖書館藏。

錢陸燦批點並跋《杜工部集》二十卷,共十册,金鑲玉裝幀,藏中國國家圖書館。批點底本爲清錢謙益箋注《杜工部集》,清康熙六年季氏静思堂刻本。

錢陸燦(1612—1701),字爾弢,號湘靈,一號圓沙,江蘇常熟人。清代詩文家。“燦高才嗜古,經義清真”,“詩歌骨力雄厚,古文不名一家”[①]。曾批點各類著作多種,有《調運齋集》《圓沙詩集》等著作。

該批本在《草堂詩箋元本序》前有蝸寄盦生的題跋:

> 鐵牛老子手閱杜詩,氾濫百家,融貫衆説,不著文字,自具性真,既論世而知人,復因文而見道,較《梅村集》批本尤見真諦,詳爲繹復,倍見起予,久爲杜集最上佳本。彼服膺漁洋山人評本者,猶適成爲皮相也。庚申冬日華亭厲齋識,蝸寄盦生。

從此題識可知,蝸寄盦生高度贊揚錢批本爲“杜集最上佳本”,

① 錢仲聯主編《廣清碑傳集》卷三《錢陸燦傳》,蘇州大學出版社 1999 年版,第 157 頁。

强調其不但能“論世而知人”，而且“因文而見道”，敏鋭地看到錢氏批本的價值所在，實爲允當之評。

該批本有朱筆和藍筆二色批點，以朱筆爲多。除錢陸燦自己批點之外，還過録有方文、王鐸、董文驥等人的批點，其中以過録方文的批點爲夥。其批點中有題“金曰”“唱經曰”的，係過録自金聖歎批點。

錢陸燦批本《杜工部集》除國圖之外，上圖亦藏有錢陸燦批本一種。周采泉《杜集書録》僅著録上圖藏本，未曾著録國圖藏本。《中國古籍善本書目》著録有錢陸燦此兩種批本。從筆迹來看，二者均係錢陸燦批點無疑。同時根據卷之二十末頁旁批“己巳年五月五日，年時七十八，錢陸燦最後閲本”可知，既然國圖藏本係最後閲本，可推知其生前不止批點一種杜集，上圖本當係錢氏批點之另一批本。另，據上圖藏批本卷一處“時己酉十月望日，陸燦書”可知，該本乃康熙八年批點，時錢陸燦 58 歲。因此，此二種錢陸燦批本乃其不同時期所批。綜合二種批本看來，錢陸燦批點杜詩從康熙八年至康熙三十五年，歷時近三十年，可見其沉酣杜詩，頗有心得。不過，二者所批内容大抵相同。但上圖本只有前九卷有批點，而國圖本則全部有批點，且所批内容更多。

該本印章繁多，除鈐有錢陸燦的“鐵牛老子”“陸燦湘靈”“斯文亦吾病”“彭城”“虞山劍門詩文塔主”“調運齋”“陸燦之印”“懶庵居士”等多枚印章外，還鈐印有“延賞堂趙氏藏書記”“恭毅公元孫”“趙褱玉印”“味辛氏”“趙褱玉”“阿印”“絳雲樓”“丁福保讀書記”“獅子龍象”“夷白齊”“于”“右任”“北京圖書館藏”等不同印鑒。從這些印章可知，該批本曾被清代詩文家趙懷玉與近代收藏家丁福保、于右任等收藏。

九、《杜工部集》二十卷，清錢謙益箋注，清康熙六年季氏静思堂刻本。清錢陸燦批校，上海圖書館藏。

清錢陸燦批校《杜工部集》二十卷，共十六册，藏上海圖書館。底本爲清康熙六年季氏静思堂刻本。版框 13 厘米×17.7 厘米，黑口，雙魚尾，四周雙邊，半葉 11 行，行 20 字。

按錢陸燦(1612—1701)生平見前所述。

該本批點有朱墨二色，有圈有點。字體爲草書。在每首詩歌的目録上，有朱筆圈點，或用圈“○”，或用點“·”，或用三角形“△”，或用横綫“__”等來標識。數量有一個至五個不等的圓圈和單點，有時幾種不同的符號疊加在一起。

其批本卷一處有“時己酉十月望日，陸燦書”的記載，據錢陸燦的生卒年(1612—1701)，可知錢陸燦批點該本的時間爲清康熙八年己酉(1669)，時錢陸燦 58 歲。

其批點僅到《冬日有懷李白》詩處，爲殘本無疑。中國國家圖書館藏有另一種錢陸燦批點《杜工部集》，可互相參看。

該本在不同地方鈐有“好夢”“柴門老樹邨”“錢陸燦印”“爾弢”“調運齋”“錢陸燦字湘靈”“上海圖書館藏”等不同印章。

十、《杜工部集》二十卷，清錢謙益箋注，清康熙六年静思堂刻本，清張宗柟校並録錢陸燦等諸家評點、張元濟跋，上海圖書館藏。

張宗柟校並録錢陸燦等諸家評點、張元濟跋《杜工部集》共二十卷，六册，藏上海圖書館。書長 22.3 厘米，寬 15.2 厘米。版框半葉高 18.2 厘米，寬 13.6 厘米，天頭高 2.2 厘米，地脚寬 1.6 厘米，黑口，雙魚尾，版心題書名、卷次和頁碼。扉頁大字題書題“錢牧齋先生箋注杜工部集”，右上小字題“季滄葦先生校閲”，左下小字題“静思堂藏板”。

張宗枏(1704—1765),字汝楩,號吟廬,又署含廣,晚號花津圃人,浙江海鹽人。張芳湄五子,張宗松弟,張鶴徵嗣父。弱冠官河南密縣。凡經史子集,舉業外博覽綜稽。性喜藏書,尤工文翰。家有園,但終年不入窺,人比之董江都。省試十五回,屢薦不售。年五十餘,母下世,不復作奉檄。室名曰"度香池館"。刻有《彙刻漁洋詩話》十卷;輯有《帶經堂詩話》三十卷,著有《藕村詩存》一卷、《度香詞》一卷、《吟廬小稿》一卷、《詞林記事》二十二卷。

張元濟(1867—1959),字筱齋,號菊生。原籍浙江海鹽。近現代出版家。光緒壬辰(1892)進士。從1915年開始籌備,1919—1937年動用國内外50餘家公私藏書影印出版《四部叢刊》、《續古逸叢書》、百衲本《二十四史》三種叢書,收書共610種近2萬卷。他精於版本目録之學,又密於檢察,所著《涵芬樓燼餘書録》《寶禮堂宋本書録》《涉園序跋集録》集近代目録體例之長,又檢録綦詳,已成爲現代古籍鑒定援引例證之一。此外,還著有《校史隨筆》《張元濟日記》《張元濟書劄》《張元濟傅增湘論書尺牘》等。

該書爲黄色封皮,首册封皮上有張元濟墨筆題跋:"《杜工部集》六册,爲余六世叔祖吟廬公手校,爲同邑任氏所得,復歸於余。卷一末有題記,可證。張元濟。"從張元濟跋語可知,該本是其六世祖張宗枏手校之本。另在《杜工部集目録》處有墨筆介紹此本圈點的情況:

> 長洲沈歸愚有《分體少陵詩鈔》,大略與《别裁》同,但多數首耳。今墨點於目,評語附記。
>
> 凡五古圈在題之左方,七古圈在題之右方;五律圈在題目第一字旁,七律圈在第二字旁;五絶圈在題目第三字旁,七絶圈在題目第四字旁。

而對於其中過録情況的介紹，則在《杜工部集》卷之一處有紅筆題識：

> （紅眉）錢圓沙、俞犀月評語俱用墨筆，以“錢云”“俞云”别之。（紅旁）朱筆仿俞犀月本，緑筆仿錢圓沙本，墨筆仿查他山本。汪鈍翁評語用朱筆，圈點用黄筆。

在卷一末頁處有張宗柟朱筆旁批：“己酉九月廿八日録堯峰先生評語始此，是日頗晴暖，吟廬記。”可看出其批點時的天氣狀況。“己酉”年是清雍正七年（1729），據張宗柟生卒年（1704—1765），時張宗柟26歲，故知此本乃張宗柟青年所批。

該本過録有錢陸燦、查浦、俞犀月、汪鈍翁、鍾伯敬、仇兆鰲、蒿廬、劉須溪、漁洋先生、青柯子、王阮亭等人批語。上圖藏錢陸燦批《杜工部集》自《冬日有懷李白》後就無批點了，當係其未批完的本子。而此本後面還過録有錢陸燦的評點，故可補上圖錢陸燦批本之不足。

該本在不同地方鈐有“任方珩字佩之號叔田又號子莊之印信”“忠吾廬藏書”“武原任氏所藏”“武原心莊曾讀”“元濟”“張元濟印”“上海圖書館藏”等印章多枚。

十一、《杜工部集》二十卷，清錢謙益箋注，清康熙六年季氏静思堂刻本。清陸超曾批校並録蘇軾等諸名家評語，清袁廷檮跋，復旦大學圖書館藏。

陸超曾校正並録諸名家批點《杜工部集》二十卷，一函六册，藏復旦大學圖書館。批點底本爲清康熙六年静思堂刻本。該本書長約25.8厘米，寬約17厘米。版心題“杜集”書名、卷次和頁碼。書根處墨筆題“杜工部集　養存堂藏書”字樣。

該本爲黄色封皮，卷前有康熙六年“季振宜序”“杜工部集附録”

“杜集諸家詩話”“注杜詩略例”和“杜工部集目録”等五部分内容。在該本正文前扉頁有陸超曾墨筆楷體書寫的識語，識語中有紅筆圈點和改正之處。該識語寫在無格的紙上，每葉行數不一，分别爲17、14、16行，每行36字左右。其識語内容多爲論杜之言，且多引古人論杜之語。

從批點輯録者來看，該本爲陸超曾校勘並輯録無疑。一是在“注杜詩略例”後的旁批末尾有朱筆題“陸超曾記”，從批點筆迹來看，與書中批點的字迹一致，故知其爲陸超曾過録批點無疑。另外，在“目録”終頁處，有袁廷檮的紅筆尾批，明確指出該本爲陸超曾所校勘，並輯録諸家評語：

> 此本爲吾鄉陸西屏先生所校勘，並集諸家評語，實是杜集善本也。康山主人見而愛之，因輟以贈，主人以先世墨蹟相報。蓋知予好搜羅先降之故，感銘弗諼。陸氏所校，校本乃宋刊黄鶴集注本也，亦藏我家，於癸亥冬售與曾都轉矣。嘉慶甲子十一月袁廷檮記。

陸超曾，生卒年不詳。字西屏，江蘇長洲（今蘇州）人。陸紹曾之兄。“幼通文史，補長洲學生。家本素封，能詩嗜古，所藏法書名畫甚多，與其弟白齋先生更唱迭和，殆無虚日。所居曰鴨藍半舫，每得一書一畫，必相對終日，怡然樂也。後以子侄輩不克家，各移居處，圖籍亦星散無餘矣。”（清錢泳《履園叢話六・耆舊》）

在“杜工部集附録”首頁“唐故檢校工部員外郎杜君墓係銘”處，有被人挖去的地方三處：一是附録的題款處被人挖去，從殘存的地方看來，原來此處似有紅筆批點，現被毁棄；二是墓係銘作者元稹前面的官職被人挖去，不知何故；三是該墓係銘頁眉被人割棄，不知原來有無批點在上面。在“杜集諸家詩話”的頁眉和頁旁多補入一些吴沆、黄徹、嚴羽、王彦輔、王世貞、劉辰翁等論杜的相關資料，有時甚至插入一些如“此一則宜補入”“以上四則宜補入”之類的斷語。同樣挖去的還有該本卷之一首頁落款處，現作“虞山□□□□□□□箋注”，錢謙益的名字被挖去，後用宣紙將挖去地方補上，並在此處用墨筆題云“此名字挖去”字樣。

在“注杜詩略例”頁眉處亦多抄録前人論杜之語，其中也不乏具有己見之論，如認爲杜詩有滯累句處批曰“此語具隻眼，讀杜者當思之”。拿杜詩與顔字比較處客觀分析，“顔書壞於刻手，蠶頭燕尾，反成重濁之形，杜詩壞於注家，撏撦穿鑿，殊多文義之遠。於是二公之深心，不白於世久矣。賴好學深思者心知其意，固難爲淺見寡聞者道也。己亥十一月記”。關於王漁洋論後人學杜成效時亦有自己的主見：“漁洋以爲得杜骨，竊所未喻，然古今來，能得杜骨者，惟昌黎、山谷二人而已。”在論杜集思想不出“憂時、戀主、嘆老、思鄉”四意時也提醒讀者“此論極精當不易，讀杜注杜者不可不知”。

陸超曾依照宋本對此本進行了文字校正，在“杜工部集目録”首頁處有紅筆旁批“照宋本校正。黄鶴本目録作三十六卷”字樣。故知目録乃依宋本進行過校正。具體操作是，遇與宋本不同之字，則有時採用方框將該字框出，在旁邊將宋本之字寫出，以作校正，有時直接在該字的旁側寫出宋本字，以示校勘；如遇句中較宋本多字，則用方框將此字框出，以示衍字；如句中缺字，則用表示加字的斜綫符號在缺字處標出，並寫上所缺字以補之；如遇句末缺字，則在文本上徑直予以增字。

該本批點之内容主要有二：一是陸超曾依據宋刊黄鶴本校正該錢注杜集本，用紅筆校正，如前所述；二是過録諸家批點，並附自己的批點。在其批點中，主要爲其過録的諸家評杜内容，且主要以眉批和旁批形式出現。當然在針對某個具體問題的討論時，尚有少量自己的批點在其中。陸氏所録批點者衆多,其中有鄭善夫、趙彦材、杜濬、孫莘老、李安溪、李子田、李天生、李君實、盧德水、劉辰翁、汪琬、朱鶴齡、蘇軾、王士禛、韓子蒼、沈德潛、錢陸燦、黄鶴、黄生、皎然、何焯、方文、王鐸、浦起龍、唐仲高、陳師道、賈開宗等等。雖多録諸名家批點,於中亦有少量陸氏本人的觀點。

就該本批點之形式言,從批點顔色看,有紅色、墨色、紫色等三色,以紅色爲主要批點;從批點符號看,有圈、點、分隔號、方框、斜綫等主要符號,圈、點爲多;從批點方式看,有眉批、旁批、夾批、尾批等方式,眉批爲主。

該本在不同地方鈐有"袁又愷藏書""紅惠藝文""張福森印""朐海養存堂張氏藏書""廷檮之印""袁氏又愷""蘇州袁氏五硯樓藏金石圖書""張""松如""復旦大學圖書館藏"等印章多枚。

由印章知該本流傳情況較爲複雜。陸超曾校勘輯録之後,還曾經張松如收藏題跋。張松如主要是用墨筆批點,且主要是過録與該本有關的内容和自己批點時的相關情況。如卷六《槐葉冷淘》一詩後有墨筆旁批,並有張松如墨筆時間題識:"一九五二年正月十八日,松志,時天氣昏暗,風大陰冷。"可見張松如爲現代人無疑,具體情况不詳。同樣,在序言末尾,有張松如墨筆引黄丕烈跋《季滄葦藏書目》題記一則:

> 嘉慶十年,黄丕烈跋《季滄葦藏書目》曰,余閲《述古堂藏書目序》,有云舉家藏宋刻之重複者,折閲售之泰興季氏,是季氏書半出錢氏,而古書面目較諸錢氏所記,更詳於今,滄葦之書已散失殆盡矣。滄葦,振宜字也。

在題記後面落款處的年月日乃用紫筆題,曰"五四年廿八日松記",應爲張松如後來所加。另外,"杜工部集目録"頁眉處有墨筆眉批引《四庫全書總目》載乾隆四十一年九月十一日上諭關於錢謙益人品及其著作的論斷，文末亦鈐有張松如印鑒一枚，知當爲其所題跋無疑。

除了張松如，該本還曾經張福森之手。該本卷之一的内夾頁中，有張福森題記：

明江陰李介《天香閣隨筆》載：陝西同官縣壁，杜子美曾題詩其上，今止傳二句曰：縣古槐根出，官清馬骨高。同官鄰白水，定禄山亂至其地者。此雖吉光片羽，要當表出，與世共寶之。卅八四月初八日抄。時年七十三。

張福森，生平不詳。從"卅八四月初八日抄"的記載來看，或爲民國紀年，即一九四九年四月初八日抄。

十二、《錢箋杜詩》二十卷，清錢謙益箋注，清康熙六年静思堂刻本，清韓菼過録申涵光、邵長蘅批點。四川師範大學圖書館藏。

清韓菼過録申涵光、邵長蘅批點《錢箋杜詩》二十卷，共四册，清康熙六年静思堂刻本，四川師範大學圖書館藏善本之一。該本首册書根處題"長洲有懷堂韓菼朱墨筆批校"。關於韓菼批點杜詩，周采泉《杜集書録》等收録杜詩批點的杜集書目均未見著録，由此可知，韓菼杜詩評本係稀見的杜詩評點之一。

韓菼（1637—1704），字元少，别號莜人、直廬、病坊、慕廬、有懷堂、寒壁齋、瀛洲亭等，江南長洲（今蘇州）人。清康熙十二年（1673）中狀元，授翰林院修撰，官至禮部尚書兼翰林院掌院學士，總編《大清一統志》，著有《有懷堂詩文稿》二十八卷。《清史稿》有傳。

韓菼批點杜詩有朱、墨二色圈點和批語，批語形式有眉批、旁批和尾批，或對杜詩進行評點，或對錢注進行批評，兹録數則如下：

《送高三十五書記》：（墨批）起境高。看他一氣轉下，何等雄暢！曲折頓挫，無不竭盡情致。

《**塞蘆子**》：（墨批）箋似有見，與舊解并存之，未知孰是。

《**垂老别**》：（朱批）"投杖出門去"，畫出老人憤激。然以此等人作戍卒，草草塞責，兵政可知。"孰知是死别，乃復傷其寒"，是從古傷心盡頭語。"此去必不歸，還聞勸加餐"，"此去"二語，更覺凄緊。

據當代學者沈時蓉考證，該本"朱批很可能引自申涵光的《説杜》，墨批很可能是邵長蘅的批語"，將諸家評點和韓菼批校本進行比對，"知韓本當是韓菼過録的申、邵兩家評語，其中邵氏評語圈點相當完整，而申氏評語只過録了前五、六卷，尚未卒業"①。相關考釋可參看沈時蓉所撰《韓菼批校〈錢箋杜詩〉輯考（上、下）》（《杜甫研究學刊》1996 年第 1、3 期）一文。

該本在不同位置鈐有"有懷堂圖書記""文公四十三世孫"等印鑒。

十三、《杜工部詩集》二十卷，集外詩一卷文集二卷，清朱鶴齡輯注，年譜一卷，清朱鶴齡撰，清康熙葉永茹萬卷樓刻本，清蔣金式批，宗舜年跋。浙江大學圖書館藏。

清蔣金式批《杜工部詩集》二十卷，原書八册，現裝訂爲十二册。藏浙江大學圖書館。該書爲清初金陵葉永茹刻本。該本書長 26 厘米，寬 17.1 厘米，版框半葉高 18.6 厘米，寬 14.6 厘米，左右雙邊，白口，單黑魚尾，版心題書名、卷次和頁碼。係蔣金式批點、宗舜年題跋之評本。

按蔣金式（？—1722），字玉度，號弱六。陽湖（今江蘇常州）人。

① 沈時蓉《韓菼批校〈錢箋杜詩〉輯考（下）》，《杜甫研究學刊》1996 年第 3 期。

康熙二十三年(1684)舉人。著有《翠縷居説騷》《菰米山房詩集》。

宗舜年(1865—1933),字子戴,南京人,光緒舉人,富收藏。

該批本爲藍色封皮,金鑲玉裝幀。裝幀後將最後一册的杜工部文集誤編爲第二册,當編爲詩集後。在卷一卷名之後,隔行墨筆題"毗陵蔣弱六先生原本(名金式,字玉度),後學楊倫西河氏參定"。

在《吴江朱氏杜詩輯注序》後有夾頁《杜甫先世和京兆襄陽兩房參照表》(周采泉考訂,周岐隱製表,一九五五年五月於上海),其反面有一九五六年孫氏題識:

> 一九五六年(丙申)十月四至五日,周采泉先生因編《杜詩參考資料提要》,來館檢得吕映[晚]村批注《杜工部集》及朱長儒[孺]注《杜工部詩集》摘録,工畢後贈此譜表,囑附於朱注書後。五六年十月五日志(孫)

從此處題識來看,可見周采泉先生收集杜詩資料的相關情況。另外,該本最後一册杜工部文集有宗舜年墨筆跋語:

> 西禾纂《杜詩鏡銓》叙例云:"凡西樵阮亭兄弟、李子德、邵子湘、蔣弱六、何義門、俞犀月、張惕庵諸家評本,未經刊布者,悉行載入。"此書首題蔣氏評,西禾參定。所録諸家評語,旁午錯綜,細書彌滿,復有損益,則黏紙以繼之。先輩讀書,用力深至,殆非後生所及。其輯《鏡銓》,即以此爲底本,而小有删易。《鏡銓》所録,此本多有之;此本所録,則《鏡銓》不盡有也。又觀卷首標題,似當時即擬以此本付刊,《鏡銓》又後來之更名耳。
>
> 君閎四兄鋭意搜羅鄉先輩遺箸,敬以是帙爲贈。甲寅七月十一日舜年記。

據宗舜年生卒年知此跋題寫於民國三年甲寅(1914)。宗舜年認爲此是楊倫《杜詩鏡銓》付刊前的底本。

該本有朱筆圈點，其批點爲墨筆行楷書寫，有眉批和旁批等内容。除他自己的批點外，尚引用有嚴羽《滄浪詩話》、劉克莊《後村詩話》、王嗣奭《杜臆》、浦起龍《讀杜心解》等内容，其他如錢謙益、仇兆鰲、邵長蘅、李夢陽、朱瀚、楊士弘、王世貞、黄生、王士禛、沈德潛、盧元昌、梅堯臣、楊仲弘、鍾惺、郝敬、洪邁、趙彦材、王禹偁、俞瑒、仲長統、羅大經、顧宸、何焯等人均有所過録，尤以沈歸愚、邵子湘、黄生等爲多，其他人大都不多。值得注意的是，該本過録有王世貞、申涵光等人的批語數條，殊足珍貴。

該本用墨筆行楷書寫，字迹流暢，當爲名家無疑。值得注意的是，大多數過録他人的批點均用較小一號的行楷字書寫，且墨色較淡，似乎不是與蔣金式批點同時書寫，或者是先有蔣金式批點，後添加了他人批點。墨筆批點外，圈點均用朱筆。除正文有朱筆圈點外，眉批和旁批上也有圈點。可見，朱筆圈點乃後人讀書時所圈畫無疑。該本批點除眉批外，旁批、尾批、夾批均有，同時還在書中夾有少量簽條批語，可謂密密麻麻，批滿整書，不易分辨。

該本不同地方鈐有“國立英士大學藏書”“國立浙江大學藏書”“杭州大學圖書館善本書藏印”“舜年長壽”“頤情館印”“上元宗舜年讀過”和“子戴”等不同印章。

十四、《杜詩分類全集》四卷，明傅振商纂輯，清張縉彦、谷應泰輯定，清順治還讀齋重刻本。清蔣孚吉批點，復旦大學圖書館藏。

清代秩齋批點《杜詩分類全集》四卷，一函十册，藏復旦大學圖書館。批點底本爲明傅振商纂輯，清張縉彦、谷應泰輯定，清順治還讀齋重刻本。該本書長 30 厘米，寬 17.6 厘米，爲金鑲玉裝幀，原書長 26.6 厘米，寬 16.8 厘米，版框半葉高 21.8 厘米，寬 14.6 厘米，天頭高3.4厘米，地脚高1.4厘米，白口，單魚尾，左右雙邊，版心題書名、卷次和頁碼。序言和目録處下標“還讀齋”，正文處下標體裁。黄色封皮，扉頁處大字題“杜詩分類全集”，右上小字題“中州張坦公先生、古燕谷霖蒼先生輯定”，左下小字題“亮明齋藏板”。

該本爲秩齋批點無疑。在《杜詩分類全集》卷一目録後有墨筆夾簽批明確指出“杜詩中朱書字皆秩齋筆”。“秩齋”或爲蔣孚吉。按蔣孚吉，字芝山，號秩齋，江陰人。

就批點時間而言，批本有多處記載。在《杜詩分類全集》原跋處末尾有“乾隆癸巳仲秋秩齋”的墨筆題跋；在《杜詩分類全集》卷一目録後有“乾隆庚寅九月初四日自識，時年七十有一”的墨筆題跋；在杜詩分類全集卷之三前有“乾隆辛卯三月初九日秩齋東寧書”的朱筆題跋；在卷三“送别”之《送韋十六評事克同谷防禦判官》一詩之後有“以上五詩乃甲戌夏秋月評注，今相距十八年，目力竟不能矣。壬辰五月十二日”的朱筆題識；在《病後遇王倚飲，贈歌》一詩中有“甲戌七月初九日”的墨筆題識；在該本最末頁處有“戊子六月望前一日，秩齋試筆，時年六十有九”的墨筆夾批；等等。綜合看來，因其明確標明“乾隆庚寅九月”，故知此批本當批於乾隆朝，且後面未標明朝代的紀年亦應是乾隆朝，因爲乾隆一朝經過了60年，正好一個天干地支的周期。一個人不可能相隔一個甲子周期來批點同一本杜詩。由此，其批點的時間即顯而易見了。“乾隆庚寅”即乾隆三十五年(1770)，“乾隆辛卯”即乾隆三十六年(1771)，“壬辰”即乾隆三十七年(1772)，“甲戌”即乾隆十九年(1754)，“戊子”即乾隆三十三年(1768)。乾隆三十七年壬辰據乾隆十九年甲戌正好十八年，這與題跋中所稱《送韋十六評事克同谷防禦判官》一詩之後的題跋所言“相距十八年”的記載完全吻合。另據《杜詩分類全集》卷一目録後的墨筆夾簽批稱：“《北征》《送長孫九侍御》等篇，字極小而匀者，係丙子以前居薛灣時所書,《發秦州》《偶題》等篇字稍大而參差不一者,則丁丑以後居崇文上二巷時所書也。"可知,秩齋在乾隆二十一年丙子(1756)和二十二年丁丑(1757)亦在陸續批點杜詩。因此,綜合這些紀年,我們大約可以推知,至少在乾隆十九年甲戌(1754),秩齋即開始批點《杜詩分類全集》了。而其在乾隆二十一年、二十二年、三十三年、三十五年、三十六年、三十七年這十幾年内,都在陸續批點杜詩。可以説,其批點杜詩近二十年。

另外,"秩齋"如确爲蔣孚吉,雖蔣孚吉生卒年不詳,但在其批點題跋中,我們可以推出其出生年月。因其有"乾隆庚寅九月初四日自識,時年七十有一""戊子六月望前一日,秩齋試筆,時年六十有九"的記載,乾隆庚寅爲乾隆三十五年(1770),"戊子"爲乾隆三十三年(1768),據此可推知,蔣孚吉出生於清康熙三十九年庚辰(1700),乾隆三十七年壬辰(1772)尚在世。另外,據《杜詩分類全集》卷一目録後的墨筆夾簽批稱"丁丑""乾隆庚寅九月初四日"等信息按照前面所推論的,可知丙子、丁丑均係乾隆朝,分别爲乾隆二十一年丙子(1756)和乾隆二十二年丁丑(1757),此二年蔣孚吉爲57歲、58歲,與其在71歲慨嘆"目力大遜六旬前"一致。

蔣孚吉對歷朝注杜詩者,惟推重仇兆鰲《杜詩詳注》。在《杜詩分類全集》原跋處末尾有墨筆題跋:

> 宋元以及國朝評注杜詩者,不下數百家,要當以康熙癸酉仇太史兆鰲進呈之《杜詩詳注》本爲定。乾隆癸巳仲秋秩齋。

在夾簽批中,蔣孚吉視仇兆鰲《杜詩詳注》作爲宋元以來注杜詩者的定本,可見其推重之至。蔣孚吉批杜,强調不必過於深求杜詩含義。他認爲"若過求深解,則反失本旨",不爲無理。在《病後遇王倚飲,贈歌》一詩的墨筆夾批中充分闡釋了這種觀念:

（墨夾）杜詩《病後遇王倚飲，贈歌》末云："老馬爲駒"，正接上文"多病衰老"，而忽然輕健，所以云"總不虚"。"當時得意"，即指目前設饌愈病，言"况深眷"者，其情味之深，不止於爲我致美饌也。然果長有飽飯，平安無事，我與王生時時相見，則固所深願也。既是冀望頌禱，又是不可必得之意，語意極明白，又極深遠。杜詩之近情易曉，大概如此。若過求深解，則反失本旨，多疵病矣。愚見如是，識之以待質高明焉。

另外，該本過録有申涵光批點，申涵光乃清初重要的杜詩學者，值得重視。

此本除鈐有"復旦大學圖書館藏"印章外，不見其他印章。

十五、《杜工部分體全集》，明劉世教輯萬曆四十年刻合刻分體李杜全集本，清汪琬批、張至曙跋，重慶圖書館藏。

清汪琬批並跋《杜工部分體全集》，一函十二册，藏重慶圖書館。該本爲藍色封皮，書長 26.3 厘米，寬 16.6 厘米，版框半葉高 20.2 厘米，寬 14.7 厘米，天頭高 4.6 厘米，地脚高 1.5 厘米，白口，單魚尾，左右雙邊，半葉 9 行，行 18 字。版心題書名、卷次和頁碼。

按汪琬（1624—1691），字苕文，號鈍庵，晚號堯峰，長洲（今江蘇蘇州）人，明末清初文學家。順治十二年（1655）進士，康熙中，詔試博學鴻詞，授翰林院編修，著有《鈍翁類稿》《堯峰文鈔》等。

該批本在姚士麟《杜工部分體全集叙》後有張至曙墨筆題跋：

吴下汪鈍翁琬先生在仁廟時經學、詞學彪炳人寰，與魏柏鄉、王新城、施宣城、朱秀水諸老宿宏奬風流，争長壇坫，學者稱堯峰先生。入翰林未久，乞假歸，教授學者，門徒數百，人比於鄭衆、摯恂。生平撰著等身，開雕者僅十之三，然已不脛而走天下。曙十五六歲時，喜讀先生古文，遇得意處，輒動生不同時之感。庚午,客江寧郡守吕仲篤燕昭世丈署,值修郡志,先生曾孫茉原心存孝廉來預編校之役,訂交立談,投分最深。孝廉行笈中載有先生手評《少陵全集》。借得置案頭,隨時翻閲。先是,孝廉從曙處假去孝感相國與杜茶村濬先生往還尺牘墨迹册頁,冬末北上來話别,因攜還此册,語未移晷,摩抄再四,似弗忍决舍者。曙重違其意,慨然舉贈,并將杜集付還。孝廉驚喜,指書而言曰:"曾王父手澤藏庋,今三世矣。念與子情好敦篤,今將遠别,後會何時?君留此書,我抱兹册,它時風雨把視,不翅我兩人相晤於花南硯北間也。"於是彼此再拜稱謝而别。明年,孝廉春闈落第,留都門。秋杪,吕丈辭郡去,曙亦返里門,津路迢遥,音問罕通。每閲春官題名録及新舊播紳,皆不見茉原名,想亦已孝廉終老矣。曙自乙酉津梁告疲,僑迹漢皋,辛壬癸甲,水潦疾苦,琴書典粥殆盡,獨此帙重是名賢手迹,且感故人雅意,尚珍篋衍中。惟書係萬曆鋟本,歲久漫漶,費工力收拾耳。邇來老病徽纏,求歸不得,適子方唐先生開藩莅楚,慨助行資,飲德食惠,圖報靡所,因仿中郎以書籍歸仲宣故事,重加潢治,上䢼瑞室,常與錦贉玉笈相輝映,可爲此物慶得所矣。道光丁未嘉平九日,蒲圻張至曙拜識於郎官湖頭之我爲我齋。

該題跋用墨筆楷書寫在宣紙上,應爲重新裝幀時插入。半葉8行,行20字。題跋主要内容有二:一是對批點者汪琬的生平經歷和學術成績進行了簡單介紹,二是對汪琬批點杜詩以及杜詩批本的傳承進行了詳細記述。

該批本爲朱、墨二色批點,其中墨筆批點絶大多數爲過録鍾惺評點,並直接標明"鍾云";朱筆未標明批點者,當爲汪琬自己批點。批點形式上,該批本有圈有點,同時還有在長竪、短竪等不同標記。

就批點内容看,汪琬的批點均較簡潔,多爲闡釋和注解性質的批點,理論批評色彩不濃。其中有不少批點直接過録杜詩原文中的一些字詞,實則作者認爲這些字詞是對杜詩中的某些字詞存在微詞,汪琬未作明確説明。但可以肯定的是,汪琬讀杜詩比較仔細。這些字詞是批點者關注的重點。

該本共鈐有“華娱室印”“鈍翁手評”“江安傅沅叔藏書記”“藏園”“傅增湘印”“江安傅氏藏園鑒定書籍之記”“雙鑑樓珍藏印”“雙鑑樓”“傅增湘印”“沅朱”“李□衡贈”“重慶市圖書館善本書珍藏印”“重慶市圖書館藏書印”等不同印鑒。從印鑒可知,該批本自汪琬批點之後,經傅增湘私人收藏,後歸於重慶市圖書館。

十六、《杜詩偶評》共四卷,清沈德潛撰,清乾隆十二年潘承松賦閑草堂刻本,清管庭芬録清汪琬、查慎行、吴農祥、俞犀月批點,中國國家圖書館藏。

清管庭芬録汪琬、查慎行、吴農祥、俞犀月等人批點《杜詩偶評》共四卷,分二册,藏中國國家圖書館。《中國古籍善本書目》著録。批點底本爲清乾隆十二年潘承松賦閑草堂刻本。

管庭芬(1797—1880),字培蘭,又字子佩,號芷湘,浙江海昌人。清代學者和畫家。

管庭芬過録諸家批點多爲眉批,亦間有少量旁批。主要用正楷與行楷書寫。因係過録諸家評點,故每條批點前面都有“××云”之類的提示語。如“查初白云”“汪云”“俞犀月云”“吴云”“查云”等。如果是自己對文本或他人批點的見解,則一律用案語形式加以標明。如《游龍門奉先寺》的眉批即是如此:

> 查初白云:通篇發源在“宿”字。汪云:澹然自足。案:汪即鈍翁所評,下同。

由此可見,其按語或交代批點的情况,如上則按語;或者指出他人批點的疑誤，如下面這則關於《奉呈韋左丞丈二十二韻》的眉批：

汪云：調整氣逸，居然初唐，其自叙處多自言所得，然不善學之則傷雅，欲姑捨之，而叙置清楚，筆路甚大，乃不可及，每讀此篇，身世盛衰之感，泣下沾衣，如侍翔山雀先生對起社諸子。案：此條疑有脱誤之字，故句多扞格。

管庭芬過録諸家批點均爲杜詩評點的大家，俞瑒、查慎行兩家已有刻本，其重要性自不待言。而汪琬、吴農祥兩家批點未見單行刻本，其過録批點頗足珍重。按汪琬（1624—1690），字苕文，號堯峰，長洲（今江蘇蘇州）人。順治進士。其所批杜詩被諸家批本所轉引，可見其影響之大。周采泉《杜集書録》著録汪琬批本"現藏西南圖書館"，且稱"編者尚未寓目"，不知是否爲原批。吴農祥（1632—1708），字慶百，號星叟，錢塘（今浙江杭州）人。周采泉《杜集書録》稱"吴氏原批未見"，劉濬《杜詩集評》録有吴農祥批點，後世諸家手批本亦多有引録吴氏批點。

該本印章不多，僅鈐有"北京圖書館藏""鹽官蔣氏衍芬草堂三世藏書印""臣光焴印"和"寅昉"等印章。從印鑒來看，該本曾被近代藏書家蔣光焴衍芬草堂收藏。蔣光焴（1825—1895），字寅昉，號吟舫，浙江海寧人。蔣氏承先世舊藏，藏書數十萬卷，爲近代有名的藏書家。著有《敬齋雜著》《敬齋雜詩小識》等。

十七、《杜工部集》二十卷，清錢謙益箋注，清康熙六年静思堂刻本，清佚名過録清李念慈批，北京師範大學圖書館藏。

佚名朱筆過録清李念慈批點《杜工部集》二十卷，一函四册。（原本爲八册，現裝訂爲四册），藏北京師範大學圖書館。批點底本爲清康熙六年（1667）静思堂刻本，該本書長 25.7 厘米，寬 16.4 厘米，版框半葉高 18.4 厘米，寬 13.8 厘米，天頭高 5.8 厘米，地脚高

1.5厘米，黑口，單魚尾，四周雙邊，版心題書名、卷次和頁碼。

李念慈(1628—?)，字屺瞻，號劬庵，陝西涇陽人。明末清初人。其曾祖李世達爲隆慶、萬曆間名臣，官至御史大夫，後家道衰落，至其父僅爲縣令。李念慈與王士禛、汪琬等杜詩評點家頗多交往。

該本爲黄色封皮，上有墨筆題“錢牧齋箋注杜詩”，並在每册標明“元”“亨”“利”“貞”，以表示順序和册數。首册右下角墨筆題“詩樵讀本”。在杜工部集卷之二十終處有朱筆旁批“丙申正月抄涇陽李劬庵先生評點”一語，於此可考其抄録的大致時間。楊春峭《李念慈批點〈錢注杜詩〉輯考》一文對過録時間有推定，可供參考。

該本除朱筆過録李念慈批點外，同時還有少量墨筆過録鍾惺、蔡元度等人批點。李氏批點多結合自身經歷來批點，且有引用自己所作詩歌來證明杜詩的。對其中的異字亦多有校正，其批點多注重義理和藝術層面的分析。

就印章言，該本鈐有“北京師範大學圖書館珍藏”“□韓”“閣中”“李木”等印章多枚。

十八、《杜工部分體全集》六十六卷目録六卷，明劉世教輯，年譜一卷，宋黄鶴撰，明萬曆四十年刻《合刻分體李杜全集》本，清吕留良批、清吕葆中跋，浙江大學圖書館藏。

清吕留良批、吕葆中跋《杜工部分體全集》六十六卷，共十六册，藏浙江大學圖書館。爲宋黄鶴編，明萬曆四十年刻本。該書爲金鑲玉裝幀，書長29厘米，寬18厘米，版框半葉高20.1厘米，寬14.7厘米，左右雙邊，白口，單魚尾，版心題書名、卷次和頁碼。

吕留良(1629—1683)，明末清初傑出的學者、詩文家、思想家。字莊生、又名光綸，字用晦，號晚村，別號耻翁、南陽布衣，崇州崇德縣(今浙江桐鄉)人。著有《吕晚村文集》八卷、《東莊詩存》七卷、《續集》四卷;《東莊詩存》六卷(《清詩紀事》作七卷)、《慚書》一卷;與吴之振,吴自牧合選《宋詩鈔初集》;與張履祥合選《四書朱子語類摘抄》三十八卷;又有《精選八家古文》及後人彙刻其時文評語數種;刻印其遺文墨迹若干卷。

吕葆中(? —1707),名公忠,字無黨,號冰葭,康熙四十五年丙戌(1706)科榜眼。吕葆中是吕留良的長子,自幼蒙受庭訓。吕留良過世後,吕葆中繼承父業,繼續舉辦南陽講習堂,刻書銷售,並選編父親遺稿,如《吕晚村先生四書講義》《晚村先生八家古文精選》《家訓》等。

《杜工部全集》卷之六十二末尾有墨筆吕葆中跋:

> 憶自丱角時,家君手批《杜工部詩》,朝夕講解,且訓學詩宜從老杜入手。謂是渾然元氣,大吕黄鐘,不作錚錚細響。五言七言,當於此求其三昧。葆中識之不敢忘。但恨賦質愚蠢,詩學一途,至竟無成,追悔奚及。惟願後之子孫,恪守斯訓,庶無負爾祖批注之苦心也夫。葆中謹識。

除了吕葆中跋語用墨筆,全用朱筆草書批點,有圈點,有批語。其批點風格和明代徐渭、明末清初丁耀亢等人批點風格極爲類似,其批點内容要言不煩,批點方式隨興而發,是明末清初杜詩批點的代表性批本之一。

該書在不同地方鈐有“張叔平”“吴興劉氏嘉業堂藏”“樂杜其中”“諦禪”“獨山莫氏收藏經籍記”“獨山莫氏藏書”“如壎之印”“華山馬仲安家藏善本”“閑月軒印密圖書記”“當湖胡遂江珍藏”“吕葆中印”“天蓋樓”“國立浙江大學藏書”“杭州大學圖書館善本書藏印”等印章多枚。

十九、《杜工部集》十八卷，清乾隆七年杭世駿抄本，清杭世駿録清王士禛、屈復批，葉德輝跋。湖南圖書館藏。

湖南圖書館藏《杜工部集》十八卷，共六册。係清代著名學者杭世駿手抄本，並録有王士禛、屈復兩家批點。周采泉撰《杜集書録》時亦未見此書，稱"（屈復）原批及杭世駿過批，現不知流落何所"①，是杜集中稀見版本之一。鄭慶篤、焦裕銀等《杜集書目提要》，張忠綱等《杜集叙録》，孫微《清代杜詩學文獻考》有簡明著録。該書原爲文獻學家葉德輝所藏。葉氏歿後，湖南圖書館從其後嗣手中購入，爲該館重要善本之一。該書現爲金鑲玉裝幀，半葉 15 行，行 20 字，無格。

杭世駿（1696—1773），字大宗，號堇浦，别號智光居士、秦亭老民、春水老人、阿駿，室名道古堂，仁和（今浙江杭州）人。雍正二年（1724）舉人，受聘爲福建同考官，乾隆元年（1736）舉鴻博，授翰林編修，官御史。幼聰穎，博聞强記，用心於詩詞古文。著述頗豐，著有《史記考證》《經史質疑》《文選課虚》《榕城詩話》《道古堂集》《榕桂堂集》等。

該本在扉頁處有杭世駿自記題識"壬戌臘月呵凍，悉仿新城王漁洋原本評點於金臺客舍，並附蒲城金粟老人評"，考杭世駿生卒年（1696—1773），"壬戌"爲清乾隆七年（1742），故知杭世駿手抄並録王士禛、屈復批點在清乾隆七年十二月，此時杭世駿 48 歲。

杭世駿過録本正文前有葉德輝序一則。葉德輝序言闡述了該本的源流變化，並以鄭方坤《國朝詩抄小傳》、杭世駿《詞科掌録》、李富孫《鶴徵後録》、袁枚《隨園詩話》等大量文獻記載考實了"金粟老人"即屈復，並提供了屈復詳盡的生平狀況、性格喜好等個人特質。

① 周采泉《杜集書録》，上海古籍出版社 1986 年版，第 554 頁。

而葉德輝之子葉啓發在其父親序言的基礎上，進一步以跋語形式對此爲屈復批點的實際情況加以坐實，並補充了有關屈復批語過録者杭世駿的相關生平事蹟。因此，葉德輝之序主要考釋了"金粟老人"爲屈復的别號問題，而葉啓發的跋語除了肯定葉德輝關於"金粟老人"的推定外，更多的筆墨在於補充了杭世駿的生平資料，讓我們瞭解了杜詩批點者和過録者的相關情況。

其批評形式有字旁圈、點、句旁分隔號；批評顏色有紅、墨二色，圈、點、批評均有二色，主要以墨色爲主。其中最爲重要的是，杭世駿抄録過程中過録有屈復批點。屈復曾有《杜工部詩評》十八卷，已佚，其評點杜詩經杭世駿、余重耀等人過録而得以保存下來。因此，杭世駿抄録本具有重要的輯佚功能，具體可參看筆者《屈復〈杜工部詩評〉十八卷輯考》一文[①]，此不贅述。

該本鈐有"杭世駿印""大宗""堇浦""道古堂書畫印""葉德輝""郎園""葉啓發藏""觀古堂""湖南省文物管理委員會收藏""湖南省圖書館珍藏"等印章多枚。由此可見該抄本之淵源流傳情況。

二十、《杜工部詩鈔》二卷，清宋犖輯，清康熙宋氏漫堂抄本。清宋犖批，北京大學圖書館藏。

清宋犖輯並批《杜工部詩鈔》二卷（古詩和近體詩），共一函六册，藏北京大學圖書館。周采泉《杜集書録》僅著録宋犖批《杜詩闡》一書[②]，未著録該抄本。鄭慶篤、焦裕銀等《杜集書目提要》，孫微《清代杜詩學文獻考》，張忠綱《杜甫大辭典》撰有簡明提要。該本爲清

① 曾紹皇《屈復〈杜工部詩評〉十八卷輯考》，《中國文學研究》（輯刊）第17輯，中國文聯出版社2011年版。

② 周采泉《杜集書録》著録"宋犖批《杜詩闡》"稱："宋氏所批杜詩，係據盧元昌《杜詩闡》，其原批藏廣東人民圖書館。"

康熙宋氏漫堂抄本，書長29厘米，寬18.2厘米，所有内容均抄寫在題爲“漫堂鈔本”的藍色框廓紙上，半葉10行，行19字。框廓半葉高19.1厘米，寬14.1厘米，天頭高6.9厘米，地脚高3厘米。藍色雙魚尾，版心墨筆題書名“杜工部詩鈔”、體裁“古詩”或“近體詩”，並標明頁碼。在版心下端有“漫堂鈔本”藍色題識。書根處用“一”至“六”的數字標明册數和順序。從版心頁碼來看，其中古詩115頁，近體詩109頁。

宋犖（1634—1713），字牧仲，號漫堂，又號西陂、綿津山人。河南商丘人。清代詩人。宋犖有論詩著作《漫堂説詩》，他論詩推尊杜甫，認爲韓愈、蘇軾、黄庭堅、陸游、元好問都是學杜而成家的。其著作有《西陂類稿》《漫堂説詩》《江左十五子詩選》等。

該本爲藍色封皮，所有内容都抄在藍色框廓内。正文全部用墨筆正楷書寫。首頁先頂格題書名“杜工部詩鈔”，换行低10格題“商丘宋犖牧仲鈔”，接着低一格標明體裁“古詩”。詩題則低二格書寫，正文内容换行頂格書寫。

該本正文用墨筆書寫，批點用朱筆書寫，均批在天頭處，在正文中有朱筆圈點。其批點内容多過録他人批點，如邵長蘅、劉辰翁、楊慎、蘇軾、錢謙益、趙彦材、侯朝宗、范德機、方虚谷、唐子西等人，均以“某某云”標出。考其批語，多與五色批《杜工部集》批語相同。其中以録邵子湘批語爲多，基本上每首都録有邵子湘的評語。其他人的評語則偶爾録入。也有少量未題何人批點，當係宋氏自己批點。其中有些批點，甚有理論價值，兹列兩條如下：

> **《洗兵馬》**：（紅眉）此詩以“中興”字爲主，望重致太宗之盛也。前半歸功諸將，後半深望相臣。微帶初唐聲律。
>
> **《有感五首》**：（紅眉）諸詩博大渾含，意象飛動，如書家羲、獻，畫家董、巨，卓絶千古。

該本共鈐有“清玩草堂”“犖”“牧仲”“章氏珍藏書畫”和“燕京大學圖書館珍藏”等各類印章多枚。

二十一、《杜詩律》不分卷，清抄本；清汪龍門抄並過録俞瑒原評、張學仁參定。上海圖書館藏。

清汪龍門抄並過録俞瑒評點、張學仁參定《杜詩律》五卷，共一册，清抄本。上海圖書館藏。該本封面題“杜詩選抄”，扉頁題“歙縣汪龍門顯示手鈔”，由此可知，該抄本爲歙縣汪龍門手抄。

該本抄録杜詩於無格宣紙上，每半葉 10 行，行 21 字，正文頂格題書名“杜詩律”，换行低一格題著者信息“無錫俞瑒犀月原評、丹徒張學仁冶虞參定”。詩題低二格書寫，正文頂格書寫，評點及參定的内容低一格書寫。

《杜詩律》抄本共分五律、七律、排律、五絶、七絶等五卷。值得注意的是，俞瑒《杜詩律》的清道光丙申(1836)仲冬懷風草閣精刊本，在孫殿起《販書偶記續編》、周采泉《杜集書録》、鄭慶篤等《杜集書目提要》等書中均作七卷。上圖所藏手抄本是否有所省略，不得而知。不過在上圖藏的《杜詩律》抄本封面上即題簽“杜詩選抄”，是選抄《杜詩律》還是選抄杜甫詩歌，有待目驗懷風草閣版《杜詩律》。

按俞瑒(1644—1694)，字犀月，號旅農，江蘇無錫(一作吴江、長洲)人，清初杜詩學家，能詩擅詞，於經史亦有所涉獵，惜其經史、詩詞著作傳世甚少。《江南通志》謂俞瑒“通經史，上下千百年，徵引考據，原原本本，如燭照數計。顧嗣立選元詩、注韓愈、温庭筠集，商榷爲多”①。可知俞瑒在經史、詩詞等文學領域頗有建樹。

---

① 趙弘恩等監修《江南通志》卷一百六十八《人物志・隱逸一・蘇州府》，景印文淵閣《四庫全書》本，臺灣商務印書館 1986 年版。

該抄本杜詩正文用正楷墨筆書寫，旁批、眉批、尾評和參定用行楷墨筆書寫。書中有大量紅色和墨色圈點。該書除過録俞瑒原評外，尚有張學仁附於俞瑒評點之後的參定。周采泉《杜集書録》“《增訂杜詩律》五卷（舊抄本題作《杜詩律》）”條稱“此爲張氏輯俞犀月（瑒）評語而成，本人實無所發明”[①]。全書主要收杜甫律詩和絶句，共268首，有評點或參定的270首（組）（以詩題爲準，有些組詩也當作一首或一組）。其中五律爲《登兖州城樓》《重題鄭氏東亭》《對雨書懷》等149首（組），七律爲《題張氏隱居二首》《城西陂泛舟》《贈田九判官》等80首（組），排律爲《冬日洛城北謁玄元皇帝廟》《投贈哥舒開府二十韻》《上韋左相二十韻》等26首（組），五絶有《即事》《絶句二首》《王録事許修草堂貲不到》等7首（組），七絶爲《贈花卿》《少年行》《江畔獨步尋花七絶句》等8首（組）。

關於俞犀月評《杜詩律》一書，清代劉聲木曾在《萇楚齋隨筆　續筆　三筆　四筆　五筆》卷九“俞墀（犀）月杜詩注”條云：

古今注杜詩者最多，翁蘇齋學士方綱《石洲詩話》所言，已見者三十餘種，學士復自撰《杜詩附記》二十卷，是又增一家矣。丹徒張治（冶）虞□□學仁《青苔館詩鈔》自序云：“適得俞墀（犀）月注杜詩本，不箋故實，專論法律。每一詩，必求其脈絡貫通，首尾呼應，而又氣必渾灝，骨必蒼堅，神韻必超遠，始爲上乘。”云云。據此，則此本不箋故實，專論法律，如此精詳，誠爲注杜詩者第一善本。聲木雖心善此本，惜無由得見耳。[②]

劉聲木在筆記中一方面引用張學仁《青苔館詩鈔》自序中的記

① 周采泉《杜集書録》，上海古籍出版社1986年版。

② 劉聲木《萇楚齋隨筆　續筆　三筆　四筆　五筆》，中華書局1998年版，第198頁。

載，强調俞瑒《杜詩律》批點“不箋故實，專論法律”的特點，可謂切中俞評肯綮，甚至由此得出“誠爲注杜者第一善本”的價值判斷，非爲膚淺之論。另一方面，劉聲木又以不能親自得見此書爲憾，“雖心善此本，惜無由得見耳”。毋庸置疑，俞瑒評點的《杜詩律》在當時就已深受文人學士重視。

俞瑒批評《杜詩律》一書，周采泉《杜集書録》著録有七卷本和五卷本兩種。一是清俞瑒評、張學仁參定《杜詩律》七卷。孫殿起《販書偶記續編》曾著録，爲清道光丙申（1836）仲冬懷風草閣精刊本。周氏並以按語形式説明“張學仁之書有‘增訂’二字，且爲五卷本”。一是清張學仁撰、俞瑒原評《增訂杜詩律》五卷。在《增訂杜詩律》五卷題下有小注：舊鈔本題作《杜詩律》。由此可見，上圖藏抄本即周采泉所謂張學仁撰《增訂杜詩律》。不過，對張學仁所撰之《增訂杜詩律》，周采泉頗不以爲然，認爲“此爲張氏輯俞犀月（瑒）評語而成，本人實無所發明”。鄭慶篤等編著《杜集書目提要》將七卷本《杜詩律》入“知見書目”：

> 《杜詩律》七卷　俞瑒評
>
> 該書爲清道光十六年（1836）懷風草閣藏版，六册，署“無錫俞瑒犀月原評，丹徒張學仁治（冶）虞參定”。卷首有張學仁自序及“凡例”。選詩五百七十首。句旁及題上皆加圈以爲標識。①

可見，七卷本《杜詩律》除了擁有舊抄本《杜詩律》的内容，還保留了張學仁自序和“凡例”，對於瞭解俞瑒杜詩評點有重要參考價值。

① 鄭慶篤、焦裕銀等編著《杜集書目提要》，齊魯書社1986年版，第149頁。

二十二、《杜詩通》四十卷，明胡震亨評注，清鈔本。清黄叔璥過録奚禄詒批點。臺灣"中央研究院"史語所傅斯年圖書館藏。

唐杜甫撰、明胡震亨評注《杜詩通》四十卷，共七册，清鈔本，清黄叔璥過録奚禄詒批點。臺灣"中央研究院"史語所傅斯年圖書館藏。葉嘉瑩《〈秋興八首〉集評》據此本輯録奚禄詒評點。

該批本書高 29 厘米，寬 18 厘米，無版框，半葉 9 行，行 19 字，小字雙行同。書中杜詩正文用楷書鈔寫，批點文字用行書書寫，朱墨二色批點，並有圓圈、分隔號、點等不同批點符號。該本鄧邦述《群碧樓善本書目》已著録：

> 《杜詩通》四十卷，七册，明胡震亨編，鈔本。黄玉圃録奚禄詒批點。有"北平黄氏""叔璥""玉圃"三印，又"玉牒崇恩""香南精舍珍藏""曾在崇禹舲處"三印。①

臺灣"中央研究院"史語所傅斯年圖書館藏《杜詩通》即鄧邦述《群碧樓善本書目》所記載之《杜詩通》鈔本。鈔本扉頁右上小字行楷題"崇禹舲中丞寶藏秘笈"，中間隸書大字題"杜詩通"，左下小字行楷題"岳雪樓重裝並題"，共收録杜詩 1146 題 1418 首，分别爲五言古詩 221 題 250 首，七言古詩 129 題 142 首，五言律詩 501 題 609 首，七言律詩 124 題 151 首，五言排律 116 題 123 首，七言排律 5 題 6 首，五言絶句 12 題 31 首，七言絶句 38 題 106 首，另有殘句 5 句。

該書實際包含《李詩通》《杜詩通》二種，共十一册。在《李詩通》之"樂府詩一"處有墨筆題識："照楚南奚先生禄詒批本。"可知該批本乃過録奚禄詒批點。按奚禄詒，字蘇嶺，號克生（一説字克生），湖

① 鄧邦述撰、金曉東整理《群碧樓善本書録　寒瘦山房鬻存善本書目》，上海古籍出版社 2014 年版，第 192—193 頁。

北黄岡人。順治己亥(1659)進士。清初文學家、書法家。清俞昌烈主修《黄岡縣志》有傳,稱其官常州府同知,爲官清廉。博學多識,"爲文力摹西漢",曾和同邑高登雲"同修郡志"①。著有《知津堂集》。奚禄詒在楚地小有名氣,與清初杜濬、王一翥、陳維崧等均有交往,尤其是與清初詩人杜濬爲親戚關係,二人交往尤爲密切。關於過録奚禄詒批點杜詩一事,崇恩在《李詩通》書前總序中亦作了明確説明:

> 抄本《李詩通》廿一卷,共四册。北平黄玉圃先生照楚南奚先生禄詒批本手録,道光庚子,與所批《杜詩》七册同於濟南官廨得之。此香南精舍至寶也,子子孫孫守之勿失。甲辰九秋仰之記。

崇恩(1803—1878),字仰之,號雨鈴,又作語鈴、敔鈴、禹舲,别號香南居士、語鈴道人、筏喻道人、纑漪老漁等,室名壺青閣、香南精舍、吾亦愛吾等。姓愛新覺羅氏,係清皇室,清中晚期著名書法家、收藏家和詩人。該題跋寫於"甲辰九秋",即清道光二十四年(1844)秋天,此時崇恩 42 歲。從題跋内容看,主要交代了三個方面内容。一是明確了該本的批點者,認爲此本乃"北平黄玉圃先生照楚南奚先生禄詒批本手録",可知此本乃黄淑璥過録奚禄詒批點。二是交代了獲得該批本的時間、地點。崇恩於"道光庚子(1840)"在濟南官廨得到《李詩通》和《杜詩通》二種批本,對於瞭解批本傳承頗有幫助。三是肯定批本的價值,認爲此乃"香南精舍至寶也",並希望子孫"守之勿失"。

在《杜詩通》書前另有題識一則,對該集體例之弊進行了批評:

---

① 俞昌烈主修《黄岡縣志》卷之八《人物志・文苑》,清道光二十八年刻本。

此集之弊分體又分例，失了歲次，看不出當時立言之旨。分例瑣碎之中，妄以己意去取，爲前後所以批駁，未妥。余合論文，與此卷增減之，而此卷又詳，後有刻者，録余評之外凡兩部，注中余有圈者，亦當並刻，庶無遺義矣。

凡兩書中所録事實，亦要詳録，總序在太白詩中。

從此題識可知，對《杜詩通》"分體又分例"的處理方式，批點者認爲不但"失了歲次，看不出當時立言之旨"，而且，"妄以己意去取，爲前後所以批駁，未妥"。關於這一點，批點者在《杜詩通》目録處眉批亦指出："此本不獨分體錯亂，去取俱不當。雖分體，却□年分擾得亂了。"甚至認爲《杜詩通》乃"杜詩選之至下者"（《杜詩通》目録處旁批）。

在批本中某些卷次的末尾，有對此卷内容進行宏觀性歸納的批語，如《杜詩通》卷第四終處旁批："十四首。共録十首。○一路行役詩，寫景入微，寄興悠遠。○公五、七言古詩所用皆古韻，今人不知。"對五七言古詩進行了相關歸納總結，有益讀者理解。又如《杜詩通》卷第十八終尾批："公五言排律甚老練，七言覺未及。"卷第三十九"五言絶句"處眉批："公五、七言絶皆古樂府，與太白又不同。"皆是針對五、七言排律和五七言絶句的整體性評價，雖較爲簡略，亦有灼見。

該批本中奚禄詒批點頗具價值，尤富理論色彩，兹録數則如下：

《**發秦州**》：（眉批）凡寫山川雲物，惟工部能盡其變化，而造意造局，唐人不及。○大意總起，且不説秦州，先入"栗亭"一段，然後上題序去秦州之故，而結以晚發之景。

《**擣衣**》：（眉批）情至可思，轉折含蓄，全在虚處。（旁批）全篇從閨人口中寫出，字字轉折。

《送鄭十八虔貶台州司户傷其臨老陷賊之故闕爲面情見於詩》:(眉批)如送鄭送韓皆絶唱也。〇句句轉流利中有沉著,情真語切,千古以下亦爲傷神。

《寄韋有夏郎中》:(旁批)一絶句可了,空費一排律。(眉批)借對之法,不過偶然凑巧,長公便以爲妙。長公常有"渴虹"之句,必待翻出《莊子》"晲日"對之,自爲得意。大約蘇長公與楊用修好爲此尖巧,不知詩律之細不在此也,所以開鍾、譚之陋耳。

該批本共鈐有"叔璥""玉圃""北平黄氏""崇恩""仰之""玉牒崇恩""曾在崇禹舲處""香南精舍珍藏""崇恩審定""香南審定""群碧樓""群碧廔""鈔本""批本"等印鑒。"叔璥""玉圃""北平黄氏"是黄叔璥之印鑒。按黄叔璥(1680—1758),字玉圃,號篤齋,清順天大興金墩人。明末清初著名學者。黄叔琳之弟。而"群碧樓""群碧廔""鈔本""批本"皆爲鄧邦述之印鑒。按鄧邦述(1868—1939),字孝先,號正闇、群碧翁,江蘇江寧人。光緒二十四年(1898)進士。清末著名藏書家。由印鑒可知,該本經奚禄詒批點後,歷經黄叔璥過録、鄧邦述收藏。"民國十六年,鄧邦述迫於生計,將群碧樓所藏多數精品售予當時甫成立的大學院"①,該本即所售圖書之一種。鄧氏所售圖書後歸於臺灣"中央研究院"史語所傅斯年圖書館。

奚禄詒批點杜詩,復旦大學圖書館亦藏有他人過録本一種,係過録在《杜詩詳注》一書上。對比復旦大學圖書館藏過録本和黄叔璥過録本,二者文字略有差異,條目亦有變化,將二種過録本批點彙輯起來,大體可見奚禄詒杜詩批點的基本情況。筆者曾根據復旦大

① 林聖智主編《群碧樓藏書特展》,"中央研究院"歷史語言研究所,2018 年,第 10 頁。

學圖書館藏奚禄詒批點《杜詩詳注》過録本的内容撰有《奚禄詒批點杜詩考辨》(《文獻》2016 年第 1 期)一文,可供參看。

二十三、《杜詩詳注》二十四卷,清仇兆鰲輯注,首一卷,附編二卷,清康熙刻本。清佚名録奚禄詒批點,復旦大學圖書館藏。

清佚名録奚禄詒批點《杜詩詳注》二十四卷,共兩函十四册,藏復旦大學圖書館。批點底本爲清康熙刻本,該本書長 26.7 厘米,寬 17.2 厘米,版框半葉高 20 厘米,寬 14.7 厘米,天頭高 5 厘米,地脚高1.7 厘米,黑口,單魚尾,左右雙邊,版心題書名、卷次和頁碼。書根處題"杜詩詳注",並標明册數。

奚禄詒生平事迹見前。

該本爲黄色封皮(新裝幀),扉頁大字題"杜少陵集詳注",右上小字題"史官仇兆鰲誦習",眉欄上朱刻題"進呈本新鐫"。在卷之一處有朱筆題"奚蘇嶺評"。從筆迹看,與批點中筆迹完全一致。在《杜詩詳注》首卷終末尾有墨筆旁批認爲"諸評如何,只解辭句與故事",而"余所評李杜集名曰約,因附原序寄自根"。可見奚蘇嶺對諸家評議略有微詞。

奚禄詒批點《杜詩詳注》,周采泉《杜集書録》著録。另外,近人鄧邦述《群碧樓善本書録》著録有另一種過録本奚蘇嶺批本《杜詩通》鈔本:

> 《杜詩通》四十卷,七册,明胡震亨編,鈔本。黄玉圃録奚禄詒批點。有"北平黄氏""叔璥""玉圃"三印,又"玉牒崇恩""香南精舍珍藏""曾在崇禹舲處"三印。

奚禄詒批注有朱墨二色,從批點字迹來看,當爲一人批點無疑。但筆者考證,復旦大學圖書館所藏本係佚名過録奚禄詒批本,參見筆者《奚禄詒批點杜詩考辨》一文(《文獻》2016 年第 1 期)。批語對胡孝轅、遯叟等人的批點有所駁斥或辨證。其批點形式有眉批、旁批，且以眉批爲主。其圈點有圈有點，並且在某些句子旁邊還有畫分隔號的情况，主要是針對杜詩中的不妥之處畫分隔號。在某些詩歌詩題前，有用一至三個不等的“○”或“・”表示詩歌藝術高下的標識。

該本在不同地方鈐有“丁福保印”“丁福保校讀印”“丁福保讀書記”“震旦大學圖書館丁氏文庫”和“復旦大學圖書館藏”等印章多枚。由印章可知，該本曾被近代藏書家丁福保收藏，後歸之復旦大學圖書館。

二十四、《杜詩鈔》不分卷，清初抄本。清嚴虞惇批點。上海圖書館藏。

清嚴虞惇批點《杜詩鈔》抄本，不分卷，共一册，藏上海圖書館。該抄本書長 26.4 厘米，寬 17.9 厘米。半葉 9 行，行 24 字。未標頁碼和卷次。周采泉《杜集書録》著録該書“未見各藏家著録，成書年月不詳，約爲康熙初年寫本”①，鄭慶篤、焦裕銀等《杜集書目提要》著録該書稱“清初抄本”②。張忠綱等《杜集叙録》、孫微《清代杜詩學文獻考》亦有簡明著録。

嚴虞惇(1650—1713)，字寶成，號思庵，江蘇常熟人。生於清世祖順治七年，卒於聖祖康熙五十二年，年六十四歲(《清史列傳》作年七十四歲，卒年同)。生有異禀，幼即能讀九經、三史。康熙三十六年(1687)舉一甲二名進士，授翰林院編修，累官至太僕寺少卿。虞惇著述甚富，有《讀詩質疑》三十一卷，《清史列傳》稱有功詩學。爲

① 周采泉《杜集書録》，上海古籍出版社 1986 年版，第 355 頁。
② 鄭慶篤、焦裕銀等編著《杜集書目提要》，齊魯書社 1986 年版，第 144 頁。

文與歐、曾爲近，江南人刻爲《嚴太僕集》，以繼明歸有光，論者以爲無愧。

該本封面墨筆行楷題“嚴思庵閱本杜詩”。正文所有内容均用墨筆楷書抄在無格白紙上。首頁頂格楷書“杜詩鈔”書名，同行空三格題“古體五言”，接着换行題詩題，正文則换行頂格書寫。

該本選詩分“古體五言”“古體七言”“近體五言”“近體七言”“五七言絶句”等體例，共選詩 705 首。其中古體五言 150 首，古體七言 63 首，近體五言（分兩節）295 首，近體七言 104 首，五七言絶句 93 首。

嚴氏批點杜詩中，曾兩次注明批閱的時間：一次是在《杜詩鈔》“古體七言”處有朱筆旁批“戊寅四月廿八日閱”；一次是在《杜詩鈔》末頁處《復愁》詩後朱筆紅旁“丁丑十二月一日閱，時方絶糧，家人相對言愁，别無長策也”。考嚴虞惇生卒年（1650—1713），“戊寅”爲清康熙三十七年戊寅（1698），“丁丑”爲清康熙三十六年（1697），由此可知，嚴虞惇批點杜詩當在清康熙三十六年（1697）至三十七年（1698）之間，時嚴虞惇 47 至 48 歲，正當壯年之時。

其批點用朱、黄二色，以朱色批點爲主，且多爲眉批，間雜少量旁批。圈點中主要以句旁圈爲主，雜以少量點，同時每詩中有用小短横綫表示句讀。其批點内容録有黄庭堅、錢謙益、陸深、方文、董文驥、錢陸燦、程嘉燧、陸士衡、陳師道、姜西溟等人的注釋批點，如：

> 《**奉贈韋左丞丈二十二韻**》：（紅眉）黄山谷曰：杜《贈韋左丞》詩，前輩録爲壓卷，蓋其布置最得體，如官府甲第，廳堂房屋。各有定處，不相淆亂也。
>
> 《**發秦州**》：（紅眉）《發秦州》至《成都府》詩，寫盡山水之奇、道路之險，與行役之艱難。五七言共三十一篇，今録五言十七篇，七言七篇。○（紅眉）此詩以“衣”“食”二字爲眼。“漢源”四

句言地之暖，可以省衣也；"栗亭"四句言產物之多，不憂食也；"密竹"四句言光景清嘉，可旅寓也；"此邦"八句言秦州不可居也；"日色"八句乃發秦州之時。

總體來説，該本批語不多，但"大都皆頗中肯綮"[①]，多引用他説，或係其日常閲讀時隨筆過録之本，從封面所題"嚴思庵閲本杜詩"亦可窺見。

該本鈐有"陸氏珍藏書畫圖章""忠國公三十六世孫□煒"和"上海圖書館藏書"等印章多枚。

二十五、《杜詩評點》十八卷附《杜詩遺珠》二卷，清楊岐昌抄本，清張雝敬評，北京大學圖書館藏。

清張雝敬評《杜詩評點》十八卷（古體八卷，近體十卷）附《杜詩遺珠》二卷，清楊岐昌抄本，共一函四册，藏北京大學圖書館。周采泉《杜集書録》著録該書；鄭慶篤等《杜集書目提要》、孫微《清代杜詩學文獻考》、張忠綱《杜甫大辭典》撰有簡明提要。該本書長 24.7 厘米，寬 15.8 厘米，正文用墨筆寫在白紙上，半葉 10 行，行 21 字。在版心位置標明詩歌體裁、卷次和頁碼。每卷卷首書名不一，或題"杜詩"，或題"杜詩評點"，不一而足。

按張雝敬（1650 左右—1719 前）[②]，字珩佩，號簡庵。浙江秀水新塍鎮人。博學多才，有詩集《閑留集》《環草集》等；又精通天文、曆算之學，著有《定律玉衡》十八卷。生平事蹟見《碑傳集》卷一百三十二《梅文鼎傳》附、《國朝書畫家筆録》卷二、《國朝畫識》卷五等史料。

---

① 周采泉《杜集書録》，上海古籍出版社 1986 年版，第 355 頁。

② 張雝敬生卒不詳，此據周妙中的《歷代曲家時代考》一文考證結果，見《曲苑》第二輯，江蘇古籍出版社 1986 年版。

作爲《梅文鼎傳》的附録，張雝敬的傳記較簡略，關於張雝敬的詳細傳記見於《新塍瑣志》。張雝敬多才多藝，其弟弟張翊清稱其"穎悟絶世，時藝而外，詩、文、詞、賦，以及律吕、篆畫、圖章，靡不可以名世"①。張雝敬自己也説"生平立志，不欲後人"，在詩文上亦不甘人後，"嘗謂我詩即佳，何如李、杜？即李、杜若矣，而世之稱者曰李、杜、張。第三人，我不屑也。文即佳，何如韓、歐、蘇？即韓、歐、蘇若矣，而世之稱者曰韓、歐、蘇、張。第四人，我不屑也。而況厠我於古人之中，其位置不知幾何等乎？"②

該本爲藍色封皮，扉頁有簽條"杜詩評點"，下面小字題"秘本"。卷一首頁處頂格題書名"杜詩古體卷之一"，下面小字雙行題"古詩五十五首，選三十四首"，題下題"新塍楊岐昌寫，秀水張雝敬簡閣平閲"。正文中詩題低二格書寫，正文内容則换行頂格書寫。

抄本内容分古體詩和近體詩兩類，共抄録古、近體詩共340首，其中古體詩八卷，130首；近體詩十卷，210首。書末附有《杜詩遺珠》兩卷，共51首(上卷29首，下卷22首)。在第二册末尾處有楊岐昌抄録張雝敬的題跋：

> 詩之有靖節、子美，猶四子之有《孔叢》《家語》，《尚書》《春秋》之有《左》《國》《公》《穀》，非佗書之比，故於文體亦須校正。玆特改其尤甚者，其餘俗字破體，可推此而正之。
>
> 古體原稿，圈點詳備，復用朱者，蓋參之鄙見，近體因原稿所無而補之，未審其有合否也。簡庵張雝敬識。

① 張翊清《醉高歌·叙》，見蔡毅編著《中國古典戲曲序跋彙編》，齊魯書社1989年版，第1667頁。

② 鄭鳳鏘《新塍瑣志》，見《中國地方志集成·鄉鎮志專輯》第18册，上海書店出版社1992年版，第899頁。

楊岐昌抄録該本的時間，在第二册古體八卷末尾和卷十八末頁處均有楊岐昌的抄録紀年："杜詩評點古體八卷終，雍正十二年三月十日岐昌書"(第二册末尾處)、"右近體詩自九卷至一十八卷共三百四十首，選二百一十首。新塍岐昌書於問松里，時雍正十二年四月二日立夏前二日鈔完"(在卷十八末頁)。按楊岐昌，生卒年無考，據題跋僅知其爲雍正時期人。楊岐昌抄録的時間爲清雍正十二年。在《杜詩遺珠》上卷末尾有"雍正甲寅四月四日立夏晴窗完"題識，雍正甲寅即雍正十二年(1734)，可見二者均抄録於1734年。另據卷九末尾處有題"新塍楊岐昌寫於問松里"，可知，楊岐昌的抄録地點爲"問松里"。

該本選詩順序基本按錢注杜詩本次序，只是中間删去了一些詩作，而批點均用小字雙行寫於正文之中。除批點外，在其天頭處有朱墨筆對詩中異字的校正。其附録《杜詩遺珠》上、下兩卷，白文無注，有圈點。從内容看，張雒敬在批點中亦能綜合古今，縱横考察，頗有價值，如：

《奉贈韋左丞丈二十二韻》"白鷗没浩蕩，萬里誰能馴"處：(張雒敬墨旁)此意作結，殊有遠神。○東坡後謂："滅没於煙波間。"宋敏求謂："鷗不能'没'，改作'波'。"改此一字，覺一篇索然也。○此公壯年筆調，頗卑弱，而牧齋取爲壓卷，未審其意，蓋信范元實《詩眼》之語耳。

《玄都壇歌寄元逸人》"子規夜啼山竹裂，王母晝下雲旗翻"處：(張雒敬墨旁)"王母"句寫得神仙恍惚意思出，正是妙切題面，若作鳥名，便覺無味矣。此與前之改"天闕"作"天閲"以對"卧雲"同一强作解，未聞古詩而必求其工致也。

批本鈐有"岐昌""楊岐昌""楊岐昌印""弘周""十二巫峰""昌"

“北京大學藏書”等多枚印章。

二十六、《杜詩詳注》二十五卷，清仇兆鰲輯注，首一卷附編二卷，清康熙刻本，清陳訏批校，張元濟跋，上海圖書館藏。

清初學者陳訏手批《杜詩詳注》二十五卷，藏上海圖書館。周采泉《杜集書録》著録了陳訏所著《讀杜隨筆》二卷和《杜詩選注》(卷不詳)二書，但却未録其手批《杜詩詳注》一書，可見，周氏未見該書。鄭慶篤、焦裕銀等《杜集書目提要》亦僅著録陳訏《讀杜隨筆》一書，而未曾提及其手批《杜詩詳注》之事。

陳訏(1650—1732後)，字言揚，號宋齋，一號焕吾，浙江海寧人，由貢生官淳安教諭。周駿富編《清代疇人傳》卷第八以及《國朝耆獻類徵初編》卷二百五十二(誤作“陳訂”)均有其本傳。陳訏和仇兆鰲同爲明末清初著名學者黄宗羲門人，又與查慎行同里友善，故詩文均有法度。兼明算學。著有詩集《時用集》正、續編，算學專著《勾股引蒙》五卷、《勾股述》二卷，編著《宋十五家詩選》十六卷等。

陳訏手批《杜詩詳注》，共二十五卷，首一卷，附編二卷。批點底本爲清康熙刻本。版框大小爲14厘米×20.3厘米，下粗黑口，單魚尾，左右雙邊，半葉10行，行22字，小字雙行同。該批本前有張元濟先生墨筆楷書跋語，介紹了該批本作者和流傳的相關情况：

> 陳宋齋先生名訏，字言揚，爲先六世祖寒評公之本生外祖，籍隸海寧，移居海鹽，官温州教授。是書評點爲先生手筆，卷二十三末頁署“戊戌仲冬”，卷二第十七頁又署“丙午除夕”，先後九年，丹黄遍紙，糾摘疵謬凡百餘條，是於此書用功至深。《邑志》稱先生詩喜韓蘇而歸於少陵，洵不誣也。先生爲吾邑寓公，又爲吾祖所自出，則是書之在吾家，固當珍如拱璧矣。癸亥仲冬月二十五日，張元濟。

同日又得先生所著《讀杜隨筆》一部，書估語余，兩書均自先生後人僑居蘇州者售出，並記於此。

由上面張元濟先生之跋語可知，陳訏歷時多年，批點《杜詩詳注》，對於仇兆鰲注釋杜詩之處，“糾摘疵謬凡百餘條”，可見其“於此書用功至深”。陳訏批點的形式是用朱筆在他認爲是錯誤的仇注右側畫綫，再用朱筆進行批點。批點方式爲眉批或旁批，形式有分隔號和少量的圈和點，但以分隔號爲主要形式。

就其批點時間而言，其批點中有兩處地方標明了批閱的時間，張元濟據此推斷陳訏批點《杜詩詳注》開始於康熙五十七年戊戌(1718)，完成於雍正四年丙午(1726)，共歷時九年之久。筆者檢閱原書，發現其推斷殊有差錯。張元濟據以判斷出陳訏批閱此書大致時間的兩個信息是：其一爲卷二的《同諸公登慈恩寺塔》眉批中“丙午除夕前三日燈下”的記載；其二爲卷二十三末頁朱筆旁批：“冬月燈下，丹黄此書，摘謬一百餘條，戊戌仲冬望前五日宋齋識。時漏下二鼓。”據此二條批語，如果不考慮其批本具體情況而言，張元濟之推斷當爲可信。但是，在其批本中，我們可以看到，在卷二批點《同諸公登慈恩寺塔》中，其標明時間爲“丙午除夕前三日燈下”的批語前有“○”隔開，很明顯，這個特殊的“○”表明陳訏是在丙午(1726)除夕補充了“‘隨陽雁’二句亦未必指李輔國輩，蓋言隨扈鳳翔諸臣，今來都各享榮禄，無如李鄴侯之高蹤也。命意尤超”這一條批語的。因爲整個陳訏的批點只有此處作出了如此特别的標識。故此處紀年不當指前面所有的批語均是丙午年所批。另外，在卷二十三末頁處已明確標明“摘謬一百餘條，戊戌仲冬望前五日宋齋識。時漏下二鼓”，而陳訏手批《杜詩詳注》共有118條批語，亦合此處之記載，故可推知陳訏在康熙五十七年戊戌(1718)前已經完成了《杜詩詳注》的批點，而卷二所記載之“丙午除夕”實際上不過是補充其中“隨陽雁”

二句之批語而已，并不是陳訏完成杜詩批注的時間。因此，我們大致可以判斷陳訏是在康熙五十七年戊戌(1718)前完成批點，在雍正四年丙午(1726)又對其批點進行了補充，具體批點歷時多久已不可考。值得注意的是，其批點中凡屬“玄”字，均缺末筆，應爲避康熙玄燁之諱故。由此亦可知陳訏批點時間當在康熙朝。故陳訏批點《杜詩詳注》最早不會超過康熙元年(1662)，其批點完成時間在康熙五十七年(1718)。雍正四年丙午(1726)對批點稍作補充。

該本鈐有“上海圖書館藏”朱文長方形印章數枚。

二十七、《錢注杜詩》二十卷，清錢謙益箋注，清宣統三年正月時中書局石印本。余重耀過録屈復批點，浙江圖書館藏。

民國余重耀過録屈復等人批《錢注杜詩》二十卷，一函四册，藏浙江圖書館。批點底本爲清宣統三年正月時中書局石印本。該本書長 25.9 厘米，寬 15 厘米，版框半葉高 18.1 厘米，白口，單黑魚尾，四周雙邊，版心題書名、卷次、頁碼和“時中書局校印”等内容。

余重耀(1876—1954)，字鐵山，别號遁廬，浙江諸暨高沿湖村人。17 歲中秀才，光緒二十九年(1903)中舉人。後進入翰林院。文宗兩漢，詩學唐宋，書法魏晉，好學近乎癡，文辭茂密，經史百家以及内典，無不流覽。爲浙江徵集史料委員會委員。與康有爲、章太炎、梁啓超、陳三立等有交往。至歸，構第宅南門外，邑人皆慕重之。刊有《函雅廬詩文稿》《佛學叢著》《陽明先生傳纂》《醫學叢著》《宋儒理學》《道家者流》《金石考古》等。1951 年 4 月，余重耀向浙江圖書館捐贈家藏 1377 册，碑帖 486 張，其中《遁廬叢稿》88 册爲自著手稿。

該本爲黄色封皮，扉頁題“諸名家評本錢牧齋箋注杜詩”，左下題“上海楊逸”，疑爲題書名者。扉頁反面題“宣統三年正月時中書局印行”。該本卷首有《校印虞山錢氏杜工部草堂詩箋序》，後有《考定輯評諸家姓字》，録有吴農祥、李因篤等批點者姓氏。不提屈復，故知朱筆過録爲余重耀過録屈復批點。不過除主要過録屈復批點外，還有用墨筆補充王士禄等批點。如《同諸公登慈恩寺塔》就有“西樵云”的墨筆批點。亦有朱筆題“朱鶴齡云”者，但此種情况爲極少數。

在卷之一前有余重耀朱筆題跋：

戊午五月，得抄評杜詩於豫章，爲屈悔翁評本，向未見鋟版，可珍也。惜原書破損，雨窗多暇，遂過録屈評於此帙，以便披覽。諸暨余重耀鐵山甫識。

屈復，字見心，號悔翁，蒲州人。年十九試童子第一，忽棄去，走京師，學詩者多從之遊。先生作客約，不迎送，不作寒暄語。其論詩，於興賦比之外，專以寄託爲主，謂陶之飲酒、郭之游仙、謝之登山、左之詠史，彼自有所以傷心之故，而借題發之，未可刻舟而求劍也。張尚書廷樞欲上章薦，力辭不就。乾隆元年楊尚書超曾舉應鴻詞科，楊未見屈復，亦不報謝。所著《弱水集》甚富。無子，妻死，不再娶，人以比林和靖云。右録李元度《先正事略》。

據題跋知，余重耀過録時間爲戊午年五月，考其生平（1876—1954），知戊午年乃民國七年戊午（1918），時余重耀 43 歲。

該本鈐有“浙江圖書館珍藏善本”“鐵山”等印章。由此可知，該本自余重耀過録後，即歸浙江圖書館珍藏。

二十八、《杜工部詩輯注》二十卷，集外詩一卷文集二卷，清朱鶴齡輯注，年譜一卷，清朱鶴齡撰，清康熙葉永茹萬卷樓刻本。清方貞觀批並跋。南京圖書館藏。

清方貞觀批《杜工部詩輯注》二十卷，共八册。藏南京圖書館。

批點底本爲清康熙金陵葉永茹萬卷樓刻本。該本重新裝幀後爲藍色封皮,内舊藍褐色封頁上有墨筆書名題簽“方南堂先生手批杜詩”,右下小字題“一册”,標明册數。扉頁書名版框中間大字題“杜工部全集”,右上小字題“朱長孺先生輯注”,左下小字題“金陵葉永茹梓行”,版框上有小字題“錢牧齋先生鑒定”。

方貞觀(1679—1747),名世泰,字貞觀,以字行。一字履安,别號南堂,一號洞佛子,安徽桐城人。弱冠補諸生,屢落秋試,絶意進取,以詩歌、行楷名噪江淮間。因戴名世《南山集》案牽連入旗籍,乾隆元年(1736)赦歸,卒於乾隆十一年十月。著有《南堂詩鈔》。

值得注意的是,該本在前六册的每册扉頁處有墨筆題識的大段論杜之語,闡釋了有關杜詩的見解。兹列一則,以窺豹一斑:

> 子美詩在當時亦未有知之者,至元和間元微之作《子美墓誌》,始賞識贊嘆,以爲“詩人以來,未有如子美者”,遂由唐末歷宋、元、明以及今日,家傳而户誦之矣。論其思深力大,氣古才雄,自應首推。然其病亦不少,有累句,有晦句。出詞有卑鄙者,用意有牽凑者,氣韻有甜俗者,意象有叫號者。多凑韻,多複韻,使事不無錯誤,先後屢見雷同,窠臼不除,習氣亦固。後人信之太篤、奉之太過、比之太高、求之太深,舉其病而忘之。不獨忘之,且遷就傅會以諱其病,一字一句守爲科條,確然不可易。又各執臆説,聚訟不已,殊可笑也。余性不近杜,所窺甚淺,十餘年來,亦點閲數過,雖有去取,漫無卓見。今歲暮無事,再一點閲,不過就愚性好惡而分别之,非敢與向來諸箋注家見異同也。貞觀書。雍正十二年十一月二十夜燈下。盡信書則不如無書。(第一册扉頁處題識)

方貞觀批點僅前六册有批點,後七八兩册無批點,由此推知,此本亦是方氏未全部完成之作。除墨筆批注外,尚有少量朱筆批點和通篇朱筆圈點。就其中批點來看,有不少批駁浦起龍《讀杜心解》的。其批點詩歌,屢屢强調"氣體深厚",自有評判原則。

該本在不同地方鈐有"希山右文""國立南京圖書館藏""不薄今人愛古人"等印章多枚。

二十九、《睡美樓杜律五言》不分卷,清王鄰德輯,稿本。清王鄰德評,北京師範大學圖書館藏。

清王鄰德輯並評《睡美樓杜律五言》不分卷,共一函兩册,稿本,藏北京師範大學圖書館。周采泉《杜集書録》、鄭慶篤等《杜集書目提要》、張忠綱《杜甫大辭典》未見著録。孫微《清代杜詩學文獻考》、張忠綱等《杜集叙録》有簡要叙録。該本書長 29.3 厘米,寬 16.4 厘米,原書長 25.3 厘米,寬 14.6 厘米,金鑲玉裝幀。

王鄰德,字臣哉,别號東橋,清高郵人,生平事蹟未詳。根據王鄰德《睡美樓杜律五言引》中所署"庚申菊月"之紀年,以及文中所提及的"劉雪舫"(1629—1687),可推知王鄰德批點杜詩當在 1680 年左右①,王鄰德亦應在清康熙十九年(1680)前後在世。

王鄰德批本係墨筆楷書抄寫在白色無框的紙上,半葉 7 行,行 19 字。首頁頂格題書名"睡美樓杜律五言",换行低八格題抄録者"高沙王鄰德抄"。詩題换行低二格書寫,正文則换行頂格書寫。該本裝幀後爲黄色封皮,書根處題"稿本高郵王氏睡美樓批校杜詩",並標明"上""下"册數。

正文前有《睡美樓杜律五言引》一則,闡述其批點的緣由,兹引

---

① 劉雪舫,即劉文炤(1629—1687),明末清初遺民,其晚年流寓高郵長達三十餘年,劉當於寓居高郵時與王鄰德熟識。他所經歷之"庚申"只有康熙十九年(1680),故可知王鄰德題跋時間亦在此時。

録如下：

余初讀少陵集，茫然莫得其解，每閲一篇，即取注釋參之，不過著其用事之出處，間有明切，又止據一時之己見而言，且穿鑿附會，終莫能白。觀之令人悶，又心竊疑焉。因諮之劉子雪舫，雪舫謂余曰："子欲讀杜詩乎？千家注未盡無當也。其所以難明者，特未得少陵作詩之旨意耳。吾子欲得讀杜之法，能探其旨意之所在，則千篇如一，明若星辰也。又何必泥於注釋哉？"余於是屏去諸家注，止取少陵詩反覆諷詠，似略見大意，然未昭晰。既又得汪氏、單氏所注觀之，恍若有得，則向之所謂莫得其解而心之所疑者，始釋然矣。於戲！少陵之詩，皆□於愛君憂國之誠心耳。善陳時事，度越古今，世號"詩史"。至若義子、夫婦、兄弟、宗姻、朋舊間，雖流離顛沛之頃，尤曲盡其道，自非少陵天資粹美，學問該博，其能若是乎？故元稹氏謂"詩人以來，未有如子美者"。昌黎亦曰："李杜文章在，光焰萬丈長。"信哉！乃取少陵五律讀之，每篇必先考其出處之歲月、地理、時事，以著詩史之實録。次乃虚心玩味，必究旨意之所在，而於承接轉换照應處，又必細加參考，至諸家注釋之當者取之，穿鑿傅會者輒置不録。如是，雖少陵作詩之旨意未必盡如余言，庶余之讀其詩而少有會於心也，抑庶幾不負劉子之言也。

淮南後學王鄰德臣哉氏識於聽雨草堂之東軒，歲庚申菊月重九前一日也。

另在引言後有批點的體例説明："三圈二圈者讀，一圈者閲，無圈則可删者也。朱筆看其大概；墨筆取其旨意之所在，與承接轉换照映處；藍筆則選句者也。"可知其批點大致情况。就具體内容言，該批點融注釋和評點於一體。小字批注彌漫，内容較多，富有價值。

兹引録其批語數條,以窺豹一斑。

《**登兖州城樓**》:(紅眉)昔人謂善作文者,如常山之蛇,擊首則尾應,擊尾則首應,擊其中則首尾俱應。嗚呼,豈獨文也哉!詩亦宜然。若少陵此篇是已。他多類此,不能盡出,讀者以意會之可也。

《**房兵曹胡馬詩**》:(紅眉)老杜詠物詩最靈最奥,有神有味,今人不苦此體,以爲死板無趣之事。每一小物,皆以全副精神、全副性情入之,使讀者不得不入,如《歸雁》《促織》《螢火》《蒹葭》《苦竹》《病馬》《孤雁》《白小》《鸂鶒》《鸚鵡》諸作,有痛惜者,有悲憫者,有懷思者,有嘲笑者,有勸戒指點者,萬物生於胸中,群動森於筆下,至此更不敢以淺衷輕言詩矣。

《**遣懷**》:(藍旁)句句是遣懷,句句是有懷無以遣。甚矣,作詩之難!(紅眉)老杜寄身於兵戈騷屑之中,感時對物,則悲傷繫之。如"感時花濺淚"是也。故作詩多用一"自"字,如《田父泥飲詩》云"步屧隨春風,村村自花柳",《憶弟詩》云"故園花自發,春日鳥還飛",《日暮》詩云"風月自清夜,江山非故園",《滕王亭子》詩云"古墻猶竹色,虚閣自松聲",言人情對景,自有悲喜,初不能累無情之物也。

該本共鈐有"春草亭""北京師範大學圖書館珍藏""黄裳書屋""緑池居士""王鄰德印""臣鄰私印""東橋""高沙王鄰德臣哉氏别號東橋圖書印記""臣哉氏别嘑東橋""天用""張經印章""席弎"和"止水"等印章多枚。

三十、《杜子美詩集》二十卷,南宋劉辰翁評點,明刻本。清盧見曾批校並題識。韋力芷蘭齋藏。

《杜子美詩集》二十卷,一函四册,唐杜甫撰,南宋劉辰翁評點,明刻本。清盧見曾批校並題識。當代藏書家韋力先生芷蘭齋藏。該書收入《芷蘭齋藏稿鈔校本叢刊》第七種，由國家圖書館出版社2015年影印出版。筆者所録即以此影印本爲據。

在該批本《杜詩舊序》末尾處有盧見曾朱筆題識一則：

> 余録各家評語並參以鄙意，逾時三月始竟，時癸丑九月雅雨山人見曾識於邗江官廨。

從題識可知，該批本乃盧見曾批點，是其"録各家評語並參以鄙意"而成。具體批點時間是"逾時三月始竟"。按盧見曾（1690—1768），字抱孫，號澹園，别號雅雨山人，山東德州人。盧氏喜好讀書作詩，好古玩字畫、書籍碑帖，著述和刻印書籍甚多。自著並刻印《雅雨堂詩文集》《感舊集》《雅雨金石録》等。杜詩學乃盧氏家學，"盧氏五世祖盧世㴶，即深慕杜甫，並著有解讀杜詩專著數種之多。盧見曾承祖志，亦對杜詩情有獨鍾，故於《杜子美詩集》之上朱批滿乙，過録於杜詩深有心得者如錢謙益、劉會孟、胡應麟等十數人批語，兼及己意"①。

此外，該批本在《劉須溪杜詩綜論》末尾有盧見曾墨筆題識一則，係完全抄録《唐宋詩醇》中杜甫詩序的内容，雖無獨創性，但亦反映出盧見曾對此的認可與推崇。在批本的末尾，另有韋力題跋一則，該跋語甚長，兹節選部分如下：

> ……
>
> 此《杜子美詩集》二十卷，即劉辰翁評點本，九行二十字，小字雙行同。檢《善本總目》，並無著録。審其字體風格及紙墨氣象，知其爲明末刻本。前有杜詩舊序，即劉將孫大德七年序，次

---

① 杜甫撰、盧見曾批校《杜子美詩集·出版説明》，國家圖書館出版社2015年版。

爲劉須溪《杜詩總論》，卷首注明劉辰翁會孟評點。此書之亮點不僅在於鮮有著録，還在於其有盧見曾雍正十一年朱筆題識："余録各家評語並參以鄙意，逾時三月始竟，時癸丑九月，雅雨山人見曾識於邗江官廨。"時年雅雨山人四十三歲，尚未開始刊刻《雅雨堂叢書》。

初逢盧見曾之名，始自二十餘年前收得柯逢時舊藏一批，其中有柯逢時通批《大戴禮記》十三卷，乾隆二十一年《雅雨堂叢書》本。《雅雨堂叢書》爲清代乾隆間盧見曾所輯，計十三種一百三十八卷，所收漢魏經説以及唐宋筆記，多以名家鈔校爲底本，每種前有盧見曾序，後有名人題記，爲清初校刻具精審之叢書。盧見曾，字澹園，又字抱孫，别號雅雨山人，又號道悦子，山東德州人。康熙六十年進士，先後任四川洪雅知縣、灤州知州、永平知府等，並兩度出任兩淮鹽運使，各數年。因其曾任洪雅縣令，故以雅雨自號，其著有《雅雨堂集》《出塞集》。

……

乾隆二十七年，盧見曾以老病告歸，時年七十二歲。三年後，高宗南巡，尚賜以御書"德水耆英"匾額，皇恩深眷，風光一時無兩。未料復三年，兩淮鹽引案發，盧見曾牽涉在案，竟卒於獄中。臨死前，惟有一孫兒在側，所有家産盡數籍没。傾巢之處，無復完卵，盧氏十萬餘卷藏書，亦被有司所毁，僅存寥寥於人間流傳。今寒齋所藏之《杜子美詩集》即當時之劫餘也。今翻此書，除卷前有雅雨山人朱筆題識外，卷中尚有朱批滿乙，爲盧氏過録各家之評語，細審有錢謙益、劉會孟、黄庭堅、王嗣奭、盧元昌、胡應麟、仇兆鰲、李因篤、王士禄、浦起龍、吴昌祺、申涵光等等，皆爲於杜詩深有心得者，可見雅雨山人對此書喜愛之深，用力之勤。

對此手澤,吾甚感好奇。山人既對是書如此用心,緣何日後刊刻《雅雨堂叢書》時却未將之納入其中?山東德州盧氏爲明清兩朝名門望族,素有“一門八進士、文壇兩宗匠”之稱。此“兩宗匠”即盧見曾與其五世祖盧世㴶。盧世㴶,字德水,一字紫房,號杜亭亭長。明天啓五年進士,官户部主事、監察御史,與錢謙益齊名。降清後,起復原官,以疾不赴。日以書酒自娱,其著有《尊水園集》《春秋間説》《杜亭近草》《讀杜私言》等,輯有《杜詩胥鈔》。其人生而有書癖,自述見古集善本,必齋戒以將之,危坐而進之,鼓歌而舞之,流略摩挲,不啻彝鼎。又云,自幼及老,幾無時不以鈔書爲課,其生平心力幾悉耗於此。拳拳嗜書之心,直與性命爲輕重。其藏書處有尊水園、畫扇齋、匿峰庵、杜亭等。杜亭之來歷,則來自其深慕杜甫,不僅數年間讀杜詩四十餘遍,還專門建造杜亭一座,自稱杜亭亭長。於《杜詩胥鈔》中,德水先生自跋曰:“蓋生則資以忘年,死則用以殉葬,浸假而藉手以見古人,抗言以對今人,意在斯乎?小子何敢讓焉?噫!子美啓佑之恩,無以報也。惟持此寸心奉板本耳。”又有《〈胥鈔〉役竣祭告少陵》詩云:“鈔杜爲新本,謄鐫惜未精。十年曾有約,三歲始能成。尚覺留遺憾,還期畢此生。焚香重下拜,一片古今情。”

德水先生於杜詩之注解,至今仍是後學讀懂杜詩之門匙,一如牧齋所言:“德水奮起而昌杜氏之業,殆將箴宋元之膏肓,起今人之廢疾,使三千年後焕然復見古人之總萃乎?”數十年後,盧見曾亦以詩聞名於當時,日與詩人相酬詠。雍正十一年,雅雨山人詳批是書,題識於官廨時,或許半爲喜愛杜詩,半爲遥思先祖以承志乎?歲次辛卯年仲夏之月,章力記於芷蘭齋,乙未末夏寄盦鈔。

韋力先生題跋詳細記載了自己收藏盧氏家族書籍的情況,並對盧見曾生平事迹作了考證,詳述了盧見曾及其家族的杜詩學功績,高度肯定了盧見曾杜詩批校本的價值。

盧見曾杜詩批點用朱、墨二色,間有圈點,就内容來看,正如盧見曾題識中所謂"録各家評語並參以鄙意",對於他人評點,多標明姓氏或出處。盧氏過録有錢謙益、劉須溪、黄庭堅、王嗣奭、盧元昌、胡應麟、仇兆鰲、李因篤、王士禄、浦起龍、申涵光等諸家評點,所録諸家皆爲杜詩研究深有體會者,可見盧見曾選録評語標準之高。

該本在不同位置鈐有"東郡楊氏海原閣藏""桑園珍藏""張元夫""張道彭""寄盦"等印鑒。

三十一、《須溪批點選注杜工部詩》二十二卷,宋劉辰翁批點,元虞集注解,元趙汸批評,增趙東山類選杜工部詩一卷,元趙汸輯並注,增虞伯生注杜工部詩一卷,元虞集輯並注,明雲根書屋刻本,清申頲批校。中國社會科學院文學研究所圖書館藏。

清申頲批點《杜詩》二十四卷,共一函四册,藏中國社會科學院文學研究所圖書館。批點底本爲宋劉辰翁批點、元虞集注解、元趙汸批評,明雲根書屋刻本《須溪批點選注杜工部詩》。該本書長 26.6 厘米,寬16 厘米,版框半葉高 18.2 厘米,寬 12.9 厘米,天頭高 6.1 厘米,地脚高2.3 厘米,白口,無魚尾,版心題書名、卷次和頁碼等内容。該本爲黄色封面,首册封面墨筆題"明本杜詩卷一至五",下面雙行題"共四本,申敬立先生評點,辛未臘月適齋題藏"。此後每册封頁題書名及卷次等内容。

申頲(約 1692 年前後在世),字敬立,河北永年人。申佳允之孫,申涵光之侄,申涵煜(1628—1694)子,副貢生。詩長於五古,出入蘇、黄。兼工書、畫。晚授唐縣教諭不就。著有《耐俗軒詩集》三卷。

在該本目録終處有申頲藍筆旁批："此册乃余甲寅所閱，重爲批覽，覺評點多未當也。因思先輩讀書多用句點，不肯濃圈大抹以遺後悔，只此敬慎之心，便非後學可幾及。己未敬立閱於喪次。"根據目録處藍筆題識可知，該本爲申敬立批點無疑。

申頲批點有朱、墨、藍等諸色，且多爲眉批，間或有少量旁批。蓋批點中有少量武福鼐批注，標明"鼐注"字樣。

此本曾經武福鼐珍藏。在首册内舊封頁上有武福鼐墨筆題識："此明初刻本，未見著録，然亦未精也。重是鄉賢手澤，且爲吾家舊物耳。永年武氏藏書善本。"此處，武福鼐介紹此本的版本年代，雖爲明初刻本，"然亦未精"，其中重要的是該本經申頲批點，"重是鄉賢手澤，且爲吾家舊物耳"，故頗足珍重。故其在扉頁處用墨筆再次表明"申氏舊藏"的價值："須溪批注杜詩，雲根書屋本罕見，申氏舊藏，適齋題於守拙軒，子孫寶之無斁，共四册手奘[裝]。丙戌五月病中記。"就連武福鼐病中，還念念不忘此本，表達望子孫守之的心願。

武福鼐（1900—1982），字慕姚，號守拙、秋士、拙老人、拙叟、餅翁，齋號嘯秋室、適齋、六賦齋、翠山堂、守拙軒、秋華館、平齋、補香亭、貞默齋等。鑒賞家、珍藏家、詩人。原籍直隸廣平府永年縣（今河北永年），武氏是當時城内四大望族之一。出身書香門第，祖父武延緒，光緒壬辰進士，任翰林院庶吉士，其父武毓荃爲太學生。

另外，在該本舊封頁背面有題識一則，武福鼐簡要介紹了自家收藏書籍的去向問題：

> 余前在汴收書三千餘種，多善本，悉贈歸省圖書館，又以百種歸之中南，今僅余先祖奉政公校本十餘種及普通讀本百種而

已。家中藏本百餘,漢更不可問,題此不□慨然。適齋鼐記於春草軒。

由此題跋,可知武福鼐家藏書籍的去向,同時表達對家中藏書散佚無比惋惜的心情。

該本在不同地方鈐有"適齋藏書""武福鼐""適齋""武福鼐印""文學研究所藏書"等印章多枚。

三十二、《唐李杜詩集》十六卷,明邵勳編,明嘉靖二十一年壬寅無錫知縣萬氏刊本。清曹炎手批,近人鄧邦述手書題記。臺灣圖書館藏。

明邵勳編《唐李杜詩集》十六卷,共八册,明嘉靖二十一年壬寅(1542)無錫知縣萬氏刊本。清曹炎手批,近人鄧邦述手書題記。臺灣圖書館藏。索書號:403.242 14122,登録號:14122。

該本板框高18.8厘米,寬14.2厘米,左右雙欄,白口,半葉12行,行22字;注文小字雙行,内有"范相""何恩"等刻工名字。

在該本《唐李白詩序》前有鄧邦述題識三則:

> 《李杜詩》十六卷,據邵氏後序,知爲無錫宰萬氏刻本,乃合正德李濂所刊李集、嘉靖許宗魯所刊杜集而合刻之者,故前有李、許兩序。明人好刻古籍,固爲可尚,但以同時之人翻刻其所雕之本,已形淺陋,而許刻杜詩既分體,又分類,乃至《秋興》《詠古》諸作,忽而入於宫詞,忽而入於時令,忽而入於陵廟,忽而入於懷古,割裂支離,則又陋之陋者。宗魯在嘉靖時頗能刻書,而好用古字,由此觀之,殆真鄉里之陋儒矣。萬氏不知表章古籍,顧取此刻翻之,其不足重可知,惟百靖齋中亦不能不收陋本,雖此書塗乙滿幅,然以其可備一種,姑以廉價收之。壬戌十一月月當頭夕,寒窗,正闇記。

此書朱墨凌雜，閲之令人生厭，然有曹彬侯手録白香山《讀李杜詩》一首，又貫休《讀李白詩》一首，字體頗雅，其藏印鈐於卷十三首葉，是亦曹倉之糠秕也，何遽不可療飢耶？群碧。

彬侯讀杜集，時有校勘，皆以小字旁注，若不經意觀之，頗易忽略。其藏印有“書倉校本”一章，非漫鈐也，今爲揭出，愈可寶矣。甲子三月，正闇再記。

“正闇”“群碧”爲近代藏書家鄧邦述的號。按鄧邦述（1868—1939），字孝先，號雙漚、正闇、群碧翁，江蘇江寧（今南京）望族。清光緒二十四年（1898）進士，曾擔任翰林院編修。光緒二十七年（1901）入端方（1861—1911）幕，1912 年出任東三省監運使，1922 年後退官，隱居吴縣（蘇州）。有藏書室名“雙漚居”“百靖齋”“群碧樓”“寒瘦山房”等，撰有《群碧樓詩鈔》《漚夢詞》《綴玉吟》等。此處題識共分三小段，系不同時間所題。據題識中的“壬戌十一月月當頭夕”“甲子三月”，結合鄧邦述生卒（1868—1939）可知，“壬戌”爲 1922 年，“甲子”爲 1924 年，鄧邦述至少在 1922 年 11 月和 1924 年 3 月兩次題識此書。此時鄧邦述 54 歲、56 歲，故鄧邦述題識乃晚年之事。三條題識中的另一則題識，未標題識具體時間，不過從題於前二者之間的位置看，當題寫於 1922 年至 1924 年之間。鄧邦述題識包括如下幾方面内容。一是介紹了《唐李杜詩集》的版本情况和鄧邦述的收藏緣由。《唐李杜詩集》乃無錫知縣萬氏“合正德李濂所刊李集、嘉靖許宗魯所刊杜集而合刻之”。鄧邦述對其中許宗魯所刻之《杜集》進行了否定性評價，認爲其“既分體”“又分類”，導致“割裂支離”，是爲“陋本”，但因其亦“可備一種，姑以廉價收之”。二是交代了曹炎手批李杜集的狀况，並作了肯定性評價。雖然此書“朱墨凌雜，閲之令人生厭”，但因有曹炎手録白居易《讀李杜詩》、貫休《讀李白詩》①二詩,“字體頗雅”,尚可“療飢”。鄧邦述同時指出,曹炎讀杜集,“時有校勘,皆以小字旁注”,並强調“若不經意觀之,頗易忽略”的事實,還特意拈出曹炎“書倉校正”一章“非漫鈐也”,故“愈可寶”。鄧邦述題識給予曹炎批校以清晰提示和高度肯定,爲閲讀此批本的讀者提供了綫索。

該本在李杜詩之序言、目録處有曹炎過録白居易《讀李杜詩》、貫休[齊己]《讀李白集》題識二則:

其一:

翰林江左日,員外劍南時。不得高官職,仍逢苦亂離。暮年逋客恨,浮世謫仙悲。吟詠流千古,聲名動四夷。文場供秀句,樂府待新辭。天意君須會,人間要好詩。

右白樂天《讀李杜詩集》,因題卷末。甲午午日雨窗曹炎録

其二:

竭雲濤,刳巨鰲,搜括造化空牢牢。冥心入海海神怖,驪龍不敢爲珠主。人間物象不供取,飽飲游神向玄圃。鏘金鏗玉千餘篇,膾吞炙嚼人口傳。須知一一丈夫氣,不是綺羅兒女言。

右貫休[齊己]讀李白集詩

按曹炎,或作曹琰,字彬侯,署鶴溪主人,江蘇常熟人,約清康熙至乾隆年間在世,具體生卒未詳。“喜購書,勤繕寫,庋藏萬餘卷,尤以抄書著名於時。”②抄本有宋葉隆禮《契丹國志》四十卷、宋周密《武陵舊事》十卷、元盧鎮《琴川志》十五卷等。按題識中“甲午午日雨窗”記載,考清康熙、乾隆兩朝,“甲午”年有康熙五十三年(1714)和乾

① 筆者按:《讀李白詩》的作者是齊己,非爲貫休,曹炎和鄧邦述皆誤記。

② 鄭偉章《文獻家通考》,中華書局1999年版,第190頁。

隆三十九年(1774)兩個時間,"午日"爲五月初五端午。據此可知,曹炎於1714或1774年五月初五日抄録此二詩。

曹炎善抄書,故在該本詩歌脱落處,多對詩歌予以鈔補。如在卷十處補鈔《送顧八分文學適洪吉州》《殿中楊監見示張旭草書圖》《觀薛稷少保書畫壁》等詩歌三首,在卷十四處補鈔《季秋蘇五弟纓江樓夜宴崔十三評事韋少府侄三首》《送竇九歸成都》《觀李固請司馬弟山水圖歌》《嚴公廳宴同賦蜀道畫圖得空字》《畫鷹》等詩歌五首,在卷十五處補鈔《諸葛廟》《到村》《贈特進汝陽王二十韻》《奉漢中王手札》等詩歌四首;在卷十六處補鈔《戲爲六絶》《解悶五首》二題十一首。

曹炎批點用小楷眉批,偶有旁批,字體端雅,頗見功力。從批點内容來看,或爲詩歌作法之賞析,或爲相關字詞之箋注,具有一定的理論價值。玆録數條批語如下:

《旅夜書懷》:(眉批)起二句夜景之近小者,中二句夜景之遠大者,後乃言情。

《春宿左省》:(眉批)前四句皆省中夜景,後四句見宿省之情。

《禹廟》:(眉批)中四句詠其荒凉,末二句追念語切。

《曉發公安數月憩息此縣》:(眉批)起聯對耦[偶]而次聯不對,唐人謂之偷春體。"野哭"對"鄰雞","生態"對"物色",又爲就句對格。

《愁》"江草日日喚愁生":(旁批)前四句愁之端,興也;後四句愁之實,賦也。○"强戲"爲吴體。(眉批)"盤渦",谷轉渦水面貌。公北人而客南國,故云"異域"。"渭水秦川",長安山水,公故鄉也。"虎縱横",喻苛吏也。

該本在不同位置鈐有“鈔書舊翰林”“群碧樓”“披玉雲齋”“宗”“翰”“維止”“鐘睹大利”“鐘睹長壽”“燕問小隱”“曹炎彬侯”“書倉校本”“情志所記”“學然後知不足”“‘國立中央圖書館’收藏”等印鑒多枚。從印鑒可知,該書曾被曹炎收藏,後經鄧邦述群碧樓收藏,鄧邦述去世後,書多散佚。1928 年 6 月,群碧樓的大部分藏書被“蔡元培(1868—1940)院長動用‘本部臨時費’以五萬五千元購入,同年九月由中央研究院總辦事處所接收”①,最終歸於臺灣圖書館。

三十三、《杜詩會粹》二十四卷,清張遠箋,清康熙二十七年文蔚堂刻本。清東里瑣恒過録厲鶚批點,浙江大學圖書館藏,殘。

清代東里瑣恒過録厲鶚批點《杜詩會粹》二十四卷,殘,共九册。底本爲清康熙二十七年刻本。藏浙江大學圖書館。該本書長 26.3 厘米,寬 17.1 厘米,版框半葉高 19.1 厘米,寬 14.1 厘米,天頭高 5.5 厘米,地脚高 1.7 厘米,白口,無魚尾,版心題書名、卷次和頁碼。

厲鶚(1692—1752),字太鴻,號樊榭,浙江杭州人。清代文學家。清康熙五十九年(1720)舉人。其詩多遊覽名山大川之作,以取法宋人爲主,是清代雍正乾隆時期“宋詩派”的代表作家。詩清淡嫻雅,幽新雋妙,尤長於五言詩。厲鶚又是浙派詞的領袖,其詞多詠物懷古,句式練達,措詞高雅。著作有《樊榭山房集》二十卷,《宋詩紀事》一百卷,《南宋院畫録》八卷,《遼史拾遺》二卷等。

該本書内簽條著録了《杜詩會粹》的基本情況,尤其是對其綜合不同批校本的狀況作了説明:

> 《杜詩會粹》二十四卷首年譜一卷,清張遠著,厲鶚等評點。存 9(缺 7—8,11—12,復卷 13—14 及卷 20)。

---

① 林聖智主編《群碧樓藏書特展》,臺灣“中央研究院”歷史語言所,2018 年,第5 頁。

此係三種不同批校本配成，而以瑣里恒過録厲鶚批尤爲稀見。復卷13—14有精批，應存。復卷20□。

由此可知該本不全是過録厲鶚所批，從其批點的字迹來看，也是各不相同。東里瑣過録的批點以正楷書寫，其他的批點則以行草書之。筆者即以此辨認。除所收録的其他批點字迹完全不同外，且未鈐有“東里恒”印章。據此二點，可以判斷出該本東里瑣恒過録厲鶚批點爲殘本，現僅存四册，共8卷（存卷1—2，卷5—6，卷9—10，卷13—14），有過録批點。

東里瑣恒過録本爲黄色封皮，在扉頁反面、正文首頁處均有墨筆題“厲樊榭先生評點，東里瑣根［恒］鏡池校”，可知其批點由厲鶚評點，東里瑣恒鏡池校對。

該本在不同地方鈐有“東里恒”“姚子名江”“□川一字開倫”等印章多枚。

三十四、《杜工部集》二十卷，清錢謙益箋注，諸家詩話一卷唱酬題詠附録一卷，清康熙六年静思堂刻本，題清商盤批點。湖北省圖書館藏。

清代商盤批點《杜工部集》二十卷，共二十册，藏湖北省圖書館。《中國古籍善本書目》有著録。該批本爲黄色封皮，金鑲玉裝幀。該本書長20.4厘米，寬15.2厘米，版框半葉高爲18.4厘米，寬13.7厘米。黑口，雙魚尾，四周雙邊，版心題書名、目録、卷數和頁碼等。

商盤（1701—1767），字蒼雨，號寶意，浙江會稽（今紹興）人。“寶意胸羅玉笥，筆有錦機”[1]，清代文學家。雍正八年進士，初以知縣

① 張維屏編撰《國朝詩人徵略》初編卷二十六《湖海詩傳》，中山大學出版社2004年版，第388頁。

用，後特旨改庶吉士，授編修，歷官雲南元江知府，隨軍遠征緬甸，病卒於途。商盤"君英俊倜儻，美鬚髯，工談笑，彈絲擫竹，妙得神解。詩上仿四傑，下仿元、白"①，樂府歌行尤瑰麗縱恣，跌宕自喜。著有《質園詩集》三十二卷。

商盤批點除第一册末頁旁批爲墨筆外，正文内批點皆爲朱筆。批點形式有字旁圓圈、雙圓圈，字旁點等。除字旁圓圈外，有時在杜詩標題上批有一至三個不等的圓圈，應爲杜詩藝術高低之評判。而在杜集目録中，亦在某些詩篇目録上批有朱筆圓圈和點標識，同時在其目録下用朱筆標明"五古""七雜""五雜""五排""五律""七律"等體裁。批本最末册品相不佳，有藍色墨水浸漬過的痕迹。

該批本第一册末頁有范蓀朩墨筆題跋，介紹了該批本的流傳情況：

> 吾邑盧氏褒經廔（輯者按：旁有抹點，改作"堂"）②，後人弗振，藏書散出，余適罷官歸里，因從購得此箋，爲商質園先生評騭之本，洵物聚所好也。盧氏先世有諱坦者③，喜畜古籍，其弆書之處曰"抱經堂"，與召弓先生氏同堂名，亦同以足迹不出里門，故聲聞遂弗之及云。咸豐紀元上春既望，天一閣後人范蓀朩荃甫識。

此處題跋，詳盡交代了商盤批本的流傳情況。商盤批點《杜工

① 張維屏編撰《國朝詩人徵略》初編卷二十六《湖海詩傳》，中山大學出版社 2004 年版，第 387 頁。

② 此題識中，"廔"字旁有抹點，改作"堂"字，當以"廔"字爲確。清乾隆年間，兩浙間同時出現了以"抱經"爲名稱的藏書樓，時稱"東西二抱經"。其中東抱經爲浙江杭州盧文弨的"抱經堂"，西抱經爲浙江寧波盧址的"抱經樓"，此處指盧址的"抱經樓"。

③ "坦"字或爲"址"字形近之訛，"抱經樓"係浙江鄞縣盧址之藏書樓。

部集》乃由天一閣後人范蓀𬃩從其同邑盧址(1725—1794)抱經樓散佚之書購得的事實,並且介紹了盧址抱經堂與盧召弓抱經堂之堂號相同,但"聲聞弗之及"的現實情況,對瞭解此批本的傳承淵源頗有價值。不過,有一點值得注意的是:盧址藏書處一般均作"抱經樓",以與盧文弨"抱經堂"相區别,考盧址藏書印亦多作"抱經樓""褢經樓"。而此識語稱"其(盧址)弆書之處曰'抱經堂'"。按作爲藏書家的天一閣後人范蓀𬃩與盧址爲鄞縣(寧波)同邑人,不至於不清楚盧址藏書樓號。那麽,其故稱"抱經堂"之名的原因何在? 仔細研讀批本,或與該本之鈐印有關。該批本在《草堂詩箋元本序》處、卷一處等不同位置都鈐有"抱經堂藏書印"朱文方印,"抱經堂"一般係浙江杭州盧文弨的藏書印,盧址爲盧文弨族人,是否盧址也刻有"抱經堂藏書印",現不得而知,但據林申清《明清著名藏書家·藏書印》一書所著録盧址藏書印,未見有其"抱經堂"藏書印。范蓀𬃩或許爲了所記與鈐印相同,故稱其藏書處爲"抱經堂",這也恰巧能解釋爲何在此識語開頭"吾邑盧氏褢經廔"之"廔"字處作一抹點,改成"堂"字,大概也是出於這種考慮。如該"抱經堂藏書印"確係盧址之藏書印,那范蓀𬃩稱盧址藏書處爲"抱經堂"亦未嘗不可。范氏識語之後,金鑲玉裝訂的白紙上另有墨筆旁批,係摘録錢遵王《讀書敏求記》和葉德輝《郎園讀書志》中考辨杜詩的相關内容,因與本文關係不大,兹不贅述。

商盤批點用朱筆行楷書寫,字體娟細,繁處細書彌滿。該書在不同書頁處鈐有"商盤字寶意""秀埜草堂顧氏藏書印""曾在李鹿山處""抱經堂藏書印""湖北省立圖書館藏書""湖北省政府教育廳驗訖""湖北省圖書館藏書"等印章。

其中"秀埜草堂顧氏藏書印"係清代藏書家顧嗣立之藏書印。顧嗣立(1665—1722),字俠君,號秀野,長洲(今江蘇蘇州)人,著有

《昌黎先生詩集注》《元詩選》《寒廳詩話》等。顧嗣立係蘇州有名藏書家，有蘇州“秀野草堂”和京師“小秀野園”兩藏書處。其晚年生活困頓，藏書生前業已散出，流落各處，商盤批點《杜工部集》當其散出書之一。

“曾在李鹿山處”爲清代藏書家李馥之藏書印。李馥（1666—1749），字汝嘉，號鹿山，福建閩縣（一作四川）人。康熙二十三年（1684）舉人。工詩，著有《鹿山詩鈔》。李馥爲清代藏書家，所藏善本多鈐“曾在李鹿山處”印章。清王應奎《柳南隨筆》卷一中記載有關於其印章“曾在李鹿山處”的史料一則：

> 李中丞馥，號鹿山，泉州人也。中康熙甲子科舉人，歷官浙江巡撫。性嗜書，所藏多善本。每本皆有圖記，文曰“曾在李鹿山處”。後坐事詒繫，書多散逸，前此所用私印，若爲之讖者。夫近代藏書家，若吾邑錢氏、毛氏，插架之富，甲於江左，其所用圖記輒曰“某氏收藏”“某人收藏”，以示莫予奪者。然不及百年而盡歸他氏矣。中丞所刻六字，寓意無窮，洵達識也。①

王應奎（1683—1759 或 1760）與商盤、李馥均爲同時代之人，三人生卒均相差不遠，這則史料也旁證該書被李馥收藏無疑。從上述鈐印可知，商盤批點《杜工部集》一書的收藏傳承情況如下：商盤批點之後，該書曾被顧嗣立、李馥等藏書家收藏②；顧、李之後，該本後

① 王應奎《柳南隨筆》卷一，中華書局 1983 年版，第 1 頁。

② 因顧嗣立卒於 1722 年，與商盤（1701—1767）生活的年代有重合，或商盤批點杜詩所用之底本爲顧嗣立“秀埜草堂”散出之本。如此，則該批本傳承爲：商盤所批點底本係顧嗣立“秀埜草堂”散出之《杜工部集》，商盤批點後，被李馥等藏書家收藏。

經盧氏抱經堂珍藏，盧氏散出後又被天一閣後人范蓀卡購得，最終歸於湖北圖書館。因此，商盤批本的傳承淵源有自，其由私人收藏轉至圖書館公藏的流傳脈絡非常清晰。從該本商盤的印鑒和批本淵源有自的傳承情況，可判定此本係商盤親筆批點。

不過，仔細考辨商盤手批《杜工部集》的具體内容則發現，商盤手批《杜工部集》内容多選録黄生《杜詩説》一書，已見甚少，且鈔録手段較爲隱秘，又未在鈔録本前後以題記形式略加説明，頗具迷惑性。具體可參見筆者《商盤手批〈杜工部集〉考辨》一文①。

三十五、《杜工部詩集》二十卷，集外詩一卷文集二卷，清朱鶴齡輯注，年譜一卷，清朱鶴齡撰，清康熙葉永茹萬卷樓刻本，倫明跋並録錢載、翁方綱、浦起龍評注。中國國家圖書館藏。

清代倫明跋並録錢載等注《杜工部詩集》二十卷，集外詩一卷，文集二卷，共六册，藏中國國家圖書館。該書批點底本爲清朱鶴齡輯《杜工部詩集》，清康熙葉永茹刻本。《中國古籍善本書目》著録該本。周采泉《杜集書録》以“錢載批杜詩”的形式著録該本，却稱“編者尚未寓目”②。

倫明(1875—1944)，字哲如，廣東東莞人。近代藏書家、目録版本學家。藏書極富。著有《續書樓讀書記》《漁洋山人著述考》等。卒後，藏書歸北京圖書館。

在《杜工部詩集》卷之一目録終處有倫明墨筆題跋，交代了該本批點具體情況：

---

① 曾紹皇《商盤手批〈杜工部集〉考辨》，《嶺南學報》復刊第十二輯，上海古籍出版社2019年版。

② 周采泉《杜集書録》，上海古籍出版社1986年版，第552頁。

墨筆者録錢籜石評圈，朱筆者録翁蘇齋評圈。錢評本係《全唐詩録》，翁評本則《杜詩會粹》也。兹於《全唐詩録》所有者則在題下加“○”以别之，或一題中録某首則注“○”於本首之下。蘇齋評中間引籜石評語，今删去“籜石云”三字，改用墨筆以歸一律。《石洲詩話》有評杜詩數十則，用朱筆録入，標《石洲詩話》以别之。詩話中有訂正王阮亭先生《杜詩評》，間附按語，亦先生微旨之所存也。摘録數則，仍用朱筆。《詩話》又云“有自著之《杜詩附記》二十卷”，余未之見，未審有傳本否？己未夏曆四月十六日倫明録畢，識於京寓之蓮華寺。

從倫明題識可以看出：一是該本朱、墨二色主要過録翁方綱和錢載兩人的批點，但從實際情況來看，該本尚有諸多藍色批點，此題識未説明藍色過録自何人，待考；二是此本過録時間爲己未夏曆四月十六日，考倫明生卒年(1875—1944)可知，其過録時間爲1919年，此時倫明45歲。

另在《杜工部詩集》卷之一處有朱筆旁批，介紹翁方綱《杜詩附記》的流傳情況：

《杜詩附記》二十卷，附文未刻，其稿本歸徐星伯，嗣歸胡鐵盦曾官府丞，後又歸李芝陔，余見之天津培遠書莊，索價二千元。余從借其評語，彼有而此缺者，迻録之。然亦有彼缺而此有，蓋札記之成在先也。覃谿評杜之語，至是盡爲我有矣。丁卯中秋後一日，哲如記於天津寓舍。

此處題識寫於“丁卯中秋後一日”，即農曆1927年八月十六日，由此處亦可見，倫明在1919年至1927年的8年時間内，不斷進行過録和批點工作。

值得注意的是，該本批點除主要過録錢載和翁方綱兩家批點外,尚過録有龔芝麓、浦起龍、喬億、陳蔚宗、趙彦材、邊連寶等諸家批點。同時,明倫在過録時,對於過録的評點,亦偶加按語,以"明按"的形式申明自己的觀點。該批本彌足珍貴的是過録有錢載的批點。錢載(1708—1793),字坤一,號籜石、瓠尊,浙江秀水(今嘉興)人。學問淵懋,品行修潔。其"漁獵百家尤以詩爲命"[①],有《籜石齋詩文集》。該本過録錢載的批點雖不多,但自具風格。錢載批點較爲簡潔,且重視詩法,好以"疊"論詩,多以"對疊""順疊"等剖析詩歌句法。

該本鈐有"北京圖書館藏"印和"傅順堂鑒藏印"印各一枚。

三十六、《讀杜心解》六卷,首二卷,清浦起龍撰,清雍正二年至三年浦氏寧我齋刻本,清朱方藹批、清朱琰跋。復旦大學圖書館藏。

朱方藹批點《讀杜心解》六卷,共六册,藏復旦大學圖書館。周采泉《杜集書録》著録。批點底本爲清代雍正浦氏寧我齋刻本,書長27.7厘米,寬17.7厘米,版框半葉高18.7厘米,寬13.6厘米,天頭高6.7厘米,地脚寬2.3厘米,白口,單魚尾,左右雙邊,版心標明書名、卷次、頁碼和書坊名"寧我齋"等内容。該本係清代詩人、畫家朱方藹批點,清書法家朱琰題跋的杜詩未刊評點本之一。

朱方藹(1721—1786)字吉人,號春橋,浙江桐鄉人。爲清代學者朱彝尊族孫,沈德潛的高徒,工詩詞古文。"山水文質相宣,有大家風範,兼工花卉",著有《小長蘆漁唱》《春橋草堂集》《紅橋載酒集》等。"春橋門第清華,風神雅令,詩賦之餘,兼通畫理,披麻没骨,無所不工"[②]。

① 錢儀吉編《碑傳集》卷三十六,上海書店1988年版,第497頁。

② 張維屏編撰《國朝詩人徵略》初編卷三十三《湖海詩傳》,中山大學出版社2004年版,第481—482頁。

朱琰(生卒不詳),一名炎,字桐川,號笠亭,又號樊桐山人。浙江海鹽人。清代書法家。清乾隆三十一年(1766)進士及第,官阜城知縣,爲"嘉禾七子"之一。他工於書法,亦精於繪畫,尤善山水。喜廣交師友,吟詩作文之間得其師友用筆用墨之法。著有《續鴛鴦湖棹歌》《金華詩粹》《笠亭詩文鈔》《陶説》《楓江集》《湖樓集》等。《湖海詩傳》稱"笠亭一行作吏,而著述之念未嘗一日忘。好古多聞,撰《陶説》六卷。又抄明人詩十四卷"①。

該本爲黄色封皮,在第六册末尾有朱琰朱筆題跋:

> 余與春橋以論詩契合有年矣。兹自武林還信宿草堂,劇談騷雅,出其近批杜詩見示,指事類情,頗得作者心印,殊覺《心解》之後,又逢《心解》矣。爰識數語以證其邇日之精進云。
>
> 癸巳秋九月三日,古鹽朱琰拜跋。

從朱琰跋語可知:其一,朱琰與朱方藹二人交往甚密,"論詩契合有年",故朱琰爲其批點作跋乃情理之事;其二,交代了朱琰得此批本的時間與經過,時間爲"自武林還信宿草堂"之際,因二人"劇談騷雅",故"出其近批杜詩見示";其三,肯定朱方藹批點《讀杜心解》"指事類情,頗得作者心印",以致"殊覺《心解》之後,又逢《心解》矣",高度評價朱氏批點杜詩的藝術價值;其四,强調自己作跋目的在於"以證其邇日之精進",跋語要言不繁,文字簡練而不失内蘊豐富;其五,朱炎跋語的時間爲"癸巳秋九月三日",由此可知,朱方藹批點的時間當早於癸巳年(1773)。

該批本除跋語采用朱筆行楷書寫外,其他均爲朱筆正楷批點。

① 張維屏編撰《國朝詩人徵略》初編卷三十三《湖海詩傳》,中山大學出版社 2004 年版,第 600—601 頁。

批點形式有圈有點，有眉批有旁批，且多爲眉批，亦夾有少量旁批。值得特别注意的是，在其批點的詩歌中，每首杜詩前面標有0—5個等次不同的紅色“○”，雖朱方藹没有明説其作用，但從其標示詩歌的藝術價值來看，基本上代表了朱方藹對杜詩的價值認定，反映了朱方藹的藝術評價標準。如對《自京赴奉先縣詠懷五百字》《述懷》《北征》《羌村三首》《石壕吏》《飲中八仙歌》等名篇佳什均標以五個“○”，而對於不甚有名的詩篇却未曾標示或僅以一個“○”標之。根據清代杜詩批點的實際情況看，採用“○”來區分詩歌藝術高下的不乏其例，如清代徐恕過録魯一同的批點中就明確指出了不同“○”代表不同藝術高下的詩篇。

就印章言，該本鈐有“嘉興陳其□珍藏記”“□盦□士鑑藏”“雙□陳氏”和“桂青珍玩”“復旦大學圖書館藏”等印章各一枚。

三十七、《杜詩分類》，明傅振商編、東海杜濬重刊本，清王鳴盛批點，楊賓題記，臺灣圖書館藏。

《杜詩分類》五卷，五册，明傅振商編，明東海杜濬重刊本。清王鳴盛手批，清楊賓題記。臺灣圖書館藏（索書號：402.4209520，登録號：09520），係臺灣圖書館珍藏善本之一。批點底本板框高23.3厘米，寬17.4厘米，四周雙邊，白口，單魚尾，版心題書名、卷次和頁碼。

按王鳴盛（1722—1798），字鳳喈，號禮堂，一號西莊，江蘇嘉定（今屬上海）人，清代史學家、經學家、考據學家。幼稱神童，師從沈德潛學詩。乾隆十九年（1754）殿試一甲第二名進士，榜眼及第，授翰林院編修。王鳴盛博學多識，精於訓詁考據，深研經史，富藏書，精校跋，詩文辭賦兼擅，詩宗盛唐，晚年鍾情李商隱。與王昶、錢大昕、趙文哲等并稱“吴中七子”。著有《耕養齋詩文集》《日下集》《西莊始存稿》等。

該批本扉頁處有墨筆題記一則，交待了批本收藏過程及其文獻價值：

余收書二十餘年，遇故家所散者，無論舊刻名鈔及前賢手校本，苟可勉力購之，無敢失諸交臂，即如此書爲西莊先生評校本，洵縹囊中異物也。按王氏手蹟，藝林咸愛重之，得輒什襲，頗少流傳。予宦游江南，極力訪求，所獲止此數種，然浙吴兵燹垂十餘年，藏書之家悉已蕩爲灰燼，即此戔戔者，未始非碩果之僅存矣，能勿寶之！

辛未冬至日大瓢山人重裝并記。

題識爲"大瓢山人"所記，"大瓢山人"乃清人楊賓之號。楊賓(1650—1720)，字可師，號耕夫，別號大瓢山人，山陰(今浙江紹興)人。其父楊越以"通海案"被遣戍寧古塔，故其"承父命不習八股科舉，務爲有用之學，肆力詩古文辭，尤精金石書法"[①]。從詩歌角度來説，楊賓"詩宗杜甫，風格沉著"[②]，著有《晞髮堂詩文集》《力耕堂詩稿》《塞外詩》等，今人編有《楊賓集》。楊賓題識主要闡明了如下問題：一是强調自己收書過程中對"故家所散"書籍的重視，"無論舊刻名鈔及前賢手校本，苟可勉力購之，無敢失諸交臂"，王鳴盛批校本就是其頗爲珍重的"縹囊中異物"；二是肯定了王鳴盛手蹟的價值，"藝林咸愛重之"，且認爲由於"浙吴兵燹垂十餘年"，王鳴盛此批本"未始非碩果之僅存"者，突出了該批本的稀見性和珍貴性。

王鳴盛批點以行草書寫，有眉批、旁批和圈點校正等多種形式。兹録數條，以窺豹一斑：

《**丈人山**》：(王鳴盛墨眉)此詩列在陰雨類中，何也？分類

①② 李峰主編《蘇州通史・人物卷(中)》，蘇州大學出版社2019年版，第238頁。

已不通，而又錯謬如是。

《**課伐木（並序）**》：（王鳴盛墨眉）老杜詩序，古拙如此。

《**悶**》：（王鳴盛墨眉）猿惟捷，故巧於避人，往來如飛，不難高□，而去鷗惟輕，故若於游泳，隨潮上下，不難一往而行。我則一無所就，惟作“滯客”而已。客既滯而顔日老，安得不悶？

王鳴盛批點雖總體數量不多，但多精煉，或闡釋，或補充，或校正，或批評，要言不煩，具有一定的學術價值。

該本共鈐有“王鳴盛印”“西莊居士”“光禄卿章”“甲戌榜眼”“國立中央圖書館收藏”等印鑒多枚。

三十八、《杜工部七言律詩》二卷，元虞集注，明龔雷刻杜律五七言本。清許蓤聚批、清趙宗建跋。上海圖書館藏。

清許蓤聚批、趙宗建跋《杜工部七言律詩》二卷，共兩册，藏上海圖書館。《中國古籍善本書目》著録。批點底本爲明代龔雷刻杜律五七言本，題“元虞集伯生注”。版框 12.3 厘米×17.4 厘米，白口，單魚尾，四周雙邊，每半葉 8 行，行 18 字。

許蓤聚，生平未詳。該批本卷上天頭處有趙宗建 1887 年四月墨筆題識：“考印章，知卷上之朱筆評語爲吾虞許桐間先生手筆，先生名蓤聚，雍正間人。丁亥四月非昔記。”從趙宗建的題識僅知許蓤聚爲清雍正年間人。趙宗建之所以在卷上天頭處特意介紹，恐怕是因其生平不太引人注目之故。

許氏批本爲黄色封皮，封皮上墨筆題有“杜律上　許桐間看本”等字樣，並在其旁邊鈐有“趙”字朱文方印一枚。該本批點用朱、墨二色，形式有句旁圈、點，句旁畫分隔號，字下畫横綫等。值得注意的是，在某些批點下，許氏自己標明了“燮堂□”等字樣，可見當爲其親筆。

虞集注杜，歷來頗受質疑，故許氏批本在楊士奇《杜律虞注序》後有藍筆録《懷麓堂詩話》中關於杜律非虞集所注的内容：

《懷麓堂詩話》云：《杜律》乃張注，非虞注，宣德初有刊本。按張性，字伯成，江西金溪人，元進士，嘗著《尚書補傳》，獨足翁吴伯慶有挽詩云："箋疏空令傳杜律，志銘誰與繼唐碑。"往在京師，曾得張注舊本《王漁洋説部精華》。

許氏批點内容不繁，多疏通詩意爲主，注重詩歌律法的辨認，同時在批點中摻入自己對於詩歌藝術高下的評判。如《奉和賈至舍人早朝大明宫》一詩的眉批"此題警句，王則'九天'一聯，岑則'花迎'一聯，賈則'劍佩'一聯，然終落境語耳。杜以旌旗所畫之龍蛇對真燕雀，已極變化，而'動'字、'高'字俱含生意。"風微"則燕雀因風微至殿上，"風生"則不免搶地矣。且大厦成而燕雀賀，又本成語，見朝廷寬大、群情末附之意，有比有興，六義具焉。謝榛直説賈則氣渾調古，岑則詞麗格雄，王、杜二作，各有短長，其次第猶是一輩行，杜一王二岑三賈四。"該批不但就"旌旗日暖龍蛇動，宫殿風微燕雀高"一句進行了詩意的疏通，而且對杜、王、岑、賈之詩進行了藝術高下的評判。

就印鑒而言，在該批本上卷和下卷首頁處分别鈐有"許蔆聚印""燮堂""澤峰""趙宗建印"和"非昔居士""趙次公""上海圖書館藏"等各式印章數枚。從印章看來，該書曾被清末藏書家趙宗建收藏。趙宗建(1828—1900)，字次侯，又作次公、次山，别號非昔居士。自號花田農，宗德弟。江蘇常熟人。著有《夢鷗筆記》《非昔日記》《庚子非昔日記》《舊山樓書目》《舊山樓詩録》等。卒後，其藏書多歸於盛宣懷。盛宣懷晚年居上海，其後人將大部分盛宣懷檔案捐給了張元濟等人創辦的上海合衆圖書館，中華人民共和國成立後合衆圖書館併入上海圖書館。因此,許氏批本或爲盛氏後人所捐之書。

三十九、《杜詩偶評》四卷,清沈德潛撰,清乾隆十二年潘承松賦閑草堂刻本。清吴騫批校,中國社會科學院文學研究所圖書館藏。

清吴騫批校《杜詩偶評》四卷,一函兩册。批點底本爲清乾隆十二年潘承松賦閑草堂刻本,該本書長 27.9 厘米,寬 17.3 厘米,版框半葉高 17 厘米,寬 13.8 厘米,天頭高 8.9 厘米,地脚寬 2.5 厘米,白口,單黑魚尾,左右雙邊,版心題書名、卷次、頁碼和"賦閑草堂"等内容。

吴騫(1733—1813),字槎客,又字葵里,號兔床、兔床山人,海寧新倉人。清貢生。學識淵博,能畫工詩,喜藏書,每遇善本,不惜重金購買,或借讀手抄校勘。曾得鄉賢馬思贊道古樓、查慎行得樹樓所藏之殘帙。積有名刻善本 45000 餘卷,築拜經樓以庋藏。常與同里陳鱣、周春,吴縣黄丕烈往來,鑒賞析疑,互相抄校。每校一書,必撰題跋。所輯《拜經樓叢書》,校勘精審,聞名於世。著作有《拜經樓詩話》《拜經樓文集》《拜經樓詩文集》《論印絶句》《萬花漁唱》以及《桐溪客話》《四朝經籍志補》等。

該本爲藍色封皮,該本卷四末尾有黄裳墨筆題識一則,道出了此本收藏的相關情况:

> 聞估人告吴下書肆,收得故家書一批,最佳者嘉靖本《漕運通考》,已爲此估挾之入京矣。余亦未措意也。前日去蘇,過市一觀,所餘絶少善本,有批校本數種在百城書店,皆不知何名,此本是兔床早年真迹,遂拔之出,甚愜意也。又見范欽刻《熊士選集》一小册,甚疏古可喜,然已爲他人先議書宜,遂未果,得歸滬漫記。癸巳十一月十一日,小雁。

該本有朱、墨二色批點，其批點中有標明“錢注”“鍾伯敬云”“王阮亭云”的。故知其過録鍾惺、王士禛、查慎行、仇兆鰲、何焯、張溍等多家批點。從其未題“某某”批的評語來看，有些疑亦是過録者，待核查。吴騫批點主要集中在第一册前面部分，多標明爲過録自何人的批點，第二册少量注明，其他均未注明。該本第二册後半部分有水漬，但不影響閱讀。

該本被輾轉收藏，鈐印很多。共鈐有“草亭藏”“木雁齋”“家在小桐溪”“吴氏珍藏”“仲”“來燕榭珍藏記”“兔床山人”“吴浚宣印”“黄裳藏本”“黄裳小雁”“中國社科院文學研究所藏書”等多枚。

四十、《杜詩論文》五十六卷，清吴見思撰，清潘眉評，清康熙十一年岱淵堂刻本，佚名録清朱鶴齡、王士禛、徐昂發、查慎行批校。湖南圖書館藏。

佚名録清朱鶴齡、王士禛、徐昂發、查慎行批校《杜詩論文》五十六卷，藏湖南圖書館。《中國古籍善本書目》著録，而周采泉《杜集書録》、鄭慶篤等《杜集書目提要》等杜集專書目録不載。

該本爲四色評本。在《杜詩論文一》處有墨筆題識稱：“墨筆徐大臨先生；黄筆漁洋山人；朱筆查初白先生；藍筆雜録李子德、潘稼堂、朱長孺、俞犀月諸先生批閲。”由此，可見其過録的基本情況。雖其中查慎行、王士禛、李子德、俞犀月、朱長孺等人的評點過録者較多，但徐大臨、潘耒的批語尚屬罕見。徐大臨批點杜詩不見於任何書目，但其與清初杜詩學者俞瑒交往頗爲密切，顧嗣立《寒廳詩話》中有其詩詞唱和之記載多則；潘耒批點杜詩，除周采泉《杜集書録》著録清□□彙輯之《七家批錢注杜詩》二十卷中有關於潘耒之批點外，其他地方暫未發現有過録潘耒批點者。

其批點形式有圈有點，且多以眉批爲主。除了鈐有“湖南省文物管理委員會收藏”印外，不見有其他印章。

四十一、《杜詩偶評》四卷，清沈德潛撰，清乾隆十二年潘承松賦閑草堂刻本，清吴錫麒批點，華中師範大學圖書館藏。

清代吴錫麒批《杜詩偶評》四卷，共一册，現藏華中師範大學圖書館。《中國古籍善本書目》著録。其批點底本爲清乾隆十二年潘承松賦閑草堂刻本。黄色封皮，封頁墨筆隸書題“杜詩偶評卷一之二”。白口，左右雙邊，單魚尾，版心題書名、卷次、頁碼和“賦閑草堂”等内容。吴錫麒批點《杜詩偶評》有朱筆、墨筆兩種顔色，均以行楷字體書之。就其批點形式來看，有眉批、旁批諸類，且以眉批爲主。

吴錫麒(1746—1818)，字聖徵，號穀人，浙江錢塘人。清代文學家。乾隆四十年進士，授編修。《國朝先正事略》謂“浙中詩派，自竹垞、初白後，大宗、太鴻起而振之，及兩公殂謝，嗣音者鮮。先生詩境超妙，爲朱、查、杭、厲之後勁。既工駢體，兼善倚聲，試律體尤能獨開生面，館閣風氣爲一變，名重中外。”①《清史稿》亦稱“錫麒工應制詩文，兼善倚聲。浙中詩派，前有朱彝尊、查慎行，繼之者杭世駿、厲鶚。二人殂謝後，推錫麒，藝林奉爲圭臬焉”②，高度肯定吴錫麒的詩學成就。吴氏曾著《有正味齋集》。吴錫麒除批點《杜詩偶評》外，還曾圈點並跋許之吉輯《麗句集》，批校陳維崧《陳檢討集》等書。

該本在《杜詩偶評》卷一處，有朱筆題簽“嘉慶丙子春仲，有正味齋主人評閲一過”。“有正味齋主人”即吴錫麒，吴氏曾撰有《有正味

① 李元度《國朝先正事略》卷四十二“文苑”，岳麓書社 1991 年版，第1122 頁。

② 趙爾巽等《清史稿》卷四百八十五列傳二百七十二文苑二，中華書局 1977 年版，第 13386 頁。

齋集》。“嘉慶丙子”乃 1816 年，按吴錫麒生卒年可見，批點《杜詩偶評》乃其晚年之事。

吴錫麒批語簡練精到，能於簡短評語中抓住詩歌特質。其評詩主要强調詩法技巧，注重淵源流變，有自己獨到的見解。批點中對杜甫詩歌推崇備至，如《野人送朱櫻》批云：“些小題却寫得如許闊達，只争用意之妙，其格律老健，一筆直下，斷非子美不辦。”《和裴迪登蜀州東亭送客逢早梅相憶見寄》批云：“前半和詩，後半自寫，做題而不爲題縛，真詩家之聖手也。”

該批本鈐有“衛國公商孫”“穀人”“崔帝”“吴錫麒印”“陳鴻壽印”“曼生”“王任堂藏”“華中師範學院圖書館藏書印”等各類印章多枚。

四十二、《讀杜心解》六卷首二卷，清浦起龍撰，清雍正寧我齋覆刻本。清吴朗過録吴士模等批點，浙江大學圖書館藏。

清吴朗過録吴士模等批《讀杜心解》六卷，共十二册，藏浙江大學圖書館。其批點底本當爲清雍正寧我齋覆刻本。該本書長 25.4 厘米，寬 14.5 厘米，版框半葉高 18.5 厘米，寬 13.5 厘米。天頭高 5.5 厘米，地脚高 1.4 厘米。内有紅紙夾簽，上有墨筆題“朱次雲批本杜詩，十二本”，朱次雲不知何人，待考。

吴士模，字晉望，武進人。篤好理學，著有《詩經申義》《澤古齋詩文鈔》等。

該本爲藍色封皮，扉頁大字題“讀杜心解”，右上小字題“錫山浦起龍是正”，左邊小字題“少陵全書静寄東軒藏版”。在卷一之三“五古”處有墨筆題“道光甲申秋仲，照家晉望叔祖藏本加評”，由此可知該本批點的具體時間爲道光甲申秋，是“照家晉望叔祖藏本加評”的過録本。道光甲申爲道光四年，即 1824 年。

此批本多過録諸家評語，其過録諸家評語均以某人之姓注明於批語之下，如“何”“王”“汪”等。因王士禛、王士禄易於混淆，故在王士禄批點中除在末尾以“王”標識外，尚在批語中稱“西樵曰”，以與王士禛批點相别。或者直接只以“西樵曰”標識。還有直接以“屈批”云者，乃過録屈復之評點。周采泉《杜集書録》稱此本“可補劉氏(劉濬《杜詩集評》)之闕”。此本中汪批、李批、屈復批等較爲重要。可輯佚補闕。那些未題名字的批點，周采泉認爲即吴士模的批點，有些可能還需核實。

該本在不同地方鈐有“仙班”“臣朗”“杭州大學圖書館善本書藏印”“浙江師範學院圖書館善本書藏印”等印章多枚。

四十三、《杜工部集》二十卷，清錢謙益箋注，附録一卷，清康熙六年静思堂刻本，清倪象占批校並跋，浙江圖書館藏。

清代倪象占批校並跋《杜工部集》二十卷，一函六册。其批點底本爲清康熙静思堂刻錢注杜詩本，現藏浙江圖書館。該本書長26厘米，寬16.4厘米，爲黄色封皮。版框半葉高18.6厘米，寬14厘米，黑口，四周雙邊，版心題書名、卷次和頁碼。該書封頁除首册外，均墨筆題書名“錢注杜集”，並標明該册卷次。書根處墨筆題“錢注杜集”，並標明册次。

倪象占，生卒年不詳。初名承天，後以字行，更字九三，號韭山，丹城(今屬寧波)人。乾隆二十一年(1756)補諸生。三十年，高宗南巡，選列迎鑾，拔充優貢。旋奉調分纂《大清一統志》，又同編《千叟宴詩》。五十三年，應聘分纂《鄞縣志》。翌年補授嘉善訓導，勤於督課。工畫蘭竹，間作松石。撰《周易索詁》，歷八載始成。另有《蓬山清話》《抱經樓藏書記》《象山雜詠》《青欞館集》《韭山詩文集》等。

該本第二册扉頁有倪象占藍筆題識：

杜詩别本注已並存，讀者去取，各隨意定可也。此本朱筆乃無識見者所爲，往往塗抹不當，殊可厭。至後律體，尤任意肆妄，並有改字，豈謂自知拈韻耶？不得已以藍筆分别校之。

從此題跋可知，倪象占批點爲藍筆，其餘朱筆者不屬於倪象占批點無疑。

該本倪象占用藍筆圈點批評，亦有少量用墨筆批點，原本有朱筆圈點，並附有少量批語，疑均過録之語。藍筆批點開始浸漫，偶有不清晰之處。倪象占對朱批的抹删處頗多非議，認爲乃妄改。在第三册中間，有標明此後增加過録郭正域、劉須溪等批點内容的批語。如《鄭駙馬宅宴洞中》藍眉批道："集中七律有宋劉辰翁須溪及明江夏郭美命正域評本，故並録參之。須溪名會孟。"另外，此後的批點也確實過録了少量其他人的批語，往往以"某某云""某某曰"標識之。

就印鑒言，該本共鈐有"象占""鐵如意齋""明舉""人山隨筆""青欞館""浙江圖書館珍藏善本"等多枚印章。

四十四、《杜詩論文》五十六卷，清吴見思注，清康熙十一年江蘇常州岱淵堂刻本。題清張問陶批注，北京師範大學圖書館藏。

題清張問陶批注《杜詩論文》五十六卷，兩函十六册。清康熙十一年(1672)江蘇常州岱淵堂刻本。書長 24.6 厘米，寬 15.5 厘米，版框半葉高 19.4 厘米，寬 14.2 厘米，天頭高 4.1 厘米，地脚高 1.1 厘米。白口，無魚尾，左右雙邊，版心題書名和頁碼。

張問陶(1764—1814)，清代詩人。字仲冶，號船山，又號蜀山老猿、藥庵退守。遂寧(今屬四川)人。乾隆五十五年(1790)進士，曾任翰林院檢討、都察院御史、吏部郎中。後出任山東萊州知府,因違背上官意志,辭官居吴縣(今蘇州)虎丘。晚年遨遊大江南北,病卒於客舍。著有《船山詩草》二十卷,《船山詩草補遺》一卷。

該本爲黄色封皮,封頁上除首册外,每册都用墨筆行楷題書名“杜詩論文”,並在右下角方向墨筆標明該册卷次和該册詩歌所作的時間,如“天寶十二載至十四載”等。扉頁中間大字題“杜詩論文”,右上小字題“吴興祚先生評定”,左下小字題“天德堂藏版”。扉頁後空白頁靠書口處有墨筆行楷題書名“杜詩論文”,靠書内側題“邊氏藏書”。

就批點時間而言,該本共有三處記載。在第一册末尾《杜詩論文二》之《白絲行》一詩的批點後有時間標識:“癸未三月,雨窗無聊,書此以記。船山。”在第三册末尾《杜詩論文》卷九《臘日》一詩的批點後有時間記載:“甲戌長夏,船山批閲。”在第十三册末尾,杜詩論文四十五處有墨筆題時間:“甲戌秋九月既望,船山張問陶並題於西泠。”考張問陶生卒年(1764—1814),“癸未三月”,張問陶並未經歷癸未年,而“甲戌”年乃清嘉慶十九年甲戌(1814),此年三月張問陶即病卒於蘇州,故也不可能在長夏和九月再批點杜詩。關於此點,胡傳淮《張問陶批點〈杜詩論文〉辨僞》、《張問陶批點〈杜詩論文〉係僞造》和《張問陶批點〈杜詩論文〉辨僞》等文章已經辨析較詳,可以參考。

除了題張問陶的批點外,尚過録有少量王嗣奭等人的批點。

該本在不同的地方鈐有“王望霖印”“天香樓”“問陶”“芷仙過眼”“北京師範大學圖書館珍藏”等印章多枚。由印章可知,該本曾被王望霖天香樓收藏。王望霖(1774—1836),字濟蒼,號石友,清代乾、嘉年間上虞梁湖人。酷愛讀書藏書,尤喜吟詠,現存詩稿四卷。有書數萬卷,建“天香樓”收藏。著有《天香樓吟稿》《天香樓遺澤集》

等。而據《杜詩論文》每册首頁處墨筆楷書題識“吾邱邊乂禧青峰藏書”可知,該本當亦曾被邊乂禧收藏。

四十五、《杜詩詳注》二十四卷,清仇兆鰲輯注,首一卷,附編二卷,清康熙刻本。清李以峙批校並跋。杭州圖書館藏。

清李以峙批校並跋《杜詩詳注》二十五卷,共十六册。藏杭州圖書館。批點底本爲清康熙刻本。該本爲上白口,下黑口,單魚尾,左右雙邊,版心題書名、卷次和頁碼。書長 26.1 厘米,寬 16.6 厘米,版框半葉高 20.1 厘米,寬 14.8 厘米,天頭高 4.3 厘米,地脚高 1.7 厘米。第一册和第二册有蟲蛀現象。

李以峙,生卒年不詳,字俊甫,江蘇昆山人。李世經之子,道光甲午舉人。著有《古俊齋自怡草》。

該本爲黄色封皮,扉頁上大字題“杜少陵集詳注”,右上用小字題“史官仇□□□□□□□”(破損),左下鈐有“多益齋藏版”白文方形印章。扉頁有李以峙墨筆題跋:

> 杜集流傳,字多互異,近代善本首推仇注,列其異同,間加辯論,然是正尚少,正矣而義或未盡,吟諷之下,其無悶要妙者,不妨並存。若意義有顯乖,音節有失諧,誦之每不安於心,推原其故,訛於形聲相近者十之七,淆于後人臆改者十之三。不揣謬妄,爲之辨證,不敢襲朱子之“正異”,而易名曰“訂”。愚者千慮,豈無一得?倘遇其人,或不視爲覆瓿也。道光戊子初夏顛山子書。

由上述題跋可知,李以峙批點該書在道光戊子初夏,即道光八年戊子(1828)。

該本主要以朱墨二色批點,其中以墨筆爲主,有眉批、旁批,有圈有點,有句旁分隔號等形式;朱筆批點較少,但也有圈點、短横等形式。李氏批點《杜詩詳注》主要針對杜詩字詞運用爲主，且以“響”爲用字之境，頗具匠心。

李以峙的評點是批在原本已有朱墨二色小字評點的本子上。從李以峙的批點看，李氏是用墨筆行草書寫，字迹較大。之所以説其小字朱墨二色不是李氏批點，原因有四。一是小字朱墨二色批點的字迹與李以峙墨筆大字的批點不同。小字多作行楷，尤其是朱筆，基本爲正楷書寫。而李以峙的批點則爲行草。二是在李以峙考訂性批語中間有夾雜小字批語的情況，故從此可以判斷李氏批點與小字批點不是同時批點的，應該是先有小字朱墨二色批點，然後李氏再加上自己的批點。因没有控制好字數，所以纔出現在小字批語兩側批點的情況。三是從墨色看，李氏之批墨色新而濃，小字批點淡而細。四是大字批點的内容與李氏跋語所謂辨證仇注異同字爲主的觀點相同，而小字批點多爲詩意批評的範圍，不作字詞辨證。不過其中的小字批點多爲過録他人批點，過録有“汪云”“李評”“榕邨”“董云”“錢箋”“廢翁云”等人批點。其中以“董云”“李評”“汪云”爲最多。

就鈐印言，該本在不同地方共鈐有“潘耒之印”“稼堂”“古俊齋李惺谷圖書”“李世瑩印”和“惺穀圖書”“杭州圖書館古籍藏印”等印多枚。由印章可知，該本曾被潘耒收藏。潘耒(1646—1708)，清初學者，字次耕，又字稼堂，吴江(今江蘇蘇州)人。師事顧炎武，博涉經史、曆算、聲韻之學，曾參與纂修《明史》。而李以峙爲清道光間人，故潘耒收藏此本當在李以峙批點之前。此本同時鈐有“李世瑩印”，按李世瑩爲李以峙伯父，字冰壺，幼警慧，與弟世經並以諸生餼昆庠。乾隆乙卯，世瑩領鄉薦。嘉慶元年，詔舉孝廉方正。有司以世瑩應授六品秩(《道光昆新志》)。

四十六、《杜詩選抄》不分卷，清抄本。清徐松評點，上海圖書館藏。

清徐松批點《杜詩選抄》，不分卷，共四册，清抄本，上海圖書館藏。書根處題“徐評杜詩選鈔(一凡四)、(二)、(三)、(四)”，書長28.8厘米，半葉寬約18.1厘米，無格。半葉12行，行20字。所有杜詩均抄在黄色草紙上，未標明頁碼和卷次，書題頂格書寫，低一格書體裁類别，如“五古”“七古”之類，每首詩的題目則低二格書寫。該本雖未明確標明卷數，但實際上按“五古”“七古”等分開，且在各處均注明“此卷時事”之類，故可看作分卷。

徐松(1781—1848)，字星伯，原籍浙江上虞。清代著名學者。輯録有《宋會要輯稿》500卷，撰著《唐兩京城坊考》《登科紀要》《西域水道記》等著作。

該本扉頁墨筆行楷題“杜詩選鈔，徐星伯評點本，鮑子年觀古閣藏，玄圃署檢”，由此可知該本曾經藏於鮑子年觀古閣中。

正文前頂格題有“杜甫小傳”，接着頂格書“杜詩選抄目録”，低一格書“五古一”，目録標“五古一”，共34首(組詩算一首，50首單詩)。正文均用正楷書寫，批點用朱筆行書書寫。絶大多數爲眉批，僅少量旁批。其圈點則有圈有點，以紅色字旁圈爲主。

考其評點，實乃徐松過録諸家評點，並雜以己評。其雜録的諸家評點有魏源、申涵光、紀曉嵐、浦起龍、仇兆鰲、陸時雍、王嗣奭等人，其中以魏源、申涵光、紀曉嵐的批點尤值得注意。上圖目録題爲“徐松”評點，不確，疑僞託徐松評點。看其扉頁“杜詩選抄，徐星伯評點本，鮑子年觀古閣藏，玄圃署檢”的墨色，亦較其選抄正文的墨色爲新，或爲僞託。待考。

就印章言，該本在不同地方共鈐有“志在名山詩酒”“心醉六經”“鮑氏”“觀古閣藏”“真壽堂邵氏所藏”和“上海圖書館藏”等。由此可知,該本曾輾轉被人收藏,最後歸於上海圖書館。

四十七、《杜工部集》二十卷,清錢謙益箋注,年譜一卷諸家詩話一卷唱酬題詠附録一卷,清雍正間翻刻康熙六年静思堂刻本,清陳治批校並録錢陸燦、汪琬、俞犀月批。湖北省圖書館藏。

清代陳治批校並録錢陸燦、汪琬、俞犀月批點《杜工部集》二十卷,共十册,藏湖北省圖書館。《中國古籍善本書目》著録。該批本底本爲雍正間翻刻錢注杜詩本。封面爲藍色封皮,書根用墨筆書“錢注杜詩”,首册下並題“批校本”三字。該書長 26.2 厘米,寬 15.8 厘米,版框半葉寬 14 厘米,高 17.6 厘米,黑口,雙魚尾,四周雙邊。版心題書名、卷數和頁碼等内容。該本在翻刻時挖掉了有關錢謙益字號等相關内容,不過,陳治在批點過程中,又將挖掉的與錢謙益相關的“牧翁”“牧齋先生”“絳雲”等字用朱筆楷書補充完整,其正文中的“夷”“虜”等字,也均用朱筆予以重寫。該本批點爲朱、墨二色,有眉批、旁批等不同方式,圈點形式主要爲句旁圈。

陳治,清乾隆時人,生平事蹟不詳。

該本第一册末尾“杜陵年譜”後有陳治墨筆行楷題識:

杜老詩古體如前、後《出塞》《新安吏》《石壕吏》《哀江頭》《王孫》《無家别》《垂老别》諸篇,的真古樂府,高而温柔敦厚之旨,時露豪[毫]端,直堪上繼風雅,下追漢魏。其紀行入蜀諸作,可稱窮形盡相,雖師承鮑、謝,而雄渾處神似建安,殆非中唐諸人所可企及。近體詩沉鬱怨壯,語經百煉而氣仍疏宕,其體格之高皆由識力之精,不愧大家丰度。惟七言絶句,别立一幟,未爲上乘。或先生有意矯正流俗,亦未可輕訾。從前僅取查他山詩評,摘録數語,兹復得汪鈍翁、俞犀月、錢圓沙諸人批本,取其尤精核者過録一二,並參以己意焉。歲乾隆五十六夏五下浣，語溪陳治識。

從陳治的識語可判斷，其批點多過録查慎行、汪琬、俞瑒、錢陸燦等人評語，“取其尤精核者過録一二，並參以己意焉”。

陳治批點杜詩内容繁夥，能於過録諸家批語之外，參以己意，頗足稱道。一方面能結合詩句闡釋字詞典故來源，分析起承轉合之法，尤其重視詩歌用韻的探討，往往於詩題處標出該詩的用韻情況。在追溯詩歌源流方面，也能够闡述自己的看法。如稱《雨過蘇端》一詩“大似淵明乞食光景，窮途一飯，感激不細，正復可憐人”，正是看到了杜甫在取景選材方面與陶詩的相通特質。

該本在不同地方鈐有印章多枚。在陳治題識之後，即鈐有“陳治之印”“浣青珍藏”“治素無才學又不聰敏”和“息塵盦所藏”等各類印章。從印章可略知此書的收藏傳承情況。如在季振宜序前鈐有“餘姚謝氏永耀樓藏書”朱文方印等四枚。由此可知，該書曾被近代藏書家謝光甫收藏。謝光甫（？—1939），字永耀，浙江餘姚人。生平喜好收集古籍善本。“永耀樓”爲其藏書之所，所藏書籍均鈐有“餘姚謝氏永耀樓”藏書印。此外，從諸家詩話處、杜工部集目録處的“王秉恩印”白文方印和陳治題識後“息塵盦所藏”朱文方印等可知，該本亦曾被文獻學家王秉恩收藏。王秉恩（1845—1928），字雪澄，亦字雪塵、息塵、息存等，號茶龕，一作荼龕，室名元尚居、明耻堂，四川成都人，著名的文獻學家、版本目録學家。主要著作有《讀書隨筆》數卷、《公牘稿》若干卷、《王秉恩日記手稿》等。

四十八、《讀杜心解》六卷，首二卷，清浦起龍撰，清雍正二年至三年浦氏寧我齋刻本。清徐恕録清魯一同批點。湖北省圖書館藏。

徐恕録魯一同批點《讀杜心解》六卷，共六册，藏湖北省圖書館，周采泉《杜集書録》未曾著録徐恕過録批本，却著録吴炳祥過録魯一同批點本,可見魯氏批點有多家過録本。徐恕過録本書長 25.6 厘米,寬 16.6 厘米,版框半葉高 19 厘米,寬 13.6 厘米,左右雙邊,白口,單魚尾,版心題書名、卷次、頁碼及出版書坊。天頭高 4.5 厘米,地脚高 2.1 厘米。

徐恕(1890—1959),湖北武昌(今武漢)人。字行可,一字可行,號彊誃、强誃,自名書齋"知論物齋""箕志堂""藏棱庵"等,近代大藏書家之一。1907 年曾遊學日本。歸國後,"絶意仕途,以讀書聚書爲樂"①,所藏多至近十萬册。

魯一同,(1804,一作 1805—1863,一作 1865)字通甫,一字蘭岑(一作號),室名補過軒,江蘇山陽(一作清河,今屬淮安市)人。近代文學家。道光十五年乙未舉人。同治二年癸亥卒,死後入國史文苑傳。著有《通甫類稿》《通甫類稿續編》《通甫詩存》《通甫詩存之餘》《右軍年譜》等書。

該書封皮上面有徐恕朱筆楷書題識:

> 從謝研穀借所鈔魯通甫評語,迻録未竟,爲索回。研穀殁後,其本不知入何人手,後之人儻見魯評别寫本,補完之,亦一墨汁因緣也。丙申暮春三日弜誃記。

由題識可知,徐恕過録魯氏批點的時間是"丙申暮春三日"。徐氏生於 1890 年,卒於 1959 年,其間有兩個丙申年分别爲 1896 年和 1956 年,1896 年徐恕年僅 7 歲,不太可能過録,故其過録時間在 1956 年無疑。其過録時已爲晚年,所録的魯一同批點乃從謝研穀處借來所鈔魯通甫評語,然徐恕"迻録未竟,爲索回",故可知其所録不

① 湖北省地方志編纂委員會編《湖北省志·人物(上)》,湖北人民出版社 1998 年版,第 928 頁。

全。且因年暮，故表達了期待後人“補完之”而成就一段“墨汁因緣”的無奈意願。

武昌徐氏藏書“幾經兵燹，保存完整”，新中國成立後全部捐獻國家，庋藏於湖北省圖書館。徐恕所捐之書，“箱逾千數，册近10萬。其中明清善本、抄本、稿本、批校本近萬册”①。本文所論之徐恕過録魯一同批點《讀杜心解》亦即徐氏所捐之書。

該本批點者爲近代文學家魯一同。近世學者淮陰張煦侯（名須）在《魯通父先生集外文・序》中稱：“通甫先生之文，其魁岸深厚者根於性，明通而昌博者因乎識，其奇辭大句，排奡盤折，出入史漢百家，則雖唐之韓柳亦堪肩隨，宋以下不足論也。……至今讀其文者可以知先生，可以知世變。昔人有言，文章之事莫大乎因時，先生道光之文，杜公天寶之詩也。”將魯一同道光時期之文章與杜甫天寶時期之詩歌相提並論，高贊其成就。魯一同研讀杜詩數十年，多有心得，晚年批注《讀杜心解》，當時批杜詩者無出其右。吴涑輯有《魯通父讀書記》，段朝端序中有“浦氏《讀杜心解》中多獨到之處，不免穿鑿附會，且以時文法律之。通父病其貽誤後學，復就是集精選細批，於篇中筋脉、采色、聲情、氣韻，以及章法、句法、字法，大純小疵一一指出，務得其命意之所在，一洗浦氏支離拘泥之習”（《椿花閣文集》）。除批點杜詩外，魯一同還評過清代潘亮弼《一好齋詩》、潘德輿《養一齋文集外編》，批校過清閻爾梅《白耷山人詩集》等著作。

徐恕過録本扉頁右邊題“錫山浦起龍是正”，中間題“讀杜心解”書名，左邊題“少陵全書，静寄東軒藏板”。在“卷首上”的“發凡”中杜詩研究著作的省稱旁邊，用朱筆補充了其作者姓名。而在卷首上

① 湖北省地方志編纂委員會編《湖北省志・人物（上）》，湖北人民出版社1998年版，第929頁。

“墓係”尾頁處有題爲“通甫記”“彝記”等朱筆題識：

吾評無定則，意有所得，雜亂書之，其點化筋節處，亦有前人未闡之秘，或加深思，遂開奥竅，但得吟諷百過，當有鬼神來贶耳。讀杜者不可不知此言。

三圈、夾圈爲上選，單圈爲中選，單點爲下選。通甫記。

魯先生筆句有夾圈乃連圈，句有連點，句有連圈乃套圈。

庚午十二月命兒子鈔録，偶有所見，即記上方，名以别之。彝記。

通翁此評較鍾、譚則正大，較沈歸愚則警切，是善本也。又記。

此處題識，是魯通甫和潘彝兩人批點内容的綜合。前面部分魯通甫所記，則簡單交待了自己評杜的相關情况。一是標明自己批點没有固定的原則，“吾評無定則，意有所得，雜亂書之”，强調批點杜詩的隨意性和有感而發；二是指出自己批點的成就，“其點化筋節處，亦有前人未闡之秘”；三是特意交待圈點的特殊含義。在名家手批詩文之中，多有圈點，但是往往都未加説明，魯通甫此處特意言明自己不同圈點的含義，對於讀者甚有助益。魯氏表示，“三圈、夾圈爲上選”，代表了該詩藝術成就最好；“單圈爲中選”，表明該詩爲中等水準；最差的屬於單點，“單點爲下選”。不難看出，魯氏對杜詩有着自己的評判標準與藝術準則。而核之該本實際圈點情况，該本用朱筆楷書批點，批有眉批、旁批、尾批等諸種形式；圈點則有圈有點。圈點均爲句旁圈和句旁點。與其他批點本不同的是，除了用單圈和單點在句旁批點外，確實存在批點者用兩個連着的圓圈批在一個字旁邊的情况，即魯氏所謂“三圈”“夾圈”之類。同樣，在卷首下“目譜”中的“杜詩篇目”之目録上，亦有用朱筆圈點標在詩題篇目上方，一般爲0—3個不等的圓圈，也有少量用單點的，十分符合魯通甫自己對圈點的紹介。關於圈點的藝術價值評定問題，有時魯通甫也會改變對某首詩歌的等級評定，同時也就改變該詩的圈點情況加以説明。其主要的改動是增加等級，如《渼陂西南臺》“庚申加夾圈”（單圈變夾圈），《白水縣崔少府十九翁高齋三十韻》“庚申加”（單圈變夾圈）。《得舍弟消息》“辛酉補”（本無圈點，加上單點），《石壕吏》“庚申重校加三圈”（夾圈改三圈），《太平寺泉眼》“庚申加夾圈”（單圈加夾圈）之類。此處題識的後半截是彝對魯通甫批點情況和批點價值的補充説明。既解釋了魯氏批點“夾圈”“連圈”“連點”等概念，又指出“庚午十二月命兒子鈔録”的事實，同時對魯通甫批點作出了“較鍾、譚則正大，較沈歸愚則警切，是善本也”的價值認定。

就批本印鑒言，該本在不同地方鈐有“毛埰之印”“邁□”和“慎德堂藏書”“湖北省圖書館藏書”等印章多枚。

四十九、《讀杜心解》六卷，首二卷，清浦起龍撰，清雍正二年至三年浦氏寧我齋刻本。清秦應逵批。湖北省圖書館藏。

秦應逵批點《讀杜心解》六卷，共八册，藏湖北省圖書館。《中國古籍善本書目》有著録。批點底本爲清雍正二年至三年浦氏寧我齋刻本。書長25厘米，寬17.2厘米，版框半葉高18.7厘米，寬13.5厘米，左右雙邊，白口，單魚尾，版心題書名，卷數、頁碼和出版書坊“寧我齋”等相關内容。

該本封面爲黄色封皮，扉頁右側題“少陵全書，錫山浦起龍是正”，中間標明書題“讀杜心解”，左側題“静寄東軒”。書根處題有“讀杜心解”書名及“五古”“五律”“七律”等標明體裁的内容。在總目下鈐有“孝感秦氏家藏”朱文方印一枚。因知該書乃湖北藏書家秦應逵家藏書。

秦應逵(1846,一作1849,一作1850,一作1856—1915),字鴻軒,又字達九,湖北省孝感市道店秦家松林人。“清同治十三年(1874)中會元,後殿試賜‘進士及第’……仕途三十載。秦集書爲好……家建有藏書樓一座,藏書萬册。……爲了研究藏書系統化,他繪製了《古今圖書集成》和《二十四史》兩套書分類裝箱、組合上架的‘藏書目録圖’,對研究古籍館藏之法,具有參考價值”①。秦應逵爲當地頗具影響的藏書家之一。其“藏書數萬卷,多善本”②,除一部分被湖北省圖書館收購之外,大部分成爲孝感圖書館古籍的重要來源之一。

秦應逵批點《讀杜心解》有紫、墨、朱、藍四色。具體而言,前面部分多紫色批點,藍色文字批點僅爲一處。批點形式有句旁畫圈、畫分隔號、畫點,批點方式以眉批爲主,間有旁批。在其批點中,《麗人行》一首的眉批中有一處標明批點時間爲“戊子五月廿八日記,時大旱”,由此可以推斷秦應逵批點《讀杜心解》的時間爲清光緒十四年戊子(1888)左右。

總體而言,秦應逵對《讀杜心解》的批點均較簡練,往往是對某一首詩或某一句詩,采用一兩句批點的形式進行批點,於隻言片語中見批點態度與價值取向。如認爲《晦日尋崔戢李封》“至今阮籍等,熟醉爲身謀”處“得此一段生色”等,稱贊之意,溢於言表。值得注意的是,秦應逵除就杜詩内容進行批點之外,亦有辨證批駁浦起龍《讀杜心解》内容的批點。

---

① 湖北省孝感市地方志編纂委員會編《孝感市志》卷二十六,新華出版社1992年版,第881頁。

② 湖北省地方志編纂委員會编《湖北省志》,湖北人民出版社1998年版,第1736頁。

五十、《重刊千家注杜詩全集》二十卷，文集二卷，元高楚芳編，明刻十一行本。清沈曾植墨筆圈點批校。臺灣圖書館藏。

唐杜甫撰，元高楚芳編《重刊千家注杜詩全集》二十卷，文集二卷，共十册，明刻十一行本。清佚名墨筆圈點批校。臺灣圖書館藏，索書號：402.42 09542。

該本版框高19.7厘米，寬14.1厘米，每半葉11行，行22字，注文小字雙行，字數同，左右雙欄，白口，單黑魚尾。

該本爲墨筆批點，多爲墨筆圈點，其批語數量很少，僅寥寥數條。兹列其稍有價值者如下：

《贈李白》“豈無青精飯，使我顔色好”一句注釋“《學林新編》云：陶隱居《登真訣》有乾石青精䭀飯。䭀音迅，謂餐也。其法即南燭草木浸米蒸飯……”處：（墨眉）近武林供佛，用稻葉浸米蒸飯，同此。

《示從孫濟》一詩：（墨眉）樸。

《春歸》“遠鷗浮水静，輕燕受風斜”處：（墨眉）上句之妙在“静”，下句之妙在“受”。

《過南鄰朱山人水亭》一詩：（墨眉）一字中描出多心苟合。

除上述批語外，還有一些無甚價值的批語，如批《與李十二白同尋范十隱居》王洙注“陰鏗字子堅”處“子堅”，批《曲江三章章五句》稱“四韻五句”，或抄録，或簡介，並無過多意義。

該本在臺灣圖書館目録中僅題“墨筆圈校”，並未題“沈曾植批校”，但細考批本實況，此本當係清沈曾植所批。理由有二。一是該本鈐有沈曾植印章多枚。該本在扉頁處鈐有“寐叟圖書記”白文方印、“月午山房藏弆”朱文方印，《重刊杜工部詩史舊集序》處鈐有“延恩堂印”白文方印，《重刊集千家注杜詩全集目録》處鈐有“沈曾植印”白文方印、“海日廔”白文方印，卷之二末頁處鈐有“羿齋記”白文長方印等各類印鑒多枚。其中“寐叟”“月午山房”“延恩堂”“海日廔”“羿齋”等均係沈曾植的字號或齋室名，可見該書曾被沈曾植收藏，有批點該本的可能性。二是從該批本的書法看，頗類沈曾植書法。該批本雖批語數目不多，但批點字體頗有法度。玆附該本批語與沈曾植手迹對比如下：

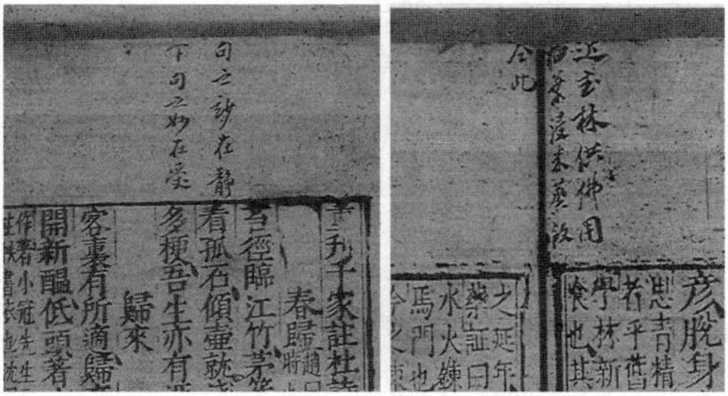

《重刊千家注杜詩全集》中的批語

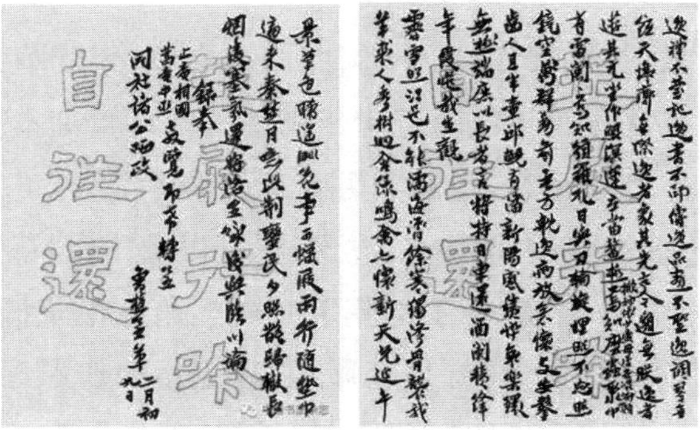

沈曾植致瞿鴻禨札手迹

對比二者筆迹可知，一是捺筆剛健有力，重筆書寫，富有特徵。《重刊千家注杜詩全集》批語中的“近”“林”“飯”“受”諸字與沈曾植手迹中的“適”“還”“天”“人”“秦”等字之捺筆，均剛健有力，重筆書寫，非常相似，在整個字中非常突出；二是《重刊千家注杜詩全集》中的字迹與沈曾植手迹均較喜用側峰運筆，字體拙重，有碑帖之風；三是《重刊千家注杜詩全集》批語中，有兩“妙”字，而書寫字體各異，以避重複，這是書法家所特别注意之處，亦符合沈曾植著名書法家的身份；四是據周連寬《海上書林雜憶（二）》鄭偉章《文獻家通考》稱：沈曾植“富藏書，所藏多善本，手自批校，丹鉛淋漓”①。沈曾植喜好手自批校，此亦可爲該本係沈曾植批校之旁證。

該本在不同位置共鈐有各類印鑒多枚。除了前述之沈曾植的印鑒如“沈曾植印”“海日廔”“寐叟圖書記”“月午山房藏弆”“延恩堂印”“犛齋記”等之外，尚有“陶標之印”“子錦氏”“‘國立中央圖書館’收藏”等各類印鑒多枚。“陶標之印”“子錦氏”不知何人指印，待考。從印鑒可知，該本曾被沈曾植收藏，後歸臺灣圖書館。

五十一、《杜工部集》二十卷，清乾隆五十年鄭澐玉勾草堂刻本，清嚴復批校。華東師範大學圖書館藏。

嚴復批校《杜工部集》二十卷，共兩函十册，今藏華東師範大學圖書館。批點底本爲清乾隆五十年鄭澐玉勾草堂刻本。該本書長19.2厘米，寬11.8厘米，版框半葉高12.6厘米，寬9.6厘米，黑口，無魚尾，左右雙邊，版心題書名、卷次、頁碼以及“玉勾草堂”等内容。該書爲黄色封皮，上題“杜工部集”，其右上角有墨筆摘録杜詩《偶題》中詩句“前輩飛騰入，餘波綺麗爲”以表示書册順序（每册着一字，共十册）。詩句下標明“序、古體、近體、雜文”等該册的體裁内容。扉頁題“乾隆乙巳孟夏，杜工部集，玉勾草堂藏版”等字様。

① 周連寬《海上書林雜憶（二）》，《廣東圖書館學刊》1985年第1期；又見鄭偉章《文獻家通考》，中華書局1999年版，第1197頁。

嚴復(1854—1921),原名宗光,字又陵,後改名復,字幾道,福建侯官(今福州)人。清末資産階段啓蒙思想家、翻譯家和教育家,是中國近代史上向西方國家尋找真理的“先進的中國人”之一。以翻譯《天演論》等西方著作著稱,撰有《嚴幾道詩文鈔》等。

嚴復批點杜詩當在其晚年,在其批點的不同地方標有多個時間。卷之九末尾處有墨筆旁批“壬子嘉平初四日批點訖”,可見前九卷完成於 1912 年十二月初四之前。而卷之十二末頁處墨旁“癸丑五月初七日”;在卷之十三末頁墨旁“癸丑五月望夜”;在卷十四末頁墨旁“癸丑五月十七日訖此”;可知在 1913 年五月份严復都在批點杜詩。而根據卷十八處墨旁“民國三年一月十四夕讀訖”和《杜工部集後記》文末朱筆旁批“唐宋人文章皆有法,不獨八家如此,數篇於近五百年皆非庸手矣。民國五年六月記”等記載可知,嚴復在 1914 年、1916 年尚在不停地批點杜詩。故其批點《杜工部集》前後至少持續了 4 年之久,從 1912 年到 1916 年,都在對杜詩進行不同層面的評點。

該本批點有朱、墨二色,朱筆除第一册外,其他諸册均多標明“漁洋云”“王云”等之類的提示,可知其大多爲王漁洋所批。墨筆未有標識,故應爲嚴復所批。批點形式有圈、有點,也有朱筆分隔號等。其中第九册的朱筆圈點非嚴復所圈,因其在卷之九目録終處有墨筆旁批加以説明:

> 此集近體經妄人用朱筆圈點粗惡。壬子璩子至京,以此餉予,乃重以墨筆點勘,聊當温詩而已。嘉平朔日幾道並識。

嚴復所批杜詩,多出己意,同時對錢注和仇注略有矯正。其批點杜詩,往往聯繫自己的身世來批點,同時多剖析杜詩的章法和作詩的法門之類,頗具價值。在第九册和第十册的批點中,夾雜有少數用鉛筆批點的評語,不知是否爲嚴復所批,待考。

該本在不同位置鈐有“痴壄堂長行報覽本”“嚴復”“幾道”“天演學家陶江嚴氏”“嚴復長壽”“嚴”“痴壄”“痴壄堂”“華東師範大學圖書館藏書印”等各類印章。另外，在某些詩題上，亦鈐有嚴復的字號“幾道”印章。據此可知，該本乃嚴復批點無疑。

五十二、《杜詩集評》十五卷，清劉濬輯，清嘉慶九年海寧藜照堂刻本。清吴廣霈批並跋。湖北省圖書館藏。

清代吴廣霈批校並跋《杜詩集評》十五卷，一函六册。藏湖北省圖書館。《中國古籍善本書目》著録。批點底本爲清嘉慶九年海寧藜照堂刻本。該本爲深黄色封皮，首册封面墨筆題“杜詩集評，凡六册”。書長 24.3 厘米，寬 15.2 厘米，版框半葉高 17.1 厘米，寬 13.2 厘米，半葉 10 行，行 20 字，左右雙綫，白口，單魚尾，版心上鐫書名、中鐫卷次、下鐫頁碼。批點顔色主要有朱、墨二色，以墨筆批點爲主，後面三册有少量朱筆批點。其形式有眉批、旁批、尾批等各種形式，字體以行草書之。

吴廣霈(1855—1919)，字瀚濤，號劍華，又自號劍華道人。安徽涇縣人。江蘇候補道。著有《劫後吟》。光緒乙未王師遼東失敗，訂立《馬關條約》，吴廣霈“亦慷慨流涕，閉户撰萬言書，陳自强策”，頗具愛國熱忱，故廣霈“雖布衣”，却“好談富强術”①。吴廣霈除批校過《杜詩集評》外，亦曾批校過《説文解字》《戰國策》《分類補注李太白詩》等書。

該批本第二册杜詩集評卷之一前有“戊申新正人日劍叟書”題跋和“劍華吴廣霈敬題”之題識各一則：

此本刊者實無聊賴，然以之作劍叟批讀本，省令抄胥費手，

---

① 錢仲聯主編《廣清碑傳集》，蘇州大學出版社 1999 年版，第 1233 頁。

亦一快也。戊申新正人日劍叟書。

夜窗校讀工部集，敬題一律以識神往："舞勺解吟詠，神馳工部詩。古人留妙筆，夜我振才思。遺冢從何吊，心香幸未遲。一編常在手，風雨夜鐙知。"劍華吴廣霈敬題。

由"戊申新正人日"的時間記載，考之吴廣霈生卒（1855—1919），可推斷其撰寫題跋的時間在清光緒三十四年（1908）正月初七，故其批點杜詩亦當在1908年左右。該本乃吴廣霈晚年批點而成。

另外，在部分卷册卷首有墨筆題爲"古吴劍華道人吴廣霈加批""古安吴劍叟吴廣霈加批""古安吴劍華吴廣霈加批"等標明批點者爲吴廣霈的題識。同册中有不同體裁的杜詩，亦常加説明。如第三册首頁《杜詩集評》卷之四處有墨筆眉批"五古終於第四卷。居此册之半，下半係七古"，介紹該册的杜詩體裁，故其在卷次處墨筆旁批"五古七古"四字以見體裁；第四册《杜詩集評》卷之七處有墨筆旁批"五律竟此一册"字樣，同樣是交待該册情况，可見吴批對詩體之辨甚爲重視。

吴廣霈批點内容有少量過録邵長蘅、劉辰翁等人批點，絶大部分爲自己批點，批語多切中肯綮。值得注意的是，吴批另有兩個獨特之處：一是對《杜詩集評》中所收録的批語也進行評點，既能肯定集評中的恰當之評，也敢於對其中評點不當的批語提出自己的判斷，彌足珍貴；二是能在批點中結合自己的創作實際來進行批點，如批《青陽峽》中"林迥硤角來，天窄壁面削"一聯云："余曾有詩云'驅車過窄徑，回首崩岩落'，亦可想見其危險矣。"即是如此。

就印鑒言，該書在每册或每卷首頁等不同位置鈐有"吴廣霈印""劍華藏書印章""劍華藏書印章""劍華""劍叟""劍華道人""湖北省圖書館所藏善本"等多枚。

五十三、《杜甫詩》，清《全唐詩》刻本，王伯沆（1871—1944）批。揚州廣陵古籍刻印社影印本。

王伯沆圈點手批《杜甫詩》十九卷，一函四册，揚州廣陵古籍刻印社2006年影印出版。批點底本爲《全唐詩》杜甫卷。該本爲藍色封皮，封面墨筆題簽"王伯沆先生圈點手批本杜甫詩"，並鈐蓋"王伯沆周裕高紀念館"朱文方印。書根處題"杜甫詩"，並標明册數。

王瀣（1871—1944），字伯沆、伯謙，别號酸齋、無想居士，晚號冬飲。著名教育家、學者和書法家，曾任南京高等師範學堂、東南大學、中央大學教授。工詩詞，係民國間江南著名詩人，金陵詩派的先行者。著有《冬飲廬詩稿》《冬飲廬詞稿》等。

在《全唐詩目》處用朱筆節鈔杜甫家世情況，並題爲"節鈔工部家世"。王伯沆批點爲朱筆小楷，字體娟秀，並附有大量圈點。據《出版前言》介紹："先生評杜詩，主要是在《全唐詩》本上進行的。其中以刻本最多，約三百七十條；石印本上僅有十條。而在《小學弦歌》上的眉批僅兩條。此次整理，即以刻本爲底本，而將石印本與《小學弦歌》本的批語複製到刻本上。"①於此可知，廣陵書社影印出版的王伯沆圈點手批《杜甫詩》是綜合了三個底本上的批語内容，是王伯沆先生最全的杜詩手批本。

王伯沆批點杜詩三百八十餘條，有詩歌史實箋注，有詩歌内容感慨，亦有詩歌藝術批評，總體來説，"贊譽不吝其辭，批評也頗中肯。"②兹録數條批語如下：

《臨邑舍弟書至，苦雨，黄河泛溢，堤防之患，簿領所憂，因寄此詩，用寬其意》：（王伯沆紅眉）史氏曰：木元虚《海賦》有"水

①②《王伯沆先生批點杜甫詩》之《出版前言》，廣陵書社2006年版，第2頁。

府之内，極深之庭”句，鮑明遠《河清頌》有“水府清涓”之句，故杜叙黄河泛溢稱爲“水府”，又或偶同之耳。謝朓《祀敬亭山》詩“水府衆靈出”，杜《遊何氏山林》亦云“石林蟠水府”，蓋“府”者，聚也，水所聚即可名“水府”，不必定是河海。

《述懷一首》“去年潼關破”：（王伯沆紅眉）此詩字字如見心，語語如聞聲，真實故也。

《送鄭十八虔貶台州司户，傷其臨老陷賊之故，闕爲面别，情見於詩》：（王伯沆紅眉）按，李白從永王璘，維污禄山僞命，皆文人敗名事，在他人必割席絶交矣。少陵當二公貶時，深悲極痛，至欲同生死而不可得，古人不以成敗論人，不以急難負友，是何等交誼！子長爲李陵申辨，至下腐刑，《與任少卿書》猶爲分疏，亦與杜同一肝膽。人知馬史、杜詩千秋獨步，不知皆從至性過人流出。柳子厚與王叔文交，不過恃才躁進，且叔文以得罪宦官藩鎮而敗，又非陵比，退之與柳爲文字交，生前不爲昭雪，死後《墓誌》反言少年不自貴重，無一語推原暴白，一則韓、柳齊名，中存伎[嫉]媢；一則不欲爲黨人分謗，得罪時貴耳。其視少陵何如?

該本共鈐有“溧水王氏無想山房藏書”“雙煙室藏”等印章，二印皆係王伯沆先生藏書印，亦可旁証該批本乃王伯沆先生圈點手批。

五十四、《杜詩詳注》二十五卷，清仇兆鰲輯注，首一卷附編二卷，清康熙刻本。清黎維樅批點並跋。上海圖書館藏。

清代黎維樅批點並跋《杜詩詳注》二十五卷，共二十八册，藏上海圖書館。該批本以康熙刻本爲底本，蟲蛀嚴重，首册已破損，看不到封頁情況。其他各册爲黄色封皮，内扉頁爲橘紅色紙張。書長25.4厘米，寬15.9厘米，版框半葉高19.8厘米，寬14.6厘米，黑口，單魚尾，書口題書名、卷次、頁碼等内容。書根處標明册數，並用墨筆楷書題“杜詩詳注肄業本”。

黎維樅，字虛庭，原籍廣東新會，南海縣廩貢生。候選訓導，學海堂學長，監越華書院事十餘年，版所居曰“蓮根館”。善駢體文，工山水。

在《杜詩詳注》目録天頭處有墨筆批點，用不同顔色符號標明了杜詩被不同選本採用的詩題，可見，黎維樅用《唐宋詩醇》《杜詩偶評》等書核校過《杜詩詳注》的篇目，並在《詳注》詩目上標明之，可閲詩目而知别本的選録情況。

該本第一册末尾有黎維樅朱筆題跋：

庭訓少時，讀仇氏《詳注》加墨焉，卒業於咸豐癸丑。殆弱冠，研朱再閲，蓋在乙卯、丙辰間。戊午購得浦二田《心解》，圈點一過，歷己未、庚申而畢。辛酉講學，選《詳注》復加評點，以授及門，今舊本已漫漶矣。同治壬申，肄業於學海堂，重購此本，另繕評點，至是凡落筆五次，並參以朱長孺注本、千家注本、九家注本、張上若注本、楊西園《鏡銓》本，並加丹鉛，歷癸酉、甲戌而肄業畢，計自癸丑至此，歷二十二年，凡點閲捌本，共十次。未敢云温故知新，聊以志其歲月云爾。

同治十三年，甲戌小除，祭詩之夕，黎維樅虛庭識於越華書院花南池館。

黎氏跋語交代了其學杜批杜的經歷，其批點杜詩“歷二十二年，凡點閲捌本，共十次”，可謂熟讀深思。而從其題跋“庭訓少時，讀仇氏《詳注》加墨焉。卒業於咸豐癸丑”，知黎維樅自幼即開始批點杜詩，咸豐癸丑即咸豐三年（1853），因此自 1853 年始即批點杜詩，至“同治十三年，甲戌小除”爲此本題跋的記載來，黎維樅應該於同治十三年(1874)完成批點,此兩者之間正好 22 年,與題跋中批點杜詩"歷二十二年"的記載正好吻合。故可知黎維樅批點杜詩始於咸豐三年(1853),完成於同治十三年(1874),歷時 22 年。而具體到此本的批點,該本在每卷末都標明了批點閱讀的時間,如卷一終處朱筆題"同治十一年壬申正月二十日起至二月初三讀畢",卷二末頁處題"同治十一年壬申二月初四日至十六日讀畢",等等,基本可以看出黎氏批點的時間進程。自同治壬申(1872)"重購此本,另繕評點"來看,黎維樅當在 1872 年至 1874 年之間,歷時兩年,完成此本的評點。

縱觀其批點,雖《中國古籍善本書目》、上海圖書館目録均題爲"黎維樅評點並跋",但從實際批點來看,黎氏批點多録楊倫、浦起龍、李子德等人的評點,其跋語也説"參以朱長孺注本、千家注本、九家注本、張上若注本、楊西園《鏡銓》本,並加丹鉛",筆者曾將其部分批點與楊倫《杜詩鏡銓》相比較,發現諸多評點與之相同,自己發揮較少。

該本在不同地方有"蓮根館書畫印""吴興嘉業堂藏書記""黎維樅讀""虚庭珍藏""上海圖書館藏"等鈐印多枚。從印鑒知,該本曾經被近代藏書家劉承幹嘉業堂所收藏。

五十五、《杜工部集》二十卷,清錢謙益箋注,年譜一卷諸家詩話一卷,唱酬題詠附録一卷附録一卷,清康熙六年静思堂刻本。清沈巖圈點批注。中國國家圖書館藏。

清代沈巖圈點批注《杜工部集》二十卷,共六册。藏中國國家圖書館。周采泉《杜集書録》著録爲"清沈巖圈點批注《批注杜工部集箋注》,現藏北京圖書館。編者尚未過目"。由此可知,周氏未嘗目驗此書。鄭慶篤、焦裕銀等編著《杜集書目提要》和孫微《清代杜詩學文獻考》均未著録。

沈巖，生平事蹟無考。

國圖藏沈巖批注《杜工部集》的底本爲康熙六年的《錢注杜詩》本。沈氏批點用行楷書寫，有眉批、旁批、尾批等不同形式。在批點過程中，如遇到不是其本人批點之語時，沈氏均在批語後面以"××云"的形式標明來源，如"蔡寬夫云""黄山谷曰""何云""俞云"等，有些則在地脚處表明更詳細的引用情況，如《奉送嚴公入朝十韻》就標明"俞黑批朱圈，何朱批黑圈"。有些則是來源於某些詩話著作内容的，故首先在批點前面標明來源，如"《××詩話》云"之類。在批點的時間上，該本中亦有多處標明批點具體時間的地方。如"庚辰""己巳"之類。但因不知沈巖具體的生卒年代，故無法推算其批點的具體時間。

該批本在不同地方鈐有各式印鑒多枚，書内共鈐有"梅花館藏書""慈民□藏經籍金石書畫之印""明震印""□席之印""沈德潜印"等白文正方印，"竹趣""慈□""俞明震印""歸愚""北京圖書館藏"等朱文正方形印和"寶研堂""松心草堂繆氏圖書"等朱文長方形印十數枚。

從印章可知，該批本歷經諸多名人之手，曾輾轉於各家藏書樓之間。如其曾被沈德潜、俞明震等名人收藏。沈德潜(1673—1769)，字確士，號歸愚，江蘇長洲(今蘇州)人，清代格調説的倡導者和代表人物。俞明震(1860—1918)，字恪士，一作確士，號觚齋，晚號觚庵。浙江山陰(今紹興)人。光緒十六年(1890)進士。與陳三立、陳曾壽等交往密切，著有詩集《觚庵詩存》四卷。

五十六、《杜子美七言律》一卷，明郭正域批點，明代閔齊伋三色套印本。清楊静盦批點。上海圖書館藏。

楊静盦批郭正域評點《杜子美七言律》一卷，一册，藏上海圖書館。楊氏所批底本爲明代閔齊伋三色套印本。書長 26.6 厘米，寬

17.3 厘米，版框半葉高 20.8 厘米，寬 15.5 厘米，天頭高 4.6 厘米，地脚高1.2 厘米，白口，無魚尾，左右雙邊，版心題書名“杜律”以及頁碼，書根題“閔刻杜律”字樣。楊静盦的批點是用緑筆批在郭正域評點《杜子美七言律》的底本上。該三色套印本中，郭正域原本採用紅、藍兩色批點，批點形式或用紅點，或分隔號，或句旁圓圈。爲與郭氏批點相别，楊静盦以緑筆批點，有眉批、旁批等形式，同時還在大多數詩歌的詩題前標有圈圈、三角形等不同符號，以示自己對杜詩的評價。

楊静盦，生平事蹟無考。在《杜子美七言律目録》末尾處有楊静盦藍筆題識，簡要介紹郭正域生平事蹟：

郭正域，字美命，江夏人。萬曆十一年二甲二十七名進士，授編修，歷禮部侍郎，博通載籍，勇於任事，有經濟大略，人望歸之。以建議奪黄光昇許論吕本，謚不果行，遂乞歸。姚書事起，或引正域將置之死，舉朝不平，事得寢。萬曆四十年卒於家，年五十九。光宗即位，追謚文毅，有批點《考工記》《明典》《禮志》《韓文》《杜律》。庚寅八月初五日，武進楊静盦識。

從楊静盦題識來看，其題跋時間爲“庚寅八月初五”，在清代共有 5 個庚寅年，分别是清順治七年(1650)、清康熙四十九年(1710)、清乾隆三十五年(1770)、清道光十年(1830)、清同治十六年(1890)。因其批點底本爲明刻本，故從理論上説，在没有楊静盦具體生活年代的情況下，此五個年代均有可能。

楊静盦批點多以箋釋詩歌字詞典故和詩歌反映的歷史故實爲主，故多引用史書、杜甫自注或其他資料以批杜詩。當然也偶有論及杜詩藝術技法的。有時對郭正域的批點也能提出自己不同的看法。如對《城西陂泛舟》尾聯“不有小舟能蕩槳，百壺那送酒如泉”一聯,郭正域認爲該聯“即景不佳,即事不雅”,而楊静盦則覺得“小舟送酒,正説少力,故雖無新意,反收亦妙”,提出了自己不同的評判標準。

在《杜子美七言律》正文首頁處鈐有“静盦□物”“上海圖書館藏”等印章。

五十七、《杜詩闡》三十三卷,清盧元昌撰,清康熙刻本。清錢佳跋並録再生翁批點。中國社會科學院文學研究所藏。

清錢佳批點並録再生翁圈點《杜詩闡》三十三卷,一函五册,藏中國社會科學院文學研究所。批點底本爲清康熙刻本。該本書長23厘米,寬14.9厘米,版框半葉高18.8厘米,寬13.5厘米,天頭高2.8厘米,地脚高1.4厘米,黑口,單魚尾,版心題書名、卷次和頁碼。

按錢佳,字平衡,號臨谷,嘉善人。諸生。有《遯溪詩鈔》。

該本封頁爲黄色,首册封頁題書名“杜詩闡”,右邊題“雪香”。在《杜詩闡》第一卷目録天頭處有墨筆題識“朱尖圈五言排律,朱圓圈七言古風”;墨筆旁批“題上朱點沛如選,藍點南溪學士公選”。從此可知,該本朱筆、墨筆圈點的不同内容和代表的不同選本。而在《杜詩闡》卷之一處也有墨筆旁批:“藍筆批圈悉遵南溪學士公本。乾隆戊午清智録,時年六十有一。”另在目録終處有錢佳墨筆旁批,介紹其批點情況:

> 向者予學詩於瓣香居士,亟稱盧文子《杜詩闡》一編。既而從外從祖再生翁遊西泠,見其笈中有是書,受而讀之,考據精確,脉絡分明,洵善本也。翁又加以丹鉛,眉目更覺楚楚,不啻少陵之覿面也。因遍購諸書肆,三年始得之。今歲辛巳,自暮春至仲秋,往來於南湖、西泠之間,篷窗寂坐,目擊雲山變幻,魚鳥出没,應接不窮,不覺又作讀杜詩之想,重請再生翁原編,仿其圈點,凡一百三十有四日,未卒業。冬以病杜門,續所未竟。

又月餘,始得告竣,病亦隨愈。昔人云,杜詩可愈瘧,余未敢信,然予兩月之病始,殆天之假我以成是書歟? 因喜而識之。時康熙四十年十有二月,上浣三日呼凍書。坪蘅佳。

按,是年歲次辛巳,佳年僅二十有四。(輯者注:此按語係後加)

雍正辛亥長夏下,惟帶他舅氏齋兒子源來手是編,予偶展閱舊序,覺忽忽已三十年。下有"華萼山房印記",當時兄弟共聚,父母在堂,故雖時逼歲暮,猶暇作此冷淡生活,而今永不可得矣。爰揮淚識之。

從此序言可知錢佳的具體批點情况,即過録有外從祖再生翁圈點,並附上自己評點。該本批點有朱墨二色,朱筆僅爲圈點,没有實際批點内容。藍筆有批點,有圈點。批點以旁批爲主,間雜有少量的眉批。

該本不同地方鈐有印章多枚。有"錢佳""□堂藏書""家在□□之間""□佳□不能忘""華萼山房□""能賤而有聊""錢佳印""□絲禪榻""臣佳私印"等多枚。

五十八、《須溪批點選注杜工部詩》二十二卷,宋劉辰翁批點,元虞集注解,元趙汸批評,增《趙東山類選杜工部詩》一卷,元趙汸輯並注,增《虞伯生注杜工部詩》一卷,元虞集輯並注,明雲根書屋刻本。題清蔣光焴批校。浙江圖書館藏。

題清蔣光焴批校《須溪批點選注杜工部詩》二十二卷,兩函,共十四册,函上書簽題"元版杜工部集"。爲明雲根書屋刻本。藏浙江圖書館。該本書長 24.1 厘米,寬 15.1 厘米,版框半葉高 18.4 厘米,寬12.8 厘米,版心上題"雲根書屋之記",下題"紹續箕□永寶□",中間題書名、卷次、頁碼等。

蔣光焴(1825—1892),字繩武,號寅昉,亦號吟舫、敬齋,海寧硤石人。其祖開始藏書,至光焴收羅尤勤,歷經三代,共得各種圖籍數十萬卷,藏於衍芬草堂,與别下齋齊名。著有《敬齋雜著》《名諱辯》等。

該本只有第一册有批點,其他各册均無批點。批點爲朱筆,且批點時多引他人詩歌互證。《浙江圖書館善本目録》著録爲"蔣光焴批校",不確。因爲該本除了有蔣光焴的藏書印之外,没有其他可以證明該本爲蔣光焴批校的證據。作爲藏書家的蔣光焴,在其珍藏的書籍上均鈐有自家的印章,故也有可能是在其收藏之前,該本即有批點了。周采泉《杜集書録》即著録此本爲佚名批,比較客觀。周氏認爲:"此批未知出於誰手……所批朱色甚舊,似出於明季或清初人手。以如此佳槧,蔣氏决不致率意批抹,則此批當在蔣氏收藏之前。"①周氏推論不爲無理。

另外,從筆迹來看,浙江圖書館藏本的筆迹與蔣光焴手迹亦不甚相似。藏本筆迹拙重偏於凝滯,字體結構緊凑;蔣光焴手迹整潔而趨於靈動,字體結構舒緩。如圖所示:

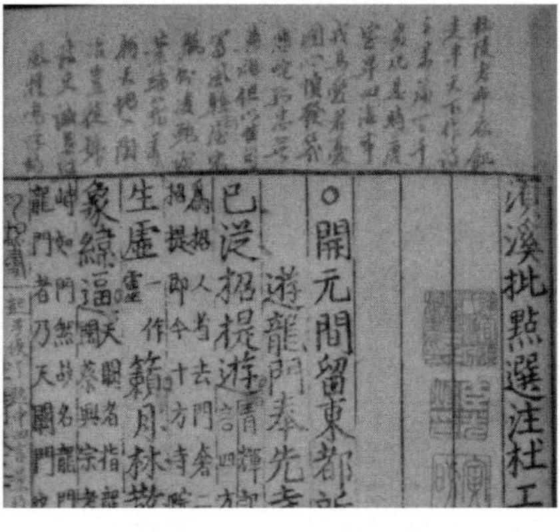

圖 1　題蔣光焴批《須溪批點選注杜工部詩》

---

① 周采泉《杜集書録》,上海古籍出版社 1986 年版,第 564 頁。

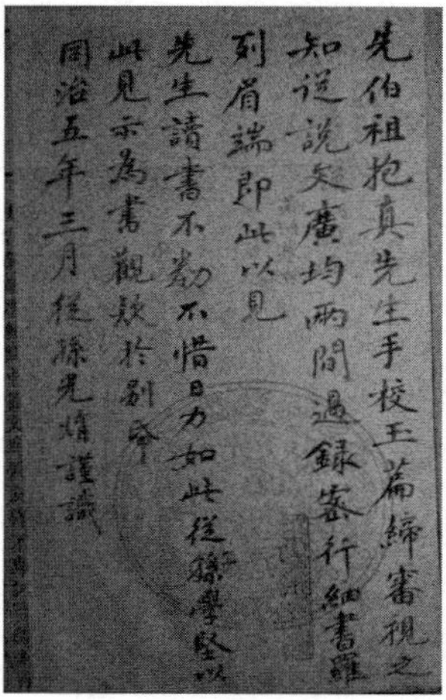

圖 2　蔣光焴手迹

好友金曉東研究海寧蔣氏藏書,其從蔣氏後人蔣通教授處收集到蔣氏家族信箋千餘封,内有《邵位西致六世祖寅昉公函》抄本一册,乃蔣鵬騫之子蔣雨田根據家藏信札抄得,共 70 封,均係清代邵懿辰寫給蔣光焴的信箋。該本封面蔣通題簽曰"先父雨田公録致六世祖寅昉公函七十件"。信箋全部楷書抄於印有"同濟大學"方格稿紙之上,計 89 頁。70 封信件中有兩通書信,涉及蔣光焴收藏杜詩批校本的情況,兹引録如下,可爲《須溪批點選注杜工部詩》批本非蔣光焴批點之旁證。

(一)

寅昉仁兄大人閣下:

昨自山中回城,接讀初六日手書,並讀海曙兄原信,閲之痛心蹙鼻,水鄉之慘甚矣。吾兄上年遠引,真有先見也。弟初四天明良久,甫過蕭山,渡江已過午矣,因夜短,晚飯後下船太遲也。杜詩之贈,有何不可?原批朱筆藍筆,皆多破句,加批則更爲此書增重矣。又有李集六本,紙板批校相同,他日並歸鄴架可耳。初八偕友人入山看地,坐石屋洞,憩於太傅墳前,暮宿湖光山影中。初九爲汪舍親營葬五棤,天色晴明,可喜也。石門聞收復後,又有賊至,後退長安,未知確否? 湖北黄州失守,又有漢口復失之説,果爾,則楊舍親此行大錯矣。昨藩臬運司,以文瀾閣看書爲名,孥舟湖上,亦韻事也。李次青之新干江勇,已有到省者,紮欏木營數百人。海兄原信附繳,其中"王大臣聽其指麾"二句,不知當作何解? 手泐復請譚安不一。

伯平東渡,可喜之至,然弟處未接其信也,已發信去矣。

(二)

寅昉仁兄大人閣下:

昨交來人帶上書一包,畫一卷,已收到否? 書除前信所到外,尚有《李太白集》六本,似與杜詩一手所批點,故並以奉贈。畫中所附蔡夫[人]卷尤爲鄭重,想來人雖不認識,當無舛誤也。信息日内尚好,真毛不知在何處? 金、蘭等處皆假毛耳。天色暢晴可喜,刻乘祖香回壽之便,帶上春茶二斤,筍乾五斤,乞哂收,切勿回賜食物,爲囑。此賀譚寓午禧不一。

從此二通書信可知,蔣光焴曾經接受友人邵懿辰贈送的杜詩批本。蔣光焴與邵懿辰爲摯友,時邵懿辰任事於浙江省城杭州鹽餉局,多借省城之便,爲蔣光焴提供戰事信息,故二人之間交往甚密,其信箋中所説的贈杜詩批校本之事,也是發生在二人的交往之中,可見蔣光焴愛好收藏杜詩批本,其所藏杜詩批本也並非一種,但均是在收藏之前即有批校文字在書上,並非自己親手批點。故浙圖藏題蔣光焴批點《須溪批點選注杜工部詩》或爲其收藏之前,該本便已有批點文字存在，此本批點並非蔣光焴親自批點。故作“題清蔣光焴批點”爲宜。

該本鈐有“鹽官蔣氏衍芬草堂三世藏書印”“臣光焴印”“寅昉”“浙江圖書館珍藏善本”等印章多枚。

五十九、《杜意》不分卷，清陳式撰，清抄本。清佚名批校。復旦大學圖書館藏。

陳式撰著之抄本《杜意》，不分卷①，裝訂爲十六册，藏復旦大學圖書館。封面題《杜意》，書内全部詩集抄録在一種半葉 8 行、行 20 字的紙上，無版心，無格。原紙每頁高約 23.4 厘米，寬約 15.2 厘米。因原抄本天頭、地脚有破損（主要集中在第一、二、四十三册），現已用内夾襯紙重新裝裱，故現在該書高約 26 厘米，寬約 16.4 厘米。其中第一册、第五册、第十一册、第十二册、第十四册、第十五册（按圖書館放置順序，書中並未標明册次）諸册有蟲咬破損。

陳式（1613—?），字二如，號問齋。桐城人。康熙元年（1662）恩貢入太學，次年鬧試不第，時年已過五十，遂决意仕進，退而著述。夙嗜杜詩，日咀月詠，寢食都捐。撰有《問齋杜意》二十卷。

《杜意》抄本第一册主要爲序跋、《讀杜漫述》和《舊唐書》杜甫本傳。其序言共有張英、徐秉義、姚文燚、潘江、方畿、陳焯以及陳式自序七篇，《讀杜漫述》四十則。其他各册均爲抄録杜詩内容，每册首題“龍眠陳式問齋箋注，男肇京與可、肇復仲來同編，孫思馬仿增輯”。正文每詩詩題空兩格書寫，轉行後再頂格書詩本文。未標頁碼。每首詩後均附加陳式箋注或評點。其注釋附在詩本文後

① 按：筆者翻檢原書，見其中有一册首頁題“《杜意》卷之五”，另細看其他各册，在每册首頁“龍眠陳式問齋箋注”右側靠上方的頁面上，均有塗抹痕迹，故該手抄本原來肯定分卷，但後不知何故，被人將卷數塗抹。

面，緊接正文，雙行書寫；評點部分轉行書寫，均空兩格，爲單行書寫。

全書以墨筆行楷書寫，書内有朱筆圈點，且以點爲多。遇缺字或錯字處，有用朱筆徑改和補充之處，疑據刻本更正。有時用省略符號“：”把表示省略的字補在旁邊，有時將墨筆旁邊點掉寫錯的字再用紅筆圈去。該本天頭處有佚名墨筆和朱筆眉批，且多爲墨筆眉批。其朱筆眉批多不涉及文本本身，都爲提示之語，没有實際意義。如“自注後用一圈隔之”“‘右’字與‘漢’字須空一字隔之”“‘楊’字與‘陳’字，空一字隔之”“‘謂’字與‘前’字空一字隔之，不必用圈”“‘也’字與‘漢’字空一字隔之”“‘者’字下空一字”等之類。因原抄本天頭處多有破損，故其前幾册眉批多有缺失，甚爲憾矣。

該本扉頁處鈐有“仲”字朱文方印，每册首頁鈐有“復旦大學圖書館藏”之藏書印。

六十、《杜詩偶評》四卷，清沈德潛撰，清乾隆十二年賦閑草堂刻本。清佚名批點、涂琛跋。復旦大學圖書館藏。

佚名批點、涂琛跋《杜詩偶評》四卷，共一函兩册，藏復旦大學圖書館。該本書長28.7厘米，寬18.3厘米，版框半葉高16.9厘米，寬13.7厘米，天頭高8.8厘米，地脚寬3厘米，白口，單魚尾，左右雙邊，版心題書名、卷次、頁碼和“賦閑草堂”等内容。

涂琛，生平事蹟不詳。

該本封頁爲重新裝幀的草緑色封皮，扉頁大字題“杜詩偶評”，右上角小字題“沈歸愚先生點定”，左下小字題“賦閑草堂藏版”。在該本原封頁上左側有墨筆楷書題“杜詩偶評”，下小字題“上册”，右邊爲涂琛題跋：

陳眉公詩云：“兔脱如飛神鶻見，珠藏海底老龍知。少年莫漫輕吟詠，五十方能讀杜詩。”以徵君之才學，猶自爾無人，顧輕議之□□。張船山太史每教人作詩，輒曰“且去讀杜詩”。杜詩選本多矣，此最賅備。涂琛謹識。

在《杜詩偶評》各卷目録處有朱筆標明該詩所在錢謙益箋注本的卷次，由此可知，其批點時或參照了錢謙益箋注本。同時在詩題上也標明了同樣的卷次。而從《杜詩偶評》卷四目録終處的朱筆題識“甲戌三月望，旭初照錢箋卷目記”看來，可知在卷目上標明乃“旭初照錢箋卷目記”，旭初不知爲何人，待考。旭初除標明此卷目外，還有少量批點，大多在批點後標明“旭”字，以示區別。如《畫鷹》一詩，旭初即批道“破空而起，攝題之神，此空前絶後之筆。旭”，頗有批評的氣勢和理論色彩。不過，該本批點或大多過録他人評點，如過録查慎行的批點就有不少。

該本在不同地方鈐有“耐齋珍藏”“江颿”“江颿所藏”“錫琛印”“復旦大學圖書館藏”等印章多枚。

六十一、《杜詩五律箋釋》不分卷，殘存六、七卷，一册，日本無名氏（竺周?）批注，清（日本江户中期）鈔本。臺灣大學圖書館藏（中善）。

《杜詩五律箋釋》不分卷，殘存六、七卷，共一册，清代白紙舊鈔本，臺灣大學圖書館藏。索書號：(B)（中善）0974，條碼：0189275。現存各杜集書目未見著録，僅臺灣圖書館編《“國立”臺灣大學圖書館增訂善本書目》著録該本①。

①《“國立”臺灣大學圖書館增訂善本書目》著録該書稱：“杜詩五律箋釋，不分卷，一册，（日）無名氏撰。白紙舊抄本。每半葉六行，行二十一字，注雙行小字三十七至四十不等，字旁有朱筆圈點，每篇後有批語。書高二四・二公分，書寬一七・五公分。”（第244頁）

該本爲藍色封皮，書高 24.2 厘米，書寬 17.5 厘米。封面朱筆題“五言杜律箋釋”，正文卷首頂格題“杜詩五律箋釋”，低二格題杜詩目録，正文内容則頂格書寫。每半葉 6 行，行 21 字，注雙行小字，行 37 至 40 字不等。字旁有朱筆圈點，有墨筆眉批、旁批，每篇後有較長篇幅墨筆尾批。

臺灣大學圖書館目録著録該書稱“不分卷”，但細查該本，其實在該書正文中間有分卷痕迹，其第 49 頁處題“五言杜律箋釋六終”，由此可知，該本實乃第六、七兩卷内容。據此推測，該書原先曾有分卷，只是具體多少卷已無法獲知，目録所謂“不分卷”不確，宜改稱“殘存六、七卷”。

從批本收録的杜詩來看，該本共録有《春日登梓州城二首》《陪李梓州王閬州蘇遂州李果州四使君登惠義寺》《涪江泛舟送韋班歸京》《泛江送客》《上牛頭寺》《望牛頭寺》《上兜率寺》《望兜率寺》《泛江送魏十八倉曹還京因寄岑中允參茫郎中季明》等五言律詩 167 題 200 首。

《臺灣大學圖書館增訂善本書目》著録該書爲“(日)無名氏撰”，但細考該本，其中共録有“竺云”“鍾云”“仇注”等人批注批語，尤以“竺云”爲夥。“鍾云”或指鍾惺批語，“仇注”爲仇兆鰲批注，此“竺云”或即前所鈐印“竺周”，倘如此，則此本或係竺周批點抄録，待細考。書中同時有大量日文批注，故該抄本屬和刻本系列。

該本批釋内容豐富，理論價值較高，當是學養深厚者所批。其批點重視章法結構等詩法分析，多糾前人舊解之誤，兹列數條，以見一斑：

《望牛頭寺》：(墨筆尾批)解者認題不清，又誤看首句，遂引《地志》州南鶴林寺爲證，大非也。愚意此詩傍晚出寺，回望而得耳。“鶴林”即寺旁之林，乃佛門林木通稱也。林深則寺藏，但見鶴林矣。三四景愈闊，天河，春夜初昏見西隅，故曰“宿殿陰”。五六由望而憶及寺中所見，即長明之燈，寶勝之地，而喜其法輪昭焕，境界清華，遂猛然自悔，曰：吾何戚戚狂歌爲也？回看禪心，何其毫無繫著如此也！回望之義瞭然矣。要惟心戀安禪，故爾回望，下四實是上四之根。

《**春日江村五首**》之“**農務村村急，春流岸岸深**”**一首**：（墨筆尾批）五章是辭歸草堂書懷之什，見去志焉。首章就現在發興，有淵明避世之思。一二春江之景，三四以轉爲承。江林一曲，放眼乾坤，家國俱遠也。春日無多，傷心時序，身世靡常也。故茅屋雖堪寄迹，而桃源尚自繫思，此又以承爲轉。結聯收歸權且留居之意，言外見江上一堂，行將抛捨，讀至末章自明。仇謂即欲以茅屋當桃源，失其旨矣。〇“萬里眼”“百年心”，便已籠罩末章大意。

《**哭李尚書重題**》：（墨筆尾批）五排之悲爲李悲，此篇之悲并爲身悲矣。“相識盡”“此生浮”，已近死而更漂流也。“江雨”“湖風”，爲歸櫬設色。“賓客”“應劉”，又就官職生情。“太子”而以“客减”爲傷，則舊交益宜以友亡增痛，恰與上截關生。

《**鬥雞**》：（墨筆尾批）此首前後轉關處，述明皇兩頭事，中間播遷一段，泯然隱起，俟後兩篇叙出，但將上下半篇一翻轉看，盛衰存没之間，滿目淚痕矣。驪山，華清宫在焉，尤臨幸繁華處，故末用爲慨。〇假使單讀此詩，似明皇一生無失國之慘者，此意非元、白輩所曉。〇黄生曰：第五句是通盤一大關節，蓋不以荒晏直接播遷，徑及崩駕之感，則有傷痛而無刺譏，是温柔敦厚之遺教也。愚按：黄生此言，洵篤論也。更由此通觀各章位置：此前二章，言荒樂之過，絶不牽連禍亂；此後二章，言禍亂之來，絶不皈[歸]咎荒樂。但將前盛後衰，逐章開列，令人次第讀去,隱然見荒樂爲喪敗之源,禍亂乃滔淫之報。意言之表,人自得之,作者不欲一語指斥也。其爲温柔敦厚,轉益入微,詩教不墜,殂豆千年,宜哉!

該批本係日據時期“臺北帝國大學”所藏鈔本,在該書扉頁左下角有“昭和 6.7.15”“東洋文學”等紫色鈐印,可知當於昭和十五年(1940)藏於日本“臺北帝國大學”(臺灣大學前身),而扉頁“臺北帝國大學圖書印”朱文方印亦可佐證。此外,該批本正文首頁還鈐有“觀水”“竺周之印”等印鑒。從此印鑒還可知,該批本尚經竺周收藏。按竺周,生平事蹟不詳。

六十二、《杜詩五律箋釋》一卷,共一册,日本無名氏(竺周?)批注,清(日本江户中期)鈔本。臺灣大學圖書館藏(日善)。

《杜詩五律箋釋》一卷,共一册,清佚名批注,臺灣大學圖書館藏。索書號爲(B)(日善)17179,條碼:0189274。清代鈔本。現存各杜集書目未見著録,臺灣大學圖書館館藏目録將其納入日本善本,著録爲日本江户中期寫本。

該本爲紅色封皮,封頁未題相關書名。正文每半葉 6 至 7 行,行 21 字,注雙行小字 37 至 40 字不等。無朱筆圈點。每詩後有墨筆批語。中間有中文、日文批注,應爲和刻本系統。

該本共録有《秦州雜詩十四首》《野望》《天末懷李白》《山寺》《東樓》《寓目》《即事(聞道花門破)》《促織》《螢火》《日暮》《夕烽》《擣衣》《月夜憶舍弟》《遣興》《示侄佐》等 83 題 102 首五言律詩,其中 1 首爲高適贈杜甫詩《高適贈杜二拾遺》,不屬於杜詩。

該本批點内容豐富,着重章法結構分析,亦多糾前人之訛誤。兹列舉數條如下:

《夕烽》:(墨筆尾批)本詠平安火也,乃從平安内看出警急,深致戒於守者,是綢繆未雨深心。○上半寫所見平安之火,但借來作一鬆步,以跌重下文。言今日"光小""點殘",可幸無事矣。然惟邊將"照秦"知警,則蕃兵"過隴"斯難,所謂"將軍且莫破愁顔"也。結更將廟廊憂思醒惕守者。曰"蓬萊""立馬",恍見君心安不忘危之象,足使聞者矍然。此詩杜漸防微,憂深思遠,自解者劃作兩橛,深負婆心矣。

《**送遠**》:(墨筆尾批)不言所送,蓋自送也,知公已發秦州。玩下四,當是就道後作也。上四從道中追寫起身之情事,感慨悲歌,盡空作者。五六乃眼前身歷之景。結聯尤有味。回想親朋執别,鞍馬臨分,雖甚難堪,猶覺熱鬧,至此四顧蕭然,聲淚俱絶矣。不曰"故人情",而曰"古人情",不獨聚散之悲,兼見炎凉之態,又知公在秦州,人情冷落也。

《**江亭**》:(墨筆尾批)發端極優緩,故次聯透出胸襟,便極閑適。至三聯通之化象,漸已逼到身家,故結語直吐心事。須知七八離鄉之感,從"物自私"三字帶出,非硬裝也。○中四饒有"點也"氣象。○通觀三首,時時流露道機,知此老天資高妙,從性分中來,非從道學中來也,帶道學氣則腐矣。

從該本的具體内容和外在形式看,該日善杜詩批本與前述中善杜詩批本實乃一套書。主要根據,一是箋釋内容形式基本相似。不管是從批注形式(既有中文箋釋,也夾雜日文箋釋),還是批注風格(多注重詩法結構的分析),二書皆非常相似。二是抄録、批注的字迹非常相似。從字迹看,二書抄録的字迹均以小楷書寫,字體端方,係出自一人之手。三是選録的杜詩未見重合篇目。前者選杜詩 167 題 200 首,該本選杜詩 83 題 102 首。其間未有重合篇目,亦反證該本係出自一套書。如係兩書,當中必有重複篇目。四是二書係同一日期被圖書館收藏。在兩批本的扉頁處均鈐蓋有"臺北帝國大學圖書印”朱文方印和“昭和　6.7.15”紫色鈐印。説明該書係昭和十五年(1940)6月7日入藏圖書館,且二書編號亦是連號(0189274、0189275),可見二書原係一套。綜上,臺灣大學圖書館所藏該中善、日善《杜詩五律箋釋》實乃一種書。後諮詢臺大圖書館館員,她們回復稱,該書確係同一書,之所以分編兩書,一是因當年編目時便編成中善、日善兩書,沿襲舊目所致;二是按照現在編目分類,該本實乃和刻本系統,因該館未列和刻本一目,故只好沿用中善、日善之目。今亦按臺灣大學圖書館之目分列爲兩種批本。

六十三、《新刊校定集注杜詩》三十六卷,宋郭知達集注,宋寶慶元年廣東漕司刊本。佚名朱墨筆批校。臺北故宫博物院藏。

《新刊校定集注杜詩》三十六卷,共六函二十四册,宋寶慶元年廣東漕司刊本。佚名朱、墨筆批校。臺北故宫博物院藏。索書號:贈善003309。該本高22.9厘米,寬17.8厘米,左右雙欄、黑口、雙魚尾、版心中縫注明杜詩卷次及葉次,上偶記字數,下記刻工名,共記有鄧舉、吴文彬、楊茂等刻工近40人。每半葉9行,行16字。每卷末有“寶慶乙酉廣東漕司鋟版”刊記,刊記後或有“進士陳太信、潮州州學賓辛安中、承議郎前通判韶州軍州事劉鎔、朝議大夫廣南東路轉運判官曾噩同校勘”等校勘人員名録。此外,該書卷末及書中另有“趙氏世恭家記”元寶形朱色印鑒。

該本係沈仲濤捐贈給臺北故宫博物院的善本之一。沈仲濤(1892—1980),浙江紹興人,號研易樓主人,現代藏書家,爲沈復粲裔孫,與民國著名出版家王雲五相交甚深。承家學,嗜藏書,多宋元珍本,藏書處爲“研易樓”。1949年遷居臺北,1981年1月將藏書捐贈臺北故宫博物院。此《新刊校定集注杜詩》即沈仲濤所捐宋本之一。

該書原本不全,多有闕如。整卷闕如的有卷十九、卷二十五、卷二十六、卷三十五、卷三十六共5卷;零星缺葉的有目録中第73葉至75葉、卷十三第1葉至第5葉、卷三十二第1葉至第2葉,共缺11葉。後經收藏者據瞿氏仿原版印格紙抄配,使成全璧。

該本全書用朱筆句讀(筆者注:配本没有句讀),朱、墨二色批點,以眉批爲主。另有朱筆圈點(主要是點)、畫横綫等各種批點標識。在所配各卷中,偶有朱筆批注,如卷第十九是用瞿氏仿原版印格紙抄配的,在《喜聞官軍已臨賊寇二十韻》一詩中,"弓矢尚秋毫。天步艱方盡"一句原文作"弓步艱方盡",其中闕"矢尚秋毫。天"數字,批點者用朱筆在天頭處補充闕字,同時補充了所遺漏處的相關注釋。

該本批點未標明具體批點者,因其已歷經各大藏書樓珍藏,或係收藏者批點,俟考。不過,從批點内容看,該批本所批數量雖不甚多,但所批要言不煩,頗中肯綮,多有針對文末箋注而發的批注,學術價值較高。兹列數條如下:

1.《冬日洛城北謁玄元皇帝廟》"碧瓦初寒外,金莖一氣旁"處:(紅眉)"金莖"字不過言風露清高之氣,蓋秋氣也。十月初冬,去秋未遠,故借"旁"字言之。注謂"廟中未必有"及"壯宫殿之形勢",未是。○"金莖一氣"字只當融貫,不必曰金莖在一氣之旁可也。

2.《奉寄河南韋尹丈人》"江湖漂短褐,霜雪滿飛蓬"處:(紅眉批箋注"而霜雪滿言其白也。竊又謂霜雪非以言髮之白,乃真所謂霜雪者,蓋公詩作於潭州,適當冬時……")"霜雪"只當以白髮言之,詩人借對騁辭,政是妙處。古今未有言頭上霜雪而非白髮者,趙注過矣。

3.《蜀相》"出師未捷身先死,長使英雄淚滿襟"處:(紅旁)

此詩音節悲壯,令人感慨,可以起諸葛公於九泉之下。

4.《奉使崔都水翁下峽》"白狗黃牛峽,朝雲暮雨祠"處:(紅眉)此是就本句對法。

批語或針對前人箋注之訛誤,或直接闡述對杜詩的看法,均能自出見解。

該本在不同的地方鈐蓋有"宋本""毛褒之印""華伯氏""開卷一樂""虞山瞿紹基藏書之印""瞿潤印""瞿啓甲""山陰沈仲濤珍藏秘笈""楊氏家藏書畫私印"等多枚印鑒。按:"宋本""毛褒之印""華伯氏""開卷一樂"均爲明末清初汲古閣毛晉父子的印鑒。毛晉(1599—1659),初名鳳苞,字子九,號潛在,更名晉,字子晉,江蘇常熟人。建汲古閣、目耕樓等藏書樓,所藏宋元佳槧尤多。其子毛扆、毛褒、毛表均善藏書。毛褒,字華伯,號質庵,清初藏書家。毛表之兄。"虞山瞿紹基藏書之印""瞿潤印""瞿啓甲"等爲清代常熟瞿氏鐵琴銅劍樓藏書印。瞿紹基(1772—1836),字厚培,别字蔭棠。江蘇常熟人。清代著名藏書家。建有藏書樓"恬裕齋"(後改名"敦裕齋")"鐵琴銅劍樓"等,藏書十萬餘卷,是清代四大私人藏書家之一。瞿潤,生平史料不詳,"從其鈐印位置看,似晚於瞿鏞,然爲瞿氏族人當無疑"①。瞿啓甲(1873—1940),字良士,别號鐵琴道人,瞿紹基後裔。民國著名藏書家。鐵琴銅劍樓第四代主人。從鈐印可知,該批本傳承淵源有序,先被毛晉、毛褒的汲古閣收藏,後被瞿紹基、瞿潤、瞿啓甲的鐵琴銅劍樓珍藏,再入沈仲濤研易樓,最終由沈氏於 1981 年捐贈給臺北故宫博物院。

① 林申清編著《明清著名藏書家·藏書印》,北京圖書館出版社 2000 年版,第 160 頁。

六十四、《杜工部全集》六十六卷，附年譜一卷，明劉世教編，明萬曆間平原劉氏刊李杜集合刻本。佚名朱墨批校。臺灣圖書館藏。

唐杜甫撰、明劉世教編《杜工部全集》六十六卷，附年譜一卷，共十二册，明萬曆間平原劉氏刊李杜集合刻本。佚名朱墨批校。臺灣圖書館藏，索書號：402.42 09518，登記號：09518，係該館珍藏善本之一。

在該批本首頁《杜工部年譜》處有墨筆簽條，記載批本的基本情況：

> 《杜工部全集》六十六卷
>
> 朱筆批點，不知何人，頗允。有"深柳讀書堂"印。此本得自揚州書估，已破碎。丁卯年付工襯訂，計十二册。

該簽條至少闡明了有關此批本的三種情況：一是交代了批本的來源，批本係藏家購買，"得自揚州書估"；二是説明了批本現狀和重新裝幀的事實，因批本"已破碎"，於"丁卯年付工襯訂"，重新裝幀，"計十二册"；三是肯定了該本的批點價值。批本有佚名朱、墨二色批點，題識指出"朱筆批點……頗允"，强調朱筆批點頗有見地的事實。雖朱筆批點"不知何人"，但"有'深柳讀書堂'印"，或可探知批點者情況。

在此頁天頭處另有墨筆抄録《讀杜私言》一則：

讀杜私言

> 德州盧世㴶述五言古詩，其源流吾不及悉也，獨覺老杜深廣無端，波瀾萬狀。計少年游吴越時，尤有著作，今不少概見，斷自《游龍門奉先寺》始，或者子美自選定本。蓋"聞鐘""發省"，先生悟矣。過此以往，左右逢源。一《宿贊公房》而悠然有會，鐙影妙香，全憑清衷領略，所謂"心在水精域"也。《謁文公上方》痛自研洗，謂"甫也南北人"，"久遭詩酒污"，"願聞第一義，

回向心地初”,發省殆莫深於此者。最初望東嶽似稍緊窄,然而曠正;最後望南嶽似稍錯雜,然而肅甚。

《讀杜私言》又名《讀杜微言》,明盧世潅撰。其内容係盧世潅《杜詩胥鈔》中《大凡》和《餘論》的總名,頗有理論價值。首頁抄録《讀杜私言》中的内容,可見對此的高度肯定。

該本批點有圈、點以及短横,墨筆批點以正楷爲主,多旁批;朱筆批點以行楷爲主,多眉批。朱筆批點價值較高,玆録數則如下:

《同諸公登慈恩寺塔》:(紅眉)公是時指事陳辭,或有微意,而宋人必曰譏某事,刺某人,斯夢中説夢矣。

《新婚别》:(紅眉)句句苦。唐人征婦詩無出此者。

《乾元中寓居同谷縣作歌七首》:(紅眉)七歌悲怨,真得風人之遺,但被後人效之,作沿門持鉢矣。

《苦戰行》:(紅眉)此等詩只須領其大意,不必考其事、求其人以實之。

該本在不同的位置鈐有“靈薮經眼”“深柳讀書堂”“柘溪喬”“然明氏圖書”“文獻之家”“柘磎□農”“逸邁”“舊書不厭百回讀”“留耕”“淮南臣邁”“‘國立’中央圖書館收藏”等印鑒。“深柳讀書堂”[①]“靈薮”“逸邁”等具體爲何人,待考。

① “深柳讀書堂”在歷史上有丁善寶、賀國嶙、何日浩、錢向杲等人用作書齋名。

篇名索引

説明：1. 本索引按詩文篇名首字音序排列；首字音序相同者，再以第二字排序。依此類推。

2. 篇名後分别注明"册次/頁碼"。

3. 篇名相同者，後用楷體字括注首句，以便區分。

D

H

J

M

Q

R

S

T

後 記

2007年，我有幸考入復旦大學黄霖先生門下，在黄霖恩師的指導下從事杜詩手批文獻的整理與研究。十多年來，爲了查閲明清杜詩手批文獻，我先後多次赴北京、上海、南京、杭州、濟南、武漢、重慶等全國各大公立圖書館查閲杜詩資料，期間，既得到了衆多師友的無私幫助，也遭遇了各種無奈，個中艱辛，冷暖自知。

2018年下半年，我利用去臺灣大學中國文學系做訪問學者的機會，赴臺灣圖書館、臺北故宫博物院、臺灣"中央研究院"傅斯年圖書館、臺灣師範大學圖書館等地查閲杜詩未刊評點多種，有效充實了《杜詩彙評》的資料寶庫。

《杜詩彙評》工作是在黄霖恩師的指導下進行的，黄老師也一直關注《杜詩彙評》的進展。在讀博士階段，黄霖恩師就將我納入文學評點研究團隊，要我具體負責杜詩未刊評點的整理與研究，指導我查詢文獻目録，教導我文獻整理方法，開示我學術研究門徑，誨我良多。每當我遇到資料查閲困難時，黄老師還利用多方友朋關係，幫我解決。應該説，《杜詩彙評》的完成，也凝聚着黄老師的一片心血。

周興陸老師一直從事杜詩研究，當得知我從事杜詩未刊評點的整理工作後，他毫無保留地把自己在湖北拍攝的吴錫麒、陳治、商盤、秦應奎等數種杜詩未刊評點資料全部拷貝給我，爲我的杜詩彙評工作提供了巨大方便。此外，周老師還將杜詩未刊評點的彙輯納入其領銜主持的教育部重點研究基地重點課題“明清時期未刊文學評點的整理與研究”，我在手批文字識别、評點資料整理等方面，也得到他的多方指導。

衷心感謝中國社會科學院劉躍進教授和党聖元教授、西南大學劉明華教授、山東大學孫微教授和樊慶彦教授、安徽大學吴懷東教授、華東師範大學陳大康教授、中國社會科學院考古所劉瑞研究員、山東省圖書館金曉東研究員、長春師範大學劉競飛教授、湖南大學朱澤寶教授、楚雄師範學院陳聖争教授、長沙學院余中華教授等人在我資料查閲和文獻研究過程中給予的無私幫助。我的博士生周燦、王會敏，碩士生彭鼎文、李靚、鍾耀東、田文婷、包金冬、劉占康、郭逢源、周宣好、應聰聰、陳睿霖、楊雨潔、孫帥帥、宋雨柔、寧剛等幫我進行資料整理或校對工作，費時不少。

衷心感謝杜甫讀書會的好友曾祥波教授、彭燕研究員、谷曙光教授、胡永傑教授、張家壯教授，在多年的杜甫讀書會上，我們互相切磋，共同進步，留下了難得的美好時光。

感謝鳳凰出版社的李相東先生、林日波先生，是他們的不斷敦促纔使得此書得以順利完成，他們爲此書的編輯出版付出了巨大的精力。

《杜詩彙評》工作斷斷續續進行了十五年多，雖然今天即將“交卷”，但内心始終惴惴不安。所不安者有三。一是資料輯録未全。杜詩文獻浩渺，明清杜詩手批本亦甚是繁夥，本書雖題爲“彙評”，但尚有一些稀見杜詩手批本因各種原因暫未輯録，實爲憾事。二是文獻輯考或有不當。杜詩手批本文獻繁蕪，情况複雜，對批點作者的考辨、對批點内容的考釋，都是頗費時間與精力的工作，其中疏漏或有不少。三是文字辨識或存訛誤。杜詩手批本不少爲草書批點,因學識所限,文字錯訛或有不少。所有這些擔憂與不足,只能以俟來日增補訂正。

曾紹皇

2023 年 2 月 10 日